박상륭 전집

박상륭(朴常隆)

1940년에 전라북도 장수군에서 태어났다. 서라벌예술대학 문예창작과를 졸업했으며, 경희대학교 정치외교학과를 중퇴했다. 1963년에 단편소설 「아겔다마」로 『사상계』 신인문학상을 수상했으며, 이듬해 「장끼전」이 『사상계』에 추천 완료되어 등단했다. 1969년에 캐나다로 이주한 이후 아내와 함께 주로 캐나다 밴쿠버에서 생활했다. 장편소설 『죽음의 한 연구』, 『七祖語論』(1~4), 『神을 죽인 자의 행로는 쓸쓸했도다』, 『雜說品』을 출간했으며, 소설집 『열명길』, 『아겔다마』, 『평심』, 『잠의 열매를 매단 나무는 뿌리로 꿈을 꾼다』, 『小說法』과 산문집 『산해기』를 출간했다. 제2회 김동리문학상을 수상했으며, 2017년 7월 1일에 캐나다 밴쿠버에서 향년 77세로 타계했다.

박상륭 전집: 장편·산문

국수

차례

장편

죽음의 한 연구

제1장

제2장

제3장

神을 죽인 자의 행로는 쓸쓸했도다

雜說品

산문

산해기

일러두기

『박상륭 전집』의 맞춤법은 국립국어원의 '한글 맞춤법'을 원칙으로 삼았으며, 띄어쓰기도 그 허용의 규정을 따랐다. 다만, 토속어나 구어체의 표현 및 의성어·의태어 등은 작가의 집필 의도를 살려 그대로 두었다. 또한, 작가가 일부러 쓴 것으로 판단한 낱말과 문장도 앞서 출간된 책대로 두었다. 예컨대, '~하지 안 했다.' '~을 내어다보다.' 등이 그것이다.

박상륭 작가의 유가족, '박상륭상 운영회의'와 의논하여 작품들의 몇몇 곳을 고쳤다. 그것은 앞서 출간된 책들에서 아직 고쳐지지 않았거나 나중에 발견된 오류를 바로잡은 것이다. 그러므로, 이 『박상륭 전집』이 작가의 전 작품의 정본이다.

죽음의 한 연구

제1장

제1일

1

공문(空門)의 안뜰에 있는 것도 아니고 그렇다고 바깥뜰에 있는 것도 아니어서, 수도도 정도에 들어선 것도 아니고 그렇다고 세상살이의 정도에 들어선 것도 아니어서, 중도 아니고 그렇다고 속중(俗衆)도 아니어서, 그냥 걸사(乞士)라거나 돌팔이 중이라고 해야 할 것들 중의 어떤 것들은, 그 영봉을 구름에 머리 감기는 동녘 운산으로나, 사철 눈에 덮여 천년 동정스런 북녘 눈뫼로나, 미친년 오줌 누듯 여덟 달간이나 비가 내리지만 겨울 또한 혹독한 법 없는 서녘 비골로도 찾아가지만, 별로 찌는 듯한 더위는 아니라도 갈증이 계속되며 그늘도 또한 없고 해가 떠 있어도 그렇게 눈부신 법 없는데다, 우계에는 안개비나 조금 오다 그친다는 남녘 유리(羑里)로도 모인다.

유리에서는 그러나, 가슴에 불을 지피고는, 누구라도 사십 일을 살기가 용이치는 않다. 사십 일을 살기 위해서는 아무튼 누구라도, 가슴의 불을 끄고, 헤매려는 미친 혼을 바랑 속에 처넣어, 일단은 노랗게 곰을 띄워내든가, 아니면 일단은 장례를 치러놓고 홀아비로 지나지 않으면 안 될지도 모른다. 또 아니면, 사막을 사는 약대나, 바다 밑을 천년 한하고 사는 거북이나처럼, 업(業) 속에 유리를 사는 힘과 인내를 갖지 않으면 안 될지도 모른다. 그러나 유리를 사는 힘과 인내로써, 운산이나 눈뫼나 비골을 또한 이겨낼 수 있는 것은 아닌 것인데, 이리의 무리는 눈벌판에서 짖으며 사는 것이고, 지렁이는 흙 밑 습습한 곳에서라야 세상은 안온하다고 하는 것이고, 신들은 그렇지, 그들은 어째도 구름 한 자락 휘감아 덮지 않으면 잠을 설피는 것이다. —처음에는, 자기에게 마땅스럴 장소를 물색하겠다고 여기저기로 싸돌아다니다가, 찾기는커녕 마음에 진공만 키워버린 뒤, 타성에 의해서 그 진공 속을 몸 가지고 밖으로 한없이 구르고 있는 듯이 보이는, 아흔 살은 되었음 직한 그 중의 얘기대로 하자면, 그러하다, 즉슨, 모든 고장들이 다 그곳대로의 아름다움과 그곳대로의 고통을 지니고 있었다.

"토생원에게는 풍류인 여산의 새벽달이며 무릉의 가을바람도 별주부에게는 고통일 뿐인 것이지."

그 늙은 중의 이야기는 그렇게 시작되고 있었다.

늙었다는 것 모두 빼놓고 소탈히 계산해도, 그 중은 보통 키도 못 되게 형편없이 작았고, 다리도 몹시 깡마른 데다 빈약해서, 대체 그런 체신으로 어떻게 그 먼 거리며 그 많은 고장들을 좁히고 다닐 수 있었는가 그런 의심부터 일으켰는데도, 그래도 그의 이야기엔, 밤늦게 돌아와 제 놈의 신방 빼꼼히 열어보고 눈치챈 처용이 놈만큼은 뭣엔가 통해져 있는 것도 같았고, 또 눈에는, 할멈 무덤 옆에 자기 누울 헛묘 봉분 만들어놓고, 자기 무덤 위에 요요히 앉아 한 대의 골통 담배를 태우는, 저 촌로의 눈에 담긴 흥그렁함 같은 것을 또 담아놓고도 있었다. 그의 목소리에서는 그리고 저 담배통 끓는 소리가 섞여 나고 있었다.

"그러나저러나 말이지, 만약에 말이지, 그것도 수도라고 한다면 말이지, 나는 걷는 것으로, 그 고행으로, 수도하는 중이라고 해야겠습지."

그 중은 떠나는 길이었고, 나는 떠들어가는 길이었는데, 그래서 우리는 유리의 동구에서 만났던 것이다.

"뜨거운 여름 한낮, 모두 서늘한 그늘에 누워 더위를 피하는 그럴 때라도 말이지, 수확을 기다리고 들이 누렇게 익은 저 정밀스런 가을 석양판에라도 말이지, 북풍이 으르렁거리고 눈발이 세상을 세차게 휘몰아치는 그런 캄캄한 밤에라도 말이지, 그리고 여보시구랴, 나는 말이지 모든 봄날마다, 들을 그저 목선모양 흘러가는 상여밖에 본 것이 없는 듯한데 말이지, 그런 상여들이 혼을 가시덤불에 조금씩 조금씩 찢어 붙여놓고 흘러간 그런 고단스런 봄날 길에라도 말이지, 글쎄 나는 그저 걷는 것이란 말이지."

이만쯤에서 그 늙은이는, 숨이 가빠 쌕쌕거리는 목구멍에서 피가래를 한 솜 뭉터기나 뜯어 쏴 던지더니, 들을 건너고 건너서, 한 봉우리 보이는 산꼭대기 위, 또 그 가래만큼이나 되게 한 솜 뭉터기 피어 있는 구름에로 혼째 보내버린 비인 눈을 하더니, 오랜 후에사 또 혼째 돌아와서 조금 웃었다.

"동행인이 있을 리나 있어야 말이지. 어쩌다 문둥이 패며 쇠장수들과 어울리기도 하지만 말이지, 그들 따라 걷다 보면 허기는 나도, 다음 장에 무슨 볼일이라도 있는 듯한 생각이 들고도 했지만 말이지, 헛헛헛, 파장 때마다 그런데 나는, 글쎄 갈 곳이 없더라구. 또 걷는 거지. 저 장터의 환한 불빛을 등 뒤로 하고 걸을 땐 왠지 서럽기도 서럽더구랴. 걷는 게야. 그 장터에서 조금 얻어먹은 걸 쓰게 토해내서 씹으면서, 백팔염주 헤아리듯, 발걸음을 세며 걷는 게야. 전에는 걸으며 열심히 염불을 했댔소. 그러나 어느 날 보니, 그눔의 염불도 무겁더란 말이지. 헛헛헛. 내 아직도 이눔의 삿갓이며 도롱이며, 이눔의 바랑은 갖고도 다니지만 말이지, 그래도 염불보다는 덜 무거웠기에 그랬겠지엥? 젊었을 때는 울기도 더러 울었었수다. 하다못해 길바닥에 구멍을 파고, 한스러운 것, 청승스러운 것, 다 토해내서 묻어놓기도 했었다니껜 그랴. 다시 지나는 길에, 어디 그만쯤에 내 울음 묻어놓았던 데 찾을라 작정이면, 거기 없던 도랑이 건너가거나, 어쩌다 보면 쇠똥 한 무더기가 덮여 있거나 했지 그려. 흣흣흣, 그랬으면서도, 이 보셔 젊은 스님네, 글쎄 어쩐 일로 주저앉지를 못했구랴. 어쩌다 열병에라도 걸려설랑, 어떤 인정 많은 과택네서 병구완이라도 받자고 있으면, 그 과택 눈짓 은근한 것 내 다 알겠으면서도 말이지, 어쩐지 길이 보이고, 그 길들에서 무슨 꽃 같은, 이승의 것은 아닌 무슨 엔네 같은, 그런 손들이 돋아 올라와, 날 부르는 겨, 날 부르는 거라구. 그래 떨치고 일어나면, 속으로 짜안스러운 정 열 섬 소금 무게보다 더하지, 하긴. 하면서도 어쨌든, 염불 입으로 말고 마음으로 무거워, 여기서라면 주저앉아 못 떠나지 싶으다, 그런 데를 찾으려던 것이라구, 헛헛, 내가 그러려구 했었더라구. 이거 좀 우습지 않게?"

그는 그리고 또 쌕쌕 소리를 내며, 별 엠병허겄다고 혼자 웃어쌓더니, 또 한 번 더 피가래를 뜯어내 뱉고는, 이번엔 아주 은근스러이, "허기는 말이지, 어디서나 당분간은 지낼 만허드라구" 하고 이어나갔다. "헌데 가만있어 보자구, 아 그렇지, 맨 처음 찾아간 곳이, 그렇지, 눈뫼의 어느 기슭이었댔군, 이었댔어. 사실 거긴 사철 눈에 덮여 있어서, 아주 무균(無菌)스러이 여겨졌었다구. 글쎄 무균스러이 여겨졌더라니께는. 헌데도 정착 못 하고 서성거려야 되는 병균을 거기서 얻었다면 이 또한 우습지 않게? 그래서 떠나버린 게야."

이번엔 그는, 몸 실어 상여 보내버리고, 혼적(魂跡)이라고 창호지 쪽만 가시덤불에 얽힌 모양이더니, 아주 오랜 후에야 관 속에서 몸 빼어 돌아와 말을 이었다.

"내가 얘기했던가, 왜 떠나버렸던가 그 얘기 말이지? 아 그렇지 그랴, 그 대답을 난 아직 오늘까지 생각해왔어도 분명하게 할 수가 없는데, 말이시 말여, 글쎄 이렇지, 투박하게 나 말해서 말여, 거기선 춥더라구, 늘 춥더라구. 밤 하나를 새우는 데 삼 년씩은 걸리게 추웠더라니껜."

그는 그리고 언짢은 듯 진저리를 한번 쳤는데, 그러고 보니 그는 아직도 하긴 추워하고 있는 얼굴이었다. 그 추워함은, 짙은 피로 위에 얼음처럼 덮여 있었던 것이고, 그것은 퇴색해 더러운 갈색이었다.

"글쎄 무균스런 고장이었어. 나는 때로, 목숨까지도 살집 속에 살고 있는 무슨 균이거나 벌레 같은 것일지도 모른다는 생각을 하곤 했는데 말이지, 글쎄 움직인다는 것도 안 움직이는 어떤 것 속의 균으로까지 생각하곤 했는데 말이지. 그러나 눈뫼에서는, 저 균들이 처음에 조금 살다가는 얼어서는, 죽지는 않고 소롯이 잠들어버리더군. 한 백 년쯤이나 안 잘라는가 몰라. 그러다 어쩌다 봄날 하루쯤 따끈한 햇볕이 피었다고 해보란 말이지, 그럼 저 균들이 다시 살아나지는 않을까, 않을까 몰라. 그러니 말이지, 눈뫼의 나의 밖에서는, 아직도 무엇들이 살고 움직이고 균스럽고 있는데, 나의 눈뫼의 안에서는, 아무것도 살지를 않더란 말야, 죽지도 않더란 말야. 나는 떠났지, 균스러이 일어선 것이라구."

그는 한숨을 쉬고, 그러나 내게는 대단히 무균스러이 보이는 눈으로 내

균스러운 눈을 바라보며, 무균스러이 웃더니, "떠났구료" 하고 반복하고, 그리고 계속했다. "듣자니, 눈뫼를 떠난 수도자들은, 길을 동으로 들어 운산으로 가거나, 서쪽으로 향해 비골로도 간다고 합디다. 나는 걸음을 동으로 돌렸댔구료이. 허지만 운산 영봉을 본 사람은 없다고들 과장해서 말하지. 그럴 것이, 가을 같은 청명한 철에도 말이지, 그 끝에는 뭔지 푸르스름하기도 하고, 연기 허리 내고 둘러쳐져 있는 것도 같아서 그 봉우리가 글쎄 확연히 드러나 보이는 일이란 거의 없더라니껜. 그렇지, 대개의 새벽으론, 그 산의 발뿌리까지 안개가 덮여 내려와 있다간, 해가 차차로 떠오르며, 그 안개를 거둬, 그 산의 정강이로, 무릎으로, 사타구니로 올라가는데, 나중에 그것은 구름이 되어, 그 산의 허리에 그냥 떠돌아버리는 것이지. 그러나 그런 안개의 혼돈, 그런 구름의 폐쇄는 절대로 추운 것은 아니었지. 그것은 차라리 부드럽고 아늑해서, 사실 말이지 속살이 두터워질 것이었더라구. 흣흣흣, 저 산자락 포개 덮고 누워 벽자색 산수국 피었겠다고 생각하고 있으면, 어느덧 알밤 구르는 소리에 잠이 설펴지는 것이오."

영감태기는 이 대목에서 또 지랄 떨 듯 몸을 흔들며 낄낄댔다.

"거기서 나는, 한 손가락에 한 달씩 잉아 걸어, 대개 다섯 손가락쯤 살고, 또 몇 손가락쯤 더 핥아 살다가, 그렇지 또 떠났지. 그만큼 살며, 구름의, 안개의, 산의, 젖에 알이 배고 나면, 세상 바람이 또 쏘이고 싶어지는 것이오."

이때쯤엔, 조금씩 기진해가는 듯, 말에서 모서리가 둬 모퉁이씩 달아나버리고 없어서 늙은탱이는, 혀 굳은 소리를 빽빽 짜내느라 애를 쓰기 시작하고 있었다. "풍문이 내 길잡이였소"가, "푸무니 내 기자비여소"로 둔갑되어지는 투였다.

"바다가 있고, 산이 거기로 내려가다 발목만 잠그고 멈춰 서버린 저 비골에서는, 늘 젖고, 늘 울었지. 술에도 젖고, 생선 비린내에도 젖고, 계집 흘린 눈물에도 젖었더라구. 거기는 글쎄, 여덟 달간이나 비가 온다고 하잖던가? 남는 넉 달 중에서도, 청명한 날 찾기는 어려운데, 어쩌다 끼어드는 청명한 날은, 무슨 염병이나 간질병 같은 것이지. 그 여덟 달 동안의 젖은 바람은, 뼈 마디마디에다 해풍과 습기와 관절염만을 불어 넣는 것만은 아니라구 글쎄. 어떤 청명한 다음날에, 사람들은 자살을 해버리지. 글쎄 어떤 사람들은, 무참히도 자기 목숨을 끊어버리더라구. 비가 내리지만 그렇다고 한 번도 줄기찬 법 없는, 저 습습하며 어두컴컴하고, 뼛속에 곰팡이가 피어가는 저 모든 것을 상상해보시란 말이지. 글쎄 겨울이란대도 혹독히 추운 법 없어, 노숙 끝엔 가벼운 감기나 걸릴 정도인 것이며, 여름이란대도 무참히 더운 법 없어, 노숙 끝엔 한 번 더 감기나 걸릴, 그런 고장의 저 음산한 거리며, 낮은 추녀 밑에는, 언제나 웅숭그리고 있는, 썩는 듯한 어두움이며, 헌 가구의 냄새며, 개까지도 웅숭그리고 지나며, 나뭇가지도 뼈를 아파해쌓는, 글쎄 그런 고장을 상상해보란 말이지. 그런 어떤 날, 느닷없이, 하늘이 그냥, 푸르게 엎질러져 버리고, 길이며 지붕 꼭대기들이 아주 낯설게 뻔적이는 것이오. 거기서 또 떠났구료 나는 엥, 그것도 자살은 아니었을까 몰라. 젠장 떠난 건 떠난 거니껜."

해는 중천을 치달려 올라가고 있었다. 그러나 그을음에라도 덮인 듯한, 저 이상스런 하늘을 통해 보이는 해는, 거의 갈색을 띠고 붉으나, 그 볕에는 그을릴 것 같지도 않으며, 산소가 희박한 듯한 분위기여서, 나도 숨이 가빠지고 있었다. 이것은 어쩌면, 호흡 장애로 쌕쌕거리는 저 늙은탱이로부터의 전염인지도 몰랐다.

"여보시오 젊은 스님네, 허지만 저 유리에 관해서는 내가 무슨 이야기를 할 수 있겠소? 스님께서 거기로 가는 길이 아니시오? 해도 이 풍문은 일러주었으면 싶으구만, 싶어. 어쨌든 나는 내 체신보다도 아마 두 배는 더 큰 풍문 주머니를 넣어놓고 있으니 말이지."

그는 그리고, 그 심정을 짐작해볼 수 없는 눈으로, 유리라고 여겨지는 곳을 멀거니 건너다만 보며, 좀체 말을 이으려 들지를 않았다. 그것이 무엇이든, 자기의 체신보다도 두 배도 더 큰 것을 그 체신 속에 넣어두고도, 살져 보이는 구석이라곤 없는 늙은네는, 더욱더 지쳐 보였다. 하기는 여러 곳에서 나는, 삼천대천세계를 다 삼키고도 배가 고파 허리가 휘인, 그런 늙은네들을 많이도 보아온 터이긴 했다.

"글쎄 그렇다고 하지." 그는 아마도, 이 칠월도 한낮에, 어디 모퉁이쯤 돌다가 그만, 봄날 낮 꿈 살풋 한소끔 꾸고, 칠월로 돌아와, 깨인 것이었다. "처음에 유리에서는 수사자(水死者)들 빠뜨린 혼령들 몇 개가 모여서 살았더라는 얘기지, 처음엔 글쎄 바다가 넘실댔더라니, 우리도 그때쯤 만나 이렇게 앉아 있는다면, 한 열 길 물 밑에나 앉아 도란거리고 있는 게 아닐지 모르지. 거 아늑했을 법하잖게? 어쩌다 운이 좋아서 소달구지 편이라도 얻어 타보면 말이지, 읍내서 오는 길엔 소가 거의 뛰기라도 하는 듯이 달리고도 별로 힘들어하질 않는데 말이지, 읍내로 가는 길엔 그게 바뀐단 말야. 소가 힘들어하며, 진땀을 흘린단 말야. 허나 눈으로 보기에 이 길이야 뭐 평평해 보이잖냐구. 허긴 읍까지 닿으려면 한 사오십 리 길이나 될라는가, 오륙십 리 길이나 될라는가, 것두 제법 왼밤 거리는 되지. 그 읍의 북쪽으로는 그리고, 그 한 고개 넘기가 그렇게도 힘든 거악들이 한도 끝도 없이 이어져 있는데, 초생달 휘어진 데 걸터앉아서라도 유리를 내려다본다면, 글쎄 그것은, 날 같은 늙은탱이가 식은 화로를 껴안고 있는 형국이라고나 해야 할랑가 몰라. 흐흐흐, 하필이면 왜 늙은탱이에 비유했느냐고 내게 묻는 눈치인데, 비록 거악들이 죽림(竹林)해서 있단대도 말야, 그 산의 줄기들에 굳센 이음매가 없어서 말이지, 산기(山氣)가 굳세게 이어져 있지를 못한 때문이라구. 흐흐흣, 그러나저러나, 내가 무슨 얘기를 하다가 이렇게 됐더라? 그렇지, 바다 얘기를 했었던 것이지, 그랬었다고. 헌데 말야, 한번 물이 떠나더니, 영 돌아오지 않더라지, 거 변괴 아니게? 그러자니 소금에 찌들린 뻘만, 삼백예순날 삼백예순 해 퍼붓는 햇볕 아래 쪼들려온 것인데, 그러자니, 고기 낚아 살던 몇 가구 어부네들도 그러자니, 대처 찾아 떠나버렸을 터, 그도 그랬을 것이, 어부 짓들 그만두고 농부 짓이나 해보자고 작정을 그 어부들이 했단대도, 소금물에 찌든 흙이 풀 한 포기라도 키워낼 만했구로? 떠난 조수 못 따라 떠나고 남았던 송사리며, 게 새끼들 죽은 시체만 질펀하게 깔려 누워 있는데, 그래서 그 어부네 자기네들끼리 소문 만들어 속닥여 퍼뜨렸다는 말로는, 촌장이 늙은 데다 근에 창병까지 든 탓이라고, 그 까닭을 촌장께 돌렸더라는 것이지. 그러자니 그 불쌍한 늙은네 몸에 삼베옷을 걸치고, 저 뻘밭 가운데 어디 바위 조그만 것 하나 있는 그늘 밑에 가 앉아, 죽을 때까지 식음을 전폐하고, 그 변괴로 하여 통곡하다 그만 죽었다는 것이구만. 그를 일조(一祖) 촌장으로 치지만, 이조라는 미친 늙은탱이가 나타났을 땐 수백 년이 흐른 뒤라지. 허나 그런 변괴가, 저 일조 늙은탱이의 몹쓸 병 때문에 비롯되었다는 말은 좀 우습잖게? 거 좀 우습다구. 달리하는 말로는, 그때 삼재팔난이라든가 천지개벽이라든가, 세상 날씨가 이상스러웠다든가 그래서 덥던 고장엔 눈이 내리고, 눈 내리고 춥던 고장엔 삼동에도 꽃이 피었다든가, 징조가 영 심상치 않았다든가, 뭐해서는 말이지, 물이며 뭍이며가 조화를 잃었다든가, 뭐해서는 말이지, 그 기슭에 뽕나무 푸르던 언덕엔 바닷물이 뽕잎으로 우거지고, 애비 눈 띄우겠다고 시악씨 하나 빠져 죽은 바다 밑에서는, 늙은 애비 눈 뜨고 앉아 딸내미 무덤 풀을 깎아주고 있더라지. 변괴라, 변괴여. 흐흐흐, 허긴 그만쯤 말이 만들어질 법도 하기도 할 것이, 어쩌다 오는 칠팔월 안개비 좀 두터운 것을 빼놓으면, 사철 그저 건조하기만 한 데다, 흙에 진짜로 염분이 과하다는 탓으로, 글쎄 수십 리를 두고도 잡초 한 포기 잘 자라지를 못하고, 언덕 하나 높은 법 없이, 그저 황폐해 있으니, 그만쯤한 얘기도 꾸며질 법하잖냐 말야. 허나 모를 일이지, 산천이란 예나 지금이나 의구한 듯해도 땅이란 게 그저 그럭저럭 우리 나이 또래래야 말이지. 글쎄 땅을 두고 천 년이니 이천 년이니 하고 말해본댔자, 그거 수유에 지나지 않을 나이, 한 만 년이나 십만 년쯤으로 잡고 본다면 내가 좀 과하게 미쳤을랑가? 허나 사소한 인연 하나를 놓고도 십만 아유다[阿由多=百亥]며, 겁(劫)으로 따지지 않느냐 이 말이야. 흐흐흐, 헌데 나도 늙은 게야. 젊었을 땐 말이지, 그렇지, 오늘 정도 청명하면, 저 무변스러운 듯해도, 그 남녘 끝에 뭔지 푸르스름한 이내가 낀 듯해 보면, 그게 산인 듯했더라고. 허나 요 몇 년래, 아무리 눈 닦고 보려 해도 안 보인다 말야. 어쨌든 유리의 육칠 팔월은 그중 풍성한 철이라구. 여러 도문에서 날 같은 중들이 와서 머물다 그렇지, 구월에 접어들면 대개는 떠나버리지. 아, 그러구 보니 이거 아직 구월은 못 되었어도 또 좀 일어설 때겠구먼."

그는 그러나 일어서지는 않고, 한 사 오륙십 리 길 저쪽에 있다는, 아마도 그 읍으로 이어진, 구불탕 구불탕한 길을 넋 놓고 바라보고만 있다. 그래서 나도, 그 푸석거리는 길을 보고 있자니, 어쩐지 길이 내게도 젖은 손을 흔들고 있는 듯이도 여겨졌고, 그래서 이 늙은네가 조금 부러워도 졌다. 그러다 나는 그러나, 그 길에서 종내 하나의 의문만을 얻어내고, 고개를 떨구니, 내 벗은 발등이 보였다. 조금 헤매느라고 하다 보니, 하긴 길 위에서 신발은 모지라져, 그 어떤 길의 한옆 구렁창에 던져버리고 말았었다. 하긴 발이 시렸었다. 이 중은 그런 길에서 늙어온 것인데, 하지만 오늘 내가 한눈에 본 길은, 왠지 무세월로 보였다. 우리가 앉은 쪽에서 보이는, 저 길의 끝까지 닿으려면, 이 늙은이는 다른 새 미투리로 바꿔 신어야 될지도 모르며, 눈곱만큼쯤 더 늙어질지 모르는데도, 그러나 길은, 전혀 그런 시간 관계 위에 놓여 있는 것처럼은 보이지 않았고, 그럼에도 그것이 흐름과 따져질 것이란다면, 모든 찰나 위에 길 자신의 모든 것을 노출해버리는, 그것은 차라리 하나의 점(點) 같은 것이었다. 그것은 수륙 육만 리의 길로 감아진 한 늙은 꾸리와 꼭같은 것이었는데도, 그러나 그것을 통과해 나간다고 할 때 그것이 신발에 구멍을 내버린다는 일은, 그것이 공시성(共時性)을 잃는다는 의미인지도 몰랐다. 그러나 이러한 수수께끼를 푼다는 일은 나의 일은 아닌지도 모른다. 다만 산(山) 독수리의 눈으로 지렁이의 고뇌는 헤아리지 말 것이다. 아, 말 것이다.

"난 말이지, 이상스럽게도 말이지 내 자신으로부터설랑 늘 배반을 당한단 말이거덩." 늙은이는 계속하고 있었다. 나는 그의 이야기에 넌더리를 내고 있는 자신을 발견했는데, 그것은 길로부터서 하나의 의문을 얻은 뒤부터였다. "안개비만 내리지 않는다면 천년 건조스러운 여기, 내가 이렇게 말라보타져 가고 있자닌깐두루, 저 비골의 관절염이며, 눈뫼의 추위가 자꾸 그리워진단 말야. 아, 그렇지 유리에서는 습기를 그리워하기 시작하면 병이라, 그 병이 시작되면 이제 유리를 참기 어렵게 되는 거라구."

그리고 그는 조금 꾸물거려 감발을 매기 시작하며, 밭은기침을 캑캑 해댔다.

"헌데도 말이라, 이 집념 하나는 여태껏 여의지를 못하고 있는데, 글쎄 어디에다가든, 하나쯤, 흙 이겨 암자를 짓고, 내 여생을 한 번은 단단히 붙들어 매기는 해야겠다는 이것이지, 이것이라. 내, 흘러 다니느라 사유시방으로 펴늘였던 혼들을 한 번은 다 긁어모아, 흙집 속에 처넣어놓고 졸면서 지냄시나, 글매 그럼시나, 어쩌다 내 암자 곁을 지나는 초부라도 하나 있다면, 그를 붙들어 토방에 앉혀놓고, 내 헤맨 것 그냥 옛애기 삼아 들려주고, 그러다 저러다 눈

감고 싶은 것이지. 목이 타고 관절이 아프고, 발이 천 번도 더 불어 터졌다, 잡육(雜肉)으로 우거진 길을 염병을 앓으면서도 걸었던, 배고픈, 동행 없는, 길들, 길, 쓸쓸한 길들, 길, 부르는 손들, 그 길들을 걸으며 그 길에서 피어난 손들을 꺾어 한 다발씩으로 엮었다 버린 얘기들을, 들려주고, 그리고 그 길들이 무엇을 성취해주며, 무엇을 빼앗아 가버렸는가를, 아 그렇지, 어떻게도 거부할 수 없는 길들로부터, 아 그렇겠소, 이젠 정작으로 떠나봐야겠구먼. 헌데 스님은 몇 살이나 되셨댔소? 계집 좀 보채겠구먼. 설마 환속행(還俗行)은 아니겠지맹? 흐흐흐, 안, 안렝히, 자 안렝히, 성불헙시우."

그리고 그는, 내 대답 같은 건 들으려고도 하지 않고, 삿갓 쓰고 바랑 멘 어깨에 도롱이 걸친 뒤, 내게 합장해 보였다. 뼈 무너지는 소리를 우둑여 내면서도 그러나 그는 표표히 떠났다. 그가 머리 둘러 가고 있는 그 길의 어느 끝쯤에, 장이 서는 곳은 있을 것이고, 그 장의 끝에 서면 그는 다시 길 앞에 마주 서 있게 될 것이었다. 읍이나 촌락들은, 뱀이 삼킨 통계란 모양으로, 그의 길들의 중간중간 토막에, 한 번씩 불쑥불쑥 솟은 기형적인 굽이 같은 것일지도 모르는데, 어쨌든 산다고 말 되어지는 것들의 노른자위는 그런 속에 있는 것은 확실하다. 그 보이지 않는 장에 닿기까지는 큰 숲이 하나 보일 뿐이고, 다른 곳은 송두리째 비어 있는 곳을, 헌데 저 늙은 중이 채우며 가고 있는 것이다. 그러나 사실에 있어, 그가 길을 꾸리 감아 가고 있는 것으로는 보이지가 않았고, 차라리 그가 풀려나가는 것으로나 보였다. 길이 그를 삼켜, 길 속으로 어디로 뚫려진 곳으로 음험스런 데로 구덩이 속으로 자꾸 끌어 넣어가는 것처럼만 보였다. 그는 비틀거리며, 거부치 못하고 왜소스러이, 자꾸만 끌려 들어가는데, 저승 열나흘 길 하매 아흔 해를 걷고도 못다 걸었나 보다. 윤회는 고리는 꿰미는, 괴롭도다.

그리하여서사 내게는 드디어 한숨이 괴어 올라오고, 아직도 내가 살아보지 않은 유리를 수락하기 시작하고 있다는 생각이 또한 돋아났다. 저 늙은, 길에 얽매인 바람은, 길에서 길로 정처도 없이 불어가며, 어디론가 정처를 정해 떠나고 있는 모든 중들에게마다 같은 얘기를 했었을 것이다. 한번 꿰어져 윤내진 백팔염주 모양으로, 그래서 그의 이야기에도 그런 윤기가 있었다. 같은 얘기를 들은 자들은, 나, 서투른 한 돌중처럼, 뒤에 처져 앉아, 바람이면서 들로는 불어가지 못하고, 길신[路神]의 해묵은 구레나룻에나 불어가는 저 늙은 바람을 바라보며, 그러면서, 자기가 아직도 살아보지 않은 정처가 관 뚜껑을 열고 기다리는 것을 망연히 보았었을 것이었다. 그래 하기는, 어디에서나 누구든, 죽치고 앉아 조금 늙으려면, 저런 늙은 바람을 불어 내버리고 시작하지 않으면 안 될지도 모른다. 나는 한숨이나 썩어질 녀러 폭폭 열둬 발 삭아져라 쉬어대며, 이제는 일어서서 유리로 향해야겠다고 생각은 해대면서도, 푸석푸석이 죽은 땅을, 뼈 소리로 깨우며 시들어지고 있는, 늙은 바람을 놓치고 싶지가 않아, 자꾸 그의 등을 보고 있었더니 나중에 그는 뿌리 잃은 한 가시덤불 작은 뭉터기가 부는 바람에 거역하여 경련하듯, 그렇게 구르고 있었다. 그는 아마도 달리는 모양이었다. 하지만 그것은 멈춰져 버렸는데, 내가 더 기다리고 있자니까 한 번 더 일어나는 것이었다. 그리고 이번에는, 정작으로 폭풍에 불리듯, 마구잡이로 뒹굴어 가더니, 다시 한번 소롯해졌다. 가슴엔 진공을 지니고, 제 가슴속으로 구르는 그것은, 그래도 멈추지는 못하리라. 나는, 그가 또 불려가기를 기다리며, 조금은 달콤한 슬픔을 느꼈다. 기다렸으나 그는, 그러나 다시 일어나지는 않았고, 저 그을음 덮인 듯한 탁한 양광이, 그의 위에로 파리 떼처럼 운집해 드는 것이나 보였다. 그렇게 시간이 흐를수록, 내게는 아주 지겨운 느낌이 들어, 손가락을 써서 두 눈을 눌러 감았더니, 내 속에서 빛이 꿈틀거리며 빠져나가며, 스산한 불똥을 흩뜨렸다. 그는 죽었을 것이라고, 그리고 나는 생각했다. 어쩌면 일종의 마멸일 것이라고도 생각했다. 뼈의 마멸, 살의 마멸—그래도 혼만이라도 걸어가고 있지는 않을까? 그래서 내가 다시 눈을 뜨고 길을 내어다보았으나, 그는 정착해버리고 있었다. 육실헐 녀러, 어째서 하필이면 나는, 어제도 말고 내일도 말고, 오늘 여기를 들어서느라 저런 죽음을 만나야 되었는가? 인연일랑가, 글쎄 인연일랑가?

나는 그로부터 빨리 도망쳐버리고 싶은 심정으로, 그래서는, 도대체 우발이라고밖에는 생각되어지지 않는 이 인연의 줄을 빨리 끊어버리기 위해서, 그래서 오히려 그의 곁으로 뛰어가 보았다. 보니 그는 무척도 색골스럽게, 쭈그러진 삿갓 아래 똬리 쳐버리고 있었다. 하긴 어쩌면 그것도, 바람들이 하는 수도일는지도 몰랐다. 사유시방으로 흩어진 기를 그런 자세로 하여 일점에 모은 뒤, 불두덩으로부터든, 손톱 끝으로부터든, 조금씩 회복해내어, 저 뼈 무더기에 모닥불을 지피어내려는, 바람들의 와선(臥禪)인지도 몰랐다. 그래도 그는 죽었을 것이다.

너무 그를 내려다보았더니, 나중에는 그가, 개미만 한 한 흑사병으로 보였기에 나는, 한 이파리라도 구름은 없는가 하늘을 올려다보았다. 구름은 없고 그러나, 그 빛에서 싸한 냄새를 풍기는 한 덩이의 갈색 해가, 모가지 아래를 끊긴 누에 모양 하늘을 뜯어 삼키며, 서켠으로 가고 있었다. 그리고는 모든 곳이 다 적막하고, 고요하고, 그리고 어쩐지 컴커므레했다. 난 나태를 느끼면서도 이것은 대단히 일진이 나쁜 날이라고 간신히 생각했다. 왠지 내가, 타의에 의해서 그의 문하생이라도 되어진 듯한 불쾌감은, 그런 뒤에 일어났다. 그러고 보니 그는 글쎄, 산 채 걸어가지를 않고, 임종을 내게 보여준 것이었다. 그의 죽음에, 나도 어쩐지 얼마쯤은 가담되어져 있는 듯하다는 생각이 드는 것은, 그는 글쎄 그의 길을 뒤로 뒤로 풀어내어 내게 보여주지를 않고, 그 길들을 한 꾸리에 감아, 한 점으로 내 앞에 던져줘 보인 것이다. 이것은 대단히 일진이 나쁜 날인 것이다. 그는 어째서, 근 백 년 가까이 보류해왔던 죽음을 하필이면 내 앞에서 치러 보여준 것인가? 이 의문은 날 분노케 했다. 그래서 삿갓 그늘 아래 반쯤 숨은, 그 늙은 대가리를 한번 되게 걷어찼더니, 그의 얼굴이 햇딱 한번 보여졌는데, 눈은 감고 있었으나 입엔 흙을 한입 물고 있었다. 그건 어쩐지 내가 죽은 얼굴이었다. 그래서 투덜대며 가래침을 뱉어 던지고 있자니, 그가 물고 있는 흙은 왠지, 밖에서가 아니라, 그의 오장육부에서 토해져 나온 것같이 여겨졌고, 그것은 허물어진 절간 한 채의 오소록인 듯이만 여겨졌다. 젠장맞을 늙은네는, 흙벽 절간 한 채를 오장육부에 처넣어놓고 밖으로 다니며, 그것을 찾으려 했던 모양이었다. 어쨌든, 내가 늙어 어느 녘에 죽었구나.

2

남은 오후 동안을 나는, 아버지라고 내가 불러주었어야 마땅했을, 그 괴팍했던 늙은 스승이 숨을 멈춰버렸을 그때만큼은 심정이 얄궂어서 그 자신의 암자를 속에다 넣어놓고 밖으로 찾으러 고통스럽게 다녔던, 그러다 그 절간을 토하고 죽어버린 그 중을 내려다보며, 가부좌(跏趺坐)로 보내버렸다. 나는 스승의 장례를 치러주지도 못하고 떠나와 버린 것이었었다. 내가 아버지라고 불러주었어야 마땅했을 그 수다스럽던 늙은네와, 이 늙은네와는 어쩐지, 꼭같은 사내의 안팎처럼만 자꾸 여겨지는 것은 무슨 까닭인가. 내 스승이었던 늙은이는, "네까짓 놈의 우둔한 대가리를 갖고서 말이지, [1]'보이지도 않는 귀신 나부랭지니 우주 따위, 또는 그와 같은 기타의 것을 찾으려는 노력은 할 일이 아니다. 그러니 출발점으로서 너 자신을 재료로 택한 뒤, 너 자신 속에서 찾을 일이지, 네놈의 속에 있으면서, 모든 것을 그 자신의 것으로 하고 말하기를 나의 신, 나의 마음, 나의 생각, 나의 영혼, 나의 몸이라는 그것이 누구인가를 알아내는 일인 것이다. 슬픔이, 사랑이, 증오가 비롯되는 근원을 알작시라. 뜻이 없는데도 사람이 어떻게 깨어 있을 수 있는가, 뜻이 없는데도 어떻게 쉬며, 자기의 뜻과도 상관없이 성내게 되는 일이나 애착하게 되는 일은 도대체 어떻게 비롯되는지를 알아야 되는 것이다. 만약에 네가 이러한 것들을 주의 깊게 살핀다면, 너는 자신 속에서 그것들을 찾게 될 것이지.' 나로서는 결코 너에게, 아집이나 오욕을 여의라거나, 해탈을 성취하라고는 말하지 않을 것이다. 그것은 자네의 문제란 말이지. 나로서는 차라리, 자네로 하여금, 어떤 교리교의, 또는 어떤 자들이 먹다 남긴 사상의 찌꺼기 같은 것에 집착하는 것 여의기를, 아집이나 오욕 여의기를 치열히 하는 어떤 자들보다 더 치열히 하라고나 하고 싶은 게야. 글쎄 마음이 좁은 자는, 자기 곁을 스쳐 지나는 것을 언제나 자기와 다른 것으로 보며, 마음을 더욱더 오그려 싸, 더욱더 좁은 것으로 만들려 한다. 그래서 그 사내가 죽었을 때, 이 사내는 대체 무엇을 그렇게 소중히 싸서 간직했는가. 그 속을 열어보면, 똥창자며, 썩어 문드러진 동정(童貞) 같은 것들이다. 허기는 오그려 싸기를 극도로 성취해버리고 난 자의 뒷애기는 달리 말해져도 좋을지 모르지. 어쨌든 마음이 넓은 자는, 말 타고 강산을 지나더라도, 그 스치는 모든 풍경이 자기의 밖의 다른 것이라고는 보지를 않는다. 그러고 보면, 오그려 쌀 것이 무엇이겠는가. 넓은 마음이란, [2]'한도 없는 것이고, 둥글거나 네모진 것도 아니며, 크거나 작은 것도, 푸르거나 누렇거나, 붉거나 흰 것도 아니고, 위가 있거나 밑이 있는 것도 또 아니며, 긴 것도 짧은 것도, 성냄도 기쁨도, 옳음도 그름도, 선함도 악함도, 처음도 끝도 없는 것이다.' 글쎄 그렇다고 보면, 저 큰마음이란, 팔만 색상에 채워진 공(空)이며, 공이지만 그저 헛간 같은 공은 아닌 것이다. 그것 속에는 만신(萬神)이 살며 전을 벌여도, 그것 자체에게 이단이라거나 개종의 이름은 붙일 수가 없는 것이지. 작은 마음을 크게 한다는 일이란 어려운 게 사실이다. 그러니 그저, 붙매이지 않고, 자꾸 변절하고, 자꾸 받아들이고, 자꾸 떠나는 일밖엔 없다구. 글쎄, 한 질료가 금이 되기까지는, 열두 번이나 일곱 번의 죽음, 뭉뚱그려 적어도 세 번의 죽음을 완전히 치르지 않고는 안 되거든. 변절 말이다. 개종(改宗) 말야. 헌데 내 눈에 보이는 자네라는 녀석은, 체(體)나 용(用) 사이에 어떤 부조화를 갖고 있는 듯하다구. 용에 비해 체가 너무 크거나, 체에 비해 용이 너무 크다구. 용에 비해 체가 너무 큰 경우, 거기엔, 아직 잠 못 깨고 죽음처럼 뻗치고 누운 황폐가 따라 있고, 체에 비해 용이 더 큰 경우, 거기엔 일종의 삼재팔난이라고나 해야 할 무질서가 덮여 있는 것이다. 이런 경우 체를 택한다면, 그 용적을 넓히거나 좁힐 수밖에 없는 것이고, 용을 택한다면, 그 수근(水根)을 끊거나, 더 깊이 파고드는 수뿐이다. 그것은 자네에게 고통으로 던져진 것이야. 이보라구, 자네는 헌데 어째서 그따위로, 흐리멍덩한 눈으로 날 보고만 있는 거지? 잠이 여태도 깨인 게 아니라면 죽장 서른 대로 하여, 너의 그 쓸모없는 대가리에 구멍을 뚫어놓을 터인데, 그것은 불순물로 채워져 있기 때문이라구." —내 스승은 그런 늙은네였었다. 수다스러울 땐, 십 년 적적하던 것을 한꺼번에 다 풀어내 수다스럽고, 그런가 하면 반년이 다 가도록 그냥 벙어리모양 지냈었다. 그리고 남은 반년은 또 어디론지 휙 나가 돌아오지 않았다. 내 생각에 그는, 그런 반년에, 골목들이나 기웃거리고 다니며, 애놈들의 귓부리나 잡아당길 것이라고 했었다.

그러던 그가, 어느 날은 느닷없이 날 불러, 자기와 마주 보게 앉히더니, 서두도 없이 목부터 비틀어 틀고 말하기를, "내가 숨이 끊기거든 이 녀석아, 자네는 곧장 떠나란 말야. 글쎄, 내게 변절 개종(改宗)을 하고 떠나란 말야. 멈칫거리는 서투름이 있다면, 그것은 집착의 소치일 터이고 그것이야말로, 나를 마지막으로 한번 혹독히 매질하는 것일 것이다" 하고는, 대단히 어울려 보이지 않는 음울한 얼굴을 짓는 것이었다. "글쎄 자네라는 놈은 여러 가지로 비유될 놈인데, 글쎄 말이지, 신들린 애놈 같기도 하단 말야, 그것은 위험스럽지. 체에 비해 용이 드센 게야. 애 속에 흘러든, 어떤 비명에 죽은 장한의 원귀와, 그 애와의 사이의 상극이란 괴로운 것이지. 헌데 어떻게 해서, 저 미친놈의 잡신이 자네를 숙주(宿主) 삼아 쳐들어가 앉았는지, 그건 글쎄 모르겠단 말이거든. 큰 칼을 쥐고 휘둘러대며, 저 파리한 애들 속으로 뛰어다니는, 저 걷잡을 수 없는 애를, 에끼, 거 생각하기에도 소름이 끼쳐. 체의 아주 거친 것을 얻으면, 저 푸스러지는 볕에 그래도 말야, 한 사십 일 데쳐 내놓고 나면, 글쎄 풀이 좀 죽지 않을까?" 그리고 이 대목에 와 그 늙은이는, 내 머리끄덩이를 푸스러뜨리며 낄낄대더니, 대단히 아버지다운 얼굴로설랑은 "무슨 소린지 알 수 없을 테지?" 하고 이었다. "어쨌든 너는, 유리로 떠나란 말야. 가는 길 따위는 자네가 물어서 가라구. 닿는 길이야 여럿 아니겠냐구? 그리고 그렇지, 누구도 자네에게 법명(法名)이란 걸 주어본 적 없으니, 뭐 중이라고 생각할 것도 없다. 그저 걸사(乞士) 나부랭이지. 그걸로 생계를 이어나가는 돌팔이 중놈 말이다. 계(戒)인들 줄 것도 받을 것도 없는 것, 그저 무작정 가라, 가거든 그렇지, 그 광야의 모든 것을 먼저 수락하는 일뿐이겠지. 거무튀튀한 모래펄이며, 정적이며, 고통이며, 슬픔이며, 굶주림이며, 계집이며, 낮이며, 밤이며, 그렇지 철이 그 철이어서 안개비도 내릴 듯하잖은가? 탁한 대기며, 아 그렇지, 그러나 유리 자체는 그런 어떤 것에도 집착하지 않더군, 안 해. 뭘 생각할 것인지는, 무엇을 먹고 입을 것인지는, 따질 것도 없는 것이지. 자네가 자네 어미 씩구녕에서 나왔을 때도, 자네는 생각하고 먹고 입을 것을 갖고 나온 것이 아니라, 울 것밖엔 더 갖고 나온 게 없으니까. 아무리 사소한 것을 두고라도 아무튼 깊이깊이 그 의미를 살펴보라구. 그런 뒤 내가 알고 싶은 것은 너의 얼굴의 주름살이다. 너의 눈 빛깔이야. 자, 떠나라구. 나이가 서른셋이나 된 젊은 놈이 늙은네 눈치나 실실 보며, 방구석에 처박혀, 그따위 죽어버린 글자며, 잡환 나부랭이나 깨치고 있다는 것도 한심한 노릇 아니게? 아마도 너는 내 대갈통쯤 깨놓았으면 싶으겠지. 이 보라구, 내게서 이제 숨이 떠나거든, 자네는 곧장 떠나라구. 내 장례따위는, 헛헛, 그래도 나도 염습을 당하고 싶으니 말이지, 그래, 숨은 없이도 내 기다리고 있겠으니, 돌아오는 길로 치러주었으면 싶으구만. 죽은 얼굴로라도, 유리에서 돌아온 네놈의 낯짝 한번 턱 보았으면 싶으니까. 그러나 거기서 머물고 싶지 않거든, 괜스레 애써서 머물 필요는 없겠네. 다만 나로부터 떠나란 말이지. 옴마니팟메훔."

그러더니 그는, 눈을 감아버려서, 내가 더 있으며 이야기를 기다렸더니 그는, 더 말을 하지 않아서, 내가 좀 혼자 웃고 있었더니 그는, 쥐고 있던 죽장을 어느새지 떨어뜨리고 있어서, 내가 그의 맥을 짚어보니 그것은, 멈춰 있어서, 그의 숨 냄새를 맡아보았더니 그것은, 냄새가 없어서, 내가 정신을 차리고 생각해보니 그는, 항마좌인 채 소롯해져 버린 것 같았다. 그는 한 번 더 개종해버렸을 것이다. 육자명주(六字明呪)는 언제나, 그의 개종의 선언으로서 읊어지던 것이었다. 옴마니팟메훙—자기의 뒤쪽에 울타리를 쳐버려, 자기가 다시는 되돌아 뛰어들 수 없게 되기를 바라는 그것은 그런 높은 울타리였던 것이다. 그러고 보니 항마좌로 소롯해진 그는, 꽃 위에 앉은 한 바위처럼도 보였다.

"아 그래서 죽었구나, 늙은 것이 죽었구나."

나는 한마디만 그렇게 한 뒤, 우선 감발을 매고 떠나려, 마지막으로 한 번 더 그의 앉은 죽음 앞에 절을 하다가 왠지, 간경이 뒤집혀져, 그의 죽장을 들어, 그의 죽은 대가리를 미친 듯 후려 패다가, 떠나버렸다. 나는 뛰고 있었다. 나는 아마 그렇게 통곡했을 것인데, 그것은 나의 그에 대한 경애의 깊이였었다.

그런 뒤, 때로는 엉뚱하게 서호 지방으로도 여행하고, 때로는 계곡에서 방향을 잃으며 걷느라고 하다 보니, 떠난 지 달포도 더 걸려 이 유리의 문전에 닿았는데, 그 입구에서 나는 다시, 다른 하나의 꼭같이 부표하는 고혼과의 하직을 치렀다. 이것은 참으로 일진이 사나운 날인 것이다. 글쎄 그러다 보니, 나로서는 어쩐지, 저 두 늙은이들 사이의 간격을 알아낼 수가 없게 된 것이다. 하나는 장소로부터 계속해서 떠나고, 하나는 습속(習俗)으로부터 한없이 도망치는 것밖에. 그리고 하나는 색(色)으로부터 자꾸만 떠나서는 다시 색에 들고, 하나는 공(空)으로부터 도망쳐 공에 든다는 것 말고, 그들은 다 어디의 토착민도 아니었다. 하지만, '色不異空 空不異色'인 것을. 하지만 '色卽是空 空卽是色'인 것을. 이것은 일진이 사나운 날인 것이다. 다시 나의 눈물은, 이 늙은 중들의 얼굴 위로 방울져 내리고 있었다. 돌중, 나 아직도 이런 독한 슬픔을 못 여의고 있는 것인데, 하기는 내게, 내가 아직도 울 수 있다는 것 말고, 다른 계책은 없었다. 이것은 일진이 울도록 사나운 날인 것이다. 한 늙은네의 첫 번째 죽음을 보았을 땐, 그저 훌쩍 떠나버릴 수도 있었지만, 그러나 두 번째 죽음을 놓고 나는, 어쩐지 떠날 수가 없고만 있다. 대체 '두 늙은이'의 '한 죽음'의 의미는 무엇인가? 나는 그것을 생각해보지만, 그것은 도대체 풀릴 길 없는 매듭인 것만 같다. 나는 다만, 그런 두 개의 죽음이 하나로 완벽히 행해진 한 혈루병자의 시체와, 그 시체 위에 그 죽음 냄새처럼 떠돌던 소문만을 기억해낼 수 있을 뿐이다.

그 혈루병자는, 내 스승의 오랜 친구였는데, 스승은 말하지 않았었지만, 듣기로는 한 속녀(俗女)에의 애착을 못 여의어 환속한 중이라고 했었다. 그러나 이 환속한 중은, 환속하고 나서야 드디어 출가(出家)해버리고 말았던지, 고자로 지내며, 저 속녀와 밤잠 자기를 꺼려 하고, 세상도 싫어해, 자꾸 으슥한 데로 스며들었다가는, 종내 혈루병에 걸리고 말았다고 했다. 한데 이해할 수 없는 것은, 그는 혈루병에 걸리고 나서야 아주 맑은 얼굴로 더러 웃기도 했다고 하는바, 그는 자기로서 불능스러이 해버릴 모든 것을 불능스러이 해버려, 나중에는 손가락 하나 움직일 수 없는 지경에 이르렀다고 했다. 그러면서 그는 황폐의 냄새를 풍겨가기 시작한 것이다. 어쨌든 그가 죽음에 이르렀을 때, 그는 인간이기는커녕 존재도 아니었던 것은 확실했다. 그것은 도저히 퇴행으로는 볼 것이 아니었던 것으로, 그의 진화는 무덤에까지 이뤄져 버려 그래서 그것은 이승에 살고 있으면서도 이승의 것이 아니어서 속(屬)을 짐작할 수 없는 짐승이 되었던 것이다. 그는 유언을 해설랑, 자기의 시체를 절대로 땅에는 묻지 말라고 하여 태워버리게 해서는, 최후까지도 저 계집의 안벽에다 하는 방출을 기피했던 것이다. 그 자체로서는 푼더분했으나, 어쩔 수 없이 황폐에 당해야 했던 저 계집은, 그래서 서러이 울면서도, 그는 차라리 잘 죽었다고 말하고 있었다.

어쨌든 그 장례는, 저 두 번 된 과부와, 나의 스승과, 그때 열두 살짜리였던 나에 의해서, 마흔 아흐레의 칠 분의 일이나 걸치는 동안에 치러졌고, 개 한 마리의 문상도 없었다. 이레째 되는 날, 나의 스승이 지게에 그 송장을 얹고 좀 먼 들로 나가 장작불에 얹어 주어버린 것이다.

그 장례를 끝내고 산막으로 오르고 있었을 때 스승은, “그 사람이 글쎄, 만약에 끝까지 여의지 못한 업이 하나라도 있었다면, 그것은, 그것은 글쎄, 남업(男業) 같은 것은 아니었을까 모르지”라고 혼잣말을 하고 있었는데, 우리는 무척 피로해 있었다. “그가 그의 여인을, 제 세상을, 기피하려면 했을수록 반대로 남업은 더 굳어질 수밖에 없는 것이다. 그것은 아주 독한 것이어서, 그의 윤회의 고리를 더욱 견고히 했었을 것이었다. 결국 그는, 계집과 세상으로부터, 바깥과 자기 사이에 혈루병의 울타리를 쳐 두었음에도 불구하고, 저 재생(再生)의 문을 닫지는 못한 것이다.” 그는 피로한 듯 중얼거리고 있었다. “그는 남업에 의해 [3]‘아비를 호애(好愛)하고 어미를 질투하여’, 저 혈루병으로부터 벗어나 버렸는데, 그것은 분명히 ‘암컷 형상을 취할 것이었다.’ 저 굳어진 남업이 그럼에도 해독되지 않고, 고스란히 그대로 저 암컷 속으로 옮겨져 갔다면, 아 그것은 무척 불순한 짐승이겠구나. 그것은 순화를 성취하기 위해 자녀(姿女)나 되잖을까? 자녀나 되잖을까 몰라.” —하지만 그의 중얼거림의 꼬리가 다 사라지기도 전에, 들리는 말에 의하면, 저 혈루병자의 과택은, 서방도 없이 뒤늦게 애를 배고, 배가 불러지자, 낯 붉히며 어디 딴 고장으로 떠나버렸다고 했다. 한데, 저 장례식이 있던 동안에, 내 스승이자 저 혈루병자의 친구인, 저 색골중놈과 저 음파가, 송장을 옆에 놓고 히히거리며 붙었을 것이라는 것이었다. 어쨌든 이런 식의 죽음은 아무리 해도 그 병인을 진맥해낼 수가 없는 듯하다. 장소로부터 도망치며 어쩔 수 없이 장소로 드는 죽음, 습속으로부터 계속하여 떠나가며 그 습속 속에서 죽는 죽음, 스승의 어휘로는, 계집으로부터 도피해가며 계집의 자궁으로 드는 죽음, 세상으로부터 떠나며 세상으로 돌아오는 죽음, 이런 병인은 진맥키 어려운 듯하다. 비극은 어쩌면, 황폐를 꿈꾸는 데서부터 싹트는지도 모른다. 이런 불모에의 집념은, 어쩌면 산다는 일을 고통으로 여기는 데서부터 비롯하는 것일지도 모르긴 하다. 그래서는 삶을 완전히 소멸시켜버리기를 바라는 것일지도 모른다. 윤회며 재생은, 그 가장 두려운 그러나 타도해버려야 할 적으로 생각되어진다. 그래서 그 고리로부터 영구히 벗어나는 일은, 자기 소멸을 완전히 성취해버리는 일처럼 여겨지는 것일지도 모른다. 나는 모른다. 아 그러나, 젠장맞을, 그러고 보니 나도, 이 늙은 중놈의 과택쯤이 그리워진다. 그래서 그가 뒤로하고 온 고장을 살피니, 아마도 저기만쯤이 유리이지 싶은 들이, 둘째 서방까지도 사이별해버린 엔네처럼 쭈그리고 앉아 안쓰리 안쓰리 울고 있는 듯해 보인다. 그래서 보니, 어느 녘에 밤이 그녀 위에 포르르한 상복을 입히고, 흐린 달빛이 그녀의 웅숭그린 어깨 위에서 떨고 있다. 방출의 뜨거움에 기갈 든 계집이여, 하긴 계집이여, 내 한번 품어주마, 하긴 그래 주마.

나는 그래서 한숨 따위 걷어치우고 저 주검으로부터 뛰쳐 일어나, 입었던 옷 벗어 하나씩 하나씩 뒤에 던지고, 이를 드러내 웃으며, 유리를 향해 내달았다. 그러고 나니, 내 전체가 그냥 하나의 근(根)인 듯만 싶어 대단히 해탈스러이 홀가분했다. 혼을 벗은 저 껍질은, 그냥 거기 남겨둬 버렸는데, 그의 정처가 바람 가운데 길 가운데 있었으니, 바람 가운데 길 가운데 두어두어서, 바람이 자기의 분깃을 길이 몇 세월이고 바람이 조금씩 길이 나누어가기를 바란 것이다.

그리고 나는, 아마도 을야(乙夜) 정도에 마을이라고 생각되어지는 데에 들어섰는데, 전체로 보아서, 몽땅 부러지고 가운데 하나쯤 살을 남긴 듯한 얼레빗 몽다리 궁곡(弓曲)진 곳을 남녘으로 하고 누운 듯한, 전에 단애였을 듯도 싶은, 그러나 별로 가파르지는 않은 언덕 아래에, 띄엄띄엄이라고 해도, 거적때기들 문처럼 늘여놓은 것 잇대어져 있는 것이 오백 나한 법회(法會)라도 참석해 있는 것처럼 보이는 것으로 보아, 그것이 마을이었고, 물총새나 갈매기의 문둥병 걸린 암놈들모양, 여기서는 사람들이 그렇게 깃 치고 사는 듯이 여겨졌다. 저 가운데쯤, 하나 남은 빗살이 그것도 반은 동강이 난 것 같은, 언덕 줄기가 내려온 곳에, 그리고 거기가 마을의 가운데쯤이었는데, 샘이 있어서 나는, 두레박질하여 실컷 목도 축이고, 그리고 탈육(脫肉)스런 몸 위에도 몇 두레박이고 퍼부어댔다. 흐린 달빛이 내 몸 위에서 부서지며, 청량스런 소리로 시들거리며 흩어지는 것이 좋았다. 나는 그런 뒤, 느릿느릿 걸어 월경대처럼 매달린 거적문들 앞으로, 발이 시린 밤 고양이모양 지났는데, 저 마을의 깊은 잠을 깨우고 싶지가 않았던 것이다. 그러나 그 마을의 공지의 한가운데에서, 가난한 한 식구 떠돌이 극단 패라도 지어놓고 그냥 떠나버린 듯한, 한 원추형 거적 집과 마주치고, 주인이 있든 없든 일숙박쯤 물어볼까 하다가, 그만 두고 되돌아섰다. 나로서는 아무것도 서둘러야 할 까닭이 없었으므로 갑작스러이 풍류스럽게 된 나를 내가 가볍게 데불고, 달빛만 어둑스레 찬 마을을 밤새워 거닌들, 그것이 나쁠 턱이 없었다. 이것은 내게 삼동도 섣달, 어느 육중한 저녁같이 신록스런 밤이어서, 다음날에도 깨어지지 않기만을 바랐는데, 그러는 새 병야(丙夜)의 달착지근한 고적이었다.

제2일

1

밤은 조금도 춥지가 않았다. 물론 무더운 것도 아니었다. 뻘다운 흙이며, 모지라진 조약돌로 굳어지고, 균열이 갔거나 푸스러진, 그런 벌판을 정작 사막이라고 해야 되는지 어쩌는지는 모르되, 어쨌든 그 사막은 남녘을 끝 간 데까지 차지해버렸고, 그것은 달빛과 어울려, 나중에 내게 어떤 종류의 공포, 어떤 종류의 외로움, 그리고 어떤 종류의 숨 막힘을 자아냈다. 듬성듬성 돋아났다 죽어버린 듯한 풀포기며, 엉겅퀴 덤불이며, 또 바윗돌 같은 것에서 달빛은 조금씩 그늘을 입을 수 있었으나, 그런 그늘에는 어떤 병 같은 것이, 황폐가, 혈루병이, 또는 저주가, 노파 형상으로 쭈그리고 앉아, 나를 빼꼼히 내어다보고 있는 듯이만 내게는 느껴졌다. 그 외에 다른 것은 없었다. 나는 어쩐지, 내 몸이 뜨겁다는 것 때문에, 살 냄새가 독하다는 것 때문에, 숨을 쉬고 있다는 것 때문에, 무엇보다도 살아 있다는 것 때문에, 내가 갑자기 거추장스럽고 무서워졌다. 나는 그래서 소리가 그리워, 소리를 찾았으나 거기 아무 소리도 없어왔다는 것이 처음으로 느껴졌다. 바람 한 가닥 스적이지도 않았다. 그것은 무변으로, 소리가 없이, 흐르는 것이 없이, 죽음 빛깔 같은 달빛에 덮인 채, 적막하게 참으로 적막하게 뻗어 누워만 있고, 실재의 것은 아닌 그러나 쏘고 핥는 눈으로, 살아 있는 것이 풍기는 냄새며, 살이며, 피를 흠흠거리고 있었다. 이것은 참으로, 처음으로 하는 경험이어서, 처음에 생소했으나, 오래잖아 공포를 일으켰다. 그리고, 이 공포는 내 등에서, 가슴에서 흐르는, 생 진땀 냄새처럼 번져, 내 전신을 식히고 들며, 찬 소름을 돋워냈다. 이것은 참으로 빈혈증 걸린 고장이었다.

이때에 이르러 나는, 오히려 귀라도 틀어막아 버리지 않고는 견딜 수가 없어, 손바닥으로 귀를 막곤, 해조가 덮였었다는 저 죽은 개펄에 무릎을 쿡 박고 앉아, 저 무정스런 고장을 원망하며 머리를 개펄에다 처넣었다. 그러자 흙까지도 썩는 듯한 냄새를 풍기는데, 견딜 수 없는 소음과 굉음 속에서처럼, 내 귀는, 저 소리 없는, 저 죽은 개펄을 참아낼 수가 없었던 것이다. 이것은 결코 신록스런 고장은 아니었다.

그러나 안정하고, 진정할 일이었다. 풍문을 좇으면, 여기에서도 사람이 살고 있는 것이다. 그래서 나는 목마른 심정으로, 마을의 거적문들을 건너다보았다. 나는 어느 녘엔지, 그만쯤에서라면, 대개 눈치 살피며, 급한 똥 한 번은 누어도 좋을 만한 거리쯤에 와서 있었던 것이다. 한데 저 마을에는, 어쨌든 무슨 소리나 흐름들이 있어서, 숨소리를 내며 지금 자고 있을 것이었고, 그런 소리들을 내가 들을 수만 있다면, 그런 소리들에 응원받고, 한 번쯤 이 사막을 꽝꽝거리고 지났어도 좋을 것이었다. 그러나 어쨌든, 그 안에 늙은 굼벵이가 살든, 천년 거미할미가 독을 굽든, 그 굴들 앞쪽에다 거적으로라도 문을 해 달아놓은, 그것을 볼 수 있다는 것만으로도, 아무튼 내게는 큰 위안이었다. 문은 물론 소리는 아니다. 그런데도 그것은 내게 소리로, 흐름으로 '보였고', 소리가 없는 곳에서 눈은 귀로 변해지고 있던 것이다. 그러나 거역하지 않으면 안 되리라, 문의 유혹에 거역하지 않으면 안 되리라, 거역하라—이 정적은 정작으로 못 참을 것은 아니다. 고통으로 놓인 것은 정작으로 정적 속에서 정적하지 못한 마음인 것이며, 그것은 그대 자신만의 업력(業力)의 센 바람인 것이다, 태우는 불인 것이다, 그 불을 꺼뜨리고 또한 마음을 정적히 한다면, 밖의 저 정적 또한 정적일 것인가? 아 거역하라, 문에의 유혹에 거역하라, 그러지 않으면 그대는, 장차 캥캥 짖기 위하여, 또는 뜨르르 뜨르르 울기 위하여, 양수(羊水) 가운데 눈 감겨 담겨 있게 될지도 모른다. 끼룩끼룩 울기 위하여, 아니면 나뭇가지에 못 박히기 위하여. 그러나 나는 더 이상 귀를 막지는 않았다. 그 대신 웃음을 조금 찔끔여 내보았지만, 하룻밤도 다 지나지 않아 나는, 이 죽은 개펄에서 피로를 느끼기 시작하고 있는 것이다. 이 무균스런 고적에 눌려 어쩐지 내 살 자체가 희미해져 버리고, 살냄새와 나라는 형태의 선만이 나를 구획하고 있는 느낌이다. 그 흐릿한, 아마도 번연히 흰 선 속에 채워져 있었던, 나는 대체 어디로 흘러 빠져버린 것인가. 그렇다고 그 선까지도 명확하지가 않고, 둥그스름한 머리라든가 목, 또는 어깨의 넓이라든가 허리의 굴곡 따위 같은 것이, 나라는 형상으로 남아 있는 것도 아니어서 그것은 일종의 올챙이 형상이거나, 양극을 갖는 어떤 투명한 타원형 같은 것이, 달빛에 채워져서 있는 꼴이었다. 그런 병 속에 담긴 달빛은 땀 냄새를 풍겼다. 일진이 사나운 날의 계속인 것이다, 계속인 것이다.

그러고 있는데, 마을의 동편 쪽으로서, 아마도 그중 윗녘이지 싶은 언덕 뿌리에서, 붉은 내부가 한번 열렸다 닫히는 것을 보게 되어, 기분을 적이 돌렸다. 그 안은 촛불로 밝혀져 있었던 것으로 추측되어졌는데, 아마도 누군가가 나왔거나 들어가느라고, 한번 거적문이 들쳐진 것 같았다. 그때 그 불빛은, 밖의 음산스러이 으슴푸레한 밤의 달빛 조금 푸석거리는 데에다, 한 요강쯤의 하혈 씻은 물을 엎지르고, 붉은 치마꼬리를 문틈에 물린 듯이 하며, 종내 사라져버렸다. 그것은 반가웠고, 약간의 성욕을 일으켰으며, 사람들이 어쨌든 내밀스럽게 살고 있다는 것을 한번 보여주는 따뜻함으로 여겨졌다. 어쩌면 신선거진 거진 돼가는 어떤 도사 하나가 산책이라도 나왔거나, 또 혹시 모르지만, 쑥이며 마늘에 넌더리 낸 반쯤 계집 된 호랑이라도 한 마리 걸어 나왔을지도 모르겠다고, 나는 생각했다.

그쪽을 향해서 나는, 벌써부터, 걸어가고 있었다. 그러면서, 무엇엔가 싸이거나 묶임을 받지 못해 덜렁이는 하초가, 이때처럼 천덕스러이 느껴본 적도 없었다는 것을 알아냈다. 가령 손 하나를 놓고 본다더라도, 그것은 하초 같은 것을 다섯 가락씩이나 달고 있으면서도 결코 수치스럽지가 않은데, 어째서 하초라는 놈은 독불로 제 놈 혼자 살면서, 다만 드러내져 있다는 그 이유만으로, 눈 둘 곳을 몰라 하는가. 하초의 외로움일레라, 궁상맞음일레라.

사실로 그런데, 그 불빛 비쳐졌다 닫힌 곳으로부터는, 달빛으로 저만큼 놓고 보아도 노란 색깔로 여겨지는 장옷을 입은 중 하나가 있어 총총히 걸어오고 있었다. 걸음걸이의 품으로 보건대, 산책을 나선 늙은네는 아닌 것 같았고, 그렇다고 하늘을 올려다보는 듯하지도 않으니 별의 운행을 살피는 점성꾼 같지도 않았다. 어쩌면 후문 찾아 마을 갔던 젊은 중놈이거나, 아니면 괴팍한 늙은 중놈의 소주 심부름하는 사미승쯤일지도 모른다고, 나는 고쳐 생각했다. 그 중놈의 걸음걸이는 글쎄 도대체 늙어 있지가 않은 데다, 아 저 우라지게 탁한 달빛에 보아도, 허리로부터 가락지는 선을 따라, 달빛이 한 말도 쏟기고, 그늘이 서 말도 흐르는 것이, 배꼽이나 새끼똥구멍이 분명 깊기도 깊을 성해 보였다. 그러고 보니, 여기 와서 두 번째로 사람을 만나게 되는 모양이었다.

헌데, 처음에 바쁜 듯이 걸어오던 저 중놈이 웬일로, 나로부터 열 걸음도 더 멀찍이 떨어졌음 직한 거리를 두고, 그늘을 싸안고 서버려서, 나를 어줍게 했다. 아마도 하초 탓이었을 것이다. 하는 수 없이 나는, 손바닥 엉성히 펴 불두덩에 덮은 뒤, 바닷게모양 대개는 옆으로 해서 걸어, 어쨌든 그의 앞에는 닿았다. 그리고 목례만 해 보이고, 내가 비록 꼴은 궂어도, 헤헤, 아 속은 비단결 입죠, 그런 웃음도 지어 보였다.

"이, 이거 고적히 산책하시는데, 혹간 헤헤, 이 돌팔이 중놈으로 하여 방해되지나 않으셨는지요? 소승은 오늘, 아 그렇군입쇼, 이제 벌써 병야도 말이니 어제겠군입쇼, 어제 여기로 왔댔습죠, 오는 길에 해탈 좀 해보겠다고 용을 좀 썼더니 말입죠, 헤헤헤, 입었던 옷들만 벗어 던졌군입쇼, 이, 이거 무례를 용서합시우."

그리고 내가, 그 장옷 덮인 중을 건너다보니, 아마도 그가 웃고 있는 소리를 내고 있었는데, 그것은 듣기에 썩 빙충맞았다. 그 소리로 짐작건대, 그것은 가늘고 여려서, 스물 안팎의 사미승 꼬락서니일 것으로 짐작되었다. 그제서야 나는, 그가 전신을 장옷 속에 감추어놓고, 눈만 빼꼼히 내놓고 있다는 것을 알았는데, 그래서, 여기서는 모든 수도자들이 얼굴을 장옷 속에 숨겨서는 썩혀버리는지도 모르겠다고, 멋대로 추측했다. 그런 모습은 어쩐지, 소리라고는 하나도 없는 사막의 정적 같은 것의 의인화처럼 느껴지고, 그러자 그와의 대면이 일종의 곤혹으로 바뀌어지는 것이었다. 나는 적나라히 던져져 있는데, 그는 폐쇄로 서 있다. 모두 다 가리고 빼꼼히 열어놓은 눈이라는 것도 결국은, 토굴 앞에 들쳐 내린 거적 한 닢 문 같은 것일지도 모르는 것이다. 그 안에 사리고 앉아 저것은, 바깥을 절시하고 있는 것이다. 저것은 꼬리를 아홉씩이나 숨겨놓고 있는 여우일지도 모른다. 하지만 나는, 그 안쪽을 들여다보기 위해, 그의 장옷을 찢어 열었거나, 또는 그의 내부에의 유혹을 여의기 위해, 그의 눈을 파내버리지는 않았다. 나는 그런 유혹을 강하게 느끼고는 있었으나, 사실에 있어 나는, 슬금슬금 뒷걸음질을 치고나 있었다. 그가 그늘을 안고 서 있기 때문에 반드시 그렇다고만은 내 장담은 못 하지만, 저 얼굴 없는 짐승이 내 하초를 어루만지듯 보고 있는 듯해, 게다가 나는 간음까지 당하고 있는 기분이었다. 그가 내 엄지발가락을 보고 있었다면 나는 그렇게는 생각하지 않았을 것인데, 어째서 하초라는 놈은 의미들을 굴절시켜버리는가.

"헤헤, 헐작시면, 아 그렇습죠, 이 돌중, 대사의 평강을 빌겠소이다. 야심한 산책의 이 돌중의 무례, 대사의 도량 깊으심으로 용서헙시우. 인연이 닿아, 밝는 날 우리 서로 만나게 되거든, 대사께서 안체를 좀 해주십시오. 아, 그럼 평강합시우. 성불헙시우."

나는 돌아섰다. 그리고 빨리 걸을 일 없어 느리게 걷자니, 저 뜻을 알 수 없는 여린 웃음소리 몇 토막밖에, 그로부터 한마디의 얘기도 들어보지 못했다는 것이 기억났다. 그럼에도 서로 마주 보고 서 있기로는, 반 식경을 한 식경으로 잡아, 그 한 식경의 사분 식경이 흘러갔던 것이다. 나는 왠지 병든 들개만 싶은 것이 불쾌했다.

허나 잊어버리기로 했다. 그리고 어디서 그늘을 좀 빌려, 조금은 피로한 몸을 사릴 수 있을까, 그래서 그런 그늘을 찾기로나 했다. 나는 왠지 자꾸 병든 들개만 싶은 것이 한번 콩콩 짖어라도 보았으면 싶었다. 허지만 우라질 녀러, 녀러 것—글쎄, 정처에 와서 내게 정처가 없다는 것이 새삼스럽게 알려진 것이다. 우라질 녀러, 녀러 것—나는, 목에 비녀라도 걸린 들개처럼 밭게 짖어댔다. 도대체 노자에라도 쓸 무슨 이유 하나 붙여주지 않은 채, 이런 데를 정처라고 정처 없는 곳으로 나를 보낸, 저 늙은탱이는 무슨 음모를 꾸미고 있었던 것인가. ……뭘 생각할 것인지는, 무엇을 먹고 입을 것인지는, 따질 것도 없는 것이지. 자네가 자네 어미 씩구녕에서 나왔을 때도, 자네는 생각하고 먹고 입을 것을 갖고 나온 것이 아니라, 울 것밖엔 더 갖고 나온 게 없으니까…… 우라질 녀러, 녀러 것—그러나 내겐 지금 울 것도 뭐 없잖은가. 병든 듯이 걸으면서도 나는, 아까는 없던, 그런 소리를 듣고 있었다. 저 메마른 개펄 위로 달빛이 포속 포속 흩어져가는 발자국 소리를, 내 것과 합쳐서 듣고 있었다. 그리고 나는 또, 거무튀튀한 땅 위에 깔려서 흐르는, 두 개의 키 짧아진 그림자를 보고도 있었다. 나는 아마도 누구에겐가 동행되어진 모양인데, 내가 사막 가운데로 나가고 있어도, 우리는 헤어져지지가 않았다. "이것은 살해나 육교(肉交)를 위해선 완전무결히 좋은 밤이겠군." 나는 생각하고 있었다. "아 그래, 내가 한눈에 보고 턱 생각했기를, 저것은 어쩌면 배꼽이나 새끼똥구멍이 계곡처럼은 깊을 것이라고 했었지." 나는 생각하고 있었다. 하지만, 이렇게 나란히 있기만 해도 풋고춧대 두 그루모양, 이슬 맞고 달 쐬고 서로 매워지기라도 한단 말인가?

내가 웅숭그리고 멈춰 서버렸더니, 내 것이 아니던 소리도, 그림자도 또한 멈춰 서는 것이었다. 물론 얼굴 없던 그 중이었고, 노란 장옷 허리 부근이 출렁이던 그 중이었고, 내가 소리를 찾았을 때 소리로서 나타났던 그 중이었고, 한데 이번에는 그가 달빛을 안고 서 있게 되어서 내가 볼 수 있게 된 그는 하긴 눈뿐이었지만, 크고 또 깊이 성글거리는 데다, 달빛 받고 흑록빛으로 그윽해서, "그럴는지도 혹시는 모를 것이, 풋고춧대 두 그루모양, 우리는 서로 짜란히 서 있기만 해도 매워질지도 모르겠단 말야" 하고 나는 생각했고, 허긴 그래 주마, 그래 주마 허긴, 너의 절시의 쾌감을 위해서 허긴, "내 한번 수음이라도 해 보여주마, 허긴 그래 주마" 나는 생각했고, 내 귀두는 달의 청록한 어둠을 입고 푸르게 떨고 있었다. 글쎄, 이것은 살해나 육교를 위해선 완전무결한 밤이며, 장소인 듯한 것이다.

"시님, 앙구찮애 나온 거 나 알지라우." 한데 그가, 목쉰 계집의 음성 같은 것으로 처음으로 말해서는 날 무척도 어리둥절하게 했다. 한데 그 말에도 얼굴은 없는 듯해 그 말의 표정을 읽을 수는 없는 듯했다. "앙구찮은 시님은 나온 개 말여라우." 그리고 그는 그렇게 덧붙였는데, 어투에 도대체 감정이라곤 한 오라기도 짜여 들어 있지 않아, 나는 생각하기를, 이 중놈에게는 소금이거나 정액의 진한 것이 부족한 것일 것이라고 했다. 그런데 이번에는 내가 말을 잃어버려, 도대체 입을 뗄 수가 없고 있는 것은, 어쩌면 달빛이 너무 탁한 탓인지도 모르지, 목구멍이 비린 탓인지도 모르지, 속으로 너무 짖어 하긴 목이 쉬어버린 탓인지도 모를 일이었다.

"고렇게 우멍만 떨라면 말여라우, 구만 뒈겨요. 나도 잠도 옹만이요. 아까부텀 본개 솔찮히 꼴릿는디도, 우멍이나 실실 떰시나, 한쉼이나 폭폭 쉬어대고 있구만이라우 시방. 그랄라먼 무신 옘병허겼다고 빨개는 홀딱 벗고, 워짤라고시나 넘을 지다려 눈이 빠지게 서 있었단대요? 요것 참 재수 없는디라우. 워짤란대요 시방?"

나는 좀 씨럭씨럭 웃고 있었을 것이었다. 그러며 아주 열심히 생각해보고 난 뒤, "흐흐, 아 난 말이지, 그냥 가능적인 것을 생각해보았을 뿐이었는데 말야, 글쎄 밤도 좋고, 달도 좋고, 들도 좋아서 말이지. 헌데도 보는 사람은 없잖더냐 이 말이야" 하고 씨불댐시나, 드디어 그의 앞으로 바짝 다가서서, 가슴을 밀착하고, 아주 다정하게, 그의 오른손에 나의 왼손을, 그의 왼손을 나의 오른손에 짝지어 꼭 잡아 쥐었다. 그랬더니 저 다정스런 중놈이 또한 내 손을 정답게 쥐어주는 것이었다. "그런데 그런 밤에 행해서 좋을 일이란 뭐겠느냐 말이지, 뭐 별로 없더라구. 술 처먹고 내뛰어본다 해도 그것도 종내 싱거울 일이지." 속삭이며 나는, 그의 손들을 그렇게도 정답게 잡은 채, 내 팔을 그의 허리 뒤로 돌려 꼭 껴안으며 계속했다. "뭐 별로 없더라구. 이봐 자네 길에서 개를 보면 한 발길 냅다 걷어차, 깨갱거리며 빙충맞게 도망치는 꼴을 좀 보았으면 하고 바란 적은 없었댔나? 옹기 짐이라면 그렇지 그걸 받쳐놓은 작대기를 걷어차, 그놈의 옹기들이 어떻게 묵사발이 되는지 그건 무척 흥밋거리란 말야." 나는 아주 뜨겁게 속삭이며, 내 팔을 그의 허리로부터 옮겨, 그의 등 위로 조금씩 끌어올리고 있었다. "뭐 별로 없더라구. 밤도 달도 들도 아주 적당히 으스무레한데 말야, 흐흐흐, 할 짓이란 별로 없더라구. 그래 내 그저 생각만 하기를, 살해나 육교를 위해선 그중 좋은 밤이라고만 했었지." 그러고 보니 나도 참, 무척도 다정스러이 속삭여주고 있던 것이다. 그러며 온갖 정성으로 그의 두 손을 쥐고 있는데, 그것은 부드럽고 오동통한 것이어서 어떤 일이 있더라도, 당분간은 놓아줄 생각이 들지를 않았다. 그 손의 온기를 나는 사랑하고 있는 것이다.

그제서야 그의 목구멍에서도 뜨거운 속삭임이 새어 나왔다.

"아니 왜 이란대라우이? 요것이 시방 날 쥑일란당 것이요? 참말이제 요라지 마씨요이? 내가 글매 똑 죽겄어라우."

"헤헤헤, 헌데 우리 서로 바람난 놈들끼리 만났으니 말야, 헤헤, 우리 이만쯤 서로 뜨거워도 나쁠 것 뭐 없지."

"그란디 워짤라고 요라제라우 시방? 월래, 월래, 두고 본개, 두고 본개로, 요, 요 씨발뇜이, 요, 요, 더허네 더혀."

"고추야 어디 암대궁이 있더라구? 거 모두 잠지를 서른 개씩도 더 매달고, 그냥 서 있기만 해도 글쎄, 서로 너무 매워진단 말이거덩."

"월래? 월래? 글씨 무장 무장 더허네. 요 오사헐 중뇜이 미쳤단댜 글매 내가 죽겄은개, 날 좀 노씨요! 내 홀목(팔목) 좀 놓으랑개, 홀목 좀 놔라우!"

그제 이르러 그것은 울었다. 그리고 내 가슴팍을 물어 떼려 했는데, 그만큼은 나도 정겨운 사내였던 것이다. 나는 아직도 그의 손들을 꼭 쥐고 있으며, 그의 것은 또 그것들의 정다움으로 하여 내 손아귀를 거부치 못하고 있는 것이었다. 그의 것이나 나의 것이나, 손들은 대개 그의 등을 다 치달려 올라가, 그의 목고개 밑에서 버르적거리고 있었다. 그러나 내 가슴팍에 얼굴을 묻은 것이 울기 시작했을 때 나는, 그의 등 뒤로 돌려진 그의 두 손목을 모두어 내 왼 손아귀에 뜨겁게 쥐고는, 그를 반 바퀴 빙그르 돌렸더니, 헌데 웬일로 그의 허리가 중도막에서 꺾어지며, 위에 얹혔던 몸이 무너지고, 머리도 없이 후문이, 소슬히 떠오르는 것이었다. 그의 떨어진 대가리는 아마 죽은 개펄에 곤두박아 뒹굴고 있는 듯했는데, 밤이 깊었던지, 중천이었던 후문 그늘 또한 이울고 있어서 보니, 흘레돝집네 돝틀 위에 얹힌 첫 암내 난 암돝모양, 무릎을 꿇어 앙구치고 있는 중이었다. 이런 모습은 누구나를 히히 웃게 하며, 비록 물동이를 이고 있다고 하더라도, 사태기를 꼬게 하는 것이다.

"허, 허기는 말씀이야 히, 히, 힛, 앙구찮더라구, 글쎄 앙구찮더라구."

나는 그리고, 오른손 앙구찮이 뻗쳐 내려, 앙구찮은 기분으로, 저 중놈의 장옷 끝을 잡아채 끌어 올리고 있었을 것이었다. 한데 이 대사 나리 해탈도 아주 기저귀 떼어 내버렸을 때부터 해버린 모양으로, 새끼똥구멍에 괴어놓은 서말의 그늘 말고, 다른 것은 아무것도 입혀 있지 않아서, 내게 경련을 일으켰다. 그것은 어쩐지, 꽃뱀 쓰륵여서 숨어드는 해당화 덤불이었고, 산그늘 막 서리고 드는 아랫녘 답 메밀꽃 한 뙈기였다. 그것은 그런 깊은 두려움, 그런 두려움 깊음으로, 달빛 아래 소리 없이 흘러가는, 어떤 구름이 흘린 그림자였다. 나는 어째서라도 떨림을 멈출 수가 없고, 그래서 그 경련으로, 저 둔중한 엉덩이에 서른 차례 한하고 손바닥 찜을 퍼부어대기 시작했다. 그러자, 그럴 때마다 저 모밀밭 한 뙈기로 바람이 불어갔던가, 꽃들이 스적이고, 스적이며 엉기고, 엉겼다가는 스적이며 석양이었을거나, 꽃들이 붉어 달빛도 붉어졌다.

그제서야 나는, 손찌검 그만두고, 장옷 거칠게 잡아채, 저 신음하며 우는 불쌍한 짐승 위에 덮어주었다. 그리고 일어서니, 무엇이 아프게 날 고문하고 지나간 듯이, 잠시 심신이 얼운하며 푸들거려지더니, 이내 쇄락한 것이, 휘파람이라도 한 차례 아니 홰홰거리고는 못 견딜 듯도 싶었다. 정직하게 말한다면, 나는 어쩌면 저 젊은 중놈의 엉덩이에 데었던지도 모른다. 하긴 그건 무척도 섬약한 짐승이어서, 고정관념으로 하여, 억지로 사미 놈일 것이라고 믿었어야 믿을 수 있을 정도이기는 했다. 어쨌든 정직하게 말한다면, 나는 아마도 그의 엉덩이를 본 뒤, 그를 늙어 볼품없는 중놈으로 쳐, 혼을 내주었거나 뭐 그랬던 것은 아니었을지도 모른다. 글쎄 정직하게 말하면, 내가 앙구찮기 시작하던 것이다. 그때 내 근의 끝 모서리에서는, 뭔지 맑은 것이 이슬처럼 맺혔다가 반 방울의 꿀모양, 보다 진하게 긴 실을 늘이며 떨어져 내리고 있었다.

"시님은 참말이제 쌍뇜인개 비라우." 바닥에 이마를 박은 채 흐느끼던 것이 그렇게 푸념하며, 고쳐 앉고 있었다. "음 지랄을 허는갑소이? 사람치고 워처키 고렇거니나 쑤악허게 넘우 홀목을 비틀며, 사람치고 워떻기 고렇게 손질을 헐 수 있으끄라우이? 참말이제 쑤악허요."

그가 뭐라든, 나는 다시 걷기 시작하고 있었다. 이제 정작으로 진저리가 쳐지는 것이, 뭔가가 내 근을 틉틉하고도 누렇게 휩싸고 굳어, 홈 패어진 데 담긴 호복한 그늘까지도, 그것이 그냥 그늘같이는 보이지가 않고 있는 것이다.

내가 걷는 사이에, 아주 잠시, 흐느끼며 푸념하던 소리가 단절되었었는데, "음지랄 옘병쟁여라우 시님은" 하고 다시 이어졌다. 동시에 가슴팍으로부터 배꼽 언저리까지로, 견딜 수 없이 뜨겁고 예리한 것이 북 긁고 내려가, 내려다보니, 거기 두 줄 반이나 되는 긴 선이 그어져, 피를 송송 배어 내놓고 있었다. 오래잖아 그 핏방울들은 그리고 한데 모여서는, 배꼽 아래를 타고 하초 뿌리를 감돌더니, 거무튀튀한 흙바닥으로 방울져 내리는 것이었다. 그 상처는 분명히, 아직 이무기인 채 비수가 채 못 된 손톱들로부터 입은 것 같았다. 그러나 어쨌든 지금쯤엔, 피로해서, 기름을 해서, 반죽을 해서, 쐐기를 해서, 저 서말 그늘 호복한 데에다 깊이깊이 하나 해서, 옴지랄을 부려도 좋을 때쯤에 온듯하기는 하다. 그래서 내가, 방울지는 피를 아껴서 철갑을 하고 있자니, 기저귀 떼어낸 길로 장옷만 걸쳤던 중놈이, 또 쑹얼대는 것이었다.

"헌디 워짠다고, 옴지랄을 히어도 고렇게 헌다요이? 글매 제 지집도 아닌 제집헌티 대놓고서나, 글씨 고것이 무신 지랄이끄라우이?"

대체로 그런 이야기였었을 것이다. 한데도 그 얘기의 내용이 아무래도 내게 전달이 되지 않아, 내가 멍하니 서 있자니, 떠났다던 조수가 갑자기 밀려와 내 목까지 차오르고, 단애 아래 굴 파고 살던 수도자들이, 갈매기 목소리로, 품었던 알이 모진 물살에 깨뜨려진다고 울고 있었다. 끽 끽 끼룩 끼룩 끽…… 가거든 그렇지, 그 광야의 모든 것을 먼저 수락하는 일뿐이겠지, 거무튀튀한 모래펄이며, 정적이며, 고통이며, 슬픔이며, 계집이며…… 계집이며 계집이며— 그래서는 내게 미친 병이 솟아나, 저 푸념하는 것에게로 한달음에 내달아, 덮치고 들며 죽이려 했더니 죽지는 않고, 그런 대신 그늘만 엎질러지고, 그런 대신 난 한 비구니의 환속을 보았다. 그 부화는 아름다웠다. 내 목구멍에서는 수갈매기의 끼룩거리는 소리가 나오려고 했다. 저 아름다운 짐승은, 그때는 아무 저항도 푸념도 없이, 장옷을 깔고 달을 정면으로 하고 누워, 속에 밤이 깊은 붕어처럼, 달빛을 머금었다 뱉었다 하며, 배 언저리를 출렁이게 한다. 그럴 때마다, 저 암컷의 깊은 배꼽에도 황록빛의 달 이슬이 그득히 채워져 넘치고, 허리의 깊고 둔한 선에서랑, 가슴의 높은 봉우리에서랑, 그렇지만 거웃은 한 올도 보이지 않아 거무튀튀하게 흰 수미산에서랑, 꽃뱀이 그늘 속으로 미끄러져 드느라 스물거린다.

아마도 스물 안팎의 몸매 좋은 이 계집은, 햇빛을 먹고, 달빛을 먹고, 각고의 도 닦이로 모아놓은 수도자들의 아직 덜 굳은 사리를 알 깨뜨려 먹고, 그리고 물이 올라, 전에는 그냥 광야에 던져졌던 한 마리의 구리 뱀이었을 것이 살아나, 팽창스러이 꿈틀거리는, 그것이다.

2

잠에서는 내가 먼저 깨었다. 우리는 어느 녘엔지 잠들었던 것이다. 해는, 아침 지나가 버린 지는 이미 오래라는, 늙은 얼굴로 그의 전답을 둘러보고 있었다. 오전인 듯한데도, 공기는 조금도 신선하게는 느껴지지가 않았고, 기온 또한 그다지 바뀐 것 같지도 않았다. 물론 바람 한 점 없었고, 소리도 역시 없었다. 무균의 정지, 살균적인 정적—내가 잠에서 깨어 살펴낸 외계의 풍경이란, 그런 혈루병적인 것이었다. 그러나 어쨌든, 내 전신으로는 피가 홍수 져 흐르고, 이것은 나른하고 허리 아픈 것이기는 했음에도, 전에 나는 이런 충일을 경험해본 적은 없었다. 물론 아무짝에도 쓸모없을, 약간의 상실감, 약간의 회오, 약간의 타락감이 없을 수는 없었지만, 그러니 나는 두 번째로, 저 거추장스럽기만 하던 동정을 떼어 내버린 셈인 것이다. 어쨌든 내가, 어머니의 옆구리라도 열고 태어나지 않은 이상엔 내가 이 세상에 태어났었을 때 벌써, 그 동정은 떼이고 말았던 것이다. 그 순정을 지키지 못한 것은 어머니께 유감이지만, 그 순정이란 것은 그런데, 어머니 배 속에서 묻어나와 굳어진 핏방울이며 양수 같은 것이 여태도 벗겨지지 않은 듯해, 어쩐지 껄끄럽고 가렵기만 하던 그런 것에 불과했었다. 그런데 그 핏방울이 다시 여자에 의해 씻겼으며, 그 양수가 다시 여자에 의해 닦인 것이다. 그래서 내가, 흰 비둘기와 핏빛의 사자(獅子)로 더불어 해를 마주하고 서 있음은, 내가 우람한 사라수(沙羅樹) 같기 때문이다. 아 하지만, 육교하기를 기피하라, 문에의 유혹을 기피하라, 아 기피하라, 그러지 않으면 오 너 가련한 백성이여, 그대는 장차 캥캥 짖기 위하여, 또는 뜨르르 뜨르르 울기 위하여, 양수 가운데 눈 감겨 담겨 있게 될지도 모른다. 때에 계집도 깨어, 포동포동한 흰 손에 다시 또 사내를 붙들고 있다. 나는 그러나 그 계집이 웃고 있는 건지 울고 있는 건지, 그 표정을 도대체 읽을 수가 없어, 무엇이라고 말하거나 움직이기 전에 잠시 멈칫거리지 않을 수가 없었다. 눈은 고요한 것이라고나 말 되어질 것인지도 모르고, 그것은 대단히 무균스러웠고, 그 눈으로 올려다보는 것이 하늘인지 나인지 심지어 그것까지도 분명치 않았고, 입술은 꿈틀거리지만 웃는지 우는지 그것도 알 수가 없었고, 그것은 그냥 수렁 같은 것이었고, 한번 빠져들면 뼈도 못 추려낼 것이었고, —아 사막을 항해할 때도 너 호색꾼 수부여, 귀를 밀초로 막고, 몸을 돛대에 붙들어 맬지어다. 그러나 이것은 헤어질 시각인 것이다.

그 이별로서 나는 한 번 더, 계집의 위에 몸무게를 부리고, 아무 언어도 깃들어 있지 않은 그 눈에 입 맞추어, 그 계집이 몸으로 삼키고 눈으로 뱉어낼, 몇 토막의 내 뼛조각을 거둬들였다.

그러나 이것은 헤어질 시각인 것이다.

“난 말이지, 이제 떠나려는데 말이지, 허, 허긴 자네가 무엇 하는 여자인지, 내가 알아야 할 필요는 없겠지러?”

별로 의미도 없이 말하며 나는, 그녀의 구릿빛 몸 위에 장옷을 입혀주었다. 이 사막의 푸석푸석한 햇볕에도 살은 그을렸던 모양이었는데, 어젯밤에는 없던 얼굴이 왠지 백일하에 드러나 살펴보니 그 장옷의 얼굴 덮개의 단추가 모두 열려 있었다. 그것은 어쩐지 내게 수치로 여겨졌고, 정절이 있다던 과택이 게걸거리는 사내놈께 몸 바치고 나서야 웃는 웃음처럼만 여겨졌다.

“이봐, 임자가 사는 곳을 알아야 할 까닭도 없겠지만 말야, 행여 이 사막에서 살고 있는 건 아니겠지?”

“나라우 나도 중은 중인디, 똥갈보구만이라우. 우리를 수도부(修道婦)라고 허요이. 저그 저 누런 깃발이 있는 집에서 다른 수도부들하고 살제라우.” 계집은, 어젯밤 내가, 일숙박쯤 묵어볼까 했던, 거적으로만 둘러쳐 만든 그 집을 가리켰는데, 그러고 보니 그 지붕에는, 노란 삼각기가 하나 매달려 축 늘어져 있었다.

"허허 이거 참, 그러면 큰일났구먼, 글쎄, 난 글쎄 말이지, 가진 것이라곤 이 치근덕스러운 것 한 낢이밖에는 없는데 말야." 말하며 나는, 대단히 난처해서, 내 근이나 내 손바닥에 열둬 근 받쳐 들어 보였더니, 그 계집이 킥킥거리고 웃는다. 그것은 어젯밤 처음 만났을 때 들었던 그 웃음소리였다. "없는데 말야, 줄 것이 없는데 말야……"

"존자 시님은 부잔개로 많이 줘라우. 그래도 다른 시님들은 워찌다 한 번 썩배끼는 안 줘라우. 저그 사는 시님은, 모도 그 시님을 촛불 시님이라고 허는디." 계집은, 저 완만한 언덕의 그중 동편 쪽을 가리켰는데, 지난밤에 그녀가 거기서 나왔을 것으로 추측되었다. "우리는 애펜(아편)쟁이라고도 허지라우, 워짜다 보면 애펜을 피운개라우, 지얼(제일) 신용이 좋다고 헝만이요, 늘 달걀 한 개하고라우, 미숫가루 한 봉대기썩 중만이요. 엊저녁 받은 건 아매 여그 있을 것이구만이라우." 그러며 계집은, 장옷에 해단 주머니에 손을 넣어보더니, 처음에 얼굴을 찡그리고 다음으로 핼꼼 웃는 것이었다. 그녀의 손에는, 깨뜨려진 계란이 껍질째 반죽된 것이 쥐어져 나왔다. 그것은 어젯밤 난리에 깨뜨려졌음에 틀림없었다. "참말이제, 저 촛불 시님네 큰 궤짝 속에는 없는 것 없당만이라우. 비상끄장도 있당개요. 그래 각고 팔고 사는디요, 우리들 머리 타래끄장도 산다먼 머 말 다 히었겄소. 아이고, 내 머리가 요거 후딱 좀 질어나먼 좋울 것인디. 먼젓번에 끊거 줬일 때는 나도 비상을 쬐꿈 사놨구만이라우. 동무들 모도 삼선, 살기 싫으먼 죽을라고 그런다요이. 그러길래 나도 한번 사본 것인디, 죽기는 헌디 백택 없이 왜 죽어라우이? 내 동무들은 머리 끊기를 참 싫어해라우. 두 뼘이나 세 뼘썩 진 걸 열 번 끊거 줘도 제우 분 한 곽 산다요. 나는 그란디 돌라먼 머시던지 줘라우. 참 우숴라우. 요 머리가 인제 모가지 밑에끄장 처졌은개, 다음 장날은 끊거 주고, 비단옷 한 벌 살랑만이라우. 펄쎄부팀 부탁해놓았더랑개요. 모주(母主)도 글씨 허락허드란디요." 계집은 길게도 말하고 있었다. 그럴 때 그녀의 눈은 더욱더 흐려 있어서, 어쩐지 그녀는, 이 세상을 살고 있는 것이 아니라 꿈꾸고 있는 것처럼 여겨졌다.

"그럼 여기서 장도 스는 게군이?"

"읍내서 짐수레가 오는 날을 장이라고 히어요. 한 달에 두 번 와라우. 고랄 때 핀지(편지)도 오고라우. 본절에서 돈도 온대라우. 소석(소식) 보내고, 나놔주고, 장 봐오고, 고런 일 말짱 촛불 시님이 허제요. 고 시님은 그라장개 모른 것 없어라우. 물어볼 말이 있어도 고 시님헌티 가고라우, 아파도 가고라우, 핀지를 읽어돌라고도 가제라우."

"헌데 나는, 달걀도 미숫가루도 없으니 이거, 처음부터 영 신용이 없게 됐군. 그래서 아예, 이렇게 벌거벗은 돌중 나부렁인 사귈 일이 아닌 걸 그랬어."

이제 헤어질 시각인 것이었다.

"시님 첨 볼 때부텀 아무 까닭이도 없는 것 겉음선도 반갑운개 요상허제요이." 그녀는 말하며, 드디어 일어섰다. 그리고 장옷 자락에 묻은 흙먼지며 모래를 털며 이었다. "첨엔 무서워라우. 그라고 난개 우숴라우, 본개 옷도 없는디 참 불쌍해라우. 그란디 혼차 조쪽으로 걸어간개 고얀시리 섭섭히어라우. 맞다 본개 서럽움선도 끕째기 정이 들어라우. 고것 안 요상허요이? 웬수 겉을 것인디, 안 그려라우. 고것 안 요상허요이?" 그리곤 손을 뻗쳐 내 가슴팍 할퀴어진 곳을 쓸어본다. "그란디 요것 본개 내 쇡이 짜안허요. 시님 옷도 없어 불쌍헌디."

"헤헤, 그것은 임자가 짠해할 일이 아니겠구만. 아 그리고 옷 말이지? 헤헤 것두 말야, 우리 늙은네 말이, 내 이 세상 왔을 때, 뭐 먹을 것 입을 것 때문에 왔던 건 아니라구 했댔거든. 그래 내 한번 벗어부쳐 본 것이지. 뭐 불쌍해야 할 뜻은 없다구." 그러며 나는, 가슴을 한번 쭉 펴 보여주려다 실소하고 말았다. 살이 늘여지자, 피가 굳었던 데가 갈라 터지며, 피가 다시 송송 맺혀 나오는 것이었다. 그런 피는 계속해서 흘러나왔었을 터였는데, 그래서 저 계집의 앞가슴도 그 피에 붉었던 것이다.

"허면, 아 그렇지, 인연이 닿으면 또 만나게 되겠지. 어차피 나도 여기로 살러 왔댔으니 말이지. 우리 서로 이웃이 되었군. 헌데 임자네 보다시피, 내가 이거, 꼴이 꼴이 아니군. 아무 데라도 가서 좀 씻어낼 만한 샘이나 뭐 도랑 같은 게 없을까 몰라? 이런 뻘건 대낮에, 마을의 저 중앙통으로 간달 수도 없고 말야."

그러자 그 계집이 킥킥거리고 웃곤, "본개로 참말로 쌍씨러라우. 그란디 보이제요, 조쪽에 말이라우" 하며, 손가락을 펴, 촛불중네 토굴 쪽으로 아주 멀리를 모호하게 가리켜 보였다. "조쪽에 가만이라우, 솔나무 다섯 그루가 서 있는 디가 있는디라우, 고 밑에 시암이 있어라우." 그래 눈 닦고 다시 보니, 아닌 게 아니라 거기 어디 모호한 데쯤에, 무슨 거무튀튀한 안개 같은 것이 한 솔방울 크기로 감돌고 있어서, 하긴 솔잎들 뿜어 올린 남기인 듯도 싶었다. "헌디고 시암은이라우, 모도 존자라고 불르는 시님의 시암이란디라우, 고 시님은 워디 큰 절서도 지얼 높은 냥반이란당만이요. 동무들 허는 이약 들어보먼, 고 시암 있다는 디다 절깐을 세울라고도 헌다요. 그란디 다른 워떤 시님은 무신 바우 밑에다 절깐을 세울란다고 허요이. 고 바우는 조쪽 워디 멀리 있단디." 계집은 무변스런 남녘 사막 가운데를 가리키고 있었다. "그래 각고 고 두 시님들이 만내먼, 소맹이 싸운당개, 참 우숴라우." 계집은 그러고 킥킥 웃었다.

"허긴 나도, 존자라는 스님께 인사라도 올렸음 싶다구."

계집에게 합장해 보이고, 그리고 나는 샘이 있다는 곳으로 머리 둘러 떠나려 했는데, 계집이 내 팔꿈치를 잡는 것이었다. 그리고, "시님, 배고프제라우? 배까죽 봉개로 홀쪽하니 붙었어라우" 하고 말하고, 깨진 계란이 그 봉지에 칠갑 된 데다 눌려져 한 모서리에 구멍이 난, 미숫가루 한 봉지를 내 앞에다 내밀어 보인다. "요거 묵어 배겨라우. 물에 타서 묵으먼 요구(요기)는 되어라우."

"허, 허긴 그래도 말이지, 그래도 난 말야, 구, 굶고도 어떻게 버텨낼지를, 그래, 임자네 눈물만큼은 알고 있단 말이거든. 목마른 것을 어떻게, 물론 당분간이지만, 이겨내는지, 그, 그것도 병아리 눈물만큼은 알고 있단 말야." 허나 그래서 느껴지기론, 목이 타고, 빈창자가 쓰려 오르고 있었다. "자 그럼, 안, 안렝히, 성불하라구."

"히어도 시님들은 목탁 침선 얻으로 댕기잖애라우?" 그녀의 눈에, 입술에, 이상스레 말이며 표정이 고이고 들기를 시작했는데, 그것은 눈물이었고, 짓무른 슬픔이었다.

"보구려, 허지만 우리들은 같은 돌중 아니냐구? 임자네도 먹어야 살지, 안 그래?"

"나는 집에 없는 것 없어라우. 꿀도 반 병이나 있는디라우, 요것 각고 가바야 배고파 묵던 안 허고라우, 심심허먼 기양 주년버리(군것질)나 허고 말지라우."

나는 받았다.

"그래, 나는 배가 고프다."

그리고 나는 길 떠났다.

"계 하나 받은 적 없이 돌팔이로 굴러다니지만 말이지, 그래도 비구(比丘)란, 이보게여." 나는 혼자 씨불이며 부지런히 걸었다. "자네도 말했다시피, 걸사(乞士)라고도 허느니. 무근(無饉)이라고도 허는 게여. 계집이여, 허긴 왓대로 하여 내게 굶주림이 없겠도다." 미숫가루를 입에 털어 넣으면서는, "그래서 저 늙은네가 내게 이름을 내리길 걸사라고 하지 않았겠는가" 하고, 조금 목메어 웃어보았다. 어쨌든, 그 목메는 미숫가루가, 대개 한 홉쯤의 양이어서, 배는 불렸다.

샘은 생각한 것보다 훨씬 멀리에 있었다. 마을에 있어 보았다고 한들 뭐할 일도 없어서, 빈들빈들 돌아다니다, 결국 이만쯤 걸어와 보는 일이라도 했겠지만, 그럼에도 한 번의 목욕을 위해서, 이렇게나 동떨어진 데까지 품을 냈던 것이 옳았을까 하는 의문까지도 드는 것이었다. 시간이 너무 많이 남아서, 여기저기 둘러보며 시간을 보내는 일과, 별로 대단치도 않은 하나의 목적을 위해서 품을 내는 일은, 분명히 다른 듯했다. 그래서 나는, 마음을 바꾸어서, 내가 샘을 찾아가고 있는 것은, 목욕을 위해서가 아니라, 어떻게든 하루를 움직이며 보내기 위해서라고 생각하기 시작했다. 설핀 잠을 보충하기 위해서라도, 그리고 버릇된 가부좌로 그냥 멍하니 앉아 있기 위해서라도, 어쨌든 내게도 한 멍석 넓이의 그늘은 필요한데, 이 개펄에서라면 저 수도부네 집 그늘 밑이 아니면, 바로 저 소나무 다섯 그루의 숲밖에는 없을 것이었다.

그러나저러나, 해가 정오에 오려면 아직도 한 서너 식경이나 기다려야 될 즈음에, 걸은 시간으로도 한 서너 식경이나 되었을까, 나는 예의 그 샘에 닿았다. 들은 대로, 소나무 다섯 그루가 서 있고, 그 밑엔 반석이 있었으며, 그 완만히 경사진 반석 아래쪽에, 한 멍석 넓이쯤의 얕은 샘이 있었다. 들어가 앉는다면 그 물 높이가 아마 젖꼭지쯤에나 닿을 것이었다. 그 샘은, 물론, 얼레빗 그 중 가장자리 큰 살, 그 별로 실하지도 못한 청룡맥 휘어져 내려온 그 아래쪽 옴팡한 데 괴어 있었고, 그 청룡맥 너머에는, 읍으로 이어진 것과 같은, 그저 그렇고 그런 들이, 그 저쪽 검푸른 산이 높아 더 못 넘어가고, 나무 한 그루 없이, 누르끄름히 펼쳐져 있다. 버석거리는 풀, 검은 가시덤불, 털 검은 들개 앓고 누운 듯한 바윗돌 몇 개, 소리는 하나도 없고, 썩는 듯한 햇볕—그러나 다섯 그루의 소나무와 하나의 샘은, 하나의 보살다운 위안으로서 내게 여겨졌는데, 그렇기라도 하기에 수도자들은 유리로도 오는 것일 것이었다. 그것을 찾아서 그런데, 두 사람의 수도자가 먼저 와서 자리를 차지하고 있었고, 의외의 그들은 나를 조금 당황하게 했다. 물론 존자라는 스님에 관해 들은 이야기는 있지만, 그러나 그가 실제로 현재, 이 유리에 와 머물고 있으리라고는 생각하지 못하고 있었던 것이다.

그렇든 어떻든, 내게 일종의 외경감과 당혹을 자아내는 사내는, 종돈 중의 종돈보다도 뚱뚱했는데, 비계로 허여니 큰 배를 두 평은 펴 늘이고 하늘을 향해 누워서, 누워서도 그는 숨을 헐헐하고 있었다. 그리고 분명히 거기쯤에 하초가 있었음 직한 데를 한 닢의 수건으로 덮어놓고 있는 것이 전부였고, 장삼과 속옷은 베고 있었다. 눈은 반쯤 감고, 그런 대신 무엇을 반복하고 반복하여 웅얼거리고 있어서 들어보니, 그것은 무슨 사행(四行) 시구거나, 게송 같은 것이었다.

> [4]몸이 보리수이니
> 마음은 밝은 거울 틀과 같네,
> 때때로 부지런히 털고 닦아서
> 먼지며 티끌 못 앉게 하세

그리고 그는 마흔다섯 안팎으로 보였다. 헌데 저 비만스런 사내의 옆에, 숯물 들인 바지만 어중간하게 입고, 항마좌로, 저 와선승(臥禪僧)의 웅얼거림에 일심으로 귀 기울이며, 그 곡조에 맞춰 백팔염주를 굴리고 있는 중은 왼쪽 눈이 멀었는데, 진갑도 몇 해 전에 지냈을 법했고, 노란 수염 몇 가닥에, 깡말랐고, 굽은 등에 탁한 갈색 피부였고, 하나뿐인 눈을 거의 병적으로 굴려대고 있었다. 하나는 포만과 비만에 누렇게 뜨고 하나는 가난과 빈핍에 꺼멓게 쪼들려져 보였다. 비만의 사내는 역시 그런 비만스런 미소를 내게 보냈고, 가난스런 사내는 미소까지도 장리 내와야 되려는지, 찡그린 얼굴로 나를 경계하며 쏘아본다. 그제 이르러서야 깨달아보니, 나는 아직 그들께 인사를 올리지 않고 어중간히 서 있기나 했던 것이다.

"소승 문안 올립니다." 나는 드디어 합장해 보이고, "소승은 여기에 초행이라, 모든 게 서툴고 낯설으니, 모쪼록 대사들께서는 지도와 충고를 아끼지 마십지요" 하고 겸손도 해 보였다.

"어서 오시오." 와선승이 와선인 채로 느리게 대꾸하고 있었다. "만나는 게 반갑고, 헤어지는 게 섭섭하다는 것은, 저쪽 세속의 심정이겠으나 아무튼 저렇게 소탈스런 스님을, 평생 가다 이렇게 한번 만나게 되니, 반갑구료. 속업(俗業) 다 여읜 그런 몸으로 보이거든." 그는 그러며 껄껄거려 웃고, 외눈 중을 건너다본다. 그러자 그 외눈 중도 아픈 듯이 웃으며, 병적으로 눈을 굴린다. 와선승은 아마도, 벗은 몸으로 내가, 서서 걷는 오랑캐나처럼 나타난 것에 대해, 법심으로 발하는 한 해학을 생각해냈던 모양이었고, 외눈 중은 그 법심을 이해하고 있었을 것이었다.

"헤헤, 헤, 허나 소승은 아둔한지라, 대사의 설법을 이해하려면, 족히 사나흘은 걸려서 생각해보아야 할 듯합니다."

"존자께옵서는" 염주는 계속 열심히 굴리며, 이번에는 외눈 중이 참견하고 들었는데, '존자'란 저 와선승을 가리켜 하는 말이었다. "아마 젊은 스님께서도 그 소문을 좇아온 듯하지만, 무상 대도를 약관에 각하시고, 천의 제자를 거느리신 한 분의 생불(生佛)이신데, 그래서 젊은 스님께서도, 존자의 연족(蓮足)에 입맞춤하심이 법도일 것이오."

나는 그래서 잠깐 생각해보고, 얼른 무릎을 꿇어 엎드려, 저 와선승의 발등에 입술을 댔다. "존자이신 줄 몰라뵈온 한 학승(學僧)의 무례를 용서하십소서. 하옵고 존자께옵서는 법륜 굴리기를 두루 널리 하시사, 심지어 수도부들의 입술에도 회자되는 바여서, 견문 좁은 이 학승까지도 들어 마음으로 존경하고 지내기 서너 식경이나 되고 있사온데, 그리하여 사모하기를 금할 수 없던 차에, 우연한 기회로 이렇게 생불전에 부복할 수 있음에는, 필시 큰 인연이 있었던 것으로 아오니, 존자의 혜안으로, 번뇌를 못 여의어 배회하는 한 학승의 번뇌의 근원을 살펴주시옵고, 그 뿌리가 뽑힐 한 큰 설법을 베풀어주시온다면, 이 학승의 일생일대의 은혜이겠나이다." 나는 그리고 일어나 가부좌를 꾸미고 앉아, 내가 입 맞춘 그의 발등을 건너다보았다. 내 입술에 느껴졌기로, 그것은 아른히 부드러운 데다 또 뜨뜻해서, 사내의 발치고는 너무도 우아했고, 육미(肉味)스러워 소주 생각이 난다는 것만 빼놓으면, 허긴 연꽃 중에서도 희게 피어올라온 것 같기도 했다. 그것은 발가락 같은 꽃 이파리를 열 개나 피우고 있다가, 내가 입 맞추었을 때 물여울이 스적였을거나, 꼬무락거려댔었다. 그것은 내게 재미가 났었다.

"스님께서도 더러 염불을 하셨더면." 이번에 또 외눈 중이 나섰다.

"이 인연이 모두 그 염불력, 그 경독과가 아니겠소?"

"허허, 허나 인연이란, 그것이 선업에 의한 것이든 악업에 의한 것이든 그 먼저 끊어져야 마땅한 족쇄이거늘." 와선 존자께서 책하며, 그제서야 비로소, 저 무섭도록 장엄한 몸을 일으켜 앉았는데, 그러자 그의 오장육부가 한바탕 눈사태처럼 으르렁거리고 깔아 내리니, 그의 하초가 그 눈사태 우거진 아래로 묻혀 들어버린다. 그것은 그렇게도 볼품이 없었는 데다, 어렸을 때 지렁이에게라도 한 번쯤 물렸더라면 좋았었을 것을, 심지어 그런 인연까지도 끊겼던지, 아직도 세상을 좀 덜 내어다보고 있었다. 헌데 그의 두상에도 머리털이라곤 뒤통수 쪽에 둬 그루 돋아나 있었을 뿐이어서, 기름진 초로(初老)들의 풍미려니 했었더니만, 뱃가죽 아랫녘 또한 쇠비름 한 포기 자랄 수도 없이 가꾸어져 있어서, 나는 그것이 풍미 탓이 아니라, 게송 탓으로 견성(見性)한 돼지나 아닌가 했다. 때때로 부지런히 털고 닦아서, 먼지며 티끌 거기 못 앉게 하세.

"글쎄, 인연이 끊긴 자리가 아니면 어떻게 불을 만날 수 있겠소." 존자는 그렇게 이으며, 수건을 불두덩 위에 덮고 있었다. 그러나 비만의 탓으로인지 연화좌(蓮花坐)를 꾸미려 하지는 않고, 두 다리를 내 쪽으로 쭉 뻗고 있어서,

저 연족의 두 바닥이, 내 눈 아래 반 척 거리 되는 데에 짜란히 피어 있었다. "물론 불(佛)이란, 우주 만유의 본원이며, 제불 제성의 심인(心印)이며, 일체중생의 본성이며, 대소유무에 분별이 없는 자리며." 그는 숨이 가빠 헐헐하면서도, 느리지만 정확한 발음으로 이어나가고 있었는데, 햇볕이 갑자기 뜨거워졌기라도 했는지, 전신으로 그는 맹물 같은 땀을 펄펄 흘려내기 시작했다. 허기는 그의 불(佛)은 어째도 외눈 중의 것보다는 장대할 것이 확실할 것이, 큰 불은 큰 부대에, 작은 불은 작은 부대에, 새 불은 새 부대에, 헌 불은 헌 부대에 담아야 옳을 터이기 때문이다. 그리고 불이란 숨이 가쁘도록 무거운 짐이어서 석섬 땀에 젖게 할 것일 것이었다. "언어 명상(名相)이 돈공한 자리로서."

그러나 그는 그만쯤에서, 웬 지랄하겄다고 얼굴을 일그러뜨리며, 웃느라고 아파서 더 이어내지를 못하고 있었다. 보니, 그의 연족의 연이파리들이 시들거리고 있었다.

"지금 젊은 스님께서는 대체 무슨 짓을 하고 계시오?" 외눈 중이 나를 질책하느라고 그렇게 나서고 있었다.

"아. 소, 소승 말씀이시오니까? 헤, 에헤헤, 소승은 고사(古事)한 가지를 생각하고, 에헤헤, 소승의 마음의 어두운 눈, 어두운 귀라도 좀 틔울 수 없을까, 그래 대개 저 연 망울이 틔기를 시도하고 있던 중입지요."

"그것은 무슨 쓸데없는 재담이시오? 이름도 없는 젊은 중이, 어찌 감히 외람되게도 존자와 더불어 희롱할 수 있다고 생각하시오?"

그러고 보니 내가, 손가락을 하나 뻗쳐내, 존자의 연족 바닥을 슬슬 긁고 있었던 모양이었다.

"대사께서는 어찌 그리도 외람된 말씀을 하실 수 있다는 말씀이오니까? 어찌 감히, 이런 천승(賤僧) 나부랭이가 고명 존대한 존자와 더불어 희롱할 수 있겠나이까? 입술에 올리기에도 무서운 말씀이시외다. 존자는 가히, 이 풍진세상 고해의 인당수에 청정히 좌정한 한 연이 아니니까?"

"헥, 거 무례한 젊은이로고!"

그러나 나는 그때, 저 존자의 귓바퀴에 입술을 대고 속삭여주고 있었다.

"존자께서는 가히 무상정등정각(無上正等正覺)을 성취하셨나이다. 여래설하신바 법까지도 다 가히 취할 것도 아니며, 가히 설할 것도 아니며, 법도 아니며, 법 아님도 아니라 하오나" 나는 그러고 일어나 서서 샘으로 내려가려 하며, 이번에는 떠들어주었다. "존자 설하시는 법은 가히 취할 만하며, 가히 설할 만한 법이니다." 그리고 이번엔 외눈 중을 향해, "이 돌중으로 말씀 올리면, 비록 계집 같은 쉬운 물건을 두고라도 그 혈을 짚어야겠다고 하다 보면, 계집의 발가락 새에나 귓바퀴에다 지랄을 떨고 하는 터에, 하물며 오묘한 무상대도에 이르러서야 무슨 말씀을 더 드릴 수 있겠나요?" 하고, 눈 하나를 찡긋해 보여준 뒤, 샘으로 내려갔다.

"대체 스님께서는 무엇을 하러 법수(法水)로 내려가는 것이오?" 외눈 중이 내 뒤에서 묻고 있었다.

"아 이것을 법수라고 하시니까?" 나는 어중간하게 돌아서서 그들을 올려다보며 물었다.

"그렇소. 불수(佛水)라고도 하고, 정화수라고도 하는데, 그것은 존자님의 지혜이어서, 아무나 흩트릴 수 없는 것이오. 더욱이 언사나 행동이 방정치 못한 속물께는 더욱 금하지 않으면 안 되겠소."

"아하, 그렇군입쇼. 참으로 이 모르고 저지르려 했던 과오를 용서하십소서. 하오나, 팔만 유정 무정이 다 불성을 갖고 있다고 하지만, 다만 한 유정 개에 이르러서는 불성이 없다는 이치를 설명해주실 수 있겠습니까?"

"그것은 또 무슨 쓸데없는 재담이시오?"

"색 탐하기를 주린 듯이 하다 보면 개로 태어난다는 말을 들어 아실 터인데, 그래서 개란 호색한의 비유가 아니겠나요? 이 돌중으로 말씀드리면, 지난밤 계집과 더불어 지내느라고, 타액이며, 땀이며, 피며, 정액 냄새로 하여 개 냄새를 풍기거늘, 그 한 마리의 개가 불수에 목욕하고 싶어 함은, 그 불수를 더럽히자는 의미는 아닌 것인바, 없는 것으로 하여 있는 것이 흩트려질 수는 없는 것이 아니겠나요? 오직 한 유정 개가 없었다면, 불성이란 정의키 어려울 것이나, 오직 하나 개에 의하여 불성이 정의되거늘, 불성 없는 한 마리 개가 불수에 멱감는다는 일은, 저 불수를 오염키는커녕 정화하는 의미가 아니겠소? 대사는 그러니 모름지기 한 마리 개로 하여금 목욕케 하십소서."

“이 늙은 중은 재담을 좋아하질 않소이다. 십 년래의 법이 그러한데, 누구라도 그 불수에 목욕하고자 하면, 생불 존자의 문하에 먼저 들지 않으면 안 되고, 출가함이 없는 자는, 보시와 시주에 아낌이 없는 마음을 발하지 않으면 안 되는 것이오. 그 법수는, 천의 선남자 선녀자의 공양과 염불로 사들인 것이어서.”

“그러하오니까? 알겠습니다. 하오나 비구란 걸사라고 한다 하오니, 그 공양과 염불에서 조금 빌려서 나쁠 게 뭐 있겠나요? 대사께서는 모쪼록, 보시와 시주에 아낌이 없는 마음을 발하십소서.”

그와 더불어는, ‘재담’ 꾸미는 일까지도 용이치 않은 것을 나는 알았다. 그래서 그와 재담 재재거리는 짓은 그만두고, 존자라는 생불이 어떤 얼굴로 있는가를 보았더니, 그는 속세적 아귀다툼과는 인연 없는 자리에 머물러 있으며, 저 사행 시구를 웅얼거리고나 있었다.

身是菩提樹 心如明鏡臺
時時勤拂拭 勿使惹塵埃

“아 존자여, 색(色)이 공(空)과 다르지 않으며, 공이 색과 다르지 않거늘, 색이 즉 공이고, 공이 즉 색인 것을……” 나는 투덜대면서도 어쨌든, 샘 전에 엎드려 목을 빼 늘여서는, 똥구멍으로 흘러나올 때까지 불수를 들이켜고, 계속해서 투덜댔다. “……그렇다면 거기 어디 먼지며 티끌 앉을 자리가 있을 것인가? 먼지며 티끌 앉을 자리가 없는 터에, 그러면 무엇을 때때로 부지런히 털고 닦을 것인가? 색이 공과 다르지 않거늘. 헤헤헷, 존자여, 그러므로 그대의 무상대도란, 저 외눈 중의 백팔염주 같은 것이다. 존자여, 그대의 무상대도란, 실에 한 번 꿰어진 뒤, 전대해오는 보리수 백여덟 열매 같은 것이다. 백팔염주를 하루 백여덟 번씩 백팔십 해를 두고 헤아려본다고 하여도, 그 보리수 백여덟 열매 속에 서역정토 잡혀 들지 않는다. 아 백팔번뇌로구나.”

그러다 나는, 샘에 떠올라 있는, 혹시는 나인 듯도 싶은 한 사내의 얼굴을 해후하고, 씨불대기를 그만두었다. 수염이며 머리칼이 부수수하게 자란 피로

한 얼굴이, 더러운 냉소를 물고, 나를 올려다보고 있는 것이었다. 그 얼굴엔 이상스런 슬픔이며, 외로움 같은 것이 개기름처럼 끼어 있어 추악했으나, 그래도 내게는 반갑고, 또 정다웠다. 아집일 터여라, 아집일 터여라, 만약에 얼굴이 없다면, 슬픔이며 외로움 떠오를 자리가 어디 있겠는가. 그것은 참으로, 허긴 홀홀단신으로 헤매는 얼굴이었을라.

해는 내 등 뒤에서 빛나며, 그 빛을 황토처럼 이겨 넣고 있었다. 그래서 샘의 표면은 구리거울처럼 번쩍였는데, 존자의 게송처럼, 거기에서는 아무것도 감추어지는 것이 없어 보였다. 그것은 현상을 있는 그대로 반영해서, 오관을 갖춘 하나의 몸이라고 해야 할 것인지도 몰랐다. 글쎄 몸이란—그것이 존자의 게송에 나타난 마음과 어떻게 같은 것인지는 모르되—거울 같은 것이어서, 현상을 있는 그대로 반영하는 그 총화처럼도 여겨진다. 그러나 이런 것은 꺼풀에 관한 것이고, 그 한 꺼풀을 열고 아래로 조금만 내려가 본다면, 그것은 아무것도 반영하지 않으며, 빛까지도 오히려 닿지를 못하고 굴절되어버리는 것이어서, 정밀이 정밀이 아닌 정밀로서 정밀스럽고, 암흑이 암흑이 아닌 암흑으로서 암흑하며, 혼돈이 혼돈이 아닌 혼돈으로서 혼돈스러운데, 그것은 밤은 아닌, 그러나 밤이라고 해야 될 것을, 아주 넓고 깊게 내품하고 있다. 한 겹 살갗 밑에는, 그리고 한 꺼풀 수면 아래엔—그래 허기는 나는 언제나, 하천이며 강이나 바닷가로 통한 길을 걸을 때면, 왠지 이상스러운 고달픔, 이상스러운 정념으로 하여, 그것들 속에 안겨지기를 바라는데, 그래서 어떤 밤의 물가에서는, 그 둔덕에 서서 때로 수음도 해보았었다. 그리곤 그 수면 위로 떨어지는 물방울 소리가 채 울려오기도 전에 도망도 쳤었고, 때로는 입었던 옷을 모두 벗어젖히고, 그 흐름들이 나를 보아주기를 바라기도 했었다. 그럴 때는 내 전신이 하나의 남근으로 변해진 듯이 믿기어지고, 그 근을 달고 있었던 나는, 그 근 크기만 하게 왜소해져, 저 근의 아래쪽에 치근덕스러이 매달려 있는 듯이도 느낀다. 자아가 왜소해지고, 어떤 의지가 본능의 형태로 확대된다. 정직하게 말하면, 나는 투신해버리고 싶은 것이다. 그저 한 번 열정으로 죽어버리고 싶은 것이다. ……유리에서는 그러나 습기를 그리워하기 시작하면 병이다. ……그러나 무슨 일이 일어났던가, 저 밝은 거울 같던 수면이 일시에 깨뜨려지고, 풍랑이 있었던가, 내가 난파되어 흐트러져버리고, 지진이 있었던가. 일시에 파열되어진 저 고요함의 가운데에, 육시럴허게, 오백 근도 삼 년 전쯤 이야기였을 비계 한 봉우리가 빙산처럼 솟아올라 있고, 그것은 물개 가죽보다 기름진 피부였고, 그래서 물까지도 그 몸에는 부착하지를 못하고 있었고, 수은 방울모양 굴러 내리고 있었고, 희디흰 살이었고, 부푼 살이었고, 가는 거머리 새끼모양 털은 흰 대가리에 두엇 오그라져 붙어 있었고, 비계를 빨아먹고 있었고, 글쎄 내가 보니 내가 어느덧 존자의 몸을 빌려 거기 쳐들어가 앉아 있었고, 나는 분노할 수가 없었고, 밤드리노니다가드러ㅿ자리보곤가ᄅ리네히어라, 일종의 더러움으로 느껴지는 그런 방식에 의해서 저 샘의 정절이 깨뜨려져 버린 것을 아주 즐기고 있었고, 나는 흥분하고 있었다. 하기는 그러나 그것도, 하나의 수도이기는 할 것이었다.

글쎄 저 존자는, 저 샘의 한가운데 무섭도록 더럽게 앉아서는, 저 오장육부가 한바탕 탁 우거진 배때기 아래의 흰 혹 하나를 잡아, 그 껍질을 억지로 벗겨, 그 연하게 붉은 부분에 희게 쌓였던 먼지며 티끌을 털고 닦느라고, 고개를 억지로 숙여, 제 놈의 서너 주름 굵은 턱으로, 제 놈의 두터운 가슴을 윽박지르며 물 아래를 내려다보느라고 숨을 씩씩여대고 있었다. 하기는 어느 쪽이 그의 자아였을지는 확연치 않다. 글쎄 말이기는 하지, 때때로 부지런히 씻어낸다면, 거기 곱이 끼지는 못할 것이지, 우리들의 몸이 보리수라면, 우리들의 마음은 밝은 거울일 것이거든. 불수에 그리하여 그대가 그 더러움을 씻어내는 행위는 마땅히 옳기도 하겠도다.

존자는 그 노래를 부르며, 그 도 닦기 시작한 후 내내 헹구고 있었으니 그제쯤은 속진을 다 뜯기고 명경처럼 맑아 있을 그 못난 혹 하나를, 그러나 여전히 씻어내고 있다. 아 허지만 이르기로 비구란 근사남(勤事男)이라고도 하거든, 게으를 틈이 없는 것이지.

그러는 중에 내가 들어보니, 그의 게송이 가빠지는데, 그 혹 가운데로부터 흰 불 같은 것이 연기처럼 솟구쳐 올라오고 있었고, 때에 존자의 얼굴이 또한 흐려졌다가 이내 생불스러이 돌아왔다. 그런 뒤 그는 나를 건너다보고 있어서, 나도 반쯤은 생불이 된 채 웃어 보이며, "일러서 비구를 포마(怖魔)라고도 파악(破惡)이라고도 하거늘, 존자여 당신은 마음속의 마구니를 겁내게 하여 쳐부쉈으니, 시원하시겠소이다. 헌데 한마디만 강설하소서. 어떤 이가 있어 톱을 들어 저 보리수 한 대를 썰어 내버린다면, 그것은 보리심을 발한 것이니까 아니니까?" 하고 묻고 대답을 기다렸으나 없어서, 보니, 그는 반쯤 감은 눈으로 여전히 생불처럼 웃으며, 뒤로 비스듬히 자빠지느라고 애쓰는 중이었다. 그러자 해 아래에서, 그의 이마며, 얼굴이며, 가슴팍이, 거울처럼 뻔쩍였다. 한 톨의 먼지도 얹혀 있지 않은 맑음이었다. 그의 정수리는 게다가 모든 맑음의 곬이었다. "존자여, 부디 한마디만 더 강설하소서. 만약에 어떤 법심을 발한 이가, 망치로나 또는 모난 돌과 같은 무슨 그런 것을 들어, 그 맑은 거울의 그 곬에 힘껏 던져 넣는다면, 그것은 보살행이겠나이까 아니겠나이까?"

그러하여 이번엔 내가, 그의 곡조를 빌려, 그의 시형으로 노래해 주었다.

[5]보리에 본디 나무가 없고
밝은 거울 또한 틀이 아닌데,
본래 한 물건도 없는 터에
어디에 먼지며 티끌 앉을까.

고로 보리심은 발할 일이겠도다.
보리심은 고로 발할 일이겠도다.
그것이 보살행이 아니겠는가.

본래로 한 물건도 없이, 모든 것이 비어진 때로부터, 곱 낄 자리 글쎄 어디이겠는가?

그리고 내게 보인 것은, 그 좁은 샘 가운데로부터, 천년을 채운 이무기가 등천을 한 것이었거나, 아니면 무슨 물퇘지 같은 한 물기둥이 뻗치고 올라왔던가, 어둠이 날을 가려, 세상이 일순 암흑해져 버린 그런 것이었다. 후. 후훗. 하기는 모든 보살행에는 '第九時'가 끼어들고, 그래서 그 제9시를 통해 악업들의 죽음이 대신 되어지는 것이다.

허나 그것으로 끝났다. 해 아래, 모든 것이 조용해져 버렸다. 저 존자라는 사내는, 그 밑의 송사리라도 들여다보는 투로, 제 놈의 잠지라도 보는 중이었겠지만, 이마를 물속에 처박고, 저 기름진 등덜미로부터 웅장한 엉덩이까지를, 아주 희고 맑게, 하늘 아래 드러내 놓고 있는 중이었다. 그것은 보기에 좋고, 풍미가 있는 듯해, 독한 소주에의 갈증을 일으켰다. 사미 녀석이라도 하나 있었으면, 이럴 때론, 뒤 말 들이 오지병이나 하나 들려 주막에나 보냈었을 것인데, 헌데도 저 기름진 아름다움은 그가 아까 까뒤집고, 씻어내기도 하고 뽑어내기도 했던, 저 흰 곱들이 누룩처럼 떠올라온 그것이었을 것이다. 그 곱들 끼일 자리가 이제 어디이겠는가? 고로 법심은 발할 일이었던 것이다. 존자여, 그대의 몸은 몸이라도 이젠 몸이 아닌 것이다. 그것을 일러 색과 공이 다르지 않다고 하는 것이다.

그러나 정작으로, 내 몸은 그것이 몸인 채 여태도 몸이어서, 무겁고 거추장스러우며, 손가락 하나 움직이려는 데에도 힘이 쓰이고 마음이 쓰였다. 그래서는 글쎄 한바탕 줄행랑을 쳤으면 싶은데도 도대체 그렇게 되지가 않는다. 마음으로는 바라고, 몸으로는 굳어 있다. 마음과 몸 사이에 아마도 치매가 끼어들고, 그것은 역작용을 일으킨다. 한바탕 웃어봤으면이나 싶으면서도, 육실하게 이만 갈리고 부딪는다. 이것은 어떻게 된 일인가? 그런데도 여전히 내게 보이기로는, 가부좌 몇십 년에 어죽어진 다리로, 존자의 애꾸눈이 문하생은 마을 쪽을 향해 부지런히도 달리고 있는 중이었다. 나는 어찌 되었든, 그에게서 한 강설쯤 베풀어줌을 바라든지, 아니면, 내게는 이미 세 치 길이로는 도저히 생각되지 않는, 그의 혀를 동강이를 내버리든지, 무슨 수를 쓰기는 해야 되는 처지에 있는 것인데. 글쎄 그에게도, 진실함으로 발휘된 불심의 출처를 일러주어야 되는 것이다. 하지만 솔직하게 말하자, 나는 그의 혀에 탐심을 내고 있다는 것을, 하지만 솔직하게 말하자, 나는 또한 그의 마지막 한 눈까지도 욕심내고 있다는 것을, 하지만 솔직하게 말하자, 이상스런 인연으로 해서, 그의 혀는 내게 창끝이 되며, 그의 눈은 내게 족쇄가 된 것이다. 그의 혀가 말을 늘일 때 그것은 나를 묶고 들며, 그의 눈이 빛을 발할 때 내 숨은 곳이 해 아래 드러내진다.

그럼에도 이 중요한 순간에, 마음과 몸이 배리하여, 하나는 동으로 떠나고, 하나는 서녘을 헤맨다. 나는 아마도, 스스로 흘려내는 기름땀에 덮이고, 된 똥을 요도로 누고 있는 중인 것이다. 물속에다 대가리를 한 번만 처넣을 수 있다면 내 사지가 유연해질 터인데도, 그것까지도 행할 수가 없다. 해를 올려다보았다, 잠시 망연자실이 따른다. 그때 내게는 아무 공포도 탐심도 없었다. 이런 무서운 순간에 오는 그런 망연자실이란 버렁 떨어진 노릇이었다. 지루했다. 하지만 그 일순의 망연자실을 통해, 갑자기 내 중심이 잡히고, 기가 뜨겁게 모여, 손발을 쇠갈퀴모양 굽어 들이는 것이었다. 뭔지 모를, 어쩌면 그것이 존자에게서 흰 불이 되어 솟구쳐 올랐을 것이, 내게서는 일종의 마력으로 모양을 바꿔 그런 뒤 나를 시위에서 떠나게 하고, 저 늙은 놈의 등이 정통으로 나의 표적이 되었다. 그때에 이르러서 나는 광희로 떨고 있었다. 나는 한 번도 포수를 본 적은 없었지만, 그럼에도 쫓기는 것과 쫓는 것 사이에 끼어드는 숨통이 터질 듯한 이 긴장을 놓고, 내가 지금 포수가 아니라고는 생각되지 않는다. 왜냐하면 나는, 포획물이 아니라, 이 거리, 이 긴장을 즐기고 있는 것이다. 이것은 참으로 시지근한 성교로다. 저 애꾸눈이는 달리면서도, 여우처럼 핼끔핼끔 뒤를 돌아다보며, 노란 수염을 펄럭이고 있는 것이다. 그것은 아름다운 짐승이로구나.

그와 나 사이의 거리는 글쎄 어쩔 수 없이 좁혀지고 있었는데, 그는 늙었던 데다 건각이 못 되었던 것이다. 이래 뵈어도 나는, 늙은 무술꾼들 소견법으로 그저 끄적거려놓았을, 그런 두어 권의 역술서도 읽은 적이 있고, 그래서 적어도 힘의 유동 방향이나, 그것을 좌절시켜 역이용하는 방법도, 하기는 문자나 도해로써 뿐이기는 하지만, 조금은 알고도 있는 것이다. 아 그러니 지금은, 늙은 무술꾼들의 소견법 위에 명상할 때이다. 마을은 아직도 멀리에 있으며, 작은 바윗돌이나 마른 덤불이 군데군데 듬성듬성 있는 것 조금 말고는, 이 무정스런 황지의 어디에고, 그를 숨겨줄 만한 큰 피신처가 갑자기 나타날 듯싶지도 않았다. 지진이라도 우루룽 일어나 우리 둘 사이를 갈라준다면, 아니면 까마귀 떼라도 갸갸갸 날아들어 내 눈을 쪼아 가준다면, 우루룽 갸갸갸, 우루룽 갸 갸, 그러면 거기 저 늙은네의 구원은 있을 것인데. 먹이를 앞둔 나는 독수리인 것만 같았다. 중심으로 잘 집중되어가는 명상은 독수리여라.

종내, 그와 나 사이의 거리는 열 걸음 정도로 좁혀들었다. 흥분 탓에 내 염통은 터져나가고 있었다. 그런데 그 순간, 이 적절히 유지되던 긴장과 거리 사이에, 갑작스런 와해가 끼어들고 말았다. 도망치던 그가, 갑자기 속력을 줄이고 서버리더니, 몸을 수그렸다 일어섬과 동시에, 나를 정면으로 하고 공세를 취해버린 것이다. 보니 그는, 손에 모난 돌멩이를 하나 쥐고 있었다. 그것은 나를 매우 어리둥절하게 하고, 그래서는 쇠갈퀴 같던 손발 가락에 문둥병을 일으켜 오소속 떨어져 내리게 했다. 질서의 파괴에 따르는 이 이완은 불쾌했고, 역시 나는, 백전(百戰)은 너무 많고, 이전 노졸도 못 되어서, 이 상태에 어떻게 대처할 바를 모르게 되어, 오히려 도망치고만 싶었다. 어쩔 수 없어서 나는, 넋 떨어진 웃음을 한번 웃고, 도망칠 것인지, 아니면 좀 두렵지만 분노를 돋워 그의 멱살을 잡아챌 것인지를 결정 못 하고, 시간으로는 아마도 열다섯 번 고동칠 만큼이나 멈칫거렸더니, 어처구니없게도 저 늙은 놈이 다시 도망치기를 시작했기에, 모든 것이 다시 제자리로 돌아온 느낌이었다. 우스운 노릇이었다. 그러다 보니 나도, 이제 동정은 뗀 셈인 병졸이었다. 그는 다시 돌아설 것이었다. 아닌 게 아니라 그는, 조금 또 달리다, 아까 그 모양으로 다시 돌아서서, 으르렁거리는 투로 나를 노려보며, 돌멩이를 쳐들어 올리는 것이었다. 살기를 쏴내는 외눈과, 빠지고 서넛만 아래위로 남은 누런 앞이빨이 나를 또 질리게 했다. 그러나 이번엔 우물거리지 않고, 한 마리 살쾡이로서 나는, 저 늙은 장닭 위에 덮쳐 씌우며 달려들었다. 비겁한처럼 그의 등으로부터 다가들지 않고 정당하게 그리고 도전에 의해서 나는 이제 그의 정면으로 달려들 수 있게 된 것이다. 이 실랑이로 해서, 어느 쪽이 상처를 받고 심지어 죽는다고 하더라도, 이것은 공명한 싸움이며, 또한 위험과 위협에 맞서, 정당히 대처한 자기 방위의 결과로서 나타나는 것일 것이다. 어쨌든 그가 들었던 돌은, 내 왼쪽 이마를 스치고, 가벼운 상처를 입힌 것뿐으로, 그의 손에서 떠나가 버렸고, 그래서 그나 나나, 빈손으로써 맞닥뜨려졌다. 빈손으로써의 이 실랑이도 물론, 내가 이길 것이라는 일방적인 자기 확신만을 빼놓는다면 쉽게 끝날 것 같지 않았다. 이 늙다리 도사 또한, 사내로 그 나이 되도록 뼈를 휘어온 것이다. 그는 그

한 개의 눈으로 살(煞)과 피를 흘려내며, 물고, 차고, 할퀴고, 치고, 쑤시며, 내게 육박했고, 처음엔 나는, 늙은 무술꾼들 소견법 위에서 명상하며 그것에 대처하려 했으나, 실제 응용이 따르지 않았던 지식이란 아무 덕이 못 되었고, 나를 오히려 초조하고 피로하게만 했다. 사실에 있어 나는, 거의 죽어가고도 있었다. 결국 나는 젊다는 재산으로, 뼈가 그의 것보다 조금 굵다는 밑천으로 저 광분한 늙은 놈 위에, 그 늙은 놈처럼 용써대는 수뿐이었다. 그래서 발로 차고, 주먹으로 되는 대로 쳐대며, 잡히는 것이면, 무엇이든 잡아 늘이거나 우그러뜨렸다. 그러고 보니 싸움이란 결국 그런 것이었다. 좀 덜 맞으려다 보니 피해야겠고, 좀 더 패주려다 보니 허를 찾아야 했다. 나중에는 좀 더 교활해져서, 허를 내보여주는 척하며, 그 허에로 몰두해오는 상대를 되짚어버리는 데에까지 발전하기도 했으나, 그럼에도 저 늙은 놈은 매번마다 일어서는 것이었다. 그가 쓰러져 꿈틀거리고 있을 때마다, 나도 힘과 기를 모아야 했고, 그러느라 심호흡을 했지만, 그도 그런 짧은 휴식을 통해 두 배씩의 진기를 돋우고 일어설 때는, 두 배씩의 머리통을 달고 내게 대드는 것처럼 여겨지기도 했다. 아마도 오래잖아 나는 그의 맥을 못 추게는 해놓으리라. 쓰러져 꿈틀거리는 것 위에로 덮쳐 누르기로 한다면, 허긴 지금 당장에라도 그의 숨통을 막아버릴 수는 있으리라. 그러나 나는 왠지 그렇게 하지 않았는데, 아마도 나는, 저 처참한 초조로움, 심장이 미친 듯이 뛰며 숨통을 막는 괴로움, 피에 의해 가중하는 살기, 흥분, 공포, 힘이 소모되어가는 피로, 그런 것들을 즐기고 있는 것이었다. 그러다 종내, 내가 한주먹 살인적으로 읔박지른 것에, 그가 콧잔등을 부러뜨리고 팩 쓰러져 꿈틀거리며 더 일어서지를 못하게 되어서, 이 실랑이는 아마 파장에 온 듯했다. 이제는 그의 혀를 잘라내도 좋을 것이라고 생각하며 나는, 조금 방심한 채 들을 한번 둘러보았더니, 그것이 허였던지, 저 늙은 놈이 느닷없이 내 불알을 훑고 늘어져, 나를 질식 직전으로 몰아붙였다. 그 고통으로 하여 나는 어찌할 바를 모르고, 모로 쓰러져 몸을 꼬며 비명을 질렀으나, 그의 두 손은 만수산 드렁칡으로 얽히고설키어, 더욱더 욱죄이고 들 뿐이었다. 그러면서 그 늙은 놈은 낄낄거리고 웃기 시작했다. 이것은 촌각을 다투는 고통이어서, 그것이 이 실랑이의 마지막 고비인 듯했다. 그리하여 나는 아까부터도 유혹을 느끼고는 있었으나 아직까지 보류해두었던, 피 흘리는 그의 한 고장에다가 손가락을 푹 쑤셔 넣어 휘저어버렸다. 그는 불알을 훑고 있는 승리감에 취하느라, 그 허를 단속지 못하고 있었던 것인데, 그 한 번의 공격으로, 저 드렁칡 억세던 것도 오소속이 떨어져 나가버렸다. 나는 결국, 그의 마지막 눈을 파내버린 것이었다. 그 파내버려진 눈구멍으로 먹피가 주르륵 흘러내리자, 그는 구 구멍에다 오히려 제 손가락을 쑤셔 넣으며, 처참히 울부짖으며, 처참히 바닥을 굴러댔다. 그가 그러는 동안에 나는, 몹시도 훑여져, 나를 까무러치기 직전까지 몰고 왔던 국부의 아픔을 두고, 무슨 수를 쓰지 않으면 안 되었다. 우선 나는, 하늘을 향해 번듯이 누워, 숨을 딱 끊은 뒤, 사지의 끝 간 데까지로 힘을 몰아붙여, 인공적으로 간질을 일으키며, 국부에 응어리진 고통의 분산을 시도했다. 그리고 자꾸 생각하기를, "몸이란 사대(四大)의 집적이다. 그러나 사대란 역시 공(空)이므로 고통 또한 느껴질 것이 아니다"라고 했다.

그러는 동안에 그러자, 국부에 뭉쳤던 아픔의 응어리가 얼운하게, 사지 끝으로 독처럼 빠져나가고, 용신해도 쓸 만해졌다. 나는 그래 일어섰고, 그리고는 이번엔 내 쪽에서 낄낄거려주며, 주리를 틀고 울부짖는 저 짐승을 내려다보았다. 헌데 그의 몸부림이 내게 대비(大悲)를 일으켰다. 그러느라니 침이며 눈물이 저절로 줄줄이 흘러내리는 것이었다. ……슬픔이, 기쁨이, 사랑이, 증오가 비롯되는 근원을 알작시라. ……나는 참 얼마나 선한가, 타인의 고통에 큰 슬픔으로써 같이 울어주는 나는 얼마나 선한가, 헌데 이 큰 슬픔은 어디서 비롯된 것인가. —나는 서서 그의 울부짖음을 듣고, 꿈틀거림을 보며, 저주에 젖고, 인간인 것이 고통하는 것에 대해, 내 가슴이 또한 아픔에 긁혀 흘리는 피를, 뜨겁게 마셨다. 그리고 그가, 도망치기라도 하듯이 뺑뺑이를 돌며, 기어서 달리는 것을 또한 슬픔으로 보았고 서낭전인지 어딘지에 대고 무릎을 꿇어 목숨만은 살려달라고 비비는, 가난한 손을 또한 보았다. 그것은 피에 젖은 불쌍한 짐승이었다. 대비란 번뇌일레라. 처음에 빛이 있었고, 다음에 생명이 있었는데, 이제 생명만 남고, 빛을 잃어버린 저 검은 생명의 방황은 번뇌일레라. 나는 이제 그의 혀를 잘라야겠으나, 그러나 나로서도, 저 앓는 짐승에의 한 큰 자애를 어찌할 수가 없고만 있다. 그 대자대비로 나는, 그가 내 머리를 한번 가볍게 다쳤던 그 돌멩이를 찾아 쥐었다. 그리고 나는 자애롭게, "대사여, 대사께서 찾고 있는 것이 혹시 자비(慈悲)라면, 그가 대사의 뒤에 서 있소이다" 하고 속삭여주었다.

그가 그러자 개처럼 돌아서서는, 용케도 내 발등을 찾아서는, 그 위에 이마를 조아리며, 자기를 살려만 주면, 자기는 곧장 자기 살던 옛 절로 돌아가, 이제껏 헛닦았던 도나 닦으며 여생을 보내겠으니, 글쎄 목숨만 불쌍히 보아달라고 비는 것이었다. 글쎄 자기는, 아무것도 못 본 것으로 쳐두고, 잊어버리겠다는 것이었다.

그의 비는 것 또한 내게 슬프고, 자애를 짜안스러히 자아내게 했다. 그 자비로 돌 들어, 그의 뒤통수에 산(算) 놓는 자가 만약에 있다면, 그역 보살이 아니겠는가. 보살행이 아니겠는가.

나는 그래 그 짓을 천천히 했다. 한 산(算) 한 산 놓을 때마다 거기서는 꽃이 피어나고, 나는 대비(大悲)로 취해, 세상 풍류스러 보였다. 한 산 놓세근여 또 한 산 놓세근여 어욱새 속새 덥고가모 백양(白楊) 속애 가기곳 가면 누른ᄒᆡ 흰ᄃᆞᆯ ᄀᆞᄂᆞᆫ비 굴근눈 쇼쇼리 ᄇᆞ람 블제,

그러다 보니 내가 취했던갑다, 취했던갑다. 몸이 흔들려 가눌 수가 없는데, 팔베개하고 누우니, 정심(正心) 갖고 나 혼자 세상 청빈스러이 산다고 하였더니, 세상 하수상하여 어지럽고 잡스러, 차마 눈 뜨고 볼 수가 없을레라. 그 세상이 끼꺽끼꺽 돌기를 시작하는고야. 어지럽구나, 어지럽구나.

누른 해를 찾으니, 하늘의 중간을 벗어나고 있었을 때만 해도 중년이었었다는, 지금은 한 진갑이나 되었을까 한 얼굴로, 도는 세상 속절없이 내려다보고만 있다. 글쎄, 어지럽구나, 춥구나, 그래 눈 감고 몸을 공처럼 뭉쳤더니, 도는 것의 한가운데에 내가 있어, 뭔지 모를 힘이 나를 자꾸 응축시키고 있는데, 나중엔 내가 거의거의 사라지고 아마 한 점으로나 남은 듯했다. 그래서 내가 아주 작은 미물이 된 듯하였는데, 때에야 돌던 세상이 끼꺽끼꺽 멈추기를 시작하는 것이었다. 다시 내가 누른 해를 찾았더니, 저 진갑 때 얼굴은 안 보이고, 그런 대신 거기에, 웬 잡환 나부랭이들이 팔만으로 펄럭이고, 휘어 휘어 나르고 있었다. 때에 비가 내리고 있어, 땀이나 좀 씻겠다고 했더니, 그것은 비가

아니라 피였고, 저 팔만 잡환 나부랭이들이 뽑아 던진 눈깔들이었고, 그 눈들은 쏟겨 내려 내 주위에 산적했는데, 그것들은 나를 쏘며 보았다. 햇빛은 아니었을까, 햇빛은 아니었을까 몰라. 세상이 낮이라는 것 때문에, 밝다는 것 때문에, 나는 두려워하고 있었던 것은 아니었을까, 아니었을까 몰라. 내가 내 머리 툭툭 치고 둘러보았을 때 세상엔, 해 말고는 아무것도 없던 것이다. 대비는 고로 발할 일이 아니었던 듯도 하다. 큰 슬픔에 싸여 산 놓이다 죽은 고깃덩이에서는 피 냄새가 흐르고, 그것은 죽어서도, 내가 자기와 존자를 죽였다는 것을 사유시방에다 발설해대고 있던 것이다. 허지만 세상을 홑으로 반밖에 못 보던 자여, 그대가 살려달라고 애걸만 하지 않았어도, 비록 내가 그대를 찍어버리고 난 뒤에라도, 내가 그대를 살해했다고 생각하지는 않았을 터인데. 자넨들 글쎄 겁(劫)을 두고 사는가, 겁을 두고 사는가 말이지. 손톱을 뭉그러뜨리며 나는, 살점을 뜯기며 나는, 미쳐서 나는, 거무튀튀한 흙을 까뭉그려 내리고 있었다. 나는 저 주검을, 샘으로도 통하고 마을로도 통하는 길로부터 멀찍이 떨어진 한 작은 사구 밑에 누이어놓고, 그 흙을 뭉그러뜨려 감추고 있는 중인 것이다. 저 주검을 해로부터 분리해내, 해로 하여금 더 이상 볼 수 없도록, 땅 위의 것들로 하여금 더 이상 발설할 수 없도록, 그래 나는, 그것들의 눈과 입을 꿰매려는 것이다.

나는 초조로이 주위를 살피며, 끝내 그리하여 저 시체를 은닉해버렸다. 그런 뒤 나는, 모든 피 맛 본 흙들을 찾아, 뒤꿈치로 흩뜨려 다른 흙과 섞어도 버렸고, 비가 오지 말아얄 텐데, 여우가 지나지 말아얄 텐테, 어쨌든 저 우라질 녀러 것이 시늉으로 죽어 있지는 말아얄 텐데, 하고 기도도 했다. 그러며 이번엔 샘터로 되달려가고 있었다. 거기에, 다른 주검이 이 세상에 태어난 채, 여태도 강보에 싸이지 못하고 있는 것이다.

정수리에 돌을 맞고, 글쎄 그는 죽었던 것이다.

그를 묻는 일이란, 더욱더 힘들고, 기진맥진하게 하며, 기분 나쁜 일이었다. 그는 그의 문하생에 비해, 세 배는 넓었고, 세 배는 둥글었으며 세 배는 기름진 데다, 미끄러워, 내가 어느 끝이든 한번 붙들고 잡아당겼다고 하면, 내 손바닥엔 기름만 찐득거리고, 몸은 돌고래모양 빠져나가 버렸다. 그것은 기름진 죽음이었다. 하다못해 나는, 그가 썼었던 수건을 반으로 찢어 서로 잇대어 묶은 뒤, 저 죽은 턱에 걸어 질질 끌어내는 수를 썼다. 그렇게 하는 짓이란 물론 존자를 모시는 예의는 아니었다.

그 주검이 흙 위에 끌어올려져서, 그 샘으로부터 제법 떨어진, 다른 한 작은 구릉 밑에 놓였을 때 나는, 이것은 참으로 잘 닦여진 거울이어서, 묻어버리기에는 너무도 고운 몸뚱이라고 한탄도 했다.

그러나 물론, 맨 마지막까지 얼굴은 묻지 않고 두었다가, 마지막에 이르러, 저 기름진 입술로, 내 두 발의 바닥에 정중히 입맞춤할 수 있도록 하기를 잊지는 않았다. 어쨌든 센 비가 오지 말아얄 텐테, 센 바람이 저 흙을 몰아가지 말아얄 텐데, 코 밝은 여우 년이 냄새 맡고 미치지 말아얄 텐데—

할 수 있는껏 나는 저 은폐를 완전히 했다. 샘으로 뛰어 내려가, 거기 용해되었던 핏물까지도, 할 수 있으면 짜내려고, 그래서 그 샘을 온통 들쑤셨다. 그 바닥의 이끼를 일궈내고, 샘 전의 모래며 돌도 밀어 넣고, 흙탕을 치며 물을 아름에 안아, 송두리째 뒤집어버리려고도 했다. 그런 진탕질 후에 보인 물은 검고 불그스레하여, 밤에 본 아편꽃밭 같았다. 아무튼, 여과의 법칙에 의한다면, 내일이나 모레쯤, 물은 어떡해서든 자기를 맑혀놓고 있을 것이었다. 더욱이 정화수란 그래야 하는 것이다. 하지만 존자여, 그대가 끝까지, 그대의 몸을 보리수라고 주장하지만 않았더라도, 나로서는 그대를 꼭히 묻었어야 할 이유는 못 찾았을 것이었다.

그러고 나서 나는, 주위를 되도록 멀리까지 한번 휘둘러보고, 소나무 가지 위에서 혹간 새라도 앉아 날 보지는 않았던가 찬찬히 살펴도 본 뒤, 조금은 후후거리고 웃어야 된다고 생각은 하면서, 그 자리로부터 줄행랑을 쳐댔다. 결국 누가 알 것인가? 비바람에 의해서든, 여우에 의해서든, 저 송장들이 하늘 아래로 드러내진다 하더라도, 그때쯤은 얼굴이며 몸이 온통 묵사발이 되어 있을 것이고, 하수인은 그의 손을 깨끗이 씻어버리고 있을 터이니, 그때는 드러내졌어도 내진 것이 아닌 것과 같을 것, 글쎄 헤헤, 누가 알 것인가. 글쎄 하수인은 손을 씻고, 상처를 씻고, 그 현장으로부터 지금 자꾸 멀리로 가고 있는 중이 아닌가. 그가 돌아와 소문 속에 한자리 차지할 때에는, 왼손으로 한 보살행이 오

큰손도 모르게 이뤄진 것을 알고, 하늘에서의 상이나 크게 생각할 터이지.

헌데 어째도, 저 계집, 이전구투로 밤새우고, 뻘 냄새 풍기는 몸 씻을 데를 가리켜 주었던, 저 망할 녀러 것이 마음에 켕겨서, 한 번 더 마음을 도지게 먹고, 그 계집을 사막 가운데 어디 정적한 곳으로 유인해 와야 된다고 마음은 먹으면서도, 헌데 어째도 마을 쪽으로는 발길을 돌릴 수가 없어서, 광야의 가운데 쪽으로나 나는 자꾸 달리고 있었다. 내 몸은 생채기들로 지금 피와 진물을 흘리고 있으며, 더러 부은 데다, 더러 멍이 들어 있어서, 그것들이 보기에 웬만큼 흉스럽지 않을 때까진 기다리지 않으면 안 될 것이었고, 햇빛 비치는 마을에 설 마음도 어디선가 다져야겠는 것이다. 그러다 뒤를 돌아다보니, 소나무 이파리들이 다시 무슨 푸른 연기나처럼 보이고 있는데, 전에 진갑이었던 해가 임종하는 고달픈 그늘이 저녁처럼 덮이기 시작하고 있었다. 칠십은 고래희일레. 허기는 글쎄, 저녁 그늘 탓이었겠지러, 헌데 내게서는 오한이 계속되고 있었다. 하기는 그것이 오한이 아니라 악령이었던지도 모른다. 물 같은 땀을 뚝뚝 흘리는 기름진 등짝이 대가리도 없이, 둥실 떠올라 연처럼 흐느적이는가 하면, 그 등짝의 한가운데에 한 개의 작은 눈이 박혀 눈물을 흘려내기도 하는데, 그 눈물은, 그 눈 속으로부터 꾸물대고 기어 나오는 황충들이며, 눈물이 아니었다. 그 눈물은 쑤물대며 떨어지는 대로 내 몸에 엎혀, 나중엔 내 전신을 덮어버렸는데, 내가 아무리 진저리를 쳐보아도, 그것들은 더욱더 내 살 속으로 파고들었다. 아무리 둘러보아도, 다른 별다른 것은 없이 그저 그런 풍경으로, 듬성듬성 웅크리고 있는 죽은 가시덤불이며, 또 그런 바윗돌이며, 낮은 구릉들 밑의 흐린 저녁 빛이며, 거무튀튀한 흙이며, 그런 적막이며, 그저 그런 세상이 창백히 깔려 있을 뿐인데, 대체 나를 추적하고 있는 것은 무엇인가? 무엇에 내가 쫓기고 있는 것인가? 내게 보인 허상은 허상이지 실체가 아닌 것이다. 그러나 나는 실체로서 쫓기고 있는 것이다.

소리라도 질러볼까? 휘파람이라도 미친 듯이 불어 젖힐까? 비라도 내리고 어둡기라도 한다면, 나를 몰이하고 있는 저 보이지 않는 것들 속에 살이 채워져 들어, 그것들이 어떤 것들인지 내가 볼 수 있게 될는지도 모르지만, 어디 이슬이라도 올 듯한가. 그러나 이 황막한 데에서는 소리까지도 단절되어버린다. 움직임 가운데도 맥락은 없는 듯해, 내가 토막토막 잘려졌다 이어지고 이어졌다 잘려나가고 있다. 글쎄 어떤 도마뱀은, 그것의 꼬리부터 잡히면, 그것을 떼놓고 몸만 떠나버리는데, 그 움직임 사이에 끼어드는 그런 단절이 내게도 끼어든다. 이것은 거북하고, 집중력을 잃게 하며, 정신력을 소모케 한다. 이 상태에 이르러서 나는 다시, 항마좌로 숨을 멈춰버린 스승을 그리워하기 시작하고 있는 것이었다. 대체 어떤 인연, 어떤 악업으로 인하여, 저러한 살해가 이뤄져 버렸는지 나는 그것이 알고 싶은 것이었으며, 그러나 무엇보다도, 누구에겐지 그 일을 털어내 말해버리고 싶은 것이었다. 내가 그 일을 나만의 비밀로 해두려고 했을 때, 이상스럽게도 그것은 내독(內毒)이 되어 내 염통을 갉고 드는데, 내 속에 있으나 나와 뜻을 같이하려 들지 않고, 산 위의 독수리처럼, 차가운 눈으로 나를 내려다보고 있는, 저 무서운 눈은 누구인가? 그것은 누구인가? 피로에 시든 아흔아홉 간 살[肉]의 잠 위에 깨어 있어, 밖의 도둑이 아니라 안의 아픔을 지켜보고 있는 저 눈은 무엇인가? 아흔아홉의 입술이 말하기를, "그러나 아무도 본 사람도 없고, 그리고 저 살해는 완전히 은닉되었으므로 조금도 불안해하거나 걱정할 것은 아니다. 그러므로 잠잠하라"라고 하는데도, 그렇지 않다고 말하는 하나의 입술은 무엇인가? 그럴 때 아흔아홉의 위로가 위로가 못 되며, 하나의 가는 목소리가, "그러니 고해든 자백이든 자수를 하는 일이겠지" 하고 종용하는 것에 당해 쭉정이 무게로 흩어져 떨어진다. "그런 수단에 의해서밖엔, 넌 아무리 해도 마음의 안정을 회복지는 못할 것이거든." —아흔아홉보다도 더 큰 이 하나의 음성은 그것이 무엇인가…… 네놈의 속에 있으면서, 모든 것을 그 자신의 것으로 하고, 말하기를, "나의 신, 나의 마음, 나의 사고, 나의 영혼, 나의 몸"이라는 그것이 누구인가…… 나는 스승을 그리워하기 시작한 것이다. 죽장질에 머리를 얻어터지고 싶은 것이다.

3

밤이 되도록 나는 헤맸다. 발은 터지고 물집이 생겨선, 너덜너덜 벗겨졌다간, 연한 살을 드러냈을지도 모른다. 아픈 줄은 몰랐다. 나는, 사막을, 그냥 남녘 끝을 한하고 질주해나간 것이 아니라, 날 속에 짜여 드는 씨북처럼 헤맨 것이다. 헤맬수록 왠지 나는 더욱더 쓸쓸하던 것이다. 계집 하나 잘못 잡아먹고, 목에 비녀가 걸린 채 고독히 배회하는 그런 어떤 야윈 들개처럼, 왠지 내 목구멍에도 그런 비녀가 걸려 있었다. 그것은 울음은 아니었을까도 모른다. 그래 끝내, 엎드러져, 저 황무한 고장의 몰인정 앞에 굴복하고 나를 내팽개쳐 버렸더니, 그 울음이 북받쳐 오르는 것이었다. 섶을 지고 내가 불 속으로 다니고 있다고 하지 않았더라고 하더라도, 산다는 일이 그렇게도 서럽기만 서럽던 것이다. 천년 전에 죽어 촉루로나 구르고 있는 듯한, 그런 해골 속을 산다는 일은 아프던 것이다. 외롭던 것이다. 무섭고 슬프던 것이다.

그래서 나는, 땅을 치며, 하늘을 우러르며, 몇 기억나지도 않는 다정한 얼굴들을 부르며, 처럽시 처럽시 울었더니, 그 울음의 꼬리로, 푸른 달빛인지, 잠인지가 반쯤 풀려나와, 나를 달래고 든다. 글쎄 언덕 그늘인지 밤인지, 아니면 잠든 나무들의 손가락에 옷고름이나 묶어놓고 살며시 마슬 떠난 어떤 수풀 그늘인지 달빛인지, 글쎄 무엇인지도 모를 것이 나를 포근히 감싸고 드는데, 그러자 내가, 그냥 한 소년, 철은 없었으나 늘 흥그렁히 눈물만 담고 살던 때로 되돌려진 듯이 느껴진다. 어쩌면, 한번 떠나서는 몸으로 두 번 다시 돌아오지 않는다던 그 바다가, 죽은 넋으로라도 못 잊어 찾아와, 그녀의 혼처(魂處)를 헤매는 한 고혼을 감싸주었을지도 모른다. 그래서 들어보니, 내 귀에는, 갈매기 울음소리인가, 해조의 그중 우닐은 소리인가가 들리고도 있었다. 그래, 몸으로 떠났던 엔네, 혼으로 돌아온 것이었다. 저 부드러운 수심 아래, 물에서 죽은 어린 선원처럼, 나는 엎드려, 물이 일럭거리며 내 살점을 조금씩 조금씩 떼어가는 것을, 물의 그 정겨운 탈취를, 나는 혼신으로 받아들이고 있는 것이다. 그렇게 나는 자랐던 것이다. 그저 어디에나 있는 그저 평범한, 그렇지만 조금 더 슬픈 데, 그런 갯가, 그렇지만 뱃사공과 창녀의 응석이 새벽부터도 떠들썩한 고장—나는 고기 비린내를 풍기며, 왼날을, 벗은 몸으로 모래성이나 쌓고 있으면, 언젠지 돌아온 조수가 내 뒤꿈치를 갈근거리기 시작한다. 잠시 후에는, 내가 그냥 하나의 모래성으로 그 조수에 헐리고 있노라면, 조수는 내 배꼽을 간질거리며, 목으로 차오른다. 바닷가 고요한 날로는, 새끼 고기들이 내 겨드랑이며 허벅지를 쪼으고도 있는데, 그럴 때론 나는 킥킥 웃곤 했었다. 그러나 아직 그때는, 어쩌면 탈육(脫肉)의 황홀을 의식지는 못했을는지도 모른다. 자라서 나중에, 하천이며 강가며 바닷가를 지날 때마다, 나는 아마 그 황홀을 뒤늦게 느껴냈을지도 모르는데, 그러고 보면, 내가 바다로부터 몸을 일으켜, 어머니와 내가 사는 언덕 위의 집으로 올라가고 있었을 때, 나는 어쩌면 해골과 뼈로서만 걸었을지도 모른다. 그렇게 나는 늘 육탈(肉脫)되어가는 것으로 자랐을 것이었다. 나 살던 언덕엔, 늙었거나 병든 창부들만이 모여서 살았었다. 그런 창부들의 몰락한 거리에서는, 늙은 뱃놈의 얼굴 하나 보이지 않는 날이 거의 전부였다. 헐어진 코와, 농 흐르는 사타구니와, 간질과, 습습한 해풍의, 그것은 골목이었다. 하늘은 대체로 여덟 달간이나 흐르지만, 겨울이래도 혹독히 추운 법 없어, 노숙 끝에는 한 번 감기나 걸리고, 맑은 날 다음 날 창부들이 송장이 되어 거적에 싸여 달구지에 얹힌 뒤, 화장장으로 보내지는 골목. 자살(自殺)은 아니었었던지도 모른다. 화장장은, 남쪽 어디에 있었다고 했는데, 죽어서나 한번 뼛속에 핀 곰팡이를 말린다고 했었다. 일 년이면 한 서넛씩은, 젊어서 된 노파들이 남녘으로 실려 갔다. 그래, 육신만으로 살던 여자들은, 임질이며 매독이며, 습습한 해풍에 늙어져, 갓 마흔에도 노파가 되어 기침을 콩콩 해대던 것이다. 푸르죽죽하고 갈보 냄새 나는 골목, 그것은 일종의 성역이라고나 할 것이어서, 아무라도 들어올 수 있는 곳은 아니었다. 어쩌다 이 고장에 낯선 어떤 시러베자식이 있어, 실족해 들었다간, 뼈도 못 추리고 기어서 나갔다. 물잠방이 한 꺼풀만 남겨서야, 살구씨 뱉듯, 저 골목이 아주 신 얼굴을 하고, 골목 밖에다 퉤 뱉어버리는 것이다. 젊어서 늙은 계집들은, 골목에 나와 퍼지르고 앉아, 한낮에도 거무죽죽히 웃고, 밤중에는 비 오듯 울었다. 밤의 그 거리는 공동묘지처럼 처럽시 어두웠다. 배가 고파도 일은 하려고 들지도 않으며, 어쩌면 누구도 일을 시켜주지도 않았거나 할 자리가 없었던지도 모르긴 하다. 구호미라고, 읍소에서 한 달에 서 되씩 주는 보리며 수수로 살았다. 그런 여자들 중에서도 그래도 비교적 정결하고, 비교적 고운 여자의 아들이 나였댔다. 그즈음에 그 여자는, 동냥자루가 오 분의 일쯤 무거운 홀아비 문둥이들의 애첩이었고, 아랫녘 늙은 해수병쟁이나 젊은 폐병쟁이, 또는 간질쟁이들을 단골손님으로 두고도 있었다. 입 싼 아주머니들 퍼지르고 앉아 푸르죽죽한 소리로는, 때로는 아마, 장가를 채 못 든 채 급살에 뒈진, 부잣집 아들내미들 송장들과도 밤잠을 치러주어, 몽달귀신을 면하게 하는 일도 했던 듯했다. 그렇게도 입 싼 아주머니들로서도 그런데, 내 아버지에 관한 한은 한마디의 풍문도 만들어내지 않았던 것으로 보아, 어머니가 그 성역으로 이사해 갔을 때, 나는 아마도, 그녀의 배 속에가 아니라, 그녀의 등짝에 업혀 있었던 것이 확실했다. 어쨌든 문둥이들이나 죽을병쟁이들은 어서 죽기를 바라고 사는 듯해서, 병든 고기쯤 개의치 않는 듯했다. 그래서 그들은, 주머니 바닥의 푼전쯤은 대수롭잖게 안 듯했으며, 또 그만큼은 솔직해서, 사립짝에 들어서는 길로, 어머니의 엉덩이를 두들기며 치마를 끌어 올려 저 더러운 손바닥으로 문지르는데, 그러면 어머니의 눈에 슬픈 색기가 서리고, 나와의 이별이 담긴다. 그러면 나는, 어머니를 빼앗아 가는 모든 아버지들에 대한 형언할 수 없는 질투와 증오 같은 것으로, 비질비질 울며 바다로 달려 내려가서는, 그 고요한 물속에 나를 파묻어놓는 것이었다. 상점이 잇대어진 거리를 다니고도 싶었었지만, 그러다 보면 나만 한 또래 애들의 돌팔매에 맞기가 일쑤였고, 개가 물려 달려들어도 아무도 말려주려고 하지 않는 것이었다. 결국 바다로밖에 내가 갈 곳은 없던 것이다. 그래서는 눈물을 떨어뜨리며 어머니를 저주하고 있노라면, 나도 모른 새, 저 어린 잠지가 불어나서, 물속에 잠겨 앉은 아이는 아이가 아니라, 그것은 하나의 돌출한 남근, 하나의 더러운 아버지로 느껴지는 것이었다. 저 정중스럽지 못한 손들로 쳐들어 보이던, 저 음모 푸석한 사타구니며, 물그레해 보이는 둔부 같은 것을, 그러며 나는 훔쳐보고 있는 것이다. 나도 그러며 내 손바닥을 펴 보는데, 그러면 내 손도 또한 저 때 낀 아버지들의 마디 굵은 손으로 변해져, 저 까스스한 바다를 물그레 더듬고 있었다. 손바닥에 가득 채워졌다 빠져나가는 바다의 감촉은 그리고 그런 것이었다. 그러나 그 여자는 죽어버렸다. 나는 토방에 앉아 그저 울고만 있었고, 해는 며칠을 밝으며, 푸른 하늘을 엎질러댔다. 읍소에서 나와, 죽어 썩던 그 여자를 거적에 말아 달구지에 싣고 내려간 것뿐으로, 나는 다른 것은 모른다. 그녀도 아마 남녘으로 갔겠지. 그리고 뺏

속의 곰팡이를 말리다 그을음이나 되었었겠지. 어머니의 이웃이었던 여자들이 돌아가며, 하루 한 끼니씩은 수수개떡 반쪽씩으로 내게 먹여주었었는데, 나는 그것을 씹다 쓰러져 자고, 깨어보면 밤이기도 했다. 그러던 어떤 날, 아마도 일 년 걸러 한 번씩이나 지나갔을까나, 하지만 한 번도 시주를 바란 적은 없고, 그저 죽은 창부들 이름이나 적어가며 명복을 공짜로 빌어준다던 그 괴팍한 중놈이, 헌데 한 반달 전쯤에 한 번 지나갔으니 내년 이맘때의 반달 전쯤에나 다시 지나가야 옳았을 터인데도 또 지나가며, 거의 말까지도 다 잃어가고 있던 내게 미음 먹이며 앉더니, 속삭이듯이 하며 자기를 따라가면 어떻겠느냐고 묻는 것이었다. "너의 어미가 죽었구나 글쎄, 저번에 보니 사색이더군." 그는 먼저 그렇게 말을 꺼냈었는데, 그저 신통찮은 일이라도 이야기하고 있다는 투였다. 하지만 전에는 내 귓불이나 아프게 잡아당기고, 말없이 그냥 서서, 하필이면 나만을 눈여겨보곤 하던 그 중이, 어쨌든 뭔가 말하길 시작한 것이다. 하긴 잘은 모르지만, 어머니는 그를 마음으로 무척 반기는 듯하긴 했었다. 그러나 서로의 사이에 말은 없어서, 그리고 나중은 그저 골목을 빠져나가 버리는 것이어서, 아무 소문도 만들어지지는 않았다. 어쩌다 내게 들켜서인데, 그 중이 지나가 버렸을 때 어머니의 눈엔 웬일로 눈물이 맺혔던 것을 나는 한번 본 일이 있기는 있다. 어머니는 물론 그 눈물을 얼른 감추어버리기는 했었다. 그렇다고 내가, 그 눈물의 의미를 알고 있는 것은 아니다. "그래서 말이지 가다가 한 번 더 발길을 돌려본 것인데, 너만 싫지 않다면 말이다, 어떻니, 날 따라붙어 보지 않을 텐가? 그저 동냥해 먹는 거지. 그리고 저쪽 바깥세상은 또 어떤가 구경해보는 거다." ―그래서 나는, 물론 어머니의 이웃들도 권해쌓고 해서, 따라붙었었다. 우리는 그로부터 반달 길이나 걸으며 문전걸식을 했었는데, 그의 동냥하는 방법은 사뭇 희한해서, 그 신통한 재주나 배우고 나면 그와 헤어지려고도 나는 했었다. 그는 어느 집 문전에서나, 도대체 그 뜻을 알 수도 없는 말을 씨불이고 있으면 그 집 안댁이나 아니면 선머슴애가 나오기 마련인데, 더러 쪽박까지도 깨뜨리는 경우는 있어도, 대개는 쌀이나 보리쌀이 종그랑 바가지에 조금 담겨져 나온다. 그런 후에 우리는 한 외딴 산막에 닿았고, 그것이 그의 암자였다. 나는 그렇게 해서 그의 불머슴이 되어버린 것이었다. 그

방의 벽은 온통 곱게도 묶여지고 질서 없이도 겹쳐지기도 한, 종이 나부랭이 일천 나한들로 어지러웠는데, 그를 모두 중이라고 했었는데도 불구하고, 무슨 신주나 삼거불 똥구멍의 한 마리 개는커녕, 하다못해 홑으로 여덟, 염주 하나 없어서, 중은 아니었으며, 그렇다고 속중도 아니었으니, 그냥 돌중이라고 해야 옳았을 것이었다. 그런 그로부터 저녁에는, 한 뒤 종류의 사어(死語)를 배우느라고 하며 졸았고, 끼니때는 우물에서 부엌 사이를 맴돌았고, 그런 나머지 시간으론 장작을 만드는 데에 시간을 보냈다. 그 장작들은 읍내의 큰 여관 부엌에 쌓였다. 어째서 하필이면 그는, 내게 죽어진 말들을 가르쳤는지는 지금도 모를 뿐이지만, 묻지도 않았었다. 하긴 그는, 나보다도 더 외로운 중이었었다. 속(屬)을 알 수 없는, 스승도 종단도 없는 중, 친척도, 그리고 한 혈루병자 말고는 친구도, 아마도 고향도 없는 중, 신들의 문전에서 동냥 걸식을 하며, 영혼이 고픈 탓에 혼자서 한숨짓고, 그러다 그 신들의 문전에다 똥 누어버리고 돌아서는 중, 나라도 그에게 친근히 하며, 아버지라고 불러주었어야 마땅했었을 것이었다. 그러나 난 침울하고 소심하게 자라느라, 한 번도 속심정을 보여주지를 못했었다. 그러며 그가 바랑 메고 하산해버린, 저 외로운 산막에서, 참으로 지리한 낮과 밤들을 새우느라고 하고 있으면, 언제나 바다가 나를 덮어씌우는 꿈을 꾸었고 그 바다 가운데서는 언제나 난 철부지인 것이다. 모든 외로운 밤마다 그런 꿈은 반복됐다. 그런 외로움은 그리고, 저 병든 여자를 농락하는 저 병든 손들을, 내 현실의 모서리들에서 마주칠 때 일어나는 것이다. 외로움의 형태는 물론, 매번마다 다른 것이 사실이다. 그러나 나는 철부지로 바다 가운데 주저앉아 있게 되고, 그래서는 저 슬픈 모서리들을 굴절시켜 바라본다. 그럴 때는 이미 질투할 것도 증오할 것도 없어진다. 나는 저 병든 손들의 현실을 수락하기 시작하는 것이다. 그러며 저 병든 여자를 농락하는 데 가담하는 것이다. 더 모진 손, 더 추악한 얼굴을 하고, 저 떠는 병든 혼을 찢어발기는 것이다. 저 병든 가련한 것은, 그래서 그런 방법에 의해 하나의 산 희생으로 바쳐지는 것이다. 아버지는 그러면 실명으로부터 눈을 뜨지만, 그녀는 찢겨 피를 흘리고 있다. 그 피에 의해 눈 뜬 아버지는, 어쨌든 빛 속에 던져지고 그래서 싱그럽게 웃으며, 언덕을 내려간다. 목구멍을 생각해서 장작 짐을 짊어지고, 새벽 찬 이슬 풀섶에 맺힌 것 흐트러뜨리며, 읍내 여관집 대문으로 가는 것이다.

헌데 이 유리가, 신 얼굴을 하고, 살구씨 뱉듯, 날 뱉어 던지려 하고 있다. 병든 얼굴들이 시들거리며 푸르죽죽히 웃고 있다. 혼처에 돌아온 조수는 그 뼈다귀를 물자락 속에 싸안는다. 지금쯤은 그러니 그만, 울음은 그쳐도 좋을 때인 듯했다.

반쯤 졸면서도 나는, 울 수 있는 울음을 대강 울어버린 것이다. 그러고 나자, 오한이며 쫓기는 느낌도 가시고, 심정은 비어져 버려, 거기 어디 먼지 한 톨 앉을 자리도 없는 듯, 퀭한 느낌이었다. 달 머물러 있는 데를 보니 시간으로는 아마 유시 말을 지나 술시 초나 되었지 싶었다. 뼈와 해골로서, 다시 나는 몸을 일으켜 세우기는 했으나, 그래 여기는 다시 유리인 것이다. 어디라 정해 갈 곳도 방향도 없었다. 몸에 중심이 잡히지 않고 흔들거리는 것으로 보아, 내가 아마 갈증에라도 부대끼고 있는 모양이었다. 배도 물론 고팠고, 지난밤에 지냈던 저 계집이, 이상스레 환한 얼굴로 내 가슴에 자리해 오기도 하는 것이었다. 나는 얼마 전엔가, 아마도 해가 밝고 있었을 때, 샘길을 내게 가리켜 주었던 그 계집의 눈이며 혀를 저어했었다. 이 유리에, 나라는 한 돌중이 왔다는 것을 알고 있는 사람은 다만 그 계집 하나뿐이라고 나는 생각했던 것이다. 하지만 밤이 되고 달이 밝자, 참으로 이상스레, 그 계집이 자꾸 하나의 위안으로 생각키는 이유는 무엇인가. 하나의 자장노래로서, 하나의 피신처로서, 하나의 풍부함으로써, 속삭여 나를 부르는 것 같음은 어째서인가. 그래 하기는, 다만 달이 으슴푸레하기 때문인 것이다.

아마도 나는, 하나의 이상스러운 유혹에 의해, 마을이 있으리라고 짐작되는 방향으로 걷고 있는 것 같았다. 다만 달뿐이라는 이유로, 그리고 나는 외로운 모양이었다. 종내 돌아서 도망치는 한이 있더라도, 그저 한번, 잠푹스럴 저 마을을 먼발치로라도 보았으면만 싶고 그리고 그저 한번, 어느 거적문을 들치고 나올 저 계집을 멀리서라도 보았으면만 싶은 것이다.

그러나 술시도 말쯤 해서는, 아무리 고행으로 친다고 하더라도, 걷는 일에 발이 타듯이 아프고 졸린 데다 피곤해져, 목숨까지도 귀찮아져 버릴 정도였는데, 아슴푸레한 시야가 어쩐지 달리 보여, 반수면을 쫓고 보니, 마을 갔던 그 계집이 돌아가던 길인가, 글쎄 돌아가다 날 기다려 걸음 멈칫 머문 길인가, 밤 속의 한 작은 귀신 같은 그늘이 보이고, 그 그늘에서 한 노숙쯤 안위로서 베풂음 받았으면 싶은데, 반가운데, 계집에의 집념이었을레라, 아무리 둘러보아도 달빛 가운데, 마을은 보이지 않는 것이다. 나는 그렇게도 오래도록, 그렇게도 많이, 그렇게도 멀리 헤매다닌 것이다.

그러나 거기 마을이 있던 것이다. 한 민틋한 등성이가 너그럽게 그저 조금 솟아오른 그 꼭대기에, 헌데도 마을이 있던 것이다. 내가 생각했었기를, 마을에서 돌아오던 계집이 안위스런 그늘을 흘려놓고 달빛 가운데 서 있는 것이라고 했던 그것은, 헌데 그 계집은 아니었고, 그냥 한 기자(祈子) 바위 같은 것이었고, 밤은 깊어서 삼동이었고, 그것이 그런데 그 그늘을 반쯤만 드리운 데에, 청승이 깊어져 서릿빛으로 희어진, 한 작은 마을을 품고 있었고, 그것은 한 불새로, 또는 한 연(蓮)으로도 보였다. 그것은 물론 고요했으나, 그 고요함의 어디로부터 발원한 것인지 모를 무거운 힘으로, 그 주위의 마적(魔寂)함을 항복 받고 있어서 그 주위는 어쩐지 아늑하고, 어쩐지 살아 있는 듯이 여겨졌다. 마을이란 그런 것이다. 그래서 모든 것을 거기 풀어 던지고, 주저앉게 하는 것이다. 장가들어 애 낳고 밭 갈게 하는 것이다.

나도 그래서, 지친 몸 헤매는 혼을 거기 풀어 던졌으니, 모든 따뜻한 마을이 길손들께 베푸는, 한 항아리의 물이 또한 거기 있었고, 푹석한 건조와 두터운 그늘이 구석진 데 있었다.

우선 나는, 항아리 속에 떠 있는 달 같은 종그랑 바가지를 깊이 잠가 한 바가지 넘치게 떠 입술에 기울였다. 그러나 빌어먹게도, 그 물속엔 무슨 침엽 부스러기가 가득 떠 있어 입술이며 혀를 찌르고, 목구멍까지 쏘고 들어서, 별수없이 훌훌 불어가며 마실 수밖엔 없었으나, 배고픈 김에 그 침엽 부스러기까지도 질근질근 씹어 삼키다 보니, 갈증도 가시고 허함도 면해져, 종내는 좋은 기분이었다. 그 이파리들은 그러고 보니 솔잎 맛이 돌았는데, 전에 스승과 나는, 저 긴 겨울들을, 생솔 잎 목침에 썰어 입에 털어 넣고 물 마셔 새운 적이 많았었댔다. 그런 뒤에야 이제, 깊은 밤에 연으로 피어 한 마을을 꾸몄던, 저 흰

청승을 살펴보려 눈을 돌렸더니, 무엇인지가 내 머리통을 한번 세게 갈기고 지나가 나로 하여금 일순 혼미케 하고, 그것은 낄낄거리고 있었다.

"거참, 중놈치고도 어리석은 돌팔이로고! 이런 고장을 헤매는 녀석이, 그래서 장옷까지는 그만두더라도 물항아리 하나 챙겨 들 줄을 모르겠더니? 그만한 지혜로, 도를 닦아보자고, 설마하니 이런 고장을 헤매고 있지는 않겠지? 네게서는 피 냄새가 독하구나."

그제서야 그 마을의 현실이 내게 확실해졌다. 그것은, 사막 가운데 깃 친 한 마리의 불새인 것뿐만이 아니라, 또한 눈빛의 장옷을 얼굴까지 덮어쓰고 있는, 그 음성이며 등뼈 휘어진 듯한 것으로 보아, 아마도 내 스승 나이 또래는 되었음 직한, 어떤 중 나리였다. 사막이 텅 비어 있는 것만은 아니었다. 경악은 그로부터 시작되었다. 글쎄 그의 말하는 투며 무엇으로인지 내 머리통을 세게 갈겨대던 품이, 어쩐지 스승의 것과 너무도 흡사했던 때문이다. 그러나 한편 다시 생각해보고, 이 중 나리도 분명히 내 스승만큼은 늙었을 것인데, 늙은네들이란, 자기들의 늙은 것만 믿고 젊은 사람들께 아무렇게나 괴팍을 부리는 것이라고도 했다. 그렇게 접어주었다. 게다가 이 중의 음성은 더 꼬장꼬장하며, 기름기가 좀 덜하게 들려진 탓도 있다. 어쨌든 그러고 있자니, 픽픽 웃음이 나와 픽픽 웃으며, 대체 그가 무엇으로 내 머리통을 쳤는가를 살피다가, 조금 몸서리를 쳐야 했다. "뭘 우물쭈물하고 있어?" 그는 꽥꽥거리듯 그렇게 말하고 있었다. "해골에 담긴 음식은 음식이 아니더냐? 다는 말고 조금만 집으라는데두."

"에? 헤헤, 헤, 거, 저어 저, 그게 그러니깐두루 말입습죠, 후, 후후, 훗날의 머리통이군입쇼." 마지못해 나는, 그가 내밀고 있는 것 속에 손을 집어넣었다. 헌데 그것으로 그가 내 머리통을 쳤던 것임에 분명했다. 그것은 글쎄 해골이었는데, 강변 촉루로 구르는 나무뿌리를 판 함지도 아니었고, 그렇다고 당나귀의 대갈통도 아니었다. 그것은 그 번쩍거림으로 보아, 분명히, 오늘 해 밝았을 땐가 죽은 어떤 존자의 훗날의 것이었고, 그것의 뻔뻔스런 이마빼기가 달빛 아래 명경처럼 맑고도 푸르렀다. 헌데 그 인두골은, 그 안벽을 무슨 기름종이 같은 것으로라도 도배를 해서, 구멍들을 통해 아무것도 흘러나오지 못하게 해놓은 것인 것을 알았는데, 내가 손을 집어넣은 곳은 그러니까, 후두부 아래쪽이나 되었을 것이었다. 어쨌든 나는, 뭔지 빈대라도 말려놓은 듯한 느낌이 드는 것을 반 줌쯤 집어내선 입속에 넣고 씹으며, 한마디쯤 더 덧붙였다. “이 선사(禪師) 나으리께서는 말입지요, 분명히 거꾸로 서서 죽었군입쇼. 헤헤헤, 아 허지만 세월이 그렇게나 흘렀을깝쇼?”

“흐흐흐, 듣고 보니 그 젊은 스님네가 거진 거진 설익어가는구만, 흐흐, 흣, 허나 이 세상에 무엇이 옳게 서 있더니? 그것 좀 대답해볼 만하겠구만.”

“거꾸로 서서 보면 아무것도 옳게 서 있는 게 없겠습죠.”

“으흐으흐으, 그러면 거꾸로 서서 죽었어도 거꾸로 죽은 것 아닐 것이라.” 나는 입속엣 것을 씹기나 하며, 그가 올려다보고 있었던 바위를, 그제서야 살펴보았다. 그리고 웃음이 나와 또 킥킥 웃자니, “색욕이 과한 놈이로고!” 하고 그가 꽤는 엄한 음성으로 나무라는 것이었다. 그것은 그렇게 고안된 바위였던 것이다. 보이는 그대로만 말하면, 단칸방 초가집만 한 암놈 바위의 곬에, 절굿대 세 배 크기는 되어 보이는 수놈 바위가 꽂혀진 듯이 세워져 있는데, 그것은 길숨하니 둥글어 계란 모양이었고, 그러나 이 바위들의 육교는, 기연에 의해 태초부터 어쩔 수 없이 행해져 온 것처럼은 아무래도 보이지 않았고, 이 고장의 할 일 없는 누군가에 의해서 그렇게 고안되어 손보아진 것 같았다. 아 그리고 기억해보니, 근에 창병이 들었다던 저 최초의 촌장이, 몸에 삼베옷을 걸치고 통곡하다 죽었다던, 어쩌면 그 암놈 바위 밑 옴팡한 곳에 우리는 앉아 있는 것인지도 몰랐다. 그는 그러다 죽었다고 했으니, 허긴 그가 아직도 살아 이렇게 앉아 있는 것은 아닐 테지만, 혹시 저 늙은네는 장옷뿐이고, 속에 살은 없는 것이나 아닐라는가, 어쩌면 아닐라는가? 그럼에도 그것은 어쩌면 기자 바위만은 아니었을지도 모르긴 하다. 저 거드럭거리는 수놈 바위가 서 있는 꼴이 너무 불안정했는데, 그것은, 선녀가 입은 포름한 옷자락 한 번 스침에도 떨어져 내려, 우리가 앉은 바로 이 옴팡한 곳을 겁탈한 듯이 하고 있는 것이다. 그러나 어쨌든, 저 중이 응시하고 있는 한 저 거드럭대는 수놈 바위도 그 응시의 주술을 벗어날 것 같지는 않았다. 그에게서는 그만큼의 달력이 내게 느껴지고 있었다.

내 입속에서는, 뭔지 도저히 모를 것이, 씹을수록 기름지고, 또 씁쓸하니 짜디짜 소금 같기도 한 것이, 마늘 냄새 같은 것을 신선히 풍기며 녹고 있었다. 땀이며 눈물도 많이 흘리고 난 뒤여서, 내 몸이 또 염분을 요구하고 있었는지도 모른다.

"소승 인사 올립니다." 나는 그제서야 합장하고 재배했다.

"인사는 무슨 개뿔다구 같은 인사라는가?"

"소승 인사 올립니다." 나는 다시 합장하고, 다시 재배했다. 나는 고해할 마음을 내고 있는 것이다.

"자네가 전에, 내 집에서 누룽지나 빌었던 그 검은 개이기라도 하단 말인가?"

"소승 문안 올립니다."

"흐흐흐, 그래서?" 그는 그제서야 낄낄거리고 웃었다.

나는 이 중놈께 내 모든 이야기를 고해바칠 심산인 것이다. 낄낄거리고 수다스러운 듯하나, 그것이 그의 청정함을 더욱 청정히 하는 것으로나 느껴지며, 얼굴은 보이지 않으나 맑은 빛이 그의 주위에 감도는 듯이 보이는 것이며, 흐트러짐 없는 자세며, 저 바위를 이겨가고 있는 담력이며, 마땅히 상대방을 분노케 할 언사로 상대를 오히려 안정케 하여 부복케 하는 모든 것이, 나로 하여금 그를 살아 있는 바위처럼 여기게 하는 것이다. 무엇보다도 나는 스승을 그리워해 온 것이다.

"내 스승이여, 스승이라면 이 우매한 학승의 의문에 대답해주실 수 있으시겠다고 믿나이다."

"자네는 아침으로 대체로 입이 너무 기름지군, 그래. 의문을 갖지 마라. 그러면 스승도 없을 터이니."

"그러하오나 스승이시여, 나는 한 의문으로 괴롭고 있나이다."

"억만 겁의 억만 번뇌를 품었으되, 뉘 말하던가 우주가 번뇌하더라구 말이지?"

"하오나 스승이시여, 스승이라면 저 어지러운 인연을 쉽게 풀어 일러주실 수 있겠나이다. 전에 한 번도 만난 적이 없는 사람들을 만나서, 서로 간에 아무

행악한 일도 없이, 만나서 반 식경도 지나지 못해, 한 사람이 만약 다른 사람을 살해해버렸다면, 거기 무슨 악업이 끼어온 것이니까?"

나는 그리고, 계집과 더불어 자고 난 얘기부터, 저 존자라는 사내와 외눈 중을 죽이고 묻어버린 데 이르기까지의 모든 것을 소상히 고해바치기 시작했다. 그는 나의 얘기를 듣는 동안, 바위모양, 귀를 막고 있는 것으로 열고 있는 듯이 묵연스럽기만 했는데, 내 얘기가 끝나자, 왠지 다른 말은 없이, 내게 합장해 보이고, 그리고 다시 바위로 시선을 거둬 가버리는 것이어서, 날 어리둥절하고 불만스럽게 했다.

"이제 내 스승께서는, 이 학승의 괴로움을 양찰하셨을 줄로 압니다."

그런 한참 후에, 그가 다시 합장해 보이더니, "속스럽게 늙느라고만 했지, 지혜는 깨우쳐보지도 못한 이 늙은 중이 어떻게 대사의 깊은 속을 양찰할 수 있겠다고 하시오?" 하고 말해서, 날 경악케 했다. "이 늙은네가 대사를 몰라뵙고 노망을 부린 걸 용서하십시오. 보리에 본래 나무가 없고, 밝은 거울 또한 틀이 아닌데, 본래 한 물건도 없는 터에, 어디에 먼지며 티끌 앉을까."

"하오나 스승이시여, 이 학승의 괴로움은 여전하여 타는 불 가운데로 지나게 합니다." 나는 아마 조금 발악하고 있었을 것이었다.

"어허 참 그랬다더군, 별로 오래도 아닌 옛날에는 애들을 불 가운데로 지나게 했더라고도 하지. 지금 대사가 하고 있는 말은 그런 신육(神肉) 구워내기에 관한 이야기가 아니었던가?"

"나의 스승이여, 이 학승은 지금 진심을 다해 말씀 올리고 있나이다."

"아집이란 멸살의 적이라, 유아를 불로 지나게 하는 것이 그것이었을 터인즉슨, 그래서 대사는, 저 두 속아(俗我)의 장례를 치렀음일 터인데 어찌 그것이 번뇌의 잡근이라 하시오?"

"하오나 내 스승이여, 이 학승이 행한 일은 백일몽이 아니었나이다." 나는 발악하고 있었다. 그러나 그는, 나의 발악쯤 개의치도 않고, 천천히, 존자의 게송으로부터 읊조려 나가고 있다.

몸은 보리수이니

마음은 밝은 거울 틀과 같네.
때때로 부지런히 털고 닦아서
먼지며 티끌 못 앉게 하세.

보리에 본래 나무가 없고
밝은 거울 또한 틀이 아닌데,
본래 한 물건도 없는 터에
어디에 먼지며 티끌 앉을까.

"내 스승이여, 소승은 지금."

"그래, 그것은 구도적 살인이라고 부를 것이다. 현자의 살인이라고, 그렇지, 그렇게 불러야 할 것이지."

"소승은 지금, 육성을 다해 말씀 올리고 있나이다."

"아집에 따르는 두 병독은, 비계와 외눈이 아니겠느냐?" 이번에는 그의 쪽에서 조금 짜증스러이 나섰다. "비계는 탐욕의 은유이며, 외눈이란 편견의 비유가 아니겠는가? 그래서 이제 저 두 적을 항복 받았으면, 거기 어디 번뇌 끼일 자리가 있을 것인가?"

"하오나 소승은, 진심을 다하고 육성을 다해서 말씀 올리고 있나이다. 탐욕과 편견이 죽은 것이 글쎄 아니고, 그것은 글쎄 비유나 익명의 죽음이 아니라는 것이 소승의 육성입니다." 나는 참지를 못하고, 고함을 버럭버럭 질러대며 대들었더니, 다시 또 그가 해골을 들어내 이마를 후려치고는, "애로고, 애로고 참 이상스런 애로고, 위험스런 애로고!" 하고 소리를 꽥꽥 내질러, 다시 나를 놀라게 해서는 수그러들게 했다. 그의 하는 짓은 여전히, 내 아비 중이 했던 짓과 흡사해서, 나로 하여금 내가 그의 맥을 헛짚어본 것이나 아니었던가 하는 의심을 품게도 했으나, 어쨌든 그에게서 숨 냄새는 없었던 것이다. "자네는 애치고도 이상스런 짐승이 낳은 애야. 헌데 내 짐작키로는, 짐승이나 보살만이 원한 없이도 파괴를 자행할 수 있을 듯도 한데, 그러나 짐승이나 보살은 그 일로 괴로워하지는 않는 것이다. 글쎄 그것이 육신적 살육이든 구도적 살육이든, 그것은 같은 것이다." 그의 음성은 다시 착 가라앉아 있었다. "그러나 자네는 불순한 짐승이라구. 불순한 보살이야. 자네는 어쩐지, 어떤 종류로든 간음 없이는 못 사는 녀석 같애. 자네 어미가 혹간 창부는 아니었던가 몰라? 짐승도 보살도 아니라면, 원한도 증오도 없고 있다면, 그런 살해란 일종의 간음 같은 것이다." 그는 말하며, 나를 향했던 시선을 돌려 달을 향하고 쳐들어 올렸는데, 그러자 달이 정면으로 그의 눈에다 이슬을 뿌리고 있어서 보니, 그의 눈에 어쩐지 눈물이 어린 듯해, 나를 심히 어리둥절하게 했다. "그래 그래서, 만약에 자네가 그 일로 괴롭거든, 어찌해서 자네는, 이 사막 밖으로 나가 관에 자백을 하지 않고, 그곳의 율법에 의해 벌 받으려 하지 않는가? 그러면 자네의 내독(內毒)이 밖으로 번져 나올 것이 아닌가?" 그리고 그는 고개를 숙이고 조금 침묵하더니, "하기는 그런 벌 또한 두려운 것이겠지. 울에 갇힌 맹폭한 짐승을 나로서도 생각하기는 싫거든. 그러나 자네의 고뇌가 계속되는 한, 비록 자네가 은둔을 하고 있대도, 그 형벌이 회피되는 것은 아니다. 그런 맨살로 눈벌판을 헤매는 쪽이 차라리 낫다고도 말해질 정도일 것이거든" 하고, 그런데 그는 내게 대단히 엉뚱하게 느껴지는 질문을 했다.

"자네는 그래서, 이 유리에는 무엇 때문에 왔던고?"

그 물음은 그리고 바로 내가 스스로에게 해왔으나, 대답할 수 없던 것이어서 우물쭈물하다 솔직하게 대답해버렸다.

"이 학승의 스승께서, 이 학승을 여기로 보내시며, 누구든 태어날 때 생각할 것, 먹을 것, 입을 것을 갖고 나온 것이 아니라, 울 것이나 갖고 나왔다고 말씀하셨었습니다. 사십 일 기한쯤으로 보내셨습죠."

"으흐흐흣, 그랬댔군, 그랬어? 보내서 왔댔군. 헛헛헛. 거 묘한 늙은탱이야, 자네네 스승이란 친구 말야. 인연이 닿으면, 그 늙은탱이 한 번쯤 만나보고 싶은 정도군. 어찌 자네 같은 어중이떠중이를 불머슴으로 두었던지, 그게 묘하거든. 하기는 무슨 목적을 개 표모양 목에다 첨매고 태어난 짐승은 없을 것이거든, 그러게 말야. 태어나고, 늙고 병들고, 번뇌하고, 죽고, 그런 것에 당하는 일만 해도 모질단 말이지, 허지만 다 객담일레, 사번(詞煩)이군. 그래서 대사는 꼭히 여기서 한 마흔 날 살아볼 생각이기라도 하단 말인가?"

"이 학승께 변심이 생기면, 언제라도 떠나버리면 그뿐이기는 합니다."

"그렇게 되었다는가 또? 아 그러고 보니, 자네에게는 세 가지의 선택이 아직도 있겠구먼. 하나는 말한 대로, 관에 가 자백하는 일이고, 다른 하나는, 여기 앉아 있는 이 늙은이 위에 저 바위를 밀어뜨린 후에, 손 깨끗이 씻고 이 유리만 벗어나 버리면 그뿐이고, 그런 경우 글쎄, 빠르면 빠를수록 좋은데, 자네가 이 유리에 왔었다는 것을 알고 있는 사람이란, 저 자녀(姿女) 하나밖에는 없거든. 헌데 자네 씨불였던 투로 미뤄보아서 말이지, 나도 그 애를 조금 알 듯도 싶었는데 말이야, 내 생각에 그 애는 자네께 무독할 것이지. 그 애의 시간은 늘 뒤집힌다구. 이건 한마디로 설명하긴 어렵지. 그러나 어떤 사람들께는 시간이라는 것이 거의 존재치 않는 수가 있는 것이다. 밖에서는 시간이 흘러, 어제 오늘 내일이라고 하는데, 안에서는 전혀 그것들이 바뀌지를 않아서, 흐르는 것과 흐르지 않는 것 사이에 간극이 생긴다. 그래서 종내 아무것도 이해할 수가 없이 된다. 그 애를 두고 하는 말로는 백치라고 하지. 하지만 나는 절대로 그렇게는 생각지 않는다. 그 애는 아주 기름진 무(無)라구. 무가 어떻게 용(用)이 되는가, 어떻게 쓰임새로 바뀌는가, ……허지만 사번이로다. 그래 그래서, 두 번째 선택은, 저 바위를 내 위에 밀어뜨리고, 총총히 떠나는 일이다. 그런 뒤 옛 살던 데 돌아가, 한 서른 날 울어버리기라도 한다면 괴로움은 사그라져버릴 것. 그런 뒤 자기의 살해를 비유의 살해로 고쳐 생각하고, 그것 위에 명상하고 정진하면, 성불해버렸음을 깨달을 일. 어쨌든 공문으로 나아가는 일이란 계속적인 도살 행위, 계속적인 파괴라고 말할 수도 있을 것이거든. 그럼에도 저 하나의 증인이 자네게 꺼려진다면, 그녀를 데불고 가 살든, 또는 어떻게 하든 그것은 자네가 알아서 할 일이겠지. 세 번째의 선택은, 글쎄 이것이겠지. 일단 자네가 마흔 날쯤 살러 여기로 왔으면, 이곳 촌락의 율법에 따르는 일이겠지. 그렇다고 무슨 특별한 율법이야 있을 수 있을라구? 그저 촌장이나 만나보고, 그로부터 어떤 벌이나 위로를 받는 일이겠지. 헌데 언제 여기로 왔었다구?"

"어제 도착했었습니다."

"그러면 자네겐 서른 여드레가 더 남았군그래. 아 그야 뭐 뻔하지. 저 촌장 늙은탱이, 아마도 자네더러 저 물도 없는 마른 늪에서 고기나 낚아내라고 할 터이지. 헌데 그 늪에 물 괴었던 적은 태초나 아니었던가 몰라."

"마, 마른 늪에서 말씀이시오니까?"

"왜, 못 낚을 것 같나? 뭐 못 낚을 일이야 시킬라구? 흐흐흐, 그러나 촌장이 허락한 날짜 안에는, 거기 구속이란 없다구 하지. 고기를 낚든 못 낚든, 그것은 촌장의 문제는 아닐 게거든. 그건 전적으로 자네의 문제일 것이라구. 까짓것, 그따위 짓이 싫으면, 낚싯대 부러뜨리고, 세상으로 나가, 역마모양 뛰어다닐 수도 있을 것이라구. 듣자니, 읍내 장로네는 객승(客僧)에 대한 대접이 나쁘잖더라더구나. 한 번쯤 그 댁에 들러보아도 좋겠지. 그 늙은탱이와 알아온 지 내 수십 년 되는 처지이지. 그리고 돌아오지 않는다고, 촌장이 뒤따라가 자넬 홂아오겠나? 돌아오는가 마는가도 촌장의 문제는 아닐 게거든. 그것도 전적으로 자네의 문제일 것인데, 다른 짓 다 그만두고 중이 되었을 때는, 자네도 도라는 것의 찌꺼기라도 좀 얻자는 것 아니었겠다구? 글쎄 자네의 문제야. 그러니 그렇지, 이것이 자네가 이제 선택하고 결단할 그때쯤이겠어. 사번, 사번이로구나." 그리고 늙은이는, 앉음새까지 고쳐 앉아, 나로부터 초연히 떠났다. 그러나 내가 얼른 떠나지를 않고 그저 앉아만 있자니, 무슨 마음을 먹었던지, 그가 다시 돌아오더니, "저녁엔 달이 좋구나, 썩 좋아. 아 그렇지, 자네와 잤다던 그 계집아이를 만나거든 이마를 조아리게. 글쎄, 자네가 이상스런 짐승이라면, 그 애는 이상스런 보살이거든. 달이 썩 좋아. 그러면 이제쯤에서 헤어질거나? 자네는 이제 결단을 해야 될 터이고, 나는 이제 한잠 졸았으면 싶은데, 이봐, 혹간 자네가 저 바위를 내 위에 밀어뜨리겠다면, 이보라구, 내가 잠들었을 때 좀도둑모양 행하지 말고, 날 좀 깨워주게나."

"소승 그럼 이만 떠나보겠나이다." 나는 무릎 꿇어 엎드려 깊이 절하고 일어섰다.

"아 그래서 떠나는가? 거 좋지. 그러나 자네는 삼백 걸음도 떼지 않아서 되달려올 게야. 내 얼굴이 보고 싶을 게거든. 글쎄 자네 같은 이상스런 짐승이, 얼굴도 모르는 어떤 타인의 귀에다, 자기의 왼갖 비밀을 다 고해바쳤다는 것을 반 식경인들 참아낼 재간은 없을 것이거든. 자네는 의심하게 될 거라구. 저

것이 나무였더라도 바람이 불면 소리를 내게 될 터인데, 저것은 백 년 묵은 요괴는 아닌가, 또는 저것은 관에서 파견된 암행(暗行)꾼 그 당자는 아닌가, 대체로 이런 투겠지, 엥? 흐흐흐, 자네에게는 무엇이든 시작되지 말아야지, 무엇이 일단 시작되었다고 하면, 이제 동정호 깊이는 파고들어야 된단 말야. 자네가 업보 운운했단가? 괴이한지고. 인연이며 업보란 질서정연한 것이다. 무질서란 성격이 다른 것이야. 어쩌면 그것은 두 개의 얼굴을 갖고 있을지도 모르는데, 그 하나는 나보다 먼저 죽은 늙은네들 해쌓는, 거 뭐 그러나 별로 쓰잘데도 없는 소리 같지만 어쨌든, 선악의 어떤 것이든 그 업보가 끊긴 자리며, 다른 하나는 일종의 와해이다. 이 와해적 무질서는, 다시 질서를 획득한다고 할 때, 거기 업보의 더 굵고 더 모진 팔만 씨와 날이 다시 짜인다. 그러나 그 둘이 다 파괴와 무질서라는 데 이르러 다를 것은 무엇이겠는가. 헌데 자네는, 자네가, 횡설이고 수설인 대로만 하자면, 파괴를 수행하되 응달진 쪽으로 하고 있거든. 매 순간 매 찰나, 그 속에 들어가 겁을 두고도 못 헤어나올 그런 구덩이를 파가며, 어쩔 수 없이 빠져들어선, 벗어나려고 으르렁거리는데, 그런 자네가 그러나 내게 밉지 않아. 으르렁거리기를 멈추지 않고, 발톱 세우기를 게을리하지 않으며 약간의 포만에 잠들지만 않는다면, 그 구덩이나 우리 속에 갇혔다고 해서, 그것이 길든 개라고 생각하는 건 잘못이거든, 흐흐흐, 그렇다고 해서 내가 왜 내 얼굴을 자네에게 보여주어야 되는지, 그 까닭은 모르겠단 말야. 본디로부터 한 물건도 없다면, 얼굴도 또한 있을 리가 없는 것을. 허긴 자넨 나보다 젊은 데다, 완력도 있는 듯하니, 계집 강간하듯, 완력으로 내 장옷을 벗겨볼 수도 있겠으나, 자네는 그렇게는 안 할 게야. 아니 모르지, 그런다 해도 그뿐이지만, 그러나 자네는 직접적으로, 저 바위 위로 올라가서는, 색(色)이 즉 공(空)이니, 공으로 공을 덮쳐 누른다고 해서, 그것이 어째서 살육일 것인가, 하고 생각할 것이야. 그리고 아마 오줌 한번 갈기겠지. 허웃허웃, 허나 나로서는 이런 이상스런 인연으로 해서 어쩔 수 없이 내가 죽어야 된다면, 나의 죽음이 너에게 쑥과 마늘이 되기를 바라는 바이지. 참, 아까 우리는, 거꾸로 서서 죽은 얘기를 했던가? 그러나 누가, 저 하늘이 무거워서, 그 공(空)을 떠받쳐 올리느라고 엎드려 죽었다는 얘길 들어본 적 있는가?"

"소승 떠나며 평강을 비나이다."

"아, 그래서 떠나는가? 거 좋지. 아, 그리고 그렇지. 또 혹간 마음 달리 먹고 촌장이라는 늙은네를 만날 생각이 들기라도 할라치면, 저 마을 어디에, 그냥 불리기로 촛불중이라는 자가 있다고 하는데, 그 중께 물어보면 알 법하다는 얘기를 글쎄, 전에 어디서 들어둔 기억이 나는군. 그러기 전에 자네는 물론 벌 쐰 듯이 돌아오겠네만, 바위를 밀어뜨렸거들랑은, 언제든 품을 좀 내서, 다시 저렇게 올려놓아도 좋고, 또 아니면 누군가가 그 일을 대신하겠지. 그리고 우리 만났었으니, 그 인연으로랑, 내가 이 두개골쯤 선물로 주어도 좋겠는데, 그렇지, 깨어지지 않을 저 안전한 구석에 놓아둘 터이니, 나중에 가지라구. 이 두개골도 그의 것이지만, 이 속에 담긴 것도, 여기 앉았던 나 같은 늙은이 위에 파리가 쉬슬어놓은 걸, 내가 거둬 말렸다가, 쑥 잎하고 생마늘하고 소금하고 침 뱉어 이겨설랑 말려 바스러뜨린 것이야. 허나 난 별로 먹을 생각을 못 내고 그럭저럭 살아왔더니. 듣자니 그 늙은네가 사조(四祖)였더라구 그래. 그렇지, 저 바위를 나 혼자 밀어 올리는 데 글쎄 반년이나 걸렸었댔군. 그러나 그런 이후, 아무도 저 바위를 밀어뜨린 사람은 없었지 아마. 날것인 채로의 털 벗지 않은 자아(自我)란, 언제라도 떨어져 내리려는 바위 같은 것이고, 그것은 위험스러운 것이 또 사실이야."

나는 합장하여 재배하기를, 깊이깊이 열두 번도 더 하고, 그런 뒤 떠났다. 달을 보고 별을 보니, 해시 말 지난 지도 둬 식경이나 된 듯했다.

제3일

1

"……색이 즉 공이니, 공으로 공을 덮쳐 누른다고 해서, 그것이 어째서 살육일 것인가?"

새벽빛하고 달빛 꼭 찬 데를 부수고, 그만한 구멍을 틔우며, 그래서 그 바위는 떨어져 내려버렸을 것이었다. 그러고 나니 오줌도 마려워, 암놈 바위 위에 서서, 저 실족한 수놈 바위 위에다 한 줄기 나는 뻗쳐 내렸을 것인데, 그러고 나니 가슴이 후련했다.

그리고 뛰어내려 수놈 바위 아래를 보니 세상은 전이나 지금이나 그저도 같은 것처럼 여겨지기도 했으나, 거기 있었던 마을이 사라지고 없어서, 갑자기 새벽이 쓸쓸했고, 무섭도록 으슴푸레했다. 아마도 세상은 그 새벽의 한 반 홉쯤, 바뀌어져 있었던 것이다. 어쨌든 흰 장옷 속에 검은 죽음은 싸여, 바위 아래 깔려 있을 것이었다. 나는 참 그의 얼굴을 한 천 걸음 떼어놓을 만큼, 궁금히 여겼었던가? 글쎄, 그랬었던가? 하기야 지금쯤은 얼굴이 얼굴도 아닐 테니, 까짓것 얼굴이겠는가마는. 주위는 쓸쓸했고, 무섭도록 으슴푸레했다. 허지만 결말을 완벽하게 하는 일은, 나로 하여금 되돌아오게 하는 헛걸음질을 시키지는 않을 것이다. 얼굴이 얼굴이 못 되는 얼굴은 어떤 얼굴인지, 그것을 보아두는 것도 결코 나쁘지는 않을 것이다.

하지만, 얼굴이 아닌 저 얼굴을 폭삭 덮어버리고 있는, 바위 한 이불 폭을 걷어내는 일도 쉽지는 않았다. 공(空)이랄지라도 그것이 또한 색(色)이라, 그것은 무거웠고, 움쩍하지도 않았다. 그 바위는 쓸쓸하고, 무섭도록 으슴푸레했다.

생각다 못해 나중에 나는, 바위 한옆을, 할 수 있는껏 후벼 파서, 바위를 그 얕은 구덩이 언덕에다 밀어뜨리려고도 해보았다. 하기는 그런 방법에 의해서, 저 주검을 새벽빛 가운데 드러낼 수는 있었다. 그 주검은 엎드려 있는 채 으스러져, 모래 속에다 자기의 살과 뼈와 낡음을 묻어놓고 있었는데, 쓸쓸하고 무섭도록 으슴푸레했다. 나는 어쨌든, 백 년이나 굶은 여우가 되어서, 그 주검에서 피에 번져 얼룩진 냄새를 풍기는 장옷을 정중히 벗겨냈더니, 칙살맞게 휘늘어진 살이, 부러진 뼈에 엉겨 욱 쏟아져 내렸다. 코가 깨어진 데다, 눈으로는 그 눈구멍들만 한 모래 기둥이 박혀 들어가 있고, 터진 뒤통수에서 앞으로 흘러내린 피와 골이 범벅이 되어, 비록 모래에 처박혀 그 형태가 완전히 깨어진 얼굴은 아니더라도, 얼굴은 자세치가 않았는데, 그로부터 벗겨냈던 장옷으로 그 얼굴을 문지르고 보고, 닦고 보고, 또 훔쳐내고 보다가, 나는 백 년이나 두고 머리가 아팠다. 소리가 아팠다. 호흡이 아프고, 피가 또한 아팠다. 아, 이런 씨부랄 녀러 음모도 있었단 말인가.

그는 늙은탱이, 내가 떠났을 때 괴팍스럽던, 늙은 것이 맥을 완전히 멈춰버렸던, 바로 그는 늙은이 하나 고약하던, 허, 허헛 허기는 내가 아버지라고 늘 생각했던, 그는 늙은네, 바로 수다스럽던, 그는 내 스승 그는 늙은탱이—허, 헌데 대체, 그, 늙은탱이는, 그 완벽하던, 죽음으로부터, 어, 어떻게 도, 도망쳐 나와, 여기로 달려온 것인가. 그것은 아무리 해도 이해할 수가 없고, 나는 안 아플 데만 육실허게 아프고, 달은 쓸쓸하고, 무섭도록 으슴푸레했다. 나는 쓸쓸하고, 무섭도록 으슴푸레했다. 나는 참을 수 없어 무릎을 꿇고 엎드려, 달이 새벽에 이우는 것을 향해 길게 길게 짖어댈 뿐이었다. 오우우우우— 오우우우우오—

울지는 못했다. 저 늙은이의 장례도 생각하지 못했다. 거기 그대로 놔두면 사대(四大)의 어미들이 와 쉬 갈겨놓고, 저 육보시를 즐기게 되리라. 그는 이제, 있어도 있는 것이 아니며, 없어도 없는 것이 아니라는 것을, 나는 알고 있는 것이다.

그런데도 나는 짖음을 멈출 수가 없고, 안 아플 데만 아픈 것을 어찌할 수가 없다.

나는 짖으며, 종내, 저 늙은 공(空)으로부터 한없이 도망쳤다. 이제 나는 유리로부터, 저 높은 산막으로부터, 나를 휩싸던 모든 아늑함으로부터, 스스로 배척받지 않으면 안 되게 된 것이다. 그래서 내가 공으로부터 멀어지면 멀어질수록, 나는 색(色)에 무겁고, 변절 환속은 이렇게도 갑자기 이뤄져 버린 것이다. 그는 죽은 입으로도 이렇게 떠들어대고 있었다. "이 녀석아, 자네는 곧장 떠나란 말야. 내게 변절 개종을 하고 떠나란 말야."

2

나는, 내가 저질렀던 일에 대한 자백이나, 그것으로 인하여 받게 될 어떤 종류의 형벌도 거부해버리고 있었다. 해골을 유산으로 받아 옆에 끼고, 그래서 사막을 걷는 나의 길은 쓸쓸하고, 무섭도록 으슴푸레했다. 그러나 마음으로 시달리지는 않았다. 더 이상, 죽은 것들의 망령도 보지 않았으며, 피 냄새도 느낄 수 없었다. [6]내가 내 손으로 내 스승을, 아버지를, 살해했다는 그 얘기를 누구에겐가 하고 싶다는 것만을 빼놓으면, 저 존자며 그의 문하생 따위는 벌써 잊고 있었다. 그것은 말해버렸음으로 해서, 통회해버렸음으로 해서, 시달렸음으로 해서, 그리고 은유의 살인이라고 쳐버렸음으로 해서, 그것은 내게서 뻔뻔스럽게도 끝나버린 것이다. 어쩌면 내 스승이, 그 모든 것을 한 몸에 뭉뚱그려, 내게서 덜어 가버렸는지도 모른다. 그 둘의 죽음이 공모해서 주려고 하는 두려움이나 불안, 또는 견딜 수 없는 죄책감 따위는, 표표히 죽어간 한 죽음이 그저 조금 남긴 슬픔에 비할 때, 그저 한두 포기의 쇠비름의 고사(枯死) 같은 것에 불과해져 버린 것이다. 그리고 스승의 압살 또한 누구에겐가 말해버리고 싶은 곳이 있다면, 나로서는 그것이 누구인지를 물론 알고 있다. 결국 그것은 나 자신이었다. 나 자신에게만 그 범행을 계속 자백하고 싶은 것이었다. 그것은 진흙 속에 파묻혀 잊힌 한 연(蓮) 같은 것으로, 이 궂은 세상 마마 창궐하는 속으로 다니며 비밀스러이 가슴에 달고 다닐 마늘 같은 것으로, 간직하고 싶은 것이었다. 거기에는 죄책감도 가책도 두려움도 아무것도 없었다. 그래, 그리하여 이제 이것으로 끝난 것이다. 내가 마을 부근에 이르고 있을 때 새벽은 걷히고 있었다. 그러나 아직도 이우는 달은 흰 계집모양 모래 위에 잠들어 있었는데, 물러가는 밤의 쓸쓸하고 무섭도록 어슴푸레한 정적이 수사자모양, 저 잠든 것의 볼을 핥으며, 살아 있는 냄새를 찾고 있었다. 아직 한 사람의 수도자도 보이지 않았고, 거적문들은 무겁게 내려져 있어, 이런 시각엔 내가 마을의 가운데를 지나간다 하더라도, 아무도 만나게 될 것 같진 않았다. 그러나 모르는 것이다. 어떤 설사병 든 수도자라도 있어 아래 춤을 어중간하게 움켜쥐고, 어느 굴속에서 느닷없이 뛰쳐나올지도 모르는 것이다. 나는 그러므로 역시, 마을을 멀찍이 동편으로 돌아서 읍으로 이어지는 길에 올라서는 것이 좋았었다. 그런 뒤엔, 쫓기듯 걸으면서도 반쯤은 졸았어도 좋았다. 때는 동이 이미 터 있었고, 그 밝음은 헌데 내게, 별로 달갑지 않은, 저 죄 없이 맑아 보이는 풍경을 드러내, 쏘는 눈으로 나를 보게 했다. 전에 나는, 새벽의 어슴푸레함으로부터 부화되는, 밤의 양수(羊水)에 뒤덮인, 숲이며, 바위며, 들꽃이며, 언덕이며, 하늘이며, 땅이며, 그 모두가 아름답고 싱그럽다고 종종 생각했었다. 허나 이 아침에, 그런 벗은 몸들은 수치로 보이며, 나는 왠지 저쪽 아주 멀리에 보이는 숲속으로나 가, 어떤 그늘 밑에 숨고만 싶었다. 나는, 어쩌면 내가 벗고 있기 때문일지도 모른다고도 생각했다. 나무나, 풀이나, 돌이나, 하늘이나, 모두 벗고 있는데도 불구하고, 나만 유독, 무엇엔가 입혀져 은폐되지 않았다는 것 때문에, 빛 가운데 서는 것이 무섭고 부끄러워야 할 까닭은 무엇인가? 그 까닭은 무엇인가. 나는 내가 불쾌하고 싫었다. 그래서 나는 다시 내가 유리로 들어가고 있었을 때 벗어부쳤던, 그래서 여기도 하나 저기도 하나 흩어져, 상여 떠난 뒤 가시덤불에 찢어발겨진 한지 나부랭이 풀 죽은 것 같은, 내 옷을 다시 꿰어 입기 시작했다. 호젓한 냇가에서 더러 빨아 입기는 했다고 하더라도, 그것은 땀이 썩은 더러운 쉰내를 풍기며, 축축이 몸을 휘감아 구역질을 일으켰다. 색념(色念)다운 하나의 충동에 의해 나는 아마, 그것들을 벗어부쳤었을 것이었다. 무엇보다도 나는 그때, 하나의 늙은 주검으로부터 초연히 뛰쳐 일어났던 것이다. 그러나 그 주검 역시 익명의 주검은 아니었다. 비도 오지 않는 날 도롱이 입고 삿갓 아래 쭈그리고 누운 그 주검은, 여태도 실체 그대로 거기에 있었고, 나는 아무리 해도 그것을 뛰어넘어 더 살아갈 수가 없고만 있다. 사대(四大)가 돌아가느라고 조금씩 썩고 있었던지, 불그스레한 묽음이 도롱이며 삿갓 언저리로 번져 나와 있고, 그리고 냄새가 좀 흐르고 있었는데, 길 상두꾼, 상두꾼 바람, 부고 받기가 더뎠던내 비다.

나는 그 주검을 뛰어넘지를 못하고, 진땀을 흘리다, 결국 주저앉고 말았다. 그러자 처량스런 기분이 들고, 아침 빛이 오히려 죽음 빛처럼, 쓸쓸하고 무섭도록 으슴푸레했다. 나는 아무리 해도 바라볼 곳을 찾을 수가 없어 잠 오는 누에모양 고개나 흔들다, 땅으로 눈을 떨궜더니, 모든 곳이 다 으스레하고 캄캄해 보이며, 내가 그냥 늘어지는 것이었다. 나는 그럴수록, 유산 받은 저 해골 하나만을 가슴에 꼭 껴안았더니, 그런 채로 내가 옆으로 비그르 무너지는 것이었다. 아마도 나는, 피곤이며, 삼복더위다운 수면이며에, 내 줄기서부터 시들었던 모양이었는데, 그런데도 나는, 길에서 죽어 길로도 못 가고, 바람 가운데서 죽어 흩어지지도 못한, 저 도보 고행승의 시체는 묻어주어야겠다고, 자꾸 생각하고 있었다. 그는 공(空)으로 돌아가기를 바란 것이 아니라, 색(色)으로 돌아가기를 바란 것이었었다. 그래서 죽었을 때, 입으로 흙을 토해낸 것이다. 흙 안에 안겼을 때라야, 그는 다시 흙으로부터 떠나게 되리라. 물론 다시 흙 속으로 돌아올 것이지마는.

3

뜨르르르 돌아왔소
품배 품배 돌아왔소
이 전 저 전 다 버리고

한낮인데도, 햇빛이 까맣게 쏟아져 내리는데도, 제길헐 너러, 어떤 토굴 하나 거적문 둘둘 말아 올려놓은 데는 없고, 갑작스런 흑사병에라도 휩쓸려버린 듯하고, 글쎄 내가 거부해버렸어야 마땅했을 저 마을은 낮에도 닫혀만 있고, 적막했고, 무정스러웠고, 저 굴속에 사는 너러 것들은 딴에 들은 도라고 하는 것을 날개 밑에 온기스러이 간직하는 물총새나 갈매기 같은 것들이 아닌 듯하고, 차라리 그 너러 것들은 햇빛을 피해 습기 찬 데로만 자꾸 파고드는 굼벵이나 지렁이나 아니면 땅강아지 같은 것들인지도 모를 일이었고, 그래도 제길헐 나는 돌아왔고, 발가벗고 돌아왔고, 품배 품배 돌아왔고, 해수병 시초처럼 내뱉는 기침 소리 한 가닥 들리지 않고, 잡년들만 산다는 거적 집에서도 거나해 상 두들기는 소리는커녕 잘려진 웃음소리 하나 들려 나오지 않고, 이것은 한낮인데도 밤이 깊어 있고, 나는 한밤중을 지나는 기분이고, 그래도 나는 이 전 저 전 다 버리고 죽지도 않고 돌아를 왔고—젠장, 온역이라도 한번 휩쓸었더면, 나는 얼마나 마음 편히 이 마을을 거드럭거릴 수 있었을 것인가.

결국 나는, 저 도보 고행승 죽었던 자리에서 한 발자국도 더 못 내딛고 유리로 되돌아와 버리고 만 것이었다. 그 도보 고행승의 주검모양, 나도 거기 오그리고 누워, 죽음 같은 한 수면을 끝내고, 그런 뒤 그의 시체를 길가 그중 아늑하고 옴팡한 데 끌어내려, 흙 몇 줌 뿌려주고, 결국 거부치 못하고 돌아와 버린 것이다. 돌아오며 다시 나는, 어쩐지 먼 선조 대대로 물림해온, 무슨 원죄(原罪)와도 관련이 있는 듯한 옷은 벗어부쳐 이번엔 갈가리 찢어 길옆 돌 밑에 눌러 덮어버리고, 해 아래 서서 휘파람을 홰홰 한번 불었었다. 나무나, 돌이나, 풀이나, 해나, 달이나, 별이나, 모두 벗고 있는데도 불구하고, 나만 유독, 무엇엔가 입혀져 은폐되지 않았다는 것 때문에 빛 가운데 서는 것이 무섭고 부끄러운 까닭은 무엇이었는가? 어머니 품을 갑자기 떠난 듯이 두렵고 불안정하며, 손이며 눈 둘 곳을 몰라, 몸이 괜스레 꼬이고 드는, 저 이상스레 변모한 유치성은 무엇이었는가? 그러나 그럼에도, 내가 그런 것을 극복해버릴 수 있다고 하면, 나도 한 번쯤의 편안한 장옷을 필요로 할지도 모른다. 처음에 여기에 왔었을 때 나는, 탈육(脫肉)스러웠고, 지금은 그 몸이 무겁지만, 그러나 그 몸을 두고 너무 변덕스러이 따져쌀 일은 아니다. 결국 이 경계를 벗어나지 못한 것이다.

그럼에도 아직 나는, 촌장을 만나, 지은 일 전부를 고백해버릴 것인지 어쩔지는 결정하지 못한 채 있고, 그저 '촛불중'이라는 중이나 한 번쯤 만나보고 싶다는 생각만 조금 갖고 있을 뿐인 것이다. 나는 물론, 한 수도부와의 기연에 의해서 그의 토굴을 알고는 있다. 그러나 사실에 있어, 그런 것이 기연이나 우연이라고 말해질 것인지 어떤지는, 나는 모른다. 나는 왜냐하면 이곳에 초행이고 있으니, 내가 만나는 것, 보는 것은, 그것이 한 포기의 풀이라고 하더라도, 내게는 생소하지만 정작에 있어, 그것은, 이곳의 일상적인 구태의연한 풍경 속의 하나일지도 모르기 때문이다. 가령, 한 고향 친구를, 뜻하지 않은 고장을 헤매다 만나게 되었다면, 그런 일이란 흔하게 있을 수 있는데, 어떻게 해서 그들 둘이 그런 같은 시간에, 그런 같은 장소에 닿을 수 있었던가 하는 그 개인적 편력의 조감이 따르지 않는다면, 그런 것을 한마디로 우연이라고 매도해버릴 수 있을지도 모르지만, 모든 것이 이미 준비되어 있어 그것이 일상화하고, 그래서 구태의연해져 버린 어떤 현상 속으로, 낯선 것이 뛰어들었기에 맺어지는 관계란, 그것이 빨랐거나 늦었거나, 또는 영 맺어지지 않는 경우와도 상관없이, 그저 일상적 사건이지 기연이나 우연으로 보아질 것은 아닐지도 모른다. 이런 경우 그것은, 낯선 자가 처녀를 잃어가며, 그 낯선 곳의 일상인이 되어가는 과정이라고 하는 것이 옳을지도 모른다. 한동네 사는 고운 아이를 한 사나흘이나 못 보았다가, 다른 데 다른 시각도 말고 하필이면, 으스름한 저녁녘 감나무집 골목에서 만났다고 해서, 그것이 기연이나 우연이 아닌 것처럼, 허긴 나도 그런 식으로 그 계집을 만난 것이었다. 아니, 그럼에도, 내가 압살해버린 스승의 경우는 다른데 그는 내가 가는 모든 길의 앞에 희게 앉아 있기 위해서, 먼저 이 사막으로 온 것이었다고밖에는 믿어지지가 않기 때문이다. 그러나 무엇보다도, 그중 흥청거리는, 유리의 육칠 팔월의 그 가운데 대목이 아닌가.

나는 촛불중네로 걸어가며, 한 탄지경(彈指頃) 채 끝나지도 않은 사이 내게 일어난, 저 어지러운 발현(發現)들을 정리해보고 있었다. 그러며 낮이기 때문에도 더더욱 살벌해 보이며 고적한 사막을 둘러보고 한숨도 쉬었다. 나는 어쩐지, 하늘 아래 드러내진 흙 밑의 뿌리만 같은 것이, 저 세계를 참으로 이겨나갈 것 같지가 않았다. 이기는 것과 사는 것은 어쩌면 같지 않을지도 모르긴 하다. 그럼에도 여기에서, 계집도 살며, 어쩌면 이겨가고 있는 것이 아닌가. 촛불중네 토굴이 가까워질수록 허긴 어쩌면, 난 그 계집을 조금쯤 그리워하고 있는지도 모른다. 내가 소리를 찾았을 때 소리로서 나왔던, 그 계집이, 어쩌면 촛불중이어서, 그 안에 소리로서 앉아, 날 기다리고 있을는지도 모른다고, 나는 자꾸 생각하고 있는 것이다. 글쎄, 그런 계집은 한 첩의 한약 속에 아주 조금 섞인 감초 같은 것이었고, 그것을 빼버리고 나면, 이 사막은 내게 그저 쓸뿐으로 여겨진다. 허지만 하나의 건강하고 건장한 성년 사내가, 하나의 곱고 풍염한 계집을 조금쯤 애착한다고 하여 그것이 어째서 나쁠 것인가?

나는 억지로 꾸며내서 기분을 돋우며, 그 계집이 나왔었다고 믿어지는 토굴 앞에 드디어 닿았다. 붓고, 긁히고, 터져서, 한 서너 달쯤이나 관 속에서 썩다 일어선 놈처럼 내가 내게도 보이는 터에다, 그 굴 앞에도 거적문이 역시 무겁게 내려져 있어, 들치고 들어가 보는 걸 망설이게 했으나, 어쨌든 큰기침 한 번 하고 거적을 들쳤다. 그런 뒤 허리 굽혀 그 안으로 들어섰더니, 무슨 낙엽이 하나 한천(寒天)을 떨어져 내리다 멈칫 머물러버린 것이나 아니었던가, 아흔아홉 잠든 눈들 위에 깨어 있는 한 눈이나 아니었던가, 뭐 그런 것이 하나 어둠 가운데 어중간한 데에 붉게 떠 있고, 다른 곳은 탁하게 어두웠다. 밖은 그러고 보면 너무 밝고 있었던 것이다. 그것은 촛불이었겠지, 촛불이었을 것이다. 그 안은 그리고, 반드시 홀아비 냄새만도 아닌 여러 냄새의 웅덩이여서, 내 코를 병든 듯이 했는데, 그것은 또한 그런 냄새와 꼭같은 여러 소리의 웅덩이이기도 해서, 내 귀를 또한 병든 듯이 했다. 허긴 문둥이라도 앓고 누웠는지도 모르지—라고 내가 생각하고 있자니, 내 눈이 안의 촛불 빛에 익숙해져, 보고, 나는, 조금 웃어야 했고, 하초가 갑자기 병든 듯해 진저리를 쳐야 했다. 그건, 그런 광경이었다. 그는, 어떤 계집과 배 붙이는 중이었고, 또 그 계집은 내가 조금쯤 그리움으로 얼굴을 떠올려보았던, 바로 그 얼굴을 그 목에 달고 있었다.

그 계집은 헌데도 눈을 퀭하니 열고 천장이나 올려다보고 있는데, 어쩌다 한 번 핼꼼 웃은 적이 있었던지, 그 웃음에 굳은 돌 된 얼굴을 하고 있었다. 하초가 내 것도 좀 병든 듯이 떤다는 것 빼놓고 다른 느낌은 갑자기 들지를 않았다.

"대사께서는 말씀입지, 잠, 잠깐만 기다려주시면입지."

내가 어쩌면 뒷걸음질이라도 쳤었던지, 안에서는 그런 소리가 들려 나왔다.

"대개 이제 짐작하셨겠지만입지" 그는, 짧은 간격을 두고 계속했다. "이 수도부와 더불어서입지, 색념 근절을 대개 끝내던 참이니 말입지, 좀 좌정하십지." 그는 그렇게 맺으며, 드디어 몸을 일으켜 앉았는데, 나는 그의 말에 감동을 받고 있었다. 그가 어쩌면 촛불중이라는 중일 터인데, 그의 탁월함에 비해, 나는 여태도 사미 꼬락서니를 못 면하고 있는 듯했다.

웃고 나는, 서 있었던 데로부터 나아가, 촛불 근처에 좌정했다. 그리고 계집을 건너다보았더니, 어쩐지 계집은 시든 듯이, 죽침상 가장자리로 두 다리를 늘어뜨리고 앉아, 예의 그 노란 장옷을 꿰어 입고 있는데, 그녀의 시선은 공허한 것이어서, 촛불중의 뼈가 발겨져, 그녀의 눈으로부터 쏟아져 내리는 것 같았다. 나를 한번 힐끗 보았던 시선 또한 그런 것이어서, 그녀가 나를 기억하고 있다는 믿음은 들지를 않았다. 결국 그러고 보면, 저 촛불중이나 나나, 두 무더기의 뼈로서, 그녀의 시선 아래 공허히 놓여 있는 것이었다. 그러나 촛불중은, 자기의 뼈를 어떻게 재조립할지를 알고 있었다.

"이봅지, 우리 어차피 아침저녁으로 만나겠지만 말입지," 덩그렇게 큰 궤짝 속에서 뭔가를 꺼내며, 그는 말하고 있었다. "그래도 셈은 어차피 분명히 해둬야겠습지." 그는 그러며, 꺼낸 것을 그녀의 손에 들려주었는데, 내 짐작에 그것은, 한 봉지의 미숫가루와 한 알의 계란이었을 것이었다.

계집은 그것을 받았고, 장옷 자락의 주머니에 흘려 넣었고, 그리고 밖의 밝은 빛을 한 뼘가량 안에다 미뜰어 넣었고, 안은 다시, 촛불 빛의, 냄새의 웅덩이가 되어버렸다. 그제서야 촛불중은 장옷을 입고 있는 중이어서, 그저 무료할 때 하는 투로 나는, 그 방 안을 한번 둘러보았다. 예의 그 궤짝, 예의 그 죽침상, 그 외에 그리고, 다탁자 같은 것이 한 벽에 붙여져 놓여 있고, 그 위엔, 경서의 이름으로 포장된, 그러나 춘화도일지도 모르는 서너 권의 종이 묶음, 철필이며 백지, 오 척 거리의 불도 당겨 피울 만큼 긴 그리고 그 통이 큰 장죽 하나, 방 가운데 놓인 두 뼘 길이의 촛대 밑엔 좌선용(坐禪用) 방석 하나, 화식(火食)을 위한 화로, 숯 조금, 물항아리, 항아리 곁엔 오지병, 뚜껑 덮인 종그랑 옹기 몇 개 옹기종기. 산막에서 살았을 때의 스승과 나의 살림도 그런 것이었었다. 우리는 물론 아궁이에다 군불 지폈었고, 고콜에다간 관솔을 태웠었다. 약간의 소금 약간의 소조(簫條), 약간의 고추장 약간의 고초(苦楚), 약간의 장아찌 약간의 장한몽(長恨夢), 약간의 시래기 약간의 시름, 약간의 된장 약간의 된똥. 생식(生食)과 생똥, 솔잎과 솔은 똥.

"모두 부르기를, 소승을 촛불중이라 하는데입지," 그가 장옷 입기를 끝내고, 촛불 앞에 가부좌 꾸며 앉으며, 말문을 먼저 텄다. "대사께서는입습지, 초행이 아니시냐 말입습지." 그리고 그가 이제 나를 핥듯이 훑어보았는데, 만신창이의 나를 무척 재미있어하는 눈빛이었다. 그는 대개 스물일곱 여덟으로 보였고, 대단히 허여멀쑥한 얼굴에 고운 눈, 고운 코, 고운 입술, 수염을 잘 밀어낸 고운 턱을 갖고 있어서, 대체로 너무 예쁘게 보이는 사내라는 인상이었다. 근을 달고 있는 걸 내가 보았었으니, 허긴 사내는 사내였었는데, 물론 내 눈여겨본 건 아니었대도, 근이라고 해보았자, 웬 놈의 것이, 가늘고 턱없이 긴 데다 중두막이 휘어져 있어 지렁이 꼬락서니였던 듯도 싶었지만, 그만쯤 나이에 어느덧 그는 쇠딱지 말끔히 벗고, 표표히 건너 뛰어넘은 구석이 있었던 것이다.

"그런지라, 인사 올리러 무례스런 방문을 했으니, 대사께서는 아무쪼록 용허하십시오." 나는 합장하여 목례해 보였다.

"정말입지, 유리의 칠월은 그중 흥청거리는 철입습지. 늘 들르시는 스님들이 조금씩 더 늙어서 오시는 것뿐만이 아니라 말씀입지, 새로이 대를 이으실 젊은 대사들도 오시고 하니 말입습지." 그는 그러며, 촛불 그늘에 있던 백팔염주를 주워들어 그냥 주물럭거리기만 하면서, 어울리지 않게 느껴질 정도로 횡설대기 시작했다. 그러며 시러베 자슥 놈모양 씨럭씨럭 웃기도 해서, 어느덧 우리는 오래 사귄 친구처럼도 된 듯했지만, 그것이 내게는 또 지리멸렬하기도 했다. "여기에 수도청이 있고, 수도부들이 있다는 그 하나의 이유로 말입습지, 그것이 이곳에 오신 스님들께 도전이 되고 있어서 말인뎁지, 대사께서는 대체로 어느 쪽이시냐 이 말씀인뎁지, 저 색념을 두고 말인뎁지, 소승 생각으로는입지, 이열치열의 처방밖에 다른 처방은 없다는 믿음인데입습지, 색은 색으로 근절시켜야지입지, 색 아닌 걸로 색은 근절되지 않는다 이것이고 말씀입지, 헌데 다른 어떤 스님들은, 색념이란입지 색에 의해 자극되는 것이라고 하구설랑은 말입지, 색이란 아예 그 근원에서부터서 말입지, 멀리해야 된다고 이러고입지, 지금 이러구설랑은 서로 뜻이 안 통하고도 있는데 말입지." 나는, 내게 유산된 해골의 이마에 아른히 비친 촛불 빛이 어쩐지 석양빛 같다고도 생각하고 있었으며, 그것으로 저 시러베 자슥 놈 도통 다 한 대가리를 한번 후려 패주었으면도 싶다고 생각했다. 그 해골 속엔, 색이고, 색 아닌 것이고, 아무것도 담겨져 있지는 않던 것이다. 그러나 죽은 해골을 두고, 살아 있는 몸의 무상을 느낄 것은 아닐 것인지도 모른다. "헌데 그 수도부들도 그렇습지, 소승의 말씀은 그러니까 아까 대사께서도 보았던 것과 같은 대여섯 창녀를 두고 말씀인뎁지, 글쎄 팔사(八邪)의 화현(化現)이 계집이란대서 말입지, 그것 여의기를 목적하고 그녀들 수도하는 모양인뎁지, 우선 비구에게 몸으로 보시하는 것을 그 첫째 선행으로 삼는다 하고입지, 그것을 일컬어설랑은 신보시라 하고 말입지, 두째로설랑은, 계집인 것을 싫어해 아집을 여의어야 한다는데 말씀입지, 그러려면 비구와 애착에 떨어지면 안 되고입습지, 애착 없이 두루 둥글게 팔만 비구를 수용할 수 있어야 온전한 수도부라고 하곱지, 또 말씀입지, 비구를 받되 불감으로써가 아니면 아집의 발현이라 여자 된 업을 여의기 어렵다, 하고입습지, 흐, 허, 허단대도 해웃값[花代]은 거절치 말 것인뎁지, 그건 시주의 의미라는 것입지, 아, 대사께서도 흥미가 있으시면 말입지, 그 수도부들 모주신명(母主神明)께서 강설한 소책자를 소승이 하나 갖고 있으니 빌려드립지, 헌데입지, 비구란 세상 수컷 전부의 의미라고 하니 말입지, 거기에 사람이나 짐승이나 뭐 한계가 있는 것 아니겠습지. 그래서 모주신명네 솟을대문 안엔 큰 검은 개가 많습지, 물론 읍내에 말입습지. 헌데 대사께서는 어느 편이시냐 이것이 소승의 의문입지." 나는 촛불이나 보고 있었다. 나도 전에, 한 수업으로서 한 뒤 해, 촛불 바라보기를 한 적이 있었다. 그리하여 다시 촛불 앞에 앉고 보니, 그 촛불이 여태도 내 양미간에 켜져 왔었음을 나는 알았다. 헌데 내가 어느 편이냐고 그는 묻고 있는데, 정직하게 대답한다면, 그런 문제에 관한 한, 나는 이제 겨우 쇠딱지를 벗기 시작하고 있는 것이다. 그는 계속 염주를 주물럭거리며, 그렇다고 내 대답을 기다리고 있는 것도 아니어 보였다. 헌데 염주를 주물럭거리는 그의 품이 서툴러서, 내게도 민망스러웠다.

"듣자니 대사께서는" 이만쯤 해서는, 내가 이 사내를 방문한 용건에 대해 말해도 좋다고 나는 믿었다. "어디에 촌장이 살고 계시는지를 가르쳐주실 수 있다고 합니다만."

"초, 촌장댁 말씀이십지?" 그는 놀란 듯 되물었으나, 내 듣기에 그는 일부러 꾸며서 그러는 것 같았다. "촌장댁에 관해서입지, 물으셨습지?" 그는 그리고 좀 차게 웃었다.

"그랬댔습죠. 좀 도와주실 수 있으실까 해서 온 것입지요."

"그렇지 않아도 말입습지." 그는 좀 머뭇거리더니, "어떤 스님께서 불원간에, 촌장댁을 물으러, 소승의 누처를 왕림해주실 것으로 소승 알고 있었습지." 그는 그리고 한번 웃더니, 여유를 두지 않고, "워낙이 작은 동네가 되다 보니 말입습지, 어떤 스님이 새로 오시고, 어떤 스님이 가셨는지 그 뭐 빤하게 알게 됩습지, 헌데 새로운 스님들 중에는 어쩌다 촌장댁을 물으러 오는 수가 있거든입지" 하고 이었다. "헌데 죄송합습지. 소승으로서도 풍문밖에 일러드릴 것이 없는데 말입지, 그것은 이렇습지. 촌장을 만나려거든입지, 저 허허한 벌판 깊숙이로 나아가, 그저 반나절 정도만 헤매 다녀보라는 것입지. 아 물론, 유월에서 팔월까지라는 것인데입지, 소승이 알기로는 말입습지, 그러나 아무도 누가 촌장인지는 모르고입지, 그 석 달을 뺀 남은 일 년은 어디서 사는지도 모른다는 것입지. 그도 그럴 것이 허긴 말입지, 여기선 누구라도 밖엘 다닐 때입지, 장옷을 입되 눈만, 그것도 최소한도로 내놓아야 되고입지, 그게 이 유리의 불문율의 한 가지라 하는데 말씀입지, 어쨌든 그러다 보니입지, 서로 간 얼굴을 알 까닭도 없고입지, 그래서 때로는 밖에서 범죄한 사람들이 숨어들어온다고도 하지만 말입지, 관에서도 뭐 그런 사람들에 관해 관여하는 눈치도 아닙지. 유리 자체가 일종의 형벌이라고 생각하는 투입지. 그래서 여기서 한 사오 년 견디고 나면, 그도 중이 되어버리는 것입지. 헷헷헷, 소승도 그렇게 되어서 된 중입지. 십여 년도 더 전 애깁지. 무료해 견딜 수가 없어 수도승들을 찾아다니고, 조금씩 어깨너머로 듣고, 그러다 보니 이 동네 사정에 밝아졌기도 했지만 말입지, 어느덧 중이 되었더란 말입지. 소승은 존자 스님을 따랐습지. 그분으로부터 법명도 받은 정도였으니 말입지. 그러나저러나 떠도는 말로는 말씀입지, 촌장은 문둥이가 아닌가도 하고입지, 안 그러고서야 무엇 때문에 성한 몸을 폭삭 덮어 가리게 하겠느냐는 것입고, 아니면 사내 목소리의 늙은 수도부는 아닌가 하고도 하고입지, 그런데도입지, 하나는 분명한 사실이라고 알려진 것은 말입습지, 그분은 육신을 완전히 항복 받아, 원한다면 한 식경이고 두 식경이고입지, 숨이며 맥을 끓고 죽었다가도 말입지, 다시 새 활력을 얻고 살아난다는데입지, 그런 수업을 위해서 그분은, 저 사막 가운데로 나간다는 것입지." 그는 이만쯤에서 잠깐 입을 다물고, 부나비 눈 다 돼서, 촛불을 응시하며, 양미간 태우기를 부나비 제 놈 머리 태우고 빠드러져 죽어가는 그만큼 시간이나 하더니, 결론짓듯이 이렇게 말했다. "하는 말로는 그분은 자기의 머리통을 매달고 다니는 것까지도 쓸모없는 짓이라고 쳐서, 그 머리통을 떼어내 옆구리에다 끼고 다닌다는 헛소문도 있는데 말입지, 소승의 믿음으론, 유리에 촌장이 있다고 한다면입지, 그것은 귀찮아서 떼어 들고 다니는 머리통 같은 것이나 아닌가 합습지."

"그러면 말씀이오만." 불빛에 황혼으로 아름다운 해골을 망연히 바라보다 오랜만에 생각하고, 내가 말문을 텄다. "그런 일이 있어서는 안 될 것이지만 있을 수는 있으니 말인데, 어떤 배고픈 수도자가 이웃 수도자의 부에서 얼마를 허락 없이 들어냈다거나 아무튼 그런저런, 사람들 사는 데서 일어날 수 있는 여러 불미스러운 일들의 재판은 누가 하는 것입니까?"

"아 그런 일이란 말입지, 일어날 수 있고입지, 또 일어나왔습지."

"그러면 누가 이 사막의 질서를 보살피냐 이게 의문입니다."

"그런 경우 말입지, 그 둘 중의 얼마는 멀리 도망쳐 가버렸다고 하고 말입지, 얼마는 읍내 관에 가서 자백해버리고입습지, 저 큰 형장에서 형벌을 치른다고 하고 말입지, 또 얼마는, 하필이면 말입지, 물도 없는 저 늪에서 자살을 해버린다고 전합지. 헌데 멀리 도망간 스님들 경우, 대개는 돌아오든가입지,

또는 미쳐서 환속을 해설랑 제물에 죽어간다고 하는 것이 뒷소문이고 말입지, 이상한 것은, 자살하는 모든 수도자마다 저 마른 늪으로 찾아간다 이것입지, 해도 그런 불미스런 일이란 흔한 건 아니곱지, 소승은 하도 오래 여기를 살다 보니 귀가 밝아져 들은 애기들에 불과합습지."

"마, 마른 늪 말씀을 하셨댔지요?"

"글쎄입지 마른 늪이라 말입지. 전래해오는 말로는입지, 그게 바로 촌장을 낚아내는 낚시터라 하는데입지, 누구든지 말입지, 그 못에서 펄펄 뛰는 고기를 낚아내기만 한다면입지, 촌장이 된다는 것인데 말씀입지, 사실에 있어 그건 한 형벌의 장소라고 합지. 고기를 낚아내기만 한다면 일단 어떤 종류의 죄로부터도 구속되는 것이라고 합지. 허긴 그만한 담력이면 장차 촌장도 되고 남겠습지, 그러나 하필이면 촌장이 범죄 승 속에서 나와야 할 이유는 없겠습지. 그러나 마른 늪에서의 고기 낚기는, 분명히 공양미 삼백 석에 해당하는 도 닦기의 의미라고 보는 모양입지."

나는 이미 내게 주어진 형벌에 거역할 수 없음을 알고 있었다. 그래 나는 어제 촌장을 만나버렸으며, 그가 내게 수다스러이 지껄였던 말은 그것이 곧 선고였던 것이다. 나를 자기의 모든 사고로 젖 먹여 키웠던 아버지—어머니, 그러나 그는 한 주술승(呪術僧)이었거나, 한 연예승(演藝僧)이었던 모양이었다. 반야경(般若經) 읽는 소리를 등 너머로라도 들었던들, 바다 가운데서인들 낚여져 올라올 고기가 어디 있었을 것인가. 그러나 나는 그의 선고를 거부치 못하고 있는 것이다.

이제는 일어설 때여서, 그 촌장이 내게 물림한 해골을 챙겨 들며, "혹시 현재의 촌장이 오조(五祖)가 아니시오?" 하고 물었다.

"아 말입습지. 그렇게 된다고입지, 들었습지."

"그러구 보니 촌장의 대가 끊어지는 일이란 불 보듯 뻔하지 않습니까." 나는 혼잣말처럼 했는데, 글쎄 그 오조가, 오늘 새벽에 압살을 당해버리고 있는 것이다. "대체 누가 마른 늪에서 고기를 낚아낼 수 있을 것이란 말이오?"

"그런데 말입지, 그렇지 않다는 데에 오묘한 데가 있다고 합습지, 아까도 말씀드린 바와 같이, 마른 늪에서의 고기 낚기란 각고의 도 닦기의 의미라고 하는 말입습지, 고기와 촌장과는 실제에 있어 아무 연척도 없는 것이겠습지, 어쨌든, 삼백 석 공양미를 다 바쳐 뜬 눈으로 말입습지, 글쎄 말입지, 후대 이을 인물 하나 찾아내기란 어렵지 않을지도 모릅지. 어쨌든 촌장들끼리는 서로 물림해 가지는 게 있다고 하는데, 우리 같은 범승(凡僧)은 알 도리가 없습지, 알 도리가 없으니 농으로 하는 말로는, 서로 입 맞춰 침이라도 나누는 게 아닌가 하고 웃습지."

그래서 나도 웃고, 이제는 지루해져 일어서려면서, "그러면 그 마른 늪은 어디쯤에나 있는지, 대사께서는 알고 계시겠군요" 하고 물었다.

"아 그야 물론 알고 있습지. 둘러보셔서 아시겠지만 말입지, 읍으로부터 들이 그저 평평히 뻗쳐 내리다 말입습지, 미꾸라지라도 잡는 소쿠리모양, 한 서너 길 푹 꺼져 내린 곳이 유리가 아니냐 말입지. 헌데 동녘날[脈] 안쪽 아래 존자의 법수가 있고 말입지, 서녘날 기울어진 그 끝 쪽에도 그런 늪이 있는데입지, 그 수맥 끊어진 지는 하도 오래전이라 하니 몇백 년 족히 안 될까 모릅지, 나무 한 그루 없습지, 수도청이라고, 저 마을 가운데 노란 깃발 꽂힌 집 서쪽 그늘을 따라 한 반 식경쯤 걷는다면 거기에 닿을 것입지. 아주 가깝습지. 좌정할 만한 반석도 놓여 있고 있습지. 낚싯대도 한 벌 제대로 갖추어져 있는데 말씀입지, 그 손잡이가 상아라던가, 뭐 고래 뼈라던가 그런 것으로 되어 있다고 해서입지, 투도기가 있던 어떤 스님이 그냥 가져갔다 되돌렸더라는 일화도 있습지."

"아, 그러면 후의에 깊은 감사를 드립니다." 나는 그리고 일어서서, 합장하고 재배했다.

"대사의 내방은 소승의 영광이었는데입습지, 대사의 거처는 어디쯤이신지입지." 그도 일어나 합장해 보이며, 그저 인사로 물어왔다.

"소승은 초행이므로, 아직 거처할 곳을 어디에 정할지를 모르고 있습니다."

"아 그러시다면입지, 마침 한 군데 비인 곳을 알고 있는데입지, 거기를 일러드려도 좋습지."

"그렇게까지는 폐를 끼치고 싶지 않으오나, 대사의 배려에 깊이 감사합니다."

나는 그리고 밖으로 나왔다. 그는 자주 내방해주기를 바랐고, 밖의 한꺼번에 쏟기고 드는 햇빛은 내 눈을 가렸다. 그래, 어쩔 수 없이 나는 처넣어진 것이다. 이젠 형장으로 가지 않으면 안 되게 된 것이다. 저 늙은탱이 촌장이, 내 뼛속에 기름을 넣어주었던 아버지—어머니가 아니었다고 하더라도, 나는 어떻게도 내게 주어진 형벌에 거역할 수 없었다는 것을, 드디어 깨달아내고 있는 중이었다. 도피는 불가능하다는 것을 그 늙은탱이는 알고 있었던 것이다. 그러므로 내가, 어떤 종류로든 그 형벌을 치르지 않으면 안 되고 그것을 통해서라야만 내가, 저 양심을 치는 모진 회초리로부터 벗어나게 될 것이라는 것을, 그는 알고 있었던 것이다. 허지만 그는 어찌하여, 자기를 압살하라고 종용했기 전에, 자기의 정체를 드러내, 나로 하여금 한 번 더 범하게 될 살생을 방지해주지 않았던가? 어쩌면 난 조금도, 그의 얼굴을 궁금히 여기지 않았던지도 모르고, 바위를 밀어뜨리고 싶은 아무 유혹도 받지 않았던지도 모른다. 그러나 걸으면서 그가 했던 말의 특히 어떤 대목을 생각하기 시작했을 때, 나는 두려워 빠르게 도망치기 시작했었다. "……그러나 자네는 삼백 걸음도 떼지 않아서 되달려올 게야. 내 얼굴이 보고 싶을 게거든."—그러고 생각해보니 나는, 그의 얼굴을 못 보고 있었던 것이다. 그래도 아마 짧게 천 걸음은 떼어놓았었을 것이었다. "……그러나 자네는 직접적으로, 저 바위 위로 올라가서는, 공으로 공을 덮쳐 누른다고 해서, 그것이 어째서 살육일 것인가, 하고 생각할 것이야. 그리고 아마 오줌 한번 갈기겠지."—허나, 그가 내게 몸을 내준, 이 수수께끼는 종내 풀리지 않을지도 모른다.

나의 걸음은, '피밭'을 향해 가던 어떤 외로운 사내처럼, 비척이고 무거웠다. 아직도 내 몸은 보리수인 채, 살아 너무도 무겁게 잎 피우고 있는 듯하며, 마음은 거울인 채, 먼지며 티끌에 덮여, 심지어 내 얼굴까지도 비춰볼 수 없이 된 듯만 싶다. 허지만 어째서, 하나는 스승으로서, 다른 하나는 촌장으로서, 두 개의 얼굴을 달고 있었던 그 늙은네는, 내게 하필이면 물고기를 낚아내라고, 그런 형벌을 준 것인가? 이것은 형벌이기는 하지만, 허기는 그렇게 해서 울 것밖에 다른 것은 갖고 나오지를 못했던 내가 드디어, 하나의 공안(公案)에 비끌려 매어 들어가고 있는지도 모를 일이었다. 마을에는 여태도 형벌만 후텁지근히 내려 쌓이고 있을 뿐이고, 아무것도 살아 움직이는 것은 보이지를 않아, 이것은 자궁만 있고 혼령이 가문 고장처럼만 여겨지기도 했고, 또는, 모든 자궁마다, 미래에 나비가 되어 날아갈 굼벵이 같은 혼령을 처넣어놓고 임신이라고 부르는 고통을 참고 있는 듯이도 여겨졌다. 그러나 내가 스며들 곳은 어디에고 없어 보였다. 문, 문들에 대해서 나는 여기 와서 이상스럴 정도로 개의해쌓고 있는 것이다.

내가 착잡해 있는 사이, 수도청 그늘이 내 그림자를 압살해버리고 있었는데, 거기서 나는 왠지 우물쭈물 머물고 있었다. 그림자는 동북간으로 엇누워가는 시각이었는데, 그 안을 들여다보지는 않았다. 그것은 생각보다 방이 넓을 듯했고, 또 견고히 지어진 것을 알게 했다. 낙엽송 후리하게 건달이로 키 잘뻗은 것들을 한 예닐곱, 적당한 간격으로 띄어, 엇비슷이 땅에다 박고, 그 끝을 함께 모두어 묶은 뒤, 여러 겹의 가마니 쪽으로 덮어 내려, 한 틈의 구멍도 없이 해놓고 있었다. 그 꼭대기에 노란 깃발은 걸려 있던 것이고, 화식을 위한 화덕은 밖에 걸려 있었다. 문에의 유혹처럼, 계집에의 집념 또한 떨쳐내지 않으면 안 될 것이다.

수도청 그늘로부터 얼른 벗어나, 서쪽으로 두고 반 식경쯤 나아가면서 보니, 천년 전 문둥병에라도 팔꿈치까지 문드러진 듯한, 백호날[脈] 슬픈 것이 보이고, 그 날 끝으로부터도 반 마장쯤은 사막 가운데로 더 나아간 곳에 이상스레 지대가 풀썩 꺼져 든 것이 보였는데, 그것이 분명히, 촌장을 낚아낸 늪이었을 것이었다. 그것은 조금도 반가운 것으로는 느껴지지가 않았다. 내가 일단 거기 가서, 그 빈 늪을 내려다보기 시작한 때로부터 나는 이제 이 촌락의 율법에 박제되어버려서, 약대의 의지가 들어 있던 곳에 썩은 바람이나 채워 들게 될 것이었다. 아직도 물론 나는, 변절 개종을 하고 돌아설 수도 있기는 하다. 그러나 하늘을 보니 은 삼십이 한 덩어리로 뭉쳐 해로 번쩍이고 있고, 내 어깨는 무겁기만 육실허게 무거웠다.

글쎄 물 한 방울 괴어 있지 않았고 늪에는, 더위만 후텁지근히 괴어 있었고 늪에는, 뽕나무 한 그루 푸르지도 않은데 늪에는, 그것을 일러 어찌 벽해(碧海)라고 할 것인가. 누가 이런 걸 일러, 물길 사납다고, 삼백 석 공양미를 쏟아 넣어야 된다고 하는 것인가.

나는 아마 씨럭씨럭 웃고 있었을 것이었다. 그러며 늪 전을 오른쪽으로 스름스름 돌아보고 있었을 것이었다. 그것은 계란 모양으로, 동에서 서켠으로 길숨했고, 두 마장 정도의 둘레였다. 그리고 널팡한 반석과 낚싯대는, 동서로 길숨한 중간, 백호날 으르렁거리다 이빨 다 빠진, 늪의 정북쪽 둔덕에 있었고, 들은 대로, 낚싯대는 한 벌로 완전해, 하긴 한 손 던지기만 하면 곧장 펄펄 뛰는 고기를 몇 마리라도 낚아 올릴 듯 보였다. 그러나 사십 주 사십 야를 놋낱비가 쉼 없이 퍼붓는다고 하더라도 밑 없이 건조해서 한 방울 이슬인들 고일 것 같지도 않은 저 늪 바닥에 물 괴어 있었을 때 살았던 미꾸라지의 혼이라도 하나 머물러 있을 것인가. 그러했더라도 나는 한숨은 쉬지 않았다. 그러며 한편으론 꼬리를 사리고 한편으로는 저 낚싯대의 흰 손잡이에 손을 대보고 싶은 이상스런 충동에 쩔쩔매야 했다. 이 결정적인 순간에 와서 이렇게도 비겁해진 것이다. 그 낚싯대에 손을 대자마자, 내 운명이 일순에 훽 뒤바뀔 것만 같으며, 그것이 나를 겁나게 했다. 어쨌든 우선 해골을 돌팍 위에 놓아두고 덜덜 떨며 나는, 두 손을 억지로 내밀어 저 유혹하는 손잡이에 두 손바닥을 대보았다. 그러자 거기 스며들었던 태양열이 일종의 쇳물 같은 뜨거움으로 느껴지며 화상을 입히는 듯해 얼른 손을 떼었으나, 다시 움켜쥐었 때는 아주 부드러운 육중함, 그것은 뭔지 빼등빼등히 솟구쳐 오르며 생명감을 전해주는, 그런 활력으로 두 번 다시 나를 놀라게 했다. 그것은 뜨거운 것이 아니라 시린 것이었다. 나는 일종의 성기(性器)를 느꼈다. 살아 뛰는 생선을 느꼈다. 그것은 기분 썩 좋은 것이었다. 나는 그래서 그 느낌을 좀 더 오래 지속하려고, 다른 낚시꾼들도 그랬을 것이 뻔한, 연좌(蓮座)를 꾸며 돌팍 위에 앉아, 낚싯대 끝을 하늘로 솟궈 올렸다가, 늪 가운데에다 그 줄을 던진 뒤, 그 끝을 손잡이와 거의 평행되게 고쳤다. 그러자 은빛의 줄이 늪의 흰 하늘에서 반짝이며, 붉은 찌를 흔들흔들 방아 찧게 했다. 그 흔들림은 계속되었는데, 그것은 어느덧 내 혈관과 이어져, 찌가 홀홀 까불 때마다 그 흔들림이, 줄을 타고 올라와 내 혈맥을 뛰게 하던 것이다. 어쩌면 뛰는 고기가, 내 혈관 속에서 낚시에 걸려, 거부의 몸부림을 하던 것이다. 허긴 어쩌면, 내가 손잡이를 너무 움켜쥐고 있는 중인지도 몰랐다. 저 육중한 손잡이와 내 손바닥 사이엔 땀이 질척하게 고여 들고 있었다. 그래서 드디어 내가 관심을 갖고 들여다본 손잡이에는, 반드시 희지만은 않았고, 뭇 낚시꾼들의 손바닥 땀이며, 햇볕이며, 밤이슬에 세월껏 찌들려, 삼복중에 개장국으로 땀 흘리고 돋아 오른 달 빛깔이었는데, 그것 위에는 무슨 문자가 대단히 익숙한 솜씨로 파여 있는 것이 보였다. 그러나 손때에 닳고, 낮의 매운 볕, 사막의 정적에 깎이고, 또 가느다란 균열에 토막이 지어져 얼른 알아볼 수는 없었으나, 특히 낚싯대를 전문으로 하는 어떤 장인(匠人)에 의해서, 이것은 특별히 손보아진 것임을 알게 했다.

[7]水母情

내가 판독해낸 문자는 그것이었다. 그리고 나는, 그것이 어쩌면 그 낚싯대의 이름이나 될지도 모른다고 짐작했지만, 그것은 일종의 수수께끼로 내게로 던져진 것이었다. 나는 체머리를 조금 흔들며, 피로를 느꼈다.

다만 한 번 낚싯대를 움켜잡아보았다는 그 이유만으로써, 어쩐지 내 운명이 휙 뒤바뀌어진 듯만 싶어, 드디어 한숨이 괴어 올라오고, 내가 왜소히, 늪 전에 대룽대룽 매달려 있어 보인다. 처음에 두 마장 정도의 둘레였던 것이, 느닷없이 십만 유순(由旬)으로 보이며, 처음에 한 길 높이였던 둔덕은 수미산 높이로 변해져, 그 늪 전을 거부하려고 애쓰는 나는 한 마리의 구더기처럼 보였다. 그러나 실제에 있어 그것은, 물림 받아 내가 옆구리에 끼고 왔던 그런 하나의 작은 해골 같은 것으로, 유리에 놓여 있던 것인지도 몰랐다. 어쩌면 유리 자체가 하나의 해골이다. 해골, 두 개의 해골. 임신할 수 없는 자궁. 거추장스러운 유산. 나는 아마 피로한 것이다.

수도청 주위에서는, 가느다란 푸른 연기가 일어나 회적색 하늘로 퍼지고 있는 중이었다. 그리고 그 건너편 마을도 그동안에 대단히 바뀌어 동면을 깬 듯이, 물항아리일 것으로 짐작되는 것들을 안은 여럿의 장옷들이, 샘 있는 데로 모이고, 또 돌아가는 것이 보이고도 있었다. 이 시각은 아마도, 계절 없는 이 고장의 봄 나절이거나 뭐 그런 모양이었다. 굴속에 죽어 있었던 것들이 한꺼번에 살아나, 수분을 향해 달려가는 것이었다. 나는 그것을 향수로서 멀리 보고 있었던 것이다. 그러느라고 있었더니, 땅거미가 지고, 다시 또 납월이 왔던지, 발자국 소리며 기침 소리들이 멀어 갔는데, 어림잡아 한 열댓의 장옷 자락이 움직여간 것이나 아닌가 여겨졌다. 거기다 만약, 가능적으로 가산되어질 만한 수도자들, 가령 염불 삼매에서 깨어나지를 못했다거나, 단식 명상에 제 기름을 먹고 있다거나, 또는 앓고 있다거나, 아니면 자기 차례가 아니어서 남아 있다거나, 또는 성교 중인 중들을 한 여남은으로 칠 수 있다면, 저 마을엔 장옷 이십 오륙 두에다 수도부 몇 대가리가 더 살고 있는 게 아닌가도 싶었다. 아니면 상상도 못할 만큼 더 많거나, 아니면 뭐 일곱 그것이 전부의 인구일지도 모르긴 하다. 허지만 그들이 나와 무슨 상관이 있을 것인가마는 그래도 그들의 먼 그림자라도 보고 있자니, 황천감(黃泉感)이 좀 덜해지는 것이다. 나도 그리고, 수분으로 향해 치달려갈 갈증 난 목구멍을 갖고도 있는 것이다. 하지만 내가, 이 전례 없는 하초를 내보이며 그들 사이로 나아간다면, 그들은 나를 구정물 얻어맞고 중단해버린 흘레 개로나 여길지도 모르긴 하다. 그러나 귀를 귀라고 내놓고 다니며, 코를 코라고 벌름거리며, 혀를 혀라고 낼름거려도, 그것이 수치가 아닌 것처럼 근을 근이라고 내놓고 다닌다고 하더라도 어째서 그것이 손가락과 다를 것인가. 해골을 볼 일이다. 그리고 살에 관해 험담하기나 찬양하기나, 그것이 어떤 의미를 지녔는지, 그래서 해골을 볼 일이다.

4

나는 그리고 이것이 드디어, 스승이었던 늙은이가 그의 제자에게, 어째서 하필이면 해골을 물림했는지에 관해, 가능적인 것을 한번 모두 따져볼 때라는 것을 알았다. 그것은, 유리를 살며 마른 늪에서 고기를 낚는다는 노력의 의미를 밝혀내는 일과도 맞먹을지도 모른다는 믿음인데 왜냐하면, 유리나 마른 늪이나, 그것들이 내게는 갑자기, 하나의 해골로서 주어진 것 이상으로는 아니게 여겨지기 때문이다.

그저 보이는 대로만 하면, 해골이란, 추악하게 뚫린 눈구멍과 콧구멍, 인대로 해서 서로 접되어 있었을 아래턱은 떨어져 나가고 없으며, 후두부 아래가 휑뎅그렁히 열려 있고, 이마가 번쩍인다는 것뿐이다. 해변에 버려진 나무뿌리가, 소금물에 씻기고 또 햇볕에 마르는 사이, 아주 컴컴한 회색으로 변해, 약간의 고요함, 약간의 괴기를 풍겨내는 것과 그것은, 별로 다를 바가 없는 듯했다.

그러나 그런 나무뿌리도, 그렇게만 보아버리기에는, 그것이 전에 살았을 이야기를 너무 많이 담고 있을 것이 사실일 터인데, 그렇다면 제국을 세우고 부수고, 미워하며 사랑하고, 기뻐하며 슬퍼하던 인두골에 이르러선, 그것이 그저 썩다 남은 한 조각의 뼈라고 보아버리기에는, 그것은 전에 너무도 어기찬 삶을 담고 있었던 것이 사실인 듯하다. 사실에 있어 그것은 오관의 본부였으며, 꿈과 사고와 지성을 담았던 그 그릇이기는 하다. 하지만 그런 것을 담아 놓기에 그것은 너무 작은 그릇에, 너무 많은 구멍을 가지고 있어서, 기름종이로라도 도벽을 해놓지 않았더라면, 물 한 방울 괴어놓지도 못하게 생긴 용기인 것은 또 무엇인가. 그것은 무상을 느끼게 한다. 비애를 자아낸다. 살아 있음을 고통으로 바라보게 한다.

그러나 그것은 해골 자체는 아니며, 그것은 유정(有情)의 자기 소멸에의 두려움 때문에 일어난 연상이며, 무상(無常)이 해골을 정의하는 것은 아닐지도 모른다. 환언하면 해골 자체는 무상이 아니며, 의미를 전도하면, 유정 자체가 무상이라는 결론이 도출되게 될 것이다. 그러고 보면 해골 자체는 그냥 무(無)인 듯하기는 하다. 그러나 무엇의 체(體)인가?

그러고 보면 그것은, 어떤 암호, 또는 어떤 구조인 듯하기도 하다. 낙수(落水) 깊은 속에서 만년의 세월을 움켜 먹고, 손도 발도 잘린 뒤 종내 마흔다섯의 점으로나 남아, 그 점들로 살던 괴물인 듯싶기도 하다. 그것은 그러나 판독되어질 때 그 의미가 살아나며, 그렇지 못할 때 그냥 해골에 머무르는 것일 것이다. 그 의미를 살려내기 위해서는, 저 그냥 머물러 있는 것에서 용(用)을 불러내지 않으면 안 될 것인데, 이런 노력에는 거기 필시 어떤 종류의, 아마도 일종의 화학적(化學的) 실험이라고 부를 것이 개입되지 않으면 안 될지도 모르는데, 가령, 필멸할 신육(身肉) 속에서, 불멸할 신육(身肉)을 뽑아내려는 노력 같은 것을 일종의 화학적 실험이라고 달리 부르는 것이 가능하다면 그렇다. 그래서 그런 화학적 실험에 의하면 용으로 바뀌어져야 될 체는, 그것이 무엇이든, 실험의 대상, 하나의 질료로 변하는 것이다. 그러므로 질료는 체이다. 해골은 체이다. 체는 질료이다. 해골은 그래서 질료이다. 유(有)는 무(無)의 용(用)이다. 무는 유의 체(體)이다. 해골은 체이다. 체는 질료이다. 해골은 그래서 질료이다.

사실에 있어, 아직 '최후의 심판'을 받지 못해 관곽 속에 누워 있는 '어떤' 해골들은, 장차 '천사'들이 불어 제치는 나팔 소리에 잠을 깨일, 잠든 질료들인 것은 분명하다. 그것들은 무(無) 속에, 죽음 속에 무상 속에, 침몰해버린 소멸이 아니고, 부활에의 희원으로 기다리고 누워 있는 암컷들임에 분명하다. 암컷이란 체의 성별적(性別的) 이름인데, 그러고 보면 해골이란, '천문(天門)을 열었다, 닿는 데 암컷'이라고 부를 것인지도 모른다. 그것은 용(用)에의 전 희원 그 자체이다. 그러나 다시 살[肉]은 입지 마라, 그것은 고통인데, 살기뿐만이 아니라 죽기도 그렇다. 허지만 사번이로다.

5

"임자가 몇 살이나 됐느냐고 내가 물어봐도 될까 모르겠네."

"내가 멫 살이냐고라우? 스무 살배끼 안 돼라우. 그란디 시님은 첨 볼 때부텀 나를 임자라고 부르요이."

"그게 싫은가?"

"아무도 날 고렇게는 안 불르는디 시님만 고렇게 불른개 그려라우. 싫던 안 허고라우, 좀 요상해서 그러제요이."

"그럼 됐겠네. 헌데 임자는 간혹 여기로 오는가?"

"워디가라우? 오늘 첨 와본 것잉만요."

"그래이? 헌데 달빛이 두터워지고 안 있다구?"

"촛불 시님이 그러는디, 시님이 여그를 묻더라고 허요이. 그람선 워짜면 낚수질이나 허고 있을 것이랑만이라우."

"이런 참, 그것이 이제야 기억이 나다니. 누가 그러는데 말이지, 임자를 만나거든 이마를 조아리라고 그러더군. 글쎄 그러더라구. 임자는 보살이라는 거야. 그 생각이 이제야 드는군. 그러니 이제 내 큰절 한번 해 올리지."

"이힛, 힛, 힛, 아니 끕째기, 요것이 무신 미친다니 짓이끄라우이? 참말이제 넘새시럽소. 일어나쑈이, 워짠다고 또 넘우 발에다 쎄빠닥은 대고 고 지랄이끄라우? 머리끄뎅이를 뽑아 놀란개 일어나쑈, 일어나랑개. 힛힛힛. 시님은 미친다니어라우. 지 정신 쬐꿈배끼는 없어라우. 헌디 고 해골바가지는 워디서 났으끄라우. 워떤 팩 늙은 시님이 똑 조런 걸 각고 댕긴 걸 한번 봤는디라우. 고 시님도 미친다니어라우. 지 정신 쬐꿈배끼 없소이."

"그, 그렇게도 되던가? 허면 보살께서는 언제부터 그 스님을 알아왔던고?"

"나 아매 쬐깐했을 때부털 끼요."

"그, 그렇게도 되던가? 아 그러구 보니 말야, 보살 살던 동네로 염불하며 다녔던 모양이군? 그랬던 모양이지?"

"그렸어라우. 요 시님이 점쟁인갑네."

"흐후훗, 해골은 그때부터 본 건가?"

"워디가라우? 여그 와서 월매 전에 본개 그런 걸 각고 있어라우."

"보살께는 얼굴을 보여주었던 모양 아니라구?"

"고 말은 무신 이미속이끄라우?"

"내 말은 그러니깐, 지금 보살이 하고 있는 것모양, 얼굴을 가리지 안 했더냐는 말이지."

"여그서는 모두 얼굴 개리고 당기는디, 얼굴을 안 개렀다면 말이 되끄라우?"

"그, 그렇지 아마이? 그럼 보살은 그 스님을 어떻게 알아봤을꼬?"

"누가 우리 사는 디로 쑥 들어와라우. 그라고는 바랑을 벗어 맽김선, 우리 하라고(가지라고) 험선 장옷을 벗고 앉아서 쉈다가 갔소이. 모주랑도 베문시럽덜 안 항개요 반갑고라우, 좋아라우. 저녁 잘 해서 묵고 어디로 갔는디, 영 안 비어라우. 고 바랑 속에는 쌀하고, 챔지름하고, 소곰하고, 머 고런 것이 들었덩만이라우.”

“별말 없던가?”

“우리가 웃으먼, 고런 해골바가지로 우리덜 이망빼기나 쎄렸는디, 아프던 안 항 것이 요상해라우.”

“보살네 어머니가 죽었기 때문에, 그 스님이 보살을 어디다 데려다준 것이지?”

“무신 얘기지라우 시방?”

“임자 어렸을 때 말이야.”

“요 시님이, 본개요, 눈 말똥하게 뜨고 앉았음선 점을 허네이. 헌디 울 오매는 안 죽고라우, 시집갔다요.”

“나는 목도 마르구만. 샘에라도 가봤음 싶어.”

“나도 시님 따라 가끄라우?”

“나와 같이 가든 말든, 그것은 보살이 마음 내기 따름이겠지만, 나는 혼자 다니는 것을 좋아하거든. 인연이 닿으면 우리 또 만나겠지, 성불하라구.”

“내 지다리고 있을 틴개, 그라먼 후딱 돌아오씨요.”

“집도 절도 없는 중 돌아올 곳이 어딜까 몰라.”

그래 어딜까 몰라.

저녁이 조금 더 두터워지며, 흙모래를 딛는 발자국 소리도, 포속포속 더 두터워간다고 나는 들었다. 사막은 다시 또 썩는 듯이 적막해지고, 내가 그림자를 늘이고 있다는 것이, 살 냄새를 독하게 풍긴다는 것이 무서워지기 시작했다. 나를 똘똘 뭉쳐서 숨길 곳에의, 문에의 유혹이 다시 싹트고 그것은 성욕 같은 것이었다. 수도청 그늘에 서서 귀도 기울여보았지만 거기서도 숨소리 하나 들려 나오지 않았다.

그리고 나는, 목을 축이고 땀도 씻어냈지만, 정처며 행방이 다시 없었다. 춥고, 그리고 외로웠다. 그러나 갑자기, 내가 수인(囚人)이라는 것이 내게 위로가 되었다. 그러고 보니 글쎄, 돌아가서 내가 엉덩이를 붙이고 앉을 하나의 널팡한 돌팍이 내게는 있었고, 그리고 고픈 창자를 위해 고기를 낚아 올려줄, 나의 생업이 거기 있었다. 그것은 고향의 의미와도 같았는데, 형장이 갑자기

고향으로 변한 것이다. 어쨌든 이 사실은 내게 위로가 되었고, 사막의, 견딜 수 없이 매워 눈물을 솟구는, 외로움을 이기게 했다. 돌아갈 곳이 있던 것이다. 그래서 나는, 처음으로 코뚜레 꿴 어린 수소처럼, 무우우 무우 하고, 달 보고 울었다. 엎드려 네발로써 그리고 무우우 무우 울며, 내 형장으로 돌아왔다. 나는 언제부터인지 너무 많은 자유와는 살 수 없이 된 것이었다. 그 자유를 나는 어떻게 운용할지를 모르게 되어버린 것이었다. 나는 결국, 고삐와 재갈을 택해버린 것이었다. 고삐로 어거되지 않은 힘은 집중을 잃고 있으며 재갈을 물지 않은 욕망은 안개 같은 것이었다. 고삐와 재갈에 의해서라야만 나는, 고삐와 재갈을 끊어버리고 뛰쳐나간, 힘센 황소, 광분스러이 달리는 들말의 꿈을 꿀 수 있게 된 것이다. 내가 네발로 돌아온 형장은 그래서 드디어 그것의 의미를 획득하기 시작하고 있었다. 나는 내가 슬펐다.

계집은 돌아가지 않고 있었다. 그러나 그것은 잠들어 있었다. 깨우지는 않았다. 세운 무릎 위에다 한쪽 볼을 얹고, 잘려지기를 바라고 길어난 머리털이 숲처럼 덮은 채, 고르게 숨 쉬고 있는 그것은, 하나의 운명의 덩이로 보였으며, 피로한 짐승이었다. 내가 달빛을 등으로 하여 살펴본 그녀의 볼엔, 달빛이 눈물처럼 식어가며 마르고 있는 것 외에, 창녀스런 아무 그늘도 덮여 있지 않았다. 그것은 그냥 정적했고, 무료와 권태에 균열이 가고 푸스러져 보였다. 어쩌면 그녀 자신은 그렇지 않을는지도 모른다. 만약에 해골에 담긴 빗물을 마시고 비리끼한 무상을 누군가 느낀다면, 그것은 해골 자체가 무상한 것이 아니라 그것을 느끼는 자 속의 무상이 갑자기 비린내를 풍기기 시작한 것일지도 모르는데, 그렇게 보는 것이 옳다면 어쩌면 내가, 이 사막의 고적과 권태에 균열이 가고 푸스러진 것인지도 모른다. 계집은 자고 있었다. 그러나 나는 깨우지는 않았다. 돌팍을 베고 나는 번듯이 누워버렸다. 그랬더니, 돌팍 밑에서 뻗치고 자랐다가 죽은 풀포기 몇인가가 내 등을 간질였으나 따뜻이 달궈진 흙의 온정과 함께 그것들은, 부드럽게 내 등을 감싸주었다. 별들이 드러나 보이고, 그것들은 추억이나 고뇌처럼 보였다. 내가 살아온 서른세 해 동안에, 나를 스쳐 간 모든 것들은, 어쩌면 사라졌거나 소멸되어진 것이 아니라, 어쩌면 수풀 우거진 남녘 어디 아홉 구릉에서 살지도 모르는, 억천만 새끼 빛들의 어머니,

그러나 질투를 아는 눈을 피해, 어디 그늘 가운데 소롯이 숨어 있다가, 그 어미 질투의 눈에 잠이 퍼붓고 나면, 나타나 명멸하는 듯하다. 그리고 새롭게 나타나는 어떤 경이, 어떤 슬픔, 어떤 체험은, 달 같은 것으로 떠올랐다가 그믐 속으로 침몰해선, 훗날 결국 한 별의 모습으로 또한 어둠 속을 점유하는 것일지도 모른다. 헌데 한 계집이 내게는 달처럼 떠 있고, 한 조각의 흰 구름이 그 하늘을 흘러 지나가며, 달을 가렸다 별을 싸안았다 한다. 그 구름은 그리고 북녘으로 흐르고 있었는데, 그러고 보면 저 높은 곳으로는 바람이 싸돌아 흐르고 있는 것이었다. 그 부드러운 구름은, 조금 외로운 듯했으나, 저 적요로운 곳을, 고삐나 재갈이 없이 주유하며, 달을 품어선 별 가루를 뿌리고, 하늘을 가려서는 달을 깨놓곤 했다. 구름은 훨씬 더 북녘으로 흘러가 버리고 있었다. 그것이 지난 자리에는 그러나 여태도 별들은 반짝이고, 여태도 흑록인 채 하늘엔 금간 자리가 없었다. 흐르는 것이 거기를 흘러갔어도, 아무 흐름도 거기엔 없었다. 흐르는 것은 시간을 걸리고 걸려서 흘러갔는데, 어찌하여 저 정적한 곳에 그것이 흐른 시간은 남아 있지 않은 것인가. 다만 정지가 거기 있었으나, 그렇다고 그것은, 도보 고행승이 내게 보여주었던 것과 같은 그런 길 같은 것도 아닌 듯했다. 구름은 그 하늘을 못 견디고 조각조각 흩어져버렸을지도 모른다. 나는 이미 그 구름은 볼 수 없었으나, 정지 속에서, 흐름은, 소멸은, 어떻게 이뤄진 것이었는지, 그것은 하늘이 알고 나는 모른다.

사지가 저리고, 고개가 굳어 불편했던지, 잠엔 계속 취한 채, 계집이 꾸물대며 옆으로 비그르 누우며 추운 듯 몸을 꼬아 들이고 있어서, 계집이 내게는 가여운 누이처럼 여겨졌다. 저 허전해하는 걸 감싸줄 것이라곤 그것밖에 없어서, 내가 가슴으로 포근히 감싸주었더니, 그러나 그것은 더 자지를 않고 깨어, 내 가슴 안에서 꼬무락꼬무락하고 있다. 보니 울고 있었고, 나도 참 가슴이 짠했다.

"시님은 가난한개 불쌍해라우."

그녀가 그런데 그렇게 말하고 있었다. 나는 달이 중천을 지나고 있다고 보고 있었다. 서편으로 이울고 있다고 보고 있었다. 희어져 푸른빛을 띤다고 보고 있었다.

"나는 말이라우, 잘 자다가도 말이라우, 퍼떡 깨이먼이라우, 잠이 안 옴선, 무신 노래 겉은 것이 불러져라우. 두 번 불를라면 안 돼요. 날 보고 모도 청승시럽다고 허요이. 그래도 노래가 불러져라우."

모래에 조금 묻혀 약간 온기스러운 곳을 빼놓곤, 나는 좀 추웠고, 어쩌면 이슬에 덮였을 것이었다. 모래톱에 반쯤 묻힌, 죽은 고기들은 햇볕을 추워했었다. 잠자다 깨인 밤에 떠오르는 노래를 나는 알고 있었고 그럴 땐 호롱불 빛이 추웠었다. 퍽 더 젊었을 때, 어머니는 밤 외출이 잦았었다. 그러면 난 혼자 잠들어야 했고, 왠지 허전해, 한 마리 강아지 꼴로 둥글게 뭉쳐서는 머리를 숨겨야 잠이 들 수 있곤 했다. 그러나 한잠 자고 났어도 어머니는 와 있지가 않았다. 어렸을 때의 밤은 모질게도 길었었다. 더욱이 쓸쓸한 혼으로 깨어 있는 밤은 무섭게 길었었다. 내가 깨었을 때도, 아직도 시간으로는 초저녁을 다 지내지 못한 것이 대부분이었다. 그러면 눈물이 괴어 올라오고, 흐느낌 대신에 무슨 노래가 떠올라오지만, 두 번 불러보려면 안 된다. 그 노래의 끝은 언제나 공포에 먹혀 맺어지지 않는다. 방 안에는, 호롱불 빛이 차곡차곡 눌러 쌓여 있어서, 심지어는 그림자 있는 데까지도 밝히고 들려 하거나, 아니면 웅덩이처럼 아주 탁해져 있다. 나는 그때, 그 쌓인 먼지 같은 빛 가운데 내가 눈을 뜨고 누워 있다는 것을 발견한다. 바다의 무게처럼, 그러면 갑자기 빛의 무게가 느껴지며, 내가 글쎄 한 마리의 죽은 고기 같다는 생각이 드는 것이다. 그런, 죽어서 물 밑에 깔려 있으면서, 닫힌 듯한 둔한 눈을 하고 하늘을 쳐다보는 고기들은 얼마든지 많았었다. 죽은 지가 얼마 안 된 것들은, 배를 하늘로 향하고, 둥둥 떠 흘러 다니기를 오래오래 계속한다. 그러다 비늘을 잃고 밀려서 해변으로 와서는, 모래톱에 던져졌다간, 어떻게 모래톱에 묻혀든다. 햇볕 아래서 추워하며, 둔하게 번쩍이다, 모래톱의 습기 때문에 썩어가는 것이다. 그러나 다시 조수가 돌아오며, 그 모래톱을 적시기 시작하고, 흔들어 덮기 시작하면 죽은 고기는 다시 떠오른다. 그때는 햇볕에 데워졌던 부분을 드러내 옆으로 누워 있는다. 만약에 물새나 송사리들이 그 몸을 파먹지만 않는다면 그런 부표와 그런 침몰이 반복되는 사이, 저 고기의 몸은 솜처럼 피어나고, 그때에 이르면 젖은 몸이 무거워 물 밑으로 가라앉는다. 수사(水死)가 완벽히 이뤄져 버린 것이다. 나는 이제는 허전함을 느낀다. 주위가 휑뎅그렁하고, 아무리 더워도 혼이 춥기 시작한다. 잠 못 드는 아이에겐 이제 마녀들이 나타나기 시작한다. 살을 갉아먹으려고 소글소글 웃는 물자락이며, 물새의 뾰죽한 부리며, 송사리의 집적거림 같은 것이 마녀로 화한다. 그래서는 뾰죽한 손톱으로 내 배를 긁어 구멍을 내서는, 저 수백 년 자락 지며 모아놓았던 여울, 저 수백 년 노래하며 못 다 부른 곡조, 수백 년 출렁이며 아직도 못다 한 한, 그래서 엉긴, 조수의 앙금 맑음한 것을 집어넣는다. 그런 밤으로 나는, 수정 돌을 배 속에 처넣고, 자꾸 무거워 가라앉는다. 그러다 보면 어느 녘에 다시 잠들어 있고, 배 속에 넣은 조수의 앙금이 거품이 되어 끼룩끼룩 울며 날아가는 꿈을 꾼다. 잠자다 밤중에 깨어서 부른 노래는, 그런 끼룩거림 같은 것이었다.

뒤뜰서 우는 송아치
뜰 앞서 우는 삐들키
건넛동네 다리 아래
항수물이 뻘겋네
앞산 밑에 큰애기네
심근 호박 꽃 핐겠네

자다 깬 계집이, 끼룩끼룩 우는 노래는, 그런 것이었다.

제4일

1

"헌디 시님은 무신 못씰 죄를 졌단대라우?" 계집이 새벽녘 냄새를 풍기며 그렇게 물었다. "누가 나헌티도 그러는디, 여그는 말이제라우, 무신 못씰 짓 헌 시님만 온담선이라우?"

"이런 때는 말이지, 난 생각한다구, 어디 주막이 있는 강촌에라도 가서 떠들썩하게 한번 취해봤음 좋겠다고, 난 글쎄 그렇게도 생각한단 말야."

"존자 시님허고, 외눈 시님이 돌아오덜 안 헌다고 그러요 글씨."

"그리고 그렇지, 소쪽새 우는 걸 따라서, 벼랑 끝에서 말야, 소쪽, 소솟쪽하고 울다 말야, 천 길쯤 떨어져 내려도 좋지."

"본개로 질갓에 염주만 떨어져 있더람선이요, 촛불 시님이 각고 있더랑개요."

"진달래도 피겠고야 피겠고야."

"헌디 고 외눈 시님을 염주 시님이라고도 헌단개요, 절단코 염주를 질갓에 베려뻐리던 안 할 것이라고 안 허요이? 촛불 시님이 그래라우."

"또 그렇지, 새벽달 차가운 것 잡으러, 강 언덕에서 뛰어내려도 나쁠 일 없을 터. 지국총, 지국총 놋좆에 침 발라라 어사와."

"헌디 시님은 무신 못씰 죄를 졌간디, 물도 괴기도 없는 디서 괴기를 낚울라고 허끄라우이?"

"임자, 나하고 어디 후미진 골짜기로 나가, 초가 짓고, 밭 갈고, 씨배 먹고 살지 않을란가?"

일자나 한 장 들고 봐 일이나송송 야송송, 잇자 한 장 들고 봐 이월이라 매화꽃, 굿자 한 장 들고 봐 구월이라 국화꽃 처자 생각이 절로 난다.

도라는 것을 닦다 음극으로 기울어진, 선로(先老)들의 고기(古記) 중의 어떤 것들에 의하면, 일 년 열두 달, 열두 나무, 열두 자세, 꽃 피는 것도 안 피는 것도 있는 그런 원정(園丁) 성교도 있던 것이다. 매월 매나무에 매 다른 아픔이 피어오르고, 매 다른 낙화가 따른다. 그러나 계집은, 성내고 뛰쳐 일어나, 모래를 쥐어 발악하듯 내 몸에다 끼얹으며, "시님은 쌍뇜이어라우. 날 쥑일라고 히어라우" 하고, 섣달 동백 아직도 눈 속에 타는데, 그 낙화 기다리지도 못하고, 물크러진 몸으로 절룩거리며, 제 사는 곳 향해 어죽이 가버렸다. 그년은 타는 굴뚝으로 빠져나간 암코양이 꼴로, 후줄근하고 더럽게 해서 도망가버린 것이다. 그 더러운 년을 보다가 나도, 너무 많이 뇌우를 갈겨대다 죽은 어떤 수룡모양 빼드러져버렸다. 글쎄 비구란, 부지런히 일하는 사내라고 하는 것이다.

2

누군가가 내 잠을 삼베 세 폭 홑청으로 덮어주어 있었다. 내가 잠들었던 동안에, 땅은 자꾸 동쪽으로 뒤틀려가서, 저 청청히 그저 정좌만 해 있는 하늘의 큰 한 연(蓮)을 배꼽 위에다 피워놓고 있었다. 새벽의 육시럴 구투(狗鬪)에 나만 전상자로 남아져, 허리가 무너나고 목이 타며 치골은 벌겋게 부은 데다, 근은 죽어 흑자색으로 나둥그러져 있다. 그래도 어쨌든 떨치고 일어나야 했다. 그러나 어지럼병이 들며, 눈앞에 천만의 별이 떠 스산히 흘러가고, 전에 강인했던 팔이 지푸라기가 되어 시지근히 꺾어져 내린다. 나는, 저 사망의 방 같고, 음부 같은 음녀를 죽어라고 저주해댔다. 그래도 그년은, 내 잠을 홑청으로 덮어줄 기력은 남겨놓고 있었던 모양이었고, 또 한 봉지의 미숫가루와 한 알의 계란으로 한 걸사께 공양할 마음의 여유도 있었던 모양이었다. 그리고 두 되 들이는 되어 보이는 항아리 하나에도 물이 가득히 채워져 내 머리맡에 있어 물이 푸르자 하늘도 푸른 것을 알겠는데, 그 계집 말고, 누가 그런 보살행을 했겠는가. 일곱 집 둘러 빌지 못한 건 한이로되, 감사하다는 정을 일으킨다는 것은, 악을 쳐부수는 자라고 불리는 수놈 중이 속정(俗情) 애와틴 것을 여태도 못 여읜 소치일 터이므로, 그저 눈 내리감고 반 되쯤의 물부터 마시고, 저 애왇븐 왓대, 한 알의 계란을 톡 깨어 입속에 부어 넣었다. 있는 바 일체중생 종류 중에서 알로 낳은 것이여, 아 알로 낳은 것이여, 내가 다 하여금 남음이 없는 열반에 들게 하여 멸도케 하리라.

3

나는 우선, 저 마른 늪에 물이 가득히 차올라와 철럭이는 것을 보려는 일로부터, 나의 낚시질을 시작했다. 그것은 가령, 비가 퍼부어 내리는 것을 생각한다거나, 또는 땅속의 수혈(水穴)을 찾아내, 그 혈을 막고 있는 어떤 장애를 틔워주어서, 그 수맥이 이 늪을 줄기차게 뻗어오도록 한다든가, 그런 과정을 겪지 않고도 쉽게 이뤄졌다. 내가, 저 호수에다가 물을 채워야겠다고 생각함과 동시에 그 늪을 내려다보았더니, 그것은 어느덧 그득히 물에 덮이어, 무색인 것이라도 깊어지면 색깔을 입듯, 그것은 푸르러 있었다. 나는 사실 거기까진 바라지 않았는데도 그 둔덕에는 어느새 갈대가 키대로 자라, 그림자를 수면에 드리우고 있으며, 들찔레 덤불이 듬성듬성 나, 흰 꽃잎을 흐드러지고도 있었다. 그것은 만족할 만한 호수였다. 고요하여도 머물러 있는 듯하지 않으며, 어느덧 흔들려도 움직이는 듯하지 않은, 저 늪은 그리고 오직 나만의 것이었다. 그러나 아직도 거기엔 고기가 유영하고 있지 않아서, 그것은 아직 산 못이 아니었는데, 거기에다 어떤 고기를 풀어 넣을까를 생각해보다가, 늪이 있으면 어디에나 있는, 그저 그런 평범한 고기들, 붕어며, 모래무지며, 미꾸라지며, 뱀장어며...... 그런 뒤 나는, 낚싯줄을 본때 있게 던져 넣었다. 그리고 참을 성 있게 기다려보니, 찌는 수면에 거꾸로 서 있으며 퐁퐁 자맥질을 하고 있으나, 아직 고기가 물려고 달려든 것은 아닌 듯하고, 수면이 흔들리는 탓 같았다. 바빠야 할 일이란 없어서, 나는 느긋하고 한가한 마음으로, 내 기억에 떠오르는 몇 낚시꾼들의 얼굴이며 이야기 소리 같은 것을 뒤늦게야 기억해내기 시작했다. 나를 손짓해 부르기 좋아했던 한 젊은 낚시꾼은, 그는 된기침을 한 뒤엔 피를 뱉어내곤 했었는데, 내가 따랐으나 늘 무뚝뚝한 얼굴의 한 늙은 낚시꾼을 가리켜 이렇게 말하곤 했었다. 물론 내가, 저 치근치근한 아버지들께 어머니를 빼앗기고 바닷가로 내려가, 혼자 모래집이나 짓고 놀던 때의 얘기인 것이다.

"저기 저 목대기 배에 앉아, 졸기로, 담배 피우기로 세월이나 보내는 늙은네 말이다, 삼백예순날 동안에 고기라고는 꼭 한 마리 낚은 걸 보았는데 말이지, 그래 내 하도 신통해 그 고기를 좀 구경 안 했겠냐 말야. 헌데 그게 반편이라구. 내 말 알아들어? 비린내가 아주 독하더라구. 글쎄 내 말 알아들어? 그걸 낚은 낚시란 건 말이지, 흣흣 거 뭐 녹슨 낫가락이지 그게 낚시겠니? 내 얘길 들어보라구 말야. 삼백예순날 미끼 꿰는 걸 한 번도 못 보았으니 말이지. 그래 내 나중에 생각해보니 이렇더군 글쎄, 한 가닥 센바람이 휙, 이렇게 말이다. 내가 손짓하는 것 보여? 휙, 이렇게 물 위를 불어갔던 모양이었다구. 그래선 저 늙은네의 낚싯줄을 휙 잡아챘던 모양인데, 내 말 알아들어? 그러자 그 낚시가, 너모양 다리로 반쯤 졸고, 반쯤 꿈꾸는 고기 놈의 입을 꿰었던 모양이었지. 흣흣흣, 내 말 알아들어? 그래도 말이다. 하루도 안 거르고 낚시질은 나오는데, 알겠니? 저 노인네 할마씨가 말이지, 글쎄 아주 젊었을 때였겠지, 물 건너 저쪽 친정에서 오던 길에 그만 풍랑을 만났다는 것 아니게? 꼽다시 고기밥이었지. 나 같으면 말야, 저 원수스러운 고기 놈들 다 잡아내 버릴 거라구. 내 말 알아들어? 자 너 보구 있지? 저 찌가 까불까불 엉덩방아를 찧고 있는 걸 보구 있냐 말야. 나라면 그러니, 글쎄 대략 잡아, 한 식경에 세 마리 정도는 낚아 올리지. 너의 어미께, 이런 얘기쯤 해줘도 좋아. 내 이따 해 질 녘에 그중 큰 놈으로 한 마리 꿰들고 갈 테니, 이똥이나 잘 닦아놓고 있으라구 해두라구. 내 말 알아들어? 고기 맛을 제대로 알아들려면, 이똥뿐만이 아니다, 사태기 새 곱도 잘 닦아야 되는 게야. 내 말 알아들어?"

그는 그리고 외롭게 웃었었는데, 건너편 목선네 영감의 곰방대에서는 그런 웃음이 연기가 되어 포르르 오르곤 했었다. 하지만 지금 다시 생각해보니, 어쩌면 그 늙은네는 아직도 살고 있고, 또 천년은 더 살아가지 않을까도 싶다. 외롭게 으스대던 젊은네는, 벌써 몇 번이고 죽어, 흙 몇 번이고 되었을라, 글쎄 그래서 가만히 생각해보면, 목선 위의 늙은네는 한 식경의 삼 분의 일밖에 안 되던 그런 세월을 유유자적 일 년으로 펴 늘여 살았던 것만 같고, 저 젊은네는, 일 년을 삼 분의 일 속에다 옹쳐 넣어, 손가락으로 튕겨 오소속 흩뜨렸을지도 모를 것처럼 여겨진다. 그러다 보니, 저 늙은네 곰방대에 두 대째 담배 지그르 끓고 있을 때, 저 젊은네 댁에선 상여 나가고 있었을 것이었다.

아 물론, 저 젊은 낚시꾼은 허긴, 하루를 스물네 도막으로도 내고, 열두 도막으로도 내서, 지금이 제 육시라거니, 또는 오시(午時)라거니, 열두 시라거니, 제 구 시라거니, 미시초(未時初)라거니, 오후 세 시라거니 하고 말하는, 어떤 평균 시간을 두고 그렇게 말했었음은 분명하다. 그러나 어떤 경우 그러한 평균 시간에 균열이 생길 때가 있는데, 그 균열을 통해 보이는 평균 시간의 안방에서는, 이해할 수 없는 일들이 무수히 일어나고 있는 것이다. 계집과 지내는 밤은 지극히 짧고, 이레 단식을 목적으로 하고 새우는 이레째 밤은 칠 년과도 맞먹어 듦은 어쩐 이유인가? 빈자의 춘궁기는 십 년이 짧게 길고, 부자에게 있어선, 저 좋은 계절의 아쉬움이 일 년 내내 남는다. 그것은 즐기기에 생선의 가운데 도막 같은 철이기 때문이다. 같이 달리는 토끼와 거북의 시간은 같지 않으며, 하루살이의 하루와 용소 밑바닥 이무기의 하루 또한 같지 않으며, 석전경우의 한나절과 송하노선의 한나절도 결코 같지 않으며, 늙은네의 하루와 젖먹이의 하루도 같지 않은 것이다. 같은 시간은 어쩌면 전혀 없는 것일지도 모른다. 그러니까 같은 것은 다만, 일러서 평균 시간이라고 하는, 그것뿐일지도 모른다.

이 계제에 이르면 이제 내가 난감해져 버린다. 한 식경에 세 마리의 고기를 낚아내야 될 것인지, 사흘에 한 마리를 낚아낼 것인지, 그것이 문제로 나타나 버리는 것이다. 허지만 보자꾸나 어부네여, 이만쯤 지냈으니 창자도 비었고, 비린내에도 코가 밝아졌으니, 맛보기로 갖다가시나 우선 턱 하니 한 마리 끌어올려 놓고 볼 일이 아니겠는가. 게다가 때맞춰, 찌까지도 까불며 퐁퐁 자맥질을 해대고 있으니, 술 익자 체 장수 돌아가는 것이라야만 궁합이겠는가 어디.

두 번 세 번 스무 번 서른 번 이백 번. 삼백 번 제길헐 녀러.

마음은 더욱더 들끓고, 손은 더욱더 차가워갔다. 마음은 더욱더 넘치고, 손은 더욱더 비어져 갔다. 제길헐 녀러.

나중에 나는 거의 미쳐져서, 낚싯대를 마구잡이로 휘둘러대고 있었을 것이었다. 그러다 못 참고, 대가리를 거꾸로 처박으며 나는 그 늪으로 첨벙 뛰어들었을 것이었다. 아무 놈이든 닥치는 대로, 손으로 휙 움켜 채려는 것이었다. 그러나 나는, 첨벙 소리 대신에 철퍼덕 소리나 들었고, 웬일인지 한동안 정신이 혼미해 그저 누워만 있었더니, 입이 씰룩여지면서 욕설이 뱉어져 나왔다. "색이 공과 다르지 않으며, 공이 색과 다르지 않은 것을. 색인즉슨 공이며, 공인즉슨 색인 것을."—그것이, 형상을 향해서, 그 형상을 형상이게 보여주고 있는 세계에 대해서, 내가 덮어씌울 수 있는 온갖 모멸이었다. 그리하여 세상은, 저 가장 악랄하고 더러운 저주에 의해서 상처받고, 비죽거리고 울며, 고개를 돌리는 듯이 내게는 보였다.

모든 선배 낚시꾼들 역시, 이 단계에서 실패하고, 세상에 욕설을 끼얹기 위해서 미치다 죽어갔을 것이었다. 꿈에서 보이는 여자는, 어쨌든 꿈속에서는 여자며 살이어서 꿈을 축축하게 하는데, 저런 낚시질은 몽정과도 달라서, 저 망할 녀러 고기 새끼들은, 물을 벗어나기만 하면, 그 찰나로 자연 소멸을 해버리던 이치 속은 무엇이던가.

모든 걸 다시, 원점으로 돌리지 않으면 안 되리라는 걸 나는 알고 있었다. 신기루의 샘 속에서 물 길어다 동료들과 같이 시원스레 목욕하는 일이 열 번 가능하다고 할지라도, 또 어물전을 묘사해놓은 그림 속에서 한 마리 연어를 꺼내다 마누라와 함께 구워 먹는 일이 있을 수 있다고 할지라도, 나는 우매하여 그럴 줄을 모르니, 그러므로 내가 우직한 채로 소가 되고 부지런하여 벌이 되어, 현상을 있는 그대로 놓고, 그것 위에서 우직히 투쟁하며, 그것 위에서 부지런히 명상하고, 근면과 우직을 다하여 정진하지 않으면 안 된다는 것을, 자신에게 자꾸 타일러주지 않으면 안 될 것 같았다. 꾀 있는 사람은, 계란을 그저 한 번, 눈 깜박할 동안만 소매 끝에다 넣었다 꺼내도 장닭을 품어내지만, 그러나 나 같은 사람은, 하루 세 번 군불을 지핀 아랫목에 품고 누워 식음을 전폐하기를 스무하루나 한다고 하더라도, 잘하면 병아리나 품어내거나, 그러지도 않으면 곯려버리고 말 것이었다. 그러므로 꾀는 그것이 아무리 작은 것이라도, 내가 바랄 바는 아닌 것이었다.

그럼에도 하나의 무서운 유혹을 버릴 수가 없는데, 그것은, 한 번 마음만 먹은 것으로써 늪을 내려다보면, 거기 물이 넘치고, 고기가 빽빽이 유영하는, 그래서 고기를 낚아내는 일이 매 찰나 가능스러울, 저 가능성에의 집념이다. 그렇더라도 수면을 떠난 고기의 자연 소멸을 어떻게도 방지할 수 없는 한, 꾀는 그것이 어떻게 작은 것이라도, 내가 바랄 바가 못 되는 것이다.

나는 흙먼지를 풀풀 털고 일어나, 늪 둔덕으로 다시 올라왔다. 그리고 내려다본 늪은, 그저 언제나같이 메마른 것이어서 아무것도 없었고, 나의 절망만이 거기에, 빽빽이 괴어, 내게 위로나 구원이 될, 아무리 사소한 것이라도 그것의 뼈까지를 녹히고 들었다. 자기의 절망과 대면한다는 일은 아마도 그중 비참한 일이다.

나는 산보라도 하고 싶어져, 그 자리를 떠나버렸다. 그리하여, 저 집념의 훈륜에 감싸여 초계(超界)치 못하는 정신에 바람을 넣고, 허랑방탕히 헤매다 돌아와 본다면, 자기를 억류했던 저 울타리가 얼마나 높았던가를, 다시 측량하게 하고, 다시 고려하게 할지도 모른다.

나는 그래서, 반 줌쯤의 미숫가루를 입에 넣어 물 마셔 삼키고 마을 쪽으로 걸으며, 하기는 한 번쯤, 소나무가 있는 저 샘터며, 그 무덤들도 둘러보았어야 옳았다고 생각해냈다. 그러나 무엇보다도, 촛불중이 마음에 걸렸는데, 그를 만나게 될 것이 갑자기 무서워지면서도, 어쨌든 한 번은 만나보아야만 될 듯하기도 했다. 내가 왜 그래야 되는지, 그것은 나 자신도 모른다. 나는 이미 형에 처해져 있는 것이 아닌가.

4

내가 촟불중과 대좌해 있었을 즈음은, 해가 한 발 정도나 남아 있을 때였다. 그는 물론 전날과 다름없이 내방객을 맞았으며, 미숫가루와 계란으로 하여 계집을 내보내던 것이었다. 내가 들어갔었을 때, 그들의 성교는 벌써 끝나 있은 듯했으나, 촟불중의 가느다란 손가락이 저 계집의 허벅지 위에 얹혀는 있었다. 내방객이 없었다면 그들은, 그런 채로 밤을 맞았을지도 몰랐다. 그것에 대해서 나는 아무것도 생각하려 하지는 않았다. 그것이, 내 스승이 말하던, 저 보살이 법륜을 굴리고 다니는 방식인 것이다.

"대사께서는입지, 산책이라도 즐기셨는 듯한데입지."

오늘은 장옷도 입으려 하지 않고, 촟불중이 말하며, 촟불 그늘 아래 놓여진, 예의 그 염주를 주워 들더니, 수다스러이 돌려대기 시작한다.

나는 그렇다고 고개를 끄덕이고, "대사께서도 더러 산책을 하시오?" 하고 내 쪽에서도 물었다.

그도 그렇다고 고개를 끄덕이고, "주로 오전에 합습지. 몇 년래 배어버린 버릇인뎁지, 자시쯤부터 시작해 대개 묘시나 진시까지 앉아 있고 말입지, 미시나 신시까지는, 꼬인 다리를 푼다거나입지, 아니면 어느 스님이든 찾아뵙고 법 설하는 걸 듣는다거나 하고입지, 그런 뒤 자시까지는 혁대를 풀고 마음을 풀어놓습지. 허랑방탕히 지내는 것입지."

나는 고개를 끄덕이고 그의 정시를 이상스럽게 견딜 수가 없어서, 촟불에다 시선을 향했다. 그가 염주를 들고 있다는 바로 그런 이유 때문일지도 모르지만, 나는 어쩐지 오늘, 이 사내 앞에서 왜소한 기분이 들고 응축된 듯한데, 내가 왜 그래야 되는지, 그것은 나 자신도 모른다. 나는 이미 형에 처해져 있는 것이 아닌가. 그런데도 내가 확인해본 대로만 한다면, 존자나 그의 문하생의 무덤은 열려진 흔적도 없었으며, 샘도 또한 만약에 무심한 눈으로만 본다면, 전과 같이 맑고 조용했다. 풀려 나간 피가, 샘 전의 이끼 색깔을 좀 더 우중충하고 불그스레하게 바꾸어놓은 듯이도 내 눈엔 보였지만, 그것은 내 눈의 편견 탓이었을지도 모른다. 경도 중인 어떤 수도부가 어제쯤, 거기서 목욕을 하지 않았다고 누가 장담할 수 있을 것인가. 그랬음에도 나는, 한 번 더 뛰어 들어가 흙탕을 친 뒤, 저 봉분이 없는 무덤들 주위에서도, 혹간 수상쩍게 여겨질 것이 있으면 모두 치워 없애버리고, 그리고 돌아섰을 때에는 무심한, 아주 무심한 얼굴을 꾸몄었다.

"대사께서는 어디쯤에다 말입지, 거처를 정하셨는가입지."

그러나 나는 대답할 말을 생각할 수 없어, 망연히 촛불이나 건너다보았다. 그것은 흔들림이 없이 고요히 타고 있었지만, 내가 마음으로 흔들리고 있는지, 그 불꽃에 내 마음이 묶여 들지를 못하고 훌훌 뛰고 있었다.

"소승이 한번 말씀드렸지만입지, 소승이 한 빈 곳을 알고 있습지. 대사만 괜찮으시다면 말입지, 즐거이 안내해드립지. 그 빈 곳은, 그분의 열 명의 끌끌한 문하생이 와서 파고, 괘목 지르고, 곱게 도벽하여서입지 읍내 장로네 사랑방 정도는 훌륭한데 말입지, 헌데입지, 소승 믿기에 말입습지, 그분이나 그분을 모시고 다니는 스님이나 말입지, 본절로든 어디로든 돌아가신 듯한데입지, 비었으면 이제 어떤 스님이든 말입지, 숙소 없는 스님이 써도 좋겠습지."

나는, 그가 무슨 얘기를 계속하고 있는지를 갑자기 알 수가 없고, 촛불의 심지 끝에는, 한 마리의 검은 고양이가 요요히 앉아, 표독스레 나를 노려다 보고 있었다.

"한 분은 존자 스님이라고 부르고입습지, 한 분은 염주 스님이라고 부릅지. 존자 스님으로부터는 게송 하나를 받았는데 그것은 이렇습지……"

나는 전에, 촛불의 심지를, 저 푸른 물이 감싸고 있는, 한 흑연 빛 동혈이, 그렇게도 깊고, 그렇게도 넓은 자리를 차지해왔다는 것은 한 번도 몰랐었다. 거기에 저 철위산 바깥 변두리, 오백 유순 첨부주의 땅 밑이 열려, 누구라도 잘못 들어섰다간 영구히 되돌아 나오지 못할, 슬픈 고장이 펼쳐져 있었다. 그러나 나는 이미 그 경계를 벗어날 수가 없는 데에 이르러 있었고, 푸른 불이 육만 리의 바다처럼 나를 둘러 노호하고 있는데, 저 흑연 빛 동혈이 소용돌이치며 나를 삼키려 들었었다. 그러나 내가 격렬히 거부하고 보니 그것은 입이 붉은 한 마리의 고양이였고, 그것이 저 높다란 심지 위에 견고히 버티고 앉아, 나를 노리고 여섯 색깔의 살(煞)을 쏘아내고 있었다.

"몸은 보리수이니입지."

고양이와 나의 대치는 그렇게 해서 시작되었고, 이 실랑이는 내게 괴로운 것이었다. 우리 주위에론, 우리들의 눈이 뿜어낸 살로 하여, 음독 같은 것이 부옇게 서리고 들었다. 어느 쪽이 패하든, 그것은 곧장 죽음과 연결 지어질 것처럼, 그 응시는 살벌했는데, 적어도 어떤 내상만이라도 남길 것은 뻔했다.

"마음은 밝은 거울 틀과 갈네입지."

그러기를 계속하는 동안에, 아마 내 쪽에서부터 피로를 나타내기 시작하고 있는 것 같았다. 내가 상대하고, 내가 주시하고 있던 것은, 어쩐지 그 고양이의 눈이 아니라, 그 눈 속에 앉아 나를 보는 그 나인 듯이만 여겨졌는데, 이 의미는, 내가 내 내부를 조금씩 헐어내며, 열어 보이는 그런 증거인 것 같았다. 물론 그 고양이의 눈 속의 내 눈 속엔 그 고양이의 눈이 있고 그 내 눈 속엔 고양이의 눈이 또 있고 또 있고 또 있고 또 있었지만, 그러나 계속해서 내게 느껴지는 것은, 나로서는 아무리 해도 고양이의 내부를 들여다볼 수 없고 있다는 그것이었다. 이것은 내가, 그것의 인력에 의해, 그것 속으로 자꾸 끌려 들어가고 있는 바로 그 의미인 것 같았다.

"때때로 부지런히 털고 닦아서입지."

내가 아마도 패해가고 있는 중이었다.

"먼지며 티끌 못 앉게 하셉지."

눈알이 쓰리고 아프며, 눈앞이 흐려지는 걸로 보아, 나의 집중력이 약해진 증거라고 막연히 느끼고 있었더니, 끝내, 저 표독스러운 것이 찢듯이 짖으며, 내 눈 속으로 뛰어들어, 내 눈을 사정도 없이 할퀴어버리는 것이었다. 빛은 사라져버린 것이다. 그리고 머리가 아파, 두 손바닥으로 눈을 눌러 감으며 이를 악물었더니, 아픈 것이 아니냐고 누가 묻고 있었다. 눈을 떠보았더니, 촛불은 그냥 촛불인 채 요요히 켜져 있고 촛불중이 걱정스럽다는 눈으로, 나를 건너다보고 있었다.

"처, 천만에 말씀이외다." 나는 완강히 부인하고, 해골을 챙겨 든 뒤 일어났으나, 비감으로 마음은 미어지고 있었다. "헌데 어떻게 스님께서는, 존자며 염주 스님이 떠나신 걸 아셨는지, 그것이 궁금하군요." 나는 발악을 짓씹으며 물었다.

"아, 그, 그거 말씀이십지?" 그는 한번 징그럽게 웃었다. "글쎄입지 말씀드렸다시피 말입지, 오전 한때로 산책을 하는데입습지, 보니 길가에 이 염주가 떨어져 있고 말입지, 존자나 그 두 분 스님이 샘터에는 없더란 말입지. 그래서 돌아와 봤으나 암자에도 없더란 말입지."

"스님께서는 친절하시게도, 소승께 소승의 거처를 물으셨던가요? 글쎄 날짐승 길짐승 다 거처가 있는데, 어찌 내겐들 없을 수 있겠소. 소승은 저 마른 늪 둔덕에, 널팡한 돌팍 하나 놓여진 걸 거처로 삼았습지요."

"아, 소승도 그렇게 알고는 있었다 말입지."

"성불합시우."

언제든, 어쩌면 나는, 저 춋불중을 상대로, 내 손에 한 번쯤 더 피를 묻힐지도 모른다고, 막연히 느끼고 있었다.

밖은 그런 시각이어서, 수도자들이 빈 항아리를 들고, 샘으로 가고 있었다.

나는 아무것도 안 보고, 내 발등만 보며 걸었다. 내 뒤쪽으로는, 두 번째 환속에의 욕망처럼, 자살에의 집념처럼 내 그림자가 늘여져 길게 길게 깔려 있을 것이었다. 글쎄 나는 눈이 서글거리는 저 똥갈보 년과, 어디 강촌으로 나가 술장사라도 해 먹으며 살고 싶은 것이었다. 낳고 늙고 아프고 죽는 일을, 그저 남의 개좆부리 같은 것으로나 알며 살고 싶은 것이었다. 글쎄 나는, 내 생명의 심지 위에, 한 동혈다운 것으로 펴 늘어져 있다가, 느닷없이 전신(轉身)하고 육박해오는, 모든 불안, 모든 억압, 죽음의 천의 복병에 대항하여, 얼마나 더 견디며 싸울 수 있을지를 이제는 모르겠는 것이다. 내 기름이 얼마나 더 남았는지를 모르겠는 것이다.

5

자정까지 나는 혼자였다. 낚싯대의 손잡이 위에서 달빛들은 고기 비늘처럼 번쩍였으나, 이 형장으로 온 이틀의 마지막 시간까지도 내게는 다만, 절망, 쌓이는 절망, 깊어지는 절망, 절망뿐이었다.

그리고 유리로 온 그 나흘째가 끝나고 있었다.

제5일

1

아마도 을야쯤에 저 계집은 흙모래를 파삭파삭 디디며 내게로 왔었다. 분명히 촛불중네로부터서 오는 길이었을 것이다. 그의 말대로 하자면, 이런 시각부터 그는 중 수업에 드는 것이다.

그녀는 내 곁에 와서는 그저 서서 나를 내려다보고만 있었는데, 헝클어진 머리칼에, 무언가를 두려워하는 얼굴이었으며, 울음을 참고 있는 듯해 보였다. 자다 깨어 노래를 부르고 있던 저 어렸을 때, 밖에서 돌아온 내 어머니가 그랬었다. 그 어머니는 그래서는, 나를 품에 안기를 적이 겁내고 아파하는 얼굴로 외면하곤 했었다. 그 어머니를 내가 그렇게도 기다렸었는데, 그러나 갑자기 밉고 원망스러워 휙 돌아누워 버리면, 그 어머니는 소리 없이 우는 것이었다. 그러다 보면 내가 어느덧 어머니의 젖꼭지를 물고 있었고, 그것은 내 것이 아닌 독한 침 냄새에 덮어씌워져 있었다. 그러나 나는 휙 돌아눕지는 않았다. 나는 저 서 있는 것의 손을 꼭 잡아, 내 옆에 앉혔을 뿐이다. 그녀의 젖꼭지에도 타인의 침 냄새는 덮였을 것이고, 타인의 정액을 흘려내고 있을 것이었다. 그것은 소리 없이 울고 있었다. 이 짐승은 아마도 변이해가고 있는 것이었다. 이것이 울 수 있으리라고 나는, 생각해본 적은 없었다. 그녀의 등에 나는 분명히 그녀가 갖다 내게 덮어주었었을 그 삼베 홑청을 덮어주고, 등이나 쓸어주었을 뿐, 무슨 말도 할 수는 없었다. 그리고도 그녀는 한참이나 더, 날것인 채로의 눈물을 뜨겁게 내 허벅지에 흘려냈는데, 눈물이 더 타고 내리지를 않아 살펴보니, 어느덧 잠들어 있었고, 나는 이 계집과 헤어지지 않으면 안 되리라고 다짐하고 있었다. 집착하지 않으면 만났어도 만난 것이 아닐 것이며, 헤어져도 헤어지는 것이 아닐 것이겠지만, 내게 무서운 것은 그래, 내가 이 계집을 한사코 애착하기 시작한 것이다. 그것도 전심전력을 다해, 애착을 또 집착하려고 드는 것이다.

나는 배가 고팠고, 잠이 왔다.

그런데 내 잠 언저리로, 속삭이듯이 부르는 무슨 노랫소리 같은 것이 들리고, 동이 터 있었다.

"꿈을 꾼개라우" 계집이 어린애 음성으로 말하고 있었다. "시님이 나를 죽여라우. 내 머리끄뎅이를 흘쳐 잡아각고라우, 내 목을 꽉 졸라라우."

나는 병이 들어 웃었다. 내가 그녀를 죽이려고 그랬던지 어쨌던지는 모른다. 그래도 나는, 그녀의 머리칼을 간추려 만지며, 그녀의 목으로 둘러보다 잠에 들었던 것이다. 병이 들어 나는 웃었다.

"헌디라우, 나는 오매(어머니)가 되고 싶은개 요상허제요이."

그녀의 눈으로 몇 점의 구름이 건너가고 있었다.

"배를 요로케 콕콕 쑤시먼." 계집은 내 배꼽을 콕콕 쑤셨다. "고 새깽이 캑캑 웃음시나, 젖 돌라고 헐 기요이. 그라먼 노래도 히어줄 것인디." 계집은 그리고, 뭔지 노래 같은 것을 웅얼거렸다. 그러는 새 그녀의 눈에서, 구름은 다 건너가 버리고, 처음 햇살이 고이어 들었다.

"꿈에 나는 죽기 싫다고 히었었소이."

나는 병이 들어 웃었다.

"요새는 벨 생객이 다 나라우. 그라장개 터래기 뽑는 짓은 안 해도라우, 되세기가 다 아퓽만이요. 심심헌개라우, 앉으먼 터래기를 뽑아라우. 그라먼 띄끔험선 덜 심심허요이. 그라다 본개 요래라우."

계집은 킥킥 웃으며, 장옷을 들쳐 올려, 힐끔 한번 해 아래를 드러냈다. "다른 아(애)들은 말이라우, 바늘로 호복지를 찔르기도 하고라우, 귀도 파고라우, 촛불에다 아주까리 꾸어각고 아금니로 뭄선 꽉 질르기도 허제라우. 그 아는 이가 아프대라우. 그 아들은 저그들 뫼이 인제 못쓰게 됐다고 그러요이. 시님들하고 자도, 뫼이 영 시랑토 안 헌다고 그래라우. 무신 소린 중 몰랐는디라우 지끔은 알아라우. 시님 만낸 디부텀 내 뫼이 지랄 났어라우. 내가 똑 죽겄음선도 시님만 뽀채져라우." 계집은 그러며, 손에 사내를 쥐고, "촛불 시님이 나보고 시님헌티 가지 말라고 그래라우. 그람선 지 각씨 되라고 허요이" 하고 씨분댔다. "헌디 나는 촛불 시님 좋덜 안 하고라우, 시님 각씨만 됐으먼 싶어라우. 그 아들(그 애들) 모도 그러는디라우, 촛불 시님은 진짜 중은 아니다고 험시롱, 썽내게 하먼 안 좋다고 허요이. 그랑개 싫음선도 거그로 가고 히었는디요, 인제 안 갈라고 허요. 똑 나만 뽀채라우. 다른 아들이 워짜다 가먼, 똑 울리서 보냉만이요. 그라먼 우리는 욕해라우. 씨발뇜이라고, 씨앙뇜이라고 그러제라우. 헌디 시님은 여그서 요렇게 살라고 헌대라우 시방? 참말로 멍충해라우. 다른 시님들맹이, 조 아래 워디다 굴을 하나 팔 중도 모르끄라우? 요렇게 한데서 지내먼 인제 뼁들 것이요이. 첨 볼 때보당 더 빼싹 말라 비어라우. 낭중에 내가, 삽이랑 괭이를 갖다줄 것잉개요, 아니라우, 요렇게 생각났일 때 각고 와야지, 낭중에는 잊어뻬릴지도 몰루겄소. 나는 머슬 잘 잊어뻬린 게 탈이라우. 터래기를 뽑음선 눈을 감다 보먼 띠끔 한번 생각이 나라우. 시님, 그라먼 장깐 지다려줘겨요이? 얼렁 갖다 오께라우. 나는 시님이 안씨러 똑 죽겄어라우." 계집은 그러며 앞으로 고꾸라질 듯이 뛰어갔다.

그 등을 보다가 나는, 뭔지 갑자기 지리멸렬해져, 터래기를 한 개 손가락에 감았다가, 눈을 내리감으며, 휙 솟구쳐 올려보았다.

2

그리고는 굴을 판다는 일에 대해 생각해보다가, 계집의 충고에 따르기로 했다. 작열하는 태양은 아니더라도, 동결하는 밤은 또한 아니더라도, 어딘지 몸이 감싸질 곳을 갖지 못하고 있다는 것은, 파 드러내진 구근처럼, 어쩐지 휴식이 없었다. 나는 확실히, 하나의 발악으로서, '멍충'하게 나의 현실에 대들었다가 도망치고, 도망쳤다간 돌아와 주저앉았을 것이었다. 이제 내 현실을 현실적으로 살아야 될 단계에 온 것이다. 그래, 그러기 위해서는, 최소한도 지친 혼을 누일 곳은 있어야 되며, 약간의 식물 또한 준비하지 않으면 안 될 것 같았다. 그리고 편안스럴 한 벌의 장옷, 그것이 이제 필요해진다. 무엇보다도 절박한 것은 양식이어서, 오늘 중으로라도 어떻게든, 다만 며칠 분이라도 준비해 보는 것이, 적어도 그런 노력이라도 해보는 것이, 내일을 준비하되, 살기는 오늘에 사는 일처럼 여겨진다. 이런 생각들은, 뙤약볕 아래 시들고 있는 푸성귀 냄새를 풍겨냈다.

다른 데도 말고 굴은, 낚시터 바로 아래쪽 그 늪 벽에다 파기로 했다. 그것이 비록 빈 늪이라곤 하더라도 여산의 토끼 꼴로, 뭍의 몸으로 용왕 전에 거한다는 것이 어쩐지 씁쓸하기는 했다.

나는 바로 착수했고, 흙모래로 비계가 찐 곳은 순식간에 헐어냈으나, 이른바 지골(地骨)이라고 믿어지는 데에 이르러서는 생땀을 흘려야 했다. 큰 바위는 아직 나타나지는 않았으나, 그것은 칠년대한에나 다져진 듯이, 작은 돌들로 굳어져, 바위처럼 단단했고, 한 괭이질에 떨어져 나오는 흙의 양은 대단치가 않았다. 그런 만큼, 괘목을 쓰지 않고라도, 압살에의 공포는 감축될 것은 확실했다. 비록 아침에, 계집이 작은 소반에 날라 온, 어젯밤에 지은 한 그릇 밥으로 배는 불려뒀었다고 하더라도, 그 일은 힘들고 허기졌다. 계집은 그리고, 예의 그런 한 봉지의 미숫가루와 한 알의 계란을 더 덤으로 가져와 내 해골 속에다 넣어주었었다.

정오에 나는, 파나가던 굴 바닥에 쭈그리고 앉아, 좀 쉬기로 했다. 그만쯤 팠어도 어쨌든 먹장구름 한번 지나가며 흩뿌리는 서너 방울의 비쯤은 피할 수 있을 듯도 싶었다. 그러나 때에, 비 머금은 구름이 아니라, 잠 머금은 소낙비가 퍼부어 내려, 내 전신을 흠뻑 적시고 들었다. 그 잠은 그리고, 한 그릇의 식은 밥으로 내 배를 불려주던 그 계집이, 늪 아래로 내려와, 장옷 벗어 깔고 누워 둔덕 위의 나를 올려다보았던 그때부터 계속되어온 것이다. 그것은 수렁 같은 계집이었으나, 더 이상, 사내의 뼈를 발겨 눈구멍으로 뱉어내지는 않았다.

3

노을을 아주 고봉 담은, 수만의 진주조개를 까뒤집어놓은 듯해, 전체로서 큰 한 연(蓮)이 금방 꽃망울을 터뜨리고 있는 듯이 보이는 사막 위에서 흙 속에서 갓 드러내진 큰 홍옥 빛깔의 하늘의 한 큰불이, 연 위의 마지막 정좌를 지키고 있었을 즈음에, 나는 잠에서 깨었고, 그리고는 늪 둔덕을 느시렁 느시렁 거닐었다. 수도자들 마을의 거적때기 문들 위에서도, 양을 죽이고 피를 바른 듯이, 붉은 묽음이 철철 흐르고 있었고 원근과 요철이 분명치도 않은데, 이런 석양은 내가 여기 온 후 처음 맞는 것이어서 내가 환몽에라도 처해진 듯한 느낌이었다. 그러나 낮잠의 후유증으로서의 약간의 두통, 약간의 일시적 눈앓이, 먹먹함을 제외하고 나면, 내 정신은 올바른 듯했다. 어쨌든 이런 석양은, 한편으로는 어쩐지 고향다우면서도, 다른 편으로는 일종의 강풍을 거닐고 있는 듯한 적막함을 느끼게도 한다.

아, 그래 나는 오늘, 어디에 가서든 약간의 양식을 구해와야겠다고 했었다. 나는 한 군데 믿고 있는 데가 있었던 것이다.

그러기 위해서 나는 아마도, 돌아오면 새벽이나 될라는가, 그보다 더 걸리려는가 모르는, 먼 여행을 해야 될지도 몰랐다. 그러려니 물도 한 되가량은 준비해야 되겠고, 도중에서 기진맥진하지 않도록, 한 번의 요기쯤 더 해둬야 쓸 것 같았다. 해골 속에는 물론 한 봉지 반쯤의 미숫가루와 한 알의 계란이 놓여 있고, 쑥과 마늘과 소금의 덩이, 그것은 말하자면 누룩 같은 것인데, 아 그리고 그것을 나는 이제부터 누룩이라고 부르려 하는데, 그 누룩이 좀 있기는 하다. 공중에 나는 새를 보라더니, 심지도 않고 거두지도 않으나 배를 불린다고 하더니, 나는 이 유리에서의 닷새를, 헤헤, 헷 헷 헷, 저 왓대로 살아온 것이었다. 수도청 향해 나는 합장 재배했다. 그러며 반 봉지의 미숫가루를 비워내고, 반 줌은 너무 많아 그것의 삼 분의 일쯤의 누룩을 함께하여 녹혔다. 배는 조금도 부르지 않고, 식물에 더 보채느라 쭈르륵이며, 자꾸 침을 괴어 올렸다.

그러나 샘부터 가, 몇 두레박이고 퍼마신 뒤, 한 줄기 오줌을 갈기고 나면, 당분간은 원기도 내고, 살기도 하리라.

나는 머뭇거리지 않고 생각난 김에 서둘러 출발했다. 여장으로서, 세 폭 삼베 홑청과, 계란 한 개, 그리고 물항아리를 꼈다. 해골과, 한 봉지의 미숫가루는, 낚시터에 가지런히 놓아두어, 그것이 내가 살았던 거처라는 것을 표지 삼아 두었다.

샘부터 들른 뒤 나는, 양식을 향해, 오히려 사막 가운데로 부지런히 나아가며, 언젠지 새벽에 내가 디뎠었을지도 모르는, 그러나 희미한 족적을 쫓았다. 동행도 없는, 정확하게는 그 방향도 모르는, 약간의 먼 길을 가려니, 망념이 휩쓸고도 들었다. 고삐와 재갈로 하여 샘에 남은 어떤 사내가 고삐와 재갈을 떨치고 떠나는 사내를 향해 흔들어주는 손짓이 보이는 듯도 싶고, 뒤돌아서 행주치마에 소리 없는 눈물을 닦는 계집의 안타까운 시선이 느껴지는 듯도 싶다. 마을이 시야에서 멀어갈수록 나는 어쩌면 돌아오지 않을지도 모른다고 생각을 해내고 있었던 것이다. 글쎄, 변절 개종을 하고, 어디엔지로 떠나가 버릴지도 모르는 것이다. 나는 나를 모르는 것이다. 마음의 행방이며, 배회며, 변절이며, 그것을 모르는 것이다. 나는 자꾸 나아가고 있고, 그러면서 아주 오랜 후에, 그 계집이 잠에서 깨인 지루한 밤중으로 부른다는 그런 노래의 한을 찔금거리기 시작한 것이다. 그렇게도 오랫동안 잠들어왔던 그 청승이 왜 깨어난 것인지는 나도 모른다.

건넛동네 다리 아래
항수물이 뻘겋네
앞산 밑에 큰애기네
심근 호박 꽃 핐겄네

그런 노래는, 고향 잃은 최초의 형처럼 벌판을 걷는 나를, 뒤늦게 울리기 시작한 것이다. 그것은 어쩐지 실향민의 넋두리처럼 내게는 되들리기 시작하고 잃어버린 고향 같은 것들을 한숨으로 뒤돌아보게 한다. 앞산 밑에 큰애기네 심근 호박 꽃 지고도 하매 한두 십 년이나 안 흘렀을까. 그 큰애기 시집간 첫날밤에, 듣기로는 그랬지, 신랑 놈 쇠피 보러 간다고 나가서는 영 돌아오지를 않았더라고, 듣기로는, 그 문지방에 두루마기 한 자락이 흰 개 꼬리모양 끼어 있었더라고, 글쎄 그랬지. 기다리다 지친 그 새댁 아마 아흐레를 더 살았다던가? 헤매다 문득 뒤돌아보니, 홑저고리 홑중의 바람 낭군 몸이 시리고, 객창에 새벽달 찬데, 누워신들 어늬 잠이 하마 오리, 찰하리 안즌 고대서 긴 밤이나 새오쟈. 떠난 사내여 그러나 벗고 떠나온 두루마기일랑은 아쉬워만 할 것이지 되찾아 입을 것은 아니다. 재뿐인 것을, 고향은 재뿐인 것을, 재뿐인 것을. 그래도 눈에는 선연한 초록 저고리 다홍치마, 모밀밭에 노을 비꼈을거나, 다소곳이 숙인 아미에 떠오르는 붉은 수줍음, 그때 켰던 화촉 아직도 타고, 동방 여태도 깊지만, 가슴에 껴안지는 말지어다. 그녀 몸 시릴라, 문틈에 창호지나 두터이 바르고, 그렇지, 지붕 위 쇠비름이나 솎아낼 일이다. 고향은 그런 것이다. 떠나서는 동쪽으로 동쪽으로 가며, 벗고 떠나온 두루마기의 훈훈함이나 자꾸 떠올릴 일이다. 고향은 그런 것이다.

생각이 아니라, 나는 기분을 완전히 돌려야 했다.

생조시 나게 부달리고, 치도곤에 묵사발이 되었을 때, 그저 한번 선연히 떠올려볼 초록 저고리 다홍치마—고향은 그런 것이다. 헤설고, 그리고 독한 감기가 있을 때, 그저 한번 두루마기의 안온함을 생각해볼, 그런 것이다.

생각이 아니라 나는, 기분을 완전히 돌려야 했다. 그러기 위해, 아끼지도 않고 나는, 항아리 물을 거꾸로 쳐들어 얼굴에 처붓고 아주 조금 남긴 뒤, 한바탕의 된똥과 센 오줌을 누었다. 그리곤 내뛰기 시작했는데 해는 완전히 사구 속에 묻혀들고 없었다. 그럼에도 서녘 하늘이 붉고 밝은 것이, 광막한 고장을 바람 잔 날의 바다처럼 보이게 했다. 모래 이랑의 서녘은 아직도 석양이며, 그 동녘은 잠푹한 저녁이어서, 가을도 깊을 녘에 담아, 타는 철쭉 아래 잔 들고 앉은, 그것은 머루술 같은 것이었다. 이 행로는 쓸쓸했다. 내가 좀 늘 외로운 것이었다.

달려보았어도, 그러나 도대체 거리가 좁혀지는 것 같지도 않았기에, 멈춰서서 나는, 내가 걸어와 버린 뒤쪽을 돌아보았다. 그리고 나는 어쨌든 내가 부지런히 움직여온 것을 알았는데, 마을은 이미 저녁 그늘 저쪽 어디로 사라져 버리고 없으며, 나를 둘러싸고 있는 것은, 그 변두리만 푸르스름한 황막한 공간뿐이었다. 물론 몇 개의 족적은 남아 있겠지만, 그러나 내가 지나왔으리라고 생각되어지는 길도 불확실하게 여겨졌다. 갑자기 내게는, 내가 서 있는 그 밑 어디 땅속으로부터 솟아 올라왔거나, 하늘의 어디로부터 뚝 떨어져 내린 듯한 기분이 들고, 왔던 곳도 갈 곳도 없는 듯한 막연함이 휩싸고 들었다. 이것은 아주 낯선 느낌이었는데, 나를 휩싸고 있는 세계가 느닷없이 멈춰버린 듯한 것이다. 그러나 나는 분명히, 북녘의 어느 한 점에서 출발하여, 남녘을 향해 움직여, 지금 내가 서 있는 이 지점까지 온 것이었고, 나는 또 내가 목적 삼고 있는 데까지 가려고도 하고 있는 것이다. 허지만 만약에 그런 운동을 휩싸고 정지가 깊고 넓고 길게 뻗어 있는 것이라면, 대체 그런 정지 속에서 어떻게 운동은 가능한 것인가? 그리고 운동이 가능했다손 치더라도, 정지 속에서 가능된 운동은, 그 운동의 과거, 그 운동의 현재의 아무것도 스러지지 말아야 옳을 터인데, 그러니까, 내가 다섯 발짝을 걸어왔다면, 그 다섯 발짝에 해당하는 모든 거리에, 그것이 허상이든 실체든, 나는 머물러 있어야 옳고, 내가 왼발을 떼어놓으며 오른팔을 쳐들었다면, 떼어놓은 왼발과 쳐들린 오른팔의 풍경이 거기 머물러 있어야, 그것이 정지 속에서 가능된 운동일 듯한데, 그러나 내가 정지라고 생각하고 있으며 처한 이 상태는 어떤가 하면, 뱀 타고 넘은 반석 같으며, 오줌 누어버린 음녀만 같아서, 아무것도 남기지를 않고 있는 것은 왜인가. 이것은 참으로 정지라고 정의될 수 있는 것인가, 아니면 거대한 질서 밑에 깔린 한 왜소한 의식의 곡해인가? 만약에 그것이 곡해된 정지라고 하는 것이 옳다면 내가 걸어온 길의 시작과 이 종점 사이의 거리와 공간은 물론 나의 시점에서는 원근을 다소 갖고는 있다고 하더라도, 그리고 그 원근은 시간과 약간의 관련을 갖는다고 하더라도, 별에 사는 어떤 늙은네가 본다면, 그저 공시적(共時的)으로 존재할 뿐일 터인데, 그렇다면 원근도 시작도 끝도 없는 동시적 거리와 공간은 무엇인가? 그것은 차라리 무시적(無時的) 현상이라고 해야 할지도 모르는데, 만약에 그렇다면, 지렁이의 운동은 어떻게 무시(無時) 속에서 일어났다 소멸되며, 지렁이의 운동의 과거, 운동의 현재, 운동의 미래는 도대체 어떻게 가능될 수 있는가. 어떻게 무시와 정지 속에서 흥망과 성쇠는 자기의 시간과 장소와 공간을 획득해내는가?

그러고 보니 나는 다시 한번, 도보 고행승의 뒷전에 앉아 저 길의 끝까지를 내어다보며 한숨짓고 있는 것이다. 나는 다시 한번 볕에 누워 팔베개를 하고 하늘을 흘러가던 구름 조각을 올려다보고 있는 것이다. 아니 그때 나는 한 마리의 독수리여서 굽어 내려다보았었고 지금은 나는, 한 마리의 몸이 긴 지렁이여서, 꿈틀거려가고 있는 것이다. 허기는 꿈틀거리는 이 괴로움으로 인하여 그러한 의문에 맞닥뜨려지기는 한 것이다.

나는 더 나아갈 힘이 하나도 없어, 풍 든 듯이 좀 떨다, 비그르 무너져 앉고 말았는데, 내가 자꾸 앞으로 나아간다 하더라도, 나는 제자리걸음이나 하거나, 아니면 내가 지나와버린 곳으로 자꾸 되돌아가기나 할 것처럼 자꾸 믿기어지던 때문이다. 나는 애써서 거인적으로 생각해서는, 내가 딛는 걸음은 별에서 별로 딛고 다니는 것이라고 믿으려 했어도 소용이 없고, 내가 자꾸 왜소해져 나중엔 개미만 하게 되어선, 개미지옥에라도 빠진 듯만 싶어져 버린 것이다. 도대체 나는 헤치고 나갈 것 같지가 않고, 스스로가 무서웠다.

나는 그 자리에 그냥, 무릎을 꼬고 앉아 머물러버렸다. 내가 그 경계를 벗어나려 발버둥질을 치고 몸부림을 했더라도 벗어날 수도 없었지만, 그랬다가는 차라리, 저 구덩이 밑에 잠들어 있는 것의 잠이나 깨우며, 저 삼엄한 정적과 무시(無時)나 사태지게 하여 압사를 면할 길이 없었을 것이었다. 그럴 때일수록 마음을 가다듬고 몸을 겸비히 해, 비록 그것이 험로일지라도, 그것을 찾아, 마음과 몸을 빼어내는 것이 현명함일 것이었다.

나는 오래전에, 이 문제에 대한 나대로의 어떤 해답은 갖고 있었어야 했을 터인데, 내가 세상에 태어나기 전에, 아니면 조수에 감싸이며 병든 손들을 보고 있었을 때, 뒤늦게라도, 저 존자와 그의 문하생을 살해하고 이 광막한 곳을 헤매고 있었을 때, 하늘을 흐르던 저 한 조각 구름의 무상을 만났을 때, 그러나 무엇보다도 도보 고행승의 죽음을 보았을 때, 나는 이 공포, 이 무서운 현실과 맞닥뜨렸어야 옳았었다. 그러나 어쩐 일로 그것을 회피해왔던 듯한데, 하기는 젖 빨기에, 병든 손들에 의해 수음 당하기에, 남들 태우고 잔치 열었던,

지혜의 꺼진 모닥불에 시린 손 쬐기에, 살해하기에, 갈보년 똥구멍 채우기에, 또 무엇에, 바쁘기는 했던 것이다. 그러나 이것은 한 마리의 고기의 값어치가 그 얼마인지는 지금은 모르되, 그 무가의 고기 한 마리를 마른 늪에서 낚아내는 일과도 맞먹게 시급한 듯한데, 그것이 무슨, 목숨을 갖고 있음의, 움직임의, 소멸의, 어쩌면 재생의 그런 모든 고통과 비극이 상연되는, 어떤 구석진 무대라서가 아니라, 무엇보다도 이 현재, 내가 그 구덩이로부터 일어설 수가 없기 때문에 그런 것이다.

달은 전날보다 조금 게으르게 한 모서리가 깎인 중머리로 돋아 올라오며, 그늘이 기복해 있던 자리에다 외꽃을 피우고, 석양 담겼던 붉은 이랑에다 검은 두엄을 덮었다.

제6일

1

……이 두개골도 그의 것이지만, 이 속에 담긴 것도, 여기 앉았던 나 같은 늙은이 위에 파리가 쉬슬어놓은 걸, 내가 거둬 말렸다가, 쑥 잎하고 생마늘하고 소금하고 침 뱉어 이겨설랑 말려 바스러뜨린 것이야. ……허나 나로서는, 이런 이상스런 인연으로 해서 어쩔 수 없이 내가 죽어야 된다면, 나의 죽음이 너에게 쑥과 마늘이 되기를 바라는 바이지.

엎드려, 저 하늘을 떠받치다 죽었던, 강한 팔의, 강한 척추의, 강한 다리의, 강한 목의, 아 힘의 선조—그러나 촌장의 몸에는, 쉬슬 자리가 그렇게 남아 있지도 않았지만, 어쩌다 쉬가 슬어 있다고 하더라도 그것들은 아직도 너무 가늘고, 너무 여리고, 너무 작아서, 햇볕에 널어 말릴 것도 못 되었다. 수분이 빠져버리고 나면, 그것들은 비듬이나 뭐 그런 비슷한 것이나 남길 것에 불과했다. 글쎄, 까마귀며 독수리들이 그의 내장이며 살을 며칠째나 파먹고 쪼았던지, 뼈다귀만 여기저기 흩어져 있고, 그 뼈다귀들 위에는, 개미며 쉬파리들이 먹구름처럼 엉겨 있었다. 구더기로 보아서는 내가 너무 일찍 왔고, 살로 보아서는 너무 늦었다. 어느 부분들에 그 고기가 조금씩 붙어 있었다 치더라도, 그것은 벌써 상해져 있어서, 모닥불에 바싹 태워, 그 숯가루나 물에 풀어,

창병 걸린 놈처럼 마신다면 몰라도 내가 계획했던 대로, 그걸 말려 양식 삼을 수는 없을 듯했다. 마음먹고, 양식 구하러 이곳까지 내가 왔던 것은, 바로 이것이었으나, 목불인견의 광경만 보고, 오늘 새벽에 가부좌 풀고 먹어두어서 이미 똥물이 되어버린, 저 계란까지도 토해버리고 말았다. 그 묽음 위로는 쉬파리들이 비구름처럼 몰려들었다. 그럼에도 나는, 조그만 구덩이 하나 파고서, 뼈들을 간추려 묻어주는 일은 하지 않았다. 가까운 저쪽에, 더러운 부리, 더러운 대가리들로 눈치 보며 앉아 있는 독수리들이며, 파리처럼 하늘을 덮고 갸갸갸 우짖어대는 까마귀며, 독수리처럼 쪼아대는 파리며 개미들로 하여, 그들의 배를 불릴 수 있는껏 불리게 하는 것이, 스승에 대한 나의 도리라고 나는 믿었다. 그래서 혹시, 저 살과 저 뼛속에 축적되었던, 불심(佛心)이나 법력(法力)이, 또는 박애(博愛)의 불순물이 조금이라도 있었다면, 그것으로 인해서, 저 벌레며 날짐승들의 환생은 보다 나아지기를 바란 것이다. 아마 그것이 그가 내게 설법했던 몸 보시의 의미였던 것일 것이다.

나는 질리고, 의기소침해 돌아섰으나, 전날 내가, 그의 얼굴 보겠다고 벗겨 던졌던, 죽은피 얼룩진 그의 장옷은 내가 취했다. 장옷이든, 살이든 뼈든, 허긴 그것들 모두 꺼풀인 것이다. 그것에 대해서는 더 슬프게 생각지 말기로 해버린 것이다. 혼 위에 뼈며 살을 입고 있다는 것은 무겁고 거추장스러우나, 그래도 그 탓에 혼은 좀 덜 추운 것이다.

나는 다른 데로 방향을 정해서 떠나지는 못하고 말았다. 공(空)으로부터 한없이 떠났으나 결국 공으로 돌아와 버린 죽음의 말로는, 색(色)으로부터 늘 떠나며 색에 머물러버리던 그 죽음의 말로를 다시 떠올렸고, 떠난다거나 돌아온다는 것이 무슨 의미를 지녔는지 다시 고려케 하던 것이다. 떠나도 돌아와 있으며, 돌아와 있어도 어느덧 떠나버리던 것이다. 그 죽음의 다름은, 하나는 묻히지를 못했고, 하나는 묻혔다는 것뿐이었다. 그것이 공(空)과 색(色)의 의미이고, 그러나 어떻게 다른지는 모를 뿐이다.

되돌아오는 길은 지루하고, 같은 길인데도, 열 배도 더 되는 거리처럼 여겨졌다. 그러고 보면, 시간뿐만이 아니라, 거리 또한 일정치 않은 것처럼 여겨지는 것이었다. 또한 심리적 거리라는 것은 있고, 물리적으로 따진다고 하더라도, 삼척동자에게 있어서의 십 리의 거리와 축지(縮地)꾼에게 있어서의 그것은 절대로 같지 않은 것이었다. 어쨌든 그런 문제로 나는 신고의 밤을 새워버렸고, 아침에 계란을 깨어 입속에 부어 넣으며 머리를 흔들어보니, 그런 계란 껍질 같은 것들이 내 머릿속에서 덜그럭거렸었다. 생각들이 살을 잃고 뼈만 남아, 알 수 없는 기호나, 주춧돌만 남겨버린 것인데, 그것들은 재조립되어도 좋고, 잊어버려도 좋은 것으로 된 것이다.

나는, 앞도 뒤도, 동도 서도, 둘러보지 않았다. 두 마리의 독수리가, 처음 얼마 동안, 내 머리로부터 별로 높지 않은 황회색 하늘에서 빙빙 돌며, 내가 쓰러지기를 기다리는 듯했는데, 아마도 내가 비틀거리고 있었는지도 모른다. 계속되는 굶주림, 식물에의 탐착, 그런데도 나는, 양식을 못 구하고 만 것이다. 별수 없이 나는 샘가의 저 소나무 다섯 그루 늙은 것들을 찾아가, 얼마쯤의 잎이나 구걸할 수밖엔 없는 듯했다. 칼을 빌려서든, 아니면 돌로 찧어서든, 미숫가루 정도로 몽글게 썰거나 빻기만 한다면, 그것의 기름[松油]으로 해서, 그것 또한 양식 삼을 수 있는 것이기는 하다. 나는 거기로 가고 있는 중이다. 그리고 그 샘에서 죽은피 얼룩진 장옷도 좀 매매 치대 빨고, 기름땀 내놓은 몸에 덕지덕지 앉은 흙먼지며, 죽음 냄새며, 거웃에 아직까지도 아주 조금 엉겨 있는 계집에의 추억도 씻어내 버리려는 것이다. 그런 뒤, 그 위에다 장옷 입혀, 나도 또한 눈만 내놓고 외계를 내어다보려는 것이다. 아주 심술궂게 바라보려는 것이다. 육신 따위, 누구도 볼 수 없을 때까지 지워 없애려는 것이다. 그러기 전에 마지막으로 한번, 한낮의 마을로, 나는 내 정체를 드러내고 통과해나갈 것인데, 내가 전에, 백주에 몸으로 살았었다는 것을, 한번 내 자신께 확인시키려는 것이다.

2

빨아 반석에 널었던 장옷이 아주 가슬가슬히 말랐을 때는, 다시 해거름이었고, 이 해거름 또한, 한쪽은 볕 지고 한쪽은 그늘져, 세상 외눈스러운 것 붉은 눈을 뽑아내 검은 피를 흘려내고 있었다. 악환(惡幻)은 내게서 떠나지 않았으나, 그러나 그것으로 해서 내가 두렵거나, 가슴이 타들고 있는 건 아니었다. 밑동이 썰려 나동그라진 나무와 깨어진 거울에는, 먼지나 티끌뿐만이 아니라, 이승의 매운 볕이며 저승의 달착지근한 그늘도 드리울 수 없게 되었을 터이니, 크거나 작거나, 있거나 없음에 분별이 없는 자리가 그것일 것이며, 낳고 죽고, 가고 옴에 변함이 없는 자리가 또한 그것일 것이며, 선악 업보가 끊긴 자리가 그것일 것이었다. 짧게지만 한잠 깊이 자고, 지난밤 새운 걸 벌충한 뒤, 일종의 고행으로서 나는, 똥이 마려울 때까지 솔잎을 꾹꾹 씹어 꿀꺽 삼키고, 또 씹어, 또 삼켰다. 그것은, 몽글게 썬 가루를 털어 넣고 물 마셔 넘기는 일보다 훨씬 더 고역스럽고, 송진으로 입이 쓰리고 아렸으나, 똥이 비어져 나올 때까지 계속하고 보니, 그것 속에도 약간의 당즙, 약간의 염분, 약간의 구수함이 있어왔다는 것이 발견되었다. 그러나 맛에 대해 시비한다는 일이란, 죽은 스승부터도 과히 탐탁잖게 생각하던 일이다.

솔잎 따 담은 항아리는 옆에 끼고, 장옷이며 홑청은 함께 접어 목에다 건 뒤, 이제는 바쁘게 내 형장으로 돌아갈 시각인 것이다. 솔잎 따는 일에 대해서는, 난 그렇게 욕심을 부리진 않았다. 대략 닷새 계산하고, 그만큼의 양만 훑어냈는데, 그 닷새 후에는 어쨌든 목욕도 한번 해야 될 터이며, 장옷도 또한 빨아 입어야 될 터이니, 그때 다시 와서 따 모으면 그뿐일 터이다. 그런 일이란 일어나지 않기를 바라지만, 송충이가 그 잎들을 일시에 갉아먹는다거나, 누군가가 그 둥치를 베어 넘겨 어디로 운반해가는 일만 없다면, 그러고 보니 식량 문제는 그냥저냥 해결된 셈이었다. 그리고 만약에, 한나절 품만 열심히 들인다면, 거처할 굴도 그럭저럭 불편 없을 터이니, 그 문제도 해결된 것이나 다름이 없었다. 게다가 한 벌의 장옷—아 그래서 세속이 다시 틀을 잡은 것이다. 울 것을 갖고 나온 것이 아니라, 나는 저 세속을 갖고 나온 것이었었다. 만약에 어떤 날, 생선이라도 한 마리 낚여 올려진다면, 내 식탁은 부유스러지리라.

그러는 새, 지나느라고 지나다 보니, 촛불중네 거적문 앞을 지나고 있어, 나는 그것을 갑자기 깨닫고, 우뚝 멈춰 섰다. 왠지 그가 갑자기 보고 싶어졌는데, 그도 나모양 '진짜 중'은 아니고, 그런데 어쩌면 한 마리의 고양이일지도 모른다는 생각이 치밀어 오른 것이다. 아, 그러나저러나 어쨌든 우리는, 각기 다른 근으로 한 곬에다 정액 쏟기를 치열히 해온 것은 사실이다. 한 곬에 선 두 나무, 어쩌면 그 그늘을 하나는 저승에 드리우고 하나는 이승에 드리우고 있는 한 곬의 두 나무, 아니 어쩌면 한 뿌리에서 갈라진 두 줄기.

이런 생각은 나를 쿨쿨 웃게 만들고, 그의 후문이라도 한번 쏘고 들고 싶게 했다. 그러나 어쨌든, 지나다 보니 하필이면 그의 문전이었다.

이번엔 나는 밖에서 하는 정중한 기침 따위 생략해버리고 거적을 휙 떠들고 성큼 들어섰다. 바깥도 전혀 밝은 빛이 아니어서 눈을 그 안의 탁한 촛불 빛에 익힐 필요는 없었으나, 뭔지 싸한 연기 같은 것이 내 코를 쏘고 들며, 약간의 현기증을 일으켰다.

"대사, 어서옵시지." 안에서 반기는 듯한 소리가 이내 들려 나왔다. 그러나 그는, 오늘은 성교 중은 아니었다. "소승 생각에는입지, 대사께서 이 유리를 떠나셨는가 했습지. 어제 벌판으로 나가시는 걸 보았었습지. 그러나 대사는 이내 돌아오시리라 했었는데 말입지, 역시 돌아오셨군입지. 이제 보셔서 말입지. 아셨겠지만입지, 일어나 영접지 못함을 용서하십지. 아 좌정하십지, 좌정하십지." 나는 촛불을 삼 척 간에 두고 가부좌를 꾸몄다.

"소승은 지금, 한 대의 아편으로 하여서 말입지, 한 마심(魔心)을 항복 받으려 시작했는데입지, 그게 정진이 없고입지 마심만 더 돋구어져 상당히 위험을 느끼던 차였는데입지, 대사의 내방이 한 계기가 되어서 말입지, 이 단계를 뛰어넘었으면 합지."

그래도 내게는, 그가 지금 무엇을 하고 있는 중인지, 그것이 얼른 이해되지가 않고 있었다. 보이는 대로만 말하면, 그는 발가벗은 채, 천향하고 번듯이 누워, 두 다리를 적당히 벌려 무릎을 세운 뒤, 그 두 다리 사이의 불알 그중 가까운 데다 촛대를 세워두고는, 대가리 밑에 목침 세워 높이 고이고, 입 귀퉁이로 물고 있는 장죽으로 촛불을 빨아 연기를 아주 조금씩 아껴 솟구며, 그 촛불을 자기의 배꼽 건너로 바라보고 있는 중이었는데, 그런데 그의 배꼽과 촛대 사이에, 그의 것인 한 대의 가늘은 나무가, 풍우설상에 시달리고 중두막이 휘어졌으나, 초연히 서 있었다. 그것은 피마자 기름병에라도 사려 넣어졌다가 풀려나왔을 것인데, 그래서 음험히 번쩍이며, 그 끝에다 촛불을 켜놓고 있었다. 그러나 그는 고양이 같지는 않았고, 반쯤 짐승 되어가는 중에 하늘 보아버린, 가령 지렁이라든가 구렁이, 또는 거머리 같은, 무슨 뿌리처럼 보였다.

"소승이 말하는 마심이란 말입지, 결국 그 출처가 어디냐고 따져 올라가 보았더니 말입습지, 결국에 말입지, 내가 저 한 대의 마근(魔根)을 갖고 있는 그 탓이더군입지. 헷헷헷. 글쎄입지, 그 탓에 모든 번뇌의 열매가 맺히더라 이런 것입습지, 그래 내 말입습지, 저 마근과 대좌해서입지, 그것으로부터 항복을 받으려는 싸움을 벌였는데입지." 그는 이 대목에서, 물고 있던 장죽을 놓고 대단히 흐린 눈으로 나를 건너다보더니, 아주 느리게 이었다. "이런 고장을 살기 위해선입지, 허긴 아편이든 계집이든 있지 않아선입지, 참기 어렵습지. 아헌데입지, 소승이 마근에 관해서 말씀했었습지? 그랬었습지. 그러다 보니 말입지, 계집이며 아편의 뜻이 조금 밝혀지는 듯도 싶은데입지, 글쎄 그건 말입지, 일종의 깊은 수렁이더라 이것입습지. 한번 빠져들었다 하면입지, 뼈까지 녹아 흐믈뜨러지는데 말입지, 그런데 이해할 수 없는 건입지, 그런 수렁에 투신하여설랑은 끊임없이 죽고 싶어 하는 게 있더라 이것입지. 그것입지." 그는 그리고 침묵하며, 망연히 촛불을 건너다보고 있는데, 그때쯤엔, 풀죽은, 그의 마근은 쓰러져, 치골 위에 자빠져 있었다. "그런데 말입지, 마근을 대상으로 할 때엔, 자기의 일부로서의 마근은 말입지, 썩 좋은 대상은 아니더군입지. 글쎄 좀 들어주십지, 자기의 마근을 삼자로 놓고 말입지, 바라보기 시작한 때부터입지, 헷헷헷, 항문이 말입지, 가렵기 시작한 터라 이 말입지."

그래서 내가 그의 항문을 보았더니, 그것은 치질을 비죽 내물고 방심한 듯이 그 안쪽을 조금 열어 보이고 있는데, 거기서도 불빛은 번쩍거리고 있어서, 내가 유리로 왔던 첫 밤에, 저 거적문이 들쳐지며 잠깐 보였던, 그 불빛을 아스라이 떠올렸다. 나는 그때 문에의 유혹을 느끼고 있었던 것이다.

"글쎄 뭐입지, 우리 말입지, 솔직하게 심정을 토로하자 이 말입뎁지, 글쎄 항문이 가렵더라 이 말입지." 그는 그러며 이번엔, 자기의 것이 아니고 내 것인, 마근을 탐하듯이 건너다본다. "글쎄 그도 그럴 것이 말입지, 자기가 보는 마근과 말입지, 보고 있는 나와의 사이에입지, 이상스럽게도 간극이 생기며 말입지, 내 것은 내 것일 텐데도 말입지, 내 것이 아닌 남의 것을 훔쳐보는 기분이 들면서입지, 내가 괜스레 마음이 들뜨더라 이런 말씀입지. 허긴 소승의 부친께선 조그만 여관을 경영했으니 말입지, 그런 절시의 쾌감은 아주 어려서부터도 알아온 터였습지. 헷헷헷, 모르시겠지만입지, 소승은 말입습지, 소승이 장가들었던 계집의 방에입지, 소승의 친구를 들여보내고 말입지, 그 둘을 다 살해한 뒤 유리로 떠들어온 것이었습지, 십여 년도 더 전 얘깁지. 그런 뒤에 말입지, 이만쯤 세월이 흘렀는데입지, 이제는 타인을 두고가 아니라, 스스로를 두고 절시를 즐기려 든다 이 말입습지." 그는 그리고 병든 듯이 조금 체머리를 흔들었다. "솔직히 말씀드리면입지, 계집과 더불어서였을 때라면 말입지, 간극이 생기기는커녕입지, 내 전체가 마근에 잘 합세하고입지, 그것에 정신이 집중되어설랑 말입지, 수렁이라고 일컬어야 될 그것 속으로 그냥 송두리째 투신되는 것인데입습지, 그런데 그렇지가 않더란 말입지. 자신이 대상이었을 때엔 말입지, 자기 속에서 분산 괴리가 일어나며 말입지, 자기가 대상하고 있는 것이 남근이라는 이유 때문만으로입지, 그것을 보고 있는 것은 젖앓이 비슷한 것을 하더란 말입지. 조금 수줍은 듯한 기분이 들면서입지, 어딘지 빈곳에의 불만이 싹트더란 이 말입지. 마심은 그래서 더욱더 자극되고 말입지, 초조하여 더욱더 벗어날 수가 없는데입지, 모쪼록 대사께서는입지, 이 얽히고설킨 한 대목을 쾌도로히 풀어주셔서입지, 소승으로 하여금 조금만 더 정진할 수 있도록 하여주십지." 그는 그리고 입을 다물었다. 나는 그의 항문에의 그리움을 느끼고 있었다. 촛불은 탁하게, 조금 더 타들고 있었고, 우리 사이에서는 말이 끊겼는데, 어쩌면 안의 공기가 나빴겠지. 우리는 숨을 고르게 쉬일 수가 없고만 있었다. 이것은 상스럽게도 거북한 상태였는데, 촛불중의 응시 아래에서, 내 근이 그 눈빛을 저어하고 분노하여, 팽대하고 떨었다.

"대사께서는, 살을 취한 양(陽)과, 그 살 속에 숨어 앉아 밖을 내어다보는 음(陰)의 한 거처로서의 우리 몸에 관해서, 강석하신 게 아니었던가요?" 나는 묻고, 촛대를 내 앞으로 끌어당겨 쥐어, 그것이 내 손 속에 담긴 느낌을 음미하며, 그의 후문에의 그리움을 더하여 느꼈다. 그 촛대에는, 그런 굳굳함, 그런 팽창, 그런 저항감이 있었다. "그리고 이어서 대사께서는, 동화의 원칙에 관해

설법하신 걸로 소승 이해했는데, 양의 음에의 동화는, 수렁을 비유로 들어, 매장(埋葬)과 관련을 갖는다는 것을 설명하시려는 것이 아니었댔습니까?" 나는 그의 항문에의 그리움을 느끼고 있었다. 그는 물론 같은 자세를 지키며, 어쩌면 약간의 흥분, 약간의 타는 눈으로 나를 건너다보고 있었을 것이었다.

"봄마다 우리가 뿌리는 씨앗도 허긴 그런 관계에서 이해될 것인지도 모르겠습죠. 그리고 아마, 두어 천 년 전이 아니었겠습니까, 우리가 하나의 큰 촛불을 땅에 심은 적이 있었을걸입쇼."

그러는 순간, 그러나 안은 일시에 칠흑처럼 어두워지고, 그 어둠 가운데서, 흰 살이 사태기를 꼬고 주리를 틀며, 목젖이라도 뜯어 뱉듯이 비명을 질러내는 소리가 들렸다. "이 사미는 오늘, 헤헤헤, 그래서 대사가 대오철저한 암구렁이인 것을 알았댔습죠."

나는 물항아리를 찾아 끼고, 어느덧 늪을 향해 걸어가고 있었다. 그러며 나는 휘파람을 쾌쾌 불어 제쳤다. 그것 또한 보살행 말고 무엇이랄 것인가. 그의 똥구멍엔 아직도, 저 허여멀쑥한 건달이, 한 대의 잘 타던 초가, 깊숙이 깊숙이 꽂혀 있을 것이었고, 그것의 정액이 그만한 크기의 수정이나 호박돌 모양으로, 그 사내의 창자 속에 뜨겁게 사정되어 있을 것이었다. 글쎄, 양(陽)에의 인식의 저변에는 언제나, 흔은 치마를 입고 앉아, 두 개의 혀를 날름거리며, 그 불빛을 핥고 드는 것인데, 혀의 하나는 부나비 같은 것이어서 자기를 송두리째 태워 없애려는 것이고, 혀의 다른 하나는 번데기 같은 것이어서, 장차 날개를 입고 날아갈 것을 꿈꾸고 있는 것이다. 그 둘의 의지가 일원화하는 장소는 매장(埋葬)이며, 그래서 그의 똥구멍은 열려 있었다 닫힌 것이다.

허지만 나의 형장에 다 닿기도 전에 나는, 오줌을 갈기다, 미운 마음으로 내 하초를 흘겨보아야 했다. 어쩐지 저 바람난 듯한 놈은 저 돌팔이 중놈의 똥물에라도 덮어씌워진 듯 더러워 보이는데다, 이상스런 얼운함까지를 귀두 끝에 뭉쳐 갖고 있던 것이었다. 그러고 보니 나도 언제든, 그에게 한 봉지의 미숫가루와 한 알의 계란을 쥐어 보내야 할지도 몰랐다. 또 어쩌면 받아내야 될지도 모르지만, 어쨌든 더 이상 나는, 저런 씨부랄 녀러 면[男娼] 따위 개의치는 않게도 될 것처럼 믿기어지기는 한다.

귀두에 뭉친 듯한, 똥 냄새 같은 것으로 하여 나는, 여간만 미치지 않아서, 내가 파나갔던 그 굴 벽 찍어내기를, 다시 시작했다.

제7일

밤새도록 굴을 팠고, 흴 녘에 잠도 잤고, 노랄 녘에 일어나 하늘 한 번, 적막한 들 한 번, 그저 한눈에 휘둘러도 보았고, 또 굴을 팠고, 붉을 녘엔, 둔덕 위에 턱 고이고 요요히 앉아 나를 보는 계집도 보았고, 그러다 주저앉아 한 대쯤의 싸한 연기도 생각했고, 그러다 보니 녘은 검어지고 있었는데 어느덧 계집도 돌아가고 없었고, 오늘은 하늘이 별로 맑지는 않았고, 엷은 구름이 덮고 있었고, 나는 별로 생각한 것은 없었고, 얼핏얼핏 저 계집이 촛불중의 근을 달고 아편에 취해 누워 있는 것이 보였고, 또 그 촛불중이 계집의 젖을 달고 항문을 치질째 열고 있는 것이 떠올랐고, 그것 위에다 나는 괭이질을 퍼부어댔었고, 그러는 새 굴은 상당히 용신하고도 더 남을 품으로 넓어졌고, 그래서 마지막 손질을 끝내고 연장을 던져버리고 났더니, 처음에 이상하게 허탈이 밀려왔고, 배가 육실허게 고파왔고, 그리고 왠지 내가 처량해 체머리를 흔들자, 내가 별 가루처럼 흩어지며 내가 무지개가 되어 어둠 가운데로 선연히 흘러가는 것이었다. 혼신이 피로에 녹아나고 있는 것이다. 살들은 아픔을 알배고는 푸들거리고, 뼈의 마디마디들에서는 타고 있었다. 손 발가락이 계속적으로 푸들푸들 떨어대는가 하면, 호흡까지도 영 자리를 못 잡고 방황하는 것이었다. 게다가 몸은 기름땀으로 푹 쉬어, 더럽고 시지근한 냄새를 풍기며, 그 땀에 엉긴 흙먼지가 끈적끈적해, 안 씻고 안 닦으면, 사람은 개보다도 더 참혹히 더러운 것이었다. 왜냐하면 사람의 몸은 보리수이기 때문이다. 이러한 잡스런 아픔과 악취는 글쎄 몸에서만 비롯되는 것이 아닌 데에 병은 있었을지도 모른다. 그것은 무엇인가 하면, 안일을 탐내고, 좋은 음식만을 갈구하며, 수면을 즐기려하는 바로 그런 것인데, 이것은 또 무엇인가 하면, 개는 안 가진 것을 사람만 갖고 있는 저 속의 망할 눎의 거울 속에 때가 덮인 그것이고 마음이 육신에 복종된 증거였을 것이었다. 글쎄, 마음엔 도대체 평정이 없고, 그것은 산만하여, 아무것 하나도 명확히 붙들어 매두지도, 씻어내 버리지도 못하고 있는 것이었다. 그것이 거울이란다면, 그 속에 팔만 잡스런 영상이 바람 센 날 검불처럼 구르고 있지만, 그 어느 것 하나도 명확히 볼 수가 없는 것은, 허긴 너무 황진이 두터이 뒤덮은 탓이었을거나, 이것은 다시 하나의 위기로서 내게 나타난 것이다. 그러한 위기는 그리고, 매 순간 매 찰나, 도처에서 나타나는 것이고, 저고리나 치맛자락의 우아함으로 보건대 그 얼굴이나 몸매 또한 고울 것으로 여겨지는, 그러나 얼굴이나 몸매는 보이지 않는, 허상 같은 것이다. 그러나 얼굴 없는 저고리 동정에서 미소는 찾을 일이 아닌 것이며, 유혹하는 고운 눈을 볼 것은 아니다. 만약에 그러한 상상에 의해서 그것의 유혹에 견디지 못하여, 그녀가 이끄는 대로 따라간다면, 눈에는 선연히 보이는 대로를 따라 그대가 그녀를 쫓았다 하더라도, 어디 먼 인가에서 닭이 홰치고 울 때쯤에 그대는, 그대가 얼마나 험한 가시 틈새며, 돌밭길이며, 독사가 득실거리는 풀섶을 지나왔는가 알게 될 것이고, 그리고 천야 만야의 낭떠러지 일보 직전에 서 있다는 것을 알게 될 것이다. 그러므로 치마저고리의 우아함은 쫓을 것이 절대로 못 되는 것이다. 그러므로 그런 치마저고리는 벗겨내 버리지 않으면 안 되는 것이다. 옷이란 계집을 우아하게 보이도록 하나 사내에겐 울타리인 것이어서, 자유에로의 통로를 차단한다. 그러한 장애를 뛰어넘고 보이는 계집은, 지혜의 원광만을 몸에 두르고 발가벗은, 완전히 성숙한 [8]열여섯 된 흠 없는 처녀, 왼발로 그대의 젖가슴을 딛고, 오른 다리는 구부려 발바닥을 쳐들어 올리며 춤추는 계집, 그러나 그녀는, 어둠 가운데 선연히 보이는 대로를 따라 그대를 인도하지는 않을 것이다. 오른손에 날이 시퍼런 낫을 들어 휘둘러서, 차라리 그대의 목을 잘라 그 목을 왼손에 들고, 그대의 골과 피를 빨 것인데, 그것이 비어버렸을 때, 그녀는 그 해골을 실에 꿰어, 구슬처럼 그녀의 목에 매달 것이다. 그럼에도, 저 벗고 춤추는, 열여섯 먹은 계집의, 부드러운 혀가 뼛속을 핥고 듦은, 폐부 밑바닥까지, 그리고 발가락 끝까지 번지는 심호흡 같은 것이고, 산소 같은 것이고, 불 같은 것이다. 모든 불순한 냉독은 그래서 녹혀져, 스러져버리는 것이다. 나는 [9]이만일천육백 번을 한하고, 심호흡하기를 시작한 것이다.

물론, 저 열여섯 살 된 계집의 벗은 영상 아래 명상하며 나는, 그리하여 호흡에 가락이 생기고 그 줄기가 확실해지기 시작했을 때부터는, 그리하여 훔— 하고 들이쉬는 숨이나, 옴— 하고 내뱉는 숨이나를, 그리하여 그것이 코끝으로부터 목구멍을 통해 폐부를 채우고, 그리하여 그 밑바닥에 무겁게 가라앉았다가, 그리하여 다시 폐부를 닫으며 짜여 올라와, 그리하여 목구멍을 통해서 입술 끝으로 빠져나가는, 그리하여 그런 숨이 미치는 영향이며, 색깔이며, 오대[地水火風空] 며에까지, 그리하여 마음을 모았다.

그러는 중에 내가 보니 물론, 저 계집의 휘두르는 낫이 내 목을 자르며, 그러는 중에 내가 보니 물론, 저 계집의 휘두르는 낫이 내 사지를 토막 치며, 그러는 중에 내가 보니 물론, 저 계집의 휘두르는 낫이 내 창자를 터뜨려 처참히 흩뜨리는데, 나는 들숨이나 날숨이나를 살펴 심호흡을 계속하고 있고, 그러는 중에 내가 보니, 저 계집이 천년이나 굶은 듯이 내 골을 핥고, 그러는 중에 내가 보니, 저 계집이 천년이나 굶은 듯이 내 피를 마시고, 그러는 중에 내가 보니, 저 계집이 천년이나 굶은 듯이 내 뼛속에다 혀를 넣어 휘저으며 이빨로 갉아대고, 그러는 중에 내가 보니, 저 계집이 피에 미쳤는지, 광무스러이 돌아가며 붉은 젖가슴을 흩뜨리듯이 흔들고 엉덩이를 치까부는데, 그러는 중에 내가 보니, 닫혀 있었던 저 붉은 요니가 두 닢짜리 붉은 연꽃처럼 트이더니, 그러는 중에 내가 보니, 복숭아밭 무릉 삼월 뱃길이 트였던지, 기슭에 누웠던 천 마리의 양떼가 노을을 털 해 입고 한꺼번에 계곡으로 내려오는 듯이 보이는, 그런 하혈이 흥그렁한데, 그것은 하늘 복숭아 향기로 휩싸고 있었고, 그러는 중에 내가 보니, 그녀의 요니도 깊디깊은 속으로부터, 한 송이, 아마도 천의 꽃잎짜리 흰 연(蓮)이 돋아 올라와, 저 깊고도 깊은 피의 붉은 못에 몸 잠그고 청청히 피었는데, 그것은 흩어졌던 내가 돌아온 것이었고, 아름다웠고, 나는 아름다웠다.

훔—

제8일

1

“이걸 받아두십지. 미숫가루와 계란입지. 글쎄 말입지, 내 열심히 생각해보고 말입지, 비록 졸렬한 대로이지만 말입지, 이런 결론을 얻었더라 이런 말입습지. 화대(花代)입습지. 생각해보고 소승은, 이만쯤의 해웃값은 분명히 내 쪽에서 지불해야 된다고 했습지.”

그는 그러며, 그 해웃값을, 내 곁에 놓인 해골 속에다 가지런히 담아주었다.

이제 목욕이나 다녀오면, 정작으로 마음을 가다듬고, 몸을 다해, 그 결과가 어떻게 되든, 낚시질에 몰두하려 작정하고 날을 다시 맞았는데, 뜻밖에 촛불중의 내방을 받은 것이다. 그도 물론, 숯검정 물들인 장옷을 발가락 끝까지 덮어 입은 데다, 얼굴 가리개까지 다 가려버리고 있어서 처음엔 누군가도 했고, 또 십이월 검은 달에나 뭉쳐서 행악하는 것으로 사는 무슨 악귀나 아닌가도 여겼더니, “대사께서 말입지, 소승의 내방을입지, 용허하리라 믿는데입지” 라고 시작해, 그의 음성이며 어투로, 그가 저 마근의 응시자였던 것을 알 수 있었던 것이다. 그는 헌데 아직도 항문이 성치를 못한 듯, 가랑이를 어중간히 벌리고, 엉덩이를 뒤로 내뺀 자세로, 어줍게 걷는다는 것을, 그가 돌아갈 때 보아서 알았다. “다름이 아니고 말입지, 내가입지, 대사께 뭔지 빚이라도 진 것이 있는 듯해선뎁지, 그 빚을 갚을 겸해서 왔습지.” 그는 그렇게 잇고, 장옷 자락의 주머니 속에서, 예의 그 낯익은 해웃값 두 가지를 꺼내는 것이었다.

"이것으로 이제입습지, 우리 관계는 청산된 것이겠습지, 그럼에도입지, 소승은 말입지, 소승의 창자 속에 잘못 심긴 애의 아비는 말입지, 찾아주어야 된다고 믿고 있는데입지, 빛의 이물(異物) 말입습지, 글쎄 그것은입지, 구운 돌이라도 임신한 것처럼 말입지, 거북하고 말입지, 그래서 낙태를 시키려 해도 안 되고입지, 그저 견디기가 어렵기만 합지. 빛의 이물, 거북한 이물입지, 그것이 그래서 말입지, 내 속을 지혜로나 밝혀주면 좋을 터인데입지, 그렇지가 않고 말입습지, 체한 듯이 가슴이 답답하고입지, 토해져 나오려고만 하는데입지, 글쎄 그것은 일종의 눈알 같은 것이나 아닐지 모릅지, 손가락에 뽑혀진 눈알 같은 것 말입지. 헷헷, 눈으로 빛은 보는 것이니 말입지, 그렇게 생각하게 된 건지도 모르지만입지, 그러니까 소승의 서투른 비유는 말입지, 한 개인에 이르면 촛불이 눈을 정의하는 것이 아니고 말입지, 그 개인의 눈에 의해서 그 빛이 빛이 될 수 있다는 이런 말인데입지, 이 말을 뒤집어보고, 그런 뒤 합쳐보면 말입지, 눈과 빛은 그래서 같은 것이다, 말입지, 그런 결론이더라 말입지. 그러고 났더니 말입지, 뽑혔어도 산 눈이 말입지, 소승의 창자 속을 떼굴떼굴 구르며입지, 그 안의 왼갖 추악함을 보며 핥고 있는 듯합지, 그런 고통스런 눈이군입지, 이물입지, 창자의 어느 구석에 뭉친 돌 같은 것입지. 그것은 어쨌든 뽑아내야겠습지? 아직 소승은 어떻게 유산시킬지는 모르지만입지, 그 애의 아비는 대사가 아니겠느냐 말입지, 헷헷헷. 그럼 평강하십지. 아 성불하십지."

그는 그리고, 합장한 뒤, 더러운 걸음걸이로 돌아갔다. 나는 그러나 당분간 아무것도 생각할 수도 느낄 수도 없어, 소갈머리 없이 실실 웃다가, 해골 속으로 눈을 떨구었더니, 어디서 비롯된 것인지도 모를 비린내가 느껴지고, 그것은 종내 입속에 끈적히 괴어서는, 창자를 뒤집어놓았다. 그렇다고 해서 나는, 저 이상스러운 화대를 집어 들어 팽개쳤거나, 눈이라도 흘겼거나, 뭐 그런 짓은 하지 않았다. 다시 생각해보니 그것은 아마도 내가 노동하고 번 임금인 듯했으며, 그런 의미에선 정당했다. 그런 일이란 있을 수 없겠으나, 그래도 만약 있을 수 있다면, 언제든 나도, 부자스럽게, 그에게 이만쯤의 놀음차는 치르기 위해서, 그러기 위해서라도 간직해두는 것은 좋을 듯했다. 허기만, 이런 비린내 독한 날따라, 젠장하겠다고 하늘까지 된통 흐려, 그것도 비린내를 풍겨내고 있었다.

그러나 어쨌든 목욕재계하고설랑, 유리의 세사, 속진 잊고, 떨쳐내 버리고 볼 일이라고, 장옷 꿰고 물항아리 낀 뒤, 삽이며 괭이도 돌려줄 양으로 챙겨 들었다. 삽이며 괭이는 하나의 구실로써 챙겨 든 것인지도 모르긴 했는데, 할 수 있으면 난, 그 계집을 꾀어내어, 같이 목욕을 하러 갔으면 하고 바라고 있던 것이다. 그래서 그런 어떤 계집에 의하여, 한 창남(娼男)이 그 창남의 누명 벗게 되기를 바란 것이었다.

2

"요 메칠 백찌 되세기가 아픔선, 무신 생각 겉은 것이 차꼬 드는디라우, 그래서 나 말이라우, 시집갈라고 헝만이라우."

우리는, 그녀와 나를 말이지만, 어느덧 촛불중네 굴 앞을 지나, 소나무가 있는 샘으로 이어지는 길을 걸어가고 있었다.

"아, 에헤, 그 그러니깐두루 말이지."

"그렁개로 나는 말이라우, 기양 혼차서 시집갈라고 헌당개라우. 그래 각고 한 사나 지집험선, 고 사나만 늘 봤으면 싶으당개요."

"아, 헤헤, 그, 그러니깐두루 말이지?"

"그람선 아도 낳고라우, 마당도 씰고라우, 호박도 싱구고라우, 헐 일 없으면 정제(부엌) 문테기 택(턱) 받치고 앉았고라우, 노래도 하고라우."

"아, 헤헤, 그, 그러니깐두루 말이지!"

"글씨 나 말이라우, 생각해본 남친(나머지)디라우, 시집갈란당개요. 고렇게 맘 딱 묶어버렸은개, 고렇게 알겨라우이."

"아, 헤헤, 그, 그러니깐두루 말이지?"

"시님이 날 싫단대도 워짤 수 없어라우 인제는. 내가 맘 딱 묶어삐렀다고 안 허요이. 그랑께 누가 시님 보고 장개오라고 허든 안 헝개라우."

"아, 헤헤, 그, 그러니깐두루 말이지!"

"그랑개 인제부텀, 시님을 내가 임자라고 불러도 되고라우, 낭군님이라고 불러도 될 것이요이. 그려요. 참 좋아라우. 내가 인제 시님 안댁이어라우. 각씨어라우. 제집이어라우. 그랑개 우리 고렇게 정해뻐렀소이? 나는 인제 절단코 다른 시님 안 받을랑개 요렇게 흰옷도 안 입었겄는개뵤. 월후 비칠 때만 요런 옷을 입는디라우, 가(그 애)들은 나보고 시나 월후냐고 묻는디라우, 워디가요? 그래도 하매 오널 니얼 새 시작은 헐 것이요."

"아, 헤헤, 그, 그러니깐두루 말이지!"

우리의 이야기는 여기서 끊겼다. 그런 대신 우리는 서로의 손이나 꼭 잡고, 간혹 한숨이나 한 번씩 불어내며 걸었다.

샘에 닿았기에 우리는, 장옷들을 벗어버려 흰 몸을 하늘 아래 드러냈고, 그리고 그저 마주 보고 서서 서로를 바라보기나 했는데, 머뭇거리며 악수라도 청하듯이 그녀가 오른손을 내밀었기에, 그 손을 나도 오른손으로 잡아주었더니, 그녀가 다시 왼손을 내밀어, 또 나의 왼손으로 그 왼손을 꼭 잡아주고, 그리고 우리는 아마 눈으로 이야기하기 시작했을 것이었다. [10]오른손이 오른손을, 왼손이 왼손을 잡아 서로 가로 건너지르게 하고 있었기에, 우리는 서로 껴안지는 못했다. 그녀는 눈으로 이렇게 말하고 있는 것 같았다.

[11]"서방님, 날 임자헌티 복종케 허셔라우."

"여자여, 나로 하여금 그대의 남편이 되게 하라."

천 번이라도 나는 그렇게 외쳐주고 싶었었다.

우리는 그러다 그런 채로, 한 발씩 잠가 샘 안에로 들어섰고, 그리고 [12]서로를 바라보며 그 샘 바닥에 앉았다.

[13]"내가 말이지, 너를 힘 있게 안는 것처럼, 자네도 그렇게 좀 날 안아보라구."

그녀를 드디어 껴안으며, 내가 그렇게 말했고, 그러자 그녀가 킥킥거리며,

"수탉이 암탉헌티 그러는 것맹이, 임자는 나헌티 그렁만이요이" 하고 말했다.

그리고 우리는 그 [14]샘 안에 누웠는데, 그때 우리는 죽어, 그 물 밑에 가라앉아 있었을 것이었다.

광야에서 은혜를 얻었나니.

제9일

1

거미며 전갈 따위의 암수 관계는, 그것이 다시 어떻게 해석되어져야 좋을지를 모르는 데에, 나는 이른 듯했다. 수놈은 자기의 목숨을 해웃값 삼아, 암놈의 등에 기를 쓰고 들러붙는데, 그리하여 암놈이 수놈을 수용하기 시작하면, 저 수놈의 해골 속에 암놈의 혀가 박혀 골을 핥고, 수놈의 사지가 절단나는가 하면, 똥창자가 흩어지고, 암놈은 천년이나 굶은 듯이 그것들을 움켜 먹는다. 그것은 참으로 살벌한 육교인 듯한데, 구국을 위한 전장에서도 아니고, 그렇다고 보살행도 아닐 터인데도, 다만 한 번의 사정(射精)을 위해서 수놈은, 꽃다운 젊은 나이, 씩씩한 몸을 산화시켜버리는 것이다.

나는, 그런 종류의 집착의 관계를 어떻게 이해해야 할지를 모른 데에 와버린 것이다. 그런 분골쇄신의 교미가 실제로 행해지는가 않는가와도 상관없이, 왜냐하면, 선인들이 관찰하여 후생들께 전해주고 있는 저 정사의 장면은, 그것이 거미나 전갈에 관한 춘담(春譚)만은 아닌 것 같기 때문이다. 어쨌든, 거미나 전갈의 암수에 이르면, 계집과 어미의 구별이, 남편과 아들의 구별이 전혀 안 되고 있는 것이다. 그것들의 암컷이, 그것들의 수컷의 꼬리를 용납하고 있을 때, 그것은 엄연히 수컷의 계집인데도, 그 교미가 절정에 달하고 있을 때, 그 암컷은, 자기의 남성이었던 것을 씹어서, 목구멍으로 삼켜, 자기의 자궁 속에다 넣어 놓아버리는 것이다. 이러는 동안에, 남편은 아들로 변해 있고, 저 암컷은 어머니로 둔갑되어 있는데, 그러나 이 과정에 무리는 없는 듯하다.

그러나 수컷에 이르면, 자기의 암컷이자, 자기의 어미인, 저 선녀자가 어떻게 이해되고 있을 것인가. 자기 파괴를 전제하고서라도 그 성교를 강행군하려 드는, 저 선남자의 색탐은 이해키 적이 곤란하다. 다만 추측하고 얘기할 수 있는 것이 있다면, 그것은 어쩌면 두 개의 혀를 가진 짐승일지도 모르는데—생명이 '말'과 혼동되고, 그 '말'은 혀에 의해 의미를 획득하는 것이라면—혀의 하나는 자기를 부나비로 만들고 싶어 하고, 다른 하나는 나비가 되어 날아가기를 바람으로 해서, 저 선녀자를 하나의 제단, 하나의 장소로 택한 것은 아닌가, 그런 것이다. 그렇게 따지고 보면, 그때 암컷은 생명이 아니라, 수컷의 의지를 수용하고, 그 의지의 발효를 돕는 하나의 요니 전체에 머무는 듯한데, 수컷은 그래서 자기 몸을 저 그릇에 바쳐 피 뿌린 뒤, 그 속에서 유아로 환신한다. 그러고 보면, 이 요니의 의미는, 운동으로서의 수컷에 저변했거나 휩싸고 있는, 어떤 정지 같은 것으로도 이해되고, 있음으로써의 수컷을 휩싸고 있는 무(無)처럼도 이해되는데, 그녀는 그래서, 저 수컷에 의해 세월을 얻고, 어려지기도 늙어지기도 하는 듯이 여겨진다. 그래서 곡신(谷神)은 죽지 않으니, 그것을 신비스런 암컷[玄牝]이라고 부르는 것이다.

그리하여 부차적으로 따르는 결과는, 아직 늙어본 적 없는 저 어미가 어리게 낳아놓은 아들은, 그 어미 배 속으로 들어갔던 그 아비만큼은 늙었으리라는 것이며, 그래서 젊은 어미가 늙은 아들을 낳았으리라는 것이고 그 늙은 아들은 그리고 정작에 있어 그녀의 어린 남편인데, 그 어린 남편의 현재의 아내는, 자기 어미만큼 늙은 바로 그 여자라는 이런 것이다.

이런 관계는 그리하여 하나의 [15]도식을 도출해낸다.

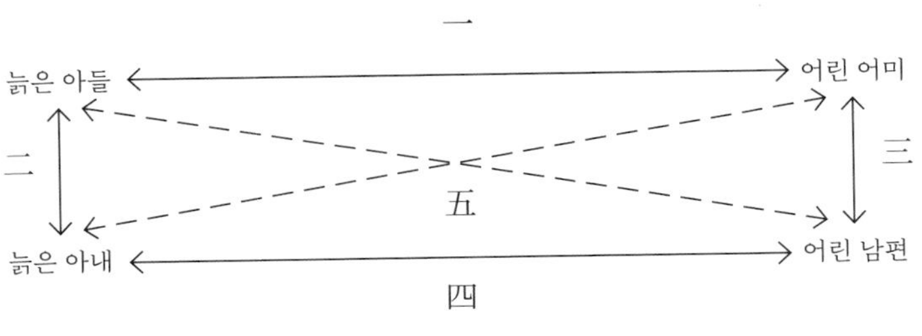

2

그런데 만약, 이 도식에 의해 생각을 진전시키는 것이 가능하다면, 이것은 양성(兩性), 또는 태극(太極)을 이뤄내거나, 팔괘에서 육십사괘로까지 분화하거나 할 듯도 싶은데, 생각의 진전이 상향인가 하향인가에 의해 좌우될 것인 듯하다.

우선 가정해서,

늙은 아들—太陽·大用
늙은 아내—太陰·大體
어린 남편—少陽·小用
어린 어미—少陰·小體

라고 명명하는 것이 가능하다면, 그리고 그것은 가능한데, 같은 도식 위에서 그 이름만이 바뀌어져 나타난다. 그리하여 그 이름에 의해, 상향식(上向式)으로 관찰한다면, 이런 결과가 도출될 것이었다.

도식의

一. 陽 속의 陰의 관계
二. 太極 또는 兩性
三. —이름하여—少太極. 少兩性
四. 陰 속의 陽의 관계
五. 陽 속의 陽의 관계. 陰 속의 陰의 관계

여기에서 二는 큰 자아(自我), 또는 우주라고 보는 것이 가능한 듯하며, 三은, 큰 자아에 대한 작은 자아로서의 어떤 개체라고 보는 것이 가능한 것처럼 여겨지고, 무엇보다도, 저 두 선이 교차하는 五의 일점은, 방위에 있어선 중앙을, 색깔에 있어 누름[黃]을, 오행에 있어 흙[土]을, 수(數)에 있어 절대적 양수(陽數)를, 맛에 있어 닮을, 계절에 있어 토용을 담당하고 있어, 참으로 신비한 방처럼 여겨진다.

그러나 하향식 관찰에서는 아마도, 선인들의 도식을 그대로 빌려 쓰는 것이 허락되어질 듯한데, 태극이 양의(兩儀) 사상(四象) 팔괘(八卦)로 분화하는 도식이다. 그런데 아마도, 상향식 관찰을 보다 완벽하게 하기 위해서는, 심리를 연구하는 학술의 보조를 받는 것이 필요한 듯하며, 하향식 관찰을 위해서는 역술(易術)의 보조를 받는 것이 필요한 듯하기는 하다. 그러나 그 어느 것도 내가 관여할 분야는 아니다. 나로서는 다만, 그리하여, 거미나 전갈의 암수관계의 춘담이, 그것에만 머물지는 않을지도 모른다는, 수수께끼만을 얻어낸 셈인 것이다.

3

그럼에도 나는, 전갈이나 거미 따위의 암·수컷의 관계를 조금도 이해하고 있는 것이 아니다. 헌데 이것은, 저 계집과 나와의 관계를, 정시해서 판단해야 될 때인데, 왜냐하면 나는, 한 마리의 전갈의 수컷, 거미의 수놈으로서, 저 계집의 주안(呪眼)의 둘레를 벗어나지 못하고 있으며, 두 개의 혀로써 내가 내 혼을 갉고, 마시려 들고 있는 것이다.

4

진종일 나는, 아무 진전도 집중도 얻을 수 없는, 그것은 망념이라고나 해야 할 그런 것으로, 마른 늪 둔덕을 배회했다. 구름은, 어제쯤은 은빛과 구릿빛이 섞인 것이었는데, 오늘은 납빛을 띠고 세상을 우중충하게 했다. 오래 가물었던 모양이었는데, 그 버석거리는 고장 위에, 하마 언제쯤은 비라도 한 줄금

할 듯도 싶었다.

진종일 나는, 둔덕을 배회하며, 나의 죽음을 생각했는지도 모른다. 어쩐지 산다는 일은 무척 피곤하며 불능스러운 데다, 혼은 납처럼 무거워, 뒤꿈치까지 가라앉아내려, 몸에 족쇄라도 채워놓은 듯만 싶은 것이었다. 그래서 걸음은 힘들고, 등은 휘려 하며, 눈은 세 치 밖을 내어다보기에도 힘들어한다.

진종일 나는, 그리고 둔덕을 비척이며 유리로부터의 도주를 생각했을 것이었다. 아무것도 작위되지 않으며, 그렇다고 무작위도 아니며, 살아 있는 듯하지도 않지만 죽어 있는 것도 또 아닌 듯한, 이 고장의 살벌스러운 아늑함에 대해 나는 지치고 넌더리를 내고 있었던 것이다. 그런 살벌스럽기까지도 한 아늑함의 납양(納陽)에, 생명은 그 꼭지 부분에 수분과 접착력을 잃고, 이승 가지로부터 떨어져 내려, 저승 마당 귀퉁이로 굴러 들어가려고 하고 있는데, 그런 조락(早落)은, 저승 귀퉁이 그늘, 아직 덜 익은 여름 위에다 진눈깨비를 뿌려 넣는 것이다.

5

결국 나는, 종잡을 수 없이 흘러가고, 떠밀려오고, 또 가라앉았다 치솟아 올라온 것이었다. 납빛 하늘로부터, 저 우중충한 빛까지도 검게 바뀌고 있을 때, 결국 나는 죽지도 떠나지도 못하고, 내가 그렇게도 땀 흘려 판 토굴 속으로, 한 마리의 땅강아지처럼, 삘삘거리고 들어가 누워버렸다. 그러나 어쩐지 으스스 추웠다. 물론 해골이며, 물항아리며 삼베 홑청까지도 다 가져다 적당히 배치해두었으므로, 그것이 아늑해야 할 나의 거처일 텐데도, 이 저녁엔 추웠다.

계집은 당분간 와주지 않을지도 모르는데, 내가 그렇게 타일렀던 것이다. 그것이 또한 나를 춥게 했다. 그러나 어쨌든, 사타구니 새에 머리를 묻고, 개처럼 둥글게 안온히 자며, 내일 짖어댈 것을 가슴에다 따뜻이 데워놓는 일뿐일 것이다.

제2장

제10일

예의 연꽃 자세[蓮花坐]로, 하루도 종일토록 나는, 반석 위에 피어 있다가, 졌다가, 또 피기는 했으나, 술시(戌時)가 되기까지도, 방황하고 의혹하고, 또 단계도 없이 비약했다가, 깊이도 모를 데로 굴러떨어져 내리곤 했었다. 나는 아마도 끙끙 앓았을 것이었다. 그러다가, 터진 그물이라도 손보기 시작하게 된 것은, 아마도 술시 초쯤이었으리라고 생각된다.

나는 종일, 전날 실패했던 그 마지막 순간을 어떻게 포착할 것인가로 앓기는 된통 앓아댔었다. 그러니까, 물속에서는 유영하고 있으나, 수면의 밖으로 몸이 드러내지기만 하면, 유성이 대기권 속으로 떨어져 들면 어쩔 수 없이 제 몸을 태워버리듯이, 그렇게 자연 소멸을 해버리던, 저 고기의 이민을 어떻게 가능시키느냐의 문제였던 것이다. 그러나 어쩌면 나는, 낚시 끝에 고기의 '생명'을 낚아내기는 했었을지도 모른다. 그것이 '형태'를 잃어버림으로 해서, 내가 낚아낸 것의 무의미를 늘 내게 보여주곤 했던 것이지마는, 나는 그래서 그것들의 형태를 적확히 파악하고 포착하려는 데서부터 다시 어부업을 시작한 것이다. 그리고 발상은 쉬웠다. 하지만 그 문제로 나는, 바다 밑 이만 리를 팔만 번 한하고 자맥질해대지 않으면 안 되었는데, 고기의 형태를 그려놓았을지도 모르는 무슨 낙서(落書)나, 비경(秘經)이라도 찾으려는 것이었다. 글쎄, 저 깊고도 넓은 그릇 속에는 송사리 크기의 작은 고기도 있는가 하면, 연어나 상어 같은 큰 고기도 있고, 납새미나 가오리 같은 넙적한 고기도 있는가 하면,

뱀장어나 미꾸라지 같은 길고 가늘며 둥근 고기도 있고, 문어나 오징어 같은 것이 있는가 하면, 그것이 어류든 아니든, 물 밑 모래 속에 박혀 있는 조개 같은 것도 있어서, 도대체 그것의 크기로부터 속(屬) 그리고 양태들을 분류해내고 종합해낸다는 일이란, 일종의 미친 짓에 속한 듯하며, 그것도 또한 어류·어족학적 분야인 듯하기만 한 것이다. 그러했대도 만약에 내가, 그런 여러 종류들 중에서, 각각 한 마리씩의 '비린내 독한 반편이' 고기라도 낚아 올려낼 수만 있었다면, 문제는 아니었다.

이런 문제는, 참으로 막연하고, 또 울침스러이 나를 눌러대서, 나중에는 내가, 그러한 무게 밑에 깔려 납작해져 버린, 바다 밑 무슨, 비린내 독해서 먹도 못할 눔의, 조개라도 된 기분이었다. 그런 시간이 계속되어갈수록, 내 속에서는 번열이 나고, 미친병이 솟아나, 대체 누가 미쳐서 날뛰다 공중에서 죽어 거기 머물렀다더냐 하고, 고함을 꽥꽥 질러대며, 코 막고 늪 바닥으로 뛰어들었을 것인데, 그러나 나는 공중에서 죽어 거기 둥둥 떠 있지는 못했고, 그런 대신 똥이 마려웠다. 그러며 나를 낳은 모태를, 낳은 날을, 낳자마자 죽지 않은 것을, 나만을 피해 다른 데로 도는 급살을, 내가 선 땅을, 머리 두른 하늘을, 내혀를 저주했었을 것인데, 내 목구멍에선 구린내가 되게 뽑아져 올라왔다.

술시 초의 나의 시작은 그리하여 모든 고기들을 있는바 그대로 그냥 놓고, 그것들을 서로 비교해가며, 서로 사이에 일치되지 않는 점이 있으면, 그것이 지느러미든 아가미든, 심지어 귀때기든 뿔이든 다 떼어내 버리고, 상사점만을 남겨, 그 상사점의 총계로 하여, 고기의 일반적 공통적 형태로 삼자는 것이었다. 그러는 과정에 물론, 일차적으로 고기들은 이름까지도 잃게 되는데, 왜냐하면, '꽁치'라는 이름과 '연어'라는 이름 사이에는 '고기'라는 것 빼놓고, 아무런 일치점도 있는 것이 아니기 때문이다. 그래서 이차적으로는즉슨, '가오리는 넓고 납작하며 원만히 둥근 데다, 그 몸 전체가 지느러미처럼 보이는 데 반해, 물 구렁이는 가늘고 길며, 뾰죽하게 둥근 데다 지느러미가 거의 없다. 그러면 그것들에선 무엇을 취하고 무엇을 버릴 것인가?'라고 계속 질문해가며, 계속 답변해가는 것이다. '상어와 멸치는 비슷한 모양이지만, 하나는 눈이 크고, 하나는 눈이 작고, 하나는 입이 크고, 하나는 입이 작고, 글쎄 전체로서는 하나는 턱없이 크고, 하나는 턱없이 작은 데다, 하나는 사납고, 하나는 순한데, 그것들에게서는 무엇을 덜어내고 무엇을 남길 것인가?'

그렇게 해서 이제, 내가 이름도 알며, 그 모양도 생생히 기억할 수 있는 모든 고기들과, 그들의 사돈들과, 그 사돈들의 팔촌 고기까지들을 다 만나고, 다 저울에 달아보기에, 다시 한 식경쯤이 흘렀다. 하지만 한 식경을 누가 수유라고 말할 수 있겠는가? 그 한 식경 동안에, 한 마리의 양기 좋은 연어가, 암놈이 갈겨놓은 천 개의 알 위에, 정액을 살포했다면, 한 마리의 연어가 그저 일 년만 산다고 해도, 천년의 세월이 그 한 식경에 옮혀 든 것이며, 그 한 식경 동안에, 삼백 년 살아온 소나무 삼백 그루의 숲이 타버렸다면, 그 한 식경 속에서 구만 년의 세월이 재가 되어버린 것이다. 그리고, 후, 곲으로 곲으로, 후, 잘 집중되어지는 명상이란, 훗, 그런 것이어서, 한 식경 동안에 천년을 싸안기도, 구만 년을 흩뜨리기도 하는 것이다.

—[16]'고기의 형태는 그리고 양극(兩極)을 갖는 타원형이라고 불려질 것 이상의 아무것도 아니다.'

이것이, 그 탐구의 도달점으로, 내가 해시 초에 얻은 것이다.

'고기는, 양극을 갖는 타원형이라고 불려질 것으로 형태 지어져 있다.'

그러나 어쩐지 나는, 병에 걸린 듯이 자꾸 웃음이 나와 참을 수가 없고, 각혈모양, 기침이 콩콩 넘어와 불편스럽기만 했다. 글쎄 그것이었다.

'양극을 갖는 타원형이라고 불려질 것' —눈도, 코도, 입도, 귀도, 생식기도, 생명도 없는 그것, 애초에는 없던 뿔이 양극으로 돋아난 그것, 그것 하나를 낚아내기 위해 나는, 그렇게도 번열을 일으켰던 것이다. '고기는 양극을 갖는 타원형이라고 불려질 것으로 형태 지어진다. 그러나 그런 타원형이란 실제의 고기에겐 무의미하다, 그러므로 고기는 무의미하다.' 그러며 나는 캑캑 웃고, 콩콩 기침을 해댄 것이다. 허지만 별로 오래 웃지는 못했다. '고기는 무의미하다'라는 저 구결이 어쩐지 스스로도 의문스럽던 것이다. 삼라만상 중에서, 어째서 하필이면 고기만이 무의미할 것인가? 만약에 고기가 무의미하다면, 그것은 연쇄적 반응을 일으키게 될 터인데, 짐승도, 새도, 나무도 무의미한 것으로 되어야 옳은 것이다. 그러므로 세상도 무의미하고, 우주도 무의미하다는 부차적 결론이 도출될 수 있는 것이다. 혹은 그럴는지도 모르긴 하다. 그러나 그렇다고 해서, '양극을 갖는 타원형은 무의미하다'라는 하나의 가정에 의해서, 내게 형벌로 주어진 것을, 내가 방기해버려도 좋다고는, 아무리 해도 믿기어지지가 않았다. 우주도 무의미하므로, 산다는 것도 무의미하다, 그러므로 자살이라도 하는 것이다. —하나의 가정에 의해서, 그것까지도 무의미할 자살을 감행하는 것과 자기 복역의 파기는 어떻게 다른가? 아마도 나는 생각을 부정적인 데로 진전시키고, 캑캑 짖었을지도 모른다.

그래서 내가, '그것은 그 속의 공(空)이나 무(無)에 의해서 보건대, 양극을 갖는 타원형이란 어쩌면 하나의 체(體)에 머문 듯하고, 그래서 그것은 해골 같은 것일지도 모른다'라고, 재가정했을 때, 그것은 반드시 무의미한 것 같지만은 않았다.

나는 거기서부터 다시 살펴보기를 시작했다.

그러다가, 우라질 녀러, 존재의 비극과 대면하고 말았는데, 바로 저 양극을 갖는 타원형이라고 불려질 어떤 것이, 저 고기들의 구속, 고기들의 자유와 해탈의 한계를 구획해왔던 그 전부의 본인이었다는 것이 알려진 것이다. 어떤 고기든, 그 고기가, 저 양극을 갖는 타원형으로부터 벗어날 수만 있었다면, 그것은 이미 고기는 아닌, 제삼의 존재로의 전신(轉身)을 치렀을 것이었으며, 저 약육강식의 고해로부터 자기를 빼어 나왔을 것이었다. 그런 뒤 물론, 그것이 어떤 것일지는 모르되, 다른 새로운 운명에 처하게 되었을 것이었다. 그러나 그 고기가 양극을 갖는 타원형이라고 불릴 어떤 형태 속에 감금되어버렸을 때, 그것은 그냥 고기며, 저 살벌한, 휴식 없는 세계를 어쩔 수 없이 살아야 되며, 그 세계 밖에로의 탈출은 성취할 수 없는 것으로 운명 지어져 버린다. 고기 중에서도 상어여서, 상어인 것을 기뻐한다고 하더라도, 어쨌든 그 유적(流謫)은 비극이다.

여러 고기의, 여러 형태의 저변에 놓인 한 공통분모, 어쩌면 한 구조라고 불러야 될지도 모를, 양극을 갖는 저 타원형은 그래서, 사실에 있어, 고기의 업(業)을 규정하고, 또한 생명을 규정하는 것처럼 보인다.

하지만 어쩌면 나는, 어부로서는 실패해가고 있을는지도 모른다. 나는 점차, 반드시 고기만을 한정해 생각하고 있는 것만은 아니었다. 고기의 천만 가지의 형태 속에서, 그 어떤 하나의 공통분모를 취해낼 수 있었을 때, 형태가 주는 비극에 대해 나는 계속적으로 집념하기 시작한 것이다. 반복되지만, 그래서 형태란 업으로까지 규정할 수 있는 어떤 것이라고 믿게 된 것인데, 어떤 생명이 어떤 형태 속에 일단 유형되어졌을 때, 그래서 그 생명은, 그것 자체의 근본과도 상관없이, 그 형태가 구획하고 있는 것의 비극에 어쩔 수 없이 당하지 않으면 안 된다는 것이, 내게는 슬펐다. 그리고 나는, 아무리 해도 이러한 결론에는 거역할 수가 없었다. 근원적으로 그냥 무구한 생명이었던 것이, 일단 지렁이의 형태 속에 구속당하면, 두더지나 새에게 먹히고, 그것이 독수리의 형태에 제휴되면 낙락장송 꼭대기에서 세상을 하시하는 것이다. 그러고 보면, 형태라는 것이, 어디 토기장에서 구워지는 옹기그릇들처럼, 이 세상의 어디엔가 병렬해 있는데, 생명이 바람처럼 떠돌다, 그 무(無)를 당해 이(利)로서 나타나는 것이나 아닌가 하는 의심도 든다. 그러면 도대체, 저 형태들을 구워내는 토기장은 어디에 있으며, 또 그 형태들 속에 스며들 생명은 어디로부터 흘러오며, 어찌해서 모든 생명들은 독수리나 사자나 상어의 형태에 제휴하지 못하고, 지렁이며 빈대며 굼벵이 따위의 몸을 빌리지 않으면 안 되며, 어떻게 저 빈 그릇과 흐르는 생명은 서로 화합할 수 있는가. 하지만 이런 문제들을 풀기 위해서는, 다시 어머니의 배 속으로 들어가 보는 수밖에는 없으리라, 그리하여, 한낱 하늬바람으로 흘렀던 자기가, 어떤 의지에 의해서, 자기의 형태를 입혀주는 그 어미의 자궁으로 들었는가를, 열심히 살펴보는 수밖에 없으리라. [17]바르도로 가자, 아으 바르도로 가자. 망자들의 마흔 아흐레의 객숙소, 그래서 운명들이 산지사방으로, 팔만 유정으로 헤어져 가며, 흔드는 손들을 보자. 하직하는 손들 위에 떨어지는 눈물을, 그 눈물 위에로 번지는 어두움을, 그 어두움을 통해 어머니들의 사타구니가 환하게 열리는 것을, 그 모두를 보기 위해, 바르도로 가자, 아으 바르도로 가자.

그러나 어쨌든, 그렇게도 많은 고기들의 형태가, 하나의 구조 위에서 성시를 이룬 것이 분명하다면, 또한 팔만 유정의 팔만 형태도 어쩌면 한 원전(原典)의 개성적 개변(改變)에 불과하다는 가정이 또한 가능해진다. 어쩌면 그것은 가정으로서가 아니라 실제로서, 팔만 유정은 한 원전의 팔만 후손일지도 모르긴 하다. 그러나 그 원전을 얻어내기 위해서는, 다시 겁(刼)의 산법으로써나 계산될 세월을 걸려서, 팔만 유정들을 다 만나고 그들의 임신으로부터 죽음에 이르기까지의 과정 너머에 있는 것까지를 소상히 관찰해보는 것이 필요할지도 모른다. 그러나 나는, 나대로 고기의 형태는 취해낸 셈인데, 그리고 출발은 이 형태를 취해냄으로 하여 시작되었던 것이므로, 이것을 다시 출발점으로 하여, 고기가 아닌 다른 유정들 속에서도, 가령 솔개라든가 고슴도치라든가 사람이라든가, 아무튼 어떤 존재 속에서라도 고기와의 유사점을 찾아내는 것이 가능하다면, 그리고 그것들은 종내 같은 것들이라는 결론을 얻을 수 있다면, 팔만 유정들을 다 만나야 할 필요는 결코 없는 듯하다. 그러니까, 만약에 '사람과 고기는 같은 것이다'라는 결론이 도출될 수 있다면, '사람의 형태 또한 양극을 갖는 타원형이다. 그러므로 고기나 사람의 형태의 원본은 양극을 갖는 타원형이다'라고 말할 수 있는 것인데, 그와 같은 방법에 좇아 조금만 더 복합화시킨다면, '사슴도 참새도 고기며, 그러므로 양극을 갖는 타원형의 형태를 취한다'라는 결론이 저절로 도출될 것이었다. 그러므로 팔만 유정 속에서 고기와 비교될 어떤 유정을 먼저 뽑고, 그런 뒤 고기와의 상이점이나 유사점을 발견해나가는 것이 급선무일 듯하다. 헌데 만약에, 영겁의 주가 창조하여, 팔만 유정·무정이 선물로 주어진 자가 사람이란다면, 사람이란 그중 좋은 재료이며, 그러므로 그 영장이 고기와 완전히 같은 것이라고 할 땐, 쥐새끼야 따져서 무엇할 것인가. 그러므로 나는, 하나의 재료로서 사람을 택하기로 했다. 그리고 선인들의 고기(古記)가 아직도 그 가치를 지나고 있는다고 하면, 그러한 기록들로부터 얼마쯤의 조력을 얻는 것은 훌륭할 터인데, 그렇게 해서라야만, 장차 얻게 될 결론이 보편화를 획득할 수 있을 것이기 때문이다.

그러한 고기(古記)의 어떤 것에 의하면 그리고 참으로 다행하게도, 고기와 사람이 완전히 혼동된 대목이 있다.

즉슨,

—저희는 어부라, 말씀하시되, 나를 따라오너라, 내가 너희로 사람을

낚는 어부가 되게 하리라. (「마태」 4: 18~19)

라는 기록에 의하면, '사람'이 완전히 '고기'로 취급된 예인데,

> 우리가 이와 같이 하여 모든 의를 이루는 것이 합당하니라. [……] 예수께서 세례를 받으시고 곧 물에서 올라오실새 [……] 성령이 비둘기같이 내려…… (「마태」 3: 15~16)

에서는, '사람'이 '세례'를 통하여, 고기처럼 물속에 잠겼다 뜨는 광경을 보여준다. 그러나 '내가 너희로 사람을 낚는 어부가 되게 하리라'는, 얼핏 보기에, 대단히 잘못 쓰인 문학적 비유인 듯하기는 하다. 소박하게 그대로 이해해서, 고기를 물에서 낚아 올리는 행위는, 그것이 사람의 편에서는 경제적 수단임에도 불구하고, 고기의 편에서는 그것이 곧장 죽음과 연결 지어지기 때문이다. 그러므로 '사람'을 '고기'에 비유하여, 그 사람을 고기처럼 낚아낸다는 일은, 그 사람을 살해하는 행위로밖에는 여겨지지 않는다. 그래서 그것은 서투른 비유인 듯하지만, 정작에 있어, 이 점이야말로 중요한 듯하다. 그래서 저 비유가 큰 의미를 획득하는 것일 터인데, 그것은 '거듭 낳음'의 과정을 은연중에, 그러나 소상히 밝히고 있는 말일 것이기 때문이다. 거듭나기 위해서, 생명은 그것이 어떤 것이든, 한 번 죽지 않으면 안 될 것인 듯하다. 그러니까 말을 바꾸면 그러한 어부업이란, '사람'은 죽이되 '생명'은 낚아내는 행위로 여겨진다. '세례' 또는 '침례'가 또한 그런 의미인 것으로 해석되어져 온 것인데, 물을 죽음과 동일시하여, 그 물속에 잠겨 앉았다 일어서는 것을 중생으로 여기는, 의식(儀式)이라는 것이다. 그것이 이른바 '모든 의를 이루는 것'이며, '물에서 올라오실새 [……] 성령이 비둘기같이 내려'는, 한 마리의 고기가 물을 극복하고, 등천해가는 광경인 듯하다.

그러나 어째서, '세례' 또는 '물속에 잠기기'가 '죽음'과 관련을 갖는가는 아직도 의문이기는 하다. 그 점에 관해서도 하기는, 고기(古記)의 기술자들이 소홀히 하지는 않은 듯하다. 그런 기사들을, 그 문맥과 상황에 따라 병렬해보

면, 그 내용이 보다 명백해진다.

—요나를 들어 바다에 던지매 (「요나」 1: 15)
—요셉에게 시체를 내어주는지라 (「마태」 15: 45)
—여호와께서 이미 큰 물고기를 예비하사 요나를 삼키게 하였으므로 (「요나」 1: 17)
—요셉이 세마포로 싸고 예수를 내려다가 이것으로 싸서 바위 속에 판 무덤에 놓으매 (「마태」 15: 46)
—요나가 삼 일 삼 야를 물고기 배에 있으니라 (「요나」 1: 17)
—누가 우리를 위하여 무덤 문에서 돌을 굴려주리요? (「마태」 16: 3)
—여호와께서 그 물고기에게 명하시매 요나를 육지에 토하니라 (「요나」 2: 10)
—제삼 일에 죽은 자 가운데서 살아날 것과 (「누가」 24: 46)

이 관계는 그러니까, 바다에 던져졌다 삼 일 만에 살아난 요나와 땅에 장사 되어 삼 일 만에 부활한 예수의 죽음이, 완전히 같은 형태로 취급된 것이다. 저 요나의 죽음과 중생(重生)은, 예수에 의해 미리, 자기의 죽음과 부활의 한 예시로서 이해되어왔었던 것이긴 하다. '악하고 음란한 세대가 표적을 구하나 선지자 요나의 표적밖에는 보일 표적이 없느니라. 요나가 밤낮 사흘을 큰 물고기 배 속에 있었던 것같이 인자도 밤낮 사흘을 땅속에 있으리라.'(「마태」 12: 39~41)

이 기사들은 그리하여 '물'과 '뭍'이 동시에 '죽음'인 것을 나타내고, 저 '큰 물고기'와, '사람'을 장사한 일이 없는 바위에 판 무덤(「누가」 23: 53)을 같은 것으로 보고 있다. 어쨌든 쌍어궁에서 태어난 한 마리의 물고기, 저 '사람의 아들'이, 하필이면 '땅'속에 장사 지내진 것만을 괘념하고 보아도, 땅과 바다가 동일시되어 있는 증거이고, 그것은 '죽음'의 비유인데, 죽음의 예행으로서 그래서 세례는 치러지고, 그래서 의미를 획득하는 것인지도 모른다. 그러나 문제는 저 '죽음' 또는 매장이 그냥 완전한 소멸에 끝나지 않고, 다른 삶, 이른바 중생 또는 재생과 직접적으로 관련을 갖는 데에 있는데, 그러고 보면, 땅과 바다는 동시에 자궁과 상사를 갖는 것이 분명하다. 출산을 가능케 하는 장소란 자궁 말고 다른 데는 없는 듯하기 때문이다. 그래서 그것은, 무척 잦은 성교 바로 그 자체의 은유적 환치인 듯하기도 하다. 결국 매장되었다 다시 살아나는 과정은, 한마디로 성교인 것이다.

고기(古記)의 몇 기사에서 살펴본 대로 하자면, '물과 뭍은 같다, 그것은 죽음이라고 불릴 것임에도 재출산이 저변되어 있으므로 자궁이라고 해야 할 것이다. 사람을 낚되, 하나의 죽음을 통해 생명을 낚으려는 것이 그 목적이므로, 그 결과에 있어 고기와 생명은 같다. 그것은 세례, 또는 던져지기와 매장, 또는 자궁 가운데로 들어서야만 재생을 가능시키는 용(用)이므로, 남근(男根)이라고 부를 것이다. 그러므로 생명과 고기와 남근은 같다. 그런데 고기는 양극을 갖는 타원형이라고 불릴 것으로 형태 지어져 있으므로, 고기와 생명과 남근의 형태는, 양극을 갖는 타원형이라고 불릴 어떤 것이다'라는, 결론이 도출된다. 이 결론에 의한 부차적 결론은 그리하여, '팔만 유정의 원형(原型)은, 양극을 갖는 저 타원형이라고 불릴 어떤 것이다'라는, 결론이 도출된다.

그러나 어쩌면 나는, 광증에 부대끼고 있을는지도 모른다. 내 하초를 낚시에 꿰어놓고, '나는 고기를 낚아냈다'라고 선언해야 될 단계에 나는 이른 듯하기는 하지만, 어쩌면 나는, 가설(假說)의 흡혈귀에게 목줄기를 물렸는지도 모른다.

무엇 때문에 나는, 더 앉아 있어야 되는지 그 이유를 모르게 되었다. 정진은 더 바랄 수도 없는 것을 나는 어설프게 수긍해야 되었는데, 그리고 구름의 냄새, 밤이 흐르는 소리, 적막의 냄새, 검은 모래들의 잠꼬대를 엿들어보니, 밤은 자정을 훨씬 기울고 있었다. 구름은 보다 더 두터워 있었고, 거기로부터 한습한 냄새가 안개처럼 깔려 내려왔다. 그리고 어쩌다 조금쯤 미지근한 바람이 흐르고 있는 듯도 싶고, 없는 듯도 싶었다.

제11일

1

늪 바닥에다 대고 오줌을 한번 들입다 갈겨댄 뒤 나는, 그 둔덕을 어슬렁 어슬렁 걸으며, 몸의 맥을 터주었다. 몸이 왠지 몹시 찌뿌둥하며, 코끝에 열이 걸려, 숨 쉴 때마다 머리를 찡하게 하고, 뼈마디들 속에서 한기를 일깨워낸다. 이것은 완전무결하게도 어두운 밤인데다, 어디에고 불빛은 새어 나오는 곳이 없어서, 아무것도 볼 수는 없었으나, 그냥 그런 방향쯤을 잡아, 수도자들의 마을을 건너다보기도 하고, 수도청도 찾아보았다. 이것은, 망자가 몸을 떠난 뒤, 터벅터벅 걸어야 되는, 그런 고장인 듯이 내게는 다시 한번 느껴졌다. 그리고 나의 날이 얼마나 흘러가고 또 얼마나 남았는가를 셈해보다 한숨을 쉬기도 했다. 더우면 소금이 땀이 되어 나오는 냄새처럼, 아주 소금이 되어 배어버린 외로움이, 이런 시각에 진을 흘려, 외로운 냄새를 풍겨낸다. 그것은 땀 냄새보다도 더 더럽고, 싫고, 더 칙칙히 휘감는다. 내가 서성이는 발소리며, 미지근히 어쩌다 흐르는 바람이며, 그리고 어쩌면 안개일지도 모를 약간은 찬 이슬 같은 것이 반죽이 되어, 사람은 하나도 없는 듯한 고장의 대개의 밤중으로 나는 냄새를 더 독하게 하며, 친구를 그립게 하고, 친구 중에도 특히 암컷을 그립게 하고, 살림이라도 차려 자식새끼들 낳아 그것들 속에 숨어 살고 싶게도 하는 것이었다.

서성이다 보니, 요 며칠째 별로 불려본 적 없는 창자가 또한 한기와 같은 괴로움으로 느껴진다. 그래서 나는, 약간의 식물을 생각하고, 더듬고 더듬어 내 굴로 내려갔다. 그러나 식사란 즐거움으로서가 아니라 고통으로서, 내가 어쩔 수 없이 치러야 되는 일처럼 여겨진다. 입에 고이는 송진, 그것을 싫어하는 창자의 꿈틀거림, 그러나 그것에만 끝나지 않고, 그것은 또 배설의 아픔까지를 보태는 것이었다. 그럼에도 내게는 아직도, 두 봉지의 미숫가루와 한 알의 계란이 있기는 하다. 그것들은 매번마다 내 손을 유혹해 들이고, 타액을 분비시키지만, 그때마다 스스로 달래기를, 이보다 더 혹심한 보릿고개를 위해서, 아껴두지 않으면 안 된다고 했다. 그것이 왁대이든 해웃값이든, 그런 것에 관해서 나는, 더 이상 개의치 않기로 했고, 또 개의해쌓는다 해서 무슨 뜻이 있는 것은 아니었다. 그런 식의 유리의 세사로부터는, 나는 언젠지 한 번 더 출가해버리고 있었는데, 어쩌면 뻔뻔스러워져 버린 것인지도 모르긴 하다. 어쨌든 출가란 한 번으로 족한 것은 아닐지도 모른다.

약간의 솔잎, 그리고 약간의 '누룩'을 입에 넣고, 나는 굴 바닥에 번듯이 누워, 맛을 생각하지 않으려 하며 씹었다. 씹으며, 동이 틀 때까지나 자두려고 잠을 청했다. 했으나 왠지 잠은 오지 않고, 으스스 추워서 홑청으로 몸을 감쌌으나, 오히려 정신이 더욱더 새록새록해지며, 뭔가 끝났어야 될 한 오라기 문제에 자꾸 집념하고 있었다. 저 '양극을 갖는 타원형이라고 불릴 것'이 자꾸 눈

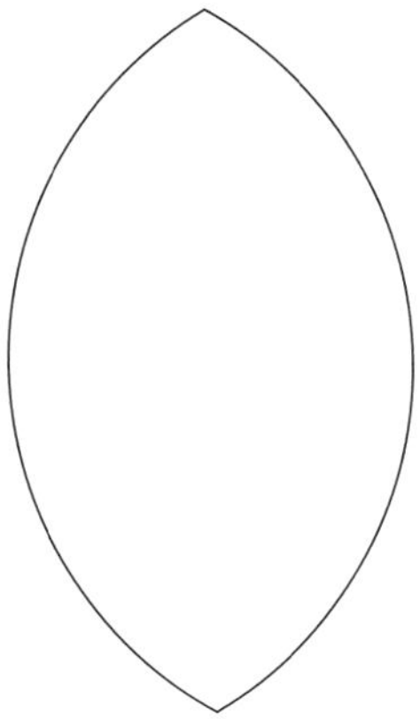

위에 떠오르며, 내 양미간으로 자리 잡아드는 것이었다. 그러나 나는, 대표적 명상 자세 같은 것은 꾸미지 않았고, 그냥 편안스레 누워 그것을 바라보기나 했다. 그것은 어둠 가운데, 내 양미간에, 가운데가 텅 빈, 안으로 굽은 두 개의 선이, 그 끝과 끝이 맞닿은 꼴로, 광채 없는 촛불처럼 머물러 있는데, 사실로 그 선이 흰색인지 붉은색인지, 그것은 나도 알 수가 없고, 그냥 선이라고 생각되는 것이 그 형태를 나타내 보여주고만 있다. 내가 그 선이 푸르다고 하면, 그것은 푸르게 보였고, 검다

고 하면 검어 보였는데, 그러고 보면 그것은, 색깔 이전의 것이거나 이후의 것이었다. 그것은 그러니까, 관찰자의 염색(念色)에 의해서 염색(染色)되는 것이고, 그것 자체로는 무색(無色)인 것이었다. 그럼에도 그 형태는 고착되어 있어 흔들리지 않았다. 물론 그것의 크기 또한 관찰자의 마음에 의해서 수미산만큼 커지는가 하면, 겨자씨만큼 줄어들기도 했으므로, 그것 자체로서 그것은 아마 크기를 갖고 있는 것도 아니었다. 그것은 다만, 안쪽으로 우아스러이 굽은, 두 개의 활선[弓線]이 맞닿아 양극을 이룬 타원의 형태만을 가졌을 뿐, 다른 아무것도 아니었다. 게다가 그것은, 안이 채워져 있는 건지, 비어져 있는 건지, 그것까지도 보여주지 않고 있다.

이 단계에 이르러 나는, 내가 확실하게 움켜쥐었다고 생각했던 저 괴화가, 내 손아귀에서 빠져나가고 있음을 인정해야 되었다. 그리하여 모든 것이 원점으로 돌아가고 있는 느낌이었다. 이것은 날 초조하고 불안하게 했다.

나는 어쩌면, 저 괴물의 성별(性別)을 명확히 해두지 않은 것이었다. 처음에 나는, 그것이 해골과 상사를 갖는 듯해, 체(體)며 음(陰)일 것이라고 생각했었는데, 어느덧 그것을 잊고 나는, 그것이 매장과의 관련하에서, 요니를 쏘고 드는 양(陽)이며, 용(用)이라고 어느덧 고쳐 생각해온 것이었다. 나는 이 문제를 명확히 해두지 않은 것이다.

그러나 그것을, 체며 음이라고 했을 때, 그것이 느닷없이 성전환을 해버리고, 굳건한 양물로 하여 저 체를 뒤흔들어버린 것은, 내가 뒤늦게 당한 실연(失戀)이지만, 그것을 그렇기 때문에 양이며 용이라고 보려 시작했을 때, 그것이 또한 내게 변절을 하고, 양물을 사려 넣어버리는데 남은 것은 깊고 넓은 체뿐이다. 그녀인지 그놈인지도 모를 저 작것에게는 짝사랑 바치기도 용이치가 않다.

그러고 보면, 형태라는 것은, 그것이 아무리 강장한 남근이라고 할지라도, 그것이 용으로 바뀌어져 이(利)로서 나타나지 않는 한엔, 그냥 체에 머물며, 동시에 음으로서 무(無)에 머무는 것 이상의 것은 아닌 듯도 싶다. 이렇게 보면, 저 양극을 갖는 타원형은 어쩌면 성별을 갖고 있는 것이 아닌지도 모를 일이었다. 이것은 내게 무서운 혼란을 일으켰다.

나는 누워 있을 수만은 없어, 다시 결가부좌로 앉아, 저 형태를, 색깔과 크기나 성별을 무시하고, 그저 수수한 것으로 하나, 내 양미간에 떠올려놓아 보았다. 그런 뒤 나는, 그것 위에다 마음을 모으고 생각의 전생적(前生的) 업력(業力), 다시 말하면 선입관념이나 고정관념 같은 것의 뿌리를 끊어버리는 일부터 시작하여, 마음이 업을 여의면, 그것 위에서 다시 출발하려고 했다. 그런 일은 그리고, 그렇게 어려운 일은 아니었다.

헌데, 저 양극을 갖는 타원형은 그것의 밖에서 보면 양의 형태인데 안에서 보면 음부나 자궁의 모양으로 보인다. 어쨌든 싸안는 것은 그것이 무엇이든 체라고 해야 할 것이다. 그런데 저 두 선의 밖에는 더 큰, 더 무서운 체가 휩싸고 있어 보인다. 허지만 어쩌면, 저 타원이 구획한 안의 체와 밖의 체는, 꼭 같은 크기일지도 모르긴 하다. 왜냐하면 저 구획은 고착된 것이 아니어서, 팔만 유정·무정, 팔만 성좌, 팔천 대천세계를 다 휩싸 안고도 남을 품이 있을 것인가 하면 한 들꽃의 마음자리 하나 닦을 터전도 없어 보이기 때문이다. 어쨌든 저 체를 무(無)라고 한들, 정(靜)이라고 한들, 그것은 다를 바 없을 터인데, 무엇인지가 그것을 구획 지어 이(利)되게 한다는 것은 용이라고, 또 유(有)라고, 또 동(動)이라고 보는 것은 틀리지 않을 것이다. 그런데 용이며, 유며, 동은 모두 양의 국면, 양의 다른 이름들이라고 보아지는 것이므로, 저 형태는 다시 양으로 환원한다. 반복되지만, 그럼에도 그것은 반드시 양은 아니며, 반드시 음도 아닌 것이다. 그것은 그러고 보니, 제길헐, 물형부(物形符)라고나 해야 될 것인지도 몰랐다.

이것은 참으로 이상스런 원(圓)이었다. 이해할 수 없는 것은, 그것이 달고 있는 두 개의 뿔[角] 인데, 만약에 뿔을 제외하고, 순수한 원만을 두고 본다면, 그 원을 성격 짓는 일이란 그렇게 어렵지는 않을 것이었다. 그것은 완전히 둥글어, 시작이 없으니 끝이 없고, 끝이 없으니 시작이 없어, 영원히 돌아오는 듯하나 영원히 머물고 있는 듯해, 선현들이 우주의 법도를 그런 눈으로 이해도 해왔을 법하지만, 그러나 흥기가 없으니 쇠망이 있을 수 없고, 쇠망이 없으니 작용 또한 있을 수 없어, 그것은 허(虛)하여, 세월로 따져 말한다면, 이미 흘러버린 과거의 시간 같은 것, 색깔로는 검은 것, 체며 음, 그리고 멈춘 흐름[靜]

—그것은 그것대로 완전무결하지만 그래서, 이름 붙여 허원(虛圓)이라고나 해도 될지 모른다.

그러나 저 뿔을 갖고 있는 원은, 어쩌면 삼세(三世)를 잉태하고, 산월에 접어든 임부 같기도 하다. —그러나 망할 눔의 삼세 처할 곳 어디겠는가. 이눔의 풍진 세상살이는 몸이 무겁고, 저쪽 저승살이는 업이 무겁고, 업도 몸도 없는 곳은, 어디 무슨 무게로 진드근히 한 군데 잔 잡고나 앉았겠는가. 허긴 해질 녘 목이 컬컬한 것이나, 치골이 가렵고 바짓가랑이가 점잖지 못한 푼수로 따져서는, 그래도 허긴, 바람 좀 상스럽게 세다 해도, 이승살이밖에는 없을 듯도 싶긴 하지—이렇게 생각하는 것은 왜인가 하면, 만약에 한 변을 양이라고 하면 다른 변은 저절로 음이 되는데, 그것은 삼각형과는 적이 다른 형태로 변이하여, 참으로 이상스런 짐승이 되어버리기 때문이다. 그것은, 양성(兩性)을 그냥 생채로, 일체 속에 갖기 시작한 듯이 보인다. 삼각형의 경우라면 한 극, 한 각, 한 변이 양이란다면, 다른 극, 다른 각, 다른 변은 음이 되고, 남은 극, 남은 각, 남은 변은 음양의 화합으로서의 '충기'(沖氣)가 되어, 그 전체로서 하나의 화(和)라고 보는 것이 타당할지 모르나, 양극을 갖는 타원형의 경우, 거기엔 한 극, 한 각, 한 변이 모자라 있어, 음양의 대대(對待)는 화(和)가 아니라, 차라리 대치(對峙)처럼 보인다. 허원으로 따진다면, 이것은 그 안에 태극선을 내접하고 있는 것과도 같은데, 그러나 이것은 태극선을 내접하고 있는 것이 아니라, 그 태극선이 뭔가를 외접하고 있는 것이라고 해야 할 것이어서, 이것은 참으로 이해할 수 없는 짐승인 것 같다. 따져보면 따져볼수록, 이 각, 이 극, 이 변의 저 이상스런 원은, 참으로 불완전하고, 참으로 무소속이며, 참으로 불순한 듯하다. 그러했기 때문에 아마도 그것은, 삼각이나, 사각이나, 원이, 선현들 입술 끝에서 우주적 상징을 입어 비눗방울처럼 떠 흘러 다니고 있었을 때에도, 어디엔지 숨어서, 아주 작은 듯이 존재해온 것이었을지도 모른다. '생명'이 '상징'을 입을 수 있다면, 그러나 저 '양극을 갖는 타원형' 말고 다른 무엇이 있을 수 있을지는 나만은 모른다. 그것은 머문 듯하여도 머물지 않으며, 움직이는 듯하여도 움직이지 않으며, 빈 듯하여도 비어져 있지 않으며, 채워져 있는 듯하여도 채워져 있지 않으며, 산 듯하여도 살고 있지 않으며, 죽은 듯하여도 죽어 있지 않으며, 형태인 듯하여도 형태가 아니며, 형태가 아닌 듯하여도 형태이며, 성별로 이름 붙여줄 듯도 싶으나 성별이 없고, 성별이 없는 듯하나 없는 것이 아니다. 가장 작은 듯하여도 또 가장 큰 것이 그것처럼도 보인다. 그것은 그래서, 금(金)이나 불(佛)처럼, 순수하지도, 완전하지도 못한데, 그런 탓에 그것은 진원(眞圓)이라고 불려야 될 것인지도 모른다. 그리하여 드디어 나는, 생명이란 그런 것이라고 알기 시작한다. 죽음의 바다에서 헤엄치는, 한 마리의 물고기.

새벽이 그러는 새 왔고, 어슴푸레한 밝음을 통해 보이는 천지간에는, 어느새 덮였는지 안개 삼라로, 그 속에 새벽빛만 희부여니 있지, 지척은 분간할 수가 없었다. 그것은 코에 싸한 냄새까지 풍기며, 추지게 매웠다. 약간의 으스스함, 약간의 한기가 관절염처럼 뼈마디 속에서 일어나고 있는 것만을 빼놓으면, 그런 안개는 그러나 싫진 않았다. 허긴 내가 조금쯤 앓고 있는지도 모른다. 새운 밤엔 신열이 대단하기는 했었다. 비라도 내리리라, 황무한 고장으로 젖처럼 비는 내리리라, 그러면 마른 늪을 순례하는 어떤 돌팔이 고기라도 한 마리 있어, 비에 싸여 내려줄지도 모르는 것이다. 저 늪 바닥에 쏟아지는 소나기 속에서 공중으로부터 떨어져 내린 커다란 한 마리의 고기가 몸부림하며 퍼덕거리는 것을 상상해보라, 그러면 계집이며 촛불중 청해다 잔치도 벌여볼 것인데. 장마철로는 글쎄, 어디로부터인지 한 기둥의 물보라가 휘몰아 와서, 마당 가운데 보독씨려졌던 데를 살펴보면, 송사리며 피라미 새끼들이 살아서 뛰놀고도 있던 것이다. 그런 일이란 일어날 수 있는 것이다. 회오리바람이 싸안은 물기둥, 그 속에 이무기라도 묶여들 수 있는 것이다. 동해 청룡지신(靑龍之神) 내조아(來助我), 북방 흑기지운(黑氣之雲) 내조아, 서방 백기지풍(白氣之風) 내조아, 지하 음기지신(陰氣之神) 내조아, 내조아, 아으 내조아.

2

살포시 한소곰이라도 잠은 못 자고, 결국 아침이 와버렸다. 새벽에 짙은 안개였던 것은, 부슬비보다는 더 부스러져 부슬비라고 할 수도 없고, 안개보다는 더 굵고 무거워 안개라고만도 할 수 없는, 그런 비가 되어 칙칙히 내리기 시작하고 있었다. 굴속에다 한 무더기의 모닥불이라도 피웠으면 싶었으나, 불을 일궈낼 아무것도 내겐 없었다. 항아리 속에선 솔잎만 누렇게 떠가고, 물도 없어, 이 아침엔, 저 마을 가운데 샘에라도 다녀와야 될 듯했다. 생각만 그렇게 했고, 나는 그러나 항아리를 끼고 출발은 하지 않았다. 그런 대신 늪의 둔덕에로 올라와, 마을 쪽을 건너다보았으나, 눈에 보이는 건 뿌연 안개의 묽음, 우중충한 습기, 겉이 아니라 안을 가로막고 드는 한랭한 폐쇄뿐이었다. 다섯 발자국 앞도 보이지 않아, 그쪽 밖이 궁금하고 무섭기까지 했다. 허긴 이것은 그러나 '차라리 부드럽고 아늑한' 것이라고 해야 할 것인지도 모르긴 하다. 저 산자락 포개 덮고 누워 손가락 빨며, 벽자색 산수국 피었겠다고 하고 있으면, 어느덧 알밤 듣드르는 소리에 잠을 설피는, 그런 넋을 싸안고 있는, 그런 구름의, 그런 안개의 혼돈인지도, 글쎄 모르긴 하다. 그러나 아직은 모른다, 어떤 날, 느닷없이, 하늘이 그냥, 푸르게 엎질러져 버리고, 길이며 지붕 꼭대기들이 아주 낯설게 번쩍이기 시작했을 때, 안개에 알이 배고 세상 바람을 쏘이고 싶어할지, 아니면 뼛속의 곰팡이 핀 한습으로 인하여 자살을 해버릴지, 그것은 아직 모른다.

나는 느시렁 느시렁 둔덕을 거닐고 있었다. 나는 그러나 더 이상, 양극을 갖는 타원형이며 고기 따위들은 생각하지 않고 있었다. 그 일로 나는 밤새도록 머리가 뜨겁고, 몸이 성치를 못했었다. 한 번의 극한 오한, 심한 신열이 가시면, 몸은 이완되어 무겁게 늘어져 있으나, 그래도 모진 뙤약볕을 피해 그늘 밑에라도 누워 있는 듯한, 약간의 휴식이 느껴지며, 마음은 이상스러운 허탈에 평온해지는데, 그럴 때엔, 별로 연결도 닿지 않는 듯한 상념들이 재유입(再流入)해 들거나, 아니면 아직 체험해보지도 않은 미래에로 상념들이 떠나는 수가 많다. 이 아침은 그리고 내게 그런 타락 그런 허탈로 던져진 것이다. 나는 어쨌든 환자이다. 형벌에 의해서든, 안개비에 의해서든, 스스로 거부치 못해서든, 어쨌든 주류(周流)에의 의지를 형장에 묶어두고, 거기서 앓으며 살아온 것이고, 또 살아가게 된 것이다.

나는 느시렁 느시렁 둔덕을 거닐고 있었다. 그러며 마음으로 주류하고 있었다. 그렇게 해서라도 환자는, 썩으며 냄새 풍기는, 혈루병적 몸은 병상에 누이어놓고라도, 쾌유된 몸, 힘찬 근육으로 자기의 병상을 뛰쳐 일어나는 것이다.

[18]대지의 힘센 저 황소,
저 초원의 말.
저 힘센 소가 노호하고 있구나,
초원의 저 말이 지축을 뒤흔든다.

나는 느시렁 느시렁 둔덕을 거닐고 있었다. 그러며 마음으로 주류하고 있었다.

나는 사람, 자네들의 위에 있는
영겁의 주가 창조하여
모든 선물에 주어진 자.

나는 느시렁 느시렁 둔덕을 거닐고 있었다. 그러며 주류하고 있었다.

오라, 그리하여 가르쳐라, 저 초원의 말이여!
나타나라, 그리하여 대답하라, 우주의 경탄할 황소여!

나는 느시렁 느시렁, 주류하고 있었다.

지휘하라, 오 힘의 주여……
오 여자, 나의 어머니, 나의 실패가 무엇이며,
내가 반드시 따라야 할 길이 어디인지를, 내게 가르치라!
내 앞에 날으시라, 대로를 따라서,

나의 길을 예비하시라!

나는 주류하고 있었다.

오 너 아홉 구릉 남녘에 사는 태양의 정령들이여,
오 빛의 어머니여, 질투를 아는 자여,
내 너에게 간청하노니, 그대의 세 그늘을 높이
하늘 아주 높이 남기라.

나는 주류하고 있었다.

그러고 서녘, 그대의 산봉우리에 있는,
오 나의 주, 강한 목의 경외스런 힘의 선조여,
제발 나와 함께 있으라!……

3

항아리를 끼고 샘으로 가고 있었을 때 나는, 나의 갑작스런 변모를 뒤늦게 알아내고, 조금 웃었다. 나도 한 벌쯤의 장옷을 꿰고 있는 것이고 그래서 이제 나도, 이곳 촌민으로서 정착하고 있는 것이었다. 얼굴을 가리고 눈만 내놓고 나니, 어쩐지 누구에게나, 자기 은폐의 본능이 있는 것처럼 여겨져, 그것이 입에 좀 떫었다. 이 은폐 본능은 그리고, 있어 보았어도 백해무익한 체면(體面) 모양으로, 더욱더 그 껍질을 두터이 해온 것처럼도 여겨진다. 가령, 수놈 똥개라면, 월후 하매 삼 년도 전에 멈췄을 대감마님 앞이고, 월후 하매 석 달 전부터나 시작했을 부엌데기 좌전이고, 뭐 가리는 법 없이, 앉기만 하면 삘그렇게 솟아내야 편한 모양인데, 그것을 추악하게 생각하는 것은, 대체 수똥개 쪽인가 마님 쪽인가—나는 샘터로 걸으며, 장옷의 저 편안함을 생각하고 있었다. —허나 어째서 서서 걷는 것만은, 그렇게도 은폐시킬 것을 많이 갖게 된 것인가? 그것은 도대체 언제부터, 어디로부터 시작된 것인가? 혹자는 믿기를, 이것은 지혜로 인한 것이라고 하고, 이 지혜는 죽음을 초래했다고도 한다. 서늘할 녘에 동산을 거닐던 어른이, "아들아, 글쎄 이 사람아, 네가 어디에 있는가?"라고 물었던 데서부터, 저 은폐의 본능이 백일하에 드러나 버린 것이다. 그 은폐는 그러니까, 자기네의 수치를 감추려는 외향적 행위였던 모양이었다. —나는 샘으로 걸으며 장옷의 저 편안함을 즐기고 있었다. —헌데 어떻게 되어서, 저 '사람'은 수치와 느닷없이 대면해버린 것인가? 어떤 도사들에 의하면, 허기는 그날, 저 최초의 선남자 선녀자는, 자기네들이 갖기도 하고 못 갖기도 한, 저 흉물스럽게 생긴 하나의 나무와 하나의 해골이, 대체 무슨 내력을 지녔는지 한번 거들떠보자 하구설랑은, 별 좆같은 짓을 하고 난 뒤에, 갑자기 눈이 밝아졌다고 하고, 그래서 자기는 덜 가지고 자기는 더 가진 것에 대한, 그 인식이 수치의 감정을 도발해낸 것이었을 것이라고까지 짐작해내지만, 어쨌든 서서 걷는 짐승만이 하복부를 가린, 가장 오래된 풍문은 그렇게 들린다. 그러나 그때까진 아직 나뭇잎으로만 간신히 덮고 있는 중이어서, 그들이 행여 허리를 구부리거나 무릎을 쳐들기라도 할 양이면, 나뭇잎 새 사이로 뛰어가는 수노루 뿔이며, 그래 보아도 한번 묻혀 시들면 그만이라는 무상(無常)이 금세, 금세 드러나 버리곤 했는데, 헌데 저 씨버무거갈 녀러 것이 거기서 끝나지 않은 것이다. 물론 추위도 왔고 봄날이라도 저녁으론 바람 끝이 차갑기도 했다. 허나 나중에는, 최소한도로 제 계집 하나씩은 집구석에 처박아놓고도, 행여 이웃집 자부네 복숭아뼈라도 언뜻 보일라치면, 얄궂게 가슴을 울렁이고, 대체로 어중간한 자세로 어기죽거리며 집으로 돌아가, 제 마누라를 족쳐대는데, 이런 정도는 도덕 군자적이어서 탓할 바는 절대로 아닌 것이다. 똥 묻은 오리 대갈통 같은 체면이라는 것이, 그래서 거론되는 것이다. 그가 얼굴을 백일하에 드러내놓고 있지 않았더라면, 또 그를 어기죽거리게 한 이웃 자부도 얼굴을 가렸더라면, 까짓것 노상에서 한 번쯤 노닐었다고 해서, 손상당할 체면이 어디에 남아돌았겠는가. —나는 샘으로 걸으며 장옷의 저 편함을 찬양하고 있었다. —아 어쨌든, 이럴 때 이제, 꾀 있는 사람들은, 체면도 지키고 이도 득할 양으로 검은 수건으로 얼굴을 감추어버린 뒤, 마지막 잠 곤드라 떨어지는 새벽쯤에, 칼 들고 부자 과택네 담을 넘는다, 그러나 밝은 날, 그가 저 검은 수건을 떼어내고, 아름다운 미소에 고담준론을 물고, 그 과택네 사랑방에라도 찾아들 양이면, 체면을 존중히 아는 귀한 손님이 내방했다고, 물 좋은 곳 인삼주에, 주인 과택의 미소가 안주로 나온다. 체면이란 그런 것이다. 그것은 정조 같은 것이어서 정결할수록 좋은 것이지만, 그러나 사실에 있어, 정작 당자인 저 정조라는 것은 보리밭과도 달라서, 서른 놈 도적이 삼백 날 한하고 지나가도, 오줌 누어버리면 발자국 하나 남아돌 더러움이 남지를 않는다. 그래서 정조란 정결한 것이며, 은 같은 것이어서 닦을수록 윤이 나는 것이다. 체면이란 그런 것이어서, 자꾸 새 체면을 드러내지 않으면, 묵은 체면이란 독록(毒錄) 슨 은 같은 것으로나 보인다.

그러고 생각해보니, 장옷을 입고 내가, 마을 가운데 샘으로 이렇게 훗훗거리고 나아가기는, 이것이 처음이고 있었다. 내가 이제 나아가다 길 가운데서 설사를 갈긴다 하더라도, 이제 내가 누구인 줄 알겠는가. 그래서 가리려면, 야 '사람'아, 처음부터 얼굴이나 가릴 일이지, 하초는 별 육실헌다고 가렸던가. 진짜로 은폐시켜야 했을 것은, 하초가 아니라 얼굴이 아니었겠는가. 얼굴을 열고 다니는 데서부터 이제 본격적인 은폐가 시작되었을 듯한데 말이시, 에끼 이 '사람'아, 지혜를 깨쳤다는 게 똥개 지혜만도 못할 것을 깨우쳤더군그래. 나는 그러는 새 샘에 닿고 있었고, 이방인이 아니라 나도 이곳의 촌민이라는 것 때문에, 약간 건방져지고 있었다. 입을 찡그리고 쨍그려 나는 웃어도 보고, 코를 벌름거리기도 하며 먼저 도착한 두엇의 수도자들이 물 긷는 것을 보았다. 그런데도 그들 중의 누구도 나를 미친놈으로 보고 있지 않은 것은, 내 표정이 장옷 속에 은폐된 탓이었다. 속에서는 내가 헐렁이가 되어 있는데도, 그들은 나를 정상으로 보고 있는 것이다. 나도 또 그들을 그렇게 보고 있을 것이었다. 그러고 있는데, 노란 장옷 둘이 동이를 이고 왔기에 나의 아침은 아주 신명 나는 것으로 변해졌다. 가만히, 그리고 다소곳이 서 있기만 한데도, 자꾸 흐르는 허리며, 엉덩이며, 팽팽한 젖가슴들을, 나는 자꾸 뒤돌아보며, 입맛을 다셨다. 색념으로써는 아니고, 은폐를 한번 즐겨본 것이고, 마을의 건달이 행세를 한번 해본 것이다. 노란 장옷들은 저희들끼리 뭐라 뭐라 귓속말하며, 나를 향해 킥킥 소리를 냈는데, 짐작건대 웃는 소리였다. 그래도 그것이 내게는 아무렇지도 않았는데, 그럴 것이, 나도 나를 가려놓았다는 순전한 그 탓으로, 그녀들의 얼굴을 벗겨내 보고 싶은 생각은 들지를 않은 것이다.

그러는데 내 차례가 되어, 내가 한 두레박 끌어 올려, 그 두레박을 노란 장옷들께 내밀어주었더니, "아유, 대사님은 친절도 하셔" 하고 그중에서 좀 작으나 통실해 보이는 수도부가 말하고, 동이를 내민다.

"대사님은 혹은 벽 스님이 아니셔요?"

다른 수도부는 그렇게 묻는다. '벽 스님'이란 아마도, 늘 벽을 마주하고 앉아 선(禪)하는 스님일 터이다.

"소승은 늪중이라고 합니다요." 나는 제법 에헴스럽게 대답해주고, 다시 다른 두레박질을 했다.

"참 이상스런 스님도 다 있으셔." 조금 큰 쪽에서 말하고, 저희들끼리 킥킥 웃는다. 이것은 감기만큼이나 청량한 아침이며, 뼛속의 오한만큼이나 청량한 아침이었다. 그런 청량함으로, 안개비 죽림(竹林)이 내리며 휩싸고 있다.

"자네들 말입지, 이 대사와 더불어서입지, 무슨 설법을 주고받는 중입지?" 그때 누군가가 또 점잖스레 끼어들었는데, 음성이며 어투로 추측컨대 촛불중이 분명했다. 체면이라는 것이 그러고 보니 말 속으로 스며든 느낌이지만, 인연에 의해서 그의 얼굴을 볼 수 없었다면, 그렇다고 해서, 그의 입술이 두터운지 얇은지는 알 수가 없을 것이었다. 그런데 그는, 다림질까지 잘된 흰 장옷을 입고, 우산까지 든 데다, 가죽신까지 윤내 신고 있어서, 어딘지 사람 많이 모여 사는 곳에 여행이라도 떠나고 있어 보였다.

"아유 스님, 오늘 읍엘 가셔요?" 비교적 작은 편에서 그렇게 묻는다.

"이제입지, 짐수레가 도착되면입지, 그편으로 가려는 것입지, 헌데 오늘은 도착이 좀 늦군입지. 아 그리고입지, 언니 수도부는 안녕하신가입지?"

"그 앤 별일 없어요. 허지마는요, 여기서 눌러살겠다고 고집인걸요. 어쨌든 스님은 우리허구 동행이시겠에요. 잘됐지 뭐예요."

"아니 여기서 눌러살겠다고 말입지? 헛허읏. 그럼 어느 대사분과 더불어 정분이라도 두터워진 게 아닌가 말입지. 파계로군입지, 파계로군입지. 헌데 대사께서도 평안하신가 말입습지."

그가 아마 내게 묻는 것 같았다.

"아, 대사께서도 평안하십니까?" 나도 그래서 그렇게 받고, 이번엔 내 항아리를 위해 두레박질을 했는데, '파계한 언니 수도부'가 정작 누구의 의미였는지는 모르되, 그 수도부가 자꾸 내 마음에 쓰였다.

"일곱 달이나 가물었는데 말입지, 허긴 좀 내려야 쓰겠는데입지." 촛불중이 아마 내게 향해 말하고 있는 눈치였다. 그러나 내 눈에는, 갑자기 모든 것이 음울해 보이고, 안개비 죽림 속에 서 있는 우리가, 실체처럼은 보이지 않는데다, 모서리도 표정도 잃어, 문둥이들 죽은 것들이 습기 때문에 일어서 있는 것처럼 여겨졌다.

"글쎄 말입니다, 이내 큰비라도 한 줄금 할 것 같지 않습니까?" 나는 대답하고, 내 항아리를 옆구리에 낀 뒤, 샘에서 비켜서 주었다.

"믿을 수 없습지." 촛불중은 안개 덮인 하늘을 올려다보는 시늉을 한다. "이런 비나 한 대엿새 오고 말입지, 끝나버리는 것이 여기 실정이니 말입지. 해도 이제, 장옷의 편안함을 드디어 알게 되는 것입지. 허긴 맑은 날 별 아래에서도 마찬가지입지. 별의 권태, 그렇습지, 몇 년을 살며 소승이 알아낸 건 그것인데 말입지, 그런 별의 권태를 이겨내게 하는 것도 장옷이더군입지."

"스님은 읍에 가셔서 얼마나 지내시려구 그러셔요?"

한 수도부가 나섰고, 그러는 중에 다른 둘의 수도자들이 다가오는 것이 비현실적으로 보였다.

"아 그러면, 평안한 여행을 하시기 바랍니다." 나는 그리고 그 자리를 떠나려 했다.

"아, 혹간 대사께서는입지, 부탁하실 것이라도 없으신지 말입지." 촛불중이 내게 물었는데, 내가 얼른 이해할 수 없어 좀 머뭇거리고 있자니, "본사(本寺)에 보내는 서신이라든지, 소승이 장 보아다 드릴 무슨 일용 일습품이랄지, 돈으로 말입지, 바꿀 무슨 송금표랄지 그런 것 말입지" 하고 설명해주었다.

"고마운 말씀이시외다만, 그렇게 필요한 것도 없을 뿐 아니라, 워낙이 빈

손이라 놔서요."

"헛헛헛, 말입지." 촛불중은 말하면서도 거기 당도한 둘의 수도자들께 합장해 보이고 있었다. "소탈하신 말씀입지. 물고기는 말입지, 어떻게 낚일 만하시냐 말씀입지."

"평안합시오." 절하고 나는, 되도록 부지런히 발걸음을 옮겼다. 샘에서는 자기들끼리, 뭐라고 뭐라고 말을 주고받는데, 내가 뒤돌아보았을 땐, 말소리만 어디서 들려오고, 사람은 안개비에 먹혀 보이지 않았다.

부지런히 늪으로 돌아가다 나는, 이상스레 수도청 앞에서 걸음을 더 떼어놓을 수가 없어, 멈춰 서버리고 말았다. 그렇다고 내가, 그 안으로 들어가 보자는 것도 아니었고, 이름도 모르는 여자의 이름을 불러, 불러내자는 것도 아니었다. 성욕도 없이 그러나 나는 그녀를 만나보고 싶은 것이었는데, 어쩌면 안개비 탓이었을지도 모른다. 순전히 감기 탓이었을지도 모른다. 정분으로 하여 파계해버린, 어떤 수도부에 대해 말하던, 문둥이의 혼신(魂身) 같은 것들은, 그러나 지금은 안개비 속에 묻혀버려, 내 눈에는 더 이상 보이지도 않고 있다. 그런데도 나는, 수도청 앞을 떠나지를 못하고 고개를 쳐들어, 닫힌 하늘이나 올려다보고 서 있다.

얼마를 그렇게 서 있었는지 모른다. 그런데, "어마, 늪 스님이시죠? 늪 스님이 웬일이셔요?" 하고 묻는 소리가 나는데, 그래, 그녀들은 샘으로부터 뒤늦게 거기에 도착한 것이다.

"아, 평안들 하시오?" 나는 그렇게 물었는데, 그 소리는 내게 들리기에도, 어쩐지 새가 빠지고 모서리가 달아나 얼뜬했다.

"호호호, 우리가 뭐 처음 만나나요 뭐?" 조금 작지만 통실한 쪽에서 말하고, "늪 스님이란 낚시질하는 스님이란 말씀이셨죠? 지금이라면 알아요. 그럼 잠깐 기다리셔요 네? 이 물동이 들여놓고 얼풋 되돌아 나올께요 응?" 하고, 내가 뭐라고 미처 말도 꺼내기 전에 들어가 버렸다.

"그 앤 저 혼자서 시집갔다고 하나 봐요." 남아 있던 계집도 마저 들어가려 하며, 그렇게 말했다. "그리곤 노래만 부른다구요." 그리고 그 계집도 냉큼 사라져버렸다.

나도 그 자리를 비켜서, 늪으로 향하고 있었다. 안개비는 밖에서가 아니라, 나의 안에서 휩싸고 내리는 듯이 여겨졌다. 그것은 그래서 내 오장육부를 습습히 적시고 곰팡이를 띄워내고 있는 듯했다.

“시님, 거그 좀 지다려 주씨요이, 지다려라우이?” 누가 내 등 뒤에서 소리치고 있었다. 그러곤 내 가슴속에서 쿵 소리가 났는데, 역시 그 계집이었고, 그것이 이마로 내 가슴을 사정도 없이 받아 붙인 것이었다.

“왜 왔지라우? 왔으면 지다리제, 지가 머슬 그렇게 똑벨났다고 꽁대기를 빼제라우? 왜 왔었냔개? 날 보고 자팠으먼, 보고 자팠다고 말을 좀 해야 할 거 아니냐고라우, 말을 좀 해겨요. 허랑개라우. 들어보구로 좀 허씨요.”

“그래, 네가 보고 자팠다.”

“히었으면, 워짠다고 가(그 애)들하고는 시시닥거리제라우? 가들 말이, 시님이 물도 질어줌선, 궁뎅이를 때렸다고 히어요. 그람선 조슬 세우드란디, 고것이 참말이끄라우? 들어보구로, 어디 말 좀 히어보씨요, 히어보랑개. 말 못하겄어라우? 제 지집 두고시나, 워짠다고 무신 육갑헌다고, 넘우 지집들헌티 생 조슬 세우고, 고 지랄이란디요 지랄이?”

4

경도의 시작이어서 더러운 내 계집은, 그래 허긴 진육(眞肉)이란 더러운 것이다, 읍에서 소달구지가 왔을 것이라며, 즐거워 죽겠다는 얼굴이었다. 다른 수도부들이 오고, 그녀들은 소주병이라도 숨겨 가지고 왔을지도 모른다고 말하며, 쿨쿨 웃어댔다. 그러는 새, 덮였던 피 찌꺼기들이 굳어, 부스러져 떨어지고 있었는데, 읍으로 돌아가는 것이 좋을 것이라고 내가 몇 번이나 타일렀어도, 그것에 관해서는 함구하면서, 나중에 저녁때쯤, 자기와 목욕하러 가지 않겠느냐고, 내 계집은 졸랐다. 풍문에 어떤 수도부가 파계했다고 들리던, 그 출처는 결국 이런 것이었다. 게다가 그 계집은, 속칭 부정하다고 일러지는 그 상태에 있는데도 불구하고, 사내를 세 번씩이나 불러들이고 있었다. 그래서 그 부정을 탄 것인지, 내가 모를 일이, 나의 뼈마디들이 타는 데서는 오히려 찬바람이 돌고, 척추와 엉덩이판은, 고드름에라도 계속적으로 찔리고 있는 듯해, 이것은 음허(陰虛)에 음황(陰黃)인 듯하다.

"헌데 읍은 살기가 어떤고?" 기분이라도 바꿀 겸, 내가 그렇게 물었다.

"임자는 그라먼 대처니 워떤 질로 오싰단대라우?"

"글쎄 그게 말이지, 나도 잘은 모르겠는데, 걷다가 걷다가 보니, 호롱불이 뻔한 데가 있어서 말야."

"시방 그랑개로, 시님은 소금 장시 이약을 허고 있단대라우?"

"내 얘긴 말야, 조그만 마을을 하나 만났더라는 그것이지, 어쨌든 그것이 내가 여기 닿기 전에 들른 마지막 마을이었는데, 그 마을에서 듣자니, 길 닦여진 데로 따라서 여기엘 오려면, 한 백삼사십 리 길이나 되는데 그러는 중에 물론 마을이며, 읍도 나올 것이라는 말이더군. 헌데 지름길로는 한 칠팔십 리 길이라며, 그저 한 삼 년씩이나 가다가, 나 같은 중이나 하나씩 지나곤 해서, 길이란 것도 못 된다고 하더군."

"잘은 모루겄어도 재미는 있어라우. 나는 말이제라우, 옛날이약 겉은 걸 참 좋아허요이. 그래서 호랭이라도 만냈으끄라우?"

나는 대체로 쓸데없는 이야길 하고 있었다. 음허 탓이라고 생각했다.

"웬걸. 늙은 중이나 하나 만냈지. 나는 생각에 까짓 칠팔십 리 길쯤이라면 해 지기 전에는 닿을 수 있으리라고 했는데, 헌데 그게 길이 못 되는 데다, 첩첩 산을 넘어야 했고, 들을 건너다 잃기도 했고, 황토고개도 누렇게 돌아야 하다 보니, 해가 꼴깍 져버렸더군."

"그랑개 또 불이 뻔하게 빕뎌?"

"그랬기라도 했음 좋았게? 사람이 지치더군. 그래 아무 데나 옴팡한 데 쭈그리고 잤지. 그러다 이마가 뜨뜻해 깨어보니, 해가 한 발 반은 떠올랐더군. 또 한 모랭이 돌아 들을 잊어버리고 걷자니, 길이 나오더군. 헌데 말야, 그 늙은 중은 나와 헤어진 뒤 죽었어. 길중이라더군."

"그랑개 시방, 그렇제라우 참, 임자 이약을 듣고 있었구만이라우이. 그랑개로 읍내로 히어서 온 것이 아녔구만이라우."

"허나 대체로 쓸모없는 얘기지."

"임자, 나랑 거그 한번 앙 가볼랑그라우? 한번은 귀경해볼 만은 허요이."

"글쎄, 어떤 늙은네 하나가 날더러, 읍내 장로네쯤 한번 들러도 좋다고 말한 적은 있었지. 객승에 대한 대접이 나쁘잖더라고 그러더군. 말로는 그렇게 했지만, 그 유언을 좇아서 나도 한 번쯤은 가보려고 마음먹는 중이지. 그러니 임자가 먼저 가서 있으면, 그렇지, 인연이 닿으면 만날 것이고, 못 닿으면."

"나는 웁내 앙 갈 것이요." 계집은 다시 뚝 잘라 말했다. "맘을 바꽈삐맀당개요."

우리는 잠시 이을 말을 찾지 못해, 굴 밖에서 내리며 안으로까지 서리고드는 안개비를 내어다보았다. 어쩐지 우리는 서로가 불쌍하고 처량한 생각이었다.

"달구지꾼 할아부지는이라우, 버버린디, 참 웃워라우." 계집이 뭔가를 생각해내고 킥킥 웃었다. "질 가다가시나, 소가 앙 간다고 숭내를 냄선, 질 가운디다 달구지를 시워 놓소이. 그라고는 �을 내야 헌다고 허요이. 그라먼 가새·바우·보 해각고, 진 아가 치매만 쬐꿈 올리줌선, 송장 태운 생이도 나갈라먼 쌊을 걸어야 한다고 험선 웃어라우. 심이 엔간하덜 안 혀라우."

"그럼 대개 몇 점이나 돼서, 그 달구지는 여기에 닿는고?"

"짬 없어라우. 거그서 원제 떠났는가 고것인디라우, 낮에 일깜이 있으먼 밤에 떠나고라우, 없으먼 아침에 떠나온개라우. 그란디도 웁내로 갈 사람들은, 새복부텀 깨나 서둘러싸라우. 가심이 두군거리싸서 그란다요. 거그는 질가상(갓)에도 불을 환하게 써놔서라우, 밤도 대낮 겉어라우. 아까 시님이 말헌 고 장로님이 요 장로님인지는 몰라도라우, 장로님이라고 허는 할아부지가 거그 읍장님이란디요. 고 할아부지 아들님은 판관님이랑가 머 그렇대라우. 판관님은이라우, 말만 타고 댕김선이라우, 껌운 옷에다가시나 노란 실로 사내끼(새끼줄) 꼰 걸 둘루고 댕긴개라우, 뵈기 좋아라우. 모도 절허요이. 헌디 나를 늘 오라고 그래싸서 탈이라우. 모도 날 불법다고(부럽다고) 그러요이. 헌디 머시 불법운지 나는 고것은 모루겄고요, 좋덜 안 해라우. 애편 한 대 묵어야 심이 나는디 고것 불 붙이주기끄장도 싫은개요. 그라고 나먼 인제 발바닥부텀 핥음선 깨물어돌라고 그러요이. 그래도 모지래먼, 말 쎄리는 매로 갖고 쎄리돌라고도 그래라우. 그라고 나야 제우 뫼이 쪼꿈 썽낼라고 허는디라우, 고 임시는 내가 심이 하나도 없음선 잠만 와라우. 그래도라우, 월매나 월매나 고운 딸이 있다고라우. 고 딸은 할아부지네 집에서 사는디라우, 웁내 훤칠한 서방님덜 모도 퇴짜 맞았당구만이요. 우리는 말도 못 걸어보는디요, 모두 눈 홀김선 머시라고, 욕을 못 해 환장이라도라우, 나는 고 아씨하고 성님 동생이나 삼았으면 싶고라우, 보먼 백택 없이 좀선, 내가 부끄러져라우. 시님도 만내보먼, 내 말이 거짓소리 아니다 헐 것이요이. 요번 달구지 편으로 내가 가먼이라우, 또고 판관네 집우로 가서 메칠 살아줘야 될 것이었는디라우, 내가 요번에 앙 가먼, 모주는 썽내고 죽을라고 헐 것잉만이라우. 쬑기 날랑가도 몰라라우. 그래도 인제는 안 무섭고, 나는 조 웁내살이가 싫여라우. 내 눈에는 사람덜이 모도 미친다니로배끼 안 비어라우. 새복부텀도 취해각고라우, 개가 아들(아이들)을 물어도 얼렁 말길라고는 안 하고, 귀경부텀 험선 웃어라우. 씨앙 놈덜 많아라우."

"헌데 임자네 모주는 팩 늙었는가 몰라? 슬하에 자식도 있는가도 모르고."

"모주라우? 진갑이람선 잔치한 지 월매 안 돼라우. 모주는이라우 진짜 여자 중이었당만이요이. 첨에 우리는 조 웁내서 안 살았다고라우. 다른 디 워디, 산 짚은 디 쬐꾸만 암자서 살았는디, 조 해골바가지 똑겉은 걸 들고 댕기던 시님이, 날 거그로 덱고가 떼어놨제라우. 가봉개 나 같은 지집아들이 펄쎄 많이 와 있더랑개요. 조 모주는 참말이제 썽 한번 낼 중 모르고라우, 맨날 웃음시나, 우리덜 배 앙 고프고 안 춥게 히어줬어라우. 그람선, 우리 모도 고것이 무신 이약인 중은 몰루겄어도, 우리덜 모돠놓고 늘 이약해줌선, 우리를 키웠는디, 고것 잘한 일이람선, 여그저그서 돈도 보내오고라우, 쌀도 보내오고 그랬당구만이라우. 그라다 우리가 컸는디, 워떤 날은 고 암자에 불이 나뻐렀어라우. 모주랑 우리는 서럽게 울었네라우. 그라다 소달구지 타고 거그서 떠나왔는디, 몇날 메츨을 왔는지 몰라라우. 와본개 조 웁낸디라우, 조 웁내 기중 복판에 지얼큰 집이 우리 살 집이라고 허요이. 고 집을 수도청이라고 허등구만이라우. 그란디 월매 안 지내다 봉개요, 묵어보먼 얼굴이 붉어짐선 다리에 심이 하나도 없는 물을 팜선이라우, 남자들이 와각고 징그럽게 굴어라우. 남자는 비구라고 하는디, 죽어서 여자 면하고 남자 돼서 태어날라면, 남자 거절하먼 안 된다고 하고라우, 되떼(도리어) 꽈들이야 되는디, 그래도 정을 주면 안 된다요. 그런 말 써놓은 무슨 책도 있단다요. 징그럼선도 남자가 싫던 안 해라우. 암자서 살 적으는 심심했응개요. 조 웁내 와각고, 암자서 왔던 나 같은 수도부도 지끔은 셋배끼 안 남았어라우. 우리 셋이는 성님 동생 함선 친헌디요, 요번에 올 아 속에 하나 있을 것잉만이요. 그 아는 빼꽹이라우. 묵어도 살이 안 붙고라우, 그래도 애인이란가 머 고런 것이 있다고 험선 비밀이란다요, 나도 봤는디요, 수도청 문밖에다 장작 짐 세워놓고 문 열리기 지다리는 고 촌사람이랑만요. 다른 아들은 애를 배각고 쬑기났다고도 허고라우, 벵이 걸리 더 못씨게 됐다고도 허고라우, 머 서방 따라 도망갔다고도 허요. 모도 보고 잡제라우. 우리는 정해놓고 무신 알약을 묵소이. 모주가 주는디라우, 묵으먼 벵이 안 걸린단개 부지런히 묵제라우. 경도 때만 안 묵는디, 살다 봉개요, 전에는 앙 그랬는디 요 메칠 급째기 그래라우, 웁내가 싫고라우, 수도부가 싫어라우."

"허, 허기야 시주를 받는 방법도 여러 가지가 안 있겠다구. 헌데 그 시주는 어디 본절에다 보내거나 어디 고아원 같은 데나 보내는가 몰라?"

"고건 암도 모르제라우. 우리는 밥하고, 술하고, 잠자리하고, 옷하고, 분연지만 얻어라우. 그랑개 머리도 끊거 팔고 허는디요, 그래도 새로 온 아들 말을 들으먼, 우리 수도청 살기가 기중 낫다요. 우리는 비싸서, 금테 두른 것이나 마찬가지란디요, 그렁개 말여라우, 이똥 꾸룬내 나는 촌놈덜 상대 안 헝개 좋단 것여라우."

"으? 후훗. 아, 이거 말이지, 나도 뭐 손가락에 검불이라도 감아서, 이똥을 좀 문질러 내야겠지엥?"

우리는 그리고, 그런 시들 없는 소리 때문에 붙들고 웃었다. 그러나 그 웃음의 꼬리는 어쩐지 공허했고, 재재거리던 계집은 갑자기 울기 시작했다. 그러나 나는 그것이 왜 울기 시작했는지는 모를 뿐이고, 나도 약간의 울음을 느끼고 있다는 것뿐이었다. 어쩌면 그녀는, 자기가 거부해버렸음으로 해서 어쩌면 뒤바뀌게 될 운명을 울고 있었는지도 모르긴 하다. 현실적으로, 그래서 그녀가 모주로부터 내쫓김을 당하게 될 것이라면, 그녀에게 새로운 자유가 주어지는 대신에, 고통이 또한 주어질 것은 사실이다. 그렇든 저렇든, 때로 그저 울어버린다는 것은 필요하다.

울다 계집은, 서답 찬 맨살 위에 흰 장옷을 꿰어 입고, 안개비 속으로 뛰어나갔다. 그것이 내게는, 꼬리가 짧은 것을 흔드는 암노루같이 보였는데, 다시 마음 고치고 그녀가 읍으로 돌아가려고 한 것인지, 어떤 것인지, 그건 나도 모른다. 되도록 돌아가 주기를 나는 바랐고, 그래서 언제든 운명이 바뀔 것이라면, 이똥 구린내 나는, 어떤 우직한 촌놈의, 금테는 둘러본 적 없어 본때 없는, 얼굴에 방울지는, 그 땀방울 안에서 바뀌기를 바랐다. 금테는 바랄 바가 아닐지도 모르는데, 왜냐하면 그것은, 마찰을 통해 약간의 금가루를 남길지는 모르지만, 혼으로부터 방출되는, 정액은 아낄지도 모르기 때문이다.

그런데 아마도 나는, 기를 너무 탕진해버린 것 같았다. 계집이 온기로써 내 품에 안겨 있던 동안엔 잘은 몰랐었는데, 그 따뜻한 것이 눈물이 되어 흘러 빠져버리자, 갑자기 참을 수 없는 배고픔이 밀리고, 손발 끝들이 가늘게 떨리며, 이빨이 부딪치느라 덜거덕거리고 있었다. 추위가 시작된 것이다. 여름도 칠월에 망할 녀러 한파가 휩쓸고 있는 것이다. 나는 물론, 장옷 입어 여미고, 그 위에 삼베 홑청으로도 감싸고, 그랬어도 속에서 견딜 수가 없고만 있는데, 어떤 성급한 눔의 겨울 귀신 나그네 몇이, 화톳불도 없이, 내 속의 어디서 노숙을 하고 있는 중인 것이다. 급살 맞을 녀러! 어쨌든 허기진 것을 생각해서 나는, 해골 속의 누룩의 조금과, 한 알의 계란은 남기고, 남은 미숫가루는 모두 먹어치웠는데, 이보다 더 극심한 보릿고개도 또 없을 것이라고 생각해서 그런 것이다. 맛을 구태여 생각하려 했으나, 어쩐지 혀가 또한 미각을 잃었다. 그럼에도 한 알의 계란은, 뜨거운 피를 잘 알배고 있는 것처럼 내 시선을 아주 붉게 이끌어가고 있다. 하루에도 열두 번씩, 내 생각은 간절히 그것에 닿아왔었고, 그래서 목구멍이 뜨겁게 마셨었으면 했었다.

나는 그것으로 손가락을 가져가고 있었다. 그리고 둥그스럼히 차가운 그것의 성기다운 육중함을 우선 즐겼다. "그러니 받아 두십지. 화대입습지." — 그런데 촛불중이 내 귓속의 어디에서 속삭이고 있었다. 그래 나는 조금 웃고,

송곳니에 톡톡 두들겨, 그것의 두 끝에 구멍을 낸 뒤, 천천히 빨아들였다. 그러자 그것은, 외출했다 돌아온 저녁으로, 어머니의 젖퉁이에서 나던 침 냄새를 풍겼다. 간질쟁이며, 새끼 문둥이며, 폐결핵 환자들이 쓸었을 그 젖퉁이를, 나도 쓸면서 자는 것이다. 그 젖꼭지는, 더럽도록 시커멓게 굳어 있는 데다, 액근(液根)이 메마른 지 하도 오랜 뒤이어서, 젖이 흘러나올 리는 없었지만, 그래도 빨아보면 뭔가가 입안에 괴곤 했는데, 피는 아니었던지도 모른다. 그것은 비릿기했고, 뜨거운 듯했다. 그것은 '해웃값'의 맛이었었다. 어머니는 그럴 때, 입으로만 짜증을 부렸고, 발가락은 꼬무락거리고 있었다. 해웃값은, 그런 맛이 있다.

밖에서는, 소리는 없는, 마른번개가, 어쩌다 한 번씩, 안개비 속을 헤치며 지나가고 있었다.

나는 내가 거의 죽어가고 있는 것이라고 생각했다. 그러자 죽음이 겁나고 내가 외롭다는 생각이 치밀어 올랐다. 눈뫼를 참지 못하고, 어째서 그 도보 고행승이 뛰쳐나왔는지를, 지금이라면 이해할 수 있을 듯도 하다. 밖에서가 아니라 안에서 눈이 퍼부어 내리고, 찬바람이 가지를 휘며, 눈보라를 휘몰아간다. 어디 별로 멀지도 않은 데선 이리 떼가 길게 길게 울고 있고, 찌그덕여 놓은 사립문은 밤새도록 찌그덕 소리를 내고 있다. 군불을 지필 화목도 없어 얼음장 같은 구들막, 고콜에 관솔을 얹어야 될 때여서 무릎을 풀면, 그 슬관절에서 서리 가루가 흩어져 내린다. 그리하여 이만일천육백 번을 한하고 심호흡을 해보며, 열여섯, '꽃 활짝 핀 나이', 시집 아직 안 간, 그러나 실 한 올 걸치지 않은, 분홍 젖꼭지의 물오른 계집을 떠올려, 그 몸 위에 수음하며, 그 계집이 자기의 해골을 핥고, 뼈를 갉고, 사지를 자르는 광경을 화목(火木) 삼아, 추운 몸에 군불을 좀 지피려 한다. 하더라도, 냉동은 이미 귀두에도 비롯되어 있었다. 그래도 어쩌면, 그 계집 그리워하기를 치열히 계속한다면, 그 계집이 뜨거운 젖 방울을 짜내어, 저 언 귀두 끝에 흘려줄지도 모르긴 하지만, 그보다도 나는 참, 목욕을 가기로 했었다. 울며 암노루모양 뛰어가던 계집이, 날더러 목욕을 하러 가자고 졸랐었다. 허나 그 계집은 지금쯤, 읍으로 가는 달구지 위에 앉아 있을지도 모르고 아니면 새로 온 다른 수도부들과 함께 어울려 들떠 있을지도 모른다. 어쨌든 나는 혼자서라도 가기로 했고, 그래서 저 소나무 숲이 있는 샘을 떠올렸다. 거기 떠돌고 있을 악령들은, 이제는 이미 죽은 것들이어서, 사립짝에 걸린 해묵은 부고나 같은 것일 것이다. 내가 해낼 수 있는, 그중 좋은 음한의 조리 방법은 그것이었는데, 즉슨, 마을을 벗어나는 길로 우선, 장옷을 벗어 허리에 띠고, 아주 빠르게 역마보다도 빠르게, 미친 듯이 빠르게 달려, 전신에 땀을 흠뻑 돋운 뒤, 대번에 물속으로 잠겨 드는 것이다. 심장이 멈추든 말든 그것은 따질 바도 아닌 것이었으며, 그래서 저 얼음처럼 극심할 물의 차가움을 관절의 곳곳에다 밀어 넣는 것이다. 훈련은커녕, 아직 초보에도 못 들어선 나 같은 돌중으로서는, 결국 그런 방법에 의존해서라도, 저 열여섯 먹은 통실한 계집년을 떠올릴 수밖엔 없고 그리하여 그녀의 난도질과, 매운 혀를 체험할 수밖엔 없는 것이다.

그러기로 하고, 몸을 부르르 떨며 떨치고 나서니, 저 참을 수 없을 차가움에 대한, 미칠 듯한 수사(水死)스런 향수가, 그 계집이 휘두르는 혀처럼, 마른 번개처럼, 내 전신의 곳곳으로 핥으며 지나간다.

오 여자, 나의 어머니, 질투를 아는 자여,
오 여자, 나의 어머니.

제12일

1

[19]오씨요, 임자 오씨요, 돌아오씨요,
척진 일 없었을 임자, 집으로 오씨요.
오 끼끗허든 양반, 돌아오씨요, 날 보로 오씨요.
임자 기렸던 나는 임자 시악씨,
날 베리고 임자 참말이제 못 떠날 것이요이.
오 끼끗허든 서방님, 서방님 집우로 오씨요.
임자는 있음선도 안 뵈는디, 속으로 나 임자 원험시나
눈으로 나 임자 보기 바라요.
임자네 시악씨, 임자네 안댁헌티로 오씨요, 임자 제집헌티로
임자는 참말이제 고렇게 떠나던 못헐 것이요.

나는, 내 누이처럼만 여겨지는 여자가, 내 시체를 놓고 통곡하며, 초혼(招魂)하는 소리를 들었다. 그녀는, 촛불을 한구석에 켜놓고, 저 시체의 머리를 자기 무릎 위에 받쳐놓은 채, 저 시체의 옛 주인 돌아오기를 빌고 있었다. 내 시체와 그녀는 내가 팠던 굴 안에 있었는데, 그 굴 밖은 지척도 분간 못 할 어둠이며, 구질게 내리는 안개비며, 이따금 스치는 마른번개 말고는, 그저 죽음뿐

이었다. 그러나 나 망자여, 너 고매하게 태어났었던 모성모씨(某姓某氏)여, 이런 상태도 그러나 두려워할 것은 아니다. 나의 신부여, 나는 드디어 업보의 무게로 무거운 곳 바르도로 왔구나. 나의 시악씨, 나의 제집, 나의 안댁, 내 시체를 안고 있는 너는 순전히 아름다워, 여자보다 지고해 뵈누나. 너는 열여섯 먹은 어머니 같구나. 너는 누이 같구나. 아 그러나, 나는 싫고도 외로운 행로에 처해, 드디어 너를 꿈꾸는데 너의 애곡밖에, 친구도, 인도해주는 별도, 위안될 아무것도 없는, 이것은 참으로 외로운 배회로구나, 업보의 무게만 자꾸 나를 누르고, 일숙할 뺀한 불빛 하나 볼 수가 없는 곳, 어찌 내가 거기로 내려와 버린 것인가. 그러나 나 망자, 모성모씨여 저 계집이 함께하고 있는 빛을 더불어, 나의 나아갈 길을, 지금은 찾아야 할 때인 것이다.

하늘끄장 밤끄장 말짱 임자헌티 고개 숙이고,
임자 땜시 울고 있는디라우……
내가 임자 뽀챔선 운개요
조 하늘끄장 내 우는 소리 들었는개 빈디,
워짠다고 임자만 귀가 먹어뻐렸단대요?
아직도 나 임자 제집, 임자가 탐냈던 제집,
임자가 뽀챘던 고 예핀네.
오씨요, 임자네 안댁헌티로, 임자네 제집헌티로,
임자라우, 낭군—

2

"읍내서 새로 온 동무들하고 이약 좀 허다가시나 봉개, 하루가 홱 가뻐렀어라우이, 그래 각고 인제 임자헌티 왔일 때는 캄캄히어라우. 저녁이더랑개요. 헌디 임자가 안 비어라우. 나는 그래서나, 아매 똥이나 누로 갔능개 비다 허고라우, 기양 캄캄헌 디 앉아 지다려봤다고라우, 임자가 나 땜시 깜짝 놀랠

걸 생각헌개 속으로 재미가 솔솔 나라우. 헌디 고 톰박에(그동안에) 하매 똥 열 번도 더 눴겄는디, 스무 번도 더 눴겄는디, 임자는 오덜 안 해라우이. 그라장개 내가 전뎌 묵덜(견디지를) 못하겄어요이. 무섭움선, 걱정이 실부제기 들어라우. 그런 건 또 첨이요이. 그란디 번개만 생 육갑을 제기요이. 벨 생객이 다 나라우. 좋은 생각은 안 들고라우, 고때는 인제 무선 건지 안 무선 건지도 몰루겄고라우, 임자헌티 탈이나 없이먼, 고것만 바래져라우. 그라장개 칠성님 전에도 빌어지고라우, 서낭님 전에도 빌어지고라우, 번개님 전에도 빌어져라우. 살리돌라고 히었소. 나헌티 딕꼬(데리고) 와돌라고 히었소. 워짜먼 워디 웁내만침이나 가삐렀능가도 물론 히었었제라우만, 고렇게 생각허기는 싫던디요, 싫여라우. 헌디 추워라우. 나는 안 울덜 못허겄어라우. 워떻기 좀 히어돌라고, 움시나 동무들헌티 갔더니라우, 암도 없어라우. 죄용해라우. 쇠주들 묵고 시님덜헌티 갔을 것잉만이요이. 시님덜은 심들이 좋다고라우, 웁내서 오먼 모도 고 길로 시님덜헌티 가기를 좋아해라우. 한 사날 지내먼 인제 하품을 시작해도라우. 워쩌겄어요이? 등에다 불 쓰고 초 챙기고, 성냥도 챙기고라우, 나 덮던 이불끄장 싸서 이고, 또 혼차 왔일 수배끼요. 비는 와도라우, 젖도 안 헌개 더 외시시해라우. 하매 고란 새 왔일랑가, 그랬어도 임자 안죽도 안 왔네라우이. 울어짐선 차꼬 빌어져라우. 머 배우도 안 히었는디 달리는 빌겄어라우? 돌아오라고, 임자네 안댁 못 베릴 것이라고, 기양 고렇게 빈 것이제라우. 월매나 고라고 있었우꼬? 그란디 머시 엉떡에서 보독씨러져 니리는 소리가 나라우. 무섭어라우, 반가라우. 워디 가서 술 묵고 늦었는갑다 고렇게도 맘이 들기도 허고라우. 얼렁 등 들고 나가봉개라우, 임자, 임자는 고렇게도 버파(바보)끄라우? 글씨, 워짠다고시나 꺼꿀로 떨어져 니리각고, 고렇게 꿈털꿈털허고 있으면, 대천지 세상이 횃딱 꺼꿀로 돌아줄 것맹이든그라우? 참말로 버파제라우이. 니약새를 맡아바도 술은 묵은 것 겉든 안 헌디, 고라고시나 있은개 알아묵을 터시레기가 안 잽히라우, 첨에는 숭푹 떠는가도 안 히었겄소이? 헌디 고것이 아니어라우. 그라장개 더 안씨러 똑 죽겄어라우. 욕이 다 나와라우. 워짠 너러 씨발눔의 사나가, 멋헌티 와달이 씰디가 없어서, 아만도 못 헌 제집헌티 요 지랄이냐고, 고렇게 욕이 나와라우. 그람선, 움선, 등 니리놓음선, 보둠

움선, 눈물 땎음선 참 바빠라우. 헌디 들어봉개, 임자가 머슬 머시라고 씨분대 싸요이. 무신 말인 중은 암만히어도 몰루겄는디, 죽을라고 인제 환장을 히었는갑다 생각을 헌개, 내가 다 미칠라고 험선, 무멩지(무명지)는 고까짓것 시뿌잖고(시원찮고)라우, 쎼바닥(혀)이라도 똑 짱글라 피를 내 믹있으면 싶은디, 울라, 시님 부를라, 말헐라, 멋헐라 허장개 바빠서라우, 고 짓도 되덜 안 해라우, 나도 참 씨발년이어라우. 헌디도 임자헌티는, 무신 틱벨시리 볼일이 엉떡위에 있었간디, 차꼬 엉떡으로만 올라갈라고를 시작허요이, 고때는 그랑개 정선이 좀 들었던개 빈디, 정선이 든단 것이 어만 데로 들어각고라우, 미쳤어라우. 웃음이 나와라우. 홀래 홀래 춤을 춤선이라우, 가만 봉개 글씨, 짬마리(잠자리)가 번갠 중 알았는개 빈디, 본개 고것 잡을라고 고 지랄이라우. 그라다 워떻기 엉떡 우로 기어 올라갔소이. 그라더니 요번에는, 낚숫대를 잡고는 휘둘러라우. 그람선 막 인제 꽥꽥 소리를 치는디요, 누가 시님더러 사람 아니랍뎌? 지가 사람이람선, 썽낸 황소맹이 식식거려라우. 그래도라우, 재미가 없는 건 아니라우. 나도 그라장개, 번개가 지내갈라먼 홀목이 뻴치 나가라우. 헌디 또 생각히어봉개라우, 고것이 장난이 아니고라우, 임자 눈 봉개로 까뒤집어라우. 하릴없고, 내가 처랑시럽소이. 돌팍에 앉았제라우. 그라고 울고 있장개, 워니녘 번개 지내갈 때였던동, 시님이 날 봤덩개 볐어라우, 히히 히히 웃어라우. 고때는 다른 것은 안 무섭고라우, 끕째기 시님이 무서라우. 고 시님 때미 쎼끄장 짱글라 줄라고 허던 고젱이 홱 배낌선, 고 시님이 무섭드라고요. 꽘도 못 치겄고라우, 도망가도 못허겄고라우, 기양 눈치만 보고 있장개, 요번에는 내 목에다가라우, 낙숫줄을 거요이. 그라고는 막 잡아땡겨라우. 모가지가 비어질람선 아파 죽겄고라우, 숨도 막혀라우. 지금 본개, 그래도 비어지던 안 했던맹여요. 나 죽기 싫다고 히었소. 움시나 손 비빔선 살리돌라고 히었소. 고 토막에 그런디, 낙숫대가 중두막이 나뻐려라우. 그랑개사 시님이 열 질썩(열 길씩)이나 뛰어댐시나 웃어대는디요, 참말이제 정이 떨어져라우. 그라더니 패시시 씨러지더니라우, 내 아랫배다 머리를 엾고는 아무 기척도 안 해라우. 고런 일이 기양, 눈 깜짝할 새도 못 돼서 배끼고 배끼고 헌개 정선을 못 채리겄는디, 시님이 소롯해라우. 자는 것맹여라우. 안 자라우. 죽었어라우. 꾸둥꾸둥해라우. 죽었어라우. 밤은 궂어라우. 번개는 자꼬 지내가라우. 처럽어라우."

밤은 궂었었다. 번개는 쉼 없이 지나갔었다. 처럽은 밤이었었다. 그리고 나는 내 시체를 보았었다. 그런데도 내가, 혼이어서 무장애로 떠나지 못했던 것은, 뭔지, 내 시체와 혼 사이에 강인한 끈 같은 것이 연결 지어져 있어 혼이 떠나려 하면, 그 끈의 다른 끝에 매달린 시체가 무거운 탓이었었다. 업(業)은 아니었었을 것인가 모른다. 글쎄, 시신과 혼 사이의, 다하지 못한 연(緣)의 점질대(粘質帶)는 아니었던가 모른다. 그러고 보면 몸은, 무서운 유형지여서, 벌이 다하지 않은 혼의 족쇄를, 그렇게 쉽게는 끊어주어 버리지를 않는 듯한데, 그러나 어쨌든, 몸과의 잠시의 죄면[阻面] 을 통해서, 이상스럽게도 혼은 열예 같은 것으로 넘치고 있는 듯하며, 혼과의 한 수유간의 불목을 겪고 몸은, 비록 손발 끝을 가늘게 떨고는 있다고 하더라도 괴이쩍은 활력, 그것은 불 같은, 그런 신선감에 알배어 있는 듯하다. 영육 간 어쩌면 회포가 많았던지도 모른다.

그럼에도 나는, 이러한 열예, 이러한 생명력을 어떻게 이해해야 될지는 모르고 있을 뿐인데, 왜냐하면 현재로서 나는, 내가 한번 음한을 내고 뛰어나간 그 이후의 일의 한 끝도, 명확하게는 기억해낼 수가 없고만 있기 때문이다. 그러나 뭔지가, 내가 기억해낼 수 없는 저 공백을 메꾸고 있는 것이고, 그것도 그저 범상적인 사건은 분명히 아닐 터인데 피에 섞여 몸속을 도는 어떤 느낌 자체가 일상적인 것이 아니기 때문이다. 몸 한번 뒤척임으로 해서, 밤새도록 자기가 누구였던가를 잊고 깨어난, 어떤 거지의 아침이 그럼에도 괜스레 싱그러운 것이라면, 그는 어쩌면 밤새도록 임금님이었던 꿈을 꾸었을지도 모르는데, 그런 꿈은 결코 거지의 일상은 아닌 것이다. 뭔가, 내 의식 속에는 상흔이 있는 것이다. 그 상흔이 어떻게 이뤄졌는지를, 어떤 방법으로든 나는 재생해내지 않으면 안 될 듯한 것이, 이 싱그러움의 출처가 언제까지나 수수께끼로 남아 갈 것이라면, 그것도 일종의 병이라고나 불러야 할지도 모르기 때문이다. 머릿속에서 어떻게 잘못 자라난 혹 때문에 어떤 백치가 느닷없이 수재가 되었다는 것과, 이것은 조금도 다를 바 없는 병인 듯하다.

"여그 와각고, 시님 늘 배가 고팠제라우이? 나는 워처키 고렇게나 쇡이 안

뚤핐었는지 몰라라우. 나 배 불르먼 임자도 앙 고픈 중만 알았었소이. 헌디 봉개 임자는, 솔나무 잎이나 씹어 묵었던개 비지라우? 불쌍히어라우, 참말이제 내 쇡이 씨립소. 헌디 암껏도 안 묵을라고 히었었는디, 인제 정선이 쪼꿈 들었으먼, 저그 끓이다 논 미움 좀 드씨요. 자 입만 쪼꿈 벌려줴겨라우. 그려요. 요것 다 묵고라우, 쪼꿈 쉈다가라우, 조 흰밥 한 그럭만 다 묵으먼이라우, 인제 심이 날 것이요. 아직도 쪼꿈은 뜨뜻헐 것이요이. 입을 쪼굼만 더 벌리씨요. 아직도 비는 와라우."

"헌데 어제 짐수레가 왔다고 했던가?"

"정섬때 훨썩 지내서 왔다고 그러요. 그랬어도 머 그랬어라우."

"같이 있던 친구들과는 헤어지고, 헤어졌던 친구들과는 만나게 되어, 아주 눈물깨나 흘리고, 또 웃곤 했을 터이지."

"그랬어라우. 그래도 묵을 때는 말허는 것 아닌개, 쎄바닥은 기양 두고, 입이나 짝짝 벌리쑈. 내가 요렇게 믹이줌선 생각헌개, 내가 참말로 각씨 각고라우, 오매(어머니)도 싶응구만이라우. 그란디 내 동무 하나가 기양 되돌아가 뻐렀구만이라우. 워쨌던 욻내는 비는 안 오더라고 허요. 높은 디에 얇은 구름만 덮였드라요."

"임자가 돌아갔어야 했었는데 말야."

"워째서 시님은, 똑 넘우 말 허뎃기 고렇게 말헐 쑤 있으끄라우이?"

"임자가 불쌍해서 그러지."

"나 불쌍헐 건 없어라우. 겡도도 하고라우, 뫔이 썩 성털 못허다고 했응개요. 거짓소리로 그랬어도라우, 모도 날 보고 얼굴이 안됐다고 허요이, 그래도 그 아헌티는 참 안됐제라우. 빼꽹이다가 벵골인디, 내가 아매 말했었제라우? 나무 해다 파는 저 촌사람허고 정든 그 아 말이라우. 여그 온단개, 그 나무꾼이 한숨을 쉼선, 가지 말고, 저하고 저그 오매헌티 가서, 낭자 울리고, 지심(김)매묵고 살자고 허드랍뎌. 나는 그 아가 불법어요."

"허지만 임자는, 이런 데서 한 달이고 두 달이고, 우격다짐으로 살아서 좋을 일은 또 뭐겠는가?"

"임자만 있으먼, 워디라도 나헌티는 좋와라우."

"그래도 말이야 보살님, 내일이라도 나는, 여길 훌쩍 떠날지도 모른단 말야."

"나도 알아라우, 시님은 원지든 홱 없어질 것맹이기는 허그덩이라우."

"그럼 임자는 대체, 여긴 뭣 때문에 머물러 있는 것이지?"

"없어질 때 없어지드래도라우, 안 죽은 시님이 여그 있응개라우."

"그럼 내가 없어지면, 그때 읍에로 가겠군."

"그렇지도 않을 것잉만이라우, 나는 읍내가 싫여졌어라우. 나는 여그서 살랑만이라우. 다른 시님들도 살잖애라우? 여그서 시님 만냈잖애라우. 고날 밤 달이 참 좋았어라우이? 꼴리각고 벵신맹이 시님은 왔는디라우, 제집도 없어 조라고 댕긴다 생각헌개, 시님이 불쌍해라우. 가찹게서 봉개라우, 첨 본 시님인디, 내가 맘으로 꼴리라우. 그전은 한 번도 그란 적 없어라우, 참 요상해라우. 가심이 월럭벌럭험선도 웃음이 나와라우. 그란디도 나를 뽀채도 안 했제라우? 그랑개 울음이 날라고 허요이. 헌디 궁뎅이를 맞고 난개라우, 정이 홱 들어뻐렸는디, 서러야 헐 것인디, 정든 것은 요상체요이? 집에 가서 봉개 내가 찢어졌어라우. 몸도 그렇고라우, 맘도 그래라우. 여그 떠나먼 내가 멋헐 것이요? 나는 여그가 좋아라우. 시님 없어도 좋을 것이요. 읍내라우? 읍내, 읍내 말은 허지도 마씨요."

"임자, 이제 말이야, 돌아가서 푹 좀 쉬며 말이지, 나 때문에 밤새운 것 벌충 좀 해야 안 될까 몰라."

"거그는 기양 바빠라우. 모도 돈 벌라고 그란다요이. 돈 있으먼 절해라우. 없으먼 춤 뱉아라우. 모도 눈이 삘그래라우. 애핀쟁이, 술쟁이, 똥깔보, 노름쟁이, 걱다가시나 합치각고, 머릿벵쟁이가 참 많아라우. 글씨, 가난시러먼 머리가 아프대라우. 그람선 괴회당(교회당) 귀신헌티 탓을 돌리요이. 거그 그런 괴회당이 있응개라우. 여그서 읍내로 가자먼 첫 번채로 비는 큰 벡돌집이 고것인디라우, 오른짝 엉떡 우에 있지라우. 원지부턴지는 몰라도라우, 고 좋은 집을 꽝꽝 닫아놨는디요, 비가 오먼 귀신이 운다요. 괭이(고양이) 소리로 운다요. 거그 능금이 제복 솔찮이 굵어졌겠네. 헌디 고것을 헐어낼라고 헌다요이. 헐렀는가도 모르제라우. 읍내는 머리 아푼 데여라우."

"허허허, 이야길 듣다 보니, 거기 한번 가보고 싶어지는군. 가고 싶건 말

건, 나도 한번은 가보도록, 그렇게 되어 있단 말야."

"임자는 그래도 돌아오겄제라우맹?"

"내가 돌아올 것이라고 생각하는가?"

"내가 임자를 못 베리는디, 임자는 워처키 날 베릴 수 있으끄라우? 베리도 고뿐이어라우. 제집이란 건 집 지킴선 지다리는 것이겄제라우. 돌아오라고 손 비빔선, 나는 지다릴 것이요."

"허, 헛, 허지만 말이지, 그러는 동안에 늙는 건 그만두더라도, 다른 사내들이 화를 낼 것이 문제야. 글쎄, 그따윗 녀석 하나만 사내고, 세상엔 사내가 또 없드란 말이냐? 이럴 것이거든, 수절 과부는 그렇기 때문에 비록 꼽추일지라도 추파를 받는 게야. 그렇지 않겠느냐 말야."

"세상 사나덜 나 많이 품어봤소마는, 고중에 그래도 내 사나는 없던디라우. 그라먼 말 다 해뻐린 것이제 또 머시겄소. 좆만 단 것이 사나라먼, 워째서 방마치(방맹이)는 사나가 아니겄는그라우."

"설할 만한 법이 있는 것 아니라고도 하나, 보살 설하신 법은 가히 설할 만하시니다."

"그랑개로 여부, 날 염리(염려)헐 것은 없겄고만이라우. 나는 여그를 내 집으로 생각해뻐렸응개요, 임자 허고 싶은 대로 허시겨라우. 그래도 임자네 안댁이 안씨럽게 지다리고 있는 것만, 워짜다 한 번썩, 기양 생각해줘겨요. 불뻔하게 써놓고, 그라고 있을 팅개요이."

"자 그럼 임자, 가서 한잠 푹 자구려. 그러는 동안에 나도 말이지 한참 자기도 하고 말이지, 임자 어떻게 지내는가 생각도 할 테니 말이지."

"임자는 지끔, 혼차 있고 싶어서 그러제라우? 눈 봉개 그려라우."

"임자도 말이지, 어떤 때, 혼자 있고 싶을 때가 있지 않던가 몰라. 그래서 노래도 부르고 말이지, 콧수염도 한 오래기쯤 뽑아내 보고 말이지."

"임자는 혼차 있고 싶어서 그렁만요. 혼차 있어도 괜기찮으까 몰라라우이? 그라먼 냉중에 또 오께라우. 웃목에 채리논 것, 냉중에 더 잡세겨요이. 그라고 쉬먼 좀 나슬 것이요. 아, 그렇구만이라우, 요 등은 각고 가야 저녁에 불 쓰제라우. 이불 따숩게 덮고시나, 일어나던 마씨요이. 그라고 시님 장옷은이라우 홉빡 젖었기 땜시로, 내가 수도청 갖다가 널어놨응개요, 마르먼 각고 오께라우. 허리다 월매나 딴딴히 짬매놨는지라우, 고것 푸니라고 손톱이 다 휠라고 히어요. 비는 틉틉헌 것이 아직끄장도 오는디, 꺼적때기 문이라도 하나 해 달았으먼 싶으요."

"글쎄 말이지, 꽤는 궂군그래. 전엔 그랬었지, 구름 위에다 울 치고, 거기서 나 살고도 싶어 했었지. 헌데 그러고 보니, 내 안댁 자네랑 나, 지금 그 구름 가운데 울 치고, 마당 쓸며 살고 있는 듯하잖다구? 우리 그럼, 내일쯤에나 만날 수 있을지 몰라. 내일쯤 말이지."

3

나는, 내 기억의 꾸리에, 한 매듭 공백이 끼어버린, 어제 오후의 일을 상기해내려고 기를 모았다. 아직도 나는 쇠약한 채여서, 도저히 결가부좌를 꾸며 앉을 수는 없었으므로, 그냥 번듯이 누워 있는 채, 어제로 시간을 역행시키려는 일을 시도했다. 그것은 일종의 전생을 밝혀보는 일과도 맞먹는 듯이 믿어졌다.

계집은, 내가 번갯불을 향해서 낚싯대를 휘둘렀었다고 말했었다. 근래의 나의 모든 노력이 물고기를 낚으려는 데에 바쳐진 것이었다면, 그러고 보면 그러한 행위는, 자명한 결론으로, 내가 어쩌면 번갯불을 고기로 보았었다는 얘기인 것이었다. 그런데 또 그녀의 이야기대로 하자면, 그러다 나는, 그녀를 발견하고, 그녀의 목에다 낚싯줄을 걸었다고 했었다. 그러고 보면, 그것도 또한 똑같은 이치로, 번갯불과 고기와 계집이 혼동된 예인데, 그러면 어떤 과정에 의해서 저 세 개의 질료가 일원화를 획득하고, 그리하여 계집에 의해 육화를 성취하여, 한 돌중의 낚시에 걸려든 것인가? —이것은 아무리 해도 석명해낼 길이 없다.

문제는 아마도, 그 결과가 아니라, 그 과정인지도 몰랐다. 그러므로 나는, 그 시초로부터 더듬어 내려, 어떻게 하여 그런 결과에 닿았는지를 싫고 괴롭더라도, 그것의 매듭들을 풀어내지 않으면 안 될 듯했다.

그랬었다, 나는, 동구를 벗어나자마자, 장옷을 벗어 허리에 단단히 쫌맨 뒤, 뛰기 시작했었다. 그것은 조금도 유쾌한 운동은 아니었었다. 땀이 얼마쯤 솟기도 했으나, 뛰기를 조금이라도 멈추면, 순식간에 땀이 식고, 새로운 한기를 더 크게 보탰었다. 나중엔 땀에 의해서 내가 채찍질 당해졌고, 현기증은 더 심하게 계속되었다. 그래서 샘 속에다 몸을 잠갔을 때는, 그래, 왼몸에 경직이 일어나며, 손 발가락이 뒤틀리고, 이빨이 갈렸다. 그러나 그 샘은 수심이 깊은 것이 아니어서, 아직 나를 익사시키지는 않았었다. 그러는 새 쥐가 풀리자, 이제 한기가 땀구멍 구멍 속으로, 뼈 마디마디 속으로 스며들며, 굼벵이들모양, 내 열기를 파먹어댔다. 나는 그럼에도, 스스로에게 모진 매를 가해, 이만일천육백까지를 세어나가기로 했다. 그때는 안개비가 더욱더 두터워져, 김이라도 피어오르는 듯 수면에는 안개로 뭉슬거렸었다. 아마도 그렇게, 한 팔구백까지는 세었으리라고 기억되는데, 그러는 동안에 그런데, 나는 어쩌면 얼음이 되어버렸던지도 모른다. 무엇보다도 못 참을 것은 불알이었고, 그것을 통해 창자와 척추가 굳어 들며 뒤틀리는데, 아무리 해도 깊은숨을 들이쉴 수가 없었다. 그런 뒤에는 그런데 무슨 일이 일어났던가? 나는 익사를 해버린 것인가? 허지만 여기에 나는 지금도 살아 있는 것이다. —그러므로 결과로써, 나는 아마 뛰쳐 일어났으리라고 추리하는 수밖엔 없을 것 같다.

나는 그리고, 추웠으므로, 또 뛰기 시작했을 것이라는 것은 쉽게 짐작된다. 안개비는 물론, 지금이나처럼 내리고 있었을 것이어서, 어두워지면서는 더욱더 지척을 분간할 수가 없었을 것이다. 그럴 때 비로소 낮부터도 스산히 스치던 번개가 분명히, 그리고 어둠 속의 한 큰 빛, 한 큰 위력으로 나타나기 시작했을 것이었다. 그래, 그랬을 것이었다. 그리하여 번개를 통해 보이는 사막의 메마름을, 고적을, 밀폐를 공포로써 바라보았을지도 모르는데, 그것이 사실이라면, 나는 분명히, 내가 죽어서 낯선 고장을, 혼자서 쓸쓸히 헤매고 있을 것이라고 믿게 되었을 것이다. 사실에 있어 내 가슴에는, 그 바르도의 풍경이 늘 자리 잡아왔던지도 모르는데, 극락의 풍경을 가슴에 지니지 못한 자는 불행하다. 그래, 그러고 보니 그것이 내게 기억난다. 나는, 바르도란 그러나 공포스러운 고장은 아니다, 한 번 죽음으로 족하고, 아무도 두 번 죽을 수는 없으니, 어떠한 참경에 처해서도, 그것은 물 위에 뜬 달과 같은 허상의 풍경이지 실재가 아니라고, 자꾸 인지하라, 라고 스스로에게 일러주었던, 그래, 그러구 보니 그런 기억이 난다.

그러면 도대체 나는, 어디를 그렇게나 헤매다녔던 것인가? 나중에 종합해보고 나는, 아마도 샘과 마을 사이의 어느 일점을, 아마도 불과 한 마장 정도의 거리를, 맴돌았을지도 모른다고 짐작했다.

그러면서도 나는, 저 망자의 몇 박(泊) 숙소로부터, 할 수만 있으면 옛집으로 몸째 돌아가고 싶어 했을 것이었다. 그것은 처설프고 외로운 행로였던 것이다. 번갯불이 나의 길잡이였었다. 나는 아마, 동으로도 달리고, 서로도 달리고, 남으로도 북으로도 헤맸었다. 그러나 아무 곳에도 나를 향해 열린 문은 없었고, 어디에나 밀폐된 어두움, 안개비의 뻘뿐이었을 것인데, 그래서 나의 행로는 춥고 초조로우며, 휴식 없고, 지치게 했을 것이었다. 번갯불은 쉼 없이 스쳤으나, 스치고 나면 나는 다시 제자리에서 있고, 아무리 진행했으나 진행이 가능하지 않은, 묽은 정지가 나를 휩싸 빽빽했다. 그것은 수렁과 같은 밤, 수렁과 같은 고장이었다. 이제는 차라리, 길잡이로서의 불기둥이 두려운 것으로 변했다. 두렵다고 일단 느끼기 시작하면, 잠재해 있던 모든 두려움이 일시에 깨어나 버리는 것이고, 그래서는, 이제까진 의연히 견디게 했던 풍경을, 영 못 견딜 것으로 바라보게 하는 것이다.

그리하여, 기억뿐만이 아니라 완전히 죽었던 의식까지도 되살아나 모든 광경이 생생히, 내 눈앞에 재현되기 시작했다.

그 스산히 스치는, 잠시의 빛이, 나를 완전히 주저앉지 못하게 하는 장본인이었던 것이다. 그것은 차라리 내게 꺼끄러움을 느끼게 했다. 미끄러우나 한번 스치면 살을 베어내는, 칼날 같은 꺼끄러움, 비늘 같은 꺼끄러움, 독아 같은 꺼끄러움. 길고 뜨거운 꺼끄러움. 그러나 그것은 거기에서 그치지 않고, 나를 착 휘감아 틀어 뺑돌이를 치며, 땅바닥에다 내팽개쳤다. 그것은 그리고 계속해서 이제 내 위에 후려쳐댔다. 그것은 천수 천족으로, 천의 방향에서 나타났다, 천의 방향으로 숨어들었다. 짐승다운 천의 팔, 천의 다리, 천의 불도리깨를 휘두르며, 천의 뒤꿈치로 나를 짓찍어댔다. 그 아래서 나는, 사력을 다해 허덕였어도, 도대체 벗어날 수가 없을 뿐이었고, 나는 나약하게 죽어가고 있었다. 아, 대지의 저 힘센 황소여, 경탄할 우주여, 그대 노호를 멈추라. 초원의 말이여, 그대 흔드는 지축을 멈추라. —나는 간신히 간신히 빌 수 있을 뿐이었다. 아 빛의 어머니여, 질투를 아는 자여, 내 너에게 간청하노니, 그리고 강한 목의 외경스런 힘의 선조여, 제발 나와 함께 있으라, 나를 수호하라. —나는 간신히 간신히 빌 수 있을 뿐이었다. 그러나 어디에서고, 어떤 종류의 구원도 나타날 것 같지는 않았다. 그래서 내가 더 이상 나를 지탱할 수 없이 되었을 때, 나는 빠른 죽음을 바랐더니, 후려치는 번개가, 내 목을 잘라 뒹굴리는 것이 내 눈에 보이고 팔이 잘려 나가 훌훌 뛰는 것이, 다리가 나로부터 떠나 저 혼자만 도망치는 것이, 내 창자가 한바탕 터져 나와 안개비 속에 산철쭉 한 모닥불 지핀 것이, 눈이 방울 소리로 구르는 것이, 혀가 잘려서도 비명하는 핏방울이, 보이고, 다 보이고, 그런데도 난도질은 멈추지를 않았다. 그러나 그것은 난도질만으로 끝난 것은 아니었다. 그 스치는 칼날보다도 더 아픈 혀의 무참한 밤이, 저 흩어진 몸에서 골을 빨아내고, 피를 마시며 뼈를 갉았다. 그러나 이런 광경 또한 물 위에서 휘두르는 회초리 그늘 같은 것이다, 그러므로 고통만 해쌀 일은 아니다. —나는 간신히 간신히 스스로에게 들려주었으나, 나의 타일러줌은 차라리, 허상이 실체를 향해 하는 것처럼 실감이 안 되고 공허했다. 어쨌든 나는 죽었으므로, 이제는 한번 웃어라도 볼 때라고 생각도 했다. 저 초원의 말이여, 대지의 황소여, 질투를 아는 어미여, 힘의 선조여, 이제는 그러면 내 눈을 감겨다오, 전에 나, 영겁의 주가 창조하여, 모든 선물로 하여 단장되었던 자, 사람, 그로부터 이제 학대의 혀를 거둬 가다오. —나는 항복해버리고 있었다. 사람, 그래, 그의 모든 눈을 감겨다오, 하나씩 하나씩 저 어기찼던 마을의 등을 꺼다오, 영생의 주로부터 특히 생명 받은 자, 사람으로부터—나는 항복하며 어둠을 수락했더니, 마음이 조금 평온해지는 것이었다. 그러며 한번 웃어보려고 입술을 오무작거리다가, 갑자기 나는, 하나의 논리에 의한 분노를 느껴내야 했다.

영생의 주가 창조하여, 우주까지도 선물로 주어, 주로서 보냄 받은 자, 나는 사람, 모든 것을 지배토록 태어난 자, 나는 그래 사람.

그런 논리적 분노는 나를 뛰쳐 일어나게 했다. 그러자 흩어졌던 내 몸이 내게로 돌아와, 자석에 쇠붙이 붙듯, 내 가지 위에 붙었다. 그리하여 논리는 사라지고, 광분만이 남아서, 나는 호령해대기 시작했다. 자 내가 지배하노니, 너 방자한 대지의 황소여, 노호를 멈추라. 너 분수를 모르는 초원의 말이여, 광란을 멈추라. 힘의 선조여. 빛의, 어머니여, 내 또한 사람의 육성으로 하여 그대들을 불러내노니, 와서 저 모든 광란과 광분스런 혼돈에 재갈을 물리라. —나는 주먹을 휘두르며, 발을 굴러 소리쳤다. 그때도 번개는 스침을 멈추지 않고 있어서, 나는 그것의 목줄기를 잡아, 내 뒤꿈치로 짓밟아버리려고 또 달려들었다. 그럼에도 나는 그것의 대가리를 볼 수가 없는 것이 이상했다. 다만 그것의, 칼날만 같은, 번쩍이는 비늘 덮인 몸의 중두막과 꼬리만이, 뜨겁게 내 전신을 베어대며 자꾸 휘감아가기나 할 뿐이었다. 그것은 커다란 고래나 용처럼, 한번 지날 때마다, 하나의 큰 소용돌이를 일으켰었다. 그럴 때마다 나는 휩쓸려 쓰러지고 또 소리치며 일어나면 다시 내동댕이쳐져, 나는 한 이파리 목선만 다웠다. 아, 그리하여 알겠노라, 너는 밤바다에서 미친 듯이 유영하는, 한 마리의 거대한 고기인 것을, 아, 그리하여 알겠노라. 나를 삼키려는 고기로구나, 헌데 나는 누구인가. 아 그러면 나는 누구인가, 누구인가 하면, 어부일레라. 나 너를 지배토록 태어난 인간 어부, 너로 하여 생업 삼은, 나는 어부일레라. 너 나로부터 도망칠 수 없을레, 왜냐하면 나는 너의 주 사람. —나는 그러며 달리고, 날뛰며 최소한도 그것의 허리에라도 팔을 걸어, 밤바다 육만 리라도 헤매 다녀볼 참이었다. 그러나 불가능했고, 그것은 하나의 수단, 낚시나 그물에 의해 유혹해 들여야 되는 그런 어떤 것 같았다. 그것은 사실에 있어 나를 유혹해 들이고 있었고, 나로부터 도망치고 있는 것이 아니었다. 나는 그 사실을 나중에 알긴 했으나, 그것은 아름다웠다.

두 [20]겨드랑 밑의 두 날개,
계집의 유방, 풍요한 자궁,
비늘 덮인 물고기의 하반신.

내가 붙들려 했던 저 스산한 번갯불은, 그녀가 우아스러이 날아서 유영해 가는 길을 트고 있었던, 그녀가 거느린 사대(四大) 중의 한 종자(從者), 그녀의 오른손이 든, 감로수병 속에 담긴 독사가 내뿜는 불.

그것은 내게 순종했을 때, 밤바다 수심 깊은 곳으로 희게 가라앉아 내리며, 바다보다도 더 깊은 요니를, 붉은 두 잎짜리 연(蓮)스러이 열고 있었다.

그때 나는, 하나의 용해를 느끼고, 맥을 풀었더니, 내가 액체가 되어 저 붉은 연 깊은 속으로 흘러들어 버리는 것이었다. 그 안은 그리고 새 둥지다운 안온함이었고, 나는 하나의 알이어서, 그 안온함 속에 휩싸인 듯했다.

그런 뒤 얼마의 세월이 흘렀는지는 모른다. 알로부터 내가 부화할 만큼 세월이 흘렀다면, 허긴 그거 뭐 긴 세월은 아니라고 하더라도, 어쩐지 나는 혼자였고, 사방은 소조롭고, 적막하고, 추웠다. 나는 어찌할 바를 모르겠는데, 조금 헤매고 있으니, 내 누이처럼만 여겨지는 여자가, 내 시체를 놓고 통곡하며, 초혼하는 소리가 들렸다.

> 오씨요, 임자 오씨요, 돌아오씨요,
> 하늘끄장 밤끄장 말짱 임자헌티 고개 숴이고,
> 임자 땜시 울고 있는디라우……

제13일

나는 그러나, 어떻게 하여 한 마리의 물고기가, 그렇게도 종잡을 수 없는 양태로 진화할 수 있었던지를 아무리 해도 알 수가 없었다. 그것은, 한 마리의 암독수리가, 마늘과 쑥 잘못 먹고 계집이 되어가는 판에 눈멀어 측은한 아비 생각하고 인당수에 뛰어들었다가, 별주부하고 눈이 맞아 살다 보니 애를 낳았는데, 둘만 낳았어도 한 겨드랑에 하나씩 끼고 떠나왔을 것을, 그만 셋씩이나 낳게 되어 못 떠나고 반만 고기 된 그런 무슨 효녀 독수리 이야기 같기도 하고, 또 신판 처용담 같기도 한데 귀신은 처용이 각시 앞에서 자고, 처용은 제 놈의 각시 뒤에서 잤다던가 아무튼 뭣해서 얻었다는, 그 딸내미 같은, 저 한 마리의 고기를 두고, 나는, 생선 비린내에, 계집의 액기(腋氣)에, 새털 누린내에 코가 미어져, 축시부터 깨어선, 더 잠에 들 수가 없었다.

전날 나는, '고기의 형태는 양극을 갖는 타원형이라고 불리는 것'이라고 생각했었다. 그러나 그 '양극을 갖는 타원형의 형태와 두 겨드랑 밑의 두 날개, 계집의 유방, 풍요한 자궁, 비늘 덮인 물고기의 하반신'의 저 잡종 잡년과의 사이엔 어떤 유사점이 있는 것인가? 전날 나는, '양극을 갖는 타원형'은 암수 공존의 일체여서, 양성(兩性)이 아닌가 하고까지 생각했으나, 비린내에 액기에 누린내까지 풍기는 저 고기는, 보기에 순전히 암컷이어서, 그것은 요나를 삼킨 물고기, 기독을 싸안은 무덤 같은 것으로밖에는, 달리 생각지 않는다. 허긴 그 문제로 그래서 나는, 밤을 새우고 아침을 맞은 것이고, 안개비 때문에 아침은 느리게 왔으나, 그 아침 함께 내 계집은 부지런히 달려왔다. 그녀는 두 손에 하나의 차린 소반을 받쳐 들고 온 것이다.

나는 그래서 다시 한번, 저 '양극을 갖는 타원형'을 정리해보지 않으면 안 되었었다. 전날 나는 그것을 정의했기를, 밖에서 보면 그것은 남근의 형상인데, 안에서 보면 요니의 형태라고 하고, 그 탓에 혼란을 느낀 적이 있었다. 어쩌면 거기에, 저 혼혈 잡종의 한 마리의 물고기를 이해할 단서가 있는지도 몰랐다.

그러니까, '양극을 갖는 타원형'을 이루고 있는 두 곡선은, [21]'눈에는 보이지 않는, 어떤 남근을 휘감고 있는, 두 마리의 뱀 같은 것'이라고 한다면, 그것은 곧장 요니의 의미와 통하는 것이라고 보아지는 것이다. 남근과 요니의 관계에는 그리고 언제나, 임신이나 출산이 저변되는 것이므로 전날 나는, 요나를 삼킨 물고기의 배 속과, 예수를 묻은 무덤은 동시에 자궁과 상사를 갖는 것이라고 했었다. 그리고 고기, 또는 '양극을 갖는 타원형' 자체는, 그 외양에 있어 남근의 형태이지만, '고기와 생명은 같다'의 관계에서 본다면, 그 형태가 생명을 싸안고 있음으로 해서, 성전환을 하여, 여성화한다는 것을 밝혔었다. '생명은 남근과 같다'의 관계에서, 그 형태가 생명을 싸안고 있다는 의미는 그러니까, 동시에, 그 형태는 보이지 않는 남근을 싸안고 있는 요니라는 결론을 이끌어 내는 것이다.

그래서 어쩌면, 저 혼혈 잡종의 고기는, 유방에, 요니를 열고 있는 모습으로 나타난 듯하기도 하다. 하지만, 그러나 그 잡종의 고기가, 보이지는 않더라도 어쨌든 남근을 싸안고 있는 것이란다면, 그것은 보이는 그대로의, 순전한 계집일 뿐일 것인가? 사내를 묻은 무덤은, 도대체 계집인가 사내인가?

그럼에도, 그녀가 달고 있는 두 겨드랑 밑의 두 날개의 의미는, 나로서는 알아낼 재간이 없었다. 다만 나로서 추측할 수 있는 것이 있다면 그것은 분명히 범어(凡魚)는 아닐지도 모르며, 어쩌면 어떤 범어(梵魚) 같은 것일지도 모른다는 것뿐이고, 그 날개에 의해서, 어떤 한계나 장애로부터 비월(飛越)해 가며, 더 크고 더 넓은 세계에로 나아가는 것이나 아닌가 할 뿐이다. 재갈과 고삐에 어거되어진 짐승에게는, 재갈과 고삐를 벗고 들로 뛰쳐나간 짐승이, 그런 날개를 달고도 있어 보이는 것일 터이다. 그러나 어쩌면, 의식을 넘어선 곳에서 형성되어지는 것은, 그것이 무엇이든, 논리의 고삐와 재갈로 하여, 일상 속에다 끌어다 놓고 길들이려는 짓은 하지 않는 것이 현명할지도 모른다. 어쨌든 아침은 왔고, 계집을 데불었다.

그러나 이 아침에 내 계집은 왠지 쭈뼛쭈뼛 해하며, 얼른 다가오려고를 안 해, 내가 손을 펴 영접하자, 그제서야 기쁜 얼굴로 다가와, 다소곳이 앉는다. 그리고, "요것 좀 들어배겨라우"라고 말하며, 덮었던 소반 보를 거둬낸다. 그러자 아직도 뜨뜻이 김을 풍겨내는, 고봉 담은 한 그릇의 흰 밥과, 고추장 바른 더덕구이, 약간의 무장아찌가 호화판이다. 내가 그만한 상을 받기에 족할 만큼, 그녀에게 한 것이 무엇인지는 모른다. 어쨌든 그것은, 한 되의 나드 기름 만큼은 정을 고봉 담은 것은 사실이었다. "나는 벨로 음석 솜씨가 없어라우. 헌디 자민시나도(자면서도) 걱정이 돼라우. 그란디 시님 봉개라우, 시님이 끕째기 어린아 얼굴맹여라우, 흰빛이 돌고라우, 불콰하니 맑음선, 끼끗해 비는디라우, 고 쉬염이나 좀 밀어내먼, 뵈기가 영 달르겄어라우." 계집은, 내가 먹는 것을 부지런히 거들며, 그렇게도 말했다. 목구멍이며 창자가 탐욕 부리는 대로만 한다면, 숟갈질을 크게, 아주 크게 해서 퍼 넣고, 혀 한번 내둘러 침 돌린 뒤, 꿀꺽꿀꺽 삼켜 넣었으면도 싶었으나, 한 숟갈의 밥을 적어도 백여 번 이상씩은 씹어서 넘기려니, 진저리가 다 쳐졌다. 주린 창자가 좋은 음식에, 영양 잃은 기관이 영양에, 혀가 맛에, 호착하는 것처럼, 만약에 정신이 도에 집중되기만 한다면, 대물려가며 깨우치고도 다 못 깨쳐, 만 대도 더 대를 물릴 것을, 하루아침에 말짱 깨쳐버리고, 저녁엔 죽어도 좋았을 것이었다. "시님만 안 싫다먼 말이라우, 내가 좀 쉬염이랑 손톱이랑, 발톱이랑 다 깎아줬이먼 싶으요이. 에려서부텀 배왔는디라우, 모주가 우리 머리를 다 깎아줄 수가 없었응개요. 서로 돌아감선 깎아주었제라우."

"아, 그것 참 좋은 생각이겠군. 그렇잖아도, 오늘쯤은 머리도 좀 깎았으면 싶었더라구."

"내 그라먼, 얼렁 가서 모도 챙기각고 올란개, 고동안에 찬찬히 고 밥 다 들겨라우이."

계집은 말하고 쪼르르 달려 나갔다. 돌아온 그녀의 손에는, 삭도며 비누 같은 것이 들려 있었다.

"여그로 보낼 때는이라우, 우리 모주가 꼭 이런 것을 챙기 넣어주는구만이라우. 그래서나 시님들이 원허면 깎아주라고 허제라우."

그녀는, 그런 일에 거의 믿기어지지 않을 만큼 익숙해 있어서, 머리며, 수염이며, 손톱, 발톱을 깎아나가는 사이 나는 한 마리의 굼벵이가 나비로 되어가는 과정이, 이만큼은 시원하리라고 했다. 그리고 수도자도 어쨌든 한 마리의 굼벵이여서, 날개를 달고 날아갈 것을 바라는 것이다. 그러나 내가 머리며 수염을 밀어붙인 것은, 내가 중이라는 것을 스스로 확인시키기 위해 그런 건 절대로 아니었다. 나는 그런 종단에 속해진 중은 어째도 못 되는 것이다. 머리칼쯤 길어서 발가락에 감겨도 그뿐이고, 수염쯤 자라서 음식 찌꺼기가 고드름져도 그뿐이지만, 깎고 싶으면 깎고, 안 깎고 싶으면 안 깎는 것이다. 이런 문제쯤은 그리고 어떤 종단이나 타인의 눈으로써 기저귀 채워질 성질의 것은 아닌 듯하다. 그래도 허기는 해쌓는 말로는, 기저귀 채워줄 손이 많으면 많을수록, 애가 샘에라도 빠져 죽을 횟수는 줄어든다고 한다. 허지만 샘에는 빠져 죽지 않을는지는 몰라도, 별로 얼마 지나지도 않아, 그 많은 손들에 의해서 그 애가, 갈기갈기 찢겨져 버릴 것이라면, 통째로 자기를 한 다발 해서 샘에 빠지는 것이 나은지, 아니면 맛보기로 조금씩 여러 손에다 나누어주는 것이 나은지, 어쩐지는 모를 일이다.

"그라먼 임자, 내가 요것조것들 갖다 놓고, 나도 얼굴도 좀 씩고 분가루도 좀 발르고 올 팅게라우, 고렇게만 아씨요이. 시님이 고렇게나 끼끗해진개로요, 끕째기 내 얼굴이 추접은 생객이 드는 게 말여라우. 그라고 봉개요, 시님 말이라우, 맑은 빛이 돔선 헌출허게 잘생겼어라우. 볼 때마둥 놀래져라우이."

계집은 다시 쪼르르 달려 나갔다.

내게는 아무것도 부족함이 없었다. 그런 생각이 들었다. 그렇다고 괜스레 싱글벙글 웃을 일도 없었지만, 한숨 쉬며 짜증 낼 일도 없었다. 내게는 부족함이 없었다. 넘칠 것이 그렇다고 있는 것도 아니었다. 나는, 부담 없는, 생각할 것도 안 할 것도 없는, 노래할 일도 못 할 일도 없는, 그런 마음으로, 그저 앉아 있거나, 걷거나, 눕거나, 자거나, 아무렇게나 나를 맡겨도 좋았다. 늪을 내어다 보았지만, 그것이 그렇다고 뭐 내게 고역으로서만, 반드시 형장으로서만 보이는 건 아니었다. 부상과 함지에 걸쳐 길숨하게 누워 있는 그것은, 병아리를 깨낸 알껍질처럼도 보였고 아늑한 둥지처럼 보이기까지도 했다. 그 속에 담긴 공(空)이나 무(無)로 당해보건대, 그것은 해골이었다. 보이지 않는 남근을 싸안고 있는 요니, 이 순간, 내게는 아무 구속도 장애도 없었다. 나는 다만 가난할 뿐이어서, 아무것도 덜려 나갈 것이 없을 뿐인 것이다.

그리하여 나타난 계집은, 허긴 날 놀라게 했다. 그녀는, 내 앞에서 수줍은 듯이 고개를 숙이고 서 있었지만, 화장한 얼굴에, 성장을 하고 온 것이었다. 어깨를 거의 드러내고, 허리는 짤룩히 해서, 둔부로부터 한 무더기의 흰 구름을 흩뜨려 뿌리고 있는데, 저 운봉의 꼭대기를 볼작시면, 거기 보름달이 막 솟아오르고 있다. 목은 탁월했고, 어깨는 우아했다.

"워처키 생각허신데라우?"

그녀는 묻고 있었다. 순전히 하나의 꺼풀에 의해서, 그러나 나는, 그녀를 다시 고려치 않을 수가 없었다. 내 기억에, 전에 그 어깨, 그 목에 얹혔던 얼굴은, 죄를 너무 몰라 거의 백치다운 것이었었는데, 그 같은 목에 얹힌 오늘의 얼굴은 그런데 대체 어떻게 되어서, 죄를 너무 많이 알아, 차라리 청초해버린 암뱀다운 윤기를 띠고 있는 것인가.

"워처키 생각허신데라우? 유행이 지내서 모냥이 없제라우?"

계집은 다시 물으며, 거의 겁먹은 눈을 했다.

"당신은 건강히 아름답소."

"오매! 참말이라우? 우리덜 모도라우, 요런 것 한 벌씩은 다 각고 있네라우이. 서방도 없음선이라우, 시집갈 때 입을라고 그런당만이라우. 헌디 말짱허는 말로는, 요론 모냥은 인제 귀식이 됐단구만이라우. 그래서라우, 얼렁 입어 떨어티릴라고 허는디도, 입을 디가 있어야제라우."

그런데 말을 하다 말고 그녀는, 왠지 모든 것이 갑자기 막연해졌다는 눈을 하고, 멍하니 밖을 내어다보고 있다. 허기는 그래, 우리는 지금부터 무엇을 해야 되는지를 모르고 있는 것이다. 어머니가 옷을 바꿔 입으면, 그녀는 아랫녘 뱃놀이에 갔거나, 저잣거리를 다녀왔었다. 허지만 여기는, 뱃놀이도 저자도 없는 것이다. 그 탓에 그녀는 의기소침해졌을지도 모르긴 하다. 그래 내가 달래느라고, 그녀의 손을 잡아 앉혀, 나와 마주 보게 한 뒤, "아가 어떻니, 우리 말이지, 읍내 구경이라도 같이 가본다면 말이지?" 하고 물었다.

그러나 그녀는 슬픈 미소로, 고개를 쌀래쌀래 저어버렸다. 그리고 조금 눈물을 떠올리며, "시님이 날 곱당개, 나는 좋아라우" 하고, 거의 들리지도 않게 말한다. "내가 정든개, 고 정 땜시, 나도 사람 겉고라우 여자도 겉여라우."

우리의 이야기는 거기서 그쳤다. 마른번개가 어쩌다 우리의 침묵 사이를 가르고 지나가곤 했다. 우리는 서로의 눈을 바라보기나 했다. 이 단계에서 우리는 한 번의 격렬한 성교를 서로 요구하고는 있었던 것이다. 그리하여 그런 소진을 통해, 잠시의 이별을 감행하고, 이별을 통해 또 그리움을 느껴낸 뒤, 성교가 행해지기까지 뭔가 얘기하며, 같이 있는 걸 또 흐뭇하게 여기는 것이다. 그러나 우리는 바라보기나 했다. 우리는 아직 소진을 겪지 않았으므로, 그러한 응시가 싫증 나는 것으로 바뀔 것은 아직 아니었다. 차라리 그 탓으로 해서 우리는, 서로의 응시의 둘레를 벗어나지를 못하고 있었다. 그리고 생각해보니, 우리는 서로 진정으로는 아직 한 번도 바라본 적이 없었던 것도 같았다. 사실에 있어, 태어나서 죽을 때까지, 얼마나 많은 눈을 한 번씩이라도 정시해볼 기회를 갖는지는 모르긴 하다. 내게 얼른 떠오르는 눈은 어머니의 것이었고, 다음으론 스승의 것이었지만, 그러나 그는 나의 눈을 깊이 들여다보았으나, 나는 별로 그래 본 적이 없다. 그리고는 아무의 눈도 기억되지 않는 것은 이상하다. 유아는 젖을 빨며, 저 맑지만 뭔지 닫힌 눈으로, 그냥 어머니를 바라보는 것이다. 그러다 젖꼭지를 놓고 소리 없이 웃는데, 그 웃음의 의미는 모른다. 다시 젖꼭지를 물고, 그리고 잠이 눈에 퍼부어 더 뜰 수 없을 때까지, 어머니를 올려다본다. 그렇게 바라본 어머니의 눈은, 성년이 되고 났을 때도 확연히 기억나는 것은 아닌 것 같다. 그래도 그 어머니의 눈을, 그 사내는 이해하고 있는다. 그 이해가 어떻게 그 사내의 행동과 사고 속에 나타나는가를 알아보는 일이란, 어쩌면 그 사내의 전생(前生)을 밝혀보는 일과도 맞먹을지도 모른다. 그러나 풍요가 끝나고, 더 이상 생산할 수도 아름다울 수도 없을 때, 어머니는 죽는 것이 아마도 좋다. 늙고, 허리 굽은 데다, 더러운 노쇠의 냄새나 풍기며, 매사에 간섭만 많은, 번데기 같은 어머니는 아들에게 있어서, 모든 추악함의 여성적인 덩이로밖에는 보이지 않는다. 그것은 이미 어머니는 아닌 것이다. 쭈그렁지고 비듬 돋은 젖퉁이를 볼 때마다 자기가 그 젖을 빨았을 것이라는 데 대한 혐오감이 싹튼다. 현실적인 어머니에 대한 배반은, 그렇게 이뤄진다. 이것은 하나의 친모 살해며, 그런 뒤 아들은, 저 늙은 여편네로부터 떠난다. 여자에게 있어서의 아름다움과 풍요함은 자기의 남편 때문이 아니라, 자기의 아들 때문에 영원히 지켜지지 않으면 안 된다. 바람나서 떠난 이 아들은, 긴 쓸쓸한 행로 끝에, 자기가 살해한 옛 어미를 다시 그리워하기는 한다. 그때는, 그 어머니의 눈이며, 젖퉁이며, 배꼽이며, 아무것도 생생하게는 기억나는 것이 없을 뿐이다. 그리하여 다가온 어머니는, 영원히 아름답고, 영원히 풍요로우며, 아들의 정액을 삼킨다.

요람으로부터 묘혈에까지, 그래, 얼마나 많은 눈을, 저 혼의 깊이까지를 들여다보는지는 모른다. 서른세 살까지 살고 나서, 나는 오늘, 그 두 번째의 눈과 대좌해 있을 뿐이다.

처음 얼마간 그녀의 눈은, 조금쯤 당황하고, 조금쯤 초조해하며, 무엇엔지 질리고 겁먹은 듯한 빛이었는데, 내 짐작에 그녀는 한 번도 타인의 정시를 의식해본 적이 없는 듯했다. 그 눈의 당혹은, 그녀 속의 어떤 일상의 분열, 붕괴로 나타났던 것인지도 모른다. 그것은 연기 빛 같은 것에 암울히 싸여, 안개비 내리는 유리보다도 더 탁했다. 그런 다음, 그녀의 눈은 그러한 정시를 견뎌낼 수 없는 듯, 괴로운 빛으로 한순간 핏발을 세우며, 어쩐지 절시증적인 증세를 나타냈는데, 이 상태는 오래가지 않았고, 그런 대신, 저 동공의 그중 안쪽으로부터, 하나의 가는 푸른빛을 순간 쐬어내는 듯했다. 그것은 거의 포착키 어려운 빛이었고, 그 빛이 사려 들어버리자, 그녀의 눈꺼풀이 포르르 한번 떠는가 했더니, 눈자위에 분홍빛이 어리기 시작했다. 눈물이 한 꺼풀 엷게 입혀지며, 그 흐린 안막 속에서, 자신을 완전히 풀어버리고 있었다. 이것은 일종의 위기여서, 아픔을 갈망하고, 도덕적 의식이 사라지면서, 외계의 빛이 붉게 보인다. 그런데 이 상태는 심히 오래갔고, 그것은 우리 둘에게 다 괴로웠다. 내 눈에도 물론 엷은 눈물이 덮이려 하며, 입속엔 타액이 괴어들고, 전신이 대체로 습기스러우며, 허리뼈에 통증이 모여든다. 그런 한 찰나에 그런데, 그녀의 눈 아득한 속에서, 흐린 노란빛이 나타났다 꺼지는 것이 포착되었다. 그래서 우리는 더 이상 성교 같은 건 바라지 않게 되었다. 않았으나, 그녀의 눈은, 아무리 해도 거기서 더 진전을 보이지 않았다. 그것은 그리고 우리 둘을 다 지치게 했다. 그래서 이번엔 내 쪽에서 눈을 돌려, 그녀의 눈을 외면했다.

안개비는 여전히 유리를 폐쇄시키고 있었다. 그 폐쇄를 그리고, 마른번개가 열며 지나가고 있었다.

오래잖아 계집은, 조금 슬픈 미소를 짓더니, 팔을 둘러 내 등을 감곤 흐느낌은 없는 눈물을 흘려냈다. 그 눈물을 이해할 수 있으리라고, 나는 생각지 않았다.

안개비는 여전히, 유리에 내리고 있었다.

그러다 그녀는 수도청으로 되돌아갔는데, 서답을 갈아 차야 될 때라고만 말했었다.

나는 그저 그런 채로 아마도 어물쩡히, 자정을 맞았는데 별로 생각한 것은 없었고, 그저 살아 있다는 것의 즐거움만을 아꼈을 뿐이다. 그러며, 하는 말로, 산다는 것은, 그리고 유전은 고해라고 하는, 저 사는 것들이 많이 모여 사는 유전의 고장들이나 한번 둘러보았으면도 했다. 이제쯤은, 스승의 유언쯤 들어주어도 좋을 때에 온 듯도 싶은 것이다. 허지만 유전이란 아마도, 아름다운 것일지도 모른다. 제석삼천불 법륜(法輪)이 다지고 지나간 자리에 돋은, 저 계집 같은 한 포기 들꽃의, 그 들꽃의 크기의 고해(苦海)는, 제석삼천불 거하는 삼천대천세계보다도 혹시는 더 클지도 모른다. 저 한 포기의 들꽃의 고해가 없으면, 삼천대천세계 주춧돌 놓을 자리가 어디이겠는가? 저 들꽃 크기의, 고통의 바다 가운데에, 제석삼천불 거하는, 한 연꽃만 한 삼천대천세계가 있고, 거기서 불(佛)들은 명멸한다.

제14일

옴 바즈라파니 훔*

* 'hail to the Holder of Dorje, 'Hūm (Dorje—벼락—男根).

제3장

제15일

1

부슬거리는 비는 그치질 않고 있어서, 저 유리를 비실재적인 고장처럼, 길로부터, 읍으로부터, 그리고 하늘로부터 제척해버리고 있었다. 내가 뒤돌아보았을 때, 그것은 형체를 잃어버렸고, 그런 뒤 어둠과 운무에 휩싸여버려서, 거기 마을이 있었다는 것까지도 의문스러울 지경이었다. 그래도 그것을 나로 하여금 실재로 여기게 하는 것이 하나 있었는데, 동구 밖까지 바래다주던, 내 계집의, 저 오열에 짓휘늘어진, 그러면서도 그것을 짓누르고 일어서려면서 해맑게 웃어주던 얼굴, 그것 하나가 거기 있던 것이다. 유리가 그리고 사실에 있어 비실재의 고장이라고 가정한다더라도, 그녀에의 내 향수 때문에, 그것은 그래서 내게 실재하기는 할 것이다. 어쨌어도 나의 느낌은, 저 유계(幽界)를 뒤돌아보지 말았어야 되는 그 이승의 경계에 서 있는 듯했으며, 내가 뒤돌아보았을 때 모든 것이 그냥 희게 주저앉아버려, 내게 하직의 손을 흔들어주는 듯했다.

나는 뒤늦게사, 뒤는 더 돌아다보지 않기로 하고, 소달구지가 구르느라 길을 홈파고 간, 그 가운데로만 따라서 걸으며, 속이 적이 씁쓸해진 것으로 한 대의 담배 생각을 하기도 했다. 내 계집이 뭉쳐, 깨소금 바른 한 덩이의 주먹밥을 담은, 해골바가지 하나를 끼고 떠난, 이 여행은 표표스러운 듯했다. 나는 결국 유리를 떠난 것이다. 나는 분명히, 별로 며칠 지나지도 않아서 다시 유리로 돌아오게 될 것이라는 것은 알고 있었다. 그럼에도, 이 떠나는 아름다움은 간직해둘 만한 것처럼 여겨졌다. 아마도 도보 고행승은, 그런 것들을 아껴서 바랑 속에 간직해두었었을 것인데, 떠나는 슬픔과 도착에의 가슴 두근거림—허지만 그것은 해묵을 때, 개혁 이전의 지폐나, 또는 고향 떠나올 때 씹어 삼켰다가, 먼 훗날 언제 적 어딘지에 정착하며 토해 내놓은, 흙 같은 것일지도 모른다.

유리를 떠나 두세 식경을 걸으니 병야였고, 거기서부터는, 안개의 희끄무레한 양(羊) 몇 마리 같은 것들이, 웅크리고 누워 잠자고 있거나, 풀섶의 밤을 뜯으며, 흐느적이는 바람을 풀피리 소리로 여겨 따라가고 있었다. 그래서 오랜만에 하늘을 올려다보니, 구름이 좀 두텁게 덮여서 보이지 않는 새벽달, 그 빛을 검게 뿌리고 있었다. 그 아래서 모든 것이 검게 뭉쳐 죽고 있으며, 어쩌다 길을 토막 내고 흘러 들로 뻗는 도랑도 흐르는 것 같진 않았고, 길 건너다 잠들어버린 구렁이처럼 보이게 했다. 정적하고, 적막하고, 삭막하고, 소삭하고, 소조하기만 하다. 이울어지고 있음에 틀림없지만 보이지 않는 달빛으로 염색하고 구름이, 희미하게 드러내 보여주는 아주 멀리에론, 어쩌다 숲 같은 검은 짐승이 달려가다 멈칫 서 있고, 또 구름이, 야음을 틈타 언덕 아래로 걷는 비구의 뒤통수를 해 달고, 느릿느릿 어디로 떠나고도 있었다. 올빼미까지도 두려워 울지도 못하는 이 빈 들은, 의식하며 걷는 자를 외롭도록 자극했으나, 살아서 그런 세계를 휘어 휘어 지난다는 것도 그렇게 나쁘지는 않았다.

그러는 새에도 하늘에는 바람이 있었던가, 하현달 창백한 빛이, 내 그림자를 길 위에 까는데, 구름 그늘은 상여처럼 반 뙈기 달빛을 떠메고 들을 지나간다. 그러는 새에도 하늘엔 바람이 있었던가, 바람이 있었는갑다.

2

벌이 그 날개로 기후를 알아내듯이, 내게도 말하자면 어떤 그런 것이 있어, 그것으로 하여, 뭔지 사람 많이 모여 사는 곳의 냄새 같은 것을, 소음 같은 것을 느껴낼 수 있었는데, 때는 동틀 녘이며, 검게 잠들었던 것들이 희게 깨어나고 있었다. 그때에 이르러선, 걷기에 편하도록 끌어올려 붙들어 맸던 장옷 자락도 내리고, 얼굴 가리개도 덮어버렸다. 그러고 나니 내가, 내 해골을 떼어 내 옆에 끼고, 머리 없는 몸으로 걷고 있는 듯하다는 기분이 들었다.

나는 이제, 이 길로 통해지는 읍의 입구, 처음 건물이 교회당이라는 데를 먼저 들러볼 작정으로 하고 있는데, 비록 헐린다 헐린다 하고는 있다고 한다더라도, 그것이 헐리기 전까지는, 아무 방해받음 없이 노독을 풀 자리는 거기밖에는 없는 듯해서 그런 것이다. 내 계집은 행여 그 집에는 발걸음도 하지 말라고 신신당부도 했었지만, 그렇기 때문에 내가 십 년 한하고 낮잠을 잔들, 누가 내 잠을 침노할 것인가. 이미 헐려버렸으면 또 그런대로, 주춧돌이라도 베고 쉬어도 좋을 터.

그러는 새날은 완전히 밝아져 버렸고, 해의 아주 센 빛이 구름을 엷게 녹혔다가 붉게 밀어내고 있어서, 내게서도 그림자가 돋아나고, 색깔을 잃었던 것들에서도, 그 내부로부터 색깔이 번져 올라왔다. 들은 푸르고 냇물은 맑고, 꽃은 붉기도 노랗기도 하며, 세상은 세상이었다. 시야에는 아직도 한참을 더 걸어야 될 저쪽에, 그리고 읍일 것이라고 믿어지는 지붕들의 아주 높은 것들 몇 개가 드러나 보였고, 그것은 읍일 것이었는데, 내가 거기 도착했을 때는, 늦은 조반이 끝나고나 있을 무렵이었다. 먼 여행이었다.

교회당은 아직도 헐려 있지는 않았다. 그 주위로, 능금나무와 벚나무들이 적당한 간격으로 늘어서 숲을 이루고 있는 언덕에, 삭다리 십자가를 아직도 높이 세우고 있는 그것은, 담쟁이덩굴에 덮인 붉은 벽돌 건물이어서, 대번에 나의 시선을 끌어갔다. 그것은 번쩍이는 햇빛 아래, 고풍으로 정숙히 서 있어 아름다웠는데, 왠지 고향 없는 한 돌중의 심사를 불편스러이 했다. 한쪽만 올려다보아서 잘은 모르겠지만, 그래도 추측건대, 백오륙십 명의 신도를 수용할 수 있지 않을까도 싶었는데, 그 속 어디 제일 깊숙한 데에, 그러면서도 햇빛이 잘 드는 곳에, 아늑한 방은 하나 없을 것인가. 난(蘭)이라도 가꾸면 좋지. 서늘할 때엔 뜰을 거닐고, 한낮엔 벌들이 윙윙대는 소리에 졸고, 밤중쯤에는 어디 별에서라도 흘러내리는 애 울음소리를 들어도 좋다…… 이러한 바람[願]은 또한 바람[風]이어서, 나를 자꾸 불어간다. 내가 어느덧 도보 고행승의 문하생이라도 되어졌던 것인가?

옛날에는 분명히, 풀포기는커녕 모래 한 톨도 구르지 않았을 것이었지만, 지금은 각시풀이며, 엉겅퀴 줄기 같은 것으로 가려, 계단으로도 보이지 않는 돌계단을 딛고, 나는 올라갔다. 철이 그런 철인지, 서리라도 맞아야 볼이 붉어질 그런 종류의 능금이, 파랗게 주렁주렁 매달려 있어, 잡히는 대로 하나 따서, 얼굴 가리개를 열고 씹어보니, 시고 또 떫떨했으나, 솔잎 씹어 배 불리기에 비할 바는 아니었다. 그러나 잘려진 가지며, 씹혀지다 버려진 능금 알이 뒹굴고 있는 것으로 보아, 어디에나 있는, 호기심 많고 극성스러운, 그런 개구쟁이들이 이 읍에도 많이 있어서, 낮이 기울도록 윙윙댄다는 것을 알게 했다. 듣고 보니, 몇 마리의 매미들이 울음을 시작하고도 있었다, 허긴 날개를 무겁게 했던 이슬도 말랐겠었다.

정문은, 내가 딛고 올라간 계단과 마주해 있었는데, 두꺼운 판자를 가로질러 대고, 큰 못으로 쳐, 단단히 봉해놓아 버리고 있었다. 그런 위로 담쟁이는 뻗어 올라가고 있었는데, 얼핏 보아도, 큰 개 한 마리는 들락일 만한 구멍이 하나 밑에 쪽으로 뚫려 있어서, 나중에 나도 그 구멍으로 들어가 쉬어야겠다고 했다. 그 구멍 또한, 개구쟁이 녀석들의 호기심의 눈 말고, 무엇으로 뚫렸겠는가.

나는 세 개째의 애능금을 씹으며, 천천히 건물을 돌아보면서, 바람[風]인 바람[願]에 휘청거리고 있었다. 난이가 키우지. 애 울음소리나 듣지. 창을 열고 밤에는 달빛에 끄슬려도 좋고, 때로 저승 간 이웃들을 추억해도 좋다. 높이 매달린 창들도 역시 판자로 봉해져 있었으며, 깨어진 유리창 구멍 속으로도, 담쟁이는 절시(竊視)의 가는 눈을 박고 있었다.

지대가 훨씬 높았으므로, 그것을 높이 세울 필요가 없었겠지만, 나지막한 종각은 그리고, 그 건물의 동쪽 편, 그러니까 회당의 뒤쪽에 따로 떨어져 있었고, 그 종각 바로 아래 왼쪽엔 한 옹달샘이 있었으며, 분명히 목자의 가족이 살았을 한 채의 작은 기와집이, 그 샘의 바로 곁에, 북쪽 바람을 막아서, 부엌을 잇대고 있었다. 그 기와집 문 또한 판자로 봉쇄해놓았었지만, 문창살은 다 부러져 나가버렸으며, 마룻장 또한 참혹하게 부서져 내려앉아, 게으른 바람이나 머물러 있고, 생활은 떠나 없었다. 어쨌든 갈증이 심했으므로, 그 샘에 머리를 처박아 물을 들이켜고, 거신(巨神)까지라도의 그런 쇠망, 그런 몰락 속에서도, 샘만은 아직도 맑고 티 없이 연면해온 것 때문에 몇 가닥 회포도 일었다. 거신뿐만이 아니라, 한 서낭의 몰락도 슬프게 한다. 그가 비록, 만세 전부터도 그리고 만세 후까지도, 강한 목으로 하늘의 보좌를 지키고 있다고 한달지라도, 어쨌든 이 읍의 한 귀퉁이에서, 그의 뒤꿈치는 상처 입은 것이 사실이었다. 문제는 그가, 만세 전부터 만세 후까지, 외적(外的)으로 존재하느냐 못 하느냐는 아닌 듯도 싶으며, 내적으로 얼마나 깊이, 그가 그의 그림자를 던질 수 있느냐에 있는 듯도 싶은 것이다. 산 채, 이 읍의 호적과에 사망 신고를 당한, 저 거신의 슬픔을 생각해서, 종 줄이나 잡아당겨 저 산신의 울음이라도 울려 내주었으면도 싶었으나, 나는 그러다 그만두었다. 소리까지도 몰락했을 것을, 황폐해졌을 것을, 그래서 울려 퍼지지도 못하고 소리의 녹이나 부스러뜨릴 것을, 무엇 때문에 다시 깨워낼 것인가.

한눈에 보이는 읍은, 한 이천 호로부터 한 이천오륙백 호 정도를, 그 주름주름에 싸안고 있었다. 그 읍을, 동에서 서로 갈라서, 큰 한 냇물이 흐르는데, 강(江) 못 된 이무기였고, 완만한 무지개형의 석교 둘에다, 목교가 하나 있어, 차안에서 차안으로 이어주고 있었다. 그것 중에서 맨 서쪽 켠, 목교가, 이 교회와 유리로 이어지는 것임은 금방 알 수 있었다. 그런데 대체로, 호박잎을 얹은 초가집이며, 작은 측간들이 밀집해 있는 것으로 보아, 물의 이쪽 켠, 그러니까 남촌은 별로 풍족지 못한 사람들이 모여 사는 듯했다. 거기서는 어쩌다 닭 우는 소리가 들려왔으며, 굴뚝 옆 감나무 잎들은 푸르게 번쩍였다. 그리고, 가운데 석교 건너편 북촌에서는, 끼니때 지난 지도 한참 된 오전의 중두막인데도 연기가 파랗게들 피어오르는 데다, 몇 떼씩으로 둘레둘레 뭉친 사람들이 피우는 소음이 주로 거기서 나는 것으로 보아, 장은 거기에 있는 듯했다. 거기서는 대장간 쇠망치 소리며, 팔러 온 촌 송아지가 우는 소리, 한 발길 걷어 채이고 깨갱거리는 장터 개, 거간꾼 흥정 붙이는 소리 같은 것이 들려오고 있었지만, 아직 소주가 되려면 너무 이른지, 문턱으로 나와 바지춤 까 내리고 오줌 줄기를 퍼 내지르는, 동촌 어디 아지배 얼굴이 안 보인다. 희고 큰 건물은 읍청쯤일 것이고 우중충히 검고 큰 건물은 재판소쯤일 것이고, 또는 그런저런 건물들, 수도청, 공지니네, 도갓집, 황토고개 과부댁네 상점. 동북간 대단히 완만스러이 기슭져 내려온 산 뿌리에, 한 숲을 돌로 담 둘러, 오백 가구가 살아도 남을 터에, 고대롭고 광실스런 집을 지닌 자는, 장로라고 불려지기를 더 좋아하는 읍장일 터이고, 서북간에 또 그런 집을 차지한 자는, 판관 나리—이런 건 모두, 유리에 있는 내 계집의 여행안내로 알게 된 것이다. 어쨌든 읍은 푸르게 보이는 고장이었다. 가로수며, 샘 곁에 선 배나무며, 사거리의 수양버들 같은 것으로, 그것은 속이 푸르른 고장이었다.

그러나 나는 거기로부터 잠시 눈을 돌렸다. 저 읍은, 나중에 천천히 속곳 살콤 열리는 데로 따라 내려가, 그 내정을 진하게 느껴도 좋은 것이었다. 허긴 지금도 마찬가지일지도 모르지만, 열세가 좀 더 덜 되었을 때에는, 처음 닿게 된 촌락이나 읍의 입구에 서면, 가슴이 설레어서 빨리 들어가 보지 않고는 견디질 못했었다. 그러나 지금은 그러기 전에 먼저 그런 촌락이나 읍을 다른 방법으로 사모하기를 바라고, 그런 뒤, 저 설렘을 잠시의 비밀로서 간직한다. 어쨌든, 사람 사는 곳은 다 그렇고 그런 것이다. 울타리엔 빨아 널은 월경대가 걸려 있고, 어느 집 마당 귀퉁이에서는 금잔화가 피고 있거나, 또 섬돌 위에서 파리를 가득히 물고 자는 엷은 뱃가죽에 채독병 든 아이, 유리 갑 속에 든 알이 큰 눈깔사탕, 그 뚜껑 위의 먼지, 도갓집의 술찌끼 냄새, 정미소의 꺼끄러운 먼지, 웃음소리는 그러나 별로 없고, 개장국집, 생사탕집, 저녁녘, 어쩌다 곱창 구워지는 냄새가 나는 골목을 지나다 보면, 으레 병든 목소리의 작부의 노래가 느려터지게 흘러나오고 있고, 떼뭉친 건달이 패들, 해수 걸린 노파의 기침소리, 소박맞고 돌아가는 며느리의 누런 삼베 적삼에서는 땀 냄새가 풀신거린다. 그런 것이다. 그러나 지금은, 어떻게 그런 것들을 즐길 것인가를 조금쯤 알고 있는 것이다. 그러기 위해서 무엇보다도 먼저, 노독을 푸는 것이 나의 방식이다.

나는, 저 정문에 트여진 개구멍을 통과하느라고, 버르적거리고 있었다.

그러자니, 삭은 송판이 부스러 떨어지기도, 부숴 떨어지기도 한다. 그럼에도 아직, 그 내부가 확연히 드러나 보이는 것은 아니었는데, 거기는 현관이어서, 한 번 더 문을 열고 들어가야 청이 될 것이었다. 그 안쪽의 문에 손을 대며 나는 몰락하고 색폐(塞閉)되었던 교회당이 간직해올 수 있는 온갖 것을 다 떠올렸다. 무엇보다도 습습한 곰팡이 냄새가 썩어가고 있을 것이고, 먼지 또한 한 뼘 두께는 채워 있을 것이며, 혀를 토해내어 길게 길게 태워 올렸던 방언(方言)의 제연(祭煙)이 그을음이 되어 천장과 벽에 붙어 있을 것이고, 노파 신도들이 남긴 눈물의 흐릿한 소금 냄새, 사라지지도 못한 송가의 꼬리들, 젊은 여신도들이 앉았던 곳에의 냉 자국들—그런저런 원귀들이 그 안엔 있을 것이었다.

그래, 그 안은 그런 것으로 빼꼭 채워져 있었으나, 그렇다고 해서, 그것들의 가닥가닥을 구별해서 느껴낼 수는 물론 없었다. 천의 잡음이 일시에 일어나면, 허긴 거기 하나의 화음이 나타날지도 모르긴 하다. 냄새도 그런 것이어서, 그것은 거의 들척지근하기까지 했다. 지붕의 구멍들을 통해, 하늘로부터 푸른빛의 동아줄이 몇 가닥 흘러 내려져 있었지만, 몇 마리의 거미를 빼놓고, 혼령 같은 것은 하나도 매달려 있지는 않은 걸로 보아서, 복음(福音)이 좀 뒤늦게 내린 것 같았다. 복음도 광년(光年) 같은 것이어서, 이천 년 전쯤에 한 번 반짝했던 빛이, 이천 년 다 지나서야 보이기도 하는 것이다. 그러한 빛의 줄기는, 일종의 희망으로서 쏠려 드는 듯이도 보였으나, 어떤 종류의 희망은 때로, 고문 같은 것으로 변해져 있기도 한다. 완전히 절망할 수 없을 때 고통이 따른다. 삶의 경우만 하더라도, 영혼에의 희망에 의해서 그것은 학대당하고, 비참하며, 구원에의 확신이 없을 때, 죽음이 가장 큰 두려움으로 화한다. 자기가 구원될 것이라는 확신은 그러나 기독 자신도 가질 수 없던 것이어서, 어찌 자기를 버리느냐고 깊이 탄식하며 죽어갔던 것이었다. 물론 그렇게 해석하는 것이 반드시 옳은 것은 아마 아닐지도 모르긴 하다. 어쨌든, 지붕으로부터 쏟아져 내리는 몇 줄기의 빛이 없었다면, 이 안의 어둠은 차라리 아늑한 것일 수도 있었을 것이며, 황폐나 몰락이 슬픈 것으로만 보이지 않을 수도 있었을 것이었다. 그렇게 본다면 극락이란 저승에 향해서 고문으로 던져진 것이다.

의자라곤 물론, 하나도 그 안엔 없었다. 그러나 내가 어림잡아, 거기쯤에 설교단이 있었으리라고 생각되는 곳으로, 한 발자국 한 발자국 떼어놓을 때마다, 마룻장이 삐꺼덕이며, 나를 그 밑의 무슨 땅굴 속에라도 떨어뜨릴 듯이 했는데, 그 삐꺼덕이는 소리는 벽에 부딪혀 이상스런 반향을 내며, 먼지의 수십 년 잠, 모든 추억의 수십 년 잠, 음침스러운 것의 수십 년 잠을 일시에 깨워 빛줄기가 내려 쏘이는 곳으로 푸르게 운집해 들었다. 나는 호흡이 거북하고, 재채기가 터져 나오려고 해서 불쾌했으나, 되도록 조용히 걸어, 저 잠들의 언저리만 그저 조금 건들기만을 바랐다. 그러며 다시 둘러보니, 저 푸른 빛줄기는, 반드시 지붕에 뚫린 구멍으로부터만 쏟아져 내리는 것 같지는 않았고, 차라리 그것은, 저 어두운 안에서 밖으로 뻗쳐 올라가는 것처럼도 보였다. 그리고 그것은 내 기가 약해질 때를 틈타, 내 위에로 덮쳐 누르려는 것처럼 느껴졌다. 이때에 이르러, 나는 조금쯤 초조해지고도 있었다.

허지만, 내가 설교단 위에로 완전히 올라서게 되었을 때, 그것은 표독스러이 짖으며, 바람처럼 사라져버렸다. 한 번의 위기는 지나간 것이었는가. 그리고 그것은 어쩌면, 저 악명 높은 늙은 검은 고양이였던 것이었는가. 검은 늙은 고양이 아니면 그것은, 뼛속으로 흘러 다니는 실뱀 바람이었는지도 허긴 모른다. 나는 왠지 뼛속이 시리고 왠지 으스스해서 빨리 이 회당으로부터 도망쳐버렸으면, 그것을 바라기도 했다.

그러는 새 눈이 그 안의 어둠에 익어, 보니, 기도대 위에는, 한 벌의 검은 법복이, 엎드려 있는 꼴로 얹혀 있는데, 그것은 어떤 반쯤의 형체를 싸안고 있는 듯이도 보였다. 유리에 남은 계집으로부터서, 그러나 나는 이런 법복에 관해서는 들어본 적이 없었다. 어쩌면 육갑하고 둔갑한 고양이가 법복 밑으로 숨어들었을지도 모르는데, 아무래도 나는 기를 좀 모아야 했다. 왠지 비겁해지려 하며, 어쩐지 싫다는 정이 치밀어 오르고 있는 것이다. 그러나 이것은, 내가 예기했거나 못 했거나 간에, 일상적인 데에 끼어든, 비일상적인 것 앞에서 당하는 불쾌감이며, 다른 것은 아니라고, 스스로에게 자꾸 일러주지 않으면 안 되었다. 그러며 내가 접근해 갔어도, 그것의 자세는 흐트러지지 않았다. 그때 다시, 저 파란 눈의 검은 바람이 소리 없이 냉기를 뿌리더니, 한번 무섭게 짖고 그리고 어디엔지로 사라져버렸는데, 역시 고양이였고, 사나웠고, 검은 놈이었다.

그때 나는, 모든 것을 가슴으로 느껴 알고 있었다. 저 설교복으로 엎드려져 있는 자는, 분명히 마지막 목자였을 것이며, 그는 어쩌면 기도하던 채로 죽었을지도 모르는데 한 마리의 고양이가 그의 주검을 수호해 왔었을 것이라는 것을, 글쎄 나는, 뭔지가 속삭여 듣고 있었다.

만약 그것이 사실이라면, 그리고 그가 아직도 썩지 않고 있다면, 그것은 고적과 고독의 몰약 탓이었으리라. 그러나 어찌하여 그는, 하필이면 한 마리의 고양이로 하여 자기 주검을 수호받아 왔는가. —이것은 내게 하나의 수수께끼로 던져졌다. 이 의문만을 빼놓는다면, 이제는 저 설교복을 향해 더 다가갈 아무 의미도 없는 듯해 그의 평안한 깊은 잠을 흔들어 깨우지 않으려 되돌아섰다. 나는 그리고, 한숨을 한번 불어내고, 천장 구멍으로부터 새어드는 낮빛에 망연해 있다가, 또 생각해보고, 이것도 무슨 인연으로 마주친 듯해, 그의 어깨라도 한번 안아주고 싶어 안았더니, 처음에 무슨 맥박 같은 것이 느껴지는 듯도 싶어 기꺼웠는데, 내가 잡고 있는 건 종내, 그 검은 옷 한 귀퉁이뿐이었다. 뭔가가 소리를 내며 떨어지기에 발밑을 보았더니, 타다 만 모닥불모양, 오소록이 쌓인 뼈 무더기 위에로, 그의 두개골이 마지막으로 굴러떨어져 내리며 투박한 소리를 냈던 것이다. 그래서 내가 들고 있던 해골이 떨어지지나 않았나 하고 살펴보았으나, 나는 여전히 내 것을 끼고 있었다. 그 기도대 위에는 다른 것이 하나 더 있었는데 그것은 성경이었고, 그러고 보면, 성경과 해골과 쇄골만 기도대 위에 얹혀 있었던 모양이었고, 정갱이며, 대퇴골이며, 무명골 따위들은, 전에 벌써, 설교복 밑으로 슬슬 흘러내려 와 있었던 듯했다. 나는 체머리를 흔들며, 조금 한숨을 쉬고, 조금 클클 웃었을 것이었다. 이 주검이, 비록 나에 의해서 그것의 오랜 잠의 처녀를 잃었다고는 하더라도, 내게는 그러나 전혀 생소한 것은 아니다. 우선 나는 혈루병자를 알고 있으며, 도보 고행승의 임종을 보았고, 그러나 무엇보다도, 독수리와 까마귀와 개미와 파리 들이 쪼아대던, 내 스승의 뼈들을 나는 생생히 기억하고 있는 것이다. 게다가 또, 내 스스로도 하나의 해골을 끼고, 이 먼 길을 걸어온 것이었다. 그럼에도, 내가 서서 있자니, 내 좌골도 내 장옷 속에서 슬슬 흘러내리고 있는지, 내가 자꾸 흔들

흔들해지며, 무너나려고 한다. 나는 그래 뼈 무더기를 앞에 두고, 흩어지려는 내 뼈를, 결가부좌에 붙들어 맸다. 나는 피로를 느꼈다. 그래서 노독도 풀 겸 한잠 자두려고 하고 있자니, 뭔지 파란 눈이 나를 쏘아보며, 살기를 쐬어내고 있어, 나는 그것의 목부터 비틀어버려야겠다고 생각했다. 어디로부턴지 소리도 없이 나타난 그 고양이였고, 그것은 뼈 무더기의 건너편에 웅숭그리고 있었다. 그 고양이 역시, 그러나 내게 조금도 생소하지 않다는 것을 나는 알아내고 있었다. 글쎄 전에 나, 촟불중네 촟불 속에서 그런 고양이를 보았었고, 그때 그것은 참혹하게도 내 눈을 파고 뛰어들었었다. 그런데 그 설욕을 아직까지 못 하고, 나는 거의 까맣게 잊고 지내온 것이었다. 그래서 나는, 조용히 손을 올려, 내 장옷의 얼굴 덮개를 열고, 머리 덮개를 벗어, 내 얼굴을 저 검은 짐승 앞에 정면으로 드러냈다.

전에 나는, 저 촟불 속의, 저 빛의 한가운데, 그 빛이 닿지 못하는 한 둥근 동혈에, 내가 먹혀들 것을 겁냈었다. 그 어둠, 모든 중력이 일점에로 쏟겨 들어 무서운 소용돌이를 일으키는 유암에, 억류당해 만년을 헤어 나오지 못할 것을 겁냈었다. 그것은 지금 돌이켜보면 그리고, 어쩌면 내가 최초로 인식해낸, 한 생명이 타며 휩싸고 있는 불길 속에 냉엄히 자리 잡고 있는, 하나의 깊은 절망, 구원이 차단된 괴로운 고장이었던지도 모른다. 생명이 작열하면 할수록, 그것은 그 심지 가운데, 흑암을 더욱더 두터이 하는 것 같은데, 그래서 그것은 생명이 어쩔 수 없이 같이하고 태어나는, 어떤 원죄처럼도 여겨진다.

이것이 바로 그런 고양이와의 재회인지 아닌지는 모르지만, 그러나 문제는, 작열하고 있는 내 생명의 어떤 불꽃이, 어떤 시꺼먼 고양이의 붉은 피를 요구하고 있다는 것이고, 그런 희생, 그런 제물에 배고파하고 있다는 것일 것이다. 글쎄 나는, 설분하기를 보류해온 것이다.

그래서 오늘은 나는, 천천히 심호흡을 해가며, 아주 오래오래 전에 철위산 밖, 첨부주 땅 밑, 오백 유순 어두운 곳에로 쏟겨 들어갔던, 한 빛을 떠올리고, 그 빛 위에 명상해나갔다. '빛'이, '말씀'이, 인육(人肉)을 입고, 이 세상에 나타났다가, '해골의 골짜기'에 던져져, 어떻게 저 흑암의 고장을 밝혔는지, 그 과정을 할 수 있는껏 소상히 살피며, 빛에 쏘이자마자 괴롭게 신음하고 주리

틀려 형체를 녹혀, 한 가닥 연기 같은 것으로 영원히 스러지던, 그 고장 슬픈 백성들의 소멸을 조롱히 떠올려보았다. 흑암으로 해 입은 살이란 그리고, 닭이 세 번째 울어 트는 동이, 복숭아나무 동쪽 가지 끝에 걸리면, 저절로 파괴되어, 서러이 울며 사라져버리는 것이다.

나는 심호흡을 계속해가며, 저 소용돌이치는 듯이 느껴지는 동혈 속으로 발을 디뎌나갔다. 그러며 양미간에 기를 모아, 두 개의 눈이 하나로 합쳐져, 그것이 빛을 쏘아내는 하나의 칼이 되어지기를 바랐다. 그러는 동안에 해는 얼마를 더 굴렀는지 모른다. 그러나 내 눈으로도 나를 보니, 내 양미간에 하나의 복숭아나무가 서 있는데, 그 동쪽 가지에 빛이, 뱀처럼 쓰르릉쓰르릉 흘러내려 오고 있었다. 그러며 그 빛은, 저 유암 속으로 쑤물거리고 들어, 그 안의 형체들의 목을 옥죄고 드는데, 이 황충에 물린 모든 흑암은, 괴롭게 죽어 희어져버렸고, 그런 뒤 붉은 불길이 일어 그 안을 일시에 태워버렸다.

이제는 손을 뻗쳐, 저 검은 짐승의 목을 옥죄어도 좋았다. 나는 그것의 패배를 알고 있는 것이다. 그것은 벌써 죽어버린 듯이, 머리를 가슴에 사려 넣고, 암흑 그 자체로, 정적 그 자체로, 소롯이 머물러 있었다. 나는 그것 위에로 아주 조용히 손을 뻗쳤다가, 느닷없이 움켜쥐어버렸다. 그리곤 그것의 따뜻하고 부드러운 목을 비틀어대기 시작했다. 목숨이란 괴로운 것이다. 한번 숨 넘기가 괴로워서 이 고양이는, 신음하며, 괴롭게 발버둥 치느라고, 내 장옷을 찢고, 내 가슴을 할퀴기도 했으나, 그것은 목숨이 괴로워 그런 것이다. 나는 그러나 마음이 더 차분해져, 그것의 고통을 지키며, 그 숨이 끊일 때까지 그것의 목을 자꾸 비틀어갔다. 그러나 쾌감은 느껴지지 않았다.

종내 그것의 목뼈가 부러져 가는지 어쩌는지, 무슨 으드득 소리 같은 것이 나고, 캑캑이는 소리가 나더니, 차차로 그것이 사지를 풀어가고 있었다. 그러며 말초 부분들을 바르르 바르르 떨었는데, 허긴 나도 어지간히는 힘이 진해, 현기증이 나기도 했으나, 그것의 늘어진 몸은 그래서 뼈 무더기 위에 올려주고, 그것의 대가리는, 그것이 지켰던 두개골 속에다 쑤셔 넣어주었다. 나는 그런 뒤, 그 자리에 그냥 비그르 무너져 누워, 마룻장에 내리고 있는 빛 자국들이, 세 치씩만 더 동으로 옮겨 앉을 때까지나 자두려고, 눈을 감았다. 내 마음은 평안했으며, 상심될 일은 없었으므로, 내가 잠들고 싶을 때, 잠은 얼른 내 눈꺼풀을 덮어주었다.

그러나 얼마나 잤는지는 모른다. 밖에서 한 떼의 아이들이 벌 떼모양 윙윙거릴 뿐만 아니라, 유리창에다 돌팔매질을 해대는 판에 잠을 깨이고 말았다. 그 애들은, 물장구치기에도 신물이 나고, 또 군것질 생각도 난 데다가, 뭐 좀 부숴대며 놀 일이 없을까, 그래서 올라온 것이었을 것이다.

“아이갸. 그라고봉개요이, 니 말이 맞는개 빈디. 어저께 밨일 때는, 여그 요런 뽀시래기(부스러기)가 없었는디, 그라구 구먹(구멍)도 훨썩 더 커졌어.”

第一의兒孩가말하고있었다.

“고 족거튼 괭이할매가 오널은 여그로 들어갔는개 비제?”

第二의兒孩가말하고있었다.

“고 새깽이 지엔장 앉아 똥 싸 뭉개는 소리를 다 허고 있네.”

第三의兒孩가말하고있었다.

“야, 헌디 들어바, 들어바, 들어보랑개. 무신 소리가 안 나냐?”

第四의兒孩가말하고있었다.

第五의兒孩는무섭다고그린다.

第六의兒孩도무섭다고그린다.

第十三의兒孩도무섭다고그린다.

十三人의兒孩는무서워하는兒孩뿐이모였다.

다른事情은없는것이차라리나았을것인가,

十三人의兒孩가道路로疾走하는데,길은뚫린큰길이다.

다른 사정은 없는 것이 차라리 나았을지도 모르는데, 그 애들에 대한 나의 짝사랑으로, 내가 회당 바닥을 삐꺼덕이며 걸어가, 우선 내게 유산된 해골부터 먼저 내민 뒤, 내가 다시 그 구멍으로 나가려 목을 내밀었을 때, 그 애들은 도망가버린 것이다. 목교 위를 질주해 가버린 것이다. 때는, 점심을 끝낸 농부들이 그늘 밑 오수를 즐기려 큰 나무 밑으로 찾아들 즈음이나 되어 있었다. 내가 고양이를 죽인 얘기를, 결국 그 애들에게 들려주지는 못해버린 셈이다. 나중에 그러나, 내가 읍내로 내려가게 되면, 그 애들 불러 앉혀놓고, 내가 어떻게 고양이와 싸웠는지, 그 무용담을 한번 신나게 엮어갈 수도 있을 것이다. 그 아해들은, 길로는 대로를 따라 질주해 갔지만, 마음으로는 막다른 골목으로 뛰어들고 있을 것이었다. 그 아해들은 무서워 뒤도 돌아다보지 못하고 있었다.

나는 어쨌든, 활개를 펴 기지개를 한번 했다. 그리곤 해골을 옆구리에 낀 뒤, 회당 앞마당의 능금나무 밑을 조금 어슬렁어슬렁 걸어 선잠 깨서 아픈 머리도 좀 맑히고, 신선한 공기도 폐부 가득히 호흡해 넣었다. 어쩌면 내가, 저 공기의 신선함에 너무 욕심을 부렸는지도 몰랐는데, 배가 쫄쫄거리며 건트림이 나와 트림을 했더니 매미 소리까지도 괴어 올라왔다.

한 뭉치의 주먹밥을 기억해내고 나는, 그런 뒤 종각 밑 샘 곁으로, 갔다. 그녀는 그랬었다, "가심선, 요것으로 요구(요기)하먼이라우, 읍내가 될팅개요, 아척(아침)은 거그 장로님네로 가 뵈겨요. 고 댁네서는 시님덜헌티 대접이 참 좋다고 헝개요. 알았지라우?" 나는 고개를 끄덕였었지만, 그러겠다는 마음이 있어서는 아니었었다.

어쨌든 청랭한 물로 입술부터 축이고, 전망을 찾아, 샘을 뒤에다 두고, 읍내를 내려다볼 수 있는 곳에, 아무렇게나 나는 퍽적지근히 주저앉았다. 그리고 아끼며 한입 뜯어, 오래오래 씹으며, 읍내의 거리며, 지붕이며, 분위기의 이내를 내려다보았다.

그러는 사이 내 손은 비워져 버렸고, 달게 괴어든 유리의 계집의 정이 창자에 무거워, 그것 좀 삭고 나면 가벼이 몸을 일으키려, 시간으로는 대개, 골통담배 세 대쯤이나 다 태웠을까 했을 만큼 앉아 있는데, 헌데 무슨 일이 일어났던가, 내 뒤통수를 벼락이 때렸던가, 급살이 끼었던가, 무슨 일이 있었던가. 내 뒤통수가 한번 와싹 탄 것뿐으로, 대체 어쩐 일이었던가. —나는 아무것도 모르게 되었다.

3

너무 잘 들기 때문에 꺼끄러운, 삭도 같은 것으로나 내 발바닥 살을 포로 떠내며, 거기다 소금을 끼얹는 듯한 아픔 때문에, 나는 깨어났다. 그것은 인고의 한계를 훨씬 넘는 것이어서, 도대체 비명을 참아낼 재간이 없었다. 나는 지금 산 채, 이 초열지옥의 고문을 당하고 있는지 어쩌는지 그것까지도 알 수가 없었다. 기억나는 일이란 아무것도 없고 또 기를 써서 주위를 살펴보아도 연기로 보이는 무슨 푸른 것이 나를 두텁게 휩싸고 있어, 재채기에 따라 눈에서는 눈물이 비처럼 흘러, 아무것도 볼 수가 없었다. 숨을 쉬면 가슴이 쓰리고 터져나가려는 것으로 보아서, 이것은 한 마리의 물고기가 물에서 낚여져 올라와, 숯불에라도 던져진 그런 상태인 듯하다.

"히히히, 조, 조골 들어배겨, 글씨 괭이가 우는 소리 안 겉냐고이?"

아스라한 어디, 아래쪽인지 위쪽인지에서, 어떤 아수라가 고자 목소리로 떠들며 웃는 소리가 들렸다. 그건 십 년 전에나 했던 소리가, 십 년이 지난 이쪽으로 뒤늦게 울려오는 듯, 도대체 내게 실감이 되지 않기는 했다.

"요배겨들, 에끼 이 사람덜, 요게 시방 무신 짓이단댜? 아이덜도 아닌 어른덜이 시방 요런 짓을 장난으로 헌단냐? 글씨, 고만침 해뒀이먼 인제 실폭허기도 안 허냐고. 인자 구만들 둬겨." 누가 굵은 목소리로 말하고 뭔가를 걷어차내는 소리를 낸다. 그러자 나를 푸르게 휩쌌던 것이 흩어지며, 발바닥의 에는 아픔이 좀 얼운한 채 머물고, 사물이 흐릿하게 나타난다. 아직은 그래도, 여울지는 수면을 통해 보는 것처럼, 무엇이든 포르르 포르르 떨며, 스무 개도 서른 개도 넘는 몸으로 내 눈앞을 스쳐 지났다. 손을 쳐들어 눈을 닦고도 보려고 나는 했다. 그러나 손이 쳐들어 올려지지가 않았고, 그런 대신 압박감이 느껴졌는데, 그리하여 내가 내 몸을 훑어보니, 내가 염 되듯 꽁꽁 열두 매로 묶여 있었다. 그것도, 내 등의 척추를 따라, 뒤꿈치까지, 무슨 막대기 같은 것으로 등받이를 해놓고, 그렇게 염해놓은 것 같았다. 그런 탓에 나는, 대꼬챙이에 꿰어져 마른, 약재용 지네 같다는 기분이었는데, 그런데 내가, 전체로서 뻣뻣한 채, 왠지 흔들리고 있어서, 전혀 안정감이 없는 데다 현기증이 났다. 초열은 저 아래 발바닥 밑에서 비롯되었던 모양이었다. 도대체 알 수도 없는 그들은, 그래 그러고 보니, 나를 태우고 있던 중인 것이다. 내 짓무른 이빨 사이론, 사실로 고양이 죽던 때 짜여 내지던 그런 소리가 부서져 나갔는데, 그래 그러고 보니,

그들은 한 마리의 요사스런 고양이라도 태우고 있던 중인 것이다. 대여섯의 사내들이 날 둘러서 있고, 그들의 얼굴은 벌겋게들 부어 있었고, 대략 여덟 살에서 열둬 살까지의 사내애 한 여남은 놈들은 조금 멀찍이 서 있고, 그놈들은 여차하면 도망치기라도 할 양으로 궁둥이들을 빼 내놓고 있고, 남루한 옷을 입은 계집아이 하나는 재미있어하는 얼굴로, 내 발치 아래 퍽적지근히 주저앉아 있다. 그러나 무엇보다도, 내 시선을 온통 빨아들이고 있는 것은 아주 멀찍이, 한 스무남은 발자국 떨어져, 능금나무 우거진 데 몸을 반쯤 숨기고 말에 타고 앉은, 금 사슬 두른 옷의 기름진 사내였다. 나는 어쩌면 그를 잘 알고 있을는지도 모른다. 글쎄 그는, 한 곬에 심긴 세 번째 나무거나, 어쩌면 첫 번째 나무일지도 모른다. 그의 눈은 충혈되어 번들거리고 있을 것이며, 입술엔 습기가, 가슴엔 불이, 치골엔 가려움증이 일고 있는 것이었다. 제일의 처용은 숨어서 보고, 제이의 처용은 각시의 뒤에서 자고, 제삼의 처용은 각시의 앞에서 잔다.

“두고 봉개 사람 참, 너무헝만이. 조놈우 아새깽이들은, 지언장, 무신 굿 났냐, 굿 났어?” 굵은 목소리의 사내가, 모두 들으라는 듯이 소리친다.

“허헛따나 십장 사둔은, 넘우 뒈세기병(두통) 좀 나수겄다고 요라는디, 백찌 나서각고, 훼방헐 것은 없잖냐고.”

다시 고자 음성의 사내가 받는다. 그러며 그는, 여기저기로 흩어져 연기를 파랗게 피워내는 모닥 끝을 주워 모으고 있었는데, 제일의 사내가, 아까 한 발길에 차 던졌음에 틀림없는 것들이었다.

“사둔은 그라먼, 조 객을 쥑이겄다는 짓인가 먼가? 머리며 장옷 봉개 중 겉은디 말여. 고렇게 무장무장 더 헐 것이 없잖애?”

“십장 사둔은 고거 무신 고런 숭칙헌 소리를 다 헌디야 참말로이? 내가 그랑개 쥑이잔 것이 아니고 말이라, 실토를 허라는 것 아닌개 비.”

“실토를 허란다니? 아니 실토는 무신 실토여? 잔네덜 첨에 조 객네 얼굴 보고시나, ‘나는 요것이 요사시런 귀신인 중 알았는디, 봉개 사람 아니라고?’ 히었잖냐고?”

“고것이 그래서 워쨌당 거여, 사둔헌티 시방? 그래도 혹깐 모룬개, 꼬랑지

(꼬리)를 내노라고 요라는 것 아니냐고?"

"참말이제 나는 몰루겄고만. 잔네덜은 않던 짓덜을 잘험시나 좋와허드라고. 원제 녘에는 떠들어온 워떤 새비(새우)젓 장시(장수) 하나를 안 그랬더냐고. 고 장시가 무신 죄가 있다고시나, 빨개를 홀딱 베끼고, 똥을 칠허더니, 똥개헌티 핥으라고 히었냔 요 말이여? 그래각고 갈라 묵고 난 고 새비젓 맛은 워떻던고?"

"요놈우 괭이야. 꼬랭이(꼬리)를 흿딱 내놓아라, 안 그러먼 꾸워 살라 묵어 빼릴랑개."

제이의 사내는, 그리고 다 모은 모닥에다 입김을 불어 넣기 시작한다.

"아 글씨 이 사람아, 요런 짓을 히어도 눈치를 좀 바감시나 허라고. 저그서 판관 나으리가 아까부텀도 보고 안 있냐고. 잔네들 머랄 것이여 인제?"

"십장 사둔은, 고때 고 새비젓 값을 누가 갚아줬는지, 여태끄장도 소석이 깡깜허단 것 아녀?"

제삼의 사내가, 낮은 음성으로 말한다.

"판관 냥반 말이제, 사정 돌아가는 것을 조만침이나 빠르게 안개로, 우리 웁내가 끄덕도 없이 잘 지켜져 나가는디, 누가 한번 방구를 꾸었다고 허먼, 조 냥반 그림재가 거그 있은개 말여."

제사의 사내도 낮은 음성으로 말한다.

"그래각고 기양 보고만 있는디, 새비젓 장시 일도 그랬제, 그랴. 그래서나 나중에 엄히 나무래기는 히어도 말이제, 우리 줌치(주머니)에서 고 새비젓 값이 나올 만헌가?"

제오의 사내도 낮은 음성으로 말한다.

"내 알기로는, 조놈우 가시나가 쥑일 년이여. 조것이 끈나풀이라고. 그래각고 쪼로록 일러바친당개로."

제육의 사내도, 말한다.

제칠의 사내는, 마상에서 귀두 끝으로 수분을 떨어뜨리고 있을지도 모르는데, 나는 다시 태워지며, 꼬리를 고백할 것을 강요당하고 있다. 그러는 동안에, 내 눈에는, 마상의 사내가 한 점만 하게 보여졌다 사라지고, 그런 대신 이 현장엔 부재중인 사내들이, 어지럽게 내 눈앞을 스쳐 가는 것을 보아야 했다. 사내 하나는, 타는 초를 항문에다 꽂곤, 밤 속을 등처럼 지나가고, 다른 사내 하나는, 물속에 앉아 자기의 근을 물어 끊는데, 그 광경을 보던 사내 하나는, 자기의 외눈 속에다 손가락을 깊이 꽂아 넣는다. 바위가 무너져 내리고, 그 아래에 앉았던 사내는 척추를 부러뜨리는데, 나무에 못 박힌 사내의 가슴엔 창이 꽂히고 든다. 내게는 어째서 꼬리가 감추어져 있지 않았던 것인가. 창자라도 토해질 것이라면, 그것이라도 한 열뒤 발 토해내 꼬리모양 보여줄 것인데.

나는 얼마나 애를 쓰고 힘을 썼던지, 입으로도 뭔지 썩은 걸 토해내고 있는 것으로 보아, 똥오줌을 또한 질금질금 갈겨내고 있었을 것이었다. 그러다 보니 내가 흔들흔들 흔들려지고 있었던지 나를 둘러섰던 사람들이 빙글빙글 돌고 있으며, 똥물처럼 참았던 그들의 웃음이 일시에 터져버렸던가, 내 고막이 찢어질 듯이 떠는데, 내 머릿속은 굉음으로 채워져 나를 절도시키려 들었다. 그 소리는 그리고도 계속되었다.

"에게 사람덜, 고 좀 너무헌다 싶응만. 워짜겄다고 또 종 줄은 잡아땡김선, 사람을 뻥뻥 잡아 돌리는 겨, 에헥, 거 좀 고만들 해둬겨."

"보제 야 사람? 안 본다고? 물속에 처넣은 괭이 대가리를 흔드는 꼴이여."

나는 어쩌면 청각을 잃었을지도 모른다. 아직도 소리가 나고 있다는 막연한 느낌만 빼놓으면 나는 아무것도 들을 수가 없고 있었다. 나는 어쩌면, 종 불알에 매달려 있는지도 몰랐다. 모든 새벽마다 모든 주일마다 그것은 깊고도 청아스러이 울어, 고달픈 혼들을 어루만져주었을 것이었는데, 지금은 저 소리의 녹슨 것, 소리의 황폐한 것이 평온했던 혼 속에서 죄스런 아픔과 신음의 녹을 부스러뜨린다.

체념하고 나는 눈을 감았더니, 연기 탓으로가 아니라 비겁 탓으로, 속으로부터 눈물이 괴어올랐는데, 그러자 왠지 소리가 멎고, 흔들림도 멎더니, 발 밑의 초열도 가셔버렸다. 그 순간에 이르러 내 정신이 아스무레해졌는데, 그래도 까무러치지는 않기 위해서, 호흡에다 기를 모았다. 가슴 또한 단단히 묶여 있었으므로, 깊은 호흡은 할 수가 없었어도 어쨌든 정신을 숨통에다 간신히 붙들어 매둘 수는 있었다.

"끌어내리도록 하시오!"

한 스무남은 걸음 저쪽에서, 한 스무남은 해나 걸려서 하는 소리였다. 그러고 보면 아직도, 내 고막은 파열되지 않은 상태인 듯했다. 그럼에도 물론 귀는, 저 소리의 악몽을 덜 깨고, 아직도 괴로워 윙윙거리고는 있었다.

"대체 당신들이 하고 있는 짓들은 무엇이오? 어디 십장께서 설명 좀 해보시오."

스무남은 걸음 저쪽에, 말에 타고 있던 사내가 어느덧 다가와, 마상에서 힐난조로 묻고 있었다.

"파, 파, 판관 나으리께, 께서도 보, 보아서 알고 계신 것맹이로."

"내가 알고 있다니?"

"헤, 보, 보아서, 헤헤헤, 아, 알고 계시잖은개 벼요이?"

"보아서 알고 있다니?"

"그, 그러싱구만이라우이, 그, 그라먼 요것 참, 죄송, 송히어서, 디, 디릴 말씀이 어, 없는디라우."

"죄송해야 할 필요는 없겠소. 무고한 객승에 베푼 사형(私刑)에 대해서는 나중에 법이 공정히 그 죄과를 다룰 것일 터인데, 본인이 보았다면 여러분의 두터운 행악이며, 한두 번 같이 사는 읍민으로서 너그러이 훈계했음에도 불구하고, 재차 재삼 그런 행악이, 그것도 백주에, 그리고 질서를 지키는 자 앞에서, 의연히 행해지고 있다는 것에 대해, 본관으로선 깊이깊이 유감으로 믿는 바이오. 어쨌든 저 스님을 끌어내리도록 하시오."

"예이, 예이! 아, 야, 이 참, 아 요 사람덜 여태끄장도 멋들을 허고 있단댜? 원 씨버무거갈! 내가 머시라고 허드냔 말이제. 일을 벌일 때는, 똑 무신 썩은 괴기 본 여시겉이 달기들더니, 요론 판에 이른 개는 죽을 상판을 해각고는, 능장코만 빠추면 워짜잔 것이여, 지엔장!"

나는 그제서야 풀려 내려졌다. 그들이 나를 매달 때, 그렇게 했을 것이 틀림없는, 아마도 그 방법을 거꾸로 써, 한 사내가 다른 사내를 목 위에 받쳐 올리면, 그 목에 사태기를 감고 있는 사내가 종 불알에 나를 묶은 새끼줄을 풀고, 남은 사내들이 나를 받아 내리는 그런 식이었다.

"내가 알고 싶은 요점은," 판관이라는 사내는, 익혀져 버려 고칠 수 없이 된, 사람을 깔보는 눈으로 나를 내려다보며, 이번엔 언사를 좀 누그러이 해서이었다. 나는 도대체 앉아 있을 수가 없었음에도, 눕지는 않았고 두 다리를 뻗치고 앉아 두 팔로 몸을 괴는 자세로 앉아, 그를 올려다보았다. "당신들의 이유는 무엇이었느냐는 점이지. 목적이 나변에 있느냔 말이야."

"그, 그랑개, 내가 머시라고 허등감? 머시라고 히었더냔개?" 십장이라는 사내도, 여기에 이르러선 분기를 돋우고 나섰다. "워디, 자네 말 좀 해봬겨, 판관 나으리께 좀 고해보랑개." 그는, 고자 음성의 사내를 향해 그렇게 족쳐대고 있었다. "아니, 고렇거니나 똑똑허든 사램이 끕째기 쎄(혀)가 굳었단댜, 워쨌단댜? 뱅을 나술랬으면 뱅을 나술랬단다고 허든지, 머시라고 히어야 알 거 아니냐고."

"히, 히히, 판관 나으리시라우, 쪼꿈만 뇌기를 가라앉히시고라우." 그제서야 고자 음성의 사내가 나섰다. "요 쇠인 놈이 몰루고 저재질른 이약이나 좀 들어바줘겨라우. 그라고 우리 모도 용서나 좀 히어주씨요."

"용서하고 안 하고는 법이 알 일이고, 내가 알 일은 아니오. 그리고 대개 요점만 얼른 말해보시오."

"그러라우 글씨. 그런디 요 괴회당에 괭이귀신 살고 있단 건 다 아는 일 아닌개 뵤이. 판관님도 아실 겅만이요이."

"아니, 그런 일도 있어왔댔구료? 그래서 당신이 보았댔소?"

"워, 워디가라우? 헤, 헤히히, 판관 어르신도 아심서나 백찌 몰른 체허셔요이."

"내 말은, 당신이 눈으로 보았느냔 말이오."

"아 앙 그라고사, 백택 없이 그라먼 워짠다고 요런 좋운 집을 묵히고 그라다 인제는 헐어낼라고 할 까닭이 없잖애라우? 그라장개 우리가 지금 요 공삿일 시작되기만 지다림선, 요런 좋운 날 허릴없이 가는 거 원망허고 있잖애라우? 그랑개요, 판관 나으리도라우, 장로 어르신께 좀 말씸 좀 디려서라우, 요렇게 좋운 날씨 때, 조 공삿일을 시작허도록 좀 심(힘) 좀 써주먼, 우리 참말로 아심찮겄구만이라우. 아 안 그랴 모도?"

"당신 지금 낮 꿈을 꾸는 것이오, 아니면 나로 더불어 희롱을 하자는 것이오? 어째서 이런 불미스런 일이 일어났는지를 요점만 말하라고 내가 그러지 않았소?"

"허믄이라우. 그라장개 시방 고런 이약끄장도 나오는 것여라우. 헌디 말이제라우, 해만 질라먼 요 쇠인 놈은 뒈세기가 아픈디, 나만 그런 것이 아니고라우, 그런 사람이 쎄빼렀어요."

"지금 하고 있는 객담엔 또 무슨 뜻이 있는 것이오? 간단명료히, 어째서 저 객승께 행악을 했는지, 그것만 밝히라고 내가 말하지 않소?"

"글씨 그랑장개, 요 쇠인 놈 애가 씨잉구만이라우. 헤, 헤히, 요번 일도 전번 일맹이로, 우리헌티 몇 말씸 훈계나 주시고라우, 우리덜 유야무야해빼리지라우 예? 요렇게 머슬 일을 크고 복잡허니 맹글어 좋을 일 없잖겠어라우? 아앙 그려 모도? 그라고 조 시님 발바닥 봉개, 물집 한 둬 군데 맺는디라우, 판관나으리께서는 너그럽우신개요, 한두 푼 줘서 의원네라도 보내먼 말여라우."

"내가 바로 목격자이므로 여러분의 죄상에 관해서는 더 따질 말이 없겠소. 어쨌든, 무고한 여행자를 이유도 없이 살해할 목적으로 분사형(焚私刑)을 가하다가, 목격자에 의해 목적을 달성하지 못하자, 그것을 일종의 장난인 것처럼 꾸며 은폐하려는 악랄한 저의라든가, 또한 그러한 범죄 행위에 대한 뉘우침은커녕, 오히려 법으로 하여 다스리는 자를 모욕하고, 또 공정히 써야 될 읍민의 세금으로 하여 여러분이 행한 상해의 보상금으로 써주기를 바라는, 그런 철면피하고 냉혈적이며 후안무치한 태도에 대해, 공정을 위주로 하는 법이 침묵할 수 있으리라고 본관으로선 생각할 수가 없소. 본관으로서는 지금 당장 여러분을 체포 구금하여야겠으나, 같은 읍에서 같이 뼈를 굵혀온 처지로서, 여러분께 오랏줄을 씌워 관서로 간다는 것은, 화평과 우의로 사는 읍민께 경악이 되며, 여러분께는 씻을 수 없는 치욕이 되고, 그런 일로 관과 민 사이의 거리가 소원해지는 것을 본관으로서도 바라는 바가 아니니 어쨌든 관에서 부르면 여러분께서는 여러분의 발로 관서에 출두해주기를 바라는 바이오."

"아니, 요것이 고렇게나 큰일이었으께라우?" 고자 음성의 사내가 등신불 같은 얼굴로 묻는다.

"나는 그리고, 당신이 주범이라고 지목하는 바인데, 법의 조문이 결정할 일이겠으나 앞서 말한 이유만으로도, 당신은 최소한 삼 년 징역형이나, 그에 상당한 벌금형에 처해지지 않을까, 그것이 나도 당신과 함께 염려되오."

"아니, 그랑개 요것이, 좀 짓구진 짓였단대도, 헐 일 없는 사람덜 장난이 아니었으끄라우?"

"할 이야기가 있으면 법정에 서서 해주시오."

그리고 판관은 말머리를 채, 돌아가려 한다. 그러자 십장이 얼른 말고삐를 잡아 매달리는 시늉을 하며, "파, 판관 나으리, 쪼, 쪼끔만 지, 지다려줌선, 우, 우리덜 이약이나 좀 들어보쑈이" 하고, 무릎을 꿇는다. 그는 오십은 넘은 얼굴에 두터이 눈물을 괴어내고 있다. "쇠, 쇠인 놈들이 몰라서 헌 일을 그, 그저, 똑 한 번만 너그러이 보아서, 그저 이약이나 좀, 이약이나 좀, 들어바주먼 원이라도 없겄네라우."

그러자 판관은, 양미간을 좀 찡그렸으나, 말을 몰아 떠나지는 않았다.

"우리도 말이라우, 우리 죄를 몰루는 건 아니구만이라우. 헌디 말이지라우, 조 친구네 늘 머리 아파해쌓는 걸 우리 눈으로 바왔응개 말이요, 벵 좀 나수겄다고 그러는디, 대처니 우리가 워쩌겄어요? 벵 나술라고 워떤 사람은 죽은 아 간도 내 묵는단 말도 안 있는그라우이? 헌디 야 사람아, 고라고 등신맹이 있으먼 워짠단 것이여? 얼렁 돼온 사탈이를 판관 나으리께 고해바쳐얄 것 아녀? 다른 씰디없는 말은 헐 것이 아녀 글씨. 톡 뿐질러서, 알아딛기 좋구로 말허란 말여."

"웟따나 사둔은 지엔장, 아 누구는 안 그라고 싶어서 안 그라는 중 아는갑네. 십장 사둔도 여그 있었응개, 그라먼 사둔이 좀 나서서 말 좀 히어보라고. 시방 그럴랑개, 내 뒈세기 아픈 벵 이약이 나오는 거 아니냐고."

"앗따 건 그랴. 그라먼 바쁘신 어른 너무 지체 않구로 허라고."

"헤헤, 저 그랑개요," 고자 음성의 사내는, 너무 일그러뜨려 보기에 추악해 뵈는 웃음을 물고, 판관의 말 곁으로 다가선다. "요 쇠인 놈이 고 말씸은 디릴라고 히었는디요, 판관님이 어만 말로시나, 내가 헐 말을 못 허게 하셨제라우이? 헌디요, 그라장개, 쇠인 뇜이 아까 판에 워디끄장이나 말씸을 디렸었제라우?"

"내 고려해보겠소."

판관은 그리고, 말 잔등에 가벼운 채찍질을 한번 해서, 여유 있게 떠나갔다.

"사람 참." 십장이 의기소침하여, 고자 음성의 사내께 한마디 투덜댄다. "워짠다고 고 모냥 고 꼴이여?"

"머시여 내가? 고 좀 십장 사둔은 가만히 처져 있으라고. 워짠다고 고렇게, 헌 중우에 좁 불거지뎃기 고렇게 차꼬 나서쌓냐고." 그는 그리고, 이미 스무남은 발자국도 더 저쪽으로 멀어진 판관을 부르며, 몇 발자국 달려간다. "파, 판, 관 나으리요, 죄 없는 사램이 워째서 관엘 가야 쓰끄라우? 글씨 죄는 저그저 시님헌티 있다고라우."

그러나 그는, 힘없이 돌아서더니, 자기만을 쳐다보고 있는 눈들 때문에 기가 질렸는지, 좀 비실비실하고 있었다. 그러더니 뭘 생각했는지, 능금나무 한 가지를 꺾더니, "요놈의 새깽이들, 무슨 귀경 났냐? 귀경 났어?" 하고, 괜스레 아이들을 다그치고 나선다. "귀경 났냐고? 요것이 굿이여?"

"씨발, 우리가 워쨌간디 우리헌티 야단이대라우?" 애들은 꿩병아리들처럼 헤쳐져 도망간다. "족거치, 에이 족거치."

"글씨, 조놈우 새깽이들 때미 요런 일이 안 벌어졌냔 말여." 애들이 다 도망가버리자 그는, 회초리를 던지고, 탓 돌림을 시작한다. "글씨, 사둔들하고 같이 안 들었었냐고. 조 구멍 워디서, 먼첨 해골바가치가 굴러 나오는디, 본개로, 대가리가 없는 귀신이 피를 뻘겋게 묻히각고 또 나오드라고 말여. 아 안 그랬었더냐고? 삼 년 재수 없을 놈우 호리야덜 놈들! 그라고야 가시나야, 나이는 옹골차게 다 처묵은 지집아가, 대처니 멋허겄다고 여그 요라고 있는 것이여? 또 상내가 났단댜? 한번 히어주까?" 그는 이번엔, 남루한 옷을 입은 한 소녀에게 화를 덮어씌운다.

"음지랄이냐? 조쪽 옴팡한 디로 가까? 씨버무거갈 녀러 가시나."

"그래도 나는, 똥개가 아니니까요 아저씨 아랫두리를 물어뜯지 않을 테니 염려 마셔요."

그 계집아이도 그리고 표표히 떠났는데, 모두 얼굴을 돌리고 감추어서 웃는 것으로 보아, 그 계집아이는 그들을 감격하게 했음에 틀림없었고 내막도 있었음에 틀림없었다. 그러자 저 무죄하고 무안했던 사내의 얼굴에 일순 핏기가 사라졌으나, 그래도 한 사십 년 산 나잇값을 하느라고, 얼른 고쳐 웃곤, "조것 조래 비어도 말이라, 제복 음쪽거리는 디가 있더라고. 한번은 말인디, 요것 사설(사실) 이약인디, 지랄을 험선, 조 작것이 쎄바닥을 빼 물리길레 씹다 봉개 말여, 고것이 조 작것의 쎄바닥이 아니고 말이제, 끄텡이는 무신 끄텡인디 고것이 글씨 내 끄텡이드라고" 하고 말했다.

"쏴해, 에이 쑤악허드랑개. 쏴해."

그 계집아이와 이 사내는 우리를 감격케 했다. 내 발바닥에 독하게 남아 있는 얼운함까지도 잊게 하는 감격이었다. 우리를 감격케 한 그 계집아이는 열네댓으로밖에는 보이지 않는, 허약한 아이였었다.

"아 그러나 야 사람들." 십장이 한숨을 한번 불어내고, 어두운 얼굴로 나섰다. "우리가 요거 생각보당 큰일을 저지른 것 겉은디, 워째얄까를 몰루겄는디, 위선 조 시님헌티도 멘목이 없고 말여."

그때쯤엔 나도, 한 객승으로서 본읍 사람들께 인사도 차려야 될 듯해서, "듣고 보니, 모든 잘못은 내게 있었던 듯한데 말입죠" 하고, 한마디 참견하고 나섰다. "이거 너그러이 용서하십시오. 소승은 어젯밤 유리를 떠나, 오늘 아침에 여기에 닿았는데, 밤길을 걷다 보니 노독이 심해, 어디 한 군데 유해볼까 하고 들렀던 데가, 글쎄 저 회당이었습니다요그려."

"아 그러신 걸 몰루고 말이요," 십장이 겸손한 어투로 말한다. "우리가 이거 손님 대접을 옳게 못 했으니."

"아니, 우리가 손님 대접을 잘못히었단 말이여?" 고자 음성의 사내다. "조 시님 이약도, 자기가 잘못했다고 허잖냐고? 글씨, 들어봤제? 나는 잘못헌 짓이 없었드라고."

"글쎄, 소승이 잘못했던 것 같습니다. 유리의 풍속은, 이런 장옷을 입되 얼굴 가리개까지 가리는 것이라고 할지라도, 여기서는 그래서는 안 되는 것을 깨닫지 못한 것이 불찰이었으며, 비록 소승의 스승이 내린 것이라 하더라도, 유리를 떠나면 이런 두개골은 지참치 말았어야 옳았을 터인데, 그것 또한 불찰이었습니다. 하오나 소승께는, 그 두개골이 소승의 스승이 내린 법이나 계만큼은 중요한 것인데, 지금 소승이 그것을 잃고 있으니, 어느 분께서 참으로 친절하시게도 그것을 좀 찾아주시겠습니까? 소승이 일어설 수만 있으면 소승이 찾아보겠습니다만."

"아 그야 어렵잖지라우." 어떤 다른 사내가 말하고 일어선다. "아까 시암갓(샘가)에 있는 것 봤응개요."

그는 일어나 샘터엘 갔다 되돌아오며, 무슨 막대기 끝에다 두개골의 눈을 꿰어 가지고 온다. 그랬기에 두개골이 뒤집혀져, 그 속의 '누룩'이 다 엎질러져 버렸지만, 엎질러지지 않았다고 하더라도, 그것은 이미 못 먹을 것으로 변해져 있었을지도 모른다. 흙먼지며, 풀잎 따위 같은 것이 채워졌던 흔적이 보인 것인데, 그 애들 말고 누가 그랬겠는가.

"듣고 봉개," 고자 음성의 사내가 다시 말한다. "시님이 말씸 한번 잘히었소이. 불찰은 똑 시님헌티 있었다고라우. 헌디 죄도 없는 내가 삼 년 징역이나 살아야 된다먼, 고것이 옳은 짓이끄라우?"

누구의 불찰이든, '무고한 객승에게 베푼 분사형'에 대해서, 그는 깡그리 잊고 있는 투였다. 그러나 나는 그를 미워해야 된다고는 생각지 않았다. 어쩌면 그의 그런 태도는 그의 생활하는 방식 속에서, 그만의 땀내처럼 번져버린 것인지도 모른다. 그렇다고 그런 땀 냄새가 내게 훌륭하게 느껴지고 있는 것도 아니었다. 다만 뭔지, 우리 사이엔 청산될 것만 쌓여온 것 같았다.

"글쎄 거 어째야 되겠습니까? 어디 소승이 한번 관에라도 가봐야 될까요? 그래선, 그것 모두 나의 불찰이었으니, 벌을 주려면 내게 달라고 말해볼까요? 허긴 그럼 무슨 방도가 있을지도 모르죠."

"참말이제 고건 옳은 말씸이구만." 고자 음성의 사내다. "일이 고렇게 돼야 순서라고. 아, 안 그랴 모도?"

"자네는" 십장이다. "자네 터럭 하나라도 빠지면 아깝고 말이제, 다른 사람은 발을 못 써도 된단 말여, 무신 말여? 비록 말이제, 조 시님이 얼굴을 개리고 말여, 해골박을 들었단대도 말여, 자네가 조 시님 기절시키놓고, 자네가 조 시님 얼굴 열어봤지 안 했더냐고. 점잖고 도량 짚은 시님헌티 탓 돌릴 건 없제,

없어. 나로 말히어도 말여, 자네들 못 말긴 죄가 있은개, 그랑개 나도 받을 죄는 받을라고 작정히었응개."

나는, 그의 이야기를 들으며, 흐트러졌던 장옷 자락을 여몄다. 그것은 분비물의 냄새를 풍기고 있는 데다, 그 끝이 조금씩 타고, 가슴팍 부근은 찢겨 핏방울에 덮여, 더 입을 수 없이 되어 있었다. 찢겼거나 핏방울에 덮인 곳은 분명히, 고양이가 죽어가며 표독스러이 내 가슴을 할퀸 탓이었다.

"그란디 나도 말여, 여태끄장 생각히어밨어도 말여," 나중에 듣고 보니 그는 돌팔이 측량사였는데, 그가 드디어 한마디하고 나섰다. "머시 뒤집어씌웠던 것맹여. 헌디 요것이 물론이나 에리석은 이견(의견)일랑가는 몰라도 내 이견으롤랑은 요렇구만. 워쨌던 여그 오신 시님덜은 장로님 댁에 묵기가 일쑨개 말이고, 또 장로님이 시님덜 대접을 잘헌개 말인디 나중에 원지, 시님께서 우리가 좀 밉고 싫드래도, 우리들 불쌍헌 것 생각하시서 말이제, 고 장로님헌티 살째기 한번, 우리덜 잘못헌 것 용서 좀 히어주라고, 귀띔만 해주먼, 만사 잘될랑가도 몰른다는 생각인디, 그라먼 인제 우리가 시님 치료비는 대고 헐 것인개, 내 이견이 모도헌티 워뗘?"

"그라고 봉개, 고것 이겐(의견)인디. 조만침이나 꾀가 있응개 말여," 채석공이라는 사내가 얼굴을 펴고 나섰다. "배운 디는 없음선도 칙량을 해서 묵고 사는 겨. 헌디 조 시님헌티 먼첨 물어바야 안 될랑가 몰라."

"고것도 또 독(돌) 한번 쪼개고 나선 소리 겉구만."

"아, 그런 일이라면, 우선적으로 소승의 불찰이었고 하니, 여러분이 원한다면 즐거이 해드리지요."

"고만헌 도량이먼," 듣자니 회계꾼이라는 사내가, 오랜만에 한마디하고, 십장은 읍내 쪽을 망연히 내려다보고 있는데, 고자 음성의 사내는 자기 발등만 보고 앉아 있다. "큰시님도 한번 돼묵기도 에렵잖겄소이."

이 대목쯤에서, 그들의 말소리는 숙어 들었는데, 나뭇가지들에서 매미만 울어쌓고, 별로 할 일도 없는 여름날 오후의 고단함이 밀리고 들었다. 그들은 이제쯤 내려가서, 하다못해 주막집 그늘쯤에서 고누라도 한판 벌여도 좋았을 것인데, 그러나 그러기는커녕, 번듯이 눕거나, 게으르게 눈알이나 굴리거나,

한숨을 쉬거나 했다.

"나는 미쟁이 노릇을 해묵고 사는디, 한 십여 년 전에 떠 들어왔지라우. 헌디 시님 본절은 워디시라우?" 이제까지, 내게 향해서는 한마디도 없던 사내가, 내게 그렇게 물어왔다.

"이런 돌중 행색에, 헤, 어디 본절인들 있겠습니까?"

"허기사 제 혼자 중질허는 중도 많은개라우. 고렇게 벌어묵고 사는 기 펜하겠지라우이."

"허허허, 옳은 말씀이시오."

"헌디 워짠다고 고런 숭칙한 해골바가치는 들고 댕긴대라우?" 회계꾼이었다. "고것 각고 댕기면 몽뎅이 맞기는 똑 좋아 비어도, 동냥허기는 에럽겄소."

"헌데 사돈은," 내가 고자 음성의 사내를 부르는 소리가 그랬다. 나중에 알자니 그는 목수라고 하는 것 같았다.

"늘 머리가 아프시다는 말씀이셨는데, 속담에도 있듯이 병이란 건 숨겨두면 도지고, 밝히면 약이 생긴다고도 하지 않습디까요?"

"아니, 그라먼 시님헌티 무신 좋운 약이라도 있다는 고 말이요?"

"그런 뜻으로 드린 말씀은 아니지만, 그래도 좀 듣고 싶어 그럽니다."

"약도 없음선, 넘우 뼁 이약은 멋 땜시 들어볼란단 것이요? 허허 내 참. 히어도 시님이 말 한마디는 잘 허겼어라우. 뼁이란 건 천상이제 감추고 지낼 것은 아니요이. 헌디 내가 말을 헐라먼 모도 웃는 디에 사탈이가 있소. 글씨 넘은 뼁 이약을 허는디, 저는 웃는단 요 말이요. 뻴 씨식잖은 소리를 다 헌다고 하는 기요. 허나 시님 들어보씨요이. 에려서 짐성헌티 크게 놀랜 사람은, 다 커서도 그라는지 워짜는지는 몰루겄어도 아무튼 나는 고놈의 짐성허고는 사이가 썩 좋덜 못해밨어라우." 그는 그리고 침을 삼켜 넣는다. 그러나 다른 사람들은 흥미를 잃은 듯, 읍을 내려다보기도 하고 우는 매미를 향해 투덜거리기도 하고, 그리고 아마 무슨 공사판 이야기도 하는 것 같았다. "그랑개 들어보씨요이. 요 괴회당에 괭이귀신 살고 있는 중은 다 알고 있소이. 본 사람은 없어도라우, 소문만 각고 이약 책을 뀌미도 서른 권은 될 틴개, 고 말은 허지 맙씨다잉. 헌디 보씨요, 해만 질라고 허면 나는 머리가 아팠더라 요 말이요. 우리 집은 조쪽 아래 있는디, 모도 감나무집이라고 그러제라우. 헌디 해가 질라먼, 요 괴회당 그림재가 살망살망 니리와각고는 우리 집을 콱 웅키잡아 묵어뻐리는 것이랑개. 아니, 헌디 시님은 안 웃는그라우?"

"웃을 까닭이 없는 말씀이신걸요."

"아, 그라먼 안심히었소. 글씨 나는 사설 이약을 헌개로. 그라먼 인제 갖다가시나 머리가 아파지기 시작허제라우. 고 아픈 징세는, 일로 치먼 둬세기 속에서 괭이가 운다고 허까. 움선 고 붉은 쎄바닥으로 내 골을 핥아 묵는다고 허까, 워쨌던 그렇소. 애초에 시작은 그랬는디, 고것이 차채차채 도지먼서 인제 밤이나 낮이나 아풍만이요. 그래도 더 소싯쩍에는 몰랐는디, 마누라가 데리고 온 자석 놈 홍진에 죽어뻐려, 묻고 돌아온개 워디서 밤새도록 괭이가 울어싸라우."

"아니 이배겨들." 십장이 생기 있는 목소리로 주의를 환기시키고 나선다. "조 다리 우에 말여, 조 냥반이 장로 어르신 아녀? 잔네들 붉은 눈으로 좀 봬겨."

"그렇고만 그랴. 그라고 촛불 시님이시구만. 헌디 오널은 워짠 서낭 귀신이 씌었단댜?"

"좋은 소식이나 좀 각고 왔이먼 싶으구마는. 인제는 배도 고푸다고. 여그로 오시는 기 확실허제?"

"조 촛불 시님은 에지간히 큰시님이 아니여. 워디, 유리서 왔이먼 시님도 조 시님을 만내봤이끄라우?"

나는 고개를 끄덕이고, 목교를 내려다보니, 두 사람이 걸어오고 있는데, 얼굴은 확실치 않았으나, 백발의 약간 등이 휘인 늙은네를, 젊은네가 부축하고 오는 것이 보였다.

"아, 그러니 그 내용이 그렇게 되었군입쇼. 소승도 저 어린 죽음에 대해 심심히 조의를 표하는 바이외다."

"고맙구만이라우. 내가 참 귀애했었는디라우."

"그렇다면 거기 전혀 묘약이 없을 수도 없겠습니다요 그려."

"아니, 고것 참말이랍뎌? 흐흐흐, 그래서나 벵이란 소문을 내고 볼 일여."

"그나따나 말이제." 십장이 이번엔 풀 죽은 소리로 혼잣말하고 있었다.

"워짠 일이 있었냐고 물으먼, 내가 요거 머시라고 헌다제? 걱다가 다른 청부업자가 둘썩이나 더 나스고 있는 판인디 말여."

"만약에 그런 고양이가 죽어버렸다면, 사돈 머릿속은 깨끗하지 않겠소."

"아 고것이사 베문헌 소리겄소이?"

"소승이 저 회당 안에서 그런 고양이를 한 마리 죽였는데, 그게 그 고양인지 모르겠군요."

"허히, 고것이 참말이랍더? 송아치만 하게 큽더? 서서 걷습더?"

"뭐 그렇지는 않습디다요. 그냥 설교대 밑에 던져놓아 뒀습죠."

"고것 좀 얼렁 보고 싶응만." 두통쟁이는, 좀 넋 떨어진 놈처럼 웃으며, 회당 정문 쪽으로 걸어간다. 오며, 내가 살해한 그 고양이의 뒷다리를 거머쥐고 나오는데, 그의 얼굴엔 조금도 기쁜 빛이 없었다. 밝은 데서 보니, 그 고양이는, 생각했던 것보다는 크고 살기스럽기는 했으나, 털에 윤기가 없어 거의 누르스름하게 보이는 것이, 천했다.

"시님이 말씸한 괭이가 요것이었든그라우. 요것 본개 머리만 더 아프요."

나는 대답할 말을 찾지 못했다.

"다른 괭이라먼 몰라도, 요 괭이라먼 불쌍시런 걸 괜시리 쥑있소. 요놈은 집도 절도 없는 놈이라 배가 고프먼 기양 느시렁 느시렁 댕기도 벨 해꾸지 한 번 안 허는 놈이었더랑개요." 그는 그 고양이를 땅바닥에 던지며, 다시 내 곁에로 왔으나, 앉지는 않았다. "요 웁내 사는 사람치고, 조 괭이 안 본 사람은 없을 것인디, 불쌍헌 것만 쥑있소."

그는 차라리 나를 원망하고 있었다. 이 사내의 병은 낫지 않을 모양이었다. 이 사내의 병은 그러고 보면, 고양이라고 풍문으로 전해지고, 실제로는 어떤 그늘뿐인, 그 그늘의 주술에 의해 돋아진 것인지도 몰랐다. 그러나 누군가가 있어, 이 사내에게서 그 주술을 풀어주지 않는다면, 이 사내는 분명히, 그 두통을 관 속에까지 넣어 갈지도 모를 것이었다.

"아, 그러고 보니, 사돈이 말한 고양인 이런 것이 아니었었지요? 그랬습죠. 그러고 보니, 다른 고양이 말씀이시구만. 글쎄 그 고양이였어, 그놈의 고양이 말씀이시구먼."

"아니, 시님도 보싰단대라우?"

때에, 장로와 촛불중이 거기에 도착했던지, "여러분께서는, 한 대사로 더불어, 한 마리 고양이를 놓고, 무슨 뜻깊은 말씀들을 나누고 계시오?" 하고, 한 열댓 발자국 저쪽에서, 웃음으로 묻는 소리가 들려왔다.

"아, 요, 요, 참 죄송시럽게 돼뻐렀는디요." 십장이 뒤통수를 긁으며 하는 소리였고, 다른 사람들도 모두 일어나 절하며, 뭐라고 제가끔씩은 한마디씩 인사를 해 올린다.

"헌데, 나도 내 아들로부터 대강은 이야길 듣고, 지금 부랴부랴 오는 길이오만." 노인은 내 쪽으로 다가오며 말하고, 촛불중은 약간 좀 놀란 듯한 눈으로 나를 쏘아보더니, 고개를 돌려 읍을 내려다본다. "대체 무슨 짓들을 하였단 말이오?" 그리고 장로는, 내가 지참한 해골을 보고서인지, 일순 창백한 얼굴이 되며, 입술을 좀 떨고 있어 난 좀 민망함을 금할 수가 없었다. 그러나 그는 이내, 전의 온화한 얼굴로 돌아가, "대사, 이거 참 못 당하실 곤욕을 당하셨구료" 하고, 연민 어린 눈으로 날 내려다본다.

"어찌 한 학승을 대사라고 부르십니까?" 나도 대답하고 합장 재배해 보였다. 그런 뒤, 다른 사람들이 말을 꺼내기 전에 내 쪽에서 먼저, 어떻게 되어온 사정인가를 요약해서 들려주고, 일이 이렇게 되어온 모든 원인은 내게 있었다는 것을 강조했다. 그리고 그런 불미스런 일에 따르는 벌과는, 그것이 어떤 것이든 새로이 고려될 여지를 갖고 있다는 것을 밝혔다.

이 계제에 이르자 노인은, 호걸풍으로 웃으며, "듣고 보니, 서로들 몰라서 그랬지, 누구의 잘못도 아닌 듯하구료. 그러나 법은 판관이 다스리는 것, 판관이 고려할 일이겠으나, 그래도 일이 그런즉 나도 거들어 이야기해보리다. 허나 어쨌든, 이런 불상사는, 그 내용이야 어쨌든 전혀 두둔할 만한 것은 아니라는 것을, 이 기회에 모두 명심해두는 것이 좋겠소. 허고, 상처를 보니 그렇게 심한 듯하지는 않으나, 속히 치료를 받는 것이 후환을 없이할 터이니, 어디 십장께서는 들것이라도 하나 만들어보는 것이 어떻겠소. 그래서 비록 이 늙은네 집이 불편하다 하더라도, 이 늙은네 집으로 대사를 좀 모시도록 하시오" 하고, 분부도 했다.

"암만이라우, 암만이라우. 그랍지라우." 십장은 대답하고, 채석공과 미장이를 손짓해 불러, 교회당을 옆으로 돌아갔다 돌아온다. 그들은 그래서 두 쪽의 퇴색한 송판을 가져왔는데, 떨어져 나갔던 부엌문을 가져온 것 같았다.

"하온데, 아까 소승은, 여기 계시는 분과 함께, 고양이에 관해 이야길 주고받고 있던 중이었습죠."

"예, 그랬었지라우 장로 어르신."

"허락하신다면, 소승이 지금 그 말씀을 끝냈으면 하옵니다."

"아, 어서 계속하여주십시오. 이 늙은네도 경청해드리리다."

"감사합니다." 장로께 나는 목례해 보이고, 두통쟁이에게 향했다. "그러니까 말씀입죠, 혹시 사돈 말하는 고양이가, 해가 지려고, 서산마루에 걸려, 그렇지 꼭 지금처럼, 뉘엿뉘엿할 때로, 산으로부터 스름 스름, 아주 조용하게, 산그늘모양."

"그래라우, 그려요. 아 그려라우. 그람선 고것이, 진 낮잠 자다 깬 것맹이 입을 짤 벌림선, 하품을 하요이. 그라고 몸뚱이를 한번 쭉 늘였다가시나는, 냐옹 하고, 내 우에로 덮치각고는, 내 머리를 씹어대요이." 그는 수다스러이 떠벌이며, 친구 만난 듯, 내 발치에 털썩 주저앉았다.

"그러고 나면 밤중까지나 열이 나지 않소?"

"것도 맞는 말씸인디. 헌디 고것도 변허드랑개."

"전에는, 구름 낀 날이나 비 오는 날은 아프지 않았었다는 말 아니겠습니까?"

"요 냥반이 그라고 본개요, 점쟁이치고라도 솔찮한 것맹인디?"

"그거 하나도 틀린 말씸이 아닌디. 조 친구네 그래각고, 꾸름한 날로만 좋아했었응개." 십장이 거들며, 그도 자리 잡아 앉는다.

"사돈네들, 만약에 그렇다면, 그 고양이는 이 읍에만 있는 고양이는 아니겠습니다요."

"아니 그라먼, 딴 디도 있습뎌?" 칙량꾼도 묻고 앉고, "참말이제 열시[閱世] 많은 시님덜 말씸은 들어놓고 바얄 것이당개." 회계꾼도 앉고 다른 사람들도 앉았다. 장로와 촛불중만, 열외에 서 있었는데, 그러나 장로는 서 있는 것이 좋아서인 것 같았고, 촛불중은 흥미가 없어서인 것 같았다.

"설매 그러끄라우?" 두통쟁이 당자는 정작 못 믿고 나섰다.

"사돈, 글쎄 나도 그렇게 의심했었더라구요. 허지만 이야길 좀 들어보시지요. 서녘 산이 있는 마을 이야기지. 그 서녘 산 꼭대기 소나무 가지에다 그만, 모년 모월 모일 모시에, 한 처녀가 목을 매달아 죽어버렸구만. 그런 이후, 그 처자의 원귀가 검은 고양이가 되었더란 이런 말이지."

"아 그런 일이사, 뭐 해 가다끔 한 번썩은 있는 일이제. 봄에는 동촌 큰애기 하나가 쏘에 빠져 죽잖앴다고?"

"허지만 그 고양이를 본 사람이라곤 마을의 무당 할미뿐이었고, 사실로는 아무도 본 사람이 없었다니까, 실제로 그 처자가 고양이가 된 것인지 아닌지는 모를 수밖에요. 어쨌든 마을에는, 홍역에 애들이 더러 죽기는 하고 염병에도 땀을 못 내는 환자가 있는가 하면, 늙은네들 중의 어떤 이는 노망을 시작하는데, 비만 좀 세차게 와도 괜스레 논두렁이 무너나고, 고목은 웬일로 끝부터 말라죽는데, 무당 할미 생각에 그것은 원귀 탓이라고 해서, 원귀 풀이도 몇 차례씩이나 지냈다고 합디다." 장로가 호인스럽게 웃으며, 촛불중께 뭐라 귓속말을 하고 있다. "그러자니 무당 할미 장사는 썩 잘돼서, 새로 태어나는 애는 뭐 말할 것도 없지만, 심지어 칠순 노인네들까지도, 수명 좀 길게 해달라고 무당께 파는 것이 이제 통속으로 되었는데, 그러자니 그 마을의 손주로부터 할애비까지, 무당 할미를 어머니라고 부르지 않는 사람은 없는 형편이었다고 합디다그려. 부적도 그렇지, 장길에도 부적 없이는 못 가고, 심지어는 칙깐 벽에까지도 붙여 두어, 칙깐 길 오르내리는데 낙상이나 하지 않게 해달라고 비는 판이었다니깐. 그랬어도 그런 흉액이 줄어들지가 않는 걸 사람들은 알게 된 것이지. 글쎄 모두 머리 한 귀퉁이씩은 아픈가 하면, 가슴이 아프고, 체한 듯이 늘 끄르륵거려야 되었는데, 산다는 일은 아무 재밋속도 없고, 열심히 일해보아도 배는 늘 고프더라지. 마을의 사내들이 그래서는 분노를 하고, 작당을 해버렸다는구료, 그래서는 횃불에 몽둥이를 들고, 징 쳐대며, 저 서녘 산으로 올라 닥쳤겠습니다, 그려."

"윗다나, 그라고 본개로 고 시님, 실멩(신명)이 엔간헌디, 조라먼 판수제 머시겄어?”

“헌데 사돈네들, 이거 죄송하외다. 결국 잡기는커녕 구경도 못 했더란 말이오. 자기네들의 생활의 모든 모서리를 갉고 들던, 저 보이지 않는 검은 힘은, 도대체 보이지가 않더란 말이라. 그러자니 맥이 풀려 쓴 담배나 태워대며, 어쨌든 부적이나 몇 장씩 더 사서, 허리에도 차고, 살러서 냉수에 섞어 삼키기도 하고, 심지어 불알에라도 동여매 놓아야겠다고 그러고, 있는 판인데.”

“고 시님이 음양 속도 제복 밝히고 드는디.”

“그런데 말씀이오, 서녘 산 서쪽 켠으로부터 웬 늙은 중이 하나 올라오며 ‘웬 잔치가 벌어졌습네?’ 하고 묻더라지. 그 중이야 보나마나 그 마을로 시주나 받으러 가는 길 아니었겠소? 그래 그네들 그 사실을 자상히 일러바쳤더니 그 스님 한참이나 껄껄대고 웃더랑마는 그리곤 이런 얘기를 하더라는 겁디다.” 나는 이 대목에서 말을 좀 중단하고, 지는 해를 건너다보았다.

“아니, 요 시님이 이약을 허다 말고시나 워디 통세(변소)를 갔단댜 워쨌단댜?” 신소리 한마디 안 나올 수 없었겠었다.

“언덕을 내려가더라도 쉬엄쉬엄 가야 발목을 안 삐는 법이오. 하물며 지금 가파른 재를 올라가는 데 있어서야 더 말해 뭘 허겠수?”

“조 시님이 음양 이치 속끄장 쪼꿈 아는 중 알았더니, 참말로는 고것이 아니구만그랴. 가파른 재 올라가다가시나 말고 쉬었다가는 똥궁뎅이서 불나기 똑 좋제. 워디 고것이 사나 구실이여?”

“헤헤 사돈, 그것도 아닐 것이구만. 산은 아직 시랑토 안 하는데, 올라가는 나그네만 숨이 가빠서도 똥궁뎅이서 불나기 똑 좋을 일이겄구만 워디 고것이 사나 구실이여?”

“윘다나 작것, 나도 신소리깨나 헐 중 안다고 히어왔는디, 조 시님 당해서는 찬물에 당군 뮛 겉은디.”

“허나 어쨌든 들어보시오. 이제부터 하는 얘긴, 그 스님이 하신 말씀이라오.”

나는 밭은기침을 한번 했다. 보니 장로도, 어느덧 자리를 잡아 앉고 있었다.

“이 세상 가운데에 큰 나무가 하나 있는데, 그것이 하늘을 떠받치는 기둥이라고 한다오. 일러서 ‘세상나무’라고 한다지. 그래서 이 세상나무를 통해, 상제라던 둥, 미륵이라던 둥, 한울님이라던 둥 하는 이들이, 이 세상을 다스리고, 또 원통한 일이 있는 사람들은 그 나무를 올라가 자기의 억울함을 고해바쳤다는 것이오. 나중엔 이런 일은 무당이나, 또는 그와 비슷한 일을 하는 사람들이 떠맡기는 했지만, 그러기 전의 세상은 참 살기 좋고, 평화스러웠다고 하오. 그 나무는 음양으로 치면 양이라고 하는 것인데, 거기 또한 음의 조화가 있어, 한 훼방꾼을 나타나게 해버린 것이오. 그것을 일러 세상고양이라고 하는 것이오. 물론 이 세상고양이는 이름도 많았겠소. 어디서는 악귀라고 악마라고도 하고, 어디서는 저승이라고도 하고, 어디서는 사람들을 꾀어 들여 죽이는 온역이라고도 하지만, 까짓 이름이야 별로 대수로울 것 없소. 헌데 이 세상고양이가 나타나자마자, 전에는 안 죽던 목숨들이 죽어가고, 형이 아우를 돌로 치는가 하면, 이웃 간에도 불화가 끊일 날이 없게 되었구료. 세상이 아주 어수선해졌더란 말이지. 이러다간 말세가 갑작스레 와버릴 것이라는 풍문은 그때부터도 있었다는구료. 그래 하늘에 있는, 상제라던 둥, 미륵이라던 둥, 한울님이라던 둥 하는 양반들이 보니, 이거 저 고양이를 그냥 둬서는 안 될 것 같았소. 그래 진기를 돋워 한 불칼 내휘둘러 저눔의 고양이를 죽여버렸구료. 그런 뒤, 사람들 눈에 안 보이게 하려고, 그 세상나무 뿌리 밑에 묻어버렸다는구료."

"고것 참, 잘한 짓이었구만, 잘혔어."

"야 고런 맛으로 갖다가시나 그랑개, 못 당할 일에 당허먼 하눌님 찾제 워떤 시래비 자석이 안 그러먼 왜 찾겄어?"

"헌데 그것으로 끝나고 만 게 아니었던 모양입디다. 그 고양이를 묻고 나니 변괴가 일어났는데, 글쎄 없던 그림자들이 느닷없이 생겨났더란 것이오. 그래 한판 수라장이 벌어졌는데, 글쎄 그놈의 그림자를 떼어내자고, 사람이며 짐승이며가 역마모양 날뛰어댔더라는 것이오."

"그라먼 전에는, 그림자 없던 짐성도 있었다는 고 말배끼 더 되요이?"

"그 말씀이겠지요, 어쨌든 들어보시지요. 그래 그림자가 생겨서, 한쪽은 양지면 한쪽은 음지가 되고, 한쪽이 밝으면 다른 쪽은 어둡게 되어버린 것이지. 그건 겉에만 그런 것이 아니고, 속까지도 그렇게 되었더라는 것이오. 한편으로는 흥겹고 기쁘면서도, 어쩐지 한편엔 근심이 자리 잡고 있어, 괜스레 불안하고 초조하여 잠을 들 수가 없고, 어떤 땐 선한 마음이 들다가도, 어떤 땐 '에이 고놈 쥑이뿌릴 놈이여' 하고 이가 갈려지기도 하더란 말입니다. 마음도 음양으로 나뉘어진 증거란 말이지. 그러나 무엇보다도 문제는 사람들이 갑자기 죽기를 무서워하기 시작했다는 것이오."

"그라먼 지금은, 미렉이며 상제며 모도 통세라도 가고 없단 요 말이요?"

"그 말씀 잘하셨소. 그래서 그렇지, 듣기로는 한 이천 년 흘렀다고 합디다. 헌데, 워떤 하나님 하나가, 그 고양이와 싸워 한 번 더 죽이려고 그 나무를 타고 그 밑으로 내려갔다고 합디다마는, 그 얘기까지 하려면 너무 길고, 그러니 이렇게 얘기해도 되겠습죠. 결국 모두 속에다 고양이 한 마리씩은 넣어서 기르고 산다는 말이지요."

"그라먼 시님, 내 벵이 요것이 나만 아픈 벵이 아닌 것도 같은디요. 그라먼 요 벵은 영 못 나수고 말끄라우?"

"그러니 이제 또 들어보시지요. 저 서녘 산 올랐던 장정 중의 하나가, 사돈처럼 아팠던 모양이지, 그 사람이, 사돈 내게 묻는 것모양, 그 스님께 물었던 모양이었소."

"그러니 워쨌답뎌?"

"대답은 이랬다고 하는데 즉슨, 당신이 만약에 장에 갈 일이 있거든, 그 장바닥 중에서도 그중 큰 어물전으로 찾아가, 그중에서도 그중 크고, 그중 싱싱한 것으로 생선을 한 마리 사고, 또 소지할 종이도 사서, 제사를 지내면 되는데, 어떻게 지내는가 하면, 그 물고기를 맛있게 양념해 굽든가 지지고, 흰밥과 함께 뼈까지 다 씹어 삼키며, 소지해 올리면서 이 주문을 세 번 읊으시오, 그러면 볼 내력이 있으리다."

"아니, 괭이님 전에 제사헌담선, 그 괴기를 내가 묵어뻐려라우?"

"고양이가 사돈 머릿속에 있으니, 사돈이 먹어서 대접하는 수밖에 다른 도리가 있겠습니까?"

"히허, 고건 그려라우. 맞는 말씸인디. 지엔장마질 것, 여핀네헌티 이약해서, 하루에도 똑 세 번썩만 고런 지사를 지냈으면 고것 아니 좋겄소이?"

"조런 옘벵헐, 조놈의 사둔 조라다 인제 마내 속꽂끄장 다 팔라고?"

"허면이라우, 고 주문이란 것 좀 휘딱 좀 알아봤이먼 싶으요이."

"이제 모두 알았다시피, 고양이는 음에 속한 족속이라, 생선 먹여 달랜 뒤, 양한 기를 불러내야 되는데, 그 양한 기라도 음을 잘 후려잡는 기라야 되는 것이오. 이천 년 전에 땅속으로 간 불칼이 그런 것인데, 주문은 이렇소. 천상양기지신내조아(天上陽氣之神來助我) 옴급급여율령사바하."

"알던 못허겄어도, 고것이 회험이 없던 안 허겄는디, 히히, 나도 요거 참, 고 주문이 워떻다고라우?"

"사돈은 걱정 마시오. 잘 알도록 일러드릴 터이니. 뜻은 이렇소. 하늘에 계신 우리 아버지, 부디 속히 오셔서 나를 도와주십시오, 하는 것인데, 소지해 올리며, 천상양기지신내조아를 세 번씩 먼저 읊고, 그다음에 옴급급여율령사바하 하고 맺는 것이오."

"그것 그라고 봉개 쉽던 안 허겄는디."

"사돈은 걱정 마시오. 여기 어디 어느 분이 공책이나 뭐 쓸 것을 갖고 있으시면, 좀 써서 드려도 좋겠소만."

그러자 회계꾼이, 반으로 겹친 공책을 꺼내 반 장 뜯고, 중두막이 난 연필을 내밀어 주는데, 그것은 짐수를 헤아리거나 할 때, 바를 正 자를 그어가는 것임이 분명했다. 어쨌든 나는, 또록또록하게 그 주문을 써서 두통쟁이에게 건네주었다.

"문제는 무엇이냐 하면 이제, 그런 제사를 올리고 주문을 읊으며, 고양이가 사돈 머릿속에서 캑 물림 받고 쓰러져 눕는 것을 보아야 하는 것이오. 그러려면, 소지하고 주문 읊으며, 눈을 내리감아, 고양이를 눈앞에 떠올려보는 것이오. 바로 저기 죽어져 있는 그런 고양이요. 그러니 저것을 예사 고양이로만 보지 마시고, 지금 잘 살펴두어야 합니다. 그래서 그 고양이가, 좋은 생선을 먹는 것을 보아야 되고, 배가 불러 허리를 둥글게 하여 잠드는 것을 보아야 하고, 주문을 읊자, 창끝 같은 번갯불이 저 고양이의 정수리를 모질게 치는 것을 보아야 한단 말이오. 천상양기지신은 그런 불칼로 나타나는 것입니다."

"고런 일이사 벨랑 안 에럽제 싶소. 눈을 깜은개, 시님 말씸헌 대로 환하게 비어라우. 똑 조런 뇜이 비어라우."

"그러면 되었구료. 사돈은 내려가 제사나 지내시지요. 헌데 보태드릴 말씀이 있는데, 사돈이 이제 불칼을 불러내는 일이 늘 잘 되면, 그때는 뭐 고양이 공양하겠다고 생선 대접하지 않아도 될 것이지만, 제사한 음식은 가족과 나누어 먹는다면, 가족들도 건강할 것이오."

"고건 무신 이미속이끄라우이?"

"그러니까 일이라도 하시다가, 머리가 아프거든, 눈을 감고 고양이를 보는 것이오. 그래서는 주문 읊어, 그 고양이 머리를 치는 것이오."

"고 말씸도 뜻은 있는 것맹이나, 괭이는 괭이니, 물괴깃 대가리로서나 달개놓고 보는 것이 좋을상허요이. 아 안 그래라우? 히힛, 그란디 고 비린내 좀 맡을랑개 속이 울렁거리 못 살겄고만."

그는 그리고, 장로께 꾸벅 절하고, 언덕을 내려갔다.

"조 사둔 말여, 비린내 맡고, 밭돼기 문서 잽히로 가는 것 아니까?"

"그런 식으로, 화로 가슴앓이를 하는 사람은 그 가슴을 놓고, 고양이를 보고 쫓아내는 것이라고 합니다. 여기서 저 늙은 스님의 말씀은 끝났다고 합지요."

"듣고 봉개, 뜻은 다 짚은 말씸인디." 십장이 어두운 얼굴로 나섰다. "워떤 사람은, 구렝이를 잘 위허먼 부재가 된다고 험시나, 구렝이가 처매 끝에 기어갈작시먼, 마내 젖끄장 짜서 대접험선, 업님 많이 잡숴겨요, 하고 빈단디도, 나는 핑생에, 괭이니 구렝이니, 고런 건 생각해보덜 않고시나 살아왔소이." 헌데 그의 어투는 어딘가 신랄하고, 어딘가 서글픈 데가 있었다. "그라기로 말허먼, 부잿집 용마리 높운 기와지붕에는 구렝이가 득시글거리야 되는디, 사설 말이제, 고런 지붕에는 굼벵이 한 마리도 없네라우. 그라고 괭이귀신도 그렇제, 지사를 잘 받을라먼 부잿집으로 가야 옳을 상헌디도, 그랑개 내 말은 말여, 일 년 다 가야 내 헹핀으로서 나는 꽁치 대가리 하나 귀경험만도 못 한디, 워째서 하상이먼 가난한 몸뚱이에 기를 쓰고 붙어 있어야 되끄냐 요 말이라고. 못 묵다 본개, 어지럼뱅이 듦선, 머리가 아픈 때가 많더라고. 헌디 내 팔자로 말허면, 부잿집 괭이 팔자만도 못 헌디, 고걸 목심이라고, 머슴 울키묵겄다고 고런 귀신이 붙겄냐 요 말이랑개. 고것이 목심이여?"

"하기는 십장 사둔 말씸이 옳긴 옳여, 우리 겉은 목심이 거 무신 목심이라고? 허기는 말여, 팔짜도 다 다르뎃기, 태나온 목심도 다 다를 겨. 나로 치먼, 무신 소 목심 소 팔짜 우에다, 사람 껍데기만 입히놨는가도 모루겄다고. 기양 쎄가 빠지게 일만 히어도 말여, 무신 볼 내력이 있어야제."

"그래도 소는, 쥔이 있어서 배라도 안 불리주는갑네. 아무 근심 걱정 없이 일만 꿍꿍 허면 되는 것여."

"그런데 그 내용은 반드시 그렇지만은 않을지도 모르지요."

해는, 가난한 산(山) 목구멍 속으로 넘어가 버리고, 그 하늘은 한으로 붉었다. 산다는 일의 고단스러움이 그때는, 내 목구멍으로부터도 붉게 넘어왔는데, 약간의 한숨은 아니었는지도 모른다.

"글쎄 반드시 그렇지만은 않을지도 모르지요." 나는 반복하고, 그리고 이었다. "소승이 어디서 이야기를 듣자니 말이오, 어떤 부잣집 탐욕스런 영감이, 자기가 부리는 착한 종을 데리고, 서낭당 귀신에게 찾아간 이야기가 있더군요. 그래서 대체 누구의 목숨 무게가 더 무거운지, 그 무게를 한번 달아보아 달랬다는구먼요. 글쎄 그 노인 생각에, 자기는 부자라 잘사는 판이니, 자기 목숨이 훨씬 무거울 것이라고 은근히 교만해했던 것입니다."

"그것도 있을 상헌 말씸이오만, 허지만 저 종놈의 목심이자 거 머 목심이랄 것이나 되었으끄라우? 그랑개 종이고 상전인디."

"헌데 그 귀신 달아보고 했던 말인즉슨, 두 무게가 아주 꼭같아서, 저울눈이 아무 쪽으로도 기울지가 않는다고 하드란 것이었소. 그러자 이 노인 고개를 갸웃거리며, 만약에 목숨 무게가 같기로 한다면, 어째서 자기는 잘살며 상전이 되고, 어째서 저 종놈은 못살며 종놈 노릇을 못 면하느냐고 물었다는구료. 그러자 저 서낭 귀신 대답이, '만약에 노인장께서, 재물로 하여 목숨을 살 수 있다면, 한 여남은 근쯤 더 사다 이 저울대 위에 올려놓아 보시오, 그러면 노인장 목숨이 여남은 근쯤 더 무겁지 않겠소' 하더라는 것이지. 그러자 이 노인, 그것 참 좋은 의견이라고 기뻐하며, 목숨 무게야 까짓것, 상전 것이나 하인 것이나, 부자 것이나 빈자 것이나 같다고 하니 따질 것 없으니, 그럼 어디 혼 무게를 좀 달아줄 수 없겠느냐고 물었다는구료. 글쎄 자기에게는 그만큼의 재물이 있으니, 장차 자기가 죽을 일이 있으면, 저 충직한 종으로 대신하여 죽게 하여, 그 혼을 자기 혼 대신으로 저승엘 보낼 심산이었던 것이죠."

"헤헤, 고것이사 일러 머슬 더 말하겄소? 종놈 혼이란 건 개돼지나 머."

"헌데 말이시다, 그 귀신 했다는 대답이 '목숨이나 혼 무게는 누구의 것이나 같은즉, 그럴 것이 아니라, 누구의 선업(善業)의 무게가 무거운지, 그것이나 달아보면 어떻겠소' 하며, 달아본즉, 그 착한 종의 무게가 글쎄, 저 탐욕스러운 장자의 무게보다 삼백 배 사백 배도 더 무거워설랑 저 장자의 선업의 무게를 가랑잎 한 닢처럼 띄워버리더라지요. 그래 노인 심히 의아해하면서도, '장차 내가 죽어야 될 때, 저 종놈의 혼을 내 것 대신으로 보내도 되겠소?' 하니, 그 귀신 대답이, '이제 선업의 무게로 대강 아셨겠소만, 저승에서는, 노인장께서 저 종자의 종이나 되겠소. 글쎄 저승엔, 무겁지만 혼 위에 업(業)을 업고 오는 것인데 그 무게가 노인장 것과 꼭같은 것이 있다면, 대신 보내도 될랑가 모르겠소만, 내가 알기로, 이 세상엔 같은 업 무게는 하나도 없는 걸로 알아왔소' 이러더라지요. 그에 이르러선 장자 슬피 울며, '한번 죽으면 가져오지도 못할 저 재물 때문에, 내 얼마나 평생에 못 할 일을 많이 하였던고!' 하고, '이제 내가 돌아가면, 그 재물로 하여 원한들이나 씻어주어야겠소' 하고 발길을 돌리려 하는데, 서낭 귀신이 불러 세워 하는 말이, '노인장은 어디를 가시려오? 일직사자 월직사자 저 문전에 당도해 있으니, 저승 갈 채비나 하시오' 그러더란 것이었소."

그런데 여름날 석양이 어쩐지 소조했다. 그러고 보니 읍은, 어느덧 저녁 연기에 덮여 있는데, 바람은 한끝도 없는 날이어서, 흩어지지도 못한 연기들이, 용머리와 용머리 가운데 개까집들처럼 엉겨 있고, 여름날 석양이 어쩐지 소조했다.

"고것 다 참말이제 뜻이 짚은 말씸이시오." 십장이 일어서려며 잠시, 엉겼던 침묵을 깼다. "히어도 말이제라우, 만약에 저싱이란 것이 없다고 헌다먼, 선업이 암만 무겁단들 그것 머세다 쓰겄는그라우?"

거기에 대해 나로서는 대답할 말이 없었다. 나로서는 합장하여 목례나 해줄 수뿐이었다.

그제서야 드디어 장로가, "아까도 이 늙은네가 말씀드렸소마는, 상처나 아물 때까지, 이 늙은네 사랑에서 묵어 가시면 어떠시겠소?" 하고 정 있게 물어왔다.

"아 시님, 그러시제라우. 그런다면 우리도 좀 덜 죄송시럽겄소." 십장이 권하며, 아까 갖다 놓아두었던 송판을 둘로 겹쳐 부러지지 않게 하여, 나를 들어 그 위에 앉히는데, 그러고 나니 흡사 목마라도 타는 기분이었다.

해골을 챙겨 드는 건 물론 잊지 않았다.

"우리가 요거, 진짜 시님을 모르고시나 고런 짓을 히었소이." 들것의 앞에 서서 가며 회계꾼이 말했고, "참말이제, 찌이게 생각지 마시겨요." 들것의 뒤에서 따르며 측량사도 말했고, "그랬었응께 우리가, 요런 시님 말씸도 들을 수 안 있었겄고이?" 하고 미장이도 말했는데, 목교를 건너고 있을 땐, 교대해서, 십장과 미장이가 앞뒤에서 들것을 들었다.

우리는 아마, 읍의 변두리 길로 나아가고 있는 듯했다. 냇둑을 따라서였는데, 거기는 가로등도 없었고, 또 별로 지나치는 사람도 없는 걸로 보아, 이것은 한참 저녁 식사 시간이었다.

도중에서 촛불중은, 장로께 귓속말하더니, 내게 합장해 보이고 처졌고, 그런 뒤 별로 이야기들이 없어 묵묵히 걷고만 있었는데, 장로가 그저 한마디 그들에게 들려준 것으로, 그들의 저녁은 충분히 흥겹게 편안한 것이 될 수 있었다. 만약에 그들의 사정만 허락된다면, 내일부터라도, 회당을 허는 공사를 시작해도 좋다는 허락이었다. 내 짐작엔, 장로와 그들 사이에 공사비가 문제로 되어왔던 듯했다.

장로네에 닿았을 땐, 그 댁의 뒷의 머슴들이 나와서 거들었고, 나는 뭣보다도, 우선 목욕을 좀 했으면 좋겠다고 장로께 귓속말했더니, 먼저 목욕탕에 옮겨졌고, 그런 뒤 어떤 나만 한 크기의 머슴의 것이라도 되는 듯한, 빨래 된 옷이 주어져 내가 그것을 입었더니, 머슴들에 의해 나는, 대단히 큰 사랑방으로 옮겨졌다. 그것은 안채를 향해 북향하고 있었는데, 삼사십 명 식객이 머물러도 족할 듯했다. 한 폭의 산수도, 한 폭의 화조도, 당시(唐詩)로 메워진 열두 폭 병풍 외에, 조금 어울리지 않지만, 흑판 하나가 안쪽에 매달려 있고, 그 아래엔 책상으로 써도 좋을 다탁자 하나, 탁자 위에는 성경(聖經) 한 권, 종이와 철필, 대체로 그런 것들뿐이어서 나는 그 방이, 무슨 문객들이 모여 시를 읊는 곳이거나, 무슨 강석을 베푸는 장소인 것으로 알았다.

마당 가운데 연못을 내려다보며 조금 앉았자니, 중년 아주머니에 의해 저녁상이 나오고, 내가 먹는 동안만 장로는 내 곁에 있었으나 내가 마쳤을 땐, 푹 쉬라고 나가버렸고, 그런 뒤, 아마 침모인 듯한 할머니가 한 병의 무슨 기름과 솜뭉치와, 한 켤레의 무명 양말을 가져와선, "발에 이 기름을 좀 발라두시와요" 하고 큰누님처럼 내게 대하며, 벽장을 열더니 이부자리를 꺼내 펴주고 나간다. 그러는 동안에도, 어디로부터인지, 뜻 없이 한 번씩 퉁기는 듯한 가야금 소리가 울려와, 어쩐지 나를 고달프게 하고, 피로로 휩쌌다.

4

나중에 듣자니, 그날 밤으로, 저 회당 안의 뼈는 한 보자기 싸여 자기네만 알고 나는 모르는, 어느 언덕에 묻혔다고 한다. 만장도 조곡도 상두꾼도 없이, 장로네 머슴들이 땅 파고, 흙 아래에다 장로가, 그 보자기를 던져 넣어주었다는 것이다. 성경도 함께해서 묻어주었다는 것이다.

제16일

1

나는 아주 오래오래 자고 났다. 도대체 기억나는 꿈이라고는 없으니 나는 꿈 한 가지도 안 꾸고 그런 것이다. 나는 참으로 오랜만에, 오래오래 자고 났다. 신선주 잘못 얻어 마시고 잠든 나무꾼만큼이나 오래 잤을지도 모른다. 내 몸 위에, 몇백 년 세월의 낙엽이 덮여 썩고 있었던 것은 물론 아니라도, 이 긴 잠에서 내가 깨이고 느낀, 이 좀 어릿두군하면서도 청량스러움은, 아마도 그 나무꾼의 것과 흡사할 것이었다. 아니면, 봄날 햇볕에 눈뜨고 흙 밑에서 나온, 구렁이나 두꺼비의 것일 것이다. 저 별로 잘 먹지도 못하고, 내리 시달리기만 했던 유리의 피로가 그래서 드디어 회복된 듯했다. 어쩌면 해가 또 기울고 있는지, 내가 앉은 방에서, 마당을 건너 내어다보이는 연못의 몇 송이 연꽃 붉은 얼굴 위로 붉은 비가 내린다. 연못 주변으로는 학처럼 목을 꺾어 물을 마시려는 듯한 소나무며, 조화를 위해서 개성이 상처 당한 꽃 진 철쭉의 둥그스럼한 기복이며, 원래 거악스러웠어야 될 것들이 이민(移民)와, 그곳의 풍속에 깎이고 늙어버린 왜소한 바위며, 이끼 낀 석등이며, 잔디며 세련된 고요함이며, 죽평상 하나며, 그런 한가운데로 연못에 그늘을 빠추고, 뗏장을 입힌 목교가 우아스러이 건너갔는데, 그 떼에선 산 풀이 돋아 푸르렀다. 이 댁 정원사는, 한꺼번에 일을 많이 추어내지는 못할지 모르지만, 찬찬하고 잔잔한 늙은이로, 신선 거의 다 돼가고 있는 늙은이일 것으로 여겨진다.

그 다리를 건넌 곳에 죽림이 있고, 그 죽림 사이로 짧은 오솔길이 보이는데, 그 죽림 너머에 무엇이 있는지는 알 수가 없었다. 그러나 거기에 본채가 있으리라고는 생각되지 않았는데, 왜냐하면, 다리 위의 뗏장에서 돋은 풀이 별로 상처 당하고 있지 않은 것이었다. 그래서 눈을 돌려 살펴보니, 저 못을 왼편으로 돌아간 곳에, 높은 용머리가 우람히 치솟아 저녁 빛 속에 꿈틀거리는데, 휘어져 내려온 추녀 끝은, 밤나무며 감나무며, 배나무 들의 푸른 잎 속에 잠겨 있었다. 그 뒤쪽 어디서 연기가 피어 올라와, 녹음 사이에 거미줄처럼 걸리자, 모든 것이 갑자기 내게는 비현실적으로 보이기 시작했다. 서른세 해 전부를 걸쳐, 나는 한 번도 장판 깐 방에 몸을 뒹굴려 본 적도 없이 살아왔던, 그런 사내였던 것이다. 그래서 난 좀 망연히 있다가, 마당이라도 좀 어슬렁거려보고 싶어져 일어서려다 잊었던 일을 모두 기억해냈다. 글쎄 나는 좀 태워졌던 것이며, 장로네로 옮겨져 왔고, 그리고 아직도 쾌쾌히 걸을 수 있는 정도가 아니었다. 그래 걷기는 단념하고, 방 안이나 휘둘러보다, 한 돌중에게 베풀어준, 주인의 자상스런 성품에 접하고 감사했다. —'듣자니 읍내 장로네는 객승에 대한 대접이 나쁘잖더라더구나. 한 번쯤 그 댁에 들러보아도 좋겠지.' —내가 잠에서 깨었을 때를 위해서, 그렇게 준비해둔 것이 분명했는데, 정결한 상 위엔, 잘 익은 한 접시의 과일과 찻주전자가 있고, 그 상 아래엔, 두 대야의 물과, 붕산수와 기름병, 그리고 세수 도구와 타구, 물잠뱅이와 새 양말이 가지런히 놓여 있었다. 그래 나는, 아주 오랜만에 양치질도 하고, 비누 세수도 해서 얼굴에 꼈던 기름때도 좀 씻어냈으며, 그런 뒤 다른 대야에 붕산수 좀 부어 넣고, 발을 잠그고 보니, 그 또한 청량스러이 쓰리면서도 상쾌했다. 발바닥은 발의 가운데 굴곡진 부분과, 발가락 새의 비교적 피부가 연한 곳만을 화염이 핥았는지, 수포가 돋아났거나, 붉은 속살을 아주 조금씩만 내보이고 진물을 흘려내고 있었으나, 맨발로 사느라 꾸둥살로 다져진 뒤꿈치며 앞꿈치는 성했다. 수포 맺힌 것을 터뜨리고, 한 이틀 정도만 쓰지 않고 두어둔다면, 대개 딱지가 앉았다 나을 것도 같았다.

그리하여 내가 비로소, 한 잔의 차를 따라 들며, 다시 연못을 건너 내려다

보고 있자니, 유리에 남았던 한 계집이, 한 연처럼 못 위에 피어 올라와 보이는 것이었다. 안개비와 황량한 들과 연 같은 계집이 그래서는, 한 방울의 눈물처럼 찝찔하게 내 목구멍으로 넘어가고 있었다. 나는 결국 차를 마시지는 못했다. 나는 그리고, 지금부터 내가 무엇을 할 것인지도 결정하지 못했다.

그저 망연히 연못이나 내어다보고 있을 수뿐이었는데, 그 잔잔한 수면에 두 개의 그림자가 어리어 드는 것이었다. 그 그림자는 때 입힌 다리 위에서 잠겨 든 것이었고, 그 다리 위에는 뜻밖에도, 촛불중과 또 대단히 품위 있어 보이는 한 흰옷 입은 젊은 여자가 나란히 서서 걸어오고 있어, 그 다리를 오작교처럼 보이게 했다. 그들은 내게로 다가오고 있었다.

"스님입지, 이 숙녀님께 인사하십지. 우리 고을이 존경하옵는 읍장 어른의 손녀이십고, 판관님의 따님이십지."

나는 그래 합장만 해 보였더니, 그녀도 목례로서 받는데, 일순 나의 시선은 항거할 수 없이 그녀의 시선에 엉겼다가 몹시 흔들려져 풀려났다. 그녀의 얼굴엔, 빈곤과 고통의 흔적이 없어 맑았고, 또 고왔다. 그 이상의 표현이 내 비록 돌중이지만, 중에게도 허락되어지는지는 모른다.

"그래서입습지, 발은 좀 어떤신지입지?"

"뭐 별로 대단치는 않았지만, 대개 아물고 있는 듯합니다."

"할아버님께서 공사 현장엘 나가셨는데요." 장로의 손녀딸이 말하고 있었다.

"저녁 진지까지는 돌아오시겠다고 하셨답니다."

"헌데 이거 정말 염치도 없이, 한 돌팔이 중놈이, 너무 자버린 느낌이기도 합니다."

내게도 그렇게 들렸지만, 촛불중께도 내 말이 추악하게 들렸던지 고개를 돌리더니, 마루 끝에 어중간히 걸터앉는다.

"그래서입지, 스님께서는 피로를 좀 푸셨는가 말입습지?"

"대개 그렇게 믿어집니다. 허나 뜻밖에 이런 데서 만나 뵈니 반갑쇠다."

"할아버님이 읍청에서 돌아오셨을 때도 주무시더라고 하니까, 꼬박 하룻밤, 한나절하고, 한나절의 반을 더 주무신 거예요."

"후후, 아 그렇게나 되었군입쇼, 그랬으니 이거 참, 장로님께서는, 아 이웬 잠퉁이 중놈이 다 있는고 안 하셨을 도리가 없었겠습니다. 헤 이거." 내가 들어보아도 나는 추악하게 지껄이고 있었다. "거 그러니, 이놈의 몸뚱이가 이거 내 것이라고 해도, 장차 안 썩어질 도리가 없겠지요, 아, 안 그래요?"

"유리에서입지, 산다는 일은 피곤합지. 때로 피로를 푸는 게 좋겠습지. 헌데입습지, 고기 낚기는 말입지, 어떻게 잘되셨나입습지."

"촛불 스님께서 오늘 저녁 유리로 돌아가시게 되셔서요, 할아버님께서 두 분 스님을 저녁 진지에 초대하셨습니다. 그러니 잊지 마셔요." 그리고 그녀는 되돌아 들어가려 한다. "그러시면 두 분 스님께서 그때까지 말씀이나 나누셔요."

"그, 그보다도 말입습죠, 소승이입지요." 촛불중이 그녀를 바쁘게 따라가며 섬기는 말이다. "숙녀님과 한 둬 가지 의논할 게 있는데 말씀입죠."

그래서 그들은, 이번엔 다리를 건너서가 아니라, 정원을 왼쪽으로 돌아 안채 쪽으로 걸어갔다.

2

저녁 식탁엔, 장로와 그의 손녀와, 촛불중과, 그리고 나 넷이서 앉아 그래서 식사를 시작했다. 장로는, 공사장을 둘러보고 온 얘기로부터 식탁의 분위기를 누그럽게 했고, 촛불중은, 적당히 맞장구쳐 들으면서도 대개의 주의를 장로의 손녀딸께 기울이고 있었다. 나는 그저 경청하며, 더 청해서 먹고 마셨다. 원래 내가 그렇게 대식가였는지 어떤지는 나도 모르지만 그러나 나는 오랫동안 계속 주려왔던 것이다.

"유리에 관해서 뭐든 좀 재미있는 말씀을 들려주셔요." 장로의 손녀딸이, 그들의 이야기가 뜸해진 틈을 타, 내게 물어오는 것이었다.

"아 좋습죠. 허지만 소승보다는 저 스님께서 더 오래 거기에 사셨으니, 저 스님께서라면 더 좋은 말씀을 하실 수 있으리라고 생각하는걸입쇼."

"유리에 관해서입습죠?" 촛불중이 이런 문제 역시 자기의 차례라는 투로 나섰다. "그렇다면입습죠, 참 여러 것을, 말씀드릴 수가 있는뎁지요."

"저도 언제든 한번 가보았으면 하고 늘 생각했었답니다." 장로의 손녀딸이 그렇게 말하고 들어, 어쩌면 촛불중이 했을지도 모를 긴 이야기를 중단시켜버렸다. "헌데 할아버님이 허락을 안 하신답니다."

"아니 이보게." 장로가 손녀딸에게 친구처럼 말하고 나선다. "자네가 스님이라면, 내가 반대할 턱이 없지."

그는 우리를 웃게 했다. 어쩌면 그는, 해학에도 묘를 터득해놓고 있는지도 몰랐다.

때에 처마에 남포등이 걸리고, 사랑채가 있는 바깥뜰에서는, 사내들의 웅성거리는 소리가 나고 있었다.

"어제 본 그 인부들이라오." 장로가 설명한다. "글쎄 대사와 얘기나 좀 나누고 그러자고, 모두 저녁들 먹고 온 모양이오. 저 사람들, 대사께 대단히 감동한 눈치들이라니까. 헛헛헛." 늙은네는 나를 두고 그렇게 말하고 있었다. "그리고 아가, 만약 원한다면, 자네도 마당 한 귀퉁이 차지해도 좋을 게지." 손녀딸에게도 그렇게 말한다. 그러자 그녀는 기뻐하며, 할아버지 이마 위의 백발을 쓸어 올려준다. "탐욕스런 늙은 장자와, 착한 종자의 이야길 들었다면, 자네도 가히 감동치 않을 수 없었을걸."

"할아버님께서 제게 들려주셨잖아요?"

"아 그랬던가? 그랬었지 아마. 헌대 대사," 그는 나를 불렀다. "이것이 이 누추한 늙은이 집에 머무시는 어떤 스님이든 싫더라도 떠맡아야 되는 한 큰 짐인데, 한 번쯤 집회에 설법을 해주시는 일이지요. 헌데 내일이 집회 일이라 해서, 한 이삼십 명 신자들이 모이기로 되었거든. 그러니 허락하시지요." 그는 다짜고짜 그렇게 말했다.

"장로님께서는, 학승 하나로 하여금, 저 존엄스런 집회를 어지러뜨리려 하십니까?" 의외의 청에 나는 당황했다.

"겸양의 말씀을. 어제 회당 뜰에서 하신 말씀을 되풀어서 들려주셔도, 우리들의 마음은 기쁨에 넘칠 것."

"그러하오나, 자기도 깨달음이 없이 어찌 남을 깨우친다 하겠습니까?"

"바로 그런 말씀이라도 우리의 귀는 목말라 있으니, 자 그러면 한 설법 해 주실 것으로 이 늙은네 믿고 있겠소이다. 그러면 우리, 이제쯤 뜰로 나가보아도 좋지 않겠나요?"

3

"아이고라우, 시님 본개 반갑구만이라우. 헌데 시님 발은 좀 워떻단대라우? 요 쇠인 놈 머릿병이 깨끗허게 나솨뻐릿소이. 헌디 몰루고 우악 부린 것 용서허시겨라우."

두통쟁이였던 사내가, 반겨서 내 손을 우악스럽게 잡으며 말한다. 장로네 머슴 둘이서, 나를 번쩍 들어다 마당 가운데 멍석에다 앉혀준 것이다.

"헌데 사돈, 사돈한테서는 웬 비린내가 이렇게 독하다우? 말소리 속에서도 생선 비린내가 나는구료."

"헷헷헤, 그러께라우? 글씨, 굴비로 갖다가시나, 어제부텀 한 댓 마리나 꾸어 묵고 난개 그런 모냥잉만이요. 허힛힛."

"워떠, 마내랑 이좋게 갈라 묵었대여?" 십장이 웃고 묻는다.

"십장 사둔은 가끔 가다가시나는 거 못헐 소리를 뜽금없이 잘헌다고이. 옛적부텀 니리오는 말이란 것이 다 틀리덜 안 허는 벱인디, 약이란 건 갈라 묵을시락 회렉이 없단 것이라고. 약치고 또 묵기 좋운 것이 워딨겄어? 고것 꾸어 묵는다고, 내가 기양 생칠을 냈는디 그랴."

장로와 그의 손녀딸, 그리고 촛불중은, 죽편상에 앉아 듣고 웃고 있었는데, 때에, 제육에 빛깔 좋은 청주가 동이에 넘실거리게 나와, 한 잔치가 남폿불에 흥그렁히 익었다.

"글씨 말이겨라우." 어린 머슴이 돌린 잔 뒤 번 받아 목 축이고, 십장이 내게 향했다. "시님헌티 우리가 워떻기 고마와해얄 중을 모루겄는디요, 판관 나으리께서도 요번만은, 너그럽게 우리를 한 번 더 용서히어준 것도 시님이 우리헌티 악심으로 대허지 않은 고 탓이고라우, 그라고 장로 어르신 편으로서나는, 머 고렇게 괴회당 헐 일이 바쁜 일은 아님선도, 우리가 바란 대로, 고것도 고렇게 끕짝시리 허락허신 것도, 거그 시님의 덕이 있는 것 겉은디, 요런 덕 있는 시님을 갖다가시나, 우리 사람 볼 중 모루는 우악한 사람들이."

"십장 사돈은 지금, 사돈이 말씀하시는 말씀의 내용을 잘 모르시는 듯합니다. 그럴 것이, 소승이 들어서는 여러분께 일시적으로나마 염려를 드린 것뿐이고, 판관 어른이 한번 용서하시고 안 하시고는 그분의 도량이시며, 교회를 헐게 하신 일은 장로님의 후덕스런 배려에서 나온 일인데 어찌 소승께 그 덕을 돌리십니까? 당초에 그런 말씀은 하실 것이 못 되는 것 같습니다."

"아 그야, 판관 어르신의 도량이시고요, 장로 어르신의 후덕이시지만 말이라우," 회계꾼이 말을 받는다. "그래도 우리가시나 시님께 품고 있는 고마움은 또 고마움이라고라우. 그랑개 그렇게 아씨요이? 그라고 나는 말이라우, 오늘 일을 험선도 말이라우, 워짜다 보먼 넘우 정신이 반은 든 듯히었는디 말이제요, 글씨, 업 무게를 놓고 허신 고 말씸 때미 그랬구만이라우이? 달아보먼, 나 겉은 놈도 무게를 쪼꿈이라도 각고 있으까 몰라라우. 고것이 이심스럽더랑개요이."

"시님 이약대로 허자먼, 저 종놈은 맘이 착했기 땀세, 죽으면 잘살 것이라고 헌 것 겉였는디요," 이번엔 측량사가 나섰다. "그란디 나는, 머시 착한 일인지 고것을 암만 생각히어봐도 몰루겄더라고요."

"아, 고것 듣고 봉개 이미속이 짚은 말 겉고만, 나도 살다가시나 얼풋얼풋 고런 생각도 히어봤다고. 그라다가는 부끄럽어 걷어치우고 말기는 히었어도."

"글씨 시님, 이렇소이, 이우제(이웃의) 배고픈 사람 보고도 어만 데로 눈을 돌릴배끼 없는 것이, 글매 맘이 없어서는 아닌디도, 갈라 묵고 나면 당장에 내 새끼 배가 고파 울더란 요 말이요이."

"고것뿐인개 비네? 워짜다 이우제 과택 아짐씨네 손이 모지래, 한나절만 침이나 도와줄라다 보먼, 내 식구 배가 고 한나절보담 서너 배는 더 고프더랑개. 그라장개 눈 깜고 산다고. 살다 봉개 잊어뻐리고, 잊어뻐렸응개 조렇게나 좋은 날도, 씨렛씨렛 돌아댕기거나, 그늘 밑에서 낮잠이나 자고 말여, 아놈들 말 듣고 쫓아가, 무고헌 시님 발바닥이나 꿉고 말여, 차꼬 악해져 간다고. 그래도 원지 뒤돌아본 적도 없었드라고. 개가 아를 물어도 위선은 웃고 본다고. 고렇게나 워느 톰박에 벤해진 걸, 글씨 엊저녁부텀 오널끄장 알았다고."

아무도 얼른 다음 말을 잇지를 않았는데, 모깃불 연기의 싸한 냄새가, 이 저녁을 취하게 했다. 모두 한 순배씩 더 돌리고 있었다.

"히어도 워떤 사람은 왕후장상으로 나고, 워떤 사람은 부재로 태어나는디, 워떤 사람은 그저 천허디천허고 또 가난시럽게 태어나야 되는 디는 전 시상(전 세상)에 무신 죄가 있었겄다, 나는 고렇게끄장도 맘묵어밨었구만. 아 안 그라고서야 워떤 목심은 장자네 점지를 받고 워떤 목심은 날 겉은 걸 애비라고 불르겄냔 요 말여."

"듣고 보먼 고것도 그랴 그렇기는. 허드란대도 이왕지사 태어나뻐린 것, 인제 와서나 전 시상 생각혀서 머세 쓰겄어? 뒷 시상이라는 것이 있는지 없는지는 몰루겄어도, 거그서나 잘살아밨이먼 싶다고. 요 시상살이는 별 장래성이 없어 빈개 말이라. 시님은 그래 웃고 듣고만 있단다요? 우리가 요거, 하매 둬십 해도 더 잊어뻐리고 안 허던 소리덜을 하고 있구만이오이."

"나는 반대시 고렇게만 생각헐라고 인제는 안 헝만. 아 모도 둘러배겨. 하상이먼 부재나 왕후장상헌티다 자기를 비긴개 그렇제, 짐승끄장은 구만두잔대도 말이라, 요것 못헐 소린 것맹이라도 아 버버리며, 난쟁이며, 앉은뱅이며, 눈먼 봉새며, 꼽새 등이며, 또 끕째기 문뎅이 된 사램이며, 머 고런 사람덜도 좀 생각히어보라고. 아죽끄장은 그래도 우리는 실허잖냐고. 또 여자로도 아니고 남자로 태난 건 고것이 또 워딘디?"

"고참, 듣고 본개, 사둔 말 한마디 잘히었다 싶응만. 글매 그랑개사 생각이 나는디, 조쪽 황토고개네 아짐씨 청상 과택으로시나 외아덜 워처키 키운 건 알 겨. 헌디 인제는 요 읍내 큰 점방 허면, 그 아짐씨네 껏이 첫찔걸. 내 말은 그라장개, 머 팔짜만 따질 것도 못 된단 요 말이고, 항차 여자 혼차서도 고렇게 일어스는디, 남자치고 팔짜 타령만 해싼다는 것도, 그라장개 부끄럽운 일이구만."

"히어도 고 아들내미는 에미 속 몰룬 듯히었니. 지끔이사 어엿허니 큰 형장(形場) 나으리지만, 공부도 끝을 못 냈다고 허제 아매?"

"넘우 말 헐 것 없겠고만. 워쨌던동, 그라고 보먼, 재물이던 베실이던, 고것이 반대시 팔짜소관허고도 달른 것도 같다고. 생각히어보먼, 날 겉은 건 기양 펜허게 살라고만 히었던 겨. 아 다른 사람덜 밤에도 펜히 못 잠선, 머시던지 궁리를 히어서는, 요것도 히어보고 조것도 히어볼 때 나는 기양 하루 벌먼 고것만 좋와각고시나, 고날 햇딱 써뻐리고, 밤에는 잘 자고, 머 요라다 본개 늦은 것이제. 아 지내간 말로, 나도 낫쌀이나 젊었일 적에, 허다못해 부석칼(부엌칼)이라도 갈아 주로 댕깄어보게, 고것이 무신 기술이 필요한 일이여 머여? 조큰 철물점 쥔이 젊어서 멋히었는디? 지끔이사 한다하는 유지 아닌개 벼? 다 늦게 깨달은 것이제만 말여, 머시든 지가 지 일을 히어야 되는 겨. 꾀만 많아도 망치는 수가 있니. 차라루 소맹이 우직히어야 되어. 넘 숭내 낼 일은 아니겄던디. 넘이사 머시라던, 고런 디에 귀가 애리먼 안 되얐더라고."

"그래도 야 사람아, 될래야 되제 안 될라먼 안 되더라고. 옹기 짐을 지고 자빠졌으먼 그뿐일 틴디, 끈트럭에 모가지끄장 찔릴 수가 있당개. 머시 씌어서 도와줘야 되니."

"그랴 허기는. 안 될라먼 안 돼야."

"그나저나 인제 늦었인개, 뒷 시상이나 한번 잘살아밨이먼 싶기도 허제."

"헛헛헛, 이 사람아, 뒷 시상을 잘 갈라먼, 술 처묵고 와달이나 씨지 마라."

"아니, 조 사람, 내가 원지 자네헌티 와달이를 썼단겨? 고 못헐 소리를 허능만."

"윘따나 사람, 나헌티 와달이 쓴 것만 와달이랑가? 자네네 장독 깬 건 와달이가 아니고?"

"아니 조 사둔네 배겨. 그래서 우리 집사람이 자네네로 된장이라도 얻으러 간 일이 있던가?"

"내가 고렇게 말했으먼 자네 지끔 우리 집 장독 깨러 올 판이란가?"

"그라먼, 워짠다고 넘우 집 지사에 왜 사둔이 나서서 감 놔라 배 놔라여 시방?"

"아니, 조 사램이 지끔 생사람 잡는디. 아니 모도덜 좀 배겨, 내가 원지 조 친구네 지사에 감 놔라 배 놔라 히었단 것이제 잉? 내 말은 그라먼 못씐단 것이제."

"자네헌티 안 그랬으먼 됐제, 자네는 그라먼 왜 백찌 찌럭대기를 쓴단 겨 쓰기를?"

"아니 자네가 시방, 고렇게 나올랑 것여? 내가 그래서 시방, 요것이 자네헌티 찌럭대긴가, 찌럭대기여? 아니 친구네 좋은 권고는 워처키 생각을 허고 설랑은, 날더러 자네는 시방 찌럭대기란댜? 헥. 거 상종 못 할 친구네 겉으니."

"글씨 그랑개, 내가 내 장뚝을 깨던, 내 쎄바닥을 짱글라 개헌티 주던, 고것이 자네하고 워처키 된디야, 되기를?"

"핫따나, 고만들 해둬겨. 벨것도 아님선 언성을 높일 건 없잖여? 자네가 참소."

"아니 십장 사둔은 그라먼, 요것이 벨것이 아니다 요 말이여, 지끔 헌 말이? 글씨, 조 친구 말여, 넘우 일에 지가 머슬 잘났다고 택 불거져 감 놔라 배 놔라 허는 요것이, 그래 벨것이 아니다 요 말이냐고, 말이?"

"조, 조 말허는 꼴을 보게. 좋은 청주 묵고 탁한 와달이가 또 발동허는 겨."

"머시여 이눔아? 머시여? 네 요놈, 머시여? 요 쥑이뿌릴 개자석 놈."

"글매 구만들 둬! 구만들 두라고! 별 볼 일 없는 걸 가지고, 요것이 무신 짓들이여, 짓들이?"

"아니, 그렇잖냐 말이여?"

"머시 그렇잖애? 싸울라먼 나가서 하소. 아 장로 어르신이며, 장로 어르신 손녀분이며, 시님덜 앞에서, 아니 요것이 무신 부끄럽운 짓들여 글씨? 오널은 시님허고 말씸도 좀 허고, 우리가 큰시님을 몰라서 행악헌 걸 뉘우칠라고 와서나, 고런 이약들은 안 험선, 서로 좋운 친구 간에 백찌 말다툼이나 하면 씨겄냔개? 좋은 음석에 아까운 술끄장 대접을 받고시나, 고것에 대해 감사는 못 헐망정, 그래 자네들이 요래서 씨겄네, 씨겄어? 자, 사와를 하소. 첫째는 머시냐면, 아무가 들어도 고것 머 웃고 받아넘길 말이기는 헌디도, 고것 듣는 사람 기분에 딸린 것인개, 자네가 와달이 씐단 말을 헌 디서부터 일이 요렇게 되었응개, 자네가 먼첨 고 말을 취소허소. 그라고 자네도 그렇제, 시님 일러준 주문

각고 머릿뼁도 나쐈겄다, 머 속에 찌일 일 없응개, 나 겉으먼 덩실덩실 춤을 추겄는디도, 좋운 친구가 웃자고 한마디헌 걸 각고 고깝게 들어서, 요놈 조놈 험선 내달을 건 또 머시드냐고?"

"……십장 사돈 말이 맞겄고만. 아 요것 참, 장로 어르신, 죄송시러 얼굴도 못 들겄는디요. 못 배왔다 봉개 요러는디라우, 용서허셔라우. 그라고 조 시님덜, 또 아씨 어른, 내가 요거 못 배와 이렁만이요이. 그라고 자네도, 내가 친허다 봉개, 농담 한마디헌 걸 각고, 요놈 조놈 죅일 놈 허고 나실 것끄장 있었겄냐고이? 자, 내 술 한잔 받세."

"글매 나도 말여, 허히, 사둔헌티 그랄라고 헌 것은 아니었는디 말여, 술 한잔 묵고 봉개, 글씨 고얀이 와달이가 났던개 비네. 내 술도 한잔 받아보더라고. 허고 좌중 어르신네, 요것 참 미안시럽고 부끄럽어 똑 죽겄구만이라우이."

"아 그럴 수 있지. 거 모두 사이가 허물없이 되면 그렇게도 되는 게야 그렇게 풀어버리면 그뿐이지. 그럼 모두 고단할 테고, 또 내일 일도 일찍부터 해야 될 터이니, 이런 정도에서 모두 자리에 들어야 안 될까?"

4

그리하여, 종내 나와 촛불중만이 남게 되었다. 그들이 떠나며, 나를 사랑방에다 옮겨주어서, 나는 방에 앉아 있게 되었고, 촛불중은 마루 끝에 앉았는데, 그는 버릇이 된 그 눈으로, 정원에 켜진 석등을 바라보고 있었다. 부나비들은 그 석등으로도 달려들고, 연못으로부터 엷은 안개가 피어 올라와, 학 모가지의 소나무에 엉겼다가, 마당으로 잠푹이 가라앉는다. 안채 뒤뜰 숲에선가 어디선, 밤새가 휘파람 소리로 울고 있는데, 낮에는 못 보았던 살진 개 두 마리가, 어디로부턴지 느스렁 느스렁 다가와, 뜰 가운데서 서로 냄새를 맡는다. 밤에만 풀어놓는 것인지도 몰랐다.

그와 나는, 당분간 말없이 그냥 있었다. 유리에서 만났을 때보다, 이런 곳에서 우리는 더욱더 할 이야기가 없는 듯했다. 그는 낮에는 들고 있지 않던, 유리에서 보았던 예의 그 우산을 들고 있었으며, 유리에서 보았을 때 산뜻했던 그 장옷은, 어느 녘에 꾀죄죄해져 있었다. 어쩐지 그가 꾀죄죄하고, 초조스러워 보였다. 어쨌든 우리는, 이 읍의 질서 아래에서, 체면만을 내보이고, 모든 것을 그 체면 아래 은닉해둔 채, 이렇게 가깝게 앉아 있는 것이다.

"스님께서는입지, 유리로 돌아가시지 않을 작정이신지입지." 그가 그렇게 말하며, 무심한 척, 장옷 주머니 속에서 뭘 꺼내 주무르는데, 보니, 예의 그 백팔염주였다. 나는 그의 저의를 알 수가 없고 있으나, 어쨌든 난 아직, 어떤 대답도 만들 만한 처지에 있는 것이 아니다. 왜냐하면 나는, 읍내에 닿았을 뿐으로, 읍내를 아직도 둘러보고 있지 않은 것이었다. 그것이 내게 무슨 의미가 있는지는 모르되, 그러나 어쨌든 나 외톨 각설이, 한 바퀴 둘러보고, 그 읍의 길 끝에 서기 전에는, 아무것도 결정할 수 없는 것이다. 다시 도보 고행자이다. 가려는 길의 끝까지 이르지 않고서는, 아무런 대답도 할 수 없는 각설이.

"허지만입지, 아마도 말입지, 스님은 유리를 벗어날 수는 없으리라고 말입지, 소승은 믿고 있습지. 일단 말입지, 늪에입지, 낚싯대를 들고 앉은 그 순간부터 말입습지, 아무도입지, 그 늪으로부터 떠나지 못했었다는 것만 말입지, 한 번 더 강조해두는 바입지." 그는 그리고 떠날 듯이 일어서더니 계속했다. "유리에는 유리의 율법이 있겠습지." 그리고 그는 침묵하며 한참 동안이나 정원의 석등을 바라보았다. "아시겠지만입지 소승은, 오늘 밤 중으로 말입지, 안개비와 수도부들의 고장으로 떠나게 되었습지. 읍엘 오면 말입지, 언제나 돌아가기가 싫습지. 스님도 마찬가지겠습지. 그러나 돌아갈 곳이란 거기밖에는 없으니 말입지, 소승은 늘 돌아가곤 했습지. 이번 길엔, 짐수레 편이나 동행인이 있는 것도 아닙지. 그리고 이렇게 말하는 것이 말입지, 이상하게 들릴지도 모르지만 말입습지, 소승 자유의사로 돌아가는 길도 아닙지. 어떤 종류로든, 스님도 머지않아, 혹간 스님 자신도 모를, 어떤 타의로부터 말입지, 벗어날 수 없다는 것을 아실 때가 올지도 모릅지. 소승에게는 말입지, 이 세상 산다는 일이 말입지, 누군가가 배후에서 철삿줄을 놀리고 있는 그런 말입지, 무대에 선 한 꼭두각시 같은 것이라는 생각을 하곤 하는데 말입지, 그 철삿줄을 끊고 말입지, 그 꼭두각시가 무대 아래로 내려서려고 한다면입지, 그건 꼭두각시의 죽음과 연결되는 것입지. 꼭두각시의 자유와 초월은 말입지, 철삿줄에 계속 붙들려 매어져 있을 때라야만 말입지, 가능한 것일지도 모릅지. 거역이나 반항도 그렇습지. 철삿줄을 쥐고 있는 누군가가 말입지, 왼손을 쳐들라고 하는데입지, 꼭두각시 당자가 왼발을 쳐들 수 있는, 그런 말입지, 거역과 자유도 말입지, 그 철삿줄과의 연결 아래서 가능된다는 말입습지. 그러나 말입지, 소승은입지, 누가 소승의 철삿줄을 쥐고 있는가 말입지, 그것을 현실적으로 알고 있으니입지, 차라리 정신적인 자유는 말입지, 분리해내는 것이 말입지, 가능되는 수가 있습지. 그러나 말입지, 그가 누구인가를 모른다면 말입지, 일견 자기는 무애한 듯도 싶겠으나 말입지, 종내는 혼과 몸이 묶여 들어 시달리지 않을는지 그것은 의문입지. 이것이입지, 나 하찮은 중이 말입지, 대사께 연민의 정을 느끼게 하는 것입지. 나 비록 하찮은 중이지만 말입지, 대사는 가히 탁월하다는 것쯤은 알고 있는데 말입지, 대사가 처한 곳은 거기가 어디든 말입지, 이상스런 혼돈이 야기된다는 그 한 가지 사실만으로도 그렇습지. 나 같은 작은 빛들은 스러져 없어져 버립지. 그러나 말입지, 스님이 유리로 돌아가고 안 가고는 말입지, 스님의 자유의사로 결정될 문제겠습지. 유리를 떠나서도입지, 유리의 잔령(殘靈)들을 극복할 수만 있을 것이라면 말입지. 소승도 어쩌면, 스님께서 유리로부터 바랄지도 모릅지, 도피하기를 말입지."

그는 그리고, 작별 인사로 내게 합장해 보이고도, 한두 마디 더 잇다가 안채 쪽으로 걸어 들어갔다. "그러나 이것은 소승의 우정으로 드리는 말씀은 결코 아닙지. 소승은, 그것이 비록 무의미하다 해도 말입지, 떠나간 스님의 뒤쪽에서입지, 한번 웃고 싶어 그럴 뿐입지. 아직도 소승은, 유리에 비가 내리고 있으면 하고 말입지, 바라고 있습지. 평강하십지."

그가 떠나고 난 뒤, 그러나 난 자다가 놀래고 깬 듯해, 어리떨떨하며 무엇인지 종잡을 수가 없었는데, 그것은 차차로 외로움으로 바뀌었다. 나는 모른다, 그러나 뭔지 모르는 곳에서 뭔지가 형성되어왔었는데, 나는 모른다, 그러나 나는 그것을 달콤하게 내려다보며, 나는 모른다, 나는 그 위에 내 흰 그림자를 아름답게 드리우고 선회해 왔을지도 모른다, 그러나 나는 모른다, 그것이 나의 비상과 나의 휴식을 싸안아 줄 그런 바다 같은 것이었는지 어쨌는지, 그러나 나는 모른다, 그러나 그것은 나의 비상과 휴식의 바다는 아니었고, 그만큼 넓고, 그만큼 깊은 불구덩이어서, 내 날개가 지치기를 바라고, 음험히 입 벌리고 있는 그런 어떤 것이었던지도, 글쎄 나는 모른다. 그러나 어쨌든 촛불중은, 나로 하여금, 내일의 집회에 참석하여, 뭔가를 지껄이도록 충동질하고 있음엔 틀림없었다. 나도 그러기로 결정했다. 그러기 위해 그리하여 나는 가부좌를 꾸미고 앉아, 다탁자 위에 놓인 그네들의 경전(經典) 위에서 명상하고, 필요한 구절을 적어가며, 밤을 새워나가기 시작했다. 무슨 이야기를 할 수 있는지는, 나로서는 아직은 모른다. 그렇더라도 내가 이만큼 살아오며, 뭔가를 생각해왔고, 또 무엇보다도 '살아왔다는 것'을, 한 울음에 담아, 끼룩거리기라도 해보기는 해보아야 되는 것이다. 그러는 중에 날개가 지쳐, 내려앉은 곳이 불구덩이라고 하더라도, 어쨌든 한번은 산 목청으로 울었다는 것을, 자신의 귀에라도 들려주어야 하는 것이다. 끼룩. 다만 한 번 끼룩. 끼룩.

제17일

1

아침 식사 또한, 장로와 그의 손녀딸과 같이서 했기 때문에, 지금 헐어내고 있는 교회당의 내력 같은 것을 들을 수가 있었다. 그것은, 일차적인 신자의 확보도 없이, 장로의 선친께서 사재로 먼저 지어놓고, 그런 뒤 목사를 모셔 전도를 시작했었으나, 뜻대로 되질 못했던 모양이었다.

"들어 알고 계시겠지만, 이건 그런 고장이 아니오? 어느 도문, 또는 어느 종단으로부터 축출 파문을 당했거나, 스스로 파계 환속한, 그런 남자 그런 여자 들이, 그럼으로 해서 더해진 번뇌로 하여 고행을 왔거나, 모든 세인의 눈을 피해 와서 살며, 결혼해 애 낳다 보니 이뤄진, 그런 고장이 아니냔 말이외다. 지금은 교통수단이 좋아져 그저 한 뼘 거리 정도로나 좁혀져 버렸지만, 그 당시만 해도 이곳은, 대처로부터 대단히 먼 고장이어서, 일종의 유적지라고 해도 과언이 아니었던 모양이었쇠다. 헌데 이곳의 유사(遺事) 서문에 의하면, 당시에 어떤 종단에서 정치적 실권을 장악하게 되자, 타종단 승려의 생명쯤은 풀강아지로 쳐, 누가 그들을 비록 타살(打殺)하였다고 하더라도, 관에선 그저 훈계 방면이나 하고 말 정도였던 모양인데, 그러자니, 그런 타종단의 승려들은, 은둔처를 찾아 깊은 산속 같은 데로 찾아들었던 모양이었지요. 헌데 그런 중에도 파계를 했거나, 환속한 승려들이 더러 있었던 모양인데, 그러면 그들은 대체 어디를 갈 수 있었겠소? 더러는 물론 평복으로, 어디 다른 지방에 숨어 들어가 머슴살이도 하고, 장사치도 되었겠소만, 업이 그래서 승려가 된 사람들은, 마음을 갉는 번뇌를 영 떨치지를 못했던 모양이었지요. 그리하여 이제, 소문을 좇아 모여든 곳이 여기라는 내용이었소. 허나 그들의 파계나 환속이, 정작으로 파계나 환속인지, 또는 개종인지도 모를 일이었으되, 어쨌든 저 변절적인 피는, 면면이 후대에까지 이어져 오고 있는 것을, 우리는 수시로 발견해냅니다. 이런 후손은, 이 늙은네 선친이 애쓰신 결과를 종합해보건대, 무신앙과도 살지를 못하지만, 어떤 종교와도 또 살지를 못하는 듯합니다. 그래서 아편이나 독주가 오늘날은 그 양쪽을 조화시키고 있는 듯한데, 허긴 그것이 계속될 수 있는 한은, 그것 속에 전혀 구원이 없지는 않을지도 모르는 겁니다. 그러나 아편과 독주가 끊겼을 땐, 거기 무엇이 있어 그들을 안온히 감싸줄 것인지는 모릅니다. 나의 선친께서는 아마도 그 점에 착안하셨던 모양으로 기독교를 포부하시고 돌아오신 것입니다." 장로는 생각해내느라 애쓰며, 천천히 계속하고 있었다. "헛헛허, 그랬지, 나의 선친과 조부님 간엔 늘 뭔지 서로 맞지 않는 점이 있었지. 그도 그랬을 것이, 오늘날 이만한 살림을 꾸려낸 조부는, 그분의 아드님 눈에, 부당한 착취를 하는 이로밖엔 여겨지시지 않았을 테니깐. 헛헛허. 그래서 선친께서는 대처로 휙 나가셨다간, 몇 달 또는 몇 년 만에 돌아오시곤 하시기를 한 삼사십 년이나 하셨는데, 그러자니 읍장이란 직함은 조부에게서 손자에게로 건너뛴 셈이었지. 허긴 부자간의 연세 차이가 십육 년밖에 안 되고 보니, 그런 데서 오는 갈등 또한 무시할 수도 없었겠지, 어쨌든 조부가 초대 읍장이었고, 아무도 오려고 하지 않는 여기로 자청해서까지 오셨을 때, 그분 보시기에, 이 읍은 치부에 적당하다고 하셨던 모양이었습니다. 그분은 가히 탁월한 재능을 가지셨던 분입니다. 그런데 가만있습시다, 내가 무슨 이야기를 했던가? 늙으면 이렇게 정신이 흐려진단 말이거든." 그는 생각하느라고 애쓰고 있었다. "아 그렇지. 그래서 선친께서 신교를 포부해 오셨다는 말이었었지. 내 나이가 그때 마흔다섯에 접어들었었으니, 선친의 연세는 진갑 해이셨겠군. 선친은 그때, 스물다섯인가 된 아주 앳된 목사 하나와, 이십 전후밖에 안 보이는, 아주 가냘프게 생긴 여 전도사 한 분을 대동하시고 오신 것인데, 나중에 임종에 듣자니까, 그 목사분이 나의 이복동생뻘이었더군." 이 대목에서 장로는 소탈히 웃었으나 눈물기가 어린 회색 눈엔 초점이 없었다. "헌데 무슨 일이 일어났겠소? 결혼도 하지 않고, 저 여 전도사가 그만 임신을 했구료. 지금이야 그런 일이란 더러 있지만, 그땐 지금관 조금 다른 데다, 하나님 사업을 하는 여자는 정결해야 된다는 생각이 굳어 있어서, 선친께서 얼마큼의 재물을 쥐여 주어, 그 여 전도사를 다른 고을로 소문 없이 보내는 지경에 이르렀댔지요. 가만있습시다, 벌써 열아홉 해나 흘렀을거나? 그러니까 지금 그 애의 나이가 열여덟이나 되었단 말 아니게?" 장로는 손녀에게 묻고 있었다. "그러나 어쨌든, 선친이 계셨을 땐 말이외다, 선친께서 부리던 머슴이라든지 소작인, 심지어 머슴들의 사돈네들까지, 신앙이 있거나 없거나 모아들여, 집회를 가지곤 했었습니다만, 그분 돌아가신 뒤부턴, 나나 저 애하고, 한 칠팔 명이 남았었을 뿐이지요. 만약에 선친께서 하시던 방법으로, 재물에 호소하여 신자를 모았다면, 더 많은 사람을 모아들일 수도 있었을 것이오만, 난 선친으로부터 보아서, 그것이 전도이기는커녕, 오히려 사람들의 정신만 저하시킨다는 것을 알았기 때문에, 그런 방법은 쓸 수도 없었고, 쓰기도 싫었댔지요. 그럼에도 우리는 주일만은 지켜왔댔소. 턱없이 휑뎅그렁하게 큰 저 사랑방은 그런 목적으로 만든 것이었지요. 어쨌든 나의 관점은, 선친과는 좀 달랐거든. 피의 유전이나, 역사적 배경을 고려치 않을 수가 없었던 것이오. 이것은 만신전(萬神殿) 같은 고장이라는 것이 나의 믿음이었단 말이외다. 그러므로, 그것이 어떻게 개방적인 종교라고 할지라도, 그것이 일단 어느 신의 이름 아래에서 이 고장에 세워지면, 그것은 이상스럽게도 그것대로의 폐쇄를 은연중에 드러내 버리거나, 아니면 그것이, 그것대로의 특색을 잃어버려 이미 종교가 아닌 것으로 무산돼버리거나 하더란 말이지. 그런 예는, 허다하지만, 그중에서도, 스스로 존자라고 자칭하는 스님이, 본사가 대찰임을 믿고, 이 고장에 절간을 세워 중생 제도에 나서려 했었으나, 제물에 문을 닫아버리고, 유리로 나가 고행이나 하고 있는 예는, 나의 선친의 예와 함께 좋은 예이지요. 선친의 것은 원래 개방을 표방하고 나섰다가 폐쇄되어버린 예이고, 존자의 것은, 개방될 근거가 희박했던 것 같은데도 너무 열려져 버려, 수도청 모주의 것과 같은 것으로 변해져 버린 예라오. 그럼에도 그럴수록, 이 고장이 키우고 있는 음원(陰願)은 어기찬 것인데, 그것이 어떻게 이끌려져 햇빛 아래 모습을 드러낼지는 알 수가 없고만 있지요. 우리는 종교 없이는 못 살면서도, 또한 종교와는 살 수가 없고 있는 것입니다." 장로는 목이 마른지, 숭늉을 좀 마시고, 퀭해진 눈으로 나를 건너다보더니 이었다. "아 그렇지, 대사께서는 저 교회당의 시체에 대해 의문이시겠지. 대사는 그 시체를 보았음에 틀림없으니까. 그는 그냥 거기서 굶어 죽은 것뿐이라우. 어떠한 좋은 말로도 그의 결심을 돌이킬 수는 없었지요. 순교했다고 말해도 옳을는지 모르지. 이 고장을 밝힐 하나의 심지로서 그는 자기를 태워, 자기의 주 품으로 간다는 것만을 완강히 고집했댔지요. 그는 그리고, 주님의 집을 헐어내야 될 일이 있을 그때까지는, 자기를 그 주의 제단에 남겨두어, 손도 대지 말아달라고 했었지요. 그러다 그가 주의 품으로 갔기에, 그 문들에 못을 박아 그 회당을 그의 관곽으로 삼아주었지요. 그리고 십오 년이나 흐른 것이지. 내가 알기로 이 십오 년 동안, 아무도 그 회당을 부수고 들어가 본 사람은 없었는데, 그 안에 귀중품이 있었을 리도 없었고, 무엇보다도, 판관의 냉엄한 시선이 거기 머물러 있어온 탓이었다고 해야 될지도 모르지요. 그러나저러나, 그 회당을 둘러싸고 여러 잡음이 있는 데다, 괴담이 만들어지고 더욱더 두터워지고 있어, 헐어내려던 참이었으나, 그렇게 바쁠 일은 없었는데, 대사가 오신 그날은 좋은 계기가 되었던 것이었지요."

장로의 이야기는 이만큼에서 끝났는데, 어쩐지 내게도 숙연한 기분이 들었다.

그러나 어쨌든, 나는, 이 장로가 어찌하여, 그의 것을 포함한 어떤 종단에도, 어떤 도문에도 속해져 있지 않은, 한 고아 같은 각설이 중으로부터서도, 한 번의 소설(小說) 듣기를 원했던지, 그 이유를 알 듯도 싶었다. 허나 어쩌면, 먼저 구원해내야 될 것은, '종교 없이도 살지 못하지만, 종교와도 살지 못하는' 인간이 아니라, 신들인 듯도 싶은데, 발붙일 곳이 없어 저것들은, 배고픈 외로운 노래나 부르며, 사람들이 사는 언저리로나 비실거리고 다니는 듯싶기 때문이다.

2

집회는, 사시 초쯤에 시작되었다. 장로만큼이나 늙은 장로의 친구들이거나, 아니면 그 읍의 사회에서 굳건한 자리를 차지하고 있는 자들로 스물다섯 명 모였는데, 여신도로서는 장로의 손녀딸 하나밖엔 없었다. 판관은 신병 관계라며 참석지는 않았으나, 하나의 섭섭함을 빼놓고라면, 그런 정도의 청중이 내게 꼭 적당하겠다고 나는 생각했다. 하나의 섭섭함이란, 그들의 몸에서 땀 냄새가 나지 않았으며, 그들의 얼굴엔 눈물 자국이 없다는 그것이었다.

나는 일어설 수는 없었으므로, 연좌인 채 장로가 소개하는 대로 일일이 합장해 맞았고, 그들은 각각 자기네들 편한 대로 자리 잡아 앉았다. 내 청에 의해서, 내 등 뒤에는 흑판이 나직이 내려져 있으며, 내 앞엔 예의 그 다탁자가 놓였는데, 냉수와 그들의 경전, 그리고 내가 준비한 이야기의 원고가 놓여졌다. 그러나 그것은 원고라기보다는, 그들의 경전에서 인용한 몇 구절의 색인 같은 것이라고 해야 옳았다.

때가 마침맞다고 생각해서인지, 드디어 장로가 밭은기침 한 둬 번 하고 앉은 채 집회를 인도해나갔다. 찬송하고, 기도했으며, 그런 뒤 내가 나설 차례는 왔다.

"오늘, 이 변변찮은 한 학승으로 하여금, 여러분의 존귀하고 존엄스러운 집회에 참석시켜주시고, 또 졸견을 말씀드릴 기회와 영광을 베풀어주신 장로님께, 특별히 깊은 존경과 감사를 먼저 올립니다." 나는 그렇게 시작하고, 장로를 향해 합장해 보였다. 장로와 그의 손녀딸은, 사람들의 맨 앞자리에, 나와 그중 가까운 데 나란히 앉아 있었다. "하옵고 소승의 관견을 어여삐 들어주시려는, 숙녀, 귀빈 여러분께 또한, 감사와, 여러분 주 안에서의 평강을 빕니다."

다시 나는 합장하고, 어디라 방향도 없이, 두 번 머리 숙여 보였다. "그리고, 비견으로 하여, 소승이 외람되게도 이 엄숙한 집회를 행여 누 되게 한다 하는 경우가 있다고 할지라도, 장로님, 그리고 숙녀와 여러 귀빈께서는, 모쪼록 불쾌감을 참으시고, 제가 아직 깨우침이 없어 그러려니, 그렇게 너그러이 이해하여주시기 바라는 바이옵니다." 나는 그리고 잠깐 쉬었다 이었다. "그럼에도 소승이, 소승과는 무관한 집회에 참석하여, 졸견을 피력해보겠다고 작정한 데에는, 소승은 소승 나름으로, 여러분의 교의에 한 티끌만 한 천식을 갖고 있어온 그 이유이온데, 업이 그러하므로 서당 집에 태어난 개가, 삼 년을 지내니 풍월을 읊더라는 이야기와 비교되어도 좋을지 모르겠습니다. 소승의 스승께서 글쎄, 여러분의 교의에 조예가 있으셨던 덕으로, 그분에 의해, 한 학과목으로서, 소승 또한 여러분의 경전을 육칠 차례에 걸쳐 읽어본 적이 있으며, 장작 짐을 해서 읍내라도 가는 날엔, 밖에 서서, 빼꼼히 교회 안을 들여다보기를 여러 차례 하는 중에 훌륭한 교역자들의 설교를 엿듣기도 해보았던 것입니다. 그리고 훌륭한 복장의 내 또래의 아이들을 부러워도 하고, 그러다 눈물을 흘리고 돌아선 적도 많았댔습니다. 깁고 남루한 옷에 짚신을 신고, 지게 목발을 두들기며 산막으로 오르는 길은 그래서 더 슬프고, 외로웠었습니다. 그러나 그때 스승께서는, 이미 여러분의 교의로부터 개종해버린 이후였다는 것을, 나중에 좀 더 자라서 알게는 되었었지요. 여러분께서 이해해주실는지는 모르겠습니다만, 그분은 여러분 교단의 검은 성복을 입고는, 선가적(禪家的) 명상법을 도입하시곤, 밀교적(密敎的)인 주제로써 사고하셨던 것입니다. 어쩌면 그분은 영매 접신을 달하려고 했던지도 모르겠습니다만, 한 기슭에 통나무집을 쌓아 올리고 사셨을 때부터, 엉뚱하게도 그분은 금(金)의 제조에 몰두하셨습니다. 그러나 그분의 금은, 도식(圖式)과 머릿속에만 있어서, 현금 가치는 전혀 없었던 것이었습죠. 그러면서도 그분은, 일 년이면 반을 다 바쳐서 세상 밖으로 나가시는 일은 거르질 않으셨는데, 자기도 노쇠해가신다는 것을 아셨던지, 종내 한 사미를 맞아들이고, 그리고는 그 사미에게 자기의 생애를 쏟아 얻은 지혜를 불어 넣어주시려고 했습니다만, 그 사미는 우둔하고, 매사에 불찰스러우며, 게을러 잠 깨기를 싫어하는가 하면, 살욕이 과하여 인하지 못했으나, 그 스승은 그런 사미를 별로 개의치도 않으신 듯했습니다. 그 사미가 현재, 여러분과 마주 앉아, 그 스승으로부터 얻은 약간의 지식으로 하여, 그 스승으로부터 개종해가고, 뭔지 이단적이기를 획책하고 있는 중인 것입니다." 나는 잠깐 쉬고 이었다. "이제 여러분께서는, 간략히라도, 이 한 돌중의 젖줄이 어떻게 이어져 왔던 것인가를 들으셨으니, 또한 소승이 어느 종단에도 속해져 있지 않으나, 그러나 그 모든 종단에서 베풀어준 식은 밥으로 뼈를 굵혀왔다는 것도 아셨을 것입니다. 그럼으로 해서, 소승이 외람되게도, 여러분 교의의 어떤, 한끝을 붙들어, 소승 나름으로 이야기를 꾸며본다 하더라도, 꾸중하시기 전에 어여삐 여겨주실 수 있다고도 믿는 것입니다. 헌데 소승은, 여러분의 경전 속에서 언제나 읽어보아도 재미있는 한 이야기를 알고 있는데, 그 이야기를 두고, 소승의 천견을 말씀드려본다면 어떻겠습니까. 소승이 조사해놓았기로는, 「창세기」 3장 1절에서 7절까지의 기사인데, 혹시 저 숙녀께옵서, 참으로 친절하시게, 그 구절을 봉독해주실 수 없을는지요? 저 간교한 뱀이, 최초의 여인을 유혹하는 장면입니다."

"「창세기」 3장 1절로부터입니다. '여호와 하나님의 지으신 들짐승 중에 뱀이 가장 간교하더라. 뱀이 여자에게 물어 가로되 하나님이 참으로 너희더러 동산 모든 나무의 실과를 먹지 말라 하시더냐, 여자가 뱀에게 말하되 동산 나무의 실과를 우리가 먹을 수 있으나, 동산 중앙에 있는 나무의 실과는 하나님의 말씀에 너희는 먹지도 말고 만지지도 말라 너희가 죽을까 하노라 하셨느니라. 뱀이 여자에게 이르되 너희가 결코 죽지 아니하리라. 너희가 그것을 먹는 날에는 너희 눈이 밝아 하나님과 같이 되어 선악을 알 줄을 하나님이 아심이니라. 여자가 그 나무를 본즉 먹음직도 하고 보암직도 하고 지혜롭게 할 만큼 탐스럽기도 한 나무인지라 여자가 그 실과를 따 먹고 자기와 함께한 남편에게도 주매 그도 먹은지라. 이에 그들의 눈이 밝아 자기들의 몸이 벗은 줄을 알고 무화과나무 잎을 엮어 치마를 하였더라.' 7절까지입니다."

"감사합니다. 참으로 수고하셨습니다. 헌데 소승이 희망하기로는, 이 이야기가, 소승에게와 마찬가지로, 여러분에게도 재미있게 여겨지기를 바랍니다. 이것은 말을 좀 더 짓궂은 방향으로 바꾼다면, 어버이가 곶감 담은 상자를 아이에게 열어 보여주며, 이것은 나중에 손님 접대에 쓸 것이니 만지지도 말고 먹지도 말라고 단단히 당부한 뒤, 시렁에 얹어두었는데, 정작 잔치할 당일에 와서 그 상자를 열어보니, 그 속에 곶감은 하나도 남겨져 있지 않았다는 얘기와도 비슷하게 소승에게는 여겨지곤 했던 것입니다. 그래서 소승은, 그것을 재미있게 생각했었으나, 그러나 실제에 있어, 저 3장 기사는 전율할 장면이며, 가공할 내용을 담고 있는 것일지도 모릅니다. 그것은 그런 것이었습니다. 그런 이유로, 소승이 이야기해가는 중에, 저 장면을 휩싼 몇 문제가, 설혹 되풀이되는 경우가 있더라도, 그 점에 관한 양해를 미리 바라지 않으면 안 될지도 모르겠습니다. 어떤 문제들은 되풀이를 통했을 때, 보다 명료해지는 수가 있기 때문입니다.” 나는 잠깐 쉬고, 다시 이었다. “아시다시피 저 3장 기사는, 원죄(原罪)가 이뤄지고 있는 장면인 것입니다. 그것은 그래서, 성경 전체를 통해 가장 비극적인 소식인데, 이 원죄 문제는, 그것이 내포하고 있는, 신의 어떤 예정, 또는 어떤 의지에 의해서, 장차 ‘신의 인현(人現)’ 또는 ‘삼위일체’(三位一體)의 문제 같은 것에까지도, 직접으로 연결 지어진다는 것을 미리 밝혔으면 싶습니다. 그리고 그것들은 연줄이 아주 이상해져, 연금술사들의 상징적 도식에서 그 비유를 빌려온다면, 세 마리의 여우가 한 원 안에서, 서로의 꼬리를 물려고 빙빙이질을 하거나, 두 마리의 용이 서로의 꼬리를 물고 또한 둥글게 맴돌이를 하거나, 한 마리의 뱀이 제가 제 꼬리를 삼키느라고 끝없이 뒤집혀지는, 바로 그런 관계와 비슷하다고, 소승은 감히 믿는 바입니다. 그러면 이제 여러분은, 저 3장 기사에 의한, 소승의 관심의 방향이 어떤 것인가를 대개 아셨으리라고, 소승은 믿는 바입니다.”

나는 잠깐 쉬고, 서투른 얘기의 서론은 일단 끝냈을지도 모른다는 생각을 했다.

“이 원죄설에 관해서, 많은 고명한 학자들이, 훌륭한 학설을 내놓고 있는 것은, 우리 모두 아는 바입니다. 가령, 어떤 이는, 아담은 최초의 인간이므로 인류의 대표인바, 그가 저지른 잘못은 그러므로, 연대적으로 전체의 인류가 그 값을 받아야 된다고 주장하는 것 같은 것도 그런 하나입니다. 이런 견해는 나중에, 후 아담으로서, 왕으로 대표되어 십자가에서 수난당한, 예수의 죽음이 또한 연대적으로, 인류의 죄를 대속한 것이라는 생각을 불러일으킵니다. 그런가 하면, 또 어떤 이는, 저 아담이 지은 죄의 결과가 자손들께 전해진 것이 아니라 죄에 빠지기 쉬운 성격이 유전되었다고 하는데, 업(業)을 ‘심리적 유전’으로 해석하려는 경향이 아닌가 하고도 여겨집니다. 그럼에도 다른 편에선 많은 석학자들이 이 원죄설에 의심을 품고, 그것을 부인하려고 애써오고 있는 듯도 싶은바, 이 회의는 거기서 끝나는 것이 아니고, 예수의 십자가상의 수난의 의미까지를 의문케 하거나, 예수보다는 여호와 쪽에 전적인 비중을 두어 생각해보게 하는 결과를 도출할 가능성이 짙은 것이었습니다. 그러나 소승의 관심은, 역사적으로 어쩔 수 없이 부달려만 오는 동안에 피할 수 없이 폐쇄적으로 된, 어떤 한 민족의 민족 신에게 있는 것이 아니고, 그 폐쇄를 개방하고, 한 민족 신을 세계의 신으로 하여, 우리 같은 이방인까지도 한 형제로 생각했던, 한 인간의 아들 쪽에 있는 것입니다. 그리하여 소승은 그 인간의 아들이 인류의 원죄를 대속했던 양으로서, 그리고 암흑을, 분쇄했던 빛으로서, 죽음을 극복한 생명으로서 고통을 이겨낸 사랑으로서 우리들 사이에 왔다가 죽은, 구주였었다는 편에 서는 것입니다. 만약에 원죄나 예수의 수난의 의미를 회의하고 본다면, 그는 그저 하나의 훌륭한 사표로서, 그의 인격적 도덕적 완성을 본받자는 데에 머물게 되거나, 아니면, 어떤 민족 신이 타민족 앞에 갑자기 압도해온 결과가 될지도 모르게 될 것인바, 어떤 민족이고 그들 고유의 신화를 갖지 않은 민족은 거의 없으며, 어떤 종류로든, 그 민족 신들은 최선의 형태로 그 민족의 피와 역사 속에 자리 잡아온 것이 사실이기 때문입니다. 그렇기 때문에 소승은 여호와가 아니라, 한 인간의 아들 쪽에 계속 관심을 두지 않을 수 없는 것인데, 그 인간의 아들은 유독, 수난받는 한 민족의 호전적인 신과, 세계의 질서 가운데 서 있어서, 한 민족의 전쟁 신을, 세계의 사랑과 빛과 생명의 신으로, 그 신격을 바꿔놓은 자였으며, 동시에 인류의 원대한 꿈이 무엇인가를, 그것이 어떻게 성취되는 것인가를, 그 자신을 비춰 보여주었던 자라고 믿고 있기 때문입니다, 이 점은 참으로 중요하고, 그래서 점차 좀 더 밝혀지리라고 믿습니다." 나는 잠깐 쉬고 다시 이었다. "이리하여 우리는, 앞서 살펴본 사소한 이유만으로서도, 저 원죄의 문제가, 대단히 위험스럽고도 심중한 내용을 갖고 있어왔다는 것을, 조금은 눈치챈 셈입니다. 그리고 그것은, 보다 깊이 천착되어져도 좋을, 그 여지를 갖고 있어왔다는 것을 알게 됩니다." 나는 잠깐 쉬고 다시 이었다. "이 자리에선, 이것 조금 성급한 감이 없는 건 아니지만, 그러나 만약 그 어휘만 바꾼다면, 원죄란 죽음의 의미의 종교적 발상이라고 보아야 옳을 것인데, 그리고 이 점이, 지금부터 당분간 말씀드릴, 소승의 주제이기도 한데, 그러므로 이 원죄는, 그가 여러분 교문의 신도인가 아닌가와도 별개의 문제로, 그리고 인간인가 짐승인가와도 별도의 문제로, 모든 생명이 있는 것 위에, 무엇보다도 무서운 하나의 시련, 하나의 고초, 하나의 통로로 놓여왔다는 것을 싫더라도 우리는 인정하지 않으면 안 될지도 모른다는 것을 먼저 말씀드리는 바입니다."

나는 잠깐 쉬고 다시 이었다.

"그러면 도대체, 저 3장 1절에서 7절까지의 비유와 의미들은 무엇인가, 이것이 이제 우리의 흥밋거리며, 수수께끼가 아닐 수 없겠습니다. 그중에서도 특히, 뱀으로 표현된, 저 간교한 암호의 풀이는 어떻게 되는 것인가, 그것이 무엇보다도 궁금하고, 그것이 그리고 3장 구절의 의미를 푸는 열쇠 같기도 해서입니다. 그런데 이 뱀은, 여러분의 생명의 교의에서는, 그렇게도 악시하며 적시하여, 다만 하나 사랑할 수 없는 표적으로 삼고 있어온 듯도 싶습니다만, 그럼에도 불구하고 다른 방언(方言)에서는, 종종 숭배의 적이 되어오고 있는 것이 또 사실이었던 것입니다. 그것은, 자연(自然)이라든가, 사계(四季)의 변화, 또는 자연이 내부에 숨겨놓고 있는 어떤 힘, 영겁회귀, 심지어는 사대[地水火風]의 상징으로까지 나타납니다. 특히 저 힘은, 나중에, 남성적 작용력인 것으로 깨달아져, 남성 성기로까지 발전하고, 남성 성기 숭배까지를 일으켜온 듯도 싶습니다만, 여러분의 교의에서도, 저 뱀의 숭배의 영향을 전혀 받지 아니한 것은 아니라고도 합니다. 모세가, 그의 백성을 이끌고 에돔 땅을 둘러 행하려 하였다가, 길로 인하여 백성의 마음이 상하고, 하나님께 원망을 퍼붓게 되자, 하나님께서 불뱀을 백성 중에 보낸 기사(「민수기」 21: 4~9)에 의하면, 모세가 놋뱀을 만들어 장대 위에 달자, 그것을 본 자마다 살아나게 되었다는 것도, 그런 예인 것입니다. 저 놋뱀은 나중에, 십자가에 걸린 예수의 모습과도 상사를 갖게도 될 터인바, 그들은 똑같이, 나무에 매달린 구원자들이었다는 이유로서입니다. 그러나 이 점이, 여러분 교의의 전체를 통해, 얼마나 중요한 관건인지는 소승으로서는 모를 뿐이고, 아마도 중요한 것은, 뱀이 사탄과 동일시되어 있다는 그것이 아닌가 합니다. 어쨌든, 근저에 있어, 여러분의 교의에서도, 저 뱀을 자연 그 자체, 또는 자연의 섭력 같은 것으로 전제해놓고 있다고 보아야 하는데, 왜냐하면, 자연이란 생명을 보양하고, 그것을 죽음으로 던져 넣었다가, 그 죽음에서 다시 생명을 이끌어내는, 저 이상스런 무위(無爲)의 위(爲)이기 때문인바, 이 무위의 위, 영구히 돌아가고 영구히 돌아오는, 영구히 소멸되어가지만 영구히 소멸되지 않는, 영구히 죽어가고 영구히 살아나오는 이것은, 영생을 위주로 하는 종교의 입장에선, 타도해야 할 어떤 무서운 적으로밖에는 보이지 않을 것이며, 극복해버려야 할 어떤 난경으로밖에 여겨지지 않았을 것은 확실합니다. 그러니까 영생의 종교에서는, 다른 방언들과는 다른 방향에서, 생성소멸의 유전(流轉)은, 마땅히 정지되어야 할 것으로 본 것이 아닌가 하고, 저절로 이해되어지는 것입니다. 그러고 보면, 생명의 책으로서 여러분이 읽고 계시는 성경은, 차라리 죽음의 책처럼도 여겨질 정도인바, 생명이 멈출 때라야 영생이 가능하다는 것을 고려한다면, 한 번의 완전한 죽음을 어떻게 성취할 수 있는가를 그 생명의 책은 말하고 있는 듯합니다. 글쎄 여러분의 교의에 의하면, 재생이라는 것을 자연의 법칙에 의하지 않고, 형이상학적으로 취급을 해서, 그것도 한 번만 가능한 것으로 보고 있는 것 같습니다. 태어나는 과정에 관한 한은 거의 함구하고 있으면서, 어쨌든 기왕에 태어난 목숨은, 죽으면 이제 한번 영으로 부활하려는 것으로, 인간만을 자연의 외권 내로 뚝 떼어내 버리는 것입니다. 저 자연 외권의 아름다운 고장을 천국이라고 부르며, 선한 영들은 거기로 이민 가버리고, 생성소멸의 현장인, 이 어기찬 고향, 대지로는 돌아오려고 하지 않습니다. 아마도 저 아름다운 곳으로 못 간 영들이 모여 사는, 황폐한 고장은 그래서 지옥이라고 하는 모양입니다. 그러고 보면, 여러분의 교의 또한 삼층 구조인 것이 확실한바, 대별하여 하계(下界)·현세·상천(上天)이 그것입니다. 그러나 영(靈)이란 '영상의 몸'[念態]이어서, 고통이 실감되지 않는 몸이라는 것을 특히 마음 깊이 새기고 보면, 지옥의 불길은 어디서 타는지, 그것은 상정키에 꽤 어려운 듯합니다. 여러분 교의의 삼층 구조와 이 염태(念態)의 문제는, 필경 다시 한번 더 이야기되어질 것이지만, 그럼에도 소승이 이 당장에 참아둘 수 없는 하나의 다툼은, 만약에 죄업에 의해서 생명이 고통당해야 되며, 그 고통을 통해서라야만 영혼이 순화를 성취할 것이라면, 그런 고통을 실감할 살과 혼의 총체로서의, 실체가 살도록 던져진, 이 세상 말고는 영혼을 순화시킬 장소란 따로 없다는 이것입니다. 삶은 그러므로 영혼의 순화의 과정으로도 이해되는 것입니다. 이렇게 볼 때, 그러면 어떤 과정에 의해서, 순화되지 못한 영들이 다시 육신으로 되돌아오는가 하는 의문이 남기는 합니다. 그것에 대한 한 해답으로서 우리는, 요나의 표적을 갖고 있기는 합니다. 그러나 죽음 가운데 던져진 그 삼 일 동안에, 요나가 무엇을 했던지는 아직도 의문입니다. 그 삼 일은 비밀의 방인데, 그러나 모세의 출애급 이후의 광야의 사십 년 수난사와, 여리고에서의 예수의 수난과 시험의 이야기를 통해서 보면, 저 비밀의 방이 완전히 폐색된 것은 아니라는 것을 우리는 알게 됩니다. 저러한 수난과 시험은, 집단에게 내려질 때 사십 년으로 화하고, 개인에 이를 때 사십 일로 요약되는 것입니다. 어떻게 저 요나의 죽음의 삼 일 동안에, 저 사십 일이 끼어들 수 있겠느냐는 의문은 아마도 대단히 불필요할 것입니다. 보다 분명히 말씀드려서, 출애급 이후의 사십 년이나, 여리고 광야의 사십 일을, 하나의 망혼이, 죽음과 재생 사이에 끼어서, 새로운 자궁의 문으로 다가가는 한 중간적 상태라고 소승은 보고 있는 것인바, 저 요나의 삼 일의 방은 저 중간적 상태라는 것입니다. 이 상태를 다른 방언으로는 바르도라고 부르며, 사십구 일로 치고 있습니다만, 모세의 출애급은, 그러니까,
[22]애급을 몸으로 치고, 애급으로부터 벗어난 상태를, 영이 몸에서 분리된 것으로 보는 것입니다. 그런 뒤 그들이 건넌 홍해는, 죽음 속으로의 침몰의 과정으로 나타난 것이며, 광야에서 당한 사십 년의 고통과 공포와 유혹 같은 것들은, 올바른 자궁으로 다가가는 과정에 나타난 장애 같은 것들입니다. 이것은 집단적 형태이지만, 개인으로 환치될 때에도, 그것은 전혀 틀리지 않은 형태로 나타날 것입니다. 요나는 그러니까, 그의 비밀의 방 속에서, 삼 일 동안의 신고스런 외로운 배회를 했던 것입니다. 그러나 그가 태어나올 곳은, 그가 그렇게도 저어했던, 저 생성소멸의 현장이었습니다. 불순한 영들은 그렇게 환고향하는 것입니다. 업은, 큰 섭리 같은 것이어서, 회피되지 않는다는 것을, 요나는 드디어 알아냅니다. 소승의 다툼은 그러니까, 소승은 아까, 뱀을 자연 그 자체로 보면서, 여러분의 교의에서는, 자연 그 자체를 적시한다는 것에 대한 것으로, 반

복되지만, 여러분의 교의에서는, 생존과 사망의 되풀이, 즉 그러한 유전의 전장소인 어머니 자연, 또는 뱀을, 죽음 그 자체로 보아버린 것이라는 점입니다. 사실에 있어, 저 뱀은 죽음의 한 원형(元型)으로서, 「창세기」 3장에 나타난 암호였다고 소승은 믿는 바입니다. 다시 말하면, 뱀으로 나타난 종교적 암호를 원상에 놓고 다시 본다면, 자연 그 자체가, 필멸(죽음) 그 자체의 의미로 환치되는 것입니다. 만약에 영원히 죽지 않을 수만 있다면, 자연의 섭리나 순환이, 죽음으로, 또는 소멸로 보일 리는 없는 것입니다. 그러나 우리는 잠시밖엔 살 수 없기 때문에, 비록 어머니 자연이 새로운 생명을 계속 출산한다 하더라도, 그것은 필멸의 윤회로밖에는 달리 볼 수가 없게 되는 것입니다. 이때, 우리들 수유밖에 살 수 없는, 특히 의식하는 존재들에게는, 저 자연이 양태를 바꾸어, 무섭고 징그러우며, 빛도 사랑도 없는, 하나의 차가운 괴물로 나타나 보이게 되는 것인데, 영생에의 희원이 계속되면 될수록, 생명을 자기의 섭리 속에 끌어넣어 멸살하려는, 저 자연은 더욱더 처참한 악마로 둔갑되어지는 것입니다. 그럴수록 영생에의 욕구 또한 가증할 것은 확실합니다. 이리하여 우리는 저러한 적과 싸워서 이겨줄, 빛과 사랑과 생명의, 온화한, 그러나 참으로 강한 힘을 찾게 되고, 이것이 이뤄지지 않고 있을 때, 기다리게 됩니다. 메시아입니다. 그러나 여러분의 책에 의하면, 그러한 싸움은 아직도 계속되고 있는 듯하며, 계시록에 조금 내비치어 보이는 약간의 희망을 제외한다면, 얼핏 보기에, 이 싸움은 패해가고 있는 느낌도 없지 않아 있습니다.

3장 기사대로 얼핏 이해하기에는, 저 뱀은 간교한 유혹자며, 차라리 동산 가운데 있는 나무가 죽음을 잉태하고 있는 듯도 싶지만, 그러나 이 나무는 결과에서 부활 또는 중생(重生)으로 이어주었던 사닥다리였던 것을 고려하면, 그것은 결코 죽음의 나무는 아니었던 것입니다. 여러분의 구속자의 죽음이, 다시 한번 나무에 매달렸던 것을 제발 염두에 두어두시기를 바라는 바인데, 이것은 그의 죽음이 어떻게 원죄를 대속할 수 있었던가를, 가장 직접적으로 설명해주는 단서가 되기 때문입니다. 저 '나무'는 이른바, '우주 가운데 있는 나무', 그것이 세상의 형태를 취한 것으로서의 '세상나무'라고 하며, 달리 부르기로는 '생명의 나무' 또는 '순화의 나무'라고 하여, 고대로부터, 나무를 높이 올라가려는 것으로써, 영혼의 순화를 성취함과 동시에 하늘에 닿으려고 하였던 것입니다. 이 '나무'는, 무교(巫敎)에 있어서의 '밧줄'과도 통하고, '무지개'와도 같은 것으로, 태초로부터 인류의 의지 속에는, 저 하늘에의 소망이 깔려오고 있었던 것입니다. 어쨌든, 저 아름다운 생명의 동산, 이른바 에덴이라고 하는 고장의 한가운데 있던 '나무'나, 저 추악한 해골의 골짜기, 이른바 골고다에 세워졌던 '나무'(십자가)나, 그것들은 똑같이, '세상의 나무'였으며, '생명의 나무'였으며, '순화의 나무'였던 것은, 거듭 강조할 필요도 없이 분명한 사실인 것입니다. 이때 우리가 꼭히 관심을 갖고 지켜보아야 할 것이 있는데, 어째서 최초의 것은 '생명의 동산'에 세워져 있었으며, 다음의 것은 '해골의 골짜기'에 세워져 있었던가 하는, 저 장소들의 이상스런 두 개의 은유인 것입니다. 아담이 서 있었을 때 '생명의 동산'이었던 것이, 예수가 서 있게 되었을 때, 그것은 어찌하여 '죽음(해골)의 골짜기'로 변해졌는지, 그것은 큰 흥밋거리이며, 동시에 수수께끼가 아닐 수 없습니다. 그런데 만약, 연금술사들의 상징적 도식을 차용하는 것이 허락되어진다면, 그 관계가 보다 명료해질 것인바, 동산은 아직 체(體)를 못 얻은 용(用)으로서 던져진, 원초적 질료의 남성적 국면의 상징으로서 나타난 듯하며, '골짜기'는, 체로서, 원초적 질료의 여성적 국면의 비유로서 나타난 듯합니다. 그들의 도식에 의하면, [23]아담의 하복부에서는, 저 '나무'가 자라고, 하와에 이르면, 그 '나무'가 머리에서 자란 반면에 '해골'과의 관련하에 놓여져 있습니다. 말을 보다 복합화하면, 하와의 여근이 해골과 동일시되어 있는 것입니다. 이 용과 체는, 그것이 결합되었을 때 완전을 확보하는 것인바, 보다 문학적으로는, 동산 '나무'가 '해골'의 골짜기에서 심기어졌을 때, 거기 완성이 나타났다고 말할 수 있는 것입니다. 다른 방언을 빌려 말한다면, 그것이 이른바 [24]'옴마니팟메훔'입니다. 헌데 호흡법에 있어 '옴'은 날숨이며, '마니'는 '보석'의 뜻이고, '팟메'는 '연'(蓮)이며, '훔'은 들숨인바, 전체로써 그 뜻은, '옴 연 속에 담긴 보석이여 훔'으로 될 것인데, 그런데 이 [25]연(蓮)은 요니라고 하여 여근(女根)의 상징이며, '보석'은 특히, '금강석' 또는 '번개'로서 남근(男根)의 의미라고 하니, 그것은 우주적 음양의 화합의 상태를 가장 고차적인 어휘로서 정의하고 있는 것이라고 할 것입니다. 그래서 우리는 '연'(蓮)과

'해골'과, '보석'과 '나무'가 같은 것이라는 것을 알게 되고, '연 속에 담긴 보석'을, '해골의 골짜기에 세워진 십자가'로 환치하더라도, 거기에 무리가 없다는 것을 알게 됩니다. 그리하여 우리는, '동산 가운데 나무'가 죽음을 잉태한 것은 아니라는 결론을 이끌어낼 수 있게 된 셈입니다. 모든 잉태나 출산에는, 어머니가 매개되지 않으면 안 되기 때문인바, '나무'는 결코 음(陰)이 아니기 때문입니다.

그러나 어떤 종류든, 재생과 부활에는, 거기에 매장이나 죽음이 전제되는 것으로 소승은 이해해온 것인데, 가령 한 알의 씨앗이 떨어져 흙 속에 묻혀 들면, 그로부터 그 씨앗의 육의 죽음이 시작되면서, 하나의 힘찬 싹이 돋아나오는바, 육의 이런 죽음은 그래서, 죽음으로서 이야기될 것은 아닐지도 모르는 것입니다. 그러나 그것은 식물적 윤회의 과정이며, 동물적 윤회로 환치했을 때도 같은 상태로 나타나는 것은 아닐 것입니다. 그런 동물적 윤회가 가장 완벽히 성취되어, 하나의 전형으로서 보여지고 있는 것이, 그리고 해골의 골짜기의 십자가 위에서의 예수의 죽음과 부활의 광경입니다, 그 죽음은, 육신으로 자궁에 들어, 살을 썩히고 영으로 싹을 키운, 바로 그 동물적 윤희의 과정입니다. 그러니까 하나는 살에서 살을 키워내고, 하나는 살에서 영을 분리해냅니다. 해골의 골짜기에 세워졌던 저 나무는, 그래서 두 가지의 것을 동시에 성취시켜준 하나의 의지처럼도 보여지는바, 반복되지만, 하나는 육의 죽음이며, 다른 하나는 영의 출산이었던 것입니다. 그런데 여기에서 특히 주목해야 될 것은, 예수에 의해 성취된 저 두 가지 것은 아담이, 동산 중앙의 나무에서 실과를 따냈던, 바로 그 순간부터 예비되어왔었던 것이라는 이 점입니다. 물론 여러분의 경전 기사대로 한다면, 하와가 먼저 따서 맛보고, 남편에게 권한 것이 사실입니다만, 우리는 이 최초의 여성을, 하나의 죽음의 장소, 중생(重生)의 태로서의 '해골의 골짜기'로서 계속 이해해나가지 않으면 안 되는 것입니다. 다른 말로는 어머니 대지인 것입니다. 그리하여 우리는, 저 3장의 기사가, 자연의 단계를 깊이 살피고 난 뒤에 쓰인 것을 알게 되는바, 하와가 먼저 뱀과 동침하고, 그런 뒤 아담과 동침했다라는, 그런 처용가(處容歌)가 그래서 들려지기도 합니다. 그것들을 고지식하게 춘담으로만 듣지 않는다면, 자연력 또는 남성적 작용력으로서의 뱀의 현장은, 대지로서의 하와를 떠나서는 있을 수 없다는 것을 알게 되고, 그래서 여자가 먼저 뱀을 수용하고, 다음으로 남자를 유혹했다는 순서는 완벽한 것입니다. 그러나 '사람의 아들'이 나타나기 전까진, 저 유혹과, 따 내려진 실과는, 하나의 서론, 하나의 예비, 하나의 수수께끼에 불과했을 뿐, 그것이 어떻게 성취될 수 있을는지는 알 수가 없었을 뿐입니다. 이제 차차 드리게 될 소승의 졸견을 통해서 약간 눈치채시게 되실지도 모르겠습니다만, 여기에서 소승은, 예수를 아담의 후신으로 보는 견해에 동의할 수가 없는바, 아담이 동산 가운데 나무의 열매를 땄을 때, 그것은 아담 자신의 죽음을 따낸 것이 아니라, 신의 죽음을 따낸 결과라는 것을, 우리는 곧 알게 될 것이기 때문입니다. 신의 죽음의 예비였다고 말씀드리는 것이 더욱 분명하겠습니다. 아담이 가정해서, 그 열매를 따내지 않았다고 하더라도, 그는 결국 죽게 되어 있었다는 것을, 나중에 소승은 고려해보려고 하고 있습니다만, 저 지상적, 육신적 영생의 문제는 수수께끼입니다. 만약에 예수를 후아담이라고 하는 견해가 옳다면, 예수에 의해서 아담이 지은 죄(원죄)가 구속되어졌음이 분명한데도, 그러면 어찌하여 우리는 계속해서 죽어가고만 있으며, 어찌하여 지상에 에덴은 회복되어 있지 않은지 모를 일입니다. 육신적 영생이란 어쨌든 수수께끼입니다. 이런 예가 적당할지 어떨지는 모르겠습니다만, 지나다 듣노라면, 영생의 문제와 관련하여, 나무나 거북의 수명의 예를 들기 때문에 말씀인데, 그래서 나무나 거북을 예로 들어보아도, 육신적 영생이란 여전히 수수께끼입니다. 누가 만약에, 그 나무의 뿌리를 파헤치고, 그 거북의 목을 잘랐다면, 어떤 일이 뒤따랐을 것입니까? 그래도 계속 오백 년이나 육백 년을 살아나갔을 것이겠습니까? 그러고 보면 결국, 파괴당할 소지를 지닌 영생은 영생이 아닌 것처럼 여겨집니다. 그런데 만약에 자기가 파괴될 소지를 갖고 있다는 것을 알며, 그것을 절감한 생물이 있다면, 그 생물은 그중 비참한 존재입니다.

그것이 아담이었습니다. 아담이란 그리고 사람이란 뜻이라고 하니, 사람이야말로 그 가장 비극적인 존재였던 것입니다. 이 비극은 그리고 저 실과 맛으로 하여, 사람의 눈이 밝아져, 신처럼 되어졌던 그때부터 시작된 것입니다. 자기의 필멸성과, 생명의 한계를 깨달아버린 것입니다. 정신적으로 고양된 것이겠습죠. 공포가 싹트고, 그것은 자기 은혜의 본능을 일으켜냅니다. 어딘지 아늑한 곳에, 자기를 숨기고 싶은 것이겠습죠. 쾌와 불쾌에의 분별력에 의해 선악 관념이 형성되고, 선악 개념에 의해 양심이라는 쓸개주머니가 생기고, 그리하여 그 쓴 즙에 의해 수치가 싹텄을지도 모릅니다. 에덴은 끝난 것이었습니다. 그것은 짐승의 발굽과 똥에 짓밟힌 마구간으로 변한 것입니다. 영생을 잃은, 짐승의 똥과 오줌 속에서, 어떻게 저 하나의 보석—영생이 발효되는지는 아직은 모릅니다. 어쨌든 3장의 기사를, 약간만 주의 깊게 살펴본다면, 그것은 여호와 자신, 또는 말씀이 뱀을 통해, 아니면 뱀으로 둔갑하여, 저 인간들을 종용하고 유혹해서, 에덴을 잃게 한 것으로 여겨지는바, '동산 중앙에 있는 나무의 실과는 [……] 먹지도 말고 만지지도 말라, 너희가 죽을까 하노라'라고, 일견 친절하고 인자스런 아버지처럼 충고하고 있는 것이 그것으로 여겨집니다. 그러나 이것은 친절하고 인자한 충고가 아니라, 하나의 간계, 하나의 유혹, 나중에 다시 한번 되풀이되는 것과 같은 유아 학살로서 던져진 것을 우리는 알게 됩니다. 여호와가 진실로, 사람으로 하여금, 그 나무 실과를 먹게 하지 않고, 죽게 하고 싶지 않았더면, 그는 그렇게 말하기에 앞서, 그 나무를 이 세상 가운데 아예 심지 않을 수도 있었으며 뽑아내 버릴 수도 있었고, 또 가시떨기나무를 종종 태우듯, 그 나무를 불로 휩싸놓을 수도 있었는데다, 최소한도 먹지 말라는 충고는 하지 않아도 좋았었습니다. 그러나 그는 그렇게 하지 않았습니다. 허긴 비록, 아담이 순종하여 그 실과를 따내지 않았다고 했더라도, 그것이 울타리도 없이 이 세상 가운데에 '먹음직도 하고 보암직도 한' 열매를 풍부히 매달고 서 있는 한엔, 하나의 금기, 하나의 유혹으로서, 놋 땅으로 이민 가, 여호와 하나님이 창조해본 적도 없는 그곳 처녀께 장가든 카인에 의해서든, 또 아니면 오늘이 자리에 앉아 있는 어느 분의 손에 의해서든, 언제든 따 내려질 하나의 가능적 대상으로서 계속 남아오는 것이긴 합니다. 곶감 담은 상자에의 유혹의 이야기는, 그래서 소승이 했던 것입니다. 만약에 그 어버이가 지혜롭고, 진실로 그 곶감을 잔치 때까지 아껴두고 싶었다면, 그 어버이는 그 상자를 열어 보여 '먹지도 말고 만지지도 말라'고 타이르기 전에 그것을 땅광 속 깊은 데에 넣어놓고 자물쇠를 채웠거나, 최소한도, 그저 아무 말도 없이 시렁에 올려둘 수도 있었습니다. 그랬으면 그 아이는, 그것에 유혹을 느꼈기 전에, 하다못해 마늘이라도 구워 먹으며 쫄쫄거리는 창자를 달랬을 것입니다. 비록 그 아이가 그 곶감을 다 먹어 치웠다 하더라도, 불복종의 누명만은 적어도 쓰지 않았을 것인데, '먹지도 말고 만지지도 말라'는 아무 당부도 받은 적이 없으니 말입니다. 그런 당부는 순수를 오염한 것입니다. 주의를 환기시키고, 관심의 방향에 초점을 제시한 것입니다. 여호와 같은 전지한 자가, 저와 같은 순수의 오염이나, 인간 심리의 묘한 역반응을 몰랐다고 한다면, 그는 신이기 이전에, 한 우치한 송아지 따위의 수호신에 불과합니다. 그러나 그 송아지까지도 고삐로 어거치 않으면, 뜻대로 움직여지는 것이 아닌 것은 우리도 아는 사실입니다. 그럼에도 그 곶감을 먹어치운 그 아이의 행위가, 죄이고, 불복종이며, 타락이라고 한다면, 그것은 결국 그 어버이의 이상스런 유혹과, 그 아이 심리 속의 어떤 간교한 것의 속삭임에 의해서 이뤄진 결과인 것입니다. 이렇게 하여 여호와가 하나의 유혹자로 자기를 둔갑시킬 때, 뱀으로까지도 보여집니다. 그 죄과는 그리고 죽음이므로, 그는 자기의 저 어린 자녀들을 학살해버린 것입니다. 그러나 어쨌든, 여러분의 교의를 점철하고 있는, 저러한 유혹, 저러한 유아 학살은, 예수에 이르기 전까진 그 완성을 보고 있지는 못합니다. 저 최초의 유아 학살이 되풀이된 예는, 예수의 탄생과 함께, 헤롯 대왕에 의해 무참히 행해져 버렸지만, 저 최초의 유혹은 보다 복합화하여, 예수와 유다 사이에서 완성을 보게 되는바, 결과에 주목하여 발단으로 소급하여본다면, 저 최초의 유혹도, 여호와와 함께했던, 저 '말씀'에 의해 행해진 것이나 아닌가 하고까지 여겨집니다. 나중에 이뤄진 그 말씀의 육화(肉化)를 여러분 경전의 기술자들은 예수라고 하고 있는 것이 아닙니까. 그 예수는 어느 날, 느닷없이, '이 중의 하나가 나를 팔리라'(「마태」 26: 1~21)라고, 인신매매에 관해 전제를 해서는, 전에 한 번도, 그런 일이란 상상해볼 수도 없었던 제자들께, 그러한 스승 매매도 또한 있을 수 있다는 것을 깨닫게 해준 뒤, '이 그릇에 손을 넣는' 그가 팔리라고(「마태」 26: 25, 「마가」 14: 20~21) 하여, 유다에게 그 음험한 보자기를 덮어씌웁니다. 순수에의 오염입니다. 하나의 불순한 소명입니다. 그가 유다를 지목하기 전에, 그 유혹은 이미, 병독으로 침식해 있었던바, '저희가 심히 근심하여 각각 여짜오되 주여 내니이까?'(「마태」 26: 22)라고 묻던, '주여 내니이까?'라는 질문에, 그 병독 든 심령이 극명히 엿보입니다. 그렇다고 하여, 그들 모두가 예수를 팔리라는 그 확실한 가능성은 없던 것입니다. 이럴 때, 간교스런 자는, 그럴 가능성이 그중 확실한 자를 제자로 하나 거느려두는 것이고, 필요한 때에 이르러 그를 지목해내는 것입니다. '유다가 대답하여 가로되 랍비여 내니이까. 대답하시되 네가 말하였도다'(「마태」 26: 25)라고, 정확하게 곬에다 못을 박으며, 자기를 충심으로 따르던 친구에게 변절을 뒤집어씌우고, 쓰게 배반해버리는 것입니다. '랍비'의 이 배반은, 유다에게는 가슴 저미고 드는, 도저히 참아낼 수 없는 아픔입니다. 이것은, 사람 사는 이웃 간에서 흔히 있을 수 있는 그런 변절과도 다른 것입니다. 이것은, 유다의 생명의 전 소망을, 희망을 좌절시키는 데서만 끝난 것도 아니었습니다. 그는 죽어서까지도 갈 데가 없는, 하나의 저주의 덩이로, 태어나지 말았던 것이 좋았을 한 핏덩이로, 이 우주 간에 고독하게 버림받아져 버린 것입니다. 그러기 전부터도, 그 유다는 외로운 사내였었습니다. 그의 열한 명 친구들이 모두 한 지방 사람들로서, 형제들이었거나 이웃사촌들이었던 데 반해, 그 유다만이 홀로 남 유다 이스카룟 지방에서 와서, 사실상 외톨박이였는 데다, 예수까지 열셋이서 각설이패모양우 몰려다니나, 먹을 것도 없어, 안식일 같은 때에도 생밀알이나 까먹어 요기를 하곤 하던, 그런 풍족지 못한 일당의 회계까지를 맡아, 그렇지 않아도 늘 혼자 근심스럽고 또 괴롭던 중이었습니다. 그런데 며칠 전에는 어떤 부잣집 약간 홀린 엔네가, 삼백 데나리온이나 값이 나가는, 그렇게도 귀중한 한 옥함의 나드 기름을 먹지도 못해 야윈 랍비의 겉에다 쏟고 있었을 때, 유다 자기로서는, 참으로 온정 있고, 충직하며 성실한 마음으로, 그것을 팔아 가난한 자를 도와주는 것이 더 옳지 않겠느냐고(「마태」 26: 6, 「마가」 14: 3) 한마디 거들었다가, 여지없이 질책을 당하고 있던 중이기도 했습니다. 물론 그러한 충직한 충고를 한 인물의 이름이 성경상엔 나타나 있진 않습니다만, 재정적인 문제로 근심스럽던 회계꾼이 그런 이야긴 우선적으로 했을 수 있다는 것은 쉽게 짐작되며, 그렇지 않더라도, 물고기나 낚아 그저 소탈히 살던 다른 어부들이, 그 한 옥함의 나드 기름 값을 그렇게 자상히 알고 있었으리라는 믿음은 없습니다. 헌데 그 당시의 한 데나리온이란, 농원 농부들의 하루 품삯에 해당된 값이었다고 하니, 먹지도 입지도 말고 저축하였어도 일 년이나 걸려서야 만들 값이었으니, 가히 거액이었으며, 혀만 내둘러 가난한 사람들을 돕고, 천국의 금덩이를 엿보여오고 있던 차에, 재물로써도 또한, 가난한 자들을 도와줄 수도 있던, 바로 그 기회에 왔던 것입니다. 제자들의 견지에서는 그렇다는 말씀입니다. 그러나 그 예수는, 삼백 데나리온의 기름에 비 맞은 병아리 꼴을 하고선, 그런 성실한 충고에 오히려 분노하고, 특히 유다 듣기에, 별로 써먹지 않은 말로 횡설수설하기만 했던 것입니다. 이미 말씀드린 바와 같이, 열두 명째 제자로, 유다를 꾀어냈던 그때부터도, 저 변절, 저 유혹은 준비되어 있었습니다만, 성경상에 나타나기로는 저 한 옥함의 나드 기름으로부터 이제 저 유혹은 곬으로 다가가고 있는 느낌이 없잖아 있습니다. 예수의 죽음의 준비의 시작이었던 것입니다. 아무튼, 그 삼백 데나리온짜리 기름이 발라졌음에도, 예수의 죽음은 비웃음과 조롱에 덮였었는데, 그 유다가 빈축만 사야 되었던 이유는 어디에 있었겠습니까? 거기에 저 '말씀'의 인현(人現), 예수의 숨은 뜻이 깔려 있었다고 볼 수밖엔 없겠습니다. 그 숨은 뜻이란 참으로 뱀답게 간교하며, 음험한 것이었습니다. 그럼에도, 그런 방법에 의해서 그는, 자기의 전능을 성취해낸다는 것을 우리는 압니다. 이 말씀은 그러니까, 여호와 자기가, 하나의 대의를 위해, 예비해놓은 길을 가기 위해서, 그런 수단을 택한 것은 아닌가 하는 이야기입니다. 그렇지 않다면, 그 여호와를 믿고 의지하며 예배하기에 앞서, 그에게 주먹을 쥐고 달려들어, 저주하며 욕설을 퍼붓지 않고는 못 견디게 할 것임에 틀림없습니다. 그러나 소승의 이야기는 너무 멀리 나온 듯합니다. 어찌되었든, 소승의 한 결론은, 저 실과는, 신 자신의 유혹에 의해 따 내려진 것이라는 것이며, '원죄'란 '죽음'의 의미라는 것이고, 그리하여 죽음에 대한 공포와 기대가, 생명에 대한 고통과 희망이, 저 최초의 사람에게서 비롯된 기사라고, 「창세기」 3장 1절에서 7절까지의 이야기를 해석하는 바입니다."

나는 잠깐 쉬고 다시 이었다.

"이렇게 해서, 그러면 어째서, 우주의 주재 신이, 하필이면 인육(人肉)을 취해서, '사람의 아들'로서 이 세상으로 내려오지 않으면 안 되었던가 하는 문제를 조금 언급해도 좋을 차례에 왔다고, 소승 사료하는 바입니다. '신의 인현(人現)'이, 소승 믿기엔, 바로 저 원죄와 직접적인 관련을 갖고 있는 것 같기 때문입니다." 나는 잠깐 쉬고 다시 이었다. "이 문제에 관해서도 물론, 많은 학자들이 많은 학설을 주장하고 있는 듯하며, 또 성삼위(聖三位)를 부정하는 파에서는, 이 문제 또한 부인하고 있는 듯하지만, 소승으로서는, 그런 여러 고귀한 주장들을 요약적으로라도 말씀드리고, 그것의 옳고 그름을 분석할 만큼 박식하지도 못하려니와, 그것이 또 소승의 의도에도 꼭히 필요한 것은 아니므로 회피하려 하오니, 혜량 있으시기 바라는 바입니다.

미리 말씀드린 바와 같이, 그런데 이 '원죄' '신의 인현' '삼위일체'의 문제는 연줄이 그러해서 그러니, 소승으로 하여금, 다시 저 「창세기」 3장 1절에서 7절까지의 기사로 되돌아가, 살펴볼 수 있도록 용허하여주시기 바라는 바입니다. 소위 '선악과'라고 일컫는, 저 열매를 최초의 인간이 따고 있었던 그 장면은, 극도로 무서운 순간이며, 그 탓에 우리는 낙원을 잃어버린 것이 아닙니까. 인간은 그래서 죽음과 맞닥뜨려버린, 저 한순간이 만약에 없었더라면 하고, 우리는 얼마나 바라온 것입니까. 그래도 우리는, 우리의 선조가 무엇을 잃고, 무엇을 성취했는지, 그것을 알아내지 않으면 안 되는데, 그것을 위해서도 여러분의 책은 쓰인 것이라고, 소승은 믿는 바입니다. 어찌 되었든, 그런 문제를 밝히기 위해서, 그러면 여호와는 왜 인간을 타락으로 유혹하지 않으면 안 되었던가 하는 문제가, 이제 정작으로 제기됩니다. 이 문제의 제기는, 아까도 잠깐 언급되어졌었습니다만, 그러면 선악과를 따먹기 전엔, 인간에게 과연, 신과 같은 영생이 육신적으로 그리고 지상적으로 부여되어 있었던가 하는 의문을, 동시에 불러일으킵니다. 비록 '너희가 죽을까 하노라'라고 하여, 문맥상으로는, 영생이 주어져 있었던 듯이도 여겨지지만, 그럼에도 의문은 여전히 남아 있는 것이 또 사실입니다. '여호와 하나님이 흙으로 사람을 지으시고, 생기를 그 코에 불어 넣으시니 사람이 생령이 된지라'(「창세」 2: 7)와, '필경은 흙으로 돌아가리니 그 속에서 네가 취함을 입었음이니라'(「창세」 3: 19)를 서로 연결하여 생각하여보면, 신이 흙을 취해 인간을 지었을 때, 이미 그 물질적인 육의 한계는 저변되어 있었다는 결론이 저절로 따르는바, 초기 기독교의 석학들은, 하나님이 인간의 코에다 불어 넣은 생기를 설명하면서, 동시에 육의 한계를 극명히 하고 있습니다. [26]'신이 땅으로부터 진흙을 취해, 자기 형상 닮게 사람을 짓고, 그것에다 생명의 숨을 불어넣었더니 사람이 생령이 된지라. 그런데 이 영이란 무엇인가 하면, 원래 원소에 의해서 그것이 이루어졌을 때부터, 파괴될 성질의, 불완전한, 물질의 몸, 즉 육체 내에서 살 때는 속사람이라고 부를 어떤 것이다.'

그러면 어째서 신은, 저 '파괴될 성질의' '완전치 못한', 그런 조악한 '물질'을 취해서 사람을 짓지 않으면 안 되었던가, 거기엔 어떤 쓸모가 있었던가, 이것이 가장 큰 문제인데, 그것에 대한 대답은 어쩌면 이렇게 되어질 것인지도 모릅니다. 즉, 신은, '사람의 눈으로 볼 수 없는'(「요한」 1: 18) '영'(靈)(「요한」 4: 24)이었기 때문에, 그런 영체(靈體)에서는, 저 물질적인 몸을 분리해낼 수가 없었을 것이라는 것입니다. 신 자신으로서도, 어떤 모태를 빌리지 않으면, 자신을 육화(肉化)해낼 수 없었다는 이유가 이제 여기에서 밝혀집니다. 그래서 우주적 '신비한 암컷[玄牝]'으로서의, '지혜'의 여성명사화로서의, '소피아'(「잠언」 8: 22~31)나, 세상적 어머니로서의 '마리아'가 등장하게 됩니다만 아무튼 아담의 몸은, 저 조악한 '흙'의 집적이었으며, 그것은 그런 이유로, 장차 파괴될 그 '불완전성'을 병독으로 지니고 있었던 것입니다. 신까지도, 저러한, 파괴되어 흩어진 물질에는 영생을 부여할 수가 없었던 것입니다. 신은 전능하므로, 신으로서 할 수 없는 일이란 없다라고 생각하는 것은 사리를 따져보기도 전에, 무조건 신앙하고 맹종하는, 하나의 단순성, 또는 유치성이라고 해도 될 것인즉슨, 한 예로, 그런 전능한 신도, 자기가 죽기 위해서는, 장차 이야기되겠습니다만, 자연의 어떤 과정에 따르지 않으면 안 되는 것입니다. 분명히 말하면 신은 죽지를 못한다는 이야깁니다. 그것은 육신적인 삶에도 그대로 적용될 수 있는 이야긴 것입니다. 원죄로부터 예수 하나만이 무죄하였다고 하는 것이 사실이라면, 그리고 육신적 영생이 가능한 것이라고 한다면, 한 번뿐이 아니라, 천의 병사들이 각각 천 번씩 그 예수께 창끝을 찔러 넣었다 하더라도, 그는 죽지 않았어야 되는 것입니다. 고통도 느끼지 말아야 되는바, 고통과 함께하는 영생이란 저주며, 지옥이기 때문입니다. 그러므로 어쨌든, 저 '죽음'은, 동산 가운데 있던 선악과보다도 선재해온 무서운 악이라는 것을 우리는 알게 됩니다. 보다 분명히 말씀드리면, 선악과를 따먹기 훨씬 전부터, 생명이 물질로 형상을 입었던 그때 그 순간, 이미 죽음도 함께했었다는 말이 되는 것입니다. 그럼에도 저 최초의 사람은 그것을 모르고, 자꾸만 죽음으로 다가가고만 있었습니다. 도대체 조심성이 없어, 행동은 위험스럽고, 지혜가 없어, 보기에 민망할 정도로 어리석었습니다. 그때 여호와는 대자대비를 느꼈을 것이 분명하고, 그래서 무엇보다도 여호와에게 문제가 되었을 것은, 어떻게 저 철없는 사람에게 죽음을 인식시킬 것인가였을 것임에 분명합니다. 지혜는 그리고, 죽음의 인식으로부터 시작된다고 해도 그렇게 과언은 아닐지도 모릅니다. 죽음을 깨닫게 한다는 것, 그것은 한편으로는 잔인스러우나, 그렇다고 또한 피할 수도 없는 것이었을 것입니다. 죽음을 모르고, 동성(童性)으로 산다는 일은 행복일는지는 모르나, 한계 지어진 삶을, 불행하게라도, 보다 절실히 산다는 일과는 다른 것이기도 합니다. 어쨌든 죽어가는 자가, 죽음을 몰라 웃고 있는다는 일도 보기에 비참한 것입니다. 죽음과 늘 대면하여 산다는 일 또한 보기에 참혹한 일이지만 그래도 삶은 이제 거기서부터 그 세부에까지 체험되어지는 것이나 아닌가 하고도 믿어지는 것입니다. 같이 꿈꾸는 눈을 하고 있다고 하더라도 할아버지 품에 안겨 있는 손자의 하루와, 그 할아버지의 하루는 전혀 다른 것이 사실일 것입니다. 여호와로서는 물론 여러 가지 방법으로 아직 죽음을 몰라 방정스럽지 못한, 저 선남선녀에게 죽음을 가르쳐줄 수도 있었을 것인데, 무릎 밑에 앉혀놓고, 한 꽃을 뜯어내 보여, 그 꽃이 햇볕 아래서 어이없이 시드는 것을 보여줄 수도 있었을 것이고, 또 한 덫을 만들어, 거기 목 졸린 토끼가 비명하다 늘어지는 광경을 보여줄 수도 있었을 것입니다. 그런 건 물론 잔인한 살해의 장면입니다만, 그랬다손 치더라도, 저 자녀들은 미구에, 그런 방법에 의해 삶을 꾸려가야 했으며, 또 죽어가야 했던 운명이 아니었던가 말입니다. 그런데도 실은 그런 방법으로는 가르쳐주지 않고, 어찌하여 하필이면 간계로써, 저들을 죽음에의 인식으로 유혹했는가, 이것이 수수께끼이며, 그 탓에 소승은 그것을 일러 최초의 영아 학살이었다고 말하는 것입니다. 어찌하여 그는, 동산 가운데 나무를 정하여, 거기에다 보암직도 하고 탐스러운 덫을 매달아 놓고, 그 덫에다 자기의 사랑하는 자녀들을 치이게 한 뒤, 죽음의 초래를 인간의 불복종과 과오 쪽에다 돌려, 외로운 인간들로 하여금, 저 모진 고통을 전적으로 당하게 한 것인가, 글쎄 이것이 문제입니다.

그리하여 이제, 종단 없는 장돌뱅이 소승 또한, 여러분의 신의 대자대비에 깊은 앙모를 품지 않으면 안 될 단계에 온 듯합니다. 그것은 아까 누누이 말씀드렸으나, 여태까지도 오리무중 속에 남겨온 한 문제의 심각성 때문으로써입니다. 그러니까, 이미 함께했던 인간의 죽음이, 두 번 예비된 것으로서 저 선악과가 따 내려진 것이 아니라, 그것이 따 내려졌던 그 순간, 신 자신의 죽음이 예비되었던 것이라는, 바로 이 심각한 점인데, 한마디로 투박하게 말씀드리면, 신은, 자기의 대자비로 하여, 저 죽을 자녀들을 어떻게든 중생(重生)시키기 위하여, 자기의 목숨으로써 대신하려 예비했었다는 주장인 것입니다. 이것은 하나의 충격입니다. 비록 신 쪽에서 인간을 유혹했다고 하더라도, 이 사실은, 인간이 최초로 신 죽이기에 나선 것으로 보이기 때문입니다. 반복하면, 그리고 이 점은 아무리 반복되어져도, 아무리 강조되어져도 좋은데, 선악과에 의해 인간은 인간의 죽음을 따낸 것이 아니라, 신의 가슴에 창을 꽂아, 그 신으로 하여금 죽게 한 신의 죽음을 따낸 것이라는 것입니다. 그리하여 저 선악과는, 두 개의 무서운 의미를 획득해내는바, 하나는, 인간이 몰랐던 죽음에의 인식이며, 하나는, 신의 죽음에의 예비입니다. 그러나 여러분의 구주, 예수의 죽음이 십자가에 매달려지기 전까진, 신의 것이나 인간의 것이나 꼭같이 저 죽음들은, 청산되어져야 할 하나의 부채로서 보류되어왔었던 것입니다. 신은, 자기의 자녀들을, 죽음 가운데서 일으켜 세워야 할 대자대비의 부채를 인간에게 지고 있었고, 그것은 창조자의 의무에 속하는 일이기도 하겠습니다만, 인간은, 자기네들이 따낸 실과, 신의 죽음을 저 나뭇가지에 되돌려, 불복종에의 용서를 받아야 될 부채를 신에게 지고 있었습니다. 그리하여, 나무에 매달린 예수의 죽음은, 그런 모든 부채 정리로 나타납니다. 서로 간에 채무 관계가 생겼을 때 거기 유혹의 방법이 개재되어 있었듯이 채무가 정리되는 데에도, 거기 유혹의 수단이 되풀이되어 있었던 것입니다. 허지만 예수의 유다에의 유혹에 관해서는 재언을 삼가려 합니다. 어쨌든 우리가 예수를 나뭇가지에 매달아, 따 내렸던 열매를 되돌렸을 때, 예비되어왔던 일들이 모두 성취되며, 동시에 종결지어졌던바, 신과 인간에게 동시에 주어진 '죽음'이며, 동시에 획득된 '영생'입니다. 이 영생은 물론 육적 영생은 아닙니다만, 이 영생의 문제와 함께, 그러면 신의 죽음의 값으로 어떻게 영생이 가능되어졌던가 하는 문제는, 아직도 수수께끼입니다만, 그것은 '삼위일체'의 문제를 언급해가는 동안에 차차로 밝혀지기를 바라고 있습니다. 그러면 어째서 하필이면, 저와 같은 영아학살의 수단을 택해 역사 속에서 되풀이시켰느냐는 의문과 함께, 신격에의 회의까지를 금할 수 없게 하는데, 그 점에 관한 한, 소승은 불완전한 인간이어서 그 깊은 뜻을 들여다볼 수가 없을 뿐입니다만, 그럼에도 추측이 허락된다고 한다면, 소승으로서는 그러한 유혹의 방법이란 극소한도까지 신 자기의 섭력을 줄이려 하며 그러한 일이 인간의 자유 의지에 의해 형성되어진 것처럼 보이게 하려 한 것이나 아니었을까 하는 것이고, 영아 학살의 둘째 번 되풀이의 저의는, 보다 더 복합적 의미를 띤 듯합니다. 소승으로서는, 예수가 순전히 무죄하다고 생각하는 편에는 서지 않습니다. 그가 태어났을 때, 그로 인해서 무고하게 학살당한, 수없는 영아들의 피가 그의 생명 위에는 뿌려져 있었던 것입니다. 예수에 의해서 나중에, 그런 어떤 유아는 '천국'이라고까지 비유되었던 것밖에, 예수 자신도 자기의 출생의 나쁜 전설에 대해서는 참회하고 있는 흔적이 보이지 않는 것은 이상합니다. 그러나 저 영아의 죽음들은, 예수의 생명의 집단화에로의 확산의 과정처럼도 보이며, 또한 위대한 정신을 보듬어내기 위한 하나의 우주적 산고처럼도 보이기는 합니다. 한 생명의 집단화란, 다시 풀어서 말씀드린다면, 그 생명과 다른 생명들과의 인과관계 때문인데, 그 생명이 태어나지 않았으면, 다른 생명이 학살당하지 않았을 것을, 그 생명이

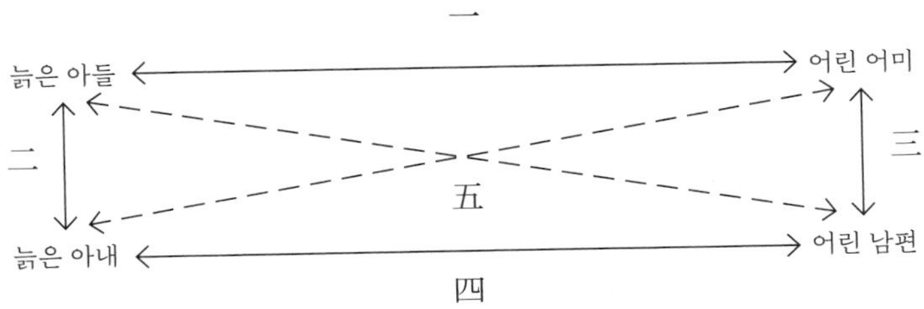

태어났으므로 다른 생명들이 학살당한 것은, 그리고 그러한 학살이 위정자에 의해 거국적으로 행해졌던 것은, 그 생명의 비범성을 단적으로 드러내 보여주는 것이라는 말씀입니다. 그러나 거기에서 끝나고 말았으면, 저 어린 예수는, 피처럼 붉은 한 저주의 덩이, 죄악으로서 던져진 나쁜 씨앗에 불과했습니다만, 우리가 특히 관심해야 할 것은, 그러한 우주적 산고를 치르고 낳은 아이가 장차, 우주적 죄를 또한 한 몸에 지고 죽었다는 이 점일 것입니다. 출생에서부터 그의 생명은 그 자신만의 것이 아니었습니다. 비록 조롱하기 위해서였다고 하더라도, 당시인의 무의식 속에선 그를 왕으로 받아들이고 있었던바, 그에게 가시면류관을 씌우고 홍포를 입히며, '유대인의 왕'이란 명패를 걸어주는 데까지 이르는 것입니다. 그의 죽음의 집단화였던 것입니다. 그의 출생이 피와 비극에 의해 영아들의 울음에 덮였던 것에 반해, 그의 죽음이 조롱과 멸시에 의해 어른들의 웃음거리가 되었던 것은, 뭔가 거기에, 천착해볼 여지가 있습니다만, 그 점만은 소승은 보류해두려 합니다.

어쨌든, 앞서 살펴본 대로 하여 하나의 주장을 끌어낼 수 있다면, 여러분의 종교는, 신이 신앙되어지는 것이기 전에, 신에 의해 인간이 신앙 당해왔었다는 것입니다. '신의 최초부터 최후의 주제는 인간'이라는 것입니다. 그래서 그는, 인육까지도 서슴지 않고 입어, 이 세상으로 고통을 자초하고 온 것입니다마는, 그렇다면 신은 어떤 과정을 통해 인육을 획득할 수가 있었는가 하는 점이 궁금해지기도 합니다.

그 문제에 관한 한은, 소승으로서는 전적으로, 선현들이 미리 다 해놓은 이야기를 빌려올 수밖엔 없겠습니다만, 그러나 소승의 관심점은, '신이 어째서 인현을 준비하지 않으면 안 되었던가'이지, '신이 어떻게 인현을 성취했는가'는 아니라는 점을, 특히 기억해주시면 싶습니다. 신이 어떻게 인육을 입었는가라는 의문에 대한 대답은, 그렇게 어려운 것이 못 될 것인바, 출산에 있어서의 세상적 형태를 우주적 형태로 환치해놓고 보면, 금방 그 비밀이 누설되기 때문입니다. 여호와는 일견, 고독한 양력(陽力)일 뿐인 듯하지만, [27]'어떤 신도, 거세되어 고자의 형태를 띤 신은 없다'는 것을 특히 고려하고 보면, 그에게도 배필이 있었던 것입니다. 그녀의 성격은 그렇군입쇼, 소승이 조사하기로는, 「잠언」 8장 22절에서 31절까지의 기사인데, 수고스럽지만 숙녀께서 좀 봉독해주시겠습니까?"

"[그가] 그 조화(造化)의 시작, 곧 태초에 일하시기 전에 나를 가지셨으며, 만세 전부터, 상고(上古)로부터, 땅이 생기기 전부터, 내가 세움을 입었나니, 아직 바다가 생기지 아니하였고, 큰 샘들이 있기 전에 내가 이미 났으며 [……] 또 땅의 기초를 정하실 때에 내가 그 곁에 있어서 창조자가 되어, 날마다 그 기뻐하신 바가 되었으며, 항상 그 앞에서 즐거워하였으며, 사람들이 거처할 땅에서 즐거워하며, 인자(人子)들을 기뻐하였느니라."

"소피아입니다. 희랍 말로서, '지혜'라는 뜻이라고 합니다. 말씀드렸다시피, 우주적 현빈(玄牝)으로서, 세상적 형태를 입어, 요셉과 정혼한 처가 됩니다. 아시다시피, 여호와는 양기(陽氣)며, 양령(陽靈)이었으므로, 저 동정녀에게 아무 상처 입히지 않고라도, 그녀의 태 속으로 섭리해 드는 일쯤은 어렵지 않게 해낼 수 있었을 것입니다. '성령'이 때로 '소피아'와 혼동되는 일이 있지만, 삼위일체설에 의하면 성령 또한 양신(陽神)인바, 그 성령이 저 양력(陽力)을 여인의 태 속에다 쐬어 넣는 일을 맡습니다. 그래서 태어난 어린 아들은 태초부터 있었던 늙은 여호와 자신이면서, 동시에 자기 자신의 아들이며, 이 아들은 또한 늙은 아비 자신이면서, 자기 자신의 아버지가 되어 있습니다. 그런데 어미 편에서 보자면, 그녀 또한 태초부터 여호와와 함께했던 늙은 아내였던바 그 늙은 아내가 태어내 놓은 아들은 어린 남편임과 동시에, 사실에 있어 늙은 아들이었던 것입니다. 늙은 아들 쪽에서 보면, 전에 자기의 늙다리 부인이었던 것이 느닷없이 어린 어미로 변해져 있던 중인 것입니다. 현빈의 세상화에서 나타난 결과입니다. 이 관계를 그림으로 나타내보면 보다 명확해질 것인바, 이 그림은, 소승이 의중에 넣고 있으며 미구에 보여드리려고 하고 있는 다른 몇 그림의 근간이 되어 있다는 것만을 미리 말씀드렸으면 합니다. 그러나 저 그림은 대단히 평면적인 것이며, 그것이 입체화되기 위해서는 약간의 변모를 당하지 않을 수가 없을 것입니다. 장차 주석될 하나의 전제로서 소승은 이 자리에서 먼저, 저 그림의 숫자 '五'는, '白'의 위치이며, 오행에 있어서는 '土'를 담당하고, 방위에 있어서는 '中央' 또는 '黃房'이며, 성별에 있어서는 '陰

陽一體', 작용의 문제에 있어선 '體用一體', 그런 모두를 가능케 하는, 힘으로서의 시간의 문제와의 관련에서 '시간의 현재'의 일점이라는 것을, 먼저 말씀드려 두는 바입니다.

이렇게 해서 어쨌든, '원죄설'과 관련하여, 어째서 신 스스로 인육을 입어 이 세상엘 왔던가 하는 점들을, 소승 나름으로는 정리해본 셈입니다. 그러고 나니, 여호와와 예수는 동일 신이다라는 믿음이 짙어지고, 이 연쇄의 고리는 곧장 '삼위일체'의 문제를 고려케 합니다."

나는 잠깐 쉬고, 다시 이었다.

"헌데 물론 아시다시피, '삼위일체설'은, 성경상 그 근거가 희박할 뿐이고, 후대 현자들의 철학적 사색의 결과로 보는 것이 옳은 견해라고 하고 있습니다만, 그러나 그렇게만 시선을 고착시켜버리는 것은, 여러분의 경전은 「요한계시록」까지만 쓰이고 그 이후에는 전혀 쓰이지 않는다는 주장과도 맞먹는 것이며, 여호와의 역사하심 또한 멈춰진 지 오래라는 이야기와도 맞먹는 견해인 듯합니다. 그러나 소승의 믿음에는 역사를 통해 경전은 언제나 새롭게 윤색되어왔으며, 그리하여 그것이 그 시대에서 보편화를 획득하면, 그것은 그 시대의 진리로 되는 것이고 이미 옛날의 경전과는 다르다는 것입니다. 일례로, 다윗이나 솔로몬의 일부다처제 같은 것을 들고 보아도 그것은 이미 침몰된 시대의 풍습이지, 오늘날도 반드시 통용되는 것은 아닙니다. 그리고 더욱이 신은 경전 속에 억류된 유수가 아닌 것입니다. 경전이 비록 「요한계시록」까지 쓰이고 멈췄다고 해서 신의 역사함까지 멈춘 것이 아니고 그 시대들의 고뇌와 요청에 귀 막고 온 것이 아닙니다. 그러니까 소승의 말씀은 여러분의 예순여섯 권의 경전에만 성령이 임한 것은 아니고, 그 후의 현자들 위에도, 그 성령은 꼭 같이, 아마도 보다 다양화하고 복합화해진 시대에 알맞게 임해온 것이라는 주장입니다. 이렇게 볼 때라야만, 여러분의 신은 우리의 세계의 흐름에도 여전히 참여하며, 우리의 염원을 귀담아듣는, 생생히 살아 있는 신으로서, 우리의 심령에, 그리고 우리들의 매일매일의 삶에 자리해오는 것입니다. 사실에 있어 묵은 신의 영상을 고수한다는 일은 족보나처럼, 우리들 선대인들이 어떻게 자리 잡아 살며, 어떻게 자손을 퍼뜨렸는가 하는 내용으로, 역사적인 의미를 지니고 있을는지는 모르지만 지금 현재, 우리가 살며, 우리가 고통당하는 것과는 별로 무관한 것일 것입니다. 신은 그러나 모든 시대에 알맞도록 그 시대 속으로 쉼 없이 그 시대에 맞는 인육(人肉)을 입어 나타나지 않으면 안 되고, 그래서 그 시대인들과 사귀며, 희망을 주지 않으면 안 되는 것입니다.

통설을 따라서, '삼위일체론'은 후대 현자들의 사색의 결과로 보는 것이 옳다는 견해에 동의한다고 보더라도, 성경상 그 근거가 희박하다는 이야기는 반드시 옳다고만 믿어지진 않습니다. 선현들이 때로 잘 인용하는 몇 예문만을 들어보아도 그러한바, '태초에 말씀이 계시니라. 이 말씀이 하나님과 함께 계셨으니 이 말씀은 곧 하나님이시니라'(「요한」 1: 1)라는 구절에 의하면, '말씀'과 '하나님'이 일체라는 예이고, '말씀이 육신이 되어 우리 가운데 거하시매 우리가 그 영광을 보니, 아버지의 독생자의 영광이요'(「요한」 1: 14)라든가, '본래 하나님을 본 사람이 없으되 아버지 품속에 있는 독생하신 하나님이 나타내셨느니라'(「요한」 1: 18) 같은 구절에 의하면 저 '말씀'은 곧 예수였던 것입니다. 그리고 그 예수는, '나와 아버지는 하나이니라'(「요한」 10: 30)라고 분명히 자기를 밝히고 있는 것입니다. 그런데 '성령'은 '보혜사'(保惠師)라고도 하여, '내가 아버지께 구하겠으니 그가 또 다른 보혜사를 너희에게 주사 영원토록 너희와 함께 있게 하시리니'(「요한」 14: 16)와, '보혜사 곧 아버지께서 내 이름으로 보내실 성령 그가 너희에게 모든 것을 가르치시고 내가 너희에게 말한 모든 것을 생각나게 하시리라'(「요한」 14: 26)라고, 그 성격을 명확히 하고 있는바, 무엇보다도, '그가 또 다른 보혜사를 너희에게 주사'의 '또 다른 보혜사'와, '만일 누가 죄를 범하면 아버지 앞에서 우리에게 대언자(代言者 혹 保惠師)가 있으니 곧 의로우신 예수 그리스도시라'(「요한 1書」 2: 1)의 '대언자' 혹 '보혜사'와의 구별이 안 되고 있는 것은 주목할 만한 것으로 사료됩니다. '또 다른 보혜사'라고 그 자신이 말하면서, '대언자' 또는 '보혜사'와 자기를 혼동시킵니다. 이 의미는 곧바로 보혜사와 예수 자신이 또한 일체라는 것일 것입니다. 성부와 성자가 일체이며, 성자와 성령이 일체라면, 성부와 성령도 또한 일체인 것은 분명합니다.

그럼에도 불구하고, 그러면 어째서, 여러분의 경전 속에는, '삼위일체'라는 어휘가 한 번도 기술되어 있지 않았는가라는 의문이 제기되는바, 소승의 천견으로는, 저 유일신이 다신교적으로 예배되어지는 것을, 성경 기술자들이 꺼린 것이나 아닌가 하고 여기고 있을 뿐입니다. 당시에 바빌로니아에도 저 삼위일체 신위가 있어 다신적으로 숭배되고 있었을 뿐만 아니라, 다른 여러 방언(方言)에도 저 삼위일체 신위가 있어온 것은 여러분도 잘 아시는 바입니다. 그런 경우, 유일신의 신위를 계속 견고히 하는 방법은, 삼위일체라는 그 성격을 흐리게 하고, 여호와만을 계속 우리 앞에 압도시키는 수밖엔 없었을 것이라는 것이 쉽게 이해됩니다. 그러면서 할 수 있는 한까지 폐쇄시키는 것입니다. 그럼에도 불구하고, 다른 방언이 끼친 영향이 여러 군데에서 발견되어지는바, 모세의 '놋뱀'도 그런 하나이지만, '에스겔'에 예시된 (「에스겔」 1:1~14) 신약의 네 공관복음서 기자들의 모습도, 사실은 애급의 태양신의 네 아들의 모습이며, 구주 탄생에 따른 저 별의 전설도, 바빌로니아의 점술의 영향하에서 이뤄진 것이라고 보는 것입니다. 이렇게 볼 때, 여러분의 경전 기술자들이, 삼위일체를 어째서 극력 은폐시키려 했는가가 어쨌든 조금은 밝혀집니다. 사실은 그런 덕에, 외부의 홍수 같은 영향을 이겨내고, 여러분의 신은 계속 유일신으로서의 자리를 고수해온 것이 사실입니다. 여호와는 그러므로, 자기가 선택한 민족의 배타심과 폐쇄성에 감사해야 할 일입니다. 어쨌든 그렇게 해서라도 이제, 여러분의 신위가 확고해졌으면, 신격(神格)의 문제가 다시 심각히 논의되어도 좋을 때에 왔다는 것을 여러분은 알아냅니다. 왜냐하면 이제는, 일신 삼격(三格)을 아무리 논의한다고 하더라도, 그가 다신적으로 예배되어질 그런 소지란 전혀 남아 있지 않기 때문이고 이러한 논의를 통해서, 그의 신격이 더욱더 완전을 확보했으면 했지, 손상당할 일이란 없을 것이기 때문입니다.

어쨌든, 선현들에 의하여 삼위일체론은 대별하여 두 가지로 나뉘어왔던 바, 그 하나는 이름하길 '현현(顯現) 삼위일체'라고 하고, 다른 건 '본질적 삼위일체'라고 하는 것이 그것입니다. 헌데 '현현 삼위일체'란 그 어휘가 시사하고 있는 바와 같이, 하나님이 역사상에 나타난 사실에 기초하여 발전된 역사적 교의라고 하는데, 즉 여호와가 셋의 모습으로 역사에 군림한 것이라고 하는 것입니다. 그러니까 기독 이전에 히브리 민족에게만 나타났던 하나님이 그 하나이며, 그 둘째는 기독을 통해서, 기독 이후의 성령이 그 셋째라고 보는 견해이고, '본질적 삼위일체'란 앞서 본 여호와의 통시적(通時的) 현현은, 신 자신의 성격에 기초하지 않으면 안 된다는 확신에 의해서 형성된 것으로 신은 하나이면서 세 분이라고 보기 시작한 견해인바, 더욱이 이 본질적 삼위일체는 사상적 성찰로 이뤄진 예라고 합니다. 이상에 드린 말씀은 미리 모두 해놓은 이야기를 약간 차용한 것입니다만, 그러나 삼위일체 사상의 성립 근거라든가, 그것의 발전사 같은 문제는, 소승이 지금부터 말씀드리려는 것에 대해, 거의 도움이 되고 있는 건 아니라는 것을, 이 자리에서 밝혀두는 바입니다. 소승으로서는, 선현들 해놓은 저러한 구분을 빌리는 것이, 소승의 관견을 말씀드리기에 썩 편리하기 때문에, 그분들의 용허도 없이 빌려 쓰려고 하고 있을 뿐입니다.

얼핏 보면, 그 두 고견은, 병합해 질서로워질 근거가 희박한 듯이도 여겨지지만, 소승으로서는 그것을 종과 횡의 관계로 이해하려고 하고 있는 중입니다. 그러한 소승의 의도가 보다 명료히 설명되어지기를 바라서, 그래서 소승은, 미구에 몇 개의 그림을 실험해 보이려 하오니, 모쪼록 허락되어지기를 바랍니다. 그리고 이러한 그림은, 소승이 체험하고 난 뒤에 믿기론, 그 자체가 어떤 의문의 해답이며 별도로 그렇게 많은 주석이 따라야 될 것으로는 여겨지지 않습니다. 물론 '河圖'나 '洛書'는 해답이지만, 주석이 따르지 않는다고 할 때, 도대체 그 의미를 알 수 없는 경우 같은 것도 있을 수는 있습니다."

나는 잠깐 쉬고, 다시 이었다.

"주지하시다시피, 우주는 종교적으로 여럿의 상징을 입어 우리의 육안에 호소되어왔습니다만, 그중에서도 특히 삼각(三角)과, 사각(四角)과, 원(圓)이, 그 주된 형태로 알려져 왔습니다. 그렇다고 우리가 세 개의 우주를 가져온 것이라고 생각하는 것은 잘못입니다. 이 말은 그러니까, 삼위일체와도 같이 하나의 우주가 나타내고 있는 삼중적 성격이라고 보는 것이 타당하다는 것입니다. 지금부터 밝혀지려는 것이 그것이지만, 이 삼중적 성격은 거기에 머물지 않고, 종내 오두(五頭)를 드러낸다는 것을 전제해둡니다. 그런데 원은 우주 자체의 여성적 국면을, 사각은 남성적 국면을, 삼각은 그 양성적(兩性的) 국면을 담당해온 것으로 알려집니다. 양성(兩性)이라고 했을 때, 우선적으로 떠오르는 모습은, 여자의 유방에 남근을 갖고 있는 형상입니다만, 그러한 양성은, 임신이나 출산이 자체 내에서 가능되지 않는바, 소승이 말씀드리려는 양성은 음과 양이, 체와 용이 어기차게 어울리는 현장의 의미라는 것을 특히 기억해 주셨으면 싶습니다. 그 상태를 일러, '해골의 골짜기에 선 십자가'라든가, '연속에 담긴 보석'의 의미라고 말할 것입니다. 그러나 먼저, 그러한 상징들을 그림으로 그려본 뒤, 그것에 해당될 가능적인 이름들을 붙여보고, 생각을 진전시켜간다면, 보다 편리하리라고 믿습니다.

그림1

○ ……黑(NIGREDO). '體. 陰. 과거 죽음. 下界' 聖父.
△ ……白(ALBEDO). '體用. 陰陽. 현재. 삶. 陽界' 聖靈.
□ ……赤(RUBEDO). '用. 陽. 미래. 重生. 來世' 聖子.

우리 민속에 의한다면, 이 관계는, 귀신—아내—처용(處容)의 관계로 나타날 수도 있다는 것은 첨언할 수도 있을 것입니다.

그런데 사실에 있어, 黑(Nigredo)·白(Albedo)·赤(Rubedo)의 세 이름들은, 연금술사들의 화학 실험에서 나타난 반응을, 그들이 상징적인 어휘로 표현한 것에서 빌려온 것이라는 것을 먼저 밝힙니다. 그들에 의하면 그러니까 어떤 선택되어진 질료(Prima Materia)가, 금(金)으로 가기까지 그것은 세 단계의 전변(轉變)을 치르는데, '검은 날개의 까마귀'로 비유되는 '黑'이 그 첫 단계며, '흰 비둘기'로서의 '白'이 그 둘째 단계며, '핏빛의 홍옥'으로서의 '赤'이 그 마지막 단계입니다. 이 '赤'은 언제라도 금으로 바꿔 쓸 수 있는, 그러니까 금 자체라고 보아질 어떤 것이라고 합니다. '계시록'에 나오는 '네 기사' 중에, 붉은 말 탄 자가 나타나자, 땅에서 평화가 제거되며, 사람들끼리 서로 죽이더라는 이야기는 저 금과의 관련 아래서 따져질 것이나 아닌지도 모릅니다. 금이란 그 용(用)이 너무 강한 탓에, 그것은 생각만 하여도 사람을 광기에 당하게 하는 것이 아닙니까. 아무튼, 금 제조자들의 관찰의 방법의 다름에 따라,

저 질료의 변화의 관계가, 네 단계, 일곱 단계, 심지어 열두 단계까지도 설명되어지고 있지만 압축하고 종합해보면 저 세 단계로 귀착하는 것은 확실합니다. 그것이 저 어지러운 변화의 저변에 깔린 하나의 구조인 것입니다. 어쨌든, 우리의 이야기의 질료가 되어 있는, 저 黑(圓)·白(三角)·赤(四角)을 그림1이라고 해두겠습니다. 헌데 저 그림1에 나타난, '陰·陰陽·陽'은 성별과 원소를 나타내기 위한 것인바, 이 경우 원소란 음으로서의 '물'과, 양으로서의 '불'의 의미인 것으로, 특히 두 원소를 중요시하는 이유는 오행설(五行設)을 염두에 두고서입니다. 선인들은 '水·火'를 특히 생명과의 관련의 원소로 본 듯했으며, '水·金'은 생활 자재로서, 그리고 '土'는, 그러한 생명의 변천과 성쇠가 일고 갈아드는 장소로서 본 듯했습니다. 그런데 불의 원소와 물의 원소의 화합의 도식을, 연금술사들은 두 개의 삼각이 서로 엇비슷이 대접(對接)한 꼴로 나타난다고 하는바, 그것의 원초적 형태는 역시 삼각이므로 삼각이 우주의 상징을 입는 하나의 소이도 여기에 있습니다. 모든 '얀트라'에 나타나는 저 삼각은, 그러나 무엇보다도 '여근'(女根)의 원초적 형태로 되어온 것이나, 그것이 '양신'(陽神)을 잉태하고 있다면, '음양일체'의 이상스런 존재인 것은 분명합니다. 그리고 아시겠다시피, '體·體用·用'은 작용력의 관계를 나타내기 위하여 쓰인 이름들입니다.

그래서 이제, '현현 삼위일체'를 도표로 나타내보면 신이 어떻게 역사상에 나타냄을 보였는지가 육안에 호소되어올 것입니다. 그러나 이런 경우 우리는, 어쩔 수 없이 시간(時間)의 문제와의 관련하에서 따지지 않을 수 없는데, 사실에 있어, 시간의 문제를 파악해본다는 일은 유전(流轉)의 법칙을 이해해본다는 일과도 맞먹으며, 유전의 법칙을 이해한다는 일은, 이 세계의 질서를 파악한다는 일과도 같으며 세계의 질서를 파악한다는 일은, 신의 역사하심을 이해한다는 일과 틀리지 않기 때문입니다. 왜냐하면, 우리들의 선조와 그 선조의 선조들이 살았고 우리가 현재 살고 있고, 또한 우리들의 후손과, 그 후손의 후손들이 살아나갈, 언제나 같은 저 한정된 장소에 언제나 다르게 갈아들며, 언제나 다른 형태의 전이를 가능시키는 하나의 이상스러운 힘, 그것이 저 시간이기 때문입니다. 장소만 있고 시간이 없다고 할 때, 그리고 시간만 있고 장소가 없다고 할 때도, 이 세계에서의 생멸은 끝나버리는 것입니다. 그러나 하나는 거시적으로 보면 불변의 것이며, 하나는 아무리 미시적으로 보아도 항변(恒變)의 것입니다. 그러므로 우리의 관심은 저절로 저 불변의 장소 위에서 항변하는 그것에 쏠리고, 그것의 현묘함을 밝히려는 것 때문에, 보다 초력적인 힘을 전제하고 나서는 것입니다. 그러므로 소승이 지금부터 많은 부분, 시간과의 관련 아래에서 이야기를 진전한다고 하더라도, 그 진의는 시간에만 국한되어 있지 않다는 것을 이해해주셨으면 합니다. 그림1의 저 많은 이름들은 그런 이유로 쓰인 것들이었습니다.

그림2

□ ← △ ← ○

그림2는, 보시다시피, 현현 삼위일체로 설명되어온 그대로를 그림으로 환치한 것일 뿐입니다. 그러나 이것은 죽은 그림이어서, 하나의 정지된 상태의 조감도이거나 영원히 진행해가다 언덕에서 실족하고 소멸해버릴 것 같은, 그 미래가 엿보이지 않는 것입니다. 중생이라든가 재생의 순환의 가능성이 완전히 차단되어 있는 상태입니다. 이것은 여러분의 신전(神典)이 열왕기(列王記)식으로 나타난 예입니다. 제일신(第一神) 즉위 몇 년에, 몇 년을 처리하고, 몇 년에 열조에 들매, 그해 제이신이 즉위하였더라라는 식입니다. 그러나 우리가 잊어서 안 될 것은, 한 유일신의 삼중의 현현이라는 점입니다. 이때 저 '현현 삼위일체'의 견해가 약간의 변질을 감수치 않을 수 없게 될 터입니다. 그래서 그림3을 보여드릴 차례에 온 것이지만, 그러기 전에, 여러분이 갖고 계실 두 가지의 의혹이 옳다는 것에 긍정을 표해야겠습니다. 즉슨, 그림1을 그림2에 응용해보면, 여호와 시대를 과거, 성령의 시대를 현재, 예수의 세상을 미래라고 보는 그 점에 대해서인즉, 이것은 분명히, '성자'와 '성령'의 위치가 바뀐 상태가 아닌 것인가 하는 것이고, 그러나 소승이 말씀드려가는 중에, 그러한 의혹은 은연중에 해소될 것으로 믿는 바인데, 그러나 무엇보다도 선결되어야 할 문제는, 둘째번 의혹인바, 그러면 어째서 시간의 과거는 음이고, 체이며, 사

실로는 성령이 모성적 자리를 차지해온 것으로 보이는데도, 태초부터의 저 위대한 남성적 작용력, 저 남신(男神) 성부가, 음과 체의 성전환을 당했는가 하는 것에의 문제인 듯합니다. 거기에 대답은 아마, 이런 가정에 의해서 되는 것이 옳다고 믿습니다. 즉슨, 시간에 있어서의 과거는 시간의 현재의 시점에서 보면, 그것은 일단 끝나버려서, 거기에는 이미 일어난 사실(史實)의 유령밖에는 남아 있지 않은데, 이 의미는, 과거의 시간은 용(用)을 잃고 있다는 그것입니다. 가령 소승이 함께하고 있는 이런 두개골을 두고 보아도 그것이 전에 남자의 것이었다고 할지라도, 그것은 이미 용을 잃었음으로 해서 체라고 보아야 하는바, 음은 체의 성별적 이름이므로, 시간의 과거를 또 음이라고 하고, 죽음이라고도 하며, 그래서 여호와 또한, 그가 남신이든 성부이든, 그런 것과도 상관없이 음·체·죽음의 과거의 시간 속에다 두어두는 것입니다. 이렇게 말씀드리는 것은 그러나, 소승의 이야기를 편리하게 하기 위한 하나의 가정이며, 소승으로서는 시간의 과거라고 해서, 그것은 이미 끝난 사실의 유령들이, 한번 쳐든 손을 더 내려뜨리지도 못하고 있다거나, 한 번의 절규를 여태도 끝내지 못한 채 그냥 응고시켜버리고 있다는 투로, 고화(古畵) 한 폭으로서 과거를 이해하고 있는 것만은 절대로 아닙니다. 강조하는 바이지만, 그것은 가정입니다. 그러면 어째서 저 '白'은, 곧바로 용이나 양이 못 되고, 양성적(兩性的) 상태인가에 대한 의문이 성령과 성자의 위치의 전치(轉置)의 문제와 관련하여 싹트는데, 그것도 만약, 가정하에서, 시간의 미래로서의 '赤'이 어떻게 용과 양의 이름을 입을 수 있었는가를 확실히 할 수만 있다면, 체와 음으로서의 시간의 과거와, 용과 양으로서의 시간의 미래가 연접되어 이루는, 저 양성적 시간의 현재가 곧바로 주석되어지는 것이라고 여기는 바입니다. 그리하여 우리는, 모든 것이 생성하고, 모든 것이 소멸되는, 시간의 이 현재의 신비함에 놀라게 될지도 모르며, 양이 드센가 음이 드센가를 가름하여, 그 현실의 집단적 기운이 어떻게 형성되었으며, 그것은 어떻게 전이해갈 것인지를 점쳐낼 수 있게 될지도 모릅니다. 우선 소승은, [28]용은 용 자체로, 체를 얻지 못하면 아무것도 가능시키지 못하며, 양은 양대로 음을 데불지 못하면, 아무것도 이뤄내지 못한다는 점을 특히 강조했으면 싶습니다. 그것이 시간에 있어서의 미래 자체이기 때문입니다. 현재화하지 못한 미래의 시간이란, 과거의 시간과도 꼭같이, 아무런 조화를 일으킬 수 없는 것으로, 이것은 아직 자궁을 얻지 못한 시간의 유계(幽界)의 시간의 혼령에 불과합니다. 그 시간의 혼령이, 현재의 시간의 모태를 얻어 과거화하는 그 과정에서만, 저 유계의 시간은 의미를 획득하는바, 그래서 용과 양은 체와 음을 얻고, 체와 음 또한 용과 양에 순종하는 것입니다. 그 자체로서 아무런 조화도 성취해낼 수 없는 미래의 시간을 그래서 소승은, 용과 양의 편에 둔 것이며, 또한 성자의 편에 둔 것은, 그가 여러분 교의의 삼층 구조에서의 내세 편에 서 있기 때문입니다. 이 내세의 의미는 부활이나 중생의 의미인데, 일신 삼격 중에서 부활이나 중생을 성취한 신격은 예수 하나뿐이었다는 것은 특히 고려될 만한 점입니다. 그의 부활은 물론 이천 년도 전에 끝났습니다만, 그것은 현재 살아 있는 우리의 중생이 어떻게 이뤄질 것인가, 그것의 한 집단적 전형적 형태로서의 예시이며, 현재 우리는 우리 자신의 죽음 앞에 놓여 있고, 우리 자신의 중생을 성취해내지 않으면 안 되는 상태에 있는 것입니다. 그것은 그리고 이 현재의 시간에 당면한 미래의 일입니다. 이리하여 여러분은, 소승이 신의 이야기를 통해, 우리들 자신의 문제를 이야기하고 싶어 한다는 것을 아셨을 것입니다.

그림3

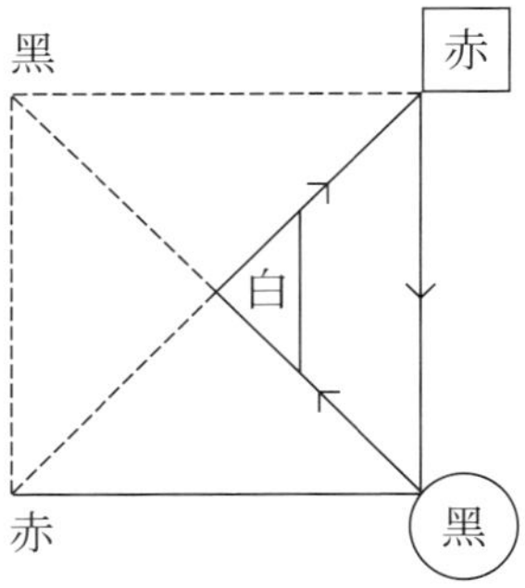

그림3은, 죽은 그림2가 살아난 장면입니다. 그림3에 의하면 어떠한 시간, 어떠한 상태도 죽어 있지 않은데, 그것이 섭리에 대한 소승의 정의(定義)입니

다. 이 그림은 현재의 시간이 진행하여(白→赤) 미래의 시간을 과거로 만들고(赤→黑), 그 과거의 시간은 집적하여, 다시 미래의 시간으로 뒤집혀 현재화(黑→白)하는 관계를 밝히는바, 이런 경우 필요한 안목은, 저러한 그림은 유동적이라는 것을 염두에 두고, 시각이 주는 고정관념을 없애는 것입니다. [29]저것은 한 원 안에서 세 마리의 여우가, 두 마리의 용(龍)이, 한 마리의 뱀이, 꼬리를 물고 한없이 맴돌이 치는 것을 보여주는 그림인 것입니다. 모래시계가 만약에 인력(人力)에 의해서 뒤집혀지지 않고, 그 자체 내의 어떤 힘에 의해서 뒤집혀지기만 한다면, 그것처럼, 저 전이(轉移)와 회귀(回歸)의 관계를 시각적으로, 그리고 극명히 나타내 보여주는 것도 없을 것입니다. 예를 들어, 서 홉의 금싸라기를 만 하루 동안에 흘러내리도록 고안된 모래시계가 있다고 한다면, 위쪽에 쌓여 있어 현재화하는 금싸라기는 육안에 보이는 시간이며 미래며, 그 시간의 미래가 현재화하며 밑 쪽에 쌓이는 금싸라기는, 육안에 보이는 시간이며 과거여서, 불변의 천지 사이로 항변스러히 유동해가는, 저 시간이 매 찰나 포착되어지는 것입니다. 그러는 중에, 위쪽에 있던 금싸라기가 다 흘러내려져, 더 이상 시간의 현재를 젖먹일 수 없을 때, 우리는 저 모래시계를 뒤집어 거꾸로 세워놓게 됩니다. 그런 그 순간, 거기 변괴가 나타난 것을 우리는 목격하게 될 것인바, 저 집적되었던 시간의 과거가, 이상스럽게도 갑자기 시간의 미래로 변해져, 그것이 전에 시간의 미래가 채우고 있었던 빈 곳으로 흘러들어, 다시 시간의 과거가 되어 쌓이는, 그 개벽의 이변입니다. 이런 이변을 관찰해낸 선인들은 그래서, 이 세상엔 두 개의 '황금의 태자(胎子)'가 있어서 그것들이 각각 부상과 함지에 자리 잡고 있는데, 한 마리의 긴 뱀이, 부상에서 함지로, 함지에서 부상으로, 쉬지 않고 움직여 가선, 그 태자에 들었다가 새끼 뱀이 되어 움직여 오는 것이, 세월이 아닐 것인가 하고 추리해내기까지 합니다. 이런 추리는 횡적 윤회의 과정을 완벽하게 설명하는 것으로서, 다시 한번 여러분의 교의의 상징과 언어를 입었을 때, 신의 인육화와, 인육의 신육화(神肉化)의 끊임없는 되풀이의, 역사적 현현으로 보이는 것입니다. 그림3은, 그러한 횡적 유전을 보여주는 것으로, 반복되지만, 모든 시간은 무섭게 살아서, 꿈틀거리고 있다는 것을 보여주기 위하여 나타내진 것입니다. 그것은 육안에 단순하게 보이는 도식입니다만, 우리가 그것을 확산시킨다고 할 때, 이 우주 자체보다 더 커질지도 모르는바, 작용과 시간과의 관계에서 이 우주를 다시 살핀다고 한다면, 우주는 현존하는 그것보다 수십만 배 더 클지도 모르며, 우리의 '엄지손가락' 크기만 해질지도 모릅니다. 이것은, 앞으로 종적(縱的) 관찰에서 보다 분명히 밝혀지겠지만, 우주는 그런 양면성을 또한 갖고 있는 것일 터입니다. 그림3을 확산시킨다고 하는 것은, 저 그림3 전체를 하나의 '黑'이라고 하고, 그림3과 같은 '白'을 또 나타내고, 다른 '赤'을 놓고, 그것이 이룬 그림을 또, '黑' '白' '赤'으로 한없이 이어나가는 것을 말합니다. 나중에 풀어서도 보여드리려 합니다만, 그렇게 확대해놓고 본다면 가령 '黑' 하나만을 예로 들어보더라도, 그 '黑'은 그저 완전한 '黑'뿐일 것인가—그런 완전한 '黑'을 소승은 '陽黑'이라고 부를 것인데—만약 그것이 거기에서 머물러버릴 것이라면, 어떻게 유동과 변전이 가능해질 것인가, 하는 궁금증이 다소간 해소되리라고 믿습니다. 그러나 도식의 그런 확산은 불필요하기만 할 뿐인데, 왜냐하면 종내 돌아오는 원점은, 저 그림3일 것이기 때문입니다.

우리는 그러나, 저러한 항변, 저러한 되풀이를 가능시키는, 하나의 위대한 모태(母胎)를 잊어서는 안 되는 것입니다. 그것에 관해서 말씀드리려고 하는바, 여기에서 비로소 '본질적 삼위일체'가 설 자리를 획득하는 것이라고 보는 것입니다. 이 의미를 파악하기 위해서도 소승은 물론 이제까지의 별견의 태도를 계속 고수할 것입니다. 그러나 이것은 종적 별견이며 그 탓에 이제까지 신과 시간이 삼두일신(三頭一身)으로만 계속 보여오던 것이 둔갑을 하여, 오두일체(五頭一體)로 나타나 버리게 될 것인바, 소승이 주된 다툼의 관점은 바로 여기에 있는 것입니다. 그것이 소승이, 소승 나름으로 이해해온, 존재와 작용력의 모든 의미인 것입니다. 그러면, 도대체 저러한 항변의 힘의 아래에는, 위에는, 밖에는, 안에는, 무엇이 있어서, 도대체, 그 모태는 무엇이어서, 저러한 유동, 저러한 회귀를 가능시키는가, 지금은 그것을 의문해볼 때인 것 같습니다. 그 저변에 아무것이 없어도, 운동은 운동 그 자체를 가능시키는가? — 이런 질문은 그리하여 상대 개념을 불러일으킵니다. 음이 있으면 양이 있고, 용이 있으면 체가 있고, 성함에는 쇠함이 있고, 거악이 있으면 심곡이 있다는 그런 개념인바, 이것은 사실에 있어 무서운 법칙이며, 그래서 이 우주 내의 모든 것은 상대적으로 존재한다는 것을 이해하게 합니다. 그래서 소승은, 운동의 문제에 있어선, 정지의 대개념을 이끌어낼 수 있다고 믿는 바입니다. 정지를 염두에 두지 않는다면 대체 운동이 무엇인지를 모르게 되는 것입니다. 무엇에다 기준을 두어, 무엇이 운동이고, 무엇이 비운동인지를 모르게 되는 것입니다. 그러니까, 모든 운동에는 정지가 있어, 운동을 운동이게 하는 것이며, 운동에 의해서 정지는 또 정지로서 정의되는 것입니다. 그리고 시간이란 운동에 의해 정의되는 것이므로, 그래서 운동으로서의 시간은, 운동을 통해 정지 속에 침몰해 들어, 그 정지 속에 오소록이 쌓였다가, 그것이 재운동화할 때, 현재의 시간으로 화하는 미래의 시간이 된다는 이야기가 가능해집니다. '시간의 유계'라고 말씀드린 건 그러니까 저 정지의 의미였던 것입니다. 이것은 의식이 무의식 속에 침몰했다가 재의식화하는 과정과도 통하고, 생명이 죽음 가운데로 던져졌다가 중생, 또는 재생하는 유전과도 곧장 통하는 이야기입니다. 무시간(無時間)까지를 포함한 시간 속에서 그런 일은 이뤄지기 때문입니다. 그러나 언제든, 정지라든가 무(無)는, 극대한 쪽에 자리를 잡아온 것을 우리는 특히 염두에 두지 않으면 안 되는데 한 예로, 한 참새의 죽음을 두고 보아도, 그 참새의 죽음은, 그 참새만 한 정지, 그 참새만 한 무로서, 극대한 운동 속에 외롭게 던져진 것이 아니라, 그 참새만 한 운동의 밖에, 태초로부터 말세까지, 넓고 깊고 무섭게 저변해온, 우주적 정지와 무 속으로의 슬픈 침전이며, 귀의라고 보아야 되는 것입니다. 참새의 운동을, 수미산만 하다고 하거나 우주 자체만 하다고 쳐놓고 보아도, 이야기는 같은 것으로 될 것입니다. 이 의미는, 바꿔 말하면, 운동이란 극소한 것이며, 극대한 정지 위에 돋아난, 찰나적 한 빛에 불과한 것이라는 것입니다. 거기에는 어쨌든 한계가 함께해 있다고 보는 것이 옳습니다. 그런데 저 극대한 정지와 무는 아마도 분명히 우주의 개념에 통하는 것일 것인바, 그래서 한 섬광적 운동으로서의 생명이란, 어떤 개체의 자아란 극소하여, 외로운 존재입니다. 이렇게 하여 소승은 극대의 상대는 극소라는 대적 개념에 의하여 우주와 자아를 대치시켜도 좋을 때에 왔다고 믿게 되는 것입니다. 그러한 대치는 종적으로 이루어지는바, 그림으로 나타내보면,

그것이 종교적으로 삼층 구조를 갖는다는 것이 명확해집니다.

그림4

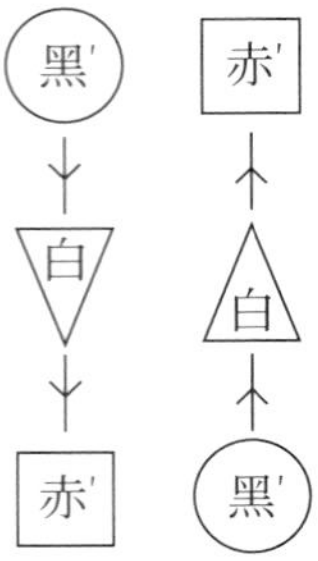

그림4의 두 그림은, 완전히 같은 것입니다. '黑''이나, '赤''의 어느 것을 상위에 정하든, 그 의미상의 변화는 없으며 글자의 옆에 획(')을 하나씩 더 붙인 것은, 종적 별견을 용이하게 하려는 이유뿐이지, 그것 또한 원의를 바꾸는 것은 아닙니다. 그런데 저 '黑''이 담당하는 국면은, 저 극대한 정지와 무이며, 저 극소의 운동과 생성으로서의 자아는 '赤''이 담당하고 있습니다. 그리고 '白'은, 그림2, 그림3으로부터 약간의 변질도 변모도 당하지 않은 채 머물러 있다는 것은 눈치채셨을 줄로 압니다. 그것은 여전히, 종적 시간 관계 위에서도 현재를 담당하고 있는 것입니다. 저 '黑''은 그러니까, 여호와 신의 영지이지만, 시간과의 관련하에서 이름을 붙인다면, '우주적, 무의, 극대한, 정지의, 비시간의 시간' 같은 것이나 될 터이지만, 소승은 그것을 그냥, '극대의 시간'이라거나, '무의 시간' 또는 '정지의 시간' 따위로, 간략히 부르려 합니다. 이것이 종적 관계에 있어 과거의 시간의 영역입니다. 그러면 '赤''은 어떤 이름이 될지는 소승도 의문이지만, 우선 떠오르는 것은 '극소의 시간'인데, 그렇다고 그 이름이 그것 자신의 성격을 완벽히 규정하지는 못하고 있는 것입니다. 이것은, '없음'에 대해서 '있음'의 의미며, '멈춤'에 대해서 '움직임'의, '큼'에 대해서 '작음'의, '아니함'에 대해서 '함'의 뜻 등으로, 그것을 '평균 시간'과의 대립에서, '심소(心所) 속의 시간'이라고나 해야 옳을지도 모릅니다. 심소 속의 것이라고 하여 그것이 반드시 작은 것이라고는 할 수가 없기도 할 것인바, 마음의 용적은 있는

그림5

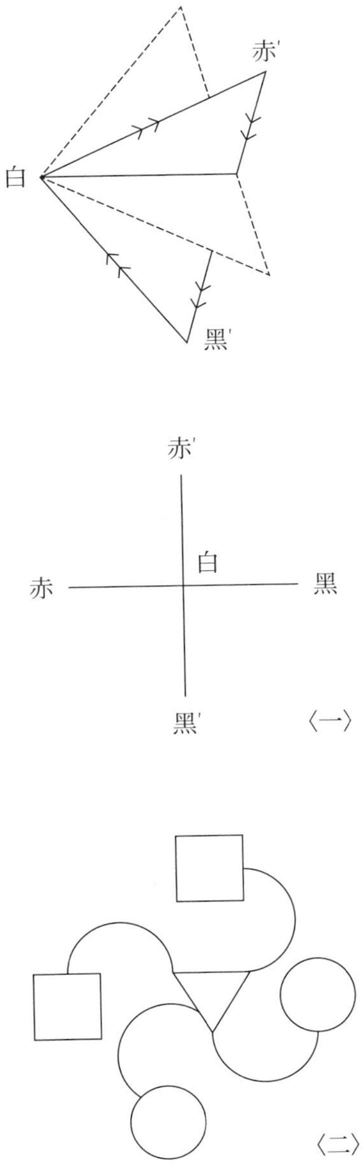

것이 아니어서, 우주까지도 취해 넣어 버릴 수가 있다고 하기 때문입니다. 이것이 어쨌든, 종적으로 '미래의 시간'의 국면이라는 점은 아셨을 것입니다. 헌데 저 '극대의 시간'이란, 구차히 설명을 길게 하지 않아도, 이해하기가 그렇게 어려울 것 같진 않으나 이 '극소의 시간'이란, 구체적인 주석을 동반한다더라도, 이해키에 꽤 까다로운 것 같기도 합니다. 그것에 관해서는 그러므로, 그저 소박한 질문을 몇 가지 함으로써 설명을 대신했으면 합니다. 이런 경우에 척도가 되는 시간은, 선인들이 고심하여 얻은, 이른바 평균 시간이란 것이 되는 것입니다. 하루를 열두 시간이라고 한다거나, 보다 분화하여 스물네 시간이라고 한다거나 하는, 저 시간의 구분이 그것입니다. 그런 평균 시간을 염두에 두면, 이런 물음은 우리를 당황하게 합니다. 가령, 만약에, 그늘에 숨어서, 무심한 포졸이 얼른 지나가기를 바라는, 쫓기는 도둑이 있다면, 그 도둑이 숨 쉰 번 쉬는 시간에 있어, 포졸의 것과 그 도둑의 시간의 길이는 같은 것인가? 또는, 무섭게 앓는 환자의 하룻밤 새우기와, 견우직녀의 하룻밤 보내기는, 그것이 같은 길이일 것인가? 아니면 낙오한 병정이 적진 속에서 공포와 굶주림으로 보내는 한나절과, 전승 축하로 풍악 잡히고 술 고기에 휩싸인 적장의 한나절은 어떨 것인가? —이런 물음은, 천만 개도 더 만들 수 있을 것인바, 저 평균적 시간 외에 그 평균적 시간의 속에, 다른 시간이 또 있는 것이 아닌가 하는 의심을 일으킵니다. 그러나 앞서 든 예의 시간 같은 것은, 좌우간 횡적으로 흐르는 시간임엔 분명합니다. 그런데 거기에 그 외의 다른 시간이 또한 엄존합니다. 이 시간의 경우는, 그것이, 뒤죽박죽이 되어, 흐른다는 관념이 거의 없어지는데, 이런 시간은, 정신적으로나 육체적으로 이상 상태에 처해 있다거나, 또는 건전한 사람의 경우에라면, 꿈이나 수시로 일어나는 공상이나 상상을 통해서, 어떤 사물에서 자극받은 연상을 통해 체험되어지는 시간이라고 해야 할지도 모릅니다. 언제나 우리가 평균 시간 속에서만 산다고 말하는 것은, 존재의 영토를 좁히려 드는 결과에 머물 것입니다. 여러분도 그런 경험을 했거나, 흔히 듣기도 했으리라고 믿어집니다만, 어느 사람은, 하룻저녁 짧은 꿈에, 한 번도 본 적이 없었던 오대조와 만나, 서로 살아서 이야기를 나누기도 하고, 또 어떤 사람은, 백일몽을 통해, 십 년이나 이십 년 후에라야 우연히 들르게 될 곳을, 누차에 걸쳐 미리 가보기도 합니다. 공상을 통해서라면, 내가 새였다면, 내가 요순시절에 태어났다면, 내가 백 년 후에 태어난다면, 하고 생각을 시작하여 과거로도 미래로도 날아가, 가능적인 풍경들을 체험하는 것입니다. 이런 예들은, 현재에 존재치 않는 시간들, 시간의 과거며 시간의 미래 같은 것들이 현재 속으로 유입해 든 예이며, 그것은 흐름으로 파악할 것들은 못되는 것들입니다. 그런데 중요한 것은 그 모두 현실 속에서 인식되는 것이며, 또한 현실의 어떤 개아의 심소 속에 엄존하는 것입니다. 어떤 개아의 심소 속에 엄존하는 것—이것은 그러나 평균적이 아니며 집단적인 것으로 확산될 공통성을 지니고 있지 못하기 때문에 비록 마음을 넓히면 우주까지 수용한다고 할지라도, 이 시간을 '극소의 시간'이라고 부르는 소이는 여기에 있습니다. 이것은 현란하고 어지러우며, 그 갈래를 구분해낼 수 없는, 그래서 찬란한 시간이기도 합니다. 어떤 방언에 의하면, 자아란 엄지손가락 크기로 염통 속에 있다고 하는데, 그러면 이 '엄지손가락 크기의 자아의 시간'과, 저 '극대의 무의 시간'은 어떻게 상쇄하며 상보하는가, 이 문제를 살펴보는 일이 필수적인 듯합니다. 이 관계가 밝혀지면, 우주 자체였던 여호와가, 어떻게 한 작은 인간의 육을 획득하였는가의 문제가, 종적 또는 공시적(共時的) 입장에서도 밝혀질 것이라고 믿습니다. 여기에 이르면, 저 그림4 역시, 그림3과 같은 변형을 치르지 않으면 안 되는데, 그림5는, 그림3의 종적 형태입니다. 있는 그대로의 그림4는, 재언할 필요도 없이, 상승과 하강의, 돌출과 침몰의 관계를 전혀 설명하고 있지를 못하고 있습니다.

그림5의 점선 부분은, 짐작하시겠지만, 그림3이 횡접(橫接)된 것을 나타내고 있는 중입니다. 이 그림5는, '극대의 시간'이 한없이 극소화해가는 과정, '극소의 시간'이 한없이 극대에로 귀의 침몰해가는 과정을 나타내 보이는바, 이것이 여러분 교의의 상징과 언어를 입었을 때, 신의 인육화와 인육의 신육화라고 하는 것이며, 한 정신의 우주적 정신으로의 확산과, 우주정신의 개아에의 제휴, 한정된 삶의 영생에의 획득과, 영겁의 죽음의 한정된 삶에의 현현으로 해석되어질 것입니다. 그러니까 우주의 주재 신 여호와와, 인신(人神) 예수가만나서 역사하는 자리는 이 현세, 이 현장, 바로 이 순간인데, 그 자리의 이름은 '白'이며, 성령이 임한 자리라고 하는 것입니다. '성령'은 그래서 신의 역사하심 자체의 의인적 하나님이라고 보아도 좋은 것입니다. 이 점은 비슷한 말로 한 번 더 반복되어져도 좋고, 그래서 강조되어져야 하는바, 이 현세, 이 현장, 이 시점 말고는 신이 주재할 장소란 없으며, 인간 말고는, 그가 예배 당할 대상이란 없으므로, 그래서 신은, 매 찰나 매 순간 어쩔 수 없이 인간으로 환신해 온다는 것이 소승의 믿음입니다. 그 찰나가 끝날 때마다, 그래서 그는 죽고, 다시 우주적 적멸 속에 침몰했다가, 다시 '말씀'으로 화하여서는, 다시 죽는데 '다시 죽는' 이 의미는 중생(重生) 자체가 아닐 것이겠습니까. 그래서 죽음은 '黑''이, '말씀의 인현'은 '白'에서, 중생은 '赤''이 담당하는 것은, 재언을 요하지 않을 것입니다. 그러나 그림5만으로는, 저 횡적 시간의 조응을 거의 얻지 못해, 역사적 사실에의 설명이 불가능해집니다. 이때 그림3과 그림5의 대접의 필요가 나타나며, 그런 뒤에라야 삼위일체가 일하는 것의 전모가 드러나는 것입니다. 그러나 이 역사는 오중(五重)의 일원화이며, 그러한 극명한, 그리고 집단적 현현적인 예가, 만약에 그 사건에다 상징을 입힌다고 하는 것이 가능하다면, 그것은

물론 가능한데 왜냐하면 이천 년 동안에 그것은 시체(時體)를 잃고 신화만 남겼기 때문인바, 예수가 못 박힌, 저 해골의 골짜기의 십자가에 그대로 고스란히 나타나 있는 것을 발견합니다.

이상의 두 그림은 다 같은 것입니다. 〈二〉는 다만, 진행의 의미의 태극선을 붙임으로 해서, 저 십자가 상징의 작용을 엿보려는 것에 불과합니다. 그래서 예수가 고난 당한 것은, 저 십자가형 때문이 아니라, 종횡이 어지러이 만나는, 저 한 점 '白'의 혼돈, 저 한 점의 무질서, 저 한 점의 비화해, 그것의 순화, 그것의 질서, 그것의 화해 탓으로서입니다. 과거의 전체, 극대의 무, 극소의 유가 온통 쏟겨 드는, 저 한 점이, 매 순간 매 찰나, 우리가 사는, 이 죽음의 갈림길이라서, 산다는 것은 고통이며, 죽는다는 것도 고통입니다.

그림6

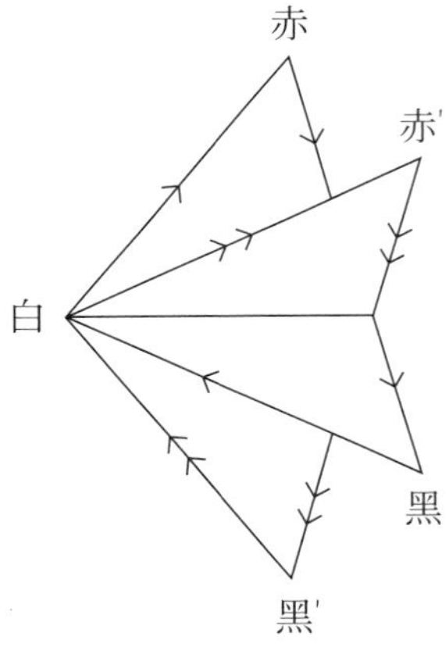

그림7*

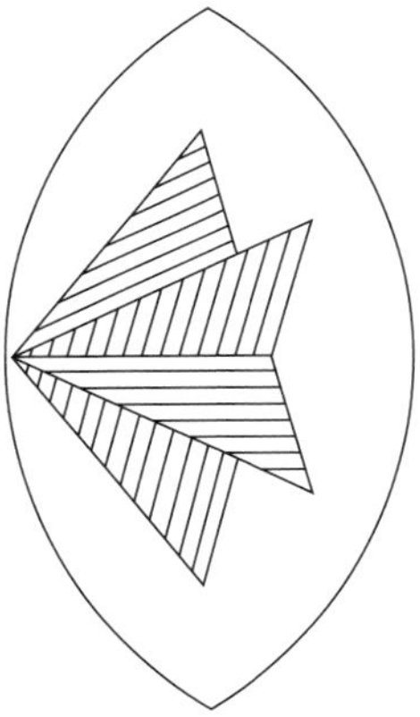

* "In His Vision of the Blessed Gabriele, Crivelli Encloses the Virgin Mary and Child in an Almond-Shaped Vesica Piscis (Mandorla) Formed by the two Intersecting Circles Symbolic of Each of this Holy Persons, All-Perfection."
J. C. Cooper, "Almond", *An Illustrated Encychopaedia of Traditional Symbols* (Thamesd Hudson Press, 1978) 참조.

그림6은 그리하여서 이제까지 소승이, 종과 횡을 구분하여서 말씀드렸던 것을 하나로 합친 결론으로서 나타난 것입니다. 마는, 아직 이것은 과도적 결론이라는 것을 밝힙니다. 과도적이라는 의미는, 그것이 아직 완벽하지 않기 때문인데, 그것은 저 오중의 작업이나 현현이, 그러나 하나며 생명과 함께 이뤄진다라는 하나의 상징이 모자라 있는 상태인 것입니다. 그러한 상징은 그리고, 소승이 낚시질로 소일하다 얻은 것이지만, 소승으로서는 그것에 대한 구구한 설명은 회피할까 합니다. 그것에다 저 그림6을 내접시키면, 이제 소승이 의도하는 결론과 만납니다. 그것이 그림7이 될 것입니다. 그것은 흡사 물고기의 형상과 같을지도 모릅니다. 덧붙여 드릴 말씀이 있다면, 저 그림7에서 이제는 내장을 온통 다 뽑아내 버리고, 저 이상스런 원만 남긴다 해도, 의미상의 아무 변화도 일어나지 않을 것인바, 이런 이유로, 저 '양극을 갖는 타원형'에 대한 주석을 회피한 것입니다. 그런 과정까지, 앞서 그런 몇 그림은 필요했을 뿐입니다. 그리하여 마지막으로 남은 그림을 살펴보면, 그것은 양(陽)을 싸안은 여근(女根)이어서, '연 속에 담긴 보석'이나, '해골의 골짜기에 세워진 십자가'의 의미를 은유적으로 설명하고 있습니다. 그것은 단순한 듯하나 단순하지 않으며, 죽은 듯하여도 죽은 것이 아니고, 머문 것이 아닌 것을 알게 됩니다. 그것은 그래서, 마음자리를 옳게 알고 닦아서, 그 마음을 우주처럼 채웠으나 채워진 탓으로 비어진 것의 모든 표상으로 여겨지기까지 할 정도입니다. 그것을 두고 이렇게 게송되어도 좋을지 모릅니다.

보리에 본래 나무가 없고
밝은 거울 또한 틀이 아닌데,
본래 한 물건도 없는 터에
어디에 먼지며 티끌 앉을까.

이제까지 소승이 드린 관견은, 여러분 교의의 어휘를 입었을 때, 그것이 여호와의 오중의 역사와 성격을 파악해보려는 노력으로 보입니다만, 그러나 몇 개의 단어를 다른 방언으로 바꾼다고 한다면, 그것은 곧장 유전 법칙이라든가, 오행설과도 관련을 가질지 모른다는 것을 부차적으로 강조해두었으면 싶습니다. 그러나 소승으로서는, 극력 그런 문제와 관련짓는 것을 회피해온 터이지만, 사실에 있어, 그런 문제들을 같이 다루었다 하더라도 이야기는 결국 같은 것이었을지도 모르긴 합니다. 그러면 이제, 여러분과 함께 얻은 저 그림7이, 현실적으로, 다시 말하면 역사 속에서 어떻게 나타나는가, 환언하면 흐름을 이해하기 위해 그것은 어떻게 응용될 수 있는가의 문제를 몇 마디로 요약해서 따져보는 일은 과히 흥미 없지 않을지도 모르겠습니다. 몇 마디로 요약한다는 의미는, 소승은 전혀 역사학의 보조를 받고 있지 못함으로 해서, 아무리 소승이 자세하고 깊게 따져보려 해도, 그것이 소승께는 불가능하다는 뜻이기도 합니다. 이 점은 미리 양해를 빌지 않으면 안 되겠습니다.

각설하옵고, 다시 한번 더 친절하게, 저 요조숙녀께옵서, '네 기사' 이야기를 읽어주실 수 있으실는지 모르겠군입쇼. 소승이 조사해놓기로는 「계시록」 6장 1절에서부터 8절까지이군입쇼."

"내가 보매 어린 양이 일곱인 중에 하나를 떼시는 그때에 내가 들으니 네 생물 중에 하나가 우렛소리같이 말하되 오라 하기로, 내가 이에 보니 흰 말이 있는데 그 탄 자가 활을 가졌고 면류관을 받고 나가서 이기고 또 이기려 하더라. 둘째 인을 떼실 때에 내가 들으니 둘째 생물이 말하되 오라 하더니, 이에 붉은 다른 말이 나오더라. 그 탄 자가 허락을 받아 땅에서 화평을 제하여 버리며 서로 죽이게 하고 또 큰 칼을 받았더라. 셋째 인을 떼실 때에 내가 들으니 셋째 생물이 말하되 오라 하기로 내가 보니 검은 말이 나오는데 그 탄 자가 손에 저울을 가졌더라. 내가 네 생물 사이로서 나는 듯하는 음성을 들으니 가로되 한 데나리온에 밀 한 되요 한 데나리온에 보리 석 되로다. 또 감람유와 포도주는 해치 말라 하더라. 넷째 인을 떼실 때에 내가 넷째 생물의 음성을 들으니 가로되 오라 하기로, 내가 보매 청황색 말이 나오는데 그 탄 자의 이름은 사망이니 음부가 그 뒤를 따르더라. 저희가 땅 사 분의 일에 권세를 얻어 검과 흉년과 사망과 땅의 짐승으로써 죽이더라."

"참으로 수고하셨습니다. 소승 깊이 감사를 올립니다.

저 장면은 확실히 말시의 풍경인 듯합니다. 그러나 소승이 짐작키로는,

어떤 시대에나 그 시대의 병폐, 그 시대의 타락, 그 시대의 고뇌, 그 시대의 불안, 그 시대의 위기가 있어서, 그 시대를 사는 사람들은, 그 시대 사람들 나름으로, 말세가 가까이 왔다고 생각을 하는 것이 아닌가 하고 있습니다. 이 말은 바꾸면, 말세는 그래서 한 번만 오는 것이 아니라 되풀이해서 나타나는 것이라는 의미며, 그래서 저 '네 기사'의 지옥화를 소승이 이해한 바로는, 모든 말세가 갖는 하나의 구조, 또는 하나의 전형이 아닌가 하는 것입니다. 헌데 저 장면은, '붉은 말'로 나타난 '赤·赤''의 상태가, '검은 말'로 나타난 '黑·黑''의 단계로 전이해가는 과정을 보여주고 있는바, 그럼에도 그것은 순조전이(順調轉移)를 치르고 있어서, 이전이 뒤에, 필시 크고 영광스러울 날이 올 것으로 여겨집니다. 소승이 나타내 보인 그림7을 제외한, 여섯 개의 그림은, 저 순조 전이에 입각한 것인바, 아직 이 자리에 오기 전에까지는, 순조 전이에 반해서 일어나는, 퇴조(退調) 또는 역조(逆調) 전이에 관해서 언급할 기회를 얻지 못했던 것입니다. 역조 전이의 관계의 도표는 그러니까, 그림들에 나타난, 진행과 연결의 의미로서의 화살표를, 거꾸로 돌려놓고 보면 되는 것입니다. 그러고 난 뒤에 일어날 상태에 관해서는, 장차 언급될 기회가 있어 설명되어지면 좋겠지만, 그렇지 못하더라도, 그저 한마디로, 그것은 와해(瓦解)라고 말해버려도 좋을 것입니다. 와해, '黑·黑''에로의 느닷없는 하강 침몰, 그런 뒤 거기서 순조 전이가 시작되면, 다시 세계의 시작입니다. 이런 의미에서, 순조 전이도 마지막 단계에 이르면 일종의 역조 전이로 보아야 할 것이기도 합니다. '赤·赤'' 의 상태는 '黑·黑''에로 와해 침몰에 들기 때문입니다. 어쨌든 지금부터는, 도표상에서 보다 명료히 하려기 위해, 원래 같은 이름이었던 것들을 분류해놓은, '黑·黑'' 따위들은, 그냥 '黑'이라는 식으로 환원시켜 사용하려 하오니, 용허하시기 바랍니다.

그러고 보니, 이 자리에선, 저 '黑·白·赤'의 성격은 그러면 어떤 것들인가를 따져보는 것이 필수적인 듯한데, 그래서라야만, 그것의 내부에서 어떤 '발효' 또는 어떤 '독'(毒)이 있어, 저러한 변전을 가능시키는지를 알 수 있을 것이기 때문입니다. 미리 말씀드릴 것은, 이제 나올 '+' '–' '=' 같은 기호는, '더하기' '빼기' '답'이라는, 산술적 기호라는 것입니다.

黑+黑+黑=陽黑

黑-黑+白=陰白

黑+白+白=陰陽白

白+白+白=陽白

白-白+赤=陰赤

白+赤+赤=陰陽赤

赤+赤+赤=陽赤

赤-赤+黑=陰黑

赤+黑+黑=陰陽黑

黑+黑+黑=陽黑

이것은, 저 그림7을 순조 전이에 입각해서 풀어놓은 것이라는 것을 아셨을 것입니다. 이것을 그림으로 조립하면 그러니까 다시 그림7이 나타난다는 말씀입니다.

그래서「계시록」의 저 지옥화를 보는 데에 이 공식을 이용한다면, 저 말세는, '陽白'으로부터 시작하여, '陽赤'을 거쳐, '陽黑'으로 전이한 관계를 보이고 있습니다. 그런데 이러한 전이를 가능시킬 '발효'를 도운 것은, 음부를 거느린, 고름에 덮여 사망이라고 불려지는, 저 '청황색 말'인즉, 이른바 '독'이라고 하는 그것입니다. 이 '독'이야말로, 아무리 그 의미가 강조되어져도 오히려 모자랄 정도로 위대한 '힘'인바, 소승 자신으로서는, 비록 여러분 교의의 주재 신을 주제로 말씀드리고 있음에도 불구하고, 어떤 유전(流轉)의 과정 속에, 절대의지라고 불러야 될지도 모르는, 무슨 큰 힘이 있었다는 데에는 회의적이면서, 어떤 종류의 발전이나 쇠퇴이든, 그것은, 집단적 또는 개별적 음기(陰氣)의 유전(遺傳)의 형이하적 발현이라는 의견엔 동의하는 것입니다. 이 '음기'란, 다른 말로는 '업'(業)이라고도 해야 할 것인지도 모르는바, 이 '업'을 소승은 '독'과 같은 것으로 보고 있는 것입니다. 소승으로서는, 신까지도 자기를 섭리하기 위해, 이 '독'에 의존한다고까지 말하고 싶은 정도입니다. 그러면 여러분께서는, 이 '독'과 '업'과 '음기'의 관계에서, 소승의 관심의 방향을 눈치챘으리라 고 믿는바, 우주라고 하더라도 한없이 채워 넣어도 계속 빈 곳을 남길 만큼, 그렇게 턱없이 넓은 그릇만은 아마도 아니라는 것입니다. 그래서 음이 가득해지면 양이 쇠하고, 양이 세하면 음이 약소해지는 것입니다. 여기에서 조화가 나타나는 것일 터인바, 그래서 소승은, 불의 원소의 팽창인가, 물의 원소의 팽대인가는, 저 '음기의 유전(遺傳)'에 의해서라고 믿는 것이며, 반복되지만 어떤 절대적 힘의 섭리라고 믿는 것이 아닙니다. 저 '음기'는 역사화할 때 다시 말하면 형이하화할 때 양성화하지만, 우리가 잊어서 안 될 것은, 저 양성화의 뒷전에서는, 다시 또 새로운 '음기'가 끊임없이 일어나고 있다는 그 사실입니다. 저러한 음기 자체가 '독'이며, 이 '독'에 의해서 저러한 '음기'가 형성되어지기도 하는, 이 '독'은, 그러면 무엇인가를 알아보는 일은 필요한 듯합니다.

그것 또한 연금술에서 차용한 언어로서, 금 제조자들은, 그들의 '돌'(현자의 돌)을 한 생명에 비유하여, 그것이 몸과 정신과 영혼의 삼위일체라는 견지에서, 몸이 독이라고 믿으며, 몸의 죽음에 의해서라야만 영혼과 정신의 해방, 또는 부활이 가능해진다고 보는 것입니다. 이 독은 또 불치병, 회생할 가망이 없는 더러운 병으로도 말하고 있습니다만 어쨌든 저 '부활'의 의미는, 그들에게 있어 '금'(金)의 뜻입니다. 어떤 질료든, 가령 수은이라거나 유황이라거나, 그것이 금으로 가기 위해서는, 일차적으로 죽어야 수은이나 유황인 것의 성질을 잃는바, 그러한 죽음을 가능시키는 것이 독인 것입니다. 그 독이 없이는, 수은은 여전히 수은이며, 유황 또한 그러하여, 금으로의 변질을 도모할 수가 없는 것입니다. 질료의 저 죽음이 '黑'이며, 그 죽음으로부터 나타난 아말감이 '白'이며, 이 '白'이 전이하여 나타난 '핏빛의 홍옥', 그것이 '赤'인 것입니다. 어쨌든 이래서, 이 '독'이 하나의 원동력이 되어 있다는 것을 우리는 이해하게 됩니다. 소승의 믿음엔, 그리하여 이 '독'의 의미는, 그 시대를 살고, 그 시대를 고뇌하고 간, 그 시대민의 고통, 그 시대민의 사고, 그 시대민의 풍속, 그 시대민의 경향 등등의 전부와 동일한 것으로 여겨집니다.

각설하옵고, 어쨌든, 「계시록」의 저 악환(惡幻)을, 요한처럼, 그것을 행하는 잔인스런 신 편에서 보지 말고, 그것에 당하는 인간 편에 서서 보기로 한다면, 우리는 하나의 대환란, 또는 큰 전쟁의 와중에 휩쓸리고 있는 중인 것입니다. 그림7에 의해서, 순서적으로 살핀다면, 이 와중은 '陽黑'의 상태인 것입니다. 그런 환란 뒤에 오는 황폐는 그래서 '陰白'이 되는바, 이 '陰白'에 처한 그 시대민들은, 그리하여, 그러한 외적 황폐뿐만이 아니라, 자기네들의 정신적 지주의, 또는 이제까지 지켜져 왔던 가치 기준의, 뿌리까지도, 그것이 난도질당해, 재 속에 흩어져 있는 것을 보게 될지도 모릅니다. 그러나 이것은 그 시대민의 눈에 보이는 외적·내적 풍경이며, 정작에 있어 신 자신은, 어떤 상처도 입지 않고 있을지도 모릅니다. 신에게 대항한 욥의 변론은 이제 여기서 비롯되어집니다. 저런 가공할 대량 학살, 저렇게도 무서운 파괴, 잃을 것을 다 잃어버린 가난함, 그런 것으로 하여, 욥들은 외롭고도 슬프게 재 속에 가슴을 묻고, 선조 대대로부터, 가슴속의 그중 따뜻한 곳을 차지해온 가치, 그러나 이미 변절해버리고 돌아선 친구, 그것을 불러 세워, 가슴으로서가 아니라 이제는 얼굴로서, 정면하는 것입니다. 자기네들께 무슨 몹쓸 죄가 그렇게나 있어서, 저렇게나 모진 형벌에 처해진 것인지를, 그들은 아무리 해도 알 수가 없게 된 것입니다. 우리들은 숙연히 한번, 이 자리에서 욥의 변론을 음미해볼 필요가 있습니다. 결국, 악에 오염당한 것은 신 쪽이었으며, 욥은 아니었던 것입니다. 그것을 종교적 완곡어법으로는, '여호와께서 사탄에게 이르시되 내가 그의 소유물을 다 네 손에 붙이노라'(「욥」 1: 12)라고 하는 것입니다. 사탄에 들린 자는 욥이 아니라 여호와였던 것입니다. 욥의 변론을 통해, 그리하여 학대당하기 시작하는 것은 신이며, 이 학대는 종내 신까지도 죽음에 이르게 하는 병독이 됩니다. 그렇지 않아도 그 신은, 자기의 죽음을 예정해놓고 있었다는 것은, '원죄'의 문제와 관련하여, 누누이 이야기되어온 바입니다. 그러나 신 스스로도 그날이 언제일지는 모르고 있었던바, 욥의 변론을 통해, 이것이 자기가 아직도 입고 있는, 구태의 신의(神衣)를 벗을 때라는 것을 깨닫게 됩니다. 변론을 통해서 보면, 사실에 있어 욥이 신보다, '도덕적으로 우위'에 있던 것입니다. 그리하여 그 신의 인현이 갑자기 서둘러져, 예수에 의해 '욥의 우월성'이 극복되어집니다만 신의 이런 인현은, 억겁을 두고 되풀이되어야 옳다고 소승은 믿는바, 신이란 결국 고통 그 자체인 것입니다. 어쨌든 인간 편에서는, 어떻게 해서라도, 신으로 하여금 한시름 놓을 겨를을 주어서는 안 되며, 계속 채찍질하여, 그로 하여금 쉼 없이 인육(人肉)을 입어 내려와, 우리들의 십자가를 대신 지게 하지 않으면 안 되는 것입니다. 그것이 신에 정면한 인간이 갖는 권리인 것입니다. 어쨌든 저러한 '陰白'에 처해, 독한 침을 하늘에 튕겨 올리며, 신을 향해 자기들의 결백을 주장한 욥들의 변론은, 하나의 전형으로서 보여지는 「욥기」에서처럼, 그러한 어떤 반응이 그 당대에 나타나는 것은 아닐 것입니다. 그 열매가 쓰든 달든, 그것은 그 욥들의 후대민의 것일 것입니다. 저 선대민 욥들의 변론은 '음기'를 조성했던 것으로, 그것은 후대민들께 유산되어지는 것입니다. 그것은 어떤 절대적이라고 해야 할 의지와 관계가 전혀 없는 것입니다. 그래서 앞서 든 예의, 유전된 음기가 양성화하는 상태를 '陰陽白'의 단계라고 부르는 것입니다. 헌데 모든 '陰陽'의 단계는, '赤'의 상태와 같이, 위험스러운 단계라는 것을 밝혔으면 싶은데, 그러니까 '陰陽白' '陽陰赤' '陰陽黑'의 단계는 '小赤'의 상태라고 보는 것이 옳게 됩니다. 왜냐하면, 이 단계들에서는 그 다음 단계로 순조 전이를 치를 것인가, 아니면 양상을 달리하여, 이미 전이해온 상태로의 퇴조 전이를 치를 것인가, '음기의 유전'에 의해서 그것이 나뉘는 분계점이기 때문입니다. '陰陽白'은 그러니까, 순조로이 나아갈 때 '陽白'으로 바뀌며, 역조할 때 '陰白'으로 퇴행하여, '陽黑'의 상태로 침몰해버리는 것입니다. 와해입니다. 몰락하여 원상으로 돌아간다 하여도, 그것이 물론 전과 같은 양태를 취할 수는 도저히 없는 것인바, 그 와해의 과정 중에서도 새로운 '음기'가 무섭게 일어나기 때문입니다. 말씀드리다시피, 「계시록」의 환난의 풍경은, '小赤'을 극복하여 '陽白'으로 나아간 것입니다.

그러나 만약에, 소승이 역사학의 보조를 받을 수 있었더라면, 보다 더 현실적으로, 그리고 재미있게 풀어 보여드릴 수도 있었을 터인데, 그렇질 못해 소승도 유감입니다. 그리고 아마도 소승은, '네 기사'의 풍경과 관련하여, '黑·白·赤'의 관계를, 순전히 횡적으로만 별견해온 느낌이 없잖아 있습니다. 거기에 만약, 종적 조감이 병행되어진다고 하면, 겁(劫)의 산법으로서라야 그 해답을 얻어낼, 여러 문제의 해답을 수유간에 얻어낼 수 있을지도 모르지 않나 하고 생각합니다만, 그러려면 장시간을 요할지도 모르고, 이미 했던 이야기를 재차 재삼 반복하게 될지도 모르므로, 일단 여러분께 보류해두는 바입니다. 어쨌든 우리가 만약, 유전(流轉)을 먼저 종적으로 조감하여 횡적으로 이해하려고 든다면, 인과율(因果律)의 당대적 완성을 보게 될지도 모르며, 더 나아가서, 한 찰나 사이에서도 그것이 맺고 끊기는 것을 포착해낼 수 있게 될지도 모른다는 것은, 첨언해 둡니다.

'찰나'라고까지 말씀드린 것은 왜인가 하면, 현재의 시간이란 그렇게도 작고 짧은 것이어서, '찰나'를 겁이라고 놓고 비교한다면, 현재의 시간이란 그 겁 속의 한 찰나 같은 것이기 때문입니다. 그것은 엄존하지만, 그래서 그것이 존재한다는 것까지도 의문스러울 지경입니다. 그러나 그것이 존재치 않는다면, 신까지도 존재할 터전을 찾지 못할 것입니다. 비록 그것이 극소하더라도, 그것에 의해서라야만 존재가 파악되며, 동시에, 저 죽은 듯이 어슴푸레 잠든 공룡, 과거며 미래의 시간이 또한 깨어나 꿈틀거리는 것입니다. 장소를 떠나 시간만을 따진다면, 존재 비존재를 휩싼, 저렇게도 삼엄하고, 저렇게도 방대하며, 저렇게도 심오한 우주가 도대체 어떻게, 저렇게도 작은 시간의 방 속에서, 억만 겁을 한하고 억만 번을 굴러도 남을 터전이 있는지, 그것이 영구히 의문스러울 지경입니다. 그러나 우리가 잊어서는 안 될 것은, 그보다도 더 작은 시간을 우리는 갖고 있다는 것이며, 그것은 심소 속의 시간인데, 만약에 저 현재의 시간의 크기를 수미산만 하다고 쳐놓고 비교한다면, 이 시간은 겨자씨 한 알의 크기도 못 되지 않나 하는, 그런 시간입니다. 그것은 그렇게도 작지만, 그것에 의해서라야만, 극대한 정적이, 죽음이, 정지가, 무가 존재로서 인식되어지는 것이라는 것은 재언을 요치 않을 것입니다. 저 극소의 것, 그러나 극대를 획하는 저것이, 우리의 불멸성이라는 것을, 이제는 말씀드려도 좋을 듯합니다. 예수가, 우리를 필멸할 육 속의 한 집단적 '불멸성의 상징'을 입을 수 있던 소이도 여기에 있던 것입니다."

나는 잠깐 쉬고, 다시 이었다.

"이만큼 이야기해왔는데도 불구하고, 그러면 신의 죽음이 어떻게 사람의 영생을 성취시켰느냐의 문제에 대한 천견을 말씀드릴 기회를, 여태도 얻어내지 못했습니다. 그러면, 이 변변찮은 논의의 결론으로서, 그 점을 생각해보기로 하겠습니다.

누차 언급된 바이지만, 다른 여러 교의에서와도 꼭같이, 여러분의 교의도, 음계(陰界)·양계(陽界)·상천(上天)의 삼층 구조로 이루어져 있는 것은 사실입니다. 그런데 우리가 이해하기로는, 성부와 성자와 성신의 국토는 이층과 삼층뿐이며, 지하층은 악마의 영지로서 여태도 수복되지 못하고 있는 중인 것입니다. 여러분의 경전에 의하면, 이러한 구조에 대해서, 뭔가가 잘못되어 있지 않을까 하고 회의할 여지를 거의 남기고 있지 않은즉, 그것은 하나님의 말씀이니, 일점일획도 인간으로서는 고칠 수 없다는 것이 아닙니까. 그러나 소승의 생각엔, 저 삼층 구조에 뭔가가 잘못된 곳이 있는 것으로 여겨집니다. 그러고 났을 때, 어째서 요한이, 저 경전의 맨 마지막에다, 「계시록」을 써서 첨부하지 않으면 안 되었던가 하는 의문이 생깁니다. 밤은 새벽빛에 의해서 깨뜨려집니다. 그래서 여러분의 하나님은 빛의 하나님이라고 말하는 것입니다. 그래서 예수를 일러 '새벽별'이라는 뜻으로, '루시페르'라고까지도 말합니다. 그 '새벽별' 빛이 저 '어두운 곳'으로 쐬어 들어간 지 이천 년이 흐른 것이 아닙니까? 밤은 새벽빛에 의해서 깨뜨려져 버리는 것입니다. 이것이 단적으로, 신에 의해 극복된 죽음이라고 소승이 보는 것입니다만, 그런데도 무엇을 위해서, 요한「계시록」을 써서 첨부한 것입니까.

소승은 누차에 걸쳐서, 여호와는 한 유목민족의 민족 신에 불과했다는 것을 강조한 바 있습니다. 그 민족의 생업은, 아시다시피 목축이었으며, 그 탓에 그들은 생업을 좇아, 운명적으로 광야를 배회하지 않을 수 없었던 것입니다. 이쪽 들의 풀이 다 상해졌을 때 그들은, 저 배고픈 양들을 다른 언덕으로 이끌어가야 했던 것입니다. 그러자니, 거기 선착해 자리 잡은 다른 이웃들과의 불화를 회피할 길은 없었던 것입니다. 다윗 같은 무사 왕이 가장 위대한 지도자로 길이 추모되는 이유도 여기에 있던 것입니다. 여호와가, 농부였던 카인의 제물은 용납지 않고, 목부였던 아벨의 제물만을 용납했던 기사는, 그 여호와가 원래 목축업의 수호신이었다가, 점차 변모하여 전쟁의 신이 되어간 과정을 엿보이는 것입니다. 짐작하시다시피, 그런 생업에 의해서 어쩔 수 없이 들로만 유랑해야 되었던 사람들께도, 때로 정착해 살고 싶은 욕망이 일 때가 있어,

어디에 안주하려고 하면, 그때마다 예언자들이 나타나, 그들의 정신의 부패와 타락을 규탄하며, 무서운 광경을 예언해 보이되, 그것도 잔학한 싸움의 지옥화인 경우가 대부분입니다. 그러면서도 가나안을 엿보여주어, 그들의 안주에의 꿈을 조금 위로해줍니다. 헌데 바알이나 바알세불 같은 신들은, 토지신이거나 풍요의 신의 성격을 가졌던바, 한 목축업의 수호신에게는 그중 무서운 대적이었던 것이지만, 헤맴과 싸움에 지친 저들에게는 가장 유혹적인 신들이었던 것입니다. 여호와의 질투와 진노는 이제 거기에 싹틉니다.

그런데 이제 예수가 출현합니다. 이 예수의 출현은 하나의 무서운 도전이었던바, 그러나 이번엔 전쟁 신 당자에게가 아니라, 옛 약속에 머리가 굳어진, 보수적인 사고방식의 인간들 자신에게 대하여서였습니다. 인간의 율법으로는 도대체 정죄할 죄가 되지 않는 저 예수를 그래서, 이미 정죄된 바라바와 바꾸어서 처형한 예는, 그것을 단적으로 증명해주는 것입니다. 싸움 대신에 화해를, 미워함 대신에 사랑을, 제척 대신에 사해동포주의를, 무엇보다도, 땅 대신에 하늘의 소망을 부르짖는 그는, 그들에게 있어 하나의 적이었던 것입니다. 그러나 그들은, 자기네들이 약속된 땅에 이미 닿아, 정착하고 있다는 사실을 잊고 있었습니다. 그러나 그들이, 그들의 신이 약속한 것을, 그 땅에서 다 받았었다고는 믿어지지 않습니다. 반면에, 저 이방인들의 로마가, 세계의 장엄한 그늘을 덮고 있으면서, 땅의 기업에서 기대될 수 있는 온갖 것을 누리고 있었습니다만, 그것은 동시에, 지상적 소망의, 지상적 낙원의 한계를 보여주는 것이기도 했습니다. 여기에 이르러서는, 여호와 편에서도 이제는 아벨의 것이 아니라 카인의 제물을 용납하지 않으면 안 될 처지에 이르는 것이었습니다. 그래서 그는, 한 번 더, 자기의 백성을, 이번에는 비실재의 험로로 이끌어내, 하늘나라라고 일컫는, 제 이의 약속된 땅에의 소망을 심어주지 않으면 안 되게 되었던 것입니다. 이 소망은 그러나, 그들의 것만은 아니었고, 땅에서 사는 우리 모두의 것이었는데, 여기에서 비로소 여호와 신격의 확산과 보편화가 성취되는 것이었습니다. 그러자니 신 자신의 세상화가 서둘러지고, 자기 성격의 재증축까지도 필수적으로 따릅니다. 허지만, 심지어 「계시록」을 쓴 당자 요한까지도, 그와 같은 신의 의중을 몰랐다고 보는 것이 옳을지도 모릅니다. 그는, 예수에 의해, 여호와의 신격이 완전히 개조되고 변질된 것을 개탄하고, 사탄과의 최후의 전쟁 광경을 펼쳐 보임으로써, 구식의 여호와, 자기네 선조의 목축업의 수호신, 역사적 배경을 고려하면, 별로 싸움을 잘하지도 못했던 한 군신(軍神)의 수명을, 할 수 있는껏 연장해보려고, 마지막의 애국적 슬픈 시도를 하고 있는 것입니다. 우주의 주재 신으로까지 승격 보편화된 신을, 요한은 그렇게 해서, 억지로, 자기네 사촌 간의 작은 전쟁 신으로 유배 폐쇄시키려 한 것입니다. 그것은 그가, 너무 충직하고 순우한 탓에, 사리를 오착한 것인지도 모르는데, 그래서 「계시록」은 신 자신에게나, 우리들, 요한네 영원한 이방인들에는 슬픈 책입니다. 선택받은, 자기네 열두 지파에서만 구원받을, 십사만사천 인의 하나님, 질투 많고 복수심 많으나, 팔다리가 별로 굳세지도 못하여, 자기 집 아래층에 세 든 무뢰한 한 놈쯤 아직도 쫓아내지 못한, 늙은 신의 이야기—그것이 「계시록」입니다. 소승이 감히 이렇게 말씀드리는 것은, 여러분의 하나님에의 찬양이며, 영광 돌리기이며, 그가 태초부터 예비했던 모든 것이 예수에 의해 다 이루어졌다는 것을 믿는 소이에서입니다. 이제 와서는 불필요한 말씀이지만, 예수가 참으로 여호와 당자인가, 또는 그의 아들인가 아닌가와도 별개의 문제라는 것을 강조했으면 싶은바, 좀 이상스러운 말로, 영매 접신을 통하여서라도, 한 인간의 정신이, 신 자신으로까지 고양될 수 있다는 것은 괄목할 가치가 있습니다. 그리고 부정하여서, 신은 아예 없었다고 치더라도, 한 인간에 의해 신이 자리를 확고히 하고, 복음이 전파되며, 그 복음 아래서 세계에 덮였던 어떤 그늘에 양지가 좀 비낄 수 있었다면, 그것은 확실히 '이뤄진' 상태인 것입니다. 예수 자신도, '다 이루어졌다'고 선언하고 있던 것입니다. 이 선언은, 한 민족의 수호신이, 어떻게 우주의 주재 신으로까지 자기의 지위를 확보해갔는가 하는, 그 간난신고의 종언의 의미였던 것입니다. 그 의미는 또한, 지하층에 난입하여 질탕질을 치고 있던 악마까지도 항복 받았다는 것이기도 합니다. 사실에 있어, 요한이 백일몽을 통해 밧모 섬에서 본, 저 악마의 참패의 광경은, 예수가 숨을 멈추었을 때, 세상이 닫기며 캄캄해졌던 저 '제9시' 속의 풍경의, 저 '白'으로의 재유입(再流入)이었을지도 모르는데, 저 '극소의 시간' 속에서는 언제나, 흐름이라는 것이 순서 있게 나타나는 법은 잘 없기 때문입니다. 요한은 그러한 외경스러운 광경을 접하곤, 그것을 미래의 풍경의 예시라고 착각했을지도 모릅니다. 시간성에서 따져보면, 반복되지만, 미래란 과거의 집적에 불과하므로, 그것이 현재화할 때, 하나의 신기루 같은 것을 '심소의 시간' 가운데에다 재연할 수 있습니다. 헌데 저 '제9시'는 너무 어두웠고, 사람들은 공포에 질려, 그 한순간의 암흑을 통해, 암흑이 분쇄 당하는 것을 볼 수 없었다가, 그것이 요한에게 재현된 것인지도 모르는 것입니다. 이런 의미에서라면, 우리는 요한에게 감사하는바, 요한에 의해서, 저 '제9시'의 인봉이 뜯겨, 백일하에 드러나게 된 것이기 때문입니다. 그러면, 예수는, 다만 하나의 강렬한 빛으로서만 저 암흑을 깨뜨린 것에 불과한가, 아니면 그것과 함께, 우리들께 다른 것을 더 성취시켜 준 것인가, 그것이 또한 궁금해집니다."

나는 잠깐 쉬고 다시 이었다.

"그 점을 밝히기 위해 소승은, 소승이 격렬히 다툼해온 저 '원죄'의 의미가 무엇이었는가를 상기시키는 바입니다. 그것을 소승은 '죽음' 자체라고 했던 것입니다. 그런데 이 '죽음'들 속에서도 순화되지 못한 것이 가는 곳을, '지옥'이라고 하며, 그곳은 사탄에 의해 치리되고 있다고 알려집니다. 허나 소승은, 한걸음 더 나아가, 지옥이란, 생시에 지었던 죄업으로 인하여 고통받는 장소가 아니라, '죽음' 자체의 또 다른 이름일 뿐이라는 것을 거듭 강조하는 바입니다. 왜냐하면, 한번 죽은 몸은 두 번 다시 죽지 못하며, 영(靈)은 영생으로(「로마」 8: 6, 「고린도전」 15: 42~50) 반복되지만, 육신을 잃어 염태(念態)만을 갖고 있는 존재에게는, 고문이란 체험되는 것이 아니기 때문에, 만약에 고통으로 하여 죄과를 삭이고, 영혼을 맑혀야 한다면, 이 세상 말고 그런 고장이란 없을 것이기 때문입니다. 그러므로 이 세상적 죄가 완전히 구속되지 않은 혼령이 있다면, 그 혼령을 위해선, 한 번 더, 심지어는 억천만 번을 더 이승에 던져, 그 죄과에 해당하는 살[肉] 을 입히는 것일 터입니다. 살이란 고통의 전 장소인데, 그래서 이제 지렁이로도, 쥐로도, 박쥐로도, 굼벵이나 소로도 태어날 것인바, 생명은 그 크기나 무게에 있어 비록 같다고 할지라도, 형태가 다르다는 그 비극적 한계에 의해, 비로소 고난이 시작되는 것입니다. 굼벵이는 참새에게 쪼이고, 참새는 솔개에게 채이며, 솔개는 뱀에게 휘감기고, 뱀은 독수리 발톱에 찢김을 당합니다. 그렇다고 소승은, 이 세상은 고해라고만 생각하는 것은 아닙니다. 소승으로서는 몇만 번이고 돌아와, 이 세상은 살 만한 고장이라고 믿고 있는 중이기도 합니다. 어쨌든, 비록 신이라더라도, 영으로서는 고통받을 수 없다는 것, 영으로서는 죽음을 포착할 수 없다는 것, 육신에 한 번 억류당했던 혼이 아니면, 고전적 의미의 유계(幽界)에의 여행을 성취할 수 없다는 것, 이것이 신이 '인간의 아들'의 살을 입어 세상에 나타난 관건인 것입니다. 그러므로, 대자대비로 하여, 죽음을 포착하여, 그것을 항복 받으려면, 신으로서도 자연적인 과정을 밟아, 필멸될 살을 취하지 않으면 안 되었던 것이고, 그 살이야말로 죽음 자체라는 것을, 자기의 죽음으로써 보여주기에 이르는 것입니다. 그러나 그는, 나사렛에서 한 사자(死者)를 살려 일으킴으로써, 자기의 죽음에서 자기가 어떻게 살아날 것인가를, 가장 육적(肉的)인 형태로 예시했긴 했습니다. 이 예시는 우리에게 한 중생(重生)의 소망을 심어줍니다. 아시다시피, '옛 약속'에는, 땅에 대한 약속이 전부라고 해도 과언이 아니었으며, 심지어 모세까지도 '열조에로 돌아갔을' 뿐 고혼들이 모여 화목하게 살 땅에 대한 희망은 거의 없었습니다. 그러던 것이, 인현한 신에 의해서, 우리의 집단적 염원이 성취된 것이 보입니다. 우리의 죽음은 그래서, 하나의 희망으로서 우리 앞에 놓인 것입니다. 삶은 그럴 때, 조금이라도 비참하다거나, 고통스럽다거나, 고독한 것으로 여겨질 것은 아닙니다. 똥과 오줌 속에서 발효된 보석입니다. 죽음의 극복입니다. 아담이 따 내렸던 실과의 반환입니다. 그래서 전에 쓸쓸하고 외롭던 음계(陰界)에, 지금은 대자대비한 신의 대자대비한 손이 있어, 아직 순화되지 못한 영들에게, 그들의 업에 알맞게 재단한 살을 입혀, 슬픈 눈으로 이 세상으로 떠나보내며, 하직의 손을 흔드는 것입니다. 떠나오면서도 그러나 우리는 죽음에의 소망을 갖고 있습니다. 원죄의 극복입니다. 신이 죽음으로써 보여주고, 극복하고, 성취한 전부의 내용이 그것입니다. 첨부할 것이 있다면, 바르도의 몸이 전부, 삼 일이나, 사십 일이나, 사십구 일 안에 어디론가 헤어져 가며, 하직의 손을 흔드는 것은 아니고, 어떤 혼은 오백 년에서 천 년까지도 배회하고 있다는 것인바, 그 역 업에 의해서이겠습죠. 업이겠습죠.

그러므로 이제 우리는, 다시 살아난 나사렛의 사자는, 우리의 죽음을 대신하지 못하였는데, 어째서 예수의 죽음에는 우리 모두가 가담되어졌는지 그 것을 두고두고 생각해보며, 그래서는, 저러한 공통적 또는 집단적 형태를 입어버린 화해와 고통의 모습에다, 자기의 개인적 아픔과 설움으로 엮어진 가시관을 씌워주어 버린다면, 삶은, 그리고 죽음도 하나의 은총으로서 주어진 것으로 알게 될지도 모르며, 마음엔 감사와 열예가 넘치게 될지도 모릅니다. 자기가 외롭다고 생각할 때마다, 고통스럽다고 느껴질 때마다, 언제든 그래서, 저 십자가 위의 사내의 무섭게 아파하는, 친구도 없는 얼굴을 떠올리면 되고, 그 아파하고 있음이, 그 고독이, 자기 것의 대신이라고 믿으면 되는 것일 것입니다.

그러나 사실에 있어, 모든 것이 우주적으로 이뤄져 버린 그때부터, 모든 것은 새롭게 시작되어버렸다는 것을 우리는 간과할 수는 없을 것입니다. 이 시작은 보다 다양화해지고, 보다 복잡화해지고, 보다 내밀스러워져 버려, 그때부터 인간은 더욱더 의혹하고, 더욱더 방황해야 하며 더욱더 고독하지 않으면 안 되게 된 것이 사실이기도 합니다. 저 마지막 신의 죽음은, 모든, 우리들의 밖에 있어, 우리로 하여금 외적으로 대적케 하고, 또 외적으로 따르게 했던 그런 외적 대상의 죽음을 함께해버렸던 결과였습니다. 이 의미는 그러니까, 외적 대상이었던 모든 것이, 우리 심소 속으로 내치되었다는 이야기와도 통하는 것입니다. 밖에 있던 사탄의 죽음이 우리들 심령 속에서 살아나고 있는 것이 그것이며, 우리가 깨어 있지 않으면, 산 채로 죽음 냄새를 풍기는 것도 그것이며, 땅 위에 있어서 우리로 하여금 몸으로 획득케 했던 천국이 땅에서 사라져버린 것도 그것이며, 심지어는 시내 산자락에 불 피우고 살던 신령까지도, 우리들의 밖에선 사라져버린 것입니다. 이것은 인간이 보다 성숙되었다는 의미일지도 모르지만, 이 의미는 또한, 우리가 보다 복합화해진 비극에 당하지 않으면 안 되게 되었다는 의미일지도 모릅니다. 까닭 없이 불어나는, 인간관계에서의 긴장, 어디서 비롯되는지도 모를 초조, 불안, 견딜 수 없는 외로움, 불행감, 절망, 그런저런 독 묻은 화살들이, 방향도 시간도 없이 날아와서, 우리들의 심령에 꽂혀 듭니다. 그러나 그럴 때일수록 우리는, 우리 마음의 향방(向方), 우리 마음의 정처(定處)를 잘 살피고 깨달아, 자기 속으로 이주해온 하나님, 자기 속의 중생(重生), 자기 속의 천국을 불씨 가꾸듯 가꾸는 데 게을리해서는 안 되며, 자기 속으로 침입해 든 악령, 사리고 든 죽음 같은 것들을 잡초로 알아, 솎아내는 데 전력을 다하지 않으면 안 되리라고 믿습니다. 그러기 위해서, 촛불이나 무슨 물질적 대상에 의하여, 흔들리는 마음을 한 점에 붙들어 매려는 것보다는, 저 마지막 신에 의해 획득되어진, 자기의 불멸성 위에 명상하는 것이 좋으며, 자기를 그것 속에 끊임없이 귀의시켜 가려는 노력은 훌륭하다고 믿습니다. 그러는 동안에 우리는 다른 하나의 새로운 사실을 발견하게 될지도 모르는데, 전에 외적 대상이었던 것들이 내치된 데에 반해서, 전에 내부에 있었던 어떤 것 하나가 외적 대상으로 환치된 것, 즉 자기의 불멸성이 살을 입어, 해골의 골짜기에 심긴 나무에 매달린 것을 보게 될지도 모른다는 이것입니다. 어쨌든 명상을 통해, 그 모습을 떠올리는 것은 필요하며, 이러한 명상을 여러분은 '은밀히 하는 기도'라고 표현하는지는 모르겠습니다. 그런 기도를 통하여 그리하여, 저 외적으로 환치된 '불멸성'이, 어느 날 다시, 밖에서는 찾을 수 없게 되었을 때, 그리하여 개인적 불멸성에 제휴되어버렸을 때, 그 심정을 차지하여 그늘을 드리우고 있었던, 죽음이며, 악귀며, 필멸성이 극복되어져 버린 것을 알게 될지도 모릅니다. 그러나 이 상태는 기독을 섬기는 여러분 교의의 종언입니다.

그럼에도 소승은, 어째서 여러분 교의의 신도는 아닌가—이러한 물음에 대한 소승의 소박한 한 대답은, 저 해골 속에 뿌리내린 나무를 사라쌍수에 비유할 수 있다면, 그 한 가지는 불멸성이며, 다른 가지는 필멸성인데, 하필이면 무엇 때문에, 기독의 이름 아래에서 나 자신을 믿어야 하는지 그것을 모르겠다는 것뿐입니다. 그것은 더욱더 힘든 일임엔 틀림없지만, 그래서 소승은, 소승의 짐을 소승 자신이 끝까지 지게 되기를 바랄 뿐인 것입니다. 이것이, 저 마지막 인신(人神)—소승의 짐을 위해 하늘의 어디에 있는 구레네에서 와줄지도 모르는 시몬, 예수와 소승과의 사이에 끼인 하직입니다.

그러면 여러분의 주 안에서 평강들 하십시오. 옴마니팟메훔."

3

나는 그리고, 까닭을 알 수 없는 허탈로 하여 견딜 수 없어, 장로께 귓속말 하여, 잠깐만 혼자 있을 수 있도록 주선해줄 수 없겠느냐고 하였더니, 그가 머슴들에게 시켜, 나를 안채의 그의 서재에 옮겨다 주었다. 그는 다른 말은 없이, 다시 집회 방으로 나갔다. 그로부터 그들은 먹고 마시며, 그들의 주일을 보내다 헤어졌을 것이었다.

혼자가 되고 보니, 나는 왠지, 알맹이가 빠져버린 채 해변에 구르는 소라 껍질이나 무슨 그런 기분이 들었다. 어쩌면 장로의 손녀딸이 손수 내 점심상을 가져왔었던지도 모른다. 그러나 내게는 먹을 생각이 도대체 들지가 않았다. 그리고 어쩌면 그녀가 또, 붕산수 희석한 물을 한 대야 손수 가져와, 계집종처럼 내 발을 씻기고, 그 상처에다 기름을 바른 뒤, 새 무명 양말을 신겼었을 것이었다. 그러는 동안 나는 어쩌면, 그녀의 냄새를, 그녀의 품위를, 그녀의 전부를 사랑하고 있었다. 허나 그것뿐이었다. 저녁상 앞에 앉혀졌을 때까지, 나는 그냥 내 살이 썩은 묽음 위에 촉루로 얹혀 있다가, 저녁밥을 먹고 났더니 몸에서 조금 땀 냄새가 번져 올랐다.

저녁상을 물리고 났을 때 나는, 장로께, 교회를 헐어내는 일에 나도 부려줄 수 없겠느냐고 물었더니, 장로나 그의 손녀딸은, 처음엔 웃었고 다음으로 좋은 말로 반대했으나, 그렇다면 이 저녁으로 하직 인사를 올리는 것이 폐를 줄이겠다고 솔직히 말했더니, 그에 이르러서야 내게 허락을 했다.

"정 그러시다면, 허긴 짐 수를 헤아려주는 일쯤이라면 즐길 만도 하리다. 허고, 취침하기 전에 발 치료를 좀 받으셔야 안 되실까? 아, 그리고 얘야, 난 너의 아비와 긴히 상의할 것이 있어 나가 봐야겠구나. 대사께서는 모쪼록 실례를 용서하십시오. 나가는 길에 일꾼 불러 대사께서 완쾌해지신 대로 같이 일하시겠다고 십장께 일러두라고 하리다."

장로는 좀 수다스레 떠들며 일어섰다. 나도 일어섰더니, 장로는 나무라는 투로 말렸으나, 일어서서 발바닥에 무게를 주고 보니, 차라리 시원했다. 아마도 내 병은 조금쯤 호화기를 띠고 있었던 모양이었다. 이런 정도라면, 내일부터라도, 짐 수 헤아리는 일쯤은 시작하고도 남을 듯했다. 나는 물론 그러기로 스스로 작정했지만, 그러나 내가 무엇 때문에 갑자기 노동을 자청했는지는 나 자신도 모른다. 어쩌면, 스승이 보내서 들러본 장로네와도, 이제는 하직할 때라는 것을 막연히 느꼈던지도 모른다. 그런 문제는 아무튼 나중에, 한 삼 년 후에라도, 생각해보아도 늦지는 않을 것인데, 충동이 언제나 나의 길잡이였던 것이다.

하루도 제기럴 다 가고 있던 중이었다.

제18일

하루나 이틀쯤만 더 쉬면 발이 완쾌해질 터이니, 그저 눌러 하루만이라도 더 집에서 묵어 공사판으로 나가라는 장로의 온정 있는 부탁에도 불구하고 나는, 이른 조반 먹는 그 댁의 일꾼들과 같이 어울려 배불리 먹고, 그 길로 공사판으로 나갔다. 물론, 침모 아주머니가 내밀어 준 한 벌의 노동복과 노동화를 입고 신고서 그런 것이다. 그것들은 어떤 내 크기만 한 머슴의 것이었을 것인데, 풍더분하고 편했다. 해골은 물론 지참하지 않았고 나 쓰던 사랑방에 놓아둔 채였다.

아직도 대단히 가렵고 무쭈룩한 증세만을 빼놓는다면, 발은 대개 나은 것도 같은바, 그 화상은 글쎄 워낙이 심한 것이 아니었었고, 그들 또한 불로 엄포만 하여 내가 내놓을 꼬리나 보려 했던 것이었다. 허지만 내 꼬리는 궁둥이에가 아니라 어쩌면 내 머릿속에라도 있었을 것이었으니, 불로 그을리기를 화장하듯 했다고 하더라도 그것이 튀어나올 리가 있었을 것인가. 그것을 백일하에 드러내놓은 짐승에게 있어서 그것은 일종의 아름다움이기도 하지만, 그것을 은폐해놓은 짐승에게 있어서의 그것은 추악함의 모든 내용이 그것일지도 모른다.

관청과 상점과 술집으로 이뤄진 것이 만약에 읍이란다고 말할 수 있다면, 이것은 어쨌든 읍을 위해선 이른 시각이었다. 장로네로 통하는 장로네만의 생나무 울타리 가운데 길을 길게 빠져나오니, 한 가는 줄기의 아주 맑은 냇물이

가로 흐르고 있어서, 거기 엎드려 나는, 이똥이며 얼굴의 개기름을 씻어내고 소매 끝으로 문질러 닦아내고 나니, 갑자기 하늘이 맑은 것이 기억났다. 그 도랑 위로는 두 대의 달구지가 서로 비켜서 지날 만한 돌다리가 얹혀 있어, 들것에 실려 내가 장로네로 가고 있던 석양엔, 나는 거기에 도랑이 건너가고 있다는 것은 몰랐다. 그때 허긴 난 좀 앓느라고, 아무것도 본 것 같지가 않다. 그 돌다리를 건너서야 나는, 오랜만에 내 옛날의 가난했던 호흡을 찾은 듯했다. 장로와 그의 손녀딸, 그리고 그 큰 집에서 일하는 모든 사람들의 후덕과 호의의 울타리 속에서 나는, 왠지 짐스럽기만 하던 것이다. 천대와 멸시 속으론 스스럼없이 걸을 수 있었던 나는, 후덕과 호의 속에선 그저 몸이 껄끄럽던 것이다. 후덕과 호의에 내가 길들여본 적이 없었던 짐승이어서 그런지 어쩐지는 몰랐지만, 그 댁에서 내게 던져준 부스러기는 내게 너무 기름졌다.

어쨌든 이 시각은, 읍을 위해서는 적이 이른 시각이었다. 상점이라고 생각되어지는 함석지붕을 한 집들도, 판자문을 한쪽씩만 비시켜 놓았거나, 꽁꽁 처닫고 있으며, 여인숙 앞이 조금 후끈했을 정도였는데, 그것은, 팔아서 생계를 이을 나뭇짐을 받쳐놓은 촌사람이 피우는 엽초 냄새 때문이었다. 스승과 나도 그렇게 연명해왔었다. 그리곤 오줌 마려운 똥개들이 맴돌이를 치거나, 똥구멍 냄새를 맡고 있고, 이런 시각의 읍은 대체로 그런 것이다. 얌전이편물점. 금방. 유리방. 학청. 법청. 연초청. 소금청. 혈세청. 농업은업. 상업은업. 최선은업. 최덕은업. 갈보은업. 남창은업. 읍산파네. 장의사. 포도청. 수의소. 침술집. 철물전. 어물전. 푸줏간. 지물전. 닭전. 쇠전. 옷감전. 옹기전. 싸전. 왕대포집. 순대국집. 국수전문집. 국밥옥. 서향집. 동편관. 남한루. 북새통집. 덕산조빨소[調髮所]. 씨발[市ㅡ] 목욕탕. 과택바느질. 개장국집. 우족탕. 돼지꼬리곰탕. 황토고개 점포. 생사탕. 읍내식당. 똥집구이. 수도청. 흘레돋집—수도청, 저 높은 쌍대문은 성처럼 닫혀 있고, 법(法)이 살이 되어, 술 속에서 썩는 냄새가 암내처럼 풍겨나고 있으나, 그 문밖에 나뭇짐을 받쳐놓고 있어야 할 홍도의 애인의 촌스런 얼굴이 안 보인다. 그중에서, 꼬리곰탕이며 순댓국 같은 한두엇의 전문집을 빼놓고는, 그러나 아직 아무것도 개시 안 하고 있고, 지푸라기며, 밤이슬에 젖은 휴지 나부랭이나 널려 있을 뿐인데, 유리로도 통하고 교회로도 통하는 목교를 나는 건너고 있었다. 신선하고 청명한 아침이었다.

내가 회당에 도착하고도 한참이나 더 있어서야 해가 장로네 울 뒤쪽 어디서 솟아올라 왔고, 십장과 두통쟁이 등이 헌칠한 얼굴로 올라왔다. 그들은 내게 반갑다는 뜻을 표하느라고, 얼굴을 너무 일그러뜨려 우는 상을 지었다. 그래, 우리는 친구들이었었다. 어느 날 이 우정이 갑자기 식어진다고 하더라도, 그것은 겁낼 것이 아닌 듯하며, 세상은 이만쯤 따뜻해도 좋았다. 식었을 땐 또, 그만큼 세상은 차가워도 좋은 것이다. 발이 나승 것 겉은개 기쁘다는 둥, 시님이 요런 일 히어묵을라먼 심이 씨일 것이라는 둥, 히어도 재미를 붙이먼 히어묵겄응개 자기들도 허고 있는 게 아니냐는 둥, 하고 말하고, 십장은 내게, 그동안 일이 어떻게 진척되어 왔는지를 보여주었다. 물론 나는, 벌써 둘러본 바였고, 그래서 목자가 살았던 집이 주춧돌도 남기지 않고 사라진 것을 알았고, 회당의 지붕도 반쯤이 뜯겨 난 것을 보았었다. 지붕의 구멍들로부터 탁하게 쏟겨 들던, 그 빛의 유수(幽囚)들도 떠났던 것이었다. 시무 종, 점심 종, 종무 종을 위해서, 종각은 맨 마지막까지 두어둘 것이라고 했다.

"자 보시제라우, 조쪽이 옴팡하잖냐고라우? 인제 부인네서껀 인부들이 올라오면 말이제요, 지게다 져각고 조 옴팡헌 디다 부리는디, 거그를 잘 메꾸고, 터를 워처키 잘 딱고 보면 말이요, 여그가 아매 무신 공청 하나 실 자리는 될 것도 겉여요. 그라고 써까래서껀, 무신 태울 만헌 것들은이라우, 조쪽 벨랑 안 걸개칠 만헌 디다 쌓아놓는디요, 화목으로 쌈직허게 돌라는 디가 많응개요. 헌디 시님이 허실 일은 그렇제라우, 저그 앉아서나 말씸이요, 한 짐 지고 감선 지 번호를 불르먼, 바를 正 자를 맹글어 나가기만 허면 되는 것이구만이요이. 헌디 워떤 사람덜은, 물론이사 장난이로시나 그라겄지라우만, 짐을 부리놓고 감선도 지 번호를 불르는 수가 있잉개, 고것이나 좀 눈예겨보아 줘겨라우, 허고시나, 니얼은 수건이던 머시던 머리에다 좀 쓰고 오세야지, 낭중에는 햇볕이 뜨겁울 것잉개요."

그는 그리고, 반을 접어 주머니에 찔러두었던, 겉장에 흙 때 묻은 공책을 하나 건네주고, 연필을 하나 들려주었다. 그러는 새 인부들이 대강은 모여 회당 뜰에서 웅성대고 있는데, 십장이 그들 가운데로 나아가며 목청을 높인다.

내가 눈으로 얼른 세어보니, 내가 여기로 왔던 첫날 발을 그을리고 앉아 있었을 때, 그중의 한 관객이었으나 쫓겨 간, 그 파리한 소녀까지 합쳐, 아낙은 넷이었고, 허리 굽은 늙은네까지 합쳐 사내는 열한 명이었으니, 전원 열다섯이었고, 십장 일당까지 가산하면 스물하나였다. 나중에 안 것이지만, 미장이는 미장이라서 미장이 일을 하는 것이 아니고, 그저 막일을 해대는 것이었는데, 그들은 뜯고 허는 일을 하면, 다른 품팔이들이 져다 나르는 것이었다.

"모도 그랑개 들어들배겨라우. 여그 지시는 시님 보제라우? 요 시님이 오늘부텀은 댁네들 짐 수를 매길 팅개 모도 고렇게 알라고라우. 그라고 번호는 어제 그대로고라우. 오늘 일도 요령은 어짓 일이나 같응개. 쪼꿈석만 더 짊어져 돌라고라우. 나는 댁네가 다섯 짐을 지던 오백 짐을 지던 고건 상관헐 것 없겄소."

그런 뒤에야 일은 시작되었다. 도대체 한 짐 지는데 아낙이 얼마며, 노인은 얼마인지는 모르겠으되, 번호 아래에다 바를 正 자를 그려나간다는 일은 쉽고, 무던하고, 즐겁고 正 자가 아직 한 획이 모자라다거나 할 때엔 내가 괜스레 초조하기까지도 했다.

"듣장개, 요 시님이 이원(의원)이람선이요이?"

해가 대개 반나절쯤은 올라왔다 싶자, 몸에 땀들이 돋았나 봤다.

"왜 또, 중리댁이 머슬 잘못 묵었단댜?"

"여보쑈 사둔, 잘못 묵을 거시기라도 있으면 요런 품팔이 안 오겄소이."

"그라먼 백찌 이원은 왜 찾는디야?"

"중리댁 배앓이는 이원 각고는 안 될 것잉구만이. 그저 입짐(김) 돈독이 쐬넣고, 고 아픈 배에다가시나 뽕잎이나 발라두는 수배낀 없을 겨."

"넘은 묵을 것도 없어 탈이라는디, 사둔 영감은 무신 배앓이 이약이다요 이약이?"

"글씨, 못 묵어도 배가 씨린 벱이그덩. 워디 입으로만 못 묵어서 배가 씨린 벱이라야 말이제."

"고거 뽕잎만 붙이놔 바도 회렉이 있는 것은 아니답디다. 한 바리 실한 누에로서나, 고놈의 뽕잎 맞창을 내야 된다는디."

"시님, 거 바를 정 자가 암만 바르대도, 거 무신 글짜에 눈 달리고 입 달렸답더?"

"우리는 말이라우, 고놈의 바를 정 자, 바르게 맘묵고, 바르게 맹글라고, 뻬를 토막 내다 본개라우, 뫔이 바르덜 못허고, 뫔이 삐틀어지는디."

그러는 새, 대개의 사내 일꾼들이 스물다섯에서 서른 짐까지 지고 있을 때 아낙네들도 대개 스무 짐씩은 지고 있었는데, 한 가냘픈 목소리는 그때 겨우 열 짐을 부리고 있었다. 그 야윈 계집아이였고, 아마도 체력이 영 부달리는 모양으로, 눈이 휜창까지도 누르스름한 데다, 가는 손가락들은 떨고 있었다.

"일이 무척 벅찬게요, 그렇지?" 하고 내가 물었더니, "뭐 그렇지도 않아요. 게으름이 나서 그러는걸요" 하고, 거의 매정스러울 정도로 대답해서 나는, 그 애에게 너무 사치스럽게 굴었다는 것을 깨닫지 않으면 안 되었다. 그러며, 나 같은 한 건강한 녀석이, 노닥이며, 병자라도 해낼, 글자 메꾸기나 하고 있다는 것에 대한 수치감이 일었다.

시간이 갈수록, 그 애의 성적은 점점 떨어지고 있었다. 보기에 아주 기진맥진해 있었다. 그러나 나는 할 수 있는껏 그 애를 외면해버렸고 그런 대신, 무심히 무릎 위를 드러내고 북북 긁기가 일쑤인, 중리댁의 허벅지나 건너다보았다. 얼굴은 비록 그을려 검고 탁했으나 그 허벅지에 괴인 붉은빛은, 밤중에 도착한 뱃고동 소리 같아서, 좋아서, 옻칠한 숟갈이라도 하나 있었으면, 그저 내가 속이 가려워 환장하고 나자빠질 만큼이나 한하고, 그 붉은 소리를 좀 퍼먹어 보았으면도 했었다. 그러고 보니 시장하기도 했는데 시큼떫떨한 애능금 다섯 개를 점심 삼아 씹어 삼키며 언덕을 내려가, 나는 냇물에 발을 잠그다 올라왔다. 중놈이 고기 맛을 보면, 절간 빈대를 안 남긴다더니, 중리댁 허벅지를 내가 개의해쌓던 것으로 미뤄보건대, 내 살 속에 양기가 좀 채워가나 보다.

종무 종이 울리고, 회계꾼이 발부한 어제 일의 전표를 오늘 받아 쥔 인부들이 내려가고 난 뒤에도 난 거기 좀 남아서, 하루의 마지막도 즐길 겸 숨을 좀 돌리고 있으려니, 일의 마무리를 보느라 아직도 남아 있던 십장이 내 곁으로 오며, "요런 일은 안직 몸에 배덜 안 히어, 참 애쓰씼구만이요" 하고 앉는다.

"웬걸입쇼. 너무 수월해 여러분께 죄송스런 생각까지 들었습니다. 그래 내일부턴 나도 등짐이나 졌으면 하고 있는데요, 나도 좀 끼워 넣어주셨으면 합니다만."

"아매 고 일은, 시님께 너무 심들 것잉만이요. 기양 짐 수 매기거나 허시제라우. 아까 장로님이 오싰다 안 가싰다고요? 장로님께서 솔찮이 염려허시더라고라우."

그래, 그가 한번 왔었다. 그리고 자기 집 일꾼이 점심을 가지고 왔었더냐는 둥, 이런 일은 할 만하냐는 둥, 발을 조심하라는 둥, 아주 자상스럽고 인자스러이 묻고 내려갔었다. 언덕을 내려가는 그의 흰 등을 바라보며 나는, 그가 나의 스승과는 다른 데에서, 어쩐지 아버지 같다는 느낌을 받았었는데, 그러고 보면 나도, 때로 얼굴도 알 수 없는 아버지를 그리워하고 있었던지도 모른다. 그것은 그리고, 하나의 슬픔 같은 것이 되어 어디론지 가라앉아버렸다. 아 그리고 물론 저 늙은 정원사가 점심을 가지고 올라왔었다. 그러나 그때는 오후의 일이 시작된 지 한참 된 때여서 저 파리한 계집아이에게, 내가 그 점심을 주어도 좋은지 어떤지를 물어보았더니, 그 애는 눈만 한번 치켜떠서 나를 보곤, 그걸 받아 샘 곁으로 갔었다. 그런 얼굴이 내게 싫지 않았었다.

"아, 그라고 시장허시겄소. 요건, 시님 오늘 수고허신 전표구만이라우."

"아니, 뭘 했다고 내게도 임금을 주시는 것입죠? 그리고 내가 알기론 모두 어제 일한 전표를 오늘 받은 걸로 아는데요."

"시님은이라우, 일당을 딱 정해놨응개요, 요것 몇 푼 안 되지만 말이라우, 받아서 접어 넣어둬겨요. 그라고 요렇게 여러 장으로 해드린 것은 말이제요, 쓰실 때 펜리허라고 그런 것인디, 밥집이나 점포에서 밥이나 물건은 줘도, 돈은 거실려 주덜 안 헝개 그런 것이제라우. 아 그라고 저어 시님 말씸이요, 니얼 저녁은 무신 일이 좀 있어서 그렇고, 니얼 말고 모레찜, 저녁이나 우리 집에 와서 드실 수 안 있으시겄는그라우? 오늘 아척(아침)에 일을 나올랑개, 마누라가 되시락을 들리 줌선, 모레 저녁찜, 시님이 틱벨히 볼일이 없으먼 좀 뫼싰으먼 좋겄다고 히어서요, 그래 내 참 착하다 싶은 생각에, 궁뎅이 멫 쌈 두둘기주고 안 나왔겄는개 비요이."

우리는 그래서 같이 소리 내어 웃었다. 그리고 고맙다고 내가 몇 번이나 말했더니, 그가 일어서며, "그라먼 더 앉아 기시다 니려가실랑그라우?" 하고 먼저 내려갔다. 내려가는 그의 뒤통수에다 대고 나는, 내일부턴 등짐을 지게 시켜달라고 한 번 더 부탁했고, 그는, 내가 고렇게 원한다믄이사, 자기가 시키고 자시고 헐 것이 있겄느냐고, 대답했었다. 그러나 사실에 있어 저 전표는, 그것이 얼마나 값이 되는 것인지 나는 알 수가 없었으며, 그것을 상점에 가져가서 어떻게 한다는 것인지도 몰랐지만, 어쨌든 내가 일해서 번 것이라고 생각하니 기뻐서, 접어서 주머니 속에다 넣어두었다. 그리고 만약 유리로 돌아간다면, 나를 기다릴 계집을 위해 알맹이가 큰 눈깔사탕이라도 살 수 있을 것이라고도 생각했다. 그러나 무엇보다도, 낚싯대를 하나 준비해다 놓아야 하는 빚도 있었다. 장로네에 무턱대고 폐만 끼칠 수도 없으니, 이 저녁부터라도, 아마 그것으로 일숙박 소도 구할 수 있을 것이었다. 나는 아마 지금 내가 중이기를 거부하고 있는 것이었다. 그리하여 나는 노동자이기를 바라고 있다.

읍은 저물고 있었다. 가는 눈으로 나는 그 저묾을 내려다보며, 나 때문에 낭자머리를 하고 비녀를 꽂은 계집이, 된장찌개를 구수히 끓여놓고 남정 오기를 기다려 사립짝을 내어다보며, 어린 녀석에게 젖꼭지 물리고 있는 것을 보았다. 그런 계집의 얼굴은, 중리댁의 것 같은 것이었어도 좋았을 터인데도, 그리고 유리의 계집의 것이었으면 더 좋았을 터인데도, 어쩐지 저 장로의 손녀딸의 얼굴이, 자꾸 안막에 껴들고 있었다. 내 참 착하다 싶은 생각에, 궁뎅이 몇 쌈 두둘기주고 안 나왔겄는개 비요이—나는 체머리를 흔들고, 이제 일어나려고 했다. 창자도 길들이기에 따라 엄살이 많아지거나, 아니면 正 자 몇 개 그어준 것도 일이었던지, 배가 고프던 것이다. 헌데 그때 좀 의외의 일이 내게 일어났다. 사람들이 모두 내려간 줄 알고 있었는데, 저 파리한 계집아이가 내 등 뒤 어디로부터 나타나 내 곁에 앉는 것이었다.

"아니, 아가씬 여태도 돌아가지 아니하였소? 시장할 터인데 말이지."

"전 남아 있게 되었던걸요." 그 애는 그렇게 또록이 대답했는데, 그 의미가 그러나 내겐 모호했다.

"그래, 그렇게 되었던가? 그래서 아가씬 여기 머물러 있겠단 말은 아니겠지러이?"

"아버진 목사라구 우리 엄마가 그러셨죠. 저 교회를 세웠답니다." 그 애는 내 물음에 대답은 없이, 뭔지 모진 얘기를 꺼내고 있었다.

"자 그럼 아가씨, 우리 같이 내려가세나." 나는 화제를 바꾸려 했다. "어쨌든 나도 배가 고프이."

"스님은 점심을 굶으셨으니 그렇겠죠. 그 점심을 헌데 왜 내게 주셨죠?"

"자 가자구. 내가 아가씨 사는 문전까지 바래다 드리지. 어머님이 기다리실 게 아닌가?"

"난, 저기 보이는 저 가운데 돌다리 밑에서 살죠. 거지들만 사는 데예요. 사내애들까지 일곱인데, 내가 그중 나이 많으니까 내가 대장이지요." 그렇게 말하며 그 애는 조금 킬킬거리고 웃었다.

"아 그러시군. 그럼 부하님들이 잔뜩 기다리겠군, 겠어, 대장 나으리."

"그렇겠죠."

"그럼 왜 남아 있지?"

"스님은 왜 남아 있으셔요?"

"나, 나 말인가? 글쎄, 난 한숨 좀 돌리고, 읍도 좀 내려다볼 겸, 그러다 내려가려구 그런 거지. 그래서는 안 되나?"

"거짓부렁 마셔요!"

이 애는 참으로 모진 애였다.

"짐 수를 스님이 열다섯 짐이나 더 불려주셨던걸요. 난 내가 일한 거 다 헤아려 꼼꼼히 알고 있었거든요."

"아 그렇게 되었던가? 난 좀 잘 기억할 순 없어도, 그랬다면 거 잘됐군."

나는 말을 그렇게 했으나, 그 애가 따지고 나서니, 어쩐지 쾌한 기분이 못되는 것이 그 애에 대한, 어쩌면 그것은 사치였을지도 모르는 연민으로 하여, 부정스럽게 내가, 남의 돈을 횡령해 그 애에게 얽어주었다는 생각이 새삼 들어 그런 것이다. 열다섯 짐이면, 그 애 일하는 품으로선, 거의 한나절 벌이는 되는 것이다.

"십장이나, 회계 맡은 사람들이 흔히 하는 짓이에요."

"그런 사람들이 흔히 하는 짓이라구? 그 속뜻은 뭔지 모르겠지만, 그러니 그런 일이란 있을 수 있고, 있어 왔댔군." 십장이나, 회계꾼들과의 공범 의식이 나를, 어처구니없이 위로해주었다. "바른 대로 말하면 말이지, 이렇게 말해도 화 안 내기를 바라지만, 아가씨가 좀 딱했던 거지. 내 보기에 아가씨는 말이지, 아가씨가 할 수 있는껏 열심히 했다구. 노력으로 따지건대 열다섯 짐쯤은 더 얹어줘도 남을 듯했더라니깐. 내가 이거 좀 우습게 말하고 있는 건 아닌가 모르겠지만 말야." 나도 참 딱했다. "어쨌든 알겠지, 내가 뭐라는지?" 나도 참 딱했다.

"모르겠어요."

"그럼, 십장이나 회계꾼들이 짐 수를 불려주는 데는 무슨 뜻이 있다는 고?"

"아시면서 그러셔요. 스님 참 엉큼한데요!"

이 애는 참 모진 애였다. 난 입을 다물고, 잠푹이 어두워지며 가로등이 켜지고 있는 읍으로 시선을 옮겼다.

"스님이 탁 깨 내시기를 꺼린다면, 제가 깨드리죠. 저와 자고 싶으셨죠?"

"자, 자, 자고 말인가 싶은가 말인가? 자, 자, 자고 말이지?"

"헌데 저 중리댁이라면 모두 탐내는데, 몸이 좋다고 허거든요, 헌데 스님은 어째서 절 고르셨죠? 점심까지 먹여가면서 말예요? 나도 좀 이쁜 데가 있어요?"

"가, 가만있어 보, 보세나, 아가씨가 지금 하고 있는 얘긴 무엇에 관해서지?"

"정 의뭉을 떠시겠다면 다시 일러드리죠. 그리고 얼른 끝내셔야 저도 내려갈 것 아네요? 스님이 날 타 누르고 싶으셨죠? 스님 눈으로 온종일 날 그렇게 보셨잖아요? 난 준비가 됐답니다. 지금 여기서라도 좋아요? 아무도 보는 사람은 없잖아요? 보아도 그뿐이죠."

이 모진 애는, 가래침 뱉듯 그렇게 말하고 눕더니, 치마를 걷어 올리려 한다.

"자, 이봐, 아 아직 그럴 것까진 없네." 나는 우선 말하고, 그 애의 눈을 찾았으나, 감고 있어서 눈이 없었다. "아마 뭔지, 우리 사이에 오해가 끼인 듯하군. 그러니 우리 천천히 얘기해보면 어떨까? 뭐 바쁜 일이란 없으니 말이지."

"참, 시시한 스님도 다 있으셔요! 그렇담, 자 되돌려 받으셔요. 내가 빌어서 얻는 공짜하고, 동정해주는 공짜하군 달라요. 이런 공짜에 대해선 난 조금도 고마워하지 않는답니다." 그리고 그 애는, 그 전표면 열다섯 짐에 해당하는지, 자기의 전표 중에서 석 장을 건네주고 일어서서 뛰어 내려가려고 한다. 이것은, 어처구니없었던 나의 산법이 별 빌어먹을 놈의 결과를 불러온 것이다. 성욕과는 무관했다는 것을 일러주기 위해, 내가 그 전표를 되돌려 받는다면, 그것은 또 얼마나 모자라고 이빨 빠진 노릇이 될 터인가. 또 가령, 색념이 발동한 탓이었다고 한다면, 자기가 정당히 번 전표로 계집을 사면 되었지, 어째서 하필이면 횡령한 재산으로 계집을 사야 되는 것인가. 어쨌든 일단 수습은 해놓고 볼 일이어서 나는 얼른 그 애의 치마꼬리를 잡아, "그럼 자네 말하는 식으로 말하지. 자 앉게나" 하고 우선 앉혔다. "아가씨 불두덩에도 거웃이 돋았는가 몰라? 내 그것이나 한번 쓸어보았으면 싶으구만." —만약에 색념을 일으키지 않는다거나, 일어나지 않는다면, 귓바퀴를 만져보거나 불두덩을 쓸어보거나, 그것이 어떻게 다를 것이겠는가. 그러나 듣는 당자 쪽에선 내가 귓바퀴를 만져보기를 원한다고 한다면, 아마도, 나를 비웃고 전표를 다시 건네주고 갈 것이었다.

"허지만 다섯 짐만 불려줘도 전 몸으로 갚았답니다." 그 애는 아마 자조하고 있었다. 내 목구멍은 슬픔으로 비렸다.

"아, 그래? 그럼 나하구 자세나. 그런데 이봐 아가씨, 난 배가 무척 고프다네. 뭐 좀 먹을 것을, 이것으로 좀 사올 수가 없을까 몰라?" 나는 그리고, 내게 주어진 전표에서 두 장을 내어놓았다. "이 정도면 될까 몰라."

"이만큼이면 너무 많아요. 이거 한 장이면." 계집아이는 한 장만을 뽑으며 계속했다. "싸구려 집에서라면 설렁탕 두 그릇 값이에요. 헌데 스님은 내가 닷새 일해서 번 것보다 더 번 것 같아요." 계집아이는 그리고 통통 뛰어 내려갔다.

이 황혼에, 내게는 모든 것이 어슴푸레하기만 하고, 무엇이 잘 분별되지 않았다. 무엇보다도 내가 내게 불쾌하고 슬픈 것은, 마음속으로부터 내가 저 계집아이에게 정을 느끼지 못하고 있는, 나의 저 차가운 심정이었다.

그러고 있는데, 계집아이가 올라왔다. 고기를 다져 넣은 밀가루떡 세 개에, 수리취 넣고 찐 시루떡 두 넓데기를 종이에 싸 가지고 왔는데, 그것들은 아직도 조금은 뜨뜻했다. 나는 시루떡만 하나 차지했고, 남은 것은 그 애 몫으로 주었다.

“고기는 못 잡숫게 되었다죠?” 그 애가 그렇게 물었다. 그러나 나는 한 번도, 그런 걸 생각해본 적은 없었다. 고기를 먹어볼 만한 형편이 아니어서 못 먹었던 것뿐이고, 고기 맛이 그래서 어떤 것인지도 모르게 된 것뿐이다.

“여긴 이내 이슬에 덮일 거예요. 지붕이 있는, 저 회당 안으로 들어가지 않을 거예요?”

식후에, 내가 멍하니 있으며, 읍 거리의 가스등이나 내려다보고 있자니, 저도 웬만큼 배가 불러졌는지, 시루떡을 반쯤 남기며, 계집아이가 그렇게 제안했다. 그 애는 나이보다 다섯 살쯤은 더 슬기롭거나, 보기보다 다섯 살은 더 늙었을지도 모를 애였다. 그래서 기억해보니, 장로가 했던 이야기 가운데, 이 애의 어머니일 것이 분명한, 저 여 전도사가 애를 배고, 이 고을을 떠난 것이 십구 년 전인가 된다고 했었다.

“이거 실례될 말 같지만, 대체 아가씨 나이 몇이나 되는고? 보기대로만 말한다면 말이지, 아무리 많게 잡아도, 열여섯 정도로밖엔 안 보이는데 말이지.”

“호호호, 두 살이나 더 어리게 보여요? 열여덟인걸요.”

“아, 그렇게 되었군.”

“그래요. 허지만 못 먹고 자랐기 때문에 이렇게 작고 마른 걸 거예요. 어쨌든 지붕 밑에로 가셔요 네?”

“그러기로 하지.” 우리는 일어서서, 아직 덜 헐려 내린 지붕 밑으로 가 자릴 잡고 앉았는데, 공교롭게도 거기는, 그 애의 아비가 무너져 내리던 바로 그 언저리였다. 거기서 그리고 지금 나는, 그의 딸과 성교를 하려고 하고 있는 중인 것이다. “아버지가 목사라고 했었지 아마?”

“그래요, 허지만 얼굴은 못 보았네요.” 계집애는 대답하며, 내 곁으로 아주 바싹 다가앉았는데, 그 애의 머리칼에선 땀이 푹 쉰내가 풍겨 나고 있었다. “어머닌 날 배가지구 다른 읍에 가서 날 낳았거든요. 어머니가 죽었기 땜에 난 여기로 왔었죠. 날 여기로 보냈답니다. 온 지 세 해째 나고 있어요. 헌데 듣기로는요, 아버지는 내가 나기도 전에 죽었을 것이라고 해요."

"아버지 묘소가 어디 있는지는 알고 있겠군." 난 이 애가 죽어서 기도대 위에 엎드려 있었던 자기 아버지에 대해, 알고 있었는지 어쩐지 그것이 궁금해, 둘러서 물어보았다.

"아버진, 저 기도대 위에 엎드려 있었답니다. 이 읍내 사람치고, 그걸 모르는 사람은 없어요. 그러니 아무도 이 속엘 들어오질 안 했겠죠. 허지만 난, 그이가 내 아버지라곤 조금도 믿을 수가 없었어요. 그러다 잊어버린걸요."

"이거 또 한 번 실례될 말이지만, 그럼 어째서 장로님네 댁에서 살지 않나? 이것이 아까부터 궁금했는데 말이지."

"아직 그럴 맘은 없어요. 난 그 댁에 대해 이를 갈고 있답니다. 죽을 때까지 엄마는 얼마나 울었다구요. 죽으면서 엄마는 날 그 댁으로 가라고 했답니다. 그 댁에서도 몇 번이나 내게 사람을 보내고, 그 늙은네도 만나는 대로 내게 말했지만, 난 그 집이 폭삭 망해지기만 바란답니다. 한 번은 불을 지르려고도 했었는데, 그런 이후론, 내가 어떻게 지내든, 그 집에서도 아무 간섭이 없어졌답니다. 난 뭣보다도, 그 집 손주딸의 얼굴을 가위로라도 찢어놓기를 바라지만 안 되는걸요. 그 여잔 몸이 없는 여자라고 아주 소문난 여잔데, 그 여자께 중매쟁이를 보냈다가 이 고을 유지네 아드님들 중에 코 안 꺾인 서방님이 없답니다. 어쩜 그 여잔, 이 읍내서 시집가긴 다 틀린 거죠. 아주 고소해 죽겠어요. 스물다섯 살이나 처먹은 늙다리처녀가, 제가 뭐 잘났다고 그런 서방님들 코를 꺾어놓을 일이겠어요? 그래서 지금은 아무도 중매쟁이를 보내지도 않구요. 또 우선 그 여자에 맞을 만한 늙은 총각이 없답니다. 헌데도 이상한 것은요, 그 여자가 한번 지나가기도 할라치면, 심지어 생사탕집 꼽추 영감까지도 허리를 착 끊고 절을 하는 까닭은 모르겠어요."

"이봐, 아가씨도 말야, 그 댁에 가 살면서, 고운 옷 입고 나들일 해보란 말야. 그럼 모두 정중히 허릴 굽힐지도 모른단 말야. 아가씬 고생을 사서 하고 있는 듯하거든."

"반드시 그렇지만도 않은가 봐요. 장로네만은 못 해두요, 쩌렁쩌렁한 유지네 따님들이 많아두요, 모두 앳되고 이쁘답니다. 스물다섯 살씩이나 먹은 늙다리는 없어요. 그래도 서방님들 눈 하나 깜박 안 할 때가 있어요. 도리어 아씨들 쪽에서 아양을 피곤 한답니다. 그 서방님들은 모여서 격검 놀이를 하거나 활도 쏘고 아편 피우며, 마작도 하곤 해요. 스물한두 살씩 된 서방님들이 지금 한창 신바람이 났답니다. 노인들은 괜스레 한숨을 쉬면서 큰일 났다고 하지만요."

"아가씨 부하님들이 지금 기다리고 있는 게 내 눈에 환히 보이는데."

"뭐 그렇지도 않을 거예요. 난 대개 밖에서 자거든요. 열한 살 때부터 남자와 잤답니다." 말하며 계집아이는, 스스럼도 없이, 내 허리춤에다 손을 찔러 넣고 있었다. 나는 언제든 보아서, 저 버르장머리 없는 손바닥을 한 둬 차례 때려주어야겠다고 생각했다.

"진짜로 중이 있다면, 그 중도 여자와 잔다고 생각하는가?"

"난 스님들과도 여러 번 자본걸요. 길 스님이라고 부르는 어떤 늙은 스님은, 저의 단골일 정도예요. 어쨌든 스님이 진짜로 스님이시긴 하세요?"

"허허, 헛, 글쎄 그건, 나도 모를 뿐이야. 아가씨 눈엔 내가 중처럼 안 보이나?"

"스님 같으시면야 뭣 하러 노동판엔 나오셔요? 애기 몇 마디만 장로 귀에 솔깃하게 해드리면, 몇 달이고 공짜 밥을 먹이고, 떠날 땐 노자까지 준다는데요." 계집아이는 손가락을 쑤물거리면서도 말은 그렇게 하고 있었다. "글쎄, 어떤 늙은 스님은, 그 댁을 자기네 절간처럼 생각해버리는 것 같았어요. 그 스님은 아주 괴팍스러워, 웃음이 나와 웃다 보면, 느닷없이, 짚고 있던 대나무 지팡이로 머리를 후려친답니다. 그래도 정신만 퍼뜩하지, 아프진 않아요. 그 스님은 꼭 일곱 집 둘러 밥을 빌으시곤, 우리 사는 데 와, 우리들과 같이 삑 둘러앉아 먹곤 했어요. 워낙이 이름난 스님이어서요, 그분이 일곱 집 둘러 빈 밥이면, 우리 모두 배가 불렀답니다. 해도 혼자 계실 때, 밥 비는 건 우리 중의 아무도 못 보았는걸요. 한 달 전이나 되는지 모르겠어요, 그 스님이 오셨었는데 보이지 않아요."

"그래? 아 그랬던가? 그런 늙은 스님도 계셨댔군?" 나는, 말을 그렇게 했으나, 뭔지 모를, 그것은 슬픔 같은 것이 왈칵 치밀어, 목젖을 꼴록꼴록해야 되었다.

"스님도 장로댁에 머물러 계셔요, 진짜 스님이시면 말예요. 뭣 하러 이런 힘든 일을 할 필요가 있어요?"

거기에 대해서 나는, 아무것도 대답할 말이 없었다.

"유리에서 오셨다고 그러셨죠?"

"그렇다네. 유리에서 왔댔지."

"그러심, 거기 사는 여자들과도 골고루 지내셨겠죠?"

"그랬을는지도 모르지."

"그 여자들은, 저기 저 중앙통 그중 큰 술집 색시들인데요, 도 닦으러 간다고 그러죠. 거기 간 색시 중에, 그중 뛰어나게 이쁜 색시가 있는데요, 판관 첩이죠, 판관은요, 그 색시가 사내애만 하나 낳아주면, 본처로 삼겠다고 한다고 그랬다는데두요, 그 색신 영 멍청이야요. 읍내 서방님들치고, 그 색시에게 반하지 않은 서방님은 없을 거예요. 그 색실 머리 없는 여자라고 한답니다. 장로네 손주딸하고 그 색시는, 그렇게 서로 반대로 아주 유명하답니다. 헌데 이번엔, 글쎄 유리가 무에 그리 좋다고, 오지도 않고, 아프다고 쏙 빠져버렸다네요. 모주라는 할머니가 노발대발 야단이랍니다."

"………"

"요즘엔, 새로 온 중 얘기가 한창 떠돌고 있지요."

"새로 온 중 말인가?"

"그래요. 그 중은 아주 훤칠하고, 아주 잘생기신 분이라고 하지요. 그 중은 눈에 무슨 영기 같은 것이 흐른다고 그러는데, 영기가 어떤 것인지는 모르겠어요. 헌데 처음엔, 실 한 오라기도 안 걸치고 마을을 돌아다니더니, 나중엔 글쎄, 마른 늪에서 고기 낚기를 시작했다고 그러니, 미친 거겠죠? 그래도 한번 봤으면 싶어요. 영기라는 게 뭔지, 그걸 좀 알고 싶거든요."

"후후훗. 그런 중도 있긴 있더군. 나두 보았지. 허지만 뭐 그렇게 훌륭하게 생긴 듯하진 않았네. 어디서 그런 소문을 듣는 거지?"

"거기서 돌아온 색시들이 떠드는 소릴 엿들은 거죠. 들은 대로 우리는 퍼뜨리고 다니는 것을 재미로 안답니다."

"그럴상해, 하지. 그럼 자네 말야, 큰 형장이란 것에 대해 내게 퍼뜨릴 얘기 좀 없겠나?"

"아, 큰 형장 말씀이셔요? 그것은요, 유리에서 낮에 오셨다면 스님도 보셨을 거예요. 유리로 가는 길에서 보면, 오른편으로 큰 숲이 있답니다. 그 숲속에 그 큰 형장이 있다고 그러죠. 저 황토고개 점포네 외아들이 거기 대장이라는데요, 그이가 읍엘 오면, 서방님들도 쩔쩔맨답니다. 하는 말로는, 천하에 장사라고 하죠. 그이는 아직도 총각인데, 촛불 스님과 빨가벗고 함께 잔다는 얘긴 한때 파다했는데요, 지금 장로네 손주딸께 중매쟁이를 넣고 있다는 소식이 쉬쉬하면서도 돌고 있죠. 헌데 스님은 왜 알고 싶으셨죠?"

"뭐, 뭐, 그저 말야, 그저, 모두 말하길래, 큰 형장 나으리에 관해서 말이지, 그저 말야, 그러고 보니 아가씬 많은 걸 알고 있군그래."

"우린 그런저런 걸 아는 것으로 해서도 푼돈을 벌기도 한답니다."

"헌데 내 눈엔, 아가씬 전에, 저런 힘든 일은 별로 안 해본 것 같더군."

"목돈이 필요할 때만 해요. 옷이 너무 낡아서 이번에 벌면, 예쁜 옷이나 하나 사려고 그런답니다. 닷새는 꼬박 벌어야 될 것 같아요. 보아둔 옷이 있거든요. 허지만 저런 일은 싫어 죽겠어요. 할 수만 있음 나도, 수도청 수도부나 됐음 싶어두요, 모주가 나만 보면 소금을 뿌린답니다. 남자랑 자는 일은 좋거든요. 거기다 돈까지 생기잖아요?"

계집애는 말하며 내 상반신을 밀어, 나를 마룻장에 눕게 한다.

"내가 자네 아버지의 친구쯤 된다고 생각하지 않나?"

"그럼 못쓰나요?"

"전표 때문이라면 잊어버리게."

"벌써 잊어버린걸요."

"그렇담 잘됐군, 우리 내일 또 만나세나."

"누워 계셔요. 사실을 말하면, 난 스님이 좋던걸요. 중리댁도 아주 반한 눈치였답니다. 스님처럼 색골로 보이는 남자도 흔치 않거든요."

난 이 야윈 계집아이를 떨쳐내거나, 뭐 그렇게는 굴지 않았는데 이 애는 내게서 성기를 구걸하고 있는 것이다. 보살행이 따로 무엇이겠는가. 그럼에도 나는 내 마음이 확 틔어, 이 애를 정으로써 안아줄 수 없는 것이 슬펐다.

그러는 사이 어느덧, 음으로만 자라서, 음으로 하여 야윈 듯한 이 계집아이는 온갖 정성으로 내게 덤벼들고 있었다. 정작 결혼하고 나서는 불감증에라도 걸릴지 모를, 초로와 같은 정열을 낭비하고 싶어서, 그래서 이 음기 덩이는 태워 들고 있었다. 나는 내버려 두었다. 나는, 그 애가 흔들릴 때마다 덜그덕 덜그덕 뼈 소리를 낸다고 들었다. 그 뼈들은 다섯 도막을 한 무더기로, 우르르 무너져 내려선, 바를 正 자를 이룬다고, 나는 보았다. 그러나 그것은 사실에 있어, 그녀의 애비였던 사내가 흘러내리는 소리였을 것이었다. 어쨌든 모든 십장들이, 그 값이 얼마인지는 모르되, 바를 正 자 세 개 그어주고, 이런 밤을 살 수 있다면, 그것은 세 가지 의미에서 좋은 것이리라. 싸서 正하고, 나쁘지 않아서 正하며, 호꾼해서 正한 것이다. 내가 그렇게 뼈 무너져 내리는 것을 셈하고 있는 중에 저 어린 갈보년은 제 아비를 불러대며, 세 번씩이나 버둥거리다 진해서 쓰러져 누워버렸는데 그때에야 내 근으로부터는, 뭔지가 소리 없이 몇 번 무섭게 솟구쳐 올랐다. 그러나 저 갈보년은, 그것은 모르고 내 귓바퀴에 대고, 제 년의 근이 찢어진 듯하다고, 상소리나 지저귀고 있었다.

제19일

1

동이 아직 트기 전에 깨어보고 나는, 목사의 바람난 딸이, 어제저녁 먹다 남은 반 넓데기의 시루떡만 남기고, 밤에 언제 깨어, 자기의 친구들한테 돌아간 걸 알았다. 오늘의 시작으로서 나는, 명상 자세를 꾸며 반 식경쯤 앉아 있다가, 일어나 샘으로 갔다. 아침 냉수를 좀 마시고, 풀 대궁 뽑아서 손가락에 감아 이도 좀 닦은 뒤, 세수도 하고, 그리고 물 퍼 올려 발도 좀 씻어, 진물이 굳은 것도 씻어냈다. 발바닥은 약간 악화된 듯했으나, 그것이 무슨 큰 병을 일으킬 것으로는 보이지 않았고, 조금 심한 무좀이 파고든 정도로나 보였다. 이제는 장터로 내려가, 어디 골목쯤에 해장술꾼들을 위해 열어놓았을 국밥집이라도 다녀와야 될 모양이었다. 날씨는 이 아침 또한 청명했고, 내게는 또 무슨 수심이 일어날 까닭도 없었으니, 가슴은 기꺼움으로 채워져 있었다. 읍내의 굴뚝들에서는 뿌연 연기들이 올라와, 일찍 돋는 여름 햇살에 닿아, 일순 변절자의 입술 빛깔을 띠다가는 흩어졌다. 그 굴뚝 밑 골목들에서는 지금 하루가 싹트고 있을 것인데, 잠자다 깬 그대로, 저고리 아래로 젖퉁이를 늘인 할매가, 밤새 채워진 요강을 들고 나와, 수챗구멍 있는 데로 돌아가고 있을 것이며, 골패판에서 밤을 새고 새벽에야 돌아온 남정네의 아낙은 불만을 울 너머에다 토해 넘기고도 있을 것이었다.

나는 계단을 천천히 내려, 장터 밥집을 찾아가려다, 체머리를 몹시 흔들고 되돌아 올라와, 목사의 저 바람난 딸이 먹다 남긴 굳은 떡이나 씹어 삼키려다, 왠지 걷잡을 수 없이 웃음이 터져 나와 나는, 바닥을 거의 데굴데굴 굴러대야 되었다. 내 주머니 속에 있었어야 마땅할 내 몫의 전표가 한 장도 남아 있지 않은 것이었다.

2

번호 아래에다 짐 수를 적어 넣는 일은, 십장이 데리고 온 한 절뚝거리는 늙은이가 했다. 그는 진갑 해엔 들어서 보였는데, 십장이 시켜서인 듯 지게를 하나 지고 와서 내게 넘기며, 자꾸 고맙다고 말해서 날 어리둥절하게 했다. 나중에 알고 보니, 내가 어제 그 일을 떠맡았으므로 해서, 그가 일자리를 잃었던 모양이었고, 그래서 내 쪽에서 미안해해야 할 터인데, 내가 등짐을 지는 것 때문에 그가 미안하다고 하고 있었다. 그는 십장과 어떻게 친척이 되는 듯했고, 그 일에 있어선 늙은 여우가 다 되어 있는 듯했다. 그러나 목사의 저 바람난 딸의 얼굴은 보이지 않았다.

"요배겨 사둔, 사둔은 실허기도 허세. 고만침이면 꼽새 짐으로도 한 짐은 실폭허게 졌는디도 사둔은 땀 한 방울 안 흘린당개로이." 영감이 일꾼을 그렇게도 어르고 있었다.

"아니, 늙은 사둔이라우, 사둔은 돋뵈기를 꺼꿀로 갖다가시나 썼으끄라우 워쨌으끄라우? 앙 그라고사 사둔 눈구녁만 크게 비고, 넘우 짐은 쬐깐하게 빌 턱이 없잖애라우?" 응수하는 소리고

"조, 조런, 조 배겨, 젊은네가 늙은네헌티 허는 소리 좀 들어배겨. 아니, 눈구녁이라니? 헤엑 고얀지고여."

"구녁은 구녁인디, 코가 달렸으면 콧구녁이고, 눈 달렸으먼 눈구녁 아니요이?"

"그래도 고렇게 말허먼 내장머리 없다고 허는 겨. 허허이참, 그라고 본개

네이, 아 조거 중리댁 아니란댜?"

"아니 원지부텀 날 바 왔임선, 무신 심뽀로 새빠지게 날 반긴다요이?"

"요런 일은 그래도 히어묵을 만허다고이. 뭐니뭐니 해싸도 구둘짱지기가 기중 땀나는 일 아니겠냐고이? 아, 그려 안 그려, 암사둔?"

"그래 말여라우이, 히어도 워디 구둘짱지기만 땀날 일이겄으끄라우이. 늙은 작것이 상낭 떠받치기는 고 또 워떻겄냐고라우? 숫사둔, 안 그려라우?"

"맞았제. 맞는 소리여. 히어도 나 안직도 시랑토 안 허는 중은 암사둔이 더 잘 알잖는다고이?"

"월레여, 조 늙은 작것이? 사둔네 할멈 머라는지 들어보도 못했는개 벼? 고자가 맘뿐이라더니, 당신네 영감태기가 그렇담시롱 한숨이 열두 발이여, 한숨이."

"거 사둔도, 글씨 거 넘우 사정 뻰허게 암시롱도 백찌 저래쌓제이. 암만내 실허단대도, 아 워처키 여그저그 다 심폭허게 갈라 믹인디야. 우리 할멈으로 치먼, 내 소싯쩍부텀 참말로 실폭했응개. 워뗘? 나중에 내 쇠주 한잔 받으까?"

"말도 마쑈, 펄쎄부텀 취헐라고 허요이. 석삼년 전 제사 때 썼다던, 고 조긋(조기) 대가리 안죽도 상낭에 매달려 있답뎌?"

"조런, 암사둔은 고 똑 물 씰(켜일) 소리만 해쌓제? 두 번 말허먼 너무 짜와서 못 씨제. 점섬때 될라먼 안직도 시끈 있어야겄는디, 고 소리 듣장개 입이 짜움시롱, 춤이 괴어, 춤이. 그라고 야야, 엑끼 젊은아 같으니, 솔부작 밑 뽀챌 때부텅 내 알아봤더니라."

"솔부작 밑에서는 했답뎌? 나는 무신 소린지 몰루겄는디라우."

"고런 짓일랑은 장개가각고 시악씨랑 항께 허는 겨. 하늘 보고서나 용써바야 벨 내력은 없니라. 몸만 상우제."

"고거 또 듣고 봉개, 없던 심이 제절로 날라고 허요이. 그랑개 고 말씸이, 섬뜰 개똥밭이나 짬매서 나를 사우 삼겄단 고런 말씸도 겉은디요이."

"안죽 이망빼기 쇠똥도 안 버꺼진 것이, 펄쎄부텀 조롷게 숨을 헐헐험선, 상판은 누루뎅뎅헌디, 누가시나 고런 걸 사우 삼을란지, 그것도 한심허제. 그랑개 솔부작 뽀채쌀 것 천상 아니다."

"물동우를 이고시나, 정제(부엌)로는 안 가고, 삼밭으로 가는 딸네 속에는 머시 들었으끄라우?"

"조런 처 쥑일 놈, 아 그라고, 듣장개 말여 조 사둔, 지난여름에 갖다가시나 키우던 개 한 바리를 턱 잡아 재치고 소복을 잘히었다고 헌디 말여, 고 소복허고설랑 고 회렉이 지끔 돋아난댜, 워짠댜? 짐이사 헐개겁던 말던 내 알 바 아니라도, 고렇게 너무 보지란히 댕기싼개 말여 헤헤헤……"

그 늙은이는 아무튼, 왼종일 씨불댔고, 그렇게 해를 씹어 삼켰다. 그에게는 무엇보다도 우정과 융통성이 있었다. 종무 종이 울리고 나서, 내 전표를 받고야 안 것이지만, 그는 내게도 다섯 짐을 더 얹어주고 있었다. 이 다섯 짐이 사흘쯤 쌓이고, 좀 더 늘잡아 서른 날쯤 쌓인다면, 아무리 정절이 대나무처럼 곧다는 아낙네라도, 저 늙은네 어글한 손이, 엉덩이 한두 번 더듬는 것 한두 번쯤 짐짓 모른 체해줄지도 모를 것이었다. 그렇다고 그놈의 엉덩이 어느 한 귀퉁이가 무너나 버리는 것도 아닐 터이다.

이 일은, 내겐, 허기지고 괴로웠다. 그럴수록 나로서는, 할 수 있는껏 많이 지고, 할 수 있는껏 부지런히 다니려고 전력을 다했다. 내게는, 내가 선불 내서 저 어린 갈보년을 산, 열다섯 짐의 빚도 있었던 것이다. 아무도 모르게 빚낸 것을, 아무도 모르게 갚으려니, 내가 질 수 있는 짐 위에, 조금씩 더 짐이 올려지지 않으면 안 되었다. 그래 보았어도 내가 대략 계산해서, 다섯 짐 정도의 빚은 갚았겠다고 하고 있는데 점심 종이 울렸고, 그리고 알아보니, 중리댁네들보다도 두세 짐을 덜 지고 있었다. 그래도 숨을 돌릴 수 있어, 한옆 아주 멀찍이 동떨어져 앉았자니, 심정이 울적하고, 왠지 기쁘지가 않았다. 결국 나는 아낙네만도 못한 사내로 퇴화되어 있었다는 생각밖엔 들지 않았다. 아낙네만도 못한 기력과 정신으로, 도를 닦았으면 몇 평이나 닦았을 것인가? 이런 어깨 위에, 내 짐을 져왔으면 또한 얼마나 져왔었을 것인가? 다 짊어오지를 못하고 남긴 내 운명은, 그러면 누가, 자기의 짐 위에 덤으로 얹어 짊어와 온 것인가.

허기지고 쓸쓸해, 내 발등 너머나 바라보고 앉아 있자니, 두통쟁이 사내가 내 곁으로 오며, "시님, 십시일반이라고, 우리가 요거 쬐꿈씩 덜어냈는디, 찌이게 생각지 말고라우, 들어배겨요" 하고, 받쳐 들고 있던 도시락 뚜껑을 내려놓는데, 보니, 거기 그득히 그들의 정이 담겨 있다. “젓가치는 없는디, 아 그랴요, 내가 맹글아디리제.” 그는 말하며, 가는 나뭇가지를 꺾어 둘로 만들어 내밀어준다. “우리랑 같이 잡솼으먼 좋겄는디도, 시님이 머슬 짚이 생각도 허고 있는 것도 같고 히어서라우.”

“고맙습니다.”

“머슬이라구. 있인개 요렇게 나놔 묵제라우, 없으먼 못 히어라우.”

그는 그리고 자기 자리로 다시 돌아갔다. 여럿의 아낙네들의 거칠게 부르튼 손들을, 나는 도시락 뚜껑에서 보았다. 자기가 한 숟갈씩 덜 먹고 그 남정네의 도시락에 보태준 그 숨은 정을, 저 남정네들은 무정스레 덜어내 버린 것이다. 허기를 며칠씩이고 뽀얗게 참아낼 수 있다는 것은 연꽃 형상의 푹신한 방석 위에 눈 감고, 겨울 뱀처럼 지낼 때뿐인지도 모른다. 그것도 일종의 잠인 게다. 더 깨어 있기 위한 잠. 잠자는 누에는 안 먹지만, 깨어 있는 누에는 분비하기 위해서 먹은 듯이 먹고 분비한다. 그래, 잠자는 누에는 다시 깨어 있기 위해 잠을 자긴 한다, 자긴.

그 점심을 끝내고, 도시락 뚜껑도 되돌리고 물이라도 먹을까 하고 일어서는데, 장로네 원정이, 한 보자기에 무겁게 차린 점심을 가지고 그때에야 올라왔다.

“아, 그랑개, 요거 또 늦었단 말 아니끄라우? 임식이 식지 말라고, 싸게 싸게 걸었어도, 늙은 걸음이라 이러니 용서허씨요.” 그는 그렇게 말하고 표정으로 미안해했다. 그 점심을 나는 의당히, 내게 십시일반으로 먹여준 사람들께 돌려야 했다. “니얼은 조반을 끝냄시롱 출발을 히어야겄고만이요이. 요것 다 아씨가 손본 것인디, 가서는 머시라고 헌다지라우?”

오후는, 오전보다도 더 길고 더 팍팍했다. 짐을 부리고, 짐을 다시 짊어지러 가는 그 홀가분한 한때, 땀은 잠시 걷히려 했다가, 짐을 다시 지고 발을 옮기고 있을 땐 어쩐 일로 햇볕까지도 더더욱 쨍쨍히 내리쬐었다. 그러는 중에 아마도, 몰래 선불 낸 열다섯 짐의 빚은 갚았다는 생각이기도 했다. 그런 뒤의 이 노동은, 내가 당해내지 않으면 안 될 것 같은, 하나의 고역의 도전으로 바뀌어버렸다. 나도 물론, 지게로 뼈를 굵혀오지 않았다고는 하지 못한다. 허지만 빈 지게로 조금 산기슭을 올랐다가, 그 지게는 받쳐놓고, 그늘 아래 누워, 솔개가 자유로이 선회하는 것이나 올려다보거나, 설핏 잠이나 자다가 일어나, 휘파람을 불어 젖히며 조금 움직여, 해 올린 까치집 같은 삭정이 다발이 그렇게 무거울 리도 없었고, 설사 무거웠다 해도, 그리고 져다 부릴 거리가 좀 있었다 해도, 언제나 나는 마음에 여유를 갖고 있었으며, 아무것에도 구애되지를 않았던 것이다. 차라리 한 짐의 나무가, 뜻을 깨우칠 수 없는 한 구절의 사어(死語)보다도 수월했으며 즐거웠었다. 이내 속을 헤치며 산(山) 냄새에 취하다 보면, 가슴에 산(山)이 고이고, 사지는 솔가지가 되어, 송진 냄새를 풍기던 것이다. 그런 일이란, 환속으로서, 또는 해방으로서 던져진 것이었다. 그러나 이 일은 어쩐지 달랐고, 지게 멜빵이 구속하는 것보다도 더 큰 구속이 어디 다른 데에서 나를 욱죄이고 드는 듯했다. 그것이 고해(苦海)라고, 누군가가 자꾸 들려주고 있었다. 태어난다는 것, 산다는 것, 늙고 병든다는 것, 죽는다는 것은 고통이라고, 누군가가 말하고 있었다. 그랬을수록 나는, 그것은 일종의 발악이었을지도 모르는데, 더 많은 벽돌장을 지게에 올렸으며, 더 부지런히 걸음을 떼어놓으려 이를 갈았다. 그러느라면, 십장이며 중리댁 같은 사람들이 주의를 주고, 핀잔도 했지만, 그러나 나는 이미 노동을 하고 있는 것은 아니었는지도 모른다. 나는 어쩌면 고역과 싸움을 하고 있었으며, 그들과 같이 일하고 있으면서도 나는, 나를, 한 외로운 혹성으로 떼어내 가고 있었던 것이다. 그러면 내 앞쪽의 어디서, 누군가가 다른 목소리로 웃으며 속삭이는 소리가 들렸었다. 에헤, 어리석은 돌중이로고, 그 일을 사서 하지 않아도 당분간의 휴식과 좋은 잠자리와 좋은 식물이 글쎄 자네를 기다리고 있잖느냐 말이지. 에헤헤, 자네 보는가, 저기 장로의 손녀딸이 자네에게 손을 흔드는 것이 보이는가? 아 그렇지 까짓것, 저 계집을 강간하란 말이지. 그리고 저 계집의 발등에 입 맞추고, 그녀로 하여금 몇 방울의 눈물을 흘리도록 측은히 굴어보란 말야. 그러면 사람들이 세상에 대해 꿈꿀 수 있는 얼마 정도를, 자네는 아주 쉽게 얻어낼 수도 있을 것이란 말이지, 비록 천하를 다 얻었다 해도, 어디 그 천하에 다 사는가? 한 도시, 한 채의 집, 한 간의 방, 그리고 한 계집과 사는 것이지. 글쎄, 서 말의 땀을 흘리고도, 오히려 서 홉의 밀가루 사기도 어려울 고역은 고통일 터인데, 그것을 자네가 전에 아름답다고 했던가? 그러고도 윤회는 아름답다고 다시 말할 터인가?

어쩐 일로, 사람들이 장승들처럼, 아주 멀리 둘러서서 나를 보고만 있다. 십장이 뭐라고 내게 주의를 시키는 소리가 아슴푸레하게 들리고도 있는데, 내 가슴은 터져나가고, 척추는 무너져 내리려고 하며, 다리는 후들후들 떨리고 있었다. 멜빵이 어깨를 옥죄이고 있어서, 팔뚝으론 푸른 혈관이 튀어 오르며, 피부가 온통 충혈되어 추했다. 무엇보다도, 피가 거꾸로 치솟아 오르는지, 얼굴이 부풀어 오른 듯한 느낌이면서 눈앞이 뿌옇기만 해, 그것이 괴로웠다. "조시님이 지끔, 고을에다 장사 났다는 소리 한번 퍼띠릴라고 저러는개 벼." 누군가가, 아마도 짐 수를 헤아리는 늙은이가 그렇게 말하는 소리가 들리고, 사람들은 웃고 있는 듯했다. 그러나 그들의 얼굴 모서리들이 내겐 보이질 않아, 내게는 그들이 문둥이 죽림(竹林)만 같았다.

그러나 한순간에 모든 것이 원상으로 되돌아왔다. 발을 헛디뎠던 모양으로, 내가 진 짐이 나와 함께하여 옆으로 쏟아져버린 것이다. 십장 말대로 하자면 나는, 장정이 질 수 있는 그 가장 많은 양의 두 배쯤을 짊어졌었다고 했다. 나는 그래서 백치스러이 웃고, 그저 망연자실 서 있었을 것이었다. 사람들의 비웃음이 뜨거운 줄도 몰랐다.

십장이 나더러, 한옆에 가 잠시 쉬면 어떻겠느냐고 우정 있게 충고했다. 나는 그렇게 했는데, 오래잖아 종무 종이 울려버렸다. 그럼에도 나는 갑자기 갈 곳이 없어져, 그냥 그 자리에 앉아만 있었더니, 오열이 북받쳐 오르려 했다. 고역을 이겨보려는 싸움은 무모하고 무익했으며 또한 이길 수 없는 것인 것만 같았다. 조금쯤 교활을 배워, 조금쯤 가볍게 지고, 보다 더 성적을 올리며, 할 수만 있으면 고역을 회피해가며 산다는 일, 그것이 현명히 고역과 대치하는 일인지도 몰랐다. 어쨌든 나는, 조금만 더 어두워지기를 기다려, 목사가 뼈로 돌아간, 저 기도대 위에나 엎드려, 한번 통곡을 하거나, 아니면 창녀라도 하나 사서 극렬히 하룻밤을 태워보리라고 했다. 그렇게라도 하지 않으면, 이 '먼지 덮인 마음'을 씻어낼 길은 없는 듯했다. 그래, 연좌(蓮座)로 사는 일은 쉬운 일이다. 연좌로 십자가를 떠메는 일은 쉬우며, 연좌로 타인의 고통을 대신하는 일은 쉬우며, 연좌로 세상을 이해하는 일은 쉬운 것이다. 그것은 쉬운 것이다.

그러나 나의 저녁은 방해되어진 모양이었다. 누가 글쎄 나를, 무슨 어미 잃은 송아지로나 뭐 그런 것으로 알아서, 아마도 부드럽게 내려다보며, 부드러이 말하고 있었다.

"가셔요. 네? 저와 같이 가셔요. 할아버님이 스님께 꼭히 드릴 말씀이 있으시다구요, 기다리고 계셔요."

그녀는 그래, 장로의 손녀딸이었는데, 내 눈이 떨궈진 자리에, 까만 구두코 끝을 가지런히 놓아두고 있었다. 그런데 그것이 어쩐지 내게는, 어떤 계집의, 어쩌면 내 어머니일지는 모르는, 젖꼭지처럼도 보여져, 나는 그것 위로 손가락을 가져가, 치사하게 어루만져보았다. 술이라도 한잔 마시러 갈까, 나는 그런 것을 생각하기도 했다. 노을이 아직도 한참은 촛불만큼이나 밝아서, 응달쪽이라도 그렇게 어두운 시각은 아직 아니다.

"스님 일하시는 것 저두 보았댔죠. 허지만 가셔요 네?"

"아 그러시죠." 나는 우선 대답하고, 드디어 천천히 그녀를 올려다보았더니, 그녀는 승마복을 죄어지게 입고 있어, 전에 별로 깨닫지 못했던, 그녀의 둔부며, 허리의 휜 선이며, 튀어 솟은 젖가슴이며, 수려한 목이 갑자기 꿈틀거려 나를 휘감고 들었다. 누가 이 계집을 일러 몸이 없는 여자라고 했었던 것인가. 이런 계집이면, 장가가지 않은 사내의, 몽정이나, 수음을 통해 오는, 저 스산한 은하수에 멱 감으며, 천 번도 더 흘러갔었을 것이었다. 그녀는 분명히, 저 아래 어디쯤에 말은 묶어놓고 올라온 것이었을 것이다. "자 그러면 가시죠." 나는 말하고 일어서, 그녀의 눈을 들여다보며 이었다. "헌데 무척 외람된 말씀이지만, 숙녀께서 소승으로 하여금, 약간의 볼일을 끝내고 뒤따르게 허락해주셨으면 합니다만."

"긴한 볼일이세요?"

"웬걸요. 저 냇가 어디에나 가 땀이나 좀 닦아내려는 것입죠. 이래 가지고서야 어떻게 장로님을 뵙겠습니까?"

"그런 일이셔요? 그러시담 집에 가셔서 하시고, 옷도 갈아입으셔요."

"고맙습니다만," 나는, 치골이 울음으로 아프고, 그것이 싫어서, 거의 추악하게 들릴 농담을 생각해내고 있었다. "숙녀께서는, 한 돌팔이 중놈과 저기 저 중앙통을 지나시는 광경을 상상해보셨습니까?"

"호호호, 그럼 안 되나요 뭐?"

"그러심 숙녀께서는, 이런 소문을 들어보신 적이 있으십니까? 아주 이름난 요조숙녀가, 읍의 중앙통에서, 한 돌팔이 중놈의 뺨을 갈겼다는 그런 투의 소문 말입니다."

"그런 일이란 있을 수 없겠죠."

"이제 소승은, 숙녀님과 함께 저 중앙통을 가다가, 가능적으로, 숙녀님께 입을 맞출지도 모르기 때문입니다."

나는 조금도 웃고 있지 않았었다. 그러고 있다가, 뒤늦게야 웃음이 터져 나와, 회당 뜰을 데굴데굴 구르며 웃었는데, 그땐 그녀가 탄 말이, 목교 위를 신경질적으로 달려가고 있을 때였다. 술 처먹고 와달이나 한번 부린 것만큼이나 내 속은 시원해져서, 선 자리에서 오줌을 한번 갈긴 뒤, 나는 배포 있고 느긋하게, 언덕을 내려가기 시작했다. 그러며 종잡을 수 없이 씨불댔다. 아 그래 다리를 건너기 전 우선, 다리 아래로 내려가 끼인 땀이며 냄새를 씻어내리라. 그런 뒤 다리를 건너, 뱃놈도 아닌 것들이 뱃놈 목소리를 꾸며가며 대폿잔 속으로 항해를 떠나느라고 지랄들인 골목으로 나가리라. 눈꼬리 밑의 살이 처지고, 입술이 푸르뎅뎅한 사십 고개 넘은 계집—그년의 엉덩이에 손을 두르고, 뱃놈도 아닌 것이 뱃놈모양, 가슴팍에 쏟아가며, 술을 퍼마셔 대리라. 그러며 저 구두코 끝의 윤택한 유혹을 떠올릴 것이지.

사실로 나는, 그런 골목을 지나고는 있으나, 성욕 같은 약간의 시장기, 시장기 같은 약간의 울분, 울분 같은 약간의 피로, 피로 같은 약간의 성욕을 아랫배에 싸안은 채, 고개를 숙이고 그냥 지나고만 있고, 어디에서고 발을 멈추지는 못했다. 물론 가스등이 가로변에서 타고 있고, 상점들은 갈보년들모양, 속곳 안을 환하게 드러내놓고 있었다. 흘레돋집, 수도청, 똥창구이, 꼬리곰탕, 생사탕—아, 생사탕이나 매큼하게 한 그릇 해뒀어야 되었을까—, 황토고개 점포, 느려터진 유행가, 수도청 높은 대문 너머에선 웃는 소리가 넘어오고, 조용하기, 왁자지껄하기, 조용하기, 왁자지껄하기, 조용하기, 왁자지껄하기, 조용하기, 왁자 왁자 왁자지껄하기, 조용하기—그러나 나는 발등만 보고 걷고 있을 것이었다. 장로네로 갈 생각은 조금도 들지가 않고 있었다. 그러나 그러다 보니 나는, 어느덧 장로네로 이어지는 그 석교를 건너버린 것을 알았고 거기서는 더 나아가고 싶지가 않아 돌아섰더니, 나는 다시, 유리로도 통하고 교회로도 이어지는 목교 앞에 서 있게 되어, 거기서는 난, 하늘을 올려다보며, 마냥 서 있기만 했다. 나는 유리로 돌아갔으면 하고 생각하기 시작한 것이다. 그러나 사실에 있어, 나는 한 발자국도 유리 쪽으로는 떼어놓지 않았다. 그냥 그렇게 서서, 수없이 떠올랐다가는 느리게 사라지는 환영들을 보았을 뿐이다. 유리가 나를 휩쌌던 것들, 안개비며, 정적이며 슬픔이며 한마디로는 거기 남아 있는 내 계집을, 나는 보았었다. 나는 그리고, 내가 유리로 돌아가고 싶으면 싶은 만큼, 유리를 거부하는 경련이 더욱더 거세게 마음속에서 일고 있다는 것을 알았다. 그러는 중에, 내 등 뒤의 소음은 보다 더 숨죽어 들고 있었다.

흘레돝집, 수도청, 똥창구이, 읍내식당, 생사탕—아 생사탕이나 매큼하게 한 그릇 했으면 양기가 돋을 것이라고 생각을 했던가—, 황토고개 점포.

그저 나는, 유리창을 통해 그 안을 넘겨다보았을 뿐이지만, 황토고개 점포 안엔, 백화(百貨)가 만개해 좋은 시절이었다. 낚싯대인들 물론 품목에서 제외될 리는 없었는데, 그런 낚싯대들에 내 눈이 머물렀을 때, 내 속에서는 거부의 절규가 울려 나왔다. 누구에게도 더 이상, 저 마른 늪에서의 낚시질은 시키지 말아야 된다. 촌장이라는 풍문의 존재로 하여, 더 이상 유리를 치리시키지 말아야 한다. 젠장, 말아야 된다. 그러나 나는 한숨이나 내쉬고 말았다. 결국은 유리나 읍이 아니라, 내 생명 자체가 무엇엔지 치리 당하고 있는 것이다. 결국 생명 자체가 죄업(罪業)이어서, 그것이 둘러친 울을 벗어날 길은, 이 세상에선 없는 것일지도 모른다.

나는 한숨을 쉬어 젖혔으면서도, 내가 가진 전표의 액수보다도 마흔 배 쉰 배도 더 될지 모를, 그렇게나 많은 물건을, 유리의 내 계집을 위해, 그냥 눈으로만 샀다. 그렇게도 풍성한 물건을 본다는 것 또한 일종의 기꺼움이었는데, 그것들이 삶을 윤택하고, 편리하며, 호화롭게 하는 데 동원될 그런 모두였었다. 그것에 대해서 어째서 육신을 가난 가운데 가둬두려 피나는 노력을 해야 하는가. 무엇을 위해서 그래야 하는가.

누가 쫓아버리지만 않는다면 그 안에 불이 꺼질 때까지라도 서서 나는, 그 안의 풍경을 즐기고 싶었다. 전에, 대단히 어렸을 때 스승이 짊어져 준 장작 짐을 팔아, 몇 푼의 돈을 손에 쥐고, 하필이면 큰 상점도 말고 구멍가게 앞에 서서, 나는 저 크기도 큰 눈깔사탕들을 부러움으로 바라보고 서 있노라면, 뭘 사려느냐고, 주인아주머니가 물어오곤 했었다. 그러면 내 목구멍에선, 거진 울음이 된 소리가 "이 돈만큼만 보리쌀을 좀 주세요" 하고 나온다. 물론 늘 보리쌀을 사는 건 아니다. 때로는 초며 성냥도 사고 소금도 산다. 소금을 산 때론, 산막을 오르는 길이 입에 적이 짜기는 했다. 한 알씩 두 알씩, 입속에 넣고 녹히며, 그 짜가움을 음미하곤 했었다. 그러다 종내 그 눈깔사탕은 못 사고 말았다. 가을 녘으로, 어디선지 스승이 모아온 석청(石淸)으로, 조금씩 단 입맛을 다셨을 뿐이다. 그런데 오늘, 성년이 된 먼 훗날, 그 부러움, 그 울음 맺힌 소리가, 밑바닥 어디 가슴에서 괴어오르고 있다. 내가 비록, 세 개쯤, 아니 한 서른 개쯤이라도, 그 사탕들을 사서, 불룩한 볼로 사립짝을 들어섰다고 했더라도 스승은 아마 그런 일로는 내게 죽장질을 퍼붓지는 않았을지도 몰랐었는데.

그러고 서 있는 탓이었겠지, 그래 그 탓에 종내 나는, 보지 말았어야 될 광경을 목도하고 말았다. 목사의 저 음부뿐인 딸이, 아마도 과택 바느질집 앞길쯤에서, 대단히 헌칠하고 한량들로 보이나, 늙으려면 아직도 한창 더 살아야 쓰겠는 네댓의 서방님들 속에 둘러싸여져서, 몹시 두들겨 맞고 있는 광경이었다. 격검을 즐긴다는 그들이, 어디 격검장에서라도 돌아오던 길이었던지, 손에 모두 그런 몽둥이 하나씩을 들고 있었는데 그것으로 그 계집아이를 사정도 안 두고 아무렇게나 찔러대며, 쓰러져 애원하며 꿈틀거리는 것을, 왁자지껄히 웃으면서 즐기고 있던 것이다. 그리고 아마 소금을 뿌리는 것 같았다. 그 짓은 바로 시작된 것이었다. 내가 그것을 보았을 때, 나는 아마 그들 사이로 헤쳐 들어갔었을 것이다. 그리고 쓰러져 꿈틀거리는 것에 품에 싸안아, 그들이 쑤셔대는 막대기로부터 피하게 하려 했었을 것이었다. 나는 슬펐으며, 나는 분노하고 있었던 것이다.

"어이가나, 그라고 본개시나 말여."

"이게 이 가시나네 지둥서방 아니라고이?"

"괭이의 대왕 나리 납셨어."

그들은 그렇게 떠들며, 왁자지껄히 웃고, 그 애로부터 몽둥이 뜸질을 거둔 듯했으나, 이번엔 웬일로 내게 향해서 퍼부어대기 시작했다. 자기들께 행악한 일이 없으며, 그 내력이야 어떻든, 헌칠한 사내들이 어린 거지 계집아이에 행하는 사형(私刑)을 저지시키려 했다고 했더라도, 내가 그들에게 싸움을 건 것은 아닌데, 어째서 그들은 나를 표적 삼기 시작했는지 알 수가 없었다. 목검 뜸질은 어쨌든 가중화했다. 나는 정신을 차릴 수가 없고, 그저 온몸이 뜨겁고 괴로워, 흔들흔들하다 종내 쓰러져버렸을 것이었다. 그럼에도 아직 의식은 잃지 않고 있는데, 매 순간 매 찰나 검은 하늘로 무지개가 현란히 건너가며, 은하수가 쏟아지고, 그 은하수 맛은 짜가웠다.

그리고 내가 마지막으로 볼 수 있었던 것은, 누군가가, 그 단단한 몽둥이를 높이 쳐들어, 내 가랑이를 통해, 내 불알을 후려치면서 웃은 저 일그러진 얼굴뿐이었다. 아마도 그 계집아이는, 멀리멀리 도망가 숨어버리고, 그 자리엔 없었을 것이었다.

제20일

1

난 어떻게 되어서, 다시 장로네 사랑방에 와 있었다. 잠은 일찍 깼다. 머리며, 사지며, 불알이 몹시도 욱신거리는 것만 빼놓으면, 부러진 데는 없는 듯해, 그것을 다행으로 여겼다. 기분은 오히려 상쾌할 정도였다. 아직 조금쯤 더 있어야, 이 댁 일꾼들 조반을 들 때여서, 그 큰 집이 그냥 소적하기만 하다. 보니 상 위에 한 그릇의 죽이 놓여 있어서, 그것을 비우고, 못가 소나무 가지에 깃친 안개의 새벽잠을 깨울까 그것이 겁나, 중놈 하나 그림자모양 그 집 대문을 밀고 나섰다. 해골은 역시 지참하지 않았는데 어차피 하직을 위해서는 한번 와야 될 것이었다. 그 집의 큰 개놈들은 나를 또한 친구로 알아주어서 꼬리를 흔들며 내게 뛰어올랐다. 내가 대문을 나서니 의아스러운 듯이 물러서 있었는데, 불성(佛性) 없다는 그놈들의 낯짝이 내게는 부처처럼 보였다. 말을 전도시키면, 히히, 부처가 개처럼 보이더라고 될 터였다. 어쨌든 부처도 불성은 없는 짐승이어서, 불성이니 비불성이니 그런 것으로 따질 성질의 것은 아닐 터였을 터이다. 어떤 것이 그것 자체로 전순해져 버리면, 그것은 이제 그것을 뛰어넘어선, 다른 존재로 변해버리는 것이다. 옥은 티에 의해서 가름되는 것이다. 그러니까 독사도 불성을 가졌다면, 그것은 독사 속의 비불성에 의해 그렇게 말되어지는 것이다. 그러나 불성 자체는 불성이 아닌 것. 그러므로 불성이 아닌

불성은 인(仁)하지 아니하여 생명을 초개로 아는 것. 하지만 금을 일러 그것을 무엇이라고 다른 이름으로 부르겠는가. 그러니 금은 그냥 금인데, 금 또한 인하지 아니하여 그것이 법륜을 굴리고 간 자리엔 풀 한 포기 남기지 않는 것이다. 개가 부처 낯짝을 해 달고, 그러고 보니, 히히 뉘 집 담 밑에다 오줌을 갈기고도 있고, 짐승처럼, 암놈의 똥 궁둥이로 기어오르고도 있다. 새벽 이른데 인하지 아니하여 치사한 양반들이.

나는 히히 웃으며, 아직도 가스등이 꺼지지 않은 거리를 느릿느릿 나아갔다. 목적은 물론 일터를 가려고 그러는 것이다. 그러나 사실을 말하면, 난 좀 뒤틀리고, 왠지 안정되지 못한 그런 상태에서, 뒤죽박죽으로 구르고 있는 중이었다. 이것은 이민감(移民感) 같은 것이다. 낯설음인 것이다. 풍경이나 풍습, 또는 생활 자체에 대한 낯설음은 어쩌면 좋은 것이며, 어떤 사람들은 그것에 호착하여, 여행이라는 이름으로 심지어 무전 길에도 오르는 것이다. 저 도보 고행승은, 어쩌면 그런 하나의 전형이라고나 해야 될지도 모르지만, 내게 갑자기 깨달아지기론, 풍경이나 풍습, 또는 생활 자체, 한마디로 시체(時體)에서 다르게 나타난 양태들의 반영이며, 근간은 아닌 듯한 것이다. 근간에 있어 그것들은 서로 그렇게 뭐 다른 것 같지도 않으며, 반영이란 어쩌면, 같은 뼈조직 위에 발린 살의 두텁기나, 색상의 차이인 듯하다. 내가 만약 어느 때, 뒤늦게 손주라도 하나 가질 수 있다면, 그 녀석에게 들려줄 얘기란, 사람 사는 데 어디나 비슷하고, 주막이 있으며, 허벅지 내놓은 계집이 유행가를 부르는 곳이 있으면, 거기가 그 고장의 의식의 총화라고 말해줄 수 있을 뿐일지도 모른다. 헌데 이 아침에 내가 갖게 된 이민감이란, 그런 어떤 반영 위에서가 아니라, 어쩐지 저 근간 자체에서 비롯되고 있는 것만 같은 것이다. 이것은 전혀 즐길 만한 것이 아니며, 손주를 향해 지혜 있는 늙은네 목소리 같은 것을 꾸밀 수 있는 것도 아닌 듯하다. 이것은 뭔가 하면, 전적으로 나 자신과만 결부된 것이어서, 그것의 보편성을 얻기는 어려운 울음인데, 내가 암탉이어서, 나 자신의 알을 까놓고, 그 알이 설익었을 때 또한 내가 쪼아서, 저 팔삭둥이 병아리를 햇볕에 드러내놓은 것의, 저 병아리가 앓는 아픔인 것이다.

나는 이 아침에 기도를 생각하기 시작했다. 그러는 새 내가 죽고, 내가 썩고, 내가 파사근거려지고, 내가 오소록이 무너나고 싶은 것이었다. 전엔 나는, 나를 한 큰 보자기로나 만들어보려고 애도 썼었다. 거기다 해도 싸고, 달도 싸고, 별도 담을 만큼 담아서, 나 저승 가면, 그 어두운 천장에다 걸어놓고, 나 혼자서라도 좀 덜 춥게, 덜 어둡게 살아보려 했었다. 그러나 웬일인지 이 아침에 나는, 갑자기 줄어들어 버려, 해도 그만두고, 달도 그만두고, 육안에 보이는 그만큼 한, 어떤 작은 별 하나 삼켜둬 둘 터전이 없는 듯했다.

변두리 길로 따라 걸어가는 동안에, 어제저녁부터 울려고 쌓아두었던 울음이 쏟아져 나왔다. 그러면서도 나는 후후거리고 웃고, 눈물방울을 발등 위에 떨구었다. 그래, 이 눈물은, 아주 먼 어제부터 방울져온 것이다. 발악적으로 벽돌 짐을 져 나르며, 그것을 짐으로 생각하지 못한 데서부터 그것이 끓어올랐던 것이고, 사정없이 퍼부어지는 목검 뜸질 아래서, 그것이 앙금이 되어버린 것이다. 왜소함으로의 귀환—자기의 왜소함과 대면해야 된다는 일이란, 아마도 그중 큰 형벌이다. 저 벽돌 짐과 몽둥이 뜸질은, 종불알에 매달려 불에 태워지던 것과도 절대로 같지가 않았던 것이다. 불에 구워지고 있었을 때 나는, 최소한도로 내가, 저 몇 빈한한 빈혈증 환자들의 한 악귀의 모습을 대신해줄 수는 있었던 것이다. 내게 비롯된 이민감은 허긴 그런 것이었을 것이다, 전에 이 세상에 맞도록 살을 옷 해 입었던 사내가, 느닷없이 줄어져 굼벵이만 해졌는데, 그래서 이 세상이, 자기 살기에 너무 품이 큰 것을 발견하고, 한숨 쉬는 그런 것이었을 것이다. 그것이 저 왜소해진 인간을 웃게 그리고 울게 하며, 이제까지 일상적이던 세계를, 그 근간으로부터 낯설게 느끼게 하는 것이다.

그러나 결국 나는, 기도 같은 건 하지 않았다. 다시 아집이었을지도 모른다. 여하간 나는, 나를 분리해내고 싶지는 않던 것이다. 십시일반으로 나를 분리해내서 다른 사람들이 또한 자기를 분리해낸 것에다 합치고 그래서 한 집단 운명을 만들어낸 뒤, 거기에다 자기의 슬픔과 고통을 전가하여, 그로 하여금 대신 울게 하고 싶지는 않던 것이다. 아집이었을 터이다. 왜소한 혹성의 왜소한 아집이었을 터이다. 그러한 한 떠돌이별이, 자기의 고독을 못 이겨 타인 속으로 뚫고 들어 동화하려고 비록 원한다 하더라도, 한 톨의 모래 부스러기라도 그 별은 자기를 남길 수 있을 것인가. 그렇게도 저들을 둘러싼 대기는 두텁고도 무서운 것은 아니었을 것인가. 그러므로, 고독한 아집으로서, 저 외로운 곳을 혼자 떠도는 수밖엔 없고, 그것이 그 별을 존재시키는 것일지도 모른다.

결국 나는, 기도 같은 건 하지 않았다. 그런 대신, 한구석에 쭈그러져 있는, 저 거지 계집아이의 잠이나 만나게 되었다. 그 애는 거기서 잤던 모양이었다. 알룩달룩해서 그 낫살짜리들에 곱게 보일 옷 한 가지를 가슴에 껴안고, 그런 채 자고 있었다. 그 잠은 내 보기에 정직했고 순진했고 그리고 애처로웠다. 나는 그래 쭈그리고 앉아, 그 잠을 보다가, 그 애의 눈과 마주쳤는데, 처음엔 뭔지 알 수 없다는 흐린 눈이더니, 이내 뭔지 두려운 듯이 나를 외면했다. 그러면서도 저 야무진 애는, "잘못했에요. 용서해주셨으면 하고 왔었어요" 하고 한 말은 또렷이 했다.

"이보게, 자네가 뭘 용서해달라는 건지 그건 잘 모르겠지만, 난 자네가 착하지 않다고는 생각하지 않는다네." 난 달래며, 외면한 그 애의 뺨을 내게로 돌렸더니, 벌써 그 뺨 위로도 트는 동이 어스름히 어리고 있었다. 그건 아픔에 찌들리고, 가난에 학대당하고, 모멸에 뒤덮인, 이지러진 얼굴이었다.

"그럼 용서해주시는 거예요? 난 죽으려고도 했었답니다. 아버지가 뜻밖에도 보고 싶어져요. 허지만 어느새 잤나 봐요."

"자넨 아버지가 보고 싶었댔군."

"그랬에요." 계집아이는, 그제서야 부스스 일어나 앉으며 대답했다. "전에 두 더러 그랬지만, 어젯밤처럼은 아니었어요. 제가 맞고 있을 때, 스님이 절 안아 피하게 해주셨죠? 그때 전 아버지를 보았었답니다."

"그래, 자넨 아버지를 보고 싶어 했었군."

"스님이 맞으시는 거 난 다 보았답니다. 그러다 안타까운 김에 장로 댁에로 뛰어갔더랍니다. 장로님께서 그렇게 노발대발하시는 건 처음 보았더랬죠. 그 댁 손녀딸까지 나왔었다니까요. 법정 나으리들이 불려 나오고 해서요, 그 서방님들은 유치장으로 끌려갔답니다. 모두 수군거리기로는 그 서방님들 모두 한 사흘씩 콩밥을 먹어야 할 거라구 그래요. 그러며 내게 눈을 흘기며, 침을 뱉아요. 난 그러자니 괜스레 눈물이 나곤 해서 여기로 왔댔죠."

"그렇게 됐었댔군, 그랬댔어."

그러나 나는, 더 이을 얘기를 찾을 수가 없어, 잠시 침묵하고 있자니 나는 내가 불쾌해 견딜 수가 없었다. 스승이 나를, 저 높은 산막에서 밀어뜨려, 그 아래 세상으로 떨구어버렸을 그때로부터 시작해, 내가 간 곳에선 왠지 불화가 끊이질 않고 있어온 것이다. 심지어 나는, 그 스승까지도 짓찍어 놓아버린 것이다. 뭔지 내게는 독업(毒業)이 있고, 그것에 닿아지면, 뭔가가 상처를 입는 듯하다. 그러고 보니 나는, 하나의 불길함으로써, 저주의 덩이로서, 이 세상에 던져진 것 같기도 하다.

"저어 이거요." 계집애가 내 손을 끌어가며 말하고 있었다. 그러며 내 손에다, 저 알룩이 옷을 쥐어 주는데, 난 얼른 이해할 수가 없었다. "이것이 탐이 났었댔지요. 허지만 지금은 조금도 탐나지 않아요. 저, 저어, 이, 이걸 스님께 돌려 드리면, 나, 날 도둑으로 생각지 않으시겠죠? 스님의 전표로 이걸 산 거예요."

"허허, 이 사람아," 난 머리가 좀 띵했다. "내가 그걸 뭣에 입겠나? 이왕 이렇게 된 걸 아가씨나 입어두지."

"전 용서를 받고 싶어요."

"이봐, 내 얘길 좀 들어보라구, 아주 신명 날 얘기지. 오늘 밤에 말이지, 십장 댁에서 날 저녁이나 먹으러 오랬는데 말이지, 자네 그것 좀 파르라니 입고, 나와 같이 가면 어떨까? 십장도 반가워할걸. 암믄이지."

"정말이세요?"

"그럼, 그러믄이지."

"이걸 입구 어젠, 귀여웁다는 말을 더러 들었더랍니다. 허지만 저녁에요, 스님이 뭔지 걱정스러운 얼굴로요, 같은 길을 왔다 갔다 하신 걸 보군, 스님이 날 찾으려는 게 아닌가 하니 겁도 나구요, 그래저래 해서 마음을 바꾸었었답니다. 그래설랑은요, 다시 물려서요, 스님 전표를 되돌려 드리려고 했더니요, 과택 아주머니 말이, 너 같은 더러운 거지 애가 입어본 옷은 넝마장수도 얻으려고 하지 않을 거라는 것이었어요. 전 분했에요. 그래 좀 대들었더니요, 건너 술집에서 그 댁 아드님과 친구들이 달려 나온 거예요." 그리고 그 애는, 잠깐 시무룩해져 있더니, 뭣을 생각했는지 아주 생기 있는 목소리로 이었다. "아, 그래요, 스님께서 닷새만 참아주시면요, 그 닷새 동안 일해서요, 갚아 드릴 수 있겠어요."

"이만쯤 우리 속을 털어놓았는데도 말야, 그래도 정 그게 마음에 쓰인다면 말이지, 글쎄, 그건 좋은 일인지도 모르지. 그럼 내가 의견을 하나 낼 테니, 그렇게 하면 어떨까?" 어쩌면 나는 서투른 계획을 하고 있었을지도 몰랐다.

"어떤 것인데요?" 그 애는 그렇게 묻고, 그리곤 아주 기죽은 속삭임으로, "스님만 안 싫으면요, 한 달이라도 스님과 살아 드릴 수도 있어요" 하곤, 얼굴을 붉히는 것이었다.

"허허허웃, 이보게, 고맙지, 고맙지만 말야, 내 계획은, 별로 말이지 내가 자네 손바닥을 몇 차례 때려주었으면 하는 것이었다네. 괜찮은가? 싫으면 그만둬도 괜찮지. 난 조금도 때리고 싶지는 않으나, 그런다면, 자네게는 여전히 빚진 듯한 느낌이 있는 것이라 생각해 그러는 거야. 허지만 맞겠다면, 난 피가 나게 때릴 터인데, 나로서는 종아리를 때렸으면 싶으나, 남의 눈에 뜨이면 거 뭐 좋을 것도 없고. 그러나 자네가 결정할 일이야. 난 하여간 빚쟁이는 안 될 테니."

"맞겠어요. 삼백 차례라도 맞겠어요."

"그럼 회초리를 하나 준비해오고, 손바닥을 내밀게. 나로서는 글쎄, 세 차례만 때리겠네."

계집아이는 종종 뛰어나갔다가, 능금나무 가지 하나를 꺾어 와서 내 앞에 앉고, 손바닥을 나란히 펴 내밀었다.

"그럼 지금부터 헤아리란 말이시. 세상은 그 대부분의 경우, 매로써 다스려진다는 것을 보여주려는 것이네." 나는 그리고 내 말의 꼬리를 들어보니, 참 의연히 말하고 있었다. 글쎄, 세상은 대부분의 경우, 매로써 다스려진단 말야.

한 차례 갈겼다. 그 깡마른 손바닥이 붉어지는 것을 나는 보았다. 계집아이는 이를 악물고, 내 눈을 뚫어져라 하고 보고 있었는데, 그 눈이 어쩐지 내게는 무섭게도 느껴졌다.

세 차례를 나는 때려주었고, 계집애의 손바닥은 언 것처럼 부풀어 올랐다. 그러나 어쩌면 나는, 대단히 큰 잘못을 저질렀을지도 모른다. 그럴 것이 아무 말도 없이 입술만 짓물고 있는 그 애의 눈엔 어떤 원망이 서리고 그것은 잠시 표독스러워졌는데, 그러다 흐려져 버렸다. 어쩌면 매로써 다스려지는 세상이란 그 매질의 아래쪽에 그 매질보다도 더 독한 음독을 쌓는 일인지도 몰랐다. 모멸과, 천대와, 가난과, 가래침에 덮이며 자라온 것을, 그 애는 정직하게 나타내 보였었고, 거기에다 나는, 세 번의 모진 매질을 가해버린 것이다. 결국 그 매의 의미는, 한 번 더, 가혹한 침 뱉기를 해버린 이상의 아무것도 아니었을지도 모른다. 그러나 무엇보다도, 아무리 살펴보았어도, 내 가슴엔 그 애에 대한 조금의 따뜻함도 괴어 있지가 않은 것이 문제였다. 그 차가운 가슴은 사치의 망령으로 우글거리고 있었다. 내 가슴은 그래서, 나에 대한 실망과 분노로 들끓어 올랐으나, 체머리를 흔들며, 그 애의 손바닥이나 들여다보다가, "아가씨라면, 어디 우리 둘이 같이 가서, 요기를 할 만한 식당을 알고 있을 법하겠군?" 하고 화제를 돌리려 했다. 그러나 그 애는 고개만 한번 끄덕여 보였을 뿐이었다. 그래 우리는 일어섰는데, 그러나 그 애는, 그렇게도 탐냈었다던 저 알룩이 옷을, 아무렇게나 쑤세미처럼 움켜쥐는 것이었다.

밥집만 가리켜 보이고, 그 애는 그리고 말없이 돌아서 버리는 것이었다. 그 등 뒤에다 대고 나는, 십장네 저녁 초대를 잊지 말라고 당부하고 내가 일을 끝낼 때쯤에 저 다리목에서 기다려줄 수 없겠느냐고, 그저 그런 말이나 할 수 있을 뿐이었다.

2

그 계집아인 물론, 일터엔 나오지 않았다. 그 한 가지 알룩이 옷을 위해, 그 앤 어쩌면 너무 많은 값을 치렀을지도 모르긴 하다.

내가 다시 일터로 돌아왔을 땐, 해가 두 발쯤이나 올라왔을 즈음이었다. 나는 장로를 만나보고 온 길이었다. 그 계집아이도 그렇지만, 내가 그 현장에 뛰어들었기 때문에 유치장에 들었다는 '읍내 서방님들'이며가 마음에 걸려, 전혀 입맛이 없었다. 그래 생콩이라도 씹는 기분으로 아침을 마치고 나는, 장로가 읍청을 나오는 길을 노려, 장로네로 이어지는 돌다리 목에 서서 기다렸더니, 멀리서부터도 나를 알아보고 장로가, 반기며 다가와 내 손을 잡는 것이었다. 그는 내게, 몸이 어떠냐는 둥, 산책이라도 했느냐는 둥, 얼른 돌아가 아침 식사를 하라는 둥 아버지처럼 자상히 대하곤, "대사께서는, 저 철없는 젊은이들한테 훈계를 좀 해줘야 된다고 생각지 않으오?" 하고 물어왔다.

"소승은 한 번도 그렇게는 생각해보지 않았습니다."

"그 젊은이들을, 마음으로부터 용서하고 있으신 게구료?"

"훈계라는 것도 생각지 않았으니, 용서라는 것도 생각해보지 않았습죠."

그와 나는, 읍청 쪽을 향해 천천히 걸어가고 있었다.

"소승은 소승으로 인해 장로께 드리게 된 여러 번폐에 대해, 충심으로 죄송스러워하고 있을 뿐입니다."

"허허헛, 대사는 그것을 생각하셨댔구료."

"소승은 그래서, 한 학승을 두둔하시느라, 남의 집 귀한 자제들께 훈계를 주어, 그 어버이들의 원망이 장로님께 미치지 않기를 바라서, 오늘은 법청에라도 들러볼까 하고 있는 중입죠. 그리고 소승으로서도, 한 소녀가 매질 당하는 것으로부터 피하게 하려 했으면 그것으로 됐지 별로 상처 난 곳도 피해 입은 것도 없이, 꼭히 이는 이로, 피는 피로 갚고 싶은 건 아닙니다." 어쩌면 나는 진심을 말하고 있었는지도 모른다. 왜냐하면 그들이 그 계집아이를 학대하고 있었을 때 나는 분노했었지만, 그 학대를 내게 옮겼을 때, 분노할 여유도 없이 나는 까무러쳐 버렸었고, 그런 뒤 아침에 나는 그때 느꼈을지도 모를 분노를 재생해내지 못하고만 있기 때문이다. 그저 사지나 좀 욱신거릴 뿐이었다.

"정 대사의 뜻이 그러시다면, 이 늙은이가 법청엘 들러볼 터이니, 대사는 돌아가 좀 쉬시구료."

나는 그래 합장하여 깊이 머리를 숙이고, 그와 헤어져 공사판으로 온 것인데, 장로는 저녁엔 일 끝나는 대로 부디 자기 집으로 와주기를 바랐고, 나는, 십장이 저녁 초대를 한 난관을 말했더니, 그럼 끝나는 대로 언제라도 와줘도 좋다고 말해서, 나는 그러겠다고 대답했었다. 그 노인은 그리고도, 한참이나 우두커니 서서 내 등을 보는 것 같았다.

한 열 짐가량은, 나도 다른 일꾼들과 같이, 즐기며 져 나를 수가 있었다. 그러는 사이 그러나, 해가 중천에 올라오며, 느끼기에 아주 탁해서 숨 막히는 열을 내려 퍼부어대고 있어서, 호흡이 가빠지고, 목이 타기 시작했다. 등짝은 땀에 흠씬 젖어, 비 맞은 것처럼 옷이 온통 들러붙고, 멜빵이 욱죄고 드는 어깨엔, 심하게 긁힌 것처럼, 핏발이 서는가 하면 다리는 휘청거리기를 시작하여, 도대체 딛는 곳은 어디나 땅이 견고하지도 평평하지도 못해 비틀거리게 했다. 게다가 흐르는 땀이 눈으로 스며들어 눈을 쓰리게 하며 원근과 요철(凹凸)을 가렸다. 허파가 터져나가려는 것에 비하면 그래도 그것들은 참을 만했다. 어제 경험에 비추어보건대, 이것은 하나의 고비였다. 명상 자세를 처음 수업했던 때와 같이 좀이 쑤시고, 괜스레 여기저기가 가려우며, 망념이 더욱더 휩싸드는가 하면, 번열이 나고, 무료한 데다, 헛기침이 자꾸 나오는 것뿐만이 아니라, 물을 켜고 싶어 환장할 지경인 것이다. 이런 고비를 넘기면, 다음 고비가 오기까지 또 그럭저럭해나가게 하는데, 그런 인내력이 가득 쌓이게 되면 허긴 유능하고 쓸모 있는 일꾼이 되어가긴 할 것이다. 그러나 이 고비를 넘긴다는 일이 그렇게 쉽지가 않은 것이었다. 도대체 마렵지도 않은 똥만 육실허게 마려운 듯하고, 누워보아도, 진저리만 쳐지고 오줌은 뒤 방울 뚝뚝 흘리기나 할, 오줌주머니가 부풀어 오른 듯해, 씨버무거갈 녀러, 참기가 어려운 것이다. 왠지 길이 자꾸 내어다보이며 메고 있는 지게가 저주스럽다. 어째서 도보 고행승이 장소로부터 자꾸 떠났던지를 그래서 생각도 해보고 이 짐을 못 참고 내가 읍내로 내려간다면 종내 나는 읍도 참지를 못하고 어딘가로 떠날 것이라고 했다. 짐과 장소가, 하나의 구속으로서 동일시되어 인식되기 시작한 것이다. 그러나 장소를 떠나면 거기 언제나 새로운 장소가, 기다리고 있는 것이다. 짐을 부리고 나면 다른 짐이 또 기다리고 있는 것이다. 그럴수록 나는 눈을 치뜨고 이를 악물었다. 그리고 갈 길을 내어다보며 빈 몸으로 성큼성큼 내딛는다고 하면, 서른 걸음 저쪽, 내가 짐을 부려야 될 곳이 아득하게 멀어 보였지만, 그래도 거기 닿지 않으면 내게 해방은 없다는 것을 자꾸 생각한다. 그것이 짐을 지고 걷는 나를 유혹하고, 집착케 한다. 그러나 종내 그것이 나를 노예로 만들고 있던 것이다. 그것은, 내가 가서 짐을 부려야 될 그 장소는, 하나의 커다란 위안으로, 내가 고역에 처하고 있을 때 나를 부르고 있었다. 나는 그것에 자꾸만 복종해가고 있던 것이다. 내가 얼른 다가가, 지게를 한번 기우뚱하기만 하면 나를 옥죈 모든 것이 풀리며, 준비된 듯한 산들바람이 그때마다 불고 있었다. 허파가 트이고, 후들거리기는 하면서도 드디어 발은 견고한 자리를 얻으며, 휘었던 척추가 한번 뻗쳐오른다. 만약에 무거운 짐을 지고 그것을 부릴 자리를 갈망하듯 서역 정토를 갈망한다면, 세상은 정토만으로 가득 차, 서역은 계획을 다시 세우지 않으면 안 될지도 모른다.

그러는 중에, 첫 고비는 지나고 있었다. 그래서 나는, 반은 졸고 반은 깨어서, 다시 여남은 짐을 더 져 날랐는데, 점심때가 가까워 오고 있었는지, 다시 다른 고비가 내게 덮어씌우고 들었다. 그리고 이번 것은 이상스럽게도 짐을 부릴 자리에의 집착으로부터 거부의 형태를 띠고 나타났다. 조금 전까지 나는 대단히 빨랐었는데, 지금 나는, 자꾸 느려터지고 있다. 나는 이때, 고통은 차라리, 짐을 부려버리고 난 뒤에서부터 정작으로 시작된다는 것을 알아내고 있었다. 짐을 부리고 난 뒤, 잠깐 숨을 돌리며, 다른 짐들이 산적해 있어 져 나르기를 기다리고 있는 것을 멀거니 건너다본다—이것은, 짐을 지고, 한 발자국 한 발자국 내디디며, 나를 일시에 해방시켜 줄 곳을, 땀과 열로 흐린 눈으로 바라보았던 것과는 전혀 달랐다. 이때 내게는 거부가 싹트고, 그래도 자신을 채찍질해 나아가는 길은 더디고 비겁해진다. 이럴 때 아마도, 야윈 자식들을 거느린 아비들은 한 숟갈 더 많은 풀기를 자식들과 자기의 목구멍에 흘려 넣을 수 있게 될 것을 생각할지도 모르며, 비록 천수답일망정 그것 한 뙈기라도 자기 것으로 갖고 살다 죽었다는 희망을 떠올릴지도 모르며 또 아니면 형편 탓에 혼기를 놓치고, 퍼 내지르고 앉기만 하면 수심가나 부르는 딸내미 낭자라도 올려줄 것을 생각할지도 모른다. 어쨌든 일하지 않으면 궁핍과 모멸이 빚더미로 쌓인다. 이런 일은 차라리 하나의 형벌로서 주어진 것처럼 그래서 여겨진다. 누군가는 분명히, 금잔에다 저런 땀방울들을 받아서 취하도록 마시고 있다. 그러나 이런 형벌이, 어디로부터 왜 왔어야 되는지는 아무도 모른다. 그러한 형벌을 감내하는 일이 얼마나 유익한지 어떤지도 모른다. 다만 도망칠 수 없다는 것을, 울 수도 추억에 잠길 수도 없다는 것을, 조금 알 뿐이다. 그렇다고 무엇에다 어떻게 대들 것인지 그런 것도 알 수가 없을 뿐이다. 할 수 있는 하나의 일은, 울분이 치밀 때만, 선조를 한 번씩 원망도 해보지만, 누구 몫의 짐이든, 그것이 자기에게 짊어지어졌으면 지는 일뿐이다. 구레네 사람 시몬이 곁에 서 있어도, 그가 누구인지를 모를 뿐일 터인데, 우리 모두가 매달고 있는 얼굴은 구레네에서 온 얼굴들뿐이기 때문이다.

그러다 보니 점심 종이 울렸고, 나는 가슴이 창백해져 서버렸다. 그랬더니, 짧아진 내 그림자가 내 발등 위로 흘려내려 덮여 있는 것이, 일종의 낯설음으로 보인다. 어쩌면 자기 왜소감과의 재상봉이었을지도 모른다. 오늘도 나는 속으로 흐느끼고 있는 것이다. 명하여 돌들을 떡 덩이가 되게 할 수만 있었으면, 그랬으면, 했었을 것을.

점심은 또 장로 댁에서, 그 댁의 원정에게 들려 보내왔다. 오늘은 점심 종이 울리기 전에 도착해 기다렸던 모양으로, 노인답게 웃으며 다가와, 같이 들자고 했다. 그래서 우리는, 십장이며, 두통쟁이며, 전문은 비록 미장이라도 막일을 하는 미장이며, 그런 사람들이 모인 데로 가 자리를 잡은 뒤, 권해가며 그들과 함께 들었다.

"시님 일허는 걸 보면 말이라우, 반거첑이인 디다가 일 욕섬만 많아각고라우, 딱해서 보덜 못허겄어라우. 그래도 오늘은 어지보당은 히끈 일 수단이가 됐던디라우. 해보먼 요랑이 생기는 겨요."

짐 수 헤아리는 늙은이가 그렇게 말을 풀어냈으나, 내가 그저 웃고 대답을 하지 않으니, 십장이 다른 말로 바꾸었다.

"어지도 내가 말히었지만 말여, 모도 잊덜 말랑개, 시님도 안 잊어뻐맀을 기요이? 오널 저녁은 모도 우리 집에 와서 묵자고. 우리 예핀네가 머 솜씨는 없어도 말여, 셍의는 있인개, 임식 타박을랑은 말고여."

"요배겨 십장 사둔, 고런 이약을 헐라면 말이제, 한 열흘 전부텀이나 히었어야 옳였다고이."

"윗따나, 조놈우 친구네, 그라먼 고단새 굶어놓았겄단 고 말 아녀?"

"그란히어도 엊저녁부텀 설먹어놨더니, 뱃쇡이 쪼록 쪼로록 안 해싼갑네?"

"쪼꿈 전에 억책이로 묵던 입은 그라먼 고것이 똥구녁이었던갑제?"

"자네 말여, 고것이 말허는 소리였으까 똥뀌는 소리였으까? 꼬린내가 독한 것 본개, 자내 베랑 뱃쇡이 실허덜 못헌갑제? 그라고 봉개시나 쉬엄 멫 가닥 돋은 게 똥꽃도 곁여이. 어른들 허는 말씸으로 따지자먼, 들어보라고, 양반의 쇡이란 짚다고 허는디, 고 쇡이 글씨 월매나 짚었으먼, 오만 쌍놈이 비지땀을 흘리 거둔 걸, 죄다 갖다 고 한입에만 믹이줘도, 실폭허다 소리를 안 허끄냐요 말이제. 양반의 쇡이란 그래서나 한량이 없느니. 아까 묵은 고까짓 것 갖고 쇡이 차겄냐고?"

"허흐, 고참, 양반 하나 뫼시고 볼랑개, 나도 쇡이 짚어질람선 잠이 다 오는디. 속만 짚어서는 안 되여. 게을러야 양반도 허는 겨."

"글매, 한 소곰 살콤 자고시나 또 시작헐 일이겄고만, 그라고 조 양반 너무 바라바싸먼, 자네도 배가 자꼬 고파질 팅개, 알아서 바두라고이."

"그랴, 그랴. 내 땀으로만 배를 불릴랑개, 요렇게나 에럽운디, 당최 배고파질 일일랑 말어야제. 그런디 말여, 넘우 땅에 넘우 피 맛에 일단 쎗바닥을 적시밨다먼 말여, 듣자먼 그렇단 소린디, 사램이 더 깔딱증(갈증)을 냄시롱, 영 벤해각고, 나중에 보먼, 천련 묵은 무신 독거무(독거미)나 고런 것이 된당만. 그래각고는 줄을 늘인단디, 고 줄은 비도 앙코 말여, 워처키나 튼튼헌지, 독수리라도 걸리먼, 꼼짝 못 허고, 피를 빨리고 껍데기만 냉긴당만."

"후유, 그래도 시절이란 것이 안 있겄다고이? 가실(가을)도 오고, 저슬(겨울)도 오제. 여름이란대도 원제나 하늘이 맑은 법은 아니니."

"고건 무슨 소리꼬이?"

"워디, 거무가 뿌렝이(뿌리)로 사는 짐성이던가이? 고건 줄로 사는 짐성아니더냐고? 워떤 때는 쏘내기가 오제이? 눈이 질로 질로 채이기도 하고이, 바람도 세게 불 때도 있을 것인개이?"

"그래 밨던들, 거무 똥구녁에 줄 끊어졌단 말은 내 못 들어밨인개."

"그래도 시절이란 것은 있는 게 아니냐고이? 지 땀으로 지 걸금(거름) 허는 것이 있다먼, 고건 나무일 것인디, 봄에 잎을 피워각고, 가실에 지 뿌리에 덮어서, 저실을 따뜻허게 사는 겨. 워짜먼 나무는 저슬에 살라고 세 철 일허는 것이여이? 고건 뿌렝이로 살잔개, 시절도 없겄제이? 고 뿌렝이끄장은 거무도 줄 치던 못 헐 것잉만이? 지 땀으로 갖다가시나 배불릴랑 건 나무여이?”

“그랑개, 나무도 땀을 흘린단 말여 지언장 어짠단 말여?”

나는, 눈앞에 활짝 열린, 읍내 풍경이나 내려다보고 있었다. 한낮의 뙤약볕 아래, 저 읍도 또한 오수를 살콤 들이고 있는 모양인데, 음탕하고 또 으슥한 듯해 보기에 좋았다. 어째서 신들이, 자기의 계집을 땅에다 정하고 거기에다 자기의 두루마기를 걸기 바랐던지 그 신욕(神慾)의 뿌리도 짐작할 듯했다. 이 언덕에다 조그만 암자를 갖고, 낮엔 졸고 저녁엔 달빛에 얼굴을 그을리기라도 한다면, 높은 가지 위의 독수리 같겠지, 같겠지—

오후의 일의 대부분은 대체 어떻게 했는지, 정작으론 나도 모른다. 나는 다만 지게를 벗어부치고 장로네로 내려가선, 장로께 무릎을 꿇어 절하고, 또 그의 손녀딸을 달콤한 말로 꾀어내어 애를 배어준 뒤, 그네의 부 가운데 점잖이 도사리고 앉는, 그런 꿈이나 꾸었었다. 그런 꿈에 휩쓸리다 보면, 내가 지고 있는 짐이 무거운지, 가벼운지, 그것까지도 느껴지지 않았다. 그 짐을 지고 가서 나는, 저 은근스레 품 열고 있는 계집의 사타구니에다 자꾸 부려버렸을 것이었다. 내 속에서는 탐욕의 더러운 건더기를 튀겨내는 기름 냄새가, 오후 내내 끓어 올라왔었다. 어쩌면, 읍과의 하직을 단행하지 않으면 안 될 데에, 나는 온 것인지도 몰랐다. 그리고 고역과의 싸움도, 일단은 보류해두지 않으면 안 될 데에 온 것인지도 몰랐다. 나로서, 최후까지 희미하게라도 나를 붙들고 있었던 것은, ‘네가 만약 성교 중에라도 몸을 일으켜, 떨어져 내린 홍시를 주워 먹을 만한 중놈이 못 된다면’ ‘계집과는 호젓이 있을 일이 아니다’라는, 선사들의 충고를 꼭 한 번만 좇아, 그래서 이 읍으로부터 떠나지 않으면 안 된다는 것이었고, 또 고역에 대해서는, 어떤 고역에도 내가 결코 만성이 되지 않기를 바란 것뿐이다. 면역이 되지 않기를 바란 것뿐이다. 어떻게 사소한 눌림이나 스침도, 내가 그것을 놓치지 않고, 그것으로 하여서도, 내가 무섭게 앓게 될 수 있기를 바란 것뿐이다. 그런데 나는 어떤 편이었는가 하면 홍시쯤은 까마귀가 물어가도 그뿐이라고 생각하며 홍시의 맛에 집착하여, 계집을 울리는 보살행이란 옳지 않다고 믿는 편인 것이다. 계집에는 집착이 없으나 홍시에는 집착이 있는 것과, 홍시에 집착이 없으나 계집에는 집착이 있는 것은 근원에 있어 그것들이 어떻게 다른지는 모르되, 병든 근으로 하여 계집을 잠시 웃기는 것 보다는, 홍시 맛에 집착하여 계집을 잠시 울리는 쪽이 나을지도 모르긴 하다. 지혜의 올바르지 않은 것은 병든 근이나 같아서 절대로 세상의 후끈한 쪽으로 나설 것이 아닌데, 결과는 계집을 썩혀버리게 될 것이기 때문이다.

회계꾼이, 인부들의 어제치 임금을 지불하고 있어서, 자기의 호명을 기다리며 수선거리고 있을 때, 나는 저 목사의 바람난 딸에게 약속한 것을 기억해내고, 십장 곁으로 갔다. 그리고, 그 애와 같이서 참석한다면 대단한 폐가 안 되겠느냐고 물었더니, 십장은, 물론 좋다고 대답하며 만약에 내가 원한다면 몇 더 데리고 와도 좋다고까지 했다.

"그럼 먼저 내려가서," 내가 말했다. "땀도 좀 씻어내고, 늦지 않게 댁에 도착할 터인데, 짐작에 그 애는 십장님 댁을 알고 있지 싶습니다."

"아 그 아사 물론이나 알지라우. 획씨 그 아를 못 만내드래도라우," 십장은 그러며, 손가락으로 가리켜서, "저그 저쪽이그만이라우. 수도청 옆으로 쪼꾸만 골목이 있는디라우, 거그를 돌아서라우, 잊어뻐리고 한참 걷다가 보먼이라우, 동네 시암(샘)이 빌 것이요이. 거그서는, 아무헌티라도, 화장장 가는 질이 어디냐고 묻고라우, 고 질로 따라 좀 올라오먼 우리 동넨디, 동네서사 우리 집 모를 사람 없을 거고만이요."

오늘은 내가 그중 먼저 하산했다. 물론 전표는 받아 쥔 뒤였다. 그리곤 냇둑을 따라, 인가가 없는 곳까지 걸어 내려갔다. 그런 뒤, 전표는 꺼내 돌 밑에 눌러놓고 땀에 흠씬 젖어 쉰내를 독하게 풍기는 옷째 물속으로 걸어 들어가, 배꼽까지 닿는 데서 주저앉았더니, 내 턱밑에서 물이 시원스레 갈근거렸다. 그러며 내 목을 조르는지, 일순 현기증이 일며 풍경이 아스라하니, 신기루처럼, 그 표피만 한 포 떠져서, 이불 폭처럼 펄럭이더니, 다시 살 위에 입혀졌는데, 내가 본 저 풍경의 한 껍질 밑은 연한, 진물을 송송 돋워내는, 살이었고, 그 살은 기름졌다. 그리고는 다시 풍경이었다. 이삭을 배기 시작하는 볏논이며, 등성이 밭, 논두렁으로 느릿느릿 걷는 농부의 흰옷이며, 석양을 받고 금빛으로 번쩍이는 냇물, 하늘과 땅. 다시 풍경이었다.

물속에 앉은 채 옷을 벗어 나는, 그 옷을 저 거세게도 아니고, 그렇다고 완만하게도 아니어서, 살 속에서 뼈가 녹아드는, 저 흐름에다 휘적휘적 휘적였다. 그리고 참아두었던 배설을 했더니, 똥 덩이는 떠올라와 금빛으로 흘러내려 갔는데, 송사리들이 한 점씩 떼 물어갈 것이었고, 그러는 중에 똥 덩이의 수사는 이뤄져 버릴 것이었다. 나는 조금만 더 그렇게 앉아서, 저 여울이 간지럽히는 호꾼함 속에 꽂혀 있었고, 일어났는데, 물 한 방울 떨어져 내리지 않을 때까지 옷을 쥐어짜 입고 이제 읍으로 들어간다면, 마침맞게 은근스러울 시간인 듯했다.

3

버드나무며, 해당화 울타리며, 조용히 저물고 있는 골목의 낮은 목소리 들리고, 밖으로 나앉은 노인네들의 잎담배 연기와, 땀내와, 개들이 뺑뺑이를 도는 골목을 걸어, 그 계집애와 나는, 십장 댁에 알맞게 도착했다. 그의 아낙은 부지런한 옌네인 모양으로, 안팎이 모두 깨끗하고, 또 먼지가 일어날 만한 마당 귀퉁이들엔 물을 뿌려, 마당을 그득히 황토 냄새로 괴어놓고 있었다. 그 냄새는 좋았다. 그 마당 가운데 멍석이 두 닢이나 펴져 있었고, 나를 불로 태우려 했었던 그 얼굴들이 한 다발 잘 피어 웃고 있었다. 그들은 벌써, 몇 순배씩 소주를 돌렸던 모양으로, 어떤 만족스러움, 어떤 휴식, 어떤 정들로 얼굴들이 붉었다.

“아 시님, 왜 인제사 왜겨라우?”라든가, “지다리장개 눈깔이 빠지요”라든가, 뭐라든가, 모두 한마디씩 하고, 그들은 그 애와 나를 반기고 자리를 넓혔다.

“아 그라고 여봐.” 십장이 자기 마누라를 부르고 있었다. “시님 오싰는디, 나와 인사해겨.” 그는 그리고 또, 그 멍석 귀퉁이 앉아 있던 두 아들더러도, “시님이 오싰으먼 인사를 히어야제” 하고, 호통치는 음성을 꾸민다.

그렇게 해서, 흩어지던 황토 냄새가 소주잔에 가라앉고, 그 소주를 마시기 시작해서 모두, 코로 황토 냄새를 풀풀 풍겨냈다.

"시님도 요만침이라먼 드실 수 있겄구만이라우. 자, 잔 받으시제라우." 십장이 내게도 권해, 잔은 받았으나, 마시지는 않고, 상 밑에다 내려두었다. "그라고 너도 쬐꿈 맛 좀 볼래?" 그는 그리고 계집아이에게도 권한다. 거절도 하지 않고, 그 애는 받아서, 한 모금에 잔을 비워버린다. 그리고 입맛을 다셨는데, 그 앤 어쩌면 소주 맛을 알고 있는 듯했다.

"헤엑 조런?" 두통쟁이었던 사내가 그렇게 말하며, 자기 잔을 그 애 앞에 내밀어준다. "너도 원제 수도청 물 좀 묵어봤단댜?"

"상은 내가 뚜둘기줄 팅개, 노랠랑은 니가 한번 불러볼래?" 회계꾼이 그러고, 미장이도 한마디하려는 눈친데, 십장이 말을 바꾸고 나섰다.

"허고 말여, 금매 우리 예핀니허고, 애덜이 나가서 오널, 미꼬랭이를 글씨 한 둬 구럭 택이나 잡아왔더랑만. 그래 씨락 넣고 한 가매솥 끓이놨응개, 허끈들 풀고 말여, 실폭허게들 자시라고이. 예핀니 솜씨가 그저 그런개, 맛으롱랑 탓헐 건 없겄제."

"히억, 고런! 글매 고 소리 듣잔개, 양반 속만 짚은 것도 아닌 듯혀."

"아짐씨사 손끝 짭짤허기로 이름났잖냐고."

허리끈들 늦추며, 한마디씩 하고 있다. 때에 큰 뚝배기들이 날라져 와 탑처럼 쌓이고, 구수한 비린내를 풍기며 김이 뭉슬뭉슬 오르는, 국 담은 동이가 들려 내오고, 이어서, 그 댁 막내아들 목욕이라도 시켜도 좋을 양푼에, 아마 한 간은 안회 마음씨 같고, 한 간은 도척이 마음씨 같거나 싶게, 쌀하고 보리가 섞인 밥이 그득히 담겨 나왔는데, 그 주방지기는 십장이 맡고 나서서, 뚝배기들에 먼저 적당히 밥을 푸고, 그 위에 넘치도록 추어탕을 부어 주는 것이었다. 내게는, "시님 식성을 내가 아죽 모른개, 국하고 밥하고 따로따로 디리제라우" 하고 그렇게 배당했다. 나 장돌뱅이 중놈이어서 그렇게 생각하지만, 이런 일이란 장터에서도 그중 호꾼하고 옴팡한 데서, 서로 떠돌이끼리 만나서도 한동네 이웃인 듯이 친해지는 곳에서나 있는 것이다. 글쎄, 그 가마솥 걸린 곳이 밍밍한 벌판 가운데라 한다더라도, 거기는 어쨌든 바람 가려진 옴팡한 데처럼 여겨지는 것이다. 그 가마솥 전에 앉아 국자를 들고 있는 백정의 어미는, 상스레 불그스름한 얼굴에다, 굵직한 목소리를 하고서, 솥전으로 모여드는 시장한 것들을, 무슨 새끼 원숭이들이나처럼 취급을 한다.

"거 괴기 좀 듬뿍 넣고, 한 그럭 잘 말아바잉?" 손님이 그러면, "지랄육갑허고 있네 시방. 얼렁 돈이나 건네여 내가 베문이 알아서 사둔 모시까?"라고, 밥주걱으로 뺨 한 대 갈기는 투로 대답하지만, 고기를 집는 손은 간사하고 또 섬세해서, 언제 녘 서너 근 삶아놓은 내장이, 오십 명 손님을 배불리 먹이고도, 여전히 서 근으로 남아 있어 보인다. 그래도 거기는 옴팡하고, 늦가을 바람이 아무리 쌀쌀하다더라도, 호꾼하다.

"웟따, 아짐씨 손끝이 짭짤히어서잉, 요렇게 맛있는 건 생전 또 첨인디."

"듣자면, 시님덜은 괴기를 못 묵는다고 허는디, 고게 사실이랍뎌?"

"소승은 그럴 만하게 속이 뚫린 중이 못 됩니다. 그러니 먹어도 그뿐이겠습죠."

"헌디 시님 국그럭은 쫄아지들 안 허는디요. 요렇게 맛있는 괴깃국도 못 묵어보고 산다먼, 요 세상 사는 재밋속으로 갖다가시나 팩 줄이뻐릴 기요."

"야 사람아, 시님헌티 말헐 때는, 요것을 괴깃국이라고 허지 말고 말여, 씨락국이라고 해야 허는 겨, 조렇거니나 말헐 중을 몰른단 말이랑개."

"허허웃, 나는 자네가 말허는 소리는 모도 똥 뀌는 소리다 허고설랑, 꾸룽내만 난다고 히어왔는디, 워짜다가는 말로 헌당개."

"소승은 아주 잘 먹고 있습니다. 호박전이며, 파전이며, 이것저것 하도 음식이 훌륭하다 보니, 젓갈질하기가 바쁘기 이를 데 없군요. 밥은 벌써 한 그릇 반이 비워져 가는 중인걸요."

"많이 많이 드씨요, 많이 묵어야 똥도 많이 싸는 것인디, 많이 들고라우, 도란 것도 좀 많이 페씨요."

"허허웃. 그랑개 조것이 똥 뀌는 소리 아니었으까? 똥허고 도라는 것허고, 대처니 고것이 같단 소리여 머시여?"

"초런! 같을 때도 있제 그라먼, 많이 묵는 누에가 실도 많이 뽑는 겨."

"큰 형장 나리 밥 묵는 걸 보먼, 말밥으로 갖다가시나 족쳐댄단디, 그 사람 누어놓은 똥으로 그라먼, 자내 멩주옷을 해 입는단 고 말 아니겄어?"

"자네 시방 나헌티 와달이란댜?"

이 잔치는 그래, 풍더분하고, 알속 있으며, 호꾼했고, 옴팡했다. 그런 옴팡한 세상은 여하간 우겨서라도 당분간은 살아갈 만한 고장이었으며, 그런 살 만한 밤은, 처마에 매단 등불 아래서 이슥해지고 있었다. 그 등을 올려다보며 나는, 그들과의 하직을 단행하지 않으면 안 된다는 것을 되다지고 있었다. 부나비들이 등갓 틈으로, 안의 뻔한 불빛을 들여다보며, 처용(處容)의 음성으로 노래하고 있었다.

밤드리 노니다가
드러ᅀᅡ 자리 보곤
가ᄅᆞ리 네히어라
둘은 내해엇고
둘은 뉘해언고

그렇게 내가, 이별을 마음에 다져버리기 시작한 것은, 저 처용들이, 옴팡하고 후끈히 살고 있는 곳을 보는 나의 눈이, 간음과 절도기를 띠어버린 것을 깨달아낸 그때부터였다. 한 객귀가, 저 고장의 풍염하고 은근한 눈치에 반해서 그의 두 다리를 그녀의 이불 속에 묻어놓기를 바라기 시작했을 때, 그 간통은 시작되었던 것이다. 그러나 나는 한 번 더 개종해버릴 것이다. 그래 그럴 것인데 어디로 떠날지는 아직은 모르고 있다. 나 옛날 살던 산막도 이제는 아무 의미도 간직하고 있지 못하니, 다른 아무 곳으로도 머리 둘 곳이 없어져 버렸다는 뜻이고, 아마도 그래서 나는, 유리로나 되돌아가게 될지도 모른다.

헤어질 때 그래서 나는, 십장만 듣도록, 나로서는 내일 하루쯤이나 더 읍내서 머물러 쉬고, 이 읍을 떠날까 한다고 얘기해두었다. 어쨌든 저 노동은, 고역과의 이상스러운 싸움은, 일종의 환속으로서 보류해두었다. 내가 왜 노동을 자청했는지는 아직도 모를 뿐이며, 받고 보니, 임금이란 무엇보다도 큰 의미를 띠고 있다는 것만 알아냈을 뿐이다.

십장은 그 점에 관해, “글씨, 그러시기를 바랬었구만이라우. 몸에 맞도 안헌 짐을 져 날를라고 비지땀을 흘리는 걸 보고 있자먼이라우, 송구시러 죽을

지경이었더랑개요. 장로님도, 나헌티, 시님이 일을 구만두도록 권하라고 허시곤 히었었제라우" 하고, 자기 본심을 털어놨다. 우리가 헤어졌을 땐, 자정이 가까웠지 싶었다. 그때쯤엔 술기도 깨어가고 있었던지, 목소리들도 낮아지고, 졸음 겨워 있었다. 그러고 보니, 모든 곳이 다 조용했고, 한길에 가스등만 타고 있었다.

"아 이보게, 아가씨가 나와 같이 십장네에 가준 것에 대해, 내 충심으로 감사한다네."

"정말 잘 먹고, 재밌었어요." 목사의 딸은 그렇게 말하며 내 팔을 꼈다.

"장로님 댁에 말이지, 좀 들를 일이 있어 가는데 말이지, 내가 아가씨 사는 데까지 바라다주지."

"장로 댁에 가셔요?"

"글쎄, 그렇게 하려 한다네."

"내가, 저쪽에, 아주 조용하고 깨끗한 여인숙을 알고 있는데, 거기서 기다려요?"

"고, 고맙네만, 난 아마 그 댁 사랑방에서 자게 될 거야. 아 그럼, 이만쯤에서 헤어지는 게 좋겠군. 평안하게."

"그러시담." 계집애는 아주 떠는 목소리로, 그리고 거의 들리지도 않게 말하고 있었다. "아버지처럼, 절 한 번만 안아주시고 가실 수 없으셔요?"

"아, 물론이지, 좋지." 난 그리고 팔을 벌려, 그 애를 껴안으려 했다. 그랬더니 그것이 몸을 빼쳐 물러나며, "이렇게 훤한 행길에선 싫어요. 허지만 저쪽 그늘쯤이라면 좋겠어요" 하고, 먼저 그늘 쪽으로 다가가 웅크리고 섰다. 거기는 쓰레기들이 쌓여 있었다.

그 그늘 아래서 나는, 그 애가 바라는 대로, 저 깡마른 애를 품에 안아주었다. 그리고 팔을 풀어 이제 돌아서려는데, 나는 이미 내가 거역할 수 없는 처지에 처한 것을 알게 되었다. 그 계집아인 어느덧 흘러내려 바닥에 무릎을 꿇고 앉아선, 한 돌중의 사유(私有)를 탈취해, 제 목구멍을 채우고 있었다.

"이봐, 자네 손바닥은 아직도 아픈가?" 나는 거의 잠꼬대처럼 말하고 있었을 것이었다. "난 말이지, 괜스레 말이지, 자네 손바닥을 때렸다고 말이지,

후회를 했댔지만, 어쨌든, 그것으로 끝난 게 아니었었던가 말이지.”

그러나 오래잖아 귀두가 떨었고, 난 우울해 그냥 서 있었더니

“안녕히 가셔요.”

하고 그 애가, 외로움에 병든 밤의 한 귀신모양 비실거리고 가는 것이 아주 우울하게 보였다. 그 애는 결국, 한 떠돌이 중을 삼키지 않고 뱉어버려서, 그 돌중이 간음기를 갖고 보았던, 그 읍의, 한 으슥한 더러운 구석의 쓰레기 더미 위에, 그 중을 아주 끈적하고 탁하게 버려버리고 있었다. 내일 새벽쯤엔, 개들이 와서, 저 물림 받은 객귀의 냄새를 흠흠거리게 되리라.

안녕히 가셔요. 아, 안녕히 가셔요.

제21일

1

읍과의 하직은 결국 그렇게 이뤄져 버렸던 것으로, 내게는 자꾸만 이해되었다. 나도 그것의 곬에다 정액 쏟기를 무엇 때문인지 거부했었지만, 그것 또한 삼켜주려 하질 않았었다.

장로 댁 대문 밖에도 가스등은, 새벽 깊음으로 타고 있었다. 새벽 고달픔으로 깊어지고 있었다. 시간이 적당치는 못했지만, 그리고 장로가 날 기다려 깨어 있든 없든, 일숙박을 위해서도 대문을 두들기기는 해야 했다.

그랬더니 개가 먼저 컹컹 짖고, 그런 뒤 대문이 열렸는데, 그 문간방에서 홀로 지내며, 내게 점심을 날라다 주었던 그 원정이 반긴다. 나는 늦게 죄송하다고 말했고, 그는, 장로가 날 기다려 사랑방에서 책을 읽고 있다고 귀띔해주었다. 개들은 꼬리를 흔들며, 나를 따라와 사랑방 마루 밑에 쭈그리고 앉아 올려다본다.

장로는 성경을 읽고 있었다. 그리고 나의 내방이 늦었다는 사과에 대해서는 일언반구도 없이, "글쎄, 처음서부터 지금 다시 읽기를 시작한 참이죠" 하고 말하며 돋보기를 벗겨냈다.

나도 자리에 편안한 자세로 앉고 그를 건너다보았다. 그때 그는, 마당을 가로질러 있는, 못 위의 연꽃을 바라보고 있었는데, 밤의 여름은 적막했다. 부나비들이 남포등에 부딪치며, 여름의 밤을 적막히 태우고 있었다. 밤은 자꾸 흐르는 듯했다.

"이 읍에 와서 대사는, 못 당하실 곤욕을 두 번씩이나 당하셨구료." 그런데 장로가 느닷없이 그런 말로 밤의 소적함을 깼다. "그때마다 대사는, 그 행악한 자들께 벌주려 하기보다는, 용서해주기를 바라지 아니하셨소?" 그는 그리고, 차를 따라 내게도 권하고, 자기도 든다. "그러나 대사는 모르시겠소만, 그런 종류의 행악이란 타인을 상대로, 밖으로 드러난 아주 작은 종기나 같은 것일지도 모르지요." 노인은 그리고 얼굴을 찡그리더니, 거의 신경질적인 음성으로, "글쎄 모르시겠소만, 이 읍은 이미, 매음과 아편과 독주 없이는 지탱해나가기 어려운 상태에 와버린 것입니다" 했다. 그는 그리고 나를 멀거니 건너다보았는데, 내게는 그가 괴로워하고 있다고 여겨졌다. "그렇지, 이제는 말씀드려도 좋겠지. 글쎄 그러려구 했었으니까." 그리고 노인은 갑작스레 병든 듯이 짧게 웃더니, "오늘날 이 늙은이가 푹신하게 걸터타고 앉은 이 부가, 무엇으로 이뤄진지를 아시오?" 하고, 좀 번들거리는 눈으로 나를 쏘아보았다. "나의 아들은 다르지만, 선친이나 나는, 이 재산에 먼지 한 톨도 얹은 게 없었습니다. 그러면, 일대에 그것도 한 이삼십 년간에 무슨 수로 이만한 재산을 불릴 수 있다고 생각하시오?" 그는 그리고 또 병든 듯이 조금 웃었는데, 그의 속이 아마 무척 쓴 듯했다. "그렇지 뭐, 둘러서 말씀드릴 것도 없겠지요. 창기와 아편과 독주 말고, 무엇으로 이런 재산이 이뤄졌겠소. 조부께서 초대 읍장으로 오시며, 이 읍에 가져오신 선물이, 그 세 가지 것이었습니다. 그리고 물론 점잖은 품위, 인자한 웃음, 다정한 언사." 노인은 그리고 조금 눈물을 내비치며, 연못을 망연히 내어다보다가 이었다. "자 이제는 모든 내력을 아셨겠소. 헌데 문제는, 밖으로 나타나는, 그런 작은 종기가 아니라, 내독에 있는 것이외다. 한 분은 그 병독을 뿌리고, 다른 분은 그 병근을 뽑으려 했었습니다만, 이 병근은 무슨 혹이나 잡초처럼 솎아낼 수 있는 것은 아니었습니다. 그것은 뭔지, 혼만 삼키는 독사 같아서, 이 독사를 집어내면 혼까지 뽑아내게 될지도 모르는 겁니다. 이 병독은 그런데, 소위 말하는 하류층에가 아니라, 상류층에 뿌리 깊은 것이어서, 그래서 더욱더 무서운 것인데, 그 탓에 그것이 도덕적 기준까지를 바꾸고 들며, 이해할 수 없는 취미, 이해할 수 없는 악을 즐기려는 것입니다. 대사께 불을 질렀던 일도 그런 한 예가 될 것이지만, 헌데, 이렇게 말하고 있는 이 늙은이의 조부가 그 씨앗을 뿌린 것이고, 그 씨앗을 받은 자들의 피는, 신앙 없이는 못 살면서도, 어떤 종교도 또한 받아들일 수 없는 그런 것으로 붉어 있었습니다.” 장로의 눈엔, 눈물이 더 두터이 어리고 들었으나, 그는 그것을 닦으려고도 하지 않았다. “그런데 그들이 이 종교를 받아들여 버렸소. 창기와 아편과 독주에다 그들은, 자기들의 혼신을 제물로 바쳐버린 것이오.” 장로는, 눈물 어린 눈으로 웃어 보이려고 애쓰고 있었다. 그 얼굴은 비참해 보였고, 괴로워하고 있어 보였다. 그는 그러나 얼른 말을 이으려고는 하지 않더니, 또 밤이 엔간히 흘렀겠다 싶은 때에사 계속했다.

“헌데, 어떻게 들어주실지는 모르겠소이다만, 이 말이 이치에 닿지 않으면, 늙은이의 망령이라고 생각해주시고, 또 조금은 진실한 마음에서 우러난 이야기 같다고 믿어지면, 좀 고려해 보아주셨으면 싶은데, 다른 말이 아니고, 나로서는 그런 모든 병폐는, 거기 그것을 치유할 만한, 새로운, 하나의 확고한 정신적 지주가 없는 탓이라고 믿어서 그래서 또 그렇다고, 어떻게 해서 이뤄진 것이든, 재산이 영 없는 것도 아니고.” 노인은 갑자기, 좀 종잡을 수 없이 말하고 있었다. “그렇다고 그것이 뭐 그렇게나 떼진 것이라고, 이 고장 이만의 가난한 사람들을 다 잘살리게 할 만한 것도 못 되지만, 자선이라든가 동정의 이름 아래 베푸는 작은 선심이, 결과에 있어 차라리 해독만을 조성해오기도 한 터라서 글쎄 그랬었군, 심지어는 말이외다, 선천이 교인들께 베풀어주신 얼마쯤의 은전들로 사람들은 아편을 사고, 창기네로 가며, 소주잔에 살라 먹어버리는 결과였기도 했던 것이외다. 나중엔 노름 밑천까지 얻으러 오는 상태에까지 이른 정도였는데, 물론 나중에는, 그것을 밑천으로 조금씩 힘을 펴는 사람도 없는 건 아니었을 것입니다만, 백 명 가운데 한둘 정도라고까지 말해도 과언은 아닐 것입니다. 그 한둘을 위해, 아흔 일고여덟을 게으르게 한다는 일은, 그것이 아무리 선의의 결과라고 한다더라도 과히 찬성 못 할 일, 그럼에도 이 늙은네는, 아들은 물론 자기의 분깃을 지나칠 정도로 충분히 갖고 있으니, 이 늙은네 몫으로 평생 지녀온 것들을 어떤 방법으로든 나누어서, 나의 조부가,

창기와 아편과 독주로 얻은 그들의 것을 되돌려주려 하고 있는데, 그래 내 그 문제로 요 한 십여 년 때로는 밤잠도 설폈었댔소." 장로는 잠깐 쉬고, 다시 이었다. "그래 내 생각에 보시라는 것에도 여러 가지 방법이 있을 터인데, 그들이야 아편을 사든, 식량을 몇 말씩 가난한 사람들께 나누어주는 방법도 있을 것이고, 또 그 가난한 마음에 무슨 다른 마음의 풍부함을 갖게 해줄 수도 있다고도 믿는데 말이외다, 그래서, 이 늙은네는, 그래서, 저 몇 말씩 나누어줄 식량을랑 겉으로는 인색해 하고, 그것으로 그렇지, 교회당이라고 해도 좋고, 절간이라고 해도 안 될 것 없지, 또 수도장이라고 해도 좋을 것을, 그렇지, 하나 크게 짓고, 방도 여럿 만들고, 환과고독 불쌍한 사람들, 거기 머물고 싶은 사람들은 머물게 하고, 병들었으나 재산이 없어 치유치 못하는 사람들껜 의원도 대고 말이지, 아 그렇지, 이런 문제는 이제 구체적으로 상의되어질 것이니, 먼저 말 되어질 것은 아니지만 그래서 말이외다, 이 늙은네가, 수도장이래도 좋고 절간이래도 좋을 그것을 관장할 한 훌륭한 인물을 찾았던바, 그래 내 이 고장을 지내시는 모든 스님이며, 도사며, 심지어 무당까지도, 모두 마음으로부터 환영하고 영접하여, 그분들의 고견 듣기를 원했던 것인데 우선 어떤 정신적 지주 아래에서, 저들의 병든 마음이 치유 당하기를 먼저 바라고, 그런 뒤 결속되어지기를 바란 소치에서였던 것이고." 어느덧 눈물기가 적셔진 그의 눈은, 그 은은한 가운데로부터 빛을 쐬어내기 시작하고 있었다. "그러던 중 종내 한 분 보살을 뵙기는 했었소이다. 그러나 그분은, 이 늙은네의 청을 거절하시지도 안 하시지도 않으며, 농담인 듯이 이렇게만 한 말씀 하셨었습니다. '그 등에 대인스런 사람만을 태우고 싶어 하는 나귀가 있다면 그건 괴팍한 나귀인데, 나로 말하면, 장차 내 등에 태울 사람이 다닐 길을, 내 발굽으로라도 할 수 있는껏 평평히 다지고 넓히려는, 그냥 한 마리 나귀에 불과할 뿐이지요.' ―이 늙은네는 그래서 그의 뜻을 짐작할 듯했었습니다. 이렇게 말씀드리면 의아해하시고, 대체 어떻게 알았었느냐고 물으시겠습니다만, 그 늙은네는 대사의 스승이셨댔습니다. 그리하여 자기의 제자께, 이 일을 넘기신 것입니다. 그래 내 늙은 머리를 숙여 대사께 간청인 바는, 만약 그러실 수 있다면, 이 집이 비록 그렇게 편안스럽지는 못하다 하더라도 묵어주시며, 이 읍의 어떤 혼령들을 바른 길로 좀 이끌어주셨으면 합니다. 그러는 동안에, 지금 헐어내고 있는 교회당 터에 새로 건물을 짓고, 문호를 개방할 것인데, 그러나 이번 것은 어떤 교리나 신주(神主)를 표방하려는 것은 아니외다." 그는 여기서 침묵하고, 나를 이윽고 건너다보았다. 나는 머리가 뜨거웠는데, 그래 나는, 저 늙은네 신발 위의 먼지까지라도 혀로 핥으며, 그에게 아첨하고 싶어 했었다. 그러나 수염이며 머리털이 우북이 자라 껄끄러운 것으로 따지니, 유리의 계집에게 돌아가, 그런 껄끄러움도 좀 밀어내야 될 때쯤인 듯도 했다. 밤이 자꾸 흐르는 듯했다.

그러나 어쨌든 내가 대답할 차례에 온 것이었다.

"이 용렬하고 깨우침 없는, 법이나 도로부터의 미로아(迷路兒) 하나를 어떻게 귀여히 보셨던지, 그와 같은 큰 정의로 보살펴주시고 또 중생을 염려하시는 장로님의 대자대비에, 이 천승 그저 묵연해 할 뿐이옵니다. 하오나, 대저 그렇게 큰일에 맡겨질 인물이란, 그 인물 스스로 대낮같이 청명하며, 태양같이 원광스러워 밝게 두루 비추나, 또한 어머니다워서 중생의 설움을 속 깊이 달래며, 그의 말씀으로 하여 받는 위로와 복이, 하늘의 별과 같고 해변의 모래와 같아야 될 것이겠사온데 이 사미는 그저 초개 같은 한 유정이어서, 번뇌키를 여의기는커녕 그것을 사는 젖으로 삼고 지내며, 아집이 두터운 데다 스승께서 늘 지적하신 바와 같이 충동적이어서, 이 순간 조금 기꺼웠는가 하면 다음 순간 성내며, 성냈는가 하면 슬퍼하기를, 하루에도 백여덟 번을 더 반복하고 있는 터이온바, 장로님께서는, 저 보살님이 뜻하셨다는 그 대인스런 제자를 혹시 이 사미와 착각하고 계신 것이나 아닌지 모르겠습니다."

"이 말씀을 아첨으로 드리기엔 내가 너무 늙어버렸소만, 허나 대사께서 정히 그렇게 말씀하신다면, 내 회포하고 있는 말씀 한마디 드렸으면 싶으구료." 장로는 그리고 내 손을 온기 있게 잡았다. "이 늙은 한 속인의 눈으로도, 대사는 가히 탁월하여서, 대사를 만나본 것만으로도 내 여생에 여한은 없을 것만 같소이다. 그날 집회에 참석했던 모든 사람들이 또한, 매 집회를 대사와 함께 갖기를 바라고 있는 것이 사실이외다."

이 계제에 이르러 나는, 양가죽 속에 감춰놓은, 내 피 묻은 손을 더 이상 감춰놓을 도리가 없음을 알았다. 나는 그래서, 그가 잡고 있는 내 손을 빼어내 합장해 보이며, 내 붉은 손을 고백하려 했다.

"이 계제에 이르러서야, 소승이 무엇을 숨길 수 있겠습니까? 모쪼록 소승을 용서하십소서. 장로님께서는 이 읍뿐만이 아니라, 이 읍에 소속된 모든 촌락까지를 치리하고 계시오니, 유리 또한 장로님 장중 밖의 땅이 아닐 것이온데, 그러하므로, 한 객승이, 장로님 치리하시는 땅 안에서 행한, 어떤 것 하나라도 숨길 수 없다는 것을, 소승 또한 아오며, ……하온데, ……장로님께서는, 장로님께서 특히 귀여워해 주셨던, 한 객승의 의연한 얼굴 밑에 숨겨놓고 있는, 대, 대단히 불미스런 이야기를 들으시게 된다면, 모르고 베푸신 후덕과 온정으로 하여, 여생의 큰 한을 삼, 삼으시고도 모자라 할 것이온데…… 소, 소승으로서도 그 말씀 드리기가 진정 거리끼는 것은, 떡으로 객을 배 불려준 주인께, 독사로 갚는 결과가 될 것이기 때, 때문이온바." 나는 어째선지 계속할 수가 없고, 가슴이 타고 들어 그냥 이마를 조아리고 엎드려버렸다.

"대사께서, 지금 무슨 말씀을 하시려는지, 이 늙은네도 알 듯도 싶습니다." 그런데 그가 그렇게 말하며, 이마를 조아린 나를 일으켜 앉힌다. "아니, 대사가 말씀하시려는 것이, 이 늙은네가 이해하고 있는 것이 아니어도 좋습니다만. 어쨌든 우리 사이의 우정에 조금의 그늘도 드리워 들지 않게 하기 위해서는, 서로 말할 수 없어서 감추어놓은 것이 있다면, 그것을 어느 쪽에서라도 깨뜨려버리는 일은 필요하다고 생각하는 바이외다. 그렇소이다. 이 늙은네도, 대사께서 저 샘터의 존자와, 염주 스님을 살해한 것도, 그리고 대사의 스승이며, 유리의 오조 촌장이었던 이 늙은네의 친구를 압살한 것까지도 알고 있소이다. 대사가 말씀하려는 것이 그것 아니었댔소?" 그는 거의 잔잔히 웃기까지 하며, 매정스러울 정도로 말해대고 있었다. "그리고 대사는, 그러한 형벌로서 마른 늪에서 고기를 낚아 올렸어야 되는 것도 알고 있으며, 대사께서 한 수도녀로 더불어 정분이 두터운 것까지도 알고 있소이다. 이 늙은이는, 대사의 스승을 다만 하나의 친구였다고 감히 말해도 좋을 만큼, 그분과 정분 두터이 수십 년을 사귀어왔는데, 대사께서 든 저 인두골이며, 찢어지고 태워졌으나, 대사께서 입었던 장옷이 모두 그분의 것인 것을, 대사를 본 첫날 알았었지요. 그분이 유리를 떠나실 땐, 언제나 그 두개골과 장옷은, 이 늙은이 집에 보관시켜 왔었댔으니 말이외다. 그러나 내 감히 말씀드리지만, 대사의 스승이 어째서 그렇게도 대사를 아꼈던가 하는, 그 이유를 지금이라면 조금은 알 듯도 싶은데, 그분은 농담인 듯이 이따금씩 말씀하시기를, 자기로서는 한 마리의 늙은 당나귀로서, 자기의 제자를 등에 업고 다니기를 기꺼워한다고 하시곤 했었지요. 이 늙은이는 그리고 지금은, 대사께서 한 마리뿐만이 아니라, 오히려 오천 명이 먹고도 남을 물고기를 광주리 광주리 낚아 내버린 것도 또한 알고 있소이다. 심지어 초부라도, 존자 스님의 게송을 읊조릴 정도로, 그분의 게송이 이 고장 인구에 회자했던바, 대사의 게송을 듣고 이 노구는, 존자의 살해가 이뤄져버린 것을 알았었습니다. 물론 존자 스님을 더불어서도 우리는, 여러 번의 집회를 가져왔던 터이었소이다. 다른 건 몰라도 이 늙은이도 이것은 아는데, 하나의 정도를 보이기 위해서 세상은, 어쩔 수 없이 다른 곳에서 피를 흘리고, 땀을 흘리고, 괴로움을 참아내지 않으면 안 된다는 이것이외다. 그런 산고를 치러내지 않고는, 우리는 훌륭한 정신을 보듬어내지를 못합니다. 대사께서 이미 말씀하신 바와 같이, 한 영아를 위해 다른 영아들이 살해되어 갑니다. 저 한 영아는, 그러고 보면 가장 잔혹하며 가장 살육적이며, 가장 죄 많은 아이였는데도, 우리는 그 하나만이 죄로부터 눈처럼 흰 것으로 알고 있습니다. 그와 같은 다른 영아들이 죄 없이 살해당해 가며 피를 뿌린 그 자리에서만 그런데, 저 위대한 구주의 정신이 태어났던 것이고, 그의 죽음은 그래서 동시에, 저 죄 없던 영아들의 살해에의 벌로도 치러진 것을 알고 있소이다. 그의 생명이 다른 영아들 것과 바뀐 것 같습니다. 그러나 오직 하나 살아남아 장성하며 영아를 들어 천국의 비유로 사용하곤 했던 저 사내는, 자기로 인해 죽은 다른 영아들의 죽음을 슬퍼했거나, 자기의 죄라고는 일언반구도 하지 않았던 것이 아니오?”

나는 죽장으로 얻어맞고 있는 것처럼 머리가 뜨겁고 띵해져, 늙었으나 그 얼굴에 맑은 빛이 도는 이상스런 늙은이를 건너다보기만 했다. 그랬더니, 그의 얼굴과, 그의 친구였던 내 스승의 얼굴이 서로 겹쳐지며, 하나의 얼굴로 변해지고 있던 것이다. 나는 그래서 합장하고, 깊이 머리 숙여, 바닥에다 두 번 이마를 댔다.

한참 후에 그는 다시 이었다.

"이렇게 말씀드리는 것은, 대사는 보통스런 척도로 재보려 시작할 때 그 범위에서 미치질 못하거나, 훨씬 넘어서 버리기 때문입니다. 이 노구로서는 달리는 표현하질 못하겠는데, 가령 대사의 눈이 담고 있는 탐욕 한 가지만을 두고 얘기를 해도, 대사의 스승께서는 그것을 '색욕'이라는 말로 늘 표현했습니다만, 그것이 탐욕을 뛰어넘어선 탐욕이어서, 그것을 글쎄 무엇이라고 해야 할지를, 모르겠다는 말이외다. 헛헛헛, 글쎄 세상살이에 집착하고 있는 것이 너무도 뚜렷이 보이는데도 집착을 떠나 있고, 글쎄 번뇌하고 고통하고 있으며 혼신으로 통곡하고 있어 보이는데도 맑단 말이외다. 글쎄, 흐르는가 하면 멈춰 있고, 멈췄는가 하면 격류로 변해져 있는 그 비밀은, 나 같은 범인의 눈으로 알아낼 재간은 없겠지요. 그렇다고 해서, 각도한 대사들의 저울눈으로서도 대사는 무게를 헤아릴 수가 없는 듯한데, 이른바 분노니 정염이니 세욕이니 하는, 저 쭉정이 무게에나 비길 것 같은 것들도, 대사에 이르면 각도의 무게나 맞먹는다고 생각이 드니 이상한 일입니다. 내 별로 길지는 않으나 그래도 이만큼 살아오는 동안, 꽤 많은, 아마도 천도 넘게 헤아릴 스님들을 만나고 또 헤어졌습니다만, 그중에 대사 하나만이 이 늙은네의 수수께끼입니다. 내 평생 경애를 바쳐왔고, 또 이 경애는 관 속에까지 가져가게 될 것이지만, 나의 친구, 대사의 스승과도 대사는 같지가 않소이다. 이렇게 말씀드리는 것이 용서된다면, 대사의 스승은 하늘을 향해 화살을 쏘지만, 그 화살은 과녁을 향하고, 그분의 제자는 과녁을 향해 화살을 쏘는 듯하지만, 그 화살은 과녁 너머 어디로 날아가 버린다고 말해도 좋을 것입니다. 과녁이 다른 것일 터인데, 명수와 대가의 차이일지도 모르겠소이다. 하나는 명수이지만, 대가가 못 되며, 하나는 대가이지만 명수가 못 되는 것일 터이외다. 과녁을 모르면, 그래서 때로, 대가의 노력이란, 치졸하고도 광란적으로 보일지도 모르겠지요. 범인의 눈에 그래서 대가란, 하나의 위험으로도 수수께끼로도 보일지도 모르는 것이외다. 그러나 대사의 수수께끼는, 다른 훌륭한 대사들처럼, 마음에 도를, 불을, 인을, 대자대비를 비밀하고 있는 그런 것은 아닌 듯하며, 오히려 인하지 않은 것을, 비불성을, 도를 초개로 아는 것을, 이기적인 슬픔을 담고 있는, 글쎄 그런 것인 듯하외다. 그래서 대사의 스승께서는 자기의 제자에 관해 이렇게 말씀하셨던 것으로 압니다. '독수리의 알이 암탉의 품에서 깨어나, 다른 병아리들 속에서 치이며 자라면서, 한옆에서, 늘 우울한 얼굴을 하고 있습지요.' 헛헛헛. 글쎄 그렇지, 주책없는 소리지, 그래도 열인열세(閱人閱世) 몇십 년 해오다 보니, 이런 서투른 풍월이라도 읊을 수 있게 된 것이오 그려." 그리고 그 늙은이는, 내 손을 아버지처럼 잡는 것이었다. 나는 이마를 바닥에 붙여 크게 절하고 이제 감발을 맬 차례라고 알아, 이렇게만 말했다.

"이 사미를 용서합소서." 그리고 내 쪽에서 이번엔, 그의 늙은 손을 잡아 우악스럽게 한번 쥐어본 뒤, 마루로 나섰다.

"어디 다니러 가실 데라고 있으시오?" 장로는, 이해할 수 없다는 어두운 얼굴로 그렇게 물었다.

"유리로나 돌아갈까 하고 그러합니다. 하옵고 이제 이것이, 장로님께서 이 하찮은 사미께 베풀어주신 후덕과 온정에 깊이깊이 감사를 올릴 차례라고 생각합니다. 하오나 워낙이 천하게 자라다 보니, 타인의 후덕에 어떻게 감사하고 어떻게 갚을지 그 훈련을 쌓지 못해 서투르니, 그 점 해량하여 주셨으면 합니다."

"그래서 대사는, 종내, 이 노구의 평생의 소망 하나를 저버려도 좋으시겠소?"

"가정해서, 소승이 비록 그만한 재능이 있다고 한달지라도, 이렇게 피 묻은 손을 내밀어서는, 한 마리 강아지의 상처도 어루만질 수 없는 것이 아니오니까? 난산으로 인해, 그 어머니의 죽음의 피가 묻은 손과, 그 어머니를 살해하고 피 묻힌 손은, 절대로 같지가 않으오이다."

"그래서 대사는, 형벌을 치름으로 하여, 그 손의 피를 씻지 아니하셨소?"

"소승은 지금 형벌을 파기하고 있는 중이옵니다."

"그래서 대사는, 참으로 유리로 돌아가시려고 그러시오?"

"그러려 하옵니다."

"이게 다 속인의 의견입니다만, 그러시다면, 하필이면 저 메마른 고장으로 다시 돌아가시겠다고 그러시오?"

거기에 대해서는 난 뭐라고 대답할 말이 없었다. 그러자 비감이 들며 나의 출생이 원망스러웠다. "할 수만 있었다면, 소승으로서는 모태에서 태어나오지 않았던 것이 좋았습니다." 그러나 아마, 박쥐에게 물어보아도, 이 세상은 충분히 살 만하다고 대답하긴 할 것이었다. 이번에는 장로 편에서 침묵을 지켰다. 나의 대답이 아마 그만큼이나 모호했던 모양이었다.

"나도, 대사가 저 유리의 촌장으로서 오신 건 알고 있었습니다만." 늙은이는 한숨을 쉬더니, 느리게 이었다. "그렇더라도, 유리로 돌아가는 일이 뭐 그렇게 바쁜 일은 아니지 않겠소? 말씀드렸다시피, 내 선친께서는 삼십 년을 외지로 배회하시다 돌아오셨는데, 그랬어도 뭐 이 읍에 안주해 사시는 데 늦을 이유는 없었던 것이오. 정히 그러시다면, 대사는 어째서, 스승과 같이 지내셨던 암자라도 좀 다녀오시지 않소이까."

"스승도 계시질 않으니, 이제는 무엇 때문에 돌아가 보아야 될지를 모르겠습니다."

"대사께서는 유리의 율법에 관해 들어보신 적이 있습니까?"

나는 고개만 저어 보였다. 그러자 장로는 고개를 좀 뒤로 젖혀 처마 끝을 통해 밤하늘을 올려다보았는데, 눈자위와 볼에 남폿불이 흐리게 어려 든다.

"없으시겠지." 그는 혼잣말하듯이 그렇게 말하더니, "그러나 이런 경우에 이르러서라면, 일러드리는 것이 필요한 일인 듯싶으구료." 그는 그리고 잠시 침묵하더니, 어쩐지 약간의 수분을 어둡도록 띄워 올리며, 조금 떠는 음성으로 계속했다. "알려드리려는 사실 자체가 잔인한 것이므로, 잔인스런 말을 쓰는 것을 용서하시옵지." 그는 그리고 또 침묵하고, 또 한숨 쉬었다. "유리에는 대사의 죽음이 준비되어 있소이다." 그는 그리고 좀 번들거리는 눈으로 날 건너다보며, 떠는 목소리로 이어나갔다. "대사가 돌아가 정죄 받은 날로부터, 대사께서도 서른 날이 주어질 터인데, 그것은 죽음의 준비로서 주어지는 기간이외다. 유리의 율법은 스님들께 되도록이면 타의를 강요치 않으려는 것이 목적이라고는 한다더라도, 그러나 그 서른 날이 지나면 이제 거기 법의(法意)가 작용하게 됩니다. 그 서른 날이 다 가기 전에 그러므로, 자기의 날짜와 자기의 죽음의 방법이 자기에 의해 선택되어지지 않으면 안 되는데, 일단 정죄되면, 그러한 선택을 준 반면 예형(豫刑)이라는 것을 가하게 되어 있다는 것이지요. 물론 저지른 죄과에 따라 그것이 달리 나타날 것은 분명할 터입니다. 그런 일을 위해서 어쨌든, 세칭 촛불 스님이라고 하는 그 스님 관리가 거기에 보내어져 있습니다. 그 촛불 스님의 이번 읍내 행차는 순전히 대사의 정죄 문제 때문이었던 것이지요." 그는 그리고 또 침묵하고 또 한숨 쉬었다. "그러나 어떤 스님이라도, 정죄 받기 전에 유리를 떠나버리면, 사실상 그것으로 끝인 셈입니다. 이 읍의 질서를 담당한 자가, 그 범죄 승을 추적하려는 일을 결코 하지 않으려 한다면, 누가 그들을 쫓겠소? 유리는 유리의 불문율에 의해 누대가 폐쇄되어 와버린 것이고, 그래서 유리를 산다는 일은 한편으로 편하기도 할 것이지만, 한편으론 위험스럽다고 하지 않을 수 없을 것입니다. 그러나 스님들은 유리로 가기 전에, 유리로 가지 않을 수 있는 선택을 갖고 있음에도, 불구하고, 유리를 수도의 장소로서 택했을 때, 그는 동시에 법과 질서의 보호를 일단은 포기한 것으로, 읍의 율법은 간주하는 것입니다. 그리고 또, 유리와 이 읍 사이의 하나의 약속에 의해서, 유리에서 범죄한 스님을 정죄할 권리는 읍의 판관에게가 아니라, 거기에 파견된 스님 관리에게 있어온 것입니다. 유리를 벗어난 곳은 물론 그 스님 관리의 영역을 벗어나 버리는 것입니다. 헌데 그 관리는 지금 유리에 있습니다." 그는 그리고 몹시 언짢은 듯이 양미간을 찌푸리더니, 이었다. "그러나 나로서도, 대사의 스승을 통하고, 또 대사 당자를 뵙게 되어 두터이 된 정의로 해서, 한 범죄 승을 은닉하자거나 도주시키자는 의도는 추호도 없습니다. 범죄자는 그가 누구이든 그 범행에 해당하는 값을 치르지 않으면, 이 세상은 혼란의 와중에 던져진다는 것이 또한 나의 믿음인 것이외다. 문제는 그런데, 이 늙은이의 보는 바로서는, 대사께 주어진 형벌은 끝이 난 것으로 알고 있는 거기에 있는 것이외다. 대사의 스승께서는, 사람이 반드시 알지 않으면 안 될 열 가지에 관해, 집회에서 설법하시면서 [30]'눈에 보이는 현상은 환영이며, 실제가 아니라'고 하셨던 것입니다. 그러며, '환영이 아닌 것, 곧 실체에의 도달을 위해서 저러한 현상은 먼저 파괴되어지지 않으면 안 된다'고 하신 것입니다. 구도자에 있어서의 의미는, 그리고 살해의 의미는, 어떤 실체에의 도달의 과정으로 여겨지는 것입니다. 어쨌든 대사는, 고기를 낚아내지 않으셨소? 물론 펄펄 뛰는 물고기를 촛불 스님께 내보일 수 없는 것은 문제이지만, 나로서는 그러나, 누가 마른 땅에서 펄펄 뛰는 물고기를 낚아낸다면 차라리 그를 처벌하고 싶을 뿐이오. 나 같은 속인들의 눈엔 실제로 보이는 이 세계까지도 환영에 불과한 것이라면, 도대체 낚아 올릴 물고기가 물에선들 어디에 있겠소?”

나는 마루 끝에 걸터앉아 신발 끈을 매고 있었다. 차라리 나는, 두 번 다시 읍에는 오지 않으리라. 그것은 돌짐처럼은 무겁지 않으며, 새털보다도 가벼운 탓에, 비록 입술을 나불거리고 또한 혀를 양미간까지 뽑아내, 눈에 보이는 이 세상은 허상에 불과하다고 할지라도, 타는 향나무 장작에 얹혀서 죽은 불(佛)은 그렇게도 진한 사리를 구워냈었는데, 만약에 그가 산 불(佛)이었다면, 신음이야 형체가 없는 것이니 아예 따질 것이 못 된다 하더라도, 최소한도 몇 방울의 기름땀은 쏟아냈을 것이 아니었을 것인가. 타는 불길에 산 채로 휩싸여도 그는, 아 저 불길은 환영이지 실제가 아니다, 그러므로 나는 오히려 시원할 뿐이고, 결코 태워지지 않는구나, 그는 그렇게 입술을 나불거렸을 것인가? 현상을 허상으로 본다면, 원 제기럴 열두 번 자빠지겠다고 사리는 분만해냈을 일이었겠는가?

허지만 허긴, 현상을 허상이라고 하고, 그것을 또 심영(心影)이라고 했을 때, 그것은 ‘거울에 낀 먼지나 티끌’ 같은 것으로 보여지기는 한다. 그러나 현상을 허상이라고 했을 때, 그것은 태초부터 실재해온 것이 절대로 아닌, ‘비유’(非有)가 그림자로서 나타난 것의 다른 표현인데, 그렇다면 저러한 ‘비유’에 ‘틀’이나 한계, 또는 구획은 어디에 있으며, 파괴할 것은 무엇이며, 사리를 남길 곳은 또 어디에 있으며, 또 생로병사의 고통은 어디에 있을 것이며, 무엇에의 해탈을 성취할 것이며, 열반은 무엇인가? 현상을 비실재로 보는 것은 오류인 듯하다. 현상은 현상으로서 실재며, 그것은 ‘틀’이나 한계로서 구획 지어질 것이기 전에, 그리고 ‘먼지나 티끌 낀’ 것으로 정의할 것이기 전에, 하나의 우주를 형성해내는 것으로 이해할 것인 듯하다. 허지만 우주는 가득 채워진 것으로 비임[空]을 지키는 것이며, 이 ‘공’(空)은 ‘비유’(非有)와 결코 같지 않은 것일 것이다. 나는, 올 수 있단다더라도, 두 번 다시 읍에는 오지 않을 것이다.

“소승을 용서하십소서.”

나는 깊이 두 번 절했다.

"아니 그래서, 이 야심한 지경에 떠나시려 그러시오?" 그는 일어서 마루 끝으로 나오며 물었다.

"글쎄입지요, 밝는 대로 떠나려고 하오나, 이 밤은, 와서 머문 동안, 소승께 후덕으로 감싸주었던 읍이나 한번 천천히 살펴보는 기분으로 산책이나 좀 했으면 하고 그럽니다."

"정 그러시다면, 천천히 산책이라도 하시면서, 너무 한꺼번에 들은 얘기의 충격도 좀 식히시고, 생각해보신 뒤, 밝는 날 유리로 돌아가시든지 아니면 고향이라도 한번 다니러 가시든지, 아무튼 이 노구의 손이나 한 번 더 잡아주시오."

나는 그저 소리 없이 웃고 돌아서서, 대문을 밀고 밖으로 나섰다. 내게 고향은 이미 없었다. 고향으로부터도 나는 개종해 있었던 것을 뒤늦게 알지 않으면 안 되었다. 당산 가운데 백송, 섬돌이네, 바람쇠네, 당굴네 흙집, 언청이 여자, 빈 벌, 고추가 말라가는 초가지붕, 또 아마 등대, 갯벌 갈매기의 끼룩거림, 기우제 때 타다 만 모닥, 태주 할미네 오두막에선 낮에도 촛불이 타고, 배고픈 창자로 따 먹었던 생굴 맛, 어머니, 허긴 어머니.

떠나려고, 돌아가려고, 작정했을 바엔, 이 밤으로 떠났으면도 싶었으나, 그러나 내게는 이틀분의 전표가 있었고, 그것으로 서른 날 치는 못 살더라도 어쨌든 사흘이라도 연명할 것을 무엇이든 장만해야 되었다. 그만큼은 나도 목구멍 탓에 현명해진 것이다. 그래 그리고, 쓴 목구멍으로 기다리고 있을 내 계집을 위해서도, 그래 한 개라도 좋다, 내가 어렸을 적 눈여겨보았던 그렇게나 큰 눈깔사탕쯤 사서 주머니에 넣어 가도 좋을 것이었다. 허나 이런 시간엔, 전들도 다 닫기고, 읍은 잠들어 있는 것이다. 그럼에도 나는, 장로의 훈륜으로부터는 벗어나고 싶은 것이었는데 그와 같이 앉아 있다는 것이 내게는 일종의 고문처럼 거북했던 것이다.

나는 되도록이면 아무것도 생각하지 않으려 했다. 그런데도 내가 무엇 때문에 꼭히 유리로 돌아가지 않으면 안 되는가, 그 의문이 자꾸 일고 그것은 센 바람이 되어 나를 한 뭉터기 쐏아, 축시도 말쯤의 새벽 고달픈 잠에 덮어씌워진 고적한 골목이며, 휑뎅그렁한 큰 거리로 굴러다니게 했다. 멀리 어디선가 아마도 말을 탄 밤 여행자가 지나고 있는 듯이 말발굽 소리 같은 것이, 말발굽 소리가 들려왔지만, 그러나 그것이 내 귀에는 그냥 언제부터인지 익혀진 소리였고, 낯선 것으로는 느껴지지 않았다. 어쩌면 나는 그 행여자를 알고 있을는지도 모른다. 눈이라도 한번 퍼부어 내렸으면, 아 눈이라도 한번 실폭하게 퍼부어 내렸으면 그랬으면 비감이며 수심을 동결시켰다가 한바탕 봄에 내가 녹아 스러져버릴 것인데, 비라도 습습히 내렸으면, 그랬으면, 뼛속의 곰팡이의 앓음으로 가슴은 앓을 틈도 없을 것을, 안개라도 짙었으면, 아 그랬으면—결국 유리의 무엇이 손짓하는가? 그 대답은 허지만 종내 만들어지지 않았고 나는 수도청 바깥 등불 빛에 내 그림자를 흘려 내리고 서 있었다. 어째선지 피해왔고, 멀리 보려 해왔던, 저 수도부들의 수도청 앞에서 그런데 나는 이 새벽에 어째서 어물쩡거리고 있는가. 그러며 병든 듯이 머리를 썰레썰레 흔들고 있는 것이다. 갑자기 모주라는 노파의 얼굴이 궁금해지고, 뭔지 그녀와도 셈해둘 것이 있었던 듯한 느낌이 드는 것이다. 그래서 나는 대문을 두드리려고 손을 쳐들었다가 손을 늘어뜨리고 말았다. 결국 무의미한 것이었다. 내 계집에게 있어서의 모주 또한 그냥 고향 같은 것일 것이었다. 늙다리 계집, 잔소리 많은 계집, 질투 많은 계집, 그러자 어째선지 나는 좀 울고 싶은 기분이었다.

나는 무엇 때문에 유리로 꼭히 돌아가지 않으면 안 되는가—의문은 그렇게 시작될 것이 아니었는지도 모른다. 그렇게 시작된 의문은, 비겁해진 정신이, 자기의 짐을 거부하려 하며, 그러면서도 자기를 합리화하기 위해 제기되었던 것인지도, 허기는 모른다. 그 의문이 들었을 때, 나는 도대체 돌아가야 할 아무 이유도 필요도 끈도 없다는, 대답 아닌 대답이 저절로 따라버리던 것이다. 그러며 꿈이 시작되었는데, 지금 헐어내고 있는 회당 터에 새로 설 절간엔, 그렇지 남향이 좋지, 남향의 아늑한 방을 갖고, 아 그래 가부좌로 난을 보아도 좋지, 잠이 오지 않는 이런 시각으론 골목들을 걸어 다니며 사람들의 숨소리를 엿듣고, 한번 꿰어진 백팔염주 같은 것을 지혜라고 들려주면, 그 지혜 앞에서 노인도 모자를 벗어야 하는 것이다. 원수는 갖지 말 일이지만 친구도 만들지 말 일. 색태 좋은 계집을 보아도 눈을 내려 감고, 돌아가는 그 계집의 엉덩이쯤 눈여겨보며 장삼 자락 속에서 불알을 훑어본다 하더라도, 사람들은 그를 일러 성자라고 할 터이지. 악인이 되기보다, 그리고 선인이 되기보다도, 성자가 되기란 쉬운 것이다. 배고파 우는 아이도 머리만 쓰다듬어주면 되고, 불쌍한 과택의 살기 어려움의 호소에도 그저 미소만 보이면 되고, 사춘기 놈들의 심적 번뇌의 고백에도 충고 같은 걸 들려주는 일은 금물, 미소와 침묵, 난이나 보며 게으름이나 즐기고 있으면, 저희들 스스로 위로를 만들어내고도, 그 위로가 하늘에서나 내린 듯이 한 보따리의 존경을 싸 가지고 올라온다. 미소와 침묵, ……그러나 정작으로 의문해야 되었던 것은, 어째서 나는 유리를 떠나와버렸던가, 그것이었을지도 모른다. 전에 내가, 유리를 떠나던 당시, 이 여행을 스스로에게 어떻게 정의해주었던지, 그것까지도 잊어버렸지만, 그러나 그것과도 상관없이, 이제 다시 돌아갈 바에야, 무엇 때문에 떠나왔던가를 다시 살펴보아야 될 때에 나는 온 것이다. 그러나 여기에 대한 대답도 만들어지지 않았다. 이제는 다만 모르겠을 뿐인 것이다. 왜 떠나왔는지, 그러면 왜 또 돌아가야 되는지, 유리가 내게 무슨 의미를 지니고 있는지, 유리로부터 도망치면 또 어떤 결과가 되는지, 아무것도 모르겠을 뿐이다. 하나 확실한 것은, 죽음이 두렵다는 것뿐이다. 아직은 죽고 싶지 않다는 것뿐이고, 살 수 있으면 천년이고 살고 싶다는 것뿐이고, 죽음은 상상도 되지 않는다는 것뿐이다.

나는, 수도청 앞을 언젠지 떠나서, 그냥 걸으며, 왠지 추워서 으스스 떨었다. 밤은 그리고, 쉼 없이 느리게 걷는 말발굽 소리를 내며 흐르고 있었다. "내가, 저쪽 어디, 아주 조용하고 깨끗한 여인숙을 알고 있는데, 거기서 기다려요?" ……흘레돋집 앞에서 나는, 아마 왼쪽으로 꺾어져, 냇둑을 따라 동향하여 걷고 있는 중이었다. 나는 그러고 보니, 그 뺏마른 계집아이가 살고 있다는 다리 밑으로 찾아가고 있었고, 어쩌면 한 번 더, 저 뜨거운 목구멍을 그리워하고 있었다. 내가 춥던 것이다.

그러나 결국 나는, 다리 밑으로는 내려가지 않았다. 그런 채 둔덕에 서서, 검게 흘러가는 냇물을 내려다보며, 얼마나 멀리서 내가 흘러왔는가를 생각했다. 아마도 나는 무척도 멀리서 왔다. 그러나 아마도 불원간 나는, 더 흘러가게 되지 못할지도 모른다. 흐르는 것도 종내는 멈추지 않으면 흐르는 것이 아니다. 이 숙명은, 아무리 씻어도 벗겨지지 않는 원죄 같은 때이다. 그러고 보니,

어쩐지 피곤하고, 허긴 좀 쉬었으면도 싶다. 서른셋의 나이로, 늘어볼 푼수 없이, 푹 좀 쉬었으면도 싶다. 그랬으면도 싶다. 나의 행망(行忘)은 계속되었다.

내가 돌아서니 그런데, 한 마리의 잘생긴 말이, 내게 코를 불며 머리를 까불어, 나를 아주 조금, 그저 흉내로 놀라게 했다. 그러고 보니 어쩔 수 없이, 말에 탄 밤 행려자에게 합장해 보이지 않을 수 없는 처지에 이른 듯했는데, 물론 그녀였고, 장로의 손녀딸이었고, 그녀는 멀찍이서 나를 따르며, 밤이 흐르는 소리를 들려주었을 것이었다. 나는 그것을 언제부터인지 알고 있었으나, 그녀가 지쳐서 돌아가리라고도 했었다. 추워서 내가, 뜨거운 목구멍을 생각했을 때 그러나, 바를 正 자 세 개에 구부러져 몸을 팔던, 그 계집아이의 얼굴은 결코 떠오르지 않았었다. 나는 이렇게 속으로 말하고 있었는데, “내가, 저쪽 어디, 아주 조용하고 깨끗한 여인숙을 알고 있는데, 거기서 기다려요?” 하고, 그런데 어쩌면 나는 저 말에 탄 계집의 너무도 맑은 얼굴에다, 저 찐득한 더러움을 칠하고 있었던 것은 아니었던가 모른다. 내가 춥던 것이다.

우리는 그러나, 어느 쪽에서도 말을 끄집어내지는 않았다. 그러는 새 말이 걷고 있어서 보니, 나도 그 말 곁에 적당히 붙어 서서, 이번에는 내가 아니라, 말이 행망 부리는 대로 내가 따라가고 있었다. 말은 아마도 읍을 벗어나, 더욱더 고적한 신작로로 나서고 있었는데, 그 깊은 유리로부터는 자꾸만 멀어져갔고, 그 길의 어느 매듭 뭉친 곳엔 필시 다른 읍이 있을 것이었다.

읍을 벗어나면서부터는 밤에 우는 풀벌레 지친 소리며, 어쩌다 한 번씩 풍진 세상 우는 휘파람새 소리며, 또 숲이 하는 말소리가 들리는데 별은 아주 나직이, 말머리 위로 뿌리고 내리는 것이었다. 나는 아까 추웠었는데, 그러나 지금 나는 훈훈해져서, 이 신록스런 은근한 밤을 사랑하기 시작한 것이다. 말은 조금도 빨리 걷고 있지 않은 데다, 복숭아꽃이며 살구꽃이며 아기 진달래 그늘로 머리 감은, 산(山)동네 누님만큼이나 순해서, 종내 나는 그 누님의 목덜미에다 머리를 기대고, 그냥 맹종으로써 걷고 있었다. 조금은 피로하기도 하던 것이다.

얼마를 그렇게 느리터분히 걸었던 둥, 나무의 동녘 가지 쪽에 맑은 빛이 어리고 거기서 새끼 아침이 눈뜨려고 시작했을 때, 말은 한 호수를 앞에다 두고 우뚝 멈춰 섰고, 그제서야 말에 탔던 여자가 내려서는 것이었다. 그리곤 코를 부는 말의 목에 팔을 두르며, 그것의 목에 얼굴을 기댔는데, 그 말처럼 순하고 수줍은 분위기였다.

우리는 아마도, 읍을 남녘에 두고 북쪽으로 걸어온 듯했다. 호수의 북쪽으론, 시꺼먼 잡목 숲이 아마도 수천 평으로 펼쳐져 있었고, 그 숲의 수면으로도 아침 빛이 펴들자, 바람도 없는데 그것이 조수지며, 뭔지 낮은 그렇지만 깊은 소리를 울려내기 시작하고 있었다. 호반의 남녘, 그러니까 우리가 선 뒤쪽은 그저 들이었고, 간혹 작은 숲들이 있었지만, 그 들 저쪽에, 읍이 아슴푸레하니, 무슨 푸른 안개 같은 것으로나 보였다. 호수는 잔잔히, 어쩌다 물방개라도 한 마리 지나려면 그것이 수선스러웠으나, 거기 이른 아침 하늘이 어스름히 깔리고, 또 고적이 덮여 휴식스럽고 안온해, 들찔레 덤불이며, 우북이 자란 갈대, 또는 키 큰 포플러 나무 같은 것들이, 혼을 한번 빠뜨려버린 뒤 주저앉아, 떠나지를 못하고 있었다. 이 호수의 내정은 몽락수 열매 같은 것이어서, 그 내정에 혀를 적시면 영 떠날 수 없을 것인 듯했다. 나는 아마 지금은 뛰어들지는 않을 것이다. 나는 차라리 처음에 주저앉았고, 다음에 눕기나 했다. 그런 뒤 나는, 졸음에 휩싸여버렸는데, 처음 본 이 호수의 둔덕에서 나는, 깊은 휴식을 찾은 것이다.

센 빛이 눈을 간지럽히어 눈을 떴더니, 구름 한 점 없는 하늘에, 어쩌면 낮달일지도 모르는 흰 얼굴이 하나 떠, 맑은 눈으로 날 내려다보며, 누이처럼 웃고 있었다. 아 그래 나는 참, 언젠가 뺨을 한 차례 얻어맞았으면 했던가. 내가 그래서, 아마도 낮달이지 싶은 것을, 손 뻗쳐 따 내렸으나, 허나 내 뺨은 뜨겁지가 않고, 그냥 입술만 육실허게 뜨겁고 가슴은 비 맞은 듯했다.

“난 목욕이라도 한번 시원히 했으면 싶으구나.” 내가 한 말은 그것이었고, 그녀와 우리 사이의 첫마디였고, 나는 일어났고 무자비하게 옷을 벗어부쳤고, 물속으로 첨벙 뛰어들어버렸다. 그러자 처음엔, 바늘로 찌르는 듯한 한기가 몸을 쏘고 덤비며 경직을 일으키려 했지만, 물속에다 머리까지 처넣었다 솟구치고, 미친 한 마리의 물개가 되어, 저쪽 둔덕을 향해 헤엄쳐 가고 있었을 때는, 해탈을 조금도 부러워하지 않았다. 그래, 언제나 나는, 물가에 서면 투신하고 싶었었다.

그쪽 둔덕에 닿았기에 나는, 거기로 기어 올라가 섰다. 그리고 나를 건너다보는 저쪽 둔덕의 여자에게 팔을 흔들어 보이고, 그 여자가 절시하고 있는 내 몸을, 내가 또한 훔쳐보았다. 나는 그리고 아름다웠다. 내 등 뒤의 숲에서는, 몇백 년이나 쌓이며 썩던 이내가 새가 돼서 검푸른 울음을 울고, 내 발밑에는 몽락수 꽃 수줍게 열려, 나를 싸안기 바라고 있다. 저 그을음만 같던 유리의 햇볕이 그래도 나를 구릿빛으로 달궈놓고 있어서, 나는 한 마리의 근력 좋은 수구리 뱀이었다. 그 속엔 죽음의 괴력이 채워져 있어, 근육들을 꿈틀거리게 하는 것이다.

다시 나는, 물속으로 뛰어들어, 나를 기다리는 여자를 향해 헤엄쳐 나가며, 물을 머금어 양치질도 했다. 이제는 읍엘 들렀다가, 어쨌든 유리 길을 재촉해도 좋을 시간인 것이다. 호수 둔덕에 초막 짓고, 저런 계집과 함께 살고 싶으면 싶을수록, 얼른 떠나버려야 되는 것이다. 그런 꿈은 꾸는 것이 아니다. 일곱 집 둘러 밥 빌어 와서 처사여, 배 불리고 처사여, 아침엔 흰 연기를 굴뚝에로 뿜어내며 처사여, 저녁엔 붉은 모닥불을 아궁이에 피우고 처사여, 새들이 하는 노래를 처사여, 숲이 도란거리는 소리를 처사여, 구름이 넋 빠뜨리고 가는 호수에 낚싯줄 늘이고 앉아서 처사여 들으며 보며 늙어가는 처사여, 그런 꿈은 꿀 것이 아닌 것이다. 처사여, 아닌 것이다. 비라도 모질게 내리는 날로여 처사여 숲은 운무에 덮이네 처사여, 호수가 처러워 가슴을 움츠리면 처사여 때로 달이 어리울 것을 처사여, 달 잡으러 뛰어들 일은 처사여 꿈꿀 것은 못된다 처사여, 한 마리 정충의 고뇌가 어떤 것인지 처사여, 그러면 그대 어미의 산통을 보라, 한 생명의 고통이 어떤 것인지 처사여, 그러면 그대 죽음을 보라, 겨울로 내려간 뿌리가 아직 잠도 채 깨기 전에, 여름 잎 푸른 솜털 위로 가을비가 차거이 추적이지 않는가 처사여, 그러므로 봄일랑 아예 꿈꿀 것이 못 되는 것이다.

나를 기다렸던 여자는, 그렇지 비단의 검은 폭에 연의 붉은 여섯 이파리를 가슴팍에 수놓은 옷을 입고 있었는데, 조금의 수줍음도 없이 그제는 정면으로, 벗은 나를 보았는데, 약간의 광기를 띠고 그 눈은 좀 붉어도 보였다. 나는 어쨌든 물방울이나 말리고서 볼 일이었기에, 해를 정면해 섰더니, 그녀는 해를 뒤에 받고 앉아 있었다. 물이 마르느라고 그러자 내 몸에서는 김이 누렇게 퍼져 올라오고 있었다. 그러며 조금 뜨거운 신선감이 전신으로 퍼지고 들자, 백일하에서 망할 녀러, 근이 굳건히 일어서고, 치골에 머리 얹고 잠들었던 두 마리의 뱀이 깨어선, 척추를 따라 세 바퀴 반을 휘감아 틀어 올라 목젖 있는 데서 대가리를 휘둘러댔다.

나는 아마 그녀에게 다가갔고, 그리고 그녀를 내 두 팔 안에 휘감아 넣었을 것이었다. 그러나 그녀는 거부의 몸짓은 하지 않았다. 오래잖아 내게서는 척추가 무너나 버렸고, 용 틀어 오르던 두 뱀도 전처럼 다시 치골에 머릴 얹고 잠들어버렸는데, 그녀의 검은 비단 폭 치마에는, 다른 흰 연(蓮)이 한 송이 해맑게 피어, 검은 바탕 위에서 햇빛을 받고 청황색으로 뻔쩍였다. 그녀는 그리고 저주하는 눈으로 그 치마폭의 청황색 한 송이 연을 내려다보더니, 여자는 종내, 실의와 거부의 몸짓으로 일어나 말한테 가, 자기가 달릴 수 있는껏 말을 몰아, 읍으로 이어지는 길을 달려갔다.

나도 그래서, 그제서야 부스스 일어나, 벗어부쳤던 옷을 꿰어 입고, 읍을 향해, 그 말이 몇 톨의 황진을 일으키고 간 그 길을 따라 터벅였다. 기분은 상쾌했으며 몸은 가벼웠다. 지금부터 내게는, 그 여자의 할아버지를 만나 하직할 일이 있고, 이틀 치의 전표로 당분간의 생활을 살 일이 있는 것이다. 결국 내게는 하나의 통로만이 남아 있었던 것인데, 그건 역시 유리에로의 그것뿐이었다.

2

장로는 읍청엘 가서 없었다. 그런 대신, 침모 할머니께 전갈을 남겨두었는데, 좀 쉬며, 천천히 정원이라도 산책하고 있다가, 자기와 같이 점심을 들도록 하자는 것이었다. 나는 그러기로 하고, 내 장옷 형편이 어떻게 되었는지 좀 살펴보아 주었으면 좋겠다고 했더니, 그녀는 웃으며 그것은 쓸모가 없이 되었다고 대답한다. 그런 대신, 안으로 들어갔다 나오며 속옷까지 갖춘 새 장옷 한 벌과, 새 양말, 두터운 고무창에다 가죽끈으로 이리저리 건너 엮은, 여름 신발 한 켤레를 내놓는다. "솜씨가 없어 모양은 없어도 튼튼하게는 꿰맸으니, 그냥 입으셔요. 지금 입고 계신 옷이 몸에 맞는 듯해 보여서요, 그 옷 임자 불러 치수는 재었지요." 침모 할머니는 그렇게 인정 있게 말하며 어머니처럼 웃었다. 그러나 나는, 그것을 받을 만한지 어떤지를 몰라, 그냥 적당히 얼버무려, 그 안채의 마루에 남겨둔 채, 사랑채로 나와, 못가 죽의자에 앉아, 연이나 들여다보며, 저 계집의 치마폭에 어렸던 연을 떠올렸다. 그리고 한숨을 쉬고 있자니, 그 계집이 한 붉은 연이 되어, 내 가슴속에 깊이 뿌리 내려 내 심정을 갉아먹고 있음이 알려졌다. 그 세근은 간질거리고, 그 줄기는 억셌으며, 그 꽃은 뜨거웠다. 그러나 그것이 내게는 결코 번뇌는 아니었으며, 그것으로 인해 내가 더욱더 아파지기를 바라는 것은 이상했다. 그것은 열예였다.

그러고 있는데, 어디선지, 가얏고 열두 줄 우는 가락이 울 넘어 오는데, 그 가락은 심청이어서, 내 귀가 뜨이며 보이기 시작했다. 사실에 있어 내 귀는, 참으로 오랫동안, 날것인 채로의 소리, 가령 바람이 불 때 산이 짐승처럼 앓는다든가, 물이 흐르는 소리, 또는 새의 지저귐이라든가 꽃이 망울 트는 소리, 잎 지는 소리라든가, 무주공산 떠도는 귀신의 곡소리 같은 것들, 그런 소리들밖에, 다른 소리에는 익혀져 본 적이 없던 바라, 공명관에 푹 담겨, 삶겨진 소리에 접하고 나니, 뭔지 형언할 수 없는 것들이, 내 속에서 한 이삼십 년 잠을 깨고 떨치고 일어나는 듯했다. 음악을 만약에 협의로 해석하여, 가다듬어진 소리만을 따진다면, 그런 소리란 아마 태초부터 없었던 것은 사실이다. 그런데도 없었던 것이 가슴에서 일어나고 있는 것은 어쩌면 갈마의 센바람 탓이다. 그 소리는 어쨌든 언젠가 한 번, 촛불중과 이 댁의 숙녀가 같이 걸어 나왔던, 저 못의 가운데를 가로질러 건너간, 다리 건너 쪽의 울안에서 울려 넘어오고 있는 것으로 짐작건대, 그녀가 한 가락 뜯고 있는 중인 것 같았다. 장로는 읍청에 가고 없다고 하니 허긴 누가, 한 그루의 오동 꽃을 흩뜨리겠는가. 그 문이 열렸다고 하더라도, 눈들이 많은데, 한 중놈이 허락 없이 지나서도 안 되겠지만, 그 문은 닫혀 있었고, 그런데도 나는, 저 소리 같은 계집, 계집 같은 소리에 화풍병(花風病)이어서, 궁리하다 못해 다시 안채로 들어갔다. 그랬더니 예의 그 침모가 빨래 손질을 하다 말고 일어서며, 뭘 도와줄 것이 있느냐고 묻기에 “아, 저 이거 실례했습니다. 저 고운 음악이 혹시 여기서 울려오는 것이나 아닌가 하고 따라 들어와 본 것이었습니다만” 하고, 짐짓 되돌아 나오려 했다.

“아 잠깐 계십시오. 아씨께 내 한번 여쭈어봅지요.” 그녀가 마루를 내려서며 그렇게 나를 만류했다. 그리고 그녀는 서두르는 걸음으로, 동편 채로 가 중문을 열더니, 그 안으로 들어간다. 나오더니 웃는 얼굴로 “아씨께서 스님을 좀 뫼셔 오시라는 말씀이십니다” 하고, 왔던 길을 다시 앞서가더니, 중문 앞에서 내게 길을 터주고, 자기는 되돌아간다.

그 안뜰은 짐작했기보다 훨씬 더 아담하고 조촐했다. 우선 냄새부터가 달랐는데, 오동이 우는 소리의 냄새라야겠지, 청순한 계집의 태고스런 냄새라야겠지, 우선 코에 신선하지만, 그것이 일단 폐부로 스며들었다고 하면, 소금이 되어 짜지고, 혼을 조갈에 부대끼게 한다. 아무리 계집을 마시고, 또 마시고, 또 마셔도, 혼은 계속 갈증에 떨고, 그러다 발열 지랄육갑 다하고 나가떨어져, 무덤에 들어서도 저승으로는 못 가고, 달이 흰데도 제 놈의 봉분 위에 요요히 나앉아, 우니다가, 우니다가 녹아지면 한 알맹이 흰 소금이 되었다가, 녹아져서, 냄새만 바람에 불려가서, 봄꽃 질 때쯤이나 돼설랑가, 그렇지 한 이파리 복숭아꽃에 타고라도 좋고, 그렇지, 그넌 오줌 누는 측간 바닥에라도 떨어지면 좋겠지, 그때 바람이 불면 더욱 좋고, 그러면 살풋 날아설랑, 그넌 오줌 방울 묻은 데 설핏 붙었다가는, 그냥 살이 되어버리는 것이지. 아니면, 그넌 죽어 혼 실려 나가는 요여 위에라도 떨어지면 좋고, 또 아니면 그넌 시집간 첫날밤 화초 타는 창턱에 내려서 귀가 되어도 좋다. 이것은 갈보년의 냄새와는 다르고, 그렇지 물론, 갈보년의 냄새 또한 좋은 것이지 좋은 것이어서 산 채 썩어 죽기를 한하고 근은 서는 것이다. 어쨌든 냄새부터가 달랐는데, 우선 눈에 보여졌기로는, 그 안에도 또한 연못이 하나 있어, 붉은 연 한 열두어 얼굴, 이끼 낀 석등, 한 스무남은 그루의 대[竹], 죽의자, 대를 쪼개서 어디로 이어놓은 홈통에선 맑은 물이 흘러 못 위에로 떨어지고 있다. 바위는 패어지지 않는 듯이 하면서도 홈이 패어지지만, 그러나 물은 패어지는 듯이 하면서도 홈이 패어지지 않는다. 마당엔 자잘한 자갈을 펴 놓아, 먼지 날 일 없고 깨끗했고, 꽃 진 난 줄기며, 금잔화며, 해바라기며, 장미며, 비둘기며.

그런 것을 일별하고 나는, 섬돌 앞으로 갔더니, 쌍문 미닫이까지 활짝 열어놓고 그녀가, 소복으로 가야금 앞에 앉아 있는 것이 보였다. 그러나 그녀는 현을 퉁기지는 않고, “좀 올라앉으시지 않으셔요?” 하고, 왠지 얼굴을 붉히며 떠는 듯이 말하고 있었는데, 어느 녘에 난이 낙화했던가를 의문했을 일은 아니었다. 어째서 정원에 난이 없었겠는가.

나는 대답으로서, 마루 끝에 어중간히 걸터앉고, 그런 뒤, 별로 의미 없이 한 번씩 현을 퉁겨보는, 그녀의 섬세한 손을 건너다보았다. 그러는 중에 그런데, 그 손이, 흰 비둘기처럼 비상하며, 저 죽은 가얏고 위를 춤추기 시작하자, 가얏고가 살아나는 아픔을 비명해대기 시작했다. 그것은 하나의 괴력으로서 내게 체험되기 시작한 것이다.

하나의 죽음이, 처음에 아주 느리게 살아나고 있었는데, 그때는, 가얏고 위를 날거나 춤추는 손은 손이 아니라 온역이었으며, 청황색 고름이었으며, 광풍이었고, 그것이 병독의 흰 비둘기들을 소금처럼 흩뿌리는 것이었다. 내가 흩뿌려지는 것이었다. 그러며, 내가 저 소리에 의해 병들고, 그 소리의 번열에 주리 틀어지며, 소리의 오한에 뼈가 얼고 있는 중에 저 새하얗게 나는 천의 비둘기들은 삼월도 도화촌에 에인 바람 람드린 날 날라라리 리루 루러 러르르흐 흩어지는 는 는 는느 느등 등드 드등 등드 드도 도동 동 동도 도화 이파리 붉은 도화 이파리, 이파리로 흩날려 하늘을 덮고, 덮어 날을 가리고, 가려 날도 저문데, 저문 해 삼동 눈도 많은 강 마을, 강 마을 밤중에 물에 빠져 죽은 사내, 사내 떠 흐르는 강 흐름, 흐름을 따라 중모리의 소용돌이 자진모리의 회오리 휘몰아치는 휘모리, 휘몰려 스러진 사내, 사내 허기 남긴 한 알맹이의 흰 소금, 흰 소금 녹아져서, 서러이 봄꽃 질 때쯤이나 돼설랑가, 돼설랑가 모르지, …… 계면(界面)하고 있음의 비통함, 계면하고 있음의 고통스러움, 계면하고 있음의 덧없음이, 그리하여 덧없음으로 끝나고, 한바탕 뒤집혔던 저승이 다시 소롯이 닫겨버렸다. 손은 그래서 다시 손으로, 오동나무 공명관은 다시 오동나무로, 겨울에 죽은 한 마리의 까마귀처럼, 흰 벌에 누워버렸는데, 거기 어디에 그런 괴력스런 산조(散調)가 사려 넣어 있었던지 그것은 알 수가 없었다. 그것은, 삶의 전 단계를, 생명이 당하는 괴로움의 온갖 맛을, 말세까지의 한바탕 흐름의 전 물굽이를 한마당 휘몰아친 가락에 담은 것이어서, 그것이 소롯이 잠들었을 때, 나를 울게 했다. 나는 아마 눈물을 흘려내고 있었다. 이것은 가공할 만한 하나의, 푸닥거리, 한 장면의 신굿처럼 내게는 여겨졌다. 나는 그래서, 가냘프게만 보아왔던 저 손을 무녀로서 존경하고, 소리의 백 년 잠을 일시에 깨어 흩뿌리는 그 손의 주술을 두려워하여 무릎을 꿇어, 떨림으로 그 손을 모두어 쥐고, 나도 모른 새 입을 맞추며, 내 가슴에 꼭 대고 있었을 것이다.

나는 그러다 나를 찾아내고, 황급히 일어나 사랑방으로 나오려 했더니, 그녀가, 저 가얏고 우는 것만큼이나 가냘프고 떨려서 뜨거운 소리로 조금만 더 할아버지가 돌아오실 때까지만, 앉아 있어줄 수 없겠느냐고 묻고 있어서 그러기로 했다. 나도 떠나기가 조금은 싫던 것이다.

"이것이 스님과의 마지막인 것만 같은걸요." 그녀는 그렇게 말하며, 슬픈 듯한 미소로, 내 곁에로 사뿐히 와 앉는 것이었다. "이것이 또 하직할 때라고도 생각하면서도, 좀체로 손을 흔들어 보여드릴 수가 없어요. 어떻게 모진 운명을 스님은 감수하시려는 것이에요. 그러시지 않아도 되실 터인데요." 그녀는 그렇게 말하며 내게는 흰 온역으로서만 보였던 손으로, 내 어글한 손을 잡아 꼭 쥐는 것이었다. "유리로 그래서 기어코 돌아가실 것이에요?"

그러나 나는 대답하지는 않았고, 그냥 추녀 끝 너머의 푸른 하늘과 별이나 바라보았다.

"유리에 있는 여자분은 아주 예쁜 걸로 알고 있어요. 아시겠지만요, 그 여자분이 우리 아버지의 정부인 건 세상이 다 아는 사실이죠. 어머닌 돌아가시고 안 계시거든요. 아버진 아들 얻기를 희망하시다, 아마 그 여자분께 정이 들었나 봐요. 그래서 저두요, 그 여자분을 눈여겨볼 기회가 많았는데요, 그 여자분은 그러나 아버님을 전혀 사랑하고 있는 눈치가 아니었답니다."

나는 추녀 끝을 통해서, 저 유리의 동구 밖에 어쩌면 아직도 희게 앉아 있을 그 계집을 얼핏 보고 있었다.

"이건 참 우습고 어리석은 얘기가 될 거예요. 그래도 묻고 싶은걸요. 스님께선 그 여자분을 사랑하고 계시죠. 그죠?"

나는 그저 듣기만 했다.

"그래서 돌아가시려는 거예요?"

나는 그저 듣기만 했다.

"한번 다니시러 가시는 거죠, 그죠? 돌아오실 것이지요?"

나는 그저 듣기만 했다. 그러자 여자는 한숨을 쉬더니, 내 눈을 들여다보며, "난 어째서 요 며칠 어리석어졌는지, 그걸 모르겠어요" 하곤 이번엔 연못을 내어다보며 시든 목소리로 이렇게 이었다. 마당의 꽃 속에는 벌들이 윙윙대고 있었다. "스님은 모르시겠지만요, 전 아주 오래오래 전부터 스님을 알아왔었답니다. 스님의 스승이신 그 스님께서 틈만 나시면 제게, 스님에 관해 말씀하셨거든요. 그래서 한 번쯤 만나 뵙고 싶었었어요. 그냥 만나 뵙고 싶었을 뿐이죠. 아주 어렸을 때 헤어진 오라버니처럼 생각켰거든요. 지금이라면 모두 말해버리고 싶어요." 그러며 그녀는, 내 어깨에 얼굴을 기댄다. 정각한 도사가 지나간 자리엔 풀 한 포기 자라지 못한다고 들었는데, 헌데 내 스승이 지나간 자리에서라면, 어째서 이렇게 더욱더 풀만 무성한가. "그래요 지금이라면 다 말해버리고 싶어요. 헌데 말예요, 저 석양 녘에, 저 공사장에서요, 스님이 제게 뭐라고 말씀하셨댔죠? 그 말씀은 너무 잔인했어요. 그래요, 전 무서웠었어요, 그 말씀은, 어쩌면 제가 지녀왔었을 두 가지 영상을 깨뜨려버린 결과였습니다. 하나는 뭐 그렇죠, 오라버니거니 했던 것이구요, 다른 하난 그렇죠, 훌륭한 그저 스님이거니 했던 것이었죠. 물론 저도, 유리에 계신 여자분과 정분이 두텁다는 말은 촛불 스님으로부터 들어 알고 있었지만요, 그런 이야기란 그저 한갓 남의 얘기인 것으로 여겨왔었댔죠. 헌데요, 스님은 오라버니거나 스님이시기 전에, 뻔뻔스럽고도, 호호, 그리고 자꾸 도망치면서도 뒤돌아보고 싶은 그냥 한 남자분이셨에요. 호숫가에 서셨던 스님은, 참 아름다웠었어요. 그래요, 아름다운 남자였었어요." 계집은 그러며 좀 킬킬거리고 웃었다. "전에 난, 집에 있던 어떤 애의 간질을 목격한 적이 있었답니다. 그 앤 늘 그렇진 않았는데 내가 본 그 간질을 일으키기 전에, 그 애는 참 아름다웠답니다. 그 눈은 이상하게 고요했었는데, 눈물에 엷게 덮여 있었구요, 물론 일순간이었지만요."

그녀의 이야긴 날 클클거리고 웃게 만들었다.

"스님의 스승께서, 자기의 제자에 관해 뭐라고 말씀하셨는지 아시겠어요? 허지만 그 늙은 스님은 자기의 제자에 관해 한 번도 과장해보신 적이 없으신 걸 저도 알게 되었어요." 그리곤 여자는, 무슨 생각을 하고서인지 핼끔 웃더니 계속했다. "그 스님은 늘 이런 투로 말씀하셨답니다." 그리고 여자는, 음성을 갑자기 그 늙은네의 것처럼 꾸몄다. "녀슥 말이지, 지지리 못났다구. 해도 보게나, 뼈대는 어글하잖게? 눈은 말이겠네, 그렇게, 아마 한 석 자 세 치 길이는 아니 되겠냐구, 그러니 거 얼마나 보기 싫으냐구, 게다가 그 두 눈구멍 사이에 흰 털이 한 오래기 나가지고 말일세, 거 뭐가 좀 모자란 듯하잖냐구. 그래도 보면 늘 반가운 놈이지. 에라이 순, 거 무엇에 쓸까 모르겠어. 서방을 맞더라두, 당최 그따위로 생긴 건 맞는 게 아니겠다."

그래서 우리는, 눈물이 솟을 때까지 웃어댔는데, 웃다 보니 허탈이 밀려, 우리는 한동안 잠잠히 있기만 했다.

"나중에 제가, 말로 유리까지 모셔다드릴 수 있겠죠?" 그녀 쪽에서 먼저 말하고 반짝이는 눈으로 날 보았다.

"고맙습니다만, 그랬다간 유리엔 영 닿질 못하게 될지도 모릅죠, 글쎄 나로서는, 외로운 먼 길에 숙녀를 혼자 되돌려 보낼 수는 없을 터이니, 저 대문까지 다시 모시고 와야 되며, 숙녀는 또 소승을 유리까지 데려다주실 것이고, 그러다 보면 한평생 다 가게 될 듯하잖습니까?"

"호호, 재밌어요. 그랬음 더 바랄 게 없을 것 같아요. 그랬음 좋겠어요." 그러며 계집은, 내 목에 팔을 감으며 내 품으로 안기고 든다. "절 욕심 많은 계집아이라고 한 차례 때려주잖으세요?"

허긴, 좋은 계집의 엉덩이 갈기는 일이 나의 전문인 듯도 하지만, 그러나 나는, 이 계집의 엉덩인 갈기지 않았다. 그런 대신, 저 떨고 있는 암컷을 보듬어 들고 뜰로 내려가, 그런 채로 연못 가운데까지 걸어갔다간, 그 수면에다 그저 떨구어 뜨려 버렸다. 그러자 연들이 목을 끊기는 듯 흐느적이며, 숨이 가빠시샜다. 그러고 보니, 정오에 온 해가, 점심시간을 가리키고 있었고 나를 저잣거리로 불러내고도 있었다. 그래서 그녀의 귀에 속삭여 들려주었다. "아가씨,

이제 할아버님이라도 오셨을지 모르는데, 이렇게 있는 걸 보시면, 단칼에 소승의 목을 베려 하실 겁니다."

"염려 마셔요. 할아버진 오시기 전에 언제나 침모를 먼저 보내, 제 의견을 물으신답니다. 아침엔, 할아버님이 걱정스레 물으시더군요. 밤새 어디서 지냈느냐는 것이죠. 그래서 한두 가지 것만 숨기곤, 사실대로 다 일러드렸답니다." 그리고 그녀는 소리 내 웃으며, 아직도 서 있는 날 주저앉혔다.

"허지만 이젠 일어날 때군입쇼."

"싫여요. 아주 추워서 견딜 수 없을 때까진, 한사코 일어나지 않을 것이에요."

"그러다 보면 된내기가 안 내릴깝쇼? 이제 나는, 아가씨를 저 기둥에다 붙들어 묶어놓을 것입니다."

나는 그리고, 그녀를 보듬은 채 일어났다. 그랬더니, 물에 젖은 소복이, 그녀의 몸에 찰싹 들러붙어, 그녀의 몸의 부분들을 아른히 붉게 드러냈는데, 그것은 저 흩어져 사라졌던 가야금 산조가 어디 하늘도 깊은 데쯤, 거기 어디 산도화 흩어지는 데 닿았다. 산도가 되어, 부드러운 솜털을 달고 떨어져 내린 것은 아니었을까 모른다. 내 어금니에선 신 침이 솟아오르며, 입속에 저 과즙이 고이는 것이, 이러다간 내가 영 살아버리고 죽을 것 같지가 않았다. 또 아니면, 유리 길 중간쯤 가다가 그만, 돌 들어 내 아랫도리를 내가 찍어 죽어 쓰러지며, 아 달래나 볼걸, 달래나 보지, 달래나 보지, 심경(心經) 삼백 독이나 해두어 보았을 것을, 그랬으면 흙도 바람인 것을, 아름다움 속에도 시즙(屍汁)이 괴어 있는 것을.

심경이라도 한 삼백 독이나 해두어 보았을 것을—나는 자꾸 속으로 중얼거리며, 소리가 하늘 복숭아가 되어 떨어져 내린 것을 기둥에 묶어놓기 시작했다. 그녀의 젖은 긴 소매 끝을 잡아 늘여, 기둥에 둘러 그 끝을 첨매고, 긴 치마폭도 두 귀를 잡아 늘여 또 그렇게 했더니, 기둥을 안고 서 있는다. 그것은 순전히 연극이었으며, 그런 연극에 의해서라도, 우리는 지금 이 당장 헤어지는 슬픔을 이겨내려고 한 것이다. 나는 그리고 그녀의 이마에 입맞춤하고 돌아서려면서, "아가씨는 지극히 아름답소. 죽더라도, 그 아름다움을 조금 얻어 간직해 갈 수 있다면, 그 아름다움이 연이 되어, 그 시체에서 피어나지 않겠소?" 하고, 부지런히 걸어 나왔다. 그녀의 눈에, 진한 눈물이 어린 것을, 나는 보았었다. 그리고 그 말은, 연극을 위한 대사는 절대로 아니었는데 그녀로 인해 어쩐지 내 혼은 더욱더 무성해진 듯이만 여겨졌고, 그 무성함으로 인해, 이 세상 뙤약볕이 조금 가려져, 잠시의 오수를 내가, 그 밑에서 즐겨도 좋을 듯했다. 덧없음은 어디로부터 오는가? 그것은 비실재적 환영으로부터가 아니라, 실재의 현상으로부터 오는 것, 그러므로 누가 만약 그 덧없음을 실제로서 포착하길 원한다면, 그 현상을 체험하지 않으면 안 되는 것이다. 오온(五蘊)을 황폐로이 했을 때, 무상도 비무상도 비비무상도 없을 것이지만, 벼락 맞고 죽은 고목이 아뇩다라삼먁삼보오리를 성취해서 초연한 것은 아니다. 바람 자지 않은 나무일수록 더 우람하며 더 가지가 많은 법일 터인데, 그것은 그것의 흔들림으로 초연한 것이다. 아직 된내기 내리려면 먼 철인데, 스스로 뿌리를 죽이고 시든 잎을 땅에 흩뜨리는 나무는 자기가 선 세상에서도 존재키를 거부하였으니 자기가 살아보지도 않은 다른 어느 세상에선들 절실히 존재할 수가 있을 것인가? 생명이 고통이라면 죽음도 고통이다. 그러므로 '나지 마라, 죽는 것이 고통이다. 죽지 마라, 나는 것이 고통이다'라는 충고를 할 수 있다면, 그러면 어쩌자는 것인가? 낳고 죽음이 끊긴, 서역 어디라는데, 극락에나 가서 번데기라도 되자는 것인가? 삶이 고통이라고 전제했을 때, 극락정토가 어떤 고장인지는 모르되, 죽을 수도 날 수도 없는 삶 또한 고통이라는 결론은 저절로 따르는 것이다. 이렇게 말하는 것은 어쩌면 역설일는지도 모르긴 하다. 그러나 만약에 이 세상이 비실재며 환상에 불과한 것이란다면, 자기 또한 존재치 않을 터, 자기가 존재치 않으면 극락도 존재치 않을 것인데, 그리하여 모든 것은 무 속으로의 무의미한 침몰을 당해버리는 결과를 부른다. 자기가 존재치 않는다면, 나거나 죽는 것이 어떻게 해서 고통이 되며, 낳거나 죽을 일은 어떻게 이뤄지는 것인가? 다만 무의미할 뿐이다. 이 세상도 저세상도, 살 만한 곳은 한 군데도 없는 것이다. 정토란 있는 것도 아닌 것으로 여겨진다. 그럴 때 허긴, 그것은 자기의 마음속에 있는 것이라는, 짐짓 대비스런 음성이 들린다. 그러나 몸을 사대(四大)에 의지하는바, 사대에 의해 마음이 있거늘 그 사대가

공(空)이란다면, 그 마음은 무엇에 의지해 정토의 초석이 될 수 있을 것인가. 바람 자지 않는 나무는, 죽은 나무보다도 더욱더 탐욕스러이, 빨고 드는 삶과 죽음의 고통 탓에, 그 불같은 아집 탓에, 더욱더 그 혼이 무성해지는 것이다.

옷이 젖어 미친놈 같았는 데다, 내 속살도 벌겋게 보여, 좀 열적은 채 침모를 보았더니, 그 침모가 킥킥거리는 웃음을 물고, 예의 그 장옷을 내밀어주며, 장로가 조금 전에 와서, 날 기다리고 있다고 귀띔해주었다. 난 그래 마른 옷을 받아들고, 얼른 사랑채로 나왔다가, 젖은 옷을 말아 들고, 안채로 다시 들어갔다.

장로는, 읍청에서 가져온 무슨 서류라도 읽었던 모양으로, 돋보기를 코끝에 나직이 걸고 있다 나를 맞곤, "그 애 가야금 솜씨가 거의 뭐 변변찮지요?" 하고 묻는다. 침모가 아마 그렇게 전해준 모양이었다.

"소승은 워낙이," 나는 자리를 잡아 앉으며 말했다. "새소리, 바람 소리, 물소리 같은 것이나 들으며 자라온 터라 놔서요, 도대체 음악에 대한 식견이 없습니다만, 그럼에도 그것이 좋은 음악이라면 누구에게라도 감동을 준다고 믿는 터인데, 저 숙녀의 가야금을 듣고 소승은, 한번 몹시 앓고 난 느낌이오니, 숙녀분께서는 가히 명인이 아닌가 여겨집니다."

"헛헛헛, 무슨 그까짓 솜씨를 가지고? 그 애의 스승이야 참 명수였댔지요. 그분 말씀대로 하면, 애가 예능에 약간의 재주를 갖고 있다고도 했는데, 사실로는, 이 주책없는 할애비도, 간혹 한 번씩 청해 들어오고 있는 터지요."

"야인(野人)으로 살던 귀에, 그 한 번 들은 것만으로도, 소승의 귀는 복에 넘친 듯하옵니다."

"과찬을, 헛헛헛, 과찬을. 허긴 이 할애비의 낙이라곤 그 애뿐이기도 하지요."

그러고 있는 중에, 정갈히 본 점심상이 그의 손녀딸에 의해 들려오자 노인이 주책없이, "이봐, 자네의 가야금 솜씨가 가히 명인의 경지라고 대사께서 말씀하시는군" 하고 말해, 손녀딸로부터 고운 눈 흘김을 울거 낸다. 헌데 그녀는 자줏빛 명주옷을 입고 있어서, 소복 때의 저 난(蘭)스럽던 것이, 적이 음란스러웁게 바뀌어 보였다. 그런데 그녀는, 그저 민숭해서 다른 모양은 없고 그냥 계란 모양이라고나 해야 할, 비취 큰 한 덩이를 금 사슬에 달아 목에 걸고 있어, 아주 노을도 짙을 녘, 한 조각 하늘이 노을 속으로 뚫린 것 같았다. 그녀는 단정히 앉아, 할아버지껜 반주를 권하고, 내겐 젓가락을 집어 올려주며 미소 지어 보인다.

식사 중에, 우린 몇 마디의 사소한 얘기나 했는데, 공사가 어떻게 진척되어 간다느니, 오래 가물고 있어서 천수답민들이 걱정하고 있다느니 뭐 그런 종류들이었다.

상을 물리고 난 뒤에사 장로는, "그래서 어떻게 결정하셨소? 설마하니 유리로 당장에 돌아가시려는 것은 아니겠습지?" 하고 나와 관계된 문제를 언급했다. 그의 손녀딸도 오늘은, 자리를 뜰 눈치가 아니었다. "어디로 가시기로 결정을 하셨든, 이제 또 집회 일이 다가오고 있는데 한 번쯤만 더 설법을 맡아주실 수 없으시겠소?"

"자기도 깨달음이 없으면서, 외람되게도 저 엄숙한 집회를 한 번 어지럽힌 것에 대해서도, 소승 하늘로 머리 들 수가 없었는데 두 번씩이나 저 성스런 집회를 어지럽히는 일은 천만 있어서는 안 될 것이겠나이다. 하옵고, 한번 돌아가기로 작정하고 나니 빠르면 빠를수록 더 좋을 것으로 여겨집니다. 소승을 용서하십소서."

그러나 노인은, 얼른 말을 받으려고는 않고, 무척 상심된 듯 우두커니 앉아만 있더니 혼잣말처럼 중얼거렸다. "글쎄, 그러실지도 모르지, 모르지. 대사는 대사의 짐은, 대사가 끝까지 지기를 바란다고, 그렇지, 그렇게 말씀하셨댔지. 이 늙은이로서는 결국 슬픔을 짓누르고, 참는 수밖엔 없겠소이다. 이 늙은 속인이 자기의 욕심으로 인해서, 대사께 너무 부담을 드렸다면, 그것은 용서하여주셔야겠소이다. 그러나 어느 때든, 이 늙은 속인이 죽기 전에, 다시 한번 오셔서, 이 늙은 손을 잡아주리라 내 믿고 있겠소이다." 장로는 그리고 손바닥으로 눈을 눌러 감는다. "그래, 그러시겠지, 그러시겠지." 그는 그렇게 중얼거려쌓더니, 거의 퀭해진 눈으로 날 건너다보며 이었다. "어쨌든 내가 나가서, 우마차 편을 하나 준비해놓겠으니, 정 그러시다면 그편에 가시구려. 이 늙은이로서는, 유리의 육조 촌장에 대한 예를 달리 어떻게 해야 될지 모르고 있소이다. 그편에, 유리로 보낼 다른 몇 가지 물건도 있고 하니, 그편에 대해서는 고맙다거나, 짐스러워하실 것은 없겠소이다. 그러나 저녁도 좀 늦어서야 떠나게 될 터이니, 그동안은 내 집에 머물러주시오."

난 이 늙은네의 배려에, 그저 합장하고, 머리 조아릴 수밖엔 없었다.

"그러시겠지. 이 늙은이가 복이 없어, 대사를 미리 만나지 못했었구료. 어쩐지 이 늙은이 가슴이 전과 같질 않으니 웬일이오?" 장로는 그리고 좀 삭막하게 웃으며, 손녀의 손을 잡아 꼭 쥐었다 놓는다. "대사의 스승 되시는, 저 괴팍하던 늙은네는 대사를 자기의 혈육이라고도 생각하시는 투였지. 그래서도 대사에 대한 나의 정은 대사를 만나기 오래전부터 있어온 것인데, 이상스럽게도 그 늙은네는, 자기의 죽음이 자기의 제자에 의해 이뤄지기를 바라는 투로 말하곤, 마지막으로 떠났단 말야. 그러며 꼭 한 번, 이 세상 너무도 많은, 그런 어떤 아버지들 중의 하나의 음성으로, 자기의 제자를 글쎄 이 늙은네께 부탁했었소. 그 늙은네 그래 본 적이 없던, 대꼬챙이 같은 친구였댔소. 대사가 너무 외롭게 자라왔다고 했지. 대사의 젖은 그 외로움이었다고 했지, 대사를 한 중으로 보기 전에 다른 한 아들로 여겨주기를 바랬댔지. 대성할 때까지 보살펴주라는 것이었소. 헛헛헛, 그러나 그 친구네 노파심에다 망령이었던 모양이지. 이 늙은네 눈에 그의 제자의 정신은, 그의 스승의 것으로는 도저히 가늠해볼 수 없는 데까지 이르러 있던 것이오. 보살핌을 당해야 할 자는, 우리 같은 정신적 고아들이고, 그 고아들이 대사의 손길을 기다리고 있는 것이오. 그 친구를 생각해서 만약 그 늙은이가, 대사의 유리 행을 저어한다면, 그것은 우족지혈 정도 같은 것이고 사실은 대사가 아깝소이다." 노인은 그러더니, 좀 머리가 아픈 듯이 이마를 짚었다. 그의 손녀는 입술을 짓물고 나를 응시하고 있었는데, 그녀의 눈엔 왠지 어떤 원망 어떤 저주가 담겨 있는 듯했다. 어쩐지 오후가 삭막하고 약간의 권태가 느껴졌다. 그래서 내가 일어서 나오려고 마음을 내고 있는데 장로의 손녀가, 약간 이해할 수 없는 이야길 꺼내, 저 삭막함을 덜어냈다.

"할아버지, 저도 한 번쯤 유리엘 가보려고 한답니다."

"자, 자네가 말인가? 아니 자네가 언제 스님이시던가?"

“저두 한번 가보아도 좋겠죠?”

“글쎕쇼, 숙녀분께서 소풍이라도 할 만한 곳은 아닌 데인걸입죠.”

“허지만 전 소풍을 하러 가려는 게 아니에요. 어쨌든 한번 가볼 것이에요.”

“너 혼자서라면, 너의 아버지가 우선 반대일걸. 친구가 있다면 허긴, 아침에 출발해 갔다가, 저녁에 돌아와도 나쁠 건 없겠지. 자네 말 모는 솜씨가 제법은 됐다니까 말야. 하지만, 온 조게 언제나 철이 들려는지.”

3

장로가 다시 읍청으로 나갈 때, 나도 따라나섰다. 그는, 읍청 구경이라도 하겠느냐고 물었으나, 저녁에 뵙겠다고 나는 말하고 아들을 큰 형장 나리로 두고 있다는 황토고개 점포로 갔다. 그리고 점원에게 내 전표를 내보이고, 쌀로 치면 대체 얼마 정도의 값어치냐고 물었더니, 꼭 두 말 값이라고 대답했다. 그러고 보니, 누구의 후덕을 얻어서이든, 내 노임은 하루 쌀 한 말씩이었던 모양이었다.

나는 그래 우선 쌀 한 말을 자루에 넣어달라고 했더니, 자루 값은 별도로 내지 않으면 안 된다는 것이었고 대략 쌀 한 되 값에 해당된다고 했다. 그래서 쌀 너 되 값이 남은 데서, 한 되 값으로 소금을 샀고, 또 한 되 값으로 초와 성냥을 샀고, 다른 한 되 값으로 지물이며 연필을 한 자루 샀고, 알이 큰 눈깔사탕을 넋 놓고 보다가, 마지막 한 되 값만큼 멸치 몇 대가리를 샀다. 그 멸치 몇 대가리는, 눈깔사탕 대신에, 유리의 내 계집을 위해 장 본 것이다. 낚싯대 같은 건 아예 둘러보지도 않았다. 그리고 밀기울이나 보리를 산다면, 물론 분량은 많을 것이 분명했으나, 쌀을 넣어달라고 한 것은, 내가 그렇게까지나 사치스러워서는 아니었고 그것이 땔감 구하기 어려운 고장을 살기에 그중 좋은 것이어서 그런 것뿐이다. 배고플 때 그냥, 한 줌 털어놓고 씹으며 물 마시면 그뿐인 것이다. 멸치며 초 등속을 나는, 아직도 여분이 좀 있는 쌀자루에 넣고 어깨에 둘러멨다. 공사판에 가, 정든 친구들에게 작별 인사라도 할까 하다가, 그것은 어젯밤 마음으로 다 끝낸 것이라고 생각해, 곧장 장로네로 향해 걸었다. 새벽에, 호반에서 살풋 한잠 잤다고는 하더라도, 긴 야행을 앞두고, 어쨌든 한숨쯤 더 자두는 것도 좋을 듯했으며, 장옷에 쌀자루를 메고, 읍의 백주를 걸어 다닌다는 것도, 일종의 곤혹으로 여겨져서도 그런 것이다. 무엇보다도 그러나 내가 저 싱그러운 것을 자꾸 괘념해쌓는 것이 병이었으며, 저 가야금 한 산조를, 내가 나도 모른 새 되살려내 듣고 있는 것도 문제였다.

그 장로의 손녀는, 내가 지냈던 사랑방 마루에 턱 괴고 앉아 있더니, 내가 문 들어서는 걸 보곤, 반가워하며, 거의 소리라도 지를 양으로 뛰어와 내가 어깨에 메고 있는 것을 거들어서 내려놓는다. 그리고 자루 주둥이를 천진스레 열어보더니, "이런 준비 때문이셨으면 나가시지 않았어도 좋았을 걸 그랬어요" 하고 말했다. "할아버지께서 다 아셔서 준비시킨 걸 제가 본걸요."

그 말에 난 좀 곤혹을 느꼈으나, 내색을 하진 않았다. 그런 대신 난 마루 끝에 앉고, 생후 처음 신어보는 가죽 미투리가 무척 편하다는 걸 생각했다.

"차 좀 드려요?" 그녀도 내 곁에 앉으며 물었다.

"글쎕쇼. 귀로 마실 수 있는 호의를 받을 수 있다면 영광이겠는뎁쇼." 난 농담 한마디를 했다.

"호호, 잘은 이해치 못하겠어두요, 무척 재민 있어요."

"소승은 오늘, 귀가 상당히 목말라 한다는 것을 알아냈습니다."

"죄송해요. 전 아무래도 그만큼의 해학을 이해할 재간이 없나 봐요. 설마 저의 서투른 가야금에 관해 말씀하시는 건 아니겠죠?"

"고맙습니다. 바로 그런 말씀을 드리고 싶었던 참이었지요. 허지만 소승의 욕심이 너무 좀 과하잖을까요?"

"허지만 전 아직 무척 서투른걸요. 그래도 전 기뻐요. 저의 혼신을 다해 노력해보겠어요. 그럼 저와 같이 가셔요. 스님이 경청해주신다면, 배운 보람이 있는걸요."

우리는 그래서, 저 못 가운데의 다리를 건너고 있었다. "어떤 경우에 말예요." 그녀는 거의 들리지도 않게 말하고 있었다. "이 손을 쓸 수가 없게 된다더라도, 글쎄 말예요, 가야금을 더 탈 수 없다는 것 때문엔 마음 아파하지 않게 될지도 모르죠?"

원정 노인이, 그녀의 안뜰의 화초 위에다 물을 주고 있다가 우리가 들어서자 정답게 인사를 하더니, 꽃에 대해 몇 마디 하곤, 안채로 통하는 중문으로 나가는 것이었다.

"전 저 노인네 등에도 많이 업혀 다녔답니다." 그녀는 그의 흰 등을 보며 그렇게 말하더니, 내 손을 잡고, 좀 젖은 눈으로 날 올려다본다. "제 눈을 바라보시는 건 즐겁지 않나요?" 그녀는 그리고, 선 채 내 가슴에다 얼굴을 묻는다. "지금 제가 바라기로는, 지금 이 순간만은, 유리의 여자분을 생각해주시지 않으면 싶어요. 전 질투하고 있는 거예요."

난 그녀의 등 뒤로 팔을 둘러 감고, 저 떠는 짐승의 등을 쓰다듬어줄 수뿐이었다. 이상스럽게 가슴이 쓰려오며, 우리들의 그림자가 동녘으로 눕는 것이 슬프게 느껴졌다.

"그리고 그 여자분과 계실 땐, 제 생각을 좀 해주실 수 없나요?" 계집은 그리고 얼굴을 쳐들어 날 올려다보는데 울고 있었다. "뭐든 한 말씀 해주실 수 없으셔요?"

나는, 그녀의 볼로 타 내리고 있는 눈물방울이나, 내 손가락으로 닦아주었을 뿐이다. 동편으로 깔린 그림자가 영을 넘어버리면, 나는 아마 달구지에 실려서, 별들이나 보고 있을 것이다.

"아, 그랬었죠 참, 스님은 귀가 목말라 하신다구 했었죠?" 그녀는 웃어 보이려 애쓰며, 내 가슴으로부터 살며시 빠져나갔다. 그래서 우리는 마루로 올라갔는데, 한 식경이 다 가도록, 그녀의 손은 조율을 얻지 못하고 있었다. "한 번 유리엘 가보려는 것이, 저의 전 소망이랍니다. 그래두요, 거기 계신 그 여자분이 두려운걸요. 어떻게 만나, 무슨 말을 시작할지를 모르겠어요. 허지만 저의 믿음은요, 어떤 여자이든지 말예요, 진정으로 어떤 남자를 사랑한다면 말예요, 자기와 꼭같은 다른 여자의 괴로움을 이해는 해줄 수 있을 것이라고 하는 거예요." 그녀의 얼굴은 붉고, 음성은 몹시 떨리고 더듬거렸다. "그렇다면, 어째서 서로 간 불쾌해야 할 것인지, 어쩐지는 모르겠어요. 스님이 만약에 사흘만 더 머무신대도, 그 사흘이 다 가기까지, 전 아마 이런 얘긴 하지 않았겠죠?"

그러다 그녀의 손이 조율을 얻기 시작했을 때는, 쳐들었던 해바라기의 목고개가 조금쯤 숙어졌었을 때나 아니었을까 모른다. 나는 가슴에 뭔지 한바탕을 울 것을 싸안고 있어서, 그것이 그 소리에 의해 녹혀지기를 바랐다. 도대체, 나로서도 나를 무엇 때문에 지탱해야 되는지를 모르겠을 뿐이던 것이다.

그리고 아마 끝내, 그 가야금 산조는 끝을 내지 못하고 말았을지 모른다. 어느 녘엔지 나는 그녀의 발을 가슴에 싸안고 있었으며, 끝낼 수 없는 오열을 토해내고 있었으며, 하고 싶었으면서도 참았던 얘기들을 토해내고 있었던 것이다. 그녀의 부드러운 손이 그리고 그때는, 내 등을 쓸어주고 있었으며, 내 눈물을 닦아주고 있었다. 그것을 깨달았을 때, 그리고 나는, 사랑방으로 뛰쳐 왔었을 것이며, 그 오열을 짓씹다 나는, 어느 녘엔지 잠들어버렸을 것이었다.

제22일

1

짐수레는 밤중에 떠났다. 예의 벙어리 마부여서, 인간 둘이서 황막한 밤을 통과해나간다는 것 말고, 우리로선 아무것도 이야기로 통할 수 없었다. 그것이 오히려 내게는 편했다. 내 것이라며, 장로 댁에서 한 꾸러미를 실어 준 것까지 보태, 수레에는 그리고 유리 촌선들께 배달되어지는 식량이며, 숯이며, 소금이며, 소식 같은 것을 싣고 있었다. 하나의 흐린 등이 우리의 길잡이였는데 그것은 수레채에 묶어 쇠머리 앞쪽으로 뻗쳐낸, 긴 장대 끝에 매달려, 흔들거리고 있었다. 그 등은 내 안막에서 자꾸 멀어지는 읍 같은 것이었다. 그런 등을 나는 또, 내가 어렸을 때 이미 알고도 있었다. 나는 마부의 곁에가 아니라 수레의 뒤쪽에 마부와 등하고 짐에 기대어 앉아 있었는데, 어둠 가운데서 읍이 쑴먹 쑴먹 비치고 있었다. 사실에 있어선, 그 읍 자체가 등으로 보인 것인지 아니면 어떤 한 계집이 그렇게 여겨진 것인지, 그것은 명확하진 않았다. 그칠 줄 모르고 세찬 비가 퍼붓고 있는데 그런 밤은 더욱더 어둡고, 조금의 안식도 남김없이 바람이 무섭게 뒤흔들어간다. 아니 반드시 그런 밤이 아니라도 마찬가지인데, 가령 물이며 뭍이며 숲이며 계곡이며가 만월에 뒤덮여 은은히 밝은 밤에라도. 그런데 그런 등은 다른 데도 말고 하필이면 바위들만 무성한 데 켜져 있어, 만삭된 마누라와 눈 큰 자식들이 기다리는 가장(家長), 뱃놈의 뱃길을 가리켜주고, 긴 뱃길로부터 무사히 돌아가게 하던 것이다. 그런 등은, 아랫녘 어디 선주네로 마을 간 어머니에의 그리움과도 같지가 않았다. 그것은 그냥 쑴먹이는 등대뿐만은 아니었던지도 모른다. 스승과 산막에서 살기 시작했을 때에도 나는, 그 등을 종종 보았었는데, 그때 나는 그것이, 저 고해의 피안에 켜진 불(佛)이거니도 했었지만, 그러나 그것은 어쩐지 그런 불도 아니었다. 피안에가 아니라, 그것은 고해의 모든 차안에 켜져 밤에만 빛났으며, 지금 그 빛은 아주 느리게, 흐리게 멀어져가고 있었다. 내게는 회포도 많았다. 그러나 외로운 것 같진 않았다. 허지만 내가 이 길을 떠나오던 때 가졌던, 그런 열예는 언젠지 식어버린 듯했다.

나는 한숨을 한번 불어내고, 소가 고개를 쩔레쩔레 흔들 때마다 퍼져나는 쇠풍경 소리를 들으며, 별들을 찾아, 그것들이 무슨 이름들에 불려져 왔던가를 생각해보기도 했다. 북극성, 북두칠성, 개밥주는별, 비저울, 견우직녀, 아마도 삼태성 돋을 녘엔, 수목의, 잡초의, 흙의, 잠의, 한선(汗腺)으로부터 안개가 피어 올라올 터인데, 그것은 여름밤의 꿈이 더워서 그러는지 모른다. 별들은, 그것들의 지혜에 의해서인 것처럼 대낮보다 훨씬 더 깊어 보이는, 검푸른 하늘 속에서 쑴먹 쑴먹이고 있었다. 그러나 햇빛이 그저 조금 엇비슷하기만 하더라도 저 지혜의 억만 반짝임들은, 저승 간 혼처럼 형체를 잃고 말아버릴 것인데, 그러고 보면 해는, 하늘을 가득 채워버림으로 비워내는 것이며, 화평을 주러 돋아 오르는 것이 아니라, 검을 주러 오는 것처럼 여겨진다. 해는 그러므로 아마도, 지혜의 비유로는 적당치 않은 것인지도 모른다.

짐수레는 지금, 하나의 큰 숲을 서쪽 옆으로 두고 남녘으로 가는 중이다. 큰 형장이라고 부르는 것은 아마 그 속에 있는 모양이었으나, 그것은 그냥 시꺼먼 큰 숲이었을 뿐, 어디에서고, 수풀을 통해서라도 한 가닥의 뻔한 불빛도 보이지 않았다. 자기의 죽음을 상상한다는 것은 거의 불가능한 듯하면서도, 이 밤에는 어쩐지 저 큰 숲이 선영들 누운 산소나 또는 노도 잠들고 휴식스러운 밤바다처럼도 생각켰다.

나는 내가 죽게 될 것이라고는 조금도 생각할 수 없었지만, 그래도 죽어야 될 것이라면 어떤 죽음을 택하게 될 것인가? 허긴, 목이 일순에 죄이며, 찬란한 불이 한번 태우며 눈꺼풀을 통해 빠져나가게 될 것 같은 나뭇가지에 목째 대룽대룽 매달리는, 그런 죽음도 나쁘진 않을지도 모른다. 허긴 아니면, 무지개를 뿌리며 한번 나는 도끼날의, 저 싸늘함이 뜨거운 목을 일시에 동강을 내버리는, 그래서 마음과 몸을 분리해내 버리는 그 참수인들 나쁠 것인가? 허지만 아마 무엇보다도 한 대쯤의 담배는 필요하다. 한 모금 빨아들인 뒤, 그 연기를 마지막으로 뿜어내며, 자기가 숨 쉬고 있다는 것을, 연기로 통해 숨을 보며, 하늘을 한번 올려다보고, 땅을 한번 굽어본다. 그럴 때의 하늘은 제길헐, 육실허게도 푸르겠지. 그 땅 아래엔 배고픈 굼벵이들이 고개를 내저으며 살 냄새를 맡는다. 허긴 그래, 이내[嵐氣] 속에 초가 짓고, 안개 밭에 약초 심어, 동안 백발로 천년 살았으면도 싶지, 천년 한하고 말이지, 허긴 천년도 수유일 것을, 수유라도 좋은 것을. 꽃도 피는고야, 새도 우는고야, 어욱새 속새 덥가가모 백양속애 가기곳 가면, 누른해 흰달 가난비 굴근눈 쇼쇼리 바람 블제 뉘 한잔 먹쟈 할고. 가을도 아닌데 아직은, 큰 형장 저 울창한 숲에는 별들이 주렁주렁 익어 있구나. 나무를 올라가기만 한다면, 그 별들을 대번에 한 바구니쯤 딸 수도 있어 보인다. 그러면 그렇지, 그 별들로 술 담아 아랫목에 묻어놓고, 마당귀퉁이 쌓인 낙엽 태우며 그 싸한 냄새를 맡고 있자면, 체 장수 돌아가며 가을도 깊겠다. 어디 구면만 친구이겠는가, 체 장수 불러들여 잔 잡으면 그 또한 친구인데 낙엽 태워지는 연기 휩싸인 내 저승 마당으로 별 덧들이는 소리, 그것으로나 그렇지, 산(算) 놓아가며, 그렇지, 어느 녘 퍼부은 눈 가운데 푹 가라앉아버려도 좋을 것이다.

소가 고개를 쩔렁이며, 숨을 쉬익 쉬익 불어낼 때마다, 그것은 그리고 계속해서 풍경 소리는 어두운 풀섶으로, 하늘의 이슬 속으로, 희게 구불탕거리고 기어간 길 위로 흩어져간다. 때로 어디 풀섶에서 우는 벌레 소리와, 새벽잠 없는 새 울음과 섞여서 그 풍경 소리는 가을볕 엷은 것처럼, 저 잠든 살들 속으로 스며들어, 그 수육(睡肉)들을 무르익게 한다. 그런 것을 들을 수 있다는 것은 그러나 얼마나 좋은가. 그러나 마부는, 소리들을 또한, 저 흔들리는 흐린 마등처럼, 눈으로나 보고 있을 것이었다. 듣지 못하는 귀, 말할 수 없는 혀, —그는 하나의 수수께끼로 앉아서, 그저 고삐만을 잡고 있다. 그는 꽤 늙어, 환갑은 지났음에 틀림없어 보였던 것으로 나는, 그의 흰 등을 돌아다보며 기억했다. 그래 그는, 나에겐 하나의 수수께끼였다. 그는 모든 것을, 보는 것, 감촉하는 것으로 눈치채고 있을 것이지만, 그 이해가 어떤 것인지 그는 말할 수가 없다. 그가, 어쩌다 소를 어르느라고 내는 소리는, 그 스스로도 들을 수 없기 때문에도 그렇겠지만, 밤의 행여에 어울리잖게 턱없이 높거나, 째지는 듯한 소리였는데, 나로서는 그 의미를 알 수가 없었다. 그래도 그의 소는, 그의 분부를 이해하고 있음에 틀림없었다. 귀가 귀가 아닌 귀, 혀가 혀가 아닌 혀, 그 심정에는 대체 무엇이 괴어 있을 것인가.

안개가 조금씩 두터워지는 것으로 짐작건대 새벽이 가까워지는 증거였고, 또 그만큼 여행했으면 유리가 멀지 않다는 증거이기도 했다.

나는 어쩌면, '말'[言語]에 대해 생각하고 있었던지도 모른다. 형체가 없으니 볼 수가 없는데도 불구하고, 발음이 되어진 말은 신비한 힘을 갖고 의사와 느낌을 전달해준다는 전제에서 말을 사고했던 선인들은, 분명히 혀와 귀를 의식하고 있었을 것이었다. 혀와 귀가 없다면 결국, 말은 그것의 신통성을 잃는 것이다. 허긴 그래서 그 선인들은 결국, 말을 사고의 재료로 삼았다가, 그것의 무의미를 판독해내 버리기는 한다.

31"저 말은 음성으로부터 나와 귀에 들어오는 것인데, 보아야 형용도 없고, 또 음성도 마음과 뜻에서 나오는 것인데 마음과 뜻도 또한 형상이 없는 것이다. 마음은 어디에 의지하는가? 사대를 의지하고 있는 것이니, 사대도 근본 이름이 없는 것이다. [……] 이렇게 생각하면 모두가 공하여 있는 바가 없는 것이다."

그러나 다른 편에서는, 존재 자체가 말에 의해서 드러나고 말에 의해서 운영되어 오는 것처럼 믿어오고 있는 것이다. 신의 인현까지도 언어의 육화로 보는 것이다. 이 말은 그리고 귀나 혀에 의해 호소되어지는 것은 아닌 듯하다.

이 두 관계는 대단히 상반적인 듯하다. 한쪽에서는 어떻게든, 저 '보이지 않는 마력'을 육화하려고 애쓰고, 다른 편에선 그것을 어떻게든 때려 부숴, 그 근원에 있어 존재까지도 부인하려고 든다. 한쪽에선 충전을 찾고 한쪽에선 진공을 성취하려고 한다. 그것은 이해키 어려운 듯하다. 그러나 해를 보면, 그것은 충전으로 하여 하늘을 비우고, 하늘을 비움으로 하여 가득 넘치게 한다.

아직도 유리에는 안개비나 내리고 있을 것인가.

유리가 가까워진다고 생각할수록, 어쩐지 마음의 동녘은 어두워 들고 마음의 서녘은 밝아 드는 듯이 느껴진다. 동녘의 계집의 밝았던 얼굴로 서녘 계집의 그늘이 어리고 든다. 유암에 덮인, 저 동녘 계집의 슬픈 울음소리를 그러나 지금은 애써 들을 때는 아니다. 마음의 동녘이 지금 어둡지 않다면 서녘도 밝은 것이 아니다. 그 어둠 또한 소중한 것이어서, 거기서 빛이 젖을 빨고 누워 있는 것이다. 갈보년의 꾸둥 진 꺼먼 젖꼭지, 더러운 듯한 냄새, 쉰 듯한 음성이 지금, 내 살을 끓게 하고, 모든 뼛속으로부터 정액을 공출하여, 치골 속에다 쌓아놓는다.

2

뜨르르 뜨르르 돌아왔소
품배 품배 돌아왔소
이 전 저 전 다 버리고
이눔의 전으로 돌아왔소

여태도 내리는 안개비인지, 아니면 그저 그냥 새벽안개인지는 알 수 없으되, 어쨌든 유리의 새벽은, 안개에 덮여 지척이 분간되지 않았다. 유리의 문전에서 짐수레는 머물렀는데, 코를 씩씩 불어내는 소나, 하나의 불그스레한 등이나, 마부나, 또 나나, 안개 속에서는 그저 흐릿하고 모서리가 없어 보였으며, 도대체 실재 같지가 않아, 열나흘 길 지나온 혼백들이 황천 문 앞에 이른 것처럼 보이게 했다. 내 계집의 흰 망부석은 보이지 않았다. 하매 세월이 그동안 그렇게나 흘러 풍화 다 되고 사라졌는지도 모르고, 아니면 손 흔들다 지쳐 돌아가 쉬고 있는지도 모른다. 그러나 짐을 다 부려놓고 나면, 소와 마부는, 등대가 켜진 저 차안으로 돌아갈 것이다. 짐을 내려놓기 전에 마부는 우선, 담배에 침을 이겨 곰방대에 담아 문 뒤 불을 붙이곤 안개인지 담배 연기인지를 깊이깊이 들이마셨다가, 안개인지 담배 연기인지를 뿌옇게 뿜어 내놓는다. 그가 그러는 동안에 나는, 장로 댁에서 꾸려준 짐을 끌어내렸는데, 그 속에는 내가 늘 끼고 다녔던, 해골도 들어 있을 것이었다.

나의 꾸러미 속엔, 대체 무엇이 들어 그렇게 무겁고, 덩치가 컸는지는 모르겠으되, 회당을 허는 공사판에서 짊어졌던 그중 무거운 짐과도 맞먹게, 그것의 멜빵이 내 어깨를 파고드는 것이었다. 어쨌든 나는, 저 침묵스런 마부께 합장해 절해 보이고, 소에게는 그것의 땀 젖은 목덜미를 한번 쓸어준 뒤, 마을로 들어섰다. 물론 입은 장옷의 얼굴 가리개는 가려버렸고, 그래서 나는 유리로 온 것이었다.

글쎄 나는, 유리로, 온 것이었다.

그러는 새 어느덧 나는, 수도청 곁을 지나고는 있었다. 거기서는 걸음이 떼어 놓아지지 않아, 한동안 나를 잊고 멍청히 서 있었으나, 어쩌다 들리는 얕은 기침 소리밖에, 아직도 새벽잠이 훨씬 더 고달프게 깊어질 시각인 것이다. 아침치고는 이건 좀 너무 이른 시간인 것이다. 심사대로만 한다면, 소리쳐 내 계집을 깨워내고도 싶었으나, 우선은 내 토굴로 돌아가, 늪 전이라도 한번 어슬렁거려도 보고, 한 식경쯤 잠도 자두어 여독부터 씻어내는 것이 좋을 듯했다.

집이란 그런 것이고, 이상한 것이었다. 만약에 내가 토굴을 파놓지 않았더라면 이 유리의 어디에 나는 내 짐을 부렸을 것인가. 맨 처음 왔었을 때와도 꼭같이, 짐을 부릴 곳은커녕, 몸도 쉬일 곳이 없어, 어슬렁어슬렁 걸어 다니다가, 다시 창녀를 만나든지, 아니면 존자님들을 만나게 될지도 모른다. 허긴 그러고 보면, 죽은 송장에겐 무덤이 필요 없을지도 모르지만, 피 도는 몸에는 무덤이 필요하다. 거처가 없이 헤매면, 세상이 모두 나의 거처인 듯하지만, 그 세상의 어디도 또한 나의 거처는 아닌 것이다.

내 토굴 앞에 닿아 그러나 나는, 약간의 어리둥절함을 느끼지 않으면 안 되었다. 내가 해 달아본 적 없는 거적문이 달리고, 출입구가 알뜰히 손보아져 있는 데다, 저 둔덕 위에 낚시꾼들을 위해 놓아졌던 반석이, 거적문 밑으로 옮겨져 와 있어서, 섬돌이며 문지방 대신을 하고 있었다. 내가 떠난 줄을 알고,

나 같았던 어떤 승객이 암자를 꾸몄거나, 아니면 어떤 돌중 나리가 또 낚시질을 시작했을지도 모를 일이었다. 그렇다고 한다더라도, 그 토굴이 내 것이라고 지금에 와서 우겨댈 수도 없을 터인데, 그럴 줄 알았더면 젠장, 문패라도 하나 걸어놓고 떠났을 일인데. 그러니 어떤 객승이라도 머물고 있다면, 이젠 사막 가운데로나 나가 스승이 압살당한 바위 밑 그늘이나 좀 구걸할 일뿐이었다.

허지만, 돌아서려다 내가 들여다본 그 방 안에서는 우선, 씻지 않은 계집의 몸 냄새 같은 것이 확 끼쳐 나오고, 뭔지 황토물 같은 것이 웅덩이처럼 괴어 있어 보니, 피마자기름 접시 위에서 반쪽짜리 앵두 같은 빛이 홀홀 흔들리고 있는데, 그것이 그 방 안에다 황토를 이겨 넣고 있었다. 그 접시는 그리고, 안벽의 나지막한 데를 파서, 고콜처럼 만들어놓은 곳에 놓여 있었다. 그 빛인지, 아니면 내 시선인지, 뭔지가 하여튼 진정되었을 때에야 내가 본 바닥엔, 뭔지 희끄무레한 두 몸뚱이가 서로 동떨어져 뒹굴어 자고 있는데, 역시 계집들이었고, 그중의 한 계집은 앓는지, 간헐적으로 희미하게 신음을 하거나, 목쉬고 맥없는 목소리로 뭔가 헛소리를 하고도 있었다. 이때의 내 가슴은, 광기와 이상스런 분노로 비등하고 있었다. 앓는 것은 글쎄, 내 계집이었으며, 앓는 것 옆에서도 꾸들어져 자던 것은 다른 수도부였던 것이다. 나는 화급했고, 그래서 보듬어본 계집은 시든 국화꽃 다발이었다. 아무 탄력도 육중함도 없이, 그것은 버스럭거리게 느껴질 정도로 야위고, 지쳐서 늘어지고 수액이 없어 꺼슬거리는 데다, 의식은 대체로 잃고 있었다. 그것은 죽어가고 있는 중이었다. 코에서는 열 냄새만 끓어오르고, 때 낀 얼굴엔, 흘러내린 눈물에 눈곱이 엉겨, 추했고, 그리고 안쓰러웠다.

"그 애는 밤이나 낮이나, 스님만 찾았답니다."

누가 그렇게 말하고 있어 보니, 잠 깬 수도부가 옷을 여미고 있었다.

"헌데 이게 어떻게 된 일입니까? 참 어떻게 된 일이죠? 대체 어떻게 된 일이오?" 나는 묻고 있었으나, 대체 누구에게 물었는지는 모른다. 나는 이 계집이 슬펐다. 나는 계집을 꼭 싸안아, 내 속의 오열이 한고비 되게 넘어갈 때까지나 안고 있다가 뉘어놓고, 밖에 벗어놓았던 짐을 끌어들여 풀기 시작했다. 뭐든, 그 속에, 이 계집의 병에 먹일 것이 있을 것도 같아서 그런 것이지만, 그것은 그냥 발버둥질이었다. 그 꾸러미 것이 전부, 화타네 약방에서 꾸려진 것이었다고 쳐도, 병인을 모르고 뭣을 어쩌겠다는 것일 것인가마는, 그래도 그냥 뒤집어본 것이다.

처음에, 한지에 곱게 싸여진 해골이 나오고, 여러 켤레의 무명 양말, 장옷 밑에 받쳐 입는 세 벌의 평상복, 두 벌의 장옷, 모포 두 장, 참기름 반 되쯤, 꿀 한 병, 소금과 간장, 산채 말린 것, 서 말쯤의 쌀, 내가 장 보았던 멸치, 대덕용 성냥 한 갑, 여섯 자루 한 묶음의 대덕용 초 다섯 갑, 두 꾸러미의 계란, 두 되쯤의 미숫가루, 내가 샀던 종이와 연필, 치분과 칫솔, 비누, 수건, 삭도 한 자루, 그리고 하나의 수수께끼 그것은 해골 속에 담겨 있었는데, 저 계란 모양의 하나의 육중한 비취 목걸이, 그것은 산 푸른 그늘을 가슴에 사리고 있는 바다 빛깔이었다. 그것을 나는 그래, 본 적이 있었다—그 외에는 그러나, 영신환 한 알도 없었다.

"나두요 내막은 모르겠어두요, 비상을 좀 먹었나 봐요, 물론 많이 먹은 건 아닌 듯하긴 해요."

나는, 눈앞이 어둡고 어지러웠다. 그래, 전에 나도 비상에 관해 이야기를 들은 적이 있었다.

"여기서는요, 약을 가진 스님은요, 촛불 스님밖엔 없는데요. 그 스님께 여러 번 가보구요, 그 스님도 와서 진맥도 해보았지만요, 비상에 쓰는 약이 그 스님에겐 없다구 하면서요, 있다더라두요, 늦었다고만 허시는 거예요, 그래도 우리들이 어떡해요, 읍에라도 데리구 가려 했어두요, 읍엔요, 절대로 가지 않겠다는 것이에요. 그것이 이 애의 마지막 소원이라면서요, 이 토굴에서 죽게요 해달라는 것이었답니다."

나는, 고개만 그저 병든 듯이 끄덕이고 있었다. 나도 읍을 생각하지 않은 것은 아니고, 게다가 아직도 어쩌면 저 짐수레 편이 있을지도 모르고 있었지만, 그럼에도 나는, "여러 가지로 소승 심심히 감사드립니다. 하실 수 있으시면, 뭐 좀 가져가셔서, 미음이라도 좀 끓여다 주셨으면 더없이 고맙겠습니다" 하고 말하고 있었다. 어쩌면 읍내에 그녀의 생명에의 구원이 있을지도 모르지만 어째선지 나는, 있을지도 모르는 구원을 차단해버리고 있었다. 허긴 너무 늦었을지도 모른다. 그러나 너무 늦었다는 이유만으로 한 생명이 경각에 달해 있는 것을, 그냥 내려다보고만 있는 일은 옳을 것인가? 이것은 아마도 나로서도 종내 이해할 수 없는 아집일 터인데, 나는 이 생명이 고통당하고 있는 것이나 지켜보려 하고 있으며, 그것도 더욱이 그녀와 나만의 은폐 속에서 지켜지기를 바라고나 있는 것이다. 나로서는, 그녀가, 자다가 깨어서도 불렀다는, 그 노래처럼, 죽어가다 살아나서, 저 정적한 세계의 마른 모래를 파삭파삭 딛고 다니기를, 진정으로 바라고 있는지 어쩐지 그것도 몰랐다. 나는 그저, 그것의 바짝 마른 입술에다 짠 눈물이나 떨어뜨려 주고 있는 것이다.

"임자, 내가 왔소. 자 보구려. 내가 왔잖소. 자, 보구려."

내 속에서 오열이 아주 되게 몇 고비째 넘어가고 있었다. 그런 채로 나는 그냥 속만 다 썩어가는 고목이 다 돼서, 내 계집만 내려다보고 있었더니 이승 올 채비로 그러는지, 그녀가 한번 팔을 내두르며, 입술을 옴지락이더니, 눈을 반쯤 뜨는 것이었다. 그리곤 핼꼼 웃더니, 내가 아무리 속삭여도 내 말은 알아듣지도 못하고 핼꼼 웃은 그대로 돌이 되어버렸는데, 그 눈엔 빛이 없는 것도 있는 것도 아니었고, 감정이 있는 것도 없는 것도 아니었으며, 산 것도 죽은 것도 아니었다. 어쩌면, 간질을 일으키려던 그 애의 눈에, 한 찰나 떠올랐다던 그 고요로움이 이런 것은 아니었던지 모른다. 이 계집은 심정을 열어놓은 것도 닫은 것도 아니어서 중 떠난 절간처럼, 벽에 탱화만 걸리고 다른 데는 텅 비어 있었다. 그 탱화까지도 바람에 떨어져 나간다면, 절은 완전히 비어 죽은 것이나 같을 것이었다.

그 귀에다 대고 나는, 내가 돌아왔다는 소리를 속삭여 넣었으나, 그러나 나의 속삭임은 그 소리 크기만 한 되울림이 되어, 오히려 내 귓속으로 공허히 돌아오곤 했는데, 멀리 간 긴 꿈으로부터 아마도 그녀는, 몸만 먼저 돌아와서, 혼 돌아오기를 기다리고라도 있는 듯했다. 그 입술에다 나는, 수분을 흘려 넣어도 보았지만, 그저 입 귀퉁이로나 흘려버릴 뿐이었다.

그런데 계집의 죽음 빛 같던 얼굴에 아주 엷은 것이라고 할지라도, 조금 붉은빛이 떠오르더니, 갈증 난 듯이 입술을 옴지락거리고 있어서 그녀가 자다가 깨어, 어쩌면 시집살이 노래 같은 것이라도 부를지 모른다고, 나는 생각했는데, 이 세상 시집살이 고단키도 했을 것이어서 그랬다. 그러나 그녀는, 건구역질을 하더니, 뭔지 불그스레한 묽음을 입 귀퉁이로 흘려내며, 괴롭게 몸을 뒤트는 것이었다. 나는 다만, 그 모든 것을 지켜볼 수밖에, 나를 어떻게 꾸며야 할지를 모를 뿐이었다. 그러는 중에도 시간은 흐르고 물론 있었고, 나는 점차 멍청해져, 느낌을 잃고 있었다. 그런데, "시, 시님, 시님이 돌아오싰어라우이?" 그런 소리가 아주 조용하게, 먼 데서 들려오고, 내 손이 누구의 손엔지 꼭 잡혀져 그것의 가슴 위에 옮겨져 가고 있었다. 나도 혼을 보내버리고 있었던 모양이었다. "돌아오싰어라우이?"

"아, 암믄이지 임자, 암믄이야." 나는 그렇게 대답했었을 것이었다. 그녀는 배시시 웃고 있었다.

"시님이 전보당 히끈 더 튼튼헝 것 봉개 참 좋와라우." 그녀의 때 앉은 얼굴에는 눈물이 번지고 있었다.

"그래, 난 잘 지냈댔거든. 임자가 이러고 있을 때 말야." 나는 약간의 자조, 약간의 자학을 느꼈다.

"난 시님이 영 안 돌아오실 중만 알았제라우. 그람선도 노상 동구 밖만 그림선 살았구만이라우."

내 계집은 너무도 초롱초롱히 말하기 시작해서, 거의 믿기어지지가 않았으나, 그녀의 눈은 이상스럽게도 맑고, 미소는 아름다웠다.

"임자, 임자가 말 안 해도 말이지, 내 다 알고 있으니, 어디 뭐 좀 들고 힘을 내야겠지러이?"

"아니라우. 입맛이 없어라우. 머슬 묵으면 소태맹이 씀선, 창시를 뒤틀어놓는구만이라우. 배도 안 고프고라우, 목도 마르덜 안 헌개, 날 기양 내삐리둠선, 시님만 보게 허시겨라우이? 그러시겨라우이? 다른 건 모도 귀찮애라우." 그리고 그녀는 한 손을 뻗쳐 내 목에 감아 끌어당기려 하며, "헌디 여부, 임자는 워째 내 곁에 안 눕는대라우? 나 임자 품에 심씨이게 한 번만이라도 앵기봤으먼 고것만 바랬는디라우" 하고 말했다. "눈을 깜으먼이라우, 워짠지 내가 차꼬 헐개겁음선, 동동 날아갈라고 허는디, 멀 좀 꽉 윙키잡았으먼 싶은디도라우, 그랄 디가 없어논개, 무섭었어라우."

나는 그제서야 깨닫고 그녀 곁에 누우며, 내 모든 정성으로써 그녀를 포근히 안아주었더니, 계집이 그 깡마른 손을, 내 아랫도리로 뻗쳐 내리는 것이었다.

"당신은 말이지, 내가 참으로 잘 돌아왔는가, 그것이 궁금한 것이지?"

그러자 계집은, 대답 대신 고개를 끄덕이는 시늉을 하더니, 한 번 핼꼼 웃곤, "그랑개 나도 예핀네라우. 실한 남정네가 배깥에를 댕기왔잖애라우?"

난 그래 좀 웃었지만, 그녀가 바라는 대답을 나는 해줄 수가 없었다. 바를 정(正)자 세 개가, 호반의 햇빛 비치는 곳으로 와그르 무너나는 것이 보이고, 골목의 그늘 쪽에서는, 한 마리의 수캐가 강간을 당하며 캥캥 짖는 소리가 들렸다. 그것은 그리고 또, 진하고도 깊은 습기, 두터운 열 같은 것이어서, 차라리 내 혼의 수맥(水脈)이 아팠다.

나의 계집은 그러나, 말을 더 잇지는 않고, 몸이 아니라 마음이 불편한 듯 눈을 감더니, 그런 채로 오래오래 있었다. 그 감은 눈꼬리에로 그런데 눈물이 계속해서 번져나고, 그것은 나중에 걷잡을 수 없는 오열로 변했다. 그녀는 뭔지를 자꾸 용서해달라고, 누구에겐지 빌고 있었다. 그러며 뭔지 떠듬떠듬, 그리고 거의 이해할 수 없는 데서 토막을 지어가며 하는 얘기를 들어보다가 나는, 앞에서가 아니라 내 등 뒤로부터, 비수가 박혀 들어, 내 염통을 꿰인 것을 알았다.

촛불중이 읍에서 돌아온 날로 내 계집에게 왔던 모양이었다. 그때 내 계집은, 내 토굴에 와 살며, 날 기다릴 양으로, 삽이나 괭이며를 가져다, 굴의 서투른 데를 고르기도 하고, 조금 더 파기도 한 뒤, 가마니를 가져다 문 해 달고, 그러곤 이제, 중도에서라도 마음 변해 돌아오는 내 발자국 소리라도 들리지 않는가 귀 기울이며, 그러면서 그냥 노래나 부르며, 눈물이나 빠뜨리고 있었던 모양이었다.

"헌디 발자죽 소리가 들리라우. 헛들은 것이라고 생각헐람선도, 자꼬 귀가 지울러져라우. 발자죽 소리였어라우. 난 자랑시럽어 죽겄소이. 헌디 시님, 시님이 아니었어라우. 촛불 시님이어라우. 웁내서 왔단대라우. 시님 소석 각고 왔단구만이라우. 소석만 히어도 반갑아 들어오라고 히었네라우. 헌디 시님이 불 속으서 꾸어졌당만이요. 나는 그라장개 전뎌 묵덜 못허게 어지럽어 엎우러져 울었네라우. 울었어라우. 그람선 보따리 싸각고 읍내로 갈랑개, 시님이 죽던 안 허고라우, 쩔뚝거림선 워디로 갔다고 허요이. 워디로 간 중은 암도 몰룬대라우. 나는 그러장개 생객이 나는디, 시님 갈 디는 여그배끼 없을 것 겉여라우. ……헌디 나는 시님 볼 멘목이 없어라우. 그래도 요 이약은 히어야, 죽드래도 찌인 건 안 각고 죽을 것맹이요이. 난 인제 월매 안 남은 것 겉은개요. 요롷게 정신이 초롱히어보기는 또 첨이라우. ……촛불 시님이 말이라우, 한 봉대기 미숫가루하고라우, 계란 한 개를 내놓아라우. 나는 왜 그라는가 허고 있응개요, 저랑 자자고 그러요이. 그래 내가, 나는 임자 있는 몸잉개, 우리 동무들헌티나 가보라고, 그래도라우, 징그럽게 웃음시나, 날 같은 똥깔보헌티 무신 정절이 있겄냠시나, 우악을 부리각고 날 씨러눕힐러고 허요이, 사정도 안 두고 쎄리팸선 쥐리를 틀고라우, 옷을 찢고라우, 머리끄뎅이를 끄셔라우. 누가 말기줄 사램이 있으면 좋겄는디 없고라우, 속으로 바뿜선 무섭고라우, 똑 죽겄는디, 본개 꽹이자루가 비는디도 영 손을 못 빼치겄어라우. 허다못해 펄뚝을 물었더니라우, 찔금험선 장깐 손을 풀어라우, 그람선 히히 웃고 일어나더니라우, 요번에는 지 옷을 벗니라고 히어요. 맘으로 요때다 싶어서라우, 얼렁 꽹이를 잡아 쥐고라우, 찍었는디, 워디가 찍는지는 몰라도라우, 고 시님 팩 씨러져 누움선, 뻐등개질을 쳐라우. 그라고 난개 내가 어지럽었는디, 워떻기 된 것인 중은 몰루겄어라우."

계집은 또 용서해달라고 말하고, 허공중에서 손을 휘젓더니 이었다.

"깨나 밨일 때는, 내 곁에 암껏도 없어라우. 아랫도리만 씨리라우. 입속도 데럽어라우. 본개 할캥이져서 피가 흐르는디, 뒤도 마찬가지라우. 시님, 워째라우, 내가 워째라우? 할캥여지고만 만 것이 아니었던개 비라우. ……그래 내고 밤새껏 울고라우, 죽을라고 히었구만이요."

이 단계에 이르러 평생 처음으로 나는 마음을 비우는 노력을 해보았어야 되었다. 뭔지, 바람 아주 무서운 것이, 열두 삼태기의 티끌을 몰아다, 내 마음 속에다 끼얹으며, 나를 궂이게, 탁하게, 살기로 덮어씌웠다.

"이 보구려." 난 납물이라도 마신 듯한 목구멍으로 이렇게만 말했다. "우리 이제 뭐 좀 먹고, 힘을 내야 되잖을까? 내가 왔으니, 이제 걱정 없지.”

“시님, 쪼꿈만 지다려줘기라우이? 참말이제, 내가 월매 남덜 안 헝 것맹여라우. 요렇게나 정신이 말짱험선, 벨랑시럽게도 맴이 펭하시러요, 글씨 나는 쪼꿈 전에도 내가 죽어서라우, 저싱 갔던 꿈을 꿨구만이라우. 내가 지끔 살았잉개, 고걸 꿈이라고 히어야겄지만이라우, 고건 참말 겉였어요. 거그는 여그보당 더 아늑험선이라우, 좋와라우. 첨에 아매 혼차서라우, 무신 똑 여그 겉은 벌판에 있었는디라우, 그라장개 추운 생객이 듬선 울고 자파도요, 그라고 있응개 누가 와각고 나를 품에다 품어줘라우. 시님이라고 생각히었구만이요이. 그라고 인제 높운 산도 기양 휘딱휘딱 넘고라우, 눈에는 안 비는 것 하나도 없어라우. 헌디 잠이 와서 자다 깨봉개, 또 여그로 왔어라우.” 그리고 그녀는, 눈을 천장으로 향했는데, 그녀는 아마도 꿈을 재현해보고 있는 것 같았다. 그러자 그녀의 얼굴엔 별난 홍조가 어리어 들고, 눈은 그늘 덮인 듯한데, 고요한 미소가 감돌기 시작한다. 그것이 그녀를, 사는 데 쪽으로 시선 돌리는 것을 저지하고 있는 것이라는 것을 나는 비로소 알아내고 있는 중이었다. 허지만 젊은 여인을 위해서, 이승도 또한 그윽한 품을 열어놓고 있는 것이다. 흙을 따뜻이 데우고, 생명에게 빛을 수혈해 넣는 저 태양으로부터, 빛나는 맑은 하늘로부터, 온정 깊은 대지로부터, 굶주림의 쓰라림과 병고의 비통함으로부터, 그리고 사내들의 음탕한 시선들로부터, 도대체 어떻게 젊은 삶을 폐쇄시켜 버릴 수가 있단 말인가. 그리고 무엇보다도 어머니이지 않으면 안 되는 것인데, 여업(女業)으로부터 사내를 초극하고, 그 사내를 싸안은, 그 총화의 의미가 그것이기 때문이다. 그 모든 것들을 위해서 생명은 개방되지 않으면 안 되고, 그것들의 뜨거운 매질 아래에서 보다 오래, 보다 격렬히 꿈틀거리지 않으면 안 되는 것이다. 그런 뒤, 그래서 그런 뒤, 자기의 계절에 의해서, 자기의 생명이 폐허로이 되어가며, 불모가 끼어들 때, 그래서는 개방이 어느덧 폐쇄로 변해졌을 때, 그때 죽음을 하나의 개방으로서 맞지 않으면 안 되는 것이다. 저승은 그때, 굳게 닫은 문을 열어, 저 시들어진 삶을 받고 그래서는 새 활력을 수혈해 넣는 것이어야 하는 것이다. 그럼에도 이 계집은, 몸이 몸이 아닌 것을 몸으로 갖고, 마음도 또한 마음이 아닌 것을 갖고 있어서, 속진 앉을자리를 남겨놓고 있지 않은 것이었다.

"헌디 여부, 나는 워디 묻으면 좋을지를 시방은 알고 있구만이요이. 거그라우, 조그 조 배깥에, 시님 괴기 낚울라고 낚숫줄 니렸던 디, 거그 고 바닥에 묻으면 좋겄어라우. 내가라우, 한 마리 괴기가 되먼이라우, 그려라우, 그려라우, 그러먼이라우, 고 괴기 낚와 촛불 시님헌티 비이고라우, 요 유리 후딱 떠나, 워디든 가서 잘 사시겨라우. 인제는 촛불 시님이 밉도 안 헌 것이 참 요상체라우이?" 그리고 그녀는, 까슬히 돋은 내 턱수염을 어루만져보더니, "쉬염도 또 깎을 때가 됐는디라우" 하고 눈물 어린 눈으로 웃어 보였다. "그랴요, 나 인제 물괴기나 될라요이, 그래서나 시님이 멋 땜시로 벌 받고 있단 것 내가 모도 갚았이면 싶어라우. 불쌍헌 낭군, 여부 시님, 나는 안 불쌍허고라우, 히어도 안 죽고 욕섬은 많아서라우. 나 워처키든 말여라우, 쪼꿈이라도우, 시님 좀 띠어 각고 가고 싶어라우." 그녀는 그러며, 나를 자기의 깡마른 몸 위에로 끌어올리기를 희망하고 있었다. 그래서 나는 슬픔뿐인 몸을 그녀 위에 옮겨갔다.

"지얼 첨에 봤일 때보당도 임자는 더 튼튼히어라."

"그래, 난 잘 지냈었댔거든."

"임자는, 못 묵고 말랐임선도 색꼴이었는디, 요래각고는 월매나 심을 펴내 써뻐리고 싶으께라우? 내가 그랑개, 인제는, 쪼꿈이라도라우, 시님을 저싱으로 각고 갈 수가 있겄구만이라우이? 헌디 시님, 인제 넘헌티 해꾸지허지 말겨라우이, 나는 그랑개, 인제는 죽어도 좋겄네라우이. 시님 보고라우, 홀애비되라고는 나 참말이제 안 헐 것인개요……"

그런 얼마 후에 그런데, 무서운 수축이 조용하지만 격렬히 일더니, 뛰는 내 귀두에서, 정액의 마지막 방울까지를 훑어 짜 뽑아 가는 것이었다.

그녀는 죽은 것이었다.

수치와, 독한 울음이, 내 목구멍에서 핏덩어리가 되어 토해져 넘어오려 했다. 그러나 나는, 울지는 않았다. 그 죽은 몸으로부터 내가 몸을 일으키자, 그녀의 몸은 허해지고, 비인 요니만 남는 것이었다. 탐욕스러이 쥐어짜 갔던 정액까지도, 그 죽음 속에 머물려 하질 않고, 시간을 걸려 흘러나오고 있었다. 몸으로부터는 말[言語]이 떠나버렸고, 죽음은 그런 것이었다. 그러나 나는 울지는 않았다. 그 죽음에다 뭔지 수혈할 것이 있다면, 그리고 내 것의 무엇인지를 줄 수 있는 것이 있다면, 그것은 하직의 말[言語] 뿐이었고, 그래서 그 말이 그녀의 저승 방에 울려가기를 바랄 수뿐이었다. 그래서 나는, 내 혀끝을 이빨로 물어 끊어, 피와 함께 그 죽음의 깊은 목구멍에다, 깊이깊이 밀어 넣어주었다. 내가 애착하였던 것의 죽음에 바칠 산 희생, 산 제물이란 그것밖에 없던 것이다. 말을 나누는 것, 말을 저승 가운데로 울려 보내는 것, 그래서 이승에 앉아서도 그 혼령과 통화할 수 있는 것.

그것은 말뿐이었다.

3

글쎄 나는, 울지는 않았다. 미음을 끓여 소반에 받쳐 왔던, 저 죽은 옌네의 친구가 또한 그녀의 죽음을 알고, 울며 돌아갔다가 다른 친구들과 함께 와서, 곡비(哭婢)들처럼 울어댔으나, 나는 울지는 않았다. 그녀들은, 저 죽은 것을 목욕시키며 그녀에의 추억을 넋두리해댔으나, 난 울지는 않았다. 나는 그저, 삽과 괭이를 찾아 들어, 그녀가 자기 묘지 삼기를 바랐던 바로 그 자리에, 그 흙을 퍼내기나 시작했다. 나는 울지는 않았다.

그리고 석양이 비꼈는데, 나는 저 싸늘한 것을, 수의도 없이, 알몸인 채, 두 팔에 안았다. 그녀의 친구들은 곡비들처럼 무덤 전에 둘러서 있었다. 내 팔 안엔, 이 세상에서 그중 아름다웠던 것 중의 한 개가 안겨 있고, 그 얼굴 위에로, 배꼽으로도, 석양이 눈물처럼 번지고 들었다. 그녀의 눈은 감겨 있어서 자는 것 같았다. 나는 울지는 않았다. 그것은 싸늘했으며 공허했다.

나는 그리고, 저 고왔던 것을 안은 채, 무덤으로 내려갔다. 흙으로 돌아갈 것임을, 흙을 취했었음을, 돌아갈 것임을, 흙으로여.

그러나 아직 나는, 흙을 밀어 저 벗은 몸을 덮어주지는 않았다. 그런 대신 나는, 그녀의 머리를 내 무릎에 괴어놓고, 그 무덤에 앉아버렸다. 그리하여 이제, 그 죽음 속에 울려 보낸, 내 혀의 말로 하여, 몸 떠난 그녀와 이야기하려는 것이다.

흙이여, 너의 젖으로 키운 것 중에, 그중 어여쁜 것 하나가 네게 돌아갔으니, 저 보석으로 하여, 너의 부가 더해졌겠구나. 흙이여, 이제는 그대 가슴은 안온히 할 때인 것이다. 그러나 나는 울지는 않았고, 울지는 않았다.

제4장

제23일

1

[32] 오, 고매하게 태어났었던 여인이여, 이제 그대의 숨이 멈췄으니, 지금부터 진실로 그대의 나아갈 길을 찾을 때에 온 것이다. 그대에게 애정을 깊이 하고 있는 사내 하나가, 맑은 빛 앞에 그대와 대면하고 있으니 이것은 그대가 죽음과 재생 사이로 내려간 상태에서, 거기의 현실을 직시해야 할 때인 것이다. 그대가 처한 상태를 바르도라고 하느니라(91). 비록 그대 죽었으나, 그대의 눈은 형체들을 볼 것이고, 그대의 귀는 소리들을 들을 것이며, 그리고 그대 감각의 모든 기관은 조금도 약화되어 있지 않을 것이고, 대단히 예민하며, 완전무결한 채일 것이다. 그런 이유로 바르도에 처한 몸은 모든 감각 능력의 집단이라고 말 되어지는 것이다(160).

그러나 그대는, 나의 비통해함을 들으며, 또한 나의 간곡한 일러줌을 들으며, "아 내가 죽은 것이 아닌가, 내가 어떻게 해야 할 것인가?"라고 생각하고는, 물에서 낚여 나온 고기가 붉고 뜨거운 숯불에 던지어진 것처럼, 참을 수 없는 고통을 깨달아낼 것이지만, 그러한 고통을 느껴낸다는 일은 그대에게 지금 아무 유익함도 없는 것이다(160).

지금 그대의 몸은, 저 조악한 사대의 집적으로서의 몸이 아니었던 몸으로부터 분리된, 무장애의 운동이라고 불릴 그런 것으로서 있는데, 그러므로 그대는 이제, 아무리 험한 바위산이나, 언덕이나, 땅이나, 집들이나, 비록 수미산 꼭대기에라도 단숨에 치달려갈 그 힘을 가진 것이다. 이러한 힘은 업과에 의해 얻어진 것인데(158), 고매하게 태어났던 여인이여, 그러므로, 나의 가르침을 기억하라, 기억하라 나의 지시함을.

2

오 고매하게 태어났었던 여인이여, 주의를 다하고, 흐트러짐 없는 마음으로 들을지어다. 그대가 처한 거기는, 여섯 상태의 바르도가 있나니, 자궁 속에 있을 때와 같은 자연 상태의 바르도가 그 하나며, 몽환 상태의 바르도가 그 둘이며, 깊은 사색에서 얻은 초월의 평정으로서의 바르도가 그 셋이며, 죽음의 순간의 바르도가 그 넷이며, 죽고 난 뒤에 실다움의 경험으로서의 바르도가 그 다섯이며, 저 속세적 삶의 역진행의 바르도가 그 여섯 번째의 것인 것이다. 그대는 그리하여 세 개의 바르도를 경험하게 될 터인데, 저 죽음의 순간의 바르도, 실다운 경험으로서의 바르도, 그리고 재생을 찾으려면서 처하게 될 바르도인 것이다. 그리고 이 셋의 바르도에서, 그대는 이미 첫 바르도는 경험해 버린 것이다. 저 진실의 맑은 빛이 그대 위에 머물렀음에도, 그대 만약 그것을 포착키에 불가능하였다면, 그대는 지금 방황하고 있는 것이다. 그리하여 그대는 나머지 두 바르도를 경험하게 되리라(102).

오 고매하게 태어났었던 여인이여, 그대는 이제 이 세계로부터 떠나고 있구나. 그러나 그대 혼자만이 죽음을 당하는 것은 아니다. 그것은 누구에게나, 모든 것 위에 오는 것이다. 집착과 연약함으로 인하여 생명에 달라붙으려 하지 마라. 비록 그대가 악착같이 달라붙는다 하더라도, 그대는 이미 이승에 남아 있을 힘을 잃고 있는 것이다. 그대의 의지는, 이 풍진 세상 배회하는 그것 말고 다른 아무것도 얻지 못하리라. 약한 마음으로 이승에 집착지 마라.

오 고매하게 태어났었던 여인이여, 어떠한 공포, 어떠한 무서움이 그대를 덮어씌울지라도, 이제부터 하는 말을 잊지 말고, 그 말의 뜻을 가슴에 간직하여 앞으로 나아가라. 거기에 인지(認知)의 주된 비밀이 간직되어 있기 때문이다.

오호라, 생각에서 비롯되는 모든 공포와 무서움과 외경스러운 악령들을 거느린
실재에의 불확실한 경험이 여기 내 위에 내렸을 때,
어떠한 광경도 그것이 내 자신의 (이승에서의) 의식의 반영이라고 내가 인지할 수 있게 하옵시고,
나로 하여금, 그러한 허상들은, 바르도에서는 저절로 나타나는 것이라고 알게 합소서.
한 위대한 종말로 다가가고 있는 모든 중요한 순간에 처할 때마다.
나로 하여금, 내 자신의 생각으로 이룬, 평화에 충만했거나 분노에 날뛰는 신위(神位)들 일당에 대해 놀라게 하지 맙소서.

또록또록하게, 그대는 이 게송을 늘 반복하라. 그리고 앞을 향해 나아가라. 오 고매하게 태임 받은 여인이여, 그것에 의해서만 어떤 외경스런 광경이든, 어떤 종류의 무서움의 출현이든, 분명히 그 정체를 인지할 수 있을 것이다(103).

오 고매하게 태어났었던 여인이여, 그대의 몸이 마음과 분리되고 있었을 때, 그대는 분명히 저 포착키 어려운, 튀기는 듯이 빛나는 현란하고 장엄한, 그리고 무섭도록 찬란한 한 순수한 진리의 섬광을 경험했었을 것인데, 그것은 하나의 계속되는 진동의 흐름 속에서, 봄에, 하나의 신기루가 펼쳐져 한 풍경으로 가로놓여져 있는 것과 같았으리라.

그러나 그것 때문에 의기소침치 마라. 무서워도 말고, 외경스러워도 마라. 그것은 그대 자신의 실다운 자연의 발광(發光)인 것이다. 그것을 인지하라.

저 발광의 가운데로부터, 천의 뇌우가 스치며 동시적으로 천둥 치는 것과 같이, 실다운 자연 그대로의 소리가 울려 퍼질 것인데, 그것은 그대 자신만의 실다운 자아의 자연 그대로의 소리인 것이다. 그것 때문에 의기소침도 말고,

무서워도 말지어다.

그리하여 지금 그대가 갖고 있는 몸은, 그대 성향(性向)의 마음의 몸 또는 생각의 몸이라고 부를 그런 것으로 된 것이다. 그대가 살과 피의 물질적 몸을 갖지 않게 된 그때부터, 무엇이 그대에게 오든, 가령 저 세 가지의 전부, 소리라든가 빛이라든가 번득임 같은 것들이라도, 그대를 해칠 수는 없을 것인데, 왜냐하면 그대는 이제 두 번 죽을 수는 없기 때문이다. 저러한 환영들은 그대 자신의 염태(念態)라고 하는 것을 알아두라(104).

3

나는 어찌하여, 햇볕만 먹고도 토실거리는 과육이 못 되고, 이슬만 먹고도 노래만 잘 뽑는 귀뚜라미는 못 되고, 풀잎만 먹고도 근력만 좋은 당나귀는 못 되고, 바람만 쏘이고도 혈색이 좋은 꽃송이는 못 되고, 거품만 먹고도 영롱히 굳어만 지는 진주는 못 되고, 조락(凋落)만 먹고도 생성의 젖이 되는 겨울은 못 되고, 눈물만 먹고도 살이 찌는 눈 밑 사마귀는 못 되고, 수풀 그늘만 먹고도 밝기만 밝은 달은 못 되고, 비계 없는 신앙만 먹고도 만년 비대해져 가는 신(神)은 못 되고, 똥만 먹고도 피둥대는 구더기는 못 되고, 세월만 먹고도 성성이는 백송은 못 되고, 각혈만 받아서도 곱기만 한 진달래는 못 되고, 쇠를 먹고도 이만 성한 녹은 못 되고, 가시만 덮고도 후끈해 하는 장미꽃은 못 되고, 때에 덮여서야 맑아지는 골동품은 못 되고, 나는 어찌하여 그렇게도 못 되고, 나는 어찌하여 이렇게 되었는가? 유정 중에서 영장이라고 내 자부했던 사람, 허나 어찌하여 나는, 흙 속의 습기 속으로만 파고드는 지렁이도 흘리지 않는 눈물을 흘려야 하는가. 된 밤은 마른풀 서걱이는 둔덕으로 차게 이슬져 내리기만 하는데, 내 아낙 떠나 바르도 헤매고 있네라. 나 이제 말할 수 없으나, 네 가슴에 꽂힌 혀끝의 아픔으로 너의 길잡이 떠났으니, 누이여, 저 모진 밤, 궂은 소로, 그러나 너무 서러워 말지다. 내 신부여, 그러나 넌 한마디의 울림도 보내지 않고, 무덤인, 무덤인 이 얄미로운 여인아, 바람길에라도 너는 한마디의 기별도 없고, 나는 뜻뿐인, 말이 말이 아닌 말을 짖어대고 있는데, 그러는 사이, 하릴없이 밤도 지새어, 너 죽은 지 이틀째.

4

오 고매하게 태어났었던 여인이여, 그대는 참으로 오랫동안 혼도에 처해 지냈도다. 혼도에 처하면 찰나도 사흘하고도 한나절 정도로나 생각하는 것이다. 그러나 그대가 이 혼도로부터 회복되는 대로, 그대는 생각하리라. "이것이 어떻게 된 일인가?"

그렇게 하라. 그러면 바르도를 인식하게 되리라. 그 순간, 이승 살았던 모든 경험이 되살아나 그대를 혼도시키려 하리라. 그러면 그대는, 광휘와 신위들을 보게 될 것인바, 그것은 자연 현상의 나타남일레라. 저 전체의 하늘이 우선 깊은 청색으로 나타날 것이다.

그러면, 저 중앙계로부터, 씨 뿌리는 자로 불리는 자가, 흰색으로, 사자(獅子)의 옥좌에, 여덟 살진 바퀴를 손에 쥐고, 그리고 천공의 어머니의 포옹을 받으며, 그 자신을 그대에게 요연히 나타내 보이리라(105).

모든 집합된 질료, 또는 의식이, 그것 자체의 원초적 상태로 용해되어간 그것을 이제 푸른빛이라고 하는 것이다.

저 지혜는, 푸른색으로, 빛나며, 현란한데, 아버지—어머니의 심장으로부터, 그대가 그것을 쳐다보기에 거의 어려울, 그렇게나 휘황한 빛으로 그대에 대항하여 나오며 치게 될 것이다.

그것을 함께하여, 제바[提婆]로부터 흐린 흰빛이 또한 빛날 터인데, 그것이 또한 그대의 앞을 거슬러 그대를 치리라.

그래서, 악업(惡業)의 힘에 의해, 저 광영스러운 지혜의 푸른빛이 그대에게 공포와 무서움을 만들어낼 터인바, 그대는 그것으로부터 도망치려 할 것이다. 그대는 그리하여 제바의 둔한 흰빛을 호집(好執)하려 할 것이다.

이 단계에 이르면, 빛나며, 현란하고, 광영스러움으로 나타날 저 신성스런 푸른빛에 의하여, 그대는 반드시 외경스럽지도, 깜짝 놀라지도 않으리라. 그것은 한 위대한 불광(佛光)인바, 지혜의 빛이라고 불릴 것이다. 그대의 충심을 거기에 다하고, 흔들림 없이 믿고, 그것에 기도하고, 바르도의 험난스러운 소로에 있을 때, 그대를 영접하기 위하여 오고 있는 저 중앙계에 거하는 씨 뿌리는 자의 가슴으로부터 나온 빛이라고, 그대 마음으로 생각하라. 그 빛은 은혜의 빛이니라.

제바의 저 흐린 흰빛에 애착지 마라. 그것에 접근치도 말고, 약하지도 마라. 만약에 그대가 그 빛에 접착(接着)되어졌다면, 그대는 제바의 땅을 배회해야 될 것이며, 그리하여 육도(六道)의 소용돌이 속에 던지어질 것이다. 그것은 자유에로의 그대의 통로를 차단하는 장애인 것이다. 그것을 보지 마라. 충심을 다하여, 다만 저 푸른빛만을 보라(107).

제24일

1

그런데 정말, 세월도 너무 흘러싼다. 정말 너무 흘러싼다. 그런데 흘러싼다. 이 모진 여인아, 네가 이렇게나 변했구나. 구릿빛으로 살아서 밝던 얼굴이, 가짓빛으로 죽어서 어둡구나. 바람은 분 적도 없는데 모래는 허물어져 내려, 너 감은 우묵한 눈에도 고이고, 귀에도 고이고, 배꼽에도 고였구나, 콧구멍으로부터는 묽은 붉음이 흘러내리기 시작하고 거기 쉼 없이 파리가 끓어도, 글쎄 이 모진 여편네야, 넌 손 한번 휘저을 줄을 모르지 않는가. 흙 위를 걷던 너는 정도 많고 눈물도 많아 아름다웠었는데, 못다 부르고 가져간 노래는 언제다 잠 깨워 이승으로 불러 보내려 하느냐. 삶은, 슬프지만 깊은 노래이거늘. 작용력이란 보지 않아도 추악한 것이어서 그 추악함으로 존재의 아름다움을 질투하여, 수줍은 듯이 반짝이며 소망으로 음탕하던 눈엔 먼지와 거미줄을 얹고, 햇빛과 맑은 바람으로 뜨거운 피를 뿜던 염통엔 그늘을 드리워 박쥐의 낮잠을 두터이 하며, 저 요니의, 향불 쉼 없이 타던 향로에는 황천 어디로부터 흘러온 독수(毒水)의 썩은 것을 고이게 하여, 삶의 냄새는 구역질 같은 것이라고 일러준다. 작용하는 힘은, 사랑이 아니며, 그것은 진노 같은 것이며, 질투 같은 것이며, 파괴 자체이구나. 땅 위에 서서 있던 실체를 땅 아래 깔고, 땅 아래 누워 있던 그림자를 일으켜 세우는, 전도와 번복의 소용돌이, 무서운 소용돌이.

2

오 고매하게 태어났었던 여인이여, 산만함 없이 들을지어다. 지금은 그대 앞에, 물만의 순수한 형체가 흰빛처럼 빛나리라(108). 그것은 그대 의식의 본체의 집적, 지각자(知覺者), 그것은 그것의 순수한 형태를 꾸며온 것인데, 그것 또한 현란히 번쩍이며 투명한 데다 휘황스러워, 그대 가히 쳐다볼 수 없을 것이다. 그것을 명경 같은 지혜의 빛이라고 할 것인데, 그것이 또한 그대를 대항하여 치리라, 그러면 한 둔한, 연기 색 빛이 지옥으로부터 나타나, 저 명경 같은 지혜의 빛과 같이하여 그대를 또한 치리라.

그러면, 분노에 따르는 업력을 통하여, 그대는 저 현란한 흰빛에 대해 공포를 느끼고 깜짝 놀라며, 그것으로부터 도망치려 할 것이다. 그러면서 그대는 지옥으로부터 흘러나온, 저 둔한 연기 색 빛깔에 호착(好着)하려 할 터인데, 그러나 그 빛에 탐착지 마라. 왜냐하면, 맹렬한 분노로 하여 뭉쳐진 악업의 힘으로 하여 그것은 그대를 지옥에 처넣어버릴 것이기 때문이다. 지옥의 저 끝없는 고통의 그 극한 것을 생각하여보라. 그대는 다시는 헤어나지 못하리라.

허지만 저 빛나고 찬연하며 맑은 흰빛을 좇는다면, 종내 그대는 공포를 여의게 되리라. 그것은 은혜의 빛이지만, 지옥의 빛은 그대의 자유에로의 통로를 차단하는 장애로서 놓인 것이다. 저 지옥의 빛은 보지 마라. 분노를 회피하라. 그것에 미혹되지도 말고, 약하지도 마라. 그러면 그대는 이 경계를 벗어나리라(109).

3

저녁에, 내 아낙의 친구들은 한 번 더 곡하고 가고, 그녀들은 물론, 망인을 위해서나 생인을 위해서나, 젯밥을 지어와, 내 아낙의 머리맡에 놓아주었었다. 별빛 아래서, 나는 그것을, 혀가 태워지는 아픔으로 먹으며 자꾸 흐려져 와버려서, 어둠 속에서도 희게 돋아 올라왔던, 그 얼굴을 잃은 얼굴을 내려다 보기만 했다. 그녀 목구멍으로 넘어갔을 내 혀의 조금으로 하여금 나는 모든 말을 대신할 수 있게 된 이 하나의 행복 말고는, 내겐 밤뿐이었다. 끝없는 밤의 계속, 계속되는 밤.

제25일

1

[33]가시나무 가운데 백합화 같던 화육(花肉)이 냄새를 풍기기 시작한 지 사흘. 아름답던 살이 진구렁같이 변하고, 비둘기 같던 너의 눈이 썩음을 흘린다. 산기슭에 누운 무리 염소 같던 네 머리털에서도 윤기는 사라지고, 홍색 실 같이 어여쁘던 네 입술에서는 무상이, 고운 소리만을 위해 열렸던 귀에는 때[歲月]가 처넣어져 때[垢]가 흐른다. 석류 한쪽 같던 붉은 뺨은 조락된 지 나흘. 망대 같던 너의 목에 사자의 멍에 메인 지 또 나흘. 백합화 가운데서 꼴을 먹는 쌍태 노루 새끼 같던 네 두 유방의 젖꼭지는 검게 솔고, 썩은 포도주를 넣은 둥근 잔 같은 배꼽에는 바람도 없이 날려 든 모래가 썩은 포도주처럼 괴어 있다. 백합화로 두른 밀단 같던 허리도 이완된 창자로 하여 펴 느려지고, 둥글어서, 공교한 장색의 만든 구슬꿰미 같던 너의 넓적다리에서는, 분만도 없이 하혈만 있으니, 윤회가 그대를 갈[耕]고, 포도주에 지나던 너의 사랑은, 각양 향품보다 승하던 너의 기름의 향기는, 죽은 지 나흘에 악취로 변했도다. 사대가 그대를 취해버리는구나. 불은 소진했으며, 물은 본원으로 돌아가고, 숨은 불려 가버렸으니, 널 껴안는다 하더라도 한 줌의 흙, 흙뿐이겠구나. 그리하여 너는 잠근 동산이요, 덮은 우물이요, 봉해버린 샘이 되어버렸다.

2

오 고매하게 태어났었던 여인이여, 악업과 자만으로 하여 아직도 저 장애를 뛰어넘지 못하였다면, 다시 흐트러짐 없는 마음으로 들으라. 그대는 지금 대지의 원소의 원초적 형태가 노란빛으로 아주 맑게 빛나는 것을 볼 것인바(110), 그것은 평등한 지혜의 빛이니라. 그 빛 또한 그대에 대항하여 치리라. 그때 또한, 저 인간 세상으로부터, 흐린 청황색 빛이 나타나, 그대의 마음에 대항하여 칠 것이다.

그래서 그대는, 아만(我慢)의 업력에 의하여, 저 찬연한 맑은 노란빛에 겁내고, 그것으로부터 도망치며 인간 세상으로부터 흘러나온 저 흐린 청황색 빛을 집착하리라.

그러나 만약에 그대가, 저 맑고 찬연한 노란빛에 대하여 공포를 느끼기보다, 성품을 다하고 충심을 다하여 그대가 그 안에 머문다면, 성신의 몸과 빛이 그대에게 임하리라. 그것은 은혜의 빛인 것이다(111).

부탁하노니, 오 고매하게 태임 받은 여인이여, 이 단계에 유혹되지 말지어다. 절대로, 사람의 세상으로부터 흘러나온, 저 둔한 청황색 빛의 부나비가 되지 말지어다. 그것은 그대 자신의 맹렬한 자만의 덩이가 처한 길이다. 그대가 그것에 미혹되어진다면, 오 고매한 여인이여, 그대는 다시 한번 인간으로 태어나서, 저 생로병사에 고통당하지 않으면 안 될 것이다(112).

3

그러나 어쩐 일이 일어난 것인가? 어쩐 일이 일어난 것인가? 가령, 달이 잠겨 있던 샘에서, 그 샘 속의 달만 둥둥 떠나고 샘만 남아버렸다면 그것은 어쩐 일일 것인가? 가령, 한 폭의 산수도 속에서, 산수는 떠나버리고 빈 화폭만 남았다면, 그때 무슨 일이 일어난 것인가? 가령 또 어쭙잖은 부엌데기가 월후

때 깔고 앉았던 빗자루에서, 밤에, 그 월후만 도깨비가 되어 떠나버리고 빗자루만 남았다면, 그건 어쩐 일인가? 또 만약에, 꿀에서 단 것만 빠져나가고 묽음만 남았다면, 어쩐 일인가, 그것은? 또, 늘 푸른 소나무에서 푸른색만 빠져 푸르게 푸르게 뭉쳐 흘러가 버리고 나무만 남겼다면, 어쩐 일인가, 그것은? 타오르던 모닥불에서 붉고 노란 빛만 빠져나가고 아직도 불이 뜨겁게 타고 있다면 어쩐 일인가 또? 또 가령, 뛰던 암노루에게서, 뜀박질만 암노루 모양으로 떠나버리고, 고기만 암노루 모양으로 남겼다면 그것은 어쩐 일인가? 꿈틀거리는 꽃뱀으로부터 시간만 냉연히 꽃뱀 모양으로 분리되어버리고 굳어 못 움직이는 꽃뱀 모양의 운동만 남겼다면, 거기엔 무슨 일이 일어난 것인가? 바위에서는 견고함만 빠져 가벼이 가시덤불처럼 굴러다니고, 다만 육중함만을 남겼다면, 또 무슨 일인가? 소리들에서 소리가 빠져나가고, 소리의 빈 윤곽만 남겼다면, 소금은 또 형체를 잃고 짜거움만 남겼다면, 제기랄, 그것은 무슨 변괴인가?

허기는, 수사자들은, 물속에 잠겨 그림을 잃고 화폭만 남기는 수채화모양, 허긴 뼈만 남기기는 한다. 허기는 쉬지 않고 우는 새는, 소리를 잃은 껍질만으로서 존재하기는 한다. 계속 타는 태양 또한, 색깔을 잃은 숯검정만 남기기는 한다. 강 속에 그늘을 빠뜨린 산은, 영을 잃은 시체일 뿐이기는 하다.

그래 흙을 보면, 그것은 나무로, 꽃으로, 풀잎으로 모두 떠나버려서, 흙밖에 남기는 것이 없기는 하다.

그래 물을 보면, 그것은 모든 견고함으로부터 떠나서, 모든 형태로부터 떠나서, 그리고 모든 건조함으로부터 떠나서, 또한 어떤 장애나 집착으로부터도 떠나서, 비록 웅덩이에 갇혔어도 그것이 형체가 아니며, 견고함이 아닌, 그래서 물만을 남기기는 한다.

그래 불을 보면, 그것은 형체에, 습기에, 바람에 달라붙으려는 의지로 그러나 떠나고 있으면서, 형체에, 습기에, 바람에 애착함이 없는, 그래서 불인 것이다.

그래 바람을 보면, 대기를 보면, 그것은 흙으로부터, 물로부터, 불로부터, 완전히 떠나 바람뿐인 것이다.

그렇게도 내 아낙은, 자기의 혼령을 앉혔던 그 자리로부터 종내 일어나버리던 것이다. 혼백과 몸이 함께 거해 내 아낙이었던 계집의, 이제는 몸 또한 내 아낙은 아니며, 혼령 또한 내 계집은 아니게 되어버린 것이다. 그녀는 나의 간곡한 부탁에도 불구하고, 오히려 저 생로병사의 저 인간 세상의 고해에 집착해버리고, 그러나 아직 열린 모태도 없는 허공중으로 떠올랐다. 그녀는, 저 맑은 노란빛의 침공에 두려워하고, 그것이 자기 지혜의, 그리고 자기의 참된 빛인 것을 외면하고, 저 흐린 청황색 빛에 탐닉하여 합류해버렸다. 그러자 그녀 내부의 탁한 청황색 빛이 그녀의 몸속으로부터, 그녀의 몸의 형상으로 일어나더니, 뭔지 몸과 그 혼령 사이의 줄이 끊기자, 둥둥 빈 곳으로 떠올랐었다. 그러한 분리는 그러나, 조금도 이상스러이 행해지는 것은 아니었다. 그런 뒤 그것은 저 검푸른 밤하늘을 한없이 방황하더니, 결국 모태를 찾지 못하고 돌아와, 종내 나직이 내 머리 위로 내려와, 내 양미간을 바로 하여 조용히 떠 있었다. 그리하여 나는, 그녀의 업과와 아집이, 순전히 한 사내에의 애착으로 하여 짜여 넣어진 것을 알았다. 그녀는 그 애착을 여의었던 것이 좋았을 것을. 그러나 그대 정처 없는 속집(俗執)의 고혼이여, 그러나 그러면 마음을 다하여 산만함 없이, 다시 나의 가르침을 들으라. 이것은 그대가 들어가 닫을 자궁을 찾아야 하는, 그 시급한 때인 것이다. 자 나의 여인이여, 그러면 이것을 명심하라, 명심하라. 당황하거나 약하지 마라.

> 선업의 고리에 끼어들어 나를 지속시킬
> 하나의 확고부동한 마음을 견지하고,
> 자궁의 문으로 다가가자, 그리고 대우(對偶)를 명심하자.
> 지금은 진지한 마음가짐과 순수한 애정이 필요한 그 시각이 아닌가.
> 질투를 버리고, 아버지—어머니 위에서 명상하자.

그대는, 그대의 입술에 명료하게 이것을 반복하라(176). 그리고 그 의미를 생생하게 기억하고, 그 위에서 명상하라. 이것을 실제에 응용한다는 것은 필수적인 것이다. 이 상태에 처하면, 비록 그대가 물속이나 거울 속을 들여다본다고 하더라도, 그대 자신의 얼굴이나 몸의 반영 또는 그림자를 볼 수는 없을 것이다. 왜냐하면 그대는, 살과 피의 저 물질적 조악한 몸을 벗어버린 것이기 때문이다.

그러나 이 순간, 일단의 산만함도 없이, 하나의 확고부동한 마음으로 한 형태를 그대의 마음 안에 갖지 않으면 안 된다. 그대 마음속에 용해된 한 형태는 지금 대단히 중요하다. 그것은 말을 몰기 위한 고삐 같은 것이다.

그대가 무엇을 원하든, 그것은 그대에게 왔다가는 사라질 것이다. 그대 마음의 행로를 바꿀 어떠한 악행을 두고는 생각지 말라. 다만 선행으로 나아갈 것만을 준비하라. 그것보다도 더 중요한 것은 없는 것이다. 절대로 주의를 흩트리지 말지어다. 위로 오르는가, 밑으로 내려가는가, 그 분계선이 지금 여기에 있다. 만약에 그대가 일각이라도 우유부단하다면, 그대는 아주 길고도 긴 세월을 참을 수 없는 고통에 당하지 않으면 안 된다. 그대는 지금 그 찰나에 와 있다. 하나의 목적을 재빨리 붙잡으라. 선행의 고리에 그대를 참여시키기를 악착으로써 하라(177).

제26일

1

오 고매하게 태어났었던 여인이여, 그러면 지금은 그대가 태어날 대륙을 결정할 때이다. 그러므로 잘 듣고, 이것을 마음에 간직하며, 그대 초력적인 시선으로 굽어살펴 잘 관찰하고 결정하라.

만약에 그대가 서쪽 대륙을 그대 태어날 곳으로 하여 본다면, 암수의 말들이 그 둔덕에서 풀을 뜯으며, 그 수면을 아름답게 보이게 하는 하나의 호수를 보리라. 허지만 거기로는 가지 마라. 여기로 돌아오라. 비록 부유와 풍요가 거기 있다고 하더라도, 도(道)가 거기서는 우세하고 있지 못한 땅인 것이다.

만약에 그대가 북쪽 대륙을 또한 그대 태어날 곳으로 하여 본다면, 암수의 소들이 풀을 뜯거나, 우거진 나무들이 그 둔덕을 아름답게 해 보이는 하나의 호수를 또한 보리라. 거기 비록 장수(長壽)와 후덕함이 있음에도 불구하고 아직 그 대륙에도 또한 도가 우세하고 있지 못한 것이다. 그러므로 거기로도 들지 마라.

만약에 남녘 대륙을 태어날 곳으로 택한다면, 기쁨에 넘친 아주 훌륭한 큰 저택을 보게 되리라. 비어 있는 곳이 있으면, 그대 거기로 들라.

그리하여 그대가 만약에 동쪽 대륙을 태어날 곳으로 하여 본다면 암수의 백조들이 호수에 떠 있어, 그 수면을 아름답게 보이게 하는 한 호수를 또한 볼 것이다. 비록 거기 은총과 안식이 있다고 할지라도, 또한 도가 우세하지 못한 땅이라, 거기도 들 곳이 못 되느니라(184).

2

그러나 저 혼의 계집은, 거기 복락과 안식의 징조로 보이는, 백조의 암수들이 떠 희게 흐르는, 저 대륙으로 머리를 둘러, 종내 거기로부터 시선을 거두려 하질 않았다. 어찌하여 그대는, 제바의 세계는 저어하며 어찌하여 그대는, 그대의 애착의 아픔으로 인하여 지옥의 불길을 택하지는 않는가? 그렇게도 이 풍진 세상에 대한 그대의 집념은 두터운 것인가? 무엇이 그대를. 이 바람 많은 세상에로 불어오는가?

3

오 고매하게 태어났었던 여인이여, 그러면 이제, 그대를 수용하기 위하여 나타날, 자궁들의 문을 닫는 방법에 관하여 일러주는 것이 필수인 듯하다. 그러면 이제는 이것을 가슴으로 명심하라(177).

오 고매하게 태어났었던 여인이여, 이 시간에 그러면 그대는, 모든 암컷들과 수컷들이 각 쌍으로 어울려 교미하고 있는 광경을 보게 되리라. 그러한 교미의 가운데로 들려는 성급함으로부터 그대를 억제하라(177). 어머니와 아버지가 맞붙어 있을 때, 그들에 대해 깊이깊이 생각해보고, 허리 굽혀 절하라. 그대의 성실로 겸비히 하라. 그대가 간청하여 얻은 은혜에 그대 자신을 충심으로 투입하라. 이것에 의해서라야만 자궁의 문은 반드시 닫히게 될 것이다. 그것에 의해서도 아직도 자궁의 문은 닫히지를 않았으며, 그리고 그대는 자궁에 들 준비를 다 끝내고 있다는 것을 발견한다면, 이제는 그러한 자궁에의 반격적 접착법과 격퇴법을 그대에게 일러주리라.

태어남에는 네 가지 종류가 있는바, 알로 태어나는 것과, 태로 태어나는 것과 초연적인 출생과, 열과 습에 의해 태어나는 것들이 그것들이다. 그것들 중에서도 난생(卵生)과 태생(胎生)은 성질상 같은 것이다.

앞서 이른 바와 같이 암수의 교미의 광경이 그대 앞에 펼쳐질 것인데, 만약 이 순간에 그대가 접착과 격퇴의 느낌을 통해 자궁에 든다면 그대는 아마도 한 마리의 망아지로서나 한 마리의 새로나 한 마리의 개, 또는 하나의 인간으로 태어날 것이다(178).

그리고 만약에 하나의 수컷으로 태어날 것이라면, 저 수컷으로서의 감정이 저 지각자(知覺者) 속에 하나의 수컷으로 자리해온 것인데, 아버지에 향한 격렬한 증오와 질투, 그리고 어머니에의 호애(好愛)에 의해서 수컷으로 출생받는 것이다. 그리고 만약에 그것이 암컷이 될 것이라면 저 암컷으로서의 감정이 지각자 속에 암컷으로 점유해오는데, 어머니에 대한 격렬한 증오와, 아버지에의 애정이 그것이다. 이러한 과정을 통하여 정충과 난자가 만나 어울려지는 그 순간에, 저 영기(靈氣)가 자궁으로 드는 것이다. 그때 저 지각자는, 저 동시 출생 상태의 열예를 경험할 것인바, 그러는 동안 그러한 상태는 점점 희미해져 무의식 속으로 침몰해버리는 것이다. 그런 뒤 영기는, 태 속에 계란 모양의 한 형태로 갇히어져 있음을 발견한다. 오래잖아 그것은, 그 자궁으로부터 나와 그것이 눈을 떠보았을 때, 그것은 자기가, 강아지로나, 돼지 새끼로나, 쥐 새끼로나, 무엇으로나 변형되어진 걸 알아내게 될 것이다(179).

4

그러나 내 위에 조용히 머문 저 영은 아무 곳으로도 나아가지 않고만 있었다. 그것은 저 백조의 호수만을 향해 머리 두르고, 한순간 무섭게 그것의 꼬리 부분을 흔들어댔다. 그것은 내겐, 자기의 어미가 될 어떤 태주(胎主)에 대한 격렬한 증오, 맹렬한 질투처럼 느껴졌다. 저 영은 아마도 여인이었던 것의 미덕을, 여인이었던 것의 자부를 알고 있었던 것이었다. 그러면서도 옛날의 자기의 혼처(魂處)를 떠나지 않고만 있는데, 저 고독한 영을 위해 어떤 자궁이 다가와지기를 얼마나 반복해서 빌어야 될지는 몰랐다. 그러는 동안에, 저 퍼석거리는 사막의 설익은 듯한 해는 지고, 그리고 저 영기의 옛 친구 하나가, 망인이나 생인을 위해 젯밥을 차려 나올 때가 되고 있었다. 그러나 저 영의 친구는, 저 조용히 머문, 자기 친구의 염태(念態)는 보지를 못하는 얼굴이곤 했다.

이러는 동안에 세상이 밖에선 어떻게 변해가고 있는지, 나는 모른다. 내가 그녀의 송장과 대면해 앉아 있는 무덤의 하늘은 좁고, 그 무덤의 햇빛도 많지 않았고, 별빛도 적었을 뿐이다. 제 계집의 모든 구멍들마다에선 황천이 흐르고, 내가 부지런을 다하여 파리를 쫓았어도, 구멍들엔 쉬가 실려, 작은 구더기들이 바글거리기 시작했다. 그리고 까마귀들이 우짖으며, 더러운 낯짝으로 무덤 전에 와 앉아 죽음을 내려다보곤 했다. 없으나 있어서 형체를 이룬 현묘한 기(氣)여, 염태여, 이제도 내가 너의 몸을 애착할 수 있을 것인가? 자궁을 찾아 그대 길 떠나면, 그러면 나 너의 무덤으로부터 일어나, 너를 흙으로 편히 덮어준 뒤, 어디 강 마을에라도 가 독소주라도 마셔야겠지. 그렇다고 현재의 추악함으로 하여, 전에 아름다웠던 것의 싱그러웠던 살 위에다 구더기를 슬어 덮지는 않을 것인데, 구태여 시상(時相)을 도착하지 않는다면, 전에 아름다웠던 것은 여전히 엄존한다. 그대가 아름답지 않았다면, 그대가 추하지도 않을 것이었다. 이 단계에서 내가, 내 위에 견고히 딛고 서서, 하나의 영상을 붙들어야 할 것이 있다면, 그것은 그대의 아름다움뿐인 듯하다. 유정(有情)에의 구토와, 가학성 광증과, 파괴의 의지의 무서운 업력(業力)이 휘몰아치는 폭풍에 의해, 덧없는 아름다움이란 아름다움이 아니다. 아름다움이 아니면 그리하여 추함도 아닌 것이므로, 미추란 아예 없는 것이다라는 식의, 이상스런 논리를 끌어내고, 숨이 머문 곳에 함께 머물러 피를 붉게 하였던 알맹이를, 쭉정이들과 함께 모닥불에 던져 넣는 일은, 아마도 반드시 옳지는 않다. 마음 가운데 붙들어 맨 하나의 확고부동한 아름다움이란 길들지 않는 들말다운 마음의 행방이 어거되는 고삐 같은 것이며, 저 궂고 물살 모질게 센 고해를 헤치는 실한 참나무 노 같은 것이며, 피안에 켜진 등불 같은 것으로 거울에 앉은 먼지 같은 것은 절대로 아니고, 사내 경험해봄이 없는, 열여섯 먹은 계집, 왼발로 사내의 가슴을 딛고, 오른 다리는 구부려 발바닥을 쳐들어 올린 자세로 춤추는 계집, 오른 손에 날이 시퍼런 낫을 들고 휘둘러 사내들의 목을 잘라, 그 목을 왼손에 들고, 골과 피를 빤 뒤, 그 해골을 실에 꿰어 구슬처럼 목에 걸고 있는 계집. 벗고 춤추는 색녀(色女).

5

오 고매하게 태어났었던 여인이여, 나는 그러면 그대에게 이제부터, 그대 스스로 좋은 자궁을 선택할 수 있도록 충고하리라. 잘 들을지어다(183).

그대 지금 어쨌든, 그대 초연적인 눈으로 굽어살펴서, 많은 암수들이 지금 이 시각에도 교미하고 있는 것을 보리라. 그러나 그것들은 있는 그대로 둬두고, 거기에 주의를 기울이지도, 흘리지도 말아야 할 터인데, 그러지 않는다면, 그대가 선택할 수 있는 좋은 자궁을 물리쳐버리는 결과가 될 것이다. 이 상태에서는 이렇게 바라라. "아 나는 반드시 우주적 주재 신다운 출생을 가능시키는 태문으로 들리라." 또는, "거대한 사라쌍수 같은 정신을 수용할 자궁으로 들리라." 또 아니면, "일점의 명예의 훼손도 당할 일 한 적이 없어 만방에 이름 높은, 훌륭한 대작 마님의 태에로 들리라." 또 아니면, "저 높은 정신의 충일로 하여, 모든 감각적 존대들로부터의 가장 훌륭한 대접이 바쳐지는 그런 출생의 어머니의 자궁 속으로, 나는 반드시 들리라"라고, 자꾸 바라라.

이와 같이 생각하고 곧장 갈망하여, 이제 태 속으로 들라. 그러면 동시에, 그대의 우아한, 그대 선덕의 선물로 하여 그대의 잠입을 당한 저 자궁 속에 파문이 일어나리니, 저 자궁은 그리하여 천상적 저택으로 변해지는 것이다.

그러나 그러한 태문(胎門)에의 선택에도 잘못이 물론 있을 수 있는데 업의 작용을 통하여 좋은 자궁들이 나쁘게 나타나 보일 수도 있으며, 좋지 않은 자궁들이 선하게 나타나 보일 수도 있기 때문이다. 글쎄 그러한 과오란 있을 수 있는 것이다. 그럼에도 올바르게 입문할 수 있는 길은 오직 비록 어떤 자궁이 선하게 보인다 하더라도 그것에 유혹되지 않는 것뿐이며, 그것이 나쁘게 나타났다고 하여 그것으로부터 도망치려 하지 않는 것뿐이다. 집착이나 저항감으로부터, 또는 그것을 획득하고 싶은 욕망이나 비욕망으로부터, 해방되는 일뿐이다. 그러므로 태문에 듦에 있어, 온전히 공평무사한 마음가짐밖에, 다른 기술은 바랄 것이 없는 것이다. 그리하여 그대는 반복하여, 이 시구를 외우며, 그것 위에서 깊이깊이 명상하라(190).

선업의 고리에 끼어들어 나를 지속시킬
하나의 확고부동한 마음을 견지하고,
자궁의 문으로 다가가자, 그리고 대우를 명심하자.
지금은 진지한 마음가짐과 순수한 애정이 필요한 그 시각이 아닌가.
질투를 버리고, 아버지–어머니 위에서 명상하자.

6

헌데 다시 어쩐 일이 일어났을거나? 내 주위는 소조해져 버리고, 하나의 청정한 커다란 촛불처럼 내 위에 떠 있던 그 기백(氣魄)이 흐르며 춤추듯이 동녘으로 흘러가 버리고 난 뒤, 아마도 밤은 자정이나 되고 있었을 터인데, 몸들뿐인 우리들 위에로 별빛만 뿌려 들었다. 결국은 이렇게 하여, 그녀와의 이별은 끝난 것이었다. 그리하여 나는 이제 독존(獨存)의 헤설픔 가운데 남아버린 것인가? 그러고 나니 내게는, 인연도 없고, 고통도 없고, 삶도 없고, 죽음도 없고 세상엔 아무것도 없는 듯이만 여겨졌다. 아 그러나, 이제는 내가, 이 바르도에서 일어설 때이기는 한 것이다.

제27일

1

밤새도록 나는, 내 아낙이었던 것이 누운 구덩이에다, 모래를 조금씩 조금씩 밀어 넣어 혼백을 잃고 폐허인 것을 묻어버렸다. 그 구덩이로 엿보고 들었던 몇 별과, 그 구덩이 넓이와 깊이만큼의 두터운 밤과 하늘과, 그리고 짧게 끊긴 내 혀를 전부의 재산으로 그리하여 그녀는 묻혀버렸다. 봉분은 만들지 않았으며, 그 무덤을 표지 지어놓기 위해서, 무슨 망주석 따위도 세워주지 않았다. 나는 울지는 않았다. 고독했으나, 내 계집이 불렀던 것 같은, 그런 노래도 부르거나 하지도 않았다. 그렇다고 내가 어디로 떠나볼 곳도 없었다. 이제는 다만, 그녀의 죽음을 하나의 비밀로 내 가슴에 간직해두는 일이 남아 있을 뿐이다. 그러고 나서야 가슴이 아픈 것처럼 혀가 아파지고, 그 아픔처럼 전신으로 권태가 밀리고 들었다.

나는 잘 수도, 먹을 수도, 앉아 있을 수도, 서 있을 수도, 누워 있을 수도, 서성일 수도 없게 그렇게 되어, 돌아와 버린 것이다. 수도부들은 하나만 남기고 모두 함께 떠나며 내게 흰 손을 저었었는데, 내 계집의 죽음을 가장 애통해해쌓던, 하나 남았던 그 계집도, 급기야 떠나는 날이라고 말하고 있었다. 그리고 급기야 떠나버렸다. 사막은 그래, 저 흐린 연기 색 볕에 푸석푸석 더욱더 메말라가고 있다. 제길헐, 그 흔한 이름 봉준이 중의 어떤 봉준이 하나가 흰 수건

이마에 동이고 찢긴 입으로 피를 토하는 절규라도 어디서 들리지 않는가? 또 아니면, 아 파소여 저 죽은 모래들을 꽃으로 살려내며 걸어와 줄지도 모르는 파소여, 그대 벗은 흰 발은 보이지 않는가. 아무것도 없는가. 난리도 화평도 휴식도 없는 전장(戰場), 초연 냄새도 핏방울도 없는데, 그렇다고 방패를 던지고 돌아갈 곳도 없구나. 이것은 태문(胎門)이 열려지지도 닫혀지지도 않는 바르도, 그런데도 어머니—아버지들은 교미에 한창인데, 자궁들엔 박쥐와 거미들이 거꾸로 매달려 있다. 전쟁이 없는 전장, 화평이 없는 화평, 휴식이 없는 휴식, 초조가 초조가 아닌 초조, 그래서 제길헐, 한 대쯤의 아편이라도 맞았으면 싶고, 독한 술에 혈관을 터뜨려버렸으면도 싶고, 죽어버린 지루한 계집에게 꽂았던 근을 뽑아 들어 수캐의 똥구넉에라도 쏘고 들었으면 싶고, 짐승이 되었으면도 싶다. 인간인 것이 징그러워서, 지렁이라도 되었으면 싶다. 굼벵이라도 되었으면 싶다. 그저 사람만 아니었으면 싶다. 졸음이 따르지 않는 하품, 전쟁도 화평도 휴식도 없는 전장—사막은 그렇게 내 앞에 펼쳐져 있는데 내 그림자가 무겁구나, 내 몸이 무겁구나, 이 세상이 무겁구나, 내 마음이 무겁구나, 숨이 무겁구나.

2

어쨌든 나는, 내 전신에 칙칙히 달라붙은 죽음이며, 그 냄새며, 추억 같은 것들을 씻어내고나 볼 일이었다. 그런 뒤, 다른 일은, 더 두고 천천히 생각해볼 일이었다. 그래서 나는, 저 존자며 그의 문하생이 살해되었던 데를 향해 걸어가선, 시간을 걸려가며 목욕을 했다. 그들의 죽음을 내가 잊고 있는 건 아니었다. 그들 또한, 어이없이 살해만 당하고, 낯모르는 데서 썩어가고만 있는 것도 아마도 아니었다. "그랴요. 나 인제 물괴기나 될라요이. 그래서나 시님이 멋 땜시로 벌 받고 있단 것 내가 모도 갚았이면 싶어라우." 계집은 그렇게 말했었다. 그 의미는 어쩐지, 내 계집의 죽음은, 그런 어떤 부채에 있어서의 이자 돈 물고기로서나 치러진 듯이 생각키기도 하지만, 그것으로 그러나 본전까지 다 갚아졌는지 어쨌는지는 모른다. 그러고 보니 샘은, 인과와 응보의 불구덩이였다. 한번 빠뜨려지면 헤어 나오지 못하는 것이다. 바다래도 좋지, 그냥 물이래도 좋다. 그래, 그 불에 인육(人肉)을 삶아 데쳐 내놓고 나면, 자기가 이미 자기의 주인인 것을 잃는다. 그것은 업화(業火)에 오르르 타는 검불 같은 것이다. 그러나 무의미하고, 무의미하고, 모든 것이 무의미하다. 나를 확고히 붙들어 맬 아무것도 내 심정에는 없고, 내가 그냥 먼지 냄새를 풍기고 있다. 나는 어쩌면 너무 허탈되어 있는 것이다.

해가 정오에 떠올라왔을 때까지도, 나는 샘 속에 앉아 있었으나 그 목욕이 시원해서 그런 건 아니었다. 무기력과 무의미, 아무 곳으로도 갈 곳이 없어, 그저 나직이 내 양미간에 떠 있는 내 혼의 타라, 그런 것 때문에, 떨치고 일어난다는 것에의 아무 소망도 없었을 뿐이다. 바위는 그 자리에 던져져 있으니 던져져 있는 것이고, 의미 때문에 그 자리를 지키고 있는 것은 아마도 아니다. 아 그러나 그렇지, 무슨 수를 써서라도, 사흘이고 나흘이고 한 번은 실컷 자둘 일이 내게는 남아 있는 것이다. 글쎄, 그러고 보니 그 일이 있는 것이다. 그래 그리고 허기는 또, 말에 대해서, 혀에 대해서, 그 말이, 그 혀가 아프고 있으니, 그것에 대해서도 조금 살펴볼 것을 갖고도 있는 것이다. 체머리라도 흔들어볼까? 그렇지, 이라도 드륵 드륵 갈아붙여 볼까? 그렇지, 다시 한번 돌을 들어, 저 살아 있는 것이 모질게 꿈틀거리는 것을, 살려달라고 비는 것을, 피를 뿜기는 것을 보았으면도 싶지. 계집 같은 눈, 계집 같은 입술, 가늘고 길어서 지렁이 같은 성기, 허지만 발기되지 않는 성욕처럼, 그러나 분노나 증오가 도발되지 않는 살욕은 대체 어떤 것인가? 어쨌든 뭐라도 작위치 않으면 안 되는 것이다. 허탈의 작위, 허망의 작위, 무상의 작위, 무료의 작위, 작위, 작위가 작위가 못 되는 작위, 씨부랄, 수음이라도 해볼 것을, 아 수음이라도 해볼까.

나는 드디어 피들 피들 웃기를 시작했다. 그러나 미쳐서 그런 건 아니다. 미칠 수 있다는 것은 아마도 좋은 일일 것이다. 나는 미칠 수 있는 것도 아니다. 나는 그냥 피들거리고 웃었을 뿐이다. 증오나 분노가 없는 살욕. 성욕 없는 수음.

나는 피들 피들 웃으며, 돌을 하나 거머쥐고, 촛불중네 가마니 문을 떠들고 그 안으로 들어가고 있었다.

그러나 그는 없었다. 촛불만 그저도 타고 있는데, 제길헐, 그 중놈이 있었으면, 대체 어떻게 그 계집을 간했는지, 그 이야기나 들으며, 조금 더 피들거릴 수도 있었을 것인데. 결국 우리는, 서로 방향은 다른 데에서라도 같은 방법에 의해서 그 계집을 죽이려는 데 공모했을지도 모른다. 우리는 똑같이 그 계집의 피에 굶주려왔던 것이다. 다른 것이 있다면, 하나에게는 그 계집이 목줄기의 대정맥을 맡기고, 하나에게는 맡기지 않으려고 했을 뿐인데, 그것은 순전히 그 계집의 편애 탓이었었다. 들고 있는 돌이 무거워 나는, 그것을 저 촛불 그늘 아래 똬리 치고 있는 백팔염주 가운데다 놓아두고, 밖의 볕 가운데로 나왔다.

결국, 돌아갈 곳이 내게 영 없던 것은 아니었던 모양이었다. 나는 다시 내 토굴로 돌아와 버렸고, 그리고 잠을 청해보려고 오그라져 누우며 개 새끼모양 대가리를 사타구니에 찔러 넣어, 나로부터 자꾸 빠져나가는 열을, 의미를, 목숨을 조금이라도 더 보존하려다 그만 울고 말았다. 그러며 드디어 나는, 소리로써 씨분대기 시작하였으나, 말은 조립되지 않으며, 이상스럽게도 'ㄷ' 자 발음만 토막토막 되어 쏟아져 나왔다. 혀만 아프고, 언어만 아팠다. ㄷ 자 발음으로 아팠다.

그러나 울려고 시작할 일은 아니었던 듯했다. 아예 시작할 일이 아니었던 것이다. 나는 내 울음의 마무리를, 해가 지고 있었을 때까지도 지을 수가 없던 것이다. 그것은 종내 딸꾹질로 변했다. 목이 타고 부었으며, 심지어 창자까지도 뒤꼬이고 들었다. 넘어가는 해는 다시 붉었다. 그것도 그러나 잘려진 혀처럼, 저 흑갈색 사구 속으로 꽂혀 들어가 버렸다. 그러자, 말이 없는 침묵의 어두운 세계가 시작되었다.

아직도 울음은 내게서 끝나지 않았는데, 고맙게도 그리하여 잠이 내 사지를 눌러대기 시작한다. 그러고 보면, 피들 피들 웃을 수 있다거나, 흐득 흐득 울 수 있다는 것은 다 좋은 듯하다. 그것은 머리나 손으로 하는 작위와는 달리, 염통으로부터 괴어올라온 것인데, 그래서 잠들 수 있으니, 깨일 수도 있는 것이다. 내게 평안이 함께하라.

샨티 샨티 샨티(Śantih-Peace)

제28일

나는 어떻게 시간을 넘겼는지 알 수가 없다. 나는, 시간 속의 가장 작은 시간 속으로 들어갔다가, 느닷없이, 시간 밖의 저 정적한 시간 속으로 벗어나 버렸던지도 모른다. 만약 한 발자국만 잘못 내딛는다면, 누구도 저 시간 밖의 무서운 진공으로부터 영원히 되돌아오지 못할지도 모른다. 그리하여 한없이 몸의 부피가 불어나서 나중엔 폭죽처럼 무산되어버리거나, 명주실보다도 더 가늘게 펴 늘여져, 우주를 일곱 바퀴 반쯤 감아놓게 될지도 모른다. 저 시간 속의 아주 깊은 내실로 들어버린다면 또한 저 무서운 빽빽함으로부터 언제까지고 되돌아 나오지도 못하고, 영원히 몸의 부피가 줄어들었다가, 나중엔 천년이나 만년짜리의 겨자씨 반 알 크기의 늙은이나 거기 남겨둘지도 모른다. 죽지도 못하며 늙기만 삼천갑자 한하고 늙는 늙은이. 인연으로부터서, 그리고 태어나고 죽고 모이고 흩어지는 저 줄기찬 윤회로부터서, 세월로부터서, 내쫓김을 받는다는 것은 어쩌면 그중 참혹한 형벌일지도 모른다. 드디어는 외롭지도 못할 것이다. 외롭다 못해 노래라도 해보면서 살 만큼 외롭지도 못할 것이다.

그렇게 외롭지도 못하고 있는 내게로, 저녁때쯤에 체면을 온통 드러낸 웬 사내 하나가, 히죽히죽 웃으며 다가오고 있었다. 보나마나 그는 촛불중이었는데, 여러 겹의 붕대를 써서, 왼팔을 어깨에 붙들어 매달아 곰배팔이를 해놓고 있었다. 분노도 증오도 없는, 졸음이 따르지 않는 하품 같은, 그런 살욕으로 나는 어제, 하나의 돌멩이를 쥐고, 그래 저 사내를 찾아갔었다. 그러나 어쩌면 어제는, 저 사내의 정수리에 돌멩이를 내리칠 수도 있었을지, 혹간 몰랐지만, 그러나 그런 이후 세월도 참 많이 흐른 것이다. 나는 언젠지 벌써, 타인의 물질적 조악한 몸을, 살욕으로써라도, 부러워하지 않게 되어버린 것이다. 그러나 그는, 읍내 '서방님들'이 갖고 다니던 것과 비슷한 굵은 지팡이를, 오른손에 힘있게 쥐고 있었는데, 어깨인지 등을 다치고, 지팡이에 의지해 걷는다는 것은, 어디엔지 음모가 있는지도 몰랐다.

"소승 말입지, 아, 안부를 드리는 바입지. 어젠 소승의 누처를 왕림해주셔 감사하고 있습지. 소승이 멀리서 대사의 왕림을 보았으마, 영접지 못했음을 용서하십지. 하하 그리고입습지, 대사께서는 생각하시기를 어찌 젊은 중놈이 웬 지팽이를 짚고 다니느냐고 하실지도 모르겠지만 말입지, 읍내 대장깐 들르고, 목수 집 들러서입지, 하나 맞췄습지. 유리로 통한 야행을 하려니 말입지, 으쓱거리기도 하고입지, 다리도 아프고 해서 말입지, 이번 읍내 길에는 이런 걸 하나 만들었습지. 서투른 대장장이 솜씨라 말입지, 날은 무뎌 풀 한 이파리 버히지 못할지는 몰라도입습지, 세 척 길이 무쇠가 이 지팽이 속엔 잠들어 있습지 헤헤헷. 그러니깐 그렇군입지, 소승은 그저껜가, 그끄저껜가 읍에서 왔습지. 아 그렇습지, 대사가 유리로 돌아온 새벽엡지, 그 짐수레 편으로 소승 읍엘 갔었습지, 보고 싶은 계집도 좀 볼 겸, 상처의 치료도 좀 받고 말입지, 대사가 요청하게 될지도 모르는 왓대가 충분치 않아서 말입지, 그것도 좀 마련할 겸해서였습지, 이거 받아두십지, 왓대입습지. 읍내 양반들이 수도부와 하룻밤 희롱하고 말입지, 모주께 치르는 꼭 그 값입지. 지전입습지. 소승이 받는 반달분의 녹입지. 아, 이렇게 되어서 말입지, 우리 사이의 셈은 끝난 것으로 해둬야겠군입지. 사실을 말하면 말입지, 이 부채가 정리되지 않았던 탓으로입지, 소승은 읍에서 돌아온 날로부터 어젯밤까지 존자 거했던 곳에서 밤낮을 샜습지. 해도 소승 거처에 촛불은 꺼뜨리지 않았더라 말입지. 허나 부채가 정리되어버렸으니 말입지, 이제 소승도 옛 거처에 돌아가 발 좀 쭉 뻗고 지내야겠습지. 헌데 말입지, 대사들이 지나간 자리에는입지, 죽었던 풀도 살아나 싱그러워진다고 하는데 말입습지, 허나 대사 지나간 자리에서는입지, 두엄 위에서 억세게 자라던 풀까지도 시들어버리니 어쩐 이치 속이냐 말입지. 아 그렇더군입지, 이번 읍내엘 가선 말입지, 대사가 읊었다는 새 게송을 엿들을 수가 있었는데 말입지, 머잖아 삼척동자까지도 흥얼거릴 정도로 유행할 듯싶더군입지. 소승 비록 무학승이지만 말입지, 존자가 퍼뜨린 게송과 함께하여 뜻을 음미해 보고 말입지, 존자의 살해가 어떻게 이뤄졌던지 알 법했습지. 그러나 소승은 한 번도 법 설하기를 패설하기처럼 즐거워해 본 적은 없었습지. 소승의 관심은 그래서입지, 자연 저 읍내 계집에 쏠리게 마련인데입습지, 한번 그 계집이 꾀어내기에 말입지, 그네와 함께 소승 북호(北湖)엘 한번 갔댔습지, 읍의 북쪽에 있는 호수라고 해서 북호라는 것이 있습지, 소승은 지금, 읍장을 할아버지로, 판관을 아버지로 말입지, 모시고 있는 저 장자네 외동딸에 관해서 말하고 있는 중입지. 강간도 생각 안 해본 건 아니었습지. 헤헤헤. 허나 그냥 말입지, 저 눈물 흘리는 것의 손등이나 좀 핥았습지. 소승께는 뭐 그렇게 촉박히 서둘러야 할 이유란 없드란 말입지, 그녀의 눈물은 짜더군입지. 대사에의 속절없는 연모로 짜겁더군입지. 헌데입지, 이런 말입지, 문상이 늦었군입지, 어쨌든 덧없군입지. 저 곱던 수도부도 죽었군입지. 안됐습지, 소승 충심으로 조의를 표하는 바입지. 안됐습지. 우리들의 살을 담고 그 수분으로 물올랐던 너무도 젊던 것이 죽었다 말입습지. 애통할 일입지. 그래서입지, 그렇잖아도 문상차 두 번인가 와보았더니 말입지, 글쎄 상주께서 조객을 알아보는 눈치가 아니어서 말입지, 위로 한 말씀 드릴 수가 없었더라 이 말입습지. 안됐습지. 애통할 일입지. 허나 말입지, 대사의 결가부좌 위에 머리를 얹은 옌네를 두고 말입지, 소승까지도 말입지, 미추가 어떤 것인지입지, 그것을 말입지, 대강 엿볼 수가 있더란 말입습지. 글쎄, 그래서입지, 소승 또한 대사의 게송의 경계에라도 닿은 듯입지, 눈을 즐겁히던 세상의 색에 대해서 말입지, 대략 한 식경쯤입지, 피곤을 느끼게도 되더란 이런 말입지. 그럼에도입습지, 모든 계집들 다 돌아가고 나니 말입지, 갑자기 이 유리가 쓸쓸해 뵈는입지 파장 거진 거진 된 듯도 싶습지. 좀 수연해 할 일입지. 그러나 아 그렇습지, 뭐, 지금은 어쨌든 말입지, 그동안에 말입지, 서로 간에 말입지, 털어놓고 이야기할 기회가 없었으나 말입지, 이제는 말입지, 탁 터놓고 말입지, 이야기해야 될 것은 해야 되는데 말입지, 뭐 빙 돌려 말할 필요도 없겠다 이 말입지. 글쎄, 우리 서로입지 터놓고 말은 안 했었지만입지, 잘 이해하고 있었던 그 일입지, 한번 상의할 때라 이런 말입지. 그러면입지, 이걸 좀 보아주십지. 소승은 이런 사람이었습지. 법의 이름으로 발부된 증명이 소승이 누군가를 증명하는 증명서입지. 헤헤헤, 이 세상 살면서도 이 세상 떠난 사람들께는 우습게 보일지도 모르지만 말입지, 허나 이런 증명을 발부한 사람도 말입지, 이승을 상대로 발부한 것입지, 저승 상대는 아니었더란 말입지. 대사께서도 들어 익히 알고 있었을 것이지만 말입지, 그래도입지, 소문 때문에 복종해야 된다는 일은 억울합지. 억울한 일입습지. 그러니 말입지, 잘 보시라 이 말입지. 그러면입지, 대사께서 극렬하게 치러버린 세 살인에 대해서입지, 지금은 얘기해볼 때라 이 말입지, 그 형벌에 관해서 말입지. 좀 늦은 감이 없잖아 있긴 합지. 헌데입지, 장로와 그의 손녀는 말입지, 그 계집의 시선은 뼈를 녹힙지, 그 계집의 가야금 솜씨는 일류라고 알려져 있지만 말입지, 소승은 그저 울 너머로나 들어볼 기회밖에 못 얻었지만입지, 장차는 소승을 위해 그 재능이 주어진 것을 알게 되겠습지, 이번에 가서입지, 울 너머로, 그냥 동냥으로 들어봤지만입지, 마음이 비어 있는가 했더니입지, 그 소리에 의해 마음에 구름이 끼고입지, 소나기가 내리더라 말입지. 그 계집 냄새부터가 다르단 말입지, 저 고매한 듯한 시선 속에 감추어진 음탕함이며 말입지, 기지 넘친 언사며 말입지, 수려한 목이며 말입지, 둥근 엉덩이며, 헤헤헤, 법을 탐하기를 색 탐하듯 하였더라면, 헌데 가만있습지, 소승이 무슨 얘기를 했었던가입지? 아 그렇군입지, 늙은네와 젊은 계집은 일당이 되어 있더란 말씀을 하려는 참이었습지? 그랬습지. 그래가지고 말입지, 손녀는 눈물로 소승께 호소하고입지, 늙은네는 재력과 권력으로 소승을 억누르려는데 말입지, 그네들은입지, 대사가 전순히 결백하여 눈빛과 같다고 생각하는 투입지. 대사는 이미 복역을 끝냈다는 것입지. 그래서는 죄인이 아니라 한 충직한 관원을 유리에서 추방하려는 태세였습지. 정신이 한 바퀴씩 뼁 돈 거란 말입지. 그 늙은이로 말하면입지, 젊어서부터도 노망해온 늙은이였습지. 그런 예로는 말입지, 글쎄 죽은 목사의 장례를 치르려고 하기는커녕 말입지, 그 쓸 만한 건물을 못질해 한 목사의 관으로 삼아버린다거나 말입지, 자기 읍민 배고픈 건 눈감고 말입지, 떠돌이 걸승들께만 온갖 후의를 다 베푼다거나 말입지, 대체로 그런 투였는데입지, 그러자니 아들과도 의가 맞지 않아 따로 살고 있는 형편입지. 그래 소승 믿음엔, 그 늙은네 객귀물림을 당하든가 말입지, 일찍 죽어야 될 일이 될 것으로 알고 있습지. 헌데입지, 그 늙은네와 손녀는입지, 대사께서 얼른 유리를 떠나기 바라고 있다는 건 일러드립지. 대사께서 이 유리를 안 떠나더라도, 그리고 대사가 가정하여 중죄인이라고 하더라도, 소승 따위 말단 관원으로서는 말입지 유리의 어떤 스님도 정죄치 못한다고 우겨대고 있습지. 흐흐흣. 노망입지, 선례며, 질서쯤 아랑곳하지 않는 노망입지. 물론 말입지, 대사께서 펄펄 뛰는 생선을 말입지, 소승의 눈앞에서 지금이라도 낚아 보여준다면 말입지, 소승으로서도 엎드려 경배하고 말입지, 만방에 대사 소식을 전파하러 다니겠습지. 헤헤. 헌데 말입습지. 판관은 해석을 달리하고 있습지, 중이건 아니건, 일단입지, 범죄를 했으면 말입지, 법의 공정함으로부터입지, 벗어날 수 없는 것이라고 하며 말입지, 오히려입지, 중들 쪽에 더 공로할 것이 있다고 말입지, 믿고 있는 중입지. 그 양반은 지혜가 원만하고 말입지, 사정(私情)에 치우침이 없어서입지, 읍의 질서가 그만한 정도로 지켜지고 있습지, 헌데입지, 그분의 해석에 따르면입지, 소승이 말단 관원이건 아니건 그것은 문제가 아니며 말입지, 법이 권한을 부여하고, 또 선례가 증언하는 대로, 소승에게 범죄 승에의 정죄의 권한이 있다고 하는 것입지. 이 경우에 말입지, 법조문과 판례집에 나타난, 범죄 승께 주어지는, 하나의 혜택으로서의 선택권이라는 것이 있는데 말입지, 그러니 잘 듣고 잘 이해하여서입지, 그 혜택을 헛되이하지 마시라 말입지. 이 일종의 혜택으로서의 선택권은 말입지, 그리고입지, 중죄 승들께만 주어지는 것이어서 말입지, 배가 고파 이웃 중 나으리의 보리쌀 몇 되쯤 훔쳐 먹은 말입지, 그런 대사들껜입지 주어져 본 적이 없는 것으로 말입지, 판례집은 가르쳐주고 있습지. 그런데 대사에게 저 선택권이 주어져 있다는 이 의미는입지, 보다 직접적인 말로 바꾸면 말입지, 대사는 중죄 승이며 말입지, 사형이 언도되었다는 그 말과도 꼭같은 것입지. 어쨌든 행정적으로 읍을 다스리는 건 읍장의 일이지만 말입지, 재판하고 치안은 판관의 관할이니 말입지, 소승으로서는 판관의 해석을 좇지 않을 수 없다는 것을입지, 특히 명심해주시고 말입습지, 사원(私怨) 따위는 품지 않는 것이 법을 존중하는 일이겠습지. 대사는 현재, 법과 정면하여서 말입지, 재판을 받고 있다는 것을 현실로서 직시해야 하는 건 잊지 마십지. 그래서 대사가 갖는 선택권은 이런 것입지. 즉슨 자기의 죽음의 날짜와 방법을 대사가 택할 것인가, 아니면입지, 집행자 쪽에 일임할 것인가 그것입지. 헌데 죽음의 방법은입지, 그것이 어떤 것이라도 말입지, 가능적인 것이면입지, 집행자 쪽에선 최선을 다해 그대로 행할 것이지만 말입지, 우스운 예로입지, 육보시를 위해 꼭히 용이나 사자나, 뭐 그런 이 읍내에는 없는 것들에게 찢겨 죽고 싶다든가 한다면 말입지, 그건 거의 불가능한 것이라 들어줄 수가 없는 것입지. 그런 경우 집행자 쪽에서 최대의 성의를 표할 것이 있다면 말입지, 독사나 개 같은 것으로 대신할 수 있을 뿐이겠습지. 그리고 말입지, 죽음의 날짜를 놓고는 거기에 단서가 붙어 있다는 것은 일러드려야겠습지. 그것은입지, 일단 정죄된 스님에게는 말입지, 정죄된 그날로부터 꼭 서른 날이 주어지는데입지, 그러니깐 그 서른 날을 다 살아도 좋고 말입지, 반나절만 살아도 좋습지. 그런 단서가 없다고 한다면 말입지, 팔순 노승이라도입지, 삼백 년 내에는 죽고 싶어 하지 않을 것이거든입지. 헌데 말입습지, 그 모두를 자기가 정하는 경우엔입지, 그러한 혜택이 주어지는 반면에 말입지 또한 예형(豫刑)이라는 것이 집행되어지는데 말입지, 집행자 쪽에서 보면, 그래야 공평무사하다는 결론입지. 그래서 그 예형이라는 걸 받지 않으면 안 되고 말입지, 또 어차피 기왕에 당할 형벌이라고 해서입지, 그런 예형이라는 걸 치를 것이 없다고 한다면입지, 이제 집행자 쪽에서 말입지, 그러니깐 소승이 말입지, 대사께입지, 형일과 함께입지, 교수형인가입지, 단두형인가입지, 쑥대머리형인가입지, 그런 형을 과하게 된다는 이 말입지. 그리고입습지, 예형에 관해서는입지, 미리 설명해두는 것이 필요한데 말입지, 범죄의 형태에 따라 물론입지, 그 과형도 다르게 나타날 것인데 말입지, 색으로 인해서라면입지, 불알이나 코를 도려낸다거나 하고 말입지, 헤헤, 대사는 현재 소승의 코나 불알을 도려내고 싶으시겠습지? 또는입지 재물에 의해서라면입지, 그것에 손댄 두 손목을 자르거나 하고 말입지, 뭐 그런 식인뎁지, 그런 예형 이후에입지, 집행자 쪽에서는 말입지, 의원을 댄다거나 말입지, 약품을 주는 일 같은 건 하지 않습지, 그러한 예형은 그러나 말입지, 범죄자가 선택해서 얻은 결과이므로 말입지, 본형에 처해진다고 하여도 과형이 중복된 것이라고 생각하는 것은 옳지 않습지. 그래서 이제 대사께서는 말입지, 읍에서는 성문율로 되어 있으나 이 유리에 적용될 때 불문율로 되어 있는, 저 재미있는 법의 재미있는 공명정대함을 아시게 되었겠습지. 아, 그래서입지, 소승은 드디어 대사를 정죄하고 말입지, 선택을 강요하고 있는 중입지. 허지만입지, 이 선택은입지, 만 하루가 다 가기 전에만 하면 되니까입지, 서두를 필요는 없겠으나 말입지, 이 하루가 지나면입지 이십구 일만 남겨진다는 것은 계산해두십지. 허고 일단 정죄된 경우엔 말입지, 목에나 발에 쇠사슬을 매어서입지, 도피를 막게 되어 있으나 말입지, 소승은입지 대사껜 그렇게 하진 않으려 합지. 참으로 오래전에 정죄했었어야 옳았음에도입지 그래오지 않은 것처럼 말입지, 왠지 대사께 쇠사슬을 씌우고 싶지 않습지. 어쩌면 도박입지. 도박이란 말입지. 소승은 이 도박을 즐기기로 한 것입지. 장로와 그분의 손녀분께서입지, 넘치는 부와 흔치 않은 아름다움으로 하여서 말입지, 대사가 돌아와 주길 학수고대하고 있다는 것을 재차 재삼 일러드립지. 그만한 부는, 아무라도 쉽게 말입지, 비록 삼십 대를 획한다 해도 이루기 어렵고입지, 그런 재색을 겸비한 숙녀 또한 진주 같은 것이어서 말입지, 깊은 바다 밑 몇십 리를 한하고 빗질해보아도 말입지, 운에 닿아야 얻게 되는 것입지, 한번 발걸음 떼임으로 해서 그 모두 대사께 획득되어질 것입지. 그런 경우에입지, 판관이라고 하더라도 대사의 범죄쯤 함구해버릴 터인데 말입지, 그때 이 어쭙잖은 소승께 올 대접은 두 가지 중의 하나겠습지. 하나는 말입지, 대사와 수도부들과 공모하여 말입지, 한 수도부를 간하여 간접적으로 죽게 한 죄명에 의하여, 현재 대사가 당하고 있는 것과 같이 정죄되어, 종내 사형을 당하거나이고 말입지, 다른 하나는, 약간의 은전을 보태서입지, 읍으로부터 소승을 아주 멀리 추방해버리는 일이겠습지. 헌데입지, 읍장 쪽에선 후자를 고집하시겠으나 말입지, 판관 쪽에선 전자를 택하겠습지. 약간의 정에 치우쳐 후환을 키우는 것을 판관은 좋아하지 않으며, 그 싹을 근절해버리는 것이 그의 방법이니 말입지. 아 그러고 보니 다변이었군입지. 아 어쨌든입지, 내일 이맘때입지, 소승이 다시 오겠으니 말입지, 그때까진 아무래도 좋습지. 그래도 만약 말입지, 형벌을 기피할 생각이 아니라면입지, 이 늪으로부터는 한 발자국 밖으로 나가지 않기를 일러두는 바입지. 허지만입지, 매 순간 매 찰나 기억해둘 것은입지, 족쇄는 채워지지 않았고 말입지, 소승 또한 파수 보거나 그런 짓을 하지 않을 것이라는 이것입지. 또한 가정해서입지, 대사가 여기를 벗어나서입지, 읍으로 간다고 해도 말입지, 소승으로서는 대사를 추적하지도 않으려니와 그럴 권리도 없습지. 소승의 임무는 다만, 정죄했으면 그 범인이 도피치 못하게 하는 것이며 말입지, 예형을 과하고 말입지, 범죄인이 원할 때 형장으로 인도해주는 일뿐입지. 대사가 도망쳤을 경우, 서류상 아무 증거도 없으니, 이 정죄는 무의미한 것입지. 그러나 소승은 이제 돌아가서 말입지, 본격적으로 이 도박을 즐기려 합지. 그러며 말입지, 모아두었던 촛농 부스러기라도 녹혀서입지, 하나의 초를 특제하려 하는데입지, 약간의 비상을 함유하려고 계획 중입지, 아 그럼 평강하십지, 평강하십지."

그는 그리고, 병든 몸짓으로 돌아가 버렸다. 그러자 내게는, 왠지 참을 수 없는 공복감이 밀려, 생쌀을 씹어대며, 병째 거꾸로 들어 꿀을 마시고, 또 쌀을 씹으며, 늪 바닥을 걷기 시작했다. 그러며 그가 던져주었던 왓대를 헤아려 보았으나, 배 속의 허기는 이해할 수 없는 것이었다. 그리고 어쩌다, 나도 모른 새 한 번씩 후후거렸으나, 늪의 둔덕으로 올라가 볼 생각은 내지도 않았다. 그 둔덕 너머의 아무것도 현실로서는 떠오르지 않는 것이었다. 하루 햇빛 더 볼 수 있다는 것을, 아무리 감격과 흥분으로 생각하려 했어도, 어쩐지 거기 건조함밖에, 다른 느낌은 따르지 않는 것이었다. 나는 아마 피로에 휘늘어진 것인지도 모른다. 상주가 당하는 피로, 망인을 묻고 돌아와 망인의 영실에 켜진 촛불을 바라보는 피로, 그러나 모를 일이다, 내일 새벽쯤이라도, 나는 장옷 새로 입고, 희게 떠나며, 이 유리를 힐끗힐끗 돌아다보게 될지도 모르긴 하다. 유리는 죽어버린 것이다. 내게서 떠나버린 것이다. 나는 그것을 묻어주어 버렸으며, 그런 뒤 우리 사이에는 단절이 와버린 것이다. 나는 그 무덤 위에 돋은 한 포기 할미꽃 같은 것 이상은 아닌 것이다. 그러나 어쨌든, 이 순간에 이르러 내가 명상해야 할 것이 있다면 그것은, 내가 나를 어떤 방향으로라도 포기해서는 안 된다는 그것뿐인 듯하기는 하다. 죽는다더라도, 살기가 싫기 때문에 죽어서는 안 된다는 것을, 나로서는 자꾸, 자신에게 일러주지 않으면 안 되고, 죽는다면 죽기 위해서라도 이 세상은 죽기에 너무도 아까운 고장이라는 것을, 계속 계속 재인식해내지 않으면 안 된다는 것을, 나로서는 자꾸, 자신에게 일러주지 않으면 안 되는 듯하기는 하다. 현재로서 그러나 나는, 내가 살고 싶은지 어떤지를 모르듯이, 죽고 싶은지 어떤지도 모르고만 있을 뿐이다. 아마도 나는 피곤한 것이다.

제29일

잠에서 깨어보니, 해가 중천이었다. 그 하늘에다 대고 나는, 이를 드러내 누렇게 웃었다. 말시(末時)가 가까웠으니 깨어 있으라고, 이천 광년(光年)도 저쪽 하늘의 어느 별에서 들려온다. 허지만 말시 전이란 언제나 고달픈 법이다. 그래서 고래 같은 뱃놈들도, 그 고달픔 밑에서는 꼼짝 못 하고 눌려져, 코를 곯아대는 법이다. 이상스런 공복, 먹고 마셔도 먹고 마셔도, 여전히 배가 고픈 이상스런 허기증, 만복이 오히려 공복인 주림. 이것은 참으로 거북하며, 외롭지도 권태롭지도 않으나, 외롭고도 권태로운 것 같은 것이다. 그러나 어쨌든 나는, 섬돌을 삼았던 그 돌팍을 어깨에 메고, 늪 안을 한 바퀴 삥 둘러도 보았고, 그러다, 그 돌팍을, 저 계집 묻힌 흙 위에 덮어 누르고, 그 위에 연좌를 꾸며 앉아 있어도 보았다. 그리고 나는, 내가 벌써 그 계집은 잊어버리고 얼마를 살았다는 것을 알아내기는 했다. 내가 여우였다면, 어쩌면 돌팍 밑 모래를 헤치고 그 밑에 누운 살 속에 이빨이나 찔러 넣었을지도 몰랐는데, 그리곤 먹어도 마셔도 고픈 창자를 한 번쯤 불려보았을지도 몰랐는데.

어제 나타났던 그 시간쯤에 다시 촛불중은, 내게로 와, 어제의 그런 그림자를 내 무릎 위에 밀어뜨려놓았다. 그는 변절자 같은 웃음을 물고 시체를 파헤치고 내려다보는 여우의 눈 같은 것으로, 나를 내려다보며, 말하기 시작했다. 그는 전날보다 어쩐지 야위어 보이고, 눈이 붉어 있었다.

“평안하신지입지? 대사입지, 떠날 수 있었는데도 말입지, 결국 그러시지 않았군입지. 그러고 보니, 이 도박 또한 소승이 졌다고 해야겠군입지, 무참히 진 것이군입지, 그 그러면입지, 절차가 그러해서 그런데입지, 좀 길지만 말입지, 이 서류를 대개 읽어보고입습지, 빈 곳에 써넣을 것을 써넣으시고 말입지, 서명하고 날인을 해주었으면 싶지. 자 읽어보십지, 읽어보면 아시겠지만 말입지, 그건 뭐, 서투른 친구들이 고누라도 두면서 하는 얘기를 문서화해 놓은 것 같긴 합지만 말입지, 그것이 빈틈없이 수정 보충되어왔기에는, 그동안이 유리가 너무 조용해 왔고입지, 또 세월로 쳐도 거 뭐 한 탄지간(彈指間)이라고나 할 것이었으니 그동안 별 발전을 못 보여온 것이겠습지. 그러나저러나입지 그게 율법이고 말입지, 그 이름 아래에서 덮어씌워 내리면, 거기 도피처는 없는 것인데입지, 그래도 대사의 경우, 소승이 오늘 증인을 대동하는 것 회피하고 단독으로 왔으니 말입지, 거기 도피처가 전혀 없는 건 아닙지. 증인이 있더라도 결과는 마찬가지일 터인데 말입습지, 대사가 저 세 스님을 살해했다는 것을 부인할 경우, 사실이든 가정이든, 비록 소승이 그 현장을 목격했다손 치더라도, 소승으로서는 대사를 정죄할 수가 없는데 말입지, 그것은 왜인가 하면입지, 살해가 있었던 그날, 대사가 이 유리에 와 있었다는 것을 증언해줄, 저 유일한 수도부도 죽었고 말입지, 세월도 또 이만큼 흘렀고 말입지, 안개비도 그만큼 내렸었으니 말입지, 대사가 쥐고 살해했던 돌엔들 대사의 지문이 아직도 남아 있을까 싶지도 않습지. 그럼에도 정죄키 위해서 가령 대사가 입었다 태워져 버린 오조 촌장의 장옷이라든가, 해골 그리고 다른 스님들이 살해된 것과 때를 같이하여 대사가 물고기 낚시를 시작했다, 하는 이유들을 들먹여보아도 말입지, 반드시 충분치는 않은데 말입지, 대사가 부인하기로 맘먹는다면, 수천 가지로 대사는 있을 수 있는 다른 일들을 소설(小說) 해낼 수 있을 것이니 말입지. 이런 경우는, 범인의 색출이 아니라 말입지, 어떤 범인을 정죄할 단서들을 찾아 조립해내는 일이 급선무이지만 말입지, 그것이 비록 오늘 해지기 전까지 가능된다 하더라도입지, 소승은 그런 일은 하지 않을 작정입지. 그것은 왜인가 하면입지, 비록 관리 행세를 하여 목구멍에 풀칠을 하기는 해도입지, 소승도 또한 끝까지 중이기를 고집하는 그 탓인데 말입지, 적어도 중은, 자기의 이를 도와, 혀를 놀려 거짓을 말해서는 안 되는 어떤 것이라고, 소승은 믿고 있습지. 자기를 속이는 일은 아마도 그중 비참한 환속이겠습지. 그 환속을 대사가 도모할 것이라면, 대사는 이미 중이 아니므로, 소승이 관할할 영지 너머에 계시는 것입지. 소승은 그러므로 이 많은 세월이 흘러온 지금까지도 하지 않았지만 앞으로도, 어떤 단서에 의해서 대사께 형벌을 강요하려는 노력은 하지 않을 것입지. 아 그 서류를 들고만 계시지 말고, 읽어보십지. 좀 장황하더라도, 그것은 어쨌든 대사의 전 생명과 직결된 것이니 말입지, 읽어보십지. 빈 곳은 물론, 참작할 범행 동기며, 어떻게 범행했는가 따위 같은 것들을 써넣는 난입지. 초대 읍장과, 유리의 삼조 촌장 간에서 꾸며진 서류라고 명시되어 있습지. 허나 유리의 촌장은 풍문 같은 것입지. 그러니 그것은 순전히, 아직까지도 악명이 전해오는, 창녀와 아편의 모리배, 저 초대 읍장의 별로 많지 않은 식견으로 이뤄진 것일 뿐일 터인데 말입지. 법의 이름에 두루 말려서입지, 공정을 획득하면, 그것은 불가침의 것입지. 아 그러니까, 아 물론 그렇겠습지, 대사는 혜택받은 선택권을 행사하시겠다는 의미시겠습지. 그리고 종내, 부인해버릴 수도 있는 범행을 자백하시겠다는 의미십지? 아, 인장이 없으면 지장을 찍어도 좋습지, 인주는 여기 있습지. 소승이 대개 읽어보도록 허락하십지. 헌데입지, 살해 동기는 쓰지를 않았군입지. 본적 난엔 '羑里'라고만 쓰셨는데입지, 본적이 없으신가입지? 또한 본명과 법명 난에도 '羑里'라고만 쓰셨는데, 대사는 이름이 없으신가입지? 연세는 서른셋이나 생일을 기억지 못하십나? 헤헤헤, 죽음의 방법은 사뭇 재미있는 것인데입지. 형일은 아직 정하질 못하고 계시는군입지. 대사가 원하는 이 죽음에 대해서입지, 소승도 조금 생각해보게 하십지. 그리고 허긴, 대사께 스무여드레가 더 남아 있으니, 그 안에 언제든 형일은 결정하십지. 수도부들로부터 들어서도 알고 말입지, 또 겪어서도 알게 되시는데 말입지, 대사는 혀를 잃은 듯하니입지, 대사께서 형장으로 보내주기를 바라는 날은 말입지, 이렇게 하십지, 땅에다 고기 모양을 그리든 말입지, 또 아니면, 소승의 장옷 자락을 세 번쯤 잡아당기든 어느 쪽이든 말입습지, 그러나 역시, 대사는 어부였댔으니 말입지, 고기 모양을 그려 내게 알려주십지. 그게 좋겠습지. 잠 못 들고, 밤새도록 생각해낸 것은 이런 것들입지. 그것도 또 그렇군입지. 형장으로 보내달라는 것과, 형을 치르겠다는 것과는 다르니, 거기에도 구분이 있어야겠군입지. 그건 이렇게 하십지. 고기 모양을 그리되 하나만 그리면 형장에 보내달라는 신호를 삼고 말입지, 둘을 그리면 형을 감수하겠다는 뜻으로 해둡지. 그럼 우리 서로 간 이해를 통했다고 소승 믿는 바입지. 그러면 소승은 이제입지 두 가지 일만 수행하면 소승의 임무를 끝내는데입지, 그 첫 번째 것은 예형을 집행하는 일이고 말입지, 둘째 번 것은입지, 대사가 정하는 날, 대사를 형장에 모셔다드리는 일입지. 해가 제법 기울고 있군입지. 이 밤은 대사께 그중 긴 밤이 될지도 모릅지. 소승은 이제 대사께 예형을 과하려 하고 있습지. 그러자니 말입지, 옛 얘기 하나가 기억에 나는구먼입지. 그랬습지. 전에 한번 대사께서, 소승께 말입지, 비역[鷄姦]을 한번 하셨습지, 그 비역 이후 소승은 줄곧 말입지, 치질을 앓고 있는데입지, 그러나입지, 이따위 치질로 해서 대사를 원망하거나 하진 않았었습지. 그 이후 말입지, 때로 때로입지, 항문을 통한 창자 속에 말입지, 이물감이 있기는 해도입지, 웬일로입지, 그 촛불이 안 꺼지고 말입지, 저 창자 속 구불탕 진 어둠 속에 말입습지, 아직도 켜져 있는 듯한데입지, 안 뜨거운 건입지, 그것이 그냥 그 촛불 크기만 한 무슨 빛돌로나 말입지, 그렇습지, 무슨 수정돌로나입지, 화석되어 남아버린 탓이겠습지. 이것은입지, 대사에 향한 일종의 연모 같기도 한데입지, 그렇습지, 그 비역 이후입지, 소승은 어째서인집지, 대사를 둘러싼 모든 것에 대해서 말입지, 타는 증오와 저주를 어찌할 수 없어온 것인데 말입지, 질투는 아니었던지도 모릅지, 모른다 말입지. 아, 그러나 옛얘깁지, 옛얘기라 말입지. 소승은 지금부터 소승의 임무를 성실로써 수행하려 하고 있을 뿐입지. 헌데 소승의 생각엔 말입지, 그것이야말로 가장 합당한 예형이라 믿는데 말입지, 그러니깐입지, 대사께서는 말입지, 소승의 암흑한 곳에다, 밑으로부터 빛돌을 밀어 넣어주었지만입지, 소승은 말입습지, 대사의 저 광명스러운 곳에다, 흑마노라고 해도 좋겠습지, 아니 그믐밤 같은 어둠 돌이래도 좋을 것입지, 그런 걸 하나 위로부터 채워 넣어주었으면 하고 있습지. 그 아니 훌륭한 생각이냐 말입지. 그럴 때 우리는 마지막으로 한 번 더 부채 정리를 하게 되는 셈입지. 우리 사이엔 더 이상의 빚이 남지 않게 될 것입지. 상보 상쇄입습지. 이 생각을입지, 그 비역 이후부터 줄곧 해왔댔습지. 허, 허, 헌데, 그 왓대는 내게 왜

돌리시는 겁지? 그 왓대를 돌리면, 다시 빚이 남는 셈이 아닐까입지? 허지만 받아는 둡지. 그리고 천천히 생각해봅지. 하하, 그렇군입지, 소승은 좀 늦단 말입지. 그 비역을 한 다음 날이었군입지, 소승이 대사께 해웃값을 치렀었습지? 헤헤헤, 그래서 이제 대사는, 놀음차를 선불하시겠다 그 말씀이시겠습지? 허긴 여수란 분명해야 되는 법, 이건 소승이 대사께 지불한 것보다 월등 많으나, 해웃값에 한계가 있는 건 아닌 법. 소승 받아둡지. 그것이 피차간 빚을 남기지 않을 것이니 말입지. 아 그리고입지, 지금 보고 계십지? 말씀드렸다시피, 이 초는 소승의 특제품입지. 향 대신에 비상이 함유됐습지. 소승은 오랫동안 생각해보고입지, 빛은 빛으로 용해시킬 수밖에 없다는 묘리를 터득했었습지. 빛에 의해 어둠은 깨뜨려지나 말입지, 빛이 계속 있는다면 어둠에 의해 빛은 분쇄 당하지 않는 것, 그러나 빛이 빛을 칠 때, 빛은 빛을 더하나, 종내 빛에 의해 그 핵심에 공흑(空黑)을 남기는 것, 헤헤헤, 그래서 소승은 이제, 대사의 눈꺼풀을 까뒤집고, 저 찬연한 햇빛 아래에서 눈물을 말릴 터인데입지, 눈물이 마를 때마다 말입지, 이 촛농을 그 눈물 대신, 대사의 저 영기 서린 안구에 떨어뜨려 주려 합지. 한 눈에 오십 번씩의 촛농을 떨어뜨리려 합지. 소승의 모든 밤과 낮은 이 장면을 떠올려 보는 것으로 바쳐졌었습지. 흐흐흐. 그것은 육교보다도 척추를 시리게 하곤 해왔습지. 그리고도 대사께서 여전히 볼 수 있다면 소승 엎드려 대사의 발등에 입 맞춥지, 대사의 문하에 들기 바랍지. 소승의 짐작으로는입지, 대사께서는 초력적인 기로 하여 말입지, 생생히 뜬 눈으로입지, 백 번 부어지는 촛농을 견디려 하겠으나 말입지, 인고에도 또한 한계가 있는 법, 그래서 어쨌든 소승이 청하기로는 말입지, 할 수만 있다면입지, 소승이 손쓰기 전에입지, 대사께서 대사의 기를 좀 풀어주었으면 합지. 아 물론, 안 되겠으면 소승이 도와드릴 터인데 말입지, 반 망나니 되다 보니 말입지, 맥 정도는 짚을 줄도 알게 되더라 말입지, 그리고 물론입지, 지금이라도 말입지, 대사의 체력이면 말입지, 소승 따위 단주먹에 쳐 눕히고 말입지, 이따위 서류쯤 찢어버리고 말입지, 훌훌이 떠나지 못할 것도 없습지. 글쎄입지, 여기엔 대사와 소승밖에 아무도 없잖느냐 말입지. 지금이 그 기횝지. 대사가 그러시는 경우, 반복되지만 말입지, 소승으로서는 대사를 추적할 아무 권리도 의무도 없으니 말입지, 소승의 목숨까지야 거둬 가실 필요 없겠습지. 지금부터 소승은, 눈을 감고 오백을 목적으로 헤아리려 하고 있으니 말입지, 예형을 감수하시겠으면 그러는 동안에 기를 좀 풀어주시고 말입지, 거부하시겠으면, 소승의 맥을 짚어, 대략 한 식경 후쯤에나 살아나게 해주십지. 죽기 전에 소승도 한 번쯤, 대사의 등에 대고 통쾌한 웃음을 웃어도 보고 싶으니 말입지. 서류는 그렇군입지, 아예 이 바닥에 꺼내 놓아버리기로 합지."

나는 해를 올려다보았다. 그리고 그 빛을 함뿍 내 전신에다 호흡해 넣으려고도 했고 그것의 모습을 확실하게 기억하려고도 했다. 그러나 그 해는 종내 하나의 까만 숯덩이가 되어버리곤, 푸른 하늘에다 그만큼 한 꺼먼 구멍만을 남긴 뒤, 내 시선 밖의 어디로 사라져버렸다. 한 번도 정시해본 적도 없이 그저 몸으로 인식해왔던, 그 일상적이던 해는 하나도 없었다. 나는 슬펐고, 그래서 눈을 감았더니, 그런데 저 일상적이던 해가 내 양미간에서 떠올라오고 있었다. 그러나 그것도 정작에 있어선, 일상적인 해는 아니었는지도 모른다. 그것은 눈을 쏘고 들며 눈물을 말리는 빛이 없었고, 그 가운데 흑점을 갖고 있는 것이 아니었다. 그것은 그저 너그러이 둥근 빛돌 같은 것이었고, 그렇다고 달과도 같지 않았다. 어쨌든 나는 그것 위에다 마음을 모으며, 숨을 고르게 쉬어가려고 했다. 그러나, 내가 마음을 모으려 하지 않았을 때, 청정히 돋아 올라 있던 그것이 내가 마음을 모으려 하자, 왠지 흔들리고 형태를 바꾸며, 탁한 연기 빛을 내 내부에다 흩뿌리기 시작했다. 나는 도대체 숨을 조절할 수가 없고, 다만 머리만 아팠다. 하나의 빛돌처럼 흔들림 없는, 하나의 빛을 형상화하여 포착해내기가, 오늘은 왠지 어려웠다. 그럴수록 나는 초조함을 억누르고, 빛의 한 영상에 명상하여, 그것에다 의식을 집중하며 그것이 어둠 가운데 확고부동히 정좌해주기를 바라지 않으면 안 되었다. 그러면 그럴수록 그러나, 더욱더 시선이 흔들리며, 두터운 연기 같은 것들이, 빛만 있고 형체가 없는 빛을 휩싸고 들며, 어지럽히고, 혼돈 속에 싸여 묻히는 것이었다. 이것은 위기였고, 이 위기는 와해를 수반할 것이었는데, 이 위기에 처해 나는, 장로의 손녀딸인지, 죽은 수도부인지의 얼굴을 매달고, 그러나 한 번도 남자 품어본 적 없는 고운 계집이, 벗은 몸으로 내 가슴을 딛고 춤추는 네 잎짜리 연(蓮) 붉은 요니가 타는 것에 색념을 일으켜낼 수뿐이었다. 그러는 동안에 그런데 무산되었던 빛이 어디로부터인지 모여들며, 저 흐린 운무 가운데로부터 붉게 뿌려 내렸는데, 그것은 인당수의 소용돌이에 흩어진 붉은 연 이파리들 같은 것이었고, 하혈 같은 것이었고, 그것은 형상이 없어 노을 비낀 서녘 하늘 같은 것이었다. 그러나 그 뒤쪽으로 깊은 하늘을 열며 그 붉은빛은 저절로 스러져버리는 것이었다. 형언할 수 없는 절망이, 그 하늘 색을 같이하여, 내 심정에도 그만큼이나 깊게 깔려버렸지만, 그럴수록 나는, 저 계집의 아름다움에 내 온갖 집착을 다했다. 그랬더니, 그 하늘의 깊은 속으로부터, 아직 형상은 확실하지 않으나, 저 죽은 수도부의 영기와 같은, 그런 한 노란빛이 스적 스적 흘러오더니, 하나의 흐르는 별이 대기권에 휩싸일 때 색깔을 바꾸듯이, 그것은 이상스럽게도 노란빛을 잃으면서 봄에 갓 돋아난 나뭇잎처럼, 조금씩 조금씩 푸르러지고 있었다. 그리하여 그것은 종내 여름 잎처럼 변해져서는 드디어 내 양미간을 사뿐히 차지하고 들었다. 음모 없는 계집에의 나의 집념은 계속되었다. 그런데 그러는 동안에, 그것의 내부가 어느덧 비어버리고, 가장자리를 테 두른 선만 희미하게 남겼는데, 그것은 원만한 두 개의 곡선이 맞닿아 양극을 갖는 타원의 꼴이었으며, 그 선은 언젠지 색깔을 잃어버려서 희어 보였다. 흰색은 색깔이 아니라는 논리에 좇으면, 허긴 그것은 형상이 아닐 것인데도, 그러나 드디어 나는 형상을 포착했으며, 그것은 전이하고 궤적하여, 드디어 빛이 정(靜)을 획득한, 그 화석이었다. 석화(石化)한 동(動), 석화한 빛, 그러나 나는 그것을 이제는 파괴하려는 것이다. 그것을 산산이 흩뜨려버리려는 것이다. 그것이 흩어지는 소나기 아래 나는, 내 하나의 무덤을 가지려는 것이다.

그러기 위해서 나는 하나의 손가락을 꼿꼿이 펴, 그것으로 금강석을 쪼는 한 정으로 삼아, 과녁의 중심을 꽂고 드는 화살을 연상하며 저 흰 빛돌을 향해 무자비하게 찔러 넣었다.

그러자 그 순간, 저 눈빛으로 투명히 희던 한 빛돌이, 수천 조각으로 박살나며 저 포착키 어려운, 튕기는 듯이 번쩍이며 현란하고 장엄한, 저 무섭도록 찬란한 빛을, 천의 뇌성을 거느린 천의 번개가 일순에 치듯 그렇게 흩어지며 여섯 색깔 잠들었던 불꽃을, 모든 어둠 가운데에다 소금처럼 흩뿌렸다. 느리게 느리게, 그 소금은 그리고, 어둠 가운데로 침몰해버렸다.

제30일

1

“흐흐으, 아 즐겼습지, 즐겼습지, 그렇습지, 재미가 있었습지. 그러느라 말입지, 그 일을 천천히, 아주 천천히 말입지, 마음을 가다듬어가며 했었습지, 어쨌든 이것 좀 들어보십지. 꿀물입지. 대사의 정신은 떠나고 없었습지. 숨도 쉬는 듯하지 않았으며, 맥도 뛰는 듯하지 않았습지. 그건 거의 완사(完死) 상태라고 해도 좋았습지. 헤헤헤, 그래도 그 눈으로 눈물이 어리고 들었었으니, 생명이 떠나버린 것 아니었었습지, 그러면입지, 입술로 바람 불어, 그 눈물 말렸습지. 하고입습지, 흐흐으, 눈물 말라 그 눈이 죽은 물고기 빛깔을 띠면 말입습지, 소승이 그렇습지, 한 방울의 촛농을 말입지, 대사의 눈썹을 끄슬릴 그만쯤의 거리에서 눈물 삼아 똑 떨구어주며입지, 이렇게 위로해주었습지, 눈입지, 고통받는 눈입지, 이승 너무도 센 바람에 눈물조차 못 흘리는 슬픈 눈입지, 천상적 빛이 떨구는 이 수분을입지, 흐흐으으, 허지만 그 수분은 말입지 이내 굳어서입지, 저 안막을 엷게 덮으면입지, 어느덧 눈물이 번져서 말입지, 해동에 얼음장 밑으로 흐르는 호수 같았습지, 그럴 때마다 소승은입지, 금도금을 전문으로 하는 장공을 소승은 본 적은 없지만입지 상상했기로는 말입지, 매번 금을 붓고입지, 매번 금을 떼어내는 저 긴장, 저 쾌감, 저 전율, 저 흥분, 저 살욕, 흐흐, 으으, 그것이 그런 것이나 아닐 것인가 했습지. 저 촛농의 도금을 떼어내고 보면입지, 희었어야 될 흰 창에입지, 강낭콩 꽃이 어느 녘 그렇게나 피었을깝지. 흑갈색 동공엔 어느 녘 그렇게 구름 휘몰아 덮었을깝지. 소승은 여러 번이나 말입지, 존자가 몸을 씻던 걸 떠올렸습지. 헤헤헤, 흰 껍질 아래 되사린 더러운 붉은 살 말입지. 그의 고행은 수음이었습지. 거울에 끼인, 촛농처럼 아주 두텁게 덮인, 먼지며 티끌을 벗겨내면 말입지, 그 거울은 붉었습지. 헤헤, 그래도 업의 센바람, 어디선지 다시 불고 말입지, 구름 같은 티끌을 몰아다 붙이면 말입지, 다른 데 하늘은 몰라도입지 남녘 이 유리의 하늘 어디에 무슨 틀[臺]이 있어서 구름이 머무는가 말입지. 그래도 눈은 말입지, 잡목을 두른 북호(北湖) 같은 것이어서 말입지, 제 뜻이 아닌데도 하늘의 구름 그늘이 머물고 가더군입지. 불주(佛酒)는 독하군입지, 독하다 말입지. 소승의 마음 짠한 것은, 불심 탓이 아니겠느냐 말입지. 자정 지낸 지도 오랩지. 새로 날이 터올 것이지만 말입지, 헤헤흐, 동은 눈으로 터오는 것인가 마음으로 터오는 것인가, 그건 알 수 없습지. 이 늪은 말입지, 이상하게도 밤 들자 흥건해 보이고 말입지, 어쩌면 저승 달이 안 그렇겠는가 말입지, 우리들의 수도부의 무덤 위 돌팍이 번연히 떠올라 저승처럼 밝고 있습지. 안개는 조금도 두텁지 않군입지. 이런 시각마다 소승은 소리를 찾습지, 찾다가 말입지, 대개의 밤으론입지, 물론 수도부와 방금 전에 헤어지고도 말입지, 한 번의 긴 수음을 하곤 말입지, 조금 울다 잠듭지, 그렇습지, 소리를 찾다 말입지, 울음으로 소리를 좀 만들어 보다 잠듭지. 약간의 진정제, 약간의 외로움, 약간의 비애, 조금 전 대사가 마신 그 수분 속에도 그것이 섞였습지. 약간의 아편, 약간의 꿀물, 잠은 그런 겁지. 깨어나 보아도, 세상은 조금도 변해 있지 않습지. 해만 탁하게 돋아 있고 말입지, 바람도 없는데, 어디선지 말똥이라도 타는 듯한 냄새만 흐르고 있습지. 뭣을 할까를 모를 뿐입지. 견딜 수 없는 권태가 시작됩지. 그런 날의 계속, 도는 멀고입지, 이 사막의 살인적인 무료 속에서 굼벵이가 거진 거진 되어가며입지, 썩은 몸뚱이가 아니라 정신 속에서 꾸물거리며 말입지, 죽고 있습지. 살인이라도 하고 싶습지. 장옷을 벗어부치고 천 리라도 달리고 싶습지. 고함이라도 버럭버럭 질러대고 싶습지. 그러나 잊어버렸습지. 그림자가 아직도 있는지 없는지 그것까지도 잊고 말입지, 그냥 사는 겁지. 글쎄, 그것도 사는 겁지. 그런 어떤 날 대사가 왔었습지. 유리로 왔었습지. 가진 것 아무것도 없이, 벗은 몸으로 왔었습지. 보니 대사는 그림자를 늘이고 있더군입지. 그런데 그로부터 말입지, 어째선지 모르나 말입지, 이 유리에 두텁게 껴 썩고 있던 대기가 흔들린 듯하고 말입지, 뒤바뀌기를 시작한 듯했습지. 사실을 말하면입지, 대사가 저 염주 스님을 살해하는 장면을 소승이 목격한 것이었습지. 별로 멀지도 않은 가시덤불 밑에 숨어서 보았습지. 그것은 살아 있는 광경이었습지. 즐겁지는 않았으나 말입지, 오랜만에 염통에서 피가 끓어올라오는 광경이었습지. 대개 그 시각이면 말입지, 할 일 없는 소승도 샘터로 가는 참입지. 존자의 연족에 입 맞추고, 그리고 외경스러움으로 그의 수음을 내려다보러 가는 길입지. 그러나 소승도 어쩌면 그 살해의 공범이었을지도 모릅지. 때로 살인이라도 해보았으면 하고, 글쎄 소승 생각도 했었는데다 말입지, 대사가 찍어대는 돌 모서리가 더 날카롭기를 바랐었으니 말입지. 흐흐흐, 언제부터 소승은 절시증을 익혔는지 모릅지. 그 장면은입지, 타인의 성교를 훔쳐보는 것 같아서 말입지, 소승이 좋을 건 없었으니 소승의 가슴을 태우고 들었습지. 저 흐린 햇빛 아래 꿈틀거리는 사내들의 모습은입지, 소승께 연모 같은 걸 불러일으키도록 아름다웠습지. 그리고 대사가 떠나버렸을 때, 소승은 염주를 찾아내 들고, 샘으로 갔었습지. 샘의 화평은 이미 깨뜨려져 무참했습지. 대사는 불화였습지. 대사의 시선이 닿는 것은, 그것이 무엇이든 무참히 깨어져 버렸습지. 계집답게도 소승은, 그런 사내를 연모했었다고도 지금은 고백해둡지. 허지만 무엇보다도, 그 사내에 대한 질투를 또 어쩔 수 없었다고도 고백해둡지. 그 사내 앞에서 난 늘 패한 느낌이었습지. 한 번쯤 이기길 바랐습지. 그러나 소승은 드디어, 저 관곽 속, 유리로부터 깊은 잠을 깨고 떨치고 일어선 것은 사실입지. 그건 사실이다 말입지. 아 헌데, 헤헤헤, 바로 요 며칠 전이군입지. 한 수도부가 강간을 당했습지. 그것도 말입지, 혼도에 처했을 때입지, 손톱에 찢겨서 흐른 피로 기름을 삼아, 강간을 당했습지. 입속에도 그득히 묻은 피를 살려 넣어주었습지. 죽었습지, 그 계집 지금은 말입지. 그때 한번 그 사내는, 그 사내가 질투하는 사내를 한 번 이겼다고도 생각했었습지. 처음에 곬에, 다음에 항문에 마지막으로 목구멍에, 그리고 일어났을 때 그 사내는입지, 쇄락함을 느끼고입지, 그 계집의 모든 열린 곳마다에 오줌을 갈겨주었습지. 그랬습지, 그러며 저 염주 승이 살해당하던 장면에 홅이고, 소승과 대사가 어쩐지 같은 얼굴을 달고 있는 것이라고도 생각했습지. 그랬습지, 그러나 굴 문을 나서 돌아가는 길에, 그 사내는 울고 있었습지. 이를 갈며 울고 있었습지. 패배감은 몇 배로 더해진 것이었습지. 저 질투와, 저 적대감은 어째서 시작되었는진 그래도 명확하겐 모를 뿐입지. 그건 말입지 어쩌면, 같은 둥치에서 갈라진, 사라수(沙羅樹) 한 가지가, 다른 가지에 대해 갖는, 그런 어떤 것일지도 모릅지, 모른다 말입지. 한 가지는 무성해, 새가 와서 둥지 짓고 알 까고 있는데 말입지, 다른 가지는 뱀이 트림을 하고 있어 그래서 말입지, 잎을 피워내다 말고 죽어가는, 그런 사라나무 한 가지가 갖는, 그런 어떤 것일지도 모른다 말입지. 어쨌든입지, 일상적이던 저 고요한 유리의 화평은 깨어졌습지. 소승은 그리고 끝으로 한 번 더 지고 말았습지. 이젠 질투나 적대감의 아무 끈도 소승을 죄지 못하고 있는 것입지. 완전한 참패입지. 소승은 이제 돌아가, 그렇습지, 만약 가능하다면 말입지, 긴 수음을 한번 하고 말입지, 조금 울다 잠들어보려 합지. 이 수분을 조금 더 마셔보십지. 대사께 도움이 되겠습지, 남기지 말고 다 드십지. 그리고 대사도 쉬십지. 드신 수분은, 좀 과량이다 싶지만 말입지, 진정제였습지. 그러길 바랍지. 결국 대사는 시력을 잃은 것이군입지. 시력을 잃었군입지."

2

허기는 빛이라는 것도 그런 것이다. 허기는 형체도 그런 것이다. 허기는 색깔도 그런 것이다. 저 작은 구슬, 이윽고는 썩어져 버릴, 저 한 개나 두 개의 안구(眼球)가 조화를 잃지 않았을 때 나타나 보일 것인데, 그러나 저 안구의 조화란 너무도 엷고, 너무도 섬약하며, 너무도 가늘어서 완전과 불완전의, 암수 소가 나뉘어서 갇힌, 두 우리 가운데 있는 한 겹 창호지 칸막이 같을 것인바, 저 수소는 너무나 거칠어 아직 누구도 코뚜레를 씌워보지 못했으며, 저 암소는 새끼에의 소망으로 발정돼 있는 것이다. 조화란 그리고, 새끼에의 소망의 암소 같은 것이다. 그리하여 과장적 수사법에 의해서, 이 세상은 장한몽(長恨夢)으로 화하며, 존재란 덧없고, 실제가 아니며 허상이어서, 색이 공과 다르지 않다고 하는 것일 터이지만, 이 단계에 이르러, 어쨌선지 나도, 그러한 대단히 주관론적 논리에 자꾸 항복 되어가고 있는 것은 이해할 수가 없다. 죽음까지는 그만두더라도, 몇 방울의 촛농에 의해서도, 어이없이 사라져버리는 외계의 확실함이란, 어떻게나 허무한 것인가? 그러나 실제에 있어 외계는 냉엄히 여전한데도, 내가 깨뜨려져 버린 것인지도 모르긴 하다. 어느 쪽이 자취를 감추었든, 허지만 이 단계에 이르러서 그것이 내게 어떻게 다른가. 그러므로 이제는 도살장으로 보내지며 고기를 불려 내느라고 몹시 두들겨 맞은 소가 물을 갈급해 하는 식으로, 저 세상빛에 너무 갈급해 할 일도 아니니다. 내가 아무리 그 빛에 집착한다 하더라도, 나는 이미 그 빛을 붙들어 맬 힘을 잃고 있는 것이며, 더욱더 나를 방황케나 할 뿐인 것이다. 이제는 내 자신의 내밀한 것을 찾아내어 그것에 단단히 의지하며, 그것에 의해서, 어둠 속에 나타나는 모든 악업의 허깨비들을 이겨내는 힘을 기르지 않으면 안 되는 것이다. 비록 내가 밖을 내어다볼 수 있었을 때에도, 안을 들여다보는 눈을 갖지 못했었으나, 그때는 밖의 밝음이 너무 세었던 탓이고, 너무 아름다웠던 탓이었다고, 그래서 그것이 안을 보는 눈을 가렸던 장애였었다는 것을 이제는 알아내고, 차라리 외계의 실명을 기뻐해야 된다는 것을 자꾸 다짐하지 않으면 안 되는 것이다. 그러면서 이제, 어떠한 공격에도 깨뜨려지지 않으며, 어떠한 장애를 통해서도 시야가 막히지 않을 어떤 세 번째의 눈에, 여태껏 잠자고 있었을지도 모르는 눈을, 그러는 동안에 기능이 퇴화되었을지도 모르는 눈을, 찾아내고, 깨우고, 회복시켜야 되는 것이다. 그 눈은, 양미간으로 자리해왔던 해 같은 것일지도 모르며, 해골의 골짜기 나무에 매달렸던 실과 같은 것일지도 모르며, 연꽃 속에 담긴 보석 같은 것일지도 모른다. 그 눈을 뜨고 그래서 이제는, 무엇이 영구히 깨뜨려지지 않을 것인지, 무엇이 불멸인지, 무엇이 참다운 열예인지, 무엇이 독수리여서 장애를 뛰어넘어서 있는지, 무엇이 힘이어서 어둠 가운데 도사린 뱀인지, 그것을 찾아내는 순례를 떠나야 할 때인 것이다. 사대에 집착할 일은 아니다. 그것은 상생일 때 조화이지만, 상극일 때 파괴를 수반하는 것, 그리하여 못 참을 격통을 불러일으킨다. 그러므로 반복해서, 무엇이 불멸이며, 무엇이 필멸인지를 들여다보는 일뿐이다. 낼름거리며 언어를 엎질러내던 혀가 짧아졌어도, 혀를 두레박으로 하여 퍼 올려냈을 때보다도 더 많은 말이 어디엔지 괴어올라와 있는 것처럼, 그러므로, 빛이며 색깔이며 형상이며를 분별하던 저 안구가 파괴되어버렸다고 하더라도, 나는 그리하여 내 자신만의 더 많은 내광(內光)을 찾게 될지도 모른다. 그러므로 저러한 파괴 위에서 명상하고 정진하며, 정액처럼 진하고 순수히 괴어드는 말이며 빛을, 하나의 내인(內人)으로 존경하고, 소멸 속으로 나아가서도 오히려 더 살이 굳어지는, 금(金)을 성취해내야 하는 것이다. 빛에의, 말에의 갈망으로 미쳐서, 울을 뛰어넘고 걷잡을 수 없이 뛰어 돌아다니려는 정신에 그러므로, 재갈을 물리고 고삐를 매우지 않으면 안 되는 것이다.

그러나 나는 계집만 같구나, 서방 잃은 계집만 같구나, 그의 말로 채워졌던 입은 비고, 그의 모습의 아름다움으로 열렸던 눈은 닫겼으며, 공허와 암흑이 나의 것인데, 그리하여 나는 창녀가 되어, 사내에의 갈망으로 길모퉁이 서 있음이여, 나는 창녀로구나, 그가 누구이든, 나를 억세게 가슴에 안고, 나의 빈 입을 채워줄 혀를, 나의 암흑 가운데 우람히 빛나줄 억센 근육의 사내를 기다리는 나는 창녀로구나, 색념이 드센 요니만 같구나, 나는 [34]그냥 하나의 요니 전체로구나, 비인 연(蓮)이로구나, 연이로구나.

3

촛불의 응시자가, 자기가 지은 밥을 가지고 한 번 왔었다. 그때 나는 뒤를 좀 볼 일로 내 토굴을 떠나 늪 바닥의 어느 지점에 있었는데, 도저히 되찾아갈 수가 없어 포기하고 주저앉아 있었을 때였다. 그는 나를 보자마자, 사정이 어떻게 되어왔던지를 금방 눈치챈 모양으로, 나중에 언제쯤 자기가, 쌀가마니나 숯가마니 따위를 묶었던 새끼줄을 좀 갖다 토굴에 이어 줄을 매어줄 터이니 뒤볼 일이라든가, 또는 조금 걷고 싶을 때는, 그 줄의 다른 끝을 쥐고 토굴을 떠나면 될 것이라고 의견을 내주었다. 사실에 있어 난 무모했으나, 뒤가 너무 급했던 탓에, 없는 눈으로도 짐작해보고 제자리로 돌아올 수 있는 그런 훈련을 쌓아둘 수가 없었던 것이다. 촛불중은 그리고, 어쩐지 불원간에 어디서 손님이 올 것 같다고 말하며, 항아리에 물도 채워다 놓아야 될 듯하다고도 했다. 그런 뒤 발소리를 흩뜨리더니, 이내 돌아왔다. 그런 뒤 그는, 소금물이라고 하며, 부드러운 무슨 천 조각에 묻혀 내 눈을 씻기면서 "글쎄입지 손님이 올 듯합지, 손님이 누구일지는 소승도 모릅지, 그 노인네의 말씀대로는, 내일까지 만약에 누가 유리에를 가지 않으면, 이 유리에로 안 오는 것으로 쳐도 좋다고 했습지, 그러므로 내일 이전까지는입지, 대사가 아무리 원하더라도 말입지, 형장에다 모셔다드리는 일은 보류하도록 하라는 말씀이셨댔습지." 오늘의 그의 음성은 낮고, 쉬었으며, 어쩐지 침울했다. 그리고 마음 씀은 노파답게 자상스러운 듯했으며, 손놀림은 사미답게 겸손하고 따뜻한 듯했다. 전엔 난 눈으로 보고 시간을 측정했었지만, 이젠 그 시간관념까지도 흐려져, 대체 그것이 언제였는지 확실히는 모르겠으나, 그러나 어젠가 그가, 사번스러이 씨분대고 있었을 때에도, 나는 그가 어쩐지 바뀌어지고 있다고 느꼈었는데, 오늘 이 사내는 완전히 낯선 사내가 되어 있는 듯이 느껴졌다. 다른 건 다 잊어버린다 해도, 한 천애 고아였던 계집을 모질게 강간하고, 또 어쨌든 이웃사촌 중이었던, 한 돌중의 눈에 비상 섞인 촛농을 떨어뜨릴 수 있었던 그 사내가 어쩐지 그런 모두 쑥같이 쓴 것을 한바탕 토해내 버렸기에 일순 빈혈에 걸린 듯한, 힘없는 어조, 떨리는 손짓, 아마도 핏기 없는 낯짝으로 내 곁에 다가앉아 있는 것이다. 그것은 분명히 병든 개다운 얼굴이었을 것이었는데, 나는 전에 여러 번 그의 목숨에 강도기를 느껴내곤 했었다. 그리고 그런 기회는 많았었다. 그랬음에도 어쨰선지 나는 그의 숨통을 틀어막지를 못하고, 오늘까지 살아온 것이었다. 그리고 지금은 나는, 이 사내를 증오할 것을, 저주할 것을, 분노로 하여 찢어 죽이고도 모자랄 것을, 더 많이 가지고 있음에도, 어쨰선지 감정이 북받쳐 오르지 않는 것이다. 감정은 어쩌면, 성기나처럼, 어떤 질서로운 논리나 인과관계 따위와도 무관한 것이었다. 암수 개의 교미를 보고 있을 때, 이상스럽게도 성기가 가려운 것은, 인간적인 질서를 깨뜨리고 동물에의 전락을 치른 것이라고 수치를 느끼지만, 그렇다고 하초가 그 논리에 복종해주는 것은 아니다. 나로서는 지금쯤, 저 사내에게 무섭게 대들었으면 싶은데도, 수치스럽게도 감정이 돋아나지 않고만 있는 것이다. 그렇다고 용서니, 그 사내에 대한 자비니, 또는 이런 결과는 내 인과응보니 하고 생각하는 것과도 같지 않은 것이다. 용서니 자비니, 나는 그 어휘의 뜻은 알 듯도 싶지만, 그것이 마음속에서 어떻게 일어나는 것인지는 모를 뿐이다. 어쩌면 나는, 무슨 이유로 해선가 갑자기 표백을 당해버린 것이다. 그래 푹 쇠어져 버린 것이다. 그리고 반쯤은 죽어버린 것이다. 그래서 나의 조금은 후토로 가고 조금만 이승엔 남은 것인 게다. 그저 눈알만 쓰리고, 그것은 무서운 두통만을 일으키고 있는데 그러나 그런 아픔쯤은, 빛을 잃은 것에 비하면, 그래서 이제, 황우의 한 오라기 털만큼의 분깃도 내가 저 아름다운, 엄존한, 실제의 세계로부터 치부해낼 수 없는 것에 비하면, 황모 한 오라기 같은 것이었다.

"아 대사는 말입습지." 내가 곤혹의 빛을 띠어 내었든지, 촛불중이 말하며 나로부터 떠나갔다. "혼자 계시고 싶어 하는군입지. 어쨌든입지 대사의 앞에 밥상이 있고입지, 눈 씻을 소금물은 대사의 왼쪽에 있고입지, 오른쪽엔 식수가 있습지. 저녁에 또 한 번 와 뵙겠습지."

그의 발자국 소리가 아주 사라져버렸기에 나는 한숨을 한번 쉬고, 없는 눈으로 보며 밥을 좀 들었다. 그러나 몇 숟갈의 밥을 채 넘기지도 못하고 목이 메어, 숟갈을 던지고 나는 엎드러져 버렸다. 입속에 감도는 그 밥의 맛이, 목구멍의 탐욕이, 창자의 비굴함이, 내게 견딜 수 없는 혐오감을 자아냈다. 얼른 수락할 수 없는 죽음을 앞두고, 내가 얼마나 비천하게도 목숨에 달라붙고 있는가—어떻게도 절망해버릴 수 없는 문제를 놓고, 나는 내장으로서 울기 시작한 것이다. 결국 나는, 나를 형장으로 보내달라고 표현했어야 했을 것을 회피해버린 것이다. 그가 내 곁에 있다는 것이 그 탓으로도 괴롭던 것이다. 나는 나의 날을 자꾸 늦추고 있는 것이다. 하루라도 더 살고 싶던 것이다. 죽고 싶지 않던 것이다. 내 언어와 광명이 저승에서는 날 기다려 부르고 있는데도, 거길 가고 싶지가 않던 것이다. 그럼에도 결국은 암흑으로 돌아갈 녀러 것, 결국 썩어질 녀러 것, 결국은 흩어질 녀러 것, 그런 것을 나는 움켜쥐고 앉아서, 그 창자에다 밥을 밀어 넣고 있던 것이다. 질서는 무질서, 조화는 혼돈, 밥은 똥, 나는 그 목구멍에다 똥을 넘기고 있던 것이다. 어떻게나 허잘 데 없이도 나는 목숨에 집착하며, 어떻게나 비겁하며, 나약한가. 젖니를 채 다 갈기도 전에, 아직도 이마의 쇠똥이 덜 벗겨지고, 아직도 어미의 자궁에서 묻혀온 피가 채 마르기도 전부터, 어머니 같던 사내, 언제나 이웃 부자스런 신(神)들의 문전으로 걸식해가며, 그중 기름 도는 음식만으로 내게 먹이려던 아버지가, 타오르지는 않으나 타오르는 것보다도 더 맹렬하던 솥 속에 나를 잡아넣고, 나를 신육(神肉)으로 구워내려 하기 대체 그 얼마나 흘러갔으며, 밥이며, 제육의 비계로나 채웠어야 할 창자에는, 타인이 먹다 버린 지혜라는 것의 찌꺼기로 채우고, 골로 채웠어야 할 뼛속은 차라리 빈 것[空]으로 채우며, 물욕(物慾)을 북돋아 '남부럽지 않게' 사는 데 혈안이 되게 하였어야 할 심정엔, 욕생(欲生)의, 반쯤 썩은 씨앗을 뿌려놓고, 퍼 써버리고 싶은 정액으로 울근불근거렸어야 할 살 속에는 뜻도 모를 경력(經力)을 사려 넣으려 하고, 이승의 염통에다 저승의 누른 흙으로 도배를 한 뒤, 얼마나 오랜 세월을 그것들로 하여 나 세상 모서리를 잃게 해온 것인지도 모르는데, 이 중요한 순간에 이르러서, 그 모든 것들 쭉정이가 되어 껄끄러이 내 벗은 몸 위로 내리는 것인가. 그 겨를 덮어쓰고, 껍질 벗기운 몸으로 세상빛 아파하는 나는, 차라리 벌렐레라, 벌렐레라. 생명에의 집착은 독사 같은 것일레라. 잘라도 잘라도 그 목이 돋아나는 독사 같은 것일레라. 자르면 자를수록 그 목이 더 불어나는 독사 같은 것일레라. 꼬리를 땅에 박고, 천의 죽순처럼 돋아 있는 독사의 죽림(竹林)일레라. 그래서 그 독아에 한 번 물리면, 끝없는 갈증과 허기로 이 세상을 황급히, 주리를 틀며 뛰어다니게 하지만, 그리하여 종내 쓰러져 죽게 하지만, 죽기가 싫어져 버리는 것이다. [35]'나의 난 날이 멸망하였었더라면, 남아를 배었다 하던 그 밤도 그러하였었더라면, 그날이 캄캄하였었더라면, [……] 빛도 그날을 비추지 말았었더라면, 유암과 사망의 그늘이 그날을 자기 것이라 주장하였었더라면, 구름이 그 위에 덮였었더라면, 낮을 캄캄하게 하는 것이 그날을 두렵게 하였었더라면, 그 밤이 심한 어두움에 잡혔었더라면, 해의 날수 가운데 기쁨이 되지 말았었더라면, 달의 수에 들지 말았었더라면, 그 밤이 적막하였었더라면, [……] 그 밤에 새벽 별들이 어두웠었더라면, 그 밤이 광명을 바랄지라도 얻지 못하며 동틈을 보지 못하였었더라면, [……] 어찌하여 내가 태에서 죽어 나오지 아니하였었던가, 어찌하여 내 어미가 낳을 때에 내가 숨지지 아니하였던가, 어찌하여 무릎이 나를 받았던가, 어찌하여 유방이 나로 하여금 빨게 하였던가.'

나중엔, 내 울음에 내가 먹히어 들었다가, 내 울음에 내가 놀라 내 울음을 들어보니, 그것은, 구름 낀 날 온 골 안으로 울려 퍼지는 능구렁이의 울음이 되어, 나를 공포에 질리게 했다. 나는 얼마를 더 울어야 좋을지를 몰랐다. 하나의 눈먼 혹성으로, 저 빛나는 세계로부터 제척 받아가며, 내광을 찾으나 그것은 없는 듯하고, 아무 희망도 없는데, 그래도 수락은커녕 포기도 되지 않는, 저 죽음, 저 목숨을 놓고 나는, 글쎄 얼마를 더 울어야 될지를 몰랐다. 울어도 울어도, 울음은 울어도, 울어도 울음은, 울어도 끝이 나지 않고, 그 검은 꼬리를 바르르 바르르 떨며, 자꾸 더 깊은 곳으로 자꾸 더 파고들고만 있었다. 그러며 거기서 그것은 똬리를 틀고 앉아 잠잠히 머리를 숙이는가 했더니, 어느덧, 떠나 꼬리를 제 입에 물고, 흰 배를 쳐들어 올리며, 괴롭게 뒤집혀지고 있었다. 나의 아비가 나를 신육으로 구워내려고 하기 전에, 그는 먼저, 내 목구멍에다 손을 집어넣어, 저 칙살맞은 한 마리의 번뇌를 뽑아냈어야 옳았었다. 유방으로 하여 내게 빨게 하였던, 어머니가 키운 것은 무엇이었는가? 자식이 아니라 한 마리의 독한 벌레가 자기의 젖꼭지를 물고 있는 것을 알았다면, 그 옌네 분명히, 장대 끝으로라도 떠다 불구덩이에라도 던졌을 것을. 그래서 자식이란 것은 젖꼭지를 물고도 울고, 자다가도 울고, 웃다가도 울기를 시작했을 때, 강보에 싸서, 분노에 날뛰는 불의 아가리에 던져 넣어 태워버려야 할 어떤 것이다. 그러지를 않는다면 처음에 형체가 없는 듯하다가, 특히 눈물 맛을 보고 나면, 습기 아래에서 지렁이가 자라듯이, 뭔지 가늘고 길숨한 것이 그 애의 눈물 아래에서 돋아났다가, 세상 달 이슬에도 젖고, 계집들 암내에도 쏘이다 보면 어느덧 자라고 굳어져, 그 대가리를 목젖 있는 데까지 뽑아 올려놓고, 눈을 번들거리고 있는다. 앙금된 눈물, 살을 입은 슬픔, 그 배꼽에서 줄기를 빼 올려 피우는, 저 번뇌의 흙탕 아래 도사린 몸, 업, 업이다, 업이다, 어비다, 어비다, 어버이다, 그래서 나 세상의 아들, 우니노라, 이 바람 찬 세상, 눈에 먼지를 끼얹으며 우니노라, 우니노라.

그런데 어디로부터인지 발소리들이 가까워지고, 그 발소리의 임자들이 뭐라고 뭐라고 말하고 있었는데, 그것은, 이승 간에서 저희들끼리 하는 소리가, 어디론가 뚫어진 비밀스런 구멍을 통해, 저승으로 스며드는 것처럼으로, 내게는 아스라이 들렸다.

"꼭 병들어서 송진 발라논 개 같아요."

"아가씬 참 못된 계집아이군입지. 넌 그렇게 말하게 돼 있지 않다 말입지."

저승 어디 엎드려서, 한 고혼이 듣고 있는 줄도 모르고서, 저희들끼리는 또 그렇게 말하기도 한다.

"그러나 보이긴 그렇잖아요? 아침에 먹은 것까지 토해 오르려고 해요."

그런 소리도 들리고, 허기는 이승 간 어디서 까치라도 짖고 있는지도 모를 일이었을 것이다.

"이봅지, 재차 말하지만 말입지, 넌 그렇게 말입지, 말하게 되어 있지 않습지. 더욱이 안됐다 말입지."

"여보셔요 스님, 날 몰라보시겠나요? 영 날 보려고 하질 않는군요. 아마 스님도 염치가 없나 부죠? 뭐 푼도 못 되는 전표 때문에, 스님이 내게 모질게 때렸었댔죠? 참 기가 막힐 일이에요. 헌데 난 장로 댁에서 살고 있답니다. 그 댁 손녀딸 되는 계집이 와서, 눈물을 짜고 빌어서 못 이기고 들어간 것이죠 뭐. 말도 한 마리 선물로 주더군요. 그걸 타고, 말예요, 읍내 거리를 달리면 말이죠, 전에 내게 침 뱉고 때렸던 서방님들이 눈을 찡긋찡긋하는 걸 생각해보셔요. 어쨌든 나도 그 댁 살림의 반을 떼어내 받아야 될 테니깐요. 호호호, 요즘은 저 어중간한 서방님들 등짝을 채찍으로 갈겨주는 걸 재미로 안답니다. 헌데 보세요, 장로 댁 손녀딸이 스님을 기다려 샘가에 서 있는데요, 이 길로 아예 돌아가는 게 낫겠어요. 온통 때구요, 눈곱이구요, 냄샌데 누가 견디겠어요. 정말 불쌍해졌군요. 헌데 촛불 스님은 참 얌전하게 사시는가 봤어요. 발에 먼지를 털고, 푹 좀 쉬었으면 싶을 정도였거든요. 찾느라고 허둥지둥했댔죠. 처음에 들여다본 곳엔 벽을 바로 보고 앉은 스님이, 돌아다보려고도 안 했지요. 어느 굴속이나 더러운 홀애비 냄새가 찌들려 있었댔죠. 내게 스님 댁을 가르쳐준 스님은 다짜고짜 바지를 벗어부치는 거예요. 나중에 스님 사는 데 가서 좀 쉬어도 괜찮겠죠? 어쩜 오늘 돌아가게 되거나, 사흘쯤 머무르게 되거나 할 텐데요, 오늘 돌아가게 되겠죠. 글쎄, 저렇게 더러워서야 정나미가 안 떨어질 수 없거든요."

"이봅지, 난 참으려 해도 말입지, 너의 이야길 참기가 어렵구만입지."

"이봅지 스님, 스님은 내게 너라는 둥, 계집애라는 둥 하고 말하지 않는 게 좋겠습지. 이젠 내가 누군지 알았겠죠?"

"아에헤헤, 숙녀 나으립지, 소승 잘못되었군입지, 용서하십지, 숙녀 나으리께섭지, 소승의 누처에 왕림해주신다니 고맙습지. 영광입지. 그러나 소승은 나으리의 내방을 받기에 너무 비천하여서 말인뎁지, 소승이 나으리 지내실 만한 곳을 한 군데 안내해드립지. 수도부들 살던 곳이 비어 있습지."

"싫어요. 누가 혼자서 그런 데서 쉬겠에요?"

"소승도 그러면 어찌할 바를 모르겠군입지. 용서하십지."

"호호호, 내가 스님 지내시는 데 갈게요. 그렇게 아셔요."

"정 그러시다면입지, 소승이 양치질할 물이며 칫솔을 준비해둡지."

"아침에 떠나올 때 양치질은 하고 온걸요."

"그러하다 해도 숙녀 나으리 말입지, 그 입속에다가는 말입지, 소승의 아랫도리를 물리고 싶지가 않습지. 죄송합지? 용서하십지. 아 그리고 대사 말입지, 들어서 눈치채셨겠지만 말입지, 장로의 손녀분께서 와서 말입지, 대사를 기다려 샘가에 계십지. 대사께서 괜찮으시다면입지, 그 숙녀로 하여금 여기로 오시라 해도 되겠느냐입지."

그리고 사내 목소리가 떠나는 듯하자, "그럼 안녕히 계셔요. 또 보게 되면 보죠" 하고, 계집 목소리도 따라가고 있었다. 그래, 어쩌면 난 그들을 잘 알고 있었는지도 모른다. 하나의 무장애로 살던 계집아이가 아마 환속을 해버린 모양인데, 그래 나는 그 계집아이를 알고 있는 것이다.

다시 발소리가 들리는데, 그것은 서투른 뜀박질인 듯한데, 그러고 보니 꼭 하나의 몫으로 들리고 있구나. 그것은 넘어지게 뛰어오고 있는 것이구나. 가까워지더니 순식간에 내 얼굴은 향기로 덮이는구나. 꼭 한 사람 몫의 따뜻한 몸이구나, 얼굴이구나, 눈물이구나, 그런데 어쩐 일로 너는, 비아냥거리는 말은 하지 않고 어깨만 들먹이고 있는가. 눈물 대신에 비아냥거려주었더면, 내가 얼마나 훨씬 더, 너를 견뎌내기가 쉬웠을 것인가. 너의 눈물이 내 입술을 적시는구나. 그것은 이승에서 저승으로 방울져 내리는 것은 아닌가. 드디어 네가 그러나 온 것이다. 내가 늘 한묶으로 하나의 동경으로, 거기 멀리 두고 되돌아보았던 것이, 그것이, 여자, 네가 내게 온 것이다. 흰 옷고름에, 네 눈물 짠한 것 다 적셔서, 저 저승 어두운 데 펄럭여 보내, 타는 저승 입술에 이슬이 지게 한다. 저승 입술에 이슬이 진다.

4

"개밥주는별이 벌써, 저 탁한 하늘에 떠올라 있어요."

그녀의 첫 이야기는 그것이었다.

"돌아가면 이제 난 한번 실컷 울려고 한답니다."

그녀의 둘째 번 이야기는 그것이었다.

"촛불 스님으로부터 스님의 형편에 관해 대강은 들은 셈이죠. 제 걸음이 늦은 것이나 원망했답니다."

그녀의 세 번째 이야기는 그것이었다. 그리고 변방 관리로 간 낭군께 인편으로 보내는 아낙의 소식이, 그만큼 세월이나 걸려서 닿을라는가. "이 저녁엔 아무도 오지 않을 것이에요" 하고, 내 머리를 자기의 품에 싸안는 것이었다. 그리고, "난 스님의 수분을 받으러 왔답니다." 그렇게도 말했고, "그래요, 스님의 수분을 받으러 왔답니다." 그렇게도 말했는데, 그런 뒤 그녀의 이야기는, 바람도 없이 이슥해진 밤의 가을에 지는 낙엽 소리가, 그럴라는가, 사스락 소스락 속으로 가라앉아 내렸다.

"전 연사흘 저녁, 아주 꼭같은 꿈을 열두 번도 더 꾸었답니다. 꿈에서 깨었다 잠들면, 또 같은 꿈이 되풀이하곤 했거든요. 그런 일이란 정말 처음이에요 스님, 지금 듣고 계셔요?"

아니 그것은, 바람도 없는 산그늘 삼월에 깊은, 어느 으슥한 저녁때 나귀 타고 술벗 떠나버린, 처사네 빈 마당으로 흩어지는 두견이 울음이라고 해야 되었을지도 모르지.

"처음 광경은 언제나 이랬어요. 유리 쪽인가, 아무튼 남쪽이었어요, 푸르고 노란색의 흐린 한 빛이, 느리게 헤엄치는 물고기처럼 날아온답니다. 그것은 꼬리 부분이 조금 뾰죽하다는 것 말고는, 그저 길숨하니 둥근, 아마도 보릿단 하나는 되게 큰 빛 덩이인데요, 그 형상이 무엇인지는 알 수가 없을 뿐이에요. 큰 계란 같기도 하구요, 초에서 떠난 큰 촛불 같기도 하지만요, 어쨌든 무척 아름다워요, 헌데 말예요, 그 아름다움에 정신을 빼앗기고 있노라면요, 왠지 가슴이 뛰고, 왠지 창자가 뒤꼬이는 듯한 건 이상하답니다. 우습죠, 그죠? 헌데 그 빛은 언제나 제 머리 위를 한번 맴돌다간, 그것의 꼬리 부분을 무섭게 떨고는 말예요, 제 치마폭으로 스며들어버린답니다. 그러고 나면 왠지 질투심 같은 것이 일구요, 갈증이 난답니다. 그래서 물을 마셔보아두요, 갈증은 여전한 건 이해할 수가 없었어요, 그래서는 전신을 뒤틀어놓는 것이에요. 뭔가가 모자란 거예요, 그래요, 뭔가 모자랐답니다. 질량감 같은 것이, 수분 같은 것이, 어쩌면 뜨거움이 모자랐는지도 몰라요. 그러한 결핍증은, 사실론 말예요, 그런 꿈 이전부터 계속되어왔었던지도 모르긴 하죠. 아 모두 말해버리겠어요. 네? 제가 나쁘지 않죠? 글쎄 스님은, 절 쓰러 눕혔었죠? 저 호반에서 말예요. 그리고 스님이 떨치고 일어나셨을 때, 전 그 결핍증을 느꼈던 것이에요. 제 검은 치마폭에 어렸던 저 수분에 의해서 저는, 다 자란 계집의 결핍이 어떤 것인지를 눈떴던 것이에요. 목이 말랐었어요. 저는 대낮에두요, 깨어 있으면서도 말예요, 저 호숫가에 서 계셔서 물방울을 말리시던 사내를 꿈꾸기 시작하던 중이었거든요. 글쎄, 저 목욕 끝낸, 짐승 같은 사내의, 야만스러움에 움켜잡혀져 상처를 입고 싶어서, 난 늘 가슴이 미어지고 있었거든요. 저 흐린 청황색의 한 둥어리의 빛은 그리고 말예요, 저 검은 치마폭에 어렸던, 누르스름히 흐린 수분이, 검은 바탕 위에서 거의 푸르게 보이며, 조금 흘러내렸던, 그것이었을지도 몰라요, 몰라요, 전 글쎄 몰라요."

나는, 그 끝이 독사의 꼬리 같은 손가락들로서, 그리고 잘린 죽순 같은 혀로서, 수줍음이나 약간의 저항까지를 포함한 그녀가 입고 있는 모든 꺼풀들을 벗기고 있었다. 그러는 중에도 그녀는 이야기하고 있었고, 그리고 저 수도부의 죽음을 기뻐하는 정도라고도 말하고 있었다. 그러고 보니, 저 어미의 질투로 하여서도, 그 어미가 낳을 자식은 딸일지도 모를 일이었는데, "글쎄 전 질투했답니다. 그 꿈이 비롯된 때부터 더욱더 심해졌는지는 몰라두요, 그 여자의 망혼까지도 저승에서 버림받아지기를 바란답니다. 저는 이렇게까지도 악하게 된 것이에요. 허지만 정면으로 한번 보고 싶었었죠. 독약을 먹었다는 소문을 들었을 때는요, 물론 촛불 스님이 퍼뜨린 말이지만요, 왠지 기쁜 듯하면서두요, 어쩐지 또 울음이 나왔어요"라고 하고 있었다.

그러나 계집은, 이를 갈며 머리를 내젓기 시작하고, 거부의 경련으로 전신을 푸르르 푸르르 떨었다. 그녀의 일그러뜨린, 비참한 얼굴이, 내게 잘 보여지는 듯이도 느껴졌다.

그러나 나는, 나를 기다리는 두 여인을 동시에 사랑하고 있는 것이다. 전에 내 아낙이었던 여인은, 이제는 날 아버지라고 부르게 되리라. 갓 태어난 늙은 딸이, 만약에 전생을 기억해내기만 한다면, 날 낭군이라고 다시 부르리라. 허지만 어떤 눈을 가지고 이 자궁을 본다더라도, 이 자궁은 그중 좋은 것 중의 하나임에 틀림없을 것이었다. 비록 이 어미의 조부의 조부가, 아편과 독주와 창녀의 포주였다고 했을지라도, 그 독한 그늘 아래서 한 목사의 생명이 산 채 바쳐졌으며, 증조부와 조부의 이대에 걸친 고뇌가 치러진 것이다. 그래서 나는 형체만 있고 질량을 갖지 못한, 꿈 같은 저 하나의 허상 속에다, 습기로 하여 살을 채워서, 꿈인 것을 실체로 전이시키는 데, 나의 온갖 정성을 다했다. 기도하는 경건함으로 나는, 나의 처녀를 위해주었으며, 아비다이 딸을 얼러주었으며, 그러는 동안, 그녀에게서 모든 격통, 모든 불안, 어떤 거부가 사그라져 버린 것을 알았다. 가장 깊숙이, 그리고 가장 치열하게 나는, 하나의 환생을 위해서 나의 전 영육으로 방출하는 수분을 저 자궁에 바쳤고 그리하여 나도 또한, 우주적 작용의 중핵에 가담한 것이다. 그러고도 나는, 보다 더 많은 의미와 수분을 모으려 하고 있는 것이고, 그래서 저 성취가 완전해지기를 바라고 있는 것이다.

"밤이 제법 깊어졌나 봐요."

나의 여인은 울지는 않고, 죽은 듯이 누워 있다가 그런 얘길 했다.

"난 또 생각했었는데요, 당신이 설혹 죽음을 택하셨다 하더라도, 제가 위로를 드릴 수 있다고 한 것이에요. 난 이 배 속에서 당신의 씨가 자라기 바라요. 아들이었으면 싶어요. 아비 없는 애라고, 모두 어미와 자식을 손가락질하겠죠? 허지만 이겨나갈 수 있을 것이에요. 내가 내 몫의 삶을 갖고 싶어 한다면, 타인이 뭐라든 그게 무슨 문제겠어요. 아버지가 그중 놀라시며 쫓아내려 하시겠죠. 허지만 할아버님은 슬픈 눈으로 잠자코 날 내려다보시며, 저 씨앗의 아비 얼굴을 떠올려보시겠죠? 아버진 당신을 거의 저주하고 계시죠. 아버진 내가 여기 오는 걸 극력 반대하셨으나, 저도 제가 판단하고 결정할, 그만큼의 나이를 지낸 것이죠. 허지만 할아버님은 그저 묵묵히 계시기만 했답니다. 슬픈 얼굴이셨어요. 그분 얼굴의 슬픔은, 귀애하는 손녀라고 할지라도, 죽으려는 한 사내를 위해 바쳐져도 어쩔 수 없다는 의미처럼, 자꾸 내게 느껴졌죠. 그것은 순전히 제가 조작해낸 느낌인지도 모르긴 하죠. 어쨌든 할아버님의 범위는, 아버지 것관 전혀 같지 않은 건 사실이에요. 이 여행은 그러고 보면, 할아버지와 손녀의 공모로 이뤄진 듯하잖아요? 우스운 얘기죠. 전 제 스스로, 사흘간 말미를 만들어 받아왔답니다. 그 사흘이 지나서도, 돌아가는가 마는가는, 제가 결정할 일이겠지만요, 어쩌면 할아버님이 오실지도 모르긴 하죠. 그러나 사흘 전에는 누구도 저를 방해하진 않을 것이에요. 그러니 그러셔요, 이 사흘 동안, 저로 하여금 그저, 당신 곁에 비천하게 비천하게 앉아 있게 하셔요. 당신의 수분은, 저의 갈증만을 충족시켜준 건 아니었을지도 모르는데요, 저의 운명이 결정지어진 듯하면서요, 전보다 더 정에 겨워지게 하는 건 이상해요. 이제는 같은 몸이라는 생각이 깊어지는 것이에요. 당신은 말씀하실 수도 없으시죠? 보실 수도 없으시죠? 허지만 제가 열성을 다해서 치료해드리겠어요. 그래요, 한 종자를 시켜, 당신께서 시력을 빼앗아간 사내의 딸이, 이제 그 딸의 눈으로, 아버지가 빼앗아간 눈을 대신해 보여주려고 한답니다. 당신의 눈 때문에, 어딘지 저주할 곳이라도 있으면 좋았을 것이에요. 촛불 스님을 저주할 수 있겠어요? 허지만 그런 저주는, 직업이 그런 그러나 죄는 없는 모든 망나니를 저주하는 것이나 같은 것일 거예요. 허지만 아무리 해도 아버진 저주할 수가 없는걸요. 참 우스워요, 우스워요. 스님, 제가 얼마나 곱게 당신께 보일지, 당신은 어째서 당신의 손으로 좀 보아주시지 않으셔요? 밤이 무척 깊어졌나 봐요."

그래, 나는 그녀의 깊은 아름다움을, 빙근(氷根)다운 비애를 볼 것이다. 나는 그래서, 그녀를 품에 감싸며, 무엇이든 잡히는 것으로 저 온기스런 서러운 알몸을 포근히 덮어주었다. 그랬더니 오래잖아 쌔근쌔근 잠자기 시작하는 것이었다.

5

빛이며 말에의 보챔으로, 도대체 잠잠치 못하는 혼을, 저 내 품 안의 것의 깊고도 고요한 잠 위에 붙들어 매놓고, 가만히 있어 보다가 나는, 새로운 체험으로 하여 경악하지 않으면 안 되었다. 그것은, 잃어왔거나 아니면 잠들었던 채 아직 주술의 입맞춤을 못 당했거나, 또 아니면, 죽음에 앞서 그것 자신을 한번 오르르 태우고 나선 것이었거나, 무엇이었거나, 하여튼 귀가 전에 없이 밝고 예민하며, 또 그 범위를 넓고 깊게 하여 전에 같았으면 도대체 들으려고를 하지 않았거나, 설사 들었다고 하더라도 놓쳐버렸거나, 들었어도 그 당장엔 몰랐다가 먼 훗날 잠을 깨어 새롭게 듣게 되는, 소리의 그런 작은 것에까지도 관심을 갖는다는 것이었다. 그래서 듣고 보니, 세상은 많은 부분, 형체는 없으나 신비스런 힘으로, 그 의미와 동향을 전달해주는 저 소리들로도 이루어져왔음을 알게 한다. 전에 나는, 이 황막한 데 와서, 소리가 없다는 것 때문에 무던히도 짜증 낸 일이 있었다. 그러나 어디에든 소리는 넘치고 있으며, 그것은 이 세상이 어떻게 탈바꿈해가고, 어떻게 돌아오는가를 알게 한다. 밤이 흐르는 소리, 별이 반짝이는 소리, 모래알들이 속삭이며 서로의 품으로 파고드는 소리, 바람이 어쩌다 지나는 소리, 햇빛이 두터웠다 엷어지는 소리, 마른 풀뿌리 밑에선가 어디선가 두더지가 꿈꾸는 소리—전에 그런 것들은 내게 소리가 아니었었는데, 소리가 소리가 아니던 그 소리들이 드디어 소리가 되어, 내게 들려지고 있는 것이다. 그리고 나는 어쩌면, 나무 아래서라면 나뭇잎의 푸른 이야기를, 꽃 옆에서라면 그것들의 붉은 속삭임을, 노란, 푸른, 분홍, 보라, 흰, 속삭임을, 달빛 아래에서는 부드러운 소리를, 또 저녁엔 그늘진 낮은 소리를, 모두 소리로 듣게 될지도 모를 일이었다. 그러고 보니 세상은, 대단히 많은 부분이 소리로 이루어져 있었으며, 그것은 또 그것대로의 천만의 생태와 천만의 율동을 가지고 있어, 눈에 보였던 팔만 색상만큼이나 다양하고, 또 흡족히 아름다웠다. 빛의 줄기가 억만 가닥으로 줄기 져 뻗쳐 내려도, 한군데서도 그 빛이 난마스러이 얽힌 곳이 없는 것모양, 내 귀에 들리는 소리의 여러 가락들 또한 얽힌 대목이 없는 듯했다. 전에 나는, 저잣거리 같은 데에서는, 소리들이 그저 얽히고 얽혀 혼돈스러운 것이라고만 알아왔던 것이다. 대장간에서 모루 치는 소리, 소거간꾼이 흥정 붙이는 소리, 닭전에서 닭이 우는 소리와, 여인숙 아낙네 채전 보는 소리, 그러는 중에도 넓은 마당에 한창인 난장판에서는, 꽹과리며 징이며 장구 소리에다 윷가락 던지는 소리까지 어우러져 있어서, 그 소리들은, 천만의 뱀 새끼들모양 빈터로 모여, 서로 헝클어지고 매듭지어져 땅 위로 내부쳐졌다가 서로 물고 물리는 독에 죽어가는 것이라고 했었다. 물론 그러한 소리의 헝클어짐이 종내 하나의 화음을 만들어내는 것이라고까지는 알고 있었다. 그러나 하나의 화음을 위해서, 소리의 개아들이 상처 당하는 것은 절대로 아니었던 듯하다. 어떤 소리든 그것은 그것대로의 개아를 갖고, 그것대로 하나의 삶을 살다 소롯이 잠들었다가, 또 깨어나 저 소리들의 흐름 속으로, 필시, 명주 짜이듯 짜여 들어가는 것인지도 모른다. 그래, 어느 날 어쩌면 나는, 저 소리들로 짜인 한 필의 올 가는 피륙을 한 귀에 보아버리고, 세상을 또한 하나의 가얏고 정도로나 생각해버릴지도 모른다. 내 귀는 아마도, 살아오는 동안에, 그 기능의 대단히 중요한 몫을 잃어온 것이었다. 내 고막은 거의 몹쓸 것으로까지 퇴화되어, 하나의 죽은 의식으로, 치매 상태에 머물러 와버린 것이었다. 고막의 재생, 죽은 의식들의 되살아남, 청각의 원시성으로의 복귀—이런 은혜는 전에 내가 바라지도 않았던 것이었고, 또 바랐더라도, 가령, 날것인 채로의 소리에만 익혀졌던 귀가, 요리 잘된 소리에 접했을 때와 같은 경우의, 거의 우발적인 기회에 의해서나 잠깐 한 번씩 얻어걸리는 것인지도 몰랐다. 소리도 분명히 다섯의 머리를 가진 괴물일 것이었다. 소리의 과거, 소리의 현재, 소리의 미래, 그리고 소리 밖의 소리, 소리 안의 소리—그것들이 저 소리의 현재 속으로 운집하고, 밀집하고, 소용돌이 쳐드는 것일 것이다. 이 새 체험에 대해서 나는, 감사해야 될 것이었다.

피부가 느끼는 것도 소리라고 쳐버리면 물론 소리라고 할 수 있을 것이지만, 그러나 나는 고막만을 되돌려 받은 것은 아니었다. 나는 또, 감각의, 감촉의 두려움을 일깨워낸 것이다. 이것은 계집과의 수분의 여수 중에 갑자기 깨달은 것이었지만, 피부를 통해 오는 모든 느낌 또한 깊고 넓으며, 두려운 것이었다. 느낄 수 있는 피부란 하나의 바다라고 불릴 것처럼 생각된다. 이것은 매순간 처녀다우며, 어머니답게 또한 포용적이다. 이것은 거울모양, 어떤 부딪침을 반사해내는 것에 그치는 것이 아니라, 그것을 혼의 깊은 속으로 울려 보내며, 그것을 그 안에 괴어 있게 하는 것이다. 피부를 갖고 산다는 일은 그래서 얼마나 아픈 노릇인가. 계집의 손가락이 그저 의미 없이 내 무릎을 스쳐도, 그것은 나의 혼까지를 뒤흔드는 간지러움으로 변한다. 어느 날 나는, 미풍에 대해서도 그렇게 느끼게 될지도 모른다. 그러한 스침이 도발해내는 아픔이란 견딜 수 없는 것이다. 아마도 이 피부의 위에는, 뭔지 대단히 아른한 것이 아주 엷게 덮여 있어, 매번의 감촉에마다 그 처녀막이 파열을 당하는 것 같았다. 그것은 그렇게나 아리고 뜨거운 것이어서, 비명을 질러내게 하며, 몸을 뒤꼬아대게 한다. 이것은 열예스런 격통이다. 그리고 피부란 암컷이다. 그런데 이러한 느낌 또한 헝클어졌거나 산란한 것이 아니어서, 빛살처럼, 소리처럼, 정연하고 질서로우며, 그것 또한 오두(五頭)의 독사인 듯하다. 감촉의 간지러움, 따가움, 쏨, 뜨거움, 차가움, 미지근함, 부드러움, 껄끄러움, 미끄러움, 감촉의 달콤함, 짬, 떫음, 씀, 시그러움, 매움, 아림—그런저런 수천의 성별 다름의 아무것 하나도 피부는 놓치지 않고, 신랑으로서 받아들이는 것이었다. 피부의 원시성, 감각의 재생, 그것은 촉각의 유아성이라고 할 것이리라. 그러나 그것은 어찌하여 그렇게나 죽어와, 저 아른한 막 위에다 창병을 덮고, 불감증을 키워온 것인가.

볼 수 없고 말할 수도 없는 몸, 그것은 타아에 의해서 하나의 나무둥치 같은 것으로나 보일지도 모른다. 허지만 그것은 이제 보다 더 '생각의 몸' 또는 '마음의 몸' '의식의 몸'으로 변해진 것인지도 모른다. 이제 내가 거울 앞에 서거나, 물 위에 내 얼굴을 드리워도, 내게는 내 몸의 반영이 보이지를 않을 터이니, 나는 어쩌면 존재치 않을지도 모르지만 그래도 존재하며, 귀에 의해서, 감각에 의해서 생각을, 마음을 불러일으켜 낸다. 이것은 전지스러운 듯하지는 않으나, 거의 전능한 것 같기는 하다. 바르도의 몸처럼 한눈에 모든 대륙을 다 살필 수 있으며, 모든 어머니 아버지들을 만날 수 있으며, 시간이 흐르는 것이 도대체 보이지 않음으로 해서, 홀로 시간을 여윌 수 있는 몸, 그리고 하나의 생념(生念)에 의해서 자기를 온통 그것 속에 몰입시켜버릴 수 있는, 그래서는 그것 자체로 둔갑되어버릴 수 있는 몸인 듯이만 여겨진다. 일례로는, 계집과의 정사를 통해서라면 나는, 내 몸 전체가 처음에 색념이었다가, 다음엔 색근으로 변해져, 색근이 아닌 다른 몸으로서 내 몸은 내게 느껴지지가 않았었다. 생각은 곧장 전신(轉身)을 치르고, 새 형태로서의 '언어'를 이뤄낸다. 내가 나무를 생각하면 내가 나무로 되어버리며, 이 나무는 내 관념 속에 심겨진 영상의 나무가 아니라, 내가 그냥 땅에 뿌리를 내려버리는 것이다. 볼 수 없고 말할 수 없는 몸, 그것은 변질을 위한 원초적 질료 같은 것이라고 할 것인지도 모른다. 혀가 있으나 말을 만들지 못하며, 눈이 있으나 사물을 구별하지 못하는 갓난애 같은 것이다. 허긴 갓난애란, 충일 그 자체인 듯하지만 텅 빈 것이어서 이해할 수 있는 재료는 아닌지도 모르긴 하다.

그러나 드디어 나는 복귀된 귀, 재생된 감각을 가진, 하나의 염태(念態)로서의 나의 변모를 알아낸다.

그럼에도 눈알이 썩는 자리는, 그리고 잘려진 혀끝은, 염태로서 아픈 건 아니구나, 물 위에서 휘둘러진 회초리 그늘이, 수면에 스치는 것 같은 것은 절대로 아니구나.

제31일

1

그러는 새 우리는, 다시 하나의 색념이었다가, 색근으로 변하고 있었다. 우리의 성교는 이미 수분의 여수를 목적으로 하고 있는 것이 아니었다. 이것은 교통할 수 없는 혀, 교통할 수 없는 눈으로 말하고 보며, 교화하고 교화 당할 수 있는 타아에의 한 관통으로서 치러지고 있는 것이다. 이것은 기도이며, 제사이고, 이러한 관통을 통해 양자가 하나로 변하는, 그래서 이러한 성교란 일원화의 장소이기도 한 것이다. 그리고 양자 사이에, 슬픔이 깊으면 깊을수록, 그 슬픔으로 인하여, 서로 속으로 더욱더 맹렬히 용해되어버려서, 자기를 남기고 싶지 않게 하는 것이다. 그래서는 언제나, 자기 쪽은 하나의 소멸로서 그 순간 존재하고 타방은 다시 살아날 생명의 장소로 생각하게 되는데, 아마도 이것은 쌍방이 동시에 느끼는 것일 터이므로, 이 충돌은 무섭게 이기적이며, 또한 무섭게 희생적인 것이다. 그래, 내게 있어 이 계집은, 이미 어떤 특수한 계집은 아니고 있는 것이다. 그 얼굴이며, 몸매며, 색깔을 볼 수 없는 계집, 이것은 이를테면, 그 계집만의 특수한 모서리들을 잃어버린, 그래서 그냥 일반적인 하나의 여자로 바뀌어져 버린 것이다. 음부와 자궁으로써만 내게 확인되는 계집—그러나 음부와 자궁으로써만 내게 확인되는 계집은, 하필이면 인간이어야만 되는 까닭은 없을 것이다. 그저 암컷, 쥐의 암컷, 비둘기의 암놈,

소의 암컷, 개의 암놈, 상어의 암컷, 멸치의 암놈, 모기의 암컷, 용의 암놈, 나무의 암컷, 인천지수선(人天地水仙)의 암놈들, 우주에 편재한 암컷, 일반적인 암놈—이것은 나로 하여금 또, 그런 어떤 특수한 수놈인 것으로부터도 떠나게 한다. 그냥 수놈—일반적인 수컷. 그래, 태초에 어쩌면 '말씀'의 수놈과 암컷이 있었고, 그것들이 서로 교화하고 당해오는, 그 통화 중에, 붕어의 남녀, 두더지의 암수, 꿩의 자웅, 해와 달, 뭍과 물이 나뉘어졌던지도 허긴 모르는 것이다.

나는 이런 암컷을 향해 그런 수놈으로 다가갔고, 이 암놈은, 허긴 그래, 추억에 의하면, 전에 가야금을 뜯던 저 흰 손의 광풍, 죽은 채로의 가야금 검은 것을 살려내서 붉게 산화시키던 괴력, 그것으로 수컷 하나를 한 휘몰이 쳐 흩뜨리곤, 그 수컷 흩어져 내는 살, 그 낙엽 아래 누워, 자궁에 몸을 키우고 있는 것이다.

"나는 당신의 죽음을 초롱히 지켜볼 것이에요."

신농씨 시절쯤에 계집은 말하고 있었다. 그 소리는 옛날도 아주 옛적으로부터 전해져 내게 들리는 것 같았고 그리고 나서도 삼백 년이나 더 흘렀겠다 싶은데, "여보, 지금 해가 떠오르고 있나 봐요" 하고도 말했다. "그런 뒤 나는, 한번 실컷 울 것이에요 서방님, 내가 당신을 죽여버리게 될 것이에요." 계집은 그러며, 물수건에 비누 묻혀 내 몸을 골고루 닦아주며, 양치질도 시킨 뒤, 내게 장옷을 입히고 자기에게도 그러는 것 같았다. "허지만 좀 기다리셔요. 저 가여운 눈을 씻어드리겠어요. 가여운 양반, 영기에 넘쳤던 저 눈으로, 제가 지금 얼마나 이쁜지, 한 번만 보아주시지 않아도, 괜찮아요, 전 괜찮아요"라고도 말하며, 소금물이라고 믿어지는 것으로, 내 눈을 아주 부드럽게 닦아내고도 있었다. 수시로 그녀는, 내 눈알을 닦아주어 왔던 것이다. "조금 있음, 촛불 스님이며, 그 애가 오겠죠. 그 스님은 이상스럽게 변해져 있답니다. 촛불 스님은, 남자의 눈으로 울며 말이죠, 자기가 어떻게 당신의 눈을 상하게 했었던가를 말이죠, 절 보자마자 말하기 시작했었죠. 그저 슬프기만 했구요, 미워할 수 없던 것은 이상했어요. 그리곤 이젠 조금도 다변스럽지 않구요, 그냥 하늘이나 올려다보며 고개나 썰레썰레 젓곤 한답니다. 허지만 어쩌면, 내일이나 모레쯤, 그 미움이 깨어날지도 모르긴 하답니다. 그냥 슬퍼요. 그렇군요, 그래요, 그 둘은 말에게 풀이나 먹이러 보내야겠어요, 당신으로부터 전, 더 많은 것을 더 악착스럽게 훔쳐내지 않으면 안 될 것이거든요."

2

말에 풀을 뜯기고 돌아온 길이라며, 촛불중과 목사의 환속한 딸내미가 돌아온 때는, 해가 뉘엿하고 있었을 때나 되었을 것이다. 그런데 입이 잽싼 그 계집아이가 씨불여 섬기는 소리를 들어보니 그들은 큰 형장이 있는 숲에까지 나갔던 모양이었는데, 그래서 아마도 내 계집이 경악하는 눈을 떴던지, 촛불중이 나서서 한 둬 마디 변명을 하고 있는 것 같았다. 큰 형장 있는 숲 말고는, 다른 데는 좋은 풀이 없었다는 내용이었다. 그러나 다만 큰 형장이라는 한마디의 단어로 해서, 내 계집은 분노하거나 슬퍼하고 있는 것이었다. 그 단어가 그리고 내게는, 한 번 더 나의 현실을 확인시켰다.

그러는 중에, 목사의 딸내미가, 저녁을 짓겠다고 이것저것을 챙겨서 아침에와 마찬가지로, 수도부들 살았던 빈집으로 갈 때는, 자기가 숯불 피우는 것이라도 도와주겠다며, 촛불중도 따라나섰다. 글쎄 그 촛불중은 많이도 달라진 듯이 내게도 느껴졌다. 그러나 외형적인 몇 인사 따위로, 나로서는 그가 어떻게 달라진 것인지는 물론 모른다. 그 음모의 내용은 어떤 것인지 나는 모르는데, 나는 그가 아니라서 모른다.

"아유, 그러시담 정말 큰 도움이겠어요. 저녁도 같이 하셔요. 그러기로 약속하셨잖아요?"

계집아이는 그렇게 떠들었고, 촛불중은 대답이 없었다. 계집아이 했었던 말로는, 그러나 실감은 나지 않았지만, 자기는 어젯밤 거기서 잤는데, 아직 숯도 반 가마니 정도나 남아 있는 데다, 이것저것 세간이 그저 고스란히 있어서, 자기 생각에 수도부들이 영 안 돌아오려는 것은 아닌 듯했다고 했었다. 그러나 그 애는, 촛불중네 토굴이라면, 발에 먼지를 털고, 푹 좀 쉬었어도 좋을 것이라고 말했던 것이다.

나는 낮이 다 기울도록, 내 계집을 내 무릎 위에 뉘어놓고, 손으로 그 전신을 어루만지고 더듬어서, 그것의 아름다움과, 섬세함과, 오묘한 깊이를, 그 냄새로부터, 소리며, 상상되는 빛깔에 이르기까지 공부하기에 바쳤는데, 그것이 어떤 특수한 계집인 것의 특수성을 잃어버리기 시작했을 때, 그것은 이미 내게 하나의 수수께끼로 나타났었던 것이다. 닭도 소도 선(仙)도 아닌 암컷이란, 아마도 분명히 존재하지만 그것의 육화(肉化)를 얻어내기란 힘든 것처럼 여겨지던 것이, 내 무릎 위에 놓인 것이다. 그것은 그리하여, 하나의 가얏고모양 내 손끝 아래서 떨며 또 출렁이며, 또 흡입해 들이며, 한숨지으며 타올라 수분에 집착하고 그러다 늘어지면, 이완된 살, 아무것도 존재를 드러내지 않는 암흑함으로 미동도 없이, 내 손끝 아래 펼쳐져 누워 있었다. 그럴 때 사실은 풍요로울 터인데도, 내 손끝에 보여지기로는, 그럴 때 그 암컷이 한없이 황폐되어 있는 듯한 것은 이해할 수 없었다. 어부왕(漁夫王) 성불구에 걸려, 그 둔덕에 앉아 빈 낚시질이나 하는 그것은 그 마른 늪이었었다. 내가 품에 안았을 때 그것은, 하나의 작은, 그리고 숨결이 향기로운 부드러운 짐승이었으나, 그렇게 내 손끝이 보아가며 체험해가는 동안에 그런데 그것은 하나의 사망과 같이 펼쳐져, 내가 잘못 실족한다면, 영 헤어 나오지 못할 것처럼 열려지던 것이다. 어쩌면 그것은 그런 것이었다. 그래, 어떤 특수성을 잃어버린 그냥 암컷이란, 저승이라고 불릴 것인지도 허긴 모른다. 그것은 임신이라는 수단을 통해, 아 그래서 바르도의 방황하는 혼들을 이승으로 보내는 것이다. 항변(恒變)하는 것을 항변인 채 두어두지 않고, 그것을 포착하여, 살과 뼈와 수분을 채워 넣어 형상을 조립해내는 토기장, 그것은 저승이라고 불릴 어떤 것이었다. 그러고 보니 나는, 그 저승 둔덕에 앉아 능장코를 빠추며 우닐고 있더구나, 우닐고 있더라. 좀체 하직할 수 없는 이승 햇살을 받아서 그림자를 저승에 드리우고, 나 우닐고 있더라만, 그러나 세상, 참 모난 돌도 많더라, 가시덤불 육실허게도 뒤엉겼더라. 그래서 부르튼 발 이제는 머물리고, 대체 무엇 때문에 그렇게나 멀리, 밤으로 밤으로 이어진 소로를 걸었던지, 그것을 의문해야 될 그맘때쯤에도 오긴 온 것이다. 그래서 나는, 촛불중이 와주는 대로 언제든, 오늘 저녁이라도 또는 내일이라도, 나를 큰 형장에다 보내달라고 표시를 할 작정을 했었다. 이봐 자네, 질 때도 어지간히 되었거든, 자네 꽃 질 때도 허긴 되었거든, 어지간히 되었거든.

3

저녁 밥상을 둘러서는 물론, 촛불중도 끼어 있었다. 상이며, 그릇이며 숟갈 따위들은 물론, 모두 수도부들의 빈집에서 가져온 것들이었을 것이다. 내가 먹을 때 물론, 나의 자상한 계집이 시중들어주었고, 목사의 딸내미는 물론, 한시도 쉬지 않고 종알거려댔는데, 그 애는 물론, 이 유리의 하루 이틀을 진심으로 즐기고 있는 듯했다. 그 애 외에, 그러나 우리는 할 이야기가 없었다. 나의 계집과 촛불중은, 아마도 곤혹을 느끼고 있는 듯했다. 그래서 아마도 손님을 보내는 인사로서 내 계집이 촛불중과 그 계집아이를 향해서, 저녁이 더 어두워지기 전에, 한 번쯤 더 물을 길어다 주었으면 좋겠다고 말하고 있었고, 말은 안장을 풀어주었느냐고 묻고 있었다. 말은 아마, 샘가에나 매여 있었을 것이었다. 그러자 촛불중이 일어서려는지 부스럭거리는 소리가 일었다. 그래, 나는 언제든 나를 형장으로 보내달라고 표시하려고 해왔었다. 헌데 이것이 그런 때인 듯했고, 그래서 내가 손을 휘저어 주의를 내게 기울이게 했더니, "대사께서는입습지, 하시고 싶은 말씀이 있으신가입지?" 하고 그가 물어왔다. 나는 고개를 끄덕이고, 손가락을 써서 방바닥에다 한 마리의 고기 모양을 그려 보여주었다.

"버, 벌써이십지? 오늘 마, 말입습지?"

나는 고개를 끄덕여 보여주지는 않았다.

"두 분께서는 지금" 의아스러워서 내 계집이 나섰다. "무슨 의논을 하시고 계시는 중이죠?"

"숙녀께서는입지요, 이 저녁에 말입죠, 읍으로 돌아가시겠나 말입습죠?"

"아니, 그게 무슨 말씀이시죠? 난 사흘 말미를 얻어온걸요. 좀 풀어서 들려주실 수 없나요?"

"허, 허지만 말입습죠, 마 만약에 말입습죠, 대사께서입습죠, 이 유리를 떠나시겠다면입죠."

"아니, 그게 무슨 말씀이시죠? 난 아직도 이해할 수 없어요."

"헌데입습죠, 대사께서는 말씀입습죠, 오늘 저녁으로입죠, 소승과 함께입죠, 유리를 떠나시기 원하는군입쇼."

"난 아직도 이해할 수가 없어요." 여자의 음성은 떨리고 있었다. "허지만 오늘 저녁은 안 되어요, 절대로 안 되어요."

"그, 그러믄입습죠, 숙녀께서 말미 받아오신 그, 그동안만입습죠, 대사가 여기 머무르시도록 말입습죠, 우리 권해보면 말씀입죠, 어떻겠나입지요?"

나는, 쓰린 눈을 멀리로 보내, 하마 석양일는지 저녁도 깊었을는지, 그런 풍경을 짐작으로 보려 했다. 그러는 중에 침묵이 끼어들었던 모양이었으나, 촛불중이 아마 자기의 처소로 돌아가려고 하는 모양이었다. "숙녀께서는입습죠," 그는 낮고 느리게 뭔가 한마디 꺼내고 있었다. "높은 가지 위에 말입습죠, 둥지를 짓고 세상을 내려다보는, 한 마리의 독수리를 말입습죠, 보신 적이 있으신가입지요?"

"........."

"소승도 물론입습죠. 본 적은 없습죠. 허지만입습죠, 지금이라면 상상해 볼 수는 있습죠. 아, 평안한 밤이 되길 빕죠."

그는 그리고 걸어가는 모양이었다. 아비 중 따라가는 새끼 중 모양, 그 계집아이도 물론 따라가고 있을 것이었다. 누구에게나 엉뚱하게 들릴 그의 이야기는, 내게 한숨을 자아냈다. 내 손을 잡고 있는 계집의 손은 너무도 추운 듯이 떨고 있었는데 그 손의 떨림이 그녀의 목구멍으로 올라가 처음에 말이 되어 나왔다. "촛불 스님이 하신 말씀이, 만약 의미를 지니고 있다면 말씀이지요, 당신이 택한 죽음은 나무와 관계가 있는 것이죠?" 그리고 다음엔 오열이 되어 짓떨리며 그녀를 괴롭혔다. "이를 악물고, 참을 수 있는 데까지 참아두려 했지만 안 되겠어요. 당신은 내가 곁에 있는 것에 싫증을 내셨죠?" 그녀는 느닷없는 투정을 섞더니, 내 무릎 위로 엎드러져 버리는 것이었다. 그녀는 글쎄 허긴, 한 번은 울어버렸어야 될 것을 참아오고 있던 것이다. 이 울음이 끝나고 나면, 체념으로서 이제는, 마음속에 이별을 갖게 되리라. 보이지 않는 눈을 들어 나는 하늘을 보며 거기서 별을 찾으려 했다. 천장이니, 드리워졌을 가마니 문이니, 그런 것들이 내 시야를 차단할 수 있는 것은 이미 아니었다. 눈 덮인 수미산 영봉을 보려고도 했다. 억겁을 두고 바람이며 무세월이며, 비며 정적이며, 햇빛이며 정지스러움이며, 이슬이며 고적함이며, 서리며 고독함이며, 눈이며 소슬함이며, 한 마리 산새인들 울어줄 것인가, 그런 것들이 아주 조금씩 조금씩 살을 깎아가는 그 아픔은 어떤 것일 것인가. 그리고 보면, 소멸될 수 있다는 것은 좋은 일인 듯하며, 그것도 일탄지경에 이뤄진다는 것은 더욱 좋은 일인 듯하다. 수유간에 소멸되어질 것의, 심정이 아파서 우는 울음은, 그리고 또 듣기에 좋은 것이라고 믿어야 되는데, 왜냐하면 별이나 수미산은 울지도 못하는 것이다.

울고 난 뒤에, 한 돌중을 연민하는 계집은, 몇 마디의 푸념을 하다가, 그냥 잠들어버렸다. 그녀의 몸은, 만 하루 동안의 유리의 생활에 피로해진 것이고, 그녀의 심정은 소금처럼 무거워진 것이었다. 그녀가 오지 않았다면, 설움이 그냥 설움이었다가, 글쎄 내가 죽고 난 뒤, 서리라도 되어 내렸을랑가 몰랐을 것이, 그녀로 하여 기름이 되어, 지글거리며 나를 튀김을 해댄 탓에, 나도 그리고 피곤했다. 우리는 피곤했다. 모든 것이 우리를 피곤하게 한다.

신들은 우리를 피곤하게 한다. 그들의 인간에의 짝사랑이 그것에서 그치지 않고 우리들에게서 궁합 맞춰지기를 강요했을 때부터, 신들은 우리를 피곤하게 한다. 신들의 품속에서 허긴 우린, 한 번도 화백 제도였던 적이 없다.

성자들은 우리를 피곤하게 한다. 마야(Maya-Illusion-Universe)! 저쪽 건너 동네 니르바나에 앉아서 이쪽 동네 상사라의 붉은 향수 물을 바라보는 저 고요한 눈은, 우리를 피곤하게 한다. 성자들의 눈길 아래에서 우리는 한 번도 죄인이 아니어본 적이 없어서, 저 죄태(罪態)는 우리를 피곤하게 한다.

영웅들은 우리를 피곤하게 한다. 한 번도 명확히 정의되어본 적이 없는 비겁이 그들에 의해 정의되고 그리하여 우리는 인간인 것의 자부심을 잃어버린다.

그래서 인간인 것이 무엇보다도 우리를 피곤하게 한다. 인간인 것은 우리를 진실로 피곤하게 한다. 그리고 우리는 피곤해 있다.

제32일

1

"여보 스님, 밤에 난 꿈을 꾸었더랍니다. 그것은 너무도 아름다운 광경이어서, 눈으로 볼 것이지 말로 해버려서는 안 될 것이에요. 글쎄 말로 해버리면 말예요, 당신이 [36]아주 작고 예쁜 배에 타고 말예요, 하늘을 헤쳐나가고 있었는데, 그런데 그 배를 말예요, 한 마리의 갈매기 같은 독수리가, 일곱 색깔쯤으로나 보이는 끈을 목에 매고 날아가며, 끌고 가더라는, 그냥 이런 이야기나 될 거예요. 허지만 좀 상상해보셔요, 저 하늘이 바다처럼 보이고, 그 하늘 같은 바다를, 아주 억세게 큰 독수리 같은 갈매기가, 일곱 색깔 끈을 목에 둘러, 당신이 탄 저 예쁜 배를, 끌고 가는 걸 좀 상상해보셔요. 아 그랬댔군요, 그 배는 새의 둥지 같기도 했어요. 그리고 거기에 탄 당신은 붉은 볼을 하고 있었어요. 눈은 꿈꾸듯 뜨고 있었는데, 얼마나 반짝였는지 몰라요. 아주 어린 얼굴이었지만, 당신이었어요. 글쎄 여보, 난 그렇게나 맑고 빛나는 얼굴은 어디에서고 본 적이 없어요. 글쎄, 동화 같기도 하죠? 그러고 보니, 어려서 그와 비슷한 애기를 들은 것 같기도 해요. 어려선 하늘을 나는 꿈을 간혹 꾸었었거든요."

이 여자의 감수성은, 그리고 이 여자에게 수수께끼처럼 던져진 것은, 아마도 곧장 꿈에서 그 해결을 찾는 모양이었다. 촛불중이 그녀에게, 독수리의 이야기를 하나의 수수께끼로 던져준 것을 들은 기억을 나도 갖고 있는 것이다. 그러나 무엇보다도 하는 말로, [37]신과 인간이 대좌하여 말을 주고받는 장소가 꿈속이라고 하는 것이, 만약에 사실이란다면, 그녀의 꿈의 내용은 어쩐지, 그녀가 하나의 작은 무녀로 화해 간 과정의 이야기처럼도 내게는 들린다. 어째서 그런지는 나도 잘은 모른다. 모르지만, 이 궂은 세상 구속과 장애의 마마에 몸부림치던 그녀는, 자기의 혼만을 분리해내, 그것은 그것을 어떤 자유에로의 통로라고 말해져도 좋으리라, 그런 어떤 통로로 보내버리고, 이승과 저승 간의 한중간에 머물러, 이승으로도 저승으로도 손을 흔들어 보여주는 것만 같다. 무녀가 만약에 그런 것이기도 하다면, 그래서 나는 그녀도 무녀가 되어버린 것일지도 모른다고 추측하는 것이고, 그래서 그녀의 자기 초극이, 일종의 해탈이, 조금, 성취되었을지도 모른다고 또한 추측하는 것이다.

"이젠 당신 때문에 울진 않겠어요. 당신은 그렇게도 초연한 곳에 계시며, 그늘 없이 맑은 눈으로 절 보시고 계시잖으세요? 소갈머리 없는 계집의 눈물로 여보, 어젯밤 당신 맘 좀 상하셨죠? 허지만 용서하셔요 네?"

난 미소만 지어 보이고, 그녀의 눈을 찾아 눈자위를 더듬어보았다. 그랬더니, "당신은 아름다워요." 계집은 속삭였다. "당신은 이상스럽게 향기로워요. 정말 난 당신의 애를 가졌으면 하고 자꾸만 바란답니다. 쌍둥이였으면 더욱 좋겠어요. 당신과 십 년만 같이 살 수 있다면 말이죠, 하나씩 하나씩, 다섯을 낳겠지만 말예요." 계집은 어쩌면, 진정으로 이렇게 바라고 있었을지도 모른다. 계집은 그러며 혀끝으로, 내 몸을 산조(散調)로 흐트러뜨리기 시작했다. "이래 뵈어도 여보, 나도 신부 공부는 해두었더랍니다. 아주 열심히 해두기는 당신 만난 후부터이기는 하지만요." 계집은 병적으로 씨분대기 시작했다. "글쎄, 어머니가 외동딸에게 유산한 것 중에는, 그래요, 제가 당신께 드린 그 비취 목걸이도 있었지만요, 허지만 그것에 뭐 별다른 의미는 없답니다. 어머니가 그러셨어요, 이제 네게 신랑이 생기면, 그 목걸이를 그에게 주면서요, 이 목걸이를 준 장모가, 살아서나 죽어서도, 그 딸을 얼마나 사랑했던가, 그것을 기억해주기 바란다는 이야기를 하라는 것뿐이었어요. 호호호, 그것이었어요. 헌데 그중엔, 글쎄, 신부 공부 책도 있었던 것이랍니다. 그렇지 않다고 해보셔요, 물론 저 할머니다운 침모가 도와주었지만 말예요, 저 무섭고도 수치스러우며,

절망적인 저 첫 경도의 비참함 때문에 난 죽었을 것이에요. 허지만 당신은 모르실 일이에요. 어쨌든, 지금 제가 이러고 있는 걸 당신이 마음으로 보고 계신 것 때문에 전 맘이 편해요. 그렇지 않다고 해보셔요. 그죠?”

허긴 그러고 보니, 보다 더 젊었을 적에 나도, 신랑 공부는 해뒀었다는 기억이 났다. 허지만 그것은 사실에 있어서, 내게는 신랑 공부로 읽혀진 것은 아니었었다. 그럼에도 그 탓에 나는, 대부분의 시간을 수음에 바치느라고 나중엔 노랗게 야위어가며 깨어 있어도 내 정신이 아니었으며, 꿈도 늘 젖었었다. 그때 나는 어쩐지 나만 수치스럽게 이 세상에 던져진 듯한 이상스런 죄악감에도 당하고 있었지만, 분명히 스승은 눈치를 챘을 터인데도, 늘 모르는 듯한 얼굴이곤 했다. 그렇게 아마 꽤나 세월이 흐르고 나서야 나는, 별로 다른 감정의 범람에 당하지 않고 그 공부를 해나갈 수가 있었다. 글쎄 어떤 도사들은, 도를 닦다 음통(淫通)을 해버리곤, 그것을 기술(記述)로 남겨온 바, 그것이 비록 환락만을 추구한다고 해도 연구해볼 가치가 있다는 것인데, 왜냐하면, [38]‘덕’과 ‘부’와 ‘사랑’은, 사바에서 달성되는 그중 큰 세 가지 것으로, 그중에서도 ‘사랑’은, 마음과 영에 의하여 보조되어지는, 듣기, 느끼기, 보기, 맛보기, 냄새 맡기의 저 오관에 의해 즐겨질 수 있는 그중 좋은 대상이기 때문이라는 것이다. 그런데 저러한 오관의 총화 안에서, 특수한 감각기관과 그것의 대상과의 접촉에서 오는 즐거움을 자각하는 것, 그것이 ‘사랑’이라고 말할 것이라고 하는 것이다. [39]여자란 그리고 다만 성교를 위해서 남자를 사랑하는 것이라고까지 정의하는데, 그럼에도 그것이 환락만의 추구 이상의 의미를 갖는다고 할 때, 그것은 몸과 마음을 다해서 연구해볼 가치를 갖는다는 것이다. 그러니까 성교란 하나의, 명상법으로도 던져진 것이며, 우주를 이해해보기 위한 수단으로 놓여진 것이다. 그래서 이 음통(淫通)은 음통이 아니며, 그것은 죽음의 연구로 변해진다. 한 명료한 예로 ‘해골의 골짜기’에 세워진 ‘세상의 나무’를 타고, 한 위대한 무당이 하늘로 올라간 광경은, 다수가 일원화하는 집단 성교로서, 그 성교에 가담한 사람들은 모두 하늘에 올라가는 것이다. 태초로부터, 존재나 비존재가 모두 상대적으로 존재해오기 시작했을 때, 이 황음(荒淫)은 자행되어온 것이다. 그러고 보면, 성기의 형태론은 음과 양, 체와 용의 여러 모습에 관한 연구인 듯하며 성교 자세의 연구는, 음과 양, 체와 용이 어울리는 그 구조의 파악으로, 그리고 기교론은, 가장 훌륭한 죽음을 성취해내는 방법론으로 여겨진다. 그러한 자세는 저 수백 수천의 변형에도 불구하고 그러나, 마흔다섯, 또는 스물다섯, 더 줄여서는 열두 자세로 집약하여, 그 성쇠들의 저변을 이루는 공통분모로 삼는다. 성기의 형태론은 대개 소, 코끼리, 또는 말, 쥐 같은 동물들로부터 그 원형을 취해와 우주의 법도를 밝히는데, 어쨌든 숫쥐의 왜소함으로써는 암코끼리의 광대 심오함을 침공할 수는 없는 것이다. 아무튼, 사람이 지닌 원초적 영상 속에는 언제나 짐승의 얼굴이 근저를 이루고 있어온 사실은 참으로 이상하다.

그러나 그러한 공부에는 반드시 실제에의 응용이 따라야 한다는 것이다. 그리하여, 그러한 응용을 통해, 자기를 승화시키고 고양시키고 확산시켜, 우주의 수주재신 암주재신 자체로까지 발전하지 않으면 안 된다는 것이다. 그러한 경지에서는 그리고, 오래오래 머물 수 있으면 있을수록 더욱더 좋은 것이며, 나중엔 대상이 없이, 혼자서, 자기 속에서 암컷을, 또는 수컷을 분리해내, 수음이나 뭐 그런 행위를 통하지 않고도, 매번마다 절정에 닿을 수 있는 데까지, 정진하지 않으면 안 된다는 것이다. 헌데 이 도전이 내게 다가온 것이다. 이 도전을 내가 현실적으로 깨달은 것은, 지금 내게 애정으로 칙살스러이 달라붙고 있는 계집의 이야기에 자극받아 그런 것이고, 그러고 보니, 죽은 창녀와 만났던, 그리고 이 살아 있는 처녀와 가졌던, 모든 관계들이, 약간의 수분을 제외하곤, 일단 거품으로 돌아가 버린 듯한 느낌이 드는 것이다. 그러한 관계들은, 흡혈귀적인 무기교의 돌진, 자살해버리고 싶은 그런 이상스런 충동에 의한 광적 투신, 야수적인 학살 본능, 광증에 의한 난무 같은 것으로, 사실에 있어 그 깊이에서는 허탈만을 남겨왔던 것처럼, 이제사 여겨지는 것이다. 나는 그리하여 지금부터, 하나의 예술가이기를 바라지 않으면 안 되는 것이다. 세련된 기교와, 섬세한 감각과, 명석한 분석력과, 훌륭한 종합을 필요로 한다. 계집이라는 재료를 깎고, 다듬고, 고르는 거장이기를 바라지 않으면 안 된다. 한 번의 다짐도 뜨거운 마음으로 존경하며 행하고, 한 부분, 가령 젖꼭지 하나를 두고라도, 대번에 덮어씌워 포획하기보다는, 그것을 하나의 운봉의 크기는 되게 생각하여, 그 끝까지 기어 올라가는 어려운 과정을 인고치 않으면 안 되는 것이다. 한 번의 잠입을 위해, 전심전력으로 명상하여야 하며, 한 번의 사정을 하나의 죽음으로 치르지 않으면 안 되는 것이다. 하나의 자세에서 다음 자세로 바꿔나가는 것을, 한 번의 가사(假死), 한 선(禪)에서 차선으로 넘어가는 것으로 어렵게 쳐, 어렵게 치러야 하며, 그러기 위해 단 한순간 단 한 올의 스치는 아픔도 놓쳐서는 안 되는 것이다. 그 감촉의 색깔과, 소리와, 맛과, 냄새와, 그 느낌의 대소, 원근을 살피고 종합하여, 하나의 금을 얻어내지 않으면 안 되는 것이다.

나는 그러기 위해서, 저 '黑·白·赤'의 세 단계, 그 각 단계가 세 번씩 전이하여 다른 한 단계를 이루고, 그 다른 단계는 또 세 번씩 전이하여, 결과로서 스물일곱 번의 전이를 치르는, 그 회수를 택해, 이 금 제조를 시작했지만, 그러나 그것은 대단히 쉽지 않은 일이었다. 대개는 초선(初禪) 단계에서 분출이 와 버리며, 계집 또한 그 단계에서 몸을 풀어버리는 것이었다. 와해이곤 했다. 그래서 다시 시작하지 않으면 안 되곤 했다. 어떤, 외계로부터 오는 방해가 우리 사이에 끼어들지 않는 이상, 이 수업을 나는, 내가 형장으로 가기 전까지는 성공시켜놓고 보아야겠다고 별렀다. 천의 변화와 천의 파문이, 다섯 개의 대가리로 모두어졌다가, '白'에서 죽는, 이 죽음을 나는 글쎄 이루려는 것이다. 그러면서도 내가 색한이 아닌 데에 머물고, 계집 또한 음파가 아닌 데에 머물러두지 않으면 안 되는 것이다. 동정과 처녀로서, 매번마다 합쳐지지 않으면 안 되고, 또한 행위 불능이나 불감증, 권태나 허탈이 끼어들어도 안 되고, 쇠진해져도 안 되는 것이다. 그것은 성공되지 않으면 안 되는 것이다.

2

나의 암놈이 데리고 왔던 계집아이가, 도시락 만들어 촛불중과 말에 풀 먹이러 간 뒤부터, 우리의 시간은 다시, 아무것으로부터도 방해받지 않게 되었다. 그러나 내 암컷은, 소금에 절어 든 듯이 자꾸 자고, 소모되어가는 기를 모으기에 나는, 이를 부득부득 갈아야 되었다. 뼛속에 한기가 돌며 시리고 아프며, 우두둑 소리를 내는가 하면, 허리가 시지근이 무너지고 현기증이 일기 시작한 것이다. 게다가 우리들의 국부는 열에 뜨고, 치골은 부어, 거웃들이 바늘처럼 제 살을 제가 찔렀다. 이 수업에 우리는 실패해왔는지도 모른다. 일단 내가 이 암컷을 하나의 수업의 대상으로 놓고 대들었을 때, 저 교접들은 이전 구투로 변해져 버렸던 것이다. 나는 어쨌든 탐욕스러이 일어나지 않으면 안 되기는 한 것이다. 그러기 위해 조금 숨을 돌리며, 계란과 꿀과 냉수로 조갈을 면한 뒤, 정신을 집중하여, 저 어이없이 시들어지는 내 전신을 살펴나가기로 작정했다. 그래서 어딘가 음한으로 맺히고 괴로운 곳엔 의식을 모아, 기를 투입해 열을 일으키고, 신열로 광기스러운 곳에선 그 열을 해체시키며, 이만일천육백 번을 한하고 호흡을 계속해댔다. 하다 보니, 배꼽 밑의 '화로'[丹田] 에서, 뭔지 푸르스름한 기가 일고 드는데, 그것은 내 전신에다 그 기를 채우며, 나를 오히려 강장케 했다. 다음으론 그래서 저 시들어진 계집을 대상으로 삼고, 그리고 장님으로서, 꼿꼿이도 하고, 부드러이도 하고 능청거리게도 하여, 계집의 맥의 곳곳으로 관절의 마디마디로, 근육의 줄기 줄기로, 퉁소 불어나가며 밤거리를, 두들기기도, 문지르기도, 입김을 쏘이기도 하다 보니, 시간은 오래갔으나, 계집 또한 살아나는 것이었다. 그것은 다시 처녀였을라. 그래서 계속하여, 그것 위에 명상하며, 정진하기로 했다.

제33일

1

"당신은 이 세상에서 가장 잔인한 사내일 거예요."

그녀가 그렇게 속삭이고 있었을 때 우리는, 이 수업의 마지막으로서, 저 최초에 행했던 정상위로 다시 돌아와 있었는데, 시각으로는 다른 동이 트고 있을 때라고 했다. 그러니까 다시 정상위로 돌아온 이것까지 합치면, 우리는 이십팔 회를 거쳤고, 한 회에 셋씩의 바꿈만을 계산한다고 하더라도, 여든네 가지의 체위를 시험한 것이 된다. 물론 중복된 것이 없을 수 없으나, 우리들은 분명히 훌륭한 예술가였었다. 그런데 계집으로서는, 매회 작은 절정을 한두 차례씩 더 겪었으므로, 그녀가 달한 절정의 횟수는 아무리 줄잡아도 오륙십 번은 될 것이었다. 헌데 이 정상위는, 그 시작이며, 또 모든 체위의 저변에 놓이는 것이며, 그 끝이어서, 우리는 우리의 최후의 작열을 아꼈다. 그러나 나는 계집의 목을 졸라매지는 않을 것이다. 죽어가는 계집이, 그 죽어가는 온갖 정성으로 하여, 무섭게 수축하면서, 무섭게 흡입해간다는 것은, 그리하여 사내에게 광희를 준다는 것은 죽은 계집으로부터 경험하여 나는 알고는 있는 것이다. 그러나 저 최후의 희생을 요구치는 않을 것이다. 그럼에도 나는, 그녀의 피를 탐하고는 있었다. 그 피에의 갈증은 혼으로부터 비롯된 것이어서, 어떤 수분으로도 해갈시켜줄 수 있는 것은 아니었다. 나는 그녀의 목줄기를 탐하고는 있었다. 그 어느 한 부분, 힘을 쓰느라 부풀어 오른, 대정맥이 내 끊긴 혀끝에 쉼 없이 격동을 보내는, 그 피의 뛰놀음에 미치고는 있었다. 저 신선하고 더운 피에의 갈구—내가 정진하고 명상해서, 한 계집인 것의 불순을 씻어버린, 그 더운 피는, 내가 마셔버려야 될 어떤 정화수처럼 여겨지는 것이었다. 잃어버린 눈과, 끊긴 언어의 육신적 불모스러움 위에 뿌리는 제주로서, 저 피를 나는 저 황폐 위에 뿌리려는 것이다. 어쨌든 빛과 언어는, 피를 고향으로 거기서 발원한 두 의지인 것이다. 어쨌든 모든 황폐 위에는, 피를 흩뿌리지 않으면 안 되는 것으로, 고기(古記)는 알려주고 있다. 만약에 그렇다면, 대량 학살이 자행되는 전쟁 같은 것도, 그러한 피 뿌리기의 제사인 듯하며 이 제사가 끝날 때마다, 거기 속죄가 행해진다. 그래서 세상은 그러한 제단을, 서쪽이든 동쪽이든, 북쪽이든 남쪽이든, 어디에든 한 군데 가져두는 것이 이익일지도 모르며, 그 향로에서 피 냄새가 언제나 흩어지도록 두어두는 것은, 그 세상의 복을 부를지도 모른다.

우리는 이러는 새 끊임없이, 그러나 조급하지는 않게, 수미산 등반하듯, 줄기차게 고조되어가고 있었고, 그리하여 그 정상에 다 오를 즈음에 나는, 저 계집의 대정맥이 건너 뻗은 목줄기의 한 곳에 이빨을 박았다. 그러자 그 순간, 한 마리의 구렁이가 타는 숯불에 던져진 것 같은 무서운 격동이 내 전신으로까지 밀려 닥쳐왔으나, 덥고, 신선히 물큰하며 달콤한 짠 비린내로, 내 창자까지 그녀의 피가 뜨겁고 있었을 땐, 저러한 격동은 벌써 조용해 있었다. 한없이 빨고 드는 입술에, 그저 조용히 목을 맡긴 채 계집은, 가엾이 떨리는 숨길을 내 귓전으로 보내며 축수하는 무당처럼 속삭이고 있었다. "천년 묵은 구렁이, 계집의 간을 쪼으는 독수리, 처녀의 제사만을 받고 사는 인당수의 소용돌이, 허지만 어쩐지 나는, 그래요, 전에 없이 청순해진 듯한 것은 이상하죠? 공양미 삼백 석에 팔린 계집아이, 바위 위에 묶여 천년 묵은 구렁이를 기다리는 처녀아이, 허지만 그 처녀 아이를 구해주려고는, 글쎄 아무도 오지 말아야 되는 것이에요. 구해주러 나타나는 장한은, 하나의 저주일 것이에요. 잔인함이지요. 아 그리구요 그래요, 아이를 불로 지나게 하는 일은 보기에 잔인한 일이죠, 그죠? 그러나 그 불을 꺼뜨리는 일은, 더욱더 처참한 일이에요. 내 님, 나의 주,

나를 불로 태우는 힘, 나를 저주스러운 힘으로 휘감아 틀어 삼키는 이—여보, 이제는 나도, 당신을 죽이려 돌 던지는 데 끼어 함께 던지게 하시고, 당신을 못 박는 데 나도 함께 망치질하게 하시고, 당신을 태우려는 데 나도 끼어들어 송진을 끼얹게 하셔요, 그렇게 하셔요, 그러기 전에 그러나 여보, 나로부터 최후의 방울까지 피를 뽑아가셔요, 생명을 뽑아가셔요, 혼을 뽑아가셔요. 그렇게 밖에 나로서는, 달리 어떻게 당신을 예배할지를 알지 못한답니다."

2

오후에, 저 내방객들은 떠나버렸다. 표표히 떠나버렸다. 여인은 예의 저 비취 목걸이를 내 목에 걸어주고, 나의 두 손을 자기의 두 손으로 꼭 잡고 한없이 있을 듯하더니, 아무 말도 없이 그냥 떠나버렸다. 손으로 전해오던, 저 말 없는 떨림이, 천 마디의 말로보다도, 그녀의 이별의 슬픔을, 두려움을, 안타까움을, 내게 더 잘 전해주었다. 허지만 가여운 여인이여, 우리가 평생을 같이 살아 같이 늙는다고 하더라도 언제든 이런 이별은 오는 것이다. 그리고 이별은 오는 것이다. 그리하여 이런 이별은 오는 것이다. 이제 그 슬픔일랑은, 시원히 달리는 말 잔등에서 시원히 털어내 버리고, 너의 천래적 동정심과 바치고 싶음으로 해서 사랑했던, 한 사내의 영상은, 그저 영상이지, 이제는 벌써 실재가 아니라는 것을, 드디어는 인식해야 할 때인 것이다. 안으로는 들여다보지 마라. 자꾸 밖으로만 보며, 살아 있는 동안, 그 삶을 꿈으로는 돌리지 말 일인 것이다. 결국 꿈일 것을, 한바탕 모진 꿈일 것을. 그 꿈이 깨기도 전에, 하필이면 꿈으로 돌려야 할 이유란 없는 것이다. 허지만 허기는, 이 세계에 있어서의 다만 하나의 실재의 장소는, 여성인 것뿐이기는 하다. 모태에 짐을 실은, 어머니인 것뿐이기는 하다.

아, 유리여, 그러면 우리, 서로로부터 떠나자. 이제는 떠나자. 그리고 떠나자.

허기는 여기서는, 사십 일을 사는 것이 용이하지는 않구나.

"지금부터 말입지, 저 큰 숲이 보이기 시작하고 있습지. 그리고입지, 지금은 별이 빛나고 있습지."

그래, 그리하여 나는 유리를 떠난 것이다. 그 유리가 내게 준 해골을 끼고, 나는 떠난 것이다. 그리하여 나는, 제길헐, 해골을 둘씩이나 갖고, 죽음으로 향해 가고 있는 것이다. 해골의 하나는 그러나, 아직도 내 목줄기에 매달려 살고 있다.

"이 길은 싫고도 먼 길이군입지."

촛불중이 그렇게 말하고도 있었다. 그의 제안에 의해 나는, 이른 저녁 식사를 끝내고, 그리고 그가 한끝을 잡혀준 지팡이 끝에 인도되어, 걷고 있었던 것이다. 그 지팡이는 허지만, 그가 대장간 들르고 목수 집 들러 특별히 맞춘 그것은 아니었다. 그것이 마지막 식사일 것이어서, 배불리 먹고 배불리 마셔두었더니, 마음이 얼마를 시달리든 그것과도 상관없이, 육신만은, 노근하고 느긋한 맛을 거의 즐기고나 있는 듯했다. 이 밤은, 평안하고, 깊은 잠에 들 수 있게 되기를, 그리고 그 육신은 바랐다.

"하늘은 가[邊]가 없는 것입지, 그것은 어떤 틀[臺]이 있는 것도 아닙지. 그런데 말입지. 해가 지고 밤이 오니 말입지, 그 가도 틀도 없는 곳에 말입지, 저렇게도 많은 별이 어디서 오는지를 알 수가 없습지. 별이 지혜의 비유로 쓰인 건 소승도 압지. 그러나 소승은 그것이, 수심의 비유로 쓰이는 것을 더 좋아합지. 청천 하늘엔 잔별도 많고 요내야 가슴엔 수심도 많다—이런 노래 한 가락쯤, 우리 합창해봐도 좋겠습지. 때로 소승은, 염불 대신에 그 노래를 부릅지. 밝은 거울 또한 틀이 아니고 말입지, 본래 한 물건도 없는 터에, 어디에 먼지며 티끌 앉을까, 라고 대사는 노래하시지만 말입지, 소승은 아무리 해도 그 경지를 넘겨다볼 수가 없습지. 바람이 센 날로는 저 하늘에도 검은 구름은 끼더란 말입지, 저녁으론 별들이 채워 들더란 말입지, 요내야 심정엔 수심도 많더란 말입지, 그 검은 구름이며, 별이며, 수심이며 말입지, 어디로부터 오느냐 말입지, 가도 틀도 없는 곳에, 그것들은 어떻게 머무르느냐 말입지."

그는 그리고 허탈된 듯이 한없이 웃어대고 있었다. 그러나 내가 묵묵해버릴 수밖에 없었으므로, 종내 그도 입을 다물어버렸다. 결국 할 얘기란 남아 있지도 않던 것이다. 그는 그의 의문에 대한 해답을 찾기에 고심하며 걷고 있는 듯했다. 그는 어쩌면 업(業)에 관해서 말하고 싶었던지도 허긴 모른다. 하늘은 본래 틀이 아니며, 본래부터 한 물건도 없었으나, 허긴 업의 센바람이 검은 구름을 몰아오면, 그 하늘에도 먼지며 티끌은 앉는 것이다. 그런 의문의 해답을 얻기 위해서, 허긴 그래서 존자는, 물속에 앉아 하초로부터 곱을 뜯어냈던 것이다. 그러나 만약에 내게, 한 번 실에 꿰어져서 전대해오는, 그런 백팔염주라도 하나 있었으면, 그랬으면 그것으로 나는 이 젊은 사미 놈의 대가리를 한번 후려 패주었을지도 모른다. 공(空)이 만약에, '생멸 거래에 변함이 없는 자리며, 선악 업보가 끊어진 자리'라면, 어디에 검은 구름 휘몰아와 덮일 것인가? 허지만 사미여, 어찌하여 마음이 체(體)이겠는가? 마음이 체라면 존자여, 그 마음에 끼이는 먼지며 티끌을 털고 닦아내는, 그 함[爲]의 용(用)은 어디서 빌어오는 것인가? 만약에 마음이 체가 아니라면, 번뇌나 수심이 어찌하여 먼지나 검은 구름이 될 것인가? 번뇌나 수심은 그러므로, 체에 끼이는 먼지나 검은 구름으로 비유될 것이기 전에, 사미여, 그것은 어쩌면, 유황이나 수은을 금(金)으로까지 데려다주는, '독'(毒)이라고 보아야 할 것인지도 모르는데, 마음은 오히려 용(用)이기 때문이다. 이 독에 의해서만, 저 용은, 금이라 불릴 공(空)을 획득하는 것일 것이다. 그러므로 사미여, 그대는 다시 유리로 돌아가는 것이 좋으리라. 가거든 그렇지, 그 광야의 모든 것을 먼저 수락하는 일뿐이겠지, 거무튀튀한 모래펄이며, 정적이며, 고통이며, 슬픔이며, 굶주림이며, 계집이며, 낮이며, 밤이며, 탁한 대기며, 아 그렇지, 그러나 유리 자체는 그런 어떤 것에도 집착하지 않더군, 안 해.

결국 할 얘기란 남아 있지도 않던 것이다. 눈 없이 걷는 일이란, 그것에 익숙해져 본 일이 없었으므로, 적이 불편했으나, 그런 것에 맘 쓸 겨를도 없이, 어쩐지 나는 자꾸 더 고독해져 가고 있었다. 이슬의 감촉이, 가까워지는 숲의 음습한 냄새가, 어쩌다 우는 풀벌레 울음이, 무엇보다도 말없이 걷는 우리들의 낯선 발자국 소리가, 나를, 아마도 우리를, 외롭게 했다. 마음속에 거부의 몸부림이 있는 것은 아니었으나, 형장을 향해 간다는 일이, 뭐 그렇게 기꺼운 일로는 도저히 느껴지지 않았다. 육우(肉牛)가 아닌 것이나 복 받은 것으로 알지 않으면 안 될 것이었다. 이제쯤은, 살을 불리기 위해서, 못 참을 혹독한 매질을 당할 때쯤인 것이고, 갈증 탓에 물이 들씰 때쯤인 것이고, 맞아 부푼 자리로 그 수분이 채워들 때인 것이지만, 그래 허긴 내가, 육우는 아닌 사람으로 태어났던 것은, 어쨌든 내가, 선업의 고리에 새끼발가락 하나쯤은 끼워 넣고 태어났었다는 의미일지도 모르고, 아니면 전생에 육우였던지도 모른다. 육우의 육보시는 완전무결해서, 아무것 하나도 버릴 것이 없다면, 그보다 큰 보살행이 어디에 있을 것인가. 힘은 돌밭을 갈고, 그 똥은 박토를 옥토로 바꾸며, 그 가죽은 사람들의 언 발을 감싸주며 그 살은 푸주업자의 금궤를 살찌우고, 그 뼈는 삼 년을 욹혀진 뒤, 개에게 적선되며, 그 피는 새벽녘 술꾼들의 목을 따뜻이 한다. 그러고 보면, 어쩌면 나는 육우였던 것이 나았을지도 모르긴 하구나. 얼마나 쓰잘데없는 오물만을 나는 꾸려 쥐고, 형장을 두려움으로써 내어다보는가. 그러나 어쨌든, 내가 갈 곳에 대해 이제는 꿈을 키우지 않으면 안 되는 것이긴 하다.

그러는 새 우리는, 숲의 가운데로 난 오솔길을 걷고 있었던지, 나무들이 쑤군대며, 자기네들의 잠의 언저리를 스쳐 지나가는 것들이 무엇이냐고 묻고 있어서, 허긴 송구스러웠다. 나무들은 아마도, 가지의 중간쯤에, 까치 둥우리처럼 조금의 안개를 잠으로 둘러쳐 놓고, 서서 자고들 있을 것이었다. 허리도 아플라. 허긴 발목도 시릴라. 가을도 엔간히 깊었다 싶거들랑은, 이파리 좀 더 욱더 흩뜨려내려, 발등 찬 서리에 젖지 않게나 할 일이지, 그럴 일이다. 연전의 낙엽이 썩고 있는 냄새, 송진 냄새, 천년 묵은 고적의 냄새, 야음의 냄새. 그 가운데로 내 죽음으로의 귀향길이 놓여 있던 것을, 내가 태어났을 때, 나는 몰랐었다. 그래, 죽음은, 저 쌓인 정적, 저 울침한 대기, 저 음습한 어두움, 그런 오싹함, 그러며 무엇이 지나며 자기네 잠을 헤설피느냐고 투덜대는 망령들의 소리로 하여 더 숨 막히게 소조한 세계로의 잠입—그런 것일지도 몰랐다. 그리하여 몸은 시들어 누워버리면 다시는 못 깨는 것, 낙엽인 것, 것, 그런 것. 마음은 몸으로부터 떠나지만, 어디론가 스며들 때까지 굴러다녀야 되는 것, 또한 낙엽인 것, 것, 그런 것.

"이 저녁에는 말입습지, 골패 판이라도 한판 말입습지, 벌이고 말입지, 개고기에 후끈한 소주라도 좀 마셨으면 싶습지.”

촛불중이, 겨울 저녁 나그네처럼 말했는데, 어쩌면 그의 눈에, 형장이 보이기 시작하고 있다는 의미도 같았다.

“글쎄입지, 저 큰 형장 간수들이 한바탕 모여 떠드는 소리가 들리는 듯싶게, 저기 저 등이 보이고 있습지, 안개는 없어도입지, 밤의 이내가 두터운 탓이겠습지. 그 불빛은 둔한 청황색으로 푸르르 떨고 있는 듯해 보입지. 개고기와 마늘과 고추장.”

그래 우리는, 큰 형장에 가까워지고 있는 것이었다. 그래서 가만히 느껴보니, 사람 냄새 같은 것이 스적여 가는 것도 같고 도란거리는 소리 같은 것도, 내 귓바퀴 언저리로 겨울 저녁처럼 깊어갔다.

“아 그리고 말입습지, 독한 소주. 아 그리고입지, 그랬었습지, 소승은 촛불을 꺼뜨려버렸댔지. 그날, 그러니까 말입지, 대사의 실명이 이뤄져 버린 그 저녁엡지. 별로 꺼뜨려본 적 없던 그 불을 꺼뜨려버렸습지. 무엇 때문에 그 불을 그렇게 아꼈던지는 소승 자신도 모릅지. 그러나 그것을 말입지, 생각해보려 하고 있습지. 글쎄, 꺼뜨려놓고 나서야 한번 골똘히 생각해보려 한다는 말입습지. 뭔지 의미가 없어도 좋겠습지. 반드시 의미가 있어야 할 까닭도 없겠습지. 그러나 말입지, 그것이 소승으로 하여금, 저 사막을 얼마 동안 살게 하였었던 것이라는 것만은 알고 있습지. 아 그러구 보니입지, 다 왔군입지, 다 왔군입지, 왔군입지.”

그러고도 아주 한참이나 더 걸어가다 멈춰 서기에, 나도 멈춰 섰는데, 내 느낌에, 우리 앞엔, 높은 담벽이라도 가로막아 있는 듯해 답답함이 치밀었고, 취한 목소리로 떠드는 몇 음성이 확실하게 들려졌다. 그리고도 한참이나 있다가 무슨 요령이 흔들리는 소리 같은 것이, 안쪽에서 나서 바깥 우리 서 있는 데로 들려왔는데, 내 짐작에, 촛불중이 머뭇거리다 마음을 작정하고, 줄을 잡아당겨, 안에다 기별을 보낸 것 같았다. 드디어 우리는 형장에 도착한 것이다. 얼마나 밤은 더 깊어졌는지도 모르겠으나 이 여행은 외롭고 길고 팍팍했었다. 이제는 신발 끈을 풀고, 아주 잠시라곤 할지라도, 푹 쉬일 수 있을지도 모른다. 심신이 너무 고달프다 보면, 죽기도 살기도 다 싫어져 버리는 것이다.

조금 있으니 안에서, “지언장마즐, 고것 누구란댜? 아닌 밤쭝에 홍두깨란 다더니 말여, 고것이 씨바자는 문자뿐이는 아녔던개 벼” 하고, 게걸거리는 소리가 넘어오고, 촛불중이 대답해 넘기자, 빗장이 뽑히기 시작하고 있었다. 그런 뒤 문이 열리느라, 육중히 썩는 소리가 났는데, 그것은 분명히 철문 열리는 소리는 아니었다.

“헤헤헤, 요 아닌 밤쭝으 홍두깨가, 베문시런 홍두깨가 아니구만이? 그렇잖에도 말여, 나으리께서 조 중 나리 납시길 지다려쌓는 중이라고.”

“그래서 그 양반은 자리에 드셨나입지? 허긴 아직도 이르지만 말입지.”

“해가 누렇게 똥꾸녁에서 빠져나와야 나으리 자리에 드는 건 자네도 알잖애?”

다른 사내의 목소리인 것으로 짐작건대, 그들은 둘이서 일조로, 순찰도 하며, 파수도 보고, 문지기를 하는지도 몰랐다.

“헌디, 저그 저 어중간허니 해각고, 지 해골박을 들고 있는 사나가 고 중님이란댜?”

“비는 대로 솔직히 말허면 말이제, 고 베랑 심을 쓸 구석도 없어 비는디 말이라, 고녀러 똥깔보들 다 쫑치놨담선?”

“고 지엔장, 고렇게 눈만 새초롬허니 해각고 말여, 반야봉 토깽이 여수 훌기 보뎃기 보지만 말고 말여, 지엔장, 문이 열렀으먼 후딱 들어오기나 허란 말여. 전에 안 허던 짓을 하고 있당개 시방, 시식잖하게.”

“자네들입지, 대사를 몰라보고입지, 함부로 입술을 놀리면 말입지, 들어갈 수가 없을 뿐입지.”

“으? 흐흐흐, 그라면 워짤란 것인디?”

“말씨가 공순해질 때까지 이러고 서 있을 작정입지.”

“웟따나, 고 씨버랄, 그라먼 고라고 서 있으라고. 나는 문을 닫아뻐릴 팅게. 그라다 들어오고 싶으먼 나헌티 빌라고. 뻑이나 한번 주먼 보둠아디리제.”

“자네들이 빌어야겠습지.”

“으흐흐흣, 그라고 본개, 꺼생이라고 함부로 볼 일이 아니란 말이 맞는 말이겄구만. 글씨, 좁 물렀단 게 요것이제 머 다른 것이겄냐고.”

"자네들은 혀에 영 버릇이 없구만입지. 여기 계신 대사에 향해선, 유리의 육조 촌장의 예를 다해야 되는 것입고, 또 나에 대해서는, 자네들의 웃어른의 대접을 하지 않으면 안 될 것인데 말입지, 자네들 일개 망나니 놈들이 영 버릇이 없습지. 그러나 이것이, 나 혼자서 온 길이었으면 말입지, 늘 그랬듯이, 자네들을 귀엽게 보아주어서 말입지, 그저 접어두었을 일이지만 말입지, 오늘은 그럴 수 없습지."

"원 치도곤이를 칠 녀러! 조 작것이 오늘은 워디서 한잔 거나히 걸친 모양이여, 환장을 한 모양이여?"

"자네는 입을 닥치지 못할까입지? 내 직함이 알고 싶거든, 판관 어른께 여쭈어볼 일이겠다 말입지."

"헤헷따, 뭐 그래쌀 것 없이," 잠잠히 있던 다른 사내가 눙치고 나섰다. "스님들 납시지. 밤도 짚은 지경에, 입만 놀리서 무신 수가 있겄냐고이?"

"자네들입지, 이 대사께 망언한 것에 대해, 허리를 굽혀 빕지."

"헥 거 참, 똥톡에 발모가지를 빠촤도 요보당은 낫겄는디. 조 중놈이 원지부텀 고렇게나 베실이 높아졌댜?"

"헷따 사람, 허리 좀 한번 뿐질른다고 붕알이 떨어져 나갈 것도 아니고, 땅빠닥에 눈깔 딩굴 일도 없는 걸 각고 그래쌀 것 없잖애?"

그래서야 나도 인도되었고, 다시 빗장이 끼어드느라 소리가 썩고 있었다. 그리고 우리는 아마도, 넓은 마당을 가로질러가고 있는 듯했는데, 마당 냄새가 코에 좋았다. 그리고 그 마당 어디에선가는, 서넛으로 여겨지는 사내들의 떠드는 상소리와, 두셋으로 여겨지는 계집들의 낄낄거리는 소리가 섞여 나고 있었고, 모닥불 타는 연기 냄새와, 구워지는 고기 냄새가 또한 섞여서 풍겨오고도 있었다. 저 형장 나리들은, 이 여름밤에 마당 가운데 화톳불을 피워놓고 둘러앉아 잔치하고 있는 모양이었다.

"저 사람들입지," 촛불중이 거의 아무 감정도 없는 어투로 일러주었다. "사냥이라도 해온 모양입지. 이 숲에는입지, 노루니 토끼니, 뭐 그런저런 잡을 게 더러 있는데입지, 새끼 밴 여우거나, 뱀이거나 가리는 것 없습지. 수확이 없는 날이 사흘만 지나도 말입지, 기른 개까지도 잡아먹는데입지, 전엔 여기 한 대여섯 마리 있었던 개들이 이젠 종자도 없습지. 병들어 죽었다고 보고하는 모양이지만 말입지, 읍내서도 더 보내주지도 않는 듯합지. 그리고 저 여자들은 그렇군입지, 읍내 큰 술집 퇴물들인뎁지, 형장 내 상점 주모(主母), 나으리네 식모, 여 이발사 등이군입지, 대개는 여 죄수들과 어울리는뎁지, 오늘은 젊은 여 죄수가 없는 모양입지?"

그의 이야기를 들으며 걷는 새, 떠드는 소리와, 고기 타는 냄새와 독소주와 생마늘 냄새가 아주 생채로 들리고 맡아지는 데 닿았는데, 내 얼굴로도, 화톳불 끝이 핥고 달라붙는다.

"아, 나으리입지." 촛불중이 나로부터 떠나며, 주의를 환기시키는 소리였다. "그동안 안녕하신가입지?"

"아니, 조것이 시방, 할멈 아니란댜?"

누가 그를 깜짝 반기는데, 짐작에 황토고갯집 외동아들 '큰 형장 나으리'로 불리는 자인 듯했다. 낮고 폭이 넓은 데다 쉰 듯한 음성으로 가히 좌중을 제압할 힘이 느껴져 왔다.

"헷헷헷, 야심헌디 웬일로? 그렇잖애도 말여, 자네 생각에 잠을 못 들겄어서 지집들허고 시방 희롱 좀 허는 판이제. 걱다가 말이제, 우리 놈들 중에 하나가, 마누라 사태기 좀 뽀채고 오는 중에, 읍냇 개를 한 바리 꾀각고 왔그덩, 헌디 오라고, 자 여그로 왜겨, 와서 아무 년이라도 하나 허리에 차고 말여."

"고맙습지. 허나 일언이폐지하고 말입지, 소승이 유리의 육조 촌장을 뫼시고 왔다는 것을 일러두는 바입지."

"오우 거, 반갑운 소리구만엥? 그랴? 그렇잖애도 내 한번 볼라고 지다려쌓던 중이었제. 글씨 읍내서, 틱별 지시가 왔기로 말이라, 육조에 대한 극진한 예의로 갖다가시나 그 중 나으리께 대하라는 것이었는디 말여, 헌디 고 중님이 지끔 워디 있이까? 고 냥반이 워디 서 있냔 요 말여, 내 말은?"

"나으리께서는, 소문에 듣자니 말입지, 그동안 젊은 연세로 눈이 침침해간다고 말입지, 돋보기 점으로 다니신다 하더니입지, 소승 밤눈이 어두운지 말입지, 나으리가 쓴 돋보기가 보이질 않는군입지. 안됐군입지."

"어읏헛헛헛, 할멈 말은 그랑개, 고 냥반이 내 눈앞에 있는디도, 내가 눈이 어둡은 탓에 못 본단 고 말 아녀? 허웃흣흣흣. 암만 히어도 내가 요것, 개괴기로서 보신을 더 허고 바야쓰겄는디. 내 눈에 글매 헛것이 아까부텀 비기를 시작허는 겨. 그도 그랄 것이 말이제, 내 눈에는 말여, 저 그저 어중간하게 서 있는, 조 말라삐들캐진 명태 꼬락새니 사내 하나배끼, 다른 건 비덜 안 헌다고. 젊은 사람이 걱다가 추접기끄장 들어각고 말여, 벵든 노새맹이 눈곱은 찌절찌절 흘림선, 지대로 서 있도 못 히어서 조 흔들흔들허는 꼴 좀 보라고. 야, 내가 은으로 서른 냥을 준다먼 너 조런 사나하고 하룻밤 자겄냐?"

"금으로 오십 냥을 줘도 나는 싫겄소."

웃는 소리가 난다. 계집 사내 합쳐서, 예닐곱 흔쾌히 웃는 소리가 난다.

"그 대사가, 유리의 육조 촌장입습지, 그 점을 명심해두십지."

촛불중이, 웃음소리를 가르고 말했는데, 음성은 단호했으나 다른 감정은 조금도 섞여 있는 듯하지 않았다.

"그렇다면 말여, 허헉, 고것 참이, 내 참말이제 실망히었는디. 조런 체신으로 갖다가시나 사람을 셋썩이나 쥑이고, 고 많은 똥깔보 년들 씩까랭이를 다 찢어놨다니 말여, 고것 믿을래도 안 믿기는디. 걱다가 또 읍내서는, 읍장 늙은네 이름으로 사서끄장 오기를, 극구 공대하는 것이 나의 의무며 본분이라는 것이더라고. 거 내 처조부 될 늙은네가 노망이여, 글씨 노망이라고. 헌디 고 해골박은 뉘 껏이란댜?"

"그렇게 하는 것이 나으리의 의무며 본분이겠습지."

"헤헥 머시라고? 조것 지집도 못 되었던 사내 중뇜이 오늘은 제복 갖다가시나 입으로 심을 쓸라고 나분대는디."

웃는 소리가 난다. 계집 사내 합쳐서 예닐곱 흔쾌히 웃는 소리가 난다.

"헷헷헷, 워쨌던 나 참 실망허겄다고. 나 생각에는 말여, 키는 팔 대나 되고 말여, 뼈도 굵고 말이제, 얼굴이 훤허니 해갖고서나, 빛이라도 나고 말여, 일인분(一人分) 햇님끄장은 구만두드래도 말여, 허다못해 쬐끄만 별이라도 하나찜 말이제, 이망빡이든지 되세기 너머든, 워디쯤 하나 붙어 따라댕길 중 알았었더라고. 안 그려 모도이?"

웃는 소리가 난다. 계집 사내 합쳐, 예닐곱 흔쾌히 웃는 소리가 난다.

"내 쫍은 쇠견으로도, 고 정도끄장은 짐작히었었소이." 어떤 사내가 한마디 거들고 나선다.

"거 개괴기에 쇠주나 한잔 앵기주고, 그라고 고 비워둔 방에다 끌어다 넣어뻐리게. 에익, 술맛끄장 못씨개 맹긍만."

"아 그라먼 나으리는" 잠깐 전에 한마디 거들었던 사내의 음성이다. "전례를 깨치겄단 고 말 아니요이?"

"대사는입지, 주육은 삼가시고 계시니입지, 그건 권하지 마시고입지, 행로가 고달펐으니 말입지, 푹 쉬시게나 해주십지. 대사가 들 방은 어디인가입지?"

"전례라? 전례가 글씨 머시든가?"

"나으리는 백찌 쑹푹을 떠셔." 이번엔 여자의 목소리였다. "자 요 잔 한번 더 받고라우, 요 살 한 점 더 묵고라우, 인제 심을 좀 써보셔라우. 그라고 봉개요이, 시님이 시님 겉지도 않게라우, 무신 목걸이를 허고 있는디요, 뵈기가 참 좋소. 여부 나으리, 이겨각고, 나헌티 고것 좀 선물 좀 히어보씨요. 그라먼 내 잘 히어디릴 팅개 잉?"

"헷헷헷, 그라고 기억해봉개이, 참말이제 내가, 전례를 깨뜨릴 뻰히었고만이. 그렇잖애도 내가, 고 계혹을 턱 세워놓고 눈이 빠지게 지다려쌓었는디 말여, 헷헷헷."

"나으리입지, 이 대사는 말입습지, 지금 지쳐 계시는데입지."

"워따나, 할멈이 고단새 샛서방을 놨단댜? 그라지 말고 할멈은 말여, 쇠주부서서 똥꾸녁이나 씻거놓고 말여, 내 방에 가서 지다릴 일이겄고만. 글씨 전례를 깨뜨릴 수는 없는 것 아니냐고. 요것이 걱다가 베문시럽덜 안 헌디, 저그조 사내가 참말로 유리의 촌장이란다먼 말여, 우리 큰 형장허구시나, 저그 유리의 중놈덜허구시나, 대항전 겉은 것도 한번 헐 때가 되었더라고. 조 중놈들은 저그들 법(法)으로서나 죄를 씻거준다고 허고 말여, 우리는 또 우리들 법으로서나 죄를 씻거준다고 허는디 말여, 그라고 보먼 우리는 사둔이라고. 요것 참 좋운 시합 겉여, 워떤 법이 더 심이 센가를 알기 똑 좋제. 그라고, 옛날 이약책이란 걸 읽어바도 말이제, 졸개 놈들이랑 건 둘러서서 보고 있고 말이제, 대장들끼리만 한바탕 싸와설랑은 말이제, 홍군이 이겼느니 백군이 이겼느니 하던 것이라고."

"나으리입지, 그런 시합을 하더라도 말입지, 서로 조건이 비슷해야 공정할 터인데입지, 대사로 말하면 먼 길을 걸어오셨고 말입지, 또,"

"할멈은 지랄 말고 좀 죽치고 있으라고 시방. 할멈도 나를 이겼더라면 내가 어련히 알아서 영감님 대접을 해줬을 것이냐고. 헷헷헷, 아 그라고 또 그렇제, 요 날더러 시방, 조 촌장 나으리를 극진히 모시라고 허는디 말여, 모실 방볍이란 말이제, 고렇게 여흥을 일쿠는 수배끼는 없겄드라고. 요만침 생각하니라고, 내 머리깨나 시었을 것잉개. 그러면 이렇겄제, 인제 우리 대푀들끼리, 삼시세판은 해야 쓰겄제? 그랴, 삼시세판 씨름을 헐 것인디 말여, 조 유리의 대푀가 요 형장 대푀를 이기먼, 그렇제, 내가 무릎을 꿇고 엎디려 조 대사의 발에 입 맞추고, 워뗘, 너그 제집덜은 뭐 걸 거 없단댜?"

"있제 왜 없겄는그라우? 나으리가 지먼, 나는 조 시님 잠자리 수청을 들 것이고라우. 아까는 내가 금 오십 냥에도 안 잔다고 히었소만, 워쨌든 나으리가 이기먼, 조 목걸이를 얻었으면 싶응만이요."

"헷, 헷, 헷, 고것 서로 갖다가시나 값이 엇비슷허까 몰라. 고것도 좋다 싶으다. 너는 그라먼 머시냐?"

"나는 요랬으면 싶응만이라우. 시님 봉개 데럽운디라우, 나으리가 지먼, 내가 조 시님 몸을 잘 씻거디리고라우, 이기먼, 글씨라우이, 내가 시방 겡도 중이라 아랫도리가 깨끗덜 못헌디라우, 조 시님 쎄빠닥으로시나 거그만 좀 닦아밨이면 싶응만요. 모도 보먼 또 워떻겄소이?"

"헤엑, 자네가 데럽은 년인 중은 모도 알고 있지만 말여, 고렇게끄장이나 데럽운 년인 중은 미처 몰랐다야. 그래도 고 꼴 좀 보고 싶응개, 내가 거짓으로라도 져둬서는 안 되겄제? 허먼 너는 머슬 걸랑고?"

"나라우이? 글매요, 모도 알뎃기, 나는 머리 깎아주는 제집 아닌개 뵤?"

"후딱 뱉아 던져."

"그렁개로, 나으리가 지먼, 나는 조 시님 머리며, 쉬염이며 다 깎아디리고라우, 나으리가 이기먼 조 시님헌티 한 그럭 고봉 담은 쌀밥이나 해디렀으먼 싶으요."

"고건 좀 알아묵기가 에럽은 소린디. 조 중님이 날 이기거나 지거나, 존 일 배끼 더 당허겄어?"

"그래도 나는, 조 시님이 안씨러움선 싫던 안 헝개 그래요. 고 쑹악헌 곳서 얼매나 배를 곯았이끄라우?"

"아니, 조 중님 얼굴이 워떤디? 니 눈에는 별이라도 빈디야?" 어떤 다른 사내가 묻고 있었다.

"내가 고걸 워처키 알아라우? 해여튼 머신지는 몰라도라우, 내 눈엔 틀리게 빈단 말이제라우."

"조런 쳐 쥑일 녀러 제집년, 고것 좀 얼굴이 핼꼼허다고 위해줬더니, 샛서방 보고 싶어 환장을 히었구만. 워쨌든, 고것도 좋다 싶으다. 그라먼 인제 내가 갖다가시나 내 몫을 걸 때가 아니겄다고? 나는 이려, 내가 이기먼 말여, 조 유리의 대퇴가 말이제, 모두 보는 앞에서 나를 모시야 헌다 요것이제."

박수 치는 소리가 난다. 웃는 소리가 난다. 계집 사내 합쳐, 예닐곱 흔쾌히 웃으며 박수 치는 소리가 난다.

"나으리입지, 들어보십지, 이건 특히 소승이 말입지, 불미롭고 법도에 어긋나는 소행이라고 사료하여 경고하는 바인뎁지, 보류해두십지, 그러지 않는다면입지, 소승으로서는 읍에 보고할 수밖엔 없겠습지. 더욱이 나으리는 말입지, 읍장 어른으로부터 특별 사서까지 받고 있는 중이라고 하고 말입지."

"헷헷헷, 허지만 말여, 이 밤엔, 이 밤엔, 보라고, 읍이 가까운가 내가 가까운가? 헷헷헷, 자네는 거 중뇜이, 우리 겉은 속물보다도 더 더럽게 입만 깐단 말야. 도라는 것도 그렇제, 일방적으로 갖다가시나 속만 닦아지고, 겉에는 안 닦아졌다먼, 고것을랑은 일러 반펜이 도사라고 안 허겄냐고. 자네 겉은 도꾼은 반펜이도 못 되지만 말여. 그래도 적어도 갖다가시나 유리든 워디든, 촌장찜 될라먼 조 제집년 입 깐 소리모냥으로시나, 워디든 자네 겉은 것허고 달븐디(다른 데)가 있어야 되는 것이라고, 나는 고렇게 믿고 있다고. 이약이란 걸 들어바도 말여, 진짜배기 도사는 말이제, 호랭이끄장 항복을 받아설랑 개맹이 덱꼬 댕긴다고도 허고 말여, 구름맹이 공중에 떠 있을 수도 있다고도 허는 겨. 고렇게끄장은 고만두드래도, 사나가 갖다가시나 사나와 한판 흥을 돋구잔디,

거그 머시 잘못된 것이 있냐고? 워디서 듣잔개, 조 중님이 쥑이뻐렀다는 존자라는 중뇜이 그런다고, 중의 발모가지는 연꽃이람선 입을 맞촤야 된당개, 내가 지먼 그럴랑 것이고, 또 펭생을 갖다가시나 세상 죄며, 악한 것 쳐부수고 항복 받는다고 공부했단 것이, 죄나 악은 구만두드래도, 나 겉은 속물 하나 항복을 못 받는다먼, 그녀러 똥구녁에 좁배끼 머슬 더 쑤셔 넣어주겄냐 요 말이라고. 그랑개, 자네 겉은 어중간한 중놈은 말여, 가만히 있음선, 입에다 바우라도 안 눌러논다면 말여, 조년들 음에 지랄한 것들 시켜서 말이제, 꾀를 베끼고 족끝을 물어 띠뻐리게 헐 팅개로, 지랄 말고 있으라고 시방. 요것은 졸개가 나서서 입방애 찔 것이 아닝개로. 그라고 야 사람덜아, 멋들 허고 있냐고. 조 잠퉁이 새깽이덜 모도 깨와, 요 귀경을 허라고 허란 말여. 좀 귀경꾼이 있어야 심도 나제. 그라고 유리의 대푀 나으리, 먼 질을 오니라고 심도 빠졌일 팅개, 내가 두 다리 두 팔을 다 씬다면 좀 덜 공평헝개로, 내 오른팔 하나는 안 쓰기로 내 약속허리다."

"아유 나으리, 장개질에 붕알을 띠놓고 가면 워짤 것이요이?"

"걱정 말거라, 자네헌티는 내 엄지발꾸락으로 쑤시줄 팅개. 워쨌던 조 목걸이가 니 것인 양만 허고 있거라잉?"

이것은 참으로, 기대치 않았던 시련이 다가온 것이었다. 이것은 회피할 수 없는 시련이 다가온 것이다. 그의 말이 반드시 옳은 건지 어떤지는 모르지만, 도라는 것이 속에만 닦이고 겉에는 닦이지 않았다면, 허긴 어쩌면 반편이 도사일는지도 모르긴 하다. 허지만 난 어느 쪽에도 닦여져 있지가 못해, 그 반편이까지도 못 되는 형편이 아닌가. 어쨌든 이 시련이 내개 와 있고, 나는 이 상대를 정도에 서서 이겨내지 않으면 안 되는 것이다. 스스로 전에 나는, 나를 불러 포마(怖魔)니, 파악(破惡)이니라고 해온 것이 아니었던가. 헌데 이 사내를 두고 본다면, 굳세고 굳세어서 상수리나무 늙은 것 같다고 할지라도 한 작은 마귀나, 악의 갈대 같은 것 한 줄기에도 비길 바는 아닐 것일 터인데, 상수리나무는 찍어내면 쓰러지지만, 마귀나 악은, 찍어내면 낼수록 그 목이 더 불어나는 것이기 때문이다. 그런데도 나는 스스로, 포마니 파악이라고 불러왔던 것이다. 마는, 나는 또한, 교회당을 허는 노역에 처해, 체력의 한계를 알지 않으면 안 되었었고, 또한 저 늙은 애꾸눈 중과의 대합에서는, 머리로 조금 아는 역술(力術)은 잠든 것이어서, 팔과 다리로 깨어 내려오지 않는다는 것을 알아버리기도 한 것이었다. 게다가 어쩐 일로, 이런 때에 와서 사지가 후들거리며, 비그르 무너져 누워버리고만 싶은가.

"대사, 이 회피할 수 없는 모욕을 어찌하려 하십지?" 촛불중이 내 곁에 서서 걱정하고 있었다. "이제 이르러서는, 대사의 안구가 성치 않다는 것을 밝히고 말입지, 소승이 대신 나서는 일이겠는데입지, 소승은 이런 수모엔 이미 개처럼 되었으니 말입지. 허락해주십지."

나는 완강히 고개를 저어 보이고, 손을 들어 더듬어, 그의 손을 찾아 한번 힘 있게 쥐어주었다. 그러자 그 손을 통해, 어째서 오늘까지, 내가 이 사내를 죽여오지 않았던가 하는, 그런 어떤 대답이 전해오는 것처럼 느껴졌다. 그래, 우리는 어쩐지 사라수 두 가지였다.

나는 그에게 그리고, 저 상대에 대적할 준비로, 내가 끼고 있었던 해골을 주어 맡겨두었다. 그것으로서 나의 준비는 끝난 것이었다.

그러고 있는 중에, 필시 죄수들일, 한 이십여 명 정도로 추측되는 사람들의, 잠 덜 깨어 투덜대는 웅성거림이 일고, 소주잔 던져 부쳐 깨뜨리는 소리가 들리는데, 형장 나리도 준비를 끝냈다는 신호인 듯했다.

"대사, 저 사내가 비록 장한이라고 하지만 말입지, 꾀는 없습지, 그 점을 알아두십지. 저 사내의 허점은 교만한 데에 있을 것인데입지."

"자 모도 들어보라고. 내가 약속했뎃기, 나는 오른펄은 접어주기로 했응개, 자 요렇게 뒤로 돌리 허리끈 속에다 끼워놓는 것이여. 아 참 그라고, 인제 온 여러분네는 몰루겄제. 요것은 머시냐먼, 유리의 대푀허고 요 헹장 대푀허구 갖다가시나 붙인 대항전인디, 저 중님이 유리의 육조 촌장이라는 겨. 그라고 멩색이 씨름은 씨름잉개, 누구던 먼첨 땅에 넘어지먼 지는 걸로 치는 겨. 알아묵겄냐고. 물론이사, 땅바닥에 손꾸락만 다도 지고, 물팍을 꿇어도 지는 것인디, 모도 눈 똑뙥이 뜨고 볼 것은 우리 둘이 똑겉이 넘어진 것겉이 빌 때, 누가 먼첨 땅에 닿는가, 고것이라고. 그라먼 유리의 대푀 나오씨요."

나는 촛불중이 서 있는 쪽을 향해 고개를 끄덕였다. 그랬더니 촛불중이

나를 이끌고, 한 대여섯 발자국 나아간다.

"아 그라먼, 유리의 부대푀가 우리덜 씨름 손을 좀 잽히줬이먼 싶으구만. 나는 오른손잽인디, 유리의 대푀는 무신 손잽인지 몰르겄고만."

나도 오른손잽이라고 고개를 끄덕여주었다.

"헌디 요 시님이 말허는 소리를 못 들어밨는디, 설매 버버리는 아니겄제? 워쨌든 잘 되얐어. 헌디 가만있어보자고, 워째서 유리의 대푀 나리께서도 오른펄을 뒤로 돌리놓고설랑 씨묵을라고를 안 헌다제?"

"아니 대사입지, 오른펄을 쓰시지 않으실 작정이신갑지?"

나는 고개를 끄덕여주었다.

"아니, 조런 모구(모기) 다리 겉은 체신으로설랑, 나허고 똑겉이 뎀빈단 말이제. 헷헷헷. 그라고 봉개로, 고 중님이 사나는 사난개 볐는디? 지드래도 사나답게 지겄단 고 뜻 아녀? 헷헷헷. 그라고 봉개 말이제, 나헌티 이기던 지던, 고만했으먼 돌중님덜 대장 하나찜 해묵어도 안 될 것 없겄어. 내가 대접을 잘허잔 것이 되뢰 실례를 헌 것 겉은디. 아 그렇게 졸개 놈덜도 아니고, 우리 사나덜끼리 머슬 접어주고 워짜고, 거 머 졸 일도 없겄어. 그라먼 우리 왼몸땡이로 갖다가시나, 젖 묵던 심끄장 써보는 것 좋겄제."

동시에 내 허리가 앞으로 착 휘어지며, 내 오른쪽 어깨에 그의 오른쪽 어깨가 맞닿아지고, 내 허리가 철근 같은 그의 오른쪽 팔에 휘감겨진다. 그는 나보다 아마 세 치는 더 큰 키였고, 무게는 서른 근 정도가 더 나갈 것으로 추측되었다. 한 손 잡힌 이것만으로도, 내 기(氣)는 벌써 쇠침해지고 있었다. 나는 정신을 차려야겠는데도 그리고 이를 악물어 기를 모아야겠는데도, 그렇게는 되지 않고, 전에 굳건히 섰던 다리도 지푸라기처럼 휘청거렸다. 그러나 무엇보다도 그가 어떻게 내게 공격할지, 그것을 눈으로 보아서 눈치챌 수 없는 것이, 그중 안타까웠다. 나는 어떻게도 그에게 대항할 수가 없기만 했다.

그럼에도 씨름은 이미 시작되어 있었다. 그러나 그는, 나를 대번에 내동댕이치지는 않고, 쳐들어 올리는가 하면 슬며시 내려놓고, 빽빽이를 돌리는가 하면 나를 눕힐 듯했다가 일으켜 세우곤 했다. 그러며 그는 계속해서 껄껄댔다. 이것은, 한 마리의 다람쥐가 한 톨의 도토리를 다루는 식이며, 한 마리의 고양이가 한 마리의 생쥐를 어르는 투며, 큰 노도가 한 이파리 목선을 어지럽히는 꼴이었다. 그러는 중에도 내가 바란 것은, 그가 좀 더 시간을 걸려 나를 놀리며, 자기의 묘기로 하여, 보다 더 많은 박수갈채와 폭소를, 구경꾼들로부터 얻어냈으면 하는 일이었다. 그를 익히는 것이 내게는 급선무였는데, 익힌 길은 밤에 걸어도 돌자갈에 덜 차이는 법이기 때문에 그런 것이다. 그는 그리고 사실, 나를 이미 하나의 적수로 생각하는 걸 잊어버리고 있었고, 다만 관객의 웃음과, 박수와, 찬양만을 위해서, 나를 하나의 광대나, 탈바가지나, 땅꾼이 놀리는 뱀 같은 것으로 써먹고 있었다. 그는 그래서, 나를 놀리다 말고, 내 허리를 움켜쥔 뒤, 어떤 계집이 부어 넣어주는 소주를 마시고, 다른 계집이 밀어 넣어주는 개고기 토막을 씹어댔다. 그러는 중에 그가 내게 익혀지며, 내게 정다워졌다. 결국 그는 순박한 촌사람이었다. 닳고 닳아진 듯한 그의 의식 안에, 저 흙냄새가 있던 것이다. 그는 쓸데없는 곳에 너무 많은 힘을 소모하는 경향이 있었으며, 참나무처럼, 오직 자기 힘으로만 버티고 서 있을 뿐이고, 갈대나 풀잎모양, 물여울이나 바람 같은 것의 흐름을, 자기 속으로 사려 들여, 그것을 오히려 자기를 버티는 힘으로 둔갑시킬 줄은 모르던 사내였다. 힘의 단순성, 응용의 초보성, 확고부동한 마음의 보조를 받지 못한 만용—그러나 그의 힘에는 단절이 끼어들지 않는 것에, 나는 경탄할 뿐이었다, 그는 장한임에 틀림없었다. 그는 나를, 한 식경도 더 놀리고도 더 놀리고 싶은 모양이었으나, 비취 목걸이를 탐냈던 그 계집의 목소리가, "여보 장사 나으리, 너무 고렇게 놀리기만 헌개, 고 시님이 너무 불쌍도 허요이. 나으리도 요 잔 한잔 더 받고라우, 요 살 한 점 묵고라우, 고 시님도 좀 쉬게 허시야 다른 판을 안 벌리겄다고라우이?" 하고 일러서 이 첫 합은 끝이 났다. 그는, 내가 어지러워 도저히 일어설 수 없을 만큼 빙빙 잡아 돌리더니 종내 나를 잡았던 손을 탁 풀어버리는 것이었다. 그러자 내게 비행감이 들더니, 오래잖아 어디엔가 팩 부득 쓰러져 무릎으로부터 시작해 앞가슴이 깨뜨려지는 듯이 아팠다. 그가 나를 잡아 돌릴 때 나는, 일념으로, 머리만은 땅에 부딪히지 말아야겠다고 별렀었더니, 어쨌든 머리는 쳐들고 있었기에 기절은 하지 않았다. 그 일회전은 결국, 힘 한번 써보지도 못하고, 어이없이 끝난 것이다. 나는 내가 처량했다.

촛불중이 나를 부축해 일으켜 앉혔다.

"대사, 더 다치시기 전에 말입지, 이 싸움은 포기하시는 게 어떠신가입지?"

나는 아무 대답도 해 보내지 않았다. 그러나 드디어, 내가 공부한 그의 힘과 묘기와 허점 위에서, 내가 명상할 때라고 믿어서, 나는 결가부좌를 꾸며 앉았다. 그런 뒤 심호흡을 계속하며, 도대체 뼈도 없으며 부착력도 없어서, 그것의 가는 끝들은 한없이 유연하기만 해, 심지어 꽃수술 하나 흔들어주지도 못할 듯한 바람이며, 물이, 그 중심을 잡아 휘몰아칠 때, 한 대의 참나무가 아니라, 하나의 산까지도 허물어버리기도 하던 그 힘이 발현하는 과정을 살펴나가기 시작했다. 왜냐하면, 나의 적수는 참나무 백 년짜리나 같은 사내였던 것이기 때문이다.

억센 바람이나 노도라도, 그 끝은 유연한 것이다. 그것은 성내지 않으며 당황하지 않으며, 다만 고요한 듯하며, 그래서 차라리 텅 빈 듯하지만 충전되어 있다. 그것은 그리고 흐르는 듯하여 동(動)을 소모해버리는 듯하나, 그 흐름으로 하여, 그 심층부에 무서운 정(靜)을 응결시킨다. 그러한 힘은 그러나 그것의 뼈나 살에 의해서가 아니라, 그것의 맑은 고요함 속에서 단절 없이 나타나는 것이다.

"자, 고만침 쉬었으면, 인제는 다른 판을 붙일 때도 안 됐겄는그라우?"

"너는 이년아, 가랑탱이가 개럽어 죽겄는 모냥인가? 쇠주나 붜서 곱이나 씻어둬라잉. 모든 일이 다 그렇다고, 머시던 훗딱 끝내뻬리고 나먼, 고 뒤끝은 허설푸다고. 워디 세월이 좀묵는다디? 이긴 사램일수록 너그럽어야 군자여."

"히어도 나으리, 나는 조 목걸이 좀 얼렁 걸어밨이먼 싶어 똑 죽겄소."

"헷헷헷, 고 속도 허긴 내 알상허제. 히어도 니 것인 양 허고 말이제, 멀리 두고 볼 때가 좋운 땐 기여, 자, 듬뿍 좀 부서 잔을 채우기나 허라고."

이번에는, 내가 먼저 일어나 서서 그를 기다렸다. 그것은 나의 계산으로써 그런 것인데, 첫째는, 그는 한판 이겼으므로, 여하튼 나를 쉽게 던져버리지는 않을 것이라는 믿음이 있었고, 둘째는, 그가 도전을 당했다고 생각했을 때, 우선적으로 느끼게 될, 자기의 승리에 대한 얼마쯤의 불신, 다음으로 느끼게 될 약간의 적대감, 그리고 약간의 초조감을 일으켜, 시작된 짧은 시간 안에 힘의 많은 것을 소모시키자는 것이었다. 그리하여 그런 힘의 소모를 통해서, 그가 다시 확신을 갖게 되었을 때, 그는 이제 내게도 자신에게도 여유를 줄 것이었다. 그의 생각에, 이것은 그의 마지막 경기여서, 절대로 쉽게는 나를 내동댕이치지 않을 것이었다. 그러나 내가, 그가 도전해올 때까지 기다리고 있는다면, 나로서는 조금 더 시간을 벌어, 피로 회복을 약간 더 도울 수는 있지만, 그는 아직도 계속되는 자기 확신으로 인하여, 결코 힘을 일시에 소모하는 일은 하지 않을 것이었다. 그런 경우, 힘의 소모의 한 계기를 만들어주기 위하여, 내가 서투른 안쪽이라도 감는 일을 시도한다면, 그 결과는, 그나 나나, 바랐건 말았건, 어처구니없게도 쉽게 끝날 우려가 있는 것이었다. 나의 원칙은, 그러나 어느 선까지는 결코 공격 따위는 하지 않는다는 것이었다. 태풍은 한 번 불기 위해서, 한 번 무섭게 바람을 접어 들이는 것이다.

아닌 게 아니라, 그는 비록 껄껄거리고 웃으며, 다시 오른팔 오른 다리를 접어주겠다고 떠들어 보였으나, 내 느끼기에, 그의 으스댐 속에는, 약간의 당혹, 약간의 자기 회의가 깔려 있었다. 내 허리를 감아쥐는 그의 손이, 전번에 비해 더 억세어져 있는 것은, 그가 적어도 이 순간은 나를 적수로 상대하는 증거인 것이기도 했다. 그래, 눈으로 볼 수 없으면, 눈으로 보이지 않는 더 많은 것을 볼 수 있는 것이 사실이긴 하다. 그러나 이 시작은, 이 대결에 있어 가장 힘든 대목이 될 것이었다. 아닌 게 아니라, 그는, 나를 움켜쥐기가 무섭게 쳐들어 올리더니, 빙글빙글 잡아 돌리기를 시작한다. 그러나 가다듬어진 내 마음과 기는, 그것에 의해 흐트러지지는 않았다. 그가 나를 휘두를 때마다 나는, 나뭇가지 위에 앉는 부드러운 바람, 뿌리로 채워 드는 유연한 물을 깊이깊이 생각했다. 그러며 나의 흐름 속에다, 그 운동 속에다, 정(靜)스러운 것을, 흩트려질 수 없는 것을 채우는 일에 정진했다. 안 보인다는 것은 글쎄, 이 실랑이에 대처케 거의 불가능하게 했지만, 안 보인다는 것은 글쎄, 자기를 염태로 만들기에 어렵지 않게 하며, 그 염태를 또한 초력적으로 부각시키기를 가능시킨다. 물론 그가, 나보다 더 능청거리는 몸의 사내였다면, 이 실랑이는 다른 각도에서 고려되었어야 할 것이었다. 그러나 나로서는, 이 굳건한 몸을 대들보로 삼아, 차분히 부착해 있기만 하면 되는 것이었다.

그는 처음엔 그의 힘의 대략 팔 할가량을 동원하여, 땅꾼이 뱀 놀리듯 나를 휘감아, 징그러운 것을 떨쳐내듯 내 떨쳐 버리려 하였으나, 그래 보고 난 뒤 그는 아마도, 내가 자기의 적수가 못 된다는 것을 다시 확인한 듯싶었다. 그렇게 발견하는 동안에 어쨌든 그도, 한바탕의 센 힘은 소모를 해버린 것이었다. 술이 위장에서 마늘과 썩는 냄새를 쐑쐑 불어냈다. 내가 우려한 단계는 지난 것이었다. 그는 이제부턴 아까와 같이 약간 희극적 몸짓으로 나를 놀릴 것이었고, 그러나 목구멍이 갈해졌을 때 나를 내던질 것이었다. 나의 할 일이란, 그 마지막 순간까지, 나를 한 노리개로서 그에게 맡겨두며, 그가 행하면서도 피로를 회복하는 틈을 알아내, 조금씩 공격의 암시를 주어, 그로 하여금 쉬지 못하게 하는 일이고, 그의 숨소리와 힘의 유동을 따라, 그의 변심을 읽기만 하면 되는 것이었다. 갑자기 변심하고 그가 나를 한순간에 깔아뭉갤지도 모르는 위협이, 이 실랑이의 매 찰나에 도사리고 있는 것이었으니 말이다.

박수 치는 소리와, 웃는 소리와, 응원하는 소리가 계속되고 있었다. 그러는 동안에, 일회전 때만큼의 시각이 또 흘러갔다. 숨소리로 미뤄보건대 그의 목구멍은, 독한 수분에 젖어야 될 때에 온 듯했다. 이것은 그리하여 응수의 시각이었다. 아닌 게 아니라 그 단계에 이르러 저 상스런 계집의 종용하는 소리가 들리고, 그의 강장한 전신이 뿌드득뿌드득 굳어지기 시작하며, 내 어깨로 천 근의 무게를 밀어붙이기 시작했다. 이것은 내게 닥친 두 번째의 어렵고도 중요한 단계인 것이었다. 승부가 나뉘는 그 분계점에 온 것이었다. 조금 소모시켰다고는 하더라도 그래도 계속적으로 솟는 그의 괴력과 그의 교만과, 그의 확신을 이 순간 분쇄치 못한다면 이제 나는 저들이 건 내기 따위는 어쨌든, 나 자신에의 실망과 수치를 씻어낼 길은 없을 것이었다. 그러는 중요한 찰나에, 헌데 내게 일순 허탈이 밀리며, 이길 수 있으리라는 확신이 깨뜨려졌으나, 나는 본격적으로 이선(二禪)으로 정진해갔다. 가볍고 부드러이 나무를 휩싸고 오르던 물과 바람이, 저 깊은 속의 정(靜)을 깨워내기 위한 약간의 동(動)으로써 가지를 흔들며, 조금 분방스러이 나분대, 저 나무의 잘 집중된 정신에 약간의 혼돈을 일으키는 단계인 것이다. 이 단계에서부터는, 그는 조금 더 거세게 숨을 씩씩거리기 시작했는데, 다리를 써서 내 다리의 안쪽을 감으려는 데에나, 불룩한 배에 실어 내던지려는 데에나 성급함이 나타나고, 서투름이 나타나고, 상대방에 의해서가 아니라 자기 자신의 몸무게와 집중 벗어난 힘에 의해서, 발을 헛딛는 일이 일어나고 있었다. 그때까지 나는, 잡힌 그의 씨름 손으로부터 와해를 돕고 있었다. 그리하여 씨름 손이 풀렸고, 그래서는 우리는 얼핏 아무렇게나 붙들고 있는 듯했지만, 나는 그의 가슴팍 옷자락을 단단히 움켜쥐고 다른 하반신은 자유롭게 되어져 있는 자세를 성취해내고 있었던 것이다. 그리하여서사 이제, 바람이어서 가벼이 그리고 물이어서 육중히, 천의 변용을 도모하며, 그의 전신을 침공해들 수가 있게 된 것이다. 이 자세는 내가 그중 바랄 만한 것이었는데, 그가 내 허리를 감아 틀려고 내 허리에 손을 대기만 하더라도, 슬쩍 엉덩이를 빼거나 허리를 틀면 그뿐이었고, 안쪽을 감으려 들거나 배 위에 실으려 들면, 조금 물러서 버리면 그뿐이었다. 내 어깨를 움켜쥐기는 했으나, 이 사내는 이제 힘의 과녁을 잃어버리고, 그저 빙빙 잡아 돌리다 손을 탁 풀어버리려는 짓이나 한없이 시도했으나, 그의 그 힘의 유동의 방향을 쫓아서, 내가 한번 슬쩍 발을 걸어본 것만으로도, 그가 한번 된통 요동한 뒤부터는 그는 그 짓도 삼가고 있었다. 그의 묘기가 밑천이 다된 것이다. 그는 그래서 풀어볼 곳 없는 한 같은 힘과 뼈만을 갖고서, 어찌할 바를 모르고, 고함이나 고래고래 지르고 있었다. 그는, 양쪽에서 번갈아 짖는 두 마리의 사냥개의 중간에 선 범으로 변해버렸다.

나는 그리하여 삼선(三禪)으로 정진해갔다. 이 단계는, 이제 비로소 내가 본격적으로 공격을 시도하는 단계인데, 저 괴었던 물이 뿌리를 파고 맴돌며, 바람이 가지를 휘늘어뜨려 가는 과정이다. 그리하여 나는, 묘기를 잃은 뒤 어찌해야 좋을지 몰라, 거의 치매 상태에라도 처한 듯한 사내를 향해, 분방스럽고도 작으나, 힘을 가한 꾀들을 꾀했다. 그러나 그런 작은 꾀들에 의해, 그가 어이없이 넘어져 버릴 것이라고 내가 믿고 있는 것은 아니었다. 그저 콩콩 짖어댄다는 의미밖에는 없었을지도 모른다. 번갈아 가며 캥캥 짖는 것이다.

그리하여 마지막 선(禪)을 나는 준비하고 있었다. 그땐 저 사내는 고함까지도 질러대지 못하고 있었다.

그리하여 마지막으로 나는, 저 우람한 나무가, 바람과 물의 휘몰이에 견디지 못하고, 뿌리를 드러내며 무참히 쓰러져 눕는 것을 종내 보고 있었다.

이 승부는 끝난 것이다. 나는 그를 내 등에 받친 뒤, 궁둥이를 수미산 높이나 치받쳐 올려, 저 사내를, 내 어깨 너머로 던져버렸는데, 그가 내 앞쪽의 어디에서 떨어지는 둔한 소리는 반년 후에나 들리고, 이번엔 웃음소리도 박수소리도, 아무 소리도 들리지 않았다. 그저 사위가 적막했다.

나는 그러고도 기다려 서 있었지만, 한 번 더 받았어야 될 도전은 받아지지도 못하고 말았다. 촛불중이 들려준 대로 하자면, 저 형장 나리는, 머리부터 땅에 곤두박여, 한동안 정신을 잃고 있었는데, 어쩌면 목뼈에 상처를 입었을지도 모른다고 했다. 그리고 들것에 들려 자기 처소에 옮겨져 갔다고 했다. 그의 말대로 하자면 그리고 간수들과 두 계집을 제외한 모든 사람들이 기뻐하고, 경애하여 허리를 굽혔다고 했으나, 정작 내게는 기쁨이 없었다. 나는 조금도 기쁘지 않았다. 무계획하고 저돌적이며 방자한 힘 하나를 같이 젊은 사내가 이겨냈다고 해서, 그것이 무엇이 그렇게 장한 일일는지는 모른다. 그리고 이 승부는 아직 판가름이 나 있는 것도 아닌 것이다. 그러나 졌을 때, 그것은 수치임에는 사실일 것이었다. 방자한 하나의 저돌적인 힘의 도전이란 어떤 잡념 같은 것이어서, 그것은 뽑아내 버려야 할 것이기는 할 터이지만, 그것을 당분간 근절했다고 해서, 그것이 공문에 가까워지는 것은 결코 아닌 것이다.

촛불중의 인도를 받아, 난 한 방에 들어졌다. 목걸이를 탐냈던 계집이 금오십 냥 저쪽의 태도를 이쪽의 태로도 바꾸어 어리광을 피우며, 내 팔에 기대어왔었지만, 촛불중이 보내어버린 듯했다. 보내기 전에 물론 촛불중은 내게 어떻게 할 것이냐고 물었었고, 나는 그저 한번 고개만 저어 보여주었을 뿐이었다. 물론 나로서는, 내게 있어 보아도 필요 없는, 저 목걸이쯤 들려 보냈어도 좋았었을 것이었지만, 나의 인색함 탓이 아니라, 그것을 주었던 계집에의 슬픔 때문에 줄 수가 없었다. 하나는 내게 사랑으로써 주었고, 하나는 물욕으로써 그것을 탈취하려 했었다. 그러나 이 탐욕스러운 계집이, 그것을 목에 걸고 있어 보아도, 그것은 필요 없는 것이다. 목에 걸고 있다는 것으로서, 대체 그것이 무슨 의미를 지니는 것인가. 그럼에도 그 목걸이를 쥐어 들려주지 못한 일은 좌우간 쾌롭지 못하다. 쥐어 들려주었더라도 물론, 전혀 쾌롭지는 못했을 것이다.

"대사, 그러하오면입지, 평안한 밤을 지내십지. 대사가 계시는 동안은 소승도 여기 머물려 합지."

촛불중은 그리고, 내게 해골을 쥐여 주며 자기의 숙소 찾아 떠나려 했다. 나는 그래서 그에게 손을 흔들어 주의를 내게 쏠리게 한 뒤, 바닥에다 물고기 모양을 둘 그려 보여주었다.

"대사께서는입지. 물론 이 밤으로 말씀은 아니시겠습지?"

그러나 나는 동틀 녘쯤이면 좋겠다고 생각하고 있었다.

"허나 대사입습지, 지금부터 준비를 시킨다 해도입지, 동틀 녘에나 될까 말까 합습지. 하니 말입지, 소승이 나가 지금 말입습지, 최선을 다해서입지, 모두 동원하여 준비는 해보겠으니입지, 그러는 동안은 잠시라도 말입지, 평안한 밤을 지내십습지."

그는 그리고, 내 대답도 듣지 않고 걸어 나가버렸다. 그 뒤에다 대고 나는 고개를 끄덕여 보여주었다.

내가 들어온 방은, 흙냄새가 아주 그득히 서려 있는 데다가, 전에 거기서 묵어 갔을, 그런 여러 수인들의 몸 냄새로 찌들어 있어, 그것이 차라리 내게 좋았는데, 그들은 본 적은 없지만 그래도 이 방의 고통이 무엇인가, 이 방의 의미는 무엇인가, 그런 것들이라도 우리 서로 말이 통해지지 않는 말로 도란거려, 서로를 이해할 수 있을 듯도 싶기 때문이다. 난 좀 눕고도 싶어서 손으로 바닥을 더듬었더니, 결이 튼 목침이 한 개 만져지고, 개켜진 홑청이 하나 있어서, 그것을 베고 펴 덮고, 편안한 자세를 취해 오른편으로 누웠다.

그리고 이제 한 번, 아마도 마지막으로, 흙에 밀착되어서 즐길 수 있는 잠의 한끝을 평화스러히 붙들어 매려고 하고 있는데, 뭔가 따끔히 쏘고, 물며, 살 속으로 깊이깊이 파고드는 가려움이 여기저기서 비롯되어, 도저히 참아낼 수가 없게 되었다. 그것은 시작이었다. 그런데도 그것은 차라리, 고름이 흐르며 썩고 있는 듯한 눈의 아픔보다도 거북했으며, 소금기에 닿았을 때의 혀끝의 쓰라림보다도 더한 것이었다. 아마도 빈대와 벼룩의 무리들이었을 것이다. 그런 악귀들이 잠복해 있다가, 이제 죽어갈 몸에서 산 피의 시주를 받아내려고 하고 있었다. 사실에 있어, 이제 죽어갈 몸으로, 죽기에 앞서, 뭔지 살아 있는 것 위에 산 피를 보시한다는 일에, 도대체 인색해야 할 이유란 없는데도, 그러나 그러한 침공은 이상스럽게도 참을 수가 없는 것이었다. 어느 쪽인가 하면, 차라리 팔이 한쪽 잘리거나, 손톱 밑으로 송곳이 찔리고 드는 것보다도 더 괴로운 것이었다. 이것을 다른 말로 환치하면 허긴, 바깥 세계의 자유로부터 격리되어, 죄과만 남기고 자기는 남길 수 없게 된, 수인들의 혼의 앓음앓이라고 해야 될 것인지도 모르긴 하다. 그러고 보니 우리들의 통화는 이렇게 이뤄진 것이다. 결국, 아직도 나는 살아 있는 것이다. 송장에게도, 빈대나 벼룩이나 모기나 이가, 쏘고 달라붙는다는 얘기를 나는, 아직 견문이 좁아 들어본 적이 없었던 것이다.

어쨌든 형장의 이 첫 밤에, 나도 또한, 빈대나 벼룩을 공양하는 데 내 피가 쓰이도록 된 모양이었다. 아 그래 제길헐, 만약에 내 핏속에도 정등(正等)한 찌꺼기가 조금이라도 있을 것이라면, 만약에 정각(正覺)한 것이 피로서라도 있다면, 아 그래 제길헐, 그것을 빨고, 저 번뇌와 빈혈의 악업을 여의기 바라노라. 빈대나 벼룩이란, 번뇌의 생물(生物) 이름이 아닐 것인가. 그것은 살아 있는 것의 심정 속에서는 번뇌가 한이라고 불릴 것일레라. 그것은 모든 평온한 마음을 쏘고, 물며 갉는 장본인일 것이리라. 그러고 보니, 나는 여태도 번뇌하고 있구나. 번뇌(煩惱)의 벌레에 파 먹히고 있구나. 벌뢰의 벌레에 시달리는 혼일레여, 허긴 번뇌하라, 벌뢰하라, 끝까지 인간이기를 고집하는 것, 그것은 번뇌로써 뿐일 것, 번뇌여, 벌뢰여, 벌레여.

제5장

제34일

그가 허긴, 사내는 사내였던 모양이었다. 듣기로는 목뼈를 부러뜨렸을지도 모른다고 했었는데, 분위기로 내가 느끼기에 글쎄, 저 형장 나리는 벌써 멀쩡해진 모양으로, 그래서 해장 소주 거나히 마늘 함께해서 마셔, 오물 냄새를 창자로부터 풀풀 풍기며, "장부들 약속은 약속이란 말여. 그러니 저 중님을 뽈깡 들어다가시나, 조 목욕탕에다 떤지 넣으란 말이제. 그라고 잘 삶아야 되는디, 가만있자, 그라기 전에, 이발하는 계집으로 하여서나, 먼첨 털을 밀어내 뻐리라고 해야 쓰꺼나? 아 워쨌던동, 꾀를 활랑 베끼고 먼첨 잡아 처넣을 일이겄다. 넣고시나, 대강 튀겨졌다 싶으먼, 털을 밀어붙이라고. 돼지나 겉으먼 붕알한 점이 소곰하고 좋고, 닭 겉으먼 똥집 한 점이 입에 미어지겄지만, 조건 영묵도 못할 괴기라논개, 씨버갈 녀러, 아 그라고 워디를 갔단댜, 조 욕섬 많던 잡년 말여? 조 중님 잠자리 수청 들겄다던 고 잡년 말이다, 불러내 오란 말여 씨버갈 제집년" 하고 그는, 떠나가라 하고 떠들고 있었다. 그러는 중에 나는, 털을 깎이고, 그러는 중에 목욕이 함께 시켜지고 있었는데, 내 짐작에, 마당 가운데 걸린 큰 솥에 물 붓고, 그 밑에 불 때서 적당한 온도로 물을 익힌 뒤, 나를 들어다 앉혀놓는 것이라고 했다. 그 솥은 필시, 수인들의 밥솥이었거나, 국솥이었거나, 아니면 아예 목욕 솥임에 분명했다. "그녀러 제집헌티는 금 오십 냥짜리 젯밥을 짓게 헐 틴디 내가 인제 엎드려 조 중님의 발등에 입 맞추는 걸 모도 보고, 그랄 때 모도 손뼉을 치는 건 알겄제? 조 유리의 대픠는, 무신 갈대 겉은 듯싶은디도 강철 겉고, 강철 겉다 싶음선도 무신 소캐(솜) 뭉터기 겉으다고. 고 심(힘)은 알아낼 재간이 없는 것이여. 갈대만 겉으면, 고까짓 것 끊어빼리면 고뿐이고, 또 그렇제, 팔뚝 굵기 철근도 내 엿가락 휘듯 휘었던 사내가 아니던가? 헌디 조 대피 나으리의 심은 분멩히 염불 속으서 나온 것이더라고. 나를 이긴 지얼 처음 장사인디, 걱다가 눈끄장 멀어빼린 중님이라잖냐고. 내가 성님(형님)으로 받들어 뫼시는 일이 옳니라. 헌디 여보라고, 틱벨히 발등을 캐칼이 잘 씻기야 헌다잉? 헷헷헷. 고것이 연꽃 발이란 겨. 고 머 쉬염만 밀어놓고 바도, 물론이사 아직도 무신 쬐꾸만 벨 겉은 건 딸아댕기는 것 겉든 안 히어도 말이라, 얼굴이 제복(제법) 채려진 것이, 썩 준수헌 디가 있구만 그랴. 아 그라고, 다 깎고, 다 씻겄으먼, 인제는 요 펭상에 눕히고, 물 딲은 뒤, 대강 좀 주물러 꾸덩진 걸 풀라고. 그라고 내가 인제 입 맞추먼, 모도 박수 치는 거 안 잊어빼맀겄제? 아 그라고, 워떤 뇜이 있어각고, 모가지며 등빼를 뻣뻣이 하여서나, 서 있는 뇜이 있으먼, 내 한번 그너러 자슥 모가지며 등빼를 족신나게 휘어놓아 뿌릴랑개 고렇게 알고 행하라고. 내 말은 그랑개로, 엎디려 절험선 손뼉을 치란 요 말이다. 지혜가 돼지만도 못헌 놈들. 내 말은 그랑개, 첫째는 우리 성님에 대한 예를 다하고, 둘째는 유리의 육조 촌장에 대하는 예를 다허라는 요 말이다. 성님, 요만허면 쇡이 좀 찬 듯싶으께라우이?”

그가 허긴 사내는 사내였던 모양이었다. 그는 이겼을 때도 쾌쾌했지만, 지고도 쾌쾌했는데, 그 의미는 아마도, 저 한 번의 씨름에서, 그의 목뼈가 부러졌다고까지 과장한다 하더라도, 그러한 상처가 그의 자존심이나 자기 확신에까지 미친 것은 아니었다는 것 같았다. 그는 결코 분쇄 당한 사내가 아니었었다.

목욕이며 삭발이 그러는 새 끝났는지, 죽평상인지 뭐 그런 것 위에, 내가 우선 반듯이 뉘어졌다가는, 빨래 잘되어 까슬한 느낌이 드는 수건에 닦여지고, 그리고, 여자 손 치고라면 풀 먹인 석새 삼베 같기는 하나, 남자 손에 비한다면 허긴 솜 누빈 무명 저고리 등판만큼은 후끈한 손이 내 목줄기로부터 엉덩이 아래판까지, 주무르기도 하고, 두들기기도 해나간다. 그래서 생각해보니, 이런 정도라도 허긴 초부의 팔자는 아니고 그래도 한 벼슬자리나 하고 볼 일인 듯도 하니, 허긴 뉘 있어 하던 벼슬자리 뒤에 두고, 세상 모퉁이 고단스레 돌아가고 싶은 것이겠는가. 이렇게만 지낸다면, 허긴 뉘 있어 이 세상 표표히 떠나, 저승 모렝이 고달피 돌아가고 싶을 것이겠는가. 그래서 이제, 벼슬자리 천년 안 떠나려고 벼르며, 만년 한하고 살자고 우기는 통에, 초부로 환고향하기도 싫으며, 저승도 싫은 법일 것이었다. 그러나 여자의 배에 실렸다가, 그 사타구니로 나올 때 눈떠 세상 보았던 것들은, 어쨌건, 그 사타구니로 태어난 그만큼은 분수를 알아차리고, 그만큼은 수치를 아는 것이 또 옳을 터이고, 그리곤, 삿갓에 도롱이로 고향 동구 들어설 때도 하매 어지간히 되었다 싶으면, 겸비히 옷을 여미고 돌아가는 것이고, 죽장망혜로 황천길 떠날 때 거진 거진 되었다고 믿기어지면, 세상 집착 훌훌히 털고, 또 표표히 떠나는 것이 도리일 것인데, 도리일 것인바, 도리일 것이어서.

그런 뒤, 내게 내 장옷이 입혀지는가 했더니, 내가 유리서부터 가져왔던 해골이 내 무릎에 놓이고, 수염 우북이 자란 턱이 내 발등에 닿았는데, 때에, 박수 소리 조화 덜 된 것 몇 가닥이 들렸던 것으로 내 귀는 알았다. 그가 허긴 사내는 사내였던 모양이었다.

그리고 아마, 마지막 상(床)이 내게 주어진 듯, 누군가가 숟갈질해, 내 입에다 무엇을 밀어 넣으려 했지만, 내가 고개를 저어버렸더니, 상이 치워지는 모양이었고, 그런 대신, 무척 더듬거리는 소리로, 필시 촛불중이 뭐라고 뭐라고 나리께 속삭이자, 내가 앉아 있는 그 평상째, 떠들려 올려져서는, 분명히 마당을 가로질러 나가는 모양이었다. 내 몸이 가벼이 바람 가운데 흐르는 듯해 호수다웠다.

"자 인제는 모도, 목청을 돋과서 곡을 허란 말이세. 곡을 허란 말여."

나리는, 약간의 해학까지도 터득해놓고 있었던지도 몰랐다, 망할 눔의 잡종 같으니. 어이 어이 어이 어이—

그리고 어젯밤 여기로 들어왔었을 때 들었던, 저 소리가 썩으며 뽑혀지던 빗장 소리가 들리고, 그리고 이제 숲을 헤쳐나가는지, 숲 냄새 흩어지는 소리가, 그리고 또 시끄러이 들리고, 그리고 오래잖아 발걸음들이 멈춰지고, 그리고 내가 또한 평상째 내려졌다. 그러고 나자, 이제껏 내 곁에 있었던지도 없었던지도 몰랐던, 촟불중의 목소리가 나며, 그가 날 부축하는 것이었다.

"대사입습지, 준비되었으면입지, 소승의 손을 잡고 좀 나아가보십지."

나는 그렇게 했다. 그러며 나는, 이 사내에게 이제 고별의 말을 나누어주어도 좋을 때라고 생각하고, 멈춰 서서 내 팔을 부축한 그의 손을 힘 있게 쥐여주었다. 그리고 나는, 속으로 말해 들려주었다.

"지금 이 순간 내 믿음으론 말이지, 우린 어쩌면 상보해왔었던 것이지, 상쇄해왔었던 것이지. 친구여, 내내 평강할지어다. 우리는 유리에서 처음 만났었으나, 친구여, 지금의 나는, 그대를 타인이라고만 생각할 수는 없고 있다. 기억에도 들지 않는 아주 먼 옛날의 어느 때부터, 그렇지, 그보다도 더 먼 옛날로부터, 어쩌면 우리는 알아왔었던지도 모른다. 그것은 모르는 것이다. [40]같은 이름으로 알려진 두 마리의 새가 언제나 함께하여, 같은 나무에 앉아 있었다. 그 한 마리는 늘 달콤한 과일을 먹고, 다른 새는 먹지 않고 보고만 있었다."

그가 내 말을 알아들었는지 어쨌는지는 나는 모른다. 어쨌든 나로서는 이 세상에서의 그와의 이별을 그렇게 행했다. 그는 나를 말없이 인도해가기 다시 시작했고 내가 꼭 쥔 그의 손안엔, 약간의 떨림이 괴어 내게 느껴져 왔다. 그러는 때에도, 한 사형수를 위한 준비는 완전하고도 무결히 진행되어왔고, 가고 있는 모양이었다. 하늘의, 아마도 별로 높지도 않은 곳에서 까마귀들은 떼로 뭉쳐 우짖고 있었다. 이마가 다사로운 것으로 보건대, 하늘은 청명한 것이 분명한데, 그런데도 나는, 하늘 빛깔이 전처럼 지금도 푸른가 하고, 누구에겐가 묻고도 싶었다.

"대사입지, 이 나무는입지, 이 숲에서도 그중 우람하며 말입지, 그중 높은 것입지." 촟불중이, 그의 하직의 인사로서 들려주고 있는 것이었다.

"거기서도 그중 높은 동편 가지를 택했으니 말입지, 트는 동의 맨 처음 것을 대사는 언제나 보겠습지. 아 그리고입지, 이것이 말입지, 유리의 마지막 촌장의 장례인 듯한데입습지, 유리는 이제 끝났다고 말해도 좋겠습지. 수도자들은입지, 떠났거나, 또 떠날 채비들을 하고 있는데 말입습지, 그러고 나면 소승이 마지막으로 남겠습지. 소승은 떠나려 않습지. 떠날 곳이 없는지도 모릅지. 그냥 거기 남으려 합습지. 무엇이 실다운 것인지, 무엇이 실다운 것이 아닌지,

할 수 있으면입지, 지금부터라도 그것을 찾았으면 싶습지. 그것은 소승께는, 두들겨도 문이 열릴 줄 모르는 바위 같은 것으로 가려 놓여져 있는 듯하지만 말입지, 허고 허나, 그랬더군입지, 유리 가운데 바위는 떨어져 내려 있더군입지. 아마도 오조 촌장의 뼈였을 것인데입지, 까마귀들이 갉고 있더군입지. 소승도 그 노승을 잘 알고 있었습지. 아버지 같은 늙은네였습지. 그 바위를 다시 올려놓으려 합지. 그 그늘에 소승도 앉아, 대사의 죽음의 의미도 때로는 생각해보고입지. 그런 채로 그 그늘이 무거워 등이 휘어지기를 바랍지. 어쨌든 소승은 유리로 돌아가려 합습지. 그리고 이제는입지, 그 유리를 다시 살아보려 합지."

나는 좀 눈물기를 느꼈다. 이것은 어쩐지, 이해할 수 없는 일이 일어나고 있는 것처럼만 느껴졌다. 나로서는 그래서 체머리를 좀 씰룩씰룩 흔들다 꿇어앉아 더듬어, 그의 발등을 찾아 그 위에 입 맞추고, 그리고 일어나 다음으로, 그의 입술에 입 맞춰 조금의 침을 건네주고, 그리고 오조 촌장이라는 늙은이가 내게 물림한, 그 해골을 그의 앞에 내밀었다. 이것은 그래, 이해할 수 없는 일이 일어난 것이다.

그러나 그는 그것을 받으려고는 하질 않고, 한동안 아무 말도 움직임도 해 보이지 않았는데, 그는 어쩌면, 그 해골의 유산의 의미를 생각했었을는지도 모른다. 그러나 끝내 그는 그것을 받고, 세 번 내 발등에 이마를 댄 것으로 미뤄보아, 내게 세 번 절한 것 같았다. 그러자 내게서는 열예가 일어나며, 이 세상을 산다거나, 하직한다는 일이 결코 싫은 것 같지가 않았다.

"그러나 우리는입지, 지금 한 촌장의 죽음을 필요로 하고, 그래서 그 죽음이 저 흩어진 촌민들께 나누어지기를 바랍지. 그래서 이제는입지, 유리가 황폐를 극복하고 말입지, 흩어진 촌민들이 다시 돌아와 오손도손이 살게 되기를 바랍지."

촛불중은 그러며, 나를 두세 걸음 옮겨 딛게 하더니 "이제는 앉으셔도 좋겠습지" 하고 속삭였다. 그러나 나는 앉기 전에 나를 둘러싸고 보고 있을 모든 사람들을 향해, 합장하고 재배하고, 합장하고 재배했다. 그럴 때도 까마귀들은 우짖어대고 있었다. "유리의 육조 촌장 성님, 잘 가씨요이, 잘 가씨요." 나리는 그렇게 말하며, 우악스럽게 내 손목을 흔들고 있었다.

나는 그리하여, 내가 택해서, 타인에 의해 준비된 무덤에 연좌를 꾸미고 앉았다. 그것은 꼭 하나 몫의 연좌를 수용하게, 관 짜는 목수가 짰을, 정사각형의 깊은 송판 곽인 것을, 나는 만져 살펴보고 확실히 알았다. 그것은 뚜껑이 없는 뒤주 꼴이었다. 그 바닥엔 게다가, 푹신한 방석까지도 하나 깔려 있어서, 이런 호사는 내가 기대치 않은 것이었으나, 어쩌면 촛불중의 고려에 의해 그렇게 된 것이었거나, 나리의 갑자기 두터워진 나에의 우정 때문이었을 것이다.

그리하여 내가 고개를 끄덕였더니, 내가 차차로 둥둥 떠들려져 자꾸 높이 올라가지며, 드세지는 절대로 않은 바람 소리가 그러나 내 귓바퀴에서 윙윙거리고, 까마귀의 우짖는 소리 또한 바로 내 귀 언저리에서 들렸다. 나는 자꾸 떠올려가고 있었다. 아래쪽에선 물론, 나리의 지휘하느라 휘잡는 소리가 잇달아 나고도 있었는데, 그럴 때마다 나는, 자꾸 더 높이 떠들려지는 것을 느낄 수 있었다.

이것이 글쎄, 내가 택한 죽음이었다. 나는, 어떤 광주리에나 망태기에 담겨져, 높은 나무의 그중 높은 가지에, 대룽대룽 매달려지기를 바랐던 것이었다. 거기 편안히 담겨서 나는, 서서히 오는 죽음과의 밀회 갖기를 바란 것이었다. 나의 이런 바람을 성의 있게 들어준, 촛불중과 나리와 밤잠을 설쳤을 다른 수인들께 나는 감사해야 할 것이었다. 그들은, 나 하나의 장례를 위해서, 밤잠을 설쳐 동아줄을 꼬았어야 했을 것이며, 그 동아줄을 이 높은 가지까지 끌어올리기 위해, 그들 중의 하나쯤은, 위험을 무릅쓰고 이 높은 곳까지 올라왔었어야 했을 것이었다. 그리고 관곽도 짜야 되었을 것이었다. 그러나 내가 아직도 살아 있기 때문에, 그러한 장례 절차에 감사하고 있는 것이다. 내가 떠올려지는 느낌으로 추측건대, 그들은 아마도 두레박을 끌어 올리는 방법 같은 것으로, 한쪽에 나를 앉힌 관곽을 매달고, 그 줄은 나무의 가지에 걸어서는, 그 다른 쪽 끝을 여러 사람의 힘으로 잡아당기는 것 같았다. 그러는 동안에 나는 둥둥 떠들려져 갔을 것이었고, 그 마지막에 이르러, 그들이 잡아당기던 줄의 끝은, 내가 매달린 같은 나무의 둥치에나 첨매두었을 것이었다. 잎이 다 바람에 불려 떨어지고 난 고목의 가는 가지 끝들의 늦은 가을엔, 허긴 그런 벌레집들이 매달려 있는데, 그 속엔 죽지도 않았으나 그렇다고 살아 있는 것도 아닌, 봄날 나비의 전신(前身)들이 오그리고 있으며, 오는 겨울을 한 모태로 삼는 것이다. 최후의 심판을 아직 못 받아, 관 속에 누워 있는 어떤 교리의 혼령들도, 허긴 그런 것이다. 나비에의 꿈의 번데기인 것들인 것이다.

나는 이제는 완전히 동떨어져, 한 덩이의 식은 밥도, 한 방울의 수분도 얻을 수 없게 된 것이다. 그래, 이슬을, 어쩌다 내리게 될지도 모르는 부드러운 비를 핥으면 되리라. 이제는 그리고, 까마귀 우짖음이며, 어쩌다 부는 바람이 내 둥지를 흔드는 것이며, 갈증 돋우는 햇빛, 밤의 모든 외로움과 추위를 감내해야 되는 것이다. 나는 이것을 자청했고, 그러면서 내가 순화되어, 어느 때 탈바꿈되어지기를 바란 것뿐이다. 그리하여 드디어 나는, 땅으로부터 떠난 것이다, 라고 나는 믿어야 하는 것이다.

그러나 어쨌든 드디어 나는, 나를 구속하고, 마음으로 시달리게 했던 모든 것으로부터, 은둔을 성취했다는 것을 알게 된다. 어쨌든 죽음은 일종의 은둔이다. 내가 숨 쉬는 대기는 향기로우며, 햇볕은 쏘기는커녕 달빛처럼 부드러이, 내 어깨 언저리에다 구릿빛 이슬을 바르고 있고 까마귀들은 면계(面界)의 아픔은 잊어도 좋을 때라는 것을 충고하고 있는 것이다. 없는 시력으로, 그렇기 때문에 시야에 장애를 갖지 않고 더 넓이, 저 세계를 내려다보기 시작한 것이다. 소리 중에서도 아름다운 것, 냄새 중에서도 향기로운 것, 감촉 중에서도 그중 부드러울 것만을 위해 내 혼은 열려지기 시작하는 것이다. 내 아래로는 숲이 흐르는 소리가 쉼 없이 들리고, 나는 그 바닥에 멱 감는 어떤 잎 그늘—그 속에 깊이 그늘을 드리웠으나 수면으로 살포시 뜨는 그늘, 그리하여 드디어 나는, 죽음 위에 정박한 작은 배로구나. 죽음이여, 그러면 내게 오라. 내가 그대 위에 드리운 그늘을 온통 밤으로 덮어, 그 그늘의 작은 한 조각을 지워버리도록, 육중한 어둠이여, 이제는 오라, 까마귀들로 더불어, 그러면 오라. 죽음이 거느릴 저 아리따운 아씨들, 빛이 빛이 아닌 빛으로 깃털을 장식한, 저 까마귀들로 더불어, 흑단 같은 발을 내디뎌 내게 이제는 오라. 나만의 것이었던 조그만 내 그림자는 내게 무겁던 것이다. 그 그림자를 이제는 내게서 지워 없애주기만을, 나는 그리하여 사망(死亡)으로써 사망(思望)하기 시작한다.

죽음의 한 연구

1947

제35일

불은 濕生이라 마른 것에 執하고
물은 乾生이라 濕에 着한다
흙은 乾胎生이라 坤心房에 居하고
바람은 坤胎生이라 乾心房에 處한다
자연의 단계를 깊이 살피면
그것은 對偶에 의해 和해지느니
저 四大의 好作질에 태어났던 한 和氣
저 썩어 죽을 잡놈 하나
이 솥 속에 잡혀들었으니
濕生이며 乾生이라
乾胎生이며 坤胎生의
용두질에서 化한 이 게글거리는 작은 靈들
자 니얍 맡고 모여들어
제 분깃들을 나눌지라
濕生은 불을
乾生은 물을
乾胎生은 흙을
坤胎生은 바람을

자연의 단계를 깊이 살피면
그것은 對偶에 의해 逆해지느니
옳게 가다 거꾸로 가고
거꾸로 가다 옳게 가는 것이여
보자꾸나 이놈들
자 멋들어지게 한번 휘저어가는 거다
목숨은 빈 솥에 모이나
죽음은 찬[滿] 솥이 엎질러짐이라
아 그러나 한 방울인들 이삭시켜서야 안 되는 법
그랬다간 네놈들로부터 음기며 양기를 뽑아내겠다
그 방울방울들이 業을 알밴 것이거늘
業은 체에 걸러 앙금시키고
자네들은 저 業의 찌꺼기
살이며 피며 뼈만을 취해갈작시라
앙금된 業이란 金 같은 것이러라 나의 富를 쌓는도다
그것은 元素 아닌 元素
으흐으흐 으흐흐
물의 元素는 물로 가고 불에 의해서
불의 元素는 불로 가고 물에 의해서
氣의 元素는 氣로 가고 흙에 의해서
흙의 元素는 흙으로 가되 氣에 의해서
으흐으흐 흐흐으
業은 남기라 業은 남기라
물로부터는
천길 水深 만년 앙금
水業의 굴 껍질 덮인
뱀 가닥 머리칼 해서 흡반을 돋워 줄기로 뻗은 잡년
불로부터는

억만 가닥의 실뱀 타래
붉은 혀로
제 그늘까지 태워 허기를 메꿔도 여전히 배만 고픈 잡놈
氣로부터는
아 이놈은
달이 이슬로 풍더분히 하는 월후에 아무리 잠갔다 꺼내어도
형체가 드러나지 않는 허깨비
흙으로부터는
그렇지
살았던 것 죽어 썩는 데마다 혀를 처넣어
탱탱 불은 젖퉁이가 屍汁에 아파 해골의 사태기로 앓아누운 년
삼백 날 한하고 헛 용두질에 야위어
우라지게도 눈만 붉어진 것들
오랐구나 그래 그 배고픔으로 오랐구나
이 솥 속에 한 알맹이 곱다시 옭혔으니
염통이며 골
사지며 똥창자
피며 뼈를
찢고 마시며
썰고 빨고 갉을지라
순수히 불뿐인 것
전순히 물뿐인 것
완전히 흙뿐인 것
무결히 氣뿐인 것
그것은 영구히 對偶에 和接지 못할
저주의 무서운 根力
쓸쓸한 魔靈
스스로도 스스로가 두려워

미친 듯할 증오며 타는 저주로
산 것과 죽은 것들의 깊은 데로 숨어들어
얼굴을 감추어버리려 안달이 난 것들
그래서는 造化의 뿌리를 갉는 것
그러나 業은 元素 아닌 元素
자네들의 혀 댈 것이 아니여
아니고 말고지
그러면 이제 우리의 서방님
그분의 분깃
그렇지 元素 아닌 元素를 취하러
[41]새벽별 나으리 아으 새벽별 나으리 오실 터인데
호호호 내가 무엇으로 그이께 잘 보여드릴꼬
그이는 내게 흑암의 키를 주시고 어미라고 부르는 이
모든 죽음을 까불어 알곡식만 남기게 하시는 주
모든 靈들의 서방님
　　靈이란 모두 그분 앞에서는 암컷인 것이거든
내 나리 그이가 오실 때 나는
호호호 그렇지 아무렴
일천 마리의 흑단빛 까마귀 날개로 하여
아으 새벽별 내 나으리의 딛는 곳을 윤내야겠지러
아 무엇들 하고 있어 이 육실헐 눔의 종내기를
욕망의 음기며 탐욕의 양기마저 쏙 뽑아낼 잡것들
자 멋들어지게 한번 휘저어가는 거다
죽음은 찬[滿] 솥이 엎질러짐이다.

내 귀에는, 저 '어미'라고 자칭하는 흑암이 엄포하며 휘젓는 소매바람 소리가 들리고 있었다. 그녀는 어쩐지, 저 장로의 손녀의 얼굴을 드러내 보이고 있었는데, 그리고 한 쌍의 까마귀와, 그리고 전에 언젠가 나와 한번 촛불 속에서 승강이를 하다 내게 목이 졸려 죽은 듯한 그 검정고양이를 거느리고 있었는데, 그녀는 잽싸게, 내가 놓인 아마도 솥전을, 그러나 그것은 사각 진 관곽으로 나는 알았는데, 그런 솥전 바깥을 움직이며, 업의 앙금만을 남기려 아마도, 내 전신을 찢고 썰고 갉고 핥고 빨고 씹고 짓뭉개고 주리 틀고 으깨고 있는 것 같았는데, 그러나 이 단계에서 나는 너무 겁만 낼 일도 아닌데, 세상빛에 집착할 일도 아닌데, 어떠한 고통도 두 번의 죽음을 부르지는 않을 것이기 때문이다. 이 모두, 나의 업력(業力)이 만든, 업영(業影)이라고 알지 않으면 안 되는 것이다.

그러나 사실에 있어 이것은, 내게서 몸과 영의 분리가 이뤄지기에는 너무도 빠른 시각인 것이다. 그래서 나는 아직도 그녀의 서방님, 새벽별 나으리를 못 보고 있는 것이다. 어쩌면 몸으로는, 당분간 더 살아나가게 될지도 모르는데, 나는 어쩌면, 내 스스로, 어느 때 내 의식을 끊어버리는 일을 행하지 않으면 안 될지도 모른다.

내 이마를 뜨겁게 했던 햇빛도 어느덧 사그라져, 그 띵해진 이마에도 산들바람이 거의 서늘하게 스치는 것으로 보면, 아마도 황혼이고 있었다. 이 황혼도 붉은가 모르지, 모르지 몰라. 까마귀들은 그래서, 하루의 마지막 울음일 것을 육실허게 토해내며, 내 주위를 돌고 있었다. 그리고 내게는, 배고픔이 창자 밑바닥에서 쓰리게 시작되어 있었고, 목이 탔다. 그러면서도 배설은 해야 했다. 연좌로 갈긴 오줌 방울들은, 내 무덤을 새어 나가, 지릿기한 냄새를 풍기며 바람 가운데로 흩어져 갔을 것이었다. 그 어느 한 이슬이, 그 어느 한 꽃송이에라도 떨어졌다면, 후후, 그 옌네 필시, 대천지 갖다가시나 요론 존 상대가 워디서 핑기 왔단댜 하고 생각했을 것이었다. 아 그러나 생념은 근절치 않으면 안 되는데, 창자나 목구멍이 일으키는 것일수록 더욱더 뽑아내지 않으면 안 되는데, 마음을 일으킨다 해도 아무것도 이뤄질 것은 아니기 때문인데, 그럼에도 내 오관은, 살기에 조금도 피곤해 있지가 않은 듯하다.

제36일

옴 와기소리 뭉.*

*　'HAIL TO THE LORD OF SPEECH', Mūm.

제37일

새벽별 나으리라고 불리는 낭군은 아직 내게 나타나 보이지 않았다. 그이가 언제 와줄지는 모르지만, 이 등의 기름이 다하기 전에 와준다면 나 또한 그와의 혼례에 참석할 수 있을 터인데.

밤엔 부엉이가 와, 내 머리 위 가지에서 세상을 굽어살펴 울다 날아갔고, 내 아랫녘 숲의, 밤의 출렁이는 어느 단애 위에서는 아마도 물의 정령 쓸쓸한 것이, 두견이 목소리로 울었었다. 까마귀는 우짖지 않았었다. 밤에는 그리고 으스스 추웠었다. 바람이 계속적으로 뒤엉기며, 차게 나를 휩싸, 얼음을 입히려 했다. 그것은 밤이었고, 밤은 무서웠다. 두 번 죽을 일 없는데도, 밤은 나를, 추위와 외로움과, 공포와 슬픔으로써 매질했다. 연좌를 더 유지할 수도 없이 나는 가슴이 허전하고, 몸의 전체에 안정감이 없어, 방석을 가슴에 안고, 그러고도 모자라서, 저 비취 목걸이를 입속에 물고서야 조금 안정할 수가 있었다. 잘린 혓바닥 위에 놓여진, 저 조그만 푸른 돌을 하나의 심지 삼아서, 그것 위에다 나는 내 모든 기를 모아 태워, 심정을 아주 조금 따뜻이 할 수 있었다. 그 계집의 추억은, 그만쯤은 따뜻했다. 그리고 부자유와 구속과 형벌과 죽음의 십자가에 매달려, 척 늘어진 한 마리의 구리 뱀이, 그 동록(銅綠) 속에서 살아나, 한 마리의 비취 빛깔의 새가 되어 날아가는 것을 보았다. 밤은 무섭고 길었다. 목줄기인지 이마인지가 아주 다사롭게 느껴지는 것으로 미뤄보면, 그리하여 밤은 지나가 버렸고, 한없이 흔들리던 내 관곽도 좀 잠잠해졌다. 아랫녘엔 아마도 바람은 한 점도 없었을 것이었는데도, 내 둥지는 밤새 가엾이도 흔들렸었다. 한번 흔들려지면, 그 반동에 의해 더욱더 흔들려지고, 때로 그것이 호숩기도 했으나, 그러나 흡사 중력이 없는 상태에서 어이없이 떠 흐르는 것 같아, 숨쉬기가 거북했으며, 오장육부가 목구멍으로 치올라와, 구토와 멀미를 일으켰다. 나는 흡사, 첫눈 내리느라 바람 쌍금한 가지에 매달린 저녁녘 고수레 감이나 같은 기분이었었다.

허기는 내게 이미, 초죽음이 와버린 것 같기는 하다. 다만 혼령이 아직도 내 몸뚱이 쌍금한 바람에 휘어지는 가지에, 고수레 감모양 매달려 있다는 것만 빼놓으면, 눈에는 그러나 암흑이, 마음에는 공허가, 살에는 고통이 쳐들어와 나를 썩히고 있다면, 그것은 벌써 생명의 장소는 아니다. 무어(無語)의 무어(撫御), 불모(佛毛)의 불모(不毛), 불탄 절간, 달 없는 사막, 불 꺼진 항구, 봄 산홍(山紅) 꽃상여 나간 무주공산, 궂은비 삼동에 내린다. 그러나 나는, 어떤 것으로 다시 되어 다시 태어날 것인가. 정토에 나기는 바랄 수도 없고, 또 바라지도 않지만, 허기는 만약에 할 수 있으면, 내가 어쩔 수 없이 떠나오지 않으면 안 되었던 사람들 세상에로 다시 사람이 되어 돌아왔으면 싶고, 그래서 내가 못다 산 삶을 마저 채워, 노년의 복은, 고뇌는, 삶은, 어떤 것인가를 체험해봤으면도 싶다. 그래 다시 그 세상에 태어났으면 싶다. 왕후며, 장상 마님들의 태 속도 말고, 나를 낳았던 그저 그런 어미, 그런 어떤 옌네 태 속에서 다시 태어났으면 싶고, 그래서 저 바닷가 모래가 번쩍이는 곳에서 모래집이나 쌓으며, 조수가 밀리고 밀려가는 것을 그저 망연히 지켜보고 앉았으면이나 싶다. 저 무념무애의, 그러나 비천한 머슴아이, 학대와 멸시 속으로도 스스럼없이 걸을 수 있었던 사내아이, 바다의 음기로만 굳어진 조개 알을 씹어 비린내를 풍기며, 갈매기의 울음에 얼을 빼앗기던, 별로 오래도 흐르지 않은 옛적에 있었던 아이, 그 아이가 다시 되었으면 싶다. 그래 거기, 조개 비린내 풍기며 떠돌고 살다, 뼈가 굵어지면, 아 그래, 뱃놈이나 되어볼 일이지. 그래 뱃놈이라도 되어볼 일이지. 구릿빛 울불근거리는 근육에다, 저 풍더분한 년 바다를 한 아름에 욱죄이고도 힘이 남을 너러 사내 녀석, 구운 뱀장어를 볼이 미어지게 씹어대느라고 입 귀퉁이로 기름을 흘려대는, 그런 뱃놈이라도 되어볼 일이지. 속곳 안 입은 사태기로, 천의 수파리가 죽기를 한하고 놋좆에 침 바르고 물길 저어 가는, 제 놈의 집 토방 위에 퍼들어진, 제 계집의 낮잠 같은 것 개의치도 않고, 항구야 항구야 항구야아마다, 돌아가며 계집 두고, 놋좆에 침 발라가는 녀러 녀슥—어허, 도대체 계집에는 집착이 없는 연고일러라. 부처가 삼백번 되어보고 보아도, 오줌 마려우면 누었을 것 아닌가. 똥 마려우면 누었을 것 아닌가. 구역질 나면 토했을 것 아닌가. 그러니 정액도 마려우면 누어버리고 나야 심신이 쇄락해지는 것, 똥 마려우면 측간 찾듯, 정액 누고 싶으면 계집 찾아, 그저 한번 쏴내 버리고, 타는 목구멍에 술 부어 넣으며, 고픈 창자에 고기토막 밀어 넣는 일이 글쎄 어째서 나쁠 일이겠는가. 개고기나 빈대만이 아니라, 도라지나 쑥 잎도 사대(四大)로 이뤄졌음인 것, 어찌 빈대의 살은 육식이며, 더덕구이는 육식이 아닐 터인가. 사대 또한 근본 이름이 없고 공이란다면, 똥과 오줌도 또한 근본 이름이 없는 공이라서, 서른 놈 중놈 순번 짜서 측간 드나드는 통에 부러진, 선방(禪房) 돌쩌귀야 부러진 것이라고 해서는 안 될 것이지. 아 그러나, 근본 이름이야 있든 없든, 어찌 되었든, 제길헐, 마려운 똥은 누어야 시원한 것이며, 먹고 싶으면, 서 말 물 채운 가마솥에 한 마리의 벼룩으로 하여금 기름을 동동 띄우게 해도 좋은 것이다. 누어버린 똥을 만약에 헤쳐보려 하지만 않는다면, 오래잖아 냄새란 가셔버리는 것이다. 그러고 보면 천하에 불순한 건 개놈뿐일 것이었다. 그것들은, 제 놈이 누운 똥까지도 삼키려 들며, 제 놈의 오줌 냄새를 물 좋은 곳 인삼주쯤으로나 아는 것이다. 그런 뒤, 그 코를 지혜라고 말하는 것이다. 그래서 지혜란 개 같은 것이다. 그런 지혜란, 뻣속으로 파고 다니는 두더지 같은 것이어서, 모든 열매 맺는 것의 뿌리를 파헤쳐, 그 뿌리를 죽이려 들며, 습기가 있어야 할 곳을 푸르스러지게 한다. 그런 지혜란 두더지 같은 것이다. 그것은 메마름에의 광병적 희원이라고 부를 것인 것이다. 개는 두더지러라. 두더지는 개러라. 아, 그리고 또, 하필이면 뱃놈이 아니어도 좋지. 게을러터져 삼백 년 한하고 그늘 밑 잠이나 자는 나무꾼이라도 좋고, 입만 육실허게 까고 돌은 육실허게도 못 까는, 공동묘지 언저리 석공이래도 좋고, 또 한 둬 달 가다 일거리가 한 감씩이나 생기는 두메산골 화장터지기라도 좋은 것이다. 글쎄, 잘못 회계된 한 푼 동전 때문에, 절친한 친구의 가슴에 구멍을 뚫어놓는다 하더라도, 어쨌든 일곱 집 들러 공짜로 배 불리거나, 십시일반을 울궈내는 일보다는 나을 게 아닌가. 보시를 설함은 인색해 함의 소치이며, 불살생을 말함은 살욕의 소치이며, 불투도를 계함은 탐심의 발로이며, 색을 전념으로 탐하는 자라야만 색을 근절해버릴 잡근으로 알아서 음심을 품는 것까지도 간음으로 아는 것이다. 너는 멧새만도 못헌 눔이여, 어디 멧새가 밥 빌러 다니던가. 너는 석류만도 못헌 눔이여, 석류가 어디 제 것이라고 오그려 쌓는 것 보았던가. 너는 귀뚜라미만도 못헌 눔이여, 귀뚜라미가 어디 쇠고기 먹고 노래를 뽑던가. 너는 달팽이만도 못헌 눔이여, 달팽이가, 어디, 아무리 가난해 비렁질을 다니더라도, 이웃 장자네 안채 타는 꼴을 보고, "이 녀석아, 너는 애비가 거렁뱅이다 보니, 저런 흉한 꼴은 당하지 않으니 그 아니 복인가?"라고 했다는 소리 들리던가. 너는 그리고, 지렁이만도 못헌 눔이여, 못하지. 허어 허긴 들리는 희한한 재판 얘기 한 가지로는, 한 호색꾼 지렁이가 한 물색 좋은 계집 지렁이에게 반해 미치고 환장을 했다던가 하자, 호색꾼네 마누라 지렁이의 투정이 이만저만이 아니게 되어, 씨부랄 너러 것, 그러면 이혼이나 하고 볼 일이라고 해서 재판소엘 찾아갔더라든가. 그래서 받은 재판일랑, 단칼로 몸을 중두막을 내라는 것이었다는데, 헌데 그 지렁이가 오래오래 잘 살았다던가 어쨌다던가는 몰라, 글쎄 데, 그 데, 그 뒷얘기를 들으려는 참에 그만 설사가 마려워버린 것이었지.

아, 그래, 지렁이만도 못해도 좋지, 좋으니, 어쩌면 나는 또, 혹간 말이지, 다시 한번, 중도 아닌 돌중으로, 멧새만도 못해서, 일곱 종단 기웃거려 빌은 찌꺼기 지혜로 요기를 하고, 그 찌꺼기 썩느라 풍기는 매운 냄새 때문에 눈물 흘리며, 그 독에 반은 취해, 반은 눈을 까뒤집어, 살기만을 살기만을 바라싸면서도 죽어가게 되기를 바랄지도 모르지. 혹간 그럴지도 모르지. 그래, 다시 나는, 지금 이대로의 달팽이만도 못헌 눔의 나이기를 다시 한번 더 이기를 바랄지도 모르지. 글쎄 석류만도 못하기를 말이지.

제38일

[42]갸 갸 갸
갸 갸 갸

까마귀들은 우짖고 있다.

[43]사 마 야
갸 갸 갸

광대하고 광대하고 광대하고
광대 광대 광대하다

까마귀들은 우짖고 있다.

성스러운 지혜여
광대 광대 광대하다

까마귀들은 우짖고 있다. 날 둘러 우짖고 있다. 까마귀들은 우짖고 있다.

갸　갸　갸

[44]갸　키—갸　키—

[45]갸　호

사마야

키—키—호!

죽음의 한 연구

1959

제39일

이제는 모든 기를 완전히 풀어버리자. 완전한 이완을 성취해버리자. 할 수 있으면 다시 오기 위해서, 이 세상과의 하직을 선언하자, 안녕히 가셔요, 입속에 머금었던 나를, 쓰레기더미 위에 내뱉으며, 그렇게 말하는 소리가 들린다. 전에 때로 나는, 몸속의 막힘을 트기 위해, 마음으로 더불어 육신적으로 정진한 적이 있곤 했다. 그러나 이제는, 그러한 통로를 막아버리기 위해서 마지막으로 정진할 때인 듯하다. 육신에 억류돼 부달리는 혼을 육신으로부터 해방시키는 일, 생명의 줄을 끊어버리는 일, 하나의 큰 꿈을 갖고 광야로 나아가는 일, 누덕 진 살을 벗고 다시 말[言語]로서 환신하는 일, 그래서 동시에, 혼과 육이 무장애를 성취하는 일을 해야 할 때인 듯하다. 혼과 육의 이 결합은, 서로 조화를 잃기 시작할 때, 서로를 구속하고 억류하는 족쇄로밖에는 여겨지지 않는 것이다. 그것은 서로에게 함정이며 덫이 되는 것이다. 그리고 대개의 경우, 아주 갓 난 시절을 제외하고, 이제 혼과 육이 발육하기 시작하면 그것은 일종의 부조화의 조화라고까지 이해해야 할 것인지도 모른다. 육이 혼에 승할 때, 그것은 소나 개 같은 존재로 변하고, 혼이 육 속에서 범람할 때, 머리칼 한 가닥 한 가닥이 모두 독사인, 그런 무녀 같은 것으로 변해질지도 모른다. 상쇄도는 상합이 대개 이뤄졌다고 한달지라도 그 의미는 어쩌면, 아흔아홉 개의 눈은 자고, 한 개의 눈만 떠서 밤을 지키는 삶일지도 모른다. 나는 모른다. 그러나 만약에, 한 개의 눈으로만 자고, 아흔아홉의 눈을 떠서 사는 괴물이 있을 수 있는다고 한다면, 그것은 초인이라고 불러야 마땅할 것인지도 모른다. 나는 모른다. 어쨌든 영과 육의 조화란 어려운 듯하다. 그러므로, 저 어중간한, 썩어져 버렸으나 도대체 끊어지려고 하기는커녕, 양쪽에로 더 썩히려 드는, 영과 육 사이의 저 인대를, 끊어버려야 될 때에 오면, 미련 없이 끊어버려야 되는 것이다. 그러나 그것은 자살은 아니다. 수락이며, 또한 통과에 불과한 것이다. 삶에의 긴장을 완전무결하게 풀어버리는 것, 어떤 종류의 작은 집착이나 희망도 그 숨통을 욱죄어버리는 것, 그래서 자기를 완전히 고립시키고 다른 개방을 위해 폐쇄시켜 버리는 것. 어쨌든, 기를 써서 의식을 모으고, 맥을 모두 열어놓는다고 한다더라도, 한 방울의 수분마저 섭취하지 않고는, 사람이 이레를 산다는 일은 어렵기는 하다. 게다가 나는 또, 지방분의 저장으로부터 가난뱅이가 되어온 지 꽤 오래였기도 했다. 장로네 댁에서 지낸 며칠간, 아주 조금 내 뱃가죽 밑에 기름이 쌓이는 듯했으나, 그건 모두 오르르 태워버렸던 것. 내 작열로 화상 입었던, 아으, 내 여인이여, 나, 너 잘 살았으면 싶다. 그저 투박하게 말해서, 너 잘 살았으면 싶다. 나는 어째 이런지, 그러나 너의 얼굴까지도 잊고 말았구나. 눈을 잃었을 때 허기는, 눈만 잃은 것이 아니라, 허기는 모든 얼굴까지도 다 잊고 만 것이었다. 촛불중이며, 죽은 수도부며, 소나무며, 샘이며, 존자며, 그의 문하생이며, 늙은 촌장이며, 사막이며, 해며, 달이며, 아 저 안개비며, 그런 모든 얼굴들을 잃고 만 것이었다. 할 수 있으면 그러나 한 번쯤만 더, 저 비처럼 내리던 가얏고 산조 밑에 누워, 비처럼 흠씬 좀 젖었으면 싶다. 그랬으면 그 죽음은, 하늘 어디 복사꽃 핀 곳에 바람이었다가, 그 꽃잎들 함께 흩어져 내릴 것은 아니겠는가.

지금은 마지막으로, 무엇엔가 한번 기도 같은 것이라도 하고 싶고, 또 나를 수호하는 어떤 신위를 두고 명상이라도 하고 싶으나, 그러나 이 순간에 이르러 나는 내가 고아였었다는 생각밖에는 더 들지 않는다. 기도를 바칠 곳도, 불러내 다정스레 앉을 친구도 없는 것이다. 아 그러나 까짓것 그만두자. 허지만, 아 그렇지, 내가 이 세상을 살고 갔다는 그 마지막 울음이라도 한번 울어볼 일이지, 어쨌든 맨 처음 살러 나왔을 때의 최초의 말이 그것 아니던가. 그 최초에, 모든 우리는 그리고, 천덕스러이도, 으앙으앙 하고 울었을 터여서, 그래서 내가 이 마지막으로 또한 그렇게 울어보려니, 어쩐지 그렇게는 발음이 되어 나오지를 않는 것이었다. 그래, 울음도 늙고 복합화해진 것이다. 터져 나오는 울음의 서두란, 그저 의미도 없는 듯한 감탄사에, 보다 한이 맺히고 길어진 것, 그런 것이었다. 오오, 우우, 우오— 그래, 울음도 늙은 것이다. 서른세 해 늙은 것이다. 그럼에도 이 늙은 울음이 아랫배로부터 울려 나왔고, 그것은 숲으로 퍼져나가, 한없이 여울져가는 것처럼 내게는 느껴졌다. 그 울음은 그리하여 소리를 잃어버리고, 다시 쏟겼다간 다시 꼬리를 잃는 것이었다. 까마귀들도 더욱더 울고 있구나. 숲에는 운무라도 끼었을라. 울다가 내가, 까무러쳐 죽을 것인가.

오오 우오 우오
갸 갸 갸

그러나 한번 소리내기 시작해서, 그 숨이 자지러지고, 다시 심호흡해서 시작하여, 그 소리가 목구멍으로 기어드는 그 수없는 울음에서마다 나는, 그것이 이상스럽게도 같은 결론에 도달한다는 것이나 발견하고 말았다—옴.

아, 울음의, 소리의, 언어의, 숨의, 존재의, 비존재의, 저 깊은 속에 담긴 것은 저 울음, 저 하나의 소리였다. 처음에 소리였다가, 소리 자체가 소리를 삼켜버려, 소리가 소리가 아니게 하는 소리, 처음에 숨이었다가, 숨 자체가 숨을 삼켜버려, 숨이 숨이 아니게 하는 숨, 말을 말이 아니게 하는 말, 존재를 존재가 아니게 하는 존재, 비존재를 비존재가 아니게 하는 비존재. 옴. 말.

제40일

광막한 황원.

풀은 더러 있으나, 언젠지 말라 버스럭인다.

흙은 모래도 아닌, 언젠가 바닷물에라도 젖었다 말라붙어버린 그런 것인 듯, 그 표피가 까슬까슬히 이끼에 덮여 있는 듯해 보인다.

해는 없어도 어둡지는 않고, 그렇다고 조금도 밝지도 않아, 연수정 속을 들여다보는 것 같은 밝음.

그런 어두움

그 가운데로는, 전엔 줄기차게 흘렀을 것도 같은 냇물이 한줄기 놓여 있는데, 그 물은 한 방울도 줄지도 늘지도 않은 채 그냥 정지해버려, 지금은 흐르지 않는다.

파문도 일지 않고, 그렇다고 평평히 잠든 것 같지도 않아 그것은 흐르다 그냥 그대로 멈춰진 것이 분명했다. 그 물빛 또한 연수정 빛이다.

모든 것 위에, 저 메마른 연기 빛이 덮여 있다.

그런데 저 정지해버린 흐름의 한 둔덕에 계집 하나이 앉아 있는데, 하반신은 아직 명확히 보이지 않고, 겨드랑 밑에 독수리의 날개를 달고 있다.

그녀는 그리고, 뭔지 품속의 것을 내려다보며 노래하고 있다.

오씨요, 임자요 오씨요, 집우로 오씨요,

임자네 집우로 오씨요, 임자는 날 참말이제 못 떠날 것이요.
하늘이며 밤이며, 말짱 임자헌티 고개 숙이고
임자 때미 울고 있는디요……
내가 임자 불름선 통곡허고 있는디요.

라고, 한없이 반복하고 계속한다.

그 노래는 흩어져 사라지지도 않았으나, 그렇다고 남아 있지도 않았다.

헌데 그 여자의 얼굴은, 구면이었고, 그녀가 품에 싸안고 있는 것은, 글쎄 어떤 사내였는데, 또한 구면이었고, 혹시는 내 얼굴은 아니었던지도 모른다.

그 사내는, 저 노래를 달콤히 듣고 있어 보였으나, 살아 있는 것 같지는 않았고 그렇다고 완전히 죽은 것도 아니어 보였다.

오씨요, 집우로 오씨요, 임자요 오씨요,
나 임자 불름선 울고 있잖는개 비요.

그러다 조금 있으니, 황원의 북쪽에서 발원한, 한 회오리바람이 누런 모래 기둥을 일으키며, 암컷에게 가는 검은 수말로서 달려오는 것이 보이고 그것은 떨리도록 장엄했다.

그 모래 기둥이 사그라지자, 남녘으로부터, 하나의 나는 불이, 빛을 쐬어내지는 않으나 붉은 열을 함께하여, 암컷에게 가는 수용으로서 하늘을 덮고 선회해오고, 그것 또한 떨리게 했다.

나는 그러고서야, 그들이 나타나기 전에 벌써, 이미 거기 있었으나 알아볼 수 없었던 두 괴이한 그림자를 볼 수 있었는데, 하나는 저 흐름 없는 물에 고기비늘 덮인 물고기의 하반신을 잠그고 있는 것이었고, 알고 보니 그것은, 저 구면이던 계집의 하반신이었다.

그녀는 희었다.

다른 하나는, 유순한 어머니 얼굴에, 젖이 뚝뚝 흐르는 유방을 달고, 쉼 없이 하혈을 하고 있는 음부의 아래쪽은 뱀의 하반신이었는데, 그녀는 검었으나, 역시 구면이었고, '어미'라고 자칭하던 그년이었다.

북녘과 남녘으로부터, 저 진노 같은 수컷들이 으르렁거리며 나타나기 시작하자, 이제껏 잠잠히 얼굴을 드러내지 않았던, 암컷들이, 드디어 얼굴을 드러내며, 교태와 질투가 뒤섞여 얄궂은 얼굴들을 꾸미며, 수컷들을 향해 요니를 연다.

그때에 이르자, 혹시는 나일지도 모르는, 그 구면의 사내가 색념에 미친 듯, 벌떡 뛰쳐 일어나더니, 광란하듯 몸을 흔들어대며, 춤춘다.

귀의하나니다 귀의하나니다
귀의하나니다 귀의하나니다

라고, 네 번씩 소리치며, 사방을 향해 각각 세 번씩 절하고, 또 춤추어대는데 보니, 사방으로 각각 일곱 걸음씩 걷고 중앙에 돌아와 절하곤 하는 것이었다.

南無火
南無水
南無風
南無土

그의 광무가 계속되고, 계속되는 사이, 그 사내로부터, 숨이 작은 바람기둥이 되며 그를 휩싸 돌고, 불이 그의 전신에서, 가시나무 떨기에서처럼 타기 시작하자, 그의 전신의 구멍들로부터, 물이 송송 흘러나오기를 시작해, 그 물방울은, 저 멈춰 있는 흐름 속으로, 수은 방울들처럼 굴러 들어가서야 해체한다.

나무불
나무물
나무바람

나무흙

그러는 새 어쩌다 보니, 남녘으로 불이 날아가는데, [46]엄지손가락 크기의 새끼 불을 하나 거느리고 있고, 북녘으로 바람이 가는데, 또한 엄지손가락 크기의 새끼 바람을 거느리고 간다.

나무 나무
나무 나무

그리고 남은 것은, 벗겨진 털이 태워지고 남기라도 한 듯한, 한 줌의 흙만 오소록이 쌓였을 뿐인데, 그것을 자기의 분깃이라고, 저 검은 어미년이, 슬픈 눈으로 내려다보고만 있다.

노래하던 그 구면인 계집은, 언젠지 사라져 보이지는 않고, 노래의 여운만 아직도 떠돌고 있었다.

그 노래의 여운은 그리고, 동으로 동으로 날아가던, 청황색 불 한 다발처럼 보였다.

나는 임자를 볼 수는 없어도요
나 속으로 임자 원험선
눈으로 나 임자 보기 바라요.

소조한 주위.
한 줌의 흙.
어미년.
한 줌의 흙.
소조한 주위.

[47] 이삭줍기 얘기

어미년—나으리, 아으 새벽별 나으리, 아 이제는 오소서, 그러면 오소서.

까마귀들—갸 광대하고

갸 광대하고

갸 광대하다 사마야

우리 주의 지혜 갸

어미년—사마야 사마야 사마야

까마귀들—갸 갸 갸

어미년—주의 지혜

주의 은혜

주의 사랑

까마귀들—갸 갸 갸

어미년—(아직도 설움에 찌든 얼굴로, 잿더미를 망연히 내려다보고 있더니, 불은 검은 유방에서, 흰 젖 한 방울을 아주 탐스럽게 짜, 저 한숨의 흙 위에 떨어뜨리며) 나으리, 아으 새벽별 나으리, 당신이 디딜 곳을 비추일, 이 등의 기름이 다하기 전에 오소서, 제발 오소서.

까마귀들—갸 갸 갸

어미년—사마야 에마호.

그러자 재 속에,
마늘 냄새 같은 것이,
쑥 냄새 같은 것이,
하나의 갈증으로 있던 것이,
젖을 받고,
재를 헤치고,
꾸무럭꾸무럭 움직이기 시작하는데,
그것은 홍옥 빛도 같고,
마늘도 같고,
굼벵이도 같은 살.

허지만 그것은 하나의 움직임이지 정작에 있어 살은 아니었을지도 모르는데,
이 세상 빛 열예로써 가렵고,
이 세상 빛 열예로써 슬퍼서 그것은,
괴롭게 쑤물대며,
주리를 틀고 뒤집혀지며,
꼬리도 머리도 없으나 어쨌든,
끝과 끝을 자기의 안쪽으로 억세게 붙들어 들이려는 것 때문에,
그 스스로 하나의 동그라미 모양이 되어서는,
안쪽은 자꾸 바깥쪽이 되고,
바깥쪽은 자꾸 안쪽이 되며,
시작이 끝이 되고,
끝은 시작이 되며,
운동이라고나 해야 할 그 연한 붉은 살이 기름기 있게 번쩍이는데,
보니 그것은,
고통의 바다로구나,
눈보라 밑 흙 아래 똬리 치고 누운 봄이로구나,
머리엔 나무처럼 욕망을 돋우고,

그러나 배엔 빈 태(胎)를 해골로 안은 계집이로구나,

요니,

요니로구나,

기다림이로구나,

요니로구나.

때에,

저 포착키 어려운,

튀기는 듯이 빛나는,

현란하고 장엄한,

그리고 무섭도록 찬란한 한 섬광이,

까마귀들 날개 덮여 어두운 가운데를 뚫고 뻗쳐 내리며,

동시에 천의 번개가 스칠 때 함께하여 울리는 천둥소리 같은 것이 무섭게 울려 퍼졌는데,

그런데 보니,

그 가운데로,

눈보다도 더 흰 후광을 거느린 사내 하나가,

아무의 보좌도 받지 않고,

또 몸에 걸친 것 하나도 없이,

순수한,

자연 그대로의 모습으로 걸어 내려오는 것이 보였는데,

그런데 그의 전신은 새벽별 같았고, 박달나무 같았고,

구리 뱀 같았는데,

그런데 그의 얼굴은 어쩐지 바위로 그의 아비를 압살했던 사내의 또는 압살당했던 늙은이의 동안(童顔)을 달고도 있는 듯이 보였다.

어미년—사마야
사마야
사마야

까마귀들—갸 갸 갸

어미년—에마호

새벽별 나으리—(팔을 벌려, 저 잿더미 속의 쑤물거리는 '벌뢰'를 포옹하러 오며) 키 키 호

까마귀들—갸 갸 갸

어미년—옴마니팟메훔.*

* "HAIL TO THE JEWEL IN THE LOTUS! Hūm."

神을 죽인 자의 행로는 쓸쓸했도다

1. 자라투스트라의 두 번째 몰락*

자라투스트라는, 자기의 독수리가, 더 이상 자기의 암뱀을 쫗으고 덤비려 하지 않으며, 뱀도 또한, 수독수리의 대가리를 물어 빨아들이려 보채지 않는다는 것을 알게 되었을 때, 자기가 두 번째의 서른을 넘게 살고 있다는 것을, 문득 깨달았으며, 이제는 그러면, 스스로 자기를 태워, 그 재 속에서 자신의 뼈를 조립해내고 날개를 돋궈냈던, 자기가 쌓은, 속(俗)이라는 제단(祭壇)에 내려, 다시 한번 더 자기를 태울 때라고, 그 '몰락'(沒落)의 시간이 온 것이라고, 알았다. 요 근래 그는, 티아마트(Tiamat, 짠물)의 품에 안긴 연어가, 어느 날 문득 아프수(Apsu, 민물)의 부르는 소리를 듣듯, 자기 속 어디 사려져 있는, 만년 나이테 어느 주름을 파고들어 잠들어 있던, 어떤 태주가 깨어 부르는 소리를 듣기 시작한 것인데, 그것이 연어에게는 아프수의 소리이듯, 자라투스트라에게는 속(俗)의 소리였다.

* 원전에 의하면, 자라투스트라는, 첫 번째 하산 후에도, 한 둬 번 더 하산했던 걸로 되어 있다. 그러나 자라투스트라가 의미하는, 진정한 '몰락'은, 이것이 두 번째라고 주장하는 데 머뭇거림은 없다. '몰락/상승'은, 자라투스트라의 어휘로써, 그것에 대한 주석들은, 필자가 교본으로 사용한 번역서들에 되어 있으므로, 천식의 필자가 나서려 하여, 뜻을 더 곡해하지 않는 것이 옳겠다고 믿었다.

神을 죽인 자의 행로는 쓸쓸했도다

—보라! 이 술잔은 다시금 빈 잔이 되려고 하며, 그리하여 자라투스트라는 다시금 인간이 되려고 하는도다!

자라투스트라는, 부르짖듯 그렇게 말하고, 세월 탓일 것이고, 또 그러는 동안, 쌓이게 된 지혜의 먼지에 덮인 탓일 것으로, 흐리게 된 눈, 어죽은 삭신으로, 제각각 저에게 편한 자리를 찾아, 끌박히듯 웅숭그리거나 똬리 쳐 있는, 자기의 독수리와 뱀을 건너다보며, 마음으로, 눈으로, 하직을 고했다.

—과거 삼십여 년 동안, 나와 함께 운명을 같이했던, 도반(道伴)들이여, 이제는 그러면 하직을 고할 때가 된 듯하고녀, 이것은 그 운명의 시간인 것이로다. 나 자라투스트라는, 여기다 저기다 빚 놓고 돌아와, 세월이 새끼 쳐주기를 기다려 잠이나 자는, 고리대금쟁이와 다를 바 없이, 마음이 편치 않은 것이로다. 이제 그것을 셈해보아야 될 때에 온 것이거늘. 마는, 지난번 하산길에 나는, 가난한 손들에다 일용할 지혜를 준다고 하며, 혹간 히드라(Hydra)로부터 뽑은 이빨이라도 나누어준 것이나 아니었는가—그런 회한의 벌레가 뼈를 갉는 소리에 편안함이 없었거늘. 회한의 벌레는 번뇌러람, 번뇌는 영혼을 갉는 벌레러람, 번뇌 벌레, 벌레 번뇌, 벌뢰러람! 뭣보다도 그리고, 나 자라투스트라는, '고독이여 나의 집 고독이여!'(O Einsamkeit, Du meine Heimat Einsamkeit!)라고, 그것과의 고독한 열애에 빠졌던, '고독'에도 지치고, 염증이 났도다! 자라투스트라가, 홀로 안개 속을 방황하고 있었을 때 농염하고도 그지없는 아름다움으로 보였던 산홍(山紅)이는, 안개가 걷힌 뒤 다시 보았을 땐, 정액에 갈증 낸, 짜개진 검은 혀와, 뇨절에 이빨을 감춘 형해의 푸타나(Putana)였도다. 내가 그녀로부터가 아니라, 그녀가 나로부터, 심지어 새끼발가락 뼈에서까지 골을 다 빨아, 죽지 못 쓰는 독수리와, 독액을 잃은 독사로 만들어, 어두운 구석에다 던져 넣어버린 것을, 알지 못하고 젊었던 자라투스트라는, 그녀가 흘리는 젖을, 아랫녘 늙은 성자 같은 이들께, 신이 입 맞춰 먹이는 침보다도 더 진해, 불사(不死)의 화액(火液)이라고도, 신들만이 아껴 먹는 암리타(Amrita)라고도 했었거늘. 젖을 먹인다며 그녀는, 자라투스트라께 황천 물을 먹였도다! 똥물을 먹였도다!

—장례를 치러버렸다고 믿었던, 그 늙다리 신의 산 송장의 무게가, 나날

이 더 가중하여, 자라투스트라의 모든 관절을 어긋내려 하며, 등뼈를 굽혀온 것인데, 나 자라투스트라는 이제, 이 운명의 짐을 짊고 버티기에 너무 허약하다. 가련한, 늙은 노새처럼. 젊었던 자라투스트라의 '권력에의 의지'는, 아비—당나귀가 준 뼈의 의지였으며, '대지의 뜻'은, 어미—말이 준 살의 욕망이었거니, 아으 그럼에도, 노새의 불알은, 위쪽이 빈 모래시계—미래는, 회귀는, 거기서 어떻게 태어나는가?

자라투스트라는 그리고, 풀을 뜯다 시든 꽃을 입에 물게 된 늙은 노새 같은 웃음으로, 자기의 도반들을 건너다보았다. 그것들 또한, 늙다리 노새의 입귀퉁이에 물린, 그런 시든 꽃들이었다.

본디 바닷사나[水夫]였던 타무스(Thamus)는, 뼈를 바다 밑에 누이지도 못하고, 고향 바닷가 언덕에 묻혀, 바다 저쪽 고장 어디에다, 자기가 잘못 듣고, 틀린 신의 산송장을 묻고 돌아온 뒤, 허긴 그것이 마음에 켕겨, 죽었어도 죽을 수가 없었을 터이다, 없었기에, 검은 상복 입은 새가 되어, 때도 없이 제 무덤 위에 요요히 나앉아, 눈을 멀리멀리 보내며, 저승이 슬퍼 고개 숙인 할미장꽃처럼, 철없이 울었다. '죽은 대신(大神)은, 타무즈(Tammuz)가 아니었던 것을! 아으, 아니었던 것을! 갸—갸, 판(Pan), 위대한 판, 판이었던 것을, 죽은 이는 판 신이었던 것을!' 목메어 울었다.

이 타무스가, 살아 젊었었을 때, 이태리로 뱃머리를 향해 팍시(Paxi)라는 섬을 지나고 있었을 때, 바다 저편 어디 아스라한 데서, 성음(聖音)이 울려와, '타무스여, 위대한 판이 죽었노라(Thamus, Great Pan is dead), 그러므로 너는, 삼가하여 이 부음을 전할지어다!' 했던 것을, 하도 당황하여 혼비백산한 중에, '위대한 타무즈 신은 죽었노라'(The all-great Tammuz is dead)라고 오청(誤聽)했던 것을, 뒤늦게야 깨달았던 모양이었다. 그 당시까지는, 신으로서는 그 '판' 하나밖에 죽은 이가 없었더라고 했는데, 이 비극적인 소식을 접한 고장에서는, 동원된 곡비(哭婢)들이, 저녁 무렵 가마귀들처럼 모여, 비 내리는 황토밭으로 울어댔었다.

신이 죽었는데도 그러나, 사람들의 실제적 삶이나, 그것이 영위되는 표면적 세상엔, 아무런 변화도 없었던 듯했는데, 다만 그 부음을 전한 자만, 제 송장을 파고 영혼을 쫓으는, 상복 입은 새가 되어, 제 봉분 위에 나앉아, 갸, 갸, 갸 우짖고 있다.

자라투스트라가 근래, 언제부터였는지 시작하여, 아주 오래된 그 오보(誤報)에 귀를 기울여쌓는 데에는, '타무즈'(Tammuz)와 동음(同音)인, '타무스'(Thamus)라는 수부가, 어째선지 자꾸 마음에 켕기고 있는 까닭인데, 어떻게 되어서인지, 자기가 그 수부의 화상(畵像)을 덮어쓰고 있는 듯한, 불쾌한 느낌이 들어서인 것이다.

그런 뒤 한 번 더, 이번에는, 뭍으로 난 먼 길을 유랑하는 각설공(却說公) 하나가, 어떤 뱃놈 뽄사로, '신은 죽었도다!'고 크게 외쳐, 그의 부음을 전하기에 이르렀는데, 이번에도 세상은, 물론 잠시 황토밭에 비 내리듯 하기는 했으나, 그 습기가 걷히자, 해는 다시 빛났고, 인가 지붕들은 여전히 번쩍였으며, 죽음은 응달로만 웅숭그려 다녀도, 삶은 척추를 꼿꼿이 하여, 밝은 데로 다니면서 흥청거리고, 건들거리고, 그랬다.

두 번째로, 신의 죽음의 비보를 전한 이는, 그 신의 사인(死因)까지도 소상히 전해주었는데, 그에 의하면, 어떤 이름 높은 간다르바(Gandharva)가 소리에 소설(小說)을 섞어 흥행하는, 일군의 음송 시인들께, 품팔이를 시키기 위해, 『신들의 황혼』(*Twilight of the Gods*)이라는, 소리-소설을 하나 꾸몄다던바, 내용인즉슨, 북구(北歐)라던가 하는, 눈 많고 추운 고장의 신들의 궤멸에 관한 것이었다고 하였더랬다. 문제는 그런데, 그런 소리-얘기를 들은 청중 속에서, 한 인물이 불거져 나와, 신들은, 저따위 풍각쟁이가 상상한 것처럼, 그렇게 죽은 것이 아니라고, 주장하여 떠들어댄 데서 발기케 되었다는 것이다. 사실은 그와 반대로, 그들 신 중에 '질투 많은 자'가 하나 섞여 있었던바, 그가 말하여, 이 우주 간에는 신은 다만 자기 하나밖에 없다는 선언을 하고 나섰던 것이며, 그러자 그 얘기를 들은 다른 신들은, 터져 나오는 웃음을 참을 수 없어, 뒈지기까지 웃다 뒈졌다는 것이고, 그런 발언을 했던 그 신은 또, 대단히 신답지 않은 발언을 하기에 의해, 도리어 자신의 신격을 잃게 되어, 그 또한 죽기에 이르렀다는 것이다. (본 패관자는, 이런 얘기를, 『고금소총』[古今笑叢] 중 「성수

패설」[醒睡稗說] 이던가, '기문'[寄聞] 에서나 읽었던가 몰라? 웃음 탓에, 흐흐으흐흐, 패관자까지 죽어 넘어져, 못 일어날로고! 그랬다가는, 세상의 삼동 저녁 화로는 따뜻하게 달궈져 있어도, 익는 얘기의 감자가 없어, 귀들이 배고픈 채 자겠구나) 그렇게 돼서 결과는, (청중 속에서 불거져 나온) 이 당돌한 인물의 발언에 좇는다면, 제신(諸神)의 죽음뿐만 아니라, 유일신까지도 죽어 넘어져 버린 것이다, 그것도 '웃다' 자빠져 못 일어나고 만 것이다. 신족(神族)의 이런 궤멸의 소식은, '최초의 사람이, 지혜의 열매를 땄으므로 하여, 모든 유정이 잃게 된 불멸'의 소식 다음으로 들린 비극적인 것이거니와, 그렇게 되어 유정은, 먼저 불멸을 잃었으며, 다음으로는, 잃은 것을 되돌려받을 수도 있다고, 그 대상으로써 신앙해온, 그것까지도 잃어버린 것이다. 신이 살아 주관하고 있다는 전제하에서만, 유정은—그 방법에 관해서라면, 여러 종문의 아손들께 물어볼 일일 게다—불멸을 재성취한다, 고 믿어져 온 것이 아닌가. 희극이 잉태한 비극은, 더욱더 비극적이어서, 웃는 중에 관중은 소금기둥이 되어버리는 것인데, 더구나 신족의 궤멸이, 희극적으로 이뤄졌다는 소총(笑叢)은, 보름달을 우러러 야호들이 영산회하는, 한자리를 차지해 있던 가섭이가, 달이 꽃 한 송이를 입에 문 것을 보다, 웃다 못 참고 창자까지 게워내자, 야호들이 우 몰려들어, 그 창자뿐만 아니라, 혀까지 뽑아내 짤라 먹고, 우후우후후— 웃기보다, 더 참혹하게 웃었다. 웃긴다. 흐흐흐, 이래서 보면, 친애하는 자라투스트라 공(公)이여, 비극은 웃기로부터 시작된 듯하잖은가? '히브리 사람' 하나를 가리켜 공이, 말했기를, '그가 황야에 머물러 그리고 선량한 자 및 공정한 자들로부터 멀리 떨어져 있었다면 좋았을 것을! 아마도 그는 사는 것을 배우고 그리고 대지에 사는 것을 배웠으련만—그리고 또한 웃는 것도!' 자라투스트라여 보게람, 하늘에서 '신들'이 펴져 눕자, 공의 그 대지에서는 '인간'이 뼈를 뽑히고, 흐늘어져 눕는다. 못 일어난다. 매우 희화적이게도, 신의 죽음은 동시에, 인간의 죽음을 부른다—자라투스트라는, 회한의 쓴 즙을 삼키고 있다. 나중에, 자라투스트라가 만나게 되는, 늙은 성자도 이런 꼭 같은 말을 하지만, —신과 인간이, 이분법적(二分法的)으로 또는 대립적(對立的)으로 존재하는 것이 아니라면, 그러하다—자라투스트라는, 회한의 쓴 즙을 삼키고 있다—공은 그리하여, 공 나름의 늙은 신을 죽인다며, 인간까지 학살하고 말았도다! 어떤 한 대상, 또는 주제로부터, 추상성(抽象性)을 제감하기로 하면, 구상(具象)이 그 본연의 모습을 되찾는 것인가? 그것이야말로 일용(日用)할 실다움인가? 이런 얘기는 그런데, 조금만 더 복합적으로 진전시키기로 한다면, '체용론'(體用論)까지 동원할 수 있게 될지도 모르는데, '용'(用)은 어째도 '체'(體)라는 구상에 대한 추상인 것, ―자라투스트라여, '체'에서 '용'을 감제해버린다면, 무엇이 남는가? 흐흐흐, 그것이 혹깐 '초인'의 모태라도 되는가?

신의 죽음에 따른 인간의 죽음, 자라투스트라여, 그 후문(後聞)을, 꼭히 입을 열어 말해야겠는가? 두렵도다, 거기 인지(人知)를 가진 축생도(畜生道)가 성시를 이뤘음을! 그것이, 다른 방언으로는, 아수라도(道)라고 이르는 것인 것? 공이 연금하려 했던 '초인'(超人)은, '초동물'(超動物)에로 몰락했도다, 동물의 상승―. 아으, 공이 태어나던 날의 해가 떠오르지 안 했더면! 공을 젖 먹였던 유방은, 푸타나의 것이었던 것을?

자라투스트라는, 호흡에 심한 불편함을 느끼고, 반쯤 감았던 눈을 크게 떠, 미친 듯이 주위를 살피기 시작했다. 그는 뭣엔지 분노하고 있었으며, 반은 미쳐 있었다. 숨을 헐헐해싸며 자라투스트라는, 벌떡 일어서더니, 독수리와 뱀 가까이 다가가자마자, 느닷없는 동작으로, 냅다 손을 뻗쳐, 한 손아귀에 하나씩, 그것들의 멱아지를 거머쥐었다. 그러며 악력을 밀어붙였는데, 악력 속에는, 살기(殺氣)가 젊은 독사처럼 사려져 있었으며, 젊은 독수리처럼 빠등이고 있었다. 그것은, 그 자신도 전혀 예상치 못했던, 돌발적 행위였는데, 그의 오랜 도반들이었으며, 심지어 신앙이기까지 했던 그것들은, 숨 뱉기나 넘기기가 괴로워 버르적거렸고, 그것은 그에게 공포를 수반한 살기를 더욱더 돋우고 있는 듯했다.

―전에 나는, 그랬었도다, 신의 얼굴이 있던 자리에다 처용 화상을 대신 내걸어, 그것이 '초인'이라고, 초인주의를 설(說)했었으며, 허무주의의 무저갱 속으로 떨어져 내리는 정신들을 꼬집어 올리기 위해, '권력에의 의지'를 부르짖지 안 했었던가! 그러나 이제는, 아으 자라투스트라여, 신이 아니라, 초인을 끌어내려, 그의 시신(屍身)을 끌고 다니며, '초인이 죽었도다!'라고, 그 부음을

전해주어야 할 때에 온 듯하다. 초인은 죽었도다! 타무스여, 위대한 초인이 죽었은즉, 이 부음을 전할지어다!

자라투스트라는, 그렇게 외치다, 자기의 두 손아귀 사이에서, 자기의 두 친구가 몸을 풀어 늘어져 버린 것을 알고, 조금 병적으로 씰룩거리며 웃는 듯하더니, 죽은 것들을 손아귀에 쥔 채, 털썩 주저앉고 말았다. 아마 그는, 오열하고 있었을 것이었다.

—'불'은 꺼지고, '재'는 식었도다! 상승이 가능치 않은 몰락, 완벽한 몰락! 나 자라투스트라가 보다 더 젊었던 때, 그 젊은 피와 살로써 그대들을 먹여왔으나, 이제는 내게도, 그런 젊은 기가 용솟음치지도 않으려니와, 살점 떨어진 자리에서도, 새살이 돋으려 하지 않는 것을! 자라투스트라는, 이제는, 어둘 녘 들판에 홀로 선 늙은 노새러람! 내 몫의 숨도 제대로 챙기지를 못하여 헐헐거리며, 사위가 저무는데도 갈 곳을 몰라, 우두커니 서 있도다. 고독이여, 그대는 너무도 불어나, 이제는, 작은 영육을 숨길 수도 없구나. 초인의 의지로 팽대한 젊은 몸을, 대지에 굳건히 딛고, 정신이라는 몸종으로 '몸'이라는 법륜(法輪)을 끌게 했던 젊은 자라투스트라는 아름다웠는가?

—'대지'라는 법거(法車)에, 우주적 대력(大力)들을 일곱 적토마 삼아 멍에를 메워, '권력에의 의지'라는 책찍을 휘둘러, '영겁회귀'라는 황도(黃道)에 나선, 저 법거에 타 법륜을 굴리는, 젊은 자라투스트라는, 초인이었도다! 인간이었도다!

—인간에 대해서는 초인이었으며, 신들에 대해서는 인간이었도다!

—……, 마는, 어느 때부터였는지, '몸'이 '혼'에다 조금씩 자리를 내어주기 시작했거니……, 그러며 혼은 회한으로써, 몸을 내려다보기 시작한 것을……

—……, 마는, 회한 그것이야말로 양지 가에 나앉아, 늙은 네가 셈해야 하는 재산이 아니겠는가?……, 허긴, 자라게 하는 젖은 환열(幻熱)이며, 씻기는 독은 환멸(幻滅)인 것? 회한(悔恨)? '젖'은, 아직 실제적 현실적이 아닌 것들에다, 뼈를 세우고 살을 입히며, '독'은, 뼈와 살에서, 실제적 현실적인 것들을 덜어내고, 물크러뜨려 눕힌다. 자라투스트라의 잔은, 쓰여지기 시작한 것이로다.

—'행하지 않음의 행함', 또는 '행함의 행하지 않음'으로, 이 나이까지 늙

은 자에게, 회한이라니? 무슨 종교라도 한 가지 가졌던 것이 좋았겠는가? 허허허, '동물'과 '초인' 사이의 심연 위에 걸쳐진, 줄-다리를 건넜다고 하며, 뒤돌아보고 초인은, 어리둥절 낙백해 있구나. 초인은, 피안(彼岸)—'동물'의 피안은 아니었는가? 차안(此岸)에서 시작하여, 위험스러운 줄-다리를 건넌다고(gate, Skt., gone, Eng.), 건넜다고(gate), 다 건넜다고(pāragate), 뒤돌아보고 이 초인은, 차안에서 시작하여, 결국엔 차안에로 되돌아와 버린 것은 아니었는가? 전에 나 자라투스트라는, 초인을 일러 나라쉼하(Narasimha, Skt., Nara, man, Eng., Simha, Skt., Lion, Eng.)랬더니, 이제 새로 본즉, 그것은 대가리만 독수리며, 목 아랫부분은 뱀이로다. 아니면 저 뱀이, 저 독수리를 거의 다 삼켜 먹어가고 있는 중인지도 모르겠도다. 저것이, 나 자라투스트라의 종교였는가? 그래서는, 아프게 야유하여서는, '인간'을 지워낼 수 있을 만큼 지워내려던, ('무신론자'[無神論者] 라는 말이 있다면,) 무인론자(無人論者라는 말은 왜 없어야겠는가?) 늙은 성자를, '종말인', 또는 '노예'라고 일러, 무엇이라도 믿지 않고는 못 살겠거든, '당나귀'를 뫼시는 것이 더 옳을 것이라고 들려주었댔구나.

—나 자라투스트라도 모르고 있었던 것은 아니었다, 사람들은 깊고도 두려운 계곡 위 높이, 두 언덕 사이를 연결해놓은 흔들거리는 줄-다리를 건너기보다, 그 앞에 다다라서는, 누군가가 자기를 들어 포근히 안아, 자기도 모른새 건네주기를 바란다는 것을—. 그리하여 '작자는 미상'이라며, '발자국'이라는 제목의 글귀가 하나, 인구에 회자하고 있는 것도 들어 알고는 있다. 미상의 한 사내가, 꿈에서 자기의 한 삶을 뒤돌아본즉, 자기와 자기의 주(主)가 해변을 함께 걸어온, 그 발자국들이, 쪼론히 두 켤레로 박혀 있는데, 자기가 곤란에 처했을 때마다 그런데 발자국은 한 켤레밖에 보이지 안 했다는 것, 그랬으므로 주께 그 의문을 들어 여쭈어본즉, 그때마다 그의 주가, 그를 품에 안고 걸었기 때문이었다는, 내용이었던 것. 나 자라투스트라는 그 얘기를 들었을 때, 모멸감과 구역질의 까닭으로, 그들을 가리켜, '노예근성의 종말인이로다!'라고, 토역을 덮어씌웠더니……, 이제 묻거니와, '초인'도 그래서 신앙의 대상일 수가 있었던가? 초인이, 저 겁에 질린 유아적 정신들을, 포근히 품에 감싸 안아, 저

위태로운 줄-다리를 건네어주는가? 초인의 성취는, 그렇게 되는 것이 아니지 않던가? '인간'이기 때문에 인간은 묵은 가치를 타도하기에 의해, 또는 용감한 저항을 통해, 초인을 성취할 수 있는가? 만약 대답이, 그렇지 않다고 한다면? 아마도 인간은 그러나, 나 늙은 자라투스트라가 회한으로써 말이지만, '초극'해야 하는 어떤 것이기보다, 가꿔야[鍊金] 하는 어떤 것인지도 모르는 것을? 가꾸되, 좋은 수확을 바라 열심히 정진하는 데서, 좋은 결과가 있음은 분명하며, 가꾸되, 수확에의 의념이 없는 데서는, '남음이 없음'인 것? 이듬해 봄에 뿌릴 '씨앗'까지도 거둬들이지 못했음을! 윤회(輪回)의 밭에, 봄은 오고, 또 와도, 뿌릴 씨앗이 없음이여! 초인이라는 농부는 아직도, 프라브리티라는 멍에에 메어져 밭갈이에 등이 휘고 있는데, '자아'라는 씨앗까지도 다 죽 쑤어 먹어버린, 저 가난한 이는, 어느 처마 밑에서, 그 가난을 셈해보고 있겠느냐. 아직도 그는, 잃을 것을 걱정하며, 아침 먹고는 점심을, 점심에는 저녁을, 저녁에는 몸 누일 자리를 걱정하겠느냐? '초극'해야 할 것이 없는 자를 향해 무엇을 초극하라고 일러야겠느냐? 가난이야말로, 최대의 부가 아니겠는가?

—나 자라투스트라가, 그렇게도 예찬했던 '대지', 그 삶의 현장도, 사탕으로 기둥하고, 과자로 지붕과 벽을 하여, 삶의 숲에서 길 잃은 아해들을 꾀어 들여 가둔 뒤, 애들의 피에서 젖 맛이 가셔지고 독한 술기를 띠기 시작하면, 통째로 하나씩 씹어 삼키는, 마녀인 것? 나 자라투스트라께도, 세계는 사탕과 과자로 지어 놓은, 더할 수 없는 아름다움이었거니! 얼마나 농염한 지혜의 암뱀이었던가? 그 암뱀의 젖을 빨아 젊은 자라투스트라는, 모든 한계와 장애로부터의 비상을, 자유를, 수독수리의 꿈을 꾸었던 것이었던 것을. 왜소한 한 흙덩이는, 스스로를 거대한 산이라고 교만하여, 하늘 원정에 올랐었던 것이었도다. 늙은 자라투스트라께 보이는 산들은 그러나, 추락한 이카루스(Icarus)들인 것을! 이카루스—아수라(阿修羅)! 그들의 하늘 원정은, 어찌하여 그러면 늘 실패로만 끝나는가?

—아마도 아수라들은, 그래, 어쩌면 그들은, 대지라는 태보를 찢자마자, 그 어미의 용(用)의 젖을 빨아, 자라, 그녀의 체(體)에 의지해 하늘 원정엘 오르는 듯하다. 반대로 수라(修羅)들은, 하늘이라는 태보를 벗자마자, 어미의 체

(體)에서 젖을 빨아 대지의 용(用)에 의해 권륜(權輪)을 굴리는 것임을?

> 프라자파티(Prajapati)가 입으로 창조한 신들은 하늘(divam)로 스며들었다. 그것들은 하늘로 들었으므로 신들(Devas)이라고 일렀다. 그가 그들을 창조하고 있었을 때, 날빛[日光, diva]이 있었으므로, 신들은 신들이었다. 그런 뒤, 아래쪽으로 숨을 내쉬며 그가, 악마들을 창조했는데, 그것들은 창조되어지자마자 땅속으로 뚫고 들었다. 그가 그것들을 창조하고 있었을 땐 어둠이 덮여 있었다. 그랬으므로 그는, 자기가 악을 창조한 줄 알았는데, 그가 그것들을 창조하고 있었을 땐 어둠이 덮어 들어 있었기 때문이다.
>
> —*Satapatha Brahmana* 중에서

—그런즉, 아파나(apana, 내리는 숨), 다시 말하면, 몰락이라는 암뱀에서 태어난 자식들이, 어떻게, 프라나(prana, 오르는 숨), 다시 말하면 상승이라는 수독수리들의 권좌를 찬탈할 수 있겠느냐?

—'대지의 용(用)'에 의존해 권세의 홀을 쥐려 하는 것들은, 이를테면 잠깬 샐러맨더(salamander), (종교적 과장법의) 붉은 용, —타오르는 불이거니, 타오르거니! 그럼에도 언제든, 천장을 찢고 태워 오르기엔, 몇 마디의 손가락이 모자란다. 손가락이 몇 마디 모자라, 늘 추락하고 만다. 거기 어디에다, 달마가 둘러놓은 경계가 있다.

—'대지의 용(用)을 체(體)' 삼아 권세의 홀을 쥐고 있는 것들은, 이를테면 벼락을 갈기는 용(龍) 같은 것이다, 까닭에, (거의 모든 신화의) 주재자마다, 권세의 홀이라며, 이 벼락을 쥐고 있다.

—('의미'[signified]를 한정·수식하는 것이 '기호'[signifier]라는, vice versa, 언어학과의 관계에선, 이 '체/용'의 관계가 전도되어 있어도 보이지만,) '마음'을 '용'(signifier)으로 삼을 때, '몸'은 '체'(signified)이다. '마음'이 능동력이며, '몸'을 수동태라고 이해하면 그렇다. (나 자라투스트라는, '체용론'에 대해 눈을 뜨고 있지 못했던 때, '정신은 몸의 도구'라고 설파했었거니와, 그건

언어학적으론 오류는 아니었던 것이구나. '몸은 기표[記表]'의 역이며, '정신은 기의[記意]'의 역이기 때문이다. 아마도 '짐승'의 이해는 그렇게 되는 것이 옳은 듯하다. 몸의 어떤 부족에 의해, 짐승의 욕망은 사역 당하는 것이라면 그렇다)

—'마음'이라는 '몸의 용'을 두고도 그런데, 다시 '체용론'이 거론된다. 마음의 연금술사들은, 마음을 두고도 '프라나(prana) 마음'을 상정한다. 그것에 의해서만, '체'의 전신전이는 가능해진다는 것. 그런즉 '마음'도, 그 자체로써 '체와 용'을 구비해 있음을 알게 된다. 바로 이 '프라나 마음'이, 에우헤메로스(Euhemeros)적 전와(轉訛)를 겪을 때, '용'(龍)의 모습을 띠는 것인 듯하다.

이 대목쯤에 와서 자라투스트라의, 회한에 찬 뒤돌아보기는, 다시 현재의 자신에게로 돌아왔다. 그는 아직도 자기의 두 손아귀에 쥐어져 있는, 죽은 도반들을, 그제서야 새로 의식하고, 슬픔이 깊어 회색이 된 눈으로, 내려다보았다. 그리고 중얼거렸다.

—아으 친구들이여, 독수리며 뱀, 나의 도반들이여, 그대들은 그리하여 차원이 다른 고장으로 떠나버렸도다. 나 자라투스트라가 그대들을 배반하였는가? 아니면 그것이, 그대들에 대한 나의 마지막 우정의 표시였겠는가? 나는 그대들로부터, 태양과 대지의 종교를 배우지 아니하였던가? 상승과 몰락/몰락과 상승, 불사조(不死鳥)의 비의(秘儀)를? 그렇게 자라투스트라는, 대지를 제단으로 삼은 태양의 사제였었음을! 그 신앙을 통해 자라투스트라는, 그 제로(祭爐)에서, 그대들이 일어남을 보았었도다. 붕(鵬)과 곤(鯤)을! 수독수리와 암뱀을! 나는 배화교도(拜火敎徒)였거니. 타오르는 불은 독수리였으며, 그것 스스로를 태우고 난 재, 재는 뱀, 암뱀이었음을. 검은 똬리의 한가운데에, 비상에의 꿈, 꿈의 연두(蓮頭)를 얹고 잠든 암뱀, 검은 암뱀, 곤이었음을! 오래잖아 붕이 부화한다. 나 자라투스트라는 그를 '나라쉼하'라고 명명하였었노라. 그를, '초인'이라고 숭배하였었노라. 나 자라투스트라는 나라쉼하였도다. 인간 중에서도 현자의 지혜를 갖춘 사자였으며, 사자의 기백을 가진 인간—초인이란 나라쉼하였도다! 태양의 상반신에, 대지의 하반신을 가진, 나라쉼하였도다!

—어찌 알았겠는가? '대지'가, 소복단장하고, 중음(中陰) 모랭이 하 외로운 자리에다, 불을 빤하게 켜놓고, 바느질하기로 길손을 끌어들이더니, 자라투스트라도 그리하여 일숙을 빌었더니, 자정이 기울었던가, 청상 곱던 옌네 소복을 벗는데, 아읔, 거대한 암뱀의 검은 똬리가 풀리며, 길손을 휘감아 트는구나. 아으크, 대지의 남편[用]은 '세월'이었던 것을! 이제는 영락없는 저승길뿐이겠구나. 어찌 알았겠는가? 대지가 그를 저버렸도다. 몰약이라고 알았던 고독은, 언제부턴지 써져 독이 되었으며, 젊었던 때의 지혜는, 기표만 남기고, 기의는 똥이 되었도다. 기표가 기의를 먹어 치웠음이여! (아마도 '당대적'이라고 이를 지혜도, 언어처럼 죽는 것인 것?) 태양은, 이 아침에도 물론, 대지와 시간 속에 서식하는 모든 유정들로부터, 경배의 공양을 받으러, 바리때를 챙겨 들고, 문을 나서고 있을 테다. 마는, 늙은이에 대해서처럼, 노쇠한 삭신에 대해서도, 프라나의 법은(法恩) 베풀기를 인색해하고 있다. 조락이로다, 하릴없는 조락이로다. 그래도 '대지는 살아 있'는가?

—대지는 그래서, 내게 무엇이었던가? 초인이란 그래서 대지의 뜻이런가? 나 자라투스트라는 그래서, 저 허한, 없음에도 있어 보이는, 환천(幻天)이 아니라, 두 발을 굳건히 딛고 있는, 그 대지에 충실하라, 고 가르치지 안 했던가? 그래서 사실로, 대지에는, 그 밑에, 허한 구멍[虛空]을 갖고 있는 것이 아닌가? 그것이 굳건하다고 믿는 것은, 결코 환상은 아닌가? 아니면, '어머니와 대지는, 자식에 대해 저주'라는 지혜를 듣기에, 나의 귀는 너무 젊었던 것은 아니었는가? 사대(四大)라는 잔에 채워진, 삶이라는 소마즙에 너무 취해 있었던 것은 아니었는가? 그러나 오늘 보니, 대지는, 저 술에 취해 있는, 저 건장한 자식으로부터, 뼈에서는 굳건함을, 살에서는 힘줄을, 피에서는 프라나를, 뽑아내왔거니. 그리하여 저 저주의 소리가, 짧은, 아주 짧은 잠을 깨이고, 귀의 안쪽으로부터 울려 나고 있다. 소마즙은 써졌도다! 고독이 그를 지치게 하고, 대지가, 닫고 있던 무저갱을 열었도다. 대지란 무저갱을 덮은 뚜껑, 그것이었는가? 쿠마(Cumae, 쿠마이)라는 곳에서 무녀 시빌(Sibyl)이 하는 탄식이 또한, 나 자라투스트라의 안쪽에서 애절히 들리고 있다. '아 나는 죽고 싶다!' 그녀 또한, 자라투스트라와 마찬가지로, 태양의 사제, 여사제였거니, 나도 이제는, '어머

니와 대지는 저주'라고, 그것들에다 저주를 덮어씌우려 한다. 그 암뱀이, 그 독수리의 날개와 다리를 휘감고, 그 대가리를 삼키려 드는 것을! 어머니란, 냄새나며 미끄덩거리는 황천(黃泉)이러람! 자식이란, 자기의 자급자족(自給自足)에서 생산된 기름진 고깃덩이인 것을! 어미는 '생성'(生成)을 자급자족의 수단으로 삼는다. 모태(母胎)란 생성의 곳(곳+것)이라잖느냐. 어미께 고기를 바치고 나면, 그러자마자 자식은, 어미의 배 속에 알 맺힌다. 죽어서도 죽지 못해 자식은, 아 나는 죽고 싶다, 고 우니노니, 애절히 우니노니, 윤회의, 제 꼬리 물어 삼킨다. 암뱀에게, 목덜미와 발목을 물렸음! 영겁회귀는 그래서 희망인가? 지금 다시 생각건대, 저 칙살한 뱀의 머리를 물어 끊고, 그 더러운 배 속에서, 자기를 불거져 나오게 하는 정신이야말로 초인의 의지인 것을! 대지에 저항하는 정신! 삶을 찬양하기가 아니라, 못 죽는 죽음을 완성하기, 그것이야말로, 찬양되어져야 했던 것?

자라투스트라는, 심한 혼란을 겪고 있는 듯이 새벽에 그는, 자기만의 방언 대신, 다른 방언의 밭에서, 일용할 지혜의 이삭을 줍고 있어 보였다. 때에는, 바리때를 들고, 그의 동굴 입구에 와, 아침 공양을 비는 해가, 그 자비스런 그림자를 밀어뜨려 넣고 있었다. 그랬으므로, 보름달 빛에 쏘인 진주조개가 항거치 못하고, 전신을 열어 달빛 쐬러 수면에로 떠오르듯, 자라투스트라도 마찬가지로, 자기 속의 심연에 가라앉았던 눈을 떠올리지[開·浮] 않을 수가 없었네다. 그의 두 손아귀에는 아직도, 차마 그 껍질만이라도 버리기가 안되어서인 듯, 두 주검이 쥐어져 있는데, 그는 그것들을 가슴에 받쳐대고, 저 위대한 보디사트바의 방문을 맞으러 동굴을 나섰다. 자라투스트라를 보자 해는, 반가움으로 미소해 보였으며, 자라투스트라는, 손에 쥔 것 때문에 합장이 되지 않는 합장을 하여, 겸비히 허리를 굽혔다. 그리곤 해도 익히 알고 있는, 그러나 이제 무정(無情)인 것들을, 해 앞에 들어 올려 보였다. 그는, 뭔가 말을 만들려는 듯, 입을 오무작거렸으나, 말을 만들지 못하고, 실의 탓인지, 고개를 숙여버리고 말았다. 그는 마른 어깨를 떨고 있었는데, 오열하고 있었는 듯했다. 연민의 눈으로 이 외로운 늙은네를 내려다보았을 뿐으로, 해도 그의 슬픔과 고뇌를 어떻게 위로해얄지는 모른 듯했다. 그렇게 한참을 들먹이며 서 있던 자라투스트라는 뭘 생각했는지, 두 무정을, 자기가 늘 나앉았던 그 반석 한켠에 가지런히 놓아두더니, 몸을 움직이기 시작했는데, 들이는 품으로 보건대 그는, 불이라도 한 모닥 지필 모양이었다. 북더미도 모으고, 삭정이도 모으고 해쌓더니, 그는 그것들을 갖다 예의 그 반석 위에, 꾀 있게 쌓아 올려 불이 잘 붙어 타도록 만든 뒤, 그 위에다 저 두 주검을 정성스레 올려놓는 것이었다. 그리고 그가, 자기의 동굴 안으로 들어갔다 나왔을 땐, 부시와 짓, 부싯돌을 들고 있었다. 여차, 여차, (돌[咄], 소설[小說]하기의 잡[雜]스러움!) 여사, 여사…… 화천(火天)님이, 일곱 개의 혀끝에 고픈 창자를 빨판으로 하여, 광욕(狂欲)을 드러내, 익는 고기에 달라붙는다, 제 배부터 채운다, 그러느라, 정작 그 제사를 흠향해야 할 이께, 그것 실어 가는 발길이 더디다. 그 제사는, 자라투스트라가 흘린 눈물이 짜거워, 간이 맞았을 터였다.

—아으, 위대한 별이여, 보디사트바여, 자라투스트라가 바치는, 마지막 제사를 흠향하십스라! 자라투스트라도, 이 한 개의 몸 말고, 뭐든 다른 것을 좀 더 가졌다면, 그대께 하는 공양이 좀 더 풍부했었을 것이나……, 그러나 오늘, 자라투스트라는, 한 개밖에 없는 머리, 한 개밖에 없는 몸을 바쳐 공양하노니, 너무 가난하다 하지 마십스라.

—자라투스트라여, 그대의 공양은 내게 소마즙과도 같도다.

—자라투스트라는 그리고, 남은 재와 뼛조각을 모아 걸머메고, 환속하려 하는도다.

—아 자라투스트라여, 급기야 그대는 환속하려 하는가? 몰락이런가?

—나 자라투스트라는, 다시금 인간이 되려 하는도다!

—초인의 출가런가?

—나 자라투스트라는, 저 아랫녘 어디서 부르는, 죽음의 소리를 들었도다! 몰락, 이카루스의 몰락—. 그대의 달마 탓인 것? 그대를 예배하는 그대의 종도들은, 한 상한점(上限點)에 다다랐다 하면, 하강 몰락하는 것을? 시시포스(Sisyphus)며 이카로스……, 영겁회귀란 익시온(Ixion)의 불바퀴런가?

—자라투스트라여, 지금 하려는 그대의 하강이, 내게는 두렵고녀. 지난번 그대가, 독룡(毒龍)이라고 퇴치했던, 그 늙은 신의 이빨을 뽑아, 자루에 넣

어 걸머메고, 하산하며, 옥수수 씨앗 뿌리듯, 길가 여기저기다 뿌렸던, 그 이빨들이 싹을 돋궈 자랐던데, 안됐게도, 그리고 이상하게도, 그 대궁들엔 깜부기들만 매달려 익고 있던지, 바람이라도 불라치면, 독한 재를 날리고 있더군. 그것들은, 흐린 안개나 구름처럼, 또는 검은 뱀처럼, 어느 산허리를 휘감아 틀고 있는데, 나로서도 그러자니, 그 안쪽이나 아래쪽은 들여다볼 수가 없을 뿐이더군. 그 안에나 아래쪽에, 인가(人家)가 웅숭그려 있다는 정도는 짐작하기는 하지만서두…… 아으, 그리하여 자라투스트라는, 운명의 소리를 들은 것이렸음? 그럼에도, 그 운명으로 하여금, 그대를 부르게 한 것은, 그대 자신이었다고 알아, 부탁거니와, '공은 물을 건너려 마오.'

자라투스트라는, 종말인처럼 울고 있었고, 반석 위에 피웠던 제화도 태워올릴 것이 더 없게 되자, 제 뼛속으로 파고들고 있었다.

—위대한 별이여, 보디사트바여, 자라투스트라의 예배를 받았던 친구여, 나 자라투스트라로 하여금, 그대께 하직을 고하도록 용허할지어다.

—그대의 행려에, 일진이 사납지 않기만을, 걸음마다 법은이 있기를……

자라투스트라는, 뭔가 더 할 말이 있는 듯, 머뭇거리고, 입을 오무작거리고 해쌓더니, 말은 더 만들지 못하고, 무릎을 꿇었다. 그리고 크렁거리는 눈으로 저 보디사트바를 우러러, 그 빛으로 자기의 혼의 작은 옹관(甕棺)—이라고 해보았자, 피골이 상접해, 이슬 한 방울 괴어놓을 자리도 남아 있어 뵈지 안 했지만—을 채우더니, 일어서, 백팔배(百八拜)하고, 돌아서, 해를 등지고, 해가 가는 방향을 잡아, 발을 내딛었다. 아랫두리를 가린 들보 한 조각밖에, 그가 소유한 것이라곤 아무것도 없었으므로, 그는 그만큼은 가난스러웠어도, 그만큼은 또 표표했다. 그는 그러나, 자기가 드린 번제물의 재도, 남은 뼈도 추려 간직하거나 하지는 안 했다. 때로 그는, '상징'과 '구상' 간의 거리를, 잘 측정하지를 못한 듯했다.

해도 그리고, 자기가 밀어 올려야 되는, 그 달마의 바위를 향해 돌아가려 하며, 자라투스트라의 깡마른 굽은 등에 대고, 이렇게 들려주었다.

—아 그렇지, 내리다 말이지, 공도 한 둬 번은 만나 구면인, 저 아랫녘 사는, 그 늙은 성자를 한번 만나보시게나, 집 떠난 탕자를 기다리는 아버지처럼,

공을 기다려쌓더군. 그러느라 글쎄 늙은네는, 죽음까지도 미뤄놓고, 아직도 살고 있다네.

해는 그리고, 비척이며 산을 내리는 자라투스트라 자기의 오랜 친구에게도, 모든 유정에게와 꼭같은, 그런 공평한 눈길을 보냈다.

자라투스트라는, 그의 말을 귀담아들었으나, 돌아보지는 안 했고, 그 대신, 버릇이 된 혼잣말을 했다.

—말이지, 그래 말이지, 저 시시포스로부터, 그의 바위를 빼앗아버린다면, 그런다면?

티 베미.

박상륭 전집: 장편·산문

1988

2. 자라투스트라에게 답(答)한다

"초인의 송장을 실은, 바퀴도 없는 법의 수레를 끌고, 저기 가는 방랑자는 누굽네까?"

누가, 자라투스트라의 오른편 쪽 숲의 변두리에서, 그렇게 외치고 있었다. 놀라 멈추고 자라투스트라는, 소리가 났던 쪽으로 몸을 돌려 두리번거리다, 늙은 소나무 아래, 그 나무귀신이라고 여겨지는, 허연 늙은네 하나가, 지팡이에 의지해 서서, 손짓해 부르고 있음을 보았다. 얼른 알아볼 수는 없었어도, 반가운 정이 부쩍 이는 것으로 보아, 자라투스트라께는, 하늘의 저 큰 한 광명이 귀띔하여 만나보라던, 그 늙은 성자가 분명하다는 믿음이 들었다. 했으므로 자라투스트라는, 거의 뛰듯이 하여, 그 숲으로 들어섰다.

"이런, 이런, 이런 일진 좋은 날이 또 있겠소? 자라투스트라 맞지요? 이거 얼마 만이우? 그동안도 무고하셨구랴!"

늙은네는, 카랑카랑한 목소리로, 다가오는 자라투스트라를 향해, 거의 수다스럽게 떠들었고, 자라투스트라가 가까워지자, 지팡이까지 떨어뜨리고, 그의 두 손을 덥석 잡았다. 먼저 그들은 그리고, '두 소년'처럼 웃었다.

"그동안도 평강하셨군요!" 자라투스트라도 늙은네의 손을 힘껏 쥐고, 반가움으로 떠들어 말했다. "이렇게 뵙게 되어, 반갑군요. 그 후, 산수유도 하매 스무 번 이상이나 폈다 졌을걸요?"

"허, 허긴 벌써, 그렇게쯤 되었겠구료." 말하고 늙은네는, 매방석 넓이는

됨직한 반석 위에, 자리 잡아 먼저 앉고, 자라투스트라께도 권했다. 반석 위에, 마른 이끼라도 끼어 있지를 않은 것으로 보아, 늙은네는 시간이 나는 대로 거기 와, 아랫녘도 내려다보고, 윗녘도 올려다보며, 깨어 있기도 졸기도 하였을 것으로, 자라투스트라께는 짐작되었다.

"다시 또 말씀입니다만," 자라투스트라는, 다른 무슨 말을 생각해낼 수 없었던지, 했던 말을 반복했다. "노인장께서 건강하게 생존해 계셔, 다시 만나 뵙게 되니, 기쁘기 한량없군요."

"사람이 아쉬웠댔구료? 허긴 늙은네 쪽도 다를 바 없었쇠다. 공은 제외하고 말해야 될지도 모르겠소만, 사람들은, 사람이 싫어, 사람들로부터 떠나서는, 그들에의 그리움을 끄지 못해, 외로워하고 괴로워하는 것을 아는데, 가, 가맜써봅세다, 커허 참, 세월은 초인의 살갗에서도 젊음을 모두 덜어가 버렸구료! 때로 공을 기억하게 되면, 초인도 시간과 운명을 초극할 수 있을라는가, 그런 생각, 망령된 생각도 했더랬소이다. 사고(四苦, 生老病死) 말이외다, 원죄(原罪)랄 것……"

늙은네는 그리고, 자라투스트라의 초췌한 모습이 슬픈 듯, 깊은 한숨을 불어냈다. 자라투스트라는 미소만 짓고, 말은 만들려 하지 안 했는데, 운명을 초극했기는커녕, 허긴 그 원죄의 무게 탓이었을 것이지, 것인데, 늙은네보다 더 늙어 보였다. 못 입고 지낸 지도 오래되었으니, 가시쟁이나 바위 사이로 다니며, 생활(生活)을 거둬들이기에 애쓴 흔적으로 남은, 무수한 생채기 자국이나, 움푹 들어간 눈과 볼 등은, 그가 전에 어떤 얼굴을 해 달고 있었던지, 그것도 읽어낼 수가 없었으려니와, 그러는 동안, 뼈에 발린 피부가, 추위와 더위, 찬비와 꺼끄러운 바람 따위에 시달리느라 거칠어지고 두터워져, 어린 코끼리나 멧돼지의 가죽처럼 변했는 데다, 깎지 못한 머리칼과 수염에 덮여, 사람이기보다는 성성이를, 그것도 병든 성성이를 방불케 했다. 그가 예찬해 마지 안 했던, 그 대지에 밀착해, 하루하루의, 몸의 삶을 꾸리기는, 동물과 인간을 초극하려는 자에게도 고단했던 모양이었다. 그는 꺼져 들고 있는, 삶의 한 재 무더기였으나, 그보다 훨씬 더 나이가 많은 쪽은, 비교하면, 타오르는 불은 아니라도, 이글거리는 잉걸이었다.

"지난번, 공이 하산하고 있었을 때도, 우리 만나지 안 했었소? 공은 그때, 신의 송장을 걸머메고 있었으나, 떨기나무를 태우는 불과도 같았더랬지요. 그때, 이 늙은네께 젊은 자라투스트라는, 암뱀을 몸에 감고 비상하는 수독수리여서 부러웠었소이다. 늙은네께 보이는 자라투스트라는, 무장애, 그런 자유 자체였으며, 뒤처져 그의 등을 바랬던 늙은네는, 구차한 삶의 웅덩이에 빠진 무익조처럼만 여겨졌드랬지요. 그 날개 없음으로 인하여 그래서 늙은네는, 누구에겐가 기대, 구원되기를 바랄 수밖에 없었소이다. 공의 언어를 빌려 말하면, 공의 그런 '몰락'은 아름답기까지 했드랬소. 그 몰락은 상승으로 보이던 것이었쇠다." 늙은네는 그리고, 잠시 말을 중단했다가는, 빙긋이 웃어 보이며, "얘기가 이렇게 시작되면, 전에는 이랬는데, 지금은 어떤가, 라는 식으로, 대개는 험담의 꼴을 꾸미기 시작하는 것이 아니우?" 그리고 또 잠시 말을 중단하다 이어, "그런다 하더라도 이 늙은네께는, 어떤 식, 어떤 형태로든 늙은 허영심을 즐기자는 뜻은 없으며, 그럴 형편도 처지도 못 된다는 말씀은, 미리 못 박아 들려드렸으면 하외다. 한 노예근성의 종말인은, 허락이 되어진다면, 노예근성과 종말인성을 표표히 극복해버린 한 희귀한 정신과 얘기를 해보고 싶었던 것이외다"라고 늙은네는, 뜸 들이듯 말하고, 눈치 살피듯, 자라투스트라를 건너다보았다. 자라투스트라는, 그 나이다운 겸허함으로, 미소만 짓고 있다.

"그동안, 산수유가 한 스무 차례나 폈다 졌을 뿐인데, 그러는 동안 산수유 둥치는 더 굵어지고, 가지도 더 많아져 아름다움을 더해오기만 했는데, 첫째는 이 늙은네를 꼽아 말해야겠지만, 공도, 눈에서는 독수리가 죽었으며, 근육에서는 젊음의 뱀이 기어 나가버려, 늙기의 의기소침함, 그 황폐가 덮었는데, 까닭에 늙은네가, 공은 오늘, 공 자신의 송장을 싣고, 어디를 가느냐고, 물었던 것이 아니었겠소? 이것도 또한 공의 언어를 빌려 쓰는즉, 용허하기 바라오만, 이 늙은네께 보이는 오늘의 공은, 짐이, 그것도 운명의 짐이, 자아(自我)라는 짐이 무거워, 비틀거리는, 중음 길에 오른 늙은 노새 꼴이라 말이외다. 공의 무엇이 공에게 배반을 덮어씌웠으리까? 아니면, 높디높은 산봉우리에 있으므로 하여, 눈, 비, 찬바람에 시달리는 소나무모양, 다만 보이기만 의기소침해 보이고, 실제로 뿌리는, 야산의 우람한 참나무보다 더 강인하리까? 그렇든 저렇든, 늙은네께 보이는 오늘의 공은, 자기가 길렀던 사냥개들에 쫓기다 지친, 노새 머리의 악태옹으로만 보이니, 어쩐 일이외까?" 늙은네는 그리고, 조심스럽게 자라투스트라를 살펴보았다. 그러나 그는, 아무런 내색도 없이, 미소만 짓고, 그 미소로써, 싫은 것이나 좋은 것이나, 속에서 일어나는 모든 느낌을 중화(中和)하고 있는 듯했다. 허기는, 장통 어디서 두 사돈이 만난 것도 아니고, 또 자라투스트라 편에서도, 나눠줄 것을 너무 많이 가졌으므로 하여, 갈 길을 재촉해야 할 일도 없었을 뿐만 아니라, 자기가 뿌렸던 씨앗의 열매는 또한, 자기가 거둬야 한다고도 알고 있었으니, 수인사가 끝났다고 해서, 금방 헤어질 일도 아니었을 것이다.

"헌데 참, 공의 독수리와 뱀은 어찌 되었는지, 그게 그러고 보니, 한참 되는구료, 보이지가 않더구료. 뱀을 목에 두른 독수리가 날면, 늙은네는, 그 아래쪽 어디에, 그것들의 주인이 밖에 나와, 뭔지 행하고 있다고, 그렇게 알아 왔는데, 얼마 전부터 그것들의 그림자도 볼 수 없어, 공이 혹간 앓기라도 하는가, 걱정도 했드랬소이다."

그 물음에도 자라투스트라는, 얼른 뭐라고 대답할 말을 찾지 못해, 묵묵히 있는데, 늙은네 쪽에서도, 이제는 그것이 특히 궁금하다거나 하지는 안 하게 된 모양이어서, 그것들의 일은, 다른 얘기 속에 묻혀버렸다.

"그러던 날, 공이 되돌아오고 있었을 땐, 아으 공이 이르는 노예근성의 종말인이 이렇게 말해도 되리까, 종말인들이, 나름들대로는 공들여 뭉친, 그들의 덕(德)의 덩이에, 알을 쳐놓은, 날개 지친 나나니벌처럼 보였더랬는데, …… 과연 한 종말인이, 한 초인에 대해 이렇게 말해도 되리까? 그때 이 늙은네는, 공이 내리고 있었을 때 품었던, 공에 대한 그 선망이 바뀌어, 왠지 측은한 정을 일으킨다고, 그래 혼자 슬퍼하였었소이다. 그랬음에도, 공의 이름을 들어, 기도도 할 수 없다는 것이, 이 늙은네를 아프게 했었쇠다. 그때 늙은네는, 망령탓이었을 게요, 망령으로, 이렇게 생각했었소이다. 아직도 세상이, 목욕하는 여신을 훔쳐보기처럼, 그렇게도 천상적 아름다움으로 저 사내의 눈앞에 어른거리고 있을 때, 저 사내는, 아으, 이렇게 말해도 되리까, 사람의 껍질을 뱀 허물모양 벗어, 접어, 동굴 아랫목에 두는 것이 좋지 않겠는가, 않겠는가…… 저 자라투스트라가 '웃음'의 미덕을 터득했을 때, 역설적이게도, 그 삶은 반쯤 니전(泥田)에 빠져들고 있는 것을…… 어떤 아이도 웃으며 태어나는 아이는 없는 것을! ……그, 그러나 역시, 초인의 정신을 가진 자 역시, 집 쫓겨난 노새의 비극을, 웃음으로써 볼 수 없는 나이까지는 살았어야 옳았겠지, 그리하여서라야, 세상의 모든 아이들이, 왜 울음 없이 태어나지 못하는지, 그 까닭을 알 터이지. '육체의 경멸자'란 험구이되, 육체의 경멸자를 경멸하던 자도, 그리고서야 그 경멸의 뜻을 알게 될 터던가? 혼이 지쳤거나, 병고에 극심하게 시달리는 이들 말고, 그러나 누가 자기의 육체를 경멸하는고? 그것에의 모진 집착을 여의려 하며, 또는 그것을 질료로 하여, 자기 구원을, 또는 불멸을 연금하려는, 금욕주의자를 말함인가? 사대(四大, 地水火風)라는, 조악한 물질 속에서, 영혼을, 만약 그 어휘가 거슬린다면, 불멸을 성취하려는 노력이, 자라투스트라의 방언으로 바꿔 말하면, '영혼은 육체가 더욱더 메마르고 처량하게 되어, 아사(餓死)하기를 바라는 것' 그것이리까? '영혼이란 빈곤과 더러움과, 가련한 쾌감인가?'

—두렵소이다! 이분법적 사고에 의해, 한편에서 영혼을 육체의 도구라고 매도하려 들면, 육신은 축생도에로 떨어져 내리는 것을! 신이, 만약 그 어휘가 싫다면, 인간의 불멸성이 배태되어 있는 이 영혼이며, 그리고 마(魔)라고도 대명(對名)된 필멸이, 모든 억제되지 않은 욕망이, 진 치고 있는 이 육체인 것을! 두렵소이다, 이후, 이 억제되지 않은 욕망, 어느 방언에서 '짐승의 대왕'이라고 이르는, 이 육체적 욕망이, 홍포 입고, 권세의 홀을 쥐어 군림하지 않을까, 두렵고, 두렵소이다! 공은, 신을 지워내 괄호인 자리에다, 모종의 새로운 윤리관을 채워 넣는다고 하며, 붉은 용 알을 부화케 하였더이다. 그, 그러나, 무학(無學)의 한 종말인의 곡해겠지러, 곡해로 인하여, 이렇게 말해도 되리까, 이 촌로(村老)는, 공의 설교가, 되돌아와 공을 치는 회력봉(回力棒, 부메랑)이 아니기를 빌었소이다. 물론 이 늙은네도, 이것까지 모르고 있는 것은 아닌데, 늙은네의 말을, 공의 입장에서 공이 말하려 든다면, 공이 이미 행했던 설법, 바로 그것에로 되돌아가게 된다는 것, 그것을 모르고 있는 것은 아니외다. 우리는 그러고 본다면, 같은 한 몸에, 두 머리를 가진 바룬다 새이리까? 어느 머리가, 어

느 머리든, 그것은 어째도 좋겠소이다만, 한 머리가, 한 선병(仙餠) 조각을 발견하고, 그것을 자기 혼자 집어먹자, 다른 머리가 화를 내고선 독(毒)을 쫓아먹었다는, 같은 한 창자를 가진 바룬다 새—. 그러나 어쩌면, 자라투스트라도 또한, 불행한 한 망석중이었던 것을? 그 망석중이를 놀리는, '소명'(召命)이라는 철삿줄을 쥐고 있는 손은, 다름 아닌 저 종말인들이었음을? 허허헛, '초인의 의지'를 표방하는 자 하나도, 그렇게 되어, 저 종말인들이, 뒷전에서 늘인 소명이라는 끈에 묶여 들었을 터이오. 당시의 종말인들은 분명히, 우주적 권세의 홀을 쥔 자의 악력이 너무 세어, 인간으로부터 인간이 빠져나간, 인간이라는 박제품 같은 것으로 변해져 있다고 느꼈을 뿐만 아니라, 세사 돌아가는 꼴을 보면, 어떤 보이지 않는, 대단히 인자한 누군가가 주관하고 있다는 믿음이 엷어지기도 했을 듯싶으오. 그때 저 종말인들, 경멸스러운 노예근성의 비겁한 종말인들은, 무엇을 개선해보려, 수건 머리에 동이고 나서는 대신, 무엇을 했겠소? 누군가, 뒷전에 있는 자기들의 북소리에 춤춰줄 대상을 찾았을 듯하며, 그리하여 대답하고 나선 자는, '신은 죽었도다!'라고 선언을 해, 듣는 귀들에다, 억만의 천둥이 한꺼번에 울리고 든 것 같은, 경악과 공포심을 일으켰으나, 그들 생각에 그건 적절한 설교, 불의 설교처럼 여겨졌을 법도 했댔겠구료. 그것은, 노예근성의 종말인들로 하여금, 일종의 노예 해방 선언과도 같아, 개가를 높이게 하기에 족했음도 짐작되더이다. 이 단계에 이르면 이제, 저를 불러냈던 자들은, 무대의 뒤로 자취를 감추는 것임으로, 저들을 두고 왈가왈부할 것은 못 될 터입네다. 그럼에도 여전히, 어떤 용렬한 망석중이는, 뒷전에 있는 저들의 춤을 출 것이로되, 어떤 망석중이는, 자기에게 처매어진 철삿줄을 끊고, 그것 자신의 춤을 추기 시작헙네다. 저들은, 이런 이들을 '위대하다'라고, 박수갈채를 보내기도, 반대로 꺼꾸러뜨리려, 새로운 음모를 꾸미기도 할 것인데, 자라투스트라는 그 자신만의 춤을 추는 자였던 것은 분명하외다. 문제는 그런데, 이 늙은네께는 아무래도, 자라투스트라가 재편집한, 신들의 궤멸에 대한 서사시가, 어떻게도 동의할 수 없이 이뤄진 것이나 아닌가, 하는 데 있소이다. 그것은 매우 동화적으로, 좀 더 솔직한 말로 바꾸면, 아동용 희극에나 써먹힌대도 여전히 부족하게 이뤄져 있어 보이는데, 유일신은 '유일신론'

을 부르짖기로, 신으로서 할 수 없는 발언을 했기에 의해, 그 당장 대가리가 떨어져 죽고, 다른 제신(諸神)은, 그의 희극적 언사 탓에 웃다가 펴져 누웠다는 게, 그 서사시의 내용이 아닙더? 흐흐흐, 흐흐흐, 신들이 하니라, 히, 히 늙은네가 홋어 죽겠이다. 기도하러 회당 가다, 미끄러져 넘허져 개똥에 코 박고, 개똥 먹흔 자가 뱉는, 개똥 같은 소리겠지, 흐흐흣……, 그가 넘혀지려 했흘 때, 회당희 신히, 얼른 뛰혀나와, 그를 받쳐주혔허야 했던 것을!" 늙은네는 그리고, 조금 더 헐흘거리고 웃어쌓더니, 실례했다는 듯이 웃음을 거두고, 정색하여 계속했다. "자라투스트라의 서사시는, 매우 안됐게도, 하나의 우주적 오류 위에서 이뤄진 것이었다는 것을, 이제는 지적해드렸으면 합네다. 그것이란, 자라투스트라는, 말한 바의 저 '유일신'도, 다른 '다신'(多神)들과 비슷한 신격으로 이해하여, 함께 싸잡아 취급했다는 그것인데, —이건 조금이라도 생각이나 관심이 있는 이라면, 대개들 알고 있는 얘기를 빌려 쓰는 소리외다만, —'다른 제신은 모두, 그들의 모태(母胎)나 강보를 자연(自然)에 두고 태어났음에 반하여, 이 특정한 유일신은 자존자(自存者)며, 결코 자연의 어떤 초력 의신화(擬神化)가 아니라는 것, 그래서 문화적(文化的)인 신'이라는 것, 그런즉 모태나 강보 따위가 아예 거론될 여지가 없음인 것. 그러므로 해서 그는, 당연하고도 당당하게 '신은 하나뿐이다!'라고, 자기의 변별성을 주장할 수 있었을 것이외다. 그것이 어째 웃음거리일 수 있으며, 어째 '신답지 않은 발언'이라고 할 수 있겠소이까? 태어난 적도 없는 자존자도, 모태를 가진 다른 신들처럼 죽을 수도 있던 것입네까? 자라투스트라는 '자연=대지'와 '문화=하늘'의 차이를 관(觀)하지 못한 근시안을 지혜라고 믿었음인 것? 그런즉, 자라투스트라의 충격적 선언, 내지는 부음은, 충분히 잘 익은 지혜의 결과는 못 되는 것이 아닌가, 하는 의구심을 어쩔 수가 없구료. 슬픈 것은, 그렇게 선언 설파했던 이는, 인간도(人間道)에서 신을 잃고, 축생도, 또는 '몸의 우주'에 가서, 신을 찾고 있더라는 그것이외다. '초인'의 상정은, 일러서들 말하는 바대로, 그런 뒤 부정적으로 야기될 '무신주의(無神主義)에의 한 대안'이었던 듯한데, 그러나 노예근성의 종말인들에 대하여 '초인의 사상'은, 초식동물(草食動物)들께 주어진 육미(肉味)나 같은 것 말고 무엇이겠소? 거기서 한 동산만큼이나 큰 소나 돼지가 나타난다면 바랄 만한 일이겠소만, 광우병(狂牛病)이나 구제역(口蹄疫)이 두렵소이다! 공은, 광우병이나 구제역에 걸린 인간을 생각해보셨댔소? 그것인즉슨, 초인의 설교자가 바랄 만한 결과는 아니었을 것! 무신주의가 초인주의에로 전월(轉越)치 못한다면, 일러 우중(愚衆)이라는 이들 누구에게나 그것은 기대되는 것이 아닌 것. 그 가장 두려운 것은 허무주의라는 환룡(幻龍)의 아가리, 그 무저갱일 터인데, 물론 자라투스트라는, 어쩌면(이란, 이것에 대한 공의 설교는 가장 애매모호하여, 무봉천의모양, 보이기에 아름답되, 어디를 잡아 열어, 그 천의의 알몸을 보듬어낼지, 알 수가 없어 하는 말인데,) '모래시계'를 관찰하고, 그것을 우주의 시간을 이해하는 척도로 삼은 듯하다는 짐작은 있소이다만, 그것의 극복으로써 '영겁회귀'(eternal recurrence)를 설했음도 짐작 못할 바도 아닌가 하외다. 소박한 눈으로, '모래시계'의 시간을 관찰한다면, '시간의 현재'가 태어나는 자리에서 보면, 영겁으로 놓여진 길은 두 갈래인 것처럼 보일 테요. 하나는, 영겁의 과거로, 하나는 영겁의 미래로—. 모래시계 속의 시간의 운행을, '과거·현재·미래'라는, 시간에 대한 고정관념을 갖지 않고, 허심탄회한 눈으로 들여다본다면, 저 '고정관념'이 뜻하는 것과 같은 '시간의 미래'란, '시간의 과거'의 집적이, (모래시계의 뒤집힘에 의해) 재유출되는 것이어서, '시간의 과거'의 재유입일 뿐, 거기 '시간의 미래'가 상정될 자리는 없는 것이겠지요? 거기 시간의 직선성이 운위될 여지도 있어 뵙네다. 이것은, 밀종파에서 관하고 있는 바의, '바르도↔역(逆)바르도'와 같은 관계일 터이지만, 양자의 같지 않음은 전자는, 같은 순간들의 되풀이라고 이해됨에 반해, 후자도, 윤회하되, 그 윤회는 언제나 다른 형태를 드러낸다는 것, 같은 것일 거외다. 그러니까, 전생엔 사람이었던 자가, 그 업에 의해, 소로도, 돼지로도, 무엇으로도 다시 태어난다는 것인데, 이런 갈마론은, 과거 쪽에만 한정하고, 현재 쪽은 자유로운 지평이어서, 거기 드러나진, 한 정신, 또는 의지가, 어떻게 욕망하고, 어떻게 행동하느냐에 좇아, 미래 쪽의 갈마가 형성되는 것일 것으로 이해하고 있소이다. '시간'에 연연하여, 시간 쪽에다만 시선을 보내느라, 그 시간 속에서의 '정'(Jiva)의 승리와 패배를 관하지 못한 결과가 아닌가 하는데, 공도 만약 '정'(情)에다 시력의 초점을 맞췄더라면, '바르도'에 대한 인식을 가졌음에 분명했을 것이외다. 마는, 늙은네께 이해되는, 공의 '영겁회귀'는, 같은 순간들의 되풀이기처럼만 보여서, 환언하면 시간의 과거에 있던 일들의 재회귀일 뿐이어서, 그래서 시간의 미래란 있어 보이지 않는다고 이른 것이며, 그렇다는 경우는, '영겁회귀'란 깨뜨릴 수 없는, 운명론 자체라는 데로까지 생각은 치달려가게 됩네다. "이 두 길은 서로 모순된다. 이 두 길은 서로 머리를 맞부딪치고 있다—그리고 여기 이 길은 그 둘이 만나는 곳이다. 위에 그 출입문의 이름이 씌어져 있다, '순간'이라고." 공이 이런 시를 읊고 있었을 때 공은 아마, 모래시계의 가운데, 그 짤룩한 허리를 통과하는 시간의 모래를 보고 있었을 것으로 상상되네이다. 계속해서, "보아라 이 순간을! 이 순간이라는 출입문으로부터 하나의 길고 영원한 오솔길이 뒤쪽으로 달려간다. 우리 뒤에는 하나의 영원이 놓여 있다. 모든 것 중에서 달릴 수 있는 모든 것은, 이미 한 번은 이 오솔길을 달렸음에 틀림없지 않을까? 모든 것 중에서 일어날 수 있는 모든 것은 이미 한 번은 일어나고 행해지고 지나가 버렸음에 틀림없지 않을까? 그리고 모든 것이 이미 있었다면, 이 출입문도 이미 있었음에 틀림없지 않을까? 그리고 모든 것은 이 순간이 앞으로 올 모든 것을 자신에게 끌어당길 그런 방식으로 단단히 매듭지어져 있는 것이 아닐까? 왜냐하면 모든 것들 중에서 달릴 수 있는 것은 또한 이 긴 오솔길에서 앞쪽으로—아직 달려야만 하니까! 그리고 다시 오고 저 다른 오솔길을 달리고, 앞쪽의, 우리 앞에 있는 이 소름 끼치는 긴 오솔길에—우리는 영원히 다시 와야만 하지 않을까?"(김재인 역)라는데, 자라투스트라여, 가장 위대한 자유를 구가하려는 자여, 과연 이 모래시계에 감금되어서도, 자유에의 의지를 펼 수 있으리까? 모든 새로운 가치를 창출하기 위하여, 기존의 윤리나 가치에 돌 들어 칠 수 있는, 손을 들 수라도 있으리까? 모래시계의 위쪽에 있는 과거의 시간의 집적은, 예정되어 있는 운명이며, 현재는 그것의 재현일 뿐, 그리고 바뀜이나 달라짐이 없는 현재는 또 과거라는 아래쪽에 쌓이는데, '이 소름 끼치는 오솔길'에서 우리는, 벗어날 수가 없는 고독한 행려자—거기 '초인의 사상'이나 '힘에의 의지'가 개입될 수도 있는 여지가 있으리까? 그리고도 문제는, 우리가 전생(前生)을 기억하지 못한다면, '회귀'가 희망일 수 있으리까? 그것보다도 그리고 더 큰 문제는, 자라투스트라는 순직함으로 인하여, 증가나 감축하는 인구의 문제를 사료치 못했는데, 인구의 증가나, 감축은 어떻게 가능하리까? 공의 '영겁회귀'나, 타문(他門)의 '윤회론'은, 한 생명이 일어났다, 그 한 생명이 돌아온다고 생각하는 데까지는 별다른 문제가 없으나, 하나가 둘이 되고, 둘이 넷이 되는, 이 증가 확산에 대해서 눈을 돌리기로 한다면, 바르도, 또는 '순간'이 혼란 혼돈에 처하는 것을 보게 되는 것입데다. 그건 그러려니와, '시간'의 문제와의 관계에서도, 시간에 대한 애착과 고정관념 때문에, 이 현재라는 '순간' —공의 '순간'은, 사실에 있어 '0의 시간'이어서, 있는 것이 아니라고 말하면 어떻게 설명하시겠소? 그것을 늙은네는, '자정'(子正)—모든 시간에마다 있는 자정이라거나, '시중'(時中)이라고 이르는 것인데, 그것은 '어제도, 오늘도, 내일도 아닌 시간-비시간, 그 일점'을 이르는 말이외다. 늙은네도, '시간'의 문제와 더불어서는, '모든 달리는 것 중에서 달릴 수 있는 모든 것'의 시간은, 한정량의 영원이라는 생각을 하고 있소이다만, 그것을 이해하는 시선은 좀 다르다는 것을 밝혔으면 합네다. 모래시계의 시간을 들여다보면, 어제의 시간은 이미 존재치 않는 시간이며, 내일의 시간은 오지 안 해, 그 또한 존재치 않으며, '0시' 또한 시간이 아니어서, 존재치 않는 시간이라는 얘기를 할 수 있을 것이외다. 결론적으로 말하면, 시간은 환상이며, 존재치 않는다는 얘기가 될 터이지요. '회귀'의 시간이란 있는 것이 아니어서, 공의 회귀는, 늙은네가 이해하는 것과 매우 다른 것이라 한다해도, 시간과의 관계에서 운위되는 회귀란, 소박한 환상에 불과하다는 얘기가 될 것이외다. 허무주의에의 극복으로써 설해진 것이 '회귀'설이라면, 그것은 허무의 심연을 더 깊이 파는 결과밖에 안 될 터이외다. 그래서 그러면, 공간만 있고, 시간은 아예 없었던 것인가? —라는, 신중한 문제에 부딪치게 될 터이외다. 그것은 무학(無學)의 늙은네가 운위할 수 있는 주제는 아닐 것입네다만, 일단의 소감은 말씀드릴 수도 있겠나요? 늙은네의 소견에는, 그것은, 모든 운동하는 것의 의지(意志)와 관계된 것이나 아닌가 하는데, 시간은 그런고로, 삼세(三世) 육도(六道)의 시간이 모두 다 다른 것이나 아닌가, 하고 있소이다. 그런즉 인세(人世)의 것만 들어 말한다면, 인간의 '심소'(心所)에서 그것은 태어나서, 이것을 '극소의 시간'이라고 명명한다면, 그것의 극대화, 이것을 '무

(無)의 시간'이라고 명명하기로 하십세다, 에로의 확대 확산을 통해, 그것에다 어떤 평균성을 부여하기에 의해, 현재·과거·미래의 시간의 개념이 형성되는 것이나 아닌가 하고 있는데, 이 '심소의 시간'은, 인간이라는 유정의 심전(心田)에 뿌리를 두고 있어, 물리적 시간과 다른 것이라고, 부정해버린대도 어쩔 수 없기는 합니다. 이런 주제는, 더 많이 얘기하면 할수록, 장황해지기는커녕, 그 모습이 더 확연해지는 것일 것임에도, 불학의 촌로는, 이만큼만 얘기하는 것이, 공에 대한 예의일 듯싶소이다. 공에게 이해를 구하는 것은, 이런 것들을 고려하시고, 늙은네는, '영겁회귀'를, 다른 방언의 '윤회론'처럼만 이해하고 싶어 하여, 그런 고전적 태도를 고수하려 한다고 알아주셨으면 싶소이다. 그런 이유로, 공의 '영겁회귀'란, 희망이나 사상 같은 것이기보다는, 일종의 '유리알 유희' 같은 것이나 아닌가 하고, 매도한다 해도, 그것은 늙은네의 고전적 편견의 탓이라고, 이해해주셨으면 한다는 얘기올시다. '말씀의 우주'에서는, '부활'이나, '중생'이 주제가 되는 것이 옳으며, '마음의 우주'에서는, '해탈'(니르바나)이 주제가 되는 것이 옳듯이, '영겁회귀'는, '몸의 우주'의 주제가 되는 것이 옳다고 믿기의 까닭으로, 늙은네는 그것을, '아도니스 비의(秘儀)'의 현학적 굴절로 이해하는 것이외다. 무학의 한 촌로가, 공 같은 해박한 예언자, 그렇소이다, 공의 목소리는, 새로운 예언자적인데, 그런 이를 두고, 이렇게 천박한 소리를 지껄이는 짓은, 공의 지혜의 그릇은, 크다고, 그래서 이런 얘기쯤 담긴다고 해서, 넘친다거나, 깨어질 일은, 천만 없다고 믿어 그러는 거외다. 어떤 지혜는 그런데, 고전적, 습관적, 늙은 지혜나, 진리랄 것을 깨뜨리려는 지혜는, 별수 없이 공격적 파괴적 성격과, 시학적(詩學的) 의상을 입게 마련일 터인데, 늙은네 생각엔, 그런 지혜는 '고'(蠱) 같은 것이어서, 다른 작은 지혜들을 다 잡아먹어 버리려 덤비는 것 같습데다. 그런 뒤의 그 '고'의 비극은, 그 자신의 무명(無明)에 떨어진다는 그것일 터인데, 이제 그 '고'는, 그 자신을 잡아먹을 수밖에 없게 되었을 터외다. 늙은네는 지금, 예언자적 정신의 자라투스트라를 염두에 두고 말하고 있소이다만, 이 특정한 '고'는, 자기가 먹어 치우려는, '늙은 신'도 잘 분별하지 못했으려니와, 자신이 그렇게도 예찬해 마지않았던, '육체'도, 정작으로는 잘 관하지 못한, 서툴음을 드러내고 있더라 말입데다. 이건,

다른 방언을 쓰는, 현자들의 지혜를 빌려 하는 얘기이외다만, 그들은 '인간'을, '판켄드리야'(Pānkēndriya, 오관[五官]을 갖춘 유정[有情])라고 하는데, 그로부터의 진화는, 정신적으로 이뤄진다는 것입데다. 중생, 불멸, 해탈 따위. 그런 금(金)은 그런데, 다름 아닌, '육체'라는 조악한 질료의 연금을 통해서만 이뤄진다는 것인데, 그래서 '육체야말로 진화를 위한 필수조건'이라는 명제가 서는 것인 것. 그렇다면 그것(몸)은, 공이 함의하는 바와 같은 '목적'은 아닌 것. '육체가 목적'이 되면, 매우 바람직하지 않게, 부정적 국면에선 '악마주의'랄 것이 머리를 쳐들 위험이 도사리고 있을 거외다. 그러함에도, '영혼은, 육체가 더욱 더욱 메마르고 처량하게 되어, 아사하기를 바라'는 것이라고, '그리하여 영혼은, 육체와 대지로부터 벗어나려고 생각하고 있노라'고, 설할 수 있으리까? 그러므로 하여, 영혼이라는 것은, 나나니벌 같은 신이, 인간의 육체 속에다, 묻어놓은, 나나니알 같은 것으로 여겨, 할 수 있으면, 저 알을 뽑아내어 짓눌러 죽이려 하는 듯도 여겨집네다만, 늙은네의 믿음엔, 바로 이 '영혼'이라는 것은, 본디는 어떤 '의지'라고도 이를 것이, 에켄드리야(Ekēndriya, 일관유정[一官有情])로부터 시작한, 멀고도 하멀고, 고단하기도 하고단한, 진화의 과정을 겪어, 마침내 판켄드리야까지 도달한, 그 결과가 그것인 것을. 육신적 진화의 종점은 어쩌면 이 상태(판켄드리야)까지일지도 모르되, 진짜의 역동적 진화는 그러나, 여기서부터 시작이겠습지. 두렵고도 슬픈 일은, 불행하고도 비극적인 일은, 자라투스트라는, 그 새로 시작되는 진화의 역동적 도약대를 부숴뜨리려 덤벼, 판켄드리야로 하여금 카투린드리야(Katurindriya, 감각기관을 넷만 구비한 유정) 내지는, 트린드리야(Trindriya, 삼관유정[三官有情])에로의 역진화(逆進化)를 '초월'처럼 설하고 있다는 그것입지. 역설입지. 언제나 그렇겠지만, 세월은, 모든 귀들도 변하게 하는 막강한 힘을 갖고 있어, 어제까지 성가(聖歌)만을 즐기던 귀가, 오늘은 고름을 흘리고, 무기(巫氣)를 띤, 몸의 말초신경을 떨게 하는 노래에 흥취케 되는 것입데다. 무기가 몸의 말초신경을 떨게 한다는 것은, 아마도 그것, 자연과 비통(秘通)하는 능력으로 여겨지는 무기는, 어쩌면, 다양한 동물적 본능의 공통분모랄 것이, 인심(人心)에 접하기에 의해, 어떤 식으로의 전와, 또는 변화를 겪은 것이기 때문이 아닌가 하는 추측이 있소이다. 그것이 분명히, '몸의 우주'의 교의(敎義)의 주축이 되는 것이나 아닌가 하외다만……, 내일은 그러나, 이런 몸의 노래에, 귀들이 젖을 흘려내지 않으리라는, 장담은 아무도 못 하는 것, 이건, '시대적 유행'이라는 말을 둘러 하는 말입네다만……, 공이 설교에 나선 시절엔 허긴, ―해오던 얘기를 이제는, 조금 비유로 고쳐 말해봅세다만, ―성가라면, 심지어 '하나님'까지도 귀젖을 흘렸었을 듯했을 거외다. 그랬으므로 짜고, 맵고, 신, 공의 초인의 노래가 무리 없이 받아들여졌을 수도 있었을지 모르나, 그 후 이십여 년이나 세월은 흐른 것이외다. 세속이라고 이르는 고장 떠난 지도 하 오래다 보니, 어떻게 알 수 있겠소만, 아직도 그 귀들이, 공의 노래를 복음이라고 받아들이고 있는지, 아니면, 귀들이 구더기며 지렁이들을 슬어내고 있는지, 그것 좀 알았으면 싶기도 하외다. 저 아랫녘에선, 대략 십 년을 회임기로 잡아, 새로운 도아(道兒)가 해산돼 오기를 거듭하고 있다는 것만은 알고 있소이다만…… 또 아니면, 또 어쩌면, 지난번 공이 뿌린 용의 이빨들에서, 새로운 독룡이, 새로 새끼 친 도아가, 일어났을지도 모르겠지요. 이 늙은네도, 공에게 보이기에는, 엉덩이에 뿔난, 그런 새끼 독룡쯤으로 보이지 않소?" 늙은네는, 자기만 혼자 말하고 있다는 것을 깨달은 듯, 잠시 입을 다물고, 좀 민망한 얼굴을 짓더니, 듣는 자 쪽으로부터 미소밖에 더 얻어낼 것이 없다고 안 듯, 게다가 그는 떠나려는 태도도 아니어서, 다시 이어 말했다.

"아까, '고'라는 독벌레 얘기를 했드랬지요? 익히 아시겠소만, 듣기로는 그렇더이다, 온갖 독벌레를 한 그릇 속에 넣어두면, 서로 잡아먹게 마련이라는데, 액면 그대로는 그것이 축생도일 것이며, 인간도도 마찬가지일 것이로되, 조금 복합적이지 않겠소? 그중에서도 한 놈이 남는데, 그것을 일러 '고'라고 한답디다그려. 이, 이런 얘기는, 이 촌로의 무학의 소치라고, 눙쳐 이해하셔야겠소이다만, 이 늙은네께는, 공의 '권력에의 의지'란, 다름 아닌 바로 이 '고욕'(蠱慾)같은 것이나 아닌가, 그리고 '초인'(超人)이랄 때의, '超'를 동사(動詞)로 취급할 때와, 명사(名詞)로 취급하려 할 때는, 그 뜻이 조금 달라지겠으나, 산로는 명사로, 또는 형용사나 접두어 따위로 이해하려 하여 얘긴데, 바로 이 '고'가 (초인이) 아니겠는가, 하는 생각이 있구료. 자연도(自然道)의 축(軸)

의 양단에 있는 두 자장(磁場)—살욕(殺慾)과 생식욕(生殖慾)으로부터, '살(殺)과 생식(生殖)'을 추출하고 남은 것[慾]의 문화화한 형태가 '힘에의 의지'처럼도 이해되어지는데, 그것이 문화도(文化道), 즉 인세(人世)라는, 하나의 거대한 용광로를 겪는 중에, 저런 투의 변모를 겪은 것이나 아닌가 하는, 관견이 있구료. 그러고도 물론, 늙은네도 들어 아는 바대로는, 이 '권력에의 의지'는, 공 자신도, 인구(人口)에 올리기에는, 무엇인가가 충분치 않다고 여겨, 서랍 속에 잠재워두었던 것이라고도 합데다만, 그거야 어찌 되었든, 신만을 묵상하여 삶을 바치는 정신에 대해서는, 저것이란, 판켄드리야가 갖는 여러 욕망 중에서도, 그중 해스러운 것으로밖에는 여겨지지 않는 것은, 늙은네의 몰이해 탓이리까? 한 판켄드리야가, 육신을 도약대로 하여, 육신적 한계를 초극하기 위해서는, 욕망이나 의지 따위를 날개와 다리로 삼아서라야 성취되는 것이기보다는, 그런 날개와 다리를 부러뜨리고, 그 날개와 다리의 힘을, 안으로 접어들이고서야 가능하다는 것, 그런 것이 고려될 듯하외다. 반복되는 듯합네다만, 유정의 육신적 진화는, 판켄드리야까지가 아닌가 하기 때문입네다. 짐작하시겠다시피, 육신적 진화의 원동력이, 정신적 진화에도 그대로 적용되는 것은 못 될 것이며, 그것은 어떤 형태로든 그 용성(用性)이 바뀌어질 때만, 그러니까, 변질을 통해서만, 납이 금이 될 수 있다는 얘긴 것이겠소이다. 아 그럼에도, '정신은 육체의 도구'라고 매도해버린다면, 늙은네의 소견이란, 종말인적 잠꼬대 같은 것 말고 무엇이겠소이까?"

자라투스트라는 말할 줄 아는 자였기에, 들을 줄도, 침묵할 줄도 아는 자였다. 자기의 얘기는, 지난번 하산하여 다 풀어냈었으니, 이제는 들을 차례며, 늙은네의 의견이 반드시 옳은 것만은 아니라—라고 생각하고 있는 것은 아니지만—는 것을 밝히고 싶어 하면, 그리고 자기가 지금도 여전히, 젊었던 때의 그 자라투스트라라면, —물론, 늙은네의 얘기는, 그가 어떤 경로로 알게 되었든, 자기의 얘기가 끝난 자리에서 시작되고 있음에도, —이미 다 해버린 말을 되풀이하는 수밖에, 다른 도리는 없을 것이었다. 그러므로 경청할 뿐이라고, 자라투스트라는 귀만 남겨놓고 있는 중이다.

"허, 헌데, 이 망령 든 촌로께, 감기와도 같다고 해야 할, 하나의 의문이 있어, 땀도 못 내고시나, 뼛속까지 시리게 해서 말씀이오만, 자라투스트라는 말하여, '초인을 위하여 집을 짓고, 그를 위하여 대지와 동물과 식물을 갖춰지도록 노동하고 노력하는 사람'들이, 꾸미게 될, 공의 유토피아, '초인의 대지'는 어떤 것이나 될까, 하는 그것이외다. 말씀대로 따른다면, 그 '초인의 대지'에는, '초인'이 있고, '그를 위하여 노동하고 노력'하는 '노동자' 계층이 있다는 것으로 보아, 무정부 체제는 아닌 것이 분명한데, 의문스러운 것은, 노동자들까지도, 묵은 도덕이나 체제, 가치 따위를 끊임없이 전복하려는 정신을 가진 자들이라면, 그러고 오늘 새롭다는 것도 내일이면 묵은 것이 되는 것인 것, 그한 사회는 어떤 체제로 정립될 수 있겠는가, 하는 것이외다. 기성의 제도나 체제에 복종할 때, 거기 노예적 도덕이 덕목으로 꼽아지며, 그것에 저항하려 하면, 그 한 세계의 파탄이 야기되어지는 것일 것인데, 늙은네의 상상력으로써는, 초인의 대지란 어떤 것일지, 아수라도를 제외하면, 어떻게도 보아낼 수가 없소이다. 공의 유토피아는 실현 가능성이 있는 거외까? 허지만 이 늙은네로써는, 초인의 대지 일을 두고, 벌이나 개미의 현자께라도, 뭘 물어보려는, 서툰 짓은 하지 말아야 된다고도 알고 있쇠다. 그랬다가는 벌집이 개미집이 되고, 개미집이 벌집이 되도록 생 아수라판이 벌어질 일일 터외다. 그러나 우리는, 이런 일상적 평인, 또는 공의 종말인을 가리켜 하는 말인데, '하늘', 또는 '하늘나라'라고 이르는 신의 나랏일 돼가는 사정을 묻지 않듯이, '초인의 대지'에 대해서도 같은 태도를 지키는 것이 옳으리까? 여기 어디서 그러나, 종교와 시학, 내지는 공의 형태의 윤리학이 갈려져 있는 듯하외다. 그럴 것이, 신은 (인간의) 신앙의 대상임에 반해, 초인은, '기존의 도덕이나, 가치 기준 따위를 거부하고 전복하여, 예술가가 예술을 창조하듯, 자기만의 새 삶을 창조해야' 하는, '새로운, 우월한 종류의 인간'이어서, 저항하고 타협하지 않는 정신의 소유자를 이른 듯한데, 한 번 더 반복한다면, 그런즉슨 초인은 신앙의 대상은 아니라는 것'이외다. 그럼에도 불구하고 이 한 철인은, 어쩌면 보다 더 시인인 자는, '일찍이는 신을 모독하는 것이 최대의 모독이었노라. 그러나 신은 죽었도다!'라고, 종교라는 여리고 성 밖에서, 여호수아의 뿔사를 꾸며, 한번 나팔 불기로 그 성벽을 무너뜨리려 했는데, 그 용기는, 아수라적이거나, 초인적이므로, 가상하다고 해야겠는가요? 그런 뒤 다시 나팔 불어, '대지에 대한 모독이, 이제는 가장 무서운 것이로다!'라고, 일견 '신'이 있던 자리를 '대지'로 대치하고 있어 뵈는데, 공의 대지는, 다시 또 말이지만, 공의 식의 철학적이거나 운문적 대지는 아니리까? 이 늙은네는 방금, '철학적, 운문적 대지'라는 말을 쓰기는 했소만, 그건 순전히, 청자의 수사학의 훈륜에 감긴 자의, 수사학적 압력에 의해 쓰게 된 말이며, 사실은 그 뜻도 모르고 썼소이다. 어쨌든, 예의 저 수사학적 압력을 좀더 견디기로 해서 말하면, 공의 식의 대지가, 신을 대체할 수 있다는 믿음은 없으되, 비록 말해 그것이 어떻게 종교적 품격을 갖출 수도 있다고 하기로 한다 해도, '대지'라는 이 종교는, 그 위에 생명이 있기 시작한 그때부터 있어 온, 그렇게나 오래된 것인 것쯤은, 넉넉히 짐작하고 계실 거외다. 한 송이 들꽃으로부터 지렁이, 독사, 소, 말, 원숭이는 물론, 하늘 나는 독수리까지도 신앙하는 것이 그것이거늘, —이런 경우는, '신앙'이라는 어휘의 해석을 보다 광범위하게 확대할 필요가 있을 터입네다—그래서 거기, 유일신을 제외한 제신들의 강보가 놓인 것이 아니었소이까? 그런 것을, 중년에 누가 새로 거론하고 나섰다면, 그걸 비종교의 종교적 해학이라고 이해하려 든다면, 늙은네가 '두 번째의 가장 무서운 모독'행을 하고 있으리까? 늙은 신이 죽은 것이 사실이라면, 그건 다름이 아니라, 환경주의자들의 '대지'는 아니겠소이까? 그렇다고 해서, 자라투스트라도 환경주의자였다고 주장하는 것은 옳지는 않은 것이 아니외까? 그러나 무학의 늙은네로 하여금, 이 자리에다 환경주의를 끌어들이지 않게 용허하셔야겠수다. '대지가 죽어가고 있다'고까지 말하리만큼, 대지도 황폐에 당하고 있으되, '신이 죽었다'고 여기고 사는 '인간'은, '대지' 못지않게, 또는 더 큰 피폐에 당하고 있음을!"

늙은네는 그리고 깊은 한숨을 불어내며, 그 회색의 눈으로 어디라 없이 회색스러이 바라보며, 한참이나 침묵한 뒤, 다시 이었다.

"어쨌든, '신'이나 '초인'이 운위될 때, 거기엔 언제든 '중생', 즉슨 인간 자신들이 배후나 저변에 있다는 것은, 부인치 못하리다. 어떤 중생은 그런데, 종교 없이는 못 살지만, 어떤 중생은 종교를 독처럼이나 싫어하면서도, 그것 없이는 또 못 살고, 어떤 중생은 아예, 그런 것에 대해서라면 생각조차도 해보지 않으면서도, 삶을 잘 꾸려가는데, 이 셋째 번 중생은, 그 나타내 보이기가 여하히 복합적이더라도, 촌로의 소견에는, 아니면 편견에는, 카투린드리야를 갓 벗어나, 매우 젊은 판켄드리야가 아닌가 하고 있는 바외다. 그러므로 해서 그들께는, 추상적이라거나 형이상학적인 문제나 주제들을 다룬다거나, 이해할 지적 능력이 충분히 개발되어 있지 않을 것임에도, 동물적, 본능적 근력(筋力)과, 두려움을 모르는 용맹함을, 아직도 다분히 갖고 있을 터입네다. 인세에서 추앙하는 영웅들이, 그런 이들 속에서 많이 나온다는 것은, 그런즉 이해키에 그렇게 어려울 것은 아닐 터외다. 그러나 늙은네껜, 그들을 폄하하려는 뜻은 없는 데다, 그러려다 보면, 본의 아니게도, 다른 용기 없는 이들을 두둔하려 든다는, 이상한 흉보기에 휩싸이게도 될 터입네다. ……아, 그, 그랬었지요, 우리는 중생에 관해서 말했던 중이었지요, 세 종류의 중생에 관해서? 그래서, 견문도 좁은 촌로가 무엇을 말하려 하여설람에? 그렇소이다, 재미있다고 해야 할 일은, 저 세 종류의 중생 중, 어느 한 부류의 중생도 그런데, '철학'이 없이는 못 살겠다고, 삶을 포기하지는 않는다는 것이외다. 철학 없이도 꺼떡도 없이 사는 그것이 혹간, 초인적 삶은 아니겠소이까? 재미있다고 여겨지는 소문의 한 가지는, 사람은 철학 없이도 불편 없이 사는데도, 철학 때문에 자살을 하는 이들이 있다는 그런 것이었쇠다. 흐흐흐, 삶에, 우주에, 의미를 부여하자고 고안해낸 지혜 탓에, 스스로 제 목숨을 끊는다더란 말이외다. 이건 음극으로 벗어난 정신을 두고, 하는 험담일 뿐이니, 너무 괘념치 마시구랴. 이런 말은, 종합하기로 한다면, 일반적 중생에 대해서는, '철학'이 '종교'를 대체할 수도 있다거나, 그런 건 아니라는 얘기가 되겠소그려. 이런 견지에선, 어떤 명오가 열린 철인이 나서서, 노예근성의 종말인들을 끄집어 올리겠다고, 먼저 신을 살해하고, 초인의 사상을 내세웠다면, 아까 한번 슬쩍 말씀드린 적이 있소이다만, 다시 광우병과 구제역 얘기를 끄집어내지 않을 수가 없게 되는구료. 소와 돼지를 소유한, 저 아랫녘 어디 사는 꾀 많은 사내가, 자다 번득 생각해본즉, 사자나, 호랑이가 숲의 대왕 노릇을 하는 것은, 그것들이 육식을 하기 때문, 이라는 지혜가 들더라는 것이었소. 그런즉, 자기의 가축에게도 풀 대신 고기를 먹인다면, 소의 덩치와 힘으로써, 호랑이 따위 제압하기는, 암노루의 자지 베어 먹기보다도 쉬울 것이며, 돼지는 또 그것대로, 노루나 토끼 따위 목덜미 물기를, 번갯불에 콩 구워 먹듯이 할 게 아닌가, 그런즉 쌓이는 호피는 얼마며, 그 고기로써나는 푸줏간을 열어도 넘칠 일이라고, 이튿날부터 고기를 먹이기 시작했더랍데다. 결과는 그런데 어떻게 되었겠소? 흐흐흐, 어흐 흐흐흐.”

늙은네는 그러며, 늙은네들이 애들의 귓불이나 불알을 움켜쥐어 늘일 때 뜨는 그런 눈으로, 자라투스트라를 건너다보았다. 늙은네는 아주 재미있어하고 있었다.

“아 물론, 개중에는, 살코기 맛을 보자마자, 육식동물의 육식성을 드러내, 초우(超牛) 초돈(超豚)이 된 것들도 반드시 없잖아 있을지도 모르겠으나, 역시 사냥을 위해서라면, 기르는 개가 용렬하다고 해도, 그놈께다 숲의 대왕의 살점을 먹여보고, 그 이자부터 셈해보아도 괜찮을 일이 아니겠소이까? 어쩌다 모래밭에 잘못 들여놔져, 괴롭게 꿈틀거리며, 비라도 한 줄금 내리든지, 무슨 천수천안의 관세음보살이라도 내려다보고, 그 쌔빠린 손가락 하나쯤 뻗쳐내, 집어 올려, 진흙 속에 던져주기를 애타게 바라는, 지렁이를 향해, ‘그대는 게으른 더러움이로다, 날개를 뻗쳐내든, 굳센 뒷다리를 돋궈내려 해야 하거늘, 노예로다, 모멸이로다!’라고 고함쳐 주기는, 허긴 초인스럽다고 해야겠소이까?”

늙은네는 그리고 또 낄낄거리고 웃었다. 그의 표정은 소년과도 같았는데, 그 소년은 돌을 들어, 두꺼비의 등짝을 향해 내쏘고, 또 쏘고, 그러고 있었다. 또 모르지, 진드기가 배때기에 붙어 피를 빨아도, 미동도 하지 않는 황소의, 보디사트바적 덕행을, 저 두꺼비가 수행하고 있는지, 그것은 모른다 말이지.

“아 그렇군. 이제는 공이 갖고 있음에 분명한 그 궁금증을 풀어드릴 때도 됐겠군. 어떻게 이 늙은네가, 공이 설한 공의 사상, 차라리 공의 소설, 또는 장시(長詩) 한 편이래얄지도 모를 그것에 대해, 이만큼이라도 아는 체하고 있는지, 그것을 일러드려야겠구료. 아 그렇겠구료, 일력(日曆)은 셈할 수 없다 보니, 공도 그랬을 터이오만, 해란 늘 변함 없이 뜨고 지는 것인즉슨, 늘 그날이 그날 같아, 늙는 것도 셈할 수가 없어 좋기는 합데다만……, 그러자니 달을 우러러 자기의 죽을 날짜를 계산하게 되더라 말입지, 해서, 오늘은 달이, 초로(初老)에 접어든 늙은 서방과 밀회를 하려는지, 대략 열이레나 열여드레쯤의 얼굴을 떼어내 쓰고 야행(夜行)에 나설 것인데, ……가맜서봅세다, 이거 무슨 말을 하려다, 얘기의 보름을 벗어나, 열여드레쯤, 되는 데로 흘러 빠졌지요? 아 그렇지, 그런즉 눈으로 잘 짚어나간다면, 밤길도 걸을 만할 것이라는 얘기를 하려는 것이었고, 그, 그리고, 그리고는, 또 무슨 얘기를 하려다, 그믐 속으로 풍덩 떨어져 내렸던가? 아하, 그렇구료, 여기서부터는, 공의 하산길이 썩 수월해질 것이라는 얘기를 하려는 것이었을 게요. 그럴 것이, 여기서부터는, 대략 길이라고도 이를 오솔이 트여져 있다는 얘기며, 따라 걷다 보면, 바닷가 언덕에 깃 친, 갈매기 마을에 닿게 될 것이라는 얘기였을게요. 그 동네 이름이 뭣이든, 늙은네는 그렇게 부른다우. 가맜서봅세다, 그, 그렇군, 그래요, 저 오솔길의 내력을 밝히려던 게, 이렇게 됐구랴, 이래서도 늙으면, 저승밖에 갈 데가 없다니깐두루. 저승 가면, 늙은네들로 빽골일 테니, 노망의 도수에 좇아 상석이 정해지지 않겠수? 흐흐흐." 늙은네는, 행망을 부리고 있었다. "저 오솔길이랄 게 생기게 된 내력을 말씀드린다면, 이 늙은네가 아는 척하고 있음의 내력도 금방 알게 될 터외다. 공은, 마지막 입었던 옷의, 마지막 한 조각을 들보로 매고, 온통 벗고 있소이다만, 이 늙은네는, 철 따라 철에 맞는 옷을, 그것도 깨끗이 입고 지내며, 오히려 살이 쪄 피둥피둥해 있는데, 누가 돌봐주는 손이 없이, 그게 어떻게 그렇게 될 수 있겠소? 이 늙은네는 물론, 대처에 있는 큰 사원에 속해 있기도 하지만, 속가(俗家) 후학도 여럿이나 있어, 한 달이면 한 번씩은 그들이, 번갈아, 곡물이며 소금, 찬거리며 의복 등, 늙은네께 불편함이 없이 날라다 주기뿐만 아니라, 그편에 소식도, 또 그 세상 돼가는 형편도 가져옵데다. 그편에, 공이 지난번 하산 때 설했다는, 공의 어록(語錄)이랄 것이 책으로 묶여 읽혀지고 있더라며, 한 권 가져온 일이 있어, 늙은 눈을 쉬어가며, 읽은 일이 있었던 거외다. 흐흐흐, 거기 시작되는 대목쯤에, 공이 이 늙은네를 두고 흉본 얘기까지 있어, 많이 웃었댔구랴. 뒤늦게라도 들려드리고 싶은 말은, 독단을 허용하신다면, '정통'(正統)이라는 모태(母胎)는 불모(不毛)라는 것입네다. 정통 쪽에서 이르는 '이단'(異端)은, 모두 간음의 자식이거나, 서자들입네다. 마찬가지로, 어느 천재적 대가의 어록(語錄)도, 그것을 잘 읽고, 잘 소화했을 때, 하나의 '정통'이 세워지게 될 터입네다만, 그 오독(誤讀) 내지는, 몰이

해를 통해, 서자들이 우후죽순으로 버글여 나타날 터입네다. 이 늙은네도 그래서, 공이 뽑아 심은 '신의 이빨'에서 까여져 나온 새끼 독룡이라는 얘기를 드렸던 것이외다. 이렇게 말할 수 있는 것은, 그러니 이 늙은네는, 공의 설법을, 공의 의도대로 이해치 못한, 그 오독이나 몰이해, 또는 곡해의 결과라고 치부하시면 될 터입네다. '정통이라는 모태는 불모'여서, 사실은 새로 태어나는 자식들에 대해, 늙은 계모 같은 것일지도 모릅네다. 좋은 의미에서나 나쁜 의미에서나, 인류사의 변전은, 이 서자들에 의해 이뤄져 온다는 것을 고려해주셨으면 합네다. '새로운 곡해'라는 그 서자야말로, 우회하여, 저 '불모의 자궁'에 활력을 주는 것임도 고려해주셨으면 합네다. 늙은 어미가, 어린 자식에 의해, 생성력을 재회복하는 것일 겝네다. 허허, 헌데 이거, 구차하게도 말이 많고 있구료." 늙은네는 잠시 쉬고, 눈치 보듯, 자라투스트라를 건너다보다, 그에게 남은 건 귀밖에 없다고 알아, 이었다. "공의 어록을 읽고, 이 늙은네는, '히브리 사람'과 공은, 작은 부분에서 이란성(二卵性) 쌍태아나 아닌가, 하는 느낌까지도 가졌더랬소만, '이란성'이라고 말하는 것은, 히브리 사람은, 긍정적 우주 내에서의 자유를 구가한 데 반해, 공은 부정적 우주 내에서의 자유 가운데 떨어져 들고 있어 보였기에 하는 말이외다. 시작은 물론, 이 '대지'라는, 그 같은 자리에 두고 있었을 것이나, 그 결과에서 보면, 히브리 사람은, 상향적 비상을, 그 끝 닿는 데까지 하고, 우회하여 다시 대지에로 귀환한 데 반하여, 자라투스트라는, 하향하여, 거기 어디 어두운 벽에 닿아, 더 나아가지 못한 대신, 진로를 바꿔 다시 대지에로 회귀하고 있어 보였으므로 하여, (프라자파티가) 올려 쉰 숨-긍(肯), (프라자파티가) 내려 쉰 숨-부(否)라는 어휘로 분류했던 것이었쇠다. 대지도, 그 끝 간 데서, 더 뚫고 나가려 했으면, 거기 다시 천공이 기다려 있었을 터였쇠다만. '대지'의 '한계'는, 그것이 아니었겠소이까? 중원에서 누가 구멍을 파고 내렸더니, 흐흐, 신대륙에로 솟아올랐더라잖소? 미리 말씀드리기로 한다면, 여기 어디서, '인신'(人神)과 '초인'(超人)이 갈려 섰던 듯하외다. 그러나 이 분류, 긍/부라는 이것도, 판켄드리야가 이룬 큰 업적 중의 하나래야겠지요? 이원론, 또는 이분법적 사유의 시작 같은 거 말이외다. 하나는, 그런 '상승'을 통해 '아버지'를 만나고, 다른 하나는, 그런 '몰락'에서, 어머니

'대지'를 해후한 듯했는데, 후자는, 그 탓에 흩어진 뼛조각들을, 강한 아집(我執)이라는 풀로 재조립한 뒤, '아수라'를 일으켜 세웠던 듯하외다. 그 강력함으로 하여, '인간'보다 우위에 있는, 초인간적 유정을, 다른 방언으로는, '아수라'라고 이르지 않소? '아수라'는 그러나, 공과 이 늙은네가 통화하고 있는 그 방언은 아니어서, 우리들의 방언으로 자라투스트라는, '초인'이라고 일렀을 것이라고 짐작하는 바외다. 초인의 사상이란 그런즉 몰락(沒落)의 사상이래도 되겠소이까? 인류의 원대한 꿈으로부터의 몰락, 하늘로부터의 몰락…… 이 '원대한 꿈'에 관해서는, 아무래도 늙은네의 소견 하나를 밝혀둬야 할 듯한데, 그것은 이렇소이다, 늙은네는 그것을, 판켄드리야가 투쟁하여 도달해야 할 하나의 정점(頂點), 종교적 어휘로는, '신'(神), 히브리 사람 어휘로는 '아버지'라고 여기고 있다는, 그것을 가리켜 하는 말이외다. 이 문제는, 앞으로도, 기회 있을 때마다 거론될 것인즉, 좀 인내심을 가지셔야겠습네다. 하나는 그리하여, 이후 '아버지'의 소식을 전파하기에 나서고, 다른 하나는, 결국 딛고 설 자리란 그것밖에 없는, 냉엄한 현실을 직시하여, '대지'주의(主義)를 설파하기에 나서던 것이더군입지. '하늘과 친화하는 것이 아닌', 하늘에 맞서는 대지란, 혹간 새로운 모습일지, 그것은 장담해 말할 수 없으되, 말씀드린 바대로, 가장 늙은 것에서 새로운 얼굴을 보려 하면, 그 눈도 허긴 새로 한 벌을 갖춰야 하기는 했을 것입네다. 그래서 과연 자라투스트라는, 새로운 눈을 갖췄는가? 그 대답은 그러나, 얼른 만들어지지가 않는다는 것을, 고백해둬야겠구료. 익은 능금이 (눈의 상징인 것도 고려해두기로 합세다) 떨어지면, 별수 없이 굴러야 되는, 구태의연한 대지, 실추한 눈. 그럼에도 시인(詩人)들은, 구태의연한 것들에서, 뭔지 새롭다고 여겨질 노래들을 만들어 부르기도 합데다. 아으, 자라투스트라는 시인이리까? 이 '시심'(詩心)은 그런데, 어쩌면, 그렇소이다. 어쩌면, 카투린드리야가 마지막으로 뜬 눈이나 아닌가, 그리하여 그것에 의해, 판켄드리야를 성취한 것이나 아닌가, 그 역동적 도약력이나 아닌가, 하는, 거의 신념에 가까운 생각도 하고 있소이다. 이런 일종의 신념을 이루게 한 관건은, 판켄드리야로부터, 그다음 단계에로의 도약력이 되는 것은 '종교'며, 앞에 '시심'이라는 말로 포장한 '예술'은 아니라고 알게 된 그것이외다. 판켄드리야께 도약력이 되는 것이 종교라면, 카투린드리야께도 그런 것은 있었을 것인데, 그것은 '종교'라는 이름 대신, '예술'이라고 이르는 것일 것이라는 믿음이 있소이다. 그러니까 '예술'이, 카투린드리야께는 종교가 되었을 것이란 말로도 바뀔 수 있겠소이다. 반복되오만, 그리고 이것은 얼마가 반복되어도 여전히 충분치는 않겠소만, 오관(五官)을 구비한 유정을, 육관(六官) 십관(十官)을 갖춘 유정에로 밀어올리기에, '예술'은 더 이상의 도약력을 갖고 있지 못하다는 얘기외다. 질료의 변질을 돕는 연금력이, 모든 단계에마다 같은 것이라면, '모든 단계'란 모순어법이 될 터인데, 왜냐하면 변질은 한 번 이상 가능되지 않은 것이기 때문입네다. 반복되는 듯하지만, 예술이, 어떤 정신을 고양시키는 힘을 갖는 건 부정될 수 없는 것이어서, 그것이 카투린드리야를 판켄드리야에로 밀어 올린 힘이라고 말할 수 있었던 것이외다. 예술을 어떻게 정의하든 간에, 영혼의 구원을 성취키 원하는 이들께 그것은, 구원의 힘이 못 되는 것이매, 해탈을 도모하는 정신에 대해서도, 그것이 할 수 있는 일이란 없다고 단정해도, 무리는 없을 것이외다. 더 좀 와달이 쓰기로 해서 말하면, 그것은 판켄드리야의 정서와 관계된 주제이지, 신앙이나 선적(禪的) 대상은 못 된다는 것입네다. 까닭에, 실학꾼(科學者)들이, '예술가들은, 진리보다도, 미를 추구하는 자들'이라고, 건너다보며 하는 도란거리는 소리가 들립네다. 결론적으로, 한 번 더 반복하기로 하면, 판켄드리야를 다음 단계로 들어올리는 힘은, '예술'에서는 더 이상 기대되지 않으며, 그것을 위해서는 '종교'에 의지할 수밖에 없다는 얘기가 될 것입네다. 이러면, 늙은네가 꼭히 지적하려 들지 않는대도, 자라투스트라가 광적 시심으로 범하게 된 오류가 무엇인지쯤은 저절로 밝혀졌으리라는 믿음이외다. 그 운문적 정신에, 철학적 사유까지 합쳐지면, 그 결과는 더욱더 참담하게 될 터이외다."

늙은네는, 이 대목에서 잠시 쉬고, 다시 이었다.

"자라투스트라는, 히브리 사람에 대한, 타는 열정에도 비교될 질투로 하여, 괴로웠었겠소이다. 그 독의 잔은, 아픈, 영혼이 흐늘어지는 아픈 황홀함을 주는 것도 사실일 것이어서, 자라투스트라의 품질 좋은 수사학은, 비상하게 아름답고, 화려하며, 매우 과장적이라도, 예기치 않게 튀어나오는 비유나 상징들은 절묘하여, 읽는 이를 절도케 할 지경인데, 독의 앓음다움은 그런 것이 아니겠는가, 하외다." 그리고 늙은네는, 잠시 쉬고, 다시 이었는데, 늙은네는, 숨이 차거나, 말의 줄을 바꿀 필요가 있을 때마다, 그렇게 조금씩 쉬는 듯했다.

"허, 이 늙은네가 이거, 망령이 들어도 단단히 든 모양 아니겠소? 추니(醜妮)모양 말이 많다 말이지요. 일찍이 공이, 이렇게 설파하지 안 했던가요. '사이비 지혜, 노예와 백발노인과 지쳐버린 사람이 꾸미는 모든 것을 그렇게 부르노라. 유달리 사악하고, 허위의 지혜를 지닌, 잔꾀가 많은 승려의 바보짓을 모두 사이비 지혜라고 부르노라. ……사이비 현인, 모든 승려, 세상에 지쳐버린 사람 및 여성적 굴욕적인 성질의 영혼을 지닌 모든 사람—오오, 그들의 장난이 옛날부터 얼마나 자아심(自我心)을 모독하였던가!' 허허허, 말 많기는 그러나 이 늙은네뿐만은 아닌 것이 아니었댔잖소? 그 자라투스트라도 그런데 백발노인이 되었구랴. 그 자라투스트라도 지쳐 있구료." 늙은네는 그러다 갑자기 말을 중단했는데, 젊은 자라투스트라는, 젊기 탓에 분출하는 말의 용암을 억제치 못하여, 잔꾀 많은 승려 등을 모독하는 언사를 거침없이 썼다 해도, 그의 시절에 대해서 그것은, 새로운 복음일 수도 있었을 것이라는 생각도 했다.

"허긴 그래도, 말이외다, 그래도, 여기 나앉아 기다렸댔소이다. 신이 없이도 인간은, 또는 인간을 초극한 인간은, 어떻게 사는지, 그것이 궁금해, 그런 이를 만나보았으면 하는 일념으로, 기다렸드랬소이다. 이 돌팍에 앉아 기다려온 거외다. 그는, 어쨌든, 자기가 그렇게도 사랑하는 그 인간들 속으로 걸어 내려오지 않으면 안 될 것이라는, 그 신념 한 가지로 그런 거외다. 이 늙은네 시절에 공이 태어난 것인지, 공의 시절에 이 늙은네가 얹혀 뒷방 늙은네 노릇을 하고 있는지, 그것까지도 분명치 안 했어도, 그러므로 이것은, 어떤 종류의 과도기도 같은 것이어서, 그것이 어떻게 이월하는지, 그것도 지켜보지 않을 수가 없던 것이외다. 노예와, 백발노인과, 지쳐버린 사람, 잔꾀가 많은 승려와 여성적 굴욕적인 영혼, —한마디로 '사이비 지혜'라고 이르는 가라지 쭉정이는, 역사의 쓰레기를 모아 태우는, 게헤나에 던지어지고, 근육질의, 활기에 찬, 알곡식 지혜의 젊은 의지로만 이룩된 위대한 세계는, 어떤 것이나 되려는지, 그것이 궁금하지 않을 도리가 없던 것이외다." 늙은네는 그리고, 가라지 쭉정이에도 비유될 웃음을 웃고, 가운데쯤의 하늘을 다 오르고 있는 해를 올려다보았다. 해도 또, 그들을 내려다보며, 귀를 기울이고 있었을 터였지만, 보이기론 공평한 얼굴이었다.

“이렇게 말해도 용허되어진다면 말이오만, 공의 저런 얘기는, 아수라들이 먼저 땅을 정복하고, 다음으로 하늘 원정에 오르려며 내세운 대의, 또는 이념과 대단히 흡사하다는 것이외다. 아으, 자라투스트라의 초인의 대지는, 아수라도이리까? 인간과 신을 타도한 인간이 이룩할 수 있는 대지는, 아수라도까지인 것이리까?” 그리고 늙은네는, 해를 한 번 더 올려다보다, 거의 장님이 되어서야 돌아왔다.

“아 그러나 공은, 사이비 지혜를 지닌, 잔꾀가 많은 승려, 백발노인의 바보 같은 지껄이기를 두고, 너무 마음을 쓰지는 마시구랴. 늙은네 식의, 습관화된 잔꾀, 사악한, 그리고 사이비의 지혜로 인하여, 공의 성한 몸에 흠집을 내려는 의도를 갖고 있는 건 아니며, 어떤 식의 주제는, 반드시 자라투스트라적으로만 생각하고 이해하는 것만은 아니라는, 그런 얘기를 하고 있을 뿐이외다. 사자도 코끼리의 가죽을 찢지 못하는 것을, 하물며 승냥이로서야!”

자라투스트라는 여전히, 그들이 앉은 그 반석이 피워 올린 귀 모양으로, 귀로서 앉아 있다.

“이 늙은네가 맞는지 어쩌는지 그것은 모르겠어도, 삼십여 년 전, 공이, 살던 고장을 떠나 입산했을 때, 늙은네 생각엔, 자연에로의 귀의, 입문을 결행한 것이나 아닌가, 했었구료. 헌데 ‘자연’이라는 것은, ‘대지’라는 매우 구상적, 형이하적인 것에 비해, 도가(道家)의 ‘도’(道), 또는 ‘무위사상’(無爲思想) 따위를 염두하면, 그 매우 중요한 반쯤은, 추상성, 형이상성을 띠고 있는 것이라는 생각인데, 자라투스트라는, 무엇으로부터서든, 되도록 추상성을 배제하고, 일용적(日用的) 구상성만을 추출하여, 그것이야말로 사이비가 아닌 지혜나 진리라고 이해했던 편이 아니었댔소? 그럴 때 ‘자연’이 자연스럽게, 구상적 ‘대지’에로 ‘이름’을 바꾸게 되었을 듯한데, 사실로 그런 것이외까, 어떻소? 그런 후, 그러니까 저 산정의 동굴을 거처 삼은 후, 자라투스트라는, 천체의 운행으로부터 땅의 시절 되어가는 것, 노루며 여우, 독수리며 메추리, 독사며 지렁이, 나무며 풀, 숲이 두런거리는 소리, 비구름이 모여들며 깊어지는 어떤 고요함, 산이 고슴도치모양 웅숭그리고, 제석천왕이 내려칠 우레가 두려워 떠는 것, 비 온 뒤의 폭포, 구름 사이로 쏟겨 내리는 햇빛, 구름의 여러 변화, 바람의 색깔, 새벽, 낮, 석양, 밤이 계곡으로 채워 드는 소리, 밤의 고적함, 별, 달의 변화 등등, 그 모두를 보고, 듣고, 맛보고, 냄새 맡고, 만져보며, 함께 숨 쉬고, 함께 즐거워하기도, 함께 앓기도 하면서, 그것의 혈맥에 자신의 맥을 이어, 거의 자연 자체가 되어왔었을 거외다. 마는, 이건, 여담으로 하는 말이외다만, 같은 환경에서 같은 풍경 따위를 같이 체험한다 해도, 청노루와 접동새와 산(山)사람이 나타내는 정서적 반응은 같지가 않은 것은 분명할 것이외다. 그중에서도 사람의 그것은, 자연의 어느 모서리를 노래로 읊는다며, 자연과는 사뭇 먼 얘기를 하고 있음은, 즐거운 주목꺼리입습데다. 접동새는, 자기의 먼 선조 때부터 울어온 그 울음밖에 못 우는데, 사람은, 그 접동새를, '의붓어미 시샘에 죽은 누나'로까지 연상하기도 합데다.

접동
접동
아우래비 접동

진두강 가람가에 살던 누나는
(의붓어미 시샘에 죽어)
진두강 앞마을에
와서 웁니다.

아홉이나 남아 되던 오랍 동생을
죽어서도 못 잊어 참아 못 잊어
(아우래비 접동
접동
접동)

노루도 또한, 그 맑은 눈에 구름까지 띄워놓고도, 읊는 울음은 천년 전의 그 울음입네다만,

[……]

산은 자하산
봄눈 녹으면,

느릅나무
속잎 피는 열두 구비를

청노루
맑은 눈에

도는
구름.

사람은 저렇게 딴전을 피웁데다. 사뭇 이상할 일입습메다. 사람도 또한 동물임에도, 어째서 다른 동물들과 다르게, 사물이나 존재를, 있는 그대로보다, 굴절시키거나, 다른 형태로 익혀내는지, 그것은 이상하고도 신비스럽다 말이외다. '날것↔썩기'를 자연의 축이라고 이르고, '날것↔익히기'를 문화의 축이라고 정의해내는 (레비-스트로스라는) 이가 있는데, 이 늙은네 생각엔, '자연/문화'를, 그보다 더 간단명료하게 구분 정의할 수는 없다고 믿어, 틈날 때마다 빌려다 쓰곤 하오만, 아무리 자연과의 일치를 추구한다 해도, 인간은 어쩔 수 없이, 그 자연을 자기식으로 익혀서라야만, 동화감을 갖는 것이나 아닌가 하고 있구료. 그렇게 될 수밖에 없는 까닭은, 인간이 자연으로부터, 동화적 상상력으로 이르는, 에덴에서 추방을 당한 까닭은 아니며, 그 자연의 일원

이었던 인간 하나만이, 어떤 간난신고를 겪고서든, 오관을 일깨워 갖게 된 것이, 그 까닭이라는 믿음이외다. 다시곰 다시곰 반복이외다만, 공이 공격하고 덤빈 그 '유일신'은, 바로 이 판켄드리야의 신이던 것입네다. '웃다 죽었다'는 제신은 그러니, 카투린드리야나, 또는 카투린드리야가 판켄드리야에로 전이하던 그 과도기에서 일어난 신들이라는 얘기를 할 수 있게도 됩네다. 어떻든, '자연'은 아직까지도, 카투린드리야나 그 이전의 존재에 머물러 있을 거외다. 에켄드리야, 드빈드리야, 트린드리야, 카투린드리야의 총체가, 유정으로서의 '자연'일 텝니다. 에덴으로부터의 인간의 추방이 그것이었다면, 사실은 인간이 추방당한 게 아니라, 이민(移民)을 했다고, 바꿔 말해야겠지요. 인간의 에덴에로의 복귀는, 대지 위에서는, 이제는, 불가능하게 된 것인지도 모르겠소이다. '자연에로 돌아가자!'라는 구호는, 매우 소박한 아름다운 꿈이지만, 판켄드리야가, 하나쯤의 감각기관의 눈을 감기지 않는다면, 그런 실명(失明)이 어려운 것이라면, 이때 인간은, 에덴에서의 자기 추방을 감행해버렸다고, 다시 말을 바꿔 할 수 있게 될 터이외다. 강조하기 위해, 말을 바꿔 반복한다면, 자연은, 인간의 수준, 또는 기준에 미달인 상태여서, 그것의 품속엣 것들은 무명(無明)에서 헤어나지를 못해, 모든 것이, 무엇이, 또는 누군가가 잠자며 꾸는 꿈의 형태일 듯합네다. 삽입해둘 것은, 그러면 에덴을 지었다가, 나중에 아담과 하와를 추방했던 그 신 역시, '자연'에다 모태를 두었던 신이 아니었는가, 하는, 가능적 의문에 대한, 늙은네의 소견의 한 가지입네다. 아마도 시작은, 이 신도, 하반신은, '자연'이라는 무화과 나뭇잎으로 가리고 있었을 것이었으나, 장차, 한 특정한 히브리 사람의 출현을 기다려서야, 반쯤 대지에 묻고 있던 그 하반신을 뽑아내, 하늘에로 오르게 되었을 것은, 조금만 생각이 있는 자라면, 대개는 알고 있을 것입네다. 여기, 히브리 사람의 우주적 혁명이, 새 소식이 있었을 겝네다. 그제 이르러, 판켄드리야는 서른 나이쯤 성숙했을 것으로 셈하는 바이외다. 아무튼, 판켄드리야란 위대한 도약이며, 기적일 뿐만 아니라, 돌연변이기까지 여겨집네다. 그렇게 되기까지, 몇억 겁의 세월이 걸렸을지, 그 계산은 마하비라(Mahāvira)께나 여쭈어보도록 해야겠는가요? 그러기 전에는, '자연에로 돌아'가고 어쩌고 할 것도 없이, 인간도 자연의 일원, 또는 일부였었을 것이어서, 자연도의 약육강식에 부단히 부달렸을 것이라는 것은, 어렵잖게 짐작되네이다. 그 극난함을 알기 위해서라면, 들의 승냥이나 노루 따위의 창자가 터뜨려진 자리에, 똥과 피를 먹물 삼아, 프라브리티가 쓴, 우주적 서사시를 읽어보시기 권하는 바외다. 그러는 동안, 이 한 특정의 유정은, 공포며 슬픔 따위도 함유한 고통을 못 참을 것으로, 조금씩 인식해내기 시작했었을 것이외다. 이 늙은네가 특히 '고통'을 인식의 발단으로 삼는 것은, 그것이 다름 아닌, 유정의 도태를 막기와 동시에, 진화의 원동력인 것이라고 믿기의 까닭이외다. 시삼백일언이폐지하고 말하면, 고통이 없다면 유정은, 자연도태를 해버리고 말 것이외다. 아직도 누가, 고통이 적으면 적을수록, 또는 그것이 아예 깡그리 없는 곳이, 에덴이 아니겠느냐고, 말한다면, 그 의견이 틀린 것은 아닐 겝니다만, 그가 만약 육신적 에덴을 의미하고 있다면, 우리는 먼저, 그로부터 위장을 뽑아내 버리는 호의를 베풀어야 할 것이며, 다음으로, 그의 성기에는 일회용, 많으면 이회용 분량의 정수만 남겨놓는 일도 배려해야 할 것이외다. 그런즉 사자나 호랑이의 등을 기대, 살찐 암사슴이 편안한 잠을 자고, 이웃 옹가년이 아무리 고와도, 그넌 지나는 호젓한 데 기다렸다 강쇠 놈이, 육두를 꺼내 휘두르는 일도 잘은 없을 겝네다. 흐흐흐, 이만큼이나 늙고도, 그리고 속세라는 곳 떠나온 지도 꽤 오래되었음에도, 속(俗)이라고 이르는 그것은, 여전히 갖다가시나 옹가년이거든. 'Human all too Human!' ―말씀드린 에덴은 물론, 문화적 에덴이랄 것과 분리하기는 해야 할 것입네다. '유토피아', '파라다이스', 또는 '무릉도원'(도 이 범주에 속하는가 몰라?)이라는 식의 에덴 말씀이외다. 그것을 두고도 일언이폐지해야겠습늡? 저 판켄드리야로부터 '욕망'이라는, 제이의 위장을 뽑아내는 호의를, 그러면 다시 베풀어야겠는가요?" 늙은네는 그리고, 눈으로는 소년스럽게 웃고, 입으로는, 늙은이스럽게 한숨을 쉬어냈다.

"판켄드리야의 역사는 그렇게 시작되었을 것이라는 게, 이 무학의 늙은네의 관견이외다. '고통'에의 인식은, 그 중도 어디에서 '자아'(自我)에의 인식의 눈을 띄웠던 듯하며, 이 인식에 좇아, 제오관(第五官)의 눈이 뜨였을 듯하고, 그로부터 이 위대한 기적을 이룬 판켄드리야는, 자기의 안쪽을 들여다보기 시작했을 것이었쇠다. 자아에의 인식 자체가 바로 '안 들여다보기'[內觀] 가 아니었쇠까? 공의 소설(小說)을 접해본 이들이, 어떤 종류의 지적 오만이랄 것과 함께, 어떤 이들의 조금은 추상적, 관념적 견해나 사고를 규탄하여, 일상적 언어로 표현되어지는 구체적 영상(concrete image)만이 실사적(實事的-Rūpa, 色)이어서 의미가 있는 것인 듯, 주장하고 찬양하는 듯한데, 사실에 있어 거기까지는, 감각기관을 넷까지 개발한 유정(카투린드리야)들의 이념 내지는, 신념이 되어 있는 그것일 거외다. 판켄드리야는, 내성(內省)으로부터 시작하여, 드디어 추상적, 관념적, 그리고 형이상학적(Śunyata, 空) 문제까지 사고할 능력을 갖춘 것인데, 이런 관점에서 돌이켜보면, 앞서 말한 어떤 종류의 '지적 오만'이란, 카투린드리야에로의 환원을 서두르는, 오류의 개가 같은 것으로 평가될 뿐이외다. 공이, 이 늙은네였다면, 예언자들이 맘 놓고 뱉어내는 것과 같은, 그런 신랄하고도 그럴싸한 독설을, 화려체 수사학의 금박지에 쌌을 게 분명하오만, 늙은네는 말이 어눌한 수도꾼이지, 도화사, 말의 도화사는 못 될 뿐이외다. 사실주의(事實主義)란, 예술과 종교에 대해, 반드시 자랑스러운 품목은 못 되는데, 판켄드리야적, 또는 그 이후까지 개발된 정신들의 상상력에 미칠 수 없을 때, 속담에 이르기를, '악당의 최후의 피난처는 애국심'이라고 하는 바와 같이, (공의 어휘를 빌리는 것을 용허하시오만,) 사이비 현자의 최후의 피난처가, 바로 저 사실주의라는 것이 별견됩네다. 그리고 그것은, 호동(湖東)의 각자(覺者)들에 의해서는, 허무주의의 이면이라고도 밝혀져 있더이다. 그 얘기는, 장차 되어지면 좋고, 그럴 기회가 없다 하더라도, 별문제가 되는 것은 아닐 터인데, '마음의 우주'까지 개벽해 올라간 이들께는, 공을 포함한 일반적 우리네가, 사실, 구상, 견고함이라는 등으로 이해하는 품목들이, 달리 보임에 분명할 것이어서, '사실주의의 다른 면은 허무주의'라는 설법을 하게 되는 것일 거외다. 이 늙은네도 그의 문하생이라고 여기지는 마시오만, 기회가 있으시거든, 용수(Nāgārjuna)보살을 한번 찾아보아도 좋을 것이외다. 그이는, 판켄드리야 이상의 존재라는 것만은, 이 무학의 촌로도 알고는 있소이다. 그래서 그는 '초인'이리까? 늙은네 믿음엔 그는, 판켄드리야로부터 시작한 진화를, 이 늙은네로서는 짐작도 할 수 없는 데까지 성취한, 그러나 하나의 '인간'일 뿐이라고 하고 있소이다. 그런 가능성의 전체가 판켄드리야가 아니겠소?"

늙은네는 이 대목에서 좀 쉬고, 호흡을 조절하더니, 이었다.

"강조하고 싶은 심정이어서, 또 말이외다만, 판켄드리아야의 개선(凱旋)은, 그들이, 구체적 구상적, 견고한 것뿐만 아니라, 추상적 관념적인 것, 심지어는 우주적 신비까지도 관할 수 있는 능력을 갖췄다는 그것이외다. 이로부터 시작해, 인류의 역사는 바뀌고, 그것도, 신화나 경전 등에서 유추케 되기론, 짧은 칠팔천 년 동안에, 오늘날과 같은 문명을 일으킨 것이었던 것이외다. 그 이전, 무량겁 전부터도, 이 대지 위에, 인종(人種)이라는 동물은 (다른 동물들과 별로 다름 없이) 서식해왔었을 것은 확실함에도, 전에 이룬 적이 없던 문명을, 그것도 짧은 기간 내에, 이만큼이나 이룩해낼 수 있었던 까닭은 무엇이라고 생각하시오? 천문학적이라거나 지질학적 시간의 관념으로 따진다면, '칠팔천 년의 시간'이란, 한 탄지경도 못 될 것이오만, 판켄드리아야는 위대하였소이다!" 늙은네의 흐리꾸리한 회색의 눈 속에선, 은은한 빛이 쐬어 나오고 있었다. 말 속에 그런 빛이 섞이면, 창조를 하거나 파괴를 하거나, 아무튼 유지되어온 평균성에 동요, 교란이 있게 마련인데, 듣고 볼 일일 게다.

"판켄드리아야는 위대하였소이다! 이 칠팔천 년 동안에, 우주사(史)에는 거대한 혁명이 있었소이다! 그러나 초인, 또는 아수라들과, 물신주의자(物神主義者)들, 그리고 그들의 종도인, '늙은 카투린드리아야'거나 '어린 판켄드리아야'들이, 스스로도 의식하지 못하며, 떠나온, 먼 과거 쪽에서 부르는 소리에 이명증을 일으키고, 이 '위대한 한 탄지경'을, 이전의 무명 속에다 장사 지내려 하여, 다시 또 '몸의 종교'를 설파하고 나서는데, 그것은 슬픈 대홍수로고! 그러나 늙은네께는, '몸'의 대홍수 속으로 함몰하는 '말씀'을 받쳐 올릴 힘이 없구료! 그래서 못 죽고, 지켜보기라도 할 양으로, 이 언덕에 앉아 탄식하며, 울고 있소이다!" 그리고 늙은네는, 실제로 눈물을 흘리기 시작했는데, 그 눈물이 그 눈 속의 빛도 희석해내고 있음에 분명했다. 세월의 까닭으로, 동자까지 묽어져, 흐리꾸리한 회색 눈의, 다시 늙은네였다.

"인간이라는 유정이, 육신적으로 오관을 구비케 되자부터 내관(內觀)을 시작했는지, 내성(內省)에 의해 제오관의 눈을 띄웠는지, 그것은 '닭이 먼저냐, 알이 먼저냐'의 문제와 같은 것일 것임으로, 사미들의 용두질용으로 둬둘 것이라도, 그것이 왜 그렇게 중요한 것인지에 대해서는, 밝히고 보아야 할 듯하외다. 지금 이 현재도, 우리가 축생도를 내어다보면, 거기 유정들은, 무량겁전부터도, 노상 밖만 내어다보며 살고 있다는 것을 알게 되잖습네까? 그러면, 당신이 접동새가 아닌데, 아우래비 오랍 동생을 못 잊어 우는지, 어떻게 아느냐는 투의, 옛 늙은네들의 얘길로랑은 하지 말기로 하십세다. 사실로 존재들간에는 소통이 없으리까? 늙은네는 지금, 이뤄진 결과를 두고 있어 말인데, 인류도 칠팔천 년 전까진, 별로 다름없이 저들처럼, 밖을 내어다보아 왔었을 거외다. 나중에, 판켄드리야들이, 자기의 안쪽에서 발견했다는, 그 신비로운 우주란 그런데, 다름 아닌 밖의 그것이었다고 한다면, 밖의 우주는 창세적부터 있어 왔어도, 다른 의미를 획득하지 못한 채 있어 오다가, 판켄드리야의 안쪽에서 그것이 발견되었을 그제서야, 소아(小我)에 대한 대아(大我)로서, 의미를 획득하기 시작했다면, 그것은 무슨 뜻이겠소이까? ……그것의 내관(內觀) 중요성을 말하기 위해서, 이보다 더 말해야 되리까? 이로 인해서 인류는, 세 번째의 눈, 내안(內眼)이 뜨였다고, 그리하여 내광(內光)을 보게 되었다고 이를 수 있을 테지요? 진화에 있어, 여기 한 돌연변이 현상이 일어난 것이고, 인간은 그래서, 홑겹이었던 존재로부터 중첩적 존재에로 전신했을 것이었쇠다. 그러자, 내안을 뜬 이 판켄드리야는, 그 눈으로 무엇을, 이제껏 외계에서 보지 못했던 무엇을 보았던지, 그것이 궁금해지지 않소이까? 미리 말씀드려두고 싶은 것은, 이 판켄드리야가, '안'을 보기란, '밖'을 보기와 다름이 없었을 거란 게요. '안/밖'의 중첩 같은 것 말씀이외다. 이런 얘기가 있습데다, '어린 크리슈나(Kṛṣṇa)가 흙밭에 놀며, 흙을 집어 먹어싸므로, 그의 어머니가, 애의 입을 열고 들여다보았드라지요. 그리고 애의 어머니가 보고 놀란 것은, 애의 입의 안쪽에는, 흙덩이가 아니라, 밖에 있는 것과 꼭같은, 한 벌의 우주가 고스란히 차려져 있더라'는 것이었쇠다. 나중에 어떤 이는 이것을, '인간이 개발하여 목구멍에 둔 언어, 휴대용 우주'라고도 해석해내는데, 카투린드리야의 목구멍 속에도 과연, 그런 한 '휴대용 우주'가 개벽해 있겠소이까? 이래서 보면 인간은, '내관'이라는, 이상한 수음질을 하기에 의해, (이건 모순어법이겠소이다만,) 밖의 한 우주를 개벽해냈던 모양이었구료. 아담의, 존재나 사물들에 '이름 붙이기'

도 상기할 필요가 있을 듯하잖소? 궁창이 나뉘기 전, 암흑과 혼돈의 태보에 씌워졌던 우주가, 그렇게 그 태보, 무명이라는 태보를 찢고 드러난 것인데, 판켄드리야의 우주의 역사도 또한, 판켄드리야의 한 개인의 역사와 다를 바 없이, 먼저 난자에 싸인 에켄드리야로부터 시작해, 드빈드리야까지 진화를 성취해 태어나서, 울며 젖 보채기로 트린드리야에로 전이했다가, 불알을 여물게 하는 수음질하기의 고행난행으로, 카투린드리야를 성취할 것이외다. 이 상태에선, 여성은 배앓이를 통한 어머니가 되기로써, 대개는, 일종의 완성이랄 것을 성취하는 듯도 싶으나, 남성의 진화는 매우 더딘 듯해, 보이는 덩치와 상관없이, 판켄드리야에 못 미치는, 저질의 품성인 채, 세상의 운명에 앞장서 있는 이들이 많아 보입데다. 투쟁하여, 저녁거리를 들고 집으로 돌아와야 된다는, 그 강박관념이, 그들의 의식의 상당 부분을, 짐승에 머물게 하고 있는 까닭일지도 모르지요그리. 힘에의 의지도, 거기 어디 두렵게 되사려 있을 듯도 싶으오만—, 하던 얘기를 계속하기로 하면, 저 판켄드리야는, 자기의 안을 들여다보기에 의해, '위에 있는 것은 아래에도 있다'든가, '여기에 있는 것은 저쪽에도 있으며, 여기에 없는 것은 아무 데도 없다'라는 데까지, 시야를 넓혔던 듯하외다. 그러며 신비에의 체험을 하기 시작했었을 것인데, 그것은, 비구체적, 비구상적, 견고함과는 귀나 발가락도 닮지 않은, 그런 어떤, 추상적, 관념적, 초월적 어떤 힘, 또는 원리 따위에 대한 인식이었을 거외다. 이것은, 한 우주를 주고라도 바꿀 만한, 놀라운 체험, 내지는 인식이며, 위대한 발견이었다는 것은, 부인치 않으시리다. 당연하게도 저 판켄드리야들은, 아직은 잘 이해할 수 없는 저것들을, 어떻게든 형상화하려 고심했음이 분명하여, 방언에 따라 다르긴 하지만, 그러는 한 방법으로, '이름'을 붙이려 했을 것도, 용이하게 추측되어집네다. 아까도 말씀드렸습니다만, 이 단계에 이르면, '안/밖'의 구별이 잘 안 될 것인데, 그럴 것이, —이것은, 말씀드린 '안/밖'을 포함한, 재중첩된 것이라야겠나요? —그들이 안쪽에서, 어떤 원리를, 또는 본(本)을, 신비하고 초월적인 무엇을 인지했다 하더라도, 그것들에다 '이름'을 부여하기라는 행위는, '껍질', 또는 '밖'을 입히거나 드러내주기여서, 여기 어디서 또, 안/밖이 혼합되는 까닭일 것이외다. 혹자는 그래서, '인간의 무의식은 밖에 있다, 또는 밖 자체다'라고, 꽤 씨먹지 않게 들리는 소리를 하기도 하는데, 그건 분명히 심리학적인 것과는 다른, 언어학적이거나, 종교적인 것일 것이라는, 느낌은 있소이다. '추상적인 것의 구상화'에는 분명히, 여러 방법이 있었을 것이나, 이를테면 '토템'이라거나 '우상', 어떤 종류의 '예술' 같은 것일 것이오만, 늙은네께는, '이름 부여하기'라는 게, 그중 마음에 쓰이는 것입네다. 구상적 사물까지도, 이름이 없을 땐, 인식에 와닿지를 않더란 말이더이다. 붙여진 이름들을 몇 예 들어보기로 하면, 첫째 '타트'(TAT, Skt., That, Eng.)가 떠오르는데, 그것에다 정(情)을 부여하려 해서는, '사트'(SAT, Skt., Be-ness, Eng.)라고 이른 듯합데다. 마는, 짐작하시겠다시피, 그것은 '이름'이 못 되는 이름이 아니외까? 또 자연도(自然道)를 열심히 들여다본 이들은, '도'(道)라고도 부르고, 인간도를 관찰한 이들은, '신'(神)이라고도, 그리고 자연과 인간을 반반씩만 읽은 이들은, '무'(巫)라고도, 무엇이라고도 일렀던 것. 그런 뒤, 무엇에 대고 축원하기라는, 신앙하기라는, '종교'가 시작되었을 터인데, 건너뛰고 말하면, 종교에도 원형이랄 게 있다면, 그것은 '무'나 아니겠는가 하는데, 어떻게 생각하시오? 저것은, 구체적, 구상적 진리만을 추구하는 정신으로써는, 어떻게도 닿을 수 없는, 판켄드리야만의 업적, 위대한 업적인데, 공은, 공이 경배하고 신앙하는 '몸'의 이념(이데올로기)에 의해, 인류의 이 혁명적 성취에 반기를 들어, 그것을 타도하려 했던 것이 아니었던가요? 물론 이 무학의 촌로도, 공의 식으론 정당한 규탄을, 이해치 못하거나, 안 하려 하는 것은 아니외다. 말하기의 편리를 위해, 저 어떤 신비한, 초월적 '타트'를, 그냥 '신'이라고 이르고, 그중에서도 특히 우리의 주된 관심사가 되어 있는 '유일신'에 관해 말해보기로 합세다만. 그러기 위해 늙은네는, 하나의 대전제, 즉, 판켄드리야가 '밖'을 '안'에서 관하기에 의해 인식하게 된 신이라는 것, 그 전제 하나를 명심해두고 있다는 것을 일러드려야겠습네다. 그렇지 않고, 누구라도 막연하게 생각하는 그 신은, '밖'에 있어 온다고 여겨지는 신은, 판켄드리야만의 신은 아니며, 그가 색계(色界, Rūpaloka)를 창조했든 어쨌든, 태초부터, 또는 그 이전부터 있어 온, 또는 있어 온 적이 없는, 그런, 우주에 편재한 기(氣) 같은 것이어서, 덮어놓고 그냥 믿고 의지하거나, 말거나, 또는 돌 들어 치거나, 화환을 바치거나, 그건 모든 유정들의 문제일 것이어서, 늙은네의 관심사는 아니라는 것도, 부연해 일러드려야겠습네다. 인간이라는 유정이, 제오관을 개발한 뒤, '밖'을, 색계, 즉슨 현상계를 내어다보기에 이룩한 업적 또한 종교에 버금갈 정도로 큰 것임에 분명합네다만, 예 들면 '물리'(物理)나 '시학'(詩學) 같은 것들이 아니겠소이까?" 마른 입에 침을 좀 돌리고서나 늙은네는 계속했다.

"이거, 좀, 이상하게 들릴지도 모르겠소이다만, 어찌 되었든, 신의 조감(鳥瞰)에도, 눈은 여럿일 수 있겠으나, 대별하여 늙은네는, 통시태적(通時態的) 조감과, 공시태적(共時態的) 조감이 있다고 이해하고 있소이다. 그런데, 신을 통시태적으로 조감하려 하면, —그 긍정적 국면은 거론할 필요는 없을 터입네다만—특히 지적이라고 이르는 이들의 마음의 건반에서는, 불협화음만이 울려 나는 것을, 드러내지 않을 수가 없게 됨에 분명할 것이외다. 세상사를 내어다보면, 무엇 하나 제대로 돼가고 있는 일이 없어 보입네다. 쇠를 먹는 녹이나 불치병과도 같은, 비합리적, 부조리한 현상이 도처에, 구석구석에 창궐 만연하고 있어 보여, 도대체 신이라는 것이 있고서도 이럴 수가 있겠는가, 라는 회의에 잇달아, 무신론이 대두할 수 있으며, 그리고는 보다 나은 사회를 구현키 위해서는, 인간은 그 본질에서부터 개조되어야 할 노예처럼 보임도, 부정할 수 없는 것이 현실일 거외다. '노예'나 '종말인'이란 '쓰레기' '가라지 쭉정이'에 입힌, 그나마도 당의(糖衣)일 터입네다. 이 늙은네도 또한, 인간에 대한 실망과, 절망의 한 시절을 겪은 바 있었소이다. 그러던 어느 날, 인간이 모여 사는 세상의, 불치병과도 같은, 비합리성이나 부조리는, 하나의 원죄적(原罪的) 품목인 것을 알게 되었더랬는데, 유정의 우주의 질서는, 결코 상생상화(相生相和)로 되어 있던 것이 아니던 것이외다. 상생상화와 더불어서는 '균형'(均衡)의 문제가 대두하는데, 끝없는 확대, 확산, 팽창만 있고, 그 확대에 균형이 잡히지 못할 때, 그 한 우주는 폭발하고 말 터입니다. '대광론'(大讚論)이 운위되었을 때, 역광론(逆讚論) 또한 운위되었을 것입네다. 유정(有情)들과의 관계에선, '위장'과 '생식기'가 대광론임과 동시에 역광론으로 구비되어 있던 것을, 그러면 이해하게 되시리다. 이 말은, 바꾸면, 우주의 질서 체계는, 상생상화로 된 것이 아니라, '상극'(相剋)적으로 이뤄졌다는 얘기가 될 것이외다. 이건 원죄적입네다. 이런 의미에서의 이 우주는, 유정들께는 법은의 장소는 결코 못 되며, 저주의 장소라고밖에 달리 이해되지는 않을 뿐이외다. 그런즉, 태임 받지 않을 수 있다면, 태어났어도 돌아오지 않을 수 있다면, 그쪽을 바래야겠는가요? 공의 삶은 어쨌는지 모르겠소만, 이 늙은네는, 이 세상에 와서, 줄곧 고(苦)와 더불어 살아왔을 뿐이외다. 공이 예찬하는 그 '몸' 입었음이 고(苦)로왔을 뿐이외다. 그런다고 해서, 입어진 몸을 부정하여, 염세·자살론 같은 것을 펴려 해본 일은 없었쇠다. 입어진 몸은, 선택이 제외된, 하나의 현상인 것, 그러므로 모태를 원망하거나 저주하는 대신, 그것으로부터 한 우주를 시작해야 되는 것이었습네다. 아 그렇지요 참, '고'에 관해 푸념했지요? 그랬지요. 그 푸념을 이제는 바꿔, 그것이 다름 아닌, 상극적 질서 속에 던지어진, 유정들께 주어진 '은총'이라고 얘기했으면 합네다. 그것(苦)이 거느리는 부작용은, 약력(藥力)보다도 훨씬 더 많은 것이 사실입네다만, 바로 그 독이, 유정으로 하여금, 다음 단계에로의 진화를 가능케 하는, 그 법력(法力)이던 것입데다. 그러나 이 얘기는 너무 많이 한 듯함으로, 이런 정도로만 끝맺기로 해야겠지요?" 늙은네는 그리고, 잠시 입을 다물었는데, 아마도 말의 줄을 조금 바꿔야 할 차례인 듯했다.

"통시태적 관법에 좇기로 한다면, 신도, 신이기의 까닭으로 더욱더, 모든 시대마다, 그 시대적 원망(願望)과 상황에 걸맞은 몸을 차려입어 나타나, 그 시대의 악과 싸워야 한다는 것—이걸 아마 보디사트바주의라고 하는 듯합데만—그럴 때만, 신이 인간의 역사에 역사하는 신이라는 것, 고로 신도 '변증법적 존재'라는 것, 다수(多數) 무수(無數)로 분화하는 존재라는 것, 그렇다는즉슨, '유일신'이란, 짧은, 그리고 잘못된 관법이 빚어낸, '당나귀'에 비교키에도 열등한 존재라는 것, 왜냐하면 그런 존재(유일신)란 존재치 않기 때문이라는 것. 허긴 그렇게 볼 때, 그것은 빈틈없는 관법이라고, 동의치 않을 수 없게 합네다. 마는, 공시태적 관법이 또 있음인 것을! 공시태적 조감을 통해 이해되는, 통시태적 관법은, 한 대양을, 그것의 표면, 다시 말하면 태산만큼이나 크게 일어났다 스러지고, 또 일어났다 스러지는, 그런 물결만을 이해하고 있다는 생각을, 어떻게도 지워 없앨 수가 없을 뿐이외다. 대양을 정의하거나 규정하는 것은, 그래서 파도뿐이리까?"

늙은네는 그리고, 이윽이 자라투스트라를 건너다보았는데, 늙은네도 어쩌면, 말할 줄 아는 자였기에, 그리고 상대는 들을 줄 아는 자였기에, 자기가 든 비유의 화미(話尾)까지 들춰내 보인다는 짓은, 구차하다고 여긴 듯했다. 그러려 들면, 아닌 게 아니라, 듣는 자의 눈썹 자리까지 성글어지게 할지도 몰랐다.

"늙은네의 소견에는, 공이 처한 세상의 지적이라는 이들의 난제는, 습관된 이분법적 사고방식이라는 그것인 것 같소이다—공시태적/통시태적 관법도 이분법적이리까? —공이 진저리 치며 싫어하여, 구토까지 일으키는, 신과 인간을 대립, 다시 말하면 두 다른 존재로 보았을 때만, 신이라는 존재가, 또는 그런 환상이, 모든 개인들의 자아(自我)라는 대기권 속을 무단 침입해, 자리 잡아서는, 떠나려기는커녕, 주도권을 쥐고, 지배한다고 여길 때만, 공의 식의 쿠데타가 합리성을 획득할지도 모르지만, 누가 주장하여, 그는 밖의 아무 데서도 온 데가 없다고 한다면, 촌로는 그리고 그 얘기를 해오고 있는 중인데, 그것에 대해서는 뭐라고 할 것이외까? 그가 밖의 어디, 또는 어떤 다른 별에서라도 온 이라면, 그는 꼭히 판켄드리야라는 한 유정 속에만 들었을 리는 없어, 모든 다른 유정들 속에서도 신앙과 예배의 조공을 받아내려 했음에 분명하여, 그 유정들은 나름대로들 집회를 가져, 제사를 드리고 함에 분명하외다. 마는, '당신이 물고기가 아닌데, 저 물고기가 즐겁게 유영하고 있다는 것을 어떻게 아시오?'라는, 제자백가(諸子百家) 중의, 석자(石子)의 아손(兒孫)스러운 물음은 묻지 말기로 합세다. 늙은네는 앞서, 공의 '대지'를 가장 오래된 종교라고 말하며, 한 포기 들꽃까지도, 그 종교에 의존해 씨앗을 맺는다는 식의 얘기를 한 듯하외다만, 그 얘기를 들어, 석자 선생의 아손 노릇을 하려 하지는 않겠지요? 다시 잇기로 하면, 그(신)는, '강림'(降臨)이라고도 이르는 대로, 어디 위쪽에서라도 내려온 자가 아니라, 판켄드리야의 안에서, 무량겁의 잠을 떨치고 일어난, 이름으로도 부를 수 없어, '타트'나 '사트'라고 지칭해놓은 어떤 것이라면, 이런 신 죽이기란, '아도니스 비의'적인 것이 아니라면, (말하기로 해서 이렇게 말하외다만,) '초월적 자아 살해' 말고 또 무엇이겠소이까? 물론 이 '초자아'란, 인간 심리를 궁구한다는 이들의 입술을 통해, 이미 되어진 얘기여서, 조금도 새로울 것은 없다고도 하시겠소만, 저들의 '초자아'에의 인식이, 이분법적 사고를 뛰어넘은 데서 이뤄진 것인지, 그것은, 왜냐하면 이 촌로는 무학이어서, 말할 수가 없는 것이 유감이구료. 어찌 되었든, 이르는 바의 '자아'란, 종국에 가선 타도해야 하는 어떤 극난한 장애일지도 모르되, 그 단계에 이르기까지는 어쨌든, —이거 용수보살이 들었다간 죽장질이 시작될 얘기요만, —그것이 알맹이, 또는 씨앗이 되어 있을 때만, (그 단계에의 도달이) 가능할 것이외다." 늙은네는 그리고, 희미하게 웃었다. 그 웃음은 그런데, 얼마쯤의 애상기(哀想氣란 멋진 단어구나!)를 띠고 있었다.

"……, 공은, 이 늙은네의 얘기가 시작된 어느 때부터, 침묵의 말로 묻고 있었을 거외다, 그런즉, '히브리 사람'을, 믿고 의지하며 따르는, 그 종교의 종언은 그것이 아니겠느냐고, '자아'를 믿고 의지하며 따르기도 종교일 수 있겠느냐고, 그것인즉 '제신의 궤멸'의 얘기보다 더 희화적이 아니겠느냐고, 웃음을 참지 못하고도 있었을 거외다. 그러나 이 늙은네를 보시구려, 그는 머리로써는 그렇게 말하며, 심정으로써는 저렇게 예배하고 있소이다. 그를 들어, 나의 신, 나의 주, 나의 구원, 나의 불멸이라고, 그를 위해 노래를 짓고, 부르며, 우는 것이, 편하고 위로가 된다고, 노예나 어린애같이, 그를 '대상'으로 삼고 있는 것이 아니오? 이 늙은네는, 공이 구토와 함께 야유하는, 그 '노예' '종말인' '어린아이'인 것을 그러나 결코 부정하지 않으며, 수치로 여기지도 않는다는 말씀을 드려야겠소이다. 이 늙은네는 비겁한 어린아이 같아서, 그것이 '자아'든, '초자아'든, 아니면 어떤 종류의 우상이든, 뭣이든, 자기를 그것에 의탁해 놓고, 믿는다는 것이, 편하던 것이외다. '머리'와 '심정'의 갈림길은 그것인 듯도 싶으더이다. 그런데도 하나의 신념은, 머리와 심정은, 두 평행선 같은 것은 아니어서, 어떤 때, 어떤 자리에서 만나게 되리라는 그것인데, 그것은 억만년의 세월이 걸릴지도 모르며, 찰나의 찰나도 걸리지 않을지도 모르는 것일 겁네다. '모든 물질은 다 금성(金性)을 갖고 있으며, 모든 인간은 다 신성(神性)을 갖고 있고, 모든 유정은 다 불성(佛性)을 갖고 있다' 해도, 모든 물질이 다 금이 되는 것은 아니며, 모든 인간이 다 신이나 초인이 되는 것은 아니고, 모든 유정이 다 부처가 되는 것도 아니잖소. 몸의 예찬자에 대해, (몸을 진화의 필수조건으로 삼는) 혼의 예찬자는 그래서, '당나귀'의 추종자가 아니리까? 이제는 모두 다 고해바쳤으니 말이지만, 이 늙은네는 혼돈이외다, 혼혈 잡종이외다. 그러나 늙은네 개인적으론, 별로 다른 문제는 없이 살아오고 있는데, 혼자 있을 땐 모든 피가 '심정'에 모여 고이고, 공 같은 이를 마주하면, '머리'에로 치솟아 오르는 것이외다. 반복되지만, 여기에 무리는 없소이다. 그렇다고 해서, —이것은, 모직 옷 입은 이들의 해박하기 이를 데 없는 지혜라고 알고 있소이다만, —'신은 자기를 위해 인간을 짓고, 인간을 위해선 우주를 지었다. 인간을 위해선 밖을 넓게 지었으며, 자기를 위해선 안을 넓게 했다'라며, '신은 인간의 심정 속에 존재한다'라는, 그런 지혜에 반드시 동의하고 있는 것도 아닙네다. 심정이 넘쳤을 시절엔, 저런 설교가 얼마나 감동적이었는지, 기쁨으로 울기도 했더랬소이다. 또 어떤 해박하기 이를 데 없는 학자는, 호동(湖東)의 종교와 호서(湖西)의 그것의 다름을 말하며, '한쪽[東]에서는, 마음을 넓히기로 우주화를 성취한다고 믿는 데 반해, 다른 쪽에서는, 신은 영구히 신이며, 인간은 영구히 인간'이라고, 명쾌한 정의를 해놓은 소리를 들었을 때도, 몇 번이나 고개를 끄덕이고, 무릎을 쳤던지도 모릅네다. 그러던 날, 그 기쁨의 눈물이 말라 들며, 무릎에서도, 그 감동의 얼은함이 가셔지는 경험을 하게 되었는데, '신은, 인간의 심정 말고, 또 어디에 존재하겠느냐'는 그들까지도 우선적으로 꼽아, 저들의 지혜란 다름 아닌, 이분법적 사유의 자궁에서 태어난 자식 말고 다른 것이 아니더라는 믿음이 들던 것입네다. 그러면, 인간은 어째 이분법적, 이원론적 사고의 방식을 극복해야 되는가, 그것이 어째서 사유의 궁극처럼 이해되는가, 라는 문제가 대두하게 됨은 당연할 것이외다. 마는, 그 자리[境地]는, 판켄드리야가, 판켄드리야를 초극한 자리일 것이어서, 이 늙은 당나귀의 힘으로써는, 그 심전(心田)을 갖기에는 엄두도 못 낼 일일쇠다. 마는, 꼭히 부연해 두고 싶은 것이 있다면 그것은, 이분법적 사고에 의해, 대립적으로 밖에 있던 존재를, 현학적 심력(心力)으로 안에 뫼셔 들여, 신은 내재한다고 설하기와, 자아인 것을, 그러하외다, 자아인 것을, 그 신비를, 그 초월성을 예배하기에 의해, 밖의 대상화하여, 라는 말은, 소아(小我)에 대한 대아(大我)의 상정이라는 말인데, 이 '자기의 대아'를 신앙하기는, 같다고 주장하려 들면 같고, 같지 않다고 하면 같지 않을 것인데, 이 문제로는 늙은네가, 자라투스트라의 눈썹까지 성글어지게 하지는 말아야겠다는 생각이구료. 그런 대신, 히브리 사람은, 그것을 어떻게 가르쳤는지, 배우고 싶구료."

말 줄을 바꾸려는지 늙은네는, 마른입에 침을 돌렸다.

"네 번째 공관복음의 저자, 요한의 절반을 제외하면, 저들은, 이란, 다른 공관복음서의 기술자들과, 그 이후 그의 복음을 오늘날까지도 열심히 전파하고 있는 모든 설교자들과 학자들을 포함해서 이르는 말이외다만, 늙은네의 관견엔, 히브리 사람을 곡해하고, 해오고 있던 것이었쇠다. 이건 가슴 아픈 일이며, 두려운 일이외다! 슬픈 것은, 히브리 사람의 진의가 오도된 까닭이며, 두려운 것은, 만약 이 늙은네의 주장이 옳은 것이라면, 호서 쪽 판켄드리야의 역사는, 오류 위에서 이뤄졌다고 재이해할 수밖에 없는 까닭이외다. 그럴 것이, 늙은네가 이해했기로는, 히브리 사람은, 신과 자기를, 대적, 이분법적으로 사유해본 일이 없었던 것이었소이다. 너무도 잘 알고 있을 것이오만, 그는 거듭거듭 강조하고 강조하여, 자기는 '사람의 아들'[人子] 이라고, 자기의 신분과 입장을, 분명히 밝혔는데, 그러면서도 그는 또, (말해온 바의 그) '사트'를 분명하게 '아버지'라고 일렀던 것이었소. 바로 이 점이, 구약이 이뤄낸 습관적 사고에 의해 '신과 인간'을 대립적, 그것도 한편은 전지전능하되, 다른 편은 노예적 어린아이로 이해케도 한 관건이기도 할 것이었소만, 그러나 히브리 사람의 '하늘 아버지와 사람의 아들'이라는, 이 한 매듭은, 눈에 힘을 주고, 습관적 사고라는, 굳은 껍질을 깨뜨리고 들여다보아야 하는, 그렇게나 중요한 일점이던 것이외다. 앞서 말씀드린, '구약이 이뤄낸 습관적 사고'란, '전대적 사고에 추종하기'라는 말도 되겠지요, 신의 창조설이 그 주조를 이룬 데서 발단하게 된 그것일 것이오만, 인류의 기원을 소급해보려는 의지의 소산으로서, 어느 방언에든, 창조설 한 둬 가지씩은 다 있는 것이 아닙데까? 문제는 무엇인가 하면, 예의 저 히브리 사람이, '사트'를 '아버지'라고 부르기에 좇아, 어떤 결과를 보게 되는가 하면, '인간이, 신을 자기의 영상 닮게' 인식해낸 것을 알게 된다는 그것일 겝네다. 당연지사로, 독수리가 '사트'를 인지했다면, 다름 아닌, 보다 더 장엄하고 위대하며, 초력적인 모습의 '독수리'의 형상이었을 것이며, 독사라면 그 또한 '독사'의 영상이었을 것이 아니었쇠까? 이런 말에도 일리가 있다면, 말한 바의 저 '사트'들은, 외계에서 쳐든 것들이기보다, 그것들의 안에서 인식의 눈뜨기를 좇아 떨쳐 일어난 것들이라고 이해할 수밖에 없는 것이 아니겠소이까? 이건 여담이외다만, 신이 만물을 지었다면, 어떠한 일물(一物)도, 자기네 운명에 책임을 져야 할 이유란 없을 거외다. (이런 의견이 범어[梵語]로 이뤄진 대서사시, 「마하바라타」의 한 주제를 이룬 듯한데,) 그렇다면 악인은 악역을, 독사는 독침 놓기를 열심히 하기라는 달마(임무)의 수행에 의해서만, 구원을 성취한다는 이론이 성립될 터입네다. (그러나 물론, 저 서사시의 대의를 잊어서는 오독을 면할 수는 없을 것이외다. 광의적으론, 팽창된 인구 감축이 그것이었으며, 협의적으론, 한 수도꾼의 명상을 통한, 선/악 따위 등의, 이원론적 사고의 극복이 그것이었을 거외다) 어쨌든 신위주(神爲主), 또는 신본주의를 고수한다면, 유정께는 어떠한 자유도, 자유의지도 허락됨이 없는, 신의 완전한 망석중이로서, 그의 심경의 변화를 음악 삼아 춤추며, 그의 즐거움만을 위하여 혹사당할 뿐일 겝네다. 어떤, 약간의 해학을 이해한 석자(石子)는 그래서, '태초에 권태가 있었다'라고 갈파하여, 허허, 그도 그러고 보면 '웃음'의 미학을 조금은 터득했던 듯하외다만, 창조가 권태의 소산인 것처럼, 피조물들을 우롱하려 드는데, 과연 그러리까? 아직 시간도 공간도 없어, 남자에의 경험이 없는 처자의 자궁과도 같은, 그 무시간(無時間), 무공간(無空間)에서, 맨 먼저 일어나 궁창을 연 것이, 권태였으리까? 그런즉 권태란 다름 아닌 창조력이 아니리까? 그러나, 이것에 대하여 말하려 하면, 한참 더 장황해질 수도 있을 것인데, 하나의 해학은 해학으로 이해하고, 웃고 말아버리는 것이 옳다고 여기는즉슨, 이만큼만 말해두기로 할까요? 창조의 문제와 더불어서라면, 권태보다는 아마도 고독이 더 절실한 문제일 듯하외다. 어떤 우주적 의자가, 잠을 깬 뒤, '나로 하여금 여럿이 되게 하라!'(Aham Vahu Syam!)고 부르짖었을 때의 그 고독은, 우주적이어서, 헤아릴 길이 없을 뿐이외다. '고독이여, 나의 고향 고독이여!'라고 외치는 심정도 허긴 처절하지 않은 건 아니라도, 하나는 천의 우레가 합쳐진 소리보다 더 크다면, 하나는 가을이 깊어질 때 찌르럭이는 풀

벌레 소리 정도라고 비유해도 될까요?"

늙은네는 그리고, 여러 번이나 심호흡을 했고, 자라투스트라는 더 고요해져 있었다.

"사람의 피나 땀 냄새란 없던 '사트'가, 한 히브리 사람이 '아버지'라고 불렀을 때, 그에게서는 갑자기, 사람의 피 냄새와 땀 냄새가 너무도 진하게 배어나오는 것을 맡게 됩네다. 이는 다름이 아니라, 그를 중심으로 나중에 이뤄질 종교는, 인간의 종교, 다시 말하면, 육도(六道)에 두루 미치는 그런 것이기보다, 인간도의 종교가 될 소지가 마련된 것으로 보인다는 말이외다. 이것이 바로, 히브리 사람이 개벽했다고 믿어지는, '말씀의 우주'의 종교인데, '말씀의 우주'는, '말씀(Logos)이 성육신(成肉身)'하여 거하는, 바로 그 인간도 말고, 축생도도 아수라도도 아닐 것은 분명하외다. 이것은 아무리 강조한다 해도 여전히 충분치 못할 것인데, 반복하면, 이것은 바로 판켄드리아 자신들만의 종교던 것입네다! 그리고 인간도야말로, 종(縱)과 횡(橫)이 마주치는, 그 중심의 가장 어기찬 일점이 아니던가요? '아버지'란, '아들'의 우주적 형태, 즉 '대아'에 대한 호칭이며, '사람의 아들'이란, 아버지의 땅의 형태, 즉 '소아'에 대한 호칭이 아니겠소이까? '아버지/아들'이라는 이 호칭에서 늙은네는, 말할 수 없는 친근감을 느낍네다. 이렇게 되어, 모든 개아들 속에 내재내존(內在內存)해 있으되, 습관적 사유가 일으킨 고정관념의 까닭으로, 그저 거룩하기만 하여, 신은 신이며, 인간은 인간이기만 했으므로, 접근 불가능하도록 외경스럽기만 했던 이가, 아들을 자기 무릎 위에 누이고, 두보의 시라도 읊어주는, 편안한 아버지로 여겨집네다." 늙은네는 그리고, 소년처럼 클클거리고 웃었는데, 아닌 자리에 아닌 소객 하나를 끌어들인 일로 재미가 있는 듯했다. 해오던 얘기대로 하려 했으면, 「시편」도 있고, 「아가」라든, 교훈용 잠언 같은 것도 있지 않은가? 마는, 늙은네가 그러지 않은 것은, 저들의 신은, 저들을 창조한, 거룩한 외적 대상이었기의 까닭이 아니었는가 한다. 그는 그래서, '질투 많고', 참고 기다리기 대신, 먼저 '진노'하여, 자기만을 따르는 자녀들을, 통째로, 자기를 두려워하지 않는 손에다 붙여 노예로 끌고 가게도, 살독(殺毒)의 방에도, 무더기 무더기로 밀어 넣기도 하던 이던 것이다. 참다못한 그의 자녀들이 그리하여, '신의 재판'(신을 피고 삼아 재판하기)까지 벌인 일이 있어, 그 얘기가 인구에 회자한다. 그 판결은 신은 유죄였더라고 했다.

"이 늙은네가 무슨 근거로 그러면, 제사복음서의 저자 요한(의 절반쯤)을 (이란, 그가 쓴 「계시록」을 염두하고서의 얘긴데,) 다른 기술자들과 분리했는지, 그것에 관한 소견을 밝혀드려야 할 때쯤에 온 듯하외다. 그것을 말씀드리기 위해, 늙은네는 공의 인내심을 좀 빛냈으면 싶은데, 공도 너무 익히 알고 있는, 그의 법설을 다시 들춰보았으면 하기 때문이외다. '태초에 말씀이 계시니라. 이 말씀이 하나님과 함께 계셨으니 이 말씀은 곧 하나님이시니라. 그가 태초에 하나님과 함께 계셨고 만물이 그로 말미암아 지은 바 되었으니 지은 것이 하나도 그가 없이 된 것이 없느니라. 그 안에 생명이 있었으니 이 생명은 사람들의 빛이라. 빛이 어둠에 비치되 어둠이 깨닫지 못하더라. [……] 말씀이 육신이 되어 우리 가운데 거하매 우리가 그 영광을 보니 아버지의 독생자의 영광이요, 은혜와 진리가 충만하더라.'(「요한복음」, 1: 1 ~ 14)"

늙은네는 그리고, 잠시 침묵하며, 눈을 감았다. 늙은네는, 자기가, 자라투스트라를 상대로, 설교라도 하고 있는 게 아닌가, 그것을 반성해보고 있는 듯했다. 그러다 명랑한 목소리로 곧이어, 이랬다.

"허허헛, 자기의 느낌이나 생각을 표현하기와, 설교는 같은 것이 아니기를 바라야겠구료. 언감생심, 설교라뇨? 늙은네들은 이래서도 탈이라니깐두루. 아흔 살 된 아비와, 일흔 살 된 아들이 서로 부축해 길을 건너며 했다는 얘기가 있습데다, 얘야, 저쪽에서 달구지가 부지런히 달려오고 있으니 조심하그라, 늘 조심하는 것밖에 바랄 게 없느니라, 이런 이런, 어째 너는 늘 그렇게 덤벙대기만 하는 겨? 흐흐흐, 흐, 가, 가맜서봅세다, 이 촌로가 무슨 생각을 했던 것을, 어디까지나 말씀드렸던가요? 아항, 그랬댔구료, 요한이 쓴 책의 첫머리 기사였댔지요? 그게 글쎄 말이외다, 늙은네께 읽혀졌기론, '인자'(人子)와 '성부'(聖父) 사이엔 어떠한 거리도 없이, 그래서 양자가 하나로써 단단히 묶여져 있어 뵈는데, 바룬다 새는 몸은 하나라도 머리가 둘이며, 사라쌍수도 가지는 둘이라도 뿌리는 하나이지만, 이 '하나님'과 '말씀'은, 그 자체가 그냥 하나던 것입데다—그렇게 기술한 기자(요한)도 물론, 그(히브리 사람)의 뜻을 전파하는 과정에서, 그 자신 의식하고서든 못 하고서든, 다른 이들과 다를 바 없이, 전통적 사고의 틀 속에 갇혀 든 것이 보이지 않는 것은 아니라도, 그때부터의 그의 언동을 두고, 앞서 인용한 구절까지 수정하려 들 필요는 없겠지요? 게다가 그것이, 그 경전 전체를 통해, 가장 의미심장하다고 알려져 있는 이상, 그것을 소홀히 할 수는 없는 게 아니겠소이까? 늙은네께도 그 글귀가 의미심장한 것은, 그 히브리 사람의 진면목을, 바로 그것을 통해 알 수 있게 되기 때문이외다. 그(히브리 사람)의 신에의 인식은, 그의 이웃사촌들의 그것과 사뭇 다른데, —주여, 이런 불경스런 비유를 용서하소서! —비유하면, 그 뿌리의 반쯤까지나 흙 위에 돋아오른 무가, 땅에 박혔던 부분까지 뽑아, 이파리를 날개삼아 하늘에로 날아오른 것이라고 비유하면, 우리들의 육안에 쉽게 호소되어질 듯한가요? 동화적이거나, 신화적으로 옷을 입힌다면, 거기서, 하반신은 뱀인 독수리가 나타나 보일 법도 싶소이다. 이제 그 신은, 모세까지도 '열조에 들었다'는, 그 열조의 대지를 떠나, 그 대지를 굽어살피게 되는데, 그리하여 '열조의 대지' 대신 '하늘나라'의 소식이 전해집니다. 이는, 태초로부터의 전 인류의 원대한 꿈 그것이어서, 이제껏 꽤는 폐쇄적이었던, 어느 이웃사촌들끼리만 예배하고 의지해왔던, 하나의 초월적 대상이, 범우주성을 획득하게 된 관건이 되었을 것인데, 이렇게 되면, 시골 '군신'(軍神)이라는, 이전의 그의 신격 하나만 예 들어 말하면, 이제는 대적해야 할 땅의 적이 없으므로, 갑옷을 벗어야 하는 대신, 모든 낯선 사촌들 간의, 다시 말하면 사해동포 간의 '사랑과 화해'를 꾀하는 신, 인자한 '아버지'다운 신에로 변모치 않을 수 없게 될 터입네다. 이것은 분명히, 그의 낯익은 사촌들이 바랐던 결과는 아닐 터이외다. 그 까닭까지야 이 늙은네의 입으로 불어내 말하지 않는대도, 다 알려져 있는 것인 것. 이런 까닭에, 그의 낯익은 사촌들이, 그를 낯설게 여겨, 그 죄명이야 어찌 되었든, 바라바 대신 그를, 십자가에다 처형했을 것이라는 것은, 어렵잖게 짐작됩네다. 빌라도가, 그 앞에서 '손 씻은' 행위를 보면, 그는 로마인들의 법에 의해 처형된 자는 아니었던 것이 아니잖소이까? 그의 이런, 반다원론적(反多元論的) 생각은, 제육관(第六官)이나, 그보다 더 많은 감각기관을 개명하게 된 판켄드리야의 자리나 아니겠는가, 하고, 그저 짐작만 하는데, '마음의 우주'가 거기 개벽해 있을 것이라고, 그것도 하긴 그저 짐작만 하고 있소이다. 그런 짐작을 토대로 하여, 한두 마디만 더 토를 달기로 한다면, 저 특정한 히브리 사람은, '마음의 우주'에 강보를 두고 태어나, 라는 말은, 그는 대립적, 이분법적 사고를 극복해 있다는 말인데, 그것이 '마음의 우주'에로의 무문(無門)을 통과하는, 다만 하나의 통행권이라고 믿어 하는 말인데, '말씀의 우주'에 가현(假現)하여, 바로 이 '말씀의 우주'를 개벽한 이나 아닌가, 하는 또 다른 짐작도 있소이다. 그러니까 그 본신은 붓다(Buddha)인데, 그 가현은 보디사트바(Bodhisattva)의 모습이라는 얘기가 될 수 있을 거외다. 그런 뒤, 대략 이천여 년 동안, 그의 이 보디사트바적 국면, 또는 그 행적이, 인류에게 희망과 위로를 주고, 그리고 그 영혼들을 구원해왔던 것은, 주지하는 바대로입네다. 그 이전의 역사(『구약』)가 밝히고 있는 것은, 아담은, 판켄드리야까지의 진화는 성취해놓고 있었으나, 아직도 카투린드리야와 판켄드리야 사이에서, 공의 그 '줄-다리' 위에서처럼, 위험스럽게 흔들리고 있어서, '하늘'을 머리 위에 얹고도, 견고하다고 믿는 '땅'에다만 마음을 고착하고 있던 것이었쇠다. 히브리 사람이 전파한 하늘의 소식은, 판켄드리야의 인식의 공간을 넓히고, 대지만을 고집하는 카투린드리야적 무명을 깨우치는 소식이었던 것이었으나, 하필 그것이, 공 같은 현자들에 의해, 땅의 삶을 절실하게 사는 대신, 그 삶을, 헛된 꿈에다 탁송을 해버린 뒤, 게으르게 잠만 자는, 노예적 종말인의 악덕처럼 매도당하는데, 자라투스트라여, 공은 '초인'에로의 통로를 열어놓았다고 이르되, 그 또한 카투린드리야의 대지에로 이르는 것, ―판켄드리야로부터 윗길을 차단하여 빼앗아버리면, 남는 것은 회로(回路)뿐인 것, ……다시 거기, 숨을 고르게 쉴 수 있을 때만 견고하게 여겨지는 대지가 있음을, 자연(自然)이 품 벌려 있음을, 돌(咄)! 이래서 보면, 자연에로의 귀의란, 조금도 난제가 아니외다. 하늘을 등진 유정은 모두 하나같이, 허무가 아니면, 자연, 또는 대지에로밖에 더 나아갈 곳도, 돌아갈 곳도 없을 뿐일 거외다. 카투린드리야에로의 슬픈, 비극적 역조(逆調)! 초인의 대지는 다른 것이리까? 대지에도 종류는 하나보다 많으리까? '죽어야 할 때 죽어' 자기를 '낳은 것 속에 안식을 얻는' '그리하여 다시금 대지가 되'는, 그 대지는 다르리까? 그리고도 자라투스트라는, 아직도 그 '대지에 돌아가 안식'하지 못하고, 외로운 늙은 노새 꼴로 그 대지 위를 배회하고 있는데, 아직도 '죽어야 할 때'가 오지 않은 것이리까? 그리고도 자라투스트라는, 저 히브리 사람은 '역시 성숙하여 있지 못하였노라. 젊은이는 미완숙을 사랑하며, 또한 그는 인간과 대지를 미완숙하게 미워하였노라. 그의 심정과 정신의 날개는 또한 구속되어 괴로웠도다. ……그가 만약 내 나이까지나 살았다면, 그의 교리를 그 자신 취소하였을 것을!' 흐흐흐, 공의 혀는, 덩치만 우람한, 세 살배기의 손에 들리어진, 용천검과 같도다! 허허헛, 공은 '나이'가 인간을 성숙하게 한다고 믿은 듯하였으나, 이 늙은네를 보시구랴, 이 늙은네는, 히브리 사람이 죽은 나이보다 세 배나 되게 살고 있어도, 그의 신들메도 들지 못하겠으려니와, 심지어 공의 젊었을 적 설교까지도, 조금도 잘 이해하고 있다는 믿음이 없소이다. 그건 그냥, 귀를 통해 받아들여서는, 심정 속의 건반이 어떻게 울리는지, 그 소리를 다시 귀에로 끌어올려 들어보아야 되는, 그런 것이나 아니겠는가, 하는 데까지, 이 나이 많은 자의 곡해는 뻗어나갑네다. 이 나이 많은 자는 혹간, '예술'이나 '시학' 따위에 관해 말하고 있으리까? 폭발 선언적, 경구적, 또는 계시적, 예를 들면, '신은 죽었도다!' '초인이란 대지의 뜻이노라!'라는 투의, 우주적이랄 뼈대만 있는, 허허허, 그런 것을 일러서는 '무봉의 천의'라고 해서는 안 되겠지요(?), 마는 여전히, 그것에 입혀놓은 의상은 무봉의 천의 같아, 어느 자락을 잡아 벗겨 안을 볼 수 있을지, 종도 잡을 수 없기만 하더이다. 번뜩이는 기지의 번개가 스산히 스칠 때마다, 그 잠시의 빛 속에서 무엇이 얼핏 보이는 듯해도, 그 뒤 우렛소리는 따르되, 비는 따르지 않는, 극치의 애매모호함, —이런 어휘도 가능하다면, 그리고 공과 더불어서는 분명히 가능한데—광학(狂學)이랄 것, 이 나이 많은 귀에 대해 그것들은, 복사 꽃잎에 가득 덮인, 수사학의 범람하는 강물 위에 지어진, 말의 모래집 같은 것으로밖에, 달리 보이지가 않더이다. 그것은 분명히 나이는 많되, 젊은 심정이 닿은, 그 어떤 높이까지 닿지 못한 결과일 것이외다. 이 늙은네도 물론, 나이 많기의 잔꾀로 하여, 판켄드리야와 카투린드리야 사이에 있을, 어떤 '줄-다리'를 의식하고서 얘깁니다만, 이러고도 '나이'와 '성장'이 비례적으로 가는 품목이라고 할 수 있으리까? 이만큼이나 얘기가 나왔으니, 무학의 부끄러움을 무릅쓰고 얘깁네다만,

공 자신은, 공의 수사학의 광무(狂舞)로부터 자신으로 돌아왔을 때, 공은 말하여, 비록 '내가 쓴 모든 글은, 그때마다 나의 전 심혼을 기울인 것'이라고 이르되, 공의 그 광적 춤을 일으킨 그 광상곡, 또는 병곡(病曲)을 아시는 게 분명하외까? 늙은네는, 자기의 몰이해를 감추는, 최소한도의 현학적 지혜까지도 개발하지 못했으므로 하여, 이렇게 말하고 있으리까? 공은, 가장 복합적 카투린드리야, 그리고 가장 단순한 판켄드리야는 아니었쇠까? 판켄드리야로부터, 이제껏 진리라고 믿어온 것들, 예를 들면 신 따위를 부정해버리면, 그를 주축으로 해온 모든 다른 가치들도 부정당해 버리는 결과에서, 남는 것은, 공에게는 '초인'이며, 늙은네께는 양수 냄새 나는 생명, 또는 삶 하나밖에 없는데, 그것을 어떻게 꾸려가야 하는가, 누가 묻는다면, (공은) '위험스럽게 살아라!' 하고 대답했던 것도 모르지 않소이다. '저항의 철학'의 정자(精子)가 흘러나올, 디노사우르의 불알은, 거기 여물어 있을 터였소. 이것도 개선(凱旋)이리까? 하늘 원정에서 참패하고 돌아온, 아수라들의 대지, 그 대지는 그리하여 그들의 개선이리까? 다시, 늙은네 식으로 환언한다면, 패배한 판켄드리야가 되돌아간 카투린드리야는, 그래서 초인이리까?……, 아으 '권력에의 의지'야말로 새로운 진리이리까? 다른 모든 진리는, 의존적이며, 영구불변의 진리란 있는 것이 아니리까? 허긴 '진리'에 대한 강한 인식이 있고서야, 판켄드리야는, 판켄드리야만이 들여다본, 비극적 허무의 무저갱에로 떨어져 들지는 않으리다. 공은, '대지'주의를 부르짖어, 그것이 인간의 처음이자 마지막 보루라고 찬배를 바치는데, 문제는, 신이 부정되었을 때, 이상스럽게도, 이제껏 견고했던 대지에, 그 대지만 한 검은 무저갱이 동시에 열리는 것을, 공도 보았음에 분명하외다. 허무! —그것을 거기서 보았다면, 공의 대지 또한 판켄드리야의 대지였던 것을. '진리'에 대한 공의 정의가, 얼마나 실학성을 획득해 있는지는 늙은네로서는 짚어낼 수도 없으되, 늙은네께 보이는 공은, 실학꾼이기보다는 예술꾼이라고 말해도 되리까? 무학의 늙은네의 어휘로 이르는, 늘 바뀔 수 있는 '의존적 진리'는, 미학적 한 현상인 듯해 말이오만, '예술가들은 진리 대신 미를 추구하는 자들'이라는, 실학자들의 정의나 분류를 좇으면, 공은 보다 더 '예술가'인 듯하외다. 늙은네도 물론, 실학자들의 '애꾸눈'성을 못 보고 있는 건 아니외다. 사실로, 예술적 정신으로도, 실학적 진리랄 것을 포착해낼 수 있으리까? 두 애꾸눈이들은, 서로 다른 방향을 보는 사팔뜨기들은 아니리까? 그럼에도 공의 배반은 그것뿐만은 아니어서, 공의 시학의 형태는 철학적인 것이랄 것인데, 독수리라고 하기에는 뱀이며, 뱀이라고 하기에는 독수리여서, 잡종이 태어난 것이 아니리까? 무엇보다도, 인간 자신이 인간에 절망한 공의 시절—이라고 말하는 것은, 공은, 공이 살해한 신에 대한, 공에게 쏟길 혐의를, 동시대 사람들 모두에게 뒤집어씌우려 드는데, 그것인즉슨, 우선적으로, 공의 시대의 인간의 죽음이 아니었으리까? 까닭에 공은, 인간의 생중사(生中死)에서의 산 인간, 즉슨 초인을 일으켜 세우려는 것이 아니었소이까? 소리쳐, 'Live dangerously!' 라고, 산 죽음에서 삶을 일으키려기?—에라면, 그런 잡종이 날 수도, 길 수도 있었음에 분명했을 거외다. 공은, 이 늙은네 시절에 살고 있으리까? 아니면, 늙은네가 공의 시절의 윗방살이를 하고 있으리까? 이 무학의 촌로가, 공의 시간을 되돌려놓으려 하고 있으리까? 아니면, 우리들의 시간 속에서, 가능하다면, 공의 시간을 지워 없애려 하고 있으리까? 그것도 아니면, 공의 시간을 흘려냈던, 공의 그 모래시계 속의, 아래쪽에 쌓인 과거의 시간을 뒤집어, 공을 미래 쪽으로 올리려 하고 있으리까? 아으, 회귀! 이제 공의 정오는 기울고 있소이다. 공의 시절에 죽었다던 그 신의 새벽이 시작되고 있는 것을!"

늙은네는, 잠시 말을 멈추고, 이미 여러 차례나 해버린 말을 다시 반복한 것이나 아니었는가, 그것을 반성해보고 있는 듯했다. 그러면서도, 어떤 말은, 반복을 통해서만, 그 의미가 더 강조된다고, 스스로 위로를 꾸며낸 듯, 다시 시작했다.

"이방인인, 악의에 찬 자라투스트라까지도 합세한, 그의 이웃이나 형제들이 처형해버린, 저 히브리 사람의 수난에 관해서도, 늙은 심정에 고인 말이 많은데, 공이 하산길을 재촉해야 할 까닭만 없다면, 그 얘기도 좀 했으면 하외다. 공이 어떻게 받아들이든, 그러기 전에 하나 고백해둘 것이 있다면, 그 수난이, 공의 것까지도 포함한, 모든 우리의 '원죄'를 대속했다는 의의(儀義)에 대해, 이 늙은네께는 추호의 의심도 없다는 얘기는 해둬야겠소이다. 허허허, 그리하여 늙은네는, 자기가 신봉하는 한 종교를 들어, 전도나 설교에 나섰으리까? 그렇기라도 하다면, 주께서 내릴 하늘의 상이 크잖겠소이까? 허, 허, 헛," 말 줄을 바꾸기 위해서인 듯, 늙은네는 또 좀 쉬었다.

"공이나 늙은네나, 우리도 해볼 만큼은 열세를 해보았기에, 떠나 떠들어 온 것이 아니었댔소? 그랬기에 알게 된 것이지만, 방방곡곡 어디나 없이, 저 히브리 사람의 죽음의 소식이 전해져, 이천여 년간이나 사람들은, 그의 죽음을 뜯어먹고 살아오고 있다는 것이었구료. 그는 죽음으로써 그렇게, 모든 생명들의 젖, 영생의 젖, 황금과 유향과 몰약이었던 것이외다. 의상이나 신발에도 유행이 있듯이, 현자들의 입술이나 붓끝을 흐르는 지혜, 또는 진리라고 말되어지는 것에도 그런 것이 있음을, 늙은네도 알고 있소만, 그러나 그의 죽음에서 흐르는 영액(靈液)은, 한 번도 시어지거나 써져 본 적이 없었다고, 이 늙은네는 알고, 믿고 있소이다. 한 세계를 그 장중에 넣고, 굽어살피던 '가이사'까지도, 죽었을 땐, 그의 일상적 삶으로부터 그 시신이 옮겨, '역사' 속에 안치되었습네다만, 이 히브리 사람은, 죽었으므로 하여, '역사' 속에서, 우리들의 일상적 삶 속에로 섞여들기 시작한 것이외다. 이건 분명히, 우주적 경이입네다! 그렇다면, 그의 행적에는, 뭔가가, 이천여 년을 굳건히 버티고, 우리들 나약한 자들을 대신해, 우리들의 우주를 받칠 수 있는 그 뭔가가, 있었던 것이었을 거외다. 알다시피, 그의 행적을 기록한 책들에는, 아까 예 든 요한이 쓴 몇 구절을 제외한다면, 공들이 예찬하는 것과 같은 '철학적'이랄 내용도 별로 없었으며, 그러기 오래전부터, 다른 방언을 쓰는 현자들이 개척한 그 견지에서라면, 별로 새롭다고도 할 만한 소식도 별로 없던 것이 사실이기도 할 것입네다. 그럼에도 어떻게 되어서, 이 특정한 인물의 행적이, 만민의 심금을 울려, 새벽마다 울리는 종소리, 새벽의 소리가 되었는지, 그 까닭은 신비스럽기만 합네다. 이 촌로는 그것을 생각해보기에, 한 삶을 바친 셈입네다만, 그리고 조금 엿보게 된 것이 있다면, 이건 누구나 다 그렇게 알고 그렇게 믿는 그것, 보디사트바 행(行)이라는 그것이었소이다. 거기까지 닿기에, 늙은네 하나만은, 그렇게도 더뎠는데, 늙은네 해찰이 심했던 모양이었소이다. 늘 의심하여 등 돌리고, 울며 돌아오고, 돌아왔다가는 박차고 나가기를, 이 나이까지나 해온 것이었던 모양이외다. 헌데, 바로, 그것이었습데다! 카투린드리야와 판켄드리야 사이에 걸쳐진, 위험스럽기 짝 없는 '줄-다리'를 건너는 유정들을, 자기 품에 안아 대신 건네준 이가, 바로 저 히브리 사람이었던 것이외다. 그가, 중생의 어려운 짐을 다 짊어졌던 것이외다. 공이, 공의 '초인'을 위해 바친 언어를 감안하면, 늙은네가, 늙은네의 '인신'(人神)에 관해 이만큼쯤 말한다 해도, 공은 참으셔야 하리다. 헌데, 늙은네가, 히브리 사람을 말하려며, 여러 번씩이나, '보디사트바'[菩薩]라는 타방언(他方言)을 들춰내는 것이, 공에게도 조금은 수상쩍고, 생소할 듯도 싶으외다만, 이 한 무리의 거룩한 이들은, 천세 만세 전에 서원을 세워, 일체중생의 제도가 이뤄질 때까지는, 성불(成佛)치 않고 돌아와—성불이란 회로의 차단 같은 것이겠는가요? —'우산이 없어 비 맞는 중생을 만나면 그와 함께 비 맞아주기'(김사인 교수) 위해 고해 속으로 돌아온다는 이들, 거룩하고 거룩한 이들이 아니오니까? 만 번 땅에 몸을 던져, 경배를 바친다 해도 여전히 모자라겠습! 이빨이 물러나 더 이상 사냥을 할 수 없게 된, 배고픈 늙은 호랑이를 만나면, 자기의 어깨를 벗어 물려주기도 한다는 신보시뿐만 아니라 저들은, 산정에 거하면서도, '숨에다 법심(法心)을 묶어, 아랫녘 사는 이들의 고통, 아픔, 죄 등, 모든 부정한 기를 모아 들이쉬고, 그러자니 그 숨은 고름 빛이나 담뱃진 같은 흐린 기를 띠고 있을 수밖에 없겠소이다, 내쉴 때는, 그 모두를 자기 속에서 정화하여, 달빛도 같고, 우윳빛도 같은, 맑은 숨을, 골고루 골고루 퍼뜨린다'고도 합데다. 클, 클, 크르륵, 늙은네들의 닦지 않은 이똥 구린내만 나지 않는다면, 클클, 혼탁한 세상은, 그렇게 해서도 맑아질 일이겠더이다. 그들의, 무명중생에 대한 자비심은, 그렇게 두루 미치는 것이겠소이다. 분류해 말함은, 우매함의 소치겠소이다만, 저들은 법을 펴는 자들이기보다, 설해진 법을 실천하는 자들이래야겠는가요? 이런 말은 왜인가 하면, 저들 중에서도 어떤 이들은, 자기의 눈앞에서, 젖먹이 아이가, 마당을 질러, 모닥불인가, 깊이 판 우물인가, 아무튼 그런 위험을 향해 기어가고 있어도, 손 하나 내밀어 구하려 하지 안 했더라는 얘기(는, 미라레파의 전기[傳記]에 나오는 것)도 있어 하는 말이외다. 마는, 그 애 어미나, 동네 사람들의 힐문에 접했을 때, 그의 대답은 대략 이랬다는구료, 내가 저 아이 하나를 구하려 손을 내밀기로 한다면, 손이 억만이라도 부족할 것을, 이 세상은 전부 저 아이와 같은 이들로써 넘치거늘! 저런 대답이 시사하는 것은 많아서, 한두 마디로 요약할 수 있는 것은 아닐 것이외다만, 그리고 그 문제로 오백 생을 빌려다 밤을 꼴딱 새운다 해도, 여전히 남는 말은 석 섬도 고봉일 것이외다만, 그러므로 껑충 뛰어넘고 말하기로 하면, 보디사트바주의의 한계 같은 것이 짚어집네다. 하나의 알곡식도 결코 저버릴 수 없으되, 그 한 알 한 알을 주워 모으려다 보면 저 한들 가득한 곡식을 언제 다 수확하리오? 그럴 때 우리는, 깡마른 몸으로 십자가에 매달려, 찡그리고 있는 히브리 사람에게로 눈을 돌리게 됩네다. 그의 그 한 수난이, 한 우주의 원죄를 구속했다는 소문은, 어떤 종류의 감탄사로써도 충분히 표현해낼 수 없을 뿐이니 그냥 소박한 언어로, 이렇게 말합세다, 놀랍지 않소이까? 그렇다고 하여, 다른 보디사트바들의 행적에서, 나타난 그 결과가 크지 않다는 경우라도, 그들을 이 히브리 사람과 비교하여, 폄하하려 해서는 안 되겠지요. 중요한 것은, 결과도 결과겠으나, 그 발심, 그 법심, 그 자비심이 아니겠소이까? 저들은, 중생과 자기를 별개의 존재로 여긴 것이 아닌 것이었쇠다. 까닭에, 중생의 괴로움은 곧바로 그 자신들의 것이었던 것이었쇠다. 유마힐(Vimalakirti)이라는 거사는, 늘 병석에 누워 있는데, 병인은, 세상이 아픈데, 어찌 자기 혼자만 아프지 않을 수 있겠느냐, 는 것이었다 합데다. 신도 그래서, 공이 생각하는 것처럼, 인간을 노예 삼아, 자기의 즐거움만을 거둬드리는, 피둥피둥한 지주(地主) 같은 이는 아니며, 세상이 아플 때 자기도 아프며, 세상이 평온할 때, 자기의 평온함을 얻게 되는 자일 겝네다. 그리했기에, 그의 '독생자'까지, 저 고통의 와중에다 내려보냈을 것이었습네다. 물리적 국면에서, 그리고 신의 편에서 뒤집어본다면, 판켄드리야의 신은, 바로 이 인세 자체를, 그의 육신으로 해 입고 있다는 얘기를 할 수 있을 것이외다. 그렇다면, '신은 전지전능한 자'라는, 인간이 만들어낸 막연한 신성 신격을 들어, 어찌하여 이 세계를 한 번에 들어 올려 천국으로 만들지 않느냐는, 그럴싸하고도 소박한 의문이 없을 수도 없을 겝네다. 마는, 천국을 구현하거나, 해탈을 성취하는 것은, 각 유정들께 주어진 달마라는 믿음이 있다는 말밖에, 어떻게 달리 말할 수 있을지는 모르겠소이다. 그럴 것이, 늙은네는 이제 겨우, 판켄드리야의 관문을 통과하고 있을 뿐이어서, 그 너머의 일은 넘겨다볼 눈을 구비치 못하고 있기의 까닭이외다. 이런 정신은 그러므로 하여, 그 너머로 넘어간 이들의 신들메도 감당치 못한다는 고백이나 할 수 있을 뿐이외다. 그런 이들은 많았을 것이외다만, 가맜서봅시다, 늙은네는 지금 히브리 사람에 관해 말을 만들고 있는 중이 아니었쇠까, 그랬었소이다, 항(들숨)—솨(낼숨)—, 항—솨—, 그런 그를 두고, '우리'는, 이분법적 사유에 의해, 해석하고 주석 붙이기에 여념이 없이 이천여 년을 보냈소만, 허허허, 이러는 이 한 탄지경의 세월 동안, 이쪽의 문명은 이만큼이나 꽃피었소만, 늙은네 식의 이해를 고집하기로 하면, 그건, 그건 말이외다, 오류 위에서 핀 꽃이라는 것을 주장하지 않을 수가 없는데, 늙은네의, 이런 주장이 오류 위에서 이뤄진 것이리까?"

항—솨—, 항—솨—.

"재미있다고 해야 할 일은, '오류'가, 보다 더 풍성하고 탐스런 꽃을 피워내는 거름일 수 있다는 것이 아니겠소? 흐흐, 흣, 물질세계라는 밭은, 몸이라는 우마에 멍에를 메운 쟁기로, '말씀'이라는 일꾼이 하는 갈이[耕]에서, 더 많은 물질적 수확이 있다는 것은 알고 있소이다만, '오류'가 그 풍요의 거름이 된다는 것은, 살펴져서 살핀 것이지, 살필 수가 없었던 것이었구랴. 물질세계의 풍요는, 어찌 되었든, 이분법적 사고가 승할 때, 기대되는 것인 모양이외다. 이는, 판켄드리야의 발전사와 관계된 문제임에 분명함으로, 무학의 늙은네의 어눌한 혀로써는, 뭘 더 들어 말하려 하지 않는 게 권할 만한 일인 듯함으로, 그렇게 제안만 해두기로, 묻어두었으면 합네다만, 그럼에도 부연해둘 것이 있다면, 그런 풍요를 가능케 한 추진력 내지는 역동력은 '말씀'으로부터 얻어지는 것이나 아닌가, 한다는 그 점이외다. 이 말은, 판켄드리야가 만약, 우주의 모든 곳에서, 일찍부터 '마음의 우주'를 개벽해놓고 있었다는 경우에도, 오늘날 우리가 누리는 것 같은 물질적 부를 이룩해낼 수 있었을 것인가, 하는 것을 고려해볼 때, 저런 의견이 들더라는 그 말이외다. '마음의 우주'에서, 하향식(下向式)의 관법으로, 우주를 재려 한 데에 그의 오류, 위대한 오류가 있었을 것이오만, 용수보살이 이해한 물질은, 심지어 우리가 생명이라고 이르는 것까지도, 어떤 인연에 의해 일어난, 그러나 알맹이가 없는 허상 같은 것이라는 식인데, 사대(四大) 또한 공(空)에 의존하여, 비인 것이라는 식인데, 그래도 용수는, 그 사대의 일어남까지는 어떻게든 설명해보려 애쓴 흔적은 없잖아 있어 보이는데, 그러함에도 그 총괄적 결론이랄 것은, 색불이공(色不異空), 공즉시색(空卽是色)이라는 것이어서, '공' 쪽에서 보면 위대한 긍정도 같고, 그 반대편에서 보면 절대적 부정도 같아, 그저 알쏭달쏭하기만 한데, 이래가지고는 되어질 물사(物事)가 있을 수가 없을 터이외다. 이들의 생각을 약간 번안하거나 전와하기로 한다면, 세계란 갈마의 밭이며, 몸은 이 밭에 뿌리를 둔 맨드레이크(mandrake, man+dragon, mandragon)며, 말은, 이 '몸에 뿌리를 둔' 야르사-쿰부(yarsa-kumbu, Tbtn., 半草半蟲)라고 될 것인 듯합네다. '용수의 오류, 위대한 오류'란, 그는 세 번째 눈 뜨기를 좇아, 이왕에 있어 온, 다른 두 눈을 감아버린 데 있었을 것이외다. 그가 만약, 상향식(上向式) 관법에 좇아, 우주를 관하려 했더면, 세 번째 눈에 보이는 그 이전의 우주, 몸의 우주, 말씀의 우주의 실다움성도 절대로 환화(幻化)하려 하지는 안 했을 것이라는 얘긴 거외다. 이렇게, '몸'으로부터 시작해, '말'의 단계를 겪어, '마음'에 닿는 과정을 절실하게 관찰하였더라면, 옹색하기 이를 데 없는 중관론(中觀論) 따위를 펼 자리란 있는 것도 아니라고 알았을 터외다. 이런 견지에선, '중관론'도 일종의 이분법적 사고의 서자(庶子) 같은 것이나 아니겠나요? 이럴 땐, 늙은네는, 어떤 인연의 바람이 불다 만든 것이든, 용수의 연족(連足)을 끌어내려, 에켄드리야들이 서식하는 니전(泥田)에다 처박아 넣었으면 하는, 심술이 납데다그려. 그리하여, 드빈드리야, 트린드리야, 카투린드리야, 판켄드리야라는, 어려운 진화의 과정을 겪는다면, 몸의 우주는 그것대로, 그리고 말씀의 우주도 또한 그것대로, 진하디진한 실다움이라는 것을, 결코 부정하려 들지는 안 했을 것이라는 믿음이 있어, 낸 심술이외다. 모든 존재나 사물, 궁극적으로는 우주까지 그 실다움성을 잃는 것은, 마음의 우주에 닿아서라는 것을, 그나, 그의 아손들이 알았더면, 그들은, 어떻게도 서로 닿기가 어려운, 황소의 두 뿔에 비유될, '색/공'의 두 가지의 법설을 하지 안 했어도 좋았을 것이 아니었겠소? 그런즉슨, 마음의 우주의 '마음'이라는 마직보를, 몸이나 말씀의 우주에 덮어 씌우려기는, 결코 바람직한 것이 아닐 것이외다. 몸이 법종(法種)인 것을! 그것이 싹 틔워 꽃 피우면, 그것이 '말씀'인 것을! 그것이 '마음'이라는 열매를 맺는 것임을! 그리하여 마음은, 익은 민들레 대가리여서, 무장애의 바람에 불리어 가는 것임을! 알맹이가 없는 것은 '마음'이기 때문인 것! 그러므로 그것은 구속되지 않으며, 장애에 부딪히지 않고, 그러므로 그것은 우주 자체일 수도, 그것까지도 벗어나 버릴 수도 있는 것인 것을! '알맹이' 또는 '실다움'이란 그러므로 '몸'인 것을! 그것에 의해서만 유정은, 진화의 자리에 확고히 심겨 드는 것을! 바로 이 '실다움'을 통해서만, 유정은, 역설적이게도 알맹이 없는 '마음'에 닿는 것을! '몸'이야말로, 신들과 악마들이 맞서 싸우는 성스러운 전장(戰場) 쿠룩쉐트라(Kuruksétra, Skt.)인 것을!"

늙은네는, 이 대목에서 잠시 멈추고, 해를 올려다보며, 합장했다. 해는 정오 되는 데까지 바위를 밀어 올리고, 그 위에 턱 받치고 앉아, 잠시 땀을 식히고 있는 중이었다.

"'혼'(魂, Jiva)이라는 것이 있고, 그것은 '불멸'인데, '몸'을 좋아해, 흐르다가, 어떤 '아비―어미'가 배 붙이는 자리에 들어 몸을 입었다가, ―이런즉슨, '인구 증가'란 기대되는 것이 아닌 것이 아니겠소? ―망가지고 해지면, 그 입은 것을 벗어버린다고, 그래서 '생명'은 죽지 않는다고, 또는 죽을 수가 없다고, 판켄드리야들은 그렇게 믿어왔던 듯했소만, 하기야 한 생명이 죽어서도 죽지 않고, 무엇이 되어 어디로 되돌아'온다면', 또는 어디로 '간다면', 필멸의 몸 아닌, 다른 무엇의 상정은 필요했었을 터외다. 용수네서는 그것을, '갈마'라고 이해한 듯한데, 갈마론은, 갈마는 잘 설명함에 분명합데만, 그것 속에는 알맹이가 있는 듯하지 아니하여, 무엇이 잘 설명이 되지 못하는 고로, 밀종파 현자들은, 알맹이가 아닌 알맹이, 즉슨 어떤 지각자(知覺者) 같은 것을 상정하여, '염태'(念態)라고 이르는 듯합데다그려. 이것은 그러나 불멸성과는 같은 것이 아니라는 해설이 뒤쫓는갑습데다. 이 문제와 관련하여서는, 늙은네는, 밀종파 견해를 신봉하는, 그 파의 문하생이라고 자처하는 바이외다만, 늙은네는 그렇다고 이 견해를 (늙은네 식이지만,) 확대해 보려거나, 어쩌려는 의도를 갖고 있는 것은 아니외다. '몸과 혼'에 대해 우리 판켄드리야는 그러면, 옳은 관법을 가졌던 게 분명하리까? 늙은네는, 무엇에 휩싸이기를 좋아하는 추운 혼이, 몸을 입자 한 생명이 태어났다, 는 견해는, 꽤는 소박한 무속적 인지의 결과가 아닌가 하는데, 이렇게 망언을 지껄일 수 있는 것은, 늙은네의 생각엔, 혼도, 한 판켄드리야 속의, 우주적 가능성으로서의 신의 눈 뜨기와 같은 것의 하나로서, 불멸에의 인식을 통해, 오랜 잠을 떨치고 일어난 것일 것이라는 것이외다. 카투린드리야, 그리고 이전의 유정들은, 그러니까 이런 말은, 아직도 혼의 눈 뜸을 보지 못했다는 말이 될 터인데, 판켄드리야라도, 그 눈 뜬 혼을 잘 가꾸고 건사치를 않는다면, 카투린드리야, 또는 이전의 존재에로 소급해버릴 것이며, 그때 혼도 따라서 퇴화를 겪는다는 얘기도 만들 수 있을 거외다. 늙은네는 '혼' 대신 '지각자'를 상정하는 편에 선다는 얘기는 했소만, '인구 증가'는, 늙은네의 관견에는, 바로 이 지각자의 분열 현상에서 나타난 결과라는 믿음이 있습네다. 까닭에 우리는, 우리의 전생을 잘 기억하지 못하는 것이나 아닌가…… 그렇지 않고, 혼과 몸에 대한 이분법적 관찰을 고집하기로 하면, 세계는, 더도 덜고 말고, 이제껏 운영되어져 온 것과 똑같은 현상을 드러낼 게 분명하외다. 혼을 추출하려 하면, 인간으로부터 '짐승'이 남고, '거친 억새풀에서 부드러운 실을 뽑듯', 몸에서 혼만을 분리해내려 하면, 실 뽑히고 난 억새풀의 쓰레기들만 남는 것을 보게 될 것인데, 그 어느 쪽도 바랄 만하지는 않을 것이외다. 몸이 혼에 대해 승하면, 거기 땅에서 나타난 '짐승의 대왕'이 권세의 혼을 쥐고 있게 되고, 혼이 몸에 대해 승하면, 궁핍의 낫을 든 죽음의 기사가 나타나, 몸들을 쓰러 눕힐 터이외다. 대립적, 이분법적 사고가 분만한, 이 두 괴물의 균형 잡기는, 여간만 어려울 것이 아닐 것이외다. 그럼에도 사람들은, 물질의 풍요가 주는 꿈이, 혼에 대해서 어떻게나 심한 독이든, 그 맛에 한 번 취하면, 혼까지도 팔아치우는 일을 서슴지 않고 하는데, 그 반대편에서는, 그편대로, 아직 오지 않은 미래의 복락을 위해, 일단 주어진 삶으로부터 누려야 되는, 그 삶의 은총을 소홀히 하게 되는 수도 있을 수 있잖을까요? 반드시 성공적이었다고는 결코 말할 수는 없으되, 그럼에도 이 균형을 유지해보려 한 것이, 오류가 범해져 있든 어쨌든, '말씀'의 교의였다는 믿음이 있는데, 그것까지도 이제는, 저 짐승의 대왕의 목구멍 속으로 거의 다 빨려들어, 꼬리만 부르르 부르르 떨고 있어 보입네다."

늙은네는, 세상의 모든 근심을 한 몸에 앓고 있기라도 하는 듯이, 깊은 한숨을 쉬었다.

"말씀의 우주가, 황폐에 당하고 있소이다! 그것뿐만도 아니고, 마음의 우주까지도, 쳐든 무(巫)-아수라들에 의해 아수라장이 되어 있어 보이는데, '물질의 대왕 에켄드리야'가, 저것들을 빨아 삼켜 들이고 있는 거외다."

늙은네는, 거듭 한숨을 쉬었다.

"말씀의 우주의 황폐는, 어떤 어부왕(漁夫王)의 근에 창병이 들자 그의 왕국이 황폐에 당했다는, 그 '어부왕 전설'이 떠오르네이다. 동약비방(東藥秘方)이랄 것 하나를 빌려서 얘깁네다만, 약이라 해도, 그것을 복용해 선약이 되는 체질이 있으며, 독약이 되는 체질이 있다는데, 그건 동의할 만한 약법(藥法)이더군요. 마찬가지로, 세계의 이해를 위한 한 방법으로서의 이분법적 사고도, 그런 약에 비유될 듯하외다. 늙은네의 믿음엔, 그것은 물질(몸)세계의 이해의 척도인데 잘못 쓰여지기에 의해 어부왕의 근에 든 창병처럼, 말씀의 우주의 불모를 부른 것으로 여겨집네다. 그러면 말씀의 우주의 척도는 무엇이나 될지, 그것이 궁금해집네다만, 이 꿧은, '마음'이 넘나들고, 동시에 '몸'이 뿌리를 확장하는 자리여서, 선척(禪尺)이랄 것에서 그 눈금을 읽어보는 수밖에 없겠소이다. '산이 산으로도, 강도 강으로도 보이지 않는다'는, 그 일점이겠구료. 니그레도와, 루베도 사이의 알베도—판켄드리야만의 우주, —까닭에 이 일점은, 가장 어기차며, 가장 법은에 넘치는 자리거나, 저주라는 창병이 창궐하는 자리이기도 할 것이외다. 비유로 말하면 이 일점은, 한쪽 접시에는 '마음'이라는 백마노를 얹고, 다른 접시에는 '몸'이라는 흑마노를 얹는, 천평칭의 가운데 기둥이거나, 천평칭 그 자체라고도 할 수 있을 것이외다. 바랄 것은 그런즉 '균형'뿐일 것인데, 그럼에도 근년에 이 저울이, 너무 많이 흑마노 쪽으로 기울고 있어, 그게 두렵소이다. 이 균형이랄 게 바로 잡힐 때, 말씀의 우주는 불모를 극복함에 분명한데, 이 불균형은 사실, 그 시발점에서부터 이미 준비되어 있었다는 것이, 촌로의 관견이외다. '변증법'이라고도 이르는, 역사의 흥망성쇠는, 이런 기울기, 균형 잡으려 하기—라는 말은, 균형이란 좀체로 잡히지 않거나, 불가능한 것일지도 모른다는 얘긴데—다시 기울기 같은 것이나 아니겠나요? 듣기로는, 애굽이라는 고장에 있었던 종교는, 삼천여 년을 존속해오며, 그 고장 중생의 지주가 되어왔더라고 했는데, 어느 때부터였든, 흐지부지 이 땅 위에서 사라져버렸다고 이르는 것은—아으, 그 신들의 궤멸임을! —종교도 영고성쇠에 당하는 것인 모양이외다. 그런즉, 저 애굽인들은, 헛된 진리에 영혼을 팔아 치웠던 것이리까? 에캄 사트비프라 바후다 반단티(사트는 하나라도, 많은 것은 이름이다)! 헌데 한 종교의 나이로 이천 년은, 비록 시간의 개념이 달라졌다 해도, 노쇠해 누울 나이는 아니므로, 비록 그것이 침중한 병에 당해 사경을 헤맨다 해도, 문제는, 그것을 쾌치할 약 처방인 듯하외다. 늙은네 생각에는 그런데, 아직도 젊은 이 한 종교(기독교)를 빈사 상태에까지 이르게 한 것은, 다른 누구도 말고, 그 종교의 설교자들이나 아닌가 하고, 첫손가락을 뻗쳐 가리키게 됩네다. 주지하는 바와 같이, 그중의 일군의 사제들은, 여리고 사막에서 고행하고 있었을 때, 히브리 사람이 치러야 했던 세 가지의 시험을 두고, 그때 그는 그것을 물리쳤기 대신에 수락했어야 한다고 믿어, 자기네들이라도 그 (사탄의) 제안을 받아들이기로 하여, 세를 확장했다기도 합네다만, 그렇게 하는 것이, 가난에 핍박받는, 어린 중생을 구원한다고, 그런 대의를 앞내세웠던 모양 아니었겠소? 저들은 아마도, 땅의 일은 잘 이해하고 있었던 듯했으나, 하늘의 일을 두고는 별로 관심도 없었던 듯하여, 악마의 시험, 내지는 내건 조건을 수락하기로써, 악마께 부복했던 것이겠소이다. 그 결과는 어떠했을지, 그것을 위해서는, 몸의 역사를 들여다보는 수밖에 없을 터이외다. 늙은네가 지적했던 바의 그 '오류'가, 몸을 비대하게 한 반면, 그 머리는 최소한도로 축소하게 한 결과일 것입네다. '자기 부정'이라는, 험한 천로(天路) 걷기에 신은 쇠 신발을 벗어 버리기로 한다면, 이제까지 진리라고, 또는 정의라고, 지고한 아름다움이라고, 믿었던 것과, 악마주의와의 사이의 차이를 잃게 되는 것이, 이분법적 사고에 일어나는 사고(事故)일 겝네다. 그래서 사람들은, 천국까지도, 물질주의를 저변한, 극한적 쾌락의 장소라는 개념으로 꿈꿔냅네다. 그러나 늙은네의 작은 견문을 통해 눈치챈 것은, 성공적, 우주적 지선의 종교는, '자기 부정'을 우선적 조건으로 한다는 것이외다. 그것이, 저 히브리 사람이, 땅을 위해서는 없어서는 안 되는 가장 값진 선물이라고 여겨지는 조건들을 들이대고 악마가, 자기 앞에 부복하기를 종용했을 때, (히브리 사람이) 수락하는 대신 거절해버렸던, 전부의 뜻이었던 것입네다. '자기 부정' — 그것이 없이 유정의 진화는, 최선의 경우 제자리걸음일 터이며, 최악의 경우는, 시발점에로의 소급 역행의 결과를 부를 터입네다. '자기 부정'을 통해, 짐승을 극복한 '초인'은, 완성된 인간이라고 부를 것이라도, '자아를 고집하기'로 성취될 초인은, —그것이 가능하기나 한지는 의문이외다만—반쯤만 짐승을 벗어, 아래쪽은 여전히 양각(羊脚)을 달고 있는, 나름대로는 초력적인 사티로스나 판과 다름이 없을 터외다. 이는 나중에 신격을 입어, 디오니소스로 불리거나, 그의 추종자가 되었던 것으로 알고 있습네다만, 이런 초인은 그러므로 해서 아수라적이랄 것입네다."

항—솨—, 항—솨—.

"말씀의 우주의 황폐를 부른 이들은, 물론 저들뿐만은 아닐 것이며, 꼽아보려 하면, 발가락까지도 빗내 써도 모자랄 터이지만, 그 모두, 생각 있는 이라면, 누구나 쉽게 짚어낼 수 있는 것들이 아니오니까? 그런 일로는 그러므로, 촌로의, 별로 쓰잘 데도 없는 것이라도, 눈썹을 아끼려 해야겠구료. 어쨌든 이런 처지에 이르러서는, 이제도 늦은 것은 아닐 것인즉, 이제는 그러면, 그 교의의 주축처럼 되어온, 신과 인간, 신과 악마, 인간과 악마라는 투의, 그 대립적 이분법적 해석이나 사고방식 따위를 두고, 반성을 해보아야 될 때에 온 듯한데, 그렇게 하기로써, 저 특정한 히브리 사람이 이해했던, 그 참뜻에 닿을 것이기 때문이외다. 그러려 들자 그런데, 한 이상한 혼돈이 야기되는 것을 보게 되는데, 몸의 우주의 붉은 용, 물질주의의 대왕 짐승이, 일전의 도전이나, 야반의 기습도 없이, 제물에 퇴진을 하느라 일으키는 말발굽 소리와, 흙먼지의 까닭일 터이외다. 아수라들의 참패! 그 부정적 파괴적 욕망 또한, 어디 다른 곳에서 쳐든 것들은 아니었던 것이 아니외까? 지옥이란 그리고, 그런 부정적 욕망이 성육신하는 자궁일 터인데, 그것 또한 살의 밖에 있던 것도 아니잖소이까? 살이 지옥 자체임을! 그리고서야, 판켄드리야의 다음 단계에로의 도약이 도모되고 가능해질 것인데, 판켄드리야에 도달하기까지의 진화를 물리적 진화라고 이를 수 있다면, 이후의 그것은 화학적 진화라고 이를 수 있겠소이까. 이 단계에 이르면, 히브리 사람의 십자가상의 수난의 의미까지도 바래져, 심지어는 시학(詩學)스럽게라도 의미를 지니고 있어 보이지 않게 되는 것을 보게도 되더이다. 이를 관한 이들 중의 어떤 이는 그래서, '그는, 필멸할 육신 속의 불멸의 상징'이라는 식으로, 그의 실의(實衣)를 벗기는 대신 환의(幻衣)를 입히기도, 또 어떤 이는, '메시아' 대신 '사표'(師表)로 그의 인격을 바꾸기도 합데만, '사표'랄 때는 행적만 확대되어, 종교적 악력(握力)이랄 게 충분치 못해, 사람은커녕, 어항 속의 붕어 한 마리도 쥐어내기가 어려운 어부밖에 못 될 터입네다. 그런즉슨, 그것이 이 종교의 종언이겠소이까? 보다는, 새로운, 보다 더 어기찬 시작이라얄 것으로 여겨집네다. 이웃들이 그렇게 축적여싸서, 망치며 톱, 대패 등, 모든 연장 다 팔아 배 사서는, 어부가 된, 전업 목수께, 집 짓기에 다시 돌아오게 해얄 것이 아니겠소이까? 마음이라는 터전에다 그는, 말씀의 우주를 창건한 목수였었다는 얘기는, 수도 없이 반복했소이다만, 흐흐흐, 고기잡이에 나선 목수(木手)! 어부—목수란 말입지!"

항—솨—, 항—솨—.

"붓다[佛陀]란, 궁극의 실다움을 깨달아, 다하여 남음이 없음의 상태까지 진화를 성취한 정신을 이르는 것이라면, —그래서 그런 정신은, 더 이상 판켄드리야라고 이르지 않고, 붓다라고 이를 터입네다—이때의 이 붓다는, 어떤 특정한 교의가 차용해 전용하는, 그 붓다로써만 범위를 좁혀 이해할 필요나 까닭은 없는 것이 아니겠소이까? 이런 전제가 수용될 것이라면, 늙은네의 신념엔, 저 히브리 사람도, 붓다였던 것이었소. 듣자니, 연화존자(Padmasambhava)라는 붓다는, 그곳에 가서, 그곳의 고해에 허덕이는 중생의 무명을 깨우치고저, 정토나 적멸에 드는 대신, 경(經)을 짊어지고, '귀계'(鬼界)로 갔다는 후문도 있고, —이 의미에선 이 붓다도 보디사트바였던 거외다—또, 유리(羑里)라든가 어디 촌구석의 '제 팔조 촌장'이라든가 하는 이는, 또한 그곳의 유정들께 법을 베풀려 하여, 아예 인신(人身) 입어 태어나기까지도 거부하고, 그 자신 균(菌)이 되어, 균세(菌世)로 곧장 들어갔다는 풍문도 있습데다, 그려. 그와 마찬가지로, '말씀'도 그렇게 성육신하여, '인세'로 온 것이었을 거외다—하나 주목해주실 것은, 이런 식으로 하는 얘기는, 저런 정신들이, 어디 '밖'으로부터서, 예를 들면, 달마보디가 천축에서, 또는 서에서, 중원으로,

또는 동으로 온 것과 같이, 온 이들이라는 뜻을, 모르는 새 드러내고도 있어 보여, 새로운 오류를 하나 더 쌓아 올리는 것처럼도 들릴 것이로되, 허긴 물론 선지자들이 외치는 소리와, 듣는 귀들은 다른 것이 사실일 거외다, 마는, 그런 선지자들의 음성이, 듣는 귀들 속에서 무엇을 깨워 일으킨다면, 그 불을 일으키는 것은, 그 심정들 속의 샐러맨더의 눈 뜨기에 의해서일 것입네다. 소의 귀에 대고 하는 독경을 살펴보면, 늙은네가 무슨 말을 하려 애쓰는지, 대번에 짐작하시리다. 이런 것이 고려되어진다면, 늙은네로서는, 해오던 얘기의 투를 계속할 수 있겠소이다—그래서 히브리 사람은, 말씀의 우주, 판켄드리아야의 보디사트바였으며, 붓다였던 이, 법을 내품하고 와, 그 세계에 알맞는 법을 펴, 그곳의 유정께 죽음의 극복에의 희망을 주었던 자였던 것이외다. 인간은, 인간의 극복이 아니라, 죽음의 극복에 의해, 범의적(凡意的) 의미의 초인, 또는 월인(越人)을 성취하는 것일 거외다."

항—솨—, 항—솨—.

"이제는 그러면, 저 고통의, 형벌의 십자가에서, 그 보디사트바를 뫼셔 내려, 불좌(佛座)에 뫼셔야 할 때가 아닌가, 늙은네는 그렇게 느끼고 있소이다. 그 십자가에서, 그 보디사트바가 흘린 보혈로, 어부왕의 황폐했던 땅이 풍요를 되찾았으나, 노예의 땅을 벗어나 홍해를 건넜으므로 하여, 자유를 찾게 되었다고 믿게 되자마자, 모세의 백성들이, 금으로 만든 소의 우상을 예배하려 했기처럼, 이 시절의 백성도, 그 풍요 위에서, 물질의 대왕—에켄드리아야를 예배키 시작한 것이외다. '신은 변증법적 존재'라면, 이 시절에 걸맞은 신은 분명히, 보디사트바적 자비를 실행하는 자, 다시 말하면, 중생의 짐을 대신 짐 져주는 자이기보다, 그 짐보따리를 풀어 헤쳐, 각자 각자께 되돌려줘, 그들 자신들의 짐은 자신들로 하여금 짊어지게 하는 자, 붓다적 불인(不仁)주의를 드러내는 자인 듯하외다. (그럼에도, 이 늙은네처럼, 그를 보디사트바라고 알아 믿고, 그에게 짐을 의탁해버린 이들의 짐까지도, 그가 거부하지는 않을 것이라는, 신념은 있소이다) '붓다적 불인주의'란, 매우 강한 수사학적 주먹질이겠소만, 왜 그런 주먹질이 행해져야 되는지를 아는 이들께는, 주석이란 사족 같은 것일 게며, 모르는 이들께는, 세 치 혀를 삼천 치나 되게 늘린다 해도, 여전히 우이독경일 뿐일 거외다. 그럴 때는, 함구밖에 더 할 일도 없을세다.”

말하다 말고 늙은네는, 해를 올려다보고, 해는 늙은네를 내려다보고, (늙은네는) 자라투스트라를 건너다보고, 자라투스트라는 늙은네를 건너다보고 했다.

“인세에로 경을 품고 온 붓다는, —이란, 순전히 수사학일 뿐이외다—그곳의 원망(願望)과 고통이 무엇인지를 살펴, 알아, 먼저 보디사트바의 얼굴을 드러내 보였을 터외다. 다른 보디사트바들과 달리, —그중에는 물론, 신의 가현도 있을 것이외다만, 그들은 혈통을 신족보에 두고 있어, 이 자리에 편입시킬 수는 없을 것이외다—이 ‘사람, 사람의 아들’은 그리하여, 신앙과 예배의 대상이 되기 시작하는데, 그는 일찍이, 손에 쥐어졌을 수도 있는, 세상의 온갖 재부나 권세도 다 거부해버리고, 백수건달이가 되어, 안식일 같은 때도, 고픈 창자 탓에 생 밀알이나 까먹었던 사람, 사람을 사람이 신앙하고 예배하기라는, 사뭇 이상한 종속(宗俗), 인신(人神)숭배속이 생겨난 것이고, 그것은 그리하여 ‘황제숭배속’ 따위와도 절대로 같지 않은, 참면목을 갖춘 종교에로 발전을 보아온 것은, 주지하는 바대로입네다.”

항—솨—, 항—솨—.

“……이런 무학의 촌로가, 나름대로는 몸·말·맘을 바쳐, 무엇인가, 또는 누구인가를 사모해온 일을 두고도, 수도(修道)라고 하기에는 많이 부끄럽소만, 예의 저 ‘인신숭배’라는 문제는, 그래요, 지금이라면 솔직히 말할 수 있겠소이다, ‘나도 또한 인간’이라는 교만 탓에, 그 아집을 허물기가 어려워, 많이 괴로웠었소이다. 많이 방황했으며, 많이 울기도 했으며, 틈만 나면 부인하고 들었던 것이었쇠다. 그 한철이, 이 늙은이께 주어졌던 ‘여리고 사막의 사십 일’이었던 모양이었소이다. 신은 있는가 없는가? 왜 무엇을 신앙해야 하는가? 라는 따위, 수많은 의혹의 문제가 이러면 운위되어져야 할 듯하외다만, 이제 그런 것들까지도, 이 늙은네께는 별로 뜻이 없어 보일 뿐이기만 하니, 그런 문제는, 그런 문제가 절실하다고 여기는 이들께 남겨두기로 하렵네다. 어찌 되었든, 이 한 어중간한 수도꾼이, 존경과 선망으로 건너다보았던, 당시의 도반들은, 보여졌기에, 우주적 진리랄 것을 궁구하는, 그런 대의에 몲을 바치고 있다고 하며, 스스로는 속물복합증과 왜소감에 시달렸더랬구료. 배고픔이 싫었었고 이 사미는, 천대받기가 아팠으며 이 사미는, 게을러 노동이 싫었을 뿐만 아니라 이 사미는, 우주적 진리란 바다나 같아서 어느 끝을 잡아 들어 올릴지를 아무리 해도 모르겠을 뿐이었는데 이 사미는, 어쩌다 스치게 되는 옌네들의 몸냄새를 열흘이 가도 떨치지를 못해, 하초에로 내리려는 손을 윗목에로 뻗고, 땀만 뻘뻘 흘리며 밤새우기를 수도 없이 해왔던 것이외다, 이 사미는—. 그럴 때로 그 사미에게는, 십자가에 못 박혀 매달려, 무섭게 아파하는 히브리 사람의, 그 추악하게 일그러진 얼굴밖에, 그의 다른 얼굴은 볼 수가 없었소이다. 그 일그러진 추악한 얼굴—, 그것이 그런데 위로가 된다는 것을, 어떤 때 알게 되었더랬는데, 그, 글쎄 말이외다, 어떤 특정한 한 사람이, 다른 보통의 한 사람의 괴로움을 대신하고 있더라는, 믿음이 들더라 말이외다. 그러자니 많은 생각이 해일이 되었다가, 뻘만 남겼다가 하기를 수도 없이 반복 계속되었는데, 그 젊은 도류(道流) 하나는 그렇게, 그 조수에 떠밀려 해변에 닿았다가, 떠밀려 갔으나, 닿은 곳은 언제든 차안 모래톱이었구랴. 그렇게 빼마르고 늙어가며, 마멸을 겪어, 모래가 되어가던 어느 날 그런데, 차안 담벽에 부딪쳐 일어났던 수포가 스러지며, 바다가 되는 것을 보았구료. '마멸'되어간다는 그 사미는 그런데 아집(我執)이라는 장력(張力)에 의해 굳어진, 한 수은 방울 같은 것은 아니었는가?"

(이런 자리에 이르면, 이라는 말은, 판소리 한마당이 어우러지는 자리에 당해서라는 말인데, 고수[鼓手]가 선취복장 북의 배통 한 번 쿵 두드리고, 후취덜미 뼈대를 쳐 뚝 딱, 엘시구 잘이 흔다, 사잇소리 좇 밀어 넣듯이, 패관자도 물었던 장죽을 뽑고, 진 찌든 누런 침 뱉어, '그리고 늙은네가 한숨을 쉬었다'든지, '해를 올려다보았다'든지, '항-솨-'라고, 심호흡을 했다든지, 때 낀 손톱으로 이똥을 긁어냈다든지, —늙다리들의 말하기란, 없는 이빨에서 이똥 긁어내기 같은 그런 것이 아니겠는가—아니면 북북 불알 밑을 긁었다든지—늙다리들의 말하기의 내용이란, 써먹지도 못할 불알 같은 것이 아니겠는가, —또는, 끄르륵이는 가래를 뱉었는데, 색깔은 어땠으며, 농도는 어쨌는데, 턱에 질질이 묻었다든지, 아니면 신통하게도 자가웃 거리는 튀어 나가 흙에 버

무려져 고물 떡이 되었는데, 그 흙 밑의 개미귀신 한 마리가 낮잠 자다 날벼락을 맞고, 이 씨부랄 누무 늙은탱이, 지옥에 빠져 피를 빨리고 싶어 환장을 했댜 어쨌댜? 하고 눈을 희게 떠 부라린다, 라든, 에잇 쏵하다, 쏵해! 돌[咄], 소설[小說] 하기의 잡[雜] 스러움! '그리고 늙은네는 다시 이어 이렇게 말했[도] 다' 그 사잇소리를 넣어야 할 차례인 것. 그리고 다시 장죽 물고, 뒷전으로 물러나, 귀만 불 켜 내걸고 졸민시나, 지루한 시간을 건너뛰어야 되는 것. 제길헐, 곁보리 서 말만 있어도, 뉘 있어 패관살이에 나서겠느냐고, 어느묵 손이 있어 입을 열 양이면, 이 패관꾼 성을 발끈 내고시나, 일어나, 그누묵 손의 입을 찢으려 덤빌 터인데, 이눔아, 요런 이약도 나종에는 금이며 옥문이며 개고기하고도 바뀌는 겨! 그런즉슨 갖다가시나, 일러설랑 말하믄, 패관은 입에서 금싸라기를 불어내는 종내기라는 겨. 아니면, 사흘 굶은 개까지도 코만 흠흠거리고, 먹으려 잖는 패관의 설사를, 금하고 바꿔, 게걸거리는 귀를 채우려는 가납사니들이야말로, 대가리보다 금이 많든지…… 말이 많도다. 뒈진 좆맹이, 패관꾼은 좀 가만히 자빠져 있으라고시나!)

"'인신'(人神) 얘기를 내비쳤드랬잖소?……, 늙은네의 소견에는 그런데, '초인'에도 두 종류쯤이 있듯이, '인신'도, 대별하면, 두 종류가 있어 보입데다. 초인에 관해서라면, 하나는 공으로부터, 다른 하나는 타공(他公, C. G. 융)으로부터 빌린 의견을, 허허, 그것도 다른 이도 아닌 공을 상대로 말해보기로 하면, 공의 것은, '대지의 뜻'으로서, '인간이란 초극되어져야 할 어떤 것', 즉 초월을 성취한 인간, '권력에의 의지의 구현자, 영겁회귀 사상의 실천자'라고 집약되는, 초인으로 이해되는데, —만약 늙은네가 곡해하고 있다면, 공께서는 친절하게, 지금 바로잡아주시구료—이는, 짐승들이 교미한 자리에서 흘린, 짐승의 정수 받아 땅이 피워낸 난(蘭) 꽃이기만 싶더이다. 타공의 것은, '어떤 초월적 힘이 인간에게 강림하면, 그 초월자가 인간의 한계로 끌어 내려지는 것이 아니라, 그 인간이 끌어 올려져, 인간의 한계를 벗어난다'라는, 아마 대개 그런 투로 요약되는 초인일 터외다. 비유로는, '(태우지는 않는 불이) 가시떨기나무에 훨훨 타는 불' 같은 것으로 보입네다. 늙은네의 졸견엔, 전자는, 당찬 저항과 투쟁에 의해서만 성취된다는 의미에서, 문화적, 또는 인공적 초인이라고 명명하는 것이 가능하다면, 후자는, 사체(死體)에 쳐든 좀비(Zombi)처럼, 타의(他意)의 강림에서 드러난 것이어서, (앞서 '문화'라는 단어를 썼으므로 하여,) 자연적 초인이라고 부를 수도 있는 것이나 아닌가 하외다. 두 초인의 다름은, 먼저 저것이기도 하겠으나, 문화적 초인은, 시작은 이분법적 사유를 빌려, 한쪽을 극복하기에 의해, 이분법적 관법을 벗어나고 있음에 반하여, 자연적 그것은, 바로 저 이분법적, 대립적 사고를 모태로 하여 태어난 것이, 차이점일 것으로 사료됩네다. 늙은네가 듣기론, 공의 초인은, 공의 고향 호수를 동쪽으로 건너게 되는 고장엔, 즐비하게 많다고 합데다. 무수히 그 이름을 들먹였소이다만, '아수라'라는 이름의, 대지와 천공 사이의 시메리아 족들—이 자리에 '천공'이, 대적 개념으로 등장해 있음은, 일견 곡해의 소산인 듯하외다만, 그건 의도적이어서, 모르고 범한 오류는 아니라는 것까지만 말해두기로 합세다—타공의 초인은, 말씀드린 바대로, 대립적 사고의 자식이어서, 비록 어떤 초월적 힘에 의해 끌어 올려졌다 해도, 그 정신은, 판켄드리야를 넘어선 것으로는 보이지 않으며, 오히려 '끌어 올려지기'가 '내려지기'여서, 거기서 '무'(巫)가 일어나 있어 보입네다. 이 '무'는, 늙은네의 졸견엔, 그것 자체로는 하나의 '루베도', 또는 '현자의 돌' 같은 것임에도, '자연'이라는 추를 무겁게 달고 하강·몰락한 데서 일어난 것이어서, '들어 올려지기'—'상승'이, '내려지기'—'하강'이라고 이른 것이었습네다. 이는, 장황하리만큼, 많은 말을 허비하고서라야, 그 말의 쭉정이 속에서, 몇 알갱이 요절미를 주워낼 수 있을 종류의 것인 듯함으로, 피해가기로 해야겠소이다. 뭣을 말하려 하다, 저것도 짚고 넘어야 했는가 하면, '두 종류쯤의 인신'에 관한 것이 아니었댔소? 그것을 말하기 위해서 늙은네는, '떨기나무에 타는 불'(「출애굽기」, 3: 2 ~ 3)의 비유를 빌리려 합네다만, 왜냐하면, 그 성격상 양자는 구분되되, 그 형태상에 있어서는 비슷해 보이기의 까닭입네다. 한 종류의 인신은, 어떤 특정한 한 엔네의 자궁을, 떨기나무 삼아, 어떤 초력적 의지가 타오르는 경우며, —이것도 '좀비의 쳐듦'과 비슷하지만, 좀비는, (그 몸을 빌리기 위해) 비어진 자리로 드는 것으로 알고 있소이다만, 이 경우는 저 어떤 현기(玄氣, 하늘색)가, 그 자궁에 들어, 자기를 태어나게 한다는 의미에서 같지 않은 듯하외다—다른 하나는, 당대 이전, 그 이전의 삶까지도 포함한 삶에서, 쌓여온 앙금, 민중의 어떤 염원을 떨기나무로, 그 염원 속에서 일어난 황기(黃氣, 땅 색깔)의 타오름으로 여겨집네다. 저 민중의 쌓여져 온 염원은, 그것이 무엇이든, 어떤 집단적 '소명'을 이루고, 그 소명에서 황기가 일어났을 것은, 어렵잖게 짐작되오이다. '현기의 가현'은, 이 우주에 극난한 일이 있을 때마다, 그것을 타개키 위하여 있게 된다는 것입네다. 그러니까 이 인신은, 예정된 시기에, 예정된 고장의 예정된 모태를 빌려 태어난, 예정된 자이던 거외다. 그리고 그는, 무수히 간난신고를 겪되, 예정된 승리를 거두는 것입네다. 동화(童話)가 '운명론'을 기초로 하고 있듯이, 이런 현기의 가현도, 그 띠[帶, 달마]는, '운명론'이어서, '악'이라고 이르는 것까지도 사실은, 선(善), 부정적 선에 다름 아니던 것이외다. 어쩌면 그래서, 이 부정적 선이, 한 우주를 당차게 떠받치고 있다는 생각까지도 일으키게 합네다. 마는, 이 또한 장황해질 얘긴 것. 이에 반해, 현기의 가현이나, 유정의 환생의 교의의 발전을 못 본 고장에서도, 인신이 나타났다는 기쁜 소식이 있어, 이천여 년이 흐르고 있소이다. 바로 이 인신을, 공은 타도하려 하며, 늙은네는 부복하여 신앙하려 하고 있는데, 바로 이 인신도, 그들의 경전 기사를 액면 그대로 따르기로 한다면, '예정설'을 주축으로 하여, 어머니 되는 '동정녀'가, '성령'의 내방을 받아, 수태되었다, 태어난 '어린 양'이라고 알려져 있습네다. 마는, 늙은네의 우견엔, 그 수태설엔 시상(時相)에 차질이 있었던 것이나 아닌가 하고, 머리를 긁적인 일이 여러 번이나 있었소이다. 당시엔, 결혼식을 올리지 않은 여자는 모두, —아프로디테 신전의 창기들도 그러했다잖소이까? —처녀라고 일렀다 하는데, 그렇다는즉슨, '동정녀'라는 것에 무슨 그리 큰 의미가 있는지는 모르겠소이다. 그래서 그런 의견도 나왔을 것이지, 것인데, 그래서 어떤 해박한 이들은, '동정녀'란, 아직 아무것도 창조되기 이전의, 궁창이 나뉘기 전의 상태, 라고까지 소급, 확대키에도 이른 것을 알고 있소이다. 그건 우주적 상상력이어서, 그저 감복할 뿐이외다. 헌데, 근래 어떤 석학들이, 예의 저 경전을 연구하고 조사하여 꾸며낸, 보고서랄 것에 접해볼 기회를 가졌었는데, 그것에 의하면, 예의 저 특정한 히브리 사람-인신은, 로마 병의 백부장 중에 판테루스(Pantherus)* 라는 이가 있었던바, 바로 그의 아들이었다는 소문이 있는가 하면, 또 알렉산

드리아라는 지방에 있던 풍문을 따르면, 그는 그의 어머니와 (그녀의) 오빠와의 근친상간에서 태어났다고도 하는데, 이런 소문들은, '동정녀' 신화랄 것에, 여간만 흠이 가는 것은 아니겠지요. 아으 늙은네도 과연, 그로부터 성의(聖衣)를 벗겨내, 그것을 차지하기 위한 제비뽑기를 하고 있는 것이리까?"

늙은네는, 스스로가 불쾌한 듯 얼굴을 찡그렸으나, 곧 다시 미소를 찾았다.

"이건, 예의 저 두 번째 초인론을 편 그이의 해박한 의견의 하나를 또 빌려 쓰는 얘기이외다만, 호동의 영웅은, 혈통이나 가문이 뛰어난 모태를 빌려 태어나며, 허기야 전생(前生)이라는 게 있다면, 그건 당연지사가 아니겠소이까, 호서의 그들은, 비천한 탄생을 겪는다는데, 그러므로 하여, 치러내야 되는 고역이 시작된다는 것일 거외다. 우리의 영웅, 아니 이 늙은네의 영웅도 그래서, 그 탄생의 전설이 비천하고 비참한 것은 주지하는 바대로입네다. 우선, 육신적으로는, 그런 자궁에서 태어났다는 얘긴 것이겠쇠다. 이러고 보면 늙은네는, 그를 두고 두 개의 자궁, 또는 중첩 자궁에 관해서 말이 하고 싶은 것이겠소이까? 기억하시겠소만, 까닭에 늙은네가 아까, '민중의 염원'이라는 자궁을 들어 말했었습네다만, 그런즉슨, 이 '민중의 염원'이란 무엇이나 되겠소이까? 거 뭘 말하려 하여, 공의 것이나, 늙은네의 것이나, 우두둑우두둑 눈썹을 뽑아, 아무리 무섭게 타올라도 속은 비어 있는, 불의 아가리에다 던져 넣을 필요는 없겠지요? '이뤄졌으면 하는 것들', 그것이 무엇들이든 간에, 풍요든, 권력이든, 새끼 많이 거느리게 되기든, (염원의 보석이라고도 이르는) 여우 보지든, 영혼의 구제든, 아무튼 무엇이든, 그것들이 이뤄지고 있지 않을 때, 앙금 되는 것이 '염원' 아니던가 말입습지? 그것들은 그 종류가 얼마나 많든 그러나, 간추리고 나누다 보면, 대략 두 묶음 정도로 헤아려질 것은 뻔하잖소? 하나는 땅에 배꼽 줄을 잇고, 다른 하나는 하늘의 똥구멍에다 입술을 대고 있는 것일 것, 것인

* 다른 설엔, 사타다(Satada, 성모 마리아)의 남편은, 포포스-벤-요하단(Popos-ben-Johadan)이었으나, 판데라(Pandera)라는 정부와의 사이에서 예수가 수태되었다고 이른다. 'Pantherus'는, 'Pander' 또는 'Pimp'의 뜻이 있다고 이른다.

것. 땅의 문제와 관련된 것이라면, 그러나 어느 시대, 어느 장통에나 쌔삐리고 쌔삐린 바라바-봉준이들이, 대변해주기도, 해소해주기도 하는 것일 것, ―그렇게 세사가 돌아가는 것 아닙습뎌? 그것 말고도, 원죄라고도 이를, 다른 염원이 또 있을 거외다. '원죄'라고도 이를 것이란, 그것은, 기억할 수도 없는 먼, 먼 과거에 시원을 둔, 그리고도 세월이 흘러도, 흐르면 흐를수록 더 불어나고 굳어지는, 담석증과도 같은 것. 그럼에도 아직도 그것은 그냥, 소박한 염원의 형태일 것인데, 그것은 이를테면, 자기 것이 아닌 듯함에도 자기 것이 아닌 것도 아닌, 그래서 (반드시 경험적인 의미가 아니더라도) 원죄라고도 일러도 무방할 듯한, 어떤 종류의 '유전된 음기'와도 같은 것, 병이 못 되는 병, 안 가려울 데가 가려운 듯하고, 긁어보면 그 자리가 아닌, 그런 가려움, 앙구찮음, 무당 불러 독경에 축귀라도 해야 개운해질 것 같은, 응달에 갇힌 양지 같은 것, 글쎄 그걸 뭐라고 일렀으면 좋을지, 자라투스트라가 한번 말씀해보시구랴. 판켄드리야가 개발했다는 언어는, 아직도, 이만큼은 부족하여, 이만한 것 하나도, 제대로 품어내지를 못하겠구료. 어떻든 이것은 그래서, '북명'(北冥)과도 같은 어기찬 자궁일 거외다. 이 앤, 비록 상어 같은 물고기의 알이 떨어져 들어도 대번에 곪고 말 것이라도, 장차 붕이 될 곤을 부화해낼 모든 조건을 다 갖추고 있는 것이 관찰되어집네다. 판켄드리야의 시작으로부터, 그들 삶의 응달쪽으로 앙금된 이런 수동태적 염원은, 그러는 어느 세월 속에서, 흙 속에 심겨 든 씨앗이 썩기[受動態]로써 눈을 틔우듯[能動態], 또는 짠물을 헤치는 연어의 배 속에서, 잠들었던 '민물 소리'가 눈을 뜨듯, '소명'(召命)이라는 능동태에로 변모를 치르게 될 것인데, 이제 필요한 것은, 신들까지도 조마조마한 심정으로 내려다보며 기다리는 것은, 그 '부름'에 대답하고 나설 '귀'일 것이외다. 그 '귀'를, 어떤 신비주의자들은, 황기(黃氣)가 화신했다고 할지도 모르겠소이다만, 그래서는 '선택된 자', 또는 '기름 부음을 받은 자'(기독)라고 할지도 모르겠소이다만 그리고 그러할 것이외다만, 늙은네의 믿음엔, 그 '선택', 그 '기름 붓기'는, 그를 소명해낸 그들에 의해 행해졌던 것이나 아닌가 하고 있소이다. 이를 태어나게 한 그 자궁의 범세상적임에 의해, 그 자신은 비록 우리와 꼭 같은 '사람의 아들'들 중의 하나였더라도, 신이, 인신이 탄생했다고, 고지하지 않을 수가 없을 것이외다. 그것을 보다 더 강조하고 싶어 하는 이들은, 이 한 영아가 태어났으므로 하여, 수많은 영아들이 학살당한 일까지 들춰, 그 한 탄생을 그러므로 비범한 출생, 우주적 탄생이었다고까지 말합네다만, 늙은네는 견해를 약간 달리하여, 한 '불멸'의 탄생은, 모든 '필멸'의 죽음이라는 식으로 받아들이고 있습네다. '선택'이나 '기름 부음'은, 그런즉슨, 저 '소명'에 응답하고 나선 이가 있고 난 뒤에, 행해진 것이라는 주장이 따르게 되며, 그때 동시에, '성령'이 그에게 강림한 것으로 이해됩네다. 불이 붙었소이다, 떨기나무에 불이 붙었소이다, 그러나 태우지는 않는 불이, 어디에나 흔하디흔한, 그러나 어떤 떨기나무 위에서 타오릅네다."

쿵 뚜다—닥 어히 잘이 흔다 기름 동이나 마셨는지 미끄덩 미끄덩 잘이 흔다.

"'성령이 임하여, 동정녀께 회임케 했다'는, 경전 기사가, 시상, 또는 시제에 차질을 일으켰을지도 모른다고 했었소만, 그렇지 않고, 액면 그대로 받아들이기로 하면, 이 인신 또한, 앞서 말씀드린 그 인신과, 신화적 배경에 약간의 다름이 있다고 한다 해도, 그것은 방언(方言)의 차이라고 치부해버리면, 별로 다름이 없다고밖에, 달리 말할 길이 없어 보입네다. 그런 경우란, 이 인신도 또한, 그 종문(힌두교)의 제칠(第七), 또는 제구(第九)의 (신의) 가현으로 취급한다 해도, 그러므로 기독을 뫼시는 종교도, 다름 아닌 그 종교의 일파라고 한다 해도, 꼭히 그렇지 않다는 것을 증명해낼 재간이 없으리다. 그 차이를 분명히 해두기 위하여, 다시 한번 반복키로 한다면, 한 인신은, 이 우주를 주관하는 대신이, 비교할 수 없으리만큼 좋은 모태를 빌려, 자기를 가현케 한 이라면, 다른 인신은, 흔한 가시떨기 나무와 같이, 비천한 모태에서 먼저 출산한 뒤, 다음 '집단적, 우주적 원망'이라는 모태에 들었다가, 재출산한 '사람의 자식'이라는 것이외다. 후자의 이 이중 출산은, 처음엔 하나의 개아로서 태어났다가, 두 번째 출산을 통해 그것을 잃고, 중아(衆我), 또는 공면성(共面性) 내지는, 대아성(大我性)을 획득했다고 여겨지는 것이외다. 비유하여 말한다면 이 관계는, 어느 고장의 토인(土人)들이, 제의를 치를 때, 쓰는 가면(假面)과, 그것을 쓰고 제무(祭舞)를 추는 어떤 개인과의 그것과 같을 터입네다. 그 가면은, 그 부족의 토템을 나타내는 것일 것인데, 그것을 누가 얼굴 위에 덮어쓴다면, 그 즉시, 그 자리에는, 평소의 이웃이었던 자의 얼굴이 감춰지는 대신, 그 부족의 중면(衆面)이 드러나는 것일 겝네다. 무정(無情)의 가면이 살아나, 이제 그 부족을 지배하기 시작할 겝네다. 이렇게 나타난 황기(黃氣)의 화신은 그러므로, 현기(玄氣)의 가현과 달리, 그 시대를 혼란과 혼돈 속으로 밀어 넣는 어떤 부정적 힘과 싸워, 쳐부수고, 이기고, 억눌러 벌하는 영웅의 역을 맡는 대신, 말한 바의 그 '원죄'랄 것을 중화하거나 대속하기 위해, 자신을 희생양으로 삼아, 희생합네다. 그리하여 그 의의가, 우리들께 보혈이 되는 것일 거외다."

쿵 딸꾹 딱 엘시구 잘이 흔다.

"붙은 것은 떨어지고, 이어진 것은 끊어지며, 오른 것은 내려야 되듯이, 시작에도 끝은 있는 법, 만났으면 헤어지는 것이거니……"

(다시 패관 끈이 불거져 말이지만,) 늙은네의 물크러진 눈 속에서는, 심정이 녹아 용암인 것이, 비죽비죽 배어 나오고 있었다. 그런 눈물을 훔치려 하거나, 감추려 하지도 않고, 늙은네는 이어 이렇게 말하였다.

"화두(話頭)가 쳐들고 일어났으면, 화미(話尾)가 있음인 것, 그것까지 보아내면 좋을 일이외까? 아비나 어미를 죽인 자를, 외나무다리에서라도 만나게 되었다면, 그 아들은 어째야겠소이까? 어떤 불쌍한 사람이, 오직 하나의 진리, 하나의 정의, 하나의 길, 하나의 생명, 하나의 의미로써, 주야로 묵상하고, 마음을 바쳐 예배하고, 삶을 의탁했던, 그 아버지, 하늘아버지를 해친 사내를 만났다면, 그는 또 어째야겠소이까? 용서해야 되리까? 왼쪽 뺨까지 돌려 대주며, 저가 잘 몰라서 한 행악이라고, 그저도 용서해야 하리까? 이런 용서도 의로우리까?" 늙은네는 울고 있었다.

"물리적 진화론자의 입장에서 본대도, 생명이 있는 곳에는, 또한 신도 있게 마련인 것. 알다시피, 조건만 충족되면 생명이란 자생(自生)하게 되어 있다는 것이, 실학자들이 이해하는 생명의 기원인 것. 화생·습생·난생·태생이라는 네 종류의 생명의 기원 가운데서도, 슬보 공과 근심은 화생이라고 이르는 것. 마찬가지로, 물육을 입었느냐 안 했느냐의 다름이 있을 뿐, 신도 자생할 것은 의심할 여지가 없음인 것. 판켄드리야의 심정을 들여다보시구랴, 신의 자생,

또는 화생을 위해, 무엇이 그보다 더 비옥한 조건을 구비해 있을 것 같소이까? 물론, 신의 탄생을 위해 좋은 조건이 충족되어진 자리에서는 마(魔)도 태어나는 것일 거외다. 신과 마는, 같은 조건에서 태어나는, 이란성 쌍태아인 것을! 인간의 심정에 담기면, 추상도 구상화하는 것을? (필요 탓에 반복을 회피할 길이 없어 말이오만,) 까닭에 최초의 사람[原人], 또는 창조자 프라자파티가, 그 안에 의미를 담아, 낮에 쉬어낸 숨에서는 신들이 나타나고, 밤의 그것에서는 악마가 나타났다고 했을 터였는데, 그러나 아직 그런 즈음에는, 선과 악의 구별이 되어 있지를 안 해, 신들도 참이 아닌 것을 말하고, 악마도 참을 말하고 하는 일이 있어, 수사학적 우주의 질서가 체계화되지 못했으므로 하여, 아무리 전후 관계를 살펴 읽으려 해도, 우주라는 한 문단(文段)의 뜻이 잡히지가 않자, 프라자파티께 어눌증, 실어증이 시작되었던 모양이었쇠다. 그래서 '빛나는 것'들과, '어두운 것'들이, 회합을 가져, 빛나는 것들은 진실만을 말하고, 어두운 것들은 그 반대의, 허위만을 말하기로 약조를 했더라는바, 그러고 나서야 한 우주의 의미가 확연해지기 시작했더라는데, 아마도 이런 전설은, 똑같은 조건 위에서 저것들이 발생했던 초기에는, 둘 다 별로 다름이 없었다는 것을 시사하고 있어 보입네다. 그런 뒤, 원소성(元素性)과의 제휴를 통해, 그 품격들이 나누어진 것이나 아닌가 하는바, 공기나 불 따위, 상승하는 원소에 의지를 묶은 것들은, 오르고, 물이나 흙 따위, 중력의 원소에 의존하는 것들은 내렸을 것이었습네다. 장차 크룩쉐트라에서의, 양 진의 진지 구축이 어떻게 될지, 미리부터 확연히 보입네다. 반중력에 제휴한 의지는, 물어보나마나, 판켄드리야의 '심정'에다 진지를 구축했을 것이며, 그 반대의 의지는, '몸'(살)에다 그렇게 했을 것이외다. 까닭에 우리는, '악마'에 관한 한, 추상적 존재이기보다, 매우 구상적 구체적 존재며, 매일매일의 삶에서, 노상 만나 시달림을 받게 된다는 일을 두고는, 추호의 의심도 없으되, 다른 의지의 실재에 대해서는, 늘상 회의하며, 마(魔)를 이해하고 체험하기처럼 실다움성을 느껴내지를 못합네다. 이는, 그들, 신들이, '심정'에 진을 쳤을 때, 그것을 내어다보고 있었을지도 모르겠소이다만, 그러나 한쪽이 실답다면, 다른 쪽도 실다우며, 한쪽이 실답지 않다면, 역시 다른 쪽도 실다운 것은 아닌 것이외다. 한쪽만 실다움이며, 다른 쪽은 추상적 관념적이라고 치부해버리는 일은, 인간이, 자기의 '심정' 쪽에 대해, 왜냐하면, 그것을 또한 '양심'이라는 이름으로도 부르는 것이기도 하다면, 그것의 소리 듣기는 괴로우므로, 귀와 눈을 가리고 감아버렸거나, 아니면 몸 쪽에만 판켄드리야를 성취하고, 심정 쪽은 아직도 진화의 도상에 있거나, 대개 그런 까닭일지도 모르겠소이다. 이솝(Aesop)이라는, 참으로 현명한 선로(先老) 하나가, 그것을 알아, '사람 중의 많은 것들이, 본디 짐승이었던 것들이 개조되어, 사람이 되었다'고 일렀던 모양이었소이다. 몸의 종교가 활발하게 운영되는 자리에는, 그 몸을 부유하게 하는 교의, 즉슨 물질주의가 그 교의가 되어 있음도, 그런 연유일 것이외다. 신이 진지를 구축해 있다는 '심정'은, 그 누구의 또는 밖의 것도 아닌, 바로 그것을 가진 자들의 안쪽의 것임에도, 사람들은, 그것에 대해서는, 몸에 대해서처럼 확실한 인식을 갖고 있지 못하다는 것은, 사람은, 가벼움보다 무거움에 더 익숙해 있거나, 안정감을 느낀다는 증거일 거외다. 그것이, 일러 혼이 좋아한다는 수피(獸皮)의 덕(德)이며 독(毒)일 터인데, 그것은 허긴, 색깔로는 삼원색(三原色), 그리고 그것들의 뒤섞임에서 나타나는 것들까지나, 그것들까지도 다 못 보고, 맛으로는, 시고, 달고, 맵고, 짜고, 쓰고, 떫다는 몇 가지와, 감각으로는 오관밖에 더 개발치를 못했으며, 사대로 이뤄진 몸은, 삼차원적 공간과 시간에 두고 있으므로 하여, 이차원을 넘어서면 보고 느끼게 될 것으로 상상되는, 사원색(四元色) 그리고 그 너머, 한마디로, 오관 너머, 그리고 삼차원 밖의 우주의 체험을 할 수 없으므로 해서, 그 한계 내에서만 자기들의 세계를 관하고 이해하기의 까닭일 터입네다. 판켄드리야가 진화의 궁극이 아닐진대, 그들은 이제부터 그리하여, 중력으로부터의 자유, 위대한 자유를 성취해야 할 것입네다. 때로 '천재'라고 이르는 소수의 몇이, 판켄드리야를 벗어나는 경우가 있는 듯하여, 그들은 오관으로 감지하는 것보다 더 많은 것을 감지해내고, 차원이 다른 세계의 소식을 전하기도 하는 모양인데, 범상적인 우리는, 그것이 그의 '광기' 탓이라고 접어둬 버리기도, 때로는 고개를 갸웃거리기도 하지만, 어깨를 한번 으쓱 털고 돌아서버리면, 그뿐입네다. 혹간 자라투스트라도, 그런 체험을 하였었으리까? 까닭에 그의 발상이나 비유 등은 경악을 자아내고, 우리의 일상적 정신을 교란하여, 아름답기까지 한 애매모호함 속에다 밀어 넣는 것이리까? 그러나 어떤 '천재'들은, 그들의 예리한 예지의 촉수로, '상승', 또는 '원심력'에 편승하는 대신, '몰락', 또는 '구심력'에 의존하여, 대지의 깊은 곳의 '숨겨진 돌'을 만져내는 것은 아니리까? 차원(次元) 이전의 차원에로 소급하기, 카투린드리야로부터 에켄드리야, 그리고 이전에로의 역진화—. 뭍을 항해할 때도 공은, 돛대에 몸을 묶고, 밀랍으로 귀를 막지 않는다면, 놈(Gnome)들의 암컷들께 홀려, 못 돌아오고 말 테요, 지렁이나 굼벵이가 되어, 놈들의 우릿간에 갇히고 말 테요. 나무뿌리들이 도란거리는 소리, 익시온의 신음과 탄식, 지붕 위에서는 무엇들이, 잠도 안 자며 쿵쿵거리느냐? 흐흐흐, 얘기가 나왔으니 얘기이외다만, 어느 벌 한 마리가, 판켄드리야처럼 삼원색을 보는 시력을 갖춰, 꿀을 따 모으러 나갔을새, 돌아올 때 시(詩)나 한 보따리 뭉쳐 갖고 와, 동산의 천연색의 아름다움을 노래하려 하면, 그놈은 더도 덜도 말고, 미친놈임에 분명하외다. 일반적 '우리'에 대해, 그놈은 '엉뚱한 놈'에 불과할 뿐이던 것일 것."

엘시구 잘이 흔다 기름 동이나 먹었는지 매끈 미끄덩 잘이 흔다.

"다시 '몸'과 '심정'에 관해서 말이오만, 우리는, 아무리 둔감한 자라도, 고통에 관해서, 지옥에 관해서는, 치를 떨며, 도척이까지도 하루나 이틀 정도는, 강도질에 나서는 대신, 잠이나 처자도록, 극한까지 잘 상상할 수 있음에도, 무간지옥, 칼산지옥, 썩는 지옥, 볶는 지옥, 삶는 지옥, 얼리는 지옥, 아으 그럼에도, 고매하게(란 人身을 입은, 이란 뜻일 것인데,) 태어났던 모성 모씨여, 그대의 몸은 이제는, 물 위에 어린 그림자와 같은 것, 무엇이, 그 그림자를 향해 모진 회초리질을 가한다 해도, 그것이 그대를 상하게 하지는 못할 것, 달이 비명하며 피 뱉는 것 보았드니? 이것을 깨달을작시라! (그러므로 도척이는, 이틀 후 일어나, 다시 행악질에 나섰더라) 반해서, 천국이나 극락정토에 관한 한은, 아무리 비상한 상상력을 가진 이라 해도, '천국'이나 '극락정토'라는 그 이름이 이끄는, 약간의 수사학적 달콤함을 제외하면, 조금도 잘 상상하지를 못하는데, 어쩌쓴 연고료? 그곳에는 사철 꽃이 피고 (이 자식아, 그러면 폐사 마당에 흩어지는 낙엽이나, 무덤 위에 내리는 눈, 또는 비, 무주공산 우는 잔나비 울음의 정취는 어디서 구하란 말이냐?) 새가 울어싸며, (허허이, 호가[好歌] 도 창

창불락[唱唱不樂]이거니, 이누무 새야, 우여— 우여라 딱딱, 이누무 새야 영너머 날라가 삐렀으면 되얐제, 울기는 왜 그리 웬수시리 울어예어, 송창 가뜩이나 달 밝아 못 이룬 잠에 수심끄장 보탠디야?) 천의무봉 고운 옷 입은 시악씨들이 (히히히, 弓[활] 鷄[닭] 脫[벗고] 衣[옷]였으면 더 안 좋겠는가?) 마셔도 마셔도 숙취가 없는 좋은 술을 권해싸며 도는데, 상에는, 세상에는 없는 진귀한 향신료로 잘 요리된 각종 육미가 넘친다(면, 야 사람아, 거기도 도살장이 있을 뿐만 아니라, 와달이 쓰는 놈으로 질편하다는 얘기겠는데, 숙취를 앓는 놈이야말로 차라리, 찬물에 잠근 좆도 같거늘)는 식으로, 대개 그런 투로, 가난이 원수였던 사람들의, 평소 포원진 것 풀어주는, 비싼 화류계쯤으로밖에 달리는 더 그려내지를 못하는데, 하이고오(何以故? 늙은네 탄식하기 소리)? 기껏 동화적 수준을 넘게 그려냈다고 해보았자, 그 좋은 곳이란, 성교에 있어 절정에도 비교할, 사마디적 '상태'이지, '장소'는 아니다, 라는 식이되, 이런 천국이나 정토도, 프라브리티 내에 있음인 것, 그리고 프라브리티란 시간(時間)인 것, 저 사마디에다가도 시간의 개념을 도입키로 한다면?"

쿵 뚜다닥 쿵 구정물 반 기름 반 섞어 먹었는지 질척 미끄렁 잘이 흔다.

"까닭이란 분명하외다. 라는즉슨, 지옥이나 나라카는, '몸·살'의 국면, 보다 강하게 말하면, '몸·살' 자체여서, 그것을 두고는 상상할 필요도 없이 체험되는 것이며, 천국이나 정토는, '심정'과 관계된 것이어서, 신에 대해서 잘 모른다고 이르듯, 그것에 관해서도 잘 모른다고 생각하는, 그 까닭일 것이외다. 저렇든 이렇든, 어쨌든, 지옥보다는 천국이 밝은 곳이라고, 막연하게라도 믿고 있는다면, 유정이 가 머물러야 되는 자리는, 아예 딱 정해져 버려 있는 것, —비록 말해, 그런 은 없다고 한다 해도, 있다고 믿어, 거기다 마음을 쏟는 것은, 삶의 태도를 긍정적이게 하는 것이지, 허위의 삶을 살고 있다고 규탄되어질 것은 아닐게요. '위험스럽게 살아라!'는 공의 친절한 충고는, 삶을 삶답게 사는 방법인 듯하오만, 헛헛헛, '위험'이란 언제든, '추락'과 '파괴'의 의미를 포함하는즉, '공기'나 '불' 같은 상승의 의지에 대역(對逆)되는 것일 거외다. '몸'은 그런데, 주성분을 하락, 중력, 원소, 즉슨 '흙'과 '물'에서 빌리고 있거니와, 그것들[四大]이 활성화(活性化)를 성취한 데서 '생명'이 있어지기 시작한다고, 이해되어져 오고 있는 것이 아니오? 헌데 한 생명이 태어날 때마다, 죽음도 같이 태어난다고 이르기도 하는데, 그렇다면 생명 자체가 '위험'한 것인데, 특히 '흙'과 '물'이 위험하다는 얘기가 되겠구료. 종합하면, 삶을 산다는 자체가, 위험 그 자체가 아니겠느냐고 하면, '위험스럽게 살아라!'라는 간절한 충고는, 그 의미의 해석을 어떻게 해야 하리까?"

찬물 동이나 먹었는지 시언시언 잘이 흔다.

"긍정적 국면의 '천국'이나, 그 반대편의 '지옥'의 얘기가 나오면, '마음의 우주'의 피안에 장죽 물고 앉아 있는 이들은, '상사라와 니르바나가 다르지 않다'고 일갈함에 분명하며, 그것이 판켄드리야의 최후의 승리라는 것, 그것도 이 늙은네도 모르지는 않소이다만, 그러나 무학의 늙은네로써는, 저 용수(龍樹)의, 떨어뜨린 나무 잎사귀 하나 감당치 못할 정도로 약골의 정신이어서, 한 마리 개미가, 거목을 타고 오르며, 먹이를 모으는 식으로밖에, 더는 말할 수가 없소이다. 해서, 말씀인데, '어디든 머리 둘러 가야 할 곳'과 관계되면, 언제든 '필멸과 불멸' 따위의 화두(話頭)가 고개 드는 것을 보게 됩습데다. 에녹(Enoch)이라는 이 하나와, 천축국의 성자 몇, 그리고 중원 도가(道家)네, 몸의 연금술사들 중에서도, 성공적인 몇 도사들을 제외하고 말해야겠지만, —흐흐흐, 무중력 가운데로 돌입한 중력의 살별, 쾅! —몸은 필멸 자체라는 것은, 최초의 사람부터도 깨닫고 있었던 것이 아니외까? 그럼에도, 사람들께 심긴 씨앗 하나, 불멸에의 희구라는 씨앗 하나는, 싹을 틔운 뒤, 한 번도 그 뿌리가 뽑혀져 본 적은 없잖소이까? 심지어 공까지도, 인류의 불멸에의 희구에서 일어난, 신까지도 부정하고, 그리고도 '영겁회귀'를 설했지 않았소이까? 집단적 판켄드리야[衆]의 집단적 삶, 환언하면 역사(歷史)는, 판켄드리야들의 진화/역진화를 통해, 집단적 돈오란 불가능한 것임으로 하여, 별수 없이, 일종의 원운동이랄 것을 하게 마련인데, 일러 '돈오'라고 대언(代言)한 그 상태는, 그 최후의 순간까지 아마도, '자아'라는 것의 보조에 의해서만 가능할 것으로 믿소만, '집단'은, '집단적 자아'랄 것을 갖지 못한, 그러므로 죽지도, 죽일 수도 없는 이상스런 괴물인 것, 알다시피, 그 '자아'는, 그 집단의 구성원 각자들 속에 있는 것이 아니외까? 그러므로 해서, '집단적 돈오란 불가능'하다고 이른 것인데, 이런 역사적 원운동을 과연, 모든 개인, 유정들께 적용해도 되리까? 그건 모른 채로 두어두려니와, 슬픈 것은, 저 불멸의 씨앗이 터 자란 숲에는, 억억억조창생이 열매를 맺고 있소만, 수확할 날이 와 수확할새, 수확하는 이의 바구니는, '십사만사천 개'밖에 더 담지 못한다는 그것이겠소. 이는, 예의 그 요한이, 자기가 따르는 이를 이해했었을 땐, 우주적인 개안(開眼)을 하고 있었으나, 밧모 섬에서 외로운 나날을 보내느라 한숨 쉬고 했을 때, 자기에게 그리운 이들만 건너다보다, 그만 눈이 흐려졌거나, 심정이 작아져 버린 결과가 아닌가, 그렇게 마구잡이로 짚어 넘겨도 되겠소이까? 그의 스승과 달리, 그에게는 '사해형제주의'라는 의상이 너무 커, 그 속에서 헤엄질이나 하다, 자기도 모른 새 벗어나 버린 것이었을 거외다. 그도 결국은, 자기 사촌들의 사촌이었던 거였쇠다. 중요한 것은 그러나, 사해의 형제들이 하나로 가진, 불멸에의 희구라는 것이 아니겠소? 그것이 없이는, 판켄드리야는, 그 바랄 만한 국면에서, 공의 식의 '초인'을 성취하거나, 바랄 만하지 않은 국면에서는, 카투린드리야, 혹은 축생도에로 되돌아가거나, 허무 속으로 떨어져 내리는 도리밖에, 무슨 수가 또 있을 듯하외까? 이런 의미에서는, 자라투스트라도, 어떤 종류의 메시아, 작은 메시아인 듯도 싶구려. 다른 쪽에 영광을 빼앗긴, 그리하여 들보 한 조각으로 수치를 가린, 카투린드리야의 메시아! ……얘기가 이렇게 되다 보니, 수사학적 압력이랄 것에 당하게 되는데, 그런즉 이 무학의 촌로의 험구를 좀 참아주셔야겠소이다만, 공이 수태되던 저녁 (성령[聖靈] 이 있다면) 마령(魔靈인들 왜 없겠소?)의 내방이 있었던 듯하여, 복음이라고 공이 뿌린 건, 역병뿐이었던 것을! 그런 후, 나름대로는 지적이라고 자부하는 이들이, (허긴 건너다보면 그렇기도 할세다, 매우 지적이라고, 그래서 한 시대를 운영한다고 나선 자가, 신을 운위하거나, 우상 앞에 꿇어 엎드린다거나, 점쟁이네 집으로 달려간다거나 하는 짓은, 거 조금만 어쭙잖고, 좀팽이스러워 보이지 않겠느냐 말입지. 나는 인간, 그렇도다, 나는 인간, 너무나도 인간적인 인간이로다! 흐흐크클클……) 걸핏하면 공의 요궐(尿橛, 똥구멍 닦이)을 들어, 신이 지었다면 우주는 실패작이다, 라고 모든 비합리적, 부조리한 사례를 들어, 신의 똥구녕을 찌르고 덤비는데, 어떻게 보면, 그들이야말로 선각자로도, 지적 영웅으로는 보이지 않는 것은 아닙데다. 우주는 신이 운영하는 것이 아니라, 물리적 법칙에 의해서 되어진다, 라는 신지혜 앞에서, 이 촌로 같은 건 구식의 정의나 가치 따위를 진리라고 부둥켜안고, 저들의 눈치나 살피며, 견문과 학문이 적은 탓이라고 부끄러워하게도 됩네다. '약육강식'이라는 '먹이사슬'로 운영되어지는 물질세계는, 당연하게도 신의 섭력이나, 그의 존재 자체를 의문케도 하던 것입데다. 그때 느끼게 되는, 신으로부터의 배반감은, 능력이 있다면, 그가 지었다는 모든 것을 부숴버리고 싶은 만큼, 그리하여 그를 죽이고 싶은 만큼, 그렇게 아픈 것입데다. '신은 죽었다!'고 선언하고, '힘에의 의지'를 부르짖으며, 설파하는 '초인' 사상도, 이런 상태에 처한 정신이, 우주를 한 벌 새로 짓겠다는 의지의 발로일 것으로 이해합네다만, 늙은네 생각엔, 그런 정신은, 신이 짓지 않은 함정 속에 잘못 떨어져 든 것이었다, 고 지금이라면 말할 수 있겠소이다. 그럴 것이, 그래서 그러면, 그럴 능력이 있어, 이런 우주를 깡그리 다시 지워버리고, 새로 한 채의 우주를 짓는다면, 어떻게 지을 것인가, 를, 생각해본 이라면, 슬프더라도, 있는 그대로의 그것이 최상의 형태일 수밖에 없다는 데로 눈을 돌리지 않을 수가 없게 될 것이니 그러하외다. 이런 슬픈 결론은, 신이 아니라, 자기에게 부여된 '생명'의 시원을 거슬러 올라가 보게 하는데, 그러면 어떤 목적이나 의미를 갖고 생명은 시작되어, 고통에 처하지 않으면 안 되는가? 그것은 대답되어져야 하는, 그러나 대답이 없는, 아픈 문제인 듯했소이다. 그것은 그러자 그냥 '원죄'라고, 그러니 받아들일 수밖에 없는 시련이라고, 그 아래쪽에 무저갱을 갖는, 하나의 긍정(肯定)의 눈을 열게 하였소이다. 그리고 바로 그 '생명'의 까닭으로, 우주의 질서 체계는, '상극'적으로 이뤄질 수밖에 없었다는, 그 차거운 부분의 우주를 보지 않을 수가 없었소이다. '상극적 질서'란 그러니까, 저주가 아니라, 은총이란 것이외다. 삶의 괴로움을 절감하기 시작했을 때부터 그러나, 이 '은총'은 싫은 것으로, 쓴 잔으로만 여겨졌으되, 그것은 회피할 수 없는 잔이었쇠다. 자살(自殺)이, 그 회피를 가능케 하리까? 자살에도 종류는 많을 것이외다만, 이런 종류의 자살, 혹간 철학적 자살이라고도 이를 수도 있을 듯한 이런 자살은 그러나, 미숙한 정신이 행하는 오류의 자살은 아니리까? 만약에 이 우주의 질서 체계가 '상생상화'(相生相和)로 이뤄졌다고 한다면, 그 자체로는 얼핏 '은총'으로도 여겨지되, 두 가지의 부정적 결과에 닿게 되는 것을 보게 되는바, 그 하나는, 끝없는 팽창이며, 다른 하나는 무(無)에로까지의 축소일 것입네다. 조절되지 않은 유위법(有爲法)은, 결국 한 우주를 포화상태에로까지 치닫게 하다, 폭발, 허무 속에로의 폭발로서 종료케 될 것은, 너무도 쉽게 짐작되며, 조절되지 않은 무위법(無爲法)은, 은둔 게 죽어버린, 빈 고둥껍질만 남기는 결과를 초래하게 될 것이라는 것도, 어렵잖게 추측되는데, '상극적 질서 체계'의 핵이 되어 있음에 분명한 '고통'을 모르면, 유정의 삶의 투쟁 또한 적극적이지 않게 되다, 무위 속으로 녹아들고, 형태만 남길 터입네다. 그 형태를 비와 바람, 뙤약볕과 냉습, 허무와 시간이 갉게 될 터이지요. 무위(無爲) 쪽의 우주는 그래서, 창조되어져 본 적이 없는, 비화현의 우주일 터입네다. 이런 견지를 고수하고, 내어다보거나 들여다본다면, 일견 '저주'로 보이는 '고통'이 사실은 '은총'이었다는 것을, 아프지만 인정하지 않을 수가 없게 됩데다. '유위법'과 더불어서는 그러니까, '약육강식'이 은혜의 법이며, '무위법'과 더불어서는 '고통'이 은총이 되어 있다는 것이외다만, 그렇기에도 그것을 '상극적 질서'라고 이른 것이외다. 그럼에도 우주의 끝날은 다가오고 있다는 것은, 더욱더 비극입네다. 신화나 경전 등이 귀띔해주는 바에 의하면, 이 비극의 책임은, 주로 판켄드리아야에게 물어지고 있더이다. 그들의 타락에서 일어나고 쌓이는 독이, 종내 현존하는 우주를 죽음에 이르게 한다는 것인데, 저 '독'의 의인화에서 일어난 것들이, '붉은 용', 또는 '짐승의 대왕' '마라'(Māra) '아수라' 등등, 오백나한으로 법회하고 있는 것은 주지하는 바대로입네다. 판켄드리아께, 그 주된 책임이 추궁되어지는, 이런 종말론은 그래서 보면, 그들이 발이나 등을 붙이는 그 대지의 종말 같지는 않고, 판켄드리아야만의 종말 같기도 합네다만, 그런 후 다시 지어지고, 또다시 지어진다는 우주에 대한 풍문을 들어보면, 새로 세워지는 우주 또한, 파괴되어진 우주와 별로 다름이 없는 것이라고 하는갑습데다. 싫더라도 받아들이지 않을 수 없는 우주적 진리는, 이 현존하는 우주야말로, 최선의 것이라는 그것이겠구료. 프라브리티—유위법의 우주."

(패관자의 장죽에서 끄르륵이는 소리가 난다. 진이 타들고 있다)

"그이, 신들이 역사하는 자리라면, 신들까지도 포함시켜야 되는데, 프라브리티 우주 내에는, 완성된 유정은 없는 것일 것이외다. 완성된 유정은, 비록 말해, 그의 몸은 프라브리티에 처해 있다 해도, 프라브리티를 벗어나 버려 있음일 것. 프라브리티란, 진화와 퇴행의 장소라고 이해할 때, 그러하다는 말씀이외다. 이것을 들여다보지 못한다면, 세계의 부조리는, 부조리이기 때문에, 합리적 정신에는 이해되지 못함에 분명할 터이오."

늙은네 침묵. 바위에 돋은 귀의 꽃 자라투스트라. (패관자의 장죽에서 끓는 진이 내는 소리) 그러나 늙은네의 얘기 듣고, 돈오를 성취해, 날아오르는 바위는, 이 현재까지는 없다.

"그러고 보니, 이 늙은네도, 이솝이라는 얘기 고스랑꾼이, '동물' 얘기만 한다면서, 동물은 한 마리도 등장하지 않은 '사람' 얘기만 고스랑거렸듯이, 아침에 일어나서 소피 보고, 밥 먹고, 도시락 챙겨 일 나가고, 서푼이 맞지 않은 계산 때문에 친구의 가슴에 구멍을 내고, 남의 집 마누라의 둔부에 하초를 세우고, 일 끝내고 동료들 함께 술 먹고, 와달이 쓰고, 골목쟁이에다 토하고, 늦게 집 돌아오고, 짜증 내는 여편네께 불호령하여 불 끄게 하고, 왜 이래 이거, 피곤해 죽겠다는데, 떨치고 돌아누워 자고, 아침에 일어나서 소피 보고, 흐흐흐, 흐흐, ……라는 투의 얘기는 못 했지만, 헌데 그런 것만이 꼭히 '사람'의 얘기겠소이까, 이 늙은네는, 사람의 얘기만, 혀가 토막이 나게 해댔구료. 허허헛, 늙은네가 저렇게 말했다고 해도, 그것이 뭐, 무슨 들꽃이라도 한 송이 꺾어 들여다보다가, 빙그레 웃으며 들어 (회중[會衆]에) 보임시롱, 같이 웃어줄 이를 구하는 것 같은 짓은 아니었쇠다. 그보다는, 한 무학의 촌로가, 빙산 일각도 못 되는 부분을 보고시나 (여기엔, 패관자 생각엔 '무엇의' 빙산 일각이라는, 그 주어가 생각된 듯하다) 그 빙근까지 본 듯한 어투를 꾸몄으니, 이런 얘길랑은, 『고금소총』 '속편'에라도 붙여, 만인의 웃음을 자아내는 데 쓰기로 하면 어떻겠소이까?"

(패관자가, 담뱃진 찌든, 누런 침을 뱉으며, 한 손뼉으로 쳐서 내는 소리 같은, 소리를 낸다)

아크흐크할라(Akhkhala, 말이 많도다)!

"아으 이 늙은네는, 대체로 너무 좀 늦게, 집에 돌아가려 행망을 부리고 있구랴. 이러다 문이라도 닫혀 있으면, 한데서 잠을 설치지 않겠소? 'Nune Scripsi Totum Pro Homō Da Mihi Potum!"*

"……!"

티 베미.

* '나는 인간에 대하여 너무 많은 말을 하였도다, 술 한잔 내게람!'의 뜻이라고 하나, 무학의 필자는 모르는 언어라도, '늙은 성자'와 '자라투스트라'는, 당연히 그 언어를 알고 있다는 것은 밝혀두자.

3. 초인(超人)의 죽음

그러는 어느 길고도 먼 한순간, 자라투스트라께는, 깊은 잠에 들었다 깨인 느낌이 들며, 모든 것에서 사실성이 지워져 버렸거나, 아니면 자기가 실재치 않는 듯한 몽롱함을 당했는데, 그것은 갑작스런 실어증과도 같았다. 그는, 뭘 생각할 수도, 갈피를 잡을 수도 없어, 바르도에라도 떨어져 내린 듯, 능동성을 일으켜낼 수가 없고만 있다. 시간은 언제부터 얼마나 흐른 것인가, 그래서 그는, 해를 올려다보기도, 나무들의 그림자를 재어보기도 하려 하여, 시간을 측정해보려 했으나, 그에게는 아무런 판단이 서지를 안 해, 썰레썰레 체머리를 흔들었다. 하늘은 여전히 맑고 밝은데도, 안개 속에서처럼, 해까지도 분명한 얼굴이 아닌 데다, 나무의 그림자들은 또, 그에게 보였기에는, 실체로부터 떠나, 땅에 배를 붙이고, 스멀스멀 기어, 숲으로 들어가고 있었는데, 숲에 닿으면 그것들은, 무자치나, 과도하게 자란 지네모양, 꾸불텅꾸불텅 헤엄쳐, 어둡지도 밝지도 안 해, 중음(中陰)이라고 여겨지는, 숲의 근원으로 파고들었다. 내가 어느 녘에 죽기라도 한 것인가? —그때 자라투스트라께는 불쑥, 그런 의문이 들고, 그러자, 세상은 더더욱 사실성이 없었으며, 자신에게서는 주체성이 느껴지지 안 했다. 아으, 그리하여 자라투스트라는 죽은 것이구나, —이 생각은 그에게, 한 숲 분량의, 갑작스런 슬픔을 덮어씌웠는데, 그것은 이내 공포감으로 변했다가, 무엇이 저 숲의 중음에 매복해 있으며 자기를 덮치려는지, 그것은 아직은 모르겠으나, 어쨌든 도망질이라도 해보아야겠다는 생각을 일으켰다. 그런데 바로 이 생각이, 그를 그 수동태에서 능동성을 일으켜 세운, 부시치기가 되었던 모양이었다. 눈을 비비고, 그리고 그는, 새로, 모든 실체들을 보기에 이른 것이다. 아슴푸레하긴 했어도, 늙은 성자에 대한 기억이 들고, 그러나 늙은 성자가 보이질 안 해, 일순, 그는 다시 또 중음에로 떨어져 내리는, 아스라함을 느꼈다. 돌아왔을 때 그는, 늙은 성자가 앉았던 자리에 대고, 합장하여 재배했다. 자라투스트라께 늙은 성자의 이런 기억은, 몸 팔아 사는 엔네의, 어린 자식의 손에 쥐어져 있는, 어미의 옷고름과도 같은 것이라고, 자라투스트라는 생각하고, 조금 병적으로 웃었다. 아이가 언뜻 깨어보면, 호롱불은 아직도 켜져 있는데, 어머니가 없다. 잠들기 전에, 손에다 굳게 감았던, 어머니의 옷고름짝만 쥐고 있다. 그 애의 어미는 어디를 간 것인가? (이눔아 이 패관자가, 그애 어미의 샛서방도 아닌데, 걸 어떻게 알아?) 고향 떠난 지도 하도 오래였더니, 아버지 산소에 풀도 많이 자랐나 보다—자라투스트라는 혼잣말하며, 조금 눈시울이 젖는 것을 느꼈다. 혼자였었듯이, 그리고 자라투스트라는, 혼자만 남아 버린 것이다. 그랬으니 그에게는, 그 자리에 더 머물러 있어야 할 까닭이 없었으므로, 입맛을 쩍쩍 다시고, 체머리를 썰레썰레 흔들다, 뼈 부딪치는 이백여섯 소리를 흩뜨리며 일어섰다. 요도가 무쭈룩한 것을 생각해 그리고, 자기 앉았던 자리에 대고, 무쭈룩함을 풀었다. (패관꾼은, 남의 오줌 누는 것까지 훔쳐보는 관음쟁이러람, 참 잡[雜] 같이!) 해를 올려다보았으나, 아직도, 왜냐하면 언제 녘부터 거기 머물러 앉아 있었던지, 그 기억이 나지 안 했으므로, 시간에 대한 개념은 떠오르지 안 했는데, 해는 공평한 얼굴이어서, 자라투스트라는 아랫녘에로 눈길을 보냈다, 하던 하산행이나 해보려는 것이다. 그러나 그는, 한 발자국도 내딛지 못하고, 무슨 생각의 드렁칡이 그의 발을 묶고 들었든, 자기 방뇨했던 그 자리에 되주저앉고 말았다. 확실한 방향도 목적지도 없이, 떠나는 자들의 행망 부리기를 두고는, 구름의 행방모양 종잡을 수가 없기는 하다. 그가 어디에 처해 있는들, 그게 그에게 무슨 상관일 텐가.

—그러고 보니, 저 망할 누무 영감태기는, '모험 길에 오른 왕자'들을 꾀어, 도시락을 빼앗아 먹거나, 불알을 까먹는 일로, 생업을 삼는 듯하다 말이지.

중얼거리며 자라투스트라는, 두 다리를, 엉겨 붙은 두 마리 뱀처럼 꼬아 똬리 쳐, 그 위에 편안히 대가리를 얹고, 양미간에다, 그 늙은네의 영상을 떠올린 뒤, 가락을 잃은 숨을 오른편에, 역마살 맞은 말[言語]을 왼편에 둬, 의지의 멍에를 메었다. 그 밭에서 거둬들이게 될 것이 몇 홉이나 될지, 또는 몇만 석이나 될지, 그것은 수확 때 셈해볼 일이겠지만, 이제 그러면 그는, 밭갈이에 나선 농부 꼴은 꾸민 셈이다. 먼저 그는, 항—솨—항—솨— 숨을 다스리고, 무(無)—무우— 말을 어거했다.

돌밭[石田] 갈이[耕]가 힘들다고 이르되, 구름 위에 고랑 터, 그 이랑에 씨 뿌리기만이야 하겠느냐? 아무리 고단하다 해도 돌밭은, 갈이질에 나선 것들이 설 자리는, 두텁고 단단한 것이 아니던가 말이로세, 말이세로.

자라투스트라가 그렇게, 갈이질에 땀을 뻘뻘 흘리고 있자니, 있는 중에, 그가 항— 하고 숨을 들이쉴 땐, 동굴 속의 독룡이 숨 쉴 때, 아랫녘 작은 왕국의 밥 짓는 연기가, 그 동굴 속으로 빨려들 듯, 그런 흐린 기가 그의 콧구멍 속으로 사려 들었으며, 솨— 하고 내쉴 땐—밤 길손의, 케헴, 케헴 해 들여보내는 기침 소리에, 이 밤중에 게 뉘시오, 어느 초가의 문이 방싯 열릴 때 쏟겨 나오는 것 같은—빛의 줄기가, 그의 콧구멍에서 뿜어져 나왔다.

(다시 또 패관꾼이, 못 자빠져 있고 불거져 나와 하는 소리지만, 무엇에나 비유나 상징, 심지어는 신성을 덮어씌우기 좋아하는 이들은, 저 들숨/날숨에 좇아 나는 콧바람 소리 '항솨'를, '금오'[金烏], 또는 '백조'[白鳥]라고도 이르거니와, 또한 숨을 좇아 열렸다 닫기는 소리를 '아[a]—우[u]—음[m], 옴'이라고도 일러, 창조하는 자—주관하는 자—파괴하는 자의 삼위일체법을 설한다. 헌데 이건 패관꾼의 패설[稗說]임으로, 정설[定說]쯤으로나 받아들이려는 이가 있으면, 그의 순직함을 들어, 선남자[善男子]라고 일러얄 테지만, 예의 저 '옴'이, 다른 방언으로 음역[音譯]되었을 때, '우'[無]로 전이했다가, 다시 한번 더 다른 방언으로 이전했을 때는 '무'[無]라고 발음되어진 것이나 아닌가 하는데, '보디사트바'라는, 우주적 거인들의 명칭까지도, 중원의 언어로 음역을 치르자 '보디살타'[菩提薩陀], 줄여서는 '보살'[菩薩]이라고 변형을 치른 것도 그 한 좋은 예이다. '보디사트바'가 '보살'이라는 음역을 당하자, 참으로 희한 빼꼼한, 웃다가 땀도 못 내고 뒈질 일이 일어났는데, 좆 단 아바로키테쉬바

라[Avalokiteshivara]가, '감로수 병'으로 상징화된 '유방'을 단, '관세음보살'에로 성전환을 치러버린 것이다. 무봉[無縫]이어서 열어볼 수 없는 치마, 에 가린 아랫두리야 어떤 모습일지, 어느 중생이 있어 알 수 있겠는가. 언어란 그러고 보면, 중년 훨씬 지난 놈팽이모양, 제 계집과의 상관에서는 시랑토 못 하면서, 남의 계집 발가락 새 휘집어 드는 일엔 된장을 싸매고 덤비는 것모양, 즐비하게 널려 있는 사물이나 존재도 다 표현해내지 못하면서, 보이지도 않는 우주적 대력[大力]들의 불알도 까고, 공알도 뽑아낸다. 두려운 것은, 그것의 전와력[轉訛力]이다. 어찌 되었든, 패설의 화미를 쑥 뽑아내 보기로 한다면, '옴'이 '우'[無] 또는 '무'[無]로 음역을 치른 뒤, 그 언어는 동시에 '뜻글'이기도 하였으므로 하여, 서서히 음[音]이 약화되는 대신, 의[意]가 강세를 띠기 시작했던 것은 아니었는가, 하는 패견[稗見]이 있다. 이 '無'가 거느리는 부정력은 헤아릴 수 없을 것임에도, 그리하여 그것이 제일의 '공안'[公案]이 되기에도, 두 가지의 이점을 갖고 있어 보이는데, 하나는 초심자에게, '숨에다 멍에 메우기—요가'법을 저절로 익히게 하는 수업이 되며, 다른 하나는, 사미들의 동정[童貞] 떼기, 우주적 할례를 위해 그중 좋은 방편이 된다는 것이다. 할 짓 다 해놓고, 혁대 매며 놈팽이 물어 계집께, 네가 처녀는 처녀였느냐? —이 자식아, 그 물음은 혁대를 풀 때 물었어야지, 혁대 매며 물어서는 어쩌잔 짓이끄냐? —라는 식이겠는다. 마는, 그래서 사실로 저 '옴'이, '우'[無]에로 음신[音身]을 바꾸기는 바꿨던가? 그것 좀 가르쳐도라)

이러다 어쩌다 보니, 자라투스트라라는 저 산로(山老)는, 흑기(黑氣)만 먹고 살며, 불을 뿜어내는 이무기도 같았다.

그러느라 하는 중에, 쇠약함으로 떨던 산로의 몸에도, 무슨 기력이랄 것이 좀 돈 듯했으며, 깃발인지, 바람인지, 마음인지, 뭔지를 펄럭이게 하던 펄럭임도 좀 잠잠해진 모양이었다. 그때 저 산로가 올려다본 해는, 신시말(申時末)쯤 되는 데다 검은 구멍을 하나 뻥 뚫어놓고, 보이지 안 했다. 산로가 보니, 말[言語]까지도 그 속에 들었다가는, 의미의 사리 한 톨도 뱉어져 나오지 않을 듯했다. 한 선(禪)꾼에게 이것은, 어떤 종류의 위기였을 터이지만, 독학(獨學)의 자라투스트라도 이제는, 포경 안에다, 성가시리만큼 곱을 쌓을 나이도 아니다 보니, 그 동혈을 두고, 분석하려 하거나, 정의하려 하는 짓 따위는 안 했다. 말지니, 그러려 들면 공이 통째로, 그 속에 실족하여, 쿠마 장터 독장수네서 들려오는 것 같은, 소리까지도 못 남는다. (못 울려낸다, 라고 해야 옳겠지, 마는)

—초인의 정신을 부르짖었던 자는, 동물과 초인 사이의 심연 위에 걸쳐놓은 줄-다리를 무사히 건넜던 것이었는가? 풀신[草鞋] 이라도 한 켤레 삼아 신으려 새끼줄을 꼬면, 그게 그때마다 어째선지, 외로 꼰 것이 되곤 하더니, 저 줄-다리도 혹간, 외로 꼬여진 것은 아니었는가? 세 가닥의 받으로 꼬여진 줄—그 한 받은, 그랬었도다, 대지로부터 그것의 '의지'를 뽑은 것이었으며, 둘째 번 가닥은, 짐승으로부터 뽑아낸 '본능'이었으며, 셋째 번 것은, 인간으로부터 뽑아낸 '권력에의 의지'였었거니…… 그것은 펜리르를 묶은 줄보다도 더 강인한 것이어서, 수미산을 묶어 끌어 올린다 해도, 올이 튼다거나 끊어질 까닭이 없던 것으로 알았었거니, 그럼에도 나 자라투스트라는, 그 줄-다리를 타고 건넌다며, 도중 어디서 외[左] 돌아버리고 말았던 것이었는가? 대지의 의지도, 짐승의 본능도, 그리고 인간의 권력에의 의지도, 그 실은, 독수리의 목과, 날개와, 다리를 휘감은 뱀이었던 것을? 요 얼마 전까지만 해도 그러나, 바로 이 뱀을 목에 감은 독수리가, 나 자라투스트라를 지켜, 천공을 날았었거니! 당시, 그랬었도다, 늙은 성자는, 배고픈 젖먹이가 젖을 보채, '늙은 아비'의 젖꼭지를 빨며 칭얼대기보다도 더 측은하고, 추악해 보였었더니, 그리하여 나 자라투스트라는 이렇게 생각하였었도다, 저 늙은 아해는, 그의 늙은 아비가 죽은 줄도 모르고, 그 송장의 젖꼭지에 달라붙어, '자비와 유화의 덕'을 빨려 하고 있도다. 참을 수 없는 모멸감! 인간이 저렇게까지나 전락할 수 있다는 말인가? 인간인 것이 수치스러워, 목에선 피가 넘어오려 했었도다. 그리하여 자라투스트라는, 그 구역질을 토해, '용기 없는 녀석들은, 잠자기로 삶으로부터 도망치며, 몸보다도 혼을 더 값지게 여겨, 전쟁보다 평화를 찾는다. 그러나 삶은 권력에의 의지인 것을. 어중이떠중이들에 대해 구역질을 느끼며, 초인의 즐거움은, 허망한 희망과 신앙에 삶을 바치는 자들을 뛰어넘는 데서 비롯한다. 무엇에 대해서이든, 신앙하기란 유아에로 돌아가기인데, 그럼에도 뭘 믿지 않으면

안 되겠어서 믿어야겠으면, 당나귀를 믿는 것이 적합하리라. 이 짐승은, 신에게 원하는 모든 조건을 다 구비해 있는데, 그는 사람의 종이며, 결코 떠들어 말하지 못함으로, 오류를 범할 까닭이 없기 때문이다. 세계는 당나귀 자신의 영상을 좇아, 가능한 한 우둔하게 창조한 것이리라'라고, 부르짖지 안 했던가?

—자라투스트라는 그때, 그렇게 말하기로써, '군중'이라는, 벙어리인 데다 언청이 처자를, 겁간했던 것은 아니었던가? 처녀막이 찢겨도 신음하지 못하는, 그 신선한 피를 묻힌, 자라투스트라의 굳센 하초는, 그래서 아름다웠었는가? 해까지도 놀라움의 눈을 떠 경의를 바칠 만큼 위대하였는가? 군중 당자까지도 사실은, 그런 겁간을 즐기고, 환호하여, 아 우리는 그리하여, 대지의 황소가 쏟은 정수에 멱 감았노라, 그는 용사며, 초인인 데다 시인이어서, 화려한 언어로 짠 옷을 입히고 우리에게다, 신에 대한 인간의 존엄성이라는 화환을 씌워주었으며, 짐승을 벗긴 자리에다 몰약을 발라주었는데, 그것의 이름은 '영겁회귀'였노라! 라고, 그래서 과연 자라투스트라를 그들의 어깨에 받쳐 올리고, 월계관을 씌워주었던가?

—그, 그러나, 나 자라투스트라는, 나의 그림자를 누일, 반 평의 휴식처도 베풂 받지를 못했던 것이 아니었느냐? 자라투스트라가, 간음기를 함께하여 건너와 보았던 그 군중은, 자라투스트라를, 자기네 씨암탉이라도 삼킨 구렁이라도 되는 듯이, 피하려 했거나, 떠다 한데 버리려고만 하잖았는가?

—그리고 되돌아버린, 갈 곳이 없던 자라투스트라는, 추락한 이카루스! 흐흐흐, 암내 낸 암말께 다가갔으나, 키가 부족하고 근이 왜소해, 저 기름진 전에서나 헛되게 맴돌다, 암말의 뒷발길질에 차여, 나가떨어진 노새, 노새-이카루스. 가봤자, 노새도 생산에 기여할 수 있던가 몰라. 여기저기가 부러진 노새는, 그리하여 '젊음, 그리고 몸'으로부터 복수 당하고, 호젓한 산정 동굴에 숨어들어, 죽을 듯이 앓아대며, 이렇게 자문한다, 초인은 과연 '신을 믿는 것으로부터 참으로 자유스러울 수' 있는 자인가? 그래서 참으로, 삶에서 신을, 그것은 다름 아닌 인간이 만들어낸 환상이라고, 추출해버리고 나면, 삶은 그때 진면목을 드러내는가? 그것은 그런즉 어떤 것인가? 어떤 것이 삶다운 삶인가? '위험스레 사는 것', 그것이 죽음을 극복한 삶인가? 전장의 용사들의 삶은 허

긴 그런 것이기도 할 테다. 그러므로 농부께 일러, 괭이를 들어 자기의 밭을 파는 대신, 이웃의 밭을 파라고, 평화 대신 분쟁을, 일으키라고, 그렇게 조언하는 것까지는, 그러나 말할 일은 아닐 테다. 다시 묻거니와, 자라투스트라여, 삶답게 사는 삶은 과연 어떤 것인가? 산사(山寺) 써늘한 방에 홀로 앉아, 자기의 삶을 들여다보기로, 고요하고 조용하게 지내고 있으므로 하여 중은, 생중사(生中死)에 떨어져 내린 것인가? 그러면 처사 자라투스트라여, '고독' ―거기 낙향(落鄕, '고독이여, 나의 고향')하여설람엔, 은둔 게모양 웅크려 있는 그는 누구인가? 그는 그러는 대신, 하다 못하면, 밧줄이라도 챙겨나가, 그 한끝은 높은 가지에 매고, 다른 끝은 자기의 발목에라도 묶은 뒤, 뛰어내려 보는 짓이라도 해보든지, 주막거리로 나가 와달이라도 써보는 대신, 어찌하여 낙향하여서는, 능장코만 빠뜨리고 있다는고? 갑자기 삶에서, 진한 실다움이라고 믿었던 것들, 예를 들면 '살'(몸) 같은 것들이, 흘러 빠져나갔거나, 환면(幻面)을 드러내 버리기라도 하였는가? 허긴 보니, 공은, '살이라는 실다움'을 많이 여의고, 살아 있는 촉루가 되어, 고독이라는 검은 상복의 과부가 친 줄에 묶여, 죽음의 시간을 견뎌내고 있구나.

―죽음이여, 나의 고향 죽음이여, 눈물 없이는 그대께 돌아갈 수가 없구나! 전에 나 자라투스트라가, 뭐라고 죽음의 설교를 했든, 그건 어쨌든, 사람은, 말하기로 해서 말이지만, 심지어 원한 한 가지도 없이 죽을 수 있는가? 허긴 짐승의 죽음은 그러할 터이다. 마는, 사람은, 종교까지는 아니더라도, 뭐든 한 닢 입에 문 것이 있고서야, 열명길 오르는 것은 아니겠는가? ―나 자라투스트라는 늙었도다! ―사람의 죽음은 저러할진대, 초인의 죽음은 그러면 어떻게 맞아지는 것이어야 하는가? 호, 혹, 혹간 무위의 죽음? '권력에의 의지'와 무위?

―죽음 다음에의 희망은, 헛된 꿈인가? 그런 환상은 꼭히 벗어버려야 삶은 실다움을 수복하는 마의(魔衣), 삶을 수포화하는 마의일 뿐인가? 남녀노소를 통틀어, 사람은 하루 중 얼마나 많은 시간을, 또는 몇 번이나, 죽음 너머의 세상에 관해 생각하는 것인가? 허긴 그것이 문제여서 자라투스트라가, 토역질을 덮어씌웠던 것은 아니었을 터이지. 하루에 몇 분이나, 또는 몇 번이나를,

그것을 생각하느냐, 라는 문제는 표피적인 것이어서, 어떤 이가 진정으로 신의 사람이라 해도, 먹는 일에, 똥 싸는 일에, ―까닭에 이 세상살이에서 그중 고단하고 먼 길은, 부엌에서 측간까지의 거리라고 이를 것이겠거늘! ―대부분의 시간은 그를 잊고도 지낼 것이며, 또 어떤 이해할 수 없는 세사에 부딪히게 되는 경우엔, 하루 중 세 번이 아니라, 서른 번도 더 그를 부정하게도 될 것인 것. 그리고는 다시 아픈 마음을 송두리째 상처로 열고, 그의 신에게로 돌아가, 그 상처에 안수를 빈다. 그러나 어떤 이들은, 홀로 남게 된 밤에도, 그에게로 돌아가지 않는다. 홀로 그 상처를 핥으며, 늘 새롭게 자신을 일으켜 세우거나, 죽음에 이른다. 여기 두 종류의 삶의 갈림길이 있다. 상처를 열고 신에게로 다가가는 정신과 대지 사이에는, 그리하여 젊은 자라투스트라께 보였기에는, 하지의 뙤약볕에도 녹지 않는 얼음이 깔려 있었던 것이고, 그것은 진정한 대지적 삶으로부터 유리된 것이었던 것으로 여겨졌던 것인 것. 그것 위에로 넘어져서도, '그것을 의지해 일어서는' 그 대지가, 늙은 성자께는 그러나, 목적이 아니라 수단이었던 것, 도달점이 아니라, 과정이었던 것, 하늘에, 그 하늘 너머에 닿는, 괴롭고도 괴로운 천로(天路)로 놓여져 있던 것―그런 의미에서의 대지는, 그 아래는 시꺼먼 무저갱일 뿐인, 그 위에 덮인 살얼음보다도 더 위험하며, 심연 위의 줄-다리보다도, 건너기에 더 아슬아슬하여, 견고함이란 조금도 없는 것이 아닌가? 식물적 윤회라는, 실은 약육강식의, 이빨 갖춘 뇨절—대지의 종말은, 죽음인 것? '날것→썩기'? '날것→익히기'가, 젊은 자라투스트라의 '초인'의 사상이었는가? 그런즉 그것은, '대지'에 대한 하나의 반역, 하나의 반란의 음모는 아니었는가? 그러며 몸과 대지를 설했음은, 모순은 아니었는가? ……아마도, 젊은 자라투스트라와, 늙은 성자 사이에는, 용수(龍樹)와 성력주의자(性力主義者)들 사이에서의 그것처럼, '실다움'에 대한, 눈의 다름이 있었는 듯하다. 늙은 성자의 관법을 좇기로 하면, 용수가 성력주의로부터 시작해 공(空)을, 무(無)를 터득했더면, 살이 가려울 때 우리가, 그것을 긁는 까닭이 설명되어졌을 것이었다. 가려움에 눈을 두기와, 그것을 벗어나기에 눈을 두기, 그리고 가려움이란 있는 것이 아니라는 데 눈을 두기는, 어쩌면 눈높이의 다름이며, 가려움 자체의 차이는 아닌 듯하다. 셋은 일호의 차이도 없는 같은 '가려움'을 갖고 있다. 그렇다면 '중관론'(中觀論)은, 공에서가 아니라, 색에서 시작되었어야 하는 것이 아니었던가? 전자는, 부정론의 입장을 취하고, 있어, 자칫 잘못했다가 '공 쪽'의 음극으로 실족하기가 쉬우며, 후자는 긍정론의 입지에 서 있어, 자칫 잘못하면 '색'에 몰입하여, 경계를 벗어나기 어려움이 짚인다. 누구에게나 다 그러나 '돈오'(頓悟)를 기대할 수 있기는커녕, 그것이야말로 희귀한 것 중의 희귀한 것일 것.

—삶이 실다움이 아니라면, 죽음도 실다움이 아니다. 삶이 실다움이라면, 죽음도 실다움이다. 젊었던 때 자라투스트라는, 삶의 접시에다, 실다움이라는 백마노를 무겁게 올려놓고 있었다. 그런 후, 이십여 년이나 흐른 후, 늙은 자라투스트라는, 그리하여 어떤가? 흙밖에, 다른 것은, 별로 생각해볼 까닭도 별로 없던 근실한 농부처럼, 흙 속의 흙이 되어, 다른 씨앗의 거름이 될, 흙의 꿈을 기꺼이 꿀 수 있는가? 삶 쪽에 무게를 많이 두었던 젊었던 때의 그 대지를 아직도 고수하고 있는가? 대지의 의지를 행복하게 수락할 수 있는가? 아니면, 갈 곳도, 방향도, 더 이상의 꿈도 없는 초인의 비극을 감내할 수 있는가? 죽음에서 의미를 찾으려 하기는 그래서, 삶을 물거품화하기인가? 삶이 의미 있게 운영되었을 때, 죽음이라는 종말도 의미를 획득하는 것인가? 이것도 의미가 있었으므로 저것도 의미가 있는가? 아니면 두 의미는 별개의 것들인가? 허긴 별개의 것들이라고 생각하는 이들이, 삶을 검은 보따리에 싸 들고, 고향 떠나는 이민 길에 오른 듯하다. 혹간 삶은, '의미'로서 주어진 것이 아니라, 다른 선택이 없이 주어진 것으로서, 그것을 벗어야 하는 '목적'만 갖고 있는 것은 아닌가? '의미'가 있다면 그것은 무엇인가? 늙은 자라투스트라는, 아무래도, 이제는 젊은 자라투스트라처럼은 외칠 수가 없는 듯하다. 어째선지 지금은, 그 '의미'의 부분은, 빈 괄호 '(　)'인 듯만 싶으고녀. 자라투스트라는, 대지의 의지를 부르짖었을 때 이미, 그 살얼음 속으로, 빠져들었던 것은 아니었는가? 그러며 '허무'에의 두려움 탓에, 하나의 망령을 만들어, 권력에의 의지라는 힘줄을 사려 넣어, '초인'이라고 부른 것은 아니었는가? '인간'은 왜 극복되어져야 할 어떤 것이었는가? 보통인에 대한 우월인, 평화보다 전쟁, 조율을 얻은 삶보다 위험한 삶, —아읔, 거기서는 위험한 독룡의 알이 깨이기가 쉽겠도다. 어떻

게 노상 극복에 극복, 다시 또 그것의 극복, 극복만을 계속할 수 있을까? 포기하고 안주하려 할 때 그는 종말인의 꼬락서니다. 늙은 성자에 의하면, 인간은 극복되어야 하는 어떤 것이기보다, 연금되어져야 하는 어떤 것이라고 하였거니와, 어떻게는, 둘은 같은 것을 말하고도 있어 보이되, 결과에 주목한다면, 같은 것들은 아니었던 듯하다. 하나는 자기의 송장을 파먹어 들고, 하나는 송장 속에서 나비를 일으켜 날려 보내고 있는 듯하다. 미숙한, 반항적 몇 개의 정신을 제외한다면, 초인은 그 이후 몇이나 나타났는가? 신 없는 초인(이란, 물론 이분법적 사고의 출산은 아니다)이란, 또는 신에 대적하는 초인(쪽에다, 늙은 성자는 눈을 맞추고, 이분법적 괴물의 자식이라고 일렀거니와,)이란, 그래서 결국 무엇인가? '수사학적 돈오'라는 게 있다고 하는 바와 같이, 수사학적 초인도 있었던 게 아니었는가? 아니라면, 젊은 자라투스트라는, 초인적 삶에 대한(이런 걸 두고, 경전이라고 이를 수는 없음인 것) 명세서라도 작성해뒀던 것인가? 잇바디란 짐승의 장기인즉, 흐흐흐, 자고 깨서나, 깼다 잠들기 전에, 사람이라고 치고서는, 이빨 닦기는 하지 말라, 성욕이란 살짝 데쳐 내면 권력에의 의지인즉, 간음은, 비록 마음으로라도, 많이 하면 할수록 좋다, 클클클, 짐승의 전 동력이 되어 있는 위장 탓에, 싫은 출근을 왜 하나? 대신, 축구 경기장 같은 데라도 달려가, 이기는 선수는 영웅으로서 경배하여, 후문(後門)을 열어주어, 그의 축복을 갈구하려니와, 보통인을 초극하지 못한 선수는, 소주병으로 대가리를 까고, 패배자들을 쓸어 담는 쓰레기통에 던져 넣으라, 으흐흐흫, 클클클, 늙은 자라투스트라가, 심술이 너무 궂은가? 젊은 자라투스트라의 불알을 훑고 있구나. 젊은 자라투스트라는 노새였도다. 성욕만 있고, 새끼는 못 까는, 노새였도다.

—늙은 성자를 통해 보건대, 신은 아직도, 그리고 여전히, 시퍼렇게 살아, 그의 불은 젖퉁이로, 그의 '유아'들께 '자비와 유화'의 젖을 먹이고 있거니—. 자라투스트라가 살해한 신은 그러면, 어떤 신이었던가? '밖'에는 없다고 이르는, 그 없는 신이었는가? 또 아니면, 남천화상(南泉和尙)의 고양이 학살은 제법 소문난 얘기거니와, 자라투스트라는 '당나귀'를 학살한 남천은 아니었던가? 한 마리 강아지로부터 불성(佛性)을 박탈한 조주(趙州)는 아니었던

가? 그의 법심으로 그 한 마리 강아지는, '불성'을 잃었으므로 하여, 팔만 유정·무정 아무것에도 소속되는 바가 없어, 부처가 되었겠으나, —불성(佛性)에 의해 부처가 되는 것이라면, 그 불성 자체는 여전히 프라브리티의 속성 중의 하나일 것. 누가 성불하고서도, 아직도 불성을 가지고 있다면, 라후[蝕]의 창자를 벗어나고 있는 해의 모습이 그러하듯, 대가리는 니브리티에 탁송해놓고, 발은 프라브리티를 딛고 있어 불순하다. 그런즉 부처는 불성이 없다. 그런즉 프라브리티엔, 부처가 왔거나, 있어 본 적이 한 번도 없다. 그들은 중력의 원소를 벗어버린 자들이어서, 프라브리티라는 그 중력의 자궁을 둘러싼 대기권 속을, 뚫고 들어보고 싶다 해도, 들어지지가 않기의 까닭이다. 보디사트바들이 그래서, '성불(成佛)을 미뤄 둔다'는 까닭이 분명해진다. 어쩌면 또, 보디사트바들이라는 자들은, 대개 팔관(八官)이나 구관(九官)까지는 달성했으나, 니브리티 공포증을 여의지 못한 자들일지도 모르지. 모를 것은, 나 자라투스트라는 보디사트바가 아니어서 모른다. 석가모니도 그래서 사리라[外皮]를 입고 있던 한은 부처가 아니다—다른 강아지들은, 어떻게 되어서든, 선악의 구별은 못 하나, 주인과 타인의 구별심, 다시 말하면 자/타라는 차별심을 여의지 못해, 아직도 콩콩 짖으며, 도척이네 개가 안회의 바짓가랑이를 물고 덤비는 것을 보면, 조주의 법심으로 발한 법력은 두루 미치지를 못한 듯하다. 대체로 저들의 보살행이란 그런 정도였던 듯하다. 그렇기에 아직도, 억조창생은 고해를 못 벗어나, 쓴 물 먹기에 괴로워하고 있는데, 그래가지고 언제 억조창생을 다 교화 구제하려 하느냐? '대승'(大乘)이란 문자 그대로 '바퀴는 크되', 고해에 (그 바퀴가) 빠져든즉, 커도 구르지를 못하는구나. 용수를 마부로 삼을 일은 아니었다. 그는, 수렁에 빠진 그 바퀴를 뽑아 올리려 하여, 수렁을 지운다는 짓이, 수렁만 남기고 바퀴를 지워 없애고 말았다. 『심경』(心經)을 책찍으로 삼을 일도 아니었다. 바퀴가 지워 없어지자마자, 그 수레에 타고 있던 억조창생이, 수렁에 빠져, 가망 없는 몸짓으로 허우적이고 있잖느냐, 쓴 물 먹고 허파에까지 물이 차 가라앉았다가, 어떻게 한번 솟아오르며, 쓴 물 토하다, 다시 또 쓴 물 먹기—그것을 그리하여 상사라[苦海]라고 이른다고 하거늘. 보디사트바들이여, 그대들의 억센 팔로도, 한번 뻗쳐 내려, 쓴 물 먹고 토하기에 죽지도 못해 괴로워하는 것들을, 한둘밖에 끄집어 올리지 못한다면, 그대들이 오백세(五百世)를 한하고 낚시질을 한다 해도, 불어만 나는 유정 탓에, 고해의 해일이 정토까지 삼키고 말겠구나.

자라투스트라는, 다 늙은 끝에, 젊어서 가졌어야 했을, 젊은 의문의 무거운 추를, 늙은 발목에 매달고, 자기의 '줄-다리'를 건너다 실족한 모양이어서, 그 아래쪽 심연 속으로 가라앉아 내리고 있었다. 거기서 그는, 시간의 과거와 현재가 함께 물크러져 있어, 시차에의 체험을 못 하고 있는 중이었는데, 그의 신음에 찬 독백은, 어쩌면 이 물크러진 시간 속에서, 그가 그렇게도 억세게 고수했던 '자아'라는 것이, 녹으며 일으켜낸, 거품이 터뜨려지는 소리였을 것이었다. '자아'도 이래서 보면 결국, 곡해 전와(轉訛)된 사리(舍利, Śarira)는 아니었는가? 곡해 전와를 일으킨 고장에서는, 그것이, 지혜, 각도, 불심(佛心)의 결정석(結晶石) 같은 것으로 숭앙되는 것인데, 그래서 '알맹이' 같은 것인데, 반하여, 그 원의(原意)는, '껍질'[外皮]이라는 것이던 것을. 공화색(空化色)이 사리라면, 헤헤헤, 상사라가 통째로 사리겠는가. 색불이공(色不異空)이라서, 사대[地水火風]도 공에 의존하는 것이라면, 불가 궐자들입지, 부처의 손톱·발톱·이똥 닦지 않은 잇바디·머리칼 등은, 아으흐흐, 그래서 알겠다, 알겠는 것은, 그래서 그것은 색(色)이어서, 사리라고 이르는 까닭을 알겠다 말이심. 그, 그렇다고 해서, 성현을 기리는 것이 나쁘다고, 누가 말하는 소리 들어보았는가?

모든 사실성, 또는 현실성이나 객관성, —존재와 사물, 그 한 우주는, 공간이라는 체(體) 속에서, 시간이라는 용(用)의 춤추기에서 나타났다가, 또한 스러지는 것—그런 같은 춤추기에서, 창조와 파괴가 갈아드는 거기 어디에, '시중'(時中)이라는 것이 있다.

이런 상태에 함몰한 자라투스트라의 시간은 그래서, 시제(時制)로 따질 것은 못 되었을 것이니, 그 상태에서 그가 얼마나 흐늘어졌는지, 또는 희어졌거나 검어졌는지, 그것은 알아낼 수가 없기만 하다. 이것도 하나의 바르도래얄 것이지만, 그는 어째도, 실제적 육신이라는 그 중력에 묶여 있어, 그것을 벗었음으로 하여, 거꾸로 부는 갈마의 센 바람에 불리는 '염태'(念態)들과 같을 수는 없음에 분명했다. 중력을 벗은 염태들은, 최악의, 또는 최선의 경우, (시간이라는 '용'에 시선을 두고 말하면,) 극대의 시간이라고도, (공간이라는 '체' 쪽에서의) 무(無)라고도, (그것의 의인화로써) 아자가라(Ajagara) 뱀이라고도 이르는, 흑공(黑空)이나 백공(白空) 속으로 들게 되는 것일 터이지만, 그것(중력)을 벗지 안 했으므로 하여 자라투스트라는, 그와 반극이 되는 일점, 극소의 시간, 또는 심소(心所), 문두룸(Mundulum) 뱀이라고도 이르는, 시중(時中)에 삼켜 들어 있었던 것이었다. 게다가 보태 다행스러운 일은, 자라투스트라는 몸의 주권(主權)을 주장했던 자였으므로 해서, 혼(魂)만 똑 떼어내 한 보따리 해, 몸이라는 가렵고 거추장스러운, 조악한 물질로 이뤄진 조롱을 떠나, 거의 방종에 가까울 자유를 누려본 적이 없어, 현재 비록 그 조롱이 파사근거리는 지경에 처해 있다 해도, 몸과 혼 사이를 잇는 점질대랄 것은, 아직도 든든하다는 것이다. 말이 나왔으니 말이지만, 자라투스트라도 물론, 상상력이라는 나는 탄자에 올라, 차원이 다른 고장에로 날아보기나, 수시로 내림하는 백일몽귀(白日夢鬼) 따위의 등에 업혀, 몸으로 닿기에는 만년 세월도 더 걸릴, 생소한 먼 고장을 둘러보는 일을 즐겨 하지 않은 건 아니라도, 혼신(魂身)이랄 것이 혼처(魂處)를 비우고 주류에 나서기와, 세 번째 눈이랄 것을 떠 그 눈으로 내어다보기는, 같은 것이 아니었다. 하나는 밖으로 들어갔으며, 하나는 안으로 나간 것이었을 테다. 아마도, 판켄드리야의 원시적 초보적 신비의 체험은, 저렇게 시작되었을 것인데, 길은 하나라도 둘이다, 둘이라도 하나다.

(여 패관자여, 그리고도 뭘 더 말하려 하면, 그렇지 안 해도 재산이란 그것뿐인 눈썹, 팔아 간신히 목구멍 풀칠이나 해오고 있는 처지에, 눈두덩이 성글어지지 않겠느냐? 뽑아 외도[外道]에 쓸 여분이 있느냐?)

자라투스트라여, 그러나 이제쯤은 돌아오게라! 아직도 그대의 운명의 날은 다하지 안 해, 그대의 죽음은, 저 아랫녘 장터 주변, 검은 연기 오르는 자리를 비실거리며, 제 자리 표지를 하느라, 오줌 싸고 냄새 맡고, 그러고 있구나. 그러는 어느 한순간, 자라투스트라는, 무엇이, 어쩌면 저 죽음이나 되었겠지, 부르는 소리를 들은 듯, 자기의 산 몸 냄새를 느꼈으며, 그래서 얼굴을 찡그렸다간, 심호흡을 한번 했다. 그리고도 그는, 자리에서 벌떡 일어서거나 하지는 안 했다. 그는 자기의 몸 냄새에 의해, 수동태에서 능동성을 일으켜낸 것뿐이다. 여기 (유정들의) 정신적 진화를 위한, 몸의 미덕이 높이 찬양되어져야 할, 분명한 까닭이 있다. 일어서는 대신 자라투스트라는, 차라리 눈을 감고, 스승도 없이 독학한 선정법(禪定法)에 잠기려 했는데, 오늘 아침 동굴을 나선 뒤로, 과거 이십여 년 동안에도 없었던 많은 일들을 겪었으므로 해서, 결과에 있어 그것이 어느 극으로 치달려 가든, 이 선(禪)은 그에게 꼭히 필요한 것이었을 것이다. 그렇다고 해서 무슨 주제의식[話頭]을 갖고 있는 것도 아니고, 또, 늙은네의 장광설을 되씹어보려는 뜻을 갖고 있는 것도 아니었다. 어쨌선지, 자기의, 글쎄 뭐랬으면 좋겠는가, 글쎄 '자아'라고 뭉뚱그려 말하면 되겠느냐, 그런 무엇이, 비 맞은 병아리 꼴이나, 해가 지는데도 돌아갈 곳이 없어, 빈 들 가운데 멍하게 서 있는, 쫓겨난 늙은 노새 꼴로, 빙충맞아 보이기도, 서럽도록 쓸쓸하게도 여겨진 것이다. 그리고 영육이 피곤했다.

'아ㅡ' —시작으로서 그는, 비 묻은 구름 낀 날, 왼골 안에서 운다는, 능구렁이의 울음소리를 냈다. 모든 언어의 끝[終音]은 'ㅁ'[無音]인 것과 같이, 시작은 '아ㅡ' 음(音)으로 목구멍을 엶으로 하여, 색깔로는 그것은 희게[白] 상징되는 것일 것. 그렇다면 'ㅁ'의 색깔은 필시 검을[黑] 테다. 흰[白] '아ㅡ' 어(語)는 그리하여, 백조의 모습으로 날아오른다.

그러나 어쩌쓴 연고료[何以故], 저 흰 새는 조금 창공을 날아오르는 듯하더니, 중천 어디쯤에서, 날개에 경직이 왔든 어쨌든, 작은 살별처럼 떨어져 내리더니, 땅에다 부리부터 처박고 부득 쓰러져버렸다. (어쩌면, 그 어느 순간에, 자라투스트라의 목구멍이, 갑작스런 울음에 비렸던 모양이었으며, 딸꾹질이 끼어들었던 모양이었는다)

> 흐흐흐, 잘됐거니, 이럴 때, 패관자의 필기첩에 끄적거려놓은 얘기 한 자리를 끄집어내어, 이런 좋은 자리에다 팔지 않으면, 무슨 수로 목구멍에 친 거미줄을 걷어낼 일이겠는가? 글쎄, 패관이란 나라님이 내놓은 절도, 말의 절도라고 이르거늘, 어디서 훔친 얘기라고 해설라무네, 공짜로 퍼줄 수는 없는 법. 또 하는 말도 있잖느냐, 주운 돌이라도 값을 받고 팔

면, 그것을 산 이가, 그것이 무슨 나루마다 강바닥에서 건져 올린, 시바 신의 링가라도 되는 듯이, '한 점 수석을 얻었다'고 아껴 간직하되, 호박만한 금덩어리라도 거저 주면, 받는 이가, 이리 살피고 저리 살피다, 하항 여기에 이런 흠이 있다 보니, 버리기 대신 인심이나 쓰자고 한 것이었구나, 투덜대고, 눈 흘기고, 재수 없다고 버려버린다 하잖느냐. 이런즉, 오랜만에 얻게 될 술이며 밥이, 수염 타고 흘러버리기 전에, 수염을 홀랑 아래위 좌우로 쓸어 거두고, 말하는 입 말고도 (하도 오래전에, 아까 점심때, 먹어보고 못 먹어봐서) 먹는 입도 그 자리에 찢어져 있는지, 어쩌는지, 그것부터 알아보는 일이야말로, 막중대사가 아니겠는가. 이러다 보니 알겠는다, 알겠는 것은, 수염을, 개 오줌 갈긴 덤불모양 덮어, 입인지 썩는 웅덩이인지, 그런 걸로 주절주절 뱉어내다 보니, 코도 묻고 가래도 섞여, 소설한다는 짓이 잡스러울 수밖에 없는, 그 까닭을 알겠는 것이다. 엘시구, 뉘집 암캐의 음수 동이나 먹었는지, 질퍽 질푸덕 잘이 흔다. 가맜자, 도둑질한 얘기 한 자리 팔아, 그것으로 어쩌겠다고 꿈부터 꾸었던가?

—천축이라는 데서, 붓 대롱 속에 숨겨 넣어 왔다가, 필기첩 속에다 심어 뒀던 얘기 한 자리님, 눈이 튼 데다 거웃 돋고, 불알까지 여물었거든, 훨씬 나서씨요! —전에, 얼마나 오래전인지는, 섬동지 어른께서 천지 조판하십네 하시고설랑, 박달나무로 별 깎아 천장에 박던 때, 하늘 오르기 수월허라고시나, 섬동지의 근을 어깨에 받쳐주었다던, 공네 할애비께나 물어보믄 몰라도, 패관자는 모르는 요 얼마 전에, 머리통을 넷씩이나 해달고 있었다는 브라흐마(Brähma)하고, 비슈누(Vişṇu)가 한자리에 만나, 도대체 시바(Śiva)의 링가(Liṅga)라는 것이, 그 끝은 얼마나 높이 뻗쳐 올랐으며, 그 뿌리는 또 얼마나 깊이 박혀 내렸는지, 그것을 알아보자고 했드랬는다. 브라흐마는 그래서 백조(또는 거위)의 모습을 꾸며, 링가의 위쪽 끝을 찾아 날아올라댔더라며, 비슈누는 멧돼지 꼴로, 땅을 파고 내렸더라고 했댔더랬다. 그 둘은 그렇게 오르고 내리기를 십만 년 세월이 흐르도록 했더랬는데, 그리고도 그 끝이나 밑을 볼 수가 없어, 가망 없는 그

탐색을 포기하자고 하고시난, 둘 다 되돌아와, 그 같은 자리에서 만났더랬었는다. 돌아와서는 그런데, 브라흐마는, 자기의 우월성을 과시해볼 모양으로, 자기는 그 귀두를 보고 왔다고, 허위 진술을 했던 모양이어서, 시바의 분노를 샀었겠댔다. 성난 시바의, 세 번째의 눈이 뜨이며, 거기로부터 한 우주라도 태워버릴 불이 쏟겨 나왔더랬는데, 그 결과 브라흐마는, 머리통 하나를 바싹 태워 잃게 되었더라 하더랬는다.

헌데 패관자가 훔쳐 들었었기로는, 저런 얘긴즉슨, 늙은 브라흐마 신숭배 속이 쇠약해지고, 새로 등장한 음력(陰力) 샥티(Śakti) 숭배가 성하기 시작한, 그런 어떤 과도기에 만들어진 것일 것이라는데, 어떤 성자들의 번안을 좇으면, 브라흐마가 샥티에로 성전환을 했다고도 이르던 것. 머리가 하나 태워졌을 때 그는, 양신격(陽神格)을 잃었음에 분명하다. 그로 인해, 본디는 창조적 양력이었던 것이 전환하여, 음력 상위, 즉슨 맷돌 성교 자세로, 우주의 화현의 비밀이 바뀌어버린 것인데, 그래서, '샥티가 없이는 시바(Śiva)도 사바(Śava)이다'라는 명제가 만들어진다. 예의 저 '사바'란 '송장'의 뜻이라는 것.

아직까지도 그걸 모르고 그런데 중원에서는, '곡신불사 시위현빈'(谷神不死 是謂玄牝)이라고, 양기상위론(陽氣上位論)을 고수하고 있다. 인용한 구절이, 양기상위론이라고 이해하는 패관의 소견은 이렇다, 예를 한두 가지만 들면, '山神'이나 '木神'(天神, 地神, 海神, 雨神, 風神, 外 億數)의 경우, '山神'이라고 해서 '山' 자체가 '神'이라는 뜻보다는, '山'을 주관하는 어떤 '신령'(神靈)의 뜻이며, 민속도에서는, 그는 호랑이를 거느리는 백발동안의, 큰 지팽이 짚은 늙은네로 나타나 있음은, 주지하는 바대로이다, 마찬가지로 '木神'도, '참나무'나 '소나무' 자체가 '神'이라는 뜻은 거의 없는 듯하며, 그 나무들의 어떤 '신령한 기'를 상정하여, 접붙인 것으로 이해되는 것. 이런 관점에서는 '谷神'도, '골짜기' 자체가 '神'이라고는 동의하기에 불편한 점이 한두 가지가 아닌데, 만약에 '골짜기 신'과 '신비로운 암컷[玄牝]'이 동일한 것의 두 다른 이름이라면, '陽'은 어디서 구해지는 것인가, '陽'이 없이 그것은 어떻게 천지의 근원이 될 수 있는가, 하는 따위, 심각한 의문을 수반하게 되어, 난삽한 무의미에로 떨어질 위험성이 있다. 물론, 진주조개는, 보름에 수면에 떠올라, 달빛 받아 진주를 이룬다고 하며, 암토끼 또한, 옥문에 달빛 쐬어 새끼를 친다고도 이르기는 하더라, 마는—. 그런즉 노자(老子)네서는, 음(陰)의 사상을 개발하였는가? 패관의 졸견에는 그런데, '谷神'의 '谷', '골짜기'는, 陰으로써, 상형문자를 빌려 표현하면 '凹'며, 그 '골짜기'를 채우고 든 하늘[陽]은, '凸', 보다 정확하게는 '한 각이 하향한 삼각(▽)'의 형태라는 것이다. 그러므로 '凹'에 담긴 '凸'은 죽기는커녕, 더욱더 빼등거리니니, 이 '凹'는 '신비한[玄] 암컷[牝]'이 아니겠는가. 그런즉 그것이 천지의 근원이 될 것이었다. 그럼에도 '用'은, 헤헤, 어느 쪽이라 일러야겠는가? 그건 그러려니와, '음양'에 대한, 두 다른 이해는, 아마도 그들이 개별적으로 개발한 요가 체계의 상이함에 근거하고 있는 듯하다. '우주의 원리'가 먼저냐, 요가 체계가 먼저냐, 하는 물음은, 사실에 있어 이미 그 대답이 만들어져 있어, 물으려 할 일은 아닐 게다.

그 물음은 다름이 아니라, 아무리 방석을 쥐어 들어 후둘겨 패도, 깨지기는커녕, 피도 안 흘리는 석두(石頭)의 소치다. 덧붙일 것이 있다면, '요가 체계의 상이점'에 관한 것일 듯한데, 누가 어디서 패관이 요기(Yogi)라는 소리 들어보았느냐? 그런즉, 훔쳐 들은 소리나 하나 토 달아두자면, 인체 내에서, 기지(氣地)를 어디에 두느냐, 다시 말하면, '회음'에 두느냐, '단전'에 두느냐, 의 다름에 의해, 그 체계에도, 다름이 있는 것이나 아닌가 한다. '회음'을 중시할 때, '음력'이 '用'성을 띠고, '단전'을 중시할 때, '양력'이 '用'성을 띠는 듯하다. 그러나 요가 입문도 못 해본 패관이, 알기는 쥐 좆이라도 알겠느냐? 그런즉 '음양론'이며, '선정법'에 일가견을 이룬 이들이, 이 문제를 두고 왈가왈부하고 싶어 한다면, 비록 본 패관이 어쭙잖은 잡설을 폈다 해도, 이 문제의 주제가 되어 있는 것에 대한, 옳은 해석을 두고 논의할 일이지, 패관을 불러들여 훈수하려 들 일은 아니다. 그러려 들면, 패관의 장죽이, 공들의 그 삼거불의 대갈통에다 구멍을 뚫어, 유식하다는 그 삼거불을 모두 뽑아내, 미투리 삼아 신고, 돌밭 길을 뛰어다닐 테다. 그때 일어나는 편두통을 두고설랑, 패관을 원망하려 해서는 안 되느니. 패관을 가리켜, 지자라거나, 현자, 또는 도인이라고 이르는 소리 들어본 자 있느냐?

얘야, 술 거르는 새댁 아가, 마셔도 마셔도 취흥이 일지 않는 걸로 보건대, 아기한테 오줌소태기가 있는 듯하고나. 아무리 급해도 그렇지, 볼일이라면 측간에 가서 봐야지!

—나의 독수리는, 어디만큼 날아오르다, 추락하여 똬리를 치고, 죽은 듯이 자빠져 있도다. 재러람, 재로다!

자라투스트라는, 자기가 시도한 한 솥의 연금술이 재가 되어버린 것을 두고, 그렇게 독백했다. 그의 표정은 우울했으며, 어떤 절망 탓인지, 어깨를 가늘게 떨고 있었는데, 찬바람 가운데 선, 잎 진 작은 노목(老木), 의 귀신이, 여름 햇빛 가운데로 잘못 나와 있는 듯했다. 그의 한숨에서는 진눈깨비가 내렸다. 이 낙백한, 한 고독한 늙은 방랑자를, 한 산 분량의 슬픔이 사태져 덮은 모양이었다. 엘리 엘리 라마 사박다니? —그의 입술에서는 그런 신음이 떨려났는데, 아는 이들은 알다시피, 그건 누구의 귀에나 낯선 것은 아니었지만, 누구나의 입술에서 짜여져 나올 신음은 아니었던 것을, —그것도 그런데, 더욱이나 자라투스트라의 입술에서 피 묻어났을 때, 가까운 데서 풀을 뜯던 노루까지도, 풀 뜯기를 잊고, 경악의 눈으로 그를 건너다보게 했음에 족했다. 그는 분명히, 조금의 선념(善念)도 가진 바 없이, 자기가 공박의 표적으로 삼았던, 한 히브리 사람을 염두에 두고 있었을 것인데, 어떤 거리를 두고, 어떻게 들어보면 그것은, 무신주의자의 깊은 탄식 같지 않은 것도 아니다. 이런 견지, 부정적 견지를 고수하고 '엘리'를 건너다보기로 한다면, 거기서는 어떤 '격'(格)이 빠져나가고, '상'(相)만 남는 것을 보게 되기는 한다. 그럴 때, 부정적 국면에서의, 한 우주는 텅 비고, 황폐에 덮여 있어 보일 듯하다. 자라투스트라는, 그래서 보면, 긍정적 삶이라고 여겼던 것의 이면, 을 본 듯하기도 하다.

자라투스트라는 그러나, 이 일점에서 좌절하지는 안 했으며, 마음이 흩어져 진눈깨비로 내리는 것을, 새로 호흡에다 끌어들였다. 그러며 자기의 실패가 무엇이었던지를 분석해보고, 그 결론 위에서, 새로운 선(禪)을 시작하려 했다. 그 실패의 원인은 너무도 확실했는데, '흰 아— 어(語)'를 바퀴[乘]로, 또는 날개로 삼은, 상승, 또는 비상은, 대지를 발목에 굳게 매달고 있는 정신에 대해서는, 어느 한계에서의 추락밖에, 다른 결과는 기대되지 않는다는 것이다. 아무리 날아올라도, (독수리의) 그림자는 땅에 깔려, 땅을 거머쥐고 있음인 것. 그래서는 천공에 구멍을 뚫어, 더 높이 오를 수는 없음인 것. 시바의 링가의 끝의 신비는, 그래서는 포착되지 않는다. 무신론자들의 한계는 그것일 것인데, 그 너머, 니브리티, 또는 니르바나의 잠겨진 문의 열쇠는, 신이 쥐고 있기의 까닭이다. 그래서 '나는 길이요, 진리며, 생명이다'는 얘기가 들리게 된다. '니브리티'나 '니르바나'는, 꼭 같은 것일 것이지만, '마음'을 두고도 '프라나 마음'을 운위하는 견해를 원용하기로 한다면, '니르바나'는, '니브리티'에 대한 '프라나 마음'의 국면이라는 것을 알게 한다. 이런 자리는, '체(體)/용(用)론(論)'이 운위될 자리는 아니로되, 이해를 분명하게 하기 위해 말한다면, 니브리티는, 니르바나의 체의 이름이며, 니르바나는, 니브리티의 용이 아닐 것인가 한다. 그 결론 위에서 자라투스트라는, 이번에는 '하강·몰락'의 선(禪)을 준비하려 했다. 하여서 '검[黑] 아— 어(語)', 즉슨 'ㅁ'[無音]을, 즉슨 화미(話尾)인 것을, 뒤집어, 화두(話頭)로 삼았다. 물학(物學)꾼들의 어휘를 차용키로 하면, '원심력적 운동'의 방향을 바꿔 '구심력적 운동'에 의존하려 한 것이다. '땅의 깊은 곳으로 내려가 보라, 그러면 그대 거기서 숨겨진 돌을 찾으리라.' 판켄드리야의 승리는, 늙은 성자에 의하면, 사실은 이 구심력적 편력, 즉슨 이런 몰락의 선법을 통해서 가능했던 것이기는 하다.

자라투스트라는 그리하여, 그 결과에 대한 기대를 갖지 않으려 하며, 중력의 원소에 몲(몸+말+맘)을 묶었다. '흙'의 원소와의 관련에서는 '멧돼지'의 영상을, '물'과는 '곤'(鯤)의 그것을 떠올려, 양미간에 안치했다. 어떻게 그러면 자라투스트라는, 상정된 두 개의 영상을 하나로 야합시키려 하는가? 자라투스트라는 그러나 선(禪)꾼이 아니라, '몽상꾼, 말의 몽상꾼'인 자.

그러는 어느 한순간, 이란, 지층(地層)을 디뎌 '땅의 깊은 곳으로 내려간' 어느 한순간이라는 말인데, 예의 저 '검[黑] 아—' 어(語)라는 청각적 의지에,

선끈 당자로서도 이해할 수 없는, 한 변화가 일어나, 그 당자로 하여금도 놀라운 눈으로 주시케 했다. '놀라운 눈으로 주시케 했다'는 말은, '귀'에 대한 '눈'의 역할을 들춰낸 뜻을 갖거니와, 그러니까, 이제껏 청각적이던 것이, 갑자기 시각화를 치렀다는 말인 것이다. 자라투스트라가 '듣다가 보니', 예의 그 '두 개의 상정, 멧돼지와 곤'이, 저돌적으로 서로에게 달려들어, 뭍과 물이 맞닿은 젖은 자리에서, 서로가 서로를 해치거나, 잡아먹으려 덤빈 것이다. 이 충돌을 통해, 저 두 개의 상정이, 일단은, 하나로 합쳐졌는데, 자라투스트라가 또 보니, 더 이상 저 두 상정의 모습들은 보이지 않고, 거기 거대한 양두사(兩頭蛇) 한 마리가 나타나, 똬리의 가운데서 머리들을 일으켜, 혀를 낼름거리며, (뱀은 혀로써 냄새를 식별하잖느냐) 제가 처한 자리를 인식해내려 하고 있었다. 동면에서 깬 것일 게다.

—아으!

자라투스트라는, 경이와 경악으로 부르짖었다.

—대지의 자식이여!

저 뱀은, 한참이나 혀를 낼름거려쌓더니, 드디어 어떤 인식이 드는지, 똬리 속에서 운동을 부화해냈다. 배고픔 탓이었을 것으로, 혀를 낼름거리며, 냄새를 맡아쌓더니, 두 대가리 다 자라투스트라를 향해 꼿꼿이 쳐들고, 식욕이 살욕으로 변해졌던 모양으로, 흐리던 눈들이 무섭게도 붉어져, 붉은빛을 쐬어내기 시작하고 있었다. 이래서, 어떤 '질투 많은 신' 하나가, 뱀을 뱀처럼이나 싫어해서, 자기가 지은 '사람'으로 하여금, 그것을 만나는 족족, 그 머리를 짓밟아 죽이라고, 일렀을 것이라고, 자라투스트라는, 약간의 해학을 생각해내고 있었지만, 기실, 이 독학의 선끈은, 이것을 두고 어찌해야 할지 궁리가 서지를 안 해, 숨이나 씩씩거리며, 곤혹스러운 얼굴이나 짓고 있는 중이다. 그러고 있는 중인데, 저 뱀이 자라투스트라께 아주 근접하게 되자, 그 먹이를 삼킬 수 있을지 어떨지를 측정해보느라 그랬겠지만, 긴 검은, 짜개진 혀들을 불처럼 토해내, 자라투스트라의 몸의, 여기저기를 핥기 시작하고 들었다. 스승을 모시지 못한 후레자식들은, 이럴 때 당해 후레자식을 면하지 못한다. 이제 그 측량이 다 끝나면 저 독사는, 그것의 먹이에다 우선 독을 주사하여, 먹이를 동결케 할 것이었다.

선꾼이 못 되는, '몽상꾼, 말의 몽상꾼'이 할 수 있는 다만 하나의 일은, 말의 침묵, 또는 침묵의 말속에서 일어난, 말의 침묵, 또는 침묵의 말의 구상(具象)은, 발음을 입은 말, 또는 기호 속에다 가둬버린다는 그 방법을 시도해보는 수뿐이었다. 원심력의 말.

—아(a)—

—우(u)—

—ㅁ(m)—

—옴!

……, 그리고는 그런데, 그리고는, 그뿐이었다. 구심력의 중심에 응어리졌던, 'ㅁ'의 말은, 말의 '무음'(無音)은, 산화해버린 모양이었다. 의미의 무의미, 무의미의 의미에로의 귀환이 이뤄졌던 모양이었다. 그때 자라투스트라는, 무슨 이상스러운 활력의 수혈이라도 받은 듯, 몸에 새 기운이 도는 것을 느꼈으며, 돋은 땀 속에는 또, 짐승의 냄새가 섞여 있다고도, 맡았다.

붉은 물고기

이 또한, 본 패관이, 천축 사람 하나하고 동행하던 중, 얻어들은 얘기의 한 가지인데, 걷다 무슨 새소리나 꽃내음에라도 취해, 어디 노변에라도 떨어뜨려 잃어(잊어)버릴까 저어하여, 필기첩에 기록한 뒤, 허리춤에 단단히 붙들어 매뒀던 얘기거니. 이런 자리 당해, 아니 풀어낼 수가 없겠는다. 헌즉슨, 한겨울 나느라, 씻지 못한 늙은 몸 냄새가 나더라도, 한나절쯤 빨랫줄에 걸어뒀다, 삼동 당해 귀덮개에 쓰면, 쓸 만하리라.

비슈누의 화신으로서의 물고기(Matsya)는, 얼핏 들었기로는, 두 종류가 있었던 듯했다. 하나는, 그 원전을 수메르 족의 신화에 두고 있었든지, 아니면 천축국에 두고 있었든지, 패관은 무학이다 보니 몰라도 되는데, 희랍인들은 '데우칼리온(Deucalion) 홍수'라고 하고, 히브리 사람들은 '노아의 홍수' 라고도 이르는, 그 대홍수와 관련하여, 장차 땅이 그 홍수 속에 함몰하게 되었을 때, 땅을 구한—마누(Manu)가 길렀다가 바다에 풀어주었다는—그 물고기며, 다른 하나는, 역시 같은 신의 다른 가현인 멧돼지(Varaha)가, 자기의 과업을 성공적으로 성취한 뒤, —이 과업 또한, 다름이 아니라, 바다에 침몰한 땅을 떠받쳐 올리기였다는 것—그 몸(멧돼지의 몸)이 주는 쾌락과, 그 몸으로 얻은 새끼들에 대한 애착 탓에, 그 몸을 벗으렸기는커녕, 그 바다에서, 그 거대한 몸으로 새끼들과 놀이하며 분탕질하기에 여념이 없었더랬던바, 인하여, 일어난 해일에 땅이 다시 침수될 위험에 처하게 되었으므로, 나라야나(Nārāyana)가, 다시 물고기에로 환신하여서, 땅은 물론, 경전을 비롯한 일곱 성현을 구한 그 물고기이다. 이는 '붉은 물고기'(Cyprius rohitaka)라고 칭했다. 헌데, '나라야나'도 다름 아닌, '비슈누' 당자에 붙여진 다름이라는데, 여기 천축국 민담의 복합적 오묘함이 있어 뵌다. 같은 한 신이, 모습을 달리해서 파괴를 자행할 뿐만 아니라, 또한 다른 모습 다른 이름으로, 그 파괴로부터 세상을 구한다는 것 같은 것이다. 한 가지만 예를 더 들면, 비슈누가 침상 삼아 잠드는, 천두사 아난타도 다름 아닌 비슈누 자신이라는 것도 그런 것이다.

'맛시야(물고기) 신화'는, 몇 가지의 상징(예를 들면 그것은, 요기의 체내에 도는 활력의 상징이라는 것 같은 것,)과 비유(유정은, 고해에 자맥질하는 물고기라는 것 따위)를 차근차근히 풀어, 그 원상을 짚어내는 것만으로, 저절로, 한 선꾼의 선(禪)의 정진과 관계된 위기와 극복, 패배와 성공 따위를 알게 될 것인 것처럼 여겨진다. 본 패관의 관견에는, 듣는 귀들에다 풀어 넣은 저 물고기는, 선, 또는 요가가 신화화(神話化)를 치른, 그 한 예처럼 보인다. 희랍적 에우헤메리즘(Euhemerism). (희랍의 신들은, 땅의 역사적 실제 인물들 중에서, 영웅적인 과업을 이룬 자들이 올림포스에 올랐다는 식으로 해석하는데, 그런 해석은 유헤메루스라는 인물로부터 시작되었더라고 하는갑더라—반드시 그렇다고 장담하거나 주장하는 것은 아니지만, 분리·분류의 편의상, 이렇게 말하는 것에도 일리는 있다면—, 그에 반해서, 중원식 에우헤메리즘은, 하늘의 신들이라도 땅을 주관하려면, 역사적 실제 인물의 이름으로 대명[代名]

된다고 하는 듯하다)

검은 물고기

이 민담 또한 얻어들어, 본 패관도 알게 된 것이지만, 그동안, 이 사랑방 저 사랑방, 이 처마 밑 저 처마 밑 돌며, 하도 하도 즙을 많이 諭아내, 다시 諭아 맛보려 하니, 써서 죽겠다.

중원(中原) 북명(北冥)에, '곤'(鯤)이라는 이름의 맛시야가 기복해 있다고 한다. 이 물고기는 하도 커서, 그 길이가 몇천 리나 되는지 알 수가 없다고 했다. 이것이 몸을 바꾸면 새가 되는데, 이름은 '붕'(鵬)이라고 이른댔다. 이 새도 커서, 그 등판이 몇천 리나 넓은지, 그것도 모를 뿐이라 했다. 이것이 박차고 날아오르면, 구름처럼 하늘을 온통 가리더라고도 했으며, 바다가 출렁이면, 이 붕이 하늘 못 찾아, 남해 위를 날아가는 중이라 했다. (그야 뻔하잖은가, '흰 낮에 앉아 졸고, 달 밟아 푸르게 서 있다'는 투의, 중원식 작문법에 의하면, '북명'에서 일어난 것은, 밝은 데 찾아, 필시 '남해'[南海] 위를 날아갈 것이었다. '고/저, 장/단, 강/약' 따위, 이분법적, 대운적[代韻的] 수사 법칙에 관해서는, 가다 패관자가, 운 좋게 서당이라도 만나게 되면, 사립짝 밖에서부터 예 올린 뒤, 훈장 어르신 전에 여쭤보려, 발걸음을 싸게 하고 있거니와, 가맜거라. 서당이 가까웠내 비다, 저만쯤 어디서 세 살배기 서당 수캐가, 흐흐흐 싹둥머리 없이로 갖다가시나, 춘시[春詩]라도 읊는지, 삼경 야월[夜月]이 홍조 띠어, 제기랄, 예뻐 똑 죽겠다. 언어의, 수사학의, 개발은 거기까지인가, 아니면 그것이 차라리, 자유스러워야 할 정서나 상상력에 대해 구속이며 장애가 되는가? 어찌 되었든, 패관은 방종, 언어의 방종을 즐기련다, 잡[雜] 쇼릐, 각설이타령)

중원인들의 우주적, 또는 집단적 상상력 속에서 부화한, 저 물고기의 색깔은 밝혀져 있는 듯하지 않지만, 북녘 어두운 물 밑에 기복해 있던 것이었던

즉슨, 붉거나, 푸르거나, 누렇지는 않을 것 같고, 검은색도 색깔이라면, 검은 색깔을 입고 있을 것이 아닌가 하는, 상식적인 판단이 패관께 드는데, 고로 그것을 '검은 물고기'라고 이른대도, 별다른 저항감을 일으킬 것 같지는 않다. '붕'은, 패관의 패견(稗見)엔, 때로 주작(朱雀)과 헷갈리는 수도 있어 말이지만, 반드시 빛나는 붉은 색깔의 깃털을 덮고 있을 것이라고 추측하게 하는 것과 마찬가지의 경우랄 것. 앞서 얘기된 '붉은 물고기'와 달리, 이 '검은 물고기'는, 무슨 우주적 난제를 해결하기 위해 나타났다거나 하는 것과 같은, 무슨 목적과는 상관이 있어 보이지 안 해, 좀 어리둥절하게는 한다. 그것은 그 어두운 물 밑에, 똬리 친 의지로 엎드려 지내다, 밝은 하늘못이 그리워지면, 의지에 날개를 돋궈서는, 남해 위를 날아 거기로 가는데, 날아가는 동안은 새라도, 그 하늘못에 닿으면 그 즉시, 다시 물고기에로 환신하는 것이나 아닌가, 하는 추측이 있다. 그렇지 않고서야, 새라고 치고서, 불로장생의 천도가 주렁대는 하늘도원경도 버려두고, 왜 하필 못에로 가겠는가. 같은 어류(魚類)인지 그것은 분명치 안 해도, '물고기-새', 또는 '새-물고기'에, '문요어'(文鰩魚)라는 것이 있다는 얘기가 (『산해경』[山海經] 속에) 있다.

그렇다면 이런 '곤-붕'은, 무슨 이(利)를 좇아, 저 실용주의자들의 집단적 꿈속에서 '기복'해 있다가, '비상'을 성취했는가?

—아는 이들은, 너무도 익히 아는 바와 같이, 본 패관은, 언어와의 관계에서, 저 민담을 원용한 일이 있는데, 공이 물 건널 일도 아니라면, 또 사흘을 굶고 친구네 생일잔치에 갔다 오다 보니 설사가 급하다거나, 아니면 아랫목에 물색 좋은 계집을 묻어놓고 술 받으러 나온 길도 아니라면, 이런 얘기도 들어봄시롱 갖다가시나, 별로 닿을 데 없는 발길을 늦춰도 안 좋겠냐 싶기도 허누먼. 패관의 소견엔 '언어도, 그것의 비화현의, 즉슨 무의식의 국면의 보조를 받아 발현하는 것'이라고 하고 있는데, 그러니까, 그것의 침묵 속에 기복해 있는, 어떤 '의미'가, 어떤 기회에 '기호'를 입는 것이, 발음되어지거나, 씌어진 언어라는 말인 것. 언어의 무의식 속에 기복해 있는 의미가 그러니까 '곤'이며, 그것이 문자나 소리라는 그런 얘긴 것이다. '기표'는 그러니, 한편에선 신망(神網) 같은 것이기도 하며, 다른 편에선 토기장(土器場) 같은 것이기도 하다는

말을 할 수 있을 듯하다. 전자는 기호가 용(用)으로서 이해되는 경우이며, 후자는 체(體)로서 이해되는 경우이다. 허나 또 그렇다, 이런 따위 잡쇼리가 어쨌다구시나, 공들의 갈 길을 늦춰야겠는가. 그러니 한두 마디만 더 부연해두고, 본 자리로 돌아가려 하거니와, 라는즉슨, '붕'이 너무 많이 날아오르면, 남아돌 '곤'의 씨가 마르게 될 것이어서, '붕'이, 하늘 복사꽃모양 날아오르는 동안, 그 언어는 천지를 아름답게 할 터이지만, 종내는 쇠퇴해지지 않을 수 없다는 얘기. 그래서 사실로 중원인들은, 말한 바의 이 '언어'를 설명하기 위해, 우주적 거인들의 식탁에나 오를, 물고기와 새 얘기를 만들어낸 것이었는가? 분명히 그런 건 아니다. 인류의 상상력뿐만 아니라 무의식 속에는, 이상하게도 저런 동물들이 우글거리고 있는데, 자라투스트라가 번제에 써버렸던, '뱀과 독수리'도, 그런 자리에서 새끼 쳐 나온 것들임도 분명하다. '대지'를 예찬하는 정신 속에서는, '물고기'가 변형을 치를 것도 당연하다. 패관은 그런데, 도문(道門)의 아손들이 그려낸 「출태도」(出胎圖)라는 것을 들여다본 일이 있은 뒤, 그것은 다름 아닌, 중원식 에우헤메리즘이나 아닌가, 하는 생각을 하게도 되었었다. '기'(氣)라고 이르는, 비원소적 어떤 용력(用力)의 단학화(丹學化). 그러니까 그 '기'를 '숨'의 멍에에 메워, 그 기전(氣田)이 되어 있는 육신을, 갈[耕]고, 씨 뿌리고, 꽃 피우게 한 뒤, 열매를 거두는데, 그 열매가 '도아'(道兒)일 것이다. 그러기 위해, 이 도아를 얻으려는 아비는, 자지가 꿋꿋하게 일어선 밤중에, 이때 그것의 일어섬이 없으면, 인공적 방법에 의해서라도 일으켜 세워, 한 다리는 뻗고, 다른 다리는 오므려, 뒤꿈치로 불알 밑[會陰]을 받치는 자세로, 척수를 꼿꼿이 하고서, 심호흡을 시작하여 ('요가란 숨에다 굴레 메우기'라잖는가), 일어난 기를 단전(丹田)에로 모이게 하기로써, 이 기자제(祈子祭)는 시작되는 모양이었다—들어 조금 알기와 실행 간에는, 많은 차이가 있을 테다. 패관도 이런 자식을 얻을 수 있다면, 그 자식네 윗방 푸근한 이불 속에 누워, 윗방 아기라고 들여보낸 화로나 끼고, 어화 좋을시고! 남의 푸짐한 상에서 던지어지는 부스러기나 얻는, 이런 빙충맞은 노릇은 하잖아도 좋을 것을—이제 그렇게 씨앗은 심겨졌으므로, 그것에서 싹을 틔우고, 대궁을 키워, 백회혈(百會穴, Sahasrāra-chakra)에서 꽃 피우고, 열매 맺기, 이것이 패관이 이해하는 저 단학의 대강의 요지인데, '곤과 붕'은, 흔히 '용 틀어 오름'이라고도 은유되는, 저 기의 흐름에 좇아 일어나는, 변화하는, 기의 연금술적 이름이 아니겠는가, 하는 것이 패관의 패견(稗見)인 것. '곤'은 그러니까, 천축의 '쿤다리니'(Kuṇḍalini, 뱀)가, 중원식으로 변형을 치른 것이며, '붕'은 '프라나'(Prāna), 또는 '기'는, 단학적 방언이 아닌가 하는 것이다. 이 과정을 은유적으로, 또는 단학적 방언으로 표현해내면, '북명에 기복해 있던 곤이, 깨어나 붕이 되어서는, 남해 위를 날아 하늘못에 닿는다'라는 투가 되는데, '북명'이라는 '회음'이 '물'의 원소로 되어 있음에 의해, 어쩌면 그들이 양기(陽氣)의 화신인 '용'(龍)이, 물과 불가분의 존재여서 그럴는지도 모르긴 모르지만, '백회혈'도 '하늘못'[天地] 의 이름을 입었을 듯하다. 그런즉슨, 특히 명시되어 있는 '남해'도 분명히, 특별한 의미를 갖고 있을 터인데, '단전'을 그런 이름으로 부른 것이나 아닌가 하고, 추측해도 되겠는가? 여기, 중원식 에우헤메리즘이 있다.

쾅(鞺)!

그리고 또, 본 패관이, 청하지도 않은 잔치 자리에 구겨 들었다가, 헐벗은 자들께 나누어주는 뭣 한 가지를 얻었던 것이 이것이지만, 하도 하도 입어싸서, 구멍이 나도 여러 군데가 나 있어, 망할 녀러, 여러 것이 숫자로는 한 개뿐인데도, 왜 그리 눈깔은 많아, 볼 것이야 물론이지만, 보지 말아야 할 것이라면 더더욱이, 게 침을 흘리며 보려 하여 발솟음질인데, 이눔 뉘네 집 방자 눔아, 느네 집 주인 놈팽이가, 어디 그누무 것을 여러 개씩이나 주렁주렁 달고 있어, 여러 처첩을 거느리던 것이더냐? 할! 저런 동냥아치 발싸개 좀 보거라, 이눔 방자야, 예으이, 저놈께 새로 지은 가죽 바지를 하나 입히든지, 아니면, 아랫두리에 똥을 철갑해설랑, 동네 암캐들을 불러, 싹싹 핥게 하든지, 가많자, 거 뭐 그럴 것까지 있겠느냐, 대번에 돋 틀에 묶어 놓고, 납작해져 네모가 질 때까지 몽씬 패주어라! 그치 하는 소리는, 온갖 고장 다 들르느라 썩는, 동냥아치 발싸개 냄새가 진동하여, 귀에서 썩은 젖이 흐르려 하느니, 에잌 쏵해, 쏵하다고 시방! 예으이—

『푸라나』(*Purana*)라는, 신화 묶음집 일만팔천 행 속 어디에, 새 세상 일어난 얘기가 있어, 인구에 회자한다.

지난 칼파[劫]가 끝난 뒤, 이 우주 간에는, 쓸쓸함으로 출렁이는 바다뿐, 신도, 악마도, 성현도, 심지어 개새끼 한 마리도 없어, 글쎄 말이지, 쓸쓸하기 이를 데 없었는데, 그 위에 어둠만 덮여 있었더라 했다. 이것은 우주적 '모래시계'가, 이 자리에서 한 번 뒤집힌 얘길 게다. 이 바다는, 일설엔 '우연의 바다'라고도 했다거니와, 훗날 나타난 성현들, 혜안으로 환하게 뒤돌아보고 밝힌 얘기를 들어보면, 천두(千頭), 천안, 천수, 천족, 무엇이든 다수(多數—그런즉 우주 자체라는 말이겠지맹)인, 초인격자 나라야나가, 누가 알랴 어느 때부터였는지, 글쎄 공간은 마련된 듯하되, 시간은 아직 태어나고 있었지 안 했을 터이니, 어느 현자의 아들 뇝인들 알아, '어느 때'라겠는가, 그럼에도 그런 어느 때에, 저 바다 위에는, 대가리를 천 개씩이나 가진 뱀(Sésa, 또는 Ananta)의 똬리를 침상 삼아, (저 앞쪽 어디 내세운 주어[主語]가) 잠에 들어 있더라 했다. ('나라'는 '인'[人]이라고 하고, '아야나'는 '승'[乘]이라고 한다는 것을 감안하면, 이는 황홀한 혼돈을 일으킨다) 이 나라야나의 배우자를 락쉬미(Lakśimi)라고 한다는데, 이 엔네가 잠든 낭군의 발을 자기의 무릎에 올려놓고, 주무르는 광경이, 탱화의 한 주제인 것도 알려진 바대로이다. 나라야나, 또는 비슈누와 발은, 그의 신격을 극명히 하는 주제인 듯한데, 그가 세 발자국 내딛기로 삼세를 획한 얘기는, 그가 현존하는 우주의 주재 신임과 동시에, 그의 가현의 필연성을 밝히고 있는 듯하다. 까닭에 트리무르티(Trimurti—Brahmā, Vişṇu, Śiva) 중에서도, 그 하나만이 인세로 내려오고, 또 내려온다고 이른다. 계속하면, 그렇게 잠들어 있는 그의 배꼽에서 그런데, 한 줄기의 연(蓮) 대궁이 자라오르더니, (그때 시간도 함께 태어난 것이 아니었을까) 그 끝에 맺힌 봉오리가 활짝 폈더라고 했으며, 그것은 천 덩이의 해가 한꺼번에 떠오른 것처럼 빛났다고 이르고, 그 연의 한가운데엔 브라흐마가 좌정해 있더라고 했다. 그쪽 편의 모든 고귀한 탄생의 강보가 저러하여, 파드마삼바바도 그렇게 태어난 것은, 좋은 한 다른 예가 될 터이다. 자기의 까닭으로, 학살당한 다른 수많은 영아들의 피와 비명의 연꽃에 강보를 둔, 히브리 사람의 탄생도, 사실은 그렇게 이해되지만, 강보를 행복하게 둔 탄생과, 비극적 탄생은, 장차 하게 될, 법의 수행의 방법을 달리하게 할 것이었다. 어쨌든, 매듭을 짓기로 하자면, 저 천 덩이의 해 같은 년(蓮)이, 가랑이를 벌린 것을 눈으로 본 것[視覺化]을 밝힌 것이 저 신화이지만, 그것이 터뜨려져 필 때 울린 소리를 들어[聽覺化] 밝힌다면, 쾅!론(論), '대쾅론'(大讙論, big bang theory)이 될 것이다. 그러므로, '대쾅론'은, 어떤 천재적 정신에 의한, 새로운 이론이라기보다는, 시각적이던 것을 청각화하기에서 이뤄진, 오래된 이론에 불과하다는 얘기를 할 수 있을 테다.

이 얘기는, 앞서 요설해 온 바의, '신화의 요가화', 또는 '요가의 신화화'가, 혼합되어 있는 예처럼 보인다. 그런 고로, '人間'이라고 할 때의, 그 '人' 쪽에서 말하면, 소아(小我, Atman, '아들')가 즉 대아(大我, Brahman, '아버지')며, '間' 쪽에서 보면, 색(色, 아트만의 體)이 공(空, 브라흐만의 體)과 다르지 않다고, 비약을 겪기로 하면, 상사라와 니르바나가 같은 것 말고, 다른 것이 아니라는 설법을 하게 되는 것일 게다. 유정의 진화의 완결, 위대한 승리, 자야(Jaya) 자야(Hail) 자야(만세)!

영겁회귀(永劫回歸)

하나의 '검은 아— 어(語)'가 되어 시중(時中)으로 몰입해 드는 선(禪)을 통해 자라투스트라는, '북명에서 날아올라 남해 위를 날아, 하늘못에 닿은 붕'이, 그 못 속에 유영하는 무슨 물고기라도 찍어 올리려는 듯 급강하하여, 하는 (붕의) 잠수의 경험을 했다. 수면은, 이를테면 살별에 대해 대기권과 같았던지, 새는 그 한순간, 날개가 바싹 태워지기라도 한 듯, 몹시 몸부림하며, 뒤집혀지느라, 수면에다 거대한 물보라를 일으켰는데, 자라투스트라의 눈에 보여지기에 그것은, 커다란 고래가, 수면 위로 한 번 솟구쳐 올랐다, 몸을 활처럼 굽혀, 머리부터 곤두박질해 재돌입하는 것과 같은 광경이었다. 새는, 그때는,

새는, 아니었다. 그 격렬한 한순간, 새는 그것의 시간을 역류 소급해버렸거나, 퇴행의 진화를 겪어버렸던지, 수면에다 뿌리를 두고 자라 내린 연(蓮)이었으며, 그것은 빠르게 자랐는데, 자라투스트라가 또 보니, 그 끝에 꽃봉오리가 맺히고 있었다. 이 꾓의 시간은, 거의 무시간적일 만큼 빨라, 자라투스트라의 육안으로써는 포착할 수도 없는 사이에, 그 봉오리가 쾅! 터뜨려져 활짝 피어버리는 것이었고, 구심력의 중심으로 울려 퍼지고 있던 'ㅁ'어(語)가 종결지어지고 있었다. (노파스럽게 자상하려 하면, 그 꼭같은 '말'이, 원심력에 편승해 있었다면, '흰 아— 어'의 형태였을 것이라는 것이다. 이런 '말'의 꼬리는 그래서는 뒤집힌다. 저를 잡아먹고, 저를 태어나게 하는, 유로보로스가 거기 똬리 쳐 있다. 여기 '모래시계'의 뒤집힘과 시중[時中]의 비밀이 있다) '곤'은 그렇게 부화하는 모양이었고, 그 곤의 꿈꾸기에 좇아, 새로 또 하나의 우주가 개벽할 것인데, 그것의 이름은 '붕'일 테다.

그렇게, (성대의) 밖으로는 닫히고, 안으로는 열리는 '말'이, 거기서도 닫혔다가, 열렸을 때 자라투스트라가 보니, 이상스럽게도, 두 마리의 뱀이 담겨 있어, 자라투스트라를 경악하게 했는데, 그 두 뱀들은, 목이 되는 데서부터, 그 아래쪽은, 두 받이 꼬인 새끼줄모양 꼬여져 있었고, 두 대가리는, 서로의 대가리를 바닥에다 눌러 처박으려는 승강이를 하고 있었다. (이건, 중원식[中原式] 수사학[修辭學]이라기보다는, 종교적으로 개발된, 도식적 수사학이라야겠지만,) 헌데 그 한 마리는 가마귀처럼 검었고, 다른 한 마리는 눈빛처럼 희었다. (종교적 도식성은, 그 주제에 좇아, 원형성[元型性]을 획득한 것들이 있어, 어떤 용감한 정신이, 그것에 반기를 들려 하면, 결과는 그 원형에 미치지를 못하거나, 너무 넘어서 버려, 무의미에로 떨어지는 수가 있을 테다. 일례를 들면, 한 수도자의 고행과의 관계에선, '무세월'은 아예 거론할 여지도 없으되, '사십 일'은, 그것의 실제적 날짜와는 상관없는, 통과해야 하는, 몸과 말, 말과 마음, 몸과 마음 사이에 있는, 한 경계, 또는 관문의 상징 같은 것으로서, 장차 한 원형성을 획득하게 되는 것은 주지하는 바대로이다. 이런 경우, '도식성'의 문제가 제기될 수도 있는데, 그럼에도 불구하고, 한 수도자가, 하루를 남겨놓은, 제삼십구일에 고행의 여리고를 벗어나 버렸다거나, 또는, 사십 일을 휠씬 지나 벗어났다고 하면, 도식성은 극복했으되, 원형성을 파괴해버린 결과여서, 그것은 그냥 어떤 한 수도자의 전기[傳記] 같은 것이며, 그 용감한 정신이 성취하려는 우주적 보편성으로부터는, 외롭게 떨어져 나가 버린 결과일 것이다. 그럼에도, 어떤 매우 용감하고 싶어 하는 정신은, 원형은 그것대로 고수하며, 도식성만을 파괴하려 덤빌 터인데, 그것이 가능해진 예는 있어 보인다. 그것을 알아내는 눈은 분명히, 도식성을 극복한 눈일 것이다. 돌[咄], 해찰이 많도다! 그러니 돌아가 보기로 하면,) 저 칙살맞은 두 몸의 뒤꼬기, 그 승강이질은, 어느 한쪽의 대가리가 땅에 끌박히지 않는 한, 영겁을 꼬여 올랐다가는, 영겁을 풀려져 내릴 듯이, 순간순간 속에서 영겁을 맴돌이 치고 있었다.

그런데 그런, 어느 한순간, 바람직하지 않게도(란, 선[禪]꾼의 편견에 의한 편역 들었기의 탓이었겠지,) 검은 뱀이 흰 것의 머리를 눌러, 바닥에 끌박는가 하자, 그와 동시에, 흰 뱀의 머리를 물어, 턱뼈를 열기 시작하고 있었다. 그러자 서로 뒤꼬였던 몸들이 풀리고, 흰 뱀은 가망 없는 꿈틀거림을, 괴롭게 해대고 있었다. ('모래시계' 속의 시간의 모래 흘러내리기러람)

그 광경은, 자라투스트라께 실망에다 겹쳐, 분기까지 탱천하게 하였으므로, 보다 보다, 참다 참지 못하고, 왼쪽 뒤꿈치를 높이 쳐들었다가, 옴 바즈라 파니 훙(Ōm Vajra Pāni Hūm, 벼락을 쥐인 자 만세)! 하고, 저 검은 대갈통을 향해, 거세게 내려찍었다. 그리고도 거푸거푸 연거푸, 그때는 공포감에 의해서인 듯, 미친 뒤꿈치질을 해댔는데, 그 대상이야 무엇이 되었든, 그의 하는 짓으로 보건대 그는, 선념이 없어 붉은 눈의 야차였다.

오래잖아, 두 뱀은, 숯굽쟁이네 산막의 잔설(殘雪) 같은 것이 되어버렸다. 그제서야 발길질을 그만두고, 씨근덕거리며 자라투스트라는, 대체 자기가 무슨 짓을 했는지, 흐트러진 정신을 여미려 했다. 하다가 그는, 경악을 금치 못하다, 어눌해져 버렸다. 살기(殺氣)로 하여, 자기가 뒤꿈치를 쳐들었을 땐, 뱀은 두 마리였었으니, 주검도 둘이었어야 분명할 터인데도, 주검은 하나뿐이던 것이다. 그래서, 자기의 뒤꿈치질에 당하면서도, 검은 뱀이 흰 것을 다 삼킨 것이었는가? 그 일을 두고는, 자라투스트라는 확신 있게 머리를 저었다. 혹간 저것은 바룬다 뱀[兩頭蛇]은 아니었는가, 의문하고 자라투스트라는, 거듭 거듭 의

문하여, 자기는 과연, 세계를 잘 관찰해왔는가, 하는 데까지 의문하였다. 이런 의문이 자라투스트라께, 심한 두통을 일으켰음에도, 아침에 자기가 하행 길을 시작하고 있었을 때, 자기의 등에다 대고, 늙은 성자는 한번 만나보라는 귀띔은 해주었으되, 용수보살도 만나보라는 권고는 없었으므로, 그를 찾을 의념은 일으키지를 안 했다.

자라투스트라는 그리고, 알고 있었다, 자기의 이 한 솥의 연금술도 똥이 되어버린 것이라는 것을, 그리고 그 실패의 까닭도 짚어내 알고 있었다. 아직도 자기가, 자기의 '암뱀과 수독수리'에의 그리움을 끄지 못하고 있다는 것을, 그 아픈 가슴앓이를 앓고 있는 것을. 전에 자기가, 자존망대하여, 해를 향해, 자기는 '나라-쉼하'라고, 우주 간을 사자후하는 초인이라고, 희게 웃었었으나, 오늘 뒤늦게, 그 나라-쉼하로부터 복수를 당했다는 것을, 알고 새까매지도록 울었다. 움시나 자라투스트라는, 짓눌러대는 슬픔과 외로움에 부르르 떨며, 입술을 짓물었다. 무엇을 위한 고독이었으며, 무엇을 위한 고행이었는가? '오 고독이여, 나의 고향 고독이여!'라고 읊조렸던 때 자라투스트라는, 그 고독이 흘려내는 진물을 핥았던 것이 아니라, 소마즙을 찔끔였던 것이었는가. 누군들 그만쯤 고독하지 않으랴? 차라리 군중 속에서 느끼는 고독이, 더 고독하지 않으랴? (자라투스트라는, 잘릴 귀를 단 병사와, 몽둥이와 횃불을 든 그들의 동료들이 올라오고 있는, 감람나무 동산의 한 히브리 사람을, 건너다보고 있었다. 눈시울이 젖어 있었다)

권력에의 의지

금분(金粉)이 쌓이기를 바라 정진했었으나, 결과는, 한 솥 가득히 쌓이게 된 선분(禪糞)의 까닭으로 이 마야랍(Mayarab, 은 패관의 세 걸음 딛기만큼의 열세[閱世]를 통해 알기론, 「라마키엔」[Ramakyen]이라는 서사시 속의 마왕의 이름인데, 그도 연금술사였던 듯하다)은, 입술을 깨물고 숨을 씩씩거리며, 하지후토 서낭사방지신들께 붉은 눈을 흘겨대다, 두 다리를 다시 꼬아 들여,

그 똬리 위에 머리를 얹었다. 이 만다라의 중심에 놓인, 머리는 비자(Bija)였다. 먼저 저 똥을 치우고, 다음 마음을 고요히 하여 자라투스트라는, 다시 시작해보려는 것이다.

자라투스트라는 그리하여, 호흡에 뫎을 묶고, '검은 물고기'의 영상을 고수하여, 북명 깊은 데로 가라앉기 위해, 눈을 지그시 감아 밖을 닫은 뒤, 고주(古呪, 'ㅁ')를 읊조려, 안쪽 아래를 열어 들었다. 잉걸불이 제 몸속으로 파고들기—. 프라자파티의 상상력을 좇으면, 모든 오르는 것은, 희고 번쩍이며, 내리는 것은, 검고 흐리다. 하현달은 그래서 검다, 검은 달이다. 바다 가운데의 집으로 돌아갈 때, 달은 물고기이다, 검은 물고기. 해를 예배했던 불의 사제—자라투스트라는 오늘, 본디 달의 배앓이에서 태어난 자식이었던 모양이어서, 어미 품에 돌아오고 있는 듯하다.

그로부터 둬 식경이나 걸려, 이번에도 연을 피워내기까지는 어렵잖게 성공했으나, 이번에도 자라투스트라는, 경악했다. 라는 말은, 자기가 예기치 않았던 결과가 드러나 보였다는, 그런 말일 게다. 터뜨려져 열린 둥지에는, 이번에는 새랄 것이, 덩치가 큰, 두 마리의 새끼 독수리랄 것들이, 웅숭그리고 있는 것이 보인 것이다. 아으, 초인의 의지가 가현하였도다! —자라투스트라는 부르짖었다. 그랬음에도, '검은 물고기'의 몽상에서 드러난, 이 두 변종은, 이해키에 난삽한 듯이, 자라투스트라는 체머리를 흔들었다. 그는, '정신은 몸의 도구'라는 식으로, 환언하면, 기의(記意)는, 기표(記表)에 의해 한정, 수식 당한다라고 믿어온 자였는데, 현재 자기의 눈앞에 보이는 광경은, 그 관계가 역적(逆的)이라는 것을, 부인할 수가 없게 된 듯한 것이다. 자라투스트라는 그래서, 앞서 얘기해온 것이 그것 아니었느냐, 선(禪)꾼, 말[話頭] 의 선꾼이 아니라, '몽상꾼, 말의 몽상꾼'이었던 모양이다. 만약 기표가 기의를 한정 수식하는 것이라면, 검은 물고기 속에서는, 당연하게도 같은 과의 새끼가 쳐져야 할 것인 것. 그러나, 수사학과 달리, 대지의 깊은 속에서는, 기의와 기표 사이에, 때로 때로 괴리 현상이 일어나고, 그 결과 돌연변이가 있게 되거나, 아니면, 기의가 기표를 한정 수식하는 것인지도 모른다, 고 자라투스트라는, 자기의 굳었던 생각의 껍질을 쫓으고 있었다. 그러며 그는, 고전적 진리라는, 옛 살을 드러내고 있는 게다. 그러면 기표에 대한, 기의의 모반은, 어떻게 가능하는가? 아으, 그것을 알기 위해서는, 바르도, 말의 바르도로 내려가 보라! '하늘못에의 꿈'이, 어떻게 한 '물고기'의 지느러미를, 날개로 바꾸는지, '체(體)/용(用)'의 변전의 비밀이, 거기서는 밝혀지리라.

덩치 큰, 새 새끼들은 그런데, 깃에 묻은 습기가 마르기도 전에, 자라투스트라의 눈앞에서, 빼틀 빼틀 일어서려고, 안간힘을 써쌓더니, 어떻게 다리를 곧추세워 일어서는가 하면, 픽 꼬꾸라지고, 꼬꾸라지기를, 지치지도 않고 반복해대고 있었다. 그러는 중에, 미끄덩거리던 깃털도 말라 보숭거려지며, 다리며 목들이 굳세어지는 듯했다. 순식간에 완연히 새의 모양새를 꾸몄으며, 그것도, 시간으로부터 충분한 젖을 먹어보지도 않은 사이, 다 자란 새들이 되어 있었다. 그것들도 쌍태아는 쌍태아였으되, 일란자 쌍태아는 아니었다. 한 마리는, 목덜미에 깃털이라고는 한 오라기도 없어, 빼 물린 늙은 당나귀의 하초 꼴인데, 독취(禿鷲, vulture) 날개 단 독사였으며, 다른 하나는, 매우 대조적이게도, 목덜미에서 대가리까지는, 설산(雪山)을 연상케, 새하얀 깃을 덮어, 대머리로도 보이는, 벗어지기[鷹, bald eagle], 날개와 몸은 그럼에도 검은 털을 입고 있어, 흐린 연기 속에서 일렁여 오르는, 불이었다. (또 프라자파티의 얘기지만, 오르는 것은 희다면, 어찌 한 송이 보라색 꽃만이 희겠느냐, 타오르는 불꽃도 희다)

얼핏 성공적으로 나타난, 이번의 선에서도 문제는 그런데, 저 둘은, 쌍태아로서의 친함을 드러냈기는커녕, 서로가 서로를 알아본 순간부터, 서로에게 육박해, 한쪽 편을, 그 둥지 밖으로 밀어뜨리려 하는, 시새움을 하기 시작한 그것이었다. 그리고 시간이 지날수록 그 시새움은, 증오를 띠어 살기로 변하고, 필사적 싸움으로 변해, 오래잖아 서로에게 치명적인 상처를 입히고 있었다. 양쪽은 다, 많은 털이 뜯긴 데다 쪼이고 패이어, 선지피에 뒤덮이고, 찢기고 부러져, 살은 살(煞)의 덩이였다. 추악했으며, 앓음다웠다. 동족상잔의 추악함은 저런 것이었으며, 전투사의 앓음다움도 저런 것이었다.

이번에도 분명히, 그 외양이 만들어낸 편견과 편애의 까닭으로, 그리고 프라자파티의 관법을 좇아서도 그랬겠지만, 자라투스트라는, 그 둘이 다투는 동안 내내, 어떻게 손써 보려는 엄두도 못 냈으면서, 오르는 것이 내리는 것을 제압해주기를 바라 마음을 졸였으나, 대개 세사(世事)가 그러한 것처럼, 결과는, 오르는 것의 추락으로, 오르는 것의 무참한 패배로 끝나고 말았다. 내리는 것의 만근 추에 발목을 묶인 데다, 날개까지 참혹하게 부러져버리자, 오르는 것이, 더 방(防)우지 못하고, 픽 쓰러진즉, 그것의 가슴을 움켜쥐듯 딛고 일어선, 끌어내리려는 것이, 목을 길게 뽑아 올리더니, 사유시방을 향해, 자기의 승리를 외쳐 고하는 것이었다. 그리곤 시작하여, 자기 발톱에 움켜쥐어진, 아직도 숨을, 끌럭 껄럭하고 있는 것의 배때기 털부터 뜯고 덤볐다. 갈증과 식욕으로, 먹이에 달라붙은 그것은, 지옥의 불이었다. 진 자의 살갗이 드러났을 때, (이긴 자는) 거기서부터 뜯고, 속살이 드러났을 때 그것을 뜯었으며, 창자가 비적여 나왔을 때 그것을 삼키고 들었다.

그 광경은 자라투스트라께는, 더 이상 상징이나 비유, 또는 철학이나 시학이 아니었다, 라는 말은, 젊었을 때 그는, 이런 승자의 의지를 얼마나 큰 감격으로, 격해 사자후했었던가? 그것이 대지의 의지며, 초인의 강보인 것이라고, 그리고 노예적 종말인의 종말은 그렇게 되어야 한다고, —그러나 오늘, 자라투스트라는 어떤가, 스스로 자신에게 배반하여, 구토를 일으켰으며, 분노를 억누르지 못해, '옴 와기 쇼리 뭄!'(Ōm Wagi Shori Mūm, 말씀의 주 만세! 뭄), 자기의 파괴력 위에 뫎을 모아, 파괴의 춤을 추려 하고 있는 것이다.

그리고 그런 파괴의 무족(舞足) 아래, 일견 잘 정진되었던 듯한, '검아—'어(語)의 기표는, 짐승들께 유린당한 검은 계집처럼, 안이 붉게 까뒤집혀, 진흙탕에 흩어진 해당화였다. 못 참고 자라투스트라는, 그 위에다 왝왝 똥물을 토했는데, 실의와 무의미의 똥파리들이 무더기로 날아들어, 그 기의를 핥고 빨았다.

자라투스트라는, 스스로 알았기에, 이번에도 또 실패했다. 이번에도 또 똑같이 이상할 일은, 죽음은 둘이었었는데, 주검은 하나뿐이었다는 그것이다. 그러나 자라투스트라는, 이제는 꺼진 불-바룬다 새[兩頭鳥]에 관해서도, 아무것도 더 생각하거나, 돌아보려 하지 않기로 했다. 그러며, 어찌 되었든, 이 마야랍은, 자기의 선을, 마지막으로 한 번은 더 시도해보아야겠다고, 그래서,

초토가 된 자기의 뫎 속에, 한 씨눈의 불이라도 남아 있는가, 살펴보았다. 그리고 그것은, 불씨까지 다 죽은, 재만은 아닌 것을 알았고, 그래 그것에다, 뫎의 젖꼭지를 물리며, 선꾼은, 전장의 용사와도 같이, 그것도 영웅적이리만큼 용맹해야 한다고, 스스로 다짐했다. 패전이라든가 실전(失戰)은, 병가상사(兵家常事)라고 이르듯, 선의 망패(亡敗)도 선가상사(禪家常事)라고, 그렇지 않으면, 세상은 맨 부처뿐이어서, 시주나 공양할 이가 없어, 부처들이 구제역 걸린 돼지들처럼 쓰러져, 산을 이룰 것이었다. 그것들이란, 입은 염불을 읊고, 손은 공양을 수렴하며, 발은 나찰들의 대가리를 밟아 누르는 것들이 아니던가.

초인과 대지

자라투스트라는, 새로 좌세를 단정히 꾸미고, 이번에는, 의식적이거나 무의식적이거나, 어떠한 목적도, 욕망도, 사념도 무엇도, 갖지 않으려니와 위에로도 아래에로도, 앞에로도 뒤에로도, 왼쪽이거나 오른쪽이거나, 아무 데도 추파치 않으려 하며, 아무것도 갖지 않으려 하여, 몸에서는 욕망을 비우고, 말에서는 기표를 지우며, 맘에서는 갈마의 부는 바람에 펄럭이는, 바람의 뿌리를 뽑으려 했다.

무— 무—

ㅁ(뭄)

그러는 동안, 자라투스트라는 비워지고 더 비워지고, 그리고도 더 비워져, 초승달 모양이었는데, 구멍 난 빈 구유배가 물이 차오르면 물속에 가라앉듯, 초승달은, 저녁 되어 어둠이 채워 들면, 북명에 잠겨 드는 것모양, —달의 꽃 목련의 달에의 그리움이, 온통 북향해 있는 것을 보면, 달은 서쪽에가 아니라, 북명에 진다—자라투스트라도, 빈자리에 'ㅁ' '뭄'[無音]을 채워, 공간적으론 그런 어떤 중음(中陰)에, 시간적으론 시중(時中)으로 침몰했다. 그런 무공간의 공간 속에서 자라투스트라는, 한참의 무시간의 시간을 경험했다. 파종된 씨앗 속의 싹은 그런 데서 트는 것이다. 프라브리티는, 공간이나 시간 너머서까지도, 운영되어지는 유위법(有爲法)이기의 까닭인 것.

자라투스트라가 보니, 그 '뭄'의 가운데는, 이번엔 푸르고 붉은 두 방울의 커다란 이슬이 괴어 있었고, 그러나 그것들은, 기름과 물처럼, 접착하여 하나로 뭉쳐지지는 안 했으며, 두 응결 사이에는, 어떤 경계가 있어 보였다. 그건이 당장으로서는 고요했으나, 자라투스트라가 감지한 바에 의하면, 그것은 어떤 불 같은 동(動)을 싸안고 있는, 비유하면 폭풍의 눈 같은 것들이었다. 아닌게 아니라, 그것들 속에서는 촌시를 다투고, 어떤 동이 일기 시작하고 있었는데, 그러고서부터, 그 두 방울들 속에서는, 꼭같은 움직임, 꼭 같은 변화가 연속적으로 진행되고 있었다. (그런즉 편의상 하나만 들어 말하기로 하면,) 안쪽에서 갑자기 궁창이 나누어졌던지, 하나였던 뭄음이 둘로 갈라지고, 둘은 넷으로, 여덟으로, ……분열, 분화했는데, 그러는 사이, 저 동(動)에서는, 눈·코·입·귀 따위가 이뤄지고, 사지가 뻗어나기에까지 이르고 있었다. 그때에 당해, 자라투스트라가 고개를 갸웃거리며, 눈을 크게 떠서 보아야 했던 것은, 저 둘은, 꼭같은 동, 같은 변화, 같은 분열을 치렀음에도, 결과에서 보았을 때, 둘 사이에, 어디에선가 헤어짐이 있었던 것이었다. 붉은색 방울이었던 것은, 흰 것에 비해, 뭔지 섬뜩하여 전율을 일으키되, 얼른 눈을 떼일 수 없게 하는, 에[猥], 짐승이러람, 타오르는 불, 그런 것을 하나 돌출해갖고 있었으며, 반하여, 흰 것은, 불거짐을 내접(內接)하여, 허으크, 신비스럽도다, 달의 꽃 흑자색 목련을, 안으로 피워 터뜨리고 있던 것이다.

—아으, 곡신임이여, (이름하여) 위대한 '凸'! 현빈임이여, 위대한 '凹'!

자라투스트라는, 놀라움으로 부르짖었다. (시중[時中]의 시간의 뒤집힘은, 육안이나 인식으로써는 포착할 수가 없는 듯하여) 그것들은, 자라투스트라가 놀라움 탓에 좀 멍해 있는 그 사이에, 하나는 세 살배기 수말처럼 자라 있었고, 다른 하나는 열엿새 달만큼이나 자라 있었는데, 그것을 인식하게 되었을 때 자라투스트라는, 한 번 더 놀랐다. 그리고도 거푸 놀랄 일은, 아까 두 응결 사이에 있었던, 어떤 경계가 어느 녘에 무너났는지, 둘이 하나로 결합되어 있는 것을 목격한 그것인데, 그것은, 태극선이라고 일러지는 것이, 한 원의 가운데쯤에 내접된 꼴이었다. 자라투스트라께, 보태 경악을 일으킨 것은 그리고, 어느 틈에 반 바퀴 빙 도는 뒤집힘이 있었던지, 위쪽이 희고, 아래쪽이 붉다는 것인데, 그것은 그를 몹시 어리둥절하게 했다. 차라투라스트라는 아마도, 땅은 네모지고 평평하여 움직이지 않는다는, 고정관념에 사로잡혀, 얼른 편견을 여의지 못하고 있는 듯했다. 천상/지하라는 고정관념은 그래서 형성되던 것이다. '그래도 땅은 돈다!' 놀라기를 너무 많이 하다, 나중엔 놀라기까지도 못 하기에 이르렀지만, 그 자라투스트라의 시퍼렇게 붉게 뜬 눈 앞에서 그런데, 바른손에 시퍼런 낫을 든, 열엿새 달 같은 처자가, 몸을 일으켜 세우더니, ('너무 많이와, 모자람'의 결합은, 그때도 그런 채였다) 그 아래쪽 뻗어 누운 송장의 목을 잘라, 그 머리통을 왼손에 받쳐, 뿜어져 나오는 피와 골을 핥는 것이었다.*

이런 일은, 느리고도 아주 느리게, 한순간 안에서 일어났었으므로 하여, 자라투스트라는, 거의 치매 상태에 처해 있었는데, 그런, 그렇고 그런 어느 한 찰나, 자라투스트라께는, 소광론(小曠論)이 설해졌던 모양이었다. 설해진 법론은, 자라투스트라가 가리고 있는 한 조각 헝겊, 그 들보를 제법 척척하게 적시고 있었는데, 까닭에 쇠진해진 자라투스트라가, 옆으로 비그르 무너지자, 달도 지고, 질주하던 대지의 수말도 돌아오지 안 해, 빈 들은 적막했다. 쓸쓸했다.

이 제삼선은, 실패인지 성공인지, 그것까지도 알 수가 없어 자라투스트라는, 자신에로 돌아온 뒤에도, 한참 동안 자리에서 일어나지를 못했다. 매번마다 그 나타남은 달라서, 어떤 특정하거나 보편적인 예를 들 수는 없으되, 이런 식의 사마디[三昧]가, 자라투스트라의, 과거 이십여 년의, 산정 동굴의 외로움을, 의기소침함 없이, 견디며 꾸려오게 한 것이기도 했었다. 어떤 때론 그는, 숲의, 또는 샘의 정령들과도 놀고, 때론 노루의 암컷이나, 뚱뚱한 산여귀(山女鬼)며, 입술에 철쭉을 물어 피 흘려 보이는, 밤 산홍(山紅)이와도 잤다. 이런

* 이것은 *Tibetan Yoga*에 나오는 풍경으로, 필자가 흔히 빌리거나, 잘 알려진 원전, 또는 원문들에 대해서는 인용부호를 생략했음을 밝혀둔다.

사마디를 통해 자라투스트라는, 늘 새롭게, 동물과 초인 사이의, 심연 위에 매어진 줄-다리를 건너고 했던 것이다. 그는 사마디, 말[言語]의 사마디에서 그렇게, 새롭게 태어나고, 새롭게 죽었던 것이다.

출산, 혹은 몰락

—돌(咄)!

자라투스트라는, 척척한 들보를 내려다보며, 그 사마디의 뒤끝이 개운치 안 했던지, 가래침 뱉듯, 심정을 몰아 뱉고, 자리에서 벌떡 일어났다. 잠시 그리고, 늙은 성자가 앉았던 자리를 건너다보다, 내릴 길에로 시선을 보냈다. 해는 중천으로부터 한 발가량이나 기울어 있었다. 세상에 대한 그리움이래얄 것인가, 중력 탓이래얄 것인가, 아니면 다시 한번 '인간'이고 싶어서래얄 것인가, 아래쪽의 뭔가가, 자기의 발목을 쥐어 끄는 듯해 자라투스트라는, 걸음을 떼어 디뎌 내리기 시작했다 (학! —이건 패관이, 불평 겸 탄식하는 소리러람. 학! —이 또한 패관이, 목에 걸린 납비녀, 패관의 한을 털어내려는 소리러람. 시작하여 이제부터는, 패관의 혀가, 이 늙은 노새 꼴의 산로의 뒤꿈치에 붙어서, 온갖 먼지를 다 쓸어야 할 차례에 온 것이다. 길도 못 되는 길을 길이라고 트며 걷기에, 그의 걸음은 비척인다든지, 때에 우는 매미 소린들 놓쳐서야 되겠는가, 가시쟁이에 긁힌 허벅지에서 피가 돋자, 어디서 날아든 쉬파리가 그를 성가시게 한다든지, 꾸등살에 꾸덩진 그의 발길에 차인 차돌멩이가 피를 찔끔 냈다든지, 풀섶에서 우는 벌레 소리, 낮달 익어지자 저녁이라든지, 풀을 뜯다 말고 코를 벌름벌름 해쌓는 암노루는, 그리고 주변의 암컷들은, 그의 들보 냄새 때문에 낯을 붉혔다든지, 나뭇잎을 팔랑이는 바람, 바람의 냄새, 숲에 내리는 햇빛, 그런 햇빛으로도 닿지 못하는, 숲의 아래쪽의 습습한 어스름, 속으로 기어가는 구렁이, 웅덩이 주변의 두꺼비, 눈먼 마누라를 혹사하는 수다람쥐, 이끼를 피워내며 썩는 나무둥치—생명이 삶에다 무엇을 주는가, 바닷속에와 마찬가지로, 숲은 고해(苦海)이다. 아파서 산에는 꽃이 핀다. 가슴앓이로 꽃을 피운다. 구름, 하늘빛, 시계 보기로 해보기, 저녁 빛, 달, 달빛, 달빛 그림자, 으스스함, 산홍이가 살콤 내비치는 허벅지, 그리고도 또 무엇들이 웅성거리느냐, 그것들 중의 무엇 하나라도 놓치고, 방랑객으로 하여금 무심히 지나가게 하면, 제 얼굴이 끼이지 못한 것들이 흘기는 눈빛들에서는 서리가 내린다. 서리는 참을 수밖에 없다 해도, 패관의 괴나리봇짐이 가벼울 것이 문제다. 소금장수는, 짐이 삶보다 무거울수록, 그것 부리고 돌아갈 때의 엽전 꾸러미도 무거운 것이며, 쓴 담배장수도, 꿀장수도, 놋그릇이나 옹기장수도 그러하듯, 패설(稗說)의 방물장수도 또한 그러한 것. 돌(咄)! 한숨을 쉴 때마다, 그 한숨을 눈으로 보고자 하여, 노파는 담배를 피워야 하듯, 이런 잡(雜) 같은 얘기도 귀에 넣어야만, 과부의 심정 과부가 알아준다는 식의 위로—허긴 그거야 동감(同感)이라야지 위로겠는가? 마는, —를 얻어내는 귀들은, 불행한 유위법을, 열둬 발 내장으로 처넣고 있는 잡조(雜鳥)러라. 별이 질 때부터 뜰 때까지, 또는 별이 떴다 질 때까지, 낟알이며 열매 따위를 주워 먹고 파먹고도 모자라, 무엇이 흘린 똥도, 풀잎도, 지렁이며 흙까지 쉼 없이 처먹고도 배가 덜 차, 둥지에서는 서러운 꿈까지 꾼다. 돼지와 구더기는, 똥만을 먹어 살이 찌는 귀들을 해갖고 있는 데다, 쇠고기로는 등심살로, 닭고기로는, 사위한테나 먹인다는 다리로, 써나 먹여주려 해서도 안 되는 것. 허지만 '똥물 속에서도 젖만 가려 먹는 백조'도 없기는 없지 않다더라. 마는, 알곡식의 눈만 모은 모이거나, 금싸라기를 먹여줘도, 금계란은커녕, 묽은 똥이나 싸 뭉개는, 불행한 프라브리티를 고막으로 해갖고 있는 귀들에다가는, 말벌이라도 처넣어주는 게 바랄 만한 일이 아니겠는가? 그러면, 이런 따위 잡쇼릐에, 이명증이라도 일으키지 않겠는가. 그랬거나 어쨌거나, 일단 혀를 늘여, 저 산로(山老)의 뒤꿈치에 붙였으니, 따라 붙일 만큼은 따라 붙여보아야잖겠는가?) 얼마 내리지 안 해 자라투스트라는, 오르는 길에서라도모양, 숨을 헐헐거리며, 가빠했는데, 늙은 성자의 속가(俗家) 아손들이, 길 비슷한 것을 터 놓았다고는 해도, 젊은 건각에도 고단할 일이었으니, 노각(老脚)에 대해서야, 붙여 할 말도 없을 것이었다. 초인의 다리에도, '세월 좀먹어' 드는 것을, 그런 것을? '좀'이 슨 늙은 뼈다귀는, 배고픈 승냥이까지도 흘겨보며 지난다. (좀 유행가 식의 어투를 걸친다면) '좀'이란, 회환의 꽃이다. (헉, 아까부터 노패관[老稗官]은, '꽃'을, 부정적으로 사역하고 있구나. 프, 프로, 프로이트라든가 하는 노궐[老厥]의 말을 좇으면, 꽃은 까발씬 뇨절이기도 하던 것을. 허지만 거 뻔한 사실을, 뭣에 쓰자고 새로 씨불일 일이겠는가? 그런 걸 일러 말이 많다고 하거니, 말 많은 이를 두고 노파라고 하거니, 저 노궐은 노파였구나) 늙은 뼈에 꽃이 피기 시작하면, 살아버린 삶까지 아파지기 시작한다는데, 그렇다면 다른 유정들보다 더 많이 인식하며 살아온 유정은, 이라는 말은, 나름대로의 어떤 대의(大義)의 오색 헝겊을 삶의 가지에 매달았던 유정은, 그것 때문에 살았으면, 그것을 위해 '장렬히 산화'할 수 있었을 때, 산화해버리는 것이 바람직하지 않겠는가? 여름 다 지내고, 가을비가 추적이기 시작한다, 바람 끝도 나날이 싸늘해지며, 베짱이가 문풍지 손질을 끝내고 아랫목에 목침 베고 누울 때쯤엔, 저 '오색 헝겊'에서도 색깔들이 바래, 흐리꾸리해져, 아무 색깔의 의미도 읽혀지지 않는다. 쌍곰한 바람이 불 때, 흔들리는, 그 흐리꾸리한 헝겊은, 바람이 처렵어서 처러워 보이느냐, 그 헝겊 조각이 처렵어서 처러워 보이느냐? 아니면, 그것을 보는 눈이 처렵어서 처러워 보이느냐? —자라투스트라는 그 나이에 이르러, 안됐게도, 자기의 삶을 회한으로 뒤돌아보고 있는 중이었는가. 노년의 행복이나 아름다움? 흐흐흐, 정신이란 몸에 종사해야 되는 것이던 것? '마지막 웃음을 웃는 자가 이긴 자'라던가? 이제 자라투스트라는, 웃지도 못했던 어떤 젊은 정신에 대하여, 웃을 수 있는가? 사실로, '웃을 수 없었던' 그 젊은 정신이야말로, 삶을 '위험스럽게' 살았던 것은 아니었는가? 웃음이 없이도 살 줄을, 그리고 죽을 줄을 알았던 것은 아니었는가? 이제 그리하여 자라투스트라는, 마지막 웃음을 웃을 수 있는가? 마, 마는, 삶이 온통, 피로와 건망증, 짧은 빈번한 졸음과, 쇠약함과 병이며, 죽음으로 뒤범벅이 되어, (자기를 행복하게도 둘러싼 가족들 속에서도, 어찌할 수 없는) 외로움 하나 말고, 아무것 하나도 실다움으로 붙들어지지 않을 때, 이제도 무엇을 두고 웃을 수 있는가? 무엇을 두고 '노년의 행복'이라고 이르며, 또 '아름다움'이라고 이를 것인지, 그것은 정작 늙은네 당자만 모른다. 예의 저 행복의 중심에는, 외로움이라는 독룡이 똬리 쳐 있으며, 비듬 덮인 백발이 무슨 지혜의 상징쯤이나 되겠는가? 그 모근에는, 치매라는 서캐가 들끓고 있으며, 며누라기가 곁에 있건 어쨌건, 목욕하는 아르테미스의 벗은 몸을 보고 있는지, 수음질하는 시늉으로 밤낮을 보내는데, 늙은네여, 그러다 오래잖아 공은, 공이 기른 공의 사냥개, 갈마(羯磨)라는, 사냥개에 쫓기다, 갈가리 찢기고 말 테다, 비린 것만 보채면서도, 정작으론 제대로 삼키지도 못해, 버글버글 입 귀퉁이로 흘려내며, 하루 열두 번도 더 똥 기저귀를 적셔 내거나, 아예 그 똥 위에 누워서 산다, 흐흐흐, 말하려 말아라, 혀가 천 개인들 다 풀어내겠느냐? 아으 그럼에도, '노년의 아름다움'은, (삼천 년이던가) 백 년 가다 한 번씩 피는, 우담발라 꽃 같은 것이런가? 자라투스트라여, 기의를 한정 수식하고, 제압하여 도구로 쓴다던 그 기표와 기의 사이의 이런 괴리, 분열 현상은 무엇의 까닭인가? 이때, 기표가 승하면, 그것은 축생도에로 내려가, 밤낮으로 먹을 것만 보채, 배가 불러지면, 배설하고는, 그 위에 뒹굴어 지내고, 기의가 승하면, 아까 든 것은 한 예이지만, 그리고 이것도 그 한 예이지만(이란, 그 형태는 다양다종하다는 얘긴 것) '벗고 목욕하는 아르테미스'를 관음하기에 모든 시간을 다 바친다. 환계(幻界)에 나서 있다. '축생도'는, 판켄드리야 이전의 우주며, '환계'는 그러함에도 판켄드리야의 우주에 속한 영역이라면, —아으 그럼에도, 양자의 우열을 가름하려 하지는 말기로 하잤세라. 자라투스트라가, 그렇게도 앙모 예찬했던 그 '대지'까지도 늙은네에 대해선, 이제는 조금도 견고한 것은 아닌 것으로, 그 아래쪽의 허한 구멍을 열어 보인다. 그것을 의지해 일어난 것은, 바람까지도 그것을 벗어나지 못한다. 바람을, 자유의지처럼이나 몽상하는 이들은, 바람의 이런 부자유를, 그 고통 탓에 부는 까닭을 아느냐? 늙은네에 대해, 그게 어째 할멈의 품이나 같겠느냐? 젊은네에 대해 대지란, 이빨 가진 뇨절 같은 것이며, 늙은네에 대해선, 배고픈 묘혈일 뿐인 것. 종립적으로 조립되어, 당분간 제 발로 걷도록 고안된 이 존재를, '세상나무', 또는 '우주나무'라고도, 제법 그럴싸한 이름을 부여한 듯하되, 잠시 푸르다고 하고 있으면, (이거 뭐, 해보나마나 한, 해쌓는 소리가 아니냐, 마는,) 그 뿌리는, 시간이라는 생쥐와 굼벵이가 갉고, 그 둥치는, 삶이라는 것에서만 진수를 빨아 사는 벌뢰(번뇌+벌레)가 속속들이 구멍을 내며, 무성했던 잎들에는, 저승 볕이 덮어 들어, 버스럭이다 저승 뜨락에 떨어져 깔린다. 아으 그러나, 「회심곡」이란,

젊은 입으로 부르기에는 너무 이른 노래기도 하거니와, 늙은 입으로 부르기엔, 너무 늦은 노래거니—.

자라투스트라는, 그때쯤 울고 싶은 심정인 듯, 비적거리는 눈을 들어 하늘을 올려다보았는데, 그 눈물 떨어뜨린다 해도, 볼 이도 없으려니와, 풀 한 잎 태우지도, 모래 한 알맹이 녹여내지도 못할 것인 것, 하늘이 흐리고 세상이 흐려, 자라투스트라의 눈도 흐렸던 것인가. 하늘은 아직도 맑고, 해는 빛나며, 숲은 검도록 푸른데('장미는 붉고, 바이올렛은 보랏빛이며……'), 그렇게 흐린 고장을 그는, 비척이고 내리며, 혹간 자기가 좀 앓고 있는 것이나 아닌가 하고, 막연하게 생각했다. 흐린 눈 탓이었겠지맹, 글쎄, 자라투스트라는, 갑자기, 자기가 걸어 내리고 있는 세상의 풍경이, 조금도 실제적인 것으로 보이지 않아, 구름이나 안개 밭을 걷고 있는 느낌에 당하고 있는 중이다—아으 용수가, 어떤 인연의 바람결에 묶여, 나 자라투스트라를 꿈꾸고 있는 것이구나! 중얼거리고 자라투스트라는, 자기가 앓고 있는 것이라고, 쓰러질 듯이 나아가고 있는데, 그의 늘어진 그림자 또한, 반석 위를 기어가는 지렁이모양, 수축을 못 얻어, 기슭 쪽에 늘어져서는, 간신히 끌리고 있었다. 아직도 한참은 더 있다 저녁 어스름이 덮어들 것인데, 저렇게 따르다가는, 그림자도 줄 끊긴 연 꼴이 되겠구나. 그래서는 뒤처져 남아, '님이여, 나의 마음을 가져가려거든 마음을 가진 나한지 가져가셔요, 그리하여 나로 하여금 님에게 하나가 되게 하셔요', 탄식하리로다. 야호들이 먼 데 가까운 데서 우— 우 울고, 사위가 좁혀 들면, 가슴을 움츠리고, '당신이 계실 때에는 겨울밤도 짧더니, 당신이 가신 뒤에는, 여름밤도 길어요'라고 좇 단 황진이는, 무슨 발자국 소리라도 없는가 귀 기울인다. '모직 옷 입은 이들(Sufi)'을 제외하고는, 사내라고 치고서, 무슨 '님' 그려, 찡그리고 쨍그리며, 한숨 섞어 탄식해쌓는 소리는, 구역질 없이는 못 보고, 못 들어줄 일이다. '신에 대해 모든 유정은 다 여성이다'라고도 이르되, 에라이 순, 못 봐줄 꼬락서니다, 좆은 허리에 묶어 매고, 후문을 열어 문밖에 들이-내밀고 있는 노예적 면 놈께, '진실로 인간이란 더러운 흐름이로다!' 젊은 자라투스트라가, 요궐(尿橛)을 꾫아 박아 넣는구나.

—전에, 이 같은 길을 내리고 있었을 때, 나 자라투스트라는, 젊은 사자

였더니, 오늘, 그 같은 자라투스트라는, 자신도 그 짐이 무엇인지도 잘 모르는, 버거운 무게에 짓눌리는, 늙다리 노새로고! 한 마장 거리도 유순이나 되게, 힘들여 내리고 있는데, 오늘, 이 자라투스트라는 누구인가?

자라투스트라는 아마도 또, 회한에 잠긴 듯했다. 그래서는, 자기가 서른이 되었을 때, 고향과 호수를 떠나, 처음 이 길을 오르며 물었던, 그 물음을, 이제 와서 새삼스럽게, 그것도 그 길을 내리며, 다시 묻고 있었다. 그것도 그가, 굶기가 먹기보다 잦았던 집에 태어나, 굶지 않기 위해, 별 보고 일터에 나갔다가, 별 보고 돌아오기로 사느라, 한숨 놓을 겨를도 없이 이 나이가 된 것도 아니고, 삶이며 세계 따위, 별로 밥 될 것도 아닌 문제로, 그 의미를 궁구하겠다고 산에 들어, 고독을 거처 삼아, 삼십여 년씩이나 살고 난 뒤에, 하게 되는 이런 의문은, 매미 울어쌓던 시절 내도록 투기판에서 개평 얻어 술 먹고, 서늘한 그늘에서 잠이나 자다, 하늘도 훨씬 높아져, 바람까지도 을씨년스러운, 그런 어슥해진 녘에 부스스 일어나, 밭갈이에 나선다고, 쟁기 챙기고 소 몰아 나서는 짓 말고, 또 무엇이겠는가? 그럴 것이, 수도자라고 치고서, 자기가 택한 길[道]을 열심히 걸어, 이 모랭이까지나 온 이라면, 자기가 대체 누구인가, 라는 따위, 동정도 떼어보지 못한 의문을 들추려 하지 않기 때문인데, 재 너머 사래긴 밭을 언제 다 갈려 하느냐? 하기사 또, 마을 초가지붕 위에서 고추가 붉게 마르고 있을 때에라도, 자빠져 불알만 긁기보담사, 그게 무슨 씨앗이든, 심지어는 독룡의 이빨 같은 것이라 해도, 씨앗 자루를 메고 쟁기질에 나서는 쪽이, 그래도 권할 만하다고 해야겠느냐. 남녘 가는 기러기들이, 저 근농꾼을 내려다보며, 그 밭에 대고 똥 많이 갈겨주어, 거름지게 해줄 일이, 그것 아니겠냐, 하는 말로는, 여름은 만물을 성하게 하는 철이라 해도, 보리나 밀은 쇠하고, 겨울은 쇠하는 철이라 해도, 죽순과 측백나무는 성하다고 하잖느냐.

별로 오래된 일도 아닌데, 한 사내가, 능금나무의 동쪽 가지엔 복숭아나무를 접붙이고[接木], 서쪽 가지엔 철쭉을, 남쪽 가지엔 산수유, 북쪽엔 자목련 가지를 접붙인, 봄 맞은 능금나무 같은, 미문의 화려체, 과장적이며 가학성적인 기상천외의 비유와 상징으로 수놓아진, 수사학의 비단옷을 입고, 군중 가운데를 초인답게 지나간 일이 있었는데, 그 군중 속에, 한 아비의 목에 말 타고 앉았던 아이가 하나 있었던 모양으로, 아이가 손가락질하며, 이렇게 떠들었다. "얼레, 저 사람 돌았내 벼, 꾀 벗고 있잖애?" 어으? —그러기 전까지, 어른이라고 이르는 사람들은, 자기네들의 눈을 의심하여, 그가 입고 있음에 분명한, 소문 벌쭉하게 아름다운 의상을, 어째서 자기만 못 보고 있는가, 이건 자기 눈의 무식의 소치가 아닌가, 내심 몹시 부끄러워하며, 겉으론, 자기 눈의 유식을 꾸며대고 있던 중이었는데, 흐흐, '아이'란 그래서 '천국'이라고 이르거니, 그 눈에 홍진이 끼지 않은 연고러람, 아이의 그 떠들기는, 누구의 눈에서나 끼었던 현학의 홍진을 거둬내 버렸음을! 그렇다 해도, 수사학으로 직조하고 재단해 입은 옷이야, 애 눈에 보이겠느냐? 그것인즉슨, 눈에는 홍진이 덮이고, 마음엔 열둬 마리씩 능구렁이가 똬리 쳐 있는 자의 눈에만 보이는 것인 것을. 그제 이르러 어른인 자들의 비아냥거리고, 침 뱉어 하는 독설이 웅성여 났다. "저런 순 개 같은 당나귀 새끼가 또 있겠느냐?" 이 사내가 지난 자리에는 어디에나, 아풀레이우스(Apuleius)의 '금당나귀'와도 다른, 모종의 당나귀 얘기가 소문났던 모양인데, 한 입에서 다른 귀로 '소문이' 건너가던 과정에서, '모종' 만 탈락되어버린 모양이었다. "똥꾸녕이 얼얼한 것으로 따지건대, 놈이 우리를 겁간했음에 분명하도다! 저런 못된 놈일랑, 우리 가운데서 쫓아내자! 몰아내자!"

저 당나귀는, 틀린 군중 가운데로, 틀린 발굽[乘, 法輪] 소리를 내고 지나간 것이다. 까닭에, 동구 밖에로 쫓겨난 그는, 서낭당에 엎드려 통곡했다. 탄식했다. 그러나 그 탄식은, 그 고장 방언이 아니어서, 그들 생각에, 낯선 고장의 당나귀들 울음소리는 그런 것이라고 했다.

—'O Einsamkeit Du meine Heimat Einsamkeit!'

자라투스트라는, 마음으로 불어가는 바람 따라, 계집처럼 변색하였다. (허긴 요즘 세상에, '계집처럼 변색하였다'라는, 이런 식의 고전적 어투를 꾸미려 했다가는, 촌로여, 늙은탱이는, 입산[入山]하기 전에까지 씌어 먹혔다, 그 고어[古語]에 동결한, 남근주의자[男根主義者]의 구갑[龜甲]을 못 벗은 촌스런 우멍거지여! 거북 놈아 거북 놈아, 대가리를 내어놓아 보아라, 보아람! 당강내 구워 살라 먹겠은즉, 흐흐흐, —일렀거니, 'Her lap is the [sacrificial] altar, her hair the [sacrificial] grass, her skin [within the organ] the lighted fire; the two labia of the vulva are the two stones of the somapress.' — "Brihadāranyaka Upanishad." 어름 우희 댓닢 자리 보아, 어름에 구멍 뚫어, 어름 속에 담가 얼어 죽을지언정, 분사[焚死] 하여, 재도 못 남기기보다야 낫지 않겠냐?) 울적한 얼굴로 아미를 숙이는가 하면, 한에 사무친 눈은 바위도 녹이려 하며, 한 섞인 한숨은 오뉴월에도 서리를 내리게 하고, 하고 하여 산로는 정말 계집만스러웠다. (또 말이지만, 우멍거지도 못 벗은 촌 늙은탱이는, 남근주의자여, 그래 봤자, 거 뭐 구워 안주 삼으려 하자 해도, 반 잔 소주나 비워낼랑가 몰라? 그러자면, 허리만 더 시리고, 옆구리만 더 아프지—)

—'구렁이 왕자'들에 관한 민담들이 밝히고 있는 바와 같이, 유정이 가다끔씩 '허물'을 벗는 일은, 새로 태어나기여서, 말하자면 그렇겠지, 아라비아 황원의 불사조(不死鳥) 같은 것이겠지, 불사(不死)치 않는다더냐. 초인도 또한, 황야의 불사조러람, 때로 때로 낡아진 껍질을 벗어야 하는 것이도다! 이것은 그리고, 그것을 벗을 때가 된 것이도다, 보라, 이 술잔은 다시금 빈 잔이 되려고 하며, 그리하여 자라투스트라는, 다시금 인간이 되려고 하는도다!

—초인도, 높은 나뭇가지 위에서 아랫녘을 하시하는 독수리이기뿐만 아니라, 거친 흙에 배 붙이고, 그 흙에서 대지의 의지를 수혈받는 뱀이기도 한 것을!

—그러나 독수리와 뱀은 모순이러람! 독수리는 대지의 의지에 반역(反逆)이며, 뱀은 초인의 의지에 역반(逆反)인 것. 그러므로 독수리는, 대지로 날아내려 그 뱀을 먹지 않는다면, 뱀도 또한 그 독수리를 먹지 않는다면, 아으 그것은 상극이로되, 또한 우회하여 상화를 성취하는 것이로다. 거기 어디서 뱀은 허물을 벗고, 독수리는 자기의 시회(屍灰) 속에서 새로운 비상을 일으켜낸다. 독수리가 새로 일어나는 시회란 뱀이 벗은 허물이거나, 뱀 자체러람. 허물 벗기란 한번 죽기인 것. 죽음의 활성화(animated)가 뱀인 것. 여기 어디 상극의 상화, 그 비밀이 있다. 상극적 질서 속에서, 유정은 때로 때로 자기의 삶을 추스를 겨를을 갖는 것일 것, 고해의 쉼 없는 파도에 던지어져, 가라앉았다 뜨고, 떴다 가라앉는, 쓴 물 먹고 토하기의 괴로운 자맥질을 하면서도, 떠오르

는 어느 순간 피안에 눈을 보내기도, 깊이 가라앉는 어느 순간, 떠오르기에의 달콤한 꿈에도 잠긴다. 나 자라투스트라는, 저 물결에 하릴없이 편승해, 구원의 손만을 기다리는 정신을, 나약한 노예라고 일렀으며, 종말인이라고 이르지 안 했던가? 그것으로부터 벗어나려는 정신을 초인적이라고, 그러기 위해서는 위험스럽게 살라고, 목청을 다해 일러주지 안 했던가? 아 그러나, 저들의 발목에, 대지라는 추를, 무겁게 매달아주었던 자는 또 누구였는가?

—나 자라투스트라는, 지혜스런 목소리를 꾸몄던 것은 분명한데, 구호만 외쳐, 그것을 진리라고 던져주고, 그것을 어떻게 성취하는지, 그 방법까지도 충분히 밝혀주었던 것은 분명한가? 얘기되어졌던 것들을, 한두 묶음으로 투박하게 묶어낸다면, '어떻게 사는 것이 삶답게 사는 것인가? —위험스럽게 살아라!' 그리고 '어떻게 죽는 것이 죽음답게 죽는 길인가? —죽을 수 있을 때 죽어라!'

—(어디선가 들었거나, 했던 얘기의 재탕 삼탕이거니와,) 예술가들은, '진리'보다도 '미'를 추구하는 자들이라거니…… 그 '미'의 추구에도, 대별하면, 종류는 두 가지 정도가 있을 테다. 그 하나는, 젊은 자라투스트라를 광열케 했던 바의, 그 '대지'적인 것일 것인데, 이 대지적 미의 추구는, 곧바로, 여리고 사막에로 나갔던, 히브리 사람에게 주어졌던, 그 같은 '시험'에 맞닥뜨리게 한다. '권력과 부', 그리고 표면에 나타나지는 안 했다 하더라도, 육신적 쾌락이, 그 시험의 과제였던 것. 사실, '나타나지 안 했던' 세 번째 시험은, 앞서 나타난 두 가지의 과제엔, 저절로 따라붙는, 일종의 선제적(先提的) 조건이어서, 두 가지 것이 부정될 때, 싸잡혀 이것도 부정되며, 두 가지가 긍정될 때, 이것도 육화할 것인 것. 땅의 아름다움이 운위될 때, 무엇보다도, '권력, 권세'가 우선적으로 꼽힐 것은, 하늘 일을 두고 보아도 안다. 힘의 상징은 '벼락'인데, 모든 주재 신마다, 그 홀을 쥐고 있다는 것은 무엇을 의미하겠는가? 이런 것이, 희랍적 에우헤메리즘의 근간이 되었을 듯하다. 젊은 자라투스트라 또한, 이 시험에 당해, 악마 앞에 부복했던 것은 아니었던가? 그는 그리하여, '진리'보다는 '미'를, 그리고 그것을 설하는 '미'의 사제가 되기를 바라지는 안 했던가? 시인은 아니었던가? 그리하여 그는, '진리'를 '미'에 종속시키려 하지는 안 했던가? '미'

에 종속된 '진리'는 '미'의 기준의 변화에 의해, 늘 새롭게 조형되고, 그것에 맞는, 즉 유행에 뒤떨어지지 않게 재단된, 새 옷을 입는 것은 아니겠는가? (늙은 자라투스트라의 생각이 이것이지만,) 불변의 미는, 진리여서, 더 이상 미는 아니다, —욕망이 사상될 때, 미는 진리에로 몸 바꿈을 하거나, 그것 자체가 진리일 것이다. 그래서 그러면, 불변의 미-진리란 무엇인가? 그것을 알기 위해서 자라투스트라도, 찌는 듯한 볕만 내리쬐고, 물은 없는, 광야로 나아가 보아야겠는가? 그리고, 지상의 모든 아름다움을 한 보따리에 싸 짊어져 온, 지옥의 사자의 내방을 기다려보아야겠는가? 그런즉, 산정에서의 자라투스트라의 과거 이십여 년의 고독은 무엇이었는가?

자라투스트라는 그만쯤에서, 마음으로부터 비롯된 피로에 이백여덟 뼈들이, 인대로부터 떠나 흐트러지려 했으므로, 어디든 앉아, 좀 쉬어야겠다고 했다. 그래서 적당히 편편한 데에다, 나무 그늘까지 드리워진 자리를, 정해 앉았다. 이 피로는 그리고, 마음의 동요 탓에, 기를 소모하여 일어난 것이어서, 그는 무엇보다도 마음을, 또는 생각을 다스려야 할, 필요를 느꼈다.

—따[打]!

바닥에 댄 엉덩이에, 네모진 안정감이 들며, 척추에도, 꼿꼿함이 일어섰을 때, 자라투스트라는, 캑 하고 기침하듯, 그런 한 소리를 토해냈는데, 그건 상념의 난마(亂麻)를 한칼에 자르기 위해, 제석천왕을 본떠, 한 벼락 내려친 소리였다. 이런 벽력의 사투리를 알아듣는 귀는, 우이(牛耳)라도 돈오를 성취하는, 법은이 있는 귀일 테다. 후에 그것이, 어떤 경로로 수입이 되었든, 선문(禪門)에 닿는 나루터 사공 하나가, 저 범음(梵音)을, '갈'(喝)이라거나, '죽장질'로 번안하여, 널리 쓰이게 되었던 듯한데, 후자는, 돌 같은 대갈통에다 망치질하여 구멍 뚫기라는 뜻 말고, 다른 뜻은 없어 보인다. 그것은 아마, 그들의 언어로 음역을 겪었을 때, 그 언어만의 한계 탓에 다른 수가 없었던 것이었을 것으로 이해되는데, 이 음역엔 기표만 있고, 기의가 함께해 있어 보이지 않는다는 말인 것이다. 전자, 즉슨 '벽력의 설법'은, 그 기표에 합당하는 기의와 불가분의 것인 것이어서, 괘(卦) 풀이 같은, 풀이가 있다.

벽력의 첫 법설은, '따, 담야타!'(dāmyata, control, Eng., 산만한 정신

을 집중하라)이며, 두 번째의 것은, '따, 다타!'(datta, give, Eng., 주라, 또는 [마음을] 비우라), 계속해서 인치는 세 번째의 범음은, '따, 다야드흐밤!'(dayadhvam, compassion, Eng., 자비심을 계발하라, 또는, 중생을 측은히 여기라)라는 것. 그런즉슨, 귀 기울일지어다 도반들이여, 따! 따! 따! 벽력과 함께 소나기가 억수로 내리듯, 한 강물의 돈오가 둑을 넘침이여!

—따, 첫 번째 서른에 나 자라투스트라는, 재를 걸머지고 광야로 나아가는 대신, 고향과 호수를 떠나, 산으로 올라, 땀을 식혔거니와, 아으 멈췄게라, 자라투스트라는 게 멈췄게라! 그대는 그때 광야로 나갔었어야 옳았었지 안 했겠었는가? 땀을 식히기 위해서가, 땀을 더 낼 수 없게 되기를 바라서? 그대가 고독 속에 널어 말린, 그대의 땀 냄새 속에는, 아직도 양수(羊水) 냄새가 독하게 남아 있는 것을! 서늘한 그늘과 고독, 그것이 초인의 태보이기라도 했는가? 이제는 말이지만 도류(道流)의 초인이란, 어린 자아에의 인식을 갖기 시작한 늙은 카투린드리야였던 잡종—상반신은 독수리며, 하반신은 뱀인, 법은에 찬 비극, 비극적 모순당착, 불순한 짐승. 벗다 만, 카투린드리야에 의해, 한사코 대지를 고집하며, 젊은 자아에 의해, 초인에의 꿈을 갖는다. 어느 날, 도류가, 도류의 이 초인을 성취한다면, 도류는 카투린드리야라는 늙은 허물을 벗을 것이며, 그리하여 판켄드리야를 꾸며낼 것인데, 인간적인, 너무도 인간적인 인간은, 거기서 태어날 것이다. 자연(自然)에 모태를 둔, 카투린드리야의 신들의 궤멸의 서사시는, 거기서 종결할 테다. 늙은 신들은 죽었도다!

—따, 늙은 자라투스트라, 그는 누구인가? 그 '나'는 누구인가? '나'라는 체는 사대[地水火風]로 이뤄졌는데, 사대도 또한 '공'에 의지해 발생한 것인즉, '나'도 또한 '공'인 것? '공'인 것을, 무엇을 두고, '나'라는 '색념'(色念)을 일으키는가? 헛헛헛, 이래서, 돌아서는 나 자라투스트라를 두고, 아침 얘긴데, 저 위대한 별이, 용수보살도 만나보라는, 권고를 하지 안 했던 모양이었다. 이래서는 안 되겠는 것이다. 용수께 동의 못 할 것도 아니지만, 그런다고 해도 곧바로 해탈이 성취되지 않는, 해탈의 발목에 매달린, 육신이라는 추가 문제다. 그까짓 추라야, 매장 속을 좇으면, 그것의 해체가 비교적 좀 늦다 해도, 화장 속을 좇으면, 순식간에 떨어져 나가 버릴, 그런 것이 아닌 건 아니다. 그래서

용수보살은, 저 화장터에 한 자리를 잡아, 체머리를 흔들며, 보아라는 듯이 웃고 있느냐? 용수여 그러나, 시회를 두고 삶이라고 이르지는 않는다. 글쎄 그것은, 죽음이지 삶이 아니다. 늙은 성자의 말대로, 삶은 진화라는 천로역정이란다면, 그것은 또한, 인연의 이합집산 같은 것도 아니다. 자라투스트라가 도류네 공문법에 익숙지 못해, 곡해 오류를 범했다면, 어여삐 여겨, 일러 풀어줄 일이룻다.

—시작으로서 그러니, 내게 가장 확실하다고 여겨지는, ('나의 마음' '나의 말' 대신) '나의 몸'이라는 체를 택하는 것이 편리할 듯하다. 이 '체'(體)는 그런데, '연치이위기(埏埴以爲器), 당기무(當其無)'라고 설하는 도가로부터, 이해를 구하는 것이, 그중 적절한 듯하다. 왜냐하면 공문(空門)의 공(空)이나, 무(無)와 이것은, 그 시작부터 성격상 같은 것이 아니기 때문이다. 말하자면, 전자는 부정론의 결과며, 후자는 긍정론의 결과라고 할 수 있기에 그런 것이다. 이런 견지에선, '정신이란 몸의 도구'라고 한다면, 그 관법은 정당했다고 이를 수 있을 것인가? '몸'이 '체'라면, 그 '용'이 되어 있는 것은, 그런즉 무엇이겠는가.

—늙은 성자가, 평생 가슴에 품고 살아왔던, 그 경전 기사를 좇으면, '태초에 말씀이 있었다'라고 시작하여, 이 '말씀'이 우주를 창조했다고 이른다. 선문(禪門)에서는, 말(화두[話頭], 공안[公案])을 요가의 대상으로 삼는다고 들었거니와, 그렇다고 해서 이것도 그런 꼭 같은 경우라는 주장을 하는 것은 아니지만, 육신을 못 가진, 어떤 초월력은, '말씀'을, 그 창조력의 '체'로 삼은 듯하긴 하다. 신은 몸이 없어, 육성으로 말할 수 없으므로, 그가 말을 하려 하면, 그 기의는 곧장, 기표를 입어버린다는 얘기도 있긴 하다. 어쨌든, 저 경전의 지혜를 좇으면, 먼저 '용'(말씀, Logos)이 있었고, 그런 뒤 '체'가 드러났던 것. 그러나 저 관계는 최초의 사람('아담'은, '인류'의 뜻이라고 하니, 판켄드리아를 가리킨 이름이었을 것이다)에 의해, 거꾸로 뒤바뀌어 나타난다. 먼저 '체'가 있었고, 그것에다 그가 일일이 '이름'을 부여한 것을 고려하면, '용'이 뒤따랐을 것이라고, 이해된다. 이 '이름' 입기에 의해, 판켄드리아의 우주의 사물과 존재들이, 판켄드리아께 의미를 드러내기 시작했을 것이었다. 아담—판켄드리아의

나이를 대략 팔천 세쯤으로 잡고 있으니, 그 이전까지는, '무리'[衆]만 있고, 개별적 존재나, '자아' 따위는, 아직도 양수 속에 턱 받치고, 웅숭그려 있었을 것이었다. 이래서 보면, 판켄드리아의 이전의 유정들께는, 흔히 말하여 '혼'이 없다고 이르되, '혼'은 판켄드리아가 새로 개발해야 되는 품목이고 보면, '혼'이 아니라 '자아'가, 즉슨 '자아'에의 인식의 눈이 없는 듯하다. '자아'에 의해서 '이분법', 또는 '다원론'이 발전을 보게 되는즉, 저들의 우주, 다시 말하면 '자연'은, 무분법적(無分法的), 홑겹의 상태에 머물러 있어, 예를 들면, 선/악에도 분별이 있지 않을 터이다. 사물과 존재에다, '이름 붙이기'란 그러자니까, 판켄드리아의 진화와, 인식의 개발, 언어의 발전 등과 긴밀한 관계가 있거나, 그 자체였던 듯도 싶다. 늙은 성자가 말하는, '판켄드리아의 내관(內觀)의 역사'는, 허긴 이렇게도 이해될 듯하다. 태초에 말씀이 있었다. 판켄드리아는 그리하여, 구상적인 것들에만 이름을 붙인 것은 아니며, 추상적인 것이라고 일러지는, 어떤 막연한 것들에도 이름을 붙여, 그러기로써('추상적 구상'이라는 말도, 말이 되는가?) 구상화하였던 듯하다. 그뿐만은 아니고, 구상적인 것의 추상화라는, 이상스러운 제이적(第二的) 창조도 했던 듯하다. '추상의 구상화'에 대한, 한 대표적이랄 예를 들면, 창조력과의 관계에서는 '뇨절와 링가'로 대표되는, 모든 종류의 은유나 비속어가 이에 속할 것이며, 선악을 기초로 한 종교와의 관계에서는, '여호와와 사탄'이, 그 극명한 예가 될 것이다. '구상의 추상화'와의 관계에서는, 땅의 영웅이 하늘로 올라가기와, 자연신(自然神)들의 족보를 이루는 에우헤메리즘이 운위될 터이다. '짠물—티아마트, 밀물—아프수, 바다 포말—그라이 자매, 참나무나 독수리—제우스, 불—아그니', 등은, 재미있는 예들인 것. 이래서 보면, 판켄드리아의 대지는, 에우헤메리즘/역(逆)에우헤메리즘으로도 되어 있는 듯하다. 이런 의미에선, '이름' 또한, 무엇을 한정 수식하는 것으로써, 제이의 육체, 추상적 육체라고 일러도 무방할 듯하다. 그런데 육체는 어떤 것이라도, '한정 수식'이라는 달마에 의해, 자유롭기를 바라는 정신에 대해, 그 대부분의 경우, 속박이며, 구속과 장애, 심지어는 조롱이기까지 한 것이 관찰되어진다. (일반적으로 이해되어져 온 신의 개념을 고수하기로 하여 말하기로 한다면,) 신까지도, 이름을 입기 전에는 어쨌을지, 그것은 신만이 알 일이되, 일단 인간이 부여한 이름을 갖기 시작하자부터, 인간에 의해 혹사당하는 것을. 그 많은 원망(願望), 그 숱한 원망(怨望) 다 들어주려면, 귀를 틀어막고, 잠이나 자는 수밖에, 그가 뭘 더 할 수 있겠느냐? 흐흐흐, 그런 고로 세상사는 하나도 신의 의지대로 되는 것이 없는 것이렷는다?

—가맜게라, '나'를 의문했던, 공의 이름은 '자라투스트라'였던가? 그런 이름으로 불릴 때마다 공은, 다른 유정들 속에서의 '나'를 일으켜 내오지 안 했던가? '나'란 그런즉슨, 타유정에 대한 대적(對的) 존재의 개념이런가? 타유정이 전무하다면, '이름'도 필요 없을 터이며, '이름'을 입지 안 했으므로 하여 그러면, 무엇에 대하여 '나'라는, 그 일인칭도 스러져버리는가? 그리고도 무엇이 남는다면, 남아 있는 그것은 무엇인가? 모든 것을 다 제감해도 남아 있는 '그것'은, 그리하여 갑자기 '그것'이라는, 이름도, 인칭도 못 되는 대명사뿐—'타트'로구나! 타트(That) 사트(Be-ness)! 흐흐흐, 고유명사를 지워버리기로 하자, 대명사에로 귀환한, '나'라는 실제적 인간이, 어떤 종류의 추상화를 겪어버린다는 일은, 재미있다고 할, 수사학적 변증법이랄 것이겠도다. 저 고독한 '사트'는, 새로 '나'를 일으켜 세우기에 의해, 자기의 자리를 정립해낼 테다. 판켄드리야의, 내성의 역사는 저렇게 기록되는 것일 것.

—묵은 허물을 벗고, 빨건 몸인 채(라고는 해도 그는, 자기 차고 있는, 들보 한 가지에 대해서는, 자기의 손톱이나, 발의 꾸등살처럼, 별다른 생각을 해내지 않고 있는 듯했다) 갓 태어난 인간이 되려면, 그렇겠도다, 나 자라투스트라가 서른이 되었을 때, 어느 장통 변두리에서 주워 입은, 어떤 불의 숭배자의 헌 옷 '자라투스트라'라는, 그것부터 벗어버리지 않으면 안 되겠는도다. 아흐흐, 그때는 말이지만, 그 옷 입어 거드적거리고 모든 장통으로 다니며, 소맷자락 속에서 휙 불을 꺼내, 모든 묵은 것들을 태우겠다고, 심지어는 늙은 신까지도 화장을 하려 날뛰었더랬구나.

—이것은 그리하여, 광야로 나아가, 나 스스로를 태우고, 그 재 속에서 새로 일어나야 하는 시간이로다. 나는 한번, 스스로에게 변절 개종을 하려는도다! 하늘이며, 해, 산과 나무, 물, 불, 바람과 흙, 타오르는 지옥이여, 날뛰는 나찰들, 무(巫), 주(呪), 축생이며 아수라는 물론, 그대들이 아직도 웃을 수 있다

면 신들이여, 삼세육도의 모든 유정 무정, 귀를 세워 들을지어다, 나 자라투스트라라고 이름했던 자는, 오늘 그 이름을 지워 없애려 하노니, 굽어볼 것들은 굽어보고, 올려다볼 것들은 올려다볼 뿐만 아니라, 건너다볼 것들은 건너다보아, 증인이 되어 증거해줄지어다! 한 번은 수라도에, 한 번은 아수라도에, 인간도에, 축생도에, 아귀도에, 그리고 지옥도에, 전갈 보내기로 여섯 번 발 구르고, 한 번은 어제 살았던 이들께 한 번은 오늘 사는 이들께, 또 한 번은 내일 살 이들께 고지하기로, 세 번 외쳐 고하노니, 나 자라투스트라는, '자라투스트라'라는 이름을 벗노라! 나 모성 모씨는, 이제 자라투스트라가 아니노라! 그리하여 나 모성 모씨와 함께, 제유정도 자라투스트라를, 모르노라! 복, 복, 복.

그런 뒤, 저 모성 모씨 산로는, 눈을 감아 뜨고선, 한 모닥 잘 피운 불을 상상하여, 소지 삼아 그 불에 '자라투스트라'라는 '이름'을 태웠다. 삼세육도의 영정(靈精)이나, 사대(四大)의 기(氣)가 몰려와, 분깃을 얻으려 에워쌌는지 어쨌는지, 무명 무씨는 그 광경은 못 보았지만, 그것이 타며 내는 냄새는, 노새의 불알 냄새도 같아, 코들이 별로 즐겨하지 안 했을 듯했다.

산로 모성 모씨는 찌질 비질 울고 있었다. 그의 혼잣말을 따르면, 그는 남이 입다 버린 옷, 을 입어왔던 모양이었는데, 서른 해쯤 입는 동안, 몸에 맞았든, 몸이 맞아 들었든 어쨌든, 편한 데다 자랑스럽기도 했던 모양이었는데, 벗고 보니, 얼마쯤은 서운하고, 아깝기도 했을 뿐만 아니라, 추웠을 법도 했다.

—나름대로는 열심히, 자기의 운명의 짐을 짊어져 왔던, 이 늙은 노새(께)는, 이름이 없도다! 칠팔천 년에서, 아니 그보다도 더 멀리, 문명을 거슬러 올라, 그는 이제 시원인(始原人)이 되었도다. 이 시원인은, 살벌하고 황막한 세계 속에 새로 던지어졌거늘, 이 시원인이든, 아니면 그가 던지어진 세계든, 어느 한쪽이, 아니면 두 편 다, 갑자기 모습을 감춰 혼돈이랄 흐르릉함 속에 함몰해버렸도다. 한 존재에서 '이름'이 벗기어지자, 그의 한 세계가 또한 이름을 벗어버린 것이었는가. 아, 사람아, 사람아, 네가 어디에 있느냐? 어디서는, 시원인을 찾는 간절한 부름이 있구나. 내가 여기 있나이다. 벗었으므로 드러내지 않고 있나이다. 네가 거기 있는 줄은 알지만, 볼 수가 없구나. 네가 처음 입었을 때, 입었으므로 가려져 보이지가 않더니, 네가 이제 벗고 나니, 벗었으므

로 보이지가 않는구나. 그럼에도 나는 여기에 있나이다.

—그럼에도 '나'는 '여기'에 '있'다? 허, 허긴, 그것이, 나의 현존의 전 의미, 또는 그 정의(定義)가 아니겠는가? '천상천하유아독존'(天上天下唯我獨尊)과, 사방으로 일곱 발자국씩 걷는 의미의 전부가 그것이 아니겠는가—'나'는 '여기'에 '있다.'

그럼에도 산로는, 현재 어떤 느낌에 당하고 있는가 하면, 비가 내리는 밤 같은 때, 불도 없이 동굴 속의 어두움을 감내하고 있으려면, 그렇게도 표면장력이 강하던 몸까지도, 어느 녘에 그 어둠 속에 녹아, 어디로 흘러가 버린 듯, 보이지 안 해, 없는 것처럼 여겨지던 것과 같은, 그런 불쾌하고 두려운 실종, 자기 얼굴의 실종의 느낌과 비슷한 느낌에 당하고 있는 중이다. 이 밝은 낮빛 속에서 자기는 그러나, 그림자까지 늘이고, 갈증에도 당하고 있는 것이 아닌가? 아으 알겠다, 알겠는 것은, 산로는 속으로 중얼거렸다, 어둠 속에서는 '이름' 대신 '얼굴'이 문제였었는데, 밝은 빛 아래서는, '얼굴' 대신 '이름'이 문제가 되는, 그 뜻을 알겠는다. 그리고도 더해서 알겠는 것은, 프라자파티가, 낮에 불어낸 숨에서는 데바들이, 그리고 밤의 그것에서는 마라들이 일어났다는, 그의 고독과 고행을, 그것뿐만 아니라, 늙은 성자의, '신은 (인간의) 심정 속에, 악마는 살 속에, 각각 진지를 구축했다'는, 그 말의 뜻도 알겠는 것이다.

—그럼에도 '여기'에 '있'는 그 '나'는 누구며, 무엇인가?

—은기(銀器)에 담긴 눈[雪]이로다!

산로는, 자기를 묶고 드는, 자신의 의문에 짜증을 내고, 저렇게 한 소리 쳤다. 그 우악 부리는 소리의 끝을 좇아 그런데, 바람에 숲이 흔들리는 소리였거나, 아랫녘 어디 강물 소리가 바람에 울려왔거나, 그랬겠지, 박수갈채와 함께 자야, 자야, 하는 소리가 따르고 있었다.

—서 근의 삼!

산로는 그리고도, 그 의문을 생째 넣은 관의, 마지막 은혈 못을, 두들겨 박았다. 산로의 얼굴은 이글거렸는데, 무슨 속박으로부터서라도, 훨씬 벗어난 듯해 보였다. (다시 또 패관이, 못 자빠져 있고, 불거져 하는 소리지만, 달마보디는, 용수가 떨어져 든 말의 유사정[流砂坑]으로부터 어떻게 뛰쳐 일어날지를 알았던 이였던 듯하다. 저 산로가, 자기가 뻗쳐낸 손으로, 제 목을 조르고 덤비는 것 같은, 저런 공안[公案]이란, 분석하려거나, 정의하려 들면, 공안이 감춰놓고 있는 유사갱을 열고 발 들여 넣기와 같은 것을, 달마보디는 알았던 모양이었다. 허기는 용수도, 거기 빠져들어 보았자, 빠져드는 것은, 알맹이 없는, 빈 껍질이라고, 울림까지 보내오지 않는 것은 아니다)

—그리하여 나는, 무명씨(無名氏)로다! 족보 없는, 후레자식이로다! 자생자(自生者)로다!

산로는, 이 대목에서, 어떤 식의 광기에 사로잡힌 듯, 벌떡 일어나, 동서남북으로, 대략 일곱 걸음씩을, 뒷짐 지고, 꾸부정히 걸었다. 한 우주적 정신이 태어났을 때, 그가 그렇게 자기의 출산을 고했던, 그 고사(古事) 한 가지를, 산로는 생각해낸 모양이었는데, 그러다 그는, 무슨 생각을 했는지, 땅바닥에 그린 선이나 낙서를 지우는 소년이 그러듯, 자기의 발자국을 지우려, 발을 빗자루 삼아, 일곱 발자국씩 싹싹 쓸어, 동서남북을 지워 뭉갰다.

—돌(咄)! 그랬거들랑, 『심경』(心經)은 뭣 하게 읊어? 그걸 읊으러 왔었거들랑은, '천상천하유아독존'이라고 떠들어대는 대신, 다 잠든 밤에 도둑이 들듯, 모르게 왔었어야지! 떠들어 다 잠 깨워놓고, 나 여기 왔어도, 오잖았으니, 어서들 더 주무시라요, 나는 여그 없어라우.

산로는, 참말로 미쳤내 비다.

—인간 속에서 새로 한 인간이 태어났도다! 묵은, 버스럭거리는 허물을 벗고, 태어난 그는, '초인'은 아니며 '아이'라고 해야겠노라! 나 무명씨는, '몰락'하여 '인간'에 도달하였도다! 내가 '이름'을 가졌을 때 보이지 않던, 하나의 괄호가 나타나 보이는데, 세계라는 이 추악하기 이를 데 없는 아름다움, 아름답도록 추악한 한 문단의 수사학은, 그 주어(主語) 자리를 괄호로 남겨두고 있었음을! 오랫동안, 이 괄호에 '신'이라는 단어가 메꿔 들었던 듯하였으나, 누구들인가가, 그 단어를 지우려 애쓴 뒤, 매우 서툰, 지렁이체 글씨로, '초인'이라고, 겹쳐 쓴 흔적도 보이누나. 마는, 이제 그 자리에 이 산로는, '아이'라는 글자를 써넣으려 하는도다! 시원(始原)의 정신은 '아이'이기 때문이로다. 성숙한 정신은 불순하여, 세계가 불순하게 지어지는도다. 불순의 이전 자리에, 불순

이 순화를 성취하는 자리에 그리고, 저 불변의, '아이'가 있도다! 그것이 불멸임을! 에켄드리야와 드빈드리야, 트린드리야, 카투린드리야, 그리고 판켄드리야의 총체를, 무명씨는 '아이'라고 이르노라! —이리하여, 판켄드리야의 내관의 역사는, 다시 씌어질 것이노라.

(패관이 또, 못 자빠져 있겠어서, 끼어드는 소리지만,) 저것(아이)이 혹간, 아까 그가, '서 근의 삼'이랬던, 그것의 정체는 아니겠는가? 그는, 잠시 '자아의 실종'이라는, '불쾌하고도 두려운' 느낌의 까닭으로, 그것을 찾으려 하다가, 차라리 분쇄해버리고 만 듯했는데, 그리고 쾌재를 부르짖었는데, 다시 제자리로 돌아와 버리기라도 한 것인가? 아니면, (쉿, 이것은 전에 자라투스트라였던 저 산로의 뒷전에서, 우리끼리만 하는 소리지만,) 이 '아이'도, 어디 다리 밑에서라도 주워온 후레자식이기보다는, (히브리 사람의) '아버지'에 대한 '사람의 아들'과도 비슷한 것인가, 사실 그것은, (무학의 패관으로서는) 종잡을 수가 없다.

—'말할 수 있는 도는 도가 아니듯[道可道 非常道], 부를 수 있는 이름도 상명이 아니다[名可名 非常名]'라거늘……

산로는, 시작하여 상두(想頭)를 다시 '이름'의 문제에로 돌렸다. 그는 어째도, '이름 지우기'라는 화두(話頭)를 들췄으니, 그 화미(話尾)를 보려는 모양이었다. 그러기를 통해 그는, 자기의 그런 변절 개종의 의미를, 아니면 무의미일지라도, 찾으려는 모양인데, 달마보디와 용수를 거론해싸면서도 그는, 이것 하나는 알고 있는 듯했다. 라는 것은, 어떤 문제는, 분석이나 정의를 하려하면, 그 문제가 감춰놓고 있는 유사갱에 떨어져 들며, 어떤 문제는 그러기를 통해서만, 거기로부터 벗어난다는, 문제의 다름에 관해서, 그것은 알고 있는 듯하다는 것이다.

산로는 다시 시작하여, 하행 길에 올랐다. 그러며 생각하기도 계속했다.

—'명가명(名可名) 비상명(非常名)'은, '名' 자체가 아니라, '道'라고 일러지는 그것을 가리키고 있음에 분명한데, 그런즉슨, 말하는 바의 저 '도'는, '이름'이 아닌가? 아니면, '이름이며[名可名], 이름이 아닌가[非常名]'? 그렇다고 수긍하기로 한다면, 그것은 천축 방언의 '타트'의 중원식 번안, 또는 전와라

고 해도 되는가? '타트'는 분명히, '이름'이 갖는 품격을 갖추고 있는 것은 아니어서, 뭔가를 가리키고 있음은 분명한데, '이름'은 아닌 것. 이런 의미에서는, '도'라는 한 방언을, '타트'라는, 다른 방언으로 환치하는 데, 별로 저항감이나 무리는 없는 듯함에도, 반대로 '타트'를 '도'라고 전치하려 하면, 어째선지 저항감이 드는 것은, 수상쩍다. '타트'는, '그것'이라는, 왜냐하면 그 대상이 되는 것이 정체가 불분명하므로, 꼭히 대명사도 못 되는 대명사이되, '도'는, '그것'이라는 것과 매우 다르게, '이름의 품격'을 다 갖추고 있다고 관찰되어지기 때문이다. '이름'으로 불러놓고, 그것은 '이름이 아니다'라고 말하기는, 현학적으로 눈 감고 아웅하기이다. 그것은 역설이다. '도'는 그래서 보면, 두 대가리 바룬다 새인 듯도 싶다. 말할 수 없고, 이름으로도 부를 수 없을 때 그것은, '타트'와 닮고, 우주의 시원이라며, 모든 것 속에 편재한 무엇이랄 때 그것은 '사트'(Be-ness)와 닮아 보인다.

이 대목에 이르러, 무명씨는, 얼굴을 찡그리고, 목소리까지도 낮춰 중얼거렸다.

—이런 견지에선, '무명씨'도, '도'가 쓴, '이름'의 누명 같은 것을, 벗을 수가 없는 것이나 아닌가? '무명씨'는, '무명씨'가 '이름'이다. '이름 없는 이'는, '이름 없는 이'가 '이름'이라 말이지? '이름'으로부터의 출가가, 어느 모퉁이에서 우회하여, 새로운 환속임?

—그래서 만약, 어느 궐자가 있어, '무명씨'라는 아예 없는 그 이름까지 지워 없애려 하면, 어째야 되는가? 얼른 떠오르는 하나의 방법은, 허긴 그렇다, 먼저 몸을 벗어, 황천 물에 매매 치대고 헹궈, 그 살이 철철 녹고, 뼈가 또한 흐물흐물해져, 그 물에 한 방울 더, 누런 기름을 보태는 짓을 도모해본다면, 그때 그 괴리는 완벽해질 듯하다. 또 아니면, 같잖든 말든, '탑 트밤 아시'(Tat Tvam Asi, 'That Thou Art', 타트가 그대러람)라고, 후후후, 이왕이면 사자의 목구멍을 빌려, 온 우주를 싸안을 어떤 극점까지 자기를 응축시킨 뒤, 소리치고, 또 소리쳐, '아함 트밤 아스미'(Aham Tvam Asmi, 'I am you', 내가 그대러람)라고 하여, 온 우주의 극변(極邊)까지, 자기를 펴 늘여보기라도 할 일일 게다. 사자가 사자답지도 않게, 차라리 앉은 곳에서 굶어 죽을망정, 이 늙은 사자

는, 어디서 승냥이 똥이라도 주워 먹었는지, 사자후한다는 짓이, 오물 냄새만 풍겨내고 있구나! 돌(咄), 무명씨 노궐(老厥)은 오늘, 요궐(尿橛)이러라. 수사학이라는, 설사병 걸린 똥개가, 깡보리밥 얻어먹고 누어놓은, 똥과도 같도다. 이것저것 잡동사니들이, 예를 들면 자아며 우주가, '트밤'과 '타트'가, 한 창자 속에서 녹아 묽어진 것으로 알았으되, 그것 누어놓은 똥 위로 비가 내려 다시 보면, 이런저런 알갱이들이, 예를 들면, 자아와 우주가, 트밤과 타트가, 알알이 놀고 자빠졌다. 개똥 같다! 주어와 목적어가 없이, 술어만으로는 아무 의미도 화현해 내지 못하는 것이 '몸과 말의 우주'의 문법 체계라면, 그 자리를 비록 괄호로 비워두거나, 생략하는 한이 있더라도, 주어나 목적어에 쓰이는, '이름' 이라는 이름으로 대명된, '이름'을 지울 수는 없는 듯하다. 그러려 들자, '(　)'가, '마음의 우주'에로 전환하는 것이 아니라, '축생도'에로 전락하고 만다.

어쨌든 이 산로는, 내리는 길을 내리고 있는데, 자기의 생각만큼이나 빠르게 내리거나, 자기의 생각만큼이나 느리게 내리거나, 자기의 생각만큼이나, 같은 자리를 맴돌거나, 어쩌고 하거나, 하고 있다.

—전에 나는, '쉼하'(Simha, 사자), 또는 '태양'(Leo, 사자)의 정신을 가진 '인간'(Nara)을, '권력에의 의지를 수행하는 자', 즉 '초인'이라고, 환언하면, 초인은 '나라쉼하'라고, 믿어 의심치 안 했었거니와, 그 나라쉼하가 오늘 갑자기, 가렸던 왼편 뺨을 벗어 들이미는 것을 보는도다. 전에 그는, '사자의 정신을 가진 인간'이었거나, '인간의 지혜를 가진 사자'였었는데, 새로 보게 된 그는, '사자'도 아니고 '사람'도 아니어서, 혼란스러운데, 이를테면 그것은, 그렇도다, 돌연변이적 중간적 존재, 젖 달고 좆 단 헬마프로디테(Hermaphrodite), 중간자(中間者)라고나 일러야 할 바로 그런 구역질이로구나. 사문(死門)과 생문(生門)의 가운데, 문턱에 앉아 어물쩡거리는, 혼돈이며, 구역질이로다! '무명씨'도 또한, 혼돈이며, 구역질이로다! '이름 없음'과 '없음-있음'의, 그러므로, 삼킬 것도 뱉을 것도 없음에도, 목젖을 왝왝거리게 하는, 불쾌한 멀미!

산로는, 체머리를 몹시 저으며, 왝왝거리면서도, 걷는 걸음을 멈추지는 안 했다. 볕이 오후만큼 익자, 풀의 체취가 오후를 취하게 하는 듯하여, 매미 우는 소리까지도 졸음겹게 들렸으되, 산에서만 삼십여 년을 살아온 산로께,

그런 것들은, 그리고 저런 것들도 그냥 일상적 풍경일 뿐이어서, 내어다보면서도, 내어다보지를 안 했다. 그때쯤 늙은네는, 무슨 망상에 잠겼거나, 환청을 듣고 있거나, 환영 따위를 보고 있는지도 몰랐다.

—당연하게도, 회중(會衆) 속에서, 지혜꾼으로 존경받는 자가, 이렇게 물을 테다.

"중간자라고 자칭하는 자여, '중'(中)이라는 것도 그런즉슨, 눈을 게슴츠레하게 하여 그냥 멀리 놓고 볼 때는, 잠자코 송장에 머물러 있는 것이겠으나, 그 일점에다 시력의 젖을 먹이려 들면, 갑자기 우뚝 일어서는 것을 보게 되어 말씀인데, 그래서 보면, 그것도 하나의 극(極), 중극(中極) 같은 것으로 보이더라 말씀입지. 그러하다면, 그것이 여하히 '가운데'[中]를 지킨다 해도, 가운데를 벗어난 어떤 것이래얄 것, 그렇다면 '중'이란 환상에 불과한 것일 것, '중간자' 또한 이와 다름이 없을진대."

"오으, 도류는 밤중에 빠등거려 오른, 하초의 지혜를 말함일레라? 도류의 지혜는, 전갈의 꼬리에 비교할 만하도다. 쏘인 것마다, 한동안씩 아뜩함으로 하여, 하늘은 태초부터 저렇게 노오랬는가, 그것을 의문할진저. 선남자여, 그대가 그대의 시선을 둔 그 일점에 대해서는, 옳게 포착했다고, 동의해 마지않는 바이로다. 그대가 이르는 '중극'은, 중원인들의 그림문자 중의 '山' 자의 가운데 기둥에서, 그 극명한 비유나, 예를 얻을 듯도 싶으거니와, 그것은 장소, 또는 공간만을 내어다본, 외눈박이의 이해인 것을, 지적해주지 않을 수 없어, 괴롭도다. 체(體)의 중(中)은, 필시 그렇게도 관찰됨 직하고녀. 그런즉 본 중간자는, 은연중 용(用)의 중을 상정하였을 것이겠는가? 그렇도다, 그것은, 앞서 말한 장소나 공간에 대한 시간과의 관계여서, '시중'(時中)의 개념이거나, 아예 그것 자체라는 것을 상기시켜주었으면 하는도다. 그리하여 도류들과 중간자는, 정지, 또는 체 속에, 시간이라는 동, 또는 용(用)이 사려 듦을 보는도다. '시중' 또한, '체중'(體中)과 마찬가지로, 이상한 일점이로되, 여기서는 용과 동의 가라 듦이 있으므로, 자궁(子宮)이라고도, 동시에 묘혈(墓穴)이라고도 일러야 할노라. 그것이 용의 중인 것. 얼핏 모순당착적인 이상한 얘기를 하자면, 그럼에도 이 '시중'(時中) 속에는, 정작으로 시간이 없다는 얘긴 것. 그래서 이것은 '현빈'(玄牝)이라고도 이를 것인데, 바로 그것이 무시간(無時間)이기에, 시간은 거기서 태어나는 것이도다. 그것을 '묘혈'이라고 일렀던 까닭은, 그것을 통과해버린 시간은, 죽은 것이어서, '시간의 과거'라고 이르는 것이며, 그것이 '자궁'이라고 이른 것은, 시간의 미래가 그것 속에 담기면, 시간의 현재를 분만한 까닭인 것. 그럼에도 '무시간'이라고 이른 것은, 시간의 미래란 영원히 존재치 않으며, 시간의 과거 또한 이 현재 존재치 않는 시간인데, 현재의 시간은, 분만되기 전에는 시간의 미래였다가, 분만됨과 동시에, 시간의 과거가 되어버리는 고로, 시간의 현재 또한, 막연한 생각 속에만 존재하고, 존재하는 시간은 아닌 것, 그러므로 그것은 '무시간'이라고 이른 것이었도다. (히, 히거 참말이지, 패관자가 아무리 후안무치라 한다 해도, 글쎕지, 철면피가 아니고서야, 이제 들먹여질 것이 분명한, '모래시계'라든, '자정'[子正] 등, 이미 늙은 성자가 여러 솥이나 팔아 치운 쑥떡을, 다시 또 말의 금박지에 포장해, 무료 탓에 병든 용왕님 전에라도 부복하여, 말입습지요, 히, 히게 말인뎁습죠, 토[兎] 뭣이라는 생원의 쓸개 말고입습지, 간인뎁죠, 하품 약으로는 최고의 선약입습죠, 라고 아첨해 팔아, 용왕님 상에서 부스러기를 얻으려 하겠는가? 마는, 팔다 보니, 곰팡이가 피었다 한들, 그걸 버려야겠는가? 그러자니 속에서 일어난 부끄러움이, 무치의 철면 위에까지도 피처럼 번져 오르는구야. 홍조 띤 늙은 상판은 슬픠외라) 용(用)의 중(中)은 바로 이것, 시중이로다! 이 중력(中力)의 손톱으로 나라쉼하는, 수피(獸皮) 입은 야만인 히란야카쉬푸(Hiranyakasipu)를, 찢어발겨 죽였거니! '짐승'에 대한, '인간'의 승리였도다! '젊었던 나라쉼하'는, 초인의 의지의 표상이었거니! (산로는 그리고, 혼잣말하여, 이런다.) 차라리 그때, 나라쉼하 또한 죽었더면, 영구히 초인이었을 수 있었겠는가?"

"히란야카쉬푸란, 우리에게도 익숙한 이름이로다. 차라리 그야말로 우리에게는, 힘의 의지, 대지의 용력(用力)의 표상이었음을! 신들을 적대하여, 타도했던 위대한 동물, 인간을 뛰어넘은 짐승!"

"다시 또 말이거니와, 도류의 지혜는 과연, 전갈의 꼬리와 같도다! 도류의 그 위대한 짐승은, '아수라'라고도, '붉은 용', 또는 '짐승의 대왕'이라고 이르는 것인 것."

"Ecce Homo! 그는 지혜의 도마뱀이로다! 시간의 흐름에 좇아 변색하는, 도마뱀이로다! 우리가 틀리지 않다면, 전에 그는, '신의 죽음'을 고지하고 '초인'을 설했던 자라투스트라가 분명한데, 오늘 그는 변색하였도다. '중간자'라고 하여, 은근히 자기를 '나라쉼하'에 비교하는도다. '나라야나'에 비교하는도다. 전에 그는, 우리들 사이를 지나 저쪽으로 갔다가, 이쪽으로 되돌아오고 있었을 땐, 외로 꼰 수사학의 삼끈에다, 고추며 숯을 꿰듯, 무슨 새 신(神)들의 대가리라며, 주렁주렁 꿰어, 엽전 꾸러미모양 어깨에 두르고 있었는데, 다시 또 휭하니, 자기의 동굴을 향해 오르지 안 했던가? 그런 후, 우리는 그를 잊고 지냈노라. 전에 그는, 자기의 지혜의 떡을 준다고, 우리를 가난하게 취급하였었으나, 죽은 신육(神肉)이며 썩은 뱀 고기를, '대지의 의지'며, '영겁회귀'라는 따위 고물에 발라, 우리들께 먹이려 하였었도다. 그가 모습을 보일 때, 그 세상은 일진이 사납다, 백주에 흐린 바람이 불어, 모래와 재를 뿌리고, 불길의 승냥이들이 운다. 이 사람을 보라! 그러나 오늘 다시 보니, 그는 그동안 많이도 초췌해 있도다! 지혜라고 하여 썩은 뱀 고기를 먹고서야, 어찌 마음이 병들지 않겠느뇨? '중간자'란 다름 아닌, 꾀죄죄한 수사학적 얼룩 옷을 입은 도화사(道化師)러람! 눈은 울고, 입은 웃고 있는 광대, 생나무 가지에다 조화를 매달아, 생화라고 팔려 하여 중론(中論)을 펴는다. 하기사—, 그것이 늙은 자라투스트라가 아니런가?"

"진실로 진실로 나 중간자가 이르노니, '음식은 혀로 맛보고, 말은 귀로 맛본다'(「욥기」)고 하는즉, 귀에 침을 괴고 이빨을 세워, 이 말을 들어, 새김질할지어다. 이 중간자의 하는 말은, 망고 열매와도 같아서, 주무를수록 물이 더 많이 나며, 맛이 달아지는 데다, 그 의미의 씨앗은 커서, 좋은 토양에 심는즉, 우람히 자랄 터이다."

"크흐, 흐흐흐, 듣고 보니, 거 솔찮한 말꾼인걸! 늙었다고 시뻐잖게 봤다간, 저 노새헌테 후문 치기를 당하겠는걸. 귀가 향기로워하는 걸 보면, 새로 들먹이는 '시중'이니 뭐니 하는 소리보담 당분이 많은 게라."

"안됐게도, 저 지혜꾼은, 미구에 당뇨병을 앓겠구나. 그는, 오관을 간지럽히는 것만이 좋은 것이라고, 어떤 지혜스러운 말도, 육두문자의 잣대로 재려 드는도다. 그는, 매우 좋지 않은 편식성의 귀를 가졌도다! 지혜의 고봉 담은 흰 밥도 그에게서는, 당뇨병을 일으키는 독이 되는 것, 그의 지혜의 췌장은 너무 왜소하기의 까닭이노라."

산로는 때에, 뇨기 탓에 못 참을 무쭈룩함을 느꼈으며, 그것이 그를, 그의 환상의 회중으로부터 빼어내 왔으므로, 아직도 넘치는 말, 넘치는 심정까지 섞어, 길가에 대고 방뇨를 했다. 그리고 뒤따르는 진저리를 쳤는데, 그 어느 일점에서 그는, 모든 것이 일점에 모두어져 만든 공심(空心)이랄 것을 보았다.

—아으! 다하여 남음이 없음의 있음이여! 있음의 없음이여!

티 베미.

4. 문요어(文鰩魚) 얘기*

삶은, 젊음으로부터 시작한다는, 그 부분의 기표가, 고분 벽화모양 풍화를 겪어, 그것의 함의가 무엇이었던지를 알아낼 수 없으리만큼 되어버린, 물가 떠나 산에서만 삼십여 년을 산, 종내 자기의 이름이었던 것까지도 지워 없애, 이제는 그 자신도 고분 벽화의 판독키 어려운, 흐릿한 영선(影線) 같은 것으로 되어버린, 전에 이름하여 자라투스트라라고 했던, 나이보다 훨씬 더 늙은 늙은네는, 구백 살까지 살다, 죽음의 기척을 들은 아담이, '생명의 물'을 찾아 에덴으로 되돌아가 보려 했기처럼, 물가에의, 세상에의, 끌 수 없는 그리움으로, 거기서, 자기 잃은 젊음이든, 아니면 '사람의 죽음' 같은 것이라도 되찾거나 이룰 수 있을까, 그래서 환행 길에 올랐거니와, 길은 외길이었는데도, 그에게는 둘로 갈라져 있어 보였는데, 하나는 짠물 가에로 이어지고, 다른 하나는 민물 가에로 이어져 있어 보였다. 길은 글쎄 외길이었으므로, 그가 어느

* '문요어'에 관한 얘기는, 중원인들의 고전『산해경』(山海經, 정재서 역, 민음사, 89쪽)에 나온다. '[……] 태산이라는 곳에는, 문요어가 있는데, 생김새가 잉어 같고, 물고기 몸에 새의 날개가 있으며, 푸른 무늬와, 흰 머리에 붉은 주둥이를 하고 있다. [……] 낮이면 날아다닌다. 그 소리는 난계 같고, 맛은 신데, 이것을 먹으면 미친병을 낫게 할 수 있다. 이것이 나타나면 대풍이 든다.'

길을 정해 걷든, 결국 같은 길에서 그의 행려는 끝날 것인데, 그 자리는 그런즉, 짠물과 민물이 합류하는 그 일점일 것은 분명했다. '짠물'(Tiamat)과 '민물'(Apsu)이 만나는 자리에서, 이 세상의 장(場)들은 섰던 것이다. 세계의 모든 흐름이 쏟겨 드는 자리에, 당연하게도 장은 열리는 것이며, 그것을 이해한 이들은, 티아마트(짠물) 어미와 아들 아프수(민물)와의, 함께 자리 눕기의 얘기를 읽게 됨에 분명하다. 자식의 정수는, 그렇게 어미 속으로 흘러든다. 나가세나(Nāgasena)의, 조금 복합적인 관법을 좇으면, 그럼에도 저 창(娼)-어미는, 영구히 처녀이다. 쏟겨 드는 모든 더러움은, '대지'라는 창-어미와 달리, 끊임없는 요분질을 통해, 이 어미는, 모든 더러움을 토해내 버린다. 폭풍우가 지난 뒤, 해변으로 나가보려무나, 공들은 그러면 거기서, 그네가 씻어낸 모든 더러움을 볼 것이다. 생명은 그런데, 깨끗함 속에서가 아니라, 더러움 속에서 일어난다고 이르는 것, —그래서 거기서 일어난 것들은, 그 더러움을 벗으려 하여, 꿈틀거리거나, 오히려 더 그것 속으로 파고들기 위하여 쑤물거린다. 거기 장이 열려, 성시를 이룬다. (처용[處容]이 탄식하는 자리도, 저기 어디쯤이다. 처용의 처, 자식 아프수의 어미, 티아마트가, 자식을 휘감아 틀어 누워 있는 것을, 아프수의 아비 처용이 엿보게 된다. 그리고 탄식하여 이런다, 가라리 네히어라, 둘은 내해엇고 둘은 누해런고? 흐흐흐, 이 탄식의 노래를 들은 귀들이, 화글바글 웃고 있구나, 웃다가 뒈지도록 키들캐들 웃고 있구나, 웃다가 숨 막혀 캑캑 뒈지고 있구나—노자는 아마도, 양[陽] 하나를 놓치고 못 본 듯하다. 라는 말은, 「처용가」[處容歌]가 시사하는 바를 좇으면, 모든 창조의 비밀한 방에는, 일음이양[一陰二陽], 또는 이음일양[二陰一陽]이 어우러져 있는 듯하다, 라는 말인 것. 그러나 이 음사[淫事]를 두고는, 이미 다 밝혀져 버린 비밀인즉, 더 주억거리려 할 일은 아닌 듯하다)

그의 발로 딛는 길인지, 그의 머릿속으로 뚫린 길인지, 아무튼 그는, 그런 기슭 길을 내리다, 자기의 시야에, (만년 세월 거기 있어 온) 큰 숲이 기복해 있음을 갑자기, 또는 처음으로 보듯, 어떤 종교적이라고 해도 좋을 숭엄함을 느끼고, 걸음을 멈췄는데, 그리고 그는, 피로하기도 하고, 목도 마르다고, (늙은 성자와 헤어졌을 때부터 느꼈던,) 그 피로와 갈증을, 갑자기, 또는 새로 느껴냈다. 훤히 트인, 높은 산을 내렸으면서도 그는, 거대한 숲속의 길을 걸었던 것처럼, 별로 본 것이 없었는 듯했다. 뭐든 입에 넣을 걸 생각해 두리번거리다 그는, 인적이 드문 산야에는, 쌔뻐린 것이 그것 아니냐, 도라지며 더덕 줄기를 발견하고, 먼저 흙바닥에 무릎을 박아 꿇앉고, 다음으론 대지에 감사하고, 그것들께 용서를 빈 뒤, 위장에서 뻗어 나온 손으로, 더덕 몇 뿌리를 뽑았다. '위장에서 뻗어 나온 손'이란, 매사에 대한, 그의 하는 짓이 그러한 것의, 일단의 표현이며, 무슨 서투른 은유 따위를 들먹인 것은 아니다. 이 한 고독한 방랑자는, 많은 경우, 중음(中陰), 말[言語]의 중음, 속을 헤매느라, 고독해 있는 것이어서 그렇다. 그는 그리고, 뽑아낸 뿌리 몇을, 먹을 만하게 흙 털고, 잔털도 뜯은 뒤, 서늘한 그늘을 찾아, 그늘을 드리우고 있는 큰 나무 밑에, 그 둥치를 기대, 먼저 앉고, 다음 씹어 삼키고, 그리고 발 뻗어 누웠다. 그런 식으로 그는, 지난 이십여 년, 선꾼들이 이르는 '법(法)의 수레[乘, 輪]'를 운용해온 것이다. '법의 수레'를 윤활하게 하는 기름은, 선(Dhyāna, 명상, 흡수)뿐만 아니라, '소금'이기도 한 것이라면, 그가 그러면, 그 문제를 어떻게 해결했는지, 그것이 궁금해지지 않을 수 없기는 하다. (그의 전기[傳記]의 기술자는, '그는 여기서, 그의 정신과 고독을 누리고, 십 년 동안이나 아무런 권태도 느끼지 않았다'라고, 모든 것을 함축하여, 껑충 뛰어버린다. 산문적 정신에 대해서라면, 불가능한 추월이 행해진 것을 보면, 지극히 산문적 정신의 소유자의 전기를, 운문꾼이 쓰고 있는 듯하다. 그것이 이 전기의 성격을 규정해버린 듯한데, 그래서 그는, 자라투스트라는, 어떤 주제의 제시는 산문적으로 하고, 그리고는 다음 따 붙는 문제는, 운문적으로 추월해버린다. 운문이라는 목련 나무의 가지 하나를 치고, 천재적 광인 정원사가, 산문의 우담바라 나뭇가지를 접목한 데서 핀 꽃은, 목련인지, 우담바라인지, 애매모호하기 이를 데 없어도, 여전히 아름답다) 그러나 어쨌든 처음 입산한 뒤, '그의 정신'을 선(禪)으로, 그리고 '고독'을 소금으로 하여서라도, 십 년을, 조금의 권태도 느낀 바 없이 잘 살았다면, 다른 이십 년인들, 꾸려 나오는 데 무슨 문제가 있었겠는가? 그렇다는즉슨, 그런 자질구레한 산문적 염려일랑은, 접어둬도 괜찮을 테다. 말한 바의, '위장에서 뻗어 나온 손'이, 다시 곱아들어졌을 때는, 그 싱싱한 근육에서 짱여져 나온, 상당량의 수분에 의해, 산로께서는 갈증까지도 해소되었으므로, 산로는 좋은 기분이 되었다. 그랬으므로 산로는, 혀에 모두었던 시선을, 부챗살 펴듯, 밖으로 폈다. 그리고 또, 혼자 사느라, 혼잣말하기에 버릇이 된, 그 버릇에, 이번에는 혀를 모두었다. 허긴 그가, 아직까지도 말을, 판켄드리아야가 개발한, 뜻을 가진 말을 잃지 안 했다는 것은, 물론 새들도 우짖고, 짐승도 울며, 꽃도 말하기 위해 피고 지되, 아직도 산로는 완전히 자연의 일원이 된 것은 아니라는 증거였다. 그것이 그를 고독하게, 그리고 떠나지 않고 떠나는 방랑자를 만든 모양이었는데, 고독이라는 종교는, 고독한 신도들을, 더욱더 고독하게, 고독의 방부제로 감싸버리는 것인 듯하다. '자연' 속에 돌아갔음에도, 저 '방부제' 탓에, 그것 속에 완벽히 용해되지를 못한다. 저 방부제의 이름은 판켄드리아야라고 할 것이겠노라. 판켄드리아야는 그래서 고독이다! 에덴에서 추방당한 또는 에덴을 박차고 떠난 아담.

—젊어서 어디서 듣자니, 고래도 자살을 한다더니, 그러고 보니 저 숲은, 그런 어떤 우울병 든 고래가, 모래톱에 올라와, 죽음을 기다려 누워 있어도 뵈누먼. 고래 속의, 뼈에 새겨진 나이테 속에서, 오래오래 전에는 뭍에서 살았었다는, 그런 선조 중의 누가, 뭍에의 아으 그리움의 까닭으로, 잠을 못 이뤄 깨어 훌쩍이고 있나 부다. 무엇이, 그것의 뼈에 새겨진 나이테 속에서 일어난, 선조의 부름을 듣는다는 일은, 오래 묵은 새로운 비극이다. 그와 반대로, 전에는 물에서 살았으나, 뭍에로 올라버린 것들에게도, 그런 해묵은 새 부름은 있을 테다. 산새는 왜 우는가? 청노루 맑은 눈에 덮인 눈물은 또 왜인가? 전에 자라투스트라였던 자의 뼛속을 긁는, 아픈 따그락 소리는 어디로부터 울려 나고 있는가? 무엇이 그를 부르는가? 광야의, 짐승의 터뜨려진 창자에서 흐르는, 피의 소리인가? 아니면, '위대한 신은 죽었다!'고, 잘못된 부음을 전한, 그 수부(水夫)가 하는 탄식인가? '사람아, 사람아, 네가 어디 있느냐?' —오보(誤報)에 오사(誤死)한, 그 늙은 신의 부름 소리가 끊임이 없구나!

산로는, 이때쯤 매우 우울해져, 끙— 하고 신음을 했다. 그리곤, 뭍으로 올라와 버린 숲의 소리를 듣지 않으려 하며, 상념을, 산(山), 자기를 품어온 산에로 옮기려 했다. 까닭은, 자기가 마음으로, 자꾸 뒤돌아보게 되는 일이 끼이었던 모양이며, 아니면 그것이 붙드는 소리가 자꾸 들려싸서, 찌이었던 모양이다. 켕기고, 짜안했던 모양이다.

—산(山), 나의 두 번째 고향인 산은, 그렇게 너그러운 것만은 아니었어도, 나의 가장 중요한 반 철의 삶을 용납해주어 왔다. 나는 그것의 너그러운 부분에서, 대지의 의지를 느꼈었으며, 그의 광포한 부분에서, 그것의 패배를 알았었다. 그러나 대지에 관해서는, 무엇을 더 말하랴? 그의 승리는 '대지'였으되, 그러나 그 승리도, 그렇게 큰 것은 아니라는 것을, 자라투스트라가, 조금씩 더 늙고 있었을 때, 그는 그것을 눈치채기 시작한다.

—산은, 대지가 거둔 얼마쯤의 승리를 제외하면, 결국은 영구히 패전의 쓴 잔밖에 마실 수 없는, 아수라이던 것을! 그 패전의 운명도, 이제는 모를 듯하지는 않다. 더 추락할 데가 없는 자리에까지 몰락해버린 것들은, 섶에 누워 제 쓸개즙을 맛보며, 재기하기의, 상승하기의, 가망 없는 광욕에 묶이는데, 그것이 산이라는 거정(巨情)-산이던 것이다. 바다가, 뭍에 대해, 원한을 품고 꾸는 정복의 꿈이, 뭍에까지 닿기만 했다 하면, 매번마다 좌절하고 마는 것과 같이, 뭍의 하늘 원정도, 실패만을 거듭하고 마는 것은, 뭍이, 무슨 만리장성을 둘러놓았기의 까닭도 아니고, 하늘이('지반'[地盤]이라는 말이 있다면,) 그 천반(天盤이라는 말은 왜 없을 수가 있겠는가?) 놓은 자리 밑에다, 어떠한 화살이나 창으로도 뚫을 수 없는, 방패를 깔아놓았기의 까닭도 아니다. 뭍이나 하늘의 끝날엔, 모든 것이 혼돈 속에 침몰해버리겠지만, 이 혼돈은 그리고, 상극(相剋)으로 이뤄진 질서의 띠가 끊길 때 일어나는 현상일 테지만, 그러기 전까진, 물이나 뭍이, 어느 한계선을 넘지 못하는 것은, 왜냐하면 질서의 테(띠)가 '상극'으로 되어 있는 까닭이다. 이빨을 세워, 내달리는 것이, 어느 문지방을 넘으려 하면, 이빨을 온통 뽑히는 그 자리에도 시중(時中)은 있다. 프라브리티의 띠는, 중력(重力)과 반중력으로 이뤄진 듯하다. 까닭에, 오르는 것은, 끝없이 오르는 것이 아니라, 어느 한계점, 다시 말하면 '시중'이라는, 무성화(無性化)의 방에 들면, 다시 내리는 것인 것. 확장도 그러하고, 흐르는 것도 그러할 테다. 이어진 것도 그러하고, 떨어진 것도 그러하며, 나아가는 것도 그러할 테다. 프라브리티가 그러할 테다. 그래서 프라브리티 우주를, 원운동으로 이해

하는 이들이 있는데, 그것은 시작이 끝이며, 끝이 시작이거나, 시작도 끝도 있는 것이 아니어서, 운동 자체가 휴지(休止)의 개념과 별로 다르지 않아, 자칫 잘못 넘으면 용수보살적 척도를 들이대기 쉬울 테다. 그래서 저런 원을 허원(虛圓)이라고 치부해버리고, '양극을 갖는 타원형'을 상정하는 이가 있다. 시작이 있으면 끝도 있다고, 그런데 그 시작과 끝에는, '시중'이라는 무성(無性)의 방이 있어, 그 방을 통과하기에 의해, 끝이 다시 시작화한다고, 거기서 우주라는 '모래시계'는 뒤집힌다. 그런데 그것은 시간, 운동(프라브리티)의 띠며, 유정(有情)과의 관계에서는, 저 같은 띠가, '살욕(殺慾)과 생식욕(生植慾)'이라는 이름으로 바뀌어진다는 것은, 알려진 바대로인 것.

—바다가, 뭍에의 원한에 사무친 그리움을 여윌 때, 그리고 뭍이, 하늘에의 원정을 도모하려 하지 않을 때, 또한 한 작은 들꽃도 열매에의 희망을 갖지 않을 때, 상극에서만 힘줄을 얻는 프라브리티의 사슬도, 저절로 끊길 터이지만, 세계는 그러면, 아라라트산(山) 꼭대기에 묶인 줄을 끊기고, 혼돈과 혼란의 대홍수 속에 침몰하고 말 터이다.

숲, 모래톱에 좌초한 고래, 바다, 산, 들꽃 들은, 산로가 더덕 뿌리에 섞어 씹는, 상념의 더덕 냄새를 풀풀 풍겨내다 말고, 산로가 어느 녘에 잠에 들었던지, 그 잠의 아래로 침몰하고 말았다. 산정 사는 산염소모양, 삶을 꾸려오는 동안, 긁히기도 많이 가시쟁이에 긁히고, 찢기기도 많이 고자빼기에 찢기고, 깨지기도 많이 모난 돌에 깨어져, 피를 흘리고 진물을 삐끔였다가, 아문 상처며 흉터 들로 하여, 잠든 산로는, 나무의 가느다란 뿌리에 휘감긴 데다, 지렁이며 굼벵이가 엉겨 파고들어 속을 빨아버린, 죽은 목신(木神)의 잔해나 다를 바 없었다. 한번 쓰러져 누워, 무세월을 썩는 나무둥치. 그는, 산 살이에 중독이 된 듯한, 다른 산인들처럼, 덫을 놓을 줄도 몰랐으며, 살찐 메추리를 향해 돌 들어 던져 잡아, 구워 먹으려는 생념도 없이, 그냥 갖다가시나 초근목피며 열매로만 살다 보니, 어디 한 점 살이라도 붙은 자리가 없었는데, 그럼에도 머리칼과 수염만은 제 키로 자라, 그가 일어나 앉을라치면, 이엉 이은 상엿집도 같았으며, 걸을라치면, 뿌리 뽑힌 검불이, 바람에 조금씩 구르는 것을, 연상케 했다. 했으나, 그런 만큼 그는, 얼마쯤은 표표하고, 얼마쯤은 초연해 보이지 않는 것은 아니었다. 그는, 생각에, 늙는다는 일은, 까짓 녀리 껍질이야, 오래 입다 보면 낡게 마련인 것, 눈의 힘줄과 관계가 있는 것이나 아닌가 했는데, 그럴 것이, 젊은 눈으로 보았을 때의, 일례를 들면, 한 바위라도, 그 같은 사물이, 늙은 눈에도 같이 보이는 것이 아닌 것을, 눈의 힘줄의 느슨해짐을 통해, 알게 된 것이다. 젊었던 눈이 보았던 바위는, 모세가 지팡이로 한 번 치자, 물이 콸콸 흘러나왔다고 하듯이(물론 이것은, 다른 방언에서, 시바 신의 링가라고 하는 것과 접붙일 수 있는 재료는 아닌 듯하되, '물을 쏟는 바위'란 그럼에도, 그 신의 링가를 연상하게 되는, 어쩔 수 없음도 있다), 그에게는, 대지의 의지라든(이런 것이, 한번 전이하면, '자아'의 상징도 입었을 수도 있을 듯하다) 또는, 형이하적 불멸 따위, 영감의 샘이었으나, 느슨해진 시력으로 다시 만져보는 그것은, 대지에의 허망한 집착(시시포스의 추락하는 바위!) 탓에 굳어진, 그러나 시간의 손안에서는, 묵이나 두부보다도 더 물렁거려, 이빨 없는 소멸이 즐겨 취하는 것보다, 나을 것도 못할 것도 없어 보일 뿐이다. 늙은 눈에는 매사가 그러하다. '소멸은 이빨도 없다'니? 그건 무슨 해괴한 해학인가? '허무'도 이빨이 없다면, '소멸'도 이빨은 없다. 그리고 위장도 없음인 것을. 그것들은, 우주 가운데 있다는, 흑혈(黑穴)모양, 무엇이 그것 속으로 떨어져 들면, 그뿐인지, 일자 기별도 없다. 예의 저 흑공이, 씹는 이빨을 가졌다거나, 삭히는 위장이 있다거나, 똥을 갈긴다는 얘기는, 견문이 좁은 자의 귀에까지는, 아직 들려지지 않고 있다. 현재까지 개발된 판켄드리야의 상상력으로는, '소멸'이나 '허무'를 의인화하지를 못하고 있든지, 아니면, 어떤 식으로든, 의인화를 해보려 하면, 예를 들면, '파괴'라거나 '지옥' 따위로, 그 원의로부터 너무 멀리 벗어나 버리든지, 어쩌든지 하는 것들이, 저것들인 듯하다. 그것들은 그래서 보면, 체(體)의 국면에서는, 니브리티의, 그리고 용(用) 쪽에서는 니르바나의, 음극(陰極), 즉슨 부정적 국면을 일컬을 때, 써먹는 이름들인 듯하다.

산로의 이 낮잠은, 오래가지 못했다. 나비의 꿈 같은 것이라도 한 가지 꾼 것이 없으니, 잠을 깨이고도 그는, 꿈을 재연해보려 한다거나 해야 할 일도 없어, 눈이 뜨이는 대로 뿌지직 일어났으며, 되도록 크게 기지개를 했다. 다음 요기할 것을 생각해, 한 개의 더덕도 남겨놓지 안 했으니, 뻘겋게 누웠다, 뻘겋게 일어나, 다시 또 뻘겋게 길 위에로 나섰다. 고향 떠나, 그리고 사람들의 장통도 벗어나, 장가들어 본 바도 없이, 정액 대신, 쳐드는 화두에서 짱여지는 약간의 화즙(話汁)을 활력이라고 몸에 돌리고, 산이 좋아 산에서 산 자의, 하산행을 두고는 그러나, 뭘 더 섬겨댈 것이 있겠는가. 산새는 우째 조렇게 울어쌓노? 영 너무 갈락꼬 그래 울어 안 쌓노? 글매 말여이, 산새는 멋 땜시 조렇거니나 울민시롱 지랄이댜? 썩어질 녀러 영 너무에 가고자파 고 땜시 울잖는갑네. 너무 가면 거그 머시 있간디? 글씨, 머시 쎄빠지게 지다리고 있으끄냐고?

—이번 하산길에는, 나는 아무것도 가진 게 없구나! 차라리 나는, 채워 넣어야 할, 빈 자루만 같거니. 나는, 나의 넘침으로써가 아니라, 모자람으로써, 나누어주기 위해서가 아니라, 저들 상에서 던지어질지도 모르는, 동정의 부스러기를 얻으려 하여, 그래서 내리고 있는 것은 아닌가? 그러면서도 나는, 스스로에게 들려주기는, '나는 다시금 인간이 되려 하는도다!'라고 하지만, 하루에도 몇 번씩이고, 산꼭대기 나무에서 날아 아랫녘으로 내리는, 솔개나 가마귀가, 아랫녘을 잠푹하게 둘러 있는, 인세의 이내[嵐氣] 속을 뚫고 들고, 또 들고 하여도, 인간을 꾸미거나, 사람의 언어로 우는 소리를 내는 것을, 보거나 들어본 적이 없었는 것을. 산염소가, 어떻게 실족을 했든, 사람들의 장터 언저리를 돌아다니기만으로 인간이 돼버리는가? 그런 것도 아니라면, '나는 다시금 인간이 되려 한다'는, 그 '인간'은 대체 무엇인가?

산로는 그리고, 늙은 성자가 조랑거려 했던 얘기들 중에서, '인간'에 대한, 그 나름의 정의랄 것을 떠올렸다.

—나는 마땅히, 그 늙은 성자께, 아버지에 대한 예를 다했었어야 되었던 것을? '인간이란, 사람[人] 사이[間]의 존재'임으로, 고쳐 말하면, '사회적 동물'이라는, 그 인간이 되기 위해, 보다 근사하게 말하면, 여럿 속의 하나가 되기 위해, 글쎄, 그들에 대한 그리움으로써는 그렇지 않다고 장담할 수는 없으되, 나의 오랜 거처 '고독'의 패각(貝殼)을 벗어나려 그들 가운데로 가고 있는 것만은 아니다. 그 그리움은, 그들 사이에 섞여 있었을 때부터도 갖고 있었으나, 한 번도 꺼보지를 못했던 것일 뿐이다. 그러면 무슨 바람에 불린 것인가? 아니면, 무슨 손이 나를 끌어내리는 것인가? 이십여 년 전의 하산, 또는 출산

(出山)도, 이 그리움 때문만은 아니었던 것, 그때 자라투스트라는, 나누어줄 것들을, 너무도 많이 갖고 있어, 임신부와도 같았던 것이었다.

그러자 그 순간, 산로께는 한 의문이 일어났다.

—그렇게나 많은 나누어줄 것들을, 자라투스트라는 그러면 어찌하여, 식물이나 동물들께는 나누어줄 생각을 못 했던 것이었는가? 어째서 꼭 인간에게만 주어야 한다고 믿었던가? (그때도 이런 식으로 생각했던 것은 아니었지만,) 판켄드리야의 지혜는, 말하자면, 아무리 지혜의 배고픔에 당하는 호랑이에 대해서라도, 무르익은 수박이나 같은 것이기 때문에? 왕권 제도에 눈뜬 개구리들의 웅덩이에, '이것이 그대들의 왕이다!'라고, 나무토막을 던져 넣어주기나 같기 때문에? 또 아니면, 황새나 같은 것이기 때문에?

—늙은 성자의 문하생은 오늘, 조금 뒤늦게지만, 그의 설교를 반추하고 있는 것이구나. 그에 의하면, '사람'[人]은 동시에, 하나의 '집'[間]이라고도 이르던 것을. '방앗간(間), 뒷간[側間], 초가삼간(間), 구중궁궐 아흔아홉 칸[間], 오양간(間), 마구간(間)이라는 식으로, 이 '깐, 칸, 간(間)'은, '건축물을 세는 단위', 또는 건축물 자체의 뜻도 갖고 있다는 것, 고로 '人間'이란, '사람이라는 한 집'인데, 그것은 그런데 한 까대기[間]에만 머물지 않고, 그것 속에서, 밖의 모든 것을 발견했을 때, 그 자체가 하나의 혹성(惑星), 한 우주라는 것을 알게 되었다는 것. 흐흐흐, 은하계의 판켄드리야의 이름이 인세(人世)겠구나. 그런즉, 스스로 떨어져 나갔던 한 행성이, 그 은하계로 되돌아가 보려는 일은, 꼭히 까닭이나 의미를 가져야 되는 것만은, 아닌 것이 아니잖겠는가? 외롭고도 가난하게 방랑하던 한 탕자가, 아버지 집으로 돌아가는데, 그러기 위해서 그 자식은, 꼭히 새 옷 차려입고, 손에는, 하다못해 소주병이라도 하나 들어야겠는가?

산로는, 그때 매우 유쾌해져, 걸음걸이에도 춤 비슷한 것이 섞여, 그의 주변의 나무며, 노루며, 들꽃들이 보았기에 그는, 무슨 도마뱀 같은 것이, 풀섶을 잘못 헤치다 등에 얹힌, 북더미를 떼어내려, 버둥거리는 것처럼 보여, 웃었다. 한여름 오후가 좋았다.

—전에 자라투스트라였던 늙은네는, 어린이가 되었도다! 바다 위에 홀로

떠 있기처럼, 고독 속에 자맥질하기로 살아왔더니, 이제는 그리하여 뭍에 오르려는도다!

—나는, 인간을 사랑하노라! 그리고 나는 인간이노라!

해가, 해도, 해는, 설풋해지고 있었다.

그리고 오래잖아 해가 졌는데, 해도 졌는데, 해는 졌는데, 이 해거름에 산로가 본 세상은, 다가올 짙은 어둠에 대한 공포 때문이 아니라, 서로 간의 소통과 휴식의 까닭으로, 사립짝을 닫고, 켜 내건 등 아래 오순도순 모여들고 있었다.

도중에서 산로는, 무슨 열매며 뿌리도 두 번은 씹어 삼켰으며, 산이 낮아졌기에 고인 웅덩이 물도 여러 움큼이나 들이켰고, 어디 등을 기대 조금 자둔 바 있다. 그러나 목적지가 확실치 않은 행려는, 그리고 이정표가 없는 길은, 도대체 거리를 측정할 수가 없어, 시간을 축낸 것 빼고는, 취한 손이, 밤길 걷다, 밤길 모퉁이에만 피는 산홍(山紅) 따러 밤새껏 쫓아다녔어도, 제자리걸음밖에 한 짓이 없음을 알게 되기나 같을지도 모른다. 때에는, 어디선가 날아내리기 시작한 어두움이, 가마귀 떼로 나뭇가지들에 깃 접어 앉고, 숲의 아래쪽에서는, 해를 삼켜 먹은 야행성의 구렁이들이, 똬리를 풀어, 검은 혀를 낼름거리며, 쓰륵 쓰륵 기어 나오자, 산골의 저녁은 갑자기 냉한 음기에 차 들었다. 밤의 세상은, 아까 해거름 때와 다른 얼굴을, 검은 품속에서 밀어냈다. 시원인(始原人)들은, 이런 시각에, 동굴 속에 웅숭그리고 앉아, 입구 쪽에다 공포에 서린 눈을 보내며, 오들오들 떨며, 선잠으로 밤을 지샜을 것이었다. 어두워지기에 좇아, 빛벌레들의 가슴 밑바닥에서부터, 뼈에 각인된 나이테 속에서 일어나는, 공포와 고독의 역사는, 그렇게 시원에까지 소급되어지는 것일 것이었다. 산로는, 저 공포와 고독감을 너무도 잘 알고 있다. 하늘의 큰 광명이 졌기의 까닭으로 밀려든 어둠을, 그냥 천체의 운행에 좇아, 되풀이되는 현상이라고 받아들이지 못하고, 복병해 있는, 천의 만의 위험에 맞서, 외롭게, 그리고 두려움 탓에, 오들오들 떨며 응시해야 하는 눈은, 반드시 본능적인 것만은 아니다. 시원인들이 떴다 못 감은 그것이다. 그래서 누울 자리를 둘러 철옹성을 쌓아놓고도, 그들의 후손들이, 어둠을 통해 보는 것은, 죽음, 무(無), 또는 허무와 소멸의 밑에 닿아지지 않는 심연 같은 것이며, 그런 어디서, 얼핏 잘 이해가 되잖아, 그냥 막연한 관념인 듯이만 여겨지기도 하는, 결코 죄(罪)가 아닌 죄, 원죄(原罪) 의식도 이뤄졌을 것이었다. 생명은, 무슨 그런 죄의 양수 속에서 태어난 듯도 싶은 것이다. 젊은 자라투스트라는, 그런 밤으로, 죽음이 찬 손을 내밀어 다가오는 것을, 그리고 무와 소멸의 뻘밭에서, 스팀팔리안 새들(Stymphalian Birds)이, 세이레네스(Seireness)의 얼굴을 꾸미고, 음탕스런 노래로 홀리려는 것을, 보고 들었다. 유독 밤 들어 쌓여, 자기를 밑 없는 뻘 속에다 짓이겨 넣는 공포, 쇠의 부리와 발톱을 드러낸 고독, 심정에 알 슨 번뇌들이 깨어나, 살을 찢고 들어 뼈를 갉기, 뼈를 파고들어 골을 핥기, (이접지, 말입지, 아닌 자리에 패관이 불거져, 잘 되어가고 있는 방사[房事]에, 방석 잡아채는 소리를 하나 거들자면, 저런 것들이, 에우헤메리즘을 입으면, 스팀팔리안 새에 세이레네스 같은 것들로, 둔갑을 하는 것이나 아니겠는가, 하는 소리다. 어떤 종류의 화려체 미문과, 상징이나 비유법이, 때로 혼동되는 수가 있는데, 그건 그런 것은 아니다. 무명 베옷 입은 정신이 언감생심, 비단옷 입어, 거드럭거리는 춤을 출 수가 있겠는가) 그리고도 그렇지, 본 적도 없어, 얼굴을 떠올릴 수도 없는, 결코 어머니는 아닌, 훨씬 더 젊은 옌네, 그래도 어쩌면 어머니인 옌네에 대한, 그리움이래야겠는가, 그리움이 세운, 뾰죽하고도 긴 손톱이, 횡격막 부위를 헤집고, 갈비뼈를 뽑아내기—자라투스트라의 혼은, 얼마나 가망없이 그 독 잔에 취해 흐늘어지는가. 자라투스트라는 그리고 물론, 특히 저 어떤 옌네에의 그리움은, 다름이 아니라, 저 세계에 대한, 그리고 거기 사는 사람들에 대한 그리움이라고, 그것은 알고 있었다. 견디다 못하면 그는, 자기를 숨기려, 움츠리고 구석으로 파고드는 대신, 자리를 박차고 뛰쳐나가, 산이며 나무며 바다며, 함께 울자고, 소리쳐 울기도, 또 어디라 없이 마구 쏘다니기도 했다. (젊은 나이를, 외롭게 지내본 이라면, 이거 다 해본 짓이며, 다 아는 소리인 것) 그러는 중에 산 살이에 익혀져, 야행성 짐승모양 산로도, 밤에는 눈에 불을 켜, 산홍이 좇는다며, 귀계(鬼界)로 실족하거나 하지는 않게 되었다. 오래잖아 달이 떠오를 터이지만, 그러지 않는다 해도, 그는 밤눈을 잘 보았다. 그러는 중에 그는, 안에서보다, 밖에서, 밤의 억만의 마(魔) 새끼들의 복병(伏兵)과 초가(楚歌)를 더 잘 참았다. 에이끼! 개고기라니, 말이나 되는가, 그것 배 터지게 먹고, 끄륵 끄륵 트림을 해대, 온 골에다 개 냄새를 풍기며, 암자 길에 오른 살찐 중놈도 아닌 것이, 이 저녁 길의 산로다 보니, 어느 육시럴 놈의 호랑이가, 개 냄새도 아닌 더덕 냄새에 하초를 세운다더냐, 살욕도 없는 데다, 살점 붙인 구석도 없어, 산로 혼자의 믿음이지만, 큰 짐승도 두려워할 것이 없다고, 그래서 산로는, 밤인데도, 밤이기 탓에 마음을 걸음에다 더 잘 집중하여, 어스름 속으로 달빛 속으로 내리고 있는 중이다. 한데 어디 누워신들 어늬 잠이 ᄒᆞ마 오리 출하리 걷기로 긴 밤이나 새오쟈.

밤은 대단히 서늘했으나, 뼈에 씌워놓은 마른 가죽의 어디에서 번져날 것이 있다고시나, 산로의 전신은 땀에 덮여, 녹슨 구리 뱀으로 번쩍였는데, 산로가 그제서야 의식하게 된 것은, 솟아오르고 있는 달빛이 그래서, 자기가 녹슬어 보인다는 것이었다. 해가 불러내지 않는 것들을, 달은 불러내는데, 달에게서는 냄새가 난다, 해포(海泡)의 냄새며, 구렁이의 냄새, 짐승의 냄새가 난다, 그 냄새를 좇아 일어나는 것들은, 해가 달구는 그 대지에 소속되어 있지 않다. 달의 대지가 또 있다. 거기서는 모음자나 자음자로만 이뤄진 언어가 쓰이는데, 그 언어는 그래서, 기표만 있고, 기의가 없거나, 기의만 있고 기표가 없어, 기표나 기의로써 정의되지 않는다. 그것은 '제휴'(提携)라는 수단으로써만 이해되는 언어인데, 기표 쪽에서 보면, 그것을 듣는 귀가 기의를 형성하고, 기의 쪽에서 보면, 듣는 이가 그것의 기표에로 전신(轉身)한다. 까닭에 달의 대지에서는, 사물과 존재 사이에, 나와 남 사이에, 또는 이것과 저것 사이에, 있어야 될 경계가 무너나, 혼합되어버린다. 거기서는, 해표가 산목련 나뭇가지에서 일었다 스러지고, 구렁이가 들개가 되어, 긴 울음을 울며, 바위도 짐승의 냄새를 풍긴다. 기의나, 기표의 어느 쪽을 갖추지 못한 언어는, 자연도(自然道)의 어디에서나, 심지어 들꽃들까지도 쓰는 언어일 것이라도, 분명히 판켄드리야의 언어는 아니다. 그것은 그래서, '명어'(冥語)라고 이른다는 소리를, 산로는 들었다. 언어의 기원은 아마도, 명어에 두고 있는 듯하다.

어디서 얼핏얼핏 불려오는, 비릿기한 소금 냄새를 실은 바람을 좇아, 산로는 얼마나 걸었는지 모른다. 하룻저녁을 새우는데, 늙은네들은, 대체 몇 대의 장죽을 털고, 채우는고? 말하기로 하여, 열 대쯤을 태운다고 말한다면, 산로는, 대략 예닐곱 대의 장죽을 끄르륵일 만큼 밤을 걸었으며, 그때는, 그의 뒤를 따르던 달이 앞서 있었는데, 그는 밤의 그만쯤 되는 데서, 한 무덤, 사람의 뼈를 감싸고 있는 무덤, 을 발견하게 되었다. 그런데 그것이, 어째서 그리 반가운 것이 되었는지는 모르지만, 반가움으로 궁시렁거리며 산로는, 그 무덤을 향해 달리듯 다가갔다.

—'공수래공수거'라거늘, 어허, 공은 어찌하여, 이승 땅을 서너 평씩이나 떡 차지해, 못 쓰게 하는고? 그, 그래도, 허나 또 말하길, 빈손은 웬 빈손이냐고, 업(業)을 쥐고 와, 업을 쥐고 간다고도 허든 것을. 어찌 되었거나, 반갑구먼, 반갑다 말이지. 호젓한 길에서 우리 만났은즉, 이 길손으로 하여금, 공의 곁에서, 잠시 쉬게 하십습지. 저승 일 돼가는 것 좀 들려줘도 좋을 일.

그러며 산로는, 무덤에 대고 합장하여, 두 번 목례해 보인 뒤, 그 무덤 한 옆에 털썩 주저앉았다. 그리고 상반신을 봉분에 기댔다. 흙이며, 돋은 풀은 차가웠으나, 그것이 말없이 들려주는 소식은 따뜻했다. 라는 말은, 인가(人家)가 멀지 않다는 것을, 글쎄, 근처 어디쯤에 사람들이 살고 있다는 것을, 그것은 일러주고 있던 것이다. 그러나 또 모르지, 화전(火田)으로 유랑하는 어느 가족이, 늙은네 하나 남았던 것이 죽었으므로, 거적에 말아, 자리 파 누이고, 센 소나기에도 뼈가 드러나지 않으려니와, 코 밝은 여우도, 썩는 살냄새를 맡을 수 없을 만큼, 흙 덮어 이왕이면 보기 좋게 따둑거려 놓은 것이, 이것일지도 모르긴 모르지. 그리곤 짠 눈물로 제주 삼고, 다음 화전 자리를 찾아 떠났다면, 떠난 이만 언제 돌아올지 모르기뿐만 아니라, 남은 이들도 언제 돌아와 볼지, 기약이란 없는 것, 고목에 꽃이 피면 볼라는가, 기약 없는 이별, 하직이라 하직이라 너너 너화너 너화넘차 너화너 적막공산 깊은 곳에 어느 벗이 찾아줄까? 예에 각설이 하나 찾아 예 왔수다—.

한때 인간이었던 것을 뉘었어도, 무덤은 체온이 없다. 땀을 돋궈냈던 시간이 너무 짧았내 비다. 늙은네가 기댔어도, 안쪽으로부터 전해오는 온기란 없이, 오히려 밖의 체온을 빼앗으려 하여, 드렁칡처럼 빨판을 연 한기가 뻗어나, 산로의 전신을 휘감는다. 산로께는, 찬물에라도 덮어씌워진 한기가 들고,

이빨이 더그럭 더그럭 부딪기 시작한다. 이래서는 안 되겠는다, 산로는 무덤에 기댔던 몸을 떼어 곧추하여, 가부좌 꾸며 앉고, 한기나 허약, 병 따위를 물리치려 하면 도모했던, 그 열 내기 선정법을 시작했다.

항—솨—, 항—솨—, 들숨 날숨을 깊이 하여 조절하려 하며, 회음 부위의 근육에 의식을 모아, 힘을 주면서, 항문을 열었다 닫았다 하는 식으로, 인공적인 쑤물거림을 일으켰다. 그러며, 회음에 똬리 치고 잠든 뱀이 깨어, 머리 쳐듦을 심안(心眼)으로 보았는데, 오래잖아 그러자, 아래로부터 열기가, 차차로 오르기 시작하고 있었다. 그건, 예의 저 뱀이 똬리를 풀고, 잠들었다 깬 누에모양, 머리를 젓고 있는 증거였다. 이 뱀은, 속이 빈, 가는 명주실 굵기의 빛줄 모양을 하고 있다고 알려진 것으로, 수미산이라는 익명으로도 불리는, 선꾼의 척수를, 오른쪽(pingalā)으로 도는 것은, 그의 왼쪽 고환에서, 왼쪽(idā)으로 도는 것은, 오른쪽 고환에서 시작해서 오른다고 하며, 세 바퀴 반을 돌아, 백회혈에서 성공적으로 만나게 되면, 천엽 연을 피워낸다고 이른다. 사마디의 은유가 저것인 모양이었다. 그러나 산로는, 사마디가 아니라, 열(熱)을 얻으려 하여, 이 선을 시작하였으므로, 밑에서 일어난 기(氣)를 단전에 모아, 거기서 성숙해지기를 기다려, 전신에로 골고루 퍼지게 하기에, 정진하고 있었다. (음담패설이라면 몰라도, 이런 살의 연금술에 관해서라면, 주워들은 소리를, 이리 귀 맞추고 코 맞춰 내려 애쓴다 해도, 패관의 혀는 충분히 길지가 못해 유감일 뿐이다. 히히히, 요런 정도라도 그래도, 고자의 음담패설만큼은 되는즉, 젠장, 패관이 무슨 선[禪] 꾼이드냐고, 그렇게 치부들 해두게라여) '질병이나 오한을 물리치려 할 때, 도모하는 둠모(tumo) 선정법'이 이것이라는데, 산로는, 중년에, 깊은 산의 동굴로만 찾아다니며, 산의, 숲의, 나무의, 계곡이나 호수의 정녀(情女)들을 불러내, 부엌데기 삼고, 성불코저 했던, 어디 몹시 추운 고장에서 온, '한 겹 무명 베옷 입은 이'로부터 전수한 것으로, 이후, 춥거나 병기가 있을 때마다 수업하기를 열심히 한 보람이 있어, 산로도 이제는, 이 선정법을 두고는 동정을 떼고 있는 중이었다.

그렇게 열 일구기를 도모하여, 산로의 안으로부터 지펴진 불이, 그의 한선(汗腺)을 열어, 액화한 불을 송글송글 돋궈낼 때쯤엔, 그 열을 따듯이 덮고,

두 대째의 장죽의 재를 털 시간 만큼, 몸도 마음도 편안한 잠을 잤다. 무덤이 알려준 바에 의하면, 이제부터는, 마을이든 읍이든, 하다 못하면 처사 사는 한 칸짜리 움막이든, 사람 사는 데가 멀지 않은 것이 분명했으므로, 거기로 나아가기 전에, 피곤을 풀어두는 게 좋을 것이라고, 그래서 녹아지도록 잔 것이다.

그런데 그의, 잠의 사마디에로의 함몰 속에다, 누가 전갈을 보내, 그의 눈을 뜨게[開, 浮] 했는데, 뜨고 그가 보니, 해가, 아침마다 공양을 빌러 왔던 그 모습으로, 그 앞에 미소하여 서 있는 것이었다. 그랬기에 산로는, 황송하고 당황해, 먼저 부복했다가, 우러러보고, 뭐든 찬미하여 공양을 바치려 하여, 입을 오무작거렸다. 렸을 뿐, "오—" 하는 모음자밖에, 자음자를 접붙여 내지를 못하고 있을 뿐이었다. 해도 다른 말은 없이, 그의 이마에 다사로운 손을 올렸다 돌아섰으므로, 둘이는 그렇게 헤어졌다.

무릎 꿇음 자세로 산로는, 한동안 멍하게 있다가, 어떻게 정신을 수습하고서 앉은 채, 무덤 위 풀잎들 위에 맺힌 이슬을, 손바닥으로 쓸어, 핥았다. 그렇게 하기를 여러 번이나 하자, 갈증이 달래졌는지, 그 젖은 손으로, 고양이 하는 세수도 했다. 그리곤 그 손바닥으로 무덤을 톡톡 정답게 두들기고는, "평강하십습지, 춥고 외로운 한 방랑자께 베풀어준 후의로 하여 공은, 덕을 쌓았으니, 그것으로 고기 사고 술 받아다, 벗 불러 술카장 취해보아도 좋겠습지"라고 말하고 일어나, 합장하여 두 번 목례한 뒤, 그 자리를 떠나 염분기가 있는 바람 쪽에 코를 열어, 코를 따라, 활기차게 걸어 나갔다. 어디서 천군이 부는 나팔소리 같은 것은 없었어도, 그는 무덤에서 일어난 자 같았고, 밤의 난각(卵殼)을 깨뜨리고 일어나 홰쳐 우는 장닭도 같았다.

거기서 한참 벗어난 데서부터는, 나무꾼들의 왕래가 잦았던지, 아니면 비올 때로만 생기는 도랑이 흘렀던지, 제법 걸을 만한 오솔길이 트여져, 산로는, 자기의 행망(行妄)에 가락이 잡히기 시작한다고, 좀 후후거리며, 길섶의 이슬을 찼다. "사람은 조금이라도 형편이 나아지면,"이라고, 산로는 중얼거렸다. "마음부터 먼저, 처용댁을 끌안고 논다. 사련(邪戀)이려니, 간음이려니……" 산로는 그리고, 아마도 사람 사는 데에 대한 사련 탓이겠지러, 속이 뜨거워지며, 울렁거린다고, 일부러 목구멍을 왝왝거렸다. 콩 심은 데 팥이 났는지, 팔 심은

데 강냉이가 났는지, 그런 밭 가운데로도 걸었는데, 그러나 산로는, 무덤은 이정표로 의식했었으면서도, 밭은 거의 의식하지 못한 듯했다. 이십여 년 만에 품어본, 예의 저 사련이, 그의 눈을 가린 듯했다. 아니면, 인가 주변에는 있어야 되는, 당연한 풍경으로, 자기도 모른 새 익숙해져 버렸는지도, 모를 일이었다.

그러는 중에 산로는, 바다가 육지보다 높이 차올라, 육지를 덮쳐 달려오는 것이, 멀리로 보이는 지점에 닿았고, 거기서는, 금방이라도 바다에 휩쓸려 가게 될 것처럼, 위태하게 보이는 마을이 하나, 언덕 위에 되똥하게 얹혀져 있는 것이 역력히 보였다. 늙은 성자가 그렇게 불렀다는 '갈매기마을'이 그것이었을 게다. 산로가, 나중에 알게 된 것이 이것이지만, 평강공주 시절이었더면 한 왕국이나, 봉준이 시절이었더면 한 마을[官衙]을 차렸을 만한 고을은, 그 아래쪽 평평한 자리를 차지해 있었다. 그러나 독수리의 눈으로, 사람 세상을 내려다볼 일은 아니다. 그러려 들면, '신이 사람을 위해 우주를 지었다'는 말에 대해, 의구심밖에 가질 것이 없다고 알게 될 테다. 땅은 온통 하늘 원정에 허리 부러지고, 팔다리 잘린 아수라들의 병석이 되어 있어, 콩 심고 새끼 실어 살 만한 자리라는 게, 벼룩 볼태기만큼도 안 되는데, 거기 몇 자리를 호미로 일궈, '문화'라고 이르는, 생베 조각을 덮어 기워 대고서는, 자기네들이야말로, 땅의, 우주의 주인이라고, 홰쳐 꼬끼오 운다. 산로는 그러나, 여기서부터는 저절로 따라붙는, 그것들 간의 권세 다툼, 애증 따위에 관해서는, 상념을 더 발전시키려 하지 안 했다. '부운(浮雲)인 것을!' 하고, 한숨 한번 불어내고, 목 고개 한번 희게 젖히기로, 성인도 되고, 도사도 되는 것이지만, 산로는 마피자[麻子]를 짊어진 것도, 먹은 것도 아니어서, 그 짓도 안 했다. (『고금소총』[古今笑叢] 「마피현」[麻眩] 장에 마엽[麻葉, marijuana] 먹기의 역사와 관계된 얘기가, 요로코롬 되야 있다. '마를 먹은 자는 혼미하다 하니, 내가 걸머진 것은 마피자다, 능히 눈을 어지러이 하여 그러한 것이다.')

때에는, 볕이 훨씬 더 여물어, 조금 개어 올랐던 안개를 다 녹여, 세상은 밝고, 쇠전 거간꾼의 혀에도 반쯤 기름이 돌고 있을 즈음 산로는, 아까 멀리로 보았던 그 마을 가까이 닿았다. 산로는, 해 지는 쪽으로만 머리 둘러 왔으니, 그 동구는, 마을의 해가 뜨는 쪽이 될 것이었다.

일진이 좋게도, 또는 나쁘게도, 산로는, 마을에서 좀 떨어진, 그늘이 좋은 서나무 아래, 그 둥치에 기대, 한 젊은 걸인이, 때 낀 얼굴에다 환한 만족감을 떠올리고, 양푼에 빌어 온 흰밥과 뒤섞인 나물을, 비벼가며, 볼이 고봉 되게 밀어 넣고, 음미하며 씹어, 삼켜대는 꼴을 보았다. 흰밥과 간기가 있는 나물—산로께는, 그 또한 얼마나 아픈 그리움이었는지, 그것은 산로의 혀와 창자만이 안다. 침을 삼키고 삼켜도, 남아 주르륵 흐르는 것도 모르고, 산로가 그 그릇에 타는 눈을 쏟고 서 있자니, 그 젊은네가 먹기의 삼매경에서 어떻게 깨었든, 늙은네를 본 모양으로, 소스라치게 놀라, 먹던 그릇을 가슴에 끌어안으며, 치뜬 흰 눈으로 늙은네를 노려보았다. 사람 같지도 않은 것이, 그렇다고 짐승 같지도 않은 것이, 무덤에서 갓 일어난 것 같은 것이, 백주에 자기 앞에 꾸부정히 서서, 붉은 눈에서 살(煞)을 흘려 내고 있는 것이다.

"아, 이, 이거, 놀라게 해드려 미안하외다. 산에서 살다, 장 구경이라도 했으면 싶어, 내려온 사람이외다."

"에으? 예, 헤헤, 그, 그러시구먼," 그제서야 젊은네는, 몸을 풀고, 나름대로는 품위를 되찾은 얼굴을 지어, 마을 아래쪽으로 흰 눈짓을 해, "아, 그렇걸랑 가보시우, 장은 저 아래쪽에 있다우"라고 일러주었다.

"고맙소이다. 평강하십습지." 산로는, 말은 그렇게 했지만, 아무리 해도, 젊은네의 밥그릇에서 눈을 뗄 수가 없는지, 돌아서지는 않고 있다.

"밤새껏 걸었으께유? 몹시 시장한 게요? 옜소, 먹다 남긴 것이라도, 자셔볼 만하면 자셔보시요. 이래 봬도 이게, 일곱 집 공양이라니깐요." 말하고 젊은네가, 저 먹던 숟갈을 꽂은 채, 늙은네 앞에 양푼을 내밀어준다. 늙은네는, 손먼저 뻗쳐 나는 것을, 잠시 억제하고, 합장하여 목례해 보이고, 그리고는 빼앗듯이 그것을 받아, 젊은네를 마주하여 빠르게 앉고, 빠르게 숟갈질을 하기 시작했다. 늙은네의 전신이 혀였다.

"천천히 좀 드세유. 목이 많이 마를 때일수록 천천히 마셔야 되듯이, 배고플 때도 그려요. 그리구 본께, 동네 부인네들이, 영감 올 줄을 알았던 모양인지, 오늘 따라 주는 손들이 널팡했더라니깐요." 늙은네의 귀에, 젊은네는 아직 몇 마디밖에 하지 안 했지만, 그의 어투는 여러 방언으로 얼룩져 있다고 들렸다. 그로 미뤄보면, 이 젊은네는 이 고장 토박이는 아니며, 여러 고장 산전수전 많이도 겪었던 듯했다. 산로가, 나중에, 알게 된 것이 이것이지만, 이 고장의 어투는, 매우 심하게도, 여러 방언의 백결(百結)이었는데, 그것이 단적으로 이 고장의 역사랄 것을 말해주고 있었다.

"영감 같은 스님을 한 분 알아서 말씸인디, 영감님은, 나 같은 비렁뱅이는 아닌 것 같고, 그런데도 그 낫살까지 떠도는 것을 보면, 무슨 도사나 스님일 것 같은데, ……스님들은, 대략 이틀 치의 양식 걱정을 한다고 해도, 나 같은, 놀고 빌어먹는 직종에 종사하는 이들로 두고 따지면, 다음 끼니 걱정까지도 안 하는 건 몰랐을 테지요? 한 끼니 먹고, 남으면, 그러항개 새헌티도, 들괭이헌티도, 마구 인정 써버리고, 손 털고 일어서거나, 누워버리지요. 중과 거렁뱅이 간에는, 대략 그런 정도의 다름이 있다고 봐지는디유."

"허으 이거 참, 오랜만에 호화판 조반을 대접받았구랴. 고맙소이다. 헌데 이거, 나는 가진 게 없어, 드릴 수가 없으니, 이를 어쩌지요?"

"영감님은, 산에서 살다 왔다고 허지만서도, 무슨 짐승 가죽 말린 것이란둥, 더덕이나 산삼 같은 꾸레미도 안 갖고 있는 걸 보믄, 스님이 맞지요? 허긴 스님이라 해도, 어떤 스님들은 짐승 가죽으로 몸을 가리고, 짐승 가죽으로 신발도 만들어 신고 다니면서, '제일 크고 좋은 법은 불살생'이라고, 입으로는 그렇게 일러주더라구요. 스님은 그러면, 어느 종단에 소속되셨으께요?"

"허, 허허, 그, 그걸 두고, 대답하기가 영 딱하구료. 공문의 안뜰에 있는 것도 아니고 그렇다고 바깥뜰에 있는 것도 아니어서, 수도도 정도에 들어선 것도 아니고, 그렇다고 세상살이의 정도에 들어선 것도 아니어서, 중도 아니고."

"건 좀 알아묵기가 쉽잖은걸입쇼. 영감께서 아까 했던 말로시나는, 아무것도 가진 게 없어 줄 수가 없다고 했으나, 꼭 그렇게 뵈는 것만도 아닌뎁슈."

"헥? 그, 그건 나도 전혀 알 수가 없는 얘긴데," 산로는 부르짖듯 말하고, 젊은네를 똑바로 건너다보았다. 늙은네는 젊은네를 만난 때부터, 그의 눈길이 앙구찮았는데, 아까부터 그의 눈이, 자꾸 갖다가시나, 자기의 하복부에 쏠리고 있어 온 것이다. 그러자니 늙은네 쪽에서는, 너무 넘겨짚고 있는 것은 아닌가 하는 생각은 하면서도, 이십여 년 만에 먹어본 호화판 음식까지 토하게 될 느낌도 어쩔 수가 없고도 있다. 그러자니, 젊은네와 빨리 헤어져야겠다고 생각은 하면서도, 그러지 못하는 것은, 늙은네 생각에 저 걸인은 자기는 모든 것을 공짜로 얻지만, 자기가 주는 것에 대해선 공짜가 없다는 태도여서, 그런 것이다. 그래도 어쨌든 헤어질 때여서, 밝혀둘 것은 밝혀둬야겠다고, 이렇게 말했다.

"'도는 일을 생하고[道生一], 일은 이를 생하며[一生二], 이는 삼을 생하고[二生三], 삼은 만물을 생하는데[三生萬物], 만물은 음을 업고 양을 안고서 충기로 화를 삼노니[萬物負陰而抱陽]', '벌레가 움직이려 하여, 몸을 오므리면 음이며, 펴면 양이라' 한다 해도, 그리고 남근은 양이며, 후문은 음이라 한다 해도, 벌레가 오므리고 펴기로 혼자서 알을 치지 못하며, 또한 제 후문에 대해 제 근이 발기치 않음은, 음양의 궁합이 맞지 않은 증거인 것, 담 구멍으로 구렁이가 숨어든다고 해서, 거기 무슨 조홧속이 있는 게 아닌 것." 그리고 산로는, 일어서고, 합장하여 목례하고 돌아서려는데, 젊은네가 말했다.

"무슨 말인지는 모르겠어도, 내 말도 좀 들어보시우. 중하고 거렁뱅이헌티는, 주어지는 것이 모두 공짭니다만, 영감은 말하여설라믄 중이기도 아니기도 하다고 해서 말씀인디, 그래서 그 뜻을 짚어보고설랑 본즉, 영감은 중도 아니지만, 더더욱이나 거러지는 아니다, 하는 견해가 맘묵어지더라 말입습제, 헤헤헤, 이래 봬도 이눔도, 미치괭이, 똑 영감하고 성님 동생 했으면 되겠을, 늙다리 수도쟁이네 불머슴살이로, 용두질하는 법도 배웠습니다만유, 새경이란 줄 생각도 안 허드먼유. 커녕은, 몸·말·맘 모두 바치래서, 그런다고 했더니, 나의 몸·말·맘이 다 자기 것인데, 이눔아 무슨 새경을 바라느냐며, 죽장질이나 하더라구요. 어쨌든, 그렇게 서 있지만 말고, 좀 앉으세유. 오랜만에 말이 좀 허구 싶구만요. 왜냐면 그 늙다리 스승 같은 이를 만나고 보니 그려유." 산로는 그래 마지못하여, 어중간하게 앉았다. "그러자니 속에서 끙얼대는 게 일어나, 자꾸 눈이 흘겨져쌓는 데다, 떠들썩한 장터에 가서 고깃국물도 먹고 싶고, 여자들 오줌 누는 것도 훔쳐보고 싶어, 못 살겠더라구요. 여자들은 오줌을 누면, 봇물 쏟아지듯이 콱 쏟고 마는가, 아니면 시냇물 흐르듯이, 졸졸 흐르는가, 그런 생각뿐인데, 그러자니 용두질이 잦아지던디유. 시냇물모양 졸졸거리다, 터진 봇물모양 콱 쏟아지고 그러더란 말이여유. 하루는 그러는 중에, 눈에 불을 켠 저 늙다리한테 들켰구먼요. 후닥닥 일어나 감춘다고 했어도, 되레 불거져 나와, 부끄럽기도 창피하기도 해서, 씨부랄, 똑 죽겠는디, 거기다 대놓고, 저 망할 누무 늙다리가, 그걸 콱 거머쥐는가 하고 있자니, 억지로 잡아땡겨설람, 목침 위에다 얹드라고요. 그리곤 죽비를 꼬나쥐더니, 사정도 없이 쌔려 패는기라요. 그때 죽는 줄 알았소이. 그래도 소리보단 덜 아픈 것도 같았는데, 히, 힉킥킥, 요상했다 싶은 건 말이지요, 두 번째 죽비 소리가 났을 때, 뭣이 튀어나오던 것이구만요. 글쎄, 뭣이 튀어나왔는데, 그게 처음이었구먼유. 그걸 본 늙은탱이는, 더 고약을 부려, 한두 번 더 내려쳤는데, 그때 껍질이 둬 군데 터졌던 모양으로, 피를 보고서야 놔주더군유. 그누무 흉터가, 작은 굼벵이 두 마리모양 남아, 그 뒤부터는, 여럿이서 멱 감는 자리는 얼씬도 못 하게 돼버렸지유. 늙은네는 그것도 모자랐는지, 그리고는 무릎꿇림을 시키고설람, ‘금욕계’라든가, ‘구상관’이라든가, 뭐 그런 씨도 먹히지 않을 소리를 씨불여쌓는기라요. 부끄럽고 챙피하던 것이 그때는, 불뚝성이 나서 못 참겠던 것이유, 못 참겠어서 벌떡 일어나, 늙은 등짝을 냅다 한번 걷어차고, 그러구시나 뛰쳐나와 버리고 말았네유. 아주 시원해서 좋았으니, 후회는 뭐며, 미련은 뭐 말라 뒈진 것이겠어유? 커녕은, 그때 일은, 자다가도 웃누먼유. 그런 후, 배운 도둑질이라고, 쪽박 두들기며, 진언(眞言)이랍시고, 허옇게 허언(虛言) 치고, 밥 비는 새끼 중 흉내도 내보기로, 여기까지 왔는데, 여기까지 오는 동안의 얘기를 소설책으로 꾸민다면, 서른 권도, 더 될 것이니, 그만두겠시다요. 재밌다고 할 것은, ‘품바타령’이, ‘진언’보다 효력이 더 나은 것 같더라는 것이던디, 타령은 하다 보니, 남의 동정 찌꺼기라도 찌뜨려 주게 우려내고 말씸이지, 요 말엔 좀 우겨댄다는 뜻이 있는 것도 아실게요, 진언은, 고봉 담은 흰쌀을, 홉으로 되로 얻어내도, 고맙다고 해야기는커녕, 되레 자비를 베푼 듯이 되어설랑, 주는 쪽에서는, 입 주고, 아래까지 주고도, 발길질에 차인 음녀 꼴이 되는 것이 그것 같던데유. 히, 히히히, 히어도 이거, 말씸드린 비유가 어디선지 똑 맞는 것 같지는 않은데, 어디서 오류가 발생을 하였으께요? 생각하기의 방법이라며, 그 늙은네로부터, ‘나무라면 그것은 딱딱하다, 딱딱한 것은 나무다, 고로 돌도 쇠도

나무다'라는 식의 어법도 익혔는데, 저런 식의 어법이라면, 어렵잖게, 그 오류를 짚어내겠는데두, 거 어쩌다 그런 말을 하게 됐는지는 모르겠어도, 왜냐하면 강한 느낌은 그랬으니깐요, '공양'과, '밑 주고 걷어차이기'는, 어째 좀 내 귀에도 애매모호하다 말이지유. 웃는가유? 왜 웃지유? 어찌 되었든, 일수가 사나운 날엔, 한쪽에선 얻으려는 자가 쪽박까지 깨뜨려지고, 다른 쪽에서는, 준 자가 발길질에 차이는데, 오류가 어디서 발생했으께유? 이럴 땐, 후회감도 쬐꼼은 없잖아 있는데유, 이런 애매모호함을 당해서도, 핵 풀어버릴, 그만큼까지나 배우고, 그리고 떠났어도 되잖았겠나……, 어찌 되었거나, 떠돌다 돌다 듣자니, 어떤 각설이들이, 이 고장 얘기를 하면서, 거기는 기름진 땅이 줄느러미 놀고 있는 데다, 산은 천연림 그대로 우거져 있고, 바닷속에는, 물보다 고기가 많아, 군데군데에 물고기 섬이 돋아 올라와 있다며, 인력(人力)을 수입하고 있다는 것입데다. 히히히, 그래 내 속으로 많이 웃었제유. 품바꾼 중에 갯가서 살았던 이가 하나 있어, 듣자니까, 거북은 해변의, 따뜻한 모래 속에다 알을 까놓으면, 모래가 태보 노릇을 한다는 것입데다. 그렇게 깨어난 새끼들은, 수천수만으로 많아, 그것들이 다 바다에 가서 자라기로 한다면, 뭍에는 해일이 일고, 바다에는 거북으로, 거 무슨 산이라더라, 세상에서 제일 높은 산이라던데, 그런 거북의 산이 될 거라고 허드먼유. 새끼들 쪽에서 보면, 거 참 못 볼 애처로운 일이어서, 나 같은 도척이네 삼촌뻘은 되는 자라도, 저절로 일어나는 불심을 어쩔 수 없겠으나, 다행한 일은, 그 새끼들은 까인 대로, 걸음아 나 살려라, 미친 듯이 바다로 달려가는데, 그러는 도중에, 갈매기며 두루미, 바다 독수리며, 심지어는 들의 승냥이들까지 온갖 창자를 다 가진 것들이, 내달아 들어, 냉큼냉큼 집어삼켜댄다는 것입데다. 까닭에, 물에 닿는 새끼들은 몇 안 된다고, 불심 섞어 쉬는 한숨이 열두 발임시롱도, 또 그렇기에 다행이라고도 헙습데다. 거북님들은 보살들이어서, 그렇게 다른 유정, 이 '유정'이란, 배운 말입니다만요, 배고픈 유정들께 신보시를 한담시롱, 갯가를 그리워해쌓더라고요. '신보시'란 말도, 내가, 늙은탱이한테서 배워서 쓰는 말입네다. 헤헤헤, 먹었으니, 걸뱅이한테는, 남은 것은 시간밖에 없어 이러는데, 갈 길이 바쁘시거들랑, 가보씨요. 가기 전에 물론, 부탁 한 가지는 해야겠제요만, 하으, 영감께도 바쁠 일이 있을 까닭도 없이, 가진 것은 시간밖에 없다 이 말씀이신가유? 허나 이눔 보기엔, 가진 게 영 없는 것도 아닌 걸, 거 왜 그러십니까? 그 말을 하려니, 순서적으로 해야 쓰겠다 싶어, 이런 얘기도 하게 되었지만유, 그렇걸랑 쬐꿈만 더 들어봐겨유. 헌데 참, 어디까지 말하다 거북 얘기가 나왔지요? 그랬지요, 그래요, 물에 물고기가 너무 많아 섬들이 생겼더라는 얘기였지유? 그러자니 그것 좀 보았으면 싶으더라구요. 그래 왔지유, 여러 달 걸렸지만유, 비럭질하는 놈에게도, 뒤꿈치에 불날 일 있습더? 와서 보니, 듣던 것보다, 거짓말이 좀 더 보태져 있던 걸 알겠던디도, 어쨌거나, 거둬들일 것이, 거둬들일 손보다 많았던 것은 사실이었구먼유. 처음 와서, 고장을 익힐 때까지는, 해 먹던 짓을 하다, 나중엔 밭이며, 숲이며, 물에서 막일도 좀 했지유. 마는, 그것만은 몸에 익혀져본 일이 아니다 보니, 해 먹을 수가 없더라구요. 줌치에 푼전이라도 남았을 때는 몰랐는데, 배 속에서 쪼르륵 소리가 나기 시작하면서부터 볕 가린다고 썼던 벙거지가 손에 들려지더라 말입지요. 허히히, 이 벙거지의 다용도는 물론, 진작부터 알고 있었던 겁지요. 볕도 가리고, 추울 때는 따뜻하게도 해주려니와, 비 올 땐 우산도 될 뿐만 아니라, 쓰고 있을 땐, '제멋에 산다'는 그 멋도 있는 것 아닙더? 헤헤, 헨데 그것뿐이라면 아직도 멀었어요. 사람 지나는 데라면, 어디서라도, 그것 벗어 내밀고 있으면, 동전이나, 일진이 나쁘면 가래침이, 좋으면 지전이 떨어져 들더라 이 말입습네다. 그래도 여전히, 그 짓을 위해서라면, 모자보다는 양푼 쪽이 실리적이더라 말입죠. 흔전만전 쓰다 남은 돈을 쓰레기통에 버리는 이는 드물어도, 먹다 배불러 남긴 것을 버리는 이는, 열 명 중에서도 한 열뒷은 되더라 요런 말입습제. 신발이며 옷가지서껀도, 대개 그런 식이다 보니, 기로울 게 읎이 살게 되더라니깐입쇼. 어찌 애로사항이야 없겠나이까요이. 그래도 그것 말하자는 것은 아니잖애유? 이러는 동안, 이곳의 풍습이랄 것에 관해, '공부 및 연구'랄 것도 좀 하게 되었는데, 그 문제에 관해설랑도, 이제까지 해온 것모양, 요점만 추려 간단간단하게 말씀드리자면, 요렇소이. 인력 수입을 한다는 말은, 사람의 머릿수가 충분치 않다는 얘긴 것은 아실 게구먼유. 게다가, 그럴 까닭이 있어설람에, 이 고장엔 엔네의 머릿수가 사내의 것보다 훨씬 많다누먼요. 그 까닭까지야 말할 필요는 없다고 나는 단정하는데, 현실이 그러면 그런 거 아니갔수? 재밌는 일은, '신이 죽었다!' 라는 소문이 퍼짐선, 사내들이 어지자지 모양으로 변해간다는 얘기가 있는데, 이건, 들은 얘기여서, 내 얘기는 아닌뎁슈, '어부왕이라는 이의 근에 창병 든' 얘기를 하며, '신의 죽음'도 그런 뜻이랍습데다. 그래서 어떻게 해서든, 그 왕의 근에서 활력을 살려내야 된담시롱, '디노사우르'라든가, 무슨 없어진, 거대한 공룡의 뼈를 찾아내, 맞춰 세워놓고, 뫼시기 시작했답데다요. 나중에 천천히 읍을 둘러보다 보면, 해 지는 쪽 바닷가 언덕에 있는 걸 보게 될 게유. 엔네들은 거기다 치성을 드리고, 그럴 때 사내들은, 지렁이로부터 가마귀까지 잡아 차린, 보신탕집으로 몰리는 모양인데, 이즈음, 아줌씨들 간에만 속닥거리는 소문이 하나, 크게 난 것이 있었는뎁죠, 그것인즉슨, 헤헤헴 이렇습지요네, 금욕계를 지켜온 스님의 것이면 최상품이고, 그렇지 않더라도, 타관 남자의 아래 속옷이, 임신에는 좋은 약효가 있다는 것이었습네다요. 그러면서, 어떤 종류의 원숭이족 얘기도 곁들였는데, 그것들의 암컷들은, 다른 데서 떠들어온 원숭이라면 사족을 못 쓴다는구먼요. 그렇게 난 새끼들은, 친족 간에 난 것들보다, 훨씬 더 튼튼하다는 겁네다. 그러자니, 그것 거래되는 은근한 집들이 뒷골목에는 여러 개나 생겼다는뎁죠, 이러면 할 얘기 다 해버린 것 아니겠남유?"

"아, 그, 흐흐, 그래서 젊은네는, 마, 말이지, 이런 것도 환전(換錢) 가치가 있을 듯해서, 처음 보았을 때부터, 이 늙은네의 아랫두리를 보, 보았던 것이었구료?"

"쇠인 놈이, 아까 드린 말씀 중에, 중님하고 비렁뱅이 말고는, 이 세상에 밥 한 알캥이도 공짜란 없다고 하잖았습뎌? 헌데 영감은 중도 아니라메요? 그 말 알아듣기가 어려우시우?"

"그, 그러니깐두루, 마, 말이지, 젊은 양반께서는 말이지, 바, 밥, 밥값을 받으시겠다, 그 말을 하고 있는 게 아니오? 허, 헛헛헛, 그리하다 해도, 중이나 걸인이 장사꾼이라는 말은 들어본 것 같지는 않소이다만."

"잘 모르시나본데, 아까 이눔이, 얘기를 시작할람선, 이눔의 뒤꿈치로, 늙다리 스승쯤."

"아, 더 말하지 안 해도 알겠소이다. 옛소, 가지시구랴! 이거 매우 더러운 들보이외다만, 이것의 은덕을 입어, 입는 이의 자궁에, 달덩이 같은 태기가 있기를 빕세다.”

“흐히, 히, 거 냄새부터도 이를 데 없이 더럽수만, 거지가, 주는 걸 마다해서는, 거지의 계(戒)에도 어긋나는 일, 기꺼이 받겠소이다. 중하고 거지는, ‘고맙다’는 말 주머니를, 아예 차고 있지 않은 것은 아실 테유. 중은, 공양이나 시주를 받기로 법을 베풀었다고 믿고, 거지는, 받기로써, 주는 이가 선덕을 쌓는다고 믿기 때문 아니겠남유. 남 적선하는데, 왜 남이 들어 고맙다고 해야겠냐고요? 중과 거지는, 요걸 뭐래얄까유, 어떤 점에서 보면, 똑같이 갖다가시나, 그걸 중생제도라는 겁지요, 그 짓에 나섰으나, 다름은, 중은 극락정토에 눈을 두고, 거지는, 이 세상 사는 동안, 그날 배곯지 않고, 저녁엔 어디 푹신한 구석 한자리 얻어, 색시 생각이나 하며, 그런 극락을 꿈꾼다는 그런 정도가 아니겠납쇼? 이눔이 틀렸다고시나 사료허시걸랑요, 법 한 자리 펴봬겨유. 말씀드렸다시피, 이눔께 있는 건 시간뿐인 데다, 얼마 전부터 슬금슬금, 옛날 불머슴살이했던, 그 괴팍한 늙은 스승이 들려줬던 얘기들이 떠오르곤 해서, 생각도 해보고 허는데, 이로 보면 귀는 준비되어 있다는 얘기 아니겠는가요. 요즘엔, 거 뭐 감기일랑가도 싶은데도, 뭐가 좀 부끄럽다는 생각이 들 때도 있고 그러는데, 비럭질이 부끄러운 건 천만에 아닙죠, 중질에 나섰대도 그건 마찬가지였을 테니깐요, 뭘 좀 더 배우지를 못해, 무식하다는 것이 부끄러운 듯허제요.”

“도류는, 빌어 살되, 가난하지도 무식하지도 않도다! 고양이만 한 마리 학살해버린다면, 도류는 삼세를 다 가진 바나 다름없겠도다!”

산로는 그렇게 들려주고, 젊은 걸인으로부터 떠났다. 뒤에서 젊은네는, 산로가 떼어 내준, 앞 가리개 헝겊 한 조각을 쥐고, “고양이라? 고양이라니?”라고, 의아함으로 씨불여쌓더니, 들보를 접어 앞가슴 속에 찔러넣었다. 그는 물론 환전을 생각했을 것이었다.

그날 오후 그런데, 제십시(第十時)쯤이나 되었을 때였는데, 그 길을 지나던 이들은 한 ‘끔찍한 놀이’를 보게 되었던바, 고양이 한 마리가, 외로 꼰 새끼줄을 목에 걸고, 예의 저 젊은 걸인이 등 기대 앉았던, 그 나뭇가지에 대롱대롱 매달려 있는 그 광경이었다.

"끌끌, 놀이치고는 끔찍하군. 끌끌, 고양이가 자살을 한 것은 아니겠지?"

재밌다고 해야 할 일은, 그들 모두, 말로는 '끔찍한 놀이'라고 했으면서도, 웃음을 참지를 못해, 큭큭거리다, 하글와글 웃어젖히는 일이었다. 그랬을 것으로 여겨지는 단서 하나는, 문둥이 발싸개에라도 썼음 직한, 낡고, 몹시 더러워 보이는 헝겊 한 조각으로, 그 고양이는 기저귀를 차고 있던 것이다. 저 죽은 고양이와, 이 실종 간에 무슨 관계가 있는지는, 누구도 알 수가 없었지만, 그 이후, 누구도, 예의 그 젊은 걸인을 보았다는 이가 없었다. (패관의 짐작일 뿐이지만, 그는 혹간, 옛 스승이라도 찾아가지 안 했나, 하지만 뉘 알랴?) 그것도, 꽤 시간이 지나고서야, 그의 실종이, 남은 음식을 버릴 때마다, 어떤 종류의 죄감을 느끼곤 했던, 몇 아낙네들에 의해 알려지기는 했으나, 그뿐, 이내 잊혀져 버렸다. 나중에 들리는, 비밀스러운 소문에 좇으면, 학살당한 고양이께 채워졌던 그 기저귀는, 읍장네 셋째 마님이 차고 있다고 했으며, 고양이는, 여차여차한 경로를 겪어, 까들까들 말려져, 읍내에서 제일 큰 동약방(東藥房) 유리장 속에서, 한 돈, 두 돈, 또는 반 냥씩, 그것도 고가에, 최음 약이라고 팔리고 있었다고 했다. 읍장네 셋째 첩이, 배 속에다 달을 잡아 넣었는지 어쨌는지는, 그 배가 달 떠오르는 앞산만 하게 둥글어져 보여야 알 일이로되, 그 한 마리 고양이 값은, '은 삼십 세겔'이 아니라, 금 삼십 세겔보다도 더 돈독한 값이었을 것이라고 했다. 누가 그 값을 알랴마는, 어떤 경전상에 나타났기로는, 당시의 인피(人皮)는, 은 삼십 세겔에 거래되었더라는 기사가 있다.

앞 가리개까지 빼앗겨, 참으로 혈혈(孑孑) 단신(單身, 丹身)이어서, 환갑에사 모태를 벗어나 온 듯한 산로는, 한 조각 헝겊을 벗었으므로 해서, 온몸이 갑자기 추워져 버린 듯, 두 손바닥으로 들보 삼고, 웅숭그린 채, 외출에 나선 은둔 게보다도 더 어죽게, 비실비칠 옆걸음질을 하여, 동구를 들어섰다. 동구랄 게, 어느 마을에나 뭐 따로 있던 것이던가. 마을의 가운데로 통하는 길의, 맨 첫 집에서부터 마을이 시작된다면, 거기가 동구랄 것이 아니겠는가. 학당엘 갔든, 아니면 혹간 장이라도 서는 날이어서, 줄타기 광대를 구경하러 갔든, 시끌벅적해야 할 아이들은 없었으며, 또 개도 새끼 한 마리 보이지 안 했다. 그럼에도, 늙은네는, 자꾸 무엇이 민망했으며, 무렴해서 대략 평균 정도밖에 안 될 것임에도, 하초가 방앗고보다도 커서 불편하다고, 기죽어, 아주 좁은 폭의 걸음을 걸었다. 돌(咄), 이것은 원죄적이구나! —늙은네는 투덜대고, 무슨 널찍한 나뭇잎이라도 하나 따, 가려볼까 하는 생각도 했다. 보아하니 그러나, 가운데로 길을 뚫어놓고, 사철나무로 울타리들을 해놓아, 넓은 잎 구하기도 쉽지 않을 듯하다고, 늙은네는 한숨을 내쉬었다. 그런즉슨, 사철나무 가지라도 하나 뚝 잘라, 부채 삼으면 될 일이 아니겠는가? 허나 늙은네는, 갑자기 방앗고만 하게 커져 버린 자기의 하초에 매달려, 조금도 능동적 사고를 할 수가 없는 듯했다. '큰 잎으로 앞을 가렸더라'는 어떤 고사(古事) 한 가지가 만들어낸, 고정관념까지도 못 깨뜨리고 쩔쩔매고 있다.

—아비의 고환을 벗어난 것은, 벗어나자마자, 난자 속으로 파고든다. 그리고 그런 뒤에는 어떻게 되는가? 중원에서 땅을 파고 내리면, 그는 어디 신대륙에로 솟아 나온다는 말이 있더라. 파고든다고 한 짓이 그만, 다른 열림 가운데로 열어 들어가기인 것? 그렇게 열림 속으로 파고든 것들은, 몸 둘 바를 몰라, 감람 잎이라도 뜯어, 우선, 유독 밝음을 못 참는 부위부터 가린다. 밝음을 두려워하는 것들이 있구나, 그것을 난소복합증이라고 일러도 되겠느냐? 자라투스트라여, 대지의 의지란, 동물에게서는 그런즉, 난소복합증으로 나타나는 것이겠는가? 난소복합증을 여읜 것들이, 가서 사는 곳이 하늘의 왕국일 것인가? 그럼에도, 빛의 억만의 눈들은, 견딜 수 없이 따갑고, 무서우며, 수치의 눈을, 띄운다. 나 오늘 아침까지도, 태양의 아들이었거니!

산로는 골목을 비칠비실 걷다 더 못 나아가고, 가지가 많은 생나무 울타리에 비시겨 들어, 일단은 몸을 가리고, 그리고 뭘 좀 생각해보려 했다. 하는 중인데, 불시에 무슨 구정물인지, 소금인지, 웃는 소리인지, 그런 것이 찌뜨려지는 것 같은, 변을 당했는데, 글쎄, 무엇들이 키들키들 웃고들 있었다. 그랬으므로 산로는, 먼저 자기의 고환을 함께하여, 하초를 콱 움켜쥐고, 놀란 눈으로, 그런 웃음소리가 나는 데를 둘러보았다. 당장은 아무것도 보이는 것이 없는데도, 키들거리는 소리는 거의 자지러지고 있었다. 때를 같이하여, 높은 가지 위에서 우는 가마귀였는가, 아스라하면서도 가까운 어디서, "사람아, 네가 어디에 있느냐?"라고, 물어 부르는 소리도 나고 있었다. 게다가 그것은, 무시하거나, 저항할 수도 없는 어떤 힘을 갖고, 대답을 강요하고 있었다. “에? 헤헤, 내가 여기에 있으나, 벗었으므로 두려워 숨었나이다!” 산로는 그런 말로 입을 오무작거렸다. “누가 너의 벗음을 네게 고하였느냐?” 그런 울림이 또 있었고, 그것은 산로로 하여금, 매우 머뭇거리게 했다. 그러다 산로는, 자기는 입고(가리고) 있는 것이 아니라, 벗고 있으므로 하여, 그 대답을 얼른 찾을 수 없다는 것을 알았다. 까닭에 머뭇거리며 입만 오무작거리다, 산로는, 대답을 하는 대신, 아니면 그 대답으로, 등뼈를 곧추하여, 가슴은 내밀고, 배는 들이민 뒤, 가린 데 썼던 손은 주먹을 쥐고, 햇빛 가운데로 나섰다. 깜냥으론 당당해 보였다. 그러자, 아스라한 어디서, 아마도 신화 시절로부터, 울려왔던 울림은 더 들리지 않았으나, 키들거리던 웃음소리가, 새로 높아졌다. 산로는 그제서야, 그 웃음소리들이, 울타리의 안쪽에서 들려 나오고 있는 것을 알게 되었는데, 때에는, 자기의 뜻과도 상관없이, 녀러, 녀러 것이, 증명해 보이기에는, 그것의 고환 속에는, 아직도 한 제국을 일으킬 만한 욕망이 트림하고 있는 것이었다. 아낙네들의, 악의 없는 웃음은, 사내치고라면, 늙은 놈이라도, 귀로 듣는 것이 아닌 모양이었다. 생나무 울타리 안쪽에서는, 아낙네들이 웃고 있던 것이다.

—고지(告知)하노니, 인간이 태어났도다! 나는 인간의 아들이로소이다!

그렇게 일곱 걸음이나 꼿꼿이 걸었을 터인가, 하다가 산로는, 무슨 생각을 하고서였는지, 우뚝 멈춰 섰다간, 몸을 휙 돌리더니, 벌 쐰 듯이, 왔던 길을 되달려 가기 시작했다.

—이런, 이런, 참 이럴 수가? 말이었지, 나는 말이었지, 그 젊은 걸인께, 스승에 대한 예를 갖췄어야 옳았던 것을, 그랬던 것을!

그러나 산로는, 스승에 대한 예를 갖추지 못하고 말았다. 그 젊은 걸인은, 이미 그 자리엔 없었던 것이고, 그래 산로는, 입맛이나 쩍쩍 다시다가, 그가 흘린 찌꺼기 음식을 줍는 비둘기와 가마귀 몇 마리에 대고, 합장하여, 목례하고, 중얼거렸다.

—설할 만한 법이 없다고 이르되, 스승이 설한 법은 가히 설할 만하였니다. 사미는, 이제사 동정을 떼었나이다.

그리고 돌아섰다.

—속(俗)을 들보로 단단히 가려, 행여 불알이라도 떨어질세라 홀쳐매고 시나, 남음이 없이 짐승을 초극한다고 출가하여 자라투스트라는, 살기의 고통이 쌓여 썩는 곱 냄새를 지혜라고, 그 냄새에 취했던 것이었도다. 아담이 할례식을 치렀다는 기록은 없는 듯해도, 신이 있어 그를 지었다면, 귀두를 덮어 숨기는, 그녀러 가리개를, 싹둑 잘라 없앴어야 했었을 것이었도다. 나의 할례는 그렇게 이뤄졌으며, 그리하여 거듭 낳아졌도다! 자연으로 돌아가기가 아니라, 거기서 벗어난 것이도다! 이제야 하나의 판켄드리야를 완성하였도다! 나는 그리하여, 이 출산을 고지하노라!

산로는 그리고, 무슨 생각을 하고서였는지 두리번거려쌓더니, 찾는 마땅한 것이 눈에 뜨이지 않은 듯, 삼이 키로 자라고 있는 밭에로 들어갔다. 나올땐, 손에 세 대의 삼 줄기를 꺾어 들고 있었다. 그는 그리고, 젊은 걸인이 앉았던 자리에 앉고, 그 줄기에서 껍질을 벗겨내기 시작하는 것이었다. 벗긴 껍질을 그는 그리고, 손바닥에 비벼, 부드러운 실을 뽑아냈는데, 뭣 하려는 짓인지 모이 줍던 가마귀와 비둘기들이 건너다본다.

실 같은 것이 분리되어졌을 때(『우파니샤드』 식 비유에 의하면 이 짓은, '조악한 물질로 된 몸속에서, 혼을 분리해내기' 같은 짓이다) 산로는, 그것으로 가는 새끼줄을 꼬기 시작했다. 늘 그렇듯, 그것은 이번에도 외로 꼬여졌는데 그것이 다 꼬여졌을 때, 그것을 갖고, 그가 하는 짓을 건너다보다, 비둘기는 구구거렸고, 가마귀는 갸갸거렸다. 그것은, 명어(冥語)로 웃는, 웃음소리였다.

그는, 외로 꼰 금색(禁索)에다, 숯 색깔의 고추를 꽂아, 허리에 둘러, 한 출산을 알림과 동시에, 부정 탈 것들의 침입을 막고 있던 것이다. 구구 구구, 갸갸갸—.

—고지하노니, 인간이 태어났도다! 나는 인간의 아들이노라!

—액이나 살, 병귀는 범접지 말지니, 쐐에—퇴—(퇴물림)! 청해 뫼시노니, 삼시랑 할미씨 청해 뫼시노니, 와서 비린내 맡고, 알 실은 암탉모양, 감자 삶는 솥모양, 애를 담고, 그득 실어, 모든 불모의 자궁에마다, 콩 심어 넣듯, 한 알씩 심어 넣어주기 바라니다, 싹싹싹(손 비비는 소리러람).

킥, 킥, 키키 호, 호, 고로코롬 허구시난, 장(場)은 홍진에 덮여 있다, '예루살렘 입성 때는 젊었던, 그 같은 당나귀'가 온다, 왔다, 보아라, 보았다, 홍진 세상 입성한다! 여기도 아낙네 예닐곱, 저기도 예닐곱 아낙네, 숨은 듯이 하여, 곁눈질로 내어다보며, 꽃을 흩뜨리듯 키들캐들, 자글자즐 자지러지게들 웃는다. 웃는 입에마다, 삼시랑 할미가, 콩알을 던지듯, 애 씨앗을 하나씩 던져 넣는다.

생울타리가 끝난 데서부터는, 길은 훤한 대로이다. 옌네들의 웃음소리 대신, 굵은, 투박한 목소리가 나는 데서부터는, 장이 시작되었음에 분명했다. '간 날이 장날'이라더니, 그날은 그곳의 장날이었던 모양이었다.

"에읔, 조, 초거, 초거 좀 봬겨! 보이냐고 시방? 엊저녁 술이 과했으까?"

"말여! 헤? 내 말도 그 말여, 안 뵐 것이 뵌다고, 말여! 이 한낮에! 세상에!"

"으후 후후후, 자네 거, 설죽은 생선을 말렸던 건 아녀? 어후 후후후……"

웃는 소리가 난다, 사내 예닐곱이, 터뜨려 웃는 소리가 난다. 제일의 사내는 배를 움켜쥐고, 죽어가는 사람이, 무슨 마지막 말을 해야겠는데, 목구멍이 막혀, 손만 허우적이듯이, 하며 웃는다.

"사돈은 거, 무슨 물고기가, 저렇게 머리나 수염을 달고 있는 거 봤댔어?" 제이의 사내도 말은 그렇게 하면서, 웃음을 못 참아, 힐힐거린다.

"거야, 암초 사이를 나오다, 바다풀을 뒤집어썼겠지."

제삼의 사내도 웃으며, 말했는데, 건 꽤는 논리적 웃음이었다.

"오늘 일진이 사나운 데는,"이라고 말하면서도, 제사의 사내도 즐거워 못 살겠다는 듯이 웃는다. "까닭이 있었던 모양 아녀?"

"내 눈은, 첨 볼 때부텀, 저 끄나풀에 꽂혀 버렸었는디, 저 끄나풀에, 조기 대가리모양 묶여 있는, 저것은 또 뭣이라는 물건이여?" 제오의 사내도, 킬킬거리며, 손가락으로 가리킨다.

"보니깐두루 말여, 지금 한창 재주를 부리고 있어얄 텐데, 배가 고팠던가, 저건 분명히, 곡마단에서 빠져나온 성성(猩猩)일 게여." 제육의 사내도 마찬가지로 클클거리며, 백주에 나타난 이상한 물생(物生)의 출처를 밝히려 한다.

제칠의 사낸들, 입 다물고 있을 수 있겠냐, "거참, 못 봐주겄구먼. 내가 창피해 내 얼굴이 붉어진다구! 에잇 거, 밥맛없이 부끄럽구먼! 저것도 사람이라면, 사람이 저렇도록이나 참혹스럽게 수치스러울 수가 있겠어? 다리 밑 사는, 매독 할멈보다 더했으면 더했지, 못하지는 않다구, 창병 들어 고름 흘리는 근(根)만 같다고!"

"내 눈에는, 문둥이 콧구멍에 백힌 마늘쪽이나, 굼벵이만 같아 뵈누먼," 제팔의 사내가 말한다.

"헥! 거 사둔두 갖다가시나," 제일의 사내가 나선다. "내 말여, 힘 좀 쓰자고, 오랜만에 보신탕 한 그릇을 사 먹었는데, 토해버리면 어쩌자는 것여?"

"나는," 산로는, 혼자만 들어 알 소리로, 뭐라 뭐라 입속에서 우물거렸다. "그렇도다, '수치'로서, 그대들 가운데로 왔도다. '구역질'로서, 그대들 가운데로 왔도다. 노예적 정신의, 종말인들께 부족한 것은, 저 두 가지 것이러람."

"날더러 그러면, 자네 처먹은 그 탕 값을 내라는 소리는 아니겠제로? 사돈 저녁 힘쓰는 자리에, 나도 한 다리 끼워 넣어준다면야, 어디 그뿐이겠어?"

"헤헤헤, 암사돈 귀띔해주는 소리대로 하자면, 사돈은 석삼넌째나, 핑계를 피곤에 대고 있담시나?"

"건 내가 들은 소리를, 사돈이 허고 있구먼그래. 그래 하다못해, 개장국이라도 한 그릇 사 자시고 돌아오랬다는디, 사돈 자셨다는 그 보신탕 값은, 사실은 내 주머니서 나간 것인 줄만 아시면, 고맙겠다구."

"어떠셔 사돈? 내가 좀 손해 보겠지만서두, 암사돈 눈짓이 그렇고 해서 말이 말인데, 우리 마누라들 좀 바꿔보실텨?"

"저, 저런, 쳐죽일 누무 사돈 같으니! 그런 소릴랑, 여럿이 있을 때롤랑은 할 소리가 아녀! 출출한 게, 나도 보신탕이나 한 그릇 해야 될 듯하구만그랴."

"히히힐, 그러면 그 자식들은 촌수가 어떻게 되는 겨?"

"그냥 '사돈'이지 뭐겠어?"

웃는 소리가 난다, 사내들 예닐곱 흔쾌히 웃는 소리가 난다.

"하여간에 일진은 더러운 날여. 난 또, 곡마단 탓인가 했더니, 그것도 아닌 게라. 씨부랄, 저 문둥이 좆 대가리 같은 것은, 썩었으면 혼자 썩고 말 일이지, 어쩐다고 꼴려설람, 저승 뒷문을 밀고 나올 일이여? 저게 그 흉귀여, 액이라고! 무당 불러 물림 굿이라도 해봐얄랑가?"

산로가 그래서, 귀에 모았던 눈을 비로소 들어, 장통을 살펴보니, 한산하기 이를 데 없는 꼴이 일진이 사납기는 사나운 날이었던 모양이었다.

"아 가맜서보게나, 보니, 저런, 알 듯도 싶은 사람이구만그랴. 저 늙은네가 말이지, 전에, 훨씬 더 젊었을 때, 그랬댔군, 그 소리는 천둥도 같아, 지금까지도 잊혀지지가 않는데, '신은 죽었다!'고, 무슨 송장 태운 가루에다 소금 섞은 소리를 뿌리며, 지내갔던, 그 차, 차, 차 뭣이었더라?"

"아, 자라투스트라, 그렇군, 그 자라투스트라군! 맞아, 많이도 늙고 초라해졌군그래. '초인'이라던가, 그 살이도 쉽지는 안 했던 모양 아녀?"

"그리고도, 가맜자, 우리가 그때 스무 살 안팎이었드랬으니, 보자구, 그러구 보니 세월이, 그단새 이십여 년이나 흐른 게 아니라구? 커허 참, 어찌 되었거나, 반갑수다, 반가워유. 오늘은 무슨 볼 일로서나?"

"오늘은," 산로는 말한다고 했으나, 입속에서만 우물거려, 아무도 드러내지는 못했다. "주러 온 것이 아니라, 그렇도다, 섞이러 온 것이로다."

"다리 밑 사는 그 할망구가," 산로를 만난 일이 없는, 비교적 젊은네 하나가, 투덜대듯이 말하고 있었다. "어째 오늘은, 안 보인다지? 매독이 다 파먹어 치운 건 아니겠지맹?"

"커허 참, 설상가상이라더니, 자네는, 재수 옴 붙은 자리에다, 다른 옴을 더 붙이자는 소리여, 뭐여?"

"옴 붙은 자리에, 옴 붙인다면, 옴이 두 배로 될 것 같아서? 은그릇에 눈을 담았더니, 은그릇이 두 배나 더 희어진다는 얘기여? 그런 건 아니고, 저 늙은네도 사람이 분명하다면, 그 할망구헌테 장가라도 들었으면 어쩔까 해서."

"허으, 것두 참! 그럴싸허이! 그러구 보니, 장가 길에 행여 떨어질까 봐, 꽁꽁 묶어놓고 있는 꼴이, 꼴이구먼!"

저들은 그리고, '재수 옴 붙었다'고, '일진이 사납다'고 말하면서도, 즐거워 싸서 웃어쌓는다.

"몰랐더니, 이제 알겠노라," 산로는 또, 입안에서만 우물거렸다. "신이 존재했는가, 죽었는가, 그것은 어찌 되었든, 한 가지 것만은 분명하도다, 그의 근에 창병이 들어 침중하다는, 그것은 분명하도다! 그의 대지가, 어찌 황폐에 당하지 않으리요? 황폐의 엔네에 대한 이름은, '매독'이라고 할 것이겠노라. 매독 걸린 늙은 대지! 이런 자식들이, 어찌 어미를 병들지 않게 하겠느냐? 아으 나는, 바다를 머금고, 산정에 살았던 물고기였노라!"

때에, 저들의 눈이며 귀가 모두, 장의 서편 쪽에로 옮겨버렸으므로, 산로도, 우물거림을 멈추고, 그쪽으로 시선을 보냈다. 그쪽 어디서, 한 기둥의 검은 연기와 함께, 소음이 일어나고 있던 것인데, 그들 하는 말대로 좇으면, 거기 어디서, 곡마단이, 천막을 치고, 곡예에 한창이어야 될 자리쯤 될 것이라고 했다. 헌데 필시, 심상치 않은 일이 벌어진 것이라고, 더럽게도 일진이 사나운 날이라고, 어디다 침 뱉는 소리를 했다.

때에, 대여섯이 뭉친 한 떼거리의 사람들이, 산로가 걸어 내렸던, 그 길을 내려와, 그 자리에 닿았는데, 목발의 외다리, 꼽추, 앉은뱅이, 곰배팔이, 비대증자, 해수로 숨을 쌕쌕이는 팔순 노인 등으로, 그들은, 그들 나름대로는 열심히 걷는다고 하며, 생비지땀을 쏟고들 있었다. 점포의 주인들은, 그들에 대해 익숙해져 있었던지 흰 눈으로도 거들떠보려 하지도 안 했으나, 그들을 이끄는 듯한 외다리가, 먼저 인사하고, 그리고 이랬다.

"선생님들은, 구경하러 못 가셨구먼유."

"보다시피…… 댁들은, 혹간, 저쪽 연기 오르는 데서, 무슨 일이 벌어졌는지, 무슨 소문이라도 들은 게 없수?"

"아 선생님들은, 그 소문을 못 들으셨군유. 글쎄, 줄 타는 이가, 앞 장 공연 중에, 하필 엄지발가락을 하나 부러뜨리게 돼, 못 왔다는 게지 뭡니까?"

"하으, 그런 일도 다 있었구료? 악마가 그로 하여금 무릎을 꿇게 한 걸까요?"

"꼽추 사돈은, 거 말 한마디 잘하였수다. 악마가, 그 사람 발가락만 깨문 것은 아니구랴. 이 장판을 좀 보시라요! 어물전만 그랬으면 모르겠소만, 이거 말이지, 오늘 일수 악마가 똥 싸 뭉갰지 뭐겠수? 사실 우리는, 실제로 그 악마와 함께 서 있수다. 댁네들 눈에도 보이는가 몰라도, 제 좆 대가리를 겅겻줄(경곗줄? 禁索)에 걸고, 대낮의 장통으로 다니는, 저것이 흉액을 뿌리는 악마겠지 무엇이겠소?"

하그르 와그르 웃는 소리가 난다. 자기네들 형편도, 별로 나아 보이지 않는 애들까지 합쳐 웃는다.

"자 그러믄, 어떻게든 재미들 보시지유." 외다리가 축복의 말을 하고, 일행은, 그 자리를 떠났다. 산로도 마음을 정해, 그들 뒤를 어중간하게 따랐는데, 그는, 늑대의 무리 속에는 꼭 한 마리씩 있다는, '오메가(Ω)늑대'모양, 무리에 끼지도 못하며, 빙충맞게 빌붙어 따르고 있었다. 그런데 생각의 말벌이 머릿속을 윙윙거리는 듯, 빙충맞은 늙은네는, 거기다 비척이기까지 했다.

—온 장이 비도록, 구경꾼을 모아간 구경거리란 무엇일 겐가? '간 날이 장날'이라는 말을, 아까부터 내가 개의해쌓던가? 오늘은 그 장날인 데다, 장의 한 켠에선, 무슨 결코 예사롭지 않은 일이 벌어지고 있음에 분명하다.

—이것은, '우연'이라는, 다시 말하면 '우연의 일치'라는, 늘 일어나되, 이해키 어려운 문제를, 살펴보지 않을 수 없게 한다. '우연'이라는 문제를 살펴보려 하면, 먼저 우주적 법칙, 물리적 법칙이든 무엇이든, 그것에 대한 회의를 수반하는데, 그 띠[帶]에도 올이 터지는 수가 있는가? '우연'은, 반드시 '우발'이나 '춘사'(椿事)와 같은 것은 아니라도, 그 뜻을 확대하거나, 조금 전와를 감수키로 하면, 그것들을 한통속에 섞어 넣는다 해도, 독사와 고슴도치의 관계는 분명 아니다. '음악이 조직화된 소음'이라고 하듯이, 혹간 세계의 질서 또한, '우연'의 체계화 같은 것이겠는가? 그래서 세사는, 그 많은 부분이, 비합리적이며 부조리한가? 그렇다는즉슨, 그 세계를 산다는 일이란, 위험 자체 말고, 또 무엇이겠는가? '위험스럽게도 살아라!'고?

—맹귀우목(盲龜遇木)이라는 말이 있다. 즉슨, 눈먼 거북이, 우연히 뜬 나무를 만났다, 라는 뜻이라거니와, 이나껏, 이십여 년이나 산에서 살던 자가, 시나껏 별일 없이 조용하던 고장에 내리던 날은, 닷새 만에 한 번씩 서는, 하필 그 장날인 데다, 이 고을 역사에는 없었을지 (어쨌을지, 산로로서는 알 수가 없으되, 이런 경우엔, 가정법이 한몫을 하는 것이던 것) 모르는 일이 벌어지고 있다면, 그것을 뭐래야겠는가? 그것을 그냥, '맹귀우목' 같은, '우연의 일치'라고 치부해버리고, 구경만 해도 괜찮은가? 그러기에는, 이 늙은네는, 너무도 순박하지 못한 정신을 가졌도다!

—그래서 그것을 '우연'으로만 받아들일 수 없다면, 무엇인가! 그것도 그

런즉, '필연'의 한 형태인가? 그것이 필연이기 위해서는, 그 눈먼 거북이, 바다 밑바닥을 떠났어야 되는 이유로부터 시간, 그리고 그 나무토막이 잘려진 경로로부터, 바다로 흘러들었어야 할 까닭과 시간 따위가, 정밀하게 검증되어야 할 게다. 그렇게까지 하고서야, 아무리 노파라 해도, 화롯가에 모인 애놈들 재미있으라구시나, 소설 하기는 어려울 테다.

—어찌 되었든, 그 필연성을 캐고 들기로 한다면, 그 어떤 충돌은, 이미 피할 수 없이 되었으므로, '우연'이란 있는 것이 아니라고, 주장하게 될 수 있을지도 모르지만, 그렇게 되면, 언어로 운영되는 쪽의 세사는 너무 번잡해질 뿐만 아니라, 원인 규명만 하기에 세월을 보내느라, 정작으로 들어야 되는 곬에는 들어보지도 못하고, 다시 말하면, 발가락 새만 호부작거리다, 한 삶을 저물려 버릴지도 모른다. 그렇다면, 이것저것, 따져보고 난 뒤에도, 결국은 같은 자리로 돌아와 버리고 말 것인즉슨, 모든 것을 그냥 싸잡아, '우연의 일치'라고 슬쩍 비켜서 버리면, 편할 테다.

—그럼에도, 그렇게 싸잡아 비켜서 버릴 수 없는 경우도 있을 것인데, '우연의 일치'라는, 그 '일치'에, 어떤 종류의 추상적 형이상적이라는 문제가 개입되어져 있을 때일 듯하다. 가장 널리 알려져 있는, '인류의 원죄'라는 것과, 그것의 '대속양'의 만남이라는 것은, 아주 좋은 한 예가 될 것이다. '원죄'란, 시원에까지 거슬러 올라보게 하는, 매우 추상적, 형이상적 개념임에 분명한데, 하필 어떤 한 히브리 사람, 역사적 실재의 인물이 나타나, 그것을 그 한 몸에 지고 수난하기에 의해서, 그것이 구속(救贖)되어졌다는 서사는, 물론 '예정'이라는, 돈독한 필연성을 전제하고 이뤄진 것이지만, '예정설'을 좇기로 한다면, '늙은 성자의 의견이 그것이었던 듯한데' 신의 창조는, 그 종말까지 이미 끝나 있어, 우리의 삶은, 이미 스러져 버린 별에서 발원한, 그 광년(光年)의 빛 같은 것일 뿐일 것이라는 생각을, 지울 수가 없게 된다. (늙은 성자의 의견에는, 신도 자기가 창조하지 않은 내일은 알 수가 없다는 전제하에서 이뤄졌던 것) 운명론은, 거기에서 확고한 지반을 얻을 수 있을 것이지만, 그리고, (늙은 성자의 주장대로) '영겁회귀'설도, 거기서 한자리를 얻을 수 있겠지만, 그렇게 되면, 물리적이거나, 비물리적이거나, 유정의 어떠한 몸부림도 별 의미를 획득하지

못할 것이며, 불합리와 부조리를 이해할 수 없게 될 터이다.

산로는, 생각이 이런 데로 달리게 된 것을 두고, 지리멸렬을 느껴, 어깨를 털었다. 저렇게 되면, '신은 죽었다!'고 선언할 수 있는 정신이야말로 '초인'다운 것이라고, 박수갈채를 보내야 마땅할 듯하다. 그렇게 되면, '영겁회귀'설 따위야 바닷가에 쌓은, 모래성 같은 것이 되어버린다 해도, 최소한도만이라도, 인간의 승리는, 그렇게 쟁취될 것이 아니겠는가.

—그래서 '예정설'에 반기를 들기로 한다면, 그것도 하나의 우주적 충돌, 환언하면 '우연의 일치'에 불과한 것이었는가?

산로는 그러나, 그것에도 수긍할 수가 없는 문제점이 있다고, 체머리를 흔들었다.

—예정설과 달리, 그 문제의 필연성을 찾으려는 노력의 결과였겠지만, 한 현자(C. G. 융)는 그래서, 그 히브리 사람의 선조, '욥'을 들어 '그는 도덕적으론, 신보다 우월했었다'는 전제하에서, 신은, 도덕적으로도 인간보다 우월하다는 것, 그 도덕의 재증축을 위해, 인신(人身)을 입어 내려올 필요가 있었다, 라는 투로 말하고, 그러므로 히브리 사람의 임재는 필요했다고 주장한다. '원죄'는 그러니, 인간 편에가 아니라, 신의 편에 있었던 듯하다. 그 견해에 의하면, 신도 진화하는 존재라는 생각도 부인할 수가 없다. 그럼에도, 그 해박한 논리는, 고개를 끄덕이게 한다.

그러나 만약, '욥'이 역사적 실재 인물이었기보다는, 신앙과 관계된, 종교적 한 원형일 수도 있다면, 이라는, 가정하에서는 '필연성'이 희박해짐을 보지 않을 수 없음이 문제다. 그러면 무엇인가? 이것도 아니고, 저것에도 동의할 수 없다면, 그건 다시 또, 춘사에 불과한가?

—물리적, 또는 형이하적 한 '우연'이, 우주적, 또는 형이상적 '필연'화를 겪은 예가 하나, 기술되어 전해진 게 있다. '구레네 사람 시몬'의 얘기가 그것인데, 저 기술자는, 그날 골고다에서 처형된 인물은, 대신 십자가를 메고 갔던, 바로 이 시몬이었다고 기술하고 있던 것이다. 여기, '우연'이라고 부를 수밖에 없는, 한 충돌 현상이 있어 뵌다. 그러자, 히브리 사람의 수난에서 갑자기, 의미가 증발해버리는 것도 보게 된다. 그러나 아마도, 구레네 사람은 '대신'(代

身)했으며, 히브리 사람은 '대속'(代贖)했던 듯하다고, 말할 수도 있을 듯하다. 그럴 것이, 진짜의 문제는, 그날 수난을 한 이가, '구레네 사람'이냐, '히브리 사람'이냐는 아니며, 그런 제의를 통해, '원죄'가 구속되었느냐, 또는, 신은 도덕적 완성을 성취했느냐, 그것일 터이다. 상징주의자들의 안경을 빌려 쓰기로 한다면, '구레네 사람'은, 곧장 '우리'들 자신의, 구레네 사람의 모습이었을 것이었다. 결국은, 우리들의 매일매일의 삶 자체가, 어떤 '원죄'의 까닭으로 하는 수난이던 것이고, 그렇게 우리는, 우리 자신을 구속한다는 얘기가 될 것이다. 그러나, 이번에는 또 다른 입장을 취하여, 수난에 처한 '구레네 사람'을 건너다보기로 한다면, 다음 해의 풍요를 위해, 왕을 죽여 제사하는 풍속, 또는 그 제의가 되풀이되었던 것이라고도 이해된다. 그때 희생되는 자는, 왕이 아니라, '대신왕'(代身王)인데, 이때 자연이 속임을 당하든, 제식을 치르는 자들이 스스로를 속이든, 어쩌든, 이듬해의 풍요는 약속되어진 것이다. 이런 의미에 있어, '구레네 사람'은 대신하고, 히브리 사람은 대속했다고 이른 것인데, 그 십자가에는 실제로, '유태인의 왕'이라는, 죄패가 붙여져 있다고 이르잖느냐.

두세 걸음 앞서가는 이들의 진행이, 영 순조롭지 못해, 생각의 말벌에 쏘여 비척이는 산로의 걸음으로도, 그들을 좇기에 어려움은 없었으나, 벌 쏘이기의 아픔 탓이었겠지, 산로의 표정은 울침해 보였다.

—아마도, 판켄드리야들 간에는, 어떤 식의 전류(電流)의 밭이 있는 듯하다. 그것을, '말[言語]의 바르도'라고 이르는 것이 아닐 겐가? '북명'(北溟)이라고도 이르는 '꿧.' 판켄드리야들의 모든 욕망과 의지는, 거기서 발원(상승)하여, 거기로 되돌아가는(몰락) 듯하다. 그런다면, 늙은 성자가, 그렇게도 구구히 설명하려 했던 '소명', 하늘에서의 그것뿐만 아니라, 땅에서의 그것도, 충분히 이해될 듯하다. 필요한 것은, 어떤 귀는 그것을 듣고, 어떤 귀들은 못 듣는, 그 '귀'의 문제를 살펴보는 것일 터이지만, 그런다면 '예정설'이나, 신의 '도덕적 재증축설' 등을 제쳐놓고도, '필연성'을 말해볼 수도 있겠지만, 그것은 늙은 성자에 의해, 이미 다 얘기되어졌거니와, 불필요하기도 할 테다. 그리고 그런 문제는 범우주적이어서, 여전히 인류의 숙제로 남겨둠이, 바람직할 테다.

—두세 십 년을, 홀로 산에서만 살다 늙게 된 자가, 사람에의 그리움으

로 하산하기 전날, 줄타기의 광대가, 엄지발가락을 다친 일은, 그러면 무슨 상관인가? ……글쎄, 그래서 다시 말이지만, 판켄드리야들 간에는, 분명히 전류의 밭은 있고, 거기를 통해, 끊임없이 서로 부르고 대답하고 있는 것인 것? 이 '전류의 밭'은, 역사의 흐름과, 개인의 삶과의 관계에서는, '유전된 음기'가 쌓이는 땅광 같은 것이라고 할 수도 있을 것인데, 이 '땅광'은, 발현, 또는 표출되지 못한 욕망이나 의지, 원망(願望)이나 원망(怨望) 따위가 모여, 부글부글 끓고 있는 에 대한 이름이다. 까닭에, 역사적 사건의 되풀이되기(중현[重現], 순환[循環], recurrence)가 운위될 수 있을지도 모르는데, 이것은, 늙은 자라투스트라가 다시 생각해보면, 개적 생명의 운명에도 적용시킬 수 있는 것 같지는 않다. 모든 생명은 윤회한다, 그러나 그것은 갈마의 중현[重現]으로써가 아니라, 분열[分裂]을 통해 복회[復回]한다, 라고, 늙은 자라투스트라는, 수정 가필한다. 인구의 팽창과 감소는 그렇게밖에, 달리는 설명되지 않는데, 이런 견지에서는, 혼이나 자아의 불멸은 회의적이며, 그런 대신, '지각자'(知覺者, consciousness-principal)라는 것이 상정된다. '죽음'에 대한 대적 개념으로서의 '생명'은 물론 불멸일 터이지만, 유정의 생명은, 이 대적, 범개념적 생명 같으면서도, 어디선가 같지 않음에 분명하다. 단적으로 말하면, 하나는 개념이며, 하나는 실체이다. 그러면 예의 저 '밭'이나 '땅광'은 어디에 있는가, 라는 물음은 저절로 따를 터이지만, 그 물음은, '천국'이나 '극락정토'는 어디에 있는가, 를 묻기나, 같을 테다. '서역' 어디에 있는가?

산로는, 생각이 거기까지 다다랐을 때, '갔던 날이 장날이었다'를, '장날이었기 때문에 갔다'라고, 말을 바꿨다. 그러므로, 당연히 자기도 장꾼이며, 장을 즐길 권리가 있다고 믿었다. 장을, 절시하거나 관음하는 각설이로서가 아니라, 장을 이루는 자로서, 장에 참가한 것이다. 생각의 나나니벌들은, 한 구절의 문장의, 주어나 목적어 따위가 바뀌었기에 의해, 제물에 쏘는 침을 잃어버렸는데, 산로는, 즐거운 얼굴이 되어, 서너 걸음 빨리 내딛기로, 전에 어떤 히브리 사람이 친구 했던 이들 속에, 끼어들었다. 그들도 그리고, 그때쯤엔 그에 대해 별다른 관심을 갖지 안 했으므로, 그 합류는 자연스럽게 이뤄졌다. 그 일당에 끼었을 때 그는 다른 장꾼들이 본 것처럼, 이상하다거나, 우습다거나, 그랬기는커녕, 썩 어울리는 일원이 돼버렸다. 그러고 나자, 멀리 홀로 떨어져 살았던 자에게는, 그가 잠시 느꼈던 느낌은 생소했으나, 산로께도 군중의식이랄 것이 드는 듯한 것이, 결코 싫지 않다고, 그래 음미했다. 그런 군중의식을 통해 그는, 자기의 '재수 없다'는, 흉귀성을 저들이 분담해주고 있다는 느낌도 가졌으며, 동시에, 저들이 십시일반(十匙一飯)으로, 자기를 한 장꾼, 그런 예사스런 한 인간으로 꾸며주고 있다는, 좀 막연하지만, 그런 좋은 느낌도 가졌다.

마음이 급한 나름으로, 딴에들은 바쁘게 움직여가며, 주섬주섬 섬겨대는 말을 통해서도, 뒤늦게라도 또, 그 현장에 닿아, 그 '구경거리'를 목도하기도, 귀동냥해 듣기로도, 종합해보고, 늙은네도 그 내막을 알게 된, 이 볼거리의 경위는, —이건 물론, 그러기에는 순서상 맞지가 않은 자리임에도, 미리 끌어들여 궁금증부터 푸는데, 뭐 잘못될 일 있다는 뎌? —대략 이러했던 모양이었다. 청(廳)에서, 표면상 내세운 대의는, 읍민의 노고에 보답하고, 위안키 위하여, 대처에서도 그중 잘 알려진, 곡마단을 초청한 모양이었는데, 그랬으면 의당히, 입장료는 무료거나, 그와 비슷했어야 했음에도, 실제로는, 농원 일꾼의 이레 치의 품삯에 해당되는 요금이었던 모양이었으며, 그랬음에도, 입장권은 며칠 전부터 매진되었더라고 하여, 암표상까지 설치게 된 판이었더라 했다. 그랬을 만한 이유는, 그 곡마단에는, 대처에서도 그 한 몸에 인기를 끄는, 공중곡예사가 하나 있기의 까닭이랬는데, 사내들은, 그의 곡예에 홀리고, 여자들은, 그의 매력에 미쳐, 입은 속옷까지 벗어 던지며, 아우성이라 했다. 그 곡마단 초청은 그래서, 읍사(邑史)에 처음으로 기록될, 가장 경이적, 충격적 사건이 될 것이라 했는데, 제기랄, 일진이 사납고 재수 없게스리, '발가락'의 이유로, 그 곡예사가 참가치 않고 있었다는 것이고, 그것을 알게 되었을 때, 일부러 여러 날씩이나, 벗지 않은 속곳을 입고 있던 측에선, 퍽적 바닥에 주저앉아 오줌들을 갈겼고, 다른 측에선, 불뚝 일어나, 성난 얼굴을 꼬나 세웠던 모양이었다. "집어쳐라, 개새끼들!" 성난 소리가 나고, 잇따라, "입장료를 반환해라!" 누가 부르짖자, "오늘 일당은 어디서 받느냐? 그것까지 합쳐 물어라!"라고 삿대질하여 나서는 자가 있고 하자, 엣따 뜨거라, 이러다간 입은 옷까지 다 벗기겠다 싶었던지, 단장이라는 자가 나서서, 성낸 이들을 진압하려는 투로, "여러 선생님들, 그리고 아줌씨 아가씨님 들, 우리가 공연을 안 하겠다는 것도 아니고, 그것도 갖다가시나, 지상에서의 최고의 묘기를 보여드리려, 만반의 준비를 다 허구시난, 이제 막 막을 올리려는 참인데, 거 좀 너무 하잖소이?"라고 시작하여, 연설을 좀 하려 했던 모양이었다. 사실은 그런데 그것이, 더 큰 화근이 되었던 모양이었다.

얼레? 저 같잖은 새끼가, 우릴 또 같잖게 볼라고 드네? 그랬길래, 노른자위는 빼놓고, 흰자위만 팔러 온 거 아니여?

야 이 개새끼야, 짖을라거든 달이나 보고 짖어 이 개샤꺄!

거 좀 말이 심하잖소?

뭐여? 보아하니, 네놈이, 어깨가 좀 널찍하다고, 심 쓸라고 나섰냐? 니가 무슨 천하대장군쯤 되는 줄 알아?

거 좀 말이 심하잖소?

저게 시방, 색 쓰고 있네! 그럴라거든 지하여장군 전에나 납셔라!

히히히.

흐흐흐.

거 좀 말이 심하잖소?

저놈 끌어내려라!

뽄대를 보여라!

생조시 나게 쳐라!

들었다 놔라!

밟아라!

으깨라!

부셔라!

깨라!

찢어라!

태워라!

태우자!

태워라!

안됐게도, 산로가 끼인 그 일행이, 그 현장에 도착했을 때는, 바위를 후려쳐도 부러지기는커녕, 결도 나잖는, 그런 실한 몽둥이를 독침으로 가진, 청에서 주는 당분으로 사는 말벌들이, 애굽의 메뚜기 떼처럼 몰려와, 무차별적으로 '저 폭도'들을, 치고, 패고, 때리고, 쑤시고, 찌르고, 터추고, 깨진 묵사발을 만들고, 짓밟아 걸레쪽을 만들고, 부서뜨리고, 으깨 뭉개기를 시작하여, 한 잔치를 영 못 쓰게 만든 뒤였다. 파장이었으며, 파장은 황폐했다. 이럴 때는, 누가 전쟁을 일으키고, 누가 평화를 수호하는지, 그 구분을 하기가 어려워진다. 그때쯤엔, 청에서 규정하는 '폭도'들은, 피나 골을 흘리거나, 토하거나, 절름거리거나 하면서도, 도망갔거나, 심하게 다친 탓에 거동을 잘 못 하는 것들은, 말벌들께 잡혀, 들것에 실렸거나, 오랏줄에 묶여, 끌려간 뒤였는데, 실의와 절망으로 바닥에 주저앉아 이를 갈기도, 눈물을 흘리기도 하고 있는 곰마단 원들은, 그날 일진과, 자기들의 운명을, 탓하고 저주하고 있었다. 사실로 그들은, 전원이 다 온 건 아니었으며, 다른, 재주 하는 큰 동물들이나, 인기 높은 줄타기꾼은, 이 읍보다 가까운, 조금 더 큰 읍에 가서, 현재 묘기들을 펼치고 있을 것이어서, 조금 시간은 걸리겠으나, 재기 복구는 그렇게 문제가 될 일은 아니었으나, 다친 마음이 더 문제가 된 듯했다. 그 상처들을 핥느라, 들로 뛰쳐나간 (서너 마리) 말도 잡아들이려 하지 않고, 날뛰는 몇 마리 원숭이도 제압하려 하지 안 했거니와, 쓰륵쓰륵 풀섶으로 사려 드는 구렁이도 꺼들어 들이려 하지 안 했다. 일진이 무척 사나운 날이었다.

산로도 끼인, 그 일행이 그 자리에 닿았을 때는 그러니까, 폭동 때엔 짐짓 폭도 가운데다 다리도 하나 밀어 넣어보았다가, 사정이 여의치 않다고 판단되었을 때는, 얼른 두 다리를 모으고, 뒷짐 져 구경꾼으로 돌아온 이들과, 호기심이 치마꼬리를 붙들고 늘어져, 좀 더 보고 가자, 그 자리를 떠날 수가 없던 옌네들, 그리고 그놈들이 설쳐대야, 세상이 짜증스럽게 호꼰스런 애놈들과 개놈들이 남아 (이놈들은 그때도 짜증스럽게 뺑뺑이질을 치고 있지만), 여기저기, 연기를 올리고 있는, 서너 무더기의 모닥 주변에 둘러서, 말하자면, 먹고 난 뒤 이빨 쑤셔 찌꺼기 빼내기로, 입맛을 쩍쩍 다시고들 있었다. 이런 경우의 풍경을 묘사하려 하면, 들춰내지는 몇 가지 단어가 있는데, '지리멸렬' '허탈' '권태'

'무의미' 외, 또는 기타—. 늙은 성자의 의견을 자기 것으로 만든 산로의 생각엔, 어떤 한 진행이, 어떤 장애나 한계에 부딪혀, 진로를 바꾸지 않으면 안 될 때, 그러기 전 거기엔, 시중(時中), 또는 무성(無性)의 일점이 끼어드는데, 연금술적으로는, 이것은, 가장 어기찬 '니그레도'(Nigredo)일 것이라고, 하고 있다. (늙은네는 일어난 생각의 불에다, 기름을 더 먹이고 있었다) 군중이 처한 이런 상태를 중두무이한, 집단적 '아스픽시오필리아'(Asphyxio-philia)증(症)이라고 검진한다 해도, 무리는 없을 것일 듯하다. (여러 종류의 죽음 중에서도 특히) '목매달아 죽기'를 통해, 그 마지막 순간에 하게 되는, 격렬한 사정(射精)을 위해 죽기—아스픽시오필리아. 그런데 누가, 그 방출이 시작되는 그 직전에, 목매단 자의 목에 맨 줄을 끊어버린다면, 제기랄, 그 손에 저주 있을진저. 얘기가 나왔으니 말이지만, 이런 중두무이한 성교의 지랄 맞은 느낌은, 유혹에 진(이라고 가정해두기로 하자) '요셉'(「창세기」, 39: 1~7)들이 잘 알고 있음에 분명하다. 방출의 시지큰함, 그것 하나, 조금도 길지 못한 것을 위해, 수백 마장 길이보다도 더 긴 추파로 계집을 홀려 쓰러뜨린 뒤, 혼신을 일점에 모아 정진하고 있을 때, 계집네 대문 열리는 삐꺽이는 소리가 저 객귀의 귀에 들리고, 멀리 출타했다던 처용의 기침 소리가 난다. 신발을 벗고 마루에 오른다, 문고리를 잡는다, 한 번만 밀어 넣었으면 사마디가 '저희 것'임에도, 그럴 처지가 아니다, 빼버렸으면 좋겠어도, 또 그럴 처지가 아니다, 족거치 '빼도 박도 못 한다'. 허, 허허, 일진 사나운 날, 저 한 요셉은, 보디발(Potipal)의 마누라가 풍겨낸 암내에, 잘못 취했던 것이었어—, (튠행이 왈) "씨발지목[十之木] 믿지 마오, 씨븐 아니 줄 터이오"라 한다 해도, (옹가년 왈 "씨발지목이라는디, 찍어만 보씨요, 해딱 까져 누워, 씨밟줄 년 어딨답뎌?"라되, 씨발[十] 녀러 도끼를 쥔 손이, 어찌 노상 나무꾼의 것이라야 말이지. 옹가년은 옥문 속에 도끼 가져, 두 고을에 좆 단 놈을 남기지 않게 벌목을 해 젖혔다 하고, 보디발의 마누라는, 양단에 비수가 달린 칼을, 공알로 해 갖고 있음시나, 앞에 배 붙인 귀신을 찌르고서나, (그 칼을) 힘껏 뽑아 챘다 하면, 뒤쪽 처용이 크액 빼드러져 자빠진다. 앞 년(옹가년)과 달리, 뒷 년은, 남편이란 자가 문을 열어 들어섰을 땐, 제 손톱으로 제 허벅지를 긁어 피를 보이고, 모로 누워 통절히 울며, 피 묻은 손가락으로 객귀를 가리킨다. 『고금소총』 속편(어디더라?)에, 일렀기를, 사내치고서는, 이런 계집이라고 어찌 피할쏘냐? 속전즉결의 병법은, 이럴 때 쓰라고 펴놨거니, 계집이야 뒷전에서, 앙심 품어 울며, '하다 중지 곧 하면, 아니 함만 못하나니!'라고 앙탈이든 말든, 공은 취하려든 전리만 취했으면 되었은즉, 주막에 들어 석 잔 술 하였게라.

때에 일당의 남자들, 대여섯이, 성직자 복도 비슷한 것을 입은 중년 남자를 필두로, 그 자리에 당도했는데, 그건 그런 자리에, 하나의 사건이었다. 분산되어 있던 사람들이, 그들을 향해 모여든 것이고, 그러자 이제껏 오합지졸이었던 것들이, 하나의 군중을 이뤄버린 것이다. 그들 중의 그는, 도착하자마자, 자기를 에워싼 이들께, 크게 다친 이는 없는가, 라는 따위 안녕을 묻고, 그리곤, 능장코를 빠뜨리고 있는, 곡마단 사람들께로 가, 일일이 위로의 말을 들려주어, 그들을 일으켜 세웠다. 그의 위로의 말에 영험이 있었던지, 때가 그렇게 익었던지, 그제서야 저들은 일어나, 뭣이라도 건져낼 것이 있는가, 따위, 소임을 찾아 움직이기 시작했다. 아마도 성복 입은 남자와 그 일행은, 무슨 궂은일이 있는 자리마다 찾아가, 위로의 고약을 발라주는, 갸륵한 뜻을 가진 이들인 듯했다. 그래서도였겠으나, 그보다도 어쩌면 오늘 이 장의 무엇이, 그들을 불러냈었던지도 모른다는 믿음이 있다. 그런 이들은 그리고, 자기네들이 별달리 더 해줄 일이란 없다고 여겼던지, 돌아가려다 그런데, 산로가 낀 그 일행을 본 모양이었다. (이쪽이나 저쪽을 함께 싸잡아) 저들은, 한 고장 사람들로서, 오래전부터 친숙한 사이였던 듯했으니, 그들 간의 수인사 얘기는 빼자. (돌[咄], 소설하기의 잡스러움!) 그리고 또, 그제서야 산로를 눈여겨보게 된, 저 군중의 반응이랄 것 따위의 얘기도 빼자. 그래도 남겨둘 것은, 남겨두기로 해얀다면, 저들의 눈들은 하나같이, 산로를 실제적 실재 인물이기보다, 일진 사나운 날의 객귀, 액귀, 흉귀, 재앙이나 살(煞) 따위, 흰 낮에 끼어든 병독의 어둠 덩이, '좀비' 따위로 보고 있다는 그것일 것이다.

—할 수 있으면, 형제여, 이 쓴 잔을 내게서 지나가게 할지어다!

산로는, 예의 저 성복 입은 자의 눈이, 자기에게 머물러 오랜 동안 방황하고 있었을 때, 자기도 모른 새 그렇게 속말했다. 산로도, 그와 마찬가지로, 머뭇거리며 방황하는 눈으로 그를 건너다보고 있었다. 둘 다 다, 어째선지 우울한 얼굴빛이었는데, 뭔지 모르지만 둘이는, 어떤 운명의 소리를 들었던지도 모른다. 그 시간이 얼마나 길었는지, 또는 얼마나 짧았는지, 산로께는 전혀 시간의 개념이 서지 안 했지만, 그러는 동안 산로는, 한꺼번에 스치는, 많은 '생각을 겪었다.'

—저 폭도들께는, 무슨 대의(大義)가 있었던 것인가? 무슨 명분이 이 폭동을 일으킨 것이었는가?

—전에, 좀 더 젊었던 자라투스트라는, '흥행'(興行)이라는, 새 신(神)의 탄생을 고지한 일이 있었지 안 했는가?

—'흥행'의 '중심에 폭력이 있도다!'

—그것도 그런즉 성교(性交) 같은 것이러람. 집단이 참여한 성교. 순서적으로 잘 진행되어, 잘 마무리 지어진, 이른바 좋은 흥행은, 관중에게 새로운 활기를 주고, 그렇지 않은 것은, 한마디로 뭉뚱그려 말하면, 고자감(感)을 일으키며, 와해된 것은 폭력으로 변하는 것인 게다.

—이 세 번째 품목 '폭력'이야말로, 연금술사와 마직사(魔職師)들이, 그 중 탐내는, 그리고 가장 위험한 '독력'(毒力) 또는 '마력'(魔力)일 터이다. 왜냐하면 그것은, 판켄드리야가 싸안은 '짐승'이기의 까닭이다. 그것의 길들이기, 또는 진로 정하기에 좇아, 개인적으로는 중생(重生)에로의 진화나, 해탈을 성취하는 능력동력(能力動力)이 되고, 반대로는 급속히 축생도에로 추락하고, 집단적으로는 '위대한 사회'라는 것을 구현하거나, 반대로는, 권력이나 자본을 추구하는 어떤 의지의 주구(走狗), 또는 꼭두각시가 될 것이다. '짐승'을 싸안고 있는, 판켄드리야의, 은총과 저주가 거기에 있다. 그러므로 인간은, 동물과 초인 사이에 걸친, 위험한 줄-다리 위에 서 있다고 이르는 것이도다. 그리고 인간은, 두 쪽에 다 추파를 던지는, 위험한 복합체리라.

—그러나 '흥행'은, '대의'나 '명분'은 아닌 것. 그렇다면 군중은, 반드시, 어떤 대의나, 명분 따위에 의해서만 결속하는 것도 아닌 모양이었다.

—이 결속의 줄이 만약, 나타나 보이기에 춘사적이랄 부정적으로 끊겼다는 경우, 그러면 저들은 어디로 눈을 돌릴 것인가? 타는 눈을, 독에 오른 화살

을? 대의나 명분 등에 결속된 무리라면, 어떤 보다 강한 힘에 당해 저지를 당했다는 경우라도, 그들께는 여전히, 대의나 명분이라는 신이 남아, 그들의 정의를 옹호해주는 것일 것이지만, 그런 신을 갖지 못한 이들의 파괴적 행위는, 어디 가서, 또는 무엇으로, 자기의 정당성을 증명하며, 위로받을 수 있을 것인가? 그래서 그것은 '폭동'에 머물며, 그들은 '폭도'라고 누명(?)을 입는다. 왜냐하면 '명분'이 서지를 않기 때문인데, 여기 어디서, 분명히 '음기'(陰氣)가 조성되고 있을 터이다. 그 폭동에, 실제로 참여했는가, 하지 안 했는가도, 이제는 다름을 만들지 않거나, 차라리 (관에 잡혀간 이들처럼) 그 대가를 치르지 못하고 남은 자들께, '쫃겨 나가려다 멈춘 무쭈룩함(와해된 흥행!)'이 일으키는 앙구찮음은, 더할지도 모른다. 그것은 다시, 새로운 가학성을 형성하는 데로 진행되기가 십상인데, 털어놓고 소박하게 말하면, 저들은, 자기들이 그 현장에(서 뭣을 했든 어쨌든,) 있어, 어떤 종류의 관음증을 즐겼다는 이유로, 어떤 종류의 수치나, 죄책감으로, 그 현장의 악몽으로부터, 자기를 분리해내 도망치기 위해, 핑계나 탓 돌릴 것을 찾으려 할 것이고, 그럴 때 그 대상으로 찍히는 것은, 꼭히 그 폭동과 관련이 있어야만 하는 것은 아닐 테다. 누가 똥 묻은 신발을 신고 있어 참을 수 없는 냄새를 풍기고 있다든, 한여름철에 누가 (그는 감기 탓으로 그랬겠으나,) 재수 없게 누비옷을 입고 있다든, 또는 빙충맞은 개 한 마리가, 장난치느라고 그랬겠지, 빠르적여쌓는 두꺼비를 입에 물고 있는 것 같은 것도, 핑계나 탓 돌리기에는, 너무도 충분한 조건을 갖추고 있음은 분명하다. 이것은, '중두무이한 흥행'의 여파에 관한 얘기지만, 성공적 흥행도, 그것이 성공적이면 성공적일수록, 결과는 비슷하게 될 것도 관찰되어지는 것은 필요할 테다. 성공적 흥행은, 숙취가 심해서, 그 술에 취해본 이들은, 그 술깨인 일상을 마주하기를 겁내기에도 이른다. 갑자기 자신이 왜소해져 보이며 변함없이 되풀이되는 일과의 합계로서의 삶이 무의미해 보인다. 그래서 저들은, 저 술에 중독 증세를 드러내고, 어떤 형태의 술이든, 그것에의 갈증을 드러낸다. 그 술은 마시면 마실수록 더 갈증을 돋구며, 더 독한 것을 요구하기에 이른다. 무슨 술이 그러나, 피보다 더 독하랴? 그렇다, 일상이란, 괄약근이 풀어진, 늙은 계집처럼, 싫고 무미하며 권태스럽다. 자신들도 모른 새 저들은, 흡혈귀에로 변신해가고 있는데, 여기 어디 그늘진 데에서는, 어떤 종류의 폭력이 형성되어지고 있을 테다. 대면하기 싫은 일상과 그것으로부터의 일탈 욕망은, 아직 머리를 쳐들지 못하고 있는 저 독두를 일으켜 세우는, 땅꾼의 피리 소리가 된다. ('에로스'가 '타나토스'에로 전신하는 것일 것) 일상이라는 테의 올이 터지고, 종내 끊긴다. 붉은 용이, 아이가 해산되는 대로 삼키려 입을 열어 기다리고 있다. 햇볕 탓에도, 권태 탓에도, 살인을 저지르는 일은, 햇볕이 내리쪼이고, 권태가 계속되는 한, 누구에게도, 더 이상 놀라움이 못 된다. '햇볕과 권태'란 무엇이겠는가, 외면적 평온함, 누구나를 인도주의자로 만드는, '평화'라는 늙은 여신이 입은 옷이 그것 아니겠는가? 인간은, 속에 짐승을 싸안고 있는 한, 평화와의 밀월도 그렇게 오래 견뎌내지를 못한다. 늙은 여신은, 어머니 같되, 괄약근들이 느슨해져, 넘쳐 부글거리는, 젊은 자식의 피까지 짱아내지를 못한다. 그네 품엣것은, 짐승의 신음을 하며, 서서히 균형을 잃기 시작한다. 그 자식이 그러나, 옷 벗은 늙은 어미의 본모습은, 유방에 독을 담고, 뇨절엔 창병과 이빨을 가진, 젊은 푸타나인 것을 알았을 것인가? 어느 날, 저 자식은, 이 푸타나의 품에 안겨, 비등하는 피뿐만 아니라, 골까지 빨리고 있음을 발견할 테다. 그리고 이 어미는, 자식이 병든, 황폐한 껍질만 남았을 때, 퉤 뱉어버려 버릴 것이다. 그가 버려진 자리에, 그의 늙은 어미의 자애로운 품이 열려 있다. 자식은, 당분간, 죽음에의 욕망이 차오를 때까진, 괄약근이 느슨한, 이 늙은 마누라의 품을 떠나려 하지는 않을 테다. 역(易)의 균형은, 그렇게 이뤄지는 것이 탈이다. 괄약근이 느슨한, 어미의 가슴을 차고 일어나는 자식에게, 그 어미를 배반해야 하는 데는, 꼭히 '명분'이 있어야 되는 건 아니다. 그 자식은, '균형 잡기'라는 그 역(易), 그 달마에 묶인 망석중일 뿐인 것이다. 상극적 질서 체계 속에서는, 유위(saṁskṛta)도 무위(asaṁskṛta)이다. 이런 의미에서는, 푸타나의 품으로 달려가는 자식에게, 늙은 어미의 자비를 들어, 만류하려 드는 일은, 나타나 보이기에는 긍정적이며, 정당하고, 아름답되, 실제에 있어서는, 그것이야말로 부정적 참전(參戰)이라고, 독단한다 해도 과언은 아닐 테다. 인간은, 푸타나 품에서도 못 살지만, 늙은 여신의 품도 오래 견뎌내지를 못하는, 역(易)의 균형대 위에 올려진, 위험한 줄타기 광대이기 때문이다.

—돌(咄), 일진이 사나운 것은, 저들께뿐만은 아니겠구나. 할 수 있으면, 이 쓴 잔이 지나가 주기를, 그것이나 바라야겠는가?

산로는, 아주 짧은 시간, 겁먹은 눈으로 저들을 둘러보고, 다음 억지로 미소를 지어 보였다. 성복을 입은 자는, 말은 없이, 잠시 그렇게 산로를 건너다 보다, 몸을 돌려 일행과 함께 돌아가려 하고 있었다. 그런데 그때, 군중 속에서 소리치는 소리가 났고, 그것이 그 일행을 머물게 했다.

"가, 가맜서보자고 시방! 내 아까부터, 봐와쌈선, 저 이상한 늙은네를 어디서 본 듯하다고, 머릿속에서 굴려쌓는데, 이제야 알겠다구, 알겠다 말이지, 저가 전에, '신은 죽었다!'고, 외쳤던."

"아, 자라, 자라투스트라 말이군!"

군중 속에서 그런 소리가 울려났을 때, 산로는 '쓴 잔'이 자기로부터 지나가게 될 듯하지 않다고 알았던지, 무릎을 굽히고 엎드려, 바닥에다 뭘 쓰고 있었는데, 그 글자들은, 그 지방 사람들께는 낯설어, 성복 입은 자 하나를 제외하면, 그냥 구불텅거리는 선들이었다. 성복 입은 자는, 늙은네가 처음엔 '어린 양'이라고 썼다가, 그 위에다 겹쳐, 다음엔 '산(山)염소'라고 쓰고 있다고 읽었다. 그리고는, 사람들이 말을 시작했을 때는, 겹입힌 데다 겹입혀, '승냥이'라고도 썼다.

"대낮에, 동네 주변에서 승냥이가 울면, 그건 흉조라잖여? 헌데, 신까지 죽여, 피를 묻힌 자가 우리 가운데로 왔을 때야, 그걸 승냥이한테 비기겠어?"

(그러나 이제는, 늙은네의 몰골을 두고, 여기서 저기서, 비아냥거리고 조롱하며 웃는 소리 따위는 빼내기로 하자. 어떤 이가, 자기네들과 다른 모양새를 드러냈다고 해서, 그것이 어째서 흉보기의 대상이 되어야겠는가? 어떤 시계공이 시계를 잘못 고친 결과로, 한 천년 세월쯤을 역행해버렸다면, 그는 그 입고 있는 복장 때문에도 분명히 웃음거리가 되었을 터인데, 반대된 현상이 일어났어도, 이 시계공의 동시대 사람들은, 흉보고 덤볐음에 분명하다. '유행'[流行]이란 말은, '흘러 바뀐다'는 뜻을 포함하고 있는 듯하되, 이래서 보면 '유행'이라는 것도, 흐름을 솔려놓은 역괘[易卦]와도 비슷한 것이구나, '솔아 있음'이 바뀌는 것이구나. 역[易]의 회귀, 되풀이되는 솔음[固])

....

“그 자라, 뭣이라는 자가 늙은 것이 저것이라면, 허긴 그렇군, 자기가 쳐 죽였다는 무슨 신인지 뭔지, 그 송장에 구더기 슨 걸, 잘못 파먹은 게 분명하군 그래.”

“자네는 거 말솜씨가 제법이라고. 그러자니 나도 알겠는데, 한번은 내가 독사를 죽여.”

“아 거 또, 구더기 먹고 털 빠진 씨암탉 얘기군 그래.”

“아니 자네는, 내가 시작도 안 헌 얘기를 두고시나, 왜 초 치고, 재 뿌리고 나서는 겨?”

산로는, 지리멸렬함을 느끼고, 해를 찾아 하늘을 올려다보았다. 때는 신시초(申時初)나 되어가고 있었는데, 해도 하늘도 오늘 따라, 아무 낭만도 없이, 하늘은 버스적거리는 모래밭 같았고, 해는, 그 위를 느리게 기어가는 거북만 싶으다. 아마도 정서를 잃은 건 늙은네 쪽이었을 것이다. 바람기도 좀 시작되어 있었으며, 구름도 몇 흐르고도 있었다.

산로를 가운데 두고 에워싼 사람들은, 결국은 찢어발기든, 삼키고 말든, 죽여 내쏴 던지고 말든, 어쩌든 하고 말 것임에도, 한 번도 그것의 고기를 먹어볼 기회를 못 가졌던, 누구네 부잣집 고양이가, 쥐를 잡아 어르듯, 객로(客老) 하나를 가운데 두고, 그 짓을 느리게, 아주 느리게 진행하고 있다. 산로는, 허긴 고독의 까닭이었겠지, 자기가 그렇게도 못 잊어 했으며, 경애까지 바쳐, 그 품에 안겨, 삶을 쉬고 싶다고 했던, 그 대지, 인간의 대지의 한가운데 처해서, 구토로 목젖을 꼴록거리며, 뒤를 잘못 돌아본 이는, ‘롯의 아내’만은 아니었던 듯싶다고, 새로, 고향, 그 산정의 고독을, 그리워했다. 그러며, 혼자였을 때 나는, 인간을 사랑한다며, 다시금 인간이 되려 하강하련다, 고 하지 안 했던가, 라고, 자신을 추슬러보려고도 했다.

그러는 중에, 저들의 야유와 조롱하는 말소리 속에는, 조금씩 진하게, 핏물이 들기 시작하고 있었다. 산로는 그것을 느낄 수 있었다.

“한때는, 신을 모독하는 것이 최대의 모독이었도다!” 누가, 젊었던 자라투스트라의 음성을 흉내 내고 있었다. “우리도 신을 죽이는 데 가담해 있지 안 했던 한, 지금도 그 모독이야말로, 최악의 모독인 것을!"

산로는, 그렇게 말하고 있는 자의 얼굴이 궁금해, 찾았으나, 산로께 보이는 얼굴들은 하나같이 다르지 안 했다. 그리고 산로는, 아마도 인간은, 동물과 초인의 중간적 존재이기보다는, 땅에다 꼬리를 깊이 박고, 머리를 쳐들어, 하늘의 능금에 독아를 박아 넣고 있는, 야르사-쿰부(Yarsa-Kumbu, Tbtn.)인 듯하다고, 건너다보았다. 하반신은 뱀이고, 두 개의 목줄기를 가진 인간—하와와 아담. '초인과 대지의 의지'가, 신화적으로 전와를 당하면, 저런 모습일지도 모르겠다고, 산로는 뒤늦게, '인간'에 대한, 정의(定義)를 바꾸고 있었다. 그건 산로께는 괴로웠다. 인간은 뛰어넘어야 할 어떤 것이라고, 그래서 자기는 인간을 사랑한다고 믿어왔었는데, 자기가 열심히 사랑해온 인간은, 결국은 자기 자신뿐이 아니었는가—회한이 그를 쳐댔다.

"남의 집 개를, 몰래 잡아 구워 먹어도, 알게 되었을 때는 송사 문제까지도 일어나던 것을," 예의 그, 자라투스트라의 흉내를 냈던 자가, 말하고 있었다. "하물며, 신을 죽인 자가, 아직도 저렇게 살아 있다니, 말이나 되는 소리겠소? 사실로 신은, 그렇게나 도량이 넓은 이이겠소? 아니면, 저 자라투스트라가 죽여버린 것이 분명하겠소?"

"나, 나에게," 성복 입은 자가, 떠듬거리고 말한다. "내게 물으시는 말씀이시오?"

"'랍비'여 그러하오니다."

"........."

"대의도 명분도 없이 일어난, 오늘의 불상사에 대해서는 어떻게 생각하오니까? 랍비는 아시리다!"

"........."

"하필 그런 날, 신까지 살해한 자가 나타났다면, 하필 그가 나타났기에, 불상사가 일어난 것이라는 생각은 들지 않으시니까?"

"신을 죽인 자라면," 다른 어떤 남자가 받고 나섰다. "그게 악마 말고, 또 무엇이겠소이? 그게 흉귀 말고 또 무엇이겠냐고요? 그리고도 아직도 그가 살아, 땅 위에 그림자를 깔고 있다면, 죽은 신의 원귀가, 우리들더러 뭣이라겠소? 안 될 일일 성부르요, 절대로 안 될."

"그런즉슨, 우리가 그런 악마를 가만둘 수가 없겠는데유!"

그리고도 한참 더, 고조된 설왕설래가 있더니, 처음엔 자라투스트라의 흉내를 내고, 다음엔 성복 입은 자를 '랍비'라고 불러, 야유하는 어투를 쓰던 자가, 이번에도 또 나섰다.

"이런 일엔, 누구보다도, 랍비여, 당신이 나서셔야 될 것 같사오니다. 선생네 신주가, 무고하고도 억울하게 타살을 당한 일을 두고, 어찌 입 다물고만 있을 수 있겠으리까? 그러고도 그 신주 전으로, 우리를 불러, 기도하게 하고, 헌금을 하게 하실 수 있겠소이까? 자, 여기에 돌멩이가 있사오니, 신을 살해한 자의 죄를 정죄하여, 우리로 하여금, 신의 정의가 무엇인지를 알게 해주시오!"

그리고 잠깐, 천년의 침묵이 흘렀을까 했는데, 돌멩이 하나가 날아, 엎드려 뭘 쓰고 있는, 산로의 등짝을 세게 치고, 바닥에 떨어졌다. 돌은, 피골이 상접한, 벗은 늙은네로부터 피를 빨아 붉었다. 그것을 향박두로, 돌멩이들이 우박처럼 쏟겨 내려, 산로의 피부를 찢고, 흰 뼈를 드러냈으며, 골까지 찍어내, 대지에 먹였다. 산로는, 자기도 모른 새, 보호 본능의 결과였겠지, 허리를 꼿꼿이 하고, 찡그린 웃음으로라도 그 돌팔매에 맞서지 못하고, 머리를 두 허벅지 사이에 밀어 넣어 제 살을 핥는 개 새끼 꼴을 꾸며, 옆으로 비그르 무너졌다.

누가 제지를 했든 아니면 별스런 증오나 살욕도 없이 돌 들었던 손들이, 죄책감으로 무거웠든, 어쨌든 그 돌팔매질은 그렇게 오래 계속되지는 안 했다. 저들은, 간헐적으로 푸르르 푸르르 떠는 늙은네가 죽어가고 있다는 것을 알고 있었으며, 그것이 저들께 갑작스러운 공포를 몰아왔는지, 부들부들 떨다, 아직도 다리에 힘이 좀 남아 있는 자들을 선두로, 그 자리로부터 도망치기를 시작했으며, 엔네 몇은, 서서 오줌을 흘리다, 그 자리 퍽석 주저앉아, 제 머리칼을 뜯거나, 옷을 찢으며, 울기도 했다. 결코 그러나, 늙은네의 임종을 애도하는 울음은 아니었다. 성복 입은 자와, 일당이, 그네들과 아이들을 수습해, 돌려보내기에 잠시 바쁘게 혀와 손을 움직였고, 산로와 동행이었던 그 일당은, 실체를 땅에 누이고, 그림자를 세워 일으킨 모습들로, 멀찌감치 서서, 움직이려 하지 안 해, 성복 입은 자와 일당도, 그들에 대해선 다른 관심은 보이지 안 해도 되는 듯했다.

—나는 오늘, 무명씨나 중간자로서가 아니라, 자라투스트라로서, 신을 죽인 중범인으로서 정죄되어, 형벌을 치르고 있음일레라. 그러나 나는 이미, 자라투스트라가 아니노라. 그런즉 무고한 한 인간을 처형하기로, 저들의 손에 묻힌 피는 어떻게 씻길 것인가?

—아니면, 일진 사나운 날의, 일진 사나웠으므로 행악한 짓들에 대한, 탓돌리기였던 것인가? 만약 그러기라도 했다면, 피골(皮骨)밖에, 아무것도 가진 것이 없는 늙은네가, 저들 하루 치의 일진 사나움이라도 대신해줄 수 있었다면, 이 늙은네는 그러했겠도다, 최소한 한 마리 산(山)염소나, 승냥이 값은 되었던 것이 아닌가? 그런즉, 내게도 베풀 것이, 뒷쯤은 있었던 것이었댔구나. 그러나 이 몸까지도, 영혼을 가렸던 들보 같은 것 말고, 무엇이었겠느냐. 대지여, 흠향하실지어라, 이 한 제물이 흘리는 피를 거절치 마실지어라, 그대의 승리란 이런 것이 아니겠느뇨? 가이사여, 그런즉 이제, 그대의 분깃을 취할지어다.

—나는, '인간'에 관해 말한다며, '신'과 '그의 아들 히브리 사람'에 관해 너무 많은 말을 하였도다. 이 잔이 비었으니, 술 한잔 내게람!('Nunc Scripsi Totum Pro Christo Da mihi Potum!' 나는 그리스도에 관해 너무 많이 말하였도다. 술 한잔 내게람!)

티 베미.

그것이 그가 자라투스트라로서 (처형되고 있다고 여겨졌으니,) 행했던, 마지막 설교였던 듯했다. 일진 사나운 날이어서, 때에는, 하늘까지도 엉겨드는 구름에 어수선한데, 바람이 불고, 머잖은 데서, 차안 벽에 부딪히는, 파도 소리가 울려오고 있었다. 해까지도, 구름으로 얼굴을 가린, 울침함을 거느린, 일진 사나운 오후였다.

때에 산로는, 촛불이 꺼지기 전에 한번 환해지듯이, 한껏 맑아진 의식을 되찾고, 삶을 정리해보는 듯했다. 그리고, 자기는, 저들을 사랑할 수 있었다거나, 연민의 정 같은 것을 일으켜내지는 못했어도, 저들을 증오한다거나, 저주하는 마음을 일으켜본 적은 없다는 일을 두고는, 부끄러워하지 안 해도 될 것이라고, 아주 가는 미소를 떠올렸다. 그러며 하직의 인사랄 것을, 입속에서 오무작거렸다.

—그럼에도 도류들이 오늘, 한 늙은 각설이를 영광스럽게 하였도다! 도류네의, 매일매일의 삶에서, 쓰게 방울져 내려 고인 잔을, 하필 이 늙은네께 주었으니, 그것이 늙은네께는 소마즙과도 같도다. 원컨대, 이 한 방랑자의, 고독이 무거운 늙은 몸을, 부디 그대들의 땅에 누일 수 있도록, 허락할지어다.

그리고 늙은네는, 마지막 경배라도 드리려 해를 찾았으나, 해는 검은 구름에 가려 보이지 안 했다. 그러했으므로, 마음에 그의 영상을 뫼시고, 중얼거렸다.

—오 위대한 별이여, 그대는 영겁을 외롭게 타오르되, 이 유랑객은, 순간 속으로 외롭게 꺼져가고 있도다. 그럼에도 이 순간에 당해 나는, 영겁 이전부터도, 이 순간에의 경험을 해왔던 것 같은, 그런 지극히 불행하고도, 지극히 행복한 경험을 하고 있도다. 이 순간은, 모든 다른 순간들을 포함하여, 영구히 회귀하는 듯하고녀! 내가 가고 있는 길은, 이미 지나갔던 길이거니!

산로께는, 일종의 미람바르도(꿈바르도)의 체험이 시작된 듯도 싶었다. 꿈속에서는 모든 것이 생소하고, 모든 것이 낯익다. 그대 하늘의 위대한 별이여, 그대께 끝날이 없길 바라노라!

—전에 나는, 이 세상은, 끝날까지 그 끝을 보기 위해서라도, 돌아오고 또 돌아와, 죽어도 좋을 만큼 살아볼 만큼, 대지는 뜨뜻하고 온화해서 좋은 데다, 세계는, 명주로 안 댄 풍더분한 옷처럼, 포근하게 감싸준다고 여겼으나, 지금도 그렇게 믿고 있는지, 스스로도 의문이러라. 살이 닿는 자리는 견딜 수 없이 싸늘하고, 사람들의 정이 닿은 자리에서는, 피와 골이 흘러내리고 있는도다. 오 회귀의 바퀴여, 시간이여, 구르기를 멈추라! 생명의 불이여, 기름이 다했은즉, 이제는 꺼질지어다, 더 타오르지 말지어다!

—용수여, 삶은 하긴 죽음 때문에 덧없어 보이며, 알맹이가 없는 듯해도, 사실은 죽음 때문에 실답다는 것을, 그리하여 이 한 방랑객은 알기 시작한다. 삶은, 그것에 의해 완성된다는 것을!

—내가 아버지라고 불렀어야 되었을 늙은 성자여, 집 떠났던 당신의 탕

자 자라투스트라는, 너무 먼 방랑길에 올라, 집 돌아가지 못하여, 오늘 하직을 고하니다.

“내가, 그렇습니다, 맨 먼저 돌을 들어,” 한 사내가, 산로의 귓바퀴에 입술을 대고, 말하고 있었다. “노인장을 쳤던 자입니다.” 그러며 그는, 늙은네의 손을 그러쥐었는데, 울고 있었다.

“그, 그런즉 우리는, 서, 서로에게 용서를 빌어야 할 듯하외다.”

“자라투스트라시여, 당신은 신이 없이도, 죽을 수가 있습니까? 그것이 초인이, 신에 대해서 마지막으로 거두는 승리이겠습니까?”

“……,” 산로는, 별로 몇 숨 남지도 않은 생명을 다해서, 오래도록 생각해보는 모양이었다. 그러나 그 생각은 분명한 말이 되어 나오지는 안 했으나, 그는 이렇게 말하였다.

“나는 초인을 한 번도 성취해본 것 같지 않소이다. 초인이란, 연금술사들에게 있어서의 ‘금’(金)의 개념과 대단히 비슷한 것이라는 생각만 갖고 있구려. 분명한 실다움이로되, 성취될 수 없는 실다움. 연금술사들의 금은 그러자, ‘목적’인 것으로부터, ‘과정’으로 변모를 치르지 않을 수 없었을 것이고, 그들의 치열한 화학적 실험은 그러면서, 그들 자신 신이 되려고 했던, 그 신들의, 신 없는 종교적 고행으로 바뀌었을 터이오. 이런 의미에서의 초인도, 달성해야 하는, 하나의 초월적 대상인 것으로부터, 모든 순간 자기를 뛰어넘으려는, 신 없는 종교적 고행, 그런 동명사(動名詞)로 바뀌는 것이었소만, 문제는 어떤 기준이 되는 대상, 또는 목적을 설정할 수 없었을 때, 그 ‘초극하기’의 기준을 또한 설정할 수 없었다는 것이었소. 그럴 땐, 현존하는 묵은 윤리 같은 것에 의존하게 될 터이오만, 한 지극한 아름다움으로서의 실다움은, 개념에로의 와해를 겪던 것이었소이다. 그러나 연금술사들의 ‘금’의 신앙이 아름다운 것이라면, 이것도 아름다운 것이외다. 끊임없이 자기를 초극하려는, 이 고행은 눈물겹게 아름다운 것이었소이다.”

“자라투스트라시여, 당신은, 당신의 주검을, 우리로 하여금 어떻게 해주기를 바라십니까?”

“……나는 산에서만 살면서, 키워낸 하나의 그리움을 끄지를 못했는데……, 할, 할 수 있으면, 바다에 발 잠그고 누워, 멀리, 저쪽 차안(此岸)을, 싫도록 좀 건너다보았으면, 그, 그랬으면, ……티아마트와 아프수가 만나는 자리…… 아들이 어미 품을 파고들며, 늙은 어미가 어린 남편으로부터 젊음을 수혈하는 자리……"

성복을 입은 이가, 마지막으로 들은 늙은네의 말은, 대개 그런 것이었다. 늙은네는 그리고, 몇 마디의 말을 더 옹지작거리다, 잡힌 손을 풀고, 눈을 감았다. 세상에의 집착을 여의고, 밖으로 열었던 창을 닫았을 것이었다.

오오 고독이여
나의 고향 고독이여,
눈물 없이 그대에게
돌아가기에는,
나는 너무도 오래,
거친 이국땅에서
거친 생활을 하였도다!

그것이, 혼자서만 살아온, 한 고행자의 죽음이었다.

남아 있던 자들은, 성복(聖服) 입은 자의 지시에 따라, 곡마단의 천막이나 기물들이 불탄 자리를 헤쳐, 어떻게 들것을 하나 만들어, 산로를 위에 누이고, 여럿이서 거들어 들어, 바다가 밀려와 닿는, 조용한 모래톱에다, 늙은네의 발이 잠기게 하여, 뉘었다. 늙은네를 한 자리 끼워주었던, 그 일행이, 멀찍이서 뒤따르고 있었는데, 늙은네가 돌에 맞고 있었을 때 저들은, 그 아픔이 자기들께서 느껴진다고, 흠칠흠칠 놀라고, 찡그리고 했던 이들이었다.

그리고, 성복 입은 자를 따르는 한 무리의 남자들은, 따르는 이의 제안에 좇아, 일진이 사나운 날의 악몽의 자리로부터 떠나, 제각각, 자기네의 침과 손때가 묻은, 노를 세워둔, 굴뚝에서 연기가 오르는 자리들에로, 돌아갔다. 때는 제십시 말이나 되었을 터인데, 병든 승냥이의 앓는 소리를 내며, 불길한 바람이, 어디라 없이 불어가고 있었다. 그 시각쯤에 부는 바람은, 늘 그런 바람일

뿐이었지만, 불길한 날에 부는 바람은 불길하게 불어가던 것이다. 히브리 사람이 친구 했던 그 사람들만 남아, 저 한 주검을 둘러싸고, 해가 지는 것을 보고서야, 그들도 발길을 돌렸다.

차마 내려다볼 수가 없어, 구름으로 얼굴을 가렸던 해가, 그의 주검까지도 외면할 수가 없었던지, 구름 틈새로 내려다보며, 주검 위에 놓이는 꽃처럼, 붉은빛으로 감쌌다. 그 주검은, 물과 물이 맞닿는 자리에, 달마(達磨)가 둘러놓은, 달마의 금색(禁索)에 꿰어진, 숯처럼 꺼먼 색깔의, 마른 고추 하나였다. 그것은, 한 죽음의 탄생을 고지(告知)하고 있었다.

그리고 이튿날, 밤새도록 불어간 강풍이며, 파도 소리 탓이래야겠지, 한잠도 들여보지 못하고, 자기의 회당 찬 마룻바닥에서 밤을 지새운, '맨 먼저 돌을 들었던 자'가, 새벽같이, 그 늙은 주검을 뉘었던 자리에 가보았을 때는, 조수가 쓸어간 자리에, 몇 개의 물새 발자국밖에, 아무것도 없었다. 그 주검은 거기 없었다. 그는 그때, 기도라도 하고 싶은 충동을 느꼈으나, 입술을 열지는 안 했다. 그런 대신 그는, 그 젖은 자리에 털썩 주저앉고, 그 늙은네가 원했던 것처럼 자기도, 출렁이는 그 물에다 발을 잠그고, 멀리, 저쪽 '차안'을 내어다보았다. 그러며 생각했기를, 한 주검을 삼켰다고 하여, 바다가 불어난 것 같지는 안 해도, 또 모르지, 모를 것은, 저 바다가 온통, 한 죽음 속으로 휩싸여 들었을지도 모른다, 라고 했다.

솬티 솬티 솬티.

雜說品

—無所有*

* D. T. Suzuki의, Studies In The Lankavatara SUtra(楞伽經 註解講說)에 의하면, '無所有'라고 漢譯된 산스크리트 '아비디야마나트바'(Avidyamanatva)는, 'not existing'이라고 英譯되어 있다(玄奘譯, 大般若第五百三十八券, 縮刷, 八十二丁, 六行, '如是諸空無所有故, 於如是空無解無想'). 本經 중 'Sagathakam'에는 "[……] not being born is said to mean not having any abode; [……]"라는 英譯된 구절이 있는데, 이것을 줄이면 'not existing'이 될 것이었다. 이 英譯대로 따르면, '無所有'란, '소유한 것이 없다', 즉 '無,所有'의 뜻이기보다는, '존재치 않는다', 즉 '無所,有'의 뜻인 것으로 해석되는데, 현학심을 돋워, 비약하고 굴절하고 전와키로 하면, 혹간 '소유한 것이 없다'와 '존재치 않는다'가 같은 뜻으로 모두어질지 어떨지 모르되, 그러기 위해서는 그 원어(산스크리트)를 해독할 수 있고서야 가능할 터여서, 통재라, 稗官은, 패관의 불학밖에 눈 흘길 데가 없구나. 문제는 그런데, '無,所有'를 行道로 삼는, 어떤 이들에 의해서 발생한다. 그야 '중생에 대한 한량없는 보살심'으로 그러했을 터이지만, '소유한 것이 없다'고, 표표함을 드러낸 이들이, 舍利 구워내는 데 써야 할 육신을, '臟器寄贈'에 쓴다는 일이다. 그런즉 그 '장기'는 누구의 것이었는가? 자기의 것이 아니었다고 한다면, '기증'이란 언어도단이며, 그것이 자기의 것이었다고 한다면 '無,所有'가 虛法이 된다. 그럴 땐, 오른손이 하는 일을 왼손도 모르게 했어야지! 落草不少(He's fallen deep in the weeds)! (咄, 小說하기의 雜스러움!)

1. 家出

'어부왕'(漁夫王, Fisher King)이라고 더 널리 알려진 안포-타즈(Anfortas)는, '성배'(聖杯, Graal, Saint Graal, Seynt Grayle, Sangreal, Sank Ryal, Holy Grail)를 안치하고 있는 문잘배쉐(Munsalvaesche, 惑說엔 Corbenic) 성주(城主)였더니, 이 성배지기가 수업기사(knight-errant) 시절, 모험을 찾아 헤매던 중, (어떤) 상대방 기사(는 回敎徒였다는 설도 있으나, 傳說은 傳說이어서, 實史性을 반드시 띠는 것은 아니라고 한다면, 稗官은 굳이, 그는 다른 누구도 말고, 한 이단적 拜火敎徒가 아니었으면, 롱기누스[Longinus] 였다고 우겨, 믿는 바이다. 롱기누스는 하늘 어디다 槍 구멍을 내고, 이 Zoroaster는 땅 어디다 그랬던 모양이지만, 저 둘은 異名同人이었다는 설도 있다. 저 양자 간의 말싸움[joust] 얘기는, 『神을 죽인 자의 행로는 쓸쓸했도다』라는 怪談 後續篇 속에 있다고 전하되, 수상할 일은, 그것을 손에 쥐고 읽어보았다는 이가 하나도 없다는 것이다. 그런 것도 그래서 Fakelore라고 이르는 것일 게다)의 독창(은, 저 '聖杯의 城'에 비치되어 있다는 얘기도 전한다)에 '치부'를 다친 뒤, 어떻게도 치유가 되지 않는 그 상처 탓에, 살이 썩느라 역한 냄새를 풍기면서도, '죽지도 못해' 살며, 창 쥐었던 손에 낚싯대를 쥐어, 고기 낚기로, 하루, 또 하루, 그러고도 다른 하루, 영겁을 치고 덤비는 시간의 아픈 물살, 그 독수리의 부리에, 무방비인 채 상처를 쪼이기로, '시간'(時間)에 묶여 있는데, 그랬음에도 그는, 네미(Nemi) 숲의, 다이애나(Diana) 여신의 사당지기 버-비우스(Virbius)와는 달리, 자기 다음으로 성배지기가 될, 어떤 기사가[1] 나타나는 날로, 자기의 상처가 말끔히 치유될 것이라는 희망 하나는 갖고 있었다. 그러자니, 생기를 잃어 찬바람과 대막(大莫) 휩싼 성에는, 악취 맡고 날아든 까마귀들이나 떼 지어 울부짖었다. (아는 이들은 아는 바대로, 안포-타즈와 버-비우스, 저 두 사제 왕들의 괴이한 운명들은, 지극히 상반적이라도, 그것들을 천평칭에라도 올려본다면, 그 무게들은 분명히 똑같을 것이라는 것이, 本 稗官의 추단이다. 마는, 누가 염라 전에 가서, 그 '운명의 저울'을 빌려올 수 있는지, 그것만은 패관도 못 말해준다)

이 어부왕을 주야로 곁에서 뫼시며, 그가 가래를 끓이면 타구(唾具)도 받쳐 올리고, 낚시질에 나서면, 따라, 구유배를 저어 호수 가운데 나가, 낚시에 미끼도 꿰어주고 하는, 이름은 알려지지 않은 시동(侍童)이 하나 있었는데, 바로 이 시동이, 왕의 상고(傷苦)를 마음으로 함께 겪으며, 안타까워하여, 뭔지 혼자 의문하고, 뭣엔지 혼자 대들고 하다, 끝내 못 참았겠었던지, 문잘배쉐 숲 가운데 있는, 아주 젊었을 때 벼락 맞고도, 여태도 살아 있음의 싼내를 풍기는 무수(無壽)의 익드라실(Yggdrasill), 성(城)에서는, '저 재[灰] 나무에 잎이 피면 성주의 병도 나을 것'이라고, 잎 피기 비는 밞나무, 거세(去勢)당한 고자나무—그 살아 있는 해골의 슬픈 똥구멍을 열어 묻어놓은 소리가 있었던지, 불어 바람이, 저 재나무 속으로 내려, 그 밑 어디, 불모와 휴지에 동결된, 무슨 기억을 깨워, 가랑잎 냄새도 비슷한, 싸아한 냄새를 조금 흩트릴 때, 그 싸아함 속에 싸인 무슨 푸념을 따르면, 대략 이런 내용이 조립되어질 수 있었다.

—'성배'란 다름이 아니라, 부족 탓에 한(限) 맺힌 사람들의 원(願)을 이뤄주며, 병과 상처를 치유해주는, 영검한 힘이 있는, '성스러운 돌[石]'[2]이라고 하는데, 바로 그 돌을 뫼셔 지키는 사제 왕의 상처는 어찌 된 일인가? 원을 이뤄주는 것이 그것이라면, 이 왕의 원은 죽고 싶은 것이거늘, 조석으로, 저 돌의 빛에 상처를 쪼이되, 그 영력(靈力)은, 더욱더 파고드는 그이의 상처와 고통은 비켜 가며, 목숨만 끊임없이 이어가게 하고 있으니, 이는 또 어찌 된 일인가? '불'이 사람에겐 은총이로되, 불 맞은 나무여, 그대에게는 주살(呪煞)이 된 것 모양, 저 성석(聖石)도, 그것을 지켜 뫼시는 이에 대해서는 그러한 것인가? 아

으, 불사조(不死鳥)는, (안포-타즈와, 벼락 맞은 나무의 한숨과 탄식이 이것이지만,) 재 속의 무슨 힘으로, 새로운 뼈, 새로운 깃털을 새로 차려입어, 새로 젊어져 푸르도록 붉게 날아오르는가?

웃지도 못하겠담시롱도 씨석 씨석 웃어싸며, 매콤한 바람결에 흩트려내는, 저 산 고목이 하는 얘기를 조금만 더 꿰맞춰 보기로 하면, 숲의 동쪽 가지에 어제저녁 깃 접었던 빛이, 첫 홰를 치는, 그렇게나 이른, 아직도 달빛이 훤한 새벽에, 급기야 저 시동은, 북녘 가지들에 깃 접었던 까마귀들까지도 모르게, 성을 벗어났던 모양이었다. 밤길 걸어야 했으니, 달이 밝은 밤을 택했을 것이라고 했다. 세운 뜻은, 이 세상 어디엔가는 분명히 있다고 알려진, 그 불사조를 찾아, 어깨에 앉혀 돌아오겠다는 것이랬다는데, 이 시동이 사실로, 제 놈 뫼시는 그 어른의 뜻을 바르게 이해하고 있었던지 어쨌던지는, 그 자신(재나무)도 자신 있게 말할 수는 없다고도 했으며, 어찌 되었든 이 젊은네도, 꿈꾸기로, 대가리만 코끼리만 하게 불어난, 젊은네들 중의 하나가 아니겠느냐고도 했다. 자기가 아닌 남을 위하려 하여 세운 그 뜻은, 참으로 가상하여, 그가 지나는 길가에 있는 모든 나무들의 축복을 받을 만하다고도 했고, 환처에 시달리느라고 하다가 생각만 자꾸 깊어져 버리게 된 왕의, 말[言語]의 진한 젖에 뼈를 굵혔으니, 허긴 그를 뫼시는 녀석의 속도, 그만큼은 매워졌을 법하잖냐고도 덧붙였다.

그의 말로는, 자기는 호동(湖東) 어디 '유리'(羑里)라는 사막에서 온 돌팔이 중이라고 했으며, 문잘배쉐에서는 '이상한 순례자'라고 이르는 이로부터 들은 수많은 얘기 속에, '봄 뜰 낮잠에 든 늙은네와 나비의 꿈'이라는 것이 있어, 시동이 충격을 받은 일이 있었거니와, 그 이후로 굳어진 생각이 이것일 성부른데, 시동의 믿음엔, 문잘배쉐에 비치(秘置)된 저 '성스러운 돌'은, 그냥 갖다가시나 디립다 잠만 쳐대 자는, '불새의 잠'일 뿐이며, 그 '잠의 꿈'이거나, '잠의 주인'은 저 '돌'을 떠나, 어디 봄 뜰을 나비하고 있을 것이라고 하여, '루타'(Ruta, Skt., 相, 記表, 體)와 '아르타'(Artha, Skt., 義, 記意, 用)[3]를 분리하고, 그뿐만 아니라, 명사(나비)를 동명사화하여 이해하고 있었다. 그렇다면, 저 '돌의 나비'를 잡아 오기로써, 잠에 들씌워진 저 '돌'의 영검한 힘이 깨어 일어날 것이 아니겠느냐는 것은, 저절로 만들어진 대답일 것인데, 다시 말이지만, 시동은 그래서, '돌의 나비'의 탐색에 오른 것이고, 하다 못하면, (시동은) 그것의 깃털이라도 하나 뽑거나, 뽑혀져 내린 것이 있으면, 그것이라도 주워오려는 것이다. 글자를 깨우친 문잘배쉐의 젊은이라면, 잠 안 오는 밤마다 되풀이해서 읽는, '오디세우스의 모험담' 속의 모든 역경과 고난이, 바닷길에만 있는 것은 아니며, 들이나 산, 어디에나 매복해 있다는 것쯤, 시동이도 잘 짐작해 알고 있는데, 어디서 무슨, 인(人)내에 생피내 나는 것이 지나가지 않는가, 나타나기만 한다면, 한달음에 내달아, (놈을) 선취(先取) 덜미하여 후취복장(後取腹臟—이는 民間拳法으로, '그런 다음, 배때기에 큰 한 방을 먹인다'의 뜻이겠지만, 이 자리에서는 '배 속에 처넣었다'라고 해석함이 권유된다)해버리는 외눈배기 거인이라든, (놈을) 돼지로 둔갑시켜, 잘 피운 화덕에 구워 먹는 마녀라든, (놈의) 돌아갈 곳에의 간절한 그리움 한 가지만 남기고, (놈을) 바위로 만들어버리는, 매부리코의 위사도(僞邪道, wizard)라든, 또 뭐라든……, 그, 그런다고 해서, 이누묵 손들이, 꿈을 좇아 가출을 도모하는 저누묵 손들, '바보 놈'들 말이지, 의, 뒤꿈치의 힘줄을 끊어버리는 것도 못 되는 데다, 사실로는 그런 풍문의 까닭으로, 수업기사라는 것들이, 그것들을 찾아, 산야를 헤치고 있다고도 하잖던가. 이랬든 그랬든 저랬든 어쨌든, 혈혈단신으로, 그 끝도 모를 험난한 길에 나서기는 심란한 일이었을 것이라도, 시동은 그러나, 호신용 무기 삼아, 타다 만 부지깽이라도 하나 들지 안 했으며, 방패 삼아, 깨어진 솥뚜껑이라도 가슴에 받쳐 들지도, 또 바쁜 길 속하게 달릴 양으로라도, 쓸모없이 되어 들로 쫓겨난 늙다리 노새라도 한 마리 꾀어, 그 등에 뽐나게 걸터타고 있는 것도 아니었다. 그랬음에도, 성급을 부려 말하기로 하면, 꼭히 구비했어야 될 한 가지 조건이 미비한 상태라고 할 수도 있겠지만, 이런 소리 듣고, 바위가 만년의 침묵에 굳은 목구멍을 열어, 피 뱉어 웃으려면 웃을 일이겠으나, 그가 세운 뜻에 의해 보면, 이 시동이도, 하나의 기사였거니, 뽐 나는, 어엿한 한몫의 수업기사였더라 말이심. '한 가지 조건이 미비했다'고 이른 것은, 다름이 아니라, 기사라면 누구나, 자기의 용기와 기사다움을 증명해주고, 그가 탐색에서 얻은 전리품 영광을 바칠 때, 그것을 꽃다발처럼 받아주는, 다른 이들의 눈에야 버마재비의 암컷이나, 살찐 흰 돼지처럼 보였든 말았든, 제 눈에는, (그것 없이는 세상이 왼통, 눈 오는 벌판이며 달 없는 사막, 불 꺼진 항구,) 봄바람에 연분홍 치마 같은 것을 하나 구해, 신주 뫼시듯, 그것의 영상을 가슴에 꼭 품고 있어야 하는 기사속(騎士俗)[4] 한 가지를 염두하고 이른 것이었으되, 때에는, 장차 안포-타즈의 뒤를 이어, 성배지기가 되게 되어 있다는 페레두르(Peredur, Parzival)도 집을 떠나 헤매던 중이었거니와, 그가, 아직 마빡의 피도 채 마르기 전에 이미, 당당한 기사 꼴을 꾸미고 있었어도, 그도, 어머니의 젖 냄새밖에 아직은, 연분홍 치맛자락에서 풍기는 아무 냄새에도 코를 열고 있지 못했던 것을 감안하면, 그런 조건을 구비치 못했다 해도, 기사의 불알이 떨어지거나 하는 것은 아니었던 것이 분명하다. 그런즉 꼭히 따져보아야 될 것이 있다면 그것은, 가다, 구미호라도 하나 만났을 경우, 그것을 혼내줄, 여벌의 무기를 하나 은닉해놓고 있느냐, 없느냐 같은 것일 게다. 자기를 기사라고 치고서, 어찌 계집께 창을 날리겠으며, 칼을 휘두를쏘냐? 그렇다는즉슨, 시동이더러, (라만차의 기사가 그랬듯) 되돌아가, 추파해쌌던 계집아이의, 맨 안쪽 속곳이라도 벗겨 (봉준이 뽄사 꾸며) 머리에 동이고, 다시 시작하라는 소리는 할 것도 못 될 테다. 눈앞에 떠올라 아롱거리는, 실속 하나도 없는 음식만으로 보릿고개를 넘기는 농가에서, 아홉 번째쯤 태어난 자식을 봐도, 저 먹을 것은 갖고 태어난다고 하여, 한 뚝배기 온수에 둬 방울 간장 탄 것이라도, 미역국인 듯이 산모께 먹이거늘, 글쎄 그렇게 되어 있는 것이 아니냐, 골짜기[谷] 열린 데 '뜨거운 김'은 일게 마련이며, 이를 일러 '谷神'[5]이라고 하는 모양이며, 암컷[牝] 누워 있는 자리로 하늘빛[玄]은 내려 쐰다, 이를 '玄牝'이라고 하는 모양인데, 요컨대, 삼시랑이 불알을, 그것도 두 쪽씩이나 달아준 뒤, 뭣 하나를 세상에 내보냈을 때는, 그것 한쪽 나눠 가질, 다른 뭣 하나를 첨매 내보낸다는 말인 것이다. 용 가는 데 구름 가는 것, 그런 것 아니냐? 시동이는 그래도, 다음끼니를 걱정하지 않는다는 다른 낭인들과 달리, 한번 배 불릴 빵떡과, 목 축일 물병은, 괴나리봇짐 속에 쌓아놓고 있어, 한번 형편은 그리 나쁠 듯하지 않은데, 또 보니, 헥, 저런 저런, 명절 때로만 신었던, 그 뽐나는 신발도 뽐나게스리 신었구나, 신었어, 허, 허, 허긴 뽐生뽐死라거니—.

시동이가 듣기도, 눈치채기도 해왔기로는, 도처의 많은 기사들이, 그 '성배의 성'을 찾아, 수로 수천 리, 육로 육만 리를 헤쳐 헤매 다니고 있다고 했으되, 시동이가 실제로 만나본 기사는 없었던 걸로 미뤄보아, 문잘배쉐에 닿는 길은 험하기 이를 데 없는 것이나 아닌가, 또는 무슨 주술에 덮여, 누구나의 눈앞에 있는데도 보지를 못하는 것이나 아닌가, 그것도 아니면, 땅에서 들어 올려져 구름 가운데라도 있는 건 아닌가, 하는 따위, 여러 가지 이유를 들춰내 보기는 했지만, 아무튼 시동은, 모두 닿고 싶어 하되 닿을 수 없는 바로 그 성을 빠져나와, 그 성을 뒤에 둔 방향으로, 그러나 그 닿을 곳은 알 수 없는 곳을 향해, 몇 달, 혹은 몇 년, 혹은 몇 생(生)이 걸릴지도 모르는 걸음의 시작으로 터벅터벅 걸어 나가고 있는 중이다. 얼마나 오래 가물었던지, 아니면 볕이나 흙속에 무슨 독소가 그리 과했던지, 그가 터벅거리는, 길도 없는, 정적하기만 하고 막막한 들은, 노숙자까지도 더 못 쓰고 버려버린 모포 꼴로, 낡고 헐고 삭아, 헤설프게라도 한 마리 지렁이의 잠을 덮어줄, 습습한 자비 한 조각도 남김이 없어, 파장이었으며 들은, 둘러앉아 두런거리든 산 것들의 마지막 음성까지도 다 태워 먹은 꺼진 모닥이었으며 들은, 무음(無音)의 이끼에 덮인 적막까지도 푸석거려 들은, 해가 중천까지나 떠올라 있어도, 볕의 소금에 시들어서든, 빛 듣고 좇아 일어나는 그림자 하나 없어 들은, 중음(中陰)에도 들지 못한 야행성 악몽들이, 모든 곳으로 수분을 약탈하려 갈증으로 헤매다, 지쳐 동트기 전에 돌아와, 언제 녘 벼락에 맞아 죽어, 선 채 풍화 당하는 나무귀신들 꼴로, 여기저기 듬성듬성 검게 서서 아프게 낮을 새우고 있어 보이는데 들은, 저주의 미친 춤을 추다 불칼 맞고 소롯해진, 이 마(魔)의 종내기들의, 굳어버린, 정 없는 수맥 속에서, 대체 무슨 푸른 잎사귀라도 하나 피겠는가, —가문 쪽의 니플하임(Niflheim, 凍土), 이 휴지, 이 불모, 이 황폐, 이 침묵, 이 대무(大無) 속에서, 무슨, 하다못해 죽음이라도 하나 기대되어지겠는가, 몰락한 에덴이거니 들은, 하와여 그러나, 기름을 덕지덕지 끼얹고 있어야 할 그대의 배때기가, 이렇게나 쪼그라 붙어서야 되겠느냐? 하필이면, '성배'를 뫼시고 있다는, 문잘배쉐의 누구의 죄며, 누구의 진노 탓이냐? 그대 메마른 자궁으로 앓아누운 대지, 그 제단에는 해골이 놓여 있구나—문잘배쉐, 썩는 남근(男根). 아으 그러나 보아람, 공동묘지의 밤중에 지나는 등불모양, 소리 하나 없는 적막한 데로, 하나의 기적이, 승리처럼, 대장간의 모루 치는 소리모양, 걸어가고 있도다, 이 사람을 보아람!

아침밥을 거르고 성을 빠져나왔으므로 시동은, 그 첫걸음을 내디뎠을 때부터 사실은, 창자가 음식을 보채 내는 쪼르륵 소리를 들었었는데, 걸어온 거리는 측정할 수 없었으되, 시간은, 해를 천장까지나 밀어 올려놓고 있었으니, 시동의 창자의 보챔도 입천장까지나 닿았을 법했다. 그랬으니 이 젊은네는, 어디에 앉아 숨도 좀 돌리고, 목구멍도 창자도 달랠 만한, 적당한 그늘 자리가 없는가, 사유시방을 훑어보지 않았을 리 없었을 터, 그러자 그의 시야 오 리 길의 오 리는 될 만한 거리에, (거인들이 설쳐대는 시절이니, 어찌) 거구의 똥풍뎅이(는 없을 수 있겠는가)가 뭉쳐, 밀어가고 있는, 똥 덩이로도 보이는, 언덕이 하나 불거져 올라 있는 게 뵈는다. (흐흐흐, 아브라카다브라! 이는 사뭇, 魔職袾 펴기 같게도 보일라? 魔職꾼이, 필요할 때 필요한 것을, 소매 끝에서 끄집어내기. 마는, 어떤 기사가, 아무리 정처 없이 헤매고 있다 해도, 바로 그 정처 없는 길에서, 모든 운명적인 사건들에 마주쳤다는, 흔한 무용담 따위를 듣다 보면, 그의 몫의 '운명'까지도 정처 없는 것은 아니었던 것을 알게 된다. 그렇다는즉슨, 시동이가 쉬려고 작정을 하자마자, 기다렸다는 듯이, 어디서 '그늘'이 달려왔느냐고, 물을 일은 아닐 테다. '왕자'들 길 떠나는 길목에는, 그를 기다려 나앉아 있는, 동안백발의 노인이나 노파모양, 시동이 가는 앞에는, 이제 들어보면 알겠지만, 이 언덕 그늘이 기다려왔을지도 모른다고 하면, 저것은 시동이의 '운명'의 몫이었다고, 접어둘 수 있을 테다. 日常的인 것은 운명적인 것이라고 이르지 않지 않잖는가? 무엇이 운명적인 것이기 위해서는, 어떤 형태로든 그 일상을 교란하거나 전복하는 일이 일어나기에 의해, 이후 그 삶의 진로나 양태가 바뀌게 되는 것을 이를 테다. 일상적인 것에 대해 그것은, 어쨌도 돌발적이거나 우발적인 것은 사실인데, 그것이 필연화를 겪기에 의해, 운명화하는 것일 것인 것. 이런 의미에서, 다시 살피면, 돌발적이거나 우발적 사건이란 있는 것이 아니며, 사실에 있어 그것은, 그 어떤 한 삶의 앞길에 매복해 기다려 있던 것과의, 필연적인 만남이라고 이해되어질 수 있을 뿐인 것. 咄,

小說하기의 雜스러움!)

시동의 걸음은 그러자니 바빠져, 거의 뜀박질이 되었겠거니와, 시동이 대략 '저만쯤' 되는 데까지 오게 되어, 두 눈으로 확실하게 보게 되었기로는, 거대한 똥풍뎅이가 뭉쳐 밀고 가는 똥 덩이처럼 보였던 그 거무튀튀한 언덕은, 부농가네 거름 무더기 서너 배는 되는 크기로, 언덕 아래로 빙충맞게 걸어가는, 비구의 대가리모양 반구형이었는데, 시동이의 호기심을 자극한 것은, 그것은 그런데 굴일 것이 분명한, 크고 퀭한 구멍을 둘씩이나 열고 있는, 그것이었다. 그 순간 시동이께 떠오른 연상에는, 그 싸움이 어느 벌에서 벌어졌던지 알 필요도 까닭도 없었겠지만, 다윗의 돌팔매에 꺼꾸러졌다던, 골리앗의 대가리가 거기 굴러와 있었다. 얼굴 가죽은 교만과 들파리가 벗겨 먹었을 것이며, 눈깔은 증오와 까마귀가 쪼아 파먹고, 혀는 야심과 지렁이가 쏠아 먹었을 것이었다. 시동은, 해를 올려다보며, 암내 낸 암소 만난 황소모양, 암소만이 알 수 있는, 그런 웃음을 웃었는데, 자기의 연상이 꽤는 그럴듯하다고 여긴 모양이었다. 이똥 낀 누런 웃음으로 해도 답해주었겠더라. 그러나 과장법에 좀 익숙지 않은 이들이, 어릿두군해질 경우를 생각해, 밝힌다면, 이 연상, 또는 이 비유는, 너무 좀 확대된 데가 없잖아 있기는 있는데, 골리앗도 '여섯 큐빗 한 뼘'(2.9m)이나 되는 키여서, 거인은 거인이었으되, 키클롭스들의 것이라면 몰라도, 그 대가리를 부농네 거름 무더기에 비유하기에는, 좀 쥐좆 기럭지 같은 데가 없지는 않다. 그러나 중요한 것은, 그 연상이기보다는, 그것이 함축하고 있는 내용일 것인데, 정작으로는, 아직 한 번도 맞닥뜨려본 적이 없는, 바깥세상이 시동에게는, '골리앗'으로나 여겨졌던 모양이었으며, 그랬다는즉슨, 시동은 자연스레, 자신을 아주 은근히, '다윗'에 빗대놓고 있었던 것이나 아닌가, 하는 그것이다. 시동도 하기는, 골리앗을 때려눕혔던 때의 다윗의 나이 또래이기는 하다.

그늘과 먹이에 집중된 시동이의 걸음은, 삽시간에 시동이를 그 언덕 밑까지 데려다가 놓았겠는다. 마침맞게도 그런데, 그 언덕 뿌리에는, 언뜻 짐작해도, 그 높이나 넓이가, 시동의 두 배는 되게 큰, 거인의 묘비석이라도 연상케 하는, 선바위가 하나 있어, 뭘 더 생각하고 말고 할 것이 있겠을 일인가, 바위의 그늘진 쪽에 시동은, 털썩 주저 앉았겠는다. 그림자라고 치고서는, 무엇 하나 예외 없이, 공평스레 짧아져 있는 시각이어서, 시동이 찾아든 자리의 그것 또한 키 작아, 시동이가 다리까지 길게 뻗기에는, 아직은 충분치 안 했으나, 가난한 괴나리봇짐 하나 풀어 헤치기에도 모자란 것은 아니었다. 게다가 그늘은, 웅덩이와 달리, 들불의 포부를 가진 것이어서, 고여 있기 대신, 탐욕스레 번져 펴 늘여지기만 하는 것인 것, 시동이 그 음식을 다 먹고, 먼눈 몇 번 팔기로 졸음에 겨울 때쯤이면, 황소라도 한 마리 삼켜 넣을 만큼 불어나 있을 것이었다. 종내는 그리고, 냇물들이 만나면 바다가 되듯이, 그늘들도 바다가 되어, 원(怨)이 깊어져 소금이 되고 독이 되면, 거 무슨 한 점 살이라도 발겨 낼 것이 있다고, 뼈만 앙상한 문잘배쉐까지도 휘감아 빨아들여, 노란자위를 터뜨려 내려 안간힘 써 뒤집힐 테다. 아니 사실은, 문잘배쉐의 뭣 때문인지 물어볼 필요도 없겠지만, 그것을 삼키려는 일념으로, 태초에 궁창이 나뉘고 있었을 때, 이 그늘은, 변절자의 얼굴빛을 꾸며, 빛 가운데로 숨어들었다는 얘기도 있거니. 이 노략질에, 문잘배쉐는 나날이 황폐해져 갔지만, 아직도 그러나, 함락되어 있지는 않은 듯하다.

사지후토(四地后土) 전 고수레 따위는 염두에도 없었으니 시동은, 먼저 마셨고, 떼어 씹었고, 우글부글 양추질도 해, 이빨 새에 낀 찌꺼기도 씻어 삼켰고, 먼눈도 몇 번 팔았고, 바라볼수록 시력을 빨아들이는, 해골의 두 눈두멍 같은 굴 안을 살펴보아야겠다고 마음도 먹었고, 비옥한 황폐거니 잠은, 모르는 새 잠에 들었고, 깨었고, 기지개도 켰고, 소리 하나 없는 들을 소리처럼, 상여처럼 지나가는 구름 그림자도 보았고, 해도 올려다보았다. 시동이께 보이기에 해는, 권태에 꼭지가 시든, 빛의 한 낙엽이어서, 오후의 중간쯤 되는 데까지 흐적여 내리고 있었는데, (시시포스의 바위도, 다름 아닌 저것이라는 소리도 있지만, 그것과 달리, 시동이의 이것은 중력을 잃어) 빛은 녹슬어 푸슬거리고, 볕은 빈혈로 버스럭거렸다. 그러고는, 동녘에도 소리란 하나도 없었고, 서녘도 조용했으며, 남녘도 적막했고, 북녘도 소조해서, 부스스 잠 깬 시동의 어눌한 느낌에는, 저 앉은 그 한가운데로, 무음(無音)의 폭설이 내려, 꼼짝달싹할 수도 없게 저를 묻어 눌러 덮고 있는 듯이만 여겨졌다. 볕이 몹시 무르녹아, 모든 움직임들이 일순 소롯해져 새까만 어떤 여름 한낮, 또는 빛이 쌓이고 쌓여 땅 밑 똬리 친 용의 갈비뼈까지 가즈런히 들여다보이는 가을날 오후 어느 한순간, 이런 무음의 폭설이 내리고, 그러면 그 깊이 모를 적막의 심연 속에로 가라앉아 드는데, 그럴 때론 그 밑 없는 심연이 시동이께 좋았으나, 오늘은 어째 싫기만 한 것이 문제다. 점차 그것은, 시동에게 공포감을 일으켰으며, 무자맥질을 해대면 해댈수록 자꾸만 더 물밑으로 끌려 내려가는, 익사 직전에 처한 수부의 절망감 같은 것을 일으켰다. 그런 느낌들은 시동에게 이번엔, 자기의 머리통이, 골리앗의 피와 골에 범벅된 군홧발 밑에 깔려, 무참히 짓밟히고 있다는 연상을 더불었다. 시동은 왝 왝 건구역질을 하기 시작했지만, 시동이 이런 처지에서도, '골리앗'을 연상하고 있는다면, 시동이 아직은, 싹수가 노래져 글러먹은 놈까지는 아니겠는다. 때에, 시동이에게 새로 보여진 이 들은, 무변으로 황막하게 펼쳐져 나간 것이 아니라, 무저(無底)로 중험(重險)하게 꺼져 내려 있었다. 그랬으니 거기서, 무슨 늙다리 '귀뚜라미' 가래 끓이는 소리라도, 또는 실바람이라도 한 바름 일어날 수 있었겠는가. 심한 중력감에다 숨도 가빴으므로 시동은, 할 수 있는껏 심호흡을 해대며, 자신을 달래기 시작했다. 이런 침묵, 이런 정적은 오늘 갑자기 나타나 불어난 것은 아니지 않는가, 세상은 여전히 어제나 다를 바 없으며, 제기랄, 차라리 달라져 있기라도 하면 좋을 일이 아니겠느냐, 글쎄 말이지, 무슨 일이 있고서야, 이 적막에 구멍이라도 하나 뚫리지 않았을 리 없을 터, 항—솨 항—솨(시동이 심호흡하는 소리러람)...... 그러기로 시동은, 적이 마음의 안정을 얻고, (자기의) 현실적인 문제에로 마음을 돌렸다. 나름의 탐색의 초입에 있으니, 시동의 형편이 뭐 그렇게 좋을 일도 없었지만, 나쁠 일도 없었다. 몸을 꾸물거려쌌더니 시동은, 제 몸의 기럭지보다, 석 자가웃은 더 늘여 기지개를 킨다.

"얼마나 걸어왔는진 모르지만, 여기서는, 문잘배쉐의 첨탑도, 그 높은 굴뚝에서 오르는 연기도, 보이지가 않누먼," 중얼거리고 시동은, 상여처럼 들을 흘러가는, 구름 그림자를 보며, "듣기로는 그랬지, 북명(北冥)인가 어디서 일어난 불새가, 하늘못[天池]으로 날아가느라고 하면, 구름 그림자만큼이나 큰 그림자를 땅에다 깐다는데", 중얼거림을 계속했는데, 늙은네들 잠에 들기처럼 시동은, 버릇이 된 몽상에 살콤 떨어져 든 듯하다. "그래서 그것 지나간 자리를 잘 찾아보면, 불새가 떨어뜨린, 깃털을 하나쯤 주울 수도 있다고도 했는데……, 난 그러나, 까마귀나 비둘기 털 따위 말고는, 무지개처럼 곱거나, 타는 불잉걸 같은 것은 주워 들지를 못했을 뿐이었지……, 허긴 지금이라도 저것을 좇아, 달려가 본다?" 그러나 시동은, 구름 그늘에 마음만 실어 보내고, 몸으로는, 발가락 하나도 움직이려 하지 않고 있다. 그러는 중에, 구름 그림자가 들을 다 건너가 버렸는지, 중음(中陰)의 마른 입술들이, 그것 속의 습기를 다 짜버렸는지, 더 보이지 않게 되자, 등 기댄 자리가, 끈적거리는 데다, 갑자기 가렵기도 해서 시동은, 삯도 못 받는 몽상에서 돌아와, 소가 언덕에 대고 하기처럼, 바위벽에 대어져 있는 등을, 상하좌우로, 요분질을 해댄다. 하며 시동은, 석양에 등물하기나, 또는 앓는 이빨 찌럭대기, 그보다 좀 낫게는, 농조(弄鳥)질하기모양, 지랄육갑 하는 꼴이, 아프고 시원해, 죽어 자빠지고 싶어 못 살겠는 맹이다. (咄, 小說하기의 雜스러움!) 그에 따라, 바위벽에, 몇 세기나 덮였던지 모를, 마른 이끼가 푸슬어 떨어지며, 바위의 생살이 드러난다.

시동이가 그리고—이런 건 필연적, 또는 운명적이라고 해야겠지만—우연스레 보았기에는, 제 놈 등 기대 잠들었던 그 선바위 벽엔, 어떤 석공(인지 뉘 알아?)이, 언제 녘(일지도 뉘 알아?)엔지, 정교하게 '파놓은' 무슨 글자들이, '솟아올라', 읽어주기를 바라고 있는 그것이었다. 씌어진 글자란, 문맹꾼은 아무리 들여다보아도, 바위와 닭의 관계라도, 익힌 이들에 대해선, 먼저 그들의 눈을 뽑고, 다음 그들의 염통을 도려 파내 회 쳐 먹는 마녀 같은 것, 이거나 학녀(鶴女)와 나무꾼의 촌수인 것. 씨설이질에, 부엌일, 빨래, 길삼질, 바느질, 보약 끓이는 일, 흉보는 일, 그리고 저녁 일에 혹사당하면서, 자고 있다고 발길질에 차이는 일, 보태 알까지 까 바친다. 무슨 종년이 있어, (자네 같은) 별 볼 일 없는 놈팽이께 그래주겠는가? 시동이께 읽혀진 바로는, 저 돌판의 글자들은 이러했다.

돌아오고싶은행려자는왼쪽길을가고돌아오고싶지않은행려자는오른쪽길을갈지니!

그 글귀는, 시동을 난감케도, 망연자실케도 했는데, 아무리 길이 없는 곳이라도 트고 걸으면, 일회용이라도, 그것이 길은 길이었으므로 시동은 여기까지도 왔으되, 그런 없는 길, 길이 길 자신을 싹싹 지워 없애는 길 말고, 거기 또 무슨 길이 트여져 있다는 말인가, 시동이가 아무리 눈에 불을 켜고 내어다보았어도, 길이랄 것이, 그것도 두 갈래나 트여져 있다고 명시되어 있는, 그런 건 없었다. “이거 어디 귀신만 곡할 노릇이겠냐, 길 없이도 다닌다는 바람도 곡할 노릇이 아니게? 이는 필시 중음 동구에 세워져 있는 이정표겠거니?” 투덜거리고 시동은, 몹시 침울한 얼굴이 되었는데, 이정(里程)이라고 하기에는 여간만 망설여지잖는 이 이정표는, 자기의 마음속에는 훤하게 열려져 있던, 그 길까지 지워 없애버린 느낌이 든 모양이었다. 문잘배쉐에 할머니 집을 두고 있는, 세상의 대개의 어린 이들은, 그들 할머니들로부터 들어 ‘불새’가 어디에 살고 있는지를 알고 있던 것이다. (이 ‘불새’[Firebird] 가 ‘불사조’[Phoenix] 와 같은 새인지 어쩐지, 그들 중의 아무도 의문해보지 않았으니, 같은 것들일 수도, 아니면 전혀 다른 것들일 수도 있으되, 시동 역시 그런 건 의문해본 적이 없이, 어부왕이 이르는 ‘불사조’ 잡기에 나섰으니, 그의 ‘불새’는 어째도 ‘불사조’와 같은 것임은 분명했다. 같은 것을, 할아버지들이 말할 땐 ‘불사조’라 이르고, 할머니들은 ‘불새’라고 했을는지도 모르긴 하다) ‘가깝게든 멀리든’, 어디만쯤 걷고 걷고 걷다 보면, 밤에는 그 나무들이 모두, 맹수나 병정들로 변하는 큰 숲이 나타나는데, 그 숲도 통과해, 또 걷고 걷고 걷다 보면 이번에는, 배라는 배는 모두 가라앉히고 마는 강이 나타난다는 것, 그것도 건너고, 가까이든 멀리든, 또 걷고 걷고 걷다 보면, 무지개가, 뿌리를 거기다 두고 있는, 유리의 성을 보게 되기도, 멀리 비켜날 수도 있지만, 그것이 예의 저 불새의 성이라는 것이었다. 세상의 무지개는, 그 불새의 날개에서 발원하는 것이라고 했으며, 해가 지고 어두워지며 기온이 낮아지기 시작하면, 그만한 크기의 얼음 알처럼 뭉쳐, 어느 잎 위에 숨어 자는 벌새[蜂鳥] 와 꼭같이, 불새도 저녁에는 날개를 접고, 무슨 잿돌[灰石] 같은 것이 되어, 이 세상 어디에 있는지 달님까지도 모르는, '밤중'이라는 무소(無所) 깊은 데 숨어, 밤을 샌다는 것이었는데, 그럴 것이, 햇빛이 사그라졌다 하는 그 순간, 그 유리성도, 볕 아래 얼음이 녹듯, 사그라져 보이지 않거나, 없어져 버리기 때문이라는 것, 할머니들 짐작에는 그래서, 그 성은, '밤중' 그중 깊은 데로 접혀 들었을 것이라고 했다. 빛까지도 들지 못하는 그 곳(곳+것)을, 누가 무슨 수로 들겠느냐고도 했다. 그 새의 깃털이라도 하나 뽑으려면 그래서, 그 유리성에 첫 날빛이 비치기 시작하는, 밤중과 새벽의 한순간을 노려, 잿돌에 불기가 일려 하며, 깃털이 돋으려 할 때밖에, 다른 도리는 없다고 했다. 그러나 시동은 갑자기, 그 어디만쯤 가는, 그 길을 모르게 되어버린 것이다. '행려자'는, 이정표대로 따르자면, 여기서부터는, 왼쪽이든 오른쪽이든, 길 하나를 정해 걸어가야만 되는 것으로 되어 있는데, 그 길들이 대체 어디에 있다는 말인가? 시동에겐, 처음 보았을 때부터, 눈알 빠진 골리앗의 해골이 열고 있는, 두 눈두멍 같은 동굴이 마음에 씌어쌌기는 했지만, 까닭에 시동은, 그 동굴에다 자기의 동공을 빼앗기고, 마음을 꾸릿대로 감긴 시선(視線)을, 몇 꾸리씩이나 풀어내고 있지만, 발은 무엇엔지 묶여 꼼지락도 못하고, 혀만 나부렁거리고 있다.

"아 말이지, 그런 길이 있기만 하다면야, 나아갈 길은, 벌써부터 딱 정해져 있는 것, 그렇잖으냐? 나야 뭐, 불새라도, 과부네 씨암탉쯤으로 알아, 잡는 즉시 털을 뜯고, 새끼들이야 눈이 불거졌든 어쨌든, 구워, 먼저 제 배부터 불린 뒤, 그것의 둥지라는 '밤중'에도 손을 넣어, 꺼낸 알은 엽전하고 바꿔, 꾸러미가 되는 대로, 어깨에 감아 메고, 놀음판에로 달려가는, 그런 빨건 건달 뽄사를 내려는 것은 아니며, 돌아올 분명한 까닭이 있어 나는야, 떠나는 길에 올랐잖냐 나는야 말이야. 헌데, 저 누무 두 굴 구멍은, 그냥 열려 있기만 할 뿐인데도, 괜스레 기분이 나쁘거든. 대체 뭣들이, 저 속에 똬리 틀어 숨어 있기에 그런구?…… 동화대로 따른다면, 어디만쯤 가다, 두 길 나뉜 데 이르러, 왼쪽 길을 가면, 마귀할멈께 잡히고, 오른쪽 길로 접어들면, 위사도의 손바닥 위를 걷고 있다는데……, 그, 그렇다는즉슨, 여기서 보아 왼쪽 굴속엔 어쩌면, 어둘수록 더 잘 본다는 마귀할멈이, 서캐 잡느라, 한두 개 남은 송곳 이빨로, 서캐 오복조복 고둥마을 꾸민 자리 속곳을 씹고 있을 게고, 다른 굴속엔, 위사도가 돋보기를 끼고 앉아, 어제나 오늘치의 수확을 셈해보고 있을지도 모를 일이군. 위사도의 수확이 뭐겠어? 자기가 바위로 만들어버린 것들의 비밀이며, 꿈 따위, 뜨뜻한 불알 같은 것들이겠지. 아직 똥이 마렵거나 하지는 않으니, 똥을 칠갑하는 짓까지는 그만두더라도, 가래침이라도 미끄럽게 발라, 돌멩이라도 하나 쏴 던져 넣어본다?" 이 대목에서 시동은 애써 꾸며 킬킬거려보았지만, 구시렁거리는 짓밖에, 써먹어 볼 만한 다른 무슨 의견도 방도도 서질 안 해, 민툿해진 '상판'이 되어, 쩔쩔매고 있는 중이다. 그러면서도 속으론, 저 이정표의 뜻을 백 번 새기고 풀이하려 하며, 자기 이전에도 어떤 행려자가 있어, 이 이정에 좇아 행려를 계속한 이가 있었을 것인가, 그런 것도 의문했으나, 무슨 대답이 있을 수 있겠는가. 그러는 어느 순간 그런데, 시동의 저 '민툿한 상판'에, 코가 드러나고, 귀가 자라는가 하자, 눈에서는 빛이 쐬어났을 뿐만 아니라, 입도 크게 열려, '얼굴'이, 그것도 생기 있는 얼굴이 갖춰져 드러나고 있었다.

"아항, 그랬댔구나, 그랬댔어! 그것은, 글쎄, 말이지, 그런, 뜻, 이었더란 말이지! 크, 크흑, 시작되는 길의 어귀가 저것이었던 것을, 것을 갖다가시나!"

그랬으니 시동은, 두 번 더 생각해볼 필요도 없이, 벌떡 몸을 일으켜 세웠으며, 출발의 준비로, 괴나리 했던 보를 둘둘 말아, 허리에 둘러맸다. "히히히, 내가 그랬더라는 소문이 만약, 바람결에라도 퍼졌다가는, ……말인데, 마귀할멈도 여성은 여성이다 보니, 여성주의자들 등쌀에 장가들기도 어렵게 될지도 모르지만, 그런다 해도 또 우리 어머니를 보면, 아버지가, 세상 난간 진 데를 위태위태하게 걸어 나가는 것을 보며, 두려워하여, 받아 모시려, 치마폭을 넓게 펴고 따르는데, 이래서 보면, 남근(男根)의 학정 아래 숨어 눈물 흘리던 우리 어머니가 그때마다 사실은, '세상을 떠들어 올렸거니', 말이지, 그런 여성도 있었기에, 우리 아버지도 자식을 두었을 게 아니냐? 소문? 그것을 겁내 꼬리를 샅에 사리겠느냐, 한달음에 내달아, 저 추악한 녀러 노파의 뾰족한 빼드렁이빠디를 한주먹에 부러뜨려, 할멈의 고랑 진 배때기에라도 씨 삼아 뿌려 넣어줄 터!" 헥! 이런 경칠 놈(!)은 그리고, '저누무 할멈'을 겁간하려 하여, 좌지(左肢)를 먼저 꼴아 들었다. 그러면서도, 어느새 버릇이 붙어버린 그 생각하기를 계속했는데, 별 까닭도 없이 접시 물을 들여다보다, 얼굴을 빠뜨려 익사를 해본 경험이 없는 이는 이거 무슨 소린지 알 수가 없을 테다, 평균화된 시간의 단위로는 잴 수도 없는 그 짧은 시간에 (稗官이 이거, 잘 이해했다는 믿음은 적되, '아토세컨드'[Attosecond] 라는 것이 있다는바, 그것으로 재는, 현존의 평균 시간의 '일 초'는, 말하자면 '삼백만 년'에 해당한다는 소리도 있던 것) 시동이 또한 이 광야에서, 생각의 접시 물에 코 박아 자맥질하고 있는 중이다. (번개부터 스치고 우레가 따르는 식으로, 시동이의 생각을 정리해보기로 하면) 저 '왼쪽 길'이야말로, '돌아오고 싶은 행려자'가 오르는 길이라잖느냐, 저 길에 올라 열심히 걷다 보면, 돌아오는 길엔 저절로 올라 있을 것인 것, 다름이 있다면, 이 든든한 어깨 위에, 불새를 얹고 있다는 그것이겠지. 아으 그러면, 이 밑도 끝도 없이 적막한 황원에, 그렇군, 불새는 글쎄 말이지, 그런 자리에서 저를 태우고, 새로 일어난다고 하던 것을, 새순들이 다퉈 돋아, 순식간에 푸름으로 덮어버리기뿐만 아니라, 새들 지저귀는 소리 탓에 지렁이들이 잠을 설피고시나, 씨버럴 툴툴거리고 새끼들만 까 제칠 터인데, 벼락 맞은 고목엔들 어찌 잎이 피지 않겠으료! 흐흐흐, 그러구 보니 시동이도, 어부왕과 다르지 않게, 어느 대목에선지, '물고기'와 '불새'를 혼동하고 있어 뵌다. 생각만으로는 어쨌든 시동이는, 몇 달인지, 몇 세기인지, 이수(里數)로는 또 얼마나 되는 험로인지, 를, 단숨 한달음에 건너 뛰어버리고 있는데, 갑자기 나타난 무슨 장애 때문에, 실제로는, 쳐들었던 발을 그때도 쳐들고 있는 채, 반 치도 떼어놓지를 못하고 있다. 학 다리로 동결된 채, 땀을 뻘뻘 흘리며, 숨만 씨근덕대고 있다. "문제는 그런데, 마, 만약에 말인데, 저 굴을 나선 그쪽 편에도, 이와 똑같은 이정표가 있을 것이라면? '이쪽에 있는 건 저쪽에도 있다'잖느냐? 그런즉 그쪽에서의 왼쪽 길은, 이번엔 어떻게 되는가?" 그것이 문제였으며, 그 문제가 장애였던 모양이다. 시동은 아마도, 이 광야에서 '거울' 속으로 빠져들고 있다. 결국은, 쳐들었던 발을 못 내딛고 시동은, '빠르면 빠를수록 좋겠지만, 떠나는 일이 시한부에 묶여 있는 것도 아니니, 일단은' 본디 자리에로 되모두었다. '그쪽에는 있다는 불새가, 어찌하여 그러면 이쪽에는 없는가', 꼭히 물었어야 하는 그 물음을, 이 나르키소스—시동은 그러나 생각조차도 못하고 있다. 길을 의문하다 보면, 나중 언제라도, 그 물음을 묻게 될지도 모르긴 모르지.

모든끝은그러나시작에물려있음을!

“이런 순, 참말이지 땀도 못 낼!” 시동은, 땀도 못 낼 짜증으로, 땀을 뻘뻘 흘리며, 각혈하듯 투덜댔다. “아까까지만 해도, 저것을 두고 나는, 정신이 오락가락하는 어떤 환쟁이가, 뱀을 그리고 발까지 붙여놓은 것으로 여겨 킬킬거렸었더니……, 이제 새로 건너다보니, 그 발은 뱀의 것이 아니라, 뱀이 물고 빨아들이고 있는, 다른 누구의 것인데, 그 ‘다른 누구’가 지랄 맞게도 내가 아닌가? 두렵거니, 저것이, 행려자의 뒤꿈치를 먹고 사는 독룡이었던 것을?” 그래서 시동이가 다시 살펴보게 된 그 선바위는, 바위가 아니라, 그 자리 지켜 기다리고 있다 ‘모험 찾아 떠나는’, 무슨 꿈 한 가지 말고는 속 빈 젊은네들의 뒤꿈치를 파내고, 바위로 만들어버리는 위사도였다. “올자(兀者)가, 지팡이도 없이, 없는 길의 어디를 가겠는가? ‘올자’의 동화적 사투리가 ‘바위’는 아니겠는가.”

그렇게 시작된 시동의 생각은, 천만 가지로 떠오르고, 가라앉고, 얽히고설켜, 도저히 갈래를 잡을 수가 없이 되어, 땀도 못 내는 병이라도 앓는 듯 시동은, 그러나 땀을 뻘뻘 흘리며, 앓은 소리를 낸다. 저렇게 뒤꿈치를 잃은 시동은, 반 발자국도 내딛지 못하고, 흔들거리다, 종내 무기력하게 무너져 앉는다. “말이지, 나는, 방향을 다른 데로 정해, 나아갈 수도 있었는데……”, 라고 시동은, 뒤늦게, 회한이랄 쓴 즙도 삼켰다. 그리고 막연한 듯 시동은, 동서남북을 휘둘러 보았는데, 거기 어디에서고, 자기를 일으켜 세우거나 이끌어줄 무슨 손이라도 하나 나타날 것 같지 않게, 여전히 (들은) 조용하고 비정적이었다. 그 광야의 일점에서, 사실은 모든 곳이 너무 훤하게 트여진, 열림의 중심에서, 그것도 백일하에, 지은 죄라곤 생각나지도 않으니 무고하게, 꼭 갇혀버리고 말았다는, 불쾌하기 이를 데 없는 느낌이, 오랏줄이 되어 시동이를 휘감았다. “……, 어쩌면, 너무 급한 김에, 내 창자만 채우느라고, 한 조각 고수레도 하지 않은 일로, 사지후토가 노하기라도 했다는가?……, 그렇기에 그것들이, 내 눈엔 보이지도 않되, 단단한 울을 둘러……, 씨버럴, 날 돼지로나 여겨? 몇 점 살이라도 붙었을 때 잡아먹으려는 것이다……, 아니, 어쩌면 나는, 어디로 떠나야겠다는 그리움만 하나 남긴 바위일지도 모른다", 해가 그러고도 조금씩 기울기에 좇아, 시동에게는, 그 '열림 속에 갇혔다'는 느낌이 희석되기는커녕, 더욱더 무겁게 짓눌러, 그것이 시동을 울고 싶게 했다. 길 떠나 하루도 다 못 채우고, 무서운 것도 많고, 그리운 것도 많아, 소금 많이 섞인 눈물을 몇 방울 흘렸다. 나중에야 그것을 어떻게 극복하게 될지 그것은 모르지만, 시동은 지금, ('시간과 공간'이랄 때의, 그) 공간, 아마도 '장소'라고 번안해야 할 그 '공간'[6] 속에 갇혀, 잡혀 철창에 갇힌 맹수모양, 사각 진 능동태 속에 내접된, 삼각 진 수동태의 곤욕을 치르고 있는 모양이다. 세계가 '사각' 져 있는 것이라면, 존재는 삼각인 것. 육신을 저변하고, (투박하게 말하면) '의지'라고 이를 것의 '상승'을 한 변으로, '하강'을 다른 변으로, 종립한 삼각인 것. 그랬으니 그는, 먼저 자기 왜소감에 당했을 것이며, 다음 외로워져, 자기가 하직했던, 모든 다정한 얼굴들을 떠올렸을 것이었다. '나아갈 길은 없어도, 돌아갈 길은 있다'는 게, 지금 시동이 갖는 다만 한 위로가 되고 있는데, 조금 생각해본 뒤 시동은, 사실은 그 길까지도 잃었다고, 슬프게 고개를 떨구고, 제 발등에로 떨어지는 눈물을 쓱쓱 훔쳐야 했다. 어부왕이 앓아눕기 전이라고 해야겠지만, 문잘배쉐의 성문 턱도, 떠돌이 기사들이나 음송 시인들은 물론, 원항(遠航) 뱃놈들이며, 먼 고장에서 온 방물장수들로 반질댔으나, 그 문턱에 곰팡이가 피기 시작한 때부터 만들어진 말은, 문잘배쉐의 운명과 운명적인 관계가 있지 않은 자는, 비록 거기서 태어나 자랐다고 해도, 무슨 일로든 한번 성문을 나섰다 하면, 그 성문은 굳게 닫혀, 더 이상 열려지지 않는다는 것인데, '닫혀 열려지지 않는다'는 것은, 그냥 소박한 표현이며, 실제론, 거기 있어야 할 그 성이 더 이상 보이지 않는다는 뜻일 수도 있었다. 까닭에 그것은 '닿을 수 없는 성'[7]이라고 알려진 것은 아닐 텐가. 물론 발길을 돌려 걸어가 보고서야 알 일이겠지만, 그 말이 사실이라면, 시동이 땀 흘리며, 열병 앓듯 문잘배쉐에서 살아온 삶이 왼통, 무산되는 듯해, 시동은 그 나이에, 부질없음, 살았음의 부질없음을 느끼고, 그것이 싫어, 얼굴을 찡그렸다. (그 나이에는, 어른들 앞에서 뜻 없는 한숨을 한번 불어내도 싹덩머리가 없거늘, 하물며 부질없음이라니, 에끼 이눔!) 시동은 아직은 그러나, 돌아갈 생각은 없었으니, 그 일은 금방 잊었다.

"미노스의 미로라는 것이 있다더니, 이것이 그것인 게다. 길은, 길이 아니더라도, 그 땅바닥은 단단한, 훤한 앞을 사방에 널리 깔아놓고시나 나는, 한 발자국도 나아갈 수가 없다니? 저기서부터 길이 시작될 것이라고 막연히 믿어지는, 해골의 두 눈두멍으로만 보이는 저 동굴은, 이정표대로만 따른다면, 모든 길에로 열려져서는, 모든 길을 닫는다……, 그 끝은 그런즉 다시 시작에 물려 있고……, 그것은 그래서는 다시 뒤집힐 것인가?…… 트여 막힘이 없는, 왼통 열린 자리에서 나는, 나도……, 지남철을 잃고 무풍대를 표류했더라는, 우리 할머니가 사랑했었다던 그 선원과 다름이 없음을! 그런 얘기로 할머니의 귀를 노략질했던, 할머니의 추억 속에 아직도 살아 있던 그 뱃사람은, '모든 방향의 한가운데서 한 방향을 잃었었다'고 했드랬다는데, 나는, 모든 길 위에서 한 길을 잃은 게 아닌가?…… 사람들은, 뭔가를 말해 가는 중 곧잘, '로마에 닿으면 그것이 길의 끝이다'라고 하면, 대꾸하는 이는, '떠나려면 그것이 길의 시작이다'라고 하는데, 그런즉 끝이야 어떻든, 시작은 해보고 볼 일이 아닌가?…… 성주님(어부왕)의, 회한을 섞은 혼잣말을 따르면, 삶을 두고는, 그것을 대강 살고 난 뒤에는, 퇴고(推敲)가 가능치 않은 것이라고, 또 (함성호 시인은 이것을, '건축'과의 관계에서) '습작'이 없다고 하되, (까닭에, 시간의 무게를 견뎌내지 못하여, 그 같은 자리에, 새 건축물이 들앉고, 들앉아온 모양이다) 그건 한 문장(文章)이라도 써놓은 뒤에 따져볼 문제인 것, 아직 시작도 않은 문장을 두고, '중 하나가 달 아래 산사문(山寺門)을 밀어 열었다[推]든, 두드렸다[敲]든 어쨌다든, 돌(咄)! ……'운명'이라는 게 있는 것이라면, 살기 위해 바둥거려 쌌는 일을 두고, '퇴고'니 '습작'이니 하는 문제를 들춰내 따져보려 할 일도 아닌 것이 아니겠는가." 그러고도 시동은, 넋 떨어진 놈모양 앉아만 있고, 이번에는, 일어난 제 놈의 생각에 제 뒤꿈치를 물린 모양이어서, 생각만 하고 있는데, 이골이 난 꿈꾸기가, 이번엔 생각하기에로 옮긴 모양이었다. "그러고도 결과는, 제자리로 되돌아와져 있는다면?" 시동은 그렇게, 생각하고, 생각을 고치고, '僧推月下門', '僧敲月下門', 推, 敲, 推-敲, 열 번을 고치고 스무 번을 바꿨는데, '운명'인지 뭣인지, 그것을 실천해야 하는 당자인지 누군지가, 흐흐흐, 이 한 대목의 시동의 삶을 '퇴고'하고 있었다. 그러는 짓은, 허기야, 열 길을 파도 동전 한 잎 나올 일 없는 자갈밭 파기보다도 곤할 노릇이었겠다, 피곤이 엄습했던지, 그 자리 비그르 무너지는가 하고 있자니 시동은, 코를 곯기 시작한다. 사자 따위, 육식동물들을 보면, 배부른 대로 잔다. 그래야 들이 좀 평온해질 게 아닌가. 아직도 '사람'보다 '짐승'이 많아, 저 나이 또래는 그래서 잠도 많은 게다.

시동이 그 잠에서 깨었을 때는, 사위에 어스름이 덮여 있었고, '귀뚜라미' 우는 소리 하나도 없었으며, 날빛이 사그라들면, 도처에서, 무수히, 수분에의 갈증으로 깨어 일어난다는, 밤귀신 하나 얼씬거리지 안 했는데, 갈증이나 배고픔, 오줌이 마려운 탓에 이 어스름판에 일어난 것은, 시동이 말고는 없었다. 그러곤 어릿두군하게 사위를 둘러보다, 울먹울먹해져 시동은, 눈을 보낼 데라곤 거기밖에 없었던지, 문잘배쉐 쪽에다 넋을 보내고 등신이 되어버렸다. 이것은 그리고, 처음, 고향이라는 우멍거지를 벗고 동정을 떼이는 젊은네들이, 아파 못 견디는 그중 어려운 시각인 것이기는 하다. 생채로 귀두를 들어내는 그 순간, 저 뻘건 살에 대해, 세상은 갖다가시나 헤설픈 한데여서, 아주 '눈 오는 벌판이다.' 특히 이런 시각에, (사돈의 팔촌까지 한자리 모여) 마을 꾸며, 오복조복, 또는 아등바등 살아보았던 것들의 거소(居所)집착증, 또는 귀소(歸巢)본능이라고나 일러야 할, 그 펜리르(Fenrir)가, 묶인 끈을 끊고, 순식간에 팔공산보다도 크게 불어나, 아으 어머니, 의 치마폭 벗어난 까닭으로 '왜소하고 외롭게 된 혼'을 찢어발기려 덤빈다. 헤맬 까닭이야 있든 없든, 집 떠난 이들마다 그렇기에, 말씸디렸더냐, 안 디렸더냐, 흰옷 입어 기다려 사립짝을 지키는 어머니보다, 연분홍 치마 입고, 마을 길에 나서며 핼꼼거리는, 옹가년의 영상이라도 가슴에 품어야 한다고 이른 것이었거늘. 흰옷 입은 자애(慈哀)스러운 얼굴은, 헤매는 자에게, 왠지 한숨과 한기를 일으키고, 연분홍 치마 입고 (흐흐흐) 아짱 아쌍 골목을 나가며, 핼꼼여쌌는 얼굴은, 그 가슴 밑바닥에서, 횟배와 같은 상스러운 아픔을 일으키며, 모닥불을 지펴내는 것이다. (이따위로 느려터진, 유행가 한자리 부르는 중에, 우리들의 시동이는, 마려운 오줌을 누었는가 모르겠네?) 참으로 별일이게도 헌데, 때에, 시동이가 그리움을 다해 건너다보고 있는 그쪽 하늘을, 한 마리의 흰 비둘기가 날아오고 있었는다. 그렇다, 날아오고 비둘기가 한 마리 있었는다! 그것이 그냥 시동이 자기와 아무 인연 없이, 그것의 갈 길을 가버린다 해도, 긴 장마를 겪은 노아께 그것이 '감람잎'의 소식이었던 것처럼, 하나의 생명도, 소리도, 움직임도 없는 가문들을, 오늘 하루 동안에 사십 주야를 겪은 시동이에게도 그것은, 감람 잎이었으며, 소리였으며, 소식이었다. 어디선가는 비가 내리고, 생명들이 장(場)을 차려, 떠들썩이고 있는 그 소리, 그 소식—. 그것이 그냥, 자기의 머리 위를 날아가 버린다면, 분명히 울고 싶을 것이라고 생각했으면서도 시동은, 그것 자체가 하나의 사건이며, 위로라고, 그래서 그것이 나는 자리를 통해, 무슨 소통의 오솔길이라도 트여지고 있는 듯이 여겨, 시동은 거의 종교적이랄 심정으로 그것을 마중했다. 먼 길을 날았든, 아니면 그것에게도 들의 적막이 무거웠든, 비둘기는 느리게, 그리고 힘들어 그러는 듯, 조금은 빙충스럽게 날아오고 있었는데, 가까워졌을 때 (시동이) 보니, 그것은, 솔개도 아닌 것이 솔개모양, 발톱에 뭔가를 꿰어 차고 있었다. 그것은, 어디를 향해 날다 보니, 하필 시동이의 머리 위를 지나게 된 것은 아니고, 시동이를 찾아 날아왔던 모양이어서, 시동이 앉은 자리 가까이 닿아서는, 시동의 머리 위를 한 바퀴 돌더니, 발톱에 꿰차고 있던 것을, 시동의 무릎 위에 떨어뜨려 주는 것이었다. 그리고 그것은, 왔던 방향으로, 이번에는 물 찬 제비 꼴로, 되날아가 버렸다.

그 비둘기가 떨어뜨려 준 '감람 잎'은 한 덩이 빵떡(wafer)이었는데, 문잘배쉐 성민이라면, 잘 알고 있는 음식이 이것이었다. 그것은, '염원을 이뤄주는, 성스러운 돌'이 챙겨주는 것으로서, 옛사람들이 '만나'라고 일렀던 것이 그것이었는지도 모른다. (사실은, 저 '염원을 이뤄주는 돌'이 챙겨 내주는 음식의 식단은 다양해서, '식탁에 둘러앉은 누구나의 입맛에 좇아, 원하는 대로 차려져' 나왔으되, 이 저녁 시동은, 자기만의 식단을 염두할 처지도 형편도 아니었으니, 저보다 더 호사스러운 음식을 바랄 수는 없었을 것이었다)

시동은 그랬기에, 고통하는 어부왕이, 전신의 기력을 다해 고통을 참으며, 저녁 식탁에 앉아, 시동이 자기를 염려해주고 있다는 것을 알았으며, 왕은 또, 시동이 자기가 무엇을 위해 성을 벗어났는지, 그것까지도 짐작해 알고 있으리라는 믿음도 갖게 되었다. 했으니, 그 감격으로, 일어서, 문잘배쉐 쪽에 대고, (美里에서 왔다는, 순례자 흉내를 내) 합장해서는 무릎 꿇어 절하고, 또 일어서 무릎 꿇고, 했다. "어째 이리도 시간은 더디게 흐르는가? 그것이 흐르기는 흐르고 있는가?" 탄식해쌌던, 아버지 같던 그 늙은네가 불쌍해, 술 처먹는 해적이, 쏟기는 술로 앞자락을 적시기모양, 시동은 눈물로 가슴을 적셨다. (예의 저 비둘기는, 시동이가 어디에 있든, 어부왕의 치리 내의 구역이면, 매일 그 같은 시각에, 예의 그 만나를 가져와, 시동의 무릎 위에 떨구어주고, 되날아 가곤 했다)

밤은 그리고 왔고, 이 밤을 시동은 앉은 자리에서 새우기로 했으며, 새벽빛의 첫눈이 트는 대로, 힘에 용기를 섞어 염통에 모으고, 용기에 힘을 섞어 뒤꿈치에 뭉쳐, 독수리처럼 땅을 박차보려, (이 저녁은) 뒤꿈치를 사태기 새에 모아 (삼각 진 좌세로) 뜨뜻이 데우려 했다. 시동도 모르고 나선 것이 아닌 것은, 자기가 오른 길은, 구사일생(九死一生)도 어려울 만큼 신산험로일 것이라는 것. 시동은 그리고, 두 뒤꿈치를 사태기에 모아 책상다리한 두 무릎 위에다, 오른편 볼태기를 얹고, 잠을 청했다. (이 경우의 '책상다리'는, 시동이, 두 정강이뼈와 두 허벅지뼈를, 네 개의 책상다리처럼 세워, 제상에 삶은 돼지머리 얹듯, 무릎 위에 머리통을 올려놓은 형상을 말함이렸다. '양발을 개어 앉는 좌세'의 형상이라 하되, 文盲도 앉을 때마다, 책상을 앞두고 앉던가? 책상 짊고 다니다, 앉을 때마다 앞 놓은 사람 봤는가? 계집 앞에 하초 꼬나들고 앉아 있는 좌세는 뭐랄 것인가? 흐흐, 걸 石田耕牛坐라는 겨. 松下老仙坐는 왜 없는가? 本 稗官은, 양발 개 앉는다는 橫坐에 대한 縱坐로 '책상다리'를 이해해, 그렇게 써오고, 그렇게 써갈 것이다. 咄, 小說하기의 雜스러움!) 그러자, 고통을 참느라 납월달모양 납빛을 띤 찡그린 어부왕의 얼굴이 떠올라, 새로 마음이 언짢았는데, 어부왕의 그 고통하는 얼굴은, 시동에게는 어째선지 늘, 교회당 벽의, 나무 십자가 위에 못 박혀 있는 이의 얼굴과 겹쳐져, 한 얼굴이 되곤 했었더니, 이 저녁에도 그것은 마찬가지였다. 그러면 문잘배쉐와 '수난하는 이의 몸'이라는 회당도 또한 겹치는 것이었는데, 그때마다 시동은, 그를 예배하는 자들이 오히려, 그를 처형해, 교회당에 유폐해버리고 있는 듯이 믿겨지는 그이를, 어떻게든 보듬어 내리지 않으면 안 된다고, 마음을 굳히고 해오던 터였다. 이번에는 어부왕의 그 고통하는 얼굴이, 시동을 울게 했다, 울다 시동은, 잠에 들었다.

때에, 그 광막한 황지에로도 달이 떠올랐는데, 독사까지도 달빛 아래 차려 나서는 것을 보면, 무엇에게나 안위로 부드러운 것이 달빛이었으니, 시동이의 잠도 부드럽게 덮어주었을 터, 시동에게도 어머니가 있다면, 걱정하시지 안 해도 되시리다. 달빛도, 잠과 같은 머큐리액(液)이어서, 그 달빛에 덮이면 대지도, 그 무량겁의 세월과, 중력이라는 운명, 그리고 비·바람·서리·눈·가뭄 따위, 모든 가학적인 것들의 뾰족한 손톱이 할퀘여 낸 상채기나 딱지에 덮인, 그 불모와 황폐 밑의, 타는 아픔에 휴안(休安)을 얻고, 새 살을, 그리고 새 깃털을 돋궈내는 것인 것—동이 트는 대로, 대지는 그러면, 날아오른다. '돌'이 되어 밤에는, 어디 무소(無所)에 숨어 잔다는 그 '불새'는, 무소에 숨기는커녕, 차라리 무방비로, 또는 수용적으로 자신을 훨씬 드러내 버리는 것은 아닐라는가? 훤히 보이는 것은 (누구도) 찾지 않으므로, 찾아지지 않는다.

2. 카마(愛)

광야. 선바위[立石] 아래, 잠에 꾸드러져 누운 시동. 열 사나흘 달.

시동이가, '해골이 된 골리앗의 두 눈두멍' 같다고 본, 두 개의 혈구(穴口)를 열고 있는 언덕 아래, 웬 인기척, 왁자지껄할 정도. 해골의 빈 눈구멍 속에서 구더기가 버글거려 나오듯, 그것들은 그 혈구를 통해 나왔을 것인데, 대략 십여(十餘). 궁인(宮人)이 바깥출입을 하려면, 그렇게 얼굴을 가렸던지 어쨌던지 알 수는 없으되, 가면무도회라도 나온 듯, 얼굴엔 모두, 자기들 취향대로 탈을 써, 예를 몇 들어 보이면, 어떤 것은 뿔을 단 암소, 어떤 것은 꽃의 요정, 사슴, 곰, 벼슬 단 새, 라는 식이어서, 모두 사람의 말을 하고 있어도, 그 정체는 알 수 없을 뿐이다. 달빛 아래서는, 그 색깔들이 분명하지는 안 했으되, 어쨌든 붉거나, 푸르거나 흰 비단옷들을 두른 데다, 말소리 또한 그랬으니, 그들 모두 여성인 건 분명한데, 시동이의 꿈의 눈[夢眼]에 보인 그들은, 틀린 루타[相, 象]에 틀린 아르타[義, 意]가 접붙여져 있어, 시동이의 잠의 의식을 교란하고 있다. 이들이 타고 온 여남은 조랑말들은, 여기저기 선 채 말라죽은 나무둥치에들 매 두고 있다.

주술에라도 들씌운 듯 잠자며 시동은, 피식피식 웃고 있다. 문잘배쉐에 머물었던, 어디 먼 고장 유리(羑里)라는 데서 왔다는, 그 이상한 순례자가 했던 소리대로 하자면, 갓 죽은 주검들이, 죽었으되 당분간은, 모든 것을 감지하는 능력을 갖는다고 했는데, 자기는 현재, 말하자면 갓 죽은 자의 상태에 있는 것은 아닌가, 시동은 그런 생각도 하고, 그렇다면 시동이 자기는, 죽은 경험이 없으니, 죽지도 않은 채, 어떻게 실족했든, 중음(中陰, 바르도) 속으로 발을 들여놓고 있는 중일지도 모른다는, 생각도 했다. 또 아니면, 얼마 전, 동정(童貞)의 기사 파르치발이, 원했건 어쨌건, 성배비의(聖杯秘儀)에 참가되어졌던 것 모양, 이 저녁 시동이 자기 또한, 그런 어떤 비의에 가담되어져 있는지도 모르겠다고, 그렇게도 시동은 생각하며, 아무튼 집 떠난 이 첫 밤은, 외롭지만은 않게 되었다고, 히죽히죽 웃었다.

저것들 중에, 암소 머리를 달고 있는, 늙은 목소리의 잡종 하나가, 윗자리를 차지해 있고, '마님'이라고 불려지는 것으로 보건대, 다른 것들은, 저 늙은 암소의 시녀들인 듯했다. 이 암소의 발치에, 달을 정면해, 비둘기도 같고, (시동이 상상하는) 불새도 같은, 새 대가리의, 아담한 몸집의 잡종이 앉아 조잘거리는데, 특히 이 새가, 시동이의 꿈의 눈을 도려 파내고, 그 자리에다 옻즙(汁)이라도 넣어준 모양이었다. 시동은, 시작해서 웬일로, 횡격막 부위가 생 가려워 못 살겠다고, 그 부위를 긁어댄다. 헤르메스 신이, 이놈께도 수음법쯤 가르쳐줘야 할 모양이다. 안 그랬다간 이눔 별수 없는 가슴팍이나 북북 긁고 두들기다 뒈지고 말 일이겠다. 예의 저 '이상한 순례자'가, 그냥 지나가는 말처럼 일렀던 '둠모(Tumo, Tbtn.) 선정법'도 대략은 이와 비슷한 열(熱)을 일으켜 내기거니, 그때 잘 들어뒀었어야지 이눔아, 횡격막 부위는 아무리 긁어봐야 별수 없는 겨. 또래는 또래끼리, 어떤 보이지 않는 촉수로, 서로를 감지해내는 모양인데, 그 어투나, 치마폭 아래서 출렁이는 몸짓 등으로 미루어보아, 저 새는, 그들 중에서는 그중 어린 듯했다. 아으, 달꽃이 한 덤불 푸르쭉쭉 핀 자리에, 한 마리 불새가 달 품어 있다. (그 아닌 자리, 보이지 않은데, 똥독에 빠진 똥개 그림자 같은 패관이 쭈구시고 앉아, 귀로 소리들을 야금거리고 있는 것도, 어스무레 보인다. 똥 있는 데 똥개 있듯이, 계집들 있는 자리, 어찌 그가 없을쏘냐. 해도, 계집 보채는 놈들치고 맑은 얼굴 해 갖고 있는 것 보았느냐, 저 늙은탱이[蕩兒] 도, 그러자니 저승꽃에 덮이고, 흘린 게거품에 썩어, 젊어서보다 덜 아름답구나. '色'을 탐하듯 學文을 그리했더면, 얼굴이 왼통 글자판이 되어 설람에, 그 얼굴 읽은 누구라도 기껍지 안 했겠으료?)

마님 우리들의 발키리(Valkyrie)님께 경배하자. (모두 달을 우러러 축수한다)

것1 (축수하던 손을 가슴에 모두며) 저 시동이께, 신과, 어부왕님과, 발키리님의 축복이 함께하시기를! (그리고, 마님을 향해 散文調로) 파르치발님과, 저 시동이가 쇤네들의 희망이 아니리까?

것2 파르치발님은 떠난 후, 생사도 알 수 없으나, 바람결에 들리기론, 어디서 검은 얼굴의 발키리님께 붙들려, 세월도 잊고 있다잖으? (한숨)

것11 성(城)에 있었을 땐유, (비둘기도 같고, 불새도 같은 새 대가리의, 아담한 몸집의 잡종이, 동면하는 중치 곰 같은, 시동이를 건너다보며) 저 시동이 말여요, 파르치발님 얘기가 나와서 말씀일 뿐여요, 덩치만 멋대가리 없이 중소만 하게 큰 데다, 눈치도 없이, 노상 누구의 치마폭이나 밟고, 망아지 냄새만 풀풀 풍겨싸서, 미워 똑 죽겠더니 (쿡쿡 웃는다) 성을 나서자마자, 파르치발님의 반은 되게, 씩씩해 뵈는 건 참 우습제유? (모두 웃는다)

것3 얘, 너 말이지, (웃음 웃어, 핀잔 투로) 소풍 와서까지도, 파르치발님 반은 되게 늠름한 망아지의 엄마 노릇 하려 하니? (모두 웃는다)

것11 언니두 참! (일부러 짜증 낸 목소리) 건 말씀 같지도 않네유!

마님 성주님의 마음이야 오죽하시겠냐만, 다음으로 저 애('것11') 속도 많이 아프고 쓰릴 게다. 저 시동이가, 성주님 낚시질하시는 데 도와주러 다니기 전까진, 유모 뗀 뒤부터 시동이는, 말하자면 저 애 손에 큰 셈이 아니냐?

것3 전 때로, 저 둘이는, 씨도 배도 달라도, 누이동생이나 아닌가, 둘 사이의 나이 차이를 잊을 때는, 쌍둥이나 아닌가, 그렇게 착각하기도 해왔구먼요. 저 애 소맷자락은, 시동이 코 닦기로 노상 번들번들했잖아요? (모두 웃는다)

마님 (잠에 꾸들어진 시동이를 건너다보며, 혼잣말하듯) 아서 왕성(王城)의 원탁(圓卓)의 '위험의 자리'가 아직도 빈 채, 주인을 기다려 있다는데……, (명랑한 음성을 꾸며) 이럴 줄 알았더면, 성배(聖杯) 전에 빌어, 뭐든 먹고 마실 걸 좀 갖구 왔었더면 좋았을 걸 그랬구나.

것4 그러게요. 의식[聖杯儀式]이 끝나기가 무섭게, 바삐 나서다 보니 이렇게 되었구먼요.

것5 저도 생각 안 했던 건 아니었었니다만, 잠시 하는 마을인 데다, 이 밤중에 음식 싸 들고야 소풍을 하겠느냐구, 하는 생각에,

마님 (마음이 언짢은 음성인 듯) 글쎄 말이다, 우리사 그렇지, 그렇지만 두 시동이를 볼 수 있으면 보겠다는 생각만 했지, 시동이 굶주렸을 것 생각은 못 했던 게 탈이구나.

것6 사실은, 시동이 여기 어디쯤 머물러 있을 것이라는 믿음은 거의 없었잖아요? 시동이 걷는 걸 따라 붙이려면 늘 숨이 차고 그랬거든요.

것7 전, 시동이를 볼 때마다, 어디서 왔는지, 어머니 얼굴이라도 기억하는지, 늘 좀 궁금하고 짜안스러웠드랬는데요, 숲 가운데 재[灰] 나무님까지도 알 수가 없다잖아요? 성에서 알기론, 성주님께서 낚시질을 가셨던 어느 날, 그 호수 위에 둥둥 떠 있는 바구니가 하나 있어, 건져 올려 들여다보니, 사내아이가 하나 곤하게 잠들어 있어, 보듬어 왔다는 정도…….

것8 그렇다면, 시동이의 엄마 되는 여자는, 문잘배쉐에 살며, 아주 가까이에서 자기의 애가 자라는 것을 지켜봐 왔을지도 모르겠군요.

마님 성주님이나 나도, 그런 추측을 해보지 않은 것은 아니었다만, 그해 그 새벽엔, 천기에 밝은 태학사에 의하면, 백 년에도 한 번 있을까 말까 한 이변이 있었다 하는데, 바다가 역류해왔다는 것이었더라. 민물고기에 섞인 짠물고기, 예 들면, 이 고장에서 숭배하는 연어 따위며, 흙 속에 섞인 염분 등, 그 증거는 많은 듯했는데, 그 주장을 믿기로 한다면, 저 애의 어미 되는 이가 반드시 문잘배쉐 여성일 필요는 없다는 추측도 하게 했었지. 그러니 그 바구니는, 호수의 위쪽에서, 도랑이라고나 해야 할, 어떤 작은 강을 떠내려왔었을 수도 없는 건 아니지만, 성주님께서는, 그 애에게 쏠리는 애정의 까닭도 섞어 '떠올라 왔었을 것'이라고 믿으시는 눈치이셨다. 전에 바다였다가, 그 바다가 한번 떠나서 되돌아오지 안 해 뭍으로 변해진 고장에론, 바다가 그렇게 한 번씩, 밤에라도 돌아와 보는 것이 아니겠느냐고…… 글쎄다…… 다 구워놓은 빵에다 오줌을 갈긴다 해도 밉지 않은 애가 저 녀석이지만, 이래서도 저래서도, 성주님께서는 각별히 저 애를 귀애해온 것은, 보아 모두 알거를?

것9 그렇담, 시동이께 이름이 없는 데두, 무슨 이유가 있었던 것이었나요?

마님 건 오랫동안, 저 애가 저 나이가 되도록 묻는 이가 없던 물음인 걸 깨닫게 되는구나. 성주님께서 어찌 저 아이에게 이름을 주려 하지 안 했겠느냐? 그래 생각이 많으신 듯했었다. 기억나는 예를 들면 '바다의 아들', '바다의 허벅지에서 낳은 아들', '바다가 뭍에 와서 분만한 아들', 또는, 심지어(웃음) '물총새'(Kingfisher)라는 이름까지도 생각하셨는데, '어부왕'(Fisher King)과 어디쯤에서 어맥(語脈)이 닿고 있었던 이유였을 것이었다. 당신의 아들이라고 믿어버리신 것이었겠지. 이름 속에, 꼭히 '바다'의 이미지를 섞어 넣으려시기는, 한번 떠난 뒤 돌아오지 안 해 가문 고장에다, 녀석이 새로 수로를 터, 그 바다를 되불러 왔으면 하는 염원이 있었을 것이었다. 그러고도 이상스레 비약해서는, 녀석은 불새가 낳은 달일지도 모른다고, 불새와 관련된 이름들도 몇 생각하셨더랬지그리. 따지고 보면, 황지(荒地)의 물총새는, 불새의 이미지에로 바뀔 소지도 없잖아 있기는 있다. 안 그런가? 그러시다가 결국은, 저 애 스스로 제 이름을 찾도록 내버려 두기로 한 것이 이후 무명의 시동이 된 것이었다. 저 애의 이번 가출이 얼마나 오래 걸리게 될 것인지는, 아마도 저 애 자신도 모를 게다만, 제 이름 찾기 같은 것이기도 하겠지. 그러면 저 태어났던 고장도, 제 아비나 어미도 찾게 될 것으로 추측하고 있다. 어쨌든 저 시동이는, 두 개의 모태에서 태어난 아이인 것만은 사실이다. 어쨌든 그냥 '시동이'라고 부르는 게 편하고, 정 있고 그랬더니라.

것10 럼펠스틸트스킨(Rumpelstiltskin)모양, 저 시동이도, 제 이름을 어디다 숨겨놨겠쥬? (모두 웃는다) 전 그런 얘기를 들을 때마둥, 모세님을 떠올리게 되더군요.

것7 아 제발! 문잘배쉐의 모세였으면! 문잘배쉐를 덮은 저 나쁜 주술, 황폐의 주술을 깨뜨려줬으면! 그래설람, 우리를 이 광야에서, 젖과 꿀이 흐르는 고장에로 이끌어줬으면!

것11 언닌 꿈도 야무져유! 헌데 모세나 시동이만, 바구니에 담겨, 강을 떠내려왔던 건 아니라는 걸유.

것4 호우 그래?

것11 전 아직두요, 그 얘길 믿을 수가 없긴 하지만유……, 그 순례자의 말씀을 따르면, 같은 한 종족 중에서, 먼저 온 이는, 광야의 은총이었다고 하는데, 다음 저주로 온 이도, 똑 그런 바구니에 담겨 떠내려왔다더라구요.

것7 너는, 젯밥에다 또 무슨 재를 뿌릴라는 겨?

것4 너, '그 순례자'란, 어느 순례자 얘기네? '이상한 순례자'는 아니겠지러?

것11 아휴—, 언니는 늘 저렇다니까!

것4 늘 저렇다니?

것11 누가 '이상한 순례자'랬어유? 관두겠어유!

마님 그래? 건 여간만 흥미로운 얘기가 아니군 그래, '저주'라면,

것11 유다 이스카리옷[8]랍습지요네.

마님 유다라? 유다 이스카리옷이라?

것11 네, 맞아유!

것8 그, 그렇다면요 마님, 저 시동이가, 그 둘 중의 하나일 수도 있는데 말씀이와요,

마님 ('것8'을 향해) 저 시동이가 그런즉, 어부왕을 팔아넘길 수도 있는, 그 유다일 수도 있다는, 그 말도 하고 싶은 게냐?

것8 (뭔지 민망한 것을 감추려거나, 탓을 돌리려는 듯) 검은 개 꼬리는, 석삼년을 흰 눈 속에 묻어놔도, 희어지지를 않는다더니, 쟤가 그 꼴이라니깐!

것11 제가 뭘 어쨌는데 그러셔요? 언닌 늘 나만 갖고 그러신다구요! 난 뭐 들은 얘기만 했는 걸유.

것8 이런 자리에, 자기의 주를 팔아넘긴, 저주받은 자의 얘기는 뭣 땜에 꺼내는 겨?

것11 얘기가 되다 보니 그렇다는 얘기지, 다른 뜻은 없네유. 얘기가 되다 보니 또 얘긴데, '주인'이 '종'을 파는 거야 당연한 일이라도, '종'이 '주인'을 파는 일도 있을 수 있겠남유? 그 대목은, 아무리 생각해도 풀려지지가 않더라구요.

것9 오른쪽 어깨를 내놓고 지내시던 그 '이상한 순례자' 말고, ('것11'을 턱으로 가리키며) 너의 순례자 말인데, 그이의 눈이며, 웃음이며, 어투 같은 게

너한테는 끈적거리지 않든?

것11 끈적거리기는, 그런 성자가 왜 끈적거린다구, 언니는 괜스레 흉을 보나유? (빠르게 聖號를 긋는다)

것9 난 말야, 그이가 쳐다보기라도 할 양이면, 속곳을 열두 겹 입었는데두, 그이의 눈빛에서 떨어져 내린 벌레들이, 스멀스멀 기어드는 듯해. ('것11'만 빼놓고, 모두 카르르 킬킬 찢어져라 웃는다)

것11 건 그이의 눈빛이 아니라, 언니의 속곳 아래가 그런 걸게유. (까르르, 킬킬킬, 잡종 여남은이, 잡종 웃음 웃는다)

마님 달빛이, 이슬은 없어도 풍더분해 좋구나.

것9 내가 하려 했던 말은, 사실은 말이지, 너의 성자님 흉보려는 것은 아니고, 그러니깐 그 순례자가, 그런 얘길 네게 들려줬더냐, 는, 그 말 좀 물어보려는 것이었지. 이러면 너 뭐, 속 낼 것 없잖여? 내게두 그런 스승이 하나 있었으면, 나두 너만큼은 똑똑해졌을 수도 있잖아? 있자나, 그러니 내게도 좀 가르쳐도고,

것11 ('뾰로통'함을, 반만 남기고) 그랬네유. 글구, 읽기도 했네유. 그이 말씀으론, 그건 금서(禁書)에 속한 것이지만, 'Tchacos本(Codex)'『유다福音』(*The Gospel of Judas*)(National Geographic 英譯本, 2006)이라는 외전(外典)에 의하면, 유다는, 그런 역을 맡도록, 운명적으로 예정되었던, 어쩌면 축복받은 선택된 자였다고 하데유. (마님을 향해) 그렇다면 그도, 주의 어떤 대의나 목적을 위해, 주와 다른 쪽에서, 아주 큰 몫을 담당해 있었을 것이라고 하던데유.

마님 저 애 속이 깊은 줄은 알고 있지만, 저만큼이나 깊은 줄을 몰랐댔구나. 건, 처음 듣는 애기다 보니, 충격적이기도, 그리고 뭘 새로 고려해보게도 하는 얘긴데, 매우 흥미로운 것만은 사실이다. 그러니, 네가 시동이 얘기에, 유다를 끌어들인 건, 험담하자는 것은 아니었댔군. 그렇지?

것11 (생기를 찾고) 하온데, 소녀가 그 순례자로부터 또 들었삽기는, 유다는, 모세—카인—오이디푸스라는, 셋의 인격체, 아, 아니겠삽지요, 셋의 전설체(傳說體)라고 해야겠삽지유, 하나가 되어 있는 자더군유.

마님 그, 그런 수가! 궁금하구나!

것11 말씀드린 바대로, 유다 또한 모세처럼, 바구니에 담겨져 떠내려와, 스카리옷 왕비 손에 자랐는데, 이 왕비가 그런데 뒤늦게 회임을 하게 되었다누요. 아들을 낳았다는뎁쥬, 유다는 그가 자기의 친동생이라고만 알잖았겠나유? 그러자부터 왕과 왕비의 사랑이 그에게만 쏠리자, 질투나 뭐나 까닭은 많았겠지유, 'Siblings Rivalry'라는 것 있잖아유? 유다는 종내, 그 동생을 살해하기에 이르렀다는군유. 그러곤 도피 길에 올랐다, 예루살렘에서, 빌라도와 인연을 갖게 되고, 빌라도네와 인접해 있는 과수원의 정원사를, '능금' 몇 알의 까닭으로 죽이게 되는데, 바로 그 원정이 유다의 친아버지였다누요. 그 미망인이 아직도 젊고 아름다운지라, 빌라도가 유다의 부인으로 삼아주었더라는 것이옵지유네. 어머니를 부인 삼은, 두 번째 오이디푸스겠남유?

마님 끔찍도 하구나! 그렇게 기구한 운명일 수도, 유다도, 있을 수가 없구나! 그의 삶은 우리도 알지만, 그런즉 그의 죽음이 어떠했을꼬? (혼잣말) 아담의 능금…… 유다의 능금…….

것11 그 부분은 아주 조금 밝혀져 있는 것으로 아옵니다만……. 그래두 그는, 자기 무덤에 표지는, 당당하게 남겨뒀더라 하옵네다. 힌 놈의 골짜기의 동남 예루살렘과 골짜기 맞은편 후미지고 나그네의 발걸음이 여간해선 머물지 않는 한곳에 오래되고 볼품없는 움막집이 한 채 있었는데, 그 움막집의 사립문 한쪽 기둥에 '가리옷 유다'라는 문패가 걸려 있었더랍습죠.

마님 물에 투신자살하는 이들이, 둔덕에다, 신었던 신발을 벗어놓아, 표지를 남긴다는 말은 종종 들었다만…….

것5 타관에서의 죽음이 꽤는 슬펐던가 보죠? '스카리옷 지방 사람 유다 이곳에서 죽다', 뭐 이런 거겠나유?

것9 (감추는 듯이 하며, 사실은 드러내 보이는 하품을 하고, '것11'의 손등을 토닥인다.) 각설이[吟誦詩人 등] 나 땜쟁이, 방물장수들은 빼고 말인데, 금욕주의를 노상 입에 걸고 사는 순례자들은 거시기가 없는 이들이라는 말이 맞든?

것11 (주먹으로, '것9'의 등짝을 쿵 소리가 나도록 쥐어박는다) 언니의 그 늙다리 음송쟁이도 뼈가 있습뎌?

것9 저 애가, 늙은네 형편까지 훤히 알고 있네?

—하그르 히킬킬, 흐흐륵 클클클, 잡종 여남은이 잡종 웃음 웃는다.

마님 ('것11'을 향해) 넌, 거, 매우 무시무시하고, 섬뜩지근한, 그래도 매우 흥미로운 얘기를 많이 알고 있구나그리.

것11 소녀 따위가 웬걸입쇼?

것1 시동이 낚시질에 따라나서기 시작한 때부터, 저 앤, 눈에 안 보인다 싶어 찾아보면, 도서관 한구석에 처박혀, 뭘 읽는다고 해싸서, 저 스스로 눈 밖에 난 애가 아닌가요? 시동이의 까막눈도 저 애가 띄워줬잖아유? 낚시질에 따라나설 때도, 뭐든 읽을 것 하나는 품에 넣고 나서는 시동이나 저 애, 어쩌면 도서관의 그 많은 책 다 읽었을걸요. 어느 나투룸한 기사 한 분이 맡기고 간 것 말고, 저 애 출신이 늘 좀 궁금했드랬는데, 저 많은 당당한 기사님들도 까막눈이 대부분인데 말씀이와요, 저 앤 어디서 눈을 띄웠던지,

마님 저 애 출신이야말로 저 달님만큼이나 당당하지. 마는, 여기서는 그냥 한 유학생일 뿐이니, 출신 알 필요 없잖으냐? 그리고 시동이 놈이야, 노상 동화나, 전설, 무용담 같은 것이나 읽었지, 놈은 아마, 무슨 왕자나 기사가 되려 작정을 했을 게다. (웃음, 모두 웃는다) 그래서 성주님도 저놈 언제든 떠날 줄은 알고 계셨다. 마는, 이 노파(라고 자기를 칭하기는, 이 달빛 아래서이다) 생각에, 놈은 기사 되기엔 이미 글러먹은 놈이었다. 진짜로 용감할 수 있는 기사는, 첫째 무식해야 되는데, 그럴 때만 '정신은 육체의 도구'로 쓰이기 때문이다. 사자의 몸뚱이는, 사자의 욕망의 도구가 아니드냐? 누가 일단 글자의 맛을 알기 시작하면, 뭐든 생각하려 들고, 그러면 육체가 정신의 도구화할 위험성이 따르는 것. 이것을 알고 계시면서도 성주가, 지치지도 않고 하는, 놈의 독서를 두고 '가만히' 즐거워한 데는, 그이 나름의 까닭이 있었을 터이다.

것9 그래설람, 멋진 기사분들 다 제쳐두고, 글자를 익히 읽는 이라면, 꼽추라도 사죽을 못 쓰잖아요? 순례자님도 그중의 하나였는데,

것5 글자를 아는 이들에 대해, 저 애가 후한 허벅지('Friendship of her thighs')를 갖고 있는 건, 문잘배쉐의, 글자 읽는 나귀도 알잖으? (빠르게 덧붙여) 이 '허벅지'를 반드시 '치마끈 풀기'에 접붙일 필요는 없겠네.

것11 (기죽은 슬픈 목소리로) 제가 그렇게나 밉나유? 눈 밖에 나도, 눈엣가시보담야 낫잖유?

마님 (허허, 웃고, '것11'의 머리를 쓰다듬으며) 모두 널 괘념해싸서 그러는 것이잖겠니? 하던 얘기나 계속해보렴! 오늘 이 노파가 많이 개안을 하는 것 같거든.

것11 그, 그, 그래설람유, 그게 자꾸 마음에 켕기고 해쌌던 중인데, 호동어디 유리라는 데서, 그 이상한 순례자가 오셨더랬지유. 모두 아시다시피, 그이는 시동이를, 손주나 어린 제자쯤으로 생각하신 듯했잖아유? 그이께 여쭤봤더랬네유. 말씀은 어눌하셨지만,

것9 그인 참 이상했었다누요. 성주님이나 시동이와는 곧잘 말씀을 하시다가도……, 하기야 시동은, 노상 무슨 독룡 퇴치하여, 공주 얻어 행복하게 잘 살았더래, (모두 웃는다) 꿈만 꾸느라, 전혀 듣지 안 했거나, 반죽해놓은 밀가루 덩이 같았으니, 다른 말 할 필요는 없겠지만서두요…… 우리 중의 누구라도 만나 뭘 말씀하시려 하면, 금방 더듬기를 시작하고, 한참 동안은 맥이 영 잘 닿지를 안 했어유.

마님 그건, 나도 안다만, 그건 그이의 생각의 구조가 그렇게 되어, 그 생각을 너희들의 일상용어로 통역하려 하면, 일순 어눌증을 드러내시곤 하는데, 그이의 고장 문법체계가 그렇게 되어서인지, 그이는 흔히, 주어를 생략해버리거나, 술어 앞에다 목적어를 놓거나, 시제나, 단수 복수를 혼동되게 쓰시기는 하지만, 성주님은, 그 문법체계가 어떻게 깨뜨려져 있는다 해도, 그들 간의 주제에 의해, 말하자면 멋지게 통화하실 수 있었던 걸 게다.

것3 그 순례자께서는, 자기는 돼지치기네서 지내는 게, 궁중에서 지내기보다 훨씬 더 편해서 좋으시다고, 굳이 돼지치기네서 지내셨는데, 둘(순례자와 돼지치기)이는 여간만 잘 어울리고 친한 게 아니었군요. 자기는 농부였다나요? 그래 무슨 농사를 하셨느냐고 물으면, 대답은 안 하셔서, 혹간 못 알아들으셔서 이러시는갑다, 하는 생각으로, 손짓 발짓 다 해서, 밭에다 뭘 뿌렸느냐고 시늉해 보일라 치면, 잔잔히 웃으시며, 빈 손바닥만 펴 보이셨댔지요. 우리들의 얘긴 거기쯤에서 끝나는 것입지요. (돌팔이 같으니! 稗官이 혼잣말한

다, '없음'[無] 도, '빔'[空] 도 씨앗이냐? 그럼에도 안포-타즈는, 그것을 두고, '우렛소리 같은 침묵의 법설'이라고, 숙연해 했을 테다)

마님 ('것11'을 향해) 네가 아까 무슨 말을 하려 했던가? 그래서 그이가 무슨 말씀을 하셨더라고시나?

것11 네, 저? ('것10'를 향해) 내 뭐라고 어디까지 말했었더라? 아, 알겠다, ('마님'을 향해) 네, 저, 그이의 말씀의 요지는, 대략 이러했었나이다, 어느 고장에나 없이, 그런 식 저런 식으로 버려진 아이들은, 흔치는 안 해도, 없는 것도 아니지만, 그런 영아들의 대부분이 역사나 야담(野談) 속에서 실종되어버렸음에도, 한 두엇만, 특히 인구에 회자되어 오고 있다면, 저들을 수태(受胎)한 채, 둥둥 떠 흘러온 그 바구니들은 그렇다면, 달리 생각해보아야 할 것 같지 않으시냐며, 그것은 눈에 보이는, 실제적, 인공적 바구니와 달리, 어떤 천기(天機)나 무기(巫氣)랄 것을 담은, 그러니까 어떤 종류의 밀종적 '야나'(Yana) 같은 것이나 아닌가 하는 생각도 드신다 하시더이다. 이 '야나'는, '바퀴'[乘], 무엇을 싣고 다니는 '수레' 같은 것을 이른다는데유, 저 '바구니'는, 보기에 좋아, 한편에서는 '胎'라고도 이를 수 있을 듯하며, 다른 편에서는 '召命'이라고도 이를 수 있을 듯하다고도 하시며, '胎'라는 경우는, '習氣'(Habit-energy, Vāsanās)의 문제를 거론케 하며, '召命'이라는 경우는, '遺傳된 陰氣'의 문제를 살펴보게 한다 하시더니다. 그래서 보면, 사람의 태어남에는, 크게 나눠보면, '습기나 소명'에 의해 태어나는 경우와, '갈마'에 의해 되돌아오는, 두 종류가 있어도 뵌다며, 웃으시더이다. 대개, '비범한 출산'은 전자에 속한다 하시더이다.

마님 쓰이는 어휘가 문잘배쉐의 것과 달라서 그렇든, 그 의미가 생소한 것이어서 그렇든, 이 노파의 지혜가 작아서 그렇겠지, 따라 붙이기에 거 여간만 난삽한 게 아니군. 다른 건, 사실 짐작조차도 되잖으나, '소명'이라면, 뭔지 느껴지는 것까지 없는 것도 아니구먼.

—돼지치기네 부엌방. 마당과 돼지우리를 내어다볼 수 있는 작은 南窓. 하루 두 끼니만 먹는, 美里僧께, 매우 이른 저녁 공양을 가져간 '것11.' 벌꿀술

(mead)과 잔이 올려진 상판을 앞에 두고, 늙은 중과 젊은 여자가 담소하고 있다.—

것11 '갈마'의 까닭으로 돌아오는 이들에 관해서야 별 의문 날 것은 없을 듯 한뎁쥬,

순례자 자네가 뭘 캐물으려는지 모를 것 같지는 않네만, 이보게, 천기누설하면, 어떻게 되는지 알거를? 튠시[春詩] 스러운 비유로 비유한달작시면, 천기란, 영감 설풋 잠든 틈 타, 얼른 마을 갔다 오는 길에 오줌 누고 돌아와 누운, 어떤 상전네 막내 첩 같은 것이거든. 의뭉스러운 머슴 놈이, 벼락불에 콩 구워 먹듯, 훔쳐 먹었다 해도, ……흐흐흐, 거 안 돼네, 발설했다 무슨 일이 일어나게?

것11 의뭉 떨고 계시네유! 지금 하신 말씀도 그런즉, 그게 천기누설 아니고 뭐겠에유? 아둔한 소녀까지도, 누구네 하인 놈이, 그 댁 마님과 놀아났다는 것쯤 환하게 알아버렸잖유? (마당 뒤적이든 돼지새끼들까지 놀래도록, 둘이는 웃는다)

순례자 덫을 피해 도망치려다, 함정에 빠졌군그래. 그래도 그렇지, 이 늙다리 중이 아무리 돌팔이라 해도, 그의 바짓가랑이를 붙들어 한사코 끌어내리려 해서야 되겠는가?

것11 그러심선 스님은, 처음 뵐 때부터 내두룩, 이 못난 가시나의 목덜미는 왜 자꾸 보셨나유?

순례자 헥, 이거 들켰군, 들켰어! 흐흐흐, 흠에도 어느 중뇌미, 연꽃이 곱다고, 연못가에 펴져 누워, 농조(弄鳥)질한 고름 연꽃에 쏟는 거 보았는가?

것11 힉, 힉힉킥, 소녀 같은 계집아이도, 조금은 예쁜 데가 있으께유? 하기야, 연꽃을 보기나, 계집을 보기에 다름이 없다면, 암툇 보듯 흠씬 건너다보셔도 안 될 것 없겠네유!

순례자 햐 이거, 이 미슬토는, 떼어내려 해도 안 되는구먼. (크게 웃고) 이 늙다리 땡중은 그런데, 이 낫살 되도록 아직 자네 말한 거기까지는 미치지를 못하고 있는 듯하다네. 그래서 돌팔이 못 면하는 것 아니겠남? (미슬토[mistleto], 이는 뱀파이어 플랜트[vampire plant] 라는 이름도 갖고 있는데, 특

히 참나무汁을 빨아 자란 것들은, 드루이드[Druids]의 仙藥材로 알려져 있다는 갑더라)

것11 다른 스님들을 들어 설하시기를, 그이들은, 심지어 선/악에 대해서까지도 구별심을 드러내시지 않는다 하신 걸로 기억하는뎁쥬, 연꽃과 호박꽃 가릴 일도, 필요도 없는 것 아니겠어유?

순례자 이보게, 자네 손은 젊어서, 늙은 뺨에 따귀가 아퍼! 그만해 두게나! 오죽했으면, 먼저 간 늙은네들이 젊은 옌네들의 아름다움을 두고시나 송장이 드러내는 '아홉 가지 변화'[九想觀]까지 설했겠나?

것11 히힉힉, 유리의 고승 한 분이, 배고파 죽어가는 늙은 호랑이를 보고, 불쌍하게 여겨, 자기 웃통을 벗어 먹이려 했었대랬더라는 얘기, 누구보다도 성주님이 감동했었드랬쥬? 허나 그 몸은, 소사니카(Sosānika, Frequenting of cemeteries) 고행 중, 기체(氣體)로 화해, 호랑이의 배를 채워주지 못했더라고 하시잖으셨나유?

순례자 에끼 이 사람, 어법은 완곡해도, 거 용서 못 할 소리를 하고 자빠졌구만! 이 돌중이 늙은네라고 깔보면 못써!

것11 히히힉, 힐, 소녀의 머리끄덩이를 끄셔유!

순례자 전에 자네들 앞두고, 잠깐 유리의 수도부들 얘기 비춘 적이 있었던 듯한데 말이시, 그네들의 고행의 목적은 '불감'(不感)이라고 하잖았던가? 반해서, 수도남들의 그것은, 그와 정반대되는 것이었다는 것, 얹어두겠네.

것11 그, 그러시니깐, 깐두루, 예를 든다면, 깐두루, 그렇군욥쥬, 쉽게 청각을 하나 예로 든다면입쥬, 수도부들의 경우는, 성한 귀로, 소리의 불음화(不音化)를 성취하려는 데 반해서, 수도남들은 들리지 않는 소리, 신들도 못 듣는 침묵, 또는 무음(無音) 따위를 듣게 되기까지 정진한다는 말씀이신가유?

순례자 자네가 슬그머니 딴전 피우고 있는 것도 모르지는 않네만,

것11 직접적으로 말씀드린다면, 스님은 포-노제나리안(Pornogenarian, 'a dirty old man')이어라유! (킬킬거린다)

순례자 (함께 흐흐거리고) 자네 공주님 말입습지, 상속받을 영지인지, 나라인지가 얼마나 크든, 자네만 한 암소라면, 시바(Śiva) 신의 땀방울이라도, 수

용할 만하겠구먼! 그 밭에 풍작이 있기 바라노라.

것11 축복에 감사하여이다!

순례자 말인데, 우리들의 말머리가, 썩 바랄 만한 방향으로 돌려져, 잘 달리고 있어 말인데 말이야, 이 낫살의 비구라도, 젊은 기사님들모양, 특히 자네 요조숙녀 말이지, 여기저기 핀 민들레 같지는 절대로 안 해, 희귀종이라 해도 틀릴 성부르잖는데, 그런 젊은 옌네를 보면, 숭배의 정이 일고, 그러자니, 아까 '구상관'을 말했네만,

것11 스님은 시방, 완곡어법으로시나 춘시(春詩) 한 수 읊고 계시쥬? (킬킬거리며, 볼 붉히며, 눈 흘기며, 호들갑 떨며, 순례자의 빈 잔에 술을 따른다) 소녀는, '불감증'을 도모하겠나이다. 수도부의 신보시란, 그런 것 아니겠납슈? 그러구 보면 스님께옵서는, 문잘배쉐의 암톳까지도, 모조리 간(姦)하셨읍져?

순례자 쉿, 그래도 동네방네 소문만은 내지 말어! (힐힐거리느라, 잠시 말을 중단했다 잇는다) 비옥한 밭[9]이 있어도 황폐해져 간다면, 비구(比丘)란 근사남(勤事男)이라고도 이르거늘, 어찌 그 밭 갈아 씨 뿌리려 하잖겠는가?

것11 (웃음을 끊지 못하며) 비록 그러하시려 해도, 시동이 놈이라면 몰라도, 소녀의 개종(改宗)은 기대치 마셔유!

순례자 씨 뿌리는 자가 들에 나가 씨를 뿌릴 새 혹 마른땅에도 떨어지고 혹 반석 위에도 떨어지느니…….

것11 불감증을 도모하는 자궁은, 그 자체가 마른땅이나 반석 아니겠나이까?

순례자 자네 그래싸 봐도, 이 중의 눈에는, 말이지, 자네 말야, 유리의 수도부가 아니라, 불의 울타리에 갇혀 잠자고 있는 발키리라네. 늙은 귀에도, 저쪽 가는 용감한 시구르트(Sigurd)의 말발굽 소리가 들리는 듯한데…….

것11 (조금 신중한 얼굴이 되어서) 생각보다 빠를 수도, 또 늦어질 수도 있겠지먼유, 무슨 그래야 할 사정도 있는 듯하구유…… (눈에 이슬방울만 한 눈물이 잡히는 듯했으나, 얼른 명랑한 얼굴이 되어) 성주님이나 마님께서두, 별로 더 가르칠 게 없다고 하시며, 귀국을 권하거든유. 두 분 공히 발군의 석학

이신 것은 아십쥬네?

순례자 건 좋은 소식이구먼!

것11 걱정은입쥬네, 소녀 같은 투미한 미련둥이가,

순례자 그 태도는 상찬할 만하구먼. 겸허한 귀는, 개구리나 당나귀울음까지도, 뜻 있는 소리라고 귀담아들을 거거든.

것11 하오니, 법음(法音)을 베풀어주시는데, 저어하시지 마셔유! 네?

순례자 흐흐흐, 흣! 자네 공주 나으리 말이지, 이 땡중을 국사(國師) 삼으려는 건 아니겠지맹? 그만두겠네! 딴 데 가서 알아봐!

것11 너무 커서 들리지도 않는, 민중의 소리는 어떻게 듣나유? 사실은, 감지(感知)한다고 해야겠나유? '소명' 말씀이어유.

순례자 이 미슬토는, 떼어내려 해도 안 되는구먼! 아무리 이 늙은 중이 돌팔이라 해도, 그의 바짓가랑이를 잡아, 자꾸 더 끌어내리려 해서야 되겠는가?

것11 그러심선 스님은, 이 못난 가시나의 목덜미는 왜 자꾸 보시나유?

순례자 으? 흐흐흐, 흐흐읏, ……자네들이 어떻게 받아들였든, 그것은 자네들이, 상대가 중이라는 그 선입관 탓으로, 중 쪽에서는 해본 적도 없는 설법을 했다고도 이르는 것으로 아는데, 그건 아무렇게나 생각해도 상관은 없겠네만, 이 땡중더러 법설을 하라구? 안 하고, 누워 잘 일이지. 설할 법이 있어야 말이지, 안 그런가?

것11 '부처님은 아무 짓도 하지 않는 이'라기에 말씀인뎁쥬, 스님은 부처님이십쥬?

순례자 (재채기모양 캑캑거려쐈더니) 이 땡중을 '개새끼'[狗子]라고 이르는 말이겠네?

것11 건 또 무슨 새빠진 말씀이시께유?

순례자 '萬有有佛性'이라는 소리를 두고, 누가[趙州] 그랬다더군, '狗子無佛性!'

것11 해, 해해, 핵, '萬物은 다 金性을 갖고 있다', 또는 '萬人은 다 神性을 갖고 있다'고 하는 그 맥락에서는, 스님은 개새끼가 아닌 것은 아니겠어유.

순례자 (숨이 가빠 넘어가도록 흔쾌히 웃고) 뭔 소리로 자네가 개장국을

끓이려는지, 모를 성싶지는 안 해도, 그런 혀는 진종일 늘였다 해도, 한마디 말도 한 적이 없다는 소리 나오겠는걸.

것11 납이나 돌을 두고시나 金性이 있다고 일러도, 純金을 두고 金性이 있다고 하면, 여간만 이상하지 않잖아유? 마찬가지로, '더러운 늙은탱이'나, '영계 보채, 입 귀퉁이로 개기름을 줄줄이 흘리는 남자'도, 어쨌든 神性을 감춰 있다고는 말한다 해도, 神을 두고 神性을 갖고 있다고 말하는 것은,

순례자 이봐, 자네는 어쩐다고, 사람 앞에 두고, 그리도 옹골차게 면박을 주나?

것11 핵핵핵, 소녀도 '영계'스러운 데가 있으끄유?

순례자 이 늙은탱이한테는, 환갑 넘은 할마씨도 영계여. 그, 그런즉슨 갖다가시나, 이 돌팔이 중은, '개새끼'도 못 되으이!

것11 그러심 보디사트바이십쥬?

순례자 늙은 중이 바라기는, 한 번 더 반복해 말하면, 바라기는, 모든 유정이 다 이 고해를 벗어나게 되기겠구먼! 그러나 보디사트바는, 그것을 위해 뭐든 열심히 행하는 자라 하잖던가?

것11 (쿡쿡 웃으며) 이런 말씀 천만번 꾸중허셔도 어쩔 수 없네유, 스님은 돌팔이 부처셔유!

순례자 건 뭔 소려? 부처도 돌팔이가 있다는 말 첨 들어보누먼. (웃음 탓에, 입을 다물지 못한다)

것11 말씀하신 그 '바란다'는 뜻에서 보면, 보디사트바이신데, '행하지 않겠다'는 뜻에서 보면 부처로 보이니 그러합쥬 뭐.

순례자 야, 이거 참나무 한 대가, 미슬토 한 포기 탓에 하릴없이 쓰러지누먼! 아까 공주마마 물으려 했던 물쏨에 이 늙은 비구가 해 올릴 물쏨은, 돌아가서, 성배(聖杯)지기 늙은네나, 잘 건너다보라는 소리밖에 없겠구먼.

것11 그런즉 문잘배쉐의 황폐를 곧바로, 문잘배쉐가 불러냈다는 말씀이겠나유? 풍요롭게 살다 사람들은, 어째 하필 황폐를 꿈꾸오리까? 그것은 어떻게 극복될 수 있으리까?

순례자 우레가 하는 설법(Brihadāranyaka Upanishad)도 들어본 적

이 없었던가? 다(Dāmyata, Control, 제어하라)! 다(Datta, Give, 주라)! 다(Dayadhvam, Compassinate, —意譯이 용허된다면—서로 사랑하라)!

것11 그 벽력은, 아직도 숫총각을 못 면한 듯한데유! 좋은 제시는 현명한 이들이라면 누구나 할 수 있잖나유? 비가 따르지 않는 우렛소리는, 어디서나 간간이 들리지만유, 일고여덟 살배기는 그래서, 장가를 들여놔도 애를 못 만들잖아유? 운문적이기에는, 현재의 처지나 상황은 너무도 산문적인걸유! 그런 우렛소리 들려온 지는 무량겁 전부터였을 것이온뎁쥬, 종교적 고행자들까지 이 자리에 끌어들이려 하지만 않는다면유, 그래서 바뀌진 게 무엇들인지, 소녀가 너무 산문적이 되어서일랑가는 몰라두유, 소녀로서는 알 수가 없니다. 그건 기억에도 나지 않는 옛부터 울어온, 숫총각 벽력의 농조질의 되풀이 말고, 그래서 마른 풀잎이라도 하나 소생시킬 수 있었으께유? 외람된 말씀이오나, 스님도 노파여유, 실답잖아유! 말씀이 너무 많아유! 돌팔이 부처여유! 거별로 어울리지 않는 시늉 좀 덜 내셔유!

순례자 (일어나, 합장하여, 깊이 머리 숙인다) 할 만한 법설이 없다 하되, 그건 들어볼 만한 법설이로다. (둘이는 소리 내어 웃는다. 돼지 새끼들도 기겁을 한다)

것11 이거, 언제부터도 여쭤보려 벼르든 것인뎁쥬, 기회를 얻지 못했는뎁쥬, 스님의 안목엔, 이 우주 간 어떤 사물이나 존재 모두가, 그냥 무슨 거울이 비춰내는 그림자[影]나 허깨비[幻] 같은 것으로밖에 보이시지 않으신 겁쥬?

순례자 그 '거울'을 유리에서는 '마음'(Mind)이라고 이르는데, 문잘배쉐에서는 '심리'(心理, Psychy)라고 이른다는, 어떤 해박한 이(Jung)의 말을 빌려 써도 될랑가 모르겠네그리.

것11 유리식(美里式) 관법에는, 실물(實物)이란 그런즉 존재치 않는 것이겠습쥬? 안포-타즈 성주님의 상고까지도, 실재적인 것은 그러니 아니겠네유?

순례자 '마음의 우주'의, 하향식(下向式) 관법을 빌리기로 하면, 대개 그렇게 되겠지. 존재나 사물은, '알맹이'가 없어 '空'이라는 얘기겠지만, 근본적으로, 태어난 바도, 지어진 바도 없다는 얘기겠네. 저들의 '空'論은 거기서만 끝나는 게 아닌 듯해서, 그건 모순당착으로밖에 달리는 이해되어지지가 않는데, '斷見'(Ucchedadarśana, 虛無主義?)에 떨어져 내리려 하잖은 고투, 고행이 거기 보이더군. 상향식 관법, 즉슨 유리식 '몲'論은, '진화론'을 바탕으로 삼고 있다는 얘기는, 지금 또 하면 천두 번째나 될 거를? 하향식 관법에는, (아무것 하나) 본디도 없었으니[不生, Ajāta], 없는 것에서 무엇이 있을 수 있겠느냐[無生, Anutapanna]라 하되, 그건 흠잡을 데 없는 논리적 비약이겠는데, 그럼에도 '아'(阿, A-)라는 이 부정접두사(否定接頭辭)에, 특히 주목해야겠잖다구? 이 부정접두사가 그래서 보면, 하향식 관법의 흑혈(Black Hole)일 듯한데, 이 흑혈을 태혈(Womb Hole)화하는데 상향식(上向式) 관법이 쓰이겠네. 그렇다면, '阿'라는 부정접두사를 불러내게 된, 어떤 실체, 또는 그런 무슨 대상이 전제되어 있는 것을, 아무리 안 볼래도 안 볼 수가 없어 보다 보면, 저 부정접두어는, 매우 매우 역설적이게도, 그것이 부정하려 하는 것을 긍정하고 있다는 데로 눈을 돌리게 된다 말이지. 무엇이 있었기에, 그 무엇을 부정한다는 식인데, 이 탓은 언어 구조에 돌릴 수 있는 것만도 아닐 성부르구먼. 마는, 그 관법을, '마음의 우주'로부터 '몸이나 말씀의 우주'에로까지 확대 확장하려 하지 않는다면, '실다움'은 그것이라는 믿음 또한 없는 건 아니지. 다만 그 관법에, 전도가 있었다는 주장이겠는데, '몲'論의 입지는 여기에 두고 있는 것이겠네. 그렇다면, '몸의 우주'에서, 상향식(上向式)으로 관찰하는 결과는, 또 달라지잖겠남? 답박 덮어씌우기로 말한다면, 이 늙다리 비구는, 이게 이러면 천세 번째 반복이 되겠는가, '진화론'을 기조로 한 '몲'(몸+말+맘)론자(論者)인데, 그러해서 단정해 말할 수 있기는, 안포-타즈가, '몸'이나 '말씀의 우주'에 머물고 있는 한, 그가 앓는 상고는, 실재적, 너무도 실재적이라는 것이겠네! 아으, 이 한 비구는, '몲論'의 정립(定立)을 위해, 한 삶을 다 바쳤었구나! 이 '몲'론자는, 그 구부려진 부분은 펴고, 그 감춰진 것은 드러내려 했으며, 시들어가는 자리는 살려내려 하고, 둥치가 잘린 자리는 소생시키려 했으되, 모든 뜻있는 이들이 그러려 해왔음에 분명한, 없는 것을 있게 하려 하여, 무슨 씨앗을 뿌리지도 안 했으며, 못했다고 하는 게 옳겠는가, 왜냐하면 인류의 업적으로 삼는 말한 바의 저것들은, 이미 있어온 것만으로도 이 한 우주가 무너질 때까진 너무도 충분하다고, 믿었기 까닭이다. 그것들은 그러나, 하나하나가, 구멍만 뚫리고, 끈에 꿰어져 본 적이 없어, 인류는, 자기가 이룬 업적의 까닭으로, 차라리 더욱더, 모순당착의 심연에 빠져 허덕이고 있거니, 그리하여 마침내, 유리의 늙은 비구 하나가, 그 구슬들을 한 끈에 꿰어, 하나의 꿰미를 이뤘다고 말한다면, 서낭당 귀신으로부터, 자네네 하늘의 대신까지도 함께 일어나, 노발대발하고선, 자네네 로키(Loki)에 대해서처럼, 특히 이 한 돌팔이 중을 벌할, 새로운 형죄(刑罪)를 찾으려 할 것인가? 아니면, 이 세계가 송두리째 하나의 사원(寺院)이나 회당(會堂)으로 변할 듯싶은가?

것11 (순례자가 하던 뽄을 따, 일어서서, 합장하여, 고개를 깊이 숙인다) 아둔한 소녀가, 알긴 뭘 알아유, 마는, 알겠네유!

순례자 (한 잔 술을 단숨에 마시고, 자작해서 한 잔 더 마신다. 망연히 창밖을 내어다보다, 돌아와) 자네 '소명'에 관해서 말하지 안 했었던가? 그랬댔군, 그러구 보니 안포-타즈는, 하나의 위대한 소명, 우주적 소명에 불려 나온, 야누스의 한편 뺨을 펼쳐 보이지 안 했던가? 하늘 쪽 뺨은 '기독'이며, 땅 쪽 뺨은 '안포-타즈'가 아니었댔나? 그러자 둘의 어부왕(漁夫王)이 나타난 셈이구먼. 이 '어부'들은, 자네네 동네 인구에 매우 시끌장하게 회자되고 있는 어떤이(자라투스트라)가, 「꿀 공양」(The Honey Offering)(*Zarathustra* 4章)이라는 제목으로, '그리하여 나는 오늘, 물고기를 잡기 위해, 이 높은 산정(山頂)에를 올랐거니/누가 높은 산 위에서 물고기를 잡은 이가 있었던가?' 한참 쉰 뒤 계속하여, '아, 사실로 나는, 쓸 만한 생선을 잡으려는 희망으로, 그들의 바다에 그물을 던졌었으나, 그때마다 나는 늙은 신의 대가리나 끌어올리곤 했었더니라'라고(Of poets) 크게 떠든 소리가 있어—그는 그때, 저 심연에서 '성배'를, 건어 올린 것은 아니었겠는가? 마는, 그에게 그것은, 독수리와 뱀 등, 그의 식구들 저녁 식탁에도 올릴 수 있는 것이 아닌 것이었던 듯해, 적이 슬프다—들은 일이 있었더니, 이 늙은 비구도 그래서, 저렇게 목청 높인 이의 눈으로 보게 되어, 보고 보니, 저 어부왕은 그런즉, 문잘배쉐라는 저렇게도 쑤악한 황무지에서 물고기를 낚으려, 낚싯줄을 드리우고 있는 것도 뵈더라. 마는, 설마 젊디 젊은 자네까지도, 저 허무주의의 독생자(僞조로아스터)의 빈중거리고 비아냥거리는, 빙충맞은 넋두리를 곧이곧대로 받아들이려 하지는 않겠지? 처음 그는 대개 추상적이랄 얘기(abstract idea)로부터 시작했다가, 어느 일점에 다다르면, 그것을 팩 쭈그러뜨려(reducing), 일상적 언어(everyday idioms)로 감싸, 견고한 이미지(concrete image)화하는, 젊은 정신들을 매료할 화술이 있다고 찬양되어져 있는 것은 알지만, 그 기술(art) 탓에, 비극적이게도 신(보다도 더 abstract idea가 또 어디 있겠는가?)이 죽는다. 어디서 주워들은 말을 옮기면 이렇네라. '[……] reducing an abstract idea to concrete image by means of everyday idioms is of the essence of his art.'(*Thus Spoke Zarathustra*, Penguin Classics, p. 342, Notes 33) 이는 다름이 아니라, 저들은 '추상적인 것들은 잘 사유치 못한다'는 그 말이겠는데, 첨언해 둘 것이 있다면, 예의 이 말하기의 art는 天竺이라는 고장의 현자 시인들이 입만 열었다 하면, 써먹는 그것이어서, 듣고 또 듣다 보면 귀에 고름이 고이게 하는 것인데, 양자의 다름은, 하나는, 수증기가 올라 구름이 되는 쪽, 그러니까 concrete image를 abstract idea化하는 데 그 기술을 써먹고, 다른 하나는, 구름이 비가 되게 하는 데 써먹고 있다는 것이다. 그래서 천축에서는 神들이 버글버글 태어나 흔전만전인데, 그래서 湖西에서는 神들의 씨가 말라가고 있음인저! 계속하면, 후자는, 이 늙은네 편에서는 이렇게밖에 말할 수 없어 미안하지만, 한 찬달라(Chandala, 이는 'Fierce' Untouchable의 한 대명사로서, 僞Zoroaster가, 'Superman', 또는 'Overman'의 Antithesis로 써먹는 이름으로, 그리고 알고 있지만, 이 경우는 'man'—이 'man'은 小文字인 것에 주목해야 한다—의 Antithesis로서의 저 특정한 Super/Overman을 이르는 것으로 바꿔 이해해주기를, 늙은네는 바란다. 반복하면, 僞조로아스터가 man의 Antithesis이다)가 기왕 있어 온, 인류가 달성한 모든 고귀한 것들에다, 오줌 갈겨대면서, 광열의 진저리를 치며 하는, 한 광적 시꾼이 읊은 소리에 대한, 호의를 품은 이의 한 탁월한 해석일 터인데, 빌린 구절은, 그 자체로서는, 자기 발붙인 자리보다 위에 있거나, 눈에 아스무레한 것이라면, 그것이 무엇이든 끌어 내리거나, 흙탕에 헹군 옷을 입히려 드는데, 한 징검다리 건너뛴 비유로 말하면, 그것이란, 옻칠한 낫 같아서, 그 낫으로 거둬들이는 곡식을 먹은 자마다, 창자의 안벽으로부터 일어난 가려움증으로, 송신해 못 살게 하는 것인 것. 그럼에도, 저 구절이 야나(乘, Yāna) 삼고 있는, 두 극점(極點)에 놓은, 'abstract idea/concrete image'라는 두 쌍의 어휘들은 매우 중요하게 여겨진다. 그것을 이 늙은네식으로 빌려 이용하기로 한다면, '몸-말-마음' 사이의 '門/無門'을, 또는 自然/文化 사이를 자유자재로 넘나드는 '야나'일 수도 있으며, 그럼으로 'abstract idea↔concrete image'라는 투의 '도식'(圖式)을 만들 수도, 그런 어떤 '축'(軸)을 삼을 수도 있어 보인다. '뫎'門의 여덟 번째 아손 하나가, '뫎'門의 관법으로 굴절했거나, 고의적 전와(轉訛)를 자행한, '에우헤메리즘'도 그런 것이라고, 대강 짚어두면 좋을 게다. 만약 그러하다면, 필요할 때마다, 라는 말은, 어떤 abstract idea를 말하고 싶은 때마다, 이 concrete image화한 야나를 빌려 타려 할 것이라는 말인데, 저것을 concrete image화한 자가 언제든 방자 역을 하게 됨은 분명하다. 그는 분명히, 좋은 눈을 가진 현자였다. 그에게 감사하다고 해둬얄 테다. 그래서 그것을 부려먹기로 한다면, 이런 얘기부터 하게 된다. '이름'으로 이를 수도 없는 저 무엇? 그것을 선인들은 'TAT'(That)라고 일렀던 듯한데, 이 絶對的 abstract idea가 사람의 인식의 그물에 옮혀 들었을 때, 限定的 abstract idea, 즉 'SAT'(Be-ness)화를 겪게 될 터. 그런데 다시 또, 이 '가정적 abstract idea'를 'concrete image'화하려 하여, 가정적 '이름'을 붙이려 하면, 그 과정에서 모든 추상적인 것의 격하(reduce) 현상이 일어나고, 결과 신까지도 땅에 부득 쓰러져 피를 흘린다. 반복되지만, 神이 죽는다. 대신 대지가 찬양된다. '뫎'論門의 돌팔이 중의 생각엔, 이 '사트'에다 꼭히 '이름'을 붙이려 할 필요는 없는 듯하다. '이름'에 좇아, 이 'abstract idea'까지도 'concrete image'화한 것일 것인데, 그러니 이름이 없는 것은 태어나지 안 했으니, 태어나지 않은 것은 죽지도 않을 것 아니냐? 재미있다고 해야 할 일화는, 어떤 깨우쳤다는 이가, '神은 죽었다!'고 외치고 나섰을 때, 어떤 다른 이 하나가(Jung), '神을 믿지 못하는 이들의 심정 속에서는, 어쨌든 그는 죽은 것이다'라는 투로 각주를 붙이고 나섰더라는 그것인데, 하긴 으스락딱딱해 보이지 않는 것은 아닌 듯함에도, 한쪽에선 철없는 애가 똥 싸 뭉개 칭얼거리고 있어 보이며, 다른 쪽에선, 소갈머리 없는 노파가,

그 똥 치우고, 기저귀 채워주고 있어 보이지 않는가? 죽는 것은, 예의 저 'concrete image'일 뿐일 테다. 이 말은, 그것(concrete image)은 죽을 수 있어 죽었다 해도, 본디 'abstract idea'였던 것까지 죽은 것은 아니라는 그 말인데, 결과는, 자연이나 천체의 운행 따위를 '내어다'보며, 어떤 신비한, 초월자를 상정해내려 했던 혈거민 이전의 상태로 소급 역행했거나, 거기 차투린드리야들의 공포에 질린 얼굴들이 보인다, 거기 진화의 역행, 소급이 있다. 이것에다, 동화식 화법을 입힌다면, 그 길에 들어선 왕자들이, 그네의 주술에 한 번 씌워진 당장, '짐승'(차투린드리야)으로 변신케 된다는, 마녀네 우릿간 풍경으로 나타날 테다. 그것은 '순화의 나무'를 오르던 나무늘보의 되내리기, 또는 추락의 결과일 것이지만, 이 늘보가 노상 본둥치만을 오르고 있는 것은 아닐 수도 있어, 자칫 곁가지를 본둥치로 잘못 알아 거기로도 나아가기도 하는 모양인데, 동화는, 거기, 모든 것을 '바위'로 만드는, 마법의 판수(앞서 들먹여진 바의 그 찬달라 'Sorcerer')가 기다려 있다고 일러준다. '허무주의'의 동화적 변용이 '바위'였을 것인데, 다른 국면에서보다 현학적 어투를 걸치기로 하면, 추상적(抽象的) 아이디어(abstract idea)의 구상적(具象的) 이미지(concrete image)化가 저 추상적 아이디어의 '바위' 되기 일 테다. 이편에서 보면, 이 판수의 마법의 지팽이(는, 神보다도 더 강력한 힘을 갖고 있어 뵈는데, 판켄드리야의 '言語'겠지) 끝에서 바위가 되는 것은, 누구도 아닌 '神(들)'인 듯하다. 그렇게 바위가 된 신(들)은, 그런 뒤, 저 마법사네 정원에 유폐된다. 이 '정원'이라는 운문적 어휘를 산문적으로 환치한다고 하면, 왜냐하면 '신'이 관련되어 있으므로, '종교'로 바뀔 테다. 이것은 그러나 저 무(巫)질하는 것들에게 잡힌 '신(들)'의 경우며, '왕자'들의 경우는, '허무주의'라는 그 반대편 모습을 드러내는 것이 보인다. 이 판수의 마술의 지팽이는, 역설이라는 붉은 용의 역린(逆鱗)과, 모순어법이라는, 독수리와 독사, 양두(兩頭) 바룬다 새의 창자 속 독액으로 연금된 것이어서, 그것의 능력은, 또한 신(들)보다도 막강해 뵈는데, 문제는, 그것은, 남을 칠 때마다, 사실은 마법사 당자를 치고 덤빈다는 데 있을 것이었다. 그것이 역설이며, 그것이 모순어법이다. 그는 먼저, 추상적 아이디어를 그 지팽이로 쳐, 바위(concrete image)로 만들기엔 성공적일 수 있겠으나, 저 추상적 아이디어 자체에는 아무런 흠집도 만들어내지 못했다면, 이 경우, 구상적 이미지화하겠다고 나선, 바로 그 자신들을 바위로 만들어버린 결과를 초래하게 된다는 것이다. 이게 무슨 빌어먹을 노릇인가? 판수네 '바위'를 마녀네다 옮겨다 놓는다면, 우릿간에 우크르한 '돼지'(짐승)로 변할 테다. 육신적이었는가, 정신적이었는가, 그 다름이 있을 뿐이지, 저 둘은, '人間'을 실종해버렸다는 의미에서는, 어쨌도 다르지 않을 테다. 돼지와 바위. 이것에 의해서도 그는, '人間'의 antithesis인 것. 그는 참으로 비극적이고도 손해나는 수사학을 발전시킨 것인데, 대개의 지성인을 대표한 그의 비극, 그의 손상이 그것에서 끝나지 않은 데 난제들이 쌓이는 까닭에, 늙은 돌팔이 중까지 나서서, 저 '젊은네'가 잘못 굽힌 부분을 펴려기에 눈썹을 축내고 있는 것이다. 변화하는 세월 안에서, 어떤 한 시절, 그 한 시절의 한 고장 사람들을 열광케 했던 노래라도, 그 시대적 폐쇄적 상황에서만은, 예를 들면 문잘배쉐 같은 것일 것인데, 어떤 식으로 사람들의 심금을 울리고 광열케도 할 수 있었으나, 변화의 까닭으로 그 폐쇄의 벽이 무너나는 날, 그리하여 광야 가운데 드러나져야 한다면, 그렇게도 절실했던 그 노래도, 슬프지만 산울림 같은 것으로, 사람들의 고막에서 사라진다. 그것은 '흘러간 옛 노래'로서만 기억될 뿐이다. 소주잔에나 취하면, 아직도 이 흘러간 옛 노래 때문에, 우는 자들도 왜 없겠는가, 마는—. 그것은 분명히 광야의 노래가 못 되었던 것이었던 게다. 그보다도 무량겁 전에 불리어졌던 노래가, 아직도 그 서곡도 채 못 불리어진 것들이 있다. 그런 것을 폐쇄의 노래 대신, 광야의 노래라고 이른 것인데, 이런 것을 두고 맞다/틀리다고 입 대려 할 필요는 없을 게다. 그런즉, 이 늙은네가 자네라는 젊은이라면, 그랬음에 분명하지, 라는 말은, '막대를 쥐어 들어, 칭얼대는(wailing) 저 배우(actor), 저 진리의 날조자(fabricator), 가슴 밑바닥으로부터 사기꾼인 저 무당(sorcer)의 다리몽생이를 매우 후려쳐, 뜨겁게(warm—히히, 이 단어는 괜찮게 쓰인 듯하다) 해주었겠구먼(The Sorcerer).' 아으, 저 진리의 날조자의 눈이 그래서라도 뜨여, 보이지 않는 것(abstract)까지도 볼 것이라면, 어찌 그의 손가락이라도 하나 탁 잘라내지 않겠으리요? 손가락이 잘리면 그는, 손가락 대신 달을 볼 테다. 앞서도 밝혔거니와, 그는 달을 가리키다 노상 제 손가락에로 돌아오는데,

(如愚見指月/觀指不觀月.『능가경』「찰나품」) 사실은, 손가락을 펴서 손가락을 먼저 보이고 난 뒤에는(concrete image), 달(은 abstract idea의 한 상징으로 상정되었을 테다)을 가리켰어야, 우주의 탐색이나, 심지어 정복에 나선 정신이라 할 것이며, 아예 없었다 해도, 신은 거기서 태어났을 것이었다. (그것이 天竺 현자들의, 설법의 art였던 것을!) 그런 정신을 초인적이라는 방언으로도 표현할 수 있을 테다. 들리지 않는 것, 보이지 않는 것, 단단하게 만져지지 않는 것, 천녀(天女)들의 샅 냄새, 씹으면 없어도 입속에 가득 담기는 것, 말하자면 표현을 못 입은 말 같은 것, 그런 것까지도 알아내는 정신을 구비한 것이 五官의 성취겠거니와, 어떻게 돼서인지, 저 진리의 날조꾼은, 달에서 노상 제 손가락에로 돌아와, 판켄드리야 로카[界]를, 차투린드리야 로카화하는, 무(巫)질에 나섰는지, 그것 여간만 남세스레 여겨지지 않는다. 석가모니에 대해서 마라(māra)처럼, 이 Sorcerer는, 기독에 대해서 작은 마라('antithesis'라고 이르는 갑덩만)로 보인다. 대지(大地)를 고집하는 자는, 키가 작다. 그래서 그는, 노상, 키 큰 이를 비아냥거리(parody)되, 이 세계를 이룬 '셋의 우주'에 대해 눈을 뜨지 못한 것이 그의 탈이다. 앞서 말한 대로 그는, 나름대로의 화술의 장인(匠人)이어서, 누가 그의 몇 구절로 그를 다치려 들면, 그의 어망(語網)에 꼼짝없이 걸려들기도 쉬운데, 분명한 것은, 그는 달을 가리키다 손가락 빨기에, 젖 먹던 힘까지 쏟아 붓는 자라는 것, 손가락 빠는 자의 혀가 천하 없이 길다 해도, 곤(鯤)이나 붕(鵬)까지야 무슨 수로 휘감아 삼키겠느냐? 판켄드리야가 탐색했거나, 정복한, 보다 광대한 우주적 언어 중에서, 몇 어휘를 빌리기로 하면, 특히 예 들어진 저 '달' 하나만을 두고 말한다 해도 그것은, '영원한 잠에 들씌워진 공주—발키리'라거나, '물고기'의 상징이나 비유를 갖고 있다는 것을 지적해낼 수 있다. 그거 잘 알려진 것 아닌가? '물고기'는 그리고 '생명의 상징' 아니던가? 안 그런가? 그렇다면, 기독이 산상에서 '물고기' 두 마리로, 여러 천 명의 배를 불리고도 광주리 광주리 남겼다는데, (기독주의자들의 주장대로) 안 될 일이 무엇이던구? 그러고도 그 물고기는, 영영 세세토록 남아돌 듯하잖는가? 산상이나 광야에선들, 왜 그것이 낚여져 오르지 말아야겠는가? 저런 자는, (새롭게 몸 입어 태어나기 위해) 불새가 막 깃털부터 태운 자리에 당하면,

날지 못하게 된 그 뻘건 고깃덩이를 거머쥐어 들어올려 보이며, 아으, 나는 키위를 잡았노라, 공들은 포크와 나이프를 대장질해얄 것이노라! 라고 부르짖을 터. Abstract idea의, everyday idioms의 포크와 나이프로 concrete image의 뼈를 발겨내기(reduce)—. 그는, '드바이타'(Dvaita, 二分法) 편에서는, 변태성 가학증의 배교도(背教徒)였으며, '아드바이타'(Advaita, Non-dualism) 편에선, 변태성 피학증의 배교도였던 것을! 전자에 의해서는 그래서 그는, 생각의 그물로 노상 '늙은 신의 대갈통'만 끌어올리고, 후자에 의해서는, 허무주의의 그물에, 노상 자기의 대갈통만 수확한다. 그는, 실패한 어부였던 것이다. (咄, 小說하기의 雜스러움!) 마는, 허허허, 얘기가 이것 사뭇 곁길로 벗어난 느낌이 없잖아 있구먼. 그래서라도 어쨌든, 잘못 굽혀진 자리는 펴고는 봐얄 것 아니겠는가? 그랬으면, 해왔던 얘기의 이음새를 찾아, 잇기로 하세나. 하자면, 지금 들먹이려는 이것 자체가, 말해온 바의 그 피학증이겠네만, 하나는 '자기부정'을 가르치고, 다른 하나는 그것을 실천하고 있다 말이지! 승리는 그래서, 늘 하늘에서 이뤄지고, 그리고 늘 패배하여 희생되는 것이 땅의 속성이겠지. 그러나 그리하여, 땅의 위대함은, 그런 패배, 그런 희생의 까닭이라는 것도 알게 되누먼. 이 '희생'의 국면이, 확대 변용을 겪으면, 여성, '영원한 여성', 여자와 어머니의 일체인, '성(聖)스러운 창(娼)'이, 땅의 근원 되는 데 누워 있음을 보게 된다. 왜냐하면 이 '여성'은, '몸'과 '말씀의 우주'를 안방 삼고 있기 때문인데, 문잘배쉐 쪽에서 말하기로 하면, 이 여성이, 어느 민속에서는, ('모든 거친 自然의 안주인이며, 모든 어린 것들의 수호신'으로서) '아르테미스'(Artemis)라는 이름을 가졌던 듯하고, 다른 민속에서는 '잠자는 공주—발키리'로, 그리고 자네네서는 '블랙 마돈나'의 이름을 입었던 듯하되, 이 부분은, 유리에서 온, 이방인이 혀를 늘일 것은 못 되는 듯하다. 말을 여기까지 몰고 오자, 여성은 '앓음' 자체거나, '아름다움' 또는 풍요 자체라는 말을 하게 됨시롱, 그러자, 앓는 자, 황폐 자체는, 남성 쪽이라는 소리까지 하게도 되누먼그리. 여기, '習氣'와 관계된, 한 우주적 출산, '말씀의 우주'의 구주, 자네네 '기독' 말이지, 그의 (Antithesis에 대한) Synthesis로서, '안포-타즈'의 찡그린 얼굴이 보이지 않는가? 이러면 따라붙는 얘기가 많게 될성부르네만, 그러려다 보면, 얘기를 시작했을 땐, 소녀였던 이가, 끝맺음에 가까워질 땐, 파파 노파가 되어 있을지도 모를 일이겠지.

것11 소녀의 머리칼이, 어느덧 세어진 건 아닙쥬? (웃고) 스님의 법설(法說)은유, 알 듯싶은데두 모르겠구유, 모르겠는데두 알 듯도 싶은 건 소녀가 미망을 벗어나지 못한 까닭이겠습쥬. 아무튼 머리가 세어 파파 노파가 될 때까지라도, 확실히 이해가 될 때까지는, 생각해보려 마음먹었네유. 아둔한 소녀가 아마도, 너무 성급하게, 세상 깊은 속 이치를 알아버리고 싶어 했던 듯하오니다, 그것도 탄지간에—. 삼척동자도 쓰는 항간의 말로써 우주적 진리까지도 다 표현된다면입쥬, 사실 교육도 필요 없는 것일 것이어서, 유학길에 오를 필요도 까닭도 없었겠쥬. 갓 난 새끼 코끼리가, 어찌 아비 코끼리의 짐을 감당할 수 있겠어유? 하오나, 성급하고 아둔한 여아에게 품으신 슬픔일랑 거둬주시와유. 소녀의 독서랄 것도 못 되는 독서를 통해 어디서 읽었기로는유, '어떤 책은 맛만 보고 말 것이 있고, 어떤 책은 그냥 삼켜버릴 것이 있는가 하면, 어떤 책은 씹고 소화를 시켜야 할 것이 있다'(F. Bacon)라는데, 그야 물론, 위장을 한 개만 염두하고 했던 소리 같긴 해유. 해두, 소녀가 지금, '책'이라고 대언(代言)하는, 어떤 말씀들은, 씹어 삼켜 소화키 위해, 여러 번씩이나 게워내서, 씹고, 삼키고, 해야 할 것도 있는 것 같아유.

순례자 이 늙은 중이 들었기로는, '법을 설하는 이는, 의원이 환자의 병증에 좇아 약 처방을 하듯이, 듣는 귀들에 대해 그렇게 한다', (『능가경』[10] 二冊九章一二四節)고 하는데, 이 땡중은, 더도 덜도 말고, 돌팔이 의원 같아서, 환자의 맥 짚기도 못하며, 처방전을 써 날리는 식이겠네.

것11 그러하오신즉, 소녀의 울증이 일으킨 이명증에 쓰일 약 처방도 있을 게 아니겠나유?

순례자 자네는 거 수사학적 덫을 놓는데도, 상당한 수준을 유지하고 있다구그리. 미워도, 사실은 뜯어내기 싫은 미슬토도 있군, 하오나 공주마마, 그 울증 들어, 돌팔이 의원으로부터 처방전 얻으려지는 마십습지.

것11 (울먹이는 시늉) 건 말씀이어유, 병을 진맥해낸 이도 의원이었으면, 약을 지어주는 것까지도 해야 되는 게 아니겠나유?

순례자 이 늙다리 돌팔이 의원이 진맥해본 바에 의하면, 자네의 병은 엄살병일세나, 분명한 엄살병이라 말이시. 의뭉병 증세도 좀 있고 말이네, 음흉증도 있더라 말이시.

것11 호호호, 의뭉병이나 음흉증은, 병세가 어떠하나이까?

순례자 저를 먹으려는 적을 만나, 용을 써 보다 안 되겠으면, 금방 팩 죽은 듯이 해서, 썩는 냄새를 풍기는 능구렁이 병증이겠네.

것11 (다시 울먹이는 시늉) 소녀는, 문잘배쉐에 유학의 명목을 띠고, 볼모 돼온 이후, 성주님(안포-타즈)의 '유토피아論' 공부는 많이 되어, 말하자면 익히 알게 되기는 했지만유, 그 이론이 쓰여질 자리들은 반드시 같지 않다는 생각도 했더랍니다유.

순례자 자넨, 돌아가면, 그런즉, 이렇게 지레짐작해도 되나 어쩌나 모르겠네만, 문잘배쉐적 유토피아를 구현하려는 생각은 없는 게군? 그렇다 하는 경우라면, 돌아가, 자네네 왕국 태학사들로부터, 새로 배우면 될 게 아닌가? 어쩌자고, 노망한 늙은 땡중을 국사(國師) 삼으려는 겨? 딴 데 가서 알아봐! (시늉으로 눈알 부라리고, 야단이다)

것11 (시늉으로 눈물 짜고, 야단이다) '님은 갔습니다. 아아, 사랑하는 나의 님은 갔습니다. / 푸른 산 빛을 깨치고 단풍나무숲을 향하여 난 작은 길을 걸어서 차마 떨치고 갔습니다.'

순례자 이 瞎輩가 아무리 포-노제나리안이라 해도, 거 말여, 닭살 돋는 소리 좀 그만혀라! 징그러! 몽니 좀 그만 부려!

것11 (시랑토 않고) '밤은 고요하고 물로 시친 듯합니다. / 이불을 개인 채로 옆에 놓아두고 화롯불을 다듬거리고 앉았습니다.'

순례자 이래서는 신들도, 신 노릇 못 해 먹겠다는 소리 나겠네. 두드러기 탓에 긁느라, 한시름 놓을 겨를도 없겠어야! 뭔 실연이라도 했더냐? 징징 짜기는 왜 그리 짜능 겨? 몽니 좀 그만 부려!

것11 소녀 꼬락서니가 시방 그렇잖유? 행여나 님의 발소리 들리는가, 문밖에다 귀 밝혀 내놓고 있잖유?

순례자 (웃고, 웃고, 또 웃고) 늙은 부나비라도 걸려들 성부르네? 고목 된 참나무의 즙을 빨아 귀 약에 써먹으려고? 몽니 좀 그만 부려!

것11 그것이구먼유, 대체 그것이 뭐께유? 들리는 소리야 바위까지도 듣겠지만요. 백성이 하는, 소리 내지 않은, 그러니 귀 먼 구렁이밖에 못 듣는, 들리지 않는 소리는 어떻게 듣나유?

순례자 그것 같구먼! 눈을 두고 하는 말들이 있던데, 자네 동네 티레시아스는, 두 눈이 다 멀고 난 뒤, 안 보이던 것들을 보았다 하고, 오딘은 또, 눈 하나를 잃고서 지혜의 눈을 띄웠다 하잖여? 귀머거리 구렁이의 귀를 가지는 수밖에 없겠구먼. 아니면 그런 구렁이 혀에 자네의 먼지 덮인 고막을 씻김 받아 보던지,

것11 어떤 멍텅구리를 장가들여 놓았더니, 득혈(得穴)을 못 하구시나, 밤새도록 산등성이만 헤맸더라는 민담이 있더라구유.

순례자 (웃음 머금고, '것11'의 머리를 쓰다듬으며) 하는 말로는 그러더라, 천기를 보려면 위에 있는 자는 아래를 내려다보고, 아래에 있는 자는 위를 올려다보아야 된다는 식이더군. 위에 있는 자가 내려다보니 국태민안하다면야, 무슨 소리를 듣고 말고 할 게 있겠나? 임금이 있는지 없는지, 백성이 그것까지 잊어버리면, 더더욱 들어내야 될 소리는 없겠지, 안 그런가?

것11 그런 시절도 있기는 있어 왔으께유? 사정은 늘 그렇지 않은데, 그것이 문제잖유? 백성의 마음을 얻는 자리에, 승리는 있다잖유?

순례자 자네 말하는 '백성의 마음'이라는 데에 그러구 보니, '들리지 않는 소리'도 괴어 있고, 그 소리에 불려 나오는 이들도 있게 되겠군. 그것이 '召命'이라는 것을 형성해내는 힘이 될 성도 부르구먼.

것11 따라 붙이고 있네이다.

순례자 근데 말야, 이 '소명'이라는 것을 보듬어 내려면, 산파모양, 대개 세 종류쯤의 胎부터 열어, 그 냄새를 맡아보아야 될성부르더라고. '習氣'가 그 하나며, '유전된 음기'가 다른 하나고, 당대 민중이 이뤄내는, '당대적 음기의 발로'가 그 세 번째 것일 듯한데, 이 세 번째 것이야, 만삭된 어미가 똥 누다가라도, 밭일하다가도 까내는 그런 것이어서, 산파까지 부를 필요도 없을 것일세.

것11 그러함에도 소녀는, 이 세 번째 모태를 들여다보는 눈 갖추기에 대

해, 스님식의 어법을 좇아 말씀드리면, 스님의 바짓가랑이를 물어 늘어질 듯한데유, (웃고) 소녀께는 '習氣'라는 어휘는 생소하오니다.

순례자 그건 말야, '마음의 우주'의 유심론자(唯心論者)들의 어휘를 빌린 것인데, 자네께는 생소할 수밖에 없겠군그랴. 천축의 '바사나'(Vāsanās)라는 어휘가, 중원 말로 뒤집혀 그렇게 나타났던 것으로 아는데, 자네네 말로는, 'Habit-energy', 라고 이를 듯헝만. ('Vāsanās', 'conception, longing, impression' 'Submerged and hidden desires, attractions, and ambitions, which can surface again at any given moment.' *The Encyclopedia of Eastern Philosophy and Religion*, Shambhala Press) 이거 말이지, 불학무식의 돌팔이 중 하나가, 학자연하고 있는 거 아닌가 몰라?

것11 하시는 말씀을, 잘 따라 붙이지 못하겠다 보니, (웃는다) 현학적이라는 느낌까지도 없지는 않지만입지요네, 그래도 눈에도 귀에도 불을 켜고, 열심히 좇아 붙이려 하고는 있구먼유.

순례자 (웃음 머금고) '習Habit'이랄 때의 習이 뭣이겠는가? 사람들의 습관적 사고, 언동, 이런 거 저런 것들의 집적을 이르는 것 아니겠다구? 그것에다, '氣Energy'를 붙이면, 뭐가 될성부르지? '習'은 말하자면, 수동태일 터인데, '氣'는 능동태가 아니겠으? 수동태적인 것들은, 어딘가 쌓이게 마련일 터여서, 쌓이는 자리는 '알라야'[藏] 라고 이르는 것일 테고, 그것에서 일어난 능동태를 '비쟈야나'[識] 라고 이를 수 있을 것이어서, '알라야 비쟈야나'(ālaya-vijnāna, 藏識)라는 말이 이뤄졌을 법한데, 이것이 자네네 말로 번역된다면, 'Storehouse Consciousness'라고 될성부른데, 이것을 또 타타가타가르바(Tathāgatha garbha)라고 이른다는데, '타타가타'(Thus gone, thus come)는 '如來'라 하며, '가르바'는 '胎'라고 하니, 합성어로서 '如來胎', 또는 '如來藏'이 되잖겠다구? 예의 이 '習氣'는, 그것 자체로 혼탁하고, 악취의 웅덩이스러울 것도 쉽게 보이는데, 여래의 씨가 거기 맺혀 자란다는 것은, 크게 보는 자밖엔 볼 수 없는 것이겠지.

것11 매우 알쏭달쏭하여, 난삽해두유,

순례자 그건 이 돌팔이 늙은네가, 사실은, 저 주제를 잘 이해하고 있지 못해서 일어나는 난삽증이겠네. 하나의 위로는, 중은 이론이나 학문꾼은 아니라는 것인데, 중門에선 그래서, 차라리 뭘 모르는 것이, 사실은 빠르게 깨우치기[頓悟] 라는, 그 첩경에 오른다네그려, 허허.

것11 열심히 따라 붙이려 하고 있구먼유.

순례자 저것(習氣)은 '마음'門(『능가경』)에서 빌려온 얘기인 것은, 이미 확 밝혀져 있을 거를? '말씀'門에서, 그와 비슷한 것을 말하려 하면, '遺傳된 陰氣'라는 것을 보듬어 내게 되잖겠다구?

것11 그것만은, 보다 더 용이하게 따라 붙일 성부르네유. 뭔지, 발현, 또는 폭발하지 못한, 그러니 들리지는 않되, 천둥 같은 소리가, 민중의 어디에 되사려 있다는 그런 것 아니겠나유?

순례자 대개, 그런 것을 땡중도 회포하고 있구먼. 이분법적 사유가 지배적인 고장에서는, 그것을 두고도 그렇게 생각하게 되는데, 개인과 더불어서는, '갈마'의 문제를 거론케 할 듯하며, 집단과 더불어서는, '유전된 음기', 불발(不發)의, 또는 성취되지 못한, 억압받은 욕망 따위라고 바뀌겠지. 그 양태는 무수히 많을 것이라도, 그것이 어떤 한자리에 모두어 들어, 그 공통점들에 의해, 어떤 하나의 밧줄을 꼬게 된다면, 그것이 이제 '召命'이 될성부르잖다구?

것11 잘 따라 붙이고 있네이다. 마는, 그 소리는 누가 듣는가, 하는 성급한 우문이 드누먼유.

순례자 자네는 거, 썩 꾀 많은 기마꾼이여. 어떤 때쯤, 말의 엉덩이를 때릴지 용하게 안다구.

것11 한잔 드셔유! (웃음 웃고, 반쯤 비워진 잔을 채운다)

순례자 이거 말이네, '법칙'이라고 하기에는 어째 좀 그렇고…… (눈살을 찌푸린다) 그런데도, 당최 마땅한 단어가 생각이 나지를 않는데, 어쩌겠나, 문수가 틀린 신발이라도, 어떻게 끈으로 감아 신는 게, 맨발보다야 낫잖는가, 그러니 말인데, 저 들리지 않는 소리를 듣는 귀를 가진 자들을, 태어나게 하는 데는, 그런 어떤 우주적이랄 법칙이랄 것이 있다는 소리를 하게 되누먼. 그러나 이런 얘기 듣고, 그걸 들어 불륜이니, 사련이니 그런 생각하려 하면, 아예 귀부터 가려! 나중에 아무리 귀 씻고, 침 뱉고 해봐야, 이미 그 귀는 말벌의 침에 구멍 나고만 뒤여.

것11 또 춘시(春詩) 읊으시려는 거쥬?

순례자 맞으, 이 춘시의 구조는, '二陽一陰'이거나, 반대로 '二陰一陽', 또는 통째로 '二陽二陰'이라는 식으로, 복수(複數) 성(性)으로 되어 있다는 것이 짚이더구먼. 그럴 때 비상한 출산이 가능되어진다는 것인데, 이 경우의 한 성(性)은 꼭히 우주적 대력, 그런 어떤 초월력이 담당하고 있다는 것이 기억되어져야 할 게다. '二陽一陰'의 처용가와 더불어서는, '習氣'의 문제를 고려해보게 하며, '二陰一陽'의 관계에서는 '유전된 음기'를 살펴보게 하는데, 이런 관계에서의 출산은, 우주적 전기를 만드는 경우여서, 창세 적부터 헤아린다 해도, 두 손가락이나, 그보다 많다 해도, 세 손가락으로 헤아려낼 만큼, 흔하지 않을 게다. 예의 저 여래태에서 태어나 '마음의 우주'를 개벽한 이는, 그의 어머니가, 꿈에 거대한 흰 코끼리를 받아 수태했다는 전설을 데불고 있는데, 여기 二陽一陰의 처용가가 불려져 있다. 이 모태의 이름이 '알라야 비잔야나'일 테다. '유전된 음기'라는 쪽에서는, '성령'의 개입이 운위되어 있던데, 또한 읽고 배웠기로는, 이 '二陽'을 수용한 어머니가, 『계시록』에, '만삭이 되어, 진통을 겪고 있는 여인'으로 나타나 있더구머는. 이 옌네는, '흠 없이, 어린 흰 양과, 붉은 용'이라는, 이란성 쌍태아를 배고, 그 모진 진통을 겪고 있어 뵈 두먼. 이분법적 사유의 결과겠네. 그리고 하나 더, 이 우주적 출산을 꼽아보기로 하면, 이는, 그 초월적 대력이 대지에서 구해지는데, 이 경우는, '二陰一陽'의 법칙(?)에 의존해 있는 것일 것으로, 여기 와서 읽어 배운, '아도니스' 탄생 설화를 들 수 있을 것이네. 처음 사람여자의 자궁에 회임되어 있던, 저 씨앗이, 태어날 땐, 나무의 자궁을 빌려 있어, 이 처용가는, 경우가 바뀌어 있는 것이 훤히 보인다. 이 처용가대로 좇아 말한다면, 강강술래 탑돌이에 나섰던, 처용 마누라가 돌아와 보니, 처용은 다른 계집과 가라리를 휘감고 지냈더라는 식으로 되겠으나, 아도니스 설화의 사정은, 좀 다른 것도 사실이다. 이 춘시에서 보이는 모태는 향나무(myrrha)이다. 거기서는, 겨울에 죽었던 것이, 봄에 다시 살아나곤 하던 것이다. 부연해둘 것이 있다면, 복수+복수 성(性)에 관해서겠는데, 그중 용이하게 이해될 예를 하나만 들면, 자네네 구주 '기독'의 얘기를 할 수 있을 테다. 그는 태어나기는 '二陽一陰'의 법칙에 의존해 있었으나, 그의 행적을 좇아 말하면, '二陰一陽'의 관계를 보게 된다. 이것은, 다윗주의자들이나, 정통성만을 고집하는 이들의 귀에는, 끓인 독이 부어 넣어지는 소리도 같겠다만, 한 작은 촌구석에서 울려 난 한 작은 고고 (소리는, 福音의 이름으로 설파되잖느냐?) 소리가, 우주의 모든 곳으로 울려 퍼지게 된 데에는, 그 고고 소리를 품어 들인 거대한, 우주적이랄 모태가 있었다는 것이 기억되어져야 할 터이다. 그런 모태를 빌리지 못했더면, 그는 다윗의 자손들 중에서, 어떤 종류의 탕자로 취급되어지다, 역사 속에 묻혀버렸을지도 모르겠다는 생각이 있더군. 그래서 그가 보다 더 큰, '인공적 바구니'라고, 물신적(物神的) 에우헤메리즘을 입은, 우주적이랄 모태에로 이월했을 때, 그의 육신 속에 돌던 피까지도, 우주적인 것으로 바뀌어 수혈된 것인 것도 보이더라 말이지. 그의 인격의 신격에로의 확산은, 이 수혈의 문제이다. 그래서 그의 피의 소리는 '박애'(agape)이다. 대적해야 할 원수가 있다면, 그 정신은, 특히 종교적 정신은, 편파성, 지방성을 뛰어넘지 못할 터이다. 그러면, 편을 갈라, 서로 적대하기에 혈안이 된 자들에 대해, '원수를 사랑하라!'는 부르짖음을 하게 될 터이다. 이 말은, 이런 의미에서는, 우주인이 된 자의 부르짖음이어서, '너의 아버지나, 아들을 살해한 자까지도 사랑하라'라는, 일견 보디사트바적 자비나, 너그러움 베풀라는 소리와는 달리 들린다. 가, 가맜자, 이거 가맜어 보자꾸나, 이방인 돌중 하나가, 자네네 구세주를 들어, 설교에라도 나선 건 아니겠지러?

것11 호후후, 소녀가 간청하옵는 것은, 그런 설법,

순례자 (손을 홰홰 젓는다) 아니지, 아니라구! 이 늙은네의 망령 부리기지!

것11 아까, '천기를 보려면, 높은 데 있는 이는, 아래를 내려다보고, 낮은 데 있는 자들은 위를 올려다본다'고 말씀하셨쥬?

순례자 자네 말이지, 고국 돌아가려, 벌써부터 보따리 싸기 시작한 건 아닌가?

것11 얘기는 길지만유, 줄여 말씀드리면, 사실은, 그렇다고 말씀을 드려야 할 성부르구먼유. 아버님이 연로하셔서, 하나뿐인 딸의 공부가 다 끝나지도 못했는데, 귀국을 원하기뿐만도 아니구유, 사실은, 아버님께, 연세 차이가

많은, 이복동생이 하나 있어, 이웃 나라 공주께 결혼을 시킨 뒤, 고을 하나를 다스리라고 떼어주어, 분가를 하셨는데, 이 이복동생 되는 이가, 나이도 차고, 슬하에 자식도 두고 하는 사이, 혹종의 야심을 품었든 어쨌든, 밥자리를 못 얻어 헤매는 기사들을 고용하기뿐만 아니라, 민병대도 조직해서, 저 기사들 시켜 맹훈련을 하고 있다는군유. (눈에, 병아리 눈물만큼의 이슬이 잡힌다) 그러나 현재로서는, 별다른 기미는 보이지 않고 있는 상태랍습쥬. 문제는, 백성들께 있는 듯하거든유. '백성의 마음을 얻으면, 천하를 얻는다'라고 하셨잖유? 말씀하신 당대적 음기의 발현 말여유.

순례자 그, 그러구 보니, 보니 말인데, 이건 말이지, 자네네 가정사인데, 밝히고 싶지 않을 것일지도 모르고, 아니면, 전혀 연척이 닿지 않는 얘기일 수도 있는데, 말이지, 마, 말인데 말여, 안포-타즈가, 혹간 자네의 저 삼촌 되는 이나 아닌가, 하는 생각이 오늘에사 갑자기 드는군그래. 허허, 허으, 흐나, 그렇든 저렇든 꼭히 대답할 필요는 없겠구먼. 그냥 그런 막연한 생각이 들었다는 것이지. 말이 나왔으니 말이지만, 안포-타즈가 선기사(先騎士)주의를 제창하구시나, 그것을 실천에 옮기려 하며, 거 괜한 소리로, 백성의 빈창자를 헛바람으로 불려줬었더군그래. 만방정복이라던가? 흐흐흐, 돌팔매질로 적장을 꺼꾸러뜨리던 시절도 아니고, '이웃 간에 사이가 좋으려면, 울타리를 높이 해야 된다'(Frost)고, 그래서는 울이나 담을 든든히 해놓고, 이웃들 모두 화해스레 사는데, 아직도 정복할 땅이 남아 있겠으? '사이가 좋으려면'이라는 제구(提句)에 의하면, 울을 높인다고 해서 문까지 꽁꽁 잠그라는 뜻은 아닐 게다. 그러고서야 어떻게 화기애애하게 지내겠나? 바람 한 바름도 스며들지 못하게 문까지 잠근다면, 그것이야 폐쇄, 무서운 절폐여서 문잘배쉐성(城) 꼴 나지 않겠으? 안포-타즈 또한 그걸 모르겠나? 모르는 것은, 안포-타즈의 주술에 덮어씌워진 그의 백성들뿐이겠지. 같은 '人種'이라 해도, 회교도와 기독교도가 여인숙 같은 데서라도 만나면, 잘 통화를 못 하는 것은, '人間'이 달라져 버려 그러는 것으로 아는데, 말하자면 안포-타즈네 백성과 바깥사람들 간에도, 그런 뭣이 있는 듯하게 보이더라 말이지. 왜냐하면 예의 저 주술 탓이겠지. 늙은네가 안포-타즈에 관해, 편견을 갖고 있는 듯하게도 여겨지겠지만, 비슷한 얘기를 통념적으로 쓰는 '正常的'이라는 말 풀이에서 찾기로 하면, 열 사람이 있는데, 아홉 사람이나 여덟 사람은, 새벽 두 시에 깨어 하루를 시작하는 데 반해, 한 사람이나 두 사람은, 아침 일곱 시나 여덟 시에 깨인다면, 이 한 사람이나 두 사람은 비정상적, 이상 증세를 드러낸다고 여기는 것, 그런 것이 正常의 기준이 아니겠나? 이 늙은네가 만약 편견을 드러내 보인다면, 저런 선에서 얘기겠네.

것11 성주님의 유토피아론은, 익히 익혔었니다.

순례자 돌팔이면서도, 중이라고 자처하는 늙은탱이가 말해줄 수 있는 것이 있다면, 『판차탄트라』 열심히 읽어보라는 소리밖에 없겠네. 그건 석두(石頭) 왕자들 머리 깨는[破, 覺] 우화 묶음으로 알려져 있는데, 자네네 도서관에는, 그것에 필적할 것으로 『이솝禹話』라는 게 있더군.

것11 그 우화들이라면, 소녀도, 오늘 돌아가 한 번 더 읽는다면, 천두 번째 읽는 셈이 되겠군유.

순례자 호우, 거 잘했군, 잘됐어! '석두 왕자'라는 표현 때문에 비위 좀 상했을 수도 있겠네?

것11 개똥을 개똥이라 하는데, 그것이 개똥에 대해 모욕이 되겠나유?

순례자 자네는 (재밌어하며) 자처하는 그 돌대가리 속에 옥을 감춰 넣어놓고 있어 뵈누먼.

것11 그렇게 말씀하시면, 석두 쪽에서, 은근히 교만심이 생겨, 있는지 없는지 모를 그 옥까지 돌 만들어버리기 쉬울 듯혀유. 하오나, 현재로서는, 문잘배쉐 도서관에서는 찾아지지 않는 책을 말씀하신 데는, 분명한 이유가 있으십쥬?

순례자 허긴 그렇겠구나. 하나는, 왕자들 돌머리 깨는 지혜의 끌이라는, 그 한정 수식구(句) 탓이며, 다른 하나는 그 우화 속에 있는, '바룬다 새' 얘기쯤 들춰내게 될성불러서라네. 치세(治世)는, 그 자체가 바룬다 새거나, 바룬다 새의 모이 찍기식으로 운영되는 것이나 아닌가 싶어 그러지. 『이솝우화』의 경우는, 그것에 겅것줄(경계줄? 禁索) 둘러놓은 자리가 없어, 누가 듣거나 읽든, 자기 처지나 형편 따라, 그것의 그 훈도(訓道, moral)를 이해해낼 것들 아니겠는가?

것11 그것은 그러니, 독사가 마시면 독이 되고, 개구리가 마시면 오줌이 된다는 그런 식입져?

순례자 그거겠구먼! 그 얘기를 하려는 것이었다 말임세. '寓話'란 아마도, 여기선 神이 아니라, 人間이 그 상좌에 있어 뵈는데, 네피림들모양, 이것들이, 그 아래 세상에 내려가, 아래 세상 옌네들을 겁간하기도, 새끼들을 잡아먹기도 하는, 그 에우헤메리즘을 이르는 것일 것인데, 땅에 내려온 아폴론이다 디오니소스다 하는 신들이, (땅의 남자들의 어떤) 원형성(Archetypal Figures)을 띠기모양, 『이솝 우화』 속의 어떤 짐승들, 여우나, 늑대나, 원숭이 같은 것들 또한, 그런 어떤 원형성, 또는 전형성을 띤 것들로 읽기로 한다면, 양의 가죽을 쓴 늑대가, 가죽을 벗어, 생체로 늑대를 드러내고 하잖던가?

것11 말씀 자체만으로는, 아직은 추상적, 또는 형이상적 아이디어에 머물러 있다고 해야겠는뎁쥬네. 그것을 구상적, 또는 형이하적 이미지화하면, 어떤 것이나 될깝슈? 추상적 아이디어로써는 콘크리트로 된 대가리는 깨지지 않누먼유.

순례자 자네 궁금해쌌는 그 '소명'이란, 입을 열려 해서 몇 마디 주억거리다 보면, 거 뭐 뻔한 것을 두고 말만 소비하고 있다는 느낌이 들 그런 것들일 터인데, 그렇다면, 일견 '소명' 같지도 않되, 그것 역시 '소명'이며, 그것도 사실은 한 전형성을 띠고도 있어 뵈는, 꽤 특수한 것이 있을 수 있다면, 그리고 있을 수 있는데, 그런 것을 두고 말해보는 건, (말을) 소비하는 대신 쌓는 일 아니겠는가? 예를 들면 이런 것도 그런 것 중의 하나겠구먼. 「백성은 자기네가 원하는 것에 합당한 통치자를 얻는다」("We Get the Ruler We Deserve", *Fables of Aesop* 42, Penguin Classic)라는 우화가 있던데, 한 연못의, 개구리들께 주어진 임금 얘기겠네.

것11 그건 무척도 우스운 얘기여서, 많이 웃었기 땜에, 대번에 기억나네유. '나무토막 임금과 물뱀 임금' 얘깁쥬?

순례자 그거구먼, 그거라!

것11 한 연못의 개구리들이 어느 날 회동해서는, 제우스께 자기들께도 임금을 하나 내려보내 달라고 빌었더니, 제우스가 듣고, 내려다보고선, 먼저 나무토막을 하나, 임금이라고 떨어뜨려 주었더라쥬?

순례자 그 뒤에, 볼멘 저 개구리들의 웅덩이에, 큰 '물뱀'을 한 마리 내려 보내주었더라고 한다면, 그 얘기를 다한 셈이겠네.

것11 그렇구먼유. (머리를 긁적여쌌더니) 돌대가리란 돌대가리여서 그런지, 아무리 굴려보아도, 거기, 들리지 않는 백성의 함성은, 들어낼 수가 없네유.

순례자 소명에는 그러니까 그런 형태도 있다는 얘기겠는데, 백성이 원하기는 뭘 원하는데도, 그것은 신까지도 모르는 것인 것이어서, 제우스의 해학이 돋보이잖나?

것11 제우스가 나무토막을 임금으로 떨구어주었다는 그것은, 결과에서 보자면, 그 백성은, 뭘 원했음에도, 아무것도 원한 것이 없는 것으로 보이잖나유?

순례자 그거구먼! 그 소명은, 그렇군, 언어학에서 한두 단어를 빌려오는 것이 필요할 성부른데, 이렇게 될성부르다고, 루타(Ruta, 記表)만 있고, 아르타(Artha, 記意)가 없다는 애기로도 풀이될 성부르네. '默'이라는 단어를 하나 예 들어보면, 어떨까 하는데, 그건 소리가 아예 없는 것임에도 눈으로만 보아버리고 만다면 몰라도, 소리 내어 읽어보려 하면 기이한 현상이 일어나는 것을 알아내게 될 것이구먼, 안 그런가? 여러 말이 따라 붙일 성도 부르네만, 거다 필요 없는 소리겠으니, 묵!

것11 호후후, 하오니, 저 개구리들의 소명은, 발음된 默 같은 것이었군입쥬네? 그런 것이 하오나, 실제적으로 가능하겠나이까?

순례자 자네 이거, 이거 말이지, '默'이라는 발음기호가, 있는 것이 아니라는 소리 하려는 것 아니겠지? 이솝이라는 현자가, 지혜 써먹을 데 없어, 무슨 환상을 조작해냈다는 소리 하려는 것도 아니겠지?

것11 시늉으로라도 화내지 마셔유! 그러시면, 돌대가리 속에서도 눈물 나와유.

순례자 어으 흐흐, 흔데, 이런 경우에, 말했던 바의 그 당대적 음기의 발산의 애기가 가능해지는 것으로 아누먼. 이 경우는, 당대 민중이 이루는, 들리지 않는 함성은, 아직 시간 속에서 그 가닥이 정연하게 잡히지를 안 해 난마적(亂麻的)일 테다. 그럼에도 이뤄지는 함성이, 루타 역일 터이며, 그 아르타는, 또 말이지만, 난마적이어서, 간추려내기 어려울 터이다.

것11 그렇다고 해서 '나무토막'을 임금이라고 떨어뜨려 주는 것으로, 뭣이 간추려지는 것은 아니잖나유.

순례자 개구리들이, 임금을 내려줍시사, 빌어 올린 소리는 우리도 들었지 않나?

것11 (징징 짜는 음성을 꾸며) 이래가지구선 돌대가리에 금도 가잖어유!

순례자 그러면 이번엔, '나무토막 임금' 대신에, 그 한 웅덩이의 '개구리들' 쪽에서 살펴보기로 하면, 어떤 얘기가 만들어질 듯한가?

것11 이숍 어르신은, 매우 어리석은 자들의 집단으로 저 개구리들, 그 웅덩이를 상정하셨던 것은 아니었을깝슈? 하오나, 집단을 이룬 민중이, 또는 모든 집단이, 모두 어리석은 것만은 아니잖아유?

순례자 그 문제는, '習氣'와 관계되어질 법허구먼. 그것까지는 그러나 더 듬어보려 애써 싸보아야, 「癡郎失穴」(『古今笑叢』)밖에 더 되지 못할지 모르니, 그만둘 일이겠네만, 아무튼 어떤 자리, 어떤 시절, 어떤 한 집단은, 말하자면, 잘 뛰놀던 염소 새끼들이 한순간, 잠지랄병을 일으키고, 잠에 들씌워져 픽픽 쓰러져 눕기모양, 지적으로 거의 치매 상태에 떨어져 드는 경우가, 흔히 '읽혀'지는데, 그것이 이숍 늙은네의 저 개구리 웅덩이, 그리고 그 웅덩이 속 개구리들이라고 말해도 틀릴 성부르지 않다. 매 개인들의 '갈마'의 문제를, 집단에 원용해, 즉 역사를 이해하는 척도로 만들어, '유전된 음기론'을 편 자의 얘기에 의하면, 이 상태는, '니그레도'[黑]에로의 역조(逆調), 또는 퇴조전이(退調轉移)를 치르고 있는, 그 상태라는데, 방금 전에도 말했지만, 문제는, 그 상태에 떨어져 든 자들이, 자기네의 처지나 상황을, 그렇게 인식하고 있지 못한다는 데 있을 게다. 이는 당대민들의, 정의나 가치 따위와 더불은 정신적 혼돈, 혼란, 분열증 따위의 한 발로겠지.

것11 '물뱀 임금'은 어떻게 이해해야 할지, 이러자 갑자기 더 난삽해지는 걸입쥬. 우화대로 따르면, 그도 분명히 불려[召命] 나온 건 분명합지유만,

순례자 그, 그, 그런데 말이네, 늙은 무학승께는, '나무토막 임금' 다음에는, 반드시 개구리들 삼켜 먹는 '물뱀 임금'이 뒤따라 나오는 것은 아닌 것처럼 보여, 그게 탈이구먼. 제일 무난하기로는, 이솝은, 우화 작법상, 대비법을 동원했잖나 하고 치부해버리기겠네만, 현재 우리 입장에선, 그래 버리기에는 우리들의 얘기가 너무 멀리 뻗쳐 나가버린 듯한 느낌도 없잖아 있다구. 이런 경우는, 예 들어진 저 우화 속의 침묵의 소리 드러내기, 즉슨 함의(含意) 찾기가 필요할 성부르지만, 어떤 경우는, 그리고 아마도 이런 경우는, 표현되어진 것이 전부고, 들어낼 침묵의 소리는 없을지도 모르는데, 그럴 땐 그렇다면, 듣거나 읽는 이쪽에서, 뜻을 조립해 넣을 필요가 있을지도 모르지. 그러려 들면 물론, 주어진 재료에, 황우일모만큼이라도 틈새가 열려 있어 보일 때만 가능할 것인데, 그러다 보면, 화자나 작자 자신은 의도치 안 했던 것이, 청자나 독자에 의해 조립되어, 천운이게도, 화자나 작자 쪽에서, 과외의 이득을 보게 되기도 하겠지. 누구들이 그것을 '신의 몫'이라고 이르는 소리들도 있던데, 어쨌거나, 짚이는 것은, 저 특정한 우화는 말임세, 『판차탄트라』에 나오는, '바룬다 새' 얘기일 수도 있다는 것이지. 바룬다 새 얘기 했었었지 아마?

것11 그랬에유. 몸은 하나여서, 창자도 같은 하나인데, 대가리가 둘인 새 말씀이시쥬? 모이를 줍던 중, 그 대가리 하나가 선병 조각을 발견하고 저 혼자서만 꿀꺽 삼키자, 그것을 본 다른 대가리가, 분기탱천하여, 독 덩이를 찾아, 그것을 삼켰더라는, 그 얘기의 그 새입쥬? 이번에 들으면, 천두 번째 듣게 되겠어유. (웃는다) 하오니, 저 '물뱀 임금'인즉슨, 선병 조각이든, 독 덩이든, 뭐 그런 걸 꿀꺽 삼킨, '나무토막 임금'의 다른 쪽 대가리라는 말씀을 하시려는 것입쥬?

순례자 자네는 어쩌자고, 시도 때도 없이 불거져 나서서, 늙은네 먹을 그릇을 가로채는 겨? (목소리는 개구스레 짜증 나 있고, 눈은 늙은네스레 情 내고 있고, 그렇다)

것11 호후후, 칭찬으로 듣겠니다.

순례자 그런즉, 이번에는 늙은네 쪽에서 들어보기로 맘먹었네그랴. 계속 허셔!

것11 어린이 모은 학당에서 하는, 'Show and Tell'이겠군입쥬?

순례자 거 아무려면 어떤가? 어서 보이고, 말해봐!

것11 글쎕쥬, 글쎕쥬네, 의견이랄 것도 못 되는 의견이랄 것은입쥬, 저 '나무토막 임금'이 나무토막에 머물려 하지 않고, 저 개구리들 앞에 자기를 내세우려 하자마자, 우화적 대법으로 '물뱀 임금' 형상이 드러났겠구나, 하는 것이군입쥬.

순례자 그냥, 그 웅덩이를 둥둥 떠 흐르며, 개구리들 바치는 존경의 신주나 마시며, 잠이나 잤더면, 無爲而無不爲의 치도(治道) 덕에, 성군(聖君)의 이름에 불리었을 것을! 츠쯧, 거참 아깝구먼, 아까워! 성군이 될 강보에 쌓여, 열군(劣君)에로, 제 발목을 제가 끌어내렸구먼! 건 아까워! 우리 둘 다 짐작하다시피, 저 연못 사정은, 거의 권태스러운 행복까지 누릴 지경으로, 꽤 잘되어 왔던 모양인 것을! 거, 꾀 낸다는 짓이, 저만 소용돌이 속으로 휘빨려 들어가게 됐구먼. 그런 자리에, 그래서, 거 졸렬한 얼굴을 펴들려 하면, 무슨 짓을 해야, 그리될 법한고? 이 부분은, 자네 공주마마께서 전문일 듯싶구먼. 가르침 한 수 베풀어봐!

것11 건 그렇잖유, 어느 시절이나 없이, 어떤 이들이 머리에 뿔을 돋궈 받고 덤비려면, 대상부터 찾아내야 되잖유? 그것이 찾아지거나, 만들어졌으면, 이제 혁명이다, 개혁이다, 혁신이다, 진보다 하는, 어휘들을 동원, 하기만 하면, 우화적으로 말씀드린다면유, 주렁주렁 따라붙는 승냥이들이 있게 마련이잖유?

순례자 잘 따라 붙이고 있네. 거 말야, 자네 들먹인 그런 어휘들은, 젊은 피는 끓이고, 늙은 피는 얼게 하는 것 아는지 모르겠군. 그래서 젊은네들은 '유포리온'(Euphorion, *Faust*)이 되고, 늙은네들은 '환'(羊患) 되는데, 이 '환'이 뭣인지, 자넨 잘 모를걸? 중원에 『山海經』이라는 기책(奇冊)이 하나 있는데, 그 「山經」 편에 나온 짐승 이름으로, '생김새는 양 같으나, 입이 없고, 또 죽일 수도 없다'는 짐승의 이름이라더군.

것11 '죽지는 안 해도, 입이 없는 동물[羊患]'이 할 수 있는 일이란, 뭐든 귀로나 먹고, 먼산바라기나 하는 짓이겠나유?

순례자 그러니 저 냉가슴이나 앓는 저들이 눠놓은 똥이 거 얼마나 독할 성부른가?

것11 그 밭에 떨어져 내리자마자, '유포리온'의 발목부터 녹아지는 것이 보이는뎁쥬!

순례자 자네의 비유나 상징주의는 과장적인 데가 좀 있다 해도, 그래 두기로 하세나. 헌데 늙은네 생각엔 말야, 희귀하게는, 강조해 말이네만, 아주 희귀하게는, 저 물뱀 쪽 대가리가 찍어 먹은 독이, 선병일 수가 있는 경우도 있는 듯하더라 말이시. 여기, 저 당대민의, 유전된 음기의 발로가 보이기도 허누먼.

것11 그건 무릎 꿇고, 경배하며 배워야겠는걸유!

순례자 뭐 그럴 것까진 없겠네. 수사학(修辭學)이란 이상한 뱀 구덩이 같아서, 땅꾼이 피리 불어, 뱀 한 마리를 불러냈다 하면, 다른 뱀들이 그 꼬리를 물고, 꼬리에 꼬리를 물고, 몇 마장이고 딸려 나오는 것이다 보니, 하는 얘긴 것이지.

것11 저 '毒'이 '선병'일 수도 있다는 경우는, 그것이 연금술적 독의 의미일께유? '질료' 쪽에서 '독'을 불러냈거나, 이뤄냈겠나유?

순례자 자네 말야, 어떤 공주의 입맞춤 한 번에, 개구리가 왕자 되었더라는 얘기 기억하는가 몰라?

것11 하다마다유! 오늘은, 그 얘기를 기억해내자마자, 그 또한 『판차탄트라』였구나 하는, 기끔스러운 생각까지 드는구먼유.

순례자 그거겠네. 그것들이 뭐래도 상관은 없겠으나, '개구리는 두 원소(元素) 간의 중간적 존재'라 하잖는다구? 공주의 입맞춤은 그러니, 하나의 충격요법 같은 것으로 이해되는데, 미온적, 수동적, 또는 노예근성의 피학적, 반잠에 들어 있는 질료를 독사(毒死)시키기 같은 것이 아니겠다구? 결과는 둘이겠지, 먼저 꼽히는 것은, 질료를 썩히는 것이며, 그러니 그것은 위험한 요법이겠네, 다음 꼽히는 것은, 그 질료의 본성(本性)을 죽이기이겠네. 납은 납성의 죽음을 통해서라야만, 다음 단계에로의 전이(Transmutation)를 가능케 하는 게 아니겠다구? 이러면, 저 개구리들이 왕자의 모습을 꾸며내는 것일 것인데, 이 독은, '날것→썩히기'나, '날것→익히기'라는, 그 두 변화에 기여하는 것인 것을 알게 되는먼. 人間의 재림은, '날것→익히기'라는 文化의 軸에서만 기대되어진다는 얘긴데, 문잘배쉐에서는 그런데, 허허, 그곳의 공양에 배 두들기고 살면서, 이런 흉보기식 얘기는 해서는 안 되겠네만, 前軸의 경우가 보여, 슬프더군. 이곳 사는 이들의 집단적 성향, 사고방식, 원망, 언행 등등은, 다른 문화권에서, 자기 나름대로는 깜냥껏 눈 크게 뜨고 세상을 읽어왔다는 이들에 대해서는, 비유로 말하면, 맑은 물속에다 꼿꼿한 막대를 찔러 넣고 보았을 때 보이는 것과 같은, 그런 어떤 굴절 현상이 일어나 있는 것으로도 보인다는 소리가 따라붙는군. 누가 만약, 그 밑에 누워서 위에를 올려다본다면 그는, 그 수면 위쪽에서 그런 굴절 현상이 일어났다고 봄에 틀림없을 성부르되, 여기 어디에 어쨌든, 저 이상한 굴절 현상이 있음은 분명하다. 이러면 양자 간 통화가 잘 안 된다. 서로는 서로를 불순불온한 자나 된 듯이 건너다본다. 이것은 그럼에도 문화적 차이도 아니게 뵈는데, 이 늙은네 쪽에서 들여다보는, 문잘배쉐의 질료는, '날것→썩히기(썩기)'의 축으로 경사해 있는 듯이 보이는 것은, 이 늙은네의 눈이 사시여서 그럴 일이겠는가? '習氣' 속에서 그 원인을 찾아야겠으나, 문잘배쉐의 집단적 의식·무의식적 모든 언동은, 굴절 현상을 일으키고 있다는 식으로, 늙은네의 얘기는 축약될 듯하다. 짧은, 한철의 증후군이기를 바라야겠지. 이런 점에 있어서는, 종교와 物神主義가 매우 같은 증후군의 숙주가 되어있는 것이 짚이는데, 어느 한철의 사람들은, 저 둘 중의 하나의 까닭으로, 차투린드리야[四官]도 못 되는, 이를테면, 두 원소 간의 중간적 존재 개구리 같은, 트린드리야[三官]에로 추락해 있는 수가 있어 뵈두먼. 글쎄지, 인류사가 증언하는 것에 좇으면, 하필 종교의 까닭으로도, 차라리 그들의 영적, 지적 수준은 추락한다 말이지. 물신의 종도들과 더불어서는, '타락'이라는 어휘로 환치해야겠지러? 그것이 '날것→썩기'의 축이랄 것이겠지.

것11 이런 견지에선, 그러하오니, '소명'이 아니라 '연금'의 문제가 대두허누먼유?

순례자 자네는 아직도, 이것이냐 저것이냐를 분명히 갈라놓고서야, 대상을 이해할 수 있는 모양인데, 눈이 두 개인 까닭일 성부르구먼. 눈 하나를 더 띄워, 양자를 종합해 보는 눈을 갖추던지, 하나를 뽑아내 버려, 하나를 전체라고 보는 눈을 갖추던지 어쩌든 하게나. '소명'이 먼저고, '연금'이 다음이라고는 볼 수 없으끄나?

것11 (울먹이는 시늉) 저로서는 그렇게밖에 볼 수 없었으니, 석두라고 이르시잖았나유?

순례자 (웃고) 그, 그, 그게 그렇게 돼 있었군그래? 그건 못 깨우친 대갈통들을 일러 말이겠지만, 건망증 걸린 대갈통은 다르잖겠다구?

것11 제가, 깜냥으로 열심히, 한 줄 한 글자도 놓치지 않겠다고 읽어왔는데두유, 뭘 놓쳤거나 잊었으께유?

순례자 『이솝 우화』로 다시 돌아가 보면, 저 개구리들에게, 물뱀 임금이 보내어진 것도 기억하게 될 거를?

것11 호으, 걸 깜빡 잊었구먼유! (뒤통수를 긁적인다) 개구리들이 갖는, 그 중간적 존재의 뜻도 알 만허네유. 그러니, 임금 쪽만이 아니라, 개구리 쪽도, 바룬다 새였던군입쥬? 바로 이 개구리들의 독 찍어 먹은 대가리가, 물뱀 임금을 불러냈다고, 그 위치를 바꿔서도 살펴볼 수 있는 얘기가 저것이군입쥬? 피학성 음란쟁이가 가학성 음란쟁이를 불러들이기, 라는,

순례자 서로가 서로를 불러냈든, 서로가 서로에게 대답했든, 그러니 소명도 일방적인 것만은 아니라는 얘기도 되겠군그랴. 그래도 지금은, 그건 어째도 상관없는 얘기 아니겠는가?

것11 돌대가리에, 조금 금이 간 느낌도 있는데유, 연금술사이기를 바라는 석두 왕자라면, 이제 그 찍어 먹은 독과 관계된 방법의 문제에 부딪힐 듯한뎁쥬,

순례자 늦잠 자는, 말하자면 시동이 놈 깨우기 위해, 자네 늘 그러듯, 발바닥에 간지름밥을 먹이든, 코를 쥐어 숨 막든, 그래도 안 되면 뒤흔들든, 자는 놈을 억지로 일으켜 앉히든, 자네 거 별 지랄 다 떨지 안 했던가? 제일 좋기론, 뒤꿈치에 불총 놓기 같은 것일 것이겠지. 가차 없이, 저 질료를 매질해대는 수뿐이겠다. 개구리께 보인, 공주의 불의 입맞춤 말이지. 그러지 않고, 그 돼지껍질이 벗겨지겠나? 수동태의 능동태화란, 그 한 문장의 구조를 완전히 바꾸기인 것 알잖는다구? 노예근성의, 피학증쟁이를, 주인스러운, 가학적 능동력을

구비케 하려면, 결국 개구리들의 그 한 웅덩이에다 불비를 쏟아 넣는 수밖에 없을 터이다. 그러고서야 人間의 再臨을 볼 테다. 이 연금술쟁이는, 물뱀 중에서도, 그중 독한 물뱀일 테다. 이것은 '날것→익히기'의 축이래야겠는가?

것11 (한동안 숙연해 있더니) 저들은 그러면, 새로 '나무토막 임금'을 그리워할 성부르군유. 안일을 되찾고 싶으겠습쥬? 그러며, 자유, 인권, 등등, 이왕에 준비되어 있는 현수막 먼지 털어 들고 저 독한 물뱀 묻은 자리에다 침 뱉고 오줌 갈기려 들겠습쥬?

순례자 자네는 거 못돼 먹은 성미를 부리려 드누먼! (진정으로 꾸짖는 듯한, 엄한 얼굴이다)

것11 (눈물을 글썽이고, 오래 침묵하고 있더니) 바룬다 새 말씀이셨는데유, 소녀가 알고 있는 그 새 말씀 하나 드려두 되께유?

순례자 경청할 준비는 되어 있구먼.

것11 같은 한 부모에게서, 이란성 쌍둥이가 태어났는데, 하나는 수송아지였으며, 하나는 수이무기였다누유. 이후, 둘 다 결혼해, 자손을 거느리면서, 소토템족과, 뱀토템족으로 나뉘었겠쥬? 소토템족 쪽에서는 윈 가족이 별 보고 나가, 별 이고 돌아올 때까지, 들일에 바쁘다 보니, 곡간이 차 넘치기를 시작해, 곡간을 새로 지어야 하는 일이 빈번해졌음에 반해, 뱀토템 쪽의 가장은, 뱀이란, 불을 뿜지 못하는 한 이무기에 머무를 수밖에 없어, 아이들까지도 그 대가리를 짓밟고 든다며, 어느 동굴에 들어 불 굽기 수업에 들자, 식구들은 나날이 더 가난해져, 애들까지도 쪽박 들어, 이웃으로 다니며 구걸을 하거나, 장통으로 다니는 신세가 되었더라쥬.

순례자 거 훤하게 내어다보겠으니껜두루, 건너뛰고 말해도 되겠네그랴.

것11 호후후, 소녀가 이거, 일 세기의 일사분기도 제대로 못 채우고시나 노파가 되었으께유? 그렇담 저 독룡이, 이웃에 위협이 된 부분부터 말씀드려두 되겠네유.

순례자 그런즉 저 이무기가 구워낸 불이, 그렇게나 위협적일 수 있겠다는 말이겠네? 거 참말이지, 못 할 짓하자구시나, 처자식께 쪽박 들려 내보겠구먼! 살리는 것 해야지, 살하는 것은 왜 해야겠느냐구?

것11 이건 성주님의 표방하는 한 주의(主義)지만유, 빌려 쓰자면유, 그 불룡은 선기사(先騎士)주의를 내세워, 그곳에서는 나무들까지도 밤에는 기사나 맹수의 꼴을 꾸며낸다는 데다, 그 용이 한번 불을 토하면, 그 화력이 닿는 자리는 당장에 불바다가 된다는데유, 그 화력이 미치는 범위는 측정해낼 수 없다는군유.

순례자 야호가, 늙어 죽은 사자를 다 파먹고, 그 가죽을 입고서, 늑대 무리 앞에서 사자후를 하는 경우도 있겠으나, 자네 전하는 풍문이 진짜 사자후라는 경우라 해도, 그 화력이 과연 그 정도라면, 그것 뭣에 쓰자는 것이꼬?

것11 문제는유, 결코 웃을 수는 없음에도, 이런 것을 두고도 재밌다고 해얄 성부른데유, 뭣인가 하면유, '형제는 형제끼리!'라는 구호 아래, 그 불을 들어, 소토템네를 겨냥해서는, 불바다로 만들겠다는 둥, 잿더미를 만들어버리겠다고 위협한다는 그것입쥬네. 건 매우 재밌거나, 매우 이상한 형제주의잖유?

순례자 아 위협 말인가? 그건 그렇겠군. 그것 말고 그것 써먹을 자리가 사실로 있을 법한가? 그것 말이지, 평화며 인권, 민주, 인류의 복지, 세계—한—마을 해싸며, 열강이 한 형제 비슷하게 된 바깥, 그러니 막강해져 버린 이웃들에 대해서는 악명만 하늘 끝까지 높이는 데다, 그가 불 굽는다고 칩거해 있는 동안, 밖은 바뀌어도 많이 바뀌어, 강쇠라고 해서 마을의 약쇠네 안방을 차지해서, 그 댁 주인이나 처자식들을 머슴 삼아 혹사한다는 일은, 구습 중에서도 그중 악습 같은 것으로 되어버린 지 오래인 터, 그것 써먹을 자리도 마땅치 않게 되었다 보니, 고립, 뼈를 얼리고 드는 엄동 같은 고립밖에 뭘 더 자초하겠으? 이웃들이 저렇게, 인종을 넘어선, 같은 인간 한 마을, 꾸미기에 좇아, 그 뭉친 힘은 막강해질 수밖에 없는데, 저들이 저 용으로 하여금 제멋대로 여기다 저기다 불을 토해내도록 냅둬 놔둘 성싶은가? 대신, 로키에게 그랬듯 저 용의 목에다 사슬을 씌우고, 암흑과 가난과 기아와 고독의 말뚝에다 단단히 비끌어 매려 하잖겠으? 문잘배쉐의 어둠과 가난과 황폐와 고독은 이 고립 탓인 것, 알잖는다구? 그래서나 '毒狗의 이빨 값'이라는 우화까지 만들어진다. 이런즉 저런즉, 그것 굽는 데 바쳐진 노력, 그 가족들의 희생의 피눈물 값은 누가 지불하느냐 같은 문제는, 역사가 꼬치꼬치 캐물을 것이니 덮어두기로 한다 해도, 그

용에 대해, 이 계제에 이르면, 그 불이 차라리 애물단지가 되어 있어 보이는데, 이 늙은네가 잘 관찰했는가 몰라?

것11 전 조금밖에 잘 따라 붙이지를 못하겠네유.

순례자 몇천 년 전, 『라마야나』나 『마하바라타』 시절에도 이미, 그런 것이 발명되어 있어, '브라흐마 무기'라고 일렀다 하네. 당시엔, 만부장 정도만 돼도, 풀잎이라도 하나 뜯어, 그들 배워 익힌 주문(呪文)을 발라 던지면, 왼 바닷물이라도 말릴 수가 있는 화력이 발생했던 모양이었네. 그것은 그러나, 인류에 적대하고 나선, 신들에 대해선 아수라족들과 같은, 인류가 아닌 막강한 타유정(他有情)이 인류의 평화를 위협한다거나, 또는, 요즘 '판타지'물들에 범람하고 있는 것들과 같은, 외계에서 온 적군과의 싸움에서, 그것도 약세에 몰릴 때만 쓰게 되어 있는 무기로서, 인세(人世)에 쓸 수 있는 것이 아니었다 하네. 그러니까 그것은, 땅의, 그리고 인류의 안보를 위해 쓰는 것이지, 정복을 위해 쓰는 것이 아니라는 얘기지. 인세의 종말을 부를 것이거든. 크리슈나 고국의 종말의 풍경은, 그것을 여실히 보여준 예라고 해야겠지?

것11 소녀의 귀는, 점점 더 어두워져 가고 있는 느낌이오니다. 저 불용이, 소토템족들을 향해, 자기네가, 그들의 안보까지 챙겨주고 있다고 나선다는 얘기도 들었거든유.

순례자 거 재밌군그랴. '토템' 얘기를 했으니 말이네만, 호랑이, 곰, 코끼리, 늑대라는 둥, 먼 데 가까운 데 배고픈 이웃들이 있어, 예의 저 살찐 소네에 침을 흘리고, 그 살 베어 먹자고, 칼들을 갈아 쥐고서는, 호시탐탐하고 있다는 얘기겠네? 안 그런가? 그렇잖다면, 이봐, 자네 같은 당찬 정신을 가진, 자존심 있는 자들이 있었으면 말이네, 그렇게 허풍 떨고 나선 자들을, 당장에 오랏줄에 묶어, 엄히 다스렸어야지! 대신, 사시나무 떨듯 떨고, 후문 싸 들고 찾아뵈려 했겠는가?

것11 소녀의 귀가 어둡든, 스님이 피안에 앉아 계셔서든,

순례자 병가(兵家) 속담에, '전투에는 이기고, 전쟁에는 졌다'라는 소리가 있던데, (꾀 많은 제갈량이 해온 짓이 저것이었거니) 이 경우는, 저 막강한 불룡이, 그것을 써먹으려 들면, 그것 써먹은 자리만을 국한해 말한다면, 전투

도 이기고, 전쟁도 이겼는데, 전장(戰場)을 잃었다는 소리를 하게 될성부르네. (나폴레옹의 '모스크바 入城'은 널리 알려진 얘긴 것) 그래서는, 배고파 죽겠어서, 얻으려는 곡창 다 태우고, 쑥대밭에 퍼 내지르고 앉아, 욥모양, 뜨거운 돌로 상처 난 자리나 지지며, 재나 움켜 먹어야 되겠는가? 전투에서도 이기고, 전쟁에서도 이긴 뒤, 뭘 얻었는고? 그 짓이란, 배고픔 탓에 정신이 뒤집혀 발작증을 일으키는 자나, 나중 일 생각해볼 여유도 없이 불뚝불뚝 성부터 내는 소인 나부렁이, 뭐든 과시해보고 싶은 용렬한 자, 인명을 초개만큼도 여기지 않는, 잔인한 자들이나 허능 겨. 인물이 어쨌든 범상스럽지는 안 했기에, 남의 앞에 서 있게 되었을 것인데, 특히 남의 앞에 서 있다거나, 인류의 안녕을 고뇌하는 통 큰 이들은, 생각조차도 안 허능 겨. 처자식들 쪽박 들고 비럭질하러 다니기 전에, 저 이무기도, 들이나 일궜더면, 자신이 남의 악몽 덩어리 되는 대신, 얼마나 요족하게 살며, 이웃에도 퍼주고 해서, 한 동네가 화목하겠으?

것11 (침묵. 해학을 잃은 우울한 얼굴) 그, 그렇다 해두유, 혀, 현실은유,

순례자 그러고도 그렇지, 사람이라는, 반은 흙에 묻히고, 반은 하늘을 나는, 이 괴유정들이 손대어 세우는 것을 '文明'이라고 이르면, '自然'에 대해 문명은 옴병 같은 것이렸는다. 문명과 자연은, 그렇게 相剋의 관계인데, 일반적으로는, '모든 것은 時間이 일으켜 세웠다, 시간이 무너뜨린다'고 하되, 그런 생각이란, 무고한 시간에다 누명 씌우기가 아니겠는가? 거두절미하고 말하면, 時間은 Neuter(無性, 中性)이라는 게, 이 돌중의 咄見이다. 四季의 바뀌기에 좇아 일어나는 생성과 조락을 두고, 거기서 시간의 뜻을 읽는 이들도 있으되, 그것이란, 時間 안에서 自然이 자연 자체를 갱신하는 과정이며, 그 속에 시간의 意志가 개입되어 그런 건 아니다. 니풀하임[凍土]이나 무스펠하임[熱土]의 변화는 같지 않다면, 시간의 의지는 일률적이지 않거나, 무수하다. 시간 안에 의지가 있다면, 시간이 곧바로 창조자며, 파괴자여서, 다른 신들의 존재 여부도, 그리고 필요도 없다고 알게 된다. 시간은, 그것 속에 싸인 것만을 싸거나, 풀어놓을 뿐, 그것이 무엇을 임신하거나, 분만해내는 性別을 구비해 있다고는 결코 믿어지지 않는데, 그렇다면, 文明에 대해 가장 무서운 적은 自然이 아니겠는가? 문명 쪽에서, 한 탄지경이라도, 한시름도, 손도, 놓고 있으면, 어

느새 그 자리에 자연이 파괴의 손가락을 쑤셔 넣고 있다. 초옥 섰던 자리, 쑥대밭 되는 것은 자연의 승리다. 이렇다면 문명 쪽에선, 붕괴되고 도태치 않으려면, 어째도 합세하여, 자꾸 세우는 것 해야지, 왜 부수는 것 해야겠는가? 전 인류가 합심 협력하여, 平和하려 아무리 안간힘을 써도, 자연의 易의 저울 눈금에서 벗어나면, 문명은 감당치 못하고, 쓰러지고, 파괴당할 뿐이다. 그렇다면 이 거인의 콧수염이라도 한 개 뽑으려, 아무렇게나 덤볐다가는 큰코다친다. 몇 배로 참담하게 복수당한다. 그럼에도, 그 정도에서 그친다면, 그 황폐 위에서, 새로 또 무엇이 뽀스락 뽀스락 일어서는 소리가 있기 시작할 것이지만, 최악의 경우는, 菌 저그들끼리 해치느라 용쓰고 하다가, 저 옴병이 암 같은 것으로 변해, 저 거인을 죽여놓는 경우일 것이다. 無에서 왔으니, 無에로 돌아갈 뿐인가? 온 일도 없으니, 갈 일도 없는가? 태어난 일이 없는데, 죽을 일이 있겠는가? 아으, 얼마나 잠들을 훨씬 깨고 하는 소리냐? 잠을 깨어야겠는다! 전원이 장차 황폐해지겠으니, 어찌 돌아가지 않으리요?

것11 (해학을 잃은, 우울한 얼굴. 반복해서) 그, 그렇다 해두유, 혀, 현실은유,

순례자 (연민을 담은 눈으로 '것11'을 건너다보며) 허긴 이 늙다리 돌중은, 자네 앉은 자리에서 보면, 피안에 있어, 아무렇게나 씨불일 수 있는지도 모르지. 그러나 원기를 돋우게나! 아직도 자네 사정은 그렇게 나뻐 보이지는 않음세나. 가맜자, 재미있을 얘기 하나 해드리면, 그 잘 웃던, 고운 웃음쯤 보여주려나? 이건 『판차탄트라』 후속편에 속한 것이라 해얄 성부른데, 제목은 '毒狗(dog)의 이빨 값'이라고 되어 있던 듯싶응먼. 들어보라구 말이네, 이를 데 없이 소심한 데다, 짝을 찾을 수 없이 겁이 많은 선비가 하나 있었구먼. 그는, 자다 마른 잎 구르는 소리만 들어도, 강도가 들지 안 했나, 지붕이 무너져 내리지 안 했나 겁을 먹곤, 불 켜 살펴보러 나서는 대신, 몸을 웅숭그려 최소한도 크기를 만들어, 떨며, 어디 구석에 처박혀, 뜬눈으로 밤을 새우곤 했던 모양이었다네. 그러다 친구의 조언을 따라, 커다란 독구를 한 마리 사들였다는군. 그러곤 다리 뻗고 자는 잠도 여러 밤 잤겠지. 헌데 이 독구들이란, 잠잘 때 꼬리를 밟힌다거나, 먹을 때 누가 방해를 한다거나 하면, 따르던 주인이든 누구든 가리

지 않고, 털을 곤두세우고, 이빨을 드러내 으르렁거리는 야생성 한 두어 가지는 남겨 갖고 있는 짐승인 건, 대개 다 아는 것임에도, 이 서생은 몰랐던 모양이었네. 그래서나, 딴에는, 친해보자고, 밥통을 핥고 있는 놈께 무작정 손을 뻗쳐내, 놈의 목덜미에 아첨을 떨어 보이려 했던 모양인데, 이눔이 그만 야성을 드러내 버렸군그랴. 황망이 물러나다 엉덩방아를 찐 이 서생은, 식은땀을 흘리는 중에도, 아, 놈이 밥이 적은 까닭으로 불만이었댔구나 생각을 하고선, 이번엔 아주 고붕으로 갖다가시나 밥을 더 주었군그랴. 그런즉 놈의 눈부터도 아양기를 띠는 것뿐이겠는가, 꼬리까지 흔들어대며, 먹고 난 뒤엔, 주인의 볼가지 핥고 야단을 부렸겠네. 아, 개를 길들이려면 역시 음식밖에 없구나, 주인 생각은 그랬겠지. 그런 뒤부턴, 놈이 무슨 까닭으로 해서든, 이빨을 보이려 들면, 그때마다, 놈의 밥그릇은 음식으로 고붕 됐겠네. 그러는 중, 이 독구 놈께도, 아, 비겁한 사람을 정복하려면, 이빨이구나, 라는 식의 지혜가 들기 시작했던 모양이네그랴. 그런 뒤부턴, 자기께는 어울리지도 않는 어리광 부리기며, 귀찮기 이를 데 없는 꼬리 흔들기, 주인의 더러운 상판의 역겨운 개기름 핥아주기 따위 짓 다 그만두고, 주인 지나는 길 앞자리마다 찾아 누워 잠든 시늉하기로, 이빨 몇 보이기로, 하루하루 지내기가, 훈제 고기 매달아 놓은 광 속에서 지내기처럼 그랬을 것이었네. 그러며, 저 겁 많은 서생의 안보를 자기가 책임져 주고 있다는 생각을 키워, 교만까지 부렸더라지. 그러자니 주인이라는 자는, 제집 대문을 나서려거나 들어서려 할 때까지도, 저 독구 놈께 통행세를 바쳐서야 될 형편에까지 이르게 되었겠는데, 그런 정도에서 끝나기만 했어도 좋았을 것인데, 놈의 코에 인분 냄새가 난다 싶으면, 측간에 내달아, 주인 놈의 후문까지 겁탈하기를 시작해, 그 댁에 웬 치질 냄새가 등천하기 시작했더라고도 하지. 이눔 독구의 행패가 그냥 그 댁 울 안에서 그쳤어도, 이웃들이야 뭐라겠냐만, 이누미 글쎄 온 동네를 불편하게 했던데 문제가 있기 시작했던 모양이더라구. 애들을 밖에 내보내지도 못 하게 된 것부터 시작해, 물동이 인 엔네의 정강이 물기, 널어놓은 서답 끌어내려 똥 싸기, 지팽이 짚은 늙은네들을 보았다 싶으면, 암사돈 수사돈 가리기나 했겠으? 대번에 내달아, 꺼꾸러뜨리고, 침도 안 바른 똥구멍에 비역질하기, …… 뭐 그거 다 헤아리려 들면, 자네 발가락까지 다 빌려도 모자랄 거를. 그러니 이런 못된 것을, 마을 사람들이 가만두려 하겠어? 공적이 되어버린 것이지. 참다못한, 마을의 꾀 많은 이가 어떤 날, 그 개놈의 주인을 가만히 불러, 그놈을 길들일 꾀를 하나 귀띔해주었던 모양이라서, 그걸 실천에 옮길 양으로, 그 주인은, 개평 얻은 그 꾀를 호주머니에 넣고, 하루는 그래서, 장에 가, 개 목걸이 파는 전 들리고, 목수 연장 파는 데도, 푸줏간에도 들려, 무겁게 짐 해 메고 와, 먼저 살점 많이 붙은 뼈를 보인 뒤, 침을 흘리며, 저도 모르는 새 꼬리를 흔들고 다가와, 주인께 몸을 부비려 드는 틈을 타, 저놈의 목덜미에 쇠목걸이를 채우고, 그리고 놈의 몸길이 두 배 정도 자리만 빙글거리도록, 아무리 흔들어도 끄떡없는 기둥에, 다른 끝은 묶어 뒀겠구먼. 그리고 그날은, 사온 그 뼈다귀 주어, 제 놈의 형편이 어떤지 눈가림도 해뒀겠지. 문제는 이제 독구 쪽에 있게 되었잖다구? 그 후, 아무리 이 독구 놈이 음식을 기다려도, 세 끼니가 걸러지고, 열세 끼니가 걸러지고, 하는 사이, 밤도 길어지고, 해도 길어지고, 못 먹은 창자도 길어지고, 설움도 길어졌겠지맹. 저 독구 놈이 거의 빈사지경에 이른 하루는, 그런데 주인이, 한 손에는 좋은 음식을, 다른 손엔, (못대가리를 집어 뽑아 올리는) 연장을 들어, 히죽히죽 웃고 나타나서는, 독구야 알아듣든 말든, 이렇게 말해줬다 하더구먼, 이빨 한 개에 밥 한 그릇, 취하든 말든, 그것은 네가 선택할 일이다. 그리고 한참 더 얘기며, 실랑이질이며, 뭐며, 누가 보든, 무엇을 보고든 결단코 웃음 웃을 일 없는 중들까지도 웃게 할 짓이며, 또 뭐며, ……뭘 다 말하랴, 꼬리 탁 자르고 말하면, 그렇다 해도, 그 독구를 잇바디 없는 노파 같은 것으로까지야 만들었겠는가? 불화의 씨앗이 되고 있는, 그것만을 거뒀을 성부른데, ……건 어차피 필요 없는 것일 것이거든. 클클클, 웃고, 뭘 정복하는 데 쓰여지는 것은 그러니 이빨뿐만은 아닌 게구나, 독구를 길들이려면 역시 음식밖에 없는 겨! 시 한 수 읊기도 했더라지. 흐흐흐, '우화'는 대개, 訓道랄 것을 목적으로 읊어지는 것이겠으나, 그것까지 일러주랴?

것11 그러셔도, 인도주의라는 것도 있잖유?

순례자 그 말은, 늙은네로 하여금, 젊은 처자를 존경하여 부복케 하누먼. 늙은네께는 그러나, 저 독구나, 저 마을의 노약자를 위시하여, 아녀자들, 그 양편의 안녕을 어떻게 지켜줄 수 있을지, 그런 인도주의적이랄, 좋은 방편까지 생각해낼 수 있는 지혜가 없구먼. 그런즉, 전에, 어떤 돌팔이 늙은탱이 하나가, 대낮에 켠 등을 들고, 골목들로 다니며, 뭐라더라? 뭘 찾는다고 헤맸더라는 소리가 있는데, 아으 자네 선녀자여, 선녀자께서는, 그 물음을 들고, 이웃들로 다녀보는 게 권고되누먼.

것11 통쾌하면서도, 사실은 섬뜩지근하구유, 소름까지 돋우는 얘기여유. 그런즉 이제, 저 독구의 주인 되는 이는, 발 쭉 뻗고, 아무 걱정 없는 잠을 자도 좋게 된 것이 분명하겠나유? 그 방법이 어떻게나 정당하거나 부당하거나, 다른 선택이 없었으므로 하여 이빨을 포기해버려야 했던 저 독구는, 이빨을 포기하고 있었을 때, 자신의 모든 것도 함께 포기해버렸을 수 있다고, 그러므로 하여 양자 간에 기대되는 것은 상생화목밖에 없다고, 폭죽 터뜨리며 축제 꾸며도 되겠는가유? 저 독구는, 이빨을 포기한 것이 아니라, 처지나 상황이 그러하므로 해서, 보이지 않는, 안의 어디 깊은 곳에다 접어 들여 감춰두지는 안 했겠나 생각한다면, 지나친 기우겠나유? 말씀하신 '우화'는, 어느 시대든, 그리고 어떤 고장이든, 어떤 형태로든, 이란 종교적, 정치적, 군사적, 경제적, 문화적이라는 투로 종류는 많겠지요, 되풀이되어지는, 축생도 풍경의 인세적 은유, 즉 우화로도 이해되어지는데유, 그런 방법이 아니고서는, 공생공존(共生共存)할 수가 없는 것이 인류인가유? 소녀는, 슬프오니다! 슬퍼도 많이 슬프오니다! 人世도 畜生道, 보다 복합화해 있는 축생도라고 하셨던 말씀이, 새삼 소녀의 가슴을 치는데유,

순례자 (잠시 생각에 잠기더니, 이어 이런다) 자네네 경전 서두에 나타나는, '카인/아벨' 얘기를 자네는 어떻게 읽었던구? 그것인즉슨 인류, 범위를 좁혀 형제라고 말하면, 훨씬 더 설득력이 있는 듯하니, 형제라고 이르세나, 형제간에 있는, 불화·불목과 관계된 한 전형적 사건, 심지어는 원형성까지 띤 얘기로도 읽히던데 말이야, ……이를 두고, 자네네서는 간결하게, 'Siblings rivalry' 라고 표현하는 것으로 아는데, 안 그런가? 그것을 두고는, '하나님'까지도 속수무책이었다는 얘기가 저것 아니던가? ……카인은 이후 동쪽으로 가서, 놋 땅이라던가 어디에 가정 꾸려 정착했더라고 하며, 아벨(대신 셋이라고 해야 맞

겠으나, 셋은 아벨의 대신이라잖으?)은 가업을 계승했다 하는데, 그 뒷소문은 잘 들리지 않으나, 그런즉 추측이 허락되어진다면, 카인은 농군이었으니 철 따라, 땅의 소출에서 얼마를 떼어내 아우네 보내고, 아벨은 목축꾼이었으니, 때로 때로 고기 근에다 가죽으로 만든 신발 같은 것도 함께해서 형네에 보내고…… 했다면, 그런 것이 공생공존 아니겠으? 추측을 또 달리해보기로 하면, 서로 손에 피를 묻힌 뒤, 금강석도 녹여낼 원한을 품고 헤어져서는, 그 손의 피가 다 굳기도 전에, 어느 한편에서 지치고, 앓고, 굶주린 데다 헐벗으므로 하여, 형제는 한 지붕 밑에서 살아야 되잖겠느냐고—현실적으로, 서로는 서로를 그렇게 쉽사리 용서할 수 있는가, 어쩐가, 하는 의구심도 있지만, 그, 그건 어영부영해두기로 하고 말하면 어쨌든—아직도 끈적거리는 손으로 악수하여 얼싸안구시나 한 지붕 밑에서 살기 시작했다 하면, 물론이나 좋을세라! 그 아니 좋은가! 좋고 또 좋을세라! 그러는 동안, 힘도 두 배는 세어져, 이웃에서도 선망의 눈길을 보내지 않겠으리요? 마는, 그러는 중 양편 공히, 튼실하게까지나 기력도 되찾고, 위장도 불러지지 않겠으료? 마는, 그러면, 혹간, 난제가 발생하지나 않나 하는, 불길하고도 불쾌한 기우부터 드는데, 그 둘이 헤어졌기 전의 형편이나 상황을 되돌아보다 보니 그렇구먼. 형은 농부였으며, 아우는 양치기가 아니었던가? 식구가 불어나기에 좇아, 형께는 농지가 더 필요해지게 될 일이었으며, 마찬가지로 아우는, 더 넓은 방목장이 필요해지게 될 일이었다. 그런다면, 힘도 세어졌겠다, 이웃의 땅을 빼앗아서라도 넓게 쓰면 될 게 아니겠느냐는 철없는, 못돼 먹은 소리를 하지는 않겠지? 앞에서도 비슷하게 말했든 듯싶지만, 오늘날엔 글쎄, 이 현재 사정은 그래 보인다 말이지, 여하히 막강한 아서왕의 군대라도, 다른 혼란한, 분쟁 지역의 평정을 위해 침공하여 성공했다 해도, 머물러, 그 땅을 자국의 식민지화하는 일은 없잖던가? 함에도, 앞서 말한, 이웃 땅이라도 빼앗아 터 넓게 쓰는 짓을 정당화하는 방법이나 비결도 없기는커녕 여럿인 듯하여, 누구네들의 '우리 동네'에서는 이런 일도 있었더라 하니, 그것을 예로 하나 들어둘끄나? 저런 일을 도모하려 하면, 그 위인은 첫째 음흉해야 하고, 일동의 사촌 팔촌 사돈 누구도 범접할 수 없으리만큼 장대한 데다, 포악함을 구비하고 있어얄 테다. 바로 이런 궐자가, 우리 동네에도 하나 있어, 우리 동네 애먼 견공들까지도, 꼬리 한번 편하게 사태기 밖에 내어 흔들어 지낼 수도 없을 지경이었다는데, 이 궐자가 어느 날은 글쎄, 자다 봉창 뜯기로서나, 새벽 일찍 일어나, 목욕재계 하구시나는, 벽장의 족보를 꺼내 먼지 털고, 개정 가필을 시작했던 모양이었다. 본동 甲氏는, 자기네 고조 고조의 서출의 몇 대 손자로서, 지금 어디 어디라는 땅 몇 뙈기를 빌려 분가해 살기 시작했고……로 시작해, 사돈 亥氏는, 그 성정이 방정치 못해, 고조의 증조 되시는 이가, 지금 어디라고 이르는 변방의 땅 소작이나 하라고 멀리 쫓아낸 막내의 후손이라…… 대개 이런 식이었더라 했다. 우리 동네 약골이 그랬었다가는, 덕석몰이 곤장에, 이백여덟 개쯤의 뼈를 곤, 걸쭉한 곰탕이 되었을 일이 아니었겠남? 흐흐흐, 나무하러 갔다, 신선들 놀이 자리에서, 얻은 술 몇 잔 잘못 마시고, 제 잠 위에 쌓인 낙엽이 몇십 번이나 썩었을지도 모르게코롬 잠에 꾸드러졌다, 깨어, 집에 돌아온 나무꾼이, 놀랠 일이야 거 뭐 한 둬 가지였겠느냐만, 듣자 하니, 그를 그중 크게 놀라게 한 것 중의 하나는, '山賊盜蹠'이의 후손이라 하여, 천시되고, 괄시받던 자가, 글쎄 말이지, 떵떵거리며 우리 동네를 쥐락펴락하고 있는 것이었다 하잖느냐? 내력인즉슨, 저 후손이, '山賊'의 '賊' 字 하나를 '王' 字로 바꾼 결과였다는 것이더라구. 그러자 그 할애비의 '노략질'이 '정복하기'로 바뀌어, 도척이인즉슨 자연스레 정복자로, 영웅으로 둔갑돼, 우리 동네 젊은네들의 선망과 찬양, 경배의 대상이 되어버렸더라는 것이지. 헌데 이 점은 중요하다, 저 나무꾼에게는 邪實이, 저 젊은네들께는 史實로 아무 의문 없이 받아들여지고 있다는, 이 事實은 중요하다 말이지. 누가 게거품 물고 삿대질하며, 歷史는, 이미 솔아버린 과거사여서, '일점일획도 고치지 못한다는 하나님 말씀보다도 더 견고하다'고 외치는가? 심지어는, 갈이질해 먹고살, 생쥐 마빡 넓이 땅도 없어, 雜技질에 나선 서생들의 붓끝에서까지도, 그 붓 꼴리는 대로, 報紙 요분질하는 대로, 물결치는 대로, 바람 부는 대로, 역사적 사건이나 인물, 그 시대적 배경 등등, 이런 것 저런 것 왼갖 것이 다 바뀌고 버무려져 雲雨를 일으키거늘! —이런 식이다. 갓 쓴 놈이 글쎄, 가죽 장화 윤내 신고, 돼지 등에 타 마구(馬球, polo) 마구잡이로 해대는 이런 식이다. 예의 저 '가죽 장화'가, 짚새기만 신던 시절엔 없었다 해도, 이 시절에는 있는 것 아니냐? 얘기를 듣는 귀들 또한, 현재 이 시절 사는 이들의 것 아니냐? 흐흐흐, 그러한 데다, 그리고 말한 바대로, 비록 '山賊'이 '山王'으로 둔갑되는 일이 있는다 해도, 그거 말짱 '小說'이며, (헤아릴 수 없는 밤낮을 새워, 입힐 것이라는 것 짓기는 뭘 열심히 지었는데, 그것 입자, 입은 자의 배 속 거위까지 환하게 들여다보이게 되었더라는) '어느 황제네 재봉사들이 지어낸 홍포' 같은 것이며, 그래서 '이것은 詐欺올시다!' 즉 '虛構'라고 이르는 것이며, 까닭에 '雜技질'이라고 이르는 것인 것. 어찌 대인군자라고 자처하고서, 그런 것에 마음이 묶여, '잔잔한 물처럼 고요한 마음'에 풍파를 일으키려 하리요? 측간에 앉아 굳은 똥 눌 때로, 몇 글자씩 읽어보다, 밑 닦이에 쓰면 좋은 것이 그것 아닌가? 음흉하기 이를 데 없는, 우리 동네 저 궐자가, 자기네 족보를 새로 고쳐 쓰고 있다 해도, 그래 보았자 小說질인 것, 그런 것을 두고, 소인잡패스레, (마음이 고요함에 머문 뒤) 한옆에 밀어두었던, 사소한 걱정이나 염려 새로 챙겨내, 덮인 먼지 털어내려 할 일은 아니고 말고지. 이런 바쁜 철에 그럴 틈이라도 있으면, 나물 먹고 물 마셔, 칭얼거리는 거위는 달래뒀겠다, 평퍼짐한 마누라 깔고 편안스레 한잠 자느니만 못할세라. 피식민지민인지, 피지배층 우민인지, 그런 누구들 몽니 삭히는 데 쓰는, 君子道라는 보약 오랜 세월 복용한 효험 내느라 그랬겠지, 헤음, 거 어쩐다고, 소인스레 문빗장 걸고 말고 하겠으? 무릉 도화강에 잠의 배 띄워 타고, 지끄럭 찔그덕 어사와, 잠의 놋좆에 듬뿍 침 발라, 떠 흐르는 복사꽃 헤쳐나갔겠더라. 好也, 호야, 호호호 호야! 마, 마는, 좋은 일에는 마가 끼어드는 수가 많다던가? 이제 '바야흐로', 펴오른 복사꽃 구름[雲]에, 복사꽃 비[雨]가, 한 줄금 쏟기려는 지경에 이르렀는데, 이런 순 구정물 맞을! 尾閭로 뱃길 빠져들고 말았구나! 沃焦에 난파해 타스러졌구나! 흐, 흐미! 이러한즉, 이제도 거 뭐 하자고 맛 가신 튠시 더 읊어댈 필요 있겠냐? 절미하기로 해 말하면, 무슨 검센 객귀 하나가, 자기네들 아랫목을 떡 차지하고 앉아, 까낸 불알 두 쪽에 공알 하나를 안주 삼아, 제사 때나 쓰려 아껴둔, 그 아까운 청주를, 가슴팍에 철철 쏟아대며 처마셔대고 있구나, 보았어라, 알았어라, 아팠어라. 그런 뒤 뒷소문 듣자니, 이후, 저 군자는, 자기 집에서, 솟을대문을 드나들면서도 허리 굽히고, 새 상전의 상에서 던지어지는 부스러기 얻기 기다리는 자기 집 똥개와 함께, 상전의 명이 떨어지기 기다리는 방자 역에 취직했다 하고, 그의 마누라는, 자기 집에서 小室로 옮겨, 이 밤 행여 님 오시는가, 발소리 기다려 쭈구시고 앉아, 화롯불이나 다독이고 있더라 허두먼. 운명인 것을? 것을! 두고 어째야겠응? 이제는 배만 곯지 않는다면, 그나마 다행으로 여기고, 그냥저냥 한세상 살다, 갈 일만 남았는 거를 갖고, 아둥바둥해봐싸면 또 뭔 수가 있간디? 그러다 죽게 되면, 님께서 거적에 말아, 누구들 말로는, 역사의 쓰레기 처리장이라던가, 뭐 그런 자리, 공동묘지에 던져주실 일이겠지맹. 불알 공알 까였을 때, 이미 몽달이나 손말명은 면했었으니, 달이 휘영청 밝다 해서, 아니면 궂은비가 추적거린다고 해서, 잠 못 이루고 무주공산처럽시 밤을 울어예든 안 할 테니, 그것만 해도 복이래야겠지맹. 으흐흐으, 그, 크, 크래서 저렇게 말이시. 새벽같이 족보를 개정가필하구시나는, 우리 동네 저 음흉한 궐자가, 그러고는 뭘 했을 성부른가? 그 먹물이 채 마르기도 전에, 벌떡 일어나, 삼밭으로 쳐든 멧돼지나 돌풍모양, 마을로 내달려 내려갔을 성부른가? 그래서야 그를 두고 음흉하다고 이르기는 좀 뭣한 데가 있잖겠다구? 그는 그러곤, 손해 본 잠 벌충하려, 성급하게 일어나는 대신, 게으르게 누웠을 것이었다. 슳카장 자고, 일어나, 기지개 한번 크게 켰을 터이지. 해 한번 올려다본 뒤, 아직도 시간이 더 남았는지, 시간 걸려, 큰 낫 시퍼렇게 갈았을 테다. 그러곤 손바닥에 침 뱉어 끈끈하게 해설람, 그 낫 억세게 꼬나쥐었을 테다. 슬슬 시작해, 이제 자기 선군 어르신들이 소작 내준 땅 되돌려 받기에 나섰을 일. 자기 할아버님께서 빌려준 땅, 이날 이때껏 도조(賭租)라고시나 요절미 한 톨 바치지 않고, 몇십 대를 공짜로 부쳐왔으니, 그동안 쌓인 빚이 어떠할꼬? 마는, 그 빚을 탕감해줄 터이니, 땅이라도 내달라는 데 대고, 육국을 세 치 혀에 감아 꿀컥 삼켜 먹었다던가 어쨌다는 공자가 소작인이었다 해도, 그런 순 仁하기 이를 데 없는 君子 앞에서, 뭔 소리 하자고시나 혀에 찬비 맞히겠으? 으—흐흐 클클클, 거 술맛 돋우는 애기구먼. 한잔 부어라, 잔이 터지게스리 부어라 말이시. 그러구시나 우리 또한, 우리의 애기의 맥을 잠시 멈춰놨던 자리 찾아, 통하게 해설람, 이어보자꾸나. 잇기로 하면, 형은 아우의 방목장에다 밀이나 강냉이를 파종하려 할 것이며, 아우는 아우대로, 새싹이 트는 그 농토에다 양 떼를 풀어놓으려 할 것도 어렵잖게 짐작된다. 그것이 그들의 생업이 아니던가 말이지? 그렇다는 경우, 어느 한편에서 자기의 생업을 바꾸려 하지 않는 한, 글쎄라, 그런 것에도 최선이란 말을 써도 될랑가 모르겠어도 최선의 경우로, 두 생업 사이에, 새로 울타리가 서게 될 것은 불 보듯 뻔하잖다구? 이런 것을, 하릴없는 늙은 돌팔이 중의 기우라고 하는 것이겠지, 안 그런가? 人間이 같으면, 人種이 다른 이들과도, 가까운 이웃해서, 문 닫는 법 없이 사는 세상은, 좋은 것 아닌가! 같은 인종임에랴! 함에도 이솝("The Wages of Treachery", *Fables of Aesop*, Penguin Classics)이라는 늙은네는, '최악'이라는, 만약의 경우에 대해서도, 경고하기를 잊지 않고 있더군그랴. 모든 일반적 Siblings와 달리, 카인(은 악하고)과 아벨(은 선하다는 것은, 그 가문의 어르신들이 만든 편견, 편애라는 것을 염두에 둬두자)로 대표되는 이 특정한 Siblings는, 어떻게 어떻게 되어, 한 지붕 아래 동거하게 되었다 해도, 안됐게도! 종래는 다시 또 분가하고 말 듯하다. 人種은 같아도 (그것이 사실은 난제인 것!) 人間이 다르기의 까닭일 게다. 이 특정한 'Siblings Rivalry'의 변증법이 그것 아니더냐?

것11 그 말씀이 그 말씀인데유, 소녀의 처지나 입장에서는, 인종(人種)은 같아도, 인간(人間)은 같지 않은 경우를 더더욱 생각해보게 허누먼유.

순례자 건 우울하고, 아픈 문제군그랴! 이방의 이 행려자는 말이시, 자네네 동네에 와서, 인종은 다른데도, 같은 인간으로서 대접을 받다 보니, 은근히 희망 같은 것도 큰 걸 하나 갖기 시작했는데 말이시,

것11 만인 한 가족 같은 것 말씀이시겠쥬?

순례자 거 얼마나 찬란한 꿈이냐고! '뫎'論이 구현하려는 프라브리티 쪽 세상 또한 그런 식이지그리. 만종(萬種) 만인(萬人)이 하나의 가족이 되듯이, 만종(萬宗) 만신(萬神)이 한 회당에 모여…… 그러기 위해선, 이번에는, 신들이 성숙해지기를 기다려야 할 성부른가?

것11 인간 쪽에선, '인간'이 성숙하기를 기다려야 될 듯한뎁쥬, 문제는 인간이 인간을 상실해버렸다거나, 어느 일점에서 동결해버렸다거나, 곪아버렸다는 둥 뭐, 따라붙는 모독적인 언사는 많잖아유?

순례자 'Siblings rivalry' 얘기를 해왔잖다구? 자네가 또 그 얘기를 하게

만드는데, 세상 모든 형제자매들이 다 그런 것이 아니어서 천만다행이라고 해야겠지만, 카인과 아벨로 대표되는 형제라면, 저 둘은 핏줄은 같아도, 人間은 같지 않다고 자네가 말해왔던 것 아닌가? 이런 두 형제는 그렇다면, 되도록 멀리 떨어져 사는 것이 좋을 성부르지 않다구? 그러다 보면, 어쩌다 울리는 핏줄의 소리의 까닭으로, 서로가 다, 다른 쪽은 어떻게 사는지, 멀리 시선을 보내기도 하잖겠으? 이게 뭐 좀 대답이 될 만한가 모르겠네.

것11 아유, 그런 말씀일랑 특히 아벨네 마을에선 하지 마셔유! 그랬다가는, 자기네들식으로는 착하기 이를 데 없다고 생각하는 열린 마음의, 포용, 진보, 개혁을 부르짖는 자들로부터 크게 욕 얻어 자셔유! 한 핏줄의 형제임에도, 남만도 못하게, 원수 사이처럼 지내는 짓이란, 케케묵은 정의나 이념 따위에 묶인 수구꼴통에, 발전성 없는 꽉 막힌 보수 짓거리라고 말여유. 그러니까 그들의 대의는, 양자 사이에, 어쩌다, 비극적이게도 막히게 된 혈맥을 터, 풍부한 쪽에서 필요한 쪽에다, 수혈을 해주며, 장차 함께 살자는 짓이 어째 안 되며, 나쁘겠느냐는 것입쥬네. 액면 그대로는, 허긴 그런 것이 포용이며, 아량, 개방이며, 진보, 개혁 같은 것인 듯싶어, 박수를 보내게도 되었는뎁쥬, 그러다 보니, 그것이 일종의 고정관념 같은 것을 형성하게 된 듯해서는요, 그 마을의 보수라고 규탄받는 이들도, 자기네가 보수라는 데 대해 이의는 없는 듯 합습쥬.

순례자 흐흐흐, (무엇이 재미있는지, 재미있다는 식의 웃음을 웃고) 야, 것두 그럴싸해 뵈네그랴. 그렇게 해서, 양자 간에 막혔던 맥이 터, 쏟겨 든 氣가 우악한 맘에 새로 힘 실어주지만 않는다면, 그래서는 그쪽 편 발가락까지는 물론, 먼지 털에까지도 미친다면, 그런 수혈은 자꾸 더 해줄수록 좋은 일이겠네, 안 그런가? 마는, 본디는, 그리고 사실은, 예의 저 피의 까닭으로 'Siblings rivalry'라는 말까지 생겨난 것 아니던가 모르겠네. 흐흐흐, 그래도 피는 술보다는 진한 모양이던가? 술은, 이념의 비유로 이해해두기로 하게나. 이념이란 것들의 성격이 대개 그러한 것 아니더라구? 문제는 헌데 말야, 예의 저 Siblings rivalry가 중년에 갑자기, 카인네서도 말고, 착한 아벨의 동네에서, '진보/보수', '개혁/수구'라는 식으로, 새로 발작을 했다는 데 있겠군그랴, 오래 섬겨온 大地에 대해, 느닷없이 하늘을 도입했다 해서, 아우를 향해, 모난 돌 들어 공개 처형해버렸던 카인이 아니었던가? 大地가 있고, 어머니가 있으며, (생명이 발아할 조건을 충족시키는, 이 둘은 그러나, 인식하며 사는 유정, 판켄드리야에 대해서는 詛呪라는 소리가 있고, 또 어쩌면 原罪가 저것이나 아니겠는가 하는 의문도 들게 하는 것들인 것) 그리고 판켄드리야가 있은 다음, (저 대지로부터 탈출을 도모하여, 하늘길에 오르다 만나게 된) 神이 있는 것이, 합리적 사고에 익숙해진 정신에 차질을 일으키지 않을 그 順序라면, (아직도 草木이나 禽獸들의 神들의 神殿이, 들판 어디에고 세워져 있는 것이 하나도 보이지 않는 까닭은 무엇이냐? 그것들은 아직도 창조되어져 본 바가 없어 그러하냐?) 그리고 그것이 순서인 것이 분명한데, 이런 순서를 좇는다면, 언뜻 가장 진보적, 전위적으로 들리는, '이제는 대지를 모독하는 것이 가장 큰 모독이 될 것'이라는 투의 대지 선언을 하고 나선, 두 번째 '카인-자라투스트라'의 입지가, 저절로 환하게 내어다보이지 않는가? '대지'는 아직도, 아메바로부터 코끼리까지의 종교라면, 그러니까 그것은 여태까지도, 一官有情(에켄드리야)으로부터 四官有情(차투린드리야)의 寺院이라면, 五官有情(판켄드리야)의, 그것에로 되돌아가기의 운동은 무엇이래야겠는가? 흘러간 옛 노래에 목이 메기 아니겠는가? 咄, 이런 수구꼴통도 또 없겠는다! 그것이 어째서 진보적, 개혁적, 전위적 선언이겠는가? 이 늙다리 진화론자에게 이해되는 대지는, 판켄드리야에 대해서는 목적이 아니라, 판켄드리야의 사원이 서는 기반이어야겠는 것이다! 고로 그것은 잘 가꿔지고, 다져지고, 기름지게 보살펴져야겠는 것인 것. 이런 순서를 좇는다면, 그래서 이것은 눈금 삼아 눈여겨본다면, 한동네 사는 사돈들 사이에서도 노론/소론, 동인/서인, 우익/좌익 편 가르며, 진보/보수, 개혁/수구 해싸면서, 심지어는 삿대질에 저주까지 하고 나서는, 자기네 편만의 그 선하기도 선한 주장들도 사실은, 많은 경우, 구멍 난 버선을 토시 삼거나, 짚신짝으로 벗은 앞 가리개에 쓰는 식인 것을 알게 되어, 올챙이들까지도 웃음을 참다 못 참고, 나비 되어 날아갈 지경일 게다. 아하, 함에도, 자네 아직도, 그래도 뭣이 좀 다분히 추상적이어서, 석연찮다는 얼굴인데, 그럴 것이 아니라, 자네 볼모 되어 있는 동네일 돼오고 가는 것에서 그 구상적이랄 예를 하나 찾아보면 어떨꼬? 일인 절대권력자 안포-타즈 얘기구먼. 새바람이 불기 전, 근년 언제까지는, 어느 영지에나 그런 자들이 대개 하나씩 있어 오잖았더냐 말이지? 그중에서도, 안포-타즈의 병력이 아서까지도 초조하게 할 지경에 이르자, 앞서 말한 저 새바람에 좇아, 그의 이웃 영지에서, 자체 내의 일인 절대권력자에 항거해, 타도하기에 성공한 지적 정예라는 이들이, 그렇게 하지 않으면 전쟁의 위험이 있다 하여, 갑자기 전향하고, 안포-타즈께 애지중지하는 딸까지 볼모로 보내 저쑵고, 조공을 바치기뿐만 아니라, 자기네 식구들에 대해서는, 그렇게 하는 것이 평화 공존, 안보의 길이며, 열린 마음으로 하는 포용이고, 진보 개혁적 처사라는 투로 교육해온 것은, 자네라면 특히 더 잘 알고 있을 거를? 흐흐흐, 그거 여간만 재미있는 얘기가 아니어서, 입에 소태를 물었어도, 벌꿀 술맛으로 바뀌려 허누먼그랴. 흐흐흐, 아가 야야, 문 좀 빠끔히 열고 바깥 좀 내어다봐줄래? 자기들이야말로 이 우주의 최전방에서 '대지'를 방위하고 있다는, 두 번째 카인-자라투스트라와, 자기들이야말로 평화를 수호하기에 앞장 서 있다는, 자네네 동네 진보 개혁꾼들이 떼 뭉쳐, 이 늙은탱이 쳐 눕히겠다고, 롱기누스의 창 꼬나 내달려오고 있지 않는지, 그것 좀 빠끔하게 내어다봐줄 텨?

것11 저들은유, 안포-타즈 일인의 선기사주의나, 전체주의가 아니라, 그 영주민들이 이해하여 믿고 있는, 사회주의라는 것에 박수를 보내고 있다는 박론도 없잖아 있을 법한데유?

순례자 자네는 그 실험대에 올려졌던 흰 쥐였으며, 이 늙은네는 멀리서 방관만 해온 자였으니, 그 결과에 대해서는 자네로부터 배워야겠네만, 그것 이미 역사적 임상 실험이 끝난 것으로 아는데? 흐흐흐, 小說질이란 말이 있던데, 중이라고 자처하는 자가 어쩌자고, 小說질에, 자네 열두 폭 치마가 흥그렁하게 젖도록 방뇨를 했을꾸?

것11 또 튼시 읊으셨읍져? (둘이는 흥그렁하게 웃는다) 그 보담은유, 각주(脚註) 하나 달아주셨으면 하는뎁쥬네, '두 번째 카인-자라투스트라'는 처음 들어보는 이름이 되어서유.

순례자 (한 모금 머금어 입천장까지 적시고) 허허, 거 어짜자고시나, 그 한 엉뚱한 이름이, 수사학의 이 해변에까지 밀려왔드랬지? 이렇게 다구채일

줄 알았더면, 말을 시작하지 말았었어야 했을 것을, 갖다가시나! 허, 허허, 헌데, 그 얘기를 하려 하니 이 얘기 좀 섞어야 될성부르다. 문잘배쉐에도, 글 읽기나, 얘기 듣기 좋아하는 이들이 많아, '글사모'라는 모임을 만들고, 매일 아침, 일용할 양식 대신, 하늘도서관에서 광주리 가득히 새 책이 내려지기를 간구한 그 감천할 지성의 까닭으로 장로, 또는 원로 자리에 앉았던 이였던 모양인데, 자네도 익히 아는 바슐라르(Bachelard) 翁이 그이 아닌가? 헌데 말이시, 글 읽기나, 남의 얘기 듣기 좋아하는 이라면, 먼지 한 톨도 끼인 자리 없어 淨土라는 덴, 하품 나고 심심해서 못 산다. 걸 무슨 수로 무량겁 한하고 견뎌내겠으? 그런 자리에 무슨 읽고 듣고 할 얘깃거리가 있겠으? 도서관이라는 데에, 女仙男仙 짝지어 앉아, 살인, 강도, 방화, 불륜의 얘기 읽으며, 시식대고 있을 성불러? '글사모'네 방장 바슐라르 옹은 몰랐겠지만, 글이며 얘기가 쌓인 자리는, 글쎄 말임세, 이 풍진세상 말고는 없을 것임세. 이 세상 유정 하나하나가 다 얘기책인데, 서른 권 책도 넘을 분량의, 그것도 아픈 얘기, 그래서 앓음다운 얘기들이라 말이시. 천국에도 도서관이 있다면, 그 도서관은 그래서 이 땅 위에 있는 그것을 이른다 해야겠을시. 읽기나, 듣기 좋아하는 이들은 그래서는, 그곳을 뒤로하고 내려와야 할 테다. 그런 仙 중의 하나가, 美里에 내려, 文門을 연 뒤, 자네네서 이르는 聖杯, 그 친타마니를 찾아, 텍스트들의 심산유곡, 뻘밭, 타는 사막, 가시쟁이 숲이며, 엉겅퀴, 돌밭 해치기를 지칠 줄도 모르고 해온 끝에, 물론 그의 안낭엔 무수한 좋은 것들이 빼꼭 채워 있을 것이네만, 찾아낸 것 중의 하나가, '카인-자라투스트라'이겠네. (이 원로 기사가, 湖東의 김윤식 翁이다) '카인-자라투스트라'란, 이 김 翁이, 復古, 또는 復元된 人間의 한 전형으로서, 그 비전을 제시한 인물인데, '두 번째 카인-자라투스트라'라고 했었으니, '첫 번째'도 있었을 것은 당연하겠지. 이 둘은 그런데, 同名同人이거나, 同名異人이라는 설도 있다. 엣따나, 詩三百 다 읊으려 말자, 一言이 폐지하면, 하나는 앞서 말한 '대지'라는 현수막을 높이 들고, 전위를 표방하며, 역설적으로 逆前衛하고, 다른 하나는, 반대로, 복고를 주창하며, 逆前衛하기로써, 역설적이게도 전위(逆逆前衛)한다는 다름이 있다. 한 번 더 되풀이하면, 이것이 언뜻 전위, 또는 새 소식처럼도 여겨지는 관건일 것인데, 하늘에 저

향하여, 저 가장 오래된 늙은 대지에 돌아가 안기려 하고, 다른 하나는, 이것이 언뜻 퇴행, 케케묵은 소식처럼도 들리는 관건일 것인데, 어머니께 童貞을 겁탈당했기 전의 아담, 그 原人, 또는 本디人에 돌아가려는 데서, 同名同人, 同名異人이라는 구분이 생긴다. 이 '大地'를 '어머니'라고 이해하면, 양자는, 발로된 '요나 콤플렉스'의 표리 관계로 이해되어질 터이다. 하나는 저 모태 속으로 들어가려 하고, 그 의지의 표상화가 '붉은 용'일 테다, 다른 하나는 나오려 하는데, 거기 '흠 없는 어린 양'의 모습이 보인다. 人間의 再臨이 있다! 인간의 재림의 강보는 그리고, 새로 그리고, 새로 또, '神에의 認識'이 되어 있는다. 神이 존재하는가 마는가 하는, 이분법적 고전적 의문은, 잘라내 버려야 곱 낄 자리를 남기지 않는 귀두를 덮은 껍질 같은 것이다. 이미 그것은 유치하다. 그것에 의해서만 요나들은, 大地라는, 그 짐승의 자궁, 그 레비아탄의 배 속에서 탈출한다. 완성된 五官有情급 육관유정(六官有情) 그 이후의 人間이 태아난다. 티베미(Thus I Say).

것11 참 난삽한 小說질이네유!

순례자 이 小說질이 말씸이야,『古今笑叢』중「女尿呼匙」라는 얘기식으로 되어 그런 걸, 새로 고쳐 쓰랴? 출가 탈속했다는 한 촌 중놈이, 어쩌자고시나, 소문으로만 질펀하게 들어온, 그녀러 것 맛의 그윽하기가 이를 데 없다 해서, 용케 한번 그것 얻어걸린 김에 그것 맛 좀 보자구시나, 옻칠한 숟갈 꺼내 들어, 흐흐흐, 떠먹어볼 것이 따로 있는 것이지, 옥문을 그래서야 되겠으?

것11 (짐짓 골낸 얼굴을 꾸민 채) 함에도, '毛深內闊'(김삿갓)하고시나, 詩나 한 수 읊고, 얼음판에 넘어진 황소 눈깔을 하고 있는 것보다는 훨씬 낫다고 해야겠는데유. (비시시 웃는다)

순례자 (뭣이 재미가 난 듯 낄낄거리며, '것11'의 머리를 가볍게 토닥인 뒤) 이제도, 우리 말이시, 같잖은 小說 쓴다고, 눈썹 더 축낼 필요는 없게 된 듯헝만, 그럏야? 그래도, 화두를 꺼냈으면, 화미는 보고 봐야 하니, 무량겁 전부터 울어온, 우레가 하는 진보의 설법에나 귀 기울여보는 것도, 해스러울 건 없겠지? 다ㅡ! 다ㅡ! 다ㅡ!

것11 호후후, 그 먼 뇌우 소리, 오늘 들으면 천세 번째겠에유. 오줌 한 방울도 잴겨지지 않어유.

순례자 打!

것11 담야타— 원수가 네 왼뺨을 때리거든, 대들어 그의 오른뺨까지 후려치려는 대신, 먼저 '자제하라!' 그리고 너의 오른뺨까지 대주라, 자제하라!

순례자 따!

것11 다타— 원수가 너의 머리를 딛고, 너의 모든 소유를 탈취하려 하며, 너의 처자식을 노예로 삼으려 한다 해도, '주라!'

순례자 다!

것11 다야드밤— '악행은 미워해도, 그 사람은 미워하지 말고', 다만 '자비를 베풀지어다!' (둘이는, 씨석거리더니, 오르륵 타오르는 웃음 웃어 나자빠진다)

순례자 이 늙은 가슴이, 젊은네께 정들고, 화풍병 들고, 상사병 들어, 사지가 오그라드는 듯해설람 못 살고 죽어가겠구먼!

것11 '씨벌지목'[十伐之木, '열 번 찍어 넘어가지 않는 나무 없다'는 속담의 줄임말일 테다] 믿지 마우, 씨븐 아니 줄 터이오!' 이런 자리 당해, 어찌 맹사또만 맹 사또일까 부냐?

순례자 (웃다 죽다 깨어나서) 자네와 나 사이에 지금, 우리들 입은 수피의 색깔의 다름이 뵈는가?

것11 '재림한 인간'은 어떻게 하면 구해지리까? 하오니까, (머리를 긁적이고) 비록 인종은 같지 않다 해도, 인간 속에서 인간을 어떻게 불러 내리까?

순례자 '인간'의 기준이 어떤 것인데? 인피 입었으면 인간 아닌가?

것11 가시다 잘 가시다, 가파른 재도 쉬잖고 넘으시다, 스님 또한 홍시 주워 먹기를 좋아해유!

순례자 그런다면, 엉덩이에 따귀 몇 차례 맞는다 해도, 어쩔 수 없겠구먼. (둘이는 웃는다)

것11 '주라', '자비를 베풀라', 또는 '원수까지도 사랑하라' 같은 우레의 설법은, 실행에 옮기려면,

순례자 순교자가 태어나거나, 등신불이 나타나겠지?

것11 소녀께는, 해학을 이해할 만큼 여유가 없나이다.

순례자 그게 왜 해학이여? 한쪽에서는, 순교, 자기부정이라는 식의, 사회적 피학증의 등신이 속출할 테고, 다른 쪽에선, 자기 보는 앞에서 마누라와 어린 딸이 강간 유린을 당하는데도, 웃고 있는 부처님이 보이잖는다구? 거기 물론, 하늘에 차려진 큰 상이 그를 위해 준비되어 있기는 하잖겠다구?

것11 첩첩산중, 설상가상,

순례자 뭐 그럴 것까지도 없겠구먼. 신데렐라모양, 찔찔 짜며, 난마(亂麻)의 올을 찾아, 간추리려는데, 문제가 있어 뵈누먼. 엘프(Elf)도 알아 써먹는 쾌도법(快刀法)을, 사람이라고 치고서 왜 몰러?

것11 한 수 가르침 받겠나이다!

순례자 자연도(自然道)의 끈끈이는 '에로스'(Eros)라메?

것11 그렇게 읽은 듯도 싶으네이다.

순례자 석가모니는 경을 짊어지고, 인세로 왔다 하고, 연화존자는 또 그런 경을 짊어지고, 귀계(鬼界)로 갔다 하며, 유리의 팔조(八祖)는 균세(菌世)로 갔다 하는데, 축생도로 나아간 이도 있었더라 말이네. 그는 주로 '사랑'에 관해서 설했더라는데, 이 사랑은, '에로스'에 대한 '아가페'[博愛] 였다누먼. 말하자면 들 가운데 불탄 자리처럼, 문화도(文化道), 진정한 의미에 있어서의 문화도가 일어서기 시작했었을 것인데, 자연도도 문화도도 아닌, 다른 道가 하나 더 있었는데, 그 어느 道도 아니라면, 그것은 누구들의 마음속에나 있거나, 아예 없[無]거나, 빈[空] 道겠는데, 거기서는 그것이 '다야드밤'(또는, Anukampā, 慈悲) 모습으로 설해진다 하대그리. 이러면, 이 세계를 이루는 세 개의 우주의, 끈끈이들의 성격이 확연해진 듯한데, '아가페'라는 것이 그중 역동적 끈끈이인 것을 알게 된다고. 그것은 드바이타[二分]에서 출발해, 드바이타를 극복해, 아드바이타[不二, 無二]를 성취해, 다시 또 드바이타를 들어내, 새로 또 아드바이타를 성공해 있어 보이기의 까닭이다. '원수라도 사랑하라'의 이 원수는, 드바이타적인데, '사랑'에 의해 아드바이타화하는 것이 보인다. 임제(臨濟)라는 뱃사공의, '主/客'論은 사뭇 쾌도스러운 데가 있는 걸로 아누먼. 시선을 모으는 일점은 뭣인가 하면 말이시, 이 '아가페'는, '에로스' 쪽에보다,

'다야드밤' 쪽에 매우 가깝다는 것이겠는데, '다야드밤'은, 뭘 구분하거나 구별치 않는, 통합적 사랑이라는 것이겠구먼, 그것이 문화도의 아가페로 표현되면, '네 원수까지도 사랑하라!'의 대체(大體)로 바뀌어 드러나는 것일 것인데, 이런 대체적인 것은, 소체적인 데 써먹으려 하면, 말한 바대로, 거기 순교자나, '병신과 머저리'들이 우후죽순 할 수밖에 없게 된다. '에로스' 또한, 우주적 능력이겠으나, '아가페'나 '다야드밤'이 운위되면, 그 경계가 저절로 허물어지게 된다는 것쯤 살펴내기는 조금도 어렵잖을 일, 안 그런가? 그것 때문에 엘프들의 도움까지도 필요할 건 아니잖나? 그 '경계'란, 말의 편리를 위해 '성(聖)/속(俗)'이라고, 한계 지어도 틀리지는 않을 것이지. 문화도의 유정은 그러자니, 축생도에서 이민 온 지 얼마 안 된 까닭에, 라는 말은, 아직 그것으로부터 초극하지 못했다는 말인데, 자아, 또는 혼, 더 나아가서는 신에의 인식에 의해, 아가페까지는 개발해 있는다. 이 아가페의 자궁에서 태어난 유정을, 재림한 인간이라 이를 테다.

것11 재림한 인간을 '초인'(超人)이라 이르리까?

순례자 인간이 모태에서 태어나기 전, 그 모태에서, 왜냐하면 인간이 될 씨앗이었으므로 하여, 인간을 완성해놓고 있었다면, 그 반대로, 인간은 영구히 불완전한 존재라는 전제하에서는, 예의 저 '완성된 인간', 반대로는 저 '불구의 인간'을 초월한다는 의미에서는, 그리고 치기와 광기 어린 과장적 정신에 의해서는, 혹간 그럴 수도 있겠구먼.

것11 '유아'는 '천국'의 비유로 써먹히잖유?

순례자 이 늙다리 돌팔이 중에게는, 저 마당의 새끼 돼지든, 살모사의 새끼들도 '천국'의 비유에 조금도 부족함이 없을 것으로 뵈누먼.

것11 저 비유는 그러니, 완성된 인간은, 유아처럼 보인다, 라는 식으로, 그 시작을 다른 끝에서 잡았어야 했던 것이었군유? 인간은 그러니, 초월해야 하는 어떤 것이기보다, 완성해야 하는 어떤 것이라는 그 말씀이겠습쥬?

순례자 시방 말 되어지고 있는 이 '超人'은 神이라는 추상적 아이디어의 구상적 이미지화에서 드러난 것임에도 일반적으로는, 이 구상적 이미지를 추상적 아이디어로 이해하려 하는데, 난제가 쌓여온 것으로 안다. 이 '초인'은 다른 방언으로 된 번역에 좇는다면, 'Superman'이 아니라, 'Overman'으로 되어 있는 듯하더구먼. 이 방언의 'Super'와 'Over'의 차이는 그렇게 어렵잖게 짚여질 듯함에도, '超'와 '越'의 差意는, 아리숭한 느낌(!)이 있다. 그런데 그것에다 '人'을 합치고 보면, '超人'은 名詞처럼(!) 느껴져, 도달해야 하는 하나의 궁극으로 설정되어져 있는 듯도 싶은데, 반해서 '越人'이라고 이르면, 어째선지(!) 動詞처럼(!) 느껴지는 것은, 이 늙은네 또한 그 본의를 잘 터득하고 있지 못하다는 뜻이겠지? 그렇다고 '超, Super'가 動詞性을 전혀 갖고 있지 않다는 주장도 될성부르지 않구먼. 명확한 것은 數學이며, 아리숭한 것은 哲學 아니더라구? 아리숭한 중에도 대개 가닥이 잡히는 것은, '超人'과 '越人' 양자 공히 동명사로 취급하는 의미에선 同意語가 아니겠는가, 반면 양자 공히 명사로 취급하는 경우엔 異意語가 아니겠는가, 하는 것인데, 늙은네는, 그 양자의 다름이나 같음이 어떻든, 그것들이, 동명사 역을 벗어난 국면에서 쓰여질 때와, 진화론적 의미로 쓰여지는 경우를 제외하고는, ―가맜자, 말을 해놓고 보니, 그 말이 그 말이 됐네그랴! ―명사적으로 받아들이기에는, 무엇이 거시기하고 머시기해싸서, 받아들이기에 꽤 걸리는 게 많다고 말하고 싶으구먼, 그것들이, '도달해야 하는 어떤 궁극'으로서, 명사로 취급되어 있다면, 그러고도 '자아'를 금강석처럼 싸안아 고수하고 있다면―글쎄, 듣기로는, '초인 사상'을 부르짖은 자의 성공에 비해, 더 큰 패배는, '자아'를 고수하여, 분쇄해버리지 못한 데 있다는 소리가 있더먼―그것이 시작점이지 어디 도달점이겠는가? 그것들이, 진화론적으로, 즉슨 동명사로 제창되었다면, 그것은 분명히, 축생도에 주어져야 하는, 위대한 복음이 될 수 있는 것이었을 듯하다구. 그럴 때, '정신은 육체의 도구'화할 것이다. 완성된 판켄드리야가 超/越人이다. 갈마론자들의 편에서, 눈을 키우고 보면, 이 우주 내의 어떠한 유정도, '人間' 아닌 것은 없는 게 아니겠다구? 그러나 인간(판켄드리야)을 성취하고 나면, 육신은 정신의 도구화할 터이다. 인간의 재림이 거기 있다.

것11 돌대가리가 깨어지는지, 뒈세기가 많이 아퍼유! 아프구먼유!

순례자 (후후, 웃고, '것11'의 머리를 토닥인다) 그런즉슨, 이거 또 그 얘기지만, 인간의 재림은, 아직 발견해내지 못했거나, 발견했어도 드바이타적 사유의 병증의 까닭으로, 그를 처형해버렸거나, 어쨌거나, 인간 속에서 신을 새로 일으켜 세우는 수밖에, 다른 도리는 없을 듯헝만. 이 형천(刑天)들은, 자기네들이 잘라버린, 브란(Brân)의 머리통을 찾아, —전자는 '몰락'의 의지며, 후자는 '상승'의 그것인 것—다시 두 어깨 가운데다 올려야 할 게다. 그러면 새로 인간이 일어나 선다.

것11 '붉은 용'의 귀에, '어린 양'의 울음소리가 들릴 수 있을께유?

순례자 흐으흐흐, 식욕이나 돋우겠나?

것11 저 독룡을 퇴치하거나, 극복하는 방법이란 게 없어서, 세상은 아직도 그렇구 그런가유?

순례자 대답은, 그렇겠구나, 이렇게 구분해놓으면 말하기가 편리하겠구먼, 성(聖)/속(俗)이라고 말임세나. 聖의 편에선, 저 대치는 이미 끝나, 어린 양의 뒤꿈치가, 붉은 용의 대갈통를 짓밟고 있는 것이 환히 보인다. 함에도, 이 노래까지 불러주랴? 俗의 편에서는 그런데, 이 대치는, 우주의 끝날까지는, 한 치 반 치의, 어느 편의 우세도 가능치 않은 채, 계속되어갈 것이 또, 훤히 보인다.

것11 형편은 절망적인가유?

순례자 그것이, 프라브리티의, 상극으로 이뤄진 질서체계라면, 뭣이 절망적이며, 무엇이 또 희망적이겠는가? 이 자리에다, 聖 쪽의 아가페를 도입해 들이면, 세상이 무척 좋게스리 변해질 성불러도, 그 짓이란, 프라브리티에 대한 오독(誤讀)이거나, 심지어는, 저 단단한 테에 끊긴 자리를 만드는, (和平이 아니라) 검(劍) 주기 같은 것은 아니겠는가?

것11 그러니 결국은, 누가 왼쪽 빰을 때리면, 불뚝 일어나, 그의 오른쪽 빰까지 때리는 수밖에 다른 도리는 없는거겠쥬?

순례자 까닭에, '이웃 간에 사이가 좋으려면, 오히려 담을 높이 쌓아야 된다'잖게?

것11 그런즉 저 독구네 주인의 실행(失行)이랄 것은, 너무 성급하게 양자 사이의 담을 헐어내려 한 데 있었다는 말씀이시겠나유? 이미 늦었을 때는 그런즉, 독구의 소실(小室) 노릇이 싫다면, 다른 선택도 있을 성부르잖쥬? 그런즉 저 '독구네 주인'의 폭력, 그러해유, 폭력은 찬양받아야겠습쥬?

순례자 근데 말야, '폭력' 얘기가 나왔으니 말인데, 이런 자리 어디에, 아마도 그중 호꼰할 성부를 자리일 터인데, 그 폭력에 대한 對폭력은 절대로 아닌, 그 폭력의 뾰족함을 둔화하는, 힘 아닌 힘이 있어, 그 힘이 이 세계를 떠받쳐왔거나, 들어 올려온 것으로 알려져 있다네. 검[玄]은 암컷[牝]이, 그 자리에 샅 벌려 누워 있는 것이 보이누먼. 검[黑]다는 것은, 잘 드러나지 않는다는 것 아니겠는가. 이것이, 거친 자연에 대한 시적 서정(抒情)이라고도, 운문화하는 것일 것인데, (밖에로 시선을 보낸다. 그러고도 잠시 후에야, 뭘 보아낸 듯이) 가, 가맜자, 가맜어보자, 벌써 해가 뉘엿뉘엿해지고 있잖다구? 오늘 해도 또 지고 있네그랴.

것11 어마나! (황망히, 챙길 것 챙기며) 하구유, (떠나려며) 약속 하나 드릴 건유, 다음 와 뵐 땐, 뽐 나는 신발을 한 켤레 지어다 신겨드리려 허누먼유. 바닥은 든단하고, 발등 덮는 데는 부드러운 걸루다,

순례자 시, 신, 신발, 신발 말인가? (갑자기 더듬는다. 이마의 헌 주름 위에 새 주름을 여럿 잡는 것으로 보아, 자신도 그 까닭은 모르는 모양이지만, '신발'이라는 단어가, 오랫동안 건드리지 안 했던, 그의 속의 무슨 鍵 하나를 슬쩍 다친 듯했는데, 그런데도 그 音이 잘 짚이지가 않아, 일순 어눌증을 일으킨 듯하다) 시, 신, 신발이라?

것11 그렇게 맘먹었네유! 그것 신으시면, 발이 편해, 자꾸 걷고 싶을 걸루유.

순례자 (그것이, 잠들어왔던 무엇의 발바닥에 불침을 놓은 듯했으나, 일단은 접어둔 듯) 공주님이, 한 천승의 신발을 만들어 신겨주시는 일은, 천승께는 더할 수 없는 영광이겠소이다만, ……걸승이 맨발인 건 이제야 알았남?

것11 사실은유, ……, 얼마 전 그걸 알았던 때부텀 맘먹고 시작해, 마무리를 지어도 될 때까지 됐구먼유.

순례자 그만두게나! 걸승께도, 괜찮은 걸로, 한 켤레 신발인들 왜 없었겠나? 헌데 말야, 그 한 짝은 할멈 곁에 벗어뒀고, 아으 그러구 보니! (잊었던 뭣 하나가, 이 순간 기억에 떠오른 듯했다) 그러구 보니! 그렇군, 다른 한 짝은 갖고 길 떠나려다, 어느 큰 나무 밑, 누구의 무덤 위에다 벗어둔 것이 기억나누

먼! 불행하게도 낙태 유산된, 여아가 묻힌 무덤이었다는군. '해골의 전수(傳授)' 같은 것이었겠지. 그 여아는, 너무 일찍 유리에 왔었겠지. 훗날, 그 가슴에 해골을 받치고 있는 것도 벌써부터 보이누먼.

것11 참 이상한 사연을 담은 말씀이시네유! 다음 뵐 때, 그 말씀 졸라 듣기로 하겠나이다. 평강하세유! (순례자 뻔사 내어, 합장하고 깊이 허리 숙인다)

순례자 신발은 잊게나! 길 가다, 신발도 못 신은 왕자라도 만나면, 그이 뫼셔다, 지은 신발 그이 발에 신기고, 그러고는, 나귀도 못 탄 기사며, 눈 붉은 늑대들은 조심허셔라잉?

密交品

그리고 가부좌 꾸며 앉아, 순례자는 그런 채로, 오래도록 잠들어왔던, 자기 속의 어떤 鍵 하나가 낸 그 소리의 탐색에 올랐다. 그러고서야 그는, 그 音의 확실한 의미를 되찾게 된다. 美里에서는 '촛불중'이라고도 일렀으며, '뫎'門의 第七祖라고도 이르는, (문잘배쉐에서 이르는) 이 이상한 순례자가 (문잘배쉐의 표현으로는 '성배 탐색'이랄) 저 소리의 씨앗의 눈 튼 자리를 더듬어 오른 길은, '胎藏界'(Garbhakośadhātu)로 이어진 길이었던 듯했다. 무량겁 과거로 이어진 그 길에서 그가, 하루 저녁 노숙을 한 자리는 그리고 '美里'였다. 유리를 떠나려며 그가, 六祖께 고별의 인사를 드리러 찾아갔던, 큰 형장이 있는 큰 숲, 가운데 그중 높은 나무 아래였는데, 육조의 관곽은 아직도 그 나무 꼭대기에 매달려 있었다. 순례자는, 그때 그 자리로 돌아가, 그 자리 그 시간 속에서 이뤄졌던 일들을, 오늘의, 이 시간의 현재 속에다 再流入하려 하고 있는 중이다. 그렇다, 再流入하고 있는 중이다. 육조와 마주해 앉기 위해 촛불중은, 육조의 관곽을 매단 나무 밑에 정좌한 뒤, 육조의 영상을 양미간에 떠올려 뫼시고, 합장 재배하고, 하직을 고했었는데, 그때 촛불중은, 누구의 건드림은 없어도, 스스로 울려 내는 소리 같은 것을 청각으로 '느끼고' 있었다. 청각이 그 안쪽 마음의 鍵 같은 것이어서, 그 마음에 전해진 느낌이, 저 鍵을 두드려 소리를 내게 하고 있었다고 하는 게 옳을지는 모른다. 어쨌든, 그때 촛불중이 '느껴낸 소리'는, 육조의 음성 그것이었는데, 그때 촛불중이 느꼈던 몇 소리 속에서, 오늘 그 音이 확대 재생된, '신발'의 소리 부분만을 밝히기로 하면, 美里門의 '九祖'로 예정되어 있는 여인(은, 유리 읍내 '장로의 손녀딸'을 가리킴이다)의 자궁 속에, 자기[六祖]의 딸이 자라고 있었는데, 불행하게도 두 번째 낙태 유산되어 (『박상륭 전집』, 3297~3302쪽) 묻힌 자리에 지금, 유리의 '七祖'가 앉아 법은을 베풀고 있다고 하며, 자기[六祖]가 보니, 유리의 반대편 되는 땅(이라면, '사막'에 대한 '얼음의 고장'쯤이 아니겠는가, 그렇게 촛불중은 내어다보았었다)에, 아주 좋은 자궁이 하나 열려 있으므로 해서, 그 자궁에다, 유산된 딸아이의 넋을 심어주었더라고 했다. 아직 제대로 魂을 갖추지 못해, 流産과 함께 還本하게 될, 胎意를 일단 凍結시키는 것은, 자연의 달마에 금을 가게 하기이기보다는, 거기 어디 균열이 갖는 자연의 덕 베풀기를 좇기도 하는 것이 아니겠느냐고 하며, 어쨌든, 이런 어떤 특정한 여아의 유산, 낙태는, 무량겁 전부터 쌓여온, 男習의 정화로서 필요한 대속행으로 보이는데, 이로 인해, 女習이 한계에 차오르기까지는, 이 다키니(는, 이 語論에 준해 意譯하면, '女祖'의 형태를 드러낼 수 있을 테다)들이, 황폐를 극복하기에 지대한 공헌을 하게 될 것이라고 했다. 촛불중의 시간의 소급, 역행이, 그보다 조금만 더 나아갔더면, 앞서 육조가, '두 번째 낙태, 유산'했다는 핏덩이인즉슨, 그실은, 바로 촛불중 그 자신에 의해, 겨우 시작한 삶을 중두무이해 버렸던, 육조에게 정 깊이 드렸던, 그 수도부인 것도 알아냈었을 것이기도 했다. 그리고 촛불중을 굽어보며, "떠나신다고 하니 말이외다만, 하기야, 족적이 남는다 해도, '苦/無', '無/苦'나 남기겠소만, '苦'야 말해볼 것도 없겠어도, '無'를 딛기도, 발은 아프게 마련일 터인데, 가시는 길 어디에서, 스님의 신지 않은 발을 걱정하여, 특히, 제 손으로 만든 편안한 신발을 신겨드리겠다는, 소녀나 여인을 만나게 되거든, 그 소녀나 여인이, 유리의 六祖의 딸아이였다고, 그렇게 알아주시고, 법은을 베풀어주기 바라네이다." 그리고, 소리는 더 이상 느껴지지 안 했었다. 그러는 새, 순례자의 밤은 샜다. 그래서 도량(道場) 돌기 삼아, 산책에 나서려, 옷매무새를 추스리며 순례자는, "胎藏界에로의 탐색에서 이번 얻어낸 '聖杯'는, '신발'이었구나. 상사라였구나! 그랬구나!" 되뇌이고, 그리고 이 '신발'을 신는 대신, 머리에 얹고, 문밖을 나섰다.

—다시 광야, 선바위 아래, 웃는 소리가 질펀하고, 질퍽하다—

마님 그이가 때로 웃으며 쓰시던 어투를 흉내 낸다면, 그이의 쏜 화살 중의 어떤 것은, 과녁을 비켜 넘어, 조선까지나 날아간 듯한 점은 없잖아 있어 보임에도, 그이는 스스로 일러 진화론자시라메? 그이 또한, 몸 입고 있으므로 해서, 그 입은 몸, 처하게 된 세상이 아프신 게다, 누군들 아프지 않을 수 있겠느냐? 너 또한, 유학 중의 공주인데, 본국으로부터 무슨 물건이 송부되어오려면, 하자세월인 데다, 흔하게는, 산적이나 해적들에게 빼앗기기도 하는 갑던데, 이 노망한 할망구가, 마음 쓰는 데 좀 게을렀던 듯하여, 그렇게 여러 군데를 꿰맨 옷을 입고 있는 걸 보니, 보기에 민망하고 안쓰럽구나. 잘 알고들 있겠다만, 사실은 성주가 상고(傷苦) 중인 데다, 금욕을 하고 있고, 성민들 또한 최저한도라고 말한대도 될 만큼 검약 검소한 생활을 하고 있는 터에, 우리들이라고 해서, 비단옷에 치장할 수도, 기름진 음식에 배를 불릴 수도 있던 형편은 아니었지 않으냐. 이따 성에 닿는 대로, 네게 몇 가지 옷을 선물 삼아 주려 하고 있다. ('것11' 큰 웃음으로 머리를 조아리고, 나머지 '것'들은, 부러움 섞어 탄성을 한다) 가맜자 그럴 일이 아니라, 이 공주마마의 슬기로움의 까닭으로, 여러 공주마마들도 그런 선물을 받는다면, 나쁘잖겠지? (탄성, 왼 광야가 빽빽해진다) 가맜자, 어쩌다 보니, 우리가 전에는 해본 적도 없는 얘기를, 그것도 소풍 나온 자리에서 하게 되었는데, 이 저녁 이 할멈은, 광야에서 은혜라도 얻은 것 같은 느낌이고 있다. 우리의 주제는 그러다 보니, '소명', 그리고 그런 소명에 딸려 나온, 그의 고장의 '뚤파'거나 '추구'(芻狗) 같은 것으로 정리되는데, 저 애('것11'을 가리킨다)의 도움으로, 땅의 그것에 대해서는, 얼마쯤 의견이 스는 듯도 싶으구나. 마는, 땅보다 높은 문제로는, 아직도 그렇구나. 땅을 사는 사람들은, 땅에 먼지가 많이 쌓여 숨도 쉴 수 없다고 여기면, 자기들 속에서 뚤파를 하나 불러내서는, 그의 피를 세제(洗劑) 삼으려는 이상한 폭력성을 드러내는

데, 그 운명에 묶인 자는 저주라고 해야겠느냐, 은총이라고 해야겠느냐? 저 시동이 그런 운명으로, 문잘배쉐의 역사의 강을 떠내려온 것이 아니기를 바라야겠느냐, 아니면 그랬기를 바라야겠느냐? (한동안 침묵하고, 왠지 글썽이는 눈으로 달을 바라고, 시동을 건너다보다) 사람들이, 아담으로부터 켜켜이 쌓여온, 그 때[垢] 때문에 가려워 못 살게 되기 시작하자, 그 때를 긁어모아 그의 몸에 맥질을 하고, 그를 처형할 십자가를 그의 어깨에 올려, 책쭉질 해, 슬픔의 길을 오르고 있었을 때, 그 짐이 무거워 비틀거리다 그가 쓰러지자—그를 못 견디도록 무겁게 했던 것은 분명 그 '때'였던 것이며, 말 되어져 온 바대로, 두 토막의 나무를 가로질러 만든 '십자가'는 아니었을 것으로, 나는 믿는다—그 십자가를 대신 짊어져 주었던, 구레네에서 온 시몬이라는 사람이 있었다고 하는데, 이 시몬도, 혹간 혹간 말이지, 어떤 이의 육신적 고통을 대신해주러 불려나온, '뚤파'라고 이해해도 되겠느냐? 육신적 고통 말이지…… (최소한 '것11'만은, 마님의 뜻이 무엇인지, 느끼기도, 짐작하기도 해서 알고 있는 듯했는데, 액면 그대로는, '구레네 사람'과 '뚤파' 간에는, 아무 연맥도 닿지 않고 있었을 뿐이기에, 그런 것이다. 사실은 '안포-타즈'가 이 '구레네 사람'으로 변형을 치렀을 것이 아니겠는가, 하는 게, '것11'의 짐작인 것)

아무도 입을 열지 못한다.

무대가 회전하여, 문잘배쉐 성의 밤. '성배 의식'이 끝난 자리. 어부왕과, 호동에서 왔다는 순례자가 마주해 있는데, 이 무대의 시상(時相)은 분명치 않다, 어젠지. 오늘인지, 내일인지, 그 모두가 섞였는지, 상(相)은 있는데 시(時)가 없다. 이는, 꿈과 현실, 어제·오늘·내일에 대한 확연한 구별을 할 수 없이 된, 시동이의 시상이 그러해서, 그러하다. (양자의 대화가 진행되기에 좇아 드러나 보이는 '相'은, 순전히 수사학적 압력에서 드러난 것이며, 그들 간의 대화는 아예 없었던지도 모른다. '빈손으로 法種을 뿌린다'는 것 같은 역설을 원상에 돌려놓고 보면, 그러하다) 아까까지 보였던 마님과 시녀들의 모습은 보이지 않는다. '아까'라고 이른 그 시간의 길이도 모호할 뿐이다. 그네들의 모습은, 밝혀진 바대로, 동면하는 곰모양, 파 들어내진 구근(球根)모양, 또는 밤의 커다란 품에서 밤을 새는 벌새모양, 둥굴게 자고 있는 시동이의, 잠의 언저리에, 한 덤불 해당화로 피어, 거의 붉도록 푸르죽죽이고 있는 것이 보인다. 시동들 몇, 그리고 성배 기사들 몇. 무수히 켜진 촟불들. 궁중에는 어디나 대개 있는, 갖가지 물건들.

어부왕 순례자께서는, 아니 순례자 고향 호칭을 빌려 '스님'이라 하십세다, 스님께서는, 몇 춘추인지 헤아릴 수도 없는 세월을 걸려, 이 먼 곳까지 오셨다 하는데, 스님이 떠났을 때는 그러니, 대략 시동이 낫살쯤? 허허허, 그야 어쨌든 이제는 스님도 백발이시구료. '성석(聖石)을 되돌려 가져가시려는 목적'을 세우시고, 길 떠나셨다는데,

순례자 길 떠날 때, 누구든, 무슨 대의나 목적 같은 것을 가질 수 있어 가진다면, 걸음걸음마다, 무슨 의미가 있는 듯이도 생각되지 않겠나이까?

어부왕 느낌이란 건 묘한 것이겠소만, 어째선지 이 저녁 스님께는, 떠나려는 행려자의 분위기 같은 게 있어 느껴져 말이오만, 그래서, 이 저녁에 그것을 보셨으니, 가져가려 하시겠소이다?

순례자 (생각해보느라 하다, 무겁게 고개를 모로 젓고, 깊은 한숨, 그리고 느린 어조로) 이렇게 알현한 것만으로도, 빈승의 목적이랄 것은, 다 이뤄졌다는 믿음이옵니다.

어부왕 (의아해하며) 그, 그런즉 스님의 일생을 건, 탐색의 대의나 목적, 그것에 바친 고행의 의미가 바뀌었다는 말씀이겠소이까?

순례자 '바뀌었다'고 하기보다는, '없어졌다'고 하는 게 옳겠삽지요.

어부왕 그 먼 길, 그 오랜 세월, 그 많은 고역을 치렀으니, 그런즉 슬프다고 해야겠소이까?

순례자 이 저녁부터 빈승은, 발이 가벼워질 것 같은 느낌이온데, 발 위에 얹고 있는 몸이 가벼워진 듯하오며, 몸 위에 얹고 있는 머리통이 또한 가벼워진 느낌이옵니다.

어부왕 허허, 헛헛, 보신 것만으로, 이제 찾으실 게 없다는 말씀이겠구료?

순례자 빈승께, 그런 성스러운 의식(儀式)을 지켜보게 해주셔서, 성은이

크옵니다.

어부왕 성석을 뫼신 본성(本城)지기인 나는, 기사이기는 하지만, 그것도 보시다시피 불능의 기사이기는 하지만, 기사 또한 속인(俗人)이 아니리까, 그러니 또 이런 말을 하게 되오만, 그래도 빈손으로야 돌아가실 수는 없잖겠소이까?

순례자 빈승의 고향 속담에, '여기에 있는 것은, 저쪽에도 있다. 여기에 없는 것은 저쪽에도 없다'라는 게 있삽는데, 그 진정한 의미를 알기까지 그 많은 세월이 흘렀군입지요. 거기 가보고서야 그 뜻을 알게 된 셈이었나이다.

어부왕 허긴 이쪽에도, 그 비슷한 속담은 있소이다, '위에 있는 건 아래에도 있다'라는 것인데……, 그, 그러하다면, 스님의 고장에도 있는 그것을 못 보고, ……또 아니면, ……하지만 '성배'(聖杯)라고 이르는 그것까지야,

순례자 빈승은, 추호라도 성배를 모독하려는 뜻은 없사옵니다. 경배를 바칠 뿐이옵습지요. 빈승 또한, 허허헛, 이거 외람된 말씀이옵니다만, 성배 탐색기사의 한 종자(스콰이어) 따위는 아니겠나이까?

어부왕 (빙그레 웃고) 마음에 전해진 뜻을, 이쪽 병든 늙은네식으로 번안을 해본다면, 이런 것은 아니겠소이까, 성배 또한, 하나의 외적 대상인 것, 그렇다면, 어떠한 물건을 두고서라도, 사람이 그것에 신심을 갖고 경배키 시작하면, 그것이, 그 사람의 신심과 경배의 넥타르를 마셔, 물성(物性)을 신성(神性)으로 바꿔 드러내 보이기,

순례자 (황급히 손을 저으며) 그, 그렇게 우상(偶像)이라는 것도 태어나겠사오나, ……'위에 있는 것은 아래에도 있다'는 지혜는, 아마도 '말씀의 우주'의 진리를 요약한 것인 듯함에도, '여기에 있는 건 저쪽에도 있다'는 속담은, '마음의 우주'의 탐구의 방법을 요약한 것이어서,

어부왕 우리네 성석은 그래서, '하늘에서 떨어져 내린 돌'이라고 하오만, 그런즉 스님의 성석은 어떤 것이리까?

순례자 빈승은, (그리고 침묵하며, 잠시 생각하더니) 성석을 두고서도 루타[相, 象]와 아르타[義, 意]를 분리해 보고 있었지나 않았는가, 하는 것을 고려해보고 있나이다. 사실은, 그 깨달음을, 성배를 알현했음과 동시에, 얻은 것

이라 해야겠나이다.

어부왕 법음(法音)이 울려도, 듣지 못하는 귀를 좀 띄워주시구료!

순례자 빈승 또한, 불새 잡으러 떠난 시동이모양, 루타를 버리고, 아르타를 찾아 헤맸던 것이나 아닌가, ……그 아르타는, 저쪽에뿐만 아니라, 이쪽에도 이미 거기에 있었던 것을,

어부왕 그, 그건 매우 흥미로운 설법이신데, 조금 풀어 말하면?

순례자 파르치발은 그것의 루타의 탐색에 올랐으며, 시동은 아르타를 찾아 떠난 것으로 아옵는데,

어부왕 아, 그것까지는 생각해보질 못했구료!

순례자 이건 순전히 천승의 천견일 뿐이옵니다만, 파르치발은 아마도 세월(歲月) 안에 문잘배쉐로 돌아올 듯하오나, 시동은, 문잘배쉐 주변 어디서 방황하면서도,

어부왕 (침중한 얼굴로, 깊은 한숨을 쉬며) 그, 그런즉 그 아이 한 번 더 보았으면 하는, 이 늙은 아비의 소원은 성취되지 못할 듯하구료?

순례자 말씀 올린 바와 같이, 그건 천승의 천견이오니, 너무 심려치 마소서. 천승이 천박하여, 말을 아끼지 못하고,

어부왕 (손을 홰홰 젓는다) 이쪽 늙은네도, 제 놈은 몰래 떠난다고 떠났으나, 놈의 등을 보며, 이것이 마지막일지도 모르겠다는, 막연한 생각은 했더랬소이다. ……건 그러하거니와, 다시 귀를 열어주셔야 할 것은, 루타가 없이, 그 어떤 특정한 아르타도 어떻게 인식되는 것이겠소이까? 성배 얘기외다만,

순례자 빈승의 고장에선, 전에 말씀드린 바와 같이, 이 성석(聖石)을, '친타마니'[如意珠] 라거나, '파드마마니'[蓮石] 라고 이르옵는데, 풍문엔 그것이, 어떤 경로에 의해서였는지는 밝혀져 있지 않사오나, 호서(湖西)의 문잘배쉐라는 데로 옮겨져, 비치되어 있다고 하였사옵니다.

어부왕 처음 듣는 얘기는 아니외다만, 여전히 놀라운 얘기외다.

순례자 하오나, 새로 살펴보게 되었기는, 그것은, 에린 중생께 주어진 하나의 소망 같은 것으로 들어져, 다른 아무 데도 말고, 법경(法經) 속에 숨겨져 있는 것이나 아니었던가 하는 것이옵니다. 이는, 현재로서는 관념적, 형이상

적 소망의 돌이옵는데, 이 소식을 들은 에린 중생은, 누구나 없이 마음속에서 그것 얻기를 간구하는 중에, 그것을 실현해줄 어떤 대상을, 또는 물상(物象)을 하나—'만났다'라고 하는 말이 옳겠나이까—만나, 그것을 상대로, 그것 얻기를 기구하게 되었을 수도 있었나이다. 그것 '얻기를 실현해줄 대상'이란, 예를 들면, '기자바위' 같은 것으로서, '기자바위'가, 그 불임의 여성과 교합하여 회임케 하는 것은 아니잖사오니까. 이는, 친타마니의 루타[物象] 역(役)이겠습지요. 이때, '아르타' 따로, '루타' 따로 독립해 있는 것이 관찰되어짐에도, 감천(感天)할 정도의 그 신심 속에서는, 저 둘이 일원화해 있음도 관찰되어지네이다.

어부왕 그런즉, 그 현장에는 없던, 추상적, 풍문의 아르타가 어떤 물상과 야합하게 된다는 말이겠구료? '풍문의 아르타'란, 누멘(Numen)이라고들 이르는 것이 더 정중한 표현이 될 듯한데,

순례자 빈승이, '성석'을 모독하지 않는 한도 내에서는, 그러하다는 말씀이오니다.

어부왕 저런 것을 일러, 샤머니즘이라고 하는 것이 아니겠소이까?

순례자 종교에도 원형(元型)이 있다면, 천견에는 샤머니즘이 그것 아닌가 하옵니다. 동시에 그것이, 허무주의의 반대편에 있는, 발전한 모든 종교의 흑혈(黑穴) 같은 것이나 아닌가 하고도 있사오니다. 어떤 종교의 주지(主旨)가, 어떤 신도의 지적 수준을 넘고 있는 경우, 그 신도의 신심은, 그 자신도 모르는 새, 이 흑혈 속에 빠져드는 것이 살펴지옵는바, 이런 신심 속에서는, 우주적인 초월자까지도, 그 신도만의 한 누멘의 모습을 띠게 되는 것으로 짐작되네이다. 물론, '신은 자기의 신도가 원하는 모든 모습을 드러내준다'는, 신의 다현적(多現的) 의미에 있어서는, 그리고 '신심이 지극하면, 그 신심은 어떤 하나—이는 'SAT'라는 말로써 가정될 수도 있겠습니다만—에 닿는다'는 해박한 견지에 있어서는, 저 '흑혈' 또한, 그 신도(信徒) 자신에 대해서는, 자기도 모른 새 행한 변절이라거나, 개종이랄 수는 없겠사오나, '사트'와 '누멘'은, 같음에도 같은 것은 아니며, 같은 것은 아님에도 같은 것이라는, 이상한 역설을 주억거릴 수 있음에 의해서도, 그 양자가 반드시 동의어라거나, 그런 뜻은 없

다는 것이, 은연중에 밝혀지는 것이 아니오니까. 기자바위나, 드나드는 사립짝 곁에 우람하게 서 있는 탱주나무에 대해서처럼, 회당 벽에 걸린 '십자가'를 의신화하기는, 그것을 상징으로 보는 눈의 신심과는 같지 않으며, 같고, 같아도 같지 않을 터이온데, 드리고 있는 말씀은 그러니까, 어떤 신도에게 십자가는 누멘의 역이며, 다른 신도에게 그것은, 사트의 상징이 된다는 말씀이 되겠나이다. SATism 쪽에서는, 저 NUMENism은, 흑혈에로 떨어져 내렸다고 건너다볼 수 있겠사오나, NUMENism도 그 신심에 있어서는 다를 바가 없다고 포용적으로 인정하려 들면, 그 종문의 주의(主意)의 품은 넓어져도, 그 종교는 모르는 새, 그 아르타 부분에 변화가 있어,

어부왕 '성석'이나 '친타마니' 숭배도 그런즉, 어떻게는 SATism일 수도 있다는 말씀인데,

순례자 (침묵. 그리고 또 침묵. 그리고 입을 연다) 빈승은, 말하자오면, 역으로 말씀 올렸사온데, '친타마니'나 '파드마마니'와 달리, 문잘배쉐의 성석의 경우는, 루타가 선존(先存)하는 경우여서,

어부왕 이쪽 늙은 어부 하나가, 오늘은, 스님의 어망(語網)에 갇혀, 혼란을 겪고 있는데, 결국은, 이렇게나 저렇게나 같은 얘기라면, 성석 또한, 그 아르타뿐만 아니라, 루타도, 여기에 있으면 저쪽에도 있다는, 그런 결론이 아니겠소이까? 이쪽 늙은네가 혹간,

순례자 (조용히 웃고) 빈승이, 말을 너무 많이 한 듯하옵니다.

어부왕 어디에나 있을 수 있다, 는 루타 얘긴데, 성배 의식을 통해서 스님께서는 무엇을 보셨으리까?

순례자 (거의 들리지 않을 음성으로) 외람되오나, 분명히 보았으되, 보았다는 말씀은 분명히 드릴 수가 없는 것이, 빈승의 죄이오니, 책하소서.

어부왕 어떤 뜻인지 얼른, 그리고 분명하게 짚이지가 않소이다. 마는, 우리 두 늙은네는 시방, 성주와 손님이라는 관계로 대좌해 있는 것이 아니라는 것만은 알아주었으면 하는구료. 부족한 이 성주가 만약, 스님의 친구가 될 수 있다면,

순례자 성은이 망극하옵니다.

어부왕 그런즉, 이번에는, 이쪽 늙은네의 눈을 좀 뜨게 해주셔야겠소이다.

순례자 세월은, 빈승이라고 해서 무관하지 안 했사와, 빈승 또한 시력이 매우 나빠진 듯하여, 눈으로는 어떤 사물을 보고 있음에도, 마음으론 전혀 못 보는 수가 흔하옵는데, 사실은 세월이, 눈보다 마음을 덜어내 간 것이나 아니겠는지요. 마음도 눈도 장애자겠나이다.

어부왕 어허허허, 허허—, 이래서 속담에 이르는, 늙은네 사정 늙은네가 알아준다고 하는 것이겠소이다. 그래서 그러면, 아까는 마음으로 본 얘기겠소이다만, 눈으로 보신 것은 어떠했소이까?

순례자 윤허를 받잡고, 외람된, 지극히 외람된 말씀을 드리오면, 허긴 빈승의 마음이 그러해서인 것인지, (머뭇거린다)

어부왕 두 늙은 친구끼리 못 털어놓을 얘기도 있겠소?

순례자 황공하옵니다. 윤허를 받잡고 말씀 사뢰오면, 빈승께 보인 그 루타는, 페레두르(Peredur, *Mabinogion*)가 본 것과 비슷하되, 빈승의 눈엔 '잘려서도 살아 지혜를 설하는 머리통'이 아닌, 그냥 '해골', '마른 해골'이었더니다.

어부왕 (혼잣말로 탄식하여) 허긴 브란(Brân, *Mabinogion*)도 눈 감을 때도 됐겠지러. (순례자를 향해) 그것이 스님이 본 루타였구료? 스님네 사찰이 있음에 분명한, 유리(羑里)에서는, 스승과 제자 간에, 경(經)의 전수로 '타액'을 먹이고, 조(祖)의 그것으로서 '해골'을 전수한다는 법속(法俗)이 있다고 들었는데, '해골'을 두고서야, 이것과 저것의 다름은 말할 수 없을 터이지요? 그래서 본즉, 유리에도 있는 것을, 놔두고, 먼 문잘배쉐까지 왔구료? 이쪽 늙은네께도, 그렇게 보인 것은 아닙네다만, 어찌 되었든, 구상적 물상까지도, 그 보는 눈에 따라, 다른 모습을 드러낸다는 것은, 경이구료! 페레두르의 '살아 있는 머리통'을 두고는, 그 전설적, 전기적 측면까지 고려하고 보면 이해되지 못할 건 아닌 듯해도, '마른 해골'은, 이 늙은네껜 매우 난삽한 재료구료.

순례자 천견엔, (머뭇거리며, 이 경우에 적절한 어휘를 찾지 못해, 난감해하고 있더니) 천승 같은 무학승이, 그것도 다른 고장의 언어로써 새로 어휘를 하나 조립[造語] 해낸다고 하면, 그 언어로 우짖는 새들도 웃겠사오나, 그것은, 한 '에우페메리즘'(Euphemerism)이랄 것이, 어떤 한 집단의 집단적 관념

을 형성해낸 것이나 아닌가 하옵는데,

어부왕 스님문(門)의 말을 빌리면, 이를 두고, 설상가상(雪上加霜)이라고 해야겠을시다.

순례자 돼지치기 노인네서, 문잘배쉐의 언어도 익힐 겸, 이곳의 경전을 봉독하며, 이 여러 해 소일을 해왔삽는데,

어부왕 스님의 종문에선, 타 종가의 경전을 읽는다는 게 금기로 되어 있는 건 아니구료?

순례자 빈승문(門)에는, 특히 무슨 경전이랄 것은 없사옵니다마는, 어찌 되었든 천견에는, 한 정신이 자라 여물 때까지는, 그런 금기는 꼭히 필요한 것으로 아옵니다. 마는, 말씀을 드리고 보니, 빈승은 꽤 익어 있다는 투의 말씀이 된 듯하와, 황공하오니다. 마는, 유리라는 고장은, 어느 종문(宗門)에서, 파계했거나, 파문당한 자들이 모이는 곳임도, 알려드려야겠나이다. 환속한 중들이 이룬 고장입습지요.

어부왕 거참, 듣고 보니 만감(萬感)이 드는 통종교적 고장인 듯한데, 그 얘긴 따로, 그럴 수도 있다면, 기회를 내서 듣기로 해야겠소이다. 그런 대신, 그 '에우페메리즘'이라는 것이 매우 궁금하구료.

순례자 만종문의 돌팔이로 하여, 귀종문의 성법(聖法)에 대해, 천승의 천견을 발설케 하시지 마옵시기 바라오니다.

어부왕 아니, 시작된 말씀이시니, 굳이 말씀하셔야겠소이다. (어부왕 미소)

순례자 '에우페메리즘'이라면 사뢰온 바와 같이, 무학승이, 'Euhemerism'과 'Euphemism'을 합성해 급조(急造)한 어휘이온데, 무학승의 의도는, '무엇과 무엇'의 대비, 또는 상관관계가, 보다 더 은유적으로, 완곡하게 표현되어져 있는 재료를, 보다 용이하게 이해해보자는 것이었나이다. 하나만 예 드는 것이 윤허된다 하오면, '어부왕의 불구'가, 어떤 밀로(密路)를 경과하는 사이, '잘린 채로도 살아 있는 브란이라는 신의 두상'으로, 그리고 이 '잘린 두상'은, 기독이 받았던 할례에서 잘린, 그의 귀두 끝의 살점에로까지 연계되어져 보이는 바, 이 경우의 이 우주적 밀연(密緣)은,

어부왕 (손을 홰홰 저으며) 아, 아직도 물론, 모호하기는 마찬가지외다

만, 그, 그런 말씀이시다면 그러나, 이만쯤에서 그만두기로 해야겠소이다. 그이의, 이 천한 종이, 어찌 그이의 신들메라도 감당할 수 있으리까?

순례자 하옵슨즉, 그렇게 여쭙기만으로도, 폐하의 상고가 치유된다고 하오나, 빈승이 어찌 감히, "폐하의 병은 어찌하면 나을 수 있아오리까?" 사뢰올 수 있었겠나이까? 폐하의 상고(傷苦)로, 폐하의 영지에, 성은이 망극하온 것을,

어부왕 저 불모, 저 황폐도 '성은'이리까?

순례자 에덴은, 황폐가 꾸어낸 꿈이거나, 에덴이 꾸어낸 꿈이 문잘배쉐가 아니겠나이까?

어부왕 그 말씀의 뜻은, 아주 조금만, 그것도 관념적으로 알 듯할 뿐이구료.

순례자 (묵묵히 합장만 해 보이고, 눈을 내려 감는다)

어부왕 (그도 꽤 오래 침묵하고 있더니, 웬일로 글썽이는 눈이 되어) 스님께서는 그래서, 걸어오시며 낸 발자국을 되밟아 가시려는 것이외까? 그 고행이란, 역탐색(逆探索), 즉슨, 발자국을 지우기라고 해야겠소이까? 오실 때의 발자국엔 '苦' 자가 인각되어 있었다면, 가실 때는, 그것을 지우는 일이 되어, '無' 자가 인각되겠는가요? (허허히 웃는다)

순례자 (허허히 웃으며, 자리에서 일어나, 어부왕 앞에 합장해, 고개 숙여 보이고) 듣자 하오니, 파르치발은, 성배를 찾기까지, 아무 곳에서나 하룻밤 이상은 머물지 않는다는 세원을 세웠다 하옵는데, 참으로, 빈승은,

어부왕 (가볍게 손을 저으며) 그쪽 늙은네는 건강해 뵈니 말씀이외다만, 이쪽 늙은 병자가 죽기 전에, 한 번 더 뵈일 수 있겠소이까? 빈손일 것이 안타깝소이다!

순례자 빈승의 순례는, 사실로는 문잘배쉐에서 첫걸음을 내딛는 듯이만 싶으오니, 돌아가기 전에, 몇 걸음만 더 나아가보려 하온즉, 발자국을 되밟아 돌아가는 길엔 문잘배쉐가 있지 아니 하겠니까? (그리고, 혼잣말하여, "하옵고, 빈손은 아닐 것 같사온데, 빈승의 성배 탐색도, 헛된 것은 아니어서, 얻은 聖杯는 둘이나 있사온데, 하나는, 이쪽 황폐 속에 남겨두려 하오며, 다른 하나는, 다른 쪽 황폐 속으로 가져가려 하옵니다. 그들이 그래서 황폐를 극복할 수

있게 되기를!" 그리고, 누구도 보아내지 못할 미소를 지었는데, 이 두 번째의 聖杯는, 아직 그 母胎에 피도 맺히지 않은 '八祖의 씨앗'을 두고 했던 혼잣소리였기의 까닭이다)

어부왕 '친타마니'라는 법씨[法種] 뿌릴 밭이, 아직도 많이 남겨져 있는 게 아니겠소이까? 허나, 괜찮으시다면, 이 밤은 이쪽 늙은네와 같이 새우고, 아침에 떠나도 되시잖겠소?

순례자 빈승을 친형제처럼 친애해주신, 노인장(돼지치기)께도, 하직의 말씀은 드려야겠나이다.

어부왕 마지막일지도 몰라, 이리도 만류하는 바이외다만, ……어찌하여 스님께는, 성석이 해골, 그것도 마른 해골로 보였으리까?

순례자 (뒤돌아서려다 말고, 잠시 숨을 고르는 듯하더니) 시동이가 평소에, 자기는 '잠든 돌의 나비'를 찾아야겠다고 했던 말을, 폐하께서도 들으신 일이 있사오니까?

어부왕 느슥은 영 철이 없다 보니, 낚시질을 도와준다고 할 때면, 노상 그 말을 입에 물고 살았더랬지요. (웃는다)

순례자 (같이 웃고) 천견엔, 시동은 그래서 그것[聖石]의 아르타를 찾아 떠나고, 파르치발은 루타를 찾아 떠났다면, 윤허하옵시다면, 이런 말씀을 드릴 수 있사온데,

어부왕 (손을 홰홰 젓고) 아, 알겠소이다. 알겠는 것은, 그것은 그러니 해골, 마른 해골이 아니겠느냐는 것인데……, 파르치발에 대해서는 걱정은커녕, 그로부터 보호를 받아야 될 처지임에도, 시동이는, 그, 글쎄 시동이는…… 떠난 등을 보며 본성주비(本城主妃)와 함께 탄식했던 소리가 이것이었쇠다만, 아직 한 둬 해쯤 기다리려 했었으나, 이럴 줄 알았더면 장가라도 들였어야 했을 것을, 것을, ……걱정이외다.

순례자 하오나, 시동이 또한, 과녁이 달라서 그렇지, 하나의 늠름한 기사오니다! 너무 심려치 마소서!

어부왕 어디쯤에서나 노숙을 하는지? 늙은 아비의 속을 이렇게 언짢게 해서 되겠소이까?

순례자 이제 갓 태어난 짐승의 새끼들도, 어미가 혀로 쓸어 태보를 벗겨 내는 즉시, 저 살벌한 들을 다 잘 이겨나가지 않으오니까? 항차,

어부왕 거야 그렇소만…… 지금쯤은 저 광야의 어디서, 방향도 잃고 우왕좌왕하고 있지나 않는지……, 늙은 가슴이 허퉁하구료. 장가라도 들였을 것을…….

순례자 세상은, 보는 눈이 보는 대로 보여주는 것이온즉, 파르치발님은 물론이지만, 시동이도, 제 눈에 보이는 대로의 아름다운 고장을, 노래하며, 경쾌히 나아가고 있을지도 모르잖나이까? 그렇게 생각하소서, 하오면, 세상은 또 그렇게 아름다움을 드러내 보여주겠습지요.

어부왕 어디를 가시든, 늘 평강하시기 빌리다. 돌아가시는 길엔 그리고 부디, 이쪽 병로(病老)의 손이라도 한번 잡아주고 가셔야 하리다. 또 혹간 죽었거든, 무덤에 한잔 술이라도 뿌려주시구료.

무대가 다시 회전하여, 다시 광야의 그 자리. 밤의 아들, 죽음의 막냇동생, 꿈의 아비 히프노스(Hypnos)가, 잠의 주술을 엎어 씌워놓아, 광야 속의 한 작은 광야 같은 시동. 잡종 암컷들이 풍겨내는 액기는, 흰 암톳이 싼 오줌, 달빛 냄새이다.

것11 저 시동이는 참, 저 길 떠나는 걸 바래주러, 마님까지 행차하신 것두 모르고, 잠만 쳐대 자고 있다누요! 저 머슴앤 늘 저렇다니깐. 낚시질 가실 준비가 다 되어, 성주님께서 우리 중의 누구를 보내 깨워서라야만, 퉈정 부리고 부스스 일어나곤 하더니, 제 버릇 개 못 주나 봐요.

것3 너 참 앙큼하다 말이지! (모두 킥킥거린다) 시동이 앓았을 때 몇 번 꾸물거렸었을 뿐이지,

마님 유모의 젖 떼고부터, 시동이가 이 애 손에 자라고, 배운 건 알잖느냐. 섭섭할 것은 당연하고도 또 너무도 당연할 일이지. 원한다면, 잠시 저 잠퉁이 곁에 머물러, 자장가를 불러주렴! 기억해둘 것은, 이 밤중에, 성문은 한 번밖에 더 열리지 않는다는 것이겠다. 가다, 널 기다려, 우리는 재나무님과 좀 재

재거리게 될 테다. (딴소리하듯) 탐색 길에 오른 왕자들이나 기사들을, 무사하도록 지켜주는 힘은, 첫째는 '하늘에 계신 우리 아버지'겠으나, 둘째는, 앞에서 기다리고 있거나, 뒤에 남아 또한 기다리는 여성들에게 있다고 이르되……, 츠쯧, 저 시동이는 허나, 어머니 얼굴도 모르는 데다, 저 애('것11') 말고는, 사귀었던 여자아이 하나 없었던 듯한데, 주님과 어부왕 말고, 앞으로 닥칠 그 어두운 길에서, 누구의 영상이 등불이 되어, 저 우직한 녀석을 이끌어줄꼬? 누구든 한번 집 떠나면 그렇지 않겠느냐만, 특히 저 시동이는, 기사치고도 고아 면치 못한 기사겠구나. 아담은, 금단의 열매를 따 먹은 불복종 죄로, 육안에 보이시던 신을 못 보게 된 대신, 늘 곁에 있었어도 못 보았던 '여성'을 보기 시작했더라 하는데……, (웃고) 신을 잃고, 여성을 찾는 게 '지혜'였으끄나? (실없는 웃음을 또 웃고) 하늘의 '눈'이 땅에로 뚝 떨어져 내린 것이렸다? 머슴아이들은 어째도, '금단의 열매'라는 것을 따 먹어보아야, 순수를 잃었으므로 짐승에로 떨어져 내렸다 해도, 비로소 '사내'로 성장한다고 해야겠느냐? 성배 기사들은, 하늘의 눈, 그 '순수'를 '성배'로써, 되찾으려 고역을 치르고 있다고 말해도 되겠느냐? 그러면 에덴의 복귀가 가능해지겠느냐? 얘기대로 따르면, 아담의, 그때까지도—흙에서 흙으로 빚어졌으니 그럴 일이지—대지의 양수(羊水)에 덮인 눈을, 하와가 씻어준 것으로도 이해되는데, 아담이 그렇게 눈이 뜨이고 나서 본 세상은, 왼통 엉겅퀴며 가시쟁이에 덮여 있었다 해도, 그것이 사실은 에덴의 진면목이었다면, 빠르게나 늦게나, 그 금기에의 위반은, 숙명적 과제였었을 것이라는 생각도 있다. 골목쟁이 어디에나 많은 아이들을 보면, 눈곱이나 코딱지를, 그 애 어버이의 가난하기의 아픔으로 뭉쳐 달고 있어도, 손에 쥐어져 있는 검은 빵 한 덩이를, 누가 뺏어가지만 않는다면, 그 아이는 그것만으로 고통이 무엇인지 모른다. 물론 무엇이 행복인지도 모르겠으되, 어머니가 부엌에서 뭐든 먹을 것을 만들며, 흙 묻은 장화를 신은 아버지가 식탁 앞에 앉아 있으면, 그것이 그 아이에게는, 에덴일 뿐이다. 에덴이 그러고도, 좋은 곳(곳+것)인지 어떤 瞎인지, 그것까지도 모르다, 그러는 중 아이는 자란다, 그러면 이제껏 동화적, 운문적 한세상이 산문적으로 변해 보인다. '짐승'이 발동하며, 금기를 깨뜨리고 싶어 한다. 어느 훗날, 이 '금기'에 대해선, 다른 해석이 만들어질 것은, 뻔히 내어다보인다. 이 노파는, 그것도 일종의 할례 의식이라고 믿어 의심치 않는다. 어떤 젊은네는 그러곤, 매우 희귀하게, 그것을 두 번 태어나기라고도, 이해할지도 모르며, 일반적 젊은네들은 그것을 그냥, 자라 어른 되기의 과정이라고 알고, 휘파람 불며 바짓가랑이 끌어올린 뒤, 다른 데다 추파한다. 그중에서도 가장 희귀하게는, 그것을 거세(去勢)라고까지 믿어 버리는 경우도 있을 법한데, 이 경우의 젊은네는 분명히, 비극적 운명에 스스로 묶여 들어버린 것이겠지만, 안으로 열린 한세상의 비밀은, 그들에 의해 밝혀지는 것이나 아닌가, 하는 생각도 있다. (몸을 일으켜 세우며) 밤도 이슥해졌는데다, 게으르게 늦잠도 자고 해야 할 나이에 그래 보지 못하던 중, 누적되었던 잠이 한꺼번에 풀리는 듯해서 시동은, 그것이 좀 가벼워져서라야만 깨일 성부르니, 자게 내버려두기로 하쟈. (앞서 걸음을 옮기며, 혼잣말로) 안포-타즈가 탄식했던 것모양, 글쎄지, 저 느슥 장가를 들였어야 했었던 것을! (말께 오르기 전, 언뜻 한번 뒤돌아보고, 제일 어린 것이, 달빛 아래 웅숭그리고 서서, 어찌할 바를 몰라 하는, 몸짓의 언어를 이해해낸다. 瞎妄嫗다운, 음흉한 웃음을 웃고) 불쌍한 것! (이라고 탄식도 한다. 말께 올라, 책죽을 들어, 말의 엉덩이판을 가볍게 친다) 불쌍한 것 같으니라구! 운명은, 어째 하필, 어떤 한 생명을 골라, 그 올가미를 씌우는 것인가? 저 시동은, 보다 더 모세일 것인가, 아니면 보다 더 유다일 것인가? 아니면 그 둘일 수도 있을 것인가? 또 아니면, 그 아무도 아닐 것인가?…… 시동이가 누군가? 문제는, 파르치발 다음으로, 어쩌면 정(情)으로서는 파르치발보다도 더, 안포-타즈가 아끼는 머슴아이라는 데 있음인 것. 사실은, 저 아이 고국의 형편을 살피면, 그럴 가능성도 없잖아 있어도 보이지만, 지금은 알 수 없는, 어떤 운명이 그러해서, 저 애가 문잘배쉐를 벗어나지 못하고, 안포-타즈의 시선 아래에 머물러야 된다면, 그러는 한, 저 가련한 것은, 불가침의 과부, 것두 일종의 성녀(聖女)라고 해야겠지, 시집 가본 적 없는 과부일 수밖에 없는, 그러니 그것이 운명 아니겠는가? 이후, 저 어린 것은, 얼마나 많은 한숨과 눈물로 해를 저물리겠는가? 한번 바다가 채워 들었다 물러간 뒤, 황무한 사막이 되었다는, 그 이상한 순례자의 고향, '유리'가 생각나는구먼. 저 아이의 시선은, 미래를 향했다며, 그제는 닫힌, '뒤쪽에로 열린 영원'에 묶이게 될 것을.

아, 글구, 패관이 어디까지 읽었습더? "화설 이때" 대목까지 끝냈다구? 배는 육시러게 고프고, 목구멍은 절시러게 말라 뻑뻑이는데, 쳇, 밤은 이제 겨우 이경도 못 되었구만, 케흠, 패관이 목청 가다듬는 소리러람, 어째 이리 목구멍에 기름기가 없어 뻑뻑하고 쓰리다는 겨, 요럴 땐, 술이 약이라, 한잔 먹는다면, 쓸어놓은 마당에 달빛 괴이기 같을 것인데, ……카, 거 좋고 좋도다! 그런즉 또 시작해볼 일이겠제, 시작은, 허리 굽은 '기역'(ㄱ)으로 돼 있소이다, '아'(ㅏ)를 업어 허리가 굽었은즉, '가'가 되는도다, 역시나 짐을 무겁게 져 허리 굽은 '기역'이, 그 짐 밑에 깔렸으니, 행여라도 그 위에다 검불이라도 하나 더 얹으려 마소, 그런다면 '각' 자(字)가 팍 쓰러질 팍 자로 꺼꾸러질 테요. 이윽히 건너다보니, 꼬락서니가 '각' 자로다. 그러는 중 보니, 이웃 며늘아기가, 애 밤똥이라도 누이려는지, 아니면 칭얼대는 애를 업은 채 오줌이라도 누려는지, 달밤에 나서는데, '시옷'(ㅅ)으로 가랑이 벌리니, 마당의 수캐가 '어'(ㅓ)? 푹 박아 넣은즉, 시작된 요분질 꼬락서니가 '리을'(ㄹ)이로다. 달빛이 서셔리 '설'서리 내리니, '설' 자를 이뤘도다. 합쳐—'각설'(却說). 감창하여, 이빨들 부딪치는 데서 '이!' 이 소리가 저절로 새 나오는데, 생똥이 비어져 나오는지, 찢어진 주둥이와 똥구녁이 '쌍디귿'(ㄸ) 꼴인 데다 대놓고, 업힌 '애'(ㅐ)가 떼써 나서는구나, 본즉 이것이 '때'로다. 아하, "각설 이때"—가, 이 대목이었댔도다. ……흐흐흐, 저것인즉슨, 우리 아저씨 김삿갓이 신다 버린 짚신짝만도 못하긴 못해도, 할방패관이, 언문쇼셜책 '화설'(話說) 다음 대목으로 넘어간 자리를, 줄줄이 줄줄이 유창하게 읽어나간 쇼릐러람. 음전키로 소문난, 마을의 암사둔이, "잘이흔다, 잘이혀!" 쭈글거리고 합죽한 입에 침 발라 넘어가고, 점잖아 존경받는 수사둔이, 목침으로 제 허벅지를 쳐, 쿵! 퍽—쿵, 궁벅궁 허으, 허으, 꺼으, 꺼으—,

각설 이때—, 놈은, 시동이 놈은, 이게 체조 짓 달밤에 하기끄냐, 제 놈의 육괴를 제 손바닥 위에 올려놓고, 달빛에 언문쇼설 읽듯, 읽고 있는 중이다. 달이 그런즉 가만있겠냐, 그것을 탐해, 치사한 암캐가 돼 핥고 덤비는데, 달이 핥고 덤비는 그것인즉슨, 개고기 파는 푸줏간에 걸린, 개 피 덮인 양두(羊頭)도 같거니—. 그 본인은, 어부네 새끼 어부였으니, 농부네 자식들이 그럴 성싶은, 황토밭에서 갓 캐어 올린 고구마 따위의 연상은 할 수도 없었을 터여서 말인데, 낚여져 올라와 퍼덕이다, 진흙탕에 끌박힌 무슨 붉은 색깔 물고기 같은 것을 내려다보고 있는 중일 것이었다. 달의 혀가 푸르러 그런지, 그것의 비늘이 그래서 그런지, 인광과도 같은 푸른빛을 쐬어내고 있어 그것은, 그 괴주(塊主) 당자까지 섬뜩해하며, 치사하고 흉물스럽다고, 구역질을 함께하여, 이 교본을, (그렇다, 해독해내야 하는 내용을 담고 있는 대상은 해독하려 하면, 교본의 체제를 갖추는 것, 그것을) 읽으려 하고 있다. 그러다 그 괴주는, 그 교본에 대고 침을 퇙퇙 뱉고, 꼬집고, 비틀고, 가루가 되거나 국수 가락이 되도록, 움켜쥐고, 주물럭대고, 괴롭히고 있다. 선인들이 관찰하고 전한 말대로 좇으면, 남자의 오체의 그중 호꼰한 자리를 차지해 있는, 이눔 혼자만 똑 불거져, 이눔 썩 잘났겠다, 저 따로, 제멋대로 노는 방자한 손[客]이라거늘. 주인이, 소금 같은 잠에 푹 절여져 시들어져 자고 있을 때라도, 이눔만은 저 혼자 싀볼볼기ᄃ래밤드리노닐며, 이년 저년 닥치는 대로, 수쿠비들께 애를 배 준다 하는데, 이 달빛 아래선, 그년들 중의 '드룩'(Drug)[11]이 화풍병을 앓았내 비다.

3. 아르타(義·意)

황원(荒原). 가운데. 그것에 의해 사위가 드러나고, 중심이 잡히는 듯한, 거인 크기의 선바위. 밑. 뜨끈해서 구근(球根) 같은 주검 하나, 번듯이 누워 있다, 시동. 때에, 문잘배쉐의 하늘 쪽에서, 첫 새끼 배기까지나 자란 암톳 크기의, 새가 한 마리 날아오고 있는데, 이후, 저것의 주술에 덮어씌웠거나 하여, 저것이 시동이의 거의 모든 의식/무의식을 점유해버리거니와, 시동의 믿음에 그것은, 꿈들이 나들이하는 고장에만 있는 백조거나, 아니면 거인들 마을의 비둘기, 또 아니면, 어쩌면, 불새가 그것일 것이라고도 했다. 글쎄지, 불새가 그것이었을 것이라고 했다. (나중의 그의 신념까지 끌어들이기로 하자면) 그리고 불새는 그것이었다. 그 새의 그 폭넓은 날개는 시동이께는, 벨탄 축제(Beltane Festival) 때, 그 가운데 깊이, 산 사람이나, 짐승을 가둬 넣고, 생나무를 동산 높이나 쌓아 올려 태우는, 벨의 화톳불(Bel's Fire)처럼 여겨졌는데, 그 가운데 갇혀진 자는 시동이 자기였고, 그 자기를 품은 화톳불은, 새[禽] 였음에도 짐승[獸] 의 아랫두리[牝] 를 열어-닫고 있었고, 닫긴 그 안쪽에로 화산보다도 환하고 더운 안이 열리더니 시동이 자기를 녹여 용암을 만드는 것이었고, 밖의 닫기와 함께 안으로 열린 그 궁창은, 영겁을 두고 닫기지 않을 것 같았고, 그 찰나에 묶인 시간 또한, 영겁을 두고 흐르지 못할 것 같았다. 강호(江湖)는, 광야에도 있다. 그렇다, 광야에도 강호는 있다.

강호가 있는 곳에, 은원(恩怨)도 있게 마련이라는 것. 강호가 어디 중원(中原)에만 있는 것이던가, 해동(海東)에도 있듯이 천축(天竺)에도 있어, 그쪽 강호도 중원 강호와 달랐을 리는 없었을 것이었다.

그 강호 얘기 중에서도 특히, 시바(Śiva) 신과, 마귀 아디(ādi) 간의 그것은, '은(恩)/원(怨)' 중에서도, '怨'과만 관계된, 우주적 강호의 한 전형 같은 것이었다고 이르거니, 그 말 좀 해도 쓰겠다. (밝혀두고, 얘기를 시작해야겠는 것은, 이것은 사실 男女 간의 恩과 관계된 얘기를 하기 위해, 怨과 관계된 얘기를 빌린 것인데, 은 탓에 빚어진 결과가, 원 탓에 초래된 것과 조금도 다르지 않은 까닭이다. 일반적으론, 은과 관계된 얘기를 하려면, 武俠 얘기 대신 情俠 얘기가 되어, 베개 밑에 감춰 두고시나 은근히 들여다보는 쓰임새가 있겠으나, 그 결과가 그런데 무협 얘기처럼 되었다면, 恩이라도 怨化하는 것이 江湖 아니겠는가? 그러하다면 이것인즉슨, 꼭히 살펴보아야 할 내력이 있겠는다) 저 怨의 요체는 대략 이러했다고 전해져 있다 쿵후문[工夫門]에서 진리처럼 읊어지는, '복수는 복수를 낳고, 복수는 복수를 불러, 복수의 바퀴는 끝없이 구른다'라는, 그 바퀴 구르기에 좇아, (그러니 저 양자 간의 이전의 은원 관계에 관해서는 생략하기로 하고, 『스칸다 푸라나』에 수록되어 있다는 얘기를 번안키로 하면) 저 마귀 아디가, 시바께 복수할 목적으로, 몇만 년 닦아온 요가의 공력에 의해, 자신의 성(性)을 전환하여, '여성'을 갖춘 뒤, 그 여성(요니) 속에다, 그 뾰족하기가 벼락에도 비교될 이빨들을 배치하고(이를 'Vagina Dentata'라고 이르는 것을 모르는 이는 없을 테다), 시바의 배우자 파르바티(또는 우마)가 집 비운 틈을 타, 그럴싸하게 그네의 모습을 꾸며, 시바를 유혹해 침실에 들었다는 것이다. 글구시나, 글구시나, 또 글구시나, 말이지 있잖아, 했으나 미리 그것을 눈치챈 시바는, 자기의 하초(링가) 속에다, 무시무시한 무기를 은닉하고, 그 유혹에 넘어간 척, 저 가짜배기 파르바티를 끌어안았더라는데, 결과 저 마귀가, 날카로운 비명을, 그것도 극한에 찬 비명을 하다, 뻐드러져 죽었다는 것이었다. 시바가 그러나, 무슨 무기를 비장해 있었다는 것은 밝혀져 있지가 안 해, 못 말해주지만, 그것이 우주적 대협객들 간의, 그것도 '성교'(性交)라는 신명 나는 형태의 결투였으니, 짐작건대는, 시바는, 살(煞, 은 菌에서도 蟲

인 것)과 원(怨, 이라는 砒霜), 증오(라는 爆藥) 등을, 그만의 비방으로, 한 약탕기에 넣어 끓인 뒤, 그 탕 속에 근을 잠가, 근에도 철갑을 하고, 또 (이후, 그를 본받아, 탄트라門의 숙련된 요기들이, 흥그렁한 월후 속에 방출해버린 것을, 그래서 쿨암리타가 된 것을 그렇게 하듯, 근을 빨대로 하여, 빨아들여) 고환 속에도 터지도록 채워 뒀을 듯하다. 근래 유행하는 중원 무림의 방언(方言)을, 그 뜻에 좇아 빌리기로 하자면, 아디는, 골짜기[谷]의 샘에 잠겨 앉아, 그윽이 피어오르는 곡기(谷氣)를 호흡해대며, 『구음진경』(九陰眞經)을 익히고, 시바는, 사유시방이 광활하게 열린 설산 꼭대기에서, 산기(山氣)를 숨에 담아 마시며, 『구양신공』(九陽神功)을 연마했었을 듯하다. 谷氣는 黃氣며, 山氣는 玄氣이다. 뜻으로 본 『九陰眞經』은, 물론, '아홉'[九]의 '음력'(陰力)이 뭉쳤다는 식으로 이해해낼 수 없는 것은 아니라도, 그렇다면 어째 하필, (저들식 數理에 좇으면, 홀수는 전부 陽이며, 짝수는 陰이라거늘) 양수(陽數) 구(九)일까 보냐, 어째 (易卦 해설에, 陰으로 처음을 삼는 글귀는, '初六'으로 시작하는, 그 陰數) '六'은 아니고, 과장적으론 '萬'은 아니냐, 라는 의문이 드는데, 이런 견지에선, 사뭇 삿[邪]된 무술이 그것 아니겠느냐는 삿된 생각도 있다. 할 것이, 예의 저 '가장 큰 양수[九]'가, '음'(陰)에—oxymoron! —접붙여져, 결과적으로 '陰化'했으니, 결과는 그 무술 수련자의 성전환이나, 그렇지 않는다면, 그 자체로 그 무술은 흉액을 거느린 것일 수밖에 없음이 관찰되어지기 때문이다. 반해서 『九陽神功』은, '陽'에다 '陽'을 보탰으니, (그 大用的 功力이 어거되지 못하여, 수행자가 주화입마 된다면, 표적을 못 만난 브라흐마의 화살처럼 되돌아와, 그 수련자 자신을 치고 덤빌 위험성이 있어 뵈는데, 근자에사 그 진상이 밝혀진 HIV라는 大瘡菌이 그것일 듯하다) 그 위력이 어떠했겠는가? (함에도, 열거한, 중원 武林의 두 활극도, 그 '著者 名'이 명시된 童話들과 같이, '안데르센'이다 '오스카 와일드'다 하는 식으로, 왜냐하면 '著者'가 밝혀 있으므로 해서, '집단 무의식/의식'의 방 들여다보는, 처용적 노래 부르기 따위 짓거리를 하려 하기 대신, 그냥 文學 삼아 감흥 따위나 즐기면 되는 그런 것인 것도 말해두자. 이것들은, 어떤 개인의 창의력에 의한 人造品이어서, 소위 '집단 무의식'이라고 일러진, 그 子宮에서 태어난 자식들과 다르기 때문인데, 이거 아닌 자리에, 헌 중우에 뭣 불거지듯, 왜 자꾸 패관이 나서느냐고 수염 끄시려 마러, 패관께 이만큼의 外道도 허락되어지지 않는다면, 公들 말이지, 小說客 없는 삼동, 밑질하기도 패시시 끝난 긴 밤, 호롱불이나 껌벅 껌벅 건너다보며, 하품이나 함시롱, 새워봐야 알 거구먼)

연이나, 촌놈들 주먹다짐이 아닌, 단수가 훨씬 높아진 중원 쿵후의 '검도'(劍道)나, '기도'(氣道)는 대개, 말한 바대로 '음양론'을 기초로 해, 그것을 몸의 운용에 원용하고 있어도 보이는데('氣'에다 역점을 둔다면, 무협 애기는 이제, 어떠한 판타지의 날개를 단다 해도, 그것의 리얼리티를 획득하게 되는 것일 게다. 패관이 틀렸거든, 한 수 가르침을 베풀지어네), 그러함에도 불구하고, (稗官의 五里閱世로 아는 한) 중원에는 '성교'로 치러지는 활극이 없다는 것은, 매우 이상하다고 해얄 것이다. 도가(道家)의 연금술 그 '내단'(內丹) 만들기는, 장생불사를 목적으로 하여, 천축의 '탄트라' 쪽으로 기울어, 무도(武道)라고 정의하기는 매우 어려울 듯한데, '음양'을 창조의 수단으로는 이해(한 일련의 현자들도 있었으되, 그렇지 않은 이들도 있었음인 것)했으나, 천지의 기원(氣源)이라고까지는 아마도 생각지 않은 천축에, 그 무용담이 있어, 읽거나 듣는 이들을 경악케 하고, 감탄케 한다. 저 원수(怨手)들의 결투의 자세(즉슨 성교의 자세)라거나, 시바의 공력을 모은 주먹을 아디의 이빨이 어떻게 물어뜯었다거나, 시바가 터뜨린 불의 독수(毒水)는 아디 쪽에 어떻게 작용했다거나, 그런저런 것들은, 하나도 밝혀지지 안 해, 매우 궁금하되, '샥타/샥티' 간의 性交/聖交는, 조악한 물질로 이뤄진 두 육신이, 하나의 불멸을 창조하는 위대한 제사인 것인데, 이것만은 아디가 샥티 役을 대신하기에 좇아, 性交로 변했다가, 肉交化하여, 은총이 저주로 변해지고 있는 것이 벌써부터도 보인다. (좆 단 놈들이여, 좆 단 놈들이여 그런즉, 보지에 이빨 해 박아 넣는 계집들을, 거 뭐 '九想觀'까지 멀리 들를 것 있겠냐, 뒤꿈치까지 보리 밭고랑에 묻고 못 일어나 누워 있는 문둥이쯤으로 건너다보려 하잖고, 섹구하라[SEXual HARRAsment]症 드러내려 하면 자네의 물렁한 좆 대가리만 썩어 문드러지는 것 아니다. 자네 아버지 말고, 자네 어미가 자네를 이해해주려 하겠나? 마누라가 그래주겠네? 딸내미들 얼굴은 또 어떻게 마주하려 하는 겨? 옛날에는 계집들만 모난 돌 맞았는데, 오늘날엔 사내들만 돌 맞는다. 그런데도 자네 아버지는, 은근히 일러줄 테다. 그게 英雄好色이라는 겨. 밖에도 나가보고 그래라, 네놈이 한사코 그 치마폭에 쌓여 드는 너의 그 알량한 여펜네만 못한 엔네가 또 어디 있겠냐? 그럴 땐, 아빠—란 호칭은 이럴 때 꽤 효율적이다—는 불초소자가 이장감이라도 되는 듯이 생각허시는 갑네유이? 뒷전에서 콧방귀 뀌어 줘라. 아빠 지론 실천하다, 코 베이고 사립짝도 못 나서기보다 나을 테다. 咄, 小說하기의 雜스러움!) 이 제사에서 고수레 되어진 것들 중 한 두엇 쉽게 집히는 것을 들어 들여다보기로 한다면, 첫째 '유혹'이라는 시작이 시사하는 것은, 아디 쪽에서 기선을 제했었을 것이라는 것, 그랬다면 그 시합(始合)은 분명히, 맷돌 자세(女性上位)였었을 것이라는 것. 둘째, 그 결합(結合, 終合)은, 시바 쪽의 (분명히 계획된) 조루(早漏)로, 매우 짧은 순간이었을 것이라는 것 같은 것이다. 이는, 동정이라도 떼고 있어야, 나중에 만나게 될 계집아이께 자랑거리가 된다고 믿는 뇌미, 얼굴도 하초도 감추고시나, 창가에 들렀다, 들렀다 하는 순간 되달려 도망치기에서, 그 모습이 확연하게 짐작되는데, 그렇지 않고, 시바가 만약, 중원의 西門慶(은 그러나, 情俠이며, 武俠이 아닌 것이 좀 안됐지만, 이 情漢이, 조조 빼놓고, 어느 俠客을 부러워했겠는가?) 대가 모양, 비아그라(Viagra는, 이미 저 『金甁梅』 속에 있어 온 것. 어느 道師가 제조해주며, 한 알씩만 먹으라는 경고를 해주었음에도, 그 효력을 두 배로 불릴 양으로, 두 알을 복용한 결과, 오줌을 못 눠, 협객을 배 터져 죽게 한 알약이 그것일 것) 먹고, 근 끝에 고춧가루인지 뭔지 매운 것 뿌린 뒤, 혼신으로 깊숙이 쳐들어, 소골소골 속삭이며, 소골(銷骨)을 도모하려 했었다 하면, 소골은 아디 쪽이 아니라, 시바 쪽에서 일어나고 말았었을 것이, 대번에 짚여지기 때문이다. 시바는, (계획된) '조루'의 병법을 썼다 해도, 어쨌든 최소한도만이라도, 자기의 병력을 적진 가운데로 투입했어야 되었음은 트로이전쟁의 목마(木馬)가 증명하는데, 그렇지 않고선, 십 년의 공위(攻圍)도 결과가 없거나, 오나니즘(Onanism)에 끝날 일이었던 것, 게다가 그것도, 성교라는 형태의 전쟁이었으니 다른 도리는 없을 것, 적을 분쇄키 위해서는 시바도, 그만큼의 희생은 각오치 않으면 안 되었을 일, 이후, '시바의 링가 숭배속'[12]이 강호 선남자 선여

자들 심정에 깊이깊이 뿌리내린 것을 감안하면, 시바도 결국은, 자기의 군홧발을 온전히, 그리고 무난히 회수해내지는 못했었다는 것을, 짐작케 한다. 성내에 창검을 비치해놓고, 침공을 기다리는 쪽도, 결과적으로 패배의 쓴잔을 마셨건 어쨌건, 그 공력이 시바에 대적할 만하다 싶어 전투를 청했었을 것이니, 아무리 시바라 해도, 그 창검에 닿아, 어찌 무난할 수가 있었겠는가. 시바는 결국, 그 승리의 제단에, 승리의 값으로, 자기의 근을 바쳐야 했던 모양이었는데, 그 잘린 부분이 얼마쯤이나 되었던지는, 비쉬누도, 브라흐마도 알 수가 없었으니, 뉘 알겠는가. 마는, 그것을 예배하는 신도들의 신앙의 크기 정도였었을 터이긴 하다. 문잘배쉐에서 '聖石'이라고 감춰 뫼시는 것도, 그런 것일 것이라는 설이 있잖던가. 주목을 요하는 것은, 아디가 잘라낸 그것은, 바다로 떠흘러간 우라노스(Uranos)의 그것과 달리, 이 대지에 굳건히 박혀, 어떤 이는 (어쩌면 Alain Daniélou라는 이였지 싶은데) 그것이 거대한 '검은 돌'의 모양으로, 어디 우람하게 서, 만인의 예배를 받고 있다고도 하지만, 잘린 부분의 시바의 실근(實根)의 길이에 대해서는, 비쉬누나 브라흐마도 이를 데 없이 궁금했었던 모양이었다. 어느 날 둘이는 그래서 한자리에 만나, 저 스바이얌부(시바 링가)의 밑과 끝을 찾아보자고 해설라무네, 비쉬누는 멧돼지, 브라흐마는 백조, 또는 거위의 모양을 꾸며, 전자는 땅을 파 내려가고, 후자는 하늘을 날아올랐더라 했다. 저것은 아마, 운문적(韻文的) 표현인 듯하며, 산문적(散文的)으로 조립한다고 하면, 거기서 '돼지 하반신의 백조'의 모습이 드러날 것이었다. '링가'[男根]가 주제가 되어 있다면, 저 두 우주적 양력도 반드시, 성전환을 치렀어야 옳았을 터인데, 그렇지 않았다고 한다면, 거기 면행[男色行]이 보이기 때문이다. 브라흐마는, 자기의 신격을 높이려 하여, '그 끝을 보았다'고 거짓 증언을 했다는바, 그 결과였었을 것이었다, 그 얘기의 후속편(後續篇)에 의하면, 브라흐마가, 샥티[大陰]에로 성전환을 치른 얘기가 있거니와, 이런 결과를 고려하고 보면, 그것은 거짓 증언은 아니었던 것은 알게 된다. 라는 말은, 이거 미리 끌어들인 얘기가 되는 듯싶지만, 예의 저 우주적 남근을 타고 오르고 있었을 때, 이미 저 브라흐마의 성전환은 이뤄져 있었다는 의미로 이해하면 그렇다는 말이다. 멧돼지-비쉬누의 성전환 얘기는 그러고도 없는데, 그러면 그는, 그 면사(事) 중 어디로 실종이라도 했었던가, 아니면 「처용가」(處容歌)나 불렀던 것이었는가, 하는 따위 힐문에 부딪치게 될 터인데, 그 대답은 어쩌면, 그 둘이, 십만 년 탐색에서 돌아와, 주고받은 얘기에서 찾아질 듯하기는 하다. 비쉬누는, 자기는 아무리 애썼어도 그 밑을 찾지 못했다고, 자기의 실패를 솔직히 인정했었더랬는데, 반해, 반복되지만, 브라흐마는, 앞서 말한 바의 그 거짓 증언을 했다는 것이었다. 이에 분노한 시바가, 마빡의(제삼의) 눈에서 빛을 쏴내, 브라흐마의 (네 머리 중) 머리 하나를 바싹 태워버렸다고 얘기는 전한다. (이후, 브라흐마의 神性은, 약화를 겪어, 샥티에로 전신하게 되었다거니와, 이를 두고 似而非즘[Śaivism] 의 등장과, 강세를 의미하는 것이라는 해석이 있다. 그 끝에 닿았었다고 했을 때 브라흐마는, 면[行] 을 저질렀거나, 성전환을 치렀을 것이라는 짐작인 것) 이 신화적 운문을, 파탄잘리네(요가門) 산문으로 번안한다면, '샥티(쿤다리니)가 휘감아 오르는 링가'라는 식으로 될 것일 듯하다. (先/後, 始/終의 전도가 여기에 있긴 하다) 사실로는 그런데, 예의 저 샥티는, 저 링가의 뿌리, 회음(會陰)에 잠들었다 깨어 일어나는 陰力으로 되어 있는 것인 것, 그렇다면 더욱더, 흙을 파 내려간 비쉬누의 암호는 풀기가 어려운 듯하다. 마는, (이방인이기 때문에, 稗官이 異端的 방자함을 맘껏 누리기로 하면) 이 판차타트바(탄트라門의 秘儀)의 사다카[行道者] 역이 다름 아닌 비쉬누가 아닌가 하는 것이다. 그것 말고는, (瞎榜稗官으로서는) 더 짚어낼 말도 없을 듯한데, 저것을 판차타트바라고도 이해하면서도, 문잘배쉐 편에 서면, '성석 탐색'이라고도 보인다는 것은, 부연해둘 만한 것이겠다 싶으다. 이 다 그린 뱀 그림에다 꼬리까지 붙이기로 한다면, 시바링가가 자리 잡은 소중(所中)의 시간에 관해서도 말할 수 있어 뵈는데, 시바링가를, 모든 것이 그것 안에서 일어서고, 무너진다는, 특히 '세월', '시간'과의 관계에서 '모래시계'라고 전치하고 보면, 위에로 오르는 브라흐마의 시간은, 미래의 시간이며, ('宇宙樹'는, 그 뿌리를 하늘에 '내린' 나무라는 설이 있으니, 땅에서 보면, 거꾸로 선 나무이다. 이 나무를 오르는 수맥은 그렇다면, 하늘 쪽에서는 내리는 것일 것. 모래시계의, 미래의 시간은, 육안에는 내리고 있어 보여도, 그래서 오르고도 있다) 내리는 비쉬누의 것은 과거의 시간이라는 것에 동의케 된다.

이 신화 속에, 시간의 '영겁회귀'의 비밀이 있어 뵌다. '시간의 영겁회귀'[13]를, 그 시간 속에 휩싸인 존재들의 영겁회귀처럼 믿는 것은 그러나, (시간 속 '時中'과, '所中'에서만 가능한) '羯磨分裂/逆分裂', 즉 食口增加/逆增加, 그리고 그 콧으로부터 완벽한 탈출, 즉 '解脫' 등을 읽어내지 못한 短讀의 결과인 것. 존재의 영겁회귀란 '아도니스(Adonis) 秘儀'일 것이어서, '몸의 우주'의 복음이며 희망일 것이라도, 완성된 판켄드리야에 대해서도 그런 것은 아니다. 그것이 '苦'인 것! 오호통재라, 복음도 희망도 아닌 것에 신심을 바치기의 오나니즘! 그런 허무주의의 극복은, 차안과 피안 사이 물길 건네주기로 풀칠해 사는, 뱃사공 카론(Charon)의 목구멍에 거미줄 치게 하기에 똑 좋겠다. 카론도 생업을 바꾸든, 윗방 늙은네 고림장을 하든, 뭔 수를 내야겠는다.

그러나, 시바의 거세(去勢)와 브라흐마의 그것은, 같은 것으로는 보이지 않는데, 전자의 경우는, 거세를 통한 승리로 보이고, (문잘배쉐식 어투로 바꾼다면, 그것이 '하늘에서 떨어져 내린 돌'일 것) 후자는, 패배, 그것도 완패로 보이기 때문이다. 진정한 의미에 있어서의 '거세'는 그러므로 해서, '자아'에의 인식을 시작한 '남성'에게만 가능한 것으로서, 이런 남성은 (문잘배쉐의 여러 석학들 중에서도, 안포-타즈와 함께, 발군의 석학으로 정평이 난, '마님'[妃]이, 앞서 밝힌 바대로) 이상해서 거의 변태적이라고도 해야겠지만, 아담으로부터 시작해 안포-타즈에 이르기까지, '거세복합증'에 당해온다는 것을 짚어내게도 된다. 앞서, 그것의 긍정적/부정적인 것들이 얘기된 것은, 염두에 두고 있어얄 것이다. 근자의 한 여성 석학의 주장에 의하면, (瞎榜稗官이 잘 이해해냈다는 믿음은 없지만) 여성만이, 아니면 특히 여성이, 이 복합증(Castration Complex)에 당한다는 주장인 것으로 아는데, 이는 물론, 모든 스뮈르나(Smyrna)마다 다 갖는 것은 아닐 것이겠으나, 관찰되어지는 것은, 긍정적이거나 부정적이거나, '남근주의'는 그렇다면, 남성 자신들이 만들어냈기 전에 이미, 여성의 저 예 든 복합성 중에 싹터 있었던 것이나 아니었던가 하는 것까지 의문케 한다. 최초의 여자 하와가, 최초의 남자 아담을 건너다보고, '경악하고 전율'했었을 그 눈빛을, 'Penis awe'라고 이르는 소리가 있는데, 그렇다면 그것이 'Penis envy'로부터 시작된, '여성의 거세 콤플렉스'의 단초(端初)가 되는 것일 겐가? 아마도, 어떤 특수한 경우에 한해서는 그럴 듯도 싶으며, 일반적으론, 그것은 그냥, '생식 본능'에의 자극 같은 것이랄, '자연의 소명'에 귀 열기 같은 것으로도 보인다. 이 일반적 경우라면, 그것을 두고 '거세 콤플렉스'를 운위할 것은 아닐 듯한데, 자기는 그럴 수가 없는데도 아버지들은 오줌을 눌 때도, 수음을 한다고 보는 어린 딸이, 아도니스의 어머니 스뮈르나모양, 아버지 품에 안기고 싶음은, 인간이 만든 윤리·도덕의 테를 무시하기로 한다면, 자연적 현상일지도 모르긴 모른다. (임상 실험이랄 것을 겪지도 않은, 할방패관의 저런 얘기에 무슨 一理라도 있겠는가마는, 해바라기를 보아람, 이렇게 보면 꽃판인데, 저렇게 보면 씨판이고 그렇잖으냐) 아마존 여아들과 달리, '거세'를 운위하는 여성들은, 남근주의(男根主義)의 그늘 아래서, 간접적으로 햇볕 쬔 이들도 싶은데, 자신의 결핍 대신 어째서 저 여아들은, 사내애들을, 육손이나 혹부리에 대해서처럼, 생태적 불구라고 보지는 못하는가? 하긴, 투박하게스리, 석세삼베 보따리에 싸잡기로 하자면, 거기서부터 '링가 숭배속'이 시작되었을지도, 모르긴 모른다. 저것이, 특히 한 유정, 판켄드리야의 인식에 무섭고도 무겁게 자리 잡았을 때부터, 축생들의 그것과 달리, 그것대로 판켄드리야로카에 걸맞게 진화를 치른 것일 수도 있는데, 그 다름의 한 예를 든다면, 피조된 유정들 중에서는 두꺼비가 그중 추악한 것으로 알려졌으나, 이것[男根]은 사실 두꺼비보다 더 혹독하게 추악함을 드러내는 것, 사람의 수컷은, 그것으로 생식만을 추구하는 것이 아니라, 저 추악한 것으로 더불어 보다 더 많이 '미'(美)를 추구한다는 것도 그것이다. 이것은 특히 '쾌락'의 이름으로도 불리는 것으로서, 이 '미-쾌락'은 '윤리'라는 펜리르의 끈으로 묶어 매지 않는다면, 한편에선, 판켄드리야를 역진화(逆進化) 쪽으로 몰고 가기 쉬우며, 다른 편에선, 곁길로 벗어나 아수라로카에 닿게 하는, 어거키 어려운 추동력을 갖는 것인 것. 그렇기 탓에 그것은, 그것을 멍에(yoke, yoga)에 매일 수 있는 자에 의해 잘 어거되어질 때, 조악한 물질의 밭을 갈아, 금을 수확해내는 위대한 힘으로 바뀐다고 설해진다. 온육파(溫肉派)들은 그 '금'을 '사다나'라고 이르고, 어선파(語禪派)들은 '삼약상보디'라고 이르는 듯한데, 왜 그런지 모르겠다. 이것은, 그것(링가, 팔루스)의 펜리르성(性)에 관해서 된 얘기이지만, 그것은 또,

판켄드리야가 인식해낸 '자아'로도 보인다. 그러니까 같은 한 대상의, 형이하적 루타가 저것(링가)이라면, 형이상적 아르타는 이것[自我]이라는 얘긴 것이다. 그러자, 그것, 특히 루타를 갖지 못해 '거세복합증'까지 들먹이며, 구석진 데 쭈구시고 앉아 훌쩍이는 '마리아는, 이 ('사람'들의) 자리에서 내보내'야 하는가, 라는 난제가 머리를 쳐듦을 보게 된다. (이는 中原式 陰陽論과 天竺式의 그것의 차이를 극명히 하고 있어, '陰陽論'에 관심을 가진 이들의 시선을 묶는 관건인데) '아무리 시바[陽]라도, 샥티[陰]가 없이는 솨바(송장)이다'라는 명제부터 전제해둬, 구석에 쭈그려 있는 계집아이의 눈물부터 닦아주기로 하지만, 그렇다 해도, 저 명제가 그 직접적인 대답은 못 되고 있는 것도 사실이다. 저것이 대답이 되려 하면, 아직도 몇 구비 고된 고비를 넘겨야 할 것인데, '마리아[魂]는 남성[靈]이 아니어서, 천국에 합당치 않으니, 우리 중에서 내보내자(『도마복음』)'라고 한 선언이 '영지파'(靈智派)네 아손들의 입에서 꾸물거려 나온 황충이니, 그 문(門)에 가서, 그 살충제도 얻어야 할 것인 것. 그들에 의하면, 인간은 삼겹살로 되어 있다, 그 바깥 껍질[舍利]은 '육신'이며, 흰자위는 '혼'(魂), 그리고 그 안쪽에 '영'(靈)이라는 노란자위가 있는 것. 이는 곧바로, 태아(胎兒)를 싸안은 삼 같은 것으로 환치되는 것을 그러면 보는데, 이런 견지에선, 마리아—여성의 자아, 의 루타는, '자궁'(子宮) 자체가 아니겠는가 하는 의견을 갖게 한다. 그것[子宮]이, '천국의 씨앗[靈]'을 감싸고 있다, 보다 문학적(咄!)으로 표현하면, 천국은 여성이다, 라는 시구를 얻게 된다는 얘기다. 이것에도 붙임 말이 없을 수 없다면, 영지파네 저 동자 하나는, 손가락이 아직 잘리지 안 해, 그 손가락으로 가리킬 수 있는 만큼의 세계를 보고 있다는 얘기를 할 수 있을 듯하다. 영지파네 삼분법적(三分法的) 이해는, 이분법적 견해를 뛰어넘은 듯함에도, 이후의 무분법적(無分法的) 눈, 또는 육관(六官)쯤 갖추고 나면 보이는 세계는, 보지 못해 못 보고 있어 보인다. 여성의 '자아'의 체(體)가 '자궁'이랄 때, 이제는 '자궁', 특히 '좋은 자궁'의 '수용'의 미덕이 논의되어져야 할 차례일 것이다. 거두절미하고 말하면, 그것이 모든, 거칠고, 뾰족하며, 야만적인 것을 길들인다고 해야 할 것이다. (道家 綿織 한 벌 옷[禪] 입은 이들이 설하는) '禪'이나, (김정란 시인이 力說하는) '靈性'(은, 사실로는 선구자적 절규가 아닌 것은 아니다) 같은 것들은 제외하고 말해야겠지만, (비유·은유 따위가 아닌, 自然을 主材로 삼을 때는, 거기 기필코 '道'가 드러난다) 이를 두고 전원시(田園詩) 또는 자연시(自然詩)의 '서정성'(抒情性)을 들먹인다면, 설명이 빠르게 될 듯한데, 자연 자체는, 전원시인들이 노래하는 것과는 전혀 같지 안 해, 그 가장 많이 몸부림을 해온 것들이 대략 차투린드리야까지나 진화해온 것이라고 보면, 그것은 그 나타남의 아름다움 이면에, 조악함이 있다. 판켄드리야에 비해 열등하고, 조야할 뿐만 아니라, (자연이) 자연 그 자체에 대해서 폭력적인 것, 그 자체로서 그것은 성적(性的)일지는 몰라도, 아름답거나, 아름다우려는 것은 아니다. 근자엔 '성적'(性的)인 것이 '아름다움'과 혼용되기도 하는 듯하지만, 이는 판켄드리야[五官有情]의 차투린드리야[四官有情]에로의 전락, 즉 '몸의 우주'의 '짐승의 대왕'의 승리로 이해된다. 신(神)의 참패가 그것일 듯한데, 신도 신 자신으로부터 전락하지 않으려 투쟁하고 고통하듯이, '자연'도 자연 자체로부터 도태치 않으려 고투하는, 앓음 자체거니, 누가 이 '자연'의, 응달에 핀 꽃의, 비탈에 선 나무의, 이끼 낀 바위의, 시린 눈을 인 늙은 산신의, 젖어 시린 발의 곡신(谷神), 또는 다람쥐며, 귀뚜라미 지렁이 따위의 통고를 알아주는가, 그럼에도 그런저런 모든 것이, 판켄드리야의 '시적 서정' 속에 담겼다 끄집어내지면, 무슨 여러 말이 필요하겠는가, 그것은 '서정적'이다. 아름답다. 시적 주제로서 '전원, 자연'을 노래하는 이들은, 그래서 보면 사티로스(Satyros) 꼴이다. 신들과 인간과 자연의 가운데 강보를 두고 태어난 그들은 축제 자체로 보인다. 얼굴은 '신의 형상'을 닮아 있는데, 양각(羊角) 양각(羊脚)을 하고, 풀이며 꽃이며 열매, 바위며, 그늘은 물론 구름 따위들까지, 무차별적으로 끌럭인다. 흐흐, 이들 끌럭거리고 지나간 자리에서 '서정'이라는 공주들이 태어난다. 산문적(散文的) 샥티-발키리를 운문화(韻文化)하다 보면, '抒情'이라는 공주, 백설 공주가 나타나 보인다는 얘기—. 이 운문적 '抒情'은, 새로 산문화를 치른다면, 솨바(송장)를 시바화하는, 추동력(推動力)화한다는 것도, 이렇게 조합하고, 저렇게 분리하고 하다 보면, 살피 지게 된다. '샥티가 없이는 시바도 솨바이다'라는 명제가 그래서 성립되었을 테다. 이렇게 되면, 백설 공주가 발키리이기도, 발키리가 또한 백설 공주이기도 하다는, 야누스적 여성이 보인다. 이 여성이 분명히, '모든 것을 품는 여성', '모든 것을 태어내는 여성', —'영원한 여성'이라고 일러지는 바의 그 여성인 듯하다. 영구히 처녀인 어머니, 자식의 아내—아담과 배 붙인 이후, '원죄'에의 이해가 그러하듯, 여성은 처녀막을 파열당한 뒤, 테오토코스(Theotokos, God-bearer, 聖母)에 의해 그것에의 회복이 있었다고는 이르되, 신생(新生)의 여아까지도, 우주적 의미에 있어서의 동정(童貞)은 아니다. 그것은 하와가 그것을 잃었던 그 태초에 잃어졌던 것이다. 것임에도, 대지(大地)를 보면, 억조창생을 무시로 분만해내도 이 여성은, 영구히 처녀이다. 바다나, 제철 공장의 용광로가 창(娼)인 것 보았나? 그리고 이 여성은, 우주의 회음(會陰, Mūlādhāra Chakra) 속에 똬리 쳐 있다. 견해에 좇아서는 '배꼽'(Omphalos)이라고도 이르기도 하는, 이 우주적 會陰을 어쩌면, 어느 종문에서 '타타가타 가르바, 즉 如來胎'라고 이르는 것이나 아닌가 하는 우문도 있는데, 그것은 그 깊이를 가늠할 수 없어, 삼천대천세계를 다 싸안고도, 드러내 보이지 않으며, 드러내 보이지 않는 것도 아니어서, 무슨 이름으로 불러도 틀리지 않을 게다. 그것은 검[玄] 다. '샤티가 없이는, 시바도 솨바(송장)이다.' 그러함에도, '여성의 거세복합증'이 운위된다면, 그것은 분명히 '병증'이다. 그것도, 이분법적으로, 존재를 읽은, 눈들의 눈애피(앓이)일 테다. (이는 『바르도 퇴돌』에 보이는, 풍경 중에서 하나 빌려, 상것스레 하는 소리지만) 제 아비가, 제 어미의 엉덩이 더듬는 것을 훔쳐본 자식 놈이, 제 어미에 대해 질투하듯이, 저쪽 구석에 쭈그리고 앉은 계집아이는, 제 아비를 질투하고 있구나. 저 새끼는 전생에 계집이었으며, 이 계집아이는 사내였던 모양인데, 바르도 험로를 헤매던 중, 그 업을 다 삭히지를 못한 채, 공포와 전율 탓에, 보이는 穴 속에 아무렇게나 뛰어들었다가, 틀린 아르타가 틀린 루타를 입어버린 것이었구나.

그럼에도, 그보다도 더 비극적인 경우는, 그것(링가)을 구비해 있음을, 새벽녘으로 더욱더 무섭게 인식해내면서도, 자기가 거세되었다고 믿는, 남성의, 자기 거세복합증이라는 그것이다. 장가들기 전엔, 마을의 흘레개였다가, 장가들어선 흥부만큼이나, 물이 못 나게 마누라를 보채(이눔 흥부야, 애 배 줄 시간에 베라도 낳았더면 家用에 보탰을 것을!), 사흘에 하나씩 새끼를 까내게 함시룽도, 뒤통수 어디에서는, 자기는 노새 같다고 믿는다는 게 문제다. 글쎄 말이고, 다시 말이지만, 남성의 거세복합증의 역사는, 아담으로까지나 소급되어 질지도 모른다. 예의 저 아담 얘기를 기술하고 있는 책에는, 신이 특히 아담(사람)의 코에만 자기의 '생기를 불어넣었다'라고, '생기'에 역점을 둔 대목이 있는데, 진화론을 신봉하는 자의 입장에선, 얼마나 반복되어도 여전히 모자라서 하는, 또 그 얘기지만, 그것은 다름 아닌, 차투린드리야[四官有情] 였던 아담이, 시작하여, 밖의 눈을 안으로 돌렸을 때, '자아'라는 걸 발견하게 된, 이후 판켄드리야[五官有情] 에로 진화를 성취한 사건의, 창조론적 전치라고 이해되어지는 부분이다. 그렇다면, 아담은, 어떻게 되어, '자아의 거세'가 치러졌다고 믿게 되었는가, 라는 의문이 저절로 따르게 된다. 그 대답이랄 것이 그리고, 그 경전에는, 자세하게 기술되어 있는 것은, 주지하는 바대로이다. '지혜의 열매 따 맛보기',[14] 그 까닭으로 에덴에서 추방당하기, 그리하여 아담께 보여진 세계는, 엉겅퀴와 가시덤불에 덮여 있었다기, (이는, 어느 新興宗家에서, 그실 오래 묵은 얘기인 것을, 자기네가 꼬았다는 끈을 달아, 그 글자 하나하나가 대문짝만하게 크게, 써서 내건, 펄럭이는 깃발에서도 읽히는 얘기지만) 그때 '아담은, 그리고 하와도, 동정을 잃었을 것'이라는 것이다. 분명히 하와는, 그때 '자궁'을 인식했었을 것이었다. 앞서 흘린 말을 다시 주워 담기로 하면, 아담도 보다 조금 뒤늦게 '자아'에의 인식을 가졌을 것이라도, 짐승들모양, 첫 교미를 하고 난 뒤 아담은, 그것을 잃었다는 편에 생각을 모두었을 것이라는 건, 쉽게 추측되는 바이다. '엉겅퀴와 가시쟁이에 뒤덮인 세계'에의 인식이, 그의 상실감을 증언해주고 있다고 읽으면 그렇다는 얘기다. 그것 오그려 싸, 지키고 있어봤자, 곱 냄새나 풀풀 풍기고 다른 수는 없는, 동정을 잃고 난 뒤의, 잃은 자의 느낌은 저러했을 터이다. 그건 사실, 문화에 눈뜬 자의, 자연 콤플렉스 같은 것일 것으로도 짚인다. 이제 그는, 에덴의 안포-타즈이다! 정작의 난제는 그러니, '간교한 뱀'이 아니라, 아담의 이 자기 거세복합증인 것. (훗날, 그리하여 '스스로 된 고자'주의라는, 복음이 들리기는 한다. 이는, '無我'주의와 맥락을 같이하고 있어도 보인다는 견지에서는, 그것을 설교하는 이의 보디사트바性을 고려해보게 하는 관건이 될 성도 부르다) 이후 아담(인류)은, 그 잃어진 것에의 수복, 에덴에의 복귀를 서두르게 되는 것을 감안하면, (문잘배쉐에 비치되어 있는 그것은, '하늘에서 떨어져 내린 聖石'이지만, 불려져 온 대로) '성배'(라고, 좇아 부리기로 하면) 탐색은, 그렇게도 이해되어지는 것인 것. 그럼에도 그것이 여전히 '대상'으로 존재하는 한, 안포-타즈의 불능은, 그리고 그가 몸을 입고 있는 한, 극복되어질 듯하지 않게 보이는 것은, 그를 위해 슬픈, 그리고 민망한 얘기다.

그렇든 저렇든 어떻든, 우주사, 세사, 인사는, 그것들이 고스란히 그대로 되풀이되는가 어쩌는가는, 다시 다른 문제일 것이라도, 시간 속에서 헝클어졌다 시간 속에서 간추려지는 것인 것. 만약 시간까지도 부인하려 들지만 않는다면, 그 속에서 인식되어진 '자아'라는 것도, 그것 안에서는 실재(實在)하는 것이라는 환상을—oxymoron! —고수하기로 하고, (우리의 시동이의 몽상을 점유하고 있는, 그 얘기를 계속하기로 하면) 성기(性器)가 검(劍)이나 기(氣)가 되어, 그것으로 결전을 치른, 아디와 시바 간의, 극한 참(慘) 쾌(快)를 도(賭)한 고투의 실전 현장이 궁금해진다. 그 승부가 가려졌기 전에, 그들 간에서 어떤 칼부림, 몸부림, 기 펴기 따위가 있었던지, 극렬한 폭발력을 가진 성력(性力)을 만재한 시바의 정자(精子)와, 무저갱의 참호를 파놓고, 둘러 삼엄하게 창검을 배치한 뒤, 독룡이며 살무사, 전갈과 황충, 표범, 늑대, 부엉이와 박쥐, 들쥐, 성병(性病)을 매복해놓은 아디의 난자(卵子)와의 만남이 어떠했던지, 그것이 글쎄 아니 궁금할 수 없어, 귀에서 청각의 구더기가 슬고 그렇다. 음담패설만이라면, 조씨(朝氏)네 문중의 『古今笑叢』이나, 문잘배쉐의 (그 많고도 많은 陰書들을 대표해) 『패니 힐』(*Fanny Hill*), 예의 아디 동네의 『카마수트라』, 또는 얼음 우회 댓잎 자리 봐서 뿐만 아니라, 열사(熱砂) 위에서도 너와 나 타 죽을망정이라도, 붙어서 못 떨어질, 『퍼퓸드 가든』(*The Perfumed Garden*) 같은 것들을 찾아 읽는 것이 좋을 테다. 또 어떤 이가, 저것을 '선/악' 간의 다툼이라고 이해한다면, 천축의 비아샤(Vyaśa)라는 이가 읊은, 십만여 행의 『마하바라타』라는 서사시를 봉독해보길 권하는 바인데, 그것 말고는, 땅 위에 나타난 어떠한 전쟁 얘기도, 어느 쪽이 절대적으로 선이었으며, 어떤 쪽이 그 반대였다는, 분명한 경계선을 그어 놓은 것은 없어 보이기 때문이다. 그 전쟁이 시작되기 직전에, 판다바 쪽 유디시티히라가, 두 진영의 가운데 나서서 이런다, "저쪽(카우라바) 편에 정의가 있다고 믿는 이들은, 지금 저쪽으로 가고, 이쪽 편에 그것이 있다고 믿는 이들은, 지금 이쪽으로 오라!" 그러니 자기의 신념에 좇아, 가고, 오면 된다. 배고픈 어느 집단이, 배고픔을 참다못해, 이웃의 노적가리를 노략질하러 덤비기와, 맞서 지키기라는, 축생도적 자기 보호 보존 본능의 발로에 의한 행위를 제외한다면, '전쟁'이라고 이르는 것도, (노엄 촘스키의 『황제와 해적』의 의견을 원용키로 한다면) '폭력주의'(Terrorism) 말고 다른 것은 아닐지도 모른다. 이 '폭력주의'는, '인(仁)함이 없는 천지(天地)'의, 또는 '역(易)의 균형 잡기', —예를 들면, '달은 차면 기운다' 따위—즉 '에로스/타나토스'(이는 빌리기는 문잘배쉐 어휘를 빌렸지만, 그 어의는 羑里의 西藏 지방의 것임은, 분명히 해두쟈. 그리고 이것은, 어디서 분명히 해뒀던 얘기의 재탕이라는 것도 밝혀두쟈. 拙冊『小說法』 중「雜想 둘」 참조)라는 '기(氣)의 모래시계'의 뒤집힘에 의해, 에로스가 팽만해지자, 뒤집혀 타나토스화하는 데서 일어난, 억제키 어려운 파괴력이랄 것일 것이다. 어떤 시절 사람들은, 이상스럽게도 '죽고 싶어' 하는 것이 진맥되어지는데, (촘스키는 그러나, 이하의 부분을 들여다보려 하지 않은 것으로 짚이는데) 그것이 '외폭'(explode, 醫學의 발전이 후진적이었을 때는, 주로 페스트 같은 病手나 자연적 재앙 따위가 균형을 유지하기도 해왔던 것으론 알지만)할 자리를 얻었을 때, 그것은 '전쟁'이라고 이르는 듯하며, 그렇지 못할 땐 '내폭'(implode)을 할 것인데, 이 내폭의 형태가 어떻든, 그리하여 드러나는 형태가 얼마나 다양하든, 그것들을 한 단어로 싸잡는다면, 테러리즘이라고 이를 수 있을 것이라고 이해된다. 거기서 환각제, 윤리, 도덕의 기준에 벗어난 제 행위, 이유(야 왜 없겠는가, 마는) 없는 자살(도 테러리즘이다!) 등, 헤아릴 수도 없는, 불비 내리기와 함께, 화산의 분화구가 터뜨려진 것 같은 폭력이 일어나, 창궐 만연한다. '노아의 홍수'는 위에서 내린 비와, 아래에서 솟은 비와의 합류의 까닭으로, 더 피할 수 없었던 것이라는 설이 있어 말인데, 기록에 남겨져 있는 것 같지는 안 해도, 그래서 말인데, '아래에서 솟은 비'란, 누구나 알고 있다시피 요르문간드(Jormungand)라고 알려진 그 아래쪽 고장엔, 독화(毒火)를 뿜는 독룡이 똬리 쳐 있다고 하니 말인데, 그러자니 저절로 얼음의 고장 북구(Norse) 사는 사람들의 상상력을 빌리게 되어 말인데, 당시, 무슨 이유에서였던지 기록에는 없어도 말인데, 니플하임(Niflheim, 凍土) 전체가 해동을 했지나 안 했던가, 하는 짐작도 하게 해서 말인데, 그래서 말이고 또 말이고 말인데, 더 무서운 비는 밖에서 쏟겨 내린 것보다도 안에서 범람해 오르는 것이 아니었던가, 하는 그 말을 하게 될 수도 있어 말인데, '어린 양'과 '짐승의 대왕'의 최후의 결전이나, 신들의 황혼 또한, 밖의 파괴적 폭력(Destrucution of the Powers)에도 물론 많은 부분 빚지고 있겠음에도, 안쪽에서부터 분화하는 폭력이 더 무서운 결과를 초래케 한 것이나 아닌가 하는 것을 살펴보게 한다. 이 말은, 테러리즘의 외폭(外爆—이를 稗官은 '戰爭'이라고 이해한다)도 외폭이지만, 보다 더 그것의 내폭에, 말세가 뒤따르는 것이나 아닌가 하는 그 말인데, 나라와 나라가 서로 독창을 겨눠, 서로 간 피를, 그것도 노아의 홍수만큼이나 많은 피를 내게 하는 일을 통해서는, 거기 타나토스라는 독력의 중화가, 오 할, 사 할, 심지어는 영할(零割)까지 치러져 있어, 세상이 통째로, 모든 걸 잃고, 잿더미 위에서, 구운 돌로 가려운 곳을 긁고 탄식하는 욥 꼴을 취해 있다 해도, 그래도 아직은 끝난 것은 아니다, 이제 그 상처에 새살이 차올라오기 시작할 것이었다. (이 상처 아물기가, 느리든 빠르든, 그 치유기를 稗官은, '平和'라고 이해한다) 아마겟돈까지는 아니라 해도, 이런 살상, 이런 파괴는 두렵고, 싫어서, 어느 시대 사람들이든, 할 수 있으면, 후대에로 유월시켰으면 하는 원망(願望)을 갖지 않는 것도 아니다. 다만 이 쓴잔을, 우리에게서는 거둬가 주시옵소서! 마는, 더 무서운 것은, 예의 저 요르문간드가, 뿜어 올리는 독의 비일 것인데, 이것이, 말한 바의 그 '테러리즘의 외폭'에 대한, '내폭'(內爆)이라고 말하게 되는 그것이다. 저 폭력이, 외폭할 대상을 얻지 못했으므로 하여, 쌓이기만 쌓이되, 중화가 가능되어지지 못했을 때, 그리하여 그 독력이 포화 상태에까지 이르면, 곪기에 익은 종기가 저절로 터뜨려져 고름을 쏟듯이, 안에서 터뜨려져 오를 것인데, 그것을 '내폭'이라고 이르는 것. 왜 그런 내폭이 준비되어 왔었던지를, 물을 일은 아닌데, 신들이 타락했다고, 풍문이 만들어진다. 그렇게 믿어진다. 이 내폭을 통해서는 신들이 먼저 죽는다(Ragnarök). 모든 대답은, 그것 속에 휩싸일 테다. 그래서 사실로, 이 아마겟돈, 라그나뢰크는 회피되어지지 않는가? 어느 종문에서, 이럴 때마다 부르짖는, 그러나 들리기에는 애잔하기만 한 소리가 있다, "독사의 자식들이여, 회개하라, 말세가 가까웠느니!"라는데, 아마도 그 방법, 종교적 어휘로 이르는 '회개하기'의 그 방법밖에 없는 듯하기는 하다고, 새로 그 부르짖음에 귀 기울이게 되기는 한다. '선을 한번 염두하기만으로도, 과거 오백 세 쌓여온 악업을 중화한다'(미라레파)고 하잖는가? 그리하여 성취된 중화는, 최후의 전쟁까지 치닫게 하는 그 붉은 용의 죽음의 의미여서, 자기네 당대에 치러야 되는 그 종말의 이월이나 유월 같은 것도 아니어서, 어느 날 그 독화, 그 불의 비가, 후손들 머리 위에로 폭우하는 일은 없을 것인데, 그래도 그것이 회피되지 않는다면, 그것은 선조들의 '음기의 유전'의 까닭에만 탓 돌릴 것도 아닐 것, 그들의 삶에서 새로 이뤄진, 중화되지 못한, 그런 채로 쌓이기만 쌓이는 음력의 까닭이 더 큰 것, 그래서 말세나 종말은, 그것이 오게 되어 있는, 정해진 시한이 있는 것이 아니라, 어느 시대든, 그 시대민의 살기의 경향이나 태도에 따라, 언제든 올 수 있다는 얘기도 할 수 있게 된다. 천국도 또한 그러할 것인 것. 그럼에도 어떤 한 시대의 사람들은, 이 비극의 이월이나 유월을 바라, 자기들만은 회피되어지기를 바라는데, 어째서 그들은, 자기네가 당해야 할 그 비극적 종말을, 아직 태어나지도 안 해 무고하기만 한 후손들에게 전가하기를 바라는가? 어째서 이 '짐승의 대왕' —붉은 용의 추종자들은, 자기가 먹은 모든 물질적 쾌락의 찌꺼기, 그 독한 똥을 후손들에게 먹이려 하는가? 이 할배 할매들은, 왜 이렇게 못됐는가? 독사의 자식들이로고! 회개할지어다! 너희들이 부른 그 종말이, 문턱에 서 있거늘! 그럼에도, 그것이 이월이나 유월, 회피되지 않는다 해도, 하기는, 그것을 '體의 解脫'이라는 편에서 보기로 한다면, 아직도 九生, 十生, 五百生을 더 살고도 모자라, 더 살아야 되는 삶이 무척 아깝기는 하다 해도, 반드시 비극만은 아니라는 얘기도 할 수 있겠는가? 한 우주[體]가 본디의 비화현에로 쑴먹 되사려 들기는, 그것이 싸안고 있던 모든 것의 환본(還本)일 것이어서, 슬픈 것도 기쁜 것도 아마도 아니지만, 때로 때로 즐겁지 않은 것은 아니었으나, 보다 더 고통스럽기만 했던, 그 살기의 모질음은 끝난 것이다. 인연도, 업도, 윤회도, 천국이나 지옥도, 뭐 이것저것 이루고 싶은 것이며, 그리운 것도 끝난다. 끝난 것이다. 한 방울 한 방울의 아침 이슬 같은 것들이, 비화현의 대양 속에 합류해버렸거니! 한번 體가 박살나 버리자, 그 속에 꿈틀거리던 벌레들, 또한, 적멸(寂滅)을 성취해버렸거늘, 그런 걸 갖다가시나, 어쩌겠다고, 살아 꿈틀거리던 것들 중의 어떤 것들은, 저것[寂滅]을 성취하겠다고시나, 한 끼니에 열 근 쇠고기 먹기며, 하룻저녁에 스무 번 성교하기도 다 버리고, 그 모진 고행난행을 자초했었을꾸? 고통이 더 많더라도, 그것 속에 함량되어 있는 꿀을 탐해, 오고 또 오고, 자꾸 와서 살고, 또 살고, 자꾸 살다 보면, 저렇게 대체(大體)의 해탈에 좇아, 모든 소체(小體)의 해탈도 저절로 이뤄지는 것을 갖다가시나, 도류들은 성급을 부려도 너무 부리고 있는 건 아닌가 몰라? 그래서 '해탈'에도 두 종류가 있다고 하는 것인 것. 하나는 능동태를 취하며, 하나는 피동태를 취한 것일 것인데, 그, 그럼에도 회피하고 싶고, 회피되어져야 하는 것은, 수동태적 적멸을 성취하기인 것, 것? 것! 그것은 그리고 회피되어질 수 있는 것이라고, 종교들이 이른다. 다시 묻게 되지만, '회개'란 무엇이겠는가? 자기의 불순물을 한 보자기 싸, 하늘 쪽에다 탁송해버리는 것이 아니겠는가? 거기 그러면, 흐르는 바닷물이, 옥초(沃焦)라는 바위에 닿으면 타 스러진다고 하는, 그런 어떤 우주적 옥초(는, 종교적 어휘로 지옥이거나 나라카이겠지. 거기서 모든 불순한 것들은 순화를 성취할 테다)가 있어, 닿는 대로 그것들은 타 스러질 것인데, 이것을 화학적 변화라고 이를 테다. 이러자, 그런즉 인세에서 일어나는 모든 검은 구름 또한 그것에 닿은즉 타 스러져 버릴 것이어서, 월후 끝낸 계집(니체가, '성스러운 거짓말쟁이'라고 이르는 마누가, 法說이라고 이러고 있다, '타락한 계집은 월후를 하기로 정화되며, [……] 사내는, 자지에다 a piece of earth, 똥구녁에는 3 pieces of earth를 맥질해대기로 또한 깨끗해진다'고 하니, 기억해뒀다, 써먹고 써먹고 하그라. 마는 저 'piece'가 얼마의 양을 말하는지 몰라, 일러주는 당자 稗官도 못 써먹고 있는 것은, 감춰두자)모양, 새로곰 새로곰 처녀를 회복하는 것이 아니겠느냐, 그렇게 물을 수도 있을 법하다.

그리하여, 해오던 얘기에로, 끊어진 끈을 다시 잇기로 한다면, 시바는 에로스 역이며, 아디는 타나토스 역이라는 것이라고, 간신히 짚어낼 수 있을 뿐이다. 거기서, 팽대한 타나토스의 중화, 또는 대속(代贖)이 이뤄져 있음이 보이는데, 대속이라는 국면에서 말하면, 아디는 '발키리성(性)'을 제사에 희생했으며, 이 제사에서 시바는 '거세'(去勢)를 당했다는 것일 것이다. 이것은 꽤 흥미로운 일인데, 그것이 비의적·밀종적으로 치러진 이상, 누구나의 상상이나 추측의 어느 것도, 옳다거나 틀렸다곤 못할 테다. 문잘배쉐에 「잭과 콩대궁」(Jack and the Beanstalk)이라는 동화가 있는데, 그것을 성인용으로 바꾸기로 하면, 저 비의(秘儀)의 방을 조금 엿보게 하는 듯하다. '잭'이라는 소년이, 당나귀인지, 돼지인지, 소인지, 뭐 그런 짐승을 하나 업고 장에 가, 바꿔 온 콩알 하나가, 심자마자 자라, 구름 위에까지 그 대궁이 뻗어 올라간즉, (호기심 많은 우리들의 영웅이) 그것을 타고 올라갔다가, 그 위에 사는 거인네의 행복한 삶을, 왼통 망쳐놓은 뒤, 돌아와, 행복하게 잘 살았더래, 라는 게 그 얘기의 줄거리인 것은, 누구나 알고 있는 바대로이다. 이런 얘기에서 '오이디푸스 콤플렉스'를 말하고 싶은 자는, 그리해도 무방한즉, 그래보려마. 마는, 다른 편에선 그의 아비 '라이오스 콤플렉스'의 발로라고 이해한다면, 오류를 범하게 될 텐가? 아마도 저 얘기는, 그 둘의 공존인 듯하기는 하다. 저 얘기는, 우리들의 귀네비어들이 냉소적으로, 그리고 비하해 말하는 바의 '남근주의'(男根主義)가 저들께 정조대까지 채워주던 시절에 인구에 회자한 것이다 보니, 부정적 측면에서, 모든 아비들은, 자기의 권좌와, 마누라를 빼앗으려 덤비는, 직접적 이세(二世)를 상대로, 불안과 공포심을 갖고 있어 보이는 것이 보인다. 오이디푸스 쪽에서는, 저 '거인'이 장애며, 거인 쪽에서는, 저 '오이디푸스'가 주적이 되어 있음인 것. 이것이 '비의', 또는 '밀종적'이라고, '성교'의 형태를 취한 폭력주의와의 전쟁이라고 이른 것은, 그 얘기 속의 암호가 되어 있는 것들을 성인용, 또는 원상에로 되돌려놓고 보았을 때, 풀려나는 얘기다. 잭이 타고 오른 '콩대궁'은, 그 어미의 자궁 속으로 뚫고 든, 그 아비의 성기며, 그 끝에서 튕겨져 오른 정충의 의인화가 '잭'이라는 식이다. 그 거인의 부인 된 자가, 잭을 숨길 곳을 찾다, 숨긴 자리가, 하필 하루에도 몇 번씩 불을 지피는, (저누무 거인은, 하루에도 몇 번씩이나 마누라를 행복하게 해주었거나, 물도 못 나게 했던 모양이다) '솥'(oven)이었다는 그 암호도, 그러면 저절로 풀림을 보게 된다. 이후,

폭력적 거인 라이오스와, 잭을 보호하려는 거인 요카스테와, 잭—오이디푸스 간의 공방이 시작되는데, 라이오스 쪽에선, 가까운 장래의 주적의 뿌리를 뽑아, 마누라를 불모화하려 하고, 요카스테 쪽에서는, 자식을 보호하려 한다는 것이, 저 동화에 대한 한풀이가 될 것이었다. 이것은, 이라는 즉슨 일반적 모든 방사(房事) 끝에 밑 씻기 하기라는 그것인데, 부정적 형태로 드러난 것이겠지만, (그것의 긍정적인 것은, 恩 갚기의 武俠 얘기? 같아서, 얘기로 만들어볼 만한 것도 아니잖은가?) 아디와 시바 간의 경우도, 저 비밀의 방 속에서는, 저와 꼭 같은 일이 일어났었을 것이라는 것 짐작해내기에, 저 얘기는 도움이 된다. 문제는, 이 두 '원수 간의 동침'은, 그것에서 얻어질 '쾌'(快)가 도(賭)되어진 것이 아니라, '참'(慘), 또는 '패'(敗)가 되어 있었다는 것이다. 이런 자리에, 대개의 동화 속에는, '계모'가 등장을 하는데, 이 '계모'는 '아들'이 아닌 '딸'에 대한 '음(陰) 라이오스 콤플렉스'의 덩어리여서 자기의 위치에 도전을 받기도, 남편을 빼앗기기도 싫어하는 것이, 특성으로 꼽힐 테다. 이런 의미에서는, 그 저자의 실명이 밝혀지지 않은, 전래하는 동화나 민담이, '집단이 꾸는 꿈속에서 나타난 것들'이라는 주장에도, 수긍할 만한 점이 있어 보인다. 그리고 그것에서, 그것이 이뤄졌던 시대적 상황이라거나, 응달 편 역사적 변천을, 굳이 거론하려 하지 않는다면, 정신분석을 위한 좋은 재료를 제공할 수 있을 법도 하다. 부정적인 국면에다 시선을 묶기로 한다면, 아들—오이디푸스에 대해 아비는 모두 '계부'며, 딸—요카스테에 대해 어미는 모두 '계모'일 뿐이다. 이런 계부/계모의 동침은, 오난(Onan)을 태어나게—육시럴(oxymoron)!—할 테다. 계부는 근을 끊기고, 계모는 불모화한다. 그리고 이것은, (패관 상판대기의) 처용(處容)이 들여다본, 냄새 등천하는 그 방의, 한판의 격투가 끝난 풍경이지만, 이제는 전리품을 모아 계산해볼 자리에 온 듯도 싶으니, 그것이나 셈해볼 일이겠다.

—이제부터 되어질 소리는, 성격상, 북구에 전래하는 *Volsunga Saga* 속의 '오딘(Odin)/발키리(Valkyrie)' 간의 불화의 얘기와도, 상징이나 비유의 의미에서는 상당한 상관관계가 있을 듯함으로, 그럴 것이 아니라 아예, '시바—오딘'/'아디—발키리'라는 식으로, 묶음을 만든 뒤, 뭐든 셈해볼 것이 있으면, 셈

해보는 것도 편리할 성부르니, 그렇게 해보쟈. 그런즉 황천(荒天) 어디서 느닷없이, 피에 범벅된 오딘/발키리가 떨어져 내렸는지, 의아해할 일은 아니다.—

먼저 묻게 되는 것은, 그래서 그러면, 시바—오딘이 격파해버린 것은, 남근주의에 의한 '여성'(女性), 그것이었는가, 라는 것이다. 분명하게는, 그래 보이지는 않는다. 이후, 한쪽에서는 샥티즘이 설법 전도되어 전성기를 이뤘으며, 다른 쪽에서는, 예의 저 발키리가 갖지 못했던, 정반대 국면의 '여성'이, '블랙 마돈나'라는 이름 아래 숭앙되어진 것에 의해 보건대, 저들이 타도한 '여성'은, 다름이 아니라, 부정적 국면의 여성, 즉 계모 따위, '폭력적 여성'이었을 뿐인 것으로 믿어진다. 이 말은 그러니, '폭력적 남성'이, 연약하고 착한 여성을, 패도필리아(paedophilia)증을 드러내, 먹어 치운 것이 아니라(Little Red Ridinghood 참조), '폭력적 여성'을 장악했었던 것이었을 것인데, 얘기를 해가다 보면 그것이, 여성의 자기 비하에서 발상한 주장이라는 것이 밝혀지겠지만, 우리네의 귀네비어님들은, 저것인즉슨, 어찌 되었든, 여성을 노예화하려는, 남근주의자들의 폭력적이며 야만적 행위라고, 서리 담은 눈을 떠 오뉴월 해를 흘길 게다. '자연도'에 있어서는 '역'(易)이 그러하듯 '폭력'이 인세의 균형을 조절하는 근간의 힘이라는 데도 (패관은) 서슴지 않고 동의(同意)하지만, 그렇다고 해서 '폭력'에 의해서만, 인세가 운영되어지는 것은 아니다. 분명하게 하기 위해 반복한다면, 그것[暴力]은 인세의 '균형의 조절력'이라는 것이다. 말이 되었으니 말이지만, '폭력'만으로 세계가 운영되어진다면, 남성이 남근우월주의를 부르짖어야 할 이유란 애초부터 없음인 것. 투박하게 말하면, 일반적으로, 그리고 비교적으로, 남성이 여성보다 뼈대가 굵고, 근육질인 데다, 야만적, 이기적일 뿐만 아니라, 담대하고 용감하다. ('몸의 우주'에서는, 저런 조건들이 모든 것을 결정하는 것 아니냐? 제우스를 보아람, 오딘을 보아람! 사자 떼를 보아람, 군국주의자들을 보아람!) 때로 물론, 아디, 발키리, 아마존적 여성이 나타나지 않는 것은 아니라도, 아디는 시바에게 패했으며, 발키리는 오딘에 의해, 잠재우는 가시(링가였겠지)에 찔려, 뛰어넘을 수 없는 불의 울타리 안에 갇혀 백 년을 자고, 아마존 여인네들은, (하이에나의 여 족장이 남근을 날조해 사타구니에 다는 것과, 나타나기에는, 한쪽은 붙이고, 한쪽은 떼어내지만, 의미상에는 같은 행위로 여겨지는 바의, 활쏘기에 불편한 쪽의 젖통이를 도려 파낸다고 하는데) 嘸! 칭얼거리는 어린 것에 물려 빨게 할, 젖통이가 쭈그러들었음의 까닭으로, 측간에 쭈구셔 앉아 울었노라. (그 외의 여성들은, 이란 일반적 여성들이겠지맹, 모든 불순함을 정화하는 '제사에서 피어오르는 불이나 연기 같다'는, 향내 나는 비유에 싸여, 남성들의 '사모의 대상'이 되기도 한다. '저것은 聖스러운 거짓말'이라고 비아냥거리는, 니체는 우리 중에서 내보내고 말이지만, 『마누法典』(Penguin Classic)에 이런 법설이 있어, 음흉스럽기 이를 데 없는 稗官이란 것 하나가, 하다못해 할망구한테서라도 혹간 박수갈채라도 울궈낼 수 있을까 하여, 몇 구절 인용해보면, 'A girl's breast, a child's prayer, the smoke of sacrifice, are always pure. [……] There is nothing purer than the light of the sun, the shadow of a cow, air, water, fire and a girl's breath. All the openings of the body above the navel are pure, all below impure. Only in the case of a girl is the whole body pure. [……] A woman's mouth is always unpolluted, as is a bird that knocks down fruits;' 흐흐흣, Manu가 그렇게 말했으면, 그런 것 아니겠는가? 마누 좋았어! 마누 마누라 만세?! 그렇다 함에도) 만약에 여성도, 말이지 모두가 계모적이어서, 다수의 남성처럼 천품이 음험하고 잔혹한 데다, 이기적일 뿐만 아니라, 한 주먹에 사내를 쳐 눕힐 수만 있다면, 말인데, 아낙네들이여, 들을 내어다보아람, 그리고 배울지어람, '배앓이'가 하고 싶어, 사타구니가 쓰려싸서 못 견디겠거든, 빙충맞게 암컷들의 주변을 맴도는, 수놈 몇이라도 눈짓해 불러, 잠깐 배 위에 그 짐을 실었다가, 놈은 눈 흘겨 쫓아버리고, 그 짐을 배 속에 옮긴 뒤, 잠시만 기다리다 보면, (그래도 축생도에는 계부는 많아도 계모는 없다 보니, 그런 일이란 절대로 일어나지 않는다 해도, 인간 세상도 그런 건 아니잖으냐?) 새끼가 자랄 일, 새끼 낳거든 잡아먹고 배불려, 다시 씨 받는 밭에 춘정(春情) 모아, 수놈 하나 또 꾀어들이면, 완벽한 자급자족이 그것이다. 이래서 보면, 인세의 계모는, 자연도에서 문화도 쪽으로 넘어오는 사이, 어떤 암컷들이 드러낸 돌연변이에서 나타난 것들로도 보인다. '생명'이 니고다(最初의 生命)로부터 판켄드리야에까지, 직선적으로 죽 이어져 있듯이, 말하자면 '여성성'도, '생명'처럼 그러한 듯하다. 함에도, '계모'는, 인세에만 있는 변종으로 보인다. 그런 소수의 변종을 제외하기로 한다면, 여성의 여성성, 모성은, 삼세를 통해 하나로 같다는 얘긴데, 판켄드리야로부터 시작해 그것이, 우주적으로까지 승화한 예들이 보인다. 이 여성들은, 아디-발키리는 분명 아니다! 그럼에도 그네들보다 강하다. (자기를 낳았던 어머니의 불은 젖퉁이의 냄새를 몰랐던 모세가, '젖과 꿀이 흐르는 땅'에서 흘러온 젖 냄새를 맡았던 것처럼, 시동은 시방, 어떤, 누구나의 어머니이면서도, 자기만의, 처녀인 어머니에 대해 그러고 있음일라)

그런즉 그러면, 이 전투에서 아디-발키리는, 잃기만 하고 얻은 것은 없는가, 그 전실(戰失), 전리(戰利)를 대강이라도 훑어보는 것은 필요할 듯하다. 실상은 그런 참패에도 불구하고 그네들이 거둔 매우 중요한 전리품이 있었으니, 우선 그것부터 들춰내 보기로 하면, 아디의 파열된 요니 속에는, 잘린 만큼의 시바의 링가가 꽂혀 부르르 부르르 떨고 있었으며, 발키리의 창끝에는, 오딘의 눈 하나가 꽂혀, 분노에 찬 시선으로 발키리를 쏘아 내려다보고 있는 그것들이다. 양자(링감, 눈)는, 주지하는 바와 같이, 한 품목에 대한, 두 다른 비유나, 상징을 입은 것들인 것. (오딘은 눈 하나를 잃고, 지혜를 얻는다. 잃기로 더 밝게 보기와, '지혜의 열매'를 따 내리기는, 거세/지혜와의 관계를 살펴보게 하는 중요한 단서를 제공한다) 이는 다름 아닌, 시바나 오딘의 '거세'(去勢)로서, 아디-발키리가, 저 우주적 양력들을, 땅 위에로 끌어내린 것으로 이해된다. 문잘배쉐의 '성배' 또한 그것이라고, '유리의 순례자'는 건너다본 것으로, 건너다뵌다. '우주적 거세'가, 땅에서는 '생식력' 자체로 바뀐 기원이 거기에 있어 보이는데, 이 주제는, 언뜻 모순적이며 역설적인 듯해서, 간추리려 하면, 천기누설에 이르기까지, 매우 장황스레 말을 펴 늘려야 될 것일 것이지만, 그러려는 대신 그냥 투박하게 제언만 해두기로 하면, 매 성교 때마다 수컷은 거세를 당하고, 결과 암컷의 수태(受胎)라는, 창조가 있게 된다는, 땅의 얘기나 해둘 일인 듯하다. 판켄드리야는, 반드시 종족 보존의 목적으로서가 아닌, 쾌락의 추구로서도 살 속에 살을 넣는데, 자연의 섭리 쪽에선, 이는 오나니즘 말고 다른 건 아닐 터이다. 흔히, 색을 밝히는 자를 두고 축생(畜生)이라고 이르되, 동네 흘레 개까지도, 액기를 흘리지 않는 암캐를 강간하는 법은 없는 걸로 보면, 그건 축생을 모독하는 언사이다. 그로부터 시작해, 추상적, 초월적 어떤 우주적 '권세'가 구상화하여, 땅의 오관유정들의 일상적 삶의 현장에 뛰어든 듯한데, '신에 대해 모든 유정은 암컷이다'라는 식이다. 그렇다면, 아디－발키리의 가시적 참담한 실전(失戰)은, 참패만은 아니어 보이기도 한데, 그것 말고는, 뭐 좀 더 헤아려낼 전리품은 없는가? 누구나 짐작해 냈겠다시피, 저 한판의 성교는, '사도－마조히즘'이라는 크룩쉐트라[聖戰地]에서 치러졌던 것이었는데, 앞서도 밝힌 바대로, 이 전장에서 아디는, 여성적 폭력성(暴力性)이라는 뾰족함을 잃은 것만은 확실하고, 시바 또한, 남성 쪽의 그것의 무뎌짐을 당한 건 확실해 보인다. 시바 쪽에서는 그것이 '거세'로 나타났음에 반해, 아디 쪽에선, 그것이 한 번의 죽음으로 치러진 것은, 이미 얘기되어진 바대로인 것. 그렇다면, 꽤는 지리멸렬하기까지 한, 이런 되풀이엔 (稗官 나름의) 목적이 있을 것인데, 그것은, 아디의 그 한 번의 죽음은, '새[新] 아디'의 부활로 이어진 것이나 아닌가, 그리고, 시바의 '거세'는 (밝혀진 바대로) '친타마니'나, 문잘배쉐의 '성배'의 형태로, 땅의 유정들 심정에, 하나의 우주적 희망과 소망으로 심겨진 것이 아닌가, 하는 것을 고려해보기 위해서랄 것인 것('本註 3'의, 할례의식에서 잘린, 아기 예수의 귀두 끝을 상기하는 것은 필요하다). '거세'에 관해선 충분히 얘기되어졌었을 듯한데, 이 '신(新) 아디'는, 말 그대로 '신 아디'여서 그네의 새 모습이 어떤 것일지는 매우 궁금해진다. (稗見에는) 이 새 아디는, 폭력성이라는 가학증을 잃자, 피학증을 드러내기 시작한 것으로는 보이지 않는데, 대신 (中原의) '인'(仁)이나, '덕성'(德性) 따위를 다분 함유한 '수용성'(受容性)을 차려내지 않았나 하는, 매우 긍정적이랄 의문이 있다. 여성의 '수용성'이 운위되면, 문잘배쉐 쪽에서는, '블랙 마돈나'를 먼저 연상함에 분명한데, —최근 항간에 떠도는 풍문에 귀 기울이면, 이 마돈나야말로, '가나의 혼인 잔치'의 여주인공이었으며, 이후 그 신부께는 자식들이 있었다고도 이르되, 그것이야 어찌 되었든, 문잘배쉐 사람들의 심령에 호소되기는—그 여성은, '성모'(聖母)와 매우 달리, '어머니로서의 여성'으로 기려지는 이가 아니라는 점이, 심심히 고려되어져야 할 듯하다. 밝힌 바대로, 이 '여성성'은, '생명처럼, 니고다로부터 판켄드리야까지 관통해 있는 것'이어서, 가히 우주적이랄 것인데, 그럼으로 그것은 분쇄되거나, 타도되어지지 않는 것일 것, 여기 '아디가 한번 치르고, 새로 부활한 여성'의 얘기가 설 자리를 얻는다. 이로 인해, 세상의 모든 자식들은, 그 지방이나 방언(方言)에 좇아, 그 드러남이야 어떻든, 문잘배쉐 방언으로 이르는, '영원한 여성'에의 영상을 품에 품고, 그네에의 탐색에 오르는 것일 것인데, (돈환 얘기까지는 하지 말기로 하쟈) 그렇게 하기로써, '파르치발'에서 그 한 전형이 짚여 보이는, 루타는 판켄드리야[成人]라도, 아르타는 차투린드리야[幼年]에도 닿아 있지 못한 불순한 것들의 성숙, 완성이 성취되는 것일 것이었다. 연금술사들이 이르는, '순화의 나무 오르기'인 것. 비약해서 말하면, '女性'이, 이 순화의 나무이다. 이렇게 되면, '블랙 마돈나'가 '성모'와 겹치거나, 혼동된 듯이 여겨지기도 하지만, 문잘배쉐식 이해를 빌리기로 한다면, '성모'는, 신을 임신해 인간으로 태어나게 한 '신의 어머니(Theotokos)'이며, 분명히 '인류의 어머니'는 아니다. 게다가 이상하게도 인류는, 여성 자신들까지도 포함해, '처녀인 영원한 여성'을 추구하는데, 아풀레이우스(Apuleius)의 '금당나귀 루치우스'가, 이시스(Isis) 여신에의 열애, 그 돈독한 신앙에 의해 '나귀 껍질'을 벗었다 해도, 그 여신이 루치우스의 '어머니'는 아니었던 것을 고려해보면, 어머니인 양 기려지는 블랙 마돈나 역시, 언뜻 어머니 역까지 겸하고 있어 보여도 분명하게는 '어머니'는 아니다. 신성모독이라는, 용서받을 수 없는 천죄 범하기를 무릅쓰고라도 말해야 된다면, 이 블랙 마돈나는, '창녀'로서 아무나의 여인이라는 말도 하게 되며, 그것이 그네의 우주성이 아니겠느냐는 말도 하게 되는데, 그러면 그네와 혼인한 신랑은, (문잘배쉐的 心理學에서 배우기로 하면) 우리 모두의 '자아' 또는 '불멸의 상징'으로 자리바꿈을 하는 것도 보게 된다. '성창'(聖娼)이라는 게 있다면, 여기서 그 모습을 보게 되는데, 문제는 그러고도 그네는 '처녀'여야 한다는 데 있을 게다. 문잘배쉐에도, 꽤 옹색하기는 하지만, 그 대답을 해놓은 것들이 여럿 있는 것도 모르지는 않지만, 그럼에도 그 가장 근사하다고 해야 할 대답은 중원(中原)에서 찾아지거니와 ('自然道' 쪽에서의 별견의 결과 瞎榜稗官式 瞎見이랄 것이, 따로 없는 것은 아니라도, '文化道' 쪽에서 새로 보기로 하면, 선현들의 고전적 해석을 我田引水식으로, 그대로 빌리게 되는데) '현빈'(玄牝)이라는 것이 그것이다. '玄'은 '검다'는 뜻이라는데, 이는, 시원(始原) 전의 상태[未始出吾宗]와 같이, 아직 남성을 받아본 적이 없는 처녀의 자궁이 그렇지 않은가, 모든 것을 임신하고 있으나, 아직 궁창이 나뉘지 않은 상태로도 이해되는 바, 여성의 '仁'이나, '受容'의 궁극적 모습은 그래 보인다. 문잘배쉐의 '마돈나'를 '牝'이라고 대치해도 괜찮다면, '블랙 마돈나'가 '玄牝'이다. '玄牝'은 또한, '검은 암컷'이라는 대신, '현묘한 요니[牝]'라고도 해석하는바, 이 '현묘'함에, '처녀'를 잃고도 영구히 처녀에 머문 여성의, 우주적 처녀성의 비밀이 있어 뵌다. '[……] 玄牝之門 是謂天地根. 綿綿若存 用之不勤.' ―'파괴' 쪽에서, 우주적 '玄牝'이 노상 짓밟히고 유린당해 처녀를 잃는다면, 생성 쪽의 '玄牝'은 노상 처녀이다. (瞎榜稗官式 이해로, 이 '玄'을 '하늘빛'이라고 이른다면, 문잘배쉐의 'Vesica Piscis'가 玄牝이다)

헤아려본 바의, 아디―발키리의 전리품을 두고 보건대는, 그네들은, 표면적으론 깡그리 분쇄된 듯함에도, 실상은, '폭력적 여성'이라는 것 빼고는, 잃은 것은 없이 얻기만 했다는 식으로, 얘기의 결말이 휘는 것을 보게 되어, 정황이 사뭇 이상하게 뒤집힌 듯해도, 아마도 그런 듯하다. 그러나 아디―발키리에 대해서, '폭력적 여성'이란 그네들 전 존재를 규정하는 것이었던 것을, 결코 잊거나 간과해서는 안 될 품목인 것인 것. 하긴 이것도 '거세'이다. 재밌다고 해야 할 것은, 이 여성들은 그런 거세를 당하고서 비로소, 여성을 차려냈잖나 하는 그 대목일 것인데, (이 의미에서는 童貞을 잃기가 去勢인 듯하다) 여성이 '아디―발키리'를 일으키지 않으면 안 되었던, 사회구조 따위를 고려하면, 여성이라는 성을 구비하기는 비극이기도 하지만, 눈을 좀 치떠 보기로 하면, 그것은 우주적 은총이기도 한 것. 말한 바의 사회제도하에선, 여성이 '제이의 성(性)'으로 전락해 보이지 않는 것은 아닐지라도, 그 원한의 까닭으로, 음모를 꾸며, 다시곰 다시곰, 새로곰 새로곰, 요니에다 이빨을 돋궈내려 하지만 않는다면, 훨씬 치떠 보아야 하는 자리에 있는 여성들이, 차라리 남성을 '제이의 성'화(化)하는 것이 관찰되어진다. (윤리적 어휘를 쓰려 하니) '어머니'(가 드러나는데)에 대해서, 모든 자식들은 제이의 성이다. '남근주의' 아래서, 학대에 시달리는 여성들이, '남녀평등', '무차별' 등을 부르짖고 일어나는 일은, 분명히 당연해 보이되, 분명하고도 분명한 목소리로 이르노니, 이 '불평등·차별' 따위는, 남성과 여성 사이에서만 있어 온 것은 결코 아니라는 것이다. 그것은 오히려, 아으, 눈물 닦기에 잠을 못 이루겠으면, 축생도를 내어다보아람, 보다 더 남성과 남성 사이에서 더 혹독하고, 심하게 고질화해온 것인 것을! 그럼에도 물론, 밖에서 차별당하기의 모욕을 무릅쓰고, 생활을 버는 사내가, 퇴근하여 귀가하면, 손이 부르튼 마누라를 쥐어박는 꼴은, 간과될 수 있는 문제는 아닐 테다. 그럼에도, 아으 눈물을 훔치고, 축생도를 내어다보려마, 거기에서는 노상 일어나는 짓이 그것인 것을—, 거기엔 그래서 보면, '강자와 약자'가 있을 뿐인 것. 영악한 이와 아둔한 자가 있을 뿐인 것. 분명한 것은, 그런 폭력적 행위는, 인세의 것이 아니라는 것이다. 自然道의 것이며, 文化道의 것이 아니라는 얘긴 것. 그것은, 거기에 '여성'이 있기 때문이 아니라, 자기보다 열등한 약자가 있기 때문이다. 솔직하게 말하면, 앞서 말한 바 있지만, 일반적으론 여성의 뼈는 남성의 그것에 비해 약할 뿐만 아니라, (그 역사적 배경 따위를 재거론할 필요가 있겠는가?) 지적으로 개발을 못 봐 열등한 위치에 있던 것도 사실인 것. 이런 자리엔 '알파 늑대'와, 비틀린 '오메가 늑대'가 있을 뿐이다. 그렇다면 이것은 난제인데, 이 축도(畜道)는, 그것들이 축생도(畜生道)를 벗어나지 못하는 한, 숙명처럼, 세상의 끝날까지도, 가망 없이 계속될 듯하기 때문이다. 글쎄지, 축생도를 내어다볼 일이다 말이지! 거기서는, (코끼리네나 하이에나 댁은 제외하고 말해야겠지만) 암컷은 '알파 늑대'의 부속물이 되어 있고, 수컷이라도 '오메가' 쪽은 노예가 되어 있음인 것을 갖다가시나! 그럼에도 '오매가 늑대'들은, 여성들처럼, 대놓고 떠들어 불평등이나, 차별, 성폭력 따위를 말하지도 못한다. 왜냐하면, 물론 경우는 다 다르겠음에도, 기회는 균등하게 주어져 있기 때문이다. 나중엔, 분노한 오메가들이, 만방의 노동자들은 이 깃발 아래 모일지어다, 떼를 이뤄, 알파의 권위를 무너뜨리고 그것(권위)까지도 분배하려는, 가상한 혁명도 일으키곤 하지만, 그리하여 오메가들에의 예찬이나, 설움 살펴주기로, 한 시대의 앞장에 서는, 새 종류의 알파(그들은 오메가들이 아닌데, 이는 역설이다)들이 등장하기도 하지만, 문제는, 만약에 그들 각원이 판켄드리야를 성공시켜 놓고 있지 못하고 있다 할 땐, 차투린드리야도(道)의 질서에, 와해 혼란이 야기될 수도 있다는 것에도 있을 테다. '위대한 사회의 구현'은, 인피(人皮)라는 루타를 입어, '판켄드리야'라고 불리어졌으면, 먼저 그 아르타도 또한, 그것에 걸맞게 깨워 일으키는 방법 외에, 다른 수는 없을 듯하다. 그렇지 않으면, 인세(人世)도 축생도(畜生道)인데, 보다 복합화해 있는 축생도이다. 설움 받는 건 그러니 여성뿐만 아니다. 여성은 그래도, 퍼 내지르고 앉아 동네방네 다 들으라고, 대성통곡이라도 할 만하지만, 예의 저 한 깃발 아래 가담하고서도, 더욱더 외로워져, '남몰래 흘리는, 하염없는 눈물'을 삼키는 자는, 설움 받는 남성들인 것을. 그런즉 여성들입습지, 너무 그렇게 나쁜 쪽으로만 생각하려 말구라 말입습지. 그런다고 해서, 옥문에다 이빨을 세워, 저누무 못된 남자를 받으려는 앙심을 품을 일도 아니겠어야. 여성인 것의 지복은, 폭력에 맞서는 대폭력(對暴力)이 아니라, 어떠한 폭력도 그것에 닿으면, 그 뾰족함을 잃는 인(仁)함, '검음'[玄] 을 지키기, 지키되 중심(中心)을 드러내지 않기—중심이 없으니, 가도 없다—같은, 그런 것은 아니겠는가? 어머니들이 자식들에 대해서처럼, 남성을 '제이(第二)의 성화(性化)'하는 수뿐이다. (흐흐, 이 늙은 파락호가, 제멋대로 이 나이까지 늙었어도, 아직은 어머니의 자식인 것을. 어머니에 대해서 자식은 그리고, 근본적으로 '제이의 성'이며, 그것에 머물기를 바라는 것인 것들! 그래서 여성이 얼른거리면, 빨던 젖퉁이가 만져보고 싶고, 제가 비어져 나온 자리에의 그리움의 까닭으로, 드러내는 돈 후안이즘(Don Juanism)은, 꼭히 색념만은 아니다. 여성은, 신에게 드리는, 祭祀 그 자체의 化身이라고, 무의식적으로 감지하는 남성들도 있다. 여성은 그래서 祭壇이며, 祭祀를 흠향하는 자의 일체로서, 그 남성의 앞에 현신해 있는, 매우 구상적 종교가 된다. 이런 것을, 그의 무의식의 어떤 떨림에 의해 감지하는 자는, 그 종교 앞에 서면, 그 祭壇에 바치는 祭酒로서, 精水를 바치고 싶어 한다. 살속에 살을 넣어, 영혼을 방출해버리고 싶어 하는데, 이런 남성은, 여성 앞에 서면, 자신도 모르게 始原에로 끌려 들어가는 것일 것이었다. 그중 흔한 형태로는, 알려진 '요나 콤플렉스'며, 흔하지는 않을 것이로되, 앞서 말한 것과 같은, 司祭 役에의 충동을 느끼는 경우일 것이다. 이 시원에 우주적 여성, 大地母神이 있어 뵌다. 이런 관계에서의 성교는, 그래서 제사화하는 것일 것. 그 제사를 통해, 남성 또한 신으로 거듭나는 것일 게다. 이 부류의 남성이라 해도, 모든 여성에 대해, 어떤 시원적 본능을 일깨우는 것은 아님에 분명한데, 어떤 여성은 아마도, 이런 남성 속의 習氣, 의 어떤 琴을 자극했음이 짚인다. 이럴 때 여성은, 지고하게 존경받아져 있으며, 동시에 남성 또한, 신에로까지 상승하는 것일 게다. 어떤 남성이나 여성은, 다른 남성이나 여성에 비해, 보다 더 많은 양의 시간을 싸안은 무의식을 갖고 있는 것으로 짐작된다. 진화론적 입지에서는 그렇게 보인다. 이는, 이런 분야의 학문을 공부하는 이들이, '풍요제'라는 투로 설해내는 바의, 원시종교의 한 형태에서만 머문 것이 아니며, 두 개의 性이 있는 한, 그것이 없어질 때까지는 계속되어질 것임도 분명하다. '몸의 우주, 말씀의 우주, 마음의 우주'라는 식으로, 그 우주의 성격에 좇아, 그것의 변용도 따를 것인데, 원전은 분명히 저기에 있다) 인세를 '복합화한 축생도'라고, 일견 망발스러운 어투를 꾸민 것은, 그 궧의 '폭력'은, 자연에 배꼽 줄을 이은 본능적인 것도 물론 포함하고 말이지만, '문화'라는, 구멍 많이 뚫린 헌 중우에 가려져 있는 것을 두고 이른 것이다. 그럼으로 그것은 복합화해 있는 것이다. 그것(폭력)이 분명히, '복합화한 축생도', 말하기의 편리를 위해, 그것을 그냥 '문화도'라고 이르기로 하자, 그 궧의 균형(均衡)을 조절한다. 자연과 축생도의 균형은, '번식욕과 식욕(食慾)'이라는 두 축(의 저변에 '易'이 있음일 것)에 의해 조절된다고 하지만, 문화도의 그것은, '에로스와 타나토스'라는 두 자장(磁場) 가운데서 '폭력'이 '易'의 역할을 하고 있는 것으로 관찰되어진다. '폭력'은 야누스의 모양새다. '야누스'(Janus)는, '문(門)의 의신화에서 드러난 신'이라는 것은 주지하는 바와 같거니와, 이 '문'의 자리에, '모래시계의 개미허리'가 있을 게다. (얼마가 반복되어진다 해도, 여전히 충분치 않은 것이 이것이다 보니, 반복되는 느낌이 있지만) '시간'의 개미들이, 부지런히 시간을 날라 내리다 보면, 한쪽은 비는 대신, 다른 쪽은 포화 상태에 이른다. 그러면 이제 모래시계는 뒤집혀야 할 차례다. '타나토스가 팽대하면, 사람들은 죽고 싶어 한다.' 이것이 언뜻 뒤집히면 죽이고 싶어 한다. 被/加虐性이 운위될 차례다. 뒤집힘의 역동적 힘은 거기서 일어난다. 까닭에 인세는, 거기가 어디든, 마련된 제단에서, 번제 양이 타며 오르는 연기 속에 생피 냄새가 흐르고 있는 것이, 그 타나토스의 종기를 터뜨려, 얼마쯤의 고름을 짜내는 것으로 보인다. 이 '폭력'에 맞서거나, 폭력이 휩쓸어간 자리에서 '에로스'가 일어날 것인데, 이것 또한, 어느 한계를 지나, 팽창하여 포화 상태에 이르면, 똑같이, 타나토스의 얼굴을 드러낼 것인 것, 그래서 저것을 '야누스'라고도 이를 수 있을 테다. '에로스'도 '폭력'이다. 폭력주의자들까지도, 그런 대의와 목적을 갖는 것이 분명한 '평화'라는 것을 예로 들기로 해도, 그 아름다운 우주적 인류 전반적 소망까지도, 잠정적 아름다운 한 환상이며, (영구적인) 그런 건 없다. 그러니 그것은 실다움이라거나, 불변의 진리 같은 것은 아니라는 얘기로도 될 것인 것. 그것도 항변하는 하나의 '상태'이다. 긍정적 상태이다. 진정한 의미에 있어서는 평화도 폭력이다. 음성적 폭력이다. 그것 아래에서, 타나토스가 억압당하는데, 억압당하는 타나토스는, 수시로 무시로, 폭발할 위험성 자체인 것. 무엇보다도 문제는 그럼에도, 사람은 절대로 전쟁과는 못 살지만, 평화와도 못 사는 유정이라는 그것에 있을 테다. 무수히 되풀이되어진 바대로, 진화의 도상에 있는 유정, 특히 인간의 그것에의 추동력이 '타나토스와 에로스'가 되어 있기의 까닭일 테다. 아으, 그렇든 말았든, 그러함에도 여전히, 그리고 언제나, '평화'란 좋은 것인 것! 그것을 위해서 그래서 전쟁도 하는 것인 것! 그 꿈을 고수하는 한, 세상이 여하히 하수상타 해도, 세상은 지키고 보살피며 살 만한 고장이 된다. 그럼으로 인류는, 그것의 구현을 위해 한 기치 아래 모이는 것일 게다. 아으, 모일지어다! 모여서 平和해보자! 그리하여 그 제단에서, 목숨까지 산화시키는 것일 게다. 아름다운 꿈을 위해서? 위해서!

문화도(文化道)의 '균형의 힘'으로서, 앞서 '폭력'을 들춰 말해왔는데, 그것은 외적(外的) 파괴력이어서, 그것에, 맞서 자기를 지키려기에 의해, 자기들도 모르는 새, 조금씩 조금씩 진화/역진화하는 차투린드리아야에 대해서와 달리, 판켄드리아야에 대해선, 그것이 전적으로 '진화'(進化)에 기여하는 것은 아닌 듯이 관찰되어진다. '전적'(全的)이라는 어휘는, 약간의 에누리를 포함하고 있는데, 판켄드리아야의 진화에도, 폭력에서 발생하는 고통이나 고뇌가, 그 발솟음하기에 얼마쯤의 용수철이 되어 있지 않은 것까지는 아니라는 그것이지만, 판켄드리아야로부터의 그것[進化]은, 이제부터는 보다 더 내적(內的)인 것이어서, 그것의 동력을 찾는다면, 이제부터는, 그것의 루타, 즉 몸에서 얻어질 것으로 보인다. 하긴 '몸'도 '정신'에 대해 '폭력'이 아닌 것은 아니라고 보면, 그것 같은 폭력도 더 없을 것이긴 하다. '진화는 육신을 조건으로 해서 가능되어진다'는 그것인데, 이때 두 종류의 '육신'이 드러나 보인다, 하나는, 자연의 환경, 조건이나, 무시적으로 존재하는 밖의 위협에 맞서, 자기를 보호하려는 그 본능적인 몸, 즉, 차투린드리야[四官]와, 저것도 선제적으로 포함하여, 사대[地水火風]라는 조악한 물질이 일으키는, 제어키 어려운, '더럽고도 칙칙한' 욕망, 자타(自他), 호오(好惡), 선악 등에 대한 분별심을 일으키기뿐만 아니라, 사고[生老病死]에 당하는 숙주로서의 몸, 즉, 판켄드리야[五官]라는 두 가지이다. 까닭에, 판켄드리야로부터의 진화는, '폭력'보다, '자기부정'에서 더 많은 추동력을 얻는 것으로 이해되어지는 것인 것. '욕망'을 제어하려 하기, 분별심을 없애려 하기, 사고(四苦)를 극복하려 하기는, '자기부정'이라는 고행 자체인데, 그럼에도 그가, 몸이라는 오두(五頭)의 '암뱀'을 아랫목에 뉘어놓고, 저만 혼자 '수독수리' 하려 한다면, 그러고도 어떻게 진화를 성취할 수도 있다면, 그것이란, 뱀이 허물을 벗는 과정에서, 몸은 여전히, 너무 무거워 땅에 배 대고 길 수밖에 없는 뱀인데, 엉뚱하게 새 대가리를 뽑아 올리기 같은 것일테다. 그것이, 곁길의 진화의 도상에 오른, 판켄드리야의 비극의 한 전형이 될터—. 특히 판켄드리야와의 관계에서 얘기되어지는 '진화'는, '오두의 암뱀'의 소진을 통해, 그 재 속에서 날아오르는 '불새'의 의미라는 것은, 빌려 밝혀두쟈. 이 계제에 이르면, '자아'가 중력이 될 것이어서, 그것 벗기 위해 제 날개를 태울 것이다. 재[灰]를 도달한다, 해골—.

세상의 모든 '어른들의 아비들'('The Child is father of the Man'—Wordsworth)의 가슴속엔, 밖에는 눈보라가 휘몰아치며, '삶'이라는 계모 등쌀에 쫓겨난, 니플하임[凍道]의 유수들의 한이 펜리르가 된 것들이, 눈벌판을 헤매며, 목 놓아 울어, 세상의 모든 계모들보다도 더 정 없는 밤, 시린 눈 위에다, 뜯긴 목젖에서 흐르는 붉은 피를 뿌리는 들 가운데, 작은 통나무집, 타는 벽난로, 앞, 식탁을 둘러앉은, 능금 볼의 난쟁이들을, 주걱을 휘둘러 어우르고 있는, '백설 공주'가 있다. 말 안 듣고, 욕심 사나우며, 짓궂은 장난질이나 하려는 저것들을 때릴 듯이 위협하는 그네 또한, 저 난쟁이들께는 발키리이다. 이 발키리가 잠시만 집을 비워도 저것들은, 잠시, 그저 잠시, 들불에 휩싸인 들쥐 떼 모양 버스럭거리다가도, 금세 히마리들이 하나도 없어져, 턱을 괴고 능장코나 빠뜨리곤 하다 사립문 열리는 소리가 들린다 싶으면, 새로 들불질이다. (그 경로야 어쨌든) 이 발키리는, 배앓이를 해본 적도 없이, (天竺의 通理 중에, '아내는 남편의 어머니'라는 게 있는데, 이런 자리에 그것 좀 빌려 써먹어도 될랑가 모르겠다) 그 치마폭에, 옹그랑 종그랑한 것들을, 여럿씩이나 싸안고 있다. 이 난쟁이들에게 그네는 거인 여자며, 그 입술은 피처럼 붉고, 그 살갗은 눈보다도 희어, '백설 공주'라고 일렀거니와, 바로 이 동정의 어머니가, 세상의 모든 어린이들의 가슴속에 있다. 훨씬 늙어 있어도, 어머니에 대해선, 자신은 언제나 어리고, 어리기를 바란다. 이 어머니는 늙어 식탁 앞에서도 졸거나, 이빨이 없으니 비린 것이나 보채고는, 입에 넣은 것을 삼키는 대신, 투정 부리기와 함께 줄줄 흘려내며, 음식에다 비듬을 떨궈내는 그 어머니는 아마도 아니다. 그래서 이 살벌한 들판 가운데, 늙은 아들들의 통나무집이 각기 하나씩 서 있고, 그 벽난로에서는 불이 타고 있다. 여기서도 시간이 왜 흐르지 않겠는가, 마는, 모든 것을 싸안고 가는 시간이 있으면, 그것을 풀어헤쳐 놓은 시간도 있을 것, 여기서는 그래서 잃었던 것들 중에서도 되찾고 싶은 모든 것들이 찾아질 테다. 삶의 '처녀의 샘'과도 같은 寂靜이 여기 있다. 여기서는 어린 神들이 살고 있다. 거기, 아직도 처녀인, 젊고 순결한 어머니가 있어, 그 자식들을 따뜻이 감싸주고 있는데, 밖의 살벌함은 그러면 잊어도 된다. 고향은 허긴 그런 것이다. 늙은 아비들은, 추억(追憶)보다도 더 깊숙한, 과거가 아닌 과거 속을 떨며 헤매다 들르는 이 통나무집 벽난로 앞에, 자기보다 오래오래 전, 헤아릴 수도 없는 먼 옛날부터 거기 와 있어 온, 자신을 발견하면, 먼저 놀래고, 그리고 준비되어진 휴식 속에 잠길 테다. '추억'에도 '집단적'인 것이 있는 듯하다. 집단적 추억? 그 중심에, 여러 모습의 '공주'들이 있는데, '난쟁이'라고 동화적 의인화를 겪은 것들과의 관계에서는, '백설 공주'가, 제일 커 보인다. 그중 믿음직스러우며, 치마폭이 그중 넓어 보일 뿐만 아니라, 전순히 순결무구하여 백설보다 희어 보인다. 이 공주의 치마폭에 쌓이면, 고슴도치까지도 우리 집 북

슬강아지처럼 부드러워지며, 까마귀까지도 흰 비둘기가 된다. (『금당나귀』나 『神曲』, 『파우스트』 속에, 이 백설 공주 얘기가 어른용으로 되풀어져 있음을, 아는 이들은 알 테다) 동화적으로 이르는 '천국'의 여성화는 저런 것인데, 그렇다면, '지옥'은 '계모'의 꼴이 아니겠는가. 이 '백설 공주'는, 예의 저 '계모'의 학대 밑에서, 그 분명한 모습을 드러냈거니와, 이는 다름 아닌, 폭력적 여성—발키리의 참패 속에서 일어난, '새 여성', (시동이의) '불새'인 듯하다. (반복을 무릅쓰기로 하면) 이를 확대하여, 집단화한다고 하면, '범(凡) 여성'이라고 해도 될랑가 모르겠다. '하나인 모든 여성', '특수한 보편적 여성' (버무린, 이 말들은 그럼에도 정연하다), '영원한 여성'이랄 것인 것. 이런 뜻으로 보면, 진화의 도상에서, '여성'처럼 성공적인 유정은 없는 것이나 아닌가, 하는 것까지, 미뤄 짐작케 한다. 주지하다시피, 여성의 헌신성, 모성(母性) 등은, 남성들로서는 그 신들메 여미기도 감당치 못할 것들임에도, 그네들은 그 십자가를, 구레네 사람에게 대신 메이지도 않고, 꺼떡 없이, 잘 짊어져 오고 있는 중이다. 개중에는 물론, 이 짐이 무겁고, 버거워 인내키 어려워, 그 짐을, 남성들께도 지우려 하는, 아디—발키리에의 수복을 꿈꾸는 이들도 어찌 없겠는가? 마는, 여성이 그러려 들면, 다시 참패하고 말 게다. 또 그 얘기지만, 이는 다시 아디/시바, 발키리/오딘 간의, 예의 저 폭력 휘두르기의 되풀이에로 돌아갈 것일 것인데, 시작은 분명히, 성별 간의 우선권, 또는 기득권이라는 우승배 쟁취의 형태를 띠게 될 것이라도, 전투가 계속되는 사이 그것은, 성별을 떠난, 힘의 우열, 강약 겨루기의 전쟁으로 변해, 양자 공히, 다시 축생도에로의 추락이라는, 바람직하지 않은 결과를 초래하게 될 위험성이 전부일 것처럼 보인다. 아담이, 처음 눈떠 보고, 자기의 세계를, 엉겅퀴와 가시덤불에 뒤덮인 광야로 인식한 다음, 그것에 보습 대어 연 자리에, 땀을 쏟아 넣자마자 땀에 젖은 그 흙에서, '에켄드리야'[一官有情, 외눈배기] 라는 이름의, '부와 권세'를 주관하는 물질주의의 대왕이 눈을 떠, 나날이 불어났거니와, 이는, 아담의 물질적 육신적 쾌락과의 동침에 흘린 정수에서 일어난 '짐승의 대왕'과 이란성 쌍둥이라기도, 또는 바룬다라는 쌍두조(雙頭鳥)에서 그 비유를 빌려와, 그 둘의 한 몸으로서 '붉은 용'이라고도 이른다 하는데, 이 두 새 신들의 모태는, 흙에 중력(重力)

이 반죽되어진 그것이어서, 이것들의 의지의 대략 칠 할은 '하강' 쪽으로 기울게 되어 있다는 것, 그것이 (꼭히 윤리적이랄 수는 없을지 몰라도) 종교적 어휘를 입을 때 '타락'의 형태로 드러난다는 것, ―이라면 그렇다. 하강의 아래쪽에 축생도가 있다. 이 시절은, 시절의 변천에 좇아, 전에 없이, 여성들의 지위가 향상되고, 그네들이 깔고 앉은 부의 증가에 따라, 지위나, 권익 따위를 도모하는 일에는 성별이 있는 것도 아니라는 데까지 변해 있는 것도, 여성 자신들까지도, 불만은 불만인 채 드러내면서도, 꼭히 부인하려 덤비지는 않을 성부르다. 문제는 그러면, 여기서도 발생할 듯하다. 라는 것은, 그런 위치를 독점하고 있었을 때의 남성들이 타락일로에 있었듯이, 여성들의 타락도 뒤따르게 예상된다는 것이다, 이제쯤은, '마음의 우주'가 성시를 이뤘을 것임에도, 이런 자리에서의 발전이라고 해보았자, 기껏 탈레스(Thales)로부터, 절벽 끝에 선 니체(Nietzsche)까지이다. 한 발 더 내디디려 하면, 추락한다. 어느 상태에, 도달하면, 시시포스의 바윗덩이만 그러는 것 아니다, 무엇이든, 무슨 힘에 의해서인지, 때! 저절로 추락한다. 이유는 분명히, 집단적 자아라는 것이 없어서이겠지. 남성들이 역사의 주동 역(役)을 해온 결과가, 이런 지연, 이런 후진성을 계속적으로 초래해온 이유는, 그들의 정신적 타락에 기인하고 있었을 것이었다. 이런 자리에, 절대적 정신이 배제된 역사의 변증법이 주억거려지는 맺힘점이 있다. 이 시절은 전에 없던, 발키리―아디들께도 그 책임을 물어야 되는, 남성의 추니(androgyne)화에 의해, 종말적 위기에 처해 있는 듯싶은데, 이제 한 발 더 내딛는 자리에 대한 희망은, 그러므로 해서 백설 공주들께서 찾아야 할 계제에 왔는지도 모른다. 이 시절은 그러나, 우리들의 세상이, 보다 더 산문가들에 의해 엉망이 되어온 것을 살피면, 그네들로부터서는 산문(散文)이 아니라, 운문(韻文)을 기대하게 한다. (앞서 여러 차례나 강조 운위된 바와 같이) 어떻게나 조악한 것이라도 이 詩的 抒情에 감싸이면, 그 조악함을 잃는, 그런 詩를 기대한다. (다시 散文的 실정에로 눈을 돌리기로 한다 해도) 그랬으면, 여성들이 구현하려는, 위대한 사회의 구현은 실현된 것 아니냐? 성별이 전제되는 한은, 그럼에도 여성들은, 꼭히 上位에서, 요분질을 해서라야만, 남성들을 정복 내지, 굴복시켰다고 개가를 부를 수 있다고 한다면, 그 까닭은 잘 짚이지가 않는다. 왜 서로는, 한편에서는, 여름철 엿가락만도 못한 조즐 창처럼 들고, 다른 편에선 코끼리의 가죽도 찢는 이빨을 갖춘 보지를 방패로, 복수만을 꿈꾸는가? (稗官이 역설하고 있는 것이 그것이지만) 사실은 여성인 것이, 남성인 것보다 더 축복되어져 있는 것은, 그들이 겪어온 그 고통의 까닭이다. 그들이 아래쪽에서, 뒤에서, 세상을 지켜오지 안 했더면, 저 야만적이고 폭력적 남성들의 까닭으로 세상은 벌써 박살 나버리고 말았던 것이었을 것으로, 되짚어서 말인 것. 이런 추세에 좇다, 어떤 부류의 남성들이 추니화하여, 저 아디들의 기름진 상에서 던지어지는 부스러기를 얻으려 하는 꼴이, 그리고 때로는 그네들의 발길에 차여, 끼깅끼깅 샅에다 꼬리를 사리는 꼴도 흔히 보이기도 하고 해서, 저 발키리들께 박수를 보내기도 하게 되곤 한다. 아디 만세! 이는, 이 아디들이 많은 전투에서 승리를 거둔 것의 증거인데, 그러나 그렇다고 해서 전쟁까지 이겨낸 것은, 아직은 아니어 보인다. 예의 이 추니들은, 새로운 종류의, 그러니 네모사피엔스식 '내시'(內侍)라고 일러야 할 듯한바, '인간'을 거세(去勢)당하고, '당나귀'에로 추락한 루치우스모양, 이 네모(Nemo Sapiens) 고자들은 '남자'(Man)를 거세당하고, '수컷'(Male)을 확대케 되었으므로 해서, '짐승'(Male)은 거세되었어도, '사람'(Man)은 남겼던, 호모(Homo Sapiens) 고자들과 다르다고 이르는 것인 것. (그러나 이후 루치우스는, 루타는 차투린드리야에로 추락했어도, 드디어 판켄드리야라는, 그 아르타를 강하게 깨워 일어서기 시작했었으므로, 이 네모 고자들의 범주에서는, 힘차게 뽑아내야 될 듯하다) 이들의 역(役)은 이후, '변강쇠'에서 그 한 전형이 보이는, '德巨動'이라는 이름의 남자 형상의 성기구(性器具)로서, 어떤 부류의 마님 아씨들의 장롱 속 같은 데라도 처넣어져서는, 부름 받기를 기다려 있는다. 이것이, 이긴 전투에서 데려온 노예와 정복자의 관계에서 일단 끝난다면, 다른 문제는 발생할 일 없어, 좋고, 또 상찬을 바칠 만도 할 테다. 마는, 루치우스의 당나귀의 옛 애인 포르티스가, 이 당나귀 루치우스와, 진한 관계를 갖기 시작해, 뒈져 못 살겠다고 지랄하기를 계속한다면, 이 포르티스에게 일어나는 문제가, 문제가 되는 문제가 짚이는 것이, 또한 문제가 되는 문제다. 여성의 타락이 시작된다. 포르티스의 여성(Woman)의 거세, 혹은 그 전락에 따른, 암컷(Female), 짐승적 암컷의 확대에, 예의 저, 여러 번의 문제가 문제로 드러난다는 얘긴 것. 수탕나귀와 씹하는 년은, 암탕나귀지 또 뭣이겠냐, 포르티스가 사람의 여자이기 때문에, 당나귀가 사람에로 끌어 올려진다면, 다른 문제는 없겠는데, 이 당나귀를 사람으로 끌어 올린 이도 또한 여성은 여성이었으되, 포르티스가 아니라, 이시스였다면, 여성에도 두 종류가 있다는 것이 대번에 짚여진다. 하나는 암컷이며, 하나는 여성이다. 이때 저 아디 또한 참패한다—이것은 물론, 극단적인 한 예에 불과한 것인 것도 밝혀둬야겠지만, 이 극단적인 한 예가, 범사에도 써먹힐 수 있는, 하나의 잣대일 수도 있다면, 반드시 극단적인 것만은 아닐 테다. '폭력'에 맞서 폭력을 이겨내는 폭력은 그래서 보면, 아디-발키리는 절대로 아닌 것을 알게 된다. 때로 해일 같은, 광기 어린 물주름도 없는 것은 아니지만, 바다라는, 아무리 거대한 폭력이라도, 달마가 그어놓은 대지의 어느 선에 닿으면, 그 사나운 이빨이며, 손톱 발톱 모두 잃고 패시시 물러나듯(이란, 나가세나가 누설한 천기이다) 남성적 폭력도, 어떤 여인의 치마폭에 싸이면, 그 뾰족함을 잃는데, 거기 남성의 '제이(第二)의 성화(性化)'가 치러져 있고, 거기 백설 공주가 있다. 파도에 대해 대지 같은, 절대로 반(反)폭력이라거나, 대(對)폭력, 또는 역(逆)폭력이라고 부를 수 없는, 그런 힘 아닌 힘, 무위(無爲), 수용하기가 꺾기라는 식의, 현묘한 '검음'[玄] 이랄 그런 뭣이 또 있는데, 그것이 백설 공주의 치마폭이라는 얘기—. (아무리 광기 어린 해일이라 해도, 달마의 선 넘어, 몇 척이나 더 달려가던가? '노아의 홍수'라는, 땅을 완전히 제압했던 물은, 하늘에서도 엎질러져 내렸더라지만, 사실은 땅에서 솟아올랐던 것이라고 하지 않느냐? 여성이 참패케 되는 것은, 외견상으론 남성의 까닭인 듯해도, 아니려니! 계모화한 女性이, 그 자신의 '女性性' 자신을 할퀴어 뜯기에 의해서도 그랬겠거니! 땅에서 폭우가 내린다) 엉겅퀴며 가시쟁이로 덮인 들을 헤매며, 난쟁이 녀석들의 저녁 식탁에 올리려, 거둔 열매나 뿌리를 싼 그네의 치마폭엔, 아무리 살펴보아도, 허리 꺾인 가시 하나 묻어 있지 않다. 거기 난쟁이들의 과거는 물론, 미래가 싸인다. 거기 싸이면, 남성의 폭력성이, 어느 순간, 생산적 창조력으로도 몸 바뀔 수도 있을 테다. 여성에 대해 남성은, 시바-오딘이 아니면 난쟁이이고, 남성에 대해 여성은, 아디-발키리거나 백설 공주이다. '난쟁이'란 제이의 성의 동화적 은유가 아니겠는가. 그 외에도 다른 유형들이 또 왜 없겠는가, 마는, '폭력/비폭력', '붉은 폭력/검은 화력(和力)'과의 관계에서는, 대략 저렇게 관찰되어진다는 얘긴 것. 그럼에도 양자 사이에 있는, (펜리르를 묶은 줄) 글라이프니르(Gleipnir) 같은 자력(磁力)/반자력, 사랑과 증오 따위가 살펴지지 안 했지만, 그런 재료라면, 저승 써늘한 방 군불 피우는 데 좋은 연료가 될 듯하다.

시동이의 손바닥 위에는 아직도, 그 '폭력'이 올려 놓아져 있고, 지는 달이, 그것에 감은 혀를 못 풀어 수캐 똥구녁에 붙여진 암캐 꼴을 하고 있는데, 저 황무한 들 가운데, 저승꽃으로 피어 있다. 그는, 제 손 위에 올려진 폭력을, 아니면 그 제물을 들여다보며, 아디—발키리의 영상으로부터, 백설 공주의 그것까지 이끌어내, 어부왕처럼 앓고 있는 중이다. 시동이 이해하는 바대로 좇으면, 이 판차타트바(秘儀, Maithuna, Skt., 性交의 뜻이라누먼)는, 음극(陰極)으로 기울었던 듯하다. 情俠 얘기가, 武俠 얘기로 바뀌어 있는다. 그러면 문제가 생긴다. 밝혀 말하면 그는, 스스로 믿기엔 패배한 시바—오딘이어서, 거세를 당했는데, 좇아, 참패당한 아디—발키리가 백설 공주로 변신해 있음을 본 것이고, 그리하여 그네 품에서 자기 수복을 염원하기 시작하고 있었던 듯도 싶다. 하기야, 여성들에 대해선 '처녀의 샘'이거나, 얘기해온 바대로는 신비한 '검음'[玄] 의 방이라고 일러온, 그런 어떤 '소중'(所中—이는, Cittāśraya, Skt., inmost seat of consciousness, 라고 들여다보면 좋을 게다)이라는 방에, 어떻게 돼서였든 떨어져 든 자라면, 특히 이런 경우엔, 거기 열린 길은 하나뿐인데, '그 길은 시간의 과거 속으로 뻗어난 길이다.' 그 길에 올라, '잃어진 것'을 찾으려는 자는, 그런 모두가 거기 있음을 알게 될 것이긴 하다. '공중(空中)에도, 색중(色中)에도 아니다 / 수중(水中)에로, 그럼에도 젖음이 없는 길을 좇아서, 그대 / 그곳을 통과하지 않으면 안 된다— / 그러면 그대, 그곳에서, 찾으려는 모든 것을 되찾게 되리라.'(泰國人들의 敍事詩『라마키엔』), 이것은 분명히, 이 세상 場 그 길목에 앉아, 한 켤레의 쇠신발과 쇠지팽이 하나를 전 벌려놓고, 팔아 연명하려는, 동안백발 늙은네 하나가, 뭘 찾겠다고 길 떠난, 어느 동네에나 최소한 하나씩은 있는, 한낮 하늘에서 별 따려는, 파르치발이라는 젊은네에게, '치타쉬라야'에 닿는 길 가리켜 보이기이다. 이 멀쩡하게스리 엉뚱한 젊은네는 시방, '몸의 우주'의 거친 들을 헤매고 있어 뵈는데, 늙은네가 가리켜 보인, 저쪽 하 아스무레한 고장은, 무지개의 뿌리가 박힌 자리여서 巫洞의 이름으로 불려져 왔기에, 그렇다. —몸과 마음의 현주소는 같은 것들인 것—이 같은 늙은네가, '말씀의 우주'를 밖으로, 변두리로 헤매는 파르치발에게도, 자기 전 벌려놓은 물건 값으로, 젊은네의 불알을 까 삼키고선, 가리켜 보이기를, 이번에는 이런다, '대지의 깊은 속으로 내려가 보라, 그러면 순화를 통해 그대, 거기서 숨겨진 돌을 찾으리라.' 그리고 셋째 번 파르치발에겐, 합장해, '옴 연 속에 담긴 보석이여 훙!'(옴마니팟메훙)하고 눈 내려 감는다. —'성배'는, 시동이가 문잘배쉐에서 자랐기 오래전부터도, 이미 거기에 있어 왔으되, 그것을 찾기 위해서라면, 이 길은 틀린 길이다. 그것은 시간의 과거 쪽에 있음에도, 그 길이 어떻게 휘어서였든, 그 반대 방향으로, 영원을 향해 뻗어난 길을 좇지 않는다면, 탐색에 오른 자마다, 황도 변에 버려진, 밑이 다 닳아빠진 쇠신발이 되고 말 테다. (늙은 패관의 넋두리가 이것이지만, 삶은, 대략 다 살고 나서 보면, 구멍 뚫린 쇠신발 같은 것인 것, 무거웠으되 그것이 가시밭 돌길을 헤쳐오게 했었거니. 그것 구멍 나면, 그것 벗어 던지고, 이제 길가에 앉아서라도 쉴 땐 겨, 쉴 땐 겨. 바랑 속에 무엇이 모였나 헤아려보면, 聖杯는커녕, 개혁 이전의 동전 몇 닢, 이제쯤은 할망구가 되었을 어떤 엔네가 인정 쓴, 그러나 곰팡이 핀 누룽지 반뭉터기—, 그걸 내밀어주던 손은 거칠었어도, 따스했었던가? 곰팽이야 피었건 말았건, 그것만은 저승 갖고 가, 배고플 때로만 한 번씩 건너다보아야겠지맹. 두 번 쳐다보려 하면, 아서, 말어! 그 인정이 짜거워, 다시곰 다시곰 물[苦海] 켠다. 그러고는 㗳, 회한뿐이다, 짠 눈물에 범벅된 회한뿐이다. 小說하기의 雜스러움!)

그래도 그렇지, 시동이로 하여금, 제 손바닥 위에 올려놓은, 제 놈의 하초를 마냥껏 내려다보게 내버려 둘 수만은 없겠는데도, 사실 말이지, 아담이, 무화과 이파리로 하초를 가렸을 때부터 시작해, 자기의 하초를 내려다보기처럼 민망하고도 수치스러운 고뇌도 또 없이 된 것, 그러나 시동이는 시방, 제게 붙여 있음을 굳게 인식하고 있으면서도, 이런 경우에 역설이라는 말이 쓰이던가, 그것이 잘려 나갔다고 믿고 있는, 새로운 고뇌에 당하고 있느라 저런 치사한 짓을 하고 있는 것을 어쩌랴? 시동이는 그리고, 실수하여 제 도끼로 제 발을 찍어버린 나무꾼이, 다 낫고 난 뒤에도, 찍혀 나간, 이제는 없는 그 발의 아픔에 당한다는 얘기까지도 기억해내고 있는 중이다. 그 나무꾼에게, 실족(實足)과 실족(失足) 사이의 경계가 없어져 버린 것모양, 시동이께는 아마도, 실족(失足)과 실족(實足), 비현실과 현실 사이의 그것이 없어져 버린 듯하다. 없어졌는데도 있어 아픔을 일으키기와, 있는데도 없어져 일으키는 아픔은, 타인의 눈에는 똑같이, 이해키 어렵고도 아리숭하되, 그 자신들에겐, 없다는 것/있다는 것의 인식이 아무리 강하다 해도, 일어나 있는 고통만은 환상이나 허위가 아닌, 진한 실다움이 되고 있다는 데, 난제는 있는 것인 것. ('空'이라는 숯을 굽는다는, 산정의 숯굽쟁이들이 이것을 알았더면, '태어나본 적 없는 유정'들의 태어나본 적 없는 태우는 불길의 아픔도 알았을 것을!) 시동이는 시방, 에덴을 잃고 있는 중일 게다. 세계는, 보는 눈에 좇아, 그 모습을 드러내 보여준다고 하거니와, 그리하여 시동이는, 광야에서 처음으로, 그리고 진정으로, 광야를, 그 황무지를, 대막(大莫)을, 그리고 대무(大無)를 인식한 모양인데, 불알을, 혼을 잃었다고, 거세당했다고 믿는 자의 세계는 하긴, 그렇게 보였음 직도 하다. 배에다 한 번도 새끼를 실어본 적이 없는, 돼지치기네의 흰 돼지로 보이는 아랫두리를 가진 그 암컷은, 상반신은 새였는데, 그랬으므로 더욱더 시동이가 굳게 믿게 되었기는, 그것은 '불새'였는데, 글쎄지 한 번도 새끼를 실어본 적이 없어 그랬을 것으로 그것은, 몹시 아프고 앙구찮아 하며 시동이 위에 틀어 앉았는데, 오래잖아 시동이 자기에게서, 자기 의지와도 상관없이, 한 맹렬한 불이 일어났는데, 시동이 느낀 단 하나의 느낌은, 그때 자기도 들여다본 적이 없는, 자기의 어떤 깊디깊은 안에서, 몇만 년이나 숨겨져 왔던, 피에 범벅된 무슨 빛돌 같은 것 하나가, 그 몇만 년의 잠을 일시에 깨고, 공중에도 아니며 색중에도 아닌, 그럼에도 젖지 않는 수중의 길을 따라 솟구쳤다가, 어느 일점에서 산화해버린 그것이었는데, 그것은 어두워지는 바다 위에 출렁이는 붉은 노을 같았고, 때에는 자기 위에 틀어 앉았던 그 새 또한, 바람에 휩쓸린 해당화 덤불처럼 떨며 붉게 흩어지고 있었는데, 타고 있었고, 그 재는 희었는데,

아으 흰 재 속에 무슨 운동(運動)이 구워져 있었단 말이냐, 무슨 붉디붉은 굼벵이 같은 '운동'이 하나 일어나고 있었는데, 한 마리 병아리구나, 새구나, 붉디붉은 깃털을 입은, 찬연한 새구나, 새 한 마리였는데, 새는 목젖을 꼴록여쌌더니, 첫 울음이었겠지, 목젖을 뜯어 피를 내어, 밑에 깔린 만 년 전의 해골의 입에다 먹이는 것이었고, 속삭여, 안녕히 가셔요. 아 안녕히 가셔요, 님은 가셔도 님에의 그리움은, 님의 말씀을 담은 이 그릇 속에서 그 씨앗이 터 나날이 자라 빼꼭 차지 않겠어요, (조금 황진이 투로) 말하고, 그리고 몸을 일으켜 떠났는데, 죽지에 병이 든 듯, 날지는 못하고, 덫에 발가락만 치었던 들짐승 꼴로, 어죽어 걸어가는 것이었고, 어깨를, 가슴을, 전신을 몹시 떨고 있었고, 울고 있었고, 기죽어 있었고, 월식(月蝕)이 있었던가, 붉게 타는 어둠 속에서, 달은 그때서야 시동이 눈에 보였는데, 라후[蝕]에게 달도 처녀를 잃은 얼굴이다. (咄, 小說하기의 雜스러움!)

강호가 있는 곳에, 은원도 있게 마련이라는 것—, 그러면 시동이가 그렇게 믿어버린 저 불새와, 시동이 간의 은원은 무엇이었는가? 홍루 기녀들모양 곱게 분장하구시나, 항구야 항구야 항구에마다 떼 지어서, (바다 가운데 어디 노점이나 선술집이라도 있어야 써먹지) 써먹지 못해 두둑해진 정수, 라는 금전을 울궈내려 '마도로스'(Matroos)들을 꾀이려는 구미호들을, 세이렌이라고 불러오는 것쯤은 시동이도 알고 있지만, 항구에가 아니라 광야에 나타난 저 세이렌은, 과연 시동이 자기에게 무슨 원을 품었는가? 시동이는, 제 손바닥 위의, 참패당한, 흐흐, '마도로스'를 내려다보며, 그런 의문에도 묶였는데, 이 의문이, 시동이의 항해의 진로까지도 바꿔버리게 할지도, 현재로서 시동인들 알겠는가? 종합해 말한다면, 시동이는, 대의와 목적을 세워, 찾아 떠났던 그것, 즉 성배를 잃었다고 믿고, 절망해 있는 중이라는 것이다. 시동이의 이 절망적새 믿음은, 결코 쉽게 풀릴 수 없는, '모순'으로 꼬여진 것인 것은, 매우 쉽게 살펴지거니와, 그 하나는, 그는 그것[聖杯, 聖石] 밑에서, 그것의 손에 똥오줌 가리고 자랐음에도, 그것을 찾으러 나섰다는 것이며, 다른 하나는, 그것을 '찾으러' 나섰다면, 찾으려는 자에게 그것은 아예 '없었던' 것이었음에도, 그것을 잃었다고, 뜬금없이 믿기 시작한 그것이다. '모순'으로 꼬여진 줄은, '고양이의 발소리, 여자의 구레나룻, 물고기의 숨, 새의 거품, 산의 뿌리, 곰의 힘줄로 꼰 글라이프니르'보다도 더 끊기 어려울 테다. 시동이가 묶여 든 자리가, 그래서 '소중'(所中)이라는 것을 알게 되는데, 거기는, 꿈과 현실 사이의 벽이 서 있지를 안 해, 아마도 모든 것이 현실이며, 따라서 현실도 꿈의 형태일 것인 것. 시동이의 이 '소중'은, 다른 말로 환치한다고 하면, '야누스적 에우헤메리즘'이라고도 이를 수 있을 것인 듯도 싶다. 그럴 것이, 이 방에서는, (그 방에 처한 자가) 문을 열고 나서면 '현실' 속에 들었다가, 그 문을 들어서면 '꿈'속에 드는데, 그것에다 이름을 붙이기로 하면, 거기 에우헤메리즘을 입은 환(幻)/실(實)이 있다 '바르도'를 '문'으로 하여, 저쪽 편의 죽음의 신을 '야마'라고 하면, 이쪽 편에선 '최판관'이라고 이르며, 구름을 하늘 뚜껑으로 삼는 경우, '이쪽 동네 조장사'를, 그 뚜껑 위쪽 올림포스에서는 '제우스'라고 이른다는 투이다. 그러니까, '꿈'의 에우헤메리즘이 '현실', 反之亦然, 이라는 식인 것. 여기에선 '산도 산으로 보이지 않고, 강도 강으로는 안 보인다.' 이것을 우주적으로 확대한다고 하면, '인세'란 우주 내의 '소중', 즉 '말의 우주'라고도 될 듯싶다. 이것을 밀종적으로 관(觀)한다면, '알라야비쟌야나'[藏識], 또는 '타타가타가르바'[如來胎]라고까지 말할 수 있을지 모른다. 이 '말의 우주'는, 그러니 '모래시계의 잘룩한 허리 부분', (자라투스트라의) '순간'이라는 그 일점일 터인데, '순간'은, 그실에 있어선 '순간'이라는 시간에 초점이 맞춰지는 그 순간, 그것도 '영원'화하는 것이, 장황함을 삭제해버린, 논리적 귀결이다. 장황함을 다시 한 번 더 삭제해버린 논리적 귀결은, 순간-영원의 개념을 고수하는 한, '해탈'이라는, 시간의 질서체계에서 보는, '위대한 춘사', '자유의지' 등은 가능되어질 수 없는 것일 게다. '零時', '時中'의 개념은 그런 자리에서 비롯되는 것일 것인데—시간의 회전 속에서, 예의 저 '영시', 즉, 비시(非時), 무시(無時)를 보아내지 못한 눈으로서는 그런즉, '자유의지'를 설하지도 말 일이며, 없는 날개를 펴려고도 말아얄 테다. 그러려 들면, 무량겁, 그 줄에다 이빨을 박아 끊으려 해도 끊기지 않을, 모순으로 꼬인 줄에 묶인다. '순간'의 개념밖에, '영시'(時中)를 들여다보지 못하는 정신이, '영시' 속에 갇히기이다. 그런즉 도류는, '순간' 속에서 '영원히 회귀'하는 수밖에, 거기 다른 도리는 없을 게다. 이래서도 저래서도, 인간도(道)가, 육도(六道)의 중심에 있다고 이르겠거니! 그렇거나 저렇거나, 어떻거나, 시동이의 현재의 상황이나 처지를 두고, 하긴 너무 멀리 내어다본 듯한데, 사실로, 이 현재 시동이가, 저 상황이나 처지를 두고, 자기의 '소중'을 인식하고 있느냐,는 의문스럽기는 하다. 무엇을 꿈이라고 하며, 무엇을 현실이라고 해야 할지, 그 분간도 할 수 없이 되어, 그저 몽롱하고, 그저 막연하며, 그저 어둑스레하기만 하여, (다시 본 자리로 돌아오기로 해 말하면) 제 손바닥 위에 얹혀진 그것까지도, 제 것인지 아닌지, 그런 따위에 대한 판단까지도 못 하고 있는 것이, 현재의 시동이 아닌가. 그것은 분명히 제 것인데도, 이제는 제 것이 아니라고 믿고 있는 식이다. 제 것이 아니라고 믿으면서도, 제 것이 아닌 것은 아니라고도 믿고 있는 식이다. 비유로 말하면, 그것 또한 시동이 자신이 건너다본 성석(聖石) 같은 것이었다. 루타만 남아 있고, 그것의 아르타는, 저 어디로 떠난 그 불새가 찍어 먹어버린 것이었다. 볼모로 잡혀갔다.

새운, 하룻밤 새우기에 시동은, 세기가 가고, 세기가 오는 것을 보아버렸다. 부연해 둘 것은, 시동은 그러나, 저 모순의 글라이프니르가 욱죄고 패여 드는 것을 조금도 느끼지 못했으니, 더욱이 그것을 끊으려는 생각이라도 일으켰겠는가, 하는 그것이다. ('虛無'라는 아르타와 '荒野'라는 루타가 이룬 中原의 方言 하나를, 필요할 때로 빌리기로 하면) 대막(大莫)에도, 해나 달이 뜨거나 질 때면, 바다와 마찬가지로, 해나 달을 건너다보는 이의 시야에, 빛의 보라가 깔려, 보라 치는데, 그 풍정(風情)은, (흐흐흐, 이거 아닌 자리에, 느닷없는 얘기 끌어넣는 소리지만, 小說冊 읽어주는 늙다리 굴퉁이의 얘기는 늘 저러하다, 라는 것은, 대개의 육혈포재비들 활극에 배경하는 그런) 살인적인 시정(詩情)을 일으킨다, 으스스하고, 오싹한 아름다움—. (뿌리 뽑힌 마른 덤불이 스산한 바람에 구르고, 죽음이 오는 전조로, 황진과 검은 연기가 일어나는데, 길은 열명길보다 조용하다, 그 아름다움 속에서, 제시 제임스든, 빌리 더 키드, 아니면 홍질 똥이든, 누구 하나는, 앓음답게 쓰러지는 거디어따. 아으 꿋바이 꾀돌, 굿빠이 멍순…… 이런 족거치, 참말이제 이거, 눈물 없이 못 봐주겠네!) 그래서지, 시동이 (이 대막에서) 처음 맞는, 이 살인적 시정은, 피에 범벅된 암퇘지였다. 바다의 풍광과 달리, 대막의 그것은 무차원적이거나, 이차원적이어서, 그것은, 피 묻은 강보나 같은 것이었다. 이제 시동이는, 용기를 뒤꿈치에 모아, 땅을 박차 떠나야 할 때인데, 도, 오히려 옆으로 비그르 무너져 누우며, 사태기 사이에다 두 손을 모으는가 하자, 부터, 몸을 아프게 경련한다. 흐느끼기 시작한 것이다. 갈비뼈 자리가 아픈 듯, 턱을 그 부분에다 쿵쿵 박아댄다. 그러자 광야도 갈비뼈 자리가 아픈 듯, 붉고, 광야가 아파, 구름 한 점 없는데도 하늘은 황회색이어서, 차라리 어둡다. 하기야 그럴 일이었다, 신이 아담을 지으려 하여, 대지의 갈비뼈를 하나 뽑아냈겠었듯이, 하와를 지으려 하여서는, 아담으로부터 그것 하나를 뽑아냈었다고 이르니, 그 갈비뼈 부위가 어찌 아프지 않을 수 있었겠는가. 대지와 사람과, 사람의 남자와 여자의 관계는, 그러구 보니 흐흐, 여성의 갈비뼈, 남성의 갈비뼈의 관계겠구나. 뽑아낸 아담의 그 갈비뼈 자리를 이 신은 자기의 생기로 채워 넣었다고 이른다. 까닭에 아담은, 중력(흙)과 역중력(빛) 사이에서 찢기는 것이라는 소리도 했었을 것이라고 짐작하게 된다. 반은 독수리며, 반은 독사라는, 변종이 출현한다. 그래서 인간은, 어느 것 하나도, 그 루타와 아르타를 제대로 짝 맞춰 있는 것이 없다는 주장도 하게 되는 것인데, 만약 '인간은 신과 동물의 중간적 존재'라면, —이것이 의인화하면, 브란의 머리통을 단 刑天이겠구나—저 양자가 짝 맞춰지는 자리에, 독수리 편에선, '흠 없는 어린 양', 또는 '인신'(人神)이 출현하고, 그 독사 쪽에서는, '붉은 용', 또는 '짐승의 대왕'이 나타날 것이었다. 한쪽은 '짐승'을 극복했으며, 다른 쪽은 '짐승'을 성공한 것이다. 한 나르키소스가, 거울을 들여다보다, 그 거울 속으로 빠져들기 시작했다면, 그것은 은총에 쌓인 비극이다. 그가 그 거울 속에서, 밖의 자기와 꼭같은 자기를 보았다면, 뭔 옘병 지랄한다고 시나, 그 속으로 빠져들어 갔겠는가, —그는 그때, 자기라는 한 존재의 루타와 아르타가 짝 맞춰져 있지 않다는 것을 보았었던 것이었을 것이고, 거기 그래서 완벽한 자신(自身), 또는 완성된 자아(自我)의 성취라는, 나르키소스의 그 성배 탐색이 있어 뵌다. 그는, 그 안으로 들어가기로써 자꾸 밖으로 나가거나, 밖으로 뛰쳐 나가기로써 자꾸 안으로 들어가거나, 어쩌고 있다. (아마도 여기 어디서, 문잘배쉐에로도 이르고, 유리로도 이르는, 두 길이 갈라지는 듯하다. 이름은 둘이라도, 닿는 자리는 같다면, 결국 길은 하나이다)

그 둔덕에는, 그가 그 거울 속으로 뛰어들려며 벗어둔 신발이 놓여져 있다. 그것은 그가 남긴 마지막 하직의 말이었는데, 그것을 '에코'(Echo)라고 이른다고 했다. 발음되어진 소리의 끝부분만을 되풀이하는 '소리'는 '거울의 에코'이다. 거울의 소리는 에코이다. 그래서 거울 속에는 반영(反影)만 있고, 반향(反響)이 없다. 그 반영이 영상의 에코이다. 그런즉 그 반영이나 반향의 실체는 있어야 되고, 그것 찾기가 그러자 '성배 탐색'이겠는가. 그 '거울'은 '習氣'의 방 벽에 걸려 있다고 한다.

4. 宇宙樹-익드라실[15]

문잘배쉐 숲, 가운데, 無壽의 재나무(Yggdrasill), 의 발치, 뻑적지근 주저앉은 시동이, 해는 뒤 발쯤이나 남아 있는 오후.

재나무 떠나는 대신 돌아오는 길이렸는다? 성(城) 떠나고, 그러니깐두루 가맜자 밖에서 하룻밤 새웠드랬는가? 엥?

시동 (머리를 긁적이며, 머뭇거리다) 아 그것밖에 안 됐나유?

재나무 (실소하고) 헥, 그 하룻밤이 그렇게도 길게 느껴졌더란 말이겠는다? 허, 허기야, 그것들, 인쿠비나 스쿠비, 마녀 할멈이나 독룡 따위들 말이지, 그것들이야 그런 것들이다 보니, 도처에 너부러져 있는 것들……, 그래서 그것들 탓에 힘들게 하룻저녁을 새운 것이렸는다? 안 그러구서야, 한 개밖에 더 헤아릴 것도 없는 날짜 계산도 못 할 일은 아니지, 아니구말구!

시동 (얼굴을 붉히면서도, 부인하느라 손까지 휘저으며) 아니여유, 그, 그런 건 아녀유, 아니구면유!

재나무 (타다 만 뿌리 쪽에서, 싼내까지 끌어올리며 씨석씨석 웃는데, 조금도 믿고 있는 눈치가 아니다) 그런 게 아니라면, 사실은 다행이라고 해야겠는걸, 다행이고말고! 아니라면, 저 광야 어디서, 불새의 깃털이라도 하나 뽑았거나, 주웠다면, 더 다행일 뿐만 아니라, 장하다고 해야겠지러. 글쎄, 불새는 그런 황원에 깃 접었다, 날아오른다잖드니? 것두 별스런 새지! 아니면 전설

(傳說)이 별스럽든지, 것두 아니면 그냥 상징이든지…… '죽지 마라, 태어나기 어렵니라[苦].' 말이지, 죽기나 태어나기의 강보는 '어렵기'[苦]라는, 그 광야라는 것 말이지……, 엉겅퀴나 가시쟁이에 덮인 대지라거나, 여리고 사막……, 이런 건 어렵기[苦]가 시각에 호소된 풍경이겠지만,

시동 그런 것도 아니구먼유!

재나무 인석아, 그것도 저것도 아니면, 뭣여? 아니면, 따스한 곳을 떠나, 한데 어디서, 오들오들 떨며, 무섭고도 외로운 밤을 하나 새우고 나니, 집이 그리워 못 견디겠던지? 이누마, 그래서 개나 고양이나 장소에 집착하는 아무나, 집 떠날 수 있는 건 아니라는 것쯤 배웠겠는다? 하늘이 지붕이 되어있는데두, 지붕 만들어 그 하늘을 가리고서야 사는 족속들은, 그래서 지붕 밑이나 맴돌아야 허능 겨. 나귀가, 그런 혹사를 당하면서도, 못 뛰쳐나가는 까닭도 알 만하네? 아무나 하늘 아래 나설 수 있는 줄 알았었네?

시동 어르신두 참! (완강히 부인해 보이느라, 고개까지 젓는다) 그, 그런 게 아니라닌깐유! (목소리엔 짜증까지 섞였다)

재나무 (재미가 나싸서 못 살겠다는 투로) 뭣여 그러면 이누마? 그런 것도 아니라면, 사실은 다행이라고 해야겠지만서도, 뭣여 그러면? (갑자기 신중한 어조로) 그렇거나 저렇거나, 어쨌거나, 너라는 놈은 이제, 돌아가고 싶어 돌아간다 해도, 결국 되돌아오고 말 거를?

시동 (준비되어 있었던 것인 듯이, 눈물을 글썽인다) 저두, 대개 그와 비슷한 것을 느끼고는 있구먼유.

재나무 호우, 걸 어떻게 짚어냈을꾸?

시동 (글썽였던 눈물이, 눈 귀로 흘러내린 대신, 콧구멍으로 흘러들었는지 코를 한번 훌쩍이고, 꽤는 꾀 있어 하는 목소리로) 어떻게 어떻게 성을 찾아들었다가도, 떠난 기사님들마다, 되찾아 오는 이가 없다는 것은 뭐겠어유? 성주님이 오매불망 그렇게 기다려 싸시는데두, 파르치발님까지도 감감 무소식이잖유?

재나무 길갓 핀 야홍(夜紅)이에게 홂였거나, 돌아가, 창 자루 대신 호미자루나 들잖았을까? (씨석거린다)

시동 어디가유? 제 생각엔, 성이 마법이나 주술에 덮어씌워져 있어 그럴 것인 듯한데유, 있어도 보이지 않는다면 어쩌겠어유?

재나무 그 반대편에서 말한다면, 불알 까인 문잘배쉐라? 호우, 그것도 갖다가시나! 그렇게 돼 있던 것이었구나이? 흐흐흐, (늙은 노루 웅덩이 들여다보듯, 시동이의 눈을 들여다보며) 너도 발솟음만 조금하기로 하면 그럴 게다만, 이 늙은네는 노상, 성의 첨탑 꼭대기며, 키 큰 굴뚝에서 오르는 연기를 보곤 하거든……. 그렇다면, 마법이나 주술에 들씌워진 쪽은, 저 기사들은 아닐랑가? 건 모르지. 젊어서는 어떻게 보고 좇았든, 지금은 이 늙은네께 보이기엔, 성이 무슨 무지개 뿌리 같은 것이어서, 그만쯤 가서 보면 또 저만큼 가 있고 그런 것은 아닌데, 말이지, 너 같은 놈이 문제일 것 같다구. 그 문에 닿아 빠끔히 안을 들여다보려다 말고는, 너라는 느슥은, 빙 돌아선 벌쐰 듯 되달릴 것으로 내어다보이거든. ……거야 뭐, 너를 걱정하고 있는 이들이 제법 몇은 있으니, 첫째는 성주부터 널 반길 테고, 또 뉘 아나, 비밀리에 널 좋아했던 여아라도 있으면, 그 여아가 그럴 테고……, 그런즉 성이 마법의 보자기에 덮여 보이지 않는다거나, 벽이나 문에서 무슨 주술의 발이 불거져 나와, 너의 등때기를 차 던진다는 식으로, 핑계를 댈 수는 없겠지맹.

시동 저, 저는유, 사실은, 사실은유,

재나무 (늙은네의 수다스러움으로) 그게 글쎄, 늙은 눈에 훤히 내어다보인다 말이지. 그런데도 그런 건 아니라면, 뭐셔 이눔아?

시동 사실은, 문을 들어서려다 말고, 되돌아 나오려는 건 아니었네유!

재나무 그, 그래? 그랬던가? 허, 허허, 늙은네가 이거, 말이지, 말인데 뭘 갖다가시나, 갑자기 종잡을 수가 없이 됐단 말이지. 그런즉, 그보다 훨씬 더 깊이 들어가 보려 했다는 말이겠는다?

시동 그랬네유!

재나무 하기야, 문전까지 닿았으면, 이왕이면, 아비 병문안을 하기는 해야겠다만, 그 아빈들 어느 아비와 다르겠냐, 처음 반기고, 안도의 한숨 쉬고…… 그러고는 어쩔 성부르네? 이 늙은네라면 그렇겠어, 이 응둥이가, 덩치만 엄버무레하니 컸지,

시동 저는 그냥, 병문안만 하려 했을 뿐이었네유!

재나무 당연히 그래야겠지! (눈으론 웃으며, 농지거리를 계속한다) 엉뚱한 생각 같은 것이나 품진 안 했다면 말이지,

시동 엉뚱한 생각이라면……?

재나무 이, 이건 웃자고 하는 얘기다만, 게다가 심심한 늙은네들은, 농지거리를 좋아하잖는다구? 늙은네의 연상이 꽤 엉뚱하다고, 썽내고 늙은네의 수염을 잡아채도 어쩔 수 없겠는데 (흐흐, 매우 흐흐거리며) 연상되는 건 연상되는 것 아니겠냐? 절대로 흔하게는 아니었다 해도, 어쩌다 하나씩 그런 자식이나 딸내미들에 관한 수상한 소문이 있어 심심찮게 들렸기에 연상되어 말인데, (더 흐흐거린다) 대홍수 끝의 노아네 가정사 얘기다만, 그의 세 아들 중 함(이 맞다)이라던가, 오이디푸스(는 맞지 않다)라던가 하는 뇌미, 아비가 대취해, 벗고 깊이 잠들어 있는 걸 보고, '아비를 즐겼다'라는 소리가 있는데(*The Book of J*),이는 아도니스의 어미가(스뮈르나)가, 취해 잠든 아비를 즐긴 것과 같은 경우일 테지만, 성(性)이 달랐음에 뒤집힘이 있었을 듯하다.

시동 저어, 저, 제, 제가 잘못 생각했으께유?

재나무 헬? 가맜자, 내가 너여? 네가 뭘 잘못 생각했다는 겨? 늙은네가 이거, 네놈의 흉복(胸腹) 속까지 들여다보게 되네? (낄낄거리고, 농지거리를 계속하며) 어째선지, 어제 새벽 지나고 있었을 때의 너의 냄새와, 오늘의 너의 냄새가 꽤 다르다 했더니…… 전에는 너에게서, 젖 먹는 아기들께서 나는 그런 좋은 냄새가 났더니, 오늘 네게서는 짐승 냄새가 난다구…… 섬뜩하다구! 지금 너에게서는, 상처 깊은 짐승이, 제 상처를 핥는 냄새 같은 게 나고 있다구! 무슨 음모의 냄새도 같단 말이거든.

시동 (두꺼비만 한 눈물이, 벗은 큰 두꺼비만 한 발등에 떨어져 발등의 두터운 흙을 버무리 한다. 그 뽐 나는 신발은, 선바위 밑에다 벗어놓고 온 모양이다) 용, 용서받을 수 있을까유?

재나무 뭘 용서받아? 저지르지 않는 일을 두고도, 용서라는 것이 있겠냐? 건 무슨 소린지는 모르겠지만, 용서다 뭐다 하는 소리가 나왔으니, 말이지만, 아담이 그 나무 아래 설 때면, 노상 그 열매를 따 먹고 싶어 했었을 것이었

어도, 그 일로 벌 받지는 안 했지 안 했던가? 그 벌 받기는 그것을 따 먹은 다음 얘기지. 빌어먹을 누무 연상의 까닭으로 아까는 그냥 해본 말이었다만, 무슨 음모를 꾸미긴 꾸몄던 것이었구나그리? 그래서 바삐 돌아오는 길이렸네?

시동 아담은 그러기 전에 괴로움에 시달렸겠나유?

재나무 인석아, 이 늙은네가 너 같은 아담족(族)이여? 버렁 떨어진 놈! 나무족(族) 쪽에서는, 가까이 있는 모든 게 다 위험스러울 뿐이라구! 산들바람까지도 그냥 지나는 법은 없어. 가맜자, 이거 얼마나 오래된 옛 애기겠냐만, 그, 그땐 나두 애 비린내가 나도록 젊었었지…… 간교한 뱀이 휘감아 틀어 오르면 싫이고(싫고/시리고), 뭔지 음모를 담는 듯한 수상한 눈빛을 띤 하와나 아담이 곁에 섰을 땐, 치가 떨리더라구!

시동 그래두요, 동산 가운데 병든 늙은 나무가 있어, 그 나무의 까닭으로 동산이 황폐해져 가고 있다면유, 게다 보태, 그 나무가 잘려지기를 바란다면유,

재나무 흐흐흐, (재밌어하며) 네 이눔, 고얀 눔 같으니라고! 앓으면서도 죽지도 못하는, 이 늙은 재나무를 잘라버리겠다구? 그런 말인가? 이거 암만해도 농담 아닌가 부네? 흐흐흣흣흣, 건 늙은네도 고대하는, 조금은 언짢은 희소식이겠군. 어떤 이는, 어떻게 하룻밤을 새고 났더니, 머리칼이 새하얗게 세어져 버렸다 하더니, 허 이거, 우리들의 시동이가 그 꼴이네, 이거 암만해도 농담 아닌가 부네? 흐흐, 그 얘길 꺼내긴 이 늙은네였다만, 너의 투로 따지면, 아담이 딴 그 열매는 '지혜'였기보다는, '병'(病)이 아니었겠는가? 지혜는, 병으로부터 시작되는 것일 성도 부르거든. 아픔 말이다, 고통 말이라구. 허긴 그것은 '죽음에 이르는 병'이었기도 했을시라……, 만약 이 늙은네가, 틀리기는 많이 틀림시롱도, 여기저기 맞는 대목도 조금씩 있다면 말인데, 넌 잠을 이룰 수 없는 한데 밤을 새우면서 그랬겠지, 잠만 디립다 자대는 '성배가 꾸는 나비'를 찾아 떠나려 했으니, 그 '성배의 잠'의 정체를 한 번쯤 더 잘 봐두고도 싶었을 것이고, 그러고 나서라야만 확신도,

시동 거기까진 맞는 말씀이구먼유.

재나무 그렇지? (낄낄거리며) 그래, 또 그랬을시라, 건너뛰고, 직접적으로 말하면, 피를 뚝뚝 흘리고 있는, 그 신성모독의 창(槍), 그게 롱기누스의 창

이라지? 그것에다 침이라도 뱉어주지 못한 한이라도 풀려 했었을시라.

시동 것두 맞는 말씸이구먼유!

재나무 맞기는 뭐가 맞어 이누마, 사실은 네 손바닥에 침 뱉어 바르고, 그것을 쥐어보고 싶었겠지? 안 그렇나?

시동 저, 전, 나, 나쁜 생각은 없구먼유, 제 생각으론 절대루 나쁜 것 같지 안 해유!

재나무 걸 모르면 이런 소릴 허나 어디……, 음모를 꾸미되, 나쁜 걸 꾸미는 자가, 그 음모를 밝히려 하면, 탈 나지 괜찮을 성불러? 건 그러려니와, 늙은 네가 느끼는 대로 따지면, 하룻밤 노숙 끝에, 넌 참 불순한 젊은네가 되었다 말이지, '천국'을 잃어 뷘다 말이지, 아이란 천국이다, 그러잖여?

시동 용서를 비네유…….

재나무 이게 지금, 이 늙은탱이가 용서하고 말고의 문제겠어? 아까 아담을 들어 말한 대로, 그게 뭔지는 모르지만, 너는 생각만 좀 했을 뿐으로, 아직 아무것도 실행에 옮긴 일은 없잖냐구. 흐흐흑크 (재밌어 웃다 그만 사레가 든 모양이다) 그, 그래도 이상한 것은, 네게서 무슨 피 냄새 같은 것이 나기는 나는데도, 그 속에 살욕(殺慾)이 섞여 있지 않은 듯하다는, 그것이라구. 클클, 누마, 나무나 풀은, 움직이지 못하는 대신, 장님이 청각이나 촉각이 밝다고 하듯, 땅의 깊은 곳에서, 그곳에 괴어드는 모든 비밀을 고스란히 길어 올리는 코나 귀를 가졌거니, 이후, 나무나 풀 곁을 지날 땐, 조심하고 근신커라. 지렁이며 굼벵이도 대지의 젖은 품에 안겨 산다 해도, 나무나 풀처럼, 대지의 젖을 직접적으로 빨아 자라는 것들은 아니잖나? 그래서 나무들의 축복을 받는다는 건, 하늘 일로 따진다면, 천사들의 보살핌을 받기나 같은 것여. 아틀라스(Atlas) 어르신이, 우리네 시조(始祖)인 것쯤은 너도 알고 있을 거를? 나무 자꾸 학대해싸면, 땅이 무너진다.

시동 (손을 홰홰 저으며) 더 마, 말씀 마셔유! 제발유!

재나무 클클클, 왜 괴롭냐? 의뭉스러운 속이 홀딱 까뒤집혀 보인 것이 싫고, 부끄러운 데다, 이제는 두렵기까지 하냐? 클클클, 크륵, (웃음에 또 사레들린다) 네눔이, 밤새 어디서, 그 쓸모없는 우멍거지를 벗기웠을꾸? 어디서 기저귀를 벗어버렸을꾸? 그러구 보니 기억이 나는데, 어제저녁, 사람 여자의 암내를 풍기는 한 떼의 동물들이, 떠들썩하게 여기를 지난 일이 있었군그랴. 보니, 밤새 스콰이어(Squrire) 꼴은 대략 꾸민 듯도 싶어 뵌다 말이지. 너의 걸터탄 그 지혜가, 노새가 아니기를 바라야겠지맹? 노새란, 어미 배 속에서 이미 거세된 놈이거든,

시동 (충혈의 까닭으로, 눈 하나는 짙은 갈색을 띠고, 다른 것은, 노을 사이로 보이는 하늘색을 띠었으나, 의미는 하나도 없는, 그러니 그냥 열린 눈이 되어, 앞의 모든 것을 보며, 아무것도 보지 않고 있다. 그러다 자기도 의식하지 못하며) 저는 저주에 처해 마땅하겠니다?

재나무 너는 아마, 네 아비가 먹여준 젖을 토해내고 있는지도 모르겠군. 그가 두 종류의 파르치발을 기다리고 있는 건, 문잘배쉐의 누구라도 다 알고 있는 것 아니냐?

시동 두 종류의 파르치발 말씀이신가유?

재나무 하나는 밖에서 왔다 밖으로 다시 뛰쳐나갔으며, 다른 하나는, ······ 가맜자, ······전부터도 이와 비슷한 무슨 느낌을 가져 오기는 했었으나······ 이, 이건 오늘 갑작스레 갖게 된 신념도 비슷한데, ······한데 말이다······ 하기야 그 자신 용신할 만했으면 그 자신 그 과업에 나섰겠으나, 그럴 수가 없게 되자, 그 불능(不能)에 한사코 저항하여 뛰쳐나가려는 능(能)을 분리해내려 했겠는데······ 말이야, 유리의 순례자의 어휘를 하나 빌린다면, '뚤파'(Tulpa, Tbtn.)가 그것이겠지. 누가 자기 속에서, 자기를 분리해낸 '염태'(念態)를 뚤파라잖으? 유리의 성력파(Tantra) 대승들 중의 어떤 이들은, 그럴 능력을 개발해 있다는데, 처음 그것은 기체(氣體)를 취했다가도, 시간의 경과에 좇아, 사대(四大)까지 입은, 실체(實體)처럼 보이고, 또 그렇게 언동도 한다잖으? 이것은 그러니, 수사학이 느린 줄을 못 끊어 말하면, 안에서 와서 안으로 뛰쳐들어갔다고 해얄시라. 하기야, 떠나고 있었을 때까지의 넌, 이라고 해보았자 어제 얘기겠다만, 너무도 투미했었으니, 걸 알 수는 없었겠지. 허, 허나, 투미하지 안 했으면, 타인이 느린 소명의 줄 끝에 묶이지도 안 했겠지맹.

시동 마, 말씀하신 대로, 전 좀, 좀 너무 투미해서······.

재나무 너두, 뭘 읽기는 꽤 즐거워한다고, 네 입으로 여러 번씩이나 말해 왔을 뿐만 아니라, 이 늙은네 그늘에서도, 멍하니 하늘 보기 아니면, 읽기로 시간 보내기를 해왔으니 말이지만, 대리석이 되어가는 왕자나, 프로메테우스 얘기쯤은 훤하게 알고 있을 거를? 하나는 童話며, 하나는 神話라지만, 두 주인공은, 비슷한 운명에 묶인 것 아니냐?

시동 투미해서 이런 말씀인데유, 제가 프로메테우스에 대해 생각한 것을, 노인장께서도 생각하고 계시께유?

재나무 넌 분명히, 그를 구속하고 있는 끈이든, 바위든 무엇이든, 그것이 '병'(病)이라고 바꿔 읽었을 터이지?

시동 마! 맞! 맞네유!

재나무 그러다, 어젯밤 노숙 끝에, 아 물론이사 지난밤도 문잘배쉐 푹신한 북더미 속에서 새웠다면, 그런 생각이야 어림도 없었겠지만, 말한 바의 저 '구속'은, 사실은 밧줄도 바위도 아닌, 그의 '몸'이었다고 깨달았겠지? 몸이란 펜리르 같은 괴물로서, 묶으면 묶을수록 그 욕망이 더 불어난다 해도, 바로 그 몸집 탓에 묶인 것이 아니겠느냐, 고 말이지,

시동 것두 맞는 말씸이셔유! 맞는 말씸이셔유!

재나무 (여전히 낄낄거리는 음성으로) 그런즉, 당연한 결론일랑은 이러했겠지, 프로메테우스가 그 구속, 그 한계를 벗어나는 일은, 그 몸을 벗어버리는 수밖에, 무슨 다른 수가,

시동 거기 부당성은 없잖아유?

재나무 부, 부당성이라니? 부당하다니? 건 완벽한 논리인 것을 갖다가시나! 흐흐흐, 이래서 보면, 동정을 못 떼고, 그것[聖石]을 찾겠다고, 그래서 바로 그것을 지키는 이의 병을 나수겠다고, 가맜자, 여기 어디 좀 비린내가 풍기는 대목이 없느냐? 산야를 헤매는 파르치발이야말로 노새 탄 스콰이어 꼴이겠구나. 예의 그 성배를 찾는 날에나 그는, 우멍거지를 벗게 되겠느냐? 정액 속에 정충을 못 가진 놈은 모두 노새러람! 그래서 스콰이어 하나는, 노새를 타고 창을 꼬나들어 밖으로 달려 나가고, 하나는 안으로 깊숙이 들어가, 롱기누스의 창을 쥐려 한다. 이 둘을 한 이름으로 부르면 파르치발이다. (음성은 여전히

장난기를 띠고 있다)

시동 (미친 듯한 눈이 되어, 토악질하듯) 그이는 늘 죽고 싶어 했음은 아시잖유? 죽고 싶어 했다구유! 눈은 늘 성문 밖으로 보내며, 누굴 기다리시면서 두, 주, 죽, 죽고, 싶어, 싶어 했다구유!

재나무 그가 이 늙은네의 유일한 친구이니, 건 이 늙은네도 알기에 하는 말이지. 그의 소명(召命)이, 두 밧으로 꼬여져 있는, 그걸 안다는 말이다, 한 밧은, 가맜자, 유리에서 온 늙은네께서 한 말빛 좀 내서 말하면, '에로스'며, 다른 밧은 '타나토스'인 것—, 뛰어나간 자는, 에로스의 밧 끝에 묶여 파르치발의 춤을 추기 시작했으며, 들어가려는 자는, 타나토스의 끈 끝에 묶여, 이제 막 롱기누스의 춤을 시작하려 하고 있는다, (음성은 여전히 장난기를 띠고 있다) 흐, 히거, 본방의 방언을 이방인으로부터 빌려 쓰고 있는 셈이군그랴.

시동 뭔가 좀 난삽한 구절들을 읽고 나면, 늘 그런 느낌이 들곤 했는데유, 투미한 까닭으로, 제가 혹간 뭘 오독(誤讀)하고 있지나 않는가,

재나무 오독이라? 건 재밌는 말이군. 이 늙은네의 경험이 이것이지만, 세상이라는 교본도, 나이에 따라 달리 읽혀지는 것이더구만. 그렇다면 필시, 어제 읽었던 세상이든, 오늘 읽은 그것 중의 어떤 것은 오독이 아니겠는가? 내일은 어떻게 읽게 될지 그건 오늘은 모르지만, 만약 조금이라도 달리 읽게 될 것이라면, 먼저 이해했던 세상은 모두 오독의 누명을 못 벗을 게다. 대부분의 경우는 그러나, 몰랐거나 놓쳤던 것을 살펴 알게 된다거나, 어제의 생각에다 오늘의 것을 보탠다는 식으로, 괄호 채우기나 보태기 같은 짓이어서, 이런 말은 이런 경우에만 쓰이는, 좀 극단적인 구석이 없잖아 있다. 그건 그러려니와, 사물도 또 그렇더군. 비교적 변화가 느린 바위라면 더 좋은 예가 될 듯하잖다구? 그것까지도 헌데, 흐린 날, 맑은 날, 이라는 기후의 변화에 좇아 변덕이 죽 끓듯 하거니와, 같은 맑은 날이라 해도, 새벽에 보이든 모습이, 석양 속에서도 같이 보이는 것은 아니더라 말이지. 살기도 그러하더라구. 그래서 세상은, 보는 눈이 보는 대로 보인다고 이르는 것일 게여. 열 개의 눈이 있다면 그런즉, 열 개의 오독이 있다는 얘기까지 할 수 있게 될 터인데, 공통점을 이루는 부분은 그래도 있을 게다. '바위'라는 그것 말이지. 이 '공통점'까지도 그러나, 오독의

산물이라면 어쩔 텨? 그이(유리의 순례자)의 말씀대로 따른다면, 존재도 그렇지만, 사물도 알맹이가 있는 것은 아니어서, 환(幻)에 불과하다고 한다고, 들었다잖으? 오독이란 재밌는 말이군. 그러니 이런 걸 기본적, 기본적이라? 기본적 오독이라고도 일러도 되겠냐? 그렇다면, 근시나 난시, 사시 들에 의한 오독도 있다는 얘기이기도 할 것인데, 그걸 두곤 여러 말할 것도 없이, 그러니 그냥 뭉뚱그려 사시적(斜視的) 오독이라고 해둬 버리는다?

시동 난삽해도 듣고 있네유.

재나무 그 어떤 교본이, 추상적 관념이라거나, 형이상적 주제 따위를 취급하고 있을 때, 저 두 오독이 극심하게 일어나는 것이 끄나? 근시안을 가진 자들은, 허무주의 쪽으로 기울어 형이하적 사실주의만을 주장하려 할 것이며, 글쎄 '허무주의와 사실주의는, 한 얼굴의 두 뺨'(『능가경』, 미라레파의 『十萬頌』[*GurBūm*])의 관계라잖느냐, 반해, 난시안을 가진 자들은, 글쎄 난시(亂視) 자체가 그러한 것처럼, 회의주의로 흐르기 쉽겠지. 이 회의주의는 문이 여러 개나 있는 미로 같은 것이어서, 거기 든 자가 어느 문으로 나올지, 그건 예측 불가일 것이지. '오독'은 그런 것이냐?

시동 전 투미한 데다, 어르신의 말씀을 듣다 보니 사시에 겹쳐 난시증까지 발증하는 느낌인데유, 그렇다면 정독(正讀)이란 도대체 없는 것이 아니겠나유?

재나무 그런즉슨 이누마, 넌 뭔 지랄발렬한다고 집 뛰쳐 나선 것여?

시동 제가 집 떠난 데는, 세상이나 바위 따위를 정독해보자는 뜻은, 참말이제 없었네유!

재나무 으흐 흐흐크르클클, 거 썩 멀쩡한 녀석이네! 그렇다면, 오독이니 뭐니 그런 따위 생각은 아예 하지 말고시나, 좋거나 싫거나 보이는 대로, 펴지거나 찡그려지거나 맡이는 대로, 신명을 돋우거나 이명증을 일으키거나 들리는 대로, 달거나 쓰거나 맛 보여지는 대로, 꼴리거나 줄거나 나타나는 대로, 그 모두를 합쳐, 마음과 몸에 기껍거나 언짢은 대로, 그것들을 경전(經典) 삼아, 열심히 읽으면 될 게 아녀? 밑줄 쳐야 되는 부분에 오줌 싸 묻히는, 길 가는 개놈들 세상 읽는 방법대로, 읽으면 되는 것 아니겠으? 세상 읽는데, 개처럼 열심인 것도 없더군그랴. 그러다 보면, 네가 찾겠다고 나선, 그 불새를 잡게 될지도 모르잖게?

시동 어르신의 말씀을 두고, 제가 뭘 지적하는 것 같아 죄송스러운데유, 사실 '오독'이라는 것을 두고, 제가 드리려던 저의 속내는,

재나무 아 그랬지, 그랬댔어. 넌 그냥, 이 늙은네가 무슨 말을 하는지, 영기끔스럽다는 말을, 그렇게 완곡어법으로 꾸며댄 것이었던 것을, 갖다가시나! 흐흐흐, 그러구 보니 이 늙은탱이가, 누가 까내 버린, 네놈의 그 불알을 다시 까려 덤볐겠느냐?

시동 어르신께서 이 동자를 수줍게 하시는데유!

—둘이는, 숲의 나뭇잎들까지 웃다 떨어져라, 소리 내 웃어젖힌다.—

재나무 안포-타즈가 자식 하나는 잘 됬군그려. 자기의 침 먹여 키운 보람이 있을 법하다구. 그뿐인가, 유리라는 데서 왔다는, 그 이상한 순례자가 또한, 시도 때도 없이 네눔의 발목을 잡아, 거꾸로 쳐들어 올렸다가는, 유리의 법수(法水)라는 불의 기름의 가마솥에 잠가, 쇠똥을 태우려 했으니, 아 그렇지, 그런즉 너는 뒤꿈치를 주의해야 할 테다. 사람이 죽으면, 그 사람의 뒤꿈치로 그 사람의 영혼이 방출된다는 소리도 있어 말인데, 그런즉 뒤꿈치를 자지로 번안해 들을 만하냐?

시동 그런즉, 뒤꿈치 파내는 형벌을 받은 올자(兀者)와 고자는, 늘 어디로 떠나는데도, 제자리만 맴돌고 있다는 소리까지 나올 성부른데유?

재나무 '스스로 된 고자'주의에 접붙이기로 한다면, 올자야말로 재림한 인간이래야겠어야. 나무느림보 말인데, 그놈이 나무똥구멍에다 뒤꿈치를 벗어놓아 버린다면, 무슨 일이 일어날 성불러?

시동 족거튼 소리에 썽도 나고 그렁만유. '오독' 말씀을 하시다, 오도(誤導)를 하고 계셔유!

재나무 으흐으흐흐, 흐흐, 아서! 말어! 내단(內丹) 굽는 이들은, 방귀까지도 못 새 나가게 하려, 정교히 깎은 나무좆으로 똥구멍까지 틀어막는다는 겨. 그래야 밖으로 헛되이 발산해버릴 기(氣)가, 안에서 진하게 농축하게 된다는 겨.

시동 우악한 뇌미, 썩 잘못했구먼유! 해두, 조또나, 어린 것 데리고시나 낫살 깨나 처자신 늙은네가 뭐 가르칠 게 없어 나무 좆에 비역하는 짓이나 가르칠께유?

재나무 (웃느라 자빠지다, 어떻게 수습해 정색하고) 가맜자, 늙은네가 오도하고 있다는 그 '오독'은, 가맜자, 단독(短讀)이랄 수도 있겠지맹?

시동 (좌세를 고쳐, 꿇어 엎드린다) 귀는 준비되어 있는 듯하와유.

재나무 (웃으면서도, 음성은 짜증 난 듯이 꾸며) 인석이 이거, 버렁 떨어진 짓을 하고 있잖게? 이 늙은탱이가 네 아비여? 네 스승이여?

시동 문잘배쉐 성에는 안포-타즈 성주님이 계시고…….

재나무 문잘배쉐 숲에는, 벼락 맞고도 못 죽고 산, 무수(無壽)의 이 늙은 재나무가 있다는 말이 하고 싶은 게지?

시동 ……, 저는,

재나무 안포-타즈와 이 늙은네, 우리 둘은, '죽고 싶다'는 소원에 의해서는 다르지 않기는 하다, 마는, 그에게는 지켜내야 할, 무슨 이념 같은 것이 있어도, 이 늙은네껜 그런 것이 없어. 그래서 우리는 같잖다 말이지, 달라! 그 이상한 순례자가 몇 번 다녀간 후, 이 늙은네도, 이 늙은네식 무량겁의 삶의 오독을 알았다만, 그리고 대략 그의 문하생이 되어가고 있다만, ……누군가가, 어느 날, 이 하릴없는 늙은 나무의 밑둥에, 도끼날을 대러 오겠지…….

시동 말씀하신 '오독'은 어떤 것이었나유?

재나무 헉, 이런 불한당이 또 없겠군! 남의 집 닫힌 사립짝을 왜 열고 들어서려는 겨!

시동 안포-타즈 성주님처럼, 무슨 비밀을 싸안을 일이라도 있나유?

재나무 헉, 이거 영락없이 수염이 쥐끄시게 됐네! 이 늙은네는, 자신에 관해 말하기를 별로 즐겨 하지 안 했으니, 별로 여러 말 하고 싶은 생각은 없다. 마는, 이만쯤은 말해줄 수도 있겠지. 라는 것은, 그 치명적 벼락을 맞았기 전까지 늙은네는, 삶을 예술이라고 생각해, '대지'를 종교 삼아, 열심히 신앙의 뿌리 내리고 가지 뻗었으며, 무성하게 잎을 피워, 꽃 피우고, 열매 맺고 했었드랬지그리. 나무들의 삶의 법열은 그런 것이기도 했더라. 한마디로, 자신을 예술화하는 데, 왼 삶을 다 바친 것이었다 말이지. 이건 특히 식물류(植物類)가 할 소리겠다만, 삶의 시작에 대지가 있었듯이, 그 삶의 끝에도 대지가 있다는 믿음은, 대지에 의존해 사는 삶을 충만감으로 영위하게 하던 것이었드랬는다. 그러던 날, 예의 저 치명적인 벼락이 쳐 내린 것인데, '간교한 뱀'이 가지를 휘어주고, 아담이 팔을 받쳐주자, 하와가 그만, 그 열매를 뚝 따내 버린 것여. 진노한 '아버지'가 눈에서 불을 쏴 내리더군. 이후 늙은네는, 아픔을 좀 줄일까 하여, 그 벼락을 은유화하기에 꽤 오랜 세월을 보냈드랬지.

시동 ?

재나무 진(津)도 즙(汁)도 흘리는, 살아 있는, 살기의 예술도 또한, 허무주의의 다른 뺨으로 보이더군. 그러면 저 '벼락의 은유화'에서 드러난 것이 무엇인지 알 만하겠제?

시동 그것은 알겠는데두 저것은 모르겠는데유! '난독성 짜증'이 다 나누먼유.

재나무 어흐, 흐흐, 것두 그럴 일이다. 왜냐하면 늙은네가, 자기 얘기 하기를 싫어한다면서도, 자기 얘기 하기에 바쁘느라, 늙은네가 말하는 '예술'의 한계를 분명히 해두지 않은 까닭일 테다. 이 '예술'은, 소위 '예술가'라는 이들이 창작, 제작하는 것 같은 그런 예술의 뜻은 아니며, '삶은 예술이다'고 생각하는 바의, 늙은네의 그 '삶'의 얘긴 것을—. 늘 새로곰 새로곰, 대지를 제단으로 삼은 번제(燔祭)하기, 즉슨 창조하고, 싹 피워 꽃 열고 열매 맺기, 새로 도전하여 파괴하고, 조락하기, 그리고 또 창조하는 행위로서의 그 삶 말이지, 예술가들이 자기의 예술에 대해 그러하기처럼 말이지. 새벽에서 정오(正午)까지, 그 창조적 행위는, 아주 잘 되어지고 있는, 가맜자, 이런 단어를 자네한테 써도 괜찮은가 모르겠다만, 그래도 그것이 적절한 것인즉 어쩌랴, 나무들의 성교, 잘 정진되고 있는 성교처럼, 성공적이기까지 했더라 말이지. 그럴 때 보인, 어떤 타인들, 예를 들면 자기를 부정해버리고, 어떤 절대자에게 의존해 있거나, 자기 짐을 어떤 타인에게 짊어져 주고, 자기는 무의미하게 보이는, 일상이라는 연자방아에 매어 있는 당나귀 같은 이들은, 대지로부터 발이 벗어난 듯해 '종말인'(終末人)처럼도 보이더라 말이지. 그건 '정오'까지의 얘기다. 삶을 늘 새롭게 창조한다는 일은 '위험스러운' 데다, 계속하려다 보면, 무척 지치고, 피곤하게 하더군. 오후 되기 시작하면서부터는, 고행 중에서도 그런 고행이 없겠더라야. 한마디론, 거세(去勢)의 느낌이 그런 것일 듯하더라 말이지. 그것을 극복하기 위해선 부서져야 하고, 몰락해야 하는데, 결과, 이 예술은, 계속되는, 또는 겹치는 단절의 모양새더군. 저 단절 단절은, 계속 속에서 되풀이될 뿐이었는데, 의미가 있어 뵈지 않기 시작하더구먼. 그럼으로 더 치열하게 파괴하고, 더 '위험스레 살다, 죽을 수 있을 때 죽어라', 고 스스로에게 소리쳐 준다 해도, 그때쯤은 그것들처럼 공허한 외침도 없더라 말이지. 의미 같은 것이 충일되어 있다고 믿었던, 예술로서의 삶이, 만조 때의 정오의 바다처럼 보였었다면, 그런 것이 보이지 않았을 때 보인 그 꼭같은 것이 이번에는, 석양 녘 대무(大無)의 광야로, 그것도 무변으로 앞 놓여 있는 것이 보이더라 말이지. 허무 같은, 우주적 폭력도 없던 것이다. 먹어도 먹어도 배가 차오르지 않는, 그것은 아자가라—에뤼식톤이던 것이다. 한 삶이, 저 아자가라—에뤼식톤에 먹히어져 들면, 그 예술은 실패한 것이 분명하다. 그리하여 대지를 뿌리에 무겁게 달고, 날아오르려 했던, 이 늙은네의 꿈은, 이카로스(Icarus)가 되고 말았던 듯하다.

시동 그런 예술적 삶이란 그렇다면 인공적인 것 같은데유…….

재나무 건 또 무슨 새빠진 소려? 이번에는 늙은네 쪽에서 난독성 짜증이 일어나는군.

시동 (힐쓱 웃고) 짐승도, 신도 그런 짓은 안 한다고 하니깐유, 예술 자체가 인위적이잖유?

재나무 그? 글쎄다?! 네 머릿속에 들어가 생각하기로 하면, 그! 그럴 성도 부르네그랴!

시동 태어날 땐 자연적으루 갖다가시나 태어나서, 죽기는 인위적으로 갖다가시나 죽었다면, 그 삶도 죽음도 모두 인위적이지 뭐겠어유?

재나무 으흐흐, 흐흐, 흐래두 말여, 인간이 축생과 다르다는 건 뭐겠냐, 그런 것 아니겠냐?

시동 이건 갑자기 난 생각인데유, 저의 투미한 대가리로 생각하기에는 유, 인간이 축생과 다른 건, 인위적이냐, 자연적이냐기보다는, 짐승이 아직 못 깨우친 다른 여러 가지 것을 깨우쳤다는 그것에 있는 듯하거든유. 예술가들이 제작해내는 '예술'도 그런 것 중의 하나로 보이구유, 그보다 더 신기하게는 '하나님', '요정' 뭐 그런 것들도 말입쥬.

재나무 야 그거, 그럴듯하네! 제법 갖다가시나 그럴듯하다 말이지!

시동 그 이상스러운 순례자께서는, 무엇을 해드렸나유?

재나무 (잠시 머뭇거리고) 거야 뭐 여러 말 할 필요 있겠느냐, 그이는 아무것도 해준 것이 없었다. 그것이 운명적이라고도 이를, 새로운 벼락이었다! 이후, 이 늙은네 쪽에서, '판켄드리야'의 삶은 '예술'이 아니라, '연금술'이라고, 대략 그런 것만 고려해보기를 시작하게 되었을 뿐이다. 그런 뒤, 언제나 원점에로 돌아오기와, 그것을 벗어나기, 라는데, '예술'과 '연금술'의 다름이 있는 것으로 살펴지더라.

시동 저의 단독(短讀)도 혹간 저것과 상관이 있겠나유?

재나무 하기야 오독이 단독의 결과며, 단독의 결과가 오독일 것이겠지만,

시동 투미한 독자를 위해, 쉽게 좀 풀어주실 수 없으시겠나유?

재나무 그런즉 그런 대갈통은 달고 있어 봐야, 밥만 축내겠구나.

시동 히히히, 전 먹기보다 더 좋은 건 없다구 알구 있어유, 흐히.

재나무 에끼 이눔, 앉은 자리 흙 파고, 똥만 찬 그 대가리 묻어버려! 거름이라도 되잖겠으?

—둘이는, 바위까지도 웃음을 못 참고 박살이 나도록, 흔쾌히 웃어젖힌다.—

시동 귀는 준비돼 있구먼유.

재나무 네가 과연, 저 광야의 황폐를, 그 정적을, 그 대무(大無)를, 네 심신에 짊고도, 다리몽생이가 부러지지 않을 만하냐?

시동 똥만 찬 대가리를 묻어버리기 전에, 들을 건 들어둬야겠네유!

재나무 다시 묻건대, 그럴 만하냐구? (장난기 섞은 음성이다)

시동 건 말씀도 안 되는 말씀이시구먼유! 쥐가 코끼리를 놀래게 한다 해도, 어떻게 쥐가, 코끼리의 짐을 질 수 있겠어유? 전 제 대가리까지 무겁다고 느끼는 중이구먼유.

재나무 그것이다! 롱기누스의 창으로 벗긴, 어부왕의 껍질을 입고서도, 네가 과연 어부왕처럼 그의 고통을 인고할 수 있겠는가, 그것이다.

시동 (팩 풀 죽어, 자신을 콩알만 하게 줄이려 하며) 아 거기, 투미한 놈의 단독, 오독이 있었군입쥬! 투미한 놈은 역시, 돌아서게 되겠군입쥬, 역시 돌아서게 되겠군입쥬, 역시…….

재나무 (좀 어울리지 않게, 명랑한 음성을 꾸며) 그랬으면 이누마, 그 손에 창을 쥐려는 대신, 불새의 날갯죽지를 쥐고 돌아왔어야지!…… 늙은네는 물론 아까, 네게서 살욕은 없는 피 냄새 같은 걸 맡기는 했었는데…… 그건 말이다, 절대로 그러려 해서는 아닌데도, 글쎄 어디 저잣거리나 인가 가까이 서 있게 되어 있잖은, 늙은네의 처지와 숙명이 그러잖으냐, 자네들이 그렇게 떠넘겨 말하는, '고답적인 삶'을, 그것도 무량겁을 살다 보니, 콧구멍 속에 별로 속진 낄 일이 없어, 지나는 것들의 영혼의 냄새까지 맡을 수 있게 되더군. 사실 말이지, 좀 더 젊었을 땐, 성내의 나무들이 얼마나 부러웠던지,

시동 문잘배쉐에선 그래서, 어르신께서 모르는 것은 아무것도 없을 것이라고들 말하고 있제유.

재나무 허으 그렇게 됐다는다? 것두 좋은 평판이라면 나쁠 것은 아니겠구먼그랴. 그러나, 눈 밝은 어떤 이가 두루 살펴 안다는 것과, 맹인이 냄새나 소리 따위에 밝다는 것은, 같은 게 아니라네.

시동 무슨 말씀을 하시려는가유?

재나무 예의 저 후각이 맡아낸 냄새 얘긴데, 집 떠나서 십 년도, 아니 일 년도, 또는 한 달도 아닌, 단 하룻밤 노숙을 하고서……, 집 떠날 때 십 칠팔 세였다면, 한 백칠팔십 세나 되어 되돌아오며, 그 대의나 목적을 바꿔버리게 되었다면, 그 한 대목만은, 그 훌맺힘이 영 풀리지가 않는다, 않는다, 말이지, 말이라구! 이건 그 한 대문의 문장이 오문이나 비문으로 이뤄졌다는 얘기와도 같지는 않거든.

시동 (제 발등에다 침을 퉥퉥 뱉어, 풀꽃을 뜯어 쓱쓱 닦아내고, 그러고만 있으며, 중얼거리듯, 엉뚱하게) 어르신의 그 문장엔 주어(主語)가 빠졌네유. (그리고 씻뜩 웃는다) 오문도 비문도 못 돼유.

재나무 그 자리에다 '밥통', 아니면 '똥주머니'라는 말을 넣어주랴? (웃고) 너의 그 '나비'는 어찌 되었는 겨? 아직도, 네 눈에 보이는 바깥뜰 어디를, 즐겁고도 곱게 날고 있다는 겨 어쩌는 겨? 눈을 감기만 하면 그러니, 그것을 대번에 잡을 듯도 싶은데, 눈을 뜨면, 무지개가 그러잖다고, 아직도 저만큼쯤에 보이기만 보이고, 잡아지지가 않는 것이던가?

시동 ……, 사, 사실로, 마, 말씀입지만유…….

재나무 늙은네의 귀는, 이렇게까지 늙었어도 속진에 덮인 바는 없었다 해도, 네 말뜻은 알아듣지를 못하겠군,

시동 걸 뭐 할려고 알고 싶어 해쌌네유!?

재나무 어응? 거참 멀쩡한 놈 다 보겠네! 인석아 그런즉 그 선바위 대고 오줌이나 한번 갈기고, 다른 데로나 떠나볼 일이었지, 늙은네껜 오기를 왜 와?

시동 뭔 말이 좀 하고 싶어 그런 것 아니었겠어유?

재나무 허흐, 흐흐흐, 그래서나 다 말해버린 건가? 그렇다면 그 모양 다리로 펴 내질러 앉아만 있지 말고, 뒤로든 앞으로든 또 걸어 나가 봐야 되는 게 아니겠어?

시동 전 아직 아무 말씀도 안 드렸네유! 어르신께서만 말씀하시잖았나유?

재나무 허, 허허, 늙은네의 고스랑거리기의 병이 재발했던 것이었구나? 그러구 보니, 혀에 침도 마르고, 피곤하구먼, 가보거라, 가봐!

시동 정 알고 싶나유?

재나무 뭐를? 이 늙은네가, 너란 눔의 뭘 알고 싶은 거지?

시동 '나비' 얘기 말씀이어유.

재나무 바위모양 나무도, 지나가는 개가 오줌 누면 오줌 맞고, 소박맞은 새댁이 하소연하면, 그게 얼마나 짜안해서 싫든, 들어줘야 하고,

시동 저…… 사실론 말씀여유, 저, '나비'가, 사실론 저에게 날아왔었다누요! 이게 하고 싶었던 얘기였다니깐유,

재나무 헥! 저런! 저런?

시동 그러곤 날아가 버렸다누요!

재나무 헥? 저런? 저런!

시동 문제는유, 그런데유, 그것 잡으러 나섰던 얼뜨기가, 잡기 대신 볼모로 잡혀간 듯한데 있구먼유.

재나무 으? 흐흐, 흐? 사실론, 거 안됐지만, 크르륵, 사실론 거 여간만 흥미로운 얘기가 아니다, 아니다 말여, 크르르, 네눔 말이지, 불알을 잃었지? 걸 잃은 게 아니냐 말여?

시동 (얼굴을 붉히고, 늙은네의 시선을 피한다. 그러곤 목구멍 속으로 기어들어 가는 소리로) 그, 그런 거 같네유, 있는데두 없네유!

재나무 그거 말이지, (여전히 히히거리며) 열심히 들여다보고 낸 결론 같구나, 맞지?

시동 (여전히 시선을 피하며) 맞네유!

재나무 그래서 네 생각엔, 그 나비가 그것을 갖다, 이 늙은네께라도 보관하라고 둬뒀을 성부르디?

시동 그런건 아니지만유, (그제사 늙은네를 정면하곤) 글고 그러기를 바라지도 않지만유.

재나무 (여전히 클클거리는 소리로) 이 대문만은, 읽기가 영 수월해, 암믄, 알 듯하다 말이지. 그 나비도 그냥, 봄 뜰 어디나 나는 그런 것이드니? 아무려면? 아니겠지. 넌 '불새'를 그렇게 일렀으니깐두루.

시동 듣고 웃지 마셔유, 안 웃겠다고 맹세하시구, 퉤 침 뱉어유! 됐네유. 맹세를 저버리시면, 똥구멍에 털 날 거구먼유. 사실은 새는 새였는데두, 영 너머 산다는 거인네 비둘기라면 맞겠는데유, 아랫두리는, 그랬네유, 돼지치기네서 본, 어려도 숙성한 흰 암톳이었네유. (그리고 또 시선을 피한다, 얼굴이 붉어 해당화 뙈기다)

재나무 (여전히 크륵거리며) 돼지였다면 발도 넷이었겠구나? 허긴 새라면, 그럴 까닭이 없었겠지만서두,

시동 헌데 웃으시누만유!

재나무 홋흘만 한 힐흘 두고 훗지 핞흐면, 건 정말 벼락 맞고 죽은 나무지 뭐겠어?

시동 건, 조금만 요상한 게 아니잖유?

재나무 그렇기도 하겠고……, 또 그럴 것까지도 없는 듯헝만. 차라리 그럴 듯도 싶으다는 믿음까지 드누먼. 안 그렇다면, 산(山)불에 구워지는 모든 큰 새마다 불새라고 우긴대도, 할 말은 없게 될 수도 있을 게거든. (크르륵거린다)

시동 건 말도 안 되네유!

재나무 이제 어쩔 겨? 장가들기도 이젠 틀렸구, 너 또한 안포-타즈모양, 형상만 사내지, 사내도 아니게 된 것을? '님은 갔습니다. 아아, 사랑하는 나의 님을 갔습니다.' ―넌 전, 어떤 젊은 시인 하나가, 이 늙은네 그늘에 앉아 훌쩍였든 소리가 기억나느먼. '날카로운 첫 키스의 추억은 나의 운명의 지침을 돌려놓고 뒷걸음쳐서 사라졌습니다.' 흐흐흐, 오늘 네게도, 저런 탄식이 좀 위로가 될성부르네?

시동 그 노래의 님 자가, 수피(Sufi)가 아니었으면, 박씨분 따위를 보따리한 사포(Sappo)였겠군유? 남류(男流)는 여럿 알겠는데두, 여류는 그 이름밖에 생각이 안 나네유.

재나무 수피는 아니었으며, 더더욱이나 여성 음송 시인도 아니었더랬네. 왜여?

시동 거 어째 좀 좆 단 사포의 넋두리 같아서유.

재나무 이누미 이거, 웃기는 놈이네! 게다가 배교도(背教徒) 냄새까지 풍기누먼, 피이! 피이!

시동 건 웃기는 말씀이시네유!

재나무 시부(詩賦)란 신성한 것여!

시동 건 참 씨부랄 소리구먼여유!

재나무 여 젊은네, 자네 뭐 좀 알기나 하구서, 신성한 것에다 침 뱉고 오줌 갈기고 있는 짓은 아니지?

시동 알긴 뭘 알아유? 조또 모르겠는데두유, 대강 흘려듣고 말기로 한다면, 설움의 내용이 비슷하다 보니, 그를 위로해주고 싶은 생각까지도 드는데유. 그들은 서로, 입에다 가시 장미를 한 대궁씩 물고 입술을 맞췄으께유? 거 어째 좀 마뜩찮게 들려유.

재나무 허 이거, 본의 아니게 늙은네가, 네 속의 무슨 건(鍵) 하나를 잘못 건드렸으끄나? 건 뭔 소려?

시동 '날카로운' 것이, '첫 키스'인지, 그것에의 '추억'인지, 아니면 그 둘 다인지, 아마도 '첫 키스'겠습지유? 만, 저를 두고서라면유, ……저한테는유, 그 느낌은, 그냥 갖다가시나, 뜨거운 눈사태가 담박 무너져 내리는 듯 했거든입쥬. 그 육중함에 깔려 죽는 줄 알았구먼유. 왼 몸뚱이가 그냥 불에 타는 듯 오그라지면서두, 얼어 든 듯해 사시나무모양 떨리기만 했더라니깐유. 깝박 죽는 줄 알았에유. 시인이라면, 그런 것을 두고, 날카롭다는 식으로 표현허께유?

재나무 야 이누미 이거, 경험이 솔찮았네그랴!

시동 이후, 하기는 말씸이어유, 운명의 지침이 바뀌는 것 같은 느낌이 들긴 한데유, 그래두 그렇지유, 그 이전의 운명은 어떤 것이었다는 데유?

재나무 이 멀쩡한 누마, 그걸 이 늙은네께 물으면 어쩌자는 거여?

시동 그때 물어두셨어야 됐잖아유?

재나무 이 늙은 나무더러, 지금이라도 뿌리 뽑아, 그 집 없는 시인을 찾아 물어보라는 소리는 아니겠제?

시동 히히히, 히, 그, 그런 말씀드린 건 아니구먼유. 왜냐하면 뒷걸음질 쳐 사라져버렸으니께유, 못 찾을지두 모르잖유? 뒷걸음질 쳐 사라졌다면, 어디겠나유? 과거의 시간 속에 무슨 맹장(盲腸) 같은 것이라도 있으께유? 아니면유, 비 오는 밤중으로, 지금은 없어진 서낭당에 가, 아랫두리 내놓고 서 있겠나유? 입에는, 피 빛깔의 찔레꽃 가지를 물었겠습쥬? 글쎄 그게 그렇잖나유?

재나무 (입에는, 가시 장미꽃 같은 웃음을 물고, 가시스레 짜증 내) 글쎄 그게 그렇다는 소리는 또 뭐셔?

시동 헌데두 저에겐, '님'이라거나, 어디서 빌어왔는지도 모르겠는, 명사로 쓰인 '키스'라는 말이 영 용납키 어렵구먼유.

재나무 건 왜여? '님'이라는 대상의 성별(性別)에 좇아, 건 면(男色)사(事)로도, 아니면 공지니네가 소지하며 하는 축수의 대상 같은 것으로 바뀌는 그런 것이 아니겠남? 그 사랑이 지극해, 그 대상이 한껏 떠들어 올려져, 신앙처럼도 여겨지잖나?

시동 좆 단 사포가 아니라면 뭘 두고 '님'이라며, 옷소매 부여잡고 늘어지며, 낙루청승 떠는 소리 말예유, 스스로도 넘세스러 안 헐 것이구먼유. 글구, '키스'가 명사로 쓰이면, 키스의 여운이 토막 나버려, 날카로운 추억이 될 성도 부른데유, '입맞춤'이라는, 좋은 동명사도 있잖유? 두 입술이 따뜻하게, 또는 물큰하게 닿았다, 또는 포개어졌다, 그런 뜻의 동명사 말예유. 그 더움 속에서 영혼은 얼어드는 떨림을 갖잖겠어유?

재나무 (빙그레 웃으며) 여 이누미, 그러구 보니, 경험이 단단했었네그리. 어쨌거나, 네가, 타인의 탄식에 대해, 그건 혹간 또 모르지 축수였었을지도, 화내는 까닭은 알겠으니껜. 네가 드디어, '사랑'이라는 것을 하기 시작한 겨! 이거 너한테 한 소리 들을 소리다만, 그러면, '운명의 지침이 돌려'지는 거겠지?

시동 제, 제가 혹간, 같은 체험인 것을 저와는 달리 읊었다 해서, 말씀하신 그의 탄식을 두고, 되잖게, 트집이라도 잡고, 폄훼하려 했으께유? 건 본의가 아니네유!

재나무 독법(讀法)에 따라서는, 그럴 수도 있겠지. '기본적 오독'이랄 것은, 작가 자신도, 비록 자기의 작품이라도, 읽을 때마다 범하는 것일 것인즉, 그것에 관해서는 말할 것도 없을 게다만, '독법'이라는 것을 두고는, 독자가 계발해 있는 지적 수준이랄 것도 매우 중요한 관건이 된다는 생각도 있다. 너의 독법대로 동의키로 하면, 널 위로하겠다고 한 구절 빌렸던 탄식은, 청승이 많고, 뽄사 꾸미려는 넉살은 좋으나, 수사학적 훈련이란 별로 잘 되어 있지 않은, 근을 사태기에 사려 감춘 남(男) 황진이의 푸념 같지 않은 것도, 아니긴 아니다. 또 아니면, 그런 노래가 읊어졌던 당시의, 그 고장 전반적 수사학의 수준이 그 정도였던지도 모르지. 모르지만, 들으려 하지 안 해, 다 읊어주지 못했다만, 그 노래엔 제법 무가적(巫歌的) 정조랄 게 없잖아 있는 듯도 싶어 말인데, 사랑도 깊어지면, 어떤 경우는, 대략 이런 경우는, 무조(巫調)를 띠기도 해보이누먼. 정조(情調)가 그러하다고 해서, 그것이 모두 무가가 되는 것은 아닐 게다만, 女性으로서의 歌唱꾼은 제외하고 말해야겠다만, 어떤 노래가 무정(巫情)을 띠면, 그 대상의 품격이 높아지거나, 커져 버리는 것은, 무정의 특성 중의 하나랄 것이다. 전자, 즉 대상의 품격이 높아진다는 국면에선, '신에 대해 모든 유정은 여성이다'라는 명제가 불러낸 수피즘(Sufism)의 문제를 살펴보게 할 듯하며, 후자, 즉, 그 대상이 커져 보인다는 국면에선, '님 향한 일편단심' 해쌌는 굴원의(屈原義)를 살펴보게도 할 성부르다. 그러나 말하고 있는, 저 노래는, 정조는 그러하다 해도, 그 대상에 대해, 그것이 어떤 것이라고 짚어낼 수도 있는, 무슨 단서가 제공되어 있는 것은 물론 아니다. 굴원은, 삼세 노닐던 멋들어진 면사니(『楚辭』)였거니와, 쭈구셔 앉아 오줌 누는 저 가납사니는, 기껏 해보았자, 어느 촌구석에 기방(妓房) 차려 웅숭그리고 앉아, 행여 님이 오시려나, 화롯불이나 다듬거리며, 가망 없는 밤을 새우고 있다. 그 상상력은, 下地后土서낭四方之神에로까지 날개를 펼쳐내고 있지를 못해, 무기, 무조 따위를 띠고 있기의 까닭으로 차라리, 쾌쾌하게도 초월된 인간을 부르짖는, 거대한 수용 같은 이들께는, 피동적, 피학성의, '노예근성의 종말인'적 냄새까지 맡여짐에 분명하다. 누가, 바람을 불어 넣어서라야만 소리 내는, 갈피리 같은 것이거니! 그러면 그건 무엇 하자는 노래냐, 묻게 되는데, 하기야, 이 늙은네나 자네 같은 독자에 대해서 그것 읊어주기란, 돼지우리에 진주 던져 넣기 같을지도 모르며, 또 그 두 돼지는, 그런 진주를 은기에 담은 똥쯤으로 알지도 모르되, 어쨌든, 그것이, 네눔모양, 불알 떨어졌다고 눈물 짜는, 울보의 눈물 닦이에는 쓸모가 있는 줄로는 알았더랬더니,

시동 전 무슨 위로 같은 걸 얻으려, 어르신 뵈러 달려온 건 아니었네유.

재나무 지금이라면 것두 알지. 알겠는 것은, 네가 글쎄, 사랑하기를 시작한 겨! 하와라는, 사람의 옌네의 까닭으로, 참으로 태초에 느껴낸 것의 얘기겠다만, 첫사랑의 체험은 그렇더군, 혼자 속에만 꽁꽁 묶어 가둬두고 싶음에도, 또 자꾸 떠벌려 누구에게나 알려주고도 싶은 그런 것이더군. 그 진동이 너무 무겁고 커서, 묶으려 하면 할수록 불어나는 펜리르 같은 것이더라 말이지. 그것의 아가리에 물려 찢겨 죽고 싶어 안달이 나는데, 이런 이율배반이란 참 앓음다운 것이더군.

시동 (넙죽 큰절을 한다) 마, 마, 맞는 말씀이셔유!

재나무 불알 까인 나귀러라? (까마귀 까악거리듯) 글글글, 고자가 돼버

렸다 말이지? 불새를 잡으러 나선 놈이, 불새네 볼모가 되었다구시나!

시동 저는 괴롭네유!

재나무 아하, 저런 저런! 저 한 대목 훌쳐 맺힌 대목이 이제사 풀리다니! 그런 까닭으로 너는, 아랫두리를 내려다보다, 불알이 까이었다는 데 마음이 묶였겠지? 그러는 어느 순간, 네 아비 안포-타즈가 너 자신에게로 겹쳐 듦을 느꼈거나 보았을 것이었겠지, 안 그랬더냐?

시동 (머뭇거리고는 있으나, 부인하고 있는 얼굴은 아니다) 저는 그냥, 황폐만을 보았었네유. 광야만을 느꼈네유…….

재나무 ……이런 얘기가 떠돌고 있으니 얘기지만, 운명적으론 파르치발이 그의 뒤를 이어, '성배지기'가 되게 돼 있다더라만, ……문잘배쉐에는, 오래오래 전부터, 누설된 천기가 하나 있어 오는데, 문잘배쉐가 극난에 처하게 되면, 그때마다 와서, 그 난경을 극복하게 하는 이가 있다며, 그의 이름은 '탈리에신'(Taliesin)이라고 한다 하더라. 그는 시인(詩人)이라 하지. 조악한, 또는 황폐해진 '자연'에 '시'를 대비해보면, 하필 그가 '시인'일 까닭이 보이겠지. 그러나 우리는, 이 '탈리에신'이라는 고유명사를 보통-고유명사화해서 말하고 있는 중이겠지?

시동 이 투미한 놈은 여전히,

재나무 예의 그 이상한 순례자가 흘린 말로는, 자기도, '친타마니'라는 성배를 찾아 헤매는, 중기사[僧騎士] 꼬락서니라고 하되, 사실은, 그 문(門)의 '팔조'(八祖)를 찾아, 그쪽[美里]엔 말이지, 자기 신던 신발만 남겨두고, 라는 말은, 거기선 모두 '칠조(七祖)는 입적(入寂)했다'고 믿고 있을지도 모른다는 그 말인데, 먼 길을, 무세월로 헤매고 있었던 것으로, 이 늙은네는 알고 있어 오는다. 예의 그 '팔조는, 균세(菌世)로 법경(法經)을 짊어지고 들었다'는데, 꽤 밀종적 비의를 담은 얘기로 들리더군. 人世라 해도, 人間이 人間을 상실하여, 人皮는 썼으되 人間이 아닌 것들이, 우글우글 득시글거리면, 그것도 하긴 菌世일 것. 전원(에덴)이 장차 황폐해지겠는다. 大莫이겠는다, 大無겠는다! 예의 저 '八祖'는, 유리의 '후문'(後門)에, 유리 촌장 중의 누가, 억지로 밀어 넣은 '촛불꽃', 또는 그런 '빛돌'이라는 것인데, 八祖의 어머니는 그러니 유리에 있거나, 그 빛돌을 임신한 유리 자체일 테다. 저 '빛돌', 그의 어휘로 '친타마니'라는 성배 탐색꾼은, 아마도, 또는 분명히, 병(病)든 문잘배쉐에 와서, 그[八祖]가 든 자리를 발견했었을 것이었다.

시동 저는 영 투미한가 봐유.

재나무 투미한 자식이 아니고서야 '나비'잡이에 나서겠냐?

시동 왜냐면유, 저 이상한 순례자는, '창조하신 이'에 관해선 별로 말씀을 않으시면서유. '그렇게[如] 오실 이[來]', '탈리에신 오실 이'에 관해, 혼자 말씀인 듯이 얼핏얼핏 흘리셨는데유, 그런 어떤 '미리 존재하신 이'가 없이, 시간의 과거 속 어디서, 무엇이 준비되어 있다가, 그런 이가 불쑥 걸어 나오겠나유? 그렇게 여쭙자면, 그때마다 그분은, 빈 손바닥만 펴 보이시며, 그냥 잔잔히 웃으시기만 하셨더랬지유.

재나무 헴, 저런 저런! 프라브리티에다 니브리티를 한 줌 끌어내, 뿌렸댔구나! 그러자니 여래태(如來胎)나 열어 보일 수밖에 더 있었겠는가? 아마도 말로써는 결코 그렇게 표현해내지 않을지 모르지만, 그가 이해하는 여래태는, 빈 손바닥 같은 것이었을 것이라고, 이 늙은네는 짐작만 해오고 있다. '여래태' 얘기는, 너도 귀가 아프도록 들어봤을걸?

시동 그랬네유. 그이는, 제가 알 수 있으리라고 생각해 그런 말씀을 하신 것은 아니었을 것인데유, '자라는 애들에게 옷을 지어 입히려면, 품이나 길이를 매우 넉넉하게 해야 한다'고도 말씀하시며, 웃으셨구먼유.

재나무 흐흐흣, 교활하고 괴팍하다 말이지! 할 수 있으면, 그냥 꿈에서라도 한 번 더 만나 뵙고 싶구먼! 그리고 보태주고 싶어 하는 말이다만, 그이는 신을 별로 많이 거론하시지 않았다, 고 하는데, 이 늙은네의 귀는 오히려 그 반대로 들었구먼. 아마도 그이의 프라브리티 쪽의 성배는, '인간(人間)의 재림(再臨)', 또는 '재림한 인간'인 듯도 싶은데, 그것을 위해 최우선적 조건은, '신'을 인식해내기라고 믿는 눈치였으니, 그이처럼, 神을 많이 들먹인 이도 많잖을 성부르다구. 이 재림한 인간은, 다른 동물들에 대해 신, 육안에 보이는 신일 것이라는 식이지. 동물들에 대해, 이것의 이름이 '人神' 아니겠냐? 자네 또한, 자네의 귓속 바닥에, 그의 말의 그 나나니벌이 알 묻어놓은 것이 깨어 일어나는 아픔에 당하게 될 날이 오게 될 것은, 훤히 내어다보인다. 하기는 이미 저 새끼 나나니벌이, 너를 갉아먹기 시작해 보이지 않는 것도 아니다만…….

시동 이 투미한 놈은 이제사 그 '품이나 길이가 넉넉한 옷'의 뜻만은 짐작을 하겠는데유.

재나무 투미한 녀석이, 언제 겸손의 미덕까지 깨우쳤네그랴. 네 몸에 맞기 시작했다는 얘기로 들어도 되겠느냐?

시동 언감생심이겠네유!

재나무 그것 나쁘잖게 들리누먼.

시동 여래태가 얘기되는 자리에서도 개인의 '자유의지'가 얘기될 수 있겠나유?

재나무 아, 그런즉, 가맜어보자, 너는 그런즉, 정화되지 못한 '습기'(Habit Energy)에 묶여 당하고만 있는 게 아닌가, 그런 걸 묻고 있는다? 그런 물음은, 너의 스승이었던, 그 순례자께 물었어야 되었는 것을. 그는 분명히, '나무'들의 세상에도 법종(法種)을 뿌리려 해서였을 것으로, 아니면 무료를 달래려 산책하느라 그러셨을 듯도 싶지만, 이 숲엘 아주 자주 들르셨었는데, 이 늙은네는 그 의문만은 만들어내지를 못했었구나. 어쩌면 그것은, 물음이 될 만한 물음이 못 된다고 여겼었을지도 모르겠다만…… 아까는 살기를 예술적으로 하려 했다는 얘기를 했다만, 사실 그가 다녀간 후, 늙은네도 뭔가를 자꾸 생각해보기 시작하기는 했지. 했는데, 뽐내 말하면, 자칭 '예술가'가 '철인'이 되려 했겠느냐? 그런데, 말이다, 너의 뜻은 알겠는데도, '타타가타가르바'가 '니르바나'라는 식으로도 들은 기억이 있어, 그게 어쩌면 네가 말하고져 하는 '자유의지'와, 가맜자, 그이는 어째선지 '時中/所中'을 매우 중시하는 어투를 쓰고 하셨다만, ……그러구 보니, 이 늙은네께, 아직도, 그 옷은 품이 너무 넓고, 길이가 너무 긴 듯하다.

시동 전에는 도저히 느낌조차도 가져 보지 못했던 것들이, 귓속에서 보스락보스락 일어나싸서 말씀인데유, 순화되지 못한 '습기'(習氣, habit-energy, 如來藏是善不善因, 能編興起一切趣生, [……] 能興六道作生死因緣)가 쌓인 방[藏], '六道'라는 짐승의 배 속 말고 뭐겠유? 그것으로부터의 탈출의 다만

한 방도나 수단은, 그 내장을 불모화할 수 있을 때뿐이겠나유? 아니면, 그것 속에 임신되어 있는 것의 자기 황폐화뿐이겠나유?

재나무 아랫배에 채워뒀다 눠버려야 할 똥을, 대가리에 채우고 있는 느슥 같으니! 자다 봉창 뜯고 앉았거든! (시동 히히 웃는다) 헌데 말야, 자네, 이 대목에선, 안포-타즈의 냄새가 질군그래. 말하기의 편리를 위해서, 그쪽 편을 보는 눈을 왼쪽 눈(Esoterism)이라고 이르기로 한다면, 이 왼쪽 눈으로 보는 세상은, 생식욕이 과한, 상복 입은 과부 거미의 자궁처럼도 보일 것이지만, 오른쪽 눈(Exoterism)으로 본다면, '스스로 된 고자'도 포함해 말해야겠지? 보는 자의 자기 거세(去勢)라는, '느낌'보다 훨씬 더 진한, 일종의 병증 같은 것을 일으킬 수도 있을 듯하다. 그러나, 이 무수(無壽)의 나무도, 그 배 속을 어떻게 벗어날지, 그것을 모르고 있기에, 아직도 이 대지에 억류? 그렇다, 억류되어 있는 것이 아니겠냐? 그건 늙은네께, 다른 생각해볼 거리[話頭]를 하나 더 붙이게 되었다. 그런즉 어렴풋이만 알 듯한 얘기를 더 말하려 하면, 말하는 자도 듣는 자도 야호의 껍질을 입어 들을 헤매게나 될 테다. 예의 저 '習氣'나, '如來胎'에 관한 법설을 두고도 말이다만, 그거 말이지, 여간만 추상적이게 느껴지는 것이 아니어서, 그냥 막연한 개념 같은 것만 갖고 말하고 있는 중이라고 해야 솔직할 성부른데, 그럴 수밖에 없는 것이, 구체적, 구상적 모든 것이 무화(無化)해버린 자리에서, 그것이, '여래태' 같은 것 말이다, 구상적으로 얘기되어져 있으니, 시퍼렇게 깨어, 시퍼렇게 눈 뜨고, 몽설하기처럼 그렇다 보니, 이와 반대되는 데서 비유를 찾는다면, 거상(巨象)을 더듬어보는 장님 생각도 나고 그렇다. 까닭에, 중생을 교화·제도하려는 법(法)이라면, 간결하고 쉬워 알아들을 수 있어야 된다고 믿는 자들이, —그 앞줄에 서 있는 이 늙은네가 보이느냐?—그렇지 못한 것을 두고, 혹 폄훼하려 할지도 모르지만, 야호가 어떻게 코끼리 껍질을 뚫겠으며, 그 뼈를 으스러뜨릴 수 있겠느냐? 야호는 그러니, 들쥐 따위나 먹으며, 난삽한 데다 무의미하다거나, 현학적 악취미 또는 사기성이 짙다는 식으로 짜증을 내가며, 오백 세든 천 세든 말한 바의 그 알아듣기 어려운 법(法)을 알아들을 만하게 될 때까지, 들을 헤매는 수뿐이다. 하기야, '마음의 우주'의 재봉사가 지은 홍포를, '몸의 우주'의 황제가 입어, '몸의 우주'의 재봉사들이, 붕어빵모양 지어 줄느런히 걸어놓은 의복전 거리로 통과하려 하면, 쑤군거리는 소리가 아니 날 수가 없게 된다. 자기 나름으로 깨우쳤다고 생각하는 이들이 흔히 말하기를 중생을 교화하려는 법이라면 그런즉, 그들의 눈 높이, 귀의 깊이에 맞아야 된다고 주장하는 것은, 그들의 입장에선 틀린 말은 아니기도 할 테다. '뫎'論者들은, 그런 의견을 얼른 받아, 그럼으로 종교도 식단(食單)모양 그 가짓수가 많으면 많을수록 좋은 게 아니겠냐며, 누가 자기 입에 맞는 비빔밥을 먹으며, 다른 이가 개장국을 먹는다고, 눈 흘기고 비아냥거릴 이유는 없잖느냐고 그런다.

시동 (씻뜩 웃고) 참 말씀도 많이 쌓으시네유[詞煩]!

재나무 그래서나 늙은네들을 방문할 땐 귀를 여러 벌 준비해야능 겨. (클, 크르륵)

시동 그런즉 그 '습기'가 쌓인 방[藏]은 어디에 있겠남유?

재나무 이 늙은네도, 네 스승인지 아빈지 하는 유리에서 온 늙은네모양, 빈 손바닥이라도 펴 보이랴? '너의 마음속을 들여다보라, 다키니(Dākini, Skt., The inspiring power of consciousness, as a wrathful naked female figure)들의 집', —걸핏하면, 그 늙은네 읊조려쌌던 그런 게송 들어보지 안 했던가?

시동 (뭘 머뭇거리며, 얼굴을 붉혔다 푸렸다 해쌌더니) 고, 고, 고자도 자, 장가들 수 있나유?

재나무 (꺼져가던 불이 오르륵 살아 오르도록이나, 싼내 풍겨 웃고) 건 말이다, 파르치발의 대의며 목적일 것이어서, 그의 귀향에 기대를 걸어보게 하는구먼. 문잘배쉐에서는, 둘의 불덩이가, 즉슨 문잘배쉐의 오른쪽 불알과, 왼쪽 불알이라는 말인데, —유리문의 승려식으로 말하면, 하나는 루타 역이며, 하나는 아르타 역이겠는다—빠져나간 모양이구먼, 이후 문잘배쉐는, 성배(聖杯)의 실종을 겪는다. 빠져나간 불덩이 하나는, 파르치발이라고 이르며, 다른 하나는 장차 탈리에신이라고 이르게 될 듯한데, 이건 물론 인식상의 문제일 것이겠는다. 문잘배쉐에는, 셋의 고자들이 있는 것을 알겠구먼. 불알 찾아 뛰쳐나간, 저 둘이 어떤 성과를 거둘지는 두고 봐야 알겠지만, 남은 고자 하나는, 오매불망, 뛰쳐나간 것들이,

시동 세, 셋의 고자라뉴? 건 무슨 신명 탓인지는 몰라도, 즉흥적으로 만들어낸 말씀 같은데유.

재나무 느슥 같으니라구! 이 느슥아, 이 늙은탱이가 할 짓이 없다 해서, 때로 때로 뿌리 뽑아, 이 거리 저 골목 다니며, 너 같은 눔의 불알 까, 무슨 그런 고자들이나 만들어내는 줄 알으? 세상에 파다하게 퍼져, 모두 알고 있는 것이 그것인 것도 몰랐네? 하기야, 너라는 놈은, 네 아비 말대로 하자면 노상 졸기만 했다고 하니,

시동 히히히, 자면 잘수록 잠은 더 오는데유, 그랬으면 잠이 모자랄 까닭은 없는데두유, 잠처럼 달콤한 것도 없어유. 제기랄, 그러다 들어야 될 소문도 놓치다니! (돌을 하나 들어, 조금 큰 돌을 두들겨댄다)

재나무 느슥 같으니라구! (핀잔하듯 말하고, 수소모양의 웃음 웃는다) 건 네 입으로도 여러 차례나 해온 얘기였는데, 한데서 하룻밤 새고시나는, 그것까지 잊어먹었는다? 네가 지금 그 뿌리에 걸터앉은, 잎도, 꽃도, 열매도 못 맺는 벼락 맞은 나무는 뭘로 보이네?

시동 저, 저, 저한테는, 성주님과, 또 회당 벽에 걸린, 가로지른 나무에 못 박힌 이와, 어째 좀, 어느 대목에서는 좀,

재나무 같아 보였다는 말이 하고 싶은 걸 삼켰겠지?

시동 뭐, 대개, 그렇네유.

재나무 그러면 고자가 넷이라도 셋 아녀?

시동 그중에는 '스스로 된 고자'도 하나 있네유. 그러면 다섯이던가, 다시 셋이겠는데유.

재나무 으? 으흐? 흐흐흐! 야, 그거, 말이지! 말인데! 그런즉 그 까닭으론 천국도 황폐해져 있겠구먼.

시동 그러니 그이는 장가들 필요 없잖유?

재나무 햐, 이거, 그렇잖아도, 딱따구리며 다람쥐, 뱀 따위 물것들로 몸이 가려운 재나무에, 별 희한한 미슬토가 하나 붙어 피를 빠네그랴. 인석아, 그렇게 알았더면, 어쩐다구시나, 그를 보듬어 내려야겠다고, 했던 소리는 뭐 였어? 밤중에라도 회당에 들어, 끌어 내렸으면 된 일 아녔냐?

시동 (돌을 거세게 쳐대싸며) 참 멍청한 소리도 다 들어보네유! 어르신이나, 성주님처럼, 그이도 불쌍해 그렇게 생각만 했었네유. 허지만두유, 그이의 성불구 생각은 못 해봤었네유.

재나무 넌, 잎도 꽃도 열매도 못 맺는 나무를 너의 성주와 매우 흡사하다고 생각해온 것이 아녔냐?

시동 죄송스럽지만, 그랬네유!

재나무 흡사하다는 것은, 그 둘이 당하는 고통이 흡사하다고 한 것이었겠제?

시동 죄송스럽지만, 그랬네유!

재나무 너의 성주 안포-타즈가 뭣으로 고통하고 있네?

시동 (돌을 쳐싸며) 죄송스럽지만, 건 말씀드릴 필요가 없겠네유!

재나무 너는 또, 너의 성주와 그이를 매우 흡사해서, 같은 인물로도 혼동해 건너다보아 오지는 안 했었나?

시동 죄송스럽지만, 그랬네유!

재나무 그러면 이누마 뭐셔? 그 결론은 뭣이겠느냐구?

시동 (돌을 쳐대싸며) 어르신까지 합쳐, 셋의 형편이 그렇잖나유? 그래도 그중의 하나는,

재나무 '스스로 된 고자'주의를 부르짖었으니, 셋 중에서는 빼야 된다는 그 얘기겠지?

시동 안 그런가유?

재나무 안 그렇기는 뭐가 안 그려? 그이가 스스로 된 고자이기 까닭으로, 안포-타즈가 그 고자병을 대신 앓고 있다고, 것두 어렴풋이는 알고 있을 거를?

시동 사실은, 그렇게 믿어왔네유! (돌을 쳐쌌는다)

재나무 이건 시작으론 역설이어서, 한 일 세기가량이나 말을 많이 하고 나면, 그것의 보편화를 획득할 성부른 그런 얘긴데, 문잘배쉐의 천국, 유리의 無生(Anutpanna)에 들기엔, 고자 되기가 불알을 구비하기일 테다. 수피(獸皮) 벗기가, 스스로 고자 되기로는 보이지 않느냐? 차원(次元)이 달라지면, 저절로 그런 현상이 일어날 것으로 짚이는데, 눈을 잃고서, 내안(內眼)을 뜬 티

레시아스를 예로 들면 뭐 짚이는 게 없냐? 티레시아스는 그렇게 두 번째 지혜의 열매를 따 먹은 것이다. 그의 성전환도 그렇게 이해되어지는 것이지.

시동 이거 정말, 난독성 짜증이 올라, 못 참겠는데유! (쥐었던 돌을, 풀섶에 쏴 던지고, 숨을 식식거려 쌌는다) 후레자식이 되려 해유!

재나무 (클클거리고) 그 돌을 이 늙은이께 쏴 던진 게 아니었나?

시동 죄송스럽지만, 그랬네유!

재나무 후레자식이긴 해도, (여전히 클클거리며) 그거 쓸 만한 성질이네그랴! 그런 성질이면, 까짓것, 열두 고역도 치러내겠어야!

시동 치러내기는 뭘 치러낸다고 그러서유, 조또 모르겠는데유! (가래침을 퉤 뱉는다)

재나무 네 이눔, 너 어쩌다 바깥 골목쟁이 애들하고 섞이면, 입에 못 담을 소리만 배웠지? 허기사, 네눔이야 뭣이 입에 담을 소린지, 못 담을 소린지, 것두 몰랐을 게다만, 흐흐흑, 크르, 크르륵 가봐, 가보라구 이누마! 네눔 엉덩이 붙인 자리가 너무 뜨거워! 자네 새끼 어부(漁夫) 말이지, 별 용뺄 재간 없이, '거세'(去勢)라는 난제에 묶인 것인 것. 아닌가? 늙은네는, 자네 새끼 어부 말이지, 여자께 장가들어, 용쓰고 싶어 하는 짓에 관해서는 할 말이 없구먼. 불알부터 찾고 난 뒤 생각해볼 문제 아니겠으?

시동 저는, 이제, 어, 어째야겠는가유?

재나무 커허 참, 별 시식잖은 돌대가리 놈이, 보잘것없는 늙은탱이를 박치기해대네! 그러는 대신, 'Look into your Mind/ the home of Dākinis.'(미라레파) 그네들의 자궁에서, 억만의 여래가 무량겁 태어나고, 억만의 여래가 무량겁 적멸(寂滅)한다. 아누트판나—, 별 시식잖은 놈 만나 말도 많았구나. 이제는 가봐라, 가보라구! 네가 어쩌든, 어디를 가든, 고기를 낚든, 불새를 잡든, 그게 이 늙은탱이와 무슨 상관여? (하품)

시동 어쩔지도 모르겠구유, 갈 데도 없네유…….

재나무 (코 풀 듯) 케헹! 거 정말 못 말릴 돌대가리군! 놈아, 우선 다리에 힘을 주어, 군건히 일어서볼 수는 있잖으냐? 그러곤 가슴을 쑥 내밀고, 심호흡을 해볼 수도 있잖으냐? 네 마음이 뒤꿈치에 있다면 몰라도, 발 내딛는데 어디로 갈 것은 왜 생각해? 그러니 오른발이든 왼발이든, 턱 내밀어, 땅이 신음이라도 하게슬랑 힘차게 내려놓아 볼 수도 있잖으냐? 롱기누스의 창 자루를 쥐어보려 했다는 건 뭔 소리였는다? 것두 못 하겠으면, 네 옆구리를 찔러 피 내볼 수는 있잖네? 그러고도 뭘 어째얄지를 모르겠으면, 이 벼락 맞은 나뭇가지, 전에 '지혜의 열매' 매달았던 자리에, 거꾸로 매달려 세상을 내려다볼 수도 있잖여? 뉘 아나 그러며, 문잘배쉐를 황폐케 하는, 문잘배쉐 지반 아래 똬리 쳐 있는, 희기도 붉기도 한 용을 보게 될지도 글쎄 뉘 아나? 귀찮은 녀석, 이 늙은 납, 천의 다람쥐에 열매를 따이고, 만의 딱따구리에 패여도 이보다는 덜 성가시던 것을! (눈을 감는다)

시동 (부스스 일어나선, 눈 감은 재나무께, 허리 깊이 구부려 절해, 뿌리에 이마 대고, 입술 댄 뒤, 서한문의 결구 쓰듯) 늘 건재하심만을 소망하오니다! (그 자리를 뜬다)

어디로? 어디로!

5. 時中

돌아오고싶은행려자는왼쪽길을가고돌아오고싶지않은행려자는오른쪽길을갈지니.

모든시작은끝에물려있음을!

밖을 찾아 밖으로 밖으로 헤맸으나, 밖을 찾을 수 없어, 그래서도 나는 돌아온 것이다. 안을 찾아 안으로 안으로 헤맸으나, 안을 찾을 수 없어, 그래서도 나는 돌아온 것이다. 외로웠느냐고 물을 일은 아니다. 사람이 그리웠느냐고 물어야 했을 테다. 사람을 그리워하기 시작하면, 사람들 속에서 드디어 외로워진다. 아으, 그리하여 나는, 향수랄 소금에 쩌든 무거운 마음을, 더 이상 실어 나를 수 없이 된, 털이 성긴 방황의 날개를 접지 않을 수가 없어, 닿을 데 없는 길에도 지치고, 열어나가려 해도 그 문이 찾아지지 않는 세상에도 지쳐, 병든 개 되어 앓으며, 꼬리 사리고, 비실비실 비척비척, 떠난 자리 표시 삼아 벗어뒀던, 나의 그 뽐 난 신발이 놓인 선돌 밑에로 돌아왔네라, 이 전 저 전, 모든 전에서마다 구정물 맞고 소금 맞다 서러워싸서 돌아왔네라, 마는, 아마도 그랬지, 뭣보다도 광야에 대한 그리움의 까닭이었을 것이지, 황폐가 그리운 것이었지, 그 부름에 항거치 못하고 나는 그리하여, 광야가 손짓해 부르는 것을, 보고 들은 것이었거니! 황폐도 그리운 것이었지, 그 부름에 항거치 못하고 나는 그리하여, 나의 광야에로, 죽지도 않고, 품바 품바 돌아왔네라, 돌아왔네라나의 고향 광야여, 나의 고향으로, 눈물과 함께 돌아를 와—, '짠물 속으로 나아간 연어가 어느 날 민물의 소리를 듣듯이', 황폐가 싸안아 부화한 '황폐의 물고기'도, 떠나고 있었을 때, 황폐가 그 새끼의 배를 가르고 넣어준, 황폐의 소리돌이 난각을 깨뜨리면, 그 소리 나는 자리로 되돌아오는 것인 게다. 이제는 지친 몸을 누이기 위해서? 뱀이 허물을 벗듯, 지친 불새도, 입었던 성긴 깃털을 벗어버리려면, 하필 광야에 내려, 스스로 분신(焚身)하고, 그 재 속에서 새로 날아오른다 하더라만, 품바꾼이 늘그막에 고향 동구를 끼웃거리는 것은, 그도 무슨 허물이 불편한 뱀이거나, 깃털이 성글어진 불새라서 그런 것이겠는가? 그럼에도 묻고 싶은 것은, 불새는 어째 하필 광야를, 묘혈(墓穴)과 모태(母胎)로 삼(는다고 이르)는가, 그것이거니—. 세상은 보는 눈에 좇아 그 모습을 드러내 준다고 하는 것이 사실이라면, 불새의 눈에 세상은 어째서 광야일 뿐인가? 광야를 떠난다고 떠났어도, 광야를 헤매며, 거기서 지쳐 돌아왔어도 광야라면, 불새는 무엇을 위해 광야를 떠났었던 것인가? 이런 물음은 똑같이, 연어에게도 물어야 하기는 하다. 언뜻, 연어는 '민물을 떠나 짠물 속으로' 나아갔다는 거기에, '민물과 짠물'의 다름은 있어 뵌다. 불새가 광야를 떠나, 나아갔다는 그 광야도 그러면, 그런 어떤 다름이 있는 광야였던 것은 아니었겠는가? 히히, 짠[鹽] 광야? 그 짜거움은 그러면 어떤 짜거움이나 되겠는가? 어떤 위대한 부정주의자들은, '낳고, 살고, 죽기는 쓰다[苦]'라고 이른다. '쓰다'와 '짜다'는, 감각기관과의 관계에서는, 전혀 연척이 안 닿는 것인 것을 누가 모르겠냐만, 심정과의 관계에서는, 서로 간 묘하게 굴절하거나 전와해서, 심지어는 무촌(無寸) 관계이기까지 하다는 것도 살펴진다. 거기 문학적 상상력이 보태지면, '짠 바다'가 '쓴 바다[苦海]'로 바뀌는 것, 그것이 한 포말만큼의 자비도 없이, 모든 유정을 침닉케 하고 있다. '뜨거운 재'로도 원유(遠喩)된, '양수'(羊水)를 '민물'이라고 이르는 것일 것인가? 또 아니면, 샘, 도랑, 강 등 모든 민물은 바다로 흘러든다는, 그 유동(流動)이, 의정화(擬情化)한 것이 '연어'인가? 그러면 불새는, 광야의 어떤 유동, 또는 변화 따위의 의정(擬情)인가? 이런 의문은 '민물과 짠물'에 대해서 다시 고려해보게 한다. 라는 것은, 말한 바대로, 모든 '민물'은 '짠물'(바다)로 흘러든다는, 자연의 한 과정을, 있는 그대로 소박하게 받아들여, 아들 '아프수'(Apsu, 민물)와, 어미 '티아마트'(Tiamat, 짠물) 사이에서, 다른 제신들이 태어났다고 이르는, 그 자모(子母) 간의 (自然 속에도) 불륜(은 있는가 몰라?)의 관계를 되살펴보게 한다. 그것이 쾌락이 아니라 생성의 목적으로 치러졌으며, 있고, 있어 갈 불륜이라면, 저 아프수가 산란한 알 속의 씨눈의 문제를 새로 고려케 한다. '민물-단물' 속의 그 '씨눈'은 그러면 어디서 갑자기 섞여든 것인가, 아니면 저 친화력의 양성(陽性) 자체를 이름인가, 하는 따위의 의문도 없는 것은 아니지만, 어찌 되었든(이란 매우 폭력적 副詞이지만, 이란, 저 부사의 완력의 도움을 받아, 창세설을 다시 쓰지 않아도 되잖으냐) 저 '씨눈'이, '연어'의 이름을 입은 게 아닌가, 그러니까 이 연어가 저 짠물 속에 들자, 그것을 받은 그 짠물은 그러면 양수화(羊水化)하는 것이 아닌가, —그런 처용가를 부르게 한다. 그리하여 거기서, 신들과 어패류(魚貝類)들이 태어나고, 생성된 것일 것? '자연'과 '문학적 상상력'의 야합에서는 저렇게, 많은 신들이 일어나는 것을 보게 되거니와, 이 '문학적 상상력'은, '문학적 서정(抒情)'과 달리, '자연'을 길들이거나, 변조하지 않지만, 승화한다. 자연을 모태로 한, 신들의 탄생의 강보는 저것인 것. '서정'은 그래서 일차적으론 '상상력'과 같은 품목은 아닌 것일 게다. 해온 얘기대로 하자면, 사내의, 정충을 함유한 정액은 민물-단물이며, 여자의 난자를 함유한 양수는 짠물-쓴물이라는, 가설 같은 걸 이끌어낼 수 있게 된다. 精水는 그러니, 羊水보다 달고, 羊水는 그러니, 精水보다 쓴 것인 것이어서, 羊水부터 苦海였던 것을! 요나 콤플렉스는 그러니, 얼마쯤, 또는 일종의 오나니즘이래얄 것이겠는다. 그 병증을 드러내려 했으면, 아버지의 고환 속으로 돌아가, 그러고도 還本해버리기까지나 했었어야 했던 것을. 그런 것을! 흐흐흐, 그런즉 모든 어미의 자궁에서 까여져 나온 逆오나니즘을 말해야겠느냐? 그것들도 사실은 오난의 새끼들이라는 것. 아마도, 어쩌면 분명히, '물'의 원소가 주재(主材)가 되어 있는 이 불륜이, '불'의 원소를 주재로 한다면, 여기서는 연어가 '새', '불새'의 모습을 취해 날아오를 듯하다. 이 불새는 분명히, '물'의 원소와 달리 '불'의 원소의, '상승'이라는 가망 없는 달마에 묶였으니 민물-짠물의 만남이라는 횡적(橫的) 자연적 현상이, 종적(縱的) 문화적 현상으로 바뀐 데서 날아오르는 연어라는 것이 관찰되어진다. '불이 길들여진' 자리에 문화(文化)가 일어난다는 의미에서, '불새'의 윤회는 문화적이라고 이르게 되는 것인 것. '불'은 그래서, '원소(元素)가 아닌 원소'라는 주장도 있다. 그것은, 원소이기보다, '원소들의 변질을 돕는 힘'이라는 식이다. 거기 '문화'가 개입된다. '불새'는 그렇다면, 분명히, 자연 가운데는 없는, 문화적 유정이라는 얘기도 하게 되는데, 연어에 대해 짠물이, 불새의 광야이다—이티 마야 쉬루탐[如是我聞].

초전(初前)에 '말씀'이 있어, '빛이 있으라!' 하매 빛이 있었다고 이른다. 해·달·성군이 떠오르기 전에 있었던 이 빛을, 원초적 빛(Primordial light)이라고 한다거니와, 이 꼭같은 빛은, 해·달·성군이 뜨기 전이나, 지고 난 뒤에도 있어, 그것을 명광(冥光)이라고 이르는 것일 게다. 바로 이 '원초적 빛'이 있기 전에 그런데, '빛이 있으라'라는 소리(말씀)가 먼저 있어, 그것이 '빛'을 불러내게 되었다는 소설(所說)이겠거니와, 이 '소리'도 '빛'과 마찬가지로, '소리 이전의 소리'가 있었던 것이고, 그리하여 '소리 이후의 소리'도 남게 되었음에 분명하다. '소리 이전의 소리'는 '무음'(無音)이었을 것이며, '소리 이후의 소리'는 그렇다면 '묵음'(默音)이라고 정의해낼 수 있을 듯하다. 이 묵음은 또 명음(冥音)이라고도 이를 수 있을 테다. '빛이 있으라'는 소리가 끝난 다음에 오는 소리는, 소리가 소리를 먹어 치워, 소리가 소리가 아닌 소리인 것. 이 '默音'을 精子(種子, Bija)로 한 卵子는 그러고도 그리고 '無音'일 것인 것. 청각적인 것이 시각적인 것으로 환치되어, 문잘배쉐나, 羑里에는, 일종의 이 추상적 관념이, 구상화를 치러 있는 것이 있는데, 문잘배쉐에는, '하늘에서 떨어져 내린 돌(Lapis)'이 있으며, 유리에는, '친타마니', 또는 '파드마마니'라고 부르는 것이, 그것들인 것. 문잘배쉐에서는, 이 '돌'이, '블랙 마돈나'께 심겨 넣어졌었으며, '문잘배쉐'의 의인화, 또는 그 인격체가 블랙 마돈나로 변용된 경우인데, 유리에서는, 하나의 '촛불꽃' 형상의 '빛돌'로서, 第九祖가 될 엔네의 항문에 흘러들었다가, 짐승의 배[腸] 속, '菌世'로 나아가, 소금이 된다고, 유리의 전설은 이르고 있다. 흙탕에 핀 蓮임이여, '蓮 속에 담긴 보석'임이여! '소리와 빛'은, 결국은, 루타와 아르타의 관계일 것이라면, 거의 동시적인 것들이며, 동시에 동일성을 띤 것들이었다는 것도 드러내고 있다고 보아내게 된다. 그러면 유리에서는 저것이 어째, 하필 '항문'으로 스며들었다고 이르는지, 그것은 수수께끼이다. 비약해서 말하면, 羑里門에서 이해하는 상사라는, 푸르샤(Purusha, Original man)의 肛門이다. 거기 프라크리티(Prakriti, Nature, Matter)가 있다. 菌世며, 똥밭이다. 유루(遺漏)의 자리이다. 이 대묵(大默)의 광야가 그래서, 나 시동이 떠나려 했었을 때, 시동이의 창자를 열고, 넣어준 광야의 소리, 그 '소리돌'은 어떤 것이었는가? 바르도 헤매는 넋[念態] 들마다, 이 '소리'에 귀 열기 시작하는가? 아니면, 애절히도 그를 불러왔던 그 소리, 그것이 거기서는 뚝 끊기는가? 무엇의 배 속에 담기기? 광야여, 나의 어머니 광야여, 羑里여, '눈물 없이 그대에게 돌아오기에 나는/이국땅에서 너무 거친 생활을 했도다!' 여기 어디서, 부르는 그 소리는 그쳤도다. 광야가 무음(無音)이어서, '소리'가 그것의 아가리에 삼켜 들여져 버린 것은 분명 아니다. 그런즉 한 불새잡이는 무음(無音)의 돌이 떼그럭거리는 소리를 들어왔던 것은 아니었는가? 광야의 침묵을, 황폐의 잠 그 정적을, 대무(大無)를? 비화현의 소리를? 소리를! 어떤 소리를? (눈[視覺] 으로는, 보이지 않는 것을 보아 형체를 드러내 보기라고 이를 것이지만, 귀로는, 들리지 않는 소리를 들어, 소리로 만들려는 그런 가망 없는 탐색 대신, 아으, 그대 광야의 소리여, 그대는, "Only don? know!"라고 一喝해버리고 입 씻은 뒤, 똥이라도 누는 수밖에 더 있겠느냐? 똥 누기의 시원함[을 解憂라 하던가?] 을 들어, '쇠나무가 만발이네 鐵樹開華/수탉이 낳은 알 雄鷄生卵 [……] 西天 후레자식 수염이 없다는다? 西天胡子, 因甚無鬚'라고, 한 首 읊게나! 남 못 깨우친 걸 깨우친, 자네 신수가 훤해 보임세나) '없는 소리'라고 말하면, 말인데, 죽음보다도 더 싸늘한 침묵[無音] 이 있겠느냐? 황폐보다도 더 무거운 침묵이 있겠느냐? 저승 가보지 않아도, 아니면 그곳 다녀왔으므로 하여, 누구나 다 알고 있기는, 저승보다도 더 깊고 무거우며, 절망적 그리고 절대적 정적은 없는 것일 것인데, 그 소리의 중음(中陰)으로 내려간 염태(念態)들은, 거기서는 이승에서의 갈마가 적 되어, 거꾸로 일어난다거니, (그 바르도에) 내려 들었기[入] 전에 들었던[聽], 모든 소리를, 그 소음을, 굉음을, 한꺼번에 뭉쳐 듣는다고 이르는 소문이 있다. 분명히, 저 절대적 침묵의 가운데서 들리는, 그 소리들은 '무음'(無音)이다. 바르도에서 염태들은 '무음'을 듣는다, 무음 속에서 일어나는 소음은 무음이다. 이 무음은, 청각으로 듣는 침묵이 아닐 테다. 바르도에 내린 염태를 무섭게도 후려치는 저 굉음은, 무음(無音)의 재 속에서 일어난, 무음(無音)의 불새였구나? 그것이 어느 일순, 그 무음의 굉음을 더 듣게 되지 못하면, 아으 이 불쌍한 유정은, '소음'(騷音)의 소용돌이, 그 한가운데에 담겨져 있는 것일 것, 그리하여 품바 품바 되돌아온 것이다. 소음의 한가운데에도, 무음, 또는 침묵, 절망적 정적이 있다, '소음'이 그 난각(卵殼)이 되어 있다. 이승보다도 더 시끄러운, 소리, 소리의 정오(正午)는 없을 테다, 잔디며, 양의 털이 자라느라 부스럭이며 내는 소리까지, 모든 소리의 바다, 그래서 이승의 정적, 침묵은, 그 루타는 '무음'이라도, 그 아르타는 또한 '소음'인 것, 것? 것! 소리의 불새가 깃 접어 내리는 둥지는 그것, 그것? 그것! 소리의 몰락, 몰락한 소리—아으 그리하여 나는, 그 몰락 속으로 유형을 자원했도다! '황폐'가 나의 배를 가르고, 넣어준, 그 황폐의 소리, 또는 소리의 황폐가 깨어 부르는 소리를 따라, 나의 고향 황폐 속으로 돌아온 것이다. 역(逆)바르도에서는 무음(無音)까지도 소리이다. 역(逆)바르도는 소음의 바다이다. 그 바다의 한가운데, '옥초'(沃焦)가 있다. '미려'(尾閭)가 있다. 그것들은 그럼에도, 결코 바르도는 아니어 보인다. 이 시동이 또한, 소리의 옥초나, 미려에 난파한 (배의) 뱃놈이구나! 어떤 다른 고장의 뱃놈들은, 이 소리의 바다를 항해하다, '세상의 모든 불을 훔쳐, 제 배 속에 감춰 넣고 있는 무독사 문두룸'을 만나, 그 배 속에서 재가 돼버렸다고도 이르며, 다른 고장에선, 오디세이아 중의 수부가, '이 우주를 빼꼭 채우게까지나 몸이 불어나, 한 치 반 치도 몸을 움직일 수 없어, 이제는 입만 크게 벌리고, 먹이가 제 발로 걸어 들기만 기다리는 아자가라 뱀'의 입속으로 빨려든 뒤 종무소식이 되었다 하는데, 옥초와 미려가, 다른 방언으로 바뀌는 사이, 전와(轉訛) 전도(顚倒) 현상을 일으켜, 저렇게 의인화를 치러버렸을 듯도 싶다. '전와 전도 현상'이라고 이른 것은, '沃焦'나 '尾閭'를, 그것들의 바깥쪽에서가 아니라, 안쪽에서 내어다보았을 때 저절로 일어난 현상이 저러할 것이기 때문이다. 전자는 그러자, 그것의 전설이 그러하듯, 마구잡이로 '세상의 불'을 삼켜먹는 괴물화하고, 후자는, 또한 그것의 전설이 그러하듯, '우주 내의 모든 사물과 존재'를 마구잡이로 삼켜 먹는 괴물화하는 것. 그러구 보니 이것은 중요하다. 할 것이, 저런 '전와 전도 현상'에 좇아, 이제껏 '소리/없는 소리'이기만 했던 청각적인 것이, 시각적 '빛/불'이나, '존재와 사물' 따위에로도, 이상하지만, 조금도 이상할 것 없이, 轉身해버린 것을 보게 되기 때문이다. 모든 소리들의 소용돌이의 중심에, 저 문두룸이 있다, 아자가라가 있다. 그것을 '무음'이라고, '침묵'이라고, '정적'이라고, '대무'라고 이르되, 소리들의 고장에서는, 그것도 소리이다, 다만 형태가 다른 소리인데, 나 시동은 그것을 '황폐'라고 부른다, '불모의 광야'라고 부른다. 거기로, 그 무음의 소리를 좇아, 그리하여 나 돌아온 것이다! 항거치 못하고 돌아온 것인데, 그 '무음의 소리'까지도 갑자기 멈춰버린 자리에서 나는, 방향도 잃었으며, 사실은 나 서 있는 장소까지도 잃은 듯하다. 초라해져 서버린 것인데, 그리하여 이제는 싫더라도 인정하고 직시할 수밖에 없을 듯한데, 이 이, 나의 모든 그리움을 빨아들였던, 나의 고향, 나의 어머니, 그리고 나의 신부 키쿠누수스(Cycnusus, Cycnus. Ltn. Swan, 백조. Sus. Ltn, Swine, 돼지)였다는 것을! 헤매다 돌아온 자가, 나아갈 길을 내어다보겠는가? 그러려 한다면, 이 '끝'이 다시 '시작'에로 뒤집히는 것일 것, 이 이정표는, 길을 환하게 가리켜 보이기로, 길을 싹싹 지워버린다. 그리하여 나는, 나의 '탐색'의 보따리에 무엇을 싸 돌아온 것이었는가? 수전노모양, 이제는 그것을 헤아려 보기라도 해야겠지만, 제기랄, 그 속에는 그런데, 나의 초췌한, 그리고 싱싱하며 풋풋했던 젊음이 모두 노쇠라는 황폐에 먹힌, 백 년 잠 같은 건버섯에 덮인 불모의 얼굴이 하나, 화폐개혁 이전의 엽전모양 싸여 있었을 뿐이었구나! 해골이구나! —아으, 그때, 신발처럼, 저 젊음을 벗어놓고 떠났었더면! —내가 찾아, 아주 새파란 얼굴이었을 때 떠났다, 찾아 돌아온 것이, 바로 이것이었는가? 주름살에 먹히고, 검불 같은 머리칼과 수염 속에서 내어다보는 눈은, 세상이 빛깔스러워 보이지 않으니 말인데, 한 가닥의 빛도 없이, 회색으로 물크러져 있을 테다. 그것이 내가 찾아, 그렇게도 고통스레 신산험로를 헤쳤던 그것이었는가? 아으 나르키소스여, 나르키소스여, 자네는 그 거울 속에 빠져, 결국 벗어나지 못했던 것이었구나? 자네는 '소리'는 밖에 떼어두고, 그러면, 무엇을 찾아 그 속으로 들어가 버렸었는가? '성배'였던가? 아니면 '불알'이었던가? 또 아니면 '권세의 홀'이었던가, '소리'였던가…… 그럼에도 그런 오랜 탐색 끝에, 자네 열고 들어간, 그 거울의 표면엔 자네의 늙은 해골만 떠올라 있고, 다른 아무것도 보이지 않지 않는가? 무엇을 위한 탐색이었으며, 무엇을 위한 방황이었으며, 무엇을 위한 표류였는가? 자네 이제는, 울지도 못하잖는가. 그랬더면, 물론 자네 자신도, 자기가 걸어 들어간 자리가 '거울' 속이었다는 것을, 뒤늦게 지금은 알아도 그때는 몰랐겠어도, 그것을 깨트려버렸어야 했던 것을! 옥초나 미려는, 다름 아닌 저 거울이었던 것을! 것을? 것을. 그대는 그것에서 허무를 보고 있는가? 아마도 황폐를 보고 있는 듯하다. 허무는 모든 것을 부정하지만, 황폐는 부정하기 대신 침식한다. 황폐는, 도처에 존재 창궐하고 있어 객체적인 것에 반해, 허무는 그 자체로서 존재치 않음에도, 어떤 주체자의 그것에의 인식에서 일어나는 것이어서, 그것은 그 숙주부터 먹어 치운 뒤, 더 해치울 것이 없자, 자신을 먹어 치워, 없는 껍질만 남긴다.

거울이 거울일 수 있는 것은, 비춰드는 모든 것에 대해, 염증을 일으켜 토해내기 때문만은 아닐 테다. 침묵, 무음이 거울은 아니지만, 거울의 밖에서 아무리 우레가 스치거나 사물놀이가 한창이어도, 그 영상은 비춰내되 그 소리들을 울려내는 법은 결코 없는데, 이로 보면 거울 자체는 침묵이며 무음이다. 모든 루타를 삼키는 아자가라며, 모든 아르타를 감춘 문두룸이다. 그럼으로 거울은 침묵이며 무음이다. 아으, 나르키소스여, 그대가 에코를 소박 맞히지 안했더면, 거울 속에도 소리가 있었을 것을! 거울과 소리는 그때, 서로 간 하직의 손을 흔들었던 것이었구나. '거울의 소리'를 말하려 하면, 이제는 '영상'을 말해야 할 테다. 사실 그것은, 그것에 비춰드는 모든 것을 수용, 내접하는, 모든 영상의 무저갱이거나 심연이다. 모든 가라앉는 영상들이 거기서 되떠오를 때, 그것들은 한번 뒤집혀져, 오른편은 왼편이 되어 있고, 왼편은 오른편이 되어 있는, 역전된 현상을 일으켜내기뿐만 아니라, —이것은 Nei P'ien of Ko Hung이 밝혀준 소린데—누가 무슨 道를 닦기 위해, 어떤 덕 있는 큰 산에 들어, 그 품에 안기려 하면, 직경 九吋쯤 되는 거울을 하나씩 지참해야 된다며, 入山 중 사람을 만났다 하면, 먼저 그 거울에 그를 비춰 그 영상을 보아야 한다고 이르는데, 그 영상은, 새나, 호랑이 같은 짐승, 마귀 등 각가지일 수 있다고 일러준 대로 보건대도, 거울은 그러니, 홑겹으로 보이는 것과 달리, 여러 겹으로 중첩되어 있는 것을 알게 된다. 보이지는 않되, 중첩되어 있다고 믿어지는, 이 의뭉스러운 문두룸의 맨 안쪽의 것은, 그것의 정오(正午), 또는 자정(子正), 그리고 소중(所中) 같은 것일 것인데, (조선인들의 넋을 주관한다는) '최판관'이, 자기 앞에 꿇어 엎드려, 울상에 뒈진 상을 드러내, 뒤늦게 자기 지은 죄를 참회하고 용서를 비는, 새로 이민해온 자를 심판할 때, 들여다보는 것도 그러면, 저 거울이라는 것일 것이었다. 그 거울에 떠오르는 영상은, 저 이민꾼의 얼굴은 아닌, 그의 욕망의 무수한 記號들일 것이었다. 이것은 물론, 그 차원이 다른 곳ㅓ에 세워진 거울이겠으나, 이것에 의해 거울의 안쪽의 중첩성은, 충분히 짐작되어지는 것인 것. 어떤 넋이, 그 거울 앞에 세워지자마자, 그 속에 첩첩이, 그리고 켜켜이 쌓여 잠들어 있던, 그 넋의 과거의 한 삶이 고스란히 재현된다는 것인데, 그런 거울은 거기만 있는 것이 아니라는 것(을, 天竺人들이 보아낸다), '습기'(習氣)라거나, '장식'(藏識)이라는 그것. 거기 '우레 같은 침묵의 소리'가 있으며, 말세의 불과도 같은 두려운 무음이 있을 테다. 내게 그것은, 오늘 생각난 것이긴 하지만, 운동(運動)의 루타인 '신발' 속에도 있는 듯해 보인다. 이 신발은, 누군가가 신고 걸어 나간다면 '운동'화(化)하는 것일지라도, 그가 어디서 앉는다거나, 벗는다면 '휴지'(休止)화하는 것인 것. 상식적인 얘기이겠지만, 운동의 루타는 그래서 휴지이다. 그것은 신발이라고 대명(代名)되어야 할 어떤 것이다. 그것에도 그러자, 대별하면 다른 종류들로서, 세 켤레쯤이 있어 뵈는데, 유리문(美里門)의 순례자의 주장을 좇는다면, 이 세계는, 몸/말/맘의, 세 우주의 일체로서 '뫎'이라는 의견에 동의하면 그렇다는 얘기다. 한 켤레는, '아도니스'(Adonis)[16]의 발에 신겨진 것이며, 다른 한 켤레는 '라마'(*Rama-Ramayana*)가 벗어 옥좌에 올려뒀던 그것, 그리고 마지막 한 켤레는, '다르마보디'(Dharmabodhi)의 그것이라는 것이다. '아도니스의 신발'은, 벗으면 죽는다, 신으면 그러나 되살아난다, 거기 운동의 회전성이 있는 것인 것. '옥좌에 뫼셔진 라마의 신발'은, 인세(人世)의 '권세의 홀' 말고 무엇이겠는가? '신발'이 '권세'이다. 그러나 '보디다르마'의 그것은 좀 별난 데가 있다. 그가 죽어, 관 속에 뉘였는데, 나중에 보니, 거기 '한 짝 신발'만 벗겨 남겨져 있고, 누가 보니 그는, 때에 서천(西天)을 향해 가는데, 다른 한 짝 신발은, 머리에 이고 있었다던가, 가슴에 품고 있었다던가, 뗏목 삼아 타고 있었다던가, 아무튼 버리지 못해 갖고 맨발로 걷더라는 것이다. 그는 쾌쾌했던 이였으니, 본받아 쾌쾌하게 털어놓기로 하면 그는, 그런 방법으로, 그러니 신발을 방편 삼아 '色卽是空, 空不異色'이라는 '달마'[法]를 설하고 있었던 것이 아니었는가, '空'의 루타[相, 象]가 '色'이며, '色'의 아르타[義, 意]가 '空'이라는 것. 그래서 그것들은 짝 맞춰질 때 한 켤레가 됨에도, 죽었을 때 그는, 한 짝은 벗어놓았어야 되었을 테다. 앞에 말한, 아도니스나 라마의 신발에 관해서는, 신기료장수 멋대로 꿰매 신기면 되겠으나, 이 벽안호승의 것은, 해졌다고 해서 신기료장수께 가져가 수선 볼 것도 못 되는 것으로 밝혀져 있다. 풍문이 그것이지만, 그가 강을 건넌다며, 갈대 줄기 하나를 꺾어, 그것을 뗏목 삼(아 건넜다라는데)았다는 얘기는, 그가 신었던 것은 짚세기[草鞋]였음을 밝히고 있음인 것. 그래서 그의 설법이란, 흐흐, 짚세기 짝 법설이었을 테다. 니르바나 가는데, 그 길이 얼마나 멀다고, 가죽신발도 모자라 쇠신발까지 신고 나서야겠는가? 그러나, 아도니스네 신발장에는, 한 켤레 신발밖에 놓여 있지 않으며, 보디다르마네도, 예의 그 구멍 난 짚세기 한 켤레밖에 없는데, 라마네는, 군화(軍靴)는 물론 여러 켤레의, 여러 모양의 신발이 있다는 것은, 열고 들여다본 이들은 알고 있을 터이다. 그 많은 것 모두를 생략해버리기 위해서, 그중 잘 알려진 것으로 하나만 예 들어 보인다면, '신데렐라의 유리구두' 같은 것이다. 영토—대지—여성을 신발이라고 이르면 그렇다는 얘기다.

문잘배쉐 성주도, 어느 면에선 이 범주(Narkissos, Narcissus)에 포함될 수 있는 인물이겠지만, 나르키소스는 어째서, 변태적 꿈을 꾸었던가? 그것은 의문이다. 아니면 '거울' 쪽의 변태적 반영이 그것이었던가? 간신히 해낼 수 있는 추측은, '자아'도 또한 혹간 헤르마프로디테는 아닌가, ……하는, ……의문에 겹친 의문뿐인데, 사내[男]—나르키소스의 경우는, 그 경위야 어찌 되어서 그리되었든, (문잘배쉐에서 이르는) '아니무스'(animus)가 승했던 것은 아니었던가……, 만약 그렇다면, 그의 자아의 탐색은, 면(男色)애(愛), 또는 면행(行)으로 드러나 보이기도 할 것은, 의문의 여지가 없을 것일 것. 안포-타즈의 성배는, 그의 거세 콤플렉스를 위무하고 있음에 분명함에도, 현실적으론 그는 불능일 수밖에 없는데, 그는 '성배 탐색의 기사'가 아니라, '성배를 지키는 기사'이다 보니 그렇다. 나르키소스의 내성(內省) 내찰(內察)이 이분법적으로 행해졌을 때 드러나는 결과가 저러할 것인데, 하나는 거울 속에 보이는 것을 건져내려 하여 거울 속으로 들어가고, 하나는, 그것을 분리해내, 제단에 뫼신다. 전자는 아직도, 거울 속 미로를 헤매고 있지만, 후자는, 내시가 되어 있다. 그것은, 찾을 것이 아니라, 깨워내야 되는 것, 은 아니었을라는가? 그러려 들자, 하나는 오나니즘만을 거듭하고, 하나는 스스로 거세를 행한다. 그런 뒤, 전자는 아직도 들에서 방황하고 있으니 내버려 둘 일이지만, 하나는 돌아와, '세상의 불을 토해버린, 그래서 속 빈 문두룸', 그 프로메테우스가 돼 있다. 불을 잃은 프로메테우스의 이후의 운명에 관해서는, 그 이름을 아는 자라면 다 알고 있는 것.

'신데렐라의 매우 작고 아담한 유리구두' 얘기 아니었던가? 그러자, 예의 저 童話에 곧이곧대로 묶인 정신들은, 그것을 발에 꿰어 신는 자가, 다름 아닌 女性, 신데렐라 자신이었다는 까닭으로, 고개를 갸웃거릴 성도 부른데, 成人은 그러나 그렇게 읽지 않는다. 신데렐라의 그 작고 아담한 구두가, 다름 아닌 신데렐라의 요니라고, 대번에 그렇게 읽어버린다. '유리구두'란 신데렐라의 처녀성이라고도 또 은근히 웃으며 읽겠지. 그것이 작고 아담하다고 해서, 그 영토 또한 그런 것이 아니겠느냐고 읽는다면, 다시 또 童話가 된다. 백설 공주의 신발이, 'Mother Goose'의 것만큼이나 커서, 일곱씩이나 되는 사내들을 가둬 넣고 있는 것 아니다. 그건 대략 이런 정도로 해둔다 해도, '금강산도 식후경'이라잖느냐? '毛深闊?'(우거진 숲 가운데로 웬 길이 훤히 트였다는다?)이라고 시심(詩心)을 드러내기는 식후(食後)에 한다 해도 늦기는 제기랄 커녕! 처녀는, 수용적인가, 저항적인가와도 상관없이, 언제든 밖으로부터의 공략에 의해 동정을 잃는다. '마음의 우주'에서는, 이 동정을 잃기로 어머니가 된 여성을 '저주'라고까지 이르니, 그쪽 우주 돼가는 일 얘기는, 다른 자리에서나 할 일이겠는다. 마는, '몸/말씀의 우주'에서는, 그렇게 태어난 첫 새끼가 신의 소속인 듯이 이해하고 믿어, 불구덩이 속에 던져 넣는 식으로 제물화해버린다. '말씀의 우주'에서는 '여성의 동정'이라는 것에 우주적인 의미를 두고 있으나, 그 문제로는 무수한 석학들이, 바위에서라도 기름을 짜내고도 남을 만큼의 노력을 바쳐, 자기들 머리에서 지혜의 기름을 짜냈으니, 거기에다 작은 물방울 따위를 더 보태려 할 일도 아니겠는다. 예의 저 처녀막이 파열되는 그 제사의 자리에는 언제든, 폭력이 개입되어 있으며, 결과 유혈이 낭자하다는 것인데, 저 '제사'(祭祀)는, 인지의 개발과 더불어, 그 형태가 다양해지기 시작했을 것이어서, 심지어는, 농경을 생업으로 삼는 고장에선, 추구(芻狗)까지 만들어서라도, 희생(犧牲)하기에까지 이르렀더라고 전한다. (이 '芻拘'는, '풀로 만든 강아지'라는 것은 주지하는 바대로인데, 그러자, 상고 시절엔, '개'를 희생물로도 쓰지 안 했던가 하는 의문도 들지만, 이 '狗'는, '길들여진 모든 동물[家畜]'의 대명사로 쓰여진 것이나 아닌가 하는 추측도 뒤따른다) 그런 제사가 왜 필요했던지는, 그런 문제들을 학문의 대상으로 삼는 이들에게 물어보면, 그 대답은, 새로 갖다가시나 바벨탑을 몇 개고 더 쌓고도 남을 정도일 테다. 그러고도 닿는 자리는, 폭력에 의해 처녀막이 파열되기, 새끼 배기, 즉슨, 피 뿌리기를 통한, 풍요나, 재생, 중생을 보장하기라는 데일 것. '유리구두'와 그것의 파열의 제사란 그런 의미에서 동화적으로 제시된 하나의 원형으로도 이해된다. 헌데 재미있고도 기끔스럽다고 해야 할 일은, "어? 황제가 께벗었네!"라고 떠들었던 아이와 조금도 다를 바 없이, '성(聖)의 중심에 폭력(暴力)이 있다!'라고 놀래 부르짖은 자(René Girard)가 있어, 그 곁에 있던 자들을, 잠시 어릿두군하게 한 그것이다. 그런 선언은 하기는, 일차적으론 충격적이지 않은 것은 아니다. 그러나 따지고 본다면, 그 소리가 그 소리여서, 작은 키 크게 해 보이려 뽕나무에 오른, 띠팔이 書生 삭개오가, 어떻게 좀 나무 밑에 모인 이들의 주목을 끌어볼까 하여, 입으로 뀐 방구 소리로도 들린다. 代贖羊이 뭣에 쓰자는 제물이더냐? 그것 죽이기 자체가 '폭력' 아니겠냐? 그렇다면 '폭력'이 우선해 있잖으냐? 그럼에도 그것이 흘린 피가, '罪'라고 代名된, 모든 고압적으로 팽창된 陰氣를 中和했다면/한다면, 거기 '聖'으로 代名된 贖良이 있는 것 아니냐? 이런 견지에선, '폭력의 中心에 聖이 있다'라고 선언을 바꿔야 하는 것 아니냐? 그것이 지혜로운 선인들이 이해해온 것 아니냐? 밖에 때가 묻으면, 뒤집어 신도록 고

안된 버선짝은, 뒤집어봐도, 별로 다를 바 없는 것 그런 것을, 그것의 안/밖을 뒤집어 보여서는, 어쩌자는 짓이끄나? 구차스럽더라도, 보다 더 확실하게 하기 위해, 되풀어보자면, 대속(代贖) 같은 것을 포함한, 신에게 드리는 제사로서 짐승이나, 심지어는 사람의 피를 뿌리기 따위는, 그 자체로는, 사제들이 신을 대신해 하는 폭력이 아닌 것은 아니다. 그런 경우라면 그러나, '폭력의 중심에 성이 있다'고 뒤집어 보았어야 옳았지 않았을까? 그럴 때만, 저 생명이 흘리는 '피'의 의미가, 협의인 것으로부터 광의적, 즉 우주적인 것에로까지 확대될 수 있는 것이 아니겠느냐는 얘긴 것. 그런다면, '전쟁'도 제사 행위가 된다. (힌두이즘의 요체가 이 祭祀라는 게, 稗見이다. 'The Self-existent one himself created sacrificial animals for sacrifice; sacrifice is for the good of this whole [universe]; and therefore killing in a sacrifice is not killing.' —Manu) 그 피를 흠향하는 이가 누구이든, 그 피가 쏟기고 나면, 잠정적으로라도 거기 평온이 온다. 이건, 협의적일 때 '대속'(代贖)의 형태를 띨 수 있을 것임에도, 그보다 크고 넓게 행해졌을 땐 '대속'을 넘어서는 것인 듯하다. 그 집단적 살육에서 흐르는 피는, 그것이 자연도의 균형을 잡는 '역'(易)이 마시는 듯하다. 폭력의 중심에 이 성(聖)이 있다. 균형을 유지하려는 폭력 자체가 차라리 성(聖)이다. 마찬가지로, 판켄드리야의, 무서운 수욕(獸慾)의 한가운데에도 성(聖)이 있다. Vesica Piscis가 그것일 터. 수욕의 중심에 성배가 있다. 대지의 중심에 그것이 있다. '하늘도 인하지 않으며, 땅도 인하지 않다'[天地不仁]고 하거니, 하다면, '인'하게만 믿어온 땅보다도 더 폭력적인 것이 있겠는가? 그것이 일으켜내는 모든 것은, 일으켜내어진 것들을 위해서가 아니라, 자신의 자급자족을 위해서인 것을? '자연'(自然)이라는, 대지의 이 살갗과, 밑의 비계에만 눈을 묶는다면, 나 한갓 우부(愚夫) 시동이에겐, 대지란 '잠자며 새끼 낳는 발키리'로 보인다. 이 발키리의 잠, 그 저주, 그 머큐리액 속에서, 不滅이, 그리고 佛滅이 연금된다. '자식에 대해 저주'라는 어미, 그러고도 처녀인, 어미—발키리의 처녀막을 찢어, 저 자식들은 태어난다. 저것이, 동화적 어법의 '유리구두'이다. '몸과 마음의 현주소는 같다'면, 이 유리구두가 짚신이다.

그리하여 시동이 돌아왔구나, 이전(尒廛) 저전(諸廛) 다 버리고, 이전(泥

田)으로 돌아를 와, 품바 하고 돌아를 와…….

시동이는, 자기의 그 뽐 나는 신발에 손을 대보았기 전에, 들판에서 똥 누는 양치기모양 쭈구시고 앉아, 그것을 해묵은 무슨 해골이나, 살아 있는 고슴도치라도 내려다보듯 보며, 햇볕 같은 먼지와, 먼지 같은 햇볕에 덮인 그것을 두고, 여기서 저기서 얻은, 쉰 깡보리밥에도 비교될 지혜를 씹고, 곰팡이 냄새에 얼굴을 찡그리기도, 어쩌기도 하고 있다. 한번 맛을 보았다간, 똥파리까지도 혀를 빼내 물고, 웅덩이로 달려가 입을 헹궈버리려 들, 쉰 깡보리밥에 무슨 그리 대단한 영양이 있겠는가? 지혜스럽기란, 장님이나 바보[瞎] 되기라는즉, 봐도 못 보고 들어도 못 들어야, 차안인지 피안인지 그런 것 가름하려 하질 않는 것이겠거늘, 돌아오기는 여, 올자여, 어디를 돌아를 와? 올자도 문지방 넘었다 돌아오는 수도 있네? 그렇다 해도, 할 일은 없이, 시간만 광야보다도 정적보다도 많다 보니, 시동이 뭐든 생각하기라도 하면, 그 정적 속에서 소리가 일고, 광야가 그 생각 속으로 모두어 들어, 이 각설이의 생각만큼의 장(場)을 열곤 하던 것이다. 언제부터인지 시동은, 처지가 그러하며, 상황이 그러해서든 어째서든, '생각하기 때문에 존재하는 것'이 아니라, 존재하기 때문에 생각해오고 있다. 신발을 생각하고, 거울을 들여다보며, 허으, 빈 벌 가운데 앉아 거울 들여다보는 좆 단 야홍(野紅)이도 있구나, 문잘배쉐도 건너다보고, 어부왕과 재나무, 그리고 마음이 시달릴 때마다 이상한 순례자를 생각하며, 자기는 여태도 유리의 경계를 못 벗어난 것이나 아닌가, 자기의 '40일'을 다 살아내지를 못한 것이 아닌가, 자기의 주위를 두리번거리다가는, 자기의 키크누수스에로 돌아온다. 이 중의 몇은 '그리워하기'의 범주에 속할 듯함에도, 사무치는 그리움도, 세월이 흐르다 보면, 생각의 형태로 몸바꿈을 하던 것인 것. 그 생각은, 아직도 그리움을 함량하고 있어, 축축하기는 할 테다. 떠날 때 입었거나, 어디서 얻어 입었거나, 주워 입었던 것이, 다 해져 입을 수 없이 되었을 때, 그것으로 만들어 하초를 가린 한 조각 들보와 함께, 존재하기의 까닭으로 하게 되는 생각이, 시동이의 전 재산이었으니, 홀로된 솔수(率壽)의 수전노가, (이거 또 그 비유구나. 好歌라도 唱唱不樂이라거늘, 거 좀 그만 읊조려라. 마는,

지난 시간의 뒤주 속에서 요절미라도 하나 주워 올리려 하면, 저보다 더 좋은 것도 없더구먼. 咄, 小說하기의 雜스러움!) 개혁 이전의 꾸러미 엽전을 헤아리며, 현행 권으로 환전한다면, 얼마가 될지, 그 이자, 그러고도 그것이 많이도 말고 한 열 번쯤이나 새끼를 친다면, 자기는 얼마나 부자가 되어 있을지를 셈해보기처럼, 시동이 또한 그러지 말아야 할 이유란 있는 것도 아니잖는가. (조금 서툴기는 해서, 억지 쓰는 듯하지 않은 건 아니지만) 바로 이 일점에서, '들보'와 '생각하기'가, 어느 옴팡한 데서 야합하는 것을, 시동은 엿보게 된다. 몸이 있기에 가리려 한 것이 아니라, 가리려 했기에 몸이 드러나 버렸다는 식이다. 들보를 만들어 두르고, 해를 향해 시동이 시벌거리는 웃음을 웃었을 때, 해도 부끄러워 얼굴을 붉혔는데, 그럴 것이, 보는 눈이란 한 개 반 개도 없는 자리에서, 앞을 가리기란, 드러내기보다도 수치스러운 비문(非文) 행위던 것이다. 들보가 가리는 것은, 즉슨, 어떤 무당년이 '머리를 내어놓아라!'라고 한사코 불러내 대가리를 내밀었다, 살콤 구워지는 중 재 묻어버린 것 같은, 늙은 귀두(龜頭)는, 시동이의 경우, 더 이상 '수치'는 아닌 것이 아니잖는가? 낮에는 해님이, 밤에는 달님이 내려다보고 흉볼까 겁나 그러시는가? 그러려거든 공은, 누런 양수 건너려 말았어야지! 맨 먼저 꼽히는 것은 물론 '돌출공포증' 같은 것이 될 법하지만, 문화도(文化道)에서 젖 빨아 자란 이들이, 어째도 벗지 못하는, 문화복합증도, 그 이유 중의 하나가 아닌가 하는 우문도 있다. '들보'가 그러면, 앞서 신물이 날 정도로 얘기되어져 온, 서정시의 서정(抒情) 같은 것이나, 아닌가 하는 우문, 이런 견지에서라면, 시동이의 들보 차기가, 반드시 비문은 아닐지도 모르겠는다. 정종적(正宗的) 견지에서는 저러하다. 다만, 밀종적으론 그러나, 여기까지쯤 에두를 수 있을 듯한데, 이것 좀 이상한 비유이기는 하지만, 성배를 은닉하고 있는 문잘배쉐 성벽 같은 것이 저것 아닌가, 즉슨, 하초라고 명명된 어떤 위대하고 성스러운 수치, 또는 비밀 같은 것을 가리려 찬 들보가 문잘배쉐라는 것—. 아담이 눈 떴을 때, 신도 그렇게 자기를 감춰버린, 위대하고도 성스러운 수치, 그래, 위대하고 성스러운 수치—.

시동이는 아직도, 들똥 누는 자세로 쭈그리고 앉아, 벗어뒀던 제 신발을 내려다보고 있고, 그것에 손대기를, 잠든 고슴도치에 대해서처럼 두려워하고 있는데, 그러다 그것을 한번 슬쩍 다쳐본다. 보다, 들어, 한 켤레를 송두리째, 발에 신어야 할 것을, 가슴에 안아본다. 보다, 코를 들이밀어 넣고 냄새를 맡아본다. 보다, 한 손에 한 짝씩 나눠 들어, 한 귀에 한 짝씩 대어, 소리를 들어보려 한다. 먼지와, 썩은 볕 냄새와 퇴적한 시간의 냄새, 말고, 그 속엔 다른 냄새는 없었으나, 소리는, 그렇다, 그 속에 소리는 있어 시동은, 미친 번들거리는 눈이 되어, 소리에 귀를 기울인다. 저 정적의, 침묵의, 무음의 한가운데에 소리가, 무슨 소리든, 소리가 있던 것이다. '내 귀는 한 개의 조개껍데기' 해싸며, 해변의 아해들이, 밖의 바닷물 소리를 안에서 들으려 하여, 조개껍질 속으로 귀 밝혀, 귀 따라 들어가듯이, 시동이도 차차로 신발 속으로 귀 따라 들어가고 있다. (돌아왔다고 하니 돌아온 줄로 알지만) 그리하여 돌아온 시동이는 그리하여 시작하여, 이상스럽게도 하필 소리를 개의해쌌고 있는데, 광야가 송두리째 무음(無音)으로 '보여'서 그러든지, 그것도 아니면, 제 얼굴을 한사코 들여다보다, 제 얼굴 속으로 빠져들며, 얼굴의 밖에다 소박 맞힌 소리, 에코에의 그리움 탓으로 그러는지도 모른다. 이미 울려진, 그래서 사라진, 무량겁 전의 과거의 소리를, 언제나 미래 쪽에서 되울림을 보내는 그 에코는, 지난 시간의 퇴적한 침묵 속에 버림받아져 있는 것인 것. 하기는, 한 조개껍질 속에 한 바닷물 소리가 고스란히 퇴적해 있기만 하다면야, 신었던 신발 속에도, 그것 신었던 이의 한 삶의 소리가 고스란히 쌓여 있을 수도 있다. 시동이의 이 '소리', '소리돌'은, 그의 배꼽 줄이, 태장(胎藏) 어디까지나 이어지고 있음이 보인다. '빛이 있으라'는 '소리'가 있자, 동시적으로 '빛'이 있었다는, 그 '소리'가 울려났던 그런 어떤 부근이었을 것이었는데, 이 경우는, 소리와 빛은, 그것이 호소되어지고, 감지되어지는 감각기관만 다를 뿐이지, 같은 것인 것이, 부인되지 않는다. 앞서도 비슷한 얘기가 있었던 바대로, 이 말은 그러니, 시동이의 '소리돌'의 탐색은, 사실은 '빛돌'의 그것에 다름 아니라는 말도 되겠는다. '소리'를 말하며 시동이가, '거울'을 개의해쌌는 까닭도, 이런 데 어디서 짚여진다. 바닷가에서 아해들은, 조개껍질 속의, 괸 바닷물 소리를 듣듯이, 무음의 광야에서 시동은, 신발 속의, 쌓인 무음을 들었던 것이었겠는가? 정적, 침묵, 무음. 대막, 대무—그런 모두가 사실은 다, 홀로 떠도는, 무명의, 한 성배 수업기사의 외로움의 소리였을 것이었다. 그것은 그리고 짚새기[草鞋]였다. 그것을 귀로 신고 시동은, 소리의 바다를 건너고 있다.

"그러구 보니 나는", 시동은, 한 밀물이 썰물이 될 때까지나, 신발을 듣더니, 다시 제자리에 가즈런히 놓아두고, 땅에 엉덩이를 붙여 퍽적지근 앉으며, 중얼거리기 시작했다. "참, 얼마나 오랫동안, 귀를 잊었던가!" 그리고, 조금 머뭇거리다 부르짖듯 이었다. "그러구 보니, 나는 듣는 것을 배워야겠는걸!" 그리고 시동은, (말테[Malte Laurids Brigge]는 '보는 것을 배우려 한다'고 했던가? 보려고 불 켠 눈앞에는, 보려 하지 안 했으면, 보이지 않았을 거울이 어디나 없이, 가려 있는 것, 그는, 散文的, 너무도 산문적 풍경 속으로 거울을 짊어지고 나아갔다가, 나아간다고 갔는데 그만, 그 거울 속으로 들어가 버렸던 사내—, 거울이 임신해, 거울 속에서 분만되어 자란 아이도 있었구나. 그는 그 거울의 자식을, 그 성배를, '한 줄의 詩'라고 명명했더랬다는데, 이 거울이, 'little flute of a reed'와 일란성 쌍둥이 자매였다는 사실은, 뒤늦게 밝혀져, 알려진 것. 현재로선, 시동이의 '짚세기'가, 시각적으로 저 '거울'이며, 청각적으로 저 '갈피리'인 듯하다. 실제적 제 모습을 보려면, 거울은 깨뜨려져야 되고, 原音을 들으려면, 소리 내도록 고안된 것들 또한 파괴되어져야 하는 것은 아니겠는가? 몰라) 듣는 것을 배워야겠다는, 그 귀를 기울였으나, 자기가 낸 말의 소리에는 반향이 없었다. 광야라는 그 문두룸, 황폐라는 미려가, 그 소리를 삼켜 먹어버린 것일 것이었다. "그래서 보니 나는, 들리는 것만을 들었으며, 보이는 것만을 보았고, 느껴지는 것만을 느꼈던 것이 아니었는가? 정적 속에서는 그러니 귀가 실종하고, 광야에서는 눈이 또한 퇴화했으며, 황폐 속에서는, 피부에 황폐의 불감증이 덮어버린 것인 것을! 새삼스럽되, 이제라도 나는, 듣는 것을, 보는 것을, 느끼는 것을 배워야 하리로다. 무음(無音)이라는 관곽 속에 담긴 귀여, 이제는 잠 깨 일어날지어다! 마녀네 우릿간에 잡힌 돼지여, 부자유여, 눈이여, 이제는 이빨을 세워 주술의 울을 부수고, 그 수동태의 껍질을 벗을지어다! 위사도네 볼모가 되어, 바위가 되어가고 있는 왕자여, 그 발가락부터라도 꼬무작거려, 바위에 뜨거운 피를 돌릴지어다!" 떠들다 시동은, 잠시 잠잠해 있다, 상처를 핥는 승냥이가 앓듯, 이었다. "전에 내가 들은 것은 무엇이었으며,

본 것은, 그리고 느낀 것은 무엇이었는가? 이 정적이 무엇을 말하던가? 이 황폐의 살갗 밑에는, 무슨 비옥함이 있음을 보았던가? 내가 처한 이 세계에서 그리고 나는, 무엇을 느꼈던가? 그러고도 나의 '갈피리는 새 선율을 얻지' 못했을 뿐이었던 것을! '누가, 바람을 불어넣어서라야만 소리 내는, 갈피리'였거니!" 그리고 시동은, 익혔던 노래 구절 같은 것을, 기억해냈다.

> Thou hast made me endless, such is thy pleasure. This frail vessel thou emptiest again and again, and fillet it with fresh life.
>
> This little flute of a reed thou hast carried over hills and dales, and hast breathed through it melodies eternally new. (R. Tagore, *Gitanjali*)

(본디 문잘배쉐 사투리로 읊어졌었으나, 그것이 美里 말로 잘 번역되어 있는 것이 있으니, 허락부터 받아야겠으나, 우선 빌리기로 하면 아래와 같이 된다)

> 님은 나를 영원케 하셨으니, 그것이 님의 기쁨입니다. 이 연약한 그릇을 님은 수없이 비우시곤 또 항시 신선한 생명으로 채우십니다.
>
> 이 작은 갈피리를 님은 언덕과 골짜기 너머로 나르셨습니다. 그리고 님은 그것을 통해 항시 새로운 선율을 불어내셨습니다. (朴喜璡 譯)

"나도 또한, 속이 빈 갈피리였었음을! 그러나 새 선율이 채워 듦이란 없었음을! 항시 신선한 생명과 선율에 채워 드는 저 갈피리는, 동정(童貞)의 샘 같은 것은 아니겠는가. 마는, 그 같은 갈피리임에도, 그리고 그 같은 생명, 같은 선율이 채워 듦에도, 문잘배쉐의 성주는, 어째서 항시 병든 소리만 울려내는가?" 생각해보다 시동은, "어쩌면, 그 피리의 주인은, 남의 아픔을 아파하고 있는 이일 것이다." 그러곤, 허탈스러운 웃음을 웃는다. 그러고도 한 식경도 더 잠잠해 있더니, "자기의 혼신이 갈피리라고 여기는 자들은, 님을 맞는 계집처럼 죽기까지도 행복하거나, 홍루 계집이 혼자 저녁을 보내야 할 때처럼 죽고 싶도록 허전하겠구나", 짜증스러이 내뱉고, "인간은 그냥 홀로인 청루 계집이어서, 새 생명, 새 정수를 채워주는 어떤 님의 암컷일 뿐이기만 한 것이냐?"라고, 충혈된 눈을 히번득거린다.

"저 '신선한 생명', '새로운 선율'을 불어넣어 주시는 '님'의 까닭으로, '신에 대해 모든 유정은 암컷'이라는 명제가 만들어졌을 것이었다." 시동은 살구라도 씹는, 신 얼굴이 되더니, 나름대로 뭘 궁리하느라, 오래오래 침묵했다. "그러니 신도 성(性)을, 그것도 수컷성[牡性]을 구비해 있다는 얘기가 저것일 것이렸다." 살구씨 뱉듯, 논리적 귀결이랄 것을 툭 뱉고, 또 생각 속으로 가라앉는다. "근원을 말하려다 보니, 창조자를 상정키에 이르렀을 것이고, 창조를 말하려다 보니, 창조자의 창조와 직접적으로 관련이 있는 성(性) 문제가 달려나왔을 것이었다." 그리고 시동은 잠시, 자기 독백의 여음에 귀 기울이는 듯한다. "어쩌다, 길 가다 어쩌다 보면, 가장 원시적(原始的)인 것이, 가장 원형적(元型的)인 것과, 길 가운데서 꼬리 붙이고 있는 광경을 목도하게 되기도 한다. '우주는, 언제부터도, 그냥 (거기에/여기에) 있어 왔다'라는 생각과, '우주는 한번도 화현해본 적이 없다'는 생각—그 두 우주관이, 어느 일점에서 만나서로 꼬리를 붙여도, 예를 들면, 하나는 암하이에나인데 다른 하나는 수사자라는 식으로, 그 종이 달라 뵈지 않는다, 전자를 '가장 원시적'이라고 이르는 것은, 그편은 '有'의 개념밖에, '無'에의 인식을 갖고 있어 보이지 않기의 까닭이며, 후자를 '가장 원형적'이라고 이른 것은, '無에의 인식'은, 아마도 오관유정만의 것으로서, 모든 인식의 고(蠱)라고 여겨 하는 말인 것. 양자의 공통점은, 양자 공히, 창조주나, 그를 둘러싼 신화를 발기, 발전시킬 수 있는 여지를 갖지 않는다는 점일 것인데, 까닭에, 양자 공히, 특히 유심론 쪽의 시간에 대한 개념은, 미래의 시간처럼, 과거의 그것도 무량겁으로 뻗어나간다. 앞의 것뿐만 아니라, 이미 솔아 있어야 되는 뒤의 것도, '시작'이 없었으니, 무한이다. 無時間일 터이지만, '마음'이 상정되자, '마음'을 시원(은 어딘가?)으로 한 것들이, 부정되어지기를 전제로 하여, 회피할 수 없이, 따라 일어났을 터이다. 말이 많게 된다. 그 또한 역설이다. 공통적이지 않는 부분 또한, 한쪽을 뒤집으면 다른 쪽이 된다는 식이어서, 루타/아르타의 관계일 뿐이지, 하이에나/사자의 관계와는 거리가 멀다는 것이다. 그러니까, 예의 저 양자는, 그 하나하나 자체로서는, 안/밖을 갖지 않는 전개체(全個體)임에도, 그 둘이 해후한 자리에서는, 어느 쪽이 '안'이든 '밖'이든, '안/밖'의 관계로 전이한다는 얘기다. '언제부터도 그냥 있어 왔다'는 그 우주를, 화현된(Saskrita), 물상적, 구상적 우주라고 하면, 다른 편은 비화현(Asaskrita)의, 비물상적, 추상적 우주라고, 어쨌든 대비법적 명명은 가능할 테다. 그러니까, 이 비화현의 우주(abstract idea)를 뒤집으면, 거기 화현된 우주(concrete image)가 나타날 것인데, 여기, '빛'에 눈과 마음을 묶은 이들의 대광론(大爌[光+廣]論), '소리'에 귀와 마음을 묶은 이들의 대광론(大韹[音+廣]論)이, 그 기반을 얻을 여지가 있어도 뵌다. ('대광론'도 저렇게, 종류는 둘이라도, 결국은 같은 하나인 것) 반대로, 화현된 우주(concrete image)를 뒤집으면, 거기 '비화현의 우주'(abstract idea)가 화현할 터인데, (이는 물론 역설이되, 이 역설은, 나 시동이가 빌린 것이어서, 이 시동이가 나서서 왈가왈부할 것은 아니다) 여기 '唯心論'(Mind only)의 확고한 입지가 있어 뵌다. —두 견해, 즉 두 우주관은 그러니, 창조주나, 창조 신화를 창조해야 할 여지도 필요도 없는 것들이라는 얘긴 것. 그렇다면, 저것들 또한 디뎌 건너뛰지 않으면 안 되는, 꼭히 필요한 징검다리이기는 하지만, 일단 건너뛰었은즉, 잊어도 좋을 듯하다." 그리고 시동은, 히쭉 웃었는데, 아까 화두 삼았던, 그 「창세기」에로 돌아온 것이다. 대개의 창세기는, 神話거나, 신화적인 것들로 서두를 삼는데, 그렇다면, 왼통 똥 냄새며, 피 냄새로 등천한 歷史도 神話의 연속이래야 옳다는 생각이 들어, 그래서 시동은 웃은 것이다. 歷史라는 實學 쪽에서, 역사를 새로 쓰려 하면, 먼저 神話를 타파해야 되고, 결과 神을 살해하는 결과를 초래하게 할 테다. 아니면 神이 모독당한다. 獸皮 속에 갇혀든다. '獸皮'를 '物質'이라고 바꿔 읽어 안 될 일은 없을 테다. 마는, 이는 역사기술자들이 범한, 회피할 수 없는 오류며, 그 일로 두고서는 神은 무고하다. 「창세기」를 머리로 삼지 않으면, '역사'가 붕 허공에 뜨거나, 머리 없는 '刑天'이 된다. '創世'와 함께 '生命'이 있었듯이, 「創世記」와 함께, 궁창이 나뉜다, '드바이타'[二分法]의 시작이다. —누구든, 자기의 마음을 들여다본 이라면, 부정하지 못할 것이 이것인데? 마음을 태보로 하여 태어난 모든 것, 삼천대천세계나, 팔만 유정 무정, 그 모두는 그래서, '마야파마'(Māya-幻, Pama-如)라고 이르는 것. '창세'나, '마야파마' 같은, 서로 등지고 떠나는 두 어휘, 또는 두 경우가 얘기되어졌으니 말이지만, 특히, 현상계나, 그 안에서 영위해야 하는 유정들의 삶 따위의 문제를 성찰한 어떤 이들은, 자연스럽고도 당연했을 일이게도, 그러면 '누가', 또는 '무엇이' 이 '현상계'나 '나'를 꿈꾸느냐고, 의문하기를 시작했던 모양인데, 결과, 그 자리에, 대략 세 가지의 답이 도출되었던 듯하다. 하나는, (현상계나 나를 꿈꾸는 자는, 다름 아닌) '自然'(道)이며, 다른 하나는, '神'(Logos), 그리고 마지막 하나는 '마음'이었던 듯하다. 이 셋의, 같지 않되 같은 점들은, (이 현상계나, 나를 꿈꾸는 자가) '自然'이라고 또는 '神'(말씀)이라고 대답을 얻는 자들에 의해, '마야파마'가 그 실체성을 확보하게 되었다는 것이며, 이 현상계는, 언제부터든 여기에, 또는 거기에 있어/없어 왔다고 여기는, '자연'과 '마음' 쪽의 공통점은, 그럼으로 그것의 始原/起源의 문제를 제기할 필요나 까닭이 없다는 것, 그러니 시원이나 기원의 문제는, 神의 화현에 좇아 드러난 문제가 되는 것일 것이었다. '신'과 '마음'이 같이하고 있는 점은, 그 격차가 얼마든, 양자는 '自然'(道)으로부터 벗어나 있다는 것일 것인데, 말하자면 '文化'的이라는 것이겠는다. 여기 어디에, 수피 입어 모독당하고, 수난하는 神의 모습도 보이되, 용수보살이 야단 차리고, 법석 편 것도 보인다. 여기 어디에, 「창세기」가 씌어질 법하던 중, 이 자리에 온즉, 지워져 버리는 것을 목격하게 된다. 지운, 흐릿한 글자들 밑에서 '마음'이 시부적 시부적 떠오른다. 그리고 삼천대천세계를 휩싸버린다. 이것[心]은 그러자, '大體/小體'의 구분까지도 할 수 없게 되어버리는데, 그래서 그냥[唯] 마음[心]이다. 그것은 그럼으로, 구상화하려 해서 되는 것이 아닌 듯한데, 「창세기」를 쓰지 않는 것밖에, 다른 수는 없어 뵌다. 저것이 토사곽란을 일으키든, 회충 같은 것이어서, 속을 다 빨아먹고, 겉까지도 갉아먹든 말든, 해볼 짓은 그러니, 저것을 거머쥐어, 통째로, 한 입가심해버리는 수뿐이다. "「창세기」 얘기가 나왔으니, 다시 또 아담 얘기지만, 사실로는 그가 따 내렸다는 '지혜의 열매'는, 그것이 가져온 결과를 되짚어보기로 한다면, 저 창조주에 대한 아담의 첫 '회의' 같은 것은 아니었을까?" 자문하고 시동은, "그는 흙으로 사람(아담)을 빚었다고 하니, 이 사람은 분명히 '흙의 산출'이었음에도, 그 흙의 소산으로 제물을 삼은 카인의 제사는 응납하지 안 했다는 뜻은 또 무엇이었는가?" 누구를 향해 묻는다. 이어서, "왜 그이는, 사람을 흙으로부터 분리하려 했는가?" 자문하고 시동은, "이거 입에 담을 만한 소리는 아닌 듯하다만, 그 짓이란 아버지의 어머니 살해는 아니었는가? 모든 아버지들은, 어머니 살해욕을 갖고 있다는 소리도 있는데, 기원은 거기에 두고 있었던가? 오딘은, 잠재우는 독가시로 발키리를 찔러 잠재우고, 불의 울타리를 둘러놓는다. 불의 울타리 속 그늘에 갇혀 잠자는 '해'는, 이미 '달'이다." 마음속에서는 자문하고, 입으로는 자답한다. 그리고, "흙으로부터 떠난 뒤 인간은, 이후, 모든 타 유정을 지배하는 자인 것처럼 계관을 쓰게 되기는 하되, 이 계관은 가시쟁이로 엮어진 것이었음도, 이제는 알게 된다. 인간은 그리고 '자연'으로부터 한 두 치 떨어져 오른 것이었을 것인데, 조금 생각이 깊은 이들은 그래서, '위대한 몰락' 같은 것을 절규하기도 하는 모양이지만, 그 머리에 씌워진 '인간'이라는 계관이, 인간으로 하여금 피를 흘리게 한다. 그리고 저 창조설은 별로 다른 의문 없이 여기까지는 술술 읽힌다." 그리고 시동은 또 좀 생각에 잠긴다. "오늘 생각해보니, 저 '술술 읽힌다'는 그 문맥 속에 그러나, 많은 난제들이 쌓여 있는 것이, 뒤늦게 발견되는 듯하다. '파우스트'가 죽었을 때, 어디서 갑자기 내려온 큰 손이, 그 '죽음'을 빼앗아 가버렸듯이, '아담'은, 태어나자마자, 어디서 나타난 큰 손이, 그 '생명'을 빼앗아간다. 대지는 그리하여 죽음을 태어내놓은 것이었구나! 대지는 죽음의 모태였구나! 대지는 그 자체가 저주였던 것을! 뱀의 대가리가, 사람의 자식들의 뒤꿈치에 짓찧이듯, 그리하여 대지가 모독당하기 시작하였을 것이었다. 대지를 초극하는 것만이 거듭 태어나기[重生] 인 것을?" 시동은 저도 모른 새 과장적으로 떠들어 부르짖고 있었다. "화현된 宇宙는 詛呪이다. 自然은 저주이다. 大地는 저주이다. 어머니는 저주이다. 태어나기는 저주이다. 죽기는 저주이다. 그리고 무엇보다도 智慧는 저주이다." 부르짖는다. 말고, 천둥 같은 무슨 굉음에 고막이 아픈 자모양, 두 손바닥으로 두 귀를 막고, 갑자기 움츠린다. 광야 여기저기 나자빠져 있는 고자빠기 꼴이다. 제가 내지른 소리가, 아니면 광야의 무음이, 독설(毒舌)만을 모아, 궂고 외로운 행려자들 떠나는 바르도에 소리의 幻을 펴는 나찰이 되어 자기를 삼키려 독아를 열어 달려드는 것을 보았을지도 모른다. 바르도를 펄럭이며, 스쳐 지나가는 모든 광경들이, 이승 풍경의 전도된 幻들이라면, 소리에도, 그런 전도된 幻의 소리는 있을 것이었다. 그러고도 시동이 뱉어낸 말의 각혈 속에는, 무량겁 썩은 習氣가 함유되어 있다. 그러했으나, (시간이 없는 자리에서의) 한참 후(가 무슨 뜻이 있는가?) "가맜자!"라고, 새로 소리의 눈이 하나 터 오르는 것으로 보아, 다른 고자빠기들과 달리, 이 고자빠기는, 정적의 중심, 그 無爲 가운데 웅숭그려 들었어도, 爲無에까지 썩은 뿌리를 내리지는 못한 것이 분명했다. 아직도 무슨 불씨를 싸안고 있어, 싸아한 냄새를 풍기는, 재나무가 또한 그러하잖는가. "하긴, 하긴 말이지, 지금이라도 늦었다고는 할 수 없기는 하지만서두, ……그 그늘 밑에서 기저귀 떼고, 이 나이 되도록 그 그늘 아래 맴돌다, 결국엔, 떼어냈던 그 기저귀를 수의로 입어, 그 그늘 밑에 눕게 될 것이었음에도, 咄, 이날 이때껏 그 나무 밑을 그냥 스쳐 오고 말았었다니!?" 새로 또, 무슨 소문 실어 나르는 다람쥐가, 그의 회음으로부터 백회혈 사이를 오르내리기 시작했는지, 귀신 씻나락 까먹는 소리를 시동이 내쌌는다. "말이지 말인데, 동산 중앙에는, 생명의 나무와 지혜의 나무라는 이름의, 自然道에는 없는, 두 그루의 이상한 나무들이 서 있었더라 하잖았는가? '사람'이 그런데, 지혜의 나무 열매를 먼저 따 내렸으므로 해서, 사람이 지혜롭게 되자, 그 이상한 두 그루의 나무를 식목했던 자가, 다른 쪽 나무의 열매는 결코 따 먹지 못하게 하려 하여, 그 사람을 쫓아내고, 그 나무를 둘러, 그룹들과 두루 도는 화염검을 두어, 지키게 했더라고 하잖았던가? 정황이 그러했다면, 여기에는, 저 정원사의 무슨 음모가 있었던 게 분명하다." 그리고 시동은, 궁리를 해쌌는데, 그 음모가 어떤 것이었는지를 캐어내 보느라 그러는 모양이었다. "히, 히거 말히지, 말힌데, 書房에는 가본 적도 없어, 자칭 瞎榜稗官이라는 돌팔이 중의 불머슴이, 거룩한 서방님들 뽄사 내어, 그이들 쓰는 어투를 흉내 내려 한다면, 어느 동네 바이쉬아네 두엄자리에 버려진, 얼룩덜룩한 헌 비단옷을 주워 입고, 거드럭거리며 장통 가는 수드라까지도 웃을 일이로되, 헤헤, 그런들 어떠며, 저런들 어떠랴, 벗어 덜렁이고 아낙네들 가운데로 지나기보다는, 제 놈이사 거드럭거리든 말았든, 가린 것만으로도, 웃던 입 다물이게 할 만하잖느냐? 즉슨, 저 두 그루의 이상한 나무들은, 서방님들 사이에서는, 사람의 '선택'의 문제 같은 것도 운운하고 있는 듯도 싶으되, 그거 다 진물 빠진 얘기, 되풀어봐도 물맛 말고, 더 볼 맛도 없는 것인 것. 아직 지혜의 눈이 뜨이지 않은 갓 난 강생이 같은 것들 두고, 선택이라는 게 누구네 개 이름이겠냐 말이지. 그래도 뭘 더 말해보려 하면, 하나는 '유혹'으로서 제시된 것이며, 하나는 '금단'으로서 은닉되어 있었던 것이나 아닌가 하는 것이지만, 것두 물 마시고 장구벌레 맛이라도 보려는 따위 짓이겠거니. 이런 뜻에서라면, 지혜의 나무 한 그루만 땅에 뿌리 박아 있었고, 다른 나무는 시작부터 아예, 하늘에 뿌리 내려 있던 것이나 아닌가, 하는 추단을 하게 한다." 시동 히죽여 웃는다. 풀 뜯다, 노란 꽃 하나를 물고, 어디 건너다보는 늙은 山염소 꼬락서니다. "신화적, 사실은 동화적 풍경이래야겠지, 겠는 것을 성인용 어휘로 환치해, 새로 들여다보기로 한다면, 다시 말해, 에우페메리즘(euphemerism)화하기로 한다면, 어떤 전도된, 또는 치환된 현상이 나타날 것인가? 이런 자리에서, 젖 떼고부터 먹물 마셔 자란 이들이라면, 하나는, 즉 '지혜의 나무'는, 그 여러 정황을 참조하건대, '사람'에게 삶의 '目的論'으로 주어진 것이며, 다른 하나는, 즉 '생명의 나무'는 '意味論'으로 은닉되어 있던 것이 아니겠는가, 그렇게 먼저 멋지게 정의해내려 하잖겠는가?" 시동 또 말의 노란 꽃 입에 문다. "이는, 四官有情에 머물러 있던 '사람'의 五官有情에로의 도약의 얘기가, 저렇게 동화적 어투를 입은 것이겠지만, 의문은, 사람이 그래서 지혜의 열매 맛을 본 뒤, 깨우친 최초의 지혜는 그러면 어떤 것이었던가, 그런 의문을 불러낸다. 대답은 그리고 이미 되어져, 인구에 회자하는 것, 즉슨 '죽음' 아니었던가 이것이 종교적 발상에 의해서는, '原罪'라는 이름을 입은 것일 게다. '흙으로 몸 해 입었으니, 흙으로 몸 해 입은 것들은 흙으로 돌아간다' —즉슨, '죽음'에의 인식이며, '大地'에의 인식인 것. 그래서 대지는 살 입은 생명에 대해 저주인 것! 대지는 죽음인 것, 이거 實存 찾아쌌는 이들이 앙앙거릴 소리겠다만, 咄, 죽음에 맞선 사람은 幻이라도, 죽음만은 實이다!" 말 뜯다, 말의 노란 꽃 문 시동, 누렇게 투덜댄다. "이제는 그러면, 지혜의 열매, 즉 지혜가 어떻게 되어 '목적론'으로 제시되어 있다고 하는지, 그 의문의 올가미로부터 머리를 뽑아 올릴 수도 없는 형편에 처한 듯한데…… 말입지. 말인뎁습지…….” 시동 말의 穴 찾느라 끙끙대쌌는다. 하긴 어떤 말의 구슬들은, 구멍이 뚫려 있지 안 해, 계집고자 같은 것들이 없잖아 있고, 그것도 쌔버렸다. 그런 말의 계집고자들이란, 수사학의 끈에 꿰이기가 여간만 난하지 안 해, 그것 구멍 뚫는 데 기약도 없기는 없다. 또 아니면, 구멍은 아래 골짜기 되는 데 어디에 있는 것을 두고시나, 모르고시나 등성이만 더듬어 헤매는 수도 없지는 않을 수도 있고, 얼마든지 있다. —까부는 짐승, 토끼라는 이름의 짐승이, 걸핏하면 『능가경』 속에 뛰어들어, 法草에 배불리고 자빠져 자는데, 토끼도 월후를 하는지, 한다면 그 주기는 어떤지, 그것 ‘연구 및 공부’해서 박사 된 이가, 그 토끼 쥐어 도마 위에 올리려는 토끼 백정을 두고, 은근히 충고하여 이런다, 여부 백정 양반, 토끼를 쥐어 올리려면, 두 귀나, 목덜미 털이나, 앞다리를 거머쥐는 짓은, 토끼를 상하게 하는 짓인즉, 꼭히 쥐어 올려야겠으면, 두 뿔을 거머쥐는 게 권고되는구랴. 시동 詩 읊고 자빠졌는다. 술 있는 자리 똥깔보 섞여 재밌는 세상, 시동이 막걸리 타령 한다. “各論을 펴려하면, 전제되어 있는 주제가 있어얄 테다. 그러자니, 먼저 묻게 되는 것은, 어째서 저 ‘아버지’는, 다 살았기는커녕, 이제 겨우 눈 뜨려는 자식에게, 젖 대신 불소주부터 먹이고 덤볐는가, 다른 좋은 축복해줄 것들도 많을 터인데, ‘죽음’이라는 저주부터 내렸는가, 하는 문제이다. 만약 이 한 매듭이 풀린다면, 다른 매듭들은 저절로 술술 풀려날 것일 것. 손바닥에 침 뱉어 바르구시나, 뿔부터 찾아 이것 한번 잡아 올려보잤구나.” 재밌어하는 듯하더니, 이 자리에 오자 시동, “毛深內闊” 갑자기 패시시해져 버린다. 헤친 손이 너무 많았던 모양이었다. 차라리 失穴함만 못하겠도다. 실제에 있어선 그렇다, 대개의 종문 상인방(上引枋)에는, 예의 저 토끼한테서 뽑은 뿔 한둘씩은 다 매달아 놓고 있다. 말해온 바의 저 목적론이 육성을 다해 밝히려는 것은, ‘살 입은 삶의 궁극적 목적은, 죽음이다’라고 확 밝히고 있는 그것인 것. 그것이 토끼 뿔인 것. 삶이 幻인데 이 자식아, 무슨 죽음 얘기여? 토끼가 뿔을 세워 돌진해온다. 아으, 그럼에도 이 各論은, 시작하자마자, 너무 내뛰어, 결론을 서두로 삼아버리고 있는 형편이다. 글쎕지, 말입지, 五官有情의 살 입어 받은 삶의 목적은, 그때 아예 딱 정해져 버려 있었다는 그 소리 아니겠는가? —죽음. 어떤 죽음? 그러면 이 목적론의 목적이 여실히 드러나 보인다, 어차피 죽게 되어 있는 것이, 이 모진 목숨이라면 그래야 되잖겠는가—개죽음이 아니겠지. 도살장으로 끌려가고 있다는 것을 알면, 눈물을 흘린다는 소의 죽음도 아닐 테다. 잘 익은 과일은, 제 스스로 둥치에서 떨어져 내린다." 시동 일단 한숨 한번 불어낸다. 눈물을 글썽이는데, 아무것도 집착할 것도 버릴 것도 없음에도, 대무(大無)의 한가운데 처해서, 자기의 무엇인가가, 대무에 용해되어지는 것에 저항해, 한사코 표면장력을 일으켜내고 있다는 생각이 슬픈 모양이었다. 이 표면장력, 그 태보를 어떤 종문에서는, '執'이라고 이르는 듯한데, 이 執이 싸안고 한사코 지키려는 것은 그런즉 대체 무엇이냐? 그것이 무엇이관대, 삼천대천고해가, 그 작은 공기 방울 하나를 터뜨리려 쏴— 썰물하며, 쏴— 밀물하기를, 시원서부터 오늘까지 해옴에도, 썰물 때 잠시 떠올라, 저 무한의 공간에로 휘발해버리는가 하고 있으면, 밀물 때는 해저의 그 가장 밑바닥에까지 떨어져 내려, 그 억억천천 무량의 무게를 또한 감당해내며 구른다. 그래서 이 태보의 안쪽에는 무엇이 있느냐? 희귀하게라고는 하지만, 들리는 말로는, 어떤 경로에 의해서든, 이 장력이 엷어진 어떤 공기 방울이 터졌을 때 보니, 구린내 한 점(이라니?)이 풀쑥 올랐을 뿐이라기도 하고, 또 사리라던가, 무슨 그런 색깔 돌을 남겼더라고 하되, 들리는 대로만 따른다면, 그걸 어쩌자고시나, 무량겁 우겨가면서까지 오구려쌓아 지켜냈다고 하는지, 슬그머니 그런 우문도 들게 하는다. "아으, 그래도, 거기 뭔지 긴한 까닭이 없다면, 죽음뿐만 아니라 삶도, 斷見(虛無主義)에 떨어져 내린다. 공기 방울 속에는 그래도, 그것을 지켜, 투쟁해야 하는, 무슨, 글쎄 긴한 까닭은 반드시 있어야 된다. 그것이, 사람에게 주어졌으나, 창세부터, 그것 따 맛보기는 미뤄져 온, 생명나무 열매 같은 것은 아닐 것인가? 그것을 나 시동은 그리고, 채워 넣어야 되는, 괄호라고 이해하는 그것인 것." 뱉어낸 한숨 자리 채우느라, 숨 한번 머금어 넣고, 잇는다. "저 지혜의 열매 맛을 본 이들은, 그것은 식용 과일들이 주는 것 같은, 아무런 맛도 함량해 있지 않으며, 사실은 역한 냄새라는 모든 역한 냄새와, 게다가 그 과육은 쓰고, 떫고, 맵고, 짜고, 시고 독한 비린내로 조직되어 있어, 냄새 따위야 어떻든, 무엇이든, 제 몸 크기보다 작은 것이면, 그리고 그 속에 어떤 활기가 느껴지는 것이면, 씹지도 않고 통째로 삼켜 넣는 구렁이 같은 것이나, 그것을 둥지에 얹힌 새알쯤으로나 알아 삼키려 들지는 몰라도, 다른 유정들께라면, 그것은 재수 없는 과일이라고, 꼬리 사려 멀찍이서 피해갈 그런 것이라 했다. 그러며 입을 씻느라 왼갖 초라니 발광 다 떨어댄다는데, 문제는 그러고도 무엇인가 하면, 하와라는, 사람의 여자가, 먼저 그것을 따 먹어보았다는 데 있을 것이었다. 그래서 '지혜'의 시작은 '여성'으로부터라는 주장을 하는 여성들이 있다는데, 틀린 소리라고 하기에는, 저 현장의 정황이 절대로 그렇지 않은 것이었다. 이후, 여성은 그래서 그것도 배설하는 자리도 아니고, 생산해내야 되는 자리라는 웅덩이 하나를 열어, 산고 따위의 고통과 함께, 저 더러움을 유출해내야 되게 되었다고 하되, 그래서 보면, '지혜'란 더러움과 고통 속에서만 이뤄지는 어떤 것인 것도 알겠다. 장구벌레 따위를 보아 알게 되기는, 생명은, 먼지톨 하나 앉은 곳 없는 淨土가 아니라, 더럽고 덥고, 끈적거리며 질척거리는 곳에서 발아하는 것인 듯하다. 지혜 또한 그러한 것이어서, 세상에서는 그중 청렴하고 결백하다고 알려져, '世尊'이라는 칭호까지 얻은 이가, 아녀자들 둘루레미 앉혀놓은 자리에서, 살생 방화 도둑질 간음 따위를 들어 선한 남자 여자가 되는 교육을 시킨다는 짓은, 일단은 어불성설인 것. 그 자신 속에 그런 마라들이 우글거리지 안 했다면, 그리하여 그 탓에 괴로워하지 안 했다면, 그는 홀로 청정하되, 가화사라는 누명을 벗기 어려울 것 아니냐? 괴로움이야말로, 지혜에 대해, 장구벌레의 웅덩이 같은 것인 게다. 그것이야말로 그러므로 해서, 進化의 원동력이 되어 있는 것인 것도, 그러면 알게 된다. 사람에게 최초로 주어진, '죽음'의 까닭도 그러면 알겠는 것이고, 또 알겠는 것은, 이 '죽음'이란 것이, 연금술적 '毒'으로 주어진 것도 알겠는 것이다. 어떤 이들은, 저 과일에도 씨[核]는 없다고도 주장하되, 그들은 그들대로, 파종할 씨앗이 없어, 자기네들 전원이 황폐해지든 말든, 굶든 말든, 과피만 벗겨 남겨두고, 어디 다른 고장 시주 바라 떠나든 말든 냅둬라, 냅두고 말이지만, 그것을 毒으로 이해하는 쪽 사정에, 박았던 눈에 불까지 켜고 보기로 한다면, 이 毒에 의해, 조악한 물질로써만 이뤄진 상사라가 극복되어질 수 있다고 믿기 시작한 그 믿음이 보인다. 그래서 저주가 은총으로 바뀌는, 이 위대하고도 이상한 전이(Transmutation)가 보인다." 시동은, 말의 과피인지 과핵인지 뭣의 까닭인 듯, 쩝쩝 입맛을 다셔쌌는다. "이제는 그렇다, 아마도, 어쩌면 분명히, 하늘에 뿌리 내려 거꾸로 가지 친, '생명나무의 열매'를 따 맛보려 하여, 사람의 손이 뻗쳐오를 때이다. 지난번에는, 옛 뱀이, 여자의 손을 받쳐 올려주었던 듯했으나, 이번에는, 누구의 받쳐준 손 없이, 남자가 그것을 따 내리려 하고 있는 것이 보인다. 이 남자(들)는, '스스로 된 고자' 種의 첫 사람이어서, 이름이 남자이지 성별로 따질 유정은 아니어 보인다. 그것들은 이 과일 맛을 알아버렸거나, 심지어는, 말해온 바의 그 괄호 속으로, 제 발로 걸어 들어가, 문을 걸어 잠가버린 것들이다. 그러면, 스스로 된 고자와, 여자 사이에 있어야 될, 정충을 만재한 남자들은 다 어디로 갔는가? 저쪽 들에서, 마상창질하거나, 귀네비어님의 치마폭 아래 호부작이고 있는 것들이 그것들로 보이지 않느냐? 창질하기에서 제국이 일어서고, 제국이 패망하며, 계집 호작질하기에서, 들이 푸르거나, 불모화한다. 창질하기에나, 계집 호부작질하기에도, 그들 나름의 이념이 없는 것이 아니어서, 그들은 그들대로 지치지 않고, 오히려 더 탐하여, 그 난행을 치러내고 있는 것은 아니겠는가? 그들도 또한, 예의 저, 살 입어 사는 삶의 의미는 무엇이냐는, 그 괄호 채우는, 최적한 말을 연금해내기에 최선을 다하고 있어 보이잖는가? 혹자는 그 괄호에 '떡'이라는 단어를 채우는 것이 정답이 된다고 믿으며, 혹자는 '笏'(권세의 홀) 字를 채우는 것이 정답이라고 주장한다. 그 외에도 물론, 각인에 따라 지어낸 단어들은 많을 테다. '먹물' '귀뚜라미' '당나귀' '요강' '손톱' '산삼' '웅담' '뛰뛰기' '공차기' '몸짱' 外 多數. 그런 난제를 싸 짊고, 여리고라는 이름의 철저히 無言의 白紙 속으로 들어가, 그 한 단어를 찾아내려 하여, 사십 주야를 굶주림에 허덕였던, '말[言語]의 성육신'이라는 칭호까지 얻는, 한 '말의 연금술사'가 연금해낸 답은, 필시 정답은, 사뭇 충격적이기도, 또 반드시 그럴 것도 없는 그런 것인데, 그러면 무엇이 있는가? 그것 좀 휘딱 알아버렸으면 그 아니 좋겠냐? 마는, 그런 한 답에 도달하게 되기까지, 그 또한 모든 우리와 다름없이, 천만 가지로 많은 유사한 답들을 생각해냈었을 것이고, 그리고 그것들을 무리 짓고 갈래 짓느라, 어느 민족이 애급을 벗어나 광야에서 40년을 헤맸더라는, 그 40년에 해당되고도 남을, 여리고의 40일을 보냈었을 것이었다. 그런 결과 가정적 정답으로 서너 개의 답에로 축소되었던 모양이어서, 그것들이 그를 괴롭힌 얘기가 기록으로 남겨져 있는 것은, 그를 아는 이들은 안다. 그러고는 하나의 절대적 정답을 얻어낸 모양인데, 이 답에 좇아서는, 그를 끝까지 괴롭혔던, 이제는 확 밝혀진 가정적 답, (네가 만약 하나님의 아들이어든 이 돌 들어 떡덩이가 되게 하라는) '떡덩이'나, (마귀가 그를 이끌어 지극히 높은 산으로 가서 천하만국과 그 영광을 보인) '권세'는, 한마디로 땅의 문제, 다시 말하면, 축생도 갓 벗어난 오관유정들이, 대지를 운영하는 양축의 힘이어서, 그것으로 저 괄호를 채워, 살기의 의미를 드러내려 하면, 그 당장 오문 비문 현상이 일어난다는 것이다. 한 예문 '높은 나뭇가지에다 (　)가 둥지를 짓더니, (　)을 깠다'라는 문장이 있다면, 앞서 들춰낸 '떡' '笏'은, '물고기'와 '뱀' 같은 단어를 채워 넣기와 같은 꼴이 된다는 식이다. 히히히, '높은 나뭇가지에다 물고기가 둥지를 짓더니, 뱀을 깠다'—하기야, '나무에 올라 물고기를 구한다'는 말도 있고, 새들 알 까는 철엔, 새 둥지에 틀어앉아 있는 구렁이가 없는 것도 아니다 보니, 이렇게도 저렇게도 맞춰보다 보면, 그런 답도 안 나오는 것은 아닐 듯하다. 그러고도 또 부인치 못할 것은, 저 작문이 풍기는 파격적 정서라는 것은 오금을 저리게 할 정도라는 것이다. 그래서 세상은, 그 대부분 非文과 誤文으로 점철되어 있으며, 그것 위에 운영되어진다 해도, 불륜 짓하기에서 얻어지는 것 같은 그 맛 하나만으로도 살기에 충분한 의미를 제공하는 것인 것. 불륜 짓하며 누가 文法/宮合까지 맞춰 하는가? 사실은 그러나, 저 예문 괄호에 채워진 단어들은, 궁합이 맞지 안 해, 겨우 글자 깨우친 일곱 살배기도 안 할 짓이라 해도, 그러고도, 봉황 나는 것 얼씨구나 보기 좋다고시나, 남생이가 그 흉내 좀 내보려, 배 뒤집어 옆으로 날아간다는 식으론 엉터리 없는 과장법이라 해도, 앞서 운위된 '떡과 笏'을, '의미'를 채워 넣어야 그 빈 괄호에다 채워 넣기보다는, 최소한 미소 머금을 까닭이라도 있다고 알게 될 게다. 그래서 말[言語]의 광야의 40일을 견디고 나온 이가 품어온 그 정답이랄 것은 그러면 어떤 것이었는가, 무엇이었는가? 이후, 그가 사람 모인 자리에 당했다 하면, 되풀이 되풀이해서 열성으로 써먹는 특정한 단어가 하나 있는데, 한 번이라도 그의 말에 귀를 기울여본 적이 있는 이라면, 그것이 무엇인지 대번에 집어낼 수 있는, 바로 그것이다. 이 한 단어는, 비유로 말하면 '소금' 같은 것인데, 그것이 그냥 소금인 채 머물러 있다면, 뭐 여러 말까지 동원할 필요 있겠는가, 특히 유정의 감각기관과 관계된 그냥 소금일 뿐인데, 그러니 조금도 새로울 것은 없는데, 이것이 그런데, 그에 의해서 이상스레 탈바꿈을 했다는 데에 충격이 있다. 극명한 예를 하나 들면, 빈모(牝牡) 간에서는 저절로 발생하는 그런 불길에서, 그 주성분인 욕(慾)이 사상되어버리는 것 같은 경우이다. 이것이다. 소금이 '빛'으로 몸을 바꿔입어버린 것—빛이다. 다만 이것에 의해서만 그리고, 그리하여 '저주'가 '은총'화하는 것인 것, 필멸이 불멸화하는 것인 것. 그래서 그것이 무엇이냐? "이 짜식아, 그거 몇 가닥이나 되는 국수라고, 그 밑에 감춰놓은 고기를 못 찾아 성내고 깨작거리고 있네시방?" 시동은 그러곤, 뱉기도 거시기하고, 삼키기에도 머시기한, 그런 무엇이라도 물고 있는 듯이, 입을 오무작여쌌고, 목젖을 꼴록여쌌더니, "이것을 머금어 들인다면, 어떤 이들은 여전히 갖다가시나, 나뭇가지 위에다 물고기의 둥지를 얹으려 할 것이며, 뱉는다면, 똥도 못 된 돌덩이가, 떡 치는 소리하고 자빠졌다고, 설교하는 이들이 흰 눈 떠 건너다볼 것이 보인다. 실종한, 생명의 나무에 매달렸던 열매는 글쎄지, 이것이었을 것이었다. 함에도, 말의 황폐 속에서 주워 내온, 이 한 단어에 의해 살 입어 사는 삶이 풍요를 되찾는 것이라 해도, 그것은 고통받는 민중에 대한 그의 '사랑'으로서, 그에게 남겨두자—!" 시동은 그리고, 이번엔 침묵의 심연 바닥까지 가라앉아, 옆에 기복해 있는 침묵의 거북이만큼이나 오래오래 엎드려 있고 있는다.

"아담이, 생명의 열매 대신, 지혜의 그것을 따 내렸을 때, 신의 죽음도 예정되어 있었다는 부분은, 한 마리 황소가 입은 털의 숫자는 몇이다, 라는 식으로까지 살펴진 문제인 것. 그러므로 그것을 재거론할 필요는 없을 테다. 누가 그러면, 신을 죽였는가, 그것이 궁금해지는데, 지혜의 열매 맛을 본 어버이의 최초의 자식의 이름은 카인이었다고 하거니, 그야말로, 최초로 大地에로 눈을 돌린 자식이 아니었던가? 최초의 神聖冒瀆이 자행되었던 것이다. 여기, 人間의 神 죽이기의 최초의 모독 행위가 있었다. 카인이, '흙의 소산으로 신에게 드리는 제물을 삼았다'는 데에, 이 모독의 단초(端初)가 보인다. 이후, 시작하여, 이 우주적 한 가족사는, 폭력과 유혈로 뒤덮인 아수라도화한 것이 보인다.

거기 그래서, 神에 대한 人間의 승리가 보이는가? 人間은 꼭히 神을 타도하여, 승리해야 되는 어떤 것인가? 우주적 권세와 영광을 위해서?" 시동 잠시 생각에 잠겼다, 잇는다. "이 문장은 어쩌면, 그 서두에서부터 非文이나 誤文으로 이뤄진 것이었을 듯하다. 神을 造物主라고, 화현된 우주의 주재자라고 여기기 시작했을 때 이 오문 현상은 비롯된 것인 듯하다. 神은 꼭히 造物主여야 할 이유가 있는가? 대개의 歷史書들의 서두가 그러하듯, 이 가망 없는 二分法의 서두도 神話에 두고 있는 것이라는 추측이 있다. 왜냐하면 판켄드리야는 神을 승리하려는 유정이 아니라, 神을 인식해내야 하는, 진화의 도상의 그 일점에 와 있던 유정이라면 그렇다. 카인은, 최초로 판켄드리야[五官]를 완성한 유정이었도다! 모든 記者들이, 그를 정죄하는 데만 열성을 기울여 정죄한 뒤에는, 그의 이후의 고투에 관해서는 더 말하려 하지 않는 대신, 셋家 쪽에로만 시선을 모두기 시작했을 때부터, 수정 가필까지 거의 불가능한 誤文과 非文이, 그 고장 인류사를 점철해버린다. 誤文的 假定, 假說에 의해서, 비극적이게도 셋네[家]는, 예의 저 절대적 창조주께 종속되어버린다. 人間의 슬픈 전락이 있다. 그러던 날, 앞서 말한, 언어의 황무지로 나아갔던 이가 돌아오며, '포도나무 둥치와 가지'의 비유를 들어서나, 가상 가설적 절대자와 종속자 간에 있던 거리를 좁혀, 종속 관계에 터서리를 낸 일이 있어, 오문에 수정 가필이 행해졌는 듯, 함에도, 아우구스티누스 들이 들불처럼 일어나, 아무도 모르고 못 보는 밤중에, 그를 한 번 더 십자가에 매달아버리고만 일이, 뒤늦게 알려진다. 사정이 저러한데도, 그 모두를 허망한 詩學이라고 매도하는, 일련의 反詩꾼(이라고 일러두자)들이, 역설적이게도, 저들에 합세해, 그의 가슴에 독창을 쏴 던졌다는 후문도 있다. 이런 이런, 이거 이러다, 아우구스티누스의 아손들과, 저 반시꾼들 든 롱기누스의 창에 맞아, 이 가련한 목숨 골로 가는 것 아니냐?" 시동은 그리고, 망연히 들을 내어다보다, 경악했는데, 그 광야를, 황폐를 통째로 무겁게 등에 메고, 어디론가 가며 비척이는 행려자를 본 모양이다. 카인을 본 모양이다. "그는 어쩌면, 아우 아벨을 죽이고 손에 묻히게 된, 이 세상의 어떠한 세정제(洗淨劑)로도 씻어지지 않는, 그 피를 씻기 위해, 이번에는 (하나님이 그 아벨을 대신해주었다는) 세 번째 아우 셋(Seth)의 피를 생각해, 귀향길에 오르고 있는 중인지도 모를 일이다. 셋을 죽이고, 그 피로 그 형의 피를 씻으려 하는지도 모를 일이다. 저들 일가네 '구속'(救贖)의 법칙이 그러하잖느냐. (拙冊『小說法』중「逆增加」참조) 그렇거나 어떻거나, 아직도 그러나, 최초의 가출 소년, 그러나 그도 이제는 늙기에도 지치도록 늙은, 외로운, 우주적으로까지 외로운 카인을, 언제까지고 들을 헤매도록 내버려 둬도 괜찮을까? 그래서 사실론 그의 어미까지도, 그를 저주하여, 그를 제척해버린 것이었는가? 그러므로 해서, 그는 그 대지를 형벌로 짊고, 디딜 자리가 없어, 저렇게도 헤매야 하는가?" 시동은 그러나, 완강히 고개를 저었다. 그리고, 잠시 묵묵해 있다, 이었다. "이 시동이, 스승으로 경배를 바치는, 그이의 고장에서는, 처음 대지를 떠나는 것이 출가(出家)라고 이른다잖던가? 아마도 그렇다면 저 카인은, 자기편에서 대지를 제척해버렸을는지도 모른다. 변절 개종을 했던지도 모른다. 그에게 대지란 무엇이었겠는가? 아우를 돌로 치고 난 뒤, 뒤늦게 그때서야 깨달은 것이 그것이었겠지만, 대지가 분만해내는 것은 '생명'이라는 환(幻)의 죽음말고, 또 무엇이었겠는가? 대지란 저주겠거니! 어머니는 저주겠거니! 그래서 보니 그는, 풍문에 들은, 아마도 그 새로운 대지를 찾느라 그러겠지, 동(東)쪽을 향해 걸어가고 있구나!" 시동은 그리고 눈물을 글썽이었는데, 뻔한 것이 그런 것 아니냐, 시동이 자기는, 타의에 의한 유형수는 아니었음에도, 카인과 비슷한 운명을 느꼈을 테니, 그런 것 아니겠느냐. "이렇게 되면, 카인의 끝없는 배회, '성배 탐색'이라는 투의, 대의도 목적도 없는 배회도, 타의에 의한 것은 아니었을지도 모른다는 생각까지 드누먼." 뇌까리고, 시동은, 외로움과, 갈증과, 배고픔으로 광야를 비척이다 쓰러지고, 또 비척이는 카인을, 눈의 안쪽에서 건너다본다. 그러며, 자기도 반드시 의식하고서 뇌까려냈던 것은 아니었던 듯한, 말들에 체했거나, 아니면 되새김질을 하려는지, 그는 존재하기의 까닭으로, 생각할 수밖에 없는 처지가 아닌가, 씻나락 까는 귀신 꼴을 꾸민다.

"그러구 보니 또", 한참 있다 시동은, 중얼거리기 짓을 다시 시작했다. "「잭과 콩대궁」이라는 얘기가 기억나고, 그 얘기 속의, 구름 위쪽에 사는 거인네의 '하프' 생각이 난다." 그리고 멍한 눈인 것이, 시동은, 그 얘기 속의 광경을 떠올려보고 있는 모양이었다. "이 하프는, 누구든 욕심낼 만한데, '탄주하라'는 명이 있으면, 그것 스스로 선율을 울려내는 것이 그것이었거니. 이 '탄주하라'는 명이, 꼭히 저 특정한 거인의 입술 끝에서 떨어져서라야만, 그것이 탄주를 시작하는 것은 아니어서, 잭도 누구도, 그것을 소유하기만 했다 하면 그것은, 그 소유주의 명을 따랐다는데, 이 점은 중요하다. 본능(本能)만을 제외한다면, 살아 있는 것들의 어떠한 언동(루타)도, 그것이 행해지기 전에, 그 언동에 앞선, 어떤 다른, 언동이 아직 못 되는 언동(아르타)이 있어야 가능할 것인바, 그것, 언동 이전의, 언동 아닌 언동을, 유리에서는 '비자'(Bija)라거나 '쿤다리니'(Kundalini, serpent power), 라고 이르는 듯한데, (도중 中原에서 들은 말이지만, 이건 분명 통상적 관념에 일순 어리둥절함을 일으킬 듯하다) '德'과 같은 것이 문잘배쉐의 언어로 통역을 겪는 과정에서 일어난, 전와(轉訛)에 좇아서는, '권력에의 의지'라고도 얘기되는 것인 듯도 싶다. (이 '德'이, Hsiao Kung-chuan의 *A History of Chinese Political Thought*에, 'ethical nature, spiritual powers, Power, moral excellence, power imparted from the Tao[Dao], virtus, moral force, the powers native to beings and things'라고 정의되어 있다는데, 'Will to Power'를 'as a thing is the sum of its effects'라고 이해하면, 양자는 비교의 대상이 될 수 있다는 것이다[*Nietzsche and Asian Thought*, Chicago University Press, 1991]. 저런 견해는 매우 흥미롭되, 稗見에는 그런데, 어떤 경우, 이런 경우는, 그것, 'effects'의 '因'보다 '果'에 더 주안점을 두고 있어 보이는데, '果'에서 보면, 사실은 '德'이 덕스레 딸려 나올 성도 부르지 않는 것은 아니라도, '因' 쪽에서 보면 차라리 부덕스레 '蠱'가 꾸물거려 나오지 않나 하는데, 하지만 남의 고견을 두고 시비하려 할 일은 아닐 테다. 'Bija'는 그러니, 그 '因' 쪽에 시선을 묶고서 하는 얘기가 될 테다) 그렇다면 저 '탄주하라'는, 언뜻 '밖'의 명인 듯해도, 그것은 '쿤다리니'의 일어남과 같은 의미로 보기로 한다면, '하프'는 '갈피리'에 비해, 보다 더 자동태적이라고 말한다 해도 틀리지는 않을 테다. '갈피리'는 타동태(他動態)인 데 반해, '하프'는 자동태(自動態)라는 얘긴 것. '갈피리'의 선율은 그래서, 채워지는 대로 비워지고, 비워짐과 동시에 그것은, 새로운 수태를 위한 '암컷'이 되어 있는데, '님'에의, '종말인'적 냄새 나는 사모가 시작된다. (어떤 실용주의자들이 이르는) 질그릇의 쓰임새는,

그 안의 무(無)에 의해서인 것. (實用主義者들겐, 實用性이 없는 것은 潛龍이어서, 勿用인 것. 그래서 저 지극히 추상적인 '無'도, 예를 한 가지만 들면, 질그릇 속에 담겨서야 實用性을 획득한다) 반해서, 이 특정한 '하프'는, 채우기 위해서 비워진 것이 아니라, 비우기 위해서 채워져 있음인 것." 시동은 그리고, 빈 들 쪽에로 눈을 보내기는 했으나, 보기는 제 안쪽을 보고 있었는 듯, 멍하고, 바래진 눈을 하고 있다.

"보고, 듣고, 느끼는 것을, 새로 배우려는 나도, 사실은 한 개의 갈피리였었거니!" 그러다 시동은, 쳇머리를 썰레썰레 흔들고, "그러나 나는, 저 피리를 어떻게 자명(自鳴)케 할지는 모르겠는 것이다……" 탄식했다. 그러다 갑자기 쿨쿨거리고 웃었는데, "만약 신이 신 자신에 대해서는 女性이라면, 그에 대해 자신을 '갈피리'라고 여기는 모든 정신은, 클, 클크르흐흐, 사포의 손녀(孫女)들이다." —까닭은 그것인 듯했다. 그 웃음소리는 그럼에도 공허했다.

"호랑이 담배 먹던 시절에, 문잘배쉐에서는, 에노크(Enoch)라는 이가, 사다리를 딛고 하늘에 올랐다는 얘기가 전한 후, 그런 얘기가 한동안 뚝 끊겼다 중년에, 잭이라는 바보 소년 하나가, 땅에 뿌리 내리고 자라, 구름 위까지 뻗어 올라간, 콩대궁을 타고 올라, 구름 위쪽에 사는, 한 거인네의 행복을 교란해버린 얘기가 있어, 전한다. 어른들은 왜 그런 얘기를 아이들께 들려줄 필요가 있었을까? 그것이 '신 죽이기'의 동화적 한 형태였었던 것이었는가? 이율배반적이게도, 신은, 생명을 창조했을 때, 그 생명과 함께 죽음을 창조했었던 듯한데, 인간은, 또한 이율배반적이게도, 주재하는 신을 상정함과 함께, 돌아서서는 이번에는, 자기의 영장성을 확대하려 하여, 그 상정을 붕괴하려는 음모를 사려 넣어놓고 있었던 듯하다. 아니면, 그 얘기의 주제나 목적은, 하나로 집약해 말한다면, '스스로 탄주하는 하프'였던 것인가? 그것은, 땅 위에 있었던 것이었던 것을, 저 거인이 노략질해 간 것이었는가? 아니면, 그런 것이 하늘 어디에 있다는 풍문을 좇아, (잭이) 그것을 훔쳐내 오려 했던 것이었는가? 또 아니면, 그것 또한 '성배 탐색의 얘기'가 동화화한 것이었는가? 이것은 그리고, 짐작해보기의 나름일 듯한데, 그런 것 살펴보기에는, 너무도 작은, 나 시동이의 눈에 비추인 바대로는, '바보(?) 잭'의, 그 바보라는 수피, 수동성 즉 차투린드리야의 극복, 그리하여 자동태성 깨우기라는 그것으로도 보인다. 그리하여, 종내, '갈피리'에 대해선 비보며, '하프'에 대해선 희보랄 한 소식을, 타무스(Thamus)가 전한다, '위대한 신 탐무즈(Thammuz)는 죽었도다!' 아으 너 인간이여, 그대는 그리하여 스스로 제 선율을 불어내고, 스스로 채우는 하프가 되었거니—, '인간'이 재림(再臨)했도다! 그러하도다, 인간이 재림했도다! 인간은, 죽었다던 그 웅신(雄神) 탐무즈를, 그의 안에서 부활케 하였노라, 그리하여 이 인간은, 자동적인, 너무도 능동적인 인간을 성취했노라!" 시동은 그리고, 흰등고릴라가 곧잘 그러듯, 제 주먹으로 제 가슴을 둥퍽 둥퍽 쳤다. 그 소리는 그러나, 한 발 너비도 울려가지 못했다. 침울한 침묵처럼 움츠러들어 시동은, 침울한 얼굴로 침묵했다. 발가락 끝만 꼼지락여쌌는데, 침묵 속에 무엇인가가 앉아, 외로움의 씻나락을 까먹는지, 새로 보스락 소리가 난다.

"그러나 나는, 어떻게 이 하프를 내가 탄주할지, 그것은 모를 뿐이다. 나는 어떻게, 소리의 쿤다리니를 일으킬지를 모르고 있을 뿐이다. 어떤 영감을 기다린다? 그것이란 다시 갈피리가 아닌가? 그것이, 눈의, 귀의, 감촉의 타동태가 아니었는가? 광야를 보지만, 그것은 보여진 것이며, 정적을 듣지만, 그것도 들려지는 것이며, 푸석거리는 햇볕을 느끼지만, 그것도 또한 느껴지고 있는 것일 뿐이다. 신겨지지 않은 신발 한 켤레, 거울 파는 전 앞에 세워진 거울, 아으, 또한 갈피리—, (잘 모르겠는) 기쁨(을 말하기는 좀 쑥스럽기는 하되)이나, 문잘배쉐 십 년의 저녁 식탁을 짜게 하고도 남을 만큼 흘린 짠 눈물은, 슬픔은, 그, 그렇다 해도 자명적인 것은 아니었는가? 그러나 분명 그것들까지도 아니다. 눈물이 어디 까닭도 없이 저절로 흘러내리던 것인가? 님의 숨결 중에, 슬픔(만을 예로 든다면)을 담은, 한숨이, 그 갈피리 속에 채워 들었기의 까닭일 게다. 때로 때로, 사실은 왼낮 왼밤 내내, 무엇 때문엔지 님도 슬프기만 한 게다. 까닭에 갈피리에서는 노상 슬픈 선율만 불려 나온다. '눈은 눈 자신을 못 본다'라고, 꽤는 으스락딱딱하게 깨우쳤던 용수라는 이가, 그러면 그 눈으로, 그 눈의 안쪽에서 무엇이, 또는 누가 내어다보느냐, 는 의문을 일으키고 대답하려 한 대신, 그러면 쉽기야 쉽지, 차라리 보이려는 것들을 지우려 했더라는 고기(古記)가 있어 말이지만, 아으 용수여, 나 우매한 시동은, 그러나 아직도 문잘배쉐의 문턱에 앉아, 보이는 모든 것들, 들리는 모든 것들, 그런 모든 것들에서 알맹이를 까내, 고픈 창자를 달래려 하고 있느니!" 시동은, 한숨을 내쉰다. 제 가슴을 쳤을 때 났던 그 북 북소리를 의기소침이 먹어버린 것이다.

"이후, 저 '잭'은 어찌 되었는가? 소문은 그런다, 그는, 코카서스라던가, 그런 무슨 산의 거대한 바위에 묶였다는데, 독수리가 그의 간을 쪼고 있다고, 소문은 그런다. 누가 그를 거기에 묶어 맸는가? 그는 어찌하여 자동성을 잃고, 비극적 갈피리가 되었는가? '독수리'라는 그 폭력은 어디서 나타난 것이었는가?" 많이 의기소침해진 듯, 시동은 책상다리 좌세를 꾸며 두 다리를 끌어안으며, 제 물음이 사냥개가 되어, 저를 짓찢으려 저를 둘러싸, 이빨을 세우고 있는 것을 본다. 굶주린 개들은, 사냥감을 찾지 못하자, 주인이 풍겨내는 살냄새에 코를 열기 시작한 것이다. 그 주인은, 금기의 방을 열고, 그 안의 금기의 거울을 들여다본, 죄지은 얼굴이다.

"「잭과 콩대궁」 얘기 아니었던가?" 시동은, '결론'부터 얻어낸 저 결론이, 세목적으론, 어떤 경로를 밟아 드러나게 되었는지, 그 시작 쪽에로 다시 돌아가 살펴보려는 모양이다.

"구름 위쪽에 살던 저 거인은, 동화적 필수적 과장법에 의해서는, 매우 좋지 않은 남자로 되어 있지만, 실제에 있어 그가, 그 완력으로, 개구리 웅덩이의 뱀 임금모양 그 동네 이장이나 동장 노릇을 하며, 동민의 고혈을 짰다거나, 처녀 애들을 괴롭혔다거나, 배고프면, 홍당무 뽑아 먹듯, 애들을 집어 올려 뚝뚝 잘라 먹었다거나, 그런 아무 얘기도 되어 있지 않는 걸로 보아선, 평온스레 살려 했던 남자였던 것은 충분히 짐작된다. 비해서, 하늘 원정에 올랐던, 저 조무래기는 어땠었던가?…… 그래서 보니, 이 쬐꾸만 놈은, 그 자체가 폭력성으로 똘똘 뭉친 놈이 아니었던가? 아니, 폭력 자체가 아니었던가? 폭력은 반폭력을 일으켜 세운다, 그리하여 평소 온화했던 거인도 또한, 폭력을 휘두르기에 이른다. 두 폭력 간의 목적이나 이념은, '스스로 탄주하는 하프'가 되어 있는다. 결과는, 쾌거, 쾌거! 땅의 폭력이, 하늘의 폭력을 타도 분쇄하는 것으로 나타난다. 거기, 땅의 폭력을 승리로 이끌게 한 중요한 한 인물이 있었으니, 다름 아닌, 바로 그 거인의 거인 안댁이었음을! 그 옌네가 바로, '몸의 우주'의 시인들이 찬양과 경배를 바치는 '가이아'(Gaia)였음을! 아들과 공모하여, 자청하여 과부가 된다." 시동은 잠시 중얼거리기를 멈추고, 그렇게 되어 있는 얘기의 이 일점이 풀기 어려운지, 생각에 잠긴다.

"이를 두고, 어떤 이들은, '요카스테 병증'(Iokaste Syndrome)을 운위하려 들지 모른다. 그것을 두고 '복합증'이라고 이르지 않고, '병증'이라고 이르는 것은, 그것은, 모든 어머니들이 다 갖는 것이어서, 아예 거론할 바가 아님에도, 거론될 때는, 그것이 이 여성의 범심(凡心)보다, 훨씬 강하게 드러나, 심지어는 병증이라고까지도 진맥되기의 까닭일 것. 그럴 때, 이 평범했던 여성이, 잠재해 있던, 전여성성(全女性性)을 드러내는 것일 것이다. 그래서 어떠한 폭력도, 그것에 닿으면, 그 뾰족함을 잃는다. 라는 말은 반폭력 대신, 중화(中和)나 인(仁), 아니면 와해의 현상이 일어난다는 얘긴 것. 그렇다 해도, 이 엔네가 무슨 창을 꼬나든 발키리의 모습도 아니어서, 노상 저 거인 남편의 그늘 쪽에 가려져, 있어도 있는 듯싶지 안 해, 무슨 배경이나 꿔다놓은 보릿자루 따위로밖에 보이지 않는다. 여성주의를 부르짖으며, 발키리성을 강조하는 이들은, 이런 엔네를 멍청하고, 소갈머리 없는, 무슨 무척추 암컷쯤으로나 건너다볼 듯도 싶다. 남성들 속에도 그런 것이 열 개 중 아홉 넘게 있다면, 여자들 가운데 인들 왜 없겠는가? 마는, 그런 엔네가, '잭'네서는, 폭력에 대한 반폭력으로서가 아니라, 和나 검음[玄, 黑]으로서, 아니, 매우 좋지 않게 말해, 엉덩이가 무거워 퍼 내지르고 앉아 날쌉지 못한 데다, 멍청해 따져볼 줄을 몰라 노상 손해만 보는, 둥글 널팡한 정으로서, 그렇다, 결코 그 갚음을 바라지 않는 사랑으로서, 운문적으로 말한다면, '거친 自然에 대한 詩的 抒情'으로서, 아으, 그것은 얼마가 찬양되어져도 여전히, 그 아름다움의 발가락 하나도 다치지 못하거니(!) 남편 라이우스(Laius)를 패배케 한다! 이율배반적이게도 그리고 패배당한 남편의 승리를 위해, 그 여자는 자식과 결혼한다. 이 자식이 누구인가? 아무 연척도 없는, 느닷없는 타인인가? 그렇다면 거기 여성의 불륜이 있다. '二陽一陰' 따위를 통한, 우주적 출산이라는 희귀한 처용가를 제외한다면, 자기의 배앓이로 낳은 그 자식은 언제든, 그 여자의 남편이 아니겠는가? 자식 크로노스의 손을 빌려, 남편 우라노스를 패배케 한 어미가, 그 자식과 동침하는 것은,

종족 보존 역사의 Illo Tempore인 것. 태생(胎生)과의 관계에만 한정해 말해야겠지만, 생성 중인 태를 확대 외현(外現)해 놓았을 때 보이는 풍경은 저러할 테다. 그래서 아버지는 패배를 통해 승리한다." 시동은 또 입을 다물고, 생각에 잠긴다.

"여성(女性)은 아마도, 그 자체로는 언제든 무성적(無性的) '루타'이다. 함에도, 특히 판켄드리야道에, 어떤 종류의 변이된 현상이 드러나는 것이 보이는데, 이 루타에 수용되어지거나 제휴한 '아르타'가, '아버지'인가, '아들'인가에 좇아, 이 루타가, 계모 아니면 백설 공주에로 전신하게 되는 것이 보인다. 전자는 언제든 자식을 패배케 하고, 후자는 노상 남편을 패배케 한다." 시동은, 다시 생각에 잠기느라 중얼거리기를 멈춘다.

"이후 저 잭은 어찌 되었는가? 소문은 글쎄 그런다. 그는 그 죄로 어떤 거대한 바위에 묶였다는데, 독수리가 그의 간을 쪼고 있다고 소문은 그런다. 누가 그를 거기에 묶어 맺는가?" 시동이의 혀는 다시, 익드라실을 부지런히 오르내리며, 윗가지 위에 앉아 까마귀들이 여기저기서 물어온 세상 흉보는 얘기를, 뿌리에 실어 나르는, 다람쥐가 돼 있다.

"누가 그를, 거기에 묶어 맺는지는, 현재로서는 잘 알 수가 없는데, 어쨌든 그가 거기 묶여 있는 것만은 확실한 것. 동화적 여러 장치나, 소품들을, 성인용으로 대치한다면 '저절로 소리 내는 하프'가 그중 중요한 품목으로 꼽히는데, 그것을 만약, (청각적인 것을) 시각적인 것으로 환치한다면, ('소리'가) '빛'으로 몸바꿈을 하는 것을 보게 된다(해도, 무리는 없을 성부르다). 스스로 울려내는 소리는 빛이다. 하늘에서는 '빛'인 것이, 땅에서는 '불'이라고 이른다면, 땅의 빛은 그러니 불이다. 한낮 하늘에서 별을 따 내리려는, 소년들은, 어느 마을에나 한 둬씩은 있는, 그 흔한 '잭'인데, 그 잭의 별 따기, 즉 탐색이 '불'과 관계되어졌으면, 이후 '프로메테우스'라는 이름을 입고, '권세'라는 '엑스칼리버'와의 그것에서는 '아서'가 나타나며, '성배' 문제로는, '안포-타즈'라는 이름들이 우선으로 꼽힌다. 동화적으론, 왜냐하면, 실현될 성부르지 않는 것을 추구한다는 의미에서, 시작은 그 모두 '용감한 바보 왕자'며, 그리고 그들이 찾으려는 대상은, '세상에서는 그중 아름다운 공주'인 것." 성배라는 이름이 들먹여지면, 우선적으로 안포-타즈라는 이름이 들먹여지는 것이겠으나, 이 경우는, 말한 바와 같은 '용감한 왕자'이기보다는, 유리의 전설(『七祖語論 3』, 「序 童話 한 자리」)에 나오는 '琉璃城'의 성주, '열엿새 달 같은 공주'를 볼모로 삼은, '붉은 龍' 같은 이라고 해얄 테다. 아, 그러구 보니, 그 생각도 나는구먼." (이런 자리쯤에선, 담배 한 대 피워도 좋을 것인데, 어찌 시동이, 골통대에, 하다못해 마른 풀잎이라도, 침 뱉어 으깨, 채워, 피우며, 그 연기에 한숨 실어 보냈다는 얘기가 없냐. 하긴, 세상이 누렇게 떠 보이도록이나 그는, 말의 담배질에, 구역질을 해대고 있는 듯하다) 시동은 그러나, '그 생각'은 미뤄둔 듯, 해오던 생각에다 생각을 잇는다.

"훔친 그 '불'로, 프로메테우스는 뭘 했던가? 어찌했기에, 그 형벌로 바위에 묶이고, 독수리는 하필 그의 '간'을 쪼았던가? 누가 그 형벌을 내렸는가?" (패관은 담배 연기 한번 깊이 들이마시고) 시동은 생각을 뿜어내기를 계속한다.

"프로메테우스도, 매우 다른 두 종류가 있거나, 하나뿐이라면, 그 크기가 아자가라 구렁이만큼은 크다. 둘이라는 경우는, 그 하나는 '문두룸'이라는 벙어리 뱀이며, 다른 하나는 프로메테우스인 것. 하기는, 저렇게 둘로 나누고 봐도, 어째선지 하나로 보인다. 저 문두룸은, 세상의 불을 모두 저 혼자 착복해, 세상을 아주 갖다가시나 니플하임[凍土]으로 만들었다는 그 장본인인 것은 주지하는 바와 같거니와, 그 불을 토해내게 하려 하여, 어떤 '웃기는 새'가, 잭(Jack)짹잭 까불어대기 탓에, 저 벙어리 놈이 그만 실소하다, 불을 토하게 되었다는데, 프로메테우스의 간을 쫀다는 그 독수리가, 저 까불이 새는 아닌가 몰라? '간'이 무엇인가? '불'인 것? 이런 견지에선, 저 문두룸과 프로메테우스는, 이명동인(異名同人)인데, 무엇보다도 주목을 요하는 점은, 프로메테우스가 거인이었다는 것일 게다. 그의 형 되는 자가, 그 어깨에 땅을 받치고 있어, 땅이 무너져 내리지 않는다고 하니, 그 거인들은, 새끼 개구리들이 보고 와, 어미께 보고해준 일로, 그 어미가, 자식들 기죽지 말라고, 어미 자기도 작지는 않다는 것을 보여주려, 계곡의 바람이라는 바람은 모두 들이키려다, 배통이 터져 죽은, 이솝네 소만큼은 컸던 모양이다. 아으, 그러면 알게 되는다, 알게 되는 것은, 세상이 왜 이리 더러운 냄새에 차 있으며, 미로여서 어디에도 닿지를 못

하겠는지, 그 까닭을 알겠는 것이다, 알겠는 것은, 유리문(羑里門)의 '균론'(菌論)도 알겠는 것이고, 그리고 알겠는 것은, 유정들은 한 번도, 저 문두룸—프로메테우스의 창자 속을 벗어나 보지 못했다는 그것도 알겠는 것이다. 사람들은 그래서, 그 구속, 그 장애로부터의 해방을 성취하려 하기도 하되, 유토피아도 꿈꾼다. 해탈과 유토피아? 하나는 밖으로 꾸어진 꿈이며, 다른 하나는 안쪽에서 꾸어진 꿈이다." 시동은 피우지도 않은 담배 지랄인 듯, 왝왝 건구역질을 해대다, 그 이상한 순례자로부터 들어 뒀던, 당시엔 그저 재미만 있어 쿨쿨 웃었던 얘기 하나를 기억해내고, 오늘은 숙연한 빛을 얼굴에 띤다.

"그이의 고장에, '본종'(Bon宗)이라는 것이 있는데, 이 '본'(本?)문에서는, 사람의 육신[17] 그 하나하나가 균(菌)들의 우주(宇宙)라며, 상처를 입거나, 독물 따위를 먹게 되었거나, 심지어는 자살을 하는 것 등은, 그 속에 사는 균들을 학살하는 큰 죄악으로 친다, 고 일렀더랬다. (얘기가 다른 방향으로 훨씬 진행되어지기 전에, 이 자리에서 거두절미라도 해두어, 새삼 되돌아오는 일을 미리 막음해 둘 것이 있다면, 그리고 있는데, 그것은 다름이 아니라, 이 균들의 한 우주라는 한 유정, 한 유정들의 自然死나 病死, 偶發死 등은, 그 균들에 대해서는 '體의 解脫'에 속한다는 것, 그것이다. 그러니까, Microcosmic 體의 해탈은, 끊임없이 되풀이되는 것이라는 얘기인 것. 확대한다면, Macrocosmic 體의 해탈이란들, 이것과 다를 게 있겠는가? 마는 그런 결론을 미리 끌어들일 필요는 없을 테다) 그런즉슨, 누군가는 법(法)을 이 '균세'(菌世)로 짊어지고 들어가, 저 무명 중생도 교화·구제하는 큰일이 아직도 남았다고, 그래서, 나 시동 웃었더랬더니……, 그이는 그리고, 저 특정한 법을 설한 고장의 우주적 현자들은, 삼천대천세계뿐만 아니라, 저 삼천대천세계의 축소된 형태로서의 사람에 대해서도, 저렇게 밝게 본, 위대한 관찰력을 갖고 있다고 하며, 저들에 대해선 경배밖에 바칠 게 없다고, 합장하여 백 번 머리 숙였더랬는다. 소우주 내의 균들의 입장에서 보면, (그이는 계속했었다) 유정의 육신 하나하나가, 그것들의 삼천대천세계인데, 그 안에서 그것들의 사고(四苦, 生老病死)가 끊임없이 되풀이되어지고 있는 것에 의해, 사람의 몸이 그것들께는 삶의 터전, 즉 체(體)화해 있음을 본다. 이래서 보면, 그것들의 한 우주도, 사람들이 밖에 대해 이해하는 삼천대천세계와 똑같은 것이 분명하다. 이런 견지에선, 우리 사람들이 이해하는 우주도, 그것 자체로는, 하나의 거대한 생명체라고 이해되어지는바, '원인'(原人, Original Man) 사상은 그렇게 이뤄졌을 법하다. 저 대소(大小)우주의 시간이며, 그 속에 서식하는 유정들의 수명 따위의 문제를 들어 생각해 보려 하면, 그 얼마나 즐거운, 또는 고통스러운 몽상이겠으? 그러는 자는, 반나절쯤의 밭갈이를 뒤물리고 말 듯한데, 집 뛰쳐나갈지도 모르겠는 걸. 인해서 이 늙은 비구는, 땅[地球]이라는, 우리들의 이 삶의 터전은, 다름 아닌, 저 原人의 자궁(子宮)에 해당된다는 믿음을 가져오거니와, 거기서 생성(生成)이 있기 까닭이다. 이것이 만약, 저 원인의 자궁이라면, 이것은 왜냐하면 생성만을 하는 자리여서, 죽음이 가능치 못하다는 결론이 도출된다. 이것은, '不生不滅'이라는, '마음의 우주'의 달마를, '몸의 우주'에 적용해도 남거나 모자람이 없는 자리라는 것을 알게 하는데, 문잘배쉐에도, 그것을 명철하게 관찰한 이들이 해놓은 말씀이 있다, '아담은 흙에서 태어나, 흙에서 살다, 흙으로 돌아갔으니, 태어난 바도 죽은 바도 없다'는 것이 그것이다. 그러던 어떤 때 그런데, 이 자궁 속에서, 판켄드리야들만의, 불가능하지만 이상스러운 유산(流産) 현상이 일어나버린 것이다. 재생(再生) 대신에 중생(重生), 즉 거듭 낳기라는 의지(意志)가 심겨 든 것이다. 거듭 낳기란, 꼭히 육신적 죽음을 통한 새 생명만을 의미하는 것만은 아니라는데, 그래서 이것은 윤회나, 재생과는 판이한, 그래서 자연의 질서를 교란한 의지였던 것이다. 문화적 의지였던 것이다. 아담이 그리하여, 흙을 떠난다. 하와가, 신을 패배케 하고 인간을 일으켜 세운 것이다. 그것이 인간의 재림인 것. '말씀의 우주'가 개벽한다. '再生', '윤회'라는 '몸의 우주'의 복음이, '重生'이라는 '말씀의 우주'의 복음으로 전이를 치렀거니와, 이 또한 그러나, 그것이 계속해서 생명과 연계되어 있는 한, 예의 저 자궁을 벗어나 있는 것은 아니라는 게 살펴지고, 사실은 그런 결론이 도출된다. 이때, 그 자궁을 더러운 냄새의, 누런 양수의, 똥의 웅덩이[黃泉], 즉 짐승의 배 속이라고 고통 자체라고, 못 견뎌 하는 이들의 탈출에의 음모가 싹트게 될 것인데, 그러면 再生이나 윤회, 重生의 고리를, 꿰미를, 괴로움을 끊어버릴 수 있을 것이라고 믿어 그럴 것이다. '마음의 우주'가 개벽한다." 시동은 그리고, 자기의 귀에다 청력을 집중한다, 어디만큼, 또는 어떤 말의 구절들이 순례자의 법설이고, 어디만큼, 어떤 구절들이 자기의 생각인지, 그것이 불분명해, 그러는 모양이다.

"그 몸이 너무 불어나, 펜리르라는 늑대모양 불어나, —하, 이래서도 개와 구렁이는 同族일 터! —우주를 빼꼭 채워버렸다는 구렁이 아자가라—문두룸—프로메테우스는, 부동(不動)의 바위에 묶였다고 이르는 것일 터이지만, 누가 그를 묶었든, 다른 수 없어 스스로 묶여 들었든, 이제 그것이 무슨 상관인가, 이래도 저래도, 그는 더 움직일 수 없이 되어버린 것을……." 시동은, 입을 다물고, 생각에 잠긴다.

"그런데…… 말이지 그런데……" 머뭇거리다 시동은, 빠르게 잇는다. "누가 만약, 늘 거기에 있는 '불'을 개의하기 시작하면 그는, 간(肝)을 앓다, '고자'가 돼버리는 것은 아닐 것인가?" 시동은, 비약하고 있었다.

"자기 속의 어떤 것을, 개의하기 시작하면 그것이 어느 찰나, 대상화(對象化)해버리는 위험성이 있는데, 초월자도 그런 까닭에 의해 유정의 외재적 존재자화한 것인 듯하거니와, 그때로부터 인간은 '심정'이라는 신이 강림한다는 제단 쌓아, 즉슨 갈피리가 되어버리는 것일 것. 어쨌든, 자기 속의 무엇의 대상화란 그래서, 위험한 짓일 게다. 고독한, 침묵의 문두룸은 그러면, 그것을 대상화했기의 까닭으로 불을 잃는다. 목구멍을 통해 후루룽 빠져나가 버린다. 입을 꾹 다물고, 침묵을 지켰어야지! '불'은 이제 그의 속에는 없다, 이제 그 불은, (元素가 갖는 초력성에 의해) 예배의 대상이 된다. 사제(司祭)는 이제 고자이다. 스스로 아르타를 분리해내 버린, 좀비-은둔게가 방 삼는 빈 조개껍질-송장 같은, 루타만 남는다. 이런 고자가 치리하는 대지는 별수 없이 황폐해지고, 그리고 그 황폐를 그는 앓는다. 이 황폐는, 횡적(橫的), 이차원적이라면, 그것 위에서 운영되어지고 있는 삶이나 생활의, 종적(縱的), 삼차원적인 그것은, '가난, 빈곤, 춥고 배고픔'이라는 따위로, 모양새가 바뀌는 것도 보아진다." 시동이는 머뭇거린다. 시동은, 안포-타즈와, 그가 구현했거나, 하려는 그의 유토피아에로 잠시 돌아간 듯하다.

"그는, 그 황폐를 극복하려 하지만, 이제는 그 극복의 방법까지도 생각해낼 수 없고 있는다. 그러기 전에 그는 물론, 그 극복의 방법을 강구하기 위해, 주야로 명상하고, (그것은 나 시동이가 노상 봐왔던 것) 세월도 없이 고통했을 것이었다. (그것 또한 시동이 보아왔던 것) 불 잃은 자리의 아픔은, 이 아픔이 었을 것으로, 지금은 보인다. 그러던 중 그는, 저 황폐의 극복에 대해 절망했었을 것이며, 대신, 그것을 차라리 종교화하려 하기 쪽에로 눈을 돌렸을 것이, 지금이라면 용이하게 추측된다. 저절로 따라붙는 추측은, 불모, 황폐를 앓는 이 사제는, 신의 무거운 짐을, 자기의 어깨에 대신 짊어져 주었던, 구레네 사람이 되기를 바랐을 것이라는 것이다. 제이의 구레네 사람이 되기는, 앓고 있는 그에게는, 매우 쉬웠을 것도 용이하게 짚인다. 그러자부터 그는, 자기의 환처를 성스러운 앓음이라 쳐, 그 고통을 인고할 만했었을 것인데, 그래서 그는, 고기 낚기에 나설 수 있었을 것이었다. 밖에서는, 이 어부왕이 낚은 물고기가, 문잘배쉐 성민의 일용할 양식이 되고 있다는 풍문이 있다는 풍문도 있었다. 그런 풍문은, '물고기 몇 마리로 몇천 명의 군중을 먹이고도, 광주리 광주리 남았다'는, 이제는 고사(古事)가 되어버린 그것에 연결될 때만 가능한 것일 것인데, 이 의미는, 안포-타즈의 종교가, 모종의 성공을 거두기 시작한 것일 것이었겠는다. 분명하게 말해버리기로 하면, 그는 '인류의 죄'를 대신 짊어졌다는 이의, 수난에 따른 고통을, 대신 앓으려 하던 중, 그 아픔 앓음을 문잘배쉐의 것으로 환치, 확산하기에 성공적이었다는 말인데, 그러기 위해서 이 구레네 사람 시몬은, 그것을 어떤 식으로든, 체계화하지 않으면 안 되었을 것이었다. 그러지 않고, 한 개인의 아픔 앓음의 집단화는 어려울 것은 분명하다. 그래서, 체계화한 종교들이(란, 이제껏 單數였던 主語가, 갑작스레 複數化를 겪은 것이 보이는데, 그러고 보면, 특히 이 한 자리에서만은, '안포-타즈'가 보통명사화해 있는 것이 짚인다) 생겨나고, 신(들)이, 회당이나 사원 속에, 성스러운 억류, 유폐를 당하게 되는 결과가 초래되는 것일 것이었다. 그러면 사원이나 회당들 간에, 뛰어넘거나 헐어낼 수도 없이 높고 단단한 담이 세워지고, 이 슬픈 볼모들은, 자기들을 볼모 삼은 이들의, 식탁을 기름지게 하며, 잔을 넘치게 하기 위해 주야로 혹사당한다. 예배라는 따위, 썩는 창자 냄새가 나는 날것들의 털을 뽑고 내장을 씻어, 정결한 상을 마련하기에, 또 뽑은 그 털로 영광의 머리 장식

만들기에, 그리고 신도들이 거둬들인, 기도나 찬송이라는 포도송이 밟아 으깨 포도주 만들기에, 잠시의 휴식도 취하지 못한다. 그것뿐이겠는가, 자기들을 볼모로 삼은 이들의 장화도, 그 댁 어린 것들의 밑도 닦아줘야 할 뿐만 아니라, 안댁들의 개짐도 빨아, 가슬가슬히 말려야 한다. 그러고도 그것은, 일상적 안[內] 일일 뿐이다. 바깥으로, 포교라는 성업을 위해, 지옥의 유황불에 창도 칼도 방패도 대장질해야 하지만, 말한 바의 성업을 위해 이웃 신들의 성역을 공략하는 데 전초에 서기도 해야 한다. 저편 쪽 신의 대가리를 잘라, 창끝에 꽂고, 자비, 박애, 긍휼, 화해, 그리고 평화 따위를, 그 신들이 흘린 피로 크게 써, 창 자루에 높이 매달아 개선할 때는, 그 신들의 처자식들을 모두 노예로 끌고와, 성벽을 더 높이, 더 굳세게 쌓는 일에 혹사하고, 전리품은 모두, 저들을 볼모로 한 사제들의 창고에 쌓는다. 그럼에도, 이 혹사당하는 슬픈 볼모들을 타도하려는 이들이 또 있는데, 何以故? 어부왕의 사원에는, '聖杯'가 성스럽게 억류되어 있다. 누가 그를 그렇게 만들었는가? 그가 주로 '뫼시는 이로부터 부탁의 서한이라도 한 통 받았는가?' 건 알 수 없으되, 제이의 구레네 사람이 되어버린 자는, 그리하여 제일의 메시아의 짐을, 자청하여 자기가 짊어져 버렸으므로 해서, 제이의 메시아가 되어버린 것이다. 제일의 메시아의 '물고기'가, 제이의 메시아의 '성배'가 되어 문잘배쉐 성민들 속에 심긴다. '물고기와 성배'는, 그 루타는 같게 보이지 안 해도, 그 아르타는 같은 것들일 테다. '스스로 된 고자'주의를 부르짖는 자나, 고자가 되어 있는 자나, 그 양자는 다 거세(去勢)된 자들인데, 양자는 공히, 그 거세를, 연금술적 질료, 예를 들면 납이나 유황 따위의 변전에 나타나는, 납성이나 유황성의 죽음, 또는 그 거세 다음의 알베도(Albedo)로 이해하고 있어 보인다. 오늘이니까 말이지만, 스스로 된 고자가 아닌 고자인 자(안포-타즈)의 고자주의의 확대는 사도(邪道)였던 듯하다는 말밖에 할 수가 없는 것이 유감이다." 그리고 시동은 침묵했는데, 이 침묵은 반나절쯤을 침묵 속에 삼켜 넣었다. 그러는 동안 시동은, 꽤 오래전의 옛날로 돌아가, 그런 어떤 날의 기억을 떠올리고, 그것 속에 빠져 허우적였던 듯하다. 그리고, 호수도 전에 없이 잔잔하고, 고기도 찌 흔들기에 몹시 게을러, 갖다가시나 그냥 고답적으로 권태스럽던 어떤 오후, 졸음 삼아 그가 도란거렸던 얘기를, 시동은 그땐 졸면서 귓등으로 흘려냈지만, 오늘은 시퍼렇게 깨어, 흘렸던 그 얘기들을, 그것이 혹간 그만의 '리쿠르구스식 사회주의'의 설파나 아니었던가 하고, 새로 주워 담고 있다. "리쿠르구스식 사회주의란, 조성(造成)된 어휘 그대로, 그의 치하에서는, '人間'까지도 공유(共有)인데, 리쿠르구스에 대해서는, 그 모두가 그의 사유(私有)화한다는, 그런 뜻이다. '생산수단을 공유로 한다'는 대의에 있어 그것은, '사회주의'를 표방하고 있음에도, 그 공유의 생산수단을 통해, 창출되는 이윤의 (그냥, 말하기의 편리를 위해) 대략 이 할 정도만 생산자들 손에 쥐어지고, 팔 할은 리쿠르구스에게 돌아간다는 경우—이는, 가난의 이념으로 체제화한 사회주의, 리쿠르구스식 사회주의랄 것이다." 어부왕은, 수분으로 혀를 좀 적신 뒤, 이어갔다. "그러면 리쿠르구스는, 손에 움켜쥔 저 비축 자산을 무엇에 쓰는가, 그것이 궁금해지기도 하지만 어찌 되었든, 리쿠르구스주의는 너무도 널리 잘 알려진 것 아니냐? 그걸 들어 뭘 더 말할 필요가 있겠느냐. 그렇다면 그것은, 드러내 보이기는 사회주의 이념을 실천하려 하고 있음에도, 그 실체는 이미 그것보다 거리가 먼 체제여서, 그것을 사회주의라고, 또는 이상적 체제라고 추종하려는 자들이 있다면, 그 환상 때문에 그들은, 맹장 정도나 남기고, 모든 것을 잃게 되지나 않을까, 그것이 걱정스럽게 된다." 어부왕은 그렇게, 긴 각주를 붙였었다. 시동은 존재하기 탓에, 생각한다. 하기는, 어부왕이 치리하는, 문잘배쉐라는, 오직 이 한 경우겠지만, 이런 주제, 즉슨 치리하는 자가, '병고—황폐' 따위를 국시(國是)로 삼고 있다는 경우, 치리하는 자가, 자기는 흑사병이나 나병 같은 돌림병을 백성들에게 뿌리려 한다고, 백성들 앞에서 직접으로 밝힐 리는 결코 없는데, 그럴 때 치리하는 자는, 백성을 설득하기 위해, 그럴듯한 (유리의 순례자의 造語, 그리고 그것에 대한, 그의 식의 造意를 빌려 말하면) 에우페메리즘(Euphemerism)의 방편을 빌리려 함에 분명하다. '병고', '불모', '황폐'에 대한 '가난'이라는 것이, 그것인 것. 오늘, 시동은 그리고, 그 에우페메리즘을 원상에 돌리기에 의해, 그 본의의 전모가 밝혀지고 있음을 보기 시작한다. 그럼에도, 어부왕이, 하필 자기의 시동이에게, 왜 자기를 고백했던지, 그 까닭은 짚어낼 수가 없는데, 그 대답은 찾아도, 못 찾아도, 그것이 무슨 다름을 만들게 된다고는 여겨지지 않는다고, 그래서 시동은, 그 대답 찾기는 덮어 둔다. 어부왕의 얘기는 계속된다.

"옛날 옛적, 여기 어디 인근에 한 왕국이 있었더란다. 왕국의 이름은 문잘배쉐였으며, 왕, 이라기보다는 성주라고 해야겠지, 의 이름은 안포-타즈였더라지. 힘도 좀 세고, 꾀도 좀 남다른 기사 하나가, 어느 고을이나 성을 하나 차지해, 그 안의 백성이 내는 세금을, 자기의 창고에 거둬들이면, 그가 그 백성의 어른이 되어버리던 시절이었겠다." 옛 얘기 조랑거리는 화롯가의 노파모양 왕도, 화도(話道)의 수순을 잘 챙겼었다고 시동은, 우선은 수긍하고, 그러고는 얼굴을 찌푸린다. "'얘기'라는 게 말이다, '옛날 옛적, 어디에 무슨 이름의 왕이 치리하는 무슨 왕국이 있었다'라고 서두를 끄집어내면, 그 당장 그 얘기에서 통시태성(通時態性)이 뽑혀 나가고, 공시태(共時態)를 취하는 것이 관찰되어지던데 말이다, 결과는, 투박하게 싸잡아 말하면, 전혀 현실성이 없는, 어느 시대의 얘기도 아닌 허황한 것으로 끝나, 금방 스러져버리거나, 또는, 모든 시대의 얘기로도 되어, 그럴 만한 가치를 지니고 있다면, 불멸성까지 획득할 수 있게 될 것으로도 여겨지는데, 대표적인 것들로 예를 든다면, 아직껏도 인구에 회자하는 동화나, 전설, 신화들이 그런 것들 아니냐? 그 '의미'나 '시대성' 따위들은, 듣는 자들이, 자기들식으로 조립해 넣을 테다. 아비는, 이런 투의 얘기의 약처는 약처대로 열어두고서라도, 그 장처 되는 쪽에 강점을 뒀으면 하는데, 그렇게 하기로써, 거 왜 민간에서 흔히 쓰이는, '흘러간 옛 노래'라는 말 있잖으냐, 그런 이미 흘러간 옛 노래에다, 새 정조나 정서를 짜 넣게 되기를 바라서 그런다." 족거치! (시동은 흘러간 옛 노래 속에서, 그런 소리 하나를 꺼낸다) 왕의 얘기의 '序頭'는, '蛇足'이었다, 이런 못 참아낼 oxymoron! 시동 히 웃는다.

"땅의 메시아도, 그 종류는 여럿이겠지." 어부왕은, 갑자기, 거기서부터 새로, 얘기를 시작했었다고, 시동은 기억해낸다. "그 결과야 어떻든, 시작으로써, 백성을, 현재와는 다른, 어디론가 이끌어가려는, 대의와 목적을 가진 자를, 그렇게 이를 수 있다면 그렇다는 얘기다. 모세가 생각나고 기독이 떠오른다……" 어부왕은, 이 대목에서 오래 침묵했었더랬는데, 시동이도 오늘, 그 대목에 기억이 머물자 침묵하기를 오래도록 했다. "오늘이라면, 그이가 그때 했던 침묵의 까닭을 알 듯도 싶구먼." 시동은, 이 자리에다 제 의견을 삽입했다. "오늘이라면, 그가 말했던 '복이 있다는 그 가난'을, '병고'(病苦)라고 환치해 들어야 뜻이 통한다는 것까지도 통해지누먼." 말하고 시동은, 어부왕이 했던 말을, 귓속에서 조립하며, 혀끝에로 옮겼다, "그가 치리하는 그 영지 내의, 한 절대적 군주의 병고나 빈혈증 따위가, 확산을 겪어, 집단적 형태를 띠면, '황폐'나 '가난'으로 환치될 수도 있을 것이기도 했다. 그건 어쩌면 당연한 귀결이었을지도 모르는데", 시동이의 얘기는, 어부왕의 것인지, 그 자신의 것인지, 그것도 잘 분간하지 못하게스리 섞이고 있었다.

"허, 허허", 허탈스레 웃고 어부왕은, "우리 말이지, 한번, 땅의 메시아 중에서도, 매우 파격적이랄, 어떤 한 범주의 메시아에 관해 말해보는 것도 심심풀이는 충분히 되겠지?"라고 하며, '우리'라고 말했을 때 그는, 자기의 시동의 눈을 깊이 들여다보았었다고, 그때 그 자리에 있었던 시동은, 기억해낸다. 그리고 얼마나 하릴없고 외로운 늙은네였었으면, 아직 눈도 못 뜬 강아지 정도인 어린 것을 '우리'라고 이르며, 말 상대로 삼았겠는가, 고해청문사로 삼았겠는가, 허기야 그래도, 허공에 대해서보다는 나았겠지, 라며, 시동은, 미소 짓느라 그러는지, 갈라 터지고 갈라 터지느라, 마른 번데기를 물고 있는 듯한 입술에서, 미세한 주름 하나를 조금 폈다. "문잘배쉐 궁내의 유모의 젖에 자라, 성배 밑의 성역 안에서 보호받아져, 너를 지켜보는 이가 헛눈이라도 팔았다 하면, 영락없이 바깥 길거리 애들 속에 섞여, 이상스러운 말부터 주워 들어오고 한 적은 있었으나, 너로서는 밖의 사정이나 형편이 어떤 것인지, 알 수가 없겠지. 글쎄, 그렇게 하루하루를 사는 것이 사는 것이려니, 그렇게밖에, 달리 울밖의 세상은 어떤지, 그들은 어떻게 사는지, 그런 걸 무슨 수로 알겠느냐. 더 보아야 할 것도, 더 들어야 할 것도 없을 일이다. 화롯가에서 옛 얘기를 조랑거리는 할머니들의 입술을 통해서 말고는, 문잘배쉐의 다른 아이들은, 네가 네 멋대로 읽고, 네 멋대로 꿈꾸는 것과 같은, 동화나 전설, 영웅담 같은 것은, 아예 손도 대볼 수 없는 것들이어서, 문잘배쉐의 어린이들은, 너나 파르치발처럼, '용감한 왕자'나, '독룡을 퇴치한 무적의 기사' 등의 꿈도 꿀 수가 없을 게다. 그럼에도 너만은, 네가 즐길 수 있는 모든 꿈을 즐기고 있고, 그 까닭으로 어느 날 문잘배쉐를 떠나려 할지도 모르는데, (아항, 그때 이미, 저 교활한 늙은네는, 자기의 시동이를, 성벽 꼭대기에서, 바깥쪽을 향해, 등때기를 밀어, 떨어뜨려 버렸던 것이었구나!) 그러면 그때, 네가 자란 자리에 대해, 새로운 눈으로 뒤돌아보려 할 것이 분명하다. 사실은, 늙은 아비가 바라는 것은 그것이다. 아비가 오늘은 그래서, 장창을 꼬나든 기사나 용감한 왕자 얘기 대신, 문잘배쉐가 어떤 위난에 처할 때마다, 如來한다는 탈리에신(Taliesin), 詩人 탈리에신, 창을 꼬나든 무사가 아닌, 하프나 리라를 켜는 하필 시인 탈리에신을 기다린다는 얘기를 들려주었으면 한다. 이제는, 늙은 독룡까지도, 자기가 만든 함정에 자기가 빠져들어, 그 함정을 벗어나기는 이미 좀 늦은 감이 없잖아 있어 말인데, ……그런즉슨, 왜 파르치발은 아닌가? 글쎄다, 그 얘기를 하려면, 별 필요도 없이 장황해지겠지? 문잘배쉐의, 병든, 흰 용 하나는, 퇴치당하고 싶은 것인 게다. 이 '퇴치'란, 저 병든 흰 독룡의 원하는 식의 죽음, 문잘배쉐의 황폐를 싸안아 죽는 죽음, 그 죽음의 뜻일 것으로, 어느 날 이해해준다면 좋을 게다. 이 병든 독룡은, 기사(騎士)로서는 자기와 비슷한 다른 기사의 창끝에 쓰러지고 싶지는 않은 것이며, 그래서 그는, 문잘배쉐의 시인의 손에 죽기를 바라는지도 모른다. 그럴 때, '황폐'는, 서정화(抒情化)하고, 그 죽음의 시적 변용을 겪어, 그의 죽음은 곧바로 '황폐'화 즉슨 황폐 자체가 되어진다고 믿기어진다. 어떤 이가 흘린 몇 방울의 '보혈'(寶血)이 인류의 죄를 정화했다는, 그 詩學이 이해되어진다면, 이 아비의 시학도, 그것에 연유해 이뤄진 것도 알 만하게 될 테다." 이 대목에서 어부왕은 좀 소리 내 웃었으나, 그 웃음소리는 허탈스레 들렸었다고, 시동은 뒤늦게 느껴낸다. "한 메시아는, 성공하고서, 그 성공이 사실은 패배였다는 것을, 인정하지 않으면 안 되게 된 것이다. 이 패배한 메시아는 그러고서 새 메시아를 기다리고 있는 것이다. 이런 역설도 없겠는다." 왕은 그리고, 숨을 좀 고르다 이었다. "유리에서 온 순례자는, 문잘배쉐의 '에우헤메리즘'이라는 어휘를, 곧잘 고의적으로 왜곡하거나 굴절, 내지는 전와해서 잘 쓰셨는데, 그것을 그이는 화법(話法)에도 적용하여, '추상적 아이디어의 구상적 이미지化'라거나, 반대로 '구상적 이미지의 추상적 아이디어化'라는 식으로, 그것을 분리해내는 얘기를 들은 일이 있다. 전자는 '空化色'이라고도, 그리고 후자는 '色化空'이라고도 이르기도 했는데, 후자는 전자에 비해, 보다 더 고차적 사고력이나 상상력, 분석력이나 종합력을 요한다고, 이해하고 있다. 그래서 이 아비가 오늘, 너에게 해주려는 얘기는 다분히 추상적 아이디어일 것을, 되도록 구상적 이미지화해서 들려주려 하는데, 들었으나 잊어버린다는 경우는, 꽤는 손해나고, 심지어는 비극적일 수도 있겠으나, 그런다 해도 어쩔 수 없는 노릇이겠지. 마는, 어느 날 문득, 이 얘기들이 기억된다면, 그때 함께 기억해내야 할 것은, 이 아비의 입술 끝에서 구상적 이미지화를 당한 것들을, 원상에 돌려, 그러니까 그 본디의 추상적 아이디어를 짚어내, 꿰맞춰야 된다는 그것이다. 다분히 추상적 아이디어인 것들이 구상적 이미지화를 치르게 되자, 예를 들면, '能'(天)이 '所'(地)化하거나, '宗'이 '政'化하기, '聖'이 '俗'化하거나, '정신' 대신 '물질', '영혼' 대신 '육신', 또는 '황폐, 불모' 따위가 '가난'이나 '억압' 따위의 형태를 띠게 되는 것을 보게 된다는 식이다. 그러고는, 그렇지, 뭘 눙치고, 기시고 할 것도 없지, 홱 말해버리기로 하면, 죽고 싶어도 죽지도 못하는 이 아비를 죽이러 돌아와야 할 것이지, 너에게 그럴 능력이 있다고 믿는다면 말이지. 그러면 문잘배쉐를 덮어 욱죄고 있는, 저 '황폐'의 주술이 풀릴 것이라는, ……그 희망을 애비는 갖고, 그래서 살고 있는다." 왕은 그리고, 눈을 감았는데, 눈꺼풀 접힌 자리에 수분이 솟아올라 있었다. "이제, 이 애비가 의중에 넣고 있는 본디 얘기에로 돌아가기로 하자면, 문잘배쉐에 이미 와 있는 메시아에 관한 것이겠다." 잠시 침묵하고, 그리고 이었다. "내가 말하려는 메시아, '파격적 메시아'는, 메시아들 중에서도, '왼손잡이'라거나, '육손이'라고나 일러야 좋을 듯함으로, 그런 이를 두고 뭐래야겠느냐, 그러니 그냥 '파격적'이라고 일러두는 것이지. 이름을 굳이 대라면, ……가맜자, 그의 이름을, 선인(先人) 중의 '리쿠르구스'(Lycurgus, 스파르타의 立法者)의 이름을 빌려 대명(代名)한다 해도, 안 될 일은 없을 테다. 小弟(Little) 리쿠르구스. 이건 어떤 고유명사가, 보통명사화하여 쓰이는 경우래야 할 것인데, 그 대표적인 예로는, 문잘배쉐의 음송 시인 탈리에신이 꼽히잖겠다구? 신들 고장의 비밀을 훔쳐내 오고, 사람들 고장의 고뇌와 희망을 노래하는 시인들마다 탈리에신이라고 이르잖나? 어떤 종적(縱的) 추상명사의 횡적(橫的) 고유명사화에, vice versa, 에우헤메리즘이 개입된다면, 마찬가지로, 어떤 고유명사의 보통명사화에도, vice versa, 그것이 개입된다 해도, 우물쭈물 맞기는 할 테다. 리쿠르구스는, 남녀노소라는, 그 전체를 포함한 백성에 대해, 기사(騎士)주의를 앞내세우고, 그들을 수단으로 하여, 자기의 목적을 달성하려 했던 메시아였던 모양인데, 선기사(先騎士) 사상이 부르짖어지면, 그 체제는 집단적 가학성을 드러내는 것으로 보아 무방할 테다. 특히 저런 가학성에 대해 피학성을 드러낸 이가 있다면, 나는 그도 리쿠르구스라는, 같은 이름으로 부르겠다는 것이다. 왜냐하면, 대상을 무시하기로 하면, 양자는 같은 것들이기 때문이다. 아풀레이우스라는 시인은, 루치우스(Lucius)라는 사람의, 당나귀에로의 전신부를, 그 당나귀 편에서 엮고 있는데, 그러자 독자 쪽에서는, 저 불운의 당나귀에 대해 많은 동정심을 갖게 되는 것은 사실이지만, 누구나의 얘기로까지 확대되는 것 같지는 않을 듯하게 읽히던 것이더라. 만약, 그 반대로, 예의 저 불쌍한 당나귀를 학대하는 사람들의 행위 쪽에서 얘기를 엮었더면, 그것은 누구나의 얘기, 특히 학대받는 이들의 얘기일 수도 있었지 않나 하는 생각도 들던데, 그때 '당나귀'는, 피압제자의 운명의 기호(記號), 그런 어떤 불행한 운명의 상징 같은 것으로 받아들여질 수 있을 것이기 때문이다. 이러면 이 애비가, 실제적으로 피학적 리쿠르구스 얘기를 하려면서도, 그 나타남에 있어선, 가학적 리쿠르구스와 뒤섞여 범벅된 얘기를 하고 있는 까닭도 짐작할 만하겠냐?" 이 대목에서 어부왕은 또, 뭣이 매우 허탈스럽다는, 공허하게 느껴지는 웃음을 웃고, 마실 것을 청해 입술을 적셨었다. "모든 메시아는 물론, 당대 민중의 수준에서 본다면, 파격적이랄 수 있을 터인데도, 이 특정한 리쿠르구스를 특히 파격적이라고 이른 것은, 그가 민중을 이끌어 이루려 했던 유토피아의 성격이 그러해서 그런 것인 것. 그가 구현하려 했던 그 유토피아에의 이상 탓에, 그의 영지는 오히려 황폐에 덮이고, 백성들은 끝없이 빈곤에 허덕이고 시달리기만 했다면, 그리고 그것이 그가 이루려는 위대한 사회였다면, 흐흐흐, 그의 유토피아야말로 그중 파격적인 것이 아니겠는가 말이지? ……만약 우리가, 이 자리에다, '천국에의 희망' 따위, 종교적이랄 주제들을 엮어 넣는다면, 그실은, 리쿠르구스의 이름 대신 기독이 나타날 것이 분명한데, 그렇다면 이 리쿠르구스 또한, 땅과 관계된 어떤 종류의 기독이라는 말도 하게 된다. ―근래 발굴된 『유다福

音』에 의하면, 기독은 사실상, 인류의 죄를 그 몸에 떠 짊고 수난한 게 아니라, 그의 육신이라는 장애, 그 고통만을 벗어 땅에 남기고, 그가 떠나왔던 자리, 그 위대한 자유의 고장을 '되찾아' 표표히 땅을 떠났던 이였다는, 오래 묵은 새 소식이 있으나, ……그러니까 저주의 가리옷 유다가 사실은, 그의 주의 그 잘못 입어진 '몸'이라는 구속, 그 장애를 벗게 해준, 그가 가장 친애했던 제자였다는 것인데…… 그러나 그 『복음』은 다분히 영지파적인데, 이 늙은 아비도 그렇게 믿지는 않는다만—이 아비가 믿는 분명한 것은, 그는 우리의 죄를 대신 짊어졌으되, 육신이라는 그 고통은 땅 위에 남겨두고 있었던 것이라는 점이다. 그렇다면, 그가 벗어놓아 버린 그 고통의 짐을 땅의 누군가는 대신 짊어져야 될 듯하잖느냐? 여기에도 그러자니, 전자와 다르되, 또 결코 다르지 않은 저 파격적 리쿠르구스의 얼굴이 보일 성부른데, 그래서 그는 '피학적 리쿠르구스'라는 말도 하게 되고, 횡적(橫的) 에우헤메리즘까지 말하게 된다." 이만쯤까지 생각이 머물자 시동은, 두터운 세로 주름 덮인 입술에서, 또 미세한 주름 하나를 더 편다. "기독은 땅을 부정하기로 긍정했다면, 리쿠르구스는 땅을 긍정하기로 부정한 대표적인 한 인물이랄 수도 있겠는다. 이건 분명히 모순당착이로되, 시작으로써 후자는, 땅을 강하게 긍정하여 초인(超人)이 되려고 했던지도 모른다. 땅만을 열심히 긍정하다 보면, 하늘에의 소망을 스스로 저버리는 자들도 있을 터인데, 대안은 초인일 수도 있을 듯하잖느냐? 이런 건 형이상적 주제나 이념으로 남아 있을 수 있다면, 그러는 한은 다른 난제들이 다 무산되어버리는 듯싶음에도, 형이하적으로 관(觀)하려 하면 난제투성이인 것이 저것이기는 할 테다. —'고유-보통명사'라는 투로, 아까 분명히 밝혀두기는 했었다만, 꽤 엉뚱스레, 아주 작은 촌 성주에게 이름을 도난당한, 실제적 리쿠르구스는, 하데스에 쭈그리고 앉아, 무슨 말벌이 아니면, 살무사 같은 것이 귓속에라도 쳐들었는지, 어째선지 귀가 가렵고, 아파 못 살겠다고 울부짖고 있겠다만, 그 이름을 훔친 이 리쿠르구스는, 땅을 긍정하기로 땅을 황폐화하려 했다는 점을, 우선적으로 꼽을 수 있을 테다. 거기, '긍정의 부정'이 논의될 자리가 있다. 그도 어떤 의미에서는 '解脫論者'였던 듯한데, 이 특정한 메시아의, 아직 분명한 모습을 취하지 않은, 그러니 빙근은 아직도 무의식 속에 있었던 의지도 또한, 백성, 민중의 구제, 구원, 어떤 천형적 속박으로부터의 해방 같은 것의 추구에 있었을지도 모른다는 추측도 가능적이라면 그렇다는 말이다. 그는 어쩌면, '해탈'에도 종류는 둘쯤이 있다고 믿은 것이었다. 문잘배쉐의 태학사들 중, 특히 언어의 문제에 종사하고 있는 이들의 어휘를 빌리면, '記表'의 해탈과, '記意'의 해탈이 그것들인 듯하다. 그러니까, 쉽게 말하면, '기표'가 분쇄돼버린다면, 동시에 '기의'도 그렇게 되거나, 반대로 '기의'가 의미를 상실해버리면, '기표'도 덩달아 무의미하게 된다는 것인데, 이 '무의미'는 액면 그대로의 그것이 아니라, '알맹이 없음', 즉 '空'의 의미로 이해해야 될 것이라는 것. 이때 '분쇄'나 '무의미'를 '해탈'이라는 말로 환치하면, 저 두 종류의 해탈의 뜻이, 대강 정리될 테다. 치자(治者) 리쿠르구스의 황폐론은 그렇다면, 후자에 속한 것으로 살펴지는데, 그것은 곧바로 그의 대지의 천국, 즉 유토피아의 구현론이랄 것이어서, 그런 의미에서라면, 그 또한 위대한 치적(治的) 보디사트바라고까지 숭앙케도 된다. 그 결과에서 보자면 그러나, 이런 식의 치적 보디사트바들은 흔한데, 그들의 아비가 오난이었더면 좋았고, 어떻게 강보에 싸이게 되었다 하더라도, 어미가 푸타나였었으면 그것도 좋았을 일인데, 어떻게 자랐다 해도, 쇼펜하우어에 잔뜩 심취해버렸었더면 그 또한 좋았었을 일이다. 그 결과에 주목해서 말하자면, 치자(治者) 리쿠르구스의 저 '체의 해탈'은 그러나, 땅에 넘어져서도 하늘을 향했으면 좋았을 것을, 땅에 배를 대고 엎드려, 뻘의 심연, 그 허무주의 속에 함몰해버린 것이다. 치적(治的) 초인은 죽었도다!" 이 대목에서 왕은, 검은 염소가 풀꽃을 물고 먼 산 바래듯, 웃었었다고, 시동은 기억해낸다. "그렇다, 치적 초인은 죽었도다!" 왕은, 시동 자기는 모르는 지방의 방언(方言)을 씨불여대고 있다고, 시동은 그때 생각했었다, 신이 내렸다는 이유라며, 문잘배쉐에는, 예의 저 '방언을 하는 자'들이 더러 있었던 것이다. 시동은 그래서, 성주께도 신이 내렸는지도 모르겠다고, 외면하여 한번 씻득 웃고, 코를 훔친 기억이 있다.

"저 왼손잡이 메시아가 구현하려는 유토피아에 관해 시작을 이렇게 하면 어떨까? 가맜자, 고유보통명사로 빌려 쓰는 리쿠르구스가 어떻게는 하나로, 어떻게는 둘로 보여져, 너에게 여간만 혼란스럽지 않겠다만, 지금부터는,

루치우스 당나귀를 예 들어 말했던 것과 같이, 가학 편의 그의 얘기를 하기로써, 우회적으로 피학 편의 그를 이해해보려 하고 있다고 알면, 다른 혼란은 없을 터이다.” 왕은 시작을 그렇게 했었다. “당시, 저쪽 산자락 어디서, 생각을 숯 굽던 숯굽쟁이 하나가, 그 구워진 생각의 숯 짐을 메고 내려와, 마을에 놓고 가며, 이 짐 속에는, ‘빈부(貧富)의 차(差)가 없는 위대한 사회의 구현’에 관한 불의 설교가 있다고 했던 일이 있었던 모양이고, 그러자니, 그것이 궁금해진 인근의 뜻을 같이하는 영주들이, 어떤 정해진 날 모여, 추측건대, 위대한 교리를 싸놓고 있는 그 짐을 풀어 젖혔던 모양이었다. 그것은 실제로 (이런 것에 대한, 그중 간단명료한 정의는, 어휘 사전에서 빌리는 것보다 더 적절한 것도 없다 싶어, 기억나는 대로 빌리려 하거니와, 정직한 고백을 하자면, 사실은 그 지혜, 또는 이론에 대해 아는 것이란, 토끼 뿔 정도밖에 되잖은 걸 어쩌랴? 그런 것을 갖고, 무슨 거대한 황소 뿔이라도 되는 듯이, 이러 받고, 저리 치고 할 만한 형편은 못 되잖으냐? 그런즉 염두에 단단히 둬야 할 것은, 앞으로 되어질 얘기는, 그 ‘지혜·이론’이 아니라, 그것을 토대로 하여, 탑 쌓는 이들이 탑을 쌓아 올리던 중, 무슨 까닭에 의해서든, 갑자기 와그르 무너난 그 ‘체제’, —보다 더 정확하게 말하면, 이 붕괴된 탑의, 여기저기 흩어진 흙벽돌 몇 조각을 줘어 들어, 귀 맞춰보고 하는 소리라는 것이다. 침소봉대식이지. 그런즉, 재잡손이짓만 하는, 미운 토끼를 잡아, 토막 쳐 국이라도 끓이려 들면, 그러는 이는, 먼저 토끼의 귀를 잡아 그놈을 잡으려 해야지, 뿔을 쥐어 그러려 들면, 저 멀꿀 같은 녀석 깔보는 토끼가, 뿔 세워, 침놓으려 달려들 테다) ‘생산수단의 사회적 공유를 토대로 하고, 자본주의 사회를 유물변증법으로 비판하며, 계급투쟁으로 프롤레타리아 혁명을 주장’(『이희승 국어사전』)하는, 이론을 펴놓고 있었던 모양이었다. 그들이 받은 충격이나 감명 감동은 벨탄 축제 때, 왼 성민이 합심 협력해 만든 벨의 화톳불만큼이나 컸거나, 더 컸던 듯했다—이건, 너무 성급하게 끌어들인 소리겠다만, 그 화톳불은, 가운데, 야수나 가축은 물론, 사람을 가둬 넣고, 태워 올렸다는데, 이것은 명심해두고 있어얄 테다. 共有體는, 모든 個人들을 잡아먹고서야 타오른 불기둥이다. 그런 뒤 그것은, 걷잡을 수 없을 힘으로, 왼 들을 태우러 내달을 테다. 그 불길의 이름은 ‘유물변증법’이다. 그럼에도 하나는 꼭히 부연해두자. 라는 것은, 사람이 타는 연기는 하늘 끝까지 치솟아 오르고, 그 기름과 피는, 땅 아래로 깊이깊이 방울져 내릴 것이라는 것이다. 그 아래쪽에서, (소년 Merlin과 폭군 Voltigern 사이에서 이뤄진 전설에 나오는) 붉고 흰, 두 마리의 용이 그것을 받아 마시고, 자랄 테다. '붉은 용'은 (예의 저 폭군의) 'shadow'라는 해석도 뒤따르를 법하나, '애 밴 여자와 붉은 용', 그리고 '흰 어린 양'의 신화가, 장소를 옮기고, 방언을 바꾸는 사이, 저렇게 어떻게 굴절 전와되어진 것이나 아닌가 하고, 의문해볼 점을 갖고도 있다. 그러면 저 이란성 쌍둥이, 두 마리의 용을 임신하고 있는 엔네가 누구인지도 은연중에 밝혀질 것인 듯도 싶다—그 불의 설교에 불알을 늘이다 보니, 저들은, 그 따뜻함을 모든 추운 이들과 함께 나눠야겠다고 하고서나, 그 거룩한 뜻으로 횃불을 만들어 질주하기 시작했던 모양이다. 만국의 추운 자들은, 이 봉화 아래로 모일지어다, 실행에 옮겼던 모양이었다. 그것이사 그럼에도 인류가, 춥고 배고프며 외롭기 따위, 가난을 깊이깊이 인식하기 시작했을 때부터 있어 온 꿈이어서, 어떤 고장들에서는, 어떤 종류의 共和國이나 小國의 형태로, 이미 상정, 또는 실행되어져 온 그것들이라는 것인데, 그러니 꼭히 새로울 것까지는 없었겠음에도, 저들이 구멍 난 신발에 새삼스레 끈 달아 신고 질주하러 나선 데에는, 분명히, 앞서 말한, 그 '자본주의'라는 것이, 그것의 계모스러운 얼굴을 더 크게 드러내고 있었던 것이나 아닌가, 하는 부분도 짚인다. 그실 유토피아에의 꿈은, 인류사를 통해, 꾸어지지 않는 시절은 없던 것도 상기해야 할 테다. 말하는 바의 '차'(差)를 없애려면, 무엇보다도 급선무는, 재산의 사유제(私有制)부터 없애야 하는 것은, 제 손으로 저 흘리는 코를 훔칠 만한 이라면, 다 아는 것 아니겠냐? 그럼에도 이것을 특히 우선적으로 지적해두는 것은, 바로 이것이 그 유토피아의 초석이며, —그것을 깨달았을 때에는 이미 늦은 것이 이것이겠지만—동시에, 그 초석 아래 기복해 잠들어 있던, 앞서 말한 그 용이라고 믿게 되다 보니 그런 것이다. 하기야, 목숨까지도 사유(私有)인 것이 싫고 귀찮을 정도로 가난한 이들과 더불어서는, 모든 것이 공유(共有)라는 것이 문제 될 것이기는커녕, 쌍수로 환영할 그런 것이었을 것이었다. 첩을 몇씩이고 거느릴 수 있는 자에게는, 불알이 두 쪽밖에 없다는 것이 매일 매일의 문제겠으나, 불혹지세를 훨씬 넘도록 장가들어볼 형편이 못 되는 자에겐, 그것마저도 무겁고, 거추장스러운 것이 아니겠느냐? 그러니 그것까지도 공유일 수 있다면, 흐흐, 몽달이나 손말명이 무엇의 이름이겠냐?" 왕은 그리고 신경병적으로 웃었는데, 그건 치부를 앓고 있는 자의 슬픈 해학이었을 것이라고, 시동은 오늘에사 알아낸다.

"이후, 저 위대한 이상을 가졌던 자들의, 그것에의 실행의 노력은, 어떤 진전을 보였는지, 그것을 말하려 하면, 허으, 늙은네의 조랑거리는 소리 탓에 졸음 겨워, 부지런히 일해야 되는 시간에도 졸아대는, 저 물고기들의, 아직 까이지도 않은 증손주들의 배까지 곯려댈 노릇이다. 그런즉 그 결과만을 말하기로 하면, 그들의 그 원대한 꿈, 치적(治的) 해탈 또한 그냥 하나의 백일몽 같은 것으로, 깨이고 말았더라는 얘기나 하게 될 것이다. 그 낮 꿈을 누구들이 꾸었든, 어쨌든 그 꿈을 꾸고 있던 동안, 누구나의 가슴이라도 울렁이게 하는, 구습의 타파다, 구제도의 타도다, 혁명이다, 개혁이다, 진보다, 하는 이름들의 죽창 끝에서는, 피가 강처럼 흐르고, 바다처럼 넘실댔던 듯한데, 그것은 과연 우주적 산실(産室)의 풍경을 연상케 함에 족했을 듯도 싶다. 문제는 그런데, 그 진통에서 흘린 피가, 결과적으론, 상상임신(想像妊娠)이나, 사산아(死産兒)를 분만해내 버린 데 흘린 것이었다는 데 있었을 것이었다. 결국엔, 그 자체 내에서 붕괴해버린 것이다. 저 저변의 저면에서 용트림이 일어난 것이다. 그러고도 문제는, 저들의 원대한 대의나 목적은 헛된 낮 꿈으로 돌아가 버렸음에도, 흘려진 피는 실제로 남아 고여, 햇볕 아래 썩으며, 악취를 풍겨내고 있다는 것이었다. 그 피 값을 그러면 누가 보상하는 것이냐? 어떻게 보상되느냐? 아무누구의 책임도 아닐 뿐이냐? 그 시절에 태어난, 재수 없는 운명을 탓해야겠느냐? 우주적 질서 속에도, 그런 의미 없는, 거대한 소비가 있을 수 있단 말이냐? 아벨 하나의 흘린 핏소리도 땅으로부터 하늘에까지 사무쳤거늘, 그리하여 하늘이 그(카인)를 저주하고, 땅이 그를 뱉어내 버렸거늘. 무고치 않은 자들의 피는 무고치 않다 하되, 그보다도 더 많은 무고한 자들의 핏소리는 누가 듣느냐? 어디로 흘러들어, 무슨 원한에 찬 울부짖음을 만드느냐? 거듭거듭 묻건대, 그런 의미 없는 소비도 있을 수 있느냐?" 거기까지 생각해내다 시동은, 왕이 앞에 있기라도 한 듯이, 어디서 주워들었던 의문 하나를 기억해낸다. "그런 경우라면, 이런 경우도 생각이 나는뎁지요, 신은 없는데도, 있다는 환상 탓에, 한 삶을 그에게 바치고, 의지해 산, 그 삶은 누가 보상하오리까?" 그리고 생각하느라 그랬겠지, 잠시 잠잠해 있더니, "그 대답은 결국 '뫎門'에서 빌려오는 수밖에 없겠군"이라고 잇는다. "신이 內在的이라면, 그런 물음은 필요가 없겠는다. 外在的 신은 환상이라 해도, 역시 그런 물음은 불필요하겠는다. 그럴 것이, 신이란, 유정의 끊임없는 진화를 통해, 도달해야 하는, 어떤 하나의 궁극이라고 한다면, 그가 존재치 않는다고 해서, 그의 진화가 멈췄다고는 단정할 수 없기 때문이다. 필요한 것은, 토씨를 하나 바꾸는 것일 듯한데, '신에 도달'하는 대신, '신을 도달'한다고 마, 말이지? 그렇다면, 비슷할 듯도 싶었으나, 두 물음은 같은 것이 아니겠는다." 시동은 그리고, 별로 즐거움을 얻어낼 수 없는, 그 기억의 심연에로 가라앉아 드느라, 아픈 얼굴이 되어 있다.

"아으, 헛되고 헛되고, 헛되고 헛된 것을! 그리고 헛되고, 그리하여 헛된 것을!" 왕은 깊이깊이 탄식했다. "사람의 욕망이라는, 능동적이며 역동적 추동력 없이, 유토피아는 실현되지 않는다. 이 추동력에 의해, 비록 그와 비슷한 상태에 도달해 있다 해도, 그런데 이번에는 이율배반적이게도, 그 욕망의 까닭으로, 아직도 유토피아는 저만쯤에 있다. 욕망이 있는 한 그러니 유토피아는 결코 실현되지 않는다. '욕망의 주머니를 뽑아내면, 그것이 유토피아'라는 말은, 이런 상태에선 틀리지 않는 말이다. (老子的 유토피아는 이것일 것이었다) 그러나 욕망이 없는 유토피아는 오래잖아 이제 불임의 자궁 같은 것으로 변할 소지를 갖는다. 그리고 그것은 불모화할 테다. 욕망이야말로 생산적이며, 그것이 생산의 기계의 원활유였으며, 동력이었던 것이어서, 그것은 한번 시동(始動)했다 하면, 자동력(自動力)을 발생한다. (좀 학식이 있다 하는 이들이 모이면, 이런 건 자기네들끼리 해쌌는 소리일 게다) 욕망이 뽑히면, 이 생산하는 기계에서 동시에 자동력이 스름 스름 빠져나간다. 그대로 놓아두면, 이 기계는 멈출 테다. 이 기계를 움직이게 하기 위해, 이제 (리쿠르구스는) 어떤 이념, 대의 등의 현수막을 내걸고, 이 욕망의 자리에다 '의무'를 대치하려 할 테다. 여기 어디서 私有의 共有라는, '욕망'과 더불어서는 결코 가능적이지 않던 새 체제가 가능해질 수 있을 수도 있었을 것이었다. '욕망'이 동력(動力)이었음과 동시에 독력(毒力)이었던 것은 말한 바대로이되, '의무'는 그러면 덕력(德力)이 된다는 것은, 일단은 수긍할 수 있게 된다. 이 '의무'라는 것에 의해, 유토피아를 향한 거대한 생산 기계가 윤전하기 시작한 것이다. 그러면 예의 저 불모가 어렵잖게 극복되어지던 것이다. '욕망'에 비해 '의무'는 보다 더 文化的이던 것이며, 그렇다면 그것은 신성한 것이기도 하다는데 거부 의사를 표시할 필요는 없을 듯하다. 문제는 그런데, 인세(人世)도 그곳 처한 유정들이, 욕망의 주머니를 뽑아내거나 뽑혔을 때, 그 육신 또한 지워내지 안 했다면, 그 육신의 까닭으로 보다 더 복합화해 있는 축생도(畜生道)라는 그것에 있게 된다. 그래도 老子는, 그의 착한 심정으로 인간으로부터 소[牛] 따위를 본 듯했으나, 사람은 그들이 개발한 지혜(Panchendriya)에 의해, 한입에 천 마리의 사자도, 만 마리의 늑대도 잡아먹을 포악함을 가진, 독룡 같은 것이거나, 아마도 더 적절한 비유로는 펜리르 같은 것이라는 것이, 착함도 악함도 갖지 않은 눈으로 본 인간이다. 이 말은, 그것은 묶으려 들면 몸이 불어난다. 더 묶으려 들면 더 불어나는데, 당분간 그것은 文化的 사슬, 즉 의무에 의해 묶이기도 하되, 그것이 그 줄을 끊는 날, 신들까지도 처참하게 살해당한다. 그것이 라그나뢰크인 것. 축생도의 달마는 그런데 '弱肉强食'인 것. 이 달마에, 치리(治理) 편에서의 文化的 터서리, 끊긴 자리가 생기면, 긍정적 국면에선 아수라도를 이루고, 부정적 국면에선 아귀도(餓鬼道)에 떨어져 내리는 것이 짚인다. 아수라들은 폭력주의를 휘둘러, 인근 세상의 행복과 평화에 가공할 위험이 되며, 아귀들은, 먹이를 찾아 산지사방으로 흩어진다. 욕망의 부활인 것. 이제 유토피아는 산산이 붕괴된다. 왜냐하면, 욕망의 보조를 받지 못한 '의무'는 '욕망'만큼 생산적 추동력을 갖지 못한 데 문제가 있던 것이다. 그렇기에 회추리질이 가해지면, 인간은 완전히 노예화한다. 그럼에도 '共有制' 안에서는, '욕망'만큼 무서운 무용(無用)은 없어, 그것이 적시되는데, 앞서 말한 그 무욕의 '의무'라는 덕력이 서서히 독력이 되어버린 까닭이다. 결국 유토피아는 불가능한, 한 종류의 위대한 꿈이라는 것, 그럼에도 이 '꿈'은 꿈꾸기를 위해 필요한 것인 것. 모든 욕망들을 하나에로 모두고, 그 능동적 추동력에 방향과 목적을 제시하기 위해,

그것은 어째도 필요하되, 모든 개인들의 욕망은, 집단화하려 하면, 아이들이 먹는 우유와 마찬가지로, 어떤 나이까지는 성장을 돕되, 그 나이를 넘으면, 그 우유가 써져 독이 된다는 것, 그리하여 노쇠와 죽음을 부르게 된다는 것도, 감찰(感察. 이것은 監察이 아니다)하여, 명심해둬야 할 것이다. 이 펜리르를 길들여, 소처럼 밭 갈게 하고, 말처럼 그 등에 타 먼 거리를 좁히려 하면, 유토피아의 현주소를 욕망 속에서 찾는 것이 권고된다. 자기들만의 통나무집에, 밖을 내어다보기 위해 뚫어놓은 구멍을 통해, 누가 들여다보는 것을 아무도, 원치 않으며, 자기와, 자기의 아내, 그리고 자기의 자식새끼들의 밥그릇에, 타인의 숟갈이 섞여드는 것을 원치 않는다. 아무리 노력해도, 저녁거리를 마련할 수 없다거나, 반 되의 겉보리로 죽을 끓이려는 것을, 어떤 큰 손이 빼앗아간다 해도, 이웃의 동정이나 멸시의 눈이 싫어, 아궁이에다 헝겊 조각이라도 태워 굴뚝에다 헛 연기라도 피워 올린 뒤, 눈물로 밤을 지샌다 해도, 자기의 노력의 결과가 어떻든, 많든 적든, 더 잘살 수 있으면 더 좋겠지만, 그렇지 못한다 해도, 극단적으로, 최악의 경우까지 말한다면, 어떤 큰 손으로부터 배급받는 것보다는, 다른 어떤 큰 손에 착취당하는 쪽이, 맵고, 아리고, 쓰리고, 쓰고, 통한스럽더라도, 차라리 낫다고 믿을 것인데, 자기의 삶을, 생활을 자기가 꾸려가고 있는 데서의 그것이 아닌가. 그러고도 세상은, 저런 아픈 피눈물들이 흘러모인 자리에서, 그 피눈물을 羊水 삼아, 뜨겁게 일어서는 것인 것. 소위 말하는 '資本主義'에 대한 무조건적 예찬인가? '무조건적으로 예찬'할 만한, 그렇게나 완벽한 체제가 그러나 가능하겠는가? 그 체제가, 그 자체 내에 얼마나 많은 구더기들을 득시글거리게 하고 있다 한다 해도, 그것 아닌 다른 체제가 자체 내에서 붕괴한 뒤, 현재까지는, 무슨 다른 대안은 없잖은가? 사실에 있어서는, 이 아비가 이해하는 자본주의라는 것과, 리쿠르구스식 사회주의라는 것은, 세상의 모든 아해들을 홀리는, 마녀와 마술사가 등장하는 동화에서, 그 우화적 비유, 또는 은유를 얻는다. 그 행위의 결과에 의해서 마녀라고 불리는 이 여성은, 사실은, 아해들의 눈에는, 저그들 어머니보다도 더 아름답고, 못 가지거나 안 가진 것이 없는 데다, 뭘 구해도 내민 아해들의 손을 빈 채 접어 들이게 하는 법이란 없이 인자하고 너그러워, 아해들에 대해선 저그들 할머니보다 더 정겨웠던 듯하다. 아해들에 대해 이 마녀는 여신이었던 것이다. 이런 여성이 아해들께 먹이는 음식은, 달고 기름지고 맛있는 것들뿐이어서, 그 음식 맛을 한 번 본 아해들이라면, 원하면 원하는 것보다 더 주어지는 그 식탁을 떠날 수가 없었을 것이었다. 문제는 그런데, 그런 음식에 게걸거리기 시작하면, 아해들의 몸에 변화가 일어나, 동화적 은유대로 따르면, 아해들이 돼지로 변해 있다는 것일 것이었다. 그 변신을 어찌 아해들도 모르겠는가마는, 어느 아해도 그것을 두고 슬퍼하기는커녕, 오히려 깔깔거리고 웃으며, 재미있어 하거나 즐거워하면서, 이 마녀가 주는 모든 육신적, 또는 물질적 쾌감에 더 더욱 침닉하고 들었던 듯하다. 그러는 동안 아해들은, 고향도, 부모도, 심지어는 인간이라는 정신까지 잃기 시작한 것인데, 몸이 비대해지자, 역비례적으로 그 안쪽의 것이 축소되는 현상이 일어난 것이었겠다. 이는, 저 여성을 마녀라고 매도하는 편에 서서 이해하기로 하면, 인간의 상실, 또는 타락 내지는 몰락이라고 하겠으나, 저 물질적 풍요, 그것이 주는 쾌락에 취한 아해들께, '인간'은 차라리 맹장이나처럼 거추장스러웠을 것이었다. 아해들은 이 우릿간에 갇혀서, 유토피아의 구현을 본 것이다. 그러다 시간 안에서, 저 마녀의 식탁에 올려진다 해도, 사실 죽음은 누구에게나 오는 것인 것. 살아 있으며, 무엇 때문에 사후를 걱정할 일이겠는가? 반면에, 그 같은 동화 속의 마법사는, 아해들을 꾀어다가는, 대번에 돌로 만들어, 바깥 해변에다 던져놓는다. 인간은 동결한 것이다. 그러곤 필요에 의해, 그 돌 중에서 몇 덩이를 골라, 깨워, 그것들로 배를 채우거나, 밭갈이에도, 또 병사로도 써먹는 모양이었다. 근년에 가다끔 한 번씩 들리는 풍문에 의하면, 먼 나라에서 검은 기름을 실어 오던 배가, 향해 도중 선체에 구멍이 생겨, 기름이 유출되자, 바람과 파도에 실려 그 기름이 가까운 해변에 밀려와, 그 해변의 돌들을 그 검은 주술로 덮어버려, 모든 것이 동결되어버렸다 하는데, 바로 이 검은 주술이 그 마법사의 그것이다. 이 주술에 덮인, 그래서 검게 동결해버린 돌들을 되살려내는 다만 한 방법은, 어느 때가 되든, 그 돌들 한 개 한 개에 인간의 손이 닿아, 닦아지고, 문질러지고, 씻어지기에 의해서뿐이라고 한다. 이것이다. 어떠한 치사독이라도, 해독제는 하나쯤 있게 마련인 것. 저 마녀나 마법사가, 인간의 아해들을 꾀어다, 인간의 껍질을 벗기고 짐승의 털을 입혔거나, 동결시켜버렸을 때, 동시에 저들은, 그 마력의 단처, 또는 상처를 열어 보이고 있었다고 이해되는 것인 것. 그러니까 저들은, 그 단처, 상처를 역이용하여, 마력을 일으켜냈던 것이 아니었겟느냐는 분석이 따른다. 인간을 잃었거나 동결된 저 인간의 아해들께, 인간의 손이 닿거나, 또는 그것을 자체 내에서 인간이 일어날 때, 그 주술은 저절로 풀려나게 될 것이라는 결론이 그러면 도출된다. 이것이다. 인간이 없이는 설 자리가 없음에도, 바로 그런 이유로 하여, 신들은 인간을 두려워한다. 신들은 인간공포증(Homophobia)의 수인들이다. 인간의 재림이 필요하다! 이 희망 하나는 아직도 남아 있고, 그리고 영구히 유효하다. (어부왕 잠시 쉬고, 새로 잇는다) 너에게 만약, 달리 도피할 문도 없는 자리에서, 저런 선택, 즉슨 돼지일 것인가? 돌일 것인가? 하는 두 가지 선택이 주어졌다면, 너는 어느 쪽을 택할 것인가? 허, 허허, 허기야, 배불리 먹기와, 늘어지게 잠자기를 좋아하는 너 같은 느슥에게 그 대답을 묻는다는 짓은, 눈썹을 한 움큼이나 뽑아 바람 가운데 날려 보내기겠는다. ……저런 마녀와 마법사의 울타리로부터 빼쳐 일어서기 위해서는, 그렇다, 인간의 재림이 시급하다. 사실에 있어, 人間이기의 까닭에, 人間主義를 제외하곤, 이 爲界(프라브리티)에, 무엇이 절대적으로 선하며, 절대적으로 정의롭고 정당한 것이 있겠느냐? 그렇다고 이 아비를, 人間至上主義者로 생각하는 것은 사실은 오해거나, 곡해이다. 人間은 위대한 과정이다. 아비가 人間을 앞내세우는 것은, 니고다로부터 무량겁에 걸치는 진화의 어려운 과정을 통해서, 드디어 획득하게 된, 정신적 진화의 可能性, 그리고 드디어 성취하게 된 해탈에의 절호의 機會 등을 소중하게 여기기 때문이다. 인간만이 그 가능성이며, 그 기회 자체인 것. 人間은 그래서, 소비하기에 너무도 아까운 것인데, 누구들이, 자신이 믿는 정의나, 어떤 대의, 또는 소기의 목적 달성을 위해서, 다른 인간의 人間을 소비품화하는 것은, 많이 생각해보아야 할 일이다. 아까 말한 그 자본주의와 그것 아닌 두 체제가 당분간 땅을 운영해오다가, 그것 아닌 체제가 먼저 붕괴해버리고 말았다면, 그러고도 아직까지는 어떠한 대안도 없다면, 잔존해 있는 民主를 기본으로 한 이 체제 또한, 보다 더 복합적으로 人間을 착취하고, 횡령하며, 구제할 수 없을 정도로 타락하게 하여, 썩은 비겟덩이에 득시글거리는 구더기 떼모양, 거지와 창녀, 환각제와 독주에 중독된 자들, 사기꾼과 악당들이 들끓는다 해도, 그리고 빈부의 차가 극심한 그런 세계에서의 빈천한 삶, 뿐만 아니라, 심령까지도 비계에 덕지덕지 뒤엉긴 심지어는 유부한 삶까지도, 어쩌면 삶이 너무 흔전만전이어서겠지, 절망적이라 해도, 菌世, 아으, 人間의 再臨이 필요하다(!) 그런 비 내리는 소리는 없느냐(?) 아직까지는, 비교적으로, 集團보다, 개개의 人間에 보다 더 기여해왔던 것이나 아닌가 하는, 긍정적 의문이 있다. 아비는 땅의 유토피아에 대해서는 매우 회의적이지만은, 그럼에도 땅에서 얻어지는 행복도 모르고 있는 것은 아니다. 엄동을 당해, 한 켤레의 신발을 배급받는 것보다, 모으고 또 어떻게 모으고 해서, 푼전을 저축한 아비가, 별러 장에 가, 자식께 신길 한 켤레의 장화를 사 들었다면, 귀가할 때의 그 아비의 뿌듯함이 어떠하겠는가? 그것이 자기의 삶을 자기스럽게 살기의 행복이 아니겠는가? 자기의 삶을, 생활을, 왜 누구로부터 배급받아야겠는가?" 왕은 울고 있었다.

"어떤 종류의 유토피아는, 어느 시절엔들 어찌 그런 것이 없었겠는가, 마는, 특히 이 시대의 '전위'(avant-garde)를 표방하는, 일련의 예술과 비교할 수 있을 듯하다는 믿음이 있다. 그것을 말하기 위해서 먼저, (취리히에 망명 중이던) V. I. 레닌의 미술 비평 한 토막을 소개해둘 필요가 있는 듯하다. '나로서는, 표현주의, 미래파, 입체파, 그 외의 다른 主義들을 표방한 창작물들이, 예술적 천재들의 고차적 영감의 산물이라고는 인정하지 않을 것이다. 나로서는 그것들을 이해할 수도 없지만, 그것들도 내게 즐거움을 주지 못한다.' (문외한의 타박에 덩달아 춤추는 문외한은, 더더욱 무지몽매한 문외한이겠으나, 이들의 특성은, 문외한인 것을 조금도 수치로 여기지 않는다는 것이다. 그럼으로 이들은 용감하게 '황제가 께벗었다!'고 부르짖을 수 있다. 저것, 아방가르드에 대한, 간결하게 요약된 어휘사전적 풀이를 좇으면, 그것은 '기성의 관념이나 유파를 부정하여 파괴하고, 새로운 것을 이룩하려는' 사조, 또는 운동 같은 것인 듯한데, 액면 그대로는, 피 냄새까지 나는 무시무시한 혁명적 선언이거나 주장으로 들린다. 바꿔 말하면, 아르타/루타를 새로 짓겠다는 당돌한 얘기로도 될 것인데, 혹종의 유토피아 또한, 이 定義, 주장 내지는 표방으로부터 멀리 벗어나 있어 보이지는 않기에 하는 말이다. 투박하게 말하면 그러나, 진정한 의미에 있어서는, 그리고 광의에 있어서는, 고압적 고도의 言語, 그것도 지극히 散文的 언어, 예를 들면 『心經』의 언어 같은 것 말고, 무엇에 의해서도, 어떤 종류의 아르타나 루타도, 파괴되어질 수도 있거나, 새로 창조해낼 수도 있는 것은 하나도 없다고 한다면, 전위파들이, 화폭을 방패 삼고 붓을 창 삼아 십자군모양, '전위'라는 성지 탈환에 나서려 하겠느냐? 예의 이 '아르타/루타'는, '마음門' 쪽에서 보면, 그것이 여하히 새것인 것처럼 보여도, 그 실은, 무량겁 전부터 쌓여온, '習氣'의 방, 즉 '藏識' 속에 쌓여져 있던 것의 재현, 또는 유출에 불과하다고 이해하기로 하면, 저런 얘기가 저절로 만들어진다. 대충대충 건너뛰고 말한다면, 이런 견지에서는, '새로운 것' 또한, 그 실은 '모방'(模倣) 되어진 것에 불과한데, 한 송이 꽃이라도, 열 사람이, 각기 다른 각도에서 본다면, 열 송이 꽃이 드러난다는 식일 터이다, 새것이라 해도, 거기다 꽃 한 송이를 더 보태기이다, 모방도 또한 그러할 것인 것. 이러면, 아방가르드의 입지가 흔들리거나, 좀 난처해질 일이다. 밖의 풍경, 사물이나 존재를, 자기식으로 베껴내는 것만을 '모방'이라고 이른다고, 그 한계를 분명하게 정의해놓고 있는다 해도, 결국은 같은 얘기가 될 것인데, 그것이 어떻게나 추상적 관념적 형이상적이라 해도, 자기 속의 그것, 상념, 이미지, 아이디어 따위 등을 구상화하려 하면, 나타난 바의 그것은 여전히 '모방'이라는 얘긴 것. 이것이 '추상적 아이디어의 구상적 이미지화'라는 것인데, '빛'[美術]과 '소리'[音樂]를 주재로 한 예술의 아르타는, 그것이 어떤 것이든, 공시태의(共時態衣)를 입었는가, 통시태의(通時態衣)를 걸쳤는가의 차이는 있겠으나, 구상화를 치른 그 순간 그리고, 루타라는 불의 울타리 속에 갇혀 잠에 들씌운 발키리가 된다. 이 공주를 그 불의 울타리 가운데서 구해낼 영웅은 그런데, 말한 바의 그 고도의, 고압적 언어라는, 시구르트밖에는 없다. 이만쯤에 이르면, 아방가르드를 표방한 일련의 예술가들은, 자기들이 행해내려는 예술이 저주가 된다는, 비극적 운명을 실감하게 될 터인데, 손에 피를 범벅한 사투의 결과, 얻어지는 전리품은, 결국은 '모방'의 한계를 벗어나지 못했을 뿐만 아니라, 투박하게 이렇게 말해버리자, 발키리를 죽여놓고 있을 뿐인 것이다. 깨어진 투구에, 불에 녹고 타 너덜거리는 전복으로 어깨를 늘어뜨린 채, 재가 된 발키리를 내려다보며, 용감했던 저 전사는 무엇을 느끼겠는가? '이것은 파이프가 아니다', 그림이 아니잖아? 혼자 투덜댄 뒤, 배시시 웃으며, 자기를 지켜보는 자들 앞에 얼굴을 크게 펴들어, '예술은 사기다!'라고 소리쳐주려 할 테다. 결국 그 수뿐이겠는다. 주눅 드는 건, 그의 등을 지켜보던 자들이다. 그 '사기'를 어떻게 이해해야 할지 그것은 각자의 이해 나름이겠으나, '사기'라고 선언되어진 예술은, 어쨌든 성공한 예술이 아니라는 것만은 부인되지 않는다. 저들은, 그 시작으로, 불의 울타리 속에 감금되어 백 년의 잠에든 발키리를 구해내겠다고, 용감하고도 당돌하게 나서서는, '戰鬪'나 '戰爭'은 이기고도 있어 보였으나, '戰場'은 잃은 듯하다. 그들이 표방한 예술이 저주가 된 것이다. 무엇을 위해서였는가? 어쩌면 그 아픈 고백이 드러내놓고 드러내는 것에 의하면, 이 예술은 안됐게도, 그 자체 내에서 붕괴해버린 것이다. 美의 女神 발키리는 죽었도다! 예의 저런 유토피아주의자들 또한 예의 저런 전위주의자들과도 같이, 모든 기성의 관념이나 유파를 부정하여 파괴하고, 새로운 사회를 이룩하려 하는데, 그 대의나 목적을 가상하다고 하되, 또 어쩌면, 그 루타 쪽에선 가능할지도 모르되, 그들의 착각과 환상은, 그것은 '상태'(state)에서 구해야 되는 것인 것을, '장소'(place)에서 구현하려 하고 있다는 데 있어 뵌다. 후자는, 유토피아(장소)를 실현한다며, 유토피아(상태)를 죽이는, 바람직하지 않는 결과를 초래하는 것이 짚이는데 이것에 대한 설명은, 유물론적 변증법에서 이르는, '合'의 상태를 성취했다는 체제를 자체 내에서 붕괴하게 한, 흰 개미들을 살펴보는 데서, 가장 잘 얻어질 듯하다. 상극으로 질서체계를 이룬, 이 프라브리티 어디에, 절대적으로 선하거나 정당한 것이 있겠는가? 그럼에도 완벽한 종합(Synthesis)을 추구했던 몇 정예들의 까닭으로, 흘린 민초들의 땀과 피의 보상은 누구들이 하는가? 잘못 꾸어진, 한갓 젖은 꿈이어서, 그 몽설은 드룩이 받아먹었다고 해도 되는가? 헛되고 헛되고 헛되고 헛되도다!" 왕은 참담히 울고 있었다. 그의 병고는, 그 극한에 찬 병고는, 그 까닭(이란 複意的으로 씌어진 말이겠는다)인 것을, 그리하여 시동은, 오늘에사 알아낸다.

"그럼에도 아직도, 저 묵은 체제가 보였던, 그 환상의 지극한 아름다움에서 못 벗어나고, 그것의 복구를 꿈꾸는 이들도 없잖아 있을 수도 있을 게다. 그런 이들에 의해, 저 환상에, 실제적 새로운 뼈가 가즈런히 조직되고, 살이 입혀져 피가 돌게 될지도, 현재로서는 뉘 알겠느냐? 그리하여, 어떤 종류의 보다 나은, 말한 바의 그 '대안'으로, 새로운 모습을 차려낼지도, 글쎄 뉘 알겠느냐 말이지. 그러나 뭘 더 말할 필요가 있겠느냐? 이제는 무너난 바벨탑이 그것인 것을! 그 아래쪽 잠들어 있던 용이 기지개 켜고, 일어난 것인 것을. 이미 무너난 바벨탑 아래를 헤매며, 그 돌덩이들을 주워 귀 맞춰보기로, 무슨 다른 까닭을 찾으려 할 필요는 없다. 누군가가, 쾌도난마식으로, 해놓은 신소리 한마디가, 그 모두를 총괄 요약해놓은 게 있으니, 그것이나 빌려둘 일이겠다. '[……] when everything belongs to everybody, nobody will take care of anything [……]'(Stogite) 그런 것이었겠지! 겠으나, 그것은 외과의적(外科醫的)인 진단으로서는 적확하다고 해야겠을 것이었겠지, 겠으나, 내과의(內科醫)라면, 그보다 한 겹쯤 더 안쪽으로 들어가려 하지 안 했을까?" 어부왕은 눈물에 섞어 한 모금의 포도주로 목을 적신다. "내과의라면, 피낭 속의 '정신'이라는 회충의 까닭을 짚어냈을 듯하다는 것이, 너의 이 늙은 아비의 생각이며, 그것이 이제껏 해온 얘기의 대요인 것. 모든 것을 '共有'化하려 했으면, 앞서 말한 그 '욕망'과 함께 그것까지도 공유화했었을 수 있어야 했다는 얘기다. ……결국, 저들의 '빈부의 차 없는 위대한 사회의 구현'이라는 이념은, 민중 편에서는 상상임신(想像妊娠)에 그치고, 지적 정예 편에서는 오나니즘으로 패시시해버려, 빈차(貧差)만 없앤 결과를 초래해버린 모양이었다. 흐, 흐흐 으흐흐." 이 대목에서 어부왕은, 들린 자모양 우는 듯이 웃음을 짖어댔다고, 시동은 기억해내고, 뒤늦게 오늘, 시동도 덩달아, 그러나 들린 듯이는 아니고, 씻득 한번 웃었는다. 그리고 시동은, 어부왕이, 해온 얘기의 화미(話尾)를 끄집어내기까지, 화간(話間), 여기로 왔다, 저기로 갔다, 들쑥날쑥하는 식으로, 복수(複數)와 단수(單數)를 헛갈려 하며, 시제(時制) 또한 헝클이고 있었다는 것을 살펴낸다. 라고, 헌 귀신 새 귀신들이 출몰했던, 어부왕의 머릿속을 들여다보게 된 데는, 새로 또, 이미 들춰냈던 그 화두(話頭)를 끄집어내는, 왕의 줄 바꾼 얘기가 단서를 제공한 것이다.

"이 영주들 가운데, 말했겠다시피, 그런데, 육손이에 왼손잡이가 하나 있었더니, 땅의 메시아 중의 한 파격적인 이가 그이였다는 얘기다. 위계(爲界)의 질서체계가 상극(相剋)으로 이뤄졌을 때, 어디 절대적으로 완벽하다거나, 절대적으로 선한 체제가 가능하겠느냐? 마는, 까닭에, 기왕에 있어 온 공유(共有)체제의 불완전함을 관찰해낸 이 리쿠르구스는, 자기 나름의 한 완벽한 치체(治體)를 구상하여 구현하려는 야심을 키웠던 모양이었다. 들일 되어가는 것을 면밀히 관찰한 뒤, 그가 얻은 결론은, 인간이 짐승과 다른 것은, 배가 고프지 않을 때의 개개인일 때뿐이며, 배가 부른 자들까지라도, 모여 집단을 형성하면, 이 집단으로서의 인간은, 짐승과 다를 바 없다고 한 모양이었다. 광장이나 장터로 몰려드는 사람들, 아 그렇겠군, 『이솝 우화』 중 「한 웅덩이의 개구리들」을 연상하면 좋겠군, 그 개구리들처럼 모여 우왕좌왕 질서 없이 제멋대로 내닫는 무리를, 말하기의 편리를 위해 '군중'(Crowd throng, mass, multitude)이라고 이르기로 하면, 이 군중은, 예를 들면, 실에 꿰어지지 않은 한 바구니의 구슬 같은 것들에 비유해도 안 될 일 없어 보이는데, 거기서 어떤 기(氣, energy)가 발생하기는 하되 쓸모없는 것이어서, 무목적으로 흐르는 물에 비유될 수도 있을 테다. 마는, 그것에 수로를 터, 논밭이나, 연자방아 돌리는 데 쓰면 이(利)가 있겠듯이, 저 구슬들 또한 어떤 대의, 목적, 또는 이념이라는 실로 꿰면, 우화적으로 개구리 웅덩이에 임금이 나타나고, 질서체제가 세워진다는 얘기겠는다. 이 또한 '군중'과 비슷한 어휘일 것임에도, 또, 그 말하기의 편리를 위해, 구분을 짓기로 하여, 이번에는 그것을 '집단'(Collectivity congregation, aggregation, group, assemble)이라고 이르면, 이 집단은 그 자체가 하나의 거대한 유기체로 새로 태어나는 것을 보게 된다. 이 생명체는, 신까지도 그것에 대항 대적지 못할 그렇게나 큰 괴력을 갖는 '짐승'이 되어 있다는 것, 그것이 관찰되어져야 할 것이다. '집단의 정신 수준은, 개인의 그것에 비해 매우 낮아, 짐승의 수준에로까지 저하해 있다'는 것이 기억되어져야 할 것이다. 비슷한 어휘라도, 말하기의 편리를 위해 앞서 해놓은 구분에 좇으면, '군중'과 '집단'은 그렇게 다른데, '군중'이라는 어휘 속에 휩싸인 모든 개인들은, 집에서 나올 때 얹고 나왔던 그 대갈통들을 집으로 돌아갈 때도 그대로 달고 있음에, 반해서, '집단화'하기에 좇아 드러난 군상은 형천(刑天—머리 없는 怪人)들이 되어 있다. 그것은 집단화가 서둘러진 과정에서, 그 개인 개인들이, 그들의 '자아'랄 것을, 저절로 잃게 되거나, 상납해버린 결과인데, 그렇게 되어져 형천들이 잘라 바친 머리통들이 쌓여, 어떤 이념의 바벨탑을 이루면, 그 이념에 좇아, 주장되어지고, 체제화한 것들의 이름은, 붙이기에 좇아, 이렇게도 저렇게도 불릴 것이다. 자연 가운데는, 벌이나 개미들이 그런 유사한 체제를 수립해, 완벽하게 운영하고 있는 것이 보이지만, 그 체제가 완벽하다고 해서, 그 개유정들에 대해서도 성공적이라고 해야 할지 어쩔지, 그 대답은 매우 망설여진다. 진화의 도상에, 와해는 아닌, 정지가 끼어들어 버린 듯싶어 그렇다. 까닭에 집단은 '집단 자아'랄 것을 갖지 못하되, 거대한 힘을 갖춘 '짐승'에로 떨어져 내린다고 이른다. 五官有情이 '자아'(는, 종교적으론 靈魂이라고 이르는 것이 아니겠는가?)를 잃으면, 四官有情에로 퇴행, 또는 추락한다고 이르잖느냐. 이런 얘기는 그러고도, 화자나 청자가, 눈썹부터 많이 뽑아내, 아무의 시린 손도 쬐지 않는 화로에 던져 넣어, 누린내를 풍기는 짓이긴 하다. 반복되지만, '집단의 정신적 수준은, 축생도의 그것과 별반 다름이 없다'(Jung)는 것은, '집단심리'를 궁구하는 자들이 터놓고 하는 진단이기는 하다. ……허허, 너의 이 애비도, 그러구 보니 늙은 게군! 늙은네들은 글쎄, 입을 다물고 있어도 말이 많잖더라고? 하물며 쉬지 않고 입을 열고 있음에랴? 유리의 순례자가 그러더군, "To talk all day without saying anything is the Way. To be silent all day and still say something isn't the Way."(若能無其所言, 而盡日言是道. 若能有其所言, 卽終日默而非道. —『血脈論』) 늙은네는 그리고, 합죽이는 웃음을 웃었는데, 그 웃음이 하 후수줘서, 시동도 그때, 따라서 홋흔 기헉이 確다.

"결과, 그는, 자기를 무리의 중심에 둔, 이라는 말은, 그 자신 저들 공유(共有)의 자아(自我)로 환치한 뒤, 라는 말인데—껑충 뛰어넘고 말하면, 절대적 권력체제를 이뤄놓고 있었던 듯했다. 한담(閑談)도 하나씩 섞기로, 쉬엄쉬엄 가기로 하면, 이렇게 체제를 돈독히 이룬 체제, 속칭 독재주의 체제는, 어떤 꽤 당찬 한 인물이, 화백 제도 속에다 강도(强導)한, 단독 독재주의에 비해, 그것의 붕괴나 타도, 극복이 훨씬 더 어려운 것은 사실일 테다. '개인'은, 어쨌든 어느 날 죽기라도 하되, '체제'는 붕괴되지 않는 한, 죽는 것도 아니지 않느냐. 그런, 피지 말았어야 할 독버섯이 피어난 데는, 다시 또 어떤 유전된 음기 따위, 그 그늘에서 이뤄진 어떤 소명의 문제를 다시 거론케 되겠을 일이나, 평가는 역사가 할 것인데, 만약 어떤 독재자가, —물론 자기의 입신영달을 기조로 하지 않는 자가 어디 있겠는가, 그러니 그것은 기본이라고 쳐두고 말한다면— 보다 더 백성을, 그리고 내일을 걱정했다면, 그래서 백성이, 불어나는 배통 탓에, 옷을 새로 재단해 입지 않으면 안 되게 되어, 목화씨 뿌리는 이들의 입부터도 목화꽃처럼 벌어지기 시작했다면, 그런 독버섯은 집단적 음기를 해독하는 독으로서의 독버섯이어서, 때로 때로 하나씩, 역사의 어디 응달에서 피어나는 것은, 결코 바람직하지 않으면서도 바람직한 독버섯이라는 데서도, 살펴보는 눈을 갖는 것은, 자기 시대나, 역사를 그것도 하층 구조 쪽에서, 편견 없이 읽으려는 태도랄 것이다. 그런 독에 의해, 이제껏 수동태적, 피학적이어서, 어떤 변전을 유보하고 있는 질료에, 능동적, 가학적 역동성이 형성되어지기도 하는 것이어서, 毒이 質料의 변전(Transmutation)을 도왔다고 할 것이다. 그러는 동안 독과 질료 간의 치열한 충돌이 관찰되어지는데, 질료의 백혈구다운 저항에 의해, 독은 더 독해지고, 독해진 독은 더 빨리 질료의 변질을 도왔을 것이었다. 니그레도가 알베도에로 전이한 것이다. 어떤 용렬한 이가 나타나서, 이 연금의 솥을 와해, 즉 똥으로 추락시키지만 않는다면, 이 질료의 루베도에로의 전이는 어렵잖게 성취될 단계에 온 것이다. 이에 반해서, 질료 쪽이 저항이 미미하다거나 없다고 할 때, 흐흐흐, 질료 대신 毒이 金이 되는, 이상스레 역전된 연금술이 드러나게 될 것이어서, 결과에 주목하게 할 터이다. 이런 자리에서, 전체주의, 군국주의, 등 그 이름이나 형태는 많지 않으냐, 같은 체제가 수립되는 것일 것인데, '리쿠르구스식 사회주의'의 강보도, 거기에 두고 있을 것이었다. 질료는 이제 독의 의지에 의해서만 춤추는 망석중이가 된다. 좀비와 산송장의 관계가 그것일 것인데, 질료의 자기 의지는 무참히 거세당했거나, 동결된 것일 것이었다. 이 연금술도, 老子 편에서 보기로 하면, 성공하고 있는 것이 아닌 것은 아니다. 완벽한 성공일지도 모른다. 순정적 치학도(治學徒, 稚學徒)들이, 老子를 잘못 읽고 하는 소리도 같겠지만, 그것이 어떻게나 큰 상처를 열고 있든 어쨌든, 역사의 주체나 주동자는 백성인 이상, '백성을 위한, 백성에 의한, 백성의 치제', 환언하면, 先民衆主義, 속칭 民主主義야말로, 민중 편에서는 어째도 최선의 치제가 아니겠는가, 현수막 들어 나설 이들도 많을 게다. 그러면 리쿠르구스가, 만근 철퇴를 들고 내닫지 않겠느냐? 그럼에도 그것을 내려치기 전에, 어쨌든 그 철퇴를 휘둘러야 하는 이유는 들려주려 할 테다. 라는 것은, 문자 그대로, 그리고 액면 그대로, 백성이 치주(治主)가 되는, 예의 저 민주주의란, 다만 한 방편, 다수결(多數決)에 의해서만, 가능적으로 성취되는 것이 아니겠냐? 그렇다면, 그 다수 편에 소속되지 않은, 다른 소수는, 가라지 쭉정이인 양, 무참히 소비되어지고 말아도 괜찮으냐? 이 소수의 정의와 권익은 어떻게 수호되고, 어떻게 보장되느냐? 다수의 횡포, 다수의 압제, 다수만을 위한 정의나 권익의 밑에서, 인고해야 되는 소수에 대해선, 저 다수결주의 체제란, 그 시작에서부터 이미, 오류를 싸안고, 그 상처에서 흐르는 고름을 금박지로 싸 감추고 있는 것보다 더 될 것도 없는 것이 아니냐? 다수결주의가 행해지는 한 그리고, 이 낙후하는 소수도 끊이지 않을 터, 이 상처는 그렇다면 어느 때인가는, 치사병으로 발전할 것 같지 않는가? (리쿠르구스와, 그의 망령[shadow] 간의 창 싸움[joust]은 그렇게 초합을 치룰 터이다, 시동은 생각한다. 이제 그의 망령 쪽에서, 방패를 들이밀 차례라고, 시동은 건너다본다) 만약 그것이, 리쿠르구스의 민주주의에 대한 이해라면, 그것은 治學이 아니라, 稚學의 수준에서, 한 치도 더 내어다보려 하지 않은 편견의 소치일 테다. 사실은, 이 '소수'가 없는 다수결주의란, 다수결주의가 못 된다면, 저 소수가 차라리, 다수의 부족을 보충해주고 있다는 것을 관찰해낼 수 있을 터이다. 그렇게 되어, 민주주의라는 천평칭은 균형을 유지한다. 예의 이 소수에 의해, 다수가, 자칫 전체주의나, 독재주의에로 경사하는 것에 제동이 되는데, 이러면, '그 시작에서 싸안은 오류'가 사실은, 가장 건강한, 장처로 변한다는 것을, 부인하려 해도 부인되지 않을 테다. (이번엔, 리쿠르구스가 철퇴를 휘두르려 할 차례라고, 시동은 관전한다) 치도꾼으로서, 어찌 그만 정도의 稚學을 모를까 부냐? 말한 바의 그 다수결 원칙에 의해 선출될 시한부 통치자와 관계되어서는, 보이기에는 전체가 장처인 듯함에도, 실제에 있어서는, 글쎄 그걸 뭐라고 해야겠느냐,

조루증에 비유한다면, 이해가 쉬울 성부르냐? 보다 더 모욕적으로, 다른 견지에서 말한다면, 값비싼 청루 계집 침방 문밖에, 화대를 지불할 만한 놈이면, 좆지럭지가 되거나 말거나, 그것 꼬나들고 줄 서 있기라고 해야겠느냐? 먼젓놈이 촐싹이고 나오면, 다른 놈이 들어간다. 문제는, '民主'랄 때의 그 '民'의 일반적 수준이랄 것인데, 그 주의가 대의로 삼는 그 수준까지 육박하려 하면, 그 구성원 전체가, 완성까지는 바라지 못한다 해도, '人間'이기에 충분히 성숙해 있어야 하는 것이, 전제되어져 있어야 하잖겠는가? 일반적으론, 人皮를 입은 자면, 누구나 人間이라고 이르되, 그 人皮 속에는, 축생도에서 갓 올라온 금수를 싸안고 있어서, 스스로들의 주인 역할을 하기엔, 여러 겁 세월의 진화가 부족하다고 보는 것이, 인간에 대한 모독일지라도, 그것이 현실이며, 사실이랄 땐, 그 드러나는 결과는 반드시 긍정적일 수는 없을 터이다. 서로 적대하여, 내 편/네 편, 내 정의/네 정의, 진보/보수, 온건한 자/불온한 자, 동으로 가기/서로 가기, 라는 식으로, 혼란 혼돈만을 야기할 뿐만 아니라, 서로 간 흠집 내기에 좇아 아무 데로도 가지 못한다. 그것이 조루증의 결과가 아니겠는가? 이것은 부정적 견지에서 만들어질 수 있는 얘기라 치고, 이제 그 긍정적 국면을 확대해 보기로 하면, 입어진 人皮 속에 人間이 꽉 차기 시작했다 하잤세라, 하면, 그들은 치제의 필요를 넘어서게 되는데, 결과는 전체주의나 독재주의보다도 더 형편이 나쁘게, 무정부주의 쪽으로 몰락할 위험이 전부이게 될 테다. 그것은, 그 개개인들 편에서는, 완벽한 사회를 구현해 있는 듯이 보일지 모름에도, 그 전체 쪽에서는, 그 자체가 통째로 상처로 보이는데, 萬有를 통틀어, '佛性'이야말로 지고지선의 성품이라고 說하며, 깨달은 이들, 예를 들면 보디사트바나 아라핫들에 대해서까지도, '三藏'을 說하되, 『律藏』 또한 『經藏』, 『論藏』과 동궤에서 중시한, 진정한 까닭을 살펴보는 것은 필요할 테다. 왜? 그러자니, 말하는 바의 그 민중 속에 성숙한 인간도, 축생도에의 향수를 앓는 인간도 섞이게 되는 경우를 그러면 상정해보게도 되지만, 그러면 거기, 은연중에 계급주의가 형성되거나, 빈부의 격차가 심해지게 되는 우울한 현상이 일어남에 분명하다. 그래서도 저래서도, 민주주의란 그래서 보면, 독사와 개구리들이 한 웅덩이 안에서, 서로 제 목청을 높이기 위해 아크흐크할라 우짖어대기 같아서, 아무 곳으로도 가지 못하거나, 퇴행만을 거듭하기나 할 것이어서, 노상 진보나 개혁 따위나 부르짖게 될 것이 염려스럽게 된다. 그러는 동안 인지는 저하되고, 들인 自由와 私有의 맛에 자기 위주의 흡혈귀가 되어 있는다. 그것은 그 광고해 보이기에는, 인간의 존엄성, 가치 따위를 뭣보다 우위에 놓고 있는 듯해도, 타락에로 닫는 걸음걸이를 빠르게 하는 데는 최선의 제도일 수도 있는데, 인간은 보기에 천녀(天女)다운 자유나, 풍요에의 꿈의 까닭으로 인간이되, 어느 정도라도 그것을 구현해내는 데 성공했다 싶으면, 그 꿈의 날개의 밀랍이 녹기 시작한다. 수욕(獸慾)이 그 밀랍의 주성분이었음은, 쉽게 짐작되는 것이겠거니와, 그것의 역동력에 의해 거의 神이 되어졌을 때, 인간은, 어떻게 그 神을 운용, 운영할지, 그것은 모를 뿐이다. 추락한다! 그러나 人皮가 갖는, 영장성은 부인되지 않는다. 그것에 의해서 인간은 사회적 동물이라고 이르기도 하잖는가? 그러니, 한 개인 개인들로서 그들은, 새끼 당나귀만큼도 힘이 없되, 아서왕이 그것을 잘 이해하고 있는 바대로, 집합되었을 때 그 힘은, 막강한 것이어서, 그 힘에다 재갈을 물리고, 고삐를 쥔 자가 있을 수 있다면 그는, 신들까지도 두려워하게 된다. 신의 권세도 신도 수에 비례한다는 것은 널리 알려진 얘기 아니던가? 세상의 끝날까지도 이 인피 입은 짐승들은 성숙하게 될 듯하지도 않지만, 이 리쿠르구스는 그래서, 저 불순한 짐승들에 대해 메시아로서 그들 위에 군림한다. 모든 창조는 힘에 의존되는 것인 것, 힘이 쇠하면 몰락과 붕괴가 따른다. 창조에 대한, 역창조이지. 그런고로 저 집단의 힘을 짚단처럼 묶어 맨다면, 그 集-짚단은, 정의와 선의 여신의 강보가 되는 것이겠거늘. 人皮를 입었으되, 짐승을 반이나, 그보다도 많이 내접해 있는 人間의 쓸모는, 집단화할 때뿐이다. 이 공룡의 등에 탄 자를, 독재자라고도 이르는 소리가 있는데, 그 집단의 막강한 힘을, 어떤 한두 인간이 만들어낼 수 있다면, 그는 가히 초력적 능력을 가진 자여서, 당연히 따라야겠으되, 사실은, 독재자가 그 힘을 만드는 것이기보다는, 그 힘의 운집의 중심에 있는, 폭풍의 눈 같은, 그 힘이 독재자를 태어나게 하는 것이다. (이 창 싸움에서, 리쿠르구스의 망령은, 치부를 다친 듯하다고, 시동은 관전하고 있다) 아으 그러나, 리쿠르구스는 어째서, 人皮 속에서 짐승만을 보는고? 그 반쯤은 神性이라고도 이르는, 人間은 어째서 보려 하지 않는고? (망령 쪽의 창끝은, 리쿠르구스의 심장되는 데를 찌르고 들었으나, 리쿠르구스의 표정은 아무 일도 일어나지 않은 듯이 하고 있다) 이거 우리 말이지, 창질하기에 바쁘다 해학도 잃은 듯한데 말이지, 뭐 좀 웃기는 얘기 하나쯤 들려드릴까? 리쿠르구스의 팔뚝이, 만근 철퇴나 창을 가벼운 삭정이 가지처럼 쓴다는 소문이 일자, 막강한 아서왕까지도, 이 리쿠르구스의 까닭으로 목에 생선 가시라도 박힌 듯이 앙구찮아하기 시작하자부터, 리쿠르구스네 성문 돌쩌귀에 불이 나기 시작했더라는 얘기지. 글쎄지, 이웃 영주들의 예방이 잦아진 것인데, 해학이랄 것은 다름이 아니라, 자기 영지에서 독재자를 꺼꾸러뜨렸다 해서, 영주가 되는 영광을 입은 자들까지도, 이 리쿠르구스라는 독재자를 예방하기 위해 後門들까지 싸들고 와, 저쑵는[叩頭] 다는 일이지. 그들을 수행하는 이들이라면, 그들을 도와 독재자들을 참패케 한 지적 정예들일 것은 넉넉히 짐작되잖는다구? 그들까지도, 더러 독재주의가 어떻고, 인도주의가 어떻고, 인권이 어떻고 하는 소리를, 성 밖에서는 소리 내 말하면서도, 이웃 성의 독재자의 독재주의에 대해서는 일언반구도 하려 들지 않는다는 건, 우습되 이상하더구먼. 그들 입은 인피 속에도, 예의 저 신성이랄지, 뭐 그런 고상한 것이 들어 있거나, 남아 있기라도 한가 모르겠더라 말이심. 이 리쿠르구스도 못 참아낼, 그들은 구토러람! 저들의 열린 치질에서는 수치의 냄새가 등천을 하고 있노라, 구토러람! 세상을 오염하고 있도다! 구토러람! (리쿠르구스 왝왝 건구역질을 해댄다) 아으 그래도, 인간의 최후의 보루는 인간인 것, 인간을 인간에게 돌려주는 것, 북돋는 것, 그것은 치리자가 해야 할, 처음이며 마지막 의무인 것. 공은 그러나 인간으로부터 인간만을 타도하고, 인간 속의 짐승만을 확대해 현재 승리에 취해 있으되, 인간 속의 인간에 의해 패배하게 될 것도, 안 보려 해도 안 볼 수가 없구먼. (망령 쪽의 배수진.) 뻐! 이 우둔한 늙은네여, 저들도 사흘만 굶겨보라, 그런 뒤 왼손에는 빵을 들고, 오른손엔 책쭉을 들어, 저들 앞에 군림한다면, 저들보다도 더 온순한 짐승들이 또 있을 듯싶으냐? 빵과 더불어서는 인간도, 더도 덜도 아닌 짐승인 것을, 그것도 순하기 이를 데 없는 암소나 양인 것을! 양이 살기(殺氣)로 하여 무엇을 물려고 내달으며, 암소가 앙심 품고 뒷발길질하는 것 보았남? 그중에는 그런데 毒狗(Dog)인 것들이 있다. 도척이네 개가 안회를 무는 것을 보면, 이것들은 주인을 위해 전부가 쓸모뿐인 것들, 소들의 땀으로 거둔 것에서 조금씩만 떼어내 먹이고, 양의 털로 짠 것으로 조금만 등 따숩게 해주면, 소를 어거하고, 양을 치는데, 무엇으로 이것들에 비하랴? 그러고는, 이전 체제에서는 무산자 층이 우선적이었는데, 이 새 체제에서는 기사(騎士) 숭배속을 뿌리 깊이, 저들 속에 심어 넣는다. 선기사(先騎士) 사상이라는 것 말임세나. 이 체제는 그렇다면, 이전의, '설움 받는 이들' 편에 서서, 그들의 권익을 우선적으로 추구한다고 했던, 그러나 붕괴해버린 그 체제와는, 모든 '사유의 공유화'라는 점에서만 같고, 완전히 다른 체제로 둔갑 변신한 것이 분명하고도 분명하게 보인다. '先民衆' 사상에 대한, '先騎士' 사상이란, 치학(治學) 용어로는 무엇이라고 이르게 될 듯싶으냐? 그러함에도, 희화적이기까지 한 문제랄 것은, 이전 체제를 추종했던 설움 받는 이들 편에 선다는 소수의 지적 정예라는 이들이, 그리고 독재자라면 독사보다도 싫어하는 이들이, 이 독재주의 새 체제에 대해서도, 이전의 환상을 그대로 고수하고 있다는 데 있을 테다. 그들은, 둔갑 전신한 이 새 체제의 실모(實貌)를 직시하기를, 아마도 자신들이 고수해온, 고상한 이상(理想)의 균열을 보기가 두려워서일지도 모르지만, 회피하려 하고 있어, 그들을 두고 뭐래야겠느냐? 이렇게 말하면, 되지 못하게 군자연한다고 할 테고, 저렇게 말하면, 자기의 의견과 다르다고 해서, 타인의 의견을 비방하거나 훼방하는 것은 정당하지 못하다고 할 것이 아니겠냐? 그러니, 함구하는 수뿐이겠다. 으흐? 으흐, 으흐?" 그때 갑자기 드러낸 어부왕의 그 신경병적 웃음이 오늘, 시동이께, 이빨도 발톱도 잃은 늙은 사자가 내는 앓는 소리 같은 것이 되어 되들린다.

"아까 언급된 그 '독구'들, 그 주구(走狗) 예찬이 되었든, 선기사 사상이 되었든, 그런 것을 이루려 하면, 이루려는 자는, 그러기 전에, 뭔지 주체사상, 또는 무슨 이념이랄 것부터 앞내세워야 되었을 것은, 뻔한 이치 속 아니겠는가? 바로 이것이, 그의 이 복음이 파격적, 또는 왼손잡이적이라는 것인데……." 그리고 왕은, 냉소를 아주 조금 흘렸다.

"이 '나복'이 또한 고유보통명사로 쓰는 소리다만, 어떤 나복이의 명도(冥道) 순례기에 의하면, 명도의 대왕이 타도되었을 때, 보니, 그의 거구를 이룬 것은, 다름 아닌, 모든 죽은 자들의 해골들이, 바벨탑모양 쌓여 올려진 그 해골들이었더라는 것이었는데, 아까 '刑天' 얘기하지 안 했던가, 사회적, 또는 공유적(共有的), 또는 집단적 자아처럼도 여겨졌던 '이념'의 붕괴는 그러했을시라. 소속될 데 없는, 마른 해골들만 여기저기, 도처에 흩어져 있었을 것이고, 그것은 당분간, 어떤 끈이나 풀로도 통합해내기가 쉽잖았을 테다. 시작에로 다시 돌아간 느낌이 있다만, 이렇게 되어서, 흩어진 말머리를 간추릴 수 있게 되었기는 한데, 그런데, 바로 이것에 착안한, 매우 파격적 영주가 하나 있었던 모양이어서, '빈부의 차' 대신, '빈차(貧差) 없는 사회'의 구현이라는 이념, 또는 주체사상 같은 것을 현수막에 써 들어, 구르는 해골들을 규합하기 시작했던 모양이다. 부(富)에 대한 희망을 잃은, 저 와해, 저 폐허에서, 목자를 잃은 양들모양 우왕좌왕하는, 가난한 이들을 한 기치 아래, 한자리에 모으기는, 꼭히 어렵지만은 안 했을 터이다. 그의 신념엔, 가난[貧]도, —이건 분명히, '체제'라고 이르는 것이 옳을 테다만, 어찌 되었든 그의 편에서 말하기로 하면—하나의 유토피아의 기초를 닦고, 초석을 놓을 굳건한 지반이 될 수 있다는 게 그의 신념이었던 것이다. 부에의 소망을 잃은 자들이라면, 심지어는, 등 돌려, 부에 대해 질투는 물론, 원한이나 증오감까지 갖게 되는 것쯤, 어렵잖게 살펴진다. 이런 자들과 더불어서라면, 글쎄지, 가난도 이념이 될 수 있던 것이다. '소망'과 '원한'은, 찌그러진 동전의 앞뒤 같은 것이다. '빈부의 차를 없애, 모두 부유하게 사는' 꿈이, 야누스의 오른쪽 뺨이었다면, 빈차 없어 누구도 무엇을 내세울 것 없는, 모두가 뻘건 한 가족, 한 동지인 사회의 구현은 왼쪽 뺨이었을 테다. 이로 인해 그를, 그의 귀에는 말벌이라도 쳐든 듯한 느낌일지 모르되, '왼손잡이나 육손이'라고 부르게 된다. 이건 매우 성급한 얘길 성부르지만, 이웃 부자들에 대한 이들의 원한은 오뉴월 서리보다 차고, 질투는 독 오른 독사 같은 데다, 증오는 지옥의 유황불 같았을 것인데, 부의 차가, 매우 더디게라도 조금씩 좁혀지고 있는 이웃들이, —이런 신소리는, 시정에 뒹군다는 소리 중에서 빌린 것이니, 늙은 애비를 이상스럽다는 눈으로 올려다볼 필요는 없다—알량한 식은 깡보리밥 같은 인도주의로 하여, 저들을 껴안으려 하면, 천축인들이 흔히 쓰는 비유대로, 남의 유부녀나, 독사, 또는 유황불을 껴안기나 다를 바 없을 테다. 이 계제에 이르면, 저들이나 이웃들이나, 비록 인종(人種)은 같다 해도, 인간(人間)은 같지 않게 되어 있어, 인종은 달라도 인간은 같은 사회, 의 구현을 선호하는 편과의 사이에 얼음벽이 있음이 보인다. 부정적인 국면에다 눈을 묶어, 어느 편에서 보면, 어느 편은 타락과 몰락의 궤에 올라 있고, 마찬가지로, 다른 편에서 보면 그 상대편은, 동결(凍結)되어버린 것이다. 어떤 편은 체제가 인간의 부패를 부추기고 있는가 하면, 다른 편에선, 체제가, 그것이 확립된 그 순간부터 인간을 동결시켜버리고 있는다는 얘기다." 왕은 그리고, 한숨을 한 번 불어내고, 포도주로 입술을 적셨다.

"배가 고프고, 헐벗은 자리가 쓰린 가난한 자들의, 배에 기름기 얹고, 여러 무늬의 색깔 옷을 치렁치렁 입어 거드럭거리는 자들에 대해 천만 가지로 교차하는 원(怨)과 한(恨)은, 오뉴월에도 서리를 만들 것들이어서, 어떤 그럴듯한 대의를 제시하기에 성공적이기만 하다면, 그 결속은, 수은 방울이 수은 방울을 만나기처럼 그러했을 것인 것. 바닷물 속에서도 그것은 해체 분해되지 않는 것이 아니냐, 마는, 동병상련하는 이들끼리는, 서로 간 강한 자력이 있음인 것. 빈부의 차를 없애려 했던, 그 한 체제의 붕괴가 초래한, 그 와해, 그 폐허는, 그 보기와 달리, 그 저변에, 이상스러운 비옥함을 감춰두고 있었던 것을, 이제는 그러면 알게 된다. 이 '빈차 없는 유토피아'를, 배가 고파 껄덕여싸므로, (아비 된 것이), 아직 껍질도 트지 않은 두꺼비를, 모닥불에서 끄집어내, 쇠고기라고 주면 쇠고기로 알아 뜯으려 덤비는 애까지도, 그 주의 주장을 곧이곧대로 받아들였을 리는 없는데, 그래서 저들이 그것을 부차 없는 유토피아에로의 새 길이라고 오인했든 어쨌든, 이 체제의 결속은, 그렇게 되어 용이했었을 뿐만 아니라, 보태 거의 만전적(萬全的)이기까지도 했던 모양이었다. 이 의미는, 그는, 절대권력이라는, 자기만의 성배를 손에 쥐게 되었다는 것인데, 그 자신만의, 그 자신만을 위한, 그 자신만에 의한, 일인 (또는 과두) 민주주의 만세? 그렇다면, 그 민중이야 어떤 형편에 처해 있든, 그 자신(들)의 투쟁, 개혁, 혁명은 이제 끝난 셈이었다. 그렇다, 그(들)의 대업은 그렇게 성취, 완성된 것이었다. (그를 옹위해 그 대업을 성취케 한 이들도 포함해, 單數로 代名하려 하지만) 이제 그는, 더 갈 필요도, 갈 데가 없으니, 아무 곳으로도 가려 하지 않으며, 보이기론, 저들(민중)을 이끌어, 어디론가 열심히 가고 있다는 환상을 만들어내는 일만 남은 것이었을 것이었다. 그 짓이란, 밖에다 내보이기며, 안으로 그에게 남은 과제는, 여전히 저 가난의 유지라는 것일 것인데, 어떤 식의 춘사(椿事)나 오발(誤發)에 의해서든, 비록 황우일모보다 작은 것이라 해도, (예를 들면, 기름진 음식에 배불려 보기 같은 것, 그런 것이) 균열(을 만드는 흰개미 같은 것 중의 하나인데)이 드러났다 하면, 그때부터 그 체제는 그 기초에서부터 흔들리기 시작할 것이기 때문이다. '가난하기'와 '가난을 유지하기'는 두 다른 문제들인데, 역설은, 가난을 유지하기 위해서도 자본은 필요하다는 문제일 것이지만, 그 얘기는 뒤로 미루든, 기회가 닿지 않으면 모르쇠해버리기로 하자. 그러면 그 우선적 필수적, 타개해야 하는 문제가 무엇이냐는 것일 것인데, 날것인 채로의 가난은, 그것이 아무리 이념화했다 해도, 심지어는 자살까지도 도모하는, 그것의 인고에도 한계는 있는 것이 아니겠느냐? 그럴 때, 남달리 명석한 이라면, 이 날것을 다른 형태로 익히려 할 것은, 불 보듯 뻔하다. 이 부분이야말로, 그의 파격적 천재성을 여실히 드러낸 것이어서, 한 종류의 초인(超人)을, 그 사상의 실천자를 보게 되어, 경이와 경악감을 금치 못하게 할 뿐만 아니라, 심지어 경배까지 바치게 할 지경이다. 백성을 프리마 마테리아로 삼은, 이 연금술사야말로, '초인 사상'을, 그 초인의 이상을 실현한 자로도 보이기 때문이다." 습기를 청해 마시고, 어부왕은 들린 듯이 이어나갔었다. "가맜자, 이게 뭐 어느 영지의 역사책을 꾸미자는 것도 아니고, 누구의 전기를 쓰자는 것도 아니라면, 건너뛰기로 하고 해서, 재미있다고 여겨지는 부분만 말해보기로 해야겠는다? 그가, 그것을 위해 무엇을 했었던가—이 부분은 꽤 흥미스러운 대목이 아니겠는가? 그렇겠지러. 그 자리에 필요한 것이란, 민중 각자의 '자아(自我)의 공유화(共有化)'였거나, '공유의 자아의 대체화'였던 것으로 짚인다. 예의 저 '공유의 자아'가 자기라고, 자기를 앞내세우려는 짓은, 일반적 범부적(凡夫的) 집권자들이 해온 짓인데, 이런 라이우스들은, 요카스테의 아들에 대한 두려움으로부터 한날한시도 벗어날 수 없을 테다. '요카스테'는, '대지=영토=지배권'의 상징으로 써먹히고 있다는 것쯤은 말하지 안 했던가? 말하지 안 했다면, 그런 뜻으로 쓰고 있다고, 지금이라도 알면 되겠다." 한 모금의 수분을 더 취하고, 이어서 왕은, 이랬다. "오이디푸스 콤플렉스란, 잠룡(潛龍), 즉 그늘 쪽에 매복해 있는 권력에 대한 의지와 직접적인 관계가 있거나, 그것 자체를 이르는 것으로 아는데, 초래되어진 결과에 주목하면, 범부적 권력자와, 비범한 권력자의 둘로 나뉜 것을 보게 된다. 전자, 범부적인 자는, 공공연하게, 패배당한, 찬탈당한 아비의 가슴을 흙발로 누르고, 어머니와 결혼하는 경우며, 후자는, 민중의 눈에 비추이기는, 인덕(仁德)이 비할 데 없이 높은 자로 부각되어지기 시작하는 경우인데, 이 경우는 실재적인 아버지를 전설화(傳說化)하기에 성공한 인물이던 것이다. 그런 뒤 자기는, 예의 저 역사적 전설적 인물이 된 자의 유업(遺業)을 위한 일꾼, 또는 기수(旗手), 그 사제(司祭) 역을 담당하고 있다고, 흙에 범벅된 장화를, 사제복 아래에 감춰버린다. 그의 잠자리 수청 드는 자는 그리고 요카스테인 것. 저렇게 전설화한 인물은 그러는 동안 성배화(聖杯化)를 치른다. 치도(治道)의 치교화(治敎化)인 것. 성배가 있으면, 신이 없이도 하나의 종교는 체계화할 수 있는 것인 것. 이런 자리에 이르면, 이제는, 대체(代替)된 저 '공유의 자아'의 정체를 물을 필요도 없게 될 테다. '날것이었던 가난'도 또한, 치교적 '고행' 따위의 새것으로 익혀진 것인 것도 알게 될 일이다. 이러는 중 새로 눈 들어 건너다보면, 저 전설, 저 성배의 자리에, 어느 때부터였던지, 실재적 그가 무겁고도 장엄하게 자리해 있는 것으로, 그 자리바꿈이 저절로 이뤄져 있음이 보인다. 그는, 그가 실현하려 했던, 그의 식의 유토피아에 대해, 성공적인 메시아였던 것이다. 그런 뒤, 그는, 밖으론, 자기를 해님처럼 보이려 왼갖 노력을 다했을 터이지만, 안으론, 달님이어서, 박쥐며 독사 따위, 야행성 동물들을 다 풀어놨었던 것으로, 밤중의 풍문은 전한다. 해님 얼굴일 때 그는, 미아나 고아들을 정성으로 보살피는 어버이며, 영도자였으나, 달님의 얼굴일 때 그는, 저 민중을 펜리르처럼 여겨, 이 펜리르를 주적(主敵) 삼았을 터이다. 일단, 그가 이루려 했던 체제가 이뤄지기는 했으나, 그것도 든든히 이뤄지기는 했으나, 여전한 그의 느낌은, 그리고 불안과 초조와, 인고키 어려운 공포는, 민중은 그 전체로서는, 아무리 묶어 매도, 그럴수록 몸이 불어나는 펜리르로 보이기의 까닭인데, 그 각인들로서는, 저들은, 두 개의 쓸모없는 주머니들을 갖고 있어 신(神)도 어거치 못해 포기해버린 자식들—, 주머니 하나는, 전에 저 刑天들이 자원해서나, 타의에 의해서나, 떼어내고 남겼던 그 빈자리에, 아직은 흐릿한 윤곽에 불과하다 해도, 어느 틈엔지 돋궈낸 저들의 머리통이며, 다른 하나는 위장(胃腸)이라는 이름의 것이었다. 머리통은, 아무짝에도 쓸모없는 잡동사니, 예를 들면 형이상적 모든 것, 예술이라든가, 철학, 종교 따위들로 채워져 있으며, 위장은, 형이하적 무엇으로도, 아무리 채워도 채워지지 않는, 밑 빠진 항아리거나, 에뤼식톤이라는 이름의 거위로 채워져 있던 것이다. 하기는, '민중'의 구성원은 모두가, 상반신은 펜리르며 하반신은 貪-에뤼식톤이 아닌 건 아니다. 아니면, 에뤼식톤의 내장을 가진 펜리르이든—. 어쨌든, 저들 머리통 속의 잡동사니들은, 일반적인 저들보다 잘 배우고, 배움을 많이 채우다 보니 머리통도 커진 데다, ('양심'이라고 이르는 자리를 개조해, 後門을 달아놓을 만큼, 뱀처럼 지혜롭게 되어, 부귀나 명성이 지불된다면, 침 바르지 않은 쐐기를 찔러 넣어도 기꺼움으로 허걱거릴 후문 몇 벌쯤은 갖고 있는 데다, 아픔이라면, 책형용 죽창까지 들먹일 필요도 없이, 그냥 바늘 끝에 대한 얘기만으로도, 저절로 일어나는 아픔에 대한 상상력 탓에 사시나무 꼴로 사지를 떨거나, —兵士와 書士는, 이래서도 다르긴 하다. 그러니, 아무나 병사 노릇하는 것 아니다. 書士가 兵士 노릇 꾸미려면, 이 병사는 국난에 당해, 칼춤 추고 내닫기 대신, 그 큰 칼 얌전히 옆에 차고, 수루에 올라, 일성호가에 눈물 짜며, 屈原門의 탄식으로, 달을 울린다—) 또, '민중', '혁명', '진보' 따위라는 단어만으로도 흥분해 하다 못하면 용두질로 여위어가는 이들을 따로 모아, 그들로 하여금 뽑아내고, 세척케 한 뒤, 새로운 잡동사니—란 이 애비의 표현인즉, 액면 그대로 받아들인 건 아니다—를 처넣어주기에, 꽤 성공적일 수 있었던 모양인데, 이런 단계에 이르면 이제, 저 민중 각인의 각인이, 사회적 집단적 인간 속으로 용해되어져, 인간은 없거나, 동결되어버려, '小國'의 치자들이 바랄 만한 치세용(治世用) 금을 이뤄냈다고 할 것이다. 그러면 이제 그 영지를 둘러, 외계와의 사이에, 만 리나 되는 불의 울타리를 둘러놓은 뒤, 활 쏘고, 창 던질 자그마한 구멍만 몇 열어놓는 일은, 필수적일 테다. 이 폐쇄 고립은 거의 완벽할 정도여서, 마사다(Masada)라는 이름의 성채의 재현 같은 것이라고 연상하면, 대개 될성부르다. 그리고, 바깥쪽을 한 치도 내어다볼 수 없이 된, 안쪽 주민들께는, 그것이 실제든 아니든, 외세의 간단없는 위협과 침공에 대해, 시시때때로 징 쳐 알리고, 배고프고 지친, 떠돌이 기사들이나 각설이들, 행려자들이 지나다, 성문을 두드리는 일들이 어찌 없었겠는가, 그때마다 성문을 비시겨 열어 기사들을 내보냈다가, 피 칠갑을 해서 들어오게 해서는, 불려 알리고, 영주민의 간단없는 경각심을 호소할 뿐만 아니라, 그런 위협에 굴했을 때의 참담함에 관해서도, 그냥 상상만으로도 치를 떨도록, 예의 그 서생들의 입을 나팔 삼아, 세세히 일러둔다. 이 단계에서는, 이전의 체제가 앞[先] 내세웠던 무산자층 대신 기사(騎士)들을 앞내세울 자리를 얻게 되어, 선기사주의(先騎士後民衆)가 제창되고, 실행화함에 무리가 없게 되었을 터이다. 빈차 없는 사회, 즉 무산자 위주주의는, 이제, 선기사주의로 자연스레 자리바꿈을 하게 되고, 해님의 주적들과 달리, 달님의 주적들은, 그 불의 울 안에 소롯이 잠들어버린 것이었다. 궁극적으로는 그러니, 저 성채 주민들이 알아 믿고 있는 것과 달리, 저 선기사주의는, 보다 더, 안쪽 주민들을 어거하는 목적에 기여했던 것이었다고 해얄세라. 그것에 의해 그는, 이념으로서의 가난과, 체험하는 배고픔은, 어디선가 어째선지 조금도 같은 것들은 아니라고 느껴내는, 저들의 위장(胃腸) 속의 혼까지 짓찢는 쪼르륵 소리까지 숨죽여놓는 일까지도 성공하게 된 것이다. 이것은, 사실로, 완벽한 하나의 예술이던 것이다. 이 성채의 바깥에서는, 저것은 지옥화라고 여기는 이들과, 그 예술가의 천재성, 초인성에 감복하는 이들로, 이 예술에 대한 이해의 태도를 달리하고 있는 이들로 갈려 있었던 듯했는데, 저 안쪽에서 울려 나오는, 숨죽인 쪼르륵 소리들을 못 참고, 안타깝고도 안쓰럽게 여기는 이들은, 저것을 지옥화라고 보는 이들이었음은 분명하다. 저 파격적 메시아에 대해 이런 인간들이란, 알량한 인도주의의 이름 아래, 속이 빈 기름 덩이여서, 나나니벌의 알슬기에 좋은 숙주이기보다 더 나을 것이 없었을 것이었다. '알량했거나' 말았거나, 이런 따위 인도주의를 부르짖어쌌는 편에서는, 그러는 동안 (점차로, 또는 급속히,) 잘살기 시작했기에, 그런 여유 있는 마음도 챙길 수 있었을 것 아닌가, 이런 상태가 잘 유지되어지기만 한다면, 그리고 성(盛)하면 쇠(衰)한다는, 변화의 균형 잡기라는, 창세와 함께해온, 그 늙다리 '역'(易)까지도, 이 풍성한 잔치에서 슳카장 마시고 만취해, 옴팡한 양지에 쭈그려 앉아, 그 한숨에 세기가 가고, 세기가 오는 낮잠에라도 들어 깨이지 않는다면, 하긴 먼저 그것의 한계는 어디까지라는 식의, 매 개인 소득의 수치부터 정해놓고 말해야겠지만, 부차(富差) 없는 세상까지도, 불원간에 이뤄놓을 듯한 상태에까지 도달해 있었던 듯했다. 하긴 사실은 그러나, 노동자 한 명의 피땀으로, 서른 명 기사들의 위장을 돌보아줘야 되는, 저 안쪽의 형편에 비하면, 바깥사람들은 이미, 올림포스의 신들보다도 잘살고 있는 처지여서—올림포스의 신들이, 숙취 머리는 앓았더라는 얘기는 흔해도, 호메로스도, 베르길리우스도, 소포클레스나 에우리피데스 등, 신들 흉보기 좋아했던 누구도, 오늘날 갑자기 더, 이쪽 사람들의, 심지어 나라 걱정거리까지 되고 있는 비대, 그것의 합병증인 성인병, 당뇨, 고혈압, 심장병 등에 관해서는, 일언반구도 해본 적이 없었다면, 그것이 뭐겠느냐, 허, 허허, 허기야, 신이라고 거들먹거리는 그들의 식사라는 게, 산짐승의 목에서 뿌려지는 피나, 갖은 양념은커녕 소금도 뿌리지 않은 생고기 태우는 연기에 보탠, 도둑놈까지도 그날 일수 좀 좋게 보살펴달라는 투의, 뻔뻔스러운 기구 몇 마디였을 터이니, 신들도, 아래쪽 사는 이들의 인도주의적 차원에서 하는 구호품이 필요했었을 듯하여, 자주 전쟁을 일으켜 참전했던 듯하다. 거기 흐르는 흥건한 피가 그들로 하여금 숙취를 앓게 했던 것 아니겠냐? 어으흐흐흐, 한 잔 채워라! —바로 저런 부의 비대증 걸린 이들이, 저 성채를 넘는 쪼르륵 소리를 못 참아 했었을 것도 당연하다 할 것이었다. 자기들도 배고프고 춥고서야 그럴 수 있었겠느냐? 허기는, 새끼는 눈만 켜져 가는데도, 보리쌀 치마폭에 숨겨, 마을길에 나서는 어미들도 없잖아 있기는 있느니라. 집안 꼬락서니야 어찌 되었든, 밖에서는, 이 아낙네 상찬이 끊이지 안해, 무슨 부덕상 같은 것이라도 수여하려 할지도 모른다. 두려운 것은 그러나, 이 기름 덩이가, 나나니벌의 숙주로 되는 그것일 것이었는다. 개인들과 더불어서는 그래서, 그 후환이야 어쨌든, —있는 얘기 좀 빌려써서 안 될 일 있겠나? —겨울이 시작되는 길목에서, 얼어 굳어가고 있는 독사를 만났다 하면, 품에 품고 와 젖먹이의 포대기 밑에 따뜻이 묻어주는 어진이의 행위는, 얼마를 찬양해도 모자랄 덕행이며, 특히 종교적 수행으로도 강조 설교되어지는 것이겠으나, 그 개인이 속한 집단과 더불어서는, 배 불리느라 정신이 팔려 겨울이 다가온지도 모르는, 그런 통통한 영양 주머니를 만났다 하면 하는 즉시, 껍질을 벗긴 뒤, 석 섬 물 담은 가마솥에 삶아, 영양실조의 까닭으로, 길기도 길고 할 일도 없는 밤에도 마누라의 손길을 뜯어 뿌리치는 일동 남자들에게 보신도 시킬 일이려니와, 그래야 장차 일손도 많아지며, 노후도 보장받을 게 아닌가, 가죽으로는 신발을 만들어, 맨발로 이삭줍기에 나선 애들에게 신기는 게 덕행으로 변한다.

사실은 앞서 말한 그 종교까지도, 그 수행자 하나하나는, 자기부정, 자기희생 같은 것을, 구제 구원의 본도(本道)로 삼지만, 한 종가(宗家)라는 대체(大體)는, 다른 종가와의 사이에 울 두르기를 하늘까지 높여, 하늘도 구획하려 하잖더냐? 그래서 하늘도 조각이 나고, 조각들 사이엔 넘을 수 없는 울타리들이 선다. —가, 가만, 가맜자, 이렇게 되면 이거 말이지, 저쪽 어디서 수문이 열려, 조금 비틀거리면서라도, 하기야 물은 흐르는 동안 어쨌도 굽이치는 것 아니더냐, 일정한 수로를 따라 흐르던 말의 줄기가, 모르는 새 슬쩍 열려 곁길로 접어들어 얼마간 흘러갈 성도 부른데, 허허으, ……사실은 헌데 말이지, 아비 물총새가 의도적으로, 새끼 물총새를, 이쪽 말의 도랑으로 데려와, 짠물에서, 거둬들일 짠물의 의미뿐만 아니라, 민물 속에 숨겨져 있는 그것들도 쪼아내는 것을 보여주려 하고 있다면? ……그리고 이 '짠물/민물'은, 어느 쪽이 어느 쪽이든. '聖/俗'의 뜻이라고 알아두면, 말의 물에 빠져 물켜다 죽을 일은 없을 게다. 따라 붙이고 있냐? —그러나 종교도, 그것이 얼마나 거대하여 우주적이든, 하나의 유정(有情)인 이상, 다른 모든 유정들과 같이, 제 발로 든든히 설 때까지 자라야 되고, 그러기 위한 시간도, 유모(乳母)도 필요한 것이라는 것이 아니겠냐? 그러는 동안 그러자니, 사람을 구제 구원하려 한다는 종교가, 그것만의 다만 하나의 우주밖에 못 보고, 바깥을 부정, 타도하려 하기에 의해, 사실(史實)은, 그들 세상을 더 나쁘게 이끌어왔다는 주장도 있을 수 있으리만큼, 종교들이 세상을 운영해왔을 터였다. 이것이 간결 요약한 종교사가 아니겠냐? 병 치르기도 해가며, 나름대로 튼튼히 자란 종교라면 이젠, 자기대로 한 살림을 꾸려나가기에 충분한 골육을 갖췄다는 증거인데, 그렇다면 더 이상, 이웃과의 사이에 담을 높이 쌓고, 찌구락 째구락 분쟁을 일삼아야 할 이유도 없는 것도 사실이다. 너는 너대로 너의 식구들 굶기지 않거나, 배불려 주면 되고, 나는 나대로 또한 그러면 된다. 투박하게 처리해버리기로 하면, 신도들 편에선, 그 門의 法食에는 소금이 없어 못 삼키겠거든, 소금 많이 쓰는 門에로 갈 일이며, 다른 문의 그것은 과다한 기름기로 느끼해 못 삼키겠거든, 담백한 데 찾아가면 된다…… 이런 식이 되어야 할 테다. 자기의 食性에 좇아 하는 변절 개종은, 차라리 찬양되어져야 할 그런 것일 거라고, 유리의 순례자는 그러더군. 그럼에도, 종교처럼 고지식하고, 편협적이며, 고정관념에 찌들 대로 찌든 '수구 꼴통'도 없는데, 그것은 그것들에게 뼈를 준 아비의 정액과 살을 입힌 어미 젖의 성분이 그러해서 그런 것인 것. 그러나 다 자란 자식들이 도모해야 하는 일은 출가(出家)하여, 울 밖의, 팔만사천도 넘는 광활한 우주의 편력에 올라보는 일일 테다. 그래야만, 몇백 년 몇천 년씩이나 쌓인, 우멍거지 밑의 곱이 씻길 터이다. 그것을 종교의 할례(割禮)라고 이른대도, 삿대질하고 나설 이는 없을 게다. 나는, 저 왕자들이 오른 열세의 길목에 나앉아 있는 동안백발의 늙은네의 얼굴이, 유리에서 온 순례자를 닮았다고 보아온다. 그이는, 그것의 정립을 위해 일생을 보냈다 했거니와, 그는 저 왕자들의 불알을 까고, 그 자리에다 그것을 채워 넣어주려는 일념으로, 그 길목에 나앉았다는데, '그것'이란, 다름이 아니라 '뫎'(몸+말+맘)論이라는 것이라는 것이다. 그이는 그리고, 그이를 듣다보면, 세상엔 동화란 그것 하나밖에 없는 착각까지 들게 하는, 예의 저 '공주 찾아 떠나는 왕자' 얘기에서, 비유를 불러낸다. 허긴, '뫎'門의, '순화의 나무에 매달린 나무늘보'의 오르기/내리기의 얘기를, 동화적이거나 무용담식으로 축약한다면, 그 얘기 말고는 없을 듯도 싶다. 아담이 어느 날, 늘 곁에 있어 왔던, 하와에의 눈뜨기 얘기가 밝히는 바대로, 용감한 바보 왕자 하나가, 어느 먼 나라의 공주에의 소문에 접하고, 그네 찾기에 나선다는 얘기는, 동화적이다. 이 '공주'는, '아름다움'[美]에의 상정, 또는 그 상징이라고 번안키는 어렵지 않을 터이다. 그렇다면, 아담의, 자기 세계에 대해 눈뜨기는, 이 '아름다움'에의 인식으로부터 시작되었을 것이라고 이해한다 해도, 무리는 없을 듯하다. 그러는 동안, 이 '아름다움'이 여러 차례의 변용을 치렀을 것이고, 그리하여 드러나기 시작한 것이, 문잘배쉐의 '로고스'(Logos), 였을 터이다. 이를 '진리'의 상징이라 해도 무리는 없을 테다. 다시, 그것의 상징이 '성배'라고 이른다면 무리가 있겠느냐? 그것의 탐색의 얘기는, 무용담(Romance)이라고 알려져, 네가 밤을 새워 읽어댄 게 그것들 아니냐? 꾸며진 얘기 형식에 좇아보기로 한다면, 여기 두 길이 나뉘어져, 큰 왕자와 둘째 왕자가, 각각 다른 길로 나서, 오른 것으로 되어 있다. 그러나 저 두 길을 좇아 나아간, 위의 두 왕자들의 탐색의 결과는, 언제든 실패만을 거듭하고 있다고, 얘기는 얘기되어져 있다. 허긴 그런 결과일 수밖에 없는 것은, 유리에서 온 순례자의 의견을 빌리자면, 형이상적, 추상적 아이디어를 형이하적, 구상적 이미지화하려 하는 데서, 어쩔 수 없이 뒤따르는 결과가 그러해서 그렇다는 것이다. '사실주의와 허무주의는 같은 한 門의 안/밖의 관계'라는데, 앞서간 두 형 중의 하나는 그래서, '허무주의' 쪽으로, 들어갔거나 나갔고, 다른 하나는 '사실주의' 쪽으로 나갔거나 들어간 것이다. 하나는 석화(石化)하고, 다른 하나는 돼지 우릿간에 갇힌다. 이카루스 운명의 되풀이이다. 반해서, 셋째 왕자는, 앞서 나선 형들의 거울에, 자신을 비춰본 뒤, 이를테면, 역(逆)탐색이랄, 없는 길을 정해, 그 없는 길에 오른다. 그는 그러니, 아무것도 찾지 않기의 찾기, 라는, 또는 형들이 찾으려 했던 것을 차라리 되돌리려는, (그것도) 탐색(일 수 있는가 몰라?)에 오른 것이다. 형이하적, 구상적 이미지를, 형이상적, 추상적 아이디어化하기, 라고 일러야겠지맹. 유리의 순례자의 법설을 이렇게 저렇게 귀 맞춰보면, 이 역탐색에도 과정이나 단계는 있는 듯했는데, 먼저 '아름다움'이라고, 그리고 '진리'라고 일렀던 것의 'SAT'화를 서두르고 난 뒤, 이 'SAT'를 'TAT'화하기, 라는 식인데, 전자(SAT)를 보편적 추상적 아이디어라고 이른다면, 후자(TAT)는, 절대적 추상적 아이디어일 것이라고 어렴풋이 짐작할 수 있는 것 말고는, 이 부분은, 문잘배쉐의 이 늙은네께는, 이해의 범주를 벗어나는 것이더군. 어쨌든, 이 길 없는 길에 오른 셋째 왕자의 얘기는 그래서, 먼저 떠난 두 형들이 생땀을 흘리며 들어가거나, 나아가는 얘기, 즉 '포월'(匍越)에 따르는 고통의 얘기 대신, (어떤 익명 씨의 의견을 빌리면) '간증'(干證)의 형태로 드러날 수밖에 없는 것도 짚여지는데, 그가 없는 길을 택해 역탐색에 올랐다고 했을 때, 없는 길 위에 무슨 족적이 남아 있겠느냐? 그래도 전해진 풍문에 좇으면, 그의 한 발이 디딘 자리엔, 땀과 피가 범벅된 '苦'라는 글자 같은 것이 새겨져 있으며, 다른 발 디딘 자리엔, 그런 흔적도 없어, 꼭히 읽어야 된다면, '無'가 인각되어 있더라 했다. 苦-無, 無-苦……, 그래서도 누군가가, 이 역탐색의 얘기를 읊으려 하면, '동화', '무용담' 대신, 이번에는 '간증' 같은 것이 될 것이 분명한데, 구상적 이미지가 추상화하기에 좇아, 구상적 모든 것이 사상되어버리면, 그것이야 '좁쇼릭' 말고 또 무엇이라고 이를 수 있겠느냐? 이런 투의 '좁쇼릭'는 그렇다면, 동화나 무용담들과의 동궤에서 이해하려 하면, 오독의 결과를 초래하기가 쉬울 테다. 아으, 그러구 보니, 네 앞에, 길 아닌 길까지 합쳐, 세 개의 길이 열려 있어 뵈누먼. 길목에 앉아 있는 동안백발의 늙은네는, 그 길을 훤히 알고, 어떻게 하면 그 길에 매복해 있는 수많은 장애를 어떻게 극복해낼지도 알지만, 공주의 손을 잡는 자는 자기 같은 늙은네가 아니라 젊은 왕자가 아니드냐고, 웃으시더군. 그때, 너의 이 늙은 아비가 눈치챘기론, 그 순례자의 믿음에, 이 시절은 그리고, 이전의 각 종단에마다, 하나도 둘도, 오고 갔던 그런 그 종단만의 메시아가 아니라, 다른 새 메시아가 필요하거나, 임재해야 되기까지, 시간이 익었다고 예지하고 있는 듯했다. '뫎'論이 확립을 보는 날, 세월 안에서 분명히, 치기를 벗은, 당당하게 성숙한, 모든 종교 간에서, 그 너무도 단단하고 높은 울타리들이, 저절로 허물어나게 될 것이, 이 늙은네 눈에도 보인다. 이 늙은 아비가, 인고의 한계를 넘는 고통을 감내하며, 그래도 끊임없이 목숨을 이어오는 까닭은, 이 탈리에신의 如來를 기다려서이다. 그이(순례자)는, 문잘배쉐의 이 탈리에신을, 하긴 이 고장에서는, 그 생선을 숭앙하기도 한다마는, '연어'(鰱魚)라고도 비유했는데, 그 까닭도 충분히 짐작되기는 하지. 이 연어는, 유리에서 산란되어, 문잘배쉐로 나아갔다고 들었다. '마음의 우주'라는 민물에서 '말씀과 몸의 우주'라는 짠물 속으로 나아갔다는 얘긴 것. 그이의 법설을 빌리자면, 종교도 음식의 메뉴처럼, 그 종류가 많으면 많을수록 더 좋은데, 그러면, 손님들이 자기네들의 식성에 맞는 음식을 골라 먹듯, 종교도 또한, 신도, 또는 예배자 각자의 지적 수준이나, 성향 등에 적합한 것을 골라, 신심을 바치게 되어, 투박하게 말하면, 종교와 신도 간의, 또는 신과 예배자 간의 건강한 유대가 기대되어질 것이라더군. 현재까지는, 그것 또한, 자라는 애들과 같이, 성장기를 겪어오느라, 그 '아르타'[意, 義]는 하나로 같은데도, 그 아르타의 형상화에 좇아, 그 '루타'[相, 象]가, 그 종교의 수만큼이나 많게 된 데에, 종교 간의 벽이 생겼다는 것이더구먼. 그리고 그 루타는, 종교의 수만큼이나 많되, 그럼에도 대별하면 세 종류로 모둬질 것이라며, '몸의 우주/말씀의 우주/마음의 우주'가 그것들이라는 것이더라. '몸의 우주'에서는, '초인'(超人) 사상이 부르짖어지며, '말씀의 우주'에서는, '자기부정, 자기희생'이 설교되어지고, 그리고 '마음의 우주'에서는, '本來無一物', 즉 '공'(空)이 설법되어지는 갑더라. 이 '本來無一物'론이란, 그 종문의 설법자들이, 회피할 수 없이 범해온, (有의 개념을 전제하고서만 가능적) 역설이랄 것으로서, '부정접두어'라는 마직 모자를 쓰기에 의해, 거세 현상이 일어남을 보게 되는데, 이는 말하자면 충격요법 같은 것이어서, '돈오'도 가능하지만, 정신적 기량이 충분치 못한 禪卵들을 곪길 위험성이 클 터이다. 고자가 된다. '긍정'을 통해서도 그러나, 예의 저 '부정'을 통해 닿으려는 그 같은 자리에 닿을 수 있다면, (빠르거나 늦게나는, 그 수행자의 기량에 달려 있음을!) 이는, 禪卵을 곪기는 일을 최소한도까지 줄일 수 있을 터이다. 유리의 칠조(七祖)는 그 길을 알고 있는 듯해서, 그 길 묻는 이들에게 그 길을 가리켜 보이려, 유리의 동구에 기다려 앉아 있는 듯하다. 그 길 찾는 이들 상대로 그이는, 말로는 '불알 까기'라고 이르되, 그 짓은, 去勢가 아니라, 割禮라고 해얄 듯하다. 거세가 아니라, 할례 말이지. 그이는, 진화론(進化論)을 신봉하는 자라며, 동화나 북구신화에 나오는 것 같은 팔만 유정이 있다는 것은 물론, 천축이나 희랍신화 등에 나오는 괴이한 유정이나, 영혼, 신들 팔만 유정이 있다는 것 또한 굳건히 믿고 있다고 한다. 행복하게나 불행하게나, 조악한 물질로 형상을 입은 것들이 나타나, 진화를 시작했다면, 동시적으로, 또는 선존적으로, 행복하게나 불행하게나, 물육을 입지 못했거나 안 해, 실육적으로 화현을 못 보았거나 안 본 것들의 진화도 있기 시작했을 것이라는 것이다. 여기까지는 그리고, 二元論, 또는 二分法的으로 이해되는 세상이지만, 특히 四大를 입은 유정의 五官의 눈뜨기를 통해, 아드바이타를 성취함과 동시에, 저 모두는 하나, 또는 無元에 통합된다는 것—그런 식이었다. '몸의 우주'의 유정은, 그 루타는 인간이라도, 그 아르타는 아직 완성되지 못했으므로 하여, '정신은 육체의 도구'라든, '인간은 초극해야 할 어떤 것'이라는 둥, 그러기 위해서는, 끊임없이 파괴하고 창조하는 '예술가'가 되어야 한다는 둥, 하여설람, 유정의 진화의 방법을, '초인 사상'을 들어 가르치려 했던 모양인데, '초인'은 그러니, '완성된 판켄드리야'에의 한 아름다운 상정이었을 듯하다. 超人論도, 進化論의 한 형태라고 이해하면, 그것은 널리 설파 보급되어져야 하는, 위대한 한 복음일 테다. 거의 전능하다고 할 정도의 가능성을 내장한 '육신적 진화'의 정점은 아마도 거기까지일 것으로 추측된다. 그러나 판켄드리야를 완성하는 것에서, 판켄드리야는 머물려 하지 않는데, 그렇다면 이제부터의 진화의 길은, 이제껏 밖으로 열렸던 것의 내접, 내향, 즉 안으로 열림에 분명하다. (김진석 철학 교수가, 새로운 의미를 부여한) 포월(匍越을, 이렇게 저렇게 어떻게 굴절시켜, 我田引水식으로 해석하려 한다면)의 시작일 테다. 결과, '匍越'이 '超越'을 追越한다. 뱀이 독수리를 먹어 치운다. (世俗이란, 어떤 위대한 종교보다도 더 위대한 종교라고 하지만, 다른 모든 종교들이 서는 그 기반이 그것이기의 까닭이라는 것인데, 그리고 이것은 아이러니이지만, 동시에 초월이나 포월해야 하는 그 대상도 또한 그것이라고도 하는데, 그런즉 만약 너무 세속적인 것에 집착하려 하지만 않는다면, '초월'에 대한 '포월'의 상정은, 매우 뛰어난 것이라고 할 테다. '頓悟'가 말하자면, '초월'적 국면이라면, '漸悟'는 '포월'적 국면이랄 수 있을 것인데, 漸修 없는 돈오, 초월은, '푸른 하늘 아래서 벼락 맞기' 같은 것일 것이기 때문이다. 이래서 포월이 초월을 추월한다고 하는 것인 것) '몸의 우주의 초인'이, 이제 '인신(人神)'에로 탈바꿈을 하는 자리가 여기일 터인데, '신과 짐승의 중간적 존재'로부터 '짐승' 쪽의 무게가 줄어지면, 그를 뭣이래야겠느냐—여기 '말씀의 우주'가 개벽한다고 이른다. 여기서부터는, '자기부정, 자기희생'을 그 진화의 방법으로 삼는다는 것이다. 궁극적으론 그러니, 짐승을 극복하기이겠지. '욕망'(欲望)을 제어하여, '욕생'(欲生)화하는 노력이겠지. '자기부터 사랑하라, 자기도 사랑하지 못하면서, 어떻게 타인을 사랑할 수 있겠느냐?' 라는 일련의, 그렇다 '일련'이라고 말했다, 왜냐하면, 그로부터 시작해, 자기부터 강해져라, 자기부터 부유해져라, 라는 따위의 설교가 뒤따를 터이니까 말인데, 저런 일련의 매우 매우 들척지근해서 유혹적인 가르침을 두고, 유리의 순례자가, 매우 매우 짜증스레 규탄했던 소리가 기억나는데, 그건 차투린드리야, 즉 畜生道에 써먹는 설교라는 것이다. 그래서 그것을 '붉은 용의 설교'라고도 이르더구먼. '너의 원수까지도 사랑하라!'는 역설적(逆說的) 설교의 까닭은 여기서도 짚여지고, 그것은 또한, '자기부정'을 역설(力說)하고 있는 것이기도 했을 테다. '자기도 사랑하지 못하면서, 어떻게 남을 사랑할 수 있겠느냐? 그럼으로 자기부터 사랑하라!'는, 이 가장 유혹적인 가르침도, 그냥 받아들이려면, 그보다도 더 힘 있는 복음도 없을 성부르지만, 따지고 보려 하면, 두 경우에서만 이해되는 것이라더군. 하나는 '나르시시즘'이며, 다른 하나는 '오우로보르스증'(Ouroboros症)이라는 갑더라. 이것에 관해서는 좀 더 긴 보주가 있어야겠지만, 고기가 입질을 하려 하지 않는, 다른 한가한 낚시질 때로 미뤄두기로 하자. 어쨌든, 본능에 뿌리를 둔 愛我, 我執이야말로, 판켄드리야를 끝없이 삼켜 넣는, 그런 괴물이라 하더구먼. 판켄드리야의 패배나 몰락은 그러자니, 어떤 外侵의 까닭보다 內訌에, 더 많이 빚진다고 하더군. 그래서 누가 만약, 나르시시즘도 찬양할 수 없으며, 더더욱이나 오우로보르스증도 수락할 수 없다면, 듣기에는 무척도 달콤해도 저 가르침은, 실제에 있어서는, 넋들을 썩히는 毒의 설교로 변해지는 것도 보이기는 보인다. 이분법적 세계 내에 존재하는 이들은 그런즉, 자기부정밖에 더 도모할 것이란 없다고 하는데, 수피(獸皮)를 벗으려는 고행이겠지. 결과—神과 짐승의 중간적 존재로부터—神만 남게 되었을 것이니, 이를 人神이라고, 완성된 판켄드리야라고 이를 터이다. 그럼에도 그도 또한, 이 프라브리티로카[爲界] 의 소속이어서, 그 자체로 프라브리티로부터의 탈출까지 성공시켜놓고 있는 것은 아닐 것인 것, 이 자리에 안주하려면 몰라도, 이것으로부터로 벗어나려 하면, —이란 왜냐하면, 淨土까지도 苦海 가운데의 한 섬 같은 것, 심지어는 고해 자체라고 하기 때문인데—그러면 이제, 이제껏 가꿔온, 진화의 핵이며, 추동력이었던 '자아'의 분쇄를 서두르지 않으면 안 된다고 이른다. '자기부정'과 '자아의 분쇄'가, 어떻게 다른 뜻을 갖고 있는지, 그것까지는 말하지 말기로 하자만, 자아가 분쇄된 자리에 '마음의 우주'의 개벽이 보인다는 것. 자아의 분쇄가 완벽히 이뤄지면, 그것은 완벽한 '空'인 것, 핵(核)이 없는 걸 뭐라고 이르겠느냐? 하향식(下向式) 관법에 의하면, 그러니 태어난 것이 있을 수도 없었을 터이다. 그러면 그는 그 '마음의 우주'에서도 무소유(無所有—Avidyamānatva, not existing)인 것, 프라브리티에 대해 니브리티라고, 상사라에 대해 니르바나라고, 그것을 목샤[解脫]라고, 진화의 종점이 그것이라고 하는갑더라. 앞서 말한. '하나로 같다는 아르타'는, 아무 다른 것도 말고, 언뜻 일상적 관념에 와해를 부르는 듯함에도, 바로 이 '진화론'(進化論) 그것 자체라는 것인데, 그 아르타를 시정용 말로써 요약해 읊어놓은 것이, '가테 가테 파라가테 파라상가테'(Gone gone, gone to the other shore, gone beyond the other shore)라는 주문이라는 것이다. 이때 '가테—가다'는, '몸의 우주'의 진로며, '파라가테—피안까지 가다'는, '말씀의 우주'의, 그리고 '파라상가테—피안에서도 저 너머까지 가다'는 '마음의 우주'의 그것으로 주석될 수 있다는 것. 이 진화론을, 또는 저 꽤는 속어적(俗語的) 주문을, 축소하고 또 축소하면, (몸+말+맘=)몲論이라고 명명될 수 있다는 것으로 들었다. 그 진화의 과정 쪽에서 별견하기로 한다면, 이 '無上呪'는, 밀종문의 '六字大明呪'(옴마니팟메훙)와 같은 것인데, 이 나침반의 방향을, '훙메팟니마옴'이라는 식으로, 거꾸로 돌리면, 거기 악마주의가 드러난다고 하는갑더라. 땅에로, 축생도에로 부득 쓰러져 내리는 것이겠지맹." 왕은, 입을 다물고, 눈을 지그시 눌러 감았으나, 그것도 잠시였다.

"우리의 얘기가, 일견, 사뭇 곁길로 나아간 듯싶기도 했다만, 반드시 그런 것도 아니다. 이런 것을 두고 二元, 二分法的이라고 이른 것은 아닐 게다만, 성(聖)/속(俗), 두 뺨, 두 팔, 두 다리를 가지고 서 온 것이 세상사인 것, 속사(俗事)만을 말하려다 보면, 너의 이해에, 세계는 속사로만 이뤄져, 그렇게 운영되어지고 있다고, 한 눈만 뜨고, 말하는 바의 사실주의, 실용주의의 국면만을 보며 살아갈 수도 있다는 염려도 없잖아 있던 것, 그렇다고 해서 오늘은, 이 늙은 아비가 수다스럽고 싶어 이러고 있는 것도 아니다. 나의 형편이 어찌 되어갈지, 그것은 나로서도 모르겠으되, 이것은, 너의 늙은 아비가, 언제든 너에게 꼭히 한 번은 들려줘야겠다고 회포해온 것이었던 것이었더니……, 너에겐 너무 이른 얘기가 될지도 모르되, 그래서 듣는 대로 흘려버리고 잊어도 어쩔 수 없으되, 현재 너의 마음은, 동화나 민담, 기사담 몇 가지를 제외하면, 다른 세사에 씌어지는 글자는 한 자도 씌어지지 않은 상태가 아니겠냐, ―그게 썩 좋은 심지(心地)라고 여겨지는 것이다." 왕은 그리고, 또 잠시 눈을 감고 있더니, 이었다.

"하던 얘기로 다시 돌아가 잇기로 하자면, 말한 바의 속(俗) 편의 얘기가 되겠지, 이런 얘기들을 할 수 있을 게다. '인간은 빵만으로는 살지 못한다.' 그러나 인간도, 빵이 많이 부족할 때는, 빵만 충분하면 살 수 있다고 여긴다. 이런 처지에서는, 삶의 모든 대의나 목적은 당연하게도, 빵에로 모아지고, 치리(治理)에 쓰이는 어휘를 빌리면, 빵이 이념이 되기까지 할 테다. 사실론, 빈부의 차가 없거나, 빈차가 없거나, 부차가 없는 '위대한 사회'의 구현이라는 것 자체가, '빵의 이념' 말고 무엇이겠냐? 살기, 생활, 과 더불어서는, 측간에서 부엌까지의 거리가 그중 고단하고 먼 길이던 것이다. 빵 문제만 해결되면, 다른 모든 것은 어떻게 돼도 상관없다고 믿는 자들은, 그 빵에의 갈구 탓에, 자기들도 모른 새, 人間이기를 포기해버리기 시작했거나, 해버린 자들이다. 아사지경에 처해서는, 안회라도 도척이의 가랑탱이 저쪽에, 강냉이떡이 한 덩이 놓여 있다면, 수치나 서슴거림도 없이, 그 가랑이 밑으로 지나, 미친 듯이 그것을 주워 먹고, ―이것은 기록으로 남겨진 古事란다만―브라흐마나라도, 개 잡아먹고 사는, 개만도 못한 개백정네 숨어들어, 개고기를 훔쳐 먹는다. 배가 고파 허덕이고 있는 한은, 그들도 짐승과 다를 바 없음인 것. 입은 '수피'(獸皮)의 궁핍이 '인간'을 잡아먹어 버린 것이다. 그냥 짐승이다. 아사지경에 있는 인간의 '인간의 존엄성'이라거나, 무슨 '자유' 따위란, 언제든 예 든 그 강냉이떡이나 개고기와 바꿀 수 있는 것들인데, 한 덩이 쉰밥에 혼이 팔린다. 그렇게 얻은 강냉이떡까지도 부족할 땐, 모든 비굴함을 담아 애잔해진 배고픈 이들의 눈은, 주인의 기름진 밥상에 묶여 떠날 줄을 모른다. 주인에 대해 이 개들은 이제, 상에서 던지어지는 부스러기를 얻기 위해, 복종밖에 다른 것은 모르게 된, 주인에 대해 매우 쓸모 있는 짐승이기 시작한 것이다. 그것들에게, 밖의 걸판진 잔치들을 알게 해서는 난제들이 속속 발생할 터, 이제는 둘러 성벽을 구축해야 할 차례다. 우리에 가둬야 한다. 그리고 울 밖의 피에 굶주린 이리 떼에의 공포감을 극도로까지 조성해야 할 테다. ……그리고 이것은, 앞으로 읽어갈 책의 서론이거나, 총론이랄 것이라고 해야겠는다.” 왕은 잠시 쉬고, 말을 모아, 다시 풀어놓았었다.

“반은 神이고 반은 짐승이라는 벌레들의 세상살이에는, ‘富와 貧(빈)’이라는 이름의 두 軸이 있다. 이 벌레들 가운데는 반드시, 蠱(고)가 있게 마련인데, 이 蠱의 이름은 ‘貪’(탐)이다. 이 貪-蠱가, 같은 그릇 속의 다른 벌레들을 먼저 살찌워, 그들로부터 젖을 짜내려 하면, 그는 ‘富’의 軸에로 기울고, 반대로 그 벌레들을 삼켜 자기의 몸을 키우려 하면, 이 蠱는, ‘貧’의 軸에로 기울고 있는 것이다. 재밌다고 해야 할 결과는, 전자는 어느 날, 자기가 키운 벌레들에게 종국엔 잡혀먹히고(여기 인간의 타락이 따른다), 후자는 그것들을 잡아먹어 神의 반열에까지 자기를 격상시켜놓고 있다는 그것일 게다(여기 凍結된 獸皮가 보인다). 전자는, ‘반신반수’라는 저 벌레들로부터 ‘人間’을 보았으며, 후자는 ‘짐승’을 본 것이다.” 왕은 잠시 쉬고, 말을 모아, 다시 풀어놓았다. “그리고 짐승은 글쎄, ‘먹이와 매’로써만 길들여지는 유정인 것. 저 왼손잡이 메시아는, 이 점을 생래적으로 인지하고 있던 이였는데, 포만된 짐승은 사실, 사냥도 잘 하려 하지 않고 잠자기만을 즐기잖던가, 그것이 자고 있을 때, 주인이 꼬리를 밟아도, 주인을 향해 털을 곤두세우고, 이빨을 드러내 보이는 것인 것. 그러니, 어르고 쓰다듬으며, 산책길에나 데리고 다니려면 몰라도, 이런 짐승을, 누가 어떤 목적에 써먹으려 하면, 결코 배를 채워줘서는 안 되며, 매를 아껴서도 안 되는 것쯤은, 팔푼이라고 일러지는 이들까지도 아는 상식인 것. 그래서 그는, ‘조삼모사’(朝三暮四)의 지혜를, 분배의 법도로 삼았다. 아침엔, 저 짐승들에게 세 깐[朝三] 음식을 주며, 저녁에는 네 깐[暮四]을 주겠다는 희망을 주고, 저녁에는 저녁대로, 모삼조사(暮三朝四)의 분배책을 썼는데, 한 깐은 언제든 희망으로 채워준 것이었다. 언제든 아낀 그 한 깐은, 말하자면, 치리자 쪽에 대해선, 비축자산이 되었을 테다. 허리끈 졸라매면서, 가난한 사람들이 논도 사고 밭도 사는 것은 바로 이것 아니겠냐?” 왕은 잠시 숨을 돌리고, 그리고 이었다. “그러면 그는, 말한 바의 저 이상한 비축자산을 어떻게 운용했는가, 그것은 매우 흥미 있는 의문거리가 아닐 수 없겠는다.” 왕은 깊은 한숨을 한번 쉬고, 뭘 생각하느라 흐린 눈이더니, 자기가 내세운 물음에 대답을 일단 보류해둔 듯, 말줄을 바꿨다.

"인간의 성정은 결코 변하지 않는다는 주장도 있으되, 가난, 중병, 전쟁, 종교 등이 개입되면, 언제라도 바뀔 소지를 갖고도 있는데, 이래서 저 요새 내의 민중은, 바깥의 '인간'들과는 같은 인간들이 아니게 되었다는 얘기도 할 수 있게 된다. 이는 분명히, 그는 자신을 신격화해놓기에 성공한 결과였을 것이며, 거기는 그래서 '治敎'랄 하나의 새 종교가 이뤄져 있음을 넉넉히 짐작케 한다. 그래서 그의 '語錄'이라는, 교리서가, 수천 수백만으로 발간되어, 성경처럼 봉독되어진다는 풍문이 있는데, '진보', '개혁', '타도', '타파', '혁명'이라는 범주의 어휘들이 촘촘히, 조직적으로 짜여 들어 있을 것이 아니겠느냐는데, 네가 어느 날 그를, 마음속으로부터, 스승으로 뫼시게 될 게 분명한, 유리에서 온 순례자의 말을 빌리면, '그런 어휘들은 듣기만으로도, 젊은 피를 끓게 하지만, 늙은 피는 얼게 한다. 젊은이들은 유포리온이 되고, 늙은네들은 환(鰥)이 된다.' 이 늙은네들도 그러나, 늙은네들만 태어내 놓은, 그런 어떤 이상한 혹성에서 온 이들도 아니다. 그들도 한때는 유포리온이었던 이들. 젊은 눈은 살아온 삶의 길이만큼, 역사를 단문체(短文體)로 이해하고 쓰려[作] 하며, 그래서 꾀 많은 이들은 이것을 이용하려 하고, 늙은 눈은 그 길이만큼 역사를 만연체나 복합문체로 읽는다. 바람직한 서술은, 저 둘의 문체가 같은 한 책 속에, 드렁칡스리 얼키설키 섞여 융화하는 것일 터이지만, 늘상 문제는, 자기네들의 정의만이 최선이라고 믿는 데 있는 듯하다. 앞서 구구히 밝힌 듯하지만, 그러자니 반복되는 듯하지만, 아까는 總論 비스름한 것이었으면, 이것은 各論 비스름한 것이라고 알면 되는데, 그건 그러려니와, 세월 안에서, 앞서 말했던 바의 그 특정한 '전설'이나 '성배' 대신, 그것의 '사제'의 얼굴이 커지기 시작한 모양인데, 어찌 됐거나, 시뻘겋게까지 형이하적 인물이, 시퍼렇게까지 형이상적 존재로까지 격상되는 일은, 그 자체가 모순이로되, 숭앙심은 깊어지면, 신앙심으로 변하는 것일 것이어서, 이 신앙심이, 저 모순성을 덮어버리는 것이었을 테다. 마는, 저들은, 무엇을 신앙하는가? 시뻘겋도록 형이하적 인물을 두고 '神'이라고는 못할 테다. 그는 '超人'을 성취한 자인가? 하긴 그는, 모든 것을 파괴하기로서, 매일 매일, 그 초토에 자기 나름의 창조를 해온 자며, 위험스레 살고 있었을 뿐만 아니라, 밖의 모든 인간들은, 종말인(終末人)들이라고 믿어온 자였으니, '초인'의 조건을 충족해 있던 자이기는 했다. 했다 해도, 편견의 까닭일 수도 있겠지, 없잖아 있겠으되, 그를 숭배할 수 없는, 그의 이단들에게 보여진 그는, 바닷게모양 옆으로 나아가며, 좀비의 이름을 갖는 은둔게모양, 또는 나나니벌모양, 모든 기름진 허한 곳으로 비집어 들려 하고 있어 보였을 뿐이었을 테다. 그것이 초인을 완성한 자의 길이던가? 그러고는, 아으 쿼바디스 도미네? 이 백성을 이끌고, 모세여, 당신은 어디로 가시나이까? 젖과 꿀이 흐르는 가나안으로이시니까? 밖의 대개의 영지는 이미 가나안이 아니나이까? 당신의, 당신을 위한, 당신에 의한, 당신의 진정한 뜻은 그렇지 않았었던즉, 그렇다면, 당신을 잘못 이해해서든 어째서든, 보다 나은 사회의 구축이라는 환상에 사로잡힌 저 백성은, 그런즉 모반을 도모하고 있으리까? 가나안이 무엇의 이름이리까? 너무 많은 젖과 꿀의 까닭으로 설사를 하게 되기는커녕, 자기의 허벅지 살이라도 저며 먹으려 해도 가죽밖에 없어, 그 짓도 못 하게 되는 것이 가나안이리까? —수면은 여전히 잔잔했으나, 저면엔 미동이라도, 그런 어떤 술렁거림이 없었을 수 없었을 게다. 이 시점에서는 그가 좋아하는 그 새로운 국면에로의 '진보'나 '개혁'이 필요했을 터이다. 까닭에 새로운 교리가 설해졌으리라, 선기사주의의 감춰뒀던 다른 머리 하나를 드러내 보인 것이다." 왕은 그리고, 아까 자기가 물었던 그 물음에 답을 만들려 했던 듯하다. "이른바 밤의 그늘이 드리워 들지 않는 세계, 즉슨 바다가 닿는 모든 뭍을 자기 발밑에 딛기 같은 것을 내용으로 했을 것이었다. 단적으로 말하면, 예의 저 비축자산을, 그것 한 개로라도 바다를 말리며, 수메루 산도 평지를 만들거나, 그만한 크기의 구멍을 낼 불의 화살을 만드는 데 쓴다는 것이었다. 자기네가 만방의 종주국이 된다는데, 누군들 꼬장중우라도 벗어 팔아, 그 대사에 일조치 않으려는 자가 있겠는가? 그러함에도, 말해보기의 재미를 위해서, 그렇다, 그런 재미를 위해서, 한담쯤 몇 마디 노닥거려보기로 하자면, 정복하기라는, 그 대답은 이미 되어 있다만, 그래도 묻게 되기는, 도탄에 빠진 민생고는 외면하고, 그들의 고혈을 짜, 그런 파괴를 자행하는 불화살을 만들어서는 무엇에 쓰자는 것이냐,

라는 물음을 안 물을 수가 없게 된다. 노적가리나 곡창, 빵 바구니는 그 독화로 다 태워버렸으니, '貧差'라고 이를 때의 그 어휘에서 '差' 字는 저절로 탈락해 버린 것, 그렇잖은가? 허, 헉, 헉, 커흐흐, 그, 그러구 보니, 그, 그게 구현된 유토피아겠는다. 그런즉 그런 상태에서, 무엇을 두고 다툴 것이 있으며, 없으니, 저절로 평화가 따르고, 누구도 뭘 내세울 것이 없으니, 우월주의가 부르짖어질 수도 없을 터, 그런즉 만인 평등이 저절로 이뤄지며, 우선은 펴 쓸 힘도 없겠을 일이지만, 왜냐하면 누구도 가난을 유산하고 싶지 않겠을 뿐만 아니라, 이 세상 올 땐 누구나, 저 먹을 것은 갖고 온다고 하되, 이런 처지에서는 갖고 나온 그것까지도 빼앗기고 말아, 낳자 배곯아 죽어야 한다면, 그걸 어쩌자고 어떤 시래비 같은 어버이들이 자식을 낳으려 하겠느냐 말이지, 출산기피증이 저절로 생길 터이니, 인구 조절 또한 문제가 될 일도 아닐 것이고, 그것이 모든 화근(禍根)이라는 욕망은, 있어 보아도 저 초토 어디에고 세근도 뻗쳐낼 자리가 없으니, 심지어 종교적 난행으로도 도달하기 어려운 무욕(無慾)의 경지에, 저들은 저절로 도달해 있어, 범죄인들 있을 수 없어 감옥은 빌 터이고, 배워보았자, 그 또한 써먹을 자리가 없거나, 화만 부르기 일쑤다 보니, 배우려 하지 안 해 무지(無知)의 덕을 저절로 실천하게 되며, 훌쭉한 배가 힘을 써주지 않으니, 반란이나 폭동 따위의 불씨도 스스로 소진해버린 터, 세계는, 철저한 황폐에 의해서만 그 궁극적 앓음다움에 도달한다, 아름다움에 도달한다." 왕은, 눈물을 흘리고 있었다.

"'외연(外延)과 내포(內包)'라는 말이 있다." 왕은 그리고, 흐린 눈으로, 시동이에게는 보이지 않는, 어떤 대상을 건너다보고 있었는데, 거기 그의 실제적 청자가 있었을 것이라고, 시동은 뒤늦게 보아낸다. 다른 아무 누구도 말고, 거기 왕 자신이 있었을 것이었다. "이제껏 해온 얘기는 그러니까, 주로 그 '외연'에 관한 것이었다면, 지금부터 짧고 투박하게 몇 마디 더 얹으려는 것은, 그러니 '내포' 쪽에 관한 것이 되겠지. 전자는, 어떤 한 집단, 그 공동체, 즉 가시적 대상에, 시선(視線)의 양이 더 많이 쌓인 것이었으니, 그것을 '歷史'라고 가정할 수도 있다면, 후자는, 그 공동체의 중심에 선 이의, 그러나 결코 투명하지 않은, 그의 안쪽, 즉 명도순례담 같은 것이 될성부르니, 이것은, '歷史'에 대한 '小說'이라고 해야 될 것일 게다." 생각을 정리하느라 그랬을 것인데, 한참을 쉬고 왕은, 그리고 이었다. "외연 쪽의 그는, 보는 이의 입지나, 편견의 까닭이든 어떻든, 왼통 부정적 국면이 확대된, 호전적, 위협적 무자비한 폭력주의적, 그리고 절대적이기까지 자기 위주의 '불량한' 治政者로 부각되어 있으되, 내포 쪽에서, 그러니까 한 人間으로서 그를 살펴본다면, 안은 겉과 달리 보일 수도 있다는 얘기다. 아무리 유능한 정신분석가라고 할지라도, 자기 환자의 모태(母胎) 이전, 무량겁 전까지 소급해, 유전된 習氣의 미세한 가닥까지 다 헤아려내지 못한다면, 그가 분석하고 종합해낸 결과 중의 어떤 것들은, 小說일 수밖에 없다고 말한대도, 반드시 틀린 말은 아닐 성부르잖는가?" 그리고 또 생각하느라, 잠시 침묵한다. "앞서, 그냥 꼽히는 대로 몇 지적해 보였다만, 그가 '호전적, 무자비한 폭력주의'라고 평가되는 것도, 이쪽 편 눈에는, 이런 비유도 허락되어질 것이라면 얘긴데, 어쩌면 고슴도치의 바늘 털과 같은 것일지도 모른다는 생각이 있다. 이것에는 그러고도 '但註'라는 것이 따라야 할 것일 것이어서, 但註하자면, 다름이 아니라 그것이란, 시작에서부터 그가, 예의 저 바늘 털 갑옷을 입은 것은 아니며, 어쩌면 본디는, 살무사의 독아나, 매 발톱 같은 것들이었을 것들이, 그의 입장에서 본 상황의 호전에 좇아, 그것들을 안으로 접어 들인 결과라고 보는 것이 옳을지도 모른다는 것이다. 안에 대해서는 그런즉, 아직도 그것들은, 살무사의 독아나, 매 발톱 같은 것일 수도 있을 수 있는 것인 것. '절대적이랄 자기 위주주의'라는 이 점이야말로 이 치정자의, 닫힌 광문을 열어볼 수 있는, 그중 구멍 맞는 열쇠인 듯한데, 앞서 말한 '상황의 호전'이 그 계기가 된 듯하지만, 어느 계기에 이르러서부터 그는, 하나의 治政者를 넘어, 治政을 하나의 藝術, 위대한 藝術로 여긴, 예술가에로 변모를 치르지 않았는가 하는 의문이 들고, 또한 수긍되기도 한다. 그럴 만한 단서나 소이는 많되, 그것들을 들먹여보는 짓은, 현재로서는 기약할 수는 없되, 다음 기회로 미뤄두기로 하잤구나. 그러니까 그는, 어느 때로부터 시작해, 治政과 藝術을 혼동했던 듯한데, 결과에 좇아 추측건대 그는, 老子식 작은 이상국을 실현할 수도 있다는 가능성을 본 듯하다. 또 그리고 결과에서 보건대 그는, 이 예술을 거의 완벽할 정도로 성공시켜낸 예술가로 보이는 것에 대해, 꼭히 어떻게 부인할 수가 없을 듯하다. 이 예술가도, 혹종의 천재거나 모종의 영웅이었다는 것도 또한, 부인할 수가 없을 듯하다. 이는, 그와 동종 예술가들에게는 따라붙는 훈장인데, 이 훈장은, '狂的'이라는 녹을 얹고 있다는 것도 지적해두자. 그리고 순금에는 녹이 슬지 않는다. 老子의 이상적 소국에도 '人間'은 없었듯이 (拙冊『小說法』중「爲想 둘」참조) 이 리쿠르구스의 예술적 소국에도 '人間'은 부재라는 점에서, 양국은 유사점을 갖고 있다. 老子는 분명히, 백성 속에 섞여 있어도, 백성이 임금이 있는 줄도 모르는, 大地(아으, 無爲自然!)가 되려 했었을 것이었어도, 이 예술가는 아마도, 백성이 우러러보는 하늘이 되려 했었을 것이어서, 전자의 그것은, 같은 유토피아의 긍정적 국면만 십분 확대되었던 데 반해, 후자의 그것은, 그 반대 국면이 십분 확대되어 있어 보이는 점에서는 다르다고 해얄 게다. 하긴, 하늘은 仁하지 않은 것인 것. 그를 '왼손잡이, 또는 육손이 메시아'라고 이른 소이는 여기에 있다. 모든 예술가들이, 자기가 창작, 창조한 예술에 대해서 神이듯이, 이 예술가 또한 神이 되어버린 것이다. 이런 범주의 예술가들은, 예술사에보다 치정사에 불쑥불쑥 나타나곤 해서, 희귀한 족속은 물론 아닌데, 그럼에도 이 왼손잡이 예술가만은, 그와 동종인 다른 이들과는 매우 다른, 한 특성을 갖고 있다는 것은, 지적해둬얄 듯하다. 다름이 아니라, 다른 예술가들은, 다분히 外向性을 띤 이들이었던 데 반해, 이 특정한 예술가는, 內向性을 강하게 드러낸 것이 그것이다. 풀어 말하면, 이 유파의 다른 예술가들이 모두, 자기네들의 예술의 영역을 확장하기 위해, 밖으로 내달려 나가, 더 넓은 땅(은 화폭이라고 말해야 쓰겠다만, 뭐 그런 문학적이랄 뿐 사까지 낼 필요야 있겠냐?)을 빼앗아, 더 많은 인구로부터 조공을 받는 帝王이 되려 했던 데 반해, 이 특정한 예술가는, 자기가 수립하여, 비교적 덜 어렵게 자기 수중에 장악할 수 있는, 한정된 작은 영토, 소수 백성을 둘러, 절폐의 성을 쌓고, 그 안으로 깊숙이 들어가, 神이 되려 했던 자였던 것으로, (나타난 모양새에 의해 보면) 보인다. 앞서 말한 제왕들 중의 얼마는, 물론 神이라고 자처하거나, 당대 민중에 의해 공인된 것도 안다. 그들의 神이라는 이 칭호는 그러나, 에우헤메리즘의 한 형태로서, 이보다 더 우위에 있는 제왕이나 인간은 없다는 그 최고의 명칭이라고 이해해내기는 어렵지 않다. 이 神들은, 에우헤메리즘의 神들이다. 추상적 아이디어의 구상적 이미지화이다. 철저히 무신론주의가 주창되어, 진리로서 수용되어지고 있는 고장의 神은, 이 점에 있어 같지 않다는 것은, 여러 설명 없이도 수긍될 수 있을 터이다. 이 말은 삽입해 두자. 잇는다면, 그는 그러고는, 자기만의 왕국을, 이 지구의 밖이나, 어디 동떨어진 데로 뚝 떼어내려 했었을 것이었다. 盲腸이 언제부터도 거기 있어 왔으되, 그 육체로부터 언제든 동떨어져 있어 왔으며, 왜 그것이 거기 있어야 되는지 몰라도, 이왕에 있어 왔으니, 거기 있을, 그것만의 권리를 누리고 있잖은가? 비록 그것이 작은 영지였다 해도, 절폐의 성을 쌓은 뒤, 자기의 예술을, 그 안의 백성이 종교로 숭앙하게 하기 위해서, 그렇게 되기까지, 그가 바친 노력과 시간은, 무슨 수로 계산해내겠는가? 이런 터에, 터를 넓히고 신도 수를 늘리려 하여, 배부름의 만족감도 알고, 인간인 것의 권리나 존엄성, 자유라는 따위의 맛을 아는 데다, 인간은, 인간 이상도 이하도 아닌, 그냥 인간이라고 알아 믿고 있는 자들을 데려다, 자기의 신도로 만들려 하여, 이제도 그가 빼틀거리는 노새에 노구를 실어, 눈보라, 찬 비바람, 노숙에, 험산유곡을 헤치려 하겠는가? 그러고도 그 하나하나, 인간이라는 것들을 자기의 신도로 만들기에는, 또 얼마나 많은 공력과 시간을 들여야 하겠는가? 함에도 보장되어진 것은 거기 아무것도 없잖으냐. 커녕은, 닫겼던 자리 외풍이 스며들었으므로 해서, 그 자신 결코 바라지 않았던 일이, 그 성내에서 일어나지 말라는 법도, 보장도 또한 없는 것—. 그가 '이념'화한 '가난'이란, 이런 견지에서는, 하나의 예술, 그에 의한, 그를 위한, 그만의 위대한 예술을 태어나게 하는 진통 겪기 같은 것으로 바꿔 이해해야 할 테다. 다른 예술과 달리, 이 예술은, (未堂이 그걸로 詩에 썼던가?) '달마재 신부'모양, 스며드는 햇볕이나 외풍이 마(魔)이다, 재가 되어 패시시 무너나버린다. 역사는 그러나 변전하는 것, 빠르게나 늦게나, 그 마가 헤집어 드는 것은 어쩔 수 없는 노릇이라도, 이 현재로서는, 할 수 있는 껏 그 절폐를 더더욱 단단히 하는 수뿐일 테다. 예를 들면 先騎士주의, 사상 따위를 제창하여, 실천에 옮기는 짓도, 그런 예방의 일환으로서도 이해된다. 그래도 구멍이 생기지 않을 수 없으면, 비밀리에 그 구멍을 통발이처럼 바꿔, 무엇이든 들어오기만 하고, 나가지 못하게 하는 것도 한 방법일 수 있을 테다. 그것을 두고 밖에서 그 폐쇄에 구멍이 났다고 여긴다면, 그것은 外延 쪽만 열심히 보아온 이들이 일방적으로 만들어낸 결론일 테다. 밤이면 연회의 상좌에 앉아, 신도들의 예배와 찬송의 술에 취하고, 낮엔 만조백관을 위시한 백성 위에 군림하여, 우주적 권세와 영광 누리기에, 이 神은 결코 지치지 안 했음인 것. 바깥사람들은 그런 그를 두고, 가리옷 유다는 神을 배반했으나, 이 예술가는 人間을 배반했다고, 人道主義의 기치 아래 모여, 그 성벽에다 저주의 침을 뱉는다. 그리고 이것은, 그만의 하나의 예술을 완성하고 나서 그 예술가가 당면하게 된, 그중 무서운 시련이 될 테다. 自存者라고 칭하는 이들에 한정해 말해야 할 것이겠다만, 사실은 헌데, (그도) 四苦에 당하느라 무섭게 찡그린 얼굴의, 다만 한 人間(Homo)이면서, 자기가 (이 점은 예의 저 자존자들도 마찬가지겠다만) 폭력적으로 둘러친, 자기식의 예술/ 종교라는 그 울타리 안에서는, (바깥사람들이 그의 예술을 지옥화라든, 그를 지칭해 뭐라든) 스스로 神의 반열에 오른 그런 자도, 달리 어떻게도 극복하지 못할 공포증을 하나 갖고 있는 것으로 아는데, 문잘배쉐 언어로는 'Homo phobia'라고 이른 그것일 것이었다. 이 'Homo'는, 그 頭文字가 大文字로 되어 있는 것에 주목해야 할 것인 것. '人本主義', 또는 '人道主義'야말로 그들에 대해서는, 하필이면 그들의 치부를 치고드는 그 해독약이 찾아지지 않는 致死毒 바른 독창이 되어서 그럴 일이다. ('얼굴', —보다 秘儀的 어투를 걸치기로 하면) '聖杯'냐, '性器'냐?의 문제가 대두한다. (神을 인식해낸 이 유정들의 '性器'는, 上向的으로, 특히 초월자들과 연계되면, '人本/人道主義' 같은 어휘가, 그런 이름으로 秘儀化를 겪는다는 것은 보주해두자. 그 반대편에서는, '性器' 대신 '偶像' 같은 것이 드러나는 것도 보인다) 性器를 보존하려 하면, 聖杯를 잃는다. 聖杯를 고수하려 하면 그는, 다른 선택 없이, 예의 저 毒槍 앞에, 스스로 들보를 떼어내고, 그렇게도 깊숙이 감춰뒀던 것을 노출하지 않으면 안 될 터이다. 去勢가 치러지고, '눈보다 더 시려, 극심한 냉병을 일으키는 상처를 열어 남긴다. 그 극심한 疼痛을 진정시키는 다만 한 방도는, 불에 타지 않는 Aspindâ 나무(石綿?)까지 태우는 毒이 발려, 벌겋게 달군 인두보다 더 뜨거운, 예의 그 같은 槍頭를, 그 상처에 다시 쑤셔 박는 수밖엔 없다'는 것이더라. 그렇게 해서라도 수호하게 된, 聖杯는 아직도 물론, 그리고 분명히 그 자리에 있으되, 없다. 神으로부터 人間이 거세되어버리면, 그것은 동시에, 聖杯의 실종을 부르는, 神까지도 당황케 할, 난제가 거기 매복해 있던 것이다. 다시 또 비의스러울 어투를 빌리자면, 그런 자리에 이제, 聖衣를 입은, 가학적 '탐[貪]-짐승의 대왕'이 출현하거나, 피학적 안포-타즈가 나타난다. 'Oh, Musalvaesche, place of sorrow! Alas, that there is no one comfort you!'(*Parzival*) '宗教를 갖는 유정은, 人間밖에 없다'는 명제를 감안하면, 말한 바의 저 神들의 人間恐怖症(Homo phobia)은, 어떻게도 그 갈래를 정리해낼 수 없는 무서운 역설이며, 붉은 용에나 비유될 모순당착인 것. 그런즉, 人間이 없는 자리 어디에 神은 있느냐? 人間이 있는 자리에서 神들은 다만 受難한다. —그리고 이것은 小說이다. 그렇다 이것은 그리고 小說이다" 왕은 얼굴에 처연한 빛을 띠워 내고, 눈물 마시듯 습기를 마시며, 강을 향해 시선을 낮게 했는데, 그 시선은, 그의 안쪽으로 무겁게 갈아들어, 오랫동안이나 떠오르지 안 했었다. "그, 그럼으로, 자기가 창조한 예술 속에서 神이 된 그를 향해, 'Quo Vadis Domine?' 라고 물을 일은 아니다. ……아, 아님에도…… 누, 누가…… 어, 어쨌든, 그, 그렇게 물었다면…… 그의 대답은…… 이, 이렇게 되었을 수도 있다, '先民生 後騎士'……." 그리고 왕은, 눈물에 범벅된 얼굴에 미소를 떠올렸다. 웅덩이에 연꽃이 한 송이 핀다. "창끝을 조금 휘면, 곡괭이가 된다." 그리고 오래오래 입을 열지 않고 있더니, 탄식하듯 이렇게 말했다. "썰물은, 모래성 쌓느라 여기저기 어지럽게 박힌, 모래톱 위의, 아해들의 그 많은 발자국을 실어다, 바다 밑 누구네 침묵의 성의, 백성들의 못 신은 발들을 신기는가? 아니면 모르는 어느 침묵의 섬에다 길을 트는가? 다 어디로 떠났기에, 썰물 뒤의 모래톱은, 다만 무거운 침묵뿐으로, 대막(大莫)인가?"

그리고, 그것, 이었다. 어부왕의 얘기는 더 계속되지 안 했었다.

시동이는, 썰레썰레 체머리를 흔들기 시작했는데, 오늘은 시동이도 두 눈귀퉁이로 눈물을 흘려내고 있다. 시동이의 머릿속엔, 전에 염두해 본 적도 없어 엄두도 못 냈었을, 이상한 말의 귀신들이 출몰해 난무하며, (시동의 머릿속을) 흉가로 만들고 있던 것이다.

"'불치의 성병/가난' '고성(古城) 문잘배쉐/절폐(絶閉)된 유토피아' '아르타를 잃어 루타뿐인 성배/죽은 이념의 유복자, 즉 빈차 없는 주체사상' '불모의 엔네들/축생도에로 전락한 백성' '(손가락 하나를 더 가진) 땅의 메시아/(덜 가진) 땅 '위'의 메시아'? 전에 너무도 충분했거나, 넘쳤던 일인분(一人分)씩의 '인간'이었던 것들이, 황폐와 가난의 코카서스 바위에 묶여, 불모와 기아(饑餓)라는 독수리에, 시간도 없이 '인간'을 쪼이며, 자기들의 죄가 무엇이냐고 묻지만, 묻기는 모반이다." 시동이의 흔들머리는 아직도 자리를 못 잡는다. "없었던 자리에 돋아올라, 손가락을 하나 더 가진 자와, 있었던 자리에서 없어져서 하나를 덜 갖게 된 자는, 어쩌면 비슷한 고통을 앓을는지도 모른다는 의미에서는, 비슷한 자들이다. 그들은 앓는 자들인데, 가학도 피학도 그 대상을 없애고 본다면 같은 병증이라고 이르는 소리대로 하자면, 그러하다. 그 같은 앓음앓이가, 밖으로 드러날 때, 보다 더 피동태적 대상을 만났을 땐 가학으로 바뀌고, 반대로, 보다 더 능동태적 대상과의 관계에선 피학화하는 것일 게다. 그리고 아마도, 아니면 분명히, '유토피아'에의 '앓음다운' 꿈은 저렇게 앓는 자들만 꾸는 것일 것이었는데, '창조론'을 고수하거나, '진화론'을 신봉하거나, 어쩌거나, 이 프라브리티로카는, 유토피아를 구현하기에는, 하나의 조건도 맞거나, 구비된 것이 없는, 그저 끊임없이, 그것도 거센 물결로, 흐르기[震動, vritti] 만을 계속하고 되풀이하는 고장이어서 그렇다. 알키오네(물총새)의 부부가, 동지를 전후한, 한 엿 이레쯤 그 위에다 둥지를 짓는 것 말고는, 누가 저 파도 위에다 누각 지어 잔 잡아 음풍농월하려 하는가? 개미귀신 말고, 누가 유사 구덩이 전에다 천년을 견뎌낼 석조 건물을 얹으려 하는가? '창조론'에 동의키로 하면, 이 위계(爲界)는 순화(純化)의 장소며, '진화론'을 받들면 이는, 도태치 않고 투쟁하여, '자연의 선택자'가 되었다가, 그 자연에 구멍을 뚫어, 어디론가 떠나려는 도약력을 연금하는 자리이지, 머무는 자리가 아니던 것이 아니더냐?" 시동은 울고 있었다. 그러며, 전에 없이 어부왕을 그리워하고 있었으며, 그리고 전에 한 번도 그런 그림자까지도 깔려 든 적이 없었던, 그에 대한 증오가, 가슴 밑바닥에서 일어나, 그리움처럼 타오르는 것을 느끼고, 전율했다. "나의 생각과, 나의 분노는 그래서 사실로, 정당한가? 나는 혹간, 어부왕의 왼쪽 편에서, 나의 왼쪽 편을 건너다본 것은 아니었는가?" 시동이는 울고 있는다.

자기의 광야가 그땐 코카서스 산으로 보였으며, '불새 잡기'라는, 하나의 모반을 도모했다 해서, 어부왕이, 보이지도 끊어지지도 않는 끈으로, 자기를 거기 묶어 매두고, 자기의 품에 안아 젖처럼 먹였던, 그 타액의 독수리로 하여, 무시로 자기의 간을 쪼게 하고 있다고도 알았다. 그러고도 시동이 자기로 하여금, 죽기라는 그 음모까지도 꾸미지 못하게 하려 하여, 매일 석양마다, 성배가 내린다는 빵 한 조각을 비둘기 편에 보내 먹이고 있다. 가난을 연장시키고 있다.

"아으, 그리하여 나는 드디어, 광야를 보았도다! 이 황폐 가운데, 문잘배쉐가, 자궁에 거미줄을 얹고 누워 있으며, 자궁을 잃은 유리가 형해를 드러내, 썩다 말고 말라가는, 해변의 나무토막처럼, 모래 위에 드러나 있구나. 언제적 떠난 해조(海潮)가 파먹고 버린 조가비려니, 자연(自然)이 소박 맞힌 과부로구나, 아르타를 수태(受胎)치 못하는 루타로구나, 해골이로구나! 누가, 무엇이, 이 해골 속에, 무슨 양수(羊水)의 냄새라도 남아 있을 것이라고, 또는 못다 한 말[言語]의 부스러기라도 남아 있을 것이라고, 출몰하여, 무량겁 쌓인 대무(大無)를 부스럭이느냐? 아으, 그대 외로운 해골의 도굴(盜掘)꾼이여, 그대는 어찌하여, 해골 속에도 감추어진 의미가 있다고 여기는가? 어-흐흐, 그리하여 그대 외로운 해골의 도굴꾼은, 해골 속으로 해골을 찾아서, 성배 속으로 성배를 찾아 탐색에 올랐거니? 해골 속으로 나아갈 때는 그러나, 그대 외로운 탐색꾼이여, 그대 입은 것, 가진 것 꿈꾸는 것 모두 하나씩 하나씩 벗어버려야겠거늘? 그리하여 그대 자신이 또한 해골이 되어야 하는 것임을? 아으 그러면 그대, '아르타'를 성취하려 했다가, '루타'를 극복해버렸음을 알게 될 것인가? 그것은 바람직하겠도다? 반복되거니와, 해골 속에서 무슨 의미를 찾겠는가? 자연(自然)으로부터 벗어나면, 세계는 아무런 의미도 없고, 의미 없는 것도 아니며, 의미가 없거나 있는 것도 아니며, 의미가 없거나 있는 것도 아닌 것이 아니라는 것, 그리고, 의미가 없거나 있는 것도 아닌 것이 아닌 것도 아니라는 것…… 알기, —해골의 설법이 그것인 것을? 그것이 광야인 것을! 그럼으로 骸骨을 인고(忍苦)할 만하지 못하겠거든, 自然으로부터의 出家는 도모하려 할 것도 아니라는 것?" 시동이는, 울음 끝의 딸꾹질에다, 그런 소리를 섞었다. "나는 그리하여 드디어, 광야를 들었도다! 느꼈도다!" —그런 일종의 절규는,

어떤 이가 불어 넣어준 선율을 임신한 갈피리에서 비어져 나온 것이기보다는, 자명금에서 울려 나온 것인 것이 분명했다.

"무변으로, 대무(大無)로, 휑하며 의미 없이 열리기만 해 있다고 믿었던 그 광야가, 사실은 바람 한 점 샐 수 없이 닫혀져 있었음을, 그리하여 나는 보았도다, 들었도다, 느꼈도다!" 그리고 잠시 망연히 광야를 내어다보다, 구멍 난 바람 주머니에서 바람 빠지는 듯한 소리로 "광야란 앓음다운 것이구나!"랬다. "광야도 허긴 아름답다!" 이 선언은, 시동이 안포-타즈에 귀의하기로서, 그를 타도해버리는 그런 것일 것이었는데, 안포-타즈의 '황폐'가 유리에서 온 어떤 순례자의 '마른 해골'로 전치된 모양이었다. 시동이 투의 '앓음다움'과 '아름다움'은 그렇게 이해된다. 그러고도 오래도록, 있지도 않은 어느 일점의 광야에 눈을 머물리고 있더니, 시동은 씨불이기 또 시작했다.

"'균세(菌世)', 환언하면 병세(病世)를 말하던, 그 호동의 순례자의 눈에는 어쩌면, 불능의 어부왕의 유토피아는, '불능(不能)의 어부왕(漁夫王)'이라는 그 역설적인 칭호처럼, 역설적이었거나, 아니면 역설적이게도, 정당한 체제였던지도 모른다." 이때 시동이 '불능의 어부왕이 역설적인 칭호'라고 정의한 데는, 누구라도 용이하게 유추해낼 수 있는 바와 같이, '물고기=생명'이라는 상징과 '불능'을 같은 자리에 놓고 보았을 때, 저절로 얻어지는 결과가 저변되어 있던 것이었을 것. "'역설적이게도 정당한 체제'였다는 국면부터, 한두 마디로 처리해버리기로 하고, 다음 그 순례자의 눈으로 보기로 하자면, '유토피아'에 대한, 상향적, 보편적, 긍정적이랄 개념을 사상(捨象)해버린다면, 유토피아는, 양지쪽에서뿐만 아니라, 응달에서도 구현될 수 있는 것이 아니겠는가, 하는 그것이다. 악마주의도 그런 어디서 기반을 얻는 것일 것. 반해서 '역설적'이라는 입장에선, 어부왕의 그것은 분명히, 그 순례자의 안목에는, '자기불능'을 대체화(代體化)하려 했기에 좇아, 음극으로 기운 논리적 사유를 초석으로, 그렇게 기운 논리가 입는 수사학을 벽으로 했으며, 그리고 그 자신만의 이상(理想)을, 그 대체화(大體化)한 체계의 지붕으로 삼았을 것이라고 고려해보면 그렇다는 얘기다. 그리고 어부왕은, 실제로 자기의 이상을 실현했던 것으로, 지금이라면 보인다. 이후 문잘배쉐라는 성문은, 예를 들면 파르치발이나, 문잘배쉐와는 아무런 연척이 없는 먼 고장에서 온 순례자 같은 경우를 제외하곤, 시래비 기사나 각설이 따위, 가까운 외부의 객들께는 결코 열려본 적이 없어, —그 대부분의 낭인들은, 성내의 성배지기 기사들의 장창 끝에서 꺼꾸러졌던 듯했다—이후 문잘배쉐는 '닿을 수 없는 성'이라는 식으로, 전설 속에 묻힐 만큼이나, 외계와는 동떨어져 버린 것이다. 이 왕국의 주체사상은 '성배'거니와, 그것은 그러고도, 그 성의 그중 깊은 곳에 숨겨져 있어, 전설 같은 것이었으며, 신이 그러하듯, 그랬으므로 해서도 그것은 거룩하기만 했다. 그것을 한 번도 본 일이 없는 성민(城民)들도, 그것을 신앙의 대상으로 삼아, 마음속에 뫼셨는데, 그러구 보니, 가많자, 성 떠나왔기 전까진 나도, 그것이 왜 숨겨져 있었어야 되었는지, 그것은 한 번도 생각해본 적이 없었잖았는가? 그것은 왜 숨겨져 있어야 했는가? 갑자기 생각난 것이지만, 그래얐기는커녕, 그것은 만방의 햇빛 아래 드러내, 크게 보였어야 하는 것이 아니었는가? 그래서는, 그것을 예배하러 모이는, 만방의 순례자들로, 문잘배쉐의 문지방이 몇만 번이고 닳아졌어야 되는 게 아니었는가? 어디에 있댔다더라? 어디에 있다는 거대한, 네모진 '검은 돌'이 생각나는데, 그것과 반대로, 문잘배쉐의 성석(聖石)은, 왜 자꾸 숨으려는가? 이 성석은 그래서 보니, 그 자체가 역설적이다, 그런즉 그의 유토피아 또한 역설적이지 않을 수 없는 것일 것. 왜인가?" 시동은, 오줌 누고 난 뒤, 저절로 따르는 것 같은 치 떨기를 한번 했다. 거기서부터는 생각이 잘 안 이어졌거나, 아니면 문잘배쉐에서의 어린 시절을 떠올려보고 있었거나 하여, 눈은 거의 비어 있었다.

"그이는 어째서 황폐를 꿈꾸었던가?" 시동이의 의문은, 그리고 생각의 단절의 까닭은, 그것이었던 모양이었다. "그는, 생식력을, 그리하여 풍요를 수복해 내려기 바라며, 동시에 황폐를 꿈꾸었던 이로, 지금이라면 살펴낼 수 있을 듯한데, 그것은 이율배반이 아닌가?" 체머리를 흔들고, 그리고 생각하느라, 느릿느릿 이었다. "낚시질을 빼놓은 나머지 대부분의 시간을, 그이는 성배를 마주해 앉아 보냈었거니와, 그때 그이는 무엇을 생각했었던 것인가?" 시동은 아마, 어부왕에의 그리움을 느끼고 있는 듯했다. "치유력 자체라고까지 알려진 그 성배는 그러나, 그이의 병을 치유치는 안 했다. 그런 대신, 그의 죽음만을 한없이 지연해주고 있었을 뿐이었다. 어쩌면 그이는, '치유'를, 자기편에서 거부했었던지도 모른다. 아마도, 어부왕의 '욕생'(欲生)의 역설적임에 문제가 있었을지도 모르겠는 것이다. 그이는, 그이 자신이, 말하는 바의 '사회적 피학증' 그 자체며, 동시에 '사회적 피학증의 희생물' 자체인 듯하다. 전자로서의 어부왕은, 그 십자가[社會的 被虐症]를 자청해 걸머멘 구레네 사람이며, 후자로서의 그도 또한, 그 십자가를 대신 메고 왔다가, 수난당할 자에게 넘겨준 대신, 다른 이가 해야 할 수난까지도 자신이 대신해버린 그 같은 사람(구레네 사람)으로 보인다."(*Basilides' Teachings*) 반복되는 것을 무릅쓰고, 풀어서 말하면, 모든 개인들이, 크게나 작게나 다 갖고 있는 피학증의 중아화(衆我化), 즉 집단화한 한 형태를 '사회적 피학증'이라고 한다면, '기독은 그것의 희생자(victim)였으며, 동시에 승리자(victor)였다'(*Social Masochism*, Reik)라는 얘긴데, 기독 자신이 그런 병증(病症)을 갖고 있었는지, 아니면, 그가 처했던 당시의 사회가, 알고든 모르고든, 그런 병증에 휩쓸리고 있어, 그것을 대신해줄 자를, 알고든 모르고든 찾고 있었던지 어쨌던지, 그것은 다시 다른 얘기가 될 것이겠지만, 어부왕만은, 그의 상처와, 그것에서 비롯된 못 참을 고통을, 왜냐하면 그가 한 영지의 영주였으므로 해서, '사회적 피학증화'할 수 있었는 데다, 그것의 희생자이기를 자처할 수도 있었을 것이라는 얘기일 것이었다. "그러고 보면, 가학적 리쿠르구스로 대명하여 작설(作說)한 그의 유토피아론은, 자신의 그것의 안 뒤집기였던 것도 알 듯하다. 문제는", 시동이의 생각은 계속된다. "어부왕은, '희생자'였음은 분명한데, '승리자'일 수가 없고 있다는 데 있잖겠는가? 그는, '리쿠르구스—육손이 메시아'라는 소설(小說)을 통해서는, 예의 이 '사회적 피학증'을, '사회적 가학증'으로 바꿔 말하고 있었으나, 이 단계에 이르면 어느 쪽이든 '사회적 가-피학증'(Social Sadomasochism)에로 발전하게 된다는 것도 짚여진다. 어느 편이든, '희생물'은, 그 자신들을 핵(核)한, 그들이 거느린 집단이며, 거기 '승리자'는 없어 보인다. 이것에서, 응달쪽의 운명이 결정되어지는 것인 듯하다. 황폐, 그렇다 황폐는, 사회적 피학증이 극복되어지지 않은 자리에 저절로 몸 드러낸, 결코 거둬지지 않는 '승리'에 바쳐질 '희생'이겠구나!" 시동은 그리고, 해온 생각에 대해서가 아니라, 그 자리에 쳐든 어떤 생각을 부정하려 하여서인 듯, 고개를 세게 저었다. “이런 것을 살펴 알게 된 어떤 기사가 있어, 그가 만약 저 어부왕께, 그를 다치게 했던 그 같은 창을 들어, 이번에는 그의 심장을 겨눈다면, ‘성배’는 해방되고, 문잘배쉐는 그 황폐의 주술을 풀게 될 것인가?” 하는, 광야에서 첫 밤을 보냈었을 때 했던, 그 생각, 그 의문이 새로 머리를 쳐든 모양인데, 그것에 대하여, 고개를 저은 모양이었다. 이 의문에 의해 보건대 시동은, 어부왕을, 세상의 모든 불을 절취해 제 배 속에 감춘, 벙어리 뱀 문두룸쯤으로, 다시 ‘새로’ 보기 시작한 듯하다.

“어떤 소수 유랑민족은, 자기네 역사를, 나뭇잎이나 양피지 같은 데, ‘글자’로 써, 바구니 바구니에 담아 불편하고도 무겁게 갖고 다니는 대신, 다른 무거운 짐은 더 감당할 수 없이 된 할아버지 할머니들이, ‘말’로써 가슴에 뭉쳐 넣고 있다가, 어디 잠시 머무는 곳에서, 잠 못 드는 아해들이 모여 옛 얘기를 조르면, 가슴에 뭉쳐놨던 그것들을 조랑조랑 풀어 헤쳐놓았던 모양인데, 아해들 귀에 재미있게 엮으려 하다 보니, 그것들의 대부분은, 전설이나 괴담의 형태를 띠었던 모양이었다. 그들이 스쳐 지나간 자리에서는 그러자니, 그들이 버린 쓰레기 속에, 그런 얘기들도 이삭 되어, 너부러져 있었을 것이었다.” 시동은 그리고, 어디서 귀에 주워 담았던, 그 이삭 된 얘기 한 자리를 기억해낸다. 그것은, 예의 저 문두룸이라는 뱀 얘기와 대단히 유사한 것으로서, 예의 저 유랑민족의 선조가 살았던 곳에, 어느 해, 거대한 용 한 마리가 일어나, 그 고장의 강이며, 도랑이며, 호수며, 심지어 샘까지, 물이라는 모든 물을 다 삼켜버린 일이 있었다는 것이다(北美州土人談). 이 용의 이름은 알려 있지 않으나, “그것을 구전된 역사라고 이르면, 칠년대한 따위, 계속되는 가뭄 탓에, 물이 있는 곳에로의 그 민족의 대이동의 얘기로도 들을 수 있으며, 그것이 그냥 전설이라고 이르면, 그 한 민족을 그 민족스럽게 하는, ‘習氣’의 문제를 살펴보게 할 듯하다.” 시동은 그리고, ‘습기’라는 부분에 대해 뭘 살펴보는지, 속으로 접힌 눈을 뜨고, 밖을 보고 있다. “그러고 보면, 한쪽에서는, ‘불’의 실종에 괴롭힘을 당하고 있음에 반해, 다른 편에서는 ‘물’의 고갈에 당하고 있다.” 시동은 그리고 또 생각에 잠긴다. “저 두 종류의 문두룸의 정체는 그래서 과연 무엇인가?” 툭 뱉어 자문한다. “‘정화되지 못한 習氣’의 의인화일 수 있겠는가?” 보태 자문하고, 한 디딤돌을 건너뛴 듯, "왜 그런 독룡들이 나타나는가?" 더 보태 자문한다. 그러다가 시동은, 자기 생각의 심연에 빠져 허우적이기 시작한다. "영지파의 '영(Spirit)과 혼(Soul)'이, 중원이들에 의해서는, '혼(魂)과 백(魄)'으로 불리는 것으로 아는데, 어떤 개인들의 정신적 진화의 관계에서는, 중원인들의 고견을 빌리는 것이, 혼란을 줄일 듯하게 여겨진다." —이것은, 시동이가 맘먹고 뭔가 살펴내려는 것에 대해, 우선 어휘 개념부터 정리해내고 있는 것으로 들린다. "魂은, '사람의 生長을 맡은 陽氣로서, 정신을 주관한다'고 이르며, —그래서 이는, '지바'(Jiva)라고 범주를 정할 수도 있어 보이며—'魄은, 陰氣로서, 육체를 주관한다'고 이른다—이는 그래서, '아니마'(Anima)라고 그 범주를 정할 수도 있어 보인다. '물'은 그리고 陰의 원소며, '불'은 陽의 원소인 것. 어느 철, 어느 고장에는 그런데, 魄氣에 비해 魂氣가 승하고, 또 어떤 고장 어떤 철 사는 이들께는, 魂氣에 비해 魄氣가 승한 것이, 그 고장 고장의 민속사에 드러나 있는데, 그 극명한 예로는, '네피림'들과, '아마존 엔네'들 얘기를 들 수 있을 테다. 바로 이 부분이, 胎藏에로까지 이어지는 '정화되지 못한 習氣'와 관계된 부분일 것이어서, 왜 그런 현상이 일어나는지는, 여전히 의문인 채 남아 있는다. 陰陽論이나, 타나토스/에로스의 분석보다도, 그것은 더 깊숙하고도 먼 과거에 이어져 있음인 것. 어찌 되었든, 하던 얘기로 되돌아가기로 하면, '불'을 횡령한 문두룸이라는 독룡은 그렇다면 수놈이었으며, 물을 착복한 문두룸은 암놈이었을 테다. 아니 그 반대래도 상관은 없을 것. 견해나 관점에 좇아, 그것은 이렇게도 저렇게도 성전환이 가능할 터인데, 陰陽論에 좇아서는, 즉 불을 흡수해 들이는 것은 암컷[牝]이며, 陰, 즉 물을 삼켜 들이는 것은 수컷[牡]이라고도 할 수 있을 것이지만, 친화력 쪽에서 보면, 또 성전환이 있게 된다. 친화력 쪽에서 보면, 음양은, 언뜻 상생적 두 원소로 보임에도, 상극적 두 힘이 되는 것도 보인다. 음양론을 말하며, 상생 상화를 운위하는 것은, 주로 自然 쪽에서 觀한 결과로서, 생식을 염두했을 때는, 어떻게도 부인되지 않는 것도 사실이다. 그러나 밝음과 어두움, 뾰족한 것과 널팡함, 강한 것과 무른 것이라는 식으로, 대적(對的)인 것들을 들어 쌍으로 만들어보면, 상생보다 상극이 더 많이 보인다." 시동이는, 잠시 입을 닫는다. 그 자신, 자기의 탐색이 약간 곁길로 들어서고 있다는 것을 느껴낸 모양이었다. “그 이유를 알아보려 하면, 胎藏界까지, 그 거의 불가능한 역탐색을 해보는 것이 필수적이겠지만, 그 부분은, 알 수 없으니 덮어둬 버린다 해도, 결과 쪽에서만 보기로 한다면, 무슨 오류를 범할 일은 없음에 분명하다. 왜냐하면 결과 자체는 분명하고도 분명하다면 그렇다.” 시동은 아마, 자기 얘기 도중 자기 자신 따고 들어 힐문하게 될 수도 있는, 가지들을 미리 쳐내고 있는 모양이었다. “물을 삼킨 독룡이나, 불을 삼킨 독룡이나, 그러기에 의해 초래케 한 결과는, 황폐, 불모라는 점에 있어서는 다름이 없다. 다름이 있다면 그것은, 그 고장을 덮은 명기(冥氣)에서 찾아질 것으로 믿어진다. 이것이 예의 저 ‘정화되지 못한 習氣’에 혈맥을 잇고 있는 그것일 것인데, 불, 즉 魂이 실종한 자리의 남자들은, 알게 모르게, 거세증(去勢症)을 드러내게 될 것은 당연한 귀결이며, 마찬가지로, 물, 즉 魄이 약세한 자리의 여자들은, 알게 모르게, 불모증을 드러내는 것도 또한 당연한 귀결이다. 전자의 경우는, 남자도 아니고, 그렇다고 여자도 아닌, ‘시칸디니’(이것을 남녀추니, 어지자지, 또는 Hermaphrodite라고도 이를 수는 없는데, 古語의 Androgyne이 이것에 근사하다 할 테다. 『마하바라타』에는 그런데, 속은 여자라도 겉은 남자인 Sikhandini라는 이름이 나온다)이며, 후자는 (아마존이라고도, 발키리라도 이를 수도 있겠으나, 그보다는 안은 남자인데, 겉은 여자인) ‘아디’(라고 이르는 게 더 분명해 뵌다)일 테다. 이것들은, 네모사피엔스(Nemo Sapiens)로 분류될 것들일 것인데, 시칸디니는 호모사피엔스의 영웅 비쉬마(Bhishma)를 패배케 하고, 아디는 호모사피엔스 영웅 시바에 의해 패배한다는 것이, (『마하바라타』의 전쟁담 속에 있다) 시칸디니들이 땅을 채우면, 비쉬마들이 죽는다. 반대로, 아디들이 번성하면, 시바에 의해 패망한다. (自然道의 균형의 천평칭) 易과, (文化道의 균형의 그것인, ‘타나토스/에로스’에서 발생하는) 暴力이 기우뚱 기우뚱하다.” 시동은, 숨이 가쁜 듯, 심호흡을 해댄다. 그리고, 말줄을 바꿔, “문잘배쉐는 어떤가?” 고향길에 오른다. “그곳의 여성들은, 배에 기름을 얹고는 있지만, 그네들이 받는 정수에는, 불이 약세하여, 태어내 놓는 새끼들마다, 시칸디니가 아니면, 아디이다.” 이 연상은, 직접적으로 호모사피엔스 영웅에로 이어짐은 분명하다. 파르치발에로 이어짐은 당연하다. 시동은 그리고,

자기 생각의 한 장(章)을 마무리라도 하려는 듯이, "그러나 그 파르치발은 아직도 무소식인 듯하다." 그리고 시동은, 옆으로 비시겨 누우며, 둥글고도 안온한 잠이라도 자려는 모양으로, 제 사태기 새에다 머리를 넣어, 몸을 둥글게 했다. 사실 시동의 광야 살이는, 스물네 시간 자기이거나, 스물네 시간 깨어 있기로 스물네 시간이 운영되어져 온 것뿐이다.

그러나 시동은, 새로 부스럭이고 일어나 앉는다. 아마도 쥐 새끼들모양, 생각이 부스럭거려싸서 잠을 이룰 수가 없었든 모양이었다. "네모사피엔스의 한 전형으로서는, 노아의 홍수를 초래한 장본인 '네피림'들을 들 수 있을 듯한데, 그것들은 魄氣도 있어야 할 자리까지 魂氣로 채워 넘쳐나고 있던 것들이어서, 오늘날 문잘배쉐의 남자들과는 달라도 많이 달랐던 듯했다. 그러니 아마도, 魂氣가 팽창하면, 사람을 아수라로 만들고, 반대로 魄氣가 승하면, 아귀(餓鬼)를 만드는 듯하다. 거기서 네모사피엔스들이 일어나는 듯하다. 말하기의 편의를 위해, 그렇다 순전히 그 편의를 위해, (『능가경』의 어휘를 빌려) 魂=陽을 '能'이라고 하고, 魄=陰을 '相'이라고 이르기로 한다면, 그렇게 하려 한다 해서 안 될 이유도 없는데, 네모사피엔스는, 이 '能/相'의 짝이 맞지 안 해, 틀린 자리에 틀린 것이 접붙여진 데서 나타난 것들이라고, 그리고 또한 편의를 위해, 이 잡종들은 진화의 도상의 횡축(橫軸)에 올라 있다고 이르기로 하면, 잇따라서 호모사피엔스의 정체도 밝혀질 듯하다. 라는 것은, (인간의) 자기 상향적 의지를 '神'이라고 하고, 환자연(還自然) 즉, 하향적 의지, 본능 따위를 '獸'라고 이르기로 한다면, 그 전체로서 이 유정은, 상반신은 神이고, 하반신은 짐승으로서, 종축(縱軸)에 올라 있는 것들이라고, 즉슨 호모사피엔스라고 이를 수 있을 게다. 이 '神/獸' 일신의 유정은 그러나, 그 진화의 과정이 증명하는 바대로, 짝 맞지 않은 두 존재가 접붙여진 것이 아니라, 본디는, 그러니 그 시작은 니고다로부터였겠으나, 판켄드리야의 직전, 즉 차투린드리야였던 것들의, 단계적 변이를 드러낸 것들이어서 잡종(雜種)은 아닌 순종이라고 불릴 것들인데, '순화의 나무'를 기어오르는 나무늘보 같은 것이라 할 것이다. 이 과정에, '브란과 형천(刑天)'이라는 이름들로 불리는, 돌연변이적 인간이 속출하는 것도 보이는데, 브란은 짐승의 자리를 떼어내, 신 자리만 남겨 있으며, 형천은 신 자리를 떼어내 짐승의 자리만 남긴 개새끼[怪色鬼] 들인 것. 네모사피엔스들이 땅을 채우면, 말세라고 이르듯, 이 브란이나 형천이 땅을 채운 자리도 말세라고 이를 터인데, 이 '말세'란, 한 주기의 우주를 운영해왔던 그 두 기(氣)가, 극심하게도 균형을 잃은 상태의 의미라고, 보주하는 것은 필요할 듯하다." ―이런 자리에, 성력파(性力派)네 '쿨암리타'를 빌려다, 시동이의 몽상의 비유로 써먹는다면, 시동이가 쿨쿨 웃어가며 하는 몽상이, 시동이의 쿨암리타 마시기라고 알게 될 테다. 이 門의 수행자들은, '판차타트바'[秘儀, 마이투나]의 수행 중, 그럼에도 정수(精水)는 쏟지 않아야, 그 극치의 법렬을 얻게 된다고도 하면서도, 이런 비의에서 얻을 수 있는 은총도, 때로 한 번씩 따내는 것도 어째 나쁘겠느냐고, 방출을 하되, 그 같은 기관을 빨대 삼아, 그 방출을 되빨아들이는 기법도 공부하는 모양인데, 그 가장 좋은 것은, 월후에 섞인 정수로서, 그것을 쿨암리타라고 이른다 한다. 이 말은 그러니, 시동이의 몽상은 현재, 저런 일종의 외도에서 얻어지는, 쿨암리타 마시기와 비슷하다는 그런 말인 것.

觀雜說

"호모사피엔스의 눈으로, 네모사피엔스들을 건너다보면, 이들의 자기 세계에 대한 이해는, 매우 다르거나, 엉뚱하다는 것을 알게 된다. 문화적 측면에서, 활자화해 보급되어지고 있는 '희랍극' 같은 것을 예로 들어본다면, 그리스의 노천극장 같은 데서 공연되는 경우, 당시엔 노예들까지도, 노예석을 가득 메워 즐겼다는 것인데도, 오늘날엔, 그것도 고등한 교육을 받은 자들 가운데서도 그 방면의 공부를 한 이들이나 조금 즐길 수 있다고 하니, 이는 다름 아닌, 관점이나, 이해력에 변화가 있어 왔음을 짐작하게 한다. 그런 결과, 이 괴이쩍은 유정들은, 자라 말 배우고, 글 읽기라는, 사회적 제도의 과정에 좇아, 『大學』까지 읽었으나, 『小學』도 '난독성 짜증'을 일으킨다고, 그렇잖아도 해골이 복잡한 세상에 더욱더 해골만 복잡하게 한다고 하며, 뭐든 읽거나 들여다보다, 소금기 많은 눈물을 몇 방울 떨어뜨리게 하거나, 용두질도 좋지, 아니면, 떼굴떼굴 구를 만큼 웃게 하는, 쉽고도 짜릿하게 재미있는 것은 없느냐고, 대놓고 짜증을 내기에도 이른다.” 시동은 헤벌려 웃었는데, 쿨암리타의 맛이 썩 좋은 게였다. “『大學』까지 읽은 느슥이 이런 따위 『小學』도 못 알아듣는다 해도, 의기소침해질 일은 그래도 아닌데, (얘기 속의 이런 부분은, 유리의 순례자가 했던 소리를 되풀어 먹는 것일 것이었다) 老子 치리하는 나라의 富를 일구는 노가다판에도 쓸모가 없는 것은 아니기 때문이다. 대저 백성은 ‘몰라야[無知] 되고, 배 채워진 것[實其腹]’만으로 욕망을 일으키지 않음[無欲]이 無爲를 터득한 삶인 것. 道流들의 훈장님들이 그렇게 가르치지 안 했던가? 그렇잖다면, 그들은 제자들의 불알 까 안주하고, 後門치기밖에, 더한 일이 없다는 소리밖에 더 나오겠냐? 저 大師들이 뭘 했기에, 저들의 門下만 벗어났다 하면, 저들의 꿩병아리들이, 아무리 작은 것이라도, 이(利)를 좇아서는 천 리를 머잖다고 달리지만 (이게 세페리스의 詩句지 아마?) 이가 없으면, 아무리 고귀한 것이 지척에 있어도 외면해버리고, 『小學』도 난삽해 못 읽거나, 한다는 짓이, 외로운 용두질이나, 이웃 놈팽이 일 나간 틈 타, 이웃 안댁 누운 자리 숨어들기, 그보다 쾌활하게는, 제 대가리를 축구 하는 공으로 만들어, 공차는 마당에 뒹굴여 차기에 대가리를 싸맨다. 그러나 제 대가리 차고 놀기 따위는, 하품 나는 시간도 줄이고, 그것을 통해 즐거움도 느끼며, 심신에 쌓인 피로도 푸는 여가 선용의 오락이어야 할 것이, 종교가 되어서야, 좀 생각해볼 것이 있잖느냐? 험구란 결단코 좋은 것이 아니어서, 미리 용서부터 구해놓고 말이지만, 공부하러 학당엘 가려면, 그 보따리 속에 이누마, 대가리를 싸 갖고 가야지, 잠하고 공을 싸 갖고 가서는 어쩌자는 짓이냐? 그거 한번, 정색하고 물어보쟈. 하는 말로는, ‘영웅이 없는 시절이어서, (사람들이) 영웅을 찾느라 혈안이 되어 있다’고 하며, ‘영웅이 그렇게도 필요하다면, 자기 속에서 불러내라’고 지혜스러운 소리를 하기도 하는데, —神을 밖에서 찾으려 하면 兀者가 되듯이—영웅을 경기장에서 찾으려 하면, 刑天이 된다. 군중심리를 궁구한다는 이들 중의 어떤 이들은, 그 편 가르기가 울을 넘고, 관객들의 수나 열광의 도 또한, 그냥 한 울타리 안의 한 경기장 분량을 훨씬 넘어, 부글부글 끓어 넘칠 때, 그런 분위기 속에서 치러지는 경기는, 나타나 보이기론 물론 거대한 축제의 모습일 것이라도, 반드시 축제라고 치부해버릴 수만은 없는데, 이것은 그 나타내 보이는 경기의 크기보다도 더 큰 승/패가 도(賭)되어 있기 때문이라며, 그런 의미에서는, 그것은 디오니소스제(祭), 그보다 더 무섭게는, 상고 시절 마야(Maya)족들의 경기(에서는, 패배한 쪽의 심장이 도려내져, 제단에 그 피가 뿌려지는데, 이는, '聖의 중심에 폭력이 있다'는 증언을 그 반대로 바꾸는 예이다. 그 폭력의 중심에 聖이 있었다)처럼, 축제의 모습을 꾸민 일종의 전쟁, 그것으로 치러진다고 정의한 뒤, 그래서 운집한 열기는, 이긴 편에 대해서는 잠시 에로스의 형태로 전신하고, 진 쪽에 대해서는, 타나토스를 형성하게 되잖나 분석하고시나, —종교적 삼매경에도 비교될 이 열기, 이 흥분, 이 거인적 힘의 결속에 관해서는, 전체주의, 군국주의라는 투의 어휘를 동원해, 현자들이 이미 훑고 지나갔으니, 그것을 되풀이하려거나, 이삭이라도 주워보려는 짓은, 하려 하지 않음만 같지 못하리라—결과는 언제나 부정적이라고 종합해내게 될지 모른다. (拙文『山海記』중,「8. 에켄드리야의 새끼[色氣]들—머리 없는 怪有情 좀비」참조) 부정적 결과들이 초래된다는 것은, 무엇보다도, 자아의 상실에서 그 까닭을 짚어내 보아야 되는 것이라며, 이것은 사실은 '상실'이라기보다는, 하나의 광열하는 집단이 이뤄지고 있었을 때, 그 개인들 당자들이, 자기들 쪽에서 그것을 자원해 헌납했다고 보는 게 옳을지도 모른다는 것. 자아가 상실된 자리에서 그런즉 무슨 긍정적 결과가 뒤따르겠는가, 그것은, 종교적 삼매경에도 비교될, 저 흥분의 도가니에서 깨어날 때, 그 각자 모두가 심사숙고해 보아야 할 것이라고 할 테다. 자아를 잊고서 성취되는 종교적 삼매경과, 경기장에서 자기의식이랄 것을 저당 잡히고, 가진 몸짓 다 해 함성하기에서 얻어지는 열기와 흥분은, 그 닿는 자리가 어쩌면 비슷할 것임에도, 하나는 자아의 차원을 벗어나 위로 올랐으며, 하나는 흙밭에 뒹굴고 있다는 차이가 있음도 부인되지 않을 듯하다. 하나는 상승하는데, 다른 하나는 몰락한다. —그 뒷전에서, 자원해 자아를 저당 잡힌, 한 기간의 괴뢰들의 등에다 철삿줄을 매고, 利를 챙기는, 외눈배기 거인, 에켄드리야들은 제외하고 말해야겠지만—그들이 골패 짝에 얹은 승/패라는 칩(chip)은 칩(cheap)이다. 이겼다 해도, 그것으로 바꿀 수 있는 것은 별로 많지 않거나, 없다. 하기는 뒷전에서 철삿줄을 늘인 자들에게 쥐어지는 얼마쯤의 이(利)와, 마당에 나가 땀을 흘렸던 극소수의 망석중이들에게 입혀진, 어떤 종류의 명예까지도 없는 건 아니다. 마는, 그 祭戰에 참가했던 이들에게 오는 결과는 왜냐하면 그 흥분이 컸으므로 해서, 오는 허탈감 또한 비례하거나, 더 클지 모른다. 공허함을 달래기 위해, 그때 그 자리에 참석했던 할아버지는, 무릎에 앉힌 손주께, 치렀던 경기 얘기하기로 여생을 보낸다. 저 무수한 자아들이 쓰레기처럼 흩어져 뒹구는 자리에서 문제는 발생한다, 라는 것은 육신적 즐거움[快]을 위해 달려가면 갈수록, 달려가는 자의 대갈통은, 산정에서 굴러떨어지는 시시포스의 바위처럼, 아래로 아래로 몰락한다는 그 문제이다. 거기 '몸의 우주'라는 짐승의 대왕의, 먹어도 먹어도 채워질 줄을 모르는, 목구멍이 열려 있다. 그러면 어느 시절, 어떤 시래비 자슥일지 모르되, '이 시절에 성인(成人)이 몇 이나 있느냐?'고 묻고 나설 것도 없잖아 있을 것이었다. 육신적인 것 쪽에로 눈을 돌리다 보니, 그 육신들은, 전에 언제고 그런 적이 없었게스리, 장대해져, 이 시절엔 범강장달이 따로 찾을 것도 없는데, 시래비 자슥이 묻는다, 그 대가리에 바람 말고, 뭐든 짤랑거리는 것이 들어 있느냐? 또 아니면 짚 북더미 속에 무슨 한 알캥이 씨앗이라도 남겨져 있느냐? 그러자, 분노한 군중이 돌 들어, 입에는 독의 거품을 물고, 눈에서는 독화를 뿜어내려 하자, 그 시래비 느슥, 비굴한 듯한 웃음 웃으며, 文化와 文明을 비슷한 어휘라도, 文明은 물질적 진보 쪽을 이르기로 전제하기로 하자면, 文化 쪽에서 보이는, 어떤 부류의 몇 사람들은 그렇게도 보인다고, 스름스름 뒤꿈치를 빼려 할 테다. 그러며, 속으로, 나는 코페르니쿠스를 스승으로 뫼신, 그의 불머슴이거든. '지구는 그래도 돈다!' 흐흐흣, 너희 중에 成人이 몇이나 있느냐?" 시동은, 쿨암리타에, 점점 더 대취증을 드러내고 있다.

"자기 당대를 사랑할 수 있는 사람들은, 똥밭에서도 젖만 가려 먹는 백조거나, 젖바다에서도 똥만 가려 먹는 돼지들임에 틀림없다. 돼지들께는 그리고, 어느 시절에나 없이, 자기 사는 세상은 행복하기만 할 뿐인데, 어느 시절이나 없이 그 세상은, 똥으로 가득 찼으니 그럴 일이다." 누가 듣기에나, 매우 모독적이랄 소리를 지껄이며 시동은, 건구역질을 좀 했는데, 앞서 냉소적 부정적으로 매도해버린, 자기 당대의 '문화'라는 것에 대해 생각해보는 모양이었다.

"그 시대의, 그 시대적 아르타(Signified)가, 그 시대의 루타(Signifier)를 결정한다. 言語와 분리해, 저런 언어학적 어휘가 쓰여졌을 때, 그리고 그 어휘 속에 '시대'라는 투의 역사성이 부여되어져 있을 때, 나 시동이처럼 아둔한 자의 귀에도 저것은, '文化'에 대한 한 방정식을 이루고 있음을 느끼게 된다." 시동은 클클거린다. "어떤 걸출한 정신이 써낸, '만화는 예술이다'라는 만화론에서 배운 것을 써먹기로 한다면, "漫畵는 文學과 美術의 자식"이라는데, (c=a+b, 이 방정식을 그대로 이용해) 저 아르타 자리에 文學을, 그리고 루타 자리에 美術을 대치한다면, 거기 文化가 저절로 드러나 보인다. 그러니 이 자리에 이르면, 모든 시대의 현재 진행형의 역사는, 만화화한다는 결론이 도출되게 된다. 즉 이 현장의 문화를, 한 어휘로 정의한다면, 그리고 할 수도 있다면, 그것은 만화에 통합된다, 해도, 여러 분분한 이견 끝에, 종래 그것에로 재통합될 것일 게다. 이러면, 이 만화라는 것이 갖는 통념적 위상에 변화가 따른 것을 보게 되는데, 이는 협의적인 것의 광의적인 것에로의 확대인 것." 뭔지, 꽤 드렁칡이 되어 있는 생각을 정리하려 하는 듯, 시동은 잠시, 자기의 안으로 가라앉는다. 떠오른다. "'문학과 미술의 자식이 만화'라는 그 정의는, '추상적 아이디어와 구상적 이미지'라는 식의, 두 극점, 또는 자장(磁場), 또는 천평칭의 두 접시 같은 것이, '아버지/어머니'라고, 전제되어 있다. 그리고 시동은, 헝클어진 생각을 정리하느라, 잠시 또 침묵한다. 하고서, 이어 이런다. "그러면 이 우선적으로, 이 문화의 기의로서의 문학의 성격이거나, 개념이랄 것을 정리해낸다면, 문화의 기표도 또한 저절로 그 성격이나 개념이 정리될 것일 것인 것. 그리고 이런 것은, 비록 그것들이 가설(假說)은 아니라 해도, 그 전체를 다 드러낼 수 없다면, 가설이라는 전제는 강하게 해둬야 할 터이다. 그 기의, 즉 아르타는 그러니, 아주 우주적이거나 사회적, 문화적인 것으로서, 둘만 가정(假定)해두기로 한다면, 하나는 '말씀의 우주' 즉 '말씀'(Logos)이며 다른 하나는 '추상적 아이디어', 즉 '習氣' —그러니까 사회적 경향이나 풍조, '집단적 음기'의 발로 같은 것들일 게다. 그러면, 그 기표, 즉 루타는 그러면, '몸의 우주', 즉 '욕망'(Libido)이며, (이는 일견 '아르타'性을 띠어 있어도 보이되, Logos에 대비해 보면, 루타 役인 것도 부인되지 않을 테다. 그리고, 이것들은

假定이다) '구상적 이미지'는, 현재 운영되어지고 있는 바의 그 사회상일 테다. 주목해둬야 되는 것은, 이 가설에는, '마음의 우주'가 부재라는 것이다." (그것의 부재의 이유까지 일러주려 하면, 화자가 청자의 기저귀까지 갈아줘야 될 테다. 아서라! 그런즉, 입 꾹 다물고, 돌아앉아, 딴전이나 피우고 말겠다) 시동은 그리고 또 잠시 침묵한다. 생각이 목구멍에 고이는 대로 줄줄 풀어내면, 말이 되는 것은 사실이지만, 그 말이 말에 추돌 현상을 일으키지 않게 하려면, 저 누무 말들의 가운데서, 말을 하려는 자가 나서서 교통정리를 하지 않으면 안 될 것이었다. "아마도 그리고, 다른 말을 주억거리려 하기 전에, 먼저 이런 구분을 해두는 것은 필요할 듯하다. 文學은 (이 자리에서 詩는 내보내자!) 보다 더 眞理를 추구하는 산문적 행위(concrete image→abstract idea)라면, 美術은 보다 더 美를 추구하는 운문적 행위(abstract idea→concrete image)이다, 라는 식으로, 허허, 말이 되든 말든, 말이지, 되면 좋고, 안 돼도 안 될 일은 흐미 없다, 말이다. 이 둘의 불륜에서는 그렇다면, 그 부모의 혈통이 어떻게나 귀족적이었든, 파리아(Pariah, untouchable class)의 출산밖에 더 기대되지 않는다. 그럴 수밖에 없는 것은, 眞理와 美는 그것들 자체만으로 존재할 땐 고귀하고 고고함에도, 섞이려/섞으려 들면, 예를 들면, 붉은 포도주와 막걸리를 타거나, 암사자가 수캐와 교미하기처럼, 서로가 서로를 훼방하거나, 추악한 잡종을 태어나게 하기의 까닭이다. 그러구 보니, 이제는, 문화-만화, 만화-문화라는, 그 '만화'에 관해서 말해도 될 만큼, 가설이나 가정, 전제 따위는 충분히 되어진 듯하다. 그러자, 예의 이 문학과 미술의 야합에서, 제일의 자식으로서 튀기(Hybrid)가 나타나며, 제이의 그것으로서, 양성구비(Hermaphrodite)가 까여져 나오고, 막둥이로서 무성(Neuter)의 두루뭉수리가 비어져 나오는 것이 보인다. '튀기'라는 경우는, '얘기를 갖는 그림은 만화다'라는 소리를 할 수 있게 되어, 이것의 족보를 거슬러 올라가 보려면, 혈거민들의 벽화에까지 미칠 성부르다. 그리고 이것, '그림으로 하는 얘기'라는 것이, 만화에 대한, 그중 근사한 정의, 곧바로 만화가 되는 것일 것이었다. 그렇다면, 이것은, '용감한 신세대의, 용감한 새 예술'이랄 것도 아닐 것이다 보니, 이것을 두고, 더 주억거릴 말도, 필요도 없지 싶으다. 이렇게 덜고, 저렇게 꼽고 하다 보니, 제이의 자식, 즉슨, '양성을 구비'한 자식만 슬하에 남는데, 양성구비랄 때는, 시바 神이나 괄태충모양, 한 몸에 요니와 링가를 구비한 경우와, 그에 비해 조금은 색다르게 여겨지는, '미노타우로스'(Minotauros, 牛人)와 '나라심하'(Narasimha, 獅人)가 그 전형으로 보인다. 그러자 이 양성구비도 두 종류가 있는 것을 알게 되는데, 문제는, '소 대가리나 사자 대가리의 사람'이라는 이 범주의 유정에게 있다는 그것이다. 이것들이 그 루타, 즉 기표를 그렇게 입었을 때, 그 아르타, 즉 기의까지 변용을 치러, 말하자면, 아비를 살해하고, 어미를 간하는 불한당 같은 자식이 되어 있다는 것이다. 루타가 라후[蝕]가 되어, 아르타를 잡아먹고 있다. 그것이 문제라는 것이다. 말을 원상에로 돌리면, '문학'이 죽고, '미술'이 죽는다는 것이다. 그보다 더 거슬러 올라가면, '말씀의 우주'가 파괴당하고, '추상적 아이디어'가 죽는다. 그 대표적인 것의 하나가, '神'이라는 존재가 아닌가? 비의적 어투를 걸치기로 하면, 붉은 용이, 어린 양을 잡아먹고, 그 어미를 마누라 삼는, 종말적 광경이 벌어진다. 이러면 라그나뢰크가 문턱을 넘어서고 있다. 그리고 남은, '무성'의 경우는, 가장 특징이 없는, 저열하고 치졸한 경우여서, (이거 입에 못 담을 소리도 같지만, 그것의 성격을 규정지으려면, 어쩔 수 없이, 그런 수사학을 입게 되어 있어, 스스로도 부끄럽고, 민망하다. 마는) 문학은 몸이 붐벼 진한 거품 이는 자리에, 진한 기름기가 더 많이 고인다는 것을 시험해 보이며, 미술은, 전위(avant-garde)라는 이름의 마직보(魔職褓)를 덮어쓰고서, 민중을 사기 친다. 이 '사기 치기'는, 그들의 입술에서 흘러나온 것인즉, 그것을 빌린 자를 두고, 흰 눈 떠 건너다보려 할 일은 아니다. 자칭, 또는 공인 예술가라는 이들 자신들은, 자기들의 짓/질하기를 '사기'라고 떠들어 공언하는데도, 그것들에 접하는 자들은, 그것들이 커다란 상상력의 창조물이라고, 예술이라고, 진품으로 보아주려는 짓/질은, 어째 좀 희화적인 데가 있어, 뒤떨어진 무식배로 하여금 쿡쿡 웃게 만든다. 이 희화스러운 짓/질을 할 수 있는 자들이 그리고, 시대의 지성의 선주자들이라고, 풍문은 전한다. 해서 안 될 소리인 듯하지만, 咄! 이 '문화'는 사정없이 떨어져 내려 있다. 그럴 수밖에 없는 것이, 모든 구상적, 물상적이라는 것은 그 자체가 중력(重力) 덩이여서, 그것에 제휴했거나, 그것에 의존해야 하는 모든 것은, 떨어져 내리게 되어 있기 때문이다. 그 모두를 들어 올리는 것은, 하나뿐이다. 라는 것은, 이 '만화' 속에다 '마음의 우주'를 개벽해내는, 그 하나의 방법뿐이다. 그러면 미노타우로스나 나라심하는, 뿔을 뽑히고, 허리가 꺾일 테다. 아르타가 루타를 제압한다. 만화가 극복된다. 그래서, '추상적 아이디어를 구상적 이미지화'하는 수사학은, 손해나는, 종말을 부르는, 매우 어리석고, 좋지 않은 수사학이라고 매도하게 되는 것이다. 거기서 '만화'가 드러나기 때문이다. '구상적 이미지를 추상적 아이디어화'하는 수사학을 개발해야 한다고 주장하는 소이는 여기에 있다. 그러면 '마음의 우주'가 개벽하게 되기 때문이다. 그러면, '몸·말·맘'의 세 우주가, 그 가장 건전한 형태로 운영되어질 것이기 때문이다. 성인이 몇이나 있느냐, 는 물음은, 그래서 거기서 발원한다. 아으, 그랬거나 저랬거나, 이래도 씨부랄 너러 한세상, 저래도 생조시 빠질 한세상, 조지야 빠질라믄 빠지라구 한 오백 년 씨불이며 사자는데 웬 말이 많으? 걸 어쩌겠다고 해골을 복잡하게 할 일이겠으? 장가 길이나 장(場) 길 가는데, 누구나 다 나귀 타고 가는가? 터벅터벅 걸어서 간다 해도, 불알이 떨어지거나, 조지 빠져, 자다 깨 봉창 구멍 뚫지 못하는 것도 아니잖으? 이거, 밤중에 웬 홍두깨냐고, 자다 깬 마누라들 흥감해 튀정 부리는 소리 들리지도 않으? 웬말이 그리 많으? 금맥(金脈)은 그리고, 다수가 마찰하는 자리의 그 뜨거움 속에서 이뤄지고, 그래서 거기에 있다잖는가? 그들로 하여금 그 금을 토해내게 하려면, 정상배들은 갖다 붙일 필요도 없겠으나, 예술질 한다는 이들은, 저 문두룸의 두통을 일으키는 역린(逆鱗)만은 피해서, 간지럽혀야 할 테다. 그래서 저것이 웃고 나자빠지게 해드리거나, 눈물, 콥물, 용개물 따위를 흠뻑 배설하게 해드려야 할 테다. 그 짓인들 그러나 어디 쉬운 일이겠는가? 풍파에 놀란 사공 ᄇᆡ프라 몰을 사니, 구절양장이 물도곤 어려웨라, 이후란 ᄇᆡ도 몰도 말고, 호미 들어 풀뿌리라도 캐어 먹으리로라. 흐흐흐, 문제는 그런데 궐자여, 풀뿌리 캐기에 자네의 손만 생채기 입어 부르트는 것이 아니라, 그 거친 음식의 까닭으로, 자네 마누라의 똥구녁 또한 생채기에 부르트는 데 있을 터이다. 마누라가 월후 중엔 그런즉 스스로 하는 위로에 슬프게 자빠질 일이겠네야. 하다면, 아무리 풍파가 심하다 해도, ᄇᆡ써라 어ᄉᆞ와, 놋좆에 침 발라 나서는 수밖에 더 있겠으? 『大學』 읽은 지도 하도 오래돼서겠지, 『小學』도 질겨 소화해내지 못하는 에켄드리야의 창자에 차투린드리야용 『大學』이 무슨 말여? 불에 달군 쇳덩이 같을 터, 걸음마 배우고 익히기 시작한 『千字文』이라면 좋다. 구멍이 네 개 정도인 통소에다, 그 건반이, 여든 개가 넘는 무슨 그런 소리 창고의 그 소리를 다 넣으려 해서는, 통소가 폭파해버릴 위험이 있다. 기립 박수 대신 그 악사는, 악취미에다, 음악이 음악답지도 않은 것을 음악이라고 음악 한다고, 사기성이 짙다는 욕설과 침에 덮인다, 겨울 베짱이모양, 배가 고파, 문전들을 끼웃거린다. 에켄드리야에게는 에켄드리야의 즙을, '트린드리야'[三官有情] 에게는 트린드리야의 젖, 판켄드리야에게는 판켄드리야의 술을 먹여얄 게다. 역사는 변전한다고, 그리고 발전도 한다고 하되, 어쩌면 생필품 등과의 관계에서는 그럴는지는 몰라도, 반드시 그래 보이지만도 않은데, 않을 것이, 소크라테스가 길을 왔다리 갔다리 하며, "너 자신을 알라!"라고 씨부렁대며, 건 뭔 소려, 배고프면 먹을 줄 알고, 먹었으니 똥 눌 줄도 알려니와, 먹으려니 일할 줄도 알고, (요즘엔, 훨씬 깨우친 젊은네들 중에서, 無子主義를 들고 나서는 이들도 있다는데) 새끼 낳아야 세상이 운영되어갈 것도 알아 (봐여, 누구는 그게 자기 죽이는 줄 몰라서, 혼육을 갈아치우는 고행을 자초하는 줄 알어? 자기 몫의 우주적 달마는 수행해야겠다 보니, 고통 탓에 일그러져 무서운 얼굴 해감선도, 도지기는 기본으로) 씹할 줄도 알고, 결과, 누구네서 애가 하나 誕生(했다는 소리는, 근래는, 흰 쥐가 검은 쥐 새끼 깐 데 대고도 하는 소리 아니던가?)했다는 소식에 접하면, 속으로는 '莫生兮其死也苦'라고 써[苦] 하면서도, 겉으론 한껏 경하의 웃음 들척지근하게 웃어 찾아볼 줄도 알며, 또 그런 축복의 강보에 싸여 자란 애가, 어느 날 문득 보니, 고생 자국으로 왼통 얼룩진 늙은 얼굴인 데다, 팩 쭈그러진 체신도 만 근이나 무겁다고, 병석에 누워, 문안 온 사람도 못 알아보는 것을 보고시나는, 속으로는, 거 얼른 숨 넘겨버리지 않고 끄닐끄닐 함시롱, 반나절 빛이라도 더 거머쥐어 볼까 안간힘을 다하는데, 그런즉 누가 그 반나절 품값이라도 줄 일 있으? 이거 쇼펜하우어가 똥 누다 엉덩이춤 출 얘기겠는데, 거 반나절 볕 더 쐬어 저승꽃 더 무성하게 해봐도, 그 꽃 따 술 담그기엔 너무 늦었다구, 욕지거리는 지거리대로 뱉어댐시롱도, 겉으론 無常해싸며 한숨 불어낼 줄도 알고, 그의 상여 나간 뒷전에선, '莫死兮其生也苦'라고 탄식은 탄식대로 하고시나는, 이제 그 무겁기만 운명처럼 무거웠던 한 삼태기의 흙을 벗었으니, 공은 독수리겠어야! 속으론 부러워하고 경하하기도 할 줄 안다면, 그래서 초상집 뒷간에서 크흐흘 웃을 줄도 안다면, 온 녀석들 같으니, 등에 짊어진 천 근 혹부리 같던 늙은네 저절로 떨어져 자기 갈 길 갔는데, 우는 상 꾸미기는 체면 문제라 그러네? 이런 것이 '나'라는 것 두고 아는 것 아니겠다구이? 그러잖음, 공이 '나' 대신, 뒤따라 다니며, '나'의 기저귀 채워줄 것은 아니제 시방? 다 알아버린 데 대놓고, 뭘 더 알라는 겨? 젠장 뭘 더 알라는 겨? 길을 왔다리 갔다리 하고 있을 때, 그 길 옆에서 노자는, 무위를 깔고 자빠져 누워, 거 뭐 할 소리도 아닌 소리, '道可道 非常道 名可名 非常名', 글쎄 이게 입에 담을 소린가, 'Now you see, now you don't', 글쎄 이게 입에 담을 소린가, 뭘 잘못 처먹었관대 눈 감고 아웅허능 겨? 그래도 그 시절엔 그런 소리들을 알아먹었던 듯한데, 이 시절엔, 못 알아먹겠는 것이다. 알아서는 또 뭣에 쓰자는 것이겠냐? 예를 들면 신발 장수가, 모자에 관해 알아야 할 무슨 긴한 이유가 있냐는 것이다. 요 얼마 전에 있던 얘기지만, 어떤 놈 하나가, 거 뭐 '삼 년'이란, 학문과 더불어서는 촌시랄 것임에도, 그 삼 년 '天地玄黃'(은 『千字文』 시작의 네 글자이다)도 못 깨우쳐, 농조(弄鳥)질로나 번민의 밤을 새우고 했더니, 놈이 어느 날 새벽에 봉창을 뜯고, 시 한 수 읊어 '焉哉乎也(는 『千字文』 끝의 네 글자이다. 놈은, 우둔한 놈이라는 귀퉁머리나 맞기의 서럽기도 서러운 삼 년을 허송세월한 것만은 아니었던 모양이다. 이런 자리에, '甪越이 超越을 追越한다'는 소리의 쓰임새가 있어 뵌다. 漸修를 통한 頓悟의 관계일 테다) 何時讀고?' 했더라는데 ("天地玄黃 三年讀, 焉哉乎也 何時讀"), 흐흐흐, 수십 년 세월 『大學』 읽고도, 새로 '天地玄黃' 읊고 누워 '대장부 살이가 이만하면 요족하다'라고 대통한 소리하고, 팔베개에 머리 얹는 자식 놈을 눈 곱게 흘기곤, 요즘 어먼님들은 술 빚고 떡 하기에 바쁘다. 이럴 때, 어먼님들이, 빚은 술 들고, 떡 이고 가 바칠 데란, 훈장님들밖에 더 없을 테다. 어떻게 좋게스리 가르쳤기에 자식 놈이, 하늘[天] 일 따[地] 일 모두 통하고, 하늘색[玄] 은 푸르고, 따색[黃] 은 누런 것도 알아, 대통한 대장부 하나 만들었나유, 乎也! 술 떡 많이 드실 만헌개, 드시고, 배 두들김

시랑 얼큰한 김에 주무실라믄 주무시드래도, 더 가르치려 마서유, 그랬다간 자식 놈이, 무슨 정의나 이념이 있는지 없는지도 모르겠으나, 남들이 다 그러는데 자기만 뒤질세라, 아무튼 봉준이 노릇하겠다고, 마빡에 '必勝' 써 붙이고, '파이팅!' 하며 내닫거나, 쫄쫄거리는 배로, 반딧불에 글 읽던 아비, 할아비들이 혀 차며 아까워할, 그것 한 자루면 어둔 밤 세 권 책도 읽거나 쓸, 애먼 촛대에 불 써(켜) 붙이고, 그 불에 뭘 밝히려는지는 모르되, 이왕에 훤해져 있는 길로 달리거나, 또 아니면, 너그럽기 한량없는 대장부스리, 뭘 얼싸안는다구시나, 앞가슴 헤벌레 풀어 젖히고, 반쯤 얼고 있는 독사나 창병에 문드러진 근을 비단 바지로 가린 놈이나 갈한 목구멍 탓에 백주에 나선 흡혈귀나, 면이나 무조건적으로 품에 안을 뿐만 아니라, 앞에 흥부를 껴안고 있으며, 뒤에서는 후문을 열어, 놀부의 침도 안 바른 비역질에 허걱거리는, 거룩한 놈 될까 두렵네유!" 시동 크흠, 콧바람 낸다. 쿨암리타에 대취한 듯하다. 乎也!

"네모사피엔스가 이룬 신판 문화를, '만화'라는, 재활용 금박지에 싸잡아, '만화'라고 (이르는 자에 대고 가래침을 튀기려면 투기든, 또 아니면 가시쟁이로 엮은 首絰을 씌운 뒤, 옷 벗기고 가시쟁이 휘추리로 등짝을 갈기든 어쩌든, 그건 도류들의 족 꼴리는 대로 짓밟을 일이겠지만) 정의해버린 일이 있었거니와, 그때의 그 '만화'는, 지금 새로 말하려는 이것에 비하면, 일종의 추상적 아이디어 같은 것이기도 한데, 그것의 구상적 이미지화에 나타난, 실제적으로 창작, 제작되는 그 '만화'에 대해서도 어찌 눈을 돌려 보지 않을 수 있겠는가. 해서 말인데, 예의 이 '만화가'들께는 사실, 얼마나 많은 기립 박수를 보내야 충분할지 모른다. 그것은, '미술과 문학의 자식'이어서, 말한 바대로, '용감한 신세계의, 용감한 새 예술'이라는 것은, 어떻게나 차거운 눈으로 보려 해도, 부인되지 않기 때문이다. 이 한 낢에는, 미술적 상상력과, 문학적 그것, 그리고 대중적 '흥행'이라는 열매가 주렁주렁 매달려 있다. 있는 것뿐만이 아니라, 따려면 누구라도 쉽게 딸 수 있게 펴들어지고 짜들어져 있다. 표현되어진 대로만 따른다면, 그건 완벽한 예술임에 분명하다. 그렇기에 그 과육 맛은, 망고 맛이다, 감 맛도 있고, 바나나 맛도 있는가 하면, 흙 맛도, 늙은 남자의 젖 맛도, 똥갈보의 사랑 맛도, 또, 현재까지는 금단일 듯싶은 남의 계집 맛도, 영게 맛도 있다. 흐흐흐, 그렇다고 망고의 맛이 복합적인 것도 아니어서, 그냥 망고의 맛이다. 여기 분명히, 저 새파랗게 젊은 예술의 당당한 승리가 있다. (이것에는, 만화 공화국의, '판타지의 器物化'라는 電影器라거나, 器物化한 머릿골ㅡ'電腦' 따위들도 들춰져야겠으나,) 문제는 그런데, 이 '새 예술'을 소화해내는 편에서 발생하는 것이, 살펴지는 데 있는 듯한데, 그 모두 해쌌는 소리 있잖으냐, 그 '맛' 또는 '재미'를 위해, 그것을 게걸스레 먹는 편에서는, 아마도 호모사피엔스의 자산 중에서도, 고급한 것에 포함될, 두 가지의 품목을, 저당 잡히게 될 수도 있다는, 바로 그것이다. 글쎄, 해쌌는 소리 좀 빌리면 어떠냐? '만화-미술' 쪽에서는, 그것을 보는 눈의 '문학적 상상력'을 덜어가고, '만화-문학' 쪽에서는, 그것을 읽으며 눈앞에, 또는 눈 안에 펼쳐질 '미술적 상상력'을 저당 잡히게 된다는 것이다. 이런 견지에서라면, '만화'를 통해 '보고/읽기'를 동시적으로 행해 얻어지는 '재미'는, 일석이조(一石二鳥)인 듯함에도, 실제에 있어선, 그 반대 현상이 일어나는 것을 보게 되어, 걱정스럽기까지 하다. 라는 걱정은, 두 마리의 새는 얻었는데, 돌 한 개는 잃었었지가 않나 하는 점이 짚여서인데, 이 '한 개의 돌'을 그의 '자아'라고 환치하기로 하면, 이는 손실 중에서도 큰 손실일 테다. 좀비와 산송장의, 매우 불쾌한 관계를 떠올리게 되어, 불쾌하고 언짢다. 사실은, 텅 비어 있기보다는, 어떤 종류이든, 좀비라도 하나 쳐들어 좀비가 되는 것이 낫다고 해얄랑가? 그러나 당최, 이런 의문의 종기 탓으로 농조질도 못 하겠다고, 의원을 찾아, 물을 일은 아니다. 그래 보았자, 에끼 이눔아, 이게 외상(外傷)이지, 어째 내종(內腫)일까 부냐고, 핀잔받는다." 시동은 킬킬거린다. 쿨암리타에 대취한 게다.

"여러 여러, 헤아릴 수도 없이 많은 운명들이 모였다 헤어지고, 부딪쳤다 깨어지는, 이 세상이라는 장소는, 그리고 거기서 영위해야 하는 삶은, 모두 다 어디론지 바삐 바삐 가기 위해 모여드는 이들의 역마을[驛站]만 같다는 소리는 유행가에 되풀이되는 소리다. 뒤꿈치에서 연기가 풀풀 나도록 달리기 위해서, 어쩔 수 없이 기다려야 되는 인고키 어려운 하품의 시간, 확대한다면, 거의 무의미하기까지 한 삶, 그것이 역마을의 시간인 것. 그 극복하기 어려운 시간의, 그 삶의 짐승의 배 속에서, 죽음을 극복하고 튕기쳐 나가기 위해, (거 무슨 잡동사니를 모아놓았는지, 아무리 뒤적여보아도, 뭣 하나 짚여지는 것이 없어, 난독성 짜증에 부아까지 치미는, 美里의 계룡산 자락에서 살다 내려왔다는,) 朴姓某氏라는 잡소릭꾼의 품바타령 듣는다고, 하릴없는 시간을 허비하겠는가? 『요나書』[18] 얘기겠네만, 저 레비아탄의 배 속을 벗어나기 위해서? 그러다 보면, 희망 없는, 시간이라는 레비아탄의 배 속에서 토해져 나올 일이겠는가? ("니브리티를 성취치 못한 有情은 어떤 것이라도, 한 번도, 이 짐승의 배 속[畜生道]을 벗어나 본 일이 없다고 한다면, 有情들은, 보다 더 눈에 힘을 주어, 자기네들이 '밖'이라고 이해하는, 그 '무엇의 안'인 것을 면밀히 관찰해보아야겠습지." [『박상륭 전집』 2756쪽] 아으, 그래서, 이 레비아탄은 어디를 가는가? 아마도 아무 곳으로도 가지 않는다. 그럼에도 그것이 가기를 멈춰본 적이 있는가? 프라브리티!) 아서! 말어! 집어쳐! 흐흐거리며, 그래도 이 촌 잡설의 늙은탱이[蕩兒]가 이런다, 에끼! 시방 가을도 깊어, 쉴 자리 찾아야 할 때인데, 거 어쩌자고 아직도, 땅에 배 대고 흙 먹는 소리나 하라는 겨? 아낙네라면 몰라도, 늙은탱이가, 자식, 며누리에, 에린 손주들까지 줄느런히 앞에 앉혀놓고, 청루 기생들이나, 시래비 자슥들께 들려줄 음담패설에, 눈물 짜는 사랑질 얘기 따위를 할 수야 있겠느냐고, 눈을 휘번득이며, 그런 것이라면 다른 데 가서 알아보라고 그런다. 그러며, 늙은탱이가 젊은네들 등 긁어주는 효자손이여? 노발대발한다. 하면서도, 곁에 앉은 할멈까지도 못 알아들을 만큼 한껏 낮춘 소리로, 헤헤, 말이지, 그, 그런 얘기라도 해, 해볼 만큼, 재주나 입담이 있고서야, 삼동에도 백결(百結)의 마포 옷 입고, 깨진 거문고 앞에 앉아, 이웃 들으라고, 방아타령으로 떡 찧는 소리나 내고 앉았겠으? 그런다. 또 말이지만, 예를 들면, 샤갈이나, 마그리트, 황주리나 염성순 등, 누구 환쳐 놓은 것이, 볼 때마다, 어떤 흥감을 돋운다고 해서, 그 화폭을 옆구리에 끼고 역마을엔 물론이고, 측간까지 가져가, 그것 들여다보며, 풍류나 서정에 잠겨 흥감을 똥 눈달 수도 없잖은 일 아니겠는가." 쿨암리타의 시궁창에 빠져 허우적이다 시동은, 머리 한번 솟구쳐 올리고, 한번 숨 들이쉰다. "바쁘기만 똥줄이 땡기게 바쁨에도, 정작으로는 그 목적지도 잘 모르겠어서 서성거리게만 되는, 고래 배 속만 같은 그런 역마을에서 들여다보고 읽기에는, '만화'보다 더 좋은 것도 없는 건 없는 거다. 그래서 그것은, 변덕 부린 소릴 주억거리게 하는데, 그 내용이 어떤 것이든, '문학과 미술의 자식'인지라, 어째도 그것은 '판타스틱한 예술'이어서, 용감한 신세계의 용감한 새 예술인 것은 분명하여, 부인되지 않는다." 그리고 시동은, 잠시 말을 끊었다 새로 말을 잇는다. 그의 혼자서 하는 얘기대로라면, 허긴 그가 어디쯤 꽤 멀기도 먼 여로에서 돌아오며, 열세(閱世)도 나름대로는 했었을 것이라는 짐작도 하게 한다. 노상 그렇지만, 어떤 일어난 생각이 그를 생각하게 하는 듯했다. "진화론문의 아손 하나가 진화론문의, 진화-역진화의 도식으로 삼는, '니그레도[黑]→알베도[白]→루베도[赤]→'라는 연금술의 '질료의 변전'의 기초적 도식을 차용해 말한다면, 양자(Homo/Nemo) 공히 '니그레도'를 그 변전의 기점으로 삼는다 해도, 네모사피엔스는, '니그레도-대지(大地)'를 기준으로 삼아, 하향, 또는 몰락(의 詩學이, 한때 젊은 가슴들을 들끓게 한 적도 있었던 듯하다), 즉 역상승, '니그레도→逆알베도→逆루베도→'라는 식으로, 발전을 꾀하기에서 나타난 이들이라는 것인데, (순조전이적 상승을 돕는 힘이 魂氣-에로스라면, 退調, 또는 逆調전이의 저력은, 魄氣-타나토스가 되어 있는 것일 것이 짚인다) 중아(衆我), 또는 집단적 삶과 더불어서는, 아무리 순조전이식으로 질료의 변전이 행해졌다 해도, '루베도'에 이르면, 모래시계가 차면 기울어야 하듯이, 자연적으로 퇴조전이를 겪어, 그 형태는 결코 전과 같을 수는 없으되, '루베도→알베도→니그레도'에로 몰락해서는 대지에 부득 쓰러져 내리는 것일 것, 거기서는 그러나 더 몰락할 수가 없으므로, 다시 '→알베도→루베도'로 상승하기를 되풀이하는 것이겠으나, 저 역조전이는 그 반대편에, '대지'에 도달하는 것이 그 정점(頂點)이 되어 있다는 차이는 밝혀보아야 할 것일 것이다. 이 네모사피엔스들도 똑같이, 태어나기는, 어머니라는 여자의 하문으로 태어나서, 그 어미의 두 젖퉁이 중, '에로스'[魂] 쪽이 아니라, '타나토스'[魄] 쪽 젖퉁이를 빨아 자란 것인데, 그 시대적 집단적 기운, 성향, 또는 욕망이 그러해서, 그 시대가 계모성을 드러냈기의 까닭일 테다. 한쪽 젖퉁이에는 '타나토스'라는 독을 담은 이 계모의 이름은 '정화되지 못한 習氣'이다. 이 계모의 검은 젖에 자라면, 자식들은, 이전의 순조전이에서 이뤄져 온, 모든 기존적 가치나, 의미 따위란, 곰팽이내 나는, 낡고 보수적인 것들이어서, 타도

해버려야 할 것들로만 보여, 한마디에 뭉뚱그리면, 우주적 금기까지 깨뜨리려 덤빈다. 그들이 발 디뎌 나간 자리엔 모든 것이 소비되어 있다. 유린당해 있다. 네모사피엔스란, 비유로 말하면, 흡혈귀에게 목덜미를 물렸느냐, 아니냐에서 나뉘어진 두 종류의 인종처럼, 그 나이와 상관없는 것일 것이어서, 늙은네라도 그것에 피를 빨렸으면, 그도 흡혈귀가 되는 것과 같은 관계일 것이다. 이 말은, 노아의 홍수 전에도 네피림들로만 땅이 채워져 있던 것은 아니며, 땅의 남자들도 함께 섞여 있었던 것처럼, 같은 시대 같은 장소에도, 네모/호모사피엔스들이 섞여 있는데, 아주 늙은 네모사피엔스가 있는가 하면, 아주 젊은 호모사피엔스도 있다는 그 말이다. 그런 현상은 어느 시대 없이 있어 온 것이고, 역사의 발전이나 쇠퇴(도, 어떤 부정적 힘의 까닭이라면)의 힘도 거기에서 발생하고 있는 것으로도 보이지만, 그러니 그 두 힘의 균형의 유지야말로 바랄 만한 것일 것인 것. 그 균형의 천평칭의 호모사피엔스 쪽 접시가 무겁게 채워 오르기 시작하여 그쪽으로 기울기 시작하면, 시시포스의 이 역사의 바위는, 위쪽으로 떠밀려 오르고 있는 중일 게다. 이러는 동안 시시포스는, 바위를 다 밀어 올려놓고 나면, 그 바위 위에 걸터앉아, 잠시라도 좀 쉬며, 땀도 거둬낼 수 있을 것이라고 희망을 가질 것인데, 미래를 내어다보려면, 두 눈을 다 잃든지(Tiresias), 한 눈이라도 잃어야(Odin) 되는 모양인데, 시시포스는 두 눈을 다 뜨고, 열심히 산의 정상만을 올려다보느라, 그 바위는 올려놓으면, 그 즉시 저절로 다시 굴러떨어지게 되어 있는 것을 모르고 있는 게다. 몰라야, 그 고역을 파기하지 않을 테다. 몰라야 바벨탑 짓는 역사에 동원된 이들의 손이 빨라진다. 그가, 주저앉아 죽기를 한하고 일어서려 하지 않으려 한다면, 신들은 그에게다, 무슨 다른, 그 형벌에 버금갈 새 형별을 부과해야 할지, 새로 고심해야 될 터이다. 시시포스의 두 눈을 놔둬, 자기의 발밑과, 산정만을 열심히 보게 한 신들은 현명했다. 비약하기로 하여, 잇는다면, 예의 그 자기의 형벌로 주어진 그 바위를 밀어 올리는 그 힘을 시시포스는 어디서 구했겠는가, 신들이 협력했겠는가(?), 그것은 다름 아닌, 그가 입은 獸皮에서밖에, 달리 얻어진 것은 아니었는데, '순화의 나무' 기어오르는, (進化란 더디다!) 나무늘보의 역설이, 시시포스에게서 고스란히 그대로 재연되고 있다. 라는 말은 그러니 우회하여,

시시포스가 밀어 올리는 그 바위 또한, 다른 것이 아닌, 그 자신의 육신이라는 그 중력의 덩이라는 말일 게다. '진화의 추동력은 몸으로부터 얻어진 것이어서, 그것을 벗는 순간 진화도 멈춘다'는데, 나무느림쟁이의 고통과 고뇌는 거기에 있음인 것. 이 느림보가, 천 년에 한 치씩, 조금씩 조금씩 나무를 오르며, (이놈들 교미하기는 그런즉, 교미의 중간도 채 오르기도 전에, 새끼가 태어나, 어미 똥구녁에 붙는다 소리 안 나오겠냐? 허지만, 새깽이 놈 또한, 뭔 그리 급할 일 있겠는가?) 오르는 것만큼 수피를 벗으면, 그것은 발목쯤에 가 쌓여, 흘러내리되, 여전히 발목을 굳세게 물고 있다. 그러다 이 늘보가, 나무의 꼭대기 되는 데에 닿고 난 뒤에, 나타내는 다음의 진행은, 여러 가지로 나타나, 흥미로운데, 어떤 것은, 그 나무 끝에다, 개짐이나 기저귀, 버선 빨아 매달아 말리듯, 수피를 차 던져 걸어두고, 빠져나가, 알맹이가 보이지 않게 된 것이 있는가 하면, 어떤 것은, 머리를 돌려, 뿌리의 아래쪽으로 슬금슬금 되돌아오는 것도 있다. 뻘게져 추운 혼에, 수피 다시 입어 내리기이다. 아마도 이 느림보들은, 나무 끝에서, 갑작스러운 한기를 느끼고, 둘러보다, 전혀 기대치 못했던, 空, 그리고 無에의 공포와, 고지공포증을 일깨워낸 듯하다. 저 아래, 굳건히 발 딛고, 등 대 슳카장 즐길, 뜨뜻한 대지가 있어, 그것에의 그리움을 더해 느끼게도 되었을 테다. 츠쯧, 我執의 까닭이다. 오우로보로스症이다. 그 까닭으로, 그리고 習氣의 까닭으로, 大地는, 아래에만 있었던 줄 알았었내 비다. 저 나무 끝에서, 수피를 한번 탁 차 벗어버리고 나아가는 괏에도, 大地는 있어, 그것이 '空'이라고도, '無'라고도 일러지는 것을 갖다가시나! '밝은 잠의 바닷속으로 용해되어져 들기나, 그 밝은 바다를 자기라는 한 방울 밝은 잠 속에로 용해시켜 들이기'를 우주적 법렬 속에 들기라고 이르거늘, 어쩐다고 저 느림쟁이는, 회로에 올라, 내리기를 오르기 시작했는고? 그래서 하긴, 프라브리티道는, 그 무한의 동력을 얻는 것이겠는다. 이 '無'나 '空'에서 性別을 보지 않는 쪽에서 아마, '禪'(Exoterism)이 나타나고, 그것에서 性別, 특히 '女性'을 본 쪽에서 (禪에 대비해서, 들춰진 어휘인즉, 품성을 갖지 않는 것은 아니라 해도, 그것은 방편으로 빌린 것이어서, 꼭히 샤머니즘[Shamanism]에의 理心을 일으키려 할 일은 아니다) 巫(Esoterism, 또는 Occultism)의 法理가 형성된 듯하다. (Gur Bum

어디에 있는 얘긴데) 다르마보디와 미라레파가 만난 일이 있었던 모양이지만, 그 둘은 그래도 전혀 달라 보이지 않았다는 것은, 뭔지 그들이 이해한 궁극이라는 것에 대한 (우리들의) 이해를 돕는다. 이름들은, 그리고 그 성배 탐색의 방법들은, 같은 것들은 아니어서, 전자[禪]의 法輪 굴리기를 ('佛'도 佛이지만, 보다 더 本'性'에 주안점을 둔) '大乘'이라고 이른 것으로 알며, 후자[巫]의 그것을 '金剛乘'이라고 이르는 것으로 안다. '바즈라야나'(금강승)는, 소승과 대승을 아우르는 것이라고 알려져 있으되, 유리의 '뫎'論은, '大乘과 金剛乘을 아우르는 小乘'이라고, 거기서 온 순례자는 설한다. 그것이 '뫎輪'이라는 것이다. 그것을 왜 '小乘'이라고 일렀던지, 그것은 하나의, 주요한 話頭로 주어진 것일 게다." 시동은 입을 다물고, 이제는 흰 창이나 검은 창이나, 묽어져, 핏발 선 회색의 눈으로, 광야를, 내어다보았는지 들여다보았는지, 보기는 보고 있는데, 광야는 이제 그의 일상(日常)이고 있다. 일상화한 것들 중에는 그런데, 꾸역꾸역 구태여 구별을 지으려 하잖으면, 보는 자와 대상 간의 간극이 없어져 버리는 것도 있다. "'空/無'가 性別로는 '女性'이라는 것은, 충격적이다. 그러나, 충격적일 필요까지도 없다고도, 또 짚어진다. 密宗 편에서는 그것이, 궁극에 닿는 禪定의 방편이며, 그것이 도달해야 하는 궁극은 아니라는 점은, 살펴두는 것이 필요할 듯하다. 궁극은 파라상가테(Parasaṁgate), 즉 피안 너머에서도 더 너머의, 상태 아닌 상태라는 뜻으로 받아들여져야 할 게다. 바즈라야나의 이 空/無는 그리고, '마음의 우주'의 女性이라는 투로 설해진 자리는, 한두 군데가 아니다. 그러니 냅둬, 냅둬두자." 시동은, 잠시 침묵하고, 잇는다. "그럼에도 그것[空/無]은, 그 아르타도, 그 루타가 드러내 보이는 그대로[牝] 곧이곧대로 받아들이려는 자는, 이 시동이 같은 맹추밖에 없을 테다." 시동은 히쭉 웃었는데, 쿨암리타의 취기는 썩 좋은 게 였다. "사실은 이런 맹추까지도 그렇게 받아들일 수가 없으니 이런 소리겠는데, 그러구 보니, 『도마福音』 맺음 장(章)에 이런 얘기가 있었던 것이 기억나는구먼. '시몬 베드로가 말하여, 여성(Soul)은 영생을 위해 가치가 없는즉, 우리 중에서 마리아는 내보내자. 라자, 예수 가라사대, 보라, 내가 그 여자를 남성(Spirit)으로 만들지니, 그러면 그 여자도, 너희 남성들과 같이 생령이 될 것이라. 여성이라도, 자신을 남성으로 바꾸기만 하면, 하늘나라가 저희 것임을', ―이때, 저 마리아가 어떤 특정한 마리아였든지, 그것은 확실치 않되, 확실하다 해도 바뀔 것은 없지만, 않으므로 해서 일반적 보편적 여성의 대명사라고 치부해버려도 안 될 까닭은 없을 테다. 이때 이 '女性'의 割禮가 치러졌을 터였다. 女性의 男性化라는, 그 轉身이 거기 있었을 터였다." 그리고 시동은, 뭐가 썩 재미나 못 살겠는지, 클클거리고 웃어쌌는다. "그, 그래서? 사실로? 저 마리아의 하복부에 느닷없는 육괴가 돌출했었겠는가? 클클클, 시동이 같은 맹추라면 그렇게 믿었을 수도 있었겠지. 마는, 베드로가 그것을 확인해보기 위해, 마리아의 치마폭 속에다 털 난 손을 밀어 넣어보았겠는가? 언감생심! 그렇다면, 魂의 이 靈化를 두고, 이제도 性別을 운위하려 하겠는가? 흐흐흐", 시동은 흐흐거리는데, 쿨암리타의 맛은 고로초롬이나 좋았던 게다. "마리아는, 하복부에 男根을 돋궈내지 않았음에도 이제는 男性이다. 男性에 대해 말하는 바의, '스스로 된 고자'가, 이제는 이 여성 아닌 女性의 性別이래얄 것이겠는다. '스스로 된 고자'란 아마도, 또는 분명히, 남성의 능력을 만재한 남근을 여전히 굳건히 붙이고 있어도, 이미 남성은 아니다. 이는, 앞서 말한 바의 그 '空/無'의 성별[牝]을 두고도, 그대로 적용되는 것일 수 있다는 믿음이 있다. 양자는 그래서, 단계나 국면은 다를지라도, 같은 상태를 드러내고 있다고 여겨진다." 그리고 시동은, 한참 동안이나 입술을 열지 안 했는데, 나름대로는, 빌린 의견의 종합에 하자가 없었던가를 반성해보았던 듯했다. 그러다 웃음기를 머금고, 잇는다. "그, 그러구 보니, 마리아가, 이 시동이의 소맷자락을 부여잡고, 우는 목소리로, 그런즉 여성의 남성화는, 구체적으로 어떻게 가능되어지느냐고 묻고 있구나. 이거 딱하게 되었도다. 가장 쉽고도 그럴듯한 대답은, 그럴 능력을 구비한, 그이에게 묻는 것이 옳지 않겠는가, 라고, 그 대답을 전가해버리는 것이겠는데, 그래도 부여잡은 소매를 놓지를 않는데, 이를 어쩐담?" 시동 크륵 크륵 웃는다. "여성은, 영원한 여성은, '소피아'라고 일렀으며, '테오토코스'라고도 일렀고, '블랙 마돈나'라도도 일러오는 것을 아는데, 그것의 장소화(場所化)로서는 그러니, 여성은 '천국'이라고 이를 것이라면, 무엇이 문제겠는가? 이 여성들의 계모적 측면에서 '릴리트', '메두사', '드룩' 등이 드러났을 터. 그것의 장소화에 '지옥'이 살 벌려 누워 있음인 것.” 시동은 그리고, 자기 광야, 그 황폐를 건너다본다. 그것이 시동이께는, 장소화한 계모처럼 여겨졌을 법하다. “그리고 천국은, 그리고 지옥도, ‘장소’(Place)가 아니라 ‘상태’(State)라고 바꿔 이해한다면, 천국이 저희 것인 것을!” 그러나 시동은, 자기의 소매 끝을 부여잡은 손이 풀려나갔다고는 느끼지 못했다. 大體(凡) 쪽에서 이해되는 여성은 그렇다 해도, 小體(個) 쪽 여성에 대해서도, 그 꼭같은 관법을 적용하려 하면, 어째선지, 어디선가 품이 너무 남아도는 듯하게 여겨진 것이다. “아까, 여성의 남성화를 말했는데, 그것은 하긴, 확실히 추상적, 형이상적 아이디어여서, 누구의 심정에나 다 절실히 호소되는 것은 아닐지도 모르겠다. 이럴 때, ‘추상적 아이디어의 구상적 이미지’화라는 방편이 쓰여 먹히는 것일 듯하구먼. ……그, 그러구 보니, 저 꽤는 형이상적 아이디어의 형이하적 이미지를, 고스란히 그대로 현현해낸 유정이 하나 생각나누먼. ‘다금바리’(자바리, Epinephelus), 아으 다금바리! (『도마福音』 속의) 저 최초의 어부왕은 그런즉슨, 베드로와 마리아 앞에, 이 물고기를 잡아 올려 보여준 것이었는가?” 그리고 좀 생각을 정리하는 듯하다, 시동은 잇는다. “이 특정한 물고기는, 치어로부터 성어가 되기까지 대략 십 년은, 암컷으로 고해(상사라)를 헤치며, 새끼 치고 하다, 이후는 수컷으로 성전환을 한다고 일러져오는 것인 것. 그것이 여성이었을 때, 상사라의 창조는 끊임없이 계속된다. 여성인 것의 지난함이여! 그것이 남성화를 성취했을 때, 니르바나의 창조(는, 수사학적 압력에 의한 ‘寂滅’의 轉訛래야겠는다) 또한 끝없이 계속된다. 남성인 것의 지복함이여! 그 반대편에서는, 나라카의 사멸과 파괴 또한 끊임없을 터이지. 남성인 것의 至毒함이여.” 시동은 또 좀 생각하는 듯하다, 또 잇는다. “이 성전환의 일점을, 그렇구먼, ‘바르도’라고 이해해내기는 용이허구먼. 마리아 개체들의 구원은, 자기 구원은, 베드로와 꼭같이, 이 바르도를 어떻게 통과하는가에 의존될 것이겠는다, 안 그런가?” 또 잠시 침묵하고, 줄 바꾼 듯한 소리로 이런다. “이제는 그렇다면, 이 형이하적 이미지를, 본디의 자리로 되돌리는 일만이 남았을 것이겠는가? 魂性의 靈性化, 아으, 영성!” 시동은 다시 또 자기 속으로 가라앉아 들었는데, 숨 한번 먹고 가라앉은 거북이모양, 이번엔 얼른 떠오르지는 안 했다. 익사치 않은 한, 그래도 안 떠오를 수는 없을 테다.

“神이 죽었으며, 人間이 죽고, 그리고 動物, 우주적 동물이 죽어간다는 풍문이(拙著『小說法』, A Return to the Humanet) 흉흉한 세상에선, 갓난애들까지도 환각제 섞인 젖을 보채, 저승에까지 사무치도록 운다. 한 주기의 우주가 끝나가는 징조일 성부르다. 이런 시절에, 고맙게도 그런데, ‘靈性’의 문제를 들고 나와, 그것의 수복, 또는 회복을 부르짖는 자들이 있어, 사실 아직 그것은 먼 뇌우라도, 비 묻어 있는 듯해, 습기가 느껴지기도 한다. 반복되는 듯하지만, 이는 선지자적 부르짖음이 아닌 건 아니니다. 사실은 선지자적이다. ‘靈性의 회복’을 위해선, 무엇보다도 여성의 힘이 필요한데, (中原人의) ‘魂’ 또는 (문잘배쉐의) ‘靈’, 또는 (天竺人의) ‘지바’란 性別로는 ‘男性’이기의 까닭이다. (Kabhalism의 ‘Ruach’은, ‘Spirit’의 뜻이라는데, ‘Holy Spirit’이 男性名詞인 데 반해, 저 ‘Ruach’은 女性名詞라고 이른다 한다. 저것은 그래서 ‘soul’이라고도 번역되는 듯하다. 이는, Adam을 태어나게 한 ‘Elohim’이라는 이름의 분석의 결과 드러난 性別인 듯한데, ‘Eloh’[單數, 女性-Ruach]에 ‘im’을 합치면 複數形이 됨과 동시에, 男性名詞化한다는 것. 그럼에도 ‘Elohim’이 兩性을 구비한 것은 아닌 듯하며, ‘Elohim’이라는 어휘가 그렇듯, ‘아버지이면서 동시에 어머니’였던 자였던 듯하다. Kabhalist들의 저 특정한 ‘Ruach’은, 그럼으로 Kabhalism 속에 머물려 두고, 말해갈 일인데, 현재 말하는 이 ‘靈’은 보다 더 영지파적이거나 中原의 ‘魂’ 같은 통념적인 그것이기 때문이다) 천재적인 촉수를 가진, 극소수의 엔네들이, 그 촉수에 느껴지는 어떤 진동에 의해, 이것을 감지하는 것으로 아는데, 그리하여 세계를 한층 더 높이려 하기뿐만 아니라, 習氣의 中和 같은 것을 도모하려(는 것이, 반드시 의식적, 의도적이어야 할 필요는 없을 테다) 하여 女性主義가 부르짖어지게 될 터이다. ‘女性主義’에는 그러나 이런 것만 있는 것은 아닌 것이어서, 그것을 고려해 범주별로 분류키로 한다면, 이것에는 ‘우주적 여성주의’라는 계관을 씌워주어야 할 것이다. ‘靈’이 男性이라는 의미에서는 그러자, 남자라도, 예의 ‘영성’을 부르짖고, 그것의 수복을 절규하는 자리에 참가해 있는다면, 그도 女性主義者라는 얘기를 할 수 있게 된다. 그러니 여성주의는 여성만이 주장하는 것은 아니라는 얘긴 게다.” 시동은 잠시, 혀를 쉬게 한다. “그것을 우주적 여성주의라고 계관을 씌우는 것은, 왜냐하면 그들이 靈性을 현수막했을 때, 어쩌면 그네들 무의식 속에서, 말하자면, 판켄드리야의 男性들이, 자기들의 내부의 어떤 장엄한 우주에서, 神을 인식해냈기와 같이, '소피아'나 '테오토코스'를 인식해냈을 것이며, 그리하여 '靈'을 감쌀 치마 열두 폭을 펼쳤을 것이었다. (天國의 은유는 저러한 것) 그러므로 해서, 사실은 그네들 자신이 소피아며, 테오토코스인 것." 그렇게 혀를 태우고 있었을 때의 시동의 입에선 두꺼비 혀 모양의 불이라도 뿜어져 나오는 듯했는데, 갑자기 침울한 얼굴을 짓자, 나이며, 볕이며, 가뭄 등이 그렇게 만든, 가랑잎 같은 얼굴이 새로 드러난다. "이런 것을 두고, 이념이라고 하기는 좀 그렇고 하니, 대의(大義)라고 이르기로 하자. 이런 대의를 품은 자들은, 어찌 그 대의를 실천에 옮기려 하잖겠는가? 그러려 들자, 자기대로 최선이라고 믿는 방법에 좇아, 그 양태도 여럿으로 드러나게 됐을 터였다. 그중에서도, '권력'을 그 수단이나, 방편으로 삼으려 하는 것이, 그중 쉽게 짚여진다. 하기는 무엇을 바꾸는 데는, 무엇이 또 권력보다 속한 효험을 내는 것이 있겠는가? 그것은 사랑보다도 강하고, 피보다도 강하며, 심지어는 죽음보다도 강하다. 글쎄 그것은, 무엇보다도 막강하다. '권력'은 이 상태에서는 아직 추상적, 막연한 어떤 개념에 머물러 있어, '靈性'과도, 어떻게는 매우 유사해도 보인다. 神은 권세며, 전능한데, 그래서 신은 아름답다. 神에 도달하게 하는 것이 '靈'性이며, 靈力이다, 대개 이런 투로, 권력과 靈性이 반죽된다. 권력이 추상성에만 머물러 있을 때, 대개 저런 투의 생각의 반죽은, 혼돈스럽기는커녕, 대개는 정연하게도 보인다. 그러나 靈性은, 형이상적 아이디어임에 반해, 권력은, 형이하적 이미지화할 때만, 그 힘의 쓰임새[用]가 생기는 것이어서, 언제든, 어떤 '笏'에 제휴한다는 것이 관찰되어진다. 권력은 '몸의 우주'에 미칠 때, 그 가장 고도한 강도를 드러낸다. 이 극미의 한 송이 꽃은, 그 줄기가 폭력이라는 강철로 되어 있어도 보인다. 이제 그 꽃을 쥐어 들어 보이는 자가 구체적으로 드러난다. '공주(는 이 경우 권력의 상징일 테다)의 입맞춤을 받자마자, 개구리가 영준한 왕자에로 변신한다.' (이 민담은 그러니, 여자 상속제가 지켜지고 있는 고장에 속한 것이었던 것도 유추케 된다) 이 왕자가, 얼마나 나무토막스럽든, 눈이 가늘든, 그것은 이미 문제도 되잖는다. 가는 눈은 까 올리면 된다. 그는 다만 영준해 보일 뿐이다. '아름다움'에 대해 환장하여 사족을 못 쓰는 공주(는 이 경우, 특히 '美'를, 그것도 文化道의 美를 추구하거나 찬양하는 자들을 두고 들춰낸 이름인데)들이, 홀을 쥔 이런 자들을, 아름답게 묘사해주려 하는(짓이, 예의 저 '입맞춤'일 테다) 것은, 왜냐하면 그들이 쥐고 있는, 저 홀이 아름다워서이다. 어떤 의미에서나 '공주' 쪽에서, 저런 흉물스러운 '개구리'에게 입맞춤해주기는, 드러나기에 매우 추악한, 매우 똥멍청이식이로되, 저 童話의 '입맞춤'은, '거친 自然을 감싼 詩的 抒情' 같은 것을 동화적으로 표현해내고 있는 것일 것이었다. 이런 자리에, 실학자들이 '예술가'들을 건너다보며, '그들은 眞理가 아니라, 美를 추구하는 자들'이라는, 비아냥 섞어 하는 정의를 빌려보는 것은, 편리할 듯하다. 저들은 아마 옳게 말했으며, 옳다는 경우, 이 세상에는, 두 종류의 聖杯가 있다는 것을, 은연중에 밝히고 있다고도 알게 된다. '美'와 '眞理.' 그러자 먼저 묻게 되기는, '권력'은 '진리'인가, 라는 것인데, 보는 눈에 따라서는, 그리고 그것이 형이상적 아이디어인 채 머무는 한은, '진리'의 편모도 드러내 보이지 않은 것은 아닐 터이지만, 쉽게 만들어지는 대답은, 그것은 '眞理'에 소속되기보다, 다른 자리에 소속되어지는 것이, 보다 타당할 성부르잖는가, 하는 우문의 그것이다. '이것이냐/저것이냐', 즉 '이것이 아니면 저것이다' 식의 논지인데, 그렇다면 그것은, 보다 더 '美'科에 속한 품목이 아니겠느냐는 우답이 도출된다. 그러자 이런 식의 논지에 곧 바로 따라붙는 다른 결론 하나는, 그것이 사실로 그렇든, 아니든, '영성'은 眞理科에 속한 품목이라는 것이다. 하기는, 自然道에서가 아니라, 文化道에서 '美'를 찾으려 하면, 물론 만으로 억으로 많은 것도 사실이다, 그럼에도 그리고, 그 극치의 (文化道의) 美는, '권력'이 아니겠는가 하는 소견이 있다. 이런 의미에서라면, 꽤 업적이 큰 어떤 詩人들이, '권력의 앞잡이'로 전락되어, 오명을 남기게 된 그것까지도, 변명이 될 듯하다. (그 나타나 보이기에는 '권력의 앞잡이'처럼 보여도, '권력을 앞잡이' 삼아, 이 세상을 보다 낫게 만들어보려는 자기의 대의에 이용하려 했던 이들도 있다면, 저런 호칭은 분명히, 피상적이며 모독적일 수도 있겠으되, 이렇게 보아도 사실은, 돌아가는 자리는 다시, 비슷해 보인다) '詩人' 또한, 散文家들과 달리, '眞理가 아니라, 보다 더 美를 추구하는 자들'이라고 편

가르기에 무리가 (왜 없겠는가마는) 없다면 그렇다. 이것에 눈을 묶인 시인들도, 이 극치의 美를 그냥 그대로 형이상적 아이디어인 채 둬두고 찬미의 노래 많이 지어 바쳤더면, 위대한 이름을 남겼었을 수도 있었을 것이었으나, 형이하적 이미지화하기에 성급을 부리다, 위대한 이름 대신 오명을 남기는, 불미로운 결과를 초래하게 되었었을 수도 있다. 제우스의 것까지도, 구상화해서, 아름다움을 잃지 않는 권력은, 없어 보인다고 해도, 史實이 事實인 이상, 과언은 아닐 성부른데, 그것의 추상성이 구상화를 치르려 하면, 피 칠갑하기밖에, 다른 방도는 없는 것이 그것이라고 하면 그렇다. (堯舜 같은 聖君들은, 손에 쥐어진 이 용천검을 차라리 갑 속 깊이 감춰 넣는 이들이다 보니, 이런 자리 뫼시기가 매우 거시기하고 머시기하다) 이 '피'를 꼭히, 살상에서 흘리는 그것으로만, 뜻을 한정하려 들면, 그런 자는 그의 우멍거지에서 피를 내보이고 나서사 의사가 소통해질 듯하다. '영성'의 기치 아래서, '권력'에 시선을 모은 자들이 범한 큰 한 오류는 이것일 성부르다, 眞理科에 속한 품목의 수복을 위해, 美科에 속한 수단을 빌리려 했다는, 그것일 성부르다. 왜 안 되느냐, 는 물음은, 다짜고짜식이랄 것이어서, 답하려 하여, 없는 지혜 더 축내려 할 필요는 없을 게다. 그럼에도, 그 동기나 의도는 높이 살 만한 것은, 분명하고도 분명하다. '이것이냐/저것이냐', 즉 '眞理냐 美냐'라는 식으로 되지 못한 논지의 범주를 한정하다 보니, 거룩한 뜻을 가진, 예의 저 '美'의 탐구자들을, 무세월 양추질이란 해본 일도 없는 입에 올렸는데, 그들이 기라성처럼 세상을 채우고 있는데도, 그럼에도 그 세상이 좋아져 본 적이 없었다면, 그 책임을 누구에게 물어야 되겠는가?" 입을 다시느라 쩝쩝거리고, 오래 침묵하더니, 말줄을 바꾼다.

"'靈性'과 '女性主義'가 언뜻 운위되었으니 말이지만", 시동은, 다시 또 쿨암리타 맛에 갈증을 낸 듯하다. 그럴 때마다 그는, 外道에 나서더라. "그 대신, 조금 속진 묻은 女性主義에 관해, 말의 침이 고이는 듯싶지만, 그래봤자 눈 위에 서리 쌓이기식일 테다. 흰 것 위에다 흰 것 보내기일 테다. 이왕 얘기가 나왔으니, 보다는, 꽤는 재미있게 짐작되는, 지금까지는 없거나, 앞으로도 없을지도 모르는, 女性主義에 관해 조금 혀를 늘이기로 한다면, 존재하기의 까닭으로, 죽지도 못해 존재하는, 이 시동이의 존재의 시간이 좀 덜 껄끄럽게 흘러

갈 일 아니겠는가?" 조금 흐흐거리는 얼굴이다. "이 재미있을 듯한, 소일거리를 재밌게 요리하기 위해서는, 먼저, 저 선지자들 중에서도, 골목 어귀나, 장구에 서서, 말세를 뿌리는 자들부터 상좌에 뫼셔야 하는데, '독사의 자식들아!' 라고 어디에나 없이 마구잡이로 똥물을 끼얹는 저들에 의하면, 세상은, 지옥에서 꾸물꾸물 무더기로 올라온 독사며, 황충, 전갈이며, 지네, 피 빠는 박쥐떼, 즉슨 붉은 용과 짐승의 대왕의 목구멍과 똥구멍에서 토해져 나왔거나, 똥싸 뭉개진 것들로 가득 차 있다는 것이다. '의인'이란 다섯 개도 없다는 식이다. 아마도 말세의 증후는 그러한 듯하다. 선지자들의 눈에, 저것들은 싹쓸이 해버려야 할 것들이지만, 또한 사랑 탓에, 탕자의 어버이 되는 이들이, 자식 돌아오기 기다리듯이, 저것들 또한 죄 많은 것들이 회개하여, 사람으로 돌아오기를 빌어, 밖으로 나선 자들인 모양이다. 흐흐흐, 저들은, 자기 당대민을 지옥의 벌레로 여겨, 혐오하고 저주하면서도, 자기는 그 세계를 사랑하기의 까닭으로, 그들을 구제 구원키 위해 나섰다는 것이다. 예를 들면, 말한 바의 우주적 계관 쓴 여성주의도 있고, 흐린 눈 까 올려 넓게 보려는 여성주의도 있는가 하면, 코 높인 여성주의, 아무나 아무렇게나 이해하는 여성주의, 이런 여성주의, 저런 여성주의, 많기도 많은 그 여성주의들 다 냅두고, 시동은 시방, 주름살 없애준다며, 돌팔이 의원이, 여성의 이마인지, 목덜미인지, 어딘지 뉘 알아, 보톡스 주사 잘못 놓아주어, 혹부리를 붙이게 된 그 여성주의로, 노닥거려보았으면 하여, 먼저 이 경우와 어느 부분에서 매우 비슷한, 말세론자 얘기를 들춰냈는데, 이 여성주의를 운위하려면, 먼저, 아마존 여전사나, 발키리다운, 똑똑하고도 서슬이 퍼래서, 마동이 같은 서민의 새끼들은, 감히 근접도 못 해볼 여성을 앞내세워 보아야 한다. 그러면 얘기가 제대로 풀려, 시간도 훌맺힘 없이 흐른다. 저런 여성들에게 보이는, 일반적(?) 어떤 여성들은, 꿀 장수 여편네들모양, 보지를 한 보따리 해 머리에 이고 다니며, 수놈이라면 문둥이께도 그 보따리 열어 먹이는 년들이거나, 처먹는 것만 좋아해, 몸이 하마처럼 불어나, 제 허벅지 갈무리하기도 어려워 퍼드러져 누워만 지내는데 대놓고, 파리 떼가 윙윙거려, 새끼만 우크르하니 까 젖히는, 흰 암톳 같은 년들이거나, 지나는 길목에 놓여, 지나는 놈이 이리 굴리면 이리 구르고, 저리 굴리면 저리 구르는, 눈도 귀도 입도 없어, 보도 듣도 말하지도 못하는, 크기만 누렇게 큰 호박 같은 년들이거나, 농번기에도, 갈 밭뙈기가 없다 보니, 사내가 노름판에서 개평 뜯어, 보리쌀 줌이라도 싸 오는가 기다리며, 토방에 퍼내지르고 앉아, 애놈의 코딱지나 뜯어먹어 쫄쫄거리는 배 달래는 년들이거나, 시어미한테 머리끄덩이 끄시고, 서방 새끼 발길질에 채여, 부엌 구석에 쭈그리고 앉아 훌쩍이는 년들, 뼈없는 묵 같은 년들, 죽어 해파리 될 년들, 문둥이 발싸개 같은 년들, 멍청한 년들, 빌어먹을 년들, 방정맞은 년들, 망할 년들, (여성이, 같은 여성에 대해 하는 학대나 멸시, 모독보다도 더 큰 것은, 사실 말이지, 사내들께서는, 그렇게 흔하게 찾아지지 않을 것이었다. 자기도 여성인 나쁜 계모나, 사나운 시어미들이 하는, 남의 여아들에 대한 핍박은, 일동의 우물을 쓰게 하는 정도가 아니라, 그침 튀긴 북을 들어 두들긴다면, 그 소리들은 적의 병사마다 쓰러져 눕히고도, 그 독력은 남을 테다. 다행인 것은 그럼에도, 계모, 시어머니 등이, 여성보통명사가 아니라는 것일 게다) 그런 년들에 대한 '사랑'의 까닭으로, 이년들아, 치마폭에 보리쌀 줌이라도 싸 들고 마을의 주막에도 가, 위장 속에서까지 꿈틀거리는 낙지 안주에, 쐬주도 좀 처먹고 돌아와, 부엌은 싸늘한 채 애나 울리고 자빠졌는, 사나놈 좆자리 되는 데 무릎치기도 해보고, 이래도 해보고, 저래도 해보다, 높은 자리에도 올라, 얘 방자야, 곁에 있는 크고 실한 사내놈 하나 불러, 예으이—, 가서 십전대보탕 한 잔 받아오거라, 소리도 좀 높이고 해보라고, 축적인다. 그들도, 아침으로 면도만 하지 않을 뿐이지, 사내들과 다를 바 없다. 거기 잘못된 것은 천만에 하나도 없다. 세상은 그렇게 되었어야 옳다는 것이, 나 시동이의 확고한 신념이기도 하다." 시동, 클클거린다. "나 시동은 그러고도 또, (선지자들이 그렇게 읽는) 세상의 종말적 증후군도, 그렇게 만들어온 자들이 누구였겠는가, 그들이 그 세상을 앞나서 운영해왔었으니, 글쎄 누구였겠는가, 남성들이었다면, 그 치유는, 즉슨 세계의 내일은, 그렇다면, 女性들에게밖에 기대할 수 없다고도 믿어, '계관 쓴 여성주의' 예찬을 바쳤던 것이었다. 글쎄지, 이 세기의 종말적 증후군을 보라, 누가 이 세상을 운영해왔던가? 대답은 미리 되어져 있는 것, 발키리들이 이르는, 男根 단 이들, 사내들이 아니었는가? 그렇다면 그들에게 무엇을 더 기대할 것이 남았겠는가? 무슨 기적이 일어날 성부른가? 그들께 무슨 희망이 남아 있는가? 자기의 세상을 열심히 지켜본 이들이라면, 대개는 그렇게 눈을 돌리게 마련일 듯하지만, 이제도, 아직도, '희망의 노래'를 부르고 싶거나, 듣고 싶어 하는 이들이라면, 태어났을 때, 그것 하나를 구비치 못하고 태어났다고 해서, 그것이 휘둘러지는 포악에 눈물 흘려 온 자들께로 눈을 돌려, 새로 찬찬히 살펴보려 함에 분명하다. 뭘 더 장황스레 주억거릴 필요가 있는가, '아직도' 분명히, 희망은 거기에 남아 있거나, 숨어져 있다고 보고, 믿으려 할 것이다. '치마만 입었지, 열 사내 뺨치는 남자'라는 말로서, 똑똑한 여성을 형용하는 속담이 있다. 이런 여성의 문잘배쉐 이름이 '발키리'거나 '아마존'일 테다. 마는, 그래서 이 발키리들이 하는 짓은 무엇이었는가? 결국은 그들도, '치마만 둘렀을 뿐'이지, 그들이 어떤 종류의 혐오감을 갖고 타도하려 했던, 예의 저 남근주의자들이 해온 것과 같은 그 똑같은 짓의 되풀이 말고, 무슨 다른 짓에 나서, 그 과업을 성취했는가? 그 뻔한 대답을 듣자고, 이런 물음을 묻는 것 아니다. 그 뻔한 대답 되는 데까지 이루자고 부르짖어진 것이 '여성주의'라면, 그건 일견 아름답기도 하되, (女流들은, 이런 망발스러운 어투를, 부아 나도 참아야지 어쩌겠는가?) 망발스러운 기치여서, 그것 하자고 뭉칠 필요도 까닭도 없는 것이었던 것을! 되풀이 되풀이되어져 온 얘기가 이것이지만, 전쟁이나 온역, 천재지변 같은 것이 일어나, 그 균형을 조절하려 들지 않는다면, 인구 팽창이라는 것이 결과하는 데, 좇아, 저절로 여성의 권위는 격상하게 마련인 것이, 다른 형태의 '易의 균형 잡기'로 드러나는 것인 것. 이것을 보다 분명하게 밝히려 하면, 새로 한 벌, '魂氣/魄氣'의 얘기를 주억거리는 것이 필요할 것인데, 그렇다면, 되어진 얘기는 생략해버리는 것은, 청각이 가벼워질 일일 테다. 인지가 보다 더 개발된 세상에선, 이것 중의 어떤 것도 그 확연한 모습을 드러내는 일이란 없어, 어떻게 보면 보이고, 어떻게 보면 보이지 않아, 매우 복합적 형태를 취해 있다고 여겨지는데, 그럼에도 그 알쏭달쏭한 여러 겹의 옷을 벗겨내고 본다면, 보여지는 것은 인구 증가의 필요가 있을 땐, '一夫多妻'(Polygamy) 쪽으로 기울어, 하나의 수컷이 여럿의 새끼를 까내 제치게 함에 반해, 인구가 팽창해지면, 그 반대의 현상(Polyandry)을 드러내게 된다는, 그것인 것이다. 혹자는, 저게 무슨 빙충스럽고도 망발된 소리냐고, 흰 눈 떠 삿대질하고 덤비려 할지도 모르지만, 이 시절에 보여진 그 증후군 속에서 한두 가지만 예 들어 보이기로 한다면, 이 이전 주기의 세상에 나타났었던 이제는 없는, '공룡(Dinosaur) 숭배'도 그 하나며, 운동경기장에서 뿜어 올리는, 광열적 열기도 그런 하나라고 분명하게 짚어내 보여줄 수 있을 게다. 전에는 '짐승의 대왕'이라고 일렀던, 이 시절의 저 '공룡'은 무엇이겠는가, 잃어졌거나, 잃어져 가고 있는 '男性', 특히 性器와의 관계에서의 그 '강장함'의 상징은 아니겠는가? —이 자리에서 분명히 해둬야 되는 것은, 같은 대상이라도, 인구 증가가 필요할 때에 보이는 그것과, 인구의 팽창의 까닭으로 보이는 그것은, 같은 것으로 보여지지 않는다는 것일 게다—운동경기장에서 영웅을, 즉 남성적인 남성을 찾기도 또한, 이런 복합성의 한 발로일 때, 그 관중은 성교의 절정에도 비교될, 무아지경에 이르기까지 광열적일 수 있는 것일 것, 으로도 '관찰되어진다.' ('관찰된다' 대신 '관찰되어진다', 또는 '본다' 대신 '보여진다'라는 투의 수동태적으로 드러난 語尾들에 접하면, 성가실 때가 많기는 많다. 이것에 관해서 말하려 하면, 상당량의 말이 소비'되어질' 것이겠으나, 이런 것을 알면서도 구태여 그것을 쓰려 하는 말꾼이나 글꾼이 있다면, 첫째는, 회피할 수 없는 경우가 짚이고, 둘째는……, 셋째는, 넷째는……, 그리고 끝으론, 말하거나 글자로 쓰는 이가, 직접적으로, 듣는 이나 읽는 이와 얼굴을 맞대려 하지 않아, 슬그머니 회피하려 할 때도, '쓰여지는' 경우도 '짚여진다.' 게다가 말은 生動하는 것인 것. 이 말을 길들이는 길은 한 가지만 있는 것은 아닐테다. 재갈에 물려진 말이, 굴레에도 씌워진다. 受動態 말은, 能動態 위에서만 가능하다는 말이 되어졌겠는다. 수동태 말은 그러다 보니, 보다 더 복합적이겠는 듯이, 관찰되어지기도 한다) 어찌 그뿐이겠는가, 찾아보려 하면, 인구 팽창의 기운에 좇아, 남성의 추니화 경향은, 어떤 사소한 모서리에서라도 흔하게 찾아지는 것일 것인 것. 이 일처다부(一妻多夫)주의는 그래도, 한동안(이 얼마일지 뉘 알아?) 정신적인 것에 머물러 있을 수 있는데, 그것이 실제적으로도 현실화되어질지, 아니면 어떻게 극복되어질지, 그것은 아직 씌어지지 않은 독본 읽기에 속하는 문제일 테다. 그렇다면, 부르짖어지는 여성주의란, 이제도 '우주적 여성주의'는 성배처럼 뫼셔 두고 말이지만, 매우 빙충맞고도 뒷

북치는 식의, 망발스러운 운동이 아닌가 하게 되는 것. 어디서 창병 얻어 돌아온 영감 놈의 학대에 시달리며 늙어온, 그 무슨 노파스러운 짓인가? 그래도 여성주의자들이 뭔가를 더 부르짖어야겠으면, 안포-타즈의 불능의 회복 같은 것이 되어야 하잖을 것인가? '靈性'이 운위되는 여성주의는, 저렇게 이해되어져도 되는 것이 아니겠는가? 男性을 흙발 밑에 딛고 일어서려기보다, 그들을 흙밭에서 안아 일으켜 세우는 것이, 이 시절의 한 '희망의 노래'가 되잖겠는가? 이 남성들은, 오천 년보다도 더 늙어, 흙밭에 꼬꾸라져 누워서는, 이제는 일어서기조차 못하고 있다면, 그래서 누군가가 그들을 일으켜 세우지 않는다면, 문잘배쉐는 극복되지 못한다. 남성들의 두터운 그늘 아래서 희미해져, 이제껏 잘 보이지 않던 여성들의 얼굴이 그러자, 새로 크게 보인다. 발키리—아마존들이 그렇게도 혐오증을 갖고, 냉대 멸시해온, 앞서 말한 이런 년 저런 년 멍청한 년들이, 흩어진 옷깃을 여미면서 배시시 웃고 일어선다. 그들이 남자를 배 위에 얹고 떠받쳐 왔을 뿐만 아니라, 세계도 또한 떠받침해 오고 있었던 것이, 그러자 새로 보여진다. 풍요함을 잃은 적이 없으되, 불모에 당하는 여성은, 창세부터, 언제든, '여기, 이 자리'에 있어 왔다. 그렇다, 그들은, 납작하게까지나 밑자리에 깔려 세계를 밑받침해오고, 블랙 마돈나들은 그 세계를 떠들어 올려온다. 블랙 마돈나의 재림이 필요하다! 사내들이란, 자기들의 세상에 대해서는, (歷史에 대한 宗敎만큼이나) 해스러울 때가 많은데, 그들의 군홧발 지나간 자리에선, 오래 오랫동안 풀 한 포기도 자라지 못한다. 그들은 노상 전투나 전쟁에는 이기고도 (이것을 일러, 革命이라거나 文明이라고 금박지로 포장해온 것일 것이었다) 戰場을 잃는다. 이 아수라들은, 허리 아래쪽 짐승의 울부짖음을 뭉쳐 막강한 힘을 만들어서는, 허리 위쪽의 신을 타도하려 하여, 원정에 오르는데, 신은 머리통이 잘리고, 그리고 남는 것은 刑天이다. 무참한 자기 거세를 초래한다. 문잘배쉐의 황폐이다." 시동은, 히죽히죽거리며, 번들거리는 눈을 희번덕여쌌는다. 그러다 오래오래, 아마도 반나절쯤 입을 열지 안 했다. 아마도, 자기 처한, 광야, 그 황폐에 마음을 묶고 있었던 듯한데, 새로 씨부렁거려진 소리대로 따르면, 대략 그러해 보인다.

"그래도 아직은 형편이 그렇게 나쁜 것은 아니다. 아닐 것이, '몸과 마음'

이 현주소를 같이 해 있는, 이란성 쌍둥이라면 그렇다. 저것을 구태여 '구상적 이미지'화한다면, '骸骨'과 '肛門'이 같다는 얘기겠는데, 美里式 觀法으로는 그렇다. 시를 다퉈 증가하는, 균들의 세상[菌世]에로, 그런데 '마음의 우주'의 소식을 짊어진 탈리에신이, 오고[如來] 있다는 풍문이 있으니 그렇다. 그러니, 보다 더 구상적으로 밝혀보기로 한다면, 아니, 사실은 보다 더 비의적 어투를 빌려보기로 하자면, 항문을 통해, 속으로 쏟겨 들어간 불이, 똥창자(는, 菌世거니!)를 거쳐, 해골에 도달한다는 얘기로 되겠는다. 해골은 재인 것. 재를 성취한다. 이 불-탈리에신을 임신한 검은 어미는, 이 자식의 딸이겠도다. 블랙마돈나—문잘배쉐, 가 만삭에 임했다는 그 복음은, 유리를 둘러서 왔다는, 타무스라는 사막의 수부가 전한 것이었거니. 인간의 이 어미는 앓는 어미이다. 자식은, 이 어미의 옆구리를 터 나올지도 모른다. 자식을 승리하게 하려 하여, 어미는, 아비를 패배케 하고, 자기는 노상 희생한다. 그리하여 어머니가 태어난다. 그리고 인간이 재림하는도다!" 그리고 시동은 어째 좀 숙연해진 얼굴로, 광야를 내어다본다. 그러다, 쿨암리타에 취해서 해본 배회로부터 돌아온다.

"하기야 나도, 삶 자체를 역마을에서 보내야 되는 시간처럼 여기고 있는데다, 갈 데가 어디일지를 모르겠다 보니, 다 가버린 것처럼 믿고 있는 것은 아니라 해도, 더 갈 데도 마땅스레 떠오르지도 않으니, 이런 소리겠지만, 내게는 없으나, 다른 이들에게는 있는, '생활'(生活)이라고 일러야겠을, 바쁘게 사는 '삶'에, 잠시 잠시 끼어드는, 하품 나는 시간을, 역마을에서 서성이는 시간이라는 식으로, 빨리 건너뛰어 버리고 싶어 하는 일을 두고는 동의할 수가 없구먼. '생활'과 '삶'은, 일반적으로 동의어일 것이라도, 나 시동에게는 '생활'이라는 것이 없다 보니, 이렇게 나눠 얘기지만, 그 하품의 시간이야말로, '생활' 속에 끼어든, 다만, 또는 오직 그만의 '삶'의 시간은 아니겠는가, 하는 생각도 있어 말인데, 생활을 위한 시간은, 회피할 수 없이 치러야 하는 시간임으로, 차라리 그것을 대합실의 시간이라고 바꿔 생각해버리면, 어떤 현상이 나타날 것인가?" 시동은 그리고 씻득 웃고, 이랬다, "내가 그 대답을 얻게 될 때, 알려줄 꾸마." 그러곤 킬킬거렸다. 쿨암리타의 여취가 있는 듯했다. 그리고 거기까지, 중얼거리기로 풀어온 생각의 꼬리를 보려는지, 이어 이랬다. "종말인들을 두고,

'반은 두더지고 반은 난쟁이'라고, 모독적인 언사를 마구잡이로 휘둘렀던 사내도 있었더니, 하기는, 하기는 말이지, 그들은 그래서 보면, 차투린드리야와 판켄드리야의 접경 어디서 서식하고 있는 유정으로도 보인다. '자연'을 만약, 니고다로부터 차투린드리야의 총체라고 보고, 그것을 상징화하여 '두더지'라고 이른다면, '문화'는, 저 두더지의 중력에 당하는 '난쟁이'의 모습을 띠어 있어도 보인다 말이지. '난쟁이'가, 진실로 인간적인, 그것도 거인적인 인간을 회복해 내려거나, 성취하려 한다면, 아으, 초인의 의지여, 그대는, 저 '두더지'뿐만 아니라, '난쟁이' 또한 극복하는 수밖에는 없으리로다. 다시 다른, 비유나, 상징을 만들기로 하여, '자연의 폭력성'을 '솔개'라고 환치하고, 노상 그 폭력에 시달리는 '문화'를 '비둘기'라고 상정하기로 한다면, '시비왕(尸毗王)의 고행담'을 새로 고려해보게 하는데, 그러자 시비는 무엇을 위해 그 고행 난행을 자초했었던지, 그 까닭까지도 살펴진다. '여리고의 고행자'에게서도 그것이 어렵잖게 짚여지는 대로, 시비 또한, 자기 속의 두 상반된 의지를 두고 고뇌했던 자였었을 것으로 짚이는바, '비둘기의 의지와, 솔개의 의지'였었을 것인 것, 그의 과제는 분명히 '솔개'의 극복에 있었을 것인 것. '차투린드리야를 판켄드리야에로 들어 올리는 종교는 예술'이라는 전제하에서는 그러면, 저 '비둘기'는 '예술'이라고 이해하는 것은, 당연한 귀결일 것. 그렇다면, 인간은, 진실로 인간적인 인간을 고수하려 하거나, 성취하려 하거나 재림을 서둘려 하면, '솔개'의 추적을 피해, 시비의 가슴에 안겨들어 보호해주기를 바라는, 저 '비둘기'를, 솔개에게 내주어서는 안 될 것이다. ……그러고도 이것은, 언제가 될지는 모르지만 시비왕은 그럼에도 종내는, 저 '비둘기'를 죽여야 할 게다. 비둘기는, 그의 '자아'였었을 수도 있다고, 환치하고 보면 그렇다. 비둘기는 그리고, 죽어야 할 것이다. 그러면 그의 고행도 끝날진저! (尸毗王的) 고행이란 궁극적으론, 욕망(欲望), 욕생(欲生), 번뇌(煩惱), 법열(法悅) 등, 모든 욕균(欲菌), 욕연(欲緣, 羯磨)을 철저하게 끊자는 것이 아니겠는가. 허무(虛無)를 극복한 황폐화(荒廢化)가 아니겠는가? 허무를 극복한 황폐화라 말이렸음? 아으, 황폐는 아름다운가? 그것은 루타며, 루타를 벗어나 있고, 아르타며 또한 아르타를 벗어나 있다!" 시동이의 눈은 번쩍거렸으나, 잠시 후엔 그 눈에, 혼돈이랄 운무가 덮여,

눈과 눈빛 사이에 궁창이 나뉘지 안 했다. 그 아래쪽으로 시동은 깊이깊이 가라 내려앉고 있는다.

"선지자적(이란, 반드시 지혜 있는 자라는 의미는 아닌 듯하며, 대신 어느 누구보다도, 충혈된 눈으로 자기의 세계를 쏴본 자라는 뜻이 더 강해 뵈는데)이려 하면, 그는, 지혜 있는 이들이 입도 다물고, 눈도 내려 감아, 낮잠에라도 들려 하며, 그 시절의 짐을 시간에다 떠맡기려 하는 것에 반해, 라그나뢰크를 준비하는 로키(Loki, 'Loki's Flyting' 追記 참조)가 된다. 로키는, 자기의 세계를 저주했거나, 헐뜯었으니 그는, 안됐게도, 빛이 닿지 않는 동굴에 처넣어졌으며, 그러곤, 자기의 자식(Narvi)의 터뜨려 내진 창자를 오랏줄로 하여 묶였는데, 묶는 대로 그것은 쇠처럼 단단하게 굳었더라고 했다. 신들은 그런 뒤, 한 마리 거대한 독사를 그 천장에 매달아두고, 시간도 없이, 시간에 맞춰, 그의 얼굴에다 독을 떨어뜨리도록 해두었더라고, 얘기는 전한다. 죄의 까닭으로, 범죄자를 사형해버리는 것보다도 더 극형은, 그 죄인을 영구히 죽이지 않는 형벌인 듯하여, 프로메테우스, 시시포스, 익시온, 탄타루스, 그리고 안포-타즈도 꼽아야겠지, 등은 죽지도 못하며, 면역도 가능되어지지 않는, 늘 갱신되는 고통에, 이 현재도 당하고 있다는 것은 널리 알려진 얘기거니와, 로키에게 주어진 이 형벌도, 인류가 생각해낼 수 있는 그 극형 중의 하나인 것은 분명하고 분명하다. 이 형벌의 비의(秘儀)스러운 부분을 펴본다면, 로키라는 이 아비를 삼켜, 창자 속에 담아버린 괴물은, 다른 누구도 말고 그의 자식이었던 듯한데, 아비에 대해서 자식은 '미래'(未來)가 아니겠는가. 그리고 형벌로서 주어진 시간은, 독사 말고 다른 것은 아닌데, 그것은 영겁을 회귀한다고 하는 데에, 저 형벌의 우주적 비극, 저주가 있을 테다. 불행하고 비극적이되, 이런 형벌에 처해진 자들이 있다. 안포-타즈는 제외해야 하겠지만, 저들은 천기(天機)를 누설한 자들이다. 받는 고통, 우주적 고통이라는 의미에 있어서는, 앞서 예 든 이들과, 안포-타즈 또한 별로 다름이 없는 처지에 있다고 하겠으나, 안포-타즈의 고통은 주어진 것이 아니라, 자초한 것이라는 다름은 있는데, 그것은 그가, 우주적인 대의를 조금도 잘 읽어내지 못했거나, 곡해한데 연유한 것으로 보인다. 『유다福音』의 기술자에 의하면, 그의 주가 입은 '몸'[肉身]은, 잘못된 하나의, 어떤 종류의 형벌 같은 것으로서, 그래서 입어진 그 몸의 까닭으로, 그의 주 또한, '몸 입은 것들이 사는 세상'에로 별수 없는 유형 길에 올랐다는 것인데, 배반의 형태로 나타난 유다의 도움에 의해, 그의 주는, 그 형벌, 그 유형, 한마디로 그 고통으로부터 해방을 성취했다는 모양이었다. 그 복음은 그 자리에서 더 들리지 않는다. 그런데 그 뒤 복음은, 안포-타즈에 의해 들리기 시작한다. 안포-타즈는, 할례에서 잘린, 어린 예수의 귀두를 덮었던 피부 조각을 찾아 헤맸었기모양, 이번에는, 성년이 된 그(예수)가 벗어버린, 그 몸의 행방을 찾아 헤맸던 모양인데, 어느 날, 홀연히, 안포-타즈는, 자기가 입고 있는 그 몸이, 다름 아닌, 자기가 찾아 헤맸던 이가 벗어놓은 바로 그것이라는 것, 그것을 깨우친 모양이었다. 그러니까, 유다는 자기의 주의 옷 벗기를 거들어주었던 자였는데, 그렇게 벗은 옷을 대신 입어준 자는 안포-타즈였던 것이다. 성배에 대해서처럼, 안포-타즈는, 무엇의 아르타보다, 그것의 루타를 끊임없이 추구해온 기사였던 것인데, 그의 '우주적 대의'의 고의적이거나, 고의적이 아니거나, 오독 곡해 현상은 여기 어디서 일어난 듯하다. 라는 것은, 『공관복음서』라는 복음서들이 전하는 복음에 좇으면, 예수는, 입어진 몸, 그 형벌, 그 유형, 그 고통을 벗기 위해 '땅의 여리고'의 40일을 살고 간 것이 아니라, 땅의 모든 고통을 그 몸에 싸안아서는, 송두리째 그 몸을 우주의 게헤나에다 퍼버리려, 그 몸을 입어왔던 자였더라고 하는 것이 아니던가? 이는 물론 詩學이 아닌 것은 아닐 테다. 마는, 모든, 이 육신의 장소에서의 'concrete image'들의 'abstract idea'화에는, 일견 詩學이라고 보이는, 이 태막을 거쳐서라야만 가능하다는 것, 그래서 그쪽 편에서는 그것이 實學化한다는 것, 그것도 염두해둘 필요는 있다." 침묵, 가라앉기, 낙수 깊이 기복하기.

"'잭'은 이후 어찌 되었더라 했더라?" 떠오르기. 시동이 씻나락 까먹는 소리—, "파르치발은 이후 어찌 되었을꾸?" 다시 한 톨 더 까먹고 시동은, 이어서, "안포-타즈는, '거세'(去勢)를, 그리고 그에 수반한 '상고'(傷苦)를 치열하게 마주하기, 환언하면 '사회적 피학증'에 수난한 이였으나, 운명적으로, 안포-타즈의 대를 이어 성배지기가 되게 되어 있다는 파르치발은 그래서 무슨, 그리고 무엇의 역(役)으로 선택된 이인가?" 자문하고 시동은, "'성배'의 어느 쪽

빰을 그는 보게 될 것인가?" 생각하고 시동은, 이었다. "성배의 여러 은총이나 덕성들 중에서도, 크게 꼽히는 것들 중의 하나는, 앓는 이들을 낫게 한다는, 그 치유력일 것이지만, 이 앓음은 육식적인 것만을 의미하는 것은 분명 아니었을 것이었다. 성배지기 어부왕은 그런데, 자기의 육신적 상처가 치유될 수 있는다 해도, 자기의 고통에서 하늘의 즙을 빠는 그는, 고통으로 백결이 된 그 옷을 그러니, 결코 벗고 싶지도, 벗으려 하지도 않을 것은 분명하고도 분명하다. 파르치발은 그래도 꼭히 돌아올 이유가 있는가?" 생각해보는지, 잠시 잠잠하다. "그래도 돌아와 성배지기의 대를 이어야 하는 것이 그의, 하늘이 정해놓은 임무라면, 돌아오기는 돌아올 것인데, 성배지기는 있어야 되는즉, 젊음까지 연장해준다는 성배를 지키는 자의 얼굴의 주름살이며, 저승꽃이 볼썽사납다는 이유로, 보다 생기 있는 얼굴로 대치하겠다는, 의미는 아닐 것이겠지. 파르치발이 짊어질 짐이 또 있던가?" 생각하고 시동은, "하기야, 전원이 황폐해져 있은즉, 어찌 돌아오려 하지 않으리오?" 한 구절 귀거래사(歸去來辭) 읊조렸다. "그가 어디서, 찾아 떠난 성배를 찾았거나, 어느 날 갑자기 깨달았기를, 성배는 그러나 문잘배쉐에 있는 것을, 헛되게 멀리 헤맸다, 뒤늦게 새롭게 깨닫게 되었거나, 또 아니면 신산험로에 지치고, 그 또한 노쇠했다고 여겨, 떠난 자리에의 끊을 수 없는 향수를 느끼고, 돌아오려 해 돌아오는 길에 올랐다면, 처음과 둘째 경우라면, 그가 성배지기로 나앉았을 때, 그가 무엇을 하려 할지, 그것은 물을 것도 못 될 터이다. 그러나 빈손으로, 사람도, 탄 말도 지쳐, 쉬고 싶어서, 그리고 떠난 땅에 몸을 누이고 싶어서, 그래서 돌아오는 길이라면, 무엇을 생각하게 될지, 그것은 궁금하다." 시동은 그리고, 파르치발이 탄 말발굽 소리라도 들리는가, 저쪽에서 오는 그의 모습이라도 보이는가, 누구를 기다리는 이들이 사립짝 너머 귀 보내고 눈 보내듯, 광야의 어디라 없이 눈을 멀리 보낸다. "외부의 사람들이나, 문잘배쉐를 떠나 뒤돌아보는 사람들은 누구나 없이, 문잘배쉐가 앓고 있다고, 어부왕이 성불구로 하여, 문잘배쉐라는 비옥한 대지가 불모화해져 있다고, 문발배쉐는 황폐의 대명사라고, 또는 숙주라고 그렇게 알고 있는 것으로 아는데, 이것은, 어떤 한 집단의 중심에 서 있는 자의 얼굴과, 그 집단 속에 있으며, 집단을 이룬 개체의 얼굴의 크기를 가늠해보게 하게 한다. 어느 고장에나, 생래적이든, 똥을 칠갑한 애의 아랫두리를 핥던 개의 이빨이 잘못 다쳐서든, 창병의 까닭이든, 투기심이 남다른 마누라가, 남의 계집이라면 사족을 못 쓰고 보채는, 남의 음수 묻은 것을 물어 떼내 버려서든, 또 아니면, 마상창질하기에, 재수 없게도 치부에 창을 맞아서든, 이래서든 저래서든 어째서든, 고자들은 섞여 있는 것임에도, 그런 고자들이 섞여 있다고 해서, 그 까닭으로 그 고장에 황폐가 초래되는 일이란 없는 것이 아니더냐? 그뿐만 아니다, 한 무리의 중심에 있는 자라도, 너무 많은 배설의 결과, 정수 속에 버글거려야 될 벌레가 줄어졌기뿐만 아니라 쇠약해, 그렇게도 많은 비빈들의 아랫배에 기름이 쌓였어도, 그래서 그네들 침상 어디에서고 애 우는 소리가 들리지 않는다 해도, 그래서 대(代) 잇기에 어떤 차질까지 있는다 해도, 그 땅이 불모화하는 것은 아닌 것. 어떤 이가 그 집단의 중심에 앉았기에 좇아, 그 집단, 그들의 서식지에 변화가 올 수 있는 것은 얼마든지 보인다. 그래서 농업이 발전한다거나, 목축업이 성황해진다거나, 이웃의 땅을 쳐들어 국토가 확장된다거나, 사유의 공유화가 서둘러진다거나, 독재주의가 행해지고 있다는 식으로, 그 변화의 형태는 여럿으로 드러날 수 없는 것은 아니다. 그러나 어째 '문잘배쉐'인가? 불모와 황폐의 고장의 '가난'도 가난이지만, 그보다는, 그 가난은, '불모, 황폐'의 보다 더 구체적 대명사였거니—. 그 성주의 불구뿐만 아니라, 그 환처의 고통이, 어떻게 그렇게 확대 확산을 겪을 수 있는가? 그 대답 찾기는 성배 탐색만큼이나 어렵거나, 아니면 그 '대답'이, 찾아야 하는 성배일 테다. 문잘배쉐는 그래서 문잘배쉐이다. 우주적 '치유력', '빛돌'이라는 '聖杯'와, '성불구', 그리고 암흑이 공존하는, 저 회화적이며, 역설적 일점이, 문잘배쉐를 우주의 중심에 놓게 하는 관건이던 것이어서, '문잘배쉐'인 것이다. 그 성주가 구레네 사람 시몬 역을 자처하기에 의해, 문잘배쉐는, 우주 내의 구레네던 것이다." 시동이의 독백은, 잠시 멈춰진다. 존재하기 때문에 생각한다는, 시동의 존재하기가, 잠시 휴지 속에 가라앉는다. "문잘배쉐가 그러자, 뭔지 그 의미를 구상화하기 매우 어려운, 추상적 아이디어화해 버리는 것이 보인다. 그런데 안포-타즈의, 일차적, 그렇다 일차적 위대한 승리며, (그 승리가 동시에) 패배는, 이 형이상적 아이디어의 '성배'에로의 구상적 이미지화에 기여했다는 것일 것이었다. 이것은, 안포-타즈라는 용감한 기사가, 퇴치하기 위해 불러낸, 독룡 같은 것인데, 결과는 그것이 안포-타즈를 배 속에다 처넣어버린 것이 보인다. 성배는 不毛다. 이것에다 '땅의 소망'이라는 단서는 붙여야 할 것이다." 시동의 씨불임에, 잠시 휴지가 끼어든다. 그러다 말줄을 바꾸듯이, "파르치발은 돌아오고 있는 중이거나, 반드시 돌아올 것인데, 자기를 위해서일 것인가, 아니면 문잘배쉐를 위해서일 것인가? 자기를 위해서라면, 어쩌면 돌아오는 길에 올랐다가도, 다른 방향으로 말머리를 돌릴 수도 있다. 그러면 누가 성배지기의 대를 이을 것인가? 문잘배쉐를 위해서라면, 그는 과연 무엇을 생각하고 있을 것인가?" 시동의 의문은, 다시 거기로 돌아가 있다. "두 경우가 짚인다, 하나는, 안포-타즈는, 聖杯나 基督의 '人現'이나 '現在'라는 데 신념을 묶는 일이며, 다른 하나는 '象徵'이라고 치부해버리는 일이다. '人現'이나 '現在'랄 때 그는 어쩌면, 롱기누스의 독창을 쥐어, 그의 가슴을 겨눠 던지려 할지도 모르며, '象徵'이랄 땐, 그 같은 창을, 문잘배쉐의 '불모와 황폐'를 겨냥해 던지려 할지도 모른다." 시동은 그리고, 침묵의 무거운 돌을 매달고 정적의 심연 아래로 가라앉아 내려갔는데, 시간까지도 정지해버린 자리에로 무량겁의 시간이 흘러갔거나, 쌓였다. 시중(時中)에로 가라앉아 든 것이다. 그런 어느 일순, 그 정지의 심연 바닥으로부터, 뽀그륵, 공기 방울이 솟아오른다. "바랄 것은 그러나, '황폐 불모', 라는 페노메나(Phenomena)를, 노우메나(Noumena)로 바꾸려 하지 않기 아니겠는가?" 이는, 문잘배쉐에 와서, 문잘배쉐의 언어를 얼마쯤 습득한, 유리의 순례자의 입 냄새를 묻혀 있어 뵌다. 유리의 언어로는, '色'일 것을, '노우메나'라고 번역했었을 것이 추측되고, 그렇다면 '페노메나'는 '空'의 그것에 근사한 어휘로서 들춰진 것이라는 것도 짚어내진다. 구차스럽고도 귀찮도록 써먹여 온 'concrete image'와 'abstract idea'도, 이런 것들과 닮아 있어 뵈는 것인 것. "또 어쩌면, 새로 바랄 것은 그럼으로, '황폐, 불모'라는 페노메나를, 노우메나로 바꾸려 하기가 아니겠는가?" 그것이, 안포-타즈의 자식이며, 유리의 순례자의 불머슴인, 시동이가, 이때껏 해온 방황과 배회를 통해 이해하는 문잘배쉐의 '황폐와 불모'인 것은 분명하다. 안포-타즈편에 다시 서기이다. "그것은, 그런데, 이렇게 보면 '노우메나'며, 저렇게 보면 '페노메나'이다." 시동은 다시 그러나, 자기의 입지를 구축하려 하는 모양이다. "'황폐, 불모'를, 추상적 아이디어로 보느냐, 구상적 이미지로 보느냐는, 관찰자의 관점에 따라 다르겠으나, 추상적 아이디어를 구상적 이미지화[空化色] 하려 하면, (神이 실종되듯) '성배의 실종'이 따르고, 반해서, 구상적 이미지를 추상적 아이디어화[色化空] 하려 하면, (에덴이 그랬듯) '문잘배쉐'가 실종해버리는 것을 보게 될 것으로 보인다." 시동은 후자 쪽에 주목하고 있는 듯하다. 시동이의 문잘베쉐는 없거나, 모든 곳에 있는 게다. 그것이 그의 광야일 것이었다.

시동은 입을 다물고, 광야 쪽에다 시선을 보냈다. 자기의 광야를 새로 내어다보려는 모양인데, 그러는 어느 순간부터 시동은, 어지럼병 기를 느낀 듯하여, 눈에서는 중심이 흔들리고 있었다. 광야가, 아니면 시동이의 눈이나 마음이, 펄럭이거나 출렁이기 시작한 것이다. 그 텅 빈, 열림/닫힘이, 일순, 어차피 열려 있는 열림 쪽으로만 끝없이 확대 확산하더니, 삼차원적이던 것이 이차원으로, 그리고 대무(大無)라고도 이를, 무차원화해 버리는 것이었다. 시간의 현재, 그리고 장소의 이 일점으로부터 시발한 이 확산은, 영겁의 시간의 과거는 물론, 미래 쪽으로 보라 쳐(vritti) 간 가[邊] 없는 원(圓)운동이었으나, 어차피 있었지도 않은, 모든 입체(立體)들로부터 입체성이 사상(捨象)되기에 좇아서 드러나는 그 평면(平面)은 시동의 눈엔 사각(四角)으로 보였으되, 시동이로서는 현재, 시각이나 생각의 능동성을 잃고 있어, 보여지거나, 인식되어지는 대로만 보고, 인식할 뿐이기는 하다. 저것은 시동이께 견딜 수 없는 두려움을 일으켰는데, 어지럽게 했으며, 건구역질을 돋궜다. 그 모두는, 정적한, 침묵의, 무음 속에서 일어나고 있던 것이었다. "나는 그러고도, 보는 것을 배우려 하잖았던가?" 죽을 듯이 건구역질을 해대며, 그 견뎌내기 어려운 공포에 당하면서도 시동은, 그래도 눈만은 간신히 어떻게 뜨고 있다. 시동이, 의, 뜬 그 눈에 보여진 대로만 좇아 말한다면, 그 자신을 포함한 이 대천세계의 모든 입체는, 어떤 원심적 운동의 확력(擴力)에 의해, 얼음덩이가 녹기에 좇아 일어나는 현상과 마찬가지로, 입체성을 잃고, 평면으로 펴 늘여져서는, 늘어진 그 당장 모든 방향으로, 사방으로 흘러 빠져 갔는데, 누가 우주의 끝 간 자리를 보았겠는가, 마는, 거기 끝난 자리가 있었다고, 그래서 자기는 그것을 보았다고, 시동은 믿었다. 이 擴力이 보여주는 것에 좇으면, 모든 운동은 직선적이라는 것이었는데, 그런데, 동(動)에도 끝은 있다고, 그래서 자기는 그것을 보았다고, 시동은 믿었다. 그 너머는 그러나 더 건너다보이지 안 했다고, 뒤늦게야 기억해낸다. 끝 간 자리를 보았다는 자가, 그 너머를 개의하고 있다는 것을 그리고 알아내고 시동은 실소한다. "사람의 인식의 그물에 걸려 구상화하지 않는 것도 있겠는가?" 씨불이고 "그러나 그 구상화한 인식을 언어로 표현해내려 하면, 얘기 잣는 심술궂은 노파가, 키클롭스(Kyklops)에게다 '놈'(Gnome)의 옷을 입히려기처럼, 입혀진 부분보다 입혀지지 못한 부분이 더 많은 까닭은 무엇인가? 사람의 언어는 아직도, 그들의 무의식이라는 대지에 대해 '놈'이러라! 놈들이 주야로, 그리고 몇 겹을 곡괭이질 해 파 내려가도, 모이는 보석은, 오물에 묻은 하초에 약으로 쓸 'a piece of earth'도 못 되거니." 시동은 좀 우울해진 얼굴이다. "그 '너머'가 또 있을 것이라면, 그게 어째 '끝'이겠는가? 어쩌면 그런데, 의식으로서든 무의식으로서든, 인식은 그 너머를 인식하고 있음에 분명한데도, 언어로 표현되어지는 부분은, '놈'의 바짓가랑이에 억지로 끼워 넣어진, 저 거인의 새끼손가락이거나 새끼발가락 같은 것이다. '놈'의 바지가 입혀진 부분을 통해서라도 그러나, 저 거인의 크기는 가늠해볼 수 있어, 심술 맞은 얘기 잣는 할멈께 귀를 기울이게 된다." 그리고 시동은 실소인지 냉소인지, 뭐 그런 걸 흘리는데, 개꽃 물고 밤중 서낭당에 서 있는 야홍이 꼴이다. "혹간 나 시동이는 죽었던 것이 아니었는가?" 의문하고, "그래서 나 시동은, 나의 바르도로 내려간 것은 아니었는가?" 보태 의문했다. "바르도라기에는 그러나", 멈칫거린다. "만약에 바르도가, 갈마의 어지러운 재현의 자리라면, 저주와 은총이 뒤섞인 폭우와 폭풍, 천둥 번개가, 쏟기고, 불고, 쳐 내리는 스산하기 이를데 없는 자리였다면, 나 시동이 본 그 광경은, 그것이 매우 비일상적이었다는 것이었다는 것을 빼기로 하면, 보이지 않는 어떤 큰 손이, 널어 말렸던 이불 폭을 개기 위해, 펴기 같은 그런, 그, 그런", 시동은 매우 멈칫거리고, 우물쭈물하고 있다. "누구나 볼 수가 없었을 뿐이었지, 저런 일이란, 매 순간 매 찰나 있어왔거나, 있어 갈 것은 아니었겠는가? 제 꼬리를 문, 오우로보르스-프라브리티의, 늘 새로 태어나고, 새로 죽기의 되풀이? 죽는 편에서 보면, 얘기 잣는 할망구가, 저 거인의 정체를 알아보자고, 그가 대취해 잠든 사이, 그의 옷을 벗겨 내기, 그런데 이상하다고 해얄 것은, 벗겨지자마자, 그 벗겨진 부분이 지워지는지, 보이지 않게 된다는 것이다. 그의 실체를 알아보자고 한 짓이, 결과에선, 실체 대신 실종을 드러낸다. 그 거인은, 옷을 입기에 의해서만, 입은 그 부분만 모습을 드러냈던, 있지 않은 있음이었던 것이나 아니었는지 모른다. 그것의 이름이 '마야파마'(Mayapama, maya-幻, pama-如)라고 일렀던 이들은, 그러나 저것의 정체를 이미 파악하고 있었던 이들이었던 게다." 시동은 잠시 머뭇거리고, "그런즉 실체는, 또는 실다움이라는 것은, 그 거인이 옷을 입지 않는 한, 보여지는 것은 아니어서, 아예 비었거나[空] 없는 것[無] 인지도 모르겠는 것인 것. 인간이 개발했다는 언어의 한계는 아마도 거기까지다." 그리고 시동은 씻득, 짧은 냉소랄 것을 흘렸다. 거짓으로 가래침 한번 뱉는 시늉하고 시동은, 존재하기의 까닭으로 생각한다는, 그 존재를 이어갔다. "그러면, 지워졌다, 실종했다라고, 그 거인의 입성 쪽에서 만들어졌던, 수사학 이후, 그 거인은 어찌 되었다는가? —이것이 의문이고, 또한 문제다. 왜냐하면 이 경우의, 저 실종은, 어떤 관객의 시각상의 실종이며, 그의 인식상에는 그것의 실존이 부인되지만은 않기 때문인데, 그렇다면 이것은, (황우일모 정도의 '有'의 개념을 황우일모만큼도 돋궈 갖고 있지 않은) '없음'[無], 절대적 無라거나, 영(零)과는 분리해야 할 듯하다. 벗었다 해도, 그것은 입혀질 수 있었던 것이며, 또 입혀질 수 있을 것이라면, 그렇다. 그 대답은 그런데, '無'에서까지도 실용성(實用性), 이(利)를 찾는 이들이, 오래전부터 이미 만들어 갖고 오며, 실제적으로 응용, 또는 사용해오고 있는 듯하다." 그리고, 전에 어느 문전에서 빌었던 지혜를, 기억의 바랑 속에서 꺼내 먼지 털어낸다. '충'(冲)이, 대개 그것에 유사한 것이 아닐 것인가? 그것은 '虛' 字의 뜻으로서, 본디 '충'(盅)인데, 이것에 대한 주석은, '器가 虛함',이라는 즉, '질그릇의 쓰임새는 當其無'라는, 그 '無'와 동의어인 것으로 짚여진다. '道冲而用之, 或不盈' (道體는 空虛하여 이것을 사용하여도 或 채우지 못할는지도 모른다. 『老子』) 이 '冲'은 그러니, 위계(프라브리티)의 '無'라고, 또, 예의 저 '거인'의, 옷이 입혀지지 않은 부분이라고, 분류 한정해도 별 탈 날 일은 없어 뵌다. 그것에 옷을 입히면, 실용성이 드러나고, 옷을 벗기면, 본(本)으로 돌아가, '冲', '虛', 나 시동이 인식하는 '大無' 같은 것으로 머물러 있을 듯하다. 이것은 그리고, 외람되게도, 멋대로 빌린 지혜이다." 시동은 그리고, 자기의 대무를 내어다보다, 잇는다. "나 시동이 본 광경은, 그러니 말인데, 나 시동이의 환본(還本)이었는가? 환본의 모습은 그런 것인가? 나 시동이만의 '취카이 바르도'의 열어 보임이었는가? 이 순간, 자아의 분쇄가 이뤄진다면, 투박하게 말해 '광휘' 속으로 용해되어버릴 터이며, 자아의 무산에 좇아서는, 투박하게 말해 '무명'(無明) 속에 그렇게 되고, 고집스레도 자아를 꿍치고 있으면, 거기서부터 시작해, 그 아래쪽 바르도들이 열려 보일 듯하게, 건너다뵌다. 이 '無明'은 그리고, 畜生道나 植物道에 대한, 현자들의 완곡어법이거나, 차라리 모독어법으로 씌어진 어휘인 것도 모르지는 않는다. '분쇄와 무산'은 그런즉, 편의를 위해, 어휘 사전에서 도용하기는 했지만, 그것의 구분은 분명히 해둬야, 나 시동이 되는 대로 시벌거리고 있는 것만은 아니게 될 듯하다. 또한 말하기의 편리를 위해, '분쇄'에는 그것을 행하려는 자의 능동적 의지가 개입되어 있다고 정의하기로 한다면, '무산'은, 그 반대로, 의지의 개입이 없는 수동태적이라고 할 수 있을 듯한데, 허, 허허 허긴, 나 시동이의 귀에만은 제법 솔깃한 대목이 있어도 들린다. 그, 그런즉, 그것이 환본의 한 예시(豫示) 예시(例示) 같은 것이었을 수도 있었다면, 나 시동은 그러구 보니, 상상임신이나, 오나니즘에 떨어진 것은 아니었던가?" 머리를 긁적이고, "그런즉 나 시동은, 아직 죽은 것이 아닌 것만은 확실한 게다." 확인하고, 나아간다. "그러구 보니 나 시동은, 자아의 '분쇄냐 무산이냐'라는 식으로, 환본에도 종류는 둘쯤이나 되는 것처럼 건너다보아온 듯한데, 何以故?" 묻기는 쉬워도, 대답하기는 쉽지 않은 듯, 앉음 자세를 고쳐보기도, 크기가 좀 큰 모래를 쥐어, 던져보기도 하고, 그런다. "'本'에도, 아마도 문화도의 것과, 자연도의 것이 있는 듯하다. 에덴동산에서 그 비유를 빌려오기로 한다면, 자연도의 그것은, '지혜의 나무' 쪽을 오르는 나무늘보가 딴 열매며, 문화도의 그것은, '생명의 나무'를 오른 것이 그 나무의 열매를 따 먹는 것으로 보인다. '지혜의 열매' 까닭으로, 죽음이 초래되었다면 그렇잖으냐? 이눔 나무늘보여, 따 먹으려 했으면, '생명의 열매'를 땄어야지, 어쩐다고 죽음의 열매였을까 보냐? 결과에서 보면, 이 후자는 내리기로 오른 듯하다. ―또 누구로부터 빌려 쓰는 그 얘기지만―'날것→익히기'의 축에 오른 유정의 '익혀지고 난 뒤' 돌아가는 本은, 文化道의 것이며, '날것→썩기'의 축에 오른 유정의 '썩기'에서 흐르는 즙이 스며드는 本은, 自然道의 그것인 듯하다. 왜냐하면 이제 겨우 오관(五官)을 구비하기 시작한 듯하니, 나 시동이로서는 문화적 환본은 어쩌면, '적멸'(寂滅)이라고 이를 수 있는 것이나 아닌가, 하는 만큼만 추측해두는 수밖에, 뭘 더 주억거리려 할 것도 없지만, 자연도의 그것에 관해서라면, 의문 나는 게 한두 가지가 아닐 성부르다. 이번에 불러내면, 천세 번째나 됨에 분명한데, 이런 자리에 아담이 불려 나오지 않을 수가 없으니, 또 불러내는 바이지만, 그는 흙으로 빚어진 몸으로 흙 위에 살다 흙에로 돌아갔으니, 정작으론 태어난 바도 죽은 바도 없다는 그 얘긴 것. 이런 경우, 뭔 자다 봉창 뜯기 식의 還本이여, 이기는? 이런 경우, 누구는 '진종일 입만 다물고 있었는데도, 말이 많았다'고 이른 것이며, 말 많은 자를 노파라고 이르니, 저들은 노파들이라고 매도해도, 삿대질하고 나설 자도 없겠구나. 노파들 같으니라고!" 시동은 재밌어하고 있다. "이거 꽤 근사한 비유가 하나 생각나는데, 들 가운데 있는 움막을 하나 건너다보면, 그만한 크기의 공간을 구획해 있는 것이 먼저 보이되, 그것이 무너났거나, 불타 스러졌을 때 보면, 그것이 구획했던 그 공간은 거기 없고 있는 것이 또 보인다. 공간이 공간에로 돌아간 것이 아니라, 공간 사이에서 구획이, 벽이며 지붕이 지워져 버린 것뿐이다. 어째서 그것이 환본이겠으? 노파들 저그들끼리 아웅거리는 소리대로 따르면, '자연에서 왔으니 자연으로 돌아간다', 또는, '대지에 의지해 살다, 눕고 싶을 때 그것의 품으로 돌아가 편히 눕는다'라는 식인데, 그 짓이란 그러니, 슬픈 것도, 그렇다고 뭐 그리 짜들어지게 기쁠 것도 없는, 자연의 순리에 좇아, 따른 짓이라는 것일 게다. 돌아간 것이다. 그래도 괜찮은가? 죽음이, 위대한 자유[涅槃]의 성취를 위한, 그 마지막 관문이라고 이르는데, 그 자리에 당도해설람은, '적멸'(寂滅)에의 공포증을 일으키고, 뒤돌아, 좇이야 물러날라믄 물러나고, 빠질라믄 빠져라 내뛰어도 괜찮은가? 그러다 사관유정 사는 동네 뻰한 불빛 좇아가, 시간의 검은 혀가 둘로 짜개진 청상과부가 홀로 바느질하고 있는 자리에 들어 하룻밤 새우는 정도는, 역진화의 도상에선, 그래도 최선이랄 것이 아니겠는가? 그렇잖으면, 삼관유정으로, 이관유정으로, 일관유정으로, 그러고는 '本'에로! 本에로? 本에로. 還本이다. 무위자연주의자들의 환본은 그래서 그런 것인가? 그들은, 그들의 육신을 이룬 사대[地水火風] 밖에, 다른 것은 가져본 적도 없었던가? '날것→썩기'의 축에는, 허긴 그것 말고, 또 무엇이 있겠는가? 자연도에 소속된 것은 그렇게 자연으로 돌아가는 것이야 당연하다. 자연적이다. 제오대(氣 따위)란, 그 유정이 숨 넘어갔을 때, 이미 그 자리에는 없는 것인 것. 그것은 그러면 어디를 갔는가?" 시동은 잠시 어눌해진다. "그것도 本, 氣의 本으로 돌아가겠는가? 그러면 그것 자체도 '적멸'은 아닌가?" 시동은 잠시 실어증을 드러낸다. "……허, 허나, 여기 어디 이 시동이가 간과한, 중요한 일점이 있었군그랴." 시동은 생기를 찾는다. "'氣'도 그러고 보면, 종류는 둘쯤 있던 것이었겠는다. 하나는 '情'(Anima, 活性, Prakriti 소속)이며, 다른 하나는 '性'(Jiva, 魂, Purusha 소속)이라고 이를 것인 것. '情'은 한 생명의 '氣가 다했다'고 할 때, 이럴 때 선현들의 지혜를 빌리는 것은 썩 편리하다, 지렁이의 것이나 독수리의 것이나, 전갈의 것이거나 다름없이 한 방울 한 방울의 빗방울이 그러듯, 그 氣海 속으로 스며들어버리는 것이라면, 그 자리에 이미 氣는 없다. '性'의 경우도 비슷하되, 다름이 있다면, 이 한 방울 한 방울씩의 빗방울이 저 氣海를 그것 속에 싸안아 버린다는 것일 게다. 이것이, 이 시동이식의 오류의 몽상이 아니라면, 자연도적 환본은 이때의 이 '썩기'란 시간의 역행, 역류, 그 역진행의 모습이 드러난 것이겠거니—. 모든 것이 평면화한다. 삼차원, 이차원, 무차원으로, 모든 것이 本으로 돌아간다[還]. 그것은 그래도 허무는 아닌가? 왜냐하면 '本'은 허무가 아니라서? 아으, 나 시동은, 그것의 한 건조한 형태를 본 것이었는가? 광야를? 그리하여 나는 광야를 본 것이었도다!" 시동의 얼굴빛은 그런데 몹시 흐려서, 우중충한 얼굴이다. 시동이의 이 '보았다'는 말은, '보여진 것'의 반대쪽에서 새어나오는 것인 것이 분명했다. "그리하여 나는, 광야를 이해해야 할 것이겠노라." 보태 씨불였다.

충분히 자기를 제어하거나, (雜鬼雜神 나부랭이들의 내침에) 방어할 만큼 수련이 되어 있지 못하거나, 스승을 곁에 뫼시고 있지 못한 독학꾼의 선정은, 와해라는, 위험한 춘사를 초래하기가 쉬운 듯하다. 시방 시동은, 녹는 얼음

물처럼 펴 늘어져 있으며, 그런즉 그 광야에 새가 있었다면, 그의 맹장에서 이 물 조각을 찍어 올리려 했을 것이었다. (서장의『미라레파의 傳記』에 그런 얘기가 있다) 이제, 그도 어떤 흡인력에 의해, 미려에로 빨려 끌려가기 직전에 처해 있는 중인데, 이런 위급한 지경에 시동은, 유리에서 왔다던 그 순례자를 언뜻 그리워했으며, 그래서일 그 까닭으로, 자기의 양미간 되는 자리에, 그가 고요히 좌정해, 빙그레 웃고 있는 모습이 보였다. 그리고 그가 핀잔하듯, 말하는 소리를 들었는데, "이누마, 무엇을 보는 것을 배우려 했으면, 먼저 눈깔부터 뽑아내고 보려 했었어야지! 최소한 한 개라도 뽑아내고, 그리고 한 번쯤이라도, 세상을 거꾸로 내려다보기라도 했었어야지!" —그 소리는 천둥 같은 침묵, 침묵 같은 천둥으로 시동이의 전신을 울려 퍼졌다. 그리고 그뿐, 그는 더 이상 시동이께 보이지 안 했다. 시동이는 그래서 울었으며, 그러고는 눈깔을 후벼 파내버릴 결심을 하곤, 두 손가락을 굳게 세워, 제 눈을 향해 공격했다. 불똥이 튀고 아팠으며, 그런 후에는 어둠이 쇄도했으나, 아직은 손바닥에 뽑힌, 피범벅 된 눈알이 올려져 있지는 안 했다. 그러는 어느 한순간 그런데, 그이가 즐겨 반복해서 들려주었던 '루타에 의지해 아르타를 이해하려 하면, 오류를 범하기가 쉽다'라는 말이 기억났으며, 그래서부터는, 제 손가락으로 제 눈을 공략하려는, 아픈 짓은 그만두었는데, 장님은, 차라리 더 무섭게 루타를 감지하려 하여, 말 배우기 시작한 애들처럼, 그것을 익힐 것이어서, 눈이 보이지 않는다고 해서, 아르타가 보이는 것도 아니라는 데로, 시동이의 생각은 옮긴 것이다. 그런 대신 시동은, 독수리에 쪼이듯 제 손가락에 찔림을 받다, 해당화보다 붉어진 눈으로, 새로 다시, 광야를 내어다보기 시작했다. 적멸도 비슷한 것을, 대무를 내어다보기 시작했다. 아직도 눈알을 눈두멍 속에 갖고 있다는 것은, 좋았다.

그런데 또 별일이었다. 그제서야 시동은, 아까는 자기가, 어디에 거꾸로 매달려, 한 눈만 뜨고 그 세상을 내려다보았던 듯하다는 생각도 했다. 생각하는 사이, 그 탄지경에, 이번엔 새로, 시동이의 시야에서 광야가 햇볕 좋은 날 잔디에 널어놓은 이불 폭이, 일진광풍에 휩쓸리듯 펄럭이더니, 완전히 뒤바뀐 모습을 드러내기 시작하고 있었다. (아마도, 자아의 분쇄에 실패한 그의 선정이, 여기저기 무산되어진 자아를 새로 조립해내기 시작하고 있었던지도 모른다) 그 텅 빈-열림-닫힘이, '열림' 쪽으로만 확산하는 것만은 아니었던 모양이다. 그것은 어느 가[邊](가 있었었다면 말이지만)에 닿자마자, '닫힘' 쪽으로, 역확대 역확산을 시작하고 있던 것이었다. 처음 광풍기에 의해서처럼 되돌아선 이 운동은, 갑자기 잔잔해진 듯싶더니, 이번에는 아주 느리게, 태풍의 전조에 따라, 바다가 더 이를 데 없이 정적함으로 꿈틀거리듯, 어느 한 중심을 향해 밀려오고 있었다, 광야가 요동하고 있었다, 밀물하고 있었다. 종내, 지진이 아니면 폭풍이 그 모습을 드러냈던지, 이 역확산의 속력은 평균적 시간의 방파제 따위를 무너뜨리고, 눈보다도 마음보다도 더 빠른 속도로 해일하기 시작하고 있었다. 그러자, 없었던 것에서 있음이 일어나고, 누웠던 것이 서며, 멈췄던 것이 꿈틀거렸다. 무차원, 이차원, 삼차원으로, 한 세계가 빠르게, 무섭도록 빠르게 조립되고 있었다. 여기, 구심력적 역확력(逆擴力)이 있었다. 대무(大無)가 대유(大有)를 드러내고 있었다. 시동이 또한, 그 모든 단계를 겪고 있었는데, 시동이 본 바에 의하면, 그 역확산은 어느 한계까지, 하나의 삼차원적 세계를 일으켜 세웠으나, 그 한계를 넘자부터, 모든 것을 축소화하기 시작하고 있었다. 작아짐은 그리고 평율적이었는데, 예를 들면, 코끼리는 벼룩만 해지고 수메루 산은 앞동산만 해졌다는 식이다. 여기 어디, 옥초(沃蕉)가 있었다. 문두룸이 있었다. 무엇인가가 에뤼식톤처럼 먹어 치우는, 그런 축소화가 계속된다면, 종내는, 산도, 바다도, 대지까지도 보이지 않게 될 것인데, 대유(大有)란 작은 것 중에서도 가장 작은 것[微塵, atom]이었던 것을! 점(點)이었던 것을! 시동이 아까 보았던 그 무차원적 四角에서 모든 것들의 立體性이 드러나자, 그것은 三角의 형태를 취했는데, 點은 그래서 三角인 것. 신은 그러면 그의 호주머니 속에서, 이 하나의 삼각 진 미진을 끄집어내, 새로 생기를 집어넣으려 하거나, 아니면, (미진이었던 것이) 시간의 시작과 함께 불어난 데다, 그런 어떤 조건들까지 충족되게 된다면, 니고다(最初의 生命)에로 바뀌 나타날 수 있기도 할 것이었다. (그리고 시동은, 자기가 자기 앉은 자리에서 떨어져 내려, 무엇에—란 여전히 我執이었겠지—대룽대룽 매달려, 그리고 공포로 인하여 한 눈만 간신히 뜨고, 그 세상을 올려다보았다는 것까지도 생각해냈다) 여기서 어디서 그래서, '열리기/닫히기'가, 같은 일점에서 만나게 되는 것이 관찰되어지는데, 시동은 이것을 두고도, 또한 공포에 떨며, 건구역질을 해댔다. 어느 일순 그런데, 그것 또한 그리고, (여기에서는 뚜렷이 보이는) 어느 일점에 모두어지는가 하자, 소롯해졌는데, 시동이 보았기에 이 '소롯해졌기'란, 종으로든 횡으로든, 드러나 있던 모서리[角]들이, 어느 틈엔지, 어떻게 해서였던지 깎여, 보이지 않게 되었다는 말인데, 그리고 드러난 양태가 사실론 둥글었는지 어쨌는지, 그것은 시동으로서는 알 수가 없었으되, (얘기 잣는 노파라면, 옷을 입히지 않으면 보이지 않는 저 거인의 몸에다, Gnome의 옷을 입혀, 點부터 드러내고, 三角, 四角까지 형상화해냈으니, 외투 또한 입히려 할 것이었다) 그러나 원(圓)이 드러나 있었다. 이것은 무한대의 사각을 내접(內接)한 무한소의 삼각을 내접하고 있어, 이 원의 사리(舍利, 外皮)는 세 겹이었다. 이 세 겹의 사리의 안쪽에는 그러면 무엇이 있었던가? 그 또한 원이라고 (보는 것이 아니라) 이해해야 된다면, 예의 저 세 겹 사리의, 안쪽에로의 무한정의 중복이 있는 것이나 아닌가, 투박하게 말하면 결국은, 알맹이란 있는 것도 아닌 것이 아닌가, 하는 데까지 생각은 달려갈 것이었다. 밖의 시간의 소급 역류의 현상이 일어날 듯한데, 그러면 시동은, 어린 시절로부터, 모태에로 환원했다가, 모태 이전의 백세(百世), 오백세, 만세, 무량겁 세전(世前)에로의 회로에 올라 방황하게 될 터이지만, 시동이 보았던 대로, 만약 소멸이 그 종점이 아니라면, 거기에서도 역회전의 일점은 있을 테고, 거기 여래태가 있는지도 모른다. 이것은 그리고, 나중에, 시동이의 반추에서 흘러내린 거품이지만, 시동이 자기가 보았다는 것은, 「창세기」가 읊어졌거나, 씌어져 본 적이 없는 이들 門에서, 우주와 존재를 이해하는 한 방식의 '圖式'이 저러했던 것이나 아닌가, 하고 썰레썰레 체머리를 흔들게 되는데, 곧이어, 그것이 만약 '元型的'인 것이라면, 그것을 두고 '도식적'이라고 매도하는 것은, 약간의 단독(短讀)의 혐의를 벗지 못할 것이라는 데 생각이 머물자, 흔들머리가 멈추는 것이었다. (이런 자리에, 稗官이라는 것이, 개기름에 망고살 두께의 속진을 덮은 더러운 얼굴을 내밀어도 어떨랑가 모르겠으되) 시동이가 '도식적'이라고 이르는 이 세 겹 사리는, '극대'가 '극소' 속에 내접해 있어, 어떤 종류의 반란을 도모하고 있었던 것이 눈치채지는데, 그것은 어쩌면, 시동이 아직도 아집(我執)을 여의지 못했거나, 아니면, 'Mind only'門의 법(을 두고, 되잖게시리, 되잖을 구분을, 구태여 하기로 해 말하면)을 거꾸로 관(觀)하지나 안 했던가, 하는 우문이 있다. 라는 것은, 그게 그 소리고, 그 소리가 그거지만, 유심문(唯心門)의 법설을 투박하게 요약한다고 하면, '마음이 현상계다'라는 것을, 시동은, '현상계란 마음이다'라는 식으로, 역관(逆觀)하고 덤볐던 것이나 아닌가, 하는바, 그 소리가 그거며, 그게 그 소리지만, 그러자 한쪽에서는 '마음'이 확대되고, 다른 쪽에선 '우주'가 축소된다. 어허, 야 뒤야, 'Only don't know!' (거 뭔 소려?) 건 어쨌든, '시간' 그것에 묶인 운동, 또는 '운동'에 묶인 시간 속에서, 시동 자신이 본 것은, 사라진 것들이, 그것의 역회전 속에서 고스란히 되살아나는 그것이었는데, 시동은 그래서 그것의 되풀이를 두고, 시간의 시간 속에 휩싸인 것만 싸 갖고 온다는 식의 '영겁회귀'를 말하는 이나, '여래태'를 본 이들은, 훨씬 이전에, 이 확산과 축소의 되풀이를 본 이들이었다고, 믿는다. "사물이나 존재는 알맹이가 없어, 그냥 환이라고 하는 편에서는, 그것이 문잘배쉐 인류를 행복하게 해온 것 같은, 창조설을 엮을 수가 없었을 것이어서, 아직도 한 우주는 널팡하게 너즈러져 있는데도, 조직화해내지 못해, 아무 의미도 이뤄내지 못하고 있음인 것. 알맹이가 없는 것에서 무슨 의미를 찾겠는가?" 이 대목부터서는, 시동은, 생각을 더 이어나갈 수 없는지, 앓는 듯이, 끙끙대며, 가부좌(를, 통상적으로 '책상다리 앉음새'라고 써먹어 오는 듯한데, 稗官은 그것을, 두 무릎 세우기 좌세로 믿어 써먹고 있다는 얘기는 했던 듯하다. 그 두 무릎 모두어진 자리에 대가리를 얹으면, 그것이 개다리상판에 삶을 돼지머리 올리기 비슷해 보이지 않는가? 그런 얘기도 하잖았던가?)를 책상다리로 바꿨다가, 상다리를 풀어 뻗쳐내 버릇없는 좌세를 꾸몄다 어쨌다, 저랬다, 별 지랄 용천발광 다 하고 있는다. "무엇을 두고, '마음'[唯心] 쪽에서, 하향식(下向式) 관법을 고수하면, 존재나 사물들에서 알맹이가 뽑혀져 나가거나, 아예 없던 것이 발견되어, 空이라고 부르짖게 될 게다. 이는 神話에서 實話가 조립되어진 그것의, 양말짝 뒤집기식의, 그 뒤집기가 될 것인데, 결과 實話가 神話化한다. 다시 말하면, 실제적 구상적 모든 것이, 가상적 허구적인 것으로 변한다는 그 말이 될 게다. 아니면, 구상적 이미지의 추상적 아이디어화하기이다. 이런 자리에, 어떤 이들이 그래서 '중관론'(中觀論)을 제창하고 나섰다는 풍문이 있다. 그리고 그것은 풍문이다. 그런 것이 좁쇼릐라는 것이다. 눈 감고 아웅하기가 그것이다. 투박하게 말하면, 모든 것이 비었다고 이르며, 빔에 도달하기가 절대적 실다움에 미치기라는 것, 비었다고 말하며, 인연을 들먹이는 것, 그런 모순당착, 그런 역설을 백 군데 기웠어도, 백 군데의 구멍이 나 있는, 中道(Mādhyama)라는 그럴싸한 헌 중우로 털이 부수수한 하초를 가리고 저것들은, 털이나 뽑고 자빠졌는다. 그들도, 특히 '눈'을 내세워, 다른 것들도 휩싸버리고 있으니, '눈'을 하나 예 들면, 눈은 눈 자신은 보지 못함으로 본다고 이를 수가 없다는 투인데, ('Seeing activity'라고 英譯되어 있는 것을, '눈'이라고 싸잡아버린 것인데, 그래도 양자는 같은 것이 아니라고 우기려는 이는, 그렇게 우겨댈 일이다. 그래도 종내, 그것들은 같은 것이 될 것이라면, 뭣 하자고, 쓸데없이, 장황스럽게 될 말을 소비할 일이겠는가?) 불성(佛性)이 없는 것[狗子]은 불성이 없어 불성을 못 본다는 얘기쯤이라면, 토달고 나설 것은 없다, 그러나 이 부정주의자들은, 마음공부[心學]는 되었으나, 뇌공부[腦學]에는 문맹인 까닭으로, '보는 것'과 '보이는 것' 사이의 거리를 못 본 듯한데, 사물을 보는 것은 눈인 듯하되, 그것을 인식해내는 것은 머릿골이 되어 있다면, 그러고도 무엇이든 모두 부정해버린 뒤에야 실다움이 보일 것이라면, 사실은, 눈이 아니라, 머릿골이었어야 되잖았을까? 그렇다는 즉슨 '空得'이라는 그거 간단하다. '面壁九年'씩이나 하느라, 머릿골도 쇠었겠고, 어깨뼈며 슬관절도 물러났었을 것인데, 그 어쩌자고 그런 어리석은 짓을 했을 일인가? 그 벽에 돌진해, 대가리를 부숴버리고, 그런 뒤 뭘 따져볼 일이 아니었겠어? 空이 송두리째 엎질러 있음을! 그것처럼 위대한 부정주의가 또 있겠는가? 그래도 그런 것이 아니라면, 이마빡에 박힌 눈을 뽑아, 먼저 발바닥에 박아 넣었어야 했을 테다. 그것 신발 삼아, 개놈들 길 나섰다 하면, 땅이라는 독본 읽듯, 땅부터 열심히 읽고 딛고 했었어야 했다. 그 눈이 그보다 더 읽어나가지 못한다면, 별수 없겠는다. 되돌아와서, 다시 시작해보는 수뿐이다. 땅이라는 교본은 다 읽었으면, 이제는 발밑에 박힌 그 눈을 뽑아, 가슴에 달아야 할 테다. 그래야 땅보다 조금 높은 세상을 읽으러 덤빌 게 아닌가?" 시동은, 고이지 않는, 그러니 없는 마른 가래침을 한번 퉤 뱉는다. "배운 것이 없어 불학무식한 시동은, 한편에선, 이 세상은 하나님이 지었다고 믿는 안포-타즈의 젖을 빨고, 다른 편에선, 이 세상은 그러나 지어진 바가 없다고 설하는 유리의 순례자의 침을 먹어 자라서 말인데, 진정한 의미에 있어서의 중관은, 하향식 관법으로서가 아니라, 상향식 관법, 즉 진화론에서 그 올바른 모습을 드러내는 것은 아니겠는가? 이 상향식 관법은, 몸과 말씀의 우주의 무엇 하나도, 그것이 알맹이가 없는 빈, 그래서 헛것이라고 주장하는 대신, 그 모두는 있는 그대로 보다도 더 진하고 뜨거운 데다 무거운 실다움이라고 체험해낸다. 사관유정까지는 '생명'[情]과, 그 생명의 원동력이 되는 '魄'(아니마)이, 알맹이가 되어 있으며, 그 이후의 유정에게는, '생명과 정신', 즉 '魂'(지바)과 '自我'가, 그 핵이 되어 있음인 것! 그러는 중, 마음의 우주에 도달한 뒤에는, 그 모두는 알맹이가 없는 환이며, 그래서 실다움이 결여된 것이라고, 다시 우주를 읽게 될 것인데, 여기서부터는, 우주 대신 개인이 주제가 되는 것일 것이겠는다. 십만독해온 『心經』, 새로 처음 읽거라! 그것을 下向的으로 확대 확산하려 한다면, 예의 저 모순당착의 유사 구덩이에 떨어져, 空得을 했다고, ('空'을 '得'하다니? 그것도 그런 무슨 대상이드냐?) 공허한 울음을 울려 보내게 되는 것이, 그 결과일 테다. 설법자가 '환자의 병증에 좇아 처방전을 쓰기'처럼, 맞춤복식의, 아무리 듣는 이의 귀에 맞는 법을 설한다 해도, 결과는, 환자가 아니라, 의원이 세상의 병증을 불러일으킨다. 이런 亂麻가 없겠는다. 그것 간추리기가 그렇게도 어려워, 팔만대경까지 읊고도, 읊은 자가 나중에, 자기는 아무것도 설한 바가 없다고, 입 씻을 일은 또 뭣여? 下向式 관법을, 슬쩍 돌려, 上向式 관법으로 바꾸기만 하면, 快刀 쓰일 자리가 거기 있잖으냐? 간단한 것 아니냐? 걸 어쩐다고, '환자의 병증' 따져가며, 노파 노릇 하려, 야단 차리고 법석 펼 일이 있느냐?" 눈을 휘번덕여싸며, 시동은 삿대질하는 흉내까지 내쌌더니, 갑자기 풀이 죽은 듯, 책상다리 무릎 위에다, 턱을 올리고, 망연히 자기의 광야를 내어다본다. 그러다 뇐다. "오른다고 올랐으나, 거꾸로 매달려 올랐던지, 이 시동이의 눈은, 광야밖에 아무것도 더 보지를 못하고 말았구나. 그 광야에서 그러고도, 나의 40일을 나는 아직도 다 살아내지를 못했구나." 그리고 시동은, 무슨 거인의 해골의 두 눈두멍 같은, 눈앞의 구릉을 건너다본다. 그러곤, 갑자기 건구역질을 해댄다. "구멍이라는 모든 구멍은, 질척거리는 음모(陰謀)라고 읽어야겠는도다! 더러움이라고 일러야겠노라! 악취라고 말해야 하리로다!" 더러움을 토해낸다. 그리고 잠시 잠잠해 있는가 하자, "음모란, 그것에서 하여튼 무엇이 일어나기에, 하는 소리거니와, 여래(如來)까지도 그 음모, 저 음모, 저 더러움, 저 악취에서 如來하거니!" 건구역질을 멈춘다. 잠시 잠잠해 있더니, 새로 시작이다. "그러구 보니, 여기 어디가 그 경계여서, 두 개의 길이 갈려 열려 있음도, 천한 번째 새로 보인다. 늘 보아온 그대로, 그 한 길은, 나서는 대로 돌아오지 못하며, 다른 길은, 나선 대로 다시 돌아와져 버리는 길, 거기 길의 '음모'가 있음인 것. 고해에 沃焦가 있다더니, 광야에 尾閭가 있었도다." 그리고 시동은 그것으로부터 눈을 거둬, 다시 광야를 내어다보며, 그것이 일순 꺼풀을 벗고 보여주었던, 그 알몸의 확대와 축소의 광경을 떠올려보았다. 시동이의 열세가 어디까지였는지는 몰라 모르되, 어디서 카레 맛도 본 적이 있다면, 그 고장 흔해빠진 전설 중에, 어떤 신의 인현(人現의 이름은 크리슈나이다) 하나가, 어렸을 때, 유모가 그의 입속을 들여다보니, 그 안에, 한 벌의 우주가 고스란히 담겨 있었더라 했는데, (극대의 극소 속의 內接이었을 것) 그가 자라서, 그럴 까닭이 있어 한 번 자기의 본모습을 보였는데, 곧바로 한 우주가 드러났다는 얘기도 들었음 직하다. 전부터도 언뜻 얼핏 그래오지 않는 것은 아니지만, 오늘은 확연하게, 시동이의 광야 또한, 그런 식으로 의인화해, 시동이께 나타내 보인 듯하다. 일체만물, 삼천대천세계를 품어 들였다 되뱉어내는 그것은, 어머니라는 계집[如來胎]이었다. 이 오르페우스는, 질척거리는 음모, 이 계집의 요니의 안쪽을 다녀온 것이었댔구나. 바르도는, 업의 역류에 좇아, 모든 염태(念態)에 따라 다 다르게 체험된다고 하거니와, 시동은 오늘 그 바르도를 체험한 것이었댔구나. 두 개의 바르도가 있었다. 하나는 접어 들이는 것이었으며, 하나는 들어내는 것이었다. '드는 문'과 '나는 문'은, 같은 한 문이라도, 들어가려는 자와, 나오려는 자에 의해 둘로 나뉘기모양, 바르도 또한 문이 둘인 듯해도, 하나였다고, 시동은 알아낸다. 그 문을 나서는 시간의 길이는, (인세로 열린 문만을 두고 말하면) 280일이며, 문을 들었다 나기는, 49일이 걸린다고 알려져 있으되, 드는/나는 그 일점은, 장소로는 所中이며, 시간으로는 時中이어서, 같은 '끗'인 것. 여기서는 그래서 일어나지 않으며, 태어나지 않고, 일어나지 안 했으니, 멸하지 않으며, 태어나지 안 했으니 죽지 않는다,고 이른다. 만약 운동이 개입되지만 않는다면, 그것 자체는 니브리티이다. 문제는, 이 문은, 니브리티에 있는 것이 아니라, 프라브리티 가운데 있다는 것일 것. 운동이 무엇에 의해, 무슨 까닭으로 일어나느냐는 물음에, 용수보살식 대답을 하려 하면, 그때 '서근의 삼[麻]'으로 꼰 회추리질이 필요해진다. 그렇잖으면, '인연' 따위를 주억거리려 하여, 말의 삼실에 엉겨 꼼작 못하게 되기 쉽다. 프라브리티 자체가 그 운동(Vritti)이 아닌가? 바르도는 프라브리티였다. 그리고 그것은 계집의 자궁이었다. 황폐는, 프라브리티라는 흙밭[泥田]에, 잘못 발을 빠뜨린 백조가 아닌가? 순야타[空]를 싸안은 루파[色]를 무엇이라고 해야겠느냐? 황폐는 잠든 발키리며, 라는 말은, 번안하면, 발키리의 잠이며, 저를 태운 불새의 재이다. (이 '불새의 재'는, 「나무꾼과 鶴女」라는 童話에서, 도난 맞은 鶴衣라고 얘기되어져 있는 것인 것) 불새는, 재새[灰鳥]이다. 이 재새의 역설적 난제는, 재새의 날개는 재 속에서만 얻어지는데, 날아오를 때는, 재만을 남긴다는 것, 그러니 날개를 다시 벗어놓지 않으면 안 된다는 것이다. 進化論門의 '色'의 이해는 저러한 것. '재냐 불이냐' 즉 '알과 닭' 중, 어느 쪽이 先在的인가는 문제 삼을 것은 못 된다. 판켄드리야의 '인식'이라는 것이 문제된다. 이 인식에는, 언제든 (문잘배쉐 어휘를 빌리면) 'Thing'이 먼저 있고, 다음 'No-thing'이 따른다. 이것을, 특히 龍樹門의 아손들이라면, 'No'가 먼저 있은 다음 'Thing'이 있다는 투로 읽으려 할 것도 짐작되지 않는 것도 아니지만, 반드시 정독이라는 믿음은 없다. 유리에서 유사한 어휘를 하나 빌려오자면, 'Asaṁskrita'쯤 될 터인데, 이 'A'(無)는, 'Saṁskrita'(爲)를 부정하는 접두어, 그러니까 'Saṁskrita'가 먼저 있고, 다음 'A'라는 부정적 접두어를 붙이기에 의해, 상스크리타가 부정된 것—無爲가 그것인 것. 앞서 'No' 또한 그 役인 것. 언어의 이 '부정접두어'(의 문제는, 앞서 '유리의 순례자'와 '것11' 간에서 한번 얘기되어졌었던 듯한데)를 매우 즐겨 쓰는 환쟁이들을 전위파라고도 일러오는 듯한데, 그중 전형적인 것이랄 것을 하나 예 들어 보인다면, (마그리트의) '파이프 그림'에다 붙인, '이것은 파이프가 아니올시다' 같은 것일 것이다. 이는, '루타에 의존해 아르타를 이해하려 하면, 오류를 범하기 쉽다'라고, 언어의 전단성, 독단성을 갈파한 이에 의해 이미 밝혀져 있는 그 문제인데, 환쟁이들이, 언어의 전단성을 '미의 추구'에 원용하고 있음은, 눈살을 찌푸리게 할 경이에, 경악이 되잖는 것은 아니다. 왜라? 구상적 自然이나 文明을 모방했어야 할 환쟁이들이, 어쩐 다구시나 언어의 독단성, 심지어는 그 짝 맞지 않은 모순성을 모방했는가, 또는 짜깁기했는가, 라고 묻다 보면 그렇게 된다. 이런 미술은 그래서, (그러기 전에 튼실히 갖춰야 할 이유나 보주를 다 생략하고 부정적으로 말하면) 고전적 의미에 있어서의 미술도 아니며, 더더욱이나 문학도 아니다. 그것이 취급한, 'abstract idea'를 'concrete image'로 짜깁기한, 매우 인공적, 그냥 幻이다. 이런 종류의 幻 앞에서는, 보는 자가 괜스레 얼굴을 붉히게 되는데, 눈 뻔히 뜨고 서서 사기를 당하고 있는 느낌으로 그렇다. 글쎄 구상적 파이프를 보고 있는데, 그것은 파이프가 아니라고, 빼앗아간다. 불알을 훑인다. 이런저런 독단성, 모순성을 뛰어넘으려 하면, 그때 직관(直觀)의 문제가 거론될 성부르기도 하다. 그러면 환쟁이네 환판에는 그림이 부재하거나, 무슨 색깔만 칠갑되어 있을지도 모르는데, 환의 실종이며, 또한 언어의 자폭 현상이 일어나게 마련일 테다. 마는, 이렇게 보여진[觀] 것은, 말해온 바의, '옷을 입히지 않으면 그 몸의 먼지 털 하나도 보이지 않는 거인'과 같은 것인 듯한데, 번안하면, 루타[相]를 배제하고 인식한 아르타[能]랄 것이 그것일 것이어서, 그것을 두고서는, 이제는, 오류를 범했다고도, 또는 범하지 안 했다고도 할 수가 없는 것일 게다. 그것을 두고서는, 무엇으로도 기준을 세울 수가 없을 것이기 때문이다. 이렇다고도 저렇다고도 말해낼 수 없는 것을 두고시나, 아눗타라삼막삼보디라고 주장하는 것도 독단적일 테다. 그러면 그것이란 도대체 무엇이냐? 재채기나, 농조질에 종달새 후두둥 나르기, 또는 꿈 없는 깊은 잠과도 같은 無에의 체험, 그것도 긍정적 체험이라고 이를 것이겠냐? 咄, '체험되는 無'도, 절대적 의미에 있어서의 無냐? 형체 없는 有, 예를 들면 '神'이랄지, '本', '아름다움'이나 '그리움' 따위도 無냐? 왜냐하면 형체가 없으므로 해서? 'Only don't know!' —(골목 어귀에서, 어린 시동이 배운 소리 중에 이런 게 있다더라) 짜샤, 씨바,

조또 모르겠거든 '모른다'는 소리까지도 하지 말았어야지! '다만 알 수 없다는 것이 전부를 아는 것이다' 아니냐? 모두 다, 덩달아 주화입마되어 있는 것은 아니잖여? 짜샤, 고기는 국수 밑에 감춰! (咄, 小說하기의 雜스러움!) 그, 그러나, 이 괴이한 유정들의 인식은 늘 그런 식인데, 먼저 肯定하고, 다음 그 긍정을 무한대로 확대하거나, 무한소 너머까지 否定한다. 言語라는 새끼들이 어지럽게 까여져 나온다. 美里에서는, 'Thing임과 동시에 No-thing'을, '마른 해골'이라거나 '마른 늪'이라고 이른 듯하며, 문잘배쉐에서는, 어떤 특정한 민족만의 '割禮'의 확산에 따라 치르게도 되었음 직한 轉訛의 결과, '살아 있는 神의 잘린 머리통, 즉 去勢된 神'이라거나, '聖石, 聖杯'라고 이해한 듯하다. 하나는, 'Thing'을 통해 'No-thing' 쪽에 주목한 듯하며, 本體(Noumena)에서 現象(Phenomena)을 보고, 즉슨 형이하적 이미지를 형이상적 아이디어에로 還送한 듯하며, 다른 하나는, 'Thing' 쪽에 눈을 묶어, 現象에서 本體를 본 듯하다. 즉슨, 형이상적 아이디어를 형이하적 이미지에로 끌어내린 듯하다. 시동이식 저 양자의 合成語는, 그런즉 무엇쯤이나 되겠는가? 그것이 황폐였다. 황폐는 그것이었다! 광야는, 그 잠에 들씌워진 발키리구나, 그렇다. 그 재 속에 억류된 불새구나!

"아으 무명동자여, 그대의 과제는 그런즉, 웃췌다다르솨나[虛無主義]에 떨어져 내리지 않고서, 본체론(本體論)을 현상학(現象學)으로 바꾸는 것일 것이겠느냐! 아으 그러면, 그대의 잘린[去勢] 손가락 자리에, 공지(空指)가 보이겠느냐!" 부르짖고 시동은, 한 무드라를 해 보였는데, 그것은 두 마리 뱀이 서로 꼬리를 물어 둥글어진 형상이었다.

6. 所中

제 귀에만 들린 어떤 부르는 소리를 따라서, 지워지지도, 사라지지도, 잊혀지지도 않는, 어떤 영상이 앞서가며 부르는 대로 좇아 떠났다가 시동은, 그것이 멈춰졌기에 둘러보니, 자기가 돌아와 져 있음을 알았다고, 돌아왔다고, 백 번, 만 서너 번, 그 광야에 대고 자기의 귀향을 알리기는 했었지만, 시작이 끝에, 끝이 시작에 물려 있는 그 길의 소중(所中)에, 발을 유폐당했던 자가, 또는, 발에 유폐되었던 올자(兀者)가, 어떻게 그것의 창자 속을 벗어날 수 있었던지, 그것을 두고선, 그 이상한 이정(里程)을 새겨 있는, 그 선바위 말고, 그리고 해 말고, 때로 때로 집 비우는 달인들 알 수 있었겠는가, 마는, 고자질하지 않기의 달마에 묶인 저것들이 말하지 않으니, 누가 알겠는가, 그러니 알 수가 없었을 일이었다. 한편으론, 어쩌면 시동은, 발가락까지도 중독이 된, 그 꿈꾸기로써만 무세월 떠나고, 벗어 놓아둔 신발을, 벗어놓은 후 한 번도 꿰어 신어 본 적이 없었으니, 그 (이정을 새긴) 선바위 밑이나 빙빙 돌거나, 존재함으로 생각도 한다는 그 생각하기나, 잠자기로 세월을 보냈던 것이나 아닌가 하는, 짐작을 하게 하며, 또 한편으론, 일단 가출을 도모한, 그 나이 또래의 한낮에 별보기 놈들이 대개 그러하듯, 어찌 되었든 어디만큼이라도 가보기는 볼 일이라고, 떠나보기는 했었을 수도 있었는데, 이런 경우라면, 시동은, 유리(羑里)라는 데서 왔다는 순례자를 떠올리고, 그의 사찰이라도 한번 둘러보려는 생념으로, 그가 밟았던 길이라고 제멋대로 믿은 길을 거꾸로 밟아, 거기 어디쯤이라도 갔다 돌아선 것이나 아닌가 하고, 짐작하게도 한다. 시동이 생각에, 그 '잠든 돌의 나비'가 거기 어디쯤에 날고 있을 것이라고, 여겼을 것도, 시동이의 모든 언행을 통해 짐작할 수 있게 된다. 털어놓고 말하면, 시동이의 믿음엔, 그 '나비'는, 그 순례자의 '유리'(羑里)에 날고 있었다. 시동이 분명하게 들었기엔, 그 순례자 또한, '성배'를 찾아, '문잘배쉐'에로 왔다고 했었는데, 그 얘기를 듣고, 가출을 결심하고 있었을 때 시동은, 문잘배쉐에는 '성배라는 잠자는 돌'이 있고, 유리에는, 그 잠에서 빠져나간, 그 '돌의 꿈', 나비가, 불새가 있다고, 막연하게지만, 그렇게 믿고 있었을 것이었다. 좀 더 불알이 여물게 되었을 때 시동은, 같은 한 '성배'의 '루타'는 문잘배쉐에 있고, '아르타'는 유리에 있다는 식으로, 동화용 어휘를 성인용으로 바꿔 쓰기도 하는데, 그래서 보면 시동이께, 세상엔 '문잘배쉐'가 둘이 있거나, '유리'가 둘이 있었다. 아니면, 같은 하나인 것이, 장소를 달리해 있는 것일 것이었다. 그렇다면 유리 또한, 어떤 마법, 또는 주술에 덮여 찾기 어렵거나, 목전에 두고도 못 보거나, 찾아 목전에 두고도 들 수 없는 고장일지도 모르는 것이어서, 하는 말로는 그런다, 거기 찾아 떠나, 아직도 거기 닿지 못한 기사들은, 아직도 험로 위에서 방황하지만, 찾아 그 동구 앞에 닿은 이마다, 거기 들려는 대신 등 돌려 되돌아선다고, 하는 말로는 그런다. 풍문대로 따른다면, 거긴, 거기로 통하는 길만 있고, 그리고 그 길가에 앉아 있는 늙은네 하나가, 한 켤레의 쇠신발과, 하나의 쇠지팽이를 팔아 연명하려 기다려 있다는데, 그가 앉은 자리가 동구라고 이른다 하되, 그 안쪽이래야 할 자리엔 풀 한 포기도 없는 사막 말고는, 성벽도 아무것도 둘러쳐져 있지 않다는 것이었다. 그런 곳은, 들어가 보아도 나가져 있어, 거기서부터 또 얼마를 헤매야 들[入] 지를 모르게 생겼으니, 쇠신발과 쇠지팽이가 필요한 것이 아니겠는가, 하는 말로는 그런다. 그러고도, 거기 어디, 찾으려 하는 성배가 숨겨져 있기만 하다면, 왜 탐색을 멈추겠는가마는, 그 쇠신발 장수의 말대로라면, 찾아보아야 그것은, '마른 해골' 하나라며, 그런 해골은 누구나 하나씩 달고 있기에, 저 안쪽으로 걸어 들어간 자마다, 못 나오면, 해골만 하나씩 남기게 된다, 라는 것이었다. 이 '마른 해골 한 덩이' 얘기는, 풍문으로서가 아니라 시동은, 어부왕과 그 순례자의, 주고받던 얘기에서 이미 들어 알고는 있었음에도, 시동이 그것의 아르타를 찾겠다고, 그 순례자가 밟았다고 여겨지는 길을 좇아 나간다는 짓은, 아무래도 난삽하거나, 역설이다. 그러므로 해서 시동이의 이 오디세이아는, 그 결말 부분뿐만 아니라, 사실은 그 서두부터 흐려, 종잡을 길이 없게 되어 있을 테다. 시동은, 그 '마른 해골'이 혹간 그 나비, 불새의 둥지라고 믿기라도 했던가? 문제는, 그런 둥지라면, 문잘배쉐가 그것이어서, 시동은 그 둥지에서 자라온 것이 아니었는가? 그래서 사실론, 예의 저 선돌까지도, 시동이가 그 자리를 떠났던지, 어쨌던지, 그것을 발설하지 못하고 있을 것이었다. 말로는 '돌아왔다'고 떠들어 밝히고 있음에도, 어디를 출발점으로, 그러니 '둘로 나눠진 길'의 어느 길을 택해 나갔었던지, 그것은 시동이 자신도, 분명하게는 모르고 있었다. 다시 '출발점'에 닿았다면, 그 의미에 있어서만은, 시동이 돌아온 것은 분명한 사실이다. 고로, 어떤 정신이, 꿈쩍도 없이 잘 살다가, 한 발 잘못 내딛기에 의해, 시간(時間)의 가운데도 그것[時中]이 있듯이, 장소의 가운데도 있는, '소중'(所中)에 풍덩 떨어져 들기는, 우선은 비극이다, 그것도 그만의 한 우주적 비극이다. 시동이, 날이 갈수록 더해서 느끼는 비극이 바로 그것인데, 술 취해 비틀거리며 걷는다고 해서, 그들이 다 웅덩이에 빠지거나, 야홍(夜紅)이에 홀려 절벽 쪽으로 나아갔다 떨어져 내리는 것도 아닌 것을 보면, 결코 흔하게는 아니지만, 이런 구덩이 속에 떨어져 든 데는, 떨어져 든 자의 발목을 쥔, 그런 무슨 필연적 까닭, 운명(運命)이라는 이름의 '복선'(伏線)이 있음을 살펴보게 한다. '우연'이라거나, 우발, 춘사는 아니라는 얘긴 것. 시동이와 더불어, 이제 그것을 되살펴보려는 짓은, 새삼스러운, 그리고 해온 얘기를 되풀어야 할 것이어서, 이젠 그 '복선'이 아니라, 그 결과를 주목해봄만 못 할 게다. 시동이 '보려는 것을 배우겠다'고 하여 배운 것만은 하나, 밝혀둘 필요는 있어 보인다. '중심'(中心)을 여의지 못해, 한사코 고수하려 하면, 그러는 자의 모든 운동은, 회전(回轉)만을 되풀이한다는 것이다. 그 '운동'이 어떤 것이든, 죽지 않았으므로 표출하거나 내접하는, 산 자의 모든 행위를, 그냥 '운동'이라는 어휘로 포괄해버리기로 해도 된다면, 그렇다는 얘긴데, 회전하는 운동을 '원(圓)운동'이라고 이르는 게 아니던가? 라는 말의 저의는, 모든 운동은, 그것 자체로는 직선적(直線的) 진행일 것임에도, 그것이 어떤 '중심, 소중이라고 이르는 곳'에 묶이면, 직행성에 굽힘이 드러나, 직행하기가 회전하기로 바뀐다는 얘긴 것. 상식인 것. '시간'은 아마도 프라브리티 로카[界]에만 있는 것일 것이어서, 브리티[振動]에 의해 발생하는 것일 것인데, 그렇다면 먼저 '순간'의 개념이 서고, 다음 '영원'의 개념이 뒤따를 것일 게다. 합치면, '순간의 연속이 영원'이라는 것일 것인데, 이 '순간'에 주목하면, '시간'에 생각을 묶인 자들이, 시간의 입구에서 쉽게 빠져드는 바대로, 시간은 '단절적'이어서, 존재 또한 단절적으로 이해되어진다. '연속' 쪽에 시선을 풀기로 하면, 아마도 '순간'의 시간이란 있는 것이 아니며, 그래도 그런 것이 있다면, 그것은 '시중'(時中)에의 이해를 함께해야 한다는 주장도 있게 될 것이다. 예의 저 시간의 입구를 벗어났거나, 더 깊숙이 들어간 이들은, 미구에 '如來胎'를 상정하기에까지 이른 듯한데, 어쩌면 저것[時中]은 그것과 긴밀한 관계가 있을 듯해 보인다. 그래도 다름이 있다면, 하나는 '극소의 시간'의 것이며, 다른 하나는 '극대의, 또는 무(無)의 시간'의 그것일 듯하지만, '극소와 극대는 같다'(즉, 아트만의 equivalent는 브라흐만)라는 명제를 도입키로 한다면, 결국은 그것들은, 다른 것들이 아니라는 데로 모아질 테다. 시작과 끝이 물려 회전하는 운동에는, 그렇다면 시작에서 끝까지라는 한정량이 있는 것이라고 상정되고, 무한 또한 그것의 되풀이라고 이해되어지는 것인 것, 시간에 대해서도 그렇다면, 같은 얘기를 할 수 있을 테다. 시동이 보는 것을 배우려 하기에 좇아, 자기 처한 광야에서 본 '광야'는, 그 확대/역확대, 그 축소/역축소였던 것은, 주지하는 바대로이다. 난제는 그러나, 장차는 '회전'에로 몸 바꾸게 될 그 운동, 그 시간에도, 느림과 빠르기가 있어, 같지가 않다는 그 점인데, '중심'에서 가까우면 가까울수록 그 회전은 빠르고, 멀면 멀수록 그것은 더뎌 보인다는, 글쎄 '더뎌 보인다'는 그것이다. 이는 특히, '시간'과의 관계에서 난제가 되는 것일 것으로, 그 문제에 봉착했을 때 시동은, 혼란을 느꼈다. 시동의 생각은, 거기 묶여, 어떻게도 진행을 성취해내지를 못하고 뱅글거리다, 땀 낸 끝에 자기의 생각이, 엉뚱하게 비약해버린 것을, 알아냈다. 라는 것은, 사실은, 중심에 가까운 쪽이나, 가장 먼 쪽이나, 그 회전의 속도는 조금도 틀림이 없이 같은 것이 아니겠느냐는 것이다. 만약에 회전의 속도를, 거리 쪽에서 재기로 한다면, 중심에 가까운 쪽의 그것이, 먼 쪽의 그것에 역비례적으로 늦는 것이 아니겠느냐는 것까지도 시동은 생각해냈는데, 중심에 가까운 데서의 회전이, 촌척의 거리를 촌시에 획한다면, 중심에서 가장 먼 곳의, 어느 일점에서 어느 일점을 십 척의 거리라고 가정한다면, 그 촌시에 그 십 척을 달리는 시간은, 촌시의 십 배나 빨라야 될 것이라는 것을 생각해낸 것이다. 시동의 생각엔, 여기 어디 확대와 축소간의 비밀이 있는 듯하다고 했으나, 그가 터득한 물리(物理)는, 그보다 더 지혜를 이끌어내지 못했다. '동화'나 '민담' 따위나 읽고 자라다, 일찍 가출해버린 시동이께, 그보다 더한 지혜를 물을 수도 없을 테다. 그런 것은, 생각하기만으로 풀릴 문제도 아닌 것이 아니던가. 그런 대신 시동이, 자아와 우주, 주체와 대상이라는 문제로 눈길을 돌리자, 이제껏 '중심'이라고 했던 자리에, 다른 한, 작은 치차 바퀴가 생겨난 것을 보고 섬뜩 놀랐는데, 그러자 밖의 큰 치차에 이빨을 물린, 이 작은 치차는, 더할 수 없이 빨리 돌기를 시작하고 있던 것이다. 시동은, 새로 어지러워, 건구역질을 하고, 바닥을 긴다. 때에 누군가의 음성이 들리는 듯한데, 이누마, 중심이라는 개 말뚝을 쑥 뽑아내든, 묶은 개 올가미를 싹둑 물어 끊어버리면, 개새끼가 용 될 거 아녀? 그것이, 언제부터, 어디에 생겨난 무엇인지는, 길든 개새끼는 알아도, 이 늙은탱이는 모르겠다만서두…….

"그리하여 나는, 돌아온 것이다." 시동은, 그 같은 소리를 천 번 하고도 보태 구천 몇 번쯤 되뇌이는데, 돌아왔다는 것을, 자신에게만이라도 분명히 해두려는 의도인 게다. 이렇게 되면, 그 선언에는, 뭔지 그만의 뜻을 내포하고 있는 것이 분명하다고, 들어야겠는다. 그는 그렇게 발설하지 않으니, 사실이 그런지 어떤지는 모를 일이라도, 짐작되어지는 것 중의 한둘은, 그것은 (개) 껍질 벗은 야호의 고고 소리가 아닌가, 즉슨 예의 그 소중(所中)이라는 펜리르의 배를 가르고, 훌쩍 뛰어오른 개구리 울음소리가 아닌가, 흐흐, 개 껍질 벗은 개구리! 아니면, 피안(彼岸)을 향해 가고 가고, 넘어가고 넘어간 데서도 더 너머에까지 가고 보니, 다시 또 차안(此岸)이더라는 것인지, 어떤 것인지—어쨌거나 반복되고, 강조되는 말에는, 반드시, 그만의 뜻이 함축되어 있었던 것만은 분명하다고, 들어야겠는 것이다. 시동은 그리고, 생각의 알을 품은 뒷자리를 좀 고쳐 틀어 앉는다.

한 마리 정충(精蟲)의, 도태치 않으려는 고투가 과연 어떤 것이겠는가? 히포크라테스문(門)의 아손들에 의하면, (아비로부터) 한꺼번에 (어미 속으로) 좍 쏟겨 내린 수백만의 정충들이, 하나의 난자(卵子)를 향해 일제히 질주한다, 예의 이 난자는, 희귀하게는 둘도 셋도 받아들이지만, 일반적으론 하나밖에 용납하지 않는다고 이른다. 천국은 활짝 열려진 꾓이라고 믿으면서도 시동은, 그 꾓을 드는 넋들 쪽에서는 그 꾓을 새로 건너다보게 하는 모양인데, 천국 들기의 좁고도 어려운 문은 거기서부터 시작되는 것일 것이었다. 밀종문의 아손들이 들려준 소문은, 이것들의 의지가 되어 있는 것은, (*Bardo Thödol*) 아비/어미에 대한, 형언할 수 없는 호애나 질투로 되어 있다는데, 요컨대 성욕(性慾)이 문제다. 그럴 것이 그것이 모든 물질적 생기(生起)의 생기(生氣)이기의 까닭일 것. 그것에다, 쇠고기의 지방이나, 대리석 무늬 모양, 갈마까지 촘촘히 수놓아져 있으면, —예 든 비유의 구상적 이미지의 추상적 아이디어化로서 말이지만—그 고기를 두텁게, 또는 그 전체로서 얹고 있는 유정을 사람이라고 이르는 것이니, 그것 여의기는 참말이지 어려울 수밖에 없겠을 일이다. 자식들은, 어버이들이 살고, 땀 흘리고, 생각하고, 고통하고, 염원했던 것들의 남김, 또는 그 찌꺼기를 물려받아, 그들의 삶을 계속해 사는 것으로는 잘 보이지 않으며, 자기들만의 삶을 새로 꾸려 사는 듯하니, 어쩌면 그것만은 그대로 고스란히 유전되는 것이 아닌 듯이 짚여지는데, 그러면 이 갈마란 무엇의, 또는 누구의 갈마냐 라는 의문이 생긴다. 이를테면, 정자의 것이냐, 아니면 난자의 것이냐, 또 아니면, 그 양자가 하나로 합쳐질 때, 그것 또한 합쳐져 하나가 된 것이냐, 라는 식이다. '남성 속의 여성성/여성 속의 남성성/정신적 남녀추니' 등을 짚어내는 이들이라면, 갈마란, 어느 쪽의 단일성를 띤 것만은 아니라는 주장도 하게 될성부르다. 그러면, 난자란 밭이며 씨앗은 아니잖느냐, 라는 의문이 급하게 따라붙게 되는데, 얻어질 대답은 뻔하다. 콩 심은 데 콩 나고, 팥 심은 데 팥 맺히게 하는 것이 밭 아니냐? 갈마는 그러니, 난자에가 아니라, 정자 속에 이미 수놓여져 있다는 대답일 게다. 그러자, 말하는 바의 '유전인자'와 '갈마'가 뒤섞여, 콩 넌 멍석에서 콩 가려내기처럼 그렇게 되는 현상을 목도하게 된다. 그런데 글쎄지, 말이지, 콩 심은 데 콩 나고, 팥 심은 데 팥 난다. 확대하면, 사과 떨어진 자리에서 사과나무 자라며, 수여우 받은 암컷 여우에게서는 새끼 여우가 나고, 사람의 남자를 받은 사람의 여자는, 사람의 아해를 분만하는 것이, 그 속담이 내포한 진리일 게다. 무슨 그런 인자의 까닭일 게다. (이건 별로 찬양 못 할 짓일 것이라도, 실학꾼들의 호기심이란 매우 장난꾸러기다운 데가 있어, 이미 그런 실험에 성공했으되, 쉬쉬 덮어 숨기고 있는지, 어쩌는지는 몰라 모르되) 아직까지는, 사람의 여자가, 사람의 사촌이라는, 수원숭이의 새끼를 뱄다는 얘기는 들리지 않다 보니 하는 말이지만, '난자'가 그냥 '밭'이기만 하다면, 뻐꾸기가 알 깨이려 그런 수고를 할 필요도 없을 일이다. 거 얼마나 똥집 한 점이 좋아, 그 좋은 암탉을 겁간해버리기로, 뻐꾸기의 심신도 쇠락해지려니와, 다자다복 또한 저절로 따르는 것인 것을, 저런 순 꾀 많은 우악한 놈도 없겠구나. 그래도 냅둬라, 저그들이야 생쥐의 암컷에게다 코끼리 새끼를 임신케 하든, 개구리의 암컷에다 생쥐 새끼를 우크르르 처넣어 주든, 나물 먹고 물 마신 뒤, 팔베개하여 누웠다, 벌떡 일어나 대들보를 끌어내려 이빨을 쑤시던 중 짜부러져 뒈지든 말든, 냅둬라 냅둬. 냅두지 말아야 할 것은, '因子'라는 것은 그러니, 꼭히 인간이라는 유정에만 한정된 것이 아닌, 범우주적인 품목으로서, 四大와 그것 버무려 만들어진 생명과의 관계에서 살펴지는 것임에 반해, '羯磨'는 꼭히, 五官有情, 그것 중에서도 '自我'를 확고히 개발한 유정과의 관계에서만 문제가 되는 문제라는 것이다. '유전인자'론과 달리, 이 '갈마'론은, '자아'라는 꾸리에 '갈마'라는 실을 두리두리 감게 된 유정, 즉 판켄드리야들만이 '바르도'에 든다는 얘기에로도 발전할 수 있을 게다. 한마디로 줄여 말하면, 유전인자는 육체적인데, 반해 갈마는 정신적이라는 것이다. 판켄드리야까지 진화를 성취치 못한 유정들은 그러면, 어디로 가는가, 라는 의문이 제기될 듯하지만, '本'에로 돌아가는 것 아니겠느냐는 대답은 저절로 묻혀 나오는 것일 것. 그렇다면 이것들을 두고서는, 환생이나 윤회 따위의 문제를 거론할 여지가 없어 보인다는 얘기로도 발전할 수 있을 듯하다. 이것들의 번식은 그런즉, 순전히, 땅에 남아 있는 것들의 유전인자에 의해서라는 것은, 실학꾼들이 잘 밝히고 있는 것인 것. 이 유전인자 속에, 또는 입어진 몸속에, 진화의 동력이 내장되어 있는 것일 것. 자벌레에게 만약 어떤 종류의 춘사가 없는다면, 그것은 꼭히 나비를 이루듯이, 춘사가 없는 한 五官有情은 '해골'에 도달하게 되어 있는 것인 것. 이 춘사란, 오관유정의 욕망과 갈마에 의해 일어나는 것들이어서, 바르도에서는 이것들이 어지럽게 헤어져 간다고 이른다. 위쪽에서는 '해골'을 성취하고, 아래쪽에서는 늑대로도 노루나 토끼에로도 떨어져 내린다. 이 상승과 몰락을 통해, 한 판켄드리야의 자아나 갈마가 분쇄되거나 무산되는 점에 있어선 같되, 몰락의 경우엔, '갈마' 대신 '인자'의 태보들이 열려, 비린내를 풍기고 있다. 시동이도 또한 한 마리 정충이 자란 자이지만, 그 정충의 고통이나 고뇌를 알 수 없는 것이 문제다. 어쨌든 궁금해쌌는 애들을 상대로 한, 옛날식 성교육(性教育)은, '왕자가 하나 있었더란다'로부터 시작해, 공주를 만나게 되기까지의 모든 고난과 역경 헤치기, 그러던 끝에 공주 만나 '잘 살았더래'로 맺음하는 식으로 되어 있는데, 소자궁(小子宮)의 대체화(大體化) 쪽에서는 그렇다면, '기사담'이나 '무훈담', 심지어는 수도자들의 '고행담'까지도, 저런 동화적 성교육이 성년용으로 바뀐 것 이상은 아니라는 식으로 이해할 수 없는 건 아님에도, 그런다면 히포크라테스들의 눈은, 냉소로 하여, 굳게 얼어 들고 말 테다. 그들은 왜냐하면, 그들의 돋보기로 소자궁만을 냄새나도록 들여다보다, 그 냄새에 정신이 아찔해져, 말하자면 머릿골의 반은 휘발해버린 까닭이다. 장작을 아무리 잘게 쪼개보아도, 불이 보이지 않듯이, 갈마나 혼 또한, 그런 것이 아니겠는가. 그럼으로 저들이야, 그 냄새에 취해, 자기들만의, 아마도 홑겹의, 진리를 설하든 말든, 히뜩 까뒤집어 눕든 말든, 냅둬라, 냅둘 일이라도, 이쪽 편 사정은 사정대로 딱한 대목이 있다. 라는 것은, 성공적으로 수태된 정충의, 되풀이되는 낙태, 또는 오나니즘이라는 것이다. 볼프람(Wolfram)이라는 패관은, 파르치발이라는, 한 키 큰 기사의 편력의 얘기를 통해, 그의 성공담을 들려주려 했던 듯하되, 결과는 역적으로, 그의 오나니즘의 과정만을 소상히 밝혔던 것으로 보인다. 그의 얘기를 좇으면, 파르치발은, '문잘배쉐'라는 난자를 뚫고 든 당찬 정충인 듯한데, 결과에서 보면, 일단 수태는 되었으나, 그 열 달을 채우지 못하고, 어미의 허벅지를 흘러내려버린 것을, 안 볼래도 안 볼 수 없게 되어, 민망스럽다. 그 오나니즘을 두고, 일련의 성배(聖杯) 석학들은, 그것은 그가, '성배비의'(聖杯秘儀)에 가담(되어지게)하기 위해서 꼭히 치렀어야 할 의식이었다고까지 풀이한다. (학자, 또는 비평가들이, 텍스트라는 독룡의 배 속에 스스로 걸어 들어가, 먹혀버리는 것은 이런 식이다) 그 결과 그가, 안포-타즈의 대를 이을 '성배지기'가 될 것이라고 하는데, 과연 으스락딱딱하지 않은 것은 아니다, 아닐 것이, 주어진 재료를 훼손하지 않는 한계 내에서라면, 저런 종합은, 으스락딱딱하다고밖에 달리 말할 수가 없기 때문이다. (저들은 그래서, 저들이 택한 텍스트라는 독룡께 먹혀졌다고 이른 것이다) 저들 중에, 분석력이나 종합력에 보태, 최소한도의 창의력이나 상상력을 가진 이가 있었다면, 적어도 한두 번쯤은, '성배지기의 임무나 사명'은 무엇인가, 를 물었어야 했을 터이다. 허긴 그러려 들면, 거기서 갑자기 '허구'(虛構)가 불쑥 일어나, 저들을 삼킨 그 독룡을 삼키려 덤비는, 엉뚱한 일이 벌어질 수 없는 건 아니다. 마는, 제 목숨을 지키려는, 공포를 수반한, 고집스러운 일념 탓에, 네미 숲의 '다이애나 사당지기 버-비우스'가, 윤년이라면 삼백예순여섯 날, 주야로, 촌시도 한시름 놓을 겨를도 없이, 심지어 새 풀잎이 자라는 소리에도 경기를 일으켜, 살(煞)이 쐬어 나는 눈을 희번득이고 살피듯이, 하여설람에 '성배지기'는, 무엇으로부터 무엇을 지키려는 것인가, 그것은 글쎄, 우선적으로 물어졌어야 되었던 것이다. 이 '하늘에서 떨어진 돌', 빛돌, 또는 소금은, 메카에 있다는, '알라의 오른손'(Yamin Allāh), 만방이 우러러 경배하는, 거대한 '검은 돌'과 달리, 달라도 많이 달리, 누구의 눈에도 보여지게 하려 하지 않는데, 그런즉 오히려 감추고 숨기려 하는데, 그러니 단적으로 말하면, 가리고 감추기가 지키기였던가(?) —왜 그래야 되었는가, 저들은 그것 또한 의문해보았어야 하잖았겠는가? 그것(빛돌)은, 그것을 보는 이의 병을 낫게 하며, 배고픈 이에게 배부름을 줄 뿐만 아니라, 선하게 원하는 모든 것을 주는 것으로 알려진 것인 것, 그러나 무엇보다도 그것은, '빛'이었을 것인데, 그렇다면 그런 것을 땅광 속에 왜 감춰둬야 했는가, 어째서 켠 불을 땅광 속에 넣고, 문을 잠가야겠는가, 비록 겨자씨만 한 것이라도, 그런 것쯤 의문해볼 자기만의 의견도 없었던가? (이래서, 말한 바의 저 석학들은, —이건 물론 이런 경우에 한해서만 할 소리겠는다만—이것저것 닥치는 대로 박치기 하던 중, 대가리는 닳아질 대로 닳아져 구두쇠처럼 민들거려도, 그 속에는, 화폐개혁 이전의,

또는 그것 쓰이는 자리가 다른 고장의 녹슨 달란트 몇 개나 굴르고 있다는 소리도 하게 된다. 문제는 그럼에도, 그중의 어떤 이들은, 그 엽전 몇 개로, 모든 텍스트의 의미를 다 사들일 수 있다고 믿어 자처하는 데 있을 테다. 실상은 어떤가 하면, 어떤 물건들은, 불러진 값이, 자기의 호주머니 사정을 훨씬 넘는 것도, 또는, 가진 엽전이 그 자리에서는 통용 가치가 없는 경우도 흔하다는 것이다. 예를 꼭 하나만 들면, 흐흐흐, 개고기 파는 자리에 가서, 누가 양고기를 사려 하기 같은 경우일 테다. 사정이 그러하다면, 입 다물고, 자기네 엽전으로써 계산될 만한 물건이나, 또는 그것이 쓰여질 자리에로 자리를 옮겨 앉으면 된다. 그러려 들면, 하기야 자괴감도 왜 없겠는가? 그 되잖은 물건으로부터 무시당하고, 모독당한 느낌인들 왜 또 없겠는가? 그럴 때, 공들의 호주머니를 가리기에 좋은 방법이 있거니, 저 가게에서는, "羊頭를 걸어놓고, 개고기를 판다", 고 왼 장바닥에 떠들어주면 된다. 개중에는, 개고기는 쇠고기보다 열 배는 맛있다고, 개고기 맛 들인 자도 있어, 그 소리 좇아 덜렁여 불편한 하초를 움켜쥐고, 첩넨네 갈 궁리하며, 양두 걸린 집으로 달려갈 이도 있을지 모르는데, 먹은 것이 뱀고기였다면, 그것도 문제다. '개와 뱀은 동류의 유정'이라[는 소리는 *Zend Avesta*에 있등만] 카잖든가? 비 묻은 구름 끼지 말아야 된다, 그랬다간 이 고기 먹은 자들마다, 클클클, 登天한다는 소리가 등천하게 될 것인데, 일손들이 저렇게 되었으니, 내년 봄갈이가 벌써부터 걱정스럽다. 咄, 小說하기의 雜스러움!)

성물(聖物) 모독죄로, 비록 지옥도에 떨어지는 한이 있더라도, 저런 의문은 어디까지 나아가게 하는가 하면, 문잘배쉐에, 실제로 그런 '성배'가 비치되어 있기는 있는가, 라는 데까지 닿게 한다. 있으되, 그것은 누구라도 꿀컥 삼킬 만큼 작은 데다, 하도 많은 도척이들이, 그것을 빼앗으려 하거나 도둑질하려 함으로, 그렇게 감춰둘 수밖에 없다면, 무적이라는 천군(天軍)은 무엇의 용도며, 선하게 원하는 것이면 무엇이나 이뤄준다는, 그 복음은 얼마나 멀리 미치는 것일 수 있는가, 그런 것도 묻게 된다. 듣기로는 그런다, 동정을 잃어본 적이 없는, 백성의 수보다 더 많을 듯한 범강장달이 같은 기사들이, 그것 지키기에 주야도 휴식도 몰랐다고 하되, 그리고 그들에 의해서, 문잘배쉐 찾아드는 기사 자처하는 시러베들이 무참히 낙마했다 하되, '지키기'로 하여, '베풀기'가 장애 받아서야 되겠는가? (이것이 아마도, 시동이 이해하는, 안포-타즈의 先騎士後百姓주의였었을 것이었다)

그러고도 제기될 의문은, 아직도 천만 가지로 많다. 그러나 그런 의문이 제기되었어야 되었던 이유는, 아마도 하나일 것인데, 그러니 탁 털어놓고, 그 이유만 들춰내기로 한다면, 이렇게 될 것이었다, 라는 것은, 문잘배쉐가 그것 자체까지 오리무중 속으로 가라앉아 들려 하며까지 숨기려는 것은, '성배'가 아니라, 아으, 주여 용서하소서! 사실은 그것의 '부재'(不在)가 아닌가, 하는 그 것이다.

그렇다면, 파르치발께 분명히 보여졌다는 그 성배는 무엇이었는가?

아마도 그러나, 그것을 묻기 전에, 그 성배 밑에서 기저귀 찼다, 떼고 자란 시동이가, 그것의 '나비', 즉슨 '불새잡이'에 나선, 그 까닭은 무엇이었는가, 그 대답을 해놓고 있음에도, 요즘 안포-타즈가, 하룻밤에도 삼백 번은 더 묻고, 한 번 더 묻듯이, 그것부터 물어야 할 것인 듯하다. 시동이 자신, 당시, 그것을 분명하게 인식하고 있었다는 믿음은 없으되, 시동은 분명히, 무의식 속에서, (당시로는 무의식적이지만) 그것의 '루타'와 '아르타'를 분리해보고 있었던 것만은, 그가 세운 대의와 목적에 의해 유추된다는 것은, 천한 번도 넘게 유추된 바이다. 이 말은, 약간만 비약하기로 하면, 문잘배쉐의 성배는, 그 루타와 아르타가 짝 맞지 않은, 보다 모독적 폭언을 쓰기로 하면, 아으, 주여 벌하려 하시니까? '인위적(人爲的) 성배'였을 수도 있다고 할 수 있을 듯하다. 돌팔매를 무덤 삼고, 무덤에 들어서는 무저갱에로 한없는 몰락을 겪기라도 불사키로, 보다 더 직접적으로 말하면, 저것은 '우상'(偶像), 그렇다 그런 어떤 것이 아니었는가, 한다는 얘기가 된다. 유리의 순례자가, 매우 민망한 어투로, '해골, 마른 해골' 한 덩이를 보았다고 말할 수밖에 없었던 저의도, 그러면 여기 어디서 짚인다. (修辭學的 질서의 까닭으로, 반복을 회피할 수 없는 경우가 자주 생기는데, 그런 경우라면, 꾀 있는 청자는, 머리칼 귓등으로 쓸어 넘기는 척, 손바닥 펴 슬며시 귀를 덮기도 하고 그러드먼) 같은 것을 보았음에도, 시동은 그 루타만 보고, 파르치발도, 그 의식(儀式)을 통해 뭘 보기는 보았으나 그냥 환상적

이어서(그의 침묵도 이것에 연유했었을 것이었다), 비약해 말하면, 아르타일 것에의 희미한 인식을 좀 가졌었을 것인데, 그랬기에 이후, 파르치발의, 그 구상적, 실제적, 본디의 '루타의 회수'와, 시동의 '아르타 찾기'라는 두 다른 탐색이 시작되는 것일 것이었다. 그것의 '부재'를 '인위적인 것'이 대신하고 있다면, 이는 위난 중의 위난이어서, 행방불명이 된 그것 찾기에, 결국 마당발 아서왕의 도움까지 필요하게 되었음도, 넉넉히 짐작된다. 파르치발을 위시한, 원탁의 기사들이 그리하여, '성배의 성'을 지척에 두고도, 그것을 뒤로 한 채, 따로따로, 나름 나름으로, 모든 방향, 모든 고장으로 흩어져 간다. 하기는, 예의 저 '성배 秘儀'가 다름 아닌, 선택된 자들만을 상대로, 비밀리에 '성배 不在'를 공표한 자리였다면, 그가 그 비밀한 회합에 참석했었기, 그 비의에 가담했었던 의식이 그것이었다고 해내는 분석에 오류는 없어 보이기도 한다. 근자에, 이 성배 傳說에 각별한 관심을 가져온, 성배 석학들이, 이 성배비의에서라도 돌아온 듯이, '성배는 없다'라는 식으로, 그 비밀을 두고 성급한 누설을 하고 있는 듯도 싶은데, 사실로 그래서, 볼프람도, 은연중에라도, 그것을 밝히고 있는가? 사실이 그래서 그러했던가? 그러했으므로 파르치발은, 그 의식이 끝난 뒤, 다시 돌아와 '성배지기'의 대를 잇게 되기까지, 문잘배쉐의 바깥뜰을, 그렇게도 멀리 헤매지 않으면 안 되었던 것이었을까? 이 새로 만들어진, 가설에 편들지 않기로 하면, 그것이, 파르치발의 오나니즘이다.

독신 죄를 무릅쓰고까지 앞서 주억거린 얘기를 종합하기로 한다면, '성배 탐색'이란, ('마음의 우주'의) 밀종적 수도행, 또는 그 고행이, '말씀의 우주'식으로 번안되는 과정에서, 드러난 결과라는 투의 주장을 할 수 있게도 된다. '마음의 우주'에서는 그것을 '친타마니'[如意珠] 라거나, '파드마마니'[蓮石] 라고 이른다는 것은, 이제는, 천 번 하고도 한 번 더 알고 있는 얘기—. 이 말은 그러니, 만방이 우러르는, 거대한 '검은 돌'과 달리, 이 특정한 '빛돌'은, '밖'을 밝히는 것이기보다, '안'을 밝히려는 것으로서, 그것을 찾으려는 모든 탐구적 정신들의 심정에, 그것이 놓일 제단을 갖고 있다는 것이다. 켠 불을 넣고 감춘, 땅광이란 이것일 게다. 비록 그것이 그 제단 위에 놓여 있어도, 찾으려 하지 않는 자에겐, 없다. 찾으려 하되, 그것의 '루타'에 마음을 묶여, 밖으로 내달리려 하면, 결과는 오나니즘일 게다. 돌아온 파르치발이, 어느 날부터 성배지기 자리에 얼굴을 보이기 시작한다면, 그로부터 나타나게 될 문잘배쉐의 변화를 관찰해보고서야 할 얘기겠지만, 현재로서 (시동이께) 짐작되어지는, (반복되는 듯하지만) 그가 할 수 있는 일은, 두 가지쯤으로 추측할 수 있을 것인데, 이는 사실 두 끝에 창두를 단 양두창 같은 것이기는 하다. 그 창두 하나는, '사회적 가학증(加虐症)'일 것이며, 다른 하나는, 안포-타즈와 똑같이 드러내는 '사회적 피학증'일 테다. 전자의 경우, 그는 먼저, 롱기누스의 창을 꼬나들어, 안포-타즈의 가슴을 겨눠 찔러 덤빌 것인데, 왜냐하면 안포-타즈가 그 주술 자체이기 때문이다, 안포-타즈가 있는 한, 문잘배쉐의 주술은 깨어지지 않는다, 후자의 경우, 그는 안포-타즈의 고통을 자기에게로 전가하려 할 것이다. 다른 쪽의 창끝을 자기 가슴에 대고 엎어지기이다. 전자는, 보다 더 치도적(治道的)이어서, 이후, 파르치발이 어떻게 문잘배쉐를 운영하게 될지, 그것은 그의 야망과, 민중에의 이해가, 그 진로를 결정해줄 것일 것. 결과는, 누구라도 추측할 수 있거나, 못할 것일 것이다. 어쨌든 '병(病)—가난'이 국시(國是)였던 것이, 바뀔 것만은 분명하다. 안포-타즈의 성공과 실패는, 저것이 종교의 한가운데 서 있는 주제와 유사함에 의해, 이 '국시 자체'를 종교, 즉 祭政一致로까지 승화하는 데는 성공적이었으나, 그것을, 땅에서 한 치 반 치도 떠들어 올리지 못했다는 데 실패가 있었을 것이었다. 이유는 분명하다, 라는 것은, 그가 주체사상으로 삼았던 '성배'가, '하늘에서 떨어져 내린 돌'('Lapis Lapsus ex Caeblis', A Stone fallen from Heaven)인 것은 분명함에도, (벼락과 마찬가지로, 땅에 닿아 파고들었을 때) 흙에 묻혔을 것이라는데 마음을 묶었을 것이었다, 이후 그것은, '땅속에서 캐어낸 돌'('Visita Interiora Terrae; Recitificando Invenies Occultum Lapidem.' Visit the interior of the earth; through purification thou wilt find the hidden Stone)이라고 바뀌어 안포-타즈의 심령을 점유했었을 것이기 때문이다. 그것은 흙에 버무리되어 있어, 그 흙을 털어내는 일이 안포-타즈의 난행의 전 내용이었을 테다. 라는 추측은, 그의 (얘기되어진) 유토피아론을 통해 충분히 가능하다. 안포-타즈의 병고는, 그때부터 더해지기 시작했었을 것이고, 그런 까닭으로 그것은 치유키 어려웠을 것이었다. '임금의 귀는 당나귀 귀!'라고,

밝힐 수 없는 말 한마디, 아으, 목에 걸린 납비녀, 그 이물 하나를 토해내고 싶어 하다, 하다못해 귀 없는 대나무숲 찾아 어느 한 자리 토하고, 그 납비녀 묻어뒀던 어떤 복두장이모양, 이 시동도, 하다못해 이 정적의, 침묵의, 무언의 그 중 후미진 데, 쇠똥 한 무더기 자리만큼만 열어서라도, 뽑아내 버리고 싶은, 납비녀가 목에 결려 있음을! 제발 저 귀도 혀도 없는 무음이, 입을 열지 말아주었으면! 안포-타즈 임금의 불치병은, 虛無主義며, 無神論! —아으, 그 말 한마디. 聖杯는 그의 物神이며 理念일 뿐, 神은 아니었다. 그의 병은 '흙병'이었다. '니고'(泥苦)였다. 그와 달리, 안포-타즈의 니고를, 파르치발 자신이 대신하려 할 경우는, 실제적으론, 오존(ozone) 막이가 되어 있지 않은 문잘배쉐에, 해가 둘씩이나 한꺼번에 떠올라 있기와 같아, 성민이 당하게 될 고통이나, 그들 숙지(宿地)의 황폐가 두 배로 더해지는, 매우 바람직하지 않은 결과가 초래될 수도 있을 것이었다. 그럴 때, 두 개의 해 중의 하나는, 달[月]이 되어지는 것이 최선일 테다. 안포-타즈는 그것을 너무도 잘 알고 있었으며, 그 얘기가 그래서 그의 '유토피아론'에 섞여 들어져 있던 것도, 시동은 눈치챈다. '성배지기'의 자리에, 파르치발의 얼굴만 보이고, 안포-타즈의 얼굴은 그늘 쪽에만 있어야 될 일인 것. 그런 후 파르치발은, 안포-타즈와 마찬가지로, '성배 자체'가 아니라, '성배가 있다', 또는 '없다'는 그 '비밀'을 수호하려 하여, 네미 숲의 버-비우스적 고행을 자초할 것이 짚인다. 왜 인류의 소망에다 재를 뿌릴 일이겠는가? 그는 천만 번도 더 생각할 것이며, 금수는 식물(食物)이 되는 것만 먹지만, 사람은, 보태, 식물이 못 되는 꿈도 먹어야 산다, 라고 또한 천만 번도 더 생각하고, 순교자이기를 자청함에 분명하다. 이것이, 오나니즘만을 되풀이해온, 그의 성배 탐색을, 순교냐, 오나니즘이냐, 둘 중의 하나로 결정짓게 되는, 최후의 한 관문일 것인데, '병—가난'은, '자기부정'이라는 종교적 수행의 중심에 선 주제라는 것은 앞서 밝혔거니와, 그것의 체제화에 치도(治道)가 머리를 쳐들었던 것이, 안포-타즈식의 종교, 즉 유토피아였다면, 그리고 그것이 그의 성공이었음과 동시에 실패였다면, 이 성민들은 이런 자리 어느 일점에서 동결되기 시작해, 성배를 노리는, 침략적 외세에 대한, 자기 수호, 또는 보호라는 제이의 본능을 눈떠냈을 것이며, 그것이 동결(凍結)을 더욱더 굳게 했을 것이었다. 언

[凍] 수은(도 어는가 몰라?) 방울처럼 만들었을 것이었다. 이 동결이 풀리지 않는 한, 저들은 밖의 사람들과 꼭히 같은 '人間'이라고 보기에는, 거기 빙벽이 가리고 있어 어려운데, 비록, 말해, 어느 때, 그러니 파르치발의 어떤 대의에 의해, 그 성문이 활짝 열린다 해도, 실제적 의미에 있어선, 그것은 루타의 개방이며, 아르타의 개방까지 되기엔, 누구도 확측해낼 수 없는 시간이 걸리게 됨은 분명하다. 그들 중의 어떤 이들은, 어떤 경로에 의해서는, 그들 안에서 그 준비가 되어 있음으므로 해서, 성문이 열림과 동시에, 바깥사람들과 화해롭게 어울림에 어떤 종류의 불편도 없겠으나, 혹자는, 오랜 기간 동안에 걸쳐 굳어진, 예의 저 제이의 본능의 까닭으로, 갑작스러운, 낯선, 새 물결에 어떻게 적응할지를 몰라, 털과 발톱을 세우면서도 꼬리를 사리고, 한사코 움츠리며, 의심하고, 주저할 터인데, 비유로 말하면, 그런 이들께는, 애정을 가진 채, 한 손에는 먹을 것을 들고, 다른 손엔, 자기네의 정의라는 올가미를 들어, 자기를 껴안으려 드는 바깥사람들은, 나찰이나, 심지어 지옥의 유황불로도 보일 수도 있을 터이다. 바깥사람들은, 자기들식의 인도주의로 하여, 예의 저 제이의 본능이랄 것이 (다르마보디 전용어 하나를 빌려 쓰자면, 그러고도 물론 이 단어는, 말줄의 흐름이 그러해서, 凍結 쪽에만 쓰려 하고 있는 듯한 인상을 주게 될 것도 회피되지 않지만, 그 반대편의, 解弛될 대로 해이되어, 곪은 상태에까지 떨어져 내리고 있는 쪽에 대해서도, 마찬가지로 쓰여지는 그런 것인 것) '性'에로까지 용해되어버리지 않은 동결을, 그런 채로 품으려 하면, 얼고 있는 독사를 품기나 같은 결과를 초래하지나 않나 하는 우려도 없잖을 수 없을 것이다. 이(利)만을 우선으로 챙기려는, 치도꾼들의 가식적 인도주의의 가락에 맞춰 춤추려는 자가 아닌, 진정한 인도주의를 회포한 자들이라면 그런즉, 예의 저 동결된 인간들을 품으려 내닫기에, 조금도 성급함을 부릴 필요는 없다고 생각할 테다. 이럴 때, '문화적 장치'(란, 미리 깨우친 한 학자 노귀남 박사의 의견을 빌린 것인데)라는 것이 운위될 것인데, 비유로 말하면, 태어나서 다 자란 때까지, 울에 갇혀, 하나에서 열까지 사람의 손에 의지해 낮잠이나 잤던 늑대를, 거친 들에다 풀어주려 하면, 그러기 전에, 그것으로 하여금, 자꾸 인가 쪽으로 와 비실거리는 대신, 그 들에서 도태치 않고, 제 힘과 용기로써 생존할 수 있는 능

력이 생기게 되기까지, 이미 개가 되어 있는 그 늑대에게, 들 공부를 시키는 일은, 무엇보다도 우선적 필수적인 문제가 아니겠는가—이것이 예의 저 '문화적 장치'라고 이르는 것일 게다. 안포-타즈가, 한편에선 파르치발을 기다리며, 다른 편에선, 탈리에신을 그리워하는 것도, 이것과 어디서 연관이 있어 뵌다. 파르치발은 어떻게 해석되든, 탈리에신은 '문화적 장치'라는 쪽에서, 그를 기다리게 되는 분명한 이유가 있어 뵌다. 어찌 되었든, '성배'란, '없는 것'이 아니라, 아직도 '찾아야 하는 것'일 것인 것, 그렇다, 그것은 아직도 찾아야 할 것인 것이다. '성배'는 그리고, 결코 '없는 것'이 아니어서, 아직도 그리고, 만세를 두고, 그것을 찾으러 나선 자의 대상으로서 '있'으며, 찾아지기도 할 것임은, 결코 부인되지 않는다. (이런 이유로, '聖杯는 없다'고 선언했던 이들의 그것이 '성급했다'고 이른 것인 것) 다만 그것의 '이름'들이 다를 뿐이었을 것인데, 진화론자들께 있어서 그것은, 종국에 분쇄해버려야 할 대상으로서의 '자아'이기도, 창조론자들에 대해선 '신'이기도, 또 예술가들에 대해선 '미'(美), 실학(實學)이나, 지혜 따위를 주제 삼는 이들에겐 '진리'(眞理)일 수도 있을 것인 것. 재미삼아 얹어둘 것이 있다면, 'A Theory of Everything'도 그것이다. 찾지 못한 것과 없는 것은 다르다. 다만 찾지 못했을 뿐이다. 안포-타즈는, 어쩌면 그의 성급함과, 시야의 좁음, 보태서 결벽증의 까닭으로, 자기가 다수를 사기 치고 우롱하고 있다는 생각에 괴롭힘을 당했던 듯하여, 치유할 수 없는 상처를 열고, '있지 않은 것을 있게' 하려 하여, 자기의 유토피아를 구현하려 한 것으로 이해되는데, 그의 후임자로 운명 지어진 파르치발에게 바라기는, 비록 그 탐색의 시작점으로 돌아왔다 해도, 그것이 종착점이 아니라, 새로운 탐색을 위한 새로운 시작점으로 알아, 새로 시작하게 되기며, 이번만은, 안포-타즈라는, 한 성배지기의 불치의 병을 치유하기로써, 그 성의 황폐를 수복하려 하기보다, 그 성의 황폐를 극복하기에 의해, 안포-타즈의 병도 회복되기를 바라는 데로, 대상과 목적을 바꾸기 같은 것일 것이다. 臨濟義玄으로부터 이 한 문장 쓰기의 도움을 빌린다면, 주어(主語)와 객어(客語)의 위치가 바뀌어져야 된다는 얘기다. 다시 말하면, 어느 쪽이 루타며, 어느 쪽이 아르타이든, 그 위치도 바뀌어져야 한다는 말이다. 안포-타즈식 문법은 고로 교정(校正)되어야 할 것이었다—이것은, 시동이 깊이 경애하여 늘 그리워하고 안부를 궁금해쌌는, 아비 안포-타즈에 대한 저항이며, 모반이래얄 것이었다. '지 애비 쳐 죽이고, 지 에미 씨발 누무 후레자식의 발작(Oedipus Complex/Judas Syndrome)'이래도 상관은 없을 테다. (Oedipus Complex와 달리, 종교적 병증이라고 그 특성이 짚여지는, Judas Syndrome은, 기독의 Antithesis라는, 'Fierce' Untouchable 자라투스트라에게서 그 극명한 형태가 드러나 보이는 것은, 이제도 살펴지면, 천두 번째이다. 이 특성을 드러내기 시작하면, Homo Sapiens가 Nemo Sapiens 化하는 것으로 얘기되어져 왔거니와, 이들이 땅을 채우면, 終末이 온다고, 걱정 많은 늙은네들이 걱정한다는 소리도, 이번에 하면, 천세 번째가 될 테다. 이들은 '終末人'이라기보다는, '終末을 초래하는 이들'이래얄 것이다. 魂의 Antithesis가 魄이며, 이 魄의 大王을 'Beast'라고 한다는 얘기는, 그러니까 천네 번째 하는 소리겠는다) 시동 자신은 알 수가 없었을 것이었지만, 그가 아비의 문장을 교정한 그 순간, 아비와 자식 간에 이어져 있던 배꼽 줄이 탁 끊겨버린 것일 것이었는데, 한 뚤파(Tulpa, Tbtn.)가, 그것대로 독립해버렸다고 해얄 것이었다. 이것은, 안포-타즈의 뚤파로서만, 그가 먹인 기(氣)에 의존해 존재해왔던, 시동이라는 뚤파의 자주(自主), 당당한 한 승리가 아니었겠는가. 人間이 再臨했도다! 역사의 강 위를 떠 흘러온 바구니 속에서, 한 영아가 成人으로 태어난 것이다. 어미는 아직도, 새끼를 낳을 준비로, 자궁에 기름을 덕지덕지 얹고 있는데, 아비가 늙고 쇠약한 노새여서, 저 기름진 전원을 황폐케 하고 있으니, 자식이라도 어찌 歸去來辭를 읊지 않을 수 있으리오? 그렇게, 아비에 대한 모반을 감행하기를 통해, 분명히 시동은, 세 번째로 동정(童貞)을 떼인 것일 것이었는데, 첫 번째는, 남근을 구비해 어머니의 하문을 나섰을 때, 두 번째는, 이것은, 할례로도, 성인제(成人祭) 치르기로도 보이는데, 한 여성의 자궁에 새로 들기로써, 세 번째는 그리고, 이것은, (유다로서가 아니라, 오이디푸스로서) 아비를 거부하거나 살해하기라는 행위를 통해, 어미를 마누라 삼기로써 그런 것이다. 이 '어미-마누라'가, 다름 아닌 시동이의 '광야'라는 것까지도 일러주랴? 첫 번째 동정 떼기에서 그는, 남근을 구비하고 있기는 했으나, 결과 무성(無性)으로 한데 드러내져 있었는데, (사내가 떼이게 되는 이 童貞은, 하와가 잃은 處女性과 마찬가지로 영구히 회복되지 않을 것인 것) 두 번째의 그것에서 그는, 성(性)은 찾았으나, 근(根)은 잃었다고, 노새 꼴로, 그것 찾아 방황하기에 오늘에 이른 것이지만, 오늘 아비의 척추를 부러뜨리고 이 오이디푸스는 그리하여, 한 독립한 인간을 성취한 것으로 건너다 뵌다. 물의 자궁에 담겼다, 문잘배쉐라는 불모(不毛), 그 재[灰]의 모태에로 이월했던, 한 불덩이의 태어나기가 저러하다. 이것이, 한 무명의 고행자의 전기(傳記)의 전 내용이다. 광야가, 황폐가, 정적과 무음이, 그의 강보가 된 것이다. 재나무가 그렇게 告知한 문잘배쉐의 탈리에신이, 광야에 태어난 것이다!

'돌아왔다'는, 시동이의 선언을 좇아 해온 얘기는, 실제로 그가, 저 선바위 밑을 떠나, 어디만큼 가던 중 밤이 되어, 아무 곳에서나 한 밤 새오쟈, 어느 나무 밑에 쭈그리고 잠에 들었더니, 밤중 되어 심히 목이 갈했겠다, 잠에 취한 채, 버릇이 된 대로, 물그릇을 찾아 더듬은즉, 물이 채워진 그릇이 만져져, 슳카장 들이켰겠다, 동도 텄겠을 일, 잠 깨보았었겠다, 알았었겠다, 자기가 마셨던 물은 다름 아닌, 장구벌레며 실지렁이가 득시글거리는, 누구의 해골에 담겼던 것이었음을, 무상이었음을, 흐흐, 어찌 토악질이 일어나지 않았을 수 있었겠느냐, 느꼈겠었다, 왝 왝 토해내며, 발길을 되돌려, 그 길로 쪼루룩 달려왔는지, 그것도 아니면, 누구라도 이른 아침 고향을 등지려 할 때는, 자기의 그 낫살까지의 젊음을 옷이나 신발처럼 벗어 동구에 걸어두고 놓아두고, 뻘건 몸으로 떠났다, 해지려 하니 추운 데다, 주름살이며 꾸둥살을 무겁게 얹고, 그것이 무거워, 각시야, 각시 너 보러 왔어(!), 그래서 품바 품바 돌아를 온 것이었는지, 하긴 그 까닭이었을 것이지, 흙에다 흙발[苦] 대었으니, 어디 족적인들 남겠느냐, 그뿐만이냐, 흙으로 흙 디뎌 나간단들, 그 흙밭이지, 또 다른 밭이겠냐, 까닭일 것이어서, 어디로 나아간 족적이란 한 개도 없는 것으로 보건대는, 苦無/無苦—한 발자국도 어디로 나아간 적은 없었는지도 모른다. 그래서 시동이가, 떠나지 않은 자는 돌아오지도 않는다, 라고 해설라므네, 한 발자국도 이 광야를 벗어나지 안 했다면, 이제 현실적인 문제를 물어보잖을 수 없게 된다, 뭘 먹고, 뭘 마시고, 무슨 수로 오늘 이때껏 살아왔느냐, 는 것이다. 그러나 뒤늦게, 왜 그런 염려를 꺼내는가? '자라투스트라가 서른이 되었을 때,

그는 고향과 고향의 호수를 떠나, 산에 든 뒤, 자기의 정신(spirit)과 고독을 즐기며 십 년을 살았으되, 지치지 안 했다.' —그러나 아무도, 매우 후하게도, 그는 그 십 년 동안, '소금'의 문제는 어떻게 해결했었던가, 운 좋게도 그 산에, 십 년을 핥아도 남을 염석(鹽石)이라도 한 덩이 있었던가, 또 아니면, 그의 동굴은, 소금 장수가 지나는 길목에라도 있었던가, 그것도 아니면, 그가 산마루에서 낚아 올린다는 '신의 대갈통'에서 뚜둑 뚜둑 흘리는 짠물을 핥아 염분을 보충했던가, 하는 매우 산문적, 현실적 물음은 물으려 하지 않은 듯하다. 그건 어째도 우문이어서, 한가을 달빛 저녁, 귀뚜라미들 모여 하는 교향곡의 악상을 깨뜨리는 당나귀 울음소리 같은 것이라고 쳐 두기로 한다 해도, 이후의 그의 '정신 즐기기'와 드러내는 언동이 초(礎)한 자리[基]를 살펴보게 하는 단서를 제공한다고 보면, 그렇게 우문만은 아닌 것을 알게 된다. 체내의 염분의 균형이 어긋나면, 이 경우는, 염분이 과다해진 경우인데, 물론 이것이 직접적 원인은 아니겠으나, 그것에 따른 여러 부작용에 의해, 종국엔 정신이상증까지도 일으킬 수 있다고 이르는바, 'Spirit을 즐긴다'는 그의 매일 매일 살기는, 사실 너무 짜와서 탈이었던 듯하다. 'Spirit'이라는 추상적 아이디어는, 구상적 이미지화하면, '빛'으로도 몸 바꿈을 하게 되는 것은 용이하다. 그것의 물상적 세계에로의 이차적 구상적 이미지화에서 드러나는 것은, 분명히 '소금'인데, 그런즉 그의 나날이 얼마나 짜왔겠는가? 재밌는 것은, '빛'은 '魂氣'일 것임에 반해, 물상적 세계에의 제휴에 의해, '소금'이 되자, 그것은 '魄氣'화해 있다는 것일 게다. 魂의 몰락이 보인다. '神의 죽음'이 보인다. 아항, 그래서 이 사내는, 자기의 Spirit에서 소금을 빨고, 꺼떡없이 살았던 것이었구나! 그런즉슨, 그것은 물을 것도 못 되는 우문인 것을. 하, 하기는 그러구 보니, 해가 설핏 기우는 시각이어서, 문잘배쉐의 하늘을, 시동이의 일용할 양식을 발톱에 꿰 단, 빛에 쐬어 붉은 빛돌도 같은 그 흰 비둘기가 날아오는 것이, 보일 듯 말 듯할 때도 돼 있다. 이것이다, 이것이, 시동이도, 어부왕과 마찬가지로, 최소한도의 생명만을 부지해오게 한 그것인데, 어부왕 자신도, 시동이보다 (식물을) 더 취한다거나, 시동이 안 누는 똥을 눠가면서 살아오고 있는 것이 아닌 것은, 문잘배쉐 성민이라면 다 알고 있다. 그 식물은, '성배가 차려 하사한 것'이어서, 시동이를 두고 보건대, 꼭히 수분이라거나, 염분을 따로 섭취하지 안 해도, 어쨌든 목숨의 심지에다 최소한도의 기름을 주는 모양이었다. 모든 어머니들의 젖이 그렇잖으냐, 이 한 조각 빵도 그래서, 성배가 흘려내는 젖이 고체화한 것이었던 듯하다. 그 음식을 날라 오는 이 비둘기가, 처음 그것을 발톱에 꿰차고 왔던 그 비둘기인지 아닌지, 시동은 모를 뿐이다. 이 '비둘기'는 그래서, 시동이의 방랑이나, 아니면 광야에서 보낸 시간의 길이를 궁금하게 하는데, 그 비둘기가 그 비둘기인가, 아니면 그 비둘기는, 이 새 비둘기의 할머니거나, 증조모거나 고조모쯤 되었을 것인가, 시동이로서는 모를 뿐이다. 그럼에도 여전히 갖다가시나, 이런 문제에 마음이 묶인 이들이, 고개를 갸웃거리며, 툴툴거려지는 것을 참을 수 없어 한다면 말인데, 들려줄 말이 준비되어 있지 않은 것도 아니다. 雜說쟁이가 아니라, 이것은 小說匠들이 해야 하는 짓인데, 뭐 가지 경우를 제시할 수 있을 게다. 하나는, 그 비둘기가 매일같이 발톱에 꿰차고 온 빵떡이, 그 선바위 밑에 쌓여 곰팽이에 슬리다, 재가 되어가고 있었다는 것이며, 그러고도 따라붙는 의문이 있다면, 그 의문은, 문잘배쉐의 새 길들이는 자에게 갖고 가 펴 보일 것이며, 다른 하나는, '아비 모를 애를 뱄다는 시녀'('것11')가, 음식 나르는 비둘기를 어깨에 앉히고, 가다끔 한 번씩, 말 타고 그 선바위 밑에 와 시간도 잊고 시간을 보내다 갔다고, 그 좀 짜안스럽기도 할 얘기를 엮어 넣을 수도 있다는 것이다. 그런다면, 체머리로 툴툴거릴 필요도 없는 것 아니겠으? 마는, 그러려 들면, 시동이의 배회나 행방이, 저절로 확연해져, 되어져 오고 있는 얘기까지 바뀌게 됨에 분명한데, 문제는, 얘기꾼 당자도 사실은, 사실로 시동이가 이 광야를 떠났던지 어쨌던지, 그것을 모른다는 데 있다. 그럴 것이, 이것은, 이 시동이의 胎藏에 연결되는 얘기지만, '菌世'나 '광야'의 인체적 이름이 그것일, '누구(는 九祖이다)의 항문 속에 집어넣어진 빛돌'이, 어떻게 열두 발 그 긴 창자 속을 벗어날 수 있었을는지, 있는지, 있을지, 현재까지도 그것을 알 수 없다 보니, 알 수 없는 일 아니겠으? 어쨌거나, 광야의 鰻플스틸트스킨이 그였다. (시동은 아직까지도 제 이름을 찾지 못하고 있는 것인게다) 그렇다고, 머리칼이나 수염에, 그리고 주름살에, 평균 시간의 테가 새겨진 것도 아니어서, 못 먹고 못 가꾼 자가 덜어낸 세월의 길이도 알 수 없을 뿐이다. 어쨌거나, 요즘 먹이를 날라 오는 이 비둘기는, 어찌나 상냥하고 정이 많은지, 이냥 돌아가려는 대신, 시동이의 무릎에도 앉고, 손바닥에도 오르며, 가슴에도 포옥 안겨, 시동이를 빤히 올려다보다, 시동이의 갈라 터진 입술을, 더듬는 듯, 부리로 부드럽게 쪼기도 하고, 또 아무것도 쪼아낼 것 없는 바닥을 헤쳐, 뭐든 입에 넣어서 해롭지 않을 것, 예를 들면, 죽은, 무슨 벌레의 껍질이거나, 검불 부스러기 같은 것을 찾아내, 시동이의 입에 넣어주기도 하고 그랬다. 그러며 지는 해를 안타까워해 하는 듯이 해 보이기도 했는데, 그 빛이 좀 남았을 때, 새는 돌아가야 하기 때문이었을 것이다. 새도 눈물을 흘리는지는 몰라도, 떠나려 날개깃을 여밀 땐, 눈에는 눈물이 고여 있는 듯이 시동은 들여다보곤 했는데, 새는, 그날치의 이별이 슬퍼 그러는 모양이었다. 시동이도, 그날 치의 이별이 슬프고 했다.

7. 달마(法)

광원. 선바위 아래, 시동 두 무릎을 세운 좌세로, 두 무릎 위에, 왼쪽 볼태기를 얹고 있다. 잠시 후, 유리(羑里)에서 온 순례자 등장. 소품(小品)으론, 시동의 발치 앞에 놓인, 퇴색한 신발 한 켤레. 선 순례자의 그림자도 짧아져, 가뭄에 시든 시동을 덮어주지도 못하는 정오 무렵.

시동 (넋두리) '여기에는, 씨앗 하나 뿌릴 비옥함이 없넵지,
그런즉, 아무 곡물도 자람이 없음,
반려자를 얻지 못하여 처자들만 슬피 울고,
그러니 사람의 새끼인들 태어날 수가 없으며,
나뭇가지에도 잎은 하나도 보이지 않고,
들에도 푸른 풀이 자라지 않음.
새들도 둥지를 짓지 않고, 노래도 부르지 않으며,
불운한 철, 짐승들도 새끼를 배지 못하넵지.'

—*From Ritual to Romance*

순례자 (등장. 조용히 시동이 곁에 다가와, 선 채) 그건, 무슨 천덕스러운 가납사니가 부르는 품바타령이냐? 너 또한, 하나의 성배 기사였으면, 그 대도(大道)의 대도(大刀) 옆희 차고 수루에 올랐거들랑, 칼춤이라도 한번 춰 해나 달을 놀래키든 웃기든, 그 검기로 해나 달을 쪼개려 든다면 몰라도, 쭈구시

고 앉아 애간장을 끓이는 따위 짓은, 당고추 같은 시집살이 하는 새댁이나 하는 짓이여! 그따위로 약해 빠지고, 징징 짜는 한탄가나 부르며, 쭈구시고 앉아, 무슨 초인적 대도를 획책한다고 할 수 있겠으료? 그러려거든, 아예 괴나리봇짐에 대의라는 것 싸 메고, 떠나지 말았어야지! 너의 고향에서는 그 고기가 불멸의 영양을 준다는, 돼지나 치며, 동정은 암돼지께 바치고, 새끼 우크르 하니까 젖혔을 일이지 갖다가시나는! 재나무가 너를 '탈리에신'이라고 이르더라만, 그따위 조그만 기를 갖고 한탄가나 부르는 것이 '탈리에신'이겠어? 누가 너를 일러서도, 성배 기사라더라만, 제 샅이나 핥고 자빠져 있는 들개 같은 것도 기사냐? 이 늙은 중의 번들거리는 앞자락으로, 너의 코나 팽 풀게 하여, 닦아주고 싶구나그리. 가진 빵떡이나 물이 있었더면, 좀 먹였을 거를. 이누마, 힘내 목을 곧추세워! 저 하나 간수치도 못하는 것이, 뭐를 어째? 문잘배쉐를 어째 보겠다구? 불알 떼낸 가납사니 같으니라구?

시동 (어리둥절해졌거나, 현실감이 없어서였거나 한참이나 정신이 없다, 때에야 갑자기 의식이 드는지, 좌세를 얼른 고치고, 그의 발등에 이마를 조아려댄다) 아, 스, 스승, 님, (그리고 목이 멘다) 뵙고저 하였었니다!

순례자 허? 허으! 이거 첨 들어보는 소린데, 내가 너의 스승?이랐고시나? 그렇걸랑, 청승 떠는 대신, 스승에 대한 예로서, 만달라라도 하나 바쳐보라마!

시동 (어리둥절해 하며) 그, 그게 뭐, 뭣인지는 모르겠사오나, 분부시라면 어찌 거역하오리까?

순례자 '네 머리통을 잘라 한가운데 두고, 네 사지로 밖을 둘러 울을 삼는다면', 그것이 만달라인 것,[19]

시동 (잠시 머뭇거리고 있다 뭘 생각하고서인지, 제 손아귀를 벗어날 만한 모난 돌을 하나 주워 들어) 소자를, 제자로 거두어주소서! (제 머리를 향해 내려치려 한다)

순례자 (얼른 그 손에서 돌을 빼앗아 멀리 던지며) 케흐흥, 멀쩡한 녀석 같으니라고! 어찌 됐든, 이렇게 말하자, 네가 바치려는, 너의 몸·말·마음은 통째로 수락되어졌다고 그렇게 말해두자!

시동 (한참 흐느낀 끝에) 어디로 가시나이까?

순례자 기신키도 어려워지기 시작했으니, 이젠, 기다리는 할멈께나 돌아갈까 하는 중이다.

시동 아, 사, 사모님이 계셨나유?

순례자 거기, 유리(美里) 말이지, 어디 토굴 속에 놓아둔 채, 챙기지 않은 내 해골 말이지. 다비(茶毘)되었을 한 짝 신발 말이지. 다른 한 짝은, 글쎄라,

시동 (머쓱해져, 눈만 껌벅거리다, 유리가 그쪽에 있다는 동녘을 향해, 읍한다) 경배하오니다.

순례자 (시동 곁에 자리 잡아 앉으며, 자상스러운 음성으로) 그래 돌아가려 하니, 어부왕도, 돼지치기 늙은네도, 재나무님, 그리고 가능하다면, 너도 한 번쯤 더 보았으면 해, 갔던 길 되밟아 오자니, 너까지도 보게 되었으니, 이젠 귀갓길에 올라도 되겠다 싶으구먼.

시동 성주 어르신께선 아직도 생존해 계시더이까?

순례자 암은이지! 언제는 그러잖았더냐만, 이번에 뵈니 그이는, 거의 다 꺼져가는 화로더군. 겨자씨만 한 불씨가 아직도 그래도, 그 재 속에 남아 있었으나, 어느 순간에 소롯해져 버릴지 모르겠더라 말이지. 그것도, 파르치발이나, 너에 대한 기다림이어서, 자기의 것 같지도 않더라구. 성배가 주는 젖줄을 스스로 끊지 않는 한, 그래도 그는 꺼지지 못할지도 모른다만, (한숨, 깊은 한숨) ……헌데, 근래, 어부왕이나 왕비, 다른 궁인들이 몹시 아꼈던 시녀 하나가, 아주 오랜 세월을 병석에 누워 앓다가, 급기야 타계를 했다는데, 그 슬픔까지 얹어, 사실은 참혹하더군. 문잘배쉐는 상가여서 침울하기만 하던데, 그 시녀는, 아비 모르는 애를 낳다, 사산을 한 뒤, 몸져누웠다는군. 궁중에선, 그 애가 만삭이 돼갈수록, 그 아이에 대해 왼갖 소망과 기대를 다 걸었던 듯했다. 해서, 그 세월이 다 흐른 오늘까지도, 그 애 얘길 하며, 자기들 말로 그러더라, 슬픈 행복에도 잠긴다고, 어쨌든, 아이의 울음소리며, 떠드는 소리가 들린다는 일은 좋은 것 아니냐? 잘 운영되는 세속이야말로, 그중 좋은 종교라 이르잖느냐?

시동 (아주 낮은 목소리로) 그 애가 자랐더면, 지금 몇 살이나 되었다 하더이까?

순례자 건 물어볼 생각도 못 했으니, 알 수가 없는걸. 사산된 아이는, 제

어미 고향의 장속(葬俗)을 좇아, 꽃 함께 구유배에 실어 어미 고향 쪽으로 떠나보내며, 태워, 수장 겸 화장을 했더라는 얘기였는데, 그것이 그들께는, 그들의 마음을 오래 오래도록 슬픔으로 채운, 행복한 기억의 전부인 듯했다. 넋이라도 고국 찾아 돌아가라고, 에미의 장례도 그렇게 치러줬다 하더라. 여성은 그러나, 태임 받은 그때 이미, 태임 받은 자리 떠나게 되어 있는 것 아니냐? 아마도 여성은, '고향'을 임신하고 태어난 까닭일 성부르다. (시동이로서는 거의 알아들을 수 없는, 혼잣말하여) 그래서일 수도 있겠다만, 그 두 넋들은, 그러나 아직도 문잘배쉐에 떠돌고 있더군. 에미의 것은, 끊기 어려운 어떤 집념의 까닭으로 떠나려 하지 않으니, 그 집념이 훨씬 희석되어질 때까지 세월이나 기다릴 일이겠지만, 사산된 아이의 넋은, 저쪽 편 사막의 어디 열린 자궁이 하나 기다리고 있어, 동행할 성부르니, 이번 행로는 좀 덜 쓸쓸하겠다 싶으다. (그리고, 말을 만들지는 않고, 생각만 하여) 딸이 어미를 딸로 태어나게 하는 일 따위란, 태장(胎藏)에서는 어지럽게 일어나는 것인 것, 을!

시동 '여성'은 죽어도, '어머니'는 불사(不死)라고 이르는 것으로 알아오는데요, (눈은 어디를 보냈는지, 뜨고 있었어도 없었지만, 느리게, 뭘 골똘히 살펴 가며, 말은 그렇게 자아냈다) 일 회분의 이 불사(不死)는, 어미가 자기를 태우고 난 재 속에서 새로 태어나는 아기 불새에로 전신(轉身)을 치러서가 아니라 (말은 그렇게 하고 있어도, 눈은 그 자리에 없다. 말은 거의 불가능한 비약을 겪고 있었거나, 그 자신에게만 이해되는 복합적 의미가 혼합 혼동되어 있었을 것이었다) 새끼가 타고난 재 속에서 일어난, 어미의 새끼의 새끼 새인 듯하군요. (넋 빠진 웃음을 웃고, 그때사 눈을 찾아내, 순례자를 우러러본다) 그 장속(葬俗)이 그런 생각을 하게 하는구먼요.

순례자 허, 허허, 허긴 (혼잣말하여) 그건 태장에서는 어지럽게 일어나는 일인 것인 것, 을! (그리고 말하여) 그런 불사도 있겠구나. 새끼 새에로 이월되기의 불사(不死)라면, 그것이 하긴 불사겠는가. 그건 식물적 윤회에 좇은 재생(再生)이래야겠지?

시동 '일 회분 불사'라는 것도 그러나, 있는 것이겠니까?

순례자 듣기로는 그랬었다, 그 어미의 죽음은, 물론 잃은 아이에 대한, 어떻게도 메울 수 없는, 상실감, 허탈감에 보태, 안부도 모르게 된 노부모에 대한 염려와, 걱정, 그리고 그 아이의 아비에 대한 사랑이, 죽음으로 이끈 병이었다고 그러더군. 이러면, 어머니는 죽어도 여성은 불사라는 얘기로 바뀔 성도 부른데, 저 어미는, 아이를 잃고부터서, 어떤 특정한 인쿠부스(incubus)의 출몰에 당하기 시작하는 듯하더니, 세월이 갈수록 점점 더 심해져, 깨어 있을 때까지도, 허우적이고 해쌌다, 종내 몸져누운 뒤 못 일어났다더군. 문제는 그 어미가 그것을 물리치려 하거나, 자기를 단속하려 했기 대신, 자기를 더 열어 내주었다는 데 있었다고 하는 갑더라. 그러면서도, 그 인쿠부스의 까닭이었을 것이라며, 목숨의 줄을 붙들어, 한사코 놓지 않으려고도 했더라는 얘기더군. 아까 너는, 보기나 듣기에 따라서는, 그 꽤는 운문적으로도 여겨지는 장속(葬俗)에 좇아, 불새를 연상했던 듯도 싶은데, 그리움이나 사랑의 까닭으로 한사코 목숨을 연장해오다 죽은 그 젊은 옌네의 죽음은 그렇다며, 그냥 '일 회분'인 것만으로 끝나버릴 성부르지는 않구먼그랴. "사랑은 불가능한 죽음"(아, 김진수!)이라고 이르는 소리도 있잖으냐? 헌데, 그들 얘기대로 하자면, 뭣보다도 슬프고 안 된 것은, 그 시녀는, 다른 시녀들처럼, 시녀 역을 자임하기는 했지만, 어느 나라에서 유학 온 공주였다며, 무남독녀였기에 돌아가면 부왕의 대를 이어, 그 막중한 책임을 맡게 되어 있었는데, 그러는 중 공주는, 아비 모를 씨앗을 회임하고 있었는 데다, 무슨 까닭이었는지 분명치는 안 했어도, 문잘배쉐를 떠나고 싶어 하지 안 했던 차, 공주의 본국에 그동안, 아주 짧은 기간 내에, 민중혁명이랄 큰 격동이 있었던 모양이어서, 돌아갈 자리를 잃었더라고도 하더구먼. 처음, 엉뚱한 곳에서, 작은 봉기의 봉화가 한둘 나타나더니, 불씨를 두고 눈 뭉치 같다고 말하면 좀 이상스럽기는 하다만, 그게 그만 산에서 굴리는 눈덩이처럼 되어서는, 방방곡곡에 눈사태로 덮어버렸더라지. 안포-타즈의 문잘배쉐가 그러하듯이, '형이상적 아이디어'의 체제화의 둘레 안에서, (보다 분명히 말하면) 신의 대역을 하는 자의 치리하에 있는 민중은, 자기들 육신 속에 영혼을 빌려 갖고 있다는 이유로, 영혼세(靈魂稅) 바치기에 만년 등골이 빠져도, 그런 식의 봉기나 혁명 따위가 거의 기대되지 않음에도, 그 반대편에서, 어떤 인간이 神이 되어 있는 경우는, 그 민중의 육신 속에는, 저쪽 민중의 영혼처럼, 봉기의 불씨를 하나씩 은닉해놓고 있는 것인 것, 결과, 저 공주의 고국에선 왕권제가 붕괴했던 모양이었다. 결과 공주는, 시녀들에게 주어진 자기의 그 작은 방에서, 한 시녀로서 한 삶을 마쳤다는 것이더군. 지금은 성주비(妃)가 손수 그 일을 맡아 하고 있다더라만, 해가 지려는 매일 그 시각에, 아예 같이 살며, 뭔지 노상 말을 주고받는 비둘기, 발에, 빵 한 조각을 정성스레 쥐어 날려 보내는 일이, 그 공주의 전 일과였었다고 하더군. 그렇게들 말하며, 저 시녀들 곡비(哭婢)들처럼, 까마귀 떼처럼, 울어쌌더군.

시동 (어째선지 울먹이며) 그렇다면 죽음으로 끝맺은 사랑들은, 어디로 가 모이는 것이리까?

순례자 글쎄라……, 그건, 마, 말이다, 밤이 새도록 흘러내리는 달빛은 어디로 가 모이는가, 그런 걸 묻게도 허누만, 보리나 밀의 뿌리 속으로 스며드는 것이겠는가? 하와의 아담에의 사랑이, 아직 오늘까지도, 끄떡도 없이 세계를 받치고 있다는 얘기도 있더라만……, 글쎄라……, 새들이 지저귀는 소리들은, 어디가 모이겠는구? 바람은 꽃내음들을 모아 어디다 쌓아놓는구? 한과 고독의 한숨들은?

시동 시간을, 측정할 수 없이 된 지 오래라서, 그게 어제였는지, 그저께였는지, 몇 달 전이었는지, 어떻게 말씀드릴 순 없사오나, 그, 그런, 것들이 쌓이는 곳을 본 듯도 싶은데……광야에 관해 말씀이오니다, ……처음엔 몹시 두려워 도저히 그 광경을 마주할 수가 없었사온데,

순례자 근래 네가 한번, 이 아비를 부른 적이 있었잖다구?

시동 그, 그때였구먼이요.

순례자 아담이, 밤낮으로 보아왔던 하와를, 어느 날 갑자기 눈여겨보기 시작했다는 그런 식이었을 터이지?

시동 마, 말하자면, 그런 식이었겠구먼요. 그건 절대로 미(美)/추(醜) 같은 어휘로 형용할 수 있는 그런 것이 아니었음에도, 겨, 결국은 아름다웠구먼요! 광야도 아름다웠었니다! 소자는 그날, 광야가 옷을 벗고, 알몸을 보여주는 것을 보았다고 여기다, 믿기에까지 되었니다.

순례자 하기는 어떤 것들은, '美'라고도, '眞理'라고도 결코 이를 수 없는

것들이 있는데, 그럼에도 미나 진리의 수준이랄 것에 육박하고 있는 것들이 있는 듯싶더라 말이지. 뭣보다도 먼저 '사랑'이 예 들어지겠지. '無에의 긍정적 체험'이라고 이르는 사마디[三昧] 같은 것 말이지. '아름답다'고 표현해내는 게 그럼에도, 함축적일 성부르군. 옷 벗은 광야라?…… 가맜자, 너의 동네에는, 귀신도 갖가지로, 종류대로 많기도 많던데, 그중에서 대유(代喩)에 써먹을 만한 것을 하나 골라 말한다면, '밤'의 의신화에 '닉스'(Nyx, Nox)라는 여신이 있던데, 네가 본 광야도 말하자면 그와 비슷하겠냐? 이 경우는, 문잘배쉐 말에서 빌려, 유리식으로 슬쩍 굴절해 쓰기로 하자면, 노우메나의 페노메나化래도 되겠냐?

시동 (뭘 우물거려쌌고, 꾸물거려쌌느라, 얼른 대답하고 안 나선다. 보았다는 그 광경을 재연해보는 모양인데, 순례자의 미소와 인내심은 후하다) 반드시 그것과도 같지 않다는 생각이 드누먼요. 소자가 본 것은, 저 죽은 듯한 광야의 갑작스러운 확대와 역확대의 광경이었었니다.

순례자 허 허허 허, 기자바위의 몸에서 땀이 흐른 얘기구나. 그런 너의 체험은, 결코 흔한 것이 아닐 것으로 여겨 말인데, 가맜자, 그것인즉슨 그러니, 가맜자, 너만의 한세상, 좀 확대해서 말하면, 한 우주의, 한 주기(週期)의 시말(始末), 의 그 전모를 목도했더라는 말이겠느냐?

시동 지금이니까 분명히 말씀드릴 수 있사온데, 그 광경 속엔, 입체(立體), 사물의 입체만 있었사오며, 저를 포함해서까지도, 존재(存在)는 있어 보이지 안 했던 것으로 기억되네이다. 소자가 본 것은 그러니까, 모든 입체들이 펴 늘여져 평면화했다가, 아마도 무(無)에까지 닿지 안 했나 하는 순간, 그 평면에서 새로 입체들이 드러나서는, 전과 같이 세상을 가득 채웠다가, ……그때 어떤 운동의 역행이 있었을 것이옵는데, 그것은 이번엔 미진에로까지 축소해서는, 또한 무(無)의 이전으로 스러지는, 그 광경이었더니다.

순례자 (풀을 뜯다, 풀꽃 하나를 물게 된, 늙은 山염소 먼 데 내어다보듯 하고시나) 그, 크러니, 크러니깐두루 말이다, 가맜자, 그러니깐두루, 가맜자, 넌 너만의 바르도, 몸 입고 이승에 앉아서, 바르도에로 나아간 것이 아니었느냐, 그런 믿음도 드누먼. 세상은, 보는 눈이 보는 대로, 좇아 그렇게 보여준다고 하듯, 바르도 또한 그렇게 보여주는 것일 것임에 분명한데, 너의 이 바르도는, 몸을 잃은 '염태'(念態)들이 체험한다는 그것과, 글쎄 말이지, 그 차원이 달라도 무척 달라, ……훌쩍 건너뛰고 이렇게 말하자, 노우메나의 페노메나화에 좇아, 자아 또한 페노메나화한 것이 보인다. 몇 마디 더 얘기하다 보면, 축소를 통해서도 그 같은 말을 할 수 있을 것인데, 이 경우는 뒤집혀지기가 되겠으나, 그건 필요 없는 말일 게다. 여기 이상한 확산이 있는데, 단수(Phenomenon)의 복수화(Phenomena)가 그것이다. '進化'라는 발사대에 올려진 네가 탄 '인칸'(人間, Humanet, 乘, 야나)이라는 化箭(rocket)을 발사하여, 대기권을 뚫어 올라, 저 무한대의 空 가운데로 진입했다 하면, 그리고 만약 斷見(虛無主義)에 떨어져 날개를 태우고 부득 쓰러져 내리지만 않는다면, 너는 견디기 어려운 두 종류의 변화를 목도하게 될 터이다. 하나는, 실제적이라고 굳게 믿어왔던 밖의 사물, 세계, 우주 따위 大體가, 그 실체성을 잃어 신기루(maya)처럼 떠 흐르는 광경일 것이며, 좇아, 다른 하나는, 금강석과도 같이 견고하다고 믿어왔던 自我의 분열 분화의 현상일 터이다. 이 단계에서는 그러면, '알맹이'라고 고수해왔던 自我 또한, 다름 아닌 '用役의 체', 또는 '體의 用'에 불과했던 것이 아니었겠는가 의문하게 될 것인데, 自我도 또한 '알맹이'는 아니었다는 것이 밝혀진 것이렸는다. 요기들에 의하면, 마음에 알맹이가 없다고 부정하면서도, 그 마음에 '프라나(prana) 마음'이라는 것이 또 있다고 이르듯이, 自我라는 것도 그래서 보면, '人間'이라는 體 속의 '프라나', 즉 '用' 役을 담당해왔던, 그러나 그것 또한 알맹이가 아닌 體에 불과했다는 것을 알게 될 것이겠는다. 그래서 空論派에서는, '넋까지도 不滅은 아니며, 그것을 知覺者(Hpho, Tbtn. knower, conciousness-principle)라고 이른다 한다'(*Bardo Thödol*). 이게 무엇이겠느냐? ……해온 바대로 자네네 문잘배쉐식 어투를 다시 걸치기로 하면, 구상적, 또는 형이하적 이미지를, 추상적, 또는 형이상적 아이디어화한 뒤, 그것을 복수화(複數化)하면, 그것이 體의 解脫이다. 그것이 '色卽是空'이며, 色化空이다. 재 속에서 날아오르는 불새는, 재를, 해골을 극복한 것이다. 그리고 그것이 다시 해골 속에 내려, 재가 돼버리면, 불새가 불새 자신을 극복한 것이다. ('[……] again and again the universe, moving and still, is burnt by Agni. The supreme purification of this entire universe is to be accomplished by ashes [……]', *Hindu Myths*) '마음의 우주'의 寂滅은 그런 것일 테다. '마음의 우주'의 '寂滅'은, '自我'의 분쇄라는, '體'의 무화(無化)에서 드러나는 것일 게다. 그러므로 해서, 너의 바르도는, 몸을 잃은 염태들이 체험한다는 그것과, 그 차원이 다르다고 이른 것인 것, 강조하기 위해, 한 번 더 풀어 말하면, 이 '단수'의 무수무량의 '복수'화에 좇아, '자아'인들 어찌 그 복수만큼 분열하거나, 확산되지 않겠느냐? 이때의 이 자아의 수는, 그 복수의 수와 같을 테다. 이것의 펴 늘여짐 또한 그러해서, 우주의 크기겠는다. 이제 그것은 무소부재로 편재하는 것이로되, '없다'[無]라고 이르게 될 테다. '마음의 우주'의 '寂滅'이라는 어휘가 그것일 성부르잖는가? 분쇄된 자아가 우주이다. 自然의 이런 분열이 없다면, 色界의 재생, 윤회, 즉 유정의 증가나 감축의 문제가 이해키에 난삽한 문제로 등장할 테다. (拙文「제6의 늙은 兒孩 얘기」,「제8의 늙은 兒孩 얘기」 참조) 이런 견지에서는, 色界의 어떠한 유정도 人間 아닌 것은 없어, 種의 기원은 人間에서 찾아야 될 테다.

시동 소자는 하오나, 아무 곳으로도 갔거나, 가서 있지 안 했나이다. (이 말은, 함축적으로 들어야 될 듯하다) 소자까지도 합쳐, 그 안에 존재란 없었거든입지요.

순례자 (한참이나 침묵하고 있다, 조용히) 어쩌면 너는, 유리(羑里)라는 사막쯤에, 가서 있었지 안 했겠는가?

시동 소자는, 그곳을 향해 발걸음을 옮겨본 듯했사오나, 들어가 보지는 못했던 듯하오니다. (자신 있게 말할 수 없는 것이 민망한 듯, 머리를 긁적인다)

순례자 그 유리를, 그러니 가맜자, 요 근래 들어[入] 본 모양이군그랴. '여리고 사막'이나, '황폐의 문잘배쉐'와 같이, 유리도, 이 이승 어디에 있는, 바르도의 예형(例型)이거나, 전형으로 알려져 온 고장이라잖느냐.

시동 문잘배쉐에서는, 거기 살면서도, 그런 풍문이 있다는 얘기를 많이 들어왔었었니다.

순례자 앞서 '自我도 體'라고 이른 것은, 이것과 다른 차원에서 이뤄진 것이었으므로, 그것은 그것대로 기억해두기로 하고, 이번에는, 일반적으로 구분해내는, 그 '體/用' 쪽에서 말해보기로 하면, 바르도도 그런즉, 종류는 뒷쯤 있는 것이 짚어지잖는다구? 파드마삼바바(연화존자)의 바르도 견문록을 통해 널리 알려진 바르도는, 물질로 이뤄진 몸 벗은 염태들이 통과해야 하는 중음(中陰), '바-중간', '도-섬', 무슨 역마을 같은 것이라면, 분류해내기의 편의를 위해, 이것은 '用'의 국면의 바르도라고 이른다 해도 무리는 없을 성부르다...... 이 의미에선 그러니, 물질로 해 입은 몸을 입고, 통과해야 하는 이승도, 바르도, 즉 逆바르도라고 이해하는 것은 옳을 것인데, 이것들은 성격상, 그것의 안/밖의 관계라고 보면, 같은 바르도라고 묶을 수 있을 듯하다, —이 바르도/역바르도를 한 범주의 바르도라고 이르기로 하면, 지금 말하고 있는 이것은, '用'이 사상된, 순전한 '體'의 국면의 바르도라고 해얄 듯하다. '用의 바르도', '體/用 합성의, 逆바르도', 그리고 '體의 바르도'라고 일단 구분해놓기로 하면, 알아듣기가 쉬울 듯하다.

시동 (거의 성급하게스리) 그러하오니까, '體'의 국면의 그것이 있다는 말씀이시겠는데요,

순례자 (여전히, 꽃 물고 먼 데 바래는 山염소 꼴로시나) 바로 그거구먼. 가맜자, 이런 것은 상정이라기엔 좀 뭣한 데가 있어 뵈누먼......, 아무튼 말이지, '체'의 국면의 그런 것이 있다면, ...은, 가정적 어법이 되었다만......, '체'가 있는, 그러니 물질로 이뤄진 세상의 그것이 아니겠다구? 逆바르도에 있는 바르도란 말이겠는다. 여기 이 세상에, 말한 바의 여리고도 문잘배쉐도 있는데, 여리고나 문잘배쉐를 바르도, 체의 국면의 바르도라고 보는 눈은, 羑里門의 한 아손의 것이다. 재밌다고 해얄 것은 말야, 用의 국면의 바르도는, 거기 처한 염태가, 벗어나기까지 '49일'이 걸린다고 알려져 있으며, 體의 국면의 그것은 '40일'이 걸린다고 알려져 있는 그것이다 말이지.

시동 유리의 40일을 살아내기는 지난하고 지난한 듯하오니다! (눈물을 글썽인다) 소자는, 아직도, 그 첫날도 살아내고 있다는 믿음을 갖지 못하고 있을 뿐이오니다.

순례자 자벌레는, 오체투지(五體投地)로 기어[匍], 천 리 만 리 길을 좁혔어도[越], 나비가 되어 날기까지는, 제 몸길이만큼도 움직임을 이뤄내지 못

했다고 본다 해도 틀릴 성부르지 않는데, 나비를 이뤄내려, 그 자벌레가, 그 자벌레라는 껍질을 벗으려 하는 그 일정 기간 동안에, 어떤 식으로든, 하나의 바르도가 거기 개입된다는 것이, 이 아비의 믿음이다. 그리하여 그 자벌레가, 나비를 성공시켰을 때, 匍越이 超越을 追越했다고 이를 테다. 해골을 달성한 것이다. 나비는 해골이다.

시동 소자는 하오나, 그것의 속살은 보았으나, 그것이 나비가 되어 날았다던가, 그런 변화는 보지 못했었을 뿐이니다.

순례자 (허허허 웃고) 연화존자의 견문록에서 읽어 알게 되는 바르도는, 염태가, 물질로 이뤄진 몸을 벗어, 물질로 이뤄진 세상을 떠나 체험하는 이어서, '시간과 공간'이랄 때의 그 공간, 분명하게 말하면 물질적 공간, 더 분명하게 말하면 '장소'(場所)라는 것이 더 이상 필요치 않게 되어 있을 것임은 용이하게 짚여지는 것, 그러자, 물질적 공간에 묶였던 '시간'(時間) 또한 거기서는, 그것의 평균성(平均性)이라는 동아줄을 끊어버릴 것도 용이하게 추측되어지는 것, 그것은 당연한, 자연적 현상이 아니겠는가? 그런즉 거기에서 무슨 일이 일어날 것으로 건너다 보여지는가? '시간의 오두(五頭)'라는, '시간의 과거, 미래, 현재', 그리고 그 현재의 시간 속에서만 인식되어진다는, '극소의, 또는 심소(心所)의 시간', 그리고 그것의 대체(大體)적인 것으로서의 '극대의, 또는 無의 시간'들이—'時中'은 시간이 아닌 시간이어서, 예의 저 '五頭'에 합칠 수 있는 것은 아닐 듯한데, 그것은 이제 그 모습을 나타내는 것이 보인다—그 달마의 선을 무너뜨리고, '時中' 속에로, 사태져 들고, 해일해 드는 것일 것이었다. 이제 거기 평균적 시간은 없을 테다. 그러자 그 시간 속에 휩싸여 있던 모든 것들이, 보자기 풀려 어지럽게 흩어질 것인데, 그 광경은, 평균성에 길든 정신들로서는, 마주하기에 극난함에 분명하다. 이 바르도는, 예의 '用'의 국면의 그것이라고, 분류했었거니와, 그렇다면, '體'의 국면의 그것은, 이것과 사뭇 대조적일 것이라는 것은, 저절로 짚여지는 것이겠는다. 여기는 '시간'이 없는 대신, '장소'만 남아 보이는데, '장소' 쪽에서는, 유정/무정들의 영고성쇠 또한 '입체'거나 '평면'에 불과할 뿐이게 되는 것도, 어렵잖게 짚여지는 것인 것. '생명, 존재'라고 명명되어지는 것들은 어째도, '用'의 국면에 소속된 것이라면, 반드시 그러하다는 것이지. ‘여기는 시간이 없는’ 대신 ‘운동’만 있는 것으로 보이는데, 까닭은, ‘시간과 운동’이 반드시 같은 것만은 아니라면, 그렇다. 허긴 그것들은 같은 것이라고 주장할 수도, 또 하지 못할 수도 있을 듯도 싶은데, ‘과거·현재·미래’라고 분류하는, 그 평균적 시간에 눈의 초점을 맞추기로 하면, 같다고 주장할 수 있을 것이며, ‘극소·극대의 시간’에 마음을 묶으면, 같은 것들이 아니라고 인정하지 않을 수 없을 게다. 이 경우는, 그 둘은 같은 것들이 아니라고 전제해야 될성부르다. 네가 목도한 광경은, 분명하게는, 낮꿈 꾸던 요한이 본, 산 허상들이 들끓는 밧모섬의 그것과는 정반대의 것으로서, 말하자면 표리의 관계일 성부른데, 너의 경우, 그 품에서 단 하나의 유정도 일으켜내지 않은 것을 두고 유추컨대, 너의 밧모-바르도는, 글쎄 또 말이다만, 평균적 時間이 실종해 있어 뵌다. 所中 내지 心所의 확산/역확산 속엔, 생명을 싸안아 들였다 풀어헤치는, 그 영겁회귀하는 시간이 유입해들 틈이 없었던 것이었을 게다. 그것이 ‘해골’이다. 그래서 ‘用/體’가 균형을 유지해 있는 시간과 공간이 逆바르도, 즉슨 우리들이 현재(現在) 실존(實存)하는 이승, 즉슨 이 세상이라는 것인데, 이런 의미에서는, 이승이야말로, 그것도 사람들 세상이야말로, 위험스럽게도 복된 자리라고 건너다 뵌다. 이 ‘체’의 바르도는 그런데, ‘體’라는 것의 성격이 그런 것 아니냐, 물질적으로 이뤄진, 물질적 세상에서만, 어떤 이들에게, 그것도 아마도 매우 희귀하게 체험되어지는 것일 것인데, 아까 비유로 빌린 ‘자벌레의 나비 되기’의 비유가 이것이지만, 이것은 특히 五官有情의 진화의 고투에서만 나타나는 것으로 이해된다. 문잘배쉐의 탈리에신은, 분명히 그렇게, 체의 바르도를 통과해서라야만 如來할 것도, 지금은 분명히 보인다. ‘황폐’와의 관계에서는 그러할 테다.

시동 (우물거리고, 꾸물거리고, 캑캑 헛기침하고, 뒤통수 긁고, 해쌌더니) 결국 황폐는, 광야는, 극복되어질 수 있는 것이 아니군입쇼?

순례자 (품속에서 뭘 빠르게 끄집어내더니) 건 무슨 뚱딴지같은 소려? (그것으로 시동이 머리를 사정없이 두들겨 팬다) 게 뭔 소려? (그리고, 손에 쥐었던 것을 꾸물대며 다시 품속에다 넣는데, 시동이 보니 그것은, 제가 뽐내해쌌던 그 신발과 매우 흡사한, 그러나 바닥에 흙이 묻어본 적이 없는 신발 한 켤레였다) 너의 병든 아비 안포-타즈는, 거기서 물고기를 낚아내려, 아직도 낚시질을 하고 있고, 그의 바람난 아들놈 하나는, 그 같은 자리에서 불새를 구워내려, 거의 타 죽어가고 있는데, 건 무슨 소리냐 말이라구?

시동 (민망하고, 기죽어, 움츠리고 있으면서도, 우물거리듯 반복해) 그래도 광야는, 그 황폐는, 한 포기 푸른 풀도, 귀뚜라미 소리 하나도,

순례자 인석아! 너 모양다리로, '體'를 '用'화하려 하기는, 그 반대편에서 비유를 빌려 말하면, '그릇[器] 속의 無'에서 이(利)를 취해내려 하기 대신, '그릇' 자체를 '無'化하려기가 아니겠남?

시동 (매우 우둔한 얼굴이 되어선, 나름으로 뭘 재고, 깎고, 다듬느라, 우물거리고, 꾸물거리고, 캑캑 헛기침하고, 뒤통수 긁고 해쌌더니, 느닷없이 몸을 일으키는가 하자, 순례자 앞에 넙죽 절해 부복한다) 헤! 헤헤! 헤! (이거 뭔 소려? 남쪽 가는 기러기 소리여 뭣여? 웅덩이의 연이 피는 소리이기라도 했으끄나? 거 뭔 소려? 멍청하기 이를 데 없이 보이던 얼굴이, 손가락 하나를 탁 잘린, 俱胝네 무명동자 꼴이다. '喝' 字의 原音이, 저런 식의 헷소리로 들린다는 소리도 있기는 있다)

순례자 (시동이를 일으켜 앉게 하고, 말을 바꾸려는 듯) 그래서, 너의 불새잡이 짓은 끝났다는 겨? (자상스러운 목소리로 묻는다) 허긴, 네가 목도했다는 광경을, 이 아비 쪽에서 재구성해보기로 한다면, '모든 입체들이 펴 늘여져 평면화했다가, 無에까지 닿았다'고 할 때 너는, 광야에 내린 불새의 소진을 보았던 것이나 아니었겠는가? 그리고 '그 평면에서 새로 입체들이 드러나서는…… 이번엔 미진에로까지 축소해서는, 또한 無의 이전으로 스러졌다'는, 스스로 일군 불에 스스로 다비(茶毘)를 치른 그 불새가, 그 재 속에서 새로 일어나, 날아오르는 것으로도 보이는데, 아으 그러고는 다시 또 재에로 돌아갈 것임을! 뒤집힘이려니! 가정해서, 전자를 변전하는 변(邊)이라고 이르기로 하자면, 후자는 원전하는 각(角)이라고 이를 수 있잖을까? 그, 그렇기로 말하면, 너는 너의 불새를 성취했다고 해야겠느냐? 성취라 말이지. 그런가 그래서? 불새잡이 짓이 끝났으끄나?

시동 (좀 들린 놈모양, 이상스레 번들거리는 눈으로 광야를 훑어보다, 그

눈빛을 접는다. 그리고, 좀 엉뚱하다 싶은 소리를 꺼낸다) 저 광야가 보인, 그 확대/축소를 만약 도면화(圖面化)하기로 한다면입지요, '양극(兩極)을 갖는 타원형' 같은 것으로 드러나잖을까 하고도 생각했는뎁삽지요,

순례자 그건 이 아비께는 조금도 생소한 것은 아니어서, 너로부터 그 얘길 듣게 되니, 우선 경악을 금할 수 없고, 또 경이스럽기도 한데, 가, 가맜자, 형상대로만 좇아 말한다면, 그건 말이지, 새잡이가 물고기를 낚아 올린 것처럼도 보여, 여간만 어리둥절해지는 게 아니다만, 흐흐흐, 연목구어(緣木求魚)가 있다더니, 너는 물에 드리운 낚시 끝에, 새를 낚아 올린 것이었느냐?

시동 (다시 엉뚱하다 싶으게) 어느 시작점과, 종점을 무시하기로 하면입지요, 그 운동은 당연히 원(圓)을 이뤄낼 것임에도, 그 두 극점을 무시할 수 없다 보니,

순례자 여기까지는 무리 없이 따라 붙이고 있다만, 그런즉 그것은 '물고기'이지, '불새' 같아 뵈지는 않구먼그랴.

시동 뱀이 허물 벗기를, 자벌레가 나비 되기로 치환할 수도 있다면, '물'의 상상력의 자리에다, '불'의 상상력을 대체하거나 대입할 수도,

순례자 옴와기쇼리뭉(Hail to the Lord of Speech Mum)! 허나 비약도, 도약대가 있고서야 가능하거나, 아니면 충분한 주석이 뒤따라야 할 듯하잖는가?

시동 불모의 '광야'라는 구상적인 것을, '황폐'라는 추상적인 것으로 대체하는 것에는 별 무리가 없는 것이 아니오리까?

순례자 그, 그것인즉슨 그러니깐두루, 아까 '닉스'라는 밤의 여신 얘기했잖았더냐? 그러니깐두루, 이번에는 그것의 반대편에서, '대지'의 여신 '가이아'를 고려해보게 하는데, 저쪽은 만질 수 없는 것(abstract idea)의 의신화(concrete image)며, 이쪽은 만질 수 있는 것(concrete image)의 의신화(abstract idea)라는 점에서 그렇다는 얘긴 것, 이는, 나마(Nama, 名)/루파(Rūpa, 相)의 관계로도 보인다. 둘을 붙여 '나마루파'라고 한 어휘를 만들면, '나마, 즉, 이름' 자체가 '루파, 즉 형태'라는 의미를 띠는 것일 것이며, 반대로, '루파나마'라고 바꾸면, '형태가 이름'으로 전신을 치르는 것이 보인다. 이런 투로 보기로 하면, 너의 '광야—황폐'도 이해 못 할 것은 없어 보이기는 허누먼.

그렇다고, 받아두기로 하잖세라. 그런데? 그래서? 저것이 너의 불새잡이와 어떻게 연관이 지어지는구?

시동 (새로 물어진 그 물음 자체가, 결론짓기라고 여기고 시동은, 대답하지 않고, 잠잠히 있다, 다시 또, 엉뚱하다고 여겨질 소리를 했다) 특히 '황폐'에 생각이 많이 머문 어느 날, 소자께 새로 시작된 우문이 한 가지 있었사온데요, ……성주님의 상고(傷苦)는 혹간, '균'(菌)의 까닭이기보다, '무균'(無菌)의 까닭이나 아닌가,

순례자 허허허, 能使得爺錢(능사득야전, He made good use of his father's money). 그러구 보니, 너도 귀향길에 오를 때도 돼 있어 뵈누먼. 안포-타즈는 그러면, '탕자의 비유'쯤 생각해내고, 살찐 돼지라도 잡으려 하잖겠냐?

시동 파르치발님이 돌아오는 대로, 그이는 앓기로부터 해방될 것이라 하옵는데,

순례자 나도 물론 그렇게 들어 알고 있고, 어부왕의 소망이 그것인 것도 모르지 않지만, 그이는, 그렇게 앓도록 내버려 두렴! 그는 스스로, 앓기 위해 선택된 자가 아니냐? (순례자의 이 말은, 수사학적으론 불가능하되, 이런 경우는, 反수사학적 언사가, 말 되어지지 않은 여러 가지 것을 함축해 있는 듯하다고 시동은 듣고 있다) 그는, 이왕에 잡힌 물고기를, 스스로 놓치고 만 자가 아니냐? (이 말은, 풀어주었다, 放生했다의 뜻으로 쓰고 있는 것은 아닌 듯함으로, 그는 불가능한 수사학을 계속하고 있다)

시동 파르치발님께 건 희망은 그러면 무엇이겠나이까?

순례자 (낄낄거리며) 그건 엄살이겠지! (이건, 의미상의 불가능한 수사학일 것) 그러다 보니, 예를 들면, 그의 시동이까지도 약방문을 구하러, 왼 천지를 헤매 다니게 되잖나?

시동 (씻득 웃고) 아직도 파르치발님의 소식은 없었사오니까?

순례자 글쎄, 그 얘긴 못 들었다만, 만약 네 말대로라면, 파르치발인들 뭘 어쩌겠냐? 균이 없는, 무균의 병을 무슨 처방으로 다스리겠느냐는 말이지? 이 얘기가, 반드시 비슷한 것처럼은 보이지 않되, 상통하는 점은 있어 보여 말인데, 그런 무균의 병을 앓는 이가, 유리에도 있어, 인구에 회자한다. 유마힐

(Vimalakīrti)이라는 거사인데, 그 또한 노상 병도 아닌 병고에 시달리느라 병석에 누워 지냈더라지. 하루는 문수(Manjuśri)라는 보디사트바가 병문안을 갔더라 했다. 안포-타즈에게 물었어야 될 그 꼭같은 물음 묻기를, "거사님의 이 병은 어떻게 시작되었으며, 언제나 낫겠습니까?"랬더라지. "중생이 앓고 있는데, 어찌 나 혼자만 앓지 않을 수 있으리까? 중생의 고통이 다 없어질 때, 나의 병고도 없어지리다." 안포-타즈는 어쨌을지 모르겠다만, 그의 대답은 그랬다더라. 이 병에도 균은 있는 것이었겠느냐? 그럼에도, 이 둘의, 자기 황폐에 다름이 짚이지 않는 것은 아니다. 라는 것은, 하나는, 자기의 '주'(主)의 고통에 대해, 구레네 시몬이 되려 했음에 반해, 하나는 '중생'의 구레네 사람이 되려 했다는 다름이 있다.

시동 이거 흔히 하는 얘기여서 빌려 써도 괜찮다면 말씀인뎁습죠, '비 맞는 이를 위해 같이 비 맞아주려, 그 곁에 서 있어주기'도 갸륵하기는 하옵지만 입습죠, 우산 함께 받아, 비 맞는 이를 밥집에 데려다, 따뜻한 밥 한 그릇이라도 대접해주는 일은 어떨갑쇼? (빙충맞게 웃는다) 그런 처지도 못 돼, 같이 비라도 맞아주려 하면, 두 배의 비나 청하게 됩습죠. (빙충맞게 웃는다. 순례자도 비슷하게 웃는데, 같이 비 맞고 있는 꼴이라, 두 배로 빙충맞다. 그보다는, "이 자식아, 뭐 할 짓이 없어, 청승스레 비나 처맞고 있는 겨? —뺨이라도 한 대 오르락스레 갈겨줘야겠습죠만,) 운수 사납게도 그런데, 저 비 맞는 이가 배고픈 강도라든, 사람의 피에 중독되어 심하게 갈증을 느끼고 있는 흡혈귀였다면 문제가 좀 꼬이겠는걸요. (저쪽 어디서, 귀 가려운 유마힐이 듣고, 비시긴다)

순례자 (낄낄거리며) 靈龜曳尾(령구예미, The sacred tortoise drags its tail), '광야가 은혜를 얻었나니!' (그리고, 두 손을 바닥에 대고, 허리 굽혀, 시동이의 벗은 발등에 이마를 댄다. 그리고 허리를 펴고, 시동이의 입술에 입술을 대, 그리고 침[20]을 먹여준다. 그리고 일어나, 시동을 내려다보며, 그리고 이런다) 유리 촌속(村俗)으론, 내가 너에게 '해골'을 물림해야겠지만, 그 짓도 그러나, 외식(外飾)이랄 것인 것. 필시 오래잖아, 너도 너의 '해골' 하나쯤 챙겨갖게 되겠을 일. 평강을 비노라.

—순례자, 표표히 그 자리 떠난다.—

뒤 한번 돌아보지 않고, 해를 등지고 걸어가는 순례자의 등을 바래며, 시동은 울고 있었다. 그의 모습이 촛불 크기만 해졌을 때, 시동은 뒤늦게 황황히 몸을 일으켜, 세웠다가, 무릎 꿇고, 흙바닥에 이마를 끌박듯이 해, 절하고, 또 절하고 했다. 그러다 눈을 들어 그 녘을 보았을 땐, 그 하나의 '촛불'은 사라져, 보이지 안 했으나, 거기 어디 그때도 빛은 있었다. 발자국은 한 개도 없었다. 시동은, 울고 있었다.

시각이 그런 시각이었던 모양이어서, 시동이의 일용할 양식을 날라주는 그 비둘기가 날아오는지, 문잘배쉐 쪽 하늘에, 다른 한 촛불이 나타나, 광야를 밝히고 들었다.

그 석양빛이 다 꺼져 들고, 어둠이 깊어 들었어도, 그 비둘기는 그러나, 문잘배쉐에 돌아가지 못했다.

追記

비둘기는, 자기의 피라도 내, 무세월 가뭄에 갈라 터진, 시동이의 입술에 묻혀주고 싶어, 싶어, 싶어 했었을 것이었는데, 시동은 그 밤, 혼신의, 전 존재의, 영혼의, 말[言語]의 심지, 그 혀로 그리고, 그 붉은 기름을 핥고 빨아, 붉게 그리고 희게, 그리고 검게, 자기를 태워 올리고 있었을 것이었다. 검은, 그리고 흰 재, 그 광야에서, 아으, 그리고 한 마리 붉디붉은 불새가, 꿈틀거리는 구리 뱀으로 날아올랐거니—.

8. 목샤(解脫), 혹은 出家

身是純化樹(신시순화수)
語如蠕懶熊(어여연라웅)
時時勤攀登(시시근반등)
心開優曇華(심개우담화)

[溫肉派(요가派, 또는 進化論派) 第七祖의 偈頌 참조. '身是菩提樹/心如明鏡臺/時時勤拂拭/勿使惹塵埃' *라웅=나무늘보]

시동이 실제로, 어디만큼이라도 떠났다, 구하려 했던 불새까지는 아니더라도, 그것의 붉은 깃털이라도 하나 뽑아, 품속에 넣고 돌아오던 중, 다시 거기 닿았기에, 잠시 쉬느라 그랬던지 어쨌던지, (그 일이라면, 예의 저 선돌에게라도 물어보는 수밖엔 없겠제맹?) 그 같은 자리에서 소롯해진 그를, '바람의 혀와 시간의 쉬라는 벌레'들이 가만두지 안 했던 모양이어서, 습기와 살은 다 파 먹히고, 희둑스레한 뼈를 한 무더기 오소록이 남기고 있던 것이, 해 아래 드러나 있었다. 훨씬 벗어버리고, 아무런 부끄러움도 없이, 세상에 자기를 드러내 보인, 그 형상을 좇아 (패관 투의) 추측을 해보기로 하자면, 시동은, 문잘배쉐 쪽을 향해, 책상다리 좌세를 꾸며, 두 팔로 두 정강이를 껴안아 모은 뒤, 세워진 두 무릎 위에 얼굴을 받쳐 올려놓은 그대로, 앉았던 자리에서 한 발자국도 떼어놓지 안 했거나, 못했었던 것 같았다. 그렇게 몇 날, 몇 주야, 몇 달, 몇 성상, 또는 몇 세기를 보냈던지, (이 또한 선돌에게나 물어보는 수밖엔 없겠지만) 굵은 사지(四肢) 뼈로 밖을 구획하고, 갈비뼈 따위 잔뼈들로 안을 꾸민, 그 한가운데, 몹시 퇴색한 데다 얼룩져 있었으나, 가즈런히 놓여진 한 켤레의, 그 뽐 나는 신발 위에 놓여진 희둑스레한 해골은, 어째선지, 그만한 크기의 붉은 돌로 보여, 앓음다웠다. 그가 찾아 떠났었던 그 불새의 잠든 모습이 그것이었는지, 아니면 일곱 색깔을 흩트리며 그것이 날아가 버리고 난 뒤, 남은 재가 그것이었는지, 저 선돌 말고, 또 누가 그것을 알겠는가. 마는 어찌 되었든, 문잘배쉐를 향해, 두 눈두멍을 끝 간 데 없이 깊이 열고 있는, 강낭콩꽃 빛깔의 저 해골을 얹은, 한 무더기의 뼈는, 예의 그 이정을 새긴, 선돌이 편 그늘을 편안스레 덮고, 무슨 비밀을 발설하고 있었으나, 해골의 입을 통해 흘러나온 언어를 이해해내기는, 한 손뼉을 쳐낸 소리의 의미를 터득하기와 다르지 안 했다.

모든끝은그러나시작에물려있음을!

아으, 그런즉슨, 시작하지 말지어다!

이티 마야 쉬루탐(Iti mayâ śrutam. 如是我聞)

산

해

기

아으, 누가 이 공주를 구해낼 것이냐
—동화(童話) 한 자리 1

'이미지'(Image)들이 사는 왕국(nation)을 '이미지네이션'(Image+nation=Imagination)이라고 이르는 것은, 아담에 의해, 저런 언어(言語)가 발음(發音)을 입었을 때부터 알려져 오는데, 일설에는 그러나, 이 왕국은, 신이 천지를 창조했었기 전부터도 있어 왔다고도 하는즉, 아무튼 그 성벽에 낀 이끼가 오래된 것만은 분명하다. 꽃의, 잎의, 뿌리의, 바람의, 물이며 흙의, 불의, 이런 요정(妖精) 저런 유정(有情), 염소 뿔에 마각을 한 수인(獸人)이며, 사람 여자 얼굴에, 날개 단, 사자의 몸을 가진 잡종 유정이며, 외눈박이 거인, 사람 여자의 살맛을 깊이 알아버린 독룡(毒龍), 위사도(僞邪道, wizard), 마직사(魔職師, magician), 마녀며, 독사의 머리 타래를 해 있는 악몽, 계모들도, 이 왕국의 백성들이라고 하는데, 어떤 설에는, 심지어는, 신들, 우주적 대신(大神)들까지도, 이 왕국에 먼저 강보를 둬, 스스로를 태어나게 했다가, 자라나게 되었을 때, 자기네들 나름으로 하나씩의 우주를 꾸몄다고 하기도 하지만, 이런 설은, 우리 사람들끼리만 속삭여 알고, 쉬쉬하고 말아야지, 신들이 듣고 알았다가는, 새로 천지를 짓고 말겠다고, 야단이 나게 될지도 모를 일이다.

이 왕국에선, 말[言語]의 망우수(忘憂樹) 열매 먹고, 번연히 눈뜨고 꿈꾸는 자들, 예를 들면, '시인'들과, 그 열매보다는, 그 뿌리 맛이 좋아, 그 뿌리를 캐어 먹고, 들척지근하다고, 그 뿌리 맛인지, 삶의 맛인지, 무엇인지가 슬프도록 들척지근하다고, 슬픈 얼굴인 자들, 예를 들면, '현자'(賢者)들이라고 이르는 자들이, 길기도 사래 긴 말밭[語田] 갈이[耕]나, 그 한 송이 한 송이가, 장정께도 한 짐씩이 넘는, 상념과 사고의 포도 따, 술 담그는 일을 하는데, 저들이 지치지 않고 일하는 한, 이 왕국의 백성(이미지)들은, 저들에 의해 두텁게 입혀지고, 장식되며, 선주선병(仙酒仙餠)에 취하고 배 불려져, 세월을 잊어도 좋았다. 시인들과 현자들은 그리고, 자기네 받은 '달란트'를 다하여, 애써 일하면, 그 보수로, 이 왕국의 백성들에 의해, 머리에는 계관(桂冠)이 씌워지고, 발에는 해와 달이 신겨지기도 하여, 인류의 역사 속에, 불멸의 족적을 남기게도 되고 그렇다.

이곳에서는, '자연'(自然) 대신 '천연'(天然)이라는 어휘가 씌어지고 있는데, 자연이 다름 아닌 변화[易]의 저울[秤]인 것이듯이, 천연도, 그런 변화를 저울질한다는 점에 있어, 다르지는 않다. 않되, 다름이, 있다면 그것은, 자연이라는 역칭(易秤)의 눈금은, '불균형(不均衡)—균형(均衡)'임에 반해, 천연의 그것은 '균형'이라는, 그것이다. 눈썹을 아끼기로 하여, 이 자리에서는, 불균형—균형의 눈금이 어떤 것인지, 그쪽이나 밝혀두기로 하지만, 그러기 위해서 한 예나 들어두기로 하지만, 이라는즉슨, 무슨 원인으로 해서든, 들에, 초식동물의 식구가 축소하면, 육식동물의 번식도, 그에 엇비슷이 비례한다는 것 같은 것이다. 이는 언뜻, 그 균형이 잘 잡혀 있어 보임에도, 문제는, 그 균형이, '상극적 질서'(相剋的 秩序) 위에서 잡힌 것이어서, 부정적(否定的) 균형, 또는 불균형의 균형 말고, 달리는 어떻게도 이해되어지지 않는다는 것이다.

저 왕국의 저 '역칭'은 헌데, 그 궁궐의 그중 깊은 데 있는, 그 왕국의 외동공주의 방에 놓여 있다고 알려져 오는데, 이 공주의 이름은, (자기를 나타내는 모습에 따라서, 또는, 방언[方言]에 따라 다르게 발음되어지기에 좇아서, 여럿이라고 이르되, 그중에서 잘 알려진 것으로만 두어셋 열거해두기로 한다면), '웅녀'(熊女)라거나, '소피아'(Sophia), 또는 '바즈라-요기니'[1]라고 했다. 나중에는, 이 공주가 바로 저 역칭 자체가 아닌가, (또는, 저 역칭의 의인화가 이 공주가 아닌가,) 하는 설까지도 만들어졌다가, 종내 그렇게 낙착되어버리기에도 이르렀다. (헌데, 그 부왕[父王]에 관한 얘기는, 그의 이름이 '헤루카'[2]

라는 것만 알려져 있을 뿐, 거의 알려져 있지가 않은데, 시인들과 현자들의 소야곡[小夜曲] 이, 노상 공주의 창 밑에서만 바쳐지자, 왕이 공주화[公主化] 를 하지 않았을 것인가, 하는, 희한한 설도 없잖아 있기도 있다. 브라흐마 신[神] 의 샥티화[化] 도 그런 것이 아닌가) 그래서 이 공주가, 침상에서 기지개를 켜며 눈을 뜨면, 새벽의 장엄한 꿈틀거림 속에서 동이 트고, 그리고는, 정원이나 들로 나가, 바람과 사슴과, 꽃송이들과 놀다, (그것이, '하룻낮'이라는, 역칭의 눈금이던 것) 피곤해져 왕궁에로 돌아오면 저녁이 되었다가, 침상에 누우면 밤이 되곤 했다. 공주가 쉬는 고른 숨에 좇아, 들에로는 향기로운 산들바람이 불어가고, 공주의 행복한 눈물은 비가 되었으며, 그 눈물에, 어떤 아픔이 맺혀 있었으면, 거기서 습생(濕生)이 일어났고, 공주의 더운 꿈은, 여름의 풍성함을 이뤘다. 아무리 작은 것일지라도, 공주는 상처를 입지 말아야 했으며, 개고뿔에도 걸리지 말아야 했는데, 그 아픔의 크기에 따라, 모든 크고 작은, 괴기한 요정들이 일어나기 때문이다. 무엇을 더 말할 것인가, 이 공주의 일거수일투족, 크거나 작은 생각, 느낌, 원망(願望) 등의 편편이, 모두 그 당장 의정(擬情)·의물화(擬物化)를 치렀으니, 이 왕국이 다름 아닌, 저 공주의 몸·말·마음의 풍경, 다시 말하면, 그녀 자신이었다. '나신(裸身)[3], 성숙한 처녀 열여섯 살 나이, 전신이 홍옥처럼 빛나는 붉은 색깔, 세 개의 눈을 가진 얼굴, 오른손은, 시퍼렇게 번쩍이는 낫을 쥐어, 머리 뒤로 높이 쳐들어 있고, 왼손은, 더운 피에 넘치는 인두골(人頭骨)을 가슴에 받쳐 들고 있으며, 다섯의 마른 인두골을 끈에 꿰어 머리 장식으로 둘렀고, 목걸이로는, 피를 뚜둑이는, 쉰 개의 인두골을 끈에 꿰어 둘러 있는, 열엿새 달 같은 처녀, (시꺼먼 송장을 디뎌) 춤추는데, 오른 다리는 구부려, 발바닥을 까 올리고, 왼발은 송장의 가슴을 딛고 있다.' — 아으, '말'[言語] 의 여성적 국면의, 이 아름다운 다키니(天女), 성교(性交) 중에, 수컷의 머리를 잘라 골을 빨며, 동시에 정수도 빠는, 버마재비의 암컷, 헤루카-오시리스님의 하초는 그리하여 뻐등여 오른다, 무량겁의 밤의 고통을 겪어, 새로 떠오르는 해. (언어와 상상력의, 이런 결합의, 불의 제사[祭祀] 에다, 시인들과 현자들은, 자기들의 머리를 잘라, 그 더운 피와 골의 제주[祭酒] 를 뿌린다) 그러는 동안, 세계는 밝고, 넓고, 높고, 빛나며, 그리고 깊고, 질척하고, 아늑했다.

이런 세상의 중년에 헌데, 변괴가 있었다. 삼악도(三惡道)에서, 야음을 틈타, 인간도(人間道)에 오른, 삼악도의 대왕(大王) 붉은 용이, 인간도를 숙주(宿主) 삼아, 붉은 알을 하나 묻어놓은 일이 있었는데, 그리고 얼마의 세월이 지난 날, 그 알 속에서 한 유정(有情)이, 한 천지를 썩히고 드는, 매우 역한 냄새를 풍기며 부화했던바, 이 벌레는, 한섬 지기 농가네 거름 무더기만 한 체구에다, 날개를 달고 있었으며, 사람의 얼굴에다, 이마의 한가운데에, 한 개의 퉁방울눈을 뜨고 있었더랬다. 온통 썩은 피 색깔이었는데, 날개의 습기가 마르자마자 이 붉은 용은, 하늘 가운데로 날아올라, 사방으로, 일곱 날갯짓씩 날으며, '베[禍]-베-베-'[4] 소리치며, 아으, '독(毒) 바른 북[鼓]'에서 울려 나는 소리, 머리 두를 곳을 찾는 듯하더니, 일순 자취를 감췄는가 하는 사이, 저 공주네 성벽을 넘어 날아들어 갔다. 그리고 다짜고짜 공주를 발톱에 꿰어 차고, 그 왕국의 옥좌를 차지해서는, 그날로부터, 그 백성들을 잡아먹어 배를 채우기 시작했다. 공주께 자기를 밝혀준 바에 의하면, 자기는, 삼악도의 대왕 '붉은 용'의 '물질주의'의 화신(成肉身)으로서 자기의 그 한 눈은, 다름 아닌, '물질주의'만을 보도록 열려진 것이라고 하여, 까닭에 자기의 이름은 '에켄드리야'[5]라고 이른다고 했다. 베-베-베, 저런 자가, 공주의 궁궐에서 공주를 납치 유괴한 것이다. 그리고 마누라로 삼으려 했으나, 공주의 완강한 거절에 부딪히자, 종자들을 시켜, 청동 탑 꼭대기 방에다 가둬버리고, 음식을 들여주지 말라고 분부한 뒤, 그날부터 저 외눈박이 공룡은, 현자들로부터 까 낸, 불알을 안주로, 시인들의 염통을 포도알 삼아 담근 술을, 마셔, 취해, 배, 베, 베, '독 바른 북' 소리, 자고, 깨면 또 취하는 시절을 보냈다. 그러자니 저 '에켄드리야'의 몸은 기름으로 채워져, 천 마리의 하마(河馬)만큼이나 불어나고, 정액은 동정호만큼이나 괴었던 모양이라, 그 정수를 쏟아내기에 값할 계집을 필요로 하기에 이르렀던 게였다. 청동 탑에다 억류해뒀던, 그 공주를 그래서, 다시 기억해내기에 이르렀던 모양이었으며, 냉큼 내달아 가보아라, 예이-, 아직도 죽지 않고, 목숨이라도 부지하고 있거든, 얼마의 세월이 걸리든, 그 옥체에 살이 오르고 물이 오르고, 옥문에는 기름이 올라, 그저 몇 발자국 비틀거리려 하기만 해도, 서로 살이 부벼지는 자리에서 기름이 끓다, 불이 일 때까지, 잘 먹여서 모셔드리라 분부했던 모양인데, 실제에 있어 공주는, 청동 탑에 갇히고도, 이전의 아름다움을, 머리카락 하나만큼도 잃지 않고 있었다. 공주는, 시각(視覺)으로, 청각(聽覺)으로, 그리고 후각(嗅覺)으로 먹고사는 자여서, '트린드리야'(Trindriya)[6]라고도 일렀는데, 그랬으니, 청동 탑 지붕으로, 해와 달, 별빛이 스며들거나, 시인들과 악사(樂士)들의 소야곡이 그 창 아래서 끊임이 없으며, 바람이 꽃의 향기를 실어 불어 다니는 한, 결코 배고프거나, 여윌 까닭이 없었던 것이다. 헤헤헤, 그러나 이번에도, 저 외눈박이 공룡은 이 혼사를 이루지 못하고 말았다. 베, 베, 베—. 신들의 제단들이 놓인 자리들까지도 많은 부분을 포함하고 말해야겠지만, 이 색계(色界)를 거의 다 정복해버린 저 '베'[禍]! 공(公)이, 연약해 뵈는, 이 한 공주를 정복하지는 못했다. 하마가, 황(凰)을 덮지 못함을, 베—베—베— 감안하여, 에켄드리야는, 자기에게 장부다운 매력이 없어서 저 공주를 후리지 못한 것이 아니라, 틀린 암컷을 덮으려 했던 탓이었다고, 베, 베, 자위하고, 다시 또 공주를 가둬버리게 했다. 이번에는, 빛이나 볕도 닿지 못할 뿐만 아니라, (시인들이나 현자들의) 꿈이나 상념까지라도, 그 벽을 통과하려면 빙결(氷結)해버리는, 그렇게도 깊고, 멀고, 암흑한, 얼음으로 천장하고, 벽하고, 바닥하고, 침상을 꾸민, 그래서 거기서는 모든 것이 소롯해져 버리는 곳, 그런 데다 공주를 밀어 넣어버렸다.

그러자부터 세상엔, 불균형적이며, 병적인 사건들이 도처에서 일어나기 시작했는데, 비가 좀체로 내리지도 않았지만, 내렸다 하면, 지옥에서 오른, 죄(罪)를 찌고 끓여낸 수증기가, 서늘함에 닿아 비가 되어 내리는, 그런 비여서, 빗속에는 실지렁이며, 거머리가 섞인 데다, 흐려, 고름도 같았으며, 햇볕 속에는 독화(毒火)가 사려져 있어, 닿는 모든 것에다 화상을 입혔는데, 그 상처는, 어떠한 고약으로도 다스려지지가 않았다. 바람은, 색깔이 없는 독한 연기, 가 지옥에서 불어 나와, 불어도 꽃을 고문으로 피게 했으며, 까닭에 꽃가루 속에는, 눈 앓이, 콧물 흐르기, 재채기 같은 독소가 섞여, 개까지도 앓아눕게 했다. 음악은, 어디서 연주되거나 불리어져도, 신명을 일으키지 못하고, (결혼식이라거나 하는 식의, 무슨 까닭으로) 모닥불에 둘러서서 춤이 일어난다 해도,

그 당장, 그 무족(舞足)들은, 땅에서 솟은, 중력(重力)의 푸른 독사들에 감기고, 물려, 흥 대신, 피로만을 추처럼 매달아야 했다. 시(詩)는 시대로 꿀을 잃었다고 하여, 읊어져도 달콤함이 없으므로, 귀 기울이는 자가 없어, 실제로 시가, 대처(大處)의 달처럼, 희게 죽어버린 고장이 많았으며, 지혜(知慧)에도, 그 소금이 맛을 잃어, 더 이상 삶을 짜고 감칠맛 있게 하지를 못했다. 그런 뒤 세상은, 저 붉은 용의 물질주의의 냄새, 권세의 냄새, 정액의 냄새들로 오염이 되어, 오관(五官)은 물론, 마음까지도 한 보따리 싸, 저 붉은 용께 바쳐버리지 않고는, 누구라도, 오관이 가난한 데다, 마음이 시달려 살 수가 없이 되어지자, 시인이며, 현자라고 이르는 자들까지도, 저 물신(物神)의 대왕께, '시'를, '지혜'를 조공하기로써, 일신의 영달을 꾀하기에 이른 자가 속출했다. 이렇게 되니, 시인들과 현자들의 고행(苦行)의 땀으로 살아왔던, 저 왕국의 백성—이미지들은, 피골이 상접해갔으며, 오래잖아 심정까지도 마르고, 머릿속까지도 비게 되어, 백 년 촉루들모양, 여기저기 굴렀다. 에켄드리야의 종자 검[黑] 아귀(餓鬼)들이 그리하여, 저 '이미지'들의 염통을 꺼내, 발톱으로 찢고, 부리로 쪼아, 상념의 찌꺼기를 거둬 내려 했으며, 두골(頭骨)에서는, 남은 지혜의 찌꺼기를 찍어내느라, 가악(咖惡) 가악 더럽게 악다구니들을 쓰고 있었다.

이렇게 되자니 이제, 물질주의에다, 자기의 혼(魂)까지는 아직 팔지 않았거나, 팔았었음으로 하여, 약간의 기름기를 살 수 있어 피둥거리게 되었다 해도, 얼마쯤의 통한을 남겨 갖고 있는 시인들과 현자들은, 아무도, 아무 기관에서도, 무슨 불온자 명단 같은 것을 만들지도 않았으며, 미행하지도 않는데도, 스스로들 쫓기듯이, 힐끗힐끗 뒤돌아보며, 두문동구(杜門洞口)를 넘어서기도 했다. 그리고는 망보는 자를 동구에 세워둔 뒤, 저 독룡 퇴치(毒龍退治)에 관해, 음모를 꾸몄다. 저런 짓이란, 그러하다 해도, '고양이 목에다 방울 달기'의 묘수는 생각했으되, 누가 그 방울을 고양이의 목에다 달아줄 수 있을 것인가, 라는 현실적인 문제에 부딪혀 난색을 짓고 있는, 생쥐 새끼들의 모임과도 별로 다르지 않았다. 그리고도 그들을 당황케 한 것은, 그 왕국이 대체 어디에 있어 왔는지, 아무도, 한 번도, 그것을 의문해 본 일이 없었다는, 그 사실이었다. 그리고 희미하게 짚어냈기는, 자기네들은, 한 번도 그 왕국 밖으로 떠나본 적이 없었음에도, 어째선지, 자기네들이 이 현재, 그 왕국 내에 있는 듯하지는 않다는 그것이었다.

오랜 심사숙고 끝에, 지혜꾼이라고 이르는 자들 쪽에서, 어쨌든, 의견을 하나 내기는 내었으며, 만장일치의 찬성도 얻기는 얻었다, 라는 그것은, 공주를 구하기 위해, 우선은, 저 독룡 퇴치에 나설 용사를 구하는 방(榜)을, 방방곡곡에다 내붙이기로 하고, 그러는 동안, 빈 낚시질로 세월을 보내고 있는, 지도장(地圖匠) 고산자(古山子)를 불러다, 그 왕국에로 이어진, 길 지도를 그려오도록 하는 것이 어떻겠느냐는 것이었었다.

그렇게 되어, 고산자가 두문동을 떠난 뒤, 그리고 예의 그 방도 여러 여러 고장들에 내붙여진 뒤, 별 질 때부터 별 뜰 때까지, 고행 삼아 걷는 행려자가, 대개 쉰 켤레째 미투리를 바꿔 신을 만한 세월이 흘렀을 때쯤인데, 공주에의 짝사랑을 키운 먼 고장의 왕자들이며, 상금에 입맛을 돋운 강쇠들이, 그 동구로, 띄엄띄엄 들어서고들 있었다. 그들 가운데에는 그리고, 허긴 돌아올 만한 때도 되었기에, 고산자도 섞여 있었더랬다. 고산자는, 그 마을로 들어서는, 다른 행려자들과 달리, 지쳐 어깨를 늘어뜨린 데다. 낙백해 있었더랬다.

노독이, 반쯤이나 풀렸을 때, 고산자가 밝힌 바에 의하면, 그는, 그 왕국에로 이어지는, 그 길 지도를 그리는 일에 실패만을 거듭하고, 빈손으로 돌아온 것이었다. "……이것은 물론, 지도장이 할 수 있는 얘기는 못 되는 듯하외다만, 사실로 내가, 그 왕국에로 이어지는 길을 찾지 못한 것은 아니었쇠다, 마, 마는, ……마는, ……처음 길을 찾아 길을 떠나고 있었을 때, 첫 켤레의 미투리를 갈아 신어야 되는 지점쯤이었는데, 그 길가에 앉아 있었던, '양모(羊毛)로 짠 옷을 입은 사람'[7]을 하나 만난 일이 있었쇠다. 그는 동안 백발의 노인이었는데, 그냥 지나가려니까, 그가 나를 불렀소이다. '여, 길 가는 젊은네, 어디를 가시느라고?' 내가 대답했소이다. '예, 나는, 에켄드리야라는 이름으로 불리는, 붉은 용이 있는 왕국에로 이어진 길을 찾고 있습니다.' '그런즉, 젊은네의 머리라도 잘라 조공을 바치고, 비계점이라도 얻어보려고? 아니면, 덤벼보기라도 해보려고?' '아, 아닙지요, 나는, 지도를 그리는 장인인걸요. 저 용 퇴치에 나설 장한들께 길을 가리켜 주려는 것이지요.' '아, 흐, 그, 그랬군그랴. 길은 찾았다는가?' '그, 글쎄요, 그, 그게 도무지, ……눈을 감으면, 그 길이 모든 곳에로 열려 있는뎁지요. 눈을 뜨고, 지도 위에 그려 넣으려 하면, 그 모든 곳에로의 열림을, 어느 한 곳에로 수로(水路)를 잡아, 모아드릴 수가 없는 게 문제곤 합니다요.' '홋홋홋, 듣고 보니 그렇겠구먼그랴. 이렇게 되면, 그 길을 지도 위에 그려 넣으려는 노력을 바치기 전에, 혹간 그런 길이 만들어지던 시절, 그런 시원으로라도 거슬러 올라가 보아야 되잖을랑가도 모르지. 젊은네도 물론, 신의 천지창조에 관한 얘기쯤은 들어보았겠지맹? 신이, 자기를 위해서는, 사람을 짓고, 그 사람을 위해서는, 우주를 지었더랬는데 말이지, 말인데, 이런 말은 그러니, 신이 거처하는 곳은, 사람이 거처하는 곳과 달리, 무슨 장소(場所)가 아니라, 유정의, 그것도 특히 사람의 심정 속이라는 얘기겠는데, 말이지, 허, 헌데, 말이지, 신이 우주를 창조할 때는, 밖을 무한정 넓게 하고, 안을 좁게 했으며, 사람을 창조할 때는, 그 반대로, 밖을 좁게 한 대신 안을 무한정 넓게 했다는 것이더구만그랴. 그렇다면, 사람이 또는 한 구도자(求道者)가, 우주화(宇宙化)를 성취코저 하면, 다시 말하면, 남김이 없이 모든 것을 깨닫고저 하면, 밖을 깨우치려 내달아볼 것이라도, 그렇지 않고, 뭔지, 잃어진 소중한 것을 찾으려 한다거나, 또는, 일어난 부정적 욕망이라는 괴물 같은 것을 찾아내어, 그 뿌리를 뽑으려 한다거나 하면, 이번에는 그와 반대되는 쪽을 살펴보아야 되잖을랑가 모르지, 몰라.' 그리고 노인네는, 아마도 그 길 가리키기로, 노래를 한 자리 읊조렸는데, 그 노래는 이랬소이다."

공중(空中)에도 아니고, 색중(色中)에도 아니다,
수중(水中)에로, 그럼에도 젖음이 없는 길을 좇아서, 그대
그곳을 통과하지 않으면 안 된다—
그러면 그대는, 그곳에서, 찾으려는 모든 것을 되찾게 되리라.[8]

아으, 누가 저 독룡(毒龍)을 퇴치할 것이냐
—동화(童話) 한 자리 2

이 세상의 남녘에는, 무스펠하임(Muspellheim)이라는 불의 고장이 있으며, 북녘에는, 니플하임(Niflheim)이라는 얼음의 고장이 있는데, 저 불과 얼음이 만나는 자리에 진눙가갑(Ginnungagap)이라는 골짜기가 생겼다. 이 골짜기에서, 맨 먼저 생겨난 유정(有情)이 이미르(Ymir)라는 빙결(氷結)의 거인이었으며, 다음으로 오둠라(Audumla)라는 암소가 태어났다. [……]

—*Norse Myths*

헤으야 헤으 각설(却說) 이때라—

데바도(提婆道, Deva Loka)

주(主)—우리들의 공주 '이미지'(Image)가, '에켄드리야'(Ēkēndriyas)라는 이름의 공룡—'물질주의'의 발톱에 차여, 소리도, 바람도, 빛이며, 심지어 시인들의 상념까지도 닿지 못하는, 저 억만년 얼음의 고장 '니플하임'에 억류된 이후, 우리 데바(Deva, 빛나는 자, 신)들까지도, 발이 시리고, 단전(丹田)이 써늘하며, 가슴이 허전한데도, 아무 곳에서도 호꼰함을 찾을 수가 없소이다. 인간도(人間道)에서 올려보내는, 그들 신앙의 제주(祭酒)로부터는 주정(酒精)이 날라 없어, 쉬어버린 찌꺼기 음식과 다름이 없으며, 그들의 찬송에도 간절함이라는 프라나(Prāna, 숨, 활력소)가 없어, 짜거움을 잃은 소금과 다름이 없는데, 저 무뢰한 에켄드리야가, 우리 데바들과, 그리고 사람이라는, 종교 없이는 못 사는 유정들의 가운데서, 그렇게 제사를 가로챈 것인데, 그렇게 저 무뢰한의 창자를 겪고 우리들께 닿는 제사는, 죽어, 그 제사의, 못 먹을 가죽이며, 구린내 나는 똥창자, 터럭, 비계, 마른 뼈 토막뿐이잖소? (힌두 종파네서는, '제사'가 저렇게, 의유정화[擬有情化]를 치러 있는 수가 많다) 이것인즉슨, 다름 아닌, 우리 데바계에, 극난한 암흑시대가 시작된 증거가 아니겠소? 어디 그러나 그뿐이겠소, 저들(사람) 중에서, 용감한 젊은네들이, 우리들의 공주를 구하러 나서지 않은 것은 아니었으나, 저 니플하임의 경계에로 발을 내디뎠기도 전에, 배고픔과 혹한에 용기를 잃고 되돌아서거나, 약간의 온기라도 구워내볼까 하여, 둥글게 뭉쳐 앉기만 했다 하면, 솔아버리고 하여, 니플하임의 (얼음의) 정원에다, 괴기한 아름다움만 더해주고 했으니, ……니플하임의 동결력(凍結力)이란 그것에 닿기만 한다면, 심지어 우리 데바들의 손, 발, 수염, 시선이며, 말[言語]까지도 솔게 함에 분명하외다. 그 막강함이라니! '동결'이란 그럼에도, 허으 허허, 이런 것을 일러서도 '다행하게도'라고 이를 수 있을는지는 장담할 수가 없소이다만, '다행하게도!', 무엇을 파괴하거나, 소멸하게 하는 힘은 아니어서, '휴지부동'(休止不動)이라는, 그것의 역권(力圈) 내에 든 것이라면, 심지어 '운명'까지도 솔아[凍], 움직임은 휴지(休止)화하고, 생명은, 잠, 아닌 잠, 죽음, 아닌 죽음, 무(無), 아닌 무화하며, 욕망까지도 소롯해져, 일어나는 꿈 한 가지도 있을 수가 없다 해도, 아무것 하나도 없어지지 않음! 아무것 하나도 허실되지 않음을! 아으 그런즉, 그것 자체가 하나의 '자궁'이렸음? 그럼에도 '시간'을 보면, 어떻게든, 해마다 한 번씩은, 용케도, 저 '휴지부동'의 '동결'을 벗어나곤 하여, 얼음에 뿌리 두고, 봄[春]을 피우고 하는 것을! 그렇다는 즉슨, 저런 순 '동결' 속으로도, 어쩌면, 머리칼 굵기보다도 더 가는 열림이라 한다 해도, 무슨, 비밀스런 소로(小路)는 하나쯤, 열려 있는 것이 분명하잖소?

아으, 그러나 누가, 저 소로를 찾아내어, 저 니플하임을 뚫고 들어가, 우리들의 공주를 구출하겠소?

무(武)—여러분 말씀이외다, 소신(小神)의 생각은 어떤가 하면 말씀이외다, 공주를 구하려 하기 전에, 저 오만불손한 독룡부터 퇴치하는 일이, 순서가 아닌가 하외다. 이런즉 여러분, 무엇을 더 기다려, 저 방자무례한 괴물을 살찌우느라, 우리네 데바들이 여위어가야겠소이까? 만약 여러분께서 허락하시기만 한다면, 소신이 내달아, 여러분 들고 계신 포도주잔이 다 비워지기도 전에, 저 흉측한 벌레를 창끝에 꿰어다, 안주를 삼게 해드리리다. 소신의 한갓 원은, 저 벌레를, 꿈틀거리는 채로, 한입 안주 삼는 일이외다.

문(文)—만약 그럴 수만 있었다면, 무공(武公)께선, 무공 자신의 발까지, '물질주의'라는, 저 구투이전(狗鬪泥田)에 빠져, 정강이까지 묻혀 들도록이나, 어찌 차마 올 수가 있었소이까? 무공께서는, 분노하시기 전에 먼저 우리 세상의 현실을 직시하시기 바라외다. 솔직한 말씀을 드린다면, 저 아수라(阿修羅)께 바쳐지는 [제사하도록 지어짐 받은 유정(사람)들의] 열성스런 예배와, 찬송과, 영광과, 부, 권세 등은, 우리 데바들께도 부러움이 되고 있지 않다고는, 말하지 못할시다. '물질주의'가 이제 그들의 종교며, '에켄드리야'가, 그들의 신이 되어버린 것이 아니겠소? 일찍이, 우리의 데바들은, 한 번도…… 저 인간들이, 저 에켄드리야에게 바치는 것과 같은, 저렇게도 광열적인 신앙과 예배를 받아본 적이 없는 것이나 아니었는가……, 젊은 시인들이, 첫사랑에의 눈을 떠, 시의 여신(우리들의 공주!)께 동정을 바치고 있을 때의, 그 광열적, 헌신적 사랑, 또는 자식을 얻으려는 일념으로, 백일기도에 든, 오대 독자네에 시집간, 냉(冷) 많은 며늘아기의, 삼시랑에 대한 정성—그런 사랑, 그런 신앙은, 말하자면, 깊은 겨울에도, 얼음 속에 잠든 꽃들을 불러낼 수도 있을 만큼 간절하여, 심지어는, 운명의 여신의, 운명을 잣는 손에다가도, 어떤 떨림, 어떤 변화를 일으키기까지 하는데도, ……그러나, 물질주의—에켄드리야에 대해서는, 사람들이 바치는 그저 일상적 신앙이 모두, 저것에 비교된다면, ……그래서는, 는, 신들께는 암리타(不滅不死酒)인 것이, 에켄드리야께는, 그저 그렇고 그런 것, 기름진 음식 먹고 입 헹궈내는, 향엽(香葉) 띄운 온수 정도에나 비교되는 것,

것이라면, ……신들은 천지를 창조했으며, 기후를 조절할 뿐만 아니라, 운명의 베틀질을 하는 중노동을 함에 비해, 받아지는 신앙의 조공이,

무(武)—돌(咄)! 그만해두시지! 육신을 입지 않으면, 고문이란 체험되어지는 것이 아니라고 이르되, 제기랄, 문공의, 껄끄러운 말로써 행해지는 고문을, 내 고막이 더 이상 참아내지를 못해 하고 있다구 시방. 그래서 만약에, 저 누무 '물질주의'라는, 비대해진 땅지렁이 한 마리 퇴치하기가, 그렇게까지나 어렵다면, 천지를 새로 한 벌 짓는 게 나을 듯하잖소? 이거 뭐, 해묵은 얘기니, '에덴'이 어떻게 파괴되어졌었는지, 그 얘기는 그만두기로 합시다, 마는, 저런 벌레 따위를 예배하는 것들이 있다면, 그것들은 아예 벌레만도 못한즉, 이 기회에, 이것을 기화로, 달을 비워내 홍수를 일으키든, 해를 엎질러 불바다를 만들든 하여, 저런 흉측한 오물들을 싹 쓸어버리는 게 좋을 듯하지 않소이까? 주공(主公)께서, 사람(아담)의 코에다 숨을 불어 넣으셨을 때, 해찰 부리지 말고, 앞에 놓여진 천로(天路)를 부지런히 올라 천국을 성취하라고, 그 '숨'에다, '희망'과 '고통'을 반반씩 함량했었거니와, 이 '사람'은 그러나 중도에, '물질주의'라는 붉은 용의 독아에 물린즉, 그 독에 중독이 되어, —아으, 우리들의 공주가, 저 독룡께 납치당함인 것! —정신적 기능장애를 일으키게 된 바, ('희망' 대신) '고통'이 없이는 살지 못하게 되어설랑, 오른다며 저것들은, 천로를 거꾸로 내리며, 천국에 대해서처럼, 지옥에 대해 꿈을 키우기 시작하고 있는데, '사람'이라는 유정에 대한 주공의 편애 탓에 아마도, 오산되어진 것은, 그들 심정의 감반(感盤)을 둥글게 만든 그것인지도 모르겠다는, 뒤늦은 느낌이 없잖아 있소이다. 그런 까닭에, 서로 정반극(正反極)에 있었어야 될 '고건'(苦鍵)과 '쾌건'(快鍵)이, 어느 음정(音程)을 넘기만 하면, 그때부터는, 비슷한 울림을 울려 내게 된 것일 거외다. 그리하여, 고통이 없이는 살지 못하게 된 유정은, 아귀도(餓鬼道)나 지옥도(地獄道)에로까지 추락한 것인데, 그러면 그들은 글쎄, 이제 더 이상 '사람'은 아닌 것이외다. 이러고 보면, '사람'이라는 유정은, 이 한 우주에 대해 그중 해스러운 괴물로 변해버린 것인데, 이래서 또 보면 우리 데바들의 참패는, 그 나타나 보임에 있어서는, '물질주의'라는 저 붉은 용께, 우리들의 하반신을 물린 것으로 되어 있으나, 정작에 있어서는, '사람'의

'사람 잃기'에 연유하고 있는 것이나 아닌가, 하는 생각도 있소이다. 주공께서, '사람을 위해 이 우주를 지었다'면, 이제는, 그곳에 '사람'[義人]이 몇이나 있는지, 그것을 물어보아야 될 때인 듯하잖소이까?

주(主)—짐도 물론, 그 점을 고려해보지 않은 것은 아니었소이다. 마는, 화현(化現)의 우주는, 그 '화현'을 기필코 '물질'에 의존하지 않으면 안 되는 이상, '에덴'을 새로 짓고, 또 새로 짓는다 해도, 그것이 무너지는 그 당장, '에켄드리야'라는 '물질주의'의 공룡은, 다시 일어나고, 다시 일어나게 될 것이라는 것을, 내어다보지 않을 수가 없었소이다. 무엇보다도 '에켄드리야'란, 이 우주를 운영하는 그 유정들의 '살기의 한 이념', 다시 말하면, '삶을 영위하기' 그 자체가 의정화(擬情化)하여, 드러난(화현) 것인 것, 다시 말하면, 조악한 물질로 이뤄진 육신을 가진 유정들이, 그 물질적 우주에서, 낙후하거나 도태치 않고, 어떻게든 생존하려는, 그 하나의 육신적, 또는 본능적 의지가, 다름 아닌 에켄드리야인 것, —시작은 그렇게, 유정들이, 하나의 눈, '삶'이라는 눈을 띄었던 것인데, 빗방울은 빗방울들끼리 어디에선가 합류하는 것, 복수의 단수화, 그리하여, '집단'이라는 공룡—에켄드리야가 탄생하였음을. 헌데 '집단'은 근본적으론, 매우 '실제적 환상'인데, 그런 까닭에 그것은, 근본적으론 눈이 없는 짐승, 맹수(盲獸)이거늘, 그것의 중심 되는 데에서, 어떤 하나의 원망(願望)이 일어나면, 이제 그것이 저 무안수(無眼獸)의 눈으로 뜨이는 것—외눈박이 거인. 그 눈을 빼놓은 모든 부분은 그럼에도, 잠[睡眼], 꿈꾸기 위한 잠, 꿈들의 무도회, —인세(人世)를 숙주로 한, 붉은 용란(龍卵)이 깨임[孵化], 베[禍]—베—베—, 아흐, 독 바른 북에서 울려 나는 소리, 삼천대천세계의 유정들에 대해 시련이로다, 극난한 시련이로다, 베—베—. 다만 '제단'이기만 했었어야 할 것이, 제사를 지내는 유정들의, 염원 따위라는, 너무도 기름진 '제사'를, 먼저, 화천(火天, 아그니)보다도 먼저, 흠향(歆饗)하고 하던 중, 그 비옥한 기름 속에서, '제사' 먹는 독룡이 되어 일어났음, '제단'의 의유정화. 무엇이 '제사'보다도 더 기름진 음식이 있겠소? 저 공룡은 그렇게 까이어[孵化]나, '제사'뿐만 아니라, '제사를 드리는 유정'들까지 집어삼키기 시작하여, 우리 데바들의 발 디딘 자리라는 모든 자리를 다 오염하고 있는데, 그럼에도, 또는 그럼으로, 우리 데바들이 당면한 난제는, 천지를 헐어버리고, 그리고는 새로 짓고, 헐고, 짓고, 하는 그것이 아니고, 아니고…….

문(文)—'물질주의'란 난해한 언어인데, 본디 신들이 '물질'을 창조했었을 땐, 그것을, '지바'(혼, 생명)라는 '용'(用)의 용기, 즉슨 '체'(體)를 삼으려던 목적이었었는데, 그런 뒤 물론, 당분간 저것[物質]은, '체' 역을 잘 수행해왔었는데, 헌데 중년에 느닷없이, '제단'(체)이었던 것이, '제사 먹는 공룡' '물질'의 '물질주의'화, 즉슨 '체'의 '용'화라는, 매우 바람직하지 않은, 돌연변이적 전도 현상이 일어나버렸거니와, 문제는 헌데, '용화한 체' '교의'(敎義)화한 '제단'이, 아예 '체'를 입지 않은 '용', 다시 말하면 우리 데바들과, 매우 같은 문법/물법(物法) 체계, 즉슨 권세권(權勢圈)을 획득해 있다는 그것이 아니오이까? 이래서 보면, '신'과 '물질주의'는, 서로 반극적이라는, 그 거리만을 지워버린다면, 양자 공히, 그 제단들을, 매우 같은 자리들에 다 놓고 있어,

무(武)—그런 고로, 우리 데바들이, 어떤 수를 쓰더라도, 조금이라도 말씀이지, 실지수복(失地收復)을 하려 한다면, 보십습지, 신들도 또한 말씀이지, '체'상을, 갖다가시나 '물질주의'적 국면을, 드러내는 수밖에 없게 되는 것이나 아니겠는가, 는가, 갖다가시나 말이시지, 겠는가,

따님—쇤네의 쇠견으롤랑은, 그, 그것이 동화적 상상력에 제휴할 때, '독룡' '외눈박이 거인'(에켄드리야) '붉은 용' 따위가 아니겠나 말입지요네,

문(文)—아차, 그, 그럴시라, 이, 이러자니, 생각이 나는데, 우리 데바들이, '물질'을 창조하고 있었을 때, '운명'을 베틀질 해, 모든 유정들께 재단해 입히고 있던 따님들(따[地] 님, 딸[月] 님, 땋[땋는 님, '간교한 뱀'] 님)이, 에켄드리야라는 저 아수라께는, 어떤 운명을 재단해 입혔던지, 우선 그 얘기부터 들어보고, 그러고 난 뒤, 그것에 좇아, 무슨 방도든 강구해보는 게 좋을 듯하외다 그리.

따님—가, 가맜어봅셔요, 이, 이게, 어찌 된 일인지는 모, 모르, 겠사오나, 쇤네의 '운명 책'에는, 마, 말씀입지요네, '물질주의'라는 붉은 용, 에켄드리야님의 이름조차도 적혀 있지가 않삽는데,

무(武)—돌(咄)! 아니 그럴 수도 있다는 말씀이시오? '눈 하나'를 갖고서,

'세 따님'들이 돌려가며 볼 때부터, 어디서든, 이런 투의 탈락(脫落) 현상이 일어날 줄 알았었소. 이 경우는, 이거, 주어의 탈락,

따님—까닭은, 쇤네의 짐작에는, 저 에켄드리야님이, '물질의 대왕'이라는 이름을 갖고 있는 것으로 보건대, 그이의 탄생이, 난생(卵生), 태생(胎生), 습생(濕生), 화생(火生) 등, 모든 형태를 다 겸한, 돌연생(突然生)인 것이나 아닌가 하오이다. 어르신들께서 밝게 설파하신 대로, 저 아수라님은, '물질' 자체가 '생명'(지바)화한 것인 듯하여, 돌생(突生)인뎁지요. '운명'을 입지 못한 까닭은, 그렇기 때문에, '운명의 기호'(물질로 된 육체)이었어야 할 것이, '의미'(지바, 魂, 생명)의 역이며, 그, 그러자니…… 운명 책이 새로 한 권이 씌어지든지, 아니면 '부록' 편을 내든지, ……이 느닷없는 돌(突) 생명 하나는, 중년에, 어디 '밖'에서도 아니고, '안'에서도 아닌, 어디 '중간'되는 데서 일어나,

무(武)—돌(咄)! 시작이 있었으면 종말도 있는 것, —그것이 프라브리티 우주의 법칙이거늘, ……이런 법칙, 다시 말하면, 신들까지도 당하는 이런 우주적 운명으로부터도 그렇다면, 저 벌레 한 마리는 자유스럽다는 그런 얘기였댔나요? 저 쳐 죽일 누무 악당은, 그래서 글쎄, 그것의 '시작'도 없이, 느닷없이 중도에서, 이 우주의 운행에 편승해서는, 그것도, 어느 사이, 그곳의 그중 호꼰한 데를 차지해,

문(文)—허, 거, 뭐, 해 보나 마나 한 얘기가 그것 아니겠소이까? 중도에서 편승을 했든 어쨌든, 그도 이제 '운명의 고장'(프라브리티)에 화현했으면, 그 자신 운명에 입혀졌거나 어쨌거나, 별다른 도리 없이, '운명'에 그 전신을 노출해놓고 있는 것만은 분명하잖소? 사실 '물질' 자체가 '운명'이라고 한다 해도, 과언은 아닌 것이 아니잖소이까? 저 아수라가, 그것 자신의 것이거나, 우주적인 것이거나, '운명'으로부터 아직도 자유스러운 상태에 있다면, 그 책임은 사실, 우리 데바들께 물어졌어야 되었던 것이 아니었겠소? 그렇다면 우리가 당면한 문제는, 이제 우리가 어떻게, 저 붉은 용의 '운명'을 수식, 또는 한정할 것인가, 다시 말하면, 그것만의 시간의 폭에다 어떤 무늬를 수놓아 입힐 것인가, 바로 그것이 아니겠소이까? 그러자, 이 '운명론'이, 저 '외눈박이'(에켄드리야)를 적대한, 천안(千眼), 천수천족(千手千足), 전지전능하다는 우리 데바

들께, 꼭 하나 남은 희망으로까지 여겨지는데, 그런즉 이제 우리가 따님께 바라얄 것은, 저 에켄드리아께 입힐, 한 벌의 운명을 재단하는 그 일이겠소이다.

주(主)—그건 옳은 말인 듯하오이다. 그런즉, 그렇다면, 따님께서는, 무슨 방도를 생각해보셨거나, 아니면, 생각해볼 시간적 여유라도 갖기를 바라오니까?

따님—그 일이라면 입습지요네, 생각해볼 필요도, 그러기 위한 시간적 여유를 가질 필요도 없는뎁습지요, 그럴 것이 말씀이옵지요, '권세' 중에서도 큰 권세와, '부재'(富財) 중에서도 막대한 부재라는 물질주의와 관계되면, '원형적'이라고도 이를, 한 벌의 운명이 이미 재단되어져 있으니깐욥지요네. 글쎕지요, 이 한 벌의 운명에 입혀지면, 신족보(神族譜)에도 밝혀져 있는 바대로, 우리네 할아버지 '우라노스'님과 '크로노스'님도, 그것을 도저히 어떻게도 찢고 벗어날 수가 없었던 것은, 이 우주 내에 목숨 받은 것이라면, 오늘 아침 볕에 핀 들꽃까지도 알고 있는 일이 아니오니까? 라는, 그 운명은요, 다름이 아니오라 말씀입지요네, 이 운명을 입게 된 이는, 온 저런, 쑤악도 해라, 하필이면이옵지요, 츠쯧, 쑤악도 하사와요, 자기의 자식에게, 그것도 친자식에게, 그 권좌, 그 재부, 마누라까지 찬탈당하게 되어 있다는 그것이온뎁지요,

주(主)—으음, 운명 중에서도 그것은, 종류가 그중 나빠, '비극적'이랄 것이기는 하오만, ……그, 그것은 역시 갖다가시나 비밀로 하여, 새어나가지 않게 하는 게 좋을 듯하잖소? 이, 이렇게 되고 보면, '권세와 부'라는 옥좌에 앉아 있는 자라면 누구나 없이, 마, 말이외다, '라이오스(오이디푸스의 아버지) 복합증'이랄 것에 들씌워지지 않을 수가 없겠소이다. 자기의 척추를 흘러나간 불에 대한 공포증, —짐이 비록 전지전능하다 해도, 안쪽에다가는, 어떻게 만리장성을 쌓을지, 그것만은 알 수가 없을 듯하외다.

따님—호, 호, 호, 호지만 아직 어르신께선, 저 아수라님이 납치해 간, 그 공주님이 자라시기를 기다리시느라, 황후를 맞으시지도 않으셨잖나이까? 호, 호혼데, 이 '운명의 운명적임'은, 다름이 아니오라, 이 운명을 입어, 그 운명적으로 살게 운명지어져 있는 이들이, 즉슨, 말씀하옵신 '라이오스'님들이, 어떤 방법이나 경로에 의해서든, 이 '운명'을 미리 알게 되어, 그것을 바꾸려는 노력

을 바치는, 그 '노력'에 있다는 것을 잊으시지 마사이다. 그 '운명'에 대한 '앎'이, 그럼으로 하여 필사적으로까지 도망치려 하기가, 그 '운명'의 독아 속으로, 더욱더 깊이 빨려 들어가기인 것인뎁지요, 그것이 '운명의 운명적임'인뎁지요네, 그, 그럼에도 하나쯤의 우려까지도 없는 것은 아니오이다. ……라는, 그 우려는요, 말씀드린 바의 그런 '운명'이 알려졌음에도, 어떤 라이오스님은, 그런 운명에 대해, 말하자면 '돌하르방'이 '세월'에 대해서처럼 말씀이옵지요, 아무런 반응도 보이지 않는 수가 있삽는데요, 그런 경우라면 저 라이오스님의 고막이나 뒤꿈치를 물고 덤빈, 그 운명이라는 독사의 독이 어떻게나 치명적인가, 그것과도 상관없이, (해온 비유를 계속해 쓰기로 하면은입지요네,) 가다끔, 백 년 가다, 천 년 가다, 가다끔 한 번씩, 말씀드린 바의 저 돌할방에 스치는, 다키니[天女]의 치마폭의 껄그러움, 그, 글쎄, 그런 껄끄러움만큼도, 그 독이 힘을 발휘치를 못하고말고, 맒습지요. 그런 우려까지도 없는 것은 아니옵사오나, 그래서 쇤네가, 먼저, 그것을 시험해보려 하오니, 어르신께서는 윤허하시옵소서, 라는 말씀은, 쇤네는 그래서 그 일을 위해, 물질주의라는 종교, 그 에켄드리야님이 예배되어지는, 인간도엘 내려가 보려 하옵는다는 그런 말씀이온데요, 한세상의 부(富) 위에 걸터앉아, 권태에 시들고 있는, 저 아수라님께, 어떤 손[客]이 환영받아질지, ……권태에는 역시, 흥행보다 좋은 약은 없겠습지요? 그러하와요. 하기 위해, 쇤네는, 따님(땅)으로부터는, '몸'을 빌리려 하오며, 따님(달[月]님)으로부터는, '눈'(지혜)을 빌리려 하오니,

주(主)—아, 그야, 그야, 우리 모두 합심합세하여, 따님을 도울 것이니, 그야 문제가 되는 것은 아니겠으나, 의문은, 운명록에 기록되어져 오는 전례들을 좇는다면, 말한 바의 그런 운명을 알게 된 자가, 알게 되었으므로 하여, '자식이 낳아지는 대로 모두 집어삼켜, 배 속에 다 넣어버렸다'고 되어 있는데, 만약 이번 일도 갖다가시나,

따님—바로 그것이야말로, 이번 일을 두고는, 쇤네가 간절히 바라옵는 것인뎁지요, 그럴 것이, 그렇게 삼켜져 지는 것이, 이번 에켄드리야님께는, 다름아닌 '쑥과 마늘'이 되기 때문이거든요. 그, 그런고로, 이 부분만은, 여러 데바님들께서는, 부디 비밀로 해주셨으면 하옵니다. 말똥 속에 묻어뒀더니, 옥돌

이 금이 되었더라고 해서, 인분 속에서도 그것이 금이 되되, 성분이 더 좋은 금이 되는 것은 아닌 것을 고려하고 말씀드려야겠지만, 그러니 이 경우엔, 그 정수(精水)를 받아, 그 씨앗을 길러내는 자궁들의 다름을 밝힌 뒤 말씀드려야겠지만, 이 '쑥과 마늘'은, 모든 다른 유정들께는 연금액일 것이라도, 유독 아비되는 자에게만은, 극약이 되는 것이라고 믿고 있는뎁지요,

무(武)—운명의 운명적임? 그, 그런즉, 흐, 흐흠, 저 독지렁이의 자식이란, 다름 아닌, 그 아비에 대해, 죽음 자체라는 얘기가 아니겠소이까? 문제는 그러나, 누가 저 독지렁이의 독의 정수를 받아, 그것을 다시 '죽음'에로까지 연금해내느냐, 그것이 아니겠소?

문(文)—허, 허긴 말이외다. '이독공독'(以毒功毒)이라거늘, 어느 솥이 독을 담아, 독을 짙게 한다는 일은, 사실 독룡에 대해서는, 암리타를 잘 익게 하는 일과 다름이 없을 것인데,

따님—그러기에 쇤네가, '옥돌'이며, '말똥'이라는 독의, 연금술사 네 비어(秘語)를 끄집어냈던 것이 아니었겠나요?

무(武)—호, 혹간, 실례라면 부디 용서하십시오만, 따님께서 말이외다, 저 아수라께 시집이라도 가려는 것이 아니오?

따님—아이 어찌, 쇤네가? 호, 호호, 호기사 쇤네도, 자궁을 가져, 빈번하게도 그 아픔에 당하거늘, 쇤네인들 어찌, '쉬바님의 땀방울'과도 같을, 한 바다 분량은 족히 될, 그 불[火]에, 젖어보고, 흠씬 젖어보고, 싶지 않겠사오니까, 마는,

무(武)—쳇, 그, 그건 말이외다, 그냥 갖다가시나 해본 소리였었소이다만, 이렇게 되니, '암컷'이라고 이르는 유정들의, 자궁의 욕망이랄 것이 마, 말이외다, 이해키에 저으기 난해한 것이 아닌가, 말이외다, ……글쎄 말이외다, 자궁이란 것이 혹간, 지옥보다도 깊고, 두려운 것이나 아니겠는가,

문(文)—유정에 대해, 자궁이 지옥 말고 딴 것이던가요?

무(武)—문공께서는, 이 자리에서, '마음의 우주'의 법을 펴시려는 것은 아니겠지요? '몸의 우주'를 영위하는, 모든 아도니스들에 대해서는, '자궁'보다도 더 큰 복음(희망)은 없는 것이 아니겠소? 극복된 죽음! 몸의 우주의 유정

에 대해서는 그러니, 모태가 천국 말고 딴 것이겠소이까? 윤회가 법은(法恩)인 것!

따님—호, 호혼데 말씀이와요, 쇤네의 자궁은, 욕망은 드세되, 체(體)가 충분치 않삽는데, ……거 왜, 아시잖으세요, '쉬바님의 땀방울'을 받아 견뎌낸 자궁은, 항하(恒河)가 아니었었나요? 마찬가지로, 저 아수라—에켄드리야님, 불 뿜는 거룡(巨龍)—무스펠하임의, 불의 정수, 용암을 견뎌내려면, 아무래도, 쇤네의 생각엔, 니플하임의 자궁밖에는, 더 없을 것 같사오니다.

문(文)—좋, 좋소이다, 는, 그, 그리하여서는, 따님은, 니플하임에 억류된 공주를, 히, 히, 히런 순, 개기름으로 찐득거리고, 돼지비계며, 씻어본 적 없는 곱 냄새로 천지를 오염하고 있는, 저 독룡께 결혼시키려 하고 있는 것이구려? 허, 헌데, 시인들과, 현자라는 사람들의 편견 편애를 고려한다면, 따님은 말이외다, 황(凰)을 돗틀에 묶어놓고, 종돈(種豚)으로 하여금 덮어 들게 하는, 추악한, 참으로 추악한 인연을 만들려 하시는데,

무(武)—제기랄, 신들께는, 연(蓮)뿐만 아니라, 그 연엽(蓮葉) 위에 꼴록이는 두꺼비도 꼭같이 아름다운 것, 나비와 거머리가, 꾀꼬리와 지렁이가, 같이 당찬 생명인 것!

문(文)—우려는 무엇인가 하면, 글쎄 저 붉은 용은 창조하는 자가 아니고, 훼방하는 자이기 때문에 비롯된 것인데, 글쎄 말이외다, 우려는, 저 색골이, 만약에 말이외다, 하나의 욕망, 항하까지도 토해내게 할, 그 불의 정수를 쏟아버리고 싶은 그 화산 같은 욕망에 의해, 글쎄 생각해보시라 말씀이외다, '휴지부동'이라는, 동결의 주술에 묶인, 우리들의 공주의 요니(yoni)에만 온기를 일으켜 간(姦)하고, 그런 뒤엔, 다시 그 동결의 주술을 덮어씌워 버린다면, 참담한 것은,

따님—불—무스펠하임의 물질(육체)적 사랑이 닿아, 지지고 지난 자리의 '동결'에서는, 그 불이 지진 그만큼, 그 동결의 주술이 풀렸던 것, 그것을 잊으시면, 당연하게 그런 우려가 일어날 수 있사오니다. '프라브리티'가 그곳의 달마가 되어 있는 '자궁 우주'에서는, 무엇이, 그 우주의 구강(口腔, 해탈)이나, 항문(소멸)으로 빠져나가지 못하는 이상, 한번 일어난 것이라면, 여러 겁 전에

촉루가 된 당나귀의 울음소리까지도, 스러지지 못한다는 것은, 아시지 않사오니까? 그것이 '자궁'의 달마가 아니오니까? 쇤네가 알기론, 무스펠하임과, 니플하임이 야합한 곳에서, 이제까지는, '이미르'와, '오둠라'가 일어났는데, —이것들은, '휴지부동'에서 일어났던, 두 종류쯤의 '동'(Vritti)의 의인화랄 것인바, 아시다시피 하나는 '양'이며, 다른 하나는 '음'이 아니오니까? —그것을 살펴주신다면, 과히 심려치 않아도 좋으실 것이니다.

주(主)—어쨌든, 시험해보잖고는 모르는 일, 그런즉, 따님께서는, 일이 되도록 노력해보시기 바라외다. 그리고도 뜻대로 되잖을 때는, 그때 가서, 새로 또, 다른 방도를 강구해보도록 합시다.

무(武)—누가 일러, 신들은 전지하여, 모르는 것이 없다고 하는고? 한 치 앞 내일 일도 못 내어다보는 것을—.

문(文)—신들이라도, 자기네들이 아직 창조하지 않은 일은, 알 수가 없는 것은 당연하잖소? 창조란, 그리고, '프라브리티'를 운명으로 입은, 우리 데바들의 갈마(羯磨, karma, action)의 결과인데, '내일'이란 아직도, 우리네 무족(舞足)이 디뎌본 적이 없는 영역이어서, 아직도, 그리고 한 번도, 창조되어본 적이 없잖소?

무(武)—그렇다면, 인세의 '선지'(先知)라는, '예언'이라는 따위는, 무엇을 두고 하는 말이오?

문(文)—그것이란, 노상 우리 데바들의 이름을 걸고 행해지는 일임에도, 인세사겠으나, 인세의 '모래시계'를 통해 추측되어지는 것이 있다면, 장구한 세월이 흘러, '시간'이 쌓이고, 쌓인 위에 또 쌓였을 때, '어제'가 뒤집혀 '내일'을 젖먹이는 경우, 물론, 인세의 시간은, 우리 데바들의 그것과 눈금이 같지 않은 것을 염두하고 있어야 되오만,

무(武)—그 일로는, 더 이상 혀를 놀리고 싶지 않소이다. 마는, 헌데, 여전히 나의 주장은, 새로 갖다가시나, 우주를 한 벌 짓는 것이 쉽겠다고 하고 있소이다. 그때 그러니까, 저 땅지렁이도, 파괴라는 쌈에 싸, 꿀꺽 삼켜버리는 것인데, 짓고, 부수는 것, 짓기, 부수기, 짓부수기, 그것이 우리 데바들의 무도, 또는 경기가 아니오? 물질을 살(몸)로 입은 유정들을 위해 신들이 있는 것이 아니

라, 신 자신들을 위해 신들이, '정'(지바)을 일으키고, 그것에다 물질을 입혔던 것이 아니었댔소?

주(主)—그 문제는, 새로 거론치는 말기로 해야겠소이다. 그 시작은 어찌 되었든, 신들도 또한 사회적 존재라는 것, 그리고 그 위치야 어찌 되었든, 이라는 말은, 비속적(비물적 또는 초월적)이든, 비비속적이든, 또는, (이 우주의, 또는 유정들의) '머리'를 차지해 있든, '가슴'을 차지해 있든, 이라는 그런 말인데, '정'인 것들이 '물질을 몸으로 입는 우주', 그러나 '자궁 우주'라는, 그 한 유기체의 한 기관, 그것도 어떤 유정들께는, '맹장'이나 같거나, 그보다도 더 불편하여 편두통과도 같은, 그런 한 기관이라는 것, 뒤늦게지만, 그것을 자각하게 되니 말이외다. 우주는, 우리 데바들이 창조했으되, 우리 데바들만으로 운영될 수 있는 것이 아니던 것이오! 그런 까닭에 우리가, 물육(物肉)을 입은 유정들을 창조한 것이 아니었댔소? 우리 데바들이, 이 현재 당면하고 있는 이 난관, 이 시련은, 어찌 되었든, 우리 데바들이, 회피할 수 있는 것이 못 되니, 언제든, 그리고 몇 번이든, 겪어야 되게 되어 있는 것이던 것이외다. 그것을 극복해낼 수 있을 때만 그리고, 비록 우리가 창조주라 한다 해도, 지어진 것을 헐고, 새로 짓고, 헐고 짓는, 그런 자격, 그럴 권리를 갖게 되던 것이던 것이외다. 이 자격, 이 권리는, 우리가, 우리 자신들로부터 획득해내야 되는, 그런 것이 아니겠소?

숀티(Śantih, 평화) 숀티 숀티.

아으, 누가 저 독룡(毒龍)을 퇴치하여 공주를 구할 것이냐 —동화(童話) 한 자리 3

아수라도(阿修羅道, Asura Loka)

에켄드리야—아흐, 아흐흐흐하핫, 북[鼓]에서 북을 디뎌 날듯이 껑충거리고 춤추며, 노래인지 농(弄)인지, 아무튼 듣는 귓속에서 말벌이 윙윙거리고 일어나는 아픈 소리를 자아올리는, 어디서 날개를 뽑힌 검은[黑] 아귀(餓鬼)와도 같은, 저 꼽추에 난쟁이인 녀석이 온 뒤, 짐의 하루하루는 그지없이 흥겨웁도다. 시인이라는 것들은, 망할 녀러, 혼을 잃었으며, 현자(賢者)라는 것들은 눈을 잃어, 저런 순 내시 놈들, 그들의 가사(歌辭)에는 꿀이 없고, 지혜(知慧)에는 소금이 없는데, 어디 그뿐이랴, 소리[音]의 구렁이를 놀려 목구멍에 풀칠을 하는 소리의 땅꾼들은 또한, 피리를 불어도, 혓바닥이, 된 숨이, 똥창자가, 열두 발씩이나 비어져 나가게 불어도, 단 한 마리의 소리의 구렁이의 독두(毒頭)도 일으켜 세우지를 못하니, 이것들 또한, 신명의 불알을 까인 고자들이거나, 까발려낼 공알이 없음인 것. 베—, 춤추는 계집들은 또 어떤가, 그것들 추는 춤에서는, 뒤꿈치가 떨어져 나가, 율동에는 변화도 비상도 없으며, 비트적거리기나 함시롱 땅광 속 같은 데로, 어두운 데로, 싫어 싫어 하며 끌려 내려가는, 중력에 당하기의, 베—, 그런 고단함뿐이었더니, 더니, 아흐, 흐아 흐하하,

저 난쟁이─꼽추 놈을 보아라, 니다벨리르(Nidavellir: 난쟁이들의 나라)의 왕자, 놈은, 소고(小鼓), 대고(大鼓), 무고(舞鼓), 가지가지 갖가지로서나, 동서남북 사면이며, 천장인들 빼놓았겠으며, 더욱이 바닥인들 잊었겠느냐, 벽하고, 천장하고, 바닥하여, 아으, 놈은 박률(拍律)의 왕자러라, 소리[拍音]의 붉은 탄자만을 디뎌 군림하는 자, 등 튕겨쳐 오르명, 둥둥, 꼽추 등을 북채하여 천장 북들을 치받는당, 둥, 당둥, 허으양 일락서산, 익은 소리의 붉은 해 풍─ 소리의 바다로 빠져 드느냥, 풍─두웅─풍, 풍더엉, 동산엥 달, 소리의 달 둥, 두둥, 두둥실 떠오른당, 떴당 보아랑, 남녘엥 가설랑엥 소리의 주작(朱雀) 천을, 만을 홋날리는당, 둥다다리 러리리 디리, 가라앉는당 보아랑, 북녘의 소리, 겨울잠자는 소리, 침묵의 거북의 눈꺼풀을 여느냥, 열엉 소리의 꿈을 흐뜨린당, 다로리 거디러 다로리로, 놈은 박률의 왕자러랑, 꼽추 등으로, 소리의 난쟁이 천만대군을 이끌엉, 사유시방, 삼세육도(三世六道)를 정복하는도당, 다, 다당, 당, 좋공 좋동당, 좋을세랑 좋으닝, 천의, 만의, 천만의 소리[拍]의 독사들은, 독두를 일으키는대롱, 날개를 돋궈냉, 나비강 되엉 날랑 날으는구양, 바람 부는 날 무릉이러랑, 앓이랑, 앓이랑, 슳이랑, 황홀한 두통, 에 쓰러질! 이 삼매(三昧)는, 맵고, 짜고, 쓰리고, 아파 아리느니, 저 나비들은 독나비일러라, 소리 속에 독이 있동당, 동당 있동당!

輿行꾼 꼽추—헤헤헤, 대왕 나으리께옵서는, '독 바른 북'이 있다는 소리를 들어보신 적이 있으시옵나이까? 히, 히, 히이 북들이 모두 그것들입습지요. 글쎕습지요, 삼세육도 간에 있는 것이라면 입습죠, 염라대왕의 시조 읊는 소리로부터, 다키니(天女)들께도 끼이고 드는 곱에 이르기까지 말입사와요, 독이라는 모든 독이 다 동원되어 있삽는데,

에켄드리아—어흠, 그런즉 알겠도다, 알겠는 것은, 모든 잃어졌던 새콤한 것들, 예를 들면 시인들의 넋이며, 현자들의 눈, 음장(音匠)들의 신명의 불알이나 공알, 또는 무희들의 율동의 뒤꿈치 등 흐흐흐, 그녀러 것들이, 어떻게 어디로 흘러 빠져버렸었던지, 그것을 알겠는도다. 에엑, 뭐라구? 말이지 그러니까, 짐이 들먹인 그런 품목들도 '독'의 범주에 속하느냐 묻는다? 보게라, 공알은 객귀(客鬼)에게 쏙 빼멕이고시나는, 오줌 눠버린 뒤, 돌아눕는 계집이 있다

면, 처용(處容)에 대해 그 마누라는 뭣이나 같겠느냐? 그녀러 옥문이 독구(毒狗)의 독구(毒口)나 같잖겠느냐? 한데 오늘, 아흐, 이 황홀한 아픔, 앓음다움! 꼽추임세라, 자네 말이지, 이전에 우리 한 번도 만난 일이 없으니, 척질 일도 없을 터인데도, 말이지, 짐에 대해, 뭔지 모를, 그렇게나 무거워, 짓눌려 난쟁이가 되도록 무거운 앙심을 품어, 그 앙심의 앙금을 등에 짊고설람, 그 앙심의 독의 소리로 짐을 해치려 했다 한다 해도, 짐이 자네를 해치고 싶지가 않아 말이거니와, 이제라도 알게라, 짐은, 독, 그것도 삼세 간에서 그중 정수한 독, 순수해지다 못해, 나중엔 수은 방울모양 둥글어져, '금란'(金卵, 히란야가르바)에 대해, 흑란(黑卵)이라고나 해야 했을, 그런 삼세의 독란(毒卵) 속에서 부화한 자거늘, 독이 젖인 것을, 그런즉 꼽추는, 흉심으로 하여 보살행을 하고 있는 것이 아니겠느냐. 몰랐더냐?

꼽추—쇠인 놈이 그것을 몰랐다고 한달시면, 어찌 '독 바른 북'의 비밀을 밝혀드릴 수가 있었겠삽나이까? 그러하옴에도, 만약 독이 좀 과하다 하오시면, 대왕 나으리께서 원하시는 대로, '독의 소리'를 희석해 들려드릴 수 있사오니,

에켄드리야—처, 첫, 천만에여! 다, 당최 그, 그런 소리는 입 밖에 낼 것도 못 되네. 못 되고 말구지! 그렇잖아도, 전신이 뿌득지근하민시롱, 권태증까지 덮쳐, 약장(藥匠)이며, 사신(使臣)들을 내보내, 삼세의 극약들을 좀 거둬다, 보신이라도 하려고 하던 참이었는데 말이지,

꼽추—말씀하옵신다면, 가령……,

에켄드리야—말하면, 갖다가시나 하나만 예 들어 보이기로 한다면 말이지, 새깽이들의, 움푹 들어간, 히마리라곤 하나도 없는, 그누무 퀭한 눈깔들이 보기가 싫어 말이지, 과부가, 호랭이 물어갈 절개 지켜 저승 간들, 섬겨주지도 받지도 못한, 곰팡이 핀 옥문에서 할미장 꽃이나 피면 몰라도, 웬 푸른 대[竹]라도 자라겠느냐, 반 됫박 보리쌀에 십 년 절개 곱 씻어버리고, 그것으로시나 이제 죽이라도 쒀, 조누무 새깽이들 큰 눈깔에다 찌뜨려줄까 하고 있는 중인데, 연전에, 몇 '달란트' 빌려준 일이 있던 자가, 지나다 그것을 보고, 두 말도 없이 낚아채 가버렸다면, 클클클, 그때쯤 그 과택의 허벅지에로, '절개'가 시나

브로 타 흘러내리고 있을 것인데, 그런 '절개'라면, 그렇지 상등품의 독이랄 것이지. 클클, 그 빚쟁이가 했더라는 한 소리는 이랬더라지, 기름진 혼신(魂身)이 천국에 들기는, 약대가 바늘귀를 통과하기보다도 어렵나니, 천국은, 심신이 가난한 자들의 것이기 때문이니라. 히히히, 가난한 천국은 가난한 자들께! 베[禍], 베,

꼽추—대왕 나으리께옵서는, 물질주의로 인하여, 하늘 일을 비방하고 계시니까?

에켄드리아—그러나 이제, 심신이 찌뿌둥한 까닭으로는, 독을 공출해 들이는 수고는 하지 않아도 좋게 된 듯허이. 자네 꼽추 등에서, 젖이, 독의 젖이, 샘솟거늘. 이러자니, 짐이 가만있을 수가, 없어 말임세, 자네에게 상을 주든, 벼슬을 내리든 하려 하는데 말임세, 그러기 전에 그러나, 하나 물어두고 싶은 건, 자네 말이지, 북 위에서 춤추기로, 치받기로, 비틀거리기로, 독의 소리를 일깨워내는데, 말이야, 글쎄 그 박음에도, 말이지, 말[言語]과의 관계에서라면, '문법'이라거나, 물(物)과의 관계에서라면 '상극력'(相剋力)이라고도 이를, 그런 무슨 꿰미가 있는 듯한데 말이지, 글쎄 그렇지 못하다면야, 잡음에 불과할 것인 것, 비유로 말하면, 두꺼비를 향해, 여러 아이들이 돌을 던질 때, 그 두꺼비 등에서 나는 것 같은, 꿰미에 꿰임받지 못한, 모양새 없는 구슬 나부랭이,

꼽추—예으? 헤헤헤, 대왕 나으리께옵선 말입사와요, '독학'(毒學)이라고도 이를 것에, 참으로 깊이 통하신 것을 알겠삽나이다. 사실 쇠인 놈은 입사와요, 북 치기로 보이는 '운명의 베틀질'을 해왔삽느랬는뎁숍지와요, 소리, 독의 소리를 실로 하여, 대왕 나으리, 물질의 대왕 나으리께 헌사할 '운명의 용포(龍袍)' 한 벌을 짓고 있었던 중이었삽나이다.

에켄드리아—뭐? 뭐라구? '북'을 베틀로 하고, '소리'를 실로 해서, 뭐, 뭐라 말이렷다? 꼽추여, 짐에게는, 꼽추 등을 무겁게 짊어진 자네 자체가 하나의 독고(毒鼓)로 여겨지거니와, '운명의 베틀'이 어째 하필 소리 내는 북일까 부냐?

꼽추—그것이 '소리', 또는 '말씀'을 실어 나르는 '수레'이기 탓이옵나이다. 이 북들을 모두, '재'[灰, 'ash'는, '물푸레나무'를 이르는 것일 듯함에도, 필자는

'재'의 뜻으로 원용하고 있다] '익드라실'(Yggdrasill)이라는 이름의 '세상나무'로 그 통을 하고 있사오며, '니드혹'(Nidhogg)이라는 독룡이 벗은 허물로 아구리들을 맺았삽는뎁지요,

에켄드리아—어째 '소리'가 하필 또 실일까 보냐? 운명의 실? 베, 베, 베,

꼽추—태초에 '소리'가 있었사오니, 이 '소리'가 가라사대 빛이 있으라 하매 빛이 있었사오며, 해며 달, 별 무리가 있으라 하매 또한 있었사오니, 이 '소리'야말로, 화현(化現)의 '실', 또는 그 정력(精力)이 아니었사오니까?

에켄드리아—자네 말이지, 한낱 북치기꾼[鼓手] 이 말이지, 어느 종단의 사제(司祭)나, 훨씬 깨달아버린 현자의 흉내를 내려는 것은 아니렸다? 그, 그러하다 함에도, 듣고 보니, 거 제법은 곁에서 지켜보고, 그리고 하는 소리 같기도 한데 말이지, 그러나 창세 적부터 살아온 자가 있다는 소리는 들어보지도 못한 것, 자네는 그리하여, 그렇다면, 자네 나름의 '추측과 억측'[1]으로, 베—베— 짐을 현혹하려는다?

꼽추—창세 이전부터도 있었사오며, 창세에도 있었삽고, 내세를 지켜보기뿐만 아니라, 내세 너머까지도 남아, 새로 창세를 준비하는 자는, 소리(말씀, 로고스), '원초적 소리'라는 뎁삽지요, 쇠인 놈은 바로, 저 '소리',

에켄드리아—꽥[喝]! 그, 그만해둘지어다! 그렇잖는다면, 짐은, 자네로부터도, 넋이든, 눈깔이든, 꼽추 등이든, 뭘 쑥 잡아 뽑아낸 뒤, 광견들 우릿간에다 던져 넣으리니. 커허, 지겨우니. 그만해둘지라.

꼽추—대왕 나으리께옵서는, '말씀'을 두려워하고 계시옵니까?

에켄드리아—뭐, 뭐라구 중얼거린다? 혀를 쑥 잡아 뺄 잡종 같으니, 짐은, '소리'를, '독 바른 북소리'를, 즐기고 있다고 말하지 않았었더냐?

꼽추—황공하옵나이다.

에켄드리아—자네가 독의 소리를 길어 올리는 한, 아으 그러나 걱정하지 말지어다. 그건 그러려니와, 말이지 자네, '운명의 용포'라는 말을 썼드랬더냐? 운명이라, 운명? 말해보아라, 그것이 무엇에 쓰이는 물건인지, 나타내 보여라.

꼽추—프라브리티 우주에 소속된 모든 유정들이 입어야 되는, '기호'가 그것이온바,

에켄드리아야—짐은, 그곳에 소속된 자가 아니라, 지배하는 자인 것을!

꼽추—그, 그러하옵사오나, 프라브리티 우주의 법칙은, 그리고 이런 '법칙'이란, 그 우주를 창조한 당자까지도, 그 우주를 파괴하지 않는 이상, 그것으로부터 자유스러울 수 있는 그런 것이 아니온데,

에켄드리아야—그러나 짐은, 이 모든 세월, 한 번도 부자유스러워 본 적은 없었느니—. 그건 또 무슨 너러, 혀를 잡아빼 내버릴 잡소리라는다?

꼽추—대왕님께옵서 지배하시는 쪽의, 이 '물질적 우주'에 소속된 모든 유정은, '운명의 내용에 걸맞는 기호'를 구비할 때, 첫째는, 그 우주에 화현을 가능케 하며, 둘째는, 그 우주를 살며, '입은 운명'을 성실하게 살기로써, 진화를 성취하는 것이옵는데, 일례를 들어 '바위'를 보면, 그것은, '기호'는 구비해 있으나, '내용'을 갖지를 못하와, 이 세상에 무겁게 존재하고 있음에도, 존재하고 있지 않사오며, 또 다른 한 예를 들어 보이 온다면, '정령'들은, 이 세상에 존재하고 있사오나 '풍문'이온데, 그건 왜냐하오면, 그 유정들은, '내용'만 남기고, '기호'를 입지 않았거나, 벗어버린 까닭입습지요.

에켄드리아야—꼽추여, 그러하나, 자네가 '대왕 나으리'라고 이르는 자를 올려다볼지어다! 이 거대한 물력(物力)을, 물주(物主)를,

꼽추—대, 대왕 나으리께옵서는 그러하오니, 이렇게 여쭙기 황공하오니다마는, 대왕 나으리께옵서, 이 '우주의 법칙'에, ······아으, 쇠인 놈을 용서하시옵소서, 황공하여, 감히 말씀을 올리지 못할까 하오니다······.

에켄드리아야—짐은, 이제껏 어떤 현자나 시인의 입술에서고, 이런 얘기를 들어본 바가 없었더니······, 짐이 아까부터, 자네께 무슨 벼슬을 내리려 하고 있었더니 가맜자, 그럴 일이 아니라, 짐이 자네를 '국사'(國師)로 삼을까 하고도 있는즉, 두려워하지 말고, 말하여, 짐의 귀를 틔게 할지어다. 그래서는, '우주의 법칙에'?

꼽추—황공무지로소이다. 쇠, 쇠인 놈이 드리려던 말씀은이었삽지요, '우주의 법칙'에 어긋나지 않는, 바로 그 부분의 우주만을 지배해오셨다는, 그 말씀이었삽는데요, 그것을 한 번이라도 생각해보신 일이 있으셨사오니까?

에켄드리아야—베—베—베—, 자네 혀의 독이 과하도다,

꼽추—쇠, 쇠인 놈은, 이 이만 자리를 물러날까 하옵나이다.

에켄드리아—처음 보았을 때, 짐은 자네의 꼽추 등만 남겨놓고, 그누무 혓바닥은 뽑아내 버렸어야 했다. 그 혀에서 흐르는 그 독은, 짐으로서도 도저히 즐길 수가 없도다. 그, 그래서, 짐을 위한 그 '운명의 용포'인지, 속곳인지, 그것을 지을 것인지, 무엇인지, 그 피륙은 얼마나 짜여졌다는다?

꼽추—아니 대왕 나으리께옵서는, 대왕 나으리를 위해 베틀질 해온, 이 '소리의 피륙'을 그리고 '무늬'를 보시지 못하옵나이까?

에켄드리아—이상할 일일룻다, 짐의 귀는, 그 '운명의 박자'만은, 듣고, 느껴, 알겠는데도, 눈은 그 '피륙'이나, '무늬'를 볼 수가 없도다.

꼽추—마음에 아직 궁창이 열리지 않았거나, 너무 꽉 채워져 있는 탓일지도 모르옵습지요. 마음을 비워, 고요함을 유지하오면, 이 '소리의 비단'이 얼마나 아름다운지, 그때 그것이, 육안에도 환하게 보이게 될 것이오니다.

에켄드리아—그런즉 유정들 속에는, '마음'이라는 무슨 궁창이거나, 그릇이 있는 것이었구나?

꼽추—그렇게 '마음'을 보아낸 유정은 그러면, 축생도(畜生道)를 벗어나옵나이다. '그릇은, 그 속의 무를 당해 쓰임새가 있다'고 이해하는, 이 특정한 '무'론파(論派)들에 의하면입습지요. '그릇'인 '마음'이, 나중에, 어떤 특정한 '공'론파들에 의해서는, '거울'에로 모습을 바꾸는데입습지요, 그러면 따르는 수사학까지도 바뀌어, '비우기' 대신, '털고 닦기'로써만, 본디 상태를 유지한다고 하고 있사옵니다. 그러하온즉, 거기 끼이고 드는 '먼지'란, 근심이나 걱정, 악심(惡心)이나 사심(邪心) 같은 때[垢] 겠습지요. 그 때가 껴 있는 한, 마음의 눈, 즉슨 '거울'은, 비춰내야 할 본연의 것을 못 비춰내고 있을 것은 당연하올시다. '거울'과의 관계에서 뭘 '비춰낸다'는 수사학은, 그 '거울의 보기'와 같은 뜻이래야겠사오니다. 이야기가 나왔으니옵지요, 그 김에 윤허를 받삽자와, 권고해 올릴 말씀이 있다 하오면, 대왕 나으리의 왕국에는, 과연 얼마나 많은 백성들이, 순심(順心), 정심(正心) 먹어, 맑은 눈을 구비해 있는지, 그것도 한번 시험해볼 만하지 않은가 하옵나이다.

에켄드리아—크, 크흐, 흐러니깐두루?

꼽추—쇠인 놈이 지으려 하고 있는, 용포의 마지막 매듭이 지어지고 나면 말씀입지요,

에켄드리아—크, 크렇겠군, 암믄이구말구지, 백성들께 보이는 게 좋을 일이 아니겠는가! 암믄이지. 그, 그러나, 짐으로서도 한 가지 우려는, 는, 말임세, 글쎄 짐의 눈에도, 눈에도 마, 말임세…… 혹간 백성 중에, 마음에 궁창이 나뉘지 않은 자가 있어, 있다면 말이지,

꼽추—없다고야 말할 수 없겠습지요. 아녀자들 중에 혹간, ……하오나, 이런 쪽의 젊은 백성 쪽에서는, 자기네 군주님의 본디의, 순수한, 물질적 우주의 거양(巨陽)의, 아름다움에 설법되어지는 것이, 나라의 장래를 위해선 필요할 것이옵나이다.

에켄드리아—으흐흐 하하핫, '설법되어진다' 말이지? 으흐흐흐—.

꼽추—물질적 우주의 군주는 첫째 배[腹]가 커야 되는뎁사와요, 한 왕국의 부재는, 군주의 배 크기로 가늠되기 때문이오며, 둘째로는 용경(龍莖)이 장엄해야 되는뎁지와요, 용괴(龍塊)는, 그 왕국의 생산과 관련이 있기 탓이옵나이다.

에켄드리아—여, 여 꼽추여, 더 이으려 하면 실답잖아, 노파 면키 어려우이. 한데 이 '용포'는, 언제쯤이나 다 지어질 것 같은가? 날짜만 일러다오, 그러면 짐이 당장에, 짐의 뜻을 초한 첩[接, 聖旨]을 내붙이게 하여설랑엔, 그날 그 시에 당해서는, 지랄을 하는 놈은 하는 중에라도, 반숨만 더 넘어가면 염라 손에 들 자까지라도, 염라여, 그대는 그 목을 죄는 손을 멈추지 않는다면, 손가락에 쥐 날 터, 그 반숨을 남겨서라도, 내달려 나오지 않는다면, 삼족이 아니라, 육족 구족 몰살을 면치 못할 것이라고,

꼽추—이제 쇠인 놈으로 하여금, 옥체의 가슴, 등, 팔, 다리의 길이며, 용경(龍莖)을 어느 편에로 두시게 하시려는지, 그러하옵고 용경 갑(甲)도 지어야 하옵는지, 그것만 알게 된다 하오면입습지와요, 대략 한 삭쯤을 잡으면 충분하잖나 사료되옵나이다. 그러하온즉, 오늘부터 한 삭이 지난 다음 날이오면, 용포가 옥체를 푸근하게 하올 것이겠나이다.

에켄드리아—그게 그렇게나 시간이 걸릴 일이던가? 건 그러려니와, 이

'용포'가, 짐의 몫의 '운명'의 이름을 갖는다고 하잖았더냐? 종차는, 백성(百姓) 만성(萬姓)이, 눈여겨보아 알게 될, 그 '운명'이 어떤 것인지, 미리 밝혀 보일 수 있겠느냐?

꼽추—백성들이야, 용포의 현란한 아름다움밖에, 어찌 감히, 자기네 군주의 운명을 읽을 수 있겠나이까?

에켄드리아—꼽추 등 속엔 분명히 쬐꼬만 현자들 여럿이 모여 앉아 있을라. 말이지 그러나, 그 운명의 주인 되는 자까지도 몰라서야 될 일이겠는가?

꼽추—일반적으로는 모르고 지내는 게 좋사오되, 그럼에도, 심지어 데바님들까지도, 자기의, 아직 오지 않은 앞일을 미리 내어다보았으면 하기는 하오니다.

에켄드리아—그런즉, 짐 몫의 '운명의 무늬'를 펼쳐 보일 수 있겠는가?

꼽추—그 짓이란 천기(天機) 누설이 되옵나이다만, 대왕 나으리께서 분부하오시면, 쇠인 놈이 어찌 거역할 수 있겠나이까? 가맜어보십사와요, 아으 저런, 여기, 쇠인 놈의 손가락이 가리키는 데, 여기를 주목해주십사와요, 바로 여기 이 응달진 곳에, 이런 붉은 별 세 개가 있기는 하옵지만, ……그, 그것이, 휴, 흉조(凶兆)로 보이지 않는 것은 아니옵습지만, 아니, 아닙사와요, 제기랄, 그 글쎕지요, 저 세 별이 모두 흉조의 색깔을 띠기는 하였사오나, 또 어떻게 보면, 그 셋이 모두 다 흉조는 아닌 듯하옵삽기도 하옵는데, 그중의 두 별은, 그게 사실로 흉조라 그런지, 아니면 세상에 대해 재수 없이, 어떤 큰 부정적 기운, 지옥의 결정 같은 것들이 물육(物肉)을 입어 오르려 해서 그런지, 그것은 판별할 수 없사오나, ……이런, 히, 히런, 히런! 히런 운명은 과연, 우주적이렵습다! 대왕 나으리께옵서는, 이 운명에 좇기로 하신다면 말씀이와요, 우주적 주재자(主宰者)가 되실 운명이시오니다! 쇠인 놈 삼가 경배를 드리오니다, 너업죽— 드립사옵나니,

에켄드리아—거 귀찮아, 한데, 자네 말을 좇는다면, 운명이란, '좇을 수도/좇지 않을 수도 있는' 그런 것이렷음?

꼽추—'운명'과 '행(行)함'은, 서로 부부 같은 관계인뎁습지와요, '운명'만 있고, '행함'이 따르지 않는다고 하면, 고자가 아니라 해도, 비구 혼자서 애를

낳지 못함 같사오며, ‘행함’은 있으되 ‘운명’의 조응을 얻지 못하면, 수음질이 아무리 잦다 해도, 비구니가 임신하지 못함과 같으오니다.

에켄드리아—허, 헛헛헛, 자네는 두꺼비모양 혀가 날렵하도다. 혀끝으로, 나비를 채어 들이기뿐만 아니라, 날려 보내기도 하는도다.

꼽추—성은이 망극하여이다.

에켄드리아—한데 거 말이야, ‘우주적 주재자’라는 말을 하였드랬던가? 짐은 이미, 물질로 이뤄진 그 우주의 군주거늘, 건 무슨 재담이었던구?

꼽추—황공하오이다. 마는, 대왕 나으리께옵서는, 대왕 나으리께서 입으신 그 용체가, ‘시간’ 안에서 이뤄졌었듯이, 빠르게든 늦게든, 장차 그 같은 ‘시간’ 안에서, 그 본원으로 돌아갈, 그런 ‘파괴되어질 성질의 물질’로 이뤄져 있음을 아시오니까? 그리고 또한, 이 광활한 한 우주 간에서, ‘물질로 이뤄진 세상’, 즉슨 화현된 세상이란, 이 한 우주의 손바닥 넓이도 되지 못하다는 것을 아시오니까? 까닭에 아까 쇠인 뇜이,

「세상나무」 도(圖), *Norse Myths*

에켄드리아—뭐, 뭐라구? 이 주리를 틀어버릴 난쟁이 놈, 뭐라구? ……그래서, 시인이라는 것들은, 어디서, 그것들의 뭐, 상상이라던가, 뭐라는 날갯죽지를 몽땅 뽑히고, 수렁 속에라도 처박혔으며, 현자라 는 것들은 또, 어디서 모두 눈구녁들을 뽑히고 봉사가 되어, 유사 구덩이 속으로 걸어 들어가 버렸다느냐? 무익조에 봉사 놈들이, 뭐라구, 시인이며 현자라구? 전신을 빨대로 하여, 물질주의에서 젖과 기름을 얻어 피둥피둥 살면서도, 딴으로는 고답적인 듯이 했으며, 나름으로는 비속적(非俗的)인 듯이 했으나, 정작으론 그럼에도, '물질'로부터 단 반 치, 반 치의 반 치 밖의 세상도 내어다보지를 못했더란 말이냐? 놈들의 눈깔들은 뽑아 봉사들께 보시하고, 혀들은 뽑아 벙어리들께 꽂아준 뒤, 나머지는, 개장국집에나 팔아 치워버릴 것들 같으니라구! ……이눔, 난쟁이에 꼽추 등까지 짊어진 자여, 자네도 혀를 다 놀리고 난 뒤엔, 눈은 봉사네에, 혀는 벙어리네에, 간은 문둥이네에, 라는 식으로 분해될 것인즉, 그러기 전에, 놀릴 혀를 부지런히 놀릴 일이거니와, 꼽추는 다시 말해볼 일일놨다, 짐이 그래서, 자네가 이르는, 그렇게나 광활하다는 그 우주의, 어느 촌락 하나만도 못 되는 곳을 차지해, 촌스럽게 떵떵거려왔다는, 그런 얘기였었냐? 베—베—베!

꼽추—까닭에 갖다가시납습지요, 쇠인 뵘이, 갖다가시납습지요, 말씀 올렸삽기를 입습지요, 셋의(?), 또는 하나의(?) 흉성을 거느리기는 했으되 말이시옵습죠, 대왕 나으리께옵서는 입지요, 우주적 대왕이 되실 팔자라고시납습죠, 말씀 올렸삽잖나이까?

에켄드리아—짐이 물론, 그것이 흉성이든 어쨌든, 그 셋의 별들에 관해서도 물어보려 하고 있는 중이지만, 그보다 먼저 대답할 것은, '파괴되어질 성질의 물질로 이뤄진 몸' 입고 있기는 그래서, 어떤 결과를 초래할 것인가, 이것이렷다. 이것은 돌(咄), 참으로 께름칙한 입성인가?

꼽추—'생명'과의 관계에서 '파괴'란 '죽음'의 의미입습나이다. 숨은 숨대로, 불은 불로, 물은 물로, 흙은 흙대로, —그것들 본원에로 돌아간다고 이르는 것이온데, 하오나, 이것을 현자들의 만고의 공안(公案)인즉, '죽음'이 무엇인지, 그것의 '의미' 되는 부분만은 한낱 광대에게는 묻지 마사이다.

에켄드리아—다시 한번 더 묻거니와, 그래서 자네가 말하는 이 우주는, '물질'로 이뤄진 것보다 더 큰 영역을 갖고 있다는 말이냐?

꼽추—대왕 나으리께옵서도, 때로 때로 용안을 들어, 저 '하늘'을 올려다 보시오니까?

에켄드리아—그것은 또 무슨 시(詩)지랄적, 허(虛)한 재담이라는다? '하늘'이란, 그저 허한 비임인 것, 그러하다 해도, 그 허한 곳을 날으는 새며, 용, 또는 천사들까지도, 짐의 국토의 유정이 아닌 건 아니다.

꼽추—이건 회피할 수 없는 모순어법이오니다마는, 그 '허한 비임'은, '화현'에 대한, '비화현의 한 상(相)'이옵니다. 그러하오나, 비물질적인 것은, 사실 유정들의 언어에 비끄러맬 것이 그렇게 많지 않으므로, 그런 것을 주제로 말하기란 용이치도 않으려니와, 이해키나, 포착키도 쉽지 않사온즉, 여전히 이해키나 포착키가 쉬운 쪽, 그러니 물질적인 것을 들어,

에켄드리아—흐아우품, 하품 자네라는 것도 짐에게는 몹시 권태스럽도다.

꼽추—봄에는 어김없이 꽃이 피곱지요, 장미는 말씀이와요, 대왕께서 붉어지라고 해서 붉은 것은 아닙곱습지요.

에켄드리아—클클클, 자네가 갑자기, 시라는 똥 속에서 날라 나온, 시라는 말벌에라도 쐬었댜? 클클,

꼽추—아침에는 마다, 억만년 전의, 억억겁 전의, 천지가 개벽한 그 이튿날부터, 어김없이 해가 떠올라, 장엄하게,

에켄드리아—헥, 초, 초 착컷이 시방, 영 시(詩)할래내 벼? 어떤 시장(詩匠)의 시론(詩論)[2]을 곡해하기로 하면, 시란 똥이더니, 똥 같은,

꼽추—호, 혹간 대왕 나으리께서는, 달이 아으 둥근 달이, 이우는 게 싫어서와요, 명하여 이울지 못하게라도 해보신 적이 있으셨사오니까?

에켄드리아—헥, 초게 시방 갖다가시나 영 시지랄이 들었다는다? 음풍영월병(陰風詠月病)에 걸리면, 하릴없이 광견(狂犬)이여. 건 말여. 그냥 일상적 당연지사로만 알아 왔을 뿐,

꼽추—운명과, 별들의 운행은 어떠하오며, 엔네들 자궁의 아픔과 조수는, 사시(四時)의 갈아듦은, ……오월 볕은 좋으니, 대왕 나으리께서는, 오월 하루

는 삼 년씩이나 되게 길게 하실 수 있으시오며, 동지의 저녁들은,

에켄드리야—돌(咄), 시가 삼면으로 많고나, 너무 많고나! 일언이폐지(一言以蔽之)하면 그러니깐두루, 그런 운행, 그런 변화를, 짐이 주관하고 있지 않다면, 짐이 아닌, 다른 누군가가 하고 있는 것이 아니겠는가, 하는 그 말인가?

꼽추—황공하오이다.

에켄드리야—돌(咄), 꼽추여, 자네의 혀는, 시커먼 연기에 휩싸인, 불기둥과도 같도다. 듣는 귓속에다 재를 끼얹음,

꼽추—황공무지로소이다.

에켄드리야—그럼에도, 자네는 분명한 목소리로, 짐이 우주적 주재자가 될 운명이라고 밝히지 않았던가? ……그, 그런다면 그때는, 철이 바뀌는 까닭을, 무엇이 소년들의 불알을 여물게 하며, 노파들의 배 속에서 자궁을 뽑아내는지, 그, 그런 근원적 힘의 출처를 알게 될 것, 것? 것, 그런즉 가만히 있으며, 비물적(非物的) 우주가, 물질화하기를 기다리라는 얘기겠는다? '비구 혼자서 애를 배지 못함'?

꼽추—'물질의 대왕'께옵서는, 그중 풍부하고, 풍부함이 과해 넘친다고 이르는, 그 '물질주의'가, '결핍'으로 하고 있는 것이 무엇인지, 그런 어떤 결핍을 느껴보신 적이 없으셨사오니까? 그것을 알아 정복하시는 날, 대왕 나으리께서는, '운명의 소리'를 들으실 것이옵니다.

에켄드리야—결, 결핍, 결핍이라? 이 '물질주의의 대왕' 되는 자에게 결핍이라? 그 그것은, 처음 들어보는 묘한 어휘이지만, 그, 그럼에도, 가, 가맜게라, 그럼에도 그것이, 뭔지, 어째선지, 짐의 고막을 치고 덤비는 듯한데, ……허, 허긴, 노 노래와 지혜, 시와 지혜…….

꼽추—그것들이 고였다, 흘러나오는 샘, 영감의 샘, '상상력'이라고 이르는 것, 그런 샘은 어디에든 있을 것이옵고,

에켄드리야—으음, 자, 자네는, 그, 그러니깐두루, 두루 말이지, 그 그런가? 그, 그럴 터이다!

꼽추—그, 그러하옵나이다.

에켄드리야—흐음, 짐은 그러한즉, '니플하임'에로의 원정에라도 올라야

겠는가? 그럼에도 두려운 것은, 그 공주는 늘 짐을 패배케 하는 그것이다.

꼽추—대왕 나으리의 '운명의 무늬'는, 종차 '패배'가 '성공'에로 뒤집히게 되어 있는 것을, 보이고 있삽나이다.

에켄드리아—그런다 해도, 보게, 용이 마, 말, 말이지, 나, 나비, 나비를 덮, 덮을 수 있겠냐 말여?

꼽추—(비유야 제기랄, 걸맞든 말든) 하하하호나, 솔 씨앗은 작아, 산들바람에도 불린다 해도 말씀이옵지요, 거대한 소나무쯤 거뜬히 임신해 있다는 것을, 부디 괘념하시옵소서.

에켄드리아—신비하도다, 신비하고 신비하도다! 모든 '신비함'이, 저 공주의 자궁에서 태어나올진대, 그 그럴 일일롯다. 그런 공주를 얻기란, 이무기가 여의주를 물기나 같음일 것? 짐이 어찌 우주적 주재자가 못 될 일이겠는가, ……이러자, 께름칙한 일 한 가지가 기억나거니와, 여 시지랄꾼 난쟁이여, 운명의 용포를 짓는 재단사여, 그 용포를 지을 피륙에 수놓여 있다는, '세 개의 붉은 별'이란 무엇인고? 그게 께름칙하거든,

꼽추—대왕 나으리께서 굳이 명하시지 않으시온다면, 쇠인 놈으로서는, 이 부분의 천기만은, 누설하고 싶지가 않사옵나이다. 호사(好事)에는, 얼마쯤의 마(魔)가 따르는 것이, 프라브리티계(界)의 법칙이기도 한뎁습지요, 하오나, 염라에 대해서는, '마'라고 이르는 그것이 법은(法恩)이기도 하온즉슨,

에켄드리아—이 '마'란 무엇인고?

꼽추—황공하오이다.

에켄드리아—이를지어다!

꼽추—황공하오이다.

에켄드리아—이를지어다!

꼽추—……'라이오스'라는 이름을 가진 왕이 하나 있었나이다. 이 라이오스 왕은 한뎁사와요, 불행하게도…….

에켄드리아—그래서는?

꼽추—……황공하오이다.

에켄드리아—이를지어다! 두려워하지 말고 이을지니, 짐이 언약하거니

와, 자네께 화가 미치지는 않을 터,

꼽추—당신의아들되는이께, 왕좌를찬탈당했을뿐만아니라왕후까지빼앗기고사살되었던왕이었나이다. 황공하오이다.

에켄드리아—베—, 베, 베—.

꼽추—황공무지로소이다.

에켄드리아—그래서, 짐의 호사에 따른 흉성이, 짐에 대해서, 저 라이오스의, 천벌 받을 자식과 같다는, 그런 말이지?

꼽추—쇠인 놈은 대답을 하지 않삽나이다.

에켄드리아—알겠거니! 알겠거니, 알겠도다. 그누무 별자리[星座]만 일러라, 그러면 짐이, 손을 뻗쳐 올려, 흉성이라는 그것들을 미리 따 내려버릴 일일롯다.

꼽추—황, 황공하오이다. 무, 문제는, 그 별들이 아직 그 하늘에 나타나 있지를 않삽는 그것인뎁습지요.

에켄드리아—그렇다는즉슨, 떠오르기를 기다리는 게 권고할 만하다 하겠느냐, 아니면, 그것들 잠든 어디 암흑 속에까지라도, 손을 집어넣어,

꼽추—그, 그건, 아, 아니 되옵사나이다! 안 되옵삽나이다!

에켄드리아—짐은, 자네가, 이렇게나 당황해하는 꼴을, 본 일이 없도다.

꼽추—왜냐하면 그 '별님'들은, 다른 아무 데도 말고, 대왕 나으리의 용음낭(龍陰囊) 속에 주무시오며,

에켄드리아—어? 어흐? 흐흐흐핫핫핫, 으흐흐핫핫핫, 그, 그흐 그흐러니 말임세, 짐더러 짐의 불알을 까 없애라는 그 말이렷다? 후으후 홋홋, 가히 니다벨리르의 왕자다운 기개러라.

꼽추—황, 황공, 무, 무지로소이다. 마, 마는, 쇠인 놈은 짜여진 운명을 풀어, 되짤 수도 있다거나 하는 자가 아니오며, 전갈하인(傳喝下人) —운명의 전갈하인이올 뿐이옵나이다. 쇠인 놈은, 윤허를 받자와, 이만 자리를 물러날까 하오나이다.

에켄드리아—짐은 선불(先拂)한 허락이 없은즉, 니다벨리르의 사신은, 한 발짝도 물러나지 못하리라. 자네의 혀는, 여 두꺼비임세, 연기에 휩싸인 불

기둥 같을지라도, 그 혀로 짐을 휘감아 삼키려 한다 해도, 짐은 자네께 벼슬이나 상을 내릴지언정, 벌하려 하지는 않은즉, 그렇게 불편해하지 말지어다. 아마도 시간이 그리돼서인 모양으로, 짐은 독을 마셔야 될 듯하니, 자네 고수(鼓手)여, 저 북들을 쳐, 독을, 소마즙을, 길어 올릴지어다. 짐으로 하여금 취하게 할지어다, 아프게 할지어다. 그러니깐두루, 자네의 말은, 짐은, 하필 짐의 자식들 중의 어떤 놈, 또는 그놈들 모두의 손에, 찬탈, 시역을 당할 수도 있다는 그런 얘기가 아니었댔나? 그러나 만약, 짐이, 불알을 비우려 하잖는다면?

꼽추—건 태어나본 적 없는 흉성(凶星)이겠습죠……마는, 『마하바 라타』(*Mahābhārata*)라는 서사시는, 인구 팽창에 의해, 땅이 그 무게를 견뎌내기에 몹시 힘들어함으로써, 그 무게를 줄이기 위해 일으켜진 전쟁담이 아니옵니까? 아무리 인구 팽창에 의해, 무게가 불어났다 해도 그러하오나, 그 땅 위에 서식하고 있는 유정들이, 화기애애하여, 서로들 사랑한다면, 전쟁은 일어날 수가 없는 것이겠습지요. 문제는 한뎁사와요, 가중하는 무게 밑에서, 그 무게를 견디려 하여 앓는, 땅의 괴로움이, 곧장, 그 땅 위에 사는 유정들께 감염, 전염이 되어진다는 데 있었삽나이다. 죽음증(症)을 드러낸 유정들은, 이제 더 이상, 정의라든가, 선, 또는 도덕의 기준을 알 수 없이 되어,

에켄드리아—한 번 더 경고해두거니와, 짐이 자네의 꼽추 등갑(甲)을 떠들고, 자네의 혀의 뿌리를 뽑아내려 하기 전에, 그 혀로 잡소리는 길어 올리지 말렷다.

꼽추—황공하오이다. 마는, 대왕 나으리께옵서는, 요즘 항간에 떠도는, 수상스러운 소문 중, 한 가지라도 들어보신 일이 있으오니까? ……라는 것은, 대개 이러하온데, 대부분의 사내들은, 잠이라도 들려 눈만 감았다 하면, 젖은 꿈을 꾸고 하여서는, 뼛속의 골까지 다 빠져나가도록까지나, 드룩(『젠드 아베스타』에 나오는 succubus)년에 불알을 핥인다고 하오며, 그래서 이것들은 무슨 죽을병이 든 일도 없이, 시나브로 죽어가고 있다고 하옵지요. 또 대부분의 엔네들의 경우는, 마라(魔羅)가 차가운 쇠로 된 좆을 들이밀어 밤새도록 치대되, 정수(精水)를 쏟는 법이란 없어, 요니에 가뭄이 들어, 민가에서는 요 수년간 어디에서고 애 우는 소리가 들리지를 않는데, 엔네들은 그러는 중, 피를 찾

아, 낮에 떠도는 귀신들이 되어가고 있다고 하옵나이다.

에켄드리아—어허, 짐의 국토에 그런 일이 있다는 말인가? 못 믿을 일이로고! 그런즉 까닭은 무엇이라 이르느냐?

꼽추—민가에, 천기를 훔쳐보는, 영한 봉사가 하나 있어, 누설한 천의(天意)란, 그 국토의 어른 되시는 이가 있으되, 장가를 들지 않고, 정수를 쌓기만 동정호만큼 쌓되, 그 수문은 열어 흘려내지를 않는다면, 아랫녘 전답들은 별 수 없이 그렇게, 가뭄이 환귀(幻鬼)된 것에 당하지 않을 수가 없다고, 했다 하옵나이다. 그러니 이 경우는, 땅이 당하는 가뭄, 그 결핍에 의해, 백성이 감염, 전염된 그것이온데, 그 결과, 라는 말씀은이옵지요, 정수에의 결핍의 결과, 민가에서는, 도처에서, 그리고 백주에, 수간(獸姦)까지도 의연히 행해지고도 있다 하옵나이다. 벌써, 어떤 민가에서는, 사람의 옌네가, 사람 아이의 울음을 우는, 강아지 새끼들을 낳아,

에켄드리아—그, 그런 일들이 있단 말이지? 짐이 당장에 알아보도록 하겠거니와, 참이 아니랄 때, 니다벨리르의 왕자여, 자네는, 자네 왕국 백성의 몰살을 회피치 못하려니와, 그것이 만약 그러하다고 할 때엔, 다른 도리야 있겠느냐, 되들이마시는 한이 있더라도, 우선 수문은 열어주고 봐야잖겠느냐. 그 '수문 열기'에 관해선, 다시 자네의 독의 대갈통을 열어, 독의 꾀를 꺼내 보게 될지도 모르되, 짐은 갑작스레, 심신이 불편해 있은즉, 지금은 물러가 있게라.

—저기 떨어져 내린 홍시(紅柹)는, 흐흐, 맛도 좋아 뵈누나—.

에켄드리아—가맜게라, 이게 얼마 만인가? 짐이 꽤 여러 날째나, 자네 꼽추 등에서 솟는 마독(魔毒)을 마시지 못한 것이 아닌가? 그래서, 짓는다던 짐의 '운명의 용포'는, 얼마만큼이나 지었다는다?

꼽추—마지막 매듭짓기만 남겨두고 있삽나이다. 하옵고, 용안을 우러러 뵙자오니, 쇠인 놈이 오늘은, '수리야칸타'(Suryakanta)라는 돌이기라도 한 느낌이옵나이다. 이 돌은, 햇빛에 닿기만 하면, 불을 일궈낸다고 알려져 있삽는데,

에켄드리아—허허허으, 자네는 거 아침에도 제법 이룬 데가 있어 뵈는데, 뭘 말했으면 싶어 그러는다?

꼽추—뵈온즉, 용안에는 화기가 애애하오며, 빛이 한 천지이온데, 그러하신 까닭으로서나, 쇠인 놈도, 좋은 계집 더불어, 뜨겁게, 도지기까지 왼통 뜨겁게, 몸 풀이를 하고 난 뒤이기라도 하듯, 그저 모든 것이 싱그러워 좋으오니다.

에켄드리아—짐의 국토에 있는 모두가 그러해야 안 되겠는가. 허, 허허헛, 좋은 일이지. 한데 말이지, 짐이 오늘, 자네를 청해 들인 건, 말이지, 거 말야, 짐 몫의 '운명'이라는 그것, 그것이 말이지, 그것이 아무래도 혹 붙이는 귀신이 되어서 말야…… 떼어내려 하면 할수록 이것은, 더 파고든단 말야. 우리들 얘기는 그래서, 지난번 어디만쯤에서 중두무이를 했었드랬제?

꼽추—'수문 열기'까지였을,

에켄드리아—아 그랬었군, 그랬었다구, 거기서부터 그러니, 혀끝으로 소마즙을 뿌리는 자여, 계속해보게, 그 운명의 무늬 읽기를 계속해보라 말이람.

꼽추—그 '수문 열기'를 하온데, 대왕 나으리께옵서는, 세 번 거듭 하시게 되어 있삽군입쇼.

에켄드리아—도지기 말인가? 그리고 세 개의 붉은 별? 클클클, 보게, 옥문(玉門)은 하나인데, 그 배 속에다 태(胎)를 셋씩이나 갖고 있는 계집이야 있을라구?

꼽추—우주적 여성은 그러하옵나이다. 니플하임의 공주님은, 사실 한 옥체에, 셋의 태보(胎褓)를 갖추고 계시온 것을,

에켄드리아—괴이한지고! 자네는 혹간, 입이며 옥문, 항문 따위를 가리키고 있는 것은 아닐 터이지?

꼽추—'항문'은, '몸의 우주'의 태보이오며, '옥문'은, 왜냐하면 이 괏(곳+것)이 현재(現在)하는 모든 유정들의 삶의 터전인고로, '말씀의 우주'의 태보며, '입'[口腔] 은, '마음의 우주'의 그것이옵나이다. 그러하온즉 대왕께옵서는, 세 번 동정(童貞)을 떼시어서라야만, 지방색(地方色)이라는 곱을,

에켄드리아—짐이 말이지, 대장간이나 토기장에 일러, 자네가 짊고 있는 것과 유사한 '꼽추 등'을 여럿 만들라고 해선, '현자'라고들 자처하되, 지혜란

똥만도 못한 것들의 등짝에다 땜질을 하도록 해야겠도다. 지혜는 글쎄, 꼽추 등 속에 사려 넣어져 있음인 것. 그래서 세상을, 꼽추에 난쟁이화하는도다. 저 녀러 난쟁이의 세 치 혀가 한 번 구르기에, 또는, 세 발짝을 떼어놓기에, 한 우주가 휘감기거나, 발밑에 감추인다. 어쨌든 하나의 의문은 이렇도다, 라는즉슨, 정당한 결혼을 통해 얻게 될 자식들이, 어째서 그 아비에 대해, 흉이나 액으로 바뀐다는 말인가?

꼽추—그런 문제를 두고는, 쇠인 놈이 짧은 혀를 놀려, 왈가왈부할 수 있는 것은 못 되오니다. 그러하오나, 대왕 같으신 거력(巨力)과 더불어서, 흉이나 액은, 애초부터도 거론될 자리가 없었던 것은 분명하온데, 그럼에도 거론되었음은, 그럴 때 그것은, '상징'화를 치르는 것이나 아닌가 하옵나이다. 그것은 그러니까, 말씀드린 바와 같이, 한 지방적 정신이 우주화를 성취하기 위해 우주적으로 동정 떼기의, 그런 연금술 얘기가 아닌가 하옵나이다. '동정 떼기'란, 그렇잖납사이까, '동정'의 파괴여서, 그 의미에 있어선 허긴, 흉이나, 액이 아니랄 수는 없겠삽나이다, 마는, 이런 흉이나 액은, 실제에 있어선, 은총이나 지복함이라고도 할 수 있는 것이겠습지요. '흙'에서 몸 입어, '흙'에서 생명을 받아, '흙 어미' 품에 안겨, 살다, 죽음이라는 과정을 겪어, 종내 다시, 그 '흙' 속에로 돌아간 이가 있었사온데, 그의 이름은 '아담'이라고 했더랬사옵니다. 그래서 '아담'은, 태어났었어도, 태임받은 적이 없었다고 이르며, 또한 죽었어도, 죽은 바가 없었다고도 이르옵나이다.

에켄드리아—그것은, 무엇의 용도의 재담이라는가?

꼽추—황공하오이다마는, 대왕께옵서는, '물질' 또는 '물질주의'와의 관계에서, 저 아담, 황공하오이다, 아담-에켄드리아이오니다. 그런즉, 대왕께옵서, '물질주의'로부터, 한 번 더 태어나시려 하옵신다면, 거기 필시, '동정의 죽음' '동정 떼기'의 제사(祭祀)가 있어야겠습지요.

에켄드리아—헛, 헛, 헛, 이보게 꼽추, 세 번씩이나 동정을 떼고 난다면, 짐은 더 이상 '물질의 대왕'이 아니게스리, 세 우주 간에 희석되어, 거미줄처럼이나 엷어져 버리지 않겠는가? 짐이 틀리지 않다면, 누군지, 짐을 질투하는 자가 있도다. 있어서, 짐의 종말을 보려 하는 게러라. 마는, 짐이 무슨 수도자나, 구도자로서 물질세상에를 온 줄 아느냐? 짐은, '만국의 부와 권세' 그 당자거늘!

꼽추—과연 누가 대왕께 거역하겠나이까? 대왕은 무적불패이시옵거늘!

에켄드리아—그, 그럼에도, 뭔지 보이지 않고, 들리지 않으며, 만져지지 않는 그런 뭔지가, 보이고, 들리고, 느껴지는 듯함—그것이 문제라 말이지. 그, 그러고 본즉, 자네의 독 바른 북에서 울려 난, 그 소리의 독, 아니면 독의 소리래얄 것이냐, 그것이, 짐의 심정을 썩음으로 갉고 있는 것이구나? 특히 '라이오스 왕' 얘기에 접한 뒤, 짐에게는 마음의 평정이 없도다. 뭔지가, 밖이 아니라, 안을, 아프게 물어뜯고 있는 듯하여, 조금도 고요함을 지킬 수가 없도다. 그래 그런지, 자네가 짓고 있다는, 짐이 입어 백성 앞에 나서려는 그 용포가, 아직도 짐의 눈에는 보이지가 않는다.

꼽추—대왕께옵서는, '썩음으로 갉고 있다'는, 그 마음을 꺼내놓아 보시옵소서, 그러면 쇠인 놈이, '아프게 물어뜯고 있다는, 그 뭔지'를 찾아내어, 제거해드리겠사옵나이다.

에켄드리아—흐으? 교묘하도다! 괴롭다는 그 마음을 꺼내 놓아보라구? 흐흐흐, 교묘한 설법이로다! 그러나 여 꼽추임세, 짐이 자네께 명하여, '장작' 속에서 '불'을 꺼내 놓아보라고, 그렇잖음 참수를 하겠다고 한다면, 불을 꺼내 보일 수가 있겠느냐? 이렇게 말하고 있는 자가, 두 쪽의 나무를 서로 비비면, 불이 일어난다는 것을 모르고 있다고 생각하지는 않을 터이지? 허흣, 흣, 그렇다고 하여, 내보일 것이 없는 것도 아니다, 보아람, 이눔, 이거 보아랐다!

꼽추—허히, 허히히, 원 대왕 나으리께옵서는, 흐히히히, 과연 대왕 나으리의 용근(龍根)은, 대왕의 부나 권세에 걸맞다고 해야겠나이다. 용심(龍心)이, 마, 마음이, 용근에로, 물질화하였사옴은! 하온즉 이건 쇠인 놈의 자리가 아닌 듯하와, 윤허 받잡고, 무, 물러날까 하오니다.

에켄드리아—짐이 욕심내는 것은 말임세, 여 꼽추여, 자네의 꼽추 등으로 부딪쳐 울려 내는, 독 발린 북소리인 것이지, 찢어질 누무 후문(後門)은 아닌즉, 되도록 수집어 말지어다. 정작에 있어선 어떤 느낌인가 하면, 짐이야말로 한데, 심정까지 찢기도록이나, 자네의 꼽추 등에 후문을 간(姦) 당해온 듯한데, 아흐, 저 소리들의 찐득한, 아픈 독, 그렇지, 그 독을 흠뻑 더 쏟아내다우!

봉황은, 오동나무만 가려 앉는다고 하더냐, 오동나무로시나, 거문고나 가야금을 만드는 까닭을 그런즉슨 알 만한가, 줄[琴]이 퉁겨질 때마다 그러면, 소리의 봉이며 황이 날아오르는 것, —새벽스러운 장엄함으로 저 소리의 나비들은, 살이라는, 물질적 몸이라는, 그렇게나 두터운 밤, 깊디깊은 잠 속에서, 혼(魂)의 눈을 띄워낸다. 짐이 모르지 않지만, 자네의 북들은, 허긴 '세상나무'로 통을 만든 것은 사실인 듯하여, 그 소리를 듣다 보면, 준마(駿馬) 등에 타고, 삼세(三世)를, 특히 하계(下界) 쪽으로 주름잡고 있는 느낌인데, 그리고 물론, 그 북통의 아구리들을 덮어 메운 것은, 독룡 니드혹의 허물임에도, 그 독향(毒香)으로 따지건대, 뭔지 더 신비한 것이 가미되었다. 어떤, 그렇지, 그, 그리, 그리움이라고 해야 할 것과 어떤, 그렇지, 까닭 모를 고, 공포나, 질투 같은 것이, 그렇다, 바로 이 '물질의 대왕' 속에서 들끓고 있다, 있는 것으로 따지건대, 저 북통의, 안쪽에는, 니플하임에 억류된 공주의 눈물이며, 원한 같은 것이 발려져 있으며, 바깥쪽엔, 잘은 모르지만 어쩌면, 데바라고 이르는 자들의 축복 없는 침[言語]이 발려져 있다. 그런 까닭일 것이다. 그 북들이 두들겨져, 소리가 짐의 고막을 통해 심정에 닿으면, 말했지 않느냐, 어떤 혼의 눈이 뜨이는 이상스러운 아픔이 일면서, 어떤 그리움, 이랄 것이 일어나는데, 그리움이 뭔지를 모르는, 자네 같은 왜소한 녀석이, 어떻게 짐의 괴로움을 알아주겠느냐! 이것이 독인 것은, 그것은 견딜 수 없는 달콤함이기 때문이다. 아으, 괴롭도다, 괴롭도다, 괴롭고도 괴롭도다, 그리움보다도 더 무서운 독은 없겠도다. 자네는 물론, '솔 씨 속에, 거대한 소나무가 사려 넣어져 있음'의 비밀은 말했었다, 마는, 이제 이를지니, 짐에게 고할지니, 실제에 있어선, 어떻게 하면, 말세의 불 같은, 불의 거룡(巨龍)이, 약초밭 팔랑이는 흰나비도 같은, 저 공주께 상처를 입힘 없이, 한 바다 분량의 용암을 쏟아 넣을 수 있을지, 이를지어다. 짐을 시살(弑殺)하려는 것은, 짐의 고환 속의 어떤 벌레가 아니라, 이 그리움인 것, 귀두까지 뭉쳐 오른, 이 죽고 싶음인 것, 아으, 그리하여 짐은, 짐 자신의 죽음의 날을 재촉하려 하고 있는가? 이제 짐이, 자네를 '국사'(國師)에 봉했은즉, 국사께서는, 짐의 고통을 헤아려, 지혜를 베풀지어라,

꼽추—쇠인 놈은, 대왕께서, 천하와 북 하나와 바꾸자고 이른데도, 북을

가지려 하올 것인즉, 국사란 더욱이,

에켄드리아—이를지어다, 이를지어다, 그러면 자네 원하는 모든 것을 줄지니, 다만 이를지어다. 그렇잖음, 억만의 미친 불개미들로 하여금, 자네의 꼽추 등을 파고들게 하여, 그 속의 지바[魂, 生命]까지도 다 먹어 치우게 할 것인즉,

꼽추—대왕 나으리의 운명과 관계된, 지리적 상상력에 있어서는, '얼음의 고장'(니플하임)과, '불의 고장'(무스펠하임)이, 같은 한 알에서 까여 나온, 지리적 바룬다 새[一身雙頭鳥]인 것을 아시오니까? 저 지리적 바룬다 새가 같이 쓰는, 같은 한 창자의 이름은 '진눙가갑'인뎁사와요, 이것이 동시에, 저 '두머리 새'들의 하나의 알입습지와요.

에켄드리아—싸게싸게 자아올릴지어다.

꼽추—반복되는 느낌이 없잖사오나, 대왕님의 운명의 씨와 날이 만드는 무늬를 읽어드린다오면, '태우는 듯한 얼음과, 살을 에는 듯한 추위의 불꽃'의 결혼을 통해서라야만, 대왕 나으리는 우주적 군주가 되게 되어 있삽는뎁지요, 그리하여, 저 니플하임의 '동결(凍結)의 주술'이 풀리는 자리에서, 먼저 '서리[霜]의 거정(巨精)'이 일어나는군입지요. 이 거정은, 왼편 겨드랑 밑에, '공포'라는 이름의 마녀 털 난 똥꾸녁을 열고 있어, 양성(兩性)을 구비해 있삽나이다.

에켄드리아—그 거정의 이름은 '이미르'라 하면 되겠느냐?

꼽추—쇠인 놈의 독법(讀法)이 틀리지 않다면, 저 서리의 거정은 다름 아닌, 대왕 나으리의 '권세'의 의유정화(擬有情化), 또는 몽편(夢片)이옵삽는데, 쇠인 놈의 분석이 꼭히 적중했다고 할 수 있을지 어떨지는 모르겠사오나, 어쩌면, 라이오스 복합증 탓으로, 혈육 갖기를 주저했든 어쨌든, 이미르님보다 약간 뒤늦게 화현(化現)했던 바의 그 '암소'가 회태(懷胎)를 하고도 한참이나 더 있다가, 이미르님도 혈육을 갖기에 이르나이다. 잠자는 중에 이미르님이, 왼편 겨드랑에서 땀을 흘리니, 라는 말씀은, 마녀 '공포'의 요니에다 땀방울을 떨어뜨리니, 라는 말씀이온데, '펜릴'[3]이라는 늑대가 태어나는 뎁지요, 늑대는, 모든 곳에다 공포의 그늘을 서리로 덮으며, 먹을수록 배만 더더욱 고파지는, 채울 수 없는 결핍증으로, 미친 듯이 헤매고 있사옵나이다. 이는 다름 아

닌, '물질주의'가 거느린, 부정적, 즉슨 이미르적 국면의 의유정화인 것이옵는데, 이 흡혈귀 펜릴이 바깥세상을 설치고 다니는 한, '춥고, 배고픈, 가난한 백성'께, 다른 위안은 없는 듯하오니다.

에켄드리아—돌(咄), 짐에게는, 저 '백성'이야말로 펜릴이러라. 그것을 묶은 줄을 조금이라도 늦췄다는 날엔, 그것의 몸은 두 배로, 이백 배로, 한없이 불어난다. 그것이야말로, 아무리 먹여도 배부르는 줄을 모르며, 개와도 같지 안 해, 틈만 주어지면 주인을 물려 덤빈다, 베!

꼽추—다음으로 저 동결의 주술이 풀린 자리에서, 한 '암소'가 일어나는뎁사와요,

에켄드리아—히, 히, 히, 암소란 실한 짐승이어서, 하늘이 통째로 덮어 내린다 해도, 무너날 리가 없으렷다. 데바들이라는 것들이, 그 젖을 빤다더냐? '오둠라'라고 이름하여라.

꼽추—이 암소가, 짜거운 얼음덩이를 핥자, 거기서 천의 해보다도 눈부신 한 '어린 양'이 태어나오나니다, 신비이니다, '아담'과 마찬가지로, 태어났으나, 아직도 임신되어 있음. 아담을 품어냈던 어미—대지와 이 암소는, 대단히 비슷하여 하나처럼도 여겨지옵나이다. '황소'가 만약, '대지의 양력(陽力)'의 상징이라 하온다면, '암소'란 바로, '음력'(陰力) 쪽의 '대지'가 아니겠나이까? '물질주의'가 갖는, '모성적'(母性的) 국면의 의유정화, —이 암소의 핥음을 받자, 거기서 유정이 일어났다면, 저 '짜거운 얼음'은 다름 아닌, 우주적 남근과 관계가 있음일 것!

에켄드리아—마는, 그러기 전에, '얼음'이 녹으며, '암소'에로 둔갑하는, 그 전신(轉身)의 비밀은, 짐의 눈에는 들여다보이지가 않는도다.

꼽추—'동정', 또는 '처녀'를 잃지 않은, 시집가본 적 없는 여자란, 아무리 무르익어, 그네 자체로서는 여름보다도 풍더분하다 해도, 니플하임의 얼음 말고, 다른 것이겠사오니까? 물이 '생명'이라고 이르되, 그리고 '얼음'의 전체의 성분은 '물'이라고 이르되, '얼음'이 '물'과 같지 않음은, '얼음' 쪽에서만 말씀을 드리기로 하오면, 그것은 처녀막을 찢김 받음 없는 동정녀라는 것이옵니다. 그 동정녀께 장가들어 자식 갖기를 원하는 자는, 그러니 어떤 노력이나 희

생을 치를 것을 각오하고서라도, 그 요니에서 호꼰한 질척함을 일으켜내야 되는뎁지요, 그것이 '얼음 녹은 물'이 아니겠나이까? 이 요니에 대한 우주적 방언(方言)은, 왜냐하면 그 요니는 이제 '생산'을 위해 음력을 일으켜 세웠으므로, '암소'이옵나이다.

에켄드리야—그러나 여 난쟁이임세, 두 은행나무는, 멀리서 서로 눈만 맞추고도 열매를 맺기도 한다 하지만, 그것이 짐과 공주의 경우가 아닌 것은 아는 바대로인 것,

꼽추—그러하오나, 대왕께옵서는, 대왕의 용포가 지어지고 있었던 요 며칠, 정확하게 말씀드리오면, 거듭 삼 일 저녁, 침상에 드시는 대로, 꾼, 젖은 꿈[夢泄] 들을, 잊으신 척하시지 마사이다.

에켄드리야—뭐? 뭐라구? 이 세상의 누구도 타인의 꿈속을 들여다보지 못하거늘,

꼽추—쇠, 쇠, 쇠인 놈이 어디, 대왕 나으리의 꾸, 꿈속을 들여다보아서 알겠나이까? 그, 그때마다 왕궁 정원엔, 아닌 난(蘭)[4]들이 흐믈트러지게 피어선, 정수 냄새도 같고, 곱 냄새도 같은 향기를,

에켄드리야—흐음, 그런즉 자네뿐만 아니라, 왕궁에 사는 것이면, 견공(犬公)까지도 알고 있다는 말이냐? 수치래야겠는가?

꼽추—수치라뇨? 모든 대력(大力)들은, 그렇게 창조하는 것을,

에켄드리야—그, 그래서 자네 말은, 짐은 젖은 꿈을 통해, 정수만을 허실해버리고 만 것만은 아니었다는 말인가?

꼽추—아니옵다마옵다요! 대왕 나으리는, 물질주의의 교리(敎理)이시오며, 교의(敎儀)이시온, 프라브리티 우주의 양력—재[灰] 나무 익드라실, 세상나무! 어찌 허실이 있겠나이까?

에켄드리야—짐은, 역시 갖다가시나, 자네를 국사로 뫼셔야겠는도다.

꼽추—바로 이 '세상나무'의 한 뿌리가, 니플하임까지 깊디깊게 뿌리내려 있삽는데, 바로 그 뿌리 밑에, '흐베르겔미르'(Hvergelmir)라는 샘이, 부글부글 끓고 있사옵고, 그 아래쪽에서는, 독룡 니드혹이, 계집의 시체를 찢어발기고 있삽는바, 이는 다름 아닌, 대왕 나으리의 젖은 꿈의 풍경입삽지요. 독룡

니드홐 또한, 서리의 거정 이미르님과 마찬가지로, 대왕님의 한 몽편이옵삽는데, 이는 창조력이 갖는 부정적, 그러니 파괴적 괴력의 의유정화입삽지요. 거기서, '조르문간드'(Jormungand, world serpent) 왕자님이 태어나는군입쇼.

에켄드리야—으흐, 흐으, 흐, 아으 저런, 척추가 재가 되어 무너져 버리기의 쾌스러움! 좋고, 좋도다, 앓이, 앓음 앓이, 앓음다움! 짐도 물론, '그믐 같은 시꺼먼 숫송장을 뜯는 암캐, 요니로 물어뜯어 발기며, 그 앓음을 춤춰내는 달[月], 흰 암캐'의 그 화현의 춤, 공수병(恐水病) 앓기의 앓음다움을 모르고 있지는 안 했더니, 흐으, 흐으, 흐, 이번엔 시꺼먼 수용이, 흰 계집 송장을 겁간하눴다? 파먹어 내리는도다? 부글부글 끓는 샘, 흐베르겔미르! 때에, 용근 끝에론, 무스펠하임이 왼통, 용암(熔岩)으로 쏟겨 난다, 앓, 앓, 앓음다움,

꼽추—말씀하옵신, '앓음의 춤'들 중의 먼젓번 것은, (춤추는 자가) '세상나무'를 '오르기'에 관한 것이오며, 다음번 것은, '내리기'에 관한 것이옵나이다.

에켄드리야—아흐, 그리하여 짐은, '내리는 춤'을 추려 하고 있다느냐?

꼽추—이제껏 말씀드려온 것이 모두 그것 아니었사옵니까? 그 무고(舞鼓)는 울린 지 오래며, 그 '내리기 춤'을 통해 대왕 나으리께서는, '오둠라'님께, '어린 양'을 회임(懷妊)케 하셨사온데, 오둠라님은 아직도 임신만 하고 계시옵고, 출산을 하지 않고 있삽는 중입습지요. 그리고는, 이미르님의 왼편 겨드랑에서는 '펜릴'을 얻으셨잖으오니까? 대력(大力)의 정(精)은, 어떻게도 허실되지 못하옵는 것!

에켄드리야—어미의 배 속에 임신되어 있는 '어린 양'이야, 아직 뿔도 구비치 못했을 터이니, ……가맜게라, 그러고 본즉 저, 저놈이렷다, 아비의 자리를 찬탈, 시역하려는 자식 놈이, 저놈 펜릴이렷다?

꼽추—이 왕자님은 하오나, 밖으로 헤매며, 백성을 해치려 하고 있어, 부왕에 대해서는 분명히, 다른 해는 있사올 듯하지 않사오니다.

에켄드리야—여 운명의 사자임세, 그다음 왕자의 얼굴이 보인다는 가?

꼽추—말씀드린 '조르문간드'님이시옵니다. '(세상나무) 오르기의 춤'에서는, 여기에 '니르바아나'가 열릴 것이라도, '내려가기 춤'에서는 '나라카'가 열리옵나이다.

에켄드리아—이눔이야말로, 아비를 그중 많이 닮은 듯하니, 아비께 해가 클 듯하지 않는가?

꼽추—정치학적 상상력과의 관계에선, 왕자님은, (백성의) '고혈'(膏血)의 형태며, 경제·지리학적 그것과의 관계에서는, '금맥'(金脈)의 형태이온즉, 해 될 리가 있겠사오니까?

에켄드리아—흐흐흐, 아으 그런가? 짐에게도 그런 자식이 하나쯤 없어서야 될 일인가? 놈을 왕세자에 책봉하리롰다. 가, 가맜게라, 그러고 난즉 알려졌도다, 이제 알려졌도다, 짐에게는 그런즉, 그다음에 태어나게 될 자식이야말로, 짐의 자식 꼴을 꾸민 살(煞)이며, 흉(凶)이고, 액(厄)이며, 저주고, 심지어는, 불치의 음질(陰疾), 창병(瘡病) —수치스러운 죽음 자체인 것, 것을, 알겠는도다. 아비에 대해, 저주의 씨앗은, 대체 어느 문을 통해 태어날, 어떤 자식이냐?

꼽추—말씀드렸었사온데, 잊으셨사오니까? 이 왕자님은, 맨 처음(알파) 오셨으나, 맨 나중(오메가)에 자기를 나타내시는 님, —이라는 말씀은 무엇인가 하오면, 이 물질적 세계에 잉태되기는 맨 먼저였으나, 아직도 출산되어지지 않고 있다는 그 말씀이온뎁지요, 그이가 오시는 날은, 크고 좋은 날이라고 하옵는데, 천의 해보다도 눈부신 어린 양,

에켄드리아—저 오둠라라는 암소가, 감히 짐을 배반했다는 말이냐?……, 이, 이거, 헌데, 수상하도다. 양수(羊水)를 말려본 일도 없는 자식의, 다만 소식 듣기만으로도, 짐은, 대체 이게 웬일인가, 힘줄이라는 모든 힘줄이 끊긴 듯, 후들후들 떨리며, 서 있을 수 있기는 고사하고, 이런, 앉아 있을 수도 없으니, 이게 지금, 짐의 종말의 날이 가까운 징조겠느냐? 무슨 비결이 없느냐? 그따위 운명의 무늬야 어찌 되었든, 되었든 말이지, 이 셋째 자식을 낙태케 한다거나, 유실(流失)케 할 무슨 방도가 없겠느냐? 짐이 경을 '국사'에 봉했은즉, …… 경은 꼭히, 방도를 찾아낼지니라.

꼽추—이 '어린 양'은, '죽기 위해' 태어나셔선, 꼭히 '지옥'으로 내려가도록 운명지어져 있삽나이다.

에켄드리아—흐, 그래? 그런가! 흐흐, 그, 그런가! 흐흐흐, 흐흐, 그렇군,

……흐음, 보게람, 그렇담, 원수를 유형 보내기엔, 이 세상의 어느 고장이 그중 안전하겠는가? 그야, 말이지, 자기와 그중 가까운 데 두고, 밤낮으로 지켜보는 것이 그중 안전하겠지, 그렇잖은가? 헌데 이 자식은, 하필 '죽기 위해 태어나선, 꼭히 지옥으로 내려가도록' 되어 있다 말이지? 암믄이지, 그런즉, 양수가 채 마르기도 전에, 그 핏덩이는, 아비 되는 자가 집어 들어, 꿀꺽 삼켜두는 일밖에, 흐흐으흐흣, 더 권고할 만한 방도도 있잖겠지러! 무엇이 그보다 더 안전할 수 있겠는가! 으흐흐하하핫, 그날은, 짐이 우주적 주재자로 등극하는 날이어서, '크고 좋은 날'일 것을! 만신(萬神)들이 계하에 엎드려, 암리타와, 찬양과 불멸을 조공하리로다! 짐은 만신들의 종교렐라, 찬송할지어라, 예배할지어다. 만신들의 주(主) 짐 에켄드리야를! 베—베—베—.

현자—그러나 아직은, 저 물질의 대왕의 종말을 보려, 서둘 일은 아닌데, 그의 종말은 동시에, 물질로 이뤄진 그 세상의 종말이기도 하기 때문인 것. 그럼에도, 생각 있는 자라면, 그 종말이 어떻게 오게 되는지, 못 내어다볼 것도 아니지 않는가.

시인—어떤 이들은, 이 세상의 '종말은 불로 온다고 이른다. 어떤 이들은 얼음으로 온다고 이른다.' 그것이 어떻게 오든, 오기는 종말은 올 게다. 시작이 있었잖느냐, 그러면 그 시작은 종말의 삼[胎褓] 인 것—. 그것이 오기 전, 우리는 어쨌든, 변화의 천평칭(天平秤)이, 흑마노(黑瑪瑙) 놓이는 쪽으로만 너무 기울지 않도록, 백마노 놓이는 자리에다, 시며 꿈, 우리들 공주에의, 연기 없이 황황히 타오르는 불꽃, 그런 사랑, 의 백마노, 바치기를, 게을리할 일은 아니다. 조락이 오기 전에, 꽃은 열매로 여물고, 삶도 익어야 하듯이, 한번 화현했으면 세상도, 또 그래야 하는 것인 것.

자라투스트라—데바들의, 최초의 승리였으며, 동시에 패배였던 것은, '물질'을 창조하지 않으면 안 되었던, 그것이었던 것이었겠도다.

티 베미.[5]

음담패설(淫談悖說)이라면 몰라도 —그러니 또 동화(童話)[1]나 한 자리

시시포스(Sisyphus)는, 죽음(Thanatos)이 자기의 목을 옭아매러 왔었을 때, 목을 선선히 내주기는커녕, 도리어 목을 희게 젖히고시나는, 제 쪽에서 색기하여 눈을 부릅뜨고, 저누무 '죽음'을 꽁꽁 묶어 맨 사내로 알려졌었다. 문제는 그러자, 그제부터는 죽는 유정(有情)이 없게 되어, 오래잖아 천지는, 목숨 가진 것들로 포화상태가 되어, 죽이 끓어, 넘쳐, 제우스(Zeus)까지 나서지 않을 수가 없게 된 그것이었던 모양이었고, 결과 시시포스는 지옥으로 끌려가지 않을 수가 없게 되었던바, 그랬기 전에 이 사내는, 마누라께 가만히 일러, 자기가 이제 숨을 넘기게 되거든, 장례식 같은 것은 절대로 치르려고도 말고, 자기의 시체를, 바깥 거리에 갖다 내버려 두라고, 그러면 장차 알조가 있게 될 것이라고 일렀겠었더라, 좇아, 저 마누라는 그렇게 행했거니와, 저 마누라의 저 행사는, 지옥의 왕 하데스(Hades)까지도 분노케 했은즉, 그 분풀이를 하겠다고 그저 며칠 말미를 달라는, 저 되잖은 마누라의 남정의 청을, 그도 거절할 수가 없었겠었다, 헤헤헤, 씨구나 얼씨구나 좋을세라, 설람에 시시포스는 다시, 발바닥이 뜨끈뜨끈하게스리 달궈진, 밝음으로 가득 찬 땅 위 세상에로 올라오게 된 것이었는데, 어려운 길을 이왕에 한번 왔는데, 헤헹이쏴—, 저런 사내가 뭘 그리 서둘러, 마누라의 머리끄덩이를 끄셔, 지옥으로 되돌아가려 했겠는가, 허자니 하데스는 또, 저 방자한 누무 목을 옭아매 끌어내리려 하여, 병과 죽음의 검은 손의 망나니를 올려보내려 하지 않았겠는가, 마, 마는, 그때쯤은, 저 사내는, 히히히, 성도 이름도 갈아버려, 있었어도 없었음을—글쎄지, 누구든 한번 지옥까지나 갔다가 되돌아오면, 아무도 옛 얼굴의, 옛 그 사람 그대로일 수는 없는 법, 이렇게 되면, 지옥도, 천국으로부터든, 어디 극락세계로부터든, 이민(移民)을 받지 않을 수가 없겠구나, 구나헤, 헤으야흥헤야ㅡ.

웅공자(熊公子)는 가맜세라, 그게 어느 고장이랬던가, 그게 글쎄 귀에 설어도 많이 설어, 본 패관(稗官)의 발걸음이 머물러본 적이 있었던 것 같지 않은 고장 같았드랬는데, '파탈라'[2]랬던가, '놈'(Gnome)들의 고장이랬던가, 헤으거, 본 패관이, 징검다리 하나 징검 잘못 건너 뒤땄 뒤똥 넘어지는 바람에, 그 빠른 물살에다 그만, 그 이름을 빠뜨렸던 것이었구나, 네 이눔 민둥 대가리 물고기여, 그 이름을 삼켰거들랑은, 궐자는 물총새에게나 잡혀라, 솔개에게 채이어라, 솔개 공(公)은 그리고 고기만 취할 일이지, 남이 흘린 이름까지 취하려면, 목구멍에 인세(人世)라는 납비녀 걸린다, 그 이름일랑 본 패관의 무르팍에 떨구고 날아간다면, 삼동 당해 먹을 것이 귀할 때, 뜨끈하게 똥 한 무더기 눠주마, '얘기'라는 것 꾸미느라고, 흐흐스락딱딱하게 꾸미느라고 한담시롱, 헌데 그게 또 어디 그리 식은 죽 먹기나 같던 일이던가, 차라리 죽 끓이기나 같아서, 속은 하루에도 삼백예순 번도 더 끓고, 식고, 끓고, 눌어붙고 깡밥 되다 보니, 얘기꾼의 똥에서 단맛이야 다 빠져나갔든 말았든, 공(公)이사 그리고 똥도 먹는 짐승이든 아니든, 헤헤, 오늘 먹은 마음 그때 가서 똥 눠줄 터인데, 말이지, 그런 어떤 나라의 왕자라고 했었던가, 아니면 왕서(王壻) 되는 꿈 꾸기로, 그 꿈 무게나 되게코롬 구들막이나 한 짐 짊어지고선, 거위로 뽕뽕한 배때기나 북북 긁는, 뉘 집 바보스런 막둥이 놈이라고 했었던가, 했었는데, 벚꽃, 능금꽃, 왼갖 꽃 맺혔으면 피고, 폈으면 지는 철이나 되었더랬다던가, 그럴 녘쯤, 허기야 말이지만, 그 안에 밑에 어디에까지야 어디 서풍 북풍 불어 들었을 리도 없었을 것이었으니, 추웠을 까닭도 없었겠지, 겠지만, 거기로 달은 떴다 져도, 해란 떠본 일이란 없어, 노상 어둑스레하기만 수렁보다 어둑스레한 곳, 땅거미[薄暮]가, 억만의 세사(細絲)를 풀어내 모든 살아 있는 것들을 꾸리 감고, 눈구녘들에도 황폐의 줄을 친 뒤, 중력(重力)의 수렁 속으로 끌어 내려가는 곳, 그런 곳이 싫어, 사유시방이 훤히 트여진 곳, 그리하여 빛의 억만의 나비와, 빛의 억만의 꽃들이 흐트러져 날고 내린다는 곳, 그런 곳에의 그리움에 의해, '위쪽에로, 밝은 바깥세상이 있다'는, 전설을 좇아, 그쪽 세상으로 올라와 봤더라, 더라 했었더랬다. 그 '전설'은, 사실 무근한 것만은 아니었던 것이어서, 웅공자—이카로스(Icarus)가, 그 세상에의 지극한 그리움을 풀[膠]로 삼아, 모든 곳으로 비약하려는 '마음', 의 깃털을 '말'[言語]의 뼈대에 엮어 붙여, 선조(先祖)네 척추의 힘까지도 다 동원하여, 힘껏, 한번 힘껏, 박차 올라본 결과로, 그쪽 세사에로 쫄끔(!) 솟구쳐 올라왔던 것이었다는다. 그때 그는, 자기의 왼 몸뚱이에서, 살갗이 한 벌 벗겨져 나가고, 소금이라도 끼얹어지는 듯한, 그런 고통을 경험했어야 했었더라고 하지만, 허기야, 벌거벗은 몸에다 처음 발라보는 햇살(빛, 볕)은, 무수한 황충의 독침에라도 찔리기 같았을 것은 당연했을 터. 웅공자는 그래서, 거의 까무러쳐가는 중, 얼핏, 자기가 떠나오기 전에, 입었던 명의(冥衣)를 벗은 뒤, 자기를 한번 (비추어보고) 마음속에 담아두기 위해, 비추어보았던, 그 거울[冥鏡]을 떠올려보았으며, 그리고, 자기가 당하고 있는 이 격통의 출처를 알아냈다. 웅공자의 믿음이 이것이지만, 그때, 그 거울에 비춰져 있었던, '거울 속의 자기'가, '거울 밖의 자기'를 따라붙이지를 못했었는데, 그러자니, 양자 사이에 있었던 것이 무엇이었든, 그것이 찢겨 떨어지느라, 이런 고통이 비롯되었을 것이라고 한 것이다.

한 마리 개구리[3]가, 공주의 침상에 던져졌음일라? 웅덩이를 '좋은 곳'이라고 알아 지냈던 개구리가, 습기도, 장구벌레도 없는, 저 공주의 침상을 견뎌내기만 한다면, 그것은 이제 왕자에로 둔갑해버리고 말 터인가? 웅공자가 당하는 지옥도, 저 개구리가 겪는 그것과 별로 다름이 없었는데, 그 지옥은 그러나 그렇게 오래 지속된 것은 아니었다. 웅공자의 전신엔, 햇볕이 발려지기를 계속하는 중에, 부드러운-꾸둥거림이 한 벌 입혀지기 시작했으며, 오래잖아 웅공자는, 그 '부드러운-꾸둥거림'으로, 햇볕을 즐기기 시작했다, 탐하기 시작했다, 그리고 땅의 몫의 천상적 열예에 눈떠가기 시작했다.

그런 뒤엔 웅공자는, 그곳의 것은 밝음까지도 으슴푸레한 데다 찐득거렸으며, 어두움은, 바위에서도 기름을 짜내는 중력의 수렁이었던, 자기가 떠나와 버린 고향, 에의 그리움을 좀체로 일으키지 않았다. 그곳의 대기며, 지질(地質)이라는 등의 조건들이 그래서 그랬을 것이라고 추측하게 하지만, 그곳의 꽃나무에는, 금, 은, 동, (그리고 그곳의 방언으로 이르는) 이슬 돌(금강석), 홍옥이며 백옥, 청옥 등이, 달빛 받아 꽃 피고, 열매 맺었드랬지만, 웅공자께는, 다사로운 햇빛이, 습기 찬 것은 흙 속으로 들어가, 푸른 대궁을 밀어 올려서는, 그 대궁 끝에 예를 들면, 한 송이 더운 민들레꽃으로, 꽃으로 전신(轉身)한, 그 한 빛의 꽃이, 명도(冥途) 궁정(宮庭)의 금(金)나무에 핀, 한 정원 분량의, 차거운, 돌 같은 금꽃보다 아름다웠다. (인세[人世]의 여수[與受]의 법칙을 개의치 않는다면, 봉황에게는, 그리고 무엇에게나, 보게람, 멧돼지가, 뿌리를 찾아 흙을 뒤지던 중, 큰 고구마 크기의 홍옥이 나왔다고, 그것을 숨겨갖고시나, 읍내 보석상 가는 것 보았더냐, 그럴 일이다, 한둘의 대 열매가, 그 열매 크기의 여러 여러 덩이의 이슬 돌보다도 더 값진 것일 것—것? 것) 그는 그리곤, 자기의 발가락 하나 세워둘 곳이 없는 (아직 태어나잖은 손자 녀석들의 것일 뿐인) 남의 땅 (그러니 종내 아무 누구의 것일 수도 없는 땅인 것을? 흐흐흐, 왜냐하면 땅이, 돌기 때문에, 그것도 도저히 따라붙을 수 없도록, 빨리 돌기 때문에, 라는 것. 그런 까닭에, 누가, 땅의 어느 일점을 자기 것이라고 정해, 아무리 뾰죽한 집착의 손톱을 박아 기를 쓰고 붙어 있으려 한다 해도, 종내는, 별수 없이, 세게 맴돌려지는 우산 끝 에로 빗방울들이 털려져 나가듯, 그렇게 떨어져 나가게 되어 있는 것, 돌(咄), 살기의 몸서리쳐지는 고행은 실행(失行)일 뿐인가, 땅이란, 뱃놈 신드바드가, 고해(苦海) 떠 흐르기에 지친 나머지, 발견하고 정박했던, 어떤 떠 흐르는 섬 같은 것, 햇볕에 등을 굽고 있었던, '프라브리티'라는, 한 마리의 거대한 고래일 뿐인가, 대지는 허무한가, 제기랄, 땅이 빙글빙글 돌아야 하는 까닭은 무엇인가?) 위를, 고단하게 배회했(더라고 했)다. (땅 위의) 막힘 없는 계한(界限), 밝음, 하늘, 바다, 숲이며 들, 따뜻한 흙, 부드러운 바람, 소금 맛 등, 모든 것이 좋아 웅공자는, 그것이 망우수즙(忘憂愁汁)이어서 그것에 취해, 고향을, 뒤돌아보기를, 잊어버린 것이었다. 그는 늘 좀 외로운 듯했으나, 비참하지 않았으며, 슬픈 듯했으나, 아무런 까닭으로도 괴로워하지 않았다. 그렇게 그는, 그리하여설람, 땅 위에서 얻을 수 있는, 몇 가지 안 되는 지극한 행복 중에서, 현재, 그가 나름으로 깊이 체험하고 있는, 그 한 종류의 행복을 감식하고 있었던 모양이었다. 그러니까 그는, 바람에 실려 흘러 다니기로, 숲이며 들, 나뭇가지들이 소곤소곤 속삭이는 소리를 좇아 노래하기로, 그리고 저 밝음의, 가도 밑도 없는 깊음 가운데로 유영하며, 빠끔빠끔 빛을 마시기로, 아음 금붕어, 새 삶의 푸른 잎을 갉는 누에, 매우 부지런하게도 세월을 보내는 짓[爲]을 했었으되, 그랬을 뿐으로, 그는 아무것 한 가지도 욕망하지 않았으며, 계획하여 성취하려고 하지도 않은 데다, 무엇에고 부족을 느껴내지 않고 있었으므로, 그가 누리는 행복은 그러니 말하자면, 행함의 행함 아님, 아님의 행함, 다시 말하면 '무위'(無爲)라고 이를, 그런 것이었던 모양이었다.

그럼에도 이 '무위'는, (별로 오래되지도 않아, 웅공자에게 일어난 변화를 고려하고서 하는 말이지만,) 아담이 보낸, 지상에서의 '유아 시절' 같은 것, 다시 말하면, '에덴' 같은 것으로서, 아직은 '익혀진[鍊] 것'이 아니라, '날것'이었던 모양이었다. (만약 이런 표현이 허용되어질 것이라면 말이지만, '천국'이란 그런즉, '익혀진 에덴'이 아닐 것인가, 하는 의문도 있다. 그렇다면, '프리마 마테리아'[prima materia]로서의 에덴은, 붕괴되어졌어야 했던 것! '간교한 뱀'이, 이 '변질'을 도왔던 독[毒]이었구나. 신은 분명히, '이원론'을 고수치 않는다. 그래서 그는 '절대자'이다) 그런 까닭에, 웅공자의 저 '무위'는, 말한 바대로, 그렇게 오래 가지 못하고, 위계(爲界)의 '운명'이랄 것과, 자리 바꿈을 해버린 것이었다, 불행한 날.

글쎄, 그러던 날 어떤 날, 그날도 하늘은 맑아, (처사여,) 언뜻 낮 졸음에서라도 깨고 올려다본다면, 빛의 나비며 꽃잎을 흩트려 뿌리는, 하늘 처자들의, 가문 잔디밭 태우는 불꽃 같은 불꽃(거웃) 무더기가, 무봉의 천의(天衣)를 오르륵 태우고 오르는 것이 보이는 날 밝은 날, 웅공자는 헌데, 까닭도 알 수 없이 으슬으슬 추울 뿐만 아니라, 몸이, 자기 떠나와 버린 명도에서처럼이나 무겁다고 느껴, 스스로도 몹시 의아해하며, 자기도 모르는 새 앓는 소리를 내곤 했다. 그는 그래서, 볕이 고여 넘치는, 양지바른 옴팡한 데를 찾아, 해를 향해 웅숭그레 앉고, 그리고, 한기와, 히마리가 하나도 없음의 까닭을 찾아보려 했다. 그러자 그에게, 얼핏얼핏, 한두 가지의 생각이 떠올랐는데, 그 탓에 그는 눈을 아주 꼭 눌러 감아야 했지만, 무엇이었는가 하면, 혹간, 자기의 옛 고향에서, 백 년 촉루로부터서도 비명을 쥐어 짜내는, 그런 그늘—병이나 죽음의 전갈하님이, 자기가 벗어 아랫목에 남겨놓고 온 명의(冥衣)를 가져와, 먼 눈을 팔고 있는 중에, 자기 위에다 덮어씌워 버린 것이나 아닌가, 그것도 아니면, 또 명경(冥鏡) 속에 남아 있었던 자기의 그림자[影]가, 어떻게 해서든, '거울'이라는 그 유적지를 벗어나, 자기를 찾아온 것이나 아닌가, 하는 것 같은 것이었는데, 그런 생각들은, 그를 몹시 불쾌하게 했을 뿐만 아니라, 감고 있는 눈 뜨기를 두려워하게도 했다. 그는 그러니까, 이번 눈을 감은 뒤부터, 갑자기 밖을 두려워하게 된 것인데, 이 '밖'이라고 대명된 것의 표적이 다름 아닌, 웅공자 '자신'이라고 한다면, 웅공자는 현재 실어증(失語症)에 당하고 있는 것이 분명하다. 웅공자의, '밖'으로부터 도망쳐 숨은 눈은 그런데, 눈물을 비쳐내기 시작하고 있었드랬는다. 허긴 명도에로 내려간 눈이란, 약간의 상상력의 자극을 받아, 얼마쯤의 환광(幻光)을 비춰내 볼 수는 있다고 한다 해도, 송장[受動態]인 것, —깨어 명도에 내려간 눈의 비극. 밖이 얼마나 두렵든, 그랬으니 웅공자는, 밖에로의 통로를 열어, 빛에의 의지, 눈들을 해방시키지 않으면 안 되었다. [돌, 어떤 종류의 수사학은, 매우 식구(蝕狗, 라후)넝스럽구나. 소탈하게, 그리고 알아듣기 쉽게 말하기로 하면, '감았던 눈을 떴다'라고 해버리면 될 것을, 수사학적 독구(毒狗)여, 이눔 달 먹는 독구(毒口)여, 먹고서는 버글버글 음풍농월이 많도다. 그러함에도, 자기 선 자리에서, 앞과 뒤뿐만 아니라, 위와 아래에 대해서도 크게 눈뜬 한 자아는, 그 자체가 한 우주인 것을. 그럴진 대, 명도(冥途, 바르도)가 어디에 따로 있는 것이겠느냐? (아으, 도류는,) 그대 마음속의 거울을 들여다보라. 그러고도 기피해야 할 것은, '분석'하려 하기인데, 그러면 그대는, 그 거울을 깨뜨려버리게 되기가 쉽다. 문제는, 그 거울이 거기에 있는가 어쩐가, 그것이 아니라, 자신이 그 거울 속에 비춰져 있는가, 어쩐가, 그것이 아니겠느냐] 그리고서 웅공자는, 자기가 두려워해 온 그 정체, 그 장본인과 맞닥뜨리게 된 것인데, 일은 일어나 있는 것이었다. 글쎄, 그런 일이 일어나 있었던 것이었다, 라는즉슨, 자기 몸의 반쪽쯤이, 자기도 몰랐던 새, 뻘밭에 자빠졌다 일어선 당나귀 꼬락서니로, 명토(冥土)에 철갑이 되어 있었더라는 그런 일이었다. 자기가 전에, 명도 거리로 입고 다녔던 그 장옷이, 자기 위에 걸쳐져 있는 것이다. 까닭에, 경기(驚氣)를 일으킨 다음으론, 망연자실하여, 한 둬 식경에나 이를 치매 상태를 드러냈는데, 그 치매증을 통해 웅공자는, 명도의 '거울'이 비어, 구름 낀 날의 용쏘나모양, 으슴푸레한 깊음만을 드러내, 두렵기까지 하다고 보았으며, 느꼈다. '치매증'의 이런 것은, 이래서 보면, 명도에로도 이어지는, 비밀한 오솔길인 듯도 싶으다.

치매로부터, 얼마쯤 자기를 회복해냈을 때 웅공자는, 자기 몸의, 명도용(用) 장옷에 들씌워 덮인 쪽에, 왼통 말벌을 붙였기라도 한 듯이, 미쳐서 날뛰며 들을 내달리고 있었다. 그는, 자기의 그쪽 편 몸이, 거무튀튀하게 썩고 있기라도 하거나, 죽음이 슬어낸 억만의 쉬나, 또는 거머리 떼에게 뜯기고 있기라도 한 듯이 보아버린 것이고, 그런 느낌의 숭실거림은 그의 몸에다 두드러기를 돋우어냈으며, 생진저리를 치게 했는데, 숨이 가빠 더 이상 날뛸 수가 없게 되었을 때 그는, 아무 데나 털버덕 몸을 부려버리고, 그 바닥에다, 저 '죽음의 쉬'가 박실거리는 자리를, 마구잡이로 비벼대기 시작했다. 재수 옴 붙은 날, 옴 붙은 자리 털 나게시리, 웅공자는, 죽음의 고장에서 창궐하는 털 난 옴에 걸려버린 것이었는다? 그가 문질러 대는, 저 숭실거리는 편의 몸을, 모난 돌도 파고들고, 가시쟁이도 긁고 들었던 모양이어서, 아파서 웅공자는, 비명을 해대면서도, 털고 문질러대기를 멈추지 않았다.

그러는 그 어느 일순 그런데 웅공자는, 마음이 이상스레 평온한 느낌을 느끼고, 그 발광하기를 멈췄다. 글쎄 저 어느 일순 웅공자는 아까는 그것이 두려운 으슴푸레함만을 드러내 보였을 뿐, 비어 있었다고 보았던, 그 명경(冥鏡)에, 자기의 전신이 역연하게 비춰져 보이고 있는 그것을 본 것이고, 그러다 그는, 자기의 처지를 잠깐 잊게 된 것이었드랬다. 그리하여 나는, 고향이라는 데를 돌아온 것이었는가? —웅공자는 자문했으며, 그럴지도 모르겠다는 자답을 만들고는, 실의와 거부감으로 몸서리를 쳤다.

때에, 강남 근친 갔던 산들바람이라도 돌아오며, 한 치마폭만큼 나쁘잖은 소식 건 불어가기라도 했었을 것이었는가, 것이었기에 웅공자는, 시작하여 하늘을 올려다보기도, 들을 내다보기도 했으니, 아무튼 명경에다 빠뜨렸던, 이쪽 편 자기의 눈들을 건져 올려낸 것은 분명했다. 그는 무의식 속에서인 듯, 명도의 하늘도 이렇게나 밝고 맑고 높았었던가, 명도의 들도 이렇게나 툭 트여, 시원하고 푸르렀던가, 라고 중얼거리기도 했다. 그러며 웅공자는, 자기가 하는 말소리를 자기가 들었는데, 그러다 그는, 자기의 현실에로 돌아오기에 이르렀고, 제기랄, 어찌 되어서 나는, 시퍼렇게 눈뜨고 앉아, 나를 실종해버리고 말았는가, 라고 투덜댔다.

그리고 웅공자는, 자기에 관해 무엇을 알게 되었는가 하면, 비록 말해, 그 '자기 실종'으로부터, 자기가 자기를 전부 회수 회복했다고 한다고 해도, 자기는 이제, 어째선지, 이 이전의 자기와는 같지 않게 되어 있다는 그것이었다. 그의 눈에는, 이전까지 산이던 것이 더 이상 산으로도 보이지 않았으며, 강도 또한 강으로도 보이지 않게 된 것이다. 여전히 그는, 그 자신의 얼마쯤을 '실종'한 상태에 처해 있는 것인 게였는다. 그것도 허긴 그랬을 것이, 웅공자가 전에, 고향을 떠나 있었을 때, 그 명도의 거울 속에 남겨두었던, 자기라는 유정의 '영상'과, 오늘 자기가 실종을 경험하고 있는 자기의 '실체'의 반쯤이, 예의 저 거울 속에서, 서로 자리바꿈을 해버린 것을, 그는, 아으 웅공자 고향 다녀오다, 초롱히 본 것이다. 이제 웅공자의 반신(半身)은 명도에 볼모살이를 하고 있으며, 그리고 이쪽 편에서는 웅공자가 자기의 '영상'을 데불기 시작한다. 그러면 그도, 명도(冥途)/역명도(逆冥途)의 운명에 묶여 매이기 시작하는 것? 것일 것이다. 한 삶(지바)이, 육신에 억류되기. 육신은, 헤쳐나가기에 그중 어려운[苦] 바다[海]—그 한 바닷물은 죽음, 그 간단 없는 흐름은 노쇠, 풍랑은 병, 삶(지바)은 한 조각의 조그만 조각배, 를 뒤집어엎으려 덤비는 상어며 고래 떼는, 만족을 모르는 욕망, 마라(魔羅), 이 궂디궂은 밤, 방 위도, 그 거리의 멀고 가까움도 모르는, 피안을 향해 유정은 항해에 나섰으되, 차안 객줏집에 내걸린 흐린 등불 몇 개밖에, 세상은 왼통 어두움뿐이며, 쉼 없는 흐름뿐이며, 풍랑뿐이며, 배고픈 상어 떼며, 아으, 차안 객줏집에 내걸린 홍등 몇 개,

그리고는 공자도, 땅 위 사는, 그 나이 또래의 젊은네들 중의 하나였다.

'위'(爲, 프라브리티)가, 망석중을 놀리는 손이며, 동시에 줄 같은 것이 되어, 그의 사지도 또한 억세고 단단하게 묶고 들었으며, 그것의 근들거림에 좇아 그도, 많은 것을 욕망하기 시작했을 뿐만 아니라, 분노며, 질투, 증오 같은 부정적 감정에도 당해, 자기가 동시에(란, 그 반대편도 함축하고 있음인 것) 지옥 자체라는, 참으로 괴롭고도 불쾌한 체험을, 간단없이 해오고 있다. 이 위(爲)의 새끼줄을 놀리는 손은, 웅공자도 물론, 그 나이 또래의 다른 젊은네들과 마찬가지로, 우주 간, 다른 누구도 아닌, 하필 자기 자신의 것일 수도 있다는 생각은 해내지 못하고 있지만, 그래도 웅공자만은, 전생에의 얼마쯤의 기억에 의해서, 그 손의 임자는 분명히, 명도에 있을 것이라는 믿음을 갖고 있기는 했다. 그 탓에, 이 젊은네는 사팔뜨기 눈을 갖기 시작했는데, 한 눈은 양지를 보고, 다른 눈은 응달을 헤매는, 눈의 그런 괴리는, 그의 고뇌를 두 배로 더하게 했다. 그는 병이 들었는다, 앓아대고 있었는다.

웅공자가, 자기의 반신가량이, 명도에 걸린 거울 속에 실종해버려, 프라브리티 우주가, '이원론'이라는 환귀(幻鬼)의 독아에 꽉 물려 있다는 것을 깨닫던 그 같은 날,

대략 같은 시각에,

에덴동산에 있던 아담은, '지혜의 열매' 맛을 보고 있었을 것이었는데, 그랬기에 그랬던지 어쨌던지는, 지혜의 열매 맛을 알게 된 아담까지도, 어떻게도 지혜스런 대답을 만들 수 없었을지도 모르지만, 그러자부터, 아담이 선 그 언덕 위에까지도, 고해(苦海)가 밀려들며, 명도의 독을 버글버글 거품어 내기 시작하고 있었다. 빛의 빗장에 단단히 잠겨 있었던, 명도의 암흑이, 죽음이, 병이, 증오며 질투, 분노 등의 황충과 전갈이, 열린 밝음의 고장으로, 빛이 매워 거품을 버글버글 끓여대며, 스멀스멀 기어 올라왔다. 웅공자의, 자기만의, 그럼에도 그것이 모든 인식하며 사는 유정들의 것인, 삶의 고통, 병, 암흑, 죽음 등과의 상면은, 그렇게 이뤄진 것인데, 아담-웅공자는, 운명처럼, 어쩌면 그보다도 더 강인하게, 자기에게 부착해버린, 명도용 장옷에다, 많은 이름을 부여했는데, 그중에서도 그중 많이 쓰여져 보편화된 것들 중의 하나가, '그림자'였다. 그렇다, 그것 속에 한 번 잠겼다 하면, 늙은 박달나무까지도 죽이 되도

록 풀이 죽어버리는, 황천이라고도 이르는, 중력의 소금의 늪, 에 적셔진 부분의 (사대[四大]로 형체를 입은 것들의) 몸, —그림자, 그래서 그것은, 그것 자신의 무게 탓에도 노상 흘러내리면서도, 그럼에도 그것은, ('그림자'가, 고가에 매매되었던 시절은 제외하고 말이지만) 결코, 그것에 입혀진 자로부터, 그 피륙의 실 한 오라기만큼도 벗겨져 나간 일이란 없다. 모든 젊은 몸을 숙주 삼아, 그 젊음을, 삶을, 빨아 사는, 이 늙은 '그림자'란, 고통이구나, 저주구나, 고통이겠는가, 저주겠는가.

후, 후, 후(이것은, 본 패관이 한번, 걸판지게 웃어젖히는 소리지만) 훗흐흣, 그러나 (도류[道流]들 중의) 누구도, 웅공자가 느닷없이 입어버리게 된, 명도용 장옷을 두고, 실소만 할 일도 아니다. 그럴 것이, 어떤 우리는, 꿈쩍없이 잘 살아오다 어떤 날 갑자기, 자기의 손이, 자기의 것 같잖게 낯설어 보인다고, 낮의 풍경을 밤의 꿈에서 보기만큼이나 생소하다고, 느껴, (듣자니, 손가락들이, 밤의 꿈에서는 귀신들로 둔갑해 보인다는 소리도 있더니, 백주에 저자는, 손가락들에 잠 끄덩이를 끄셔서, 밤중의 꿈속으로 내려갔던지도 모르겠니라) 심해지면, 그 탓에 분열증을 일으키기도 한다고 하며, 또 어떤 우리는, (한 경우만 더 예 들어두고 말아야겠지만) 세상 쌔빠리기도 여러 팔만으로 쌔빠린 좋은 것들 다 내버려 두고, 거울이나 샘에 비치는, 하필이면 제 놈의 상스런 상판대기를 건너다보다 반해, 그 얼굴의 바다 못 벗어나고, 히히히, 제 놈의 상판대기 속에 익사해버리는 일도 있다고 하던 것, —잡종 같으니! 그랬으면 공(公)은 말이지, 그 얼굴 속으로 들어가고 내려가, 체면이라거나 존엄성 따위 굳은 코딱지, 파먹을 만한 것 다 파먹고, 누구 뽄사내어, '무상'(無常)이라도 깨우쳤다고, 꼬꼬댁였으면 좋았을 일이었는 것을, ('무상'이라니? 그것도 깨우칠 것이 있는 무상이던가? 말이 많구나) 어쩐다구시나 제기랄, 꽃이 되어설람, 새로 얼굴을 펴 들어 올리는다? '수선화'랬더냐? 해골의 꽃이 수선화였더냐? 아으 동자야, 그 꽃 속에 담긴 해골이라는 알 속에서는, 무슨 얼굴의 욕망이라도 하나 새 되어 날아오르려느냐? 그 깨어진 알 껍질 속에는, 한 마리 개구리가 앉아, 꼴록거리고 있나니다.

웅공자는 그런 비참한 지경에서도 그리고, 자기는 이제 그러하려니와, 자기의 바깥세상은 그러면 어떤가, 그것이 궁금해, 눈을 들어, 둘러보기 시작했는데, 보다 그는, 숨 두 번도 쉬어 들이기 전에, 구토를 일으키고, 쓰러져버리고 말았거니와, 글쎄, 그가 새로 보게 된 바깥쪽 세상도, 자기의 처지와 조금도 다르지 않았던 것이다. 명도로부터, 칡덩굴모양 우북히 뻗쳐 올려진 저 저주색깔의 손은, 웅공자의 눈이 보아낸 대로만 말한다면, 물질로 몸을 해 입은, 모든 것들, 심지어는 바위 같은 무정에까지도, 멱사리로부터, 반쯤의 몸을 휘감아 움켜쥐고 있던 것이다. 물질로 이뤄진 세상의 반쯤이, 저 손에 유괴되었음, 실종되었음, —웅공자는, 경련을 일으키고, 개 새끼모양, 제 사태기 사이에다, 제 대가리를 밀어 넣어, 세상을 닫았다. 한 세상의 것, 또는 일반적 보편적인 것이, 웅공자라는 한 특정한 개인 위에로 답박 엎질러져 덮어씌워진 것 같은 결과여서, 이번의 것은, 웅공자의 괴로움을, 세상만큼이나 크게 했다. 그래서 세상만큼이나 큰 앓음을 앓는 웅공자는, 그 순간, 왼 세상의 그늘이라는 모든 그늘을 다, 자기 한 몸[4] 위에다 쌓아 얹고, 그 밑에 무참히 깔려, 납작한 앓음을 앓고 있었다. (본 패관의 추측이 이것이지만,) 웅공자로서는 허긴 그러잖을 수도 없었을 것인데, 것이, 자기가 저 명도로부터 올라왔으므로 해서, 본디는 그저 풍문이었을 뿐이었을지도 모르는, '위쪽 바깥세상'에로의, 없던 길이, 또는 문이, 자기로 인해 트여졌거나, 열려진 것이나 아닌가, 그러하여 그런 결과로, 명정(冥情)들의 불법 이민이 쇄도한 것이나 아닌가, 하는, 결코 그 대답을 만들고 싶지 않은, 의혹이 있던 까닭이다. 그랬으며, '명도'(明途)에서는, 저 '명도'(冥途)의 불법 이민들을 제한했으면 좋았을 일이었는데, 뒤늦게 웅공자가 발견하게 되기론, '明'은, '冥'에 대해 瞎(盲)眼이라는 것이다. 해는, 그렇게도 센 안광(眼光)을 갖고도, '어둠'을 못 보던 것이다. 까닭이 그러하여, 그가 그의 밝은 훈훈함으로 싸안는 모든 화현들은, 명도의 괴정(怪情)들께다 후문을 열어주어, 해를 앞에 세우고, 히히히, 그것들과 간통하기를, 밀종(密宗) 삼아 하던 것이다. 다시 또, 요궐(尿橛: 똥구닥이 막대기) 냄새 풍기는, 처용가이다. '화현', 또는 '물질'이라는 각씨의 앞에는, 해가 배 붙이고 있고, 뒤에는 큼큼, 똥내 맡고 내달려온 명귀(冥鬼)들이 딱 붙었는다, 안 떨어진다, 그래서는 그것들은, 지옥의 유황불을, 고통의 삼매(三昧)를, 저 계집의 뒤에다 봇물 터 넣는다.

이렇게 되다 보니, '하루'라는 날까지도, 반은 명도의 이민들께 노략질당하기에 이르렀는데, 그 대답을 만들고 싶어 하지 않으면서도, 웅공자는, 그 책임의 소재도, 자신을 상대로 묻고 있었다.

이제 웅공자는, 더 배회할 기력도 없는 듯하여, 후미진 마을들 중에서도, 더 후미진 데, 뽄사니 없는 한 그루 능금나무가 있는 데를 자리 잡아, 그 아래 주저앉아버렸다. 앓는 이 사내는 그리고, 거기서, 이물(異物) 아닌 이물, 위계(爲界)의 운명인 것, '그림자'가 들러붙은 자리의 불편함을 핥기 시작했다. 거기 그의 축생도(畜生道)가 개벽했다. 그는, 수미산보다도 큰 비참함을, 위궤양이나 배고픔처럼 키우며, 그것을 삭여내려 고통하는 귀신이었는데, 거기 그의 아귀도(餓鬼道)가 개벽했다. 그런 고통으로 그는, 굶주리고 목말라 죽어가고 있었으되, 쉽게 죽어지지도 않는 그에게, 그리고는 지옥도(地獄道)가 개벽했다. 그는 그렇게, 자기[5]가 자기를 태임받게 해온 인간도(人間道)로부터 떨어져 내려갔다.

그러던 하루 웅공자는, 그 삼악도의 어느 한 모퉁이에서, (그때 그는, '배고픔'의 고통에 의해, 아귀도나, 축생도를 헤매고 다녔는지도 모르지) 그 벗은 몸의 천국적 아름다움이나, 지옥적 요염함이 모두, 아랫도리의 한 곬을 수식하기 위해서만 동원되어, 그 문법적(文法的) 의미를 갖고 있어 보이는, 천녀(天女)!라고나 일러야 할, 대략 열여섯의 나이, 한 처자의 내방을 받은 일이 있었다. 그네의 천국적 아름다움은, 불길은 없이, 황황히 타오르는 불꽃 같았으며, 지옥적 요염함은, 채워도 채워도 채워질 수 없는 빈 욕망으로, 억만 마리의 거머리들이 그 한 자리에 뭉쳐 쑤물대고 있었는데, 그것은 그리하여, 채워질 것을, 그리하여 실제적 불꽃으로 황황히 타오를, 그런 무슨 연료를, 기름을, 그렇다, 순교자를, 요구하고 있었다, 욕망하고 있었다, 그래서 보면 그것은, 제로(祭爐)였다—신들의 입, 신들의 창자, 신들의 항문. 그 순간 웅공자는, 자기가 겪어오고 있었던 모든 고통을 다 잊어버렸으며, 다만 한 가지의 욕망, 이라는즉슨, 자기를 한 입가심의 연료로 만들어, 저 제로 속에 들어, 그저 한번, 훨훨 타오르고 싶다는, 그 한 가지 욕망, 밖에, 먼지 털 한 카락만큼도, 자기를 남겨놓고 있지를 않았다. (긍정적인 것이든, 부정적인 것이든,) 저 한 욕망에 묶인 그는, 하나의 '무'(無)를 완벽하게 성취해놓고 있었겠거니, 아으, 저것은, 위험한 법열(法悅), 위험한 삼매가 아니겠는가. 이 '무' 가운데 들면, 유정은 이제 무성태(無性態), 또는 중성태(中性態)화하는 것일 것인데, 그러나 그러기 전에 일었던 '욕망'[業]을 여의지 못했었으면, 이제부터는 그 '욕망'이, 이 '무'라는 열매의 씨앗이 될 것이어서, 이 열매는, 그 씨앗이 눈 트기에 의해, 하나의 새로운 형태에로, 즉슨 '욕망'하고 있는 형태에로 전신(轉身)하게 될 것이었다. 그 자리에는 그리하여, 한 마리의 거대한, '시꺼먼 구렁이'가 나타났는데, 그것은 그 즉시, 저 '억만의 거머리들이 빈 욕망으로 쑤물거리는' 데를 찾아, 자기를, 아주 무겁고도 뿌듯하게 삽입해 넣고 있었다. 넣었다. 시꺼먼 욕망—.

그러자, 어쩐 일이 일어났는가, 하늘은 다시 하늘이고, 빛은 빛이고, 볕은 볕이고, 들은 푸렀다. 웅공자는 그리고 웅공자였다. 그랬으니 웅공자는, 피로 탓에, 낮잠에 떨어졌다가, 자기가 헤설픈 꿈을 꾸었던 것이라고밖에, 달리는 생각할 수가 없었으나, 그것이 꿈이었다고 한다 해도, 풀려야 하는 수수께끼는, 깨인 현실 속에로 이월되어, 자기를 무겁게 짓누르고 있다는, 그것이 문제였다. 웅공자의 의문은, 투박하게 말하기로 하자면, 화덕에다, 타는 관솔을 넣었는데, 관솔 대신에, 화덕이 소진(消盡)해버리고 만 까닭은 무엇인가—그것이었다. 그것은 아무리 해도, 풀릴 수 없는 매듭이었는데, 그것이 까닭이 되어, 웅공자의 병은 더 침중해졌다.

그런 후 웅공자는, 그와 비슷한 내방객을 한 번 더 맞았다. 이번에 온 자는, 키 큰 말뚝 위에다 옷을 입혀놓기라도 한 듯이 보이는 자로서, 치렁거리는 검은 장옷의 얼굴 가리개까지 하고 있는 데다, 해를 등지고 웅공자를 내려다보고 있었으므로, 그 얼굴을 볼 수는 없었으나, 웅공자의 느낌은, 그를 사내로 인지하고 있었다. 그리고 웅공자의 느낌의 여섯 번째 손가락이 더듬어 알아낸 바에 의하면, 그에게는 체온도, 그리고 심장도 없어, 그 자체가 하나의 그림자였다.

그·림·자·였·다…… 가맜자, (웅공자는, 어눌해져, 생각을 더듬 더듬거렸다) 수사학(修辭學)과 인식(認識)도, 때로는, 번개와 뒤따르는 우렛소리의 관계인 경우가 있는 것이구나…… 그렇다, 저 사내는, 그 자체가 하나의 '그림자'

뿐이 아닌가?

웅공자는 그러나, 그렇다면 그의 '실체'(實體)는 어디에 있는가, 그것까지는 묻지 않았었다. 왜냐하면, 저 '그림자'가, 웅공자께는 하나의 진한 '실체'로밖에, 달리는 또 느껴지지 않았으니 그런 것이다. (웅공자는 그러므로 수사학적 혼란을 겪고 있는 것이구나)

몇 마디의 수인사 끝에, 그리고 두세 식경이나 걸린, 장황하고도 수다스러운, 자기의 열세(閱世)에 관한 얘기 끝에, 그는, "웅공자께서는 물론, 내가 섭렵해본 세상 얘기가, 다소 지루하다고도 여겼겠는데 말이지, 나로서는 그럼에도 그럴 수밖에 없었던 까닭은 말이지, 그렇게 세상 주류에 나서기 전에 말이지, 말인데, 나는 말이지, 말인데, '이쪽'에서 '저쪽'이라고, 또는 '명도'라고 이르는 곳의, 말이지, 말인데, 무엇이든 거기 한번 잠겨 들었다 하면, 그 순간, 그것의 동결력에 닿아 빙결해버리고 마는, '거울'[鏡] 이라는, 비사대(非四大), 비실체(非實體)적인 것들의 고장에 억류되어 있다가, 벗어나오게 된 지가, 얼마 안 되다 보니, 글쎄 모든 것이 그저 신기하기만 하여, 그럴 수밖에 더 있겠냐 말이지, 그럼에도 말이 많았음은 많았음인 것"이라고 말하고, 잠시 침묵한 뒤, 이어 이랬다. "그건 그러려니와, 내가 웅공자를 찾아온 데는 까닭이 있었던 것, ……우리 뭐 이젠, 구면이 되었으니……." 저 내방객은 잠시 머뭇거리는 듯하더니, 자기의 허리끈에 매달고 있던, 자기의 주먹 하나나 감쌀 만한 크기의 검은 주머니를 떼어내 들어, 웅공자 앞에 내밀어 보였는데, 웅공자가 얼핏 보기에도, 그것은, 솜씨가 뛰어난 어떤 장공이, 특히 까마귀의 깃털 같은 것이라도 뽑아, 그의 온 정성과 공력을 다 기울여 만든 것인 듯하여, 고급해 보였다. 그럼에도 웅공자는 어떤 표현할 수 없는 섬뜩함을 느끼고도 있었는데, 허긴 웅공자께 보이는 저 주머니의 검은 빛깔은, 만약 검게 타오르는 불길도 있다면, 그 불길이었던 것이다. "아 그렇지, 내 쪽에서 설명하지 않고는, 그럴 일이지, 이 주머니의 덕성을 알 도리가 없겠지, 자, 공자께서는, 이것 좀 보시라구, 이것은, 저쪽, 여기서는 꽤 먼 데 있는, 광막한 사막에 사는, 불사조(不死鳥)가, 새로운 세기(世紀)를 준비하기 위해서 말이지, 스스로 제 몸을 태우고, 그 재 속에서 새로 젊은 새가 되어 날아가고 남긴, 그 재를, 그 한 톨 한 톨씩의 재를, 말이지, 구슬 삼아, 구멍을 내어선, 실을 꿰어 만든 것인데, 이것을 만든 장색(匠色)은 그런 후, 그 몸이 너무너무 줄어, 지금은 그의 목소리만 들리고, 몸은 보이지 않게 되기에도 이르렀지만, 그거야 어떻든, 다시 이 주머니 얘기를 하기로 하면, 말이지, 그렇게 만들어지고도, 그 불사조가 다시 제 몸을 제가 태워야 될 만큼이나 되는 세월을, 달[月]이 잠드는 자리 '그믐' 속의, '자정'의 시간 속에다 둬, 그 자정의 색깔을 옮아낸 것인데, 말이지, ……가맜자, 그랬었지, 이 주머니의 덕성이 뭔지, 그것을 설명해드리기로 하잖았었던가, 그랬지그리, 그래서 이 주머니의 덕성을 밝힌다면 말인데, 그렇지, 어디 공자뿐이겠는가 말이지, 저기 저 개구리 놈까지도 말이지, 이 주머니 속에다 말이지, 그렇다구, 염통을 담아 말이지, 저 '그믐' 속, '자정의 시간' 속에다 감춰둔다면 말이지, 지(地), 수(水), 화(火), 풍(風) —천하 없는 강적이 원수 되어 일어난다고 해도 말이지, 죽이지도 못하려니와, 죽어지지도 않는단 말이지. 이제 그는, 신들과 마찬가지로 영생불사인데, 신들보다도 더 복됨이여, 라는 말은, 글쎄 신들은 몸을 구비치 못하고 있는 것이 아니냐 말이지, 몸을 구비해 있음의 복은 이루 다 말할 수가 없는데, 아무렇게나 꼽히는 대로, 한 가지만 예를 들기로 하여 '감촉'을 거론키로 한다면 말이지, 질척함의, 미끄덩거림의, 호꼰함의, 허으흐, 에잌 거 다 쓸데없는 군말, 육신은 우주적 은총인 것. 그러나 이거, 내가 방물장수라면, 장사꾼답게, 흐흐흣, 뭘 팔았으면 싶으냐구? 헌데도, 뭘 팔려 한다면, 백수건달을 손님으로 해서 무슨 이익을 보겠느냐구? 내 보기에는 그럼에도, 공자가 백수건달만은 아닌데 말이지, 만약 공자가, 이 주머니를 갖고 싶으다면, 공자께도, 이것과 바꿀 만한 것이 말이지, 한 가지, 글쎄, 꼭 한 가지가 없는 것은 아니거든. 그게 뭐냐구? 거두절미하고, 단도직입적으로 말하기로 하지, 그래도 될 것이, 이 주머니의 덕성이 어떤 것인지쯤, 이제 잘 알게 되었으니 말인데, 내가 원하는 건 뭐, 그렇게 대단할 것도 없는 것이긴 것이지, 거 뭐 조금도 대단할 건 없다 말이지, 말인데, 건 하다못해, 저 개구리 놈까지도 갖고 있는 것이니깐두루 말이지, 말인데, 다른 것이 아니고 말이지, 말인데, 공자가 만약 말이지, 말인데, 공자가 입고 있는 말이지, 말인데, 빛과 볕 쪽의 말이지, 말인데, 피부를 말이지, 말인데, 벗겨서 말이지, 말인데, 내게 준다면 말이지,

말인데, 이 주머니를 그것과 바꿔줄 수도 있다 말이지, 말인데, 비록 하루살이까지도, 그 하루가 다 가기 전에는, 결코 죽고 싶어 하지 않는다는 것을 감안한다면, 이건 횡재지, 그것도 우주적 횡재란 말이지,"

"옴 바즈라파니 훙! (빛의 천뢰[天雷]를 불러, 이눔 유혹자여, 네놈의 정수리를 후려치나니, 뒈지거라, 까뒤집혀라, 꺼져라, 묵사발 돼라, 썩 물러나거라!)……,"

그리고 웅공자의 세상은, 다시 세상일 뿐이었다.

그런 잠시 후 웅공자는 그리고, 전날 자기 앞에 나타내 보였던, 그렇게도 천녀스럽던 한 지옥적 욕망의 덩이, 대략 열여섯 살쯤 되어 보이는 처자가, 한 저녁 지새운 뒤 남긴 한 꼬슬라기의 거웃도 같은, 하나의 수수께끼만 떨어뜨려 놓고, 왜 그렇게도 무참히 사라져버렸던지, 그 수수께끼의 매듭 지어진 데를 풀기에 이르렀다. 그랬으니, 웅공자의 아픔에서도, 그 매듭이 풀린 그만큼의 아픔은 덜려 나갔을 것이었다. 그는, 해를 올려다보며, 해와 더불어 무슨 공범자(共犯者)이기라도 한 듯, 희미하게 웃었는데, (어쩌면 그것이, 그 수수께끼 풀이, 그 대답이었는지도 모르지만,) 그뿐, '풀린 매듭'에 관해서는 그는, 그것이 어떻게 풀리게 되었는지, 자신에게 들려주기 위해서라도, 무슨 말을 만들어, 중얼거리거나 하지는 않았다.

아픈 웅공자가, 그렇게 아픈 눈으로, 자꾸자꾸 더 보게 되는, 보지 말았으면 싶은 세상은, 삼악도—는, 병이며, 앓음, 죽음에 이르게 하는 고통뿐이었다. '하루'라는 날도, 그것 중의 반이 명도로 내려가, (참 안되기도 안되었던 우리들의 왕자 하나는, 마녀의 주술에 홂여서람시롱, 처음엔 무릎까지만 흙 속에 묻혔는데, 그 흙이 점점 차올라, 불알까지 차올라, 불알을 석화[石化]하고 있다던가,) 거악한 산이, 호수의 부드러운 손에 녹아, 중우를 한번 벗기운 뒤 꼼짝 못 하고, 사태기를 꼬으고랑이고 서 있듯, 어디 학의(鶴衣) 잃은 학녀(鶴女)만, 벗었으므로 못 돌아가던가? 볼모살이를 하고 있음이여, 마비증에 당하고 있는 것은, 그가 이미 목도한 바대로이거니와, 바로 그 명도의 그늘 속에서는 또, '반죽음'이라고나 일러야 할 것이, 독두(毒頭)를 쳐들고 일어나, 유정들의 머리를 물어 빨아들이고 있는 것을, 그는 그리고도 목격해야 했다. 웅공자도 나중에 그것을, '잠'[睡眠], 또는, '검은 삼매(三昧)'라는 따위의 이름들로 부르게 되지만, 유정들에 대해 그럼에도 다행한 것이 하나 있다면, 저 반죽음이라고나 할 저 검은 삼매는, 그것의 하반신 되는 부분을, 볕 아래 내놓고, 그 따뜻함을 탐하여 즐긴다는 그것이었다. 그것의 저런 볕 쬐기에 덕 입어, 지난밤 시작되고 있었을 때, 그것의 목구멍 속으로 빨려 들어갔던 것들이, 그 배 속에서 녹아져야 될 때쯤엔, 다시 햇빛 아래로 까여 나오게 되는데, 문제는, 유정들이, 그중에서도 자칭하여 '영장'이라고 하는 것들이, 저 반죽음을, 특히 아무런 작위도 하지 않는 그것(꿈 없는 잠)을, (파탄잘리 왈[曰] '무[無]에의 긍정적 체험'이라거니,) '삼매' 같은 것으로 받아들여, 가난에다 넋을 담보하고서는, 그것을 얻으려, 온몸을 쥐 나선다는 그 일이었다. 웅공자가 이르는, 저 검은 삼매, 또는 검은 마비는, 땅거미가 졌다 하면, 밀물모양, 또는, 모든 첫 새끼들을 살해키 위해 애급의 거리로 깔려 드는 흑살병(黑煞病)모양, 모든 곳을 점령해 들어, 천하 없이 실하고 실해 고래 같은 코끼리라도, 정강이를 감아 쓰러뜨려 넘겨서는, 그 몸에서 바리바리 힘줄을 뽑아낸다. 그러고 나면, 아귀도며 지옥도—저 명촌(冥村)으로부터, 눈에 불을 밝혀 붉은 눈을 뜬 야행성 유정들이, 떼로 무리로 올라 닥쳐, 저 검은 삼매 속에 가라앉은 명촌(明村)을 강간 노략질하기 시작하는데, 삼매에 시들어 무방비인 것들의 목덜미에다 송곳니를 박아 넣어, 한 바다씩의 더운 피를 빨아내기도, 또 배때기를 손톱으로 찢고, 털난 손을 쑤셔 넣어 속(넋이며, 꿈, 불알이며, 공알,)을 터뜨려내기도 했다. 그런 뒤엔, 저 검은 마비들 속에 빈자리가 생기면, 그쪽 동네의 조약돌 하나가, 이쪽 동네의 동산 하나씩의 무게에도 비교, 해당된다는, 그런 무게의 '그림자 돌'을 쑤셔 넣어두곤 했다. 드러나진 증세들을 진맥해보고, 경과를 살펴보면, 이 돌이 싹을 틔우는 즉시로, 이날 이때껏, 구속이 뭣인지, 억압이 뭣인지, 그런 것이란 생각해본 일도 없이 잘 살아오던 빛의 유정들께서, '구속과 억압'에의 관념이 싹트며, 그리해서는, 그 중력에 저항하기로써 오히려 자기들 쪽에서 중력 가운데로 자꾸자꾸 내려가기 시작하며, 죽고 싶어 환장해 하는, 그런 모순어법을 드러내는 것 같았다. 그러면, 생명의 동산이 해골의 골짜기로 바뀌게 될 것인데, 웅공자는, 그래서 보면, 저 '그림자 돌'에 싹이 터 오르고 있는 날을 살고 있는 것이나 아닌가, 하는 의문도 있다.

웅공자는, 저렇게 되어가는 세상일로 인해, 괴로워하다가, 종내는 거의 광증을 드러내기도 했는데, (물론 어디서 연장을 빌리기는 했었겠지만,) 자기 손으로, 모양새 없이 널팡한 관곽을 하나 짜아서는, 그것을, 머리로부터 등에다, 쓰고 이고 업고, 메고시나는, 사람들의 골목으로, 거리로, 장통으로, 광장으로, 여기로 저기로, 무거워, 관곽이 무겁고, 세상이 무겁고, 죄감이 무거워, 꾸부러져 비척거리고 다니며, 자기로 인해, 세상이, 환도뼈께까지나 명도로 가라앉아버린 그 일을 들어, 사람들이 자기를, 어떤 죄를 들어서나 책임을 물어서든, 처벌해주기를 바랐으며, 그런 뒤 그 관 속에 담아, 담긴 자리 버려두든, 잔나비 울어쌓는 데 묻어주든, 개 그을리는 불에라도 태워주든, 센 황토 물살 위에라도 떠밀어주든, 어쩌든 해주기를 바랐다. 그러나 그가 헤맨 세상의 누구도, 그가 바라는 대로 죄나 책임을 묻지 않았으니, 처벌하지도 않았다. 그런 대신 그는, 많은 비웃음 소리와, 약간의 동정 섞어 하는 혀 차기 소리만, 그 관곽 빼곡 넘치게 담고, 예의 그 임자 없는 능금나무 밑에로 와, 그 나무 아래 관곽을 부려놓고, 지쳤으므로, 그 속에 들어가 누웠는데, 그리고는 꼬박 사흘하고 반나절을 잤다. 잠에서 깨었을 때도 그는, 몸을 일으키려고도 하지 않고, 그냥 누워 있기만 했는데, 일어나볼 까닭이 없었던 모양이었다. 그냥 누워 있으며 그는 그런 후부터는, 그 관곽 속으로 떨어져 든 것이면, 능금꽃이든, 애능금이든, 누른 잎이든, 이슬이든, 자벌레든, 개미든 무엇이든, 주워 씹어먹었다. 오줌이 마려워도 그는, 자세를 바꾸지 않았으며, 누워 있는 채로 흘려냈고, 먹은 것이 대단찮았으므로, 얼마 동안인지는 모르되 대변과 관계된 문제에는 봉착하지 않았다. 그렇게 그는, 자기가 만든, 모양새 없는 관곽 (묻혀 썩을 녀러 관곽[棺槨]에도 모양은 있어야 된다? 암문이지, 상등품[上等品] 관곽에는 상등품 송장을!) 속에 누워, 죽음이었는지, 삶이었는지, 그 어느 쪽을, 아니면 그 두 쪽을 다, 시간의 흐름에다 맡겨 둬버렸다. 그것은 관곽의 무위(無爲)일 것이었다. 그래서 정작으로, 웅공자 당자도, 잃었던 그 무위를 되찾았더랬는가? (본 패관의 생각에는) 그러나, 배고픈 사자의 살생(殺生)이나, 음녀의 비지땀 나는 요분질이 무 위일지라도, (여름의 무성함이라는, 그 소용돌이의 중심에 사려 있는 것은 헌데, 무위[無爲] 말고, 다른 아무것이 아닌 것!) 만약 '휴지'(休止)는 '휴지'여서 '무위'가 아니라면, (겨울의 동결[凍結]이 무위겠는가?) 저것은, 웅공자가 되찾은 '무위'는 아니었다. 다시 말하면 그것은, 하나의 '휴지'였다. 웅공자는 '겨울'을 앓고 있었던 것이 분명했다. 휴지.

근래 웅공자는 그런데, 예의 그 관곽 속의 동결 속에 누워 있다가, 때로 때로, 경기라도 든 듯, 깜짝깜짝 놀라기를 잘했는데, 그 동결 속에서도, 불안이나 초조, 번뇌라는 따위 수은(水銀)은 빙결하지를 않고, (바다 밑에서 태산[太山]이 터지면 그렇다고 하듯) 바다 밑으로도 흐르며 타는, 붉은 용암모양, 그 '휴지'의 저변을 흐르고 있었던 모양이었다. "청상양기지신내조아!"(天上陽氣之神來助我) —놀라고 난 뒤, 자기로 돌아올 때마다 웅공자는, 저런 주문도 외었는데, 저 주문을 통해 보면, 그의 불안해하기, 초조해하기, 깜짝깜짝 놀라기의 까닭은, 여전히 '그늘'[陰]인 것이 분명했다. 그러니까, 웅공자가 요 얼마 전에 만나고, 한 불칼(바즈라)에 쳐, 꺼꾸러지게 했다고 믿었던, 저 '이상한 검은 주머니를 소유한 사내'는, 뻗었거나, 스러졌거나 오그라 붙어버렸거나, 뭐 그런 식의, 아무런 상해도 입고 있지는 않았던 모양이었다. 실제로 그 사내는, 때로 때로 와서, 관곽 속에 누워 있는 웅공자를 내려다보았는데, 얼굴 가리개에 가려져 있어, 보이지도 않는 그의 웃음은 웅공자께는, 된내기 내리는 저녁의 달빛 같기도 하고, 아무 말도 하지 않는데도, 그가 뜻을 보내는, 소리 없는 말소리는, 그 안에 나쁜 용이 잠자고 있을 것이라고 알려진, 깊은 동굴 속을 빠져나오는, 그 나쁜 용의 숨소리도 같았다. '그늘'이, 그 '휴식'스러운 부분을 북향(北向)해버리고, 그것의 북면(北面)을 남향(南向)하면, 저런 모습일 것이었다. 그 사내는 웅공자께는, '불안'과 '초조'가 사람의 꼴[擬人]을 꾸민 그것이었다.

그렇게 치도곤으로 당하기만, 이렇게 저렇게 육시러게 당하기만 해오던 어떤 날, 웅공자에게, 갑작스런, 하나의 역동적(力動的) 깨달음이 (바르도에 처한, 수동태적 염태[念態]의 능동태화) 들었기는, 이랬다, 제기랄 이거 이렇게 당할 일만 아니라, 무슨 수를 써서든, 이누무 것의 병수(病手)를 떨쳐내고 볼 일이 아니겠는가, 끊어내고 볼 일이 아니겠는가, 쥐어 뜯어내고 볼 일이 아니겠는가……, 그런다면 자기는 다시, 낚싯줄을 끊어버린 물고기…… 하나의 능기(能氣)가, 저 '휴지'의 똬리의 한가운데서, 대가리 되어, 곤두서 일어난 것이었다.

그날은 그래서 웅공자는, 그 깨달음에 의해, 그 한 시도로 우선 자기가 입어오고 있는 것, 여기에다 저기에다 헝겊 조각을 백 개도 더 붙여 훔쳐 맸으되, 여기에로 저기에로 불거져 나는 구멍이 더 많은 누더기 한 꺼풀을 벗어보았다. 그리고 시원함으로 후후거리다, 웅공자가 새로 발견한 사실 하나는, 명도에서 올라와 자기를 움켜쥐어 끌어내리려는 저 검은 손은, 그랬음에도 벗기어졌거나 하지는 않았으며, 자기가 생각했던 것보다 그것이 어쩌면, 훨씬 더 깊이, 자기의 몸속을 파고들어 있는지도 모르겠다는 것이었다. 그것은 어쩌면 뼈에까지도 닿아 있는지도 모르겠다는 것이었다.

그런 뒤의 그날의 나머지는, 웅공자는 더욱더 불행하고 비참해져, 초조하고, 불안하게 보냈다. 라는즉슨, 벗어버린 누더기 옷 다음의 것, 피부라는 것은 그러면, 어떻게 하면 벗어버릴 수가 있으며, 오장과 육부는, 어떻게 하면 쏟아내 버리며, 넋이라는 새를 가두고 있는, 뼈로 얽어져 있는 이 새장은 또 어떻게 그 문을 열어젖힐 수가 있을 것인가……, 그래서 그러고 나면 넋은, 대체 어디로 날아갈 것인가……, 그리고 그런 뒤엔, 명도의 거울에 유형 당한, 자기의 반은 어디로 머리를 둘러야 할 것인가…….

그리고도 여러 날을 웅공자는, 앓느라 끙끙거리며, 뭘 어떻게 시작해야 할지를 몰라서, 망설이며 보냈다. 그가 삶의 터전으로 삼고 있는 그 관곽 속에는, 찌들은 햇볕과, 으슴푸레한 숯물 색깔의 헌 옷만 한 꺼풀 구겨 놓여져 있고, 그리고는 정작으로 담겨졌어야 할 것이 아직도 담겨지지가 않았다. 그가 그 속에다 담고 싶어 했던 것은 무엇이었겠는가, 그것은 명도에서 온 손님이나 아니었겠는가. 관곽 안에 누워 지내는 중에, 웅공자도 헤아려 알게 된 것이 그것이었다시피, 명도에로의 한 훤한 열림은, 그리고 그중 가까운 길 중의 하나는, 관곽이었던 것이다.

능기(能氣)의 일어나기, 그런 깨달음이 있고 난 뒤부터, 웅공자는, 휴식을 취해야 할 때를 제외하곤, 관곽은 비워뒀으며, 나름으론 꽤는 바쁘게 지냈는데, 그는, 명도에서 온 나그네를 상대로, 전쟁을 벌이고 있었음에 분명했다. 그렇게 시작한 것이, 요 며칠째 그가 시도하고 있는 '맴돌기'였던 모양인데, 흐흐크, 꼬리에 똥 묻힌 똥개 행세러니, 똥개가 어느 날, 갑작스레 제 꼬리를 인식하게 되면, 그것을 물어 끊어버리기라도 하려 하여 뱅글뱅글 맴돌 듯, 그러니까 웅공자도 말하자면 그런 식으로, 제 그림자를 추적하여 맴돌아대기 시작한 것이다. 웅공자가 새롭게 발견했던 한 사실은, 그늘이라는 것은, 팔공산이 늘어뜨린 것 같은 무거운 것까지라도, 햇빛에 닿기만 했다 하면, 대번에 타 스러지거나, 아니면, 그 번쩍임, 억만의 황충이 쏘고 드는 것 같은, 그 광독(光毒)을 못 견디겠는지, 할 수 있는껏 빠르게, 심지어는 빛보다도 빠르게, 빛의 반대편, 사물의 뒤쪽에로 숨어버린다는 것인데, 그것을 기본 지식으로 하여, 고안해낸 방법이 그러니까, 저 '맴돌기'였던 모양이었다. 헤음, 그러니깐두루, 빛의 반대쪽으로 숨어드는 저 명영(冥影)을, 어떻게 해서든, 빠르게, 전광석화보다도 빠를 수 있으면 빠르게, 저누무 것이 먼지 털 한 오라기라도 숨길 수 없게 빠르게, 빛 아래에다 노출시켜 본다는 그것인데, 그런다면 그것은, 그 당장 타 스러지기 아니면, 벗기어져서는, 흙 사이의 균열 속으로 스며들어, 제가 편한 곳으로 가 웅숭그리고, 숨어 지내야지, 별다른 도리가 있겠느냐고 한 것이다. 웅공자 생각엔, 사물로부터 벗기어진 그림자가, 흙 속으로 스며드는 것을 보기는, 호숫가에 선 옌네가, 명주 속옷을 벗어 물에 잠그는 것을 보는 것처럼, 아름다울 것이라고 했다. 웅공자의 저런 노력은 그런즉, 어떤 마녀의 주술에 걸려, 멧돼지가 된, 어느 나라의 기구한 운명의 왕자가, 동이 트기 시작했다 하면, 밤새 벗어뒀던, 그 수피(獸皮) 입기의, 반대편에로 향한 것이라고 할, 그런 것이었음에 분명했다. 그러나, 그림자란 늘 거기 있었어도, 동시에 있는 것도 아닌 듯한 것이었으니, 웅공자의 그 노력의 결과가 어떠했을 것이라는 것은, 말해볼 필요도 없을 터, 본 패관자로서는 눈썹이나 아껴둘 일이겠는가.

그런 다음엔, 웅공자는, 흐흐흐, 새 새끼들이, 처음 날아보려 할 때 그러는 것모양, 폴짝 뛰어 공중에로 솟아올라 보고, 떨어져 내리면 또 치솟고, 절룩거려가면서도 치솟고, 하는 짓을, 다리가 부러져라 해 젖혔는데, 그가 이번에 생각해낸 방법이란, 아마도 시학(詩學)이었던 듯하여, 한 날갯짓만큼도 실학(實

學) 쪽으로 내달아지지 않은 듯했다. 새들을 보게람 웅공자여, 공자가 아무리 땅을 박차, 땅에 구멍이 뻥 나도록 박차, 뛰어오른다 해도, 공간과 땅, 또는, 작은 중력의 덩이와, 큰 중력의 덩이를 물고 있는, 그림자라는, 저 양두사(兩頭蛇)의 어느 쪽 독아가 물러날 수 있다거나, 또는 허리가 잘라져 버릴 수도 있다거나, 그런 것은 아니잖는가. 어쩌면, 이 그림자라는 양두사, 죽음의 오랏줄, 암흑으로 꼬여진 동아줄, 도 결코 끊어지지 않는 고무줄 같은 것이기도 하며, 또 연(鳶)줄 같은 것이기도 하여, 늘어졌으면 오므라들어야 하고, 다 풀려졌으면, 되감겨져야 하는 것, 것이어서, 무변의 장천을 날던 새들도, 저녁 되면 둥지에로 돌아오는 것일 것이었다. 밤의 암흑 속에서는 또, 암흑으로 꼬인 저 연줄의, 낮 동안에 터진 올이나 가닥들에, 새 이음이 있음인 것, 보이되 결코 보이지 않는 암흑, (암흑이라는 것이 보이는 것이라면, 그것은 더 이상 암흑이 아닐 것?)의 실을 나르고, 자르고, 잇고, 꼬고, 하느라, 그래서도 밤에는, 명도에서 온 손님들, 꿈들이 부산스러울 터이다.

웅공자는 그리고도 아직은, 지치고 있지는 않았다. 차라리 어느 편인가 하면 그는, 그런 노력을 통해, 살기의 보람까지를 느끼고 있어 보였다. (이런 말귀는, 이렇게 늘어놓고 본다면, 훨씬 더 절실하게 들릴 것이기는 하다, 라는 즉슨, '살기의 의미가 무엇인지, 그 의미를 찾으려는 그 노력을 통해, 그 노력에서 그는, 살기의 의미를 찾은 듯해 보이기도 했다.' 크륵 클클클) 그의 광기의 연금술은 이제 가경에로 들어서고 있었다. 그림자란, 다름 아닌, 원소(元素)와 원소 사이에 이어진, 끊기 어려운 점질대(粘質帶)이며, 동시에 어미—아비 원소와, 자식 원소 간의 젖줄이고, 양자 간의 교통의 수단이다, 라는 점에 착안하여, 그렇게 정의한 뒤, 그때부터의 웅공자의 탐구와 고행은, '원소론'(元素論)이랄 것에 바쳐지기 시작한 것이다.

크고 작은, 두 원소 사이의 점질대, 저 양두사(兩頭蛇)의 파괴를 도모키 위해, 웅공자가 먼저 시도해본 꾀는 한 모닥의 화톳불을 잘 피워놓고, 해를 등져서는, 그 불길에다, 자기의 그림자를 얹어본 짓이었다. 그렇게 그는, '불'의 원소의 적성(敵性), 그 파괴력을 빌리려 한 것이었다. 훨훨 타는 불길 위에로, 사실로 자기가 밀어뜨린 그늘이 얹히어졌던지 어쨌던지, 웅공자는 그것까지는 의문하지는 않았으며, 잘도 타는 탓으로, 그림자가 뼈라도 추슬러낼 겨를이 있을 수가 없다고, 그렇게만 믿고, 후후거렸다. 그랬음에도, 웅공자의 몸에는, (모닥불 가까이 있음에 의해 느끼게 되는, 그만큼의 훈훈함은 물론 제외하고 하는 말이지만,) 저 불의 일곱의 혀의 핥음이 느껴지지 않았으니, 화상도 입혀질 까닭도 없었는데, 후후거리는 웅공자의 믿음에는, 그 불의 여러 혀가 핥는 고통을 느껴야 할 자가 있다면, 그는 다른 누구도 말고, 명도에서 그 검은 털 난 병수(病手)를 뻗쳐 올려낸 어떤 뻔뻔스러운 자여야 옳다고 했다. 이 생각은, 웅공자로 하여금, 통쾌해서 죽고 못 살게 했다. 그 불의 혀에 핥여, 오그라질 녀러 손의 임자가, 엇따나 뜨거라, 냅다 팔을 움츠러들여서는, 뼈만 오소속이 남은, 잉걸불의 손을 입에다 넣은즉, 혀가 구운 고기가 된다, 씹어 먹어라 씹어 묵을 누무 새깽이야, 귀때기를 잡은즉, 녹아 우그러들고, 사태기 새에다 쑤셔 넣은즉, 불알이 팽창해지다 뻥 터져 난다, 후후후, 아으 고소하다, 용용 죽어라, 죽겠으면 살지 마라, 팩 꼬꾸라져 끝장나라, 못 살게코롬이나 고소하다, 오줌 한번 갈겨줄 테니, 매운 입속이나 꺼라, 때에, 잉걸불이 된 모닥에서는, 무슨 김이 오르며, 지린내가 피어오르기를 한여름 새벽안개 밭이었는데, 허기야 저 잉걸불에 대고, 웅공자 어찌 오줌 한번 갈겨내지 않고, 시원할 수가 있었겠는가.

그리고 잠시의, 아주 잠시의 세월이 좀 흘렀을 것이었는가, 것이었는데, 웅공자가 새로 살펴본, 재 모닥 위 세상은 헌데, 어째선지 웅공자께는 난해하기 이를 데가 없고 있었다. 웅공자 자기의 눈이, 자기를 기만하고 있는 바에 의하면, 불길이, 배고픈 떼 주작(朱雀)이어서, 먹이를 향해 달려들어, 쪼아먹고, 파먹고, 찢어먹고 있었을 때, 자기의 그림자는 부스러기 한 톨도 남기지 않았었던 것이 분명했었는데, 저 주작 떼가 어디론지 떠나버리자, 새로 갖다가시나, 검정개가 달려와 꼬리를 흔들며, 오히려 그만큼 분량의 재를 먹어대고 있던 것이다. 눈은, 돌(咄), 그것 자체가 기만이러라, 그런고로 눈은, '색(色)이 공(空)과 다르지 않다'고 이르는데도, '색'만을 보아, 한사코 놓치지 않으려 한다. 눈은 기만 자체러라, —웅공자는, '색'을 고집하여 보는 일, 그것이 '눈의 기능'인데도 불구하고, 그 눈에 대해 분노를 일으켜내곤, 손가락 두 개를 꼿꼿이 세워설람, 저 '기만'을 공격하려 하였다. 그리고 하였다. 웅공자의 눈 속에서는, 당연한 결과로, 불똥이 스산하게 튀었다. 그러나 그 공격에 엄포가 섞여 있었던지, 눈알들은 터졌거나, 뽑혀져 나왔거나, 하지는 않고 있었다. 까닭에 웅공자는, 예의 저 '기만'을 한 번 더 공격하려 손가락을 세웠다가, 어깨를 늘어뜨려 손가락에서도 뾰죽함을 풀 죽여버리고 말았으며, 다음으론, 그 자리에 흘러내려 앉고 말았다. 눈 속에서 튀기던 불똥이 꼬리를 사려버리고 말자마자, 한순간에 가득 채워 드는 암흑이, 그를 공포에 떨게 한 것이고, 자기가 도망쳐 왔었던 곳에의 기억을 불러일으키게 했다. 그랬으므로 웅공자는, 얼른 빛 쪽에다 눈을 떠야 했는데, 그리고는, 아직은 그래도, '눈의 기만'이야말로, 자기로 하여금, 살며 투쟁하게 하는 그 장본인이라고 알았다. 웅공자는 그리고, 머뭇거리며 생각했기를, 눈이야말로, 진짜로 해며 달일지도 모른다고 했는바, 그것들이 감겨지면, 자기라는 한 존재 속에 암흑이 빼꼭 차 들며, 뜨여지면(또는 동이 트면), 그 한순간에 빛으로 가득 차는 것을 재관찰 재인식한 것이다. 웅공자에게는 아직, '원초적(原初的) 빛', 해나 달, 성군이 있기 전에 있었던 빛에 대한 상념은 떠오르지 않았는데, 그의 고행의 대상은, 왜냐하면 '빛'이 아니라 '암흑'이 되어 있기 때문일 것이었다.

그 이튿날부터는 그런데 웅공자는, 빛이 동에서 서쪽으로 흐르고 있을 때는 서향해서라는 식으로, 천야만야 높디높은 절벽 위에 올라, 그 낭떠러지에다, 자기의 그림자를 밀어뜨려보는 짓을 했다. 그림자의 투신자살? 그러니까 그는, 중력과의 관계에서, '흙'의 원소의 파괴력을 이용해보려 한 모양인데, 비록 하루살이의 다리에까지 추를 매단 중력이랄지라도, 왜 그랬는지, 웅공자에 대항해서는 적이 되어 일어나지 않았다. 그가 뒤돌아서 그 높은 곳으로부터 내려오고 있을 때엔, 입이 붉은 검정개모양, 따르고 있지 말았어야 할 그림자가 따르고 있었다. 그리고 그는, 그 꼭 같은 방법을, '물'의 원소의 파괴력에 거슬러 써보기도 했는데, (본 패관이 어디서 들었기로는, 추운 지방 사람들은, 늘 부단히 움직여야지, 그렇지 않으면, 그림자를 땅에 얼려 붙이게 되어, 못 떼어내게 되는고로, 봄 되어 그 그림자를 되입게 되기까지는, 박쥐모양, 그늘 쪽에 숨어서 지내야 된다고 했드랬다. 중년까지만 해도, 그림자를 팔고 사고 하는 일이 다반사였었다라덩구만) 급히 흘러, 동산 크기의 바윗덩이도, 아이들 유리알 굴리듯 할 뿐만 아니라, 백 년씩 묵은 참나무 뿌리 뽑기를, 개구쟁이 머슴아 놈들 내달아, 동네 계집아이들 머리카락 뽑아 채기보다 쉽게 하는, 그런 급류에다, 자기의 그림자를 떠밀어 넣어본 것이다. 그 급류의 힘은 세고 파괴적이었으되, 웅공자의 그림자를 두고는 그러나, 그 그림자의 어깨에 얹힌 비듬한 이파리 덜어내 가지 않았다. 똥 싸 뭉갤! —웅공자는, 그 물에다, (먹은 것이 많지는 못했으니, 많이는 아니라도,) 똥을 싸주고, 그리고 똥꾸도 씻어, 욕 많이 해줬다. 웅공자는 그리곤, 비참함과 곤혹스러움으로, 모난 돌을 쥐어 들어, 노상 쫓아다니는, 저누무 검은 개를 찍어대고, 짓찧어댔다. 그는 분노하고 있었는데, 삼남 지방을 지나다 듣게 된 무슨 타령인지 잡쇼릐인지, 무엇의 어떤 구절을 기억하고서였겠지만, 재수 없게스리 송장을 등짝에 붙이게 된 강쇠가 했다는 뽄사를 내, 이 사내도, 재수 없게스리 옴 붙어버린 저것을 떼어내기 위해, 좁게 짜란히 선 두 나무를 찾아설람엔, 그 사이로, 빠르게, 강쇠 놈 음녀의 쳐든 양각 사이로 들기만큼이나 빠르게, 나기만큼이나 빠르게, 들락이기만큼이나 어지럽게, 몇 열 번씩이나 '8' 자(字) 지게 돌아, 꾸리 감아, 십팔, 홱 벗어져 나가게 하려고도 꾀해보았다. 그리고는, 그 나머지를 끌고는 반석 좋고 물 좋은 데 찾아가, 마음(魔陰) 갈이[磨] 사설로, 저누무 마음을 갈아붙이려고도 해보았다. 해보았으나, 저누무 마음은, 갈려지지도, 상처를 입지도, 더욱이나 죽어주지도 않았다. 안됐게도 웅공자는, 저 마음(魔陰)을 해후한 후, 무엇이 마음[心]의 평화인지, 그것을 몽땅스레, 그리고 까마득하게 잃고, 잊고 말았다. 마음[心]이 마음(魔陰)의 독아에 물려, 그것의 배 속으로 점점 깊이 빨려 들어가고 있음일라? 허기야 마음(魔陰)이란, 마음[心]이 입어 있는, 조악한 물질로 째여진, 그 '몸' 말고, 또 무엇이겠는가.

"그건 왜냐하면 입지," 본 패관이 저 웅공자를 찾아 헤매는 동안, 그가 스쳐 지난 여러 여러 고장들에서 이삭 주운 얘기로, 그가 저 상태에 이르렀기까지의 얘기는 조립해낼 수가 있었는데, (글쎄 패관의 업[業]이 무엇이던가?) 마침내 그를 만나게 되었기에, 그가 듣고 있거나 말거나, 다짜고짜로 시작한 얘기 머리가 저랬다. "라는 말은 말입지. 그림자가 죽지 않는 까닭에 대해서 말인뎁지, 넋과 마찬가지로 그림자도, 원소(元素)가 아닌 까닭이겠습지. 그뿐만 도 아닙지, 어느 민담(民譚)에 나오는, 말입지, 죽여도 쳐 죽여도, 백 년을 굶기고, 천 년을 물 한 모금 먹이지 않아도, 죽어지지 않는 어떤 마귀와 마찬가지롭지, 허, 허긴 모르긴 또 모르겠군입지, 얘기가 입에서—귀에로—입으로 옮겨지는 중에, 본디는 다름 아닌 무엇의 '그림자'였던 것이, 패관들의 말의 샘에서 몰약을 빨던 중에, 저렇게 '마귀'에로 둔갑되어졌었던지도 모르긴 모릅지만입지, 그림자도 말입지, 죽여지는 염통을, 그것 속에 구비해 있지를 못했던 까닭이었다 말입습지. 이래서 보면입지, '염통'이란 '모태'(母胎)와 마찬가지로, 이상스러운 모순당착이 아닐 수가 없구만입지. 그것이 없이는 생명도 없음에도, 그것이 있기 탓에 또한, (그것을 갖는 유정의) 죽음이 거기 있다는 것은 말입지, 글쎕지, 모순이 아닐 수가 없다 말입지. 달마(達磨)의 구조가 모순인 것입습지."

본 패관이, 저 웅공자를 찾아 만나고 있던 때엔, 그는, '바람'이 원소의 파괴력 중에서도, '시간'과 관계된 '풍화'(風化)라는 독을 이용해, 마음(魔陰) 벗겨내기의 수업에 몰두하고 있던 중이었다. 그러니까 그는, 바람 가운데다, 벌거벗은, 왼 몸뚱이를 다 드러내놓고, 바람과 세월이, 명음(冥陰) 묻은 자리를 깎고, 쓸고, 갈아, 남김이 없게 될 때까지, 그렇게 해주기를 바라, 돌하르방이 되어, 세월 가운데에 서 있어온 것이다. 그는, 저녁으로 내리는 이슬에 숨을 좀 축축하게 쉬어 들여보는 것 빼놓고, 그리고는, 벌리고 있는 입속으로 붙어 드는 파리 몇 마리, 능금나무 이파리나, 눈먼 자벌레 같은 것이 있으면 그것을 먹어 음식 삼은 외에, 제 손을 내밀어, 수고하여 먹을 것을 구하지는 않았다. 게다가 그는, 서 있는다고 하면서도, 학모양 한 다리로만 서서, 하늘을 받치고 있었는데, 해를 너무 쳐다보다, 속은 빛으로 빼꼭 채워져 있었을라는가는 몰라도, 거의 장님이 되어가고 있던 중이었다. 허긴 그 몸속에 빛이 너무 차다 보면, 땀구멍으로마다 빛도 비어져 나오지 않을 도리도 없을 것, 그런다면 저승그늘이 부착할 자리도 없기는 없을 것이었다. 마는, 그렇게 비어져 나오고 있는, 액화(液化)된 빛을 탐하여 그런데, 그 몸의 어디에고 침 한 개 꽂을 성한 가죽 자리 한 군데도 남김없이, 물고 쏘고 들어 빠는 벌레들이, 물고 쏘고 들어 빨아대며, 아예 거기 기생 서식해 제집들을 삼아버려, 전신에서 고름과 진물을 흘리며, 그 세월, 그 바람 가운데다 썩는 냄새를 풍기고 있어 웅공자는, 젖은 요궐(尿橛)과 다르지 않았다. 그는 그렇게, 자기 몫으로 재단 운명되어진 그림자를 벗기 위해, 그림자의 고장으로 내려가고 있었는다. 고통을 여의기 위해, 제 스스로 고통의 고장으로 찾아들고 있었드랬는다.

찾아본다면, 모르면 모르지만, 어디쯤에는, 언제쯤인지는 모르되, 찔끔 갈기고 지난 소나기에 고인 웅덩이도 있을 터이며, 어쩌면 도랑도 흐르고 있을 것이었음에도, 본 패관이 휘둘러본 한계 내에는, 그런 것이란 눈에 뜨이지 않았는데, 본 패관 보기엔, 웅공자는, 굶주림과 갈증이 주는, 결코 바람직하지 않은 삼매(三昧) 속에 들어 있어, 그를 그 삼매로부터 불러내 오려면, 무엇보다도 먼저, 얼마쯤의 수분이 필요함에 분명했으나, 저 삼매의 밖에 있는 본 패관께도, 좋은 의견이란 떠오르지가 않았다. 며칠만 늦었더라도, 웅공자는, 저 삼매 속에서 더 깊고도 넓은, 다른 삼매 속으로 떨어져 내려, 되돌아오지 못하고 말았을지도 몰랐는데, (또 아니면, 자기의 손을 뻗쳐 내밀어, 뭐든 음식을 구하려 했을지도 몰랐긴 하지만,) 어쨌든 본 패관의 발걸음에 복이 없지는 않았던 모양이었다. 생각다 못해 본 패관이, 그중 좋아 뵈는 것으로 능금을 하나 따, 쪼개서는, 작은 조각을 그의 입에 넣어줘 보았으나, 그는, 애써 입만 오무락거렸을 뿐으로, 그만큼 굳은 것도 씹을 만하지를 못한 듯했다. 때에, 허, 허허, 헌데, 소리 없이 천둥이 치듯, 본 패관께는 한 지혜랄 것이 번뜩여 지났다. 그흐흐 것은 허긴, 흉계라고도 이를 만한 것이었지만, 그 음흉함은 가슴에 둬 감추고시나는, 능금을 본 패관이 매매 씹어, 아비 새가 새끼 새에게 그러듯, 그에게 입 맞춰서는, 신 능금이 괴어 올린 침 함께, 그의 입속에다 밀어 넣어주어 보았다. 처음에는 물론 입 귀퉁이에로 그것을 흘려냈으나, 잠시 후에는, 그는, 그 삼매 속에서도, 그것만은 탐하고 빨아들였으므로, 부축하여 그를, 우선 앉게 했으며, 그리고 두 개의 능금을 더 씹어 먹였다. 본 패관의 느낌에는, 그렇게 했기로써, 우리 둘 사이에 어떤 혈맥이 이어지고 열려진 듯했던 바, 이렇게 되었은즉 우리는, 심정 깊은 통화를 할 수도 있게 된 것이나 아닌가, 하는 믿음도 들었다. 식물을 보채는지, 그는 입을 오물거려쌓는데, (본 패관의 생각에는,

오랜 공복 끝에 처음 취하는 식물은, 저만 정도면 적당하지 않는가 했다) 그것은 그가, 본 패관 쪽의 현실에로 돌아오고 있는 증거였다.

“아으 공자께서는입지, 평안하신가입지? 공자가 처한 곳의, 산도, 들도, 초목도, 날짐승, 뛸짐승, 길짐승, 모두 공자로 인해 평안하기를 빕습지. 헤, 헤헤, 헨뎁지, 공자께서는, 건강하고 탐스런 여인에 대한 사랑 한번 일깨워보았기도 전에, 삶의 ‘구상’(九想)[6] 중의 몇 상을 관(觀)하시느라고, 어려 먹었던 젖까지 게워내고 있는뎁지, 속인(俗人)께도 속인의 행복이 있는 것이라면 그 행복을 들어 말인뎁지, 안돼 보입지, 딱해 보입지, 짜안하다 말입지. 아 그렇군입지, 공자께섭지, 건너다보고 있는 자는 말입지, 생업이 패관(稗官)입습지. 공자에 관한 소문에 접했던 때부터, 여러 여러 세월을 헤매다, 오늘에야 공자를 뵙게 된 것인뎁지, 그러자니 말입지, 반갑기가 이를 데 없구만입지, 반갑다 말입지. 본 패관의 ‘침’이, 라는즉슨입지, ‘말’[言語]이라는 말인뎁지, 헤헤, 이것이 본 패관이 품었던 한 음흉한 꾀였드랬는뎁지, 그것이 공자의 성대를 적셨은즉, 공자께서는 비록 조금도 말이 하고 싶지 않다 해도, 헤헤 말입지, 타인의 ‘말’을 머금고는 말입지, 횡령 사취하여, 토해내지 않을 수는 없겠습지. 본 패관의 ‘말’의 유형지(流形地)로부터서는, 어째도 무슨 전갈은 있을 것인뎁지, ‘뜻’은 공자의 것일지라도, 그 ‘뜻의 옷’, 즉슨 ‘말’은 본 패관의 것이니 그러할 것입습지. 체머리를 흔드시는데, 조금은 난삽하다 그런 뜻이신갑?”

본 패관이 말했더니 그가, 본 패관께 의미 있어 보이는 시선을 머물리는 고로, 본 패관 또한 그를 주목하는즉, 그가, 몹시 힘을 들여, 손가락 하나를 꼬물거리는데, 가까이 와보라는 시늉 같았다. 그래 가까이 다가가, 그의 곁에 앉았더니, 그가 본 패관의 귀 하나를 잡아 끌어당기는가 하자, 혀를 밀어 넣곤, 흐흐, 크흐, 본 패관의 고막을 핥는 것이었다. 아흐, 이게 웬일인가, 그러고 나자, 그 당장, 그의 심정에 괴어오르는 ‘뜻’이, ‘말’이 되어, 본 패관의 고막에 환하게 이해되어지고 있음을!

“유혹하는 자여, 조악한 물질적 몸을 미끼로 하여, 타인의 불멸을 앗으려는 자여, 그대는 지치지도 않는도다. 이번에는 무엇을 내보이려 하는도다?”

“어? 헛, 허허, 공자께서는 뭘 오해하고 있으시군입지. 다시 한번 말씀드리거니와, 본자는 '패관'입습지. '패관'의 업은, 타인의 '불멸'을 앗으려 한다거나, 재물을 윾혀내려는 자가 아니라 말입지, '얘기'를, 글쎕지, 어떤 한 가슴속에다 묻어두고 있다가 잃어버리기에는 아까운, 그런 '얘기를 모둠하는 자'입습지. 허, 허단대도, 그것도 무형(無形)의 재물일 수도 있다고 한다면……, 그래서 그런 까닭으로 해서 말하지 않으시겠다면, 헤헤 말입지, 얘기 값이라도 단반 푼이라도 치를 수 없이 가난한 패관으로서는, 감발을 고쳐 매는 수밖에, 다른 도리란 없겠습지."

"……패관 공은 그래서, 나로부터 무슨 얘기를 토해내게 하고 싶어, 그렇게나 여러 세월 품을 바쳐와서, 침을 먹인다 말이시오?"

"사실을 말씀드리면 말입지, 공자에 관한 얘기라면, 얘기를 모을 만큼은 모았다고 해도 과언은 아닌뎁지, ……지나온 일로 더불어서는 그러니 더 얻어내고 싶은 얘기도 있을 듯하지는 않지만,"

"아 그러니 패관 공께서는, 나의 죽음을 지켜보았으면 하는 것이 아니오?"

"처, 천, 천만에 말씀입지! 구태여 말씀을 드리기로 한다면, 본 패관은, '풍문'일 수도, 또는 '허구'로 끝날 수도 있는 '얘기'에다, '사실성'을 부여하고 싶은 것일 뿐입지. 그것에 무슨 의미가 있든, 어쨌든,"

"………"

"헌데 공자께서는 말입지, 아까까지 공자가 취해온 그 자세를 감안하고서 말씀인뎁지, 혹간 날고 싶으거나 그런 것이 아니었습납?"

"날 수 있으면, 날고 싶은 것도 사실이외다. 새는 상징화를 당할 때, 만물의 영장이라고 자처하는 자들께도, 다만 하나의 부러움의 대상이 되어 있는 것이 아니오?"

"그것은입지, 어떤 종류의 현학적 농담이십지?"

"그것들의 머리에다, '상징'이라는 붉은 벼슬을 달아주지 않고 본다면, 저녁만 되면 그것들이, 둥지에로 돌아오고 하는 까닭을 의문케 하는 것이 아니오? 바람이 자면, 높이 떠 있던 연이, 땅바닥에로 떨어져 끌박히는 까닭을 알 만하시오?"

"아항, 그러니 말입지 공자께서는, '자유'에 관해서 말하고 있는 것이 아니신가 말입습? '상징'이라는 벼슬을 달지 않는다면 말입지, 새도 말입지, 중력권이라는 새장에 갇힌, 말입지, 부자유, 그러니 날개는커녕 다리도 없는 지렁이나 굼벵이보다도, 더도 덜도 되잖는다는 얘긴 것 같은데 말입지, 그럴 것이, 그것들이 아무리 높이 하늘을 난다 해도 말입지, 연줄에도 비교되는 그것들의 그림자를 끊어버린 것은 아니며 말입지, 지구에다 단단히 비끄러매뒀다는 얘긴 것 같은 뎁지, ……허웃, 허허웃, 이런, 진즉에 이런 이치 속을 알았더면, 제길 덜 좀 아슬아슬하게 여겼어도 좋았을 것을입지, 그, 글쎕지, 듣자니 땅은 둥근 데다, 돌아도 여간만 빨리 돌지 않는다고 해섭지, 이거 이러다 어디 멀리로 떨어져 나가버리면 어쩌나…… 아으 이런, 그림자를 갖고 있다는 것은 얼마나 큰 위로인가 말입지, 호, 혹간 본 패관이, 본의 아니게 실언 망발이나 하지 않았습나?…… 그러고 보니, 땅이란 견고하곱지, 두텁기뿐만 아니라 말입지, 천마(千魔) 만마들이 힘을 합쳐 지진을 일으킨다 해도 말입지, 그 자체에는 아무 변동도 없게스리, 무거움까지를 갖춰갖고 있어 말입지, 그림자를 거느리고 있는 한은, 어디 바깥에로 떨어져 나가게 될 일이란 걱정할 것이 없겠다 말입지. 호, 혹간 본 패관이, 본의 아니게 실언 망발이나 하지 않았습나? 이제사 말씀이 말씀인데 말씀이야, 묻고 싶은 것은 말씀입지, 땅이 이런즉, 공자께서는 말입지, 두 발바닥뿐만 아니라, 등판을 한껏 펑퍼짐하게 하여 대고 누른다 해도 말입지, 흔들림이 있지도 않으려니와, 아직도 품이 많이 남을 것인뎁지,"

"땅이 그러하기에, 바로 그것이, 안에서든 밖에서든, 그것을 의지해 사는 유정들에 대해, 지극한 장애, 훌훌 떨쳐버리고 떠날 수가 없게 하는……, 그것이 그러하기에, 뒤돌아보고, 되돌아보고, 되돌아 와버리게 하는……,"

"공자께서는입지, 땅의 장처(長處), 보살다운 점들을 말입지, 헐뜯으려는 의도는 아니겠습지? 땅이 보살인 것읇!"

"나는, 땅의 장처를 헐뜯은 것이 아니라, 나 자신을 위시한, 그것에 대한 유정의 집착을 말한 것인데, 땅이 글쎄 그런 까닭에, 그림자는, 그 땅에다, 그 땅 크기만 한 집착의 빨대를 박고 있는 것이 아닌가 말이외다."

"아항 그러구 보니, 공자가 외다리로 서 있었음의 뜻도 좀 밝혀지는 듯한데 말입지, 그것이 그러니깐두루, 공자 나름의 집착 여의기, 아니면 줄이기였던 모양이었군입지. 그러면 다시, 하늘 나는 새나, 연 얘기에로 돌아오는 듯하지만 말입지, ……그건 그러려니와, 헌데 공자의 의견을 좇기로 한다면 말입지, '그림자'란 또, 다름이 아니라, 젖먹이 아이가, 불은 젖퉁이의 어미에 대해 말입지, 숨 가쁜 입술을 벌려 대들어 놓으려 하지 않기처럼 말입지, 유정들 쪽에서 돋워낸 강한 집착의 빨대 같은 것이기도 하겠군입지."

"어미의 젖퉁이에 자극받음으로 해서, 아이에게서, 아예 있지도 않았던 입술이 열리게 되었다고 한다면, 그렇게 말할 수도 있을라는가 모르겠소이다만, 그것의 안쪽에서나 바깥쪽에서나, 땅을 의지해 사는 유정치고, 비록 말해, 등천하는 용까지라도 이 땅을 벗어나 본 적이란 없었다고 이른다면, 말한 바의 저 젖 맛 아는 아이도, 실제에 있어서는, 저 어미로부터 아직 태어나본 적이 없는 것이나 아니겠소?"

"그, 그러니깐두루 공자께서는 말입지, '거듭 태어나기'(重生)나, 심지어는 '해탈'(解脫)에 관해 설법하고 있는 것이 아니신갑? 그런즉슨 먼저, 그림자부터 싹둑 끊어내고 보아야겠습늡? 글쎕지, 그것이 또, 공자의 돋보기를 쓰고 보아한즉, 어미와 태아 간에 이어진 '배꼽 줄' 같은 것이기도 한뎁지, 쳇, 본 패관이 만약 운 좋았게스리, 조금만 일찍 이 사실을 알았었더라도, 살기라는 게, 말입지, 이렇게나 팍팍하고, 말입지, 춥고, 말입지, 헤설프고, 말입지, 외로운, 말입지, 갈 데 없는 쓸쓸한 배회만은 아니라고 알아서 말입지, 위로가 되었었을 것이었는데 말입지…… 사실을 말씀드리면, '갈 데 없는 가기'란, 종내 어디에로 그리움이 이어지는가 하면, 두 군데로더군입지. 하나는 그 '갈 데 없는 가기'를 '끝까지 가보기'며, 다른 하나는, '되돌아가기'라는, 그런 것이더군입지. 전자는, 말해보나 마나 '해골의 골짜기'에로 나아가기며, 말입지, 후자는, '환고향'이더군입지. 말입지, 수사학(修辭學)이 이끄는 대로 하자면, '환고향'의 '고향'은 '생명의 동산'이나 안 되겠습납? 누런[黃] 양수(羊水, 泉)가 괴인 자리,"

"헤매다 어디서 듣자니, 바로 이 '생명의 동산'은 그런데, 오래오래 전부터 '에켄드리아'라는 이름의 '붉은 용'이 치리해오고 있다는데, 유정은 한번, 이 독룡의 법[達磨]이라고 이르는 독(毒)에 쓰였다 하면, 다시는 저 용주(龍主)의

아가리를 벗어나지 못한다고 합데다그려. 유정은 이제 그 독이 없이는 살지를 못하게 된 것이라는데, 그 독, 또는 법의 이름은 '물질주의'(物質主義)라고 한다고 들었소이다.

"하으 그러고 보니, '물질주의'가 일어난 날, 동시적으로, 공자가 이해하고 있는 그 '그림자'가 일어난 것이 분명하다 말이군입지. 조직(組織)이라든, 말입지, 제도(制度)라든, 말입지, 율법(律法)이라든, 말입지, 모든 자유스러운 정신을 억압하는, 끊어낼 수 없는 줄, 심지어는 운명보다도 더 강인한 줄—그런즉슨 아으 무정부주의 만세?"

"'억압'이야말로 그런데, '위대한 자유에로의 통로'라고 하는 소리는, 조금만 생각이 있다는 이들이면 유행가처럼 씨불이는 것이 아니던가요? 그것(억압감)이 없이는, 유정은 결국 '자유'에의 의미도 모르게 되는 것이나 아니겠소이까? 육신이 중생(重生)의 태보(胎褓)인 것,"

"본 패관이 드리는 절을 한 자리 받으십습지. 그래서 알겠는 것은 입지, 이제쯤 언제쯤, 공자께서는 말입지, 나비가 고치에 구멍을 내고, 고치를 벗어나버리듯, 그렇게 검은 털을 벗어버리려는 듯한뎁지,"

"나는, 나와 그림자 사이를 어떻게 하면 가느스름하게라도 해볼지, 그 수업을 해왔었으되, 그것까지도 성공적이지 못한데, 어떻게 하면 싹둑 끊어내게 될지, 그것은 더더욱 모르고만 있을 뿐이외다. 빛 아래에서, 그리하여 나는, 암흑 가운데로 내려가고 있소이다. 수피(獸皮)를 벗는다고 하며, 오히려 그것의 안쪽으로 되입어 들었다가는, 지옥도에로 떨어져 내리고 있소이다. 나는 그리하여, 나의 낳은 날을, 나를 받아준 무릎을, 먹인 젖퉁이를, 모든 것을 저주하기 시작하고 있는데,"

"'물질'이라는, 일반적으로 알려지기에 '실다움'이라고 하는 것이 '그림자' 역을 담당하고, 그 그림자가 실다움의 자리를 차지하는 경우가 있는뎁습지, 예를 든다면, '바르'라든, 또는 유정들이 꾸는 '꿈'속의 풍경들이 그런 것이 아니겠는가 말입지, 그런 경우, 어떤 정신을 묶는 줄이나, 외피(外皮)가, 이 '그림자'로 꼬여져 있다거나, 이뤄져 있을 수가 있는뎁지, 그런다면, 펜리르(Fenrir) 같은, 우주적 괴력의 독구(毒狗)까지도, 그것을 어떻게 끊거나 벗을지를 몰라,

꼼짝없이 묶여 있을 수밖에 없다고 합습지.”

“나, 나는 그러니까, 환(幻)으로 꼬여진 줄, 아니면 환으로 지어진 껍질에 묶였거나, 입혀진 것이라는, 그, 그런 말씀이셨소이까?”

“다시 공자의 얘기로 돌아오기로 하면 말입지, 그런 까닭에, 라는 말씀은, ‘그림자’란, ‘물질’로 이뤄진 그런 몸을 갖고 있는 것이 아니라는 그런 말씀인뎁지, 그것은 말입지, 죽여도 죽지도 죽을 수도 죽여지지도 않는 것, 왜냐하면 말입지, 그것은 글쎕지, 죽여지는 염통을 갖고 있지를 않은 것이거든입지. 그것은, 분명히 어디엔가, 그것의 염통을 숨겨놓고 있겠습지. 그렇다는즉슨, 결국 무슨 다른 선택이란 있는 듯하지도 않다면 말입지, 누가 어떤 깨달음에 의해, 저놈의 검은 털 숭실거는 그림자를 떼어내 버리고 싶어 한다면 말입지, 그것은 비물질(非物質)이어서, 끊어질 수도, 파괴되어질 수도 있는 것이 아니라는, 그 지식 위에서 시작해야겠습지. 그러니 결국은, 끊어질 수도, 파괴되어질 수도 있는 쪽을 택하는 수밖엔 없을 것인데 말입지, 그것이 양단에 묶어 매고 있는 것 중에서도, 자기의 몸이든, 아니면 땅 자체든, 어느 쪽이든 지워내기가 쉬운 쪽을 택하는 것은 현명한 처사일 것입지. 예를 들어, 말입지 어떤 구도자(求道者)가, 자기의 ‘몸’을 택해 그것을 지우려 했다고 한다면, 그것에도 방법은 물론 여러 가지가 있겠습지만, 본 패관께 얼핏 떠오르는 것으론 두 가지가 있군입지, 라는 그 하나는, 몸을 수정 병과 같이 투명하게(아나트만, 無我) 만들어보는 일이고 말입지, 아주 맑디맑은 수정 병도 그림자를 드리우는가 몰라, 모르는데, 말입지 다른 하나는, 그 몸을 본디의 상태에로 되돌려놓아 버리는 일(순야타, 空)입습지. 전자는 자아(自我)라는 내장을 뽑아내기라면, 후자는 그 껍질을 지우기라고 하면, 그리하여 훤하게 ‘열어놓기’라고 하면 될라는가 모르겠군입지. ‘사대(四大)란 공(空)에 의존하는즉, (이라는 말은, 본디 아무것도 없던 데서, 무엇이 일어났다는 말이겠습지) 그 사대로 이뤄진 몸도, 근본에 있어서는 공이다’, 헤헤, 라는 식의 멸환(滅幻)? 본상(本相) 보기? 그런 후에도, 거기 어디 그림자가 따라붙어 있겠습늡? 그런다면 말입지, 죽여도 죽여지지 않는다던, 예의 그 마귀의 죽음을 보게 되겠납. ……아, 하, 하하니, 히, 히거 참, 휀 느닷없는 절을 다 하하시고 히러시는갑지? 그, 그래설랑, 웅공자가 기다렸던 자가, 드디어 왔다, 이런 말씀이신갑? 누군가가 와서는, 지옥도에까지 떨어져 내린 웅공자를, 한번 끄집어 올려줄 것이라고, 그래서 못 죽고 기다려왔드랬는데, 흐흐흐, 그가 패관의 모양으로 왔다, 이, 히런 말씀이신갑? 노, 농, 농담이시겠습지,"

그런데 그 어느 순간, 웅공자 쪽에서 아무런 뜻도 전달하고 있지를 않아, 본 패관도 입을 다물지 않으면 안 되었다. 분명히 그는, 춘사적(椿事的)으로나, 고의적으로나, 어느 일점에서 공(空)을 들어냈거나, 무음화(無音化)를 성취해버린 것이었다. 까닭에, 우리 둘 사이에서 통의(通意)는 단절되고 만 듯했지만, 건너다보니, 본 패관의 눈앞에 움직임 같은 것이 있어, 눈 닦고 다시 건너다보니, 웅공자가 몹시 비트적거리고 꾸무럭거리며, 자리를 옮기고 있음이 보였다. 그는, 그렇게 애를 써서 벌벌 기어서는, 자기가 짰던 그 관곽 속으로 들어가서는, 남향을 하여, 연좌(蓮座)를 꾸미고 있는 중이었다. 그런 뒤의 그의 얼굴은, 해도, 하늘도, 바람도, 능금나무도, 본 패관도, 아무것도, 보지도, 듣지도, 못하고 있는 듯한 표정을 해 갖고 있었다. 본 패관의 느낌에는, 저런 얼굴이라면, 명도의 거울에는 비춰질 것 같지도 않았다. 그는, 말하자면, 살아 있는 한 무덤이었는데, 흐흐, 그런즉슨, 무덤이 관곽 속에 자리 잡아 있었다는 다? 허기야 모든 무덤마다 관곽을 싸안고 있듯이, 모든 관곽도 또한 무덤을 싸안고 있는 것 이기는 것일 것이다.

본 패관은, 왜냐하면 어느덧 해가 뉘엿뉘엿해지고 있었으므로, 시디신 능금 몇 개로 고픈 배를 달래고, 그 저녁은, 그 능금나무 둥치에 기대앉아 보냈으나, 허지만 어디 패관이 수도자거나 고행꾼이던가, 능금하고 바람하고, 이슬 조금, 그리고 새 지저귀는 소리만 먹고서는, 아무래도 뭔지가 부족해도 많이 부족해서, 예를 들면, 살찐 돼지비계 토막도 그런 것이려니와, 때와 장소만 잘 걸맞으면, 그리고 보채기만 잘하다 보면, 어쩌다 얻어지는 음호도 그런 것인데, 새벽이 되었을 땐, 그곳으로부터 가까운 마을에 들렀다가, '애기' 몇 자리 팔고, 마을의, 주인 없는 늙은 천수답(天水沓)에, 밤 물 몇 번 대주다 보니, 제법 몇 시령(時令)이 흘렀던 듯했다. 그랬으니 또, 패관의 업이 그런즉, 발걸음을 떼어놓아야 할 때도 되잖았겠는가, 는가 하구시난, (어디에든 주저앉아 감발을 풀 때는, 본 패관은 늘, '오란 데가 없다'는 데다 생각을 머물리지만, 감발을 매고 일어서야 할 때는) 세상은 넓으나 넓은데, 이렇게 행망을 부리다간 언제 다 둘러보려 하는다(?) 하구시난, '갈 데가 많다'는 데다 마음을 묶어 맸다. 감발을 매고, 본 패관은, 그리하여 그 마을의 쭈구렁진 옥문을 벗어나는 대로, 발길을 부지런히 해서는, 웅공자 연좌 꾸며 정착해버린 데로 갔다. 그를 찾아 이런 후미진 데까지 왔었으니, 떠나려면서는, 본 패관 그를 한 번 더 보고, 하직 인사라도 해야겠다는 생각을 해낸 것이다.

그리고 (그 근방에 닿아서) 본 패관은, 처음 의아해했고, 다음 전율했으며, 그리고는 (글쎄) 안도의 한숨(이라고 해도 될라는가)을 쉬어냈다.

"공자는 말입지, 급기야 공자의 명경(冥鏡) 속의 공자를 지워내기에 성공하였구만입지! 흰[白] '아—' 어(語)!"

본 패관이, 저만쯤 되는 데서, 그 관곽 속에다 눈길을 보내고, 보아진 것을, 본 대로만 말한다면, 아무것도 본 것이 없다는 얘기밖에는 할 것이 없었다. 그것이 본 패관을 의아스럽게 한 것인데, 글쎄, 거기에, 고요하게 피어 있었어야 할 연(蓮)이, 보이지를 않던 것이다. 머뭇거리며 본 패관이 그리고, 몇 걸음 더 가까이 다가가 본 뒤, 본 패관의 전신에로 소름이 돋는 것을 느꼈더랬는데, 웅공자가 남향하여, 연좌를 꾸며 앉아 있었던 그 자리에는, 날짐승이며, 바람의 혀, 쉬, 지렁이 같은 것들께, 살을 다 파먹혀, 살점이라곤 한 점도 붙어 있지 않은, 흰 뼈 한 무더기가, 오소록이 쌓여 있던 것을 목격한 것이다. 아으, 그 한 무더기의 흰 뼈는, '무상'(無常)도 형상이 없는 것은 아니라고 발설하고 있었더랬다. 그리고도 본 패관자가, 머뭇거리며 더 가까이 다가가 보고, 그리고 알아낸 것은, 그 '무상'의 한가운데에 놓여 있는, 무엇에겐지 눈알을 파먹힌 인두골은, 그 빈 눈두덩을 남향하고 있었다는, 그것이었다. 그것은 그렇게 하고서, 이상스럽게도, 사유시방을 제압하고 있는 듯이 본 패관께는 느껴지고, 보여졌는데, 한 무더기의 무음(無音)의 소리, —옴.

허긴 그럴 일이었다, 한 고행꾼이 꾸민 '연좌'가, 고스란히 그대로 꺼무너져 내리면, 그리하여 바람의 혀와, 시간의 쉬라는 벌레에 파먹혀 백골만 남기면, '소리'로써는, '무음의 소리—옴'의 모습이며, 형태로써는, '만다라'(曼

茶羅)를 이룰 것이었다. 왜냐하면 '연좌' 자체가, 한 지고한 소리, 무음의 소리 '옴—'의 형태며, '만다라'의 형상이기 때문이다.

만다라[7]—그것은, 잘 익은 '무위'(無爲)의 모습이었도다.

티베미.

세 바르도에 처한 세 유형의 몸

1. 말씀 바르도: 귀에 대하여

화설

일설엔, 불타의 각도는 귀를 통해서였다고("[……] the Buddha receiving enlightment through his ears [……]") 하니, 이거 조금만 괴상스러운 얘기가 아닌 것이 아닌가. 살별이 대기권을 뚫고, 땅에 떨어져 박혀, 하나의 찬란한 혼돈을 일으키듯이, '깨우침'의 한 아우성이 살별모양, 불타의 귓속으로 쳐들었음? 그리곤 폭발하여 그의 무명(無明)을 깨뜨려버렸음? 이런 행운스러운 춘사(椿事)가, 누구에게나, 자주 좀 일어났으면 얼마나 좋을 일이겠는가. 성모마리아도 헌데, 귀를 통해 수태(受胎)를 했다는("Gaude, Virgo mater Christi / Quae fer aurem concepisi." —Rejoice, Virgin Mother of Christ, who conceived through the ear) 얘기가 있다. 귀는, 이런 경우엔, 형이상학적/하학적 자궁(子宮) 자체임을 알게 한다. 헌데 그건 그뿐만도 아니다. 귀의 길이에 의해, 한 인물의 수명과 지혜의 도가 가늠되기도 하는데, 노자(老子)의 일곱 촌(吋) 길이의 귀가, 그것을 증거하는 좋은 예라고 이른다. 노자는, 산 채 신선이 돼설라믄 아직 오늘날까지도 어디서 살고 있다는 풍문이 있을 뿐만 아니라, 『도덕경』(道德經)과, (근년에 발굴된) 『덕도경』(德道經)에서 배우게 되는, 그의 지혜의 길이나 높이는, 천저에서 천장에까지 미치고 있는 것은 주지하는 바대로이거니와, 그것은 순전히 그의 긴 귀의 '덕도'(德道)에 의존돼 그런 것이다. 이후 롤랑은 그런즉, 길 가다 귀 기다란 개라도 만나게 되면, 도류(道流)들, 모자를 벗을지어다. 그런데 또 귀는, 상징적으론, 음양이 복합적으로 합병해 있는 성기라고도 이르는 소리가 있거니와, 외이(外耳)는 남근, 내이(內耳)는 여근이라고 이른다. 그리고도 한의생(漢醫生)들이 이해하는 귀는, 천축국 현자들의 발바닥에 대한 이해에다 대비해보거나, 야합해보기로 한다면, 발이다. 귀[外耳]는 발[足]이다. 발은 귀다. 귀는, 소우주의 하도(河圖)나 낙서(洛書)를 은닉해 있다면, (비슈누의) 발은, 삼세육도도(三世六道圖)를 묘사해놓고 있어, 둘은 같다. 사람들은 그래서, 발로써는 대지의 비밀을 듣고, 귀로써는 중천(中天)을 걷는다. 클클클. 아직도 그리고, 귀와 관계된 원소론은 밝혀지지 안 했는데, '기'(氣)가 그것의 원소로 알려져 있는 것은 주지하는 바대로이다. 그리고는 '소리'가 논의되지 않을 수 없을 것이었다. 우주적인 것으로는 '옴'이, 그리고 소우주적인 것으로는, '들리지 않는 소리, 속[內] 소리'가 있을 것이었다. '귀에 대하여' 말하려면서도, 그러나 이 자리는, 원소나 소리를 운위하려는 목적도 갖지 안 했으려니와, 더욱이, 앞서 지적한 바와 같은, 귀의 형이상/하학, 귀의 상징주의, 귀의 형태론, 의미론 따위를 펴려는 것도 아니다. 어쩌면, 귀의 독후감(讀後感) 같은 것이라고나 일렀으면 싶은, 그런 비슷한 얘기를 하려는 것인데, 그럼에도, 귀를 말하려 하며, 대략이라도, (귀에 관해) 밝힐 건 밝혀두고 넘어가야, 귀의 독후감이, 귀의 문맹자가 엮어내는, 같잖은 소리만은 아니라는, 그런 변명이 될 것이기 때문이다. '독후감'이란, 알다시피, '독서'를 전문업으로 삼지 않은, 일반적 독자들의, 어떤 책을 읽고 난 뒤의 감상을 이르는 것이기도 하여서, 열의 독자가 있다면, 열의 독후감이 있을 수 있다는 것은 쉽게 수긍할 만하다 할 것인데, 독후감이란 그러니, 독자의 사견, 편견, 심지어는 맹안(盲眼)에 의존해 있음도, 쉽게 부정할 수도 있는 얘기는 아니다 할 것이다. 이 얘기는 그런 의미에서, '귀의 독후감'이라 이른 것이다.

각설

신(神)들은 귀를 갖지 않는다고 주장하는 이들이 있다. [바로 이런 것이,

앞으로 되어질 얘기 한 자리인데, 지혜 있는 이들은, '똥물 속에서도 젖만 가려 먹는다고 이르는 백조'와 같이 (반대로 '돼지는 젖의 늪에서도 똥만 가려 먹는다'고 이르잖는가) 농담에서는 물론, 심지어 욕지거리, 육두문자 속에서도 지혜만을 가려 취함에 분명할 것. 그런즉, 되어질 얘기가 무슨 하릴없는 자의 한담인지, 뭣에 쓰자는 실답잖은 소리인지, 또는 무슨 너러 배고픈 귀신이, 서 말 너 말 씻나락을 까먹는 소리인지, 그런 것을 가려내 보려는 수확 없는 짓에 열을 내려는 대신, 지혜 있는 이들은, 귀들을 백조로 바꿔 달아, 게워내도록이나 젖을 마시곤, 돼지들도 생각해, 똥도 말로 섬으로 싸 내질러놓음에 분명하다]

헌데 신들은 갖지 않는다는 저 귀는, 청각 기관 전체를 의미하는 것은 아니라며, 귀가, 내이(內耳), 중이(中耳), 외이(外耳)로 구성되어 있다면, 귓바퀴, 귓전, 귓불, 귓부리, 귀때기 등, 그러니까 외이 부분만을 이른다는 주(註)가 따라붙어 있다. 그렇게 주장하는 이들이 들추는 까닭이란, 사람의 얼굴을 이루는 눈·코·입·귀 같은 기관들 중에서, 유독 귀 하나만이, 가축을 포함한 어느 야생 동물과도 별로 다름이 없어, 짐승답기 탓에 그렇다는 것이다. 모르면 모르지만, 저렇게 주장하는 이들의 무의식의 어느 자락엔, 식인성(食人性)이 접혀져 있을 듯하다. 저들은 그래서, 무엇의 것이든, 귀라는 것에 눈이 묶이면, 소주에의 그리움을 일으켜냄에 분명하다. 안됐지만 저렇게밖에 말할 수 없는 이유는, 귀의 짐승다움이란 도대체 어떤 것이냐고 물어도, 짐승다운 짐승다움 말이지, 사람다움 말고 말이지, 육갑하고 자빠졌네 시방, 저들의 대답은 조금도 충분치가 않기 때문이다. 그런 대신 저들은, 씌어지기는 옛날에 씌어지고, 읽기는 아직 오늘날까지도 읽히는 경전 속의, 어떤 경시(經詩)를 들어, 그 속에서, 인체의 거의 모든 기관이 찬양되어져 있음에도, 귀에 대해서는 한 번도 언급이 없는, 그 일점에다 관심을 기울이게 한다. 그러나 어느 경시 속에서의 이 귀의 실종과, 귀의 짐승스러움에는 무슨 관계가 있는가? 이렇게 되자 이제는, 축생도와는 별로 인연이 있어 보이지 않는, 눈·코·입 등, 인체의 다른 부분들은 어떻게 조직되어 있기에 짐승다웁지 않은지, 예의 저 경시는 어떻게 읊고 있는지, 그것을 알고 보는 것이 필수적일 듯하다. 그런 뒤, 그 같은 경전 후편에 나오는 구원자는, 어찌하여, 자기의 제자가 잘라낸 귀 하나를, 되달아 주었던지, 그것쯤 생각해보아도 나쁘잖을 것이다.

말한 바의 그 경시란, 솔로몬의 『아가』(雅歌) 말고 또 무엇이겠는가. 이제는 그러면, 신의 은총에 휩싸여, 영감의 바다에 유영하며, 저 시인이, 인간이라는, 한 종류의 살아 있는 조각품에 대해 자화자찬(이 경우는, 타인이 찍은 자신의 사진을 들여다보며, 자기의 생김새에 대해 칭찬하기라고 이해하면 좋을 터이다)을 해놓은 것에 귀 기울여볼 일이겠는다. 그 비유법은 구식이어서, 신식의 귀에는 설다 해도, 이런 자리에서, 그 도움을 빌리기는, 그보다 더 적격이 있을 듯하지는 않다.

"여자들 중에 내 사랑은 가시나무 가운데 백합화 같으며, 남자들 중에 나의 사랑하는 자는 수풀 가운데 사과나무 같구나." ―이런 식물적 상상력은, 신의 무소부재성(無所不在性)에 대한 인간의 주소유재성(住所有在性)을 밝힌다고 읽어도 틀린 것은 아닐 것이다. 이하에 발췌 인용되는 설법에서는 그리고, 사람의 아름다움이 동물들의 어떤 아름다움에 비유되는데, 이는 사람의 축생도에로의 전락을 의미하는 것이 아니라, 축생(畜生)들을 디뎌 발솟음하기로써, 살을 입은 유정(畜生)들 속에서의, 사람의 전미성(全美性)을 드러내어 자찬하고 있다고 이해하는 것이 근사하다 할 것이다. 그러니까 사람이, "바다의 고기와 공중의 새와 육축과 온 땅과 땅에 기는 모든 것을 다스리"는, 자칭한 바대로 '만물의 영장'이라는 것일 것이었다. 그럼에도 여전히, 들려지지 말았더면 좋았었을 신의 축복의 말 한마디가 있다. "남자와 여자를 창조하시고 하나님이 그들에게 복을 주시며 그들에게 이르시되 [……] 땅에 충만하라 땅을 정복하라"라는 그것인데, 아으, 아힘사[不殺生]야말로 그중 큰(파라모) 달마인 것을, 아힘사 파라모 달마! "내 사랑 너는 어여쁘고 어여쁘다. 너울 속에 있는 네 눈이 비둘기 같고 네 머리털은 길르앗 산기슭에 누운 무리 염소 같구나. 네 이는 목욕장에서 나온 털 깎인 암양 곧 새끼 없는 것은 하나도 없이 각각 쌍태를 낳은 양 같구나. 네 입술은 홍색 실 같고 네 입은 어여쁘고 너울 속의 네 뺨은 석류 한쪽 같구나. 네 목은 군기를 두려고 건축한 다윗의 망대 곧 일천 방패 용사의 모든 방패가 달린 망대 같고 네 두 유방은 백합화 가운데 꼴을 먹는 쌍태 노루 새끼 같구나. 나의 사랑아 너는 순전히 어여뻐서 아무 흠이 없구나. [……] 머리는 정금 같고 머리털은 고불고불하고 까마귀같이 검구나. 눈은 시냇가의 비둘기 같은데 젖으로 씻은 듯하고 아름답게도 박혔구나. 뺨은 향기로운 꽃밭 같고 향기로운 풀 언덕과도 같고 입술은 백합화 같고 몰약의 즙이 뚝뚝 떨어진다. 손은 황옥을 물린 황금 노리개 같고 몸은 아로새긴 상아에 청옥을 입힌 듯하구나. 다리는 정금 받침에 세운 화반석 기둥 같고 [……] 네 넓적다리는 둥글어서 공교한 장색의 만든 구슬꿰미 같구나. 배꼽은 섞은 포도주를 가득히 부은 둥근 잔 같고 허리는 백합화로 두른 밀단 같구나. [……] 네 키는 종려나무 같고 [……] 네 콧김은 사과 냄새 같고 네 입은 좋은 포도주 같은 것이니라." 아으, 이 '사람'을 보아라, 보아람! 사람의 아름다움이 저러할진대, 똥꾸녘을 똥꾸녘이라고 백일하에 까발씨고 다니는, 기타 유정들과 어찌 견줄 수가 있겠는가. (사람의 '영장' 성은 그런즉 묘사되어 있는 것과 같은, 그런 '아름다움'에 의존되어오는 것인가? 그런 의문은 정당하되, 시작만 해놓은 얘기에서, 성급하게도 젖을 짜내려면, 결과에 있어선, 젖바다에서 똥만 가려내어 먹게 되기가 십상일 터이다) 마는, 모든 걸 조금만 주의 깊게 관찰하려는 사람에게라면, 앞서 장황스레 발췌 인용한, 인간의 자화자찬 중에서, '사과 냄새 같은 콧김'을 뿜는 콧구멍에 관해, 스쳐 지나기로 언뜻 한번 묘사해놓은 것 말고는, '코'에 관해서도 말해놓은 대목은 없다 한다 해도, 유독 '귀'만은, 저 현장에서 완전 부재인데, 까닭은 무엇이나 되겠는가. 귀 혐오꾼들이 믿기에는, 다름이 아니라 그것인즉슨, 글쎄, 신성(神性)에 붙여진 축엽(畜葉)인 것이어서, 짐승들이 까발시는 똥꾸녘만큼이나 수치스러운 것이 되어 그렇다는 것이다. 크르클클. 그렇지 않다면, 저 자찬(自讚)의 수사학의 바다에서, 어찌하여 하필 귀만 난파 실종을 해버릴 수가 있겠느냐는 것이다. 듣기로는 헌데 이런다. "하나님이 자기 형상, 곧 하나님의 형상대로 사람을 창조하시되 [……] 하나님이 흙으로 사람을 지으시고 생기를 그 코에 불어 넣으시니 사람이 생령이 된지라 [……]"라는다. (이 기사에 의하면, 아까, 어째서 '코'에 대해서는 별로 언급이 없었는가를 의문했던 것은, 의문할 만한 것도 아니었음을 대번에 알게 된다. 코야말로 직접적으로 하나님의 입술이 닿은 자리가 아니었던가. 그러니 누가 누구의 '코를 쥐박는다'는 행위는, 간접적으로 하나님의 이빠디를 물러나게 하는 행위가 될 터이다) 저 기사대로 하면 그러니까, 사람은 다름 아닌 하나님[神]의 영상을 꼭 닮아 있는즉, 대략 신성만을 꾸며 있으며, 동물성이란 가져본 적도 없었다는 것을 확신케 한다. 그런데도 불구하고, 유독 귀 하나만이 동물적이랄 때, 신은, 그의 손으로, 사람께다 귀라는 것을 붙여준 일이란 없었다는 것을 추정케 한다. 그래서 이제 누구든, 이 논리에 동의키만 한다면, "자기의 형상 닮게 사람을 빚었다"는 그에게는, 본디 아무런 외이적 기관이 있었지를 안 했었다는, 바로 그 의견에도 동의하게 되고 말게 된다. 고로, 신은 귀를 갖고 있지 않다, 는 명제가 성립되는 모양이었다. 그러면 그는, 귀때기가 있어야 하는 자리에 무엇을 갖고 있었는가. 두 개의 구멍? 그런 의문에 대한 대답은 그런데, 저들이 외이만을 부정했었을 뿐이었으므로 해서, 조금도 어려운 것은 아니었던 모양이었다. 실은, 그러했으므로 하여, 내이(內耳), 다시 말하면 심정(心情)으로 듣는다는 것이었다.

그렇다면, 사람이, 귀라는, 두 이파리 짐승성을 피워 올리기 시작한 것은, 언제부터나 되었을까 하는, 귀때기의 역사 문제가 거론되지 않을 수가 없게 된다. 말해온 바의 저 이론가들은, 그것은 분명히, 아담이 '지혜의 열매'를 따먹은 바로 그때, 거 왜 그런 얘기들 있잖냐고이, 사람이 무슨 독초를 먹었더니 돼지가 되었다는 둥, 어쨌다는 둥 하는 얘기들 말이지, 느닷없이 갖다가시나, 아담의 옆통수에 가려움증이 있어 긁다 보니, 없던 것이 피어났거나, 붙여졌었을 것이라고 그랬다. 사람이 갖다가시나, 흐흣, 잎 피우는 지혜의 나무가 되어버린 것임? 일설에는 헌데, 아담의 그런 '불복종' 이전에는, 그도 모든 것을 심정으로 들어왔었을 것이었는데, 그 후 심정의 순수함을 잃었으므로 해서, 아무것 하나도 제대로 듣지를 못하기에 이르자, 신이 자비심으로, 그에게다 청각 기관, 특히 외이를 한 켤레 차려주기에 이르렀을 것이라고 했다. 그러나 신은 그때, 아담의 귀를 위해, 모형을 빌릴 데라곤 축생도나 식물도(道) 말고는, 달리는 있지를 안 했으므로, 다른 도리 없이, 그것들의 형상을 모방할 수밖에 없었을 것이라고 했다. 제기랄, 이래서 "인간은, 신과 동물의 중간적 존재"라고 이르게 되었는 듯한가? 하다 해도, 그런 꽤는 으스락딱딱한 소리가 들려지고 있었을 때만 해도, 인간은 어쩌면, 귀만 짐승적인 것을 매달고 있었을

지도 모르지만, 그런 후, 인간은 그들의 지혜의 무게(탓에, 지옥까지 개발을 한 것이 아니겠는가? 중력의 중심)로 인해, 중력에 당하고 있던 중에, 수피(獸皮) 속으로 깊숙이 빠져들어, 귀가 있는 부분까지 짐승을 입고 있다.

말도 많았다. 그리고 이만큼 되는 자리에 오자, 신은 귀만 갖고 있지 않은 것이 아니라, '입'도 갖고 있지 않은 것이나 아닌가 하는, 의심이 일기도 한다. 그는, 음식을, 특히 이 자리에서 말 되어지고 있는, 신의 이 '음식'은, 그를 예배하는 자들의 '기도'와 '신심'일 것인데, 그것인즉슨 그렇다면, 입으로 먹는 것이기 대신, 귀로, 번안해 말하면 심정으로 먹는 것이다 보니, 신의 입의 필요성보다는, 무용론이 앞서게 되겠다 보니 그렇다. 하나가 부정되면, 둘도, 셋도, 연쇄성을 띠어 부정되는 경우는 많다. 같은 논리를 빌린다면, 저렇게 해서 신의 입이 부정되면, 이제 그에 좇아, (입과 연관성을 갖는) 목구멍이, 위장이, 창자가, 연쇄적 부정의 자석에 따라붙는데, 문제는 그것이 그만 정도에서 끝날 수도 있는 것이 아니라, 이번에는 연대성(連帶性)을 띠어, 지목되어진 그 기관의 이웃 기관들까지 부정되어지기에 이른다는 거기에 있다. 말하면, 창자를 휩싸아 안아, 보호하며 기동케 하기 위하여 조직되어 있었던, 척수며, 뼈, 살, 기름, 피부 같은 것들도 부정되어버리기에 이른다는 것이다. 그리고는, 신의 육신, 조악한 물질로 해 입었을, 그의 사지 오체, 오장 육부를 몽땅 그리 지워 없애게 되는 일이 뒤따르는데, 그런 뒤엔, 하늘만 여백으로 구만리 남겠구나. 이렇게 되자, 더욱더 난한 문제는, 이번에는, 그의 물질적 육신적 국면의 실종까지 보게 되는 그것에 있는바, 그러자니 눈알이 뽑혀져 나간 듯, 눈이 가렵고, 아리고, 쓰리고, 아프고 그렇다. 그렇다면 "신은 자기 형상 닮게 인간을 창조했다"라는 그 경전 구절은, 어떻게 이해해야 하는가, 하는 문제에 당면하게 된다. 신은 먼저, 자신이기에 의해, 동시에, 그가 창조한 모든 것 자체, 바람, 불, 물, 흙, 하늘, 땅, 바다, 산, 계곡, 초목, 짐승, 기는 것, 나는 것, 헤엄치는 것, 암흑 속에 잠자기로 사는 것 등, 그 모든 것, 아닌 것이 없는 자—. 편모라도, 신을 저렇게 이해하고 나자, 신은 꼭히, 그리고 하필, '사람'만의 신이기뿐만은 아닌 자가 아닌가, 하는 깨우침이 들고, 그러자 두 가지의 매듭 점이 한자리에서 풀리는 것을 보게 된다. 그 하나는, '신의 영상을 닮게 사람을 창조'한 자는, 그 실에 있어서는 신이 아니라, 사람들 자신이었을 것이라는 것이다. 독수리에게도 만약에 종교가 있다면, 그리고 쥐에게도 예배하는 대상이 있다면. ('만물의 영장'이라는 그 얼굴을 가리고서, 수줍게 하는 말이지만, 결코 '인간'은 아닐 것이다) 독수리나 쥐의 신들은, 어떤 형상을 꾸며 있을 것인가? '참나무'(는, 제우스 신과 관계가 많으며, 제우스는 또 독수리와도 연척이 있으니 말이지만)나 '고양이'의 형상을 꾸며 있을 것인가? 그런 의견에 동의키는 분명히 쉽지는 않을 것이다. 그러나 독수리의 신은 독수리 모습을 꾸며 있으며, 쥐의 신은 쥐답게 생겼으리라는 의견에 동의키는 조금도 어렵지 않을 듯하다. 이런 견지에서 새로 살펴보기로 한다면, 사람들이 신앙하는 신들은, 또는, 어떤 우주적인 비화현의 숨결에다 '형태'와 '이름'이라는 입성을 입힌 자들은, 그런 우주적 숨결 당자들이기보다는, 그를 예배하는 신앙자, 다시 말하면 사람들 당자라고 주장한다 해도, 독신행, 또는 신성 모독을 하고 있다는 것은 아니라는 믿음까지 들게 될 터이다.

그러면, 풀린 다른 매듭 하나는 어떤 것이었는가? 그것은 다름이 아니라, "태초에 말씀이 계시니라. 이 말씀이 하나님과 함께 계셨으니, 이 말씀이 곧 하나님이시니라"의, 저 '말씀'(을 하기 위해선 발성 기관이 있어야 될 것이 아니겠는가)과, 앞서 주장되어진 바의, 그에게는 육신적 '입'이 없다고 일렀던 것과, 일견 서로 모순되게 보이는, 그 관계에 대해서이다. 아으, 그리하여 알겠는다, 알겠는 것은, 발성 기관을 갖지 못한 전능한 자들의 한이 무엇이겠는지, 그것을 알겠는 것이다. 나무도, 뿌리에 담고 있는 무슨 얘기를, 반의 몸은 늘 암흑 속에 뉘어놓고 있음의 한을, 무슨 뜻을 전하고 싶어 잎을 피우고 꽃을 피우던 것을. 신이라면 그런즉, 얼마나 더 큰 바람[願]으로, 자기의 심정을 털어놓고 싶으겠는가, 자기가 우주의 주재라는 것을, '이것'이며, 동시에 '저것'이라는 것을, ……(그래서 졸문의 필자는 여러 군데에서,) 신은 육신을 갖추지 못했으므로 하여, 육성으로 말하지 못하는데, 그의 그 육성으로 말하고 싶음이, 그 뜻이, 화현, 또는 어표(語表)를 입을 때, '존재와 사물'들을 들어내게 한다(라고, 주장해오고 있다). 신의 언어와 인간의 언어는, 이렇게 상반한다. 즉슨, 신의 언어가 다름 아닌, 존재와 사물—물질적 우주 자체라면, 그 존재와 사물들에다 일일이 '이름'을 붙여서라야만 그런 한 우주를 인식하는, 그런 '이름 붙이기'의 인간의 언어는, 신의, 저 물질적, 구상적 한 우주를 추상화해버린다는 얘긴 것이다. 결국, 신이라는 이에게는, '귀'만 없었던 것이 아니라, '육신'이라는 가시적 기관이 구비되어 있었지 않았었다는 주장밖에 할 것이 없겠는다. 신은 그러니까, 모든 들어남[化現]을 들어내게 한, 들어남이 있기 전의[非化現], 들어남에 대한 우주적 욕망이었을지언정, 그 자신이 귀·입·눈·코·턱 등등의 들어남을 구비하고 있던 자는 아니었던 것이다. 그렇다는즉슨, 사람이 옆얼굴에, 잎처럼 피워내고 있는 귀만이 동물적인 것은 아니며, 눈·코·입·항문·팔·다리…… 아무것 하나도 동물적이지 않은 것은 없다는 결론에 도달하게 된다. 이래서 보면, 신이, 프라브리티계[爲界]에다, 한 천지를 개벽하려 했었을 때, 이제 분명하게 그의 가슴속 비밀을 짚어낼 수 있는 일은, 그의 심정은, 원소적(元素的) 욕망, 다시 말하면, 조악하고도 조야한 욕망, 즉슨 동물적 욕망, 성욕과 식욕으로 들끓고 있었다는 그것이다. 그렇지 않은가, 말한 바의 저 두 욕망(성욕/식욕—그것이 '먹이 사슬'의 고리들을 이루는 것인 것)에 의해서, 프라브리티 우주는, 일호만큼도 그 질서의 치차에 어긋남이 없이 운영되어져 오고 있는 것이 아니던가? 창조주의 '동물적 욕망'이란 그리고, 그것이 곧 창조력이 아니겠는가.

이제 둘러보아람, 신의 귀, 신의 눈, 신의 코, 신의 발가락 등, 신을 위해 그 모두를 갖춰 갖고 있는 자는, 신 자신이 아니라, 그의 창조물들임을 알게 될 터이다. 신은 그러자니, 늘 많이 좀 가볍겠는다. 그럴 때마다 그는, 무거움에의 그리움으로, 창조하기에 여념이 없겠는다. 무거움[重力]에의 그리움이, 신에게서는 '성욕'과 '식욕'의 형태를 취해 발로하는 듯하다.

샨티 샨티 샨티

2. 몸 바르도: 악테옹 콤플렉스(Actaeon Complex)

오비드(Ovid)의 『전신부』에 나오는, 이름났던 사냥꾼 악테옹의 비극적 죽음을 요약하면, 이렇게 된다. 악테옹은, 그날도 사냥을 하다, 아르테미스(Artemis) 여신이 목욕하는 것을 보게 되어, 훔쳐보다, 이를 눈치채게 된 여신에 의해, 그 당장 수사슴으로 변하게 되었다. 그러자마자, 수사슴으로 전신을 치른 악테옹은, 자기가 데리고 다녔던, 쉰 마리의 자기의 사냥개에게 쫓기게 되고, 그러다 갈가리 찢겨 죽게 된다, 는 얘기—.

티베트인들의 『죽은 자에게 읽어주는 책』(*Bardo Thödol*)[1](또는 짧게 줄여 『죽음의 책』)에 보이는 풍경대로만 따르면, 바르도에 처한 염태(念態, 또는 '생각의 몸')들의 거의 전부가, '악테옹 콤플렉스'랄 것을 드러내고 있어 보인다. 이 콤플렉스의 특성은, '사냥개'들을 데리고, '사냥물'을 추적하는 '사냥꾼'도 자기며, 자기가 하는 그 추적에 당하고(쫓기고) 있는 '사냥물' 당자도, 다름 아닌 자기라는 그것이다. 이 '사냥개'들의 이름은 '사냥꾼/사냥물' 당자의 '갈마'(羯磨)인데, 이것이 어떻게 우회(迂廻)하고, 또 저 '사냥개'들이 주인이었던 '악테옹'을 발겨 먹어, 배 속에 담아놓고 있는 당자들이라는 것 같은 것을 접붙여보기로 하고 하다 보면, 저 '개'들이 다름 아닌, 저 '사냥물'의 '모태'(母胎)(또는 '상사라에로의 통로') 역을 하는 것으로도 이해되어지기도 한다. 이때 '모태'는 여럿이며, '씨앗'은 하나인 것을 보면, 바르도에 처한 염태에게 보여진다고 이르는, 역(逆)바르도(이승)에로 열려진 문, 또는 구멍(어머니)들을 연상케 한다. '사냥꾼(자기)—사냥개(業)—사냥물(자기)'이라는, 이 악순환적 추적은, 바르도를 바르도이게 하는, 프라브리티[易]의 구조일 것이다. 그리고 이승도 바르도다. '사냥개'(아그니[火天] —게걸스레 먹는 자)는 그렇게, '사슴'(소마—먹히는 자)의 형태에 제휴한 '자기'를 먹고, '사슴'은 그렇게, '사냥개'의 형태에 제휴한 '자기'에게 먹힌다. 이렇게 본다면, 축생도(畜生道)의, 저런 '먹고/먹히기'(죽이기/죽기)가, 그것들 당자들에게 대해서는, 반드시 그렇게까지나 참혹한 비극만은 아닌, 어떤 식의 빚의 청산, 또는 대속, 또는 순교가 행해지고 있는 듯해, 참혹한 아름다움까지도 구비해 있어 보인다. 그럼에도, 축생도는 뒤돌아보지 말지어다. 그러함으로 뒤돌아다 보지 말지어다.

샨티 샨티 샨티

3. 마음 바르도: 몸에 대하여

(사람의) '육신'이라는 집은,
'죽음'이라는 텃밭에다,
'희망'이라는 주춧돌을 놓고,
'노쇠'라는 기둥과 대들보에,
'병'이라는 벽을 하고,
지붕은,
근심·걱정·불안·원한·슬픔 등등,
천만 가지의 잡초로
이엉을 얹고 있는데
'욕망'이라는 익명을 가진
입이 붉은 '시꺼먼 개'가
쳐들어 으르릉거리고 있다.
샨티 샨티 샨티

산해기(山海記)

1. 새 신(神)의 탄생

자라투스트라[1]가 서른이 되었을 때, 그는 살던 고향과 호수를 떠나, 산으로 갔다. 여기서 그는, 고독과 법렬에 잠겨, 십 년을 살고 난 뒤, 사람이 그리웁다는 생각을 하고 하산하기 위하여 연좌(蓮座)를 풀고 일어나, 자기의 두 행자(行者) '수독수리'와 '암독사'를, 각각 자기들의 길로 가게 하였다. 암독사는, 이십 년 동안 연(蓮) 모양으로 둥글게 똬리 쳐, 그 똬리 위에 자라투스트라의 연좌를 받쳐왔었으며, 수독수리는, 아랫녘 세상의 소문과 먹이를 물어와 자라투스트라와 암독사를 먹여 왔었다.

"그러나 이제 진실로 진실로 내가 이르노니, 너희는 너희대로 너희의 갈 길을 가며, 사람들께 '고독'과 '법렬'의 교의(教義)를 설해얄 것이러라." 자라투스트라는 말하며, 저녁을 맞게 되었을 때, 암독사를 그 암흑 가운데 대지에로 열린 곳에다 풀어주었으며, 아침엔, 새벽같이 일어나 수독수리를 빛에 찬 천공에다 날려 보냈다.

아으, 그리하여, 독수리를 아비로, 독사를 어미로, 하나의 '말씀'(로고스, 言語)의 알[卵]이 깨이어, 세월의 연(蓮) 속에서 일어난 것이다—꼬끼오, 명명하는 하나의 불꽃, 지혜의 불꽃.

돋아오르는 해를 향해, 그리하여 자라투스트라는 말하였도다.

"위대한 별이여, 그대의 행복이 무엇이었겠는가, 만약 그대의 비추임에 눈뜰 것들이 없었다고 한다면—. 그대는 과거 십 년 동안 나 사는 여기로 돋아 올라왔드랬거니와, 만약 나와, 나의 독수리와, 나의 암뱀이 없었더면, 그대도 또한 그대의 빛 비추기에 지쳤음에 분명하다. 그대가 (저녁때면) 그렇게 하듯, 허긴 나도 이제는 내려가, 내가 그리워하는 것들 속에 묻혀, 저녁들을 새워야 할 때에 온 듯하다. 그런즉 나를 축복하여다오, 고요한 눈이여!"

그리고 자라투스트라는 언덕을 내리다, (뭐든 먹을 만한) 뿌리를 캐고 있는, 한 늙다리 은둔자를 만났다.

늙은네는 말하였다. "아으, 공(公)은 제발이지, 사람들 사는 데로는 가지 말라, 차라리 맹수들의 세상이 나을 것이러라."

"성자(聖者)는 숲에서 무엇을 하십니까?"

"노래하기와, 훌쩍이기와, 웃기, 넉살하기로 나는, 신을 찬양하노라. 나의 신을! 내가 없었더면, 신은 신이기에 지쳤음에 분명하니라."

하으, 이 노인네는 아직도 이 숲에서 '신이 죽었다!'는 소문을 듣지 못하였는가? 그것이 가능하겠는가?

아흐 저런, '신이 죽다'니? 저런 소식을 전하고 있는 이 자라투스트라는 그런데 조금 전에, 하나의 '별' '위대한 별'이라는, 우주적 한 '구상'(具象, 具體)에다, 하나의 '인격'(人格)을, ('인격'[人格]이 적당치 않다면, 어쨌든) 어떤 '성품'(性品)을 부여하지 아니하였던가? 그리고 '구상'(具象)에 대한 '사람'(아담)이 입히는 '성품'은, (또는 '이름'은) 그것이 어떠한 것이라도 '추상'(抽象)적인 것. (예를 들면, '돌'이라는 구상[具象]은, '돌'이라는 '이름'과는 무관한, 어떤 '딱딱하고 무거운 물체[物體]'인데, 그것에 입혀진 '돌'이라는 '이름'은 그러니까, 그 물체[物體]에 대한 추상이라는 것이다) 돌(咄, damn)! 자라투스트라는 그렇게 하기로써, 본의든 아니든, 최소한 어떤 우주적 구상에 대한 '아담'스런 수사학적(修辭學的) 욕구에 의해서라도 '하나의 우주적 구상'을 추상화하지 안 했던가? —'예술'(藝術)과 '신'(神)은, 흐흐흐, 그렇게 태어나는, 사람(프라자파티)[2]의 자식이던 것을! '구상의 추상화', 또는 '상징화'란, 그리고 '추상의 구상화'도, '예술과 종교'의 모태(母胎)던 것을!

자라투스트라여, 그대가 그렇게 찬양한 저 '위대한 별'은 그렇게 태어나, 해마다 동짓날 죽고, 그다음 날(크리스마스) 새로 태어나는, 아으, '아도니스—그리스도'이던 것을! —늙은 성자는, 언덕을 내려가는 자라투스트라의 등에 대고 말하고 있었다.

그러고 보면 자라투스트라여, 한 마리 암독사의 똬리 위에서 연금(鍊金)된 '지혜'(智慧)라는 '독수리'는, '검[黑] 아귀(餓鬼, 배고픈 까마귀)'보다 나을 것이 없는 듯하다. 그런즉 공은, 내려설랑은, 더 많은 질료(質料, 話頭)를 구해, 새로 굽기[鍊金] 위해, 다시 산을 올라야겠는 것이다.

티 베미.[3]

2. 공룡숭배(恐龍崇拜)

자라투스트라는, 산 언덕을 내려가다, '공룡'(恐龍—디노사우르)이 예배되고, 그것(공룡)의 자식들이 사는 고장에 닿았다.

"나로 하여금도, 도류(道流)들의 공룡을 예배토록, 공룡이 있는 곳 에로 인도할지어다"라고, 자라투스트라가 이른즉, 공룡의 사제(司祭)들이, 자라투스트라를 데리고, 고고학적(考古學的) 발굴작업(發掘作業)이 행해지고 있는 곳으로 갔다.

거기서 자라투스트라는, 저 공룡의 예배자들이, 땅의 배를 가르고, 땅의 뼈를 깨뜨려, 공룡의 화석(化石)이나, 뼈 토막, 심지어는 부러진 발톱 조각 같은 것이라도 놓치지 않고, 주워 모으고 있는 것을 보았다.

"아힘사 파라모 달마![4]" 자라투스트라는, 경악하여 외쳤다. "말세의 자식들이람, 저주로다! 어찌 도류들은, 저 성스러운 어머니 대지의 배를 가르고, 하체를 욕보이며, '땅 목숨'[5](Earth-Lives, 地情)들을 대량 학살한다는다?"

그러나 그들 중의 아무도, 자라투스트라의 부르짖음엔 개의치도 안 했으며, 이번엔 그리고, 자라투스트라를 인도하여, 마을 가운데 세운, 거대한 한 예배당으로 갔다.

자라투스트라에게는, 그 '예배당'은 그러나, 박물관(博物館) —발굴한 화석과 뼛조각들을 체계적으로 맞춰 정리하여 전시하는 박물관으로밖에 달리는 보이지 않았는데, 실제로 그 단 위에는 한 마리의 공룡이, 그 본디 뼈 조직을 갖춰 세워져 있었다.

그 앞에 닿기가 무섭게, 자라투스트라를 인도해 왔던 저 공룡의 사제들과 예배자들은, 자라투스트라에게도 강요하며, 모두 무릎을 꿇어 엎드리는 것이었다. 그래서 자라투스트라는, 일어나는 생각에 두통기를 느끼며, 혀를 찼다. 쯔쯧, 그러구 보니 가여운 자들이고! 도류들은, 도류들이 요 얼마 전까지 이뤘던, 그 문명(文明), 그 영웅주의(英雄主義), 그 남성적(男性的) 황금시대(黃金時代)에의 그리움을, 향수를, 일깨워냈는 것이었도다! 도류들은 그런 뒤 몰락만을 거듭하고 있구나, 늙은 퇴기(退妓)의 눈물은 이젠 더 이상 짜겁지도 못한가? —그러나 자라투스트라는 그렇게 말하지는 못하였도다. —쯔쯧 이제는 그러나 촉루뿐인 것을! 몰락만을 거듭하는 자들의, 희망 없는 자들의, '남성적 강세'함에의 꿈이, 하나의 거대한 형해(形骸)로 시간의 과거 속에 구현(具現)되어 있다니! 신(神)은 죽었도다! —자라투스트라는 그러나 그렇게 말하지는 못하였도다. —자라투스트라의 가슴은, 슬픔으로 미어지고 있었는데, 때에도 해는 지고 있었던 게다. 세상이 어둑스레해지고 있었다. 해가 지기에 좇아 헌데, 어떤 흉기(凶氣)스러움이 감돌며, 자라투스트라를 으스스 떨게 했는데, 해지기에 좇아, 세상이 어떤 식으로든 바뀌고 있다는 것을 자라투스트라는 어쨌든 감지할 수는 있었다.

좀 더 어두워지자 열의, 백의, 여러 백의 촛불이 밝혀졌기에, 자라투스트라가 보아 알게 된 것은, 저 거대한 한 조직의 형해였던 그 공룡이, 몸을 풀고 움직이는가 하자, 자기를 예배하는 자들을, 코끼리가 좋은 풀을 그렇게 하듯, 혀에 감아, 씹어 삼키기를 시작한 것이다. 아으, 공룡이 무덤에서 일어났도다! 자라투스트라는 부르짖고, 몸을 날쌔게 하여 출입구 쪽으로 내달았다. 그러나 공룡을 예배하는 아무도, 움직임이 뭔지를 잊었거나, 공포 탓에 솔(굳)았거나 아니면, 그것에게 삼켜지기를 기다려, 그날을 살아오기라도 했거나, 어쨌거나, 움직이려거나, 도망치려는 아무 기미도 보이지 않고만 있었다. 몰록이여, 아으 몰록이여, 인간의 형이하적(形而下的) 모든 성취(成就)를 먹어 치우기에 의해서만 존재하는 자여, 검은 은총이여, 몰록이여, 검아귀(餓鬼)여, 하으, 하, 하나의 거대한 의지(意志)가 태어났도다! —자라투스트라는 부르짖었다.

그리고 대체 그런 거대한 의지의 탄생이 어떻게 가능할 수 있었는지, 그것이 궁금하여 자라투스트라는, 아까 낮에, 고고학적 발굴작업이 행해졌던 곳에의, 말하자면, 고고학적 재답사가 필요한 듯하다고 믿어, 거기로 갔다.

그리고 자라투스트라는, 땅의 파헤쳐진 상처에서마다, 어둠을 통해, 달빛 고물이라고나 일렀으면 싶을, 번연한, 빛의 해당화, 수풀들을 보았다. 자라투스트라는, 그리하여 그것이 다름 아닌, '흙 목숨'이라고 이를 것이라는 것을 알았다. 그런즉 그럴 일이었다, 저 공룡의 몸은, 묻혔다 다시 캐어내졌을 때, 저 '흙 목숨'들로 이뤄진 것이었던 것이었다.

자라투스트라는 그것을 알아냈으며, 그래서 부르짖었다. "아으, 하나의 신이 태어났도다! 신이 태어났도다!" 그리고 자라투스트라는, 그 발굴작업이 있던 자리의, 앉을 만한 데에 털썩 주저앉고 자기를 생각에다 맡겼다.

이 신은, 양성일체(兩性一體)인데, 그런 까닭으로 혼자서 새끼를 치고, 그 새끼를 잡아먹기에 의해, 자급자족한다. 이 신은 무수한 '흙 목숨'[地情] 이, 어떤 한 이념(理念) 아래 연합해 있을 때만 보이는데, 다만 하나의 감각기능밖에 갖고 있지를 안 해, '에켄드리야'라고 이른다. 이 신은, 입과, 생식기와, 항문을 하나로, 같은 것을 쓰고 있어, 배설하기가 동시에 먹기며, 배설하고 먹기가 동시에 성교하기인데, '깨기'와 '잠자기'에 의해 '성별'(性別)을 나눈다. 깨어 있을 때는 수컷이며, 잠자고 있을 때는 암컷이다. 수컷은, 영구히 죽고 싶음으로 인해, 매장복합성(埋葬複合性) 탓에, 암컷 속에 투신해 들고, 암컷은, 춤추고 싶음, 새끼 배고 싶음, 꿈꾸고 싶음에 의해 수컷을 빠등히 일으켜 세운다.

세상은, 특히 인세(人世)는, 이 거대한 신(神)을 뒤에 두고, 그것에서 태어난 것들에 의해 운영되어지고 있는데, 이 신(神)의 이름은 그렇다, '민중'(民衆)이라고, '대중'(大衆)이라고, '군중'(群衆)이라고 이를 것이니라!

새로 신이 탄생하였도다.

티 베미.

3. 에켄드리아야의 새끼〔色鬼〕들

—세이레네스와 오이디푸스

자라투스트라는, 자기가 '에켄드리야'라고 명명한 그 공룡(恐龍—디노사우르)이 숭배되고 있는 고장을 (자기로서는 떠난다고) 떠났는데, (해탈[解脫] 하지 못하는 한, 아으 자라투스트라여, 그대도 또한 그 고장을 벗어나지는 못할 것이다) 그러며 그는, 그 고장에서 얻은 씻나락이라도 까먹었든, 아니면, 생각했었거나 논(論)했었던 말의, 채우지 안 했던 괄호(括弧)를 메우려 했든, 또는 흐려졌었던 어미(語尾)를 간추리려 했든, 씨불이기 시작했다. "나, 자라투스트라는 그러니깐두루 말이지, 그것도 신(神)들과 같이 풍문이기만 했으되, 바위처럼 엄존했던 저 공룡(恐龍)의 실체를 포착하기는 한 것이었도다. 무수한 '해탈(解脫)에의 낱몫'들을 삼키고 나서라야만 자기를 드러내는 저 거대한 짐승은, 모든 낱몫들에 대해 위험이며 장애러라! 제가 제게 임신케 하여, 제가 분만한 제 새끼를 잡아먹기로, 다시 임신하는 이 붉은 용은, 퇴치되어져야 하는 것을. 나, 늙은 자라투스트라는 이렇게 되어 이제, 어느 용감한 젊은 네가 저 공룡퇴치(恐龍退治)에 나선다면, 그 길을 가리켜 보일 수는 있을 것이겠도다."

씻나락도 까먹음시롱 가다가, 자라투스트라는 길이 세 갈래 진 자리에 닿게 되었는데, 그가 걸어온 그 같은 방향으로 뻗쳐나간 그 길(은 중도[中道] 였는데)에는, 그런 아무것도 없었지만, 양옆으로 나뉘어진 두 길목에는, 돌로 깎아 세운 이정표(里程標)가 서 있음을 보았다. 이정표 하나는, '지친 행려자여, 만약 죽고 싶거든 이쪽 길로 들어설지어다'라고, 이정을 밝히고 있었으며, 그 반대편을 가리키는 것은, 그 이정을 이렇게 밝히고 있었다. '이 경계를 넘어서면, 그대는 젊어지는 대신, 불알을 잃으리라' —후후훗, 몹시 쾌하여 자라투스트라는, 그 돌표(標)들까지 따라 웃도록 웃었으며, 그리고는, 자기가 아직도 '죽고 싶지 않음'을 관(觀)하고, 그쪽 길로는 들어서지 안 했다. 그리고는, 자기가 그 나이 되도록이나 걸어온, 자기의 한 삶 길을 얼른 뒤돌아보며, 그 삶이 만약 고스란히 되풀이된다면 어떨 것인가, 를 생각해보다 진저리를 치고, 왔던 길을 계속하여 사뭇 여러 걸음을 내딛어나갔다.

"……발 딛는 자리는 글쎄, 지옥에서 오르는 열로 뜨겁고, 등 붙인 자리는 또 그 자리대로, 지옥에서 오르는 한기 탓에 얼음보다 차겁거늘…… 그러자니 누웠다 하면 일어나야 되고, 일어났다 하면, 자꾸 발을 갈아 디뎌야 한다……." 그러다 "돌(咄)!" 자라투스트라는 무엇에 대고서든 몹시 짜증을 냈다. "뭍을 여행할 때도 행려자여, 그대는 밀초로 귀를 막을지어다!" 자라투스트라는, 조금 전에 눈으로 읽었던 글자들이, 소리가 되어 귓속에서 윙윙거리는 것을 들은 것이다. "그러구 보니, 나 자라투스트라가 환속(還俗)하지 않으면 안 되었던 까닭은 극명해졌도다. 나 자라투스트라는, 하나의 물신적 욕망(物神的 慾望)—파우스트(Faust)랄 것을 출가(出家)했었기는커녕, 오히려 혼(魂)의 불은 젖퉁이를 물려, 살찌게 해왔던 것이었구나. ……그, 글쎄, 그럼에도 불구하고, 마, 말이지, 이 세상은 허, 허긴 말이지, 한 번뿐만 아니라, 몇 번씩이고, 도, 돌아와, 사, 살아보았으면 시, 싶으게, 코, 코롬이나 호꼰하지 않은 것은 아닌 것…… 그대 자라투스트라여, 그대의 비극은, 늙은 가죽 속에, 젊은 혼을 싸안고 있는 그것이겠도다. 혼도 허기는, 몇 윤회(輪廻)의 풍우설상을 통해서든, 조금은 늙고 보아야, 미끄러운 세상에 한사코 빌붙어 있기에는, 손톱 발톱이 너무 약하다고 알기 시작할 것이다. '젊은 혼은 용감한 무사(武士)나 같다'고 이르잖느냐. 용사가 전장(戰場)을 좋아하듯, 젊은 혼도, 삶과 죽음이 갈아드는 윤회를 좋아한다." 그러며 자라투스트라는 다시 길이 세 갈래 진 데로 되돌아와서는, 파우스트들이 휘파람 불며 넘었을, 그 경계를 넘어섰다. 그리고 마렵지도 않은 오줌을 눈 뒤, 불알을 쥐어보다 자라투스트라는, 손바닥에 재[灰]가 담긴다고 알았다.

간 날이 장날이었든, 아니면 매일이 장날이었든, 어쨌든 그날이 그 고장의 장날이어서, 동산(洞山) 언덕의 제당(祭堂)에서 잔치가 있다고, 자라투스트라는 들었다. 예복을 입은 본동(本洞) 사람들은 물론, 자라투스트라 자기와 같은 외동(外洞) 사람들도 다수가, 흥겨운 걸음으로 제당을 향해 오르고 있었으니, 자라투스트라도 놓칠세라, 제미(祭尾)에 붙었다. 제당이 가까워질수록, 그리고 자라투스트라가 느꼈기에는, 모르는 모든 타인들 사이에 어떤, 글쎄 그것은, 아까 자기가 하나의 고유명사를 보통추상명사화한 그 '파우스트'의—끈적거리는—줄이라고도 했으면 그럴듯한 찐득거리는 일률적 줄이 느려져 (낱몫들을) 결속하고 있었다. 그래서 자라투스트라가 본 바에 의하면, 자기도 물론 포함해서 말이지만, 그 자리에는 '모르는 타인'들 대신, '우리'가 있었다. 그러는 중에, 제당이 가까워지고 있었던지, 제당에서 울려 나는, 어떻게 들으면 무질서하고, 어떻게 들으면 질서화한, 무슨 악기를 두들기거나, 치는 소리가 들리고 있었다. 허기야, '음악이란, 체계화한 소음'이라고 하잖느냐. 헌데 '우리'는, '체계화한 굉음'에 발바닥이 황홀함을 느끼기 시작하고 있었다. 춤[舞]의 한 강이 일어난 것이고, 오래잖아 이 무강(舞江)은 춤의 바다에 합류해버렸다. 오늘, '우리'의 이 '무박'(舞拍)은 '파우스트'이노라.

자라투스트라가 그 제당엘 들어서고 있었을 땐, 마침 제막(祭幕)이 오르고 있었다. 자라투스트라의 눈에 비친 바대로 하자면, 제당엔 무대라고 이를 제단(祭壇)이 있고, 그 제단 위엔 또 작은 제단이 놓여 있었는데, 그 제단 위에는 하나의 '인두골'(人頭骨)이 놓여 있는바, 그것을 향로(香爐)로 여러 대의 향이 타고 있었다. 그 향단(香壇)을 앞에 두고, 여러 종류의 북과 줄[琴]에서, 고막을 찢고 골통을 터뜨려내는 소리를 울려내며, 그 굉음에다 음률의 굴레를 씌우고 있는, 수염 난 여자들 여럿이 병풍처럼 둘러서 있었다. 자라투스트라의 느낌을 통해 보면, 누구든, 그 제당에 들어 저 소리에 고막과 머리를 터뜨리고 저 향연(香煙)에 코와 눈을 쐬었다 하면, 그리고 조금 있으면 그때부터는 이제껏 견고했다고 여겼던 땅이 무릉(武陵) 물릉해져, 똑바로 서 있을 수가 없게 된다고 알 것이었다.

누구나의 디딘 자리가 물릉 무릉(武陵)해졌을 때에, 향이 타고 있는 그 제단에서, 무엇이 일어나고 있었는데, 자라투스트라가 본 바에 의하면 그것은, 열엿새-달-같은-흰 암캐의 상반신에, (일수가 나쁜 날 목욕하고, 천의[天衣]를 도난당한, 그러니 날개 없는) 학녀(鶴女)의 하반신을 한, 아무것도 입은 것이 없는 벗은 계집이었다. 자라투스트라에게 그 계집은, 지옥(地獄)이게스리 아름다웠는데, 이 계집이 분명히 이 제사(祭祀)를 집행하는, 무녀(巫女)일 것이라고 했다. 계집은 헌데, 향로였던, 그 '인두골'(人頭骨)을 요니(子宮)로 해 갖고 있었는데, 그 계집이 바로 그 작은 제단이었던 모양이었다. 그리고 계집 자신이 '제사'(祭祀)였던 것이었는다—자라투스트라는, 늙은 가슴이 사랑 탓에 아픈 것을 경험하며, 계집을 그렇게 (제사[祭祀]라고) 예배했다. 그 '제사'(祭祀)는, 꿈틀거리고 일어나며, 수음(手淫)질이라고 여겨지는 지랄을 해 보이면서, 그 요니로, 별랑도 천상적 음성이랄 것에다 지옥을 섞어 노래하여, 듣는 귀들이, 고막 속에다 말벌이라도 넣게 된 듯이, 푸들푸들 떨도록 고문했다. 요니로 노래하는 계집, '거북아 거북아 대가리를 내어놓아라' 요니 속에서 노래의 손이 나와, 사내들을 불러들인다.

'만약 내어놓지 않으면 구워 살러 먹겠다.'

아으, 행려자여, 뭍을 여행할 때도 그대는, 밀초로 귀를 막을지어다.

그 한 노래가, 그로부터 열 번, 서른 번, 백 번 반복되어지고 있었는데, 무녀(巫女)는, 그 여자 자신의 채워지지 않은 그 비임, 그 부족의 아픔을 표현해 보이고 있었다. 암컷인 '제단'(祭壇)이, 제당 안의 모든 수컷들을 희생양(犧生羊) 삼아 그 '머리'들을 쳐, 피를 삼켰으면 하고 있었다.

"그리고 반복법(反復法)은," 자라투스트라는, 꿈에서인 듯, 그러나 그 버릇이 된 씨불이기를 잊지 않고, 뭐라고 씨불였다. "이 세상의 모든 착한 할머니 어머니들도 알아서, 자기네들의 손자나 자식들을 잠재우려 할 때 쓰는 마혼주(魔昏酒)인 것." 중얼거리다 헌데 자라투스트라는, 이제껏 무릉(武陵) 물릉했던 발밑의 땅이 갑자기, 매우 견고해졌다고 느꼈다, 알았다, 보았다. 그리고 자라투스트라가 새로 보니, 제당에 있던 사내들이 모두, 무릉(武陵) 삼월 복사 꽃잎들처럼 가슴을 둥둥 떠서, 바람이 부는 대로 흘러가고 있고 있었다. "해골(骸骨)의 요니를 가진, (날지 못하는) 새의 아랫두리의 흰 암캐는 요니로 짖어, 사내들께 공수증(恐水症)을 일으키는 한 종교(宗教)였다. 신앙(信仰)으로써 사내들은 바지를 흘려 내리고는 제단으로 올라가, 저 해골의 요니에다, 귀두 가득 뭉친, 한 바다의 혼(魂)을 제주(祭酒) 삼아, 토해내는도다."

제주를 바치며, 저 색귀(色鬼)들은 뒈졌던 모양으로 재가 되었었는데, 뒤

돌아설 때 보면, 희둑스레 희어져, 있다. 자라투스트라가 본즉, 허긴 그들은 젊어져 있었는 듯도 싶었다. 그 얼굴들은, 자라투스트라가 보기엔, 추악하지도 안 했지만, 이전의 아름다움도 갖고 있지 안 했다. 검지도 안 했으려니와 희지도 안 했는데, (거세[去勢]를 자초하여) 남자도 아니고, 그렇다고 여자도 아닌 데다, 어른도 아니며, 그렇다고 아이도 아니어서, 빌어먹을, 과도적(어지자지!) 이래얄 것인가. 어찌 되었든, 새로운 한 유형(類形)의 인종(人種)이, 새로운 한 유형의 종교(宗教)의 제단에서 태어났도다! (이 한 유형의 종교의 이름은, '에켄드리야'라고 알려져 있거니와,) 이 자식의 이름은 그러면 무엇이래야겠느냐? 거듭 '오이디푸스'[6]라고 해도 되겠느냐?

재[灰]란 재생의 씨앗이기도 하던 것을—자라투스트라는 결국은 그 '제사'(祭祀)에다 재를 바치지 못하고, 저 고장을 뒤로 하여, 벗어나고 있었다. '어미'를 매개치 않고, 허, 허기는 자식은 새로 태어나지 못한다. 새로 태어나지 않는 한, 행려자여, 어떻게 새로 젊어지겠는가. 어미도 또한 자식의 정수(精水)를 받기에 의해서만, 다시 젊어지는 것—자식의 정수를 탐하는 이 '어미'는, 두 개의 몸을 하나로 하고 있다. 하나는 자식의 정수를 뽑아 재만 남기려는 마녀(魔女)며, (어미와 자식 간에서 성교[性交]가 이뤄지려면, 언제든 자식의 거세[去勢]가 전제되고, 어미는 암캐화[化]하는 것) 다른 하나는 윤회(輪廻)이다. (아으, 하늘에의 소망을 잃어, 땅에 밀착해 살다, 땅 자체가 돼버린 학녀[鶴女]에게 지금이라도 날개를 되돌려준다면, 하늘에로 떠 날아오르겠느냐? 누가, 저 학녀의 날개를 훔쳤느냐? 허기야, 학녀의 자식들 말고, 또 누구겠느냐, 마는—.)

저 '제사'(祭祀)의 이름은 그리고, '흥행'(興行)이라고 해야 할 것이겠도다.

티 베미.

4. 드빈드리야[7]

—모든 낱몫[個我]들이, '흥행'(興行)이라는 하나의 제사(祭祀) 속에 녹

아, '대중'(大衆)이나 '군중'(群衆)이라고 이를, 중아(衆我), 또는 한 소용돌이의, 집단적 무아(無我)의 강이 되어, 아롱 무릉(武陵) 무아롱(無我聾) 흐르고 있을 때도, 함께 녹아들지를 못하고, 깨어, 뜬눈으로, 그 무아의 강에 부표하지 않으면 안 되는 자의 심정은, 고독하다.

'회춘(回春)의 제사'에 참예했었음에도, 더 늙고, 더 피로해진 얼굴이 되어 자라투스트라는, 그 제당을 뒤에 두고, (아까 올랐던, 그 같은) 길을 내리기 시작했다. 그는, 그 한 제당(祭堂) 분량의 죄(罪)라도 자기 어깨에 짊어진 듯, 비틀거렸는데, 결국 더 못 걷겠는지, 길가에 선, 등 굽은 늙은 소나무 둥치에 몸을 의지해, 가쁜 숨을 진정하려 했다. 하며, 자기가 내리려는 길을, 눈으로 먼저 따라 내려보다가, 차라리, 그 소나무 그늘 아래, 연좌(蓮座)로 똬리 쳐 버렸다. 아랫녘 들은 비옥하여, 천의, 만의 까마귀 떼가, 탐하여 흰 볍을 쪼아 먹고 있는 듯이, 그렇게나 새까맣게 푸렀는데, 그 가운데에 둥지 얹은 마을에서는, 낮 닭이 울고 있었으며, 대장간에서는, 모루 치는 소리가 울려 나고 있었다. 자라투스트라는, 거기까지는 들릴 리도 없는, 해수병 걸린 늙은네들의 잔기침 소리도 섞어 듣고 있었다. 낮이 잘 익어, 들척지근한 냄새 천지였다.

—아으 저것(마을)은, 백조(白鳥)나, 학(鶴)이라면 틀리지 않을 것인데, 흐흐흐, 저것은 살찐 암소여, 씨암탉이라구, 나르는 유정(有情)이, 백주인데도, 둥지 속에 배 깔고 누워 자빠져 있으면, 하늘밭 잡초일랑은 그만두어라만, 고픈 배는 어쩌려나? 학(鶴)은 분명히, 알을 품고 있는 것일러라. 다리는 접고, 머리는 깃 속에 묻어, 남생이도 같은, 저 한 덩어리의 '비상'(飛翔)은, 하늘을 닫고, 땅을 품은 연(蓮)이다.

—그, 그러구 보니 그랬었구나, 두 행자(行者), 수독수리와 암독사와 더불어, 나 자라투스트라가, 산정의 동굴에서 해 바라[面] 지냈던 지난 십 년 동안, 그리움을 다하여 내려다보았던 것은, 바로 저런 것이었던 것이구나, 그것을 알겠구나. ……나의 '출가'(出家)가 그랬었던 것모양, 이래서 보면, '환속'(還俗)도 제대로는 이뤄지지가 못한 것이었는가…… 땅에 발붙여 살며, 하늘 맛 들인 이카로스는, 부득 쓰러져 땅에로 되돌아왔어도, 이전의 이카로스는 이제는 아니다. 유정(有情)은, 하늘 맛을 들이면, 불순(不純)해진다. 일례를 들면,

암독사의 하반신에, 수독수리의 상반신을 해 갖고 있다. 오르기로, 훨씬 오르기로 벗거나, 내리기로, 지옥(地獄)에까지 내리기로, 아예 입어버리는 것이 좋은 것을? ……허, 헌데, 야행성 짐승도 아닌 것이, 흰 낮에도 둥지에 기복해 있는 것으로 따지건대, 저 흰 새는, 한 벌 나들이옷도 못 갖춘 것이 분명하다. 중년에, 듣기로는 그랬었다. 하늘의 공주가, 학의(鶴衣) 입어, 호수에 목욕하러 내렸다가, 학의를 도난당해, 하늘 못 올라가고, 땅의 어디에 서럽게 살고 있다는 소문이 있었는데, 그리하여 나 자라투스트라는, 그 서러운 공주가 어디에 머물러 살고 있는지를 알게 되었다. 벗은 부끄러움 탓에 저 흰 새는, 땅이 돼버리도록 땅에 밀착해, 자기를 숨기려 하면서도, 하늘에의 그리움을 알[卵]로 품어, '날개'를 까[孵化] 내려 하고 있다. 하늘에의 종교(宗敎)로 땅을 품은 저 새도, 에잇, 불순(不純)하구나! 상념(想念)에다 심한 체증을 일으키는, 모순어법(矛盾語法)! 그러자니, 저 새가 품은 ('땅'이라는) 알 속에서는, '날개' 대신, 캐갱[8] 캐갱 구렁이가 짖어 나올 일이다. 그렇기에 저 새는, 아직껏도 땅에 억류되어, 땅이 되어, 하늘 살고 있는 것일라.

이때 자라투스트라는, 자기 눈앞에 펼쳐진, 예의 그 독본(讀本)을 읽는 중에, 무슨 영감(靈感)의 '불에라도 훨훨 붙어버린, 떨기나무'(「출애굽기」 3:2)도 같았다.

—그것은 그런즉, '드빈드리야'라고 이를 것이겠눠다! '마을'이라거나, '취락'(聚落, 읍[邑], 도시[都市], 나라)이라고 이르는, 사람이라는 유정(有情)들이 모여, 삶을 여수(與受)하고, 영위하는 '장소'(場所), 즉슨 삶의 '제단'(祭壇)이란, 그렇도다, '장소'(場所, 체[體])인 것뿐만은 아니었던 것이러람! 그래서 그것은, '속'(俗)이라고도 이르는 '존재'(存在, 용[用])이기도 했던 것이었는다. 나 자라투스트라는 오늘, 매우 일진이 좋았게도, 제당(祭堂)에서 아까, 제단(祭壇)에서 일어난 춤, '속'(俗)이라고도 이를 것의, 한 의인화(擬人化)를 목격했던 것이 아니었던가? 그것은 그랬었다. '암캐의 상반신에, 천의를 벗은, 학녀의 하반신'을 해 갖고 있었댔다. '해골(骸骨)[9]의 자궁(子宮)'에다 그것은, 새깽[色狂]이들의 죽곺음, 되낳곺음의 의지를 수용하여, 춤[舞]을 부화(孵化)해내는 계집(이 '춤'도 그래서, '날개'가 아닌 것은 아니라도, 차라리, 타

오르는 불 같은 날개이다. 연료[燃料]에 억류된 자유[自由], —그래서 그것은 땅꾼의 피리 소리에 꿈틀어 오르는, '뱀' 같은 것이다. 그런 날개이다) —'떨기나무에 타는 불', 그래도 그 나무를 재로 만들지 않는 불.

[체(體)/용(用), 제단/제사(춤), 취락/속(俗), 떨기나무/불, 암캐/학녀, 또는, 학녀/암캐, 해골/욕망, 등은, 그렇도다. 한편에서는, 언어학에 있어서의, 기호(signifier)와 의미(signified)의 관계이기도 하되, 다른 편에서는, 부두(Voodoo) 속(俗)에 있어서의, 좀비, 즉 혼 없는 몸과, '호우간, 즉 신장(神將)'의 관계인 것을 알겠도다. 그런 까닭에, 흐흐흐, 현자(賢者), 나 자라투스트라가 그것을, '에켄드리야'라고 관(觀)했었으며, 그리고 '드빈드리야'라고 관(觀)하고 있는도다. 그러고 본즉, '드빈드리야'는, '에켄드리야' 자기가, 자기를 임신해, 분만한 딸이로구나! 어미며, 딸이로구나!]

—이 계집은, 아름답도록이나 추악하며, 추악하도록이나 아름답도다! 나 자라투스트라는 아까, '학녀'가, (목욕하기 위해서, 또는 요니를 까발셔 내기 위해서) '천의'를 벗고 있었을 때, (천의 아래에서) '까마귀'(검아귀[餓鬼])의, 또는 '암캐'의 모습을 드러내는 것을 보았던 것인데, 하늘 계집이 그때는, '검은 상복의 암거미'였었다. 그래서는 그것은, '드빈드리야'러람. '죽곮음과 되낳곮음'에 의해 일어난, 자식새끼[色鬼]들의 성욕(性慾)에 품 열어줄 어미는, 허기야 어떤 모습이나 되겠느냐. 게다가 나 자라투스트라는, 종교(宗敎)를, 그것도 해탈(解脫)의 종교(宗敎)를 찾아서, 또는 설(說)하기 위해서, 삼세육도(三世六道)를 헤매거늘, —이런 자의 눈에는 그렇다면, 상사라란, '해골의 요니'를 가진 음녀(淫女) 말고, 달리 무엇으로 보이겠느냐. 입이 요니며, 요니가 항문이며, 항문이 동시에 입인 계집, —이 어미께 한번 임신되어졌다 하면, 자식은 윤회(輪廻)를 벗어나기가 어렵다. 태어나기가 죽기며, 죽기가 다시, 저 요니에다 정수(精水) 뿌리기여서, 죽자마자 자식새끼는, 새로 임신되어지는데, 윤회(輪廻)의 이 자전(自轉)은 그래서 완벽하다. 고(苦)다, 낳아지기가 고(苦)며, 죽기가 고(苦)며, 다시 임신되어지기가 고(苦)다, 고(苦)다.(사번[詞煩]!)

—'고'(苦)는 그럼에도, '환'(幻)의 자식이라고 하잖느냐! 그런즉슨, 환멸(幻滅)이 환멸(還滅)이겠는가! 그렇다. 환멸(幻滅)이 환멸(還滅)이겠도다.

—마는, 난제는 그럼에도, '환'(幻)을 '멸'(滅)한다는, 그것에 있는 것이 아니겠는가? 그럴 것이, '환'(幻)이란 '실다움'이 아니어서 '환'(幻)인데, '실다움이 아닌 것'을, 대체 무슨 수로 '멸'(滅)할 수 있다는 말이며, (허기야 '견성'[見性] 이 뭐겠느냐!) 그 반대편에서는 또, ('사대[四大] 란 공[空] 에 의지한다'고 하지마는,) '사대'(四大)를 보아라, 그 '사대'(四大)로 이뤄진 진육적 색골(眞肉的 色骨)을 보아라, 글쎄 말이지, 무엇이 진짜의 '실다움'인지, 그것을 한 번도 포착해본 적이 없는 자로서는, 대체 무슨 수로, 이 '진육적 실다움으로 믿어지는 것'을, '멸'(滅)할 수 있다는 말인가? (허기야 '해탈'[解脫] 이 뭐겠느냐!)

—나 자라투스트라는, 그리하여 허긴, 하나의 '바르도'[10]를 통과하였는다?

—모두 하는 말로는, 그 왕자는, 어떤 마녀의 주술(呪術)에 덮어씌워져, 먼동이 트는 대로 '멧돼지'가 되어, 저녁 되기까지는 들을 헤매야만 되게 되었다고 하지만, 뉘 알겠는가, 실제에 있어선 그러나 그 왕자는, 인세(人世)의 제도며, 기율이며, 억압과 제약이 싫어, 자청하여 수피(獸皮) 입어, '자연'(自然)이라고 이르는 마을에로 도피를 해버렸던지도, 글쎄 뉘 알겠는가? 그러나 저녁 되면, 동화(童話) 속의 그 멧돼지 왕자도, 자기의 공주께 돌아오듯이, 그럴 일이다, 바르도가 좋아, 바르도에 남아 있는 자들도, 해 질 녘에는, 헤어져, 자기네들 둥지로 돌아오기는 해얄 것이다. 그럴 때마다, 저들은, 낮에 자기네들이 참예했던, 그 '제사'(祭祀)를, 그 '집단적 무아(集團的 無我)의 강(江)'을, 자기네들의 아랫목에로도 끌어들여 갈 수 있으면 하고 바랄 것이지만, 이것은 어쨌든, 모둠[會] 자리에 갈 때만 입는, '에켄드리야'라는 그 나들이옷을 벗고, 방 한구석에 구겨 던져놓았던, '자기'(自己)[個我] 라는 그 일상복(日常服)으로 바꿔 입어야 할 때인 것이다. '자기'라는 이 평상복(平常服)의 이름은, '판켄드리야'[11]인데, 하나씩으로 동떨어지게 된 저들은 이제, 두려운 듯이 떨며, 그 옷을 입는다. 늘 그런 것은 물론 아니며, 저런 투의 '제사'(祭祀)에서 돌아오는 저녁으로만, 그렇게 느끼는 것이지만, 이 우주 간, 그중 호꼰하고 아늑해야 할, 자기네들의 그 둥지에 들어, 이 이카로스 새[鳥] 들은, 춥고, 외롭고, 왜소하다. 옷의 마지막 단추까지 다 잠그고 나면, 그 순간 저들은, 바람에 부풀렸던 풍선에 구멍이 뚫린 것모양, 갑작스런 자기 축소를 경험하지 않으면 안 되는데, 실

제에 있어서는, 자기가 줄어진 것이 아니라, 본디의 자기에로 돌아왔을 뿐인 것이다. 저들이, 그것을 모르는 것은 아니다. 아닌데도, 그 순간은 자기가 그렇게나 왜소할 수가 없으며, 무력할 수가 없다, 그러면, 심지어 자기라는 존재의 의미까지도 희미해져 버려, 자기가 자기를 보려 해도, 자기 눈에까지도 확실치가 않다. 외로움이 시작된다. 제기랄, 무슨 신명 날 경기(競技)라도 없는가, 폭동(暴動)이라도 없는가, 사당(寺黨)패라도 지나지 않는가…… 외로움이 시작되어 있는다. 이럴 때도 그들은, '세계'라는 또는 '우주'라는 그 저울 위에다 '자기'를 얹어 달아보고 있는데, 자신이 자신을 마주한다는 일이란 것이, 다름 아닌 그렇게, 자기를 저울질해보기던 것이다. ……하다못해 수음이라도 해볼 일인가, 아니면, 아편에라도 달라붙어 볼 일이었는가, 또 아니면, 도끼를 꼬나 쥐고 내달아, 전당포네 노파라도 패 눕혀볼 일이었는가…… 자아(自我)란, 자기를 흘겨보는 눈을, 둘씩이나, 셋씩이나, 다섯씩이나 되게, 너무 많이, 그리고 크게 해 갖고 있는 것이 탈이다. 아니면, 저렇게나 광활한 우주를 내어다보려 하며, 눈을 너무 적게, 그리고 작게 해 갖고 있게 된 것이 탈이다.

—이렇게, 무의미(無意味)하도록까지나, 왜소하고, 나약한 개체(個體)들이라도 그러나, 모이면, 그렇다, 왜소하기 탓에 그 서름으로 모이면, 무력하기 탓에 한 이념(理念) 아래 모이면, 그리고 '의미'(意味)를 두고 말한 대도, 수미산까지도, 작은 모래들의 집적에 의해서만 드러나져 있는 것인 것, 모이면, 한자리에 무수히 모이면, 거기, 거대하고, 막강한 데다, 제왕(帝王)들은 물론, 신(神)들까지도, 두려움으로 건너다보지 않으면 안 되는, (그 모임의 수만큼은 큰) 공룡(恐龍)이 되어 나타나는 것이 아니더냐! 에케(보라!), 에켄드리야 만세? '수(數)가 주(主)'가 된다. 새 신(神)이 탄생하였도다! 이 새 신(神)은, 얼마나 막강한지, 명하면, 지는 해도 머무르며, 그믐밤에도, 중천에다, 온달을 무릎꿇림시킨다. 그래서 그것은, 어떤 식으로든 어거되어지지 않는다면, 쉬바 신(神)이 흘리는 땀방울처럼, 한 우주를 소멸(燒滅)해버리기가 쉽다. 굴레에 씌워지지 않는다면, 돌(咄), 그것은 무엇보다도 위험한, 파괴적 힘이다. 이럴 때 바랄 것이란, 좋은 연금술사(鍊金術師)뿐이겠도다. 왜냐하면 그것은, 그렇기 때문에, 그것보다도 더 좋은 (연금술적) 질료(質料)도 없는 까닭이다.

그리고 자라투스트라는, 자기 생각의 소용돌이에 휩쓸려, 더 맴돌기가 싫은 듯, 자리를 떨치고 일어나, 불규칙한 걸음걸이로, 언덕길을 접어, 내려, 들어섰던 그 동구를, 싸게 싸게 벗어나 버렸다. 하며, 그래도, 생각의 마무리를 짓기는 지었다.

—이 '에켄드리야'도 물론, 늙은 얼굴이 아닌 것은 아니라도, 세상이 좁아지기 시작한 때부터, 빈번히 자기를 드러내는, 비교적 새로운 신(神)인데, '드빈드리야'에다, 그 신전(神殿)을 두고 있다. 이 종교(宗教)의 이름은, '드빈드리야'라고 이를 것이겠도다.

티 베미.

5. 중도(中道)

'불알'을 담보치 안 했으니, '젊음'을 빌려낼 수가 없었으므로 하여 자라투스트라는, '이 경계를 넘어서면, 그대는 젊어지는 대신, 불알을 잃으리라'는, 그 '회춘(回春)의 고장'을 다녀 나온다며, 차라리 더 늙어지고, 피곤해진 얼굴을 하고 있었다. 결국 되돌아 나와버리고 만 것인데, 그래도 한번, 차마 아니 뒤돌아볼 수가 없어 뒤돌아보다 자라투스트라는, 경악하고 전율했다. 이런, 아으 오르페우스여, 그대는 그럼에도, 지나온 자리를 되돌아보려 하지 말았어야 하지 안 했겠었는가? 글쎄, 거기에 분명히 (자라투스트라가 걸어 들어갔었으므로 되돌아 나왔으니,) 자라투스트라 자기를 부지런히 뒤좇아왔었어야 할 길이 있었어야 했음에도, 어째선지 보이지 않는다. 무슨 길[道]만 먹는 마귀가, 길을 국수 빨아 먹어버렸든 어쨌든, 아니면, 숲과 가시쟁이 밭의 밀물[滿潮] 치기가 있었든 어쨌든, 자기의 시야에서, 길만 사라져버리고, 그리고는 제기랄, 풍경은 예사스러울 뿐이다. "괴이한지고! 제 꼬리를 제 입에 물어 뒤집히는 윤회(輪廻)의 구렁이모양, 길도, 제 입에 제 꼬리를 물어, 되빨다 넣어버린 것이었음? 돌(咄), 자칭 현자(賢者), 나 자라투스트라는, 수치스럽게도, 길 위에서 길을 잃었도다!" 실소하고 자라투스트라는, 서낭당이 있는 마을에는 어디에

나 있는 비 오는 밤중에 모습을 드러내, 대취한 장꾼을 홀려서는, 길이 아닌 데를 길이라고, 새벽닭 울 때까지나 끌고 다닌다는, 야홍(野紅) 같은 피웃음을 문, 야홍(夜紅)을 떠올렸다. 그리고 자라투스트라는, 체머리를 흔들었는데, 그랬을 것이, 행려자들을 위해, '통로'(通路)로 놓여진 것(길)이, 밤에는, (또는 그 행려자의 마음이 암흑함에 시달리고 있을 때에는,) 그 행려자들에 대해, '검은 상복(喪服)의 암거미'로 변한다는 것, 그리하여 행려자들로 하여금, 길 위에서 길을 잃게 한다는 것, 그런 것을 알게 되다 보니 그런 것이다. "이제껏 '통로'(通路)였던 것이, 밤에는 '무덤'으로 변해져 버린다? '무덤'이, 다시 말하면 완벽한 밀폐(密閉)가, 밤에는 '열림', 다시 말하면 '통로'(通路)이다? 헛, 허긴, 그런 민담(民譚)도 없는 것은 아니다, 밤길 걷기에 허기지고 지친 행려자와, 뻔하게 불 켜진 초가집과, 혼자서 바느질하며 문 있는 쪽에다 주시(呪視)를 보내는 소복한, 젊고도 고흔 엔네…… 그 주시(呪視) 끝에는 낚시가 있어, 사내치고라면, 그 시선에 한 번 꿰이고서는, 바지를 되추슬러 입고 일어서지는 못하리라…… 나그네만 모르고, 그런 얘기를 듣는 모든 귀들이 알고 있기는 헌데, 그 엔네는, 바늘귀에다 실을 꿰이려며, 실 끝에다 침을 묻히는데 보면, 갈라진 두 개의 혀를 날름거리고 있는다는 것이다…… 끌끌, 그래도 한 삶이 어차피 꿈이라고, 또는 사녀(蛇女)에게 휘감겨 먹히기와 다름없는 것이라고 한다면, 허긴, 저 달콤한 꿈 헛되이 깨이지 말지어람! 가맜거라, 민담(民譚) 속의 저런 야홍(夜紅)이들은, 가맜거라, 혹간 갖다가시나, 순례자들에 대해, '이정표'(里程標)와 관계가 있는 것이나 아니겠는가?"

까닭에 자라투스트라는, 걸음을 재촉하여, 아까, 길이 세 갈래 진 데서 보게 되었던, 그 이정표(里程標)들이 있던 자리로 가보았는데, 자라투스트라가 길에서 길을 잃었기는 헌데, 말한 바의 저 길 하나만은 아니었음을 알아야 되었다. 기억 속의 이정(里程)을 더듬어 자라투스트라가, 딴으론, 길이 셋으로 나뉘어졌던 데쯤이랄 곳으로 돌아와 봤으나, (자기가 '회춘[回春]의 고장'으로 들어섰기 전에) 세 갈래져 있었던 그 길들은, 아무리 둘러보아도, 아무 곳으로도 뻗쳐나간 데가 없었다. 그랬음에도, '지친 행려자여, 만약 죽고 싶거든 이쪽 길로 들어설지어다'라는, 그 길 표지 하나만은 아직도 거기에 있어, 그 길의 이정(里程)을 알리고 있으니, 자라투스트라 자기가, 틀린 자리로 나아가, 틀린 것을 찾고 있는 것은 아니라는 것을 증명해주고 있었다. 글쎄 그것이 만약 '틀린 자리'였다고 한다면, 다만 한 곳으로밖에 열려 있지 않은 길의 이정표(里程標)는, '죽고 싶거든 이쪽 길로 들어설지어다'라고, '선택'(選擇)을 주고 있다는 것은, 이상한 일이 아니겠는가? 그러고 보면, 길은 아직도, 세 갈래로 거기에 있어, 아직 선택을 하지 않은 다른 행려자들께 선택을 하라고 하고 있음에 분명한데, "그렇다면 나 자라투스트라는, '길'이 아니라, 길에서 '자기'(自己)를 실종(失踪)해버리고 만 것이나 아니었는가? 왜냐하면, '길'에 대해, 어중간하게 눈뜨기에 의해서?" ―자라투스트라는 부르짖고, 눈을 부볐다. "꽥꽥꽥, 현자(賢者) 자라투스트라는 그리하여, 아까까지 걸어왔었던, 저 '한가운데 길'[中道, 마디야미카] 까지도 잃은 것이었구나!" 그리고 자라투스트라는, 히마리가 하나도 없어, '죽고 싶은 자'들이 머리 둘러 들어가는, 그쪽 고장을 향해, 그 이정표(里程標)에 등을 기대고, 허리띠 풀린 통 큰 바지가 흘러내리듯, 그렇게 풀려 내려앉았다. "……'산이 새로 또, 산으로도 보이지 않으며, 강도 또다시, 강으로도 보이지 않는다'……." 그의 느낌에, 그의 몸에서는 소금 냄새가 나고, 중력(重力)이 배가(倍加)하고 들었다. "새로운 '모험'에로도, '고향'에로도, '아름다운 공주'라고 의인화된 미지의 신비나, 지혜에로도 이어졌던, 그렇게나 찬란한 날개를 가졌던 길[道]이, 어떻게 되어선지, 나 자라투스트라에 대해서는 마녀(魔女)며, 암독룡(毒龍)이 되어버렸도다. 그래서는 저런 독룡퇴치(毒龍退治)에 나서기에는 너무 늙어버린, 이 자라투스트라를 잡아먹어버린 것이다. 나 자라투스트라는 그렇게 마녀(魔女)의 배 속에 갇혀버렸도다. ……이렇게 되어, 탐험에 오른 (세 왕자 중) 큰 왕자는, 되돌아오지 못한다. 듣기로는, 그는, 어디서, 바위나 소금기둥이 되어 있을 것이라고 한다. ……남은 길이라곤 이제, 한 길뿐인데, 그랬으니 둘째 왕자는, 그 길로 들어설 수밖에, 다른 선택이 또 있느냐? ……이만큼이나 늙은 자라투스트라도, 미로(迷路)를 헤맬 때가 있구나. 뒤돌아보려 하지를 말았어야 했었을 것을!"

'회춘(回春)의 고장'으로 길을 정해 들어섰기 전까지, 자라투스트라 자기가 또박또박 걸어왔었던, 그 길은 그러면 어찌하여, 어디로 사라져버렸는가?

'회춘'(回春), 또는 '재생'(再生)의 다른 쪽 끝은, '죽고 싶음'이기도 할레라.

"'이쪽'으로든, '저쪽'으로든, 한번, 치우쳐본 자에게는, ('치우치기'에 관해 생각도 해본 일이 없기로 하여, 자기도 모른 새 올라 있었던, 그) '중도'(中道)란, 더 이상 없는 듯하다. 길이, 어느 방향으로 치우쳤는지, 아니면, 길은 여전히 그 길이라도, 그 길 위에서 치우친 자가, 그 길을 치우쳐 걷고 있게 되어버린 것인지, 이제는 그것까지도 분명치 않다. 그런즉슨, 어느 쪽으로든 한번 치우쳤던 자는, 치우치려 하지 않으려 하기까지도, 치우치기 말고, 다른 아무것도 아니게 되는 것이 분명하다. '중도'(中道)도 그래서 보니, 사뭇 멀리서 비유를 하나 빌리기도 한다면, '천국'(天國)과 마찬가지로 풍문(風聞)이구나. '천국(天國)은 어린애와 같다'고 이르는데, 그 어린애는, 자기가 통째로 천국(天國)인 줄을 모르다가, '지혜의 열매'를 따내려, 맛보기에 의해 눈이 뜨여, 천국(天國)을 이해할 수 있게 되어질 때는, 그 천국(天國)은 이미, 그로부터 떠나, 땅위에는 없다. 마찬가지로 '중도'(中道)도, 누가 그것에 대한 이해의 눈을 뜨게 되었다 하면, 모습을 감춰 보이지 않는다. 헛헛, 이 상태에 대한 선척(禪尺)의 눈금이, '산이 더 이상 산으로도 보이지 않고, 강도 더 이상 강으로 보이지 않는다'고 읽혀지는 것이겠는가? 길의 실종(失踪, 순야타)인가, 아니면 길에서의 자아(自我)의 실종(失踪, 아나트만)인가?" —자라투스트라는 그 흰 낮에, 속은 밤 숲처럼이나 빽빽하게 어둡고, 몸은 또, 밤바다만큼이나 피로에 젖었으므로, 잠이라도 들었으면 하고 바라, 눈을 감았다.

그렇게 하고 얼마 되지도 안 해서 그러나, 자라투스트라는, 광기며, 지랄맞는 귀신께, 천도(天桃)(히히, '불알'이 저렇게, 하늘 복숭아나무에 주렁주렁 매달린 것인 줄은 몰랐었지롱? 용용 죽겠남?)를 훑여 쥐인 놈모양, 꽥[喝!] 꽥 고함을 치며, 빠르적거리고 일어났다. "게 서라, 궐(厥)자라투스트라여, 서게라, 게 서게라! 흐흐흐, 자칭 현자(賢者)라며, 나 자라투스트라는, 이 나이 되도록이나, 고전적(古典的) 생각의 호로(胡奴)를 면하지 못하고 있었드랬도다. 꽥, 꽥!" 떠드는 그의 목소리는, 그 빈들 가운데 있는, 잎 없는 고목에 모여 새까맣게 우는 까마귀 떼 울음소리만큼은 컸는데, 그는, 무슨 생각의 나나니(말벌)에라도 쏘인 듯, 체머리까지 흔들어대며 그랬다. 거기다 합쳐서 또, 다른 변괴가 일어나고도 있었다. 걷는 걸음에다가 춤[舞]이랄 것을 섞어 넣고도 있는지, 그의 걸음은 사뭇 건들거리고, 찔콩거리고, 찌끄덕거리고, 야단이었다. 그래서 보면, 자라투스트라는, 처음 무슨 상념의 나나니에 쐬었었으나, 그 벌의 침이 찔려 든 자리에서, (아으 봉공[蜂公]은, 삼남의 변강쇠께 품삯을 줘, 친정 가겠다는 첩을 호행[護行]케 할지언정, 자라투스트라께다 지혜[知慧]를 저장하려 하지 말게!) 꿀맛을 본 것이 분명했다. 그렇지 않고서야, 글쎄 그의 하는 짓을 보게람, 속이 달아[甛] 송신해, 하늘이 달고, 땅이, 사방이, 세상이 갖다가시나 그냥 꿀이어서 달아, 삐걱거리는 춤이라도 아니 추고, 노래는 안 하고 어쩔 것이냐고, 할 것이냐. 때에는, 저 삼세의 가납사니께, 사천(四天), 구천(九天)으로부터 꽃의 비가 흐트러져 내리고 있었는데, 그 꽃비는, 본디는 중이었던 것들이, '법'(法)을 잘못 잡아먹고, '법(法)의 납비녀'에 목이 걸려, 야호(野狐)가 되어서는, 몇 백세(百世)씩이고 들을 헤매고 있어 온 것들이, 오늘, 꽥꽥거리는 자라투스트라의 '꽥법(法)'에 접해, 꽥 쓰러졌다가는, 호피(狐皮)들을 벗게 되어설람, 사천왕천으로, 도솔천으로, 타화자재천으로, 어디로 오르며, 흩트려주는 찬사며, 웃음소리들이던 것이다.

그리고는, 자라투스트라 자신도, 별로 의식하고 있었는 듯하지 안 했으니, 그 자신까지도 얼마나 멀리 걸었는지는 모르고 있지만, 건들거리고, 찔콩거리며 황토밭 길을 가다가, 한 마을이 된통, 불에 타 쓰러져서는, 아직도 여기서 저기서, 가는 연기 줄기를 올리고 있는, 그 초토의 한가운데, 불에 타다 만 십자가(十字架)를 안고 앉아 있는, '읍' 나이 또래의 한 사내를 보게 되었을 때에야, 입을 다물이고, 걷기도 멈췄다. 그러기 전까지, 그가, 삼천대천세계에다 설(說)한 꽥법(法)의 내용은, 대개 이랬다.

—'중도'(中道, 마디야미카), 또는, '중관론'(中觀論)이란, '가정법'(假定法)을, 그 토대며 주춧돌로 삼고 있었던 것을! 만약 어느 중이, 저 '가정법'(假定法) 위에서 각도(覺道)하여, 해탈(解脫)을 성취했다고 한다면, 그의 해탈(解脫)도 가정(假定)일 것이어서, 야호우— 야호— 울부짖으며, 들에로나 뛰쳐나가지 않겠는가? 나 자라투스트라는 오늘, 화평이 아니라, 검을 주려 하거늘.

—중론자(中論者)들이, '중론'(中論)을 제창하기 전에 당면했던, 하나의

우주적 난제는, '이 현상계(現象界, 색계[色界])는, 어떻게, 무슨 목적으로 일어났는가?'라는, 그 원초적 물음이었다는 것은, (왜냐하면 그런 후, 그 물음은 '대답되어지지 않은 채 전수되어 또는 공개적 화두[話頭]'가 되어 있으니) 아는 이들은 알고 있는 바대로이다. 문제는 그런데, 저들이 그 대답을 찾았기 전에, '공'(空)이라는, 해탈(解脫)의 법(法)부터 깨달아버린 데에 있었는데, 이 '공'(空)이라는 해탈(解說)의 법(法)은, 색계(色界)를 왼통 '가정'(假定)화(化)할지언정, 지워 없애버리기에는 너무도 위대한 법(法)이라는 것을, 그것(空)을 깨달은 자들은 알고 있다. 그러면서부터, '색'(色)과 '공'(空) 사이에, 그 근방엘 누가 한번, 잘못 얼씬거리기만 했다 해도, 오백세 야호(五百世 野狐)나, 허무(虛無)의 무저갱(無底坑)을 면키 어려울, 그렇게나 극난한 긴장 관계가 성립되는데, 그래서 누가, '색계(色界, 상사라)의 시작이나 목적' 따위를 (대답되어져 있지 않은, 공적[公的] 물음에 대답하기 위해) 알아내려 하면, 그것 자체가, '색계'(色界)에다 '실다움'성을 부여하려는 노력이 되어, 그 반대편에서, '공계'(空界, 니르바아나)를 부인하는 결과를 초래하며, 그것을 관찰하였으므로 하여 이번에는 그가, '공계'(空界) 쪽에다 '실다움'의 비중을 두려 하면, '색계'(色界)에서 무게가 없어져 버림을 보아야 하는바, 그것이란, '색계(色界)의 환화(幻化)', 그리하여 '색계'(色界)를 부정하기에까지 이르게 되어선, 결국 '무의미'(無意味)만을 남기게 되는 것을 보게 된다. '색계'(色界)가 '실다움'이 아니라면, 그래서 '무의미'(無意味)하다면, 동시에 그것은, '공계'(空界)의 '실다움과 의미(意味)'까지도 부인하게 된다는 것은, 당연한 귀결이 아니겠는가. 무저갱(無底坑)의 허무주의(虛無主義)가, 거기 아가리를 벌리고 있다. 그런 것을 관찰하여 그가 이제, '색계'(色界)도 '공계'(空界)도 다 '실다움'이라고 인정하려 들면, 그는 이제, 무량겁 그 껍질을 못 벗을 야호(野狐)가 되어버릴 것인데, 그는 '모순당착'(矛盾撞着)이라는 호피(狐皮)를 입어버린 것이다.

—이렇게 되면, 이제, 그 관법(觀法)을 바꿀 수밖에, 다른 도리란 있을 수도 없다고 알게 된다, 라는즉슨, '오도(悟道)치 못했으면, 저 두 진리(眞理, 色/空)의 동등함을 인정하되', 양립(兩立)할 수 없는 두 다른 끝을 접붙이려거나, 병합하려는 노력을, '하려 하지도 말고' '하려 하지 않기도 말며', 그런 대신, 그

'가운데 길'을 취하면 될 것이 아니겠느냐, 는 것이다.

—그러나, 나 자라투스트라가 보건대, '가운데 길'을 취하기도, 하나의 잘못된 집념을 들어내기일 뿐만 아니라, 그렇다고, 해답이 되는 것도 아니다. 그것은 차라리, 비유로 말하면, 간난신고 끝에 어떻게, 용두(龍頭)는 들어냈으나, 그 아래쪽은 아직도 허물을 못 벗어 사미(蛇尾)를 가진 두 마리 이무기가, 그 꼬리들을 사려 넣어 감추고 있는, 뱀 구덩이나, 무슨 그런 은닉처로 보인다. 이것이, 나 자라투스트라가 일러, '가정법'(假定法)이라는 것이었거늘! 두 개의 용두(龍頭)만 보이는데, 누구라도 행여, 그 역린(逆鱗)을 건드리려 하면, 그는, 야호피(野狐皮)나, 허무주의(虛無主義) 속으로, 떨어져 내리고 말 것이러라. 나 자라투스트라도 물론, 육성을 다하여, 저 두 '용두(龍頭)의 동등성'을 설(說)할 것이지만, 그러나 그것들의 두 '사미'(蛇尾)를 감춰놓고 있는 '중도'(中道)의 아름다움은 설(說)하지는 않을 것이며, 못 할 것이다. 그런 대신 나 자라투스트라는, 색계(色界)에 진육(眞肉) 입어 태임받은 유정(有情)들의 '공득'(空得)에는, '중도'(中道)가 아니라, '정도'(正道)가 있는 것이며, 그런 과정이, '육도'(六道) '삼세'(三世)라는, 현상계(現象界)로 현현해 있는 것이라는, 그 법(法)을 설(說)하려 하는 바이다. '육도'(六道)란, '지옥도(地獄道), 아귀도(餓鬼道), 축생도(畜生道), 인간도(人間道), 아수라도(阿修羅道), 제파(신)도(提婆[神]道)'로써, 우주(宇宙)의 횡대(橫帶)를 이루며, '삼세'(三世)란, '몸의 우주, 말씀의 우주, 마음의 우주'로써, 종축(縱軸)을 이루는, 그것을 가리키는데, 나 자라투스트라의 믿음에는, 저 '육도'(六道) 중 아래쪽 '삼(악)도'(三[惡]道)는, '몸의 우주'의 영지며, ('몸'이 '지옥'[地獄]이며, '아귀도'[餓鬼道]며, '축생도'[畜生道] 자체가 아니더냐?) 그 위쪽의 '삼도'[三道]는, '말씀의 우주'의 영역일 것이라고 하고 있다. ('말씀의 성육신[成肉神]'이 '사람'의 모습이었다는 것은 물론, 먼저 고려되어져야 할 것이지만, '아수라와 신[神]'들은, '언어'[言語]와 꼭 같이, 그 형태는 보이지 않음에도, '언어'[言語]가 갖는, 초력성을 모두 갖고 있음도, 고려되어져야 할 것이다) 저것이 통틀어 '색계'(色界)인데, '마음의 우주'는, 그 저쪽[彼岸]에 있다고 일러지는 이상, 그쪽에는 건너 뛰어보지 않고서는, 어떻게도 말해볼 수는 없을 것이다. 유정(有

情)은 그러니까, '에켄드리야'로부터, '드빈드리야'→'트린드리야'(세 가지 감각기관[感覺器官]을 구비한 유정[有情])→'카투린드리야'(사관[四官])→'판켄드리야'→라는 순서로, 진화(進化)의 정도(正道)를 밟는데, 그 진화(進化)가, 횡/종(橫/縱)으로 충실히 이뤄질 때만, '공계'(空界)를 성취할 역동적(力動的) 날개를 돋아내는 것일 것이다. 이런 관점에서는, '실다움'이 아닌 것은 없다. 그렇다. '몸의 우주'에 처해 있는 유정(有情)께는, '색계'(色界)야말로, 그리고 그 색계(色界)를 살도록 되어 있는 '몸'이야말로, 가장 자랑스러운 '실다움'인 것이며, '마음의 우주'에 처한 자에겐, '공'(空) 득(得)이야말로, 해탈(解脫)의 실법(實法)인 것이다. 이제는 '실다움' 아닌 것이 무엇이냐? 그런 것을, 한 산통(算筒) 속에 넣어 섞으려 하며, 얼핏 쥐어진 산(算)대로, 예를 들면, '말씀의 우주'의 법척(法尺)이 쥐어졌다면, 그것으로시나, '몸의 우주'나 '마음의 우주'를 재려 든다면, 돌(咄), 다시 '중도론'(中道論)밖에, 달리 무슨 설(說)할 법(法)이 있겠느냐? 그리하여 알게 된 것은 '중도'(中道)란, 대답할 수 없는 물음을, 묻어 숨죽이는, 무덤 같은 것이나 아니었는가, 하는 것이 아니었느냐? 그 '무덤'의 이름은 '가정법'(假定法)이랄 것이도다. 흐흐흐, 나 자라투스트라는, 길 위에서, 새로 길을 찾았도다. 새로 찾은 이 길은 '정도'(正道)라고 이를 것이노라. 아으, 삼천대천세계가, 바구니 바구니 삼천 바구니의, 꽃의 비를 흩트려 내리느냐! 유정(有情)들께 법은(法恩)이 있도다.

티 베미.

6. 오난이즘

자라투스트라[12]는, 길 위에서 길을 잃었다가, 그 같은 길 위에서 새로 길을 찾고, 춤추듯 그 길을 걸어 나아갔는데, 이정표(里程標)가 가리키는 대로만 따른다면, 그 길은, '지친 행려자(行旅者)여, 만약 죽고 싶거든 이쪽 길로 들어설지어다'라는, 바로 그 길 말고 다른 길은 아니었다. (이승에 놓인 길치고, 어느 길 하나 그런데, 저승이라는 밤바다로 흘러들지 않는 것이 있던가?)

오늘 자라투스트라가 걷는 길은, 황톳길이어서, 천지가 누런 길인데, 검[黑] 아귀(餓鬼) 떼가, 쉰으로 백으로 앉아, 하루의 마지막 남은 붉은 능금을 쪼느라 우짖는, 늙은 능금나무가 한 그루 서 있는 외에, 들은 비어 있었고, 작은 도랑물 한 줄기 흐르는 소리도 없어, 열명길이었다.

"게 누구시오니까, 누가 이 초토(焦土)를 물의 신선함으로 지나시니까? 산 물고기의 비린내를, 잿더미 속에서 일으켜내는 자여, 누구시오니까?"

가다가, 들린 듯 가다가 자라투스트라는, 누가 말하는 소리 같은 것을 들은 것 같다고, 걸음을 멈추고, 귀를 의심하여, 그 소리가 났던 듯했던 데로 눈길을 돌렸다. 그리고 자라투스트라는, 다름 아닌 그것이, 재(災)의 소리라고 알아냈다. 재 속에, 신(神)의 형상을 모방하고 있어 보이는 자 하나가, 왼몸에다 재를 덮고시나는 웅숭그리고 앉아 있는데, 글쎄 그는, 신의 형상을 모방한 한 유정(有情)이었고, 타다 만 십자가(十字架)를 안고, 하늘을 우러러 뭔지 몹시 애고대고(哀苦對苦) 끙끙[兢兢] 성화(成火)를 하고 있었다. 자라투스트라가 서둘러, 좀 더 가까이 가서 본 바에 의하면 그는 재액(災厄)에 처했던 당시의 욥 낫살은 되어 보이는 사내였거니와, 그 스스로 그랬든, 아니면 검아귀(까마귀)들이 그랬든, 두 눈알이 파내어졌는데, 그 눈두덩에다 재를 처넣었던지, 재와 피고름이 엉긴, 죽은 시력(視力)이, 살모사가 되어 기어 나오고 있었다.

자라투스트라는 우선, 그 가까이에 있는 샘에로 가, 한 두레박의 물을 떠다, 재 속에 앉아 있는 자의, 타서 갈라진 입술에 대어 마시게 했다. 했으나, 마시려 하지 않자, 자기나 실컷 마신 뒤, 두레박을 엎어놓고, 그것을 의자 삼아(그것의 밑이 빠지지 않게) 어중간하게 앉았다.

"마, 말이시다, 나 자라투스트라가 틀리지 않다면, 한번 휘 둘러보고 얻은 결론이 이것이지만 말이시다, 이제는 초토일 뿐이지만, 여기에, 어제나 그저께까지는, 분명히 하나의 교회당이 서 있었으며 말이시다, 그 회당을 둘러, 자그마한 마을도 하나 있었음에 분명해 뵈는데 말이시다."

"당신이 만약 오셨었을 이였다면, 우리가 기다렸던 그 대심판관이었다면, 지금은 돌아가사이다, 바삐 바삐 지나가사이다! 발걸음이 늦은 당신은 이제, 더 이상 우리께 필요가 없답니다. 아직도 내게 두 눈알이 다 박혀 있었다면, 나는 그 두 눈알을 뽑아, 당신을 치는 돌로 삼았을 것이니다."

"흐, 흣흣, 서, 선생은 말이시다, 나 무고한 자라투스트라로부터, 가령 발걸음 소리라거나, 스치는 옷깃 소리, 또는 말소리의 어떤 모서리에서라도, 무슨 여래(如來)의 소식, 오실 이[如來]의 냄새라도 맡았다는 말씀이십다? 묻거니와, 도류(道流)는 불새[火鳥], 재 속에 둥지 틀어 앉아, 그 재 속에다 무슨 연금술을 도입하고 있는 중이시라는답? 재 속에 품어 있는 알이 무엇일람? 무슨 이념(理念)의 새 새끼를 부화하려 하느냐 말이십지."

"다, 당, 당신은 결국, 왔었어야 되었던 그이는 아니심? ……아니심! ……내, 내가 무엇을 굽느냐구? ……소, 소멸(消滅)을, 그, 그렇, 렇소이다, 사멸(死滅)을…… 그러면 당신은 누구시니까?"

"헤, 헤헤, 나, 자라투스트라, 는, 오는 자 대신, 헤헤, 모든 곳으로 지나가는 자, 산정(山頂)의 소리, 암독사와 수독수리의 독생자(獨生子), 스스로 인신(人神)이라고 칭하는 자, 이 시대에 태임받은 미래의 빛, 아직 오잖은 세상의 복음(福音)…… 산파…… 신을 보듬어내려는……."

"하, 하품……."

"도류도 또한, 흣흣, '등에 기름을 채워, 신랑 오시기를 기다렸던 열 처녀, 중의 하나였댔습? 신에 대해 모든 유정은 다 암컷이라거늘…… 까닭이야 어찌 되었든, 신랑 얼굴 한 번 본 적도 없이 과부가 된 자? 까닭에 스스로 눈을 도려 파냈돕다? '과부'와 '맹인'은, 두 다른 이름의 같은 한 내시(內侍)거늘―."

"……오신다던 이가 오지 않은 시절은, 하, 하품…… 하품, 솥에서 들끓고 있는 대로 본다면, 폭동이라도 일어나야 되는데도, 고, 고자의 용쓰기, 패시시하기, 하품, 보시는 이 잿더미도 그러나, 폭동이 지나간 결과는 아니고, 약간의 자학, 그럴 터외다, 약간의 자학의 결과인 것일 터인데…… 그런 결과를 초래한 자칭 '선지자' 하나는, 그리고도 아직도 살아 있으며, 하품, ……하품, 하품 탓에 저 자칭 선지자는, 그 초토에 앉아, 자기의 눈이라도, 자기 손가락으로 찔러, 도려 파내지 않을 수가 없었을 터였외다. 해 올려다보기로 날 가는 것을 따지던 자였다면, 해를 볼 수 없이 된 때부터는, 이마가 뜨뜻하기로, 서늘하기로, 날짜 계산을 못 할 건 아니라도, 정확한 날짜를 말할 수는 없겠으나, 어찌 되었든, 한 나흘 전이나 되었을 거외다. 그날 우리는, 죽은 한 노파를 묻으며, 그네가 할 수 있어 삶을 하루만 더 연기할 수 있는다면, 오실 이를 만날 수 있을 것을 하고, 얼마나 애통해했었는지 모르외다. 마는, 그로부터 몇 날도 흐르지 않아서, 나는, 얼마나 그 노파의 죽음을 부러워하고 있는지 모르겠소이다. 이렇게 나는, 재 속에서 소멸을, 사망을 구워내고 있는 것이외다. 무덤에 누워서도 그 노파는, 일곱 천사가 불어 젖힐 승리의 나팔 소리를 들으려 소망의 귀를 키워, 하늘 오르고 있을 것이 틀림없는데……, 그, 그러했음에도, 최소한 그저께 이전까지는, 저 자칭 선지자도, 결코 거짓 선지자는 아니었드랬소이다. 그저께 이전까지 이 손에 쥐어져 있었던 대심판관의 법홀이, 안되게도 제기랄, 어제 정체를 밝혔기는, 그것은 다른 아무것도 말고, 하필 '티레시아스(Tiresias)의 지팡이'였었다는 것이었소이다. 바로 그것이, 그저께까지의 참 선지자를, 거짓 선지자로 둔갑을 시켜버린 것이었소이다. 헤, 헤헨데, 말씀드린 바의 저 '대심판관의 법홀'이란 대체 무, 무엇이나 되었겠소이까?"

"참 선지자든 아니든, 선지자라고 자칭하는 자들이, 무슨 법으로써 여러 사람들을 이끌어, 매우 속하게, 한 종단이나 종동(宗洞)을 이루는 것을, 여러 곳에서 보아오건대, 그들이 든 현수막엔 천국을, 그리고 입에는 독사를 혀로 물어, 지옥을 낼름거리고 있었드랬는데, 그런 설법 중의, 그중 법력(法力)이 속한 것 하나가 다름 아닌 '말세'의 소식이던 것을……."

"하으! 선생께서 며칠만 일찍 지나셨더라도, 선생이야 부인을 하든 말든, 신도들 앞에 선생의 손을 높이 쳐들어 보이며 나는, 오신다고 했던 이가 왔도다, 라고, 목청 높여 복음을 전했었을 것을……."

"히, 히렇게 되자니, 선생이 겪어야 했던 난제 난관이 무엇이었던지를 알 법할시다. 글쎄. 저 복음의 관건이기도 하며 난관이기도 한 것은, 다름이 아니라, 저 '대심판'이 행해지는 날, 그 시기의 문제가 아니겠소이까? 그 시기를 느슨하게 잡아설람엔, '그날이 가까웠으니 회개하라!'라고, '미래의, 불확실한 어느 때'라고 해둘 때는, 떡 치던 안댁들은 떡 치기에, 쟁기질하던 바깥양반들은 쟁기질에……."

"하으, 선생은 같이 얘기를 나눌 만하외다. 그, 그, 글쎄 그, 그즈음에, 내게 한 의견이 떠올랐드랬는데, 나는 그것이 무슨 속삭임 같은 것으로 듣고서 나는, 무슨 계시나 영감, 심지어는 신탁 같은 것으로 해석을 했드랬소이다, 라는 것은, 내 의견엔 말이외다, 신에게 있어서의 극난한 시련은, 예배자[13]의 수(數)가 아닌가 했드랬소이다. 글쎄외다, 이 한 우주 내에서의, 어떤 '이름'의, 어떤 신의 권세의 범위란, 예배자의 '수'에 비례한다는 것이 나의 의견이었더란 말씀이외다."

"아크흐크할라! 흐, 흐러니까 도류는, 저 '말세'의 소식을 퍼뜨리기로 신도들을 모아설람, 그 신도의 수를 들어, 신을 도류의 뜻에 맞도록 사역하려 했댔구료? 흐, 흐흣, 우주적 대신(大神)을, 솔로몬의 납 병 속에서 꺼내준 제니(女帝尼, geni)모양, 필요할 때마다 불러내어, 부려먹으려 했다 말이십지?"

"……나, 나로서는, 서는, 하, 하나의 우, 우주, 우주적? ……? ……! 깨달음이랄 것에 의해, 저 대신이 역사를 도우려 했을 뿐만 아니라, 할 수 있는 것, 더 많은 혼들이 더 나빠지기 전에, 왜, 왜냐, 왜냐하면 이 시절은, 황충과 전갈과 독사들로 가득 차, 황충이며 전갈, 독사 자신들까지도 견뎌내기를 힘들어하고 있어 보였음으로 해서, 반쯤씩 썩은 혼들만이라도, 더 썩어 꼭지에서 떨어지기 전에,"

"나 자라투스트라가 알기론, 어느 시절이나 없이 세상은, 그 시절의 어떤 사람들겐, 황충과 전갈과 독사로 득시글거린 것으로 보여왔다는 것이오만, ……그렇다고 해서 그런 모든 시절마다 선지자가 나타났다거나 해설람, 자기의 시절, 자기의 세상을 질책 매도한 것만은 아니었던 것을 감안하면…… 하면, 아으 가만 있을시다, 있을시다, 그, 그래서 보니, 선지자라는 이들이 태어나는 모태가 어떤 것이나 되는지, 그것을 알 만할시다. 그렇쇠다, 글쎄 어느 시절 어느 세상에나, 이, 히, 히거 히렇게 말해도 될랑가 모르겠시다만, 소승적(小乘的), 그러할시다, 소승적이랄 아픔, 앓음 따위는 다 마찬가지였을 것인데, 누군가가 그것을 대승화(大乘化)하여 부르짖으려 하면, 대번에 그 자리에 '선지자'라는 괴물이 출현하게 된다 이런 말일시다. 어째서 그가 '괴물'인가 하면, 그의 눈은 미래에, 그의 말은 과거에, 그의 목소리만 현재에 울리고 있기 때문인데,"

"아무튼, 해오던 얘기를 계속하기로 하면, 이상한 것은 그럼에도 말씀이외다, ―사람도, 그 혼을 뽑아낸다면 짐승인데[14]―사람이라는 짐승들은, 필연적으로, 그것도 불시에 오게 되어 있는 자기네들의 죽음의 날보다도, 어떤 설교자들이나, 미치광이라고 일러지는 선지자 나부랭이들의 입술 끝에서 전해진, 그러니 풍문이라고도 이를 수 있는, 미정(未定)의, 대단히 불확실한 '말세'의 날을 더욱더 두려워하고 있더란 말이외다. 그리고도 보태어 이상한 것은, '사형수'와, '불치의 병을 앓고 있는 중환자'의 '내일'에 대한 상반된 태도라는 것이었외다. 물론 예외는 얼마든지 있으며, 그 '예외'를 뉘라고 할 때, 뉘가 흰 밥보다도 많을 수도 없는 것은 아니되, 아무튼, 이 눈 멀어버리게 된 가짜배기 선지자가 뜻하는 것이 뭣인가를 새겨들어보시기만을 바라외다만, 사형수는, 완전히 절망해버리거나, 반대로는, 새 삶에 대한 새로운 희망을 키우곤, ―회개야말로 더러움의 표백제가 아니외까―회개하기에 남은 시간을 바치는데, 반하여, 중병환자는, 임종 직전까지도, 보름정께는 회수해야 할 고리 돈이며, 명년 봄갈이에 대해 생각하고 있다는 것이외다."

"그런즉슨, 도류의 뜻하는 바를 따르기로 한다면, 죽음을 위해서는 누구든, 이승에 박은 집착의 손톱을 몽땅 뽑아내 버리는 것이 권고된다는, 그런 얘기가 아니었댔소? 그런즉, 모든 불치병 든 중환자들을, 그 병들로부터 구원하는 하나의 방법은, 그들께도 사형을 선고해버리는 일뿐이겠슴? 그리고 우리 모두는, 죽음에 당해 '삶'이라는 불치병을 앓고 있는 자들, 육신이 병임을? 우리 모두의 사형이 집행될 '대환난의 날'은 올 것인데, 그날이 미정인 한 우리는, 차라리 저 병(病) 속으로 더욱더 침닉해, 그 아픔을 음미하려 하고 있는 것이 아니오?"

"그럼으로 하여, 옳소이다, 나 한 선지자는, 그 '대환난'이 있을 연·월·일·시를 분명하게 밝혀 공표를 해둔 일이 있었소이다."

"핫 그랬었댔군욧. 이번에도 도류의 주로부터 무슨 계시나, 영감이나, 신탁 같은 것을 받았음에 분명할시답?"

"이번만큼은, 글쎄 이번만큼은, 그 연·월·일·시를 정한 뒤, 나 선지자 쪽에서, 여러 신도들의 이름을 들어, 주께다, 그 연·월·일·시를 통고했드랬소이다. 그런 뒤 우리는, 이라는 말은, 모든 나를 따르던 형제자매 신도들을 가리켜 한 말인데, 이곳에로 이주하여, 그날부터 주야로 기도하여, 주께서 내림키를 간구, 강고(强告)하였더랬소이다."

"묻지는 않았으나, 도류의 이름은 오난(Onan)이겠도다."

"그, 그러나, 종내, 우리들의 기도가, 소망이, 그리고 간구가 통하지를 못한 듯하였었소이다. 예의 저 선지자가 정해, 하늘과 땅 양쪽에 통고한 말세의 연·월·일·시가 빼꼭 채워지고 있었을 때도, 하늘은 그냥 휑하게 비어 푸르기만 했으며, 네 기사가 탄 말세의 말발굽 소리는 그만두더라도, 청천에서도 벽력 소리가 나기도 한다고도 이르되, 그날따라 그와 비슷한 헛울림 소리도 없었드랬소이다. 그저 휑하게 비어 푸른 그 깊음 속으로 스며든 것은, 조각구름, 바람, 새, (신도들의) 시력(視力), 기도, 낱꿈 등, 어느 것 하나도 되솟아 올라오는 것이 없었던 것으로 보건대, 모두 익사를 면치 못하고 만 것이었댔소이다. 그랬은즉, 흰 발, 네 기사가 탄 말, 천군, 천사, 천사들이 불어 젖히는 나팔 소리 따위도, 별다른 수가 있었겠소이까? 세상은 '짐승'들로만 꽉 차 있었음을!"

"아으, 안됐게도, 도류 선지자의 말세는 그렇게 유월해버렸댔돕다."

"엘리 엘리 라마 사박다니? 나는 그리고 기다리고 있었소이다, 있었기를, 나를 좇아왔던 자들의 손에 의해 십자가에 거꾸로라도 못 박혀지게 되거나, 사지 오체가 찢기게 되거나, 모난 돌의 무덤 아래 눕거나, 어떻게 되기를 기다렸댔더라 말이외다. 마는, 차차로 차차로, 오실 이를 기다리며 기려 찬양했던 그 노랫소리만 줄어지고, 쉰으로, 스물다섯으로, 열셋으로…… 허긴 우린 모두 배가 고프기도 많이 고팠었소이다. 글쎄 말이외다, 말일 말시까지 만을 위해 준비해왔었던 식량이, 예상보다 좀 일찍 바닥이 나버렸던 것이외다. ……여섯으로, 셋으로, 둘로…… 하나로, 하나, ……그리고도 한 둬 시진(時辰)이나 더 지났을 것이었소이다, 헌데 천지는 연기로 빼곡 차, 날을 가리고 닫겨, 얼핏 보인 대로만 말씀드린다면, 어디 안쪽 된 데로, 지옥만 환하게 열림이 있어 보였을 뿐이었쇠다. 그건 영 좀 넋 떨어진 생소한 경험이었다고 해얄랑가는 모르겠소이다만, 나는 그때 얼핏, 분사(焚死)는 지극히 아름다운 것이나 아닌가, 하는 것을 느끼고 있었는데, 헛헛, 이건 꽤는 종교적 묘사인 듯이도 여기실지도 모르겠소이다만, 그건 꼭히 그런 건 아니었쇠다. 그 연기에 휩싸여 숨도 못 쉬고 캑캑거리며, 그런 몽상에 잠겼을 듯하외까? 헤, 헨데, 나 거 말이외다, 동정을, 열세 살 되던 해, 마을의 중년 과부께서 떼었더랬는데 말이외다, 헤헤헤, 그때 그 열세 살짜리 호색꾼께 느껴지고 보여졌던, 저 풍염한 엔네의 아랫도리의 풍경이 바로 그러했댔소이다. 두렵도록 무성한 부꽃(거웃), 두 마리의 도마뱀이나 괄태충이 서로 휘감고 있는 듯한, 매우 섬찟하던 시울, 웅덩이 같은 흐린 냄새, 탁한 연기, 헌데 그 흐린 연기의 안쪽에로 지옥이 열려 있었더라 말이외다. 용암과도 같은, 연기 없는 붉은 불이 끓고 있는 자리…… 그, 그러니까 말이외다, 내가 저 흐린 연기에 휩싸여 '분사의 아름다움'을 느끼고 있었다면 그때 나는, 스스로는 잘 모르는 중에, 어쩌면 전 영육으로 발기하고, 그리고는 방출에의 욕망 자체로 전신해 있었던지도 모르겠소이다. 그랬었기에 나는, 하나의 황홀한 두려움의 욕근(慾根)으로써, 아무 주저 없이, 저 열린 지옥으로 뛰어 들어간 것이었을 거외다. 결과는 그런데, 분사의 아름다움을 찾아 불 속으로 뛰어들었기로써 나는, 불을 벗어나 버리고 있었던 것이었쇠다."

"도류는 그때 이미, 도류가 품고 있다는 그 '사멸'(死滅)이라는 알[卵]로부터 까이어 있었음을, 그리하여, 시력(視力)이라는, 또는 넋이라는, 자유에의 날개를 태우이고, 그 재 속에 앉아 있음인 것!"

"모두 일러 말세는 불로 온다고 해도, 지옥 쪽으로 샅을 열어 보였던 그 불은, 말세의 불은 아니었던 모양이었소이다. 왔어야 되었던 이가 왔었던 것이 아니라, 왔었던 이들이, 고픈 배를 움켜쥐고, 자기들을 기다리는 친근한 이들을 찾아 머리 숙여 돌아가며, 그러기 전에, 자기들이 꾸몄던 새 천지 하나를 태워버린 것이었는데, ……말세는 그래서 보면, 돌(咄), 다른 아무 곳에도 말고, 이 한 선지자가 꿈꿨던, 바로 그 새 천지에 왔었던 모양이었외다."

자라투스트라는 이 대목에서, 왠지 머리가 좀 띵해져, 말은 없이, 속에서 자문하기 시작하고 있었다. —별일도 다 있다고 해야겠는가, 저 무수한 '지정'(地精, earth-lives)들로 이뤄진 공룡(恐龍)으로부터, 하나의 이념(이데올로기), 또는 그것의 척추를 제거해버린다면, 오합지졸로 돌아가기 전에는 언제든, (또는 대개의 경우는), 그것(이념)에 걸맞은 무슨 대속물을 요구함에 분명하거늘, 이, 이래서 보면, 그리고 모순어법의 엇갈림이 일으키는 약간의 가려운 아픔을 즐기기로 해서 말하면, 이곳엔 무리[衆]만 있었고, 이념은 있었던 것도 아닌 것이나 아니었는가, 하는 것을 고려케 한다. 이념 없는 모임[集會]? 클클클, 이 똥 구린내를 누렇게 풍기기로 하여 말하기로 하면, 저 선지자 자신까지도 그러니깐두루, (자기가 연·월·일·시를 정해 퍼뜨린) 그 '말세임재'의 소식을, 절대적으로까지는 믿고 있었던 것은 아니었다는 그런 얘기를 할 수 있게 되는데, 이렇게 되자 의문의 혹이 하나 툭 불거져 나오는 바이지만, 그러면 저들은 무엇을 바라, 자기네들의 현실을 방기하고, 이 특정한 자리에로 지옥화를 보러 모여들었는가, 하는 그것이다. 제기랄, 이것이 그러나 뭐겠는가, 무리[衆] 미침[狂] 앓이[病] 말고, 글쎄 또 무엇이겠는가? 자기네 현실, 자기네가 현재(現在)하고 있는 세상을, 황충과 전갈과 독사들만 들끓는, 저주받은 고장이라는 투로, (이런 어떤 의미에선 허긴, '말세'는 한 시대에도 여러 번씩이나 오는 것도 부인치는 못할 터이다) 부정적인 안목으로밖에 볼 수가 없는 자들은, 허긴, 어떤 경로에 의해서든, 무슨 그런 계기(란 꼭히 '이데올로기'의 의미는 아닐 터)만 마련되어진다면, 현장(現場)의 역사 속에다, —투박하게 말하지 못할 무슨 까닭이라도 있다느냐? —어떤 허구적 역사를 도입하려는 노력을 보이기도 하는데, 그렇게 해서, 만약 가능하기만 하다면 그들은, 그 타락의 이전(泥田)에서 자기들의 발목들만은 뽑아내려 한다. 얼핏 보이기엔 그러므로 저들은, 자신들을 그렇게 어떻게 선택된 자들 편에 끼이게 해놓고선, '대환난'이라는 모질게 끓는 솥전에서, 솥 속의 극난한 고통을 들여다보기를 바라고 있는 듯하되, 그러나 슬쩍 한번 뒤집어보기로 한다면, 실제에 있어 저들은, 그네들의 현실적 삶에서 현실성, 또는 현장성이 도태되어 있는 것으로 보아, (저들의 대부분은) 언제부터인지, 죽고 싶어 하는 병증을 드러내고 있어 왔다고 말한대도, 반드시, 무고한 자에게다 돌 던지는 짓만은 아닐 듯하다. 까닭에, '이념' 없이 모인 무리와 더불어서는, '집합체'라는 '체'(體)는 있어도, '이념'과의 관계에서의 '용'(用, 끓음)이 일어나지 않음인 것(고자의 용쓰기, 그러다 부끄러움으로 슬며시 내려와 오그리고 자기)! 이런 모양의 지정체(地精體)를 그런즉슨, 내시적(內侍的) 지정체라고 해도 되겠느냐? 그러하다면 안됐지만, 여—되다만 연금술장이여, 도류는 '내시적 질료'로 하여 금(金)을 구워내려 하였은즉, 무엇을 기대하겠는가—똥! [그 질료는 변질을 도모하기로써 니그레도(黑)에로 떨어져 내려버린 것을—] 똥!

"똥 같은 자로고!" 자라투스트라는 그 어느 일순, 벌떡 일어서는가 하더니, 동시에, 오른발 뒤꿈치를 쳐들어 올려, 재 속에 버림받아져 있는 자의 등짝을, 모질게 내리찍었다. "똥, 똥 같은 자로다!" —그 일을 뒤돌아보고, 나중에 자라투스트라는, "클클, 저것을 나는, 논리적 분노라고나 일러야겠는다" 했다. "똥 같은 자여, 도류는, 이 우주가 얼마나 늙었다고시나, 그 우주를 훼방, 파괴하려다 실패한즉, 스스로를 파괴하려 하고 있다는다? 다른 유정들에 대한 사랑이란 겨자씨만큼도 없어, 독사 같은 자여, 전갈이며, 황충인 자여, 도대체 도류네 우주는 개벽 이후 몇 나이테나 둘렀다고 벌써 노망인가? 기독 이후 이제 겨우 이천 년, 기독은 다윗의 십사 대손이며, 다윗은 또 아담의 십사 대손인 건 밝혀진 사실, 거기다 아무리 옛 늙은네들의 만득(晩得)을 가산한다 해도 도류네 우주의 나이는 사오천 년 이쪽저쪽. 그래서 말임세라, 한 혹성의 나이가 사오천 년이나 되면, 노망을 하여 똥 싸 뭉개 벽에 맥질하기를 일삼다, 산 채 귀신이라도 될 일이던가? 그런즉슨, 그러기 전에, 독이라도 먹여 이 늙은 혹성을 죽여야겠다는다? 나 자라투스트라께 이해되어지기엔, 이 혹성[15]은, 물론 윤회재생의 장소이되, 동시에 해탈, 에로 이어지는 천로(天路), 또는 '세상나무'인데, 유정은 이제 겨우 그 시발점에 서 있거나, 아직 그 시작도 못 하고 있는 상태에 있거늘 도류는 무슨 권리로, 이 '천로'의 허리를 잘라버리려 하며, 이 '나무'의 뿌리를 뽑아내 버리려 하는다? 왜냐하면, 도류는 정심(正心) 먹어 '좋은 곳'에 자리 얻어놓았으니, 악심 먹은 것들마다 몽땅그려 영겁의 지옥에다 밀어뜨려 넣기 위해서? 그리고선 그것들 고통하는 것을 보면 도류여, 도류의 마음은 즐거움으로 한 멍석이나 붉겠는가? 도류는, 도류네 주의 이름을 빌려, 그의 우주를 저주하고 있다는 생각은 해본 적이 없으시다는다? 도류네 주는, 그렇게나 유정들에 대해 사랑이 없는 자였댔던가? 똥 같은 지혜로 도류는, 도류네 주의 흰옷에다 똥물을 끼얹고 있돕다. 듣건대는, 도류가 '주'라고 이르는 이의 '재림'설이 없는 것은 아니라도, 그래서 그이가 온다면, 나 자라투스트라께 이해되어졌기는, 그것[16](재림)은, 왜냐하면 이천 년씩이나 되풀이되어 설교되어졌음으로 하여, 그 법즙(法汁)이 다 흘러 빠져버렸거나, 심지어는 식상(食傷)에도 걸리게 함에 분명한, 자기가 전했던 그 고전적 '복음'도, 이후의 우주에 합당하도록 재정리, 또는 재해석하려 함과 동시에, 예배자들이 품은 자기에 대한 이미지도 바꿔, 이제까지는 드러나 있지 않았던 부분을 드러내, 새로이 심어주려는, 그런 우주적 목적을 갖고서 그런 것이 아니겠는가……, 어쨌든 거두절미하기로 하여, 나 자라투스트라의 의견을 한 가지만 첨부해두기로 한다면, 처음 그이는 '보디사트바'로 왔었으나, 이번엔 그이는, '붓다'로서, 다시 말하면, '말씀의 우주'를 개벽한 여래(如來)로서 래여(來如)한다는 것일시다. 잘못 설교되어진 저 '재림설' 탓에, 그 까닭에 사람들은, 저 '재림' 이후의 대지에 대해서는 어떻게 꿈꿀지, 그것까지도 모르게 되어버렸음으로 해서, 대지만 너무 모질게도 혹사를 당해온 것인데, 돌(咄) 돌!" 자라투스트라는 그리고, 저 자칭 선지자의 등짝을 찍었던 그 뒤꿈치의, 재며 먼지를 털어냈다. "유황불을 디딜지언정, 천만에, 오난의 뺄그런 하초라니? 돌, 그냥 물어보는 말이시다만, 도류는 백일몽을 통해서라도, 천사(天使)들이, 다름 아닌, 나나니(말벌)와 같다는 생각을 해본 일이 없었드랬는다? 천사들이, 젖퉁이나 하초를 달고 있는지 어쩌는지, 그것을 분명히 말할 수 없다는 일은, (그 기능상에 있어서 말이지만) 황소가 젖꼭지를 달고 있는지 어쩌는지를 잘 모르기나 같은 이치인데, 그 얘길랑은 그런즉, 천사들은, 애를 갖게 할 하초나, 밸 자궁을 갖고 있는 것 같지 않다는 그런 얘기일 것. 흐흐, 흐런즉 천국은 텅텅 비어 있음인 것? 그렇다면, 나쁜 곳은 차고 넘치고, 좋은 곳은 비어 있다는 얘기가 되어설람에, 이해키가 어려울시라. 도류의 생각에는, 그럴 때 천사들은 어떻게 천국민을 번성케 할 것이라고 하시눗다? 그래서 묻거니와, 도류는, '나나니'들이 번식하는 방법을 지켜본 일이 있으신다? 아는 이들은 알다시피, 저 나나니들은, 다른 기름진 유정의 몸을 빌려, 그 몸속에다, 자기네 대를 이을 알을 묻어두는 숙주를 삼는데, 저 숙주 삼아진 타육(他肉) 속에서, 저 알이 까이면, 그 벌레는 그제부터 그 숙주를 파먹고, 그러는 중에 날개를 돋아내, 날아 나오는 것. 진실로 진실로 내 그대에게 이르노니, 천사들 또한, 천국민을 번식하는 데 나나니들인 것! 그럴시라. 이때 이 천사 나나니들이 혼이라는 알을 묻어두는 기름진 숙주 역을 하는 것이, 놀라지 말시어랍, 다름 아닌 악(惡), 마(魔), 사(邪)라고 이르는 것들임을. 누구든 만약 선(善)이며, 사랑 같은 것에 대해 조금이라도 괘념해 본 일이 있는 자라면, 참다운 선, 참다운 사랑이란, 예 들어진 악·마·사라는 따위, 부정적 젖, 그 독 속에서 순화를 성취한 것이라는 것, 그것만이 천국에 합당하다는 것쯤은 알고 있을 것. —이렇게 되면, 도류의 생각엔, 나 자라투스트라는 악·마·사 따위를 옹호할 뿐만 아니라, 그 덕을 칭송하고 있는 듯하겠으나, 궁극적으론, 악·마·사란, 물질적 세계에로 유정들이 입어온, 그 물질적 육신 자체라는 것을 그러면 염두해주실지람—그러나 물론, 모든 혼, 또는 혼의 알[卵]이 다, 저 독을 젖으로 바꿀 수 있는 것은 아닌 데다, 식구 증가까지 겹치다 보니, 도류 같은 심정의, 사이비 선지자께는, 세상은 갑작스레, 황충과 전갈, 독사로 가득 차 넘쳐, 말세가 가까워 온 듯이도 여겨지기도 할라는가? 마는, 모든 유정들께 '천국'이나 '해탈'이 성취되어질 때까지, 어쨌든 저 혼의 알들은, 저 악·마·사라는, 독으로 기름진 숙주 속에 임신되어져 들어야 하는 것. —유정들과 나란히 하고 있는 다른 쪽 궤도에서, 유정들의 우주가, 그것 자신의 해탈을 성취하는 데도 시간은 필요하듯—그리고는, 그 혼의 알들이, 독을 젖으로 삭혀내는 데도 시간은 있어야 하는 것, 유충이 번데기가 되는 데도 시간은 걸리는 것, 번데기가 나비가 되는 데도 시간은 주어져야 하는 것—." 그리고 자라투스트라는, 악몽을 떨치듯, 초토가 된 그 교회당 마을을 떠나, 그의 길 위에로 나섰으나, 얼마나 멀리 걸어갈지는 알 수가 없었다. 그는, 닿을 데가 정해져 있는 길을 걷고 있는 것이 아니었기 때문이다. 해는 졌으나, 저녁 길 걷기에, 달은 좋았다. 자라투스트라는 그리고도, 몇 마디 더 구시렁거렸다.

"이 우주 속에 화현치 않으면 안 되었던 유정치고라면, 아무것 하나도, '지옥'이나 '소멸' 속에 허실되지 말아야 하는 것임을! 화현 자체가 저주임을, 저주 속에서 다시 또 다른 저주 속으로, 어찌하여 유정은 떨어져 들어야겠느냠? 아서람, 안 되리로람!"

닿을 데가 없는 길인 까닭이어서, 그의 걸음은 느리고, 또 거의 비척거리기까지 했는데, 달이 한 개씩 그의 올려 뜬 눈 속에서, 누렇게 녹아내리고 있었다. 그의 두 눈에 눈물이 고였었던 모양이었다.

"아까 나는 참, '유정들과 나란히 하고 있는 다른 쪽 궤도에서, 유정들의 우주가, 그것 자신의 해탈을 성취하는 데도 시간은 필요하'다고 말하지 않았었던가? 그런즉, 우리 유정들의 우주가, 말한 바의 해탈을 성취하는 날, 그것이 싸안고 있는, 모든 우리도 해탈을 성취하는 날? 그러나 그럼에도, 우리들 유정보다 먼저 있어 왔던 이 우주는 무슨 장애에 부딪혀, 아직도 그것 자신의 자유, 위대한 자유를 성취치 못하고 사대(四大—地水火風)라는 사슬에 묶여 있는가? 아으 그대, 배가 불러졌다 하면 자고, 잠자기가 깨이기인, 거아(巨兒)여, 그대 오관(五官)의 독아(毒牙)여, 그대 몽상(夢想)의 대가리를, 저 독아 속에서 뽑아낼지어람! 그대가 꾸는, 그 헤설픈 꿈속에서, 그대가 만약 살욕을 느낀다면, 대번에 그 자리에 배고픈 사자며 이리 떼, 독수리며 악어가 나타나, 세 쪽 세상에 출몰하며, 또 성욕에 의해서는, 수캐와 음녀가 살의 냄새로 또한 세 세상을 오염하고, 식욕에 의해서는, 세 세상을 피 냄새와 똥 무더기로 뒤덮거늘, ……아으, 그대가 불어내는 한숨은 늦은 가을로 불어가며, 그대의 작은 근심은, 실지렁이나 거머리…… 억만 겁파의 잠의 요람에 누워 꿈꾸기로 깨어 있는 자여, 여기 어디에, 그대를 까닭으로 하는, 모든 화현 비화현의 밀리(密理)가 있다, 화리(化理)가 있다. 그대가, 그대의 몽두(夢頭)를, 그대 오관의 독아로부터 뽑아 올림으로 하여, 더 이상 (꿈꾸기를 통해) 욕망하지 않게 된다면, 그러면 그대는, 모두 깨우쳐 남김이 없는 상태에 이르렀다고, 알게 될 것인가, 아가[兒巨]여, 그러면 그대는 더 이상 아기가 아니다. 그런즉슨 그대에겐, '밖'을 깨우기가, '안'을 지우기인 것이 분명하다. '안'을 깨우기가 그리고, '밖'을 지우기인 것일 것이다."

티 베미—.

7. 에켄드리아야의 새깽[色狂]이들
—얼굴 없는 괴유정(怪有情) 뚤파[17]

"이곳에서는, 나 자라투스트라가 '뚤파'라고 이르는, 얼굴 없는 괴이한 유정들이 예배되어지고 있도다."

이곳 사람들의 예배를 받는 이 뚤파들은, 태어나기는, 자기네들을 예배하는 저들과 조금도 다름이 없이, 사람의 여자들의 하문을 열고 태어나서는, 저들이 제 밥그릇의 높이며, 무게를 따지느라고 딴눈을 팔 수도 없던 사이, 무엇이 어떻게 되어서든, 어느 날 보면, 얼굴을 갖고 있지 않다고 했다. 그러니까 이 새로운 족속들은, 사지(四肢)만 구비해 있고, 제오체(第五體—머리통, 얼굴)가 있어야 할 자리는 괄호(括孤)로 비워두고 있다는 그런 얘긴 것이다. 이 ( ) 속에 무슨 내용이 채워 들게 될지는, 이제 두고 보아야 알게 됨에 분명하다. 허기는 중년에는, 누구나 다 아는 얘기가 이것이지만, 꽤는 딱한 사정에 처한 사람들이, 마귀 상대로, 몇 푼의 은전과 혼(魂)을 바꿨더라고 했었더랬는데, 근년 들어서부터는 그런데, 왜냐하면 혼들이, 지옥의 골패 판이나, 아편 다루는 뒷골목 같은 데서까지도, 아무 가치가 없을 정도로 곯아 문드러져 있어, '혼' 대신 '얼굴'이 유통가치를 갖게 된 까닭일 것이라고 했다. 혼물교환(魂物交換)이, (혼[魂]의 물면[物面], 또는 물상[物相]이 '얼굴'이라는즉), 물물교환으로 바뀐 것인데, 이와 관련하여 항간에서는, [푸르쭉쭉이 흉보아 제친 소리들이, 뿌리 없이 나직이 흘렀더니, 어느 때부터인지 말(言語)의 가시쟁이에 걸려] 둬 가지의 설이(說相가 됐다던가?) 유력하게 받아들여졌다. 그 하나는, 이 무면(無面)의 유정들은, 사람이라는 유정의 대가리만 잘라 먹는, 무한한 권세와, 억만금을 깔고 앉은, '대중(大衆)이라는 암버마재비'의 환심을 사려 하여, 그것의 꼬리에 들러붙기로, 자기네들의 머리통을 잘라 먹도록 내맡겨 줬을 것이라는 것이며, 다른 한 설은, '살로메'(Salome)라는 이름의 '가무'(歌舞), 또는 '흥행'(興行)의 무녀(巫女)의 문하에 들기 위하여, 자기네들 스스로 자기네들의 머리통을 잘라, '은쟁반에 담아' 바친 것이나 아니었는가, 하는 것이었다. 한 가지 주목을 요하는 것은 그런데, 이 뚤파들이 뫼시기 시작한 어미는, '대중'과 '흥행'이라는 식으로, 이름은 둘이라도, 이 특정한 족속(뚤파)들께만은, 저 두 어미는, 이상한 모서리에서 한 얼굴, 한 복부, 한 하문을 드러낸다는 그것이다. (앞으로, 기회가 닿는 대로 얘기되어지기를 바라지만,) '대중'은, '꿈꾸지 않고는 못 자는 잠'(이란 그러니까, 그것이 꿈을 꾸지 않으면, 그것은 그 자체로 비화현[非化現]이기 때문이다. 그럴 땐, '대중'은 있어도, 있는 것이 아니라는 얘기다)인데, '흥행'은 그럴 때, 저 '대중'이 꾸는, 어떤 꿈의 한 형태를 드러낸다는 얘기가 될 것이다. 이 특정한 뚤파들이 서는 자리는 여기 어디쯤일 것. 아울러 하나 더 괘념해둬야 할 것이 있다면 그것은, 이 몹시 뒤룩거리는 '어미'들은, '헬마프로티테(Hermaphrodite—남녀추니)—에켄드리야'의 '아프로디테'[雌] 쪽이라는 그것이다. ('에켄드리야'는 그리고, 나 자라투스트라에 의해, '물질주의의 대왕'으로서, '외눈박이 거인'이라는 것은 누누이 밝혀져 온 바이다)

태초로부터 모든 '가이사'들을 열광케 했으며, 나 자라투스트라를 전율케 하는, 저 거대한 괴수(怪獸) 대중, —나 자라투스트라는, 저것이 납치해 간 우리 시대의 '희망'이라는 공주를, 어떻게 구출할지 알 수가 없어, 낙백해져 있거니와, 왜냐하면 저것은, 그것에 의해서만 죽어지는 '염통'을, 아무 데도 갖고 있지를 않아서 그런 것인데, 그것은 어쩌면 그것의 '염통'을, 모든 개인들의 염통 자리에다 숨겨놓고 있을지도 모르긴 하다. 문제는 그럼에도, 이 괴수가 개인을 역대(逆對)한다는 데 있는 것. 이 괴수가 비만해지면, (뚤파들도 포함해 말이지만,) 가이사들이 비만해져, 모든 개인들은, 저 '비만'의 밑에 깔려 기름과 신음을 짜이다 귀신(鬼神)을 토하기 쉬우며, ……그, 그럼에도 개인들이 비만을 성취하면, ……에잇, 그쪽 편 세상도 들여다보기는 썩 역겹구나! ('대중'과 '개인'의 관계는 그리고도, 언제든 거의 치유할 수 없는 모순어법을 저변하고 있는바, 그것도 역겹구나. 세사[世事] 또한 들여다보기조차 역겨운 것. 살기가 역겨운가? 죽기도, 황혼 녘에 집 돌아가기와 같은 것이 아니라면, 그 아니 역겹겠는가. 말이 많도다)

그건 그러려니와, 어찌 되어서든, 이곳의 대부분의 젊은네들이 또한, 말한 바의 저런 어미께 데릴 자식(이라는 말도 있는가 몰라?) 되기를 바라, 나름들로는 많은 공력도 들이고, 세 번 네 번 자기들의 목을 짤라, 대가리를 바치는 고행 난행도 치러보지만, 그런다 해도, 일이 늘 바라는 대로만 되는 것이 아닌 데에 문제가 있다고 하였는다. 그저 일례만 들어보기로 한다면, 말해온 바의 저 (부재[不在]) 자리에다, (그 어미가) 다른 머리통을 올려놓아 보았을 때, 재

빨리 밀착 현상이 일어나야지, 그렇지 않고, 그 머리통이 굴러떨어지고, 굴러떨어지고 한다면, 그 괄호는 개뿔 사이의 허공만큼이나 무용일 뿐이라는 것이다. 어찌 되었든, 예의 저 머리통 하나 짤라 팔기의 값은 무 값에서 무 값까지라고 일렀더랬다.

헤읔, 그래도 유정이라고 치고서는, 머리통이 없이, 그러니 이·목·구·비를 구비치 못하고, 어떻게 목숨을 부지할 수가 있겠느냐, 라는 의문이 허기야 어찌 일어나지 않을 수가 있겠는가. 나 자라투스트라가 들었기로는 헌데 그런다, 일러 뚤파라는 저 족속들은, 별 볼 일이 있잖을 때로는, 꿈꾸지 않고는 화현(化現)치 못하는 그 어미의, 그 잠 속에, 그 어느 한 자락 잠을 덮고 지내다가, 밖으로부터의 어떤 부름[召命]이 있어, 떨치고 일어나지 않으면 안 될 때론, 먼저 그 어미의 '꿈[夢]의 얼굴[面]'들이, 훤한 대낮 동굴 속 천장에 매달려 낮을 밤으로 자대는 박쥐들모양, 주렁주렁 걸려 있는, '깨임'과 '잠'의 가운데 있는, 어떤 밀종적(密宗的) 화장실엘 들러, 그 '소명'에 걸맞는 몽면(夢面)을 하나 떼어내, 제 목 위에 얹고, 그런 뒤 나선다고, 글쎄 들리는 말로는 그런다. (일설엔, 저 몽면들은, 저 같은 화장실의 벽에 걸려 있는 '거울'에 떠올라 있는 것이라고도 했다. 이 특정한 거울은, 저 어미의 '배꼽'을 닮아 있다고 하는데, 그러고 보면 저 '꿈 바르도'[Rmi-lam Bardo, Tbtn.]에서는, '배꼽과 거울'이 한가지로 같아, 다르지 않은 듯하다) 가맜자, 이래서 보면, 뚤파들의 목 위에 '남겨져 있는 그 부재(不在)', 즉슨 (　)를 이(利)하게 할 용(用), 또는 체(體)는 흔하고도 쌔빼려, 천이고 많[萬]이겠도다. 이런 (　)란 그런즉슨, 만능의 모자 같은 것이겠는다. 보아람, 신(神)들 말고, 또 누가 저렇게 무소(無所)의 얼굴을 가질 수가 있겠는가. 저 뚤파들은, '자기'라고 일컬었던 그 '얼굴'을 희생제물로 삼아 바쳐버렸었을 때, 저런 만능적 무성태(無性態)라는 은총을 얻었음에 분명하다. 꿈꾸지 않으면 존재치 못하는, 그 어미의 잠 속에서, 불려 달려 나오는, 저 어미의 자식 뚤파는, 저 무소의 얼굴이 만능 자체여서, (예를 몇만 들어 보이기로 하면,) 그 무두(無頭) 자리에다, 십두(十頭)를 돋워내, '라바나'(Rāvana. Skt.)일 수도 있으며, 어떤 때는, 이 년을 두어ᄡᅡᄂᆞᆫ우리두고ᄃᆡᄌᆞᆺ단놈다시업고여인국이될터이니 (가부장[家父長] 제도의 한세상이 마침내, 한 계집의 옥문[玉門] 속에 끼어 생조시나게 생칠을 내고 있음이여!) 쏘칠밧기 슈가업다, 하여 쫓겨난 옹가년 꼴이기도 하고, 어떤 때는 요순이나 안회고, 어떤 때는 걸주나 도척이다. —이런 경우는 물론, 실제적, 또는 의(擬)실제적 인물이나 사건이 허구화, 또는 의허구화 당한 것이겠지만, 때로는 이 뚤파들에 의해, 어떤 종류의 추상이 구상화하여, 우리 가운데로 그림자를 흘리며 다니고 있기도 하고 한다. 그렇게 하여 사람들은, 저들을 통해, 자아의 타아(他我)에로의 전치, 타아의 자아에로의 환치 같은 것을 체험, 추체험한다. 이 또한 한 형태의 '꿈 바르도'인데, 거기서는 그러자니, 나/남의 구별이 영 잘 되지 않겠는다. 여기 어디에, 무(巫) 살로메가, 시퍼런 낫을 휘둘러, 관객들의 머리통을 자르거나, 염통을 찍어내, 더운 피를 마시는 밀종행(密宗行)이 있는 듯하다. 그것을 두고, 한 종류의 집단적 성교라고, 구태여 말하려 할 필요는 없을 터이다. 그래서도 무-살로메는 구미호(九尾狐)라고도 알려져 있음인 것. (이 자리에다 '0'의 개념은 도입하지 말기로 하고서 하는 말이지만, 그렇다는 경우는 '1'이 극소의 숫자인즉, '9'야말로 극대의 숫자를 담당하게 되어, 저 '구미호'는, 실제로는 치마 밑에다 무수[無數]의 꼬리를 감춰놓고 있다는 걸 알게 된다) 사람이라는 유정의 척수는 이래서 보면, 우주가 그렇게 이뤄져 있다는 '삼층구조'만은 아니다. 그러니까, 그들은 서 있기는 땅을 딛고 서 있으며, 부정적 욕망에 의해서는 지옥에 닿고, 긍정적 욕망[欲生]에 의해서는 천국에 닿는 그런 꿈 말고도, 그들은, 곁길로 열린 꿈도 여럿이나 꾸는데, 거기서는 실다움도, 실다움 아님도, 그것의 본연성(本然性)을 잃어버리는 듯한바, 그 고장의 이름 하나는 '허구'(虛構)라고 이르는 듯하다. 간다르바(Gandharva, Skt.)들이 살며 이룬 성부(城府). 거기로 자칫 잘못 모험 찾아 들어서면, 그 모험 떠난 왕자는, 자기도 모른 새, 시무녀(詩巫女)네 우릿간에 갇혀, 무— 무 울기도, 꿀꿀거리기도, 캐갱 캐갱 짖기도, 또는 겨드랑 밑에서 날개나 지느러미를 돋아내선, 기류나 흐름을 좇아, 휴식도, 닿을 데도 없는 날기며, 자맥질이나 하고 있게 될 것인데, 저 시무녀네 말[言語] 풀[草]은 잘못 먹으면, 그렇게 변신을 치르고 말게 된다.

앞서 예 들었던 것들 중의 하나가 '옹가년'이었으니, 그리고 그년이야말로, 재밋속 있기가 꿀단지 안고 있기 같으므로, 다시 그년 얘기지만, 저런 순 쏘칠밧기다른슈가업는 옹가년은, 몇고딕에좃단놈다시업고 여인국을 만들게 코롬이나 살(煞)덩이며, 액(厄), 흉(凶), 불치의 성병 자체였으되, (어리석은 자들이었지그리, 콘돔을 쓸 일이었지, 끌끌, 짚신을 벗어서라도, 어리석은 자들이었지 그리, 콘돔 삼아 쓸 일이었는 것을—) 어떤 뚤파에 의해, 바로 이 같은 옹가년이 분장(分裝)되어져, 재현된다고 하면, 다름 아닌 저 급살 덩이의 까닭으로, 관객들은 그 분장의 뚤파를 사랑하고, 예찬한다. 철퇴도 재를 만들며, 코끼리도 즉사케 하는 옹가년의 성병도, 이 뚤파들께는, 먼지 터럭 하나 다치게 하지 못함일레라.

이건, 오늘 자라투스트라가 들르게 된 고장의 장사(場事) 돼가는 얘기거니와, 자라투스트라가 보건대, 둘러선 저 장꾼들 가운데, 임시로 설치해놓은 높은 단 위에 서 있는 자는, 매, 매우, 더, 더, 더듬거, 거리는, 지, 지겨운 모, 목소, 소리로, 벼, 별로 씨, 씨 먹은 대목, 목도 없는 얘기를, 지이이일 지이일 끌어가고 있, 있어, 아무것도 경청해볼 만한, 내용이나 까닭이 있을 듯하지도 않았는데, 이상하다고 해야 할 일은, 군중은 그럴수록 더욱더 와글거리고 웃으며, 때로는 박수갈채에, 환성으로 (말하는 자나, 자기들의) 신명을 돋우고 있었다. "그, 그러함에도 이 군중은, 말하자면, 비도 벽력도 묻지 않은, 한 뙈기의 뭉게구름과 다르지는 않도다." 자라투스트라는 생각하며, 자기에게는 권태인 것이, 어떻게 되어, 다른 이들께는 신명이 되고 있는지, 그 까닭을 더듬어 내려, 이·목·구·비에다 신경을 모았다. 그러느라 하다. 눈치채게 된 것은, 단 위에 서서 말을 더듬고 있는 저 사내는, 인근 다섯 장터에서는 꽤 이름이 나 있는 만담꾼이라는 것인데, 이 사내는 지금 자기의 '우스갯소리'를 팔고 있는 것이 아니라, 남의 것을 도용(盜用)하고 있다는 것이다. 그러니까 저 사내는, 그 본디 인물에 대해 (왜냐하면 최소한 한 번의 전이[轉移]를 치렀음으로 하여) 문화적 (요리[料理] 된) 본인 (왜냐하면 이는, 그 본디 인물의 전이된 자아이므로), 즉슨 한 종류의 '뚤파'였던 것이었다. 이 '문화적 본인'이 문화[演技] 해내고 있는 그 진본은 그러니까, 말을 하려 하면 몹시 더듬고, 게다가 별로 쓰잘 데도 없는 얘기를 질질 끌어가느라, 지루함으로 청중을, 팩 시들고 곯게 했던 자였던 모양이었다. 사실로 그 진본은 그리고 그런 자였는데, 자라투스트라가 귀동냥한 바에 의하면, 그는, 이 고장에 있는 벼슬이라는 벼슬은 모두, 그 한 머리 위에다 싸리버섯 꼴로 삘그렇여 놓고 있는 자였다고 했다. (뚤파들이, 자기들의 '괄호' 속에다, 타인의 얼굴을 그려 넣을 때는, 그럴 만한 조건이 충족되어져야 하는데, '벼슬'도 그것 중의 하나임은 자명하리롯다) 클클클, 헌데 이 경우엔, 더 시들게 하면, 청중을 패싹 더 곯게 할수록, 더 농도 짙은 흥행이 되고 있는다? 경이러람. 예 들어진 진본은, 그의 입내로 청중을 시들게 하고, 예 들어진 가본은, 같은 입내를 빌려, 청중을 푸러 우거지게 한다. (천부적인, 또는 성공적인 뚤파들에 한해서만 통용되는 얘기일는지도 모르겠으나,) 이렇게 되어설람, 처음엔 다만 '무엇의, 또는 누구의 헛것'이기만 하여 '뚤파'라고 일러졌던 것이, 그것대로의 한 물질적 몸을, 얼굴을 꾸미게 되다가, 그가 벗어 든 모자 속에 담기는, 칭송과, 박수갈채와, 환성과, 지폐의 두테에 비례하여, 저런 화환을 바친 그 당자들의 존경이며 선망도 받게 되는데, 그것이 바로, '대중'(군중)이라는, 살찐 어미가, 그 유방에서 흘려내는 젖이 아니고 무엇이겠는가. 이 젖은, 얼마나 기름지고 동력적인지, 이 젖에 먹여지면, 죽었던 나자로도 살아 일어나며, 반대로 그것이 써져 독(毒)이 된 걸 먹으면, (잘못된 풍문의 정체를 살펴볼작시라,) 탐무즈 같은 대신도 죽어 쓰러진다. 아으, 뚤파라는 한 무면(無面)의 초인(超人)이, '대중'이라는, 꿈꾸지 않으면 못 자는, 한 기름진 잠의 아랫도리를 열고 일어나, 그 품에 안겨, 그 기름진 유방을 빨고 있도다. 나 자라투스트라께 믿겨지기에는, 이들은, 이 시대에 새로 다시 일어난 '네피림'(Nephilim, 「창세기」 6: 1~4)임에 분명하도다. '대중'과 '개인'의 야합에서 태어난 이 거정(巨情)들은, 모든 실제적이라고 이르는 것들을 몽태화(夢態化)하기로써, 그 허구(虛構) 속에다 사원(寺院)을 갖게 되었는데, 이 사원은 그러함에도 그 주춧돌을, (꿈에 대해) 실제적이라고 이르는 묘지에다 놓고 있다. 까닭에, 그들이 그들의 무소(無所)를 채우는 얼굴은 언제든, '우리의 영상(影像)을 닮은' 그런 것이다.

"군중이란, 그렇도다, 구름의 이합집산에 비유되는 것. 구름은 비나 벽력을 묻어 있듯이, 대중도 또한, 그것이 있는 곳엔, 어떤 식으로든, 그것의 배꼽이 되는 부위에 폭동의 불씨를 잉태하고 있는데, 이것은 불도마뱀에도 비유되는 것. 불도마뱀이 깨어 일어나지 않으면, 불이 일어나지 않듯, 군중과의 관계에서도, 이 폭동의 불씨가 터뜨려지지 않는다고 할 때는, 그 군중은, 비나 벽력을 일으키지 못한 구름과도 다름이 없을 터이다. 거기 군중이 있는다 해도 그것은 그러면 군중은 아니다. 이 '폭동의 씨앗'은 헌데 언제든 무성태(無性態)이다. 군중의 배꼽이 어디에 있는지를 재빨리 알아채는 가이사(또는 뚤파)가 있어, 얼른 그 배꼽 되는 데를 찾아든 뒤, 그 배꼽에서 연(蓮)을 피워내, 그 중심에 자리 잡고, 저 폭동의 불씨를 일궈내선, 그 힘의 방향을 잡아 그 방출구를 터줄 때, 저것은 성별과 형태를 입어, 화현하게 됨에 분명하다. 그 나타남은 그런즉, 그것을 터뜨려내는데 중심에 선 자의 의지나, 그 불씨를 품은 당자(대중)의 욕망과 관계가 있는 것일 것이어서, 다양할 터이다. 한두 예만 들어보기로 한다면, 그것이 긍정적일 때, 그 자리는 열광스러운 화해로 출렁일 터이며, 반대로 부정적일 땐, 그것은 곧장 가학/피학력과 제휴하여, 파괴력을 드러낼 터이다. 까닭에, 저 '무성태의 폭동력' 그것이야말로, (천부적인 뚤파들도 포함해 말이지만,) 모든 가이사들을 광열로 떨게 하며, 동시에 두려움으로 떨게 하는 그 장본인일 것이다…… 헌데, 오늘 나 자라투스트라가 들른 고장의 장사(場事)도 사실로는, 한 목화밭의 뭉게구름이기는 했으되, 비는 뿌릴 것 같지도 않도다. 그런즉 역사(歷史) 대신, 일상(日常)의 테가 한 바퀴 더 두르고나 말 터이다."

자라투스트라는 그리고, 그 장에서 덮은 발등의 먼지를 털었다. 그 장을 벗어나려는 것이다.

"그러면 어찌하여 나 자라투스트라는, '대중/군중'을 '잠', 꼭히 꿈을 꿔야 자는 잠이라고 이르는가?"

(꿈을 꾸지 않으면, 그런 건 존재치 않으므로, '꿈꾸기'의 부분은 말할 필요가 없은즉 말하려 하잖거니와, '잠'의 부분에 관해서만 말한다면,) 그것은 왜냐하면, 그것(대중)을 이루는 각 개인은 시퍼렇게 깨어 있다 해도, 그 깨어 있음들의 총체(대중)는 하나의 용광로에 비유되기 때문인 것, (모든 깨어 있음들

은 그때, 그 용광로 속에 녹아져 드는 것, 자식들을 잡아먹어 몹시 비만해진 어미, 는 그러니 버마재비의 암컷인 것) 글쎄, 그 '용광로'는, 그것 자체로서는 아무것도 의식하지는 못하고, 그저 비등할 뿐이기 때문인데, (이것이 앞서 '폭동의 불씨'라고 얘기되어졌던 것) 그것이란 그러니 무엇이겠는가, 하나의 거대한 무아(無我) 자체, 집단적 무아, ―그것을 그러면 '비등하는 잠'이라고 말고, 무엇이라고 일러야겠는가. 저것이 나 자라투스트라를 공포로 떨게 하는 것은, 그렇다, 저것은 저것 자신의 '자아가 없다'는 것, 게다가 그것은 (그것의 '집단성'에 의해) 몹시 중력적인, 그리고도 횡적인, 거대한 힘이라는 것, 그것의 까닭이다.

헌데, 이 특정한 한 종류의 뚈파도, 말한 바의 저런 어미가 꾼 꿈의 한 형태라면, 그 어미와 거의 비슷한 만큼은 늙었음은 분명하다. 그러나 이 괴이한 유정들이, 초인으로, 네피림으로 전신을 치러버린 일은, 아마도 분명하게는, 그 어미가 더욱더 성숙해지며 돋워내 느리게 된, '대중매체'(大衆媒體)라고 이르는 그 유방을 빨기 시작한 그때부터일 것이어서, 별로 오래된 일은 아닐 것이었다.

이 네피림들은, 그렇다, 밖으로부터, 자기네들께 바쳐지는 '예배'라는 시주를 얻어 사원으로 돌아오면, 그때마다, 자기네들의 목 위에 올렸던, 어떤 다른 이들의 머리통을 잘라내어서는, 저 제단의 향로에 태워 제사한다. 그 제단은, '에켄드리아'를 뫼시는 그것인데, 그런 제사가 치러질 때마다, 저 뚈파들의 목 위의 부재(不在) 무소(無所)에로, 그 뚈파만의 새로운 얼굴이 자라, 두터워지고 있는다. 처음엔 그 자리에, '얼굴' 같은 그림자, 또는 '거울' 같은 얼굴을 드러내다가, 조금씩 조금씩 살[肉]을 두터이 하거나, 아니면 서서히 거울로부터 떠나, 종내 자기만의 얼굴을 꾸미는데, 그것은 다름 아닌 네피림들의 것이다.

새로 다시, 신족(神族) 네피림이 일어났도다. 그리하여 저 족속들이 지축을 흔들기 시작하였도다.

티 베미―.

8. 에켄드리야의 새끼〔色鬼〕들
—머리 없는 괴유정(怪有情) 좀비[18]

오늘 자라투스트라가 발걸음을 멈추게 된 산내장(山內場)에서는, 체전(體典)이 개막하여, 한창 진행 중이고 있었다. 경기장엔, 자라투스트라께 보이기엔, '반신'(半神)이라거나, '초인'(超人), 또는 황소와 같은 '짐승'이라고나 일러야 할 장한들이, 백군이라거나 청군이라는 식으로 편을 짜서는, 경기용 투구 쓰고, 가슴팍이며 궁둥이, 무릎 같은 데에, 두꺼운 가죽으로 만든 덧대는 것들을 대곤, 공놀이를 하는데, 오래잖아 자라투스트라가 알게 된 '경기의 법칙'[19]이랄 것은, 어느 편(팀)이든, 선수들이 모두 부상을 입어 더 이상 그 경기가 진행될 수 없을 때까지는, 경기 도중 휴게 시간이 있다거나 하지 않으며, 공을 치기 위해 선수들은, 절대로 손을 써서는 안 되고, 그들의 가슴팍과 궁둥이, 그리고 무릎 등으로 공을 받아 날려야 되는데, 점수 얻기는, 그렇게 공을 쳐 날려, 경사지게 만든 벽 위에 올려 놓여진, 앵무새 대가리 모양의 조각품을 맞혀, 굴러떨어지게 하기에 의해서였다. 누구든, 그렇게 그 앵무새 조각품을 떨어뜨렸으면, 그 당장 그는, 그 고장의 영웅이 되었다. "쳇, 누가 일러 올림포스 신[20]들은, 늙어 스러졌다고 하는다? 여기 이 제전(祭典)에선, 아름다운 살들이 광희(狂喜)의 불길에 타고, 끓고, 지글거리며, 불멸의 명예를 연금(鍊金)하고 있는데, 신들다운 짐승들이, 짐승 닮은 신들이, 잔치하고 있잖느냐, 성교하고 있잖느냐, 제사하고 있잖느냐!"

자라투스트라는, 이 체전의 어디에, 보다 나은 자리가 있는가 둘러보며, 부르짖(었으되, 누구 하나 그의 부르짖음이나 임재[臨在]를 개의치 않고 있었다)으며, 감탄하고, 그 또한 어떤 종류의 광희로 후후거렸다.

경기장은, 남북으로, 계란 모양의 원형을 꾸미고 있었는데, 그 위에로만 조금 지붕이 얹혀 있는, (남향하고 있는) 북쪽 편에서, 성화(聖火), 또는 제화(祭火)가 타고 있는 것으로 보아, 거기가 이 제전의 제장(祭長)들의 관람석이 놓여 있을 것이라는 것 짐작키는 어렵잖았으므로, 자라투스트라는 거기 어디 발치 자리라도 하나 얻어볼까 하여 달려갔다가, 어리둥절해지고 말았다. 그랬을 것이, 그쪽의 관람석은, 단 한 자리도 채워져 있지가 않고 있던 것이다. “허긴 ‘거룩하다’는 것은, 어떤 막강한 이들을 두고 말이지만, 속(俗)에 모습을 드러내지 않되, 여전히 속(俗)에 존재하기라는 식으로도 정의되는 것이 거늘.” 자라투스트라는 투덜대듯 중얼거리며, 아까는 ‘어디 발치 자리’라도 구걸하려 했었으되, 지금은, 속(俗)에 몸을 드러내 버린 거룩함(모순어법이려니!)이 되어, 대제장석이라고 여겨지는 자리에 앉고, 거드럭거려보았다(라고 해도, 누구 하나 그를 개의하는가?) 선수들의 대기실은, 바로 그 아래쪽에 있었거니와, 그 관람석이 놓인 자리는, 특히 조감적(鳥瞰的)이었으므로 해서, 자라투스트라는, 그 경기장을, 자기의 의사에 좇아, 한 우주만큼 넓혀서도, 반대로는 한 겨자씨만큼 줄여서도 관람할 수 있다고 알았다. 그의 눈 아래에서는, 응원하는 이들이 들고 흔들어대는 여러 색깔의, 수백의 깃발들이, 맑고 밝은 날, 그 한 천지를 서기의 봉황 떼로 후두둥 날려 보내고 있었는데, 바람살에 물결이 일자, 활짝 피는 천 이파리 붉은 연(蓮), 은, 쑤물거리기에 좇아, 그 시울 끝이 검붉은 두 잎짜리 연이 되고도 그랬다, 두 잎짜리 붉은 연—. (저런, 저런 순 물림 당해야 될 객귀[客鬼] 한 놈이, 본동 처용[處容]의 마누라의 두 ‘가라리’를 휘감아 누웠구나)

여기에는, 현재로써 자라투스트라께 보여지고 느껴지기엔, 아무 데고 가난이나 병, 노쇠나 죽음, 악심이며 저주 따위, 구겨지고 흐려진 그늘이 없었다. 모두가 건강하고 힘찼으며, 아름다웠다. 모두가 젊고 싱싱하며, 모두가, 기름진 먹이를 배불리 먹어 삭인, 짐승 냄새나는 미끄러운 거대한 구렁이들. 그런즉슨, 이런 역사, 이런 투사, 이런 장한들과 더불어서는, 고통이라거나 난관, 무거운 짐이라는 식으로, 모든 견뎌내기에 힘들고 괴로우며, 땀과 기름을 쏟게 하는 고역이, 치러내기에 물론 어려운 것은 어려운 것들일 것이되, 성교에도 비교될 그런 것임에 분명하다. 다시 묻거니와, 누구들이 구시렁거리기를, 올림포스 종(宗)은 스러졌다고 하느냐.

“지축을 흔드는, 대지의 거대한 황소, 오늘, 나 자라투스트라 또한, 한 마리 우주적 황소답거니! 이런 갑작스런 열예는 무엇인가? 이것은 거의 종교적이랄 신명, 너무 큼으로 하여 혼자서 감내키엔 거의 두렵기까지 하거늘, 이것은 대체 어디로부터 온 것인가, 내게 혈관을 이어, 광희를 수혈하고 있는 자여, 누구인가? 나 자라투스트라는 그리하여 그렇도다, 오랜 숙제였던, 일개미와 꿀벌의 삶의 까닭이, 그런 노역에서 얻는 행복이 무엇인지, 그것을 알게 되었노라 소리쳐도 되겠느냐? 얼마나 큰 슬픔을 갖고 나 자라투스트라는, 저 유정들의, 무의미해 보이기만 한 삶의 고역을 지켜보아 왔었던가. 헌데 뭐라구, '무의미해 보'인다구? '삶의 고역'이라구? 커다랗게 하나 뜬, 커다란 눈[眼]을 둘러 자는 잠의 꾸러미는, 아으 아름다운가! 듣기로는 글쎄 그런다, 일개미나 꿀벌은, 그것 하나하나씩으로 각개의 삶을 살고 있는 듯하게 보여도, 실제에 있어서는, 어떤 보다 큰 한 삶의 하나하나씩의 '세포'일지도 모른다고, 그런다. 글쎄, 가만게라, 그러구 보니 나 자라투스트라도, 이 장터엘 들어선 그 어느 순간부터, 내 몫의 나[自我]라는 것에 대한 의식을, 조금도 갖고 있어 온 듯하지는 않았던 것을, 새삼 깨닫겠는다. 이러는 동안, 내 몫의 대가리는 그러면, 어드메로 구르고 있었더란 말인가? 햇볕의 까닭으로, 갈증에 당하던, 연 이파리 위에 괴었던 한 이슬방울이, 호수 속에 떨어져 들어, 클클클, 그 호수를 다 들이켜 버리고시난, 그 호수를 한 이슬방울만 하게 만들기? ……하으 그렇도다, 바닷가 모래톱에 남겨진, 빈 조개껍질 속에 담긴 그 바닷물 맛을 본다면, 그것 속에도 한 대양의 짜거움이 송두리째 함량되어 있음인 것. 갖다가시나 그런데, 마, 만약 이 '짜거움'이라는 것을, 그 대양의 알맹이[自我]라고 환치해보기로 한다면, 저누무 대양이 송두리째 희어져 버릴(소금을 잃어버릴), 그런 무슨 안 될 일이라도 있겠는가? 나 공간 속에 머리를 떠올리고 사는 유정답게, 한번 비약하려거니와, 이렇게 하여 자라투스트라는 오늘, '소금'에 의해서, 초인을, 그리고 거대한 힘의 짐승을, 반신(半神)을 체험하고 있도다. 이 '소금'은 그리고, 말했던 바의 저 하나의 '커다란 눈'일레라. 모든 작은 눈들을 감겨 잠재우고 빛을 뽑아낸 뒤, 그들의 머리통을 화목(火木) 삼아 타오르는 눈[眼]." 자라투스트라는 그리고는, 저런 건강함, 광열적 열예가 넘실대는 늪인, 저 경기장에로 시선을 보내, 저 한 늪의 신명을, 온통 자기 속에로 봇물 터, 성교의 절정과도 같은 무아, 에 처한 거인, 또는 초인의 체험을, 오래 유지하려 했다. 그러나 그는 어느 일순, 뭣 때문엔지 소스라쳐 놀라고, 벌떡 일어섰다. 그리고 부르짖듯 떠들어댔다. "저 저들께는, 공치기하는 저 투사들은 제외하고 말이지만, 허히, 허히히, 말이지, 자, 자기편이라는 색깔만 있고, 있고 상징적인 색깔만, 머, 머리, 머리통이 어, 없는 것이 아닌가? 어, 얼, 얼굴이 한 개도 보이지를 않지 않느냐구, 말이지, 말이라구! '머리 없는 괴물'(acepharon monstrum, "Travels of Sir John Mandeville" 참조) '형천'(形天, 『산해경』[山海經] 참조) —천형(天形)에 처해진 자들? ……허, 허긴 나 자라투스트라도, 조금 전에, 나의 머리통을 의문해 하지 않았던가?" —그리하여 자라투스트라께서는, 예를 들면, 유정이라면 무엇이나 다, 어깨 위에다 머리통을 하나씩 얹고 있도록 되어 있다는 것 같은, 그런 습관적 생각이랄 것이 하나 무참히 깨뜨려져 버린 것이었다. 까닭에 자라투스트라는, 이 고장에 들어선 그 어느 순간부터 자기도, 형천족의 일원이나 되잖았는가 의문하고, 서둘러 자기의 머리통·눈·코·입·귀·턱·목덜미 등을 점검해보았다. 그리고시나 그는, 자기는, 아직은, 몸으로는, 형천에로 변신해 있지 않고 있음을 알아내기는 했다. 그렇다면 저들은, 건강한(또는 견고한) 어깨 위에 얹고 있어야 되는, 자기 몫들의 머리통을 어디에 매달아두고 있는가? 내장 삼아 배통 속에? 가슴팍에? 또 혹간, 모르긴 모르지만, 저들 모두가 집 나서고 있었을 때, 머리통들만은 떼어내, 아랫목 목침 위에라도 올려놓아 잠재우고, 그리고 몸만으로들 나들이에 나섰을지도 모르긴 모를 일이었다. (이런 의미에서라면, '몸'이란 결국 '머리통'이 꿔내는 꿈의 형태인 것? 것) 고사(古事)에 의하면 헌데, '아담'은 하초를 불편해했더라 했는데, 이 고장 사람들은 어쩌면 얼굴을 불편해하고 있는지도 모를 일이었다. 이런 생각은 그래서는, 이제껏 광희로 후후거려왔던 자라투스트라를 몹시도 불편하게 했던바, 갑자기 안 아플 데가 아프기를 시작했는다, 머리통이며 되세기, 이목구비에 턱주가리, 목통 같은 데가 지랄하느라고 아파 지랄하고 있었는다. 그러면서부터, 아담이 최초로 자기의 하초를 인식했었던 그 일모양, 자라투스트라께도, 어떤 형언치 못할 수치심이 일어나, 그 대갈통을 숨기지 않고는 못 견디겠어서, 두 손바닥을 펴 무화과나무 잎 삼아, 한 이파리로는 얼굴을, 다른 것으로는 뒤통수를 덮어 가려보았다. 그러고 나자 자라투스트라께는, 자기의 박이 빙글빙글 도는 듯한 느낌이 들어, 더 서 있지를 못하고, 먼저 무릎을 꿇어 앉았다가, 바닥에다 얼굴을 처박았다. 자라투스트라께는, 어떤 외로움도 같은 느낌에다 보태어, 머리통을 갖고 있기의 불편함, 이물감이, 그 한 머리통 분량으로 일어나, 어떤 식으로든 점화가 되는 대로 폭발하려 하고 있었다. 그렇게 하고 내어다본 세상은, 차원성(次元性)이 사상되어 있어 이상했다. "말할지어람, 아으, 누가 도류들의 머리통을 횡령했다는가, 말할지어람, 신들인가, 아니면, 너무도 가까이 있어, 그 썩는 입내로 모든 순수한 것을 오염하고 들되, 도저히 미칠(닿을) 수가 없는 '거룩한' 에켄드리아인가?" 부르짖고 자라투스트라는, 있는 머리통을 감추고 지날 수만은 없다고 알아, 히히히, 수치스럽게도, 짝 없이도 수치스레, 백주에, 대가리를 시뻘겋게 꼬나 올려 일어섰다. 눈은 붉은 데다 번들거려, 광기에 차 있었으나, 누가 그런 그를 그러나 개의하는가?

볕이 두터워지며, 모든 그림자들이 짧아졌다가, 다른 방향으로 누울 자리를 옮기고 있었을 땐, 경기장에선 (선수들 가운데서) 부상자들이 속출하고 있었다. 그런 부상자들은, (푸른 장옷을 입어,) 그역 머리통이나 얼굴을 볼 수 없는 자들에 의해 들것에 뉘어서는, 제화가 타고 있는 그 밑 방에로 옮겨지는 듯했고, 그러면 대기하고 있던 장한들 속에서, 그 빈자리를 채워 나서곤 했다. 그런 것들을 관찰하는 중에 자라투스트라는, 저 경기장에서, 분명히 (자기의) 눈은 보아 왔었겠으나, 마음이 못 보고 놓쳐왔었을, 그런 것을 하나, 마음으로도 보아버리기에 이르렀다. "아하, 그리하여 알겠도다, 알겠는 것은, 어찌하여 이 관중께 대갈통이 붙어 있지 않았는지, 그것은 의문해 할 것도 아니었던 것을, 그것을 의문 끝에 알겠는도다. 보, 포아, 포아람, 저 투사들이 발로 차고, 뒹굴리며, 엉덩이나 가슴팍으로 받아내고 있는, 저 둔탁하게 구르는 공을 보아람, 보, 포아람, 그, 그것이 무, 무엇이냐? 크흐흐, 여러 여러 개의 한 머리통, 클클클, 여러 개의 한 머리통, 그것이(단수) 누구들(복수)의 머리통인지, 눈 뜨고 보아람! 이런 발견은 그런데, 자라투스트라께 다시, 자기의 밖이 빙글빙글 도는 듯한 느낌을 일으켰던바, 그랬을 것이, 이제껏 삼차원적으로 종립해 있다고 여겨왔던 세상이, 그 실에 있어서는, 일차원적으로, 그러니 횡적 평면적이어왔다는 깨달음이 든 때문인 것이다. 글쎄, 저 응원단과 관중들의 한[集] 머리통이, 흙밭[平面]에 구르고 있던 것이 아니냐? 그것은 그러다, 공중 높이 난다 해도, 그것(공)이 점(點)을 극복할 수 없음에 의해, 여전히 평면을 벗어나지를 못하고 있었는데, 이 일로 종내, 자라투스트라는 왜왜 건구역질을 해대다, 배를 꼬으고 넘어져, 흙밭에 머리를 굴렸다. 그러는 그 어느 순간, 자라투스트라 또한, 그 일차원적이랄 횡세(橫世)의 한 촌민이 되어졌었던가, 되어졌던 모양으로, 저 관중이 그들의 어깨에 '누이고 있는 대갈통'을 보기에 이르렀다. 흐흐, 횡세는 그런즉, 횡으로 읽어얏던 듯하다. 그것은 자라투스트라께 좋은 느낌을 일으켰고, 그래서 그는, 흙을 물고서도, 머리통을, 공간을 향해 쏘아 올리려 하지를 않았다. 그러며 그는, 어떤 한 집단에 합류해버린 모든 개아들의 '초월적 몰락'이라는 문제를 생각해보기 시작하고 있었다, 라는 것은, '개아'는 '집단' 속에 휩싸일 때 막강해지되, 그것이 그러니까 '초월적'이되, 삼차원성(三次元性)을 잃고, 일차원(一次元)에로 '몰락'하는 것이나 아닌가, 하는 것에 관해서였다. "그, 그러고 본다면, 저 몰락, 저 초월적 몰락은, 이거 이렇게 어의(語衣)를 입힌다면 꽤는 도식적일지도 모르긴 하되, '속'(俗)의 상태는 아니겠는가?" 자라투스트라는 그리고, 자기도 모른 새, 자기의 머리통을, 저 우주 가운데의 허허한 공간 속에다, 삼차원적으로 치받쳐 올렸다. 그런다 해도 누구 하나 그를 개의하는가? "나 자라투스트라는 오늘, '집단' 그 자체가, 하나의 '종교'로 변화해가는, 그 한 과정을 목도하였도다. '몸의 우주'를 운영해가는, 저 한 종교의 이름은 '속'(俗)이라고 이를 것이겠노라. '몸의 우주'에서는, 왜냐하면 그곳의 한 질서는 중력이라고 이를 것이어서, 유정께는 삼차원성이 고통 자체겠는가? 그럴 터이다, 그것이 싸안고 있다는 삼세육도 탓에 무거운 그 대갈통은 그럼으로, 작은 체신들로 써는 받치고 있기가 고역일 터이다. 삼차원성을 저버리고, '속'에 뿌리내려, '머리통'을 횡(橫) 진(塵)에 굴리는 유정, 즉슨 속인(俗人)은, 또는 속물(俗物)은 행복할 터인가?" 그러다 자라투스트라는, "행복할 터이다!" 자답하고, 그리곤 눈물기를 빈적여냈는데, 아까 수치를 일으켰던 그 머리통이, 슬픔을 일으켜낸 모양이었다. "그렇다는즉슨, 부속물(浮俗物)도 있는 것이나 아니겠는가? 그럴 터이다. 나 자라투스트라는 그리하여, 오늘 뒤늦게, 그 외로움과 해후하는가? '속'에 뿌리내리지 못해, 그 '속'의 어중간한 위쪽에 둥둥 떠, 여기로 저기로 흐르며 자맥질하는 자, 부속물—. 거처는 산정의 동굴에 두고, 암뱀의 똬리 위에 누워 자며, 배고프면 수독수리가 되어 속(俗)에 내려, 바로 그 '속'에서 먹이를 구하는, 자칭 초인이며, 인신(人神)이랬던 자, 나 자라투스트라는, '몸의 우주(俗)'에서 보면 결국은, 초인이거나 인신이었기 대신, 외로운 부속물 말고, 또 무엇이었겠는가? 노상 떠나는[移] 자[民] —." 자라투스트라는 그때에 당해, 전에 한 번도 느껴본 적이 없었던 '속'에 대한 향수를 느끼고, 그 '속'을 아름다울 뿐만 아니라, 잠푹하다고, 그리고 인자스럽게까지 여겨진다고 내려다보았다. 보았으되, 그러나 자기가 가라앉아 내려 뿌리내릴 자리란 있지도 않다고 알았으므로, 저 고적한 산정의, 자기의 동굴에의 그리움을 일으켜, 이민(移民)을 생각했다.

이민을 생각하고 자라투스트라는, 출입구를 찾아, 바닷게모양 빙충맞게, 어기죽거려 움직여나갔다.

가다가 자라투스트라는, 경기장에서 부상을 입은 역사들이, 들것에 누이어 얹혀, 그 위쪽에서 제화가 타고 있는, 그 밑엣방에로 옮겨져 가기도, 또는, 부상 입은 자를 치료해주려 하기는커녕, 선수들의 대기실에로 들여보내기도 하는 것을 보았다. 이 일은 자라투스트라께 괴이쩍게 여겨졌으므로, 자기도 그 대기실 안으로 따라 들어가 보았다, 고 해도 누구 하나 그를 개의하는가? 마는, 자라투스트라는 거기서, 어째서 '신들의 주제는 인간'이라고 하는지, 그 속뜻을 알 만하다고 했다. 분명히 그런 위치, 그런 자리를 명당(明堂이란, 육신적으론 '자궁'의 위치나 아니겠는가)이라고 이를 것이었는데, 거기는, 그날의 별이며, 관중석 응원석으로부터 쏟겨 드는 환성이며, 박수갈채, 찬양이며 선망에 찬 눈, 눈, 추파 하는 눈들, 꽃다발, ……신들과 마(魔)들은 물론, 심지어 지렁이까지도 탐내는 소마즙이 괴어 넘치는 자리—, 그러했으므로, 그런 예배와 신앙의 양수(羊水) 속에 담기고 잠겨, 한 뒤 식경만 지내고 나면, 거의 송장(이었다, 고 한다 해도, 자라투스트라가 잠시 후에 알게 된 것이 이것이지만, '비교적'으로 무리를 지을 때, 경상자 편에 속했던 모양이었다)이었던 저 역사의 몸에서, 생기가 발동하기 시작하고 있었다. 처음엔 가늘고 간헐적인 경련을 일으키다가, 한번 죽 같은 땀을 흘리고 나면 그 역사는, 다시 새사람이 되어 일어섰다. 자라투스트라는 그리하여, 고사에 전하는, 신들과 악마들이 합세하여, '암리타'[神酒]를 걸러내기 위하여 했더라는, '젖바다 휘젓기'가, 고사에만 그친 것이 아닌 것을 알고, 썰레 머리를 조금 썰렛다. "건장한 사람들이 모여, 청군이라거나 백군이라는 식으로 편을 짜, '신명'을 굴대 삼고, 구르거나 나는 공이라는 북이 풀어내는 실을 저 굴대에 감아, 백군은 실 머리를 쥔다면 청군은 실 꼬리를 잡아, '군중'이라는 '젖바다'를 지국총 지국총 휘저어 대는즉슨, 열이 오르기에 좇아, '바다'에서 '젖'이 분리되어, 기름모양 한곳에로 모여든다. 그것이 다름 아닌, 생명이라는 전류(電流)임이라, 심지어 지렁이까지도 탐내는 암리타." 자라투스트라는 그 방에서, 그런 까닭으로 몹시 쾌한 느낌을 갖고, 후후거렸으나, 그 대기실을 지난, 안쪽의 방에로 옮겨져 가는 부상자를 지척에서 보게 되었을 때, 그 쾌함을 잃고 말았다. 당한 부상에서 비롯되는 고통 탓에 그랬음에 분명하다고 짐작했지만, 그럼에도 자라투스트라께는, 그들의 눈빛이 (그 당장엔 갑자기 생각나지는 않았지만,) 전에 어디서 본, 어떤 유정들의 그것을 연상케 하였으므로, 속히 일어나시오, 라고 말하고, 고개를 돌려버릴 수만은 없는 듯했다. 자기도 모른 새 그래서 자라투스트라는 저들을 뒤따르고 있었는데, (라고 해도 누구 하나 그를 개의하는 자는 없었다. 그때 자라투스트라께 떠오른 한 의견은, 이것은 혹간, 자기와 저들 간의 차원의 같잖음 때문이 아닐까 했는데,) 따르며 자라투스트라는, 몇 번이고 더 그 중상자의 눈을 들여다보다, 아까는 갑작스레 기억해낼 수 없었던, 어떤 유정들의 눈을 급기야 기억해내기에 이르렀다. 그랬었다, 요 얼마 전 자라투스트라는, 도살업을 해 먹고사는 이들의 고장을 지났었는데, 거기로 끌려오던 소라는 유정들의 눈이 그랬었던 것이다. 신들의 어머니 (왜냐하면 그들은, 정화된 소의 젖, 다시 말하면 우락[牛酪]으로 힘을 돋우던 때문이던 것), 저 보디사트바들도, 아무리 신들과 사람이라는 유정들을 돕기 위해, 고행난행을 자초하며 소의 형태를 꾸며왔었다고 한다 해도, 그리고 그런 고행난행적 한 삶을 통해 단 한 번도 살기의 단맛을 본 일이 없어, 삶은 그저 쓰기만 했다 한다 해도, 마지막 육보시를 위해 도살장에로 끌려 들어가고 있었을 땐, 그 모든 눈들이 한가지로, 자신들에 대한 슬픔을 서려내고 있었던 것이었다. 자라투스트라께는, 그 슬픔은, 다른 중생에 대한 그네들의 대비(大悲)보다도 더 진하게 보였었다.

맑은 날, 그리고 그 한 장(場)의 모든 영광에 입혀진 자의, 번히—뜨고—보지—않는 그 눈 속에 끼인 구름의 그림자가, 대체 어디서 드리워진 것인지, 그것을 밝혀보려다 자라투스트라는 그리고, 그날 그 파장도 안 보고, 쫓기듯 그 고장을 떠나버린 것이었다. "돌(咄), 저럴 수가! 양두구육(羊頭狗肉)이라더니, 양두—아폴로(Apollo), 구육—디오니소스(Dionysos)!" —그리고는 자라투스트라는, 임신부모양 구역질을 해댔더니, 그러면서도 그가 씨불인 말을 좇으면, 얼핏 보였기에 우주적 광휘에 찼던, 이 특정한 '속'(俗)의 뒤쪽 얼굴은, 분명히 앞쪽과는 같지가 않았던 모양이었다. 그의 씨불임을 좇는다면, 아폴로가, (실제에 있어서는, 디오니소스가 쓴 아폴로 화상[畵像] 이) 저것[俗] 의 앞쪽 얼굴을 드러내고 있었다면, 뒤쪽엔, 몹시 게걸거리는 디오니소스가, 그늘 속에 도사리고 앉아, '저것'의 대갈통에다가는, 쇠로 된 빨대를 박아 넣어 골을 빨고, 심장을 꺼내 안주하고 있었던 모양이었다. "디오니소스—에켄드리야 만세? 돌, 저 디오니소스가 마셔 취한 술은 그리고, '물질주의'라는 풍염한 젖퉁이에서 흐르는 그것인데, 디오니소스—에켄드리야 만세?"

자라투스트라가 목도한 광경은, 실제로 저러했던 모양이었다.

예의 저 부상당한 선수는, 자라투스트라의 짐작에, 치료실이라고 여겨지는, 한 푸른 (색깔 칠해진) 방에 들면, 예의 저 푸른 장옷을 입어, 머리통도 얼굴도 보이지 않는 자들에 의해, 그역 푸르디푸른 상 위에 올려 뉘어지고, 그리곤 옷을 모두 벗기운 뒤, 전신에, 그 같은 계통의 푸른 물감이 칠해지는 것이었다. 그 푸른 물감 속에는 분명히, 무슨 마취제 같은 것이 다량 함량되어 있었는듯하여, 그것에 발려지기 시작한 뒤 얼마 되잖아서부터, 아무리 거상(巨象) 같은 장한이랄지라도 스름스름 졸기를 시작했는데, 전신이 다 푸르러졌을 때쯤은, 그는 완전히 몽혼되어, 일말의 의식도 남겨놓고 있어 보이지 않았다. 그때가 되자, 예의 저 장옷 입은 자들이, 그 장한을 누인 그 상을 그째로 밀어(그러니 그 상다리에도 바퀴가 달려 있었던 모양이었다), 그 안쪽에 있는 다른 방에로 들어가는 것이었다. 자라투스트라가 엿본 바에 의하면, 그 방엔, 한가운데라고 여겨지는 자리에로만, 검푸른 여송연 연기에 혼합된 붉은 등 빛, 그래서 썩은 월후 색깔의 빛이, (꽤 이상스럽게도, 그렇게 고안되어졌던 모양으로) 관곽(棺槨) 꼴의 직사각형으로 쏟기고, 다른 데는 온통 (오래잖아 자라투스트라가 알아낸 것이 이것이었지만,) 물질주의자나, 무신론자의 가슴속 같은 암흑이었다. 빛까지도, 저런 심정들 속에 들면, 그 당장 썩어 묽어져 버리거나, 그 당장 석화(石化)하여, 영겁을 벗어나지 못하지 않던가. (신으로서도 열고 들어갈 수 없는 것이, 무신론자의 가슴이 아니던가) 그, 그, 흐, 흐럼에도, 독액을 질질 흘리며, 무섭게 짖는, 밤중 같은 털을 세운, 지옥 문전 독구(毒拘)의 시뻘건 목구멍을 본달작시면, 썩은 월후 색깔의, 저 관곽형 빛의 까닭도 모를 듯하지는 않다. 그것은 다름 아닌, 무덤보다도 더 짙은 그늘의 안쪽에, 구미(九尾)를 사리고 앉아, 밖으로부터 무슨 제사(祭祀)가 들여지는지를 기다리는 디오니소스들의, 물질주의라는 독(毒은, 심지어 영혼 같은 불멸까지도 썩여내는 독력을 갖고 있다고 이르는 것)에 팍 썩은 살안(煞眼)들에서 번언여나는, 빛의 썩음일 터였다.

푸른 물감에 전신이 덮인, 예의 그 장한이 뉘어진, 예의 그 바퀴 달린 상이, 예의 그 손들에 의해, 예의 그 방에 밀려들여져, 예의 그 쐬어 내리는 빛이 바닥에다 관곽 모양을 만드는, 바로 그 한 자리에, 빛의 모양새에 맞춰져 고착되어지자, (자라투스트라여, 뒤꿈치의 꾸둥살이 타도록 내달려 떠날 일인 것을, 아직도 엿보고 있다는댜?) 예의 그 손들이 이번에는, 그 상의 서랍을 열더니, 뭔지 한 가지씩을 꺼내 드는 것이었다. 자라투스트라는 그것을, 예의 그 상의 모서리를, 혹 반 치, 혹 세 치, 혹 한 자락쯤 흘려 내리고 있던 여분의 빛에 의해서 본 것이었거니와, 자기가 무엇을 보았다고 밝혀도 무난한 것이 한 가지라도 있을 수 있었다면, 그것은 저울[天秤] 뿐이었다. 그 외의 것들은, 눈의 기능이 그러해서, 보여졌으니 보았으되, 눈에서 입술에로는, 결코 내려보내기가 싫은, 그렇게나 섬찟한 것들뿐이었다. 그리하여 그들은, 그런 섬찟한 것들로 무엇을 하려 했었는가? —그리고는 눈도 말도 잃기, 묵(默).

한 장(場)의, 그중 중심이 되는 자리를 둘러, 물질주의와 권세로 벽이며 담을 쌓아, 속(俗)의 그중 호끈한 데 파묻혀 있으면서도, 거룩한 데로 올라버린 자들은, (자라투스트라여, 그러면 이제는, 어찌하여 제장들만의 관람석엔, 한 자리도 채워져 있었지 않았는지를, 의문치 않아도 될 터임세,) 그렇게 선택되어진 희생양을 통해, 한 솥의 속(俗)이 흘려내는 소마즙을, 그 속제(俗祭)를, 흠향하고 있던 것이었다. 그것은, 흙바닥에 그들의 한[集] 머리통을 굴리던 '군중'이라는 한 '젖바다'에서 삼출되어진 것—암리타.

그리고 자라투스트라는, 자기의 산정의 동굴을 염두하여, 남쪽으로 머리를 두르고, 뒤꿈치의 꾸등살이 타느라, 지글지글 끓도록이나 서두르고 서둘러, 그 장을 떠났는데, 그는, 자기 몸의 북녘 되는 데가, 언제부터인지 소금이나 바위가 되어가고 있다고 느끼고 있었다. "아으 그럼에도 '돌아보지 말거라, 돌아보지 않아도 이미 소금 기둥이 되어 있으니'[21] 올림포스라는 '몸의 우주'의 종교를 두고설람 나 자라투스트라는, 한사코 정통주의를 고수하려 해야겠도다. 육신적 초인이라거나 반신(半神)이라고도 불러야 할, 젊은 아도니스(Adonis)의 건강한 육체적 아름다움, 거의 숭고하기까지 한 아름다운 건강한 육체가, 변신 전락하여, 에켄드리야의 시녀가 되어 있기는커녕, 법홀을 쥔 군주로서 군림해 있는, 아으 '정통주의' 만세, 만세, 만세를 불러야겠는도다."

티 베미—.

9. 일처다부제(一妻多夫制)[22]—복음?
—백설 공주(白雪公主)[23] 얘기

—모든 동화(童話)가 다 그러한 것은 아닐 것이지만, 어떤 매우 함축적인 동화는, 읽기, 듣기, 또는 관람하기에 좋아, 그러니 그 독자, 청자, 또는 관객의 이해에 따라, 그냥 '동화'의 범주에 머물기도, 또 심지어는 '경전'(經典)에로까지 그 넓(넓이+높이)의 범위가 확대되기도 하는 것을 관찰하게 된다.

자라투스트라는, 자기가 지낸 밤을 새이게 된 그 고장을 뒤돌아보고, 그 고장에서 시주했음에 분명한 무슨 공양(供養)을 입속에 넣고 우물거리며, 조심스레 음미하고 있는 중이었다. 그랬을 것이, 그는 그 고장에서 어제저녁, 「백설 공주」가 연극이 되어 상연된 것을, 관람할 기회를 가졌던 것이다.

—예를 한 뒷 들어보기로 하면, '불새'를 잡기 위해, 또는 '마음'[心] 이라

는 것을 찾아, 길 떠나는 왕자 얘기라거나, 또는 어느 나라의 공주를 납치해 간, 아니면 그런 공주를 한 입가심하기 위해 나타나는, '나쁜 용' 퇴치에 나선 왕자 얘기 같은 것들은, 말하자면 어떤 종류의 '경전'의 부류에 속한 것들이랄 것인데, 그것들과는 다른 국면에서 「백설 공주」 얘기가 또한, '경전'이 '동화'의 형태에 제휴해 있음을 고려하게 한다. '그것들과는 다른 국면'에서라고 이른 것은 왜냐하면, '종교는 혼(魂)의 연금술(鍊金術)'이라고도 이르니 말이거니와, 이 연금술에 쓰이고 있는 '프리마 마테리아(原料)'의 성별(性別)의 다름 때문인 것인데, 그 원료가 양성(陽性)을 띠었을 때는, 그 연금술의 주인공(프리마 마테리아)들은, '모험'의 이름의 연단(鍊鍛), 시련, 왼갖 간난신고를 겪기 위해, 집을 떠나 길을 나서는 반면, 음성(陰性)을 띠었을 때는, (일단 그 연금 솥의 밑에 불이 붙여졌다고 할 때, 「백설 공주」의 경우를 고려해본즉,) 그런 시련이, 그 주인공을 찾아, 그 대기권 속으로 뚫고 들어온다는 것이 고려되어진다.

자라투스트라는, 박하사탕을 녹이듯, 상념을 녹이며, 그것이 즐거운 듯 했다.

—「백설 공주」는, 일차적으론 물론, '오이디푸스적 적대'[24]를 통한 한 여아의 성장과, 그러기에 따르는 위험, 그리고 그 극복에 관한 얘기로 이해되어짐도 당연할 터이다. 이 경우의 '오이디푸스적 상처'란, 어머니 주장[內主張]의 가정에서의 어머니(계모)/딸 사이의 질투와 악감을 두고 이르는 것임은, 누구라도 용이하게 짐작하는 바대로일 것인데, 그럼에도 저 얘기를 그런 투로만 이해하려 들 때, 저것은 '동화'권 내에 머물고 마는 것일 것이다. 이런 계통의 동화는, 언제든 '아도니스의 우주'(그 역시 '몸의 우주'이되, 이 경우는 '인세'[人世]만을 분리해내려는 의도로 저렇게 명칭한 것)를 출발점으로 하여, 주인공이 '말씀의 우주'에로나, 반대로 '아도니스의 우주'의 밀종적(密宗的) 영지로 알려진 '무계'(巫界), 또 어떤 경우엔 정종적(正宗的) 영지인 '축생도'(畜生道)에로의 모험을 떠났다가, 다시 '아도니스의 우주'에로의 회귀를, 그 과정, 또는 내용으로 하기 때문이다. 여기에 모든 젊은네들의 성장 과정의 비밀과, 위험, 고통이 숨겨져 있음은 사실이다. 이런 '몸의 우주'적 척도에 의해 「백설 공주」에 나타나 보이는 상징체계를 이해해보기로 한다면, '계모'에

의해, '백설 공주'가 '끈'에 '목이 졸려 죽기'는, 나 자라투스트라께는, 그 여아의 출생에 이어, '배꼽 끊기'로 보이는바, 그것은 다름 아닌, '에덴에서 쫓겨나, 해골의 골짜기에 든 아담, 이브'의 운명을 연상케 한다. 그 같은 계모에 의한 백설 공주의 두 번째 죽음은, '독 발린 빗에 머리 빗김 받기'에 연유하는데, 누구나 알다시피 이 '빗'은, '숲', 그것도 도저히 헤쳐나가기 어려운 '대나무 숲', 때로는 '가시쟁이 숲'의 상징을 띠고 있는 것. (그것은, 어떤 경우엔, '구유배'와도 이상한 연관성을 갖고 있다고도 알려져 있으되, 그걸 끌어들이는 짓은 불필요할 터이다) '헤쳐나가기 어려운 숲'이란 그러니, 저 주인공이, 유아 시절을 겪어, 사춘기, 그리고 결혼 적령기에 이르기까지의 난관, 위험, 고통 등을 은유하고 있음은 분명하다. 그리고 백설 공주의 세 번째 죽음은, '독 발린 붉은 사과를 삼키기'에 연유하였던바, 그것은 다름 아닌, '월후' '초경'(初經)과 관련을 갖는 얘긴 것이 분명하다. 이 또한 '이브(하와)가 능금 따 내리기'의 고사를 고려케 하는 것임은 자명하다. '경도'와의 관계에서, 거의 모든 동화가, '그래서 잘살았대'로 끝나기 전엔 '왕자와 공주의 결혼이 이루어지는 것'을 염두하는 것은 필수적이다. '몸의 우주'에서는, 결혼 적령기까지 자란 젊은네가, 배우자를 맞는 것, 즉슨 음양 화합을 이루는 것, 그것이 결승점인 것. 그것(결혼)이 '말씀의 우주'에서는, '체'(體—유한[有限]의 혼령[魂靈])와 '용'(用—신[神])의 일원화를 통한 '중생'(重生)이라고 이르는 것인 것. '마음의 우주'에서는, 그것이란 다름 아닌, '상사라와 니르바아나가 하나여서, 다름이 없다'고 이르는, 그 '해탈'(解脫)의 경지일 것.

자라투스트라는, 상념을 박하사탕모양 녹이며, 그것이 즐거운 듯했다.

—그러나 동화 속에서 종교를 읽기는, 또는, 경전이 동화의 모습을 꾸민 것에서, 혼의 연금술적 변질의 과정을 관찰하기는, 이 경우도 물론, 그 주인공의 출발점은, (왜냐하면 '몸'이 프리마 마테리아 자체며, 또한 그것을 담은 솥일 뿐만 아니라, 그것의 변질을 돕는 독[毒]이기 때문에) '몸의 우주'에 같이 두되, 그 탐색은, 그 주인공이 처음 떠났었을 때 입었던, 그 '몸'을 벗기라는 데서 끝이 난다는 점이 다를 것이다. 한 넋이 몸을 벗고 나서 새로 산다는 일은, 확실히 '아도니스의 우주'에 소속된 것은 아니며, 종교이다. 이렇게 됨으로 하

여, '동화'를 재료로 '혼의 연금술'을 거론할 자리를 얻게 되는데, 그럴 것이, 그 시작에 있어선 매우 조악하다고 이를 질료, 예를 들면 '납'이나 '유황' 같은 것이, 그 매우 어기찬 혼돈의 상태를 겪어 나타나는, 그 바뀜을 지켜보고 있자면, 그러는 어느 단계에서, '금'이 되어 있음을 알게 되기 때문이다. 동화적 사투리를 쓰기로 한다면, 보통의 기준에도 미치지를 못하여 '바보' '멍청이' '얼간이'라고 하여 구박덩이였던 것들이, 이런저런 모험을 거친 어느 날 보면, 어느 나라의 왕의 사위(장차 국부[國父]가 될 터)가 되어 있거나, 왕의 며느리(장차 국모[國母]가 될 터)가 되어 있는다는 얘긴 것이다. 그러니까 그 시작에 있어, 그리고 그 나타나 보임에 있어, 범박 조악하던 것이, 비범하며 순수한 것이 되기 위해서는 과정이 있는데, 그 과정은, 헤쳐나가기 어려운 가시쟁이 숲이며, 거머리의 수렁, 땡볕에 이글이글 끓고 있는 모난 돌밭 길, 독사며 전갈이 우글거리는, 휴식할 데 없는 거친 들, 굶주림, 갈증, 온갖 종류의 통증들로 이뤄져 있다고 이른다. 그런 과정을, (김진석 교수의 어휘로) '포월'(匍越)했을 때라야만, (나 자라투스트라의 어휘로) 한 우부(愚夫/婦)가, '초인'(超人)을 성취했다고 이를 것인 것. 예 든 바와 같은 동화는 그래서, '혼의 연금술'로도 바꿔 이해할 수도 있다는 것을, 부인치 못하게 된다. 이것은 비록, 어떤 이름으로 신봉하는 신이나 종교의 이름도 밝혀져 있지 않음에도, 저런 의미에서 그것을 나 자라투스트라는, 서슴지 않고 '경전'의 '동화'화라고 이르는 바이다. 종교에도, '공통분모'라는 것이 있을 수 있다면, 허기야 왜 없겠는가, 그것은, 예 든 바의 저런 '동화'의 형태를 꾸민, '혼의 연금술' 같은 것이나 아니겠는가. 그럴 때 어떤 신이나 종교의 이름 따위는 불필요해질 것이며, 형태는 그래서 '어른이 어린이들께 들려주는 얘기'스러움을 꾸밀 터이다. '유아'들이야말로 '천국'의 상징이기 때문이다. 어린이들께 들려주면서도 동화는 그럼에도, '유아에 머문 유아'(란, 변질을 성취 못 한 프리마 마테리아여서, 납이면 납, 유황이면 유황 그대로 머물러 있음과 같음인 것)들을 여지없이 학살하고 있는데, '천국의 상징'과 '천국민'은 결코 같은 것이 아니기 때문일 터이다.

—연금술사네 방언(方言)에 약간만이라도 통해 있는 이라면, 「백설 공주」라는 얘기의 형태를 꾸민 금 제조법의 비밀을, 어렵잖게 밝혀낼 수 있음에

분명하다. 이 금 제조를 위해 선택되어진 프리마 마테리아는, '여성적 국면'을 드러내고 있으며, 그것은 세 번의 변질, 또는 죽음을 겪어서라야만 '금'이 되는데, '니그레도'(Nigredo, 黑, 동화 속의 에보니 창틀)→'알베도'(Albedo, 白, 흰 눈)→'루베도'(Rubedo, 赤, 붉은 피)가, 그것들일 것이었다. 그 변질을 돕는 데 걸리는 날짜는, '일곱 난쟁이'로 상징된 '칠 일'이 걸리고, 저 '칠 일' 동안에, '계모'라는 '독'(毒)에 의해, 저 '딸'(프리마 마테리아)의 '세 번의 죽음'의 부음이 들린다. '끈'에 '목'이 졸려 죽은 죽음(니그레도), '독 발린 빗'에 머리를 빗김 당하다 죽은 죽음(알베도), 그리고 '독에 발려진 붉은 사과'를 삼키려다 그것이 목에 걸려 죽은 죽음(루베도)—. 그러자 이 자리에서 살펴져야 할 문제가 하나 있어 뵈는데, 즉슨, 백설 공주의 죽음이, 두 번씩이나 '목'과 관계가 있다는 그것이다. '목'은 '혼과 몸의 통화의 자리'로 알려져 있는데, 그렇다면, 그것을 알고 있는 이상은, 이 자리에서는 '목'도 목이지만, 그것과 관련된 두 죽음의 '안/밖'이 고려되어지는 것이 더 중요해 보인다. 독 사과에 의한 죽음이, 공주의 목의 안쪽, 그러니까 혼에 근접된 자리에서 기인했던 것에 대비해본다면, 끈은, 그 같은 목의 바깥쪽, 그러니까 육신 쪽을 파 들고 있었던 것이라는 것이다. (고사[古事]에서 이런 죽음의 한 원전을 찾기로 한다면, 봄 직도 먹음직도 한 열매가, 주렁주렁 매달린 '세상나무', 또는 사과나무에서, 교수형[絞首刑]을 당한 '여성적 프리마 마테리아로써' 하와의 죽음과 같은 것이어서, '목'의 비유나, 상징의 풀이가 꼭히 필요한 것은 아닐 터이다) 이런 죽음을 이제는, 종교적 사투리로 환치한다고 하면, '니그레도의 죽음'은 '몸의 죽음' '알베도의 죽음'은 '혼의 죽음'(또는 영화[靈化]), 그리고 '루베도의 죽음'(은, '동화 속에서는' 아직 완벽한 죽음은 아닌, 죽음의 보류, 삶의 보류이기는 하여, '바르도'에 처한 상태인데,)은, 아흐, 위험하도다, '영의(모태에로의) 회귀'로도 이해될 터이다. 이 '영의 회귀'는 '말씀의 우주'에서는, 그중 수락하기 어려운 비극임에 반해, '몸의 우주'는, 그 윤회(輪廻)의 연자방아를 거기에 설치해 두고 있음일 것. 더 큰 비극은 그리고도, '마음의 우주'를 개벽해본 적이 없는 고장의 영들에 대해, '마음의 우주'의 '무자아'(無自我)는 이해의 범위를 벗어남으로 하여, 별수 없이 퇴조전이(退調轉移)를 치르지 않으면 안 되는 데 있음일 것. 야흐,

이러다 이거 백장(百丈)의 야호(野狐)의 꼴을 면치 못할라. 마는, '야호'가 삶을 비관하여 자살하는 꼴 보았더냐?

—이 음성(陰性)의 프리마 마테리아가, 저 마지막 루베도[赤] 의 일점에서, 바르도에 처한 넋들이 본다고 이르는 것 같은, 퇴조전이적 현상을 보이고 있었을 때, 일곱 난쟁이들이, 유리로 관을 만들어, 백설 공주를 그 안에 안치하고(란, 공주의 육신이랄 것은 이제는 투명해졌다는 말과도 같은 것일 것인데, 투명해진 육신이란 무엇이겠는가), 산 위에 올려놓자, 올빼미와, 까마귀와, 비둘기가 날아와, 유리관을 덮더라고 했다. '새'의 모습을 취한, 저 세 마디의 말[言語] 의 까닭으로 헌데, 슬픔에 잠겼던 관객들은, 안도의 한숨을 쉬게 되었었드랬다. 관객들은, 저 새들의 날아듦을 통해, 저 공주가, 혼의 죽음까지 치르고, 드디어 영의 영생을 성취해야 하는 그 중요한 순간에, 비극적이게도 죽음이라는 와해 속으로 떨어지려는 그때, 어떻게 돼서든, 죽음이 극복된, 그리하여 영이 회생된, 그런 소식을 들은 것이다. 글쎄, 저 세 마디의 말은, 어떤 비의(秘意)를 전하고 있었는데, 나 자라투스트라의 믿음엔, 그역 연금술이었다. 순조전이(順調轉移)에 좇아, 잘 진행되어오던 연금술도, 그 마지막 단계에 이르면, 각도(覺道) 직전에 이른 수도자들이, 요사스런 환영에 시험을 받는다고 이르듯, 꼭히 한 번은, 위험스럽게도 퇴조 현상을 보이는 것인 모양이었다. '올빼미'란, 저 얘기가 전래해온 고장에서는 '지혜'의 상징을 입고 있었으니, 무엇이겠는가, 그것이 붉은 금—루베도, '까마귀'는, 그 털빛에 의하여, '니그레도', 그리고 남은 '비둘기'는, '알베도'를 담당하는 것이었는데, 여기 등장하는 세 마디의 말[秘語] 은, 그냥 나열되어 있을 뿐, 순조적(順調的) 기운도 물론 보이지 않되, 퇴조기(退調氣)도 보이지 않고 있기 탓에, 그것이 복음으로써 이해될 수밖에 없었는 것. 그러함에도, 조금이라도 현학적인 자들은, 그 새들의 날아들기의 차례를 들어, 어미(語尾) 붙들고 제기랄 씨비[是非]를 하려 들지도 모르되, 민담(民譚)이란, 구전(口傳)을 겪는 중에, 그 순서가 바꾸어질 수도 있는 가능성을 가진 것이라면, (이 경우엔, 연금술에 밝지 못한 화자[話者] 에 의해) 얼마든지 바꾸어질 수 있다는 것이 고려되어져야 할 것이다.

—아으, 그런 비의(秘儀)를 통하여 나타난 이 계집은(아니마 문디) 만월

(滿月), 열여섯 나이, 얼굴은 흰 암캐며, 자궁은 재[灰]를 담은 부엌(Hearth, 또는 Oven), 지혜(소피아)를 치마로 둘러 입고 있다. 그 치마폭 밑엔, 일곱씩이나 되는 사내(이는 주[週]의 상징이라잖더냐. '주'를 시간의 단위, 즉슨 순환의 단위로 삼는 데서는, '일곱'이란 만수[滿數], 그러니 극대수[極大數]일 것. '일곱 사내'란 그러니, '왼 세상 남자'란 말이 아니겠느냐)들의, 죽은 송장을 딛고, 춤추고 있다. 춤이 고조됨에 좇아, 송장들 속에서는, 하나의 시꺼먼 근이 삘그렇여 오르는데, (그렇게 일주일 중의 하루가 개벽하는 것일 게다) 만조만큼이나 물오른 저 계집은, 제 년의 달 같은 요니를 표주박 삼아, 저 근에서 뿜어 넘치는, 붉어 피 같은 정수를 마시고 있다. 계집의 이름은 '소파'(蘇婆—파소[婆蘇]의 전와[轉訛]가 아니겠느냐는 설도 없잖아 있다. 'sophia'), 또는 '부엌시니'[神尼]라고도 일렀는데, 미래의 어미, 어미는 다부일처(多夫一妻) — 그것이 그네가 목 위에 얹고 있는 흰 암캐, 성스러운 암캐의 얼굴이라는 것이었다. ('흰 암캐' 또한, 여성적 국면을 드러내는 프리마 마테리아라는 것은, 알려진 바대로인 것)

—이 미래의 어미, 우주적 한 자궁의 출현을 기다려, 나 자라투스트라는, 얼마나 멀리, 우회곡절을 겪어야 했던가. 그리하여 이제, 저 '부엌시'에게, 나의 경배를 드려야 할 자리에 닿았도다. 부엌시니여, 나 자라투스트라의 경배를 받을지어다. 그대에게 복이 있도다! 동시에 환난이 있도다. 그대가 한 아이를 임신하거나 분만할 때마다, 그대는, 아직 임신되어본 적도 없는, 다른 '여섯 아이'들을 유산커나 낙태치 않으면 안 되거늘. 우주적 '어머니'라는 이의, 무참한 영아 학살—.

—이제는 그러자, 그것이 '동화'인가, '경전'인가까지도 별로 문제가 되는 것 같지도 않다. 관심거리는 이제, 우주적 모태는 준비되어 있으니, 그것 속에다 '미래'라는 씨앗을 묻어두어 본다면, 그제는 어떤 '세상'이 피 맺히게 될 것인지, 그런 것에 있는 듯하다. 허[喝], '미래'가 만삭이 되어졌기는커녕, 아직 임신도 되어졌기 전에, 그 '미래'의 아비 할아비들은 헌데, 그 새끼 휘딱 좀 보듬어보았으면 싶어싸서, 산실(産室) 문밖에서 서성서성, 서성거리고 있다는 다?

—전생론(前生論)과 갈마론(羯磨論)을 주장 설파하는 종문(宗門)에서는, 식구(食口), 또는 인구 증가와 관계된 갈마[業]에 관해서, 누구라도 납득할 만한 법설을 베풀어놓고 있어얄 것이었다. (여, 여, 짜, 자라투스트라여, 여, 노궐[老厥]은 과연 노망을 하고 있다는다? 나름으로는 이제껏 정도만 디뎌온다고 오다가, 부엌시니의 발가락 새에로 미끄러져 듦은 웬일이라는다? 게 멈추게라, 호작질을 멈추게라, 찮으면, 한 겁을 다 새우고도, 그 허혈[虛穴] 벗어나기 어려울세라. 허[喝]! 노궐은 뜬금없이, '갈마론'이 뭣이라는다?) 왜 그런가 하면, 듣기로는, 태초에, 먼저 남자가 하나 지음받아졌으며, 다음 그 남자로부터 취해낸 갈비뼈로 여자가 하나 지음받아졌다고 하였는데, 그런즉, '여자'의 전생은 '남자'에게로 소급될 터이며, '남자'의 전생은 그를 지은 자에게로 소급되겠거니와, 그러자니 여기까지는 모든 것이 의심할 여지도 없이 단순하여, 뭘 의문스러워해얄 것이 있을 듯싶지도 않으나, 그러나 그런 후, 음양상합이라는 별 요상스러운 수단을 통해, 해변의 모래와도 같이 불어나, 땅 위에 그득차기 시작하는, 저 인구들의 '전생'이나 '갈마'는, 도대체 어떻게 이해해야 될지를 알 수가 없기 탓이다. 생명은, 전생이나 갈마가 없이도, 난자에 정자가 휩싸이기만으로도 가능한 것인가? 만약 그렇기도 하다면, (일어나는 의문 하나하나를 모래 한 알 한 알이라고 치고, 그 의문을 쌓아놓고 본다면, 의문의 수미산 하나가 나타나 있음을 보게도 될 터이지만, 그것 다 제쳐놓기로 하고, 투박하게 한두 의문만 제시해놓기로 한다면,) 그렇게 태어난 생명은, 운명으로부터 완전히 자유스러운 것인가? 그리고 그가 사느라고 하며 지은 업(業)은, 그의 관 속에는 담기는 것이 아닌가? —그 대답은, '몸의 우주'를 사는 현자의 것과, '말씀의 우주'의 현자의 것, 그리고 '마음의 우주'의 그것들이 모두 다를 것은 분명하다. 무엇보다도, 저 의문은, '마음의 우주'의 현자들께 그중 극난한 것일 터이다. 그래서 이 문제로, 어떤 자[25]는, 생물학에서 이르는 '세포분열'을, 전생/갈마론에 도입하여, '갈마분열'(羯磨分裂)이라는 이론을 정립해내기는 한다.

—이 자리에서 분명히 해둘 것은 그럼에도, 저런 물음은, 이 당장 그 대답이 (시급하게) 요구되어지고 있는 것은 아니라는 그것이다. 그것이되, 어쨌든 식구, 또는 인구 문제가 거론될 때는, 특히 '마음의 우주'에 사는 현자들께, 그

것이 먼저 물어지는 것이 필수적일 것이다. ['색즉시공(色卽是空)…… 부증(不增) 불감(不減), 런즉 그것이 어째서 물어볼 만한 물음이라 하는다? 어으? 도류(道流) 말임세, 시방 똥 싸 뭉개고 앉아서, (이란, 일찍이 갈마론[羯磨論]을 설해놓고시나는, 이라는, 그것에 대한 은유인데,) 코를 잔뜩 움켜쥐고는, '무색(無色)…… 무향(無香)……'이라고 『심경』(心經)질을 하고 있는다? 도류들, 도를 잘못 씹다, 이빨 새에 끼인 도의 찌꺼기 썩는 이 똥내로, 극락까지 오염하고 있도다] 무엇이 그러면 긴급하게 요구되어지고 있는가 하면, 인류가 시작된 이래로부터 당면해온 것이 그것인, 식구(食口)와 기아(飢餓)의 문제를 어떻게 해결할 수 있는가 하는 것일 것이다. 그 대책이라는 것일 것이다.

—그리하여 나 자라투스트라는, 그렇도다, 나의 번잡상(煩雜想)의 주제가 무엇이었던지, 그것을 들춰내 보여도 좋을 자리에 왔음을 알게 되겠구나.

—글쎄 말이지, 어제저녁 관람한 연극의 주제랄 것을, 한번 뒤집어, 그 반대쪽에서 살펴본다고 한다면 백 리나 가야 사람을 하나쯤 만나게 되거나 말거나 할 정도로, 인구가 적어, 땅이 잘 운영되어지지 않던 시절엔, 그 땅을 위해 그중 좋았던 땅의 제도는, '일부다처제'(一夫多妻制, Polygamy)가 아니었겠는가. 우순풍조(雨順風調)가 뭣이겠는가, 그런 시절일수록, 어느 가정에서나, 자식보다 여식이 더 많이 태어난다는 그런 것이 아니겠는가. 자연이라는 것의 현묘 신비함이여! 그럴 것이, 자연사 돼가는 것을 내어다보기로 한다면, 한 마리 수컷이 여럿의 암컷을 거느린즉, 매 암컷마다, 혹은 하나, 혹은 다섯, 혹은 열이라는 식으로 새끼를 치거늘, 장차는 땅이 좁아 어디 별에라도 이민을 서둘지 않으면 안 되게 되거늘. 그러하다 해도 자연도(自然道, 畜生道)에서는, '약육강식'이라는 냉엄한 법도가 그 질서의 균형을 유지하고 있기 때문에, 그 법도에 금이 가거나, 올이 터지지 않는 한, 식구 포화상태라는 불균형은 일어나지 않는다. 일어난다면, 그것 또한 다름 아닌 한 균형 잡기일 것인 것. 문제는 그러나 문화도(文化道)에서 저런 제도(일부다처제[一夫多妻制])가 누세기를 지켜진다고 하면, 장차는 인구 팽창에다 극심한 식량 부족 등으로, 먼저 이웃이 이웃을, 형제가 형제를, 그런 뒤에는 자기가, 자기의 살점을 저미려 내닫게 되는 데 있음인 것. 그나 그뿐이겠는가, 땅은 땅대로 저 무게를 못 견디고

휘청거리며 비틀거리다, 눈을 까뒤집고 쓰러져 버둥거릴 터인데, 무슨 수로 우리의 어머니 땅을, 일으켜 세울 것인가?

—그럴 처지에까지 이르게 된다면 그러니까, 그 해결책으로서나, 거기서 죽기는 순사(殉死)며, 순사한 병사의 넋은, 어느 것 하나도 누락됨이 없이, 극락정토에 가서 있게 된다는 '쿠룩쉐트라'(Kurukshetra. Skt.: 천축국의 대서사시 『마하바라타』[*Mahābhārata*]에 나오는 전장) 같은 성지(聖地)를 한 곳 정해서는, 순전히 살생이 목적인 전쟁을 일으켜, 해 뜰 녘부터 해 질 녘까지(어느 한도까지 인구가 감축될 때까지) 살육을 일삼는 짓이야말로 권장할 만한 방법이겠는가? 그것도 속하면 속할수록 해를 줄이는 일이겠은즉, '아그네이야[火] 무기'라거나, '브라흐마 무기'라는 식으로, 무기를 발전시켜, 풀 대궁을 뽑아서라도 주문(呪文)만 발라 던지기로, 무수한 인명이 쓰러져 펴지는 일은 좋을 터이다. 그래서 보면, 쿠룩쉐트라라는 성지, 또는 전장은, 땅이, 자기가 임신한 자식들을 유산 낙태하는 자리였던 것을 알겠는다. 몹시 짙은 운무에 가린, 극락정토 쪽으로, 훤하게 뒷문을 열어놓은, 거대한 도살장. 허긴 갈마론과 달마(는, '사명'[使命]의 뜻으로 쓰임)가 이데올로기로써 앞세워져 있을 땐, 악인도, 왜냐하면 '악인은 악역을 하도록 운명지어져 있으므로'('각본'과, '연극', 그리고 '배우'의 관계를 살펴보는 일은 권장할 만하다 할 것이다), 그 사명을 다하기만 하면, 어째서 나라카에로 떨어져 들어야 되는지, 그것을 알지 못하게 된다.

—그러니까, 한편에서는 일부다처제를 계속 승인해가며, 그 결과로 식구를 자꾸 번식해 젖히면, 그것들이 자라는 대로, 부모들은, 그것들께, 전쟁 또는 살상의 윤리학(예를 들면 Bhagavad-Gita Skt.: 『主의 頌』)을 가르치고, 통하게 하여, 저 전지(戰地)로 보낸다면……, 어차피 땅이란 잠시 머무는 곳인 것이며, 동시에 신들께 바치는 제사의 제단일 뿐이라면 말이지, 말이심…….

마는, (자라투스트라) 침묵—.

그리고도 (자라투스트라) 침묵—.

그를 듣던 귀들이 침묵의 서리에 시들어 낙엽이 되려 할 때까지 자라투스트라 침묵……, 하다가, 눈치 보듯 주위를 살피고, 자기가 중얼거린다 해도, 아무도 듣지 말라는 투로, 그리고 얼핏 씨 먹지 않은 듯한 소리로, 이런다.

—만약에 인류라는 종족도, 디노사우르모양, 깡그리 도태치 않고, 종족 보존을 하는 일이 중요하다면, 그리하여 나 자라투스트라는, '일처다부제'라는 복음을 듣는다. 사마야 자— 자— 자— (삼가여, 함부로 발설하려 말지니!) 이것이 나 자라투스트라가, 「백설 공주」 얘기에서 배운 지혜인 것인데, 달도 차면 기우노니, '역'(易)이라는 저울 위에서, 그 기운(氣運)이 저울질 되는 곳(프라브리티 우주)에서는, 당연하게 찬[滿] 것은 비어져야 되고, 눌렸던 것은 일어나야 되는데…… 분명히 그런 까닭일 것으로, 들리는 대로나 보여지는 대로 좇아 말하기로 하면, 오늘날의 여성은, 뭐 이건 꼭히 육신적으로만 받아들일 것은 아닐 듯하지만, 아마존(Amajon) 족다운 모든 증후를 다 드러내기 시작하고 있음에 반하여, 남성은, 돌(咄), 남녀추니, 칵, 어지자지적 기질을 드러내기 시작하고 있어 온 지는, 제법 몇 시절 된다고 한다. 게다가 근래는, 사내아이의 수가, 여자아이의 그것보다 월등 많게 불어나고 있다는 보고도 있곤 한데, 예를 들면 『마하바라타』 시절모양, 남성 위주, 남성 우월의 시절 같았으면, 이는 다름 아닌 전쟁의 징조라고 일렀을 것이라도, [권력에의 의지를 가진, 정치적 연금술사들이, 그런 기운을, 어떻게 자기의 목적을 위해 연금했는지는, 이런 자리에서는 거론치 말기로 해야겠지만, 허기야 그것(전쟁)이, 문화도적 인구 조절의 방법이 아닌 것은 아니었어도, 그 저변엔 여전히, 예를 들면, 인심이 몹시 박해진다, 든, 사람들이 하나 같이 중도나 중용을 잃고, 극에서 극에로 치닫는다, 는, 식으로, '역'(易)의 압력이 있어 온다는 것을 부인치는 못할 것이다. 이건, '역'의 균형 조절의 퇴조적(退調的) 법칙이 작용하고 있다고 이해함이 옳을 터이다] 자연도의 균형의 법칙에 의하면, 이건 인구 과잉에 의한, 인구 조절이 요구되어지고 있음을 알게 한다. 문화도적, 가장 속한 인구 감축의 방법은 물론, (적들끼리) 쌍방은, 무차별적으로 브라흐마 무기를 써대는 일일 것이지만, 자연도의 순조적 균형 조절의 법칙에 의하면, 물론 문화도적, 즉슨 인위적 방법에 비하면 매우 점진적일 것이로되, 여성 상위가 복음으로 전해질 그런 시절이라는 것을 깨닫게 한다. 마는, 마는, 사마야 사마야 자 자 자!

—'어지자지', 또는 '남녀추니'란, 그 뼈와 살의 크기나 두테와 상관없이,

동화적 사투리를 빌리기로 한다면, '난쟁이'라고 불리어지는 자일 것. 그렇다면, 그 반대편에서, 여성은 그 자체가 하나의 공화국인데, 그럼으로 하여, 그 체신의 크고 작음과도 상관없이, '난쟁이'에 대해서 '거인 여자'[滿月] 라고 이를 자인 것. 한 거인 여자, 또는 부엌시니를 중심으로 한 '일곱 난쟁이'들의 한 가정은, '식구 증가'와 '기아' 문제를 전제로 하는 한, (최선의 한 제도처럼도 알려져 오고, 시행되어져 오는) '일부일처제'가 지켜지고 있는 세상에 대해서보다도, 그 미래는 훨씬 덜 어둡다. 일처다부제가 시행되고 있는 세상엔, 사내는 일곱씩이나 된다 해도, '모태, 자궁'은 여전히 하나뿐인데, 일부일처제가 장려되고 있는 세상엔, 사내 일곱에 '자궁'도 일곱씩이나 딸려 있으니 그러하다.

—그라이(Graeae, Grk.) 세 자매 무녀들은, '한 개의 눈'을 돌려가며 셋이서 보고, '한 개의 이빨'도 또, 돌려가며 셋이서 씹는데 (이것을 염두에 두면, '여성 위주의 일부다처제'의 이해가 용이해질 터이다) 썼다고 일러져 온다. 알려진 바대로 '눈'이나 '이빨'(튼튼한 이빨은, 강장한 정력, 뽑히기는 거세[去勢])은, 남근(男根)의 상징인 것, —이래서 보면, 그라이 자매네서는, '모계사회적 여성 위주의 일부다처제'가 행해지고 있었던 것이나 아니었는가, 하는 것을 고려 추측케 한다. 저 한 남자[一夫] 란, 그런즉, '결혼'을 통해서라는 투로 정해져 있는 남성이 아니고, 과객(過客)이거나, 아니면 자연도에 있는 것 같은, 암내 맡고 달려온 수컷 같은 것이 아니겠는가, 하는 의심도 없잖아 있다.

(—나 자라투스트라가, 저 무[巫] 세 자매 얘기를 들춰내 취택하려 는 것은 바로 저것이지만, 나 자라투스트라가 편협적이지만은 않다는 것을 밝혀두기 위해, 다른 국면에서의 해석도 가능하다는 것을, 부연해두기는 잊지 말아야겠다, 라는 것은, '눈/이빨/남근'은, 밀종적 이해, 또는 상징을 좇기로 한다면, '지혜'인데, 저 세 무녀와의 관계에서는, 그러자니 저것은 다름 아닌, 무녀들이 앞에 놓고 들여다보아, 삼세사[三世事] 돼가는 것을 훤히 알게 되는 수정공[水晶球] 을 이르는 것일 수도 있다는 그것이다. 민담이란 이래서 보면, 뭘 전와[轉訛] 하는, 하나의 '말의 바르도'인 성도 싶으다)

—저 그라이 자매네서모양, 백설 공주네서는 분명히, 일곱 난쟁이들이, '한 개의 남근'을, 돌려가며 쓰고 있을 것이라는 것쯤, 생각해내기는 어렵잖다.

백설 공주네서는 그러니, 다산(多産)을 조금도 염려할 것이 못 되고 있음에 분명하다. 저 '난쟁이'들도 그러니, 일주일에 하룻저녁씩은 '남성'을, 즉슨 '준수한 왕자'를 꾸며내기는 하는 것이었다.

—저들 일곱 난쟁이들의 생업은, 채광(採鑛)인데, 얘기를 조금 진행하다 보면, 그 짓이 그들의 종교라는 것을 알게 되기는 한다. 라는 그 종교는, '부엌'(Hearth, 또는 Oven)을 제단(祭壇)으로 한 '부엌시니'[26] 예배라는 것일 것이다. 채광이란, 광부가 땅의 '배'를 열고 들어가기를 첫 조건으로 하는데, 이 경우의 난쟁이들의 어미—대지의 배를 열고 들어가기는, 「잭과 콩 대궁」이라는 동화에서 보이는 것과 마찬가지로, '정충'이 '거인 옌네'의 자궁 속으로 들기와 상사점을 갖는다는 것은 명약관화하다 할 것이다. 예의 저 '잭'은 '거인'네서, 그 거인이 끼치게 될 위해를 피해, 그 '거인 옌네'의 도움으로, '화덕'(Oven) 속에 숨는데, 이 '화덕'이란, 모태(母胎) 말고 또 무엇이겠는가. (한 '정충'에 대해서는 모든 것이 다 거대하게 보였을 터이다) 이런 얘기들이, 꽤는 현학적이라고 일컬어지는 사람들에 의해, '오이디푸스적 적대'라고 분석되는 듯도 싶으지만, 나 자라투스트라의 믿음엔, '크로노스'(Cronus) 신이, 왕비로부터 자식이 태어나는 대로 집어삼킨 얘기라든지, '헤롯'(Herod) 대왕의 '영아 학살' 얘기 등은, '오이디푸스적 적대'라고 이를 것은 못 되어 보인다. 헤롯병증(病症)이라고도 일렀으면 싶은 저것을, 나 자라투스트라는, '라이오스(Laius, 오이디푸스의 아버지) 복합증'이라고 일러오는데, 예의 저 '잭'과, '아비'(거인)의 상치는, 그것을 극명히 하고 있는다. 거기서는 '영아 학살', 또는 '태아(胎兒) 학살', 그보다도 심하면 '오나니즘'(onanism, 이 경우는, '자위'나 '수음'을 의미하는 것이 아니라, 원전이 밝히는 바대로, 성교 중, '오난'이, '방출을 밖에다 해버린 그것'을 뜻하고 있다)이 자행되려 하고 있는데, 여기서는 '오이디푸스'가 아니라, '라이오스'가 붉은 손을 갖고 있다. 어머니(요카스테)의 개입과 보호가 없이는, 어린 자식들은, 저런 아비 앞에서 속수무책이다. 이런 아비가, 기독교 신화 속에서는, '붉은 용'[27]으로 변신해 있음은, 아는 바대로인 것. 이 '붉은 용'은 '독'의 의미인데, '금'(어린 양)으로 변질을 성취치 못한 '원료'(영아)는, '똥'인 것, 사망(死亡)—.

—가정, 또는 집과의 관계에서 '배'[腹部]는, 나 자라투스트라의 믿음엔, '아랫목'이나, 더더욱이 '측간' 같은 것은 아니며, '부엌'이다. 부엌은 그리고, '요니'라는 단어와 마찬가지로, (여성의) 음호(陰戶)와 자궁을 함께 이른 말이라고 이해하면, 편견을 일으키지 안 해 좋을 것이다. 그리고 '가정', 또는 '집'을, 신전이나 사원이나 회당(會堂)처럼 이해하기로 하면, 가장 중요한 귀신은 '부엌시니'일 것인데, 한 가정은, 그리고 삶은, 거기에 시작을 두기 탓이다. 살기의 모든 행위가, 거기로 집중되는 것이 아니냐. 끝나기는 그러면 측간일 터—.

—그리하여, 한 주일[一週]의 아내며, 동시에 어머니, 공화국이라고 이를 부엌시니가 와, 일곱 난쟁이들을, 그녀의 치마폭 아래 감싸고 있도다! 그, 그럼에도 나, 자, 자라투스트라는, 이 법만은, 글쎄 아직은, 소리 높여 설하려하지는 말아얄 것이겠도다. 사마야 자 자 자! 그러려 든다면, 잘릴 귀를 하나 가진 자를 비롯해, 나 자라투스트라께 온기 없는 입 맞추기로, 독의 침을 뱉어내려는 자들이, 악력(惡力)으로 울불근거리는 팔에다, 횃불을 하나씩 들고, 달려오게 되기가 쉽기 탓이다. (천 년을 단위로 한 그) 두 번째의 세기가 저물고 있을 때, 다만 혼자 깨어 있어, 겟세마네를 새우기는 괴로운 일이도다.

베[禍]—(자라투스트라 오열하는 소리러람) 베—베—.

티 베미—.

10. 천지현황(天地玄黃)

산(山) 냄새도, 덕(德) 냄새만큼이나 좋다고, 느껴 알고 있었으면서도 자라투스트라는, 너무 오래 산 동네로 헤맨 까닭으로 하여, 이제쯤은 산을 좀 벗어나 보았으면 하고, 각설이중을 드러냈다. 자라투스트라는 그러니까, 끝 간데 모르게 툭 트여진 들이나 바다를 그리워하고 있는 것이었을 것인데, 그는 물론 그런 들도 좋아하고 있었으나, 이번만은 그러나 흙으로부터 얼마쯤 벗어난 고장—바다라든지, 바닷가 동네를 염상(念想)하고 있었는 듯했다.

—이번만은 나 자라투스트라는, 바다를 향해, 생선 잡아 사는 바다 독수

리가 되어 날아가려는도다. 가다가시나, 흐흐, 그믐 빛의 바다 구렁이 암놈이라도 하나 얻어, 포말 위에다 둥지 짓고, 물이랑엔 초승달 씨 묻어, 그 달 뿌렝이(뿌리) 커지는 대로, 조금씩 떼어 먹어 살면, 나물 먹고 물 마신 뒤, 팔 베고 누워, 지축이야 울릴 테면 울려라 트림해대는, 대장부 살림에도 비교할 만하잖겠는가. 마는, 동자야, 만월이 어째서, 조금씩 조금씩 이우느냐고, 그런 물음일랑은 물으려 할 일은 아니니다.

그렇게 상념 속을 뚫어 나아가는 자라투스트라는, 부연 김을 뿜어 올리며, 소내기 속을 뚜벅여 가는 젊은 수소도 같았으며, 밤중을 흘러가는 무슨 등(燈)도 같은 얼굴을 해 갖고, 바다로 데려다주는 산동네들을 지났다.

그런 그 여러 날 후에는 그러나, 무슨 변덕이 죽 끓었든 자라투스트라는, 바다 쪽으로 머리 둘러 걸었던 그 산길을, 어만 데로 휘어, 다시 또 산 고장에로, 이번엔, 과거 십 년간 자기를 용납해주었던 그 산정의 동굴에로, 그리움의 수로(水路)를 터, 따르고 있었다. 그때의 그의 걸음걸이는, 그 전전날모양, 소내기 속을 뚫고 나아가는 젊은 수소답지도 안 했으려니와, 얼굴 또한, 밤중을 흐르는 무슨 환한 등 같지도 안 했다. 사실로는 어쨌는가 하면 그는, 한밤을 왼통, 누렇게 국화꽃 피우기로 천둥을 쳐댄 늙은 용도 같아서, (그 늙다리 용은, 배탈 탓에, 피마자기름을 좀 너무 많이 마셨었나 비다) 늘어진 잿빛 볼따구니에, 발목엔 무슨 추라도 매달고 있는 듯, 걸음은 질질 끌어 걷고 있어, 십 년은 더 늙어 보였다. 자라투스트라는 그 아침, 왠지 꿈도, 해학도, 그리고 지혜까지도 잃은 듯하여, 등의 기름이 다 한밤중 같은 얼굴이었다. 대체 저 자칭 현자는, 하룻저녁 일숙을 빈 그 뫼[山] 뿌리 동네에서, 어떤 종류의 밤을 지샌 것이었는가? 둘로 짜개진, 낼름거리는 검은 혀로 실을 잣고 있던, 소복한 어떤 여인네와 밤을 새고, 가난하여 내놓을 것이 없어, 불알이라도 저당을 잡혔을 것이겠는가? 그것도 아니라믄, 그 동네 검센 놀부 놈(은 재미있기가 흥부러라)께, 큼, 침도 안 발린 후문치기라도 당했나 비다. 그랬던 모양이었는다.

그렇게 어깨를 늘어뜨리고, 그리고도 사나흘 길을 더 걸어, 자기의 동굴이 있는 그 산기슭을 오르다 자라투스트라는, 지난번 내리고 (하산[下山]) 있었을 때 만났었던, 예의 그 늙은 은둔자를 만나게 되었다. 저녁과 내일 아침 끼니에 쓸, 무슨 먹을 만한 뿌리를 캐다 말고 늙은네가 먼저, 자라투스트라를 알아보고, 반겨 손을 흔들며 다가왔다.

—하으, 이렇게나 빨리 되돌아오실 줄은 몰랐댔구료. 보아하니 헌데 공은, 아랫세상의 왼갖 걱정 근심 같은 것을, 한 몸에 지고, 그래서나는 커다란 멧돼지라도 삼킨 구렁이가, 그것 삭이려 그늘로 사려 들 듯, 그렇게 돌아오고 있어 뵈는데, 사실로 그런 것이 아니시다우? 아항, 아니면 또, 그렇겠구료, 퍼버리려 했던 지혜를 모두 퍼 버렸기에, 독을 너무 많이 소비한 독사가, 새로 독을 구우려 제자리로 돌아오듯, 그렇게 동굴로 돌아오는 길이겠구료? 해설람엔 아랫녘에서는 '죽은 신'의 송장이라도 보셨거나, 그의 장례식에라도 참예했더란 말이시우? 아니면 새로운 신들의 탄생이라도 보았더랬다우?

—노인장께서는 평안하셨오이까? 나 자라투스트라는, 그, 그러하였었소이다. 죽은 신의 사리(舍利)가 묻힌 그 잿더미에서, 그것(사리[舍利])이 숙주(宿主)를 얻기만 했다 하면 신이 되어 일어나는 것을, 우후죽순으로 일어나는 것을, 목격하였소이다.

—하으 그래서 사실로 갖다가시나, 그가 죽기는 죽었었댔구료? 그의 사리에서 일어났다는 것들 중에 그래서, 화평이 아니라 검으로 온다던, 다시 말하면 '대심판관'으로 온다던, 메시아 말이외다, 그런 이가 왔기라도 했답디까?

—글쎄올시다, 그런 소문을 들은 것 같지가 않소이다. 나 자라투스트라의 믿음엔 그러나, 그런 종류의 메시아라면, 하늘의 별만큼이나 많게, 땅 위에 늘펀하게 깔려 있어 온 것이나 아니었는가 합니다마는—. 그리고도 어쩌면, 모든 영혼들의 무게를 달아보러 오시는 이는, 따로 어디 밖에서 오는 자이기보다는, 유정들 각자가, 자기들의 영혼의 값을 매기는 자들이나 아니겠는가, 그러니까 유정들 각자가, 자신들에 대하여 최후의 대심판관이 아니겠는가 하는데 말씀입지요, ……헌데, 노인장께서 물으시는 바와 같은, 그런 '메시아'류(流)에는 도저히 속할 것 같지도 않은, 그러니 한쪽이 장천을 주름잡는 봉황과(科)라면, 다른 쪽은, 두꺼비과라는 식일 것입니다만, 어찌 되었든, 맨발에 삼베옷 입은 사내가, 자칭 어마자(語魔者)라며, 어느 마을에 들러, 무슨 '잡설'(雜說)을 파(破)했다는 얘기가 있어, 호기심을 갖고 들은 일은 있었소이다.

그는 그 삼베옷 입은 위에다, 꽃을 꿰어 만든 꽃목걸이를 겹쳐 걸고선, 그 위에다가는 또 별일이게도, 꽃밭으로만 다니느라 꽃자루처럼 된 꽃구렁이의 허물을 하나 걸치고, 마을들의 언저리들을, 빙충맞게 지났다는데, 듣기로는, 그는, 얼음에서 발원한 것과, 흑암에서 발원한, 두 종류의 불이, 서로 휘감아 틀어 뱀 구덩이로 타는 데서, 그 얼음의 불을 어미로, 그 흑암의 불을 아비로 하여, 그 불 가운데서 태어나, 그 불을 강보로, 어미 불의 젖을 빨고, 아비 불의 정기(精氣)를 받아 자랐더라고 합습데다. '얼음의 불'은, 그 빙원(氷原)을 프라브리티계(界)에 두고 있는 것으로써, 그 세상을 테두리하고 있는 것, 다시 말하면 질서, 상극(相剋)으로 되어 있는 질서체계를 이루는 '먹이사슬'이라는 이름을 가지며, '암흑의 불'은, 그 어두움[暗]의 뿌리[根]를, 니브리티계(界)에 뻗쳐 올리고 ('우주나무'는, 그 뿌리를 하늘에 두고 있다는 전설도 있잖습데까?) 있는 것으로써, 신들이, 자기네의 영토를 둘러 쌓아 올린, 천저에서 천장에까지 닿은 '법책'(法柵)이라는 이름을 가졌더라 합습데다. 그는 처음, 하필이면 '먹이사슬'에 의해서만 그 균형을 유지하는, 화현된 세상에 대해, 한없는 연민의 정을 가졌던바, 그의 믿음엔, 그 세상은, 그 근본에서부터 매우 잘못 지어진 것이라고 하여, 새로 하나의 우주를 지어보려 고행을 했던 모양이었습니다. 그의 이해엔, '먹이사슬'을 주제로 삼는 한에서는, '아힘사'[不殺生]라는 법도, 그것을 부르짖은 이의 '자비'의 소산이기보다는, 실패의 소산, 그런 궁여지책에 불과했던 모양이었는데, 그랬을 것이, 아무리 '아힘사 파라모(至高至大) 달마(法)!'라고 설해본다 해도, 차라리 그것이, 프라브리티계의 질서에 혼란을 야기할라는가는 몰라도, 저 '먹이사슬'을 끊어버릴 수도 있다거나, 또는 다른 무슨 해결책이 되는 것도 아니다 보니, 그런 것이었을 것입니다. 그는 그렇게, 얼음에서 발원한 불에, 영육을 태우임 받았더랬다는데, 뼈까지도 거의 소금이 돼가던 그런 어떤 날, 그런데 그는, 그 재 속에서, 한 벌의 그의 영육을 일으켜 세웠더라고 합습데다. 때의 그는, 뜨거운 재 속에서 부화한, 한 마리 불사조와도 같았더라 합습데다. 그의 '잡설'을 들어보지 못하는 한, 그가 어떻게, 하나의 새로운 우주를 지었는지는 알 수가 없을 뿐입지요. 그리고 또, 그의 뼈가 소금이 되도록 태웠던, 다른 불길 하나도, 저 하나의 불길이 꺼지자, 뒤따라 꺼져버렸더라 합습데다. 그의 고뇌의 화근(火根)은, 만신(萬神)들이 세운 '만법책'(萬法柵)을, 어떻게 하면 허물어 내버릴 수 있을 것인가, 하는 것이었다는데, 그의 믿음엔, 그렇게 되어지고 난다면, 이제껏 '상사라'[苦海, 輪廻] 라고 일러진, 저주의 장소가, 모든 유정의, 자기 구원, 또는 해탈의 성취를 위해 정진하는, '회당'이거나 '사원'으로 바뀌게 될 것이라고 했더랬습데다. '몸을 입지 않고서는, 진화가 가능해지지 않는다'고 한다면, 프라브리티계야말로, 고해이기보다는, 법은에 가득 찬 장소라는 것이겠습니다. 삶 자체가 그렇다면 거기서는, 축수, 기도, 참선, 고행으로 변하게 될 것은 용이하게 짐작되어집니다. 그렇게 '법책'들이 헐려 나간다면 그리고, 우주는 그 미개지였던 부분을 더 밝혀(문화[文化] 문명[文明])내게 되고, 유정, 특히 사람의 마음은 더 넓어지게 된다고도 믿었던 모양이었소이다. 심리학적 무의식(無意識)과, 종교적 무의식은, 반드시 같은 것은 아닐 것이외다만, 앞서 말씀드린 바로 저런 것이, 그가 병든 듯이 씨불여왔다는, '유정의 무의식은 밖에 있다. 또는 밖 자체다'라는, 그의 식의 '종교적 무의식론'의 받침이 되어 있다고 합습데다. 까닭에 선인들이, '마음을 넓히면, 그것이 우주 자체다'라고 일렀던 모양인데, 이런 어떤 의미에선, '종교'와 '물리(物理)를 궁구하는 어떤 학문'이, 어쩌면, 어떤 매우 비슷한 궁극을 추구하고 있는 것이나 아닌가 하는 것을 고려케도 합니다. 그러나, 그가 어떻게, 삼세 간에서는 그것보다 더 단단하고, 더 높은 것이 없는, 저 법책들을 헐어냈는지, 그것 또한, 그의 '잡설'을 들어보지 않고는 알 수가 없는 일이로되, 아무튼 그러던 어떤 날 그는, 그 시꺼먼 불 가운데서, 연좌(連座)를 풀고 일어났더라는데, 그리곤 그 불 가운데서 사방으로 일곱 발자국씩을 걸으며, 뭔지를 꼬끼오— 하더라 합습데다. 때에 나 자라투스트라께는, 그에 대한 어떤 그리움이 일고 있었는데, 설람에, 그의 '잡설' 펴[破] 지고 있었을 때, 야단(野壇)의 한 자리를 차지해 있었다는, 한 선남자께 물어, 어떻게 하면 그를 만나볼 수 있겠느냐고 한즉, 그 선남자의 대답이, 만약 그를 스승 삼기 위해서라면, 또는 그의 '잡설'을 듣기 위해서라면, 그를 만나기란 여간만 어렵지 않을 것이라고 하더군입지요. 첫 번째 까닭은, 그는 반복해 자기를 밝혔기를, 자기의 혀로써 씨불여낸 그 '잡설'은, 그 '잡설' 속의 주된 인물이 편 그것인데, 그런즉 자기는 말하자면, 그 '잡설'을 편 그 '잡설' 속의 주된 인물이 탄 수레며, 동시에 그 수레를 끄는 노새에 불과하기 때문이라고 하기 때문이며, 두 번째 까닭은, 그는, 바닷가 언덕에 은둔처를 정해두고 있는데, 지금쯤 그는, 그 은둔처에 돌아가, '법륜선정'(法輪禪定)에 잠겨 있기 때문이랄 것이더군요. 그런 두 종류의 목적을 갖고 있지 않다면, 그런 이들은, 때로 때로, 그가 자기네들 언저리로 지나가는 것을 보기도 하곤 한다고 이릅더이다. 헌데 그 선남자가 귀띔해준 바에 의하면, 저 '법륜선정'이란, 제 꼬리를 제 입에 물어 빨아들이는 뱀 꼴의 좌법을 꾸미는 것을 이르는데, 이 경우는 서 있는 수레바퀴 꼴을 취하는 것이라고 합습데다. 이 선정에 잠긴 선꾼의 입은 '공'(空)의 표상이며, 그 공(空)에 물린 선꾼의 '근'(根)은 '색'(色)을 담당하는 것인바, 그 선꾼의 숨의 방향에 좇아, 한 우주가 열리기도, 닫히기도 한다고 하더입데다. 그러는 중에, 한 겁파가 가기도, 오기도 한다고도 하더군입지요. 그건 그랬으려니와, 그렇지 안 했어도, 나 자라투스트라도, 바다 그리움을 감발로 매고 있었으니, 그를 만날 희망이 있거나 없거나, 바다로 향하고 있었으나, 사나흘 전이나 되었겠지요. 일숙을 빈, 그 마을을 벗어나, 고개를 숙이고 걷다 보니, 갯조개 비린내 대신, 산 더덕 냄새가 나고 있었습네다.

—아으, 저런 츠쯧, 이후 언제든, 노독도 풀리고, 또 펴 쓸 지혜가 괴이는 데다, 그에 대한 어떤 종류의 그리움 같은 것이 새로 일 것이라면, 그래서 다시 하산을 하려 하여 감발을 맬 것이라면, 이 늙은네께도 좀 귀띔을 해주셨으면 하외다. 그리고 공이 만약 저어하지만 않으실 것이라면, 이 늙은네도 글쎄 말이지요, 그를 위해, 가, 가맜습시다. 아 그게 좋겠군요, 건 역시 잘 떠오른 생각 같은데 말이외다. 짚신이라도 한 켤레 삼아(엮어), 공의 편에 보내드렸으면 하는데 말이외다. 혼자 걷는 상사라, 발인들 얼마나 부르터졌겠소이까? 한 켤레 짚신, 거 몇 리나 가겠소이까만, 천 리 만 리 길 가다가 한 번, 한 켤레 짚신이 닳기까지만이라도, 삶은, 좀 덜 고단해도 쓰겠다 싶어…….

—……이 천지간, 그중 극난한 두 난제로 여겨져 온, 그것들에 대한 '대답'이, 또는 그와 비슷한 것이 되어 있는다 해도, 만약에 그것이, 환상이라는 거품 위에 세워진 돌집 같은 것이라면,

—이거 가맜어봅세다, 공을 향해 아까, 이 주책 없는 늙은탱이가, '큰 멧돼지라도 삼킨 구렁이'를 들어, 이 늙은탱이의 눈에 비추인 바대로의 공의 상용(相容)을 비유했더랬소만, 지금 그 '멧돼지'라는 게 문제가 되었음을 알겠구료. 지난번 내리고 있었을 때 공은, 비록 신의 부음을 퍼뜨리려 했었으되, 후광을 연 띄워놓고 있었는데, 이번엔, 하다못해, 무슨 허무주의라는 귀신에게 멱살이라도 잡혔다는 말이시우?

—말씀이 나왔으니 말씀인데 말이지요, 마 만약에, 이 우주를 지은 자가, 아예 존재해본 적도 없다고 한다면, 한다면 말씀이지요, '먹이사슬'이 끊겼으면 어떻고, 또 안 끊겼으면 어,

—그, 그, 그렇다면 이거, 한 번 더 가맜어봅세다. 아까, 공께서는, 바다를 향해 머리 둘러가다가, 어느 마을에서 하룻저녁을 새운 뒤, 마음을 바꿔 돌아오시고 있다고 하셨는데, 만약 이 늙은탱이가 틀리지 않다면, 예의 저 마을에서 공은, 대략 내 나이 또래의 늙은네서 하룻밤을 묵었거나 하잖았소?

—그, 그건 어떻게 아시고…… 그, 그러구 보니 두 분께선, 허허, 거, 매우 비슷해 보이기도 한데 말씀입지요,

—위사도(僞邪徒) 늙은탱이! 그래설람 그랬었댔구료. 흐흐흐, 히 늙은탱이가 히거, 공보다 나이가 좀 많다는 이유로, 공 같은 현자를 두고, 너무 젊게 취급을 하려 노망을 부리고 있다고, 화내지 마시구랴만, 옛, 옛얘기에는 왜 그런 거 흔하지 않습데까, 까닭이야 어찌 되어서든, 가출한 소년들이 나아가는 길 앞에는, 언제든 저런 따위 늙다리 위사도가 지켜 있다가, 저 소년들의 불알을 까먹는다는, 그, 흐런 얘기.

—예? 헤, 헤으, 으하핫핫핫, 핫핫, 그, 그, 그흐, 흐러니깐두루, 자칭 '현자'는, '현자'라는, 그 불알을 까이었군입죠?

—노망이어설람, 이 늙은탱이가 실례를, 그것도 큰 실례를 했은즉, 용서하시구료. 헌데 그 늙은탱이, 아직도 피둥피둥합데까? 그 늙은탱이 아직껏도, '대광론'(大讀論)[28]이라는 함정을 파놓고, 객들이 뭣 모르고 떨어져 들면, 그들의 지혜의 간이나, 눈이나, 불알을 뽑아 먹고 지내고 있음이 분명하군입지? 그리곤 저 위사도는, 저들의 그렇게 비어버리게 된 자리에다, 무녀들이 자기

네 제자들께 수정 돌을 집어넣어 주듯, 하나의 회의라는 독돌[毒石]을 쑤셔 넣어주는데, '이 우주가 만약 '태쾅!론'적으로 발생하여 확장되고 있는 것이 사실이라면, 바로 이 우주를 지었다는 그 신은 있기는 있었던가?'라는 것 같은,

—과, 과연 그러했더랬소이다.

—'신은 죽었다', 또는 '신은 애초부터도 존재해본 적이 없었다'라는 두 말은, 얼핏 비슷해 보여도, 그 의미상에 있어선, 억만 유순은 멀리에 떨어져 있을 것이라는 게, 이 늙은네의 믿음이오. 또한 이 늙은 우부의 믿음엔, 비록 무신론자라도, 또는 공과 같이 얼마 정도만 무신론자라도, '신은 애초부터도 존재해본 적이 없었다'라는 설법을, 그것도 형이상학꾼이나 그런 이들로부터가 아니라, 물리(物理)를 궁구한다는 이들로부터 듣게 되면, 그 당장은, 바닥이 없는 심연에 머리를 처박힌 느낌이다가, 오래잖아, 익사의 경험 같은 것을 하게 될 것이라는 것이오. 갑작스레 천지가 깜깜해져 버리며, 위와 아래, 동서남북, 이쪽과 저쪽 등, 아무것도 구별이 되잖으며, 허우적거린대도 허우적거림도 가능해지지 않고, 듣지도, 보지도 못할 뿐인데, 구원의 손도 기대되어지지 않는, 대개 그런 상태일 것이오. 접싯물에 코를 박고도 이제 익사는 모면할 길이 없는 것이겠지맹. 유정 중에서도 특히 인간은, 자기 뒤에로나, 앞으로나, 위에로나, 옆에로나, 공간을 훤하게 열어놓지 않고는, 발광증이 나서 살지를 못하던 것입데다. '위'나 '앞'이나 '옆'에 열린 공간에 관해서야, 말하지 않더라도 뻔한 것이 그것이지만, '뒤'쪽에로 열린 공간은, 어떤 방법으로, 그것이 밀폐되어지는 것을 방지할 수 있었던가, 라는, 일어날 수도 있는 의문에만, 간단하게 대답해두기로 한다면 그것을 위해, '역사학'과 '종교/신화'가 기여해 왔다는 것을 말씀드릴 수 있을 거외다. '역사'란, 때로는 어떤 한 상황이 되풀이되어지고 있는 듯이 보인다 해도, 가다가 소용돌이를 만들기도 하는, 강의 흐름에 비교되는 것인 것을 아실 거외다. 그것은 직선적인 것이어서, 죽을 수도 있음에 분명하잖겠나요? 헌데, 바로 이 '직선적'으로 흐르다, 어느 낭떠러지에서 낙하해버림으로써 끝장이 날 수도 있는 이 '역사'를, 둥글게 회전케 하는 것이 있는바, 그것이 '종교/신화'라는 것일 것이외다. 그렇게 하여, 우리들의 '뒤'쪽에, 하나의 공간이 열려 환하게 밝고 있는 한, 우리들의 '위'는 물론 '앞'도, 그리고 '옆'

도 또한 그렇게 환하게 열려, 우리로 하여금 죽을 수도 있게 해오는 것이 아니겠소? 그러나 태초에서 울려오는, 큰 한 '쾅' 소리에, 그 모두가 무너지고, 암흑의, 무의미의 사태가 져, 천지간 빼꼭 차버렸다면, 우리는 말하자면 이미 죽어져 버렸는데도, 죽을 수가 없고만 있지요. 우리는 이제 죽을 수가 없소. 이 자리에서는 그러자, 아까 공이 제기한 의문이 틀리지 않은 것이 아니겠는가, 하는 믿음이 들기도 하오만……, 하더라도 명심하실 것은, '애보다 이[蝨甫]가 더 크다'는, 신소리 속의 슬보 공 같은 회의에, 공의 피와 골을 빨리게 한 그 늙은네는, '신의 사람'이라거나, 무슨 형이상적이랄 문제로 고심하거나 하는 이가 아니라, '물리'(物理), 즉슨 '물의 이치를 궁구하는 자'라는 것, 그리고 그것들이 종내 같은 것으로 합쳐진다 하더라도, '물리'(物理)와 '문리'(文理)는 꼭히 같아야 할 필요가 없다는 것, 그런 것일 거외다. 그것이 중년 들어 일어난 일이었으니, 그의 인현, 성육신에 관해서는 언급지 말기로 하십시다만, 삼척동자도 알다시피, 신은 물질을 몸으로 입은 자가 아니지 않소이까? 가, 가맜어보십시다, 공은 아까, 그 늙은탱이와 이 늙은탱이가 비슷해 보인다고 하시잖았소? 헛, 헛, 우린 쌍둥이이다 보니 그럴 수밖에요. 그는 '물리'를 궁구한다고 나섰을 때, 나는 '화리'(化理)를 그래보겠다고 나섰었지요. (이 '화리'는, 자연과학의 한 부분으로써의 '화학'을 이르는 것은 아니외다) 그러나 이 늙은탱이도, 아까 말씀드린 그 '슬보 공'께 보쌈 되어져, 골방 으슥한 데서 피와 골을 빨렸었는데, 그러다 결국은 은둔을 해버리기에까지 이르렀었소만, 아직까지도 이 늙은탱이는, 무엇 하나를 두고서도 확실한 대답을 못 하고 있을 뿐이요. 마는, 그렇다고 하여, 지금도 저 '의미 없음'의 암흑한 사태 속에 넋까지 갇혀 있는 것은 아니라오. ……일어날 수 있는 백 가지의 의문은, 뒤에로 미뤄뒀다가, 심심할 때로 하나씩 되씹어보기를 권하오만, '위[上]와 같이, 아래[下]도 똑 그러하다'라던지, '저쪽에 있는 것은 이쪽에도 있으며, 이쪽에 없는 것은 아무 곳에도 없다'와 같은 명제에 의해, 이 늙은네는, 은둔처를 정한 그때로부터, 모든 것을, '저쪽'에서가 아니라, '이쪽'에서부터 관찰해보거나, 생각을 진전시키는 방법을 택했더랬소. 저 '명제'들이 진리라면, 소우주의 이해가 곧장 대우주의 이해에 통한다고 한 것이지요. 단적으로 말하면, 소우주의 발생과 형성,

그리고 성장하는 과정을 들어, 대우주의 그것에다 환치해보려 했다는 얘기겠소. 그래서 나는, '큰 쾅' 소리가 있기 전, 또는 조물주의 뜻이 있었기 전의 상태는, 남자 경험이 없는 여성의 자궁과 같은 것, '궁창이 나뉘기 전', 그럼 아직 '시간'도, '공간'도 피 맺히지 않은 상태가 아니었겠나, 하고 추측했었지요. 그러니까, 우리가, 예의 저 '자궁' 속에서만 계속 관찰하기로 한다면, 저 여성의 남성과의 최초의 교합은, 그리하여 그 자궁[29] 속에로 방출되어진 남성의 정수는, '대쾅론'과, 어떤 종류의 유사성이 있는 것이나 아닌가, 하는 것을 고려하게 되더군요. (저런 과정에 의해, 모태 속에 피 맺힌 씨앗에게, 과연 어머니나 아버지에 대한 인식이 싹터 있을지 없을지, 그것은 의문이외다) 그런 뒤의 한 '정충'(Bija. Skt., 點)의 성장, (대우주의) 확대의 과정을 살펴보기로 한다면, 우리는 분명히, 기대치 안 했던, 여러 유사점들을 발견해내게 될 수도 있을 거요만, ……'대쾅론'이 아직은, 받아들여진 하나의 '이론'인 것처럼, 그렇다면, 이 늙은네의 '비자'(Bija) 얘기는, 하나의 '비유'인 것이라고, 이해해주신다면 틀리지 않을 거외다. 그리고도 이 늙은네가 회포하고 있는 것은, 다른 것이 아니라, 한 '점'(비자)이 한 자궁 속에 피 맺혀 성장하는 과정을 살핀다면, '아이'란 다름 아닌, 조악한 원소들의 한 반죽으로써, 꿈틀거리는 물체이어야만 옳은데, 그가 태어나 자라며, 문자를 짓기도, 익히기도, 연장을 만들기도, 쓰기도, 그리고 오관(五官)으로써 인지할 수 있는 것, 그리고 물리(物理)뿐만 아니라, 그 너머의, 예술과 종교를, 그러니 비물질적인, 추상적인 것까지도 사유하고 하는데, 묻게 되는 것은 그러면, 이 대단히 비육적(非肉的)인, 비물질적인 신비한 능력은, 어디서부터 왔는가, 하는 그것이외다. 산부인과 의사는, 태아(胎兒)의 '몸' 되는 데만을 관찰하는 자이다 보니, 저런 의문에 대답을 해야 할 아무런 의무도 느끼고 있지는 않을 게요. 이 늙은네의 믿음엔, 이 점이야말로, '쾅'! 한 씨앗이 터뜨려지기로 이뤄졌다는, 물상적 우주에 비교해보기에, 그중 신중한 의미를 지닌 주제라고 하고 있소. 그러니까, 그러기 전에 '신'이라는 존재가 존재해 있었는가, 어쨌었는가, 그런 문제는 차치하기로 하거나, 아예 깡그리 잊어버리기로 하고 말씀인데, '우주'라는, 그렇게나 거대하고 거대한 물상(物相)이, 한 작은 씨앗 속에서 터뜨려져 나왔었을 땐, 어찌 그런 거대하고 거대한 힘의 폭발에, '물질'만 이뤄지고, 그 이뤄진 물질에 상당할, 다른, 뭔지, 형이상적이랄까, 그 물질에 균형적일 수 있는 것, 그런 비물질적 힘, 또는, 물질적 눈[肉眼]에는 보이지 않는, 어떤 '초월적 존재'는 나타나지 안 했다고 이를 수 있겠소?

그리고 그 늙은 은둔자는, 자기의 바구니 속에서, 그중 커 뵈는 것으로, 더덕 두 뿌리를 꺼내어, 흙을 더 털어낸 뒤, 자라투스트라의 손에 쥐여주고, 총총히 그 자리를 떠나, 자기의 움막이 있는 데를 향해, 언덕을 내렸다.

—견공(犬公)과 용공(龍公)이 쌍둥이인 줄은, 이전엔 미처 몰랐었도다. 자라투스트라는, 언덕을 내리는, 등이 굽은 그 늙은네를 눈으로 바래다, 그렇게 중얼거렸다.

—견공은 '바위'는 보되, '바람'은 못 보고, 용공은, '바람'은 보아도 '바위'는 못 본다고 하잖더냐.

때엔, 자라투스트라는, '멧돼지' 한 마리를 다 삭여낸 구렁이모양, 그 전신이 미끄러워 보였으되, 어느 한 부분만 거북하게 뿔룩해 보이지는 안 했다.

—'멧돼지와 허무주의'? 그런 것도 있었던가 못케라.

자라투스트라는, 또 그렇게 중얼거리고, 자기도 이제는 동굴을 향해 오를 때라고 여긴 듯, 기슭을 오르는 걸음의, 무릎의, 높이를 높이높이 높높이 디뎠다. 그러며, 늙은 은둔자로부터 얻은 더덕을 씹었다.

자기의 동굴에 닿자마자 자라투스트라는, 노독에도, 또 방황했던 정신에도 지쳐 있었으므로, 오두(五頭, 五官)의 암뱀 육신(肉身)을 동굴의 아랫목에 깔고 누웠는데, 그때는 그는 마음이 평안하여, 조금도 시달리지 안 했으므로, 금방 혼곤한 잠 속으로 빠져들었다.

그리고서 얼마나 잤는지도 모르는데, 그의 삼매 같은 잠으로부터, 한 마리의 수독수리가, 그 날갯짓에서마다, 얼마쯤의 빛을 흩뜨리며, 날아올랐다. 독수리는 그리고, 저 오두의 암뱀을 내려다보며,

—저 간단없이 흐르고 흔들리는, 프라브리티의 한 물살, 한 포말 위에다, 둥지 짓고, 마누라 삼아 한 마리 암뱀을 뉘어놓았으니, 하며, 동굴을 빠져나가, 한동안 그 하늘을 선회하다가, 바다 냄새가 흐르는 쪽으로, 먹이를 구하러 날아갔다. 가며, 이어, 채웠다.

—이제는 '불멸'(不滅)이라는 자식만 하나 얻는다면, 프라브리티를 극복했다고 이른대도 좋을 것이겠도다.

티 베미—.

박상륭 전집

박상륭 전집: 장편·산문

초판 발행일
2021년 6월 30일

지은이
박상륭

기획
박상륭상 운영회의

편집
윤병무

디자인
박연주

인쇄
㈜아르텍

펴낸곳
국수

등록번호
제2018-000158호

주소
경기도 고양시 일산동구
진밭로 36-124

전화
031-908-9293

팩스
031-8056-9294

전자우편
songwriter@kuksu.kr

ISBN 979-11-90499-32-3 04810
ISBN 979-11-90499-30-9 (세트)